HEYNE

Das Buch

Perry Rhodan erhält eine erschütternde Botschaft: In der fernen Galaxis Ambriador sind 30 Milliarden Menschen von der Vernichtung bedroht, und Rhodan scheint der Einzige zu sein, der ihnen helfen kann. Als Gegner der Menschen, deren Vorfahren es vor Jahrtausenden nach Ambriador verschlagen hat, erweisen sich die Posbis, Maschinenwesen, die in der Milchstraße längst zu treuen Verbündeten der Terraner geworden sind. Wie konnte es dazu kommen? Was ist in Ambriador geschehen? Mit einer kleinen Gruppe von Begleitern bricht Rhodan auf, um sich dieser überlegenen Macht zu stellen. Und um den wirklichen Grund herauszufinden für den Posbi-Krieg …

Ein grandioses Abenteuer aus dem PERRY-RHODAN-Universum: PERRY RHODAN – DER POSBI-KRIEG versammelt erstmals die Romane »Das gestrandete Imperium«, »Stern der Laren«, »Friedhof der Raumschiffe«, »Der Milliardenmörder«, »Die Psi-Fabrik« und »Die Schöpfungsmaschine« in einem Band.

Perry Rhodan

DER POSBI-KRIEG

Sechs Romane
in einem Band

WILHELM HEYNE VERLAG
MÜNCHEN

Das Umschlagbild ist von Arndt Drechsler

FSC
Mix
Produktgruppe aus vorbildlich bewirtschafteten Wäldern und anderen kontrollierten Herkünften
Zert.-Nr. SGS-COC-1940
www.fsc.org

Verlagsgruppe Random House FSC-DEU-0100
Das FSC-zertifizierte Papier *München Super* für dieses Buch liefert Arctic Paper Mochenwangen GmbH.

Taschenbuchneuausgabe 8/09
Redaktion: Hartmut Kasper

Printed in Germany 2009
Umschlaggestaltung: Nele Schütz Design, München
Satz: C. Schaber Datentechnik, Wels
Druck und Bindung: GGP Media GmbH, Pößneck

ISBN: 978-3-453-52560-3

www.heyne-magische-bestseller.de

Inhalt

Perry Rhodan

DER POSBI-KRIEG

1

MICHAEL MARCUS THURNER

Das gestrandete Imperium

Eins Rundron: Bei Freunden

Rundron war kein Planet wie jeder andere, das sah und spürte er.

Perry Rhodan ignorierte die Datenwülste, die die Positronik der LEIF ERIKSSON II mit all ihren technischen Möglichkeiten aufsog und unaufhörlich auf das große Holo der Bordzentrale spuckte. Sie kündeten in kunterbunten Balkenstatistiken von Schwerkraftverhältnissen, Atmosphärebedingungen, Bestandsanteilen der Planetenhülle, virologisch-bakteriellen Überprüfungen sowie zahlreichen weiteren Punkten, die für die unterschiedlichsten Besatzungsangehörigen seines Schiffs von Interesse sein mochten.

Niemals durfte der Dienstbetrieb an Bord eines Raumschiffs zum Trott verkommen, den man wie eine langweilige Büroarbeit verrichtete. Stets mussten die Besatzungsmitglieder vom Kommandanten abwärts mit Staunen und Bewunderung an das Wunder dieses riesigen, unergründlichen Universums herangehen.

Trotz modernster Hilfsmittel und in millionenfachem Einsatz bestätigter Routinen war jede Reise … anders.

Der Unsterbliche sah sich um.

Er war stolz auf die Leute, die an Bord der LEIF ERIKSSON II Dienst taten. Hoch konzentriert gingen sie an ihren Stationen den notwendigen Arbeiten nach, die mit der Annäherung an einen fremden Planeten verbunden waren. Selbstverständlich hätte man den Großteil der anfallenden Aufgaben den Positroniken überlassen können – und damit jenes Gefühl der Kontrolle verloren, das sich in vielen Fällen als lebensrettend herausgestellt hatte.

Ranjif Pragesh hatte seine Leute fest im Griff. Selbstbewusst saß er auf dem leicht erhöhten Kommandosessel, drehte sich immer wieder nach links und rechts, sprach leise Befehle in die ihn umschwirrenden Akustikfelder und war stets Herr der Lage. Kaum etwas, so wusste Rhodan, konnte den auf dem indischen Subkontinent geborenen Kommandanten aus der Ruhe bringen. Weder die eigene Mannschaft, die großteils aus ausgeprägten Individualisten bestand, noch Gefahren, die von außen her drohten.

Das angenehm helle Licht der Zentrale wurde sukzessiv herabgedimmt. Semitransparente Energiefelder, die zwischen einzelne Abteilungen geschaltet gewesen waren, lösten sich lautlos auf. Augenblicklich wirkte das Rund der Zentrale kleiner. Alle Frauen und Männer, die zurzeit Dienst taten, konnten sich nun sehen und, wenn es notwendig war, Anweisungen und Wünsche zurufen. Verbale Kommunikation war, so hatten Raumfahrtpsychologen längst erkannt, das A und O einer gut aufeinander abgestimmten Mannschaft. In Stresssituationen gab es nichts Hinderlicheres als voneinander getrennte Abteilungen.

Das waren einige der vielen Gedanken, die Rhodan immer wieder wälzte, wenn er – wie jetzt – vom Wunder der Raumfahrt überwältigt wurde. Sie hatten sich ihm tief eingeprägt über all die Jahrtausende, wie Runzeln in einem älter werdenden Gesicht.

Der Unsterbliche trat zwei, drei Schritte zurück und betrachtete neuerlich das Bild des Planeten.

Die grünblaue Marmorkugel glitzerte an vielen Stellen, reflektierte das Licht ihrer Kunstsonnen, dort, wo sich gewaltige Industriekomplexe wie eine Krankheit über und *durch* Rundron fraßen.

»Landeerlaubnis erteilt«, kündete eine blecherne, quietschende Stimme. Gleichzeitig erschienen weitere Datenkolonnen auf dem zentralen Holoschirm und den Betrachtungsfeldern der wichtigsten Zentraleeinheiten. Landekennungen und Verhaltenshinweise, streng binär-mathelogisch sortiert und nicht notwendigerweise für den menschlichen Verstand geschaffen. Die Bordpositronik würde einige Augenblicke benötigen, um die Hinweise in verständliche Informationen umzuwandeln.

»Wir landen«, befahl Rhodan.

Niemand widersprach, niemand sagte ein Wort. Man vertraute ihm, und man vertraute den ... Siedlern dieses Planeten.

Startac Schroeder starrte wie er auf das Bild des rasch näher kommenden Planeten. Der Monochrom-Mutant wirkte wie so oft in sich gekehrt und hoch konzentriert.

Manchmal, dachte Rhodan, *hat er noch etwas Jungenhaftes an und in sich. Wie jener nicht einmal Siebzehnjährige, der mich in den Trümmern von HQ Hanse vor Ramihyn, dem Diener der Materie, gerettet hat. In anderen Momenten lässt er das Alter nur allzu deutlich raushängen. Wie jetzt zum Beispiel.*

Schiffe der hier gefertigten und stationierten Flottenteile gerieten gegen das Licht einer Kunstsonne in Sicht. Sie manövrierten mit erschreckend präzisen Bewegungsabläufen, beschleunigten und reduzierten das Tempo, schlugen Haken, setzten verwirrende Manöver. Bremsdüsen rissen lange, dünne Flammenspuren in die Stratosphäre, schufen Zeichen, die mit kalligrafischer Präzision ein Wort bildeten.

»Willkommen!«, las Perry Rhodan. Er schüttelte ungläubig den Kopf. »Wenn ich nicht wüsste, wer unsere Gastgeber sind, würde ich meinen, dass sie protzen wollen.«

Einer der unförmigen Kolosse raste in einer Entfernung von nicht einmal 50 Kilometern an ihnen vorbei. Das Schiff hielt inmitten einer gelblichroten Feuerlohe an und passte Sekunden darauf Geschwindigkeit und Einflugsvektor an jene der LEIF ERIKSSON II an.

»Sie *wollen* angeben«, tönte eine helle Stimme. Mondra Diamond betrat die Zentrale. Sie schritt – nein, sie schwebte! – an der Ersten Pilotin Lei Kun-Schmitt vorbei, die angesichts des Manövers anerkennend die Nase rümpfte.

»Vhomeze ist ein sehr nüchterner … Mann«, erwiderte Rhodan. »Ich glaube nicht, dass er ein derart großspuriges Verhalten seiner Kollegen gutheißt.«

»Vielleicht ist es weniger Angeberei als Stolz«, warf Startac Schroeder ein. Er kratzte sich nachdenklich über den Ellbogen. »Was wissen wir schon, was in diesen Wesen vorgeht …«

Rhodan mischte sich nicht in die sich entspinnende Diskussion ein. Die Spekulation, welche Emotionen ihre Freunde auslebten, war überflüssig. Er zog sich zurück, nahm im leicht erhöht stehenden Sessel Platz, der sich augenblicklich um ihn schmiegte, und dachte nach. Bislang hatte er sich keine großen Gedanken gemacht, wie er Vhomeze gegenübertreten sollte. Was er zu sagen hatte, lief auf ein tief aus dem Herzen kommendes: »Wir danken euch!« hinaus. Doch angesichts des Begrüßungsakts der Begleitschiffe, der an ein hochoffizielles Staatszeremoniell erinnerte, würde er wohl ein wenig tiefer in die Schatulle greifen müssen. Immerhin hatten sie es auf Rundron mit den besten Freunden der Menschheit zu tun.

Die Posbis verdienten einen riesengroßen Applaus für das, was sie in den letzten Jahren geleistet hatten.

In der Nähe des Landeplatzes der LEIF ERIKSSON II parkten zahllose Fragmentraumer. Ein stetiges Starten und Landen der Schiffe sorgte für eine ungeheure Geräuschkulisse, die von der absoluten Sprachlosigkeit der Posbis selbst konterkariert wurde. In abstrusesten Gestalten wuselten sie zwischen Montage-Einheiten, Traktorstrahl-Kränen und Werftzangen umher. Kein Wort fiel dabei. Sie arbeiteten, wie Rhodan wusste, meist über Funksignale und wurden dabei von der positronischen Komponente der Hyperinpotronik geleitet. Ein Vorgang, der ähnlich kompliziert der Synchronisation verschiedenartiger Bewegungs-, Koordinations- und Lenkungsimpulse eines menschlichen Körpers funktionieren musste – und dennoch stets ohne Reibungen ablief.

Rhodan wandte sich von den allgegenwärtigen Holoschirmen ab und konzentrierte sich auf den Gast, der soeben eintrat.

»Willkommen auf Rundron«, sagte Vhomeze.

Der kleine, eiförmige und irgendwie *beliebig* wirkende Posbi schwebte in den offiziellen Empfangsraum des Ultraschlachtschiffs und deutete mit seinem zerrissen wirkenden Rumpfkörper eine Verbeugung an.

»Es ist uns eine Ehre, Rundron betreten zu dürfen.« Auch Rhodan verneigte sich, so lächerlich die Geste angesichts seines Gegenübers auch sein mochte.

»Ihr seid Freunde, und ihr werdet es immer bleiben.« Vhomezes Stimme drang verzerrt aus einer winzigen Spracheinheit, die er an die rechte Kopfseite gepfropft hatte. »Es würde mich freuen, dich und einige ausgewählte Begleiter umherführen zu dürfen.«

Nun, wenn die Posbis tatsächlich auf Prunkgehabe und Zeremonien Wert legten, konnte er sich ihrem Wunsch nicht entziehen. Möglicherweise lag der Anteil der biologischen Komponente bei den »Robotern« des Planeten Rundron höher als woanders, möglicherweise unterlagen sie zyklischen Schwankungen, die gerade eben auf die emotionelle Seite ihres Daseins ausschlugen.

»Gern. Aber zuvor möchte *ich* dir etwas zeigen.«

»Ja?« Vhomeze wirkte überrascht. Sein Schwebekörper mit den lose zum Boden hinabbaumelnden Haltestangen, an denen er sich offensichtlich in den unterschiedlichsten Gerätschaften einklinken konnte, schwankte leicht.

»Darf ich bitten?« Rhodan verließ den Empfangsraum, wandte sich nach links, den langen Gang hinab, einer der größeren Werkshallen des Schiffes zu. »Liebst du Überraschungen?«

»Sie entsprechen der Viskosität des Öls«, antwortete Vhomeze sperrig. »Je geringer sie ist, desto fließfähiger, desto gelenkiger funktionieren unsere mechanischen Teile, desto wohler fühlen wir uns.«

Perry schmunzelte. »Schön gesagt, mein Freund. Ich hoffe, dass du mit der Überrasch... mit dem Viskositätsgrad hier drinnen zufrieden bist.« Er öffnete das Schott.

Ein metallener Schlag erklang, synchron ausgeführt von 10000 Vasallen, die seit Jahren an Bord der LEIF ERIKSSON II Dienst taten. 10000 Posbis standen oder schwebten in der Halle. Sie reisten mit den Terranern und leisteten ihnen beste Dienste. Nun grüßten sie Vhomeze, aufgestellt in Reih und Glied, überschütteten ihn mit Funksprüchen und Datenströmen, die einen Gruß darstellen sollten.

»Das ist ... schön«, sagte der Posbi-Kommandant nach einer geraumen Weile, die in akustischer Ruhe verging. »Ich bekomme über hunderte, ja, tausende Informationshappen übermittelt, dass es meinen ... Kameraden hier gut geht. Es ist ihnen allen eine Ehre, an Bord eines der imposantesten Schiffe der terranischen Flotte Dienst tun zu dürfen.«

Weitere Sekunden vergingen, während Messgeräte ein gestiegenes Aufkommen im niederfrequenten Funkverkehr anmaßen. Dann wandte sich Vhomeze abrupt ab. »Es wird Zeit, dass wir dein Schiff verlassen. Auch auf Rundron gibt es viel zu sehen.«

Der Unsterbliche nickte. Er wusste, dass sein Gegenüber die Geste verstand. »Dann lass uns beginnen.«

»Das Feld, das wir auf Rundron für den Personentransport anwenden, mag für euch ein wenig ungewohnt sein«, sagte Vhomeze. »Erschreckt bitte nicht.«

Rhodan, Mondra Diamond und Startac Schroeder schwebten hinab auf den Boden des Planeten.

Der Unsterbliche spürte die innere Unruhe des Mutanten. Startac wirkte gehetzt, wie so oft. Er sah sich um, als suche er nach Verstecken und Anhaltspunkten, die er notfalls als Orientierung für eine zielgerichtete Teleportation verwenden konnte.

Siebzig Jahre ist er bereits alt; selbst sein Haar wird schon dünn, dachte Rhodan, *und noch immer hat er nicht zu sich selbst gefunden ...*

Sie wurden sanft von unsichtbaren Kräften gepackt und in Bewegung gesetzt. Es war wie die Reise auf einem Transportband, dessen Rollboden unsichtbar blieb. Im ewig langen Schatten der LEIF ERIKSSON II trieben sie dahin. Kälte und Luftverwirbelungen, die das Schiff durch seine bloße Präsenz erzeugte, wurden durch scheinbar ziellos umherirrende Posbi-Einheiten entgegengewirkt. Ihre Blasebalgkörper neutralisierten jegliche klimatischen Nebeneffekte, sodass sich die drei Terraner stets in einem windfreien Korridor bewegten.

Schlagartig erlosch die Geräuschkulisse, die den riesigen Schiffshafen bislang eingehüllt hatte.

»Für die Dauer eures Aufenthalts werden unsere Arbeiten unter gehörschonenden Bedingungen durchgeführt«, sagte Vhomeze. Er schwebte voran, deutete da und dort auf besonders Aufsehen erregende Bauwerke, während sich ihre Reisegeschwindigkeit allmählich steigerte.

Würfelförmige Schiffe mit einer Kantenlänge von zwei bis drei Kilometern standen dort. Manche von ihnen waren wie riesige, dreidimensionale Puzzleteile knapp übereinander gestapelt und ließen kaum Platz für Reparatur- und Fertigungsroboter, die ihre Arbeit allerdings ungeachtet der Bedingungen stoisch und zielgerichtet durchführten. Kein Raumer und kein Posbi glich dem anderen.

Eine Reparaturwerft kam in Sicht. Gewaltige Kräne, die sich wanden und krümmten, ragten kilometerweit in die Höhe, umschwebt von hunderten Zubringern, die wiederum von flirrenden und verschiedenfarbigen Antigravfeldern umgeben waren.

»Wir benutzen seit kurzem bei der Abgrenzung unserer individuellen Einsatzgebiete farbige energetische Markierungen«, sagte Vhomeze in lockerem Plauderton. »Die dabei entstehenden Muster wirken beruhigend auf unsere biologischen Bestandteile; so meinen zumindest manche unserer Psychologen.«

Rhodan schwieg. Er wusste um die unterschwelligen ... Auseinandersetzungen, die in den Leibern der Posbis tobten. Der Anteil des Bioplasmas variierte von Maschine zu Maschine. Konnten manche der Roboter eine innige und äußerst differenzierte Gefühlswelt entwickeln, so blieben andere kühl und distanziert. Das Zentralplasma auf der Hundertsonnenwelt verbrachte wohl einen großen Teil seiner Denk- und Lenkungsarbeit damit, latente Spannungen innerhalb der einzelnen Einheiten seines billionenfachen Heers auszutarieren.

Allen Posbis gemein war jedoch die Achtung vor dem Leben an sich. Rhodan selbst hatte dafür gesorgt. Im Jahr 2114 alter Zeitrechnung war die sogenannte Hassschaltung außer Kraft gesetzt worden. Mehrere Krisen hatten nichts daran ändern können, dass die Maschinenwesen nach wie vor treue und zuverlässige Freunde der Menschheit geblieben waren.

Sie passierten die kunterbunte Docklandschaft. Riesige Industrieparks kamen in Sicht. Dicht an dicht standen und lagen gewaltige Bestandteile zukünftiger Fragmentraumer, als hätte ein Riese sie planlos durch die Gegend geschleudert. Sinnentrückte Architekten schienen Einfluss auf die Gestaltung der geplanten Raumschiffe genommen zu haben. Kein Teil wirkte so, dass Rhodan das Verlangen gespürt hätte, eins dieser zukünftigen Schiffe jemals zu betreten. Zweckmäßigkeit blieb die Ultima Ratio der Schiffsbauer. Sollten für den Kampf ausgerüstete Posbis befördert werden, wurde das Transportmittel anders konzipiert als zur Verschiffung von Baumaschinen.

Sie glitten weiterhin mit steter Geschwindigkeit im von den Posbis gesteuerten Transportfeld dahin. Ein Komplex flacher Barackensiedlungen war das nächste Element, das Rhodan und seine Begleiter zu Gesicht bekamen. Er wirkte … anders. Meterhoher Müll lag dort ohne die geringste Spur von Ordnung verstreut, und es stank bestialisch. An einer Stelle sah Rhodan ein seltsames Geflirre und Gewusel. Übereinander gestapelte und ineinander verschlungene Lebewesen der seltsamsten Art führten dort Tänze auf oder diskutierten miteinander; wer vermochte es schon zu sagen?

»Wollt ihr die Siedlungen unserer Betreuer besuchen?«, fragte Vhomeze. So etwas wie ein Grinsen glitt über seine von plumpen Sechskantschrauben verzierte Mundklappe.

»Ein andermal«, wich Rhodan aus. »Ich bin mir sicher, dass die Matten-Willys und ihr ein gutes Auskommen habt.«

Vhomeze ging nicht näher auf das Thema ein. Die Matten-Willys umsorgten das Zentralplasma und erfüllten die heikle Aufgabe des Plasmatransports von Planet zu Planet. Dass sie in ihrer fürsorglichen Art Quälgeister ohnegleichen sein konnten, hatte Rhodan schon mehr als einmal erleben müssen.

Der Unsterbliche atmete insgeheim auf, als sie die Barackenanlagen passiert hatten. Er sperrte sich mit Hilfe seines Anzugs gegen das Transportfeld und ließ sich zu Boden gleiten. Eine ausgedehnte Grünzone begann hier, auf die scheinbar keinerlei Einfluss genommen worden war. Trauerweiden hingen über einem kleinen Bach, der durch die flache, von kräftigem Grün gekennzeichnete Landschaft mäanderte. Gegen den Horizont gingen die Wiesen in eine Savannensteppe über, während rechts von ihnen eine urtümliche Urwaldlandschaft ihren Anfang nahm.

»Rundron ist lediglich zu vierundzwanzig Komma acht sieben drei Prozent verbaut«, dozierte Vhomeze. »Tendenz leicht steigend. Das Zentralplasma gab Anweisung, bei unseren Tätigkeiten das natürliche Gleichgewicht des Planeten nicht zu zerstören. Auf allen vier Kontinenten existieren ausreichend große Zonen, in denen Flora und Fauna blühen und gedeihen ...«

»Wir haben diese Dinge alle schon bei unserem Anflug angemessen«, unterbrach Mondra Diamond. Sie blies sich eine Haarsträhne aus dem Gesicht. »Ich bin, ehrlich gesagt, ein wenig verwirrt. Natürlich finde ich es ... schön, dass ihr Rundron großteils naturbelassen habt. Aber warum dieser Aufwand? Der Planet wurde zweifelsohne irgendwann einmal aus der Milchstraße hierher an ihren Rand verschleppt ...«

»Vor hundertfünfundzwanzig Komma sechs terranischen Jahren, um genau zu sein.«

»Es gibt kein stellares Umfeld, aus dem der Planet stammen könnte«, fuhr Mondra unbeeindruckt fort. »Der Transport hierher über mindestens ... hm ... sechzig Lichtjahre muss extrem aufwändig gewesen sein und große Kapazitäten eurer ... Gesellschaft in Anspruch genommen haben. Und nach getaner Arbeit nutzt ihr lediglich ein Viertel der Platzkapazitäten, verwandelt den Rest in ein Naturparadies und setzt Kunstsonnen ein, um es zu erhalten? *Warum* das alles?«

»Weil Rundron für den Empfang terranischer Gäste und Botschafter gedacht ist. Also für euch, Mondra.« Vhomezes eiförmiger Körper schwebte hoch und nieder, offensichtlich ein Zeichen von Erregung.

Die Frau schüttelte den Kopf. »Soviel ich weiß, haben außer uns nicht mehr als ein oder zwei Dutzend Menschen diesen Planeten betreten. Kein Arkonide, kein Akone, kein Angehöriger irgendeines anderen Milchstraßenvolks kennt Rundron. All dieser Aufwand – für ein paar Gäste? Das erscheint mir nicht logisch.«

»Und doch ist es so«, widersprach der Posbi. »Die Terraner sind unsere Freunde. Unsere Verbündeten, unsere Befreier. So ist es in unseren Erinnerungen festgeschrieben. Jene Schuld, die wir in der Zeit davor auf uns geladen haben, wird so rasch nicht abbezahlt sein. Aber wir tun unser Bestes. Also schaffen wir die besten Bedingungen, damit ihr euch als unsere Gäste wohlfühlt. *Das* ist logisch.«

»Ich ... verstehe.«

Rhodan beobachtete Mondra. Sie wirkte verwirrt.

Nur ganz selten geschah es, dass diese sonst so kontrolliert handelnde Frau Zeichen von Unsicherheit zeigte. Stets vermeinte man zu spüren, dass sie die Kontrolle über die Dinge behielt, niemals das Heft aus der Hand gab. Natürlich ordnete sie sich in seiner Gegenwart unter ...

Perry grinste unvermittelt.

Zumindest *tat* Mondra so, als würde sie auf ihn hören – aber konnte er sich denn absolut sicher sein? Als großartige Manipulatorin verstand sie es wahrscheinlich, ihn genauso um den kleinen Finger zu wickeln, wie sie ihre Kollegen im Terranischen Liga-Dienst nach ihren Wünschen springen ließ.

Ach, Mondra …

Vielleicht hätte ihre Lebensgemeinschaft noch Jahrzehnte gehalten. Vielleicht hätten sie weitere Kinder gehabt, die über den Verlust Delorians hinwegtrösteten. Aber eine längere Phase der Trennung hatte eine beiderseitige Entfremdung herbeigeführt. Seitdem wollte es nicht mehr so werden, wie es einmal gewesen war. Die absolute Intimität und Harmonie, die sie einander in die Arme getrieben hatte, war unwiederbringlich dahin.

Mondra beobachtete interessiert die Umgebung. Längst schon hatte sie sich wieder gefangen. Das Licht zweier Kunstsonnen warf ungewohnte Schatten über ihr so sanftes Gesicht.

Es war dies ihr erster offizieller Besuch auf einem Posbi-Planeten. Trotz aller vorbereitender Gespräche, die sie geführt hatten, musste sie sich erst einmal auf die ungewöhnliche Denk- und Existenzweise der Roboter einstellen.

Die Bio-Roboter waren aus dem Alltag und Leben der Terraner, vor allem an Bord größerer Raumschiffseinheiten, kaum mehr wegzudenken. Sie verübten ihre Aufgaben still und leise, blieben genügsam und traten selten mit Bitten an sie heran. Hier jedoch lernte Mondra die *ursprüngliche* Wesensart und Denkweise der Posbis kennen. Was sie ausmachte, wie sie funktionierten, was sie von ihrem beinahe ewig dauernden Leben erwarteten.

Das Transportfeld ergriff sie erneut, trieb sie wie Blätter über die bunt zusammengewürfelte Vegetation zu ihrer Rechten. Es war leicht zu erkennen, dass weder die Zusammensetzung der Tier- noch die der Pflanzenwelt passte. Felide Raubtiere mit gewaltigen Hauern im Maul sprangen nach ihnen, ohne sie erreichen zu können; nur wenige hundert Meter entfernt rissen Kleinsaurier an den Gedärmen eines schuppenbewehrten Kriechers. Gegen den Himmel zeichneten sich die Schatten mehrerer Spinnen ab, die an breiten und schnell schlagenden Flügeln hingen und klebrige Fäden ins Unterholz abfeuerten.

Urwaldriesen mit weit ausgestreckten Ästen, sechzig oder siebzig Meter hoch, waren von Orchideenpflanzen an endlos langen Lianen umschlungen, die einen betörenden Duft ausstrahlten – und die Bäume allmählich erwürgten, während am Boden langsam dahinschreitende Pilzwesen Sporengeschosse gegen zahnbewehrte Fresspflanzen aussandten. Und das alles geschah auf einer Fläche von vielleicht einem Quadratkilometer!

»Wir experimentieren nach wie vor, um eine gesunde Mischung tierischen und pflanzlichen Lebens für Rundron zu finden«, sagte Vhomeze. »Es ist allerdings nicht so leicht, wie wir uns das vorgestellt haben.«

Klang da Enttäuschung durch? Wurden die Posbis etwa mit dem Wunder der Schöpfung nicht fertig?

Nun, mit dieser Erkenntnis waren sie nicht die Einzigen. Selbst Wesen, die weit über den Milchstraßenvölkern standen, hatten Schwierigkeiten, Lebensräume nach ihren Wünschen zu formen …

»Unser anderer Gast hat gemeint, wir hätten auf einer geringeren Ebene mit unseren Experimenten beginnen sollen.« Vhomeze schwebte neben Perry Rhodan her. Mit einem Tentakelarm beschrieb er einen Halbkreis, deutete auf Alles und Nichts zugleich.

»Welcher andere Gast?« Der Unsterbliche hielt an und stemmte sich mit Hilfe seines Anzugs gegen das Feld, das sie vorwärts trieb. »Ich wusste nicht, dass sich weitere Terraner auf Rundron aufhalten.« Alarmiert hielt er seine Finger über die Bedienungsfelder des Multikoms an seinem linken Unterarm. Notfalls konnte er so in Sekundenschnelle präventive Schutzmaßnahmen einleiten.

»Es ist kein richtiger Terraner«, sagte der Posbi. Er wirkte irritiert, konnte Rhodans Reaktion anscheinend nicht richtig einschätzen. »Du kannst mir vertrauen«, setzte er hinzu. »Der Gast bedeutet keinerlei Gefahr. Er kam hierher, weil er dich und deinesgleichen treffen wollte.«

»Warum erzählst du mir das erst jetzt?«, fragte Rhodan. Nach wie vor blieb er angespannt.

»Weil ich … weil ich es bis jetzt selbst nicht wusste. Seltsam …« Die Verwunderung in Vhomezes Stimme war nicht zu überhören.

Rhodan winkte Startac und Mondra zu sich, klärte sie mit wenigen Worten über die Neuigkeiten auf und ließ gleichzeitig von der Positronik seines Schutzanzugs ein Alarmdossier an die Zentralebesatzung der LEIF ERIKSSON übermitteln.

»Sollen wir euch abholen?«, erklang Sekunden später Ranjif Prageshs dunkle Stimme.

»Nein, vorerst nicht«, erwiderte Rhodan. »Wir machen weiter wie geplant. Startac ist mir Sicherheit genug. Behaltet uns aber unter Beobachtung.«

Er wollte es nicht aussprechen, aber es galt, die Posbis bei Laune zu halten. Zeigten sie offenes Misstrauen, mochte dies die gesamte Wirkung ihres Freundschaftsbesuchs auf Rundron beeinträchtigen. Die biologische Komponente der Roboter zeigte manchmal durchaus empfindliche Stellen.

Startac nickte ihm zu. Er wusste, dass es im Notfall auf ihn ankam.

Rhodan schätzte den Mann. Nicht nur wegen seiner Mutantenfähigkeiten als Orter und Teleporter, sondern auch, weil er in Momenten höchster Anspannung die Nerven im Zaum hielt.

Sie setzten den Weg über die Wipfel der Urwaldriesen fort, stets dem Flugkorridor folgend, den die Posbis für sie bereitgestellt hatten.

Ein flaches Gebäude, vielleicht 30 Meter lang und ebenso breit, kam in Sicht. Inmitten des wuchernden Grüns wirkte es reichlich deplatziert. Zudem hatte sich ein seltsamer Schatteneffekt über diesen Teil des Landes gelegt. Irritiert sah sich Rhodan um, suchte nach dem Grund für das dunkle, wie abgezirkelt wirkende Feld. Nirgends war eine Wolke im Himmel zu sehen; die weit voneinander entfernt stehenden Kunstsonnen sandten ausreichend Licht herab ...

Natürlich, die Sonnen! Hier standen lediglich zwei der Kunstkörper im blauen Himmel, beide nur knapp über dem Horizont, allerdings nahezu gegenüberliegend. In einer kilometerbreiten Schneise, einem toten Winkel, herrschte Dämmerlicht.

»Dieses Gebäude dient uns normalerweise als Experimentalstation. Durch Steuerung unserer Sonnen schaffen wir Licht und Dunkelheit, wie wir es für nötig halten. Die heutige Versuchsanordnung erzeugt ein Zwielicht, das vielen Tieren angenehm zu sein scheint ...«

Rhodan hörte nicht mehr zu. Er hatte kein Interesse mehr an den Ausführungen des Posbi. Eigentlich waren sie hierher gekommen, um den Vertretern des Zentralplasmas ihre Aufwartung zu machen. Ein diplomatischer Gipfel hätte nicht zeremonieller, komplizierter und überfrachteter sein können als dieses Zusammentreffen mit den Maschinenwesen. Doch durch die seltsamen und unsicheren Ausführungen Vhomezes über einen unbekannten Gast hatte dieser 5. April 1343 NGZ eine gänzlich neue Note bekommen.

Perry vermeinte, etwas zu spüren. Die Präsenz einer Person, die er kannte. Natürlich konnte das Einbildung sein, natürlich hatte er im Lauf seines langen Lebens ausreichend Gelegenheit gehabt, seinen Gefühlen zu misstrauen. Aber das hier ...

Der Flugkorridor endete. Sie schwebten hinab, landeten auf einer dottergelb gefärbten Wiese. Verzweifelt und irritiert richteten die fingerdicken und knöchelhohen Blumen ihre Kelche in alle möglichen Richtungen. Sie wirkten verwirrt, wussten nicht, welcher der beiden Sonnen sie ihr Vertrauen schenken sollten.

»Der ... der Besucher wartet auf euch ... im Gebäude«, stotterte Vhomeze. Er schien kaum mehr Herr seiner Sinne. Der Posbi wirkte, als nehme eine fremde Macht Einfluss auf ihn. Und so mochte es in der Tat sein, wenn der andere Gast jener war, den Rhodan zu spüren glaubte.

»Es ist alles in Ordnung«, sagte er zu seinen Begleitern und gleichzeitig an die Adresse Ranjif Prageshs, der über Funk zugeschaltet war. »Ich weiß zwar nicht, was *er* hier sucht, aber es besteht keine Gefahr.«

»Wer, zum Donnerwetter?«, fragte Mondra. Sie schüttelte ihre dunkle Haarmähne, wie sie es gern tat, wenn sie verunsichert und verärgert zugleich war. »Kannst du nicht Klartext reden?«

Sein ausgeprägter Hang zur Geheimnistuerei mochte einer der Gründe gewesen sein, warum es zwischen ihnen nicht dauerhaft *funktioniert* hatte, vermutete Perry heute. Aber er hatte diese Angewohnheit niemals als Schwäche oder schlechte Eigenschaft angesehen. Er schwieg, um jene, die um ihn herum waren, möglichst vor Schaden zu bewahren. Zu viel Wissen bedeutete stets, exponiert dazustehen und ins Visier vielerlei Feinde zu geraten.

»Du wirst es gleich sehen«, sagte er daher fast automatisch. Er wusste, dass Mondra nicht in Begeisterungsstürme ausbrechen würde.

Vhomeze blieb im Freien stehen. Verwirrt drehte er sich im Kreis, als suche er nach einem besonders schönen Exemplar der Dotterblumen. Wahrscheinlich wusste er wirklich nicht, was er hier eigentlich tat.

Rhodan betrat das Gebäude. Er spürte Startacs Atem in seinem Nacken. Der Mutant blieb wachsam.

Es war kühl hier drinnen. Zweckmäßige Ausstattung beherrschte die kleinen Wohn- und Forschungseinheiten, die von einem langen Gang nach rechts abzweigten.

»Ich bin im letzten Raum«, tönte eine Stimme, und Rhodan wusste, dass ihn sein Gefühl nicht getäuscht hatte. Er atmete tief durch, marschierte weiter, dicht gefolgt von seinen beiden Begleitern.

Er öffnete die angelehnte Tür, betrat den Raum und setzte sich, während Mondra und Startac verwirrt stehen blieben.

»Wir haben uns lange nicht mehr gesehen, Lotho Keraete«, sagte der Unsterbliche.

Zwei Chronik der Familie Donning: Absturz

»Raus hier!«, schrie Petr Slezak. Er stürmte zum Schott, trommelte mit Fäusten, so groß wie Bratpfannen, auf den Öffnungsmechanismus. Brüllte noch lauter und noch zorniger, als sich nichts tat.

Alle Wünsche und Ziele, von denen wir uns leiten gelassen hatten, versanken in einem Meer aus Chaos und Panik. Es krachte und zischte und stank. Ätzende, gelbliche Nebelschwaden verteilten sich in der Gemeinschaftskabine. Wuchtige Schläge durchdrangen währenddessen die metallene Hülle unseres Schiffes. Irgendwo wurde ein enervierendes Kreischen laut, immer lauter, als bearbeitete ein Riese mit einer Kreissäge die metallenen Verschalungen der ALEXIA.

Ich sprang Petr bei. Wir hebelten und schoben das verklemmte Ding millimeterweise zur Seite.

Die Luftabsauganlagen versagten endgültig. Der Rauch stand mittlerweile so dick, dass wir keine Handbreit weit mehr sehen konnten. Gehuste und Gekeuche drang aus dem Inneren der Kabine. Steph Grant bekam immerhin noch ausreichend Luft, um Gott und die Welt in seinem grauenhaften irischen Idiom zu verfluchen, während Vanjif Singh, Ntombe Gebele und Jönsson nur noch verzweifelt röchelten.

Ich wusste nicht, woher ich die nötige Kraft nahm. Irgendwann schafften es Petr und ich, das Tor so weit aus seiner Fassung zu hebeln, dass wir uns nach draußen quetschen konnten. Wir ließen uns fallen, schnappten nach Luft.

»Helft uns!«, röchelte mein riesenhafter Freund schließlich und versuchte, eines der vorbeihetzenden Besatzungsmitglieder aufzuhalten. »Da drin ... sterben Leute.« Zittrig deutete er auf die Kabine. Die Nebelschwaden folgten uns durch den Spalt, strömten dick und sämig hervor und wurden hier im Gang mehr schlecht als recht abgesaugt.

Ich konnte Petrs Energie und Kraft nur bewundern. Seine Hände waren blutig und zerfetzt, aus den Nasenlöchern drang hellrote Flüssigkeit, die Augen waren von Ätznarben fast geschlossen, das Husten kam hörbar aus den Bronchien. Wenn ich nur halb so schlecht aussah wie er, bedeutete das für mich mindestens drei Wochen Aufenthalt auf der Krankenstation.

Wenn es denn noch eine Krankenstation gab.

Petr versuchte, einen dicken Techniker am Weiterlaufen zu hindern. Wenn er sich auf seine volle Länge von 2,10 Metern aufgerichtet hätte, hätte er ihm, der ihn krampfhaft abzustreifen versuchte, bequem auf die Glatze spucken und ihn mit einem beiläufigen Zusammenklatschen seiner Pranken zu Boden befördern können. Jetzt aber war er schwach, konnte sich kaum am Uniformzipfel des Vorbeieilenden festhalten.

»Keine Zeit!«, schrie der Fettleibige und löste mühelos Petrs Griff. »Im Maschinenraum ist die Hölle los. Der Antrieb fliegt uns gleich um die Ohren ...« Der Mann hastete weiter, ließ uns liegen.

Irgendwie schaffte ich es, auf die Knie zu kommen. Orientierungslos torkelte ich den Gang entlang, suchte nach jemandem, der uns helfen konnte, dieses verfluchte Schott weiter zu öffnen und unsere Kameraden aus der ätzenden Hölle in – durchaus zweifelhafte – Sicherheit zu bringen.

Ich werde diese Sekunden und Minuten niemals vergessen. Alles schien an mir vorbeizulaufen. Es war, als lebte ich in einer anderen Realität, in der mich niemand wahrnehmen konnte. Nebenan erstickten Menschen, während ich mit verätztem Rachen um Hilfe bettelte.

Natürlich weiß ich es heute besser. Wenn sich die Hilfsmannschaften nicht um die Schäden im Maschinendeck gekümmert, die sorgfältig geschulte Bordwache nicht die Brände an den Aggregaten gelöscht und sich nicht alle an Bord so verhalten hätten, wie es der Kommandant verlangte, hätten wir es niemals geschafft.

»Der Blick muss stets auf das Große gerichtet sein«, so wusste ich aus meinen Tagen bei den Truppen. Einzelschicksale waren bedauernswert und erschütterten – aber es ging um das Überleben des Ganzen.

Irgendwann ließ der Lärm nach, kehrten die Absauganlagen zu ihrer vollen Leistungskapazität zurück und verstand man, was ich sagen wollte.

Sie stützten mich links und rechts ab und brachten mich zur Kabine. Eine hagere Gestalt mit mausgrauem Gesicht lag da auf dem Boden und atmete flach. Steph Grant, der uns mit seinen Gemeinheiten das Leben während der letzten Wochen ziemlich erschwert hatte. Er lebte.

Petr Slezak hatte sich in die Kabine zurückgezwängt. Allein die Sternengötter wussten, wie er die Kraft dafür aufgebracht hatte, den Schotten durch den schmalen Spalt in Sicherheit zu bugsieren.

Während er Ntombe Gebele hinter sich hergeschleift hatte, musste es Petr erwischt haben. Mit seinem breiten Leib lag er inmitten in der Kabine und wirkte so … hilflos.

Ich hätte gern gesagt, dass es ein schneller, ein sauberer Tod gewesen war. Der Blutstrom, der aus seinem Mund sickerte, das schmerzentstellte Gesicht und die Ätzwunden am ganzen Körper sprachen eine andere Sprache. Ich würde diesen Anblick nie vergessen.

Damit war unser Leidensweg noch lange nicht beendet. Man verpflegte notdürftig meine oberflächlichen Wunden, verpasste mir eine Spritze, deren aufputschender Inhalt einen Elefanten zum Galoppieren gebracht hätte, und schickte mich hinab in die Eingeweide der Triebwerkssysteme.

Irgendwer hatte auf mein Datenblatt geguckt und gemerkt, dass ich früher mal ein passabler Ingenieur gewesen war.

Ja, es stimmte. Unter normalen Umständen konnte ich eine Korvette mit Klebstoff, unzähligen Reißzwecken und ein paar Meter Bindfaden so weit zusammenhalten, dass sie es zurück in ihren Heimathafen schaffte.

Verständlicherweise fühlte ich mich aber keineswegs danach, Dienst zu tun. Die Toten und Sterbenden brachten Bilder zurück in meine Erinnerung, die ich seit drei Jahren vergessen geglaubt hatte.

Doch nun machte sich der Drill bezahlt, den mir meine sadistisch geprägten Ausbildungsoffiziere hatten angedeihen lassen. Ich schaltete das bewusste Denken aus, konzentrierte mich auf meine Aufgabe, verschloss Augen und Ohren für alles andere. Unser Kahn hatte einiges abbekommen, und für mehr als eine kurze Zwischenetappe war das noch vorhandene, letzte Lineartriebwerk nicht mehr zu gebrauchen. Aber die Ortung hatte ein Ziel entdeckt; einen Planeten, auf dessen Oberfläche wir mit ein wenig Glück Zuflucht finden konnten. Es hing alles davon ab, ob ein paar andere erbärmlich dreinblickende »Freiwillige«

und ich die Wrackteile, die sich »Reserveaggregat« schimpften, ein letztes Mal zum Leben erwecken konnten.

Wo die Stammbesatzung des Maschinenraums geblieben war? Nun, die Kettenreaktion an Explosionen hatte kurz nach der Wiederverstofflichung hier ihren Ausgang genommen. Von den Dienst tuenden Männern und Frauen war nichts zurückgeblieben, das man beerdigen konnte.

Meine Stimmbänder waren verätzt, und sie sollten sich auch nie mehr von den Säuredämpfen erholen, die unsere Kabine ausgefüllt hatten. Also musste ich mich mit Stammeln, Krächzen und zittrigen Handzeichen verständlich machen. Auf makabre Art und Weise erfüllte es mich mit Befriedigung, dass die meisten Kollegen nicht viel besser aussahen als ich. Sie alle waren in der einen oder anderen Form gezeichnet, und der Schock stand ihnen in die Gesichter geschrieben. Im Grunde genommen waren wir dankbar, dass wir etwas Sinnvolles unternehmen konnten, nicht nachzudenken brauchten.

Die wenigen Robs, die noch einsatzfähig waren, schleppten Verschalungsteile herbei, die die Crew für die Ummantelung des stark in Mitleidenschaft gezogenen Blocks der Energieumformer benötigten. Grobschlächtig wurde genietet und geschweißt, was eigentlich den Händen eines Filigrantechnikers und seiner Robot-Crew überlassen werden sollte. Doch dafür blieb keine Zeit. Ich beschäftigte mich anschließend mit Leistungstests und fuhr den Kalup bei stetig steigender Energiezufuhr schrittweise hoch.

Das Fluchen und Schimpfen des Kapitäns nahm ich nicht länger wahr. Ich wusste, was ich tat. Es war plötzlich wieder da, das *Gefühl* für das Schiff. Es würde *nicht* auseinanderbrechen. Nicht, solange ich es verhindern konnte. Also sollte er kreischen, so viel er wollte. Wie er hieß? Lass mich nachdenken ... ich glaube, Li Fang. Er machte es nicht mehr allzu lange. Er hatte in der Zentrale eine nicht gesicherte Aggregatebox in den Magen bekommen und schwere innere Verletzungen davongetragen, die niemand bemerkte. Am allerwenigsten er selbst. Er starb, während wir uns im Ölgesudel des Maschinenraums wälzten.

Wo war ich stehengeblieben? Ach ja – der Antrieb. Er war, um es laienhaft auszudrücken, im Arsch. Es handelte sich um einen dieser neumodischen Kompensationskonverter in Kompaktbauweise. Eigentlich ein tolles Ding, erst seit ein paar Jahren in Betrieb.

Trug etwa eine Fehlleistung des Aggregates Schuld daran, dass wir den Linearflug hatten unterbrechen müssen? Oder waren wir einem äußeren Einfluss erlegen?

Ich machte mir vorerst keine Gedanken darüber, konzentrierte mich ganz auf die Arbeit. Nachdem wir die Behälter der Energieumformer irgendwie in ihre Mäntel gezwungen hatten, zeigten die mechanischen Erzeugerteile des Kompensatorfelds Schwächen, die ich mit ein paar Tricks überbrücken konnte. Wie gesagt: Man benötigt Klebstoff, Bindfaden und Reißzwecken dazu. Viele, viele Reißzwecken … Wie das genau geschah, werde ich dir nicht verraten. Könnte ich auch gar nicht. Es hat nur wenig mit Ingenieurskunst und viel mit Intuition und Gefühl zu tun.

Der Erste hatte mittlerweile die Stelle des Kapitäns eingenommen und verfluchte mich an seiner statt. Das Schiff drohte zu bersten, trudelte antriebslos durchs All, während ich angeblich mit dem Leben der Siedler spielte. Dauernd setzten irgendwelche lebenserhaltenden Aggregate aus, weil ich alle Energien für meine Basteleien abzog und … man kennt das ja. Diese Typen an der Spitze wissen nie, was möglich ist und was nicht.

Die Umkapselung der Hyperschaltkreise und damit der Bändiger der fünfdimensional übergeordneten Feldlinien-Erzeuger war gottlob heil geblieben. Hätte da drinnen etwas nicht gepasst, wären wir wohl nie in die Pötte gekommen.

Als ich der Meinung war, wir hätten eine Fünfzig-fünfzig-Chance, gab ich mein Freizeichen. Der Erste war mittlerweile ebenso stimmlos wie ich. Dennoch warf er mir Flüche entgegen, die ich während meiner drei Jahre Dienst in Andromeda von den rauesten Burschen dieses Universums noch nicht gehört hatte. Meine Mutter, meine Großmutter und deren Vorfahren spielten darin eine ziemlich prominente Rolle, und ich versichere dir, sie wären wie Ionen im Teilchenbeschleuniger im Grab rotiert, hätten sie diese Schimpfkanonade hören können.

Über seine fachlichen Qualitäten kann ich allerdings nicht lästern. Binnen weniger Augenblicke hatte er sich wieder im Griff. Nachdem die meisten Synchronisationsprogramme und große Teile des internen Koms ausgefallen waren, koordinierte er die Piloten, die Ortungsabteilung und uns im Maschinenraum mit fast unglaublicher Präzision. Er brachte die ALEXIA in einem Stück runter; eine unglaubliche Leistung, wenn du mich fragst. Natürlich gab es bei der Landung Tote, und natürlich lief nicht alles so, wie er es geplant hatte. Aber glaub mir, er hat ein wahres Meisterstück abgeliefert und vielen von uns den Arsch gerettet.

Wärest du jemals mit einem dieser *Autos* gefahren, die auf der Erde noch bei diesen Oldtimer-Rallyes zum Einsatz kommen, könntest du dir vorstellen, wie es ist, wenn drei verschiedene Personen Gas, Kupplung und Schaltung betätigen und ein Vierter diese Übung synchronisieren muss. Darunter kannst du dir natürlich nichts vorstellen. Aber hör auf meine Worte: Vielleicht müssen du und deine Nachfahren irgendwann wieder auf diese Fahrzeuge zurückgreifen. Wer weiß schon, wie es hier weitergehen wird.

Mich geht das alles nichts mehr an; ich mach's vielleicht noch fünf oder zehn Jahre. Die Dämpfe von damals haben mein Lungengewebe ziemlich zerfressen. Ich bin stets müde, das Atmen schmerzt, der Husten wird immer schlimmer, und die Arzneimittel sprechen auch nicht mehr richtig an. Vor allem gehen die Medikamente, die ich brauche, zur Neige. Bevor es anfängt, *richtig* wehzutun, mache ich einen kleinen Spaziergang. Hinauf zu den Wristbone-Felsen. Ja, dort sollte man in meinem Alter nicht mehr umherstiefeln. Ein falscher Schritt, und es geht abwärts. Hundert Meter tief.

Ich habe mich immer schon fürs Fliegen interessiert. Auf Klebstoff, Bindfaden und Reißzwecke werde ich allerdings bei meinem zweiten Absturz verzichten.

Drei Rundron: Der Auftrag

Irgendwie passte Lotho Keraete in diese Umgebung. Er stand starr da und beobachtete Perry Rhodan mit ausdruckslosen Augen. Seine metallene Körpersubstanz wirkte glatt, wie aufpoliert.

War er mehr Mensch oder mehr Maschine? Was machte ihn als Lebewesen aus? Hatte er einen eigenen Willen, oder war er nur ein von höheren Mächten ausgesandter Laufbursche, den ES nach seinen Bedürfnissen umgestaltet hatte?

»Du bist nur wenig überrascht«, konstatierte der Bote nüchtern.

»Mag sein.« Rhodan mochte in der Tat keine Überraschungen. Er rechnete immer – *immer!* – mit allem. Die Gewöhnung an das Unmögliche und Unwahrscheinliche war ein Fluch seiner Unsterblichkeit und damit ein weiterer Aspekt von Routinen, denen er tunlichst entgehen wollte.

Keraete wirkte unausgeglichen. Er verlagerte das Körpergewicht von einem Bein aufs andere und ließ die Arme lose baumeln. Seine braune Allzweckbekleidung, die nichts an Besonderheiten vermittelte, raschelte leise. Auf seinem Rücken trug er zwei völlig gleichartige Tornister, deren Außenmaterial aus grauer Transport-Plane zu bestehen schien.

»Wir haben uns lange nicht mehr gesehen«, wiederholte Rhodan.

Der Bote schien in sich gekehrt, als wüsste er nicht, wie er das Gespräch beginnen sollte. »Etwa zehn Erdenjahre. Das ist selbst für ein kurzlebiges Wesen wie dich eine kurze Zeit.«

»Kurzlebig? Du bist der Jüngere von uns beiden, mein Freund.«

»Aber meine Lebenserwartung liegt ungleich höher. Ich wurde ... gefertigt, um eine kleine Ewigkeit zu überdauern.«

»Und wie steht es mit deiner menschlichen Komponente? Mit deinem Gehirn, deinen Denkprozessen? Werden sie so lange halten wie deine Hülle?« Der Unsterbliche bemühte sich, das Gespräch am Leben zu erhalten. Es war immens wichtig, mehr über die sonst so unüberschaubaren Pläne der Superintelligenz ES in Erfahrung zu bringen, deren Bote Keraete war.

»Ich bin nicht hier, um über nichtssagende Details meiner Existenz zu plaudern«, ließ ihn der Menschenrobot auflaufen. »Ich wurde geschickt, um dir die Bitte zu überbringen, dich um jemanden zu kümmern.«

»Handelt es sich um eine Bitte oder um einen Auftrag?«

»ES kennt dich gut genug, um zu wissen, dass du das Ersuchen nicht ablehnen wirst.«

Was hatte diese kryptische Behauptung zu bedeuten? Rhodan wagte einen kurzen, fragenden Seitenblick zu Mondra und Startac Schroeder.

Sie nickten nacheinander. Beide registrierten jede Bewegung und jedes Wort des Boten. Ihre in den Anzügen verpackten Aufzeichnungsgeräte filmten währenddessen aus unterschiedlichen Winkeln. Alles, was Keraete von sich gab, würde später von Spezialisten an Bord der LEIF ERIKSSON II analysiert werden.

»Dann sag uns, was du zu sagen hast«, fuhr Rhodan schließlich fort, unfreundlicher als eigentlich geplant.

Keraete verlagerte erneut sein Körpergewicht von einem Bein aufs andere. Die Farbe seiner Gesichtshaut wechselte in einen Ton, der vom menschlichen Auge nicht mehr genau erfasst werden konnte. Ein seltsamer Schleier ließ die Züge des Wesens in einem Quirl verschwinden, der so tot und angsterregend wie ein schwarzes Loch wirkte. Rhodan musste seinen Blick abwenden.

»ES zählte die Terraner und Menschenvölker stets zu seinen Schutzbefohlenen«, murmelte – ja, murmelte! – Lotho Keraete. »Mein Herr bittet dich, eine kleine Schar versprengter … Landsleute vor dem Tod zu retten.«

»Wie definierst du ›eine kleine Schar‹?«, hakte Rhodan nach. Er roch den Braten. Der Bote blieb für seine Begriffe zu schwammig. »Die Einordnung mathematischer Größen ist meines Wissens bei Superintelligenzen anders als bei Menschen.«

»So ist es in der Tat.« Keraete seufzte. *Seufzte!* »Es handelt sich um neunundzwanzig Milliarden Menschen.«

Rhodan schluckte schwer, und er war froh, dass er bereits saß.

»Neunundzwanzig Milliarden?«, wiederholte er ungläubig.

»So ist es.« Keraetes Körpersprache deutete an, wie erleichtert er sich fühlte, nun, da er die Katze endlich aus dem Sack gelassen hatte. Er ließ sich mit seinem schweren Körper ebenfalls auf einem der Stühle nieder.

»Ich bilde mir ein, die assoziierten Planetenbündnisse der Liga Freier Terraner recht gut zu kennen«, sagte der Unsterbliche. »Kaum zu glauben, dass es mir entgangen wäre, wenn ein terranisches Kolonialvolk in Schwierigkeiten steckte …«

»Du kannst nicht alles wissen, Rhodan.« Der Bote wirkte nunmehr gefasst und emotionslos, fast wieder so, wie man sich einen Androiden vorstellte. »Die Menschen und ihre Abkömmlinge sind heutzutage ein weit verbreiteter

Wesensschlag, der in weiten Teilen der euch bekannten Galaxien Fuß gefasst hat.«

»Sprich endlich Klartext«, forderte Rhodan ungeduldig. »Muss ich dir alle Informationen wie Würmer aus der Nase ziehen?«

»Du hast recht.« Keraete richtete seinen ohnedies steifen Körper noch ein wenig mehr auf und faltete die Hände. »ES kann sich dieses Problems nicht selbst annehmen. Die Superintelligenz ist ... abwesend, wie du weißt.« Der Bote hob abwehrend die Hand, als Rhodan nachhaken wollte. »Du brauchst gar nicht nachfragen. Ich kann dir nicht sagen, womit sie wo beschäftigt ist. Ich hatte keinen Kontakt mit ihr. ES hat für die Zeit seiner Abwesenheit ein Überwachungssystem eingerichtet, das auf ›Fehlentwicklungen‹ in den Lebensräumen seiner Schutzbefohlenen hinweist. Eben dieses Monitoring hat vor kurzer Zeit angeschlagen und mich auf den Plan gerufen.«

»Wie sieht dieses System aus?«, fragte Rhodan misstrauisch. »Wenn ich daran denke, wie oft wir in den letzten Jahren Hilfe benötigt hätten, wäre ich dankbar gewesen, ab und an die Feuerwehr verständigen zu können.«

»Ich bin nicht befugt, darüber zu sprechen«, wehrte Keraete ab. »Du verkennst allerdings die Situation. In den Augen der Superintelligenz bist du einer ihrer kompetentesten ... Spezialisten. *Du selbst* bist die Feuerwehr.«

»*Ich?* Wir schaffen es nur mit Müh und Not, mit der Erhöhung der Hyperimpedanz fertigzuwerden. Überall in der Milchstraße brennt und brodelt es. Bostich und die Arkoniden kreisen wie Aasgeier über unseren Häuptern, und ich muss mich tagtäglich mit politischem Kleinkram herumschlagen, von dem du dir nicht die geringste Vorstellung machen kannst. Es grenzt an ein Wunder, dass ich mir zwei Monate nehmen konnte, um von Terra hierher nach Rundron und wieder zurückzureisen. Mir brennt die Zeit derart unter den Nägeln ...«

»Das ist das Schicksal der Unsterblichkeit.« Keraetes Gesicht wurde ein wenig heller, und die Andeutung eines Lächelns zeigte sich um seine Mundwinkel. »Man hat nicht mehr, sondern weniger Zeit zur Verfügung.«

»Ich dachte, ich sei derjenige von uns beiden, der die gescheiten Sprüche klopft.« Rhodan stand auf, tat ein paar Schritte auf den Boten zu und deutete mit einem Zeigefinger auf ihn. »Reden wir endlich Klartext. Dann werde ich entscheiden, ob ich helfen kann oder nicht.«

»Nun gut.« Keraete schlug die Beine übereinander. »Es geht um eine Sterneninsel der Lokalen Galaxiengruppe, die euch bislang nicht zugänglich war. Ihr kennt sie unter der Bezeichnung IC 5152. Sie ist rund fünf Komma drei vier acht Millionen Lichtjahre von der Milchstraße entfernt ...«

»Das sagt mir etwas.« Rhodan hatte sich wieder unter Kontrolle. Er war in jeder Hinsicht ein Sofortumschalter. »Wenn ich mich recht erinnere, gab es seinerzeit mehrere Versuche der Kosmischen Hanse, die Bedingungen dort zu erkunden. Handelt es sich nicht um eine Kleingalaxis mit hyperdimensionalen Verhältnissen, die jegliches Vordringen unmöglich machen? Warte, unterbrich mich nicht!« Sinnend legte er beide Hände an die Schläfen und massierte sie. »Berichte sprachen von Mega-Hyperstürmen, die dort permanent toben.«

»So ist es.« Keraete nickte. »Die Umgebung von IC 5152 ist schwierig zu bereisen.«

»In dieser Kleingalaxis leben also deinen Worten nach neunundzwanzig Milliarden Menschen. Wie sind sie dorthin gelangt? Wer oder was bedroht sie? Wie soll ich ihnen helfen?« Rhodan schüttelte den Kopf. »Wir sprechen von einer Distanz, für deren Überbrückung wir Jahre brauchen würden. Das Weltall ist aufgrund der Erhöhung der Hyperimpedanz wieder ... größer geworden, wie du weißt. Ich wollte, ich müsste diese Dinge nicht sagen, aber ich darf nicht alle Resourcen der LFT und ihrer Verbündeten ausnutzen, um eine Hilfsaktion zu organisieren, die ohnehin zu spät kommen wird, wenn ich die Dringlichkeit in deinen Worten richtig interpretiere.«

»Es geht nicht darum, einen Hilfskonvoi auszurüsten, und schon gar nicht um Schlachtschiffe. Die dortigen Kolonisten benötigen *dich.*« Er deutete auf die beiden mausgrauen Tornister auf seinem Rücken. »Ich werde dich und einige Begleiter dorthin versetzen, damit du deine Aufgabe erfüllen kannst.«

»Mo-ment! Ich habe noch lange nicht zugesagt ...«

»Du wirst es tun.«

»Ich weigere mich, irgendetwas auch nur in Erwägung zu ziehen, wenn ich nicht weiß, warum diese Kolonisten vom Tode bedroht sein sollen.« Verärgert drehte Rhodan sich um. Die hintere Front des Zimmers bestand aus getöntem Glas. Ein Herde aufrecht hoppelnder Riesenhasen mit Hauerzähnen, die Walrössern zur Ehre gereicht hätten, zockelte neugierig über die dottergelb gefärbte Wiese heran. Die Tiere drückten sich an der Fensterscheibe die Nasen platt. Einen Moment lang wusste der Unsterbliche nicht, wer hier wen beobachtete.

»Ich muss es dir nicht in Worten *sagen*, worum es in IC 5152 geht.« Lotho Keraete kam näher und legte ihm eine schwere Hand auf die Schulter. »Ich möchte es dir und deinen beiden Begleitern *zeigen*. Nimm.« Der Bote verteilte kleine, unregelmäßig geformte Kieselsteine und drückte sie ihnen in die Hände.

»Was soll das ...?«

»Still!«, sagte Lotho. »Bleibt ganz ruhig und betrachtet die Memo-Steine.«

Mondra und Startac wirkten ebenso verwirrt wie Rhodan selbst. Sie verglichen die seltsamen Objekte.

Rhodans Steinchen erhitzte sich. Es entwickelte von einem Moment zum nächsten Glut und Feuer, sodass er es erschrocken fallen lassen wollte.

Doch da begannen die Bilder.

Dichte Sternennebel, verteilt wie Fetzen zerrissener Schreibfolien. Das schaurig-schöne Spiel tanzender Raumschiffe, die sich gegenseitig belagerten und bedrohten, Haken schlugen, beschleunigten und abbremsten. Schutzschirme flackerten gelb und rot, von überlichtschnellen Geschossen getroffen. Das alles vor dem Hintergrund eines nahe gelegenen Planeten, dessen schorfige Oberfläche rostrot und grün glänzte.

Der Blick war in eine Totale geblendet, die es in Wirklichkeit nicht gab. Die Schiffe wirkten angesichts der Dimensionen des Weltraums viel zu groß. Und gerade dieser Verzerr-Effekt verstärkte das Gefühl der Bedrohlichkeit in Perry Rhodan.

Immer schneller wurde der Tanz, immer erregter. Der Schutzschirm eines Kugelraumers flackerte, bekam Risse, löste sich in einem flirrenden Feuerwerk auf. Ein paar Sekunden lang tat sich nichts.

Der Unsterbliche stellte sich vor, wie Geschützoffiziere der – unsichtbaren – gegnerischen Seite in diesen Momenten die todbringenden Geschosspakete auf den Weg schickten. Wie die Besatzung des hilflosen, ungeschützten Schiffs verzweifelt versuchte, von irgendwoher notwendige Energie abzusaugen, Ersatzschirme hochzufahren, irgendetwas gegen den drohenden Untergang zu unternehmen.

Ein kleines, scheinbar unbedeutendes Licht, stecknadelgroß, leuchtete nahe des Pols des schutzlosen Raumers auf. Es wirkte so harmlos, so nichtssagend. Und doch brachte es den Tod. Es setzte eine Kettenreaktion in Gang. Blüten verschiedenfarbiger Explosionsblitze legten sich übereinander, zeichneten ein buntes, fast fröhlich wirkendes Feuerwerk. Die Lichterkette setzte sich fort, riss das Schiff von innen auseinander. In vollkommener Lautlosigkeit zerfetzte die Struktur des metallenen Kolosses, zerfaserte in Myriaden von Einzelteilen, die, sich bis in alle Ewigkeit überschlagend, davontrieben.

Der Blickwinkel, den ihm der Kieselstein gestattete, vergrößerte sich. Rhodan *fuhr* noch weiter zurück in die Totale. Er sah überall Explosionen. Immer mehr Kugelraumer gerieten ins Blickfeld, und noch viel mehr der mit maschinenhafter Mitleidlosigkeit attackierenden Gegner.

Es war wie Tontaubenschießen. Grauenhaft. Die Angreifer kannten kein Erbarmen. Sie schossen und schossen und schossen, bis nichts mehr übrig war. Keiner der Kugelraumer war mehr intakt. Eine endlose Kette bizarr verbogener Teile und Platten reflektierte das Licht ferner Sonnen. Die siegreichen Schiffe, die plötzlich ins Blickfeld gerieten, durchkreuzten noch geraume Zeit die Trümmerfelder. Vereinzelt schossen sie auf kleinere Ziele, möglicherweise Überlebende, die in fragilen Schutzanzügen durchs Weltall trieben. Schließlich beschleunigten sie und ließen diesen Ort des Todes und der Vernichtung hinter sich. Sie steuerten auf den Planeten zu. Die »Kamera« folgte ihnen. Die Absicht der Angreifer war klar. Sie waren darauf aus, den Planeten ebenso zu vernichten, wie sie es soeben mit der Abwehrflotte getan hatten.

Sosehr Rhodan sich auch wehrte, diese Bilder als Phantasmagorien seines überreizten Verstands abzutun, sosehr es ihm widerstrebte, vorschnell ein Urteil zu fällen – diese Schnitte, wie mit dem Seziermesser geführt, und die Form der Raumschiffe sprachen eine eindeutige Sprache. Bei den Angreifern handelte es sich um …

Posbis.

Der Unsterbliche fühlte, wie der Memo-Stein aus seiner offenen Hand rutschte. Er klackerte auf den Boden, und wie auf Kommando war Rhodan wieder *da*. In der Gegenwart. Auf Rundron.

Mondra schluckte beklommen, Startac zitterte leicht.

Rhodan riss ihnen die seltsamen Datenträger, deren Inhalte sich so überaus plastisch ins Denken brannten, aus den Händen und schleuderte sie angewidert von sich.

Mondra taumelte, und Rhodan stützte sie, während sich Startac sichtlich erschüttert auf einen der Stühle fallen ließ.

»Das waren Bilder aus der Vergangenheit, nicht wahr?« Rhodan suchte den Blickkontakt zu Keraete. »Diese Zeiten sind längst vorbei. Was wir hier sahen, kann nicht noch einmal passieren …«

Der Bote hielt die Arme vor der Brust verschränkt. »Ich habe euch Bilder gezeigt, die das Überwachungssystem vor wenigen Tagen festgehalten hat.«

»Waren es tatsächlich Posbi-Schiffe?« Er fragte wider besseren Wissens.

»So ist es.« Keraete zögerte kurz. »Es handelte sich um Fragmentraumer. Ihre Funkgeräte plärrten immerzu und auf allen Frequenzen einen einzigen Gedanken ins Weltall hinaus: Es sei ihre Aufgabe, alle Planeten von jeglichem rein biologischem Leben zu ›reinigen‹.«

Eine lange Pause entstand.

Plötzlich wirkte der Raum eng und bedrückend. Die seltsamen Wesen, die ihre Gesichter gegen die Scheiben gepresst hatten, hatten längst das Weite gesucht. Im Schatten des permanenten Dämmerlichts hoppelten sie davon, dem Horizont entgegen.

Sie befanden sich auf einem Planeten, den die Posbis hierher geschleppt und nach ihrem Gutdünken geformt hatten.

Posbis. Biologisch-positronisch gesteuerte Roboter, die in einer anderen Ecke des Universums Menschen töteten.

Rhodan zog unbehaglich den Kopf zwischen die Schultern. Auch wenn ihm der Verstand sagte, dass der Gedanke an eine Sippenhaft in diesem Fall mehr als unangebracht war, spürte er doch ein unangenehm kaltes Gefühl im Nacken. Er meinte, sich plötzlich im Feindesland zu befinden.

Erinnerungen drängten hoch. So alt und verstaubt waren sie, dass er gar nicht mehr glauben konnte, dass sie aus seinem Leben stammten.

Die Hass-Schaltung … sie hatte zu jener Zeit die Posbis getrieben, als die Terraner eben erst ansetzten, den Weltraum zu erobern. Die Roboter hatten gewütet und vernichtet, was ihnen zwischen die Tentakel gekommen war, ohne Rücksicht auf Verluste. Stets auf der Suche nach dem »Wahren Leben«, dem allein sie sich verpflichtet fühlten.

Rhodan zweifelte keine Sekunde am Wahrheitsgehalt dessen, was Keraete ihnen gezeigt hatte. In IC 5152 wiederholten sich Dinge, die die Terraner längst hinter sich gelassen geglaubt hatten. Wie auch immer Terraner und Posbis dorthin gelangt waren, sie bekriegten sich unerbittlich. Und alle Vorteile lagen offensichtlich auf Seiten der Roboter.

»Du wirst es tun!«, hatte der Bote prophezeit. Keraete wusste um sein moralisches Bewusstsein. Niemals würde Rhodan beiseite sehen können, wenn sich Menschen in Not befanden – und wenn er die Möglichkeit angeboten bekam, Hilfe zu leisten.

Aber noch zögerte er, noch wollte er das Unvermeidliche von sich schieben. Alles in ihm weigerte sich, angesichts der erhöhten Hyperimpedanz und der drohenden Entstehung einer sogenannten Negasphäre in der Galaxis Hangay, die Milchstraße zu verlassen.

»Du möchtest mich also zeitverlustfrei nach IC 5152 transferieren?«, fragte er Keraete zögernd. Er ahnte, was sich in den Tornistern verbarg.

»Ja. Dich und mehrere Begleiter.«

»Ich könnte ein Team von Spezialisten, die an Bord der LEIF ERIKSSON Dienst tun, an meiner Stelle für diese Aufgabe bestimmen. Wäre das eine Alternative für dich?«

»Nein.« Der Bote sagte es mit aller Seelenruhe, als hätte er auf dieses Ausweichmanöver nur gewartet. »Es geht nicht nur um die Qualitäten der Männer. Wenn dem so wäre, gäbe es Bessere als uns … als euch Terraner.« Nachdrücklich schüttelte er den Kopf. »*Du* wirst vor Ort benötigt. Es gilt für dich, ein Schloss zu öffnen, für das nur du einen Schlüssel finden kannst.«

Da waren sie wieder … die berühmten ominösen, nichts und alles zugleich sagenden Worte. Sie sollten neugierig machen, sollten ihn aufstacheln, sollten Druck auf ihn ausüben.

ES kannte seine Pappenheimer nur allzu gut. Diese nicht enden wollende Neugier, die Perry Rhodan als ersten Menschen hinaus ins Weltall getrieben hatte – sie loderte in ihm wie ehedem.

Hänge Perry eine saftige Karotte vor die Nase, und er wird ihr bis ans Ende aller Tage folgen. So oder ähnlich mochte ES seinem Boten aufgetragen haben.

Um so zorniger machte es den Unsterblichen, dass die Superintelligenz Recht hatte.

»Wirst du also den Terranern in IC 5152 helfen?«, fragte Keraete. Seine Stimme klang weder ungeduldig noch aufgeregt oder drängend. Da war lediglich Selbstsicherheit zu spüren. Der Bote *wusste*, dass Rhodan zusagen würde.

»Mir bleibt nichts anderes übrig«, brachte der Unsterbliche schließlich hervor. »Gib mir ein wenig Zeit, um meine Angelegenheiten zu ordnen ...«

»Eine Stunde. Mehr nicht.« Keraetes Stimme klang nun seelenlos und uninteressiert. »Ich bin in Eile. Meine Anwesenheit ist auch an anderen Orten erforderlich. Suche dir zwei Begleiter aus. Drei weitere Helfer teile ich dir zu. Wir treffen uns in sechzig Minuten vor dem Haupttor dieses Gebäudes. Kommst du nicht, ist das Thema für mich erledigt. Und neunundzwanzig Milliarden Menschen werden ihrem Schicksal überlassen.« Der Bote drehte sich um und verließ den Raum. Ohne ein Wort des Grußes, ohne noch einmal zurückzuschauen.

»So ein ... so ein ...«

»Du solltest dich besser beeilen, statt dich zu ärgern«, unterbrach Mondra Rhodans verzweifelte Suche nach einem Wort, das dem Boten gerecht wurde.

Er atmete tief durch. »Ja, das sollte ich.« Mit langen Schritten verließ er die Station.

Er war unsterblich. Ihm haftete die Aura eines Ritters der Tiefe an. Er hatte Kosmokraten handeln gesehen und ihnen gegenübergestanden. Und dennoch, so hatte er einmal mehr eindringlich zu spüren bekommen, war er nach wie vor nur ein besserer Lehrbursche, den die Höheren Mächte herumschubsten, wie es ihnen beliebte.

Die Entscheidung, wen er auf die Reise ins Unbekannte mitnehmen wollte, fiel Rhodan nicht schwer. Mondra Diamond und Startac Schroeder waren bei der Hand. Er konnte sich auf sie verlassen, und mit beiden verband ihn mehr als mit jedem anderen Besatzungsmitglied der LEIF ERIKSSON II. Wäre ein Reginald Bull oder ein Icho Tolot an Bord des Schlachtschiffs gewesen, hätte er sich möglicherweise anders entschieden. Aber so ...

Er wies Ranjif Pragesh an, hier auf ihre Rückkehr zu warten, solange der Kommandant es für vertretbar hielt. Es oblag seiner persönlichen Einschätzung, ab wann es ihm ratsam erschien, Rundron zu verlassen und nach Terra zurückzukehren.

Dieser Abschied konnte ohne weiteres der Letzte sein. Mondra, Startac und er traten eine Reise ins Ungewisse an. Ausgerüstet lediglich mit dem Notwendigsten, ohne irgendwelche Kenntnisse über das, was sie am Zielort erwartete. Sie taten den sprichwörtlichen Sprung ins kalte Wasser.

In aller Eile aßen der Unsterbliche und seine beiden Begleiter eine Kleinigkeit, erledigten ihre großen und kleinen Geschäfte, wie es vor längeren Reisen immer ratsam war, und rüsteten sich schließlich mit blauen Kampfanzügen aus.

Schließlich kehrten sie auf schnellstem Weg in das »Dämmerland« zurück. Vhomeze wartete dort auf sie. Scheinbar gedankenverloren zupfte er an gelben Blumenblättern, ließ dabei seine großen Augenlinsen immer wieder geräuschvoll vor- und zurückzoomen. Seine Tätigkeit schien sinnentleert.

»Ich habe ihn darüber aufgeklärt, dass ich euch drei auf eine Reise schicke«, hörte Rhodan Keraetes Stimme hinter sich. »Meine Erklärungen scheinen Vhomeze ein wenig zu irritieren. Er hat mir trotzdem zugesagt, dass sich die hiesigen Posbis und Matten-Willys um das Wohlergehen deiner Schiffsbesatzung kümmern werden.«

Der Posbi achtete nicht weiter auf sie. Er widmete sich inbrünstig dem Blümchenteppich, in dessen Mitte er stand.

Der Bote der Superintelligenz hingegen fixierte Rhodan. Vielleicht nahm er Mondra und Startac nicht einmal wahr, vielleicht ignorierte er sie bewusst.

Drei Gestalten kamen aus dem Gebäude. Zwei von ihnen mit langsamen, staksigen Schritten; die dritte in arttypisch fließender Bewegung.

»Zwei Posbis und ein Matten-Willy«, murmelte Mondra neben ihm ohne besonderen Enthusiasmus.

»Das sind eure Begleiter«, fuhr Keraete fort. »Sie waren mit ein Grund, warum ich auf diesem Planeten auf euch gewartet habe. Alle drei sind angewiesen, sich deinem Kommando zu unterstellen, Rhodan.«

Der Unsterbliche nickte instinktiv. Alles andere hätte er nicht akzeptiert. Es reichte ohnehin, mit der Anwesenheit eines Matten-Willys gestraft zu werden. Die selbst ernannten Betreuer der Posbis, die ihre flachen Teiggestalten je nach Bedarf verändern konnten, waren für ihre Eigenwilligkeit und ihren meist ungewollten Opportunismus galaxisweit berüchtigt.

»Das sind die Helfer, die du mir versprochen hast?« Es war eine rein rhetorische Frage. »Ich danke dir herzlich.«

»Dein Sarkasmus ist unangebracht«, entgegnete der Bote nüchtern. »Ich möchte, dass du auf alle Eventualitäten vorbereitet bist. Die Posbis stehen dir als ›Fachleute‹ zur Verfügung und können das fehlgeleitete Verhalten ihrer Artgenossen möglicherweise besser interpretieren als du. Auch ich kann nicht sagen, was dich in IC 5152 erwartet. Vertrau mir. Ich habe die Wahl unter Abwägung aller Aspekte getroffen.« Übergangslos wechselte er das Thema. »Seid ihr bereit?«

»Wie man's nimmt.« Perry Rhodan zuckte mit den Achseln und sah sich um. Mondra und Startac standen links und rechts von ihm, während die beiden Posbis vom dehnbaren Körper des Matten-Willys eingefasst wurden und ihm gegenüber Stellung bezogen hatten.

Keraete nahm die beiden Tornister von seinem Rücken. Einen davon reichte er Perry Rhodan. Aus dem anderen nahm er eine Silberkugel. Sie war in etwa so groß wie ein Fußball und glänzte quecksilbrig. Grässlich verzerrt spiegelte sie die Gestalten des Unsterblichen und seiner Begleiter wider.

»Ich werde nun euren Transport vorbereiten«, sagte der Bote geheimnisvoll.

Rhodan kannte die Silberkugeln als Produkt der Querionen. Es waren uralte, nichtsdestoweniger äußerst ausgeklügelte Hinterlassenschaften einer Technik, die weit über das hinausging, was die Terraner seit Beginn ihres Vordringens ins All hervorgebracht oder übernommen hatten. Das Gerät erlaubte trotz der erhöhten Hyperimpedanz, die die Reisemöglichkeiten durch das Universum vom Grund auf neu definiert hatte, eine Art »distanzlosen Schritts«. Rhodan gab sich keinen Spekulationen über diese Form der Fortbewegung hin. Er würde auch heute keine Möglichkeit erhalten, die Ursachen für das Funktionieren der Silberkugel, das Außerkraftsetzen aller physikalischen und hyperphysikalischen Gesetze, zu erforschen. Sie waren für ihn ein Transportmittel. Nicht mehr, nicht weniger.

Einstmals hatte er die Technik der Arkoniden benutzt, um die ersten zaghaften Schritte ins Weltall zu tun. Schon aus Selbstschutz – und zum Schutz der Menschheit – hatte er gar keine Zeit gehabt, um darüber nachzudenken, welch großartige Errungenschaften er dabei in Anspruch nahm. Die Situation damals war durchaus mit der jetzigen vergleichbar. Auch blieb ihm nichts anderes übrig, als sich auf Gedeih und Verderb Keraetes Geschenk anzuvertrauen.

»Bewahre die zweite Silberkugel, die sich im anderen Tornister befindet, stets im Auge«, unterbrach der Bote seine Überlegungen. »Sie allein garantiert euch die Rückkehr. Auch meine Ressourcen sind knapp. Es gibt nur diese eine Chance. Benutzt du die zweite Silberkugel, bevor die Terraner in IC 5152 gerettet sind, kann ich dir keinen zweiten Anlauf gewähren.«

Der Unsterbliche nickte. Er hatte nichts anderes erwartet. Alles oder nichts. Ein übliches Vorgehen, wenn man sich auf eine Zusammenarbeit mit höheren Entitäten einließ.

»Du kannst die zweite Kugel per Gedankenbefehl aktivieren«, fuhr der Bote fort. »Einen anderen Befehl als den deinen wird sie nicht akzeptieren.«

»Warum nicht?«, warf Mondra ein. Ihr Mund war zu einem schmalen Strich geformt.

»Wie bitte?« Keraete wirkte irritiert.

»Perry könnte nicht in der Lage ist, den Gedankenimpuls zu aktivieren. Warum sollen nicht auch Startac und ich die Befehlsgewalt über die Silberkugel erhalten?«

Der Bote schwieg, dachte augenscheinlich nach. »Es lässt sich nicht anders regeln«, sagte er schließlich. »Der Transport ist auf Perry Rhodans Zellaktivator und seine Aura eines Ritters der Tiefe geeicht. Das muss dir Begründung genug sein.« Weiterhin sah er Mondra Diamond nicht in die Augen. »Alles hängt von dir ab, Rhodan. Alles.«

Er drehte sich zur Seite, als wäre damit das letzte Wort gesprochen, und tat eine unsinnig wirkende Handbewegung.

Die Silberkugel, die er in Händen hielt, blähte sich unvermittelt auf. Binnen weniger Momente wuchs sie zu einer Blase mit einem Durchmesser von mindestens sechs Metern an. Sie zitterte leicht, hüpfte mehrmals auf und umfasste schließlich Keraete sowie die bunt zusammengewürfelte Reisegesellschaft. Leicht wie eine Seifenblase erhob sie sich.

Rhodan spürte einen irritierenden Schauder, als ihn die Außenschale des seltsamen Gefährts *durchdrang.* Einen Moment lang glaubte er, seine Gedanken, seine Gefühlswelt, sein Innerstes mit jedem Lebewesen des Universums teilen zu müssen, und tiefe, verwirrende Scham überkam ihn. Der Augenblick war so rasch vorbei, dass er sich fragte, ob er nur geträumt hatte – bis auch dieser Gedanke verschwand.

Die Silberkugel schwebte hoch und höher, glitt über die Wipfel des bunt durchmischten Waldes hinweg, raste mit zunehmender Geschwindigkeit durch die dünne Atmosphäreblase Rundrons.

»Schön!«, hauchte Mondra.

Mehrere Kunstsonnen gingen auf, strahlten in unterschiedlichen Spektren über die Horizontsichel des Posbi-Planeten, tauchten ihn in ein Bad komplexer, kaum voneinander zu trennender Farbzonen, deren Grundton ein Silbriggrau war. Es passierte links, rechts, neben und unterhalb der kleinen Gruppe. Die Transportkugel erlaubte eine Rundumsicht, die sonst nur freischwebend im Weltall möglich war. Sie *standen* im Nichts, während die Blase beschleunigte.

»Ich gehe jetzt«, sagte Keraete unbeeindruckt. »In ungefähr sechzig Minuten seid ihr am Ziel. Viel Glück!«, wünschte der Bote – und verschwand.

Sie waren allein und rasten mit unheimlich anmutender Beschleunigung einem unbekannten Schicksal entgegen.

Vier Chronik der Familie Donning: Landung

Es röhrte und wummerte und schepperte und dröhnte. Ach was, ich kann gar nicht sagen, was sich alles während des Absturzes abspielte. Die Eindrücke waren zu vielfältig, zu schrecklich, um sie in Worte zu fassen. Ich hatte ohnehin anderes zu tun. Ich betätigte mich im Rahmen meines Teams als Metzgermeisterin.

Anders konnte man meine … Arbeit nicht nennen. Mit Feinchirurgie, in der ich eigentlich mein angestammtes Fachgebiet sah, hatte es zumindest nichts zu tun. Aus allen Teilen der ALEXIA wurden Verwundete herangekarrt. Es galt, sie unter allen Umständen und möglichst rasch wieder auf die Beine zu bringen. Trotz der üblichen Dreifachbelegung wurde das Fachpersonal knapp. Von den Siedlern, die wir mit an Bord führten, war kaum einer in der Lage, jene Lücken zu füllen, die gerissen worden waren. Es handelte sich schließlich um einfache Leute mit einfachen Zielen. Sie waren dem Aufruf Perry Rhodans gefolgt, in den Weiten des Weltalls nach einer neuen Heimat zu suchen. Ich kannte die Reden des Unsterblichen zur Genüge. Meist hatten seine pathetischen Ansprachen derart geklungen, als wollte er aus dem Alten, Großen Buch zitieren: »Gehet hin und mehret euch!«

Ja, ich hatte Perry Rhodan stets für einen Blender gehalten, der seine Überheblichkeit und seinen Anspruch auf das »Erbe des Universums« lautstark hinausposaunte. Er liebte es, sich mit allen möglichen Mächten des Universums anzulegen, sich stets neue und größenwahnsinnige Ziele zu setzen. Und uns, das Fußvolk, bezog er mit ein in dieses »große Bild«, das er uns wie Visionen darstellte. Ja, eins musste man ihm lassen: Er konnte überzeugen.

Die ALEXIA war ein Schiff, tadellos in Schuss, das sich seit mehreren Jahren darauf spezialisiert hatte, Auswanderungswillige gegen gutes Geld in von Explorerflotten ausgekundschaftete Gegenden der Milchstraße zu verschippern. Sie gehörte einem Wirtschaftsmagnaten namens Xao Peng, genauso wie die elf anderen Schiffe, die wie wir in diesen fürchterlichen Hypersturm geraten waren.

Seltsam, nicht wahr? Welch belanglose Dinge einem durch den Kopf gehen, während man Gliedmaße amputiert, Zahnstümpfe reißt, Herzspritzen setzt, hektoliterweise Blut durch sterbende Menschen pumpt, manche der wenigen einsatzfähigen Mikro-Operationsroboter durch zerstörte Innereien Verletzter jagt und Gehirnblutungen mit bloßen Händen zu stoppen versucht.

Es war grässlich. Ich arbeitete wie in einem Rausch. Sterbende, denen ich ansah, dass sie keine Chance mehr hatten, ließ ich beiseite schaffen, um mich um jene Fälle zu kümmern, bei denen noch Aussicht auf Erfolg bestand.

Kannst du dir vorstellen, was das für mich bedeutete? Der hippokratische Eid, den ich geleistet hatte, war hinfällig geworden. Hier und jetzt ging es um ganz andere Dinge. Ich schaffte und werkelte also, während die ALEXIA in einem Schlingerkurs irgendwohin verbracht wurde. Ich verdrängte mühselig den Gedanken, dass alles, was ich tat, reine Makulatur war. Dass unser Schiff jeden Moment wie ein Luftballon zerplatzen konnte.

Die Meldungen, die über den Schiffsinterkom dröhnten, waren bessere Durchhalteparolen, vielfach geschluchzt oder geweint. Die Chance auf ein Überleben war so schlecht, dass niemand mehr einen Solar auf uns gewettet hätte.

Ich schnipselte gerade im aufgefalteten Lungengewebe einer Patientin, konnte sie mangels notwendiger Mittel nicht mehr ausreichend betäuben. Meine letzten beiden einsatzfähigen Assistenten fixierten ihre Arme und Beine, als wir aufsetzten.

Klang, Krach, Schepper. Wir waren unten.

Hatte ich bislang geglaubt, von Chaos umgeben zu sein, wie es schlimmer nicht sein konnte, war dies eine fatale Fehleinschätzung gewesen.

Später erzählte man mir, dass die Hülle unseres Raumers wie eine reife Frucht geplatzt sei. Und dass wir dennoch riesiges Glück gehabt hatten. Einer göttlichen Fügung hatten wir es zu verdanken, dass der Planet, auf dem wir aufschlugen, in dieses schmale ökologische Band gehörte, das ein Überleben für uns gewährleistete.

Daran dachte ich in diesen Augenblicken nicht. Vielmehr fluchte ich wie ein Pferdekutscher und weinte und schrie hysterisch, weil die Frau unter meinen Händen verblutete. Im Moment des Aufpralls war ich mit meinem Skalpell abgerutscht und hatte sie getötet.

Alarmsirenen jaulten ohrenbetäubend. Krächzende Stimmen forderten uns auf, die ALEXIA so rasch wie möglich zu verlassen. Alles nicht Lebensnotwendige sollte an Bord verbleiben.

Ha!

Ich sah mich um. Jesper und Sibel, meine Assistenten, warfen mir entschuldigende Blicke zu und gaben gemeinsam mit mehreren leicht Verletzten Fersengeld, während Flammen aus einem Nebenraum loderten. Eine Explosion fetzte eine 100 Kilogramm schwere Sauerstoffflasche wie ein Spielzeug durch den Raum. Der metallene Körper bohrte sich wenige Meter neben mir in die Kunststoffwandung, warf mehrere Operationstische um und zischte bedrohlich.

»Nur keine Panik!«, sagte ich mir, »nur keine Panik!«

Ich hatte keinen Blick mehr für die Tote vor mir. Über das, was ich getan hatte, ungewollt oder nicht, konnte ich später nachdenken. Jetzt musste ich mich um die Lebenden kümmern.

Männer und Frauen kamen mir auf dem Gang entgegen. Viele standen unter Schock. Wie die Lemminge hetzten sie in eine Richtung, irgendeinem Schiffsoffiziellen hinterher. Ich konnte nur hoffen, dass der Mann wusste, was er tat.

»Nehmt die Verletzten mit!«, bat ich einen der Siedler, aus dessen Armwunde das Blut im Pulstakt sprudelte. »Helft ihnen! *Bitte!*«

Er stieß mich grob beiseite, stierte mit glasigen Augen an mir vorbei, marschierte einfach weiter.

Ich stemmte mich gegen den Strom der Flüchtlinge und flehte die Menschen an, mir beizustehen. Niemand nahm mich wahr. Ich war wie ein lästiges Hindernis auf ihrem Weg in die Freiheit.

Tiere.

Ja, zu Tieren waren sie geworden, geleitet von niedersten Instinkten. Alles Menschsein war abgefallen. Nichts zählte mehr.

Bis *er* kam.

Mein Gott, wie sah der Mann bloß aus! Am ganzen Körper hatte er Brand- und Ätzwunden. Er humpelte, stank, hatte seinen Körper kaum noch unter Kontrolle. Wie ich später – *danach!* – feststellte, war es nicht nur diese Schicht aus Blut und Schmutz, die ihn hässlich erscheinen ließ. Die flache, eingedrückte Nase, das verzogene Gesicht, der zu kurze Körper auf spinnenlangen Beinen – das passte vorn und hinten nicht zusammen. Dieser Bursche war alles andere als ein Adonis.

Schau mich nicht so angewidert an, als würde ich jemanden aufgrund seines Aussehens verurteilen. Ich darf das! Schließlich habe ich den Burschen namens Richard Donning ein paar Monate später geheiratet.

Der Kerl lief mir also entgegen. So wie alle anderen eilte er auf den Haupt-Antigravschacht zu, der anscheinend noch aktiv war. Irgendetwas an mir muss ihn gebremst haben. Er nahm mich als Einziger wahr, hörte mein Weinen und Kreischen, stoppte die Menschen hinter sich mit seinen stämmigen Armen. Er konnte kaum reden, nur krächzen. Und dennoch schaffte er das, worum ich seit Minuten kämpfte. Er teilte wahllos ein paar Ohrfeigen aus, schubste ein gutes Dutzend Siedler zum Eingang meiner Abteilung und zwang sie, die Verletzten von ihren Tragen und Betten zu heben, um sie mit sich in Sicherheit zu schleppen. Richard strahlte mit seinen Augen irgendetwas aus. Naivität und Unbekümmertheit, aber auch Furchtlosigkeit und überschwappendes Selbstvertrauen. Ich wusste es in diesem Moment noch nicht, doch allein seine Blicke bewirkten, dass ich mich in diesen Mistkerl verliebte. Es sind nicht immer die Worte, die etwas aussagen. Und es ist nicht immer die Schönheit, die über die Liebe zu jemandem entscheidet. Vielleicht sind auch erst durch die Ätzwunden, die ihn sein restliches Leben lang behinderten und ihn langsam, ganz allmählich, auffraßen, seine guten Charakterzüge in den Vordergrund getreten.

Richard brachte die Siedler tatsächlich so weit, dass sie binnen weniger Minuten die Krankenstation evakuierten. Die Männer und Frauen rissen zudem alles an medizinischer Ausrüstung an sich, was nicht niet- und nagelfest verankert war, und transportierten es ab. Stets begleitet von geflüsterten Flüchen und manch aufmunterndem Tritt in den Allerwertesten, die Richard mit wachsender Begeisterung austeilte.

Nach zehn Minuten hatten wir es geschafft. Ich sah mich ein letztes Mal um und schleppte schließlich meine wertvollen alten Anatomie-Bücher mit mir. Der schmutzstarrende Bursche hechelte mir hinterher. Ich spürte seine Blicke. Er hatte nichts Besseres zu tun, als mir auf den Hintern zu starren. Nun ja, vielleicht bewegte ich ihn absichtlich ein wenig mehr als sonst hin und her. Man sieht's mir heute nicht mehr an, aber damals, so wurde mir versichert, hatte ich ein recht brauchbares Fahrgestell.

Also brachten wir, sozusagen auf den letzten Drücker, die gesamte Einrichtung der Krankenstation in Sicherheit. Den Antigrav hinab, die Hauptschleuse hinaus, den Abhang des lang gezogenen Kraters entlang und über den Rand hinauf, an kokelnden Baumgruppen vorbei, in die zweifelhafte Sicherheit unberührter Wälder hinein.

Erschöpft blieb ich schließlich inmitten einer kleinen Lichtung stehen. 50 oder 60 völlig desorientierte Siedler umringten mich wie Zinnsoldaten, orientierungslos, mitsamt der Ausrüstung und der Verletzten, die sie in Sicherheit gebracht hatten.

Wir hörten einen schrecklichen Ton, eine Mischung aus Ächzen und Scheppern. Es war der Todesseufzer der ALEXIA, deren innere Struktur in diesem Moment endgültig nachgab. Sie brach unter ihrem eigenen Gewicht zusammen.

Und Richard?

Er starrte mich weiterhin an. Und weißt du, was er krächzte, der Mistkerl?

Er flüsterte: »Was für ein Prachtarsch!«

Die Bilanz, die uns ein rasch gegründeter Katastrophenrat vorhielt, war deprimierend. Dennoch gelang es den Offizieren unserer kleinen Flotte, so etwas wie einen Hoffnungsschimmer aufkeimen zu lassen.

Von zwölf Schiffen hatten elf die Landung geschafft. Die SHODUNG galt als vermisst; wir sollten auch nie mehr wieder etwas von ihr hören.

»Wir können ungefähr nachvollziehen, was mit uns geschehen ist«, begann Mao Ping, der Vorsitzende des Rats, der später auch zum ersten Präsidenten gewählt werden sollte. »Unser Konvoi geriet während der Reise in das gewünschte Siedlungsgebiet nahe des galaktischen Zentrums in einen plötzlich entstehenden, ungewöhnlich heftigen Hypersturm. Jahrtausendealte arkonidische Chroniken kennen dieses Phänomen. Sie bezeichnen es als *Tryortan-Schlund.* Es ist völlig rätselhaft, wie und warum wir einer derartigen Zwangstransition unterlagen. Es tut auch nichts zur Sache.«

Notdürftig zusammengestoppelte Akustikroboter beschallten das weite Feld zwischen den abgestürzten Schiffen, auf dem wir, die Überlebenden, uns versammelt hatten. Wenige bewaffnete Einheiten sicherten zum Rand der durch zahlreiche Feuersbrünste geschlagenen Lichtung zum Unbekannten hin ab. Vorerst waren wir lediglich kleineren Nagern, ungefährlichen Insekten und Singvögeln begegnet. Noch wussten wir nicht, was uns auf diesem Planeten alles drohte. Wir ließen Vorsicht walten, wo es nur ging und unsere bescheidenen Möglichkeiten es erlaubten.

»Wir wurden in diese Zwangstransition gezerrt, möglicherweise gar in einen uns unbekannten Sternenbereich außerhalb der Milchstraße geschleppt«, fuhr Mao Ping fort. Er galt als harter, kompromissloser Mann, der den Tatsachen nie auswich, sie immer offen ansprach. Er blinzelte, senkte den Kopf. Seine sonst so harten Gesichtszüge wurden sanft, verloren an Konturen. »Mehr als dreißig Prozent der Menschen an Bord unserer Schiffe verloren durch die Folgen der hyperphysikalischen Verzerrungseffekte beim Wiedereintritt und danach ihr Leben. Zweihundertfünfzigtausend Leben ...«

Er zuckte mit den Achseln. Hilflos wirkte er plötzlich, heillos überfordert. Aber er fing sich rasch wieder und fuhr fort: »Wie ihr wisst, gelang es uns, unter wahnwitzigen Bedingungen den größten Teil der Flotte auf diesem Sauerstoffplaneten notzulanden. War es Glück? Ausgleichende Gerechtigkeit für all das Pech, das wir während des Fluges gehabt hatten? Oder folgten wir einer Bestimmung? Kann man unsere Bruchlandung Schicksal nennen?« Mao Peng sah wieder hoch, blickte in die Kameras. »Es gibt nichts zu beschönigen. Ich kann euch an dieser Stelle keine Hoffnung machen. Wir sind gestrandet. Nach einer ersten Bestandsaufnahme steht fest, dass alle Schiffe irreparabel beschädigt sind. Es gibt auch kein einsatzfähiges Beiboot mehr, das wir hochschicken könnten. Wir versuchten noch während des Absturzes, SOS-Signale per Hyperfunk auszusenden. Aber auch hier ist die Aussicht auf Rettung äußerst gering. Wir befinden uns in einem extrem hyperaktiven Sektor eines wie gesagt unbekannten Sternenraums.«

Da und dort sah ich Tränen und gesenkte Köpfe. Die befürchteten Panikreaktionen blieben jedoch aus. Gezielte Mundpropaganda hatte längst dafür gesorgt, dass die Hoffnungen vor dieser ersten offiziellen Ansprache gering geblieben waren.

Im Lauf der kommenden Jahre sprach ich immer wieder mit anderen, die mit mir den Flug überlebt hatten. Diese paar Minuten, in denen wir alle Hoffnung geraubt bekamen, uns würde jemand retten, hatte sich uns allen eingebrannt. Und weißt du was? Viele von uns spürten Erleichterung.

Ja, Erleichterung! Endlich hatte es jemand gewagt, das auszusprechen, was wir ohnehin schon ahnten. Unsere Zukunft hatte plötzlich ein Gesicht bekommen, »denn«, so fuhr Mao Peng mit erhobener Stimme fort, »suchten nicht die meisten von uns eine neue Welt? Einen Ort zum Siedeln? Einen Ort, an dem man die alten Konventionen hinter sich lassen und neu beginnen kann?« Er sah sich um, blickte einigen der stumm dastehenden Frauen und Männern in die Augen. »Noch haben wir keine Ahnung, was uns hier erwartet. Noch steht unsere Zukunft auf des Messers Schneide. Aber ich habe Vertrauen.« Er ballte die Fäuste. »Ich denke gar nicht daran, mich jetzt im Wald zu verkriechen und mein Schicksal zu bejammern. Ich fordere euch auf, mit mir gemeinsam in eine neue Zeit zu schreiten. Hier und jetzt eine Kolonie zu gründen, diese Welt zu erobern.« Leise fügte er hinzu: »Wir dürfen jetzt nicht aufgeben. Das sind wir den Verstorbenen schuldig.«

Mao Peng nickte in die Kamera. Die Übertragung erlosch, und eine erdrückende Stille legte sich über das Land.

Irgendwo ertönte plötzlich das empörte Krächzen einer Vogelkolonie, die sich offensichtlich durch uns gestört fühlte. Die dunkelgelbe Sonne, die sich während der ersten 24 Stunden unseres Aufenthalts hinter weißen und rosaroten Wolken versteckt gehalten hatte, lugte hervor. Sie lachte uns an.

Wir lachten zurück.

Wir taten, was uns Mao Peng geraten hatte. Wir machten das Beste aus unserer Situation.

Fünf In der Silberkapsel: Abtasten

Der Flug – besser gesagt: die *Eindrücke* während des Flugs – wirkte auf Perry Rhodan alles andere als Vertrauen erweckend.

Vor zwölf Jahren waren er und Atlan mitsamt einer Silberkugel auf Baikhal Cain inmitten des Sternenozeans von Jamondi verloren gegangen. Das seltsame Transportmittel war damals nach der »Ohnmacht« Lotho Keraetes, der es vermittels Gedankenimpulse gesteuert hatte, unkontrolliert auf die Oberfläche des Planeten gestürzt. Eine wahre Odyssee war die Folge gewesen. Nur mühsam konnte der Unsterbliche das Gefühl der Beklemmung unterdrücken, das ihn in Erinnerung der damaligen Reise überkam.

Rhodan konzentrierte sich. Eine Art »Tunnelröhre« entstand um sie, während sie weiter beschleunigten. Sie rasten, durch die semitransparente Silberhülle sichtbar, auf einen Kreis absoluter Schwärze zu, während die Sterne der Milchstraße um sie zu Lichtpunkten, zu Strahlen, zu Strichen verwischten und schließlich eine scheinbar feste Wand aus Weiß bildeten. Dann wurde es dunkel. Sie mussten die Milchstraße durchstoßen, den jenseitigen galaktischen Leerraum erreicht haben. Und das in ein oder zwei Minuten!

»Ich b-bin Nano Aluminiumgärtner«, platzte plötzlich der größere der beiden Posbis heraus und zog damit die Aufmerksamkeit aller auf sich. Er durchbrach ein Schweigen, in dem bereits das Atmen der drei Menschen unangenehm laut geklungen hatte.

»Freut mich«, murmelte Rhodan. Einerseits war er froh, von den optischen Eindrücken, die sie umgaben, abgelenkt zu werden. Andererseits war er nach wie vor nicht besonders angetan von der unerwünschten Begleitung. »Hast du irgendeine spezielle Ausbildung erhalten?«, fragte er das Maschinenwesen ohne besonderes Interesse.

»F-fürwahr, edler Retter der Posbiheit, da gibt es Einigliches, das ich d-dir zu Gehör bringen kann.« Der halbmondförmige Schlitz seiner Sprachausgabe, der wohl als Zugeständnis an biologische Gesprächspartner in sein Gesicht geschnitzt worden war, vermittelte entgegen der fröhlich vorgetragenen Worte einen stummen Vorwurf. »Aber sag«, so fuhr Nano Aluminiumgärtner fort, »wie soll ich dir meine besonderen Fähigkeiten näherbringen? Magst du es geträllert, pathetisiert, hochgesanglich deklamiert, g-geschmettert, hochlöblichst geflötet, quodlibetisiert, limerickisiert, gebrüllt oder kritikasterisiert?« Er schwang ein dünnes Beinchen hoch und legte es über seine rechte Schulter. »Arks, ich b-bräuchte da und dort ein Tröpfelchen hochviskosen Öls; es zupft und zieht in den Stahlfäden. Sonst hätte ich vorgeschlagen, meine Qualitäten t-tänzerisch zur Darstellung zu bringen. Das geringe Platzangebot wäre allerdings ein Problem. Hm … vielleicht sollte ich die g-gewünschte Antwort im Morsetakt steppen?«

»Schluss!«, brüllte Rhodan. Er fühlte, dass sein Gesicht rot wurde. »Schraub augenblicklich den Bioplasma-Anteil zurück, sonst bekommen wir beide Ärger miteinander!«

»Ich v-verstehe nicht, Held meiner Geschichtsprogrammierung.« Nano Aluminiumgärtner brachte sein hochgelüpftes Bein zurück auf den Boden und sah den Unsterblichen aus zwei Multi-Sensorflächen anscheinend erschrocken an. Sein Leib zitterte, und die Hülle der Silberkugel hüpfte im Nähmaschinentakt mit.

Rhodan unterdrückte seinen Ärger, so gut es ging. »Wir wurden gemeinsam auf eine heikle Mission geschickt«, erklärte er ruhig. »Lotho Keraete war der Meinung, dass du, dein Kollege und euer … Betreuer wichtig werden könnten. Ich hätte, ehrlich gesagt, viel lieber Personal um mich, das gut ausgebildet ist und auf das ich mich hundertprozentig verlassen kann.«

»Aber s-so ist es doch auch, oh Perle der Menschheit! Ich und mein Kollege Drover besitzen gut gefüllte Speicheraufsätze. Unser Vertrauensfaktor dir u-und deinen Begleitern gegenüber wurde zudem extra für diesen Ausflug aufs Maximum erhöht.« Nano Aluminiumgärtner drehte sich ein wenig zur Seite. Seine vielfältigen Körperkomponenten, die wie willkürlich zusammengeschraubt wirkten, glänzten blaugrau und anthrazitfarben im Licht mehrerer Sternenhaufen, an denen die Silberkugel vorbeiraste.

»Das freut mich zu hören«, sagte Rhodan. »Dann möchte ich, dass ihr folgende Benimmregeln befolgt: Erstens wünsche ich keine Beinamen. Ich bin weder eine ›Perle der Menschheit‹, noch ein ›Retter der Posbiheit‹, noch vielleicht ein ›Retter des Universums‹.«

»*Das* ist der richtige Begriff! Er l-lag mir soeben auf dem Sprachausgabemembranhäutchen …«

»Nein!« Der Unsterbliche schlug entschieden mit der geballten Rechten in die flache Linke. »Du sprichst mich von nun an als Perry Rhodan an. Verstanden?« Er missachtete tunlichst den Matten-Willy, der sein Gegenüber in irrwitziger Geschwindigkeit umrundete, den Posbi mit rasch ausgebildeten Pseudopodien streichelte und dabei Unverständliches flüsterte.

»Gut«, fuhr der Unsterbliche schließlich fort. »Zweitens: Ich erwarte mir von euch keine Demut, sondern Unterstützung. Wann immer ich mit den Fingern schnipse, seid ihr bereit. Drittens: Im selben Ausmaß erfüllt ihr die Wünsche und Forderungen meiner beiden Begleiter. Viertens: Ich dulde keine Eigenmächtigkeiten. Und das war's vorerst.« Er seufzte. »Ich gebe euch weitere Anweisungen, sobald ich mir einen Überblick über die Situation vor Ort gemacht habe.«

Drover, der vielleicht 1,50 Meter maß, drehte seinen Sensorenkranz, den er statt eines Kopfs am oberen Ende seines Körpers trug. Zwei glimmernde Sensorfelder richteten sich auf den Unsterblichen. »Wir sind nicht nur Maschinen«, sagte er und schwebte auf seinem Prallfeld höher. Irgendwie wirkte er ... bedrohlich. Angsterregend. Während Nano Aluminiumgärtner nach Rhodans Brandrede eine Aura stummer Verzweiflung anhaftete, war Drover ungewohnte Gefühlskälte anzumerken, die vermuten ließ, dass sein Bioplasma-Anteil eher am unteren Ende der Skala angesiedelt war.

»Es hängt ganz allein von euch ab, welche Behandlung euch zuteil wird.« Es war ein gewagtes Spiel, auf das sich der Unsterbliche einließ. Er konnte sich selbstverständlich auf die Integrität und Zuverlässigkeit der beiden Posbis verlassen. Es galt lediglich, die Fronten abzustecken und mögliche Eigenmächtigkeiten der Maschinenwesen von vornherein zu unterbinden. Im Verbund mit einem Matten-Willy waren die Posbis imstande, gröbsten Unfug anzustellen.

Und überhaupt: Was war mit dem Matten-Willy?

Er hatte sich mittlerweile beruhigt und zu einer Kugel zusammengerollt. Mehrere heftig zwinkernde Augen und Pseudopodien in jeglicher Form ragten aus dem Körperknäuel hervor. Wie wogendes Gras bewegten sich Glieder und Sinnesorgane hin und her.

»Wie ist dein Name?«, fragte Rhodan.

»Mauerblum«, kam die geflüsterte Antwort.

»Also schön, Mauerblum. Du verstehst, worum ich deine beiden Schützlinge gebeten habe?«

»Ja. Sie sollen brav sein. Ich werde mich darum kümmern. Ich verspreche es.« Mit einem langgezogenen Schmatzgeräusch versenkte er ein halbes Dutzend seiner Augen im Körper. Die Podien hingegen blieben abwehrend ausgestreckt.

Nanu?

Matten-Willys, die Angst und Respekt zeigten, war er gewöhnt. Aber einen, der Einsicht bewies? So sehr, dass er seinen Forderungen Folge leisten würde?

Bislang hatte es Rhodan stets mit eigenwilligen Exemplaren dieser seltsamsten aller Milchstraßenlebewesen zu tun bekommen. Die Matten-Willys galten als naiv, taten grundsätzlich das Falsche und schienen darüber hinaus das Unglück förmlich anzuziehen. Wie die Posbis mit diesen knochenlosen Massefladen zurechtkamen, war Gegenstand tausender Dissertationen, Untersuchungen und Studien geworden. Tatsache blieb, dass sich die beiden so divergenten Spezies blendend aufeinander eingestellt hatten und bei ihrem sanften Expansionskurs stets im Gleichschritt marschierten. Wo die Posbis hinzogen, waren auch Matten-Willys nicht weit. Wer von beiden Völkern wen brauchte, wer von beiden bei dieser seltsamen Symbiose Vorteile hatte – nun, das würde wohl nie ganz geklärt werden können.

»Na schön«, seufzte Rhodan schließlich. »Ich verlasse mich auf euren guten Willen.«

Draußen, jenseits der scheinbar filigranen, silbrigen Schutzschicht der Silberkugel, entstand neuerlich eine Mauer ineinander verwischter Sterne. Bunte, schillernde Blasen durchbrachen das Weiß, vermengten sich mit ihm, erzeugten psychedelische Bilder, die Kopfschmerzen erzeugten.

Die menschlichen Sinne waren schlichtweg nicht dafür geeignet, Eindrücke übergeordneter Kontinua richtig umzusetzen. Die Bilder störten, irritierten, ließen Assoziationen entstehen, die Angst und Schrecken verursachten.

Eigentlich, musste Rhodan sich eingestehen, konnte er froh sein, dass ihn die Posbis und der Matten-Willy von den seltsamen Nebeneffekten der Reise ablenkten.

»Also schön.« Er konzentrierte sich neuerlich auf Nano. »Wer hat dir diesen seltsamen Beinamen ›Aluminiumgärtner‹ gegeben?«

»Das w-war meine eigene Idee.« Die Stimme des Maschinenwesens klang gedämpft. Kaum mehr wie jener verträumte Dichter und Tänzer, als der er sich noch vor ein paar Minuten präsentiert hatte. Seine Erzählung wirkte zögerlich. Erst, als Rhodan ihn mit einer ungeduldigen Handbewegung aufforderte, weitere Informationen zu geben, fand er zu normalem Gesprächstempo zurück. »Der Name erschien mir passend. Seit m-meiner Bewusstseinswerdung im Jahr 1294 beschäftige ich mich mit pseudopsychieller Erschaffungsdichtung der Nonformalistischen Transgressenzbewegung.«

Rhodan erinnerte sich mit Schaudern an eine Gruppe Spinner, die das terranische Regionalparlament in Paris mit dem Schlachtruf: »Hängt die Künstler um der Kunst willen« zu stürmen versucht hatte. Die Bilder angetrunkener Kunststudenten, die vom Dach des Centre Pompidou auf die LFT-Fahne urinierten, waren jedoch durch die halbe Galaxis gegangen. Diverse Geheimdienste hatten die Aufnahmen genüsslich für ihre Anti-Terra-Propaganda benutzt. Seit diesen

Tagen war Rhodans Wunsch, moderne »Kunst« und Aktionismus bedingungslos zu unterstützen, merklich gesunken.

»Ich wurde mir meiner Existenz auf den Tag genau 32 Jahre nach der Geburt des Vordenkers der Nonformalistischen Transgressenzen, Vittorio do Schwanst, bewusst.« Nano zeigte mit einem angesengt wirkenden Finger auf Rhodan. »Als d-der Plasmazusatz in mir verankert wurde, wusste ich, dass diese zeitliche Koinzidenz von Bedeutung sein musste. Ich beschaffte mir so rasch wie möglich die Hauptwerke von do Schwanst. Von da an war es nur ein kurzer Weg, um die ›Stammelkunst‹, die d-dieser große Heroe erfunden hatte, zu praktizieren.«

»Ich wollte eigentlich wissen, woher du deinen Zusatznamen hast!«, unterbrach Perry mit wachsender Ungeduld.

»›Aluminiumgärtner‹ ist der erste Begriff, den ich transgressenziert habe. Du kennst sicherlich den Vorgang: Wenn man sich ein Wort mehr als eine Million Mal bewusst vorsagt, dringt man in einen unglaublichen Zustand des Denkens vor, in dem Neues e-entsteht. Ich brauchte selbstverständlich ein w-wenig länger als ein begabter menschlicher Geist wie do Schwanst, um in diese Sphären einzutauchen. ›Aluminiumgärtner‹ war j-jedenfalls das erste Wort, das in mir … wuchs. Aluminiumgärtner. Wie schön, wie bedeutungsschwer erschien es mir. Und wie glücklich fühlte ich mich …«

»Damit wäre das geklärt«, unterbrach Mondra Diamond hastig. Sie sah Perry an, bedeutete ihm, die Nerven unbedingt im Zaum zu halten. »Ist das alles, was du an … persönlichen Stärken anzubieten hast? Ich kann mir nicht vorstellen, dass dich Lotho Keraete allein wegen deiner Begeisterung für die Kunst ausgewählt hat.«

»Hm … m-mag sein. In meiner Hauptfunktion bin ich als Spür- und Analyseeinheit tätig. Zusätzlich erhielt ich einen programmatischen Datenschwerpunkt a-als ›Posbi-Historiker‹ aufgepfropft.«

»Da kommen wir der Sache schon näher«, sagte Rhodan. Dankbar nickte er Mondra zu. In manchen Situationen hatte sie einfach mehr Feingefühl, um mit einem so schweren Fall wie Nano Aluminiumgärtner umzugehen. »Du kennst dich also mit der Entstehungsgeschichte deines Volkes aus?«

»Eigentlich j-ja«, antwortete der Posbi fast widerwillig. »Aber meine wahren Interessen liegen wirklich ganz woanders …«

»Danke, vorerst.« Der Unsterbliche wandte sich Drover zu, der längst wieder auf dem Boden der Silberkugel ruhte und in einen Art Standby-Schlummer gesunken war. Lediglich die beiden Sensorfelder leuchteten schwach rötlich. »Was ist dein Spezialgebiet?«

Drover erwachte kurz zum Leben. »Schwerer Arbeiter«, presste er wie eine schlecht geschmierte Dampflok hervor, ließ das letzte »r« überbetont stehen und versank gleich darauf wieder im Dämmerschlaf.

Eine platte, aber um so größere Plasmazunge ragte plötzlich zwischen wulstigen Lippen aus Mauerblums Leib. In Zusammenarbeit mit einem blasenförmig ausgebildeten Hohlraum in seinem Körper bildete der Matten-Willy ein paar heftig tremolierende Worte. »Ihr müsst Drovers Unhöflichkeit entschuldigen«, sagte er. »Seine Emotionalität ist nur wenig ausgebildet. Aber vertraut mir: Er besitzt starken Willen und ist besonders liebenswürdig. Mein Liebling …« Sanft streichelte der Matten-Willy über den fassförmigen Körper des Posbis. Dessen Sensorenkranz erwachte kurzzeitig zum Leben. Verschiedenfarbige und irritierende Leuchtbilder huschten über das *Gesicht.*

War er verärgert, oder zeigte er so etwas wie Freude über die zärtliche Behandlung? Rhodan wandte sich nachdenklich ab und sah nach *draußen.* Das Umfeld außerhalb ihres winzigen Goldfischglases hatte sich erneut gewandelt. Langgezogene Streifen, die sich in einer sanften Kurve nach unten neigten, zerteilten die Schwärze des Alls. Aus welchen Gründen auch immer raste die Silberkugel in einem langgezogenen Bogen dahin.

Wie sollte der Unsterbliche das ihm von Lotho Keraete zugeteilte Dreier-Team nach diesem ersten Abtasten einschätzen?

Nano Aluminiumgärtner, Drover und Mauerblum erschienen ihm fremd wie nur irgendetwas. Genauso gut hätte sich der Unsterbliche mit einem giftgasatmenden Maahk über dessen Fertilität unterhalten können.

Es fiel ihm überaus schwer, ein Gespräch in Gang zu bringen, das über die üblichen galaktopolitischen Betrachtungsweisen hinausging. Er war im Lauf seines langen Lebens unter den verschiedensten Bedingungen mit Posbis und Matten-Willys zusammengetroffen. Stets hatte die Frage im Vordergrund gestanden, wie man als Vertreter ihrer jeweiligen Völker miteinander umging, wie die jeweiligen Positionen abgestimmt und aneinander angepasst werden konnten, wie man die »besten Freunde der Menschheit« in strategische Überlegungen einbezog.

Und was war mit den »Individuen«? Was machte die Maschinenwesen aus? Wie lebten sie? Träumten sie tatsächlich von elektrischen Schafen, wie ein lange vergessener und gerade wiederentdeckter Autor einmal behauptet hatte?

Das waren Fragen, die stets Fachleute für ihn ausformuliert und beantwortet hatten. Für ihn, den Mann an der Spitze eines – früher expansionistisch, heute wirtschaftlich und technologisch-fortschrittlich ausgerichteten – Staatswesens, war niemals Zeit geblieben, sich mit dieser Problematik *wirklich* auseinanderzusetzen.

Posbis waren Wesen, die immer zur Verfügung standen. Auf die man sich verließ und die zu funktionieren hatten.

Rhodan drehte sich mit einem leisen Seufzer zu seinen Reisegefährten um. Sie standen stumm und wortlos da, wussten kaum etwas mit sich anzufangen.

Was auch immer sie in den kommenden Stunden und Tagen erwartete: Es stand zu hoffen, dass er etwas lernen würde.

Die Streifen unbekannter Sterne verblassten, wurden zu Wischern und dann wieder zu ruhenden Punkten. Ihre Reise, die sie über eine unglaubliche, unfassbare Distanz geführt hatte, kam zu einem Ende. Ein Lichtfleck wartete voraus, wurde größer und breiter. IC 5152.

Rhodan rief sich die wenigen Daten in Erinnerung, die die Positronik der LEIF ERIKSSON II ausgespuckt hatte. Die irreguläre Kleingalaxis mit ungefähr 250 Millionen Sonnen beanspruchte ein Raumgebiet von 8400 mal 7000 mal 1500 Lichtjahren.

Und angeblich leben neunundzwanzig Millionen Menschen hier, dachte er.

Er hatte schon so vieles gesehen, so vieles erlebt – und dennoch war ein Schritt ins Unbekannte, wie er ihn jetzt und heute tat, Grund genug, um Angst zu empfinden.

Sechs
Chronik der Familie Donning: Gründerzeit (1)

Was wollt ihr eigentlich von mir? Platzt hier herein, haltet mich von der Jagd ab und fummelt mit euren Holokameras vor mir herum – und das alles nur, um mir sinnlose Fragen über meine Altvorderen zu stellen?

Wenn es euch so viel bedeutet: Ja, ich bin Charles Donning. Richard war mein Vater, stimmt. Und? Ist man ihm auf ein paar Schweinereien draufgekommen? Tut mir leid – der Alte liegt seit 50 Jahren unter der Erde, und Sippenhaft gibt's auf Altera keine, soviel ich weiß.

Eine Dokumentation wollt ihr machen, über die Gründung Alteras? Als Mahnung und Erinnerung, die an die kommenden Generationen weitergegeben werden soll …?

Ach, ihr mit eurem wichtigtuerischen Auftreten, all den großen Worten und Ausdrücken, die ein einfacher Mensch wie ich kaum versteht. Ihr Städter seid so borniert, so weltfremd … Wie stolze Zottelpfauen platzt ihr in meine Hütte, glaubt, etwas Besseres zu sein, mich in Beschlag nehmen zu können …

Wenn ihr etwas wissen wollt, müsst ihr dafür bezahlen. So einfach ist das.

Altsolars wollt ihr mir geben? Wertlose Fetzen Papier mit kleinen und großen Zahlen drauf? Ha! Damit kann ich mir hier draußen bestenfalls den Hintern abwischen. Nein, so läuft das nicht! Ich bekomme von euch … hm … zehn Säcke feinstes Mehl, einen Zentner der besten Erdenoppel, ebenso viel Stümpelreis und robuste Winteräpfel, die ich lagern kann. Rauchware, natürlich vom Besten. Eine ganze Kiste voll. Lüg nicht, du bleiches Stadtgewürm! Ich weiß ganz genau, dass in der Ruine der KHAN noch immer Tonnen von dem Zeugs liegen. Gehortet für die Crème de la Crème, für die oberen Tausend der Gesellschaft. Für die … Herrenrasse.

Das wusstest du nicht? Nun – jetzt hab ich's dir gesagt. Vertrau mir. Rede mit Lao Zhin im Verteilungsministerium. Ja, mit dem Minister persönlich. Er wird dich abzuweisen versuchen, wird dich mit ausdruckslosen Blicken nervös machen wollen. Lass dich davon nicht irritieren. Der Kerl hat derart viel Dreck an den Füßen, dass ihn ein Rhonoteufel auf hundert Meilen Entfernung erschnüffeln könnte. Sag ihm, dass dich der gute alte Charly geschickt hat. Und sobald du mit ihm allein bist, flüsterst du ihm *Ka-Ne* ins Ohr. Springen wird er. Hüpfen, sich an Ehrerbietung überbieten wie ein Hampelmann, dich hofieren und wie deinen besten Freund behandeln. Dieser alte Schleimer …

Keine Angst, er wird dir nichts tun. Er weiß bis heute nicht, wer von der Sache eine Ahnung hat. Er kann sich nicht drauf verlassen, dass die Geschichte für ihn erledigt ist, wenn er euch und mich umbringen lässt.

Also, sind wir uns einig? Ja? Na – euch muss ganz schön viel daran liegen, sich mit einem alten Klappergerüst wie mir zu unterhalten.

Ich sei in der Stadt zur Legende geworden? Zum Mythos?

Lachhaft!

Damals tat ich, was ich tun musste. So wie viele andere. Ich hatte lediglich das Glück, diese Zeiten zu überleben. Oder das Pech, je nach Betrachtungsweise.

In drei Tagen erwarte ich euch zurück. Halt! Mir fallen noch ein paar Kleinigkeiten ein, die mir abgehen. Hm … Ein paar Flaschen vom Scharfen. Keinen Blindmacher, sondern beste Ernte von den Schnapsbauern der Nordhänge. Die Burschen halten zwar die Preise hoch, aber zumindest bemühen sie sich um Qualität. Und dann möchte ich Bücher. Nein, keine Holozeitungen. Auch keine propagandistischen Pamphlete der Herrenrasse. Richtige Bücher, wie sie mit den Schiffen hierher gekommen sind. In der Bibliothek müssen sie massenhaft gehortet sein.

Du weißt gar nicht, dass es eine Bibliothek gibt? Ha, typisch Städter!

Geh ins Informarium. Ja, in die *Unterwelt* der ALEXIA. Frag nach Jorge Espinoza. Richte ihm einen schönen Gruß von mir aus. Er wird dir weiterhelfen.

Du wunderst dich, woher ich all diese Leute kenne? Was ich hier mache, wenn ich so gute Beziehungen habe? Nun, das werde ich euch erzählen, sobald ihr zurück seid.

Habt ihr alles? Tatsächlich?

Weg da, lasst mich mal schauen.

Hm … das Mehl ist nicht besonders fein gemahlen, und die Erdenoppel greifen sich weich und mehlig an. Ein Minuspunkt für euch. Mal schauen, ob ihr das mit dem anderen Zeug gutmachen könnt.

Wo sind die Bücher? Da? Zwei ganze Kisten voll? Na, da hat Jorge ja ganz schön was abgezweigt für den alten Charly. Mal sehen … »Höhepunkte der Literaturgeschichte des 23. Jahrhunderts« … »Hoschpians Chronik des 22. Jahrhunderts« … »Tran-Atlans sagenhafte Abenteuer« … schau an, eine terranische Erstausgabe in der Castor-Übersetzung … »Von der Reklame zum universumweiten Marketing« … will er mich mit diesem Schmarrn ärgern, der gute Jorge?

Reicht mir mal eine Zigarre. Mhm … jahrzehntealt, kühl und trocken gelagert. Wie Vater mir's erzählt hat. Und gleich ein paar Dutzend davon. Respekt, Respekt!

Warum ich sie zerbrösle? Warum ich den Scharfen wegschütte? Ach, wisst ihr, ich habe nie geraucht und auch nie einen Schluck getrunken. Mir ging's lediglich darum, Freund Lao Zhin daran zu erinnern, dass ich noch lebe. Er wird hoffentlich ein paar Schwierigkeiten wegen der … Warenentnahme bekommen und weiterhin an mich denken. Das schlechte Gewissen quält ihn offensichtlich nicht, und an Albträumen scheint er auch nicht zu leiden, trotz all der Sauereien, die er getan hat. Aber zumindest kann ich dafür sorgen, dass er Angst hat.

Also gut, Jungs: Ihr habt euch wirklich Mühe gegeben. Chapeau. Ihr habt es euch redlich verdient, dass ich ein paar Geschichten erzähle. Nein, nicht alles. Manches soll so bleiben, wie es ist. Wir Alteraner brauchen Legenden mehr als alles andere. Ohne sie, ohne diese Stütze, würde unsere Zivilisation wie ein Kartenhaus zusammenbrechen. Ich habe lange überlegt, was ich euch sagen könnte und was nicht. Am Vernünftigsten wird's wohl sein, wenn ich mit jenem berühmt-berüchtigten Streit zwischen meinen Eltern beginne …

Ich war gerade acht Jahre alt geworden. Der Absturz war vor elf Jahren geschehen. Unsere kleine Baracke, aus den blechernen Trümmern des ALEXA-Oberteils geschnitten und notdürftig zu einem Wohnabteil mit 50 Quadratmetern zusammengeschweißt, duftete nach Fettkerzen und einen knusprig gebratenen Völlerhahn. Als Geschenk hatte ich schwere Schuhe aus dem bockigsten Leder erhalten, das ihr euch nur vorstellen könnt. Und zwei Bücher. »Alice im Wunderland« sowie »Die unendliche Geschichte«. Klassiker der Jugendliteratur, beide mehrere Jahrhunderte alt.

Vielleicht fragt ihr euch, was mit den Bild- und Tonträgern in den Schiffswracks geschehen ist? Mit den hunderttausend Datenfolien, Datenkristallen, Datenwürfeln? Nun, sie existierten damals selbstverständlich noch, liegen möglicherweise heute noch irgendwo herum. Aber es gab keine Lesegeräte dafür! Es galt, das Überleben abzusichern. Die Grundbedürfnisse für eine halbe Million Menschen zu erfüllen. Trinken. Essen. Wohnen. Sicherheit in einer absolut fremden Umgebung. Die Schiffe ausschlachten, alles Notwendige sichten, *irgendwie* die Energie für dringend notwendige Schutzschirme erzeugen, um uns Siedlern ein Gefühl der Sicherheit auf dieser fremden Welt zu geben. Krankheitserreger identifizieren, die hiesige Flora und Fauna auf ihre Nahrungstauglichkeit überprüfen. Da blieb kein Platz für Luxusartikel.

Die wenigen Lesegeräte, für die ausreichend Energie zur Verfügung stand und die den Absturz überstanden hatten, wurden in den wichtigsten Arbeitsstätten verwendet. In den Wohnkuben hingegen gab es lediglich das Notwendigste, das dem täglichen Leben abgerungen werden konnte. Wenn ihr euch in meiner Hütte umseht, bekommt ihr eine ungefähre Vorstellung davon, wie's damals war.

All diese Dinge berührten mich in meiner Jugend nicht. Die Welt war aufregend und bunt und großartig für einen kleinen Stöpsel. Wie hätte ich damals ahnen sollen, dass die Tiere, mit denen ich als hier Geborener wie selbstverständlich aufwuchs, in den Augen meiner Eltern ihr Leben lang eine Bedrohung darstellten? Dass sie sich niemals an eine für sie fremdartige Umgebung gewöhnen würden?

Aber zurück zu meinem Geburtstag: Ich klammerte mich also an die beiden Bücher, als wollte ich sie nie mehr aus der Hand legen. Ihre Seiten dufteten nach Feuchtigkeit und Moder, nach Aufregung und bunten Abenteuern, nach Spaß und Abwechslung in einem entbehrungsreichen Leben. Ich aß vom Braten, ohne etwas zu schmecken, während ich meine Nase – und mich selbst – tief zwischen die Seiten versenkte.

Jemand klopfte an die Tür. Vater fluchte krächzend und öffnete schließlich. Ich konnte den Mann nicht sehen, der ihn dort aus dem Halbschatten grüßte und den Paps schließlich widerwillig einließ.

Dann erkannte ich den Burschen. Er war bereits ab und an zu Besuch gekommen, ohne dass sich meine Eltern darüber gefreut hätten. Ein kleiner Mann mit eingefallenem Brustkörper, dessen Augen stets hin und her wanderten, nie ruhig zu bleiben schienen.

Ich kümmerte mich nicht weiter um ihn; schließlich war das mein Geburtstag, verdammt nochmal! Ich ließ mich von Tweedledee und Tweedledum mit ihren dicken Bäuchen faszinieren und verfolgte das Gespräch zwischen meinen Eltern und dem Fremden nicht weiter.

Erst, als es lauter wurde, als sich Vater und der düstere Mann gegenseitig Bösartigkeiten an den Kopf warfen, erinnerte ich mich wieder, was und wer ich war.

»Beruhige dich, Richard!«, versuchte meine Mutter mit ihrer sanften und doch so bestimmenden Stimme den Frieden im Haus zu erhalten. »Vielleicht hat Steph gar nicht so Unrecht.«

»Misch dich gefälligst nicht ein, Camilla!«, flüsterte mein Vater. »Und du, Steph Grant, verlässt augenblicklich mein Haus. Lass dich hier nie wieder blicken.«

Ihr wisst vielleicht, dass er sich wegen seines Unfalls kaum artikulieren konnte. Alles, was er sagte, klang wie ein Einheitsbrei. Gefühllos, ohne Höhen und Tiefen in der Betonung, wie eine Maschine. Aber ich schwör's euch: In diesen Minuten schaffte er es, mir allein mit der Betonung seiner Worte den Angstschweiß aufs Gesicht zu treiben. Diese Stimme wirkte wie eine Waffe.

Steph Grant zuckte zurück, wandte sich wie ein gefangenes Tier nach allen Seiten, suchte mit seinen unsteten Blicken Hilfe bei meiner Mutter.

Sie wandte sich ab, kam zu mir, setzte sich hin. Ihre Lippen waren zu schmalen Strichen geworden, ihre Hände zitterten. Nie zuvor hatte sie mein Vater derart von oben herab behandelt.

Ich glaube, dass Paps seine Worte ihr gegenüber in jenem Moment bereute, als Steph Grant wie ein geprügeltes Tier in die Dunkelheit hinausfloh. Vielleicht entschuldigte er sich bei ihr; ich kann mich nicht mehr erinnern. Ich weiß lediglich, dass die fröhliche Stimmung des Geburtstagsfests hinüber war, die Eltern sich während der ganzen Nacht lautstark stritten und ich mich aus Angst noch tiefer zwischen den Seiten meiner beiden Bücher verkroch.

Und dass mein Vater am nächsten Morgen verschwunden war.

Ich verstand es nicht.

Ich konnte und wollte nicht akzeptieren, dass sich die beiden großartigsten Menschen dieses Planeten wegen eines unbedeutenden Mannes derart in die Haare kamen, dass sie sich trennten.

Und doch war es so.

Mit meinen kindlichen Mitteln versuchte ich, die beiden wieder zu versöhnen, sie zu einem Gespräch zu bewegen. Gleichzeitig wollte ich *begreifen*, warum sie sich derart erbittert anschwiegen, wenn sie sich zufällig während der Arbeit in der Stadt über den Weg liefen. Um Richard und Camilla verstehen zu können, dachte ich mir, musste ich die Welt, durch die ich mich bisher so planlos bewegt hatte, verstehen.

Ein kluger Gedanke für einen Achtjährigen, nicht wahr?

Ja – und ein absolut notwendiger. Dieser Planet erlaubte seinen jüngsten Bewohnern nicht, allzu lange Kind zu bleiben. Die Gefahren lauerten überall. Wir mussten uns nicht nur an eine neue Welt anpassen, wir mussten auch dafür sorgen, dass unser Wissen nicht in Vergessenheit geriet. Ich kann dir heute sagen, dass wir während dieser ersten Jahre viele, zu viele Fehler begangen haben. Aber das erkannte ich damals natürlich noch nicht.

Zurück zu meinem achtjährigen Ich: Es öffnete also die Augen und lernte, was auf Altera eigentlich vor sich ging.

Schon der Name unserer Kolonie war ein kleines Rätsel. Warum nannten sich manche Menschen Terraner, die anderen Alteraner?

Altera, so brachte ich in Erfahrung, war jener Begriff, der sich irgendwie in die Köpfe meiner Elterngeneration geschlichen hatte. Er stammte aus einer uralten, toten Sprache und war eine Verbalhornung der beiden ursprünglichen Worte *alter terra*.

Nur mühsam und allmählich gewöhnten sich die Menschen daran, ihre neue Heimat so zu bezeichnen. Ebenso zäh verlief der Prozess, den Absturzort der elf Siedlerschiffe, von deren letzten Flug mir meine Eltern Nacht für Nacht erzählt hatten, als Stadt anzusehen und ihm den Namen *Neo-Tera* zu geben.

Ein weiterer kleiner Schritt war getan, als ich verstand, dass zwischen den hier Geborenen und denen, die mit den Siedlerschiffen gekommen waren, große Unterschiede bestanden. Enorme Gräben taten sich zwischen Kindern und ihren Eltern auf. Sie sollten in den nächsten Jahrzehnten zu fast unüberbrückbaren Hindernissen werden. Aber das wisst ihr ohnehin selbst.

Um so merkwürdiger war allerdings, dass sich auch innerhalb der Elterngeneration mehrere Gruppierungen bildeten. Es gab die *Han*, wie sie sich selbst nannten. Das waren jene Asiaten, aus denen sich mehrheitlich die Mannschaften der abgestürzten Siedlerschiffe rekrutiert hatten. Die *Han* blieben meist unter sich, verhielten sich reserviert und stellten aufgrund ihrer Autorität, die sie auf ihren Schiffen innegehabt hatten, die Führungselite auf Altera.

Die *Han* behandelten uns bereits in den ersten Jahren nach dem Absturz unterschwellig repressiv. Sie verlangten von den Siedlern, die aus Afrika und Europa stammten, dass sie ihren Pioniergeist bei der Urbarmachung Alteras mit aller Hingabe einsetzten. Sie selbst wollten sich die Finger unter keinen Umständen schmutzig machen. Die Asiaten nutzten es schamlos aus, dass meine Elterngeneration sie während des Herflugs als Autorität akzeptiert hatte. Sie rissen alle Befugnisse an sich und ließen kaum jemand anderen an die Schalthebel der Macht. Die *Han* veränderten allmählich, still und leise, unser Bild einer Demokratie, wie wir sie von Terra mitgenommen hatten. Kurioserweise setzten sie ausgerechnet dem Großadministrator Perry Rhodan ein Denkmal und hievten ihn in Höhen, die er wohl selbst nur äußerst ungern akzeptiert hätte. Ich hoffe doch, dass ich die wenigen Bücher, die ich über ihn gelesen habe, nicht falsch auslege. Er ist keinesfalls jener Anführer, als den ihn die *Han* gern gesehen haben, sondern eher eine Art Jesus-Typ. Jemand, der alles für seine geliebte Menschheit opfert. Sein manchmal autoritärer Führungsstil, mit dem er die Menschheit ins All geführt hatte, war lediglich Ausdruck einer Notwendigkeit.

Versteht mich nicht falsch – ich kann die *Han* keinesfalls verurteilen. Es ist noch gar nicht so lange her, da bildeten sie den Kern eines von mehreren hundert Völkern der Erde. Die Vereinigung der Einzelstaaten unter der Schirmherrschaft der so genannten *Dritten Macht* im Jahr 1971 war ein Gewaltakt Perry Rhodans gewesen, der nicht nur Gutes mit sich gebracht, sondern auch Narben hinterlassen hatte. Nationalstolz und Chauvinismus bringt man nicht so ohne weiteres aus den Köpfen der Menschen. Auf Altera fehlten die großen Integrationsfiguren wie Reginald Bull, Julian Tifflor, Wuriu Sengu, Ras Tschubai oder John Marshall, die von den verschiedensten Kontinenten stammten und vorlebten, wie man miteinander umzugehen hat.

Die *Han* taten in ihrer Unsicherheit nichts anderes, als auf alte Traditionen zurückzugreifen. Sie führten wieder jene Lebensweisen und zivilisatorischen Werte ein, die sie von ihren Eltern und Großeltern unterschwellig vermittelt bekommen hatten. Sie waren Chinesen. Sie wollten sich von uns, von den Siedlern, abgrenzen. Dritte Macht hin, Dritte Macht her.

Wir leben auf Altera auch heute noch in einem heldenfreien Vakuum. Wir müssen uns unsere Mythen und Legenden erst erschaffen. Ein seltsames Gefühl, wenn ich daran denke, dass ich selbst in Gefahr gerate, zu einer geheimnisumwobenen Gestalt zu werden. Nur aus diesem Grund rede ich überhaupt mit euch. Geschichtsschreibung ist etwas äußerst Subjektives; hoffentlich kann ich einige Dinge gerade rücken, bevor meine Eltern und ich zu alles glücklich machenden Heilsbringern hochstilisiert werden.

Ich schweife ab, ich weiß. Also zurück zum Thema.

Die zweite … Partei auf Altera waren die *anderen.* Während all der Zeit, da sie aktiv waren, gaben sie sich niemals einen besseren Namen. Sie waren Siedler und stolz darauf, sich so zu nennen. Sich von den *Han* abzugrenzen und *anders* zu sein. Diese Gruppierung war von Frustration, Verzweiflung und unterdrücktem Hass erfüllt. Sie fühlten sich – nicht ganz zu Unrecht – von den *Han* benachteiligt und wollten eine gewaltsame Änderung der Zustände herbeiführen.

Sie waren großteils wuterfüllte Chaoten. Anarchisten, politisch gesehen weder links noch rechts stehend. Hauptsache, sie konnten ihrem Frust mit sinnloser Gewalt Luft machen. Ein Manifest wurde heimlich verteilt, das die Schreibfolie nicht wert war, auf dem es geschrieben stand. Man sprach die Benachteiligten an. Diejenigen, die zu Drecksarbeiten eingeteilt waren, und davon gab es ausreichend, glaubt mir.

Kanäle mussten mühsam und teilweise mit mechanischen Baggern ausgehoben werden, Sickergruben angelegt, der Müll und verdorbene Ware aus den abgestürzten Schiffen geräumt sowie gesichtet werden.

Noch während meiner späten Jugendjahre fand man halbverweste Leichen in den Wracks. Auch wenn sich die KHAN, die ALEXA, die LOTUSBLÜTE, die SORBAS und wie sie alle hießen, als ungeheuer wertvolle Rohstoffgeber herauskristallisierten, waren die *Trümmermänner*, wie man sie nannte, die ärmsten Hunde von allen. Tagtäglich schufteten sie unter lebensgefährlichen Bedingungen, zwischen verklemmten Streben und verformten Plastikverschalungen, die mit menschlichen Körperresten verschmolzen waren, und mussten sich vor ätzendem Gestank, Säureregen und verrückt gewordenen Roboteinheiten schützen. Auf allen vieren kramten sie nach funktionstüchtigen Instrumenten, sammelten wertvolle Edelmetalle in Form von Datenträgern und robotischen Steuerungselementen oder suchten nach wichtigen Unterlagen, deren Entdeckung ihnen durch vage Hinweise vorgegeben worden war.

Kannst du dir vorstellen, welche Belastung diese Arbeit für die Psyche dieser Menschen darstellte? Während sich die *Han* in ihren Elfenbeintürmen versteckten, propagandistische Durchhalteparolen über Neo-Tera hinausposaunen ließen und als fett werdende Bonzen ihre wachsenden Pfründe pflegten …

Die Trümmergänger waren also jene Menschen, aus deren Mitte sich die Parteigänger der *anderen* rekrutierten. Frustriert von ihrem armseligen und perspektivlosen Leben wandten sie sich Einflüsterern zu, wie Steph Grant einer war.

Der Mann hatte die Zunge einer Giftschlange. Er beträufelte die Seelen seiner Opfer, machte den Leuten bewusst, wie schlecht es ihnen ging – und versprach ihnen gleichzeitig das Blaue vom Himmel. Was ohnehin egal blieb. Die *anderen* glaubten, weil sie glauben *wollten*.

Dieser wachsenden Gruppe der Unzufriedenen standen die sogenannten *Bürger* gegenüber. Siedler, die pragmatisch genug waren, sich mit den Umständen zu arrangieren, den Dialog mit den *Han* zu suchen und auf bessere Zeiten zu hoffen.

Mein Vater, der meist in den Maschinendocks arbeitete, war einer ihrer Protagonisten. Auch wenn er nicht viel redete – mit seiner robusten Art und seinem persönlichen Charisma konnte er die Menschen mitreißen. Ihnen ein Gefühl der Sicherheit geben, sie geduldig auf ein Ende der schweren Tage warten lassen.

In mancher Hinsicht war er ebenfalls ein Blender. Mit seinem verdammten Zweckoptimismus ließ er die Zeiten besser aussehen, als sie tatsächlich waren. Vielleicht spielte er gerade dadurch den *anderen* in die Hände, vielleicht beschleunigte er unwissentlich den Ausbruch der *Revolte*.

Ja, ich weiß, ich langweile euch mit diesem politischen Geschwafel. Aber ihr müsst die Vorgeschichte kennen, bevor ihr beurteilen könnt, was damals tatsächlich passiert ist.

Richard hatte sich also von meiner Mutter getrennt, die leise mit den *anderen* sympathisierte. Sie hatte als Ärztin zu viel Leid gesehen und wünschte sich so rasch wie möglich eine Verbesserung der Situation. Menschen starben unter ihren Händen, weil wertvolle Medikamente bei den *Han* gehortet blieben, weil sich diese Typen keine Sekunde lang um uns kümmerten. Ihr so hübsches Gesicht wirkte verbittert, ihr Haar wurde grau, sie selbst immer launischer.

Ich litt zwei Jahre lang unter der Trennung meiner Eltern, weil ich sie nicht verstand. Altera war meine Heimat. Es war mir egal, wer hier das Sagen hatte. Natürlich kam mir die Einstellung der *Han* manchmal falsch vor. Aber in meiner kindlichen Einfalt dachte ich, dass man mit den Jungs reden konnte. Man musste bloß rausfinden, wie sie tickten, Herrgott nochmal!

Tatsächlich hatte ich den Dreh relativ rasch heraus und durfte selbst mit ihren sonst so gut behüteten Kindern verkehren. Sie nannten mich *Weichnase*, spotteten gutmütig über meine dunkle Gesichtshaut, die ich unter Alteras Sonne allmählich annahm, akzeptierten mich aber sonst als einen der ihren. Mit dem Instinkt des Kindes lernte ich, sie zu verstehen. Ihre Ängste, ihre Ansichten, ihren Stolz.

Mutter sah es nicht gern. Sie warf mir immer wieder vor, selbst zu einem *Han* zu werden. Arme Mutter … so intelligent, und manchmal doch so verblendet. Sie kapierte nie, dass es nur einiger weniger Schritte bedurfte, um an die Asiaten heranzukommen. Ein bisschen Verständnis, ein bisschen guter Wille, und vieles hätte vermieden werden können …

Was soll's. Geschehen ist geschehen.

Ich wurde zehn Jahre alt. Trotz all der Probleme, die ich viel bewusster als meine Altersgenossen aufnahm, blieb ab und zu doch Zeit für Spiel und Abenteuer.

Mit Deng Qiang und Zho Mayang, zwei meiner besten *Han*-Freunde, spielte ich im *illegalen Bereich*. Außerhalb des gerodeten Stücks Land, das großspurig Neo-Tera genannt wurde. Die Schutzschirme um die Stadt flackerten immer wieder, konnten nicht stabil gehalten werden, und erlaubten uns, in die Wälder zu laufen. Wir folgten den Spuren eines größeren Vogels. Eines Graubarthahns, die damals noch recht häufig zu finden waren.

Wir stolperten durch den finster werdenden Wald, immer tiefer ins Dickicht, träumten von verwegenen Heldentaten, sahen spannende Dinge hinter jedem Baumstamm.

Plötzlich hörten wir Stimmen. Lachende, hysterisch kreischende Stimmen. Frauen und Männer, die sich zuprosteten und Hassparolen grölten.

Leise schlichen wir näher. Wir kannten uns aus in dieser neuen Welt, viel besser als unsere Eltern. Wir wussten, welchen Pflanzenpfaden man vertrauen und welche Blütenteppiche man meiden musste.

Da sahen wir sie. Knapp zwei Dutzend Gestalten, manche von ihnen zusammengekrümmt und betäubt wirkend, im Schutz leichter Raumanzüge, mit denen sie sich in dieser Umgebung sicher fühlten. Immer wieder begannen sie von neuem, auf die *Han* zu schimpfen, sie aller möglichen Dinge zu bezichtigen.

Deng Qiang war ein stolzer Knabe. Ein Zwölfjähriger, etwas schmächtig geraten aber intelligent und wohl, dank des Umgangs mit mir, bei weitem nicht so abgehoben wie seine Eltern.

Aber in diesem Moment konnte ich ihn nicht aufhalten. Er lag einige Meter von mir entfernt im Unterholz, zwischen blühenden Kamorsinen, die Finger ins Blaumoos gekrallt. Ich werde seinen Anblick nie vergessen. Ich wusste plötzlich, was er tun würde. Wollte ihn packen, tief ins Gras zurückdrücken und verhindern, dass er sich aufrichtete. Aber ich war zu weit weg, verdammt nochmal!

Deng Qiang stand auf, zog seine zerknitterte Kleidung zurecht und räusperte sich mit dünner Stimme. Dann marschierte er mit stolzen Schritten hinab, trippelte direkt zwischen den Trupp der *anderen*, die hier eine ihrer illegalen Versammlungen abhielten.

Mein Freund drehte sich im Kreis. Ich konnte ihn genau sehen, wie auch der verängstigte Zho Mayang neben mir. Deng Qiang sagte ein paar deftige Schimpfworte. Ich konnte sie von seinen Lippen ablesen. Sicherlich verstanden die *anderen* nicht, was er sagte. Es reichte, dass sie die Verachtung in seinen Worten spürten.

Er wandte sich in unsere Richtung, drehte den Erwachsenen verächtlich den Rücken zu. Langsam, voll des anerzogenen Hochmuts, stieg er den Hang hinauf, wollte zurück zu uns.

Ein Mann trat in die Mitte des Kreises, hob eine Waffe, schoss.

Er tötete Deng Qiang, den *Zwölfjährigen*, auf die feigste Art und Weise, die man sich nur vorstellen konnte.

Zho Mayang suchte augenblicklich das Weite. Er hetzte zurück in die Stadt, wie von wilden Teufeln verfolgt, wollte die *Han* alarmieren.

Ich tat das genaue Gegenteil. Ich spazierte hinab, unter den Augen der *anderen*, genauso stolz wie Deng Qiang vor mir. Still und stumm standen sie um mich und den toten Freund. Im Wald war es ruhig. Altera schien den Atem angehalten zu haben.

Ich hielt mich nicht lange bei Deng Qiang auf. Ich wusste, dass er tot war. An dem Leichnam vorbei, dessen Rücken breitflächig von dem Strahlenschuss verbrannt war, ging ich auf den feigen Mörder zu. Er sah mich mit seinem unruhigen Blick an, rülpste leise und lächelte unsicher. Möglicherweise erkannte mich Steph Grant, denn er machte keinerlei abwehrende Bewegung, als ich immer näher auf ihn zu kam.

Da war ein Ast. Er lag zur Hälfte in einem kläglich brennenden Lagerfeuer. Ich nahm ihn hoch, überprüfte seine verkohlte Spitze. Nach wie vor blieben die *anderen* ruhig, in ihrem Schock verfangen.

Ich rammte Grant den Stab in den Leib. Knapp unterhalb des Brustkorbs stach ich fast senkrecht nach oben. Mit aller Kraft, die in mir steckte, bohrte und schob ich, als suchte ich verzweifelt nach Wasser im Boden.

Steph Grants Schutzschirm versagte, wie so vieles in den alten Tagen. Mit Augen, die plötzlich ungewohnt ruhig wurden und Blutschaum auf den Lippen, starb er.

Meine Tat läutete den Beginn der Revolution ein.

Sieben Altera: Die Liebenden

Was für ein schöner, lauer Frühlingsabend!

Lester berührte das Mädchen an der Schulter. Li drückte sich einen Moment lang an ihn – und entschlüpfte ihm schließlich doch.

Li verwirrte ihn immer wieder aufs Neue. Sie spielte mit ihm, gängelte ihn, zwang ihm während ihres Beisammenseins verwirrende Umgangsregeln auf.

Leise seufzte er, so leise, dass sie es nicht hören konnte. Unter keinen Umständen sollte sie das hormonelle Durcheinander bemerken, das ihn innerlich immer mehr lahmlegte.

»Alles in Ordnung?«, fragte Li. Sie blies sich eine neckisch herunterhängende Haarsträhne aus dem Gesicht.

»J… ja.« Nichts war in Ordnung, verflucht nochmal!

Fette Flusshornazen torkelten den träge dahin fließenden Teragonda entlang. Sie hatten die Gunst der Stunde genutzt, um sich an den Myriaden von Kammfroschlarven, die auf dessen Oberfläche dahintrieben, gütlich zu tun. In der Nacht würden die schwerfälligen Flugkäfer Opfer der Hitzesalamander werden, die sich während der Morgenstunden wiederum vor den hier jagenden Gampelsauriern in Acht nehmen mussten.

Dies war im Groben der Beginn der Nahrungskette dieses wunderschönen naturbelassenen Schutzgebietes, das die Stadt Neo-Tera im Halbkreis umgab.

Der gefährlichste Jäger, der Alteraner, hatte in dieser halb als Sumpf und halb als Steppengebiet ausgeprägten Landschaft keinerlei Rechte. Im Teragonda-Flusstal jagten die männlichen und weiblichen Alteraner bestenfalls einander.

Ein einfacher Schutzschirm hielt die Insekten rund um Li und ihn auf Distanz. Die Tierchen spürten die Niedrigspannung, die die beiden Menschen umgab, sie aber nicht tötete.

»Es ist schön hier«, murmelte Lester.

»Das hast du bereits zwanzig- oder dreißigmal gesagt.« Li grinste ihn unverschämt an. Die tiefliegende Sonne bewirkte, dass ihre Sommersprossen wie ein Funkenmeer aufleuchteten.

»Aber es stimmt doch!« Was, bei Rhodan, sollte er denn noch alles tun, damit sie endlich kapierte, was er wollte?

Seine Hormonküche verkam allmählich zu einem Kompott unterschiedlichster, sich widersprechender Ingredienzien. Lester wusste nicht mehr, ob er lachen, weinen, sich übergeben oder einfach fortlaufen sollte. Gab es denn eine noch gemeinere Wesensgattung als Frauen? Als *junge, begehrenswerte und wunderhübsche* Frauen?

Dabei war er ein erfahrener Mann von neunzehn Jahren! Er hatte diese Dinge schon öfter durchlaufen – und sich immer wieder geschworen, nicht noch einmal auf ein neckisch lachendes, gut duftendes und verheißungsvoll lockendes Geschöpf wie dieses hier reinzufallen.

»Die Sonne geht unter«, flüsterte die Ausgeburt der Hölle.

Er folgte ihrer ausgestreckten Rechten, blickte über das Gestrüpp hinweg auf den weitläufig mäandernden Teragonda. Die Sonne tauchte ins Wasser und ließ dichte, rote Glitzerfäden auf den sanften Wellen entstehen.

»Es ist schön hier!«, stammelte Lester neuerlich.

»Ach, du dummer, ungeschickter Junge!« Li schüttelte in gespielter Verzweiflung den Kopf, zeigte ihre weißen, regelmäßigen Raubtierzähne und zog ihn energisch an sich. Lippen, so weich wie die speckige Haut eines Neugeborenen, und eine Zunge, so sanft wie die Sünde, beförderten ihn auf einen Gipfel der Glückseligkeit, von dem es eigentlich nur noch bergab gehen konnte.

Lester zitterte, während er das Mädchen mit Küssen überschüttete, und versuchte seine Schwäche zu verbergen, indem er sich noch heftigerer Leidenschaft hingab.

Du hast es geschafft!, sagte er sich. *Großartig, mein Junge – wie du das wieder gebracht hast. Ich bin stolz auf dich!*

Er löste sich einen Moment lang von Li, streichelte über ihr strohblondes Haar und sah über sie hinweg in die dunkelrote Sonne, die ihm so viel Glück gebracht hatte.

Aus dem Dunkel der beginnenden Nacht fiel eine hell leuchtende Sternschnuppe herab, zog eine unmöglich scheinende Kurve – und prallte schließlich in Form einer winzig anmutenden Silberkugel auf die Oberfläche des Teragonda.

»Was, bei Rhodan, ist das?«, fragte Lester eher verwirrt als beunruhigt. Meterhohe Fontänen wurden von plötzlich einsetzenden Prallfeldern zurück in den Teragonda gezwungen. Kein Lüftchen hob sich, selbst die konzentrisch davonstrebenden Wellen wurden rund um die Silberkugel von geheimnisvollen Kräften niedergezwungen. Offensichtlich wirkte dort auch ein leistungsfähiges schallschluckendes Feld, denn nichts war zu hören.

»Ich würde sagen, dass es sich um eine ziemlich ausgeprägte Beule in deinem Beinkleid handelt«, schnurrte Li. Sie drückte sich noch ein wenig enger an ihn, nässte ihm mit der Zungenspitze verlangend über Wangen und Kinn.

Ja, durfte das denn wahr sein? War das eine besondere Form der Folter, die sich einer seiner besonders witzigen Kameraden bei der Flottenbasis *Imperium-Omega* für ihn ausgedacht hatte? Da hing das begehrenswerteste Mädchen des KHAN-Viertels in seinen Armen, und nur wenige hundert Meter von ihm entfernt landete ein unbekanntes Raumflugobjekt?

»Dreh dich bitte um«, forderte er Li auf, »und sag mir, was du siehst.«

Sie zog eine entzückende Schnute, und ihre Augen glitzerten verlangend. »Ich fühle mich aber ganz wohl so, wie ich bin. Momentan hab ich keine Lust auf irgendwelche Spielchen.«

Lester hörte die bedrohliche Mahnung in ihren Worten. Er mochte sie verlieren, wenn sie der Meinung war, dass er dumme Spielchen mit ihr trieb.

Mist. Dreimal verfluchter Mist.

»Ich meine es Ernst, Li«, sagte er und zerstörte damit endgültig den Zauber dieses Abends. Er packte sie an den Schultern, drehte sie in seine Blickrichtung, wies auf die Silberkugel, die ruhig im Wasser trieb. »Das Ding ist vor meinen Augen gelandet.«

Das Mädchen wandte sich ihm stirnrunzelnd zu, überprüfte, ob er ein besonders böses Spiel mit ihr trieb. Verwirrt sah es dann wieder auf das bedrohlich wirkende Ding, dessen Haut transparent wirkte, dessen Inneres aber trotzdem nicht einsehbar war.

»So etwas habe ich noch nie gesehen«, murmelte Li geistesabwesend. »Das gehört nicht zu unseren Truppen. Da bin ich mir sicher.«

»Und wenn es sich um irgendein Versuchsobjekt der *Legion Alter-X* handelt?« Allmählich griffen die mühsam angeeigneten Reflexe. Altera befand sich im Krieg, in einer zermürbenden Dauerschlacht, die eigentlich nicht zu gewinnen war. Ein gesunder Hang zur Paranoia, so hatte er im Psychologischen Aufklärungsunterricht gelernt, war durchaus angebracht angesichts des Gegners, dem sie gegenüberstanden.

Er drückte Li ins Unterholz und folgte ihr. Mit wenigen Handgriffen deaktivierte er die Britzelschirme. Jede noch so kleine Energiequelle konnte sie verraten, wenn dies tatsächlich eine Schiffseinheit des Feindes war. Er verfluchte seine Nachlässigkeit. Die Ausrüstung, die er üblicherweise am Leib trug, war an Bord ihres kleinen Gleiters zurückgeblieben. Es küsste sich schlecht mit umgeschnalltem Armbandkom, *Ohrwurm* und sonstiger soldatenüblicher Ausrüstung. Wenn seine Vorgesetzten das erfuhren, würden sie ihm die Hölle heißmachen. Denn, so hatte man ihm jahrelang eingebläut, *ein Soldat blieb immer ein Soldat. Einerlei, ob er sich in einer Schlangengrube, unter schwerem Beschuss des Feindes oder in den Armen einer Frau befindet. Was schlussendlich ohnehin ein und dasselbe ist, ha ha.*

Noch tat sich dort drüben nichts, noch blieb alles ruhig.

Waren sie nicht vor wenigen Minuten einem anderen Liebespärchen begegnet, das ihnen engumschlungen und alles vergessend entgegengekommen war? Gab es einen Kameraden, mit dem er sich beraten konnte? Eine Frau oder einen Mann, die die Behörden informieren konnten?

Lester sah auf die Uhr und fluchte. Die Zeit war wie im Flug vergangen. Seit über vier Stunden hielten sie sich hier auf, in einem entlegenen Randgebiet des Teragonda-Nationalparks. Jene anderen, die er gesehen hatte, waren wahrscheinlich längst wieder zurück bei ihrem Gleiter, meilenweit entfernt.

»Ich schätze, dass die Kugel sechs bis sieben Meter Durchmesser hat«, flüsterte Li neben ihm.

Ihre Hände waren zwischen knorrigem Wurzelwerk in Schlick getaucht, Kopf und Körper geschickt zwischen Blattwerk verborgen. Von einem Moment zum nächsten hatte sie sich von einem anschmiegsamen, liebeshungrigen Luxusgeschöpf in eine kampfbereite Soldatin gewandelt. Wie eine Feder gespannt hockte sie da. Lester wurde sich verwundert bewusst, dass trotz der ungewöhnlichen Situation die Leidenschaft in ihm kochte.

Er wischte alle Gedanken an Spaß und Sex beiseite, konzentrierte sich wieder auf die Silberkugel. Sie steckte im flachen Flussbett fest, bewegte sich keinen Millimeter.

»Du marschierst zurück zum Gleiter und alarmierst die Behörden«, flüsterte Lester dem Mädchen zu.

»Spinnst du?«

Sie sah ihn kurz an. Eine durchaus entzückende, aber auch angsterregende Falte erschien an ihrer Nasenwurzel. Li verbrannte ihn mit Blicken zu einem Aschehäufchen.

»Du willst mich wegschicken? In *Sicherheit*? Jetzt, wo es spannend wird?«

»Nein … ja … ich wollte doch nur …«

»Willst *du* vielleicht gehen?«

»Keinesfalls!« Er rief es fast, hielt sich augenblicklich die Hand vor den Mund. Hoffentlich hatte man ihn nicht gehört. Dort drüben, in diesem unheimlichen Objekt.

»Wir müssen erst einmal herausfinden, was das Ding eigentlich kann. Vielleicht handelt es sich um einen unbemannten Körper.«

»Willst du etwa *hinschwimmen*?« Lester wusste nicht, ob er sie wegen ihres Wagemuts bewundern oder für verrückt erklären sollte.

»Warum nicht? Es bleibt ruhig. Niemand rührt sich. Vielleicht ist es abgestürzt …«

Er drückte Li noch tiefer in das Unterholz, tauchte ihre Nasenspitze in den Schlamm.

Die Kugel schmolz.

Sie *zerrann*, verging im Nichts. Der quecksilberne Körper diffundierte einfach. Übrig blieben mehrere Gestalten, die knapp über der Wasseroberfläche schwebten. Fünf oder sechs an der Zahl waren es. Sie verdeckten einander teilweise.

Die vorderen beiden setzten sich in Bewegung, glitten auf die Böschung des Teragonda-Flusses zu. Ihre blau schimmernden Schutzanzüge strahlten eine gewisse Bedrohlichkeit aus. Lester hatte derartige Dinger noch nie zuvor gesehen. Ein drittes Wesen, eine Frau mit wallendem dunklem Haar, gesellte sich zu den beiden Männern, unterhielt sich kurz mit ihnen. Der jüngere der beiden, der mit dem volleren Haar, gab unterdessen das Tempo vor. Er tat dies mit Routine, als wäre er es gewohnt, stets vorneweg zu schreiten. Irgendwie kam Lester das Gesicht bekannt vor. Die Distanz war allerdings zu groß, um sich irgendwelchen Spekulationen hinzugeben.

Der andere Mann sah sich plötzlich suchend um, blieb mit seinen Blicken einen Moment lang an jenem Gebüschstreifen haften, hinter dem sie sich verbargen.

Li und Lester drückten sich nun mit ihrem gesamten Gewicht in den Morast. Dies war nicht der Moment, um über Bekleidungsrechnungen und unangenehmen Geruch nachzudenken.

Der Soldat zählte langsam bis zehn und sah erst dann wieder hoch.

Die kleine Gruppe war vorbeigeschwebt, setzte ungefähr 50 Meter flussabwärts die Füße auf trockenen Boden.

Angst, Schrecken, Panik griffen nach ihm.

Er schluckte schwer, unterdrückte ein Krächzen und tunkte das Gesicht seiner Freundin, kaum, dass sie es hoch hob, geistesgegenwärtig in den Schlamm zurück.

Sein Herz tat Sprünge. Er konnte sich kaum artikulieren, als er es endlich wagte, Li aus ihrer misslichen Lage zu befreien. Zu jedem anderen Moment hätte er über das schmutzbedeckte Gesicht gelacht, auf dem Blattwerk und kleine, weiße Larvenhüllen klebten. Aber hier und heute gab es keinen Grund, zu scherzen.

»Zwei von ihnen sind Posbis«, flüsterte er mit zittriger, kaum zu bändigender Stimme. »Die Invasion hat begonnen.«

Acht Fort Kanton: Schichtdienst

Posbis! Ekelhafte Maschinen, Feinde allen Lebens!

Es widerte ihn an, auch nur an sie zu denken. An diese Teufel, die das alteranische Reich seit Jahrzehnten mit einem Teppich aus Blut, Schmerz und Verderben überzogen. Und noch war kein Ende abzusehen, ganz im Gegenteil …

Darius Beng-Xiao schluckte einen schnell wirkenden Ampatrin-Blocker, der im geschundenen Körper eine beruhigende Wirkung entfaltete. Die Samyl-Tablette hingegen, die er nachfolgen ließ, würde ihn wach halten, ihm genügend Kraft für die zweite Doppelschicht geben, die er in der Nebenzentrale der SHENYANG Dienst tun musste.

Er blickte auf die computergenerierte Darstellung Fort Kantons. Auf seine Heimat, die unter allen Umständen gegen die vorrückenden Posbi-Horden zu verteidigen war. Irgendwo lauerten die Maschinenwesen, in der weiten, endlosen Schwärze des Hinterlandes von Imperium Altera. Mit jenem Gleichmut, die sie um so hassenswerter machte, lauerten sie auf ihre Chancen, schlugen zu, rieben die Truppen der Alteraner auf, ohne jemals selbst irgendwelche Abnutzungserscheinungen zu zeigen.

Wie auch?

Nimmermüde Maschinen waren sie, deren einzige Grenze in den Kapazitäten ihrer Produktionsplaneten zu liegen schienen.

Lass diese Gedanken!, schalt sich Darius. Defätismus war eine der vielen Gefahren, die dem Imperium Altera drohten. Die Mitglieder der Truppe mussten stark bleiben, an sich glauben, niemals die Hoffnung verlieren …

Er schluckte ein weiteres Ampatrin.

Es tat ihm gut.

Weil er daran glaubte, weil es die überall präsente Flottenpropaganda über den Funkäther trompetete, weil es gar nicht anders sein konnte.

Comz, Samyl und Ampatrin, summte er,
Herzogon und Flamyzin.
Schleifer, Putscher, Blocker,
halten wach und locker.
Der Frontsoldat steht seinen Mann,
der mit ihnen kämpfen kann.

Er rülpste verhalten. Magensäure stieg unangenehm den Rachen hoch. Ab und zu musste er Schmerzberuhiger nachwerfen, die ihm die Bordklinik empfohlen hatte.

Interessierten sich die Posbis überhaupt für die Hyperkristalle, die im Kanton-System gefördert wurden? Wenn man den Worten der Generalität glaubte, waren ihnen die hier vorhandenen 60 Prozent des bekannten Hyperkristall-Bestands des Imperiums gleichgültig. Die Wertigkeiten zwischen Posbis und Menschen unterschieden sich auch in dieser Beziehung gewaltig.

Die Alteraner brauchten die Vorräte dort unten, die zwischen tief liegenden Flözschichten des Sus-Gebirges verborgen lagen, wie einen Bissen Brot. Mit Geld ließen sich diese Schätze schon längst nicht mehr aufwiegen. Nach der unerwarteten Verschiebung des Hyperimpedanz-Werts vor wenigen Jahren sicherten die Kristallvorräte die Aufrechterhaltung der Raumfahrt und damit den Weiterbestand des Reiches. Die Posbis hingegen scherten sich nicht weiter um die Lager. Wahrscheinlich besaßen sie größere und reichhaltigere.

Die Maschinenwesen waren hier, um zu töten.

Darius wusste, dass die Kosten für die aufgeblähte Wachflotte über Fort Kanton enorm waren. Aber die Aufrechterhaltung der Schutztruppe musste sein. Der Tag, an dem die Posbis angreifen würden, war nicht mehr fern.

Er schluckte ein Comz, das die trüben Gedanken vertrieb. Gleich ging es ihm besser.

Sie sollten nur kommen, diese Maschinenteufel!

Neun Altera: Die Verkannten

Die Landung erfolgte ebenso sanft wie abrupt.

Eben noch waren sie auf eine grünblaue Planetenmurmel zugerast, hatten mit abnehmender Geschwindigkeit eine Wattewolkenschicht durchstoßen, den Lauf eines Tages durchschritten und über die seltsame, rotblaubraune Schönheit des gebirgigen Landes gestaunt, da waren sie auch schon hinabgestoßen in den trägen Fluss.

Diese Welt schien sie gar nicht richtig zur Kenntnis nehmen zu wollen. Fontänen feinsten Wassers spritzten nach dem Aufprall hoch und fielen behäbig wieder zu Boden, als weigerten sie sich, die Ankunft eines fremden Körpers zu akzeptieren. Selbstverständlich erzeugten die Kraftfelder der Silberkugel diesen Eindruck.

»Und nun?«, fragte Mondra.

Interessiert blickte sie durch den Schleier der Silberkugel auf das Gewässer und den Uferstreifen, der von trauerweidenähnlichen Gewächsen gesäumt war. Da und dort durchstießen Fischmäuler die Oberfläche und schnappten nach Insekten, während breite Schaumteppiche an ihnen vorbeiwirbelten.

»Wir gehen wie im Lehrbuch vor«, sagte Rhodan. Eine Situation wie diese war ihm nicht unbekannt. »Die Umgebung prüfen. Sichern. Einen Stützpunkt einrichten. Kontakt zu Einheimischen, so es denn welche gibt ...«

»Kurz vor der Landung habe ich Bauwerke gesehen«, sagte Startac. Der Mutant hatte während des Flugs kaum ein Wort gesprochen, hatte in sich gekehrt auf dem Boden der Kugel gekauert und den Oberkörper nachdenklich nach vorn und hinten geschaukelt. Er wirkte müde, als hätte ihn die seltsame Reise geschwächt. Nun stand er auf und streckte die schlaksigen Beine aus.

Sie zitterten.

»Wo hast du sie gesehen?«, fragte Rhodan.

Startac warf einen Blick auf die untergehende Sonne. »Im Osten.«

»Das m-muss ich bestätigen«, ergänzte Nano Aluminiumgärtner, der schüchtern und mit erhobener Hand auf sich aufmerksam machte. »Die W-wandung der Silberkugel behindert zwar die Funktionstüchtigkeit meiner Sehrezeptoren, aber die Gebäude ähnelten in Größe und Bauweise j-jener, die menschenähnliche Wesen bevorzugen würden.«

»Das kann alles oder nichts bedeuten.« Rhodan zuckte mit den Achseln. Der Posbi wirkte nach seiner emotionellen Anpassung ängstlich und nervös. »Wie groß war diese Ansiedlung?«, hakte der Unsterbliche nach.

»Ich schätze sie auf mehrere Millionen Einwohner.« Nano schob den Kopf ein wenig tiefer in die Körperfassung, als wollte er sich schuldbewusst in seinem angeschmorten Oberkörper verkriechen. »Ich empfange nur unkodierte Funkemissionen, und die sind meist nichtssagend. Au-aufgrund einiger weniger optischer Wahrnehmungen möchte ich mich nicht weiter festlegen. *Noch* nicht.«

»Beeil dich gefälligst!«, forderte Rhodan schroffer, als er es beabsichtigt hatte.

Mauerblum erwachte aus einer Starre, die er in Form eines schwungvoll ausgebildeten »SOS«-Schriftzuges an der Decke der Silberkugel verbracht hatte. Träge tropfte er zum Boden hinab, fing den Sturz mit einigen Pseudopodien ab und legte sich schließlich wie ein feines Gespinst um Nano Aluminiumgärtner.

»Du ängstigst ihn mit deinen Fragen«, sagte der Matten-Willy. »Mein Nano-Liebling ist ein Feingeist, dessen Bio-Komponente nicht allzu belastbar ist.«

»Dann soll er sie noch ein wenig zurückschrauben«, forderte Rhodan zum wiederholten Mal und wider besseren Wissens. Mit diesem Fladen-Wesen zu argumentieren, hieß, ohne Aussicht auf Erfolg Zeit und Energie zu vergeuden. Dennoch fuhr er fort: »In den nächsten Stunden oder vielleicht auch Tagen müssen wir uns aufeinander verlassen können. Launen und Schüchternheit haben in einem Team, das ein bestimmtes Ziel verfolgt, nichts zu suchen. Das gilt sowohl für dich, Mauerblum, als auch für deine beiden Lieblinge. Stellt euch endlich auf uns ein!«

Rhodan argumentierte nun nicht mehr, er *forderte*. Es würde schwer genug bleiben, das kleine Team frei von Spannungen zu halten. Sosehr er Mondra achtete, schätzte und vielleicht auch noch liebte, ihre gemeinsame Vorgeschichte bot ausreichend Konfliktstoff. Startacs Stärken hingegen waren auch seine Schwächen. Seine Mutantengaben machten ihn in mancherlei Beziehung sensibler als *normale* Menschen. Da konnte er potenzielle Unruheherde, wie sie Posbis und Matten-Willys darstellten, nicht auch noch brauchen.

»Mpf!«, drang es durch die zähe Substanz des Matten-Willys. Und, ein wenig energischer: »Hmpf!«

Augenblicklich bildete das Plasmawesen einen Raum rund um die Sinnes- und Sprechorgane Nano Aluminiumgärtners aus, den er mit seinem Leib eingeblistert hatte.

»W-wir werden uns Mühe geben«, versprach der Posbi. »Hab bitte ein wenig Geduld.«

Eine seltsame Forderung für ein Maschinenwesen, dachte Rhodan, doch ihm blieb keine Zeit, länger darüber nachzudenken. Zischend strömte Atemluft in die Silberkugel. Mit einer minimalen Zeitverzögerung reagierten die Schutzanzüge und hüllten die drei Terraner ein. Auch sprangen leichte Energieschirme an, deren Grenzen in der beginnenden Dunkelheit schwach, kaum sichtbar aufglühten.

Die Wandung ihres seltsamen Fluggefährts löste sich auf, zerrann allmählich im Nichts. Sie waren endgültig gelandet.

»Scheint alles sauber zu sein«, sagte Startac, der sich intensiv mit mehreren semitransparenten Holodatenfeldern vor seinen Augen beschäftigte. Wie von Zauberhand erschienen immer wieder neue Zahlenkolonnen, die er mit deutlich sichtbaren Zeichen körperlicher und geistiger Müdigkeit auswertete. »Keinerlei Viren- oder Bakterienstämme, die uns kurzfristig gefährden könnten. Unsere Immunsysteme dürften vorerst ausreichend Schutz gegen alle möglichen unsichtbaren Gefahren bieten ...«

»Schwerkraft null Komma neun vier Gravo«, ergänzte Mondra, die sich mit einem anderen Teil der planmäßigen Pionierarbeit beschäftigte, wie sie für unbekanntes Terrain standardisiert worden war. Die Silberkugel hatte bislang jegliche Datenerfassung verhindert; es galt, nun rasch und effizient zu arbeiten. »Luftdruck auf Eins Komma null sechs im Vergleich zu Terrania. Luftfeuchtigkeit fünfundachtzig Prozent, Temperatur vierundzwanzig Grad Celsius. Strahlungsspektrum der Sonne geringfügig rotverschoben ...«

»Wie sieht es auf höherenergetischer Basis aus?«, fragte Rhodan in Richtung der beiden Posbis.

»I-ich arbeite an den Funkemissionen«, gab Nano Aluminiumgärtner zögernd zur Antwort, während sich Drover schweigend und scheinbar träge im Kreis drehte. »Auf hyperenergetischer Ebene k-kann ich durch meine Rezeptoren kaum etwas ausmachen. Eine bescheidene Elektrosmog-Ballung bef-findet sich dort, wo ich die Stadt gesichtet habe.«

»Bezieht sich das ›bescheiden‹ auf Posbi- oder auf menschliche Verhältnisse?«, hakte Rhodan nach.

»Verzeih mir. F-für euch mögen die Werte durchaus imposant wirken.« Immer wieder verhaspelte sich der Roboter. »Im Vergleich zu dem, was in unseren größeren Schiffsverbünden v-vor sich geht, sind die Emissionen allerdings so unbedeutend wie eine einzelne Schraube im Ersatzteilfriedhof der Hundertsonnenwelt.«

Ersatzteilfriedhof ... gab es denn tatsächlich so etwas wie Begräbnisrituale im Reich der Posbis, so etwas wie Totenstätten oder Nekropolen?

Mühsam kehrte Rhodan mit seinen Gedanken in die Gegenwart zurück. Er tat, was er gewohnt war. Er behielt den Gesamtüberblick, beobachtete das unbekannte Land sozusagen aus der Vogelperspektive. Er ließ die Umgebung auf sich einwirken und bemühte sich, die Eindrücke mit den gewonnenen Daten in Einklang zu bringen.

»Von meiner Seite her ist alles in Ordnung«, schloss Startac Schroeder seine Untersuchungen ab. Er fuhr mit den behandschuhten Händen durch die Vielzahl der Holofelder, verwirbelte sie, ließ sie verschwinden.

»Ich bin ebenfalls fertig.« Mondra Diamond atmete tief durch. »Ich denke, wir können die Schutzanzüge öffnen.«

»Einverstanden.« Rhodan ließ das Visier hochklappen. Er atmete die trotz der Abendstunde noch warme und feuchte Luft ein. Sie schmeckte nach verrottetem Holz.

Laue Winde kamen auf, vertrieben den Gestank und brachten plötzlich einen Hauch von Frühling mit sich.

Die Reste der Silberkugel verschwanden währenddessen im Nichts. Möglicherweise hörten sie tatsächlich auf zu existieren, möglicherweise glitt die materielle Substanz in ein anderes Energielevel, in dem sie eines neuen Einsatzes harrte.

Zu seiner Beruhigung spürte Rhodan das Gewicht des zweiten Tornisters. Die darin verpackte Silberkugel war ihre beste – und einzige! – Rückversicherung.

Hatte man sie geortet? War die Silberkugel unbemerkt geblieben, oder war man auf sie aufmerksam geworden?

Menschen lebten auf diesem Planeten. Menschen, die möglicherweise auf seine Hilfe warteten. Warum, zum Teufel, wähnte er sich dann in Gefahr? All seine Instinkte sprachen an.

»Zum Ufer!« Der Unsterbliche deutete auf die schmale Mündung eines Zuflusses. Gestrüpp und Baumbewuchs standen dort weniger dicht. »Startac – du ›hörst‹ dich ein wenig um.«

Der Mutant nickte und legte seinen Kopf leicht schief. In dieser ihm typischen Haltung lauschte er mit seinen schwach ausgeprägten Ortergaben ins Unbekannte hinein.

Rhodan gab sich keinen Illusionen hin: Es musste schon mit dem Teufel zugehen, wenn Startac Gedankenimpulse anmaß. Seine Fähigkeiten machten ihn vielleicht zum Star unter Normal-Terranern; im Vergleich zu Gucky, dem paranormale Begabungen zuhauf in die Wiege gelegt worden waren, schnitt er allerdings wie ein Blinder mit Krückstöcken ab.

»Was ist los mit dir?«, fragte Rhodan den Mutanten flüsternd. Er achtete tunlichst darauf, dass Mondra ihr Gespräch nicht mithören konnte.

»Ich bin müde. Angeschlagen. Es gab irgendeinen Nebeneffekt während des Transportes. Meine Sinne sind beeinträchtigt.«

»Was sagt dein Anzug?«

»Seiner Meinung nach befinden sich meine Vitalwerte im grünen Bereich. Hm …«

»Ist was, Startac?«

»Ich dachte nur, ich hätte jemanden gespürt.«

»In welcher Richtung?«

»Weiß ich nicht.« Der Mutant sah sich prüfend um, suchte den Uferrain mit Blicken ab. »Dazu war der Kontakt zu kurz. Wenn es denn überhaupt einer war.«

»Vielleicht ein Tier mit rudimentärer Intelligenz«, sagte Mondra, die ein wenig näher an sie heranrückte.

»Die könnte ich nicht orten.« Startac gab sich weiterhin wortkarg.

Kleinere Verwirbelungen gluckerten an der Einmündung des Gewässers friedlich ineinander. Der Eindruck unendlicher Trägheit, den der breite Fluss bislang vermittelt hatte, wandelte sich am Ufer. Das Wasser unter ihren Beinen floss weitaus rascher dahin, als Rhodan angenommen hatte. Hätten sie nicht die Schutzanzüge zur Verfügung gehabt, wären sie nach der Auflösung der Silberkugel ins Wasser geplatscht und auf die Unterstützung der beiden Posbis oder Startacs angewiesen gewesen. Gegen diese starke Strömung hätten sie keinesfalls anschwimmen können.

Der Unsterbliche landete. Morast und Schlick unter ihm gaben nach. Mühsam hielt er sich an Wurzelwerk fest und zog sich hinauf ans Ufer. Startac und Mondra gaben sich weitaus geschickter als er. Einige Meter vor ihm setzten sie auf dem Boden auf. Die Frau grinste ihn unverschämt an, während er sich fluchend die Hände an Blätterwerk abputzte.

Die beiden Posbis ließen sich aus einem halben Meter Höhe fallen. Unter ihren Leibern knackte laut und vernehmlich dürres Holz. Mit ihrer Masse wälzten sie sich durch das Gestrüpp und erzeugten eine meterbreite Schneise. Der letzte im Bunde, Mauerblum, hatte sich wie ein Cape um die Schulter Nanos gewickelt. Nun glitt er zu Boden, suhlte sich im Schlamm und seufzte wohlig.

»Endlich wieder Erde unter der Haut!«, sang er mit drei Mündern in einem unglaublich falsch intonierten Kanon.

»Ruhe!«, rief Rhodan. Genau *das* hatte er befürchtet. Menschen, Posbis und Matten-Willys besaßen gänzlich unterschiedliche Ansichten, wie sie vorzugehen hatten. Wie sollte er diese drei Gruppen jemals zusammenbringen?

Eine Gesellschaft fremdartiger Nachttiere meldete sich mit unerwarteter Plötzlichkeit zu Wort. Von überall her drangen Grunz- und Quietschlaute an ihre Ohren. Diese Geschöpfe mochten winzige Pflanzenfresser oder gewaltige Karnivoren sein, Rhodan konnte es nicht sagen.

Er schaltete Teile der Anzuglichter ein. Sie bestrahlten indirekt sein Gesicht und eine halbkreisförmige Fläche, die all seine Gefährten umfasste. Der Lichterschein beruhigte; zumindest entspannte sich Mondras Gesicht, und Mauerblum hörte auf, wie ein Fähnchen in einer Sturmbrise vor sich hin zu flattern.

Startac, der sich ein paar Schritte entfernt hatte, blieb plötzlich stocksteif stehen, als wäre er gegen eine Wand gerannt. »Kontakt!«, flüsterte er und fügte ein wenig lauter »Gefahr!« hinzu.

Zehn
Chronik der Familie Donning: Gründerzeit (2)

Ich ließ alles stehen und liegen, rannte davon, zurück in die Siedlung, suchte die schützenden Arme meiner Mutter.

Niemand hielt mich auf. Die *anderen* blieben stocksteif stehen, konnten es wohl nicht fassen, dass ein Zehnjähriger ein gestandenes Mannsbild einfach *so* erstochen hatte.

Meine Tat sprach sich rasch herum. Zho Mayang hatte schon vom versteckten Lager der *anderen* erzählt. Die Nachricht vom Tod Steph Grants verbreitete sich nur unwesentlich langsamer. Gerüchte von einer von langer Hand geplanten Revolte machten die Runde. Je öfter die Geschichte weitererzählt wurde, desto bescheidener fiel meine Rolle darin aus, und desto deutlicher trat der Hass der einzelnen Gruppierungen aufeinander zutage. Die bislang unterschwellig spürbaren Rivalitäten kochten hoch. Bald waren die Menschen nicht mehr zu bändigen.

Es ist so leicht, das Gute und die schönen Dinge zu verdrängen und zu vergessen. Es sind doch stets die Narben an Körper und Seele, an die wir uns erinnern.

Also fielen die *Han* über die *anderen* her und statuierten ein Exempel. Die *anderen* wussten sich nur zu wehren, indem sie die nächstschwächere Gruppe attackierten, also jene der Bürger. Zu guter Letzt bekamen die *Han* den Frust aller zu spüren.

Untertags wurde mit offenen Karten und mit aller Brutalität gekämpft; während der dunklen Stunden waren Meuchelmörder und Saboteure unterwegs.

Eine klare Sache hätte das sein sollen, meint ihr?

Die *Han* hielten zwar die größten Machtmittel in ihren Händen, mussten aber dennoch mit den Energien ihrer Waffen haushalten. Obwohl die Schutzschirme kaum notwendig waren, blieben sie weiterhin rund um Neo-Tera gespannt, um sich gegen das Unbekannte abzugrenzen. Individualschirme existierten zu dieser Zeit praktisch keine mehr. Strahlwaffen waren ebenso rar, die passenden Magazine ohnehin. Zudem waren die Asiaten in deutlicher Minderzahl. Fünftausend *Han* standen einer knappen halben Million Menschen anderer Herkunft gegenüber.

Blutige Tage waren dies, in der Tat. Verhandlungsergebnisse waren die Folien nicht wert, auf denen sie geschrieben wurden. Immer wieder flammten neue Kämpfe auf, immer wieder gab es »gute Gründe«, einen mühsam errungenen Waffenstillstand zu brechen.

Jede Seite verscharrte seine Toten an einer eigenen Stätte, nach eigenen Regeln. Zehn oder mehr an jedem Tag. Deswegen gibt es auch heute noch drei Friedhöfe in Neo-Tera.

Irgendwann erloschen die Auseinandersetzungen, ohne dass es einen speziellen Grund dafür gegeben hätte. Die Frauen und Männer wurden schlichtweg müde, sich gegenseitig das Leben noch schwerer zu machen, als es ohnehin schon war. Schließlich betrachteten wir alles um uns als *feindlich*; zumindest tat dies meine Elterngeneration.

Neue Krankheitsformen machten sich breit, Immunschwächen griffen um sich, Umweltbelastungen wurden spürbar. Ja, selbst die fünf Prozent weniger Schwerkraft im Vergleich zur Erde machten für meine Eltern einen Unterschied! Noch Jahrzehnte nach dem Absturz schätzten sie Distanzen falsch ein oder wandten zu viel Kraft auf, um eine bestimmte Tätigkeit auszuüben. Jahrmillionenalte Bewegungsabläufe, die genetisch im Menschen verankert sind, lassen sich nicht so einfach ändern.

Zudem drohten alle mühselig aufgebauten Strukturen zusammenzubrechen. Felder wurden nicht mehr bestellt, die bescheidene Krankenversorgung kollabierte, die Aufräumarbeiten und der notwendige Ausbau des Stadtgebietes lagen brach.

Also endeten die Kämpfe. Einfach so.

Es gab keine Friedenserklärungen, keine gemeinsame Aufarbeitung, keine Verbesserung der Situation. Ein unausgesprochener Waffenstillstand war dies. Der Hass und die Erinnerung an all die Brutalitäten der Auseinandersetzungen glühten im Verborgenen. Nichts wurde vergessen. Mir kam es damals so vor, als schöben die Erwachsenen den Entscheidungskampf nur so lange vor sich her, bis sie die Kraft für eine weitere Auseinandersetzung getankt hatten. Und so lebten die drei Gruppen nebeneinander, nicht miteinander.

Mein persönliches Schicksal sah während dieser Zeit trist aus. Ich hatte im Alter von zehn Jahren einen Menschen getötet, Mann!

Der offizielle Prozess? Der war ein Hohn. Die Gerichtsbarkeit wurde zur Gänze durch die *Han* repräsentiert, vom Schreiber über den Ankläger bis zum Richter. Niemand wollte mich für eine Tat verurteilen, die jeder *Han* stillschweigend guthieß. Man verhängte also eine geringfügige Ordnungsstrafe über meine Mutter wegen Vernachlässigung ihrer Aufsichtspflicht und ließ uns sonst in Ruhe. Auch die *anderen* zeigten kein Interesse an mir. Steph Grant war überall unbeliebt gewesen und hatte keinerlei Familienanschluss. Mir schien fast, als wären alle Parteien froh darüber gewesen, dass ich den offenen Ausbruch der *Revolte* heraufbeschworen hatte.

Während dieser Tage war alles durcheinander, alles so verwirrend für mich. Ich kümmerte mich nur wenig um meine Umwelt. Denn jede Nacht träumte ich davon, wie ich den verkohlten Holzstiel in meiner Hand in Steph Grants Leib rammte und das Leben sprichwörtlich aus ihm lief.

Die Alpträume wollten nicht nachlassen. Ich fieberte, ich jammerte und ich weinte mich Tag für Tag in den Schlaf. Mutter blieb stets an meiner Seite, pflegte und umsorgte mich, unterrichtete mich während ihrer spärlichen Freistunden zu Hause, spendete mir Trost. Ich verließ den Wohnkubus kaum mehr, vergrub mich in meinem Schmerz.

Weitere Falten gruben sich unterdessen in Moms so hübsches Gesicht. Ihr Rücken wurde krumm. Sie richtete sich für mich zugrunde. Ein Zehnjähriger sieht das alles nicht. Er kennt keine Rücksicht. Er hat nur Augen für seine eigenen Probleme.

Aber ein anderer Mensch bemerkte die Schmerzen, unter denen meine Mutter litt.

Zehn Tage vor meinem elften Geburtstag klopfte es an unsere Tür. Hohl und blechern klang es. Ich spürte Angst. Gäste waren in diesen Tagen selten geworden, und meist waren sie die Überbringer schlechter Nachrichten.

Mutter öffnete zögernd, lugte durch den Spalt. Dann tat sie einen Schritt zurück; vielmehr einen Sprung.

Vater war gekommen. Das erste Mal seit fast einem Jahr. Er hielt grässlich stinkende Blumen in Händen, murmelte irgendetwas und drückte ihr die traurigen Gewächse schließlich unbeholfen an die Brust.

Ich schrie auf, ignorierte das Pochen des Fiebers in mir, sprang auf die Eltern zu, umarmte sie beide, weinte hemmungslos.

Ich kann heute nicht sagen, ob Vater denn überhaupt gekommen war, um sich zu versöhnen. Es war mir einerlei. Ich drückte und schubste die beiden wichtigsten Personen in meinem Universum aneinander, bis sie sich umarmt hielten, bis sie zu reden begannen.

Dann zog ich mich wieder in mein Bett zurück. Das Fieber fiel, und die Alpträume waren von einem Tag zum anderen Vergangenheit. Ich hatte wieder eine Familie.

Ich erneuerte meine Freundschaften mit den Kindern der *Han*, stets ermutigt von meinen Eltern, die beide endlich eine gemeinsame Sprache gefunden hatten. Sie verhielten sich schlauer als die meisten anderen ihrer Generation. Sie erkannten, dass die Brücken, die innerhalb ihrer Altersgruppe abgerissen worden waren, nie wieder aufgerichtet werden konnten. Also setzten sie darauf, dass die kommende Generation es besser machte.

In Zho Mayang fand ich einen guten Freund, mit dem mich nicht nur die gemeinsame Leidensgeschichte um Deng Qiang verband. Wir verstanden uns ausgezeichnet. Zhos Eltern blieben reserviert, akzeptierten aber seltsamerweise diese Freundschaft, die über alle damaligen Konventionen hinweg wuchs. Warum dies möglich war, ist mir bis heute unklar geblieben. Wahrscheinlich war Zhos Vater ein Typ wie meiner. Einer, der über den Tellerrand hinwegsehen konnte und auf üble Nachrede schlichtweg pfiff.

Wir beide scherten uns ebenso wenig darum, was andere Leute über uns dachten. Wir standen abseits der meisten Jugendgangs, die die Hassparolen ihrer Vorväter übernahmen und einander eklige Streiche spielten. Wir taten niemandem etwas zuleide, und auch von uns wollte kaum jemand etwas wissen. Mein Ruf als »Mörder« brachte mir ausreichend Respekt ein. Selbst die wildesten Halbstarken zeigten Angst vor mir.

Eines Tages änderte sich alles. Ein kleiner Junge folgte uns. Ein Dreikäsehoch mit dunklen Haaren, dunklem Teint und einer riesigen Zahnlücke, in die er einen angefaulten Strohhalm geklemmt hielt.

»Will mitmachen!«, forderte er.

»Bei was willst du mitmachen?« Zho Mayang zeigte gelindes Interesse an dem Knirps, während für mich ein Säugling, der gerade erst die Windeln abgelegt hatte, als Gesprächspartner unter jeglicher Würde war.

»Bei dem, was ihr macht. Mitmachen!«, forderte der Winzling erneut.

»Wie heißt du?«, fragte Zho.

»Alberto. Ich mag euch.«

»Lass uns gehen«, bat ich meinen asiatischen Freund. Der Kleine wurde mir allmählich unheimlich, so bestimmend und wichtig, wie er sich gab.

»Ich geh mit!« Mit einem Stab aus fein geschältem Nasbattholz stampfte Alberto auf dem Boden auf.

»Nie und nimmer! Wir nehmen keine hasenzahnigen Winzlinge bei uns auf.«

»Aber doch! Ihr mögt mich, das weiß ich!«

»Spinnst du? Komm, lass uns abhauen!« Ich packte Zho Mayang, zog ihn hinter mir her.

»Nicht ohne mich!« Mit kurzen, trippelnden Schritten folgte uns das kleine Rabenaas, während wir Fersengeld gaben.

Was wir auch taten – Alberto fand uns. Er bewies eine unglaublich feine Nase. Sobald er uns gesichtet hatte, zupfte er einen Strohhalm aus seiner Hosentasche, grinste frech und setzte sich in unserer Nähe nieder. Wir bemühten uns tunlichst, ihn zu ignorieren, und taten das, was Jugendliche in diesem Alter so im Kopf hatten. Alberto lauschte unseren Prahlereien, sah uns bei den ersten Rauchversuchen genau auf die Finger oder half mit, Knallzillfrösche einzufangen, die wir blöden Mädchen in die Blusen stopften.

Nur selten bekam der Dreikäsehoch das Maul auf. In dieser Hinsicht ähnelten sich die Espinozas durch alle Generationen.

Ja, er war der Großvater Jorges, der heute die Bibliothek leitet. Ich kann von mir behaupten, dass ich drei Generationen Espinozas in die Windeln kacken sah.

Wo war ich stehengeblieben? Ach ja – beim Anfang unserer eigenen Bande. Denn irgendwann gewöhnten wir uns an die schweigende Gegenwart Alberto Espinozas; er blieb einfach da, gehörte zu uns. Punktum.

Weitere Jungs schlossen sich uns an. Die Gruppe wuchs und wuchs, ohne dass wir allzu viel dazu tun mussten. Vielleicht betrachteten sie es als eine Art Mutprobe, mit mir, dem Mörder, in einer Partie durch die langsam wieder wachsende Stadt zu abenteuern. Und als sie bemerkten, dass ich ein stinknormaler Bursche wie sie selbst war und dieselben Probleme wälzte, blieben sie erst recht bei uns. Viele hatten die endlosen Streitereien ihrer Eltern satt. So stießen also Mio Li, Hagen Rastelli und die Doppler-Zwillinge dazu. Legendäre Namen, nicht wahr? Straßen und Gebäude Neo-Teras sind heute nach diesen Jungs benannt, voll Ehrfurcht spricht man noch immer von ihnen. Die Wohnviertel, in denen sie aufwuchsen, zeigen überdimensionale Plastiken von ihnen. Plaudernde Denkmäler erzählen von Heldentaten, die sie angeblich begangen haben. Das waren wirklich feine Kerle, glaub's mir. Sie würden sich allerdings im Grab umdrehen, wenn sie wüssten, welches Tamtam heutzutage um sie gemacht wird.

Im Hochsommer wurde das erste Mädchen bei uns vorstellig. Dürr wie ein Ast war sie, und sommersprossig, dass man kaum noch Haut zwischen all den Pigmentflecken sah. Fettiges Haar klebte ihr am schmalen Gesicht, und sie blinzelte kurzsichtig.

Ach du liebe Güte, gab *das* einen Aufstand! Durch die Bank hassten und verachteten wir sie. Keiner war bereit, sie in die Gang aufzunehmen, die sich mittlerweile großspurig »Alteras Söhne« nannte.

Dass wir ihr ebenso durch die Bank einer nach dem anderen unsere Aufwartung machten, verstand sich von selbst. Trotz ihres … hm … bescheidenen Aussehens hatte sie etwas an sich, das uns rasend machte. Sie duftete enorm gut, sie stachelte unsere Fantasien an, sie hörte zu und gab uns das Gefühl, jemand Besonderer zu sein. Sie benutzte also all die fiesen Tricks, die Mädels nun mal draufhaben, wenn sie ein Ziel erreichen wollen.

Und sie war verdammt zäh. Durch nichts ließ sie sich davon abbringen, Alteras Söhnen beizutreten. Ähnlich wie Alberto ein paar Monate zuvor nistete sie sich bei uns ein und weigerte sich zu gehen.

Ihr Name?

Sinead Keefe. Ja, meine spätere Ehefrau, und auch die spätere Bürgermeisterin von Neo-Tera.

Ist es nicht seltsam, dass sich aus dieser Bande verlotterter und ausgehungerter Jugendlicher eines Tages eine politische Macht entwickeln würde?

Damals hätte niemand auch nur im Traum daran gedacht, welche Konsequenzen sich aus diesen immer fester werdenden Freundschaftsbanden entwickeln würden. Wir waren jung, wir wollten der Tristesse zwischen faden Lernblöcken und »freiwilligen« Hilfsdiensten entkommen, zu denen wir von allen Seiten abkommandiert wurden.

Im Nachhinein betrachtet, war es wohl mein Vater, der uns die Impulse in die richtige Richtung gab. Er öffnete uns die Augen und politisierte uns. Der alte Fuchs wusste ganz genau, wie er uns lenken, uns formen konnte.

Jeden Montagabend zur selben Zeit versammelten sich Alteras Söhne im kleinen Vorgarten unseres Wohnkubus. Wir hockten uns auf rostige Verschläge, auf von wertvoller Elektronik befreite TARA-Brustkörbe oder in behelfsmäßig zusammengeschweißte Sitzgestelle. Dann holte Richard Donning tief Atem, was sich so in etwa wie Eisendraht anhörte, der durch eine Blechflasche gezogen wurde. Die Jungs hatten alle gehörig Respekt vor dem alten Herrn. Sie standen Habtacht, sobald sie das Rasseln seiner Lunge hörten.

Dann zündete er sein altes Feuerzeug an, ließ es wieder zuschnappen, brachte die Flamme neuerlich zum Glimmen. Diese Spielerei half ihm beim Nachdenken, wie ich wusste. Mutter verteilte unterdessen kleine Lunchpakete und winzige Becher mit frisch gepresstem Orindensaft. Wofür man heute ein Vermögen hinblättern muss, bekamen wir einfach so. Denn damals wuchsen die wilden Obstbäume noch am Stadtrand. Man musste bloß die Hände ausstrecken und sich bedienen.

»Mir ist zu Ohren gekommen« – so begann Vater meist – »dass in den untersten Stockwerken der SINABEL ein gut erhaltenes Forschungsabteil existiert. Geschickte Frauen und Männer« – stolz warfen wir uns in die Brust – »könnten das eine oder andere Gefäß voll wichtiger Chemikalien bergen. Unsere Ärzteschaft wäre dann möglicherweise in der Lage, die Vorräte an Blutgerinnungsmedikamenten aufzustocken.«

»Das ist viel zu gefährlich, Richard«, mischte sich an dieser Stelle Mutter ein. Programmgemäß warf sie Vater einen tadelnden Blick zu, den er, seiner Rolle entsprechend, kühl ignorierte.

Gefahr! Abenteuer! Unbekanntes Terrain! Nichts und niemand konnte uns mehr davon abbringen, in die Eingeweide der SINABEL vorzudringen und den Auftrag auszuführen.

Also bargen wir defekte feinmechanische Instrumente, sackweise in genetisch bestimmtem Hiatus gehaltene Setzlinge, Bücher und Datenspeicher, Stöße unbeschriebener Schreibfolien, einfachste elektronische Schaltelemente und vieles mehr. Dinge, die während einer ersten Sichtung kurz nach dem Absturz als minderwertig gekennzeichnet worden waren und erst jetzt, ein gutes Dutzend Jahre danach, eine gewisse Bedeutung erlangten.

So einfach mein Vater auch lebte und wirkte, er war ein vorausschauender, ein weiser Mann. Er wusste, worauf es für die nächsten Generationen ankommen würde. Die Menschen der Altera-Kolonie hatten sich noch immer nicht vollends vom Schock des Absturzes erholt. Manche von ihnen wollten nicht akzeptieren, dass dieser Planet für immer ihre Heimat sein würde. Sie hofften auf eine Rettungsflotte, die sie aufnehmen und an ihr vorbestimmtes Ziel bringen würde. Auch wenn sie dort möglicherweise ein weitaus härteres Schicksal erwartet hätte, so richteten sie sich dennoch so ein, als wäre Neo-Tera eine Zwischenstation, die man eines Tages wieder verließ.

Wir jedoch, die ersten Vertreter einer auf Altera geborenen Generation, hatten niemals etwas anderes kennengelernt als die Stadt und ihr Umfeld. Das Weltall war uns fremd. Uns lockten andere Dinge. Ein riesiger Kontinent, Meere und Ozeane, die hinter einem weiten Horizont verborgen waren. Altera war eine Heimat, die es allmählich und behutsam zu entdecken galt.

Vater hatte es ganz richtig erkannt: Wir Jungen mussten mit der *neuen* Heimat zurechtkommen und das Wissen der *alten* unter keinen Umständen vergessen. Das war ein Spagat, der die Gefahr in sich barg, dass unsere kleine Kolonie angesichts aller Probleme in einer präastronautische Phase zurückfallen würde. Also sorgte Richard dafür, dass wir uns tagtäglich praxisnah mit der Technik unserer Vorväter auseinandersetzten. In den Schiffen lag so viel verborgen, das es neu zu entdecken galt, wertvolle Dinge, die wir bewahren und erhalten mussten. Niemals durften wir vergessen, dass wir Alteraner *und* Terraner waren.

Vater lenkte unsere Aufmerksamkeit weg von den rassistisch und ideologisch bedingten Streitereien und gab uns ein Ziel: Das Alte bewahren, das Neue aufbauen.

Du meine Güte, wie ich ihn selbst heute noch vermisse … Dieses Urvieh voll grandioser Ideen, voll sprühendem Witz und erbarmungslosem Starrsinn. Trotz seiner Einfachheit und den vielen Grobheiten, die andere an ihm bemerkten, war er auf eine besondere Art und Weise überlebensgroß.

Ja, ich bin weit über 170 Jahre alt. Keine Ahnung, warum ich all diese Kämpfe, Unruhen und Kabbeleien überlebte, während rings um mich fleißig gestorben wurde. Fast alle meine Freunde sind tot. Manche hat man zu Helden hochstilisiert, manche liegen in namenlosen Gräbern verscharrt. Je nachdem, wer gerade mal für die Geschichtsschreibung verantwortlich war, hat man sie zu Helden oder zu Feinden großgeredet.

Ich bin müde, meine Freunde. Gönnt mir eine kleine Pause. Richtet euch selbst etwas zum Essen, während ich mich zurückziehe und mir ein paar Stunden Schlaf gönne. Dann erzähle ich euch den Rest der Geschichte …

Elf Altera: Eine verwirrende Erkenntnis

Maschinenteufel! Feinde! Stinkende Posbis! Die blechernen Todesengel!

Und bei ihnen waren Menschen! Zweifellos Kollaborateure, Alteraner, denen man das Gehirn aus dem Kopf gebrannt und die man dazu gebracht hatte, die stählernen Gegner hierher zu bringen.

Aber wie passte die seltsame Silberkugel, die wie Eis in der Sonne geschmolzen war, zu diesem Gedanken? Das Transportmittel entsprang einer Technologie, von der Lester niemals zuvor etwas gehört oder gesehen hatte.

Waren dies Späher oder Vorboten? Würde es bald tausende oder Millionen Silberkugeln regnen, würden aus jedem Gefäß zwei oder mehrere Posbis schweben und ihre Waffenarme auf die Stadt Neo-Tera richten?

Dies alles blieb einerlei. Sie mussten unter allen Umständen die Behörden vor einer bevorstehenden Invasion der Posbis warnen.

»Wir müssen zurück zum Gleiter«, flüsterte Lester seiner Freundin zu. Er hatte keine Augen mehr für ihre Schönheit. Sie war zur Soldatin geworden, die so wie er einen Auftrag im Rahmen der heimatlichen Abwehrarbeit zu verrichten hatte.

Wenn er doch wenigstens seinen Ohrwurm anbehalten hätte …

»Wir sollten noch etwas warten«, widersprach Li. »Mir kommt es so vor, als kenne ich diesen Mann.«

»Welchen? Den älteren?«

»Den anderen, Hageren. Irgendetwas hat er an sich … wenn ich nur draufkäme, an wen er mich erinnert …«

Lester schwankte zwischen zunehmender Neugierde, Angst und Pflichtbewusstsein. Zumindest einer von ihnen musste zurück zum Gleiter und Alarm schlagen.

»Wir kriechen ein wenig näher heran«, schlug er schließlich vor. »Jede zusätzliche Information ist wichtig.«

Er erntete einen dankbaren Blick von Li, der ihm noch vor wenigen Minuten mehr bedeutet hätte als alles andere.

So lautlos wie möglich robbten und schoben sie sich vorwärts. Möglicherweise war dieses kleine Versteckspiel längst sinnlos geworden. Wenn die Posbis ihre Umgebung auf Infrarotebene absuchten, müssten sie beide längst in den Fokus der Feinde geraten sein.

»Verdammte Dunkelheit!«, fluchte Lester leise. Angewidert spuckte er Sand und Blattwerk aus.

Beide erstarrten, als ein dumpfes Röhren von mehreren Seiten beantwortet wurde.

Eine Horde Kantalupen hatte sich während der Dämmerung aus dem Savannen-Grenzgebiet hierher ans Wasser geschleppt. Die trägen Fleischtiere mit ihren schwabbeligen Dreifachhörnern inmitten warziger Gesichter waren jedermanns Beute. Ihre einzige und beste Verteidigungswaffe waren enorme Vermehrungsquoten. Wenn die Weibchen nicht gerade Jungen zur Welt brachten und binnen weniger Wochen zur Eigenständigkeit erzogen, ließen sie sich von den Bullen der riesigen Horden rammeln.

»Die Kantalupen werden uns helfen«, flüsterte ihm Li aufgeregt zu. »Die Tiere überdecken unsere Körperwärme, möglicherweise sogar die Vitalimpulse, falls die Posbis nach uns suchen …«

Ein fahles Licht glomm vor ihnen auf. Lester erschrak. Sie waren der feindlichen Gruppe näher gekommen, als er vermutet hätte. Im Zentrum des Lichterscheins stand der vermeintlich jüngere Alteraner. Sein Gesicht, hager und knochig, wurde auf eine gespenstische Art und Weise ausgeleuchtet.

»Das kann nicht sein!«, keuchte Li laut, so laut, dass man sie hören *musste*.

In diesem Moment blieb es Lester einerlei. Auch er hatte das Gesicht des Mannes endlich erkannt.

Man begegnete ihm an allen Ecken und Enden der Stadt. Jeder Wohnturm verfügte über einen Schrein, in der dieser Mann verehrt wurde. Ja, nicht wenige Alteraner richteten ihre morgendlichen Bitten und Stoßgebete an ihn.

An Perry Rhodan, den Großadministrator.

Zwölf Altera: Unter Feinden

»Was ist?«, fragte Rhodan. Suchend sah er sich um, während er gleichzeitig die Einzelschutzschirme seiner Begleiter synchronisierte. In den nächsten Augenblicken umfasste sie eine einzige Energieglocke, die zumindest gegen einfache Strahlengeschütze Sicherheit versprach.

»Ich … spürte die Gedanken zweier Wesen in unmittelbarer Umgebung«, sagte Startac Schroeder, »habe sie aber gleich wieder verloren.« Mit deutlichen Zeichen der Unsicherheit kratzte er sich über den Stoppelbart. »Sie strahlten Angst, Hass und so etwas wie grenzenlose Überraschung aus. Die Gedankenmuster wirkten menschenähnlich.«

»Infrarot-Ortung!«, befahl der Unsterbliche seinen Begleitern.

»Wir sollten über die Wipfel der Bäume gehen«, schlug Mondra Diamond vor. »Dort übersehen wir ein größeres Gebiet.«

»Nein. Wir bleiben passiv. Wir tun nichts, was wie eine Offensivhaltung aussehen könnte. Es reicht, dass unser Schutzschirm wie ein energetisches Leuchtfeuer durch die Nacht strahlt.«

»Ich habe mehrere Ortungen«, sagte Startac in seinem üblichen unaufgeregten Tonfall. »Südsüdost. Drei – nein!, vier größere Körper.«

»Im Westen ebenfalls«, meldete Mondra. »Ich messe mindestens sieben Wärmequellen an, die sich auf uns zubewegen.«

»Achtundsiebzig Kontakte«, schnarrte Drover wortkarg. »Aus allen Richtungen, auf den Fluss zustrebend.«

Rhodan konzentrierte sich auf eine der Gestalten, die ihm in rotverschobenen Falschfarben über ein Holofeld vor die Nase projiziert wurde.

Vierbeinige, fleischige Tiere mit großen Schädeln waren das, die sich langsam und träge zum Wasser schleppten. Die Impulse wurden immer zahlreicher. Es war, als tauchten sie aus dem Nichts auf. Sie überlagerten einander, bewegten sich wie von Geisterhand gelenkt mal hierhin, dann dorthin.

Perry fluchte. Die Ausrüstung der Schutzanzüge war auf geringes Gewicht, lange Haltbarkeit und die Abdeckung eines engen Spektrums an Leben schützenden Maßnahmen ausgelegt. Die Erfassung von Vitalimpulsen, die ihnen in diesem Fall dienlich gewesen wäre, gehörte nicht dazu.

Und die Posbis? Hatten sie Zugriff auf andere, bessere Vermessungsmöglichkeiten?

»L-leider nicht«, beantwortete Nano Mauerblum Rhodans Frage. Neuerlich zog er den Kopf ein wenig in seine Halterungsschale zurück, als schäme er sich für seine Antwort, während Drover schwieg.

»Sechshundert Wärmequellen mittlerweile«, sagte Startac. Er setzte sich auf einen moosbewachsenen Felsbrocken. Sein Atem ging heftig und in kurzen

Zügen, als bekäme er zu wenig Sauerstoff. Die Pupillen seiner Augen verengten und erweiterten sich in immer rascher werdendem Rhythmus.

Er hyperventiliert!, dachte Rhodan. *Sein empfindliches Nervenkostüm leidet unter den Nachwehen unserer Reise. Wer weiß schon, welche seiner Gehirnbereiche der Flug hierher beanspruchte. Kräfte, die wir ... herkömmlichen Menschen nicht spüren, belasten einen Mutanten wie ihn vielleicht bis an den Rand des Wahnsinns.*

Die mögliche Gefahr um sie wurde plötzlich nebensächlich. In erster Linie galt es, das Leben eines der ihren zu schützen.

»Kümmere dich um Startac«, bat Rhodan Mondra und zeigte in Richtung des Mutanten. »Ich komme mit den Ortungsergebnissen allein zurecht.«

»Behalte vor allem jene im Auge, die sich vom Fluss entfernen«, riet ihm die Frau, bevor sie Mauerblum zu sich winkte.

»Elfhundert Impulse«, meldete Nano Aluminiumgärtner. »E-es handelt sich um eine riesige Herde Pflanzenfresser. Sie nutzen die Dämmerungsstunden, um ihren Durst zu stillen.«

»Darum kümmere ich mich«, wies Rhodan ihn an. »Du und Drover, ihr saugt Daten und Informationen aus dem hiesigen Funkverkehr auf. Ich kann einfach nicht glauben, dass von einer angeblichen Millionenstadt keine verwertbaren Informationen ausgehen.«

Mondra hatte Mauerblum an der nachgiebigen Körperhaut gepackt und zu Startac geschleppt. »Für dich hab ich endlich eine Verwendung gefunden«, hörte Rhodan sie flüstern.

»Ja? Ja? Ja?« Der Matten-Willy erhob zehn bis zwölf Fingerpaare zum Victory-Zeichen in die Luft. »Wem soll ich das Leben retten?«

»Leg dich einfach nieder«, forderte die dunkelhaarige Schönheit. »Ja, so ist's gut. Flach, bitte schön, mit einer Ausbeulung hier am oberen Ende. Perfekt.«

»Mondra ...«

Startac Schroeder streckte die Rechte suchend nach ihr aus, verdrehte die Augen, rutschte kraftlos vom Stein. Die Frau eilte herbei, fing ihn auf und bettete ihn vorsichtig auf den Leib des Matten-Willys.

Lautes Knacken ertönte. Rhodan zog den Strahler, aktivierte den Paralysestrahl und visierte an.

Ein Vierbeiner, so groß wie ein Bernhardiner, brach durch das Unterholz. Das Tier achtete nicht weiter auf den Unsterblichen und rieb seine nässende, breite Schnauze grunzend über die abblätternde Rinde eines Piniengewächses. Dann röhrte es markerschütternd; zufriedenes Gebrüll antwortete ihm aus allen Himmelsrichtungen.

»Sie kennen Menschen«, sagte Rhodan leise zu den beiden Posbis. »Sie fürchten uns nicht; wir passen nicht in ihr Gefahrenschema.«

Was war dieses Tier hässlich! Fleckige, ledrige Haut hing ihm in Fettwülsten und -lappen fast bis zum Boden. Kräftige Körperhaare standen wie Stacheln ab. In den tiefen Falten saßen handgroße Käfer, offensichtlich Schmarotzer, die sich am Blut ihrer Träger gütlich taten. Die kleinen, dumpf vor sich hin starrenden Augen wurden von einem breiten Stirnknochen geschützt, die biegsame und lange Schnauze leckte genüsslich über ein langes Geschlechtsteil, das wie ein dünner Ast zwischen den breiten Beinen hervorlugte.

»Bäh!«, sagte Mondra, als das Tier sich umdrehte, furzte und mit wackelndem Hinterteil weiterzog.

»Wie geht es Startac?«

»Ich habe nicht die geringste Ahnung, was ihm fehlt. Wenn man den Werten seines Anzugs vertraut, ist er völlig gesund. Sein Zustand dürfte auf niedrigem Niveau stabil sein. Er ist nach wie vor ansprechbar, hat aber starke Schmerzen. Soll ich ihn für ein paar Stunden in Tiefschlaf versetzen?«

»Vorerst nicht«, antwortete Rhodan. »Wir brauchen ihn vielleicht.«

Die Auswertung der Hitzeimpulse wurde mittlerweile zur Farce. In einem Umfeld von nicht einmal einem Quadratkilometer befanden sich weit mehr als 5000 Tiere. Erschwerend kam hinzu, dass nicht alle der gleichen Richtung zustrebten, dem Ufer, um dort zu saufen. Es schien Rhodan, als suchten sie beständig nach Partnern, mit denen sie sich kurz – in welcher Form auch immer – austauschten, um dann wiederum ihrer Wege zu gehen und andere ihrer Art zu suchen.

In diesem Tohuwabohu die Wärmeimpulse eines einzelnen Intelligenzwesens anzumessen, schien von vornherein ausgeschlossen.

»Wir sind mittlerweile von der Herde eingeschlossen«, sagte Nano Aluminiumgärtner.

Rings um sie röhrte und brüllte, schlabberte und rotzte es. Irgendwo in der Nähe ächzte ein Baum und fiel schließlich in den Fluss. Die Pflanzenfresser zogen wie Heuschrecken über das Land und machten alles nieder, was ihnen in die Quere kam. »Wenn es brenzlig wird und die Tiere uns zu sehr bedrängen, steigen wir in die Luft und suchen uns einen anderen Lagerplatz«, befahl Rhodan. »Ich möchte aber hierbleiben, solange es geht. Wir wissen nicht, ob Startac transportfähig ist. Außerdem gilt für uns dasselbe wie für einen möglichen Beobachter: Die Tiere schützen uns vor ungewünschten Augenzeugen.«

Warum verspürte er so viel Angst vor einer möglichen Entdeckung? Wenn Menschen in der Nähe waren, gab es kaum einen Grund, sich zu verstecken.

War es nur Startacs Warnung vor Gefahr? Oder gehorchte er einem Instinkt, dem er weitaus mehr vertraute als den angelernten Reflexen mehrtausendjähriger Lebenserfahrung?

Entschlossen schob Rhodan diesen Gedanken beiseite. Da war doch etwas gewesen … etwas, das ihn irritiert hatte. Als das Herdentier durchgebrochen war und plötzlich zwischen ihnen stand.

Sorgfältig sah er sich um, betrachtete die aufgewühlte Erde, die fahlen Gräser unter einem unbekannten Sternenhimmel, das niedrig wachsende Buschwerk, die wenigen Bäume, die höher als zwei Meter in die Luft ragten.

Bäume.

Ja. Das war es.

Er kannte sie von der Erde her. Es handelte sich um Pinien, Buchen und Eschen.

Dreizehn Altera: Flucht

Das Schicksal meinte es gut mit ihnen. Der Hauptzug der Kantalupen-Herde suchte tatsächlich in unmittelbarer Nähe zu ihnen den Zugang zum Wasser.

Unter normalen Umständen hätte Lester geflucht und die ungebetenen Störenfriede mit heftigen Schlägen auf die Schädel der Leitbullen vertrieben. Nun aber schickte er ein Stoßgebet an Rhodan und dankte ihm …

Rhodan.

Perry Rhodan stand dort, neben zwei Maschinenteufeln, und unterhielt sich mit ihnen.

Was geschah hier? In was für ein undurchschaubares Schauspiel waren Li und er geraten?

»Wir müssen so rasch wie möglich Meter machen«, rief er dem Mädchen über das lüsterne Gebrüll mehrerer Kantalupen-Weibchen zu. »Die Tiere bleiben selten länger an einem Ort. Also los …«

Sie quetschten sich an den stinkenden Leibern der Kantalupen vorbei. Nur widerwillig machten die Viecher Platz. Sie mussten zu einer der großen Herden gehören, die im weitläufigen Naturreservat des Savannenhochlands lebten. Geschulte Parkwächter hatten sich stets um sie gekümmert. Heutzutage jedoch wurde das Personal anderwärtig benötigt.

Im Weltall. Im *Abwehrkampf*.

Nachdem Li und er eine Entfernung von mehreren hundert Metern zwischen sich und die … Invasoren gelegt hatten, kamen sie rascher voran. Das Brunftgeschehen spielt sich in einem eng begrenzten Raum ab. Die Kantalupen, die in äußeren Bereichen der Herde nach Partnern suchten, waren Ausgestoßene. Verkrüppelte, schwache und junge Tiere scharwenzelten hier brüllend umher und trachteten danach, ihrem Paarungsdrang nachzugehen.

»Jetzt wird's leichter!«, sagte Lester nach weiteren fünf Minuten. Automatisch verfiel er in einen leichten Trab, dem das Mädchen – *sein* Mädchen! – problemlos folgte.

»Wie weit noch?«, fragte sie. Unbestimmte Angst war ihr ins Gesicht geschrieben.

»Höchstens zwei Kilometer«, gab er zurück und nickte ihr aufmunternd zu. »Zwölf Minuten, wenn wir uns beeilen.«

»Diese Alteraner trugen Multifunktionsanzüge; die Posbis besitzen sicherlich integrierte Antigravs. Sie werden uns verfolgen ...«

»Glaube ich nicht.« Lester fluchte unterdrückt. Ein dürrer Ast, den er übersehen hatte, schnellte in sein Gesicht. »Die Menschen wirkten desorientiert, genau wie die beiden Maschinenteufel. Sie wissen womöglich noch nicht, wo sie sich befinden.«

Es ging eine Senke hinab. Ein dünnes Rinnsal gluckerte in der Nähe. Lester erinnerte sich an diesen Ort. Nahezu die Hälfte des Weges lag bereits hinter ihnen.

»War ... war das wirklich Perry Rhodan?«, keuchte Li.

»Kann ich mir nicht vorstellen. Er müsste ... bereits um die dreitausend Jahre alt sein. Glaubst du daran, dass ein Mensch mit Zellaktivator so lange überleben kann? Das Gesicht hatte ... eine gewisse Ähnlichkeit, das gebe ich zu, aber in der Dunkelheit kann man sich leicht täuschen.«

»Außerdem hätte ich ihn mir ... imposanter vorgestellt. Er wirkte wie ein ganz normaler Alteraner.«

Li pflichtete ihm eifrig bei. Als hätte sie darauf *gehofft*, dass er ihre Illusionen zerstörte.

»Ruhig jetzt.« Sie vergeudeten wertvolle Atemluft. Der Krieg hatte ihre Heimat erreicht. Von ihnen mochte es abhängen, ob eine bevorstehende Invasion verhindert werden konnte. »Schneller!«, trieb er Li an. Er beschleunigte seine Schritte, auch wenn es schmerzte.

Hätte er nur das übliche Medokit dabeigehabt; ein Herzogon hätte seine Leistungsfähigkeit kurzfristig angehoben, ein Samyl die Konzentration verbessert.

Eine letzte Anhöhe ging es hinauf. Dahinter lag die Gleiter-Parkbucht. Lester holte alles aus seinem geschundenen Körper heraus, kümmerte sich nicht weiter um das Mädchen.

Der Funkspruch!, hallte es durch seinen müden Kopf. Alles andere war unbedeutend, nebensächlich.

Und wenn sie uns hier auflauern? Immer wieder waren sie im Propagandaunterricht darauf hingewiesen worden, dass man dem Schein niemals trauen durfte. Vielleicht hatten die Posbis sie mit ihren Antigravs überholt, sie ausgemacht, um sie nun bei freier Sicht mit gezielten Blattschüssen zu erlegen.

Lester blieb stehen, hielt sich die schmerzenden Rippen und zwang sich zu einer ruhigeren Atmung.

Die Parkbucht lag friedlich vor ihnen.

Zu friedlich.

Der militärische Mietgleiter stand einsam und verlassen neben einer trübselig leuchtenden Markierungslampe. Bis dorthin waren es 80 oder 100 Meter freies Feld.

»Scheint … alles ruhig zu sein.« Li tauchte endlich neben ihm auf, keuchte scheinbar so laut, dass sie selbst den ständig vor sich hin murmelnden Teragonda übertönte.

»Bleib hier«, sagte Lester. »Ich trau dem Frieden nicht.«

»Wir probieren's entweder zu zweit oder gar nicht«, widersprach sie energisch und holte tief Luft.

»Na gut.« Im Halbschatten der tranfunzeligen Beleuchtung suchte er vergebens nach Deckungspunkten, nach Felsbrocken oder Bäumen, in deren Schutz sie näher an den Gleiter herankamen. »Wir laufen drauflos. In einem Abstand von zehn Metern. Wenn es einen erwischt, läuft der andere weiter, ohne sich umzudrehen. Versprochen?«

»Versprochen.« Li sah ihm tief in die Augen. Sie würde ihn sterbend liegen lassen, wenn es drauf ankam.

Vielleicht war er für das reizendste Mädchen Alteras nur ein unbedeutender Flirt, vielleicht liebte es ihn wirklich. Aber über all den Gefühlen, die sich zwischen ihnen entwickelten, stand die Vaterlandstreue. Imperium Altera konnte nur überleben, wenn sie die Ideale ihrer Heimat eine Stufe höher stellten als alles Persönliche.

Lester drückte ihr die Hand. Holte tief Luft. Sagte leise: »Jetzt!« Und sprintete hakenschlagend davon.

Die Füße waren müde. Ein Muskelkater machte sich nach all den Anstrengungen breit.

Ein Sirren war zu hören. Ein Körper fiel hinter ihm wie ein nasser Sack zu Boden.

Wir hatten Recht!, sagte er sich mit wachsender Panik. *Sie spielen mit uns. Sie werden mich ebenso abknallen, noch ehe ich meine Hand auf den Öffnungsmechanismus lege …*

Er hechtete nach vorn, hieb auf den Fühlschalter, verkroch sich im nächsten Moment unter dem getarnten Gefährt.

Zischend öffnete es sich. Lester vermied den Blick dorthin, wo Li wahrscheinlich in ihrem Blut lag, zuckte rasch vor, wieder zurück, um den Heckenschützen zu irritieren. Ein weiteres Mal richtete er sich auf, sprang mit aller verbliebenen Kraft in das Fahrzeug, verschloss es, aktivierte den Schutzschirm, löste die Notschaltung aus, brüllte »Posbi-Alarm!« in das Mikrofeld.

Im selben Moment, so wusste er, würden in den Eingeweiden der Basisstation

Imperium-Omega die Alarmsirenen läuten, ein Trupp auf den Weg geschickt werden.

Er hatte es geschafft! Wie durch ein Wunder hatte er die Posbis überlistet, war schneller als die gefürchteten Scharfschützen am Ziel gewesen. Der Schirm würde selbst dem konzertierten Beschuss mehrerer Maschinenteufel standhalten. Wenn keine größeren Einheiten des Feindes in der Nähe standen, hatte er nichts mehr zu befürchten.

Augenblicklich machte die Erleichterung tiefer Verzweiflung Platz.

Li war tot.

Dort draußen lag sie, nur wenige Meter vom schützenden Energiefeld des Militärgleiters entfernt.

Zornig, mit Tränen in den Augen, hieb Lester gegen die Befehlskonsole. Immer und immer wieder. Der Sieg schmeckte nach bitterer Niederlage.

Etwas flog gegen den Energievorhang und verging in einer auflodernden Flammenwolke.

»Mach endlich auf, du Narr!«, forderte eine Stimme, die er geglaubt hatte, nie wieder zu vernehmen.

Eine Falle? Ein Posbi, der die Stimmlage Lis imitierte? Wie hatte er das in der Kürze der Zeit zustande gebracht? Hatte er ihr die Stimmbänder aus dem Rachen gerissen, sie mit ihrem Stimmvolumen in Zusammenhang gebracht und eine teuflisch ähnliche Stimme erzeugt?

Jemand trat ins Licht der Positionsscheinwerfer.

Li.

»Ich bin über einen Ast gestolpert und gefallen!«, rief das Mädchen. Es humpelte und hielt sich schmerzverzerrt den Oberschenkel. »Hier draußen ist nichts und niemand. Wir haben uns geirrt.«

Und wenn es doch eine Falle war? Ein Posbi in einem perfekt nachgebildeten weiblichen Körper, der ihn zu becircen versuchte?

Lächerlich – wie sollte das binnen weniger Sekunden geschehen sein?

Lester schüttelte den Kopf, als könne er dadurch die Gedankengespinste voll Angst und Misstrauen, in denen er sich immer tiefer zu verlieren glaubte, beiseite wischen.

Aber der Notfunkspruch war abgesandt. Nichts konnte die wie geschmiert funktionierende Maschinerie der Heimattruppen noch aufhalten. In wenigen Minuten würden Gleiter und Kampfschiffe hier sein und die Kontrolle über die Situation übernehmen.

Er deaktivierte den Schutzschirm, stieg aus, packte das – vermeintliche – Mädchen an den Schultern.

Li fühlte sich zornig und anschmiegsam und warm an. Ihre hitzige Körperwärme, das Gefühl einer plötzlich aufwallenden Zuneigung, das von ihr ausging, konnte durch keine Maschine dieses schrecklichen Universums imitiert werden.

Lester begann zu schluchzen, während sich das Mädchen erschöpft an seine Schultern schmiegte. Es weinte ebenfalls.

Sie waren alle wahnsinnig. Voll panischer Furcht. Paranoid.

Er benötigte unbedingt ein Ampatrin.

Vierzehn Altera: Wichtige Erkenntnisse

Perry Rhodan erkannte nun, da er genauer hinsah, Apfelbäume, Pinien, Erlen und Birken. Daneben unbekannte Gewächse, groß und klein, die wohl der heimischen Flora entsprungen waren.

Terraforming in großmaßstäblichen Dimensionen!, dachte er. *Und es dürfte ausgezeichnet funktioniert haben.*

Zweifellos lebten Menschen hier. Warum aber dann dieser Hass und diese Angst, die Startac Schroeder aus ihren Geistern gefiltert hatte? Irrte der Mutant etwa? Hatte sich die Benommenheit, unter der er litt, auch über sein Urteilsvermögen gelegt?

Mondra kümmerte sich nach wie vor um ihn. Mauerblum hatte mittlerweile einen meterweiten Pseudoarm ausgebildet, einen Stofffetzen, der einmal ein Unterleibchen gewesen war, ins kalte Wasser des nahen Flusses getunkt und auf Startacs Stirn gelegt.

Mondra redete beruhigend auf den Mutanten ein, strich ihm mit verblüffender Zärtlichkeit die wirren Haare aus dem Gesicht. Manchmal nutzten ein wenig Zuneigung und freundliche Worte mehr als das Wissen der Ärzte und die beste Medizin, wie Rhodan nur zu gut wusste.

»Ich freue mich, dir helfen zu können, Mondra«, haspelte Mauerblum. Erregt bohrte er mehrere seiner diamantscharfen Pseudopodien in den steinernen Untergrund. Das schrille Getöse ging einem durch Mark und Bein; die Tierherde, die sie außerhalb des weit gespannten Energieschirms vollends *umzingelt* hatte, begann unruhig zu grunzen.

»Lass das bleiben!«, fuhr Rhodan den Matten-Willy an.

Ängstliche Wellen trieben über den Körper des Plasmawesens, bewegten Startacs Leib wie auf hoher See.

Es war zum Verzweifeln! Was hatte sich Lotho Keraete nur gedacht, als er ihm die beiden Posbis und Mauerblum empfohlen hatte? Bis jetzt sah Rhodan nur Nachteile. Er war es gewohnt, sich auf seine Mitstreiter verlassen, ihre Reaktionen kalkulieren zu können.

»Die Menschen hier n-nennen sich Alteraner«, meldete sich plötzlich Nano

Aluminiumgärtner zu Wort. »Sie sprechen eine Sprache, deren Semantik mit dem Interkosmo verwandt ist. Allerdings haben sich ein paar Lautverschiebungen ergeben, auf die ich nicht näher eingehen will.«

»Alteraner?« Rhodan überlegte, was diese Verbalhornung, deren zweiter Teil zweifelsohne auf das Ursprungswort »Terraner« hinwies, für eine Bedeutung haben konnte. *Unwichtig!,* schalt er sich und konzentrierte sich auf die weiteren Ausführungen des Posbis.

»Es sind d-diese sprachlautlichen Verschiebungen, die mir und Drover anfangs solche Schwierigkeiten bereiteten. Mittlerweile habe ich mir einen Grundwortschatz von 45000 Wörtern erarbeitet ...«

»Können wir dieses ... Alteranisch verstehen?«, unterbrach Rhodan die weitläufigen Ausführungen.

»Ihr habt sicherlich weniger Probleme als wir.« Augen und Sprachschlitz des Posbis erhellten die Nacht in bunten Farben. »Mein Linguistikmodul e-erkannte die dialektische Abweichung nicht und ging von einer gänzlich neuen Sprache aus. Deswegen dauerte alles so lange ...«

»Wann, würdest du sagen, erfolgte die Trennung der beiden Sprachen?«

»S-streng genommen sind es keine verschiedenen Spr...«

»Gib mir endlich mal eine direkte Antwort!« Das war ein Posbi, ein Maschinenwesen! Warum funktionierte es nicht auch wie ein solches? Warum musste sich Nano immer wieder auf Spitzfindigkeiten einlassen, warum diskutierte er, wenn Eile und Effizienz vonnöten waren?

Stocksteif, ängstlich wirkend stand der Posbi da. Seine Leuchtdioden rund um Mund und Augen verglommen langsam, die Arme fielen kraftlos hinab.

»Entschuldige bitte!«, brachte Rhodan zwischen zusammengepressten Zähnen hervor. »Aber spar dir in Zukunft jedwede Haarspalterei. Also, nochmal von vorn: Das Alteranische ähnelt dem Interkosmo. Die sprachliche Auseinanderentwicklung hat wann begonnen?«

»Ich m-meine, dass die Spaltung vor über zweitausendsechshundert Jahren erfolgte.«

Eine lange Zeit – und andererseits doch wieder nicht. Manche Jahre, ja, vielleicht Jahrzehnte der Menschheitsgeschichte hatte Rhodan längst aus seinem Gedächtnis gestrichen. Sie waren unbedeutend gewesen. Kleine Schritte auf jenem scheinbar endlos langen Straßenband, das er immer noch entlangmarschierte. Andere Epochen wiederum, wie zum Beispiel die erste Hälfte des 25. Jahrhunderts, würden ihm für immer im Gedächtnis haftenbleiben. OLD MAN war noch nicht in der Milchstraße aufgetaucht, der Flug nach Andromeda und der Kampf gegen die Meister der Insel vielleicht gerade im Gange. Es war eine richtungsweisende Zeit gewesen, die technologische Schübe, neues Selbstvertrauen, aber auch das Ende vieler Illusionen von einer friedlichen Eroberung des Weltalls mit sich gebracht hatte.

»Zweitausendsechshundert Jahre eigenständige Entwicklung«, murmelte er. »Möglicherweise haben sie einen ganz anderen Weg als wir eingeschlagen.«

»Oder aber, sie befinden sich noch immer auf demselben Stand wie wir damals«, bemerkte Mondra. Sie flößte Startac, der fiebrig wirkte, gerade ein paar Schlucke Wasser ein.

Es war müßig, darüber zu spekulieren. Immerhin gab es ein erstes, undeutliches Bild.

»Um was geht es in den Funkgesprächen hauptsächlich?«, fragte Rhodan.

»Um Flottenverlegungen. Ideologische Propaganda. Aufrufe, die Ordnung zu halten, dem Feind keinen Meter breit nachzugeben.«

»Und wer ist der Feind? Sind es wirklich … Posbis?«

»Das konnten wir bislang nur indirekt a-ausfiltern. Es scheint, als hätten die Alteraner panische Angst, den Namen ihres Gegners auszusprechen. Sie nennen sie M-Maschinenteufel.« Quietschend schüttelte er seinen »Kopf«. »Ich bin, ehrlich gesagt, empört …«

Rhodan achtete nicht weiter auf ihn. Plötzlich ging ihm alles viel zu langsam. Sie waren gewiss schon länger als eine Stunde hier auf diesem unbekannten Planeten und wussten noch nichts, noch gar nichts! Da war dieses unbestimmte Gefühl einer Bedrohung, die Unsicherheit, die jedermann angesichts des Unbekannten befiel, und ein paar wenige Vermutungen, die die Alteraner betraf.

Erneut sah er sich um. Der Apfelbaum trug Knospen, die sich in den nächsten Tagen in weiße Blüten verwandeln würden. Unbekannte Fluginsekten würden sich darauf niederlassen und die Bestäubung vornehmen …

Ein schmales, hohes Astloch erregte seine Aufmerksamkeit. Er ging an den Posbis vorbei zu dem Baum und griff vorsichtig in den Spalt. Klebriges, durchsichtiges Harz blieb an seinen behandschuhten Fingern hängen. Sonst war nichts zu spüren.

Noch wusste er nicht, was ihm seine Instinkte sagen wollten. Das Loch war gerade mal so breit, dass er mit der Faust eindringen konnte. Innen verbreitete sich der Hohlraum jedoch …

Die Silberkugel.

Es wäre töricht gewesen, sie weiterhin mit sich herumzuschleppen. Was wussten sie schon über die Alteraner? Nicht nur einmal hatte Rhodan beim so genannten Erstkontakt brenzlige Situationen überstehen müssen.

Nur er selbst konnte dieses Produkt der Querionen aktivieren, hatte Lotho Keraete behauptet. Was aber, wenn es ein *Fremder* berührte, es unsachgemäß behandelte? Ging das Ding kaputt, verlor es seine Wirkung? Was wusste er schon über die Mechanismen, die der Silberkugel zugrunde lagen?

Sie durften ihr Rückflugticket unter keinen Umständen verlieren.

Er nahm den Tornister von seinem Rücken. Der so robust wirkende Stoff fühlte sich in seinen Händen weich und geschmeidig an. Problemlos ließ er sich zusammenfalten, umgab die Silberkugel schließlich wie eine dünne Hautschicht.

Vorsichtig schob der Unsterbliche den Tornister in das Astloch. Ein wenig musste er nachdrücken, Teile der Borke abreiben; dann war die Kugel durch. Sie rollte in den Hohlraum hinab.

Rhodan schob herumliegendes Blattwerk hinterher, stopfte es über dem Tornisterstoff fest zusammen und fügte eine weitere, lose Schicht hinzu.

Schließlich leuchtete er den Baum prüfend aus allen Richtungen und Winkeln ab. Das Versteck war perfekt. Man konnte nichts mehr von seinem geheimen Inhalt erkennen.

»Ist das sinnvoll?«, fragte Mondra, die interessiert zugesehen hatte.

»Ich denke schon. Mir ist ein wenig mulmig zumute. Ich habe immer gern etwas in der Hinterhand. Wenn sich die Situation anders darstellt, als ich befürchte, können wir das Ding bereits morgen wieder von hier abholen. Mittlerweile aber ...«

»*Was* befürchtest du?« Sie streichelte dem leichenblassen Startac über die Wangen. Er murmelte etwas, scheinbar im Fieberwahn.

»Lotho Keraete schickte uns nicht wegen irgendeiner Kleinigkeit hierher. Das ist Grund genug für mich, jegliche Vorsicht walten zu lassen. Willst du etwa die nächsten tausend Jahre hier verschimmeln, nur weil wir nicht ausreichend auf unsere Rückfahrkarte achteten?«

»Ich bin nicht so langlebig wie du«, gab Mondra knapp zur Antwort.

Warum siehst du dann so verdammt gut aus?, fragte sich Perry Rhodan insgeheim. *Über sechzig Jahre bist du alt, und ich sehe keine einzige Falte in deinem Gesicht. Schönheitschirurgen meidest du wie der Springer das ehrliche Geschäft; irgendwas stimmt mit deinen Genen nicht, schöne Frau ...*

Aber das war ein Rätsel, über das er ein anderes Mal sinnieren konnte.

Startac Schroeder richtete plötzlich gegen den sanften Widerstand seiner Matten-Willy-Matratze den Oberkörper auf. Ziellos sah er um, schaute durch Mondra hindurch und stammelte ein paar zusammenhanglose Worte. Dann verschwand er, teleportierte trotz des leichten Energieschirms.

Verdammt, wohin war ...

»Alarm!«, unterbrach Drover seine Gedanken. Die dreigelenkigen Arme richteten sich parallel aus und fuhren suchend über den sternenreichen Himmel.

Was geschah hier? Wieso schien der Posbi von Leben erfüllt, warum leuchteten unzählige Felder seines Sensorenkranzes und zeigten nach all den Stunden diese ungewohnte Aktivität?

Nach wie vor bewegten sich die fingerartigen Greifer, als suchten sie etwas am mondlosen Firmament. Die Prallfelder, auf denen Drover bislang geruht hatte, machten währenddessen stämmigen Beinen Platz, die sich tief in die Erde bohrten.

Lichtkegel blendeten über ihnen auf, wuchsen immer breiter werdend auf sie zu.

»Keiner rührt sich von der Stelle!«, schnarrte eine befehlsgewohnte Stimme mit grässlichem Akzent über ihre Empfangsgeräte. »Eine falsche Bewegung, und wir verwandeln euch in Schlacke.«

»Mist«, murmelte Rhodan. *So* hatte er sich den Beginn ihres Abenteuers keinesfalls vorgestellt.

Rasch legte er sich ein paar Sätze zurecht. Missverständnisse durften gar nicht erst aufkommen. Nun galt es, klug und ruhig zu verhandeln …

Drover war neben ihm mittlerweile zur Ruhe gekommen. Die Hände blieben auf zwei der vielen Lichtquellen ausgerichtet, die sie eingefangen hatten.

»Was soll das?«

»Gefahrenquelle erfasst«, meldete der Posbi. Die Fingergreifer fuhren wie von Zauberhand beiseite, machten düster leuchtenden Blüten zweier Abstrahlfelder Platz.

Das durfte nicht wahr sein! Der selbst ernannte »Arbeiter« war in Wirklichkeit ein hoch spezialisierter Kampfroboter! Das leise Sirren einer feinjustierenden Mechanik verdeutlichte Rhodan, dass er jeden Moment abdrücken würde …

Fünfzehn
Chronik der Familie Donning: Gründerzeit (3)

Zehn Jahre nach den ersten Zusammenkünften von Alteras Söhnen begannen wir, politisch aktiv zu werden. Weiterhin unterstützt von meinen Eltern taten wir das, wozu wir ausgebildet worden waren. Wir halfen im Kleinen, dort Not zu lindern, wo älter werdende Generationen nicht mehr zurechtkamen.

Sturm und Drang der Kolonialisierungsepoche waren längst vorbei. Die Stadt Neo-Tera schien einigermaßen gefestigt, die ersten Epidemien besiegt. Nach wie vor hatte niemand eine Bedrohung entdeckt, die vom Planeten selbst ausging. Die Vertreter des Tierreichs verhielten sich außerordentlich friedlich. Es war, als hätten sie nur darauf gewartet, dass sich jemand an die Spitze der Nahrungskette setzte.

Ja ja, das klingt überheblich, ich weiß. Ich gebe nur das wieder, was wir uns in grenzenloser Selbstüberschätzung damals dachten. Heute, da ich hier in der Wildnis lebe und mit den Städtern eigentlich nichts mehr zu tun haben will, sehe ich manche Dinge ganz anders. Damals zumindest wussten wir noch nicht, dass wir das natürliche Gleichgewicht ganz gehörig durcheinandergebracht hatten.

Wo war ich stehengeblieben? Verzeiht einem alten Mann seine Gedankensprünge …

Alteras Söhne betätigten sich also als Helfer, wo es nur ging und es ihnen die spärliche Freizeit erlaubte. Manch einem Siedler verlängerten wir die Lebenszeit einfach dadurch, dass wir uns zu ihnen setzten und ihnen zuhörten. Davon bin ich heute noch überzeugt.

Die tiefen Wunden, die die Auseinandersetzungen zwischen *Han*, den *anderen* und den Bürgern geschlagen hatten, wollten einfach nicht heilen. Die Menschen misstrauten einander. Nur in den seltensten Fällen kam es zu Freundschaften, Verbindungen oder gar Eheschließungen außerhalb dieser drei … Gruppierungen, die es offiziell gar nicht gab.

Die *Han* hatten während der vergangenen Jahre Zugeständnisse gemacht und winzige Teile ihrer Macht abgetreten. Gerade so viel, dass sie immer wieder auf ihren »guten Willen« verweisen konnten, und viel zu wenig, als dass sie jemals ihrer tatsächlichen Macht verlustig gegangen wären.

Vergesst nicht, dass damals noch immer Kriegsrecht gemäß Terranischer Flottengesetzgebung galt! Es bedurfte keines großartigen Anlasses, um schweren Kerker oder noch Schlimmeres auszufassen. Und in diesem vergifteten Klima mussten viele Siedler, einfache Landwirte, ihre Arbeit verrichten. Eine Stadt aufbauen, die sie *so* niemals gewollt hatten, Frondienste leisten, arbeiten, arbeiten, arbeiten …

Kinder waren das wichtigste Gut, das damals gebraucht wurde. Aber die Geburtenrate sank. Pessimismus und Angst vor der Zukunft legten sich wie schwere Tücher über die Stadt.

Dem traten Alteras Söhne entgegen. Wo immer wir erschienen, ob allein oder in der Gruppe, standen wir für ein Miteinander, Freude am Leben auf diesem wunderbaren Planeten und Optimismus. Wir waren sozusagen die bunten Hunde, ohne eine der herkömmlichen politischen Richtungen anzugehören. Unser Programm waren wir selbst. Der Glaube an eine Zukunft unserer Heimat.

Vater kam auf die verwegene Idee, uns für die wieder mal anstehenden Wahlen des Bürgerrates anzumelden. Er sagte es uns nicht, der Hund, er stellte uns vor vollendete Tatsachen. Geschickterweise schob er Zho Mayang auf die Position des Spitzenkandidaten. Mein Freund war vor allem bei den einfachen Siedlern äußerst beliebt; er stellte so ziemlich das einzige Bindeglied zur Politik der *Han* dar. Hätte Richard mich vorgeschlagen, wäre wohl von Kungelei und Familienbande die Rede gewesen. Und der Ruf eines Mörders klebte ohnehin noch immer an mir wie Hühnerkacke am Stiefel.

Der Bürgerrat war damals eine Farce. Er hatte lediglich ein Einspruchsrecht bei dem, was die Kommandantur der *Han* beschloss. Zho hatte mir anvertraut, dass diese mächtigsten Männer der Kolonie mit ihren meist verschlossen und nichtssagend wirkenden Gesichtern im Geheimen über den Rat lachten. Ich glaubte es ihm nur allzu gern …

Die Wahl endete mit einem Erdrutschsieg meines Freundes. Er gewann mit einem Ergebnis, das selbst Perry Rhodan, den legendenumwobenen Großadministrator meiner Eltern, hätte blass aussehen lassen. Die *anderen* verkamen zu einer Splittergruppe, die Bürger wählten Zho mit einer Einigkeit, die jedermann überraschte. Und selbst mehr als die Hälfte der *Han* gab ihre Stimme für ihn ab.

Grundgütiger, was herrschte plötzlich für eine Aufregung! Da saß ein junger Mann, ein hier Geborener, mit verblassenden Aknenarben im Gesicht, den ehemaligen Raumschiffskommandanten der Siedlerflotte gegenüber! Er wusste, bei allem, das er sagte, mehr als 90 Prozent der Alteraner *hinter* sich. Die *Han* wussten bei allem, das sie taten, mehr als 90 Prozent der Alteraner *gegen* sich.

Plötzlich war alles anders. Aufbruchstimmung machte sich bemerkbar wie jene Frühlingswinde, die jedes Jahr vom Klog-Gebirge herabziehen und die Kälte des alteranischen Winters verjagen.

Zho vereinte asiatische Gelassenheit mit einer Verhandlungshärte, die er sich in endlosen Streitgesprächen mit meinem Vater angeeignet hatte. Er schlug die *Han* auf ihrem eigenen Gebiet. Er kannte ihre Verhaltenszüge, er wusste um ihre Schwächen. Er spielte richtiggehend mit den alten Herren, bis sie aufgaben, einer nach dem anderen.

Er vollbrachte Unglaubliches. Binnen zweier Jahre wurden die *Han* zu braven Jasagern degradiert, der Bürgerrat aufgewertet, die Stadt, die sich großspurig auch Staat nannte, vollends demokratisiert. Er schenkte den Siedlern Land jenseits des Horizonts, entließ sie aus den ewigen Frondiensten, verdiente sich aber im Gegenzug deren bedingungslose, ewig währende Treue. Immer wieder, wenn es galt, kamen sie in Zukunft Alteras Söhnen und der Stadt Neo-Tera zu Hilfe.

Wie in einem Traum änderte sich alles zum Guten. Zho tat so viel Gutes, so viel Bewundernswertes … ihm müssten all die Denkmäler gewidmet sein, die man für diesen alten Perry Rhodan mittlerweile errichtet hat.

Gegen Ende seiner zweiten Legislaturperiode erschoss man Zho Mayang.

Ein Fanatiker hatte es getan. Er ist es nicht wert, dass man seinen Namen in den Mund nimmt. Er soll für immer in Vergessenheit geraten.

Er knallte meinen Freund während eines Spaziergangs im Wald ab. Mit sich allein und alle Sorgen vergessend, suchte Zho den Frieden auf jenen Trampelwegen, die wir selbst Jahre zuvor getreten hatten. Nicht weit von der Stelle entfernt, da Deng Qiang getötet wurde, endete auch sein Leben.

Würde sich wieder alles wenden? Würde das Pendel zurückschlagen, wieder Misstrauen, Angst und grenzenloser Hass aufeinander erneut die Stadt in den Griff nehmen?

Mitnichten.

Die Doppler-Zwillinge, die damals bereits im Bürgerrat saßen, entschieden alles. Mit unglaublicher Ruhe und Abgeklärtheit bewältigten sie diese kritische Situation. Derjenige, dessen Namen ich nicht nennen will, wurde als wahnsinniger Außenseiter abgetan, der selbst der immer unbedeutender werdenden Splittergruppe der *anderen* zu radikal erschienen war.

Man warf ihn ins Gefängnis und ließ ihn dort vierzig Jahre lang schmoren, während das Leben in Neo-Tera so rasch wie möglich wieder in den Normalzustand zurückgeführt wurde. Rasch ausgeschriebene Neuwahlen brachten ein ebenso beeindruckendes Ergebnis wie acht Jahre zuvor bei Zhos erstem Triumph. Meine Mutter, die sich an unserem jugendlichen Schwung ihre eigene Lebenslust zurückgeholt hatte, wurde die erste Bürgermeisterin der Stadt. Ja ja, Sinead Keefe, die mittlerweile ebenfalls Donning hieß, war Jahre später die zweite. Das sommersprossige Mädel mit dem fettigen Haar hatte mittlerweile einige Metamorphosen hinter sich gebracht und sich zu einer, sagen wir mal, passabel aussehenden Frau entwickelt.

In den damaligen ersten Tagesnachrichten, die ganz simpel über Holokuben in den verschiedenen Stadtzentren ausgestrahlt wurden, bezeichnete man sie als »die Bürgermeisterin, die die beste Figur macht«. Ja, ich weiß, dass dieser Spruch nach wie vor in aller Munde ist. Damals hatte der verantwortliche Redakteur nicht viel zu lachen; Sinead war sehr beliebt. Er musste wochenlang um sein Leben fürchten.

Meine Frau hingegen scherte sich nicht im Geringsten um diese Schlagzeile. Insgeheim, so glaube ich, war sie sogar ein klein wenig stolz darauf. Und nachdem sie nun schon weit mehr als fünfzig Jahre unter der Erde liegt, kann ich's euch ja sagen: Der Kerl hatte Recht. Sinead war ein Wonneproppen. Gut ausgestattet, biegsam – und im Bett genauso enthusiastisch wie in der Politik.

Damit bin ich mit meiner Geschichte am Ende.

Ihr seid enttäuscht? Ihr denkt, dass ich meine eigene Rolle kleinrede? Nun – ich habe immer im zweiten Glied gestanden. Mir war es zuwider, ins Rampenlicht zu drängen. Ich fühlte mich wesentlich wohler dabei, mehr oder weniger unerkannt die Drecksarbeit für andere zu tun.

Auch hierbei war Vater ein Lehrmeister, wie man ihn sich besser nicht wünschen konnte.

Bevor er an Bord der ALEXIA gegangen war, hatte er in der Terranischen Flotte gedient. Im Großen Krieg in jener fremden Galaxis namens Andromeda. Gegen die sogenannten Meister der Insel waren die Kräfte des Terranischen Imperiums zu Felde gezogen.

Er war nie eine besondere Nummer gewesen, hatte es nie zu einem großartigen Militärrang geschafft. Das mochte damit zu tun gehabt haben, dass ein gewisser Brazos Surfat für längere Zeit sein vorgesetzter Sergeant gewesen war. Der hatte ihm Tricks und Schweinereien beigebracht, die sich in keinem militärischen Empfehlungsschreiben gut machten, die ihm aber auf Altera immens halfen.

Das interessiert euch alles nicht? Ihr wollt noch mehr von mir und meinen sogenannten Heldentaten hören? Über das, was während der letzten 70 oder 80 Jahre über meinen Einfluss auf die neo-teranische Stadtregierung gemunkelt wird?

Vieles davon ist nicht wahr, glaubt mir. Mein Schatten ist größer geworden, als ich es selbst jemals war.

Anderes wiederum *soll* vergessen bleiben. Ihr werdet zum Beispiel kein Wort über Lao-Zhin und die *Operation Ka-Ne* erfahren. Der Herr Verteilungsminister soll ruhig fürchten, dass ich irgendwann doch noch das Maul aufreiße. Das könnt ihr von mir aus ungeschnitten so bringen.

Ihr glaubt mir weiterhin nicht? Ihr haltet mich für einen Tiefstapler?

Wollt ihr mich beleidigen? Wisst ihr denn eigentlich, wo ihr euch befindet? Auf meinem eigenen Grund und Boden, auf dem ich das verbriefte Recht habe, jedweden Eindringling wie einen räudigen Apotloten abzuknallen, wenn mir danach ist! Ohne dass ich Konsequenzen zu befürchten hätte.

Tja, da zeigt sich der braune Strich in der Unterhose, nicht wahr? Ich denke, es wäre wirklich gesünder für euch, wenn ihr wieder in eure piekfeine Stadt zurückkehrtet. Ich habe mit diesem Thema endgültig abgeschlossen.

Ich konnte nie verstehen, warum das Pendel in Neo-Tera eines Tages wieder in die andere Richtung ausschlug, warum die Dinge wieder fast so schlimm wurden, wie sie bereits einmal gewesen waren. Der Fehler liegt wahrscheinlich in uns selbst. Weil wir noch immer zu wenig Alteraner und zu viel Terraner sind …

Ein einziges Bonmot willst du von mir noch hören? Damit du nicht ganz ohne Sensation zu deinem Chef zurückkehren musst? Du bist ganz schön tapfer, mein Junge. Das sehe ich gern.

Hm.

Der Mann, der Zho Mayang tötete – du erinnerst dich? Für vierzig Jahre wanderte er hinter Gitter. Und sechs Monate nach seiner Freilassung kam er bei einem … Unfall ums Leben.

Ich hatte an diesem Tag frei. Ich ging mit Vater spazieren. Am Ende dieses etwas längeren und kräftezehrenden Marsches fühlten wir uns beide richtiggehend befreit, einer … Last entledigt.

Ja, ich bin stets der Mann fürs Grobe geblieben.

Und jetzt verschwindet gefälligst!

Sechzehn
Startac Schroeder: Sprung ins Ungewisse

Alles tat ihm weh. Seine Haut prickelte von einer Gänsehaut, die mit einem alarmierenden Hitzeschub einherging. Und in seinem Inneren, in seinem verfluchten, irgendwie anders funktionierenden Gehirn, krabbelten tausend giftige Ameisen durch die Ganglien, fraßen sich an Nervenknoten und -zentren satt und spuckten ihm in seine Gedanken.

Die Hülle seines Schutzanzuges schloss sich mit einem satten Schmatzen. Die rauchige Stimme der Positronik, die er ausgewählt hatte, nervte. Ihr erotischer Unterton passte zu seiner Situation, da er nicht wusste, wo vorn und hinten war, wie die Faust aufs Auge.

»… befindest dich in Gefahr«, verstand er. Und: »… unkontrollierte Ortsversetzung.«

Falsch. Startac hatte sehr wohl gewusst, was er tun wollte. Nur war es ihm nun, nach der Anstrengung des Sprungs, schlichtweg entfallen.

»Soll ich ein Psychohistamin und ein fiebersenkendes Mittel injizieren?«, fragte die Positronik.

Er hasste es, auf Medikamente zurückgreifen zu müssen. Ein Mutantengehirn wie das seine war empfindlich wie kein anderes. Jede bewusstseinsverändernde Maßnahme konnte ungewollte Reaktionen hervorrufen. Mit Grauen erinnerte er sich an jene Versuchsreihe im terranischen »Narrenturm«, für die er sich vor einigen Jahren zur Verfügung gestellt hatte. Ein Ärzteteam hatte seine auf monochromen Empfang ausgerichteten Sehrezeptoren mit Hilfe moderner Nano-Psychopharmaka auf Farbsichtigkeit korrigieren wollen. Die Konsequenzen des gut gemeinten Experiments waren wochenlanges Delirium und weit darüber hinaus anhaltende Desorientierung gewesen.

Warum erinnerte er sich ausgerechnet jetzt daran?

Alles Überlegen fiel Startac unmäßig schwer; die wenigen sinnvollen Gedanken, die er miteinander kombinieren konnte, tropften zäh wie Melasse durch seinen Geist. Nur langsam und allmählich ergaben sie einen gewissen Sinn.

»Her … damit«, beantwortete er schließlich die Frage der Positronik.

Etwas streichelte über seine linke Pobacke. Ein kaum hörbares Zischen, ein kleines Kratzen über seine Haut wie von einem leichten Insektenstich – und Startac spürte, wie er von einem Moment zum anderen *da* war.

Er öffnete die Augen. Alles um ihn war weiß, grau und schwarz. Wie er es gewohnt war. Diese etwas dunklere, scharfkantige Fläche rechts von ihm mochte einem »normalsichtigen« Menschen als Cyan erscheinen. Das seltsame Rohrgebilde, unter dem er halb eingeklemmt lag, zeigte jenen besonderen Silberschimmer, den er als Karmesinrot identifizierte.

Rohre … glatte, spiegelnde Flächen … Kanten … Reflektionen …

Startac schüttelte die Benommenheit endgültig ab – und verstand.

Er befand sich im Inneren eines Fahrzeugs. Eines gleiterähnlichen Gefährts. Da waren Stimmen, die durch eine geöffnete Seitentür an die Akustikfelder seines Anzugs drangen. Es war eine seltsam verzogen und verzerrt klingende Sprache, die dennoch eine verblüffende Ähnlichkeit zum Interkosmo zeigte. Startac benötigte nur wenige Sekunden, um zu begreifen, dass sich Mann und Frau dort draußen gegenseitig ihre Liebe gestanden. Sie redeten von Ängsten, von überstandenen Gefahren, von einer unsicheren Zukunft, und dass sie es schaffen konnten, wenn sie nur zusammenhielten, einander vertrauten, gegenseitig unterstützten.

Dann folgten die obszön laut übertragene Geräuschkulisse heißer Liebesküsse. Hastig regulierte Startac die Lautstärke.

Er erinnerte sich. Die verwirrte Gedankenwelt zweier Menschen hatte ihn *angezogen*. Mit seinen Ortersinnen hatte er Todesfurcht erfasst, Glückseligkeit, Schrecken, Erleichterung … ein Potpourri, das ihn angelockt hatte wie Honig die Biene. Helfen hatte er wollen; instinktiv war er gesprungen, hatte mit Hilfe seines Anzugs eine minimal kurze Strukturlücke in den Verbund ihrer Schutzschirme geschalten und sich hierher begeben.

Nur, um aus dem Gestammel und Geseufze der beiden Liebenden herauszuhören, dass all diese bunten Versatzstücke panikartiger Gefühle wegen *ihrer* Landung auf Altera hochgekocht waren.

Startac lag im hinteren Teil des Gleiters, schräg unter einem nicht verkapselten Antriebsaggregat. Grellweiß leuchtende Flüssigkeit mit geringer Viskosität quoll aus einer schlampig verklebten Kunststoffnaht hervor und verteilte sich allmählich über den Brustteil seines Anzugs.

Er sah sich um. Zwei Sitzreihen befanden sich zwischen ihm und dem Instrumentenpult, dessen Kontroll- und Steuerelemente in allen möglichen Grauschattierungen leuchteten. Eine Stimme, befehlshaberisch und ein wenig verzerrt klingend, quäkte eine Frage.

Startac zog den neugierig vorgestreckten Kopf zurück und kroch noch ein Stück tiefer unter die Maschinenelemente. Das war kaum der richtige Moment, sich den Alteranern zu erkennen zu geben.

Beiläufig registrierte er, dass die beiden einen Geruch nach Safran verströmten. Seltsam …

Wie sollte er ihnen erklären, wie er hierher gelangt war? Womöglich wussten diese Menschen gar nicht, was ein Mutant war, wie eine Teleportation vor sich ging. Schon in den ersten Stunden und Minuten nach ihrer Ankunft hatten sich so viele Ungereimtheiten aufgetan … Er musste den Erstkontakt möglichst sanft und ohne überraschende Effekte gestalten.

Startac aktivierte eine winzige Spionkamera. Sie löste sich aus dem rechten Oberärmel, schwebte hoch und richtete ihren Fokus auf das vordere Abteil des Gleiters aus.

Der Mann, ein Bursche Anfang der Zwanzig und von kräftiger, fast bulliger Gestalt, schwang sich soeben in die Gleiterkabine. Er riss ein seltsam geformtes Drahtgestell aus einer Halterung und stülpte es sich über den Kopf. Die zwei spitzen Enden steckte er sich routiniert in die Ohren, so tief, dass es Startac beim Zusehen schmerzte. Die nadelfeinen Spitzen mussten sich weit in die Trommelfelle bohren!

»Ja, Sir, ja!«, sagte der Jüngling mit aufgeräumter Stimme. Offenbar war er in Gedanken noch immer bei der letzten Kussstafette, die das hübsche, zierliche Mädchen auf ihn abgefeuert hatte. »Ich hatte dienstfrei, Sir«, so fuhr er fort, »deswegen war der Ohrwurm nicht bei der Hand … Ja, Sir, ein unverzeihlicher Fehler …«

Startac gewöhnte sich mit überraschender Leichtigkeit an den Singsang dieser Sprache und die vielfach verdrehten Sinnbilder.

Schon nach den wenigen Sätzen, die er bislang gehört hatte, konnte er verstehen, was der Besitzer des Gleiters sagte. Seltsam, dass die beiden Posbis so viel Mühe mit dem Alteranischen hatten …

Der Mann lüpfte das Drahtgestell ein wenig an und verdrehte die Augen. Jetzt erst zeigte eine Nahaufnahme der Spionkamera, dass eine weitere Spitze unmittelbar neben dem Kehlkopf in die Haut gebohrt war.

»Der alte Kommissbeißer kann mich im Arsch lecken«, flüsterte er seiner Freundin zu, die mit einem nervösen Kichern antwortete. Gleich darauf rammte er sich die drei Zacken des sogenannten Ohrwurms wieder unter die Haut, ohne eine Miene zu verziehen. »Ja, Sir, ja, es wird nicht wieder vorkommen.« Und weiter: »Sie kamen in einer silbrig transparenten Kugel, landeten im Teragonda. Aufgelöst hat sich das seltsame Ding – nein, Sir, ich habe nichts getrunken –, und dann schwebten die Subjekte ans Ufer. Drei Alteraner; einer von ihnen hatte eine gewisse Ähnlichkeit mit … mit dem Großadministrator Perry

Rhodan. Nein, selbstverständlich nicht, Sir. Vielleicht ein krudes Täuschungsmanöver der Subjekte, vielleicht ein Irrtum meinerseits. Dann war da ein Ding, das wie ein überdimensionierter Reibfetzen aussah … und zu guter Letzt *zwei Maschinenteufel!*«

Die beiden letzten Worte spie er richtiggehend aus. Als könnte er, wenn er ausreichend Hass in die Stimme legte, die beiden Posbis töten.

»Nein, kein Irrtum möglich. Ich … wir waren zu zweit. Ja, Leutnant Li Yuang von der Dritten Heimatflottille, Raumschiffabwehrschule. Ja, genau die. Nein … öhm … ja.«

Das Gesicht des jungen Mannes verzerrte sich. Eine etwas dunklere Grauschattierung legte sich über seine Wangen. Sein Vorgesetzter fragte wohl Dinge, die seine Privatsphäre verletzten, deren Beantwortung er aber nicht verweigern konnte.

Plötzlich weiteten sich seine Augen vor Überraschung. »Sie haben schon zugegriffen, Sir? Die Subjekte soeben gefangen genommen? Es gab Probleme? Etwa auch Truppenverluste? Ich verstehe, Sir. Meine Beobachtungen wurden von den Truppen bestätigt? Das ist erfreulich rasch gegangen. Ja, wir rühren uns nicht vom Fleck. Ein Verhör? Innere Sicherheit? Aber … nein, Sir, natürlich stehen wir zur Verfügung. Sir, danke, Sir.«

Angewidert riss der Mann sich den Ohrwurm vom Kopf und pfefferte ihn gegen die Konsole.

»Ich wollte, wir wären niemals hierher gekommen!«, presste er hervor, bevor er merkte, was er da eigentlich sagte. »Verzeihung«, fügte er hastig und zerknirscht hinzu, »so habe ich es nicht gemeint. Schau doch nicht so böse, Li! Aber weißt du, was die mit uns und den Gefangenen vorhaben?«

Das Mädchen strich ihm mit zitternden Händen eine dünne Strähne stahlsilbernen Haares aus der Stirn. »Was denn, Lester?«

»Sie wollen uns im Festwerk verhören. Die Legion Alter-X übernimmt den Fall.«

»Nein!« Li riss die leicht nach oben gezogenen Augen weit auf. Schroeder sah, wie die Angst sie packte, ausfüllte, kontrollierte. Sie hauchte: »Alles, nur das nicht!«

Siebzehn Perry Rhodan: Erstkontakt

»Deaktivieren!«, rief Perry Rhodan, »und zwar sofort!«

»Gefahr!«, schnarrte Drover. »Ich spüre mindestens fünfzig Suchimpulse von Strahlwaffen, die auf uns justiert werden.« Er korrigierte seine Armsysteme mit einem leichten Sirren. Der Posbi machte keine Anstalten, die Waffen zu senken.

»Du folgst augenblicklich meinen Befehlen!« Der Unsterbliche marschierte energisch auf den Roboter zu, schlug ihm heftig vor die Brust, so heftig, dass die Knöchel selbst unter den Handschuhen seines Schutzanzugs schmerzten. »*Ich* treffe hier die Entscheidungen!«

Drover rührte sich keinen Millimeter von der Stelle.

»Rede du mit deinem ... Kumpanen, Nano!«, forderte Mondra flüsternd hinter dem Unsterblichen.

»T-tu, was Perry sagt, Drover«, bat der fragile Posbi mit dünner Stimme.

»Mein Auftrag lautet, euer Leben unter allen Umständen zu schützen ...« Die irritierende Lichterorgel seines Gesichtskranzes veränderte wieder die farblichen Grundtöne. Möglicherweise als Ausdruck seiner Verwirrung, als Hinweis darauf, dass einander widersprechende Befehlsroutinen abgewogen wurden. Das Bioplasma in Drover schien kaum einen Einfluss auf die Entscheidungsfindung zu besitzen.

»Wenn du das Feuer auf diese unbekannten Einheiten eröffnest, provozierst du den Gegenschlag«, sagte Rhodan fast beschwörend. Der Posbi stand nach wie vor unverrückbar wie ein Felsbrocken da.

»Wenn ich nicht zuerst zuschlage, riskiere ich deinen und Mondras unmittelbaren Tod durch den Erstschlag der Feinde.«

»Du sagst selbst, dass es ein Risiko ist.« Jetzt hatte er ihn! »Eines, das *ich* zu verantworten habe. Die Entscheidung, ob es eingegangen werden soll oder nicht, obliegt allein mir.«

Ein letztes Mal drehte sich der Farbring des Gesichts im Kreis, dann verblasste er. Die beiden Waffenarme senkten sich, verwandelten sich in dünne, harmlose Greifklauen. »Akzeptiert«, sagte Drover, schraubte die Ankerbeine aus dem Fels und erhob sich wieder auf seine Prallfelder.

Rhodan atmete tief durch und fand endlich wieder den Mut, hinauf ins grelle Licht zu sehen. Jede Sekunde hatte er damit rechnen müssen, dass die Alteraner das Feuer eröffneten – und eine ohnehin vertrackte Situation weiter verschärften. Vielleicht hätte ihr Schutzschirm gehalten, vielleicht auch nicht. Er wollte nicht weiter darüber nachdenken.

»Wir kommen in friedlicher Absicht«, rief er. Er manipulierte den Sendeteil seines Anzugs so, dass es auf möglichst vielen Frequenzen gleichzeitig funkte. »Ich bin Perry Rhodan von der Erde und möchte mit eurem Regierungschef sprechen.«

Achtzehn Laertes Michou: Der Staatsmann

Er blickte auf den Solaren Platz hinab. Eine Flagge mit den Herrschaftszeichen des Imperium Altera flatterte müde im Wind, von einer einzigen Schwebeleuchte angestrahlt.

Der breite Vorplatz zwischen den drei zentralen Gebäuden der alteranischen Verwaltung war menschenleer. Untertags herrschte geschäftige Betriebsamkeit dort unten; Frauen und Männer in mausgrauen Uniformen oder ebenso farblosen Anzügen huschten dann kreuz und quer, blieben kurz stehen, wechselten ein paar Worte oder zogen hastig an einem der so miserabel schmeckenden Krautröhrchen, die die schlechten Erntejahre und die wirtschaftlichen Verknappungen nach Ausbruch des Kriegs mit sich gebracht hatten.

Verstohlen pafften sie daran, halb verborgen in einer der wenigen uneinsichtigen Ecken des Platzes. Dann sah Laertes lediglich die dünnen, weißen Rauchfahnen hochstreben, bevor sie vom böigen Wind zerteilt und zerrissen wurden.

Laertes Michou hustete trocken.

Wie Teile eines riesigen, lebenden Metabolismus pumpte dieses Gebäude Alteraner durch seine Adern. Es bot ihnen Sicherheit vor den Unbilden des Lebens, erinnerte sie aber auch stets daran, welchem Ziel sie verpflichtet waren: Es galt, den Feind zu vernichten. Sich dem stetig wachsenden Druck, den die Posbis auf sie ausübten, zu entziehen und endlich, endlich eine geeignete Gegenstrategie zu entwickeln.

36 Jahre dauerte der Kampf bereits. Diese Zeit, diese Epoche, wurde von unfassbaren Opfern gekennzeichnet. *Zwei Generationen* junger Alteraner waren herangewachsen, ohne etwas anderes als den Krieg gegen die Maschinenteufel zu kennen.

Laertes Michous düstere Gedankengebilde wurden jäh zerteilt wie jener Zigarettenrauch, den er so oft aus dem Hof hatte hochziehen sehen. Eine Tür öffnete sich im gegenüberliegenden Flügel der Administration. Eine Lichtschneise, dünn und langgezogen, legte sich über den Platz. Menschen folgten dem Licht, warfen scharf geschnittene Schatten, wurden im Halbdunkel zu kaum erkennbaren Schemen. Sie fanden sich zu kleinen Grüppchen, die winzige rote Punkte zum Erglühen brachten. In gedämpftem Ton plauderten sie miteinander.

Was wollten diese … Ameisen um diese Uhrzeit? Natürlich wurde vielerorts bis zur Erschöpfung gearbeitet, natürlich herrschte in den unterirdischen Etagen, in jenen der Thinktanks, auch jetzt hektische Betriebsamkeit. Aber doch nicht hier, an der Oberfläche, in seinem Bereich! Warum durchbrachen diese Alteraner die perfekte architektonische Klarheit, die dreikantige Struktur des Platzes? Nur in diesen viel zu kurzen Stunden zwischen Mitternacht und Morgendämmerung fand er Zeit, um nachzudenken und Strategien zu entwickeln. Er hasste es über alles, wenn seine Ordnung durchbrochen wurde.

Nach nur wenigen Minuten brüllte jemand mit energischer und schriller Stimme über den Platz. Folgsam wie Ameisen trippelten die Frauen und Männer zurück hinter das Lichtertor, aus dem sie gekrochen waren. Die Tür schloss sich hinter ihnen, erlösende Dunkelheit kehrte zurück.

Eine heftige Windbö fuhr durch die Altera-Fahne, ließ die elf weißen Sterne darauf mit ebenso vielen grünen Streifen um die Wette flattern.

Laertes Michou schloss befriedigt das Fenster. Der Platz gehörte wieder ihm. Die Ameisen hatten sich verzogen.

Das Kanton-System, von hier aus 616 Lichtjahre Richtung galaktischer Northside entfernt, würde das nächste Ziel der Posbis sein. Laertes Michou war bereit, jeden Betrag darauf zu wetten. Alle Anzeichen deuteten darauf hin, dass die Maschinenteufel größere Schiffskontingente für eine Schlacht zusammenzogen. An anderen Teilen der Front fanden nur noch unbedeutende Geplänkel statt, die auch den dümmsten Bauern nicht mehr täuschen konnten.

2,2 Milliarden Alteranern drohte auf Fort Kanton der Tod – und nicht nur das: Die Abbaulager unendlich wertvoller Hyperkristalle würden bei einer Niederlage ebenfalls dem Feind in die Hände fallen.

Laertes Michou zündete ein Krautröhrchen an und inhalierte tief. Der beißende Rauch zog die Atemröhre hinab und hinterließ im Hals den typischen Geschmack nach Rauchholz. Selbstverständlich hätte er sich auf dem freien Markt Packrollen von wesentlich besserer Qualität kaufen können. Aber in dieser Beziehung hatte er schon immer Konsequenz bewiesen: Er wollte Zeichen setzen. Auch die Obersten des Imperiums hatten es nicht besser als die geringsten Soldaten der heimatlichen Truppen.

Gedankenverloren verschob Laertes ein paar der symbolischen Truppeneinheiten im Holoraster, das die Frontlinien nachzeichnete. Das Kanton-System war rot markiert. Eine allzu kurze Linie zeigte direkt hierher, auf die Sonne Alter und den ersten von sieben Planeten.

Es gab nicht mehr viel zu manipulieren. So wenige Schiffe waren es nur noch, zu wenige …

Wenn wenigstens TIGER endlich einsatzbereit wäre! Jene Geheimwaffe, auf die er und die mit der Konstruktion beschäftigten Techniker die größten Hoffnungen legten. Aber noch musste er sich gedulden. Warten. Hoffen. Bangen. Denn das Zeitpolster bis zur nächsten Attacke der Maschinenteufel war, so spürte er, allmählich aufgebraucht.

»Staatsmarschall?«

»Hm?« Wenn Cuthy, seine Nachtsekretärin, um diese Uhrzeit zu ihm durchschaltete, brannte es irgendwo. Er hatte sie mehrmals eindringlich spüren lassen, dass er wegen Lappalien nicht gestört werden wollte.

»Wir haben einen Rot-Alarm«, fuhr sie mit ihrer piepsigen, irgendwie trottelig klingenden Stimme über das Kom fort.

»Haben wir das nicht immer, irgendwo?«

»Dieser Fall ist … außergewöhnlich.« Cuthy holte tief Atem und vermied den Augenkontakt mit ihm. Sie fürchtete ihn, wie die meisten Untergebenen, mit denen er es zu tun hatte.

Gut so.

»Ich lege das Dossier auf Ihren *Holospiegel*«, quietschte sie schließlich. »Der Offizier wartet dringend auf eine Antwort.« Hastig unterbrach sie die Verbindung.

Immerhin ein Dossier. Kein Direktkontakt mit irgendeinem überforderten Offizier, der sich vor ihm vor Angst in die Hosen machte.

Nach fünf oder sechs Sekunden zeigte die spiegelglatte Fläche am Vorderteil seines Schreibtischs Bereitschaft. Eine Projektion wuchs daraus hervor. Sie zeigte das kantige Haupt eines Mannes, dessen Mützenkrempe die grüngelbe Farbzeichnung des Heimatschutzes aufwies. Der Kopf gehörte einem Major Dingelten, wenn er sich recht erinnerte.

»Wir haben einen außergewöhnlichen Fund gemacht«, sagte der Offizier, ohne den üblichen militärischen Gruß zu entbieten. Er wirkte hochgradig nervös, während er fortfuhr. »Im Teragonda-Schutzgebiet wurden um zehndreißig fünf unbekannte Subjekte aufgegriffen. Ihre Herkunft konnte bislang nicht befriedigend erklärt werden.«

Laertes Michou hieb zornig auf den Tisch. Wie konnte Cuthy es wagen, ihn wegen eines kleinen Haufens Unbekannter in seinen Überlegungen zu stören? Da würde sie sich etwas anhören müssen …

»Die Umstände sind in der Tat ungewöhnlich«, fuhr der Major fort, »denn zwei der Subjekte sind – Feinde. Maschinenteufel.«

Posbis? *Posbis?*

Hier – auf Altera? Im Herzen des Imperiums?

Laertes Hände zitterten unvermittelt. Mit einem raschen Seitenblick vergewisserte er sich, dass er die drei roten Energiefelder, die den Höchstalarm für die gesamte Imperiums-Flotte des Systems initiieren würden, in einer kurzen Befehlssequenz freischalten konnte. Leider bedurfte es eines zweiten Mannes, um die Anweisungen auch verbindlich zu machen.

»Die Posbis wurden von drei Alteranern begleitet«, sagte der Major in der Aufzeichnung. Er rang sichtlich mit der Fassung. »Einer der Männer setzte mit Hilfe seiner unbekannten Schutzausrüstung einen breit gefächerten Funkspruch ab. Es gelang uns glücklicherweise mit Hilfe von Störimpulsen, die Sendereichweite auf wenige Kilometer einzuschränken.«

Der Mann prahlte. Laertes Michou mochte derlei Angebereien nicht. Er erwartete von jedermann, dass er jederzeit das Äußerste für seine Heimat gab.

»Der Mann behauptete, Perry Rhodan zu sein«, platzte es schließlich aus dem Major hervor. Er schüttelte in komischer Verzweiflung den Kopf, zuckte zugleich wie ein Hampelmann mit den Achseln. »Nicht nur das … er zeigt auch eine teuflische Ähnlichkeit mit dem Großadministrator.«

Die Dossieraufzeichnung erlosch.

Laertes Michou aktivierte den Kom. »Cuthy, ist dieser Offizier noch in der Leitung?«

»J… ja, Sir. Ich schalte Sie zu ihm durch.«

Ein sichtlich gezeichneter Mann blickte ihm unsicher entgegen. Er wirkte verwirrter als zuvor, von der Plötzlichkeit der direkten Verbindung sichtlich überrascht. »Major Dingleton, Sir!«, meldete er sich nach einer Schrecksekunde.

»Sie sind sich darüber im Klaren, dass ich Sie den Rest Ihres Lebens in die tiefsten Katakomben Gondas bringen lasse, wenn das ein Scherz sein sollte?«

Ein Schweißrinnsal zog sich vom Haaransatz bis zum markant hervortretenden Kinn des Soldaten. »Ich weiß, Sir«, sagte er heiser. Fahrig wischte er sich über das Gesicht. »Aber es handelt sich tatsächlich um Posbis!«

Von irgendwoher wurden Bilder zweier Maschinenwesen zugeschaltet, wie sie unterschiedlicher nicht sein konnten. Das eine wirkte fast menschenähnlich, während das andere ausschließlich nach Aspekten der Zweckmäßigkeit erbaut worden war. *Welche* Funktion es ausübte, blieb Laertes Michou allerdings verborgen.

Er schloss kurz die Augen, wollte den Anblick dieser verfluchten Geschöpfe *wegzwinkern.* »Und was ist mit diesem Verrückten?«, hakte er schließlich nach.

Weitere Holos erschienen links von seinem Schreibtisch. Sie zeigten eine bildhübsche Frau von 30 oder 35 Jahren, die überaus verärgert wirkte. Sie trug ein langes, weißgraues Tuch um die dunklen Haare drapiert, das bis zum Boden reichte.

»Lassen Sie sich nicht täuschen, Sir«, meldete sich Major Dingleton zu Wort, »dieses Riesentuch ist ebenfalls ein Lebewesen. Es beharrt darauf, ein Aufpasser der beiden Maschinenteufel zu sein.«

Laertes Michou überlegte. Hatte er in uralten Aufzeichnungen über die Posbis nicht etwas über deren seltsamen Begleiter in der Milchstraße gelesen? Geschöpfe, die in einer Art Symbiose mit den Maschinen lebten? Teppich-Herbys hatten sie geheißen, wenn er sich recht erinnerte.

Ein letztes Holobild erschien.

Im Mittelpunkt stand ein schlanker Mann mit tiefen, prägnanten Falten um die Mundwinkel. Trotz einer blau leuchtenden Energiefessel um seine Handgelenke war er kühl und beherrscht. Die Soldaten links und rechts von ihm wirkten wie Staffage, wie Laienschauspieler, die sich um einen wahren Künstler scharten.

Laertes Michou fuhr vorsichtig ins Holo, vergrößerte das Bild des Mannes. *Das ist nur ein Abdruck,* redete er sich ein, *eine Momentaufnahme, die nichts zu sagen hat.*

Und dennoch wusste er, dass er sich gründlich vorbereiten musste, wollte er sich diesem Mann stellen. Sanfte, vorwurfsvolle Blicke aus grauen Augen durchbohrten ihn, forschten nach etwas, das hinter ihm und jenseits des Horizonts lag, den Menschen kannten.

Zum Donnerwetter – was für seltsame Gedanken wälzte er da? Das war ein Mann wie jeder andere, der wohl zufällig eine ähnliche Physiognomie wie *die* Lichtgestalt der alteranischen Geschichte hatte und diesen Umstand auszunutzen versuchte.

Aber was war dann mit diesem kleinen, allzu bekannten Merkmal? Jener kleinen Narbe am Nasenflügel, über die man, so sagten all die Geschichten und Märchen, den Unsterblichen Perry Rhodan definierte?

Er durfte sich Schreck und Verwunderung unter keinen Umständen anmerken lassen. Seine Position als Staatsmarschall erforderte es nachgerade, dass er unerschrockener, kühner, gelassener und gleichzeitig beherrschter als seine Untergebenen blieb.

»Wo befinden sich die Aufgegriffenen derzeit?«

»In einem isolierten Verwahrungsgleiter, Sir.«

»Wie viele Personen hatten Kontakt mit den Posbis, der Frau und diesem … Schauspieler?«

»Nun – ein kompletter Zug der Raschen Einsatzgruppe aus Imperium-Omega sowie mehrere Abwehrspezialisten der ›Viper‹.«

Viper … eine jener zahlreichen Einheiten des Heimatschutzes, die bei vielfältigsten Krisenfällen zum Einsatz kamen. Eine scharfe Waffe – und dennoch nur Spielzeug, wenn man seine Lieblinge heranzog: die Legion Alter-X.

»Sonst noch jemand?«, hakte Laertes Michou nach.

»Zwei Soldaten; eine Frau und ein Mann, die uns die Ankunft der Maschinenteufel meldeten.«

»Was ist mit dem Funkspruch, den der Rhodan-Imitator ausgeschickt hat?«

»Sie wurden in einem entlegenen Winkel des Teragonda-Naturschutzparks aufgegriffen. Ringsum gibt es keine alteranischen Behausungen. Vielleicht ein paar Parkwächter …«

»Lassen Sie das möglichst weitläufig überprüfen«, forderte der Staatsmarschall. »Ich ordne Isolationsquarantäne für alle Beteiligten an. Sperren Sie die Soldaten und die Vipern von mir aus in den hintersten Bunker; Hauptsache, es dringt vorerst kein Wort von der Landung der beiden Posbis an die Öffentlichkeit. Sperren Sie lieber fünfzig Personen zu viel weg als einen zu wenig. Sie bleiben allein mir gegenüber verantwortlich, verstanden? Wenn ich höre, dass Sie ihre Aufgabe schlampig erledigen, lasse ich mir Ihre Eier zum Frühstück braten.«

»Sir, was ist mit Anton Ismael, Sir?«

»Den lassen Sie meine Sorge sein. Und nun kommen wir zu den Gefangenen selbst: Sie werden auf raschestem Weg nach *Gonda* überliefert.«

»Zur Legion Alter-X? Ins Festwerk?«

»Befinden sich dort noch andere Truppeneinheiten als jene des Geheimdienstes? Also! Alle fünf werden voneinander getrennt in Hochsicherheits-Isokapseln untergebracht. Alle Ausrüstung wird ihnen genommen. Ach ja – jene beiden Soldaten, die die Infiltranten zuerst entdeckten, werden ebenfalls ins Festwerk verlegt. Das übliche Prozedere braucht Sie nicht zu kümmern. Dafür gibt es ausreichend ... Spezialisten auf Gonda.«

»Verstanden, Sir. Zu Befehl, Sir.« Major Dingletons Kiefer mahlten heftig aufeinander. Er wirkte nervös. Ging es ihm wie den meisten Alteranern, die sich allein vom Nimbus des Festwerkes ängstigen ließen?

»Ist noch etwas, Dingleton?«

»Ja ... ja, Sir. Es gibt Anzeichen dafür, dass die Gruppe ursprünglich aus sechs Personen bestand. Eine ist uns offensichtlich entkommen ...«

Neunzehn
Chronik der Familie Donning: Aufbauzeit

Ja, ich bin Jacorima Donning. Warum fragen Sie?

Na, das ist aber eine nette Überraschung! Sie sind doch diese berühmte Dings, Klatschreporterin, von dieser Dingssendung, nicht wahr? Kommen Sie nur rein in meine bescheidene Hütte, treten Sie näher. Vorsicht, bitte nicht umstoßen! Das ist eine Originalplastik von Zed Rustshov. Sie zeigt die Landung unserer Vorfahren auf Altera. Können Sie die Erhabenheit dieses Moments spüren, die sich über dieses einmalige Kunstwerk auf den Betrachter überträgt? Achten Sie auf die winzig kleinen Figürchen hier vorn; der Trupp unserer Gründerväter nimmt voll Stolz den Planeten Alter in Besitz. Symbolisch rammt man eine Flagge mit dem neu kreierten Symbol der elf Sterne und Streifen in den Boden, je einen pro gelandetem Siedlerschiff. Man gibt sich fröhlichen Gesängen hin und dankt dem Schicksal. Ergreifend, nicht wahr?

Sie meinen, dass diese Darstellung nicht ganz der Wahrheit entsprechen könnte? Aber, schöne Frau – was ist denn Wahrheit? Lediglich die Sicht aus einem ganz bestimmten Blickwinkel, nicht wahr? Tritt man bloß ein kleines Stück zur Seite, ändert sich augenblicklich die Perspektive.

Aber Sie und Ihr Holomann wollten mich sicherlich nicht wegen meiner Kunstsammlung besuchen, nicht wahr? Womit kann ich denn behilflich sein?

Ist das wahr? Tatsächlich? Schatzi, komm rasch her! Stell dir vor, ich wurde zum Alteraner des Monats gewählt! Das ist Porcia, meine Frau, meine Herzallerliebste. Ja, ganz genau, meine sechste Herzallerliebste, haha. Sie haben einen köstlichen Humor, Fräulein … Dingsbums.

Schatzi, da bist du ja. Sag schön brav Guten Tag zu unseren Gästen. Man will ein kleines Filmchen über mich drehen und nächsten Samstag im Hauptabendprogramm zeigen. Ist denn das zu fassen? Nach all den Jahrzehnten …

Nein, also bitte – aus diesem Blickwinkel mag ich keine Aufnahmen. Da kommen meine Backenknochen ein wenig unvorteilhaft zur Geltung. Ja, so ist's besser.

Ich soll ein wenig über mich erzählen? Über meine Familie, über meine beruflichen Erfolge? Und ein paar persönliche Ansichten zur aktuellen Situation auf Altera möchten Sie auch von mir hören? Wie schmeichelhaft!

Nun, begeben wir uns in den Salon. Schatzi, kümmere dich darum, dass unsere Gäste eine Kleinigkeit zum Essen und zum Trinken bekommen. Bring vom guten Wein aus dem Keller, und ruf beim Feinschmecker an, dass er uns ein paar Longosten-Cocktails herrichtet. Bist ein Schatz, Schatzi.

Wo waren wir stehengeblieben?

Ach ja. Meine Familie. Nun – ich kann meinen Stammbaum zwar direkt bis zur Generation der Gründerväter zurückführen, aber da gibt es nicht allzu viel Rühmliches zu berichten. Es tut mir in der Seele weh, das sagen zu müssen; aber meine Vorfahren waren alle miteinander Taugenichtse, Anarchisten, Querulanten und Störenfriede. Über Jahrhunderte hinweg, so muss ich beschämenderweise sagen, haben sie sich unter Anwendung schmutzigster Mittel in die Politik eingemischt. Stets ging es gegen das Establishment. Nie wollten sie die Dinge so anerkennen, wie sie waren. Quertreiber waren sie, alle miteinander. Pfui!

Egal, ob sie Richard, Charles, Jameel, Syd, Sue oder Pog hießen, immer wieder standen ihre Namen für Widerstand, Chaos und Misslichkeiten. Ach, reden wir nicht mehr über die bösen alten Zeiten. Wie Sie sicher wissen, existieren heute noch Seitenlinien dieser unangenehmen Verwandtschaftsblase. Ich bin sozusagen das einzige weiße Schaf unter lauter schwarzen, haha! Doch genug gescherzt: Dass ich zu dem wurde, was ich heute bin, verdanke ich bloß meinem herzensguten Herrn Papa. Glauben Sie bitte nicht, dass seine Heirat mit meiner Mutter, die einer alten *Han*-Blutlinie der Qins entstammte, eine reine Zweckehe war. Ganz im Gegenteil! Die beiden liebten und verehrten sich bis an ihr leider allzu frühes Lebensende. Ich bin den beiden unendlich dankbar für ihre Güte – und auch für ihre Güter, haha, die sie mir hinterließen. Die finanzielle Freiheit erlaubte es mir, den Mühen des täglichen Arbeitslebens zu entgehen. Innezuhalten, die Dinge von ganz oben zu betrachten. Ich ließ mir jahrelang Zeit, erholte mich gleichsam von den Strapazen meiner Studienzeit und beobachtete, beobachtete, beobachtete.

Es gibt Gerüchte, ich wäre während dieser Zeit in diverse Kalamitäten gerutscht? Drogen, Partys, Orgien ... Sehen Sie, meine Liebe, sobald man Erfolg hat, hacken die Neider auf einen ein. Die Wahrheit wird unter Schichten verleumderischer und bösartiger Gerüchte eingewickelt und weggepackt, so lange, bis sie nicht mehr erkennbar ist.

Ein schöner Satz, nicht wahr? Wäre der nicht großartig als Aufmacher für Ihre Sendung?

Nun, vertrauen Sie mir. Diese Schlechtmacher lügen, alle durch die Bank. Denn nach dem Abschluss meines Architekturstudiums nutzte ich die Zeit gewinnbringend. Ich überlegte, wie man der großartigen Stadt Neo-Tera ein Gesicht geben könnte, das ihrer Bedeutung zustand. Immerhin wuchsen ringsum weitere Siedlungen heran, wie zum Beispiel Omegosh oder Lookatis, die Neo-Tera den Rang abzulaufen drohten. Verstehen Sie mich nicht falsch, ich bin ein unbedingter Befürworter des Turbokapitalismus. Wir benötigen rasche Expansion genauso dringend wie reichen Kindersegen. Aber ich wollte der Stadt, in der alles begann, jene Bedeutung geben, die ihr zustand. Also setzte ich mich mit dem Bürgerrat, den *Han* und den Militärs zusammen und unterbreitete ihnen meine Vorschläge.

Natürlich mag es hilfreich gewesen sein, dass Onkel Shui und Großtante Zhe ein Wörtchen bei der Entscheidungsfindung mitzureden hatten. Aber Protektion ist ein gar zu hässliches Wort. Überhaupt meine ich, dass Ihre Fragen ziemlich kritisch rüberkommen. Schließlich wollten Sie mich als Alteraner des Monats ehren, nicht wahr? Mäßigen Sie also bitte Ihren Ton, Gnädigste, sonst rufe ich Ihren Sendeleiter an.

Wo war ich stehengeblieben?

Diese – ich möchte fast schon sagen: legendäre – Sitzung des Stadtrates brachte einen Triumph des progressiven Wagemuts und der visionären Weitsichtigkeit der Stadtväter. Meine Idee, Neo-Tera neu zu gestalten, wurde einstimmig angenommen. Umso mehr genoss ich diese Stunden, da mein neu gegründetes Architekturbüro im selben Atemzug mit der Planung der Umgestaltungsarbeiten bedacht wurde.

Eine Opposition, die gegen das Projekt anstürmte? Vorwürfe, ich hätte den Plan von meiner Cousine Phoebe gestohlen?

Sie, Fräulein, jetzt fangen Sie schon wieder an mit Ihrer widerlichen Schlechtmacherei! Das hat doch nichts mehr mit professionellem Journalismus zu tun. Ich hätte gute Lust … ah, da bist du ja, Schatzi. Das Essen kommt in fünf Minuten? Gut gemacht, Schatzi. Geh, schäl mir doch bitte eine Pomanze. Ich hätte gerade Appetit auf ein wenig Obst. Danke, sehr lieb!

Also gut, Fräulein, weil Sie so ein hübsches Näschen haben, werde ich Ihnen diese Frage ausnahmsweise beantworten. Cousine Phoebe war ein nervöses Wrack, das damals die Psychiatrie beschäftigte und kaum einen geraden Satz zustande brachte. Und ausgerechnet diesem armen Geschöpf hätte ich die Entwürfe für meine Stadtvision wegnehmen sollen? Lachhaft! Ich bin mir sicher, Phoebe hätte mir Recht gegeben, wenn sie nicht an dieser unglückseligen Übermedikamentierung gestorben wäre. Friede ihrer armen Seele …

Nun aber zurück zur Neugründung Neo-Teras.

Anders kann man's ja wirklich nicht nennen. Schließlich galt es, all die alten Baracken abzureißen, die bereits seit der Gründerzeit das Stadtbild verschandelten. War das ein Theater, als die Zwangsumsiedlungen begannen! Viele Alteraner wollten die Notwendigkeiten der Planierungsarbeiten nicht verstehen. Sie pochten auf ihren Grundrechten, beschäftigten die Rechtsanwälte und den Bürgerrat … brr! Ich möchte gar nicht mehr daran zurückdenken.

Zu unserem Glück hatten wir damals einen ausgezeichneten, durchschlagskräftigen Bürgermeister. Großonkel Zhao. Er minimierte den Widerstand auf unnachahmliche Art. Ein großartiger Mensch, der liebe Herr Onkel!

Im nächsten Bauabschnitt kümmerten wir uns um die Wracks der elf Gründerschiffe …

Ah, danke, Schatzi! Hm – die riecht aber gut, die Pomanze. Du kannst jetzt wieder stricken oder nähen gehen, was auch immer du gerade vorhast, Schatzi. Ich ruf dich, sobald der Feinschmecker klingelt.

Zehntausende Arbeiter wurden beauftragt, die Skelette der Schiffe, deren nackte Träger damals noch in den Himmel ragten, zu entfernen. Damals war die Arbeitsmoral noch eine ganz andere als heute, das können Sie mir glauben, Fräulein! Da wurde angepackt, geschuftet, geplackt, und jedermann hatte stets ein freundliches Wort auf den Lippen.

Vollbeschäftigung bedeutete das für Neo-Tera. Lassen Sie sich das auf der Zunge zergehen: Voll-be-schäf-ti-gung!

Fünfzehn Jahre lang wurde gefräst, geschleift, gebohrt und geschleppt, mit einfachsten Mitteln gearbeitet – und das zu einer Entlohnung, die jedermann erlaubte, sich und die Familie über Wasser zu halten.

Mag ja sein, dass Investitionen und Forschung ein wenig in den Hintergrund traten. Während dieser glorreichen Epoche benötigten wir keine Eierköpfe, die sich mit Energietechnik, Raumschiffbau oder hyperdimensionaler Grundlagenforschung beschäftigten. *Anpacken* hieß die Devise. Und Historiker, die heutzutage von Zwangsarbeit sprechen, haben nichts von dem verstanden, was damals notwendig war!

Milliarden von Tonnen wurden bewegt. Dank hartnäckiger Verhandlungsarbeit gelang es mir, einen Exklusivvertrag für die Abnahme und Entsorgung der Altlasten zu ergattern, und das zu beiderseitigem Gewinn.

Ja, ich habe auch durch diesen Vertrag ein wenig profitiert. Aber ich hatte einfach Glück und war zur richtigen Zeit an der richtigen Stelle.

Nach mehr als achtzehn Jahren gelang die endgültige Schleifung der zehn städtischen Schiffe und des elften auf der Insel Gonda. Nur noch jene Teile, die von der Bevölkerung heutzutage liebevoll *Schüsseln* genannt werden und die sich während der Landung tief ins Erdinnere gegraben hatten, ließen wir bis zur Höhe der alteranischen Erdoberfläche bestehen. Die Schüsseln bildeten ein prachtvolles Fundament, das während der nächsten Jahre abgestützt und stabilisiert wurde und in denen heutzutage die zehn großen Stadtviertel Neo-Teras ruhen.

Fünfundvierzig Jahre steten Aufbaus und Wachstums, den die Stadt mir verdankt, liegen hinter uns. Sehen Sie doch zum Fenster hinaus und betrachten Sie *mein* Werk! Jedes einzelne Teil wurde von mir und meinen Architekten geprägt, überall haben wir unsere Spuren hinterlassen.

Ich will gar nicht verhehlen, dass ich durch all meine Tätigkeiten zu bescheidenem Reichtum gelangt bin. Ja, diese kleine Hütte hier und einige Parzellen fruchtbaren Landes konnte ich mir durch kluge, vorausschauende Investitionen leisten.

Visionen möchten Sie von mir haben? Ideen, wie es mit Neo-Tera und Altera weitergehen sollte? Ich fühle mich geschmeichelt, Fräulein, aber ich denke, dass Sie bei mir wirklich an den Richtigen geraten sind.

Wir sollten wieder mal kräftig in die Hände spucken und mit diesen Träumen einer Rückeroberung des Weltraums aufhören. Technischer Fortschritt ist schön und gut, aber er sollte zielgerichtet erfolgen. Das, was die Gründerväter an Wissen hierher mitgebracht haben, war für die damalige Zeit vielleicht notwendig. Aber die letzten vierhundert Jahre haben uns gelehrt, dass unsere Probleme ganz woanders liegen. Bodenständigkeit ist die Devise. Was sollen hochtrabende Pläne und Ziele? Machen wir uns Altera untertan, schließlich sind nach wie vor erst fünfzehn Prozent der Landoberfläche gut erforscht und gar erst fünf Prozent besiedelt. Da gilt es, weiterzumachen.

Zu diesem Zweck muss unbedingt die Geburtenrate erhöht werden. Es geht nicht an, dass manche Familien meinen, auf Kinder verzichten zu können. Heute leben nicht einmal drei Millionen Menschen auf diesem Planeten. Wir brauchen Pioniere. Junge, kräftige Burschen, die das Land erobern, und gebärfreudige Mädchen, die sich ihrer Pflichten als Mütter besinnen. Manchmal habe ich das Gefühl, dass viel zu viel gefeiert und viel zu wenig auf die Familienplanung geachtet wird. Das sind meine Ideen, Fräulein, und ich werde sie mit all meinem Einfluss im Bürgerrat geltend machen.

Sie wollen schon gehen? Gerade jetzt, wo der Feinschmecker anläutet? Ach, wie schade! Aber ich hoffe doch, dass ich mich einigermaßen vorteilhaft in Szene setzen konnte? Das freut mich aber!

Schatzi wird Sie gern zur Tür bringen.

Im Vertrauen, Gnädigste: Wollen wir nicht in den nächsten Tagen unser kleines Gespräch fortsetzen? Bei einem Nachtmahl? Ich kenne da ein aus-ge-zeich-ne-tes Restaurant unter Hanscher Leitung … Ich bräuchte ab und an einen Menschen, mit dem ich mich austauschen könnte, mit dem ich mich *richtig* unterhalten könnte. Wenn ich Sie einladen darf …

Wie bitte? Wie können Sie einen so harmlosen Vorschlag so rigoros ablehnen? Ich habe doch nur … Raus mit Ihnen! Und ich gebe Ihnen den guten Rat, diesen Bericht über mich möglichst vorteilhaft zu gestalten. Der Sendeleiter ist ein Vetter zweiten Grades von mir … Und nun verschwinden Sie endlich!

Ach, Schatzi, nichts als Ärger hat man mit diesen einfachen Plebs. Lauter Neider sind das, alle wollen sie etwas von mir haben und nichts, aber auch gar nichts, geben …

Schälst du mir bitte noch eine Pomanze, Schatzi?

Zwanzig Altera: Startacs Sprung

Festwerk.

Legion Alter-X.

Ängste, Panik, Hysterie.

Man benötigte keine ausgeprägte Kombinationsgabe, um zu erraten, wovor sich dieses Mädchen namens Li fürchtete.

Einerlei, ob sie Agenten, Geheimdienstler, Häscher oder Folterknechte hießen, in einer gesunden Gesellschaft wetteiferten diese Herrschaften meist mit Steuerbeamten, Finanzministern und Gleiterpolizisten um den letzten Platz in einer beruflichen Beliebtheitsskala. All diese Gruppen standen für ein notwendiges Übel, das man stillschweigend duldete und dessen Existenz man so weit wie möglich an den Rand der Wahrnehmung schob.

Inwieweit Startac die fast panisch zu nennende Angst der beiden Alteraner vor der Legion Alter-X *interpretieren* sollte, konnte er derzeit nicht einordnen. Neuerlich überkamen ihn fürchterliche Kopfschmerzen und Orientierungsschwierigkeiten.

Was war, wenn sich die hiesige Obrigkeit entschloss, die beiden jungen Leute so rasch wie möglich zum Verhör zu bringen? Wenn man sie gemeinsam mit jenem Gleiter, in dem er sich versteckt hielt, unter einen Schutzschirm packte und in jenes Festwerk Gonda verbrachte, vor dem sie sich so fürchteten?

Startac musste raus aus dieser Falle, und das so schnell wie möglich. Wenn er Perry in irgendeiner Form helfen wollte, musste er sich zuerst selbst in Sicherheit bringen. Jene Hinweise, die er hier gewonnen hatte, mussten in Ruhe verarbeitet werden.

Sobald die Kopfschmerzen nachließen.

Startac spürte ein dumpfes Ziehen und Zerren im Hinterkopf, als er sich gedanklich auf die Teleportation vorbereitete. Sein Atem kam, ohne dass er es verhindern konnte, immer heftiger. Die Sprung-Initiation, die er seit jeher instinktiv anwandte, wollte diesmal nicht so richtig gelingen. Startac war, als schwebte er in einer Blase zähflüssigen Honigs, der ihn festhielt, ihn unter keinen Umständen freilassen wollte. Mit aller Kraft kämpfte er gegen die Schmerzen an, gegen den Widerwillen, die Teleportation tatsächlich durchzuführen, gegen den inneren Schweinehund.

Endlich gelang es. Er verschwand, um anderswo wieder aufzutauchen, durch ein unbegreifliches, eigentlich nichtexistentes Medium dorthin gelangt.

Der Sprung geriet *wackelig* und *falsch*.

Ungezielt, unjustiert, nur noch von widerwillig ansprechenden Instinkten getragen.

In einer Höhe von vielleicht zwei Metern tauchte er auf und wurde vom Schutzanzug sanft zu Boden getragen. Startacs Sinne versagten. Sein geschwächter Metabolismus kapitulierte. Noch während er, von Schmerzen eingehüllt, in eine Ohnmacht glitt, fühlte er den Einstich einer weiteren Injektion.

Einundzwanzig
Fort Kanton: Ängste und Hoffnungen

Darius Beng Xiaos Doppelschicht näherte sich ihrem Ende. Acht Stunden Freizeit warteten auf ihn. Er würde sie hauptsächlich im engen Bett seiner engen Kajüte verbringen, dann in aller Hast mehrere Tassen Kaffee herunterschütten, um sich erneut in die Tretmühle zu begeben. Seit Wochen schon tat er endlos aneinander gereihte Dienste, ohne Aussicht auf Änderung.

Darius rief sich zur Ordnung. Die Sehnsucht nach der Heimat, nach Ruhe und Erholung, grub sich in sein Herz, obwohl sie dort nichts zu suchen hatte.

Wenn das Imperium Altera eine Chance gegen die Maschinenteufel haben wollte, mussten die alteranischen Soldaten ihre Gefühlswelt so weit wie möglich zurückstellen.

»Keine Gnade«, verinnerlichte er leise einen der Stehsätze seiner Truppeneinheit, »weder mit den anderen noch mit uns selbst.«

Andere Kantoner mit tiefliegenden Augen und hohlen Wangen gingen rings um ihn ihren Geschäften nach. Niemand achtete auf seine in der Erschöpfung gemurmelten Worte. Sie alle wälzten ihre eigenen Probleme und kämpften gegen jene Gefahren an, die aus ihrem Inneren hochstiegen.

Rote Pünktchen umgaben Darius an dem Ortungstank. Viele waren es – und doch zu wenig.

102 Schlachtschiffe. 212 Schwere Kreuzer. Nahezu 900 Leichte Kreuzer. Dazu der *Ring*, bestehend aus 103 TRIANGOLO-Raumforts, die das Kanton-System in einem weitmaschigen Netz umgaben.

Die beeindruckenden Zahlen trogen. Sie gaben keineswegs die Tatsachen wieder. Denn während der letzten Monate hatte Fort Kanton mehr als die Hälfte seiner Schiffe verloren. Jene Einheiten, die übrig geblieben waren, litten großteils an beschränkter Einsatzfähigkeit. An Bord jeden Schiffes war dasselbe Bild zu sehen; rund um die Uhr krochen die Techniker und Mechaniker durch die stählernen Eingeweide. Sie reparierten, improvisierten, rationalisierten und fluchten den lieben Tag lang in die Schwärze des Alls hinaus.

Immerhin: Wer arbeiten und fluchen konnte, glaubte noch an die Sache. Diese Frauen und Männer kamen gar nicht erst auf die Idee, etwas zu hinterfragen. Hier jedoch, in der Zentrale der Zielerfassungsortung, kannte man die nackten Zahlen. Die Schwächen, die sich dahinter verbargen, waren besorgniserregend. Ein einziger, mit ausreichendem Nachdruck vorgetragener Angriff der Maschinenteufel mochte das Ende der Wachflotte bedeuten.

Soll ich etwas einwerfen?, fragte sich Darius und entschied sich schließlich dagegen. Nur noch eine halbe Stunde, dann durfte er endlich schlafen. Er wollte seinen Magen nicht noch mehr belasten.

Drei als »Freund« markierte Schiffseinheiten erhoben sich soeben von der Oberfläche Fort Kantons. Darius fühlte sie routinemäßig mit einem »Ping« ab. In Zusammenarbeit mit der Positronik der SHENYANG überprüfte er die energetischen Kennungen der Raumer, spielte in einer kurzen Frage-Antwort-Sequenz Teile der verschlüsselten Losungssequenzen durch und gab den Kreuzern schließlich in einem gebündelten Antwortsignal jene aktualisierten Kennungen mit, die sie an ihrem Zielhafen benötigten.

Routine ist der Feind des alteranischen Soldaten, rief er sich in Erinnerung. Jeder Arbeitsgriff, den er tat, erforderte höchste Aufmerksamkeit. Unsichtbar für menschliche Augen mochten hyperenergetische Virenschauer auf sie niederprasseln, sich an von Schiff zu Schiff eilende Signalimpulse anhängen und sich schließlich in die Eingeweiden der Positroniken fressen, um dort irgendwann ein verhängnisvolles Werk zu beginnen. Auch wenn das offizielle Imperium Altera immer wieder betonte, dass Inflexibilität die größte Schwäche der Maschinenteufel darstellte, wusste man hier, an der Front, sehr wohl um die Raffinesse, mit der die Posbis die Wahl ihrer Waffen variierten. Und die Verseuchung des Funk- und Hyperfunkverkehrs gehörte zu einer der subtilsten, heimtückischsten Varianten ihres Kampfes.

Darius Beng-Xiao »winkte« den kleinen Konvoi schließlich durch. Er trug eine mühsam dem Boden abgerungene Fuhre Hyperkristalle mit sich, und wahrscheinlich mehrere hundert Aussiedler, die Fort Kanton verließen.

»Feiglinge!«, schnaubte er.

»Das sind Menschen mit Familien«, sagte seine Schichtnachbarin, Hauptmann Georghia Firsam, die stets schlampig gekleidete Controllerin. »Sie wollen ihre Kinder nicht hier verrecken sehen.«

Darius mochte die ältliche und allzu schlanke Frau nicht. Eigentlich hatte sie jeden einzelnen seiner Handgriffe zu überprüfen und endverantwortlich für die dezentrale Ortungseinheit zu bestätigen. Aber nur zu gern führte sie während des Dienstes polemisierende Gespräche, die ihn in der notwendigen Konzentration behinderten.

»Sie lassen uns im Stich!«, legte Darius nach. »Wir dürfen nicht zurückweichen. Keine Handbreit. Keinen Millimeter.«

»Das sind schöne Worte für einen Junggesellen, der keine Familienangehörigen mehr hat. Sie wissen wohl nicht, was es bedeutet, wenn man etwas für jemanden empfindet.«

»Wenn ich etwas *empfinde*, gehe ich in den Militärpuff! Dafür sind diese Einrichtungen schließlich da.«

Georghias Gesicht färbte sich schlagartig rot. »Leutnant, manchmal denke ich, dass Sie für den Dienst an Bord der SHENYANG nicht geeignet sind. Ich glaube nicht, dass dieser Perry Rhodan, mit dem Sie sich so gern vergleichen, Ihren Stil schätzen würde. Mit Ihrem emotionalen Defizit wären Sie auf Seiten der Posbis wahrscheinlich besser aufgehoben. Umso bedauerlicher ist es, dass eine ganze Generation Ihres Schlags heranwächst.«

Sie wagte es, sein angehimmeltes Idol in den Schmutz zu ziehen und ihn gleichzeitig zu beleidigen? Ihn darüber hinaus mit den Maschinenteufeln in einen Topf zu schmeißen?! Ihn, der sich abmühte, freiwillige Schichten schob, nichts als die Sicherung und Rettung der Heimat im Kopf hatte? Was erlaubte sich dieser hässliche Besen ...

Mühsam beherrschte er sich. Schlussendlich war Georghia seine Vorgesetzte. Sie zeichnete für das psychologische Profil in seiner Akte mit verantwortlich. Er traute es der Frau zu, dass sie ihn aus purer Bosheit vom Dienst suspendieren ließ oder gar ein Entlassungsverfahren anstrebte.

Was würde ihm dann noch bleiben? 18 Jahre Militärschule, Militärakademie und härteste Praxisausbildung wären umsonst gewesen. Sein Leben hätte jeglichen Sinn verloren. Ohne klar präzisierte Aufgaben und Ziele würde er … funktionslos werden und müsste irgendwo als Veteran mindere Büroaufgaben im Dienst des Imperiums erledigen.

Darius nickte der Frau mürrisch zu und hoffte, dass sie dies als Entschuldigung akzeptierte. Dann vertiefte er sich erneut in die Betrachtung seines Ortungstanks. Mehrere Schiffspositionen hatten sich zueinander verändert. Die Positronik meldete einige »tote Winkel«, in denen keine überlappende Ortung des Verbunds mehr gegeben war. Es oblag nun ihm, die Schlussfolgerung des Maschinengehirns nachzuvollziehen und gegebenenfalls eine Meldung an die Kommandantur abzusetzen.

Das Schiffsgehirn … selbst an Bord ihrer eigenen Schiffe waren sie von Denkmaschinen und Robotern umgeben. Einerseits waren sie von deren Rechenleistungen abhängig, andererseits konnte Altera ihnen aufgrund der Virengefahr nicht mehr vollends vertrauen. Jeder Handgriff, jede Funktion musste von Menschen mühselig überprüft werden. Die Gefahr, so wusste man, entwuchs selbst dem Inneren des Reiches.

Noch zehn Minuten, dann endete die Schicht. Er hoffte, mit angenehmen Gedanken in den Schlaf zu sinken. Vielleicht konnte Darius gar die Erinnerung an die angeblich bevorstehende Bekanntgabe einer neuen Geheimwaffe mit hinüber in einen Traum retten.

Im Offizierskasino waren während der letzten Tage Gerüchte hochgekocht. Staatsmarschall Laertes Michou, so hieß es, würde bald TIGER freigeben. TIGER … wie das schon klang … Anmutige, wilde Raubkatzen, die auf der mystischen Ursprungswelt Terra gejagt hatten, so wusste Darius mittlerweile, steckten hinter dem Wort.

Die sinnliche Bedeutung hinter diesem Kode war leicht zu verstehen. Sie, die Alteraner, würden vom Gejagten zum Jäger werden, sobald die Geheimwaffe einsatzfähig war. Es konnte sich bei TIGER nur um die Entwicklung der heiß ersehnten Transformkanonen handeln.

Solange sich Darius zurückerinnerte, träumte die Generalität von deren praktischen Anwendung. Es gab keine Transformkanonen, keine Transitionsschiffe, keine Transmitter. Uralte und in der Theorie bekannte Technik war gegen das hyperphysikalische Chaos, in die ihre Heimatgalaxis Ambriador gepackt war, bislang nicht angekommen. Aber jetzt, jetzt war es hoffentlich endlich so weit …

Dann würde man die Maschinenteufel aus dem Raum bomben, verlorenes Terrain zurückerobern und jeden einzelnen Menschen rächen, der im Laufe dieses Krieges zu Schaden gekommen war.

Die rote Riesensonne über Fort Kanton überschüttete das System einmal mehr mit einem Potpourri aus hinlänglich bekannten Strahlenschauern.

Darius fluchte. Einerseits musste er aufgrund dieses Ausbruchs all seine Instrumentarien justieren und die Positionen der Schiffe und Stationen zueinander ein weiteres Mal berechnen, so knapp vor seiner Ablösung … Andererseits waren es gerade die natürlichen Emissionen der Sonne, die das Kanton-System strategisch derart wertvoll erscheinen ließen. Sie neutralisierten die Störungen des übergeordneten Kontinuums. Auf Fort Kanton verlief eine Betankung und Wartung alteranischer Schiffseinheiten so reibungslos wie auf keinem anderen Kolonialplaneten des Imperiums.

Ein Grund mehr für die Posbis, das Kanton-System ins Visier zu nehmen …

Das Signal, das er so sehnlich herbeigesehnt hatte, ertönte. Endlich.

Menschen mit müden und verhärmten Gesichtern strömten in den Raum. Die Schichtablösung. Zodiak Cord humpelte auf ihn zu. Er war einer der wenigen Überlebenden des Schweren Kreuzers ZHAN. Ein ultrahocherhitzter Stahlträger des Schiffsskeletts hatte seine Beine unterhalb der Knie abgetrennt, sich richtiggehend durch das Fleisch geschmolzen. Noch war der Junge angeblich nicht in der Lage, mehr als acht Stunden am Stück Dienst zu tun. Die psychotherapeutische Nachbehandlung und eine ausgewogene Tablettendiät griffen noch nicht.

Was für ein Weichling!, dachte Darius. *Wenn das alles hier vorbei ist, wenn positronisch-elektronische Elementschaltungen wieder ausreichend zur Verfügung stehen, bekommst du deine Prothesen, und alles ist vergessen. Die Frauen werden sich dir an den Hals werfen, weil du ein Kriegsheld bist. Also, was soll das Jammern und dieser ganze Psycho-Dreck?*

»Guten Abend, Sir!«, sagte der Junge leise und salutierte fahrig. »Fähnrich Cord meldet sich zum Dienst.«

»Verstanden, Fähnrich! Ich übergebe Ihnen hiermit …«

Ein Jaulen einer Sirene unterbrach Darius. Es war jener Ton, den er so sehr fürchtete.

Es würde keinen Schichtwechsel geben.

Nicht jetzt, da die Posbis angriffen.

Zweiundzwanzig Festwerk Gonda: Verhör

»Wie heißen Sie?«

»Perry Rhodan.«

»Dienstrang und Einheit oder Beruf?«

»Terranischer Resident.«

»Wohnort?«

»Terrania.«

»Geburtsdatum und -ort? Identifikationsnummer?«

Rhodan antwortete dem stetig wechselnden, unsichtbaren Verhörpersonal wahrheitsgemäß auf eine Liste von 40 Fragen und bewirkte dabei stets nur eine einzige Reaktion: »Sie lügen!«, sagte man ihm, um den Datenbogen stereotyp von vorn zu beginnen. Er hatte es aufgegeben, mitzuzählen. Stets forderten »sie« seine Aufmerksamkeit. Enervierende Töne, sich überlappende Bildsequenzen, die an die kugelförmige Innenwandung seiner Gefängniszelle projiziert wurden, Temperaturschübe und ätzende Geruchsmischungen hielten ihn wach und dämpften gleichzeitig seine Aufmerksamkeit.

So unangenehm die Behandlung auch war, Rhodan nahm sie möglichst gelassen. Nach außen hin gab er den Anschein allmählicher Erschöpfung, während er insgeheim Eindrücke sammelte und die wenigen Informationen bestmöglich extrapolierte.

Er blieb so ruhig wie möglich. Er wetzte nicht auf dem hässlichen Stuhl umher, er griff sich nicht an die Nase, er kratzte sich nicht am Kopf. Er wollte niemandem jenseits der abgedunkelten Rundscheiben aus Panzerplast die Chance geben, nervös zu werden. Mehrere aktivierte Abstrahlmündungen von Thermokanonen, die in den Raum hineinragten, waren seit Stunden auf ihn gerichtet und folgten jeder seiner Bewegungen.

»Name?«

»Perry Rhodan ...«

Man hatte ihnen während der Gefangennahme nicht den Hauch einer Chance gelassen, sich zu rechtfertigen. Umgehend waren er, Mondra, die beiden Posbis und der Matten-Willy voneinander getrennt worden. Mondras protestierender Aufschrei, der aus der Ferne zu ihm gedrungen war, hatte ihn veranlasst, kurz an der Energiefesselung zu zerren – selbstverständlich ohne Aussicht auf Erfolg. Männer mit abgedunkelten Helmvisieren hatten ihm die Waffenkolben unsanft gegen Schulter, Rücken und Hinterkopf gedrückt und ihn dabei angebrüllt, er solle keinen Widerstand leisten, sonst ...

Aber diese lautstarken Vertreter einer Soldateska, wie er sie nur zu gut kannte, waren ihm noch immer lieber als jene unsichtbaren Frauen und Männer, denen er seitdem ausgeliefert war.

»Wie sind Sie nach Altera gelangt?«

»Ein Freund hat uns hierher gebracht.«

»Wie heißt dieser Freund? Ist er alteranischer Bürger?«

»Er heißt Lotho Keraete. Er ist weder alteranischer Staatsbürger, noch gehört er der LFT an.«

»Ist die LFT jene Organisation, die Sie beauftragt hat, das Imperium als Fünfte Kolonne zu unterwandern?«

»LFT ist die Abkürzung für Liga Freier Terraner. Meinen Auftrag habe ich von der Superintelligenz ES erhalten.«

»Wie lautet dieser Auftrag?«

»Die Menschen in IC 5152 vor dem Untergang zu bewahren. Lotho Keraete erklärte, dass die Posbis beteiligt sind, und forderte mich auf, zwei Posbis als Helfer mitzunehmen.«

An dieser Stelle trat im Verhör jedes Mal eine kurze Pause ein. Es schien Rhodan, als würde es seinen unsichtbaren Gesprächspartnern immer wieder die Rede verschlagen.

Schließlich setzte die Stimme fort: »In welchem Verhältnis stehen Sie zu den Posbis?«

»Seit dem Jahr 2114 alter Zeitrechnung zählen sie zu den treuesten Verbündeten der Menschheit.«

Plötzlich: erneutes Schweigen.

Rhodan sah irritiert hoch. Normalerweise folgte noch ein gutes Dutzend weiterer Fragen. Wer oder was hatte diese … Unterbrechung bewirkt?

Die Abstrahlfelder der Waffen erloschen, die Läufe zogen sich aus der Hülle zurück. Die Schwärze der Panzerplasthülle machte einer schmalen Lücke Platz und erlaubte ihm einen eingeschränkten Blick nach draußen.

Ein Mann stand wenige Meter vor ihm.

Rhodan erhob sich von seinem unbequemen Plastikstuhl und trat so weit wie möglich vor zur Wandung. Keine unsichtbaren Stimmen protestierten dagegen.

»Ich bin Staatsmarschall Laertes Michou«, sagte der Uniformierte knapp und seltsam bellend, »ich bin Vize-Administrator und Verteidigungsminister von Altera.«

»Freut mich, dich kennenzulernen.«

»Sie!« Schwarze Augen, die unter dichten, buschigen Augenbrauen verborgen gewesen waren, lugten plötzlich weit aufgerissen darunter hervor.

»Wie bitte?« Rhodan stellte sich dumm. Er wusste genau, worauf Laertes Michou hinauswollte. Aber es schadete nichts, den Mann, der sich in seiner adretten Operettenuniform so wichtig nahm, ein wenig zu provozieren. Die Tatsache, dass man auf höchster Ebene mit ihm reden wollte, bewies, dass man die Richtigkeit seiner Angaben zumindest in Betracht zog.

»Es heißt: ›Freut mich, *Sie* kennenzulernen.‹«

»Ich verstehe. Sie halten noch an veralteten Umgangsformen fest.« Rhodan lächelte.

Der Staatsmarschall straffte seinen austrainierten Körper noch mehr – so das überhaupt möglich war. Mit der Rechten fuhr er sich durch das schwarze Haar, das lediglich an den Schläfen weiße Strähnen zeigte. »Sie reden sich immer weiter hinein, Mann«, sagte der Staatsmarschall beherrscht.

Nur anhand winzigster Details wie einem nervösen Fingerschnippen und einem etwas tieferen Atemzug konnte Rhodan erkennen, dass er ihn ein weiteres Mal überrascht hatte.

»Ihre Uniform kommt mir bekannt vor«, fuhr der Unsterbliche fort.« Er musste unbedingt die Initiative an sich reißen – und behalten. »Sie ähnelt sehr stark jener, die auf Terra um das Jahr 2400 in Gebrauch war. Zu jener Zeit, da ich in Andromeda gegen die Meister der Insel kämpfte.«

»Mit Allgemeinwissen können Sie mich nicht beeindrucken«, sagte sein Gegenüber, ohne eine weitere Reaktion zu zeigen. »Unsere Bücher sind voll von der Militärhistorie der alten Heimat und Alteras.«

Laertes Michou drehte sich beiseite, tat ein paar Schritte nach rechts, drehte um, marschierte in die entgegengesetzte Richtung. Der Sichtspalt in Rhodans Panzerplast-Kapsel drehte sich mit und behielt den Staatsmarschall stets im Fokus.

»Sie sollten sich darüber im Klaren sein, dass Ihr Leben und das Ihrer … Gefährten von meinem Gutdünken abhängt. Sie müssen mich überzeugen, dass Sie tatsächlich derjenige sind, der Sie zu sein vorgeben.«

»Ich habe keinerlei Beweismittel bei mir. Sie müssen mir schon vertrauen. In den positronischen Speichern meines Anzugs befindet sich allerdings ausreichend Material …«

»… an das wir leider nicht herankommen, ohne das gute Ding zu zerstören.«

»Wenn Sie mir den Anzug überlassen, helfe ich Ihnen gern.«

»Kein Interesse. Dieses Ding bleibt vorerst unter Verschluss.«

Das kann ich mir gut vorstellen, werter Staatsmarschall, dachte der Unsterbliche. *Wahrscheinlich kommen deine Fachleute mit dieser Technik überhaupt nicht zurecht.*

Laertes Michou blieb stehen und sah an Rhodan vorbei ins Nirgendwo. Das breite, energisch vorgereckte Kinn passte ausgezeichnet zu dieser Paradefigur eines Kommissbeißers.

»Wie soll ich Sie denn überzeugen, mein Bester, wenn Sie keine datenaufbereiteten Beweise anerkennen?«

»Ich bin nicht Ihr ›Bester‹! Sarkasmus ist eine weitere Untugend, die ich verachte. Reden Sie mich mit Staatsmarschall Michou an!«

Rhodan erwiderte nichts darauf. Er besaß kein Recht, diesen Vertreter eines bislang unbekannten Zweigvolks des Homo sapiens wegen seiner Verkrampftheit zu verurteilen. Noch kannte er die Geschichte nicht, die hinter den Alteranern steckte.

»Ich werde Ihnen ein paar Fragen stellen«, fuhr Laertes Michou fort. »Solche, die meine … Kollegen bislang nicht in Betracht gezogen haben. Ich warne Sie: Eine einzige falsche Antwort, und Sie verschwinden in den tiefsten Kellern des Festwerks. Dort werden Sie Spezialisten so lange ausquetschen, bis Sie uns alles verraten haben und Ihr Gehirn Gemüse ist. Haben Sie mich verstanden?«

»Nur zu gut.« Rhodan blieb weiterhin ruhig. Der Geist, der durch dieses Gebäude wehte, kam ihm nur zu bekannt vor. Er war auf Derartiges vorbereitet gewesen.

Laertes Michou sah ihm nun direkt in die Augen. »Sie behaupten also nach wie vor, Großadministrator Perry Rhodan zu sein?«

»Dieser Titel wurde längst abgeschafft. Ich bin der Terranische Resident Perry Rhodan.«

»Dank Ihrer Unsterblichkeit leben sie noch immer. Im Jahr 4930 nach Christi Geburt.«

»Im Hoheitsgebiet der Liga Freier Terraner wurde bereits vor vielen Jahren eine neue Zeitrechnung eingeführt. Aber es stimmt; 1344 Neuer Galaktischer Zeitrechnung entspricht diesem Jahr.«

Unvermittelt wechselte Laertes Michou das Thema. »Sie verdanken die Unsterblichkeit einem … Geschenk, das Ihnen die Superintelligenz ES gemacht hat?«

»Ja.« Perry Rhodan konnte sich vorstellen, worauf Laertes Michou abzielte. Die Frage, die er als nächste erwartete, barg einige Brisanz.

»ES ließ Ihnen einen Zellaktivator zukommen?« Die Stimme klang lauernd.

»Ich … erhielt ihn von meinem Sohn, Thomas Cardif, im Jahr 2103 Ihrer Zeitrechnung. Aber …«

»Wo ist das Zellaktivator-Ei dann abgeblieben? Sie stehen vor mir in Gefangenen-Bekleidung, die Ihnen von meinen Mitarbeitern zugeteilt wurde. Sie wurden gründlichst untersucht. Selbst Ihr Magen wurde geröntgt. Nirgendwo ist eine Spur dieses ominösen Spielzeugs zu finden, das relative Unsterblichkeit verspricht.«

»ES forderte das Gerät vor hundertsiebzig Jahren zurück. Einige Zeit darauf wurden meinen engsten Vertrauten und mir Zellaktivatorchips unterhalb des linken Schlüsselbeins eingesetzt.« Auch wenn dieses Wissen mittlerweile Allgemeingut war, sprach Rhodan nur ungern darüber. Es gab genügend Verrückte, die nur allzu gern an das kleine, flache Blättchen in seiner Schulter herankommen wollten. Das Thema »Unsterblichkeit« ließ bei vielen Menschen und den Vertretern anderer Völker die Vernunft aussetzen. Denn dass der Aktivator auf seine Zellschwingungen ausgerichtet war, konnte man glauben oder auch nicht. Seufzend fügte er hinzu: »Es sollte Ihren Medikern ein Leichtes sein, den Chip bei einer Durchleuchtung hier zu finden.« Er deutete auf die Stelle, nicht weit über dem Herzen, von der aus er ununterbrochen belebende Impulse zugeführt erhielt.

»Man müsste Ihnen das Ding entfernen, um festzustellen, ob es sich tatsächlich um einen Zellaktivatorchip handelt.« Laertes Michou bleckte die Zähne zu einem humorlosen Lächeln.

»Bei einer gründlichen Untersuchung würde man sicherlich seine fünfdimensionalen Schwingungen anmessen.«

»Stellen Sie sich so dumm, oder wissen Sie tatsächlich nicht, wo Sie sich befinden? Fünfdimensionalität ist in Ambriador …« Unvermittelt brach der Staatsmarschall ab. Er drehte sich beiseite und hantierte an einem Schaltfeld. Augenblicklich wurde die Tonübertragung unterbrochen. Rhodan sah, wie Laertes Michou in ein Mikrofon sprach, konnte aber keinen Ton hören.

Was hatte der Mann vor? Würde er seiner Anregung etwa doch Folge leisten?

Eine hagere Frau betrat in Gesellschaft mehrerer Uniformierter den Raum, unterhielt sich kurz mit dem Staatsmarschall und verschwand schließlich gemeinsam mit ihren Schatten aus dem Gesichtsfeld des Unsterblichen.

Erleichtert atmete Rhodan durch. Es musste sich um eine Ärztin handeln. Natürlich fühlte er sich nicht wohl dabei, sich einer intensiveren Untersuchung zu unterziehen. Das übertriebene militärische Gehabe des Staatsmarschalls ließ ihn Übles ahnen, was die gesellschaftlichen Strukturen des sogenannten Imperium Altera betraf. Aber seine Möglichkeiten, so sagte er sich mit einem müden Lächeln, waren derzeit ziemlich eingeschränkt. Er musste in den sauren Apfel beißen.

Ein leises Knacksen ertönte. Laertes Michou blickte wieder in seine Richtung.

»Ein fünfdimensional strahlender Fremdkörper in der Schulter ist für mich noch lange kein Beweis dafür, dass Sie tatsächlich Perry Rhodan sind.« Der Staatsmarschall atmete tief durch. So etwas wie Bedauern funkelte in seinen Augen. »Wir sind von Feinden umgeben, die uns mit allen Mitteln zu vernichten suchen. Die Posbis – unterbrechen Sie mich bitte nicht! – sind mehr als tumbe Maschinen, wie Sie sicherlich wissen. Ihre Raffinesse ist in mancherlei Beziehung unübertroffen. Ihre Physiognomie? Die Narbe an der Nase? Fingerabdrücke? Alles Dinge, die mit zur Verfügung stehenden Mitteln … erzeugt werden könnten.«

»Warum sollten die Posbis das tun? Ich verstehe nicht …«

Laertes lachte kurz auf. Es klang hell und passte überhaupt nicht zu der sonst so tiefen und ruppigen Stimme. »Sie sind einfach zu gut, um wahr zu sein. Ein Perry Rhodan würde hier wie der Messias empfangen werden.« Er blickte zur Seite, dorthin, wo der Unsterbliche die Ärztin vermutete. »Sollten Sie den … Test überstehen, werde ich Sie gern über alles aufklären.«

»Welchen Test?« Dieser Wahnsinnige würde doch nicht …

»Es gibt einen unwiderlegbaren Beweis dafür, dass Sie tatsächlich die Unsterblichkeit in sich tragen. Verzeihen Sie mir, was ich Ihnen nun antun muss.«

Ventile öffneten sich ringsum in der Kapsel. Gelbliches Gas strömte ein, verteilte sich allmählich.

»Sychilton ist ein Hautgift. Eine hochsiedende Flüssigkeit, die soeben in Ihre Isokapsel in Dampfform eingesprüht wird«, sagte der Staatsmarschall mit kühler Stimme. »Es zeigt durchaus unangenehme Nebenwirkungen. Es beginnt mit Kopfschmerzen, habe ich mir sagen lassen. Sie steigern sich ins beinahe Unerträgliche. Das Opfer hyperventiliert, hat Schweißausbrüche, erbricht und verliert letztendlich die Kontrolle über seine Körpersäfte. Man verkrampft vor Schmerz, begibt sich in eine Fötusstellung. Das Toxin sickert richtiggehend durch den Körper, erreicht schließlich über die Blutbahnen die inneren Organe und setzt dort sein zerstörendes Werk in der Regel bis zum Exitus fort. Meines Wissens haben erst drei Menschen den Einsatz Sychiltons überlebt. Sie alle mussten bis zu ihrem Lebensende in Kliniken rund um die Uhr betreut werden. Ich betrachte diesen Test als den einzig möglichen, um die Wahrheit festzustellen. Sollten Sie morgen noch leben, werde ich mich selbstverständlich bei Ihnen entschuldigen. Ich wünsche Ihnen viel Glück, wer auch immer Sie sein mögen.«

Unbändige Wut packte Rhodan. Er stürzte nach vorn, hieb gegen die Wandung der sich neuerlich verdunkelnden Kapsel, schrie Laertes Michou, der unbeeindruckt stehen blieb, seinen Zorn entgegen.

Dann erreichte ihn das Sychilton, und der Unsterbliche stürzte haltlos zu Boden.

Dreiundzwanzig
Chronik der Familie Donning: Der Umschwung

Ich habe fürchterliche Verbrechen begangen.

Mein Ziel ist erreicht, aber der Weg dorthin war schrecklich. Erst heute, am Ende meiner Tage, erlaube ich mir, über die moralischen Aspekte meines Lebenswerks nachzudenken.

Mir graut vor mir selbst.

Es begann vor mehr als 80 Jahren.

Jemand klopfte an die Tür meiner kleinen Wohnung im 46. Stock des Mayang-Gebäudes in der ALEXA-Schüssel. Mein erschöpfend langer Arbeitstag im *Ministerium für Wiederherstellung* war eben erst zu Ende gegangen. Ich hatte gehofft, die Beine hochlegen und einen ruhigen Abend verbringen zu können.

Ich öffnete also widerwillig. Ein Offizieller in mausgrauem Anzug stand vor mir. Er wirkte adrett und höflich, hielt Augen und Nase allerdings hinter einer typischen Beamtenmaske verborgen, die nur zu deutlich darauf hinwies, welchem Job er nachging. Er forderte mich freundlich, aber unmissverständlich auf, mitzukommen.

Ich musste an das oft genutzte Präfix »quasi« denken, das damals in Bezug auf Altera gern vor das Wort »Demokratie« gesetzt wurde. Ebenso kamen mir ein paar ungeklärte … Unfälle in Erinnerung, die während der letzten Monate passiert waren. Also beschloss ich, dem freundlichen Herrn ohne weiteres Aufsehen zu folgen.

Er brachte mich auf Umwegen in den Regierungssitz. In jenen von meinem Uronkel geplanten blauweißen Glasturm von 280 Metern Höhe, im Volksmund *Administurm* genannt, der neben den fast so hohen Bauten des *Ministeriums für Wirtschaft* und des *Ministeriums für Verteidigung* den Solaren Platz im Zentrum Neo-Teras beherrschte.

Wir nahmen einen unbewachten Nebeneingang und gelangten ohne weitere Kontrollen über einen unscheinbaren Aufzug hinauf zur Spitze des Gebäudes. Jedermann grüßte meinen neuen Freund freundlich – und ein wenig ängstlich –, ohne uns aufzuhalten oder nach einer Legitimation zu fragen.

Wir verließen den Aufzug und standen inmitten eines Raums, dessen beeindruckende Fensterfront einen Rundumblick auf die Stadt erlaubte.

Ungewohnte Ruhe herrschte hier oben. Ab und zu wuselte ein serviler Roboter vorbei. Einer fragte mich nach meinen Wünschen, während er mit seinem Vakuumbein nervös umherfuhr und den blitzeblanken Fußboden nachpolierte. Ich hatte von den Dingern gehört, aber noch niemals eins zu Gesicht bekommen. Auch wenn die technischen Voraussetzungen für derlei Spielereien seit der Gründung Alteras niemals in Vergessenheit geraten waren, hatte man selten ausreichend Geld in die Robotik-Forschung gesteckt.

»Darf ich vorstellen?«, sagte mein Begleiter und führte mich zu einer alten, gebückt dastehenden Frau, deren Gesicht ich nur zu gut kannte.

Malaika Mkombo. Die Präsidentin Alteras.

Verdutzt schüttelte ich ihr die Hand.

»Francis hat mir von Ihrem Auftritt vor drei Tagen bei der Bürgerversammlung in der ALEXA-Schüssel erzählt«, sagte sie ohne Umschweife. »Sie wirkten sehr überzeugend.«

Auftritt? Bei der monatlichen Bürgerversammlung?

Ich überlegte, worauf die Präsidentin hinauswollte.

Ich hatte meinem Unmut über die resignative Stimmung in unserer Heimat Luft gemacht. Mit Hilfe einiger *Tricks*, die ich mir dank eines uralten Buchs angeeignet hatte, war es mir gelungen, ein paar Lacher zu erzielen und die Bürger aus ihrer Lethargie zu rütteln. Die ewige Miesmacherei, wie zum Beispiel: »Früher war alles besser!« oder »Da kann man eben nichts machen!«, war mir so sehr auf den Geist gegangen, dass ich mich eingemischt hatte.

Und deswegen stand ich heute hier, in der Präsidentensuite?

»Ich habe nicht viel Zeit«, fuhr die dunkelhäutige Frau ungeduldig fort, »und werde mich möglichst kurz fassen. Ich biete Ihnen hier und jetzt eine einmalige Chance. Es handelt sich um ein unmoralisches Angebot. Ich werde Sie mit Geld, Reichtum und Macht überschütten. Was auch immer Sie wollen, Sie sollen es haben.«

»Wie … wie soll ich das verstehen?«

»Unterbrechen Sie mich bitte nicht. Sie heißen Gwenda Donning, nicht wahr? Ich nenne Sie Gwendy, wie es auch Ihre wenigen Freunde tun. Ja, ich habe mich genau über Sie und Ihre Lebensumstände informiert. Sie sind dreiunddreißig Jahre alt und stehen mit Herz und Leidenschaft hinter den Dingen, die Sie tun. Beruflich stecken Sie in einer Sackgasse im Ministerium für Wiederherstellung. Sie erstellen Gutachten, in denen die Wiederverwendungsmöglichkeiten uralter Rechnerteile bewertet werden.« Malaika Mkombo dachte angestrengt nach. »Was gibt es noch zu sagen? Familienstand ledig, einmal geschieden, keine Kinder. Ihre Hobbys sind die Genealogie, alte Bücher, terranische Geschichte. Sie sind begeisterte Sportlerin. Unsere Psychologen meinen darüber hinaus, dass Sie sich in Ihrer Wohnung wie in einem Schneckenhäuschen verkriechen und darauf warten, vom Traumprinzen wachgeküsst zu werden. Wollen Sie noch mehr hören?«

Mir wurde heiß, und ich spürte Scham und Wut. Ich schüttelte den Kopf, als könne ich dadurch meine natürliche Gesichtsfarbe wiedererlangen. Man hatte mich beobachtet und analysiert, und man tat mir weh.

Warum?

Die Präsidentin goss Sprudelwasser in einen metallenen Becher und reichte ihn mir. »Wo war ich stehengeblieben?«, fuhr sie scheinbar zerstreut fort. »Ach ja, Ihre Ansprache. Sie war überzeugend. Sie hätte einem Lehrbuch über Soldatenführung entstammen können, das ich vor langer Zeit einmal durchgeblättert habe. Nur wirkten Ihre Argumente griffiger und überzeugender. Sie kamen nicht offen und direkt, sondern funktionierten hinterrücks, fast manipulativ. Wo haben Sie das gelernt?«

Ich kam nicht einmal auf die Idee, zu lügen. »Ich habe ein altes Buch gelesen …«

»Ein *Buch.* Dachte ich es mir.« Malaika Mkombo fuhr sich durchs graue Haar und blickte gleichzeitig auf ihre Armbanduhr. »Aber angelerntes Wissen allein macht es nicht aus. Ich wurde von meinen Scouts auf Sie aufmerksam gemacht, Gwendy. Sie haben eine besondere Begabung. Ich kann das spüren. Und ich sammle Menschen mit besonderen Begabungen.«

»Es tut mir leid, aber ich weiß noch immer nicht, worauf Sie hinauswollen …«

»Na schön.« Malaika Mkombo seufzte. »Francis – Sie können gehen.«

Mein Begleiter drehte sich um und verließ im Stechschritt das riesige Panoramazimmer durch den Aufzug in der Mitte.

»Wie alt schätzen Sie mich?«, fuhr die Präsidentin schließlich fort, als der Mann gegangen war. »Sie haben keine Ahnung? Also: Ich werde dieses Jahr dreiundsechzig. Und ich gedenke, mindestens bis zu meinem hundertsten Lebensjahr durchzuhalten – und so lange wie möglich Präsidentin zu bleiben.« Sie lachte meckernd. »Ja, Sie haben recht – ich bin ein machtgieriges, altes Weib. Aber gleichzeitig bin ich davon überzeugt, die einzig richtige Antwort auf die Herausforderungen der Zukunft auf Altera zu sein. Ich werde alles tun, um im Amt zu bleiben. Notfalls setze ich die Verfassung außer Kraft und installiere eine Diktatur. Sehen Sie mich bloß nicht so entsetzt an, Mädchen! Hören Sie mir doch weiter zu!« Sie drehte sich um und trippelte zum Rand ihres Arbeitsraumes. Dort blieb sie still stehen, als hätte sie meine Gegenwart vergessen.

Zögernd stellte ich mich neben die Präsidentin. Bis zu diesem Zeitpunkt war sie eine ferne und formlose Gestalt gewesen, die meist die Nachrichten der Trivideo-Sendungen beherrscht, aber darüber hinaus für mich keine besondere Bedeutung gehabt hatte. Ihre Blicke waren hinab auf die nächtliche Stadt gerichtet, die von tausenden glühwürmchengroßen Lichtern erhellt wurde.

»Altera steht derzeit an einem Scheideweg«, sagte sie. »Viele Wege, die wir beschreiten könnten, führen in den Abgrund. In technischen Rückschritt, in Degeneration, in die Vergessenheit. Andere Volksvertreter würden an meiner Stelle danach trachten, das System, wie wir es haben, für wenige Jahre zu sichern und nur ihre Macht zu erhalten.«

Ruckartig bewegte sie den Kopf, sah mich plötzlich an. Die Pupillen ihrer hellblauen Augen waren erschreckend groß.

»Ich bin der Überzeugung, dass es einen einzigen gangbaren Weg in eine Zukunft gibt. Einen, der von Fortschritt und Prosperität gekennzeichnet ist und der viele Opfer verlangen wird. Aber ich werde Sie vorerst vor den Details meines Plans verschonen, Gwendy.«

Woher stammte dieses Feuer, das diese alte Frau versprühte? War sie etwa wahnsinnig? Sie redete und tat so, als wäre die hohe Politik ein Spiel, in dem sie Figuren beliebig hin und her schieben konnte.

»Sie brauchen sich nicht vor mir fürchten, Kleines. Ich bin durchaus bei Verstand.«

So sah sie mir aber keineswegs aus!

»Ich möchte meine verbliebenen Jahre nutzen, um Altera neue Ziele zu geben. Es geht nicht an, dass wir uns auf alterworbenen Lorbeeren ausruhen und lediglich das bestehende System verwalten. Die Urbarmachung Alteras dauert nun schon sechshundert Jahre an und ist noch immer nicht zur Gänze abgeschlossen.

Von einer geschlossenen gesellschaftliche Entwicklung ist keine Rede. Da stimmt etwas nicht! Sie selbst spüren dieses Unbehagen ebenfalls, Gwendy. Nicht umsonst haben Sie es bei dieser Bürgerversammlung angesprochen.«

Malaika Mkombo trippelte davon, marschierte quer durch den Raum und ließ sich in einen massiven Stuhl hinter einem noch massiveren Schreibtisch fallen. Mir schien, als könnte sie keinen Moment ruhig bleiben; also wollte sie jeden Moment ihres Daseins aktiv gestalten.

»Teilweise greifen wir noch immer auf das Kriegsrecht unserer Gründerväter zurück«. Mit ihrer Rechten zählte sie die Themen mit, die sie ansprach. »Das Bevölkerungswachstum, das wir so dringend benötigten, ist eingefroren. Fortschritt auf forschungstechnischer Ebene? Gibt es nicht! Die Entwicklung von Werten, die unserer Heimat und unseren Bedürfnissen angepasst ist? Hat niemals stattgefunden. Nach wie vor benehmen wir uns wie Terraner, nicht wie Alteraner. Versuche, von hier aus erneut das Weltall zu erobern? Keine Zeit, keine Mittel.« Sie lachte bitter. »Angeblich zumindest.« Mit der dünnen, zittrig wirkenden Hand hieb sie nun auf die raue Oberfläche des Tischs. »Ich habe Visionen, von denen ich überzeugt bin, dass sie *richtig* sind. Sie stecken da drin« – sie deutete an ihre Schläfe – »und müssen so rasch wie möglich raus. Die Zeit läuft mir davon. Ich bin großteils mit verwaltungstechnischen Aufgaben ausgelastet. Ich brauche ein Team praktisch veranlagter und verantwortungsbewusster Alteraner, das bereit ist, sich mir mit Körper und Seele zu verkaufen und meine Ideen an den Mann zu bringen. Verstehen Sie, was ich meine?«

»Allmählich.« Ich begriff gar nichts. Entweder war Malaika Mkombo wirklich so genial, wie sie tat, oder ein Fall für die Klapsmühle.

»Ich will Sie haben. Ihre Talente. Ihr Potenzial, das hinter Frust und Ärger verborgen liegt. Ihre Leidenschaft. Geben Sie mir alles, und Sie bekommen genauso viel von mir zurück. Ruhm und Reichtum, Macht und Einfluss. Was auch immer Sie wollen. Wenn Sie mir Ihre unbedingte Loyalität schenken.«

»Es tut mir leid … ich weiß nicht, was Sie von mir als Gegenleistung für all diese verlockenden Dinge verlangen.«

»Sie sollen einen Beruf neu erfinden, Gwendy.« Ihr makelloses Gebiss war das eines Raubtieres, das soeben seine Beute packte, um sie zu vernaschen. »Sie werden Dinge für mich hübsch verpacken und zum bestmöglichen Preis verkaufen.«

»Was für Dinge?«

»Liegt das nicht auf der Hand? Es handelt sich um meine Ideen.«

Ich ging auf den Handel ein. Es war nicht nur die Furcht, wie einige Kontrahenten der Präsidentin einfach zu verschwinden; nein, der Gedanke, etwas vollkommen Neues aufzuziehen, reizte mich ungemein.

Genealogie war, wie die Präsidentin in Erfahrung gebracht hatte, eine meiner Hobbys. Schon vor Jahren hatte ich begonnen, mich mit meinen Vorfahren und deren Hinterlassenschaften auseinanderzusetzen. Ich suchte, wann immer es mir Zeit und finanzielle Mittel gestatteten, die über den halben Planeten verteilte Verwandtschaft auf und bettelte um Bild- sowie Tondokumente. Man glaubt gar nicht, auf was man da alles stößt. Handschriftliche Hinweise, Zeichnungen und Karikaturen, Ausweise und Dokumente, Bild- und Filmmaterial. Zudem versorgte mich die liebe Familie mit mündlich überlieferten Anekdoten über ihre Vorväter.

Ich brachte in Erfahrung, dass mein Familienname *Donning* immer wieder in Zusammenhang mit bedeutsamen Änderungen unserer Gesellschaft auftauchte. Auch wenn die Informationen, die mir mittlerweile zur Verfügung standen, maßlos übertrieben sein mochten, durften meine Urahnen während der Gründerzeit eine bedeutsame Rolle gespielt haben. Richard und Charles Donning sowie deren Ehefrauen hatten mit typischem Pioniergeist Neo-Tera geformt. Selbst mein Uronkel Jacorima, um dessen überdimensioniertes Denkmal sich heutzutage nur noch altersschwache Silvo-Tauben kümmern und es allmählich zukacken, trug das Seine dazu bei, die Stadt zu dem zu machen, was sie nach wie vor nach außen hin präsentiert. Seine Rolle mochte zwielichtig gewesen sein, wenn ich die Texte und Bilder richtig interpretiere. Aber wen kümmerte das schon? Neben dem *Imperialen Trident*, den drei verglasten Gebäuden auf dem Solaren Platz, prägen die Zehn Schüsseln seit 200 Jahren das Straßenbild. Man meint, Geschichte zu atmen, wenn man in die Eingeweiden der Hohlschalen hinabsteigt. Vor mehr als 600 Jahren waren sie Teile jener Siedlerschiffe gewesen, mit denen unsere Vorfahren auf Altera landeten.

Dünne, stabförmige Gebäude ließ Jacorima in die Halbschalen bauen. Stolz und filigran ragen sie daraus hervor und werden von externen korkenzieherförmigen Bändern umkränzt, in denen die notwendige Technik der Wolkenkratzer gebündelt liegt. Belüftungsschächte werden von hier aus an die Gebäude angedockt, genauso wie die Strom- und Wasserversorgung oder auch die Zubringerlifte. Diese Türme, zwischen acht und zwölf Stück je Schüssel, sind schlichtweg *schön.*

Was die Regierung, namentlich Malaika Mkombo, mit den pagodenförmigen Gebäuden auf der elften Schale der Gonda-Insel vorhat, bleibt allerdings nach wie vor ein Rätsel.

Ich merke, dass ich abschweife. Aber was soll's? Schließlich geht es *auch* um meine Familie, vielleicht sogar in erster Linie um sie.

Denn das Buch, mit dem alles begonnen hatte, dank dem ich vor der Bürgerversammlung meinen Auftritt hatte und damit die Präsidentin auf mich aufmerksam machte, gehörte einstmals meinem Urahn Charles Donning. Sein Titel lautet: »Von der Reklame zum universumweiten Marketing«, und ich hüte es selbst heute noch wie meinen wertvollsten Schatz.

Werbung, Marketing, Public Relations und vielen anderen Begriffen begegnete ich erstmals in dieser zerfledderten und von Altersflecken geschädigten Ausgabe eines Werks, das gut und gerne 650 Jahre auf dem Buckel hatte. Es stammte im wahrsten Sinne des Wortes aus einer anderen Welt und kündete in seiner verwirrenden Wortwahl von Dingen, die so kompliziert und dann auch wieder einfach erschienen.

Es ging, wenn man die Essenz des Buchs in wenige Worte fasste, um die *Beeinflussung anderer Menschen.* Dahingehend, dass sie bestimmte Produkte kauften oder das taten, was man von ihnen wollte. Natürlich wurde das beschönigt und möglichst verklausuliert dargestellt. Vieles war in einer seltsamen Sprache verfasst, die ich kaum verstand und die mich gehörig verwirrte. Andere Dinge erfasste ich instinktiv.

Ich quälte mich durch den Wälzer und zog so viele Lehren wie möglich daraus. Dann machte ich mich auf die Suche nach weiteren Materialien, die ich schließlich in der *Alten Bibliothek* fand.

Malaika Mkombo bewies ausreichend Geduld. Sie war, wie ich bald feststellen durfte, eine harte und halsstarrige Frau, aber auch eine unendlich weise, die ihrer Zeit weit voraus zu denken und zu planen vermochte.

Ab und zu verlangte sie nach Zwischenberichten in meiner Forschungstätigkeit; dann fasste ich in möglichst wenigen Worten zusammen, was ich in Erfahrung gebracht hatte. Sie war keine Freundin langer Ausführungen. Dafür war ihr die Zeit zu wertvoll.

Eines Tages fühlte ich mich bereit, mich ihren Ansprüchen zu stellen. Also marschierte ich in den Administurm, wurde von meinem alten Freund Francis empfangen und augenblicklich zur Präsidentin vorgelassen.

»Und?«, fragte sie mich. Ihre Augen wirkten geschwollen, sie selbst übermüdet, aber nach wie vor von unbändiger Willenskraft und Disziplin getragen.

»Sie hatten Recht, Mkombo«, sagte ich. »Wir haben es schlichtweg vergessen, uns mit Werbung abzugeben. Lediglich ihre ursprünglichste Form ist mit der Soldatenanwerbung übrig geblieben. Interessant, nicht wahr?«

Die Präsidentin starrte mich an, blinzelte nicht einmal mit den Augen. Nein, sie fand meine Ausführungen keineswegs interessant.

»Wir hatten nach dem Absturz auf Altera keine Zeit für Werbung. Es *gab* keine vergleichbaren Produkte. Entweder existierte ein Ding, meist in rationalisierter Form, oder nicht. Das Konkurrenzdenken zwischen verschiedenen Herstellern ging verloren, da alles von oben gelenkt werden musste, um die Grundversorgung sicherzustellen. Die Siedler lernten, diese Verknappung als Teil ihrer Existenz anzusehen. Sie akzeptierten jegliche Einschränkung ihrer Lebensumstände. Es hätte keinen Sinn gemacht, irgendein Manko zu bejammern. Die Not war so groß, dass man froh war zu überleben. Und diese Einstellung hat sich tatsächlich bis zum heutigen Tag gehalten. Neuentwicklungen wurden stets auf Gebieten getan, die den Alteranern halfen, ihr Leben ein kleines bisschen besser zu gestalten, aber nie, um in Konkurrenz zu ähnlichen Produkten zu treten.«

»Haben Sie ausreichend aus den alten Büchern gelernt, um das zu tun, was ich von Ihnen verlange?« Wiederum holte sie mich auf den Boden der Tatsachen zurück. Wiederum war ich zu weitschweifig geworden.

»Was Sie von mir verlangen, ist zutiefst unmoralisch«, sagte ich leise.

»Aber es ist richtig, verdammt nochmal!«

Ich wollte Malaika Mkombo nicht widersprechen. Die Zahlen und Daten, die sie mir zur Verfügung gestellt hatte, sprachen eine eindeutige Sprache. Wir mussten die Alteraner zu ihrem Glück zwingen. Und meine Rolle in diesem bitterbösen Spiel war die einer Zeremonienmeisterin.

»Ich habe Pläne ausgearbeitet, wie wir die gewünschte Kampagne bewerben können. Ich habe im Kleinen ein paar Versuche anstellen lassen. Die Alteraner saugten die Informationen, die ich … verkaufen wollte, wie Schwämme auf. Ich bin überzeugt davon, dass wir unser Vorhaben innerhalb einer Generation erreichen werden.«

»Sie sind mir ein wenig zu enthusiastisch, Gwendy«, sagte die Präsidentin. »Ich gehe davon aus, dass es länger dauern wird und ich die Auswirkungen nicht mehr erleben werde. Wir müssen Sorge tragen, dass ich einen würdigen Nachfolger finde, der meine Ideen unter allen Umstände weiterträgt.«

Sie sollte recht behalten, wie so oft. Die Kampagne wurde über alle Maßen erfolgreich. *Ich* war erfolgreich. Mit einem ständig anwachsenden Beraterstab und einem nahezu unbegrenzten Budget ließ ich Zeitungen gründen, neue Trivid-Formate erfinden, führte den politischen Lobbyismus in neue Höhen, pflasterte Altera mit Bild- und Tonbotschaften zu und bombardierte die Bevölkerung rund um die Uhr mit den Anliegen der Regierung. Teils tat ich es subtil, teils mit dem Dampfhammer. Ich beachtete psychologische und soziologische Elemente, arbeitete mit Tachistoskopie sowie subliminalen Botschaften und schreckte auch vor übelster Propaganda nicht zurück.

Meine Arbeit zeigte Wirkung. Das, was auf Terra über Jahrhunderte hinweg allmählich zum Bestandteil modernen Lebens geworden war, ließ ich binnen weniger Jahre über die Bevölkerung Alteras hereinbrechen. Meine Landsleute hatten schlichtweg keine Chance und wurden von einer neu geschaffenen Medienmaschinerie überrollt.

Malaika Mkombo sollte trotzdem recht behalten. Es dauerte unerwartet lange, bis sich die Essenz, die subtile Grundbotschaft, über den ganzen Planeten ausgebreitet hatte.

Wie diese denn nun lautete? Ist das in meinem Bericht nicht deutlich genug geworden?

Altera musste wachsen. Altera brauchte mehr Menschen. *Es wurde zur bürgerlichen Pflicht erklärt, Kinder in die Welt zu setzen.*

Nun, da ich auf meine alten Tage diese Zeilen zu Folie bringe, kann ich sagen, dass ich auf allen Linien Erfolg hatte. Malaika Mkombo schaffte tatsächlich sechs Legislaturperioden, selbstverständlich unter heftigem Einsatz geeigneter Propagandamittel. Die Geburtenraten sind speziell während der letzten beiden Jahrzehnte explodiert und liegen derzeit bei über vier Kinder pro Jungfamilie.

Wie dieses Wachstum zustande kommt – nun, darauf habe ich keinen Einfluss genommen. In manchen Gegenden Alteras gilt es für Frauen als schicklich und als konventionell, sich einen offiziellen Hausfreund zu halten, um eine bessere Durchmischung des Genmaterials zu erreichen. Seltsam, nicht wahr? In mehreren Außenbezirken Neo-Teras machen sich Ansätze einer matriarchalischen Gesellschaftsstruktur breit. In den südlichen Vororten gibt es allmonatlich »weiße Nächte«, während derer jedermann und -frau alles erlaubt ist. Auf den Serlat-Inseln beschäftigt man sich ausgiebig mit dem Klonen und Mehrfachgeburten, in der Inneren Zyntay sind zurzeit seltsame Fruchtbarkeitsriten en vogue. Ich unterstützte diese Vielfalt an Methoden, die Geburtenraten hoch zu halten. Nur mit einem gesunden Mix konnte das Scheitern eines oder mehrerer *Fertilitätssysteme* aufgefangen werden.

Malaika Mkombo hat schlussendlich das geschafft, was sie tatsächlich wollte: Kinder sind immer ein Zeichen des Aufschwungs und der Hoffnung. Natur- und Geisteswissenschaften, Forschung und Technik erhielten unglaubliche Impulse. Der demoskopische Wachstumsschub scheint nicht mehr umkehrbar. Und wenn der Bevölkerungsdruck zu groß wird, wird man sich gezwungenermaßen wieder der Wurzeln unserer Vorväter besinnen.

Der Weg zurück ins All ist uns vorherbestimmt.

Ruhm, Ehre und unendlichen Reichtum hatte mir die Präsidentin versprochen. Welch ein Luder war sie gewesen! Sie wusste schon damals ganz genau, dass diese Werte schlussendlich keine Bedeutung besitzen würden. Ich hatte Dinge getan, die viel größer gewesen waren und die gesamte alteranische Menschheit für alle Zeiten änderten.

Mein Gewissen ist nicht rein, kann es nicht sein. Ich schlafe schlecht, träume von Beeinflussung, Perfidie und Gemeinheiten, die ich begangen habe.

Ich muss mit der Hoffnung leben, das Richtige auf Kosten jeglicher Moralvorstellungen getan zu haben.

Mein Märchenprinz ließ sich übrigens niemals blicken.

Vierundzwanzig Laertes Michou: Zweifel-Haft

Hatte er das Richtige getan?

Augenblicklich verdrängte er den Gedanken. Es gab kein Richtig, es gab kein Falsch. Er traf Entscheidungen und schaffte damit Tatsachen. Das war seine Aufgabe.

Der vorgebliche Perry Rhodan wand sich schmerzerfüllt am Boden der Isokapsel und murmelte Sinnloses. Laertes Michou wandte sich ab und begab sich in die nahe gelegene Zentrale. Das Ärzteteam würde sich währenddessen um den Mann kümmern. In drei bis vier Stunden kannten sie alle die Wahrheit.

Was war mittlerweile mit den anderen Gefangenen geschehen? Er rief die Verhörprotokolle auf die Bildschirme und brachte sich auf den neuesten Stand.

Die Frau war eine starke Persönlichkeit und benahm sich renitent. Ihr Widerstand blieb zwar stets passiv, aber sie war zu keiner vernünftigen Zusammenarbeit bereit. Interessant blieb die Diskrepanz zwischen ihrem jugendlichen Aussehen und dem Alter, das sie angab.

Dem Matten-Willy hatte man keinerlei sinnvolle Aussagen entlocken können. Das überaus seltsame Lebewesen reagierte auf jedwede Annäherung höchst panisch, bohrte sich dann vermittels diamantharter Pseudobeinchen in die Stahllegierung der Isokapseln und verhedderte dabei seinen Körper derart, dass er vermittels Zugstrahlen wieder in einen entwirrten Zustand gebracht werden musste.

Li und Lester Soundso, die Soldaten aus Imperium-Omega, waren harmlos. Sie hatten richtig reagiert, man konnte ihnen keinerlei Vorwurf machen. Dennoch würde Laertes sie nicht freisetzen, solange die Situation nicht zufriedenstellend geklärt war. Auch wollte Laertes ihre Aussagen über die seltsame Silberkugel, in der die Fremden nach Altera gereist waren, persönlich überprüfen.

Die beiden Maschinenteufel lagen unter verschärften Sicherheitsbedingungen in Hochsicherheitstrakten des Festwerks in Energiefeldern gefangen. Noch hatten sich die Techniker und Wissenschaftler der Legion Alter-X nicht an die Maschinenwesen herangetraut. Sie warteten auf seinen Befehl.

Warum zögerte er die Anweisung hinaus? Empfand er etwa Angst, er könnte den Mann, das Wrack, das sich nebenan in seinen Schmerzen wand, vor den Kopf stoßen, wenn sich herausstellte, dass er tatsächlich Perry Rhodan war?

Nein. Selbst ein Großadministrator – oder Terranischer Resident, wie er sich nannte – würde die Notwendigkeiten der Alteraner einsehen. Sie *mussten* mehr über das Innenleben der Posbis erfahren.

Nicht die Angst ließ Laertes zögern. Es war *Respekt*, den er unterschwellig empfand. Dies musste sich der Staatsmarschall unwillig eingestehen. Perry Rhodan – nein: der Mann! – hatte etwas Besonderes an sich. Es äußerte sich in Stimme,

Bewegung und Worten. Laertes musste höllisch auf der Hut sein, wollte er weiterhin frei entscheiden und nicht vollends in den Bann des anderen geraten.

Er war ein Kämpfer. Stets hatte er Stärkere und Mächtigere vor sich gehabt – Demagogen, Populisten oder den altgedienten Militäradel –, und alle hatte er auf dem Weg nach oben beiseite geräumt. Parteipolitik war sein heimatliches Parkett, auf dem er die schmutzigsten Tricks gelernt und zur Perfektion gebracht hatte. Da konnte ihn selbst ein Geist aus tiefster Vergangenheit nicht mehr beeindrucken.

Oder?

Mühsam brachte er seine Gedanken zurück auf ein weiteres … Problem, das an ihm nagte.

Sechs Wesen waren auf Altera gelandet. Fünf saßen im Festwerk ein. Ein Mensch wurde nach wie vor vermisst. Die Truppen der Legion Alter-X drehten das Marschgelände des Teragonda-Nationalparks bis auf den letzten Stein um, ohne bislang einen Hinweis auf den Flüchtigen gefunden zu haben.

Laertes Michou aktivierte einen Direktkontakt über seinen Ohrwurm. »Koblenz?«, fragte er.

»Ja, Sir?« Die Stimme des Majors, der auf Gonda die Rolle seines Stellvertreters zur größten Zufriedenheit ausfüllte, klang gefühllos wie eh und je.

»Sind Sie mit Ihren Ermittlungen schon weitergekommen?«

»Nein, Sir. Das Subjekt scheint wie vom Erdboden verschluckt, obwohl wir das Suchgebiet auf eine Fläche von mehr als einhundert Quadratkilometer ausgedehnt haben.« Er machte eine kurze Pause und fragte dann: »Haben Sie sich mit meiner Theorie schon angefreundet?«

»Nein. Lassen Sie weitersuchen.« Laertes unterbrach die Verbindung mit einem Zungenschnalzen.

Koblenz war längst davon überzeugt, dass die einzelnen Aussagen dieses so seltsam durchmischten Trupps stimmten. Dass sie tatsächlich von Perry Rhodan angeführt wurden. Wenn dem so war, würde der Großadministrator sicherlich fähigstes Menschenmaterial mit sich hierher gebracht haben. Und die Bedeutung des so genannten »Mutantenkorps«, das ihn vor und während der Zeit des Großen Krieges in Andromeda umgeben hatte, war Legende. Gucky, Ras Tschubai, Iwan Iwanowitsch Goratschin, John Marshall oder die Woolver-Zwillinge waren jedem Pennäler geläufig, der »Alteranische Vorgeschichte« im Unterricht genossen hatte.

Was, wenn es sich bei dem ominösen sechsten Mann um einen Mutanten handelte?

Noch nie hatte es in Ambriador Berichte über Alteraner mit besonderen Fähigkeiten gegeben, trotz der seltsamen hyperphysikalischen Bedingungen, die hier herrschten und eigentlich den idealen Katalysator für die Entwicklung einer hoch begabten … Abart des Homo sapiens darstellten. Selbst geheime »Zuchtversuche«, über die Laertes in verschlossen gehaltenen Protokollen früherer alteranischer Regierungen gelesen hatte, waren erfolglos geblieben. In Ambriador waren keine Teleporter, Telekineten, Telepathen oder Zünder bekannt.

Er seufzte. Seine Gedanken drehten sich im Kreis. Vieles deutete darauf hin, dass er den unsterblichen Großadministrator gefangen gesetzt hatte. Dennoch war er nicht bereit, den entscheidenden Test abzubrechen. Er brauchte unumstößliche Beweise.

»Koblenz?«

»Sir?«

»Wir legen das Festwerk unter 5-D-Schirme. Mehrfache Redundanz. Alarmstufe Gelb. Ich möchte in diesem Fall keinen Fehler machen.« Die Worte kamen ihm schwer über die Lippen. Er hasste es, Schwäche zu zeigen. Und einem Untergebenen recht zu geben, *war* eine Schwäche. »Legen Sie den beiden inhaftierten Leutnants Bildmaterial der bekannten Persönlichkeiten aus dem sogenannten Mutantenkorps vor, so vorhanden. Die beiden sollen sich besonders genau die Teleporter ansehen. Auch sie trugen schließlich Zellaktivatoren und könnten noch leben.«

»Ja, Sir. Und, Sir …«

»Ist noch etwas?« Unwillig runzelte Laertes Michou die Stirn.

»Unser Untersuchungstrupp hat mir soeben ein … ein Objekt übergeben. Es wurde von den Fremden ganz in der Nähe des Ortes versteckt, an dem wir sie aufgegriffen haben.«

»Worum handelt es sich?«

»Um eine Art Rückentornister. Im Inneren befindet sich ein einziger Gegenstand, eine Art silberne Kugel, in etwa kopfgroß.«

»Eine Waffe?«

»Negativ, Sir. Nach einer ersten Untersuchung ist der Körper energetisch tot. Es sind auch keine Schalt- oder Bedienungselemente zu sehen. Eine Materialanalyse scheiterte, die Geräte zeigen keine vernünftigen Werte an. Es gelang ihnen nicht einmal, ein einziges Molekül der Oberfläche abzukratzen. Die Techniker *vermuten*, dass die Kugel nicht mineralischen Ursprungs ist.«

»Das ist herzlich wenig. Bleiben Sie dran, Koblenz.«

Laertes Michou stoppelte sich kurzzeitig aus der Ohrwurmverbindung aus und ließ seinen Adjutanten warten. In seinen Überlegungen ergab sich eine vage Assoziation.

Hier eine kleine, silberne Kugel. Geheimnisvoll und ganz offensichtlich das Produkt einer Hochtechnologie.

Dort eine große, mehr als sechs Meter im Durchmesser. Das seltsame Transportmittel, von dessen Aussehen die beiden Leutnants berichtet hatten.

Die Zusammenhänge waren da, ergaben aber noch kein rundes Bild.

Einerlei.

»Koblenz?«

»Sir?«

»Sie bringen den Tornister wieder dorthin zurück, wo er gefunden wurde. Achten Sie darauf, dass Sie keine Spuren hinterlassen. Verminen Sie den Ort mit einer Paralysefalle. Es muss einen besonderen Grund geben, warum Tornister und Kugel versteckt wurden. Wenn sie einen Wert besitzen, wird unser ominöser sechste Mann zum Versteck zurückkehren und sie zu bergen versuchen. Danach machen Sie und Ihre Truppen weiter nach Plan. Verstanden?«

»Jawohl, Sir!«

Die Verbindung erstarb.

Laertes Michou atmete erleichtert durch. Die Zügel waren ihm fast durch die Hände geglitten. Nun hielt er sie wieder eisern fest. Er gewann Oberwasser. Und nun musste er sich auf alle Eventualitäten vorbereiten.

In erster Linie auf die Begegnung mit Anton Ismael.

Fünfundzwanzig
Perry Rhodan: So gleich, und doch so anders

Es gab kein Erwachen, weil es auch kein Einschlafen gegeben hatte.

Er konnte nicht sagen, wie lange die Zeitspanne gewesen war, während der er gegen das Gift in seinem Körper angekämpft hatte. Jegliches Zeitgefühl war ihm abhanden gekommen.

Die Bein- und Bauchmuskulatur schmerzte nachhaltig, die Oberarme fühlten sich wie Pudding an. Der widerliche Geschmack von fauligen Eiern lag in seinem Mundraum. Und dann diese Kopfschmerzen …

Rhodan erhob sich mühselig, musste sich an einem Stuhlbein hochziehen.

»Sie besitzen in der Tat eine bemerkenswerte Konstitution«, sagte jemand neben ihm.

»Sie können mich mal!«, brachte Rhodan hervor. Er litt unter Fehlsichtigkeit. Das wenige, das er in seinem eingeschränkten Gesichtsfeld erkennen konnte, wirkte fehlfarben und seltsam verwischt.

Mit zitternden Händen griff er nach dem Glas, das plötzlich vor ihm auftauchte. Herrliches, kühles Wasser rann ihm durch die Kehle und beseitigte den üblen Geschmack im Mund.

»Meine Mediker haben den Fremdkörper in Ihrer Schulter untersucht«, fuhr die verhasste Stimme fort. »Er hat keinerlei erkennbare Funktion. Die geringe hyperphysikalische Emission, die wir anmessen, können wir uns mit unseren Mitteln nicht erklären.«

Warum sprach Laertes Michou plötzlich mit einem derart fürchterlichen Akzent?

Rhodan wusste es nicht. Seine Gedanken klärten sich nur allmählich. Der Zellaktivator mochte ihm einmal mehr das Leben gerettet haben und unvergleichlich rasch die schädlichen Nachwirkungen des Gifts aus seinem Körper vertreiben, doch gegen die Nervenzerrüttung, die er während der Tortur erlitten hatte, musste er selbst angehen.

»Sie haben mich überzeugt«, sagte der Staatsmarschall. »Ich möchte mich für die Unannehmlichkeiten entschuldigen, die Sie hinnehmen mussten. Wenn ich Ihnen die Situation, in der wir stecken, erklären darf? Sie werden mich sicherlich verstehen …«

»Den Teufel werde ich tun!« Allmählich ließ diese grässliche Verwirrung in seinem Kopf nach. Wenn Laertes doch nur ein wenig deutlicher spräche … »Was Sie mir angetan haben, bleibt unentschuldbar. An Ihrer Stelle wären mir hunderte andere Möglichkeiten eingefallen, um meine Identität zu überprüfen.«

Er spürte eine kurze Berührung an seiner Schulter.

»Wir verabreichen Ihnen soeben die zweite Dosis des Gegenmittels vermittels subkutaner Injektion«, sagte Laertes Michou, ohne auf Rhodans Anschuldigungen einzugehen. »Ihre Verwirrung wird sich bald legen. Im Übrigen erholen Sie sich bemerkenswert schnell …«

Der drückende Schatten, der über seinem Geist lag, löste sich auf wie Nebel in der Hitze. Plötzlich sah Rhodan wieder so scharf und klar, wie er es gewohnt war.

Und im selben Moment durchschaute er den Staatsmarschall.

Was für eine Perfidie …

Laertes Michou hatte ihm nicht einmal vertraut, nachdem er die Wirkung des Sychiltons überlebt hatte. Dem Unsterblichen wurde plötzlich klar, warum er die Worte seines Gegenübers kaum verstanden hatte. Denn diese so genannte »Entschuldigung« war ein letzter Test gewesen.

Der Alteraner lächelte humorlos. »Möglicherweise hätten uns die Posbis mit einem perfekt vorbereiteten Infiltranten überlisten können, der ausreichend Antitoxika in seinem Körper gespeichert hielt. Auch mit dieser Möglichkeit mussten wir rechnen.« Laertes Michou hielt eine dicht beschriebene Folie in die Höhe. »Ich habe Sie im Englischen angesprochen. Wir wussten, in welchem Zustand Sie sich kurz nach dem Erwachen befinden würden. Verzeihen Sie bitte, sollte ich Worte falsch betont oder Silben verschluckt haben. Ich habe mir den Text von einem Fachmann für ausgestorbene Sprachen übersetzen lassen. Sie haben mir in derselben Sprache geantwortet. Seltsam, nicht wahr? Soll ich es Instinkt nennen? Oder eine Prägung, die Sie selbst jetzt, nach mehrtausendjährigem Leben, nicht ablegen können? Muttersprache bleibt Muttersprache. Einen besseren Beweis für die Richtigkeit Ihrer Angaben gibt es nicht, Großadministrator.« Der Staatsmarschall reichte ihm die kalte Hand und schenkte ihm einen schwachen, bedeutungslosen Händedruck. »Altera heißt Sie herzlich willkommen.«

Laertes Michou ließ Rhodan nur wenig Zeit, zu sich zu kommen.

In einer spartanisch eingerichteten Kabine sollte er sich frisch machen. Schlecht geschnittene und kratzige Freizeitbekleidung lag für ihn bereit. Sein Schutzanzug blieb weiterhin unter Verschluss, wie ihm von einem einsilbigen Begleiter spröde mitgeteilt wurde. »Zu gegebener Zeit« würde er seine persönlichen Habseligkeiten zurückerhalten.

In einer halben Stunde sollte eine hastig anberaumte Konferenz mit den prominentesten Entscheidungsträgern Alteras stattfinden. Nach wie vor wurde er allerdings von jeglichem Informationsfluss ferngehalten. Niemand war bereit, ihm Auskünfte zu geben. Rhodan erfuhr weder etwas über seinen derzeitigen Aufenthaltsort, der einfach nur »Festwerk« genannt wurde, noch über die hiesigen Gesellschaftsstrukturen oder die Identität jener Menschen, denen er in wenigen Minuten vorgestellt werden sollte.

Der Unsterbliche lächelte, während er ein Stückchen halbgaren Fleisches einer sich selbst erwärmenden Soldatenration zerkaute.

Laertes Michou bemühte sich mit allen Mitteln, ihn spüren zu lassen, wer hier das Zepter in der Hand hielt. Doch gegen die Wirkung des Namens »Perry Rhodan« kam er nicht an, wie der Unsterbliche bereits feststellen durfte.

Kurze, verstohlene Blicke waren ihm von Frauen und Männern zugeworfen worden, denen er in den schmalen Gängen der Bunkeranlage begegnet war. Dem hochgewachsenen Begleiter, der nunmehr vor der Tür wartete – besser gesagt: Wache stand –, drückte es bei jedem seiner Worte den Schweiß auf die Stirn. Seinem babyhaft jungen Gesicht war der Respekt deutlich abzulesen. Rhodan musste hier noch mehr als in der Milchstraße der Nimbus einer Sagengestalt anhaften. Wenn die alteranische Gesellschaft derart militarisiert war, wie es bislang den Anschein hatte, brauchte sie Heldengestalten wie einen Bissen Brot. Möglicherweise erhielt er in den hiesigen Überlieferungen dieselbe uneingeschränkte Bewunderung wie weiland Odysseus oder Achilles in der terranischen Mythologie.

Und er würde vorerst nichts unternehmen, um diesen Eindruck abzuschwächen.

Es klopfte laut und drängend.

»Komm herein, Mondra!«

Seine Begleiterin riss die Tür auf, bedachte den verdatterten Soldaten am Gang mit zornigen Blicken und stürmte herein.

»Hunger?«, fragte Rhodan.

»Wie kannst du in diesem Moment ans Essen denken?«, fuhr sie ihn an. Sie trug wie er sackähnliche Kleidung, sah aber selbst in diesem unvorteilhaft geschnittenen Gewand ungeheuer gut aus. »Weißt du, wie ich während der letzten Stunden behandelt wurde?«

»Ich kann es mir ungefähr vorstellen.«

»Nackt haben sie mich in eine Isolierkapsel gesetzt und mit blöden Fragen bombardiert, immer und immer wieder ...«

»Beruhige dich, es ist ja vorbei. Du musst dir keine Sorgen mehr machen ...«

»Sag bloß, du stehst diesem Irrsinn hier völlig gleichgültig gegenüber?« Sie starrte ihn mit großen Augen an und blinzelte heftig.

»Keinesfalls. Es ist erschreckend, wenn man mit Menschen konfrontiert wird, die sich ganz anders verhalten, als man es gewohnt ist, nicht wahr?« Er legte die Gabel mit dem mundgerecht zugeschnittenen Stück Fleisch beiseite und stand auf.

»So ist es. Ach, Perry ...«

Mondra stürzte auf ihn zu, umarmte ihn heftig zitternd, schmiegte sich eng an seinen Körper, hielt das Wasser in ihren Augen nicht weiter zurück. »Ich hatte solche Angst! Ich bin so froh, dass du noch am Leben bist ...«

Rhodan unterdrückte ein Grinsen. Die ehemalige Zirkuskünstlerin besaß in der Tat ein gerütteltes Maß an theatralischem Talent. Sie spielte die Rolle eines verzweifelten und etwas zickigen Weibchens ausgezeichnet. Er tätschelte ihr besänftigend – und ganz nebenbei im Morsetakt – den wohl geformten Hintern.

»B-r-a-v-o!«, teilte er ihr mit.

Diese Scharade war einzig und allein für jene unsichtbaren Beobachter bestimmt, die die Bilder der zweifellos vorhandenen Spionkameras auswerteten. Man würde die TLD-Agentin von nun an unterschätzen, dessen war er sich sicher. Wer wusste schon, wofür diese kleine Szene gut war ...?

Schließlich schob er sie sanft von sich. »Setz dich zu mir und nimm ein paar Bissen. In zehn Minuten müssen wir zu einer Konferenz. Hat man dir davon erzählt?«

»Ja.« Sie wischte die Krokodilstränen aus den Augenwinkeln und begann, voll Appetit zu essen. In seiner Nähe schienen Angst und Unsicherheit im Nu vergessen. »Was ist mit Nano, Drover und Mauerblum?«

»Ich konnte lediglich erreichen, dass *du* freigelassen wurdest. Weil du ein Mensch bist. Die Alteraner entwickeln den Posbis gegenüber unglaubliche Phobien. Ich hoffe, dass wir bald erfahren, warum dem so ist. Und Mauerblum dürfte ihnen aufgrund seiner Fremdartigkeit nicht ganz geheuer sein.«

In aller Eile tauschten sie ihre Erfahrungen aus. Rhodan gab eine beschönigte Darstellung seiner Erlebnisse zum Besten, fügte allerdings ein paar Schwellenworte hinzu, die der TLD-Agentin insgeheim den Ernst der Lage verdeutlichten. Darüber hinaus verstanden sich Mondra und er beinahe blind. Ein Achselzucken oder ein Blinzeln zur rechten Zeit, und das jeweilige Gegenüber wusste, was es von den Worten des anderen halten musste. Diese Unterhaltung, die auf einer zweiten, unterschwelligen Ebene ablief, musste jedermann täuschen, der nicht die fundierte Schulung des Terranischen Liga-Dienstes genossen hatte. Rhodan hatte während der letzten Jahrzehnte stets darauf geachtet, bei den streng geheim gehandelten Kodes à jour zu bleiben. Sie halfen ihm nicht nur bei Außendiensteinsätzen, sondern auch auf dem glatten Parkett der Diplomatie.

Rasch beendete er das Essen und deutete Mondra, es ihm gleichzutun. Man wartete auf sie. Er musste sich staatsmännisch geben und durfte sich keinesfalls den Schneid abkaufen lassen. Laertes Michou, so wusste er mittlerweile, war der zweite Mann in der alteranischen Rang- und Hackordnung. Es stand zu befürchten, dass Anton Ismael ein ungleich schwererer Verhandlungspartner sein würde. Er musste sich also auf einiges gefasst machen.

Die niedrige Decke des kleinen Saals drückte aufs Gemüt. Im Hintergrund lief leise, ungewohnt sanfte Musik, die dem Rahmen des Treffens überhaupt nicht gerecht wurde. Sieben stocksteife Militärs, unter ihnen Laertes Michou, saßen Perry Rhodan am runden Tisch gegenüber. Links und rechts von ihnen hatten jeweils zwei Zivilisten in Allerweltskleidung Platz genommen, die überhaupt nicht hierher zu passen schienen. Sie zeigten verkniffene Gesichter, als wäre ihnen dieses seltsame Aufeinandertreffen gar nicht recht. Wahrscheinlich handelte es sich um Berater, um Rechtsverdreher, Wissenschaftler oder Vertreter der hiesigen Thinktanks, denen man trotz des militärischen Hintergrunds ein gewisses Maß an Individualität zugestand.

»Im Namen der alteranischen Regierung möchte ich Ihnen nochmals mein tiefstes Bedauern über unser kleines Missverständnis ausdrücken«, sagte Laertes Michou aalglatt. »Bitte nehmen Sie meine Entschuldigung an.«

Rhodan nickte knapp. Er hielt die Erinnerungen an die qualvollen Stunden zurück. Mondra wollte ihrer Rolle gemäß aufbegehren, und in einer ebenso gelungenen schauspielerischen Leistung hielt sie der Unsterbliche davon ab.

»Ich nehme an, dass Sie mittlerweile alle Anwesenden gebrieft haben, Staatsmarschall?«, fragte er. »Sie wissen, dass ich von ES gebeten wurde, Ihrem Volk zu helfen?« Der Unsterbliche wartete keine Antwort ab. »Offen gestanden wäre ich Ihnen allen sehr verbunden, wenn Sie mich einweihen würden, was hier auf

Altera eigentlich vor sich geht. Außerdem möchte ich gern endlich Ihrem Obersten Befehlshaber vorgestellt werden …« Nirgendwo an den Allerweltsuniformen der Soldaten waren Rangabzeichen angebracht. Rhodan blickte den Mann rechts von Laertes Michou an. Er wirkte düster und beherrscht, fast wie ein Ebenbild des Staatsmarschalls, nur wesentlich asketischer und von einem unheiligen Feuer in den Augen geprägt. War er …

»Es würde mich freuen, Ihnen zu helfen«, sagte einer der Zivilisten links von Rhodan. Sein Adamsapfel gluckerte aufgeregt auf und ab. Mit einer behäbigen Bewegung seiner Linken fuhr er sich durchs schwarze Haar und schob dabei ein paar widerborstige Strähnen über die ausgeprägten Geheimratsecken.

»Darf ich vorstellen?«, fragte Laertes Michou. »Anton Ismael, Regierungschef von Altera und Parteichef der Menschdemokraten.«

»Sehr angenehm«, sagte der kleine Mann, nickte freundlich und reichte Rhodan die Hand. »Es ist wohl hoch an der Zeit, ein paar Missverständnisse aufzuklären …«

»Sie haben Ihre Kompetenzen eindeutig überschritten, Staatsmarschall«, sagte der Regierungschef mit brummiger Stimme. »Es gibt keine Worte für das, was Sie unserem Gast angetan haben.« Er sprach und bewegte sich zermürbend langsam. Doch kraft einer aus dem Inneren kommenden Autorität, die sich ebenfalls langsam entfaltete, zwang er die Zuhörer in seinen Bann. »Das alles wird ein Nachspiel haben, umso mehr, als Sie mich erst jetzt, nach vierundzwanzig Stunden, eingeweiht haben.«

»Sie waren nicht verfügbar.« Laertes Michou zeigte sein billiges Lächeln. »Ich wurde von den Ereignissen überrollt und musste selbstständig handeln.«

»Sie wurden noch niemals von irgendwelchen Geschehnissen überfordert«, erwiderte Anton Ismael. »Sparen Sie sich diese Lügen für Ihre parteipolitischen Propaganda-Veranstaltungen.«

Rhodan hielt sich aus der Diskussion heraus. Hier am Tisch entwickelte sich ein Duell auf überhöhter Ebene, in der Mondra und er lediglich Staffage waren, genauso wie die anderen anwesenden Militärs und Zivilisten.

»Wenn Sie Klartext reden wollen, bitte sehr.« Laertes Michou sah den Regierungschef unverwandt an. Wie eine Schlange, die das Kaninchen zu hypnotisieren versuchte. Wobei dieses Kaninchen allerdings von einem Kaliber war, an dem man sich durchaus verschlucken konnte. »Ich sah es als meine Pflicht an, alles zu tun, um das Gefahrenpotenzial möglicher Infiltranten auszuloten. Es handelte sich um eine rein militärische Angelegenheit, die lediglich mit militärischen Mitteln zu lösen schien. Geheimhaltung war mir oberste Pflicht …«

»Auch das Militär untersteht dem Regierungschef, soweit ich mich erinnere.«

»Ich möchte keine Paragrafen zitieren, doch bei Gefahr in Verzug steht es mir durchaus zu, diverse Verordnungen außer Kraft zu setzen und selbstständig zu handeln.«

»Sie bewegen sich auf dünnem Eis, Laertes.« Die spitze, mehrfach gebrochene Nase lief allmählich rot an, während der Rest des teigigen Gesichtes Ismaels seltsam blass blieb. »Sie haben Ihre Kompetenzen mehrfach überschritten. Das ist Fakt. Ich könnte Sie wegen Hochverrats anklagen ...«

»Ach ja?« Der Staatsmarschall schüttelte den Kopf. »Sie wissen, dass wir die Öffentlichkeit nicht noch weiter verunsichern dürfen. Eine Staatskrise in dieser Situation ...«

»Sie unterschätzen die Bürger und ihren gesunden Menschenverstand, Laertes. Für Sie sind die Alteraner lediglich Stimmvieh oder namenlose Soldaten, die Sie für Ihre Planspiele verwenden können. Irgendwann werden Sie zu weit gehen und die Rechnung präsentiert bekommen. Jetzt aber fordere ich Sie auf, den Saal zu verlassen.«

»*Wie* bitte?«

»Sie haben mich richtig verstanden. Meine Parteifreunde werden Sie ebenfalls nach draußen begleiten. Sie pochten auf Ihrem Recht, ich tue es Ihnen nunmehr gleich. Als oberster Vertreter der alteranischen Regierung möchte ich mit dem Großadministrator Perry Rhodan unter vier – beziehungsweise sechs – Augen verhandeln.« Er zwinkerte Mondra freundlich zu.

»Sie können nicht ...«

»Sollen wir uns denn tatsächlich auf einen Rechtsstreit einlassen? Oder wollen Sie mich gleich hier im Festwerk festsetzen, weil ich nicht so spure, wie sie es gern hätten?«

Anton Ismael blieb kühl und gelassen, während er seine Forderungen erhob. Lediglich die Hände, die er ineinander faltete, verrieten seine Nervosität.

Laertes Michou erhob sich, stützte sich auf dem Tisch ab, atmete schwer. Im Saal war es ruhig geworden, so ruhig, dass selbst die hektischen Atemzüge der Anwesenden in Rhodans Ohren laut dröhnten.

Diese beiden Männer waren keine Freunde und würden auch nie welche werden. Hier standen sich Vertreter zweier Weltanschauungen gegenüber, die kaum miteinander vereinbar waren.

»Na schön«, sagte der Staatsmarschall schließlich. »Sie sollen Ihren Willen haben, Präsident. Wer weiß, wie lange Sie noch die Gelegenheit haben, irgendwelche Forderungen zu stellen.« Er räusperte sich, stand auf, breitete die Arme weit aus und deutete seinen Parteigängern, den Saal zu verlassen.

Anton Ismael nickte »seinen« Zivilisten zu.

»Gut gemacht, Toni«, murmelte einer von ihnen, ein bärtiger Riese, und drückte ihm seine Pranke auf die Schulter.

Der alteranische Regierungschef zwinkerte kurzsichtig. »War mir ein Vergnügen, den alten Schleifbock in die Schranken zu verweisen.«

Der Bärtige verließ als Letzter den Raum. Sanft drückte er die Tür zu. Schritte und Gemurmel verklangen leise. Sie waren allein.

»Ich befürchte, Sie haben einen völlig falschen Eindruck von Altera erhalten«, sagte Anton Ishmael schließlich. In aller Gemütsruhe zog er einen eigroßen Gegenstand aus dem Inneren seiner Weste und drückte ihn vor sich auf den Tisch. In der Tat klang es so, als zerbreche der Unterteil der »Eischale«. Metallene Fühler schoben sich aus dem Körper hervor, tasteten wie suchend vorwärts, wurden immer länger und deuteten schließlich in verschiedene Richtungen.

Der Regierungschef grinste breit. Er bedeutete Mondra und Rhodan, ruhig zu bleiben.

Mehr als zwei Dutzend der Fühler umpackten den Tisch schließlich wie Wurzeln. Eine Spitze nach der anderen leuchtete hellblau und in gleichmäßigem Takt. Ein Brummton ertönte aus dem Ei, als wäre es nunmehr weich gekocht.

Endlich brach Ismael das Schweigen: »Auch der allseits beliebte Parteichef der Menschdemokraten ist, wenn's drauf ankommt, kleineren Schweinereien nicht abgeneigt«, sagte er. »Das Wurzel-Ei lokalisiert jegliche energetischen Tätigkeiten, die über herkömmliche Strom- und Lichtquellen hinausgehen, und neutralisiert sie. Das betrifft versteckte Mikros genauso wie Spionkameras oder Akustik-Transmissionsfelder.«

»Wie sieht es mit den guten alten Methoden der Geheimdienstarbeit aus?«, fragte Rhodan, dem Anton Ismael immer sympathischer wurde. »Ich bin mir sicher, dass hinter diesem Spiegel« – er deutete auf eine verglaste Fläche zwischen zwei langweiligen Klecksbildern – »einige Herrschaften jede unserer Bewegungen verfolgen. Ich könnte mir vorstellen, dass auch ein oder zwei Lippenleser engagiert wurden.«

»Sie werden von uns nichts hören und nichts sehen. Ein winziger Disvisuator im Wurzel-Ei hüllt uns in ein blickdichtes Sichtfeld und spielt stattdessen an der Außenhülle den Bericht von der Generalversammlung eines lokalen Radicci-Züchtervereins ab. Eine durchaus fade und ermüdende Angelegenheit, wie ich mir habe sagen lassen.« Ismael grinste breit.

»Der Staatsmarschall wird nicht sehr erfreut darüber sein.« Rhodan erwiderte das Lächeln.

»Der Staatsmarschall ist über nichts erfreut, das mit mir zu tun hat.« Übergangslos wurde der Regierungschef ernst. »Sie werden mir einiges zu erzählen haben«, fuhr er fort. »Um ehrlich zu sein, weiß ich nicht einmal, wie ich Ihre bloße Existenz einordnen soll. Die Geschichten Terras und Alteras trennten sich im Jahr 2409. Wenn ich daran denke, dass Sie bereits damals knapp fünfhundert Jahre alt waren …«

»Die Unsterblichkeit ist nicht nur ein Geschenk des Himmels«, sagte Rhodan vorsichtig.

»Das kann ich mir durchaus vorstellen«. Ismael fuhr sich neuerlich durch das licht werdende Haar. »Es ist nur ... erschreckend. Schließlich machten wir auf Altera eine eigenständige Entwicklung über eine Zeitspanne von zweitausendfünfhundert Jahren durch. Sie *durchlebten* diese Zeitspanne! Ich fürchte mich davor, zu erfahren, wie weit sich die Menschheit in der Milchstraße und wir auseinanderentwickelt haben. Wenn ich nur an den seltsamen Akzent und diese grauenhafte Satzstellung denke, die Sie verwenden ...«

Rhodan nickte. Er verstand die Ängste des Staatsmannes nur zu gut. »Menschen bleiben immer Menschen«, sagte er vorsichtig. »Egal, wo sie leben und in welche Richtungen Sie sich entwickeln. Ertruser und Siganesen, von denen Sie möglicherweise in alten Aufzeichnungen gehört haben, sind Terra heute genauso verbunden, als hätten ihre Vorväter die Heimat niemals verlassen. Soweit es meine bescheidenen Möglichkeiten zulassen, sorge ich dafür, dass ein möglichst großer Zusammenhalt unter den einzelnen Völkern herrscht.«

Anton Ismael wusste nichts über den großen Zusammenbruch des Solaren Imperiums. Über OLD MAN, Cappins, Verdummungsstrahlung, über Dabrifa und andere kollabierte Sternenreiche sowie all die anderen Plagen, die seitdem in scheinbar immer knapper werdenden Abständen über die Milchstraße gekommen waren. Selbst wenn er es gewollt hätte – er hätte nicht gewusst, wo er in seiner Erzählung über das von kosmischen Mächten bestimmte Schicksal der Menschheit anfangen sollte.

Es war, als würde Anton Ismael seine Ratlosigkeit erkennen. »Die Zeit reicht nicht, um uns über Geschichte auszutauschen«, sagte er. »Die alteranischen Historiker werden mich zwar in die siebte Hölle verdammen, aber ich denke, wir sollten uns auf die Gegenwart konzentrieren.«

»Ein guter Vorschlag.« Rhodan nickte dankbar. »Wenn Sie es allerdings schafften, von Michou unsere Schutzanzüge zurückzubekommen, können wir Ihnen zusammenfassende Dateien über die Milchstraßengeschichte erstellen.«

»Gemacht!« Gelassen wischte Ismael die Probleme beiseite, die ihm die Streitigkeiten mit seinem Widersacher einbringen würden. Er wirkte selbstsicher und souverän.

Wie der richtige Mann am richtigen Platz.

»Sie haben, wenn ich den spärlichen Informationen des Staatsmarschalls trauen darf, noch nicht viel von Altera gesehen?«

»Außer einem Fluss, der von riesigen Wiederkäuern und ungefähr drei Milliarden stechwütiger Mücken bevölkert war, eigentlich noch gar nichts«, sagte Mondra an Rhodans Stelle. »Wobei es uns natürlich vergönnt war, die Gastfreundschaft, die ausgezeichnete Küche und die prachtvoll ausgestatteten Quartiere des Festwerks kennenzulernen.«

»Ich verstehe Ihren Sarkasmus vollauf.« Ismael blickte finster drein. »Ich werde mein Bestes geben, Ihren Blickwinkel ein wenig zu erweitern. Es klingt wie ein Hohn, wenn ausgerechnet *ich* das sage, aber wir sind auf Menschen wie Michou dringend angewiesen.«

Sechsundzwanzig
Anton Ismael: Alteranischer Geschichtsunterricht

Wir sind Nachkommen eines Siedlerkonvois, dessen kleine Flotte von zwölf Schiffen im Jahr 2409 mit unwiderstehlicher Gewalt in einen Hypersturm gezwungen wurde. Die Arkoniden, konnten wir Jahrhunderte nach der Landung recherchieren, sagten »Tryortan-Schlund« zu jenem Phänomen, das unsere Vorväter erfasste und einer Zwangstransition unterwarf. Gibt es die Arkoniden als Volk eigentlich noch, Rhodan? Ja? Gemäß unseren Überlieferungen war es fraglich, ob sie selbstständig in der Lage sein würden, ihr riesiges Reich zusammenzuhalten. Hat es nicht geheißen, dass sie es nicht schaffen würden, einer endgültigen Degeneration zu entgehen? Ich freue mich schon auf Ihr Datenmaterial, um meine bescheidenen Geschichtskenntnisse aufpolieren zu können.

Zurück zu meiner Erzählung.

Elf der zwölf Schiffe überstanden diesen Transport. Die Menschen fanden sich allerdings in einer völlig fremden und unbekannten Umgebung wieder. Der Absturz auf einem namenlosen Planeten konnte angesichts der Umstände nur durch mehrere Bravourstücke der Schiffsbesatzungen vermieden werden. Unsere Vorväter landeten und, um ein großes Wort gelassen auszusprechen, machten sich den Planeten untertan. Das Wie und Warum tut momentan nichts zur Sache; das können Sie in den Berichten nachlesen, die ich Ihnen später zur Verfügung stellen werde. Bedeutsam wird Ihnen erscheinen, dass wir nicht die Einzigen waren, die einer derartigen Zwangstransition unterlagen. Wir begegneten in Ambriador – so die Bezeichnung für unsere ›heimische‹ Galaxie – den Angehörigen weiterer Völker, die ein ähnliches Schicksal hierher verschlagen hatte. In einer Grobeinteilung ergibt sich eine Viertelung Ambriadors in unterschiedlichste Einflusssphären. Wir, die Alteraner, haben uns während des letzten Jahrtausends über die Westside der Galaxie ausgebreitet. Als Bezugspunkt für diese Angabe dient uns die vermutliche Lage der Milchstraße, die wir dem ›Süden‹ in einem universenumfassenden Maßstab zugeordnet haben. Ja, wir wissen, wo die Heimat unserer Vorväter liegt. Aber die besonderen Verhältnisse in Ambriador erlaubten es uns nie, den Kontakt zu suchen. Dazu später vielleicht mehr …

Die Posbis beherrschen die Northside. Nein, sie sind nicht nach uns hierher gelangt; bereits vor *elftausend Jahren*, so brachten wir in Erfahrung, verschlug es sie ähnlich wie uns durch ein hyperphysikalisches Phänomen hierher. Die Hass-Schaltung? Ja, die hätte noch aktiviert sein müssen. War sie aber nicht! Seltsam, wie?

Ich weiß sehr wohl, dass Sie, Mr. Rhodan, großen Anteil an der Deaktivierung dieser Programmierung hatten. Die Posbis der Milchstraße wurden danach zu Freunden der Menschheit. Uns Alteranern ist das bekannt. Schließlich grübeln unsere Wissenschaftler seit Jahrzehnten darüber, wie die »Phase«, in die die Maschinenwesen vor sechsunddreißig Jahren eintraten, passieren konnte.

»Unsere« Posbis verhielten sich lange Zeit neutral, um nicht zu sagen, gleichgültig allem Leben gegenüber. Sie taten nichts. Gar nichts. Möglicherweise suchten sie mit maschinenhaftem Langmut nach einem Weg, um in die Milchstraße zurückkehren zu können, beziehungsweise zur Hundertsonnenwelt. Uns ließen sie in Ruhe, genauso wie die anderen Völker Ambriadors.

Ich möchte die galaktopolitische Aufteilung unserer Heimatgalaxie abschließen, bevor ich zu den Posbis zurückkomme.

Die Eastside wird von einem äußerst dünnen Völkergemisch durchzogen. Das einzig uns bekannte Volk ist jenes der Maahks. Sie leben auf Methanplaneten. Parallel zu ihnen siedeln die sogenannten Screews und Moefonen, mit denen wir allerdings bislang nur wenige Berührungspunkte hatten. Seit nicht allzu langer Zeit machen sich entfernt menschenähnliche Wesen mit felidem Einschlag breit, die sich Kartanin nennen. Sie kennen die Katzenwesen? Interessant. Vielleicht können Sie mir auch über sie ein Dossier erstellen? Danke! Im Allgemeinen ist zu sagen, dass wir mit diesen Völkern, die gerade erst beginnen, sich auszubreiten, nur wenig Kontakt halten. Wir gehen einander aus dem Weg. Handels- und Kulturaustausch findet nicht statt, was ich persönlich sehr bedauere. Eine gemeinsame Anstrengung, die Probleme in Ambriador zu beseitigen, wäre sicherlich im Sinn der Sache.

Nun ein paar Worte zur Southside.

Dort gibt es in der Tat ein beherrschendes Volk, dessen Sitz auf einem Planeten namens Caligo zu finden ist. Auch diese Wesen sind entfernt menschenähnlich. Mit denen ist nicht gut Kirschen essen. Sie sind überheblich, betrachten uns ganz offensichtlich als Untermenschen und benehmen sich wie die Herrscher der Galaxis. Sie nennen ihr weitmaschiges Reich ein Trovent und sich selbst Laren. Sie werden blass, Mr. Rhodan? Sagen Sie bloß, Sie kennen diese Herrschaften?

Wenn Sie erlauben, sprechen wir zu einem anderen Zeitpunkt über Ihre Erfahrungen mit den Laren. Die Zeit wird knapp. Michous Geduld ist begrenzt, wie

Sie sich vorstellen können. Bevor er mit seinen … wackeren Parteigenossen hereingestürmt kommt, möchte ich Sie weiter über die aktuelle Lage informieren.

Die Posbis …

Wie ich bereits erwähnte, verhielten sie sich über all die Jahrhunderte hinweg, da wir von ihnen wussten, unauffällig oder neutral. Fast könnte man sagen: gleichgültig.

Es gab wenige Gelegenheiten zum Wissensaustausch. Die Maschinenwesen hielten es gemäß ihrer Logik nicht für notwendig, Kontakte mit anderen herzustellen, und wir waren zufrieden damit, wie es war. Handelsbeziehungen erfolgten, wenn überhaupt, auf einem äußerst bescheidenen Niveau.

Die Chroniken berichten von einer einzigen Konferenz, an der Posbis, Laren und Alteraner zugleich teilnahmen. Dies geschah lange vor meiner Geburt.

»Konferenz« ist vielleicht nicht das richtige Wort. Man wollte Erfahrungen über diese Tryortan-Schlünde austauschen, die man selten genug in Ambriador orten und vermessen konnte. Der Grundgedanke aller Beteiligten war selbstverständlich, einen Rückweg in die jeweilige Heimat zu suchen.

Man kam nicht weit. Die Eitelkeit der Laren einerseits und die maschinelle Sturheit der Posbis andererseits verhinderten weitere Zusammenkünfte. So sagen zumindest die alteranischen Berichte. Ich bin mir allerdings sicher, dass auch meine Vorfahren nicht ganz unschuldig am mageren Ergebnis der Zusammenkunft waren. Alteraner sind mitunter bekannt für ihre Sturheit und Rechthaberei.

Terraner haben sich schon immer so verhalten, sagen Sie? Nun, das überrascht mich nicht.

Zurück zur Konferenz: Man stellte also fest, dass die in Ambriador angemessenen Tryortan-Schlunde in den meisten Fällen Materie ausspuckten; die Anzahl jener, die etwas schluckten und woanders hintransferierten, ließ sich an einer Hand abzählen. Unsere Fachleute sprachen lapidar von einem fünfdimensionalen Phänomen. Zwischen den Zeilen konnte man lesen, dass sie schlichtweg keine Ahnung hatten, was in IC 5152 eigentlich geschah. *Etwas* zog Fremdsubstanzen aus allen möglichen Galaxien ab und brachte es hierher. Ich rede übrigens von Substanztransporten, die die gesamte Lokale Galaxiengruppe umfasst.

Die Wissenschaftler faseln von einem scheinbar magnetisch wirkenden Effekt, der auch Namensgeber für den Zweitnamen Ambriadors wurde: Bald darauf wurde der Begriff »Magnet-Galaxis« geprägt. Das ist griffig und einprägsam, nicht wahr?

Entfernungen scheinen bei den Materieversetzungen keine Rolle zu spielen. Manchmal kommen undefinierbare Klumpen organischer und anorganischer Struktur hier an, denen man nicht mehr ansehen kann, was sie einmal darstellten. Lebewesen in Schiffen? Gesteinsschichten fremdartiger Planeten? Ablagerungen irgendwelcher Art aus der fünften Dimension?

Doch wenn das Schicksal es gut meint, überstehen … *Strukturen* den Transport hierher. Ich bleibe absichtlich vage, weil es schon mehrmals vorkam, dass Planetenscheiben unversehrt den Transport durch einen Tryortan-Schlund überstanden, um dann irgendwo im interstellaren Leerraum zu kollabieren. Raumschiffe oder Konvois, deren Besatzungen unverletzt in Ambriador landen, sind die Ausnahme von der Regel.

Der Hyperimpedanz-Schock?

Selbstverständlich hat er uns getroffen! Zwölf Jahre ist es nun her; seitdem ist übrigens kein Fall eines Materietransports nach Ambriador mehr bekanntgeworden. Es mag Zufall sein oder auch nur ein statistischer Ausrutscher. Wir beobachten dieses Phänomen selbstverständlich genau, soweit es unsere Kapazitäten zulassen.

Es mag zu weit führen, Ihnen die Auswirkungen der Hyperimpedanz detailliert zu schildern. Wir wurden davon in Mitleidenschaft gezogen, ganz klar. Aufgrund der besonderen Verhältnisse in Ambriador aber nicht so sehr wie in anderen Teilen des Universums, wie wir annehmen können. Denn wir legten stets besonderen Wert auf einfache und robuste Technik.

Warum?

Weil Altera seit jeher darauf angewiesen war, einfach und möglichst konventionell zu bauen. Lassen Sie mich kurz ausholen; ich hoffe, dass unsere Zeit noch reicht.

Es gab vor dreihundert Jahren theoretische Versuche, komplexe Rechenvorgänge über fünfdimensionale Felder zu legen. Der Hyperraum erwies sich als formidable Spielwiese für unsere Forscher und Techniker.

Syntronische Rechner nennen Sie das? Seltsamer Begriff …

Doch weiter: Von einem evolutionären Quantensprung war damals die Rede, sollten wir unsere Erkenntnisse in die Praxis umsetzen können.

Ha!

Es gelang uns nie, für eine ausreichende Abschirmung der Rechenprozesse im fünfdimensionalen Raum zu sorgen. Zu unberechenbar sind die hyperphysikalischen Verhältnisse in Ambriador. Können Sie sich vorstellen, wie niederschmetternd es ist, Fertigkeiten auf theoretischer Basis zu entwickeln und zu perfektionieren – aber in dem Wissen, dass man sie nie einsetzen werden kann? Nach all unseren schlechten Erfahrungen mit Transmittern, Transformwaffen und Transitionsschiffen war das ein weiterer Rückschlag.

Ich muss das Thema abkürzen; glauben Sie mir bitte, dass manche Dinge in Ambriador anders verlaufen *mussten* als in der Milchstraße.

Es gibt übrigens keinen Zusammenhang zwischen der Erhöhung der Hyperimpedanz und der plötzlichen … Gemütsänderung der Posbis. Das eine geschah vor zwölf, das andere vor sechsunddreißig Jahren. Bereits im Jahr 4894 spitzten sich die Ereignisse zu.

Ja, wir haben die terranische Zeitrechnung stets behalten. Es ergab für die Gründerväter anno 2409 keinen Sinn, eine neue Epoche einzuläuten. Sie kannten die menschliche Mentalität nur zu gut. In diesem Augenblick, in dem Elend in jeglicher Form über die Siedler hereinbrach, konnten sie es sich nicht leisten, sich sozusagen offiziell vom Solaren Imperium abzunabeln. Die Alteraner sollten sich stets als wichtiger Bestandteil eines Größeren fühlen. Machen Sie sich also darauf gefasst, dass Ihnen allerorts heldenhafte Verehrung zuteil wird. Terra ist zum mythischen Ort geworden, einem fernen und unerreichbar wirkenden Elysium. Man wird Sie auf einen Sockel stellen und anbeten. Selbst ich habe so meine Schwierigkeiten, in Ihnen, Mr. Rhodan, einen einfachen Mann zu sehen.

Sie wollen Informationen über die Laren?

Was für ein Volk, was für eine Plage!

Seit unserem Erstkontakt vor vielen hundert Jahren machen sie uns den kleinsten Brocken Hyperkristalle streitig, provozieren immer und überall Zwischenfälle, behandeln uns mit unglaublicher Arroganz, sorgen für außenpolitische Unruhe. Die Auswirkungen ihrer Einschüchterungsversuche reichen bis in die heutige Zeit und sind wohl schuld daran, dass es niemals eine gemeinsame Front aller Bewohner Ambriadors gegen die Posbis gegeben hat. Sie erklären auch zum Teil, warum es Politiker wie Michou gibt. Er ist das Produkt all der Not und der Demütigungen, die wir hinnehmen mussten. Die Alteraner wollten einen starken Mann – und bekamen ihn.

Nein, wir befinden uns nicht im Krieg mit den Laren; zumindest wurde dieses Wort niemals offen ausgesprochen. Es ist aber so, als läge über unserer Beziehung eine Art Schatten, der jedes Wort und jede Tat falsch erscheinen lässt.

Die Laren sehen uns so ähnlich, verdammt nochmal! Man könnte annehmen, dass sie ähnlich reagierten und dächten wie wir. Dem ist aber nicht so. Die Mentalitätsunterschiede sind scheinbar unüberbrückbar. Da hilft kein Translator und auch keine Xeno-Psychologie. Ich befürchte, wir werden niemals erfassen können, was die Laren treibt.

Ob fledermausähnliche Wesen in der Nähe der Laren gesichtet wurden? So genannte Hyptons? Ich kann mich nicht erinnern, um ehrlich zu sein. Mein Beraterstab wird sich mit dieser Frage befassen.

Die Krise mit den Laren erreichte im Spätherbst 4894 einen veritablen Höhepunkt. In Randbezirken unserer Einflusssphäre war es immer wieder zu blutigen Auseinandersetzungen gekommen, meist provoziert von den Laren. Ich war damals ein junger und ehrgeiziger Politiker. Bürgermeister von Neo-Tera, um genau zu sagen. Ich kann mich nur allzu gut an die hysterischen Schreie meiner

Landsleute und eine Vielzahl von Demonstrationen erinnern. Radaubrüder forderten, die Laren mit allen zur Verfügung stehenden Mitteln in die Schranken zu verweisen. Nein, Michou war in diese Aktionen noch nicht eingebunden. Der hatte … anderwärtig zu tun. Mehr dazu später.

Wie aus heiterem Mittel passierte etwas, das die Beziehungen des Trovents und Alteras zueinander nebensächlich erscheinen ließ.

Die Posbis brachen über Ambriador herein. Mit ihren riesigen Würfelschiffen tauchten sie über mehreren bewohnten Planeten auf, fragten auf allen möglichen Funkfrequenzen, ob die Bewohner »Wahres Leben« seien – und schossen schließlich aus allen Rohren. Es kümmerte sie nicht, ob sie Maahks, Laren, Screews, Kartanin oder Alteraner bombardierten. Sie begingen ihre schrecklichen Taten mit seelenlosem Gleichmut. Vor diesen unbarmherzigen Richtern erschienen wir alle gleich.

Vom ersten Moment an drückten die Posbis Altera in die Defensive. Es gab für sie nichts zu verhandeln – und auch keine Kompromissbereitschaft. Sie waren auf Vernichtung aus. Sie erkoren alle nicht-positronisch-biologischen Zivilisationen zum Ziel.

Wer kann es den Alteranern verdenken, dass sie sich in ohnmächtiger Wut dem stärksten Mann zuwandten? Jawohl, Laertes Michou, dessen Handwerk der Krieg ist. Für das einfache Volk ist er ein Kriegsheld. Als ehemaliger Geschwaderkommandant kann er von sich behaupten, die höchste Zahl abgeschossener Fragmentraumer auf seiner Liste zu haben. Die Leute verdrängen leider nur zu gern, dass unter seiner Führung mehr Menschen starben und mehr Material vernichtet wurde als unter jedem anderen Militär.

In meiner Funktion als Parteichef der Menschdemokraten predige ich seit Jahrzehnten die Doktrin einer potenziellen Verständigung zwischen Posbis und Alteranern. Mal geschieht das mit größerem, dann wiederum mit geringerem Erfolg. Je nachdem, wie heftig die Angriffe der Posbis sind, oder wie gut ich die Erfolge meiner Robotpsychologen verkaufen kann. Um ehrlich zu sein, Mr. Rhodan, sind wir mit unserer Weisheit seit einiger Zeit ziemlich am Ende. Wir haben alles versucht, um die Motivation der Maschinenwesen zu hinterfragen. Es ist uns noch nicht einmal gelungen, ihren »Heimatplaneten« ausfindig zu machen, um vielleicht mit dem Bioplasma selbst in ein Gespräch zu treten. Stattdessen werden unsere Schiffe, unsere Flottenbasen, unsere Kolonialplaneten reihenweise Opfer dieser … Maschinenteufel.

Verzeihen Sie mir. Ich gebrauche dieses Wort nicht gern. Es lässt sich aber aus unserer Sprachkultur nicht mehr wegdenken.

Der Schwarze Posbi erschreckt die kleinen Kinder, wenn sie nicht brav zur Schule gehen. Der heilige Nikolaus wird vom Kramposbi begleitet. Ein schwer Betrunkener befindet sich »in der Ölung«. Ist man erschöpft, pfeift man »aus dem letzten Ventil«. Besonderes Stehvermögen im Bett wird als »den Posbi machen« bezeichnet.

Ich möchte Ihnen nur verdeutlichen, wie weit das Alltagsleben bereits vom Kampf gegen die Maschinenwesen beeinflusst wird. Unser Leben und unser Denken wird beherrscht von Angst, von Frust, von ohnmächtigem Zorn.

Gegen einen überlegenen, aber physisch ebenbürtigen Widersacher kann man angehen und seine Hoffnungen darauf projizieren, Schwächen beim anderen zu finden.

Aber Posbis? Sie leiden und jammern nicht, sie kennen keinen Schmerz. Sie *erdulden* und *ertragen* nicht, sie beantworten unsere wütende Gegenwehr mit Gleichgültigkeit. Schieß hunderte, tausende oder Millionen von ihnen weg, es ändert nichts an der Situation. Genauso schnell, wie sie »sterben«, werden sie produziert.

Verstehen Sie nun, welchen Aufruhr Sie erzeugten, als Sie mit zwei Posbis auf Altera landeten? Mir ist klar, dass beide so wie Sie aus der Milchstraße stammen. Das ändert allerdings nichts an meinen Ressentiments. Wesen, deren »Brüder« seit sechsunddreißig Jahren nur Tod und Verzweiflung über Altera bringen, wird man hier niemals vertrauen.

Aber still jetzt, wie ich höre, kommen unsere … Freunde zurück. Es ist sicherlich besser, wenn ich mein Wurzel-Ei deaktiviere und wegpacke. Michou weiß sicherlich, dass ich eins bei mir habe. Er müsste die Überwachungsversuche allerdings zugeben, und das wird er nicht wagen.

Ja, so stehen wir derzeit zueinander. Das sind keine schönen Aussichten, nicht wahr?

Siebenundzwanzig
Fort Kanton: Schlacht und Schlächter

Georghia Firsam gab ihm gewissermaßen Rückendeckung, während Darius Beng-Xiao hastig die wichtigsten Ortungsergebnisse kontrollierte. Grüne Pünktchen sonder Zahl erschienen in seinem Ortungstank und näherten sich aus allen Richtungen dem Planeten. 10000 Impulse oder mehr waren es. Sie glitzerten und leuchteten und führten verrückte Manöver aus, wie Glühkäferchen, die honigtrunken um einen Blütenkelch tanzten.

Tanzende Maschinenteufel …

Nur die Ruhe, rief sich Darius zur Ordnung, *das können niemals so viele Fragmentraumer sein. Selbst die Kapazitäten der Posbi-Werften sind gewissen Einschränkungen unterworfen …*

Zodiak Cord reichte ihm einen Wasserbecher und mehrere Tabletten. Er schluckte sie ungesehen, ohne in seiner Konzentration nachzulassen, und kümmerte sich nicht weiter um den invaliden Jungen.

Die Positroniken spielten verrückt. Die SHENYANG und die anderen Schiffe der kantonschen Verteidigungsflotte wurden gleichsam von einem energetischen Schauer überschüttet. Fehlmeldungen erreichten ihn. Virenbomben versuchten, sich durch die mehrfach gestaffelten Schutzwälle zu bohren und Schleichwege in die bordinternen Datenverarbeitungsanlagen zu finden.

Der Funkverkehr zu den anderen Schiffen der Heimatflotte wurde zum unkalkulierbaren Risiko. Selbst ultrageraffte und von Schutzprogrammen ummantelte Datenpakete, die präzise auf Empfänger *abgefeuert* wurden, bargen Risiken. Die »kleinen Brüder der Posbis«, wie die Virengeschosse im Jargon genannt wurden, stellten eine von vielen Waffen der Maschinenteufel dar.

Darius' Positronik-Batterie, hinter eine Unzahl von Prüffiltern »geschaltet« kam endlich zu einem Ergebnis. Stichprobenartig kontrollierte er, übermittelte Georghia Firsam schließlich seine Erkenntnisse und bat um Freigabe der Resultate. Sie zögerte nicht lange und winkte nach zwei weiteren Zufallskontrollen das Paket an die Kommandantur der SHENYANG durch.

Wertvolle Zeit war verloren gegangen, mehr als fünfzig Sekunden!

Die Abwehrschlacht gegen die Posbis erforderte immer mehr Handarbeit. Man konnte nichts und niemandem mehr trauen, musste sich vielmehr auf Intuition, Gespür und einfachste Rechenprozessoren verlassen. Die bordinterne Virenabwehr kam mit den Anforderungen, die an sie gestellt wurde, nicht mehr mit. Eine Erhöhung des Personalstocks machte schon jetzt keinen Sinn mehr, da es hauptsächlich auf Erfahrung und das Auge für die Situation ankam.

Und die Soldaten, die von Fort Kanton hier heraufgeschickt wurden, besaßen weder das eine noch das andere. Junge, unbedarfte Burschen waren es, mit Flaum auf den Wangen und den Blicken von frühzeitig gealterten Jugendlichen, denen die Kindheit gestohlen worden war …

»Wir haben neuntausendfünfhundert *Spiegelreflexe*«, fasste Georghia Firsam für die Ortungszentrale zusammen. Ohren und Augen aller waren auf sie gerichtet. »In Wirklichkeit stehen wir also *nur* fünfhundert Fragmentraumern gegenüber. Derzeit sind dreiundsechzig Prozent der gegnerischen Schiffe identifiziert, Tendenz steigend. Darius wird unsere Ergebnisse defragmentieren und den einzelnen Arbeitsplätzen zuordnen. Jeder von Ihnen bekommt sechs oder sieben Posbi-Einheiten, die er zu überwachen hat …«

Ringsum stöhnten Frauen und Männer auf. Darius registrierte es mit Missmut. Sie mussten sich der Situation so rasch wie möglich anpassen. Wer nicht mehr als fünf Schiffe gleichzeitig im Auge behalten konnte, hatte an Bord des Kommandoschiffs SHENYANG nichts verloren.

Er teilte die Pakete auf und sortierte sie, so gut es ging, nach Können und Vermögen. Eine Frau sah ihn mit weit aufgerissenen und tränennassen Augen an. Sie war sichtlich überfordert. Wie hieß sie doch gleich? Irgendwann einmal hatte er bedeutungslosen Sex mit ihr gehabt, sie sogar kurz auf den Mund geküsst.

Heute verabscheute sich Darius dafür. Was für ein dummes Gör!

»Übernehmen!«, befahl er Zodiak Cord, winkte das Mädchen beiseite und kümmerte sich nicht weiter um das … Problem.

Noch dreißig Sekunden, dann waren die Feindeinheiten heran.

Vierpunktmessungen liefen an. Zäh tröpfelten die Daten von anderen Schiffen herein; von Schutzprogrammen gesiebt, mehrfach geprüft und gereinigt, wurden sie endlich in ultrageschützte Ortungs- und Logistiktanks geladen.

20 Sekunden bis zur Kernschussweite. Erste Zielvorgaben ratterten über die Bildschirme. Hastig leitete Darius die Ergebnisse an die Hauptzentrale weiter. Es oblag dem Kommandanten Severin Kombone, in Zusammenarbeit mit dem Piloten ein Ziel zu definieren und die Schussbefehle mit den anderen Einheiten der Wachflotte zu koordinieren.

Alles lief so enervierend träge, so erschöpfend langsam ab! Die Techniken, die sie im Abwehrkampf gegen die Posbis entwickelt hatten, schienen der Steinzeit der Weltraumfahrt entsprungen …

Zehn Sekunden.

Der Kommandant hatte eine Entscheidung getroffen. Der Punkt, an dem sich der anvisierte Fragmentraumer in Kürze befinden musste, war festgelegt.

Keine gute Entscheidung, dachte Darius, *unser Schusswinkel ist zu flach, und wir behindern den Delta-Flügel der Dritten Flotte.*

Fünf Sekunden.

Darius vermittelte den Schussbefehl an alle unmittelbar betroffenen Einheiten in einer einzigen Schaltung weiter. Die Synchronizität musste unbedingt beibehalten werden. Flugvektor, Schuss, Abwehrverhalten, Schutzschirmverstärkung, Berücksichtigung kreuzender Freund- und Feindeinheiten, Rückraumverstärkung durch TRIANGOLO-Raumforts – das alles und viel mehr oblag den mehr als tausend Kantonern, die soeben an Bord der SHENYANG Dienst taten. Sie mussten nun wie ein organischer Körper funktionieren. Besser gesagt: wie eine gut geölte Maschine. Wie ein Maschinenteufel.

Die Kernschussweite war erreicht.

Die Hölle brach aus.

Achtundzwanzig
Startac Schroeder: Retten, was zu retten ist

Das Erwachen kam plötzlich, und es kam überaus unangenehm. Trotz medikamentöser Unterstützung durch den Schutzanzug spürte er grausame Kopf- und Nackenschmerzen.

Über Jahrzehnte hinweg antrainierte Automatismen griffen. Er versenkte sich in sein meditatives Inneres und schloss alle Empfindungen weg. Mehrere Minuten lang blieb er in dieser »Kapselstellung«, wie er sie nannte. Routine hatte ihn gelehrt, dass Belastungen, die auf seine parapsychische Empfindlichkeit zurückzuführen waren, besonders rasch abklangen, wenn er sich die Zeit für ein paar Gedankenübungen nahm.

So geschah es auch diesmal. Bereits nach wenigen Minuten kam er völlig schmerzfrei wieder auf die Beine.

Startac sah sich um.

Er befand sich in unübersichtlichem Gelände. Riesige Luftwurzeln und silberne Würgeranken formten ein bizarres Durcheinander, in dem Wanderblumen auf dünnen Pflanzenbeinchen dahinstaksten. Ein mächtiger Wasserstrom, der in Katarakten über Felsgeröll glitt, war zu seiner Linken zu sehen. Seltsam schillernde Insekten krochen in Hundertschaften über seinen geschlossenen Anzug. Achtlos streifte er sie ab.

Elf Stunden waren vergangen. Es ging auf Mittag zu.

Wo waren Perry und die anderen?

Ein ultrageraffter Suchimpuls brachte keine Antwort. Entweder hatte man die gemischte Gruppe von Terra gefangen gesetzt oder … oder …

Vorerst schob der Mutant alle Denkarten über mögliche Konsequenzen beiseite. Er war nun auf sich allein gestellt und musste dementsprechend handeln.

Die Worte der beiden jungen alteranischen Soldaten über die »Maschinenteufel« wollten ihm nicht aus dem Sinn gehen. Diese Menschen hier standen im Krieg mit den Posbis.

Sie hatten zwei der positronisch-biologischen Maschinenwesen mit sich geführt und damit für jene Aufregung gesorgt, die in einer Hetzjagd auf sie gipfelte. Startac hatte keine Lust, über die Konsequenzen seiner Vermutung nachzudenken. Vorderhand galt es zu retten, was zu retten war.

Er überprüfte die Aufzeichnungen der Anzugsysteme. Während seiner Bewusstlosigkeit hatte die Positronik mehrere tausend Bewegungsimpulse und Funksprüche angemessen. Die Gesprächskodes konnten allerdings nicht entschlüsselt werden.

Egal.

Die Vielzahl der Impulse machte deutlich, dass das Flussgebiet großflächig abgesucht worden war. Vor zwei Stunden erst hatte man damit aufgehört.

»Die Silberkugel …« Der Mutant erinnerte sich dumpf daran, dass Perry das seltsame Ding in einem hohlen Ast versteckt hatte. Was auch immer ihn dazu bewogen hatte – Startac musste überprüfen, ob der Tornister entdeckt worden war. Ein unbedachter Handgriff eines alteranischen Soldaten – und die Silberkugel war möglicherweise unwiderruflich geschädigt. Der Heimweg wäre ihnen allen damit für immer verwehrt.

Der Teleporter schaltete den Deflektorschirm ein und konzentrierte sich. Er erfasste das Zielgebiet, wie es ihm in Erinnerung geblieben war, und sprang.

Das Ziehen im Nacken. Der Wechsel von Schatten zu Licht. Der geringfügige Temperaturunterschied. Andere Grautöne, andere Gerüche.

Die übliche Desorientierung machte sich breit, dauerte aber nur ein paar Momente. Sie *durfte* nicht länger anhalten; Startac war daraufhin geschult, sich von nichts und niemandem irritieren zu lassen.

Passt!, dachte er zufrieden, während er sich rasch im Kreis drehte. Punktgenau war er auf der kleinen Lichtung gelandet, direkt neben seinem Ziel.

Der Kadaver eines jener Tiere, die sie gestern belästigt hatten, lag an die Rückseite des Apfelbaums gelehnt. Ein Strahlschuss hatte es getötet. Mehrere keifende Aasfresser, die wie gehörnte Eichhörnchen mit Saurüsseln aussahen, teilten sich die – im wahrsten Sinne des Wortes – fette Beute mit Würmern und Fliegen. Die brütende Hitze der Mittagsstunden tat ihre Wirkung. Der Gestank des Kadavers war sinnesbetäubend.

Startac schloss den Schutzanzug und atmete erleichtert die gefilterte Luft. Gleichzeitig machte er sich an die Überprüfung des Standorts. Er ließ sich Zeit, während er das Umfeld auf unterschiedlichste Energie- und Strahlungsemissionen ab*horchte.*

Es gab nichts Aufsehen Erregendes. Ein Magazin unbekannter Bauart, das unweit von hier achtlos weggeschmissen worden war, war das einzig Bemerkenswerte, das ihm die Positronik des Schutzanzugs meldete.

Sorgfältig achtete er auf die Fußspuren, die sich in den feuchten Boden gedrückt hatten. Er ging ihnen nach, stellte fest, ob sie rund um den Apfelbaum vermehrt vorkamen oder frischer wirkten. Manchmal führten einfachste Beobachtungen zu überraschenden Ergebnissen.

Mehrfach schon hatte man ihm vorgeworfen, in Einsätzen zu bedacht – und damit zu langsam – zu agieren. Dennoch war er nie von seiner Linie abgewichen. Seiner Meinung nach war es nicht sinnvoll, für ein paar gewonnene Augenblicke die Sicherheit zu riskieren.

Nichts. Der Baum und sein Umfeld waren sauber.

Zu sauber.

Hätte nicht Wach- und Suchpersonal zurückbleiben müssen? Schließlich wussten die Alteraner, wo sie aufgetaucht waren – und höchstwahrscheinlich auch um seine Existenz.

Startac konzentrierte sich auf seine Orterfähigkeiten. Sie erlaubten ihm, bei optimalen Bedingungen Gedankenwellen von Intelligenzwesen in einem Umkreis von 50 Kilometer anzumessen. Er spürte sie, vermochte ihre Gefühlszustände einzuordnen und ihre ungefähre Richtung festzustellen. Gestern war er durch den unheimlichen Transfer hierher entscheidend beeinträchtigt gewesen. Heute fühlte er sich wesentlich besser in Form.

Nein. Auch auf dieser Ebene gab es nichts Beunruhigendes. Da und dort spürte er einsame Gedankenbilder, die mit Liebe, Sex, Wut oder Erschöpfung gefüllt waren. Jene Mischung, die er von einem alteranischen Wachkommando erwarten konnte – Spannung, Angst, sehnsüchtige Erwartung – befand sich nicht darunter.

Der Mutant atmete erleichtert durch. Der Platz war so sauber, wie er nur sein konnte.

Vorsichtig griff er in das Astloch, schaufelte Blätter und Borkenreste vorsichtig beiseite. Da! Die Kugel, von der Tornisterhaut umwickelt, strahlte eine ungewisse Wärme aus, die die Handschuhrezeptoren seltsamerweise nicht in Werten ausdrücken konnten. Startac umfasste das Produkt uralter Hochtechnologie, schob es hoch, zog es aus dem Baum.

Der Paralyseschock durchfuhr ihn, schickte unglaubliche Schmerzblitze durch sein Nervensystem, warf ihn wie ein Stück Holz zu Boden. Selbst die Sicherheitsfunktionen des Anzugs versagten. In einem Energienetz gefangen, lag er da, unter den Nachwirkungen des Nervenschocks leidend und zappelnd wie ein Fisch auf dem Trockenen.

Trotz aller Vorsichtsmaßnahmen hatte er verloren.

Neunundzwanzig Perry Rhodan: Ergänzungen, Richtigstellungen und eine Rede

Der Staatsmarschall betrat den Raum allein. Trotz wütender Proteste der Parteigänger Ismaels schloss er die Tür hinter sich, sicherte sie mit einem Energiefeld und setzte sich ungefragt zu Rhodan und dem Regierungschef.

»Ich mag keine Spielchen«, sagte er mit monotoner Stimme.

»Sie zwingen mich dazu«, erwiderte Ismael gelassen.

»Ich nehme Ihnen die Abschirmung nicht übel, Anton. Wahrscheinlich hätte ich an Ihrer Stelle genauso gehandelt.« Michou räusperte sich und schnipste ein

Staubfusselchen vom Kragen seiner lindgrünen Uniform. »Auch wenn ich Ihre Worte nicht hören konnte, kann ich mir doch vorstellen, was Sie unserem Gast erzählt haben.« Er wandte sich Rhodan zu. »Sie wissen nun, um was es in Ambriador geht, Großadministrator?«

»Ich habe einen ungefähren Eindruck vermittelt bekommen.« Der Unsterbliche betrachtete sein Gegenüber eindringlich. Dieser Mann hatte ihn Qualen unterworfen, hatte ihn, ohne mit einer Wimper zu zucken, der Gefahr eines möglichen Todes ausgesetzt. Laertes Michou schien keinerlei schlechtes Gewissen zu empfinden. »Altera führt einen Kampf an vielerlei Fronten. Es geht einerseits um Rohstoffe, namentlich Hyperkristalle. Andererseits stellen sich die Laren gegen Menschen und gleichzeitig die Posbis gegen alles Leben in dieser Galaxis.« Rhodan zögerte kurz. »Und hier, in der Heimat, geht es um zwei verschiedene Ideologien, denen Sie beide als deren höchste Vertreter ein Gesicht geben.«

»Ganz richtig, Großadministrator.« Michou hüstelte. »Ideologie ist das richtige Stichwort. Hat unser Regierungschef Sie bereits über die Ziele und Methoden meiner Partei *Heimatkampf* informiert?«

»Das war nicht notwendig«, sagte Rhodan. »Die Art und Weise, wie Sie mit mir und meinen Leute umgingen und es noch immer tun, spricht für sich.«

»Ich habe mich ausgiebig mit terranischer Geschichte beschäftigt.« Michou blieb ruhig, ließ sich keinesfalls aus dem Konzept bringen. »Die Eroberung des Weltalls von der Erde aus ist eine einzige Geschichte des Kampfes. Von jenem Moment an, da die STARDUST den Mond erreichte und den Arkoniden begegnete, mussten Sie sich gegen die Umstände wehren. Umstände, die Sie von vorneherein auf der Seite der Verlierer sahen. Sie haben gekämpft und gewonnen. Gekämpft und gewonnen. Immer wieder. Ohne militärische Erfolge, ohne den unbedingten Einsatz der Terraner und ihrer Bereitschaft, für die Heimat *alles* zu geben, hätten Sie es nie geschafft. Der Weg der Menschen ins Weltall ist mit Blut geschrieben, Perry Rhodan!« Mit spitzen Fingern deutete er auf den Unsterblichen. »*Sie* zeichneten stets verantwortlich. *Sie* haben Millionen Tote zu verantworten. *Sie allein* haben die Menschheit mit Ihrem Willen vorangetrieben und zu dem gemacht, was sie geworden ist …«

»Seitdem hat sich in der Milchstraße einiges getan«, unterbrach Rhodan ihn. »Die Wahl unserer Mittel und auch unsere Einstellung ist eine andere geworden.«

»Das glaube ich Ihnen sogar, Großadministrator.« Michou zeigte ein flüchtiges Lächeln. »Die gesellschaftlichen Entwicklungen auf Altera und auf der Erde klaffen heutzutage sicherlich auseinander. Aber versetzen Sie sich einmal in unsere Lage. Wie würden Sie die Situation beurteilen? Würden Sie versuchen, wie unser verehrter Regierungschef, die Posbis zu Tode zu quatschen? Oder würden Sie den Kampf aufnehmen?«

»Heben Sie sich diese Polemik für Ihre Hetzreden im Parlament auf!«, fuhr Ismael auf. »Hier kann ich darauf verzichten.«

»Sehen Sie, Anton, das ist genau Ihr Problem!« Michou zuckte mit den Achseln. »Sie wollen der Konfrontation unter allen Umständen aus dem Weg gehen. Schon damals, als sich abzeichnete, dass ich für Ihre Politik eine Gefahr darstellte, haben Sie mich aus dem Blickpunkt der Öffentlichkeit wegbefördert. Sie haben mir nach Beendigung meiner Laufbahn in der Generalität die Leitung der Legion Alter-X übertragen. Sie haben mich nach Gonda abgeschoben, in der Hoffnung, dass ich hier meine Spielwiese finden und Sie mit meiner Auffassung von Politik nicht mehr belästigen würde.«

»Zugegeben, das war eine meiner weniger guten Entscheidungen.« Ismael lächelte müde. »Nicht nur, dass ich Sie sträflich unterschätzt habe, ich gab Ihnen auch noch ein willfähriges Instrument in die Hand. Sie haben die Legion Alter-X in eine gut geölte Maschinerie verwandelt. Heutzutage stellt sie wohl eines der bedeutendsten Machtinstrumente auf Altera dar.«

»Ihre Anspielungen nerven, Anton! Selbstverständlich habe ich mich auf Gonda mit Leuten umgeben, die meiner Auffassung sind. Aber glauben Sie, dass ich irgendwen dazu hätte zwingen müssen? Nein! Scharenweise sind mir frustrierte Alteraner zugelaufen, wollten von mir Mittel in die Hand bekommen, um gegen die Maschinenteufel angehen zu können. Die Menschen suchen keine schönen Worte mehr, mit denen Sie noch vor wenigen Jahren haben punkten können. Sie wollen etwas tun, etwas gegen die Gefahr unternehmen!« Michou seufzte. »Heute nähern sich die Posbis dem Herzen unseres Reiches, dringen immer weiter in jene Gefilde vor, die wir als unser Kerngebiet ansehen. Von überallher erreichen uns Schreckensmeldungen. Flüchtlingskonvois bringen Nachricht von schrecklichen Gräueln, von unbarmherzigen Schlächtern, die auf jedes einzelne Lebewesen in Ambriador Hetzjagden veranstalten!« Michou redete sich in Rage. Seine Stimme wurde höher und schriller, ungeahnte Emotionen brachen aus dem Soldaten hervor.

Emotionen, die, wie Rhodan feststellte, nicht vorgetäuscht waren, sondern seinem Innersten entsprangen.

»Kommen Sie endlich aus Ihrem Schneckenhaus gekrochen, Anton!«, fuhr der Staatsmarschall fort. »Stellen Sie sich an meine Seite! Lassen wir die politischen Meinungsverschiedenheiten außer Acht und rufen wir den Kampfgeist, den Einfallsreichtum und den Widerstandswillen der Alteraner in all seinen Qualitäten ab!«

Anton Ismael schüttelte den Kopf. Seine teigigen Gesichtszüge drückten seine Angewidertheit aus. »*Ich* bin legitimierter Regierungschef, Laertes, nicht Sie! *Noch* gelten meine Entscheidungen. Und die sind unumstößlich: Wir wehren uns mit allen Mitteln gegen die Posbis, werden aber gleichzeitig versuchen, einen Dialog zu entwickeln. Die Maschinenwesen sind fehlgeleitet, das sieht man doch mit ausgeschaltetem Ortungsgerät! Einfach dreinzuhauen und alle Kapazitäten in ein sinnloses Wettrüsten zu stecken ... solch ein Verhalten kann nur in die Niederlage führen. Parallel zu unseren Abwehrmaßnahmen müssen wir das Warum und das Wie des Konflikts ergründen und eine vernünftige Lösung finden.«

»Sie sind entweder armselig feige oder ein hoffnungsloser Träumer!«, sagte Michou mit hasserfülltem Blick. »Und ich weiß nicht, welche Variante ich als die gefährlichere ansehen soll.«

»Und Sie sind ein Blender, ein Narr, ein Menschenverächter und Kriegshetzer. Wahrscheinlich sind Sie auf jeden einzelnen dieser Punkte auch noch stolz ...«

»Auszeit!« Rhodan streckte die Hände nach beiden Richtungen aus, brachte die beiden Politiker damit zum Schweigen. »An diesem Tisch haben Ideologie und politische Querelen wirklich nichts verloren. Reißen Sie sich also gefälligst zusammen!«

Seine harschen Worte zeigten augenblicklich Wirkung. Die beiden Staatsmänner entspannten sich, richteten ihre Augen auf ihn. Beide zeigten sich beeindruckt; sein Bonus als »wiedergeborener Messias« tat nun, da seine Identität zweifelsfrei feststand, endlich Wirkung.

»Ich kann Ihre brachialen Methoden, die ich am eigenen Leib spüren musste, keinesfalls gutheißen«, fuhr Rhodan an den Staatsmarschall gerichtet fort. »Aber ich will diese ... Episode so rasch wie möglich vergessen. Schließlich bin hier, um einen Auftrag zu erfüllen und Ihnen zu helfen. Mit all meiner Erfahrung und meinem Wissen. Dazu wünsche ich mir die Unterstützung beider politischer Lager. Sonst sehe ich, ehrlich gesagt, rabenschwarz.« Rhodan sah die beiden Männer nacheinander an, forderte mit Blicken ihre Entscheidung ein.

Anton Ismael hatte Charisma und war im besten Sinne des Wortes ein Mann des Volkes. Er vermittelte Ruhe und innere Ausgeglichenheit, aber auch Charme und ein gewisses Maß an Bauernschläue. Er war ein Typ Mensch, mit dem man gern in die nächste Taverne gehen wollte, um bei einem Gläschen Wein über Gott und die Welt zu diskutieren. Rhodan sah kein Falsch in seinen Augen. Er spürte, dass er sich auf den Regierungschef hundertprozentig verlassen konnte.

Der andere: ein Kommisskopf durch und durch. Ein Mann, der kein Weichen und Wanken kannte, der seine Ziele kompromisslos verfolgte und dabei zweifellos über ein gerütteltes Maß an Intelligenz als Rüstzeug verfügte.

Laertes Michou wägte ab. Er hatte sichtlich Schwierigkeiten, den unsterblichen Perry Rhodan in sein starres Denkraster einzuordnen und seinen Respekt vor ihm, einer mythisch beladenen Sagenfigur aus alten Zeiten, beiseite zu schieben.

»Einverstanden«, sagte er schließlich mit ungewohnt schleppend klingender

Stimme. »Definieren Sie die Rolle, die Sie im Imperium Altera einnehmen wollen.«

Aha, daher wehte also der Wind!

»Keine Sorge, ich bin weder befugt, noch habe ich die Absicht, Altera in die Liga Freier Terraner einzuverleiben. Es reicht, wenn Sie mich als Ihren ... Berater mit weitreichenden Vollmachten anerkennen.«

Michou lehnte sich aufatmend zurück. Der Staatsmarschall hatte tatsächlich angenommen, Rhodan würde auf irgendein statutarisches Recht pochen und das Imperium Altera sozusagen zur tributpflichtigen Provinz machen!

»Hätten Sie mir vor meiner Folterung besser zugehört«, fuhr der Unsterbliche fort, »wüssten Sie, dass die Spielregeln in der Galaxis heutzutage anders gewichtet sind als nach der Krise um die Meister der Insel.«

»Geben Sie uns einen Überblick über die Geschehnisse seit dem Jahr, da unsere Gründerväter in Ambriador landeten?« Unvermutet klang Sehnsucht in Michous sonst so nüchterner Stimme durch.

»Gern, allerdings vor einem größeren Forum und in einer netteren Umgebung. Mein Auftreten könnte wohl einiges bewirken. Aber gönnen Sie uns bitte ein paar Stunden Pause.« Plötzlich spürte er trotz der beruhigenden Impulse des Zellaktivators die Anstrengungen der Anreise, Landung und des ... Verhörs über sich hereinbrechen. Neben ihm verfolgte Mondra die Gespräche nur noch mit halbem Interesse. Sie kämpfte sichtlich gegen ihr Schlafverlangen an.

Die beiden mächtigsten Männer Alteras sahen sich an und fanden zu stillschweigendem Einverständnis.

»Morgen also«, sagte Anton Ismael. »Ich bereite zur Mittagszeit einen Empfang in der Administration von Neo-Tera vor. Das Kabinett, die höchstrangigen Staatsbeamten und Vertreter der wichtigsten Siedlerwelten werden geladen sein. Bis dahin bewahren alle Eingeweihten Stillschweigen; dafür sorge ich.« Energisch schob er das Kinn vor. Weg war dieser gemütliche Gesichtsausdruck, und das Antlitz einer Kämpfernatur trat zum Vorschein.

»Würden Sie dafür sorgen, dass wir unsere Schutzanzüge zurückerhalten?«, fragte Mondra. »Und könnte man auch unsere Begleiter freisetzen?«

»Ja zum Ersten«, sagte Laertes Michou, »und nein zum Zweiten.«

Anton Ismael nickte zustimmend. Die beiden Männer waren sich endlich einmal einig. Die Angst vor den Posbis hatte sich in der Tat tief in die Seelen der Alteraner gegraben.

»Noch immer kein Kontakt mit Startac?«, fragte Mondra zum wiederholten Mal. Mit bedauerndem Seufzer zog sie die seidene Freizeitwäsche aus, die man ihnen im isoliert gehaltenen letzten Stockwerk eines Luxushotels zur Verfügung gestellt hatte.

Perry tat es ihr gleich und schlüpfte ebenso in seine »Arbeitskleidung«, jenen terranischen Schutzanzug, dessen Kragen am Hals ein wenig scheuerte, dessen Inneres von vielerlei Gerüchen geprägt war und der mit all seinen Funktionen unentwegt ihre volle Aufmerksamkeit erheischte. »Nein. Unser Freund rührt sich nicht. Ich kann ihn auch nicht orten. Die Schutzschirme über der Stadt lassen anscheinend keinen Impuls durch. Ich möchte auch kein großes Tamtam daraus machen, zumindest vorerst nicht. Irgendwie haben wir auch eine Bringschuld. Immerhin haben wir verschwiegen, dass uns ein Teleporter begleitet.«

Mondra klappte routiniert die verstärkten Elastomer-Fassungen über ihre Brüste und schloss den Oberteil des Anzugs mit einer Hitzeversiegelung. »Glaubst du ernsthaft, dass Michou nichts von der Existenz Startacs weiß? Es muss Bildmaterial von dem Moment unserer Gefangennahme geben. Ich wette um eine Stunde Fußreflexzonen-Massage, dass der Staatsmarschall längst nach unserem Freund suchen lässt.«

»Ich wette nicht mehr mit dir. Das letzte Mal habe ich vor dreieinhalb Jahren gegen dich gewonnen.« Perry drehte die Beinschienen zurecht, passte sie geübt an den Rumpfteil an. Der Funktions-Check des Anzugs lief an. »Es ist ein Katz-und-Maus-Spiel. Der Staatsmarschall weiß, dass ich es weiß – und umgekehrt. Auch wenn er Startac suchen lässt, um mit ihm weitere dreckige Spielchen zu veranstalten … Er kennt dessen besondere Fähigkeiten nicht. Zudem verfügt Startac über ausreichend Erfahrung. Den setzt man nicht so leicht fest.«

»Glaubst du?« Mondra überprüfte vermittels Knopfdruck die Funktionstüchtigkeit ihres Rundhelms. Augenblicklich verformten sich durch einen extremen Hitzeschub Myriaden dünnster, im Helmwulst verborgener Glasfaserbänder zu einer nanodünnen Kugel, die sich den Umrissen ihres Kopfes anpasste und ihn umschloss. »Als wir ihn das letzte Mal sahen, wirkte er vom Transportvorgang ziemlich geschwächt.«

»Ich kenne ihn, ich vertraue ihm.« Perry schloss den Sicherheits-Check ab und aktivierte die wichtigsten Funktionen des Anzugs. Augenblicklich fiel die Last der mehr als 20 Kilogramm von ihm ab. »Es würde mich nicht wundern, wenn er sich bereits in unserer unmittelbaren Nähe befindet und die Lage sondiert.«

»Wir sind uns also einig, dass man Michou keinesfalls über den Weg trauen darf?« Auch Mondra war zufrieden. Die Glaskugel zerfiel im Kälteschock wiederum zu Nanofusseln und wurde von einer Saugfunktion zurück in den Halswulst befördert.

»Selbstverständlich. Der Bursche macht doch lediglich gute Miene zum bösen Spiel. Ich unterstelle ihm nicht einmal ehrenrührige Motive, sondern lediglich den Wunsch nach Macht. Er sieht sich schon als den starken Mann im alteranischen Imperium und leitet über die Legion Alter-X nach seinem Gutdünken eine

Schattenregierung. Wir tun gut daran, Anton Ismael so weit wie möglich zu unterstützen.«

»Altera ist immerhin eine Demokratie mit funktionierenden Mechanismen«, sagte Mondra. Mit unnachahmlich sanften, weichen Bewegungen schwebte sie förmlich über die flauschig weichen Teppiche des weitläufigen Appartements. »Wenn Laertes vom Volk die Macht übertragen bekommt, können wir nichts dagegen tun.«

»Selbstverständlich nicht. Die Parlamentswahl findet ohnehin erst im kommenden Frühjahr statt. Bis dahin will ich schon längst wieder zu Hause sein und mich ... äh ... mit anderen problematischen Kleinigkeiten beschäftigen. Zum Beispiel mit Hangay.«

»Vorerst befinden wir uns in Ambriador. Läppische fünf Komma drei Millionen Lichtjahre von deinem Schreibtisch entfernt. Also konzentrier dich gefälligst, damit wir möglichst rasch unser Rückflugticket lösen können.«

Perry Rhodan war es gewöhnt, öffentliche Auftritte vor großem Publikum zu absolvieren, doch noch immer plagte ihn Lampenfieber. Diesmal umso mehr, als die Blicke, die sich auf ihn richteten, von Ungläubigkeit, ja von Verärgerung geprägt waren.

»Das glaube ich einfach nicht ...«

»Was bildet Ismael sich ein! Uns derart hereinzulegen ...«

»Aber Michou steht an seiner Seite ...«

»Ist es schon so weit gekommen, dass man uns ein mieses Double vorsetzen muss, um uns bei Laune zu halten ...«

»Dabei sieht er Rhodan nicht einmal ähnlich, und ein miserabler Schauspieler scheint er auch noch zu sein. Seht nur, wie blass er ist ...«

Der Unsterbliche blies in das transparentgelb eingefärbte Akustikfeld vor seinem Gesicht. Das Geräusch wurde lautstark über den Plenarsaal des alteranischen Parlaments übertragen. Manche Menschen zuckten erschrocken zusammen, andere verzogen schmerzerfüllt die Gesichter.

»Mein Name ist Perry Rhodan«, sagte er schlicht. »Ich freue mich, auf Altera zu sein. Terra sendet durch mich Grüße. Ich bin hier, um verlorengegangenen Kindern der Erde Hilfe zu bringen und dafür zu sorgen, dass Altera nie wieder in Vergessenheit gerät.«

Schweigen.

Alle starrten sie ihn an. Jeder hielt den Atem an, wollte begreifen, was da vor sich ging.

Es war ein mystischer, Angst erregender Moment. Jener Augenblick, in dem sich letztendlich *alles* entschied.

»Ich bin kein Gott, der von seinem Sockel steigt«, fuhr Rhodan fort. »Ich bin auch kein Heiland, der in Momenten höchster Not die Lösung für alle Probleme bringt. Ich bin schlichtweg ein Terraner, dem es durch Zufall vergönnt ist, die Geschichte seines Volkes über einen sehr langen Zeitraum hinweg zu beobachten und in bescheidenem Ausmaß zu beeinflussen. Ich komme als Freund. Ich bitte euch, nehmt meine Freundschaft an.«

Neuerlich entstand eine Pause. Eine ältere Frau in Schwebstuhl begann zögernd zu klatschen. Die Alteraner um sie fielen ein, rissen andere mit, bis plötzlich der gesamte Saal mit mehreren hundert Menschen vor lauten, fast ekstatisch klingenden Jubelrufen hallte.

Rhodan unterdrückte das Zittern der Erleichterung. Er hatte auf die richtige Karte gesetzt. Keine Beweisführung anhand der in seinem Anzug gespeicherten Daten hätte die Alteraner überzeugen können, wenn er es nicht kraft seiner Persönlichkeit geschafft hätte. Sie vertrauten seinen Worten, glaubten an ihn.

Die Klimaanlage seines Anzugs hatte gehörig zu tun. Batterien mächtiger Scheinwerfer waren auf ihn gerichtet und erzeugten höllische Hitze, während er über Terra und die Entwicklungen seit dem Jahr 2409 berichtete und Holobilder aus dem Datenspeicher des Anzugs zeigte.

Von den Dolans und OLD MAN war die Rede, vom Schwarm und den Cynos. Die bewusst kurzgehaltene Erzählung über die schleichende Invasion der Laren wurde mit besonderem Interesse aufgenommen, ebenso die Worte über das Ende des Solaren Imperiums.

Die Kosmische Hanse. Die Endlose Armada. Die Gänger des Netzes. Seth-Apophis …

Persönliche Dinge wie der Tod vieler Weggefährten belasteten ihn über alle Maßen. Immer blasser wurden die Gesichter, als der Unsterbliche auf das Zwiebelschalenmodell, miteinander ringende Superintelligenzen, Kosmokraten und Chaotarchen zu sprechen kam. Erinnerungen an die abgeschottete Milchstraße und die Regentschaft der Cantaro wogten hoch. Die Verwirrung von ES, der Wechsel ins Arresum, die Brücke der Unendlichkeit, das Erste Thoregon.

Wie in Trance fuhr er fort, warf der völlig eingeschüchterten Menge weitere Brocken terranischer Geschichte zu. Ihm war, als unterliege er in diesen Minuten und Stunden einem ähnlichen Redezwang wie mitunter sein treuer Weggefährte Atlan.

Hatte er dies alles tatsächlich erlebt? Passten so viel Geschichte und so viele Geschichten in das Leben eines Einzelnen?

Rhodan endete.

Die Menge reagierte, wie er es erwartet – und befürchtet – hatte. Die Alteraner schwiegen, sahen ihn betreten an. Bei all den Entwicklungssprüngen, die die Menschheit während der vergangenen zweieinhalbtausend Jahre durchgemacht hatte, schienen die negativen Seiten, Schmerz und Leid zu überwiegen.

»Und dennoch geht jeden Tag über der Erde die Sonne auf«, fügte er schließlich zögernd hinzu. »Wir stehen auf, wir essen, wir arbeiten, wir leben. Wir lassen uns nicht unterkriegen. Wir kämpfen mit allen Mitteln gegen unsere Schwächen an. Denn der Terraner *ist* schwach. In Körper und auch Geist sind wir vielen Mitbewohnern, Begleitern und Freunden in der Milchstraße unterlegen.

Was macht uns also aus? Warum haben wir es geschafft, nicht unterzugehen, uns durchzuschwindeln, uns in all den Schlachten, die wir für andere schlagen mussten, nicht aufzureiben?« Rhodan lächelte. »Es sind die unbändige Willenskraft und eine nicht zu unterdrückende Neugierde. Nicht mehr und nicht weniger.« Er setzte eine weitere Pause, ließ die Worte einwirken. »Alteraner sind Menschen. Sie haben unter schwierigsten Bedingungen den Kampf gegen ihre eigenen Schwächen aufgenommen. Gegen jeglichen Widerstand habt ihr auf diesem Planeten überlebt und euch erneut im All ausgebreitet. Stets neugierig, was sich hinter dem nächsten Baum, dem nächsten Berg, der nächsten Sonne befindet – und bereit, die Konsequenzen eures Tuns zu akzeptieren.« Er hob beschwörend die Arme. »Die Zeiten sind hart. Aber Altera wird nicht fallen! Und ich werde an eurer Seite bleiben, bis das Problem mit den Posbis gelöst ist.«

Er drehte sich um, ging ab, verschwand hinter einem undurchsichtigen Energievorhang.

Tosender Applaus folgte ihm.

»Du warst sehr pathetisch«, sagte Mondra. »Das bin ich von dir gar nicht gewöhnt.«

Perry wischte sich imaginären Schweiß von der Stirn. Das Gebläse des Schutzanzugs funktionierte zwar einwandfrei, doch es tat ihm gut, sich selbst zu *fühlen.* »Ich gab den Alteranern, was sie hören wollten«, rechtfertigte er sich.

»Deine letzten Worte klangen reichlich martialisch«, hakte sie nach. »Man könnte sie auch so interpretieren, dass du zu vermehrtem Widerstand gegen die Posbis aufrufst.«

»Könnte man.« Er gähnte und reckte sich, eine Reaktion auf die Anstrengung seiner Ansprache. »Wir wissen nach wie vor viel zu wenig über die Kulturgeschichte der Alteraner. Wenn wir allerdings Laertes Michou als Beispiel nehmen, verlangt man nach starken Führerfiguren, die einem den Weg weisen. Also blieb ich vage und sagte Worte, die man in alle Richtungen interpretieren kann.«

»Und wie soll es nun weitergehen?« Mondra wischte sich eine widerspenstige Haarsträhne aus dem Gesicht.

Rhodan spannte die Backenknochen an. »Erstens sorgen wir dafür, dass die Posbis und Mauerblum endlich freikommen. Zweitens kümmern wir uns um Startac. Drittens bemühen wir uns um historisches Material über Altera. Viertens will ich an die Front. Meine Rede über ›Die Lage des Imperiums‹ habe ich geschwungen; jetzt will ich handeln.«

Dreißig Chronik der Familie Donning: Verbündete Feinde

»… und bewahre uns vor dem Bösen, Amen!«

Ich schlug das Kreuz, gedachte in einer weiteren gemurmelten Litanei all der Opfer der vergangenen Wochen und schloss den Gottesdienst.

Die Menschen verließen das Gebetshaus. Sie alle wirkten müde und erschöpft, von den Anstrengungen des täglichen Kampfes gegen die Unbilden der Zeit gezeichnet.

Ich faltete meinen von buddhistischen Stickereien bedeckten Talar und den Tullit zusammen und packte sie gemeinsam mit den übrigen Insignien beiseite.

Wusste die Regierung denn, was sie anrichtete, indem sie derartigen Druck auf die Alteraner ausübte?

Das Raumfahrtprogramm unter dem bezeichnenden Namen »Ikarus« war vor einem knappen Jahrzehnt lanciert worden. Eine Propaganda-Maschinerie, wie sie der Planet noch niemals erlebt hatte, fuhr seitdem über die Alteraner hinweg, bearbeitete sie, zwang sie in ein exzessiv leistungsorientiertes, entmenschlichtes Gesellschaftssystem.

»Zu den Sternen!«, leuchtete es von schwebenden Werbeflächen, die jederzeit und über allen menschlichen Ansiedlungen des Planeten präsent waren. »Bewerben Sie sich bei Ikarus!«, schrien die Sprecher der verstaatlichten Radio- und Trividsender in Zehn-Minuten-Abständen über den Äther. »Jetzt zeichnen! Raum-Aktienkurse heben ab!«, verkündeten die auflagenstärksten Tagesblätter wenig subtil.

Wozu, fragte ich mich immer wieder, wozu dieses große Geschrei um neue Technologien, die unter größten Mühen entwickelt werden mussten? Tausende Tote pflasterten bereits den langen Weg ins Weltall. Dutzende Raumschiffe primitiver Bauart waren beim Start oder danach verglüht; Wissen, das man aus uralten Skripten gezogen hatte und noch von Terra herstammte, erwies sich als grundlegend falsch. Viele technische Grundlagen musste man aufgrund der besonderen Bedingungen in unserer Heimat neu entwickeln. Nur wenig funktionierte so, wie man es sich erhoffte. Und alle Rückschläge, die alteraweit erlitten wurden, gingen zu Lasten jener Menschen, die sich von bunten Schlagzeilen und bombastischen Versprechungen blenden ließen.

Andererseits war der Zustrom in den Bethäusern noch nie so groß gewesen wie in den letzten Monaten. In ihrer Verzweiflung suchten viele Schäfchen nach einem Hirten oder nach Trost, der in den philosophischen Schriften eines Konfuzius zu finden war. Die Ökumene, der ich als einer ihrer Großen Freipriester vorstand, sah in der gesamtgesellschaftlichen Entwicklung auf Altera auch durchaus Chancen.

»Gottkünder Alexis Donning?«

»Ja?« Ich drehte mich um – und zuckte zusammen.

Da stand einer der Büttel der planetenumfassenden Zentralregierung, leicht erkennbar an seiner lindgrünen Uniform, die von elf Streifen über der Brust gekreuzt wurde. Und damit man ja nicht auf die Idee kam, jemand anderen als einen »Anwerber« vor sich zu haben, trug er trotz der abgedunkelten Bethalle eine grün verspiegelte Sonnenbrille.

»Man will mit Ihnen sprechen!«, sagte er. Seine Stimme hatte diesen unmissverständlichen Befehlston, der auf den Straßen immer häufiger zu hören war. »Im Innenministerium ist man über Ihre … Arbeit unzufrieden.«

»Dies ist ein Haus des Glaubens!«, rief ich mit einer Mischung aus Zorn und – berechtigter – Angst. »Senk die Stimme und nimm gefälligst Hut sowie Brille ab.«

Der Anwerber wirkte irritiert. Widerrede war er offensichtlich nicht gewöhnt. Doch er gehorchte.

Plötzlich wirkte er kleiner und unbedeutender. Der modische Spitzhut hatte einen Kahlkopf verdeckt, der von einem Halbkranz blonder, dünner Haare eingefasst war. Die von tiefen Falten eingekränzte Augenpartie hingegen offenbarte Schwäche. Der Büttel wich meinen Blicken beständig aus.

»Was willst du also, Sohn?«, fragte ich ein wenig beruhigt.

»Man … will Ihnen ein Angebot unterbreiten. Sie sollen mit mir kommen.«

»Bitte.«

»Wie?«

»Die Gesetze der Höflichkeit gelten auch für dich. Ich bin gern bereit mitzukommen, wenn du mich in aller Form darum ersuchst.«

Er schwieg lange, setzte mehrmals zum Sprechen an, flüsterte schließlich: »Würden Sie mich bitte begleiten, Gottkünder?«

»Mit dem größten Vergnügen«, antwortete ich.

Ich stand Qui Weixang gegenüber, einem der mächtigen, von düsteren Geheimnissen umgebenen Sektionsräte der alteranischen Regierung. Er galt als einer der Initiatoren des Weltraumprogramms – und als jener Mann, der es als *Rekrutierungsleiter* mit brachialer Gewalt forcierte.

»Sie behindern unsere Arbeit«, sagte er statt einer Begrüßung.

»Ich verstehe nicht«, antwortete ich, obwohl ich ganz genau wusste, worauf er hinauswollte.

»Stellen Sie sich nicht dümmer an, als Sie sind.« Er stand auf, kam näher, fixierte mich mit Blicken. »Die Bethäuser der Geordneten Kirchen stehen uns im Weg.«

Weixang war ein Mann von größeren Qualitäten als sein Laufbursche. Getriebenheit, intellektuelle Kühle und ungeheures Selbstbewusstsein waren aus Physiognomie und Gestik abzulesen.

»Die Religionen halten sich seit Jahrtausenden aus dem politischen Tagesgeschehen heraus.« Die Lüge kam mir glatt über die Zunge. »Die Dienste, die wir unseren Schäfchen anbieten, betreffen andere Bereiche des Menschseins.«

»Blödsinn, Mann!« Seine Worte wirkten schmerzlich intensiv wie Peitschenschläge, während sich der Gesichtsausdruck nicht änderte. »Wir haben Sie und viele Ihrer Kollegen beobachten lassen. Sie werfen uns Stöcke zwischen die Beine. Zugegebenermaßen gehen Sie geschickt und subtil vor, und dennoch äußerst wirksam.«

»Ich verstehe noch immer nicht, worauf Sie hinauswollen. Wir tun unsere Arbeit und schenken den Alteranern jene Aufmerksamkeit und jenes Verständnis, das ihnen anderswo entzogen wird. Als konfessioneller Freipriester für alle anerkannten Religionen gebe ich den Menschen den Trost ihres Gottes oder philosophiere mit ihnen nach taoistischen oder laoistischen Maßstäben. Würde der Staat seine Hausaufgaben besser erledigen, wären meine Dienste nicht so sehr begehrt.«

»Allein für diese subversiven Worte, die gegen den alteranischen Staat gerichtet sind, könnte ich Sie für eine halbe Ewigkeit nach Gonda versetzen lassen.«

»Wollen Sie das denn?« Ich bemühte mich um ruhige Atmung und eine selbstbewusste Haltung. Jene Tricks und Schliche, die ich am Freipriesterseminar gelernt hatte, kamen nunmehr zur Anwendung. Qui Weixang durfte keinesfalls bemerken, dass die Freien Kirchen – und ich als deren »Speerspitze« – seit langer Zeit auf diesen einen Moment hingearbeitet hatten.

Plötzlich lachte mein Gegenüber. Kurz, abgehackt und keineswegs glaubwürdig. »Die Rolle als Unschuldslamm steht Ihnen schlecht, Freipriester! Wir beide wissen doch, was gespielt wird.« Gelassen rückte er den Sitz seines einfach geschnittenen Anzugs zurecht. »Nach all den Jahrzehnten überbordender Freiheit, sexueller Befreiung, uneingeschränkten Konsumverhaltens und wachsender Orientierungslosigkeit schlägt das Pendel nun in die entgegengesetzte Richtung aus. Wollen Sie etwas trinken, Mann der Kirchen?«

»Einen Schluck Wasser, bitte.« Seine Versuche, mich durch rasche Themenwechsel zu irritieren, kamen plump. Problemlos hielt ich meine Konzentration.

Er schenkte mir aus einer marmornen Karaffe ein. »Also gut, spielen wir mit offenen Karten.«

»Ich dachte, dass wir das ohnehin tun?« Ich gab mir den Anschein der Verwunderung.

Weixang verzog unwillig das Gesicht. »Sie wissen, *was* ich meine – und *wie* ich es meine.«

Ich tat so, als müsste ich einen Moment nachdenken. »Einverstanden.«

»Gut.« Der Politiker, der im Verdacht stand, einer jahrhundertealten Han-Sekte anzugehören, machte es sich hinter seinem Schreibtisch bequem und faltete die Hände. »Unsere Demografen und Sozialforscher haben diese Entwicklung vorhergesehen. All diese Zügellosigkeit musste einmal ein Ende haben. Meine Vorgänger haben sich als ausreichend weise erwiesen, die Zügel schleifen zu lassen – um sie im richtigen Moment wieder anzuziehen. Die strenge Hand, nach der sich das Volk sehnte, wurde ihm geboten. Wir verordneten den Alteranern ein definiertes Zielprogramm, dem eine atemberaubende Vision zugrunde liegt. Die Rückkehr in den Weltraum schafft ein Gefühl der Aufregung und der Sensation, dem sich kaum ein Mensch entziehen kann. Dieses Manöver hat in den letzten Jahren zu unserer größten Zufriedenheit gewirkt …«

»… und einer straffen, militärisch strukturierten Führungselite Vorschub geleistet«, vollendete ich.

»So ist es.« Qui Weixang bestätigte meine Worte nüchtern und ohne schlechtes Gewissen. »Leider sind wir trotz aller Vorsicht über unser Ziel hinausgeschossen. Wir haben die Leidensbereitschaft des Volkes sichtlich überschätzt.« Er sah mich wieder direkt an. »Womit wir bei den Freien Kirchen und den Freipriestern angelangt wären. Bei Ihnen, einem der profiliertesten Männern des Glaubens. Sie nennen sich wahlweise Scherif, Yogi, Bischof, Swami, Panchen Rinpoche oder Großrabbiner. Subversive Provokation ist jenes Gebiet, auf dem sie sich zu Hause fühlen. Sie eröffnen den Alteranern Fluchtwege und erstellen Modelle, die unseren Vorstellungen entgegenlaufen. Auch wenn die Freien Kirchen es niemals aussprechen würden: Ihr … Verein behindert uns!«

»Wir beharken lediglich jene Wiese, die Sie unbeackert lassen.«

»Und bringen damit die alteranische Regierung in eine unmögliche Situation! Verdachtsmomente werden laut, das Weltraumprogramm sei doch nicht das Gelbe vom Ei. Eine sogenannte Freie Presse etabliert sich.« Er drückte mir einen Packen dicht beschriebener Schreibfolien in die Hand. »Das hier ist Ihr Werk, Donning! Intellektuellenzirkel. Streikversammlungen. Gewerkschaften. Arbeitsverweigerung. Passiver Ungehorsam.« Er spuckte die Worte mit sichtlicher Verachtung aus.

»*Das alles* wollen Sie Mutter und Vater Kirche anlasten?«

»Nein. Nur deren Vertreter, die, wie ich insgeheim vermute, besondere Ziele verfolgen.«

»Sie werfen uns vor, eigene Interessen über jene des alteranischen Volkes zu stellen?«

»Genau.«

Ich schwieg, drehte mich um und betrachtete die nackten Wände des einfachen, schmucklosen Büros. Ein paar Sekunden benötigte ich, um mir die richtigen Worte zurechtzulegen.

»Na schön, Qui Weixang«, sagte ich dann, »Sie haben Recht. Uns stört selbstverständlich, wie Sie mit den Alteranern umgehen. Das Leid der Menschen lässt uns nicht unberührt. Und dennoch sehen die Freien Kirchen auch eine große Chance …«

Der Beamte unterbrach mich. »Also darf ich Ihre derzeitige Arbeit als Kampfansage an den Staat sehen?«

»Keineswegs, Rekrutierungsleiter!« Ich lächelte. »Es ist ein *Angebot*, das mit dem notwendigen Nachdruck vermittelt wird.«

»Sie und Ihre schönen, verklausulierten Worte!« Verächtlich blies er Luft aus. »Die Freien Kirchen wollen einen Anteil an der Macht. Unser Staat, der, von breiten Bevölkerungsschichten unbemerkt, umfassender Änderungen unterzogen wird, soll sich die Beute mit religiösen Führern teilen?«

»Wie definieren Sie ›Beute‹?« Nun, da die Katze aus dem Sack war und es in den Verhandlungen nur noch um eine Art Verteilungsschlüssel ging, machte es durchaus Spaß, den Mann ein wenig zu reizen.

»Macht, die über Jahrhunderte hinweg einzementiert und halten wird«, gab er kühl zur Antwort. »Strukturen, die die Essenz unserer Analyse der alteranischen und terranischen Geschichte berücksichtigen werden. Eine Vision, die dem Menschen den Weg ins All ebnen soll – und in ihm gleichzeitig den Glauben an eine allumfassende Staatskraft aufrechterhält. Seit zehn Jahren arbeiten wir darauf hin. Irgendwann werden sich die ersten Raumschiffe erheben, das alteranische System erforschen und sich tiefer in unsere heimatliche Galaxis Ambriador wagen. Das ist so sicher wie das Amen im Gebet, wie Sie wohl sagen würden. Die alteranische Regierung wird die eigene Großartigkeit feiern und sich selbst über den grünen Klee loben – und weitere Ziele abstecken, neue Forderungen stellen. Der Mensch darf keine Ruhepause bekommen, niemals die Zeit erhalten, um über Vernunft und Unsinnigkeit dieses Wegs nachzudenken.«

»Die Kirchen hätten die Möglichkeiten, frei fliegende Gedanken des einfachen Volks möglichst … einzuschränken.«, sagte ich bescheiden. Ich wusste, dass wir am Ziel unserer Wünsche waren. »Der Staat bekommt den Menschen, wir erhalten deren Seelen. Habe ich das richtig verstanden?«

»Jawohl.« Qui Weixang entblößte ein makelloses Gebiss und grinste mich an. »Wir würden uns geehrt fühlen, mit Ihnen zusammenarbeiten zu dürfen.« Er verbeugte sich knapp.

»Die Freude ist ganz auf unserer Seite. Streiks, Diskussionsrunden, passiver Widerstand und so weiter sind somit Geschichte. Die Freien Kirchen stellen sich ab nun an die Seite der Regierung und erhoffen sich eine gedeihliche, reibungslose Zusammenarbeit.«

»Einverstanden.« Er verabschiedete mich mit einem widerlich weichen Händedruck. »Unsere Fachgremien und Ihr zweifellos hervorragend vorbereitetes Verhandlungsteam sollten sich in den nächsten Tagen zusammensetzen, um erste Schritte dieser … Synergiearbeit zu besprechen.«

Ich nickte ihm zu, deutete eine knappe Verbeugung an, drehte mich um und öffnete die einzige Tür seines Büros.

»Eine Frage noch!«, rief mir Qui Weixang hinterher.

»Bitte?«

»Inwieweit ist unser … Deal mit Ihrem Seelenheil vereinbar?« Er grinste mich spöttisch an, wollte wohl, dass ich mich irgendwie schlecht fühlte.

»Ich bin Priester, Rabbi, Imam und Lebensberater in jeglicher Hinsicht«, gab ich wahrheitsgemäß zur Antwort. »Es erfordert enorme Kraft und Wille, diese Funktionen in ihrer Gesamtheit erfassen und ausfüllen zu können. Doch bis man es endlich einmal geschafft hat, so können Sie mir glauben, ist einem jeglicher Glaube längst abhandengekommen.«

Einunddreißig
Perry Rhodan: Ein Höflichkeitsbesuch

»Du wirkst so nachdenklich«, sagte Mondra.

»Ich musste an den ganzen Schreibkram denken, der sich bei uns zu Hause anhäuft.«

»Wie kann man mit so wenig Talent zur Lüge derart alt werden?« Verschmitzt lächelte sie ihn an. »Was ist los?«

»Würden meine Gegner mich nur halb so gut kennen wie du, wäre ich von der ersten Minute an verloren gewesen«, wich er aus.

Er wollte nicht darüber sprechen, was ihn beschäftigte. Visionen eines zusammenhängenden Bildes, die ihn quälten. Nur ungern dachte er daran. Im Lauf der letzten Jahrzehnte und all der Erkenntnisse, die der Terraner während dieser Zeitspanne gewonnen hatte, war es ihm fast zuwider geworden, die Größe der drohenden Ereignisse zu akzeptieren.

Hatte Lotho Keraete sie *nur* hierher geschickt, damit Rhodan eine Kriegssituation aufklärte und beseitigte? Sicher, die existenzielle Gefahr durch die Posbis war offenbar, die Laren verkomplizierten die Lage. Reichte das nicht aus? Doch Rhodan kannte ES viel zu gut. In die Niederungen herkömmlichen Lebens begaben sich die höheren Entitäten nur selten. Schließlich bestimmten sie über eine Vielzahl an Figuren, die sie beliebig über ein kosmisches Schachbrett verschoben. Was der Bauer tat, hatte Auswirkungen auf das Stellungsspiel des Springers oder die Dame, und umgekehrt.

Rhodan wurde den Verdacht nicht los, dass auch bei diesem Auftrag, den er enthalten hatte, die entstehende Negasphäre in Hangay eine Rolle spielte, ein Gebilde, in dem Chaos herrschte, die Gesetze von Raum und Zeit keine Gültigkeit mehr hatten. Sie galt nach allgemeingültiger Definition zumindest bei den Terranern als *das* schicksalsträchtige Ereignis, zu dem sich alles hinentwickelte.

Anfänglich waren da Andeutungen gewesen, Hinweise und Warnungen. Dann kleine Zeichen, zufällige Begegnungen und Vorahnungen Beteiligter. Und nun … ja, was nun? Wann würde der große Schlag erfolgen? Der Hieb in die Magengrube, den eine geschwächte Menschheit verkraften und kontern musste?

In den seltensten Fällen galaktischer Geschichtsschreibung war es um die Terraner selbst gegangen. Aber sie hatten so oft im Weg gestanden, dass Rhodan nicht mehr an Zufälle glaubte. Die Negasphäre in Hangay war möglicherweise ein weiteres Streiflicht auf dem Weg zur Erfüllung ihres kosmischen Schicksals – oder aber die Endstation. Nichts und niemand würde ihm Antworten geben. Er, der Unsterbliche, musste erst einmal die richtigen Fragen definieren, um die Situation richtig beurteilen zu können.

Er schwieg, und Mondra spürte, dass er nichts dazu sagen würde.

»Gehen wir!« Sie zog den Unsterblichen mit sich. »Der Weg zu Anton Ismaels Büro ist ausreichend weit. Ich möchte währenddessen darüber grübeln, ob du mich beleidigen oder mir schmeicheln wolltest.«

»Ausgeschlossen!«, sagte der Regierungschef. Er wirkte nervös und ungeduldig. »Wir werden die Posbis unter keinen Umständen freilassen.«

»Aber …«

»Es gibt keinen Einwand, den ich gelten lasse!« Ismael ließ Rhodan nicht einmal zu Wort kommen. »Vielleicht könnte ich mich persönlich mit der Existenz eines … befreundeten Maschinenwesens in unserer Stadt abfinden. Aber die Wirkung auf die breite Öffentlichkeit wäre schrecklich. Das Thema ›Künstliche Intelligenz‹ unterliegt einer Belastung, die Sie sich nicht vorstellen können. Es ist nicht nur ihre Existenz schlechthin, auch nicht ihr Aussehen, ihre Skrupellosigkeit oder all das Blut, das sie vergossen haben. Die Angst vor den Posbis hat längst das Leben der Alteraner in all seinen Facetten durchdrungen. Heutzutage unterliegen wir beschämenden Einschränkungen, trauen uns kaum noch, Gleiter, automatisierte Küchengeräte oder Trivid-Geräte zu benutzen. Immer haben wir die Angst im Hinterkopf, uns den weitläufigen ›Verwandten‹ der Maschinenwesen auszuliefern. Führende psychiatrische Kliniken bieten vermehrt Kurse gegen Kyberphobie an, um hysterischen Alteranern die Angst vor ihrem Haushalt zu nehmen. Schutzmaßnahmen gegen Virenprogramme und Schutzschirmtechnologien nehmen heutzutage mehr als dreißig Prozent unseres Budgets in Anspruch. Von vielen Forschungsteilbereichen müssen wir die Finger lassen, weil die Entwicklungsstrukturen zu komplex werden und weitere potenzielle Gefahrenherde bei Begegnungen mit den Posbis darstellen. Können Sie sich die Dimensionen all dieser Dinge vorstellen?«

»Ich versuche es«, antwortete Rhodan nachdenklich.

»Können Sie uns wenigstens garantieren, dass Nano, Drover und Mauerblum im Festwerk in Ruhe gelassen werden?« Mondra legte den Kopf bedächtig zur Seite. »Ihr Staatsmarschall hätte sicherlich großes Interesse daran, an die Speicher und Rechner unserer Begleiter zu kommen. Und das dürfen wir unter keinen Umständen gestatten. Die beiden Posbis und der Matten-Willy genießen in der heimatlichen Milchstraße einen ganz anderen Status als hierzulande. Wenn Sie so wollen, kann man die drei als außeralteranische Diplomaten ansehen.«

»Ich werde sehen, was sich machen lässt.« Ismael nickte knapp. »Michou hat noch lange nicht die Macht und Kompetenz, meine Anweisungen zu umgehen. Auch wenn es in mancher Hinsicht erbärmlich um Altera bestellt ist, leben wir noch immer in einer Demokratie.«

»Vielleicht könnten wir die Posbis besuchen?«, hakte Rhodan nach. »Ich muss einiges mit ihnen besprechen.«

»Besprechen?« Der Regierungschef riss die Augen weit auf. »Aber es handelt sich doch um Maschinenteu…« Er verstummte, schüttelte, um Verzeihung bittend, das Gesicht. »Um ehrlich zu sein, möchte ich Sie bitten, mich auf einer kleinen Reise zu begleiten, zu der ich so rasch wie möglich aufbrechen möchte.«

»Wohin? Auf einen anderen Kontinent?« Rhodan lächelte müde. »Ich hätte gute Lust, Altera näher kennenzulernen, aber mich juckt es zwischen den Zehen. Das ist ein untrügliches Zeichen dafür, dass mir die Decke auf den Kopf fällt.«

»Das freut mich zu hören.« Ismael atmete tief durch. Seine Stimme verlor an Kraft, während er fortfuhr: »Denn ich wollte an die Front reisen, um nach dem Rechten zu sehen. Ins Kanton-System. Die Posbis fliegen derzeit ihre Attacken gegen Fort Kanton, einen der strategisch wichtigsten Planeten des Imperium Altera.«

Mondra und Rhodan sahen sich erschrocken an.

»Vor wenigen Minuten erst habe ich die Funknachricht über den Angriff bekommen. Ich möchte Ihnen gern mehr über die Bedeutung Fort Kantons erzählen, aber wir sollten das unterwegs tun. Die Zeit drängt.«

»Einverstanden.« Da gab es nicht viel zu überlegen für Rhodan. So zynisch es angesichts von Tod, Schlacht und Kriegsgeschehen auch klingen mochte, für ihn galt, sich möglichst vor Ort einen persönlichen Eindruck von den ambriadoranischen Posbis zu machen. Vielsagend sah er Mondra an.

»Du solltest nicht einmal daran denken, mich hier zurückzulassen, damit ich mich um Startacs Schicksal kümmere!« Stocksteif stand die ehemalige TLD-Agentin da, atmete ruhig und beherrscht. »Das wird kein Solo-Abenteuer eines gelangweilten Terranischen Residenten. Du wirst dich damit abfinden müssen, dass dein Kindermädchen dich begleitet.«

»Das habe ich befürchtet.« Rhodan lächelte.

»Wer zum Teufel ist dieser Startac?« Ismael wirkte verärgert darüber, aus dem Gespräch ausgeschlossen worden zu sein.

»Warum wundert es mich nicht, dass Ihnen der Name Startac Schroeder unbekannt ist?« Der Unsterbliche wandte sich dem alteranischen Regierungschef zu. »Offensichtlich hat Ihnen Ihr Stellvertreter ein paar Informationen verschwiegen, die er unzweifelhaft besitzt. Was mich umso mehr davon überzeugt, dass Michou nicht zu vertrauen ist.« Mit wenigen Worten erzählte er Ismael von dem als vermisst geltenden Teleporter.

»Und Sie haben es nicht der Mühe wert gefunden, mich bereits früher von Ihrem Begleiter zu informieren?« Das Gesicht des Regierungschefs lief rot an. »Bei allem Respekt, das ist ein eindeutiger Vertrauensbruch.«

»Versetzen Sie sich in unsere Situation, Ismael.« Mondra übernahm es, ihr Gegenüber zu besänftigen. »Wir wussten nicht, was uns auf Altera erwartet. Die Gefangenschaft im Festwerk auf Gonda hat nicht gerade dazu beigetragen, dass wir uns unter Freunden fühlten. Also dachten sowohl Perry als auch ich, dass es wohl besser wäre, noch einen Pfeil im Köcher zu haben.«

»Mittlerweile machen wir uns allerdings Sorgen um unseren Freund«, ergänzte der Unsterbliche.

»Sie verdächtigen den Staatsmarschall, eine kleine Schweinerei mit Ihrem Begleiter vorzuhaben?«

»Ein Mutant, der noch dazu über die Erfahrung von fünfzig Jahren im Dienst der terranischen Regierung besitzt, ist ein verlockendes Ziel für einen Mann wie Michou. Warum sollte er bei Startac anders reagieren als bei uns?«

»Nun gut.« Ismael seufzte. »Dann werden wir seine Existenz unseren Einsatzkräften gegenüber bekanntgeben und nach ihm suchen lassen. Der Befehl wird an die Legion Alter-X ergehen. Mal sehen, wie mein hochverehrter Stellvertreter darauf reagiert. Aber nun bitte ich Sie, mich zu begleiten. Unser Schiff wartet bereits. Ich kann diese Angelegenheit auch während des Transfers koordinieren.«

Auf ein Signal hin öffnete sich eine getarnte Tür im schlicht gehaltenen Büro des alteranischen Regierungschefs. Zwei Ordonnanzen, groß, muskulös und schweigsam, nahmen sie in Empfang und geleiteten sie in raschem Stechschritt durch schmale Gänge und über einen unscheinbaren Aufzug aus dem obersten Stockwerk der Administration hinab in den unterirdischen Teil des Gebäudes. Ein Gefährt, das Rhodan mit einem »Rohrgeschoss« assoziierte, setzte sich in Bewegung, als sie die Glastüre hinter sich geschlossen und in engen Sitzen Platz genommen hatten. Die Reise führte durch einen Tunnel aus grob behauenem Mauerwerk. Schlieren und Streifen von vereinzelten Lichtern zogen mit rasender Geschwindigkeit an ihnen vorbei. Das Tempo war dank des Einsatzes von Prallfeldern nicht zu spüren, wirkte aber dennoch Angst erregend, selbst für einen Perry Rhodan.

Anton Ismael hingegen schien den Hochgeschwindigkeitstransport gewöhnt zu sein. Über eine dünne Hör-/ Sprecheinheit, die er sich mit erschreckender Brutalität in Hals und Ohren rammte, kommunizierte er während der Reise mit Mitarbeitern.

»Leider nichts«, sagte er, nachdem sie dem Rohrgeschoss entstiegen. »Michou schwört Stein und Bein, dass er von diesem Startac Schroeder noch nie etwas gehört und ihn demnach auch nicht in seinem Gewahrsam hat. Auch sonst gibt es kein Lebenszeichen von Ihrem Begleiter. Die Legion Alter-X ist jedenfalls angehalten, nach ihm zu suchen und ihn als Verbündeten zu behandeln.«

»Ist es ratsam, mit der Suchaktion ausgerechnet die Hausmacht Ihres Intimfeindes zu betrauen?«

Ismael lächelte bitter. »Wem auch immer ich diese Aufgabe übertrüge, Laertes bekäme davon Wind. Also ist es nur vernünftig, ihm die Sache offiziell zu übertragen. Zumal die Agenten der Legion die besten auf ihrem Gebiet sind. Außerdem sind wir übereingekommen, Ihre gestrige Rede heute über alle Nachrichtenkanäle verlautbaren zu lassen. Ich kann mir vorstellen, dass ein Ruck durch die Alteraner geht, wenn man Sie sprechen hört. Sie waren wirklich beeindruckend.«

»Danke sehr.«

Sie schwiegen lange, während sie auf einem Fließband dahinglitten, das in einer sanften Kurve durchs Gestein aufwärts führte. »Ich beneide Sie nicht um Ihre Position«, sagte Rhodan schließlich.

»Ich habe gehört, dass Sie es auch nicht immer leicht hatten«, erwiderte Ismael. Er zeigte ein strahlendes Lächeln, das nicht zu diesem ernsthaften Gesprächsthema passte. »Aber haben Sie jemals aufgegeben?«

Zweiunddreißig
Startac Schroeder: Kurzes Erwachen

Die Paralyse ließ allmählich nach, und irgendwie hatte er das Gefühl, dass der Prozess des körperlichen Erwachens mit Absicht in die Länge gezogen wurde, als wolle man ihn durch eine zusätzliche Dosis Schmerz weiter schwächen.

»Ich habe Ihretwegen gelogen«, sagte eine unangenehm schneidende Stimme, deren Besitzer sich unablässig von links nach rechts bewegte.

Startac hielt die Augenlider, die sich trocken und seltsam schwer anfühlten, vorerst geschlossen.

»Ich habe mich über Konventionen hinweggesetzt, an die ich mich bislang stets gehalten habe.« Erneut marschierte der Kerl, den Schroeder *ungesehen* hasste, von einer zur anderen Seite. »Ich tat es, weil ich der Überzeugung bin, dass Sie das Risiko wert sind.«

Eine Pause folgte, während der sich der Mutant bemühte, möglichst ruhig und regelmäßig zu atmen. Der andere sollte ruhig glauben, dass er die Wirkung der Paralyse noch nicht überwunden hatte.

»Sparen Sie sich die Scharade, Startac Schroeder. Wir wissen längst, dass Sie wach sind.«

Nun gut, er musste sich der Wirklichkeit stellen. Trotz der Klebrigkeit und des Juckreizes in den verkrusteten Winkeln öffnete er die Augen.

Gleißendes Licht brach über ihn herein. Eine verschwommene Gestalt, grau in grau, huschte an ihm vorbei. »Machen Sie sich keine Sorgen«, sagte der Mann, »Sie werden bald wieder ausgezeichnet sehen. Man hat Ihnen nach Einsetzen der Wirkung der Paralyse die Augen zu spät geschlossen. Wir mussten mit einem Spray dafür sorgen, dass Ihre Netzhaut keine bleibenden Schäden zurückbehält.«

»…rrr sind Sie?« Diese Stimme, krächzend und knarrend wie eine abgetretene Holzbohle, war seine eigene.

»Das tut momentan nichts zur Sache. Viel wichtiger ist die Frage, wer *Sie* sind – und was Sie für mich tun werden.«

»…chch verstehe nicht.«

»Das habe ich auch nicht erwartet. Ich habe keine Lust, Sie mit Details über Ihre Gefangennahme und über die besonderen Umstände zu verwöhnen, unter denen ich Sie hierher bringen ließ.« Der Soldat, dessen hageres Gesicht Startac immer deutlicher sehen konnte, atmete tief durch. »Ich werde Ihnen sagen, was ich von Ihnen verlange. Sie sind ein sogenannter Mutant. Ein Teleporter, wie ich feststellen durfte. Mit dieser Fähigkeit können Sie sich rühmen, ein einzigartiges Talent auf Altera zu besitzen. Nie zuvor in unserer Geschichte wurde eine derartige Psi-Fähigkeit an einem Menschen in Ambriador festgestellt. Ich habe den Wunsch, dieses Talent für meine Zwecke zu nutzen.«

»...ächcherlich!«

»Mein Geduldsfaden, bekanntermaßen kurz und nicht besonders strapazierfähig, wurde in den letzten Stunden und Tagen mehrmals bis aufs Äußerste gespannt. Ihr Begleiter Perry Rhodan und ich verkehren nicht gerade freundschaftlich miteinander. Sein Verständnis von Humanismus und Menschenwürde deckt sich nicht unbedingt mit dem meinen.«

»Ich glaube auch nicht, dass *wir* uns besonders gut verstehen werden.« Kribbeln machte sich in den Gliedern breit. Es ähnelte diesem seltsamen Effekt, mit dem Blut durch eingeschlafene Beine und Arme zu zirkulieren beginnt.

»Ich spreche auch nicht von Freundschaft.« Der Mann blieb stehen. »Ich fordere Sie auf, mir zu gehorchen und zu Diensten zu sein. In meinem Kampf gegen Posbis und Laren und ... gegen andere wären Sie mir von großer Hilfe.«

»Ich bin Bürger der LFT und unterstehe während meiner Mission niemand anderem als Perry Rhodan.«

»Sie befinden sich auf alteranischem Staatsgebiet. Diese Liga Freier Terraner kann mich, offen gesagt, kreuzweise.« Der Mann deutete mit spitzem Finger auf den Mutanten. »Mir fehlt die Zeit, um mich in endlosen Frage- und Antwortspielen zu ergehen. Ich möchte nur eins wissen. Werden Sie für mich arbeiten?«

Ein Größenwahnsinniger! Wie konnte der Soldat erwarten, dass er ihm allein aufgrund seiner hässlichen Visage die Treue schwören würde? Was für eine Vermessenheit!

»Ich muss Ihr Angebot höflich, aber energisch ablehnen«, sagte Schroeder. »Ich bin bereit, die letzten paar Stunden aus meinem Gedächtnis zu streichen, wenn Sie mich nun zu Perry Rhodan bringen ...«

»Koblenz!«, rief der Mann über seine Schulter, »kümmern Sie sich um unseren Gast! Er möchte gern mit uns argumentieren ...«

Und während der Schmerz kam, sich langsam, schleichend, wie zunehmende Hitze durch seinen Körper bewegte, verstand Startac: Dieser Bastard hatte ihm niemals eine Chance, eine Wahl gelassen. Er hatte lediglich nach einem billigen Vorwand gesucht, um ihn der Folter auszusetzen. Um ihn zu quälen und gefügig zu machen.

Startac streifte das äußere Ich ab, vergaß seine Körperlichkeit, konzentrierte sich auf den Sprung. Er *musste* es probieren. Allein, um die Gewissheit zu haben, dass er nichts unversucht gelassen hatte.

Der Sprung, ins Unbekannte gezielt, gelang.

Eine Mikrosekunde lang.

Dann brandete Startac wie eine Wasserperle gegen feurig heißes Gestein, verging in alles verzehrender Hitze, zerschmolz, zergarte. Sein Körper rematerialisierte in einem Kochtopf aus Pein, der augenblicklich jeglichen Bewusstseinsfunken erlöschen ließ.

Dreiunddreißig Fort Kanton: Die Geheimwaffe

Alles an Darius war Müdigkeit und Schwäche. Seine Willenskraft, auf die er sich stets verlassen hatte können, war dahin. Die Sensation, dem Angriff der Posbis einmal mehr widerstanden zu haben, erzeugte keinen weiteren Motivationsschub in ihm. 500 Fragmentraumer aus Blech und gefüllt mit seelenlosem Blech trudelten zwar, zu bizarr verbogenen Klumpen zerschmolzen, durch die Schwärze des Alls; aber wo lag der Sinn darin, verdammt nochmal, wenn zugleich mehrere Tausend seiner Kameraden ihr Leben gelassen hatten?

Zwei Stunden Schlaf, während derer ihn ein bibbernder Zodiak Cord vertreten hatte, reichten bei weitem nicht, um das Gefühl der Lethargie aus seinem Kopf zu vertreiben. Auch der Medikamenten-Cocktail, den ihm eine Bordpsychologin verschrieben hatte, erzielte keinerlei Wirkung.

»Status der Flotte?«, fragte er über den bordinternen Ohrwurm leise einen Neben-Operator. Seine Gesprächspartnerin saß links von ihm drei Reihen von ihm entfernt.

»Zweiundfünfzig Schlachtschiffe. Hundertdrei Schwere Kreuzer. Zweihundertachtundvierzig Leichte Kreuzer. Dreiunddreißig TRIANGOLO-Raumforts«, antwortete die junge Frau.

Die Heimatflotte von Fort Kanton war auf ein Drittel reduziert. Der Blutzoll war zu hoch. Das nächste Aufeinandertreffen mit den Posbis würde unzweifelhaft ihr Letztes sein.

»Es gibt auch eine gute Nachricht«, sagte das Mädchen.

Er hatte es noch nie zuvor an Bord gesehen. Es war vielleicht siebzehn oder achtzehn Jahre alt. Möglicherweise noch Jungfrau, möglicherweise noch nie verliebt gewesen, höchstwahrscheinlich zum Tode verurteilt, bevor sie erfuhr, was *Leben* bedeutete.

Was für defätistische Gedanken! Nicht einmal die Medikamente sprachen mehr an. Emotionale Bilder, die in dieser Lage außerordentlich behindernd wirkten, schwappten hoch, wurden kräftiger, beeinflussten sein Urteilsvermögen.

»Was für gute Nachrichten?«, fragte er schließlich. Er starrte ihr unverhüllt auf den knospenden Busen, kümmerte sich nicht um irgendwelche Konventionen.

»Eine … eine Entsatzflotte von Altera ist hierher unterwegs«, sagte das Mädchen. Es errötete, kreuzte instinktiv die Arme vor dem Oberkörper.

»Tatsächlich?« Darius kicherte. »Wie viel Kanonenfutter schicken sie uns denn?«

Er wusste ganz genau, dass die Kapazitäten des Imperiums Altera auch auf dem Zentralplaneten nicht mehr ausreichten, um die Reihen derer, die gestorben waren, adäquat zu füllen.

»Fünfzig Schlachtschiffe und hundertzehn Leichte Kreuzer.«

Lachhaft! Die Posbis würden über sie hinwegfahren, mit oder ohne Beteiligung dieses Nachschubkonvois.

»Man hat uns per Funk eine Überraschung versprochen, die eine Wende bewirken könnte.«

»Tatsächlich?« Darius spürte einen Hauch von Erregung, klammerte sich verzweifelt daran fest. War es endlich so weit? Würde die Geheimwaffe TIGER zum Einsatz kommen?

»Anton Ismael höchstpersönlich soll an Bord des Leitschiffes sein«, fuhr das Mädchen schüchtern fort.

Der alteranische Regierungschef! Der Feigling höchstpersönlich traute sich endlich einmal aus seinem Rattenloch.

Aber wieso kam er, und nicht der für TIGER zuständige Staatsmarschall Laertes Michou? Darius wäre wesentlich wohler in seiner Haut gewesen, hätte er »den Kommandeur«, wie er nach wie vor im Flottenjargon genannt wurde, an der Spitze der Reserveschiffe gewusst.

Egal.

Er spürte das Adrenalin, fühlte, wie sein Herzschlag beschleunigte. Kraft und Wille kehrten zurück, füllten ihn einmal mehr aus. Zwar nicht in jenem Ausmaß, wie er es sich gern gewünscht hätte, aber immerhin. Er lief wieder zu »Betriebstemperatur« auf.

»Das ist gut«, brachte Darius hervor. »Und jetzt möchte ich umgehend die Statusmeldungen aller kantonschen Einheiten. Und schalte sie mir gefälligst in meinen Ortertank, Mädchen. Du bist zwar ein hübscher Anblick, aber von deiner Arbeit verstehst du nichts.«

Darius Beng-Xiao befand sich wieder in seinem Element.

Die Entsatzflotte benötigte für die Strecke von 616 Lichtjahren einen ganzen Tag. 24 Stunden endlosen Wartens, die Fort Kanton in steter Alarmbereitschaft verbrachte. Immerhin schaffte es Darius, eine weitere kurze Ruheschicht einzulegen und unruhigen Schlaf zu finden. Die Angst verfolgte ihn selbst in seinen Träumen. Die Posbi-Armada konnte jederzeit zum entscheidenden Schlag ausholen, wie er nur zu gut wusste.

Nach einem hastig eingenommen Frühstück kehrte er zurück an seinen Arbeitsplatz, in diesen heißen, unangenehm düster beleuchteten, stets schlecht durchlüfteten Raum. Er vertrieb seinen Vertreter und tat seine Arbeit.

Die Schiffe, auf denen ihrer aller Hoffnungen beruhten, mussten jeden Moment hier eintreffen. Und mit ihnen hoffentlich TIGER …

Der Überlichtfaktor alteranischer Einheiten lag im Normalfall zwischen 200000 und 250000. Die Spitzenwerte von 750000 ergaben nur bei Noteinsätzen über eine Distanz von weniger als 500 Lichtjahren Sinn. Andernfalls riskierte man mit hoher Wahrscheinlichkeit ausgebrannte Triebwerke und Manövrierunfähigkeit.

Die Normgeschwindigkeit musste zudem an die chaotischen Rahmenbedingungen angepasst werden, die ihnen seit Beginn der alteranischen Weltraumfahrt die Improvisation als allerhöchste Maxime aufzwang. Nie kehrte Routine ein. Jede Reise wurde unter neuen, anderen, ungewohnten Voraussetzungen geflogen. Seit einigen Jahren galt es, einem weiteren Erschwernisfaktor Rechnung zu tragen: Der sogenannte Hyperimpedanz-Schock erforderte es, möglichst triebwerksschonend zu arbeiten. Hyperkristalle waren rar.

Und damit kehrten Darius' Gedanken in die Gegenwart zurück. Fiel Fort Kanton mit seinen gewaltigen Hyperkristall-Reichtümern den Posbis in die Hände, würden nicht nur Milliarden Alteraner ihr Leben verlieren, sondern auch die restlichen Schiffseinheiten des Imperiums à la longue ihre Bewegungsfreiheit verlieren.

160 Impulse erschienen am Rande seines Ortungstanks.

Das Entsatzkontingent hatte es geschafft! Die Schiffe waren knapp außerhalb des Kanton-Systems in den Normalraum zurückgekehrt!

Darius atmete erleichtert durch und sandte nach Abschluss der üblichen Prüfroutinen das vereinbarte Signal an die Kommandantur. Verhaltener Jubel brach in der Ortung aus, verbreitete sich rasch von Abteilung zu Abteilung.

Funksprüche auf höchster Ebene wurden ausgetauscht, wie Darius anhand seiner Beobachtungswerkzeuge verfolgen konnte. Leider besaß er weder Kompetenz noch Autorität, sich in die Unterhaltungen einzuschalten. Also musste er warten, endlos lange warten …

Endlich hallte das sehnsüchtig erwartete Knacken durch den Raum. Kommandant Severin Kombone meldete sich in einer Generalschaltung, die im letzten Winkel der SHENYANG zu hören war, zu Wort.

»Kameraden«, sagte er mit seiner tiefen Stimme, »es ist etwas ganz Besonderes geschehen.« Pause. »Es lässt mich hoffen, dass sich das Imperium Altera doch noch aus dieser schier ausweglosen Situation befreien und die Maschinenteufel besiegen kann.« Er klang so aufgekratzt wie ein Leutnant, der soeben sein erstes eigenes Kommando übertragen bekam. »Unser Regierungschef Anton Ismael setzt in wenigen Minuten auf die SHENYANG über. Ihn begleitet eine Person … eine Persönlichkeit …« Eine neuerliche Pause. Das tiefe Atmen, das Schnappen nach Luft, war selbst über die schlechte Bordverbindung deutlich zu hören. »Ich möchte die frohe Botschaft nicht vorwegnehmen. Eigentlich kann ich es selbst nicht glauben, dass …« Die Botschaft brach ab.

Seine letzten Worte waren hysterisch gefärbt gewesen und kaum mehr verständlich. Hatte der Kommandant etwa *geweint*?

Atemlose Stille breitete sich im Schlachtschiff aus. Darius sah, wie nach und nach jegliche Aktivität erlosch. Die Alteraner standen an ihren Wirkungsstätten umher, starrten ratlos vor sich hin, warteten auf diesen mysteriöse Begleiter Anton Ismaels.

Wer konnte es sein? Wer galt mehr als der Regierungschef oder Laertes Michou?

Wer?

Vierunddreißig
Perry Rhodan: Heldenhafte Verehrung

Die Alteraner an Bord des Flottenschiffs gafften ihn an, verloren in seiner Gegenwart ihre Stimme, brachen in Hysterie aus.

Viele der Soldaten brachten ihm grenzenlose Hochachtung entgegen, die durch nichts erklärbar schien. Kaum einer wagte es, ihm in die Augen zu sehen.

Rhodan war es gewohnt, bewundert, gehasst oder beneidet zu werden. Aufgrund seiner Unsterblichkeit begafften ihn viele Menschen der Milchstraße wie ein seltenes Tier im Zoo. Aber als er die SHENYANG betrat und einer Vielzahl todmüder, verzweifelter Frontsoldaten begegnete, stellte er fest, dass die Verehrung seiner Person im Imperium Altera eine Dimension erreichte, die alles in den Schatten stellte.

»Das ist Major Severin Kombone«, stellte ihm Anton Ismael den Kommandanten des Schlachtschiffs vor.

Der kleingewachsene Soldat brachte kein Wort hervor. Die Hand, die er zum Gruß reichte, zitterte wie die eines Schwerkranken.

»Stehen Sie bequem«, sagte Rhodan möglichst entspannt. »Es gibt keinen Grund, vor Ehrfurcht in den Boden zu sinken.«

»Jawohl, Sir, ja!«, sagte der Major reflexartig und nahm neuerlich eine verkrampfte Habtacht-Stellung ein.

»Ich halte es für vernünftig, wenn meine Anwesenheit an Bord aller Schiffe der kantonschen Flotte bekanntgegeben wird. Können Sie das gemeinsam mit Regierungschef Ismael für mich arrangieren?«

»Ja, Sir, ja!«

»Dann möchten meine Begleiterin und ich einen Rundgang durch die SHENYANG absolvieren. Sie wissen schon: Die Besatzung und das Schiff kennenlernen …«

»Ja, Sir, ja!«

»Würden Sie uns einen Begleiter zur Seite stellen, der sich ausreichend auskennt?«

»Ja, Sir, ja!«

Severin Kombone blieb stehen, rührte sich nicht, während vom Haaransatz unterhalb seiner Dienstmütze Schweißtropfen auf den Kragen perlten. Dem Major wurde wohl nicht einmal bewusst, dass seine Zähne laut knirschten und klapperten, sodass man sie noch aus einer Entfernung von gut und gern zehn Metern hören konnte.

Rhodan schüttelte den Kopf. Er nahm Mondra und Ismael beiseite und zog sie mit in einen Nebenraum, in dem Ersatzteile und Räummaschinen gelagert waren. »Ich verstehe nun, warum Sie mich während des Flugs nicht der Besatzung Ihres Leitschiffs vorstellen wollten. Aber das ist nicht mehr normal! Die Alteraner hyperventilieren, fallen in Ohnmacht, bekommen sich nicht mehr in den Griff, sobald sie mich sehen.«

»Das wollte ich Ihnen die ganze Zeit begreiflich machen, Mr. Rhodan.« Ismael zuckte mit den Achseln. »Große Teile unserer Gesellschaft wuchsen in Ihrem Schatten auf. Es ist nicht vollständig geklärt, warum diese Entwicklung vor mehreren hundert Jahren ihren Beginn nahm. Sie müssen akzeptieren, dass Ihnen gerade hier in den Grenzgebieten kultische Verehrung entgegengebracht wird. Für die Kantoner sind Sie ein Gott, der unter die Menschen gekommen ist und sie ins Licht führen wird.«

»Schön und gut, aber was erwarten Sie von mir, wenn ich sie nicht einmal ansprechen kann, ohne dass sie sich ins Hosenbein pinkeln?«

Anton Ismael schwieg.

»Ist dir das nicht klar, Perry?«, sagte Mondra. »Er will, dass du die Kantoner so führst, wie sie es wünschen.« Sie lächelte müde. »Er möchte, dass du tatsächlich die Rolle des Gottes spielst.«

Ein junger Mann namens Darius Beng-Xiao begleitete sie durch die SHENYANG. Er hielt dabei gebührlichen Abstand, sah stets zu Boden und wagte es nicht, Rhodan direkt anzusprechen.

»Die Reparaturarbeiten in den Triebwerksbereichen werden innerhalb der nächsten vierundzwanzig Stunden abgeschlossen sein«, sagt er leise. »Wenn man nach rechts sieht, kann man die Reste eines beschädigten Linearkonverters erkennen, der soeben der Wiederverwertung zugeführt wird.«

Man.

Der Junge mit dem frühzeitig gealterten Gesicht und den grauen Haarsträhnen wagte es nicht einmal, ihn mit *Sie* anzusprechen.

»Wenn man nun in den zentralen Antigrav-Lift sieht, erkennt man oberhalb die Lagerdecks dreizehn, vierzehn und fünfzehn. Auch dort mussten wir Wirkungstreffer hinnehmen. Wir benutzen die Antigravs übrigens nicht im Einsatzfall. Das Risiko eines Totalausfalls der Leistungsaggregate durch Virenbeschuss ist zu groß …«

»Warum wurden ausgerechnet Sie mir zugeteilt, Darius?«, unterbrach Rhodan den Vortrag des Leutnants.

»Ich … habe darum gebeten.« Der Soldat warf einen gierigen Blick auf Mondras ausgeprägte Hüftrundungen und wandte sich dann ab.

»Weil Sie Ihr Vorbild kennenlernen wollten? Eine Sagengestalt, die lebendig geworden ist?«

Darius schwieg.

»Was unterscheidet Sie von all den anderen Kantonern an Bord dieses Raumschiffs, die unter keinen Umständen mit mir in Berührung kommen wollen? Spucken Sie's endlich aus, Mann!« Wenn die sanfte Tour nichts half, sprach er vielleicht auf einen befehlshaberischen Ton an.

Darius flüsterte etwas, so leise, dass Rhodan es nicht verstehen konnte. »Reden Sie lauter!«, forderte er.

»Ich genieße an Bord der SHENYANG den Ruf, besonders kühl und berechnend zu sein.« Er griff in die Hosentasche seiner Uniform, zog zwei winzige Kügelchen hervor und schluckte sie ungesehen. »Außerdem mache ich schon länger als jeder andere hier an Bord Dienst.«

»Wie lange?«

»Acht Jahre. Die durchschnittliche Lebenserwartung an Bord eines Schlachtschiffs beträgt nur drei Komma zwei Jahre. Die Besatzungsmitglieder bleiben im Normalfall nie länger als sechs Monate im Raum und werden dann durch frische Kräfte ersetzt. In letzter Zeit konnte dieser Rhythmus allerdings nicht mehr beibehalten werden …«

»Sie hingegen haben darauf bestanden, hier durchgehend Dienst zu tun? Warum? Haben Sie denn keine Achtung vor dem eigenen Leben?« Rhodan hätte ihm gern eine Hand auf die Schulter gelegt, eine persönliche Brücke geschaffen, um das Vertrauen des Mannes zu gewinnen. Aber es hatte wohl keinen Sinn. Möglicherweise fiel der Leutnant dann vor Ehrfurcht in eine katatonische Starre oder erlitt einen Herzinfarkt.

»Man ist auch nie einer Gefahr aus dem Weg gegangen …«

»›Man‹ hat sehr wohl immer den Weg des kleinsten Risikos genommen«, widersprach der Unsterbliche heftiger als gewollt. »Die alteranische Geschichtsschreibung hat, was meine Person betrifft, anscheinend einige Schwächen.« Er atmete tief durch. »Ich bin mir der Wirkung des Zellaktivators in mir sehr wohl bewusst. Die biologische Unsterblichkeit, die ich atme und lebe, birgt nicht viel weniger Unwägbarkeiten als Ihre eigene Existenz. Ich könnte durch einen der Landstriche Ihres Heimatplaneten Fort Kanton wandern und von einem Blitz getroffen werden, der mich in ein Häufchen Staub verwandelt. Das wäre ein Ende, das mich nicht gerade glücklich macht, aber ich bin davor nicht gefeit. Verstehen Sie?«

»N… nein.«

»Ich nehme das Risiko dort, wo es mir sinnvoll erscheint. Dann stehe ich an vorderster Front, versuche, ein Vorbild zu sein und zu zeigen, was es bedeutet, ein *Mensch* zu sein. Aber ich würde niemals auf die Idee kommen, über meine Möglichkeiten hinauszugehen. Sie hingegen, Darius Beng-Xiao, überreizen Ihr Blatt. Ich würde dies fast als Todessehnsucht bezeichnen.«

»Sie sind kein Mensch!«, fuhr ihn der Leutnant mit plötzlicher Heftigkeit an.

Rhodan hatte gar keine Zeit, überrascht darüber zu sein, dass ihn der Junge das erste Mal direkt ansprach, da lief er auch schon davon.

»Sie sind viel mehr als das!«, rief ihm der Soldat über seine Schulter zu, bevor er hinter der nächsten Biegung des Gangs verschwand.

»Die Unterschiede zwischen Terranern und Alteranern sind größer, als ich gedacht hätte«, sinnierte Rhodan, während sie über das ungewohnte Farbleitsystem den Weg zurück in die Zentrale der SHENYANG suchten. Darius Beng-Xiao ließ sich nicht mehr blicken.

»Hast du ernsthaft geglaubt, dass nahezu dreitausend Jahre eigenständiger Entwicklung spurlos an diesen Menschen vorübergehen?« Mondra bedeutete dem Unsterblichen, dass sie die unterbrochene gelbe Leitlinie, die sie für ihren Rückweg benötigten, wiederentdeckt hatte. »Äußerlich mögen sie uns gleichen, aber die Isolation in Ambriador muss sie bis ins Innerste geprägt haben. Es ist schon ein Wunder, dass sie ähnliche technisch-zivilisatorische Prozesse durchgemacht haben.«

»Im Jahr 2409, als sich unsere die Linien sozusagen trennten, war der Kurs schon vorgegeben. Der kalupsche Kompensationskonverter und Positroniken zum Beispiel waren damals bereits standardisierte Pfeiler unserer Zivilisation. Wenn ich in diese Aggregatblöcke hier sehen könnte« – Rhodan deutete auf mannshohe Kästen, die neben mehreren in Magnetfeldern fixierten Energiebehältern standen – »könnte ich die Grundzüge der Bauweise und der Logik, die dahinterstehen, problemlos zuordnen.«

»Technik ist etwas anderes als eine kulturelle beziehungsweise soziologische Weiterentwicklung. Machen wir uns nichts vor, Perry: Es ist nicht nur das Interkosmo, das in einer abgeänderten Form gesprochen wird. Es sind die Wertbegriffe und Ethik, die uns unbegreiflich bleiben werden.«

»Umso mehr müssen wir uns mit den Menschen selbst beschäftigen.« Der Unsterbliche griff in einen Antigravschacht und beäugte misstrauisch die Funktionsanzeigen. »Ich frage mich allerdings, wie ich das schaffen soll, wenn die Alteraner in Ehrfurcht erstarren, sobald sie mich sehen.«

»… oder derart schockiert reagieren wie dieser Darius, als du ihm deutlich machen wolltest, dass du kein Gott bist. Vielleicht sollten wir …«

Ein auf- und abschwellender Ton, unangenehm hoch und verteufelt laut, gellte durch die Gänge. Plötzlich wimmelte es um sie herum vor Alteranern. Sie schossen kreuz und quer, nahmen keinerlei Rücksicht mehr auf die beiden Gäste, während der Antigravlift durch ein rot leuchtendes Energiesperrfeld geschlossen wurde.

»Vollalarm!«, sagte Rhodan. »Wir müssen in die Zentrale zurückfinden!«

Fünfunddreißig
Laertes Michou: Kontrolle über alles

Das Psi-Potenzial des terranischen Mutanten konnte zweifelsfrei angemessen, aber mangels Vergleichsmöglichkeiten nicht eingeordnet werden. Der Staatsmarschall betrachtete die Aufzeichnungen. Willkürliche ultrahochfrequente Ausschläge waren da verzeichnet. Sie sagten ihm nichts. Auch seine Fachleute wirkten ratlos. Es gab keinerlei wissenschaftlichen Dokumentationen über die unterschiedlichen Fähigkeiten der Mitglieder des sogenannten Mutantenkorps. Bevor es ihre Vorfahren nach Ambriador verschlagen hatte, hatte man sich auf Terra nicht allzu viele Gedanken über das Wie und Warum der besonderen Fähigkeiten mancher Menschen gemacht.

»Weitermachen!«, befahl er Koblenz. »Gehirnwäsche, Wahrheitsserum, physische Folter, was auch immer Ihnen einfällt. Ich möchte, dass dieser Kerl gebrochen wird – und zwar möglichst rasch.«

Schweigsam wie immer bestätigte Koblenz mit einem Nicken und gab die Befehle an sein »Behandlungsteam« weiter, das sich nahe einer Batterie von Aufzeichnungsgeräten versammelt hatte.

»Gibt es etwas Neues über Schroeders Schutzanzug?«

»Negativ.« Koblenz sah auf ein Holofeld. »Als wir ihn entkleideten, muss einer unserer Agenten eine Selbstschutzvorrichtung der Datenpositronik aktiviert haben. Dem Ding ist nicht beizukommen. Wenn wir mit Brachialgewalt vorgehen, könnte der Anzug die Selbstvernichtung initiieren.«

»Wir brauchen die gespeicherten Datensätze wie einen Bissen Brot.« Michou ballte beide Hände zu Fäusten. »Verdammt! Wie kann man nur so nachlässig sein!«

»Ich habe die Agentin bereits gemaßregelt.«

»Gut so.« Michou wandte sich grußlos ab und marschierte davon.

Es ging schier endlose graue Gänge entlang. Seine Schritte hallten hohl von den metallenen Wänden wider, während er eine Sicherheitskontrolle nach der anderen passierte. Der Staatsmarschall gelangte immer tiefer hinab in die Eingeweide des Festwerks. Nach einem letzten Kontrollpunkt begegnete er keinem Menschen mehr.

Das hier war sein Reich.

An vielen Stellen des Labyrinths blätterte die schlampig aufgespritzte Kunstplexfassade ab. Ab und zu flackerte das Licht einer Leuchtröhre in stroboskopischem Rhythmus.

Hierher verirrten sich nur selten Besucher. Lediglich Koblenz und ein paar Adjutanten besuchten ihn, wenn es die Notwendigkeit erforderte.

Langsam stieg er die letzte Rampe hinab, ließ die ersten Zimmerfluchten hinter sich und betrat schließlich sein Büro mit der Nummer V.

Der Raum war kahl und leer. Ein sperriger Schreibtisch, in dem die notwendige technische Ausrüstung integriert war, bildete das einzige Möbelstück und seine einzige Verbindung zur Außenwelt. Außer einem lederbesetzten Stuhl gab es keine Sitzgelegenheit. Wer ihn hier besuchte, hatte zu stehen.

Michou ließ sich langsam nieder, griff nach dem einzigen Schreibstift auf dem sonst leeren Tisch und aktivierte das Anwesenheitssignal. Seine Sekretärin würde ihm bald zugeschaltet werden und ihn über die jüngsten Entwicklungen auf Altera informieren. Bis es so weit war, blieb ihm ein wenig Zeit.

Zeit ohne Beschäftigung, mit der er nichts anzufangen wusste. Unrhythmisch klopfte er mit der Spitze des Schreibstifts auf den Tisch.

Er sah sich um.

Zimmer V wirkte nicht nur kahl und kalt, es vermittelte auch einen beliebigen Eindruck. Genauso gut hätte es sich in einem der Geschäftstürme Neo-Teras befinden können.

Hier, am tiefsten Punkt der Rundung des ehemals abgestürzten Siedlerschiffs, fühlte sich Michou am wohlsten. Er bewegte sich über dezimeterstarken Terkonitstahl. Gleich darunter lag die Erde Alteras.

Die historische Bedeutung dieses Orts war ihm gleichgültig. Für ihn stellte Sicherheit den wesentlichen Faktor in seinen Überlegungen dar. Sein Leben war mehr wert als das der anderen Soldaten. Auf seinen Geist, auf seine Überlegungen kam es an.

Der Schwachkopf Anton Ismael – der in der Tat einen schwachen Kopf besaß –, spielte keinerlei Rolle in jenen Überlegungen, die sich über Jahrzehnte in die Zukunft erstreckten.

Nein, er benötigte Frauen und Männer wie Koblenz, die Befehle ausführten, ohne darüber nachzudenken. Die Emotionen beiseite schoben und eine Hierarchie bedenkenlos akzeptierten.

Demokratie … was für ein schwachsinniges Gedankenkonstrukt! Aber er musste sich anpassen und nach den Spielregeln seiner politischen Gegner agieren.

Nachdenklich lehnte er sich nach hinten und zündete ein Krautröhrchen an.

Man sagte ihm nach, ein skrupelloser Machtmensch zu sein. Vielleicht hatten diese Mahner recht, vielleicht zog er mit zu viel Gewalt an den Strippen. Aber bei allem Kalkül, das er aufbrachte, stellte er doch immer Altera in den Vordergrund und keinesfalls seine Person.

Die Posbis …

War die Lage denn wirklich so aussichtslos, wie sie sich momentan darstellte? Würde ein Ruck durch die Menschen gehen, sobald sie des Unsterblichen Perry Rhodan ansichtig wurden?

Michou wusste es nicht, und noch weniger wagte er es, Prognosen zu stellen. Er benötigte Fakten, um Voraussagen treffen zu können.

Ein schrilles Signal, das aus der Senkkonsole seines Schreibtischs drang, riss den Staatsmarschall aus seinen Überlegungen.

Cuthy war dran. War es denn schon wieder Nacht? Er hatte die Zeit einmal mehr außer Acht gelassen. Das hagere Gesicht seiner Sekretärin zeigte Angst, wie immer, wenn sie mit ihm sprechen musste.

»Was gibt es?«, fragte er.

»Laszlo Hu lässt ausrichten, dass die Arbeiten mit TIGER gut fortschreiten«, piepste sie. »Bis jetzt wurden acht TRIANGOLO-Forts damit ausgerüstet. In den nächsten Tagen wird …«

»Er hat seinen Zeitplan neuerlich überzogen.«

»Ich … ich weiß«. Cuthy verhaspelte sich und zog den Kopf zwischen den Hals. »Er bittet um ein wenig Geduld. Die technischen Adaptierungsschwierigkeiten …«

»Cuthy«, sagte Laertes mit ruhiger, monotoner Stimme, »Hu schiebt seit mehr als einem Monat diese technischen Adaptierungsschwierigkeiten vor. Richten Sie ihm aus, dass ich keine weiteren Ausflüchte dulde. Er und seine Eierköpfe sehen das Projekt TIGER als Planspiel an, während nicht weit von hier entfernt unsere Soldaten ihre Köpfe hinhalten müssen. Sie sterben wegen seiner Unfähigkeit, zugesagte Termine zu halten. Morgen um Achtnullnull werde ich mit ihm Kontakt aufnehmen. Sollte ich dann neuerliches Geseiere über Schwierigkeiten hören, wie kompliziert es doch ist, Statik, Hypertechnik, jahrgangsunterschiedliche Bajonettverschlüsse oder sonstigen Mist aufeinander abzustimmen, kann er damit rechnen, sein Mittagessen bereits auf einem Schlachtschiff einzunehmen, das sich nach Fort Kanton bewegt. Dort wird er Severin Kombone über seine Problem Meldung machen.«

»Jawohl, Sir!«

Er beugte sich vor, wollte den Kontakt in die Administration unterbrechen, überlegte es sich dann aber anders. »Oder nein, richten Sie ihm stattdessen aus, dass ich ihn hinrichten lassen werde. Hochverrat ist ein schweres Delikt.« Er wartete die Reaktion der Sekretärin nicht ab, schaltete die Holoübertragung aus und lehnte sich erneut zurück.

Laszlo Hu war ein fähiger Mann. Ein Genie, wenn man es so wollte. Die Entwicklung TIGERs ging zu einem Gutteil auf seine Initiative zurück. Aber er benahm sich undiszipliniert und war nur unter Mühe in der Lage, theoretische Gedankengebilde in praktikable Lösungen umzusetzen. Ab und zu benötigte er ein wenig … Aufmunterung.

Michou zog an der porösen Spitze seines Krautröhrchens.

Er würde noch ein paar Unterlagen durchsehen und dann ein bis zwei Stunden schlafen. Selbst er, der unter Asomnie litt, musste ab und zu die Augen schließen. Einerseits tat es gut, den Geist zu entspannen und die Dunkelheit zu suchen, andererseits ging der Schlaf stets mit Kontrollverlust einher, der ihn nach kurzer Zeit schwitzend und desorientiert zurück in die Wirklichkeit brachte. Er durfte nicht zu lange ruhen, unter keinen Umständen den Überblick verlieren …

Drei Holofelder rechts vom Schreibtisch begannen unvermittelt grellrot zu blinken.

Alarm.

Das Altera-System wurde angegriffen.

Sechsunddreißig
Perry Rhodan: Die Maschinenteufel

Severin Kombone stand hoch aufgerichtet inmitten der Zentrale und erteilte im Stakkatotempo Befehle. Rings um ihn wurde gebrüllt und geflucht. Ordonnanzen liefen kreuz und quer, Auswertungslisten wurden herumgereicht, Kommandos durch den Raum gebrüllt.

»Was für ein Chaos!« Rhodan schüttelte den Kopf und bahnte sich und Mondra einen Weg durch die Menschenmassen. Auf seine Wirkung als Heilsbringer konnte er sich in diesem Augenblick nicht verlassen. Niemand machte ihm Platz, kaum jemand kümmerte sich um ihn.

Ein Ruck ging durchs Schiff, schleuderte die Menschen durcheinander. Ein groß gewachsener Mann schrie erschrocken auf, alle anderen nahmen den Schreckensmoment gelassen hin.

»Schutzschirm stabilisiert!«, meldete jemand lautstark.

»Kommunikationsprobleme mit dem Beta-Flügel der Zweiten Flotte!«, rief ein anderer.

»Vakuumeinbruch und erhebliche Materialschäden im Lagerdeck sechzehn, drei Verletzte.«

»Brand im Belüftungsschacht achtundvierzig!«

»Wirkungsgrad im Positronik-Cluster bei sechsundsechzig Prozent.«

»Virenabwehr stabilisiert! Gehen zum Aktivangriff über.«

Ein flackerndes Holobild dicht neben dem Kommandanten zeigte das schlachtenübliche Kreuz und Quer verschieden eingefärbter Kampfeinheiten. Kombone hielt sich eine Platzwunde am Kopf. Zwischen seinen Fingern tropfte zähes Blut zu Boden, während er sich abmühte, dem Durcheinander beizukommen.

»Da draußen herrscht zu allem Überdruss ein Krieg auf einer unsichtbaren Ebene«, rief der Unsterbliche Mondra ins Ohr. »Du erinnerst dich an Korra-Vir?«

Sie nickte ihm zu.

Die Korrago, ein Androiden-Hilfsvolk im Gefolge Shabazzas, hatten über Modulationen der Hyperfelder terranischer Syntroniken ein Zeitalter des Chaos über die Menschen hereinbrechen lassen. Die unberechenbaren Viren waren einer der Gründe gewesen, warum in der Milchstraße wieder vermehrt auf Positroniken zurückgegriffen werden musste.

In Ambriador schienen die Positroniken bei Freund und Feind ähnlich gelagerten Attacken ausgesetzt zu sein. Höchstwahrscheinlich prasselte soeben ein positronisches Gewitter auf die Schutzschirme der kantonschen Schiffe nieder, während in deren Eingeweiden ganze Abteilungen müder Alteraner mit Abwehrmaßnahmen beschäftigt waren.

Anton Ismael drängte sich neben den Unsterblichen. Er wirkte nervös. Es war ihm anzusehen, dass er sich hier, im Zentrum des Geschehens, unwohl fühlte. »Wie sieht es aus?«, fragte er.

»Das sollten *Sie* mir sagen«, entgegnete Rhodan. »Es wird noch ein wenig dauern, bis ich mich mit den Gegebenheiten hier an Bord angefreundet habe.«

»Achthundert Posbi-Raumer im Zielanflug auf Fort Kanton!«, rief ihnen Kombone zu. »Die alteranische Flotte geht keilmäßig dazwischen ...« Er erteilte neue Anweisungen, ließ der Zentralebesatzung keinen Moment der Ruhe. »Es wäre der passende Moment für ein Wunder«, sagte er in einem Augenblick der Ruhe. Er drehte sich um und sah Rhodan verlangend in die Augen. »Wenn Sie etwas bewirken können, tun Sie's jetzt.«

Der Unsterbliche ließ sich nicht ein zweites Mal bitten. Er sprang auf das winzige Podest und verschaffte sich mit einem Blick auf den projizierten Ortungstank des Kommandanten einen raschen Überblick. Die Posbis standen den Kantonern im Verhältnis zwei zu eins gegenüber. Etwas mehr als 30 stationäre Einheiten bestanden aus jeweils drei aneinandergeketteten Kugelzellen, allerdings ohne die im Imperium Altera üblichen Ringwülste. Augenscheinlich handelte es sich um die sogenannten TRIANGOLO-Einheiten. Sie lagen in besonders heftigem Sperrfeuer der Fragmentraumer. Ein Raumforts explodierte, während sich die Posbi-Schiffe ein Stückchen weiter ins Kanton-System vorschoben.

Wie viele Menschen waren in diesem Moment gestorben? Hundert? Tausend?

Rhodan verdrängte den Gedanken, konzentrierte sich auf seine Aufgabe.

»Ich muss mit den Posbis reden!«, sagte er. »Ich benötige eine Direktverbindung zu einer ihrer Einheiten.«

Plötzlich herrschte Stille im Raum.

»Das … das ist alles?«, stotterte Kombone. »Sie meinen, Sie kommen hierher und plaudern ein wenig mit den Maschinenteufeln, und die Gefahr ist gebannt?«

»Ich muss es zumindest *versuchen*. Wann haben Sie es denn das letzte Mal probiert?«

»Mit den Posbis kann man nicht verhandeln.« Der Kommandant verschränkte die Arme vor der Brust, während rings um sie neuerlich hektische Betriebsamkeit einsetzte. »Aber versuchen Sie Ihr Glück.«

Zwei gelbe Einheiten verschwanden aus der Ortung. Ein Schlachtschiff, ein Schwerer Kreuzer. Weitere hunderte von Menschen verloren ihr Leben.

»Frequenz freigeschaltet«, meldete ein Funker. »Sie wird von den Maschinenteufeln für den internen Funk verwendet …«

»Perry Rhodan ruft den Plasmakommandanten der Posbi-Raumer«, sagte der Unsterbliche so nüchtern wie möglich in ein gelb gekennzeichnetes Sprachfeld. »Ich spreche im Namen der alteranischen Verteidigungsflotte über Fort Kanton. Ich habe ein Verhandlungsangebot zu unterbreiten.«

Es war ihm in diesem Fall einerlei, ob er die Befugnis für eine derartige Behauptung besaß oder nicht, wichtig war in erster Linie die erfolgreiche Kontaktaufnahme.

Es knackte und rauschte im Empfänger, während ein weiteres gelbes Lichtpünktchen im Ortungstank erlosch.

»Das Imperium Altera ist bereit, den Planeten Fort Kanton so rasch wie möglich zu räumen, wenn …«

»Seid ihr Wahres Leben?«, drang eine durch keinerlei Emotionen gefärbte Stimme aus dem Empfänger.

»Hier spricht Perry Rhodan«, wiederholte der Unsterbliche. »Ich möchte mit dem Plasmakommandanten verhandeln, der diese Flotte anführt. In meiner Heimat, der Milchstraße, sind die Terraner mit dem auf der Hundertsonnenwelt stationierten Zentralplasma zu einer gütlichen Einigung gelangt. Wir haben …«

»Seid ihr Wahres Leben?«, wiederholte die Stimme stereotyp.

»Ja, das sind wir.« Perry atmete tief durch. »Die Hass-Schaltung besitzt keine Gültigkeit mehr. Stellt augenblicklich die Kampfhandlungen ein und ...«

»Seid ihr Wahres Leben?«

»Die Alteraner sind das Wahre Leben. Ich kann es jederzeit beweisen, wenn ihr die Kampfhandlungen einstellt und mich an Bord eines eurer Schiffe holt.«

»Bist du wahnsinnig, Perry?«, zischte ihm Mondra zu. »Du hast keine Ahnung, worauf du dich da einlässt.«

»Ich will lediglich die biologischen Komponenten verwirren«, antwortete er, während er die Sprachverbindung weggeschaltet hielt. »Ich möchte *irgendeine* Reaktion bewirken.«

»Seid ihr Wahres Leben?«

»Mechanica existiert nicht mehr«, zitierte der Unsterbliche aus der Geschichte der Robotwesen. Er bemühte sich um eine möglichst klare, einfache Sprache. »Eure Erzeuger, die echsenhaften Robotiker, sind ausgestorben. Die Laurins, denen sie verpflichtet waren, wurden vernichtet. Ich besitze unwiderlegbare Beweise für meine Aussagen. Die Gesetze der Logik befehlen es, dass ihr euch vom Wahrheitsgehalt meiner Worte überzeugt. Ich fordere euch auf, mich an Bord eines Fragmentraumers kommen zu lassen.«

Ein TRIANGOLO-Fort verging. Ebenso ein Schlachtschiff und zwei Schwere Kreuzer.

»Seid ihr Wahres Leben?«

Ein Pulk abstrus verformter Fragmentraumer nahm Kurs auf den Punkt im Zentrum des Ortungstanks, auf die SHENYANG zu, in deren Zentrale sie sich befanden. Zwölf 2000-Meter-Schiffe der Posbis drängten näher, schossen sich den Weg frei, visierten die Kommandoeinheit des löchrigen kantonschen Abwehrriegels.

»Wir sind das Wahre Leben!«, rief Rhodan, während die Hektik rings um ihn ein neues Niveau erreichte. »Stoppt augenblicklich eure Angriffe. Lasst mich mit dem Plasmakommandanten verhandeln ...«

Ein Schlag erschütterte das Schiff. Lichter fielen aus, elektrische Überschlagsblitze durchzuckten das Halbdunkel. Wasser spritzte aus versteckten Düsen, benetzte die Frauen und Männer.

»Punktuelle Schäden durch phasenverschobene Thermosalven an den Konvertern eins und drei!«, rief ein Offizier der Defensivabteilung. »Schutzschirme nach Überbelastung kurzfristig auf neunzehn Prozent, werden neu gestaffelt. Status derzeit dreiundvierzig Prozent.«

»Seid ihr Wahres Leben?« Immer wieder tönte die Stimme des unbekannten Posbi durch den Raum. Es war, als wollte er sie verhöhnen, während die Besatzung des Schlachtschiffs verzweifelt gegen den Untergang kämpfte.

»Gegenfeuer eröffnet, ein Fragmentraumer vernichtet. Die KRONE DES FEUERS und die LILIBETH kommen zur Unterstützung.«

»Neuerliche Treffer, Schutzschirme halten. Ausweichmanöver initiiert.«

»Wir lassen Sie augenblicklich von Bord schaffen«, sagte Kombone hastig. »Nun, da die Maschinenteufel wissen, dass die SHENYANG die Kommandoeinheit der Verteidigungsflotte ist, werden sie ihr Feuer auf uns konzentrieren.« Er bedachte Rhodan mit einem verzweifelten und vorwurfsvollen Blick.

»Ich möchte noch einmal eine Kontaktaufnahme versuchen«, sagte der Unsterbliche.

»Abgelehnt. Ich lehne jede weitere Verantwortung für Ihre Sicherheit ab, Sir.« Ein Ausdruck in seinen Augen erlaubte keinen weiteren Widerspruch. »Sie, Ihre Begleiterin und Regierungschef Ismael werden augenblicklich von Bord gebracht. Leutnant Beng-Xiao wird diese Aufgabe übernehmen.« Er stieß den Unsterblichen vor sich her zu zwei wartenden Soldatinnen. »Zu Deck sechs!«, befahl er, salutierte kurz, drehte sich um und trat wieder auf das Podest.

Die beiden Frauen starrten ohne die an Bord übliche Ehrfurcht auf ihre drei prominenten Begleiter. Gleichgültig schoben sie sie vor sich her. Ihre Pupillen waren erweitert, als stünden sie unter Drogeneinfluss.

»Wir können jetzt nicht aufgeben!«, flüsterte Rhodan Mondra zu. »Wir dürfen nicht von Bord.«

»Es ist vorbei, sieh es endlich ein! Die SHENYANG steht kurz vor dem Untergang.« Mondra zog und zerrte an ihm.

Ein schwerer Schlag ließ die metallene Hülle der SHENYANG erzittern. Bedrohliches Knirschen wurde laut, während ihnen durch den Gang eine Feuerlohe entgegenkam und nur wenige Meter vor ihnen erstickte. Sie stürzten durcheinander, schnitten sich an scharfkantigen Metallplatten, die durch Stauchungen der Raumschiffstruktur aus den Wänden gepresst wurden. Heiße, ätzende Luft brannte sich in Rhodans Lunge, ließ ihn erbärmlich husten.

»Weiter!«, sagte schließlich jene alteranische Soldatin, die noch lebte. Die Hirnschale der anderen war von einem meterlangen Plastiksplitter durchtrennt worden.

Die Schiffshülle stöhnte und ächzte. Die Verbundstruktur fühlte sich seltsam weich und nachgiebig an. Die metallene Treppe, über die sie vorbei an bleichen Menschen nach unten hetzten, löste sich in ihre Bestandteile auf.

Sie erreichten Ebene sechs und hetzten einen der konzentrisch verlaufenden Zentralgänge entlang.

»Seid ihr Wahres Leben?«, höhnte eine Stimme über den Bordfunk. Offensichtlich ließ sich die Verbindung mit dem Posbi nicht mehr kappen.

Graue Lichtsignale liefen den Gang entlang. Mehrere Alarmsignale übertönten einander und ergaben einen grässlichen Misston.

»Das Schiff wird aufgegeben!«, keuchte die Soldatin. Mit einem Ruck riss sie eine verklemmte Schleusentür aus der Halterung und schob den alteranischen Regierungschef und die beiden Terraner vor sich her in einen Hangar.

Leutnant Darius Beng-Xiao erwartete sie ungeduldig. Er sah Rhodan nicht in die Augen, während er ihn und seine Begleiter nacheinander in eine Raumlinse schob.

Vier Menschen hatten in dem Fluggefährt Platz. Die Soldatin blieb unschlüssig davor stehen, als wüsste sie nicht, wie sie sich verhalten sollte.

Mit geübten Griffen verschloss der Leutnant das kleine, spartanisch eingerichtete Raumgefährt.

»Was ist mit ihr?«, fragte Rhodan und deutete auf ihre bisherige Begleiterin. Massen von Alteranern schwappten unterdessen in den Hangar und fluteten in die Vielzahl baugleicher Rettungsschiffe.

»Ihr ist eine Einheit auf einem anderen Deck zugeteilt«, gab Darius Beng-Xiao einsilbig zur Antwort. »Wenn sie Glück hat, bleibt hier irgendwo ein Platz frei. Kümmern Sie sich nicht weiter um die Frau.«

Die Sichtluke verdunkelte und nahm ihnen den Blick auf das Durcheinander im Hangar. Darius Beng-Xiao initiierte die Startsequenz. Rau arbeitende Aggregate unter ihren Sitzen erwachten zu Leben.

»Ich steuere das Ding«, sagte der alteranische Soldat. Er sprach nüchtern und kalt. Enttäuschung und Ehrfurcht, die er vormals gezeigt hatte, waren verschwunden. »Sie übernehmen Funk und Ortung. Die Bedienung ist sehr einfach gehalten.«

»Und die Bewaffnung?«, fragte der Unsterbliche.

»Vergessen Sie's, Sir. Am Bug befindet sich lediglich eine Thermokanone mit äußerst geringem Leistungsvermögen. Wenn Sie auf einen Fragmentraumer feuern, könnten Sie auch einen Parsena-Kern gegen einen Baum spucken. Sie verstehen, Sir?«

Rhodan nickte. Er entzifferte mühselig die alteranischen Schriftzeichen über den Schub- und Drehreglern. Ein winziges Holo wurde über einen Teil der abgedunkelten Sichtluke gelegt. Darius Beng-Xiao nahm sich eine halbe Minute Zeit, ihm die wichtigsten Funktionen zu erklären, bevor er sich wieder dem Startvorgang widmete.

»Jetzt!«, rief er.

Drei oder vier Gravo schlugen durch, als die Raumlinse hinter einem abgesprengten Außenschott ins All beschleunigte. Es drückte Rhodan die Luft aus den Lungen. Zeitverzögert folgten ihnen hunderte oder gar tausende weitere der kleinen, flinken Linsen. Die Evakuierung des waidwund geschossenen Schlachtraumers war in vollem Gang. Kombone und eine Rumpfbesatzung blieben an Bord, wie er dem übergeordneten Funkverkehr entnehmen konnte. Der

Schiffskommandant würde die SHENYANG auf einen Kollisionskurs mit einem willkürlich ausgewählten Fragmentraumer bringen.

Irgendwann erlosch der Funkkontakt. Die Fernortungsgeräte der Raumlinse maßen einen gewaltigen vier- und fünfdimensionalen Explosionsschauer an. Beng-Xiao nickte zufrieden, als hätten die Kantoner einen wertvollen Etappensieg errungen und nicht soeben ihr Kommandoschiff verloren.

Aus der Schwärze des Raums kamen plötzlich schwere Thermosalven. Sie strichen über die winzigen Schiffseinheiten hinweg und verbrannten sie mühelos wie Insekten. Die Posbis machten unbarmherzig Jagd auf die Alteraner. Beng-Xiao flog einen scheinbar unmotivierten Kurs. Er steuerte von Fort Kanton weg, zog eine weite Schleife und ließ sich im Schutz einer eiförmigen TRIANGOLO-Raumbasis wieder »hinab« fallen.

Rhodan musste zusehen, wie die kleinen Lichter anderer Raumlinsen rings um sie verbrannten. Zwei Minuten dauerte es, bis sie in steilem Winkel in die Atmosphäre eintauchten, der schwache Schutzschirm sich von Gelb zu Rot zu Blau verfärbte und sie endlich die dicke Stratosphären-Wolkenschicht durchtaucht hatten.

Sie befanden sich in einer äußerst fragwürdigen Sicherheit.

»Seid ihr Wahres Leben?«, fragte weiterhin die gleichgültige Stimme über Funk.

Rhodan begann, den Hass auf die Posbis zu verstehen.

Siebenunddreißig
Startac Schroeder: Hilfe vom Feind

Etwas änderte sich.

Der alles überdeckende Schmerzteppich zerriss, gab einen Blick nach *außen* frei. Er spürte sich wieder.

Blut tropfte aus seiner Nase, die verschwollenen Augen ließen sich kaum öffnen. Ein schrilles Kreischen belastete sein Gehör und wollte nicht enden. Vom Nacken aufwärts zog sich ein Schmerzstich, als hätte man ihm einen Nagel quer durch den Schädel getrieben.

Vielleicht war es ja auch so.

Seine Folterknechte hielten sich, wie er in den kurzen Wachphasen hatte feststellen müssen, nicht mit subtilen Arbeitsweisen auf, sondern bevorzugten die harte Methode.

Nur mühsam gewann Startac den Einfluss auf seinen Körper zurück. Er zwang sich zu einer ruhigen Atmung. Einmal mehr griff er auf jene uralten Beruhigungstechniken zurück, die aus grauer terranischer Vorzeit stammten und ihm stets halfen.

Hatte er versagt? Hatte er der Legion Alter-X seine Mitarbeit versprochen? War er etwa gar nicht mehr Herr seiner Sinne, auch wenn er es zurzeit glaubte?

Allmählich beruhigte er sich. Bloß das Sirren in seinen Ohren wollte nicht nachlassen …

Kein Wunder; das sind Alarmsirenen!

Er öffnete die Augen und sah sich um. Schatten huschten an ihm vorbei. Die Alteraner kümmerten sich nicht weiter um ihn.

Er befand sich in einem Saal, dessen Decke nur zu erahnen war. Grelle Scheinwerfer waren auf ihn gerichtet. Energetische Fesseln hielten ihn auf einer hart gepolsterten Liege.

»Die Posbis!«, hörte er einen Mann seiner Partnerin zurufen, während sie im Eilschritt an ihm vorbeihasteten.

»Jetzt trauen sie sich bereits bis hierher?«

»Ist bloß ein kleiner Verband von elf Schiffen. Sie wollen wohl unsere Verteidigungsbereitschaft testen.«

»Da werden sie sich die Zähne ausbeißen …«

Wider besseres Wissen spannte Startac die Muskeln an. Er testete die Fesselung. Sie gab um keinen Millimeter nach. Ein weiteres Alarmsignal schrillte rechts vom Teleporter. Ein bunt leuchtendes Signal zeigte seinen Befreiungsversuch an. Niemand kümmerte sich darum.

Ein unheimliches Grollen hallte durch den Saal. Startac spürte leichte Erschütterungen unter seinem Körper. Er konnte lediglich mutmaßen, dass mit einem Geschütz des sogenannten Festwerks, in dem er sich wohl nach wie vor befand, auf angreifende Posbi-Raumer gefeuert wurde.

Er warf sich hin und her, prüfte seine Bewegungsfreiheit, ignorierte die nach wie vor rasenden Kopfschmerzen.

Nein. Seine Handgelenke und Knöchel waren ohne Spielraum auf der Liege fixiert.

Konnte er … springen?

Vorsichtig tastete er mit seinen Orterfähigkeiten die nähere Umgebung ab und stieß auf eine schmerzhaft prickelnde Energiemauer.

»Die sind bald erledigt …«, hörte er aus weiter Ferne. Selbst aus großer Entfernung spürte Startac all den Hass, der in der Stimme mitschwang.

»Einer ist durch!«, rief ein anderer Mann aufgeregt.

Erneut grollte es tief in der Erde, als der Energiespeicher geflutet und der Inhalt Augenblicke später auf sein Ziel »geschleudert« wurde.

»Treffer!«, jubelte die erste Stimme. »Der Fragmentraumer löst sich auf …«

»Die Trümmerstücke …« Der andere Mann reagierte ängstlich, fast panisch. »Eins rast auf uns zu …«

Startac konnte den Kopf nicht weit genug heben, um die beiden zu sehen. Er hörte lediglich angstvolles Gurgeln und Geräusche, als würden Gerätschaften umgeworfen. Bildlich stellte er sich vor, wie sie hinter Schränken oder unter einem Tisch Deckung nahmen.

Kaum jemand blieb stehen und erwartete sein Schicksal sehenden Auges, auch wenn einem die Logik sagte, dass es vor dem abstürzenden Teilbrocken eines Raumschiffs kein Entkommen gab. Entweder hielt der Schutzschirm, in den sich das Festwerk zweifellos gehüllt hatte, oder er gab nach. Ducken und Verstecken gehörte zu den Urinstinkten des Menschen, vererbt aus grauer Vorzeit.

Startac entspannte sich und schloss die Augen. Er hatte keinerlei Einfluss auf die Dinge.

Ein Becher, der auf dem steril weißen Tisch bei Startac stand, bewegte sich. Das Sezierbesteck daneben klirrte, während irgendwo im Hintergrund der Halle ein Entladungsblitz durch das Dämmerlicht zuckte. Ein leises Donnern rollte durch den Raum. Die Beleuchtung erlosch, Notaggregate sprangen an.

»Geschafft!«, brüllte der erste Mann begeistert und klatschte lautstark in die Hände. »Der HÜ-Schirm hat das verdammte Ding in den Halbraum abgestrahlt!«

Startac konnte die Alteraner spüren! Er fühlte die Erleichterung, ihren Hass auf die Posbis, die riesengroße Verwirrung, die jeden Menschen angesichts der Todesnähe befiel.

Er ortete! Also würde er … würde er …

Der Mutant konzentrierte sich auf den Sprung. Und verschwand.

Achtunddreißig
Darius Beng-Xiao: Ein glückliches Ende

Die Raumlinse landete abseits mehrerer Schwerer Kreuzer, die im Dock lagen. Der Raumhafen füllte den Horizont von einem zum anderen Ende aus. Die Hauptgebäude standen in Flammen. Sie würden den Flüchtenden keine Sicherheit bieten. Ungleichmäßig verteilte Bodenforts schwenkten ihre gewaltigen Waffenarme über das Firmament. Von Zeit zu Zeit entluden sie irgendwohin ihre Gewalten.

Zwei riesige Feuerblumen entstanden im Nachthimmel.

»TRIANGOLO-Forts«, sagte Beng-Xiao. Er war müde, so unglaublich müde. »Es geht zu Ende.«

Eine dritte Explosion folgte.

Gelbe Strahlenbahnen zuckten allerorts durch die Schwärze, irrlichterten auf unsichtbare Ziele zu. Es roch nach Ozon, nach Metall, nach Schwefel.

Zehn oder zwölf Kilometer entfernt stach eine Feuerlohe hoch in den Himmel. Irgendein Lager mit leicht entzündbarem Material war von einem verirrten Strahlschuss getroffen worden. Sekunden später erfolgte ohrenbetäubender Krach.

»Ich habe ein Notsignal an die Flotte abgesetzt«, rief Darius, während er seine Schutzbefohlenen vor sich herhetzte. »Man wird dafür sorgen, dass Sie in den nächsten Minuten abgeholt werden. Wir müssen uns abseits des Geschehens halten. Nur dann haben wir eine Chance, den Maschinenteufeln zu entgehen.«

»Ich muss unbedingt an die Posbis herankommen«, sagte der Großadministrator. Er behielt den Helmteil seines seltsamen blauen Schutzanzugs geöffnet. »Sie sind der Logik verpflichtet«, fuhr er wie im Selbstgespräch fort. »Es ist mir schon einmal gelungen, die Hass-Schaltung zu deaktivieren ...«

Darius hatte genug. Dieses blödsinnige Gewäsch war eines Perry Rhodans einfach unwürdig. Er konnte nicht mehr an sich halten, er musste ...

Er stieß Rhodan mit beiden Händen in den Rücken, sodass er vornüberstolperte, stürzte ihm hinterher, wollte auf ihn einprügeln, ihn zu Fall bringen, ihn ...

In einer blitzschnellen Drehbewegung wich der Unsterbliche aus, ließ ihn ins Leere rennen, stellte ihm dabei ein Bein. Darius ging mit den Händen voran zu Boden.

Eine rasche Drehung beiseite, den Gegner nur nicht nahe an sich heranlassen, immer in Bewegung bleiben ...

Ein gezielter Fußtritt gegen seinen Solarplexus raubte ihm die Luft. Darius sah nur noch Sterne vor den Augen, während sich etwas bleischwer auf seine Brust legte.

»Was sollte das, Leutnant?«, fragte Rhodan kaum außer Atem. »Welche Probleme haben Sie mit mir?«

Darius fühlte, wie er vom Boden hochgezogen und auf die Beine gestellt wurde. Wie ein kleiner Junge, wie ein Anfänger. Die Tabletten ... sie mussten seine Reaktionsgeschwindigkeit gemindert haben. Oder hatte der Unsterbliche tatsächlich so gute Reflexe?

»Ich verweigere die Aussage, Sir!«, murmelte er.

»Wir sind nicht bei einer Anhörung, Leutnant!« Graublaue Augen richteten sich auf ihn. Augen, die keinen weiteren Widerspruch duldeten. »Rings um uns sterben Menschen. Und damit nicht genug, fallen Sie mir in den Rücken! Die alteranische Gerichtsbarkeit würde Ihr Verhalten wohl als Hochverrat bezeichnen.«

Darius fühlte sich von zwei kräftigen Armen durchgebeutelt.

Mondra Diamond, die terranische Frau, stand links hinter dem Unsterblichen und sah ihn konzentriert an. Anton Ismael hatte sich ein paar Schritte zurückgezogen. Er schüttelte den Kopf hin und her, hin und her, als verstünde er nichts von dem, das sich um ihn herum tat. Hinter ihnen glühte der Horizont in Rot.

»Warum haben Sie die Posbis nicht aufhalten können?!«, brach es schluchzend aus Darius hervor. Kraftlos ließ er sich mit seinem gesamten Körpergewicht nach vorn fallen, auf den Unsterblichen zu. »Sie sind Perry Rhodan. Der Großadministrator.« Tränen des Zorns und der Verzweiflung bahnten sich ihren Weg. »Seit Jahrtausenden warten wir darauf, dass Sie uns ins Solare Imperium heimbringen. Uns helfen. Uns führen.« Er weinte hemmungslos. »Dann tauchen Sie tatsächlich auf und tun gar nichts! Sie *reden* mit den Posbis, mit diesen Ungeheuern. Als verstünden Sie gar nicht, worum es hier geht ...«

»Ich versuche zu verstehen«, antwortete der Unsterbliche und stellte ihn schließlich wieder aufrecht hin.

Dieses Gesicht, das ihn sein Leben lang begleitet hatte, dem er auf dem Nachttisch seiner Kindheit, in der Schule, während der Ausbildungszeit auf Bildern, Büsten, Holos, Filmen immer wieder begegnet war ... Perry Rhodan stand ihm so nah, und gleichzeitig wirkte er, als würde ein Universum sie voneinander trennen.

»Ich bin kein ... Gott«, sagte der Unsterbliche schließlich. »Ich habe wie jeder Mensch Fehler und Schwächen. Ich versuche, den Posbis mit Argumenten beizukommen. Ich will ihre Logik durchschauen und testen, wie sie reagieren. Anton Ismael hatte mich darauf vorbereitet, dass die Maschinenmenschen keinen Argumenten zugänglich sind.« Rhodan senkte den Kopf, als fühlte er eine schwere Last auf seinen Schultern. »Aber ich wollte ihm nicht glauben. Das war mein Fehler, und dafür werde ich ... in meinen Träumen büßen.«

»Sie hatten von vorneherein keine Chance, Mr. Rhodan«, mischte sich der alteranische Regierungschef in das Gespräch ein. »Ob mit Ihnen oder ohne Sie – Fort Kanton wäre in jedem Fall verloren gewesen. Wir Menschen sind einfach zu schwach, um den Posbis auf Dauer Widerstand leisten zu können.«

»Nein, das sind wir nicht!«, widersprach Perry Rhodan heftig, ohne sich umzudrehen. Es war, als spreche er zu ihm, Darius, und nicht zu Anton Ismael. »Unsere Gegner sind in der Überzahl und können sich beliebig duplizieren. Aber trotz ihrer Bioplasma-Zusätze werden sie niemals an das Genie menschlichen Geistes herankommen.« Er deutete auf seine Stirn. »Da drin steckt jene Waffe, mit der wir den Posbis beikommen werden.«

Donner und Feuer fuhren über sie hinweg. Ein Fragmentraumer tauchte plötzlich über ihnen auf, so niedrig, dass die Unterseite seines zerklüfteten Leibs die Sterne verdunkelte.

»Weg hier!«, rief Perry Rhodan, »zurück zur Raumlinse. Wir müssen fliehen.«

Sie rannten los, kamen aber nicht weit. Ein breiter Desintegrator-Strahl zog eine Furche quer über den terkonitgehärteten Stahl des kantonschen Raumhafens. Ihr kleines Schiff verging ebenso im Nichts wie Teile der beiden Schweren Kreuzer, in deren Nähe sie gelandet waren. Nadeldünne Strahlen stachen aus dem Fragmentraumer hervor. Scheinbar willkürlich beackerten sie das Landefeld, konzentrierten sich schließlich auf mehrere Bodenforts. Eins explodierte. Ein heißer Luftschwall schleuderte Darius und seine Begleiter zurück. Meterweit flogen sie durch die Luft, bevor die Sicherheitsmechanismen ihrer Anzüge reagierten.

Die Atmosphäre kochte. Darius maß mehr als einhundert Grad Celsius. Elektrische Überschläge fuhren vom Fragmentraumer aus in die Erde seines Heimatplaneten. Das waren lediglich Begleiterscheinungen jener unglaublichen Gewalten, die das Schiff der Maschinenteufel auslöste. Thermosalven, Desintegrator- und Impulsstrahlen leckten über das Gelände und vernichteten buchstäblich alles.

Darius fühlte sich gepackt und hochgerissen. Perry Rhodan hatte die vier Anzugpositroniken in Synchronsteuerung übernommen und raste in einem atemberaubenden Zick-Zack-Kurs im Schatten des Feindschiffs dahin. Er gewann dabei an Höhe, zischte hinauf bis auf mehr als 1000 Meter. Darius verstand die Logik dahinter nicht, ließ sich einfach mitreißen. Fasziniert hörte er dem Terraner über Funk zu, der in aller Ruhe mit seiner Positronik kommunizierte. Er gab scheinbar völlig zusammenhanglose Befehle, ließ einen Kurs steuern, der aus Loopings, engsten Kurven, Gegensteuermanövern und steilen Abstürzen bestand. Aber er brachte sie in kleinen Etappen aus dem Schatten des Fragmentraumers.

Mondra Diamond, diese wunderschöne Frau an der Seite des Unsterblichen, sandte währenddessen ein breitgefächertes Notrufsignal an die Reste der kantonschen Flotte aus. Sie tat dies ebenso ruhig und abgeklärt wie der Unsterbliche. Als hätten sie beide dutzendweise Comz und Ampatrin eingeworfen.

Die Kommandanten mehrerer Schiffe reagierten auf das Signal und versprachen Hilfe.

Seltsam ... Darius fühlte sich auf einmal so leicht, so unbeschwert. In der Nähe Perry Rhodans war er in Sicherheit. Ihm konnte nichts passieren. Er schaltete die Außenmikrofone aus. Alles war so ruhig, so friedlich. Die Worte der beiden Terraner wurden zu einer Hintergrundmusik, zu der sie nun tanzten. Von links nach rechts ging es, dann wieder zurück, eine Drehung, dasselbe Manöver wieder von vorn ...

»Sie kommen!«, rief Mondra Diamond.

Unwillig wandte sich Darius der Wirklichkeit zu.

Ja, da nahten sie aus der Richtung der soeben aufgehenden Sonne. Drei

Leichte Kreuzer und zwei Schlachtschiffe. Sie spien Sperrfeuer gegen den Fragmentraumer, trieben ihn kilometerweise beiseite. Große Teile der Energiefluten wurden von den HÜ-Schirmen in den Überraum abgeleitet, doch punktuelles Feuer der fünf alteranischen Raumer fraß sich durch eine instabil werdende Lücke und in das Posbi-Schiff.

Perry Rhodan sorgte währenddessen dafür, dass sie so rasch wie möglich Distanz zum Kampfort gewannen. Pfeifend durchschnitten sie die dünne Luft, rasten mit mehreren hundert Stundenkilometern dahin. Die Posbis kümmerten sich nicht mehr um sie.

Die noch nicht zerstörten Bodenforts schossen sich nun auf den verhassten Feind ein. Sie überlasteten den Schirm des Fragmentraumers, bis das Schiff in einer irrwitzig grellen Explosion verging.

Eine breite Schall- und Luftwelle trieb sie, die vier Menschen, vor sich her. Trümmerstücke, zerfetzte und abstrus verbogene Metallteile lösten sich aus dem Zentrum der Entladung und flogen in alle Richtungen davon. Darius' Schutzanzug maß zudem eine fünfdimensionale Schockwellenfront an, die sich linear über die Planetenoberfläche fortpflanzte. Ein fein gezackter Riss tat sich im Einsteinuniversum auf, verbreiterte sich, verschluckte einen Teil der Schiffsreste und verflüchtigte sich rasch wieder.

Darius hatte längst jegliche Angst verloren. Dennoch erzeugte der Gedanke an die unbegreiflichen Gewalten des Hyperraums eine Gänsehaut. Die Grenze zu jenem Reich, das die Menschen nutzten und *be*nutzten, ohne seine Gesetzmäßigkeiten zu begreifen, war wieder verschlossen.

Perry Rhodan zog die kleine Gruppe nach wie vor mit sich. Sie ritten auf der Sturmwoge der Explosion dahin und wichen Trümmerstücken und gleißenden Energiestrahlen kleinerer Posbi-Einheiten aus. Die alteranischen Kreuzer feuerten unentwegt, nahmen auch auf die Gegebenheiten auf der Planetenoberfläche keine Rücksicht mehr.

»Sie ziehen uns mit Antigravs in eines der Schlachtschiffe«, sagte der Unsterbliche über Funk. »Wir haben es überstanden.«

Beng-Xiao spürte ein leichtes Ziehen. Die Mikropositronik des Schutzanzugs zeigte die Fremdübernahme seiner Funktionen durch die Rechner eines Schiffes namens STERNENBLÜTE an.

Ja, sie hatten es geschafft.

Natürlich.

Wie hatte er nur am Großadministrator zweifeln können? Perry Rhodan würde sie vor den Posbis retten; so, wie er seit Jahrtausenden das Schicksal aller Menschenvölker lenkte, wusste er auch dieses Mal das Richtige zu tun. Das Imperium Altera steuerte einer glorreichen Zukunft entgegen, die jetzt, in diesem Augenblick, ihren Anfang nahm. Er war so froh, so unendlich zufrieden …

Die Wandung des Leichten Kreuzers STERNENBLÜTE kam rasch näher. Eine letzte Kurskorrektur wurde notwendig, bevor sie endgültig eingeholt wurden. Der Strahl einer Thermokanone kreuzte ihren Weg, konnte ihnen aber nichts mehr anhaben. Freude und Erleichterung tobten durch Darius' Brust, wurden so stark, dass sie schmerzten.

Perry Rhodan und Mondra Diamond landeten vor ihm im Inneren eines kleinen Hangars, während Anton Ismael zu Boden taumelte. Seltsam, er schien eine Verletzung davongetragen zu haben.

Wann und wo?

Darius konnte es nicht sagen; es war auch einerlei. Er fühlte sich so glücklich wie nie zuvor. Würde er jemals Kinder haben und deren Kinder aufwachsen sehen, konnte er ihnen von diesem Tag erzählen, da er und der Großadministrator gemeinsam durch die rotglühende Atmosphäre eines sterbenden Planeten geflüchtet waren und dem Schicksal ein Schnippchen geschlagen hatten.

Oh verdammt – es war so schön, frei denken zu können, zu atmen, zu *leben*.

Wenn nur diese Schmerzen in der Brust nachlassen würden; wenn er nur verstünde, was die beiden Terraner neben ihm riefen, während sie ihn langsam zu Boden betteten; wenn doch nur die Müdigkeit, die er verspürte, wieder verging. Er hatte sein Leben so lange mit Nichtigkeiten verschwendet und nicht zugelassen, dass irgendwelche Gefühle in ihm aufkeimten. Er wollte dies alles nachholen. Er wollte … wollte …

Neununddreißig
Startac Schroeder: Drüber oder drunter

Die Reise nach Altera hatte für ihn von Anfang an unter keinem guten Stern gestanden. Doch wenn man kein Glück hatte, musste man es eben erzwingen.

Er lehnte sich erschöpft gegen die kahle Wand eines Korridors, der sich scheinbar endlos nach rechts und links erstreckte. Türen sonder Zahl zweigten davon ab.

Startac ortete.

Die Verwirrung unter den Alteranern, die er spüren konnte, war nicht sonderlich groß. Viele von ihnen beherrschten sich mustergültig und hatten ihre Sinne binnen kürzester Zeit wieder unter Kontrolle. Die meisten Milizionäre der Legion Alter-X waren abgebrüht und ließen sich von dem Absturz des posbischen Trümmerstücks nicht verwirren. Sie verließen ihre Sicherheitsbunker und kehrten ruhig an ihre Wirkungsstätten zurück. Wahrscheinlich hatte man bereits in diesen Sekunden seine Flucht bemerkt und …

Ein auf- und abschwellendes Signal gab ihm Recht.

Von nun an war er ein Gehetzter; die kurzzeitige Energieschwankung, die er zur Flucht genutzt hatte und die ironischerweise von feindlichen Posbis verursacht worden war, gab ihm lediglich etwas Bewegungsfreiheit innerhalb des Festwerks. Die Chance war da; nun musste er sie nutzen.

Er fühlte, dass er sich in unmittelbarer Nähe seines ... Folterkerkers befand. Die Bewusstseine der beiden Alteraner, die sich unweit seines Fesselbetts unterhalten hatten, waren besonders stark zu spüren. Offensichtlich hatte man sie abgestellt, um ihn trotz des Alarms zu überwachen. Wenn er den hiesigen Befehlshaber richtig einschätzte, würde dieser die beiden Männer für ihre Nachlässigkeit büßen lassen.

Startac grinste müde. Irgendwie gefiel ihm dieser Gedanke.

Wahllos riss er die Türen links und rechts von ihm auf, suchte nach Waffen oder einem Versteck, in dem er sich sammeln und zur Ruhe kommen konnte. Wenn er Glück hatte, nahmen seine Häscher an, dass er entkommen war, und würden nicht unbedingt im Festwerk nach ihm suchen.

Ein Labor. Ein Lagerraum. Ein Raum mit einem positronischen Rechenknoten, der durch zusätzlich geschaltete Schutzschirme gesichert war. Ein weiteres Labor, ein riesiges Ersatzteillager, eine Kühlkammer, eine Garderobe ...

Sein Anzug!

Da hing er, hinter einer Glaswand frei in der Luft schwebend. Die Selbstschutzvorrichtung war aktiviert. Ein eng anliegender Schutzschirm hatte sich wie ein Film um die Außenhaut des Bekleidungsstücks gelegt. Also war er nach wie vor funktionsfähig und würde sich von ihm aktivieren lassen.

Startacs Herz schlug schneller. Die Agenten der Legion Alter-X hatten sich weitgehend auf ihn selbst konzentriert und dem Anzug keine große Beachtung geschenkt.

Natürlich, sobald sie ihn »umgedreht« hatten, erledigte sich das Problem mit dem terranischen Spitzenerzeugnis von selbst.

Er schloss leise die Tür hinter sich. Hastige Schritte näherten sich. Das durchdringend gellende Alarmsignal trieb die Alteraner vor sich her.

Startac trat an die transparente Wand und klopfte leicht dagegen. Das war kein Schutzglas; die Abtrennung sorgte wohl lediglich für eine keimfreie Aufbewahrung des Anzugs.

Er sah sich um. Eine Art Metallkolben lag in der Ecke, mehr als einen Meter lang. Was auch immer das Ding normalerweise für eine Funktion erfüllte, Startac würde es zweckentfremden.

Mit aller Kraft, die noch in ihm steckte, schlug er gegen das Glas und sprang zurück. Splitter schossen durch den Raum, bohrten sich durch die dünne Unterwäsche, die er trug, stachen in seine Arme und Beine.

»Ramihyn!«, nannte Startac dessen ungeachtet das Kodewort.

Der Schutzschirm des Anzugs erlosch.

Der Mutant stieg vorsichtig über die Glasscherben hinweg. Er riss und zerrte an dem Kleidungsstück, kämpfte gegen die Zugstrahlen an und bekam den Anzug schließlich frei.

Hastig schlüpfte er hinein, achtete nicht weiter auf die vielen kleinen blutigen Wunden, die er davongetragen hatte. Es wurde ihm bereits wieder schwarz vor den Augen, er musste … musste …

Verlorengegangene Kraft kehrte augenblicklich zurück. Seine Gedanken, die bislang träge dahin geflossen waren, wurden plötzlich zu einer Flut, die ihn fast zu übermannen drohte. Die Cybermed-Einheit des Anzugs hatte die Schwächung seines Metabolismus erkannt und intravenös ein Stärkungs- und Stabilisierungsmittel injiziert. Er folgte einer Empfehlung der Positronik und ließ sich über eine weitere Kanüle dringend benötigte Nährstoffe zuführen. Er benötigte schlichtweg alles, das ihn irgendwie kräftigen konnte.

Startac ortete erneut. Wie trippelnde Ameisen waren die Alteraner. Scheinbar ziellos irrten sie hin und her, hinterließen Reflektionen, die er kaum auseinanderhalten konnte. Wie immer gelang es ihm nicht, die Gedanken deutlich und sauber voneinander zu unterscheiden und etwas anderes als grundlegende Emotionen zu erkennen. Er war leider kein Telepath. Irgendwie schien es ihm, als wäre er in seiner Entwicklung dorthin steckengeblieben …

Der Mutant hackte sich in die interne Kommunikation ein. Noch verlief sie unverschlüsselt.

»Ebene acht sicher, kein Zeichen vom Terraner«, hörte er die im zackigen Tonfall vorgetragene Meldung eines Agenten.

»… nur mit Paralysestrahlen auf ihn feuern«, befahl ein anderer.

»… allerhöchste Vorsicht ist geboten.«

»… er kann hier überall sein; die Insel dürfte er noch nicht verlassen haben …«

»… ein Teleporter, möglicherweise weitere, unbekannte Fähigkeiten. Kann eventuell Glas zerspringen lassen.«

»… sollten einen zusätzlichen HÜ-Schirm über das Festwerk legen …«

Das war die Meldung, die Startac benötigte. Er konzentrierte sich; allerdings nicht auf einen bestimmten Punkt, sondern auf eine gewisse Distanz, die er springen wollte. Er schaltete den Deflektorschirm zu und konzentrierte sich.

Es folgte das obligatorische Ziehen im Nacken und jenes Kopfweh, das in ein Schmerzgewitter übergehen würde, sobald die Wirkung der Medikamente nachließ.

Er materialisierte irgendwo, knapp über dem Erdboden. Grelles Licht stach in seine Augen, träge Insekten umschwärmten ihn. Da war eine Gebüschgruppe, die einen natürlichen Sichtschutz gegen alle Richtung erlaubte. Startac schob sich zwischen die dornenbewehrten Äste, hockte sich nieder und atmete durch.

Seine Intrarot-Ortung zeigte mehrere Gruppen von Lebewesen. Eine Patrouille befand sich links von ihm, nicht einmal 50 Meter entfernt, nahm aber eine andere Richtung. Er lugte zwischen dem Blattwerk hindurch, sah hinab auf einen Fluss, wahrscheinlich den Teragonda. Die Männer marschierten an dessen Ufer entlang und schauten aufs Wasser hinaus. Sie waren bewaffnet und trugen lediglich dünne Schutzkleidung. Scheinbar besaßen sie keine Möglichkeit, ihn aufgrund seiner Wärmeemissionen anzumessen.

Startac richtete sich auf und sah sich genauer um. Hinter ihm, vielleicht zwei Kilometer entfernt, ragte das Festwerk in die Höhe. Es war von einer beeindruckenden, metallen glänzenden Mauer umgeben, die nach außen krängte. Der Mutant hatte das Gefühl, als würde das Fundament dieses seltsamen Bauwerks tief in den Boden reichen.

Im Inneren der Schüsselform stachen zwölf spitze Türme weit nach oben. Sie waren in Pagodenform errichtet und entsprachen einer Architektur, die man in Retro-Kolonien in manchen Teilen des asiatischen Kontinents vorfand. Links und rechts des Festwerks flossen scheinbar gemächlich die breiten Wasser des Teragonda vorbei.

Ein kuppelförmiger HÜ-Schirm umspannte das Bauwerk samt seinem Umfeld. Dünne Schlieren, die farbsichtigen Menschen vielleicht gelb erschienen, zogen sich über die Innenseite.

Ein Schwarm Zugvögel näherte sich, wahrscheinlich vom saftigen Pflanzenwerk hier auf der Insel angelockt. Die entenähnlichen Geschöpfe flogen in V-Formation und vergingen geräuschlos im Schirm.

Startac behielt seine vielfältigen Anzeigen weiterhin im Auge. Über kurz oder lang würde man an den Ortungsgeräten im Festwerk bemerken, dass sich hier im Gestrüpp jemand befand, der über seine Emissionen erkennbar, aber optisch nicht erfassbar war.

Links und rechts war niemand zu sehen. Also schob er sich hinter dem Gestrüpp hervor und marschierte in raschem Tempo zur Spitze der Insel. Den Antigrav benutzte er wohl besser nicht. Niemand sonst hier schien damit ausgestattet zu sein. Das ungewöhnliche Energiebild des terranischen Erzeugnisses würde nur seine Verfolger auf ihn aufmerksam machen. Er musste Zeit gewinnen und überlegen, wie er von hier flüchten konnte.

Zwei Gleiter drifteten scheinbar gemächlich herab zum Festwerk. Sie näherten sich von der Rückseite des Bauwerks. Von seiner Position aus kaum einsichtig, rauchte und qualmte es dort gewaltig. Wahrscheinlich hatten sich unweit der Insel weitere Trümmer jenes abgeschossenen Fragmentraumers in den Boden gebohrt, dem er seine zweifelhafte Freiheit verdankte.

Einen Lidschlag lang erlosch der HÜ-Schirm im Umkreis von ein paar dutzend Metern und ließ die beiden Gleiter passieren. Sie fädelten sich zwischen den Pagodenbauwerken ein und verschwanden aus Startacs Sicht.

Ein weiteres Fahrzeug gleicher Bauweise näherte sich.

Ein Gedanke schoss ihm durch den Kopf. Sollte er versuchen, den einen, kurzen Moment zu erwischen, um den Schutzschirm zu durchqueren? Es musste zu schaffen sein …

Startac behielt die Idee im Hinterkopf. Sie war wahnwitzig, aber wenn er keine andere Möglichkeit mehr sah, würde er sie wohl wählen.

Eine kleine Gruppe Soldaten mit Waffen im Anschlag kam auf ihn zu. Sie konnten ihn nicht sehen, hielten allerdings Messgeräte unbestimmter Bauart in der Hand, die sie stets in alle Himmelsrichtungen schwenkten. Startac eilte zum Fluss, watete ins flache Wasser und begab sich damit außerhalb ihrer Sichtweite. Ein vorgezogener Hügel und mehrere Baumgruppen verdeckten ihn nun.

Ein zweiter HÜ-Schirm legte sich wie eine Haut über das Festwerk. Der Mutant atmete tief durch. Die Geier kreisten ihn allmählich ein. Ihm musste etwas einfallen, so schnell wie möglich.

Eine ganze Armada von Personengleitern kam nun über den Fluss heran. Möglicherweise brachten sie weiteres Personal, um gezielter nach ihm zu suchen. Startac schüttelte den Kopf, um die plötzlich eintretende Müdigkeit zu verdrängen. Die Pharmaka verloren rascher an Wirkung, als ihm lieb war.

Sollte er tatsächlich die Teleportation durch eine der Strukturlücken riskieren? Das Wagnis erforderte genaues Timing und erschien nahezu unkalkulierbar. Er wollte gar nicht daran denken, was ihm drohte, sollte sich die hyperdimensionale Abschirmung während seines Sprunges schließen …

Zwei Gleiter kamen durch, dann drei weitere. Sie wurden offensichtlich von Leitstrahlen gelenkt, die ein geringstmögliches Öffnungsfenster erlaubten.

Zweimal wollte er springen, zweimal überlegte er es sich anders. Immer wäre er zu spät dran gewesen, vermutete er. Verdammt!

Hier am Flussufer war er der Unterkante des HÜ-Schirms so nahe, dass er ihn mit wenigen Schwimmzügen erreicht hätte. Dahinter wartete die Freiheit. So nah, und doch so fern …

Moment! Warum war ihm das nicht längst aufgefallen? Der Energievorhang musste an der Oberfläche des Teragonda enden; das Wasser floss ruhig und unbehindert dahin. Nichts davon wurde in den überdimensionalen Raum abgeleitet!

Startac watete tiefer ins Wasser, schloss den Anzug und tauchte unter.

Die Sicht reichte nur ein oder zwei Meter weit. Das schlammige Flusswasser packte ihn augenblicklich und trieb ihn ab.

Tatsächlich! Der Schutzschirm reichte nicht bis hierher hinab. Seine Ortungsgeräte zeigten lediglich Stahlnetze und Schockbomben an, aber nichts, das ihn an einer Flucht hindern konnte.

Er wollte nicht mehr nachdenken, keine Gefahren mehr abwägen. Er sprang auf ein anvisiertes Ziel zu. Es war lediglich 20 oder 30 Meter entfernt auf der anderen Seite dieser energetischen Mauer.

Es gelang.

Er hatte es geschafft, die Flucht aus diesem fürchterlichen Foltergefängnis war gelungen. Startac tauchte auf, orientierte sich, tat einen weiteren Sprung zum anderen Ufer hin.

Aber er war so schwach. Er konnte kaum noch die Augen offen halten. Doch er musste Distanz zwischen sich und das Festwerk bringen …

Der Mutant beschloss, in der Anonymität der Stadt Neo-Tera Sicherheit zu suchen. Ein paar Stunden Schlaf in irgendeinem Winkel musste genügen, dann würde er sich auf die Suche nach den anderen machen. Der Terranische Resident sollte erfahren, welch Geistes Kind dieser Mann war, der auf der Insel Gonda herrschte.

Vierzig Perry Rhodan: Die Rückkehr nach Altera

69 mehr oder weniger unversehrte Schiffseinheiten kehrten ins Altera-System zurück. Wie geprügelte Hunde schlichen sich deren Kommandanten an den TERAGONDA-Wachforts vorbei und hielten Kurs auf den Militärhafen der Hauptstadt Neo-Tera.

Die Besatzungen standen sichtlich unter Schock. Niemand fand große Worte für das, was geschehen war. Fort Kantons Schicksal lag nun in den Greifern der Posbis.

Immer wieder hallte der Funkruf der Maschinenwesen in Rhodan nach: »Seid ihr Wahres Leben? Seid ihr Wahres Leben?« Er hatte diese Gefahr durch die Hassschaltung längst überwunden geglaubt und nie damit gerechnet, ihr erneut und unter gänzlich anderen Voraussetzungen begegnen zu müssen.

War es denn überhaupt die Hassschaltung, die die Posbis in Ambriador vor 36 Jahren »umgepolt« hatte? *Warum* war sie in Kraft getreten, nachdem die Maschinenwesen über Jahrtausende hinweg friedlich ihren ureigensten Zielen nachgegangen waren? War ein Unfall passiert? Hatte eine unbekannte Macht die Maschinen übernommen?

Gemeinsam mit Mondra verließ er die STERNENBLÜTE. Der Regenerationstank, in dem Anton Ismael um sein Leben kämpfte, schwebte neben ihnen her. Der rechte Arm des alteranischen Regierungschefs war zur Gänze abgeschmort, der Brustbereich von diesem letzten Streifschuss aus einer posbischen Thermokanone zerfetzt. Eine Niere war ebenso weggebrannt wie Teile des Magens und der Milz. Ein neues Herz schlug schwach und unregelmäßig. Der Körper des Regierungschefs stieß trotz aller Hilfsmaßnahmen durch ein Ärzteteam, das Ismael rund um die Uhr betreute, das frisch transplantierte Lungengewebe ab und produzierte einen Fieberschub nach dem anderen.

»Er will nicht mehr«, sagte Mondra, als hätte sie seine Gedanken erraten.

»Er *kann* nicht mehr«, widersprach Rhodan heftig. »Das ist ein Unterschied. Ich bin mir sicher, dass tief in diesem Leib ein Kämpfer schläft. Wir müssen ihm lediglich die Chance geben, seinen Körper zurückzuerobern. Er benötigt dringend eine Stabilisierungsphase ... und viel Zeit.«

»Wozu? Damit er mit ansehen darf, wie das alteranische Reich von den Posbis in den Abfluss der Geschichte gespült wird?«

Rhodan streckte sich. »Wir sind noch lange nicht am Ende.«

»Wir?« Mondra lächelte müde. »Siehst du dich bereits selbst als Alteraner?«

»Ich sehe mich als Mensch. Als Terraner.«

Schweigend beobachteten sie, wie die Särge von mehr als 300 getöteten Soldaten aus einem Hangardeck schwebten. Unter ihnen war ein junger Leutnant namens Darius Beng-Xiao, der ihn abgöttisch verehrt hatte. Rhodan würde niemals erfahren, wie er gelebt, was ihn angetrieben hatte. Unter anderen Umständen wäre Darius ein lebenslustiger junger Mann geworden, der sich mit einer Frau und ein paar Kindern umgeben hätte. Diese schrecklichen Zeiten hatten ihn jedoch zu einem paranoiden und verbitterten Soldaten ohne persönlicher Zielsetzung gemacht, der nun in fremder Erde bestattet werden musste.

Ein hagerer Mann, dem Rhodan in diesen Momenten keinesfalls begegnen wollte, kam näher.

»Ihr erster Auftritt in Ambriador war also nicht von Erfolg gekrönt?«, fragte Laertes Michou.

»Sie ... sie ...« Mondra funkelte ihn böse an. »Wie können Sie angesichts dieser Toten derart zynisch sein!«

»Zynismus ist das Einzige, das uns noch geblieben ist, meine Liebe. Aber ich habe meine wertvolle Zeit nicht geopfert, um hier und jetzt Nettigkeiten auszutauschen. Vielmehr muss ich sehen, ob unser Regierungschef tatsächlich handlungsunfähig ist.« Er drehte sich zur Seite, sprach kurz mit einem weiß bekittelten Arzt und wandte sich dann wieder dem Unsterblichen und seiner Begleiterin zu. »Die Chancen, dass sich Anton von den Verletzungen erholt, sind denkbar gering. Zumindest während der nächsten Wochen werde ich also die Regierungsverantwortung übernehmen müssen.«

»Müssen?« Rhodan lächelte bitter.

»Wir brauchen uns nichts vormachen, Großadministrator. Ich hatte stets das Ziel vor Augen, eines Tages das Imperium Altera alleinverantwortlich mit meiner Handschrift zu prägen. Aber ich wollte es niemals unter diesen Umständen erreichen.«

»Das sollen wir Ihnen glauben?«

»Sie können glauben, was Sie wollen.« Michou wechselte abrupt das Thema. »Darf ich Sie nun in die Administration einladen? Ich werde eine Pressekonferenz abhalten und möchte Sie an meiner Seite wissen.«

»Um mich als Messias zu präsentieren?«

»So ist es.« Michou lächelte knapp und bat die beiden Terraner zu seinem Gleiter.

Vor dem prismatischen Glitzern und Glänzen einer prachtvollen Wand mit ineinander verschweißten Glasplatten vor dem zentralen Verwaltungsgebäude gab der Staatsmarschall die erste Ansprache als »provisorischer Regierungschef«. Er blieb sachlich und kühl. Selbst sein Bedauern über die Schwere der Verletzung Anton Ismaels, das er zum Ausdruck brachte, klang holprig und uninspiriert.

»Wie hat ein derartiger Holzkopf jemals so viel politische Macht erobern können?«, fragte Mondra flüsternd.

»Das wirst du noch sehen«, antwortete Rhodan. Er sah dem Chef der »Partei Heimatkampf« genau auf die Finger und beobachtete gleichzeitig die Reaktionen der versammelten Presse. Er und seine Begleiterin standen hinter einer holografischen Werbetafel verborgen, für die mehr als 200 Versammelten unsichtbar.

Michous Auftritt zeigte auf die Reporter durchaus Wirkung. Manch einer geriet in Versuchung, ihm bei den plumpesten demagogischen Äußerungen zu applaudieren. Möglicherweise waren die Alteraner naiver. Vielleicht kannten sie jene politische Streitkultur nicht, die auf Terra seit Jahrtausenden mit Inbrunst gepflegt wurde.

»... und ist es mir eine Ehre, Ihnen allen, verehrte Zuhörer und Zuschauer, einen ganz besonderen Menschen zu präsentieren.« Michou hob die Arme ein wenig. »Möglicherweise haben Sie gerüchteweise schon von seiner Ankunft gehört. Es ist wahr, ein Unsterblicher befindet sich unter uns! Ein unglaubliches Schicksal hat ihn aus der alten Heimat, von *Terra*, hierher verschlagen. Er war bereits bei der Schlacht um Fort Kanton vor Ort und musste an der Seite Anton Ismaels die Grausamkeit der Maschinenteufel miterleben. Es ist mir eine große Ehre, Ihnen Grußworte des Großadministrators Perry Rhodan übermitteln zu können.«

Eine holografische Zuschaltung stabilisierte sich überlebensgroß neben Michou. Sie brachte Ausschnitte der Rede des Unsterblichen, die er drei Tage zuvor vor der versammelten Administration gehalten hatte.

»Dieser Schweinehund«, murmelte Rhodan Mondra zu. »Er hat die Aufzeichnung zurückgehalten und auf den perfekten Moment für eine Präsentation gewartet. Um sich dann selbst darin sonnen zu können.«

»Dein Pathos und Schmalz passen perfekt zu Laertes Auftritt«, erwiderte Mondra flüsternd. »Deine Ansprache vermittelt den Eindruck, als wäret ihr die besten Freunde. Es wundert mich übrigens, dass die Administration tatsächlich Stillschweigen gehalten hat.«

Das Holo erlosch. Bevor die Reporter sich von dem Schock erholen konnten, fuhr Michou fort: »Und nun ist es mir eine umso größere Freude, Ihnen den Großadministrator höchstpersönlich zu präsentieren. Ich bitte Perry Rhodan zu mir auf die Bühne!«

Es blieb ruhig, als der Unsterbliche und Mondra hinter ihrer Wand hervortraten. Kein Reporter wagte es, ein Wort zu sagen. Man konnte jedes einzelne erschrockene Atemholen der Anwesenden hören. Alle Blicke richteten sich auf die Terraner. Mikrokameras umschwirrten sie wie lästige Insekten und filmten sie aus allen Perspektiven.

Rhodan nickte den Reportern kurz zu und trat Laertes, von der Menge unbemerkt, hinter dem Stehpodium mit vollem Gewicht auf den rechten Fuß. Der Staatsmarschall zuckte zusammen und wurde blass. Der Unsterbliche lächelte freundlich in die Menge. Manchmal entschädigten die kleinsten Freuden für all den Ärger seines Lebens.

Ein Tag verging. Auf Terra schrieb man mittlerweile den 9. April 1343 NGZ.

Laertes Michou agierte mit einem Geschick, das Rhodan dem Militär nicht zugetraut hätte. Er verkaufte seine Anwesenheit als persönlichen Erfolg und verstand es, den Verlust des Kanton-Systems als »zwischenzeitlichen Rückschlag« zu verniedlichen.

Die Geheimwaffe TIGER war in aller Munde. Gezielt gestreute Gerüchte fachten neue Hoffnung in der Bevölkerung an. Von einem waffentechnischen Quantensprung, der die Posbis in die Defensive drängen würde, war die Rede, doch niemand wusste Genaueres. Aus Gründen der Sicherheit, so Michou, durfte nichts darüber verlautbart werden.

»... Sie vertrauen zu sehr darauf, dass die Posbis Altera während der nächsten Wochen in Ruhe lassen«, sagte Rhodan über die Holoverbindung. »Die Psychologie der Maschinenwesen ist bedrückend einfach. Zermürbe und schwäche deinen Gegner, beraube ihn seiner wichtigsten Rohstoffe – also der Hyperkristalle – und gib ihm keine Zeit zum Atemholen. Bald werden die Fragmentraumer über Altera stehen.«

»Nach meiner Ansicht und der meiner Militärexperten haben wir ausreichend Zeit, um unsere Verteidigung zu stabilisieren. Auch Posbis benötigen Zeit, um sich im gewonnenen Terrain zu orientieren und konsolidieren.«

»Das sehen Sie falsch …«

»Ich habe keine Lust, in sechsunddreißig Jahren Kampf gewonnene Erfahrungswerte in eine Schale zu werfen und gegen Ihre Einzelmeinung abzuwägen«, sagte der Staatsmarschall kühl. »Ich danke Ihnen trotzdem für Ihren gut gemeinten Rat, Großadministrator.«

»Zum letzten Mal: Ich habe diesen Titel längst abgelegt!«

»Die Alteraner sehen das anders, Rhodan. Ich will das Volk nicht durch irgendwelche verbalen Spitzfindigkeiten zusätzlich irritieren. Halten Sie sich bitte weiterhin zu meiner Verfügung.«

»Was sollte ich auch anders tun, Laertes? Sie haben uns in diesem Appartement, diesem goldenen Käfig, mehr oder weniger festgesetzt. Sie benutzen uns, wo, wann und wie Sie wollen.«

»Als wichtigste Persönlichkeit des Imperiums Altera müssen wir Sie zu Ihrer eigenen Sicherheit schützen. Es gibt Hinweise auf ein Attentat, das fehlgeleitete Alteraner planen könnten.«

»Und deswegen lassen uns die Leute der Legion Alter-X gerade mal zum Luftschnappen vor die Tür?«

»So ist es.« Michou wollte die Verbindung kurzerhand kappen.

»Warten Sie, Staatsmarschall!«, sagte Rhodan hastig.

»Bitte?«

»Haben Sie Nachricht von unserem verschwundenen Begleiter Startac Schroeder?«

Michous Wangenknochen traten noch deutlicher vor als sonst. »Nein«, antwortete er.

»Er lügt«, flüsterte Mondra Rhodan zu.

»Und was ist mit den Posbis und den Matten-Willy, die Sie in Gewahrsam haben?«

»Sie kennen meine Einstellung, Großadministrator. Kein Maschinenteufel wird auf Altera frei umherlaufen. Wenn Sie mich nun entschuldigen würden, dringende Geschäfte warten auf mich.«

Das dreidimensionale Bild erlosch.

»Ich wünsche ihm ein Furunkel an die Nase, erbsengroße Hämorrhoiden dorthin, wo die Sonne niemals scheint, und Fußpilz zwischen die Zehen«, sagte Rhodan.

»Was seinen rechten Fuß betrifft, würde er den Juckreiz zurzeit nicht einmal spüren«, sagte Mondra grinsend.

»Das hoffe ich aber!« Rhodan stapfte wütend durch den Raum. Von links nach rechts, von rechts nach links.

Er war von diesem Bastard vor einen Karren gespannt worden und konnte nicht einmal laut seine Meinung kundtun. Nach den Geschehnissen der letzten Tage konnte die alteranische Öffentlichkeit am wenigsten Querelen innerhalb der politischen Führungsschicht brauchen. Horrorgeschichten, wie die Posbis mit den auf Fort Kanton zurückgebliebenen Alteranern verfahren waren, machten bereits die Runde.

Ein Signal ertönte.

»Besuch?« Mondra sah ihn fragend an und gab der Hauspositronik schließlich Befehl, die Tür zu öffnen. Gefahr drohte ihnen sicherlich keine. Dafür sorgten die Mitarbeiter der Legion Alter-X, die in der näheren Umgebung des Hauses Dienst taten.

Zwei junge Leute betraten das Wohnzimmer. Schüchtern blickten sie sich um. Einmal mehr begegnete Rhodan jener unterwürfigen Zuneigung, die besonders in Militärkreisen weit verbreitet schien.

»Ich kenne euch«, sagte der Unsterbliche. »Wart ihr nicht die beiden, die …« Unvermittelt brach er ab und schüttelte den Kopf.

»Ja, Sir«, hauchte der Bursche. Er besaß die Statur eines Athleten und wirkte dennoch wie eine Mimose, die ein einziges harsches Wort zu Boden strecken konnte. In den sehnigen Armen hielt er eine große Plastmetall-Schachtel. »Wir konnten damals nicht ahnen, welche Lawine wir lostreten würden, als wir unser Militärkommando von Ihrer Landung informierten.« Er sah sich vorsichtig um. »Werden wir hier abgehört?«

»Das Haus ist sauber, dafür haben wir gesorgt. Zumindest in diesem Zimmer schützt uns ein leichter Energieschirm meines Anzugs vor Lauschangriffen.«

Der junge Soldat seufzte erleichtert. »Wir sind gekommen, um uns bei Ihnen zu entschuldigen, Sir«, sagte er hastig, als befürchtete er trotz Rhodans Beteuerungen, jeden Moment unterbrochen zu werden. »Die Dinge, die wir im Festwerk über uns ergehen lassen mussten, waren schrecklich. Sie verhafteten uns und eine Hundertschaft anderer Milizionäre, um Ihre Ankunft geheim zu halten. Zwei Tage lang verhörten uns die Männer der Legion Alter-X, wollten uns irgendwelche Sachen entlocken, von denen wir überhaupt nichts wussten …«

»Wie habt ihr es geschafft, unbemerkt an unseren Wachhunden vorbeizukommen?«, fragte Mondra misstrauisch. Sie hatte sich auf ein Sofa gefläzt und überschlug scheinbar entspannt die Beine.

Rhodan wusste es besser. Wenn es darauf ankam, wurde sie übergangslos zur kompromisslosen Kampfmaschine.

Der Bursche grinste schwach. »Gestern wurden wir entlassen und rehabilitiert. Es gibt auf Altera nach wie vor einen gewissen Standesdünkel. Erstmals bin ich froh darüber, dass ich einen Namen trage, der in meiner Heimat eine gewisse Bedeutung besitzt. Er hat mir überdies geholfen, hierher Zutritt zu bekommen. Und da auch bei Alter-X wie in vielen Organisationen die rechte Hand nicht weiß, was die linke tut, zogen die Männer da draußen nicht die richtigen Schlüsse. Sie wissen nicht, dass wir im Festwerk einsaßen.«

»Wie sind eure Namen?«, fragte Rhodan.

»Das hier ist meine Freundin Li Yuang. Und ich heiße Lester Donning.«

»Warum habt ihr das Risiko auf euch genommen, uns zu besuchen? Was trägst du da unter dem Arm?«

»Ich möchte etwas wiedergutmachen …«

»Es gibt nichts zu entschuldigen. Unter den besonderen Umständen auf Altera hätte wohl jeder so reagiert wie ihr.«

»Dennoch …« Lester Donning zögerte kurz und stellte die Schachtel schließlich vor sich auf den Boden. »Wir haben keine Möglichkeit, Ihnen Ihre Situation zu erleichtern. Michou ist nicht leicht beizukommen. Wir beide sind Anhänger von Ismaels Menschdemokraten. Das ist selten genug im Militärkorps … aber lassen wir das. Wir sind sicherlich nicht die Einzigen, die zwei und zwei zusammenzählen können, und wissen, dass Sie hier gegen Ihren Willen festsitzen und vom Staatsmarschall für seine Zwecke benutzt werden. Die Dinge in dieser Box helfen Ihnen hoffentlich zu erfahren, wie die Alteraner zu dem wurden, was sie heute sind. Die Unterlagen beinhalten eine fast lückenlose Familienchronik der Donnings vom Moment des Absturzes über Altera bis in die Gegenwart. Zweieinhalbtausend Jahre Geschichte, aus der subjektiven Sicht meiner jeweiligen Vorväter … Ich möchte Ihnen raten, die Dateien und Schriften zumindest durchzublättern, um uns Alteraner wenigstens ansatzweise zu verstehen.«

»Das ist endlich mal eine gute Nachricht.« Mondra richtete sich auf, streckte sich wie eine Katze und machte sich schließlich mit Feuereifer über die Dokumente her.

»Wie lange können Sie bleiben?«, fragte Rhodan, dem der Junge immer sympathischer wurde, je mehr der den Respekt vor ihm, dem Unsterblichen, verlor.

»Ein bis zwei Stunden, schätze ich«, gab Lester Donning zur Antwort. »Wenn ich Ihnen weitere Fragen beantworten darf?«

»Sie müssen.« Rhodan leistete sich den Luxus, das erste Mal an diesem Morgen zu lächeln. »Es scheint mir, als brächte dieser Tag doch mehr, als ich von ihm erwartet hatte.«

Erstmals seit seiner Ankunft erhielt Rhodan wirklich einen Einblick in die Lebenskultur der Alteraner. Er nahm sich die Zeit, Teile der Berichte gemeinsam mit Mondra durchzuarbeiten, und stieß auf erstaunliche Abweichungen von jener Entwicklung, die die Terraner der Milchstraße durchgemacht hatten. Mochten es auch nur Kleinigkeiten sein, über die Jahrhunderte hinweg war ein ganz eigener Menschenschlag entstanden. Geprägt und geformt von der Umwelt Alteras, seiner Kolonien und der besonderen Umstände in Ambriador im Allgemeinen.

»Ich kann mich an Ihren Urahn Richard erinnern, Lester.« Der Unsterbliche lächelte. Gedanken schwappten hoch. »Sergeant Brazos Surfat, der in den Berichten erwähnt wird, war ein Hansdampf in allen Gassen. Ein Betrüger und Draufgänger, der Menschen seines Schlags wie magisch anzog und um sich scharte. Stets stand er an vorderster Front. Mit seinem ungestümen Draufgängertum richtete er viel Schaden an. Andererseits verdankten wir es Männern wie ihm, dass wir die Meister der Insel in Andromeda in derart kurzer Zeit besiegen konnten.« Rhodan holte tief Luft. »Richard Donning war einige Zeit an seiner Seite zu finden. Meist hielt er sich im Hintergrund und wirkte unscheinbar, aber alles, was er schlussendlich während seiner Einsätze beim Landekommando der CREST II tat, hatte Hand und Fuß. Er steckte voller Überraschungen. Bei einer Gelegenheit – ich erinnere mich nicht mehr, bei welcher – packte er eine alte, verstimmte Gitarre aus und begann zu spielen. Dazu sang er mit seinem kaum verständlichen Akzent gälische Volkslieder. Mann, was hatte der für eine Stimme … Zwei Stunden später stürmte er an der Seite von Brazos Surfat ein tefrodisches Raumschiff. Sie brachten es auf und mussten die wie entfesselt kämpfenden Besatzungsmitglieder töten. Ihr Urahn kämpfte weinend, mit tränenden Augen. Und dennoch tat er es, in Erfüllung seiner Pflicht. Bald darauf suchte er um Versetzung an.«

»Das wissen Sie noch, Sir?«

»Mir ist, als hätte ich es erst gestern erlebt, Lester. Manche Dinge bleiben unvergessen.« Rhodan schüttelte die Erinnerungen ab. »Es freut mich, dass er seinem Leben einen neuen Sinn geben konnte. Die Gründung der ersten alteranischen Kolonie war sicherlich genau nach seinem Geschmack …«

Ein Hauch von Wind zog durch den geschlossenen Raum, ein leises Knallgeräusch ertönte im Nebenzimmer.

Rhodan sprang auf, war ein wenig langsamer als Mondra. Die beiden alteranischen Soldaten hingegen wussten nicht, was hier geschah.

Der Unsterbliche *schaltete um.* Lester Donning und Li Yuang waren vergessen. Hier im Raum hatte sich etwas verändert. Und es gab nicht viele Ursachen für die Assoziationen, die plötzlich in seinem Kopf zusammenfanden.

»Startac, bist du das?«, fragte er ins Leere.

»Ja, Perry.«

Das Deflektorfeld erlosch. Der Mutant trat an sie heran. Er wirkte schwach, seine Gesichtshaut war blass und ungesund, aber er lebte.

Offensichtlich.

»… und das ist das Ende meiner Geschichte«, sagte der Teleporter und Orter. Gierig trank er vom Fruchtsaft und legte seinen Schutzanzug zufrieden seufzend beiseite. »Michou hat die Silberkugel, unser Rückflugticket. Wahrscheinlich wird er sie als Druckmittel gegen uns einsetzen.«

Rhodan ging nicht weiter darauf ein. Um die Kugel würde er sich zu gegebener Zeit kümmern. »Was hast du nach deiner Flucht getan?«, fragte er den Mutanten.

»Die letzten sechsunddreißig Stunden trieb ich mich in Neo-Tera herum. Anfänglich auf der Flucht vor allem und jedem. Erst, als deine Ankunft auf Altera offiziell gemacht wurde, wagte ich es, nach dir zu suchen, hielt mich aber auch dann noch zurück. Irgendwann übermannte mich die Erschöpfung. In einer leeren Wohnung schlief ich mehr als vierzehn Stunden am Stück. All die Medikamente und Aufputschmittel, die ich nehmen musste, forderten ihren Tribut.«

»Wie geht es dir jetzt?«

»Die Schmerzen sind weg, Perry. Ich bin bereit, mich den Herausforderungen zu stellen …«

»Ich sehe da ein bestimmtes Glitzern in deinen Augen.«

»Ich habe eine Rechnung mit Laertes und einigen seiner Mitarbeiter zu begleichen.«

»Du wirst die Gelegenheit dazu erhalten, mein Freund. Aber nicht sofort. Wir brauchen den Schweinehund, so wie er uns braucht. Darüber hinaus wird er nun leiser bellen, nachdem wir wissen, was er mit dir vorhatte.«

»Wie kann ein Mensch seiner Intelligenz nur glauben, mit Startacs Entführung durchzukommen?« Mondra schüttelte den Kopf.

»Er wollte mich gefügig machen. Mit Psychopharmaka zu einem seiner Leute umformen.«

»Wenn wir das an die Öffentlichkeit bringen, ist er erledigt«, fuhr Mondra fort.

»Und dann?« Rhodan leckte sich nachdenkend über die Lippen. »Wir haben in den Donning-Chroniken gesehen und gehört, wie stark die Alteraner auf Führungsfiguren fixiert sind. *Ich* kann diese Rolle nicht ausfüllen. Dazu sind mir die Gegebenheiten nach wie vor viel zu fremd. Nein, wir sollten uns nach wie vor mit Michou arrangieren. Dass Startac zu uns gestoßen ist, werden wir vorerst geheim halten.« Er warf einen Seitenblick auf die beiden jungen Soldaten. Beide beeilten sich, ergeben zu nicken. »Startac wird unser Trumpf sein, sobald wir ihn benötigen. Kannst du damit leben, dass du deine Rachegelüste ein wenig später austoben wirst?«

»Aufgeschoben ist nicht aufgehoben«, sagte der Mutant kühl.

Ein Emotionsbündel war der Mann noch nie gewesen, wie Rhodan wusste.

»Dann sind wir uns einig.« Der Unsterbliche wandte sich den alteranischen Gästen zu. »Es ist wohl besser, wenn ihr nun geht. Ich kann mich auf euch verlassen? Sehr gut. Vielleicht werde ich eure Hilfe zu einem späteren Zeitpunkt benötigen. Startac wird sich dann bei euch melden.« Er verabschiedete sie hastig. Sanft, aber bestimmt drängte Mondra Li Yuang und Lester Donning zur Tür.

Nun ging ihnen alles nicht mehr schnell genug. Das Auftauchen des Mutanten schaffte völlig neue Perspektiven. Sie benötigten einen Plan, der zur geänderten Situation passte.

Das Holovid sprach an.

»Das ist Michou«, sagte Rhodan. »Er allein hat unsere Kennung. Zur Seite, Startac! Er darf dich nicht sehen.«

Der Mutant tat wie geheißen. Rhodan aktivierte die Verbindung.

»Benötigen Sie mich wieder einmal dafür, dass ich der Öffentlichkeit ein freundliches Gesicht zeige?«

Michou ging nicht darauf ein. Er wirkte verkrampft, seine Unterlippe zitterte. »Sie hatten Recht«, sagte er schließlich. »Die Posbis greifen an. Der Kampf um Altera hat soeben begonnen.«

Einundvierzig
Laertes Michou: Geheimwaffen und Statistiken

Er hatte seinen Aufbruch in die alteranische Gefechtszentrale, nach TRIANGOLO 001 im Orbit hoch über dem Heimatplaneten, zu einer öffentlichen Angelegenheit gemacht. In diesen schweren Stunden musste er ein Zeichen setzen. Die Bürger des Imperiums waren es gewohnt, dass er stets an vorderster Front stand. Nur durch seinen Wagemut hatte er den Nimbus der starken Führerpersönlichkeit gewonnen.

Er fürchtete die Maschinenteufel nicht. Der Tod kam ohnehin früher oder später.

Sofern man nicht die Unsterblichkeit besaß …

Perry Rhodan betrat die Kommandozentrale. Es war schon bemerkenswert, dass der Terraner seiner Einladung ohne weiteres gefolgt war. Auch wenn er den Unsterblichen wegen seiner allzu liberalen Geisteshaltung nicht ausstehen mochte, er war jedenfalls ein tapferer Mann.

Er kam allein. Die hübsche Frau an seiner Seite hatte es vorgezogen, in Neo-Tera zu bleiben. Aus welchen Gründen auch immer, es kümmerte ihn nicht. Wichtig war allein die Präsenz des Unsterblichen, in der er sich einmal mehr medial sonnen konnte.

Kameras zeichneten jeden ihrer Schritte auf. Ein Team würde die Aufnahmen in seinem Sinne aufbereiten und zeitversetzt in die großen Holovid-Netzwerke abstrahlen.

»Es handelt sich um eintausend Fragmentraumer«, sagte Laertes. »Wir werden sie gebührend empfangen.«

»Wie stark ist die Heimatflotte?«, fragte Rhodan.

»Vierhundertzwanzig Schlachtschiffe, vierhundertzwölf Schwere Kreuzer, eintausendzweihundert Leichte Kreuzer sowie knapp zweihundert TRIANGOLO-Raumforts, von denen zweiunddreißig mit den TIGER-Waffensystemen ausgerüstet sind.«

»Sie wollen mir nach wie vor nichts über diese Geheimwaffe verraten?«

Michou lächelte. »Lassen Sie sich überraschen.«

»Sie wirken verdammt siegessicher.«

»Unsere Statistiker haben eine hohe Wahrscheinlichkeit errechnet, dass wir die Maschinenteufel besiegen.«

»Statistiken sagen nichts über das Leid jener aus, die gemäß ihrer Rechnung sterben werden.«

»Der Tod gehört zum Soldatengeschäft. Das sollten Sie besser wissen als ich!«

Michou ärgerte sich, dass der Unsterbliche es einmal mehr schaffte, ihn aus der Reserve zu locken. Er gab einem der Regisseure ein Zeichen. Dieser Teil ihres Dialogs durfte keinesfalls an die Öffentlichkeit übertragen werden. Die Menschen, die nun in den ausgedehnten Schutzbunkern auf Altera um ihr Leben bangten, brauchten starke, aufmunternde Sprüche.

»Die Maschinenteufel rücken näher«, sagte der Kommandant von TRIANGOLO 001, General Valdas Denk, um sich wenige Sekunden später selbst zu korrigieren: »Der Verband hat erneut gestoppt. Die Posbis scheinen auf etwas zu warten ...«

»Da stimmt etwas nicht«, murmelte Perry Rhodan, der neben ihn getreten war. »Warum zögern sie? Warum treiben sie sich seit mehr als fünf Stunden nahe des Altera-Systems herum? Wäre ich an Stelle des Plasmakommandanten, hätte ich das Überraschungsmoment genutzt.«

»Ich habe Ihnen schon mehrmals gesagt, dass die Maschinenteufel unberechenbarer als Geisteskranke sind.« Michou setzte sich und starrte wütend auf den Ortungstank.

Perry Rhodan hatte bereits einmal Recht behalten und den Zeitpunkt der Ankunft der Posbis richtig vorausgesehen. Sollte sich seine Vorahnung auch diesmal bewahrheiten?

»Hyperschock!«, rief der Kommandant der Ortungszentrale mit hysterischer Stimme. »Wir messen mehrere hundert Übertritte aus dem Linearraum an. Ach du ... das müssen um die tausend sein ...«

Damit waren es zweitausend Fragmentraumer. Die Maschinenteufel erreichten eine zahlenmäßige Gleichstellung.

Was bedeutete das schon? Er konnte sich auf die Wirkung von TIGER verlassen. Nach wie vor standen ihre Chancen gut.

»Ein weiteres Kontingent rematerialisiert!«, plärrte ein Orter. »Dreißig Lichtsekunden vom Hauptpulk entfernt.«

»Und noch einmal so viele Schiffe, eine weitere Lichtminute entfernt!« Der Leiter der Ortungsabteilung schluchzte fast.

»Wie viele sind es nun insgesamt?« Michou schlug unbeherrscht mit der Faust auf den Tisch vor ihm. Auch diese Szene würde man vor der Holovid-Ausstrahlung zensieren müssen …

»Drei… dreitausendfünfhundert.«

Der Staatsmarschall schluckte schwer. Hoffentlich konnte man ihm nicht ansehen, was in diesem Moment in ihm vorging.

Er *wusste*, dass sie verloren hatten. Alle Tapferkeit, aller Wagemut und alles Geschick würden gegen diese Übermacht nicht ankommen. Die Schlacht würde hier im Raum entschieden, die alteranischen Kräfte bis auf das letzte Beiboot aufgerieben werden. Danach würden sich die Fragmentraumer auf seinen Heimatplaneten hinabstürzen und eine erbarmungslose Jagd auf die Menschen veranstalten. »Seid ihr Wahres Leben?«, würden sie fragen, immer und immer wieder, ohne eine Antwort zu akzeptieren. Vielleicht sprengten sie den Planeten durch gezielten Beschuss und Überhitzung des Kerns, vielleicht machten sie sich den *Spaß* und verfolgten die Alteraner einzeln, über Jahre hinweg.

Michou wusste es nicht. Er würde das bittere Ende dieser Auseinandersetzung ohnehin nicht mehr erleben.

»Staatsmarschall, ich weiß, wie man den Posbis beikommen kann!«, drängte Perry Rhodan dicht neben ihm.

»Sie *wissen* es?« Michou lachte kurz auf. »So, wie sie es bei Fort Kanton wussten? Lassen Sie mich gefälligst in Ruhe mit Ihren schönen, wohlgesetzten Worten.« Er nickte General Valdas Denk zu, dessen Finger über ein paar Schaltreglern schwebten und vor Nervosität zitterten. »Wir gehen wie besprochen vor. Umgruppierung gemäß der voraussichtlichen Stoßrichtung der Posbi-Einheiten. Wir werden unsere Haut so teuer wie möglich verkaufen.«

Diese Worte wirkten salbungsvoll und klischeebehaftet. Und gerade deshalb konnte man sie ungeschnitten ins Holovid-Netz übertragen.

Es blieb allerdings fraglich, ob sich noch jemand finden würde, der die Botschaft hören würde.

Zweiundvierzig Perry Rhodan: Der Plan

Michou war mit Argumenten nicht mehr beizukommen. Er hatte beschlossen, bis zum bitteren Ende die Rolle des Märtyrers auszufüllen, und würde davon nicht mehr abgehen.

Die moralische Integrität des Staatsmarschalls kam Rhodan mehr als zweifelhaft vor. Doch er klang überzeugend, wenn er versicherte, alles in seiner Macht Stehende zum Wohl seiner Heimat und der Menschen dort zu tun.

In letzter Konsequenz würde sich Michou also opfern, gemeinsam mit den Resten der alteranischen Flotte.

Der Unsterbliche zog sich langsam und unbemerkt aus der unmittelbaren Nähe der Kommandoecke zurück. Er hatte in der Tat einen Plan. Mondra würde ihn verrückt, anmaßend und größenwahnsinnig nennen. Dennoch existierte seiner Meinung nach eine größere Wahrscheinlichkeit, dass er Erfolg hatte, als dieses offensichtliche Selbstmordmanöver, das Laertes Michou vorhatte.

Er verließ die Kommandozentrale und begab sich in einen der engen und miefigen Nebenräume. Dutzende Funker waren hier untergebracht. Sie hielten permanenten Kontakt zu anderen TRIANGOLO-Raumforts, den Schlachtschiffen und den auf Altera stationierten Bodeneinheiten.

Rhodan benötigte ein paar Sekunden, um sich zu orientieren und ein geeignetes Opfer zu finden. Eine junge Frau, vielleicht zwanzig Jahre alt, mit weit aufgerissenen Augen, die ein wenig abseits saß und der der Schweiß auf der Stirn stand.

Niemand achtete auf ihn, als er zu ihr trat und ihr zuzwinkerte.

Sie zuckte zusammen, erkannte ihn offensichtlich.

»Ich möchte eine Funkverbindung nach Neo-Tera. Es handelt sich um einen zivilen Trivid-Anschluss, den ich unbedingt erreichen muss.«

»Das … geht nicht«, stotterte sie, während sie ihren *Ohrwurm* ein wenig lockerte. »Ich stehe in permanentem Funkkontakt mit den Raumforts nullnullsechs bis nullzehn. Ich gerate in größte Schwierigkeiten, wenn ich unterbreche.«

»Sie geraten in noch größere Schwierigkeiten, wenn Sie es nicht tun, meine Liebe. Sie erkennen mich?«

»J… ja, Großadministrator.«

»Dann gehorchen Sie gefälligst.«

»Ich … muss mit der Zentrale Rücksprache halten. Sie werden verstehen, dass …«

»Ich verstehe gar nichts!« Er runzelte die Stirn und blickte so böse, wie er es angesichts der Situation nur konnte. »Wer könnte hier an Bord mehr Kompetenzen als ich haben?«

Das Mädchen wirkte schlichtweg überfordert. Es blickte sich um, suchte den Blickkontakt mit einem Kollegen. Geschickt versperrte Rhodan ihr den Blickwinkel und blieb dabei selbst im Halbschatten.

»Geben Sie mir bitte die Kennung«, forderte die junge Alteranerin schließlich. Sie wirkte wie ein Häufchen Elend, als hinge ihre Karriere von diesem einen Kontakt ab. Sie wusste nicht, dass ihr der Tod ohnehin im Nacken saß.

Eine Minute später sah sich Rhodan einer völlig überraschten Mondra gegenüber. Er scheuchte die Funkerin mit einer Handbewegung beiseite. Es blieb ihm nicht viel Zeit, dieses wichtige Gespräch zu führen. Er ließ seine Begleiterin gar nicht erst zu Atem kommen und erklärte ihr die prekäre Situation mit wenigen Worten. Und auch, was er zu tun gedachte.

Beziehungsweise, was Mondra zu tun hatte.

»Du bist verrückt, anmaßend und größenwahnsinnig«, sagte sie. »Und das auch noch auf meine Kosten.«

»Ich weiß. Wirst du es trotzdem tun?«

»Bleibt mir etwas anderes übrig?«

»Du kannst ruhig sitzen bleiben und darauf warten, dass dir die Posbis Feuer unter deinem bezaubernden Hintern machen.«

»Das sind nicht gerade schöne Aussichten.«

»Dein Hintern oder die Posbis?«

»Lass die Albernheiten!« Sie starrte ihn böse an.

»Entschuldige, Mondra. Tut, was ihr könnt. Laertes lässt nicht mit sich reden. Ich sehe keinen anderen Ausweg als diese … Verrücktheit.«

»Ich verstehe.« Sie nickte. »Wir sehen uns.«

Das Holovid erlosch.

»Ja, wir sehen uns«, echote Rhodan und verließ unter den verwirrten Blicken der jungen Funkerin den Raum.

Dreiundvierzig
Laertes Michou: Gegen den Untergang

Die Posbis stürzten sich mit bereits gewohntem Gleichmut auf die Verteidigungsstellungen. In Keilformationen gingen sie gegen die TRIANGOLO-Stationen an. Alteranische Flottenteile stellten sich so rasch wie möglich auf die Strategien ihrer Gegner ein. Es war wie ein komplizierter Tanz, beinahe schön, ein Ballett mit tödlichem Ausgang.

Die Posbis sind wie Ameisen!, dachte der Staatsmarschall, während er Anweisungen gab. *Die schiere Masse erlaubt es ihnen, jedes Hindernis zu über-*

winden. Schießen wir zwei Fragmentraumer weg, rücken drei weitere nach. Vernichten wir auch diese, schließen fünf Schiffe die Lücken. Es wirkt so … demoralisierend.

Er sah sich in der Zentrale um. *Wir verzweifeln, noch bevor die Auseinandersetzung begonnen hat.* »TIGER einsatzbereit machen«, sagte er. »Es wird erst auf meinen Befehl hin gefeuert.«

Valdas Denk bestätigte.

Die Posbi-Raumer rasten durch die vorgelagerten Abwehrwälle, die hauptsächlich von kleineren Einheiten gebildet wurden. Sie hatten die Aufgabe, die Feindestruppen in Einzelkämpfe zu verwickeln, zu verwirren, die konzentrierten Kräfte aufzusplitten.

Die Posbis kümmerten sich nicht um die Leichten Kreuzer. Todbringende Strahlbahnen schnitten durchs All und knackten praktisch im Vorbeiflug die Schutzschirme der alteranischen Einheiten. Wie Wirbelwinde waren sie, die sich durch keine Macht des Universums stoppen ließen.

Michou ballte die Hände. Zahllose Menschen starben in diesen Augenblicken. Als Kanonenfutter, um den Verteidigern einen gewissen strategischen Vorteil zu erarbeiten.

»Feuerbereit?«, fragte er.

»Ja«, antwortete Valdas Denk. Seine zitternde Hand ruhte auf einem einzelnen Schalthebel, der die Synchronisationsschaltung aller TRIANGOLO-Abwehrforts bewirken würde.

Noch ein paar Sekunden, dachte Michou. *Nochmals müssen tausende Menschen sterben, damit wir die posbischen Flottenteile in optimaler Kernschussweite haben.*

Nebenan in der Ortungszentrale wurde fleißig gerechnet. Je genauer die Zielkoordinaten, desto größer der Wirkungsgrad TIGERs.

Michou wusste, dass sich die Alteraner etwas ganz Besonderes von der geheim gehaltenen Waffentechnik aus der Ideenschmiede des Laszlo Hu erhofften. Die Soldaten wollten hören, dass eine Transformkanone entgegen der überaus seltsamen Bedingungen in Ambriador einsatzbereit gemacht werden konnte.

Er musste sie enttäuschen. Gewisse hyperphysikalische Grenzen ließen sich nicht überschreiten.

»Jetzt!«, sagte er.

Valdas Denk gab den Befehl weiter.

Ein Fragmentraumer explodierte. Ein weiterer, dann ein ganzes Dutzend.

Jubel brach in der Zentrale aus. Viel zu früh, wie Michou wusste. »Es handelt sich um so genannte Röhrenfokusgeschütze«, erklärte er, als sich der Wirbel wieder gelegt hatte. 42 Posbi-Raumer waren mittlerweile vernichtet. »Ein überlichtschnelles Röhrenfeld mit geringstmöglichem Durchmesser schwächt den

HÜ-Schirm, kratzt ihn sozusagen an. Der es durchlaufende Thermostrahl wird während des ›Transports‹ derart umgewandelt, dass er fast ohne Streuverlust das Ziel erreicht und den Schirm durchschlägt.« Mehr sagte er nicht, dazu fehlte die Zeit.

68 abgeschossene Feindeinheiten zählte die Positronik.

Sein Herz klopfte laut. Vielleicht waren die Posbis begriffsstutziger, als er es angenommen hatte. Vielleicht durchschauten sie nicht, dass …

Nein.

Die Hoffnung schwand so schnell, wie sie aufgeflackert war.

Die Fragmentraumer änderten ihre Taktik. Mit geringfügiger Verzögerung erkannten sie, welche Forts für sie gefährlich waren und welche nicht.

458 Posbi-Schiffe waren erst vernichtet, als TRIANGOLO 097 dem Dauerbeschuss der Gegner nicht mehr standhalten konnte. 497, als das Fort 176 explodierte. Und je mehr der mit TIGER ausgestatteten Stationen vergingen, desto langsamer bewegte sich das Zählwerk mit den vernichteten Feindeinheiten nach oben.

Eine Zeit lang wogte der Kampf hin und her, schien sich ihrer aller Schicksal auf zwei gleich schwer belasteten Waagschalen zu entscheiden. Aber der Eindruck trog. Der Kampf war längst vorbei. Statistiken logen nicht.

Wo war eigentlich Rhodan geblieben? Da hinten stand er, zwischen Funkleitzentrale und der Hauptschleuse. Würde er flüchten, sich mit einer kleinen Schiffseinheit dem unweigerlichen Ende seines langen Lebens entziehen, oder würde er mit ihm hier untergehen?

Er lehnte sich gegen die Wand. Die Arme waren überkreuzt, er wirkte völlig in sich gekehrt, als ginge ihn das alles nichts an, als wartete er auf etwas …

TRIANGOLO 001 geriet in den Fokus mehrerer Fragmentraumer. Nun waren sie selbst an der Reihe.

Michou schloss die Augen und überlegte, ob er in diesem Moment nicht doch zum Glauben der Freien Kirchen finden sollte.

Vierundvierzig Perry Rhodan: Der Posbi-Faktor

Man konnte dem Tod noch so oft entronnen sein, die Angst vor dem Augenblick, da alles endete, schwand niemals. Was *danach* kam, sah Rhodan durchaus gelassen. Schlimm mochte lediglich der *Übergang*, die Schnittstelle zwischen Existenz und Nicht-Existenz sein.

Zwei Stunden wogte der Kampf bereits hin und her. Der Ausgang war längst entschieden. Laertes und seine Alteraner gaben ihr Bestes, aber es würde nicht reichen.

Da!

Unruhe entstand an der Funkleitzentrale neben ihm. Er hatte diesen Platz nicht umsonst gewählt. Eine unerwartete Botschaft traf von Altera ein, wie der Unsterbliche den durcheinanderschwirrenden Stimmen entnahm. Rhodan atmete tief durch. Die beiden Dienst tuenden Offiziere sahen sich irritiert an.

»… noch nie gehört …«, sagte der eine.

»… könnte ein Posbi-Kode sein …«, murmelte der andere. »Wir sollten es Laertes Michou melden.«

Mehrere riesige Anzeigefelder der Defensivabteilung wechselten unvermittelt, für die gesamte Zentralbesatzung gut sichtbar, ihre Farbe zu Rot. Die Schutzschirme von TRIANGOLO 001 wurden überlastet, erste Fehlermeldungen trafen ein.

Mehr als 50 Fragmentraumer schossen sich auf das zentrale Abwehrfort ein. Unterschiedlichste Waffenformen wie ultrahochgebündelte Thermokanonen, Desintegratorgeschütze, Impulsstrahler und Raumtorpedos brandeten gegen die alteranischen Schutzschirme, bohrten sich durch die Staffelungen, suchten sich ihren Weg. Risse taten sich in der Wirklichkeit der Raumzeit auf, erlaubten einen schrecklichen, für menschliche Augen nicht geeigneten Blick in höhere Dimensionen.

Rhodan wandte sich ab, wollte es einfach nicht hinnehmen. Wenn er den Tod einfach ignorierte, schlichtweg nicht akzeptierte – würde er dann nicht kommen?

»SeidihrwahresLeben, SeidihrwahresLeben, SeidihrwahresLeben«, gellte es über den Posbi-Funk herein, immer rascher, immer drängender, immer … immer …

… verzweifelter?

Plötzlich kehrte Ruhe ein. Eine Stille, die in der Zentrale einer Raumstation nichts zu suchen hatte.

Auch die endlose Frageschleife über das Wahre Leben endete.

Rhodan sah sich um. Die Menschen standen herum, bleich, verschwitzt, manch einer mit nasser Hose. Sie begriffen nicht, was geschah.

Der Beschuss hörte auf. Die Schutzschilder hatten gehalten. Vor ihrer Augen spielte sich Unglaubliches ab. Die Fragmentraumer ließen von den alteranischen Einheiten ab und feuerten völlig unmotiviert umher.

»Sie sind verwirrt und leisten kaum noch Gegenwehr«, hörte sich der Unsterbliche in die Stille sagen. »Sie schießen sogar aufeinander. Jetzt wäre der richtige Moment für einen Gegenschlag.«

Fünf Sekunden dauerte es, bis die Menschen rings um ihn in die Wirklichkeit zurückfanden. Dann taten sie wie geheißen. Mit grimmiger Entschlossenheit gingen sie an ihr Werk, mit einer Konsequenz, die ihresgleichen suchte. Mit Wut und Leidenschaft, die all das Leid der letzten Stunden vergessen ließen.

Fünfundvierzig Perry Rhodan: Aufräumarbeiten

Selbst ein Tag später fiel es schwer, die Fakten gesammelt und in einer logisch verständlichen Kette zu präsentieren. Zumal sich die in der Administration anwesenden Alteraner schwer taten, ihre Konzentration zu behalten.

»Sie haben also diese Verwirrung unter den Posbis ausgelöst, Rhodan?«, fragte Michou.

»Ja, ich habe den Anstoß dazu gegeben.«

»Sie haben mich und damit die alteranische Regierung in Ihren Aktionen links liegen lassen und damit einen schweren Vertrauensmissbrauch begangen.«

»Wenn Sie wollen, können Sie es so sehen.« Rhodan blieb gelassen. Derzeit besaß er sehr, sehr gute Karten. Was war schon gekränkte Eitelkeit gegen einen geretteten Planeten?

»Dann erzählen Sie uns bitte nochmals in kurzen Worten, was da genau vor sich gegangen ist.« Mit einer beiläufigen Bewegung seiner Rechten deutete er auf Rhodans Begleiter.

»Mit dem größten Vergnügen«, sagte der Unsterbliche. Er sah sich im Saal um. Die höchstrangigen Vertreter der »Menschdemokraten« und der »Partei Heimatkampf« waren ebenso anwesend wie ein bunt gemischter Haufen hochdekorierter Militärs und Vertreter der Legion Alter-X. »Ich hatte keinen unmittelbaren Einfluss auf die Situation an Bord von TRIANGOLO 001. Meine Idee wurde von keinem Alteraner gutgeheißen. Mir blieb angesichts der geringen Zeit nichts anderes übrig, als den Dampfhammer auszupacken. Also in Eigenregie jene Wesen herbeizuschaffen, die die Posbis stoppen konnten. Ich tat das, was mir seit meiner Ankunft auf Altera verwehrt geblieben war.« Rhodan vermied es tunlichst, die Schuld auf Michou zu schieben. Der Staatsmarschall war nach wie vor ihr offizieller Ansprechpartner, dem die Menschen dieses Planeten mehr vertrauten als irgendeinem anderen, zumindest, seit Anton Ismael im künstlichen Koma gehalten wurde.

»Bitte weiter!«, forderte ihn der provisorische Staatschef mit rauer Stimme auf.

»Ich habe Mondra Diamond und den kurz vorher auf … wundersame Weise wiederaufgetauchten Startac Schroeder angehalten, sich ins Festwerk auf der Insel Gonda zu begeben.«

»An einen der strengst bewachten Orte unseres Planeten!«, warf Michou ein. Der Gedanke, dass die beiden Terraner dort problemlos hinein- und hinausspaziert waren, bereitete ihm einige Sorgen.

»Wir hatten Unterstützung«, warf Mondra ein. »Alteraner, die sich bereits einige Zeit im Festwerk aufgehalten hatten und aufmerksam genug gewesen waren, uns wichtige Details über Schwachstellen mitteilen zu können.«

»… über die ich mich noch in kleinerer Runde mit Ihnen unterhalten möchte«, sagte der Staatsmarschall. »Ich bitte Sie, bei dieser Anhörung aus Gründen der Staatssicherheit nicht zu sehr ins Detail zu gehen.«

»Gern.« Rhodan grinste. »Startac Schroeder ist Teleporter, wie mittlerweile bekannt sein dürfte. Über die Fähigkeiten der Frau an meiner Seite möchte ich schweigen. Auch die terranische Staatssicherheit bedarf ihres Schutzes. Sie müssen nur wissen, dass sie ausreichend ausgebildet war, um die Hauptenergieversorgung des Festwerks auszuschalten, die Zentralpositronik für sich einzunehmen und unsere drei Freunde hier« – er deutete über Drover, Nano Aluminiumgärtner und den Matten-Willy Mauerblum – »aus der Gewahrschaft der Legion Alter-X zu befreien.«

Ein Mann, der dicht neben ihnen saß, schüttelte den Kopf und murmelte ständig vor sich hin. »Ich verstehe es einfach nicht, ich verstehe es einfach nicht …«

Startac sah ihn kurz an, tat aber so, als hätte er kein gesteigertes Interesse am Leiter des Festwerks, dem Mann namens Koblenz. Rhodan war sich sicher, dass zwischen den beiden noch längst nicht alles gesagt und getan war. Aber persönliche Dinge hatten in diesen Stunden keine Bedeutung. Der Teleporter beherrschte sich mustergültig. Er würde den geeigneten Moment abwarten, um …

»Es gelang Ihrem kleinen Team also, diese Maschinenteufel und das seltsame Lappenwesen zu befreien, mit ihnen aus dem Festwerk zu entkommen und darüber hinaus trotz Alarmstufe Rot in die Großfunkstation von Neo-Tera vorzudringen.«

»So ist es. Drover, den Sie auch hier unter schweren Schutzschildern begraben, war dabei von großem Nutzen. Seine Paralysatoren schafften Mondra und Startac freie Bahn. Sein Anblick wirkte ausreichend erschreckend, um die meisten Alteraner in die Flucht zu schlagen. Die verantwortlichen Sendungsbeauftragen waren viel zu verängstigt, um ernsthaften Widerstand zu leisten. Ich denke, dass der Zweck die Mittel heiligt. Nicht wahr, Staatsmarschall?«

»So ist es, in der Tat.« Michou krächzte die Worte widerwillig. »Und was geschah dann?«

»Ich muss gestehen, dass mir die richtige Idee erst selbst sehr spät gekommen ist.« Rhodan verzog traurig das Gesicht. »Wahrscheinlich hätte ich vielen zehntausend Alteranern bei Fort Kanton das Leben retten können.« Er wusste, dass dem nicht so war. Niemals hätte man ihm erlaubt, die beiden Posbis in das heiß umkämpfte Sonnensystem mitzunehmen. Er sagte dies, um ein wenig den Druck von Michou zu nehmen. Er brauchte diesen Bastard noch – so wie dieser ihn benötigte. »Wir wurden von ES hierher versetzt, um den Alteranern zu helfen. Ich konnte nicht verstehen, warum sein Bote Lotho Keraete darauf bestand, ausgerechnet diesen etwas linkischen Posbi namens Nano Aluminiumgärtner hierher mitzunehmen. Bis ich mich daran erinnerte, dass er auf einem gewissen Gebiet hoch spezialisiert ausgebildet ist: Er ist Posbi-Historiker und kennt als solcher eine Unzahl alter Befehlskodes. Wenn Sie so wollen, lag es an mir, im entscheidenden Moment die richtigen *Schlüsse* zu ziehen.«

Der Unsterbliche hielt kurz inne. Hatte Lotho Keraete nicht von einem *Schlüssel* gesprochen? Konnte es sein, dass dies bereits des Rätsels Lösung war?

Nein. Gestern hatten sie bestenfalls eine vorläufige Pattsituation herbeigeführt, aber kein Ergebnis geschaffen, das den Alteranern auf Dauer half zu überleben.

»Dieser Maschinenteufel strahlte also wahllos Sequenzen alter Befehlskodes aus, berieselte die Angreifer damit und lähmte sie gewissermaßen.«

»Ja. Es dauerte zwar seine Zeit, und die Wirkung war nicht ganz jene, die ich herbeiführen wollte, aber …«

»Was wollten Sie denn erreichen?«, hakte Michou nach.

»Nano sollte Befehle einer Höheren Instanz vorgaukeln, um die Posbis zur Teilnahmslosigkeit und Übergabe ihrer Schiffseinheiten zu zwingen. Ich bin mir sicher, dass dieser Plan auch funktioniert hätte, wären da nicht die Plasmakomponenten gewesen. Ich stelle mir vor, dass sie teilweise im Widerstreit zu den Positroniken standen. Deswegen kam es zu Kämpfen der Posbi-Schiffseinheiten untereinander, zu den Torkelflügen und all den anderen beobachteten Phänomenen am Ende der Schlacht.«

»Glauben Sie, dass wir die Kodes Ihres persönlichen Maschinenteufels auch in Zukunft verwenden können, um die Posbis gänzlich zu vernichten?« Gier und Hass lagen gleichzeitig im Blick des Staatsmarschalls.

»Ich zweifle daran«, gab Rhodan zurück. »Sie sind nun mal keine reinen Maschinenwesen. Sie lernen möglicherweise, sich dagegen zu wehren. Der gestrige Sieg war lediglich der Beginn von etwas. Nicht mehr, aber auch nicht weniger.«

»Ich danke Ihnen für Ihre Ausführungen«, schloss Michou. »Und ich danke Ihnen für das, was Sie für Altera getan haben.«

»Meine Worte waren ernst gemeint«, sagte der provisorische Regierungschef, nachdem er es sich zur Nachbesprechung in einer kleinen Besprechungskammer bequem gemacht hatte. Außer ihm waren lediglich Rhodan samt Begleitung sowie der Leiter der Legion Alter-X anwesend. »Ich habe vielleicht eine andere Weltanschauung als Sie, aber mir geht es nicht um meine persönliche Eitelkeit, sondern um Altera.«

»Ich weiß.« Rhodan leckte sich über die Lippen. Der Wind stand günstig.

»Wir müssen wohl oder übel zusammenarbeiten, Laertes. Und ich möchte, dass gewisse Dinge zwischen uns ausgeräumt werden.«

»Wenn Sie die beiden Leutnants meinen, die Mondra Diamond und Startac Schroeder geholfen haben, ins Festwerk vorzudringen, gebe ich Ihnen mein Wort, dass sie dafür nicht zur Verantwortung gezogen werden. Im Gegenteil: Sie bekommen jeweils einen gewichtigen Orden umgehängt und werden frühestmöglich befördert. Schauen Sie nur nicht so überrascht! Ich kann zwei und zwei zusammenzählen. Der Hausbesuch ihrer neuen Freunde war auch nicht ganz so unbemerkt geblieben, wie Sie vielleicht erhofften. Und der Name Donning« – unwillig verzog er das Gesicht – »bürgt ohnehin seit langer Zeit für Schwierigkeiten und Änderungen.«

»Ich danke Ihnen«, sagte Rhodan. »Das wird die beiden sicherlich freuen. Aber eigentlich wollte ich auf etwas anderes hinaus.«

»Geht es um diese beiden Maschinenteufel?«

»Ja. Sie sind meine Begleiter und gehören zum Team. Wie ich bereits erklärt habe, erfüllen wir alle einen bestimmten Teil unseres Auftrags. Darüber hinaus bin ich für Nano Aluminiumgärtner, Drover und Mauerblum verantwortlich.«

»Es w-war schrecklich in der G-gefangenschaft!«, warf Nano ein und ließ den Kopf rotieren. »Man wollte mich f-foltern, um an meine Erinnerungsspeicher herankommen.«

»Und mich wollten diese Unmenschen alkoholabhängig machen. Ha!«, piepste der Matten-Willy. Gleich darauf rülpste er mehrere Blubberblasen mit hohem Äthylgehalt und fiel in den Tiefschlaf zurück, den er seit seiner Befreiung pflegte.

Drover sagte nichts, wie so oft. Er hielt die »Beine« eingefahren und schwebte auf seinem körpereigenen Prallfeld.

»Unsere Öffentlichkeitsabteilung wird die Alteraner schonend darauf vorbereiten, dass sich zwei Maschinenteufel in Ihrer Gesellschaft befinden. Die ... Quarantäne ist damit aufgehoben. Sie werden nach wie vor auf Ressentiments stoßen. Aber ich muss zugeben, dass Ihre Begleiter von großem Nutzen waren.«

Rhodan nickte konzentriert. »Damit kommen wir zum wichtigsten Teil meiner Anliegen. Die Silberkugel ...«

»Abgelehnt!«, sagte Michou.

Der Unsterbliche stand langsam auf und beugte sich vor. »Hören Sie mir mal zu, Sie Möchtegern-Potentat: Wir alle, die wir hier vor Ihnen stehen, tun ihr Bestes, um den Alteranern zu helfen. Den Alteranern, wohlgemerkt; nicht Ihnen und Ihresgleichen. Alles, was wir in den letzten Tagen herausgefunden haben, würde selbst im Bereich der arkonidischen Jurisprudenz ausreichen, um einen Mann wie Sie zu schwerem Kerker zu verurteilen. Was die Leute der Legion Alter-X mit Startac Schroeder angerichtet haben ...«

»… ist bedauerlich, aber nicht zu ändern. Würden Sie die Dinge von meiner Seite her betrachten …«

»Warum machen wir es nicht einmal umgekehrt? Wie wäre es, wenn Sie sich an meine Stelle versetzten?«

»*Sie* sind derjenige, der sich anpassen muss, nicht ich. Verständnis ist schön und gut; aber mir fehlt schlichtweg die Zeit dafür.«

»Mann, was sind Sie nur für ein …!«

»Danke, gleichfalls.« Michou war ebenfalls aufgestanden. Die beiden nahezu gleich großen Männer sahen sich aus nächster Nähe in die Augen.

Der Staatsmarschall ließ sich schwer in seinen Sitz fallen. »Sie hätten die Möglichkeit, mich in der Öffentlichkeit zu desavouieren. Sie könnten die sogenannte ›Wahrheit‹ erzählen. Zu welchen Mitteln ich gegriffen habe, um mich ihrer Mitarbeit zu sichern, und wie rüde ich mit Ihren Begleitern umgegangen bin. Sie hätten es vor einer Stunde machen können. Und haben es nicht getan.« Er zeigte mit spitzem Finger auf Rhodan. »Ich werde Ihnen auch sagen, warum: Sie selbst fürchten, dass den Alteranern die einzige Führungskraft verlorengeht, der Sie es zutrauen, das Imperium in eine gesicherte Zukunft zu führen. Sie mögen als Lichtgestalt gelten, als Retter in der Not. Aber jedermann ist klar, dass Sie verschwinden, sobald sich der Staub in Ambriador wieder gelegt hat.«

»*Sofern* er sich jemals legt.«

»Ganz richtig, Rhodan. Und bis es so weit ist, behalte ich die Silberkugel an einem sicheren Ort in Gewahrsam. Als Rückversicherung.«

»Ihnen ist bewusst, dass ich die Herausgabe jetzt sofort erzwingen könnte?« Er nickte in Richtung Mondra, Startac und den beiden Posbis.

Michou lächelte humorlos. »Das mag sein. Aber sehen Sie, das ist Ihr Problem. Sie bleiben mit Ihren Drohungen stets im Konjunktiv. Ich hingegen tue das, was ich verspreche. Und nun guten Tag, Rhodan. Ich habe ein Sternenreich zu führen.«

Er verließ den Raum. Koblenz marschierte ihm hinterher, misstrauisch auf die beiden Posbis lugend.

»Du lässt ihn damit davonkommen?«, fragte Mondra ungläubig, nachdem sich die Tür hinter den beiden Alteranern geschlossen hatte.

»Ja«, antwortete der Unsterbliche. Er zwang sich zu einem Grinsen, das unbeschwert wirken sollte. »Er soll sich in Sicherheit wiegen, der Mistkerl. Er hat ja keine Ahnung, wozu Terraner imstande sind, wenn sie gereizt werden. Aber zuerst werden wir uns um dieses … gestrandete Imperium kümmern.«

Perry Rhodan

DER POSBI-KRIEG 2

LEO LUKAS

Stern der Laren

Der Körper des Himmels ist äußerst hoch,
Offen, rund, unermesslich, grenzenlos weit,
Alles umhüllend, alles enthaltend: Myriaden von Wesen.
Ob diese gut oder böse sind, respektvoll oder achtlos,
Gewalttätig und starrsinnig oder friedliebend und fügsam –
Weder straft sie der Himmel, noch belohnt er sie.

Die Erde ist sehr dick
Und allem zuunterst.
Alles trägt und erträgt und ernährt sie, toleriert
Das Gewicht großer Berge wie die Gewalt wilder Wasser,
Verletzung, Verschmutzung durch Pflanzen und Geschöpfe.

Wer aufgeschlossen, einladend handelt,
Wer Mitleid zeigt gegenüber Armen und Schwachen,
Wer den Verzweifelten hilft und die Verlorenen rettet,
Vom Seinen gibt, ohne Belohnung zu erwarten,
Sich und die anderen gleich unvoreingenommen sieht,
Wer großzügig alle, alles als Eins erkennt,
Kann ein Gefährte des Himmels sein.

Wer selbstbeherrscht handelt, flexibel, geduldig,
Beleidigung hinnimmt, Krankheit und Katastrophen akzeptiert,
Gänzlich ohne Furcht oder Vorbehalt in Gefahr und Konflikt,
Wer demütig alle, alles als Eins erkennt,
Kann ein Gefährte der Erde sein.

Eins
Mit dem Großmut des Himmels und der Bescheidenheit der Erde
Wirst du dich ausdehnend erstrecken in Ewigkeit.

Das Tao nach Liu I-Ming (ca. 1800)

Prolog Das Lied von Rhodan

»Da kommt sie.«

»Die Untote.«

»Pst! Nicht hinschauen!«

Flip Kakuta senkt den Kopf, und die anderen Bengel tun es ihm nach. Während ich vorbeigehe, starren alle vier ängstlich zusammengekauert auf das Spielbrett am Boden, als gäbe es nichts Faszinierenderes im ganzen Universum.

Die Herrin, die durch meine Augen sieht, hält mich an, dreht mich um und beugt mich hinab. Auf den sechseckigen Feldern stehen winzige Kriegsschiffe: Kugelraumer, Fragmentwürfel, Troventaare; stellvertretend für Alteraner, Posbis und Laren.

Mein Mund öffnet sich. Lippen und Zunge formen Silben. Meine Stimme fragt, stockend, undeutlich, viel zu laut: »Naaa? Uwer ge-uwinn-t?«

»Ich«, murmelt Flip Kakuta, ohne den Wuschelkopf zu heben. Einer Untoten ins Gesicht zu blicken, bringt Unglück. »Ich spiele die Laren«, fügt er unnötigerweise hinzu. Es gewinnen immer die Laren, Dummchen. So sind die Regeln. Bei diesem Spiel, und nicht nur bei diesem, steht der Sieger von vornherein fest.

Ja. So sind die Regeln. Wer sie anzweifelt oder sich gar einbildet, dagegen aufbegehren zu können, muss mit den Folgen leben. Und sterben. Wie ich, langsam, qualvoll. Das will die Herrin, die durch meine Augen sieht, mir und den anderen demonstrieren. Seit Tagen, immer und immer wieder.

»Bra-uo!«, zwingt sie mich zu lallen. »Gra-tuu-lliere! Gut ge-mmoacht.«

Sie richtet mich auf und führt mich weiter, quer über den Marktplatz. Die Menschen weichen mir aus. Auch ein Maahk in seinem klobigen Druckanzug, der alle anderen überragt, bleibt stehen und wendet sich ab. Nicht einmal der Methan-Wasserstoff-Atmer erträgt meinen Anblick. Da kommt sie, die Untote; um Himmels willen, schau weg! Aber mich zu ignorieren, zu verdrängen, sich vorzumachen, es gäbe mich gar nicht, ist ein Ding der Unmöglichkeit. Faustgroße Kameradrohnen umschwirren mich. In kurzen Abständen werden die bunten Reklamen auf den Holoschirmen, die den Platz säumen, von Bildern des wandelnden Leichnams ersetzt; es gibt kein Entrinnen vor mir und der Mahnung, die ich darstelle. So will es die Herrin, die durch meine Augen sieht. Sie hebt meinen rechten Arm und lässt mich winken, auf allen Holoschirmen zugleich, schneidet mir dabei mit meinem eigenen, mumienhaften Gesicht eine Grimasse.

Meine Beine tragen mich zu einer Imbissbude. Schlagartig löst sich die Menschentraube auf, die sie umstanden hat. So panisch fliehen sie vor mir, dass einige sogar vergessen, ihre Speisen und Getränke mitzunehmen. Kitai Lechnoir, der Besitzer, duckt sich zu Boden, verkriecht sich unter die Arbeitsplatte. Ich höre ihn leise schluchzen. Er kennt mich gut und weiß, wie gern ich seine Wurstkringel gegessen habe. Früher, als ich noch aß.

Köstlich riechen die Speisen; grauenvoll köstlich. Ich habe Hunger, wahnsinnigen Hunger und Durst. Meine Hand nimmt einen Becher, hebt ihn hoch, hält ihn unter meine Nase. Süßsauer, fruchtig. Olvidbeer-Sprudel. Was gäbe ich für einen einzigen Schluck. Doch mein Mund bleibt zu, während die Hand den Becher neigt und der dunkelrote Saft über mein Kinn rinnt, das schmutzig weiße Leibchen tränkt, zu Boden tropft, zwischen den Pflastersteinen versickert. Auf dem Holo hinter der Bude erscheint die bekleckerte, spindeldürre Untote und zwinkert mir höhnisch zu.

Jetzt wird es bald vorüber sein. Für diesmal. Gewöhnlich führt mich die Herrin, die durch meine Augen sieht, vormittags wie nachmittags etwa eine Stunde lang herum; dann widmet sie sich ihren sonstigen Pflichten. Sie hat viel zu tun in diesen Tagen. Dennoch weiß ich mit Bestimmtheit, dass sie es ist, die mich über den Chip in meinem Nacken steuert. Das lässt sie sich nicht entgehen, sie nicht.

Ich sollte sie wohl hassen, aber mir fehlt die Kraft dazu. Nur noch den Tod wünsche ich herbei. Jedoch tritt er nicht ein, so sehr ich mich danach sehne; auch diese Erlösung verweigert mir die Herrin. Sie will meine Hinrichtung zelebrieren, meine Schmach so lang wie möglich auskosten. Die Impulse des Chips dirigieren mich ins Ledigenhaus und legen mich auf die Pritsche. Meine Hand schließt die Infusionskanüle an. Was mir an Flüssigkeit eingeträufelt wird, ist zum Leben zu wenig, zum Sterben zu viel. Meine Lider klappen zu. Ich fühle nichts mehr; sie hat auf Paralysemodus umgeschaltet.

Hören kann ich noch.

Vorsichtige Schritte, nach unbestimmter Zeit.

Dann ein Flüstern: »Ich bin es, Guilder. Hab dir dein Sloppelle gebracht.«

Das sollst du nicht, möchte ich sagen. Doch meine Kiefer sind wie verschraubt. Die Herrin hat sich zwar höchstwahrscheinlich aus meiner Wahrnehmung zurückgezogen, aber gelegentlich macht sie Stichproben. Falls sie Guilder bei mir erwischt, wird auch er bestraft.

»Kuschelt sich zu dir, dein Sloppelle, und wärmt dich.« Der Alte ist sich dessen bewusst, dass ich das Tier nicht spüren kann. »Es glaubt an dich, wie wir alle.«

Außer mir selbst.

»Halte durch! Ein paar Tage noch, dann ist es ausgestanden. Die Schlampe will dich demütigen, nicht umbringen. Das haben sie noch nie getan, nicht auf diese Weise, keiner kann sich an so was erinnern. Du kommst wieder auf die Beine, ganz bestimmt.«

Ich will den Kopf schütteln, ihm sagen, dass er sich irrt und ich es besser weiß. Zwecklos, mein Körper gehorcht mir nicht, weil er mir nicht mehr gehört. Der Mund bleibt zu. Ich werde nie mehr aus eigenem Willen sprechen oder auf irgendeine andere Weise kommunizieren. Das darf die Herrin auf keinen Fall erlauben. Ich kenne ihren Plan. Wir alle sind längst zum Tode verurteilt. Bloß ahnen Guilder und die Übrigen noch nichts davon. Wenn der Stern der Laren explodiert, wird er uns alle, alle mit in den Untergang reißen.

Guilder beginnt fast unhörbar zu singen. Ein Kinderlied, ein Schlaflied. Uralt, verboten natürlich, wie alles aus der wahren Heimat. Dass es gut wird, jeden Tag besser, um ein klitzekleines Stück, singt Guilder. Dass wir die Zukunft zu meistern vermögen, weil wir Terraner sind. Und dass irgendwann, morgen oder in hundert Jahren, Perry Rhodan kommt, der Großadministrator, der biologisch unsterbliche Zellaktivatorträger, und uns rettet.

Dann geht Guilder in der Hoffnung, mich ein wenig getröstet zu haben. Ich aber weiß, was die Zukunft für uns bereithält; und den Glauben an Rhodan habe ich schon lange verloren. Das ist ein Mythos, eine Sage, ein Ammenmärchen. Zweieinhalb Jahrtausende warten die Alteraner bereits auf diesen Rhodan und singen sein Lied … Da wird er auch in den wenigen Tagen, die uns noch bleiben, nicht mehr auftauchen; wenn es ihn denn überhaupt je gegeben hat.

Ich döse ein und komme wieder zu mir, ohne dass sich mein Zustand verändert hätte. Ach, blödes Herz, hör endlich auf zu schlagen! Aber nein, ich liege in der Dunkelheit, und liege und liege.

Und halluziniere. Aus der Schwärze schälen sich Gestalten. Träume ich? Oder … geht es doch zu Ende? Man sagt, kurz vor dem Tod liefe das Leben noch einmal ab, wie ein Film, wenigstens die wichtigsten Stationen. Ist es nun so weit? Darf ich endlich, endlich sterben? Bitte. Das wäre zu schön.

Da ist das erste Bild. Ein Stiefel …

ERSTES BUCH

Zwiebelschalen

Eins Ein Stiefel, der eine Puppe zertritt

Gucky kletterte an Clees Cantu hoch, setzte sich ihm auf die Brust, stupste ihn mit der Nase an und piepste: »Kann ich noch ein Möhrchen?«

Clees seufzte, musste dann aber doch lachen. »Das ist jetzt ungefähr die siebentausendste Möhre, du Vielfraß. Bald wird dein Bauch platzen. Und außerdem heißt es ›ein Möhrchen haben‹.«

»Kann ich noch ein Möhrchen haben?«

»Was bekomme ich dafür?«

»Ein Bussi!«

»Na dann … Aber ich will eines von Tamra, nicht von dir ungewaschenem, miefendem Fellknäuel.«

Neben der Hand, die den Mausbiber hielt, wuchs ein zerstrubbelter, brünetter Haarschopf hinter der Sofakante empor. Clees Cantus Tochter zog einen Schmollmund. »Ich mag es nicht, wenn du Gucky beleidigst.«

»Der hält das schon aus, der Retter des Universums.« Clees strich der Vierjährigen über die Wange, dann tätschelte er auch die Plüschfigur. »Aber ins Reinigungsfeld sollte er wirklich wieder mal.«

»Sinnlos.« Cantus Frau Roslin trat zu ihnen ans Sofa. »Zehn Minuten danach ist er genauso verstaubt und verschmuddelt wie zuvor. Kein Wunder, bei all den Abenteuern, die er in den hintersten Winkeln dieses Schiffes erlebt. Dessen Zustand, nebenbei bemerkt, nicht unbedingt als peinlich sauber zu bezeichnen ist, Herr Leutnant.«

Clees hob die Augenbrauen. »Erkenne ich darin eine zarte Kritik an meinen Führungsqualitäten? Ich kann doch die armen Kadetten nicht pausenlos Überstunden schieben lassen.«

»Zumindest die Passagierkabinen könnten sie ruhig öfter putzen. Oder seid ihr Raumfahrer es gewohnt, euch im Dreck zu wälzen?«

»Früher hatten wir dafür Roboter. Die dürfen jetzt nicht mehr eingesetzt werden, weil …«

»Dreck wälzen ist gesund«, krähte Tamra dazwischen. »Für Kinder. Hab ich im Trivid gehört. Ent-wick-lungs-py-scho-lo-gisch wertvoll. Und gut fürs Immundsystem.«

»Dein vorlautes Immundsystem benötigt eine Zahndusche«, sagte Roslin. »Und dann ab in die Heia, Schätzchen.«

»Schooon?«

»Höchste Schlafenszeit.« Sie runzelte die Stirn und warf Clees einen tadelnden Blick zu. »Theoretisch. Obwohl ich ohne Uhr auch nicht mehr wüsste, ob wir Tag oder Nacht haben. Der Biorhythmus gerät in diesen fliegenden Konservenbüchsen völlig durcheinander. Ich bin froh, wenn wir hier wieder rausdürfen.«

»Sind wir bald da, Papa?«

Das musste ja kommen. »Noch viermal schlafen, mein Engel. Die MERCANT ist eine alte Dame, rüstig und verlässlich, allerdings beileibe kein schneller Kreuzer.«

»Ein Wrack, wenn du mich fragst. Nichts funktioniert richtig. Das Wasser im Swimming Pool hat keine fünfzehn Grad. Dafür taut die Curling-Bahn auf.«

Roslin nörgelte ständig über so gut wie alles an Bord. In Wirklichkeit übertünchte sie damit ihre Flugangst. Clees liebte seine Frau von Herzen, aber manchmal ging sie ihm auf die Nerven. Er hatte ohnehin schon eingewilligt, seinen Flottendienst zu quittieren und ins Neubesiedlungs-Programm zu wechseln. Doch zu den Sonnensystemen in der Randzone des Imperiumsgebiets führte nun mal keine Schwebebahnlinie.

»Auf Neu-Szechuan könnt ihr schwimmen, so viel ihr wollt. In kristallklarem, fast dreißig Grad warmem Wasser.«

»Wären wir bloß schon dort!«

»Glaub mir – ich kann's ebenfalls kaum mehr erwarten.«

»Zeigst du mir unser Haus, Papa?«

»Lass Papa jetzt in Frieden, Tamra. Er hat Bereitschaftsdienst und sollte sich ausruhen.«

»Gucky will es auch sehen.« Sie schwenkte die Plüschpuppe. »Haus sehen! Haus sehen!«

»Versprichst du mir, dass du danach ohne Widerrede in die Koje schlüpfst?«

»Versprochen. Und Sonderoffizier Guck hat noch nie sein Wort gebrochen.«

»Dann bleibt Leutnant Cantu wohl keine Wahl.« Clees stand auf, streckte sich, ging zur Holokonsole und rief den dreidimensionalen Entwurf des Siedlungsarchitekten auf. Mitten in der Kabine entstand ein flacher, weißer Strandbungalow, hinter dem sich riesige, palmenähnliche Gewächse mit lila, korkenzieherartig gewundenen Blättern im sanften Wind wiegten.

Roslin schmiegte sich an ihn. »Wir werden dort sehr glücklich sein. Und jedes Jahr wird Tamra ein Geschwisterchen bekommen.«

»Mindestens.« Clees musste zugeben, dass auch er sich auf Neu-Szechuan freute. Eine ganze, eigene Welt für achthundert Menschen! Noch dazu eine, die der Vorstellung vom Paradies tatsächlich sehr nah kam.

Er drückte Frau und Tochter an sich. »Viermal schlafen. Dann …«

Jäh unterbrach ihn der schneidend schrille Ton der Sirenen.

Roslin stampfte mit dem Fuß auf. »Was ist denn schon wieder!«

Er horchte. »Alarmstufe Rot. Vermutlich ein Hypersturm. Vielleicht aber auch nur eine Übung. Tut mir leid, Familie, so oder so wird mein Typ in der Zentrale verlangt.«

Dort empfing ihn nicht die übliche Hektik, sondern betretene, geradezu unheimliche Stille. Clees Cantu salutierte in Richtung des Schiffskommandanten; bevor er eine formelle Meldung erstatten konnte, winkte Kapitän Viñales ab. Clees huschte zum Triebwerksleitstand. Er nickte grüßend und nahm neben der Diensthabenden Yilmaz Macmahon Platz. Bei Alarmstufe Rot hatten sämtliche Leitstände doppelt besetzt zu sein.

Mit einem raschen Blick auf seine Anzeigen vergewisserte er sich, dass sämtliche Linearkonverter klaglos auf Standby arbeiteten. Auch die Auswechslung der während der letzten Überlicht-Etappe verschlissenen Hyperkristalle ging flott und störungsfrei vonstatten. Also lag der Grund für den Alarm nicht im Bereich der Bordtechnik.

Sondern außerhalb. Wortlos deutete Yilmaz auf die schematische Darstellung, die von der Ortungsabteilung geliefert wurde.

Der kleine Konvoi aus zwei Siedlerschiffen und zwei Leichten Kreuzern, die Geleitschutz flogen, hatte in einem sternenarmen Sektor einen Orientierungsstopp eingelegt. Offenbar waren sie vom Idealkurs abgekommen, wohl um einem Hypersturm auszuweichen, und trieben nun, weiter südöstlich als vorgesehen sowie unter der galaktischen Hauptebene, im Niemandsland. Nichts Ungewöhnliches bei den Verhältnissen in Ambriador, und auch kein Problem, das nicht mit der nächsten Etappe korrigiert werden könnte.

Aber sie waren nicht allein.

Fünf feuerrot blinkende Punkte symbolisierten weitere Einheiten, die sich mit hoher Geschwindigkeit näherten. In Sekundenabständen lieferten die Orter immer genauere Daten.

Klobige Zylinderwalzen, am Bug zu einer Halbkugel gerundet. 740 Meter lang, 450 im Durchmesser. Beschleunigung: siebzig Meter pro Sekundenquadrat. Die Emissionen deuten auf eine Reaktorleistung von je fünf mal zehn hoch vierzehn Watt.

Was das bedeutete, war allen in der Zentrale klar: Schwere Troventaare. Schlachtschiffe der Laren. Fünf Stück. Jedes Einzelne davon war ihrem gesamten Verband waffentechnisch überlegen. Diese zweitgrößte Kategorie der Trovent-Flotte verfügte gewöhnlich über 21 Impulskanonen und zwei überschwere Impulsgeschütze mit einem Maximalkaliber von 650 Megatonnen Vergleichs-

TNT, bei einer Kernschussweite von 500.000 Kilometern. Dazu kamen 21 Desintegratorkanonen sowie ein umfangreiches Arsenal mit einfach lichtschnellen Raumtorpedos.

Troventaare besaßen gegenüber alteranischen Kugelraumern den Nachteil, schwerfälliger manövrierbar zu sein. Da sich die meisten Geschütze im Bug befanden und darauf optimiert waren, Ziele in einem Winkel von zirka 45 Grad vor dem Schiff unter Feuer zu nehmen, mussten die Zylinderraumer bei einem Richtungswechsel im Ganzen geschwenkt werden. Freilich kam es selten dazu. Larische Troventaare waren auf den militärischen Erstschlag ausgerichtet, gebaut für eine Vernichtung des Gegners schon im Anflug, direkt von vorn. Die überschweren Impulsgeschütze benötigten zwanzig Sekunden zum »Nachladen«, Dauerfeuer war damit unmöglich – aber gegen einen kleinen Verband wie den der Siedler leider auch gar nicht nötig. Ein Volltreffer aus einer dieser Waffen durchschlug jeden in Ambriador gebräuchlichen Schutzschirm …

Kapitän Oberstleutnant Vulf Mayang vom Leichten Kreuzer GORATSCHIN, der das Oberkommando über den Siedlerkonvoi innehatte, erkundigte sich per Funk, wann die MERCANT und ihr Schwesternschiff PULANG zu einer neuen Linearetappe bereit sein würden.

»Selbst für einen Sprung über Minimaldistanz ohne genaue Zielbestimmung frühestens in zehn Minuten, Sir«, antwortete Yilmaz.

»PULANG?«

»Sir, dito, Sir.«

Clees presste die Lippen aufeinander. Die wendigen, auf blitzschnelle Manöver ausgerichteten Leichten Kreuzer hätten sich den larischen Troventaaren wohl noch durch Flucht in den Linearraum entziehen können. Aber dann hätten sie die behäbigen Transporter zurücklassen müssen, zu deren Schutz sie doch eigentlich abgestellt waren. Der Begegnung einfach aus dem Weg zu gehen, stand daher leider nicht zur Debatte. Es hing alles davon ab, was die Laren, die in Sternformation auf sie zurasten, im Schilde führten.

Das Imperium Altera und der Trovent der Laren befanden sich nicht im Krieg. Beide Reiche hatten mehr als genug damit zu tun, sich der Attacken der Posbis zu erwehren. Verbündet oder gar befreundet konnte man sie deswegen nicht nennen. Einigermaßen friedliche Koexistenz, also Respektierung der jeweiligen Einflusssphären in der West- beziehungsweise Südseite der Galaxis war schon das höchste der Gefühle. Immer wieder einmal gab es kleinere Scharmützel, und es mehrten sich die Berichte über alteranische Einheiten, welche in Regionen verschollen waren, in denen nichts auf schwere Hyperstürme hingedeutet hatte.

»Schutzschirme hochfahren!«

»Sir, ausgeführt, Sir!«, erklang es vom Waffenleitstand.

Clees verzog das Gesicht. Mit der »Feuerorgel« eines Kampfraumers hatte das kläglich ausgestattete Geschützpult der MERCANT wenig gemein. Auf der PULANG sah es auch nicht besser aus. Einzig die Leichten Kreuzer GORATSCHIN und SERLAI konnten, wenn es hart auf hart gehen sollte, dem larischen Verband einigermaßen Paroli bieten. Für wie lange, stand allerdings in den Sternen …

»Langsam Fahrt aufnehmen!«, ordnete Mayang an.

Clees nickte. Er hätte es als Oberkommandierender genauso gehalten. Auf Zeit spielen, während der Konvoi beschleunigte – um sich im Konfliktfall absetzen zu können, sobald die Siedlertransporter dazu bereit waren.

Die Larenschiffe waren auf Kernschussweite heran. Und jetzt sandten sie auch eine Funkbotschaft: »Sie sind ins Hoheitsgebiet des Trovents der Laren eingedrungen und verletzen somit interstellares Völkerrecht. Kehren Sie unverzüglich um, oder wir sehen uns gezwungen, defensive Maßnahmen zu ergreifen.«

»Ich grüße Sie«, antwortete Oberstleutnant Mayang, der sich genauso wenig mit Rang und Namen vorstellte wie sein Gegenüber. »Wiewohl uns keine Ansprüche Ihres Staatswesens auf diesen Sektor bekannt sind, stellen wir diese zur Stunde nicht in Zweifel. Wir beabsichtigen ohnehin nicht, uns hier lang aufzuhalten, sondern setzen in Kürze unseren Flug in ein definitiv alteranisches Sonnensystem fort. Es besteht also kein Grund zu …«

»Ich gebe Ihnen drei Minuten«, unterbrach der Anführer des larischen Geschwaders rüde. Die Zeitangabe war von den Translatoren bereits umgerechnet worden. »Sollten Sie dann nicht verschwunden sein, eröffnen wir das Feuer.«

Kapitän Viñales drehte den Kopf zu Clees und Yilmaz und fragte halblaut: »Ist das zu schaffen?«

Clees las die Statusanzeigen ab, dann schüttelte er simultan mit seiner Kollegin den Kopf. »Sechs Minuten mindestens«, sagte Leutnant Macmahon. »Eher sieben, Sir.« Einen Hinweis darauf, dass ihre Leute im Maschinendeck ihr Bestes gaben, ersparte sie sich; das verstand sich von selbst.

Viñales leitete die Information sofort an Mayang weiter. »Euer Ultimatum ist erstens unnötig und zweitens zu kurz bemessen«, funkte dieser an die Laren. »Erhöhen Sie es auf die dreifache Spanne, und ich garantiere Ihnen, dass wir den Rückzug antreten und uns hier nie wieder blicken lassen.«

»Abgelehnt. Die Zeit läuft.«

»Nun seien Sie doch vernünftig, Mann! Wir wollen nichts von Ihnen, hegen keinerlei Absichten in diesem Sektor. Wir fliegen weiter, Sie fliegen weiter, und die ganze Geschichte …«

»Noch zweieinhalb Minuten. Keine Sekunde mehr.«

Clees spürte, wie ihm der Schweiß ausbrach. Der Lare wollte nicht verhandeln; sonst hätte er, um das Gesicht zu wahren, Mayangs Vorschlag zurückgewiesen und anschließend seinerseits eine Verdopplung der Frist angeboten. Und das wäre vielleicht ausgegangen; haarscharf, aber doch. Beide Seiten wussten recht gut übereinander Bescheid. Wenn die da drüben auf dem viel zu knappen, unerfüllbaren Ultimatum beharrten, dann deswegen, weil ihnen daran lag, einen Konflikt zu provozieren.

Warum, verdammt? Wenn sie uns aus dem All pusten – was haben sie davon? Zumal es auch für die Troventaare wohl kaum gänzlich ohne Schrammen abgehen wird …

Er hätte jetzt nicht in Vulf Mayangs Uniform stecken wollen. Wie sollte der Oberstleutnant einschätzen, was die Laren wirklich vorhatten? Klopften sie bloß auf den Busch, dann reichte es, über die Frist hinaus abzuwarten, bis sich nach einigen harschen Wortwechseln die Situation in Wohlgefallen auflöste. Wollten sie hingegen ein Gefecht entfesseln, um ein Exempel zu statuieren, und den Alteranern begrenzten Schaden zufügen, sie letztlich aber davonkommen lassen? In diesem Fall war Vorwärtsverteidigung von Seiten der Kreuzer angebracht, eventuell sogar ein Eröffnen der Feindseligkeiten durch Warnschüsse, die den Pulk der Troventaare etwas länger auf Distanz hielten. Strebten die Laren jedoch Totalvernichtung an – was ihnen bei dieser Übermacht letztendlich gelingen musste –, so wandten sich SERLAI und GORATSCHIN am besten zur Flucht, solange ihnen dies noch möglich war; damit wenigstens zwei der Schiffe und ihre Besatzungen verschont wurden.

Knifflig. Und die Frist verstrich. Unerbittlich tickten die Chronometer …

Roslin Cantu ärgerte sich. Über dieses alte, staubige Schiff und dessen Führung, die es nicht der Mühe wert fand, immerhin fast vierhundert Passagiere darüber aufzuklären, was eigentlich los war. Über ihren Ehemann, der mitten in der Zentrale hockte, jedoch ebenfalls keinen Mucks von sich gab; obwohl er wissen musste, wie sehr die Ungewissheit ihre Nerven belastete.

Am meisten freilich ärgerte sich Roslin über sich selbst. Clees und den anderen Offizieren Vorwürfe zu machen, war ungerechtfertigt, ja kindisch und einer erwachsenen Alteranerin unwürdig, die den akademischen Titel »Xeno-Veterinärin« trug. Schon öfter während des langen Flugs hatten die Sirenen geheult. Mittlerweile waren sie verstummt – ein Zeichen dafür, dass alle Mannschaftsmitglieder ihre Posten eingenommen hatten und keine unmittelbare Gefahr bestand. Wie bei den vorangegangenen, allesamt glimpflich verlaufenen Zwischenfällen würden die mitreisenden Zivilisten informiert werden, sobald die Lage geklärt war. Das konnte nicht mehr lange dauern; erfahrungsgemäß höchstens noch ein paar Minuten.

Minuten, die sich zu Ewigkeiten dehnten; in denen Roslin Höllenqualen litt.

Sie fürchtete sich, fürchtete sich erbärmlich. Unsichtbare Bänder quetschten ihren Brustkorb zusammen. Am liebsten wäre sie aufgesprungen, hätte um sich geschlagen, sich schreiend Luft verschafft. Doch das durfte sie nicht. Sie zwang sich, still zu liegen, nicht zu hyperventilieren, sondern ruhig und kontrolliert zu atmen. Dabei kam es ihr vor, als würde die Koje von Sekunde zu Sekunde stickiger, beklemmender, enger: ein Sarg, der sich um sie schloss und sie mitsamt ihrer Tochter verschluckte.

Eine Hand berührte ihren Kopf; kleine, weiche Finger fuhren in Roslins Locken, streichelten sie sanft. »Papa kommt bald«, wisperte Tamra.

Tränen der Scham schossen Roslin in die Augen. Ihr vierjähriges Kind spürte, wie es ihr erging, beschwichtigte sie und sprach ihr Mut zu! Sie schluckte mehrmals, bis sie den Kloß im Hals so weit hinuntergedrückt hatte, dass sie ebenso leise zurückgeben konnte: »Ja, ganz bestimmt. Papa ist groß und stark, und er beschützt uns vor allem Übel. Schlaf jetzt gut weiter, mein Schätzchen!«

»Du auch, Mama. Ich hab dich lieb.« Ein feuchter Schmatz hinters Ohr, ein zufriedenes Schnurren, bald darauf tiefe Atemzüge.

Vier Tage, schärfte Roslin Cantu sich ein, während sie in die Dunkelheit starrte. Nur noch vier Tage, dann sind wir auf Neu-Szechuan, und alles wird gut. Ich muss nie mehr in diese schreckliche, kalte Leere hinausfliegen; auch Clees nur selten, um Güter mit benachbarten Systemen auszutauschen. »Selbst für die MERCANT sind das kurze Hüpfer, gar nicht der Rede wert«, hat er geschworen.

Clees ...

Clees! Wo steckst du?

Sie zuckte zusammen, als plötzlich der Gong ertönte, der eine Durchsage der Schiffsführung ankündigte. »Hier spricht Kapitän Viñales. Ich habe Ihnen allen eine Mitteilung zu machen ...«

Tamra verstand nicht viel von dem, was die scheppernde, irgendwie traurige Stimme sagte. Warum sollten sie sich beugen, und weshalb über Nacht? Wieso hatte ein tragender Held namens Gorhatschi gezeigt, dass sein Stand wieder zwecklos war?

Sie setzte sich auf, blinzelte und gähnte. Was hatte es zu bedeuten, dass Mama aus der Koje gestiegen war und in großer Eile Sachen zusammenraffte? Schlaftrunken, zu verwundert, um zu protestieren, ließ Tamra sich anziehen, obwohl sie den warmen Overall mit den rosa Rüschen hasste. Die hohen, festen Schuhe, in die sie schlüpfte, waren nagelneu, noch nie getragen, für Neu-Szechuan bestimmt ...

»Sind wir schon da?«, fragte sie.

Ihre Mutter hob sie vom Bett und presste sie an sich, so fest, als wolle sie Tamra nie wieder loslassen. »Du musst jetzt sehr tapfer, vernünftig und brav sein und genau das tun, was ich oder die anderen Großen verlangen, klar?«

»Mhm. Ist das eine Übung?«

»Etwas … in der Art.«

»Darf Gucky auch mitmachen?«

»Natürlich.«

Mama gab ihr den Mausbiber und trug sie zur Tür, hinaus auf den Gang, der von Schritten und Rufen widerhallte. Bei den Antigravschächten stauten sich viele Menschen, Erwachsene wie Kinder. Uniformierte mit verhärmten Gesichtern sorgten dafür, dass niemand drängelte. Tamras Mutter fragte einen davon, ob er wisse, wo Leutnant Clees Cantu sei. Der Mann zuckte die Schultern, keine Ahnung, keine Zeit nachzuforschen, bedaure, Madam, bitte geordnet weitergehen …

Sie sanken hinab in die Röhre, umgeben von Stimmengewirr und sauren Gerüchen. Wurden unten ergriffen von Armen, die zu anderen Raumsoldaten gehörten, vorwärts geschoben auf ein Laufband, mit der Menge mitgerissen in ein niedriges Zimmer, dessen Wände vibrierten und dessen dicke, abgerundete Tür sich zischend schloss, als niemand mehr Platz darin hatte. Das Licht flackerte; fauchende, prasselnde, schleifende Geräusche erklangen. Tamra fühlte sich leicht und schwindlig, in sich verdreht, als fiele sie in alle Richtungen zugleich. Ihr wurde schlecht, doch sie erbrach sich nicht; das wäre nicht tapfer, vernünftig und brav gewesen.

Einige größere, aber dümmere Kinder quengelten. Scharfe Zurufe brachten sie zum Schweigen. Jemand ermahnte zur Besonnenheit und dass »drüben« auf keinen Fall auf aggressive Handlungen gesetzt werden sollte. Daraufhin, spürte Tamra, wuchsen eher noch Unsicherheit und Angst unter den Erwachsenen. Mama keuchte, begann zu schwanken. Doch als eine andere Frau anbot, ihr das Mädchen abzunehmen, verneinte sie schroff. Froh darüber, schlang ihr Tamra die Arme um den Hals und hielt sich gut fest, damit die Mama nicht so schwer zu tragen hatte. Auch beklagte sie sich nicht über den unbequemen Overall, obwohl der an mehreren Stellen zwickte.

Dann gab es einen Ruck und ähnliche Geräusche wie zuvor. Das Schwindelgefühl verging zum Glück bald wieder. Dafür wurde das Licht so grell, dass es in Tamras Augen stach. Verschwommen sah sie, wie die Wände des seltsamen Zimmers nach außen kippten und lautlos verschwanden.

Ein Stöhnen ging durch die Gruppe der Alteraner. Sie befanden sich in einer riesigen, hohen Halle, umringt von bulligen Gestalten, die Kampfanzüge und schwere Waffen trugen.

»Die können uns nichts tun«, raunte Tamra ihrer Mutter ins Ohr. »Weil, wenn sie blöd werden, nimmt ihnen Gucky die Strahler weg oder teleportiert mit uns davon.«

»Psst.« Mama zitterte.

»Keinem von euch wird Leid geschehen«, schnarrte es aus unsichtbaren Lautsprechern, »sofern ihr die Anweisungen befolgt. Ihr werdet in Quartiere gebracht, wo es euch an nichts mangeln wird. Vorher erfolgt für alle Erwachsenen und Jugendlichen über zwölf Jahren eine Befragung. Diese wird kurz und schmerzlos abgewickelt, so ihr freiwillig wahrheitsgetreu antwortet.«

Gedrungene Soldaten, deren Gesichter hinter dunklen Helmscheiben verborgen waren, dirigierten die Großen zu vier Türen in der Wand der Halle. Durch eine fünfte wurden die Kinder weggeführt. Ihre Mutter wollte Tamra nicht hergeben, doch einer der Bulligen entriss sie ihr grob. Dabei fiel Gucky zu Boden und geriet unter die Stiefel des fremden Soldaten, der die Puppe achtlos zertrat. Tamra weinte sehr. Auch ihre Mama verlor die Beherrschung. Sie schrie und tobte, bis der Mann seine Waffe auf sie richtete und abdrückte. Von einem bläulichen Strahl getroffen, brach sie auf dem spiegelglatten Boden zusammen.

Das war das Letzte, was Tamra Cantu von ihrer Mutter Roslin sehen sollte.

Zwei Das Alptraumschiff

»Nimm einen Würfel«, hatte Perry Rhodan gesagt, »mit zweitausend Metern Kantenlänge aus hochwertigem Stahlplast-Verbundstoff. Zwei Kilometer; das ist viel. Hast du's? Gut.

Und nun stell dir vor, dieses extrem widerstandsfähige, unserem Terkonit vergleichbare Material hätte eine Art ... Wildwuchs entwickelt. Metallkrebs sozusagen. Bizarre Geschwüre wuchern auf der gesamten Oberfläche, durch- und übereinander, sodass die geometrische Grundform kaum mehr zu erkennen ist. Erker und Türmchen, sinnverwirrend in sich selbst verdrehte Gebilde; schroffe stählerne Gebirge, tiefe, scharf eingeschnittene Schluchten, abstrakte Formen sonder Zahl. Lange, mit starren Wedeln behangene Stangen ragen weit heraus; plumpe, drei- und vierzinkige Gabeln stehen, obszön angriffig, in den Raum. Kein Stil, kein Anflug von übergeordnetem Design verbindet die unzähligen Bruchstücke. Oder doch, insofern, als jedes einzelne Segment das ästhetische Empfinden humanoider Lebewesen verletzt. Unwillkürlich siehst du weg, denn was du auch betrachten könntest, kleinste Details oder die Gesamtheit dieser stählernen Monstrosität, alles verwirrt und erregt in Folge Übelkeit. In den Nischen und Furchen glänzen, blinken, wabern verschiedenfarbige Lichterscheinungen. Und auf den hügelartigen Vorsprüngen herrscht Bewegung, ein unüberschaubares Wuseln und Wimmeln, vergleichbar einem ins Riesenhafte vergrößerten Ameisenhaufen. Denn die Besatzung, ja der gesamte Fragmentraumer besteht aus Robotern, denen das lebensfeindliche Vakuum des Weltalls nichts anhaben kann.«

So hatte der biologisch unsterbliche Zellaktivatorträger schon vor Jahrtausenden ein Posbi-Schiff beschrieben.

Die auf amüsante Weise antiquiert wirkende Schulfunk-Sendung, aus der diese historische Passage stammte, war Teil des Datenmaterials, das sich Startac Schroeder vor Antritt ihrer Reise zu Gemüte geführt hatte. Selbstverständlich waren auch zahlreiche Bilder diverser Fragmentwürfel-Raumer dabei gewesen, von den über und über mit Geschützen bewehrten Schlachtschiffen der Frühzeit bis zu den BOXEN mit drei Kilometern Kantenlänge der Gegenwart. Schließlich gehörten die Maschinenwesen, seit Perry Rhodan sie im Jahr 2114 Alter Zeitrechnung befriedet hatte, zu den treuesten und zuverlässigsten Freunden der Menschheit.

In der Milchstraße.

Hier jedoch, in IC 5152/Ambriador, aufgrund ihrer unerklärlichen Anziehungskraft auch »Magnet-Galaxie« genannt, hier nicht. In dieser ganz und gar außergewöhnlichen, unter einer Vielzahl unbekannter hyperphysikalischer Phänomene stöhnenden Sterneninsel wiederholte sich ein längst überstanden geglaubtes Drama. Wie jene zwölf terranischen Schiffe, aus deren Ruinen ab 2409 das »Imperium Altera« entstanden war, hatte die Kleingalaxis offenbar schon vor Jahrzehntausenden auch eine Posbi-Flotte »eingefangen«. Zum Glück für die anderen, hierher verschlagenen Völkerschaften verhielt sich die Roboter-Zivilisation, die aus den irgendwo in der Nordseite Ambriadors gestrandeten Fragmentraumern hervorgegangen war, lange Zeit friedlich. Genaugenommen traten die positronisch-biologischen Hybridwesen kaum in Erscheinung. Anscheinend fehlte deren Zentralplasma jene sogenannte »Hass-Schaltung«, die Rhodan bei ihren Artgenossen erst mühsam hatte entschärfen müssen.

Ursprünglich.

Vor 36 Standardjahren jedoch, Anno Domini 4894, um bei der AZ zu bleiben, drehten die Posbis von einem Tag auf den anderen durch. Anders konnte man es nicht ausdrücken. Genau wie ihre damaligen »Verwandten« in der Milchstraße starteten sie einen Vernichtungsfeldzug gegen alle anderen raumfahrenden Völker. Und sie sendeten, bevor sie gnadenlos zuschlugen, exakt dieselbe Botschaft: »Seid ihr wahres Leben?«

»Seid ihr wahres Leben?« Das funkten sie unablässig auf allen Frequenzen. Egal, was die Überfallenen antworteten – die Fragmentraumer-Flotten eröffneten das Feuer. Mörderisch effizient vernichtete die Kriegsmaschinerie der Maschinenkrieger sämtliche erreichbaren kleineren Sternenreiche; die größeren drängte sie unerbittlich zurück. Für die biologisch-organischen Wesen, die bis dahin einigermaßen mit den Widrigkeiten Ambriadors zurechtgekommen waren, erhielt der Begriff Materialschlacht eine neue Bedeutung.

»Seid ihr wahres Leben?«, funkten die Posbis.

»Ja! Nein! Vielleicht! Zweiundvierzig!«, gaben die Angegriffenen verzweifelt zurück, und Millionen andere, immer abstrusere Datenketten.

Vergeblich. Die Roboter, die man so lange für eine abgeschieden-beschaulich vor sich hin existierende, skurrile Bereicherung des bunten Völkergemisches der Kleingalaxis gehalten hatte, flogen Amok. Etwas in ihnen lebte, die biologische Komponente; aber der überwiegende Teil war künstlichen Ursprungs, modulhaft austauschbar, und kannte keine Angst vor dem Tod. Sie opferten sich nicht aus religiöser Verblendung oder sonstigen Motiven, wie die Kamikaze-Piloten und Selbstmord-Attentäter der terranischen Frühgeschichte. Sie erledigten einfach ihren Job. »Flieg hin und detoniere«, war ihnen ein ebenso logischer Befehl wie »Dupliziere dich zehntausendmal!«. Ob Vermehrung oder Vernichtung – was ihnen vom Zentralkommando aufgetragen wurde, führten sie aus, ohne eine Millisekunde zu zögern. Bessere, effektivere, da unbarmherzigere, sturere Soldaten hatte dieses Univerum nie gesehen.

Und jetzt, 4930 A.D. oder 1343 NGZ, standen sie, wie weiland Hannibal vor den Toren Roms, an den Außengrenzen des alteranischen Imperiumgebiets. Fort Kanton hatten sie bereits überrannt, den 616 Lichtjahre entfernten, strategisch und nicht zuletzt auch wegen seiner reichen Hyperkristall-Lagerstätten so wichtigen Vorposten. Sogar einen Sturmangriff auf den Zentralplaneten Altera hatten sie jüngst versucht, und nur mit größter Mühe waren sie zurückgeschlagen worden.

Die Überbleibsel des von beiden Seiten erbittert geführten Raumgefechts trieben mit Restfahrt durch das Alter-System. In einer winzigen Nussschale von Beiboot flog Startac Schroeder auf eines der Wracks zu.

»Nimm einen Würfel«, hatte Perry gesagt. »Aber nicht irgendeinen. Dieser dort scheint mir am besten für unsere Zwecke geeignet.«

Wer würde dem Terranischen Residenten widersprechen, dem ehemaligen Großadministrator, der schon vor Jahrtausenden gegen Posbis gekämpft hatte? Nicht einmal Mondra Diamond äußerte Kritik. Also pirschten sie sich in Unterlichtfahrt an den Fragmentraumer, den Rhodan ausgewählt hatte, bis die zerklüftete, pervers uneinheitliche Stahllandschaft des Wracks das gesamte Sichtfeld ausfüllte. Gase entwichen aus tiefen Kratern, die von den alteranischen Röhrenfokus-Geschützen verursacht worden waren; an anderen Stellen glühten weiße, ultraheiße Brandherde.

»Nah genug«, sagte Perry lakonisch. »Gib Pfötchen, Startac. Wir gehen rein.«

Er war Teleporter. Er konnte sich und eine sehr kleine Anzahl anderer Personen über eine Distanz von bis zu fünfzig Kilometern befördern, zeitverlustfrei, aus reinem Willen und konzentrierter, ultrahochfrequent geballter Gedankenkraft.

»Bitte verzeih die Frage, die dir sicher schon oft gestellt worden ist«, hatte Mondra ihn angesprochen, an einem der vielen, müßigen Abende während des Überlicht-Flugs zu ihrer ersten Destination Rundor. »Aber wie machst du das eigentlich? Wie kanalisierst du die Energien, die du mittels deines Para-Talents aus dem Hyperraum abziehst, um sie auf dein Sprungziel zu lenken? Wie versetzt du dich so haargenau in Zeit und Raum? Gucky hüllt sich diesbezüglich in Schweigen, beziehungsweise gibt er, wenn ich ihn bedränge, ein für Normalsterbliche total wirres Kauderwelsch von sich, wovon ich nicht mal die Pronomen kapiere. Naja, der Ilt ist ein Fremdwesen und einzigartig, soweit wir wissen. Du hingegen bist ein Mensch, einer von uns, Monochrom-Mutant hin oder her. Also: Wie machst du es?«

»Du wirst lachen«, hatte Startac Schroeder geantwortet. »Oder dir die Haare raufen. Tatsache ist: Ich habe nicht die geringste Ahnung. Sobald ich anfange, darüber nachzudenken, funktioniert es nicht. Ich werfe mich blindlings neben die Welt, und nachdem ich mich vollständig verloren habe, klammere ich mich an eine frappant flache Erinnerung. Dort komme ich dann raus, ohne zuvor bewusst irgendwo hineingetaucht zu sein. Hilft dir das?«

»Eigentlich weniger.«

»Dachte ich mir. Nach wie vor wundert mich, dass sich unter diesen Umständen mir jemand anvertraut. Es ist wahrscheinlich wegen Gucky. Der sprang ja zu seinen besten Zeiten durch ganze Sonnensysteme und hat in all den Jahrtausenden nie jemanden unterwegs verloren. Im Vergleich zu ihm verhalten sich meine kurzen Hüpfer wie die lächerlichen Flugversuche eines Huhns gegen die aeronautische Kunstfertigkeit eines Kondors.«

»Na, nun stell dein Licht mal nicht so unter den Scheffel.«

»Es stimmt aber. Der Mausbiber mag sich als knuddelige Witzfigur gerieren, aber ich glaube, ein nicht unwesentlicher Teil von ihm wohnt im übergeordneten Kontinuum – während ich dort gerade mal reinschnuppern kann und jedes Mal wieder Gefahr laufe, mir dabei die Nase zu verbrennen.«

An dieses Gespräch erinnerte sich Mondra, als Startac die Hände nach Perry und ihr ausstreckte. Rhodan fasste zu, und sie folgte seinem Beispiel. Genau deshalb, dachte sie, muss die Frau, die mit diesem Mann zusammenleben kann, erst erfunden werden. Er ist immer vorn, ständig voraus.

Ebenso gut könntest du versuchen, einen Regenbogen einzuholen oder einen Tryortan-Schlund zu begreifen. Mondra hatte den Gedankengang noch nicht beendet, da befand sie sich schon an einem völlig anderen Ort, und die Phase des Übertritts, des Durchgangs durch die höhere Dimension, hatte sie wie stets versäumt.

Das TLD-Training klickte ein. Sie sondierte die Umgebung, las die Anzeigen ihres Raumanzugs ab. Keine Atmosphäre; keine Gravitation, wenn sie von den vernachlässigbaren Fliehkraft-Vektoren des gemächlich um seine eigene, fiktive Längsachse rotierenden Schiffswracks absah. Keine Bewegung oder Energieentfaltung im näheren Umfeld. Mondra versenkte ihren Kombistrahler wieder im Halfter. Startac tippte sich an den Helm und verschwand ohne Nebeneffekte.

»Endlich wieder an der Front«, sagte Perry über Richtfunk und verzog kaum merklich den rechten Mundwinkel. »Habe ich schon erwähnt, dass ich mich gleich viel sicherer fühle, wenn du dabei bist?«

»Mehr als einmal, Großadministrator.« Das musste sein. Während die Alteraner Mondra kaum beachteten, behandelten sie Rhodan wie einen Gott. Ihr Begleitoffizier, ein junger Schlaks namens Demetrius Onmout, hätte Perrys Schweißtropfen einzeln vom Boden aufgetunkt, wenn sein Idol das zugelassen hätte.

Wie auf Stichwort erschien Startac Schroeder mit dem halben Kind, das hier als Captain durchging, und dessen vierschrötigem Unteroffizier. Der riss gleich das Strahlgewehr hoch und bedrohte damit seinen eigenen Schlagschatten.

»Alles so weit klar?«, keuchte der Teleporter.

»Keine verdächtigen Emissionen im weiten Umfeld«, sagte Rhodan in seinem legendär nonchalanten Tonfall. Wie angespannt er trotz seiner aufgesetzt lässigen Körperhaltung innerlich war, bekam außer Mondra niemand mit. »Momentan sind wir hier sicherer als in Abrahams Schoß. Kannst dich problemlos ein paar Minuten ausruhen, bevor du Nano und Drover holst.«

Startac schnappte nach Luft. Und dann geschah das, was Mondra schon so oft in Einsätzen mit Perry Rhodan erlebt hatte: Obwohl der Resident scheinbar Druck aus der Situation genommen hatte, mobilisierte sein Mitstreiter extra die letzten Kräfte. »Geht schon noch«, krächzte Startac, entmaterialisierte und kehrte einen Lidschlag später mit den beiden Rundor-Posbis zurück.

»Sir, Einsatzgruppe vollzählig versammelt, Sir!«, meldete Captain Onmout unnötigerweise und hieb sich dabei mit der Handkante beinah eine Delle in den Helm.

Rhodan stieß sich von der Metallwand ab und schwebte elegant in die Mitte des leeren Hangars. Wenn jemand Erfahrung mit Schwerelosigkeit hatte, dann er. »Danke«, sagte er. »Startac – hast du noch ausreichend Reserven?«

Der Teleporter nickte. Sein Gesicht hinter der entspiegelten Sichtscheibe war grau und diffus wie der Morgennebel über dem Fluss, an dem Mondra aufgewachsen war.

»Fein«, sagte Perry. »So lasst uns diese kleine, würfelförmige Welt erobern und uns untertan machen.«

Demetrius Onmout hoffte inständig, dass niemand merkte, wie aufgeregt er war. Am liebsten hätte er eine Beruhigungspille eingeworfen. Doch das wagte er nicht, weil davon sein Reaktionsvermögen beeinträchtigt worden wäre. Gerade an der Seite Perry Rhodans, des legendären »Sofortumschalters«, wollte er auf gar keinen Fall als Schlafmütze erscheinen. Da bibberte er lieber innerlich und bemühte sich, seine Überreiztheit nicht nach außen dringen zu lassen.

Immer noch konnte Demetrius es kaum fassen, dass er, der jüngste Captain der Legion Alter-X, zusammen mit dem Großadministrator an einem Risikoeinsatz teilnahm. Streng genommen führte er sogar das Kommando. Denn Rhodan weigerte sich, einen anderen militärischen Rang als den eines »Sonderberaters« anzunehmen. Aber die Vorstellung, jener Persönlichkeit, die der Menschheit den Weg zu den Sternen gewiesen hatte, einen Befehl zu erteilen, erschien Demetrius absurd. Sein Ur-ur-ur-ur-und-noch-ein-paar-Ur-Großvater hatte unter diesem Mann gedient! Alle nachfolgenden Generationen, bis herauf zu Dmetris eigener, hielten Perry Rhodans Andenken in höchsten Ehren. Noch heute wurde in praktisch jeder Ratssitzung mindestens einmal die Frage gestellt, »Wie hätte Großadministrator Rhodan gehandelt?« – Und jetzt flog er leibhaftig neben ihm!

Als reiche die Präsenz des Idols noch nicht, aus Dmetri ein Nervenbündel zu machen, bewegten sie sich innerhalb einer BOX! In ein Schiff der Maschinenteufel einzudringen, war so ziemlich das Verbotenste, was ein alteranischer Raumsoldat tun konnte. Gewöhnlich wurden in der Nähe von Imperiumsplaneten verbliebene Posbi-Wracks ehestmöglich zur Gänze zerstrahlt. »Die machen auch keine Gefangenen«, hieß es. Vor allem aber ging selbst von antriebslos und scheinbar energetisch tot durch den Leerraum treibenden BOXEN noch eine Gefahr aus. Kam man ihnen zu nahe, konnte der eigene Raumer oder Anzug von einem Virenbomben–Schauer getroffen und befallen werden. Kurz nach Kriegsbeginn hatte man kampf- und fluchtunfähig geschossene Posbi-Einheiten durchsucht, weil man sich Aufschlüsse über die Technologie der Maschinenteufel erhofft hatte. Davon war man rasch wieder abgekommen. Nicht nur entpuppten sich manche Robotschiffe als Todesfallen. Auch konnten mit dem scheinbar harmlosesten, zum Zweck der späteren Untersuchung geborgenen Aggregat überaus gefährliche positronische Konstrukte eingeschleppt werden, die, sobald sie wieder mit Strom versorgt wurden, als eine Art »Fünfte Kolonne« Laborgeräte sabotierten und ganze Rechnersysteme »umdrehten«. Damals hatte ein TRIANGOLO-Raumfort zerstört werden müssen, gerade noch im letzten Moment, bevor es die eigene Flotte attackiert hätte!

Entsprechend paranoid beäugten Onmout und Firsam, sein Unteroffizier, die Umgebung. »Bizarr« war ein Hilfsausdrück dafür. Jedem Schiffsdesigner, der eine solche Innenarchitektur entwarf, hätte man Geisteskrankheit im Endstadium unterstellt. Menschen waren gewöhnt an künstliche Gravitation, klare, leicht überschaubare Bauformen und zusätzlich eine Fülle von Aufschriften, Hinweissymbolen und sonstigen optischen Leitsystemen. In dieser chaotischen

Techno-Hölle, in der es kein definiertes Oben und Unten, Links und Rechts gab, verloren sie alsbald die Orientierung, ja mussten ernstlich um ihren Verstand fürchten. Es brauchte schon Posbis, um sich in dem haarsträubenden Gewirr zurechtzufinden.

Deshalb hatten sie zwei der Maschinenwesen dabei.

Noch etwas, das Demetrius nicht kalt ließ. Er war Jahre nach Kriegsausbruch geboren. Keine Sekunde seines Lebens, die nicht im Schatten der furchtbaren Bedrohung aus dem Nordsektor der Galaxis gestanden hätte. Von klein auf hatte er gelernt, dass die ausgezuckten Roboter das Absolute Böse repräsentierten. Der »Schwarze Posbi« holte Kinder, die nicht brav ihre Hausaufgaben machten oder die obligatorischen Heimwehr-Übungen schwänzten. Der Heilige Nikolaus – der in den Holo-Darstellungen übrigens, trotz des weißen Bartes, eine gewisse Ähnlichkeit mit Perry Rhodan hatte, bis hin zur Narbe auf dem Nasenrücken – wurde vom schrecklich schnaufenden »Kramposbi« begleitet. Ein bei der pubertierenden Jugend sehr populärer Freistilringer nannte sich »Posbikiller«; sein schurkischer Erzfeind trat in Roboter-Verkleidung auf und setzte dauernd regelwidrige Kunstglieder ein. Begriffe aus der Kyber-Mechanik hatten Aufnahme in den täglichen Sprachgebrauch gefunden. Ein Betrunkener befand sich »in der Ölung«. Wer Unsinn redete, litt unter einem »Syntax Error«. Sportlern, die nicht in Form waren, warfen die Fans lautstark vor, sie pfiffen »aus dem letzten Ventil«, et cetera.

Und nun wurde Onmouts Trupp von zwei Posbis durch das verödete und doch so unheimliche Gekröse dieser BOX gelotst! Gut, der Großadministrator hatte die beiden aus der Milchstraße mitgebracht, in der ihr Volk, behauptete er, seit langem zu den wertvollsten Alliierten der Menschheit zählte. Dmetri zweifelte Rhodans Aussage nicht an. Immerhin hatte der Unsterbliche sogar den Kommandeur der Legion Alter-X, Staatsmarschall Laertes Michou, von der Redlichkeit seiner Begleiter überzeugt.

Trotzdem. Sie waren Posbis!

Dmetri vermochte sie nie länger als ein paar Sekunden anzusehen, dann stellten sich ihm unweigerlich die Nackenhärchen auf. Der eine bewegte sich auf Prallfeldern, konnte aber aus seinem fassförmigen, eineinhalb Meter hohen und 80 Zentimeter durchmessenden Körper zwei kurze, kräftige Beine und dreigelenkige Arme mit Greifern ausfahren. Wenn er die wie Blüten auffächerte, kamen die Abstrahlmündungen leistungsstarker Impulskanonen zum Vorschein. Er war also, obwohl er sich als »Schwerer Arbeiter, Individualterminus ›Drover‹« bezeichnete, ein mächtiger Kampfroboter! Dmetri graute vor ihm.

Und der andere verschaffte Captain Onmout, Jahrgangsbester an der Akademie, persönlicher Favorit des Staatsmarschalls, Elite-Offizier, der sich immer so viel auf seine Coolness und Nervenstärke eingebildet hatte, erst recht eine Gänsehaut. Das fing schon mit dem Namen an. »Nano Aluminiumgärtner«! Hä? Ein positronisch-biologischer Roboter, der sich Aluminiumgärtner nannte – hatte der noch alle Koffeinschalen in der Anrichte? Was Drover zu wenig an zu Gefühlen fähiger Plasmakomponente abgekriegt hatte, hatte dieser Nano Aluminiumgärtner eindeutig zu viel. Zwar sah er aus, als hätte man ihn aus den Beständen verschiedenster Sondermüll-Deponien zusammengeschraubt, doch die schmalen, überwiegend blaugrauen und anthrazitfarbenen »Hüften« und ausladenden »Schultern« schwang er ärger als ein schwuler Eistänzer. Die vier Extremitäten wirkten angeschmort, die beiden Multi-Sensorflächen am Kopf wie Augen, der halbmondförmig gebogene Sprachausgabeschlitz glich einem melancholisch nach unten verzogenen Mund. Insgesamt: ein tuntiger Clown.

Und er stotterte! Als sei er schüchtern und dauernervös. Ein verklemmter Roboter: Hatte das Universum so etwas schon erlebt?

»Nach den b-bisher vorliegenden Beobachtungsergebnissen gehe ich mit einer W-Wahrscheinlichkeit von sechsundsechzig Komma acht Prozent davon aus«, funkte er, »dass es an Bord dieser BOX keine Po-Population von Matten-Willys gegeben hat. Dies ist schon einmal der erste ge-gege-gewichtige Unterschied zu unserer Zivilisation in der Milchstraße beziehungsweise auf der Hundertsonnenwelt.«

»Interessant.« Der Großadministrator klang trotz des sie umgebenden Irrsinns verehrungswürdig entspannt und souverän. »Weitere Abweichungen von eurer Konstruktionsweise?«

»J-ja.«

»Nämlich?«, fragte Rhodan nach einer halbminütigen Pause.

»Äh … Ich möchte mich im D-Detail noch nicht festlegen, aber unzweifelhaft wurden unsere hiesigen Verwandten, wenn ihr diesen Aaa…nthropomorphismus gestattet, durch die hyperphysikalischen Verhältnisse in Ambriador zu einer technischen Evolution gezw-zw-zw…«

»Gezwungen?«, warf Mondra Diamond ein, die sehr attraktive Leibwächterin des Großadministrators. Eine echte Granate, wie man auf der Akademie gesagt hätte. Dmetri würde sie garantiert nicht von der Bettkante schubsen; ein Gedanke, für den er sich sogleich schämte und tadelte.

»Affirmativ. Wie ihr gewiss bereits registriert habt, verwenden diese Posbis keine T-Transformkanonen, keine Relativschirme, und Syntrons oder einen M-Metagrav-Antrieb schon g-gar nicht. Dieses Schiff ist mit Sicherheit einige hundert Jahre alt, der Verzicht auf besagte Technologien also nicht der Hyperimpedanz-Erhöhung, sondern den Umständen in der Ma-Magnet-Gagagalaxis geschuldet.«

»Aber der Fragmentraumer hat dennoch viel mit den in der Milchstraße gebräuchlichen Modellen gemein?« Jetzt lag ungeachtet der eigentümlichen Aussprache mancher Wörter ein besorgter Unterton in Rhodans so angenehmem Organ. »Anders ausgedrückt: Ihr seht euch in der Lage, die Kiste auf Vordermann zu bringen?«

»Könnte dauern«, funkte Drover.

»Lange?«

»Lange.«

»Wie lange?«

»Sehr lange.«

»Zu lange?«

»Zu Pr-Prognosen würde ich mich beim derzeitigen Stand der Dinge nicht hinreißen la…lala…lalala…«

»Hab verstanden. Wie weit noch bis zum Robotkommandanten?«

»Luftlinie?«

»Realzeit.«

»Etwa se-sechzehn Minuten vierzig Sekunden. Grob geschätzt.«

»Danke.«

»Bitte. Gern g-geschehen.«

Sie flogen weiter. Die Lichtkegel ihrer Helmscheinwerfer entrissen der Dunkelheit immer neue Bereiche, jedes Mal erneut schockierend ob der perversen Widernatürlichkeit, die jeglicher nachvollziehbaren Ordnung entbehrte. Demetrius Onmout fühlte dieselbe Furcht in sich aufsteigen, die er als Kind in einer Geisterbahn durchlebt hatte. Aber das hier war keine billige Illusion, kein Phantasiegebilde aus flimmernden Holos und abgewetzten Pappmaché-Kulissen, sondern real, der wahre Horror. Umso schwerer fiel es ihm, nicht überall Fratzen und lauernde Ungeheur zu erspähen.

Ohne in seiner Konzentration nachzulassen, überdachte Dmetri das Gehörte. Sehr lange, hatte Drover gesagt. Was bedeutete das aus dem Funkmodul eines Posbis? Falls die Wiederinstandsetzung der grässlichen BOX Wochen oder gar Monate verschlang, war Rhodans Plan zum Scheitern verurteilt und ihr überaus riskanter Einsatz nutzlos.

»Sie wollen was?«, hatte Staatsmarschall Michou bei der Besprechung im Administurm von Neo-Tera gefaucht.

»Tut mir leid, falls ich mich unklar ausgedrückt habe. Ich rege an, eine der durchs Alter-System treibenden BOXEN wieder flottzumachen, wenn nötig auch aus mehreren Wracks eine flugtaugliche Einheit zusammenzubauen und unter das Kommando von Nano Aluminiumgärtner zu stellen.«

»Vergessen Sie's, Großad… Sonderberater Rhodan. Vor meiner Haustür fliegt garantiert kein Posbi-Kahn frei herum, schon gar nicht mit einem Maschinenteufel am Steuer.«

»Vergessen Sie nicht, wem Sie den glimpflichen Ausgang der gestrigen Schlacht zu verdanken haben. Letztlich war es Nano, der das Alter-System noch einmal gerettet hat. Aber mir ist klar, dass das Wort ›Verständigung‹ in Ihrem Vokabular nicht vorkommt, wenn es um Posbis geht.«

»Sehr richtig. Mit Stumpf und Stiel ausrotten, eine andere Option haben wir nicht.«

»So stellen Sie sich doch endlich der Wahrheit, Staatsmarschall: Auf herkömmliche militärische Weise ist dieser Krieg nicht zu gewinnen. Eher morgen als übermorgen erdrückt Sie die Übermacht der Posbi-Flotten.«

»Wir werden kämpfen bis zum letzten Blutstropfen.«

»Und in Glanz und Glorie untergehen. Nur, dass niemand übrig bleiben wird, der Ihnen Denkmäler errichten könnte.«

»Was schlagen Sie als Alternative vor? Wollen Sie mit der notdürftig zusammengeflickten BOX zu den Posbis fliegen und die weiße Fahne schwenken? Das wäre Selbstmord, den ich nicht zulassen kann. Ich brauche Sie hier; als, nun ja, zusätzlich motivierendes Element.«

»Da müsste ich aber mitspielen. Ich habe nicht vor, bloß eine Gallionsfigur abzugeben. Zumal ich überzeugt bin, dass sich Ursache wie Lösung des Konflikts einzig und allein auf dem Zentralplaneten der Posbis finden lassen.«

»Von dem niemand weiß, wo er liegt.«

»Wir werden seine Position eruieren, nachdem wir mit dem manipulierten Fragmentraumer, als Posbis getarnt, in deren Gebiet eingedrungen sind. Dieses Verfahren ist gangbar, glauben Sie mir. Bei uns zu Hause hat ein Kommando auf praktisch demselben Weg, ebenfalls eine havarierte BOX zur Passage benutzend, die Hundertsonnenwelt erreicht. Sollten Sie Wert darauf legen, lassen wir Ihnen gern nähere Details über den besagten Einsatz zukommen. Was in der Milchstraße funktioniert hat, sollte auch in Ambriador zu machen sein. Außerdem verfügen wir mit Nano und Drover über nicht zu unterschätzende Trumpfkarten.«

»Oder Läuse im Pelz; Ungeziefer, das die Pest überträgt.«

»Michou. Wir sind unter uns, nicht auf einer Pressekonferenz. Sie brauchen sich nicht noch komissköpfiger zu geben, als Sie es ohnehin sind. Der Bote einer Superintelligenz hat mich über fünf Millionen Lichtjahre hierher entsandt, damit ich neunundzwanzig Milliarden Menschen vor der Auslöschung bewahre. Lotho Keraete sprach von einem Schloss, das es zu öffnen gälte und für das, aus welchen Gründen immer, nur ich den Schlüssel besorgen könne. Wo sonst sollte sich dieses Schloss befinden als auf dem Zentralplaneten, beim Zentralplasma? Ihre Vaterlandsliebe und Opferbereitschaft in Ehren, Staatsmarschall, aber ich bin überzeugt, dass nur dort, vor Ort, die Angriffe auf das Imperium Altera dauerhaft gestoppt werden können.«

»Die Botschaft hör ich wohl …«

»Sie vergeben sich nichts, wenn Sie uns versuchen lassen, eine BOX zu adaptieren. Dafür stelle ich mich bei der nächsten Truppenparade artig neben Sie und winke moralsteigernd.«

Demetrius hätte beinahe seinen Ohren nicht getraut, als er seinen Kommandeur einlenken hörte: »Na schön. Ihren Versuch haben Sie, aber nur diesen einen. Und wahren Sie allerhöchste Vorsicht! Captain Onmout wird Sie darin unterstützen.«

Darin unterstützen. Viel hatte nicht gefehlt, und Dmetri wäre das Herz in die Hose gerutscht.

Dem Großadministrator helfen, hier drinnen?, dachte er nun, während die alptraumhafte Stahllandschaft an ihm vorüber glitt. *Ich kann froh sein, wenn Firsam und ich Rhodans Trupp nicht allzu sehr behindern.*

Er konnte unmöglich sagen, welchen Teil des Monsterschiffs sie gerade durchquerten. Ob Peripherie oder Kernzone, alles sah gleich verwirrend aus, beispiellos, unbeschreiblich. Nicht zu erkennen, wo ein Abschnitt endete und der nächste begann, was tragende Konstruktion war, was mobile Apparatur oder überhaupt autarke Maschine, sprich: Posbi. Denn das Schiff war ein acht Kubikkilometer ausfüllender Roboter, der seinerseits aus Tausenden und Abertausenden von Robotern bestand.

»Nach wie vor keinerlei Energie-Emissionen«, meldete Mondra Diamond. »Nirgendwo im ganzen Riesenkübel auch nur ein Fünkchen Strom. Seltsam. Man würde meinen, dass es wenigstens Notstrom-Speicher gäbe, zur Versorgung von Selbstreparatur-Routinen.«

»Wenn eine BOX so schwer beschädigt wurde«, erklärte Demetrius Onmout, »dass sie nicht mehr in den Kampf eingreifen oder sich zurückziehen kann, fahren die Maschinenteufel ihre noch intakten Reaktoren nieder und entleeren sämtliche Speicher. Sie begehen quasi Selbstausschaltung. Dadurch benötigen umgekehrt wir einen erhöhten Energie-Aufwand, um den Feindraumer zur Detonation zu bringen, wozu sonst ein richtig platzierter Kernschuss ausreichen würde. Roboterlogik: Sie schädigen uns bei jeder noch so kleinen Gelegenheit.«

»Nano?«

»Ja, R-Resident?«

»Sechzehn Minuten sind um.«

»Wir haben unser Z-Ziel erreicht. Da der Robotkommandant ausgefallen ist, müssen wir einen Teil der Kommandozone wiederer-erwecken, um eine Gesamtdiagnose vornehmen zu können.«

Die Gruppe hielt an. Sie verteilten sich so, dass ihre Sicht- und Schussfelder einander möglichst wenig überlappten. Dieses Standardverfahren beherrschten der Großadministrator, seine Leibwächterin und der schweigsame Teleporter perfekt; Onmout und Firsam fügten sich passabel in das Schema ein.

Der fassförmige Posbi namens Drover fuhr einen Kabelstrang aus und dockte damit an einem grob pyramidenförmigen, schlierig verspiegelten Block an. Aluminiumgärtner schwebte kopfüber hinzu und steckte einen teleskopartig verlängerten Finger in den Sensorkranz, den sein Kompagnon statt eines Schädels trug. »E-Energie!«, rief er, was offenbar scherzhaft gemeint war.

Etwas britzelte. Winzige Funken sprühten.

Plötzlich hatte Dmetri eine Vision, die ihn ähnlich bis ins Mark erschreckte wie die Horror-Effekte in der Geisterbahn seiner Kindheit. Einen Herzschlag, nachdem Nano Aluminiumgärtner mit der Reaktivierung der Systeme begonnen hatte, erwachte rings um sie die Einrichtung zu mechanischem Leben. Alles geriet in Bewegung, veränderte sich schlagartig. Verschalungen klappten zur Seite. Greifarme schossen hervor und streckten sich, schneller als das Auge ihnen zu folgen vermochte, nach den Eindringlingen aus. Wände und Aggregattürme schoben sich, nein, stürzten von allen Seiten auf sie zu, während andere spurlos verschwanden und den Blick auf rotierende Waffenläufe freigaben, deren Mündungen soeben aufglühten. Die gesamte Umgebung verwandelte sich in Captain Demetrius Onmouts Vision, zerfiel, zerbarst, zersplitterte zu Dutzendschaften von Posbis verschiedenster Größen und Bauweisen, die sofort ohne Rücksicht auf Verluste attackierten.

Genau so geschah es.

Drei Blutstropfen, die auf glühende Kohlen fallen

An den Flug mit dem Schiff der Laren erinnerte sich Tamra Cantu nicht mehr. Vielleicht wurde alles vom Trennungsschmerz überlagert, vielleicht hatte man ihr auch ein Sedativ verabreicht.

Das nächste Bild, das vor ihrem geistigen Auge Gestalt annahm, war jenes des Schlafsaals im Internat. Gewaltig groß, gut zwanzig Meter breit und mehr als doppelt so lang, bot er Platz für unzählbar viele Betten. Ein Geruch nach Heublumen erfüllte den Raum. Beständig dudelte, kaum hörbar, fremdartige, aber nicht unangenehme Musik. In den Mauern waren handbreite, senkrechte Schlitze aus milchigem Kunststoff ausgespart, durch die tagsüber goldgelbes Licht einfiel. Nachts glomm der Boden rötlich, damit kein Kind eine Lampe brauchte, wenn es aufs Klo musste.

Alle, Mädchen wie Jungen im Alter von zwei bis elf Jahren, trugen dieselbe Kleidung: hellgraue Hemdblusen mit Dreiviertelärmeln, knielange, gelb-rot-braun karierte Röcke, ebensolche Strümpfe und weiße Sandalen. Jeden Morgen lagen frische Garnituren, in knisternde Folie verschweißt, auf den Pulten neben den Betten. Abends schwebten auf einem Polster aus Luft Wägelchen durch den Schlafsaal, in die sie ihre gebrauchten Sachen warfen. Geschlafen wurde in seidenweichen, dunkelblauen Nachthemden. Anfangs schluchzten viele Kinder nach ihren Eltern, doch das legte sich im Verlauf der ersten Wochen. Sie fanden sich bald zurecht und gewöhnten sich erstaunlich schnell ein.

Das Internat wurde von Heelghas geführt, birnenförmigen, geschlechtslosen Wesen, die sich auf drei Stummelbeinen fortbewegten. Meistens hatten sie Rollschuhe angeschnallt und flitzten bemerkenswert rasch durch die Gänge und Säle. Dort, wo sich der dralle, beigefarbene Leib verjüngte, entsprang ein Kranz von sechs kurzen, biegsamen Armen mit Greiflappen; dazwischen befanden sich ebenso viele Mundöffnungen und unmittelbar darüber ovale, senkrecht stehende Augen, denen nichts im weiten Umkreis entging. Oben auf den Köpfen, deren Haut schrundig wirkte wie die Borke eines Baumes, wuchsen dichte Büschel fingerlanger, dünner Stäbchen, welche an Seeanemonen erinnerten und als Hörorgane dienten; sie leuchteten in den unterschiedlichsten Farben. Daran konnte man die Heelghas, die allesamt die gleichen sackartigen, grünblau karierten, mit vielen Taschen besetzten Kleiderschürzen anhatten, am besten auseinanderhalten.

Das Heelgha mit dem knallpinken Kopfbüschel hieß Kulwolvagg. Am Vormittag leitete es die Sport-und-Spiel-Stunden von Tamras Altersgruppe in einer der weitläufigen, lichtdurchfluteten Turnhallen. Dann hatte Kulwolvagg in dreien seiner Münder Trillerpfeifen mit verschiedenen Tonhöhen. Die Kinder lernten rasch, dass jede der sieben möglichen Pfiff-Varianten einer anderen Übung entsprach, die sie sofort ausführen mussten: Purzelbaum, Hopserlauf, Klappmesser und so weiter; das dreistimmige Signal stand für »Ausschütteln«. Wer falsch oder zu spät wechselte, bekam einen Schlechtpunkt. Kulwolvagg tadelte kaum, ermunterte die Schwächeren und lobte die Eifrigen mit weicher, melodischer Stimme. Zum Abschluss wurde jedes Mal Flugball gespielt. Das war sehr lustig, denn dazu verzauberte Kulwolvagg die Kinder, sodass sie viel leichter waren und hohe, weite Sprünge machen konnten. Es ging darum, Bälle in Körben unterzubringen, die auf komplizierten Kursen durch die Halle schwebten und oft im letzten Moment noch auswichen. Für jeden Treffer erhielt man einen Punkt auf der großen Leuchttafel gutgeschrieben. Manchmal entwickelten sich Raufereien, die Kulwolvagg duldete; aber wer dabei einen anderen Spieler verletzte, musste eine Zeit lang aussetzen.

Das Essen wurde im Speisesaal eingenommen und schmeckte köstlich. Die Kinder durften an einem Buffet zwischen gelbem Getreide, braunen Nudeln und verschiedenen, pürierten Gemüsen wählen. Dazu gab es mehrere Soßen, manchmal mit Fleischstücken, und hinterher süße Kuchen oder saftiges Obst. Allerdings genügte es nicht, mit dem Finger auf das Gewünschte zu zeigen. Man bekam die Speisen und Getränke nur, wenn man laut, deutlich und richtig betont das passende Wort sagte; nicht auf alteranisch, sondern in der hiesigen Sprache. Die Heelghas waren da sehr strikt. Jedoch schimpften sie fast nie, schlackerten nur bedauernd mit ihren vielen Armen, falls einem die zutreffende Bezeichnung nicht einfiel. Dann musste man wohl oder übel mit etwas anderem vorliebnehmen, von dem man bereits wusste, wie es hieß.

Der Sprachunterricht fand in Kleingruppen statt. Dazu wuchsen aus dem Boden der größten Turnhalle binnen weniger Sekunden Trennwände, Tische und Bänke. Das weißbüschelige Heelgha namens Omneamuf, das Tamra und elf weitere ungefähr Gleichaltrige betreute, führte holografische Bilder und Schriftzeichen vor, welche die Kinder mit den Zeigefingern auf den Kontaktfeldern der Tischplatten nachzogen. Dabei wiederholten sie die von Omneamuf produzierten Laute, zuerst im Chor, dann der Reihe nach allein. Auch hierfür wurden Pluspunkte vergeben, und Schlechtpunkte, falls man nicht aufpasste oder gar störte.

Wenn Tamra später an ihr erstes Jahr im Internat zurückdachte, erschien ihr alles ein wenig verschwommen, in mildes, milchig-rotgoldenes Licht getaucht. Gleichförmig flossen die Tage dahin. Oft fühlte sie sich träge und schwerfällig, als hätten ihre Beine, ausgenommen während der Flugball-Spiele, ein erhöhtes Gewicht zu tragen. Wenn sie sich mitunter überanstrengte, um Gutpunkte zu ergattern, litt sie minutenlang unter Atembeschwerden, als wäre die Luft zu dick für ihre Lungen. Tamra bemerkte, dass es fast allen Mitschülern ähnlich erging. Dennoch jammerte oder beklagte sich niemand. Eine Art heiterer Zufriedenheit erfüllte sie, sowie selbstverständliche Dankbarkeit gegenüber den Heelghas, die sie geduldig umsorgten.

Und die Erinnerung an ihr Leben vor dem Internat verblasste zusehends.

Die Menschenkinder lernten, sich ausschließlich in der neuen, viel schöneren Sprache zu verständigen, die Larion genannt wurde. Ertappten die Heelghas jemand bei einer Unterhaltung auf Alteranisch, setzte es Schlechtpunkte, und nicht zu knapp. Dieses Risiko wollte bald keiner mehr eingehen, zumal die Birnenförmigen über ein äußerst scharfes Gehör verfügten.

Was es mit den Punkten für eine Bewandtnis hatte, erfuhr Tamra bei der ersten Sonnenfeier.

Schon mehrere Tage zuvor hatten die Größeren, angeleitet von ihren Heelghas, den Innenhof des Internats festlich geschmückt. Die Fenster waren beflaggt, entlang der Mauern spannten sich bemalte Stoffbahnen, und von der Milchglaskuppel, die den siebeneckigen Hof lückenlos überdachte, hingen bunte

Girlanden. Auch Tamras Gruppe hatte im Unterricht etliche dieser Bänder mit Schriftzeichen verziert, die Begriffe wie »Glück«, »Wonne«, »Frohsinn« und dergleichen ergaben.

Tamra war sehr gespannt auf die Sonnenfeier, stellte diese doch eine Abwechslung im monatelangen Einerlei dar. Außerdem taten Omneamuf, Kulwolvagg und die anderen Heelghas ungeheuer geheimnisvoll und machten nur vage Andeutungen über das bevorstehende Ereignis. Die Kinder, ließen sie durchblicken, hätten sich alles in allem als gehorsam und fleißig erwiesen und daher eine Belohnung verdient. Worin diese bestehen sollte, war ihnen nicht zu entlocken. »Ihr werdet schon sehen, und die Augen werden euch übergehen!«

Endlich kam der große Tag. Als Tamra nach dem Weckruf und der Morgenwäsche das Paket aus Knisterfolie zerriss, um ihre Kleidung zu entnehmen, war diese anders beschaffen als sonst. Zwar passten Rock und Bluse ebenfalls wie angegossen, doch der Stoff flimmerte, als leuchte er von innen heraus, in einfarbigem, sattem Orange; desgleichen die hauchdünnen Strümpfe und die weichen Pantoffeln, die an Stelle der üblichen Sandalen beilagen. Auch einen Schal und sogar eine Kappe derselben Farbe fand Tamra. Im ganzen Schlafsaal breiteten sich Rufe der Überraschung und freudiges Jauchzen aus. Die Kinder zogen sich an, so schnell sie konnten, dann stürmten sie in den Waschraum, wo sie sich vor den Spiegeln drängten und balgten. Jemand von den Älteren kam auf die Idee, das Licht auszuschalten, und tatsächlich – sie schimmerten in den unterschiedlichsten Farbtönen, jeder und jede für sich einzigartig!

»Glaubst du, das ist die Belohnung?«, fragte Frizzi, Tamras Bettnachbarin, später beim Frühstück. Alle an ihrem Tisch gaben Acht, das wunderschöne Festgewand nur ja nicht zu bekleckern, und nippten äußerst vorsichtig am Olvidbeeren-Saft.

»Hmmm … ein Teil davon. Aber ich denke, da kommt noch mehr.«

»Uns geht es schon gut, was?«

Tamra nickte mit den anderen. Für einen kurzen Moment war ihr, als öffne sich tief in ihrer Brust eine Leere, vielleicht faustgroß, eine hohle Stelle, wo etwas fehlte, das früher da gewesen war. Doch das Gefühl verflog schnell wieder, wurde von der Aufregung ersetzt, mit der sich die Kinder seit Tagen gegenseitig ansteckten.

Nachdem sie fertig gegessen und den Dankspruch aufgesagt hatten, wurden sie von Kulwolvagg und Omneamuf, die ebenfalls andersfarbene, viel adrettere Kleider als gewöhnlich trugen, hinaus in den Innenhof geführt. Heelghas, deren Namen sie nicht kannten, wiesen ihnen Plätze auf den Tribünen zu. Je mehr sich die Sitzreihen füllten, desto deutlicher wurde ein Schema erkennbar … bis Tamra, die es als Erste ihrer Gruppe entdeckte, laut aufschrie: »Seht nur, seht! Ein Regenbogen!«

Und in der Tat – die Kinder und Heelghas waren so angeordnet, dass die Farben ihrer Gewänder und Schürzen von links nach rechts das gesamte sichtbare Spektrum abbildeten. Welch ein Anblick! Auch wenn Tamra es noch nicht mit Worten hätte ausdrücken können, verstand sie instinktiv die Symbolik: Jedes Kind und jedes Heelgha funkelte in seinem eigenen, nur ein einziges Mal vorkommenden Farbton; und doch waren sie Teile eines viel größeren, viel prächtigeren Ganzen. Sie gehörten dazu, gehörten zusammen, gehörten hierher; nirgendwohin sonst.

Tamra war glücklich.

Die Sonnenfeier begann mit Liedern, die sie in den Vorwochen einstudiert hatten. Das war ihnen leicht gefallen; schließlich hörten sie diese Melodien, wann immer sie sich im Schlafsaal aufhielten. Allerdings wirkten die Gesänge hier und jetzt um ein Vielfaches eindrucksvoller, geradezu ... das war ein schwieriges Wort ... ja, ma-jes-tä-tisch. So viele Kinder! Dazu die zahlreichen Heelghas, die wegen ihrer sechs Mundöffnungen mehrstimmig zu singen vermochten, sowohl dröhnend tief als auch berückend hoch. Die Kuppel warf den Schall zurück und verstärkte ihn noch. Der gesamte Innenhof schien zu vibrieren, zu schwingen in Har-mo-nie.

Wie lange sie einander so beschenkten, hätte Tamra nicht zu sagen gewusst. Irgendwann verwehten die Töne, und auch die Stille war herzergreifend schön.

Dann erhob sich aus ihrer Mitte, auf einer pulsierenden Säule aus Licht, ein Heelgha mit schwarzem Kopfbüschel, in Tücher gehüllt, deren Farben den Regenbogen auf den Tribünen widerspiegelten. »Gemeinde des Internats der Heelghas von Dekombor zu Taphior!«, sagte es, gar nicht aufdringlich laut, jedoch so gut verständlich, als rede es direkt in Tamras Ohren. »Mein Name ist Güraldenip, und ich diene als General-Direktor dieses segensreichen Institutes.«

Tamra kannte Güraldenip nicht persönlich. Aber seinen Namen hatte sie die anderen Heelghas manchmal erwähnen gehört, in ehrfürchtigem Tonfall. Als sie zu dem General-Direktor aufschaute, spürte sie, dass sie eine Gänsehaut bekam.

»Euch Menschenkindern«, setzte er fort, »ist große Gnade widerfahren. Ihr wurdet aus Raumnot gerettet, aus einer misslichen, lebensbedrohlichen Lage, in die euch jene verantwortungslosen Schurken gebracht hatten, die sich eure Vormunde schimpften.«

Bei diesen Worten überkam Tamra erneut das Gefühl brennender, geballter Hohlheit in ihrer Brust. Aber sie wurde augenblicklich abgelenkt. Über dem hübsch bunt gekleideten, schwarzbüscheligen Heelgha entstand, unangenehm pulsierend, ein hässliches, ja abstoßend wirkendes Bild. Es zeigte ein kugelförmiges Raumschiff. Dessen eisengraue Hülle wies schwere Beschädigungen auf, wie schwärzliche, an den Rändern rotglühende Wunden. Während der General-Direktor weitersprach, trieben Wrackteile von dem Raumer weg.

»Euer Schicksal wäre besiegelt gewesen, euer Tod unausweichlich. Da aber griffen die Wohltäter und Protektoren dieser Galaxis ein. Angehörige des Trovents jenes Volkes der Gönner und Förderer, die wir mit respektvoller Bewunderung unsere Herren, die Laren, nennen, erbarmten sich eurer. So wurdet ihr vor der drohenden Vernichtung bewahrt, geborgen und hierher ins Internat der Heelghas von Dekombor verbracht.«

Der Kugelraumer über Güraldenip brach entzwei, explodierte, verwandelte sich in einen Feuerball, eine rote Sonne. Das widerwärtige Flimmern hörte auf. Nun war das Licht sanft, zugleich beruhigend und erbaulich, und das Bild schön anzusehen. Leise, freundliche Musik setzte ein, als fünf Raumschiffe hinter der Sonne hervor und in elegantem Bogen über die Köpfe der Kinder hinwegflogen.

Einige der Größeren hauchten: »Troventaare ...«

»Der unermesslichen Huld unserer guten Herren, der Laren, verdanken wir alle – wie auch zahllose andere Hilfsbedürftige – das Überleben sowie unsere heutige, behagliche Existenz in Sicherheit und Wohlstand«, sagte Güraldenip. »Die Laren haben uns errettet, uns in der schwärzesten Unglücksstunde ihre starke Hand gereicht. Aber sie ließen es nicht dabei bewenden. Sondern sie hoben uns empor zu sich, nahmen uns, Heelghas wie Menschlinge, in ihrer Mitte auf, gaben uns großzügig ein neues Zuhause, eine neue Aufgabe, neuen Sinn in einem zweiten, ungleich besseren Leben.«

Ein Raunen ging durch die Kinder. Frizzi stieß Tamra mit dem Ellbogen an, deutete, die Augen weit aufgerissen, auf die Sitzreihen vor ihnen.

Jetzt bemerkte auch Tamra die Veränderung, das nächste Wunder: Als färbe das Licht der Sonne über Güraldenip auf die Versammelten ab, verblassten ihre Gewänder, gleichzeitig, alle auf einmal, bis sie in reinstem Weiß erstrahlten. Die Kinder sahen einander an, klatschten entzückt in die Hände und fielen in den Jubelchoral ein, den die Heelghas angestimmt hatten.

Nachdem das Lied verklungen war, sagte der General-Direktor feierlich: »Wir können, müssen, nein: dürfen uns der Gunst, die uns ereilt hat, würdig erweisen. Wir Heelghas, indem wir unsere bescheidenen pädagogischen Fähigkeiten nutzen, um euch kleine, schwache Menschlinge zu lehren, zu schulen, zu bilden – damit ihr zukünftig die für euch bestimmten Plätze im herrlichen Trovent, im wundervollen Reich der Laren einnehmen könnt. Ihr eurerseits, indem ihr euch nach Kräften bemüht zu lernen; zu wachsen, gesund an Geist und Körper; euch ohne Bockigkeit und störrischen Eigensinn heranziehen zu lassen zu brauchbaren Mitgliedern der Gesellschaft, die unsere Herren, die Laren, gestiftet haben und an deren Spitze sie stehen.«

Güraldenip reckte alle sechs Arme nach oben. Das Abbild der Sonne erlosch. Im selben Moment verlor das Glas der Kuppel seine Milchigkeit fast völlig, und noch viel intensiveres, viel gleißenderes Goldlicht strömte in den Innenhof, um von den weißen Kleidern hundertfach reflektiert zu werden.

»Sprecht mir nach: ›Wir werden unser Bestes geben.‹«

»Wir werden unser Bestes geben«, wiederholten Kinder und Heelghas im Chor.

»Zum Wohle der Herren, die uns das Leben geschenkt.«

»Zum Wohle der Herren, die uns das Leben geschenkt.«

»Ihnen werden wir dienen, allzeit und immerdar.«

»Ihnen werden wir dienen, allzeit und immerdar.«

»Dank für Gnade.«

»Dank für Gnade.«

»Das ist geziemend und recht.«

»Das ist geziemend und recht.«

»Wir huldigen dem Stern der Laren.«

»Wir huldigen dem Stern der Laren.«

»Das ist geziemend und recht.«

»Das ist geziemend und recht.«

Tamra wurde schwummelig. Ihre Umgebung zerfloss, verschmolz zu einer Masse aus weißen, wirbelnden Flecken, die trotz geschlossener Lider weitertanzten, schnell und immer schneller herum. Der grelle, rasende Strudel aus Licht zog sie an, und sie ergab sich ihm gern, ließ sich einfangen, aufnehmen, ausfüllen vom tröstlichen Glorienschein. Tamra fühlte sich leicht, leichter noch als beim Flugballspiel, und erfrischt, gelabt, gestärkt. Sogar die Atemluft, die sie in tiefen Zügen einsog, schmeckte viel würziger denn je …

War sie eingeschlafen? Träumte sie? Jemand drückte ihre Hand, nein beide Hände, ganz fest: Frizzi zur Linken, auf der anderen Seite Wilbur, der dicke Junge, dessen Nase fast immer tropfte. Wieder sangen sie, stehend diesmal, wie Tamra erstaunt bemerkte; mühelos balancierte sie auf den Zehenspitzen. Alle Schwere war von ihr abgefallen. Nichts belastete sie. Es gab keinen Kummer mehr, keine Angst, kein Sehnen. Innen und Außen waren eins geworden; Wohlklang, Gleichklang, Gleichgewicht, Zuversicht. Tamra schwamm, driftete, ließ sich treiben, umspülen von den hellen Tönen, den weißgoldenen Wogen. Sie hoffte inständig, dass diese Glückseligkeit nie mehr vergehen möge – und ahnte doch, dass sie das unbeschreibliche Gefühl, in All-Einigkeit zu schwelgen, schon bald schmerzlich vermissen würde.

»Heute begehen wir«, sagte unbestimmte Zeit später Güraldenip, »vereint mit dem gesamten Trovent, das Fest der flammenden Sonne Illindor, die uns Wärme und Erleuchtung spendet. Wir huldigen dem Stern der Laren. So halten wir es jedes Jahr, seit das Internat besteht. Diese Feier neigt sich ihrem Ende zu.

Freilich wissen diejenigen, die schon länger bei uns sind, dass jetzt noch etwas ganz Besonderes kommt – nämlich die Belohnung.«

Die Heelghas und Kinder setzten sich wieder hin. Erwartungsvolle Stille trat ein. Der General-Direktor schwebte zu einer Plattform hinab, die aus dem Nichts entstanden war, als hätte sich Rauch zu einer Bühne verdichtet, unmittelbar vor der Mauerwand eines der Gebäude.

Tamra war zu verwirrt, um dem Rest der Zeremonie bewusst folgen zu können. Vielleicht wehrte sie sich auch gegen die Ernüchterung, die sich allmählich einstellte. Erst einen Tag später verstand sie, was sie benommen und geistesabwesend beobachtet hatte.

Frizzi war es ähnlich ergangen. »Nochmal«, sagte sie am nächsten Morgen, während die beiden Mädchen ihre Nachthemden ablegten und ins Alltagsgewand schlüpften. »Güraldenip hat die Punkteliste vorgelesen. Also, wer hatte am meisten an Plus ohne Minus?«

»Mit Minus.«

»Nein, ohne. Wenn das Minus schon weggezählt war.«

»Eben. Plus ohne Minus wäre nur Plus. Gut- und Schlechtpunkte zusammen ergeben … äh. Dings. Was herauskommt.«

»Sag ich doch.«

»Ja, eh. Ich meine bloß, das Minus ist dabei. Weil es abgezogen wird. Endsum-me heißt das. Von der Dif-fe-renz.« Tamra kratzte sich am Kinn. So genau wusste sie plötzlich selbst nicht mehr, wie die Rechnerei funktionierte. »Äh … Gutpunkte weniger Schlechtpunkte.«

»Hab ich ja gesagt: ohne.«

»Nicht ohne. Mit ohne ändert sich gar nichts. Mit. Mit weniger.«

»Mit weniger gibt's nicht.« Frizzi schüttelte den Kopf, dass die rotblonden Zöpfe flogen. »Weil ›mit‹ heißt ja immer mehr. Und das ist das Gegenteil von weniger.«

»Blödsinn. Wenn Minus dazu kommt, wird's weniger. Je mehr, desto mehr weniger. Von viel.«

»Glaub ich nicht. Weil, dann könnte es sein, falls viel mehr weniger war und viel weniger mehr, dass am Ende gar kein Mehr übrig ist; aber trotzdem weniger Weniger.«

Wu Pasterz, der aus dem Waschraum geschlendert und bei ihnen stehen geblieben war, tippte sich an die Stirn. »Seid ihr noch ganz dicht?«

Tamra nahm ihr Kissen, warf es hoch und rief dem Jungen zu: »Fang!« Als Wu seine Arme nach oben reckte, stach sie ihm mit dem Finger in die Rippen, sodass er japsend zusammenklappte und ihm das Polster auf den Schädel plumpste. »Mehr oder weniger reingefallen!«, verhöhnte sie ihn.

Nachdem er sich murrend getrollt hatte, sagte Frizzi: »Jetzt nimm einmal an, du hast genau gleich viel Minus wie Plus.«

»Möglich, klar. Bleibt, äh ... nichts.«

»Alles umsonst?«

»Ja.«

»Zingo! Erwischt! Dass mehr und weniger weniger Mehr und weniger Weniger ergibt, mag vielleicht sein. Aber alles und nichts sind ganz sicher nicht dasselbe.«

Tamra kaute auf ihrer Unterlippe. »Weniger Alles und mehr Nichts ... Weniger Nichts und mehr Alles ... Stimmt. Hast Recht.«

Eine Weile sahen sie sich schweigend an. Dann sagte Frizzi langsam: »Ohne weniger und nur mit mehr wäre sowieso alles einfacher. Einfach alles.«

»Mhm.« Tamra erwog, die Frage aufzuwerfen, ob Alles ein-fach sein könne, befand aber, dass es genug der Spitzfindigkeiten war. »Güraldenip hat die Punkteliste vorgelesen«, erinnerte sie. »Und wir haben laut geklatscht.«

»Dann sind die Sieger der Reihe nach aufgerufen worden und zur Bühne gegangen und durften sich eine Belohnung aussuchen, für die sie genügend Gutpunkte hatten. Hauptsächlich Bücher und Spiele. Und als das vorbei war, sind die Belohnungen gezeigt worden, die es bei den nächsten Sonnenfeiern geben wird.« Plötzlich strahlte Frizzi übers ganze Gesicht. »Jetzt weiß ich wieder. Da waren Rollschuhe, ähnlich wie sie die Heelghas tragen, aber für Kinderfüße ... Die muss ich haben! Vierhundert Punkte. Hui. Das ist viel. Ich werde mich ganz schön dahinterknien müssen.«

Tamra wurde ebenfalls von jäher Erregung ergriffen. Ihr Blickfeld verengte sich, wie dies auch gestern geschehen war. Durch die Röhre erblickte sie ein Lebewesen, das am Rande des Tisches auf der Bühne lag. Ein Tier, grau und braun gestreift, eine Art Mischung aus einem Seehund und einer kurzen Schlange. Flauschig und anschmiegsam wirkte das Tier, gutmütig und lustig mit der Knubbelnase und den Schnurrbarthaaren ... Und seine großen, feuchten, dunklen Augen starrten Tamra durch die Röhre an, als gäbe es nur sie zwei im ganzen Innenhof des Internats.

»Ich will das Sloppelle«, sagte Tamra, der eben erst eingefallen war, wie Güraldenip das Tier bezeichnet hatte.

»Das Sloppelle? Du spinnst. Das ist der zweithöchste Preis. Dreitausendsechshundert Punkte! Wie viele hast du bisher?«

»Siebenundfünfzig.«

Frizzi lachte fassungslos. »Schaffst du nie. Nicht in zehn Jahren! Zehnmal so viel sind, äh ... siebenhundertfünfzig. Immer noch zu wenig.«

Tamra hörte nicht mehr hin. Sie sah nur noch das Sloppelle vor sich. Die Hochstimmung der Sonnenfeier war verweht; stattdessen plagten sie leichte Kopfschmerzen. Aber die Verheißung in den Augen des Sloppelles blieb.

»Es ist meins«, sagte sie leise. »Es will zu mir. Wir werden zusammen sein.«

Sie stürzte sich in die Flugballspiele und auf die Lernübungen, kämpfte fanatisch um jeden einzelnen Punkt.

Anfangs war es sehr hart, denn die Sonnenfeier und vor allem die in Aussicht gestellten Prämien hatten auch ihre Mitschüler stärker als zuvor motiviert. Mit der Zeit jedoch erlahmten deren Bemühungen. Der alte Trott kehrte wieder ein. Je länger das Fest im Innenhof zurücklag, umso mehr der Menschenkinder vergaßen über die tägliche, alles in allem gemütliche Routine die Belohnungen. Sie litten ja keinen Mangel. Das Internat bot ihnen überschaubare Geborgenheit, und die Heelghas verteilten ihre Zuwendungen ziemlich gleichmäßig auf alle Zöglinge. Außerdem sammelte man auch nebenher, ganz von selbst, Pluspunkte. Wer sich diszipliniert verhielt, sodass er nicht allzu viel an Abzug einkassierte, würde irgendwann ohnehin ausreichend Bonus für eine der kleineren Belohnungen beisammen haben – wenn nicht in diesem Jahr, so im nächsten oder übernächsten.

Tamra aber zerriss sich förmlich für das Sloppelle. Sie ließ in ihrem Eifer auch nicht nach, als absehbar wurde, dass sie die benötigten 3600 Punkte unmöglich bis zur kommenden Sonnenfeier erringen konnte. Frizzi und die anderen verspotteten sie als Streberin. Das nahm Tamra hin. Einige der Jungen, angeführt von Wu Pasterz, machten sich einen Spaß daraus, sie extra zu behindern, störten ihre Konzentration durch allerlei Streiche oder spielten beim Flugball nicht für sich selbst, sondern ausschließlich gegen sie. Dafür nahmen sie sogar Schlechtpunkte in Kauf. Tamra durchlebte harte Wochen. Sie trug nicht wenige Verletzungen davon; kaum ein Tag, an dem sie nicht aus der Turnhalle humpelte oder getragen werden musste. Kulwolvagg erhöhte schließlich die Strafe für absichtliche Fouls auf Nachtischsperre. Danach verlor Wus Bande weitgehend das Interesse an Tamra.

So oder so ließ sie sich nicht beirren. Auch bei ihrer zweiten Sonnenfeier genoss sie das Gemeinschaftserlebnis. Allerdings wurde sie von den Gesängen, Farbzaubern und Licht-Zeremonien bei weitem nicht mehr so mitgerissen. Alle ihre Gedanken galten dem Sloppelle.

Wenn ihr bloß niemand zuvorkam …

Als Güraldenip endlich die Liste verlas, ballte Tamra ihre Hände zu Fäusten, so fest, dass sich die Fingernägel schmerzhaft in die Handballen bohrten. Bei der Bekanntgabe der ersten Zahlen durchflutete sie grenzenlose Erleichterung: Niemand hatte mehr als zweieinhalbtausend Punkte angehäuft! Und die älteren Kinder, die vor ihr an die Reihe kamen, tauschten ihre Guthaben samt und sonders für irgendwelchen elektronischen Tand ein. Sie stellten also auch im nächsten Jahr keine große Gefahr dar.

Tamra wurde als Sechste aufgerufen. Der Applaus, der ihr zu Ehren erschallte, war ihr herzlich egal. Während sie zur Bühne lief, hatte sie nur Augen für das

Sloppelle. Bei jedem Schritt wuchs ihre Gewissheit, dass auch das Kuscheltier sie ansah, und ausschließlich sie. Es hatte keine Flossen oder Beine; erst aus der Nähe waren unterhalb des Kopfes zwei winzige Arme erkennbar, jeder dreifingrig und gerade mal sechs, sieben Zentimeter lang. Täuschte sich Tamra, oder winkte ihr das Sloppelle tatsächlich verstohlen mit einem davon zu?

»Neunhundertneunzig Punkte«, lobte Güraldenip. »Und das im ersten Jahr. Eine beachtliche Leistung! Was möchtest du dir dafür aussuchen?«

»Nichts, bitte.«

»Nichts?« Güraldenip wies auf die ausgebreiteten Spielsachen. »Um diese Summe könntest du beispielsweise einen eigenen Holo-Projektor erwerben, und zwei unterhaltsame, lehrreiche Film-Chips noch dazu!«

»Ich möchte die Pluspunkte aber sparen.«

Das oberste Heelgha verbog den birnenförmigen Leib und neigte ihr sein schwarzes Kopfbüschel zu, als hätte es sich verhört. »Soso. Und welche der großen Belohnungen steht dir im Sinn?«

»Muss ich das sagen?« Sie hatte Angst, die Begierde anderer Kinder auf das Sloppelle zu lenken.

»Nein, musst du natürlich nicht.« General-Direktor Güraldenip zwinkerte mit mehreren Augen. »Spekulierst du etwa gar auf den ersten Preis? Wenn du so tüchtig weitermachst, könntest du ihn mit etwas Glück schon in drei Jahren dein Eigen nennen.«

»Vielleicht.« Das Sloppelle hatte den runden Kopf gesenkt. Die Schnurrbartspitzen vibrierten, als sei es traurig oder enttäuscht. Weil sich Tamra nicht zu ihm bekannt hatte? Der Gedanke versetzte ihr einen Stich in der Brust.

»Nun, es ist deine freie Entscheidung, was du mit deinem Bonus anstellst. Ich wünsche dir alles Gute. – Der nächste Name auf meiner Liste lautet …«

Ein weiteres Jahr und eine weitere Sonnenfeier gingen vorüber, ohne dass jemand das Sloppelle erstanden hätte. Diesmal aber verlegten sich mehrere Kinder darauf, ihre Punkte nicht frühzeitig auszugeben, sondern für wertvollere Belohnungen zu horten.

Tamras ernsthaftester Konkurrent erwuchs ihr ausgerechnet im tropfnasigen Wilbur. Der Junge war beträchtlich gewachsen, wie sie alle ein schönes Stück in die Höhe geschossen; zwar immer noch der Kleinste der Altersgruppe, aber mittlerweile eher untersetzt als dicklich. Beim Flugball wurde er täglich stärker. Nach wie vor hatte er gegen Tamra genauso wenig zu melden wie die Übrigen; jedoch glich er ihre Wendigkeit langsam, aber sicher durch erstaunliche Sprungkraft, Treffsicherheit und körperbetonte Spielweise aus. Hatte sie ihm noch vor einem Jahr mit Leichtigkeit jeden Ball weggeschnappt, so musste sie nun ihre ganze Schnelligkeit und Raffinesse einsetzen, um nicht den Kürzeren zu ziehen.

Bei den Aufgaben, die ihnen Omneamuf im Unterricht stellte, war Wilbur sowieso der Beste. Seit längerem schlug er alle anderen aus dem Feld, Tamra eingeschlossen. Nicht einmal die mathematisch besonders begabte Frizzi konnte mit ihm mithalten. Allerdings entwickelte das schmächtige, rotblonde Mädchen wenig Ehrgeiz; statt Hausübungen machte sie lieber auf ihren geliebten Rollschuhen die Gänge des Internats unsicher.

Ganz klar, Wilbur war drauf und dran, Tamra in der Punktewertung zu überholen. Er hatte ebenfalls bereits zweimal auf mögliche Belohnungen verzichtet, ohne anzugeben, mit welchem Ziel. Sie führte nur über ihr eigenes Guthaben Buch, schätzte aber, dass auch der eklige Dauerrotzer mittlerweile die Dreitausender-Marke überschritten hatte. Und obwohl Tamra in jeder verfügbaren Freiminute besessen lernte, verlor sie mehr und mehr Boden an ihn.

Wenn sie nur abends nicht immer so müde gewesen wäre! Gern hätte sie auch einen Teil der Nachtstunden fürs Studium verwendet. Mit aller Gewalt versuchte sie, länger wach zu bleiben. Jedoch fielen ihr stets wenige Minuten, nachdem sie ihre Pastille geschluckt hatte, die Augen zu, und sie dämmerte weg, ob sie wollte oder nicht.

Die bunten Pastillen … Bewirkten etwa sie jenes verflixte Schlafbedürfnis, das Tamra allabendlich übermannte, so sehr sie sich auch dagegen wehrte? Ihr war schon länger aufgefallen, welch großen Wert ihre Betreuer darauf legten, dass kein Kind seine Tablette vergaß. Die Einnahme fand im Waschraum statt, unmittelbar nach der Zahnreinigung, vor dem gemeinsamen Dankgebet an die Laren. Das jeweilige Heelgha, dem die Nachtwache oblag, beobachtete die Kinder dabei scharf. Sie mussten die Pastillen eine Zeit lang im Mund behalten und auf Zuruf mit kräftig Wasser hinunterspülen. Dann streckten sie ihre Zungen heraus; hatten diese sich leicht bläulich verfärbt, war alles in Ordnung.

Über Wochen hinweg zerbrach sich Tamra den Kopf, wie sie den lästigen Schlaf, der sie vom Lernen abhielt, hinauszögern könnte. Mehrmals – immer wenn Kulwolvagg Aufsicht hatte, bei dem sie eine gewisse Nachlässigkeit festgestellt hatte – zerbiss sie ihre Tablette und schluckte nur das kleinere Stück. Den Rest spuckte sie später ins Klo. Aber die Müdigkeit setzte trotzdem ein. Es kam offenbar nicht darauf an, wie viel von der Wirksubstanz der Pastille in den Stoffwechsel gelangte.

Hmm.

Noch etwas gab Tamra zu denken. Die frischen Kleidungsstücke, die jeden Morgen eingeschweißt auf den Studierpulten lagen, passten ausnahmslos allen Kindern ganz genau. Konnte es sein, dass die von den Heelghas verteilten Pillen ebenfalls äußerlich identisch, in Wirklichkeit aber sozusagen maßgeschneidert waren? Im Unterrichtsfach Ernährungslehre hatten sie unlängst den Zusammenhang von Körpermasse und Nahrungsbedarf behandelt. Darauf, dass Größere und Kräftigere mehr aßen, wäre Tamra freilich auch von selbst gekommen. Wu Pasterz lieferte bei jeder Mahlzeit den Beweis; der lange Lulatsch schlang Unmengen in sich hinein, als gäbe es Pluspunkte dafür.

Frizzi hingegen war deutlich zarter gebaut als sie …

Tamra passte die Rollschuhläuferin im toten Winkel eines Seitengangs ab, den die Heelghas kaum frequentierten. »He! Pssst!«

»Was ist?«

»Ich wette, du traust dich nicht.«

»Nicht was?«

»Ach, hat ja doch keinen Zweck. Bist ohnehin zu feig.«

»Bin ich nicht. Zu feig wozu überhaupt?«

»Nicht so laut! Nö, Wu hat Recht, das machst du nie.« In letzter Zeit scharwenzelte Frizzi häufig in der Nähe des Langen herum, der sie leidenschaftlich ignorierte.

Am Aufblitzen der grünen Augen erkannte Tamra, dass die Andere den Köder geschluckt hatte. »Jetzt red schon! Was sagt Wu, was ich mich nicht traue?«

»Darfst aber niemandem verraten, von wem du das hast.«

»Eh nicht.«

»Schwöre?«

»Schwöre.«

»Die Jungs tauschen die Pastillen.«

»Hä? Wieso?«

»Mutprobe. Sie haben es schon ein paarmal gemacht, ohne dass Kulwolvagg etwas mitgekriegt hätte. Wu meint, wir Mädels bringen so was garantiert nicht zustande. Und du schon gar nicht.«

»Er hält mich für eine Feignuss.« Frizzi ließ die schmalen Schultern hängen.

»Naja, eher für noch zu klein und ungeschickt. Obwohl er dich sonst ganz niedlich findet.«

»Das hat er gesagt?«

»Sinngemäß«, log Tamra schamlos. In Wahrheit betrachtete Wus Bande sämtliche Mädchen als Verirrungen der Schöpfung, einzig dazu geeignet, dass man ihnen ein Bein stellte oder sie an den Haaren zog.

»Der wird sich umschauen. Und ob ich mich das traue! Wann tun wir's?«

»Wenn Kulwolvagg wieder Aufsicht hat. Aber wir müssen es vorher üben. Damit.« Tamra vergewisserte sich, dass die Luft rein war, dann holte sie zwei Beerenzucker-Drops aus dem Strumpf. Sie zeigte Frizzi, wie sie sich den Austausch vorstellte: Stolpern, scheinbar unabsichtlich zusammenstoßen, halb zu Boden gehen, sich gegenseitig schubsen, dann doch aufhelfen … Etliche Male landete Frizzis Drops auf dem Boden, bis der Trick verlässlich funktionierte.

Auch im Waschraum bemerkte niemand etwas. Das Wagnis gelang. Kulwolvagg bewunderte, wie meist, in den Spiegeln sein knallrosa Kopfbüschel. Das Sport-Heelgha reagierte erst auf den vermeintlichen Streit der Mädchen, als Tamra bereits Frizzis Pastille in der schweißnassen Hand hielt, und ließ es bei einer Ermahnung bewenden. Auch, dass die Rotblonde wie blöd kicherte und Wu zuzwinkerte, während sie ihre verfärbte Zunge herausstreckte, zog keinerlei Konsequenzen nach sich. Menschenkinder benahmen sich halt manchmal komisch. Tamra rollte indigniert die Augäpfel. Gleich darauf gähnte sie herzhaft.

Nach dem Dankgebet lag sie im Bett, zugedeckt bis über die Stirn, und horchte in sich hinein. Die Schläfrigkeit kam, blieb, wurde stärker und gewann schließlich die Oberhand. Vielleicht lag es auch nur an der Aufregung – aber kurz, bevor sie wegschlummerte, war Tamra überzeugt, länger Widerstand geleistet zu haben als je zuvor.

An mehreren folgenden Abenden wiederholten sie den Streich. (Tamra redete Frizzi ein, ihr Schwarm Wu würde erst Notiz von ihr nehmen, wenn die Mädchen annähernd gleich viele Erfolge vorzuweisen hätten wie die Burschen.) Jedes Mal blieb Tamra ein wenig länger munter.

Und dann, eines Nachts … schwang sie ganz, ganz leise die Beine aus dem Bett und stand auf.

Sie orientierte sich im matten Glimmerlicht, das der Boden abstrahlte. Ringsum schliefen die Kinder tief und fest. Einige schnarchten. Aus Frizzis Mundwinkel war eine Flüssigkeit geronnen, eine Mischung von Speichel und Zahnpasta, die das Kinn bläulich verfärbte. Igitt …

Kein Heelgha zu sehen. Trotzdem tapste Tamra wie schlaftrunken zum Pult, wo sie sich abstützte und tat, als nicke sie erneut ein. Derweil holte sie die Lernsachen aus der Lade und verbarg sie unter dem Nachthemd. Im Geist zählte sie bis fünfzig, bevor sie Richtung Toilette schlurfte.

Sie durchquerte den Waschraum, dessen Beleuchtung sich automatisch einschaltete. Tamra rümpfte die Nase. Wieso stank es hier so grässlich? Und warum waren ihr die klaffenden Sprünge in den Fliesen noch nie aufgefallen, aus denen braunschwarzer Schimmel wuchs? Über den Brauseköpfen der Duschen blätterte die Wandfarbe ab; grünes, glitschiges Moos bedeckte ein Gutteil der Wannen.

Tamra rieb sich die Augen. War sie gar nicht wach und das alles bloß ein übler Traum? Sie drehte den rostigen, quietschenden Wasserhahn auf und wusch sich das Gesicht. Das grobe, zerschlissene, mehrfach geflickte Handtuch, mit dem sie sich abrubbelte, roch muffig; ihr grauste. Sie erschauerte, schlotterte vor Kälte. Wohin war plötzlich, über Nacht, nein, binnen weniger als einer Stunde, die anheimelnde Wärme verschwunden, und all der andere Luxus? Tamra betrachtete sich im fleckigen, halbblinden Spiegel und sprang schockiert zurück. Auch sie selbst war verändert! Viel größer, als sie es sich vorstellte, und viel hässlicher.

Das braune Haar stumpf, strähnig, verfilzt, die bleiche Haut übersät von Pickeln, die Lippen voller Fieberblasen. An Stelle des schönen Nachthemds hing ein verwaschenes, fadenscheiniges, löchriges Fetzchen an ihr, das die Blöße ihrer Rundungen kaum bedeckte.

Tamra unterdrückte einen Schrei. Vor allem wirkte das Gespenst, das ihr mit weit aufgerissenen, schwarz umrandeten Augen aus dem Spiegel entgegenglotzte, bedeutend älter als sieben Jahre. Eher wie zwölf oder dreizehn. Ja: Akiko Durkheim, die mit ihren Eltern die Kabine neben jener der Cantus bewohnt hatte, war dreizehn gewesen, und etwa so groß wie Tamra … jetzt.

Schreckliche Unruhe ergriff sie. Wallungen, als kräusle sich ihre Haut inwendig. Plötzlich erinnerte sie sich – an das Schiff namens MERCANT. An Clees und Roslin; an den Plüsch-Gucky und den Stahlkappen-verstärkten Stiefel, der die geliebte Puppe zerstampft hatte. Das lag sehr, sehr lange zurück … Waren seither nicht bloß drei Jahre vergangen, sondern deren neun?

Tränen strömten aus Tamras Augen. Ihre Eingeweide verkrampften sich. Die Lernunterlagen rutschten unter dem schäbigen Nachthemd hervor und polterten zu Boden.

Nichts war, wie es schien. Die Menschenkinder, die jungen Alteraner wurden getäuscht, beschwindelt, zum Narren gehalten.

Oder als Narren?

Tamra begriff, dass ihnen die Heelghas mit Hilfe der Pastillen – und der seltsamen, würzigen Dämpfe bei den Sonnenfeiern – eine heile Welt vorgaukelten, die so nicht existierte. Warum kam niemand auf die Idee, genauer nachzufragen, was sich außerhalb der Mauern und blickdichten Glasscheiben des Internats befand? Oder weshalb sie den siebeneckigen Bau nie verließen? Wenn man sie dermaßen betrog – waren dann die Laren überhaupt jene verehrungswürdigen, gottgleichen Gönner, als die sie von den Heelghas dargestellt wurden? Hatten sie die Kinder tatsächlich gerettet – oder nicht eher entführt, brutal den Eltern entrissen?

Und was war mit denen geschehen? Mit Papa? Mit Mama!

Tamras Knie gaben nach. Zu viel brach schlagartig über sie herein. Sie sackte weg, rollte sich auf den dreckigen, eiskalten Fliesen zusammen wie ein Baby.

Lange lag sie wimmernd da, hin und her gerissen zwischen Lähmung und Schüttelfrost, Ohnmacht und Wut, bis sie wieder einen klaren Gedanken fassen konnte. So elend hatte sie sich nie zuvor gefühlt. Nichts, gar nichts stimmte. Sie war einem Bluff aufgesessen, hatte sich die ganze Zeit willig blenden und einlullen lassen.

Und, schlimmer noch: Dieses unvermittelt erworbene Wissen half ihr kein bisschen, nützte ihr nicht das Geringste. Im Gegenteil, es stieß sie in abgrundtiefe Verzweiflung, in eine Hölle, aus der jeglicher Fluchtweg versperrt war.

Keine Chance. Keine Hoffnung. Bitterkalt erkannte sie die Sinnlosigkeit ihrer Anstrengungen; sowie, dass sie nicht länger die Pastillen mit Frizzi tauschen durfte. Erstens würden sie unweigerlich auffliegen. Zweitens brachte Tamra die Gesundheit ihrer naiven, unschuldigen Bettnachbarin in Gefahr. Schon jetzt lief das zarte, rotblonde Mädchen kaum mehr Rollschuh, sondern hockte meist antriebslos da und stierte vor sich hin. Unlängst war sie mitten in der Unterrichtsstunde eingedöst. Bekam sie weitere Überdosen, bevor die Heelghas Verdacht schöpften, brachte die Droge Frizzi möglicher Weise um. Konnte Tamra das mit ihrem wachen Gewissen vereinbaren? Nein.

Und drittens, da machte sie sich nichts vor, vermochte sie die neu gewonnene Realität nicht zu ertragen. Das überstieg schlichtweg ihre Kräfte. Als Sehende unter Blinden, ganz auf sich allein gestellt, musste sie über kurz oder lang wahnsinnig werden. Abhauen, heute Nacht noch, solange sie bei nüchternem Verstand war? Wohin denn? Selbst wenn sie, äußerst unwahrscheinlich, an den Heelghas vorbeikäme, die am einzigen, fest verriegelten Tor Wache schoben – da draußen wartete ein fremder Planet, bewohnt von bulligen, rücksichtslosen, Stiefel mit Stahlkappen tragenden Gestalten; und nur noch mehr Angst, unvorstellbare Schrecknis, gepaart mit grenzenloser Einsamkeit.

Sie war dem keinesfalls gewachsen; nein, beim besten Willen nicht.

Tamra Cantu, Tochter von Roslin und Clees, auf dem Flug von Altera nach Neu-Szechuan gekapert und verschleppt ins Heelgha-Internat von Dekombor zu Taphior, erhob sich langsam vom Boden. Schwerfällig, schwermütig, bar jeder kindlichen Leichtigkeit, zog sie sich am Waschbecken hoch, das vor eingetrocknetem Schmutz starrte. Schleimige Haarknäuel verstopften den Abfluss. Ihr ekelte. Morgen jedoch, morgen würde sie wieder die ihr zugedachte Tablette schlucken; und übermorgen, und die Tage darauf. Dann würde ihr dieser stinkende, versiffte Waschraum sauber, komfortabel, ja luxuriös erscheinen, und das gräuliche Internat als Paradies. Und sie würde abermals vergessen haben, wer sie eigentlich war; vielleicht für allzeit und immerdar.

Sie bückte sich, klaubte ihre Lernbehelfe auf, lachte bitter. Wie läppisch ihr nun die alberne Punktejagd erschien, zu der die Heelghas sie anstachelten! Sei's drum. Bald würde sie sich erneut mit dieser ach so raffinierten pädagogischen Methode disziplinieren lassen, würde brav und tüchtig und begierig sein zu lernen, zu ver-lernen, was ihre Persönlichkeit, ihr Menschsein ausmachte. Dafür würde sie sich nicht so rettungslos deprimiert fühlen, sondern glücklich; oder wenigstens glauben, sich einreden, einreden lassen, dass dem so wäre.

Geknickt wandte sie sich zur Tür. Einen letzten Blick warf sie ihrem Ebenbild zu, verabschiedete sich gleichsam von der unattraktiven, aber echten Tamra. Da wallte Trotz in ihr hoch, wilder, unbändiger Zorn. Mit der Faust drosch sie auf den ohnehin bereits zersprungenen Spiegel. Ein dreieckiges Stück löste sich und fiel herunter. Tamra ergriff die scharfe Scherbe, führte sie an die Stirn, stach zu, schnitt tief in die Haut. Mit aller Kraft ritzte sie drei Striche ein, die zusammen einen Buchstaben ergaben; nicht in der Schrift der Laren, sondern in jener ihres alten, wahren Zuhauses. Ein »A«, wie sie es auch damals schon gekannt hatte, weil es in ihrem Namen wie auch in dem des Heimatplaneten gleich zweimal vorkam: ein »A« für Tamra, für Altera! Bald, sehr bald würde sie nicht mehr wissen, was es bedeutete. Aber vielleicht blieb eine Narbe zurück. Und vielleicht würde sie dieses Zeichen ermahnen, wachsam zu sein, nicht alles arglos zu schlucken, was man ihr aufzwingen wollte.

Blut sprudelte von der Stirn in ihre Augen und auf das kümmerliche Nachthemd, als sie zurück in den Schlafsaal wankte. Unter ihren nackten Füßen glomm der Boden rot wie glühende Kohlen. Aber Tamra spürte nichts, keine Hitze oder Kälte, keinen Schmerz. Die Leere hatte gänzlich von ihr Besitz ergriffen. Sie würde, ahnte sie, lange nichts mehr spüren, vielleicht nie wieder.

Dicke Blutstropfen besudelten Boden und Pult. Sie kümmerte sich nicht darum, verstaute die Lernsachen, legte sich ins Bett, versuchte zu schlafen. Unaufhörlich dudelte die Musik. Ganz von selbst formten Tamras Lippen die zugehörigen Worte.

»Dank für Gnade.
Wir huldigen dem Stern der Laren.
Das ist geziemend und recht.
Das ist geziemend und recht.«

Vier Der Wonnemond

Kreuz und quer verliefen die gleißenden Bahnen von Strahlschüssen, nicht fauchend oder knatternd, sondern gespenstisch lautlos, mangels einer Atmosphäre, die den Schall geleitet hätte. Schutzschirme bauten sich auf und flackerten sogleich unter Treffern. Von allen Seiten wogte wimmelndes maschinelles Leben heran.

Posbis! Posbis! Posbis!

»Pulk bilden!«, erklang im Helmfunk Perry Rhodans Stimme, keineswegs panisch, sondern ruhig und klar. »Schirmfelder vereinigen!«

Demetrius Onmout sah aus unendlich weiter Ferne sich selbst dabei zu, wie er dem Befehl Folge leistete. Sein Unteroffizier Firsam schoss auf alles, was sich bewegte, doch die energetischen Schutzsphären der Maschinenteufel waren den ihrigen mindestens ebenbürtig. Null Chance, dachte Dmetri, obwohl auch er feuerte, was sein Strahlgewehr hergab. Fünf Menschen gegen eine ganze BOX – das hielten sie keine Minute durch.

Aber Perry Rhodan, raunte eine zweite Stimme in seinem Kopf, ist doch unsterblich, oder? Nicht unverletzlich, klar; aber er hat ganz andere Situationen überstanden in all den Jahrtausenden. Der Großadministrator kommt nicht nach so langer Zeit zu seinem versprengten Volk nach Ambriador, um hier in einem Posbi-Wrack zu fallen, oder?

Oder?

Das Strahlengewitter verstärkte sich weiter. An mehreren Stellen flammten ihre kombinierten Schirme auf und verfärbten sich bedenklich. Dmetri war sehr kalt, innerlich wie äußerlich, trotz der Hitze des Gefechts. Er stand im Zentrum, im Fokus, im Fadenkreuz unzähliger Schüsse; dennoch lief das Geschehen irgendwie an ihm vorbei.

»Startac?«, funkte Rhodan.

Na klar, dachte Dmetri, *der Mutant! Das ist seine Rückversicherung. Eine Teleportation, und der Großadministrator befindet sich – zack! – in Sicherheit.*

Die andere Stimme erwiderte: *Schroeder kann nur zwei weitere normal große Personen mitbefördern. Rhodan, das versteht sich von selbst, sowie dessen Leibwächterin. Firsam und ich bleiben bei den Maschinenteufeln zurück; mit einem um drei Fünftel schwächeren Schirmfeld …*

»Spring, so schnell du kannst«, befahl der Zellaktivatorträger. »Nimm die Alteraner zuerst.«

Wie?

Er meint … Er will uns beide vorher …?

»Halt, warte. Nur noch einen Au-au-augenblick.«

»Zehn Sekunden«, sagte Rhodan trocken. Überschlagsblitze zuckten nach allen Richtungen. Der Energieschirm flackerte bedenklich, stabiliserte sich wieder. »Acht, sieben, sechs, fünf, vier, drei, zwei…fellos eine knappe Sache.«

So plötzlich, wie der Spuk begonnen hatte, war er wieder vorbei. Die Waffen schwiegen. Gleichsam festgefroren, hielt die Posbi-Horde inne. Nur zahlreiche Lämpchen und Sensorflächen glühten noch tückisch.

»Wäre ich dazu fähig, ich hätte jetzt ein wenig tr-transpiriert«, funkte Aluminiumgärtner. »Drover und ich mussten erst einen Bypass um die hypertoyktische Verzahnung der Biopon-Blöcke legen und das ziemlich g-giftige Hinterhalt-Programm aufheben, das auch bereits die Selbstzerstörungsanlage ausgelöst hatte, bevor wir meine historischen Kodes initii-iieren konnten. Dazu waren etwa eine Billion A-Arbeitsschritte erforderlich, insbesondere, weil …«

»So genau wollen wir es gar nicht wissen.« Mondra Diamond klang ein wenig kurzatmig. »Ist das Terrain jetzt sicher?«

»Affirmativ. BOX-1122-UM hört en gros wie en detail auf meinen B-Befehl.«

»B-Begrüße das«, ahmte ihn Perry Rhodan nach.

Alle fanden das in diesem Moment sehr witzig, sogar Nano Aluminiumgärtner.

Leider stellte sich bei genauerer Analyse heraus, dass BOX-1122-UM sich in einem übleren Gesamtzustand befand als angenommen.

Das »Chassis« erwies sich als brauchbar; der Rumpf hatte nur relativ geringe Schäden davongetragen, desgleichen der Plasmazusatz, der dem Schiff erst seine »Seele« einhauchte. Aber der Robotkommandant war vollkommen hinüber, und für die Antriebssysteme wäre »Schrott« eine schmeichelhafte Untertreibung gewesen. Was nicht die Röhrenfokus-Geschütze der Alteraner zerstört hatten, war von den Posbis selbst mit maschineller Gründlichkeit außer Gefecht gesetzt worden.

»Die altbekannte Taktik der verbrannten Erde«, sagte Perry achselzuckend. »Sie hatten offensichtlich Befehl, möglichst wenig Verwertbares zu hinterlassen. Die in der Kernzone aufgebaute Falle war das letzte Aufbäumen.«

»Laut Bericht von Captain Onmout haben Sie Ihrem Teleporter Anweisung gegeben, meine Männer als Erste zu evakuieren?«, fragte Laertes Michou. Der Staatsmarschall runzelte die Stirn und schob den kantigen Unterkiefer vor. »Waren Sie von allen guten Geistern verlassen? Ihre Person ist ungleich wichtiger!«

»Diese Meinung teile ich nicht. Keines Menschen Wert darf von vornherein höher eingeschätzt werden als der eines anderen. Im Übrigen verfügen Mondra und ich über die bessere Ausrüstung. Wir hätten länger standgehalten.«

Michou klopfte, Unverständliches brummend, mit den Fingerknöcheln auf die Platte des Besprechungstisches. Für den schlanken, asketisch und immer äußerst beherrscht wirkenden Mann stellte das schon fast einen Gefühlsausbruch dar. Kein Trividregisseur hätte die Rolle eines eingefleischten Militaristen mit Laertes Michou zu besetzen gewagt, weil er sämtliche Klischees allzu perfekt erfüllte, vom rasiermesserscharf gezogenen Scheitel über die verkrampft stramme Körperhaltung bis zu den makellos blankpolierten Stiefeln.

Sie befanden sich in einem der Glastürme des »Imperialen Dreizacks«, der Administration im Zentrum von Neo-Tera. Wie Startac Schroeder mittlerweile erfahren hatte, war die Hauptstadt auf den Überresten der zehn hier notgelandeten terranischen Kugelraumer erbaut worden. Pagodenartige Hochhäuser und schlanke Minarette wuchsen buchstäblich aus den zehn »Schüsseln« empor. Die Elfte bildete das Fundament des sogenannten Festwerks der Legion Alter-X auf der Insel Gonda; Startac verband nicht die allerbesten Erinnerungen damit.

Auch mit Laertes Michou hätte er noch mehr als ein Hühnchen zu rupfen gehabt. Aber Perry hatte ihn und Mondra gebeten, die persönlichen Animositäten zurückzustellen. Da Administrator Anton Ismael nach wie vor im Koma lag – wie durch Zufall in der Klinik auf Gonda –, war der Staatsmarschall de facto Regierungschef und bestimmte die Richtlinien der Politik. Startac brachte ihm etwa so viel Sympathie entgegen wie einem tollwütigen Bulldackel. Obwohl, Intelligenz konnte man Michou nicht absprechen. Sie wurde allerdings von Fanatismus in enge Schranken gezwängt.

Zur Stunde saß der »Starke Mann« Alteras fester im Sattel denn je. Immerhin hatte er Drover und Nano Aluminiumgärtner in ausgewählten Sektionen der Administration freie Bewegung gewährt. Keineswegs überall, nur dort, wo die Leute darauf vorbereitet waren. Allein der Anblick der Rundron-Posbis war dazu angetan, unter den 36 Jahre lang zutiefst traumatisierten Alteranern Panik auszulösen.

»Das Problem ist«, sagte Perry, »dass sich die Adaptierung der BOX-1122-UM schwierig und vor allem zeitaufwändig gestalten wird. Nano rechnet mit Monaten, wenn nicht einem ganzen Jahr.«

»Damit ist Ihr Projekt gestorben. Wir haben kein Jahr mehr. Und falls Sie glauben, ich könnte irgendwelche Kapazitäten dafür erübrigen, sollten Sie sich das blitzschnell aus dem Kopf schlagen. Von der Heimatflotte melden sich gerade mal noch knapp dreihundert Schlachtschiffe, etwas über hundert Schwere und fünfhundert Leichte Kreuzer einsatzfähig. Die TRIANGOLO-Raumforts wurden bis auf sechsundachtzig dezimiert. Viele Einheiten sind schadhaft; die Reparaturanstrengungen laufen auf vollen Touren. Nicht einen Mann werde ich für Ihre Hirngespinste erübrigen.«

»Michou. Wir sind beide lang im Geschäft, ja? Ich kann mir einfach nicht vorstellen, dass Sie so wenig über Ihre Gegner wissen. Der Geheimdienst, die von Ihnen höchst persönlich kommandierte Legion Alter-X, muss sich trotz der bekannten Schwierigkeiten intensiv mit der Posbi-Technologie befasst haben oder zumindest Datenmaterial über Wissenschaftler besitzen, die auf diesem Gebiet bewandert sind. Ich denke an zivile Forscher an Universitäten oder technischen Hochschulen, eventuell sogar skurrile Privatgelehrte …«

»Fehlanzeige. Vor Kriegsbeginn standen wir mit den Mordrobotern nicht in Kontakt, und seither haben sie uns jede diesbezügliche Neugierde nachhaltig vergällt. Kenntnisse, die Ihnen helfen würden, die Reparatur des Teufelskahns entscheidend zu beschleunigen, werden Sie im ganzen Imperium Altera nicht finden.«

Captain Demetrius Onmout hüstelte. »Sir, ich bitte ums Wort.«

»Erteilt.«

»Meines Wissens beschäftigen wir einen Doppelagenten, der auch für die Laren arbeitet und einmal erwähnt hat, deren Trovent habe früher Beziehungen zur PosbiZivilisation unterhalten. Die Informationen, die er anbot, wurden von Ihnen als uninteressant eingestuft, Sir.«

»Weil der Kerl ein Windhund ist und im Austausch für sein … aller Erfahrung nach völlig wertloses … Gewäsch höchst sensible Geheimdaten gefordert hat.«

»Sir, vielleicht könnte er uns aber weiterhelfen.«

»Wen meinen Sie mit ›uns‹, Captain?« Das kam schneidend, und Michou durchbohrte den schlaksigen jungen Mann dabei mit seinem Blick. »Mir scheint, Sie fühlen sich dem, äh, Residenten von Terra bereits verbundener als Ihrem Staatsmarschall!«

Onmout starrte zurück, ohne zu blinzeln. »Sir, ich kann keinen Loyalitätskonflikt erkennen.«

»Meine Rede. Wir ziehen am selben Strang.« Perry beugte sich vor. »Wo finde ich den erwähnten Doppelagenten?«

»Sie vergeuden bloß Zeit, wenn Sie diesem Phantom hinterherjagen«, sagte Michou schmallippig. »Glauben Sie, wenn die Laren so viel über die Maschinenteufel wüssten, hätten sie nicht längst eine hochwirksame Waffe gegen sie entwickelt und zum Einsatz gebracht?«

»Es müssen nicht immer Waffen den Ausschlag geben.«

»Ihr Verhandlunsversuch bei Fort Kanton ist jedenfalls kläglich gescheitert. Aber ich kann Ihnen wohl ebenso wenig Vorschriften machen wie Sie mir. Daher ein Vorschlag zur Güte: Ich gebe Ihnen Captain Onmout noch einen weiteren Tag, damit Sie in Rhod…, in Gottes Namen Ihre Nachforschungen betreiben können; und Sie stellen mir im Gegenzug Ihre Posbis zur Verfügung.«

»Wofür?«

»Liegt das nicht auf der Hand? Noch sind die Kommando-Kodes dieses Aluminiumkerls gültig; zweifellos eine zeitlich begrenzte Angelegenheit, nach dem Debakel, das die Maschinenteufel erlitten haben. Also müssen die Kodes möglichst bald und effektiv verwendet werden, solange sie wirken – indem wir mit ihrer Hilfe das Kanton-System zurückerobern.«

»Ich dachte, Ihre Flotte sei stark angeschlagen?«

»Ist sie auch. Trotzdem, das Sprungbrett nach Altera, die ergiebigsten Hyperkristall-Vorräte unserer Galaxis … Fort Kanton darf um keinen Preis in den Klauen der Posbis bleiben.«

Er habe, berichtete der Staatsmarschall, über Funkbrücken an die Kolonien Weisung erteilt, jede dritte dort stationierte Einheit unverzüglich Richtung Altera in Marsch zu setzen, um die Heimatflotte zu verstärken. »Mir ist klar, dass die Außenposten bis über die Schmerzgrenze ausgeblutet sind und daher ihre schwächsten beziehungsweise reparaturbedürftigsten Schiffe schicken werden. Was im Prinzip in Ordnung geht, denn erstens darf man die Kolonien nicht vollständig jedem Angriff preisgeben – darauf warten die Laren bloß –, und zweitens haben wir im Alter-System um Klassen bessere Werften. Aus demselben Grund behalte ich auch die rund hundertachtzig beschädigten Einheiten hier und entsende zweihundertfünfzig Schlachtschiffe, achtzig Schwere sowie vierhundert Leichte Kreuzer gen Kanton.«

»Verstehe.« Perry legte den Kopf schief. »Sie gehen ein hohes Risiko ein, Staatsmarschall.«

»Was bleibt mir übrig? Ganz ehrlich – würden Sie anders handeln?«

»Bezüglich Fort Kanton und Nanos Kodes stimme ich Ihnen zu, und Ihre grundsätzliche Einschätzung der Gesamtlage zweifle ich nicht an. Sie sind längst an einem Punkt angelangt, an dem Sie Ihre Strategie nicht mehr narrensicher gestalten können, sondern auf eine Prise Glück hoffen müssen. Sollte sich derzeit eine weitere, mit der letzten vergleichbare Posbi-Welle im Anflug auf Ihr Zentralsystem befinden …«

»… ist für die Menschheit von Altera alles vorbei, mit oder ohne Kodes.«

Er schließt seinen eigenen Tod implizit ein, dachte Startac. *Ein Feigling ist Michou gewiss nicht; bloß ein militaristischer Dreckskerl, der für seine Gesinnung über Leichen geht …*

»Also. Kriege ich Ihre Robotfreunde?«

»Vorausgesetzt, Nano und Drover erklären sich einverstanden.« Perry sah vom Staatsmarschall zu Captain Onmout. »Ihnen ist bekannt, wo sich dieser Doppelagent aufhält?«

Das Gebilde wurde »Wonnemond« genannt, obwohl es sich um keinen herkömmlichen Trabanten handelte; ganz und gar nicht. Auch die Begriffe »Raumstation« oder »Habitat« trafen nur im weitesten Sinne zu. Denn der Wonnemond war ein Intelligenzwesen – ein über zwei Kilometer langer, bis zu zwölfhundert Meter breiter Stachelrochen aus Quarzkristall!

»Versteinert? Eine Art Weltraum-Fossil?«, fragte Mondra fasziniert, während sich ihr Vier-Personen-Raumjäger dem gigantischen Manta näherte.

»Nein«, antwortete Onmout, »insofern, als es – oder sie oder er – nach wie vor lebt, jedoch auf Silikat-Basis; und sehr … langsam.«

»Ihr könnt kommunizieren?«

Äußerst eingeschränkt, erläuterte der junge Offizier. Der subjektive Zeitablauf des Rochenwesens war aus menschlicher Sicht um einen Faktor von etwa hundert Millionen verlangsamt. Anders ausgedrückt: Während einer »Manta-Minute« vergingen, grob gerundet, zweihundert »normale« Jahre!

»Scheint's nicht eilig zu haben, diese Spezies«, sagte Startac leise. »Irgendwie beneidenswert.«

»Naja, nicht unbedingt. Es ist sehr krank, oder beschädigt; das macht wohl wenig Unterschied, wenn man aus Quarz besteht. Sofern wir die Signale richtig interpretieren, strandete es lang vor uns im Alter-System. Beim Durchgang durch den Tryortan-Schlund wurde es so stark verletzt, dass es seither praktisch bewegungsunfähig ist. Ob es jemals die Fähigkeit zum Überlichtflug besessen hat, wissen wir nicht.«

»Die quasi ›eingebaute‹ Zeit-Dilatation würde eher dagegen sprechen«, sagte Perry, und zu Mondra: »Im ersten Moment habe ich an die Rochenschiffe der Motana, wegen des Materials aber auch an Nocturnenstöcke gedacht. Doch je näher wir herankommen, desto geringer erscheinen mir die Ähnlichkeiten. Findest du nicht auch?«

Mondra bestätigte diesen Eindruck. Die Nahaufnahmen zeigten die zernarbte, schrundige, ja zerklüftete Außenkruste des Mantas. »Wirkt stark verwittert, uralt; irgendwie … mumifiziert.«

Während Captain Onmout jene Stelle ansteuerte, an der der rautenförmige, flache Leib in den Stachelschwanz überging, sagte er: »Unsere Vorfahren hielten es zuerst für einen Klein-Asteroiden, einen Irrläufer, den Zeus' Schwerefeld als vierundvierzigsten Mond eingefangen hatte. Die Basisdaten des Alter-Systems sind euch bekannt?«

Mondra nickte, simultan mit Perry.

Wieder einmal …

Sie rekapitulierte: Sieben Planeten umkreisten die gelbweiße G0-Sonne, deren Durchmesser und Masse Sols um ein Weniges übertrafen. Altera, verblüffend erdähnlich, stand ihr am nächsten. Der zweite Planet, eine trockene Wüstenwelt mit dünner Stickstoff-Kohlendioxid-Atmosphäre, war auf den Namen Hermes getauft worden. Darauf befanden sich Flottenstützpunkte, insgesamt 22 Raumhäfen, zahlreiche Automat-Fabriken sowie zirka fünfzehn Prozent aller Werften des Imperiums. Aphrodite, von Eis und Tundra bedeckt, mit einer kalten, jedoch atembaren Sauerstoff-Stickstoff-Atmosphäre, diente als Ausweich-Raumhafen und zum Rohstoffabbau. Dann kamen die Gasriesen Zeus, Hera und Poseidon; zu guter Letzt, als äußerster Planet, fast zweieinhalb Milliarden Kilometer von der Sonne Alter entfernt, der kalte Gesteinsbrocken Hades, auf dem nur Fernortungs- und Hyperfunk-Stationen betrieben wurden.

Zeus, der die linke untere Ecke ihres Sichtfelds ausfüllte, sowie einige seiner 43 Trabanten lieferten diverse Rohmaterialien; auf dem größten, fast zehntausend Kilometer durchmessenden Mond Thor unterhielten die Alteraner Forschungsstationen und weitere Raumhäfen. In Summe hatten die hiesigen Menschen ihr Zentralsystem sehr respektabel ausgebaut. Dazu kamen 132 andere besiedelte Sonnensysteme innerhalb einer Scheibe von 1200 Lichtjahren Durchmesser und 700 Lichtjahren Dicke … Im Geiste zog Mondra den Hut vor dem, was aus den Überlebenden von nur elf notgelandeten terranischen Raumschiffen entstanden war.

Und all das drohten die Posbis, ausgerechnet Posbis!, nun zunichte zu machen. 29 Milliarden Menschen standen vor der Ausrottung; Männer, Frauen und Kinder …

Demetrius Onmout landete den Raumjäger von Hand. Vielleicht wollte er vor

Perry, Startac und Mondra (die er beharrlich als Rhodans Leibwächterin ansah) protzen; vielleicht verzichteten die Alteraner, seit der große Krieg tobte, aus Prinzip nach Möglichkeit auf robotische Unterstützung. Jedenfalls setzte der Captain butterweich auf. Dann lehnte er sich im Schalensitz zurück. »Ich habe euch noch nicht alles erzählt«, sagte er. »3705, etwas mehr als zweihundert Jahre, nachdem der erste voll zum Linearflug taugliche, positronisch ausgerüstete Kugelraumer aus alteranischer Produktion zu seinem Jungfernflug gestartet war, fingen meine Vorfahren Normalfunk-Impulse auf, die von diesem bis dahin wegen seiner Kleinheit unbeachteten Himmelskörper ausgingen. Die damaligen Linguisten haben einige Monate getüftelt und heftig gestritten, bis sie sich einigen konnten, dass die Nachricht, extrem gerafft, sinngemäß besagte: ›Hallo. Scheiß-Galaxis, was?‹«

Als das allgemeine Gelächter verstummt war, setzte er fort: »Selbstverständlich landete sofort ein Stoßtrupp, fand einen Zugang und im Inneren des Rochens ausgedehnte Grottensysteme. Nichts, was man als Funksender hätte identifizieren können; dafür verwitterte Chitinpanzer und Skelette etwa einen Meter großer, aufrecht gehender Reptilien.«

»Der Manta trug vor der unfreiwilligen Versetzung nach Ambriador andere Intelligenzwesen ›an Bord‹, die mit ihm in einer Art Symbiose lebten?«

»Zum selben Schluss kamen meine Altvorderen, Großadministrator. Da ihn der Tryortan-Schlund im wahrsten Wortsinn arg mitgenommen hatte, war es dem Wonnerochen nicht länger möglich gewesen, die Sicherheit seiner Passagiere zu gewährleisten, insbesondere deren Atemgemisch-Versorgung.«

»Wonnerochen?«, wiederholte Mondra. Etwas an der Art, wie Onmout unbehaglich auf seinem Pilotensessel hin und her wetzte, verriet ihr, dass ihnen noch eine Enthüllung bevorstand.

»Diese Bezeichnung drängt sich auf. Äh ... Ich vergaß zu erwähnen: Wir werden, sobald wir drin sind, die Raumanzüge ablegen müssen. Das ist so ... Sitte.«

»Sitte, ja? Drucks nicht herum, Jungchen.« Mondra hatte die Erfahrung gemacht, dass es manchmal zielführend im Sinn von zeitsparend war, männliche Exemplare der Gattung homo sapiens sapiens ein wenig härter anzufassen. »Rück's raus – was spielt sich da drin ab?«

Der Geheimdienstoffizier schlug die Augen nieder und bellte: »Sir, ich bitte, zuerst die Geschichte fertig erzählen zu dürfen.«

»Gewährt«, sagte Perry trocken. »Bei dieser Gelegenheit: Solange Sie mich siezen und mit ›Sir‹ ansprechen, Demetrius, werde ich diese Höflichkeit erwidern, Captain, Sir. Lieber wäre mir allerdings, angesichts dessen, dass wir vermutlich noch eine Weile zusammengespannt sind, du könntest das Du-Wort, das ich dir hiermit anbiete, akzeptieren.«

Genau der falsche Moment, dachte Mondra. Der Typ fühlt sich ohnehin gerade äußerst unwohl, weil er uns etwas für ihn Peinliches verschwiegen hat. Wenn er jetzt auch noch dazu vergattert wird, sein Idol zu duzen, reißt ihm das endgültig die Hufe weg. So viel zur Jahrtausende alten psychologischen Erfahrung gewisser Aktivatorträger.

»Sir, ich danke, äh … dir. H-hm. – Im Laufe der Dezennien«, referierte Onmout steif, »trafen weitere Funkbotschaften des Rochens ein. ›Willkommen. Aua. Bitte nur mit den optischen Sensoren schauen. Nichts anfassen, was größer als einer von euch ist. Den Rest könntet ihr wegputzen, wenn es keine Umstände macht.‹ Meine Vorfahren interpretierten das als Aufforderung, die Grotten von Rückständen zu säubern und einer … Nutzung zuzuführen.«

»Nämlich welcher?«

»Ähem. Der Wonnemond«, murmelte Demetrius Onmout kleinlaut, »ist – ein Bordell.«

Mondras Mundwinkel zuckten verräterisch.

Perry konnte es ihr nicht verübeln, dass sie mit dem Lachen kämpfte. Er sah im Spiegel der Umkleidekabine, welchen Anblick er bot. Man hatte ihm eine eine knapp sitzende, mit Rüschen und Bommeln besetzte, türkisfarbene Frottee-Jacke gegeben, die er als einziges Kleidungsstück trug. In dem Ding fühlte er sich fast nackt.

Seine männlichen Begleiter hatten, nachdem sie eingeschleust waren, ebenfalls ihre Anzüge in Spinde gehängt und Flausch-Jäckchen übergestreift. Für Mondra hingegen hatte ein leichtes, duftiges, hochgeschlossenes, durchaus geschmackvolles Strandkleid bereitgelegen.

»Mir schwant Übles«, sagte Perry. »Hier sind die Prostituierten männlich und die Kunden weiblich, stimmt's?«

Onmout nickte mit hochrotem Kopf. »Es tut mir sehr leid, Großadministrator, doch wir müssen mitspielen, wenn wir unseren Kontaktmann treffen wollen. Träten wir offiziell und in Uniformen auf, würde er sofort die Flucht ergreifen, und mit ihm die halbe Belegschaft des Wonnemonds.«

»Verstehe. – Das Imperium legt nach wie vor großen Wert auf hohes Bevölkerungswachstum?«

»In der Tat. Aber wegen des langen Krieges sind erstens viele Männer an der Front, und zweitens kehren nicht wenige«, der Captain sprach fast tonlos, als hätte er einen Frosch im Hals, »… zeugungsunfähig zurück. Könnte am Stress liegen, oder an Überdosen von Aufputschmitteln. Hier entlang, bitte.«

»Moment noch«, sagte Mondra. »Da wir inkognito bleiben wollen – hätte sich Perry nicht tarnen sollen? Ich meine, wo immer er bisher in Erscheinung getreten ist, gab's einen Riesenwirbel.«

»Das wird hier nicht der Fall sein. Großad… Perry, mir ist das furchtbar unangenehm, und ich möchte mich nochmals für die widrigen Umstände entschuldigen.«

»Keine Ursache. Ich glaube, ich ahne, worauf du mich vorbereiten willst. Gehe ich recht in der Annahme, dass hier mehrere Typen herumlaufen, die so aussehen wie ich?«

»Ja.«

»Du solltest dich geschmeichelt fühlen«, neckte Mondra und fasste ihn unter. »Na komm schon, mein Sex-Symbol!«

Captain Onmout führte sie. Schwül war es in den sich windenden Stollen, die Luft war mit schwerem Moschus-Parfüm gesättigt. Die Gänge weiteten sich zu ausgedehnten Höhlen, ähnlich gestaltet wie eine römische Therme oder ein türkisches Hamam. Auf Marmorbänken saßen und lagen gut gebaute Männer jüngeren Alters; als sie Mondra bemerkten, brachten sie ihre eingeölten Leiber in noch vorteilhaftere und aufreizendere Stellungen. Darunter waren etliche Doppelgänger von Perry, dem seltsam zumute wurde angesichts so vieler, so schamlos kokettierender, um Mondra buhlender Ebenbilder. Beim offenbar zweitbeliebtesten, fast ebenso häufigen »Modell« handelte es sich um einen zwei Meter großen, sehr breitschultrigen, lächerlich übertrainierten Muskelprotz mit rotem Bürstenhaar.

Perry brauchte einige Sekunden, bis der Groschen fiel. *Wenn ich das Bully erzähle!,* dachte er amüsiert. *Oder gar Gucky – der zieht ihn noch Jahrzehnte damit auf …*

Vor einer Gruppe von Liegestühlen am Rand eines dampfenden Schwimmbeckens hielt Onmout an. »Bitte setzt euch. Der Bademeister wird gleich erscheinen. Neulinge nimmt er in aller Regel sehr rasch persönlich unter die Lupe.«

»Der Bademeister. Er ist unser Mann?«, fragte Mondra, und nachdem Onmout bejaht hatte: »Spüre nur ich es, oder geht von den Kristallwänden tatsächlich ein leichter psychischer Einfluss aus?«

Perry horchte in sich hinein. »Kann nichts Ungewöhnliches feststellen. Du, Startac?« Als Orter war der Mutant deutlich sensibler für Para-Phänomene.

»Da ist was, aber sehr schwach.«

Wieder einmal wand sich Demetrius Onmout verlegen. »Die … äh … anregende Ausstrahlung des Rochens wirkt ungleich stärker auf Frauen. Warum, ist bislang nicht erforscht.«

»Oh ja, das fährt ganz schön ein«, gurrte Mondra, sich räkelnd. »Mir wird auf einmal so ich-weiß-nicht-wie …« Sie rieb ihre Hüfte an Perrys. »Was meinst du, sollen wir zwei Hübschen uns eine verschwiegene Grotte suchen?«

Einen Augenblick lang war Perry ernstlich verdattert, doch dann sah er das Funkeln in ihren Augen und begriff, dass sie ihn auf die Schippe nahm. »Ich komme darauf zurück«, schnurrte er, möglichst viel Bass-Timbre in seine Stimme legend. »Nach dem Einsatz. Bis dahin darf ich dich an deine Mentalstabilisierung erinnern …«

Mondra zog einen Schmollmund und ließ sich mit der ihr eigenen, unvergleichlich fließenden Eleganz in einen Liegestuhl gleiten. Auch die Männer nahmen Platz. In einer mit Eiswürfeln gefüllten Schüssel auf dem Tisch stand eine bauchige Karaffe mit rosafarbener, perlender Flüssigkeit. Perry, dessen Mund trocken war, goss sich ein Glas voll und trank es auf einen Zug aus. Mit Fruchtsaft vermischter Schaumwein, vermutete er; nun, gegen Alkohol war er, wie gegen die meisten Gifte, dank seines Zellaktivatorchips resistent.

Onmout behielt Recht. Nach wenigen Minuten tauchte der Bademeister auf – und zwar durchaus spektakulär: Aus dem Thermalbecken hob sich, spritzend und prustend, ein Koloss von Mann, der nicht nur des Schnauzbarts wegen an ein Walross erinnerte. Gut hundertsiebzig Kilogramm mochte der Fleischberg wiegen; dennoch wuchtete er sich ohne erkennbare Anstrengung über den Beckenrand. Der allen Alteranern eigene, leichte Körpergeruch nach Safran war bei ihm besonders intensiv.

»Dmetri, Dmetri, Dmetri«, sagte er vorwurfsvoll, mit hoher Fistelstimme, zu Captain Onmout. »Was schleppst du mir da schon wieder an?« Ohne eine Antwort abzuwarten, watschelte er triefend zu Mondra, verneigte sich erstaunlich geschmeidig, ergriff ihre Hand und küsste sie. »Sie, Gnädigste, sind hier als Freierin selbstverständlich willkommen. Aber glauben Sie mir, mein Haus führt weit Besseres im Angebot als derlei traurige Gestalten.«

»Ich bin sicher, wir werden ins Geschäft kommen«, wich Mondra galant aus.

Der Bademeister – er war hellhäutiger als die meisten Alteraner und mit einer bis fast unter die Achseln hochgezogenen, grün-schwarz gepunkteten Latexhose bekleidet, deren Stoff für ein Viermannzelt gereicht hätte – stemmte die Arme in die Hüften, dass das Fett schwabbelte. »Dieser ›Rhodan‹ zum Beispiel«, sagte er abfällig zu Onmout, mit der Pranke auf Perry deutend, »ist das mieseste Mängelexemplar, das mir seit langem untergekommen ist. Wo hast du diesen armen Tropf bloß aufgegabelt, Dmetri? Was für ein Pfusch! Dem Schönheitschirurgen, der den verbrochen hat, gehört schnellstens die Lizenz entzogen. Lady … wie war doch gleich der Name?«

»Diamond.«

»Das passt zu Ihnen. Das Strahlfeuer Ihrer Schönheit gleicht dem eines hochkarätigen Brillanten. Lady Diamond, hören Sie auf das Wort eines Kenners: Vertrödeln Sie Ihre Zeit nicht an diesen armseligen Abklatsch einer Legende. Falls Ihnen danach gelüstet, sich mit einer würdigen Inkarnation des Großadministrators fortzupflanzen, so habe ich drei Dutzend Bessere, dem Original Ähnlichere für Sie.«

»Klingt verlockend«, sagte Mondra schmunzelnd.

Dass sie sich an der Situation ergötzte, stand für Perry außer Frage. Er wiederum büßte, schwitzend, innerlich kochend, zur Passivität verdammt, etliche seiner Sünden ab. Unvermutet war er in die Bredouille geraten. Als sein eigenes Double durfte er nicht aufmucken oder gar die Initiative ergreifen, wollte er nicht aus der Rolle fallen und seine »Tarnung« aufgeben … Was Mondra weidlich auskostete. Aufgekratzt wie selten – möglichwerweise wegen der psionischen Emissionen des Quarzrochens –, ließ sie sich die Vorzüge der »besseren« Rhodans ausgiebig schildern, desgleichen die Qualitäten der »Bullys«, und zwar bis ins kleinste Detail. Rein rational betrachtet, agierte sie absolut richtig, indem sie nicht gleich mit der Tür ins Haus fiel, sondern erst eine gewisse Vertrauensbasis schuf. Als ehemalige TLD-Agentin beherrschte sie dieses Spiel perfekt. Sie streute auch dezente Andeutungen ein, aufgrund derer der Doppelspion inzwischen begriffen haben musste, dass es ihr hier um mehr ging als um amouröse Abenteuer und Familienplanung. Im Prinzip hatte Perry gegen ihre Verfahrensweise nichts einzuwenden. Die intime, ironische Meta-Ebene allerdings, von der, außer seiner langjährigen Gefährtin und ihm, maximal noch Startac Schroeder etwas mitbekam, behagte ihm ganz und gar nicht.

Er war daher heilfroh, als Mondra zum eigentlichen Thema umschwenkte. »Man munkelt«, sagte sie mit gesenkter Stimme, »dass du außer knackigen Jungs noch andere Waren von großem Wert zu offerieren hast.«

Grinsend wischte sich der Bademeister über die Glatze. »So. Munkelt man. Wer ist ›man‹? Mein alter Freund Dmetri, der sich während seiner Akademiezeit manches Zubrot in den Wonnegrotten verdient hat?«

Captain Onmouts Gesicht glühte so dunkelrot, dass man damit hätte eine Sauna heizen können. Er griente Perry zu, zuckte die Achseln und zwinkerte unbeholfen. Damit wollte er wohl signalisieren, dass er schon damals für den Geheimdienst gearbeitet hatte.

»Das tut nichts zur Sache.« Mondra sah sich um. »Ist dieser Raum abhörsicher?«

»Sicherer als das Festwerk der Legion.«

»Untertreibung liegt dir nicht sonderlich, was? Na schön. Anscheinend pflegte der Trovent der Laren früher, in den Zeiten vor Kriegsausbruch, Kontakt mit den Posbis, diplomatische Beziehungen, die auch einen beschränkten Technologietransfer inkludierten.« Das hatte Demetrius Onmout nie behauptet. Mondra schoss ins Blaue, um sich eine bessere Ausgangsposition bei der unweigerlich folgenden Feilscherei zu verschaffen: Je mehr sie vorgab, bereits zu wissen, desto geringer hoffentlich der Preis, den der Info-Broker verlangen würde.

Aber wie sich herausstellen sollte, war auch der tropfnasse Fettberg in mehrfachem Sinn mit allen Wassern gewaschen.

Quul Ting, der Bademeister, roch eine Jahrhundertchance, wenn sie sich ihm darbot. Und er konnte eins und drei zusammenzählen.

Eins, das war Captain Demetrius Onmout, ausgewiesener Liebling des Staatsmarschalls Laertes »Posbifresser« Michou. Drei, das waren seine merkwürdigen Begleiter. Die mysteriöse Lady Diamond agierte smart wie ein Vollprofi allergrößten Kalibers. Wie kam es dann, dass Quul, der sämtliche im Heimatsystem tätigen, höherrangigen Agenten der Legion Alter-X zumindest flüchtig kannte, noch nie etwas von dieser Frau gesehen oder gehört hatte? Die beiden Männer wiederum gaben sich unbeteiligt. Aber es arbeitete in ihnen, das spürte der Bademeister. Hinter ihren Pokergesichtern verbarg sich weit mehr als der Wunsch, für Liebesdienste ein paar Moneten einzusacken; abgesehen davon, dass der Ältere höchstens noch für die Abteilung »geriatrische Perversionen« infrage kam. Und der andere ...

... war Perry Rhodan.

Beziehungsweise jener Mann, den Ismael und Michou dem Alteranischen Parlament kürzlich als Großadministrator präsentiert hatten; oder, wie er angeblich neuerdings tituliert wurde, »Terranischer Resident«. Der Typ hatte eine Rede gehalten, die alle Medien lang und breit zitierten: »Ich bin kein Gott, der von seinem Sockel steigt. Ich bin auch kein Heiland, der in Momenten höchster Not die Lösung für alle Probleme bringt. Ich bin schlichtweg ein Terraner, dem es durch Zufall vergönnt ist, die Geschichte seines Volkes über einen sehr langen Zeitraum hinweg zu beobachten und in bescheidenem Ausmaß zu beeinflussen. Ich komme als Freund. Ich bitte euch, nehmt meine Freundschaft an.«

Schöne Worte. Aber Quul Ting war von Natur aus Skeptiker. Es fiel ihm schwer zu glauben, dass Perry Rhodan, der Held unzähliger Schundromane und -trivids, jemals wirklich gelebt hatte. Quuls Kundinnen schliefen mit einem Mythos, nicht mit einer realen Person. Noch viel unwahrscheinlicher war, dass dieser Rhodan ausgerechnet jetzt, mehr als zweieinhalb Jahrtausende nach Versetzung der Gründer-Flotte durch den Tryortan-Schlund (falls man der Geschichtsschreibung überhaupt trauen durfte), den Weg aus der Milchstraße nach Ambriador gefunden haben sollte. Nein, Freunde des Schwarzgelds und der Hormonausschüttung! Da lag die Vermutung weit näher, Anton Ismael und Posbifresser Michou kochten ausnahmsweise einmal ein gemeinsames Süppchen, um die angeschlagene Moral der Truppen zu stärken.

Wie auch immer, etwas war im Busch, und man schien seiner Mitwirkung zu bedürfen. Eine Sachlage ganz nach des Bademeisters Geschmack. Er gedachte, den höchstmöglichen Profit daraus zu schlagen.

»Die Laren«, sagte Quul, »sind ein schwieriges Kapitel. Mit ihnen Geschäfte zu machen, kommt teuer. Für jedes Datenbit, das sie herausrücken, fordern sie hundertfache Gegenleistung. Womit ich wohlgemerkt keineswegs ausgesagt habe, dass ich, ein schlichter Rekreationsbetriebsleiter, eine solche Transaktion überhaupt einfädeln könnte.«

»Geschenkt«, mischte sich Captain Grünschnabel ein. »Du brauchst nicht ums heiße Öl rumzureden. Wir haben Michous Rückendeckung.«

Das hatte Quul hören wollen: Sie verhandelten in offiziellem Auftrag. Er rieb sich die Hände. Soeben war der Preis um zweihundert Prozent gestiegen. »Was bietet ihr?«

»Was verlangst du?«, fragte Onmout zurück.

»Ein kleines Vöglein hat mir gezwitschert, dass die Laren schon vor einigen Jahren in den Besitz von Konstruktionsunterlagen für ein im Imperium Altera verwendetes Transportmittel gelangt sind; ich schwöre, ich hatte nichts damit zu tun! Jedenfalls haben sie die Dinger nachgebaut. Jedoch kriegen sie's noch nicht richtig hin, weil die Pläne unvollständig waren.«

»Du meinst ... Käfigtransmitter?«

»Jetzt, wo du's sagst ... Könnte sein, dass ich diese Bezeichnung schon mal aufgeschnappt habe.«

Onmout erbleichte. »Das ist nicht dein Ernst. Nie und nimmer lässt der Kommandeur zu, dass diese Technologie in larische Hände fällt.«

»Aber sie haben die Technologie doch bereits, Dmetri, alter Junge. Ihnen fehlt bloß ein Teil der Bedienungsanleitung. Das wird es euch doch wohl wert sein, oder?«

»Auszeit!« Die Frau, die sich Diamant nannte, stieg beeindruckend gewandt aus ihrem Liegestuhl. »Erlaubst du, dass wir uns kurz beraten?«

»Aber gern.« Sie hatten den Köder geschluckt, und der Haken saß fest. »Muss mich ohnehin entschuldigen, meine Blase drückt. Wenn ich wiederkomme, solltet ihr mir etwas Vernünftiges unterbreiten.«

Er schritt gravitätisch in Richtung der Toiletten von dannen. Als er sich in der Verbindungsgrotte und außer Sicht befand, rannte er los. Zwei Biegungen weiter betätigte er einen versteckten Schalter, worauf sich eine Geheimpforte öffnete. Quul Ting quetschte sich hinein. Dies war sein Büro, seine Kommandozentrale. Von hier aus konnte er fast alle Räume des Wonnemonds überwachen. Auch auf Onmouts Gruppe hatte er schon vorhin Richtmikrofon-Felder einjustiert. Zu belauschen, was sie besprachen, würde ihm einen entscheidenden Vorteil verschaffen.

Der Bademeister ging zum Schreibtisch und wollte sich gerade in seinen bequemen, überformatigen Drehsessel fläzen, als dieser herumschwenkte.

Jemand saß darin.

Zu Tode erschrocken wich Quul Ting zurück. Es handelte sich um Onmouts Begleiter, den hageren, grimmig wirkenden Mann mittleren Alters.

Unmöglich! Wie konnte der Fremde noch vor ihm hierher gelangt sein? Woher hatte er von diesem Raum erfahren? Und vor allem: Was wollte er?

»Mein Name«, sagte der Eindringling ruhig, »ist Startac Schroeder. Ich besitze die Mutantenfähigkeit der Teleportation. Der Ausdruck ist dir theoretisch bekannt?«

Quul brachte keinen Ton heraus. Er schaffte es gerade noch zu nicken.

»Lehrreiche Erfahrung, so eine Teleportation. Pass auf, ich zeige es dir.«

Der Mutant berührte Quul am Arm. Im nächsten Augenblick hatte sich die Umgebung schlagartig verändert. Sie befanden sich vollständig unter Wasser, offenbar in einem der kalten Tauchbecken. Er hatte den Schock noch nicht annähernd verdaut, da waren sie schon wieder woanders – diesmal zurück bei der Gruppe am Dampfpool.

»Bemerkenswert, nicht wahr?«, sagte die Lady Diamond. »Spitz jetzt die Ohren, Bademeister, damit ganz bestimmt keine Missverständnisse aufkommen. Du wirst uns alles sagen, was du über Laren und Posbis weißt. Alles. Nicht das kleinste Detail wirst du auslassen. Weigerst du dich oder versuchst du uns zu belügen, springt Startac mit dir ins freie All hinaus – in der Badehose, ohne Raumanzug, und lässt dich dort zurück. Glaube nicht, du könntest vor ihm fliehen. Er ist nämlich zusätzlich auch Psi-Orter und spürt dich jederzeit überall im ganzen Alter-System auf. Klar? Dann los.«

Quul Ting redete schneller und rückhaltloser als je zuvor in seinem Leben.

Fünf Eine ganze Stadt, die sich in Luft auflöst

Zeichen geschahen und Wunder. Tamra kam aus dem Staunen gar nicht mehr heraus.

Frizzi und Wu heirateten. Es war eine sehr schöne Trauung, die General-Direktor Güraldenip vornahm. Das Heelgha mit dem schwarzen Hörbüschel sprach von einem neuen Lebensabschnitt, in den nun die ersten der Menschlingskinder eintraten; weitere würden bald folgen.

Omneamuf stieß Tamra vertraulich mit einem Greiflappen an: »Na, wäre das nicht auch etwas für dich und Wilbur?«

»Wie – Wilbur?«

Das weißbüschelige Heelgha summte einen Dreiklang. »Sag bloß, du hast noch nicht bemerkt, dass er dir den Hof macht? Ihr wärt ein tolles Paar, die zwei Intelligentesten und Strebsamsten von allen. Ihr hättet gewiss ebenso kluge und emsige Kinder.«

»Kinder?«

»Fortpflanzung ist der Kernsinn der Existenz. Wer unseren guten Herren, den Laren, gesunde künftige Diener schenkt, steht besonders hoch in ihrer Gunst und wird reich belohnt.«

Tamra schüttelte den Kopf. Noch mehr Belohnungen? Die interessierten sie nicht. »Ich will nur das Sloppelle.«

»Ach geh. Für ein Kuscheltier bist du doch eigentlich schon zu groß.«

Was sollte das bedeuten? Unwillkürlich griff sich Tamra an die Stirn und tastete nach der Narbe, die sie von ihrem Unfall beim Schlafwandeln zurückbehalten hatte. Seit jener Nacht litt sie gelegentlich unter geistigen Aussetzern. Dann wurde sie konfus, desorientiert, stand irgendwie neben sich. Zu groß? Ja sicher, sie war beinahe erwachsen – aber zugleich auch noch ein kleines Mädchen, oder etwa nicht?

»Ich will das Sloppelle«, beharrte sie. An diesem Gedanken zumindest fand sie Halt. Die Welt war verwirrend genug, unbegreiflich, nicht zu fassen. Hinzu kamen Sehstörungen in Form von Doppelbildern. Beispielsweise trug die vor Gesundheit strotzende Frizzi ein atemberaubend prachtvolles Hochzeitskleid. Blickte Tamra jedoch unfokussiert, aus den Augenwinkeln, daran vorbei, nahm sie ein dürres, hohlwangiges Wesen wahr, kunstlos eingewickelt in alte, fransige Leintücher. Das ging nicht zusammen! Dieser Kipp-Effekt, der immer wieder unerwartet auftrat, verursachte Schwindel und Übelkeit, manchmal bohrende Kopfschmerzen. Tamras schulische und sportliche Leistungen waren zurückgegangen; inzwischen bestand kein Zweifel, dass Wilbur unangefochten die Punktewertung anführte.

Wilbur. Heiraten. Sie? Tamra schauderte.

Omneamuf seufzte aus mehreren Mündern. »Zielstrebigkeit ist schon in Ordnung. Dein übertriebener Starrsinn hingegen könnte dir noch zum Verhängnis werden. Zumal … Ich sollte dir das nicht sagen, aber unsere Direktiven wurden geändert. Aufgrund erhöhten Bedarfs wünscht man, dass ihr früher als ursprünglich vorgesehen …« Die melodische Stimme des Heelghas erstarb; General-Direktor Güraldenip rollte vorbei.

»Früher was?«

»Nichts. – Hoch lebe das Brautpaar!«

Frizzi und Wu Pasterk schritten eng umschlungen durchs Spalier. Die Kinder streuten duftende Blüten, bewarfen sie mit funkelnden Perlen.

Am Rande von Tamras Gesichtsfeld jedoch waren es bloß Papierschnitzel und Kieselsteine.

Sie bekam das Sloppelle.

Ihr Konkurrent und Verehrer Wilbur, die Tropfnase, hatte Tamra weit überflügelt; aber er wählte den ersten Preis, einen halbtägigen Rundflug über die herrliche Stadt Taphior. Dass der Felsblock, der ihr vom Herzen fiel, kein Erdbeben auslöste, war ein Wunder.

Das Sloppelle sprang in Tamras Arme mit einem Satz, den sie ihm nicht zugetraut hätte. Es fühlte sich noch viel weicher und wärmer an, als sie es sich all die Jahre lang ausgemalt hatte. Tamra musste lachen, weil die Schnurrbarthaare sie im Gesicht kitzelten. Das Tierchen schnurrte. Dabei schaute es so lieb drein, dass sie ihm einen dicken Schmatz auf seine Knubbelnase drückte.

Wilbur verzog abfällig das Gesicht. »Wieso gibst du dich mit der dummen, aufgeblähten Made zufrieden? Küss mich – und ich schenke dir, was immer du willst.«

»Schieb ab, Rotzer.«

»Sogar den Rundflug.«

»Nein! Behalt deinen Preis. Ich mag ihn nicht, und dich genauso wenig.«

»Du weißt, wie lange ich darauf hingearbeitet habe«, sagte Wilbur halb gekränkt, halb trotzig, unsicher von einem Fuß auf den anderen steigend. »Trotzdem gäbe ich ihn dir mit Freuden. Für einen einzigen Kuss.«

»Hast du was Schlechtes gegessen? Bist du schwerhörig? Vergiss es. Bei mir landest du nicht, und wenn du mir den Stern der Laren zu Füßen legtest!«

Der Junge schluckte. »Dann bleib halt allein. Dich garstige, entstellte Hexe nimmt sowieso keiner!«, schrie er, spuckte ihr vor die Füße und lief davon.

Das Sloppelle brummte beruhigend. Fast klang es wie »Trottel«.

Tamra herzte und streichelte das drollige Tierchen. Den Rest des Tages trug sie es bei sich, in den Armen oder um die Schultern gelegt, als samtpelzigen Kragen. Wenn sie es ansah, dann immer direkt und gerade.

Warum, wurde ihr erst zur Schlafenszeit bewusst. Sie hatte furchtbare Angst, das Sloppelle könnte sich gekippt als abscheuliches Monster entpuppen. Tamras Fantasie spielte ihr üble Streiche. Spinnenbeine kamen ihr in den Sinn, lange dünne schleimige Zungen mit Saugnäpfen … Weil der Schein trog. Wie bei den Internatsgebäuden, die in der anderen Sicht öden, verdreckten, miefigen Ruinen glichen. Wie bei den Heelghas, deren Borkenköpfe von Ekzemen verunstaltet waren. Die Erzieher taten souverän, dahinter jedoch wirkten sie nervös, erschöpft, überfordert; sobald es zur geringsten Abweichung von der Routine kam, wedelten ihre sechs kurzen Arme hilfesuchend durch die Luft.

Es ist alles falsch, dachte Tamra, alles gefälscht. Aber bitte, bitte, bitte nicht das Sloppelle!

Von Minute zu Minute verstärkte sich der Drang, nachzusehen, ihre Augenstellung derart zu verändern, dass sich die Perspektive verschob; dass die zweite, entlarvte Natur zum Vorschein kam. Was war das Sloppelle wirklich? Ein obszön überdimensionierter Wurm? Eine hässliche, dumme, aufgeblähte Made, wie Wilbur gesagt hatte? Die Ungewissheit nagte in Tamra. Quälte sie. Ein Blick nur, eine unachtsame Bewegung der Pupillen, und …

Kurz bevor ihr die Augen zufielen, geschah es. Ihre Wahrnehmung schlug um. Tamra konnte nichts dagegen tun. Sie betrachtete das Sloppelle in seiner wahren Gestalt – und es sah vollkommen unverändert aus, ganz genau wie zuvor.

Welche Erleichterung, welche Seligkeit! Sie hielt das Sloppelle im Arm, hielt sich an ihm fest. Durch das weiche Fell spürte sie die Schläge seines kleinen Herzens.

Eng aneinander geschmiegt, schliefen sie ein.

Laren besuchten das Internat.

Es war, als stiegen Götter vom Himmel herab.

In Reih und Glied knieten die Menschenkinder, ihre Stirnen auf die Oberschenkel gepresst. Omneamuf hatte ihnen eingeschärft, dass sie die Körperhaltung nur verändern durften, wenn sie von ihren Wohltätern ausdrücklich dazu aufgefordert wurden.

Natürlich siegte die Neugierde, und einige linsten dennoch. »Sie sehen fast so aus wie wir!«, hörte Tamra zischeln.

»Na logisch. Weil wir nach ihrem Ebenbild erschaffen wurden, Dummbeutel!«

»Ruhe!«, dröhnte Kulwolvagg.

»Ein Mädchen«, sagte eine sonore Männerstimme, die das Larion eigentümlich schleppend in die Länge zog, als sei der Sprecher gewohnt, beliebig viel Zeit zu haben und niemals unterbrochen zu werden: »Folgsam, geschickt, robust. Lernfähig; nicht auf den Kopf gefallen. Muss in Haushaltung geschult sein.«

»Die Grundlagen wurden in den letzten Wochen durchgenommen, Herr.« So unterwürfig und hektisch hatte Tamra General-Direktor Güraldenip nie zuvor reden gehört. »Allerdings konnten wir noch nicht zu den Feinheiten mancher Küchengeräte oder Rezepte vordringen. Die Weisung ereilte uns vollkommen unerwartet, wir waren bislang davon ausgegangen, dass …«

»Ja, ja. Welche von deinen Zöglingen kannst du uns empfehlen?«

»Herr, versteht mich bitte nicht falsch, Eure Berechtigung steht selbstverständlich außer Zweifel, jedoch …«

»Das will ich meinen. Morgen wird das Hetranat die Aufstockung des Kontingents offiziell bekanntgeben, dann kriegst du auch deinen beglaubigten Schrieb. Bis dahin sollte dir mein Wort genügen.«

»Natürlich, Herr. Ganz wie Ihr wünscht, Herr.«

»Also?«

»Diese hier ist die Fleißigste, Herr. Erst unlängst hat sie einen der höchsten Preise errungen.«

»Hat sie das, soso. Erhebe dich, Magd!«

Jemand schubste Tamra. Sie stand auf.

Der Lare war nur wenig größer als sie. Aber er strahlte immense Überlegenheit und Autorität aus. Die smaragdgrünen, stechenden Augen in dem dunkelhäutigen, breiten Gesicht musterten sie huldvoll. »Erkläre ihr, wen sie vor sich hat.«

»Dies ist«, sagte Güraldenip eindringlich zu Tamra, »unser Herr und Meister Pulpon-Parkk, der Hohe Verwalter des Bezirks Dekombor. All das Glück, das du hier im Internat erfahren hast, verdankst du ihm.«

Der Lare lächelte. Er hatte volle, gelbe Lippen und eine Nase mit vier Öffnungen. Halbmondförmige Ohren zogen sich bis zum Halsansatz; die goldfarbenen, fingerdicken, spiralig gewundenen Haare bildeten auf dem flachgedrückten Kopf einen Kranz, fast wie ein Vogelnest. »Was hat sie denn da? Eine Missbildung?« Er zeigte auf Tamras Stirn.

»Kein Geschwür, Herr; vielmehr das Rudiment eines Sportunfalls. Schon lange bestens verheilt. Die Narben freilich … Wir verfügen, wie Ihr wisst, nur über eingeschränkte medizinische Kapa…«

»Schweig. Dein ewiges Jammern um Budgeterhöhung langweilt mich. Naja. Mag sogar von Vorteil sein, diese Entstellung. Hält die Kleine davon ab, Eitelkeiten zu entwickeln.« Der Lare griff Tamra an den Mund, schob ihr mit Daumen und Zeigefinger die Lippen auseinander und begutachtete ihre Zähne. »Passabler Zustand. Irgendwelche Krankheiten?«

»Nein, Herr. Sie erfreut sich bester Gesundheit.«

Pulpon-Parkk befühlte Tamras Oberarme, so grob, dass sie mit Mühe einen Aufschrei unterdrückte. »Kräftig wäre sie, auch nicht wehleidig … Und man sagt den Menschlingen ja außerdem eine gewisse Zähigkeit nach. Wie steht es um den Charakter?«

»Sie ist ein wahrer Sonnenschein, Herr. Ein fröhliches, unkompliziertes Ding. Von rascher Auffassungsgabe, dabei geduldig und äußerst verlässlich. Sehr dankbar.«

»Nicht, dass wir zu wenig Bedienstete hätten. Aber meine Tochter Mitrade wünscht sich seit langem eine Zofe ungefähr im selben Alter.«

»Dafür wäre dieses Mädchen ideal geeignet, Herr. Sie spricht sehr schön und fehlerfrei.«

Der Lare kniff Tamra in die Wange, diesmal relativ sanft. »Ist dem so? Kann sie etwa auch singen? Sing mir ein Lied, Vögelchen!«

Güraldenip intonierte aufmunternd die einleitenden Akkorde von »Stern der Laren«. Tamra nahm all ihren Mut zusammen. Sie sang. Allein, ohne die Unterstützung der Heelghas, kam ihr ihre Stimme dünn und kläglich vor.

Als sie geendet hatte, klatschte Pulpon-Parkk langsam dreimal hintereinander in die Hände. »Bravo, bravo, bravo. Ganz reizend. Ich denke, wir nehmen sie.«

Das große, schwere Tor des Internats schwang auf. Mit dem Hohen Verwalter und seinen beiden schweigsamen Begleitern ging Tamra hindurch. Ihr Atem stockte. Zum ersten Mal setzte sie einen Fuß aus dem siebeneckigen Gebäude, in dem sie fast ihre gesamte Kindheit verbracht hatte.

Tamra fuhr erschrocken zusammen, als Nässe ihr Gesicht benetzte. Wasser, das vom Himmel fiel: Das musste … »Regen« sein! Sie wischte sich über die Wangen und leckte ihre Finger ab. Es schmeckte … eigen. Da hob einer der Laren die Hand. Sogleich hörte der Regen auf; das heißt: nein, die Tropfen stoppten einen Meter über ihren Häuptern, als prallten sie auf einen unsichtbaren Schirm, und flossen, ehrfürchtig ausweichend, zur Seite hin ab.

Kein Zweifel, diese Wesen waren Götter.

Sie führten Tamra zu einem »Gleiter«, der wenige Meter vom Tor entfernt etwa zwei Handbreit über dem grünen Rasen schwebte. Die Flugmaschine, von der ein tiefes Brummen ausging, wirkte viel beeindruckender als die Darstellungen in den Holo-Spielen; sie war mindestens zwei Stockwerke hoch und doppelt so lang. Tamra wurde ins Innere gehoben und auf eine weich gepolsterte Bank gesetzt. Gegenüber nahm der Hohe Verwalter Platz. Er lehnte sich zurück, verschränkte seine kräftigen Finger und bog sie durch, dass es knackte. »So«, sagte er. »Wie heißt du nochmal?«

»Tamra, Herr.«

»Du möchtest sicher aus dem Fenster schauen, nicht wahr, Tamra?« Ohne eine Antwort abzuwarten, betätigte er einen der in seine Armlehne eingelassenen Schalter. Ein großes Stück Wand rechts von Tamra war plötzlich nicht mehr vorhanden.

Sie sog scharf die Luft ein und presste ihre Hand vor den Mund, um nicht laut aufzuschreien. Sie flogen, flogen hoch über dem Boden! Rings um sie breitete sich ein Meer von Gebäuden aus, eines gewaltiger und prunkvoller als das andere.

»Ist … ist … ist das die herrliche Stadt Taphior?«

»In der Tat, Vögelchen, das ist sie.« Der Lare drückte einen anderen Knopf, worauf ein flirrender Ring vor seinem Mund erschien. »Pilot, zieh eine Schleife! Wir wollen Tamra etwas bieten.«

Sie konnte sich nicht erinnern, jemals derartige Pracht gesehen zu haben. Endlos erstreckte sich die herrliche Stadt Taphior. Manche der Bauwerke, an denen ihr Gleiter in geringem Abstand vorbeisauste, ragten bis in die Wolken auf; unter einem, das wie ein gigantischer Bogen geformt war, flogen sie sogar hindurch, und gleich darauf über hunderte niedrigere Häuser hinweg. Dann kamen Parklandschaften; sieben mächtige, entlang eines Kreisumfangs angeordnete Pyramiden; mehr Grünanlagen, Seen, Wälder; und schließlich in der Ferne eine Ebene, auf der unzählige Troventaare standen. »Bloß ein kleiner Teil der Neunten Flotte«, erklärte Pulpon-Parkk. »Das Gros parkt im Orbit. Gleichwohl ein imposanter und beruhigender Anblick, findest du nicht?«

Tamra nickte, ohne viel verstanden zu haben. Ihr schwirrte der Kopf. So viele neue Eindrücke galt es zu verarbeiten! Am meisten machte ihr die unendliche Weite zu schaffen. Wie hätte sie sich vorstellen können, dass die Welt so groß war? Ihr Blick hatte nie weiter gereicht als bis zur Kuppel des Innenhofs.

Sie schwankte zwischen Angst und Euphorie, klammerte sich an die mit Luftlöchern versehene Tasche auf ihrem Schoß. Darin befand sich das Sloppelle. Ihre größte Sorge war gewesen, dass sie es im Internat zurücklassen müsste. Aber der Hohe Verwalter hatte auf Güraldenip gehört und Tamra erlaubt, es mitzunehmen. Dieses harmlose, pflegeleichte, stubenreine Tier fördere, hatte das Heelgha argumentiert, ihre seelische Ausgeglichenheit und stelle andererseits ein ideales Druckmittel dar, falls die Jungmagd, was in diesem Alter nie vollends auszuschließen wäre, unbotmäßiges Benehmen an den Tag legen sollte.

Nichts dergleichen hatte Tamra vor. Bei aller Aufgewühltheit erkannte sie sehr wohl, dass sich ihr eine einmalige Chance bot. Sie schwor sich, diese zu nutzen. Nichts und niemand brachte sie wieder zurück in die Enge des Internats, das viel mehr vom Rest der herrlichen Stadt Taphior trennte als bloß eine dicke Ziegelmauer. Wilbur, der arme Tropf, war jahrelang Pluspunkten hinterhergehetzt für einen Rundflug wie diesen – den Tamras guter Herr, der Hohe Verwalter Pulpon-Parkk, ihr ganz nebenbei beschert hatte.

»Es reicht, Pilot. Kehr um«, sagte der Lare, als sie sich die brennenden Augen rieb. »Unser Vögelchen ist müde; es will heim in seinen neuen Käfig.«

Der Gleiter stürzte ab, ins Meer, und ging unter wie ein Stein.

»Keine Angst«, beruhigte der Hohe Verwalter Tamra, die entsetzt hochgeschreckt war. »Die Hangardecks sind subaquatisch angelegt.«

Ähnlich wie der Regen vor dem Tor des Internats, wurden auch die Wassermassen von einem unsichtbaren Schirm abgehalten und beiseite gedrängt. Bunt gemusterte Fische schwammen außerhalb der Blase. Tamra drückte sich die Nase an der Scheibe platt, bis sich das Glas verdunkelte und wieder zur Metallwand wurde. Wenig später erklang ein fauchendes Geräusch.

»Darf ich etwas fragen, Herr?«

»Nur zu.«

»Sind wir angekommen, und wird der Gleiter jetzt geföhnt?«

Pulpon-Parkk lachte schallend. »Ja, so könnte man das nennen. Etwas exakter: Breit gefächerte Thermostrahler entfernen die Restfeuchtigkeit in der Schleuse.«

Lautlos wiederholte Tamra bei sich den Satz, als handle es sich um einen Zauberspruch. Sie schämte sich für ihre Unwissenheit. Wenn sie ihrem Herrn eine gute Magd sein wollte, musste sie noch viel lernen. Und zwar rasch: Es ging nicht an, dass sie von dem, was er sagte, kaum die Hälfte kapierte. Noch erklärte er ihr bereitwillig alles Mögliche. Aber die Geduld eines Gottes, ahnte Tamra, kannte Grenzen.

Der Pilot blieb im Hangar zurück. Dem anderen Laren trug Pulpon-Parkk auf: »Bring sie zu Boffään in die Werkstatt, wegen des Peilers. Er weiß Bescheid.«

Das war ein wahres Wort, gelassen ausgesprochen. Niemand wusste besser als Boffään Bescheid darüber, was im Aquadom vor sich ging. Ohne ihn hätte sich Tamra nie so rasch in ihrem neuen Heim zurechtgefunden.

So beschrieb ihr Boffään, der Reparator, wo sie gelandet war: »Wie hunderte andere auch, ist unser Aquadomizil am Grunde des Meeres vor Taphior verankert, ja? Eine zylindrische Röhre, fünfzehn Meter im Durchmesser und vierzig hoch, bildet das Fundament, worin die Hangardecks und Versorgungsräume untergebracht sind sowie diese meine Hauptwerkstatt, ja? Darauf ruht ein ebenso hohes, dreißig Meter dickes Ei, das zur Hälfte aus dem Wasser ragt, ja? Stell dir nun vor, jemand hätte das Ei geköpft.«

»Ja?«

»Um es zu essen. Zum Frühstück. Isst du gern ein weiches Ei zum Frühstück?«

»Äh … glaub schon.«

»Eier, liebes Kind, sind eine Frage der Begierde, nicht des Glaubens. Falls du für dein Frühstücksei keine Verwendung haben solltest, was ich aufgrund deines mangelnden Enthusiasmus stark annehme, weißt du ab sofort, für wen du es aufbewahrst, ja?«

»Äh … Ja.«

Tamras Verblüffung erklärte sich daraus, dass Boffään ein Kaktus war. Er bestand im Wesentlichen aus einem Dutzend knallgrüner, einen halben Meter langer Blattstängel mit dreieckigem Querschnitt, fest und zugleich biegsam wie Hartgummi, aus denen anstelle von Stacheln die unterschiedlichsten feinmechanischen Werkzeuge wuchsen. Wo die Stängel entsprangen, befand sich eine fleischige, hellblaue Blüte mit winzigen Stielaugen und einer Sprechmembran. Boffään lief auf unzähligen weißlichen, haarfeinen Wurzeln, und zwar problemlos auch die Wände hoch und die Decke entlang. Als Reparator war er, wie Tamra bald herausfinden sollte, die gute Seele des Aqua-Domizils, das augenblicklich unrettbar auseinanderfallen und versinken würde, falls das Kaktuswesen auch nur eine Minute in seiner Umtriebigkeit nachließe. Daran zweifelte niemand, am wenigsten Boffään selbst.

»Also ein Ei, ja? Aufgeschlagen, und darin steckt ein gewölbter Trichter, wie die Kappe eines Pilzes; sollte es Pilze zum Frühstück geben, darfst du sie übrigens gern behalten, ja? Die Sonnenterrassen der Herrschaft liegen obenauf, logischer Weise, während sich die schattigen Balkone unter der Krempe befinden, ja? Achtung, das wird jetzt ein wenig wehtun.«

Tamra, die nicht empfindlich war, spürte nur ein kurzes Brennen im Nacken. »Was hast du gemacht?«

Boffään turnte an ihr herunter und pflanzte sich vor ihr auf. »Dir den Peilchip eingesetzt, ja? Jeder von uns Gunstbolden hat einen, ja? Über die Chips können die Herren stets kontrollieren, wo wir uns aufhalten; damit wir nie vom rechten Weg abweichen und uns, horribler Gedanke, herumtreiben, wo wir nichts verloren haben, ja?«

»Gunstbolde?«

»Leibeigene. Sklaven. Dienstboten. Alle außer den Laren, ja? Seit die Posbis durchdrehen, will niemand mehr Roboter um sich, die schlauer sind als ein Eierkocher. Ja sag mir, wer soll dann die ganze Drecksarbeit erledigen? Eben. Also gliedern unsere guten Herren haufenweise Angehörige unbedeutender Kleinvölker, hauptsächlich aus der Ostseite der Galaxis, wie beispielsweise meines, in ihren wundervollen Trovent ein und gestatten uns gnädig, uns ein bisschen nützlich zu machen, ja? Du grinst so belämmert. Kennst du den Begriff Zynismus?«

»Nein.«

»Dachte ich mir. Ja?« Ein durchdringender Summton war erklungen. »Schon unterwegs!«

Über steile Rolltreppen und durch lange, gewundene Gänge führte Boffään, dessen Tempo Tamra nur im Laufschritt halten konnte, sie in ein Zimmer, dermaßen üppig und verschwenderisch ausgestattet, dass sie spontan ihren Kipp-Blick einzusetzen versuchte. Dies misslang jedoch. Was sie sah, entsprach wohl der Wirklichkeit.

Die längste, leicht gebogene Wand des Raums war ganz aus Glas. Er musste teils über, teils unter der Wasserlinie liegen, denn schaumgekrönte Wellen schlugen von außen daran.

»Die neue Zofe, ja? Das Menschenkind Tamra.«

»Sei bedankt, Boffään. Du darfst dich zurückziehen.« Der Hohe Verwalter winkte mit einer lässigen Armbewegung den Reparator fort und Tamra näher. »Das ist sie, mein Schatz. Na, was meinst du?«

Im Gegenlicht der untergehenden, roten Sonne zeichnete sich die Silhouette einer zweiten, schlankeren Gestalt ab. Sie hatte die Arme vor der Brust verschränkt, wiegte den Oberkörper hin und her und sagte mit heller Stimme: »Pfui. Gefällt mir überhaupt nicht. Kleiner als ich, und außerdem am Kopf beschädigt! Tausch das um!«

»Mitrade, mein Zirbeldrüschen, ich bitte dich inständig, wahre die Vernunft. Tamra wird bald über dich hinauswachsen, und gerade die Narben sowie die bleiche Hautfarbe machen sie auch jetzt schon als Menschling kenntlich. Sie war die Beste des ganzen Heelgha-Internats.«

»Meine Freundinnen werden mich auslachen, wenn ich mit der da aufkreuze. Ewig bettle ich um eine Zofe, und dann schleppst du so eine Scheuche an?«

»Mitrade …«

Das Larenmädchen stampfte mit dem Fuß auf, schlug aus und warf eine Stele um. Die Vase, die darauf gestanden war, zerschellte am Boden. »Wozu bist du Bezirksvorsteher von Dekombor, wenn du nichts Besseres heranschaffen kannst? Nindel-Greer hat …«

»Nindel-Greers Onkel Kat befehligt die Neunte Flotte«, sagte der Hohe Verwalter scharf und unüberhörbar verärgert. »Und wir sind seine Vasallen. Dass die Greers sich zum Unterschied von uns eine larische Zofe für Nindel leisten können, haben wir schon tausendmal durchgekaut. Altera… Menschlinge kommen uns von allen Gunstbolden am nächsten; dementsprechend schwierig sind sie zu erwerben. Ich musste all meine Beziehungen spielen lassen, um in Erfahrung zu bringen, dass der Erste Hetran« – dabei vollführte Pulpon-Parkk eine seltsam servile und doch wegwerfende Geste – »mehr von ihnen im Stadtbild sehen möchte und deshalb morgen eine Ausweitung des Kontingents für Privathaushalte verkündet. Sobald das bekannt ist, werden die anderen Sekundarfeudalen das Internat der Heelghas stürmen und leer räumen. Ich aber habe dir schon vorab diejenige Magd besorgt, die mir Güraldenip, mein ergebener General-Direktor, bei Einsatz seines Lebens empfohlen hat.«

Inzwischen hatten sich Tamras Augen an die Lichtverhältnisse in dem überreich geschmückten Zimmer gewöhnt. Das Larenmädchen – fraglos Mitrade-Parkk, die Tochter des Domherren – erinnerte sie an Frizzi, ihre ehemalige Bettnachbarin. Ungleich besser gepflegt und gekleidet, klar, aber ähnlich schmal, und die Gesichtszüge ebenso wenig markant.

Eine graue Maus, dachte Tamra. Im selben Moment wurde ihr die Blasphemie bewusst, die sie insgeheim begangen hatte. Dies war eine Larin, eine junge Göttin. Sie hatte mit Frizzi so wenig gemein wie Wilbur mit einem richtigen Mann.

Nun heulte Mitrade auf und griff sich an die Brust, als habe sie aus nächster Nähe ein Flugball getroffen. Langsam und theatralisch sank sie in einen Polstersessel. Mit matter Stimme, unterbrochen von hysterischem Schluckauf, hauchte sie: »So wenig … liebst du … deine einzige … Tochter, dass du … mich zum Gespött der … Leute machst …«

Ohne lang zu überlegen, fiel Tamra auf die Knie. »Bitte verurteile mich nicht vorschnell, Herrin«, sagte sie einschmeichelnd. »Mein zerstörtes Antlitz mag dein ä-sthe-ti-sches Empfinden beleidigen. Jedoch werde ich mich mit jeder Faser meines unwürdigen Leibes bemühen, dir die beste Zofe dieser Welt abzugeben. Ich flehe dich an, stell mich zumindest auf die Probe!«

Sie staunte, wie leicht ihr diese Selbstverleugnung von der Zunge ging. Offenbar gab es außer dem optischen noch andere Kipp-Effekte. »Ja?«, setzte sie nach, plötzlich den Hintersinn von Boffääns seltsamer Art zu reden durchschauend.

Mitrade war sichtlich verdutzt. Sie schob die Unterlippe vor, blickte von ihrem Vater zu Tamra und wieder zurück, dann fragte sie mit leidendem Unterton: »Borgst du mir deinen Kreditchip, damit ich der Scheuche wenigstens etwas Gescheiteres zum Anziehen kaufen kann?«

Es war gar nicht so schwierig, mit der jungen Herrin auszukommen. Solange Tamra ihr in allen Belangen Recht gab und sie bei jeder Gelegenheit anhimmelte, verhielt sich Mitrade-Parkk gönnerhaft freundlich.

Und, das musste man ihr lassen, großzügig. Gleich am nächsten Tag kleidete sie Tamra von Kopf bis Fuß neu ein. Dass sie nebenbei dreimal so viele, noch bedeutend besser geschnittene Gewänder für sich selbst erwarb, tat dem keinen Abbruch.

Sie waren mit Mitrades eigenem, zweisitzigen Kleingleiter in die Stadt geflogen. Die Herrin ergötzte sich daran, wie perplex Tamra die Kaufhäuser und Verwaltungstürme im Zentrum von Taphior begaffte. Wobei sie keineswegs fingierte, sprachlos vor Bewunderung zu sein. Jedes einzelne der Gebäude, die so hoch aufragten, dass sie den Kopf weit in den Nacken legen musste, um auch nur einen Teil der oberen Geschosse zu sehen, erschien ihr wie ein Palast. Viele bauliche Elemente spotteten den Gesetzen der Schwerkraft. Brücken ohne jegliche Pfeiler oder Tragseile spannten sich in schwindelerregenden Höhen zwischen umgekehrten Pyramiden, die auf der Spitze balancierten. Gläserne Kugeln segelten, kolossalen Seifenblasen gleich, über Zeltkonstruktionen, die nur aus kaum sichtbaren Spinnweben bestanden und doch ganze Sportarenen enthielten. Wie leuchtende Schlangen schwangen sich Energiestraßen zwischen schwebenden Gärten, Hügelzügen und Seen hindurch. Dazu kam, dass sich die Fassaden mancher Komplexe sukzessive veränderten – und zwar nicht bloß ihre Farbe oder Beleuchtung, sondern die gesamte Gestalt! Mitrade-Parkk erklärte nicht ohne Stolz, dass die Laren den Umgang mit so genannter »Formenergie« beherrschten wie kein anderes Volk im bekannten Universum. Tamra, überwältigt von der sie umgebenden Herrlichkeit, glaubte ihr gern.

Auch sonst erfuhr sie viel, darunter einige schockierende Details; zum Beispiel über das Sloppelle.

»Waren einmal recht beliebt, die Viecher«, sagte Mitrade abfällig. »Obwohl sie nun wirklich rein gar nichts können. Aber inzwischen sind sie sowas von aus der Mode ...«

Tamra war recht froh darüber, nicht von der Larin um ihr geliebtes Tier beneidet zu werden. Sie hatte schon befürchtet, Mitrade würde Eifersucht entwickeln und das Sloppelle für sich beanspruchen.

Sicherheitshalber legte sie noch ein Schäuflein drauf: »Ich weiß eh, dass Jugendliche sich nicht mehr mit so was abgeben sollten. Aber wir Menschlinge bleiben länger infantil.« Sie hatte im Aquadom beobachtet, dass die Laren, auch die zum Gesinde gehörigen, alle fremdrassigen Gunstbolde als unmündige Kinder betrachteten und dementsprechend behandelten. Sogar Boffään, der nach eigenen Angaben weit über hundert Jahre alt war, riefen sie »Bursche« … Aber diese Überheblichkeit, hatte sie entdeckt, ließ sich durchaus auch gegen die hohen Herrschaften verwenden.

Mitrade-Parkk nahm prompt den ihr zugespielten Ball auf. »Zu deinesgleichen mag das Vieh passen. Ist übrigens ein besonders minderwertiges Exemplar. Kupiert, und wahrscheinlich auch stark gedrosselt.«

»Wie, wieso – was bedeutet das, Herrin?«

»Kupiert? Beine und Flügel entfernt.«

Tamra schnappte nach Luft. »Mein Sloppelle hatte früher … Aber warum, ich meine, war es krank, oder hatte es einen Unfall?«

»Nein. Sie wurden ihm gestutzt; amputiert; abgeschnitten, verstehst du? War üblich. Die Flügel sind ohnehin zu kaum was nütze, und aus den Pfoten konnten die Biester lästige Krallen ausfahren. Naja, manche liefen auch häufig davon.«

In diesem Moment verlor Mitrade-Parkk alles Göttliche für Tamra. Wer dermaßen ungerührt, im Plauderton, als sei nicht das Geringste dabei, die Verstümmelung eines fühlenden Geschöpfes guthieß, konnte kein höheres Wesen sein.

Zu beschäftigt damit, ihre Abscheu und Erregung zu bezähmen, vergaß Tamra nachzufragen, was mit »gedrosselt« gemeint war. Oder vielleicht wollte sie es gar nicht so genau wissen.

Ansonsten verliefen die Tage im Großen und Ganzen unbeschwert. In den Nächten jedoch schlief Tamra schlecht.

Das war eine neue Erfahrung für sie und wurde vermutlich davon verursacht, dass sie keine Pastillen mehr bekam, die ihre Zunge blau und die Welt rosengoldig färbten. Warum auch? Hier gab es nichts zu übertünchen, Glanz und Luxus waren echt. Selbst eine niedrige Magd wie sie hatte ein eigenes Zimmer. Es handelte sich zwar nur um eine winzige, im Unterteil des Aquadoms gelegene Kammer, deren Bullauge zu einem Gutteil von Meeresalgen überwachsen war. Dennoch genoss Tamra es sehr, sich nach Beendigung ihres Dienstes dahin zurückziehen zu können. Im Internat der Heelghas war ausschließlich für Vermählte wie Frizzi und Wu ein privater Bereich des Schlafsaals abgeteilt worden, mit dünnen Trennwänden und oben offen, sodass alle mithörten, was darin geschah. An diese Geräusche dachte sie ungern. Bei der Vorstellung, sie müsste sich einen ähnlichen Verschlag mit Wilbur teilen, stellten sich ihre Nackenhaare auf.

Auch andere, weiter zurückliegende Erinnerungen stiegen hoch, während Tamra sich in den – tatsächlich! – makellos reinen Laken wälzte, die mit kunstvoll verschlungenen Monogrammen bestickt waren. Ihr fiel wieder ein, dass sie sich die Verletzung auf ihrer Stirn selbst zugefügt hatte und dass darin eine Botschaft versteckt war. Aber welche? Die Narben formten einen Buchstaben, ein »A«, in einer Schrift, einer fremden Sprache, die einmal die ihre gewesen war … Sie zermarterte sich das Gehirn, doch ihr wollte einfach nicht in den Sinn kommen, was sie damit beabsichtigt hatte. Manchmal, im Halbschlaf, suchten Visionen sie heim, für Sekundenbruchteile, blitzartig. Leider vermochte sie diese unscharfen, schwarzweißen Bilder nie festzuhalten; kaum wurde sich Tamra ihrer bewusst, entschwanden sie wieder und ließen nichts zurück außer Sehnsucht.

Sie weinte viel. Ihr Sloppelle, so lieb es war, spendete nur eingeschränkt Trost. Tamra musste immerzu daran denken, wie grausam seine Vorbesitzer – Laren! – das Tier misshandelt hatten; dann flossen die Tränen erst recht.

Wenn sie gar keine Ruhe finden konnte, suchte sie Boffään in dessen Hauptwerkstatt auf. Als Pflanzenwesen kannte der Reparator keinen Schlaf. Er rastete höchstens sporadisch unter einer speziellen Lampe. Aber selbst dabei fummelte er ständig an irgendwelchen Bestandteilen von Haushaltsgeräten herum. Boffään war, in seiner schusseligen Art, sehr nett; und Tamra gewogen, weil sie tagtäglich ihr Frühstücksei bei ihm ablieferte.

»Kann es sein«, fragte sie ihn einmal, »dass ich nicht von hier bin?«

»Streng genommen stammt niemand von hier, denn alle wurden in unterschiedlich ferner Vergangenheit nach Forn-Karyan verschlagen, ja? Soweit bekannt, besteht die gesamte Bevölkerung dieser Galaxis aus Schiffbrüchigen, ja? Gib mir doch bitte mal den Lötstrahler rüber.«

»Ich meinte, von Taphior. Ich bin im Internat der Heelghas aufgewachsen. Aber davor? Güraldenip hat erzählt, wir Menschenkinder wurden aus Raumnot gerettet …«

»Oh, das kenne ich. Und dafür müssen wir den Laren ewig und noch einen Tag dankbar sein, ja? Großer Succulent, man möchte förmlich austreiben vor lauter Dankbarkeit!«

»War das gerade Zynismus?«

»Nein, Ironie; egal, das sind Schösslinge vom selben Samen. Mehr Binder, ja?«

Tamra reichte ihm das Gewünschte. Sie seufzte. »Wäre ich bloß nicht so schrecklich dumm!«

»Glaub das nicht. Ganz im Gegenteil, du hast ein schlaues Köpfchen, ja? Die Heelghas haben bloß gründlich dein Gehirn gewaschen. Deshalb fehlen dir die meisten frühkindlichen Erinnerungen. Soll wohl die Integration erleichtern, ja?«

»Kann man das rückgängig machen?«

»Da muss ich leider passen. Psycho-Technik ist nicht mein Revier; ich bin ein simpler Mechaniker, ja? Schon möglich, denke ich. Jedenfalls sollte man sich besser nicht dabei erwischen lassen, ja? Dieser verdammte Koch mag eine Koryphäe auf dem Gebiet des weichen Eis darstellen, aber das Waffeleisen hat er jetzt schon zum dritten Mal durchgesengt!«

Es machte Tamra Spaß, Boffään bei seinen Reparaturen zu assistieren. Im Lauf der Zeit eignete sie sich dabei einige Kenntnisse an. Außerdem unterwies das Kaktuswesen sie während der gemeinsam verbrachten Nachtstunden in vielerlei anderen, nützlichen Fertigkeiten und erzählte ihr die Geschichte ihrer guten Herren, der Laren.

Deren Ursprung lag in einer Galaxis namens Larhatoon. Von dort war ein Konvoi aus 22 sogenannten »Strukturvariablen Energiezellen-Raumern« zu einer anderen Hetos-Galaxie unterwegs gewesen, als ihn ein Tryortan-Schlund erfasste und hierher nach Forn-Karyan versetzte, was so viel bedeutete wie »Kleiner Wirbelsturm«. Zu diesem Zeitpunkt hatten die meisten der SVE-Raumer eine aufgeblähte Größe von rund fünf, zwei davon sogar von zwölf Kilometern Durchmesser; sie waren also energetisch »prall gefüllt«. Die mitgeführte Fracht bestand unter anderem aus Modulen zum Aufbau von Stützpunkten sowie den dazu notwendigen Aggregaten und Baumaschinen. Nach der erzwungenen Materialisation in einem Hypersturmriff, dem heutigen »Ereton/A«, erlitten die Überlichttriebwerke infolge des Strukturschocks einen Totalschaden. Weitere Ausfälle ergaben sich durch die Gewalten des Sturmriffs; betroffen waren vor allem die Hyperzapfanlagen inklusive der Polungsblöcke. Da der Konvoi keine sogenannte Mastibekk-Pyramide zur Versorgung mit Polungsenergie mitgeführte hatte – spätestens hier nickte Tamra zwar eifrig, kapierte jedoch kaum ein Wort –, stand nur noch die in den SVE-Zellen gespeicherte Normal- und Hyperenergie zur Verfügung. Ganz abgesehen davon, dass drei Raumer verschollen waren.

Die Ausdehnung des Eretron/A-Riffs betrug, erklärte Boffään, etwa 50 Lichtjahre und war insgesamt Teil eines Sektors von rund 1000 Lichtjahren Durchmesser, der permanent von sehr starken Hypersturm-Ausläufern heimgesucht wurde. Die Position des Konvois befand sich zwölf Lichtjahre vom Riff-Zentrum und 13 von seinem Rand entfernt. Da die Fernortung massiv gestört war, konnte über für eine Notlandung geeignete Sonnensysteme zunächst wenig herausgefunden werden. Vordringlich hieß es, mit den verbliebenen 19 SVE-Raumern dem Riff zu entkommen. Um Energie zu sparen, wurden die Schiffe mit den nur noch »stotternd« arbeitenden Sublichttriebwerken auf einen geringen Prozentsatz der Lichtgeschwindigkeit beschleunigt. Folge war, dass die 13 Lichtjahre bis zum Rand des Riffs bereits eine Flugzeit von 278 Jahren beanspruchten, welche die Besatzungen zum Großteil im Tiefschlaf verbrachten. Erst außerhalb des Riffs gelang es, ein brauchbares Sonnensystem zu finden – und auch dieses wurde nur deshalb entdeckt, weil der rote, weitere rund 125 Lichtjahre entfernte Stern in ein hypersturmbedingtes »Flammen« gehüllt war. Jenes Phänomen erlosch bald wieder. Trotzdem nannte man die rettende Sonne auch heute noch Illindor, »die Flammende«.

Eine Erhöhung der Geschwindigkeit bis in relativistische Bereiche stand nicht zur Debatte. Das hätte, auch wegen der späteren Abbremsung, zu viel Energie erfordert, die für den Aufbau einer neuen Zivilisation dringend benötigt wurde. Weil keine Hyperzapfung mehr möglich war, wären die SVE-Raumer außerdem zu sehr geschrumpft. Folglich setzte der Konvoi seinen Flug nach einer Kurskorrektur mit der vorhandenen Geschwindigkeit fort. Was allerdings mit der Konsequenz verbunden war, dass das Ziel erst nach 2677 Jahren erreicht wurde! Während stets ein Großteil der Besatzungen im Tiefschlaf ruhte, nutzte der Rest die verstreichende Zeit, um aus vorhandenen Aggregaten, der mitgeführten Fracht und der in den SVE-Zellen gespeicherten Rest-Energie die Grundlagen des bevorstehenden Besiedlungsprojekts zu schaffen. Unter anderem wurden auch befruchtete Eizellen in Stasis eingefroren – all das, um anschließend möglichst schnell wieder zur alten Blüte aufzusteigen.

Als sie die rote Sonne Illindor und den zweiten der sechs Planeten, die angenehm bewohnbare Sauerstoffwelt Caligo, endlich erreichten, war es den Laren gelungen, auf der Basis ihres Wissens eine völlig neue, angepasste Technologie zu entwickeln. Allerdings wiesen 15 der SVE-Raumer inzwischen einen Durchmesser von nur noch 1200 Metern auf; zwei waren auf 3000 Meter sowie die ursprünglich beiden größten auf rund fünf Kilometer geschrumpft. Die Umsetzung der während des Flugs gewonnenen Erkenntnisse kostete zwar weitere Zeit und gab den meisten SVE-Raumern endgültig den Rest, aber schließlich gelang es den Laren, wieder zur überlichtschnellen Raumfahrt zurückzukehren. Mittlerweile lagen ausreichend Informationen vor, die eindeutig besagten, dass an ein Verlassen der Kleingalaxis Forn-Karyan und somit an eine Rückkehr zum Hetos der Sieben nicht zu denken war. Stattdessen wuchs aus der kleinen Kolonie der Trovent – zunächst in Gestalt von sieben weiteren, durch Laren besiedelten Sonnensystemen in bis zu 200 Lichtjahren Distanz, dann mittels Unterwerfung diverser nicht-larischer Völker in diesem von Hyperstürmen so arg gebeutelten Sektor.

Erste Vorstöße über größere Distanzen fanden vor etwa 400 Jahren statt. Dabei traf man auf die Posbis und die Alteraner. Während sich abzeichnete, dass angesichts der expansiven Politik des larischen Trovents über kurz oder lang ein

Konflikt mit dem sich ähnlich rasch ausdehnenden Imperium Altera ins Haus stehen würde, schien es mit der Roboter-Zivilisation keinerlei Probleme zu geben – bis plötzlich, ohne jegliche Vorwarnung, der unerbittliche Vernichtungskrieg ausbrach.

»Ich hätte wenig dagegen, dass unsere ach so guten Herren einmal ordentlich eine aufs Haarnest kriegen, ja?«, sagte Boffään. »Aber leider hegen die durchgeknallten Robs keinerlei Absicht, uns aus der Knechtschaft zu befreien, ja? Im Gegenteil, für die gehören wir genauso zum unwahren Leben wie alle anderen: mitgefangen, mitgehangen, mit draufgegangen.«

Eines Nachts wagte Tamra endlich auch die Frage zu stellen, die ihr schon lang auf der Zunge lag: »Wieso besorgst du dir eigentlich nicht selbst Frühstückseier beim Koch, sondern lässt sie dir von mir und anderen Bediensteten zustecken?«

»Weil er mir keine geben darf. Wenn du's unbedingt wissen willst, Hühnereier haben eine berauschende Wirkung auf mich, ja? Bringen meinen Stoffwechsel aufs Trefflichste durcheinander. Glaubst du, wenn ich nicht andauernd zugedröhnt wäre, hielte ich das hier aus? Ja?«

Tamra war baff. Während sie ständig nach mehr Wissen gierte, dämpfte Boffään gezielt seine Intelligenz! Sie bemühte sich vergeblich, ihn zu verstehen.

Wie konnte man anstreben, dümmer zu sein, als man war? Sie traf ihren Vater.

Beinahe hätte sie ihn nicht erkannt. Hinterher hasste sich Tamra dafür, denn das Wiedersehen endete fatal. Rückwirkend betrachtet, wäre es wohl für alle Beteiligten besser gewesen, die Begegnung hätte nie stattgefunden.

Es geschah im sechsten Jahr ihres Dienstes als Jungmagd und Zofe bei der Familie des Hohen Verwalters. Wie Pulpon-Parkk prophezeit hatte, überragte Tamra ihre etwas ältere Herrin Mitrade inzwischen um Haupteslänge. Und das war gut so: Eine hoch aufgeschossene, schlanke Figur entsprach nicht dem larischen Schönheitsideal. Neben und mit Tamra, die allgemein als »faszinierend hässlich« bezeichnet wurde, vermochte sogar die unscheinbare Mitrade zu glänzen.

Damals verkehrte die Clique, um deren Anerkennung Pulpons Tochter so verbissen buhlte, regelmäßig in einem Teegarten am Rand der zentralen, weitläufigen Plaza von Taphior. Hier wurden des Öfteren Waffenschauen, Defilees oder sonstige kulturelle Veranstaltungen abgehalten. Unter den blühenden Olvidbäumen, die die Grünanlagen säumten, promenierten bei Schönwetter die Damen der feinen Gesellschaft, Angehörige von Primärfeudalen der Großen Boote, mit ihrem Gefolge. An diesem Tag allerdings herrschte relativ wenig Betrieb, denn für das Illindor-System war Hypersturm-Warnung gegeben worden. Den Platz dominierte das höchste Gebäude der Herrlichen Stadt: ein bis in die Wolken aufragender Turm mit siebenzackigem Grundriss, historisches Monument und Museum in einem, genannt »Stern der Laren«.

Als Tamra und ihre gute Herrin zum Teegarten kamen, wurden sie von der versammelten Clique mit schallendem Gelächter empfangen. Mitrade-Parkk verkrampfte sich augenblicklich. Zum Glück stellte sich heraus, dass die Heiterkeit nicht ihr galt. Vielmehr amüsierten sich die jungen, nach der neuesten Mode herausgeputzten Larinnen über eine Gruppe von Gärtnern, die mit der Pflege der angrenzenden Blumenrabatten betraut waren und die Beete von Müll säuberten. Dabei wurden die Gunstbolde von drei Velorapten gestört, großen, gut hundert Kilo schweren, mit mächtigen Reißzähnen bewehrten Raubsauriern. Die Tiere waren zwar im Prinzip zahm; jedoch hatten ihre Besitzer sie von Leinen und Beißkörben befreit und auch ihre Fernsteuer-Chips deaktiviert, wohl in der Absicht, sich mit den Gärtnern einen Spaß zu machen.

Nindel-Greer, die Wortführerin der Clique, erwiderte Mitrades Gruß, indem sie sich lässig an die Schulter tippte. »Neue Jacke?«

Gespielt gleichgültig antwortete Tamras Herrin: »Ach, nichts Besonderes. Ein Schnäppchen. Hab ich schon länger.«

In Wirklichkeit waren sie die halbe vergangene Woche durch sämtliche Modehäuser der Innenbezirke gehetzt, um das sündteure, aus hauchdünnem Webflor geschneiderte Stück zu ergattern. Mitrade konnte die Erleichterung darüber, dass Nindel ihre Errungenschaft bemerkt hatte und würdigte, kaum verbergen. Sie setzte sich zu den anderen und befahl Tamra, ihr ein Mixgetränk zu holen. »Hopp hopp, spute dich, Scheuche. Und verschütte nicht wieder die Hälfte!«

Natürlich bedienten Kellner in diesem Lokal. Aber bei solchen Anlässen, vor Nindel-Greer und den anderen höheren Töchtern, kommandierte Mitrade ihre Zofe leidenschaftlich gern herum, wobei sie sich noch bedeutend launischer und zickiger gab als sonst. Tamra spielte mit, stellte sich manchmal sogar extra tolpatschig an, um der jungen Herrin Gelegenheit zu verschaffen, sie zu rügen und zu schmähen. Die Demütigungen nahm sie hin, daran hatte sie sich gewöhnt. Im Grunde tat ihr Mitrade leid, deren Platz weit unten in der Hackordnung der Clique angesiedelt war und wohl für immer bleiben würde – so sehr sie sich auch anstrengte, ihren blasierten angeblichen Freundinnen zu gefallen und nachzueifern.

Tamra kehrte an den Tisch zurück. Sich tief verbeugend, servierte sie den Cocktail ihrer Herrin, die mit den anderen lauthals johlte und klatschte. Der Tumult in den Blumenbeeten hatte sich weiter gesteigert. Einem Saurier war es gelungen, den größten der Gärtner am Hosenboden zu erwischen. Nun steckte der Gunstbold, ein älterer Menschling, in beträchtlichen Schwierigkeiten. Unter Zuhilfenahme seines Desintegrator-Besens hätte er sich des Tieres wohl erwehren können, doch dabei wäre der Velorapt sehr wahrscheinlich verletzt worden.

Larisches Eigentum zu beschädigen, und sei es in Notwehr, zog mit Sicherheit eine Strafe nach sich. Die umsitzenden Beobachter weideten sich an der misslichen Lage des Mannes und quittierten seine verzweifelten Bemühungen, den Saurier abzuschütteln, mit Applaus und witzig gemeinten Kommentaren. Eine Weile ging das so dahin. Endlich erbarmte sich der Besitzer des Tieres und immobilisierte es per Fernsteuerung, damit sich der Gärtner aus den Fängen befreien konnte. Man legte den beiden anderen Velorapten wieder die Leinen an, zumal der Höhepunkt des Schauspiels überschritten und der Mann verwundet war; schließlich repräsentierte auch ein Gunstbold einen gewissen materiellen Wert.

Seine Hose hing in Fetzen herab. Obwohl er stark blutete, zeigte der Menschling keinerlei Regung, während er sein Werkzeug zusammenkramte und stoisch mit der Arbeit fortfuhr.

»So ist's recht, Bursche!«, grölte ein halbwüchsiger Lare. »Schön fleißig sein, sonst schicken wir dich wieder zurück auf den stinkenden Müllplaneten, von wo du herkommst!«

Ein einzelner Sonnenstrahl stach aus einer Lücke in der Wolkendecke, wurde von der diamantenen Einfriedung des Beets reflektiert und erhellte das wettergegerbte, von markant hervorstehenden Backenknochen geprägte Gesicht des Gärtners. Da verspürte Tamra einen Stich in der Brust. Ihr Herzschlag setzte aus.

Sie kannte den Mann.

Als würde ein Schleier hinweggewischt, fiel ihr im selben Sekundenbruchteil der zugehörige Name ein: Clees. Clees Cantu. Leutnant Clees Cantu.

Ihr Vater.

Ohne nachzudenken, erhob sich Tamra und ging langsam, wie in Trance, auf den Menschling zu.

»He, Scheuche, was fällt dir ein?«, hörte sie hinter ihrem Rücken die Herrin. »Spinnst du, dich unerlaubt zu entfernen? Marsch, zurück auf deinen Platz!«

Tamra blieb stehen, drehte sich jedoch nicht um, sondern fixierte ihren Vater, der den Kopf gehoben hatte und wachsam in ihre Richtung blickte, weil abermals Rufe und Gekicher erklangen. Kein Zweifel, er war es. Älter, abgezehrter, dennoch unverkennbar.

»Scheuche! Hast du Maden in den Ohren? Hierher!«, schrie Mitrade-Parkk.

»Oje, krasser Fall von Autoritätsverlust«, ätzte Nindel-Greer. »War ja immer schon relativ schwierig zu unterscheiden, wer von euch beiden die Herrin ist.«

Die Larinnen glucksten und raschelten entzückt mit ihren perlenbesetzten Fächern. Tamra tat einen Schritt in Richtung Blumenrabatte. Jemand ergriff sie am Oberarm. Sie riss sich los. Mitrade überholte sie, stellte sich ihr in den Weg. Ihre Augen sprühten Feuer. »An deinen Platz, Magd!«, zischte sie, »Unverzüglich, oder …«

Tamra ging weiter. Ihre Herrin schlug ihr mitten ins Gesicht, hart, kreischte: »Tamra! Gehorche!« Sie aber spürte nichts und schob Mitrade, die sich an ihr festklammerte, um sie aufzuhalten, achtlos beiseite. Ein Handgemenge entstand. Tamra registrierte nicht im Mindesten, welchen Affront sie beging. Sie handelte unbewusst, in der Art einer Schlafwandlerin, hatte nur Augen für den Vater, der zusammengezuckt war, als er ihren Namen vernommen hatte, und sie nun ungläubig anstarrte. Erneut traf sie ein Hieb. Sie schlug zurück, instinktiv, wie beim Flugball, wenn Wu Pasterz sie durch ein Foul am Korbwurf hindern wollte. Mitrade taumelte, stürzte. Reflexhaft versuchte Tamra sie aufzufangen, erwischte sie jedoch nur an der Jacke, die von oben bis unten aufriss, während die Larin zu Boden fiel. Tamra stieg über sie hinweg, rannte los und warf sich in Papas Arme.

Die Welt versank. Es gab nichts mehr außer ihnen beiden. Sie stammelten Koseworte. Alles wurde gut. Noch viermal schlafen, dann waren sie auf Neu-Szechuan, im weißen Strandbungalow unter den Korkenzieher-Palmen. Mit Mama.

»Mama. Was ist mit ihr?«

»Es tut mir leid, mein Schätzchen. Sehr leid, aber … deine Mutter lebt nicht mehr«, antwortete Clees Cantu stockend, ebenfalls auf Alteranisch. »Dekombor war zu viel für sie. Roslin … hat die Knechtschaft nicht verkraftet. Noch im ersten Jahr ist sie … krank geworden. Dahingesiecht. Von uns gegangen.«

Sich gegenseitig stützend, hielten sie einander fest umschlungen, eine halbe Ewigkeit lang; bis sie von groben Händen ergriffen und brutal getrennt wurden. Polizisten drehten Tamra die Arme auf den Rücken, zwangen sie in die Knie und prügelten auf sie ein. Ihr schwanden die Sinne.

Als sie wieder zu sich kam, tobten Nindel-Greer und ihre Clique vor Begeisterung. Sie lachten, lachten, lachten Mitrade aus.

Plötzlich ertönte durchdringendes, an- und abschwellendes Sirenengeheul. Auf allen Gebäuden blinkten Warnsignale. Jemand rief: »Hypersturm-Alarm!« Spottlieder absingend, dabei mit spitzen Fingern auf Tamra und ihre Herrin zeigend, zogen die jungen larischen Göttinnen von dannen.

Die Polizisten trieben zur Eile. »Es können demnächst Energieabfälle eintreten«, sagte der Hauptmann. »Ihr müsst Euch in einen Schutzraum begeben, Jungdame Parkk.«

»Kein Problem. Ich habe einen autarken Gleiter und fliege damit nach Hause. Unser Aquadom ist sturmsicher.« Mitrade wirkte wieder gefasst, konzentriert, ja eiskalt. In ihren Augen jedoch loderte Hass. »Nimm zu Protokoll: Jener Gunstbold hat mich grundlos attackiert und verletzt. Deshalb musste ich euch zu Hilfe rufen.«

Obwohl sie noch sehr benommen war, wollte Tamra widersprechen. Aber auf einen Wink Mitrades hielt ein Polizist ihr mit seinem ledernen, nietenbesetzten Handschuh den Mund zu.

Daten von seinem Unterarm-Display ablesend, sagte der Hauptmann, wobei er kaum merklich den bulligen Schädel wiegte: »Jener Menschling namens Clees ist bislang noch nie auffällig geworden. Keinerlei Vorstrafen. Er besitzt den Leumund eines zuverlässigen und manierlichen Arbeiters.«

»Falls du Zweifel an meiner Aussage hegst, könnt ihr gern bei Nindel-Greer, der Tochter von General Kat-Greer, nachfragen. Sie saß die ganze Zeit dort drüben.«

»Das wird nicht nötig sein, Jungdame Parkk.«

Sie führten Tamras Vater in Fesseln ab. Mitrade beugte sich zu ihr herunter und raunte: »Präge ihn dir noch einmal gut ein, Scheuche. Von dort, wohin sie deinen Erzeuger bringen, kommt er garantiert nie wieder zurück.«

Tamra bäumte sich auf. Sie versuchte sich loszureißen, doch gegen die Muskelkraft-Verstärker in der Montur des Polizisten hatte sie keine Chance.

»Was soll mit Eurer Magd geschehen?«

»Ich nehme die Frevlerin, die dem Angreifer beisprang, mit und übergebe sie der Gerichtsbarkeit meines Vaters, des zuständigen Verwalters von Dekombor. Aber ich wäre euch verbunden, wenn ihr das durchgeknallte Monstrum vorsichtshalber paralysieren könntet, Herr Hauptmann.«

Kaum waren sie abgeflogen, begann die Stadt zu zerfallen.

Gelähmt, vollkommen unfähig, ein Glied zu rühren, hing Tamra in ihrem Schalensitz. Rings um den Sportgleiter löste sich die herrliche Stadt Taphior in Luft auf. Die funkelnden Fassaden, die eleganten architektonischen Konstruktionen verschwanden, als habe es sie nie gegeben. An ihrer Stelle duckten sich schmutzig graue, klotzige, erschreckend niedrige Bunkerbauten zwischen die kahlen Hügel. Einzig der Larenstern-Turm stand noch, wenngleich auch er gut zwei Drittel seiner Höhe eingebüßt hatte.

»Schuld daran ist der Hypersturm, dessen Ausläufer bis ins Illindor-System durchschlagen«, erklärte Mitrade-Parkk mit schneidender, vor Wut, Verachtung und Bosheit triefender Stimme. »Genieße den Anblick, Scheuche! Ich habe so etwas auch noch nicht erlebt, aber davon gelesen. Die Energieversorgung ist zusammengebrochen oder musste aus Sicherheitsgründen stark reduziert werden.« Die Herrin hingegen stand immer noch unter Hochspannung. Sie redete wie aufgezogen. »Infolgedessen fallen die hochkomplexen Prallschirme, Traktorstrahlnetze, Antigrav-Schichtfelder und so weiter aus. Kombiniert erwecken sie normaler Weise einen Eindruck, der jenen Meisterleistungen zumindest ähnelt, welche unsere Ahnen vor der Versetzung nach Ambriador ungleich leichthändiger aus Formenergie geschaffen haben.«

Tamra traute ihren Ohren nicht. Sie hätte bitter aufgelacht, wenn ihr dies in ihrem paralysierten Zustand möglich gewesen wäre. Auch die ach so herrliche Stadt Taphior unterlag einem Kipp-Effekt! War denn jeder Ort, an den sie verschlagen wurde, auf Lug und Trug gebaut?

Und wenn schon. Was zählte das alles noch? Sie hatte ihren Vater wiedergefunden; und unmittelbar darauf, durch ihre eigene, unbedachte, völlig falsche Reaktion für immer verloren. Clees Cantus Schicksal war besiegelt. Es bestand kein Grund, daran zu zweifeln, dass Mitrade ihre Drohungen wahrmachen würde.

Die Herrin riss den Zweisitzer in eine enge Kurve. Sie flog haarscharf am Limit. »Wegen dir elender Scheuche bin ich für immer und ewig zum Gespött derjenigen Leute geworden, die mir die wichtigsten von allen waren. Gratuliere, du hast meine Welt zerstört, Menschenkind. Und im Unterschied zu Taphior wird sie nicht in neuem Glanz erblühen, sobald der Hypersturm vorüber ist. Ich bin und bleibe gesellschaftlich ruiniert, darauf kannst du Gift nehmen. Nindel-Greer und ihre verdammte, hochnäsige Zicken-Meute ziehen mich mit dem, was heute vorgefallen ist, noch durch den Dreck, wenn ich alt und grau bin. Meine Zofe, ein schwaches Menschending, hat mich bloßgestellt, in aller Öffentlichkeit niedergerungen, umgeworfen, mir die Jacke zerrissen! Dafür wirst du bezahlen, das schwöre ich dir. Dein Vater war erst der Anfang. Ich werde dich vernichten, Alteranerin, wie du mich vernichtet hast. Nein, nicht heute, morgen oder in den nächsten Tagen. Das wäre viel zu billig, viel zu glimpflich für dich.«

Das Aquadomizil kam in Sicht. Am Himmel über den von Böen gepeitschten Meereswogen wetterleuchteten weit verästelte Blitze. »Glaube nicht, dass du mir so schnell davonkommst, scheußliche Scheuche Tamra Cantu. Oh ja, ich werde dich umbringen, genüsslich, Stück für Stück. Aber es wird lange dauern, sehr lange.«

Sie drehte Tamra den Kopf zu und spuckte ihr ins starre Gesicht. »Dein und mein ganzes, verfluchtes Leben lang.«

Sechs Der Kahn der Hoffnungslosen Fälle

»Mit Verlaub, Sir, Sie … äh … du bist verrückt.«

Perry lachte. »Das haben schon viele vor dir behauptet, Menschen wie Angehörige anderer Völker, angefangen mit einigen für unsere Historie nicht völlig unbedeutenden Arkoniden. Die meisten konnte ich später davon überzeugen, dass in meinem Oberstübchen doch noch alles in Ordnung ist.«

Demetrius Onmout raufte sich die Haare. Wie alle Alteraner kannte er eine Fülle von Geschichten über den Wagemut des Großadministrators. Aber es machte einen Riesenunterschied, ob man diese kühnen Abenteuer mit heißen Wangen aufsaugte – oder selbst dabei mitwirken sollte!

Der Bademeister hatte nicht besonders viel zu berichten gehabt; das aber war brisant. Laut seinem Datenmaterial gab es in Ambriador tatsächlich eine Gruppe von Spezialisten, die zumindest eine Zeit lang Umgang mit Posbis gepflegt hatten: das Team eines Laren-Technikers namens Verduto-Cruz. Selbiger erfreute sich im Trovent einer gewissen Berühmtheit als ebenso schwieriger wie genialer Kybernetiker. Was genau damals zwischen den Laren und den positronisch-biologischen Robotern gelaufen war, konnte der Bademeister nicht sagen; bloß, dass es einen intensiven Austausch gegeben hatte und bei Ausbruch des Großen Krieges die Kontakte logischerweise abrissen. Der derzeitige Aufenthalt jenes Verduto-Cruz war unbekannt; vielleicht musste er ja, als ausgewiesener »Posbi-Freund«, seinen Abschied nehmen und untertauchen. Dmetri hatte inzwischen im Festwerk nachgefragt – auch die anderen Informanten der Legion Alter-X wussten nicht mehr über Verduto, als dass er vor dem Krieg an der Technischen Universität des Trovents eine große Nummer gewesen, dann emeritiert war und sich seither an einem unbekannten Ort aufhielt.

»Das ist unser Mann«, wiederholte Perry Rhodan. »Er oder, falls er nicht mehr leben sollte, einer seiner ehemaligen Assistenten. Wenn heute jemand näher über die Technologie der Ambriador-Posbis Bescheid weiß, dann diese Leute. Fazit: Wir brauchen mindestens einen davon auf Altera, um BOX-1122-UM rechtzeitig wieder flottzukriegen.«

»Kein Nestschädel wird freiwillig hierher kommen und uns unter die Arme greifen.«

»Das ist nicht gesagt. Die Befriedung der Posbis liegt auch im Interesse der Laren. Über Funk würden wir freilich nichts ausrichten, dazu sind die Beziehungen zwischen den beiden Sternenreichen zu gespannt. Deshalb müssen wir nach Caligo, damit ich vor Ort meine bekannt unwiderstehlichen Überredungskünste anwenden kann.«

»Einfach so, ja?«

Obwohl, dachte Dmetri, genau das ist Rhodans legendärer Stil: Auf gut Glück hinfliegen und dann irgendwie die Sache schaukeln.

Aber …

Das funktioniert in Räuberpistolen und Kindermärchen. In der Realität hingegen …

Rhodan, der furchterregend reale Rhodan, antwortete heiter: »Wir brechen daher besser heute als morgen zum Trovent-Planeten Caligo auf.«

»Und womit? Das sind über fünftausend Lichtjahre! Ganz abgesehen davon, dass ein alteranisches Schiff schon im Grenzgebiet jederzeit mit einem Abschuss rechnen muss.«

»Vertrau mir – was das betrifft, habe ich einen leidlich guten Trumpf im Ärmel. Die Frage ist: Wie schaffen wir es, Staatsmarschall Michou einen Raumer samt Besatzung abzuluchsen?«

»Gar nicht.«

»Geschätzter Demetrius, sei bitte nicht so pessimistisch. Du machst das schon.«

»Ich?«

»Na, wer denn sonst?«

Und in der Tat, Captain Onmout besorgte ihnen ein Transportmittel.

Er musste mit Engelszungen auf seinen Kommandeur eingeredet haben. Mondra war nicht dabei gewesen, genauso wenig wie Startac oder Perry. Der hatte sich mit Nano, Drover und dem Mattenwilly Mauerblum eingebunkert, jedoch niemandem verraten, zu welchem Zweck.

Die Chuzpe, die Rhodan manchmal an den Tag legte, rang Mondra auch nach all den Jahren noch widerwillige Bewunderung ab. Er schickte den jungen Geheimdienst-Offizier ohne jede weitere Unterstützung oder Rückendeckung ins Feuer. Allein die von Perry strahlend vermittelte Gewissheit, Onmout sei der Aufgabe gewachsen, motivierte diesen dermaßen, dass er tatsächlich Erfolg hatte.

Am 16. April 1343 NGZ begaben sie sich an Bord des Experimentalraumers MINXHAO und brachen damit Richtung galaktische Südseite auf. Die Rundror-Posbis und der Mattenwilly blieben im Alter-System zurück. Laertes Michou garantierte für ihre Sicherheit; wie es dem Charakter des Staatsmarschalls entsprach, nicht ohne Eigennutz. Insbesondere Nano Aluminiumgärtner sollte versuchen, den Speicherinhalt von BOX-1122-UM zu entziffern, um eventuell Informationen über Posbi-Stützpunkte, -Verbände, die Zentralwelt und deren Position auszulesen. Und in jeder freien Millisekunde »impfte« er die Rechner der Flotte, die in Kürze zur Rückeroberung Fort Kantons aufbrechen würde, mit seinen uralten, aber vorläufig noch gültigen Befehlskodes.

Mondra, Startac, Perry und Demetrius verfolgten den Start in der Zentrale der MINXHAO. Das Schiff war voll funktionstüchtig, allerdings fast vierzig Jahre lang eingemottet gewesen. Äußerlich glich es einem Leichten Troventaar, maß also fünfhundert Meter in der Länge und dreihundert im Durchmesser. Damals hatte man versucht, zu Spionagezwecken einen Larenraumer nachzubauen. Die Triebwerke hatte man ganz gut hingekriegt, wenngleich mit geringerer Reaktorleistung, aber das fiel nur in Extremsituationen auf. Drei Linearkonverter, wie sie in Schweren Kreuzern der Alteraner Verwendung fanden, ergaben mit zusammen 3600 Lichtjahren sogar eine höhere Gesamtreichweite als beim larischen »Original«. Am Halbraumfeld jedoch, das Troventaare statt eines HÜ-Schirms benutzten, waren die Ingenieure gescheitert, desgleichen am überschweren Impulsgeschütz. Somit konnten die für diese Schiffsklasse charakteristischen Emissionen nicht erzeugt werden, und das Projekt wurde ad acta gelegt. Die MINXHAO umzurüsten und in die reguläre Flotte einzugliedern, zahlte sich nicht aus: Wegen des komplizierten Durcheinanders verschiedener experimenteller Hybrid-Technologien hätte man mehr Zeit und Material investieren müssen als für einen Neubau.

Hermes, der Fabriksplanet, auf dem die MINXHAO die letzten Jahrzehnte im Konservierungs-Dock verbracht hatte, fiel unter ihnen zurück. Soweit Mondra das aufgrund der Datenholos und des Verhaltens der Zentrale-Crew beurteilen konnte, war der Start geglückt. Captain Onmout thronte entspannt am erhöhten Sitz des Kommandanten. Als er Mondras Blick bemerkte, zeigte er ihr den erhobenen Daumen. Lächelnd erwiderte sie die Geste.

Wieder einmal unterwegs ins Ungewisse, dachte Mondra Diamond. *Wieder einmal mit Perry auf einem seiner klassischen Himmelfahrtskommandos. In einem ausrangierten Kahn, der zwar fliegt und dabei, scheint's, keine gröberen Mucken macht, aber nicht viel mehr ist als eine Hülle, ohne nennenswerte offensive oder defensive Waffensysteme.*

Ob die Besatzung in der Lage war, dieses Manko auszugleichen, musste sich erst noch zeigen. Jedenfalls handelte es sich bei den fünfhundert Männern und Frauen um eine sehr spezielle Form von Elite. Denn wie die MINXHAO kam auch ihre Mannschaft vom sprichwörtlichen Abstellgleis.

Genauer: aus dem Militärgefängnis.

»Keinen einzigen Raumsoldaten«, hatte Laertes Michou kategorisch festgestellt, »werde ich für dieses Hirngespinst erübrigen.« Nun, dann musste sich Captain Onmout seine Crew eben unter denjenigen suchen, die bereits übrig waren. Klar, dass es sich bei den Gründen für ihre Suspendierung vom Fronteinsatz in Zeiten wie diesen um keine Kleinigkeiten handeln konnte. An Bord des Walzenraumers versammelten sich einige tausend Jahre an Haftstrafen: Diebe und Deserteure, notorische Streithähne und sonstige Unruhestifter, Gauner, Gangster, Asoziale jeglicher Couleur. »Insubordination« war das häufigste Delikt, gefolgt von »Drogenabusus« – was etwas heißen musste angesichts dessen, wie leichthändig an der Front mit Mittelchen aller Art umgegangen wurde. »Nicht für den Flottendienst verwendungsfähig«, stand in jeder einzelnen Urteilsbegründung.

Abschaum also, ausnahmslos hoffnungslose Fälle. Demetrius Onmout bot ihnen eine allerletzte Chance, sich zu rehabilitieren.

Das hatte er seinem Staatsmarschall abgetrotzt: Wer sich freiwillig zur Teilnahme an diesem Hochrisiko-Unternehmen entschloss und dabei bewährte, dem winkte eine Generalamnestie. Als sie erfuhren, dass sie zusammen mit dem

Großadministrator Perry Rhodan in den Einsatz gehen würden, meldeten sich Tausende. Onmout und die Psychiater der Legion Alter-X konnten deshalb unter all den verdorbenen Früchtchen wenigstens die schimmligen Rosinen herauspicken.

Der Captain ließ die erste Linearetappe über 40 Lichtjahre einleiten. Ihr Zwischenziel, das sie in zwölf bis 15 weiteren Sprüngen zu erreichen hofften, war Fort Blossom, ein Siedlungsplanet und Stützpunkt, 624 Lichtjahre von Altera entfernt, der wichtigste Außenposten zum Sektor der Laren. Dort würden sie eine letzte Sicherheitswartung durchführen. »Dahinter« lagen dann tausende Lichtjahre Leerraum …

Mit 50 Prozent der Lichtgeschwindigkeit verschwand die MINXHAO aus dem Einsteinuniversum. Mondra verfolgte die Statusanzeigen am zentralen Holokubus. Bislang keine Probleme; die Kalupschen Kompensationskonverter arbeiteten einwandfrei. Bei diesem Hauptaggregat handelte es sich um keinen Antrieb im eigentlichen Sinn. Es erzeugte vielmehr ein kugelförmiges Mantelfeld zur Totalkompensation vier- und fünfdimensionaler Konstanten, das ein Raumschiff sowohl von den Einflüssen des Standarduniversums wie auch des übergeordneten Kontinuums abschirmte. Ein tatsächliches Eindringen in den Hyperraum wurde vermieden; die MINXHAO befand sich nun in ihrem eigenen, künstlich aufrechterhaltenen Miniaturuniversum, eingebettet in eine Enklave, deren Grenzschicht dem Halb- oder Linearraum entsprach. Für den »Schub« sorgten die Impulstriebwerke. Deren im Normalbetrieb nur lichtschnelle Impulswellen wurden durch das Kompensatorfeld strukturverformt und glichen sich hierbei dem metastabilen Halbraumniveau an.

Abermals rief sich Mondra zu Bewusstsein, welch gigantische Leistung es darstellte, dass die hiesige Technologie wieder in etwa das terranische Niveau des 25. Jahrhunderts erreicht hatte. Und dies trotz der Zustände in dieser vor hyperphysikalischen Anomalien strotzenden Galaxie! Unter dem außergewöhnlichen Umweltdruck war jegliche Technik, die 5-D-Komponenten enthielt, notgedrungen auf extrem robust und störungsbeständig getrimmt worden. Den Schock, den die sprunghafte Erhöhung des Hyperwiderstands in anderen Bereichen des bekannten Kosmos ausgelöst hatte, hatte das Imperium von Altera deshalb relativ leicht und rasch verdaut, wie übrigens auch die anderen raumfahrenden Völker Ambriadors. Fortan steigerte sich »nur« nochmals der Energiebedarf, und die Schwingquarze, die für zahlreiche fünfdimensionale Anwendungen benötigt wurden, laugten deutlich rascher aus.

Mit einem Überlicht-Faktor von 600.000 raste die MINXHAO dahin. Die normaloptische Außenbeobachtung zeigte das für die instabile Librationszone des Halbraums typische, graurötlich wallende, von dunklen Streifen und Schlieren durchzogene Medium. Kaum jemand hatte einen Blick dafür. Demetrius Onmouts Offiziere mochten schwierig sein, Rabauken oder Ganoven, aber sie verfügten allesamt über reichlich kosmonautische Erfahrung.

Nachdem sich der Captain vergewissert hatte, dass der Linearflug klaglos verlief und in näherer Umgebung keine Hyperstürme drohten, kommandierte er alle Besatzungsmitglieder, die nicht zur diensthabenden Schicht gehörten, an die Hypnoschuler ab. Mondra und Startac schlossen sich ebenfalls an; im Unterschied zu Perry beherrschten sie kein Larion. Das Idiom des Trovents zu erlernen, war das Mindeste an Vorbereitung auf die kommenden Tage.

Die Männer und Frauen der MINXHAO wussten auch so wenig genug darüber, was sie erwartete.

Sieben Ein Zoo, voll mit guten alten Bekannten

Tamra hockte bettelnd am Straßenrand.

Sie fror. Ein kalter Wind blies, und sie war am ganzen Körper durchnässt. Der Regen hatte zugenommen; schmutzig braunes Wasser schoss durch die Abflussrinne, in der sie seit Stunden kauerte.

Ein Lare näherte sich im Schutz seiner Prallschirm-Blase. »Oh, guter Herr«, flehte Tamra, »habt Ihr vielleicht eine milde Gabe für mich übrig, oder wenigstens ein paar freundliche Worte der Aufmunterung?«

Der Lare verlangsamte seinen Schritt und blieb stehen, sodass das Energiefeld auch sie einschloss und von Wind und Wetter abschottete. Er trug Zivilkleidung, billige Massenware. Das verwaschene Hemd spannte sich über seinem dicken Bauch. »Ein Menschling. Du wirst dir noch den Tod holen. Hast du denn keinen Vormund, der dir Unterschlupf und Nahrung gibt?«

»Nein, guter Herr. Ich gehöre zu keinem Haus oder Boot, bin kein Gunstbold, sondern eine Vagabundin und vogelfrei. Eigenes Verschulden, das ich zutiefst bereue, hat mich in diese missliche Lage gebracht. Wenn Ihr vielleicht eine milde Gabe …?«

»Hm. Ich weiß nicht recht.« Schnaufend wischte er sich Schweißperlen vom feisten, spiegelnden Gesicht. »Man hört einiges über deinesgleichen. Dass ihr Geld, welches man euch spendet, sofort gegen Rauschdrogen eintauscht … Dafür wäre mir mein sauer Erspartes zu schade. Mir bleibt ohnehin so gut wie nichts übrig. Gerade erst wurde wieder mein Gehalt gekürzt, Sparmaßnahmen, Rationalisierung, seit Jahrzehnten befinden wir uns im Ausnahmezustand, alles fließt in die Rüstung … Nicht, dass es vorher viel besser war, die Raumflotte hat immer schon das größte Stück vom Kuchen bekommen, aber …«

»Seid Ihr ein Bäcker, guter Herr?«

»Wie kommst du darauf? Ja, ich arbeite in der Brotfabrik.«

»Weil Ihr so eine sympathische Ausstrahlung besitzt«, flunkerte Tamra. In Wirklichkeit staubte dem widerlichen Fettsack das Mehl aus seinem Haarnest, den Sichelohren und sämtlichen Kleidungsstücken. »Man sagt doch, dass Bäcker besonders freundliche und freigiebige Leute seien.«

»Sagt man das?« Er grinste geschmeichelt. Sein Atem roch säuerlich.

»Bei uns gibt es ein Sprichwort: ›Weichherzig wie ein Bäcker‹. Hättet Ihr nicht ein warmes Plätzchen für mich in Eurer Backstube? Ich würde mich auch sehr gern durch harte Arbeit oder jedweden anderen Dienst erkenntlich zeigen.«

»Hm... Najaaa, da, da ließe sich eventuell etwas machen.« In seinen Mundwinkeln zogen sich Speichelfäden. Er leckte über die gelben Lippen und schmatzte lüstern. »Ihr Menschlinge sollt ja in gewissen Belangen ganz außerordentlich ...«

»So darf ich mit Euch gehen? Erlaubt Ihr, dass ich mich erhebe, guter Herr?«

»Äh ... ja; ja sicher. Steh ruhig erst einmal auf und lass dich anschauen.«

Tamra griff nach den Krücken und hievte sich ächzend hoch. Dabei rutschte ihr die Perücke vom Kopf. Der Lare zuckte zurück, starrte auf ihren kahl geschorenen, vernarbten, von Abszessen bedeckten Schädel, dann fiel sein Blick auf den Beinstumpf, von dem gelber Eiter tropfte. »Mir, mir, da fällt mir gerade ein, dass ich, äh, noch einen wichtigen Termin habe und spät dran bin, ich kann also heute leider nichts für dich tun, äh, und morgen wohl ebensowenig, extremer Stress gerade, wir fahren praktisch pausenlos Doppelschichten, du verstehst?«

Tamra verstand.

Nachdem der dicke Schwätzer von dannen geeilt war, fischte sie die Perücke aus dem Rinnstein, wrang sie aus, setzte sie auf und nahm die frühere Position wieder ein. Sie grinste. Die schwärenden Furunkel und das halbe Bein verfehlten ihre Wirkung selten.

Es war ein ruhiger Tag, wenig los; kaum Jugendliche unterwegs, die sie zur Zielscheibe für Spott und derbe Streiche erkoren. Als sie, zwei Stunden und ebenso viele weitere, entsetzt geflüchtete »Gönner« später, ihre Zeit erfüllt hatte, fanden sich in der Bettelschale einige Münzen für die öffentliche Rohrbahn, zwei Kreditchips – höchst wahrscheinlich leer –, dazu die üblichen Steine und zerknüllten Verpackungsfolien. Ein durchschnittlicher Ertrag, trotz des Schlechtwetters; sie packte die Beute fein säuberlich in ihren Rucksack. Auf die primitiven Krücken gestützt, humpelte Tamra den Gehsteig entlang, viele Häuserblocks weit, bis sie zu einer engen, dunklen Seitengasse kam, in die sie einbog. Erbärmlich stinkende Müllsäcke türmten sich meterhoch. Obwohl fast drei Mondzyklen seit dem großen Hypersturm vergangen waren, funktionierten in Unterschicht-Vierteln wie diesem die Abfallkonverter immer noch nicht. Alles floss in die militärische Aufrüstung, da hatte der Bäcker schon Recht.

Am Ende der Sackgasse befand sich eine niedrige, verrostete Eisentür. Tamra sah über die Schulter zurück; niemand war ihr gefolgt. Sie klopfte dreimal kurz, dreimal lang, dreimal kurz.

Das Türblatt verschwand. Gebückt schlüpfte sie durch die Öffnung, die sich gleich danach wieder schloss. Licht ging an. Aufatmend löste Tamra die Gurte, welche ihren linken Unter- am Oberschenkel fixiert hatten. Noch auf der obersten Treppenstufe vollführte sie fünfzig Kniebeugen, um die Blutzirkulation anzukurbeln. Dann stieg sie hinab in den Keller.

Jason lümmelte im Schaukelstuhl vor der Holowand, wo sich plastische Zeichentrick-Figuren gegenseitig die Extremitäten wegschossen. »Lass mich raten«, sagte Tamra. »Die Bösen sind als Alteraner verkleidete Posbis, und die guten Laren haben sie im letzten Moment enttarnt.«

»Gewonnen. He, was erwartest du dir vom Kinderprogramm? Immerhin, die Animationen sind klasse. Offenbar haben sie einen neuen Chef-Designer, der kann echt was. Total retro, aber geiler Stil.«

Tamra sah ein paar Minuten zu, während das schmerzhafte Pulsieren in ihrem linken Bein abklang. »Warum stecken die Roboter eigentlich nie in Heelgha-Verkleidungen? Oder treten als sonstige Gunstvölker auf? Stets entpuppen sich nur Menschlinge als feindliche Agenten.«

»Wir ähneln den Laren nun mal rein äußerlich am stärksten.« Jason schob sich eine Handvoll Nüsschen in den Mund. »Daher haben sie uns gegenüber den höchsten Abgrenzungsbedarf. Die diversen Exoten erachten sie nicht als potenzielle Gegner, beziehungsweise halten sie für auch nur annähernd vollwertig. Mit anderen Worten: Wir sind privilegiert. Hahaha, das ist wirklich witzig!« Im Holo wurde gerade eine gut 200 Kilo schwere Alteranerin mit Flammenwerfern geröstet, bis unter den verschmorten Fleischwülsten ein positronisch-biologischer Roboter zum Vorschein kam und in tausend Teile zerplatzte. »Nein, im Ernst: Unsere guten Herren entlasten sich psychisch, indem sie die zwei größten aktuellen Bedrohungen, nämlich die Posbis und das Imperium Altera, in ein und derselben Gestalt zur Deckung bringen. Das ist momentan voll in Ordnung und ändert nichts daran, dass letztlich Laren und Alteraner vereint die mörderischen Blechkübel aus dem Weichbild der Galaxis tilgen werden.«

»Wenn ich etwas an dir ganz besonders mag, dann deinen Optimismus.« Tamra entledigte sich der durchweichten Lumpen. Ihre Thermo-Unterwäsche zog sie erst in der Hygiene-Zelle aus. Sie schüttete sich das scharf riechende Lösungsmittel über den Kopf und wusch die aufgeschminkten Furunkel ab, dann genoss sie die heiße Dusche. Darauf hatte sie sich schon den ganzen Tag gefreut.

»Große Tournee« nannten die Alteraner von Dekombor das, wozu Pulpon-Parkk, der Hohe Verwalter, Tamra verdonnert hatte. Einige Dutzend Menschlinge durchstreiften ständig, als schwerkranke und invalide Bettler verkleidet, die wichtigsten Städte des Planeten. Sie wurden allgemein als Ärgernis empfunden, dabei erfüllten sie eine wichtige Funktion: Dank ihrer Präsenz konnten sich arme Tröpfe wie der schwatzhafte Bäcker einreden, ihnen gehe es vergleichsweise gut – denn schließlich gäbe es Leute, die noch weit übler dran wären.

Jason Neko koordinierte die zur »Tournee« Strafversetzten in Groschir, der zweitgrößten Metropole Caligos. Er selbst musste nicht auf die Straße, sondern überwachte via Peilchips die Einsätze und betreute den Stützpunkt, der über zwanzig schlichte, aber saubere Schlafkabinen verfügte. Tamras Verhältnis zu Neko war … nun ja, ambivalent. Daran, wie er sie und die anderen »Vagabunden« behandelte, hatte sie nichts auszusetzen. Er missbrauchte seine Position keineswegs, verhielt sich stets kollegial und drückte auch mal ein Auge zu, wenn man ein paar Minuten früher Schluss machte. Schimpfte jemand, was häufig vorkam, sich im Aufenthaltsraum lautstark die Frustration von der Seele, so musste er oder sie nicht befürchten, dass Jason deswegen Meldung ans Büro des Verwalters erstattete. Allerdings machte er kein Hehl daraus, dass er die Laren grundsätzlich verehrte. Er blickte zu ihnen voll Bewunderung auf, wie ein jüngerer Bruder zum älteren. Von der Wichtigkeit und Richtigkeit ihrer Mission war er felsenfest überzeugt; vom harten, gleichwohl zumutbaren »Sozialdienst« würden unterm Strich beide Seiten, Laren wie Menschlinge, profitieren. Tamra, die diesbezüglich durchaus Zweifel hegte, stieß die geradezu fanatische Unbedingtheit ab, mit der Neko seinen Herren nacheiferte, sich ihnen unterordnete und anpasste. Er trug sein blauschwarz schimmerndes Haar auf larische Art zum Nest geflochten; das löste bei Tamra jedes Mal wieder ein unangenehmes Gefühl aus. Sie konnte nicht verstehen, was die anderen Bettlerinnen, die für ihn schwärmten und hemmungslos mit ihm flirteten, an Jason so attraktiv fanden. Immerhin, er stellte ihr nicht nach und akzeptierte, dass es ihr am liebsten war, wenn man sie in Ruhe ließ. Sogar das Sloppelle duldete er, obwohl Tiere im Stützpunkt offiziell verboten waren. Kurz, er begegnete Tamra mit einem gewissen Respekt.

Das wog die Demütigungen, denen sie tagsüber ausgesetzt war, beinah auf; aber nur beinah.Bauwerke prägten das Stadtbild von Groschir. Beide stammten, was die Fundamente betraf, noch aus der Zeit der Erstbesiedelung und stellten Machtzentren dar. die für den Planeten Caligo, ja den gesamten Trovent der Laren von enormer Bedeutung waren.

Das eine hatte die Form einer Titanenhand, deren ausgestreckter »Zeigefinger« lotrecht in den Himmel wies. Der seitlich abgespreizte »Daumen« kragte weit über die niedrigeren Häuser der Umgebung aus; seine Oberseite fungierte als Landeplatz für Gleiter und Beiboote. Dieses imposante Gebäude beherbergte die Zentrale des larischen Geheimdienstes, welcher »Lichtnetz« genannt wurde.

Angeblich übertrafen die subplanetaren Etagen die sichtbaren Teile noch an Ausdehnung. Wie viel Wahrheit in diesem Gerücht steckte, wollte niemand so genau wissen oder gar am eigenen Leib erfahren. So sehr es die Bewohner Groschirs mit Stolz erfüllte, dass sich der Sitz des überaus einflussreichen, sagenumwobenen »Geheimen Flottenauges« in ihrer Heimatstadt befand, so ungern hatten sie persönlich damit zu tun. »Kriegt dich diese Hand zu fassen«, hieß es, »hält sie dich eisern im Griff und lässt dich nie wieder los.«

Auch Pulpon-Parkk wandte den Blick scheu und nervös gleich wieder ab und dem zweiten dominierenden Bau zu. Beeindruckte der Wolkenkratzer des Lichtnetzes wegen seiner Höhe und der strengen Kühnheit der Architektur, so wirkte die gegenüberliegende »Bastion Groschir« durch ihre schiere Masse und Hässlichkeit fast noch verstörender. Die Festungsanlagen, ein Sammelsurium verschiedenster Baustile und -materialien, hatten im Lauf der Jahrtausende zwei komplette Hügel überwuchert. Wie eine äußerst wehrhafte, zum Sprung bereite Stachelkröte hockte die Bastion mitten in der Metropole, eine martialische Geschwulst, die jederzeit aufbrechen konnte. Bei ihrem Anblick lief es Pulpon kalt über den Rücken.

Dennoch steuerte er seinen Gleiter darauf zu. Mit schweißnassen Händen: Die Einladung, die ihn vor wenigen Tagen überraschend ereilt hatte, stellte eine hohe Ehre für ihn dar. Sekundarfeudale wurden gewöhnlich nicht zum Vasallentag berufen. Und der Verwalter eines Stadtbezirks, selbst wenn es sich dabei um Dekombor handelte, das Exotenviertel von Taphior, stand keineswegs auf einer hierarchischen Stufe mit Regiments- oder gar Flottenkommandanten.

Ein Leitstrahl erfasste den Zweisitzer, überprüfte dessen Kennung und nahm ihn in Fernsteuerung. Während sie eingeschleust wurden, strich Pulpon-Parkk zum hundertsten Mal die Hosen glatt. Die nagelneue Uniform hatte ihn ein kleines Vermögen gekostet; freilich nur einen Bruchteil dessen, was er für das Kleid seiner Tochter Mitrade ausgelegt hatte. »Eine solche Gelegenheit, meine Ehre vor Nindel-Greer und ihrer Clique wiederherzustellen, kommt vielleicht nie mehr«, waren ihre Worte gewesen. »Sieh bloß zu, dass auch du einen halbwegs zufriedenstellenden Eindruck auf ihren Vater machst.«

Nindels Vater. General Kat-Greer, Oberbefehlshaber der ruhmreichen Neunten Flotte, Erster Steuermann des Großen Bootes GREER und damit Anführer eines der einflussreichsten Familienclans im Trovent, Pulpon-Parkks Lehnsherr und nicht zuletzt Gebieter über die Bastion Groschir. Ein Mann, der Pulpon und die Seinen mit einem einzigen Fingerschnipsen vernichten konnte, oder aber protegieren, gesellschaftlich aufwerten, vielleicht sogar mit einem höheren Amt betrauen. Der Verwalter von Dekombor hoffte inständig, mehr noch für seine Tochter als für sich selbst, dass sich die Einladung zum Vasallentag als ein gutes Omen erweisen würde.

Ein larischer Bediensteter geleitete sie vom Hangar in den Empfangssaal. »Ihr seid zum ersten Mal hier?«, fragte er, eine Braue ganz leicht hochgezogen.

»Merkt man das denn so deutlich?« Mitrade versetzte Pulpon einen Knuff in die Seite und zischte: »Nun glotz halt nicht dermaßen offensichtlich!«

Das war leichter gesagt als getan. Pomp und Gepränge allein der Treppenhäuser und Korridore erschlugen ihn förmlich. Hinzu kam, dass entlang der Wände alle paar Schritte Soldaten in übergroßen Kampfmonturen postiert waren, Hitze abdampfende Ungetüme, die ihre schweren Waffen präsentierten, ohne erkennbare Anstrengung, als handle es sich um Dessertgabeln. Dass dieser Aufwand nicht so sehr der Sicherheit diente – wer würde wagen, General Kat-Greer in seiner ureigensten Bastion anzugreifen? –, sondern vielmehr der Einschüchterung, war Pulpon-Parkk klar. Zumindest bei ihm, musste er sich eingestehen, wurde die erwünschte Wirkung nicht verfehlt. Ihm war äußerst mulmig zumute, und beim Betreten der Empfangshalle zitterten seine Knie.

Hier hatten sich Tausende und Abertausende Laren versammelt. Aus allen Richtungen, durch unzählige Eingänge, strömten weitere hinzu. Dennoch entstand mitnichten der Eindruck einer drohenden Überfüllung, so gigantisch waren die Dimensionen des Saales, den schwebende Kandelaber in der Form maßstabgetreuer Modelle von Troventaaren erhellten. Stetig gruppierten sie sich in komplizierten Mustern um, wie bei einem präzise ablaufenden Manöver. Über ihnen wölbte sich die Decke scheinbar bis in die schwarze Unendlichkeit des Alls.

Ihr Anweiser führte sie zu einem Stehtisch, der durch ein Plättchen mit der Zahl 2998 gekennzeichnet war. »Immerhin«, raunte Pulpon, bemüht aufgekratzt, seiner Tochter zu: »Wir gehören zu den oberen Dreitausend.«

Der Lakai räusperte sich. »Diese Tische sind für vier Personen gedacht«, sagte er trocken, einen kaum merklichen Hauch Herablassung in der Stimme. »Bitte entfernt Euch von hier nur, wenn Höherrangige Euch dazu auffordern oder die Veranstaltung offiziell für beendet erklärt wurde. Bis dahin darf ich mich empfehlen.«

Dienerinnen servierten Knabbereien und Erfrischungen. Gern hätte Pulpon seine Aufgeregtheit mit den angebotenen Rauschgetränken bekämpft. Die Vernunft jedoch gebot, nüchtern zu bleiben. Zu viel stand auf dem Spiel, für ihn selbst und seine ganze Familie.

Etliche der an den umliegenden Tischen angeregt Parlierenden kannte er aus den Medien; die meisten waren hohe Offiziere. Traf ihn ein Blick, neigte er ehrerbietig das Haupt. Niemand grüßte zurück. Pulpon-Parkk fühlte sich als Eindringling, schlimmer noch: als winziges Nagetier inmitten einer Voliere voller hungriger Jagdfalken. Nie zuvor war ihm die unüberwindbare Kluft zwischen seinesgleichen und den Primärfeudalen derart schmerzhaft demonstriert worden. Er schaffte es kaum, sich zu konzentrieren, wenn Mitrade ihn flüsternd auf die eine oder andere junge Dame der Gesellschaft aufmerksam machte.

Ein älteres Paar wurde an ihren Tisch geführt. Der Lakai – derselbe wie vorhin, oder doch ein anderer? – stellte die beiden als Zlakore-Buld, Betriebsleiter der Orbitalen Werften, und seine Gemahlin Freas vor. Erleichtert, dass es sich bei seinem Gegenüber ebenfalls um einen Zivilbeamten handelte, begann Pulpon eine Konversation über das Wetter. Erst nach einigen inhaltslosen Floskeln bemerkte er, dass sowohl Mitrade als auch Freas-Buld sich nicht am Gespräch beteiligten, sondern einander in einer Mischung aus Entsetzen und unterdrückter Aggression anstarrten.

Plötzlich erkannte er den Grund.

Sie trugen das gleiche Abendkleid.

Haargenau derselbe Schnitt, exakt dieselben Farben, Stoffe und Applikationen … Sogar die mit Halbedelsteinen besetzte Gemme, die als Verschluss am Hals diente, war vollkommen identisch.

Pulpon beschloss, die peinliche Situation durch dezenten Humor zu entkrampfen. »Was es nicht alles gibt. So ein Zufall aber auch! Ist es nicht erstaunlich, wie sehr die Geschmäcker unserer Damen übereinstimmen? Tja, ich sage immer: Von etwas wirklich Schönem kann man gar nicht genug, äh, Exemplare haben!«

Zlakore-Buld lachte ein klein wenig zu laut. Seiner Frau schlief das Gesicht ein. Mitrade bedachte ihren Vater mit einem Seitenblick, der einen Raubsaurier zu einem Häufchen Asche verschmort hätte. In der Tat war Freas-Buld, dürr, knochig und überdurchschnittlich groß, nicht eben attraktiv zu nennen. Seine Tochter mit dieser Schreckschraube verglichen zu haben, würde Pulpons Konto in den kommenden Wochen gehörig belasten, das wusste er jetzt schon.

»Dabei hat unser Händler geschworen, bei dem Kleid handle es sich um ein Einzelstück«, setzte er nach. »Da sieht man wieder einmal, was von den Beteuerungen dieser Wucherer zu halten ist.«

»Ihr habt es erworben?«, fragte der Werftleiter. »Jenes meiner Gattin ist bloß geliehen. Offenbar eine Nachbildung, und Eure Tochter besitzt das Original.«

Wie schnell sich doch ein Blatt wenden konnte! Nun war Zlakore-Buld es, der von den Blicken seiner Begleiterin erdolcht wurde, während sich Mitrade merklich entspannte.

»Eigentlich ohnehin viel vernünftiger«, sagte sie zuckersüß. »Vor allem, wenn man es nur einmal benötigt. Speziell bei Euch im Orbit wird's wohl nicht so viele Anlässe geben, exquisite Abendgarderobe zu tragen, wie bei uns in der Hauptstadt Taphior.«

»Meine Rede. Die Uniform habe ich mir von meinem Schwager geborgt. Ehrlich gesagt fühle ich mich sowieso in einer praktischen Raumkombi viel wohler als in diesem lächerlich bombastischen Aufzug.« Zlakore – ein recht sympathischer Kerl, wie Pulpon fand – tätschelte beschwichtigend die Hand seiner Gemahlin.

Damit war das Eis gebrochen. Man plauderte zwanglos über dies und das, tauschte Tratsch und sonstige Neuigkeiten aus, erzählte heitere Anekdoten aus den jeweiligen Tätigkeitsbereichen und so weiter. Auch Mitrade trug, zusehends gelöster nun, da sie die Oberhand hatte, zur Unterhaltung bei. Freas-Buld hingegen, eher ein verklemmter Typ und offensichtlich nicht die hellste Kerze im Luster, warf nur selten eine beipflichtende Anmerkung ein.

Erstaunt stellte Pulpon fest, dass er die Nervosität abgelegt und begonnen hatte, sich regelrecht zu amüsieren. Da verstummte das Gemurmel im Saal, so auffällig graduell, als brande eine machtvolle Flutwelle aus Schweigen über die vieltausendköpfige Menge der Vasallen. Kein Einziger sprach es aus, nicht einmal gehaucht; und doch wusste augenblicklich jeder, sogar Pulpon-Parkk, der kleine Bezirksverwalter, was die atemlose Stille bedeutete.

Ihrer aller Lehnsherr war erschienen. Der Erste Steuermann des Großen Bootes GREER hatte sich zu seinen Matrosen gesellt.

General Kat-Greer ließ den traditionellen Ritus der Unterwerfung mit unbewegter Miene über sich ergehen.

Insgeheim langweilte ihn das schleppend-pathetische Zeremoniell maßlos. Den vielen Weihrauch konnte er nicht ausstehen, und die blutigen Tieropfer verabscheute er. Aber er hütete sich, dies selbst in intimster Runde auch nur anzudeuten, geschweige denn, es vor der breiten, größtenteils erschreckend dumpfen Masse seiner Gefolgsleute zu offenbaren. Die Ersten Steuermänner des Großen Bootes GREER waren immer schon als besonders konservativ und rigoros am Überlieferten festhaltend bekannt gewesen. Auch er hatte frühzeitig den Ruf kultiviert, die Ehre, Treue und Gesinnung seiner Vorväter mit Verve hochzuhalten. Diese Rolle, diese Funktion im komplexen Machtgefüge des Trovents war ihm zugefallen – weshalb hätte er sich partout eine andere, weniger probate suchen sollen? Also stand er reglos, hoch aufgerichtet, die Beine gespreizt und durchgedrückt; wohl wissend, dass die Vasallen, je länger sich der Akt hinzog, umso bewundernder rätseln würden, wie er diese unnatürlich gerade, steife Pose so lange durchhielt. »Gleichsam aus Erz gegossen«, würden sie hinterher tuscheln. »Und dabei habe ich aus verlässlicher Quelle erfahren, dass der General weder Exo-Skelett noch teilparalysierende Mittel verwendet. Derlei Tricks passen auch nicht zu ihm, so etwas lehnt er aus tiefster Überzeugung ab. Nein, es ist angeborene Würde, stählerne Selbstbeherrschung, pure Willenskraft.«

Mhm. Sowie eine Sehnenoperation, die im zwölften Lebensjahr des Erbfolgers durchgeführt wird, plus ein Paar Spezialstiefel mit keilförmigen Einlagen.

Nachdem die Hymnen endlich abgesungen, die Eide kollektiv erneuert und die Kadaver der Opfertiere weggeräumt worden waren, mischte sich Kat-Greer wie üblich unters Volk. Seine Adlaten hatten die Route durch den Saal dergestalt ausgetüftelt, dass der General in unmittelbarer Nachbarschaft jedes Tisches vorbeikam und kurz stehen blieb, um ein paar Worte zu wechseln. Dadurch würde jeder der Geladenen später behaupten können, sein Lehnsherr habe sich ihm persönlich gewidmet: »Ich schwöre dir, wir standen einander so nahe wie jetzt wir beide. Ich hätte nur den Arm auszustrecken brauchen, um ihn zu berühren.«

Dieser Teil der Veranstaltung zog sich noch viel endloser dahin und war in seiner nervtötenden Eintönigkeit noch ungleich anstrengender, da in 95 Prozent aller Fälle reine Pflichtübung, Repräsentation ohne nennenswerten politischen Nutzen. Andererseits durfte Kat sich nicht davon einlullen lassen, denn die verbleibenden fünf Prozent erforderten seine höchste Aufmerksamkeit. Dazu war weit mehr Selbstdisziplin vonnöten als für das kindische, akrobatische Kunststück, stundenlang strammzustehen …

Gegen Ende des Rundgangs kamen sie zu Tisch 2998 – ebenfalls ein Bluff, Nummern unter 200 gab es sowieso nicht, desgleichen keine Zahlen, denen in der Volksmystik negative Bedeutung angedichtet wurde, und das waren eine ganze Menge. Kat-Greer rief sich routiniert ins Gedächtnis, mit wem er es hier zu tun hatte, dann begrüßte er alle vier Personen mit vollem Namen und Titel. Zum blassen, trotz des kostspieligen Aufputzes erbarmungswürdig reizlosen Balg des Verwalters von Dekombor sagte er: »Meine Tochter Nindel, welche sich sehr gefreut hat, dass du uns heute mit deiner Anwesenheit beehrst, verlangt nach dir, Fräulein Mitrade. Du wirst im Jungdamensalon erwartet. Man bringt dich hin.«

Nachdem das Mauerblümchen, sichtlich enthusiasmiert, mit einem Lakai abgerauscht war, tat Kat, als wollte er weiterziehen, verhielt jedoch im letzten Moment den Schritt, weil ihm noch etwas eingefallen war. »Dekombor … Eine in ihrer Bedeutung oft zu Unrecht unterschätzte Einrichtung. Und nicht zuletzt ein Lieblingsprojekt unseres höchlichst verehrten Ersten Hetrans Elbanger-Tan. Du setzt seine Richtlinien geflissentlich um, nehme ich an?«

Schweißperlen bildeten sich auf der Stirn des dröge wirkenden Verwalters. »Selbstverständlich, Herr. Ich befolge sämtliche Anweisungen auf Punkt und Komma.«

»Weil du mit den Intentionen voll inhaltlich übereinstimmst?«

»So ist es, Herr. Ja. In der Tat. Die Institution Dekombor führt wie keine andere den Angehörigen unseres Volkes vor Augen, dass es sich beim Trovent um eine multikulturelle Gesellschaft handelt, allerdings geprägt nicht von Beliebigkeit, sondern einer unzweideutig definierten Leitkultur, eben der in allen Belangen überlegenen larischen.« Das Gewäsch klang auswendig gelernt und war es wohl auch. »Wobei der Integration der so genannten Menschlinge erhöhte Priorität eingeräumt und selbigen eine spezielle, möglichst genau auf sie zugeschnittene Behandlung zuteil wird.« Nachdem er diesen Sermon relativ fehlerfrei hervorgesprudelt hatte, blinzelte Pulpon-Parkk treuherzig wie ein Schoßtier, das sich für gute Dressurleistung einen Leckerbissen erhofft.

»Aber ist der Aufwand, der betrieben wird, um Rassenfremde durchzufüttern, denn überhaupt gerechtfertigt, gerade in schwierigen Kriegszeiten wie diesen? Du magst offen sprechen, ich bin an deiner psychologischen Expertise interessiert.«

»Ähem. Ja nun. Schon. Nämlich, Ihr müsst wissen, Herr, es geht dem Hetranat nicht um die paar Tausend minderwertigen Laroiden, sondern um das Imperium Altera, von dem sie abstammen. Bekanntlich bietet dieses« – der Verwalter senkte die belegte Stimme –»seit sehr langer Zeit dem Trovent die Stirn. Mit Ausnahme der vor Kriegsausbruch wenig präsenten, ergo bis dahin vernachlässigbaren Posbis stellen die Alteraner das einzige Volk und Staatswesen dar, das unsere ruhmreichen Raumflotten noch immer nicht zu unterwerfen vermochten. Was ich« – seine Augen weiteten sich erschrocken – »keineswegs als auch nur die leiseste Kritik an unserer Heeresführung verstanden wissen möchte!«

»Natürlich nicht. Wir zweifeln nicht an deiner Intelligenz und unbedingten Loyalität.« Das musste Kat-Greer sagen. Sonst hätte der Verwalter, der befürchtete, sich um Kopf und Kragen zu reden, demnächst aufgrund zu hohen Blutdrucks einen Schlaganfall erlitten. »Weiter.«

»Ja. Danke. Verzeihung.« Pulpon schluckte. »Die bloße Existenz des Imperiums Altera impliziert die Gefahr einer Traumatisierung gewisser Schichten unserer Bevölkerung. Unsere Ahnen haben weiland bekanntlich zahlreiche, weit größere Galaxien als Ambriador vollkommen erobert und dem Hetos der Sieben unterstellt. Das Gefühl einer Niederlage, oder auch nur länger anhaltenden Widerstands, ist unserem Volk bis dato gänzlich unbekannt. Daher wirken Dekombor und die Außenstellen diesem potenziellen Trauma entgegen, indem sie das rassische Selbstwertgefühl durch direkte Konfrontation mit den Alte... Menschlingen stärken. Die Botschaft, welche übrigens sehr gut und gern angenommen wird und auf überaus fruchtbaren Boden fällt, lautet: ›Seht die menschlichen Knechte von Dekombor – auch über sie herrschen wir, weil wir Laren sind.‹«

»Eine ausgezeichnete Analyse«, lobte Kat-Greer. »Elbanger-Tan würde sich freuen, dich reden zu hören. Und auch ich habe, ungeachtet gewisser historischer Animositäten zwischen den Großen Booten GREER und TAN« – er gab dem Verwalter Gelegenheit, dümmlich-verschwörerisch zu feixen – »bis zum heutigen Tag diese bestimmt gut gemeinte, auf Versöhnung und sozialen Frieden abzielende Politik unterstützt. Umso mehr schmerzt mich, was mir jüngst zugetragen wurde.«

»J-ja?« Sofort war Pulpon-Parkk wieder alarmiert.

In der Gewissheit, dessen volle Geistesgegenwart erweckt zu haben, sagte Kat betont nachdrücklich: »Es mehren sich Stimmen, die behaupten, von den Menschlingen gehe ein verderblicher Einfluss auf unsere Jugend aus. Nicht nur resultiere aus dem regelmäßigen Kontakt mit ihnen eine bedenkliche Laxheit der Sitten; einige alteranische Knechte und Mägde betätigten sich, heißt es, auch in Rauschgifthandel und anderen Ausschweifungen und würden so zu den Verderbern unserer Kinder. Man munkelt sogar über im Aufbau befindliche terroristische Zellen, gegen die schleunigst mit allen Mitteln vorgegangen werden sollte.«

»Oh nein, da kann ich Euch ganz beruhigen.« Der Bezirksvorsteher strahlte. »An dem ist garantiert nichts dran, das sind maximal einige wenige Einzelfälle, die sofort strengstens sanktioniert werden. Ich weiß, wovon ich spreche; meine eigene Tochter wurde vor Monaten Opfer der Attacke eines Geistesgestörten, der seine gerechte Strafe erhalten hat. Aber solche Vorkommnisse sind äußerst selten, und etwaige Berichte weit übertrieben, wenn nicht bewusst von übelwollenden Kreisen künstlich aufgebauscht. Macht Euch keine Sorgen, Herr, wir haben alles bestens unter Kontrolle!«

»›Macht Euch keine Sorgen, Herr‹«, äffte der General später, als der Vasallentag endlich vorüber war, Pulpon-Parkks sich vor Begeisterung überschlagende Stimme nach: »›Wir haben alles bestens unter Kontrolle!‹ Ist der Mann der raffinierteste Verstellungskünstler, der mir je untergekommen ist, oder tatsächlich so dumm wie Olvidlaub?«

»Ich fürchte, Letzteres«, sagte Zlakore-Buld. »Ein Idiot. Aber leider kein nützlicher.«

Die Frau, die sich als seine Gattin Freas ausgegeben hatte, fragte kühl: »Soll er beseitigt werden? Ein bedauerlicher Gleiter-Unfall ist rasch arrangiert. Entsprechende Vorkehrungen wurden bereits getroffen.«

Zlakore verdrängte die horrible Vorstellung, mit dieser Furie Heim oder gar Bett teilen zu müssen. Es reichte schon, sich im selben engen Besprechungsraum wie die gefürchtetste Assassinin des Lichtnetzes zu befinden, dass sich sein Puls beschleunigte und das beklemmende Gefühl von Atemnot einstellte. Man nannte sie »die Eisfrau«. Ihren wahren Namen kannte angeblich nicht einmal Kat-Greer.

»Entsprechende Vorkehrungen getroffen!« Beim Konzil! Für wie viele Personen galt das eigentlich noch?

»Er hat nicht im Geringsten kapiert, worauf ich hinauswollte.« Der General, ein Bulle von Mann, dank strikter Diät und permanenter körperlicher Ertüchtigung gut 20 Jahre jünger aussehend, als er war, erschlaffte resignierend im Lehnsessel. Sein Schädel kippte nach vorn, bis das kantige Kinn die Brust berührte. Kat-Greer rieb sich müde mit den Handballen die Augen, holte tief Luft und sagte, immer noch erschüttert: »Unglaublich. Wie kann jemand, der immerhin die besten Hochschulen besucht hat, die seiner Klasse offen stehen, derartig hirnverbrannt sein? Noch deutlicher hätte ich doch wohl kaum werden können, oder?«

Zlakore verneinte. Er reichte dem Kommandanten der Neunten Flotte ein belebendes Getränk, das dieser in einem Zug hinunterstürzte. »Also weg mit ihm? Unseren Plänen ist Pulpon jedenfalls hinderlich. Er würde zweifellos alles tun, was sein Lehnsherr von ihm verlangt, sich jedoch mit hoher Wahrscheinlichkeit bei der ersten Gelegenheit verplappern.«

»Was wir nicht riskieren dürfen; das ist mir klar. Wartet gleichwohl noch, bis ich Rat eingeholt habe.«

»In der Fundament-Halle?«, fragte Zlakore-Buld, der zwar tatsächlich so hieß, die orbitalen Werften jedoch nur aufsuchte, um sie zu inspizieren und in großem Maßstab neue Schiffe zu ordern.

»Das lass meine Sorge sein, Sternbruder. Oder willst du mitkommen?«

»Nein, danke.« Kats gereizter Unterton ließ es opportun erscheinen, das Thema nicht weiter auszuwalzen. Obwohl der General für Zlakores Begriff in letzter Zeit etwas gar häufig in die Kavernen der Bastion Groschir hinabstieg.

»Außerdem möchte ich noch meine Tochter befragen, was sie von dieser Mitrade hält. Die mag optisch weniger hergeben als ein wochenlang nicht gegossener Zierstrauch, aber wenn ich mich nicht völlig irre, besitzt allein ihr kleiner Finger mehr Verstand als ihr Erzeuger. Falls sie überhaupt von ihm ist, was mich sehr wundern würde.«

Weder Zlakore noch die Eisfrau kommentierten diese Äußerung. Kat tendierte dazu, überall Untreue, Betrug und Hinterlist zu wittern; nun ja, Paranoia war in seiner Position normal und schwerlich zu verübeln.

Der General ging. Kurz darauf verließ auch Zlakore-Buld das Zimmer, unter dem Vorwand, sich erfrischen zu müssen. Keine zwölf Troventaare hätten ihn dazu gebracht, allein mit der Totmacherin Kat-Greers Rückkehr aus der Fundament-Halle abzuwarten.

Da wäre er lieber nach Dekombor übersiedelt.

Wie Tamra erging es allen, die von der »Großen Tournee« zurück in den Bezirk Dekombor kamen: Nach der Bettelei und Selbstverleugnung erschien ihnen das Exotenviertel Taphiors, speziell dessen alteranischer Teil, beinahe als Himmel auf Erden.

»Ein Heim fern der wahren Heimat«, sagte Wilbur; mit einem Anflug von Sarkasmus, wie Tamra zu hören glaubte. Oder Zynismus? Ironie? Boffään hätte ihr den Unterschied erläutert. Aber der Reparator gehörte zu einem anderen, unendlich weit in der Vergangenheit liegenden Leben.

Wilbur, die Tropfnase, ebenso. An dem muskulösen, ausgewachsenen, ja stattlichen Mann, der es sich nicht hatte nehmen lassen, ihr Dekombor zu zeigen, erinnerte nicht mehr viel an Tamras einstigen pummeligen Konkurrenten um die Pluspunkte der Heelghas, am ehesten noch die wachen, flinken, fast gehetzten Augen und der Wirbel im unbändigen hellblonden, fast weißen Haarschopf. Sie hätte ihn nicht wiedererkannt, als er auf sie zurannte, gleich nachdem sie aus dem Personal-Schweber gestiegen war. Zögerlich und unsicher – schließlich stellte der gesamte Exotenbezirk außer der geschlossenen Anstalt, in der sie beide den Großteil ihrer Kindheit verbracht hatten, für Tamra Neuland dar.

»Tamra? Tamra!«

Sie war verwirrt. Die Zeitebenen, die Eindrücke, die so unterschiedlichen Umgebungen des Internats, des Aquadoms, der Regionen, in denen sie ihren Vagantendienst abgeleistet hatte – all das geriet durcheinander. Gestern, vorgestern, heute … und morgen? Sollte Dekombor, der Ausgangspunkt ihrer Reise um den Planeten, auch zur Endstation werden? Es sah ganz danach aus. Von einem Tag auf den anderen waren die Außenstellen geschlossen und die Bettler sowie Leiharbeiter eingezogen worden. Personelle Wechsel in der Verwaltung, lautete die knappe Erklärung. Alles zurück, alles neu.

Dekombor also. Und Wilbur Donning.

»Entschuldige bitte«, sagte Tamra. »Das kommt ein bisschen plötzlich für mich. Können wir uns für ein paar Minuten ausruhen?«

»Klar.« Sie setzten sich auf eine Bank am Rand des Marktplatzes. »Willst du was trinken? Hast du Hunger?«

»Ehrlich gesagt, ja. Ich war zwanzig Stunden unterwegs. Für unsereins setzt man keine Hochgeschwindigkeits-Schweber oder gar Suborbital-Schiffe ein. Nur die ältesten und langsamsten Röhrenbahnzüge dürfen wir benutzen.«

Ein Blitzlicht: alt und langsam. Wie die MERCANT.

Mit Papa und Mama und dem Plüsch-Gucky …

Wilbur stellte sich bei einer der Buden an. Tamra holte das Sloppelle aus der Transporttasche und legte es sich um den Hals. In letzter Zeit roch es manchmal recht streng. Wie alt wurden diese Tiere eigentlich? Nicht auszudenken, wenn sie auch das Sloppelle verlöre … Sie streichelte es, und wie immer erwiderte es mit seinen winzigen Händchen die Zärtlichkeiten.

Der junge Mann, der ihr so fremd und so vertraut zugleich war, brachte Tamra einen Becher und eine Papiertüte. »Wichtigste Information über Dekombor«, sagte er scherzhaft. »Die besten Wurstkringel und den süßesten Olvidbeeren-Sprudel hat Kitai Lechnoir. Das ist der mit dem Spitzbart.« Er winkte zur Bude hin, worauf die kugelrunde Gestalt hinter der Theke sich übertrieben diensteifrig verneigte.

Während Tamra aß und trank – Wilbur hatte nicht zu viel versprochen –, klärte er sie über die verschiedenen Läden am Marktplatz auf. Da gab es Gewand, dort Musik- und Holochips, dieser Fleischer hatte nur zu Wochenbeginn frische Ware, jene Ärztin suchte man besser am Vormittag auf, weil sie später zu betrunken war …

»Haben wir so gelebt?«, fragte Tamra leise. »Ich meine … Du weißt schon. Zu Hause. Auf Altera.«

»Schwer zu sagen. Mein Gedächtnis trügt, denke ich. All die Pastillen, die uns die Heelghas verabreicht haben … Ich glaube, der alteranische Teil von Dekombor entspricht weniger der Realität als dem, was sich die Laren unter einem Menschlings-Dorf vorstellen. Idyllisch rückständig. Eine Ansiedlung originell unterentwickelter Eingeborener eines Hinterwäldler-Planeten.«

Er zeigte mit dem Daumen nach oben. Etwa 30 Meter über ihnen schwebte ein Gleiter-Bus; Laren glotzten durch die entspiegelten Scheiben herunter. »Für die sind wir Halbwilde in ihrem natürlichen Lebensraum. Dekombor ist ein Freigehege, Tamra. Eine Menagerie, eine Attraktion für Touristen der Herrenrasse; ein Menschenzoo.«

Wann er registrierte, dass er sich in sie verguckt hatte, und zwar gnaden- und rettungslos verschossen, hätte Wilbur später nicht mehr sagen können. Dafür war ihm die Aussichtslosigkeit seiner Liebe vollkommen bewusst. Tamra wollte nichts von ihm, von niemandem. Sie suchte keinen Partner, kein Gegenüber, vielleicht nicht einmal sich selbst. Einem Vögelchen gleich, das aus dem Nest gefallen war, hatte sie mehr als genug damit zu tun, in einer widrigen Umgebung zu bestehen.

Und doch … Ihr geschorener, wunderschön geschwungener Hinterkopf. Die keineswegs entstellende, »A«-förmige Narbe auf der Stirn. Die langen Beine. Die Hüften, kein Gramm Fett zu viel. Die Adern auf Tamras Unterarmen, überhaupt die Handgelenke! Im Licht der Holoschirme zeichneten sich feinste Härchen in den Grübchen unter ihren Ohren ab. Die Lippen. Die dunklen Augen …

Ich habe sie gehasst, dachte Wilbur. Tamra war meine Feindin, meine Rivalin. Außerdem hat sie mir einen gewaltigen Korb verpasst. Fasziniert sie mich deshalb so? Oder regt sich mein Beschützerinstinkt, weil sie derart verloren ist, hilflos, kaum einer Orientierung fähig? Und doch, paradoxerweise, eine solch immense innere Stärke besitzt?

Wir zwei könnten diese Welt aus den Angeln heben. Ach was, diese ganze Galaxis!

Er kürzte den Rundgang ab, da sie sichtlich überfordert war. Von der Aussichtswarte am höchsten Hügel blickten sie auf den Block der Maakhs, aus dem permanent grünliche Giftgas-Wölkchen entwichen, als Tamra fragte: »Weißt du, was mit meinem Vater geschehen ist?«

Das hatte Wilbur befürchtet. »Leutnant Clees Cantu … Ich habe ihn nur kurz kennengelernt. Aber alle hier sprechen mit Hochachtung von ihm. Er war ein Vorbild, weil er nie die Hoffnung aufgegeben hat, obwohl seine Frau – deine Mutter – sehr früh gestorben ist und du für ihn unerreichbar warst. Seinen Augenstern, so hat er dich genannt. Den Stern, den er irgendwann vom bösen Himmel holen würde. Clees« – ganz vorsichtig legte Wilbur seinen Arm um Tamras Schultern, die in Heulkrämpfen zuckten – »war immer überzeugt, dass wir hier wieder wegkommen. ›Einmal ergibt sich eine Gelegenheit, und dann ergreifen wir sie‹, hat er gesagt. ›Dann drehen mein Schätzchen und ich den verdammten Laren die lange Nase und hauen ab. Nach Neu-Szechuan. Nach Hause. Zum weißen Bungalow, am blauen Meer, unter den lilafarbenen Palmen.‹«

»Er ist tot.« Keine Frage, sondern eine Feststellung.

»Ja. Es tut mir leid, Tamra. Clees war Straßenpfleger und Gärtner, aber dann hat man ihn versetzt, zur Hyperkristall-Gewinnung im Asteroidengürtel, und die Strahlung … Leukämie wäre problemlos heilbar; doch Therapien gibt es nur für Laren.«

»Ich bin schuld daran.« Sie schluchzte.

Er ließ sie gewähren, ausweinen, dann sagte er: »Selbstvorwürfe bringen uns nicht weiter. Du musst nach vorn sehen, auch die positiven Beispiele. Deine beste Freundin im Internat, Frizzi Pasterz, und ihr Mann Wu haben drei gesunde Kinder. Der Älteste läuft bereits Rollschuh. Man kann sich … arrangieren.«

»Ja, sicher. Und du?«

Wilbur fühlte sich am falschen Fuß erwischt. »Ich komme zurecht«, wich er aus. Alles in ihm drängte danach, Tamra einzuweihen. Auf jemand wie sie warteten die Taoisten schon lange, und er sowieso. Aber es war zu früh. »Du wirst im Ledigenhaus wohnen müssen«, sagte er. »Wir sind ein wenig überfüllt, seit alle Externen zurückberufen wurden.«

Sie legte die Arme um ihr grausiges, halb verwest wirkendes Kuscheltier. »Passt schon. Habe ich das richtig verstanden, dass nicht mehr Pulpon-Parkk den Posten des Verwalters bekleidet?«

»Er wurde in den Flottendienst übernommen, quasi weg-befördert. Neue Bezirkschefin von Dekombor ist seine Tochter.«

Tamras Pupillen weiteten sich. »Mitrade?«

Sie hasste diesen Job.

Und die, denen sie ihn »verdankte«: erstens Pulpon, der geistig zu minderbemittelt war, um die Zeichen der Zeit zu erkennen und Kat-Greers Andeutungen zu verstehen. Zweitens Nindel, die Tochter des Generals, weil sie Mitrade als Nachfolgerin vorgeschlagen hatte. Dass Ämter vererbt wurden, war nicht unüblich; vor allem aber besäße sie, so Nindel-Greer, ausgezeichnete Erfahrung im Umgang mit Alteranern. Gemeint war natürlich drittens Tamra, die Zofe, die verfluchte Scheuche. Sie trug die Hauptschuld. Denn wegen der Begebenheit mit ihr und ihrem Vater im Teegarten am Stern der Laren, deren wahren Hergang Nindel beobachtet hatte, durfte Mitrade nicht den leisesten Widerspruch wagen. Dass sie nun Tamras Schicksal unmittelbar bestimmen und sich höchstpersönlich an ihr rächen konnte, war noch der einzige Lichtblick.

»Hohe Verwalterin von Dekombor« … Pah!

Für Aftervasallen oder Gunstbolde mochte das bedeutsam klingen. In Wirklichkeit sanken durch die Berufung in dieses Amt Mitrades Chancen auf gesellschaftlichen Aufstieg gegen null. Aus der Traum, in eine noblere Familie einzuheiraten und sich fortan mit Kunst, Kultur und Gartengestaltung zu beschäftigen! Um die Hand einer Frau, die eine Stellung innehatte, hielt garantiert kein Primärfeudaler an, auch kein Spross eines der besseren sekundarfeudalen Häuser. Bis dahin hatte sich Mitrade für eine ganz gute Partie gehalten. Reich und schön war sie nicht, da machte sie sich nichts vor, jedoch mit Abstand intelligenter als die meisten anderen. Das konnte für eine Adelsfamilie, die Blutauffrischung benötigte, durchaus von Interesse sein: Wohlstand besaß man selber, Schönheit konnte man in Form von Mätressen kaufen, aber kluge Stammhalter … Es war keineswegs vermessen gewesen, sich Hoffnungen zu machen; die waren nun geplatzt, unwiederbringlich dahin. Stattdessen musste sie sich darauf einstellen, als verbitterte alte Jungfer zu enden.

Danke, Tamra.

Zu allem Überdruss barg diese Position beträchtliche Gefahren. General Kat-Greer hatte zweifellos vor, sich anhand der Alteraner als Scharfmacher zu profilieren. Das war seinen Andeutungen am Vasallentag unschwer zu entnehmen gewesen. Die Exotenfrage stellte eines der wenigen Themen dar, mittels derer er dem Ersten Hetran Elbanger-Tan nachlässiges, zu lasches Verhalten und damit Führungsschwäche unterstellen konnte. Mitrade würde viel Fingerspitzengefühl benötigen, um es sich weder mit ihrem Lehnsherrn noch dem Hetranat zu verscherzen. Lieferte Dekombor – sie! – einem der beiden Kontrahenten allzu gute Argumente, brachte sie mit hoher Wahrscheinlichkeit den anderen gegen sich auf. Lavierte die Verwalterin hingegen herum, war womöglich keiner von beiden zufrieden. Kurz: Wenn sie nicht höllisch Acht gab, drohte sie zwischen den zwei stärksten politischen Lagern des Trovents zerrieben zu werden.

So weit, so schlecht. Sich bei ihren Untergebenen Respekt zu verschaffen, konnte allerdings auf keinen Fall schaden. Sonst glaubten die Kerle noch, mit ihr leichteres Spiel zu haben, nur weil sie eine Frau war, und wurden aufmüpfig. Derlei Tendenzen mussten gleich zu Beginn im Keim erstickt werden.

Mitrade rieb sich die juckenden Hände. Sie würde ein Exempel statuieren.

Und sie wusste auch schon, an wem.

Acht Frechheit siegt (fast) immer

»Männer und Frauen der einzigartigen MINXHAO-Besatzung!«, rief Perry Rhodan. »Hört mir zu! Auch du, Flohbein!«

Gelächter kam auf. Sie waren noch nicht mal zwei Tage zusammen unterwegs, aber Flohbein kannten inzwischen fast alle; die Übrigen hatten von ihm gehört.

Niemand fragte, wie er wirklich hieß, oder wer ihm diesen Spitznamen verliehen hatte. Egal: Er passte, Punktum. Flohbein rannte pausenlos durch den Walzenraumer, als würden seine Gliedmaßen nicht von seinem Gehirn gesteuert, sondern von Myriaden Flöhen. Schlaf schien er nicht zu benötigen. Theoretisch leitete er die kleine Wissenschaftssektion; sein Intelligenzquotient von knapp 200 und seine 14 Doktorate sowie 20 Ingenieursdiplome hatten ihn dazu prädestiniert. In der Praxis dachte, sprach und handelte er zu schnell für jede Person an Bord, eingeschlossen ihn selbst. Er war Kleptomane, oder besser: Umverteiler. Flohbein klaute unablässig, aber nicht, um zu besitzen, sondern um auszutauschen. Wenn er etwas wegnahm, hinterlegte er etwas anderes. Manchmal waren die betroffenen Geräte danach kaputt, manchmal funktionierten sie besser als zuvor. Oder sie sendeten, ohne in ihrer eigentlichen Tätigkeit beeinträchtigt zu sein, kryptische Botschaften aus wie: »Wir werden von einer fremden Macht regiert.« –»Jonas im Walfisch ist sicherer als schlank.« – »G-String-Theorie: Unerschöpfliche Energiequelle, solange keiner nie nicht hingreift.«

Die gesamte Mannschaft der MINXHAO hatte sich im Backbordhangar eingefunden. Mit langsamer Restfahrt driftete das Schiff ins Blossom-System, überwacht vom Autopiloten des Bordrechners. Die Autorisierung durch Staatsmarschall Michou war von Captain Onmout übermittelt und seitens der hiesigen Behörden akzeptiert worden. Daraufhin hatte Perry dieses Plenum einberufen.

Erwartungsgemäß reagierte Flohbein nicht, sondern wieselte weiter durch die Reihen. Nach Art eines Taschendiebs stahl er Hosenträger oder Multifunktions-Armbänder und gab sie wieder zurück als verschlungene Skulpturen oder umprogrammiert zu Vibra-Summern, die fremdartige Melodiefolgen abspielten. Er lebte in seinem eigenen Multiversum, das er von einem Moment zum anderen umdefinierte. Flohbein war wahnsinnig; alle mochten ihn.

Von seinem Podest aus überblickte Perry die bunt zusammengewürfelte Meute. Insgesamt war die Stimmung bis jetzt gut. Vereinzelte Schlägereien hatte es gegeben, aber eher harmlose Hahnenkämpfe, wie in allen Pausenhöfen des Kosmos, und sie waren glimpflich, ohne gröbere Verletzungen, von den Beteiligten selbst beendet worden. Die Bordsicherheit, bestehend aus Ex-Agenten der Legion Alter-X, die wegen Befehlsverweigerung gegenüber Staatsmarschall Michou degradiert und inhaftiert worden waren, hatte nicht eingreifen müssen.

Nun aber wartete eine besondere Herausforderung auf die Mannschaft, eine Hürde ganz spezieller Art.

»Wir erreichen in Kürze Bluebelle, den größten Mond des siebenten Planeten Strega«, rief Perry. »In der dortigen Werft wird die MINXHAO gewartet. Das sollte in etwa sechzehn Stunden erledigt sein. Kommandant Captain Onmout und ich haben uns jedoch entschlossen, einen vollen Ruhetag einzulegen – damit alle drei Schichten in den Genuss eines Landurlaubs kommen können.«

Ungläubiges, atemloses Schweigen – dann brach die Menge in Freudengeheul aus.

Als sie sich einigermaßen wieder eingekriegt hatten, verschaffte sich Perry mit einer Armbewegung Ruhe. »Ja, wir lassen euch auf die Hafenkneipen, Spielhöllen und sonstigen Freizeitbetriebe dieses bedauernswerten Himmelskörpers los. Sauft, hurt, führt euch auf wie die letzten Menschen! Denn ihr und die tapferen Bewohner von Fort Blossom seid die letzten Menschen hier an der Außengrenze des Imperiums Altera. Die im Blossom-System Stationierten sind zähe, krisenfeste Leute. Sie haben mehr als einen Überfall larischer Piraten abgewehrt. Da werden sie auch mit euch fertigwerden.«

»Das werden wir erst sehen!«, schrie jemand aus den hinteren Reihen. Gejohle antwortete ihm.

Perry schmunzelte. »Wir wissen, dass die meisten von euch längere Zeit gesiebte Luft geatmet und daher einiges nachzuholen haben. Und Bluebelle bietet die letzte Gelegenheit dazu. Danach warten über viereinhalbtausend Lichtjahre durch interstellaren Leerraum, ohne einen einzigen alteranischen Stützpunkt. Also tobt euch aus, auf welche Weise auch immer ihr es für richtig haltet. Niemand wird euch beaufsichtigen oder dreinreden, nicht ich, nicht Captain Ormout, nicht die Bordsicherheit. Aber«, er hob die Stimme, »es wird euch auch niemand holen kommen, falls ihr nicht rechtzeitig am Ende eurer jeweiligen Freischicht wieder zurück an Bord der MINXHAO findet! Bildet euch nicht ein, unser Psi-Orter und Teleporter Startac Schroeder würde Kindermädchen für Volltrottel spielen, die besinnungslos in irgendwelchen Hinterzimmern schnarchen. Ihr seid freie Menschen und tragt selbst Verantwortung für euch – aber auch für unsere gemeinsame Mission, von der das Schicksal der alteranischen Menschheit abhängen könnte.«

Er hatte jetzt ihre volle Aufmerksamkeit und setzte leiser, noch nachdrücklicher fort: »Wer abhauen und untertauchen will, weil er oder sie plötzlich doch die Hosen voll hat, kann dableiben – und muss das vor dem eigenen Gewissen rechtfertigen. Wer die Gesetze Blossoms verletzt, bleibt ebenfalls da. Habe ich mich klar genug ausgedrückt? Wer in einem Zustand zurückkommt, der es ihm unmöglich macht, seinen nächsten Schichtdienst ohne Beeinträchtigung auszuüben, bleibt da. Basta.«

Perry schlug mit der Faust auf das Pult. »Mitgenommen wird nur, wer sich dessen würdig erweist. Verdammt, zur Not fliegen Demetrius und ich diese hässliche Raumgurke mit der Hälfte von euch nach Caligo! Doch dazu wird es nicht kommen, das weiß ich. Weil ihr zwar eine Horde elender Halunken seid – aber Terraner. Danke, viel Spaß.«

Am 18. April 4930 n. Chr. oder 1343 Neuer Galaktischer Zeitrechnung, wie sie laut Rhodan mittlerweile in der Milchstraße gebräuchlich war, legte die MINXHAO von Bluebelle ab, ließ das Blossom-System hinter sich, und ihre Reise durchs Niemandsland zum Trovent der Laren begann. Ausnahmlos alle 500 Besatzungsmitglieder waren mit von der Partie; manche ein wenig lädiert, jedoch alle voll einsatzfähig. Dmetris Verehrung für den Großadministrator hätte sich weiter gesteigert, wäre dies noch möglich gewesen.

Flohbein hatte das Experimentalschiff gar nicht erst verlassen, sondern während aller drei Schichten die Wartungsarbeiten auf seine Weise … nun ja, unterstützt. Perry Rhodan hatte darauf bestanden, dass man den kleinen, quirligen Mann, der mit niemandem auch nur ein Wort wechselte, gewähren ließ. Etliche der Werftingenieure verfluchten Flohbein und hätten ihn am liebsten zum Teufel geschickt, weil er sie in ihrer Routine behinderte. Außerdem mussten sie wegen seiner »Interventionen« manche Reparatur doppelt und dreifach ausführen. Unterm Strich aber war die MINXHAO hinterher besser in Schuss und vor allem problemloser zu handhaben. Irgendwie hatte Flohbein die Koordinierung der unterschiedlichen Hybrid-Elemente beträchtlich vereinfacht. Dass nun anstelle der üblichen Warntöne Neunachteltakt-Polkas erklangen, wurde in Kauf genommen.

Da sie das auf gerader Linie zwischen Fort Blossom und Caligo liegende Ereton/A-Hypersturmriff umfliegen mussten, verlängerte sich die Strecke um 150 Lichtjahre oder drei Linearetappen. Vor weiteren hyperhysikalischen Anomalien blieben sie verschont, daher machten sie gute Fahrt und konnten einen durchschnittlichen Überlichtfaktor von 650.000 erzielen. Unangefochten erreichte die MINXHAO am 21. April, nach drei erfreulich ereignislosen Flugtagen, das System der roten M1-Sonne Illindor.

Unmittelbar nachdem sie weit außerhalb der Umlaufbahn des sechsten Planeten Hat-No aus dem Halbraum gefallen waren, ging der Großadministrator in die Offensive. Er wartete gar nicht erst ab, bis ihr Walzenraumer von den Anlagen der Systemüberwachung entdeckt wurde, sondern ließ auf allen Frequenzen mit höchster Leistung eine Botschaft senden: »Hier spricht Perry Rhodan, Erster Hetran der Galaxis Milchstraße. Ich komme im Auftrag von Hotrenor-Taak, dem Verkünder der Hetosonen. Das Konzil der Sieben hat Kenntnis von einer irregulären Laren-Kolonie erhalten, die nicht dem Hetos angeschlossen ist, und mich als Berichterstatter entsendet. Ich wünsche unverzüglich mit dem höchsten Repräsentanten des hiesigen Trovents zu kommunizieren.«

Beigefügt waren Sublinks zu den wichtigsten vorgekommenen Namen und Begriffen: Rhodan, Milchstraße, Hotrenor-Taak sowie sämtliche Völker, die zum Hetos der Sieben gehörten, dazu Daten- und Bildmaterial, das gemäß Perrys Erinnerungen rekonstruiert worden war. Denn ein Teil seiner Behauptungen stimmte. Jener Hotrenor-Taak hatte ihn tatsächlich einmal als Ersten Hetran der Milchstraße eingesetzt. Dass der Verkünder letztlich besiegt worden und das Konzil untergegangen war – wozu Rhodan nicht unwesentlich beigetragen hatte –, konnten die seit Jahrtausenden isolierten Laren von Ambriador nicht wissen.

Gleichwohl hinkte die Geschichte gewaltig. Die Suppe, die sie auftischten, war dünn, der Bluff ein allzu leicht durschschaubarer. Erstens ließ sich die MINXHAO, Experimentalraumer hin oder her, schon bei etwas genauerer Ortungsanalyse als auf Altera gebautes Schiff enttarnen. Zweitens verfügte Perry über keine authentisch verschlüsselten Identifizierungs-Chiffren, wie sie der Bote eines Verkünders der Hetosonen früher gewiss mitgeschickt hätte; so gut war sein Gedächtnis nun auch wieder nicht. Aber der Großadministrator wollte auf seiner Behauptung gar nicht bis zum bitteren Ende beharren. Sein frech zur Schau getragenes Halbwissen sollte lediglich Aufmerksamkeit erregen, ihnen die Tür öffnen und zu einem Gespräch mit einem möglichst ranghohen Entscheidungsträger verhelfen. Dann würde Perry die Wahrheit offenbaren – darauf vertrauend, dass sein Anliegen, die Befriedung der Posbis, letztlich auch im Interesse der Laren lag. »Borgten« diese ihm daraufhin Verduto-Cruz oder zumindest einige andere Experten aus dessen ehemaligem Team, war ein erster Schritt getan, ein wichtiger Teilerfolg erzielt.

Tja. So weit der Plan. Jetzt, da es darauf ankam, erschien er Dmetri noch gewagter und lange nicht mehr so realistisch wie während der Anreise. Was, wenn die Laren keine Fragen stellten, sondern gleich einmal schossen und erst später, in den Überresten der MINXHAO, nach Antworten suchten? Zuzutrauen war ihnen das allemal.

Unablässig funkten die Hypersender Perrys Nachricht. Antwort traf keine ein. Die Spannung in der Zentrale steigerte sich von Minute zu Minute.

Während sie auf eine Reaktion warteten, verglich Dmetri, um seine Nervosität zu bezähmen, die Ergebnisse der Ortungsabteilung mit den Informationen, die der Legion Alter-X vorgelegen hatten. Hat-No, ein kalter Gesteinsbrocken, 790 Millionen Kilometer von der Sonne Illindor entfernt, fungierte mehr oder minder ausschließlich als Lafette für superschwere Impulsgeschütze, die nicht einmal auf Schlacht-Troventaaren installiert werden konnten. Auch der fünfte Planet Gan-Lar, der fast 40.000 Kilometer durchmaß, und die meisten seiner elf Monde dienten vorwiegend der Systemverteidigung. Astaro und Ferrenth, atmosphärelose Wüstenwelten, wurden als Rohstofflieferanten und Industriestandorte genutzt. Um Caligo, den zweiten Planeten, massierten sich besonders viele Troventaar-Verbände. Das verwunderte einerseits nicht, da es sich um die Zentralwelt der Laren handelte; andererseits vollführten die Flotten, glaubte man der vorläufigen Auswertung, derzeit recht merkwürdige Manöver.

Dmetri machte den lässig an einer Konsole lehnenden Großadministrator darauf aufmerksam und fügte hinzu: »Wir können ihren Funkverkehr nicht abhören. Die Störsender, die sie im ganzen System einsetzen, sind zu stark für uns. Vielleicht findet gerade eine Gefechtsübung statt.«

»So nah am Trovent-Planeten, und in derart großem Maßstab?«

»Die Nestschädel ziehen es generell vor, zu klotzen statt zu kleckern. Vielleicht probieren sie ja eine neue Taktik für den Fall eines direkten Posbi-Angriffs auf Caligo. Das könnte erklären, warum sie uns nach wie vor ignorieren.«

»Hm.«

Mondra Diamond deutete auf den Hauptholoschirm, der eine schematische Darstellung des Sonnensystems mit eingeblendeten Basisdaten zeigte. »Der erste Planet …«

»Kogar.«

»Der ist nicht ganz normal, oder?«

»Kann man wohl sagen. Ein glühender Gesteinsbrocken, mit nur achthundertsechzigtausend Kilometern Abstand zur Sonne, rast in weniger als sechs Stunden einmal um sie herum.«

Die Leibwächterin pfiff burschikos durch die Zähne. »Schnell und heiß.«

»Hyperheiß. Ob die extrem enge Umlaufbahn natürlichen oder künstlichen Ursprungs ist, wissen wir nicht; feststeht allerdings, dass Kogar bei starken Hyperstürmen teilweise von der Bildfäche verschwindet.«

»Wie bitte?«

In einem solchen Sturm, erklärte Dmetri, schlugen mehrfach kurzfristige hyperenergetische Bogenentladungen aus Illindor empor, vierdimensionale Protuberanzen, die Kogar minutenlang einhüllten, bevor sie zur Oberfläche des Sterns zurückfielen. Als deren Folge wurde der Planet für jeweils exakt einen Umlauf zu einem halbmateriellen Schemen teilentstofflicht. An diesem höchst eigenartigen Phänomen hatte auch der Hyperimpedanz-Schock nichts geändert. »Seither erhalten jedoch auf Kogar deponierte Schwingquarze dadurch eine Art Aufladung, die ihre Stabilität erhöht, und zwar auf zirka drei Viertel der vormals üblichen Werte.«

»Wie praktisch.«

Dmetri nickte. »Beneidenswert, in der Tat. Wir hätten auch gern einen solchen Brutofen für Hyperkrista…« Er sprach nicht zu Ende, denn die von Flohbein modifizierten Sirenen gaben eine ohrenbetäubende Kakofonie von sich. Zugleich flammten Dutzende Warnlichter auf.

Rotalarm.

»Strukturerschütterung in Nahdistanz!«

»Endlich«, sagte Perry, als hätte man ihm mitgeteilt, der Kaffee sei fertig. Für Mondras Geschmack übertrieb er es mit der zur Schau gestellten Ruhe. Drohender Hektik durch Gelassenheit entgegenzuwirken, war schön und gut, doch himmelten ihn Captain Onmout und die übrigen Offiziere schon mehr als genug an. Mondra hatte Rhodan im Verdacht, dass er die ihm dargebrachte Vergötterung heimlich doch ein wenig genoss, obwohl er sich anderweitig äußerte. Nun, er war auch nur ein Mann und sein Testosteron-Spiegel gewiss nicht zu niedrig …

Sie konzentrierte sich auf den Hauptholokubus. Ein Pulk, bestehend aus 14 Schweren Troventaaren, war nur fünf Millionen Kilometer von ihnen entfernt aus dem Halbraum ausgetreten und raste direkt auf sie zu. Was bewies, dass der perfekt synchron ausgeführte Sprung nicht zufällig hierher geführt hatte, sondern auf die Position der MINXHAO abgezielt gewesen war.

Der larische Verband fächerte auf, wohl in der Absicht, sie zu umzingeln. Wie abgesprochen unternahm Kia Lung, ihre Pilotin, keinen Fluchtversuch; ein solcher wäre ohnehin zum Scheitern verurteilt gewesen.

»Sir, Richtfunkspruch, Sir!«, meldete Awadalla, der Cheforter.

»Auf das Holo!«

Das dreidimensionale Abbild eines Laren erschien. Selbstverständlich hatte Mondra inzwischen zahlreiche Darstellungen dieser untersetzten Humanoiden mit der dunklen Haut, den gelben Lippen und den Smaragdaugen gesehen. Dennoch verspürte sie ein leichtes Kribbeln zwischen den Schulterblättern.

Ohne ein Wort des Grußes oder der Vorstellung schnarrte der Lare: »Anordnung vom Oberkommando der Neunten Trovent-Flotte. Unternehmen Sie nichts, was als aggressive Handlung gedeutet werden könnte. Dazu zählt bereits das Hochfahren höherenergetischer offensiver oder defensiver Waffensysteme. Ich wiederhole …«

Perry gab ein Handzeichen, dass die Bildübertragung auch von ihrer Seite aktiviert werden sollte, dann sagte er: »Sie werden lachen, wir haben gar keine solchen Waffen an Bord. Der Erste Hetran der Galaxis Milchstraße benötigt nichts dergleichen.«

»Spare dir deine erbärmlichen Versuche, mich zu beeindrucken, Menschling. Ich führe nur Befehle aus. Die lauten, euch nach Caligo zu eskortieren.«

»Dies ist ganz in meinem Sinn. Ich wünsche, mit dem höchsten Repräsentanten …«

»Deine Wünsche zählen nicht«, unterbrach der Lare. Seine Uniform war in einem kräftigen Hellrot gehalten, was ihn als mittleren Dienstgrad auswies. »Ihr bekommt in regelmäßigen Abständen Flugziel-Parameter von uns überspielt. Diese sind absolut einzuhalten. Bei der geringsten Abweichung puste ich euch mit Freuden aus dem All.«

Der Kubus wurde dunkel. Im selben Moment erlosch auch ein Gutteil der übrigen Holo-Anzeigen.

»Was ist das?«, rief Captain Onmout.

»Totalausfall sämtlicher Ortungsgeräte, Sir. Mir schleierhaft, warum, ich meine, wir haben keinen Treffer abbekommen, aber … Wir sind blind und taub.«

»Sie hüllen uns in ein Abschirmfeld«, sagte Perry Rhodan. »Um die Geheimnisse ihres Zentralsystems zu bewahren. Schließlich wissen die Laren noch nicht, woran sie mit uns sind. Immerhin würden sie sich eine solche Mühe nicht antun, wenn wir nicht ihre Neugier erweckt hätten.«

»Sir, Daten angelangt. Ein Koordinatensatz. Ansonsten dringt nach wie vor nicht das Geringste von außen zu uns durch.«

Onmout wechselte einen raschen Blick mit Perry. »Wir folgen den Anweisungen. Der Vollalarm für alle Stationen bleibt bestehen.«

Es war ein seltsames, keineswegs angenehmes Gefühl, im Blindflug ein Sonnensystem zu durchqueren. Noch dazu eins, in dem es von Ortungsimpulsen nur so gewimmelt hatte.

Der Kurs, den ihnen die nicht unbedingt überschwänglich liebenswürdige Eskorte vorschrieb, führte nicht auf geradem Weg zum Planeten Caligo. Vielmehr zwang man sie, im Zickzack hin und her zu springen, mal kürzer, mal weiter, mal schneller, mal langsamer.

Mondra trat zu Perry und fragte leise: »Hast du eine Ahnung, was das soll?«

Er zuckte die Achseln. »Möglicherweise Psychotricks. Man will uns zermürben, unsere Nervenstärke testen. Vielleicht ist hier aber auch etwas im Gang, das diese Art des Vorgehens erforderlich macht.«

»Nämlich?«

Perry schluckte die Antwort, die ihm auf der Zunge lag, hinunter und schüttelte den Kopf. »Spekulationen ohne ausreichende Grundlage bringen nichts.«

Viele Crewmitglieder besaßen sehr scharfe Ohren. Er wollte niemanden zusätzlich beunruhigen. Die Mannschaft hielt sich wacker, war aber zweifellos verunsichert. Wer flog schon gern mit verbundenen Augen?

Der Navigator vollzog mit Hilfe der Bordpositronik die ihnen diktierten Bewegungen nach und fügte die zurückgelegten Strecken als strichlierte Linien in die Darstellung des Sonnensystems und der stärksten zuvor angemessenen Impulsballungen ein. Vor Perrys geistigem Auge formte sich ein Bild … das ihn nicht erfreute. Wenn seine Vermutung richtig war, hätten sie kaum einen ungeeigneteren Zeitpunkt für ihren Besuch auf dem Trovent-Planeten erwischen können.

Vorausgesetzt, dem Rechner war bei der verhältnismäßig simplen Rekonstruktion kein Fehler unterlaufen, mussten sie Caligo schon sehr nahe sein. Abermals meldete sich der Cheforter. »Sir, ans letzte von unseren Freunden übermittelte Datenpaket war ein kurzer Text angehängt. Soll ich ihn projizieren, Sir?«

»Machen Sie schon, Mann!«, blaffte Demetrius Onmout. Um sein Nervenkostüm stand es nicht mehr zum Besten.

Wird Zeit, dachte Perry, dass das Blindekuh-Spiel aufhört.

Larische Schrift erschien. In großen Lettern stand zu lesen: GESCHÄTZTER HOCHSTAPLER – WER ODER WAS IMMER SIE WIRKLICH SEIN MÖGEN, SIE VERDIENEN MEINEN RESPEKT. MAN HAT IHNEN EINEN LANDEPLATZ ZUGEWIESEN. BITTE VERWEILEN SIE DORT UNTER ALLEN UMSTÄNDEN MIT DEAKTIVIERTEN SYSTEMEN. RÜHREN SIE SICH ZU IHRER EIGENEN SICHERHEIT NICHT VON DER STELLE, BIS ICH ZEIT FINDEN WERDE, MICH IHNEN ZU WIDMEN.

Die Pilotin leitete den Landeanflug ein. Auf den Gesichtern der Umstehenden zeichnete sich Erleichterung ab.

»Wer sagt's denn. Läuft doch wie geschmiert.«

Perry hatte den Satz kaum beendet, da brach das Inferno los. Der Boden unter seinen Füßen erzitterte, einmal, zweimal … beim dritten Mal versagten die Andruckabsorber. Unvermittelt schlugen so viele Gravos durch, dass es Perry von den Beinen riss. Das Licht ging aus. Der Antigrav seines Kampfanzugs bremste Perrys Sturz, dennoch ging unter ihm etwas zu Bruch. Im Dämmerschein der Notbeleuchtung und blinkenden Warnlämpchen sah er, dass sich sein Raumhelm schloss. Offenbar registrierte die Mikro-Positronik einen Druckabfall.

Bei einem Raumschiff dieser Bauart konnte das nur eins bedeuten: Volltreffer.

Die MINXHAO zerbrach. Sie stürzten ab.

Neun Ein Schacht, der bis in die Hölle führt

Der Mob heulte auf, als die Schandknechte anrückten.

In Zweierreihen kamen sie aus der Unterführung marschiert, flott, zackig, obwohl ihnen die Ketten, die um ihre nackten Knöchel klirrten, nur Trippelschritte erlaubten. »Links – rechts – links – rechts!«, kommandierten mit monotonen Lautsprecherstimmen die Maahks, die sie als Aufseher und Antreiber flankierten. Und nicht zuletzt als Beschützer; denn ohne das halbe Dutzend breitschultriger, Betäubungsstöcke schwingender Riesen in grauen Druckanzügen hätte die aufgebrachte Meute ihre gebrüllten Drohungen wohl wahrgemacht.

»Lynchen sollte man euch Schädlinge, ohne Umschweife aufhängen!«

»Jawohl, am besten gleich hier! Und zwar verkehrt herum!«

»Verdammtes Pack! Kinderschänder!«

»Zurück verfrachtet auf eure Kloakenplaneten gehört ihr, aber in Särgen!«

»Versteck dich gut hinter deinem Giftschlucker-Freund, räudige Hure, elendige! Weißt du, was ich mit dir anstellen würde, wenn er und seine Kumpel nicht wären?«

Tamra, der diese Stimme bekannt vorkam, sah sich den Schreihals genauer an. Er hatte Schaum vor dem Mund; Geifer stob in Flocken bei jedem Wort. Das feiste Gesicht, die geplatzten Äderchen, der schüttere Haarkranz: Ja, es handelte sich um den Bäcker, der ihr noch vor weniger als einem Jahr gönnerhaft Unterschlupf in der Brotfabrik von Groschir offeriert hatte … Es gab sie also tatsächlich, die Pöbel-Touristen, die um den halben Planeten reisten, um an den Schandknechten von Taphior verbal ihr Mütchen zu kühlen. Der Lare hingegen erkannte Tamra nicht wieder. Sie war damals wie heute ein Zerrbild für ihn, nur eben mittlerweile ein anderes. Die Wahrnehmung hatte sich gleichermaßen gewandelt wie das Klima verschärft. Aus Hilfsbereitschaft – wenngleich geknüpft an die Erwartung gewisser Gegenleistungen – war purer Hass geworden.

Nicht bloß Beschimpfungen trafen sie von beiden Seiten der Gasse, durch die sie trippelten, links-rechts, links-rechts. Sie wurden bespuckt, beworfen mit Schlammbatzen, faulem Obst, kleinen Steinen. Die Maahks hatten Anweisung, erst beim Gebrauch größerer Mauerbrocken oder lebensgefährlicher Waffen einzuschreiten. Schräg über dem Getümmel schwebte für alle Fälle ein Polizeigleiter, dessen abschreckende Präsenz die tobende Menge einigermaßen in Zaum hielt.

Obwohl immer wieder Wurfgeschosse sie trafen, ging Tamra mit hoch erhobenem Kopf, ebenso wie die Frau neben ihr. In gewisser Weise empfand sie es als Ehre, ausgerechnet mit ihr zusammengekettet zu sein. Yilmaz Macmahon hatte auf der MERCANT gedient, als Leitende Bordingenieurin im Leutnantsrang, abwechselnd oder gemeinsam mit Tamras Vater. Sie hatte Tamra schon als Kleinkind gekannt – zu einer Zeit, an die ihr selbst jegliche Erinnerung fehlte.

Und jetzt marschierten sie Seite an Seite. Die Stahlfesseln scheuerten die härteste Hornhaut blutig, doch die Alteranerinnen zeigten den Laren ihren Schmerz nicht; sehr wohl aber ihren Stolz. Das hatte Tamra von Yilmaz gelernt. *Bleib aufrecht, halte dich am Letzten fest, das du noch hast.* Wie das uralte Sprichwort besagte: »Wenn nichts mehr übrig ist, dein Haus zu heizen, musst du dich selbst in Brand setzen.«

»Stopp!«, befahl Grek-331, der Truppführer. Mit ihm gab es, solange man sich an die Regeln hielt, nie Schwierigkeiten. Maahks atmeten ein Wasserstoff-Methan-Gemisch ein und Ammoniak aus; dieses Gas war unter den Druck- und Temperaturverhältnissen, die auf ihren Welten herrschten, noch nicht flüssig. Die grauen Riesen kannten nur logisches Denken, keine sadistische Grausamkeit. Derlei blieb zu Gefühlen fähigen Wesen wie Alteranern und Laren vorbehalten.

Die Schandknechte hielten vor der Wand des Schuppens an. Slogans waren darauf gemalt worden, einige sogar per Thermostrahl eingebrannt: *LARENHUNDE, WIR KRIEGEN EUCH! – ALTERA WIRD SIEGEN! – TOD DEM MENSCHENSCHINDER!*

Mit Letzterem meinte, wer immer für die Schmierereien verantwortlich war, General Kat-Greer, den Kommandanten der Neunten Flotte. Er hatte sich in letzter Zeit zum Wortführer all derer aufgeschwungen, die den Umgang des Hetranats mit den Menschlingen als zu lau und rückgratlos kritisierten. »Fort mit der parasitären Brut!«, forderten jene Medien, die unter seiner Kontrolle standen. Nahezu täglich berichteten sie von angeblichen Übergriffen der Alteraner, brandmarkten sie als notorische, unheilbare, da geborene Kriminelle, bezichtigten sie der Prostitution, des Drogenhandels und aller möglicher anderer Verbrechen. Wie sie diese Untaten begehen sollten – wo doch jeder ihrer Schritte und Tritte mittels der Peilchips überwacht und aufgezeichnet wurde, die sie wie alle Gunstbolde im Nacken trugen –, kümmerten die in Kat-Greers Huld stehenden Scharfmacher nicht.

In Wahrheit mussten die Alteraner als Sündenböcke dafür herhalten, dass die Lebensqualität der larischen Unterklassen immer weiter sank, genauso wie deren Glaube an die seit Jahrzehnten gleichen Durchhalteparolen. Gerüchte, die menschlichen Zwangsarbeiter nützten bei jeder Gelegenheit schamlos der Laren sprichwörtliche Gutherzigkeit aus, fielen auf fruchtbaren Boden. Außerdem wurde unterstellt, die Flotten des Imperiums Altera stemmten sich, aus mangelnder Opferbereitschaft und rassenbedingter Charakterschwäche, nicht mit vollem Einsatz gegen den Posbi-Ansturm. Daher banden sie zu wenig Verbände der Mörderroboter und schädigten auf diese Weise indirekt auch den Trovent. Mit anderen Worten: Sie, niemand sonst, waren die eigentliche Ursache dafür, dass die Laren die Posbis noch nicht besiegt hatten, ja sich ihrer im Gegenteil sogar immer schwerer erwehrten.

Wegen dieser Propaganda wurde inzwischen jedes öffentliche Auftreten von Alteranern außerhalb Dekombors zum Spießrutenlauf. Zumal dies, seit Mitrade-Parkk im Exotenviertel die Macht übernommen hatte, ausschließlich in Form von Schandknecht-Kettentrupps stattfand, über die es in der Ankündigung hieß, sie bestünden aus besonders üblen überführten Straftätern.

»Das Kotzen kommt mir beim Gedanken, dass dieses Gesindel dieselbe Luft atmet wie unsereins!«

»Zu feig, die eigene Heimat zu verteidigen, aber unsere Jugend vergiften und in die Gosse ziehen, das könnt ihr!«

»Wisch – wisch – wisch es weg! Wisch – wisch – wisch es weg!«

»Ja, schab nur, Nutte, schab! Brecht euch die Finger, ihr Lumpenpack, und erstickt am Schmutz, den ihr selbst produziert habt!«

Tamra hatte die Schmährufe schon unzählige Male gehört. Sie war immer dabei; von Anfang an. Was sie tagsüber mit bloßen Händen und verätzender, die Atmung beeinträchtigender Säure wegputzten, stand am nächsten Morgen doppelt so groß wieder da, wie von Zauberhand geschaffen. Um so viele Wände überall in Taphior zu beschmieren, hätte es gut und gern der zehnfachen Anzahl von Menschlingen bedurft, als auf ganz Caligo lebten.

Wilbur holte Tamra zu den Taoisten.

Anfangs hatte es ihm das Herz gebrochen, ohnmächtig mit ansehen zu müssen, wie sie von der Verwalterin gequält wurde. Zusammen mit Yilmaz Macmahon und einigen anderen Freigeborenen protestierte er schriftlich gegen diese Schikanen, die offensichtlich persönliche Rachegelüste befriedigen sollten – mit dem Erfolg, dass sich die Unterzeichner flugs ebenfalls bei der Kettentruppe wiederfanden. Auf diese Weise machte Mitrade-Parkk klar, dass in Dekombor nun ein anderer, schärferer Wind wehte als unter ihrem Vater und Vorgänger. Der hatte zumindest geheuchelt, sich um das Wohlergehen seiner Untergebenen zu sorgen und ein offenes Ohr für deren Bedürfnisse zu haben. Tamra selbst bat Wilbur daraufhin, von weiteren Solidaritäts-Bekundungen Abstand zu nehmen; es handle sich um eine Sache zwischen ihr und Mitrade, und es bringe niemandem etwas, wenn zusätzlich Unschuldige zum Handkuss kämen.

Im Lauf der Wochen und Monate wandelte sich Wilburs Mitleid zu Bewunderung. Durch ihre Zähigkeit und ihr stilles, jedoch unbeugsames Verhalten erwarb Tamra großen Respekt im Viertel, ja sie wurde regelrecht zum Symbol für passiven Widerstand. »Da kommt sie«, raunten die Alten, zu Krüppeln Geschundenen. »Tamra, ihr wisst schon, Leutnant Cantus Tochter, die nicht unterzukriegen ist, weil sie trotz allem nie zu Kreuze kriecht. Hölle, Tod und Teufel, sie ist sogar noch härter als Yilmaz!«

Freilich stellten die Freigeborenen nur die Minderheit der alteranischen Bevölkerung von Dekombor. Mehr als drei Viertel machten diejenigen aus, die sie abfällig »Knechtgeborene« nannten, weil jene bereits in Schande und Gefangenschaft zur Welt gekommen waren, manche schon in zweiter oder dritter Generation. Die meisten besaßen eine ausgeprägte Sklavenmentalität. Sie glorifizierten ihre Unterdrücker und verstanden sich selbst als eine Art »arme Verwandte« der Laren, unendlich weit niedriger als diese, dennoch privilegiert unter den Fremdvölkern. Mit dem alteranischen Erbe, das sie als minderwertig empfanden, wollten sie so wenig wie möglich zu tun haben. Stattdessen ahmten sie die Sitten und Gebräuche des Herrenvolks nach, flochten ihre Haare zu Nestern und schminkten sich die Lippen gelb. Einige knechtgeborene Eltern gingen so weit, dass sie für ihre Kinder am Schwarzmarkt Präparate besorgten, die das Körperwachstum hemmten und eine gedrungene, eben »larischere« Statur förderten.

Die ehemaligen Zöglinge der Heelghas standen zwischen den beiden Gruppierungen. Einerseits hatten sie noch in der Freiheit Alteras das Licht der Welt erblickt, andererseits waren sie im Internat nach allen Regeln der Kunst umerzogen worden. Manche, zu denen sich Wilbur zählte, hatten die Indoktrination erfolgreich abgeschüttelt; andere nicht. Die Bruchlinie konnte mitten durch eine Familie verlaufen, wie bei Wu und Frizzi Pasterz: Während die reichlich gluckenhaft gewordene Frizzi sich eifrig zu integrieren trachtete und jeden Winkel ihrer Behausung mit kitschigen, knallbunten larischen Altären vollstopfte, hielt Wu im Zweifelsfall eher zu den Freigeborenen. Er hatte sogar kürzlich, hinter dem Rücken seiner Gattin, um Aufnahme bei den Taoisten gebeten.

Was Tamra betraf, war Wilbur sich lange Zeit nicht sicher. Sie bot Mitrade-Parkk die Stirn, doch ansonsten deklarierte sie sich nicht, sondern hielt gleich großen Abstand zu beiden Bevölkerungsteilen. Das änderte sich erst nach der unerfreulichen Sache mit Neko.

Jason Neko – der war Wilbur ein Dorn im Auge, seit er nach Dekombor gekommen war und sich alsbald zum Wortführer der Knechtgeborenen aufgeschwungen hatte. Niemand verteidigte die Laren fanatischer als er. »Furzschnüffler« nannte Wilbur ihn bei sich, weil Jason noch in jedem Darmwind seiner Herren und Meister Gutes, Schönes und Wahres zu erkennen vermeinte. Mann, ging ihm dieser Kriecher an die Nieren! Dass er bei jeder Gelegenheit um Tamra herumscharwenzelte, verminderte Wilburs Abneigung gegen ihn nicht unbedingt.

Es war Abend, die blutrote Sonne Illindor versank gerade hinter der Skyline von Taphior, und Tamra und er delektierten sich an Kitai Lechnoirs famosen

Wurstkringeln, als Jason Neko quer über den Marktplatz auf ihre Bank zugeschlendert kam. Unübersehbar sonnte der Kerl sich in den bewundernden Blicken, die ihm zahlreiche Frauen schenkten. Er sah gut aus, das musste widerwillig auch Wilbur eingestehen, drahtig, energiegeladen, pralle Lebensfreude vermittelnd. Sein unverkennbarer, tänzerischer Gang hatte etwas Fließendes, Katzenhaftes, und seine ganze Erscheinung strahlte Zuversicht aus, als erklängen in seinem Inneren beständig die Gesänge der Heelghas. Bei einer jungen Mutter blieb er kurz stehen, nahm ihr behutsam das Baby ab, warf es in die Luft, dass es jauchzte, fing es gekonnt wieder auf und gab es der vor Stolz zerfließenden Mama zurück, nicht ohne ihr irgendwelche schmeichelnden Anzüglichkeiten ins Ohr zu raunen.

»Der gute Onkel persönlich«, kommentierte Wilbur und rümpfte angewidert die Nase.

»Lass ihn«, sagte Tamra, rechtschaffen müde vom Schandknecht-Einsatz. »Er verbreitet gute Laune und tut keinem was zuleide.«

Wilbur unterdrückte, was ihm als Entgegnung eingefallen wäre, denn Neko baute sich soeben, die Daumen im Gürtel eingehakt, vor ihnen auf. »Ich bringe tolle Neuigkeiten.«

»Ach ja? Mitrade-Parkk hat den schiefen Mund zu voll genommen, ihre gespaltene Zunge verschluckt und ist daran erstickt?« Wilbur spürte Tamras Fuß auf dem seinen. Sie mochte es nicht, wenn er provozierte. Aber das hatte er sich einfach nicht verkneifen können. Jeder wusste, wie Jason vor der Verwalterin buckelte.

Der Knechtgeborene machte viel Theater daraus, die Beleidigung großmütig zu überhören. »In der Tat komme ich gerade aus dem Büro der Hohen Verwalterin. Wo mir unsere Herrin das Amt eines offiziellen Minderheitensprechers verliehen hat.«

»Na, da gratuliere ich aber. Durftest du auch ihren Speichel vom Boden auflecken?« Wilbur blies verächtlich eine helle Haarsträhne aus der Stirn.

»Ich hatte nicht erwartet, dass du begreifst, was das bedeutet, Donning. Ab sofort verfügen wir über einen Sitz im Bezirksrat von Dekombor und können dort unsere Anliegen ungehindert zu Gehör bringen.«

»Lass mich raten. Mehr larische Schönheitssalons?«

»Spiel den Renitenten, solange du willst. Verrenn dich weiter in deine naiven Fantasien von Heimkehr in ein Imperium, das unsere Vorfahren ausgestoßen, davongejagt und schmählich im Stich gelassen hat.«

Das war die neueste Stimmungsmache der Massenmedien: Im Reich der Menschlinge, behaupteten sie, herrschten schon ewig Misswirtschaft und Überbevölkerung. Um derer Herr zu werden, setzten die gewissenlosen Machthaber Alteras seit Generationen immer wieder altersschwache Schiffe voller Unerwünschter im galaktischen Niemandsland aus, wo sie entweder erbärmlich verendeten, den Posbis zum Opfer fielen – oder von den unermesslich selbstlosen Laren gerettet wurden. Denen sie fortan zur Last fielen, die Haarnester von den Köpfen fraßen und sich nicht einmal dankbar zeigten.

»Und ausgerechnet du vertrittst uns also im Bezirksrat? Da kann sich Mitrade auch gleich selbst auf diesen Sessel setzen. Abgesehen davon, dass besagtes Gremium reine Augenauswischerei darstellt. Weil nämlich das, was dort gefaselt oder beschlossen wird, keinerlei Konsequenzen hat.«

»Wie lang lebst du schon auf Caligo, Strohschopf? Bald zwanzig Jahre. Und doch bist du geistig noch immer nicht hier angekommen, sondern trauerst nach wie vor der bitteren Not und dem Unrechtsregime nach, dem wir glücklicherweise entronnen sind. Schau dich um!« Neko vollführte eine Armbewegung, die den Marktplatz umfasste. »Sieht so ein Gefängnis aus? Ein Straflager? Bist du blind, oder was? Sind das Häftlinge, liest du Bitternis in ihren Mienen? Nein. Sondern Zufriedenheit, Optimismus, Fröhlichkeit. Und zu Recht! Leiden sie etwa Hunger oder sonstige Entbehrung? Frieren sie, haben sie kein Dach überm Kopf, müssen sie in vergammelten Hütten ihr kärgliches Dasein fristen? Nein. Ganz im Gegenteil, Elbanger-Tan, der Erste Hetran, hat ihnen, uns allen, einen wunderschönen, unseren Bedürfnissen perfekt angepassten Stadtteil geschenkt!«

»Das Klopapier wurde erst vorige Woche wieder rationiert.«

»Ja, spotte nur. Zerreißt euch ruhig das Maul, du und deine Schwarzmaler-Freunde. Niemand verbietet es euch. Auch das sollte dir zu denken geben, falls du einer solchen Anstrengung überhaupt fähig bist. Inzwischen errichte ich, langsam aber sicher, Stein für Stein, eine tragfähige Basis für unser kleines, schwaches Völkchen.«

Wilbur verdrehte die Augen. Nekos übersteigertes, blauäugiges Sendungsbewusstsein war schlichtweg unerträglich. Warum verzog sich der selbstzufriedene Trottel nicht endlich? Weshalb belästigte er sie, statt sich von seinen Anhängern und Verehrerinnen umgarnen zu lassen? Was wollte er überhaupt?

»Schau selbst«, sagte Wilbur. »Und dann sag mir, wer von uns beiden verblendet ist.« Er zeigte auf die Maahks, die vor dem Tor des Verwaltungsgebäudes Wache schoben, Betäubungsstöcke in den Pranken. Auf die automatischen, per Fernsteuerung auslösbaren Strahlenkanonen unter den Dachfirsten, die jeden Winkel des Platzes bestreichen konnten. Auf die Polizeigleiter, deren Positionslichter am sich allmählich verdunkelnden Himmel blinkten. Zuletzt klopfte er sich gegen den Nacken, wo der Peilchip saß. »Schöne Freiheit, das.«

»Wer partout alles schlechtreden will, findet immer was zu bemäkeln. Im Frühling freuen sich die einen, weil die Wiesen grünen und die Blumen erblühen, und die anderen jammern darüber, dass es noch nicht Sommer ist.«

Das kam so salbungsvoll, bevormundend, paternalistisch und larisch, dass Wilbur endgültig der Kragen platzte. »Früher die Tourneen der Vagabunden, jetzt die Schandknecht-Kettentrupps – nennst du das Fortschritt, Mann? Was kommt als Nächstes? Spektakulär inszenierte Massenhinrichtungen?«

Er hatte geschrien, und er hasste sich dafür. Denn jetzt konnte Jason Neko erst recht den Kühlen, Überlegenen mimen.

Gelassen erwiderte der: »Wir leisten unseren Beitrag in schweren Zeiten, so wie alle anderen Gunstbolde und Vasallen auch. Und wenn wir uns vernünftig und erwachsen, also reif verhalten, werden wir reich belohnt. Meine Ernennung ist erst der Anfang. Am Ende steht die Anerkennung der Vollbürgerschaft für alle, die guten Willens sind. Im Übrigen konnte ich bereits in der heutigen Aussprache erreichen, dass diese zugegebenermaßen unerquicklichen Einsätze ab morgen auf die Hälfte reduziert werden. Dafür sind wieder Arbeitsdienste in Privathaushalten gestattet, sofern sie unter Ausschluss der Öffentlichkeit vor sich gehen. Du siehst – wenn du sehen willst –, alles wendet sich zum Guten; nein: zum Besseren. In Kürze wird diese kleine Krise gänzlich überwunden sein, und die positiven Kräfte werden gestärkt daraus hervorgehen. Die Gesellschaft der Laren ist stabil, die stabilste der ganzen Galaxis. Bald gehören die Hetztiraden gegen uns Menschlinge der Vergangenheit an, und niemand mehr wird sich daran erinnern. Niemand, Donning. Nur du wirst weiter Gift und Galle spucken. Nun, wenn's dir Spaß macht … Offenbar muss es auch unbelehrbare Nörgler geben. Platz ist genug unter der Sonne Illindor. Der Stern der Laren leuchtet für alle.«

»Ich bewundere dich, Neko«, stieß Wilbur hervor, sich mit größter Mühe beherrschend. »Ehrlich. Deine Chuzpe möchte ich haben. Du schwafelst das Violette vom Himmel herunter, wie paradiesisch wir es hier nicht hätten. Und da, direkt vor dir, sitzt der Mensch, der am allermeisten unter deiner ach so guten Herrin leidet, die Frau, die tagaus, tagein von Mitrade gepeinigt wird.« Noch während er den Satz zu Ende brachte, erkannte Wilbur, dass er schnurstracks in die Falle gegangen war. Jasons grüne Augen blitzten triumphierend auf. Genau dieses letzte Argument hatte er hören wollen.

Tamra, um den Hals das unvermeidliche Sloppelle, versteifte sich und rückte prompt von Wilbur ab. »Hör auf. Ich kann für mich selbst sprechen.«

»Eben. Und auch selber denken. Du brauchst keine zwangspessimistischen Einflüsterer, nicht wahr, Tamra? Zumal ich ermächtigt bin, dir eine frohe Botschaft zu überbringen.« Neko drehte sich elegant um 180 Grad, setzte sich, die Beine übereinander schlagend, auf die Armlehne der Bank und beugte sich vertraulich zu Tamra hinab. »Die Hohe Verwalterin ist der Meinung, du hättest genug gebüßt, und gewillt, dir die Hand zur Aussöhnung zu reichen. Sofern auch du ihr einen Schritt entgegenkommst.«

»Der wäre?«

»Setz ein Zeichen der Bereitschaft, dich vorbehaltlos in die Gesellschaft der Menschlinge von Dekombor einzuordnen.«

»Was schwebt ihr vor?«

»Heirate.«

Tamra lachte lautlos. »Und wen?«

»Wen du willst.« Nach einer Kunstpause, die er durch einen Schmachtblick füllte, ergänzte Neko, anzüglich lächelnd: »Zum Beispiel mich.«

»Ist das ein Antrag?«

»Ich kann auch hier und jetzt auf die Knie fallen, so du das wünschst.«

»Oh, das muss wirklich nicht sein.« Sie streichelte geistesabwesend ihr penetrant riechendes Vieh, das Wilbur schon im Internat zuwider gewesen war. Aber er würde sich hüten, ein Wort gegen das Sloppelle zu verlieren. Tamra drohte ihm ohnedies zu entgleiten.

»Wir haben eine Zukunft«, säuselte Jason Neko ebenso ein- wie zudringlich. »Wir Menschlinge von Dekombor. Und wir zwei, Tamra, du und ich. Privat, vor allem aber als Integrationsfiguren. Unserem Beispiel folgend würden Frei- und Knechtgeborene vereint zu angesehenen Partnern der Laren aufsteigen. Wir beide könnten unsere kleine Volksgemeinschaft wieder zu den Sternen führen!«

Jetzt hielt der Kerl sich auch noch für einen auserwählten Propheten, wenn nicht gleich für einen zweiten Perry Rhodan! Wilbur biss sich auf die Unterlippe, um nicht erneut als keifender Rabauke dazustehen. Außerdem musste er, wenn er ehrlich war, vor sich selbst zugeben, dass er ähnliche Phantasien mit Tamra Cantu hegte. Deshalb trübte wohl Eifersucht sein Beurteilungsvermögen.

»Selbstverständlich brauchst du dich nicht sofort zu entscheiden«, schnurrte Neko wie ein brünstiger Kater. »Überlege es dir in Ruhe. Das Angebot steht.«

Tamra lächelte, den Blick in unergründliche Fernen gerichtet. Über die Holoschirme flimmerten Reklamen für larische Hochzeitskleider und putzig bunte Kinderzimmer-Einrichtungen.

»Nicht nötig. Ich nehme an«, sagte Tamra – und bei diesen Worten stockte Wilbur der Atem – »du freust dich auch schon auf reichen Nachwuchssegen?«

Neko strahlte. »So ist es.«

»Ich mag dich, Jason. Du bist kein böser Mensch, führst nur das Beste im Sinn. Aber daraus wird nichts. Mitrade benutzt dich, um mich zu brechen. Sie ist sehr schlau, will zwei Kakerlaken mit einem Stiefel zertreten und die Freigeborenen schwächen, indem sie sie eines weiteren Vorbilds beraubt. ›Seht her, auch Tamra fügt sich; ich habe die Widerspenstige gezähmt.‹ Da kann ich nicht mitmachen, so leid es mir tut. Ich werde in Knechtschaft keinen Hausstand gründen, mit keinem Mann verkehren, keine Kinder bekommen. Das bin ich meinem Vater schuldig. Kannst du das nachfühlen? Falls nicht, wärst du sowieso nicht der Richtige für mich.«

»Verstehe.« Jason Neko sprang auf, als wäre die Banklehne unter seinem Hintern plötzlich glühend heiß geworden. »Ist es wegen dem da?« Er zeigte auf Wilbur. »Ziehst du diesen Aufwiegler mir vor?«

»Ich sagte doch, dass ich allein bleiben und mich nicht fortpflanzen will. Nimm es nicht so schwer, Jason. Du kannst unter Dutzenden von Frauen wählen. Nur mich lass bitte in Frieden.«

»Schön. Ich gebe mich geschlagen. Auch wenn du einen fatalen Fehler begehst. Und du, Strohschopf Donning« – er glühte Wilbur an, der sich, unendlich erleichtert, ein Grinsen nicht verkneifen konnte – »sei bloß vorsichtig. Glaub nicht, mir wäre verborgen geblieben, dass ihr insgeheim Ränke schmiedet und von Rebellion träumt. Ich werde ein Auge auf dich haben, das schwöre ich dir, und notfalls zu verhindern wissen, dass du Tamra, und uns alle, mit in den Untergang reißt.«

Er tippte sich, nach larischer Art grüßend, mit zwei Fingern der rechten Hand an die linke Schulter, dann schob er ab. Innerlich kochte Neko vermutlich; nach außen hin ließ er sich nichts anmerken, sondern scherzte gleich wieder mit einer Passantin.

»Ich wünschte, er hätte nicht gefragt«, sagte Tamra leise. »Aber es musste wohl so kommen.«

Wilbur nickte. »Auf die Gefahr, mich weiter unbeliebt zu machen: Ich bin froh darüber.« Er räusperte sich. »Ich möchte dir schon lange etwas erzählen. Jason hat keine Ahnung, worum es geht. Das vorhin war gewiss nur ein Schuss ins Blaue. Aber ich gehöre tatsächlich einer geheimen Vereinigung an. Wir nennen uns ›Liu I-Ming-Bund‹ ...«

Nackte Leiber tanzten als Silhouetten vor dem rot-orangen Flackerschein hellauf lodernder Feuer. Beißender Qualm mischte sich mit den scharfen Gerüchen menschlicher Ausdünstungen, diverser Alkoholika und sonstiger Rauschmittel. Tamras Schädel brummte. Obwohl sie sich die Ohren zuhielt, gingen ihr die gellenden Schreie, das schrille Jaulen der Dudelsäcke und der ekstatische Trommelrhythmus durch Mark und Bein.

Skeptisch folgte sie Wilbur Donning, der ihnen mit den Ellenbogen einen Weg durch die Menge bahnte, zu einem improvisierten Ausschank an der Laderampe.

»Zwei doppelte Schenkelspreizer, aber vom härteren Stoff!«, orderte Wilbur, gegen den Hintergrundlärm anplärrend. Er bezahlte mit den nur in Dekombor gültigen Münzen, nahm die Becher entgegen und trug sie zu Tamra, die sich in eine einigermaßen ruhige Einbuchtung der Fabrikswand drückte. »Prosit! Auf ex!«

»Ich warne dich«, zischte sie. »Falls das hier ein Vorwand sein sollte, mich betrunken zu machen und mir an die Wäsche zu gehen …«

»Na komm, Mädel, zier dich nicht!«, grölte Wilbur und schob sie noch tiefer in die Nische. »Heute ist die Längste Nacht, da gibt es keine Unkeuschheit. Alles ist erlaubt – vertrau mir!«, fügte er geflüstert hinzu.

Sie stieß mit ihm an und nippte vorsichtig. Obwohl das Getränk nach Starkpunsch roch, schmeckte Tamra keinen Alkohol, sondern bloß Fruchtsaft.

»Spitzen-Gesöff, was?« Wilbur zwinkerte. »Kriegt nicht jeder. Da muss man schon Beziehungen haben. Runter damit!«

Sie leerten die Becher. Wilbur rülpste lautstark, dann lehnte er sich gegen Tamra, sodass es für zufällige Beobachter aussehen mochte, als dränge er sie ins Eck und rücke ihr auf die Pelle. Tatsächlich aber wahrte er trotz der körperlichen Enge die Distanz. Im Takt der Musik seine Hüften wiegend, hauchte er Tamra ins Ohr: »Du musst nicht so tun, als hättest du plötzlich alle deine Prinzipien über Bord geworfen. Es reicht, wenn du vorgibst, dir diese Veranstaltung einmal ansehen zu wollen, dich von mir mitschleppen zu lassen und dir einen leichten Schwips zu vergönnen. Dann wird niemand argwöhnisch, zumal ohnehin alle berauscht sind.«

»Schöpft denn keiner Verdacht, wenn wir uns hier zeigen? Ich dachte, Freigeborene meiden die larischen Feste, und speziell dieses.« In der längsten Nacht des Sonnenjahres wurden diverse Fruchtbarkeitsriten vollzogen, bei denen alle moralischen Schranken aufgehoben waren.

»Wir verweigern die Fortpflanzung in Gefangenschaft«, antwortete Wilbur ebenso leise, »jedoch nicht die Sexualität als solche. Es gibt Techniken, Mittel und Wege … Guck nicht so entsetzt, wir sind schließlich auch Menschen aus Fleisch und Blut. Vor allem aber bieten solche Feste eine optimale Tarnung; du wirst schon sehen. Verhalte dich möglichst natürlich, eben als wärest du aus reiner Neugierde gekommen. Trenn dich zwischendurch von mir, aber behalte mich im Auge. Wundere dich nicht, falls sich manche Personen etwas … merkwürdig benehmen. Und stütze mich später, wenn ich scheinbar total betrunken bin, als wärst du um meine Gesundheit besorgt. Was danach auch geschieht, bleib unbedingt bei mir, bis wir in Sicherheit sind. Ich weiß selbst noch nicht, wo wir landen werden. Das erfahre ich erst kurzfristig. Alles klar? Okay?«

»Okay.« Das war Alteranisch; eines der wenigen Worte, die Tamra, ohne lang zu überlegen, noch in der »verbotenen« Sprache beherrschte.

Wilbur holte zwei neue Becher »vom härteren Stoff«, dann zogen sie weiter. Tausende Menschen, gut zwei Drittel der alteranischen Bevölkerung, tummelten sich auf dem ausgedehnten Werksgelände. Viele von ihnen arbeiteten tagsüber in der Nahrungsmittelfabrik; so gut wie alles, was am Marktplatz von Dekombor erhältlich war, wurde hier aus den Früchten, Blättern, Rinden, Zwiebeln und Wurzeln der verschiedenen Olvid-Gewächse erzeugt. Auch Kitai Lechnoirs vielgerühmte Wurstkringel hatten nie ein Gramm Fleisch gesehen.

Lug und Trug, dachte Tamra. Schein und Schimäre allerorten, vom Größten bis ins Kleinste. Alles kippt, sobald du genauer hinsiehst. Die ganze Welt, das ganze Leben – eine einzige Ent-Täuschung. Hört das denn nie mehr auf?

Sie hatte gelernt, mitzuspielen und ihrerseits zu bluffen, mogeln, lügen. Ekelhaft erschien ihr diese permanente, allgegenwärtige Unaufrichtigkeit, ekelhafter noch als die Ausschweifungen, derer sie im Verlauf der Längsten Nacht Zeugin wurde, ob sie wollte oder nicht. Wenn sie sich in einen dunklen Winkel zu flüchten versuchte, erwies sich dieser oft von einem kopulierenden Paar oder gar Grüppchen besetzt. Andere trieben es mitten auf der Tanzfläche, mit wechselnden Partnern. Einmal meinte sie, im Zentrum eines Rings aus ölig glänzenden Leibern Frizzi Pasterz zu erkennen, splitternackt bis auf einige Blütenkränze. Zum Glück stumpften Tamras Sinne bald ab. Irgendwann nahm sie ringsum nur noch einen Wirbel aus Licht und Schatten wahr, nicht näher definierte Formen, Geräusche und Gerüche, als befände sie sich innerhalb eines gigantischen, alptraumhaften Gemäldes, einer monströsen, um sie rotierenden, sich endlos in alle Richtungen erstreckenden holografischen Installation. Sie ließ sich treiben, tauchte ziellos durch die orgiastische Fülle, innerlich leer.

Fast hätte sie den Zeitpunkt verpasst. Tamra erwachte aus dem tranceartigen Zustand, weil jemand zum wiederholten Mal ihren Namen lallte.

Zwischen Paletten, die aufgestapelt gewesen und umgestürzt waren, kugelten zwei Gestalten. Wilbur Donning und Wu Pasterz versuchten, ineinander verhakt, sich hochzurappeln, und scheiterten kläglich. Sie eilte zu ihnen, half ihnen auf die Beine. Die beiden jungen Männer schwankten, haltlos kichernd. Sie stanken wie eine Destillerie; wie zwei schwere, nasse Säcke hängten sie sich auf Tamra. Zusammen torkelten sie in Schlangenlinien über die volle, vor Ausgelassenheit kochende Tanzfläche, wobei Wilbur, nur scheinbar unzurechnungsfähig, die Richtung vorgab. Es war kurz nach Mitternacht, das Fest auf seinem Höhepunkt; niemand nahm Notiz davon, als sie durch ein angelehntes Tor in einen Schuppen verschwanden.

Tamra empfand die Kühle des düsteren, mit Kisten und Containern voll gestellten Lagerraums, in den nur gedämpft der Lärm von draußen drang, als immense Erleichterung. »Sind wir …«, begann sie, doch Wilbur gab ihr durch einen Druck auf die Schulter zu verstehen, dass sie noch in der Rolle bleiben sollte. Also wankten sie weiter, treppauf, treppab, vorbei an echten Schnapsleichen, die in Pfützen von Erbrochenem lagen, mit offenem Mund schnarchten oder sie aus trägen, schielenden Augen anstierten. Erst, nachdem sich eine schwere Doppeltür mit schmatzendem Geräusch hinter ihnen geschlossen hatte, straffte sich Wilbur und entließ Tamra aus seinem Griff.

»So. Danke«, sagte er mit klarer Stimme. »Bitte verzeih, aber anders geht es nun mal nicht.« Er lachte. »Obwohl … irgendwie macht das Theater auch Spaß, findet ihr nicht?«

»Hm. Hab mich schon besser amüsiert.« Sie schüttelte sich, sog die kalte Luft in tiefen Zügen ein.

Wu Pasterz wischte über sein bleiches, schweißnasses Gesicht, griff ans verdreckte Hemd und schüttelte es, um es zu lüften. »Morgen werde ich mir von meiner Frizzi ganz schön etwas anhören müssen. Sofern sie sich überhaupt noch erinnern kann, heißt das.«

»Ihnen ist klar, dass Sie niemandem, auch nicht Ihrer Gattin, von dieser Zusammenkunft berichten dürfen?«, erklang eine metallisch klirrende Stimme. »Egal, wie über Ihren Antrag beschieden wird?«

Wilbur, der Haltung angenommen hatte, schnalzte die flache Hand zur Schläfe. »Sir, ja, Sir. Die Probanden wurden diesbezüglich instruiert.«

Unterdessen hatten sich Tamras Augen an die Dunkelheit gewöhnt. Sie erkannte den Sprecher. Es handelte sich um einen alten, schlohweißen Mann, der ihr am Markt bisher nur als Rollstuhlfahrer untergekommen war, zu gebrechlich, um ohne Hilfe essen oder trinken zu können. Nun aber stand er, die Arme vor der Brust verschränkt, ebenso breitbeinig an der eisverkrusteten Hinterwand des Kühlraums wie Yilmaz Macmahon und das halbe Dutzend anderer Freigeborener neben ihm.

»Guilder?«, entfuhr es der verblüfften Tamra.

Er antwortete auf Alteranisch: »Kapitän Guilder Viñales, Kommandant des imperialen Transportraumschiffes MERCANT, unterwegs nach Neu-Szechuan. Und leider« – dabei lockerte er die Schultern ein wenig, und ein melancholisches Lächeln spielte um seine Lippen – »noch immer nicht am Zielort eingetroffen.«

Die Längste Nacht wurde ihrem Namen gerecht.

Guilder setzte die wenige Autorität ein, die ihm nach fast zwei Jahrzehnten der Erniedrigung verblieben war, um ihr dichtes Programm durchzubringen. Die Taoisten hatten sich viel vorgenommen. Das mussten sie wohl oder übel, denn Gelegenheiten, sich für längere Zeit in größerer Runde zu beraten, ohne dass die vermaledeiten Peilchips das konspirative Treffen als solches preisgaben und die Maahks oder gar die larische Polizei auf den Plan riefen, waren relativ rar.

Auch so hatten sie, trotz des im Areal der Olvid-Fabrik vorherrschenden Tohuwabohus, zahlreiche Sicherheitsvorkehrungen zu beachten. Ein Plenum abzuhalten, verbot sich. 60 Impulsgeber, 60 Punkte auf dem Schirm, ergo 60 Menschen, die über Stunden geballt in ein und demselben Raum verweilten – so gelangweilt konnte, wer immer gerade in der Überwachungszentrale Dienst schob, gar nicht sein, dass ihm das nicht aufgefallen wäre. Genauso wenig durften die dezentralen, übers ganze Gelände verteilten Kleingruppen aus den ständig gleichen Personen bestehen. Daher pendelte ein Teil der »üblichen Verdächtigen« in unregelmäßigen Abständen zwischen den Versammlungsorten hin und her. Außerdem hatten sie etliche arglose Halbwüchsige, deren Konstitution diese rüde Behandlung hoffentlich verkraften würde, systematisch bis zur Bewusstlosigkeit abgefüllt und in Räumen über oder unter den Treffpunkten deponiert, die sie zudem so ausgewählt hatten, dass in unmittelbarer Nähe möglichst viele Paarungs-Aktivitäten vor sich gingen.

Yilmaz verteilte Decken. Die Kühlaggregate waren, wie die ganze Fabrik, bis zum Beginn der Morgenschicht stillgelegt. Dennoch litten alle unter der Restkälte. Aber wann, seit die GORATSCHIN abgeschossen und die MERCANT aufgebracht worden war, hatten sie nicht gelitten? Von den armen Knechtgeborenen, die nichts Besseres kannten, ganz zu schweigen …

»Erstens«, sagte Guilder Viñales. »Aufnahme neuer Mitglieder. Auf Sie, Tamra Cantu, warten wir seit langem, und die Zahl Ihrer Fürsprecher ist Legion. In meiner Funktion als Ranghöchster dieser Untergruppe verfüge ich deshalb, dass mir Ihr Schweigegelübde, eine Erklärung Ihrer Solidarität sowie der Schwur auf das Buch genügt, um Ihnen den Status der Mitgliedschaft auf Probe zu verleihen.«

Er hatte während seiner auf Alteranisch gehaltenen Ansprache die junge, fragile, doch abgehärtet und quirlig, ja hungrig wirkende Frau genau beobachtet. Bei manchen Passagen hatten sich ihre Lippen bewegt, als vollziehe sie die Lautkombinationen nach. »Das Wahre Idiom ist Ihnen bekannt, jedoch nicht geläufig«, stellte er fest. »Haben Sie alles begriffen?«

»Nein«, gestand sie. »Soli…dari…tät; ah ja. Diese, äh, Vokabel … ich habe sie lange nicht mehr gehört, und ihre Bedeutung hat sich mir eben erst erschlossen. Solidarität. Ich verstehe. Zu wem? Und … welches Buch?«

In Wahrheit hielt sie sich fantastisch.

Sie war vier Jahre alt, rief Guilder sich in Erinnerung, *als sie ihren Eltern entrissen, ins Internat der Heelghas gesteckt und dort einer Gehirnwäsche unterzogen wurde. Gleichwohl verfügt sie noch über einen derart umfangreichen, zumindest passiven Wortschatz. Das grenzt an ein Wunder.*

Und dann auch wieder nicht. Denn sie war Clees Cantus Tochter, dessen Erbin und Nachlass. Wie Wilbur, der hoch intelligente und zugleich rührend tolpatschige Wilbur, die für das Imperium Altera so bedeutende Linie der Donnings fortführte, trug auch Tamra ein Vermächtnis in sich. Guilder Viñales hatte mit ihrem Vater schon Strauße ausgefochten, als dieser noch ein kleiner Kadett gewesen war.

Der Charakter liegt im Blut, dachte der alte Kapitän.

Er hatte nie an diesen Spruch geglaubt, mit dem schon die Han-Dynastiker der Neugründerzeit ihre extrem chauvinistische Politik gerechtfertigt hatten. Aber als sich Tamra, mager und kahlköpfig, ihm entgegenreckte, sprungbereit, das dürre Gestell gespannt wie eine Feder, und ihn mit den Glutaugen ihres Vaters durchleuchtete, schoss es Guilder durch den Kopf: *Ganz der junge Clees. Aufmüpfig. Trotzig. Widerständig, koste es, was es wolle.*

Plötzlich spürte der Kapitän wieder die Gicht in seinen Knochen. Er sehnte sich nach dem altvertrauten Rollstuhl. Aber er hatte hier und jetzt noch eine Aufgabe zu bewältigen.

»Welches Buch? Dieses«, sagte er, die mühsam rekonstruierte, von vielen Händen abgeschmuddelte Ausgabe hervorholend. »›Erwachen zum Tao‹, von Lui I-Ming. Nach diesem antiken Philosophen haben wir unseren Bund benannt. Und mit Solidarität ist gemeint: zu den anderen Mitgliedern, zur alteranischen Menschheit, zur alten, wahren Heimat. Wir glauben an uns, an unsere Würde wie auch unsere Hoffnung, und dass uns diese von den Laren nicht genommen werden können, was auch immer die Unterdrücker versuchen. ›Eins mit dem Großmut des Himmels und der Bescheidenheit der Erde‹, wie der Weise sagt, werden wir aushalten, um dereinst das Joch der Knechtschaft abzuschütteln und erneut zu den Sternen aufzubrechen.«

Tamra blätterte stirnrunzelnd im Buch, las einige Seiten, lächelte, nickte und legte den Schwur ab.

Danach wandte sich Guilder auf Larisch an den hünenhaften, muskelbepackten Wu Pasterz. »Bei Ihnen verhält sich die Sachlage komplizierter. Sie haben eine Frau und drei Kinder, was den Intentionen der Freigeborenen widerspricht, aus denen sich der I-Ming-Bund zusammensetzt.«

»Ich kann und will mich nicht von meiner Familie abwenden, die ich von Herzen liebe«, sagte Wu, unbehaglich sein Gewicht von einem Fuß auf den anderen verlagernd. »Trotzdem würde ich gern bei euch, äh, Ihnen mitmachen, aus Überzeugung. Ich bin Alteraner, kein feiger, unterwürfiger Menschling.«

Tamra hatte die Hand gehoben; Guilder erteilte ihr mit einem Kopfnicken das Wort. »Frizzi und Wu wurden in sehr unreifem Alter von den Heelghas verkuppelt. Damals haben sie diesen Entschluss nicht aus freien Stücken getroffen, und keineswegs willentlich gegen die Freigeborenen, von denen sie ja noch gar nichts wussten. Dass ihre Beziehung dennoch so lange gehalten hat, darf man Wu wohl kaum zum Vorwurf machen. Deshalb finde ich, eine Ausnahmeregelung wäre gerechtfertigt, gerade wenn es um Menschlichkeit und Toleranz geht.«

»Wohl gesprochen«, sagte Guilder. »Ich persönlich schließe mich dieser Argumentation an. Aber wir müssen erst noch die Meinung der anderen, parallel tagenden Untergruppen einholen.«

Boten wurden ausgeschickt, und andere Freigeborene kehrten kurz darauf an deren Stelle zurück. Sie überbrachten die Nachricht, dass Wu willkommen sei. Der Hüne strahlte übers ganze pausbäckige Gesicht.

Nachdem auch er vereidigt war, klärte Guilder die neuen Mitglieder über ihre Pflichten auf. Zuallererst mussten sie ihr Alteranisch perfektionieren sowie noch eine zweite, geheime »Sprache« erlernen. Die Taoisten bedienten sich nämlich eines Kodes, um auch im täglichen Leben und in aller Öffentlichkeit Informationen austauschen zu können. Unverfänglichen, häufig gebrauchten larischen Wörtern war eine zweite Bedeutung zugeordnet. Wenn sich Mitglieder des I-Ming-Bunds unterhielten, und einer kratzte sich dabei am Ohrläppchen, kam der verborgene Sinn zum Tragen. Darüber hinaus gab es noch eine Reihe weiterer Geheimzeichen. Wilbur bot sich an, in den nächsten Tagen mit Tamra zu üben, und ein Arbeitskollege von Wu würde für diesen den Lehrer abgeben. Guilder überreichte ihnen außerdem je eine handgeschriebene Fibel des Wahren Idioms.

»Gut. Dritter Tagesordnungspunkt: Nahziele. Leutnant Macmahon, berichten Sie!«

»Leider keine neuen Erkenntnisse von der Forschungsgruppe Peilchips, Sir. Das hängt natürlich damit zusammen, dass unsere Bewegungsfreiheit zuletzt stark eingeschränkt war. Nun aber wurden vom Hetranat unter der Hand wieder mehr private Knechte und Mägde bewilligt. Offenbar haben Gefolgsleute von Elbanger-Tan, die nicht auf die Annehmlichkeiten persönlicher Diener oder billiger Arbeitskräfte verzichten wollen, Druck auf den Ersten Hetran gemacht. Uns kann das nur recht sein. Allerdings sind derzeit keine Einsätze geplant, in deren Rahmen wir uns Zutritt zu Kyber-Kliniken oder Biotech-Labors verschaffen könnten.«

Guilder runzelte die Stirn. Seit vielen Jahren suchten sie nach einer Möglichkeit, die Peilchips zu manipulieren; ergebnislos. Auf das System, mit dessen Hilfe sie ihre Gunstbolde rund um die Uhr kontrollierten, gaben die Laren verständlicherweise besonders gut Acht.

»Ich kann mich erinnern, wie mir Boffään, unser Haustechniker im Aquadom der Parkks, den Chip verpasst hat«, sagte Tamra Cantu. »Das ging recht schnell. Könnte man die Dinger denn nicht für eine gewisse Zeit rausnehmen und danach wieder einsetzen?«

»Nein. Sie haben sich selbsttätig mit den Nervenbahnen verbunden. Eine unsachgemäße Entfernung würde einen Schock verursachen, der einem Schlaganfall gleichkommt. Man bräuchte einen Fachmann und eine speziell ausgerüstete Klinik. Beides haben wir in Dekombor nicht. Zudem brächte das nur Probleme. Jeder Polizist, der einen Gunstbold in freier Wildbahn sieht, überprüft sofort routinemäßig dessen Kennung mit einem Gerät, das zur Standardausrüstung gehört. Für den Fall, dass kein Peilsender geortet werden kann, besteht Schießbefehl.«

»Angeblich«, erklärte Guilder für die beiden Neulinge, »gibt es chiplose Alteraner, denen noch vor unserer Zeit gelungen ist, aus Dekombor zu fliehen, abzutauchen und die verfluchten Dinger loszuwerden. Sie leben – wenn's wahr ist – buchstäblich im Untergrund, in der Kanalisation von Taphior. Manche Adeligen betreiben die Jagd auf sie als eine Art Sport. Kontakt zu ihnen herzustellen, ist ebenfalls eines unserer Nahziele, und auch ihr sollt Augen und Ohren nach Spuren und Hinweisen offen halten. Freilich muss dies unter Wahrung größter Vorsicht geschehen. Denn wir dürfen, falls die Chiplosen tatsächlich existieren, unter keinen Umständen die Häscher auf ihre Fährte locken. Nächster Punkt. Gefreiter Donning!«

»Sir. Darf ich zuerst erläutern, womit ich befasst bin?«

»Bitte.«

»Sir, danke, Sir. Meine Arbeitsgruppe sucht nach Publikationsmöglichkeiten für unser taoistisches Manifest und weitere, an Gunstbolde anderer Völker sowie die larische Bevölkerung, die ja in vergleichbarer Weise vom Adel ausgebeutet wird, gerichtete Proklamationen. Hier zeichnet sich eventuell in naher Zukunft eine Chance ab. Der General-Direktor des planetaren Zivilfunkwesens soll zwecks Renovierung eines seiner Wochenend-Domizile vier menschliche Knechte angefordert haben. Es könnte gut sein, dass sich darin ein Studio mit Zugang zum Netz befindet; diese Typen arbeiten gern von ihren Ferienhäusern aus, damit sie sich auch während der Dienstzeit mit Konkubinen vergnügen können.«

»In diesem Fall sollte Leutnant Macmahon dem Renovierungstrupp angehören. Als ausgebildete und erfahrene Bordingenieurin verfügt sie von uns allen über das umfangreichste Fachwissen.«

»Genau das wollte ich vorschlagen, Sir. Es müsste auch möglich sein, Furzschnüffler Neko, der die Trupps einteilt, Yilm… Leutnant Macmahon unterzujubeln. Schließlich hat sie sich schon bei einigen Reparatur-Einsätzen hervorgetan.«

»Das sind erfreuliche Neuigkeiten, Gefreiter Donning. Halten Sie mich auf dem Laufenden. Letzter Punkt: Allfälliges. Irgendwelche Anträge? Nein? Schön. Dann wegtreten zur Kulturpflege!«

Froh, der eisigen Kammer entrinnen zu können, verteilten sich die Mitglieder in Zweier- und Dreiergruppen übers Fabriksgelände. Als Liebespaare oder Saufkumpane getarnt, würden sie sich gegenseitig alte terranische Lieder, Gedichte und Prosatexte beibringen, von prä-astronautischer Literatur über die Heldentaten des Großadministrators Perry Rhodan bis zur Donning-Chronik. Die Erinnerung durfte nicht versiegen, die Weitergabe des identitätsstiftenden Kulturguts nicht auf jene spärlichen schriftlichen Überlieferungen beschränkt bleiben, die sie und ihre Vorgänger aus den Schiffen gerettet und vor den Laren verborgen gehalten hatten.

Guilder Viñales selbst begab sich mit Tamra und Wu, der den Rollstuhl schob, in eines der Sudhäuser, wo tagsüber Olvid-Bier gebraut wurde. Hier lungerten zahlreiche sturzbetrunkene Knechtgeborene herum, die sich an vorsorglich versteckten Fässern gütlich getan hatten. Doch der Kapitän und die beiden sehr glaubhaft schwankenden Jungmitglieder fanden eine Ecke, in der sie ungestört waren.

»Erste Lektion«, begann Guilder mit gedämpfter Stimme. »Terranische Zeitrechnung. Wir schreiben das Jahr 4930 …«

Sie tauschten Todeslisten aus, so ungerührt, als handle es sich um Mannschaftsaufstellungen für Flugball-Teams.

Zumindest galt das für Kat-Greer und die Eisfrau. Zlakore-Buld hingegen war alles andere als wohl in seiner Haut. Dutzende, Hunderte Namen wurden genannt; nicht wenige der Personen, die seine Mitverschwörer kaltlächelnd zum Abschuss freigaben, kannte Zlakore gut. Er sah die Grabstätten vor sich, die weinenden Angehörigen …

»Gewissensbisse, mein Freund?«, fragte der General zynisch. Offenbar war es um Zlakores Verstellungskunst schlecht bestellt. »Du wirst doch nicht am Ende kalte Füße bekommen?«

»Keine Sorge. Ihr könnt euch auf mich verlassen, das weißt du. Und nicht nur, weil ich mich nicht über Nacht selbst auf dieser Liste wiederfinden will. Die Zeit ist reif für einen Wechsel, das sehe ich genauso wie ihr. Obwohl ich nie ein Geheimnis daraus gemacht habe, dass mir lieber wäre, wenn es mit geringerem Blutzoll abginge. Aber ihr seid die Experten, und ich vertraue eurem Urteil.«

Die Eisfrau warf ihm einen Blick zu, in dem unverhohlene Verachtung lag. »Du brauchst dir keinen einzigen deiner manikürten Finger schmutzig zu machen, Handelsherr. Das« – sie klopfte auf den Folienstapel – »erledigen ich und meine Leute. Sorge du dafür, dass zur richtigen Zeit diejenigen Produktionsbetriebe funktionieren, die den Nachschub unserer Truppen sicherstellen, und jene der Gegenseite sabotiert werden. Alles Übrige hat dich nicht zu kümmern.«

Einen letzten Einwand war sich Zlakore-Buld schuldig. »Würde es denn nicht genügen, das … feindliche Lager durch einen punktuellen Handstreich der Führung zu berauben? Dann sollten doch eigentlich die übrigen Großen Boote zu uns überlaufen.«

»Rede nicht über Bereiche, von denen du nichts verstehst.« Die Eisfrau sah Kat-Greer an und rollte die Augen. »Reine Zeitverschwendung mit Krämerseelen zu kooperieren.«

Der General hob beschwichtigend die Arme. »Es genügt nicht, die militärische Vormacht zu erringen. Mittel- und langfristig ist die wirtschaftliche Dominanz mindestens ebenso ausschlaggebend. Zlakore-Buld sichert diese Flanke. Daher hat er jedes Recht, in die Entscheidungsfindung eingebunden und über sämtliche Prämissen vorbehaltlos informiert zu werden.«

Beschwingt stand Kat-Greer auf, trat hinter Zlakore und legte ihm die Hand auf die Schulter. »Mein Freund, die Steuermänner des Großen Bootes Tan mögen schon viel zu lang am Ruder, verweichlicht, saturiert und nachlässig geworden sein. Aber Elbanger ist der Erste Hetran. Ein Attentat auf ihn vorzubereiten, ohne dass die zur gegnerischen Fraktion gehörenden Teile des Lichtnetzes Wind davon bekämen, übersteigt selbst die Möglichkeiten unserer überaus talentierten Freundin. Nein, die von uns entworfene Vorgangsweise ist die einzig Erfolg versprechende. Ich bin hundertprozentig überzeugt, dass sie zum Sieg führen wird.«

Zlakore drehte sich um und blickte zu Kat-Greer auf. Der General strotzte vor Selbstsicherheit, wie immer, wenn er sich von seinen persönlichen Ratgebern den Rücken hatte stärken lassen. Und er war unmittelbar vor Beginn der Besprechung aus der Fundament-Halle der Bastion Groschir zurückgekommen …

»Die Säuberungsaktionen in Militär, Flottenauge und Industrie sind leider unumgänglich«, sagte er. »Sie werden mit chirurgischer Präzision durchgeführt, simultan, sobald der Startschuss fällt. Das könnte bereits in wenigen Wochen der Fall sein, denn die Planungen schreiten ausgezeichnet voran. Wir sind schon sehr gut aufgestellt. Die wichtigsten Schlüsselfiguren werden hinter den Kulissen gerade in Position gebracht. Alles läuft wie auf Leitstrahlen. Und nun lasst uns damit fortfahren, das zu tun, was getan werden muss. Du bist an der Reihe, Zlakore. Wer könnte dir und deinen Leuten gravierend in die Quere kommen, wenn es hart auf hart geht?«

Der Handelsherr seufzte, zog seine eigene Liste aus dem Koffer und fing an, Todesurteile zu verlesen.

Die Dinge gerieten in Bewegung; langsam zuerst, dann mit der unaufhaltsamen Wucht einer Lawine.

Yilmaz Macmahons Trupp schaffte es, unbemerkt und ohne Spuren zu hinterlassen, ein autonomes positronisches Konstrukt ins Zivilfunknetz einzuspeisen und auf diese Weise mehrere Stunden lang die Botschaft der Taoisten auf dem ganzen Planeten zu verbreiten. Sie bestand einerseits aus markanten, aufrüttelnden Zitaten Liu I-Mings, andererseits aus einer Deklaration des guten Willens und der Unschuld der Alteraner von Dekombor. »Die Anschläge und Verbrechen, die uns zur Last gelegt werden, haben wir nicht begangen. Wir haben nicht einmal die Wände beschmiert. Wie sollten wir auch, angesichts dessen, dass jeder unserer Schritte lückenlos überwacht und dokumentiert wird? Nein, jemand anders will Unruhe stiften und Hass zwischen den Völkerschaften schüren. Dies ist nicht in unserem Sinn. Wir wollen in Frieden mit den Laren zusammenleben, uns aber keineswegs aufdrängen. Manche Stimmen fordern, uns ins Imperium Altera, in die alte, wahre Heimat abzuschieben. Sollte man uns ernsthaft dieses Angebot unterbreiten, würden viele von uns mit Freuden annehmen.«

Die Reaktionen auf das Manifest waren unterschiedlich. Einige wenige Kommentatoren äußerten sich wohlwollend und lobten die gewaltlose Aktion als vernünftigen Diskussionsbeitrag und positives Resultat der Integrationspolitik des Hetranats. Aber diese zur Besonnenheit mahnenden Stimmen gingen im Geheul jener Medien unter, die General Kat-Greer nahestanden: »Wie weit ist es mit dem Trovent der Laren schon gekommen, dass Gunstbolde Piratensender betreiben, ja sich erdreisten können, uns unverfroren zu kritisieren und Tipps zu geben, wie wir mit ihnen umzugehen hätten?«

Und das war noch einer der gemäßigteren Standpunkte.

Mitrade-Parkk zitierte Tamra zu sich, ließ sie in Ketten von den Maahks vorführen.

»Man prangert meine Milde an, zerfetzt mich förmlich in der Luft, wirft mir Verletzung meiner Aufsichtspflichten vor. Verdrießlich, sehr verdrießlich. Ich bin nicht amüsiert, Scheuche. Mir ist egal, ob du tatsächlich dahintersteckst oder überhaupt nichts damit zu tun hast. Jemand muss für diesen Frevel bezahlen. Das wirst im Zweifelsfall immer du sein.«

Ihre ehemalige Zofe zuckte die Schultern. »Was willst du mir noch antun? Mir das Sloppelle nehmen, das ohnehin bald sterben wird? Oder mein eigenes Leben? Nur zu, ich hänge nicht daran.«

»Oh, ich merke wohl, dass du die Rolle der Märtyrerin genießt. Aber wer sagt, die Strafe träfe dich direkt? Du selbst magst abgebrüht sein, vielleicht sogar perverse Befriedigung daraus ziehen, alle erdenklichen Qualen zu erdulden. Aber wie wirst du damit fertig, wenn definitiv Unbeteiligte unter deiner Verstocktheit leiden? Sieh her, ich zeige dir etwas.«

Sie legte das flache, doppelt daumennagelgroße Gerät vor sich auf die Tischplatte. »Ein hübsches kleines Spielzeug, das auf jeden Peilchip aufgesetzt werden kann. Damit lässt sich der jeweilige Gunstbold vollkommen in Fernsteuerung nehmen. Die Älteren in der Siedlung werden vielleicht schon davon gehört haben. Früher bezeichnete man aufsässige Knechte, die damit zur Räson gebracht wurden, als ›Untote‹. Muss eine äußerst unangenehme Erfahrung sein, wenn einem der eigene Körper nicht im Mindesten mehr gehorcht. Manche sollen sich danach geistig nie wieder erholt haben … Hör gut zu, Scheuche: Falls du mir nicht binnen eines Tages die Namen der Missetäter verrätst, die jene Proklamation in Umlauf gesetzt haben, werde ich mein neues Spielzeug ausprobieren. Jedoch nicht an dir, sondern der Reihe nach an deiner alten Freundin Frizzi Pasterz und deren drei süßen Kinderchen.«

Yilmaz Macmahon und Wilbur Donning stellten sich.

Das war, mutmaßte Kapitän Viñales, der dazu geraten hatte, Mitrade-Parkk gar nicht so recht. Es hätte sie wohl glücklicher gemacht, Schuldlose zu quälen und damit auch Tamra Seelenpein zuzufügen. So aber verurteilte die Verwalterin, merklich missgelaunt, Yilmaz, Wilbur und ihre beiden Trupp-Kollegen zu drei Wochen verschärften Schandknecht-Dienstes, und damit hatte es sich.

Einstweilen.

Unmittelbar, nachdem die beiden ihre Strafe abgeleistet hatten, fand Wilbur in der Hosentasche seiner Lumpen-Verkleidung den Datenträger. Es handelte sich um einen unscheinbaren Speicherkristall, den ihm jemand während des letzten Einsatzes zugesteckt haben musste, wahrscheinlich, als sie beim üblichen Spießrutenlauf durch die Gasse der larischen Brüllaffen getrippelt waren. Der Datenträger passte in jedes Lesegerät und enthielt ein einziges Dokument, das sich problemlos öffnen ließ.

»Mein Name tut nichts zur Sache«, stand da auf Alteranisch. »Für euch will ich mich ›Heraklit der Dunkle‹ taufen, aus Hochachtung gegenüber der Vergangenheit.«

»Heraklit: ein Mineral, aber auch ein Philosoph der terranischen Antike«, sagte Guilder erstaunt. »Berühmt für seinen Ausspruch ›Panta rhei – alles fließt‹. Es gibt nicht viele, denen er noch geläufig ist. Unzweifelhaft will uns der Absender zu verstehen geben, indem er diesen Decknamen wählt, dass er sich mit unserer Frühgeschichte auskennt.«

Ihre Aktion und ihr Manifest, schrieb der Unbekannte weiter, nötigten ihm Respekt ab. Seine Lebensumstände erlaubten es nicht, sich offen zu erkennen zu geben, jedoch wolle er seine Sympathie zum Ausdruck bringen und ihr Anliegen, soweit ihm das möglich sei, fortan unterstützen. Er würde sich zu gegebener Zeit auf ähnliche Weise wieder melden.

Die Mitglieder des I-Ming-Bunds ergingen sich in den wüstesten Spekulationen, wer oder was sich hinter jenem mysteriösen Heraklit verberge. Er musste die Vorgänge im Bezirk Dekombor wenigstens zeitweilig verfolgen können, sonst hätte er nicht ausgerechnet Wilbur den Speicherkristall mit der Solidaritätserklärung zukommen lassen. Ein Angehöriger der Legion Alter-X, des imperialen Geheimdienstes von Altera? Ein adeliger Lare, der sie, aus welchen Gründen auch immer, protegieren wollte? Oder … bezogen sich die erwähnten »Lebensumstände« auf etwas ganz anderes?

»Ein Chiploser!« Wu Pasterz reckte seine schwielige Faust triumphierend in die Höhe. »Wir haben endlich Kontakt!«

Kat-Greer fand keinen Schlaf.

Nachtmahre suchten ihn heim, bei klarem Bewusstsein. Maschinenwesen, die sich zu gewaltigen Kampfschiffen zusammenkoppelten, welche sich wiederum zu ungeheuren, den Himmel verdunkelnden Flotten formierten. »Seid ihr wahres Leben?«, funkten sie unaufhörlich. »Seid ihr wahres Leben?« Auf diese Frage gab es keine Antwort, die die Mörderroboter befriedigt oder gar befriedet hätte. »Seid ihr wahres Leben?«, funkten sie, und dann legten sie Caligo in Schutt und Asche.

General Kat-Greer wälzte sich in den seidenen Laken, geplagt von Zweifeln und Schuldgefühlen. War er es, der die Vernichtung über den Trovent und seinen eigenen Heimatplaneten brachte? Lud er Schuld auf sich, würde er sich versündigen wie noch kein Erster Steuermann vor ihm in der langen, ruhmreichen Geschichte der Laren und des Konzils der Sieben? Würden die Überlebenden – so es denn welche gab – ihn und seine gesamte Sippe verfluchen auf ewig, bis ins allerletzte Glied?

Er stand auf und zog sich an, dann verharrte er unschlüssig. Wo er Trost und Abhilfe gegen die innere Zerrissenheit fand, wusste Kat-Greer nur zu genau. Andererseits gab er seinem Sternbruder Zlakore-Buld Recht, der ihn mehr als einmal vor allzu häufigen Besuchen gewarnt und ihm ein bedenkliches, nachgerade suchtartiges Verhalten angekreidet hatte.

Sei's drum. Wenn er sich selbst zerfleischte, war auch niemandem geholfen.

Kat gab sich einen Ruck, schloss die Uniformjacke und marschierte los. Das Klacken seiner stahlplastverstärkten Stiefel hallte durch die Korridore und Treppenhäuser der Bastion Groschir. Die wenigen sichtbaren Wachen erwiesen ihm ihre Ehrbezeugungen; zu fragen, wohin er ging, wagte keiner. Er war der Herr dieser Burg, Kommandeur der Neunten Flotte, Lehensgeber unzähliger Vasallen und Aftervasallen. Nur einer, Elbanger-Tan, der Erste Hetran, nahm es an Macht und Einfluss mit ihm auf; noch.

Das alles rief Kat-Greer sich zu Bewusstsein, während er immer tiefer hinabstieg. Dennoch zitterte er, als er die uralten Kavernen erreichte.

»Wir grüßen dich, General und Erster Steuermann des Großen Bootes Greer!«

Nicht eine einzelne Stimme war es, die in seinem Geist erklang; sondern deren 2000: An'Gal'Dharan, die Kolonie, das Kollektiv der Ratgeber, die als Planer und Strategen bereits für das Konzil tätig gewesen waren. Kopfüber hingen sie in dichten Trauben von der Decke der Fundament-Halle, die Flughäute eng um die koboldhaften Körper gewickelt. 2000 Augenpaare musterten ihn. Starr, kugelrund, weit hervorquellend waren diese Augen, trotz der kleinen Schädel groß wie Kinderfäuste; sie glänzten nachtschwarz und strahlten unendliche Sanftmut aus.

Kat erwiderte den Gruß. Schon jetzt fühlte er sich besser, und die Zweifel begannen von ihm abzufallen. »Es ist nötig, nicht wahr?«, fragte er leise.

»Ja. Fürwahr, es ist nötig, mein General.«

»Der Prozess wurde initiiert und läuft planmäßig an. Noch könnte ich ihn stoppen und rückgängig machen. Aber das will ich nicht, oder?«

»Warum solltest du das wollen?«

»Ein Umsturz bringt tagelange Wirren mit sich. Bei einer überraschenden Attacke der Posbis wäre die Raumflotte kaum fähig zur Verteidigung. Caligo wird entblößt sein, nahezu schutzlos.«

»Für einige wenige Tage. Werden denn die Roboter demnächst angreifen?«

»Aller Voraussicht nach nicht so bald. Noch schrecken sie vor einer Großoffensive gegen uns zurück, nicht zuletzt wegen des langen Anmarschweges. Der Krieg hat den Trovent schwer geschädigt, jedoch stehen immer noch siebentausend Troventaare voll funktionstüchtig unter Waffen. Das Imperium von Altera ist übler dran. Ihre Flotten werden in absehbarer Zeit überrannt werden. Nicht, dass ich den Erzfeind nicht ebenso gern am Boden sähe und ausgelöscht wüsste wie jeder andere Lare, vom Ersten Hetran abwärts. Aber ...«

»Aber, mein General?«

»Wir haben das schon oft besprochen.«

»Weisheit und Einsicht zu vertiefen, kann niemals schaden.«

»Sobald die Posbis das Imperium Altera vernichtet haben, sobald die verwünschten Menschlinge ausgerottet sind, werden die Roboter deren Stützpunkte für sich selbst ausbauen – und von dort über uns herfallen. Dann ist die Entfernung kein Problem mehr für sie. Der Untergang der Alteraner bedeutet auch für den Trovent der Laren den Anfang vom Ende. Über kurz oder lang werden wir ebenfalls in schwerste Bedrängnis geraten, sofern es nicht gelingt, den Vormarsch der Posbis aufzuhalten.«

»Dein Weitblick ist bewundernswert, Oberster Steuermann. Teilt die derzeitige Führung des Trovents deine Ansichten?«

»Nur sehr bedingt, wie ihr wisst. Elbanger-Tan vertraut blind auf die Unbesiegbarkeit des larischen Soldatenvolkes. Fällt Altera, wird er sich feiern lassen, als hätten er und seine Junta die Menschlinge aus der Galaxis getilgt. Dabei hat seine Zögerlichkeit die drohende Misere erst verursacht!«

»Also?«

»Also muss ich es als meine heilige Verpflichtung erachten, den Putsch zu wagen, den Ersten Hetran zu stürzen und selbst die Macht zu übernehmen.«

»In der Tat. Zweifelst du noch?«

»Nein, An'Gal'Dharan, ich zweifle nicht mehr.«

»Ist es nötig, mein General?«

»Ja. Ja, fürwahr, es ist nötig.«

Zweitausendfaches Echo hallte in Kat-Greer nach, während er, wie neugeboren, federnden Schritts, mehrere Stufen auf einmal nehmend, zurück nach oben eilte: Nötig. Nötig. Nötig.

Genötigt.

Heraklit der Dunkle sandte Chip-Blocker.

Sieben Stück der flachen, münzgroßen Geräte enthielt das schmucklose Futteral, das Wu Pasterz von einem Reinigungsauftrag in der Kanalisation mitbrachte. »Es lag auf einmal neben meiner Proviantschachtel«, berichtete er, noch immer verblüfft. »Dabei könnte ich schwören, dass sich da unten nichts bewegt hat, abgesehen von uns und ein paar Stinkmolchen!«

Eine Gebrauchsanleitung lag bei. Demnach unterdrückten die dünnen Scheiben, wenn sie auf jene Stelle im Nacken geklebt wurden, unter der der Peilchip saß, dessen Impulse. »Überlegt euch gut, wann und wo ihr sie verwendet«, schrieb ihr unbekannter Sympathisant, und orakelhaft hatte er hinzugefügt: »Es sind deren sieben. Ebenso viele Wege führen hinein, jedoch nur der achte hinunter und hinauf, gleich durch die Hölle in den Himmel, gleich hinaus, gleich heimwärts.«

»Sieben Wege«, sagte Wilbur nachdenklich. »Wie die sieben Zacken des Sterns der Laren?«

»Möchte Heraklit uns zu verstehen geben, wir sollten dort einbrechen? Im Monument-Museum, im Allerheiligsten der Unterdrücker? Wahnsinn, das wäre ein Coup!«, rief Wu.

Kapitän Viñales schüttelte den Kopf. »Undenkbar. Vergesst derlei Spintisierereien am besten gleich wieder. Der Sternturm wird mit Sicherheit rund um die Uhr bewacht.«

»Na ja … Warum eigentlich?«, fragte Yilmaz Macmahon. »Er hat großen Symbolwert, aber keinerlei militärische oder sonstige infrastrukturelle Bedeutung. Soweit mir bekannt ist, befinden sich darin diverse Ausstellungen und etliche Repliken historischer Kunstgegenstände, aber die Kuratoren schleusen jeden Tag tausende Halbwüchsige durch. Würden sie das tun, wenn dort wirklich Unersetzliches zu Bruch gehen könnte? Wohl kaum. Vor den sieben Eingängen stehen Soldaten in Prunkuniformen, okay. Aber innen? Und erst recht nachts, wenn das Museum geschlossen ist?«

»Hinunter und hinauf ist gleich durch die Hölle in den Himmel, ist gleich hinaus, ist gleich heimwärts«, wiederholte Hubertus, einer der beiden Taoisten, die mit Wilbur und der Bordingenieurin das Manifest ins Funknetz geschmuggelt hatten. »Der achte Weg. Aus der Gefangenschaft, nach Hause. Er führt über die

Hölle, den Orkus, die Unterwelt. Das Abwässersystem! Es muss einen unterirdischen Zugang geben, vielleicht sogar von Dekombor aus.«

»Das wären ganz schön viele Kilometer.«

»Na und? Zeit spielt keine Rolle, solang sie uns nicht am Schirm haben.«

»Und wer sollte darüber besser Bescheid wissen als die Chiplosen?«

»Logisch. Die hausen dort unten seit Jahrzehnten!«

»Gemach, gemach«, dämpfte der alte Guilder die ausbrechende Euphorie. »Warum dringt dieser ominöse Heraklit nicht selbst mit seinen Leuten in den Stern der Laren ein, wenn es so einfach wäre? Und was soll das überhaupt bringen?«

»Sir, mit Verlaub, Sir.« Wilbur Donning wog das Futteral in seiner Handfläche. »Meiner Meinung nach deutet unser Gönner an, dass es darum geht, ein Zeichen zu setzen, und zwar ein für alle Mal. Wir können diese Dinger nur bei einer einzigen Aktion anwenden. Sobald die Laren spitzkriegen, dass wir über ein Mittel verfügen, ihre Peilchips zu blockieren, jagen sie uns wie die Hasen. Es sei denn, wir langen so kräftig hin, dass sie uns danach nur noch loswerden wollen; sprich, schleunigst zurück nach Altera befördern.«

Tamra hatte bis jetzt geschwiegen, da ihr die Sache nicht geheuer war. Nun sagte sie: »Ein derartiges Risiko willst du auf dich nehmen, nur wegen einiger weniger kryptischer Zeilen, von denen du nicht mal weißt, wer sie verfasst hat?«

»Begreifst du denn nicht? Heraklit serviert uns den Schlüssel zur Freiheit auf einem diamantenen Tablett. Vielleicht sind er und die anderen Chiplosen schlichtweg zu alt für ein solches Husarenstück. Immerhin müssen sie schon ein paar Jährchen auf dem Buckel haben, und die haben sie nicht gerade unter den günstigsten Bedingungen verbracht. Wie auch immer, der Schlüssel ist der Stern der Laren. Wir müssen dort nichts zerstören, keinerlei Unheil anrichten. Es genügt, den Beweis zu erbringen, dass wir es könnten, klar? Wir gehen rein, Yilmaz überwindet die Sperren, Wu haut gegebenenfalls dem Nachtwächter eins auf die Mütze, und dann befestigen wir ganz oben an der Außenseite ein taoistisches Transparent. Welch ein Eklat! Die Schlampe Mitrade wird sich auf die Faust beißen. Und Elbanger, seine Hetranigkeit höchst persönlich, wird uns und alle Alteraner, die mitkommen wollen, mit Handkuss in ein Raumschiff stecken und auf die Reise schicken; aber ohne Retourticket, bevor wir ihm noch viel größere Schwierigkeiten bereiten.«

»Mhm. Oder sie stellen uns an die Wand.«

»Womit sie allerdings ihre moralische Niederlage eingestehen würden.« Guilder strich sich über den weißen, kurz gestutzten Vollbart. »Und in Folge Gefahr liefen, Tausende kreuzbraver Knechtgeborener zu radikalisieren und gegen sie aufzubringen. Ich gestehe, ich habe irgendwie ein ungutes Gefühl, weil mir dieser Heraklit und seine Geheimniskrämerei nicht ganz koscher sind. Aber rein rational kann ich die Gedankengänge des Gefreiten Donning nachvollziehen. Die sauberste Lösung für die Laren wäre wohl, sie schafften sich uns lästige Störfaktoren vom Hals, ohne dass danach ihre liebgewonnenen, pflegeleichten Menschlings-Gunstbolde widerborstig werden. Der I-Ming-Bund zählt mittlerweile über hundert Mitglieder. Die kann ich zeitversetzt über das Kommandounternehmen aufklären; alle diese Mitwisser einfach wegzuputzen, würde sogar Furzschnüffler Neko zum Nachdenken veranlassen, denke ich.«

»Meine Rede. Schlussendlich: Was haben wir zu verlieren, außer unsere Ketten?«, sagte Yilmaz hitzig. An ihrer Schläfe pochte eine blaue Ader.

Tamra war noch immer nicht überzeugt. »Mal angenommen, sie geben uns ein halbwrackes Schiff. Wie beispielsweise die ORTON-TAPH, die drüben am Rand des Flugfelds liegt; ihr wisst schon, wohin sie uns als Putzkolonne verfrachten, wenn Mitrade sonst keine Beschäftigung für uns einfällt. Also so was in der Art. Sie lassen uns damit starten, und sobald wir außerhalb des Systems sind, schießen sie den Kahn ab. Keine in Dekombor verbliebene Seele würde je davon erfahren.«

»Richtig«, sagte Wilbur, »und doch falsch. He, es herrscht Krieg, seit sechsunddreißig terranischen Standardjahren. Jede einzelne Einheit zählt. Selbst die vergammelte ORTON-TAPH, um bei deinem Beispiel zu bleiben, repräsentiert für das Flottenkommando einen weit größeren Wert als ein paar hundert oder tausend Knechte. Sonst stünde sie nicht immer noch am Reparaturdock, obwohl derzeit nicht daran gearbeitet wird. Nein, die werden uns an einem Außenposten absetzen, und zwar gesund und munter, um nicht einen Zwischenfall auszulösen und in einem Scharmützel mit alteranischen Raumern den Kürzeren zu ziehen. Und dann werden sie hurtig die Fliege machen.«

Ein Außenposten, dachte Tamra. Wie Neu-Szechuan. Weiße Bungalows am blauen Meer, unter lilafarbenen Palmen. In den dicksten Stamm wären die Namen Clees und Roslin geschnitzt ... »Niemand käme lieber von hier weg als ich. Aber ich habe schreckliche Angst, wir könnten einem Phantom, einer Fata Morgana aufsitzen.«

Wilbur lächelte sie an. In seinen treuherzigen Augen funkelte mehr als bloß Freundschaft. »Uns bietet sich eine Chance, die wir ergreifen müssen. Täten wir dies nicht, könnten wir uns genauso gut bei Jason Neko um einen Handlanger-Posten bewerben. Lies meine Lippen, Tamra Cantu: Ich schwöre, ich werde dir den Stern der Laren zu Füßen legen, ganz so, wie du es damals im Internat von mir gefordert hast.«

»Ich habe nie ...«

»Psst. Sir, ich bitte um Ihre Erlaubnis, das gemeinsam skizzierte Vorhaben in Angriff zu nehmen.«

Guilder atmete tief durch. »Erlaubnis erteilt, Gefreiter Donning.«

Die simplen elektronischen Nähmaschinen in der Schneiderei liefen auf Hochtouren. Tag und Nacht schnurrten sie und produzierten lange, mit riesigen Lettern bestickte Stoffbahnen.

Jason Neko blieben diese Aktivitäten natürlich nicht verborgen. Man erklärte ihm, Frizzi Pasterz hätte die Eingebung gehabt, anlässlich der kommenden Sonnenfeier einen großen Umzug durch Dekombor abzuhalten: Kinder und Jugendliche in larischen Kostümen, nach historischen Motiven geschmückte Wagen, dahinter Hundertschaften von Knechten und Mägden, die Fahnen schwangen und besagte Stoffbahnen als Transparente trugen ... Deren Beschriftungen sowie der Aufmarsch als Ganzes sollten die Verbundenheit der menschlichen Bevölkerung von Dekombor mit dem Trovent und die tief empfundene Dankbarkeit gegenüber ihren guten Herren zum Ausdruck bringen. Nebenbei sollte ein Schlussstrich unter die kontraproduktive Dreistigkeit der renitenten Freigeborenen-Splittergruppe gezogen werden. Neko fand Gefallen an der Idee, spätestens, als die Pasterzes ihm den Vorsitz im Festkomittee antrugen. Er unterbreitete sie der Hohen Verwalterin als seine eigene und heimste umgehend Lob dafür ein sowie Mitrade-Parkks Bevollmächtigung, dass an die Teilnehmer der Prozession gratis Olvid-Getränke ausgeschenkt werden durften.

Derweil tüftelten die Taoisten darüber, wie die Spruchbänder unmittelbar vor der geplanten Aktion möglichst rasch zu einem einzigen gewaltigen Transparent zusammengefügt werden konnten und welche Botschaft darauf zu lesen sein sollte, wenn sie es am Sternturm hissen würden. Nach längerem Hin und Her einigte man sich auf folgenden Text, geschrieben sowohl auf Larion als auch Alteranisch:

Wahre Freiheit erlangt,
Wer Freiheit zugesteht,
Denn alle Wesen sind Brüder.

Das war, fanden sie, deutlich und blasphemisch genug, aber kaum als aggressive Drohung misszuverstehen. Im Übrigen war es hauptsächlich die Tat, die das Zeichen setzte und hoffentlich die erwünschte Reaktion auslöste.

Weder im ersten Speicherkristall noch im Futteral mit den Chip-Blockern hatte Heraklit der Dunkle einen Hinweis darauf gegeben, wie man umgekehrt ihm eine Nachricht zukommen lassen konnte. Wilbur Donning schlug vor, in einem der unterirdischen Abflusskanäle eine Flaschenpost auszusetzen. Dass ihr mysteriöser Unterstützer sich dort herumtrieb und sie beobachtete, stand wohl fest. Natürlich durfte es niemandem außer dem richtigen Adressaten möglich sein, den Inhalt ihrer Anfrage zu entschlüsseln. Daher schrieben sie: »Zu den Sternen, und zum Stern der Sterne! Wer weist den Weg, wer führt uns heim, wenn nicht Perry Rhodan oder die Weisheit I-Mings?« Durch diese Formulierung mochte der kleine, wasserdichte, mit Leuchtfarbe lackierte Behälter für einen weiteren, reichlich armseligen Versuch gehalten werden, die Anliegen ihres Bunds zu verbreiten, falls er in falsche Hände fiel.

Gesagt, getan. Schon zwei Tage darauf erhielten sie Antwort. Diesmal war es Yilmaz Macmahon, die Heraklits Botschaft fand, und zwar während ihrer Schicht im hydroponischen Glashaus. An Stelle eines der Stäbe, von denen die Olvid-Büsche gestützt wurden, steckte eine dünne Röhre im Kompostschlick. Sie enthielt eine eng zusammengerollte Folie – einen Plan der Unterwelt von Taphior, darauf eingezeichnet die Route, die sie von Dekombor zum Museums-Monument nehmen sollten. Am Rand stand in zittrig wirkender, alteranischer Handschrift gekritzelt: »Besser keine Vorab-Erkundungen versuchen! Umgebung unsicher; wir sorgen am Huldigungs-Tag für Ablenkung.«

»Wir huldigen dem Stern der Laren«, hörte Tamra unwillkürlich wieder die Heelghas singen. »Das ist geziemend und recht …«

Weniger als zwei Wochen waren es noch bis zur Sonnenfeier, bis zum großen Tag. Längst stand fest, welche sieben Taoisten das Kommando-Unternehmen ausführen würden. Wilbur, Yilmaz, Tamra, Wu und die drei anderen Freigeborenen hatten es verstanden, Jason Neko einzureden, dass sie mit dem größten der Spruchbänder den würdigen Abschluss der Prozession bilden wollten, während er als offizieller Minderheitensprecher selbstverständlich auf den prächtigsten Wagen in der Mitte des Zugs gehörte. Möglicherweise argwöhnte er, sie hätten vor, die vereinbarte Aufschrift im letzten Moment durch eine andere Parole zu ersetzen; aber wenn dem so war, schien es ihn nicht zu bekümmern. Warum auch, ein einzelnes Transparent würde gewiss im allgemeinen Trubel untergehen und schlimmstenfalls als Beispiel für die Toleranz der Verwaltung wahrgenommen werden.

Es sei denn, das Transparent wehte von der Spitze des Larensterns …

Sie würden also mindestens vier, fünf Stunden Vorsprung haben, bis jemand ihre Abwesenheit bemerkte. Das musste genügen, um die Distanz zum Larenstern-Turm zu überwinden. Es sah alles so aus, als könnte der waghalsige Plan gelingen.

Und doch …

Etwas nagte an Tamra. Zu glatt, zu reibungslos, zu perfekt ausgeklügelt erschien ihr das Ganze, wenn sie allein war und nicht von der Begeisterung der anderen mitgerissen wurde.

Sie lag auf ihrer Pritsche im Ledigenhaus und starrte Löcher in die Dunkelheit. Die leisen, nächtlichen Geräusche, die sie umgaben, waren dieselben wie damals im Schlafsaal des Internats: Ächzen, Schnarchen, Flatulenzen, im Traum gemurmelte Satzfetzen … Wie hatte sie darum gekämpft, wach zu bleiben, und welchen Preis hatte sie für ihren Wissensdurst bezahlt! Sie befühlte die Narbe auf ihrer Stirn. Ein »A«; wie sie inzwischen wieder wusste, stand es für Altera. Darüber hinaus war der Buchstabe eine Mahnung, vorsichtig zu sein und nicht alles arglos zu schlucken, was man ihr aufzwingen wollte.

Tamra rieb die Narbe, kaute auf ihrer Unterlippe, fasste einen Entschluss. Sie streichelte das Sloppelle, hob es sacht von ihrer Brust und setzte es am Kopfpolster ab. »Keine Sorge, Kleiner, ich bin bald wieder zurück.« Sie schlich aus dem Ledigenhaus und durch die engen, unbeleuchteten Gassen bis zu einem Wäldchen am Rand der Siedlung, wo sich in lauen Nächten wie dieser stets zahlreiche Liebespaare trafen. Wenn von den Dutzenden hier konzentrierten Peilpunkten am Überwachungsschirm einer erlosch, würde das wohl kaum auffallen. Die Chip-Blocker waren bereits aus Sicherheitsgründen ausgeteilt worden. Tamra tat drei tiefe Atemzüge, dann klebte sie sich die Scheibe in den Nacken.

Sie hätte nicht sagen können, was genau sie sich eigentlich dabei dachte. Heraklit der Dunkle hatte dezidiert davor gewarnt, die Strecke vorher auszukundschaften. Dennoch: Allem und jedem zu misstrauen, hatte Tamra bitter gelernt. Sie musste ganz einfach überprüfen, ob die Blocker wirklich funktionierten und ob zumindest das erste Stück der empfohlenen Route so beschaffen war, wie es auf dem Plan dargestellt wurde.

Ein modriger Geruch schlug ihr entgegen, als sie den Deckel des Gullys zur Seite gewuchtet hatte. Mit jeder Stufe auf der glitschigen Leiter verstärkte sich der Gestank nach Fäulnis und Exkrementen. Tamra schaltete ihre Stirnlampe ein. Armlange, bleiche Molche huschten aus dem Lichtkegel. Sie orientierte sich, rief sich ins Gedächtnis, wie sie zum nordwestlichen Überlaufkanal gelangte, und stapfte los.

Hier unten war es sehr still, nichts zu hören außer leisem, fernem Rauschen und dem Platschen ihrer Füße in der knöcheltiefen Brühe. Nach etwa einer Viertelstunde erreichte sie die Einmündung. Bis jetzt stimmte Heraklits Karte, die sich Tamra gut eingeprägt hatte. Auch die Information, dass der Überlaufkanal um diese Jahreszeit ausgetrocknet war, entsprach den Tatsachen.

Sollte sie umkehren? Sie überlegte. Sehr viel hatte sie noch nicht gesehen … Eine weitere Viertelstunde, beschloss Tamra, würde sie dem Verlauf der knapp zwei Meter durchmessenden, mit Algen bewachsenen Röhre folgen, und es dann gut sein lassen.

Lautlos lief sie in leichtem Trab dahin, zwei Minuten, fünf, neun, vierzehn … Abrupt blieb sie stehen.

Sie hatte Stimmen gehört.

Da! Kein Zweifel: In einem wenige Meter voraus liegenden Quergang unterhielten sich mindestens zwei Personen. Was sie sagten, konnte Tamra nicht verstehen; nicht einmal, um welche Sprache es sich handelte.

Geh zurück!, war ihr erster Impuls. Dreh um, noch hat man dich nicht bemerkt. Falls es Laren sind und sie dich erwischen, ist alles verloren; falls du auf Chiplose stößt, wirst du dir Heraklits Tadel zuziehen, weil du seine Anweisungen missachtet hast.

Andererseits spürte sie mit jedem ihrer Herzschläge, dass sie bis zum Tag der Sonnenfeier keine ruhige Minute mehr haben würde, wenn sie die Unbekannten nicht wenigstens ganz kurz belauschte. Nur so lange, bis sie wusste, mit wem sie es zu tun hatte und was sie hier unten trieben.

Sie löschte ihre Lampe, tastete sich lautlos vorwärts, bis die Stimmen klarer wurden.

»… freuen sich garantiert wie überreich belohnte Kinder, wenn sie die Antigravpacks entdecken. Damit ersparen sie sich immerhin fast tausend Höhenmeter Ab- und Aufstieg.« Das war Larisch; aber …

»Du hast die Typen einfach ins Herz geschlossen, gib's zu.«

»Das leugne ich nicht. Im Ernst, irgendwie mag ich sie.«

»Ein wahrer Menschenfreund. Und mit so was muss ich arbeiten, noch dazu in dieser Kloake.«

»Hättest ja bei der Eisfrau um Versetzung ansuchen können.«

»Sicher. Guter Scherz. Den Posbi werd ich tun. Wenn die Alte jemanden versetzt, dann auf den Friedhof.«

»Bist ein kluges Kerlchen. Vergiss nicht, den Brief dazuzulegen. Damit sie die großzügigen Geschenke auch sicher mitnehmen.«

»Hihi. ›Heraklit der Dunkle‹, meine Fresse. Auf so was können auch nur Menschlinge hereinfallen.«

Tamra hatte genug gehört. Ihre Knie wurden weich, Schwindel drohte sie zu erfassen. Schwindel, ja: Wieder einmal war sie einem Schwindel aufgesessen, wieder für dumm verkauft worden; wieder kippte die Welt ins Bodenlose.

Sie musste zurück, unbedingt die involvierten Mitglieder des I-Ming-Bundes warnen. Sie wurden missbraucht, irregeleitet, ins Verderben geschickt, so viel stand fest, wenn auch keineswegs, von wem und wozu. Egal: Die geplante Aktion musste abgeblasen werden. Heraklit war nicht der, für den er sich ausgab, sondern ein Betrüger; ein Lare, oder ein Überläufer, der im Sold der Laren stand, oder überhaupt bloß eine millimetergenau auf die Wortführer der Freigeborenen zugeschnittene Fiktion.

Zeit, diesen Schock zu verarbeiten, blieb Tamra nicht. Sie machte auf den Hacken kehrt, wollte gerade die Stirnlampe aktivieren und loslaufen, da sah sie den Lichtkegel eines starken Scheinwerfers, der sich durch den Tunnel auf sie zubewegte. Dieser Rückweg war ihr versperrt. Ohne lang nachzudenken, bewegte sie sich in die Gegenrichtung. Den Plan der Kanalisation hatte sie verinnerlicht.

Wenn sie ungesehen am Quergang vorbeikam, konnte sie vielleicht einen Bogen schlagen.

Hinter ihr näherte sich das Summen einer Maschine. Ein Wartungsroboter? Gut möglich, dass hier noch welche Verwendung fanden, weit unter der Oberfläche, wo sie niemanden verschreckten, in den Eingeweiden der Stadt. Aber darauf durfte Tamra nicht setzen. Genauso gut konnte das Gefährt bemannt sein. Also weiter, weiter, nur ja kein verräterisches Geräusch erzeugen, bis zur Gangkreuzung, flach gegen den Boden pressen, robben, robben, wieder hoch, weiter …

»Was war das?«

»Was?«

»Weiß nicht. Hab nur eine Bewegung bemerkt. Sah aus wie eine Echse, aber eine verdammt große …«

»Und wenn. Wozu gibt's den Wartungsdienst? Tuckert ohnehin gerade ein Kanalschleifer an. Überlass das denen.«

»Unser Auftrag lautet, das Gelände hundertprozentig zu sichern. Also los, schwing dich hinterher!«

»Ich? Wieso ich?«

»Weil meine Wenigkeit den höheren Rang und außerdem den besseren Draht zur Eisfrau …«

Die Stimmen verklangen. Tamra war außer Hörweite, zweifelte aber nicht mehr daran, dass sie verfolgt wurde. Sie rannte, so schnell sie konnte, blindlings in die Finsternis. Prallte hart gegen eine Wand, taumelte, die Benommenheit abschüttelnd, weiter, weiter, die Biegung entlang, schaltete die Lampe ein, rannte, rannte … Und hielt an, im letzten Moment, bevor sie in den Schlund gestürzt wäre, der sich vor ihr auftat.

Ein Schacht gähnte, etwa zwanzig Meter im Durchmesser; tiefer, als ihr schwacher Lichtstrahl reichte. Unmöglich, diesen Abgrund zu überspringen. Kein Sims, auf dem sie ihn hätte umrunden können. Sie erinnerte sich an ein Symbol auf Heraklits Karte, das keiner der Taoisten zu deuten gewusst hatte. Nun begriff Tamra, was es bedeutete. Hier knickte die Route im rechten Winkel nach unten weg, führte hinab auf eine noch viel tiefer gelegene Ebene, um sich erst unterhalb, innerhalb der subplanetaren Geschosse des Sternturms, wieder nach oben zu wenden. Hinunter und hinauf, durch die Hölle in den Himmel. Heraklit meinte das keineswegs nur metaphorisch! Fast tausend Höhenmeter Ab- und Aufstieg, hatte der Lare im Quergang gesagt. Deswegen die Gravopaks …

Ein grobmaschiges Gitter überzog die Innenwand des Schachts. Tamra schwang sich über den Rand. Wenn sie weit genug hinabkletterte, dass sie von oben nicht mehr gesichtet wurde, und sich lang genug festhielt, lange genug still hielt, gab sich ihr Verfolger vielleicht damit zufrieden, dass sein Partner doch nur ein Tier gesehen hatte, eine Echse, die inzwischen in einem Wandloch verschwunden war. Sonderlich motiviert hatte er nicht geklungen. Tamra hangelte sich nach unten. Tritte fand sie ausreichend, auch ohne hinzusehen. Aber die Hände riss sie sich an den nadelspitzen, aus dem rostigen Metallnetz hervorstehenden Dornen auf, und ihr Puls raste, ihre Lungen brannten. Etwas rutschte aus ihrer Hosentasche, ein kleines, kompaktes Multifunktions-Werkzeug, und fiel in die Tiefe. So lange Tamra den Atem auch anhielt, vernahm sie keinen Aufprall.

Dafür erklang von oben ein schriller Pfiff.

»Na guck mal, was haben wir denn da in der Peilung?«

»Hallo, Vögelchen«, sagte Mitrade. »Ich begrüße es sehr, dass du dich nicht einfach hast fallen lassen. Es wäre regelrecht schade um dich gewesen.« Sie lächelte süffisant. »Wenn ich etwas an dir schätze, dann deinen Überlebenswillen und deine Leidensbereitschaft. Weißt du was, Scheuche? Dann wollen wir die doch gleich auf eine etwas härtere Probe stellen, hm?«

Sie genoss es, der gefesselten Tamra die nutzlose Scheibe vom Nacken zu reißen und ihr stattdessen das mikrominiaturisierte Fernsteuergerät zu applizieren. »Du wirst verstehen, dass ich dich außer Gefecht setzen muss, nicht wahr? Du weißt zwar längst nicht alles, aber doch eindeutig zu viel. Allerdings widerstrebt es mir, dich bereits jetzt zu töten. Nenne es Sentimentalität, weil wir uns nun schon so lange kennen … Oder Lust auf ein bisschen mehr Spaß, da unsereins sich ja sonst kaum was gönnt … Wie auch immer, deine Spießgesellen sollen nicht davon abgeschreckt werden, ihr so wahnsinnig tolles Ding durchzuziehen. Deshalb bin ich praktisch gezwungen, dich ein wenig vorzuführen und öffentlich zu misshandeln. Ohne Angabe von Gründen, und wohlweislich, ohne deinen nächtlichen Ausflug zu thematisieren. Nein, nichts von Heraklit und den angeblichen Chip-Blockern; bloß schiere Willkür. Jeder weiß, dass ich dich hasse. Ich hatte einfach einen schlechten Tag. Das wird die Elite der Taoisten, da sie dich doch so sehr lieben, nur noch mehr zu ihrer Heldentat anstacheln. Glaub mir, Menschenkenntnis ist die halbe Pacht. ›Jetzt erst recht! Für Tamra‹, werden sie sich gegenseitig schwören, ›für I-Ming und Heraklit, für Altera!‹ He, Scheuche, was für eine denkwürdige Sonnenfeier uns beiden bevorsteht. Zuerst die Prozession in Dekombor, und dann der Höhepunkt: das große Feuerwerk …«

Alles fließt, dachte Tamra; alles kippt. Das Leben, die Welt, der ganze Kosmos ist eine Olvid-Zwiebel. Unter Tränen löst du die erste Schale ab, dann die zweite und dritte, noch eine und noch eine … Und übrig bleibt am Ende: nichts.

Nichts.

Nichts, außer Hohngelächter.

Interludium Ein Kind ohne Zukunft

»Da kommt sie.«

»Tamra. Die Untote.«

»Klappe, Flip! Und rück dein Haarnest zurecht!«

Die Herrin, die durch meine Augen sieht und durch meine Ohren hört, weidet sich, dessen bin ich mir sicher, an dem Unbehagen, das meine bloße Anwesenheit verbreitet. Die Knechtgeborenen wenden sich von mir ab, geben vor, mich gar nicht zu sehen. Alle haben plötzlich noch etwas an ihren Kostümen zu verbessern, bemerken einen winzigen Fleck auf einem ihrer blankpolierten Schuhe oder verspüren das dringende Bedürfnis, am Blumenschmuck der Festwagen herumzuzupfen, die sich auf dem Marktplatz drängen. Mitrade lenkt meine Schritte so, dass ich durchs dichteste Gewühl muss. Ich sehe sie vor mir, wie sie grinsend in der holografischen Fernsteuer-Spinne hängt. Mit diebischer Freude tyrannisiert sie sowohl mich als auch meine unwissenden Artgenossen. Immer wieder zwingt sie mich, überraschende Haken zu schlagen und Leute, die nicht schnell genug ausweichen können, anzurempeln. »Ent-tchuuuli-kunng!«, entringt sie meiner aufgerauten Kehle. »Ent-tchuuuli-kunng!«

Niemand antwortet. Alles flieht. Es kann nicht sein, was nicht sein darf. Ich störe, also bin ich Luft.

Einzig Guilder Viñales, der alte Kapitän in seinem Rollstuhl, kreuzt absichtlich meinen erratischen Kurs, hebt verstohlen den Kopf und vollführt eines unserer Geheimzeichen. Halte durch, signalisiert er mir, das Kommando ist unterwegs. Er meint es gut und ahnt nicht, wie viel Schmerz er mir damit zufügt. Alles läuft nach Plan.

Ja, aber nicht nach unserem; sondern nach dem von Mitrade und ihren Hintermännern. Ich möchte schreien, Guilder aufklären, warnen, obwohl es zu spät ist; aber mein Mund bleibt zu.

Die Herrin, die meinen Körper besitzt, dirigiert mich zum Verwaltungsgebäude, nicht ohne mich auf den Stufen straucheln und lang hinschlagen zu lassen. Blut tropft von meiner Stirn, rinnt mir in die Augen. Sie patscht mir mit meiner eigenen Hand ins Gesicht und wischt die warme, klebrige Flüssigkeit weg.

Meine Beine staksen durchs Büro und hinaus auf den Balkon. Dort arretiert mich Mitrade. Ich stehe stocksteif, im Wind leicht vor und zurück wackelnd, gelähmte Puppe, die ich bin.

Nach einiger Zeit tritt die Herrin neben mich. »Schöne Aussicht, nicht wahr?«

Wir blicken auf den Festzug, der unter uns vorbeidefiliert. Mitrade winkt huldvoll, und die Menschlinge von Dekombor jubeln ihr zu. Mich sehen sie nicht, weil sie mich nicht sehen wollen. Stunden geht das so dahin. Auch Jason

Neko gibt glaubhaft vor, er habe nur Augen für Mitrade, die ihm ein neckisches Kusshändchen zuwirft.

Illindor, die Flammende, geht unter. Am Horizont, hinter der Skyline von Taphior, in deren Mitte der Sternturm alle anderen Gebäude überragt, erglühen die Wolken in sattem Rot. Der Himmel verdunkelt sich allmählich. Es wird Abend, es wird Nacht. Die Teilnehmer der Prozession entzünden ihre Fackeln. Unablässig erklingen die alten, immer gleichen Lieder. »Wir huldigen dem Stern der Laren ...«

Mitrade-Parkk sieht auf ihr Armband-Chronometer. Sie schmunzelt, dreht sich zu mir, ergreift grob mein Kinn und justiert meinen Kopf so, dass sich der höchste aller Türme im Zentrum meines Gesichtsfelds befindet. »Schau genau hin«, raunt sie. »In diesem Moment wird Geschichte geschrieben. Und wir beide, ich und du, Scheuche, haben das Unsrige dazu beigetragen.« Mit hoher, singender Stimme zählt sie: »Sieben, sechs, fünf, vier, drei, zwei, eins ...«

Ein weißer, auf die große Entfernung alles andere als spektakulär wirkender Fetzen Stoff flattert aus einer der Öffnungen knapp unter der Spitze. Gleich darauf bildet sich ein Wölkchen. Der erste Knall ist fast komisch leise. Erst das Echo und die nachfolgenden, blendend grellen Explosionen erschüttern die Stadt. Unter uns stockt der Umzug. Einzelne, spitze Schreie, eine anschwellende Druckwelle des Entsetzens. Dann fassungslose Stille.

Der Stern der Laren zerfällt. Ganz langsam sinkt er in Trümmer, bis eine gigantische, sich ausbreitende und dabei zerfasernde Rauchwolke den Blick auf die Lücke versperrt, die klaffende Wunde im Herzen der Stadt. Aber das Bauwerk ist es nicht, worum ich trauere.

Wilbur, dröhnt es in mir. Yilmaz. Wu; nie wird mir Frizzi Pasterz verzeihen. Hubertus. Danji und Leila, die Kinderhüterinnen: ausgelöscht, verblasen wie Kerzen auf einem Geburtstagskuchen.

Mitrade erahnt meine Gedanken. »Man wird ihre Leichen finden und an den Resten der Gravo-Rucksäcke Sprengstoffpartikel nachweisen. Zusammen mit dem Transparent, dessen Aufschrift übrigens ›Es lebe das Alteranische Imperium!‹ lautet, eindeutige Beweise dafür, dass sie den Anschlag verübt haben. Hunderte Larenkinder waren im Sternturm – es ist der Tag der Sonnenfeier, da werden die besten Schüler Taphiors zu einer Nachtbesichtigung geladen. Das wusstet ihr nicht? Unter uns, niemand wusste das. Aber morgen früh wird der ganze Planet, der ganze Trovent von nichts anderem reden. Gunstbolde, Menschlinge haben den Stern der Laren gesprengt und hundertfachen Mord begangen. Der Turm ist gefallen, Elbanger-Tans Politik der patronalen Integration gescheitert. Man wird ihm zumindest indirekte Komplizenschaft vorwerfen. Hat er sich nicht immer schützend vor die Menschlinge gestellt? Also trägt er mit Schuld. Wenn nicht aktiv, so passiv. Wer zulässt, dass eine derartige Gräueltat geschehen kann, hat das Amt des Ersten Hetrans verwirkt. Sein Großes Boot wird sich wehren, wird die lang gewohnte Hegemonie nicht kampflos aufgeben. Resultat: Ab morgen Mittag, spätestens Abend haben wir Bürgerkrieg. Nur, dass wir, Kat-Greers Leute, bestens vorbereitet sind. Wir haben seit Monaten darauf hingearbeitet. Bald werden die Karten neu gemischt. Und ich halte keine schlechten Trümpfe in meiner Hand. Dank dir, Scheuche. Dank dir. Willst du mir nicht gratulieren? Sag doch was!«

Purer Hohn. Ich vermag nicht einmal mit einer Wimper zu zucken. Mirade versetzt mir einen Schubs, fängt mich gerade noch auf, bevor ich gegen die Brüstung knalle. Sie gibt mir einen Kuss auf die Wange. »Du und deine Taoisten, ihr alle habt euch für mich und meinen Lehnsherren die Hacken abgelaufen, so brav und folgsam, als hättet ihr schon seit der Geburt einen Fernsteuer-Chip eingebaut. Ein paar alteranische Sätze und Verweise auf eure ach so gloriose Geschichte reichten aus, um jeglichen Verdacht zu zerstreuen. Ja, glaubt ihr denn, das Lichtnetz weiß nichts über euch? Das Geheime Flottenauge schläft nie; es sieht alles, nicht bloß im Trovent, sondern auch im Bereich eures lächerlichen Pseudo-Imperiums.«

Inzwischen hat sich der Martkplatz geleert. Alle sind panisch in ihre Häuser verschwunden. Weggeworfene, glosende Fackeln bedecken das Pflaster. Nur ein einsamer Rollstuhl steht noch in der Mitte; Kapitän Guilder Viñales sitzt darin, zusammengesackt, die Hände vorm Gesicht, haltlos schluchzend.

»Ich habe noch eine weitere Neuigkeit für dich«, schnurrt Mitrade ganz nah an meinem Ohr. »Erinnerst du dich an den Tag, an dem ihr euer drolliges Manifest ins Funknetz eingeschleust habt? Nach eurer Zeitrechnung war das der achzehnte Januar. In jener Nacht habe ich dich narkotisieren und entführen lassen und dir ein herrliches Geschenk gemacht. Schon bald müsstest du spüren, wie es sich bewegt. In deinem Bauch, meine Scheuche, in deinem jungfräulichen Leib wächst ein kleiner Knechtgeborener heran!«

Sie wiehert vor Lachen. »Freust du dich gar nicht? Jubiliere, tanze, singe und springe! Du wirst Mutter. Kann es für eine Menschenfrau Schöneres geben? Darum werde ich dich, wie übrigens auch den Tattergreis dort unten, nicht als Mitverschwörer aufdecken. Da würdet ihr ja unverzüglich hingerichtet, und ich hätte gar keinen Spaß mehr mit euch. So aber bleiben mir viele Monate, mir auszudenken, was ich mit deinem Balg anstellen werde, süße Mama Tamra ... So. Und ab sofort werden wir dich mästen. Bist ja ganz vom Fleisch gefallen, du Arme. Und jetzt musst du doch für zwei essen, nicht wahr?«

Ihre vor Zynismus triefende Stimme scheppert in meinen Ohren. Ich zweifle nicht daran, dass sie die Wahrheit gesagt hat. Aus welchem Grund sollte sie mich belügen? Der Schock sitzt tief. Rasend schnell dreht sich die Welt um mich, verschwischt zu einem Kaleidoskop aus Farben und Formen.

Ich horche in mich hinein. Prompt scheint mir, da rege sich etwas.

Oh, wie raffiniert Mitrade ist! Sie kennt mich, weiß genau, dass ich, sobald sie mich aus der Fernsteuerung entließe, den Freitod wählen würde. Nach der Erkenntnis, ihr und Kat-Greer den ahnungslosen Handlanger abgegeben zu haben; nach dieser schrecklichen, fatalen Nacht, in der Wilbur Donning, Yilmaz Macmahon, Wu Pasterz und die anderen für das Gegenteil dessen, was sie erreichen wollten, gestorben sind; nach all dem, und nachdem ich mir sehr gut ausmalen kann, was dieses gemeine Komplott an Leid über Caligo und insbesondere die Alteraner von Dekombor bringen wird, will ich nicht mehr leben. Mich selbst umzubringen fiele mir leicht, denn der Tod brächte enorme Erleichterung. Aber das Ungeborene, das ich in mir trage, kann nichts dafür. Ob ich es hasse oder trotz allem Mutterliebe empfinde, weiß ich noch nicht. Mit wessen Samen ich befruchtet worden bin, ist mir egal. Der Vater kann kein Lare sein; unsere Rassen sind, ungeachtet der Ähnlichkeit, genetisch nicht kompatibel. Ein Menschenkind also.

Ein kleines, harmloses, unschuldiges Wesen.

Das Schicksal meint es nicht gut mit dir. Das sind die ersten Worte, die ich in Gedanken an das Baby, mein ungewolltes Baby richte.

Hättest du dir deine Mama aussuchen können, du hättest bestimmt nicht mich erkoren. Mit jeder anderen wärest du tausendmal besser dran. Aber ich verspreche dir, mich zu bemühen. Für die kurze Zeit, die uns dieses Scheusal namens Mitrade-Parkk noch gönnt, will ich dir eine gute Mutter sein.

»Essen fassen!«, ruft die Herrin überschwänglich. Dann steuert sie mich in ihre Teeküche und füttert mich grinsend, bis mir übel wird.

»Wer hat gewonnen?«, fragt sie dabei immer wieder. »Wer ist am Drücker und wird es bleiben? Ich. Wer verflucht den Tag, an dem sie geboren wurde? Du. Wer wird kommen, dich zu retten? Heraklit, Liu I-Ming, gar euer angebeteter Perry Rhodan? Nein.«

Sie hebt meine Hände, stopft mir damit das Erbrochene zurück in den Mund. »Niemand, Scheuche. Niemand nimmt dich mir weg. Lass es dir auf der Zunge zergehen, schluck's runter, verdau es. Niemand.«

ZWEITES BUCH
Pyramiden

Zehn Sprunghafte Entwicklungen

Startac Schroeder reichte Perry und Mondra die Hände, um mit ihnen aus dem Schiff zu teleportieren, doch Rhodan winkte ab.

»Spring allein«, funkte er, »sieh dich um und komm zurück. Los!«

Er schaltete seinen Deflektor ein, konzentrierte sich auf einen imaginären Punkt zehn Kilometer schräg voraus in Flugrichtung, sprang …

… und rematerialisierte.

Chaos und Zerstörung hatte er hinter sich gelassen, noch mehr davon empfing ihn. Die Mikropositronik richtete seinen Raumanzug mittels des Flugaggregats nach dem Schwerefeld des Planeten aus, sodass Startac sich rasch orientieren konnte. Subjektiv »unter« ihm schwebte eine grau-weiß gescheckte Kugel im All: Caligo. Gleißend helle Strahlen entsprangen einem der Kontinente, rasten auf Startac zu und rechts an ihm vorbei. In rascher Folge hin und her ruckelnd, schienen sie nach ihm zu tasten, verfehlten ihn jedoch. Er blickte nach oben, blinzelte. Troventaare, zum Greifen nahe, feuerten auf den Planeten, also wohl auf das Bodenfort, das sie seinerseits unter heftigen Beschuss nahm. Er befand sich zwischen den Fronten, mitten in einer Raumschlacht! Zwar nicht in deren Zentrum, aber auch nicht sehr weit davon entfernt. Startac zwang sich, den Fluchtimpuls zu ignorieren. Er redete sich ein, dass die Chance, getroffen zu werden, angesichts der großen Distanzen und der sehr engen Fokussierung der Strahlwaffen auch nicht höher war als die, vor lauter Panik einem Herzinfarkt zu erliegen. Leicht fiel es ihm trotzdem nicht, so lange auszuharren, bis er die MINXHAO entdeckte. Umschwirrt von Troventaaren, die sich gegenseitig beschossen, kam sie ihm entgegengeschlingert; alle beiden Teile. Der Walzenraumer war mitten auseinander gebrochen. Im Triebwerksbereich der Hecksektion ereignete sich eine Explosion. Ein Trümmerstück wurde weggeschleudert, überschlug sich mehrfach und verging als Glutwolke. Unmittelbar davor hatte Startac geglaubt, eine menschliche Gestalt zu erkennen. Er hoffte inständig, seine überreizte Wahrnehmung hätte ihm einen Streich gespielt.

Genug! Zurück!

Keine fünf Sekunden nach der ersten Teleportation war Startac wieder in der

Zentrale. Er erstattete Perry via Helmfunk Bericht. »Flammen schlagen auch aus dem Vorderteil. Im Vakuum erlöschen sie, aber …«

»Wie lange noch bis zum Atmosphäreneintritt?«

»Zwanzig, vielleicht dreißig Sekunden.«

»Rhodan an alle! Die MINXHAO ist verloren. Wer glaubt, es binnen einer halben Minute ab jetzt schaffen zu können, begibt sich in Abschnitt Zet-Eins. Alle anderen evakuieren auf eigene Faust. Anzugschirme und Deflektoren auf volle Leistung; da draußen tobt ein Krieg Laren gegen Laren. Rette sich, wer kann! Versucht, in Funkreichweite zu bleiben. Ich wünsche euch alles Glück dieser Galaxis. Perry Rhodan, Ende.«

Abschnitt Z-1, das war der als autarker Kugelraumer ausgeführte Kern der Bugsektion mit der Hauptzentrale, eine Art Überlebenssphäre ohne Linearantrieb. Startac wollte etwas sagen, doch Mondra Diamond schnauzte ihn an: »Still, ruh dich aus! Du wirst noch gebraucht.«

Er begriff und hielt die Klappe. Sein Herz hämmerte. Er hockte sich hin, bemühte sich, nicht zu hyperventilieren. Die Mikropositronik schlug ein Beruhigungsmittel vor. Startac lehnte ab. »Lieber noch zwei Einheiten Koffein.«

Rhodan war inzwischen bei der Pilotin. »Lässt sich die Bugkugel stabilisieren?«

»Sir, eventuell, Sir. Allerdings müssen wir zuvor den Mittelteil absprengen.« Kia Lungs Stimme klang gepresst.

Startac bemerkte, dass ihr rechter Unterschenkel in einem Winkel von 45 Grad nach oben wegstand. Mit anderen Worten, ihr Knie war nur noch Matsch. Sie musste grauenhafte Schmerzen haben, trotz der Injektionen, die ihr der Anzugmedo verabreichte.

»Zweiundzwanzig Sekunden ab jetzt«, bestimmte Perry.

Am oberen Rand der Innenseite von Stars Helm wechselten die Ziffern des Chronometers. Er rechnete nach. Rhodan hatte den Besatzungsmitgliedern, die durch das – und aus dem – Schiff flohen, soeben fünf zusätzliche Sekunden eingeräumt.

»Nottriebwerke? Funk?«

Elias Awadalla, der Cheforter, und ein Ingenieur, den Startac nicht namentlich kannte, meldeten Bereitschaft. Klar: Wenn sie den Laren auf Caligo nicht glaubhaft machen konnten, dass ihre Überlebenskugel aus eigener Kraft eine einigermaßen saubere Landung zustande brachte, schossen die sie spätestens in der Stratosphäre ab. Was ihnen nicht mal zu verdenken wäre. Niemand ließ zu, dass ein stählerner Komet mit 80 Metern Durchmesser und entsprechender Masse auf der Oberfläche seines Heimatplaneten einschlug.

»Freisprengung von Zet-Eins eingeleitet, Sir.«

»Schlagen Sie einen Haken, sobald es geht. Nur um zu belegen, dass wir das Ding unter Kontrolle haben.«

»Sir, zu Befehl, Sir.«

»Funkspruch absetzen: ›An den Oberkommandierenden der Neunten Trovent-Flotte. Beweisen Sie, dass Ihr Wort gilt. Wir versuchen eine Landung am angegebenen Ort. Es könnte allerdings sein, dass Sie uns ein wenig Hilfestellung leisten müssen. Gezeichnet: der Hochstapler.‹«

Alles ging drunter und drüber auf den Holoschirmen, die wieder Außenaufnahmen zeigten: Die Begleitschiffe, selbst in Gefechte verwickelt, vermochten das Abschirmfeld nicht mehr aufrechtzuerhalten. Strahlen blitzten auf, Raumtorpedos huschten vorbei. Startac sah Bruchstücke davonwirbeln, darunter eines mit der viele Meter hohen Beschriftung »NXHA« ...

»Startac?«

»Weiß schon, Perry.« Er setzte seinen parapsychischen Ortersinn ein.

Grob geschätzt 300 Menschen drängten sich in den Leitständen und Quartieren der Überlebenssphäre. Nochmals etwa 100 flogen hintenan, quasi im Sog der Zentralekugel. Und dann waren da noch ...

Startac Schroeder sprang.

Sternschnuppen verglühten in der Lufthülle Caligos.

»Die haben uns gerade noch gefehlt«, sagte Kat-Greer säuerlich, während er die Bildübertragung betrachtete. »Nichtsdestotrotz muss ich unbedingt in Erfahrung bringen, wie die Alteraner zu solch geheimen Informationen über das Hetos der Sieben gelangt sind. Nur allerhöchste Flottenstellen und der innerste Kreis des Lichtnetzes wissen Bescheid über diese Details der Organisationsstruktur, in die unsere Vorväter eingebunden waren.«

»Du mutmaßt, es gäbe einen Verräter innerhalb der Führungselite?«, fragte Zlakore-Buld.

»Vielleicht sogar ganz oben. Der Gedanke liegt nahe, oder etwa nicht?«

»Aber wenn ... wenn es Elbanger-Tan war, der diesen angeblichen Emissär eines Verkünders« – Zlakore schnaubte pikiert durch die Nasenöffnungen ob der dreisten, absurden Lüge – »diesen Menschling, der sich den Titel eines Ersten Hetrans anmaßt, ins Trovent-System gerufen hat ... warum lässt er dessen Schiff dann von einem der letzten Bodenforts abschießen, die seine Truppen noch halten?«

»Eben weil Elbanger ins Hintertreffen geraten ist und verhindern wollte, dass die Besatzung in unsere Hände fällt? Vielleicht könnten sie etwas über Geheimabkommen des Großen Bootes TAN mit den Alteranern ausplaudern. Das käme mir hinterher, bei den Aufräumarbeiten, durchaus gelegen.« Der General trat zu seinen Adjutanten an den Kommandostand, um neue Befehle an seine Streitkräfte auszugeben.

Zlakores empfindliche Ohren summten. Aufräumarbeiten! Als hätten die Eisfrau und ihre Killerkommandos nicht schon genug aufgeräumt!

Der Tod hielt reiche Ernte auf Caligo. In einer konzertierten Aktion waren praktisch gleichzeitig hunderte Vasallen Elbanger-Tans, die Schlüsselpositionen in Lichtnetz, Militär und Wirtschaft besetzt hatten, ausgeschaltet worden, hinterrücks gemeuchelt, auf Dutzende verschiedene Arten, eine heimtückischer als die andere. Nicht wenige der Namen hatte Zlakore auf die Todesliste gesetzt … Er schüttelte den Anflug von Reue ab. Die Laren waren ein Soldatenvolk, ihr Lebensinhalt der Kampf, ihre Bestimmung der Sieg. Auch er, obwohl Zivilist, trug dazu bei, endlich das Große Boot Greer an die Macht zu bringen. Er würde zu den Gewinnern dieses Krieges zählen. Nach Eliminierung seiner stärksten Konkurrenten würde Zlakore die Ökonomie des Trovents ähnlich dominieren wie General Kat-Greer die Armee. Diese Position erringen zu können, rechtfertigte jedes Mittel.

Wäre es nur schon vorbei …

Leichenberge türmten sich vor seinem geistigen Auge. Wo Siedlungen von blühendem Leben übergequollen waren, erstreckten sich Ruinenfelder. Die Schreckensbilder zu verdrängen, die ihm seine Phantasie vorgaukelte, misslang dem Handelsherrn.

Überall wurde gekämpft, auf allen fünf Kontinenten Caligos, den beiden Monden Butreen und Gloygtrem, sogar in manchen der Raumhabitate. Freilich versicherte Kat-Greer, nur winzige Bruchteile der 895 Millionen Einwohner seien direkt betroffen, und nur sehr wenige, strategisch wichtige, infrastrukturelle Einrichtungen. Keine der beiden Kriegsparteien beabsichtigte, den Trovent-Planeten zu verwüsten. Außerdem hatte Kat-Greer das Überraschungsmoment auf seiner Seite. Das Hetranat war zwar argwöhnisch gewesen, hatte jedoch nicht damit gerechnet, dass der Oberkommandierende der Neunten Flotte so weit gehen würde, tatsächlich zu putschen. Nach dem Paukenschlag der Sprengung des Larenstern-Turms rissen Kats Truppen sofort die Initiative an sich. Zeitgleich mit den »Säuberungen« der Eisfrau, besetzten sie zahlreiche Verwaltungszentren und Sendeanlagen auf und um Caligo. Die Saboteure, die Zlakore in gegnerische Wirtschaftsbetriebe eingeschleust hatte, trugen das ihre zur Schwächung des Großen Bootes TAN bei. Zu Beginn des Umsturzes schien es, als gelänge die Überrumpelung des herrschenden Regimes binnen weniger Stunden.

Aber leider war dem nicht so. Der amtierende Erste Hetran stand weit schlechter da als sein Herausforderer, mit dem Rücken zur Wand, ja auf fast schon verlorenem Posten. Aber er gab nicht klein bei, sondern wehrte sich. Elbanger-Tan kämpfte, ging mit den verbliebenen Getreuen zum Gegenangriff über. Es lag an der Mentalität ihres Volkes, dachte Zlakore-Buld. Laren unterlagen nicht, Laren unterwarfen. Laren kapitulierten nicht, nicht einmal vor ihresgleichen, solange noch der Funken einer Chance bestand, das Blatt zu wenden.

Aufgeheizt von den Medien, die sich mittlerweile vollständig in Kat-Greers Hand befanden, befürworteten inzwischen große Teile der Reichsbevölkerung die Revolte. Der »alteranische« Terroranschlag auf den Stern der Laren erschütterte den gesamten Trovent. Das Symbol für die Vorherrschaft der Laren in Forn-Karyan war zerstört worden! Die schockierenden Bilder vom Einsturz des siebenzackigen Turms brachten selbst die Bewohner der entlegensten Kolonialsysteme gegen den Ersten Hetran auf, der eine solche Schandtat nicht verhindern konnte. Kats Agitatoren legten nach, indem sie dieses Ereignis zum Beweis für die allgemeine Unfähigkeit und Führungsschwäche Elbanger-Tans hochstilisierten. Hatte er nicht gleichermaßen versagt, weil er schon viel zu lange tatenlos zusah, wie die Posbis mit dem unmittelbar bevorstehenden Fall des kränkelnden, todgeweihten Imperiums Altera in Kürze direkten Zugriff auf die larische Einflussphäre erhielten?

Nicht, dass Kat-Greer als Erster Hetran so wesentlich anders hätte handeln können. Um Altera anzugreifen, zu besiegen und in den Trovent einzugliedern, hatte er nicht die militärischen Mittel. Ein Zweifrontenkrieg zum gegebenen Zeitpunkt? Undenkbar. Zlakore schnaubte. Es ging nicht um eine gänzlich andere Außenpolitik, sondern um die Macht im Reich, um Posten und Pfründe. Schlecht? Laren kämpften, Laren siegten, besiegten notfalls sich selbst, wenn der äußere Feind zu übermächtig war.

Laren gaben niemals auf. Elbanger-Tan und seine Gefolgsleute waren Laren. Als sie nach einer Schrecksekunde den Ernst der Lage erkannten, schlugen sie mit allem zurück, was sie noch hatten. Der scheinbar unaufhaltsame Vormarsch der Putschisten kam ins Stocken.

Über die wenigen Funkstationen, die er nach wie vor kontrollierte, rief der Erste Hetran die im Illindor-System verteilten Flotten zu Hilfe, die von Lehnsherren anderer Großer Boote befehligt wurden. An diesem Punkt fiel eine wichtige Vorentscheidung. In Kat-Greers Hauptquartier, der Bastion Groschir, reckte der gesamte Führungsstab triumphierend die Arme in die Höhe, als die fraglichen Oberkommandanten ihre Neutralität deklarierten. Nein, sie würden Elbangers Order, Caligo anzufliegen, Bodentruppen auszuschleusen und die Revolte zu beenden, nicht nachkommen. Dies zöge, erklärten sie, eine unverantwortbare Eskalation des Konflikts nach sich. Ihre Troventaare würden erst wieder Bodenkontakt einnehmen, wenn die Lage auf dem Zentralplaneten geklärt war.

Im Klartext hieß das, dass sie warten und sich am Ende auf die Seite des Siegers schlagen würden. Damit hatte Kat-Greer spekuliert. Der Machtkampf blieb auf Caligo beschränkt. Hier, nirgends sonst, wurde er ausgefochten. An hunderten Schauplätzen, jedoch reduzierte sich alles schlussendlich auf einen Antagonismus: Groschir gegen Taphior.

Kats Bastion gegen den Pyramidenzirkel.

Beide Millionenstädte lagen, 2700 Kilometer voneinander entfernt, auf dem größten Äquatorialkontinent Cal-Loo, getrennt durch das gewaltige, nord-südlich verlaufende Coor-Gebirge, dessen höchste Gipfel fast 11.000 Meter über Seehöhe erreichten. Weite Gebiete Taphiors hatten die wackeren Matrosen des Großen Bootes GREER mittlerweile eingenommen. Einzig den Regierungssitz hielten Elbanger-Tans Truppen noch. Allerdings handelte es sich dabei um eine Stadt in der Stadt, bestehend aus sieben, entlang eines Kreises mit drei Kilometern Radius angeordneten Pyramiden, deren Höhe zwischen 150 und 1500 Meter betrug, bei quadratischen Grundflächen, deren Kanten bis zu zweieinhalb Kilometer maßen. Hierin hatten sich der Erste Hetran und seine Leibgarde verschanzt. Sie auszuräuchern wurde noch ein schweres Stück Arbeit, zumal sich ein Bombardement aus dem All verbot: Die Verheerung des Pyramidenzirkels wäre ein Sakrileg, das der Sprengung des Larensterns gleichkam. Kat-Greer hätte sich selbst seines zugkräftigsten Arguments beraubt.

Aber auf welche Weise sonst wollte er seinem Kontrahenten den Todesstoß versetzen? Zlakore konnte sich nicht vorstellen, wie die Hetranats-Pyramiden in absehbarer Zeit zu erobern wären. Und solange sie Gegenwehr leisteten, würden die Scharmützel und Guerrilla-Attacken anderswo auf dem Trovent-Planeten nicht enden. Er versuchte sich ausnahmsweise mit den Worten der Eisfrau zu trösten: »Du brauchst dir keinen einzigen deiner manikürten Finger schmutzig zu machen, Handelsherr. Überlass die Drecksarbeit den Experten.«

Ja, klar. Er hätte sich zurücklehnen können, aus relativ sicherer Distanz zusehen, wie die Dinge ihren Lauf nahmen. Ohnehin war Zlakore als Zaungast in der Kommandozentrale der Bastion bloß geduldet, weil ihn mit dem General jahrzehntelange Sternbruderschaft verband. Er, kein anderer, hatte Kat-Greers politischen Aufstieg finanziert, die Anwerbung der Eisfrau und die heimliche Hochrüstung der Neunten Flotte sowie der inoffiziellen Spezialeinheiten erst möglich gemacht. Alles, sein ganzes, beträchtliches Vermögen und seine persönliche Zukunft, hatte er auf diese eine Karte gesetzt. Dass er nun, zur Tatenlosigkeit verdammt, eine reine Beobachterrolle einnehmen sollte, behagte ihm gar nicht. Zudem ließ ihm die Geschichte mit dem Schiff der Alteraner keine Ruhe. Stellte deren Auftauchen nur eine unvorhergesehene, bedeutungslose Anekdote dar, oder aber einen Faktor, der ihre Pläne gefährden, gar durchkreuzen konnte?

Der Handelsherr glitt von seinem Schwebe-Hocker an der Bar und schlenderte zu der Gruppe, die den Hologlobus umstand. Die angewiderten Blicke der Adjutanten ignorierend, fragte er Kat-Greer: »Neue Entwicklungen? Bezüglich des Menschling-Schiffs, meine ich.«

»Unsere Leute haben das Bodenfort lahmgelegt, bevor es noch mehr Schaden anrichten konnte. Der Alteranischen Kugelzelle wurde die Landung auf dem Flottenraumhafen von Taphior durch Traktorstrahler und Schmiegefelder erleichtert. Ich habe Befehl erteilt, die Menschlinge einzufangen, ausnahmslos alle, möglichst lebendig, und vorerst in Dekombor zu internieren. Mein Instinkt sagt mir, an der Sache ist was dran. Die Alteraner wussten, dass wir ihren Bluff durchschauen würden; trotzdem kamen sie hierher, wo sie auf Gedeih und Verderb unserer Gnade ausgeliefert sind! Irgendetwas müssen sie anzubieten haben, und die Art ihres Vorgehens sowie ihr Verhalten nach dem Abschuss zeigt, dass es sich keineswegs um Dummköpfe oder Größenwahnsinnige handelt. Egal, momentan kann ich mich nicht darum kümmern. Ich habe eine Schlacht zu schlagen. Du entschuldigst mich.«

Jemand reichte ihm einen überschweren Kampfanzug, der mit den Rangabzeichen des Generals verziert war. Während Kat hineinstieg, fragte Zlakore ungläubig: »Was hast du vor?«

»Elbanger-Tan mag sich in seinen Pyramiden verkriechen. Ein Erster Steuermann des Großen Bootes GREER jedoch zeigt, dass er gewillt ist, auch selbst Hand anzulegen, und zwar an vorderster Front.« Er fixierte die Verschlüsse von Aufhängung und Helm, überprüfte die Funktionstüchtigkeit des Exoskeletts, lud klackend die schweren Strahlgewehre und Granatwerfer durch. »Wünsch mir kein Glück, Sternbruder; nur den Erfolg, der mir zusteht.«

Verschwommen, wie durch Nebel, bekam Startac Schroeder mit, dass die Landung der Überlebenssphäre gelang. Er war so erschöpft, dass er sich nur mit Hilfe seines Antigravs auf den Beinen hielt. 19 Besatzungsmitglieder hatte er einzeln durch Teleportersprünge aus den abgesprengten Wrackteilen geborgen, die meisten schwer verletzt. Einer starb unmittelbar nach der Rematerialisation in seinen Armen.

Aber 424, stellte sich heraus, hatten mehr oder minder lädiert überlebt. Diejenigen, die stehen konnten, ließ Captain Onmout auf dem Landefeld antreten. Die Verwundeten wurden im Schatten der Zentralekugel, des traurigen Überrests der MINXHAO, auf provisorische Liegen gebettet. Chefbordarzt Ian Fouchou nahm die Einteilung der Verletzten vor. Dem nachgerade grotesk dürren Mann, aus dessen turbanartiger Kopfbedeckung ein dicker Zopf ragte, wurde nachgesagt, dass er allmorgendlich seinen Arzneischrank plünderte und wahllos mehrere Handvoll Tabletten einwarf. In dieser Extremsituation war nichts davon zu bemerken. Ebenso zügig wie gewissenhaft bestimmte er den jeweiligen Verletzungsgrad und wies die ihm unterstellten Medotechniker an, wen sie zuerst versorgen sollten. Startac beneidete Fouchou nicht um diese Aufgabe.

Er selbst war heil geblieben, aber todmüde. Sternchen tanzten vor seinen Augen. Mondra musste ihn darauf aufmerksam machen, dass der Himmel über ihnen schwarz vor Kampfgleitern war. Auch Bodenfahrzeuge rückten von allen Seiten an.

»Das Empfangskomitee«, sagte sie. »Sieht nicht nach rotem Teppich, Blaskapelle, Kinderchor und barbusigen Schönheiten aus, die Blumenketten verteilen. Perry?« Rhodan, der sich mit Onmout besprochen hatte, klopfte diesem auf die Schulter, dann sprintete er zu ihnen herüber. »Wir drei sollten uns verziehen, solange das noch unauffällig möglich ist«, schlug Mondra vor. »Wenn sie erst einen HÜ-Schirm über uns errichtet haben …«

»Schon klar. Ich denke, Dmetri und seine Leute kommen vorläufig zurecht. Schaffst du einen letzten Sprung, Startac?«

Er hätte gern gegrinst, brachte aber kaum ein Nicken zustande. »Einen haben wir immer noch genommen«, würgte er heraus. »Wohin?«

»Panoramahotel.«

Das war TLD-Kurzsprache für einen Ort, an dem man eine Weile vor Entdeckung geschützt war, aber auch Möglichkeiten vorfand, sich Informationen zu verschaffen.

Startac ortete im näheren Umkreis. Mehr als fünf, sechs Kilometer waren nicht mehr drin. Als er glaubte, etwas Passendes gefunden zu haben, ergriff er Mondra und Perry an den Händen. Auf ein Zeichen Onmouts bildete sich um die drei eine Menschentraube, damit ihr Verschwinden nicht beobachtet werden konnte. Sie mussten die Laren nicht unbedingt mit der Nase darauf stoßen, dass sich unter ihnen ein Teleporter befand.

»Wohin immer sie euch bringen mögen, wir holen euch da wieder raus«, versprach Perry leise den Umstehenden.

»Sir, wir zweifeln nicht daran, Sir!«

Startac schon. Über 400 Leute, also 200 Teleportationen – das wäre ein bisschen viel für ihn. Aber er sagte nichts, sondern konzentrierte sich, nahm seine letzten Kräfte zusammen und sprang … in einen abgedunkelten Raum, eine Art Wohnzimmer mit zugezogenen Vorhängen. »Kein Intelligenzwesen näher als dreißig Meter«, stellte er mittels seiner Orterfähigkeit fest.

Vollkommen ausgelaugt setzte er sich auf das niedrige Sofa. Schlafen wäre schön gewesen, aber … Er bemühte sich, nicht wegzukippen. Falls sie entdeckt wurden … Der Gedanke, bald wieder teleportieren zu müssen, verursachte ihm Magenschmerzen.

Perry ging zum Fenster, schob den Vorhang einen Finger breit zur Seite und spähte durch den Spalt hinaus. »Ausgezeichnet, Startac«, lobte er. »Wir sind relativ hoch oben und haben freie Sicht zum Raumhafen.«

»Ich bringe mal in Erfahrung, was das hier darstellt.« Mondra beschäftigte sich einige Sekunden lang mit der Tür, dann ertönte ein Klicken. Sie schlüpfte hinaus.

»Unsere Kameraden werden mit vorgehaltenen Strahlern in Schach gehalten und entwaffnet«, berichtete Perry Rhodan, der die Teleskop-Funktion seines

Helms einsetzte. Startac lauschte. »Die larischen Soldaten gehen nicht sehr zärtlich mit ihnen um, aber auch nicht offen feindselig. Beide Seiten verhalten sich erfreulich diszipliniert. O je ... Flohbein droht auszureißen ... Glück gehabt, Onmout hat ihn gerade noch rechtzeitig wieder eingefangen. Unsere Leute werden in Mannschafts-Schweber verfrachtet ...«

Dann hörte Startac nur noch ein Murmeln. Er schreckte hoch, war offenbar für Sekunden eingenickt. »Entschuldige, tut mir leid, ich ...«

»Vergiss es. Ruh dich aus. Falls nötig, wecken wir dich.«

»Danke.« Er legte die Beine hoch. Wenige Sekunden später, wie ihm schien, rüttelte ihn jemand an der Schulter. Es war Mondra Diamond. Seine Helmchronometerleiste zeigte ihm, dass er sechs Stunden geschlafen hatte, in voller Montur. Er hatte einen unangenehm pelzigen Geschmack im Mund. »Was ist passiert?«

»Hast nicht viel versäumt. Die Besatzung der MINXHAO wurde abtransportiert, auch die Verletzten. Weit sind die Schweber nicht geflogen, nur ein Stück Richtung Stadtzentrum. Da verläuft eine Hügelkette, hinter der sind sie niedergegangen. Sollte kein großes Problem werden, unsere Leute wieder aufzuspüren. Wie geht es dir?«

»Besser.« Er gähnte.

»Ich habe dich geweckt, weil Perry meinte, du solltest dir das ansehen.« Mondra zeigte zum larischen Äquivalent eines Trivids.

Startac setzte sich auf und öffnete den Helm. Die Luft schmeckte schal und abgestanden, mit einem Resthauch von Räucherwerk. Seine Glieder fühlten sich bleiern an. Auf Caligo herrschte eine um zwanzig Prozent höhere Schwerkraft als auf Terra, erinnerte er sich. Eins Komma zwo Gravos, das spürte man schon.

Das Trivid brachte einen Bericht von der Eroberung einer Polizeikaserne durch Einheiten der Rebellen. Dass die Sendeverantwortlichen mit diesen sympathisierten, war unschwer zu erkennen. Besonders hervorgehoben wurde, dass der Anführer der Putschisten, ein General namens Kat-Greer, selbst an der Spitze seiner Truppe mitkämpfte.

»Er ist auch Oberkommandierender der Neunten Flotte«, erklärte Perry. »Mit anderen Worten, unser Ansprechpartner. Eindeutig der kommende Mann im Trovent, sofern man Kriegsreportern trauen darf. Könnte nichts schaden, wenn du dir die Visage einprägst.«

Der Bericht war nach Art eines heroischen Actionfilms geschnitten, ja inszeniert. Schwer vorstellbar, dass dies im Rahmen einer Live-Übertragung eins-zu-eins bewerkstelligt werden konnte. Wahrscheinlich wurden Archivmaterial und für einen solchen Anlass von langer Hand vorbereitete Szenen mit Echtzeit-Bildern kombiniert. Kat-Greer, der in einem Monstrum von halbrobotischem

Kampfanzug steckte, erschien als kühner, jede Sekunde souveräner Kriegsheld. Wie zufällig umgab bei Nahaufnahmen stets eine Gloriole den markanten Schädel im volltransparenten Kugelhelm. Der General koordinierte nicht nur seine Soldaten mit knappen, schneidigen Befehlen, sondern erledigte höchstpersönlich, als wandelnder Panzer, das Gros der weit schwächer bewaffneten Regierungstreuen. Wie es sich für seine Heldenrolle gehörte, forderte er alle, die sich ihm in den Weg stellten, zuerst zur Kapitulation auf und nahm diese, wenn sie erfolgte, auch großmütig entgegen. Wurde er aber angegriffen, machte er gnadenlos kurzen Prozess. Der Trivid-Sender scheute nicht davor zurück, die Zahl von Kat-Greers Abschüssen am unteren Bildrand einzublenden.

Startac fühlte sich an die klischeehaften Heimpositronik-Ballerspiele seiner Jugend erinnert. »Widerlich.«

»Aber als Propaganda wirkungsvoll«, sagte Mondra. »Zumal der Gegenspieler, der amtierende Erste Hetran, als Feigling dargestellt wird, der sich nicht aus seinem letzten Zufluchtsort wagt.«

»Dem Regierungspalast, der allerdings sehr gut befestigt ist. Die Sache dürfte noch keineswegs so klar entschieden sein, wie man die Bevölkerung glauben machen will. Das hier« – Rhodan zeigte auf die Übertragung – »ist ein unbedeutender Nebenschauplatz in Groschir, der zweitgrößten Stadt, die sich längst fest in Hand der Aufständischen befindet. Reine Show, wenngleich mit echten Toten.«

Er und Mondra klärten Startac darüber auf, was sie bis jetzt herausgefunden hatten. Dieses Stockwerk des Wohnturms, in dem sich die drei Terraner aufhielten, sowie die jeweils darüber und darunter liegende Etage gehörten zu ein und demselben Luxus-Apartment. Plomben der larischen Kriminalpolizei an den Eingangstüren und ein ausgebrannter Schlafraum deuteten darauf hin, dass hier ein Verbrechen geschehen war. Den prunkvollen Uniformen in mehreren Kleiderschränken zufolge war der Hausherr, das vermutliche Opfer, ein hoher Offizier der Flotte oder des Geheimdienstes gewesen. In den Arbeitszimmern gab es keinerlei Unterlagen mehr; sie waren offensichtlich weggeschafft und sämtliche verbliebenen Rechner vollkommen gelöscht worden. Einzig die Unterhaltungskonsole in diesem Wohnraum funktionierte noch. Ihr hatte Perry allgemein zugängliche Informationen wie Stadtpläne und dergleichen entnommen, während Mondra den Umkreis des Apartments mit Mikro-Spionsonden gesichert hatte. Sie verfügten also wenigstens für die nächsten Stunden über eine brauchbare Operationsbasis.

Nachdem Startac sich mit Proviant aus seiner Anzugtasche gestärkt hatte, berieten sie ihre weitere Vorgangsweise. Hauptziel blieb, den Wissenschaftler und PosbiSpezialisten Verduto-Cruz oder dessen Assistenten aufzutreiben. Denn nur, wenn es ihnen dank der Erkenntnisse der Laren gelang, das Rätsel der vor

36 Jahren plötzlich aktiv gewordenen Hass-Schaltung zu lösen, konnten sie die Menschheit dieser Galaxis, 29 Milliarden Alteranerinnen und Alteraner, vor der Ausrottung bewahren. Aber wie sollten sie Verduto-Cruz inmitten der Wirren eines planetaren Bürgerkriegs aufstöbern?

»Das Chaos kann uns zum Nachteil, jedoch auch zum Vorteil gereichen«, meinte Perry. »Vor allem hier, in der nach wie vor heiß umkämpften Hauptstadt Taphior, binden sich die wichtigsten Kräfte derzeit gegenseitig. Was uns einen erhöhten Handlungsspielraum verschafft.«

»Zumindest, solange niemand von uns weiß«, erwiderte Mondra. »Allerdings dürfte diesem General Kat-Greer, auch wenn er momentan damit beschäftigt ist, den Superhelden zu mimen, in absehbarer Zeit auffallen, dass ausgerechnet der selbst ernannte ›Erste Hetran der Milchstraße‹ nicht unter den einkassierten Alteranern ist.«

»Bis dahin durchblicken wir hoffentlich die Situation auf Caligo ausreichend, damit wir uns dem Rebellenführer stellen und ihm ein Angebot zur Zusammenarbeit unterbreiten können. Sofern sich nicht herausstellen sollte, dass doch Elbanger-Tan, der Noch-Regierungschef, die besseren Chancen hat, letztendlich als Sieger dazustehen. Wie auch immer, diesem Problemfeld, also der Durchforstung und Analyse aller verfügbaren Info-Kanäle, werden wir uns widmen.« Er wechselte einen raschen Blick mit Mondra.

Startac seufzte. »Verstehe. Ihr macht es euch vor dem Fernseher gemütlich. Und ich kümmere mich derweil um unsere festgesetzte Elite-Besatzung?«

»Gut mitgedacht. Selbstverständlich dürfen wir die Mannschaft der MINXHAO nicht im Stich lassen. Such nach Möglichkeiten, sie zu befreien und in Sicherheit zu bringen, falls wir mit dem Gewinner des Bürgerkriegs auf keinen grünen Zweig kommen.«

»Wie soll das gehen? Wir haben kein Raumschiff mehr. Und um einen Troventaar zu kapern, ist momentan wohl nicht der günstigste Zeitpunkt.«

»Uns wird schon was einfallen. Sondier du erst mal unauffällig die Lage in Dekombor. So heißt der Stadtbezirk, in dem unsere Leute aller Wahrscheinlichkeit nach abgesetzt worden sind. Laut Angabe der Touristik-Behörde das hiesige Exotenviertel.«

Mitrade-Parkk durchlebte aufregende Stunden.

Einerseits genoss sie es, so nah am Zentrum des Geschehens zu stehen wie kaum je zuvor. Sie war dabei, mittendrin, in einer Schlüsselposition.

Andererseits bangte sie um ihre Zukunft, um ihr nacktes Leben.

Eine Frau hatte sie aufgesucht, die Mitrade vage bekannt vorkam; jedoch fiel ihr partout nicht ein, woher. Jedenfalls wollte sie dieser Frau, deren Blick kälter war als Eis, bestimmt nie mehr begegnen. »Wenn es nach mir ginge, hauchtest du soeben deinen letzten Atemzug aus«, hatte die ganz in schimmerndes Schwarz Gekleidete gesagt. Auch die Haare, die sie nach traditioneller Art zu einem Kegel aufgetürmt trug, waren in demselben Ton gefärbt, während die ungewöhnlich schmalen Lippen blutleer, fast braun wirkten. »Ich hasse überzählige Mitwisser. Aber der General meint, du hättest gut gearbeitet und dir daher eine Chance verdient. Nutze sie, mach keinen Fehler, Verwalterin. Und vor allem: Kein Wort zu irgendwem! Sonst sehen wir uns wieder, und zwar sehr kurz.«

Noch Stunden später lief es Mitrade kalt den Rücken hinunter, wenn sie an diese Drohung dachte. Zum Glück war für Ablenkung gesorgt. Dekombor wurde von tausenden Demonstranten regelrecht belagert. Der aufgebrachte, durch die angrenzenden Straßen ziehende Pöbel forderte in Sprechchören, sämtliche Menschlinge als potenzielle Terroristen und Mitschuldige am Attentat auf den Stern der Laren hinzurichten. Die reinste Ironie: Jüngst war aus der Hetranats-Pyramide genau dieser Befehl an die Bezirksverwaltung ergangen. Aber Mitrade hatte ihn, mangelhafte Übermittlung vorschiebend, ignoriert – weil sie wusste, dass ihr Lehnsherr kein Interesse daran hatte, den Wunsch der Schreihälse zu erfüllen. In seinen Presse-Dossiers versprach der General zwar ein »Ende der inkonsequenten Willkür im Umgang mit den alteranischen Missetätern«, kündigte »lückenlose Aufklärung der Hintergründe« an sowie für die Zukunft eine »Politik der strikten Null-Toleranz«. In Wirklichkeit aber wollte er das Thema noch möglichst lang am Köcheln halten. Was unmöglich gewesen wäre, hätte er alle Alteraner exekutieren lassen.

Sanktionen mussten freilich verhängt werden, um die Volkswut vorübergehend zu befriedigen. Da Kat-Greer und sein Führungsstab vollends damit ausgelastet waren, die Revolte voranzutreiben, blieb es Mitrade-Parkk überlassen, den Medien knackige Bilder von Züchtigungen an Menschlingen zu liefern.

Sie beauftragte Jason Neko, je hundert Männer, Frauen und Kinder auszuwählen, die öffentlich ausgepeitscht werden sollten. Der »Minderheitensprecher« – sie verkniff sich jedes Mal ein Grinsen, wenn sie ihn so titulierte – bettelte und flennte, bis sie die Quote gnädigerweise auf jeweils siebzig reduzierte. Genau diese Anzahl – zehn für jeden Zacken des Larensterns – hatte sie von Anfang an im Sinn gehabt. Aber sie wollte ihrem treuen Schoßhündchen die Gelegenheit bieten, das Endergebnis seinen Artgenossen als großartigen Verhandlungserfolg zu verkaufen.

Vom Balkon des Verwaltungsgebäudes aus sah Mitrade zu, wie die zweihundertzehn Sühnknechte mit nackten Oberkörpern am Marktplatz Aufstellung nahmen, schön brav und gesittet in Reih und Glied. Sie zweifelte nicht daran, dass es sich um Freiwillige handelte.

Es geht doch nichts über richtig gut erzogene Sklaven, dachte sie. *Spuck ihnen ins Gesicht, und sie bedanken sich noch dafür.*

Dann kamen die zwanzig Maahks mit den Peitschen. Ebenfalls faszinierende Wesen: Man bestellte »mittelschwere, allerdings nicht lebensbedrohliche Wunden, von denen etwa ein Fünftel bleibende Verstümmelungen hinterlässt«, und genau das lieferten sie ab. Einfach herrlich!

»Fangt erst an, wenn ihr mein Zeichen erhaltet!«, rief Mitrade vom Balkon, dann begab sie sich in den Raum mit der Fernsteuerungs-Spinne. Für diese kleine Perfidie war sie fast ein wenig stolz auf sich. Sie installierte das holografische Gespinst, schlüpfte in Tamra Cantus Körper, schaltete aus dem Paralyse- in den Aktivmodus und bewegte die Scheuche zum Marktplatz. Als einundzwanzigsten Schergen …

War das ein Spaß, mit Tamras Armen die Peitsche zu schwingen! Rosige Kinderhaut platzte. Weiberstimmen wehklagten. Männer knirschten so laut mit den Zähnen, dass es in halb Dekombor zu hören war. Fassungslos glotzte Jason Neko die Scheuche an, die noch härter zuschlug als die Maahks. Natürlich wusste der Knechtgeborene, wer ihre Hand führte. Dennoch würde er dieses Bild nie mehr aus dem Gedächtnis verbannen können. Auf immer und ewig würde für ihn Tamra die untote Henkersmagd bleiben, was Mitrade, der Nekos Zuneigung zur Scheuche nicht verborgen geblieben war, erkleckliche Genugtuung verschaffte.

Auch beim Publikum kam die Darbietung, die bis in den hintersten Winkel des Trovents übertragen wurde, hervorragend an. Hinterher teilte einer von Kat-Greers Adjutanten Mitrade mit, der General habe sich durchaus wohlwollend geäußert über sie und die Art, wie sie den Knechtschaftsbezirk leitete.

Im selben Anruf wurde ihr eine neue, verantwortungsvolle Aufgabe zugeschanzt. Am Raumhafen der Neunten Flotte war ein Alteranisches Schiff notgelandet und dessen Besatzung in Gewahrsam genommen worden. Die Menschlinge sollten in Dekombor, wo sonst, ausbruchssicher interniert und zu bestimmten Äußerungen befragt werden, die der Kommandant beim Einflug ins Illindor-System über Funk getätigt hatte. Richtlinien legte der Adjutant bei.

Mitrade-Parkk fühlte sich geehrt. Man erteilte ihr einen Auftrag, den normalerweise Verhörspezialisten des Lichtnetzes ausgeführt hätten! Dass momentan, aufgrund des Bürgerkriegs, keine Agenten des Geheimen Flottenauges abkömmlich waren, tat dem keinen Abbruch. Die Anerkennung, die ihr bislang verweigert worden war, der gesellschaftliche Aufstieg, von dem sie immer geträumt hatte, lag auf einmal wieder greifbar nahe! Wenn sie diese Herausforderung meisterte, hatte sie eine erste Stufe erklommen. Die nächsten würden folgen. Im Geiste sah Mitrade eine Rolltreppe vor sich, die bis hinauf in die Wolken führte …

Wo sollte sie die Mannschaft des abgeschossenen Spionageraumers unterbringen? Ausbruchssicher, hatte es geheißen. Das Alteraner-Viertel war mit Prallschirmen abgeriegelt, nicht zuletzt wegen der ringsum nach Lynchjustiz brüllenden Demonstranten. Doch das allein hielt Mitrade nicht für ausreichend. *Mach keinen Fehler, Verwalterin!*

Die gefangen genommene Besatzung zählte 420 Personen – vier Schwerstverletzte waren noch am Landefeld gestorben –, also eindeutig viel zu viele, um binnen kurzer Zeit Peilerchips für sie zu bekommen, zumal wegen des Bürgerkriegs Personalnot und Materialknappheit herrschten. Auch erschien es nicht ratsam, die Neuankömmlinge jetzt schon mit der Menschlings-Bevölkerung von Dekombor zusammenzubringen, insbesondere mit den sogenannten »Freigeborenen«.

Also internieren … Internieren? Das Internat der Heelghas! Da in den letzten Jahren keine neuen »Schiffbrüchigen gerettet« worden waren, stand das Gebäude praktisch leer. Und es verfügte über alle notwendigen Einrichtungen, von einer kleinen Medo-Station bis zu diversen Kontrollanlagen und Disziplinierungs-Instrumenten.

Eine ideale Wahl. Mitrade informierte Güraldenip, das Ober-Heelgha, von der Umwidmung seines Instituts. Wenig später landeten die Transportschweber, und die Gefangenen wurden ausgeladen. Es waren einige recht abenteuerlich aussehende Gestalten darunter. Mitrade ließ die sieben ranghöchsten Offiziere absondern, die Verletzten in den Kliniktrakt bringen, den Rest auf die Schlafsäle verteilen und diese mit Betäubungsgas fluten. Bewusstlose neigten eher selten zu Fluchtversuchen.

Nachdem das erledigt war, nahm sie sich als Erstes denjenigen Menschling vor, der die Kapitänsabzeichen trug. »Du bist also Perry Rhodan?« Jenen Namen kannte Mitrade natürlich von den Mythen der Freigeborenen. »Erster Hetran der Milchstraße, gesandt von Hotrenor-Taak, dem Verkünder der Hetosonen?« So stand es in den Richtlinien des Adjutanten.

Der sogar für den Rang eines alteranischen Captains viel zu jung wirkende Menschling schluckte. Kurz schien er mit sich zu ringen, dann antwortete er: »Ja, der bin ich.« Startac näherte sich vorsichtig dem Stadtviertel Dekombor.

Laut Analyse seiner Anzuggeräte war ein Teil davon quasi »eingezäunt«. Die dafür verwendeten Prallfelder wirkten als Barriere sowohl nach außen als auch nach innen. Einen 5-D-Schirm maß er nicht an. Nun, gegen Fäuste oder ballistische Geschosse reichten die Prallschirme allemal aus. Auch sonst gab es kaum hyperhysikalische Impulse. Die wenigen Emissionen waren charakteristisch für niederschwellige Antigrav-Anwendungen. Keine Spur von Kontra-Psi-Vorkehrungen; erklärlich, da in der Kleingalaxis Ambriador parapsychisch Talentierte weitgehend unbekannt waren. Startac wiegte sich trotzdem nicht vorzeitig in Sicherheit. Wenn jemand sich die Mühe machte, für potenzielle Teleporter Fallen aufzustellen, wurden diese gewiss auch bestmöglich getarnt.

Er stand, etwa zwei Kilometer vom Rand des Exotenbezirks entfernt, in luftiger Höhe auf dem Sims eines spindelförmigen, langsam rotierenden Bauwerks, das aus Formenergie errichtet zu sein schien. In Wirklichkeit wurde nur durch eine zugegeben raffinierte Kombination herkömmlicher Technologien dieser Eindruck erweckt. Für Startac brachte das den Vorteil mit sich, dass zahlreiche Nebeneffekte der Pseudo-Fassade die Streustrahlung seines Deflektors so gut wie vollständig überlagerten. In Dekombor hingegen, und speziell im abgeschotteten Gebiet, fehlte ein derartiges »Hintergrundrauschen« fast völlig. Falls es dort automatische Warneinrichtungen gab, die auf Deflektoren ansprachen, würde er Probleme bekommen.

So viel zur technischen Erkundung. Startacs Psi-Ortung brachte eine überraschende Erkenntnis. Er nahm nicht nur die Mentalimpulse der über 400 Besatzungsmitglieder wahr, sondern darüber hinaus noch diejenigen von etwa 8000 weiteren Menschen! Wohl hatten Perry und Mondra den über die Unterhaltungskonsole abfragbaren Dateien entnommen, dass Alteraner in Dekombor lebten. Aber so viele?

Des Weiteren hielten sich etliche Maahks in dem Viertel auf, dazu einige Vertreter ihm unbekannter Völker, aber kaum Laren. Vielleicht engagierten die sich ja im Bürgerkrieg, der nach wie vor heftig im Gang war. Immer wieder ertönten Geräusche von Strahlersalven und Explosionen, zeigten sich grelle Entladungsblitze und Rauchsäulen, die aus verschiedensten Stadtteilen aufstiegen. Startac sollte es recht sein, wenn dem Exotenbezirk derzeit wenig Aufmerksamkeit von Seiten der Herrscher dieses Planeten geschenkt wurde.

Und dann war da noch ... kurz etwas gewesen, etwas Anderes, sehr Fremdartiges, zugleich merkwürdig Vertrautes. Startac esperte intensiv, vermochte den eigenartigen Impuls jedoch nicht nochmals aufzuspüren. Tja, er war halt leider kein Gucky.

Weitere Vorkehrungen, die er hätte treffen können, fielen ihm nicht ein. Er atmete tief durch und teleportierte – und befand sich in einer weitläufigen Maschinenhalle. Von diesem Gelände, einem Fabrikkomplex, waren noch die meisten Emissionen ausgegangen, die dazu geeignet waren, die seines Deflektors zu überdecken.

Er ortete, horchte zugleich, ließ auch die Displays des Anzugs nicht aus den Augen. Keine Anzeichen plötzlicher Erregung bei den Menschen im näheren Umkreis, keine Alarmsirenen, keine eintreffenden Tasterimpulse. Alles ruhig, alles bestens.

Aber warum wallte dann derartige Nervosität in ihm auf, beschlich ihn die Vorahnung eines einschneidenden, ungeheuer bedeutsamen Ereignisses?

Der seltsame Mentalimpuls war wieder da, stärker nun und stabiler, jedoch gleichermaßen diffus. Startac fühlte sich davon angezogen. Er verspürte das starke Bedürfnis, sofort hinzuspringen, unterdrückte es aber und ermahnte sich zur Besonnenheit. Er war ein erfahrener Mann im besten Alter, seit Jahrzehnten Mitglied des »Inoffiziellen Mutantenkorps« der LFT; an der Seite des Terranischen Residenten hatte er schon sehr weite Reisen unternommen und mehr erlebt als die meisten seiner Zeitgenossen. Man sagte ihm auch in schwierigen Situationen stoische Unerschütterlichkeit nach. Er selbst sah sich als ausgeglichenen, fast schon langweiligen Menschen, verlässlich, aber blass und, wenn man sein Psi-Talent und die damit zusammenhängende Farb-Fehlsichtigkeit außen vor ließ, wenig originell. Das harsche, manchmal aufbrausende Gemüt seiner Jugend hatte er längst abgelegt. Nicht, dass ihm das viel ausgemacht hätte, im Gegenteil. Startac war froh darüber und in Summe recht zufrieden.

Er schob den irritierenden Impuls vorläufig beiseite und konzentrierte sich auf bekannte Mentalmuster. Fand auch zahlreiche, jedoch samt und sonders sehr schwache, als schliefe fast die gesamte Mannschaft. Betäubt? Gut möglich.

Und Captain Onmout …

Demetrius Onmout schrie.

»Zum hundertsten Mal«, fauchte er die Larin an, »ich werde Ihnen meine Beweggründe nicht offenbaren! Nicht Ihnen und auch keinem anderen Subalternen. Sondern ausschließlich dem Kommandanten der Neunten Flotte! Er hat uns freies Geleit und seine Gesprächsbereitschaft zugesichert.«

»General Kat-Greer wird sich persönlich einschalten, sobald er es für richtig findet. Bis dahin bin ich seine offizielle Repräsentantin. Sie verbessern Ihre Position, indem Sie sich mir gegenüber kooperativ zeigen.«

»Den Teufel werde ich tun. Bringen Sie diesen Kater oder wie er heißt hierher, oder meinetwegen mich zu ihm. Sie jedenfalls erfahren nichts von mir, Sie sind mir zu minder. Der Erste Hetran der Milchstraße gibt sich nicht mit Handlangern ab.«

Die mittelgroße, eher schmächtige Larin presste die gelben Lippen aufeinander. Dmetri sah, dass sie ihre Wut nur mühsam beherrschte. Sie hatte sich ihm als Hohe Verwalterin von Dekombor vorgestellt. Als Mischung aus Bezirksvorsteherin und Lagerkommandantin war sie offenbar gewohnt, im Kontakt mit Alteranern einen herrischen Ton anzuschlagen. Dmetri gegenüber hielt sie sich merklich zurück, hatte wohl entsprechende Anweisungen erhalten. Jedes »Sie« kostete sie Überwindung. Gut so. Je zorniger sie war, desto länger dauerte es hoffentlich, bis sie begriff, dass es ihm einzig und allein darum ging, Zeit zu schinden.

»Ich verfüge über Mittel und Wege, Sie zum Reden zu bringen. Zwingen Sie mich nicht, sie anzuwenden.«

»Bitte sehr, nur zu! Ihr General wird gewiss begeistert sein, wenn er erfährt, dass Sie mich gefoltert haben. Und mich unter Drogen zu setzen, wird Ihnen gar nichts nützen. Als Erster Hetran bin ich nämlich gegen Gifte immun.«

Auf Perry Rhodan traf das tatsächlich zu, wegen dessen Zellaktivator. Schwer einzuschätzen, wie viel diese Larin über alteranische Vorgeschichte wusste, aber sicher war sicher. Porträts von Rhodan waren beim Einflug ins Illindor-System wohlweislich nicht übermittelt worden, nur kurz, während des Funkgesprächs mit dem larischen Flottenoffizier, eine Weitwinkel-Aufnahme der Zentrale. Demetrius Onmout verspürte leichtes Schwindelgefühl, wenn er daran dachte, welche Blasphemie er gerade beging. Sich als Großadministrator auszugeben, als sein Idol und das sämtlicher Alteraner seit vielen Generationen! Andererseits, die Anmaßung diente einem guten Zweck. Solange es Dmetri gelang, den Bluff aufrechtzuhalten, wurde nicht nach dem echten Rhodan gefahndet – was diesem hoffentlich einen Vorsprung verschaffte.

»Das werden wir sehen.« Die Larin nickte einem der beiden grauen Kolosse in Druckanzügen zu, die Dmetri flankierten. Wortlos schlang ihm der Giftgasatmer einen langen, biegsamen Arm um den Leib und drückte ihm mit dem anderen eine Injektionspistole an den Hals. Es zischte. Gleich darauf spürte Onmout, wie die Wirkung einsetzte. Hitze- und Kälteschauer, Verengung und Trübung des Sichtfelds, erhöhte Pulsfrequenz, Euphorie ... Er verkniff sich ein Schmunzeln. Dieses für den alteranischen Organismus maßgeschneiderte Wahrheitsserum war ihm wohlbekannt. Als Angehöriger der Legion Alter-X hatte er Erfahrung mit Verhören. Staatsmarschall Laertes Michou, sein Kommandeur und Förderer, war auf diesem Gebiet auch nicht gerade zimperlich.

Dmetri wartete noch eine Sekunde, um ganz sicherzugehen, dass er das Mittel richtig identifiziert hatte. Dann presste er bei geschlossenem Mund die Zunge dreimal kurz hintereinander gegen den linken unteren Backenzahn, wodurch das im dortigen Mikro-Depot enthaltene Gegengift freigesetzt wurde. Keine zwei Atemzüge später klärte sich sein Blick wieder, und er höhnte mit bewusst überdeutlicher Aussprache: »Mehr haben Sie nicht anzubieten? Es versteht sich von selbst, dass ich schärfstens gegen diese Behandlung Protest einlegen werde.«

Falls die Verwalterin beeindruckt war, zeigte sie es nicht. »Beantworten Sie meine Frage. Wer sind Sie, wer hat Sie nach Caligo gerufen, und in welcher Absicht?«

»Zum hundert und ersten Mal ...« Startac beging einen schweren Fehler.

Er handelte unprofessionell, gegen die Regeln. Er war sich dessen bewusst. Aber er konnte nicht anders.

Nachdem er ausgekundschaftet hatte, wo und unter welchen Bedingungen die überlebenden Besatzungsmitglieder der MINXHAO festgehalten wurden, hätte er sofort zurückspringen und Perry Rhodan Bericht erstatten sollen. Stattdessen teleportierte er zu dem Mentalmuster, das ihn wie magisch anzog.

Durch kleine Luken strömte warmes Abendlicht in einen langgestreckten Raum, eine Art Dachboden mit schrägen Wänden, entlang derer etwa ein Dutzend Pritschen standen. Vor einer davon saß, zusammengesunken in einem Rollstuhl, ein alter Mann; die herabhängenden, schlohweißen Haare verdeckten sein Gesicht. Auf dem Bett lag eine junge Frau, fast noch ein Mädchen, glatzköpfig, abgemagert bis auf die Knochen. Sie schlief mit unnatürlich gerader, steifer Körperhaltung, die Arme vor der Brust gefaltet, wie aufgebahrt in einem unsichtbaren Sarg.

Schneewittchen, dachte Startac. *Sicher; und ich bin der Prinz, der sie wachküsst.*

Die Selbstironie half ihm nicht, sich der Faszination zu erwehren, die der Anblick dieser Frau auf ihn ausübte. Als läge hinter den eingefallenen, starren Gesichtszügen ein verborgener Zauber, ein Versprechen, eine Hoffnung. *Idiot!,* schalt er sich und verlagerte seine Aufmerksamkeit auf die Psi-Wahrnehmung.

Schlagartig erkannte er, was ihn so unwiderstehlich angelockt hatte. Die Mischung aus Ähnlich- und Andersartigkeit, völliger Fremdheit und naher Verwandtschaft erklärte sich daraus, dass es sich nicht um ein mentales Muster handelte, sondern um deren zwei! Dicht an Schulter, Hals und Kopf der jungen, halbverhungerten Frau geschmiegt, sodass er es zuerst für ein Kissen gehalten hatte, lag ein zweites Intelligenzwesen. Äußerlich eine Kreuzung zwischen flossenloser Robbe und kurzer, bepelzter Schlange, befand es sich ebenfalls in einer Art Dämmerschlaf. Dennoch ortete Startac geistige Aktivitäten in jenem Bereich des ultrahochfrequenten Spektrums, der für parapsychische Begabungen typisch war. Daher sein Gefühl der Vertrautheit, bei gleichzeitiger Exotik. Jenes kleine, wie ein reichlich abgeschmuddeltes Kuscheltier aussehende Wesen war ein Mutant wie er, während das kahlgeschorene Menschenmädchen, mit dem es eng – und wahrscheinlich schon über lange Zeit – verbunden war, unterbewusst jene grenzenlose, aber keineswegs melancholische, sondern eher trotzige Einsamkeit ausstrahlte, die Startac von sich selbst allzu gut kannte.

Kein Wunder, dass er dermaßen irritiert und aufgewühlt war, seit er die Addition dieser beiden Schwingungen geortet hatte. Er musste mehr über dieses ungleiche Paar, dem er sich so … angehörig fühlte, in Erfahrung bringen; und zwar sofort.

Ohne sein Deflektorfeld abzuschalten, ging er zu dem Greis im Rollstuhl, hockte sich neben ihn und sagte leise: »Bitte erschrecken Sie nicht. Ich bin ein Mensch wie Sie und komme von Altera.«

Die Reaktion des Mannes verblüffte ihn. Der Alte zuckte nur kurz und kaum merklich; dann raunte er, seine Sitzposition beibehaltend: »Legion Alter-X?«

»Ja.« Feinheiten konnten später erläutert werden. »Wird dieser Raum überwacht?«

Der Weißhaarige nickte mehrmals bedächtig, als führe er lautlose Selbstgespräche. Tatterig griff er an die Räder seines Rollstuhls, wendete und fuhr langsam quer durch den Raum zu einer Tür, die er beiseite schob und hinter sich offen ließ. Startac folgte ihm in die Toilette.

»Hier sind wir abhörsicher.« Die Stimme des Alten klang nun fest, befehlsgewohnt. »Und es gibt auch keine Kameras. Also zeigen Sie sich!«

Startac kam der Aufforderung nach. Sein Gegenüber musterte ihn kritisch. »Einen Kampfanzug wie den Ihren hatten wir zu meiner Zeit in der Flotte nicht. Neue Spezialeinheit?«

Der Infomationsaustausch ging flüssig vonstatten. Startac war ohnehin kein Mann ausschweifender Reden, und Guilder Viñales ein ehemaliger Raumsoldat, der es im Exil nicht verlernt hatte, knapp und sachlich zu rapportieren. Was Startac über das Schicksal des Siedlertransporters MERCANT, die Zustände in Dekombor und insbesondere über die junge Frau namens Tamra Cantu erfuhr, bewegte ihn so sehr, dass er spontan, ohne die Konsequenzen zu bedenken, einen Entschluss fasste – und unverzüglich in die Tat umsetzte.

Elf Tragisches Ende eines Gunstbolds

Tamra schlug die Augen auf und erblickte Perry Rhodan.

Er trug nicht denselben Helm wie auf den historischen Abbildungen, und das Blond seiner Haare wirkte stumpfer, nicht ganz so leuchtend. Dennoch stand außer Zweifel, dass es der Großadministrator war, der sich über sie beugte.

Aber nein, unmöglich. Legenden erwachten nicht plötzlich zum Leben. Träumte sie? Wurden ihr Halluzinationen induziert, vielleicht über den Fernsteuer-Chip? Tamra blinzelte, bewegte die Zehen, spreizte die Finger, alles aus eigenem Willen. Kein Funkkontakt hinderte sie daran.

Sie war frei.

Und Rhodan … real?

Sie wollte etwas fragen, brachte nur unzusammenhängende Laute heraus.

»Schschsch«, sagte der Großdaministrator beruhigend. »Du befindest dich in Sicherheit, wenigstens vorläufig.« Bei den letzten Worten warf er einem zweiten Mann neben sich einen tadelnden Seitenblick zu.

Perry Rhodan wird kommen, uns zu retten und heimzuholen, hieß es in dem uralten Schlaflied. Tamra hatte nie daran geglaubt, vermochte es auch jetzt nicht. So lange sie zurückdenken konnte, war sie enttäuscht worden. Jede Hoffnung hatte getrogen, jegliche Aussicht auf Besserung sich als nur noch gemeinerer Betrug entpuppt, Zwiebelschale für Zwiebelschale.

Ein Teil Tamras wollte unermesslich gern Rhodan für echt halten. Die andere Hälfte verwehrte sich mit den weitaus besseren Argumenten dagegen. Kindheitsträume gingen nicht in Erfüllung, und falls doch, dann auf desillusionierende Weise, als umso scheußlichere Zerrbilder. Gerettet vom leibhaftigen Perry Rhodan? Nein. Nicht in diesem Leben. Wahrscheinlich spielte bloß Mitrade abermals ein grausames Spiel mit ihr.

Dagegen anzugehen, aufzubegehren wie früher so oft, hatte Tamra nicht mehr die Kraft. Ein Heulkrampf überkam sie, und sie ergab sich ihm, schluchzte ungehemmt, schlug um sich, jedoch matt, lahm, schwächlicher noch als das todkranke Sloppelle, das sich mit beiden Ärmchen an sie klammerte. Die Furcht, ihr geliebtes Tier zu verletzen, brachte Tamra wieder zur Vernunft, und sie erschlaffte. »Lass mich. Geh weg«, flehte sie krächzend den Terraner an, der wie Perry Rhodan aussah. »Quäl mich nicht länger. Bring uns zurück ins Ledigenhaus. Bitte.«

Eine Frauenstimme hinter ihr sagte kühl: »Da siehst du, Startac, was du angerichtet hast.«

»Ich konnte sie nicht dort lassen«, verteidigte sich der zweite, etwas ältere, deprimiert wirkende Mann. »Die Folter, der sie seit vielen Tagen ausgesetzt war, darf man niemandem auch nur eine Minute länger zumuten. Das wäre unmenschlich.«

»Auch andere schweben in großer Gefahr oder werden misshandelt.«

»Aber nicht so unmittelbar, und nicht so bestialisch. Wartet ein Weilchen. Sie ist desorientiert, wen wundert's, doch zäher, als sie auf den ersten Blick aussieht. Tamra wird sich fangen, und ihr Partner wird ihr dabei helfen.«

Partner? Wen meinte er? Und woher wusste der Hagere mit dem wirren braunen Haar und dem gehetzten Blick so viel über sie?

»Deine Menschlichkeit in Ehren, nur haben wir das Mädchen jetzt am Hals, oder besser, am Bein, nämlich als Klotz.«

»Geduld, Mondra. Startac hat Recht. Gib ihr etwas Zeit.« Vorsichtig griff der, den Darstellungen des Großadministrators wie aus dem Gesicht Geschnittene, nach Tamras Arm, hielt aber, als sie zurückzuckte, seine Hand in der Luft. »Entschuldige, ich wollte dich nicht erschrecken. Niemand wird dich berühren, wenn dir das unangenehm ist. Verstehst du, was wir sagen?«

Sie nickte. Obwohl sie diesen eigenartigen alteranischen Dialekt noch nie gehört hatte, bereitete er ihr wenig Schwierigkeiten. »Klar und deutlich.« Ihre Kehle war rau, malträtiert. Das Schlucken schmerzte, wie auch alle ihre Gliedmaßen. Gleichwohl kehrten langsam die Lebensgeister zurück.

»Gut. Wie gesagt, du und dein … Kamerad, ihr seid vorläufig in Sicherheit.

Eure Peilchips können derzeit nicht angemessen werden, wir schirmen sie mit Hilfe unserer Anzuggeräte ab. Das Problem ist nur, dass wir dazu mindestens zwei der Monturen zusammenschalten müssen. Das kann also keine Dauerlösung sein. Hast du Hunger?«

Tamra überlegte. Das letzte Mal war sie einige Stunden vor der Massen-Auspeitschung zwangsernährt worden. Sie verspürte keinen Appetit, durfte jedoch nicht nur an sich selbst denken. »Mhm.«

Der andere Mann reichte ihr eine Art Olvid-Riegel. »Konzentrat-Nahrung. Für jeden menschlichen Organismus leicht verdaulich.«

»Danke.« Während sie kaute, dachte sie nach. Das war kein Traum, auch keine aufoktroyierte, virtuelle Realität. Eine dermaßen intensive, vollkommen fehlerfreie Simulations-Technologie besaßen die Laren nicht, davon hätte Tamra irgendwann gehört. Und falls Mitrade-Parkk, die Kontakte zu einigen recht verrufenen Biotechnikern unterhielt, doch an den Prototyp einer Neuentwicklung gelangt wäre? Und diesen gerade an ihr ausprobierte?

Nun, das änderte nicht viel. Tamra war sowieso am Ende. Und zum Narren hatte sie sich schon so oft gemacht, da kam es auf ein weiteres Mal auch nicht mehr an. »Perry Rhodan?«, fragte sie.

Der Angesprochene lächelte. »Ja, Tamra Cantu?«

»Wie geht es Gucky, dem Mausbiber?«

»Als ich ihn zuletzt getroffen habe, in der Milchstraße natürlich, war er wohlauf und bester Dinge.«

Das klang glaubwürdig; trotzdem bewies es gar nichts. Jeder, der sich für den Großadministrator ausgab, würde diese Antwort parat haben. Und ihre eigenen Kenntnisse der terranischen Vorgeschichte waren viel zu beschränkt, als dass sie ihm hätte genauer auf den Zahn fühlen können. Sie zuckte mit den Achseln. »Was passiert nun?«

»Gute Frage«, sagte Rhodan.

Seine Sehnsucht nach der Fundament-Halle wuchs von Minute zu Minute. Jedoch wusste Kat-Greer, dass ihn An'Gal'Dharan, seine Ratgeber, unverzüglich wieder hinauf an die Oberfläche schicken würden. Es war alles besprochen, alles wie geplant im Gang, und musste nur noch zu Ende gebracht werden.

Der General der ruhmreichen Neunten Flotte und wagemutigste Erste Steuermann, der je das Große Boot GREER geführt hatte, sah den Sieg vor Augen, den finalen Triumph zum Greifen nahe. Er streckte die Hand danach aus … und erreichte sein Ziel nicht. Wenige Millimeter fehlten, so sehr er sich auch anstrengte.

Nach wie vor hockte Elbanger-Tan wie ein Dachsbär in seinem Bau, dem Pyramidenzirkel. Stoßtrupp nach Stoßtrupp ließ Kat-Greer dagegen anrennen. Vergeblich. Jede einzelne seiner Infanterieeinheiten scheiterte, wurde bis zum letzten Mann in dem dreidimensionalen, weit ins Planeteninnere reichenden Labyrinth aus Fallen und automatischen Waffensystemen aufgerieben, das die Sockel der sieben Pyramiden lückenlos umschloss. Luftlande-Truppen, wie getarnt oder maskiert auch immer, wurden mühelos abgeschossen, bevor sie auch nur den äußersten Kreis erreichten. Die ganze Anlage war so konstruiert, dass sie mit 200 Soldaten verteidigt werden konnte. Elbanger-Tan hatte sich mit 6000 Getreuen eingebunkert … und es bis jetzt, wie zum Hohn, nicht einmal für nötig befunden, einen HÜ-Schirm darüber zu errichten!

Selbstverständlich war Kat und seinen Mitverschwörern die Unantastbarkeit des Pyramidenzirkels bei der Vorbereitung ihres Putsches bekannt gewesen. Zwei verschiedene Taktiken hatten sie dagegen entworfen. Einerseits wollten sie in der Öffentlichkeit Kat-Greer als kühnen Frontkämpfer, den Ersten Hetran hingegen als Feigling darstellen und diesen so zwingend provozieren, dass er die Herausforderung annahm und seinerseits persönlich eine Attacke auf die Bastion Groschir anführte. Dort, auf dafür präpariertem Terrain, hätten sie ihn mit Sicherheit gefangen genommen. Aber Elbanger-Tan pfiff ihnen etwas. Er nahm, gänzlich unlarisch, die mediale Demütigung fürs Erste hin! Warum, wusste Kat mittlerweile. Weil sein Kontrahent noch Trümpfe in der Hinterhand hatte, und leider sehr hohe.

Das zweite Kalkül ging ebenfalls nicht auf. »Bildsprechverbindung zum Taphior-Lichtnetz!«, befahl Kat-Greer.

Im Holo erschien das knochige Gesicht der Eisfrau. »General?«

»Besteht noch Hoffnung auf einen der Agenten, die du im Pyramidenzirkel eingeschleust hast?«

»Bedaure, nein. Sie wurden ausnahmslos enttarnt. Ihre Leichen baumeln von den Balustraden der höchsten Pyramiden, zusammen mit Dutzenden anderer, die sie vermutlich zu bestechen versucht haben.«

»Konnten sie wenigstens die Sabotage-Konstrukte im Netzwerk der Zirkel-Rechner aussetzen?«

»Es gibt keinerlei Anzeichen dafür.«

»Meine Bodentruppen beginnen bereits zu murren, weil ich eine Kompanie nach der anderen in den sicheren Tod schicke!«

»Wir waren uns dessen bewusst, dass nicht alle Risiken im Vorfeld abwägbar sind.«

»Verdammt, mehr fällt dir dazu nicht ein?«

»Elbanger mag auf manchen Ebenen geschludert und die Gefahr eines Umsturzes nicht ernst genug genommen haben, aber sein eigenes Boot und Haus sind besser bestellt, als wir dachten. Daher misslang die beabsichtigte Unterwanderung seiner Leibgarde.«

»Mangelhafte Aufklärung. Dein Ressort! Wie konnte das Geheime Flottenauge derart versagen?«

»Das Lichtnetz hat nicht versagt«, erwiderte die Eisfrau ungerührt. »Alles, was wir definitiv versprochen haben, wurde eingelöst. Sämtliche Zielobjekte sind fristgerecht eliminiert worden. Ich habe immer klargestellt, dass ich für die anderen Punkte keine Garantie abgebe.«

»Die Schläfer sind ebenfalls deiner Aufmerksamkeit entgangen!«

»Das ist richtig, war jedoch nicht zu verhindern. Ich erinnere daran, stets vor der Fehleinschätzung gewarnt zu haben, wir könnten Einflussbereich und Machenschaften der Tans vollständig überblicken. Ihr Großes Boot hat die Politik dominiert und den Ersten Hetran gestellt, seit die Flotte unserer Vorväter nach Forn-Karyan verschlagen wurde. Dass sie einen diskreten Apparat aufgebaut haben, der dem unseren mindestens ebenbürtig ist, stand zu befürchten. Umso höher sind unsere bisherigen Erfolge zu bewerten.«

»Die allesamt nichts zählen, solange Elbangers Kopf fest auf seinen Schultern sitzt, weil der Pyramidenzirkel uneinnehmbar bleibt!«

»Wir arbeiten daran. Mehrere Komissionen tagen. Auch ich würde gern dazu beitragen, wenn du erlaubst.«

Ohne weiteren Kommentar unterbrach der General die Verbindung. Zweifel nagten an ihm. Hatte er die Gegenseite sträflich unterschätzt?

In Minutenabständen überbrachten Kat-Greers Adjutanten schlechte Nachrichten. Die Verhältnisse auf Caligo hatten sich umgedreht. Zwar kontrollierten seine Truppen weit über 90 Prozent der gesamten Landfläche des Trovent-Planeten sowie beider Monde. Aber jetzt war er es, der Anschläge und Guerilla-Attacken abwehren musste. Und diese flauten nicht etwa ab, sondern nahmen stetig zu! Elbanger-Tan war es gelungen, über die wenigen ihm verbliebenen Kommunikationswege eine Vielzahl von »Schläfern« zu aktivieren. Fast pausenlos wurden Attentate verübt. Dabei kamen Angehörige von Fremdvölkern zum Einsatz, die offensichtlich speziell dafür konditioniert worden waren, zum Beispiel Quallenwesen, die sich in der Kanalisation fortbewegten, innerhalb ihrer Blasenleiber hochexplosive Stoffe produzierten und als organische Bomben halbe Wohnsiedlungen zum Einsturz brachten. Infamerweise tauchten aus noch unentdeckten Arsenalen auch Amok-fliegende Kampfroboter auf – keine Posbis, doch jenen ähnlich genug, dass sie eine Höllenpanik verbreiteten, bevor man ihrer Herr wurde. Die gleichgeschalteten Massenmedien schwiegen diese Ereignisse tot; Gerüchte machten dennoch rasch die Runde. Erste Stimmen ertönten, die den Putschisten vorwarfen, die Sicherheit der Bevölkerung nicht gewährleisten zu können. Sie würden lauter werden mit jedem Tag, an dem Kat nicht endgültig Ordnung geschaffen hatte. Die Stimmung, einstweilen noch klar auf Seiten der Revolte, konnte wieder umschlagen, das Pendel zurückschwingen, eh man sich's versah. Zumal der Satz »Früher war alles besser!« zu den mit Abstand beliebtesten bei den Laren gehörte.

General Kat-Greer ballte die Finger zu Fäusten. Er musste, musste, musste Elbanger-Tan möglichst bald zu fassen kriegen, ihm den Prozess machen und ihn samt seiner Führungsmannschaft exekutieren.

Aber er wusste nicht, wie. Und An'Gal'Dharan, die Ratgeber, schwiegen.

Perry Rhodan hatte in seinem drei Jahrtausende umspannenden Leben unzähligen Hochzeiten beigewohnt. Das blieb nicht aus. Dabei war ihm eine quasi kosmische Konstante aufgefallen: So gut wie immer ließ der Vater des Bräutigams irgendwann tränenerstickt vom Stapel: »Wir haben einen Sohn verloren, jedoch eine Tochter gewonnen.«

Dieser abgedroschene Satz ging Perry unwillkürlich durch den Kopf, als er Startac Schroeder und Tamra Cantu beobachtete. Nicht, dass er bei den beiden auch nur im Entferntesten an eine zukünftige Heirat gedacht hätte. Das zweiundzwanzigjährige, körperlich arg angeschlagene Mädchen war vollauf damit ausgelastet, sich in der ungewohnten Situation zurechtzufinden. Es machte außerdem nicht den Eindruck, sonderlich am anderen Geschlecht interessiert zu sein, und schon gar nicht am deutlich älteren Startac. Der Teleporter wiederum redete, ganz gegen seine sonstige Art, sich den Mund fusslig, beschwor sie, mehr Aufbau-Nahrung zu sich zu nehmen und sich von einem der Anzug-Cybermeds nachhaltiger behandeln zu lassen. Hatte er sich in die kahlköpfige, ausgemergelte junge Frau verguckt? Anzunehmen, wenngleich nicht im landläufigen Sinn. Unverkennbar machte er die »Personalie« Tamra Cantu zu seinem vordringlichsten Anliegen. Perry entsann sich keiner Person, auf die der ewig zurückgezogene, hinter seelischen Schutzschirmen verborgene Monochrom-Mutant je so stark reagiert hätte.

Mit anderen Worten: Es gab ein Problem. Schroeder war nicht mehr frei im Kopf. Blieb nur zu hoffen, dass das unversehens hinzugewonnene neue Team-Mitglied Tamra und ihr merkwürdiges Sloppelle diesen »Teilausfall« wettmachten.

Inzwischen hatten sie das altersschwache Wesen eingehend untersucht und eine frappierende Erkenntnis gewonnen: Es gehörte ursprünglich einer intelligenten, parapsychisch begabten Spezies an! Allerdings drosselte der Peilchip, den laut Tamra alle sogenannten »Gunstbolde« trugen, bei dem Sloppelle zusätzlich die Gehirnleistung, sodass es auf die geistige Stufe eines Haustieres zurückgeworfen wurde. Die von den Laren eines Modetrends wegen durchaus serienmäßig vorgenommenen Verstümmelungen beschränkten sich also nicht auf Beine und Flügel.

Sogar Mondra, die schon viel gesehen hatte, war schockiert. »Mit solchen Verbrechern willst du paktieren?«

»Wenn's sein muss … Es wäre nicht zum ersten Mal.«

»Mir schmeckt das alles hier gar nicht.« Mondra wirkte gereizt. Keineswegs grundlos, fand Perry: Durch Startacs eigenmächtige Rettungstat hatte sich ihre Lage beträchtlich verkompliziert. Andererseits verfügten sie dank Tamra, die seit 18 Jahren auf Caligo lebte, nun über wertvolles Insiderwissen. Was freilich auch eine Belastung darstellte.

Wie zur Bestätigung dieses Gedankengangs kam Startac zu ihnen herüber, räusperte sich und sagte: »Wir müssen die Alteraner von Dekombor befreien. Nicht bloß die Mannschaft der MINXHAO, sondern mindestens auch die Freigeborenen.«

»Ein Viertel der Einwohnerschaft. Über zweitausend Menschen.« Mondra schnippte mit den Fingern. »Einfach so.«

»Eine bessere Gelegenheit als der Bürgerkrieg wird sich nie mehr ergeben. Wir dürfen uns vor dieser Verantwortung nicht drücken!«

»Schon richtig«, sagte Perry. »Allerdings tragen wir auch Verantwortung für die gesamte Menschheit von Ambriador. Wenn wir hier und jetzt einen Sklavenaufstand vom Zaun brechen, können wir das eigentliche Ziel unserer Reise gleich vergessen. Wir brauchen diesen Verduto-Cruz, und wir wollen mit ihm zusammen zurück nach Fort Blossom geflogen werden. Das sind schon mal zwei Bitten – Bitten wohlgemerkt, nicht Forderungen –, die uns die Laren erfüllen können, aber mitnichten erfüllen müssen.«

»Wir haben keine Verhandlungsmasse, mit der wir die Freilassung der Leute von Dekombor durchsetzen könnten«, ergänzte Mondra. »Und unsere Bemühungen, Verduto-Cruz ausfindig zu machen, verlaufen im Sand. Wir werden keine andere Wahl haben, als über offizielle Stellen an ihn heranzukommen. Es bedarf nicht viel Fantasie, sich auszumalen, wie eine solche Anfrage beschieden wird, während wir den Laren gerade fröhlich ihren Knechtschaftbezirk ausräumen.«

»Das eine muss nach außen hin nichts mit dem anderen zu tun haben«, beharrte Startac.

»Na prima.« Mondra schnitt eine Grimasse. »Wieso sollten sie auch ausgerechnet uns verdächtigen? Es existiert ja praktisch überhaupt keine Verbindung zwischen uns und den Alteranern in Dekombor!«

»Vielleicht«, sagte Perry bedächtig, »lassen sich beide Ziele unter einen Hut bringen. Aber dazu muss das Timing stimmen. Wenn Mondra und ich uns zum Zeitpunkt der Flucht – wie auch immer diese bewerkstelligt wird –, bereits im direkten Kontakt mit General Kat-Greer oder besser gesagt, in dessen Gewahrsam befinden, könnte er uns nicht so leicht eine Beteiligung an dem Ausbruch unterstellen.« Er sah Startac Schroeder an. »Dann müsstest allerdings du die Hauptlast dieses Unternehmens tragen.«

»Traut ihr mir das etwa nicht zu?«

»Ich helfe ihm.« Tamra hatte sich so lautlos an die Seite des Teleporters gestellt, dass dieser jetzt erschrocken zusammenfuhr. »Gemeinsam können wir es schaffen. Ich hätte auch schon eine Idee.«

»Das trifft sich gut«, sagte Perry. »Ich nämlich ebenfalls.«

Was sie in den nächsten Stunden zu viert entwarfen, war noch viel wahnwitziger als selbst die verstiegenste Spinnerei der Taoisten – eine einzige Aneinanderreihung von Fraglichkeiten, Bruchstellen, Risikofaktoren. Dennoch beteiligte sich Tamra zu ihrer eigenen Verwunderung mit Feuereifer daran. Etwas von Rhodans Energie übertrug sich auf sie, trotz ihrer bisherigen, fast ausschließlich negativen Erfahrungen.

Die Frage, ob es sich bei ihm wirklich und wahrhaftig um den mythischen Großadministrator handelte, schob sie vorerst beiseite. Jedenfalls besaß dieser Perry Rhodan reichlich Führungsqualitäten: messerscharfe Intelligenz, außergewöhnlich rasches Auffassungsvermögen und die Gabe, andere mitzureißen. Aber nicht in der hitzköpfigen Art eines Wilbur Donning, oder schneidig-militärisch wie der alte Kapitän Viñales, sondern auf ruhige, abgeklärte, dadurch umso vertrauenerweckendere Weise. Tamra gestand sich ein, gern in seiner Nähe zu sein. Er gab ihr, ganz beiläufig, das Gefühl, ihr verpfuschtes Leben habe doch noch einen Sinn.

Seine Begleiterin – Partnerin? – Mondra Diamond stand Rhodan in puncto kühler Entschlossenheit kaum nach. Anfangs hatte sie sich zu Tamra reserviert verhalten und ihr Missbehagen darüber, dass sie »sie am Hals hatten«, deutlich gezeigt. Aber seit Tamra sich aktiv in die Diskussion einbrachte und bewies, keineswegs nur armes Opfer, aufzupäppelnde Patientin, verschrecktes Gänschen, kurz, eine Bürde zu sein, begegnete ihr die dunkelhaarige, sehr schöne Frau mit verhaltenem Wohlwollen und Respekt. Auch das tat gut.

Der Dritte im Bunde war Tamra ein wenig unheimlich, weil er sich gar so fürsorglich um sie kümmerte. Derlei war sie nicht gewohnt. Es passte irgendwie auch nicht zu dem hageren, zugleich grimmig und linkisch wirkenden Mann. Er sprühte nicht so vor Einfällen wie Perry und Mondra, doch was er beitrug, hatte Hand und Fuß, und er vertrat es mit glühender Vehemenz.

Startac Schroeder. Mutant.

Teleporter! Wie oft hatte Tamra davon geträumt, sich gleich Gucky mit purer Geisteskraft von einem Ort zu einem gänzlich anderen, weit entfernten versetzen zu können. Was wäre ihr nicht alles erspart geblieben, besäße sie diese Fähigkeit … Oft hatte sie sich vorgestellt, wie sie ihren Leib binnen eines Lidschlags auseinanderriss, in winzigste Partikel auflöste, durch den Hyperraum schleuderte und wieder zusammenfügte.

Tatsächlich war es ganz anders: geradezu prosaisch unspektakulär, zumindest als passiver »Passagier«. Startac gab ihr und Mondra die Hand – und ließ sie los.

Im Aquadom der Parkks.

Mit Mühe unterdrückte Tamra einen Aufschrei. Es hatte funktioniert! Bis zu diesem Augenblick, erkannte sie, hatte sie insgeheim befürchtet, dass Schroeder, Diamond und Rhodan sich als Scharlatane entlarven würden, als Maulhelden oder, schlimmer noch, Phantome: Einbildungen ihres endgültig in den Irrsinn abgedrifteten Verstands. Aber nein, sie kippten nicht. Sie hielten. Auf sie, wenn auf sonst nichts und niemanden, war Verlass.

»Sind wir richtig?«, fragte Startac.

»Ja.« Das kleine Zimmer, das Tamra als Hausmädchen und Zofe bewohnt hatte, sah genauso aus, wie sie es dem Teleporter beschrieben hatte; nur die Algen am Bullauge wucherten inzwischen noch üppiger. Es roch muffig, unbewohnt.

Schroeder schloss die Augen. »Einige Stockwerke weiter oben hält sich ein Fremdwesen auf; eine pflanzliche Intelligenz.«

»Boffään!« Tamra fiel ein Stein vom Herzen. Voll Freude streichelte sie ihr Sloppelle, das sie wie meist als Kragen um den Hals trug. Es erwiderte die Liebkosung mit matten Ärmchen. Da lief ein kalter Schauder Tamras Rücken hinunter. Dies war kein Tier, früher kein Tier gewesen. Laren hatten es beschnitten, deformiert, hatten es ohne die leisesten Gewissensbisse verblödet.

Laren wie Mitrade.

»Dein Bekannter ist nicht allein«, sagte Schroeder, immer noch in entrücktem Tonfall. »Ich orte ein larisches Bewusstsein, wach.«

»Im selben Raum?«, fragte Mondra Diamond.

»Möglich, jedenfalls nur wenige Meter entfernt. Soll ich trotzdem hinspringen?«

Tamra überlegte. Üblicherweise blieb Boffään nie lange am selben Platz, ausgenommen seine Werkstatt. Oder … »Was tut er?«

»Ich bin kein Telepath, nehme höchstens Stimmungen wahr, und bei einer solch exotischen Lebensform … Hm. Würde meinen, er ärgert sich. Neigt dein Freund zum Fluchen?«

»O ja. Wenn er etwas repariert, das durch unsachgemäße Behandlung kaputtgegangen ist. Verflixt! Das kann dauern.«

»Wir sehen's uns an«, entschied Mondra. »Allzu lange Verzögerungen können wir uns nicht leisten. Äußerst unwahrscheinlich, dass in einem Wohngebäude Geräte installiert sind, die Deflektor-Felder anmessen können. Okay?«

»Okay.«

»Ok…«

Abrupt wechselte die Umgebung. Tamra verschlug es den Atem. Nicht wegen der Teleportation, sondern weil keine fünf Schritte vor ihnen Mitrade-Parkk stand und kerzengerade zu ihr her sah.

Du bist unsichtbar, schärfte sich Tamra ein. Sie schaut durch dich hindurch. Die Deflektoren der Anzüge lenken die Lichtwellen ab, leiten sie an euch vorbei. Ihr könnt sogar reden, ohne dass sie euch hört, der Schall wird ebenfalls vollkommen gedämmt. Und ihre Ohren helfen Mitrade genauso wenig.

Laren waren indirekt nachtsichtig; einer der vielen Punkte, die sie Menschlingen voraushatten. Die halbmondförmigen Ohrmuscheln dienten, ähnlich wie bei alteranischen Fledermäusen, als Sender und Empfänger für ultrahohe Schwingungen. Dadurch konnten sie Entfernungen per Reflexion und instinktiver Auswertung der ausgeschickten Wellen exakt bestimmen. Aber Perry Rhodan hatte Tamra versichert, dass Schroeder, Diamond und sie im Schutz der Deflektoren auch gegen eine Entdeckung mittels dieses speziellen Sinnes gefeit waren.

Trotzdem erzitterte sie, als Mitrade-Parkk scheinbar direkt zu ihr herschnauzte: »Wird das heute noch was? Trödel nicht, Bursche, ich habe einen harten Tag hinter mir.«

»Gnädigste Herrin, ich tue, was ich kann, ja?«

Tamra drehte sich um. Auf der anderen Seite des Salons, an der Bibliothekswand, hing Boffään blattüber, die weißlichen Wurzeln zwischen den Regalböden verspannt, und bearbeitete mit seinen Stängeln eine halb zerlegte Apparatur. »Das Lesegerät ist nicht nur ein Museumsstück, sondern innen von Kabelmotten zerfressen, ja? Muss prak-tisch jede einzelne Verdrahtung erneuern … Aber ich hab's gleich, ja? Was wollt Ihr eigentlich abspielen, Herrin?«

»Eine alteranische Dokumentation.« Mitrade schwenkte einen Datenträger und ging damit auf Boffään zu.

Und auf Tamra. Die kam, beeinträchtigt durch Schock und argen Muskelkater, nicht vom Fleck. Schroeder und Diamond zogen sie gerade noch rechtzeitig zur Seite. Ihre Peinigerin stöckelte vorbei, so nahe, dass Tamra ihr leicht hätte einen Schlag oder Tritt versetzen können. Heiße Wut stieg in ihr hoch. Für einen Moment erwog sie, diesem Impuls nachzugeben. Aber erstens hätte sie damit ihre Anwesenheit verraten, und zweitens … hätte sie es nicht vermocht. Keine Magd, die von klein auf die Erziehung der Heelghas genossen hatte, war dazu fähig, mutwillig die Hand gegen eine Angehörige der Herrenrasse zu erheben. Das saß viel zu tief. Die Rangelei damals am Teehaus war etwas anderes gewesen, da hatte Mitrade angefangen.

Tamra biss sich auf die Unterlippe und wischte die Tränen weg. Etwas Trost spendete der Gedanke, dass endlich einmal sie der Kanaille einen Schritt voraus war.

»Fertig, ja?«, meldete Boffään. »Ich habe auch gleich die Bedienungselemente so umgruppiert, wie Ihr es von larischen Geräten kennt, ja?«

»Kannst dich verdrücken.« Kein Wort des Danks. Das fiele Mitrade im Traum nicht ein. Dank für Gnade stand nur den gottgleichen Laren zu.

Der Reparateur turnte blitzschnell die Wände entlang und hinaus. Tamra beobachtete ihre Erzfeindin, wie diese den Datenspeicher einige Sekunden in der Hand wog, gähnte und ihn schließlich in den dafür vorgesehenen Schlitz einführte. Die Hohe Verwalterin wirkte abgespannt, aber auch nervös und zielstrebig. Ein dreidimensionales, verschwommenes Holobild baute sich langsam auf. Bevor Tamra Einzelheiten erkennen konnte, entschwand der Salon und wurde von Boffääns Werkstatt ersetzt.

Startac war erneut teleportiert.

Das Kaktuswesen machte es sich gerade unter einer Art Wärmelampe gemütlich.

Mit Hilfe ihrer Montur checkte Mondra den Raum auf Sensoren. Aus den Augenwinkeln beobachtete sie dabei die junge Alteranerin, die schon so viel erduldet hatte. Tamra erweckte einen gefassten Eindruck. In Anbetracht der Umstände hatte sie sich sogar bemerkenswert gut im Griff. Es grenzte, trotz der erfolgten Behandlung durch die Anzug-Meds, an ein Wunder, wie sie sich aufrecht hielt: Sie wog, wenn es hochkam, 40 Kilo. Aber in diesem spindeldürren Persönchen steckte eine ganz außerordentliche Menge Willenskraft.

Mondras Mikropositronik gab Klarmeldung: keine optische oder akustische Überwachung aktiv. Sie nickte Tamra zu. »Bereit?«

»Ja.«

Startac und Mondra traten je zwei Schritte zur Seite, sodass das Mädchen nicht mehr von den Deflektorsphären erfasst und daher sichtbar wurde, die Abschirmung ihres Peilchips jedoch bestehen blieb. Jetzt kam es darauf an, ob Tamra den Haustechniker des Aquadoms richtig eingeschätzt hatte. Wenn er Alarm schlug, würden sie zwar höchstwahrscheinlich noch fliehen können; trotzdem war dann ihr Plan schon im Ansatz gescheitert.

»Hallo, Boffään. Bist du nach wie vor der Meinung, dass unsere ach so guten Herren einmal ordentlich eine aufs Haarnest kriegen sollten?«

Das Pflanzenwesen antwortete nicht, zeigte auch keine erkennbaren Symptome von Überraschung. Nur die winzigen Stielaugen, die anstelle von Staubgefäßen aus der fleischigen, hellblauen Blüte ragten, vibrierten leicht.

»Kennst mich schon noch, oder?«, setzte Tamra nach, weiterhin auf Larion. »Was würdest du dazu sagen, wenn ich für uns beide einen Weg aus der Knechtschaft wüsste?«

»Gar nichts. Weil ich mit dir nicht rede, ja? Was bildest du dir eigentlich ein, so mir nichts, dir nichts abzuhauen und mich hier mit dieser Furie alleinzulassen? Und dann tauchst du nach Jahren wieder auf und hast nicht einmal Eier dabei! Ist das eine Art, ja?«

»Falls du mir hilfst und wir Glück haben, kannst du dich bis an dein Lebensende in Eiern eingraben. Oder, noch besser, du wirst es nicht mehr für erforderlich halten, dich damit zu berauschen.«

»Mich deucht, eingespritzt bist eher du! Menschenkind, wo kommst du auf einmal her, und wie?«

»Kannst du Geheimnisse für dich behalten? Gesetzt den Fall, ein potenzielles, zukünftiges Leben in Freiheit hinge davon ab: Wärst du für eine solche Chance bereit, deine relativ bequeme Stellung hier aufzugeben? Früher hast du das steif und fest behauptet.«

Die Finger auf dem Kolben des Strahlers in ihrem Hüftholster, dachte Mondra: *Die Kleine macht ihre Sache gut. Als hätte sie eine xenopsychologische Ausbildung absolviert. Aber vielleicht hat sie das ohnehin, obgleich nicht auf dem herkömmlichen Bildungsweg …*

Der Kaktusartige zögerte. Es bedurfte noch einiger Wortwechsel, bis er von Tamras Ernsthaftigkeit überzeugt war und so weit Interesse bekundete, dass Mondra und Startac es für vertretbar hielten, ihre Deflektoren abzuschalten. Eine hitzig geführte Debatte folgte. Nachdem sie aufgedeckt hatten, was sie von ihm erwarteten, erklärte Boffään die drei Menschen erst einmal für rettungslos übergeschnappt. Das überstiege seine fachliche Qualifikation bei weitem. Tamra versicherte, sie sei sich des hohen Risikos bewusst und trage die alleinige Verantwortung. Schließlich willigte der Hausmeister ein, wenigstens die technischen Möglichkeiten in Augenschein zu nehmen; mit dem Vorbehalt, dass er, falls er die Sache für aussichtslos erachte, sofort zurück ins Aquadom gebracht würde.

Startac sprang mit allen drei – beziehungsweise, unter Einbeziehung des Sloppelles – vier Personen auf einmal; ihre gemeinsame Masse war ja relativ gering. Bei dem Ort, den Boffään ihm bezeichnet hatte, handelte es sich um eine private chirurgische Praxis mit angeschlossenem Biotech-Labor. Den Leiter, einen gewissen Kelton-Trec, hatte Tamras Gebieterin in den vergangenen Jahren gelegentlich konsultiert; vielleicht liebäugelte Mitrade-Parkk mit einer Schönheitsoperation.

Mitten in der Nacht, und wohl auch bedingt durch den Bürgerkrieg, waren die Räume der kleinen Medo-Station verwaist. Vom etwas vergammelt wirkenden Foyer führte ein Gang zu drei OP-Sälen, deren Türen kompliziert aussehende Schlösser sicherten. Mondra wollte ihr TLD-Besteck auspacken, aber Boffään kam ihr zuvor. Mit den mikromechanischen Werkzeugen, die anstelle von Stacheln an seinen Blattstängeln saßen, öffnete er die erste Tür in Sekundenschnelle.

»Wenn bloß alles so leicht und flott ginge, ja?« Drinnen gab das Kaktuswesen einen Laut der Verblüffung von sich. »Pardauz! Eines kann ich euch schon mal sagen, ja: Legal ist das hier nicht.«

Der Operationsraum sei vollrobotisch ausgelegt, erklärte Boffään, nachdem er so rasant zwischen den Apparaturen hin und her geflitzt war, dass ihm Mondra kaum mit Blicken hatte folgen können. Die Leistungsfähigkeit der Steuerpositronik, mit der die Medo-Einheit bestückt war, überschritt deutlich den Rahmen des seit der Posbi-Krise für zivile Einrichtungen gesetzlich Erlaubten.

»Schlecht?«, fragte Tamra, von Boffääns Erregung angesteckt.

»Ganz im Gegenteil. Großer Sukkulent, mit diesen Maschinchen hätten wir tatsächlich eine relle Chance, die verdammten Peildinger loszuwerden!«

»Du traust es dir also zu, die Medo-Positronik entsprechend zu programmieren? Letztendlich führt sie auch nur eine Form von Reparatur aus, oder?«

Der Kaktus tänzelte auf seinen Laufwurzeln.

»Ja?«

»Ja?«, echote Boffään schrill. »Ja? Unsere Nervensysteme sind ein wenig komplexer beschaffen als die Lötstellen eines Küchengeräts, ja? Da kann mörderisch was daneben gehen. Was mich betrifft, hätte ich noch die geringsten Sorgen, ich weiß schließlich, wie ich gebaut bin, ja? Aber was ist mit dir?«

Darauf fiel Mondra eine Antwort ein. »Unsere Anzugrechner enthalten äußerst detaillierte Kenntnisse der menschlichen Anatomie, mittlerweile sogar ergänzt um alteranische Besonderheiten. Falls es gelingt, diese Daten zu überspielen – würde dir das ausreichen?«

»Möglich, ja? Dennoch bleibt ein gewaltiges Restrisiko.«

Tamra straffte sich. »Tu's!«

Sie und Mondra warteten im Foyer, während Boffään zuerst den Eingriff an sich selbst vornahm. Startac war wegteleportiert, sobald alles in die Wege geleitet war; er musste anderswo in Taphior noch etwas erledigen.

»Ist er verheiratet? Ich meine, hat er eine Frau?«

»Startac? Nicht, dass ich wüsste.«

»Dachte ich mir.« Nach einer Pause fragte Tamra: »Glaubst du, verliert er bei jedem Teleporter-Sprung etwas von sich im Hyperraum? Ein winziges bisschen?«

»So habe ich mir das noch nicht überlegt … Es strengt ihn jedenfalls ganz schön an, auch bei geringen Distanzen.«

»Trotzdem macht er es. Weswegen? Weil Rhodan es ihm befiehlt? Ist der … Großadministrator euer Lehnsherr?«

»Nein, nichts dergleichen. Startac und ich tun aus freiem Willen, was wir tun. Und weil wir unsere bescheidenen Talente sinnvoll anwenden wollen. Wir fühlen uns nur der Menschheit und unserem Gewissen verpflichtet. Das gilt übrigens auch für Perry.«

Tamra wiegte nachdenklich den kahlen Kopf.

Schweigend saßen sie, bis Schroeder zurückkehrte. Kurz danach kam Boffään aus dem OP gesaust. Seinen Chip hielt er triumphierend an den Enden zweier Stängel hoch. »Den versenken wir im Meer, ja? Mit ordentlich Köderfleisch darum. Tragische Verzweiflungstat eines lebensmüden Hausknechts. Wäre nicht der erste Gunstbold, der sein Dienstverhältnis löst, indem er sich dauerhaft bei den Raubfischen einquartiert, ja?«

Die Entfernung von Tamras Peil- und Fernsteuerchip gestaltete sich schwieriger und demgemäß langwieriger. Startac lief die ganze Zeit im Foyer auf und ab wie ein Tiger im Käfig. Mondras Vorschlag, gleich ihr ein wenig zu dösen, sich zu regenerieren und Kräfte für das Kommende zu sammeln, registrierte er nicht einmal.

Endlich meldete Boffään Vollzug. Aber erst, als die Lokalanästhesie abgeklungen war und weder Tamra noch die Anzug-Cybermeds negative Auswirkungen der Operation feststellten, entspannte sich Startac. »Du bist frei«, sagte er voll Freude und kaum verhohlenem Stolz.

»Nicht, bevor Caligo viele Lichtjahre hinter uns liegt«, dämpfte die Alteranerin seinen Enthusiasmus.

»Natürlich.«

»Bliebe Nummer drei, ja? Soll ich jetzt oder soll ich nicht? Ja? Nein? Oder was?« Boffään schaffte es, sich so zu verrenken, dass Mondra assoziierte, er stemme gar nicht vorhandene Arme in gar nicht vorhandene Hüften.

Über das Sloppelle hatten sie schon zuvor diskutiert. Konnte man guten Gewissens verantworten, das Wesen zu »ent-drosseln«? Es hatte die weitaus größte Spanne seines Lebens als Tier zugebracht. Würde es den Schock, wieder »ungehemmt« denken zu können, überhaupt verkraften? Tat man ihm Gutes damit – oder begingen sie eine vergleichbare Sünde, eine ähnliche Vergewaltigung wie die Laren, die seinen jetzigen Zustand herbeigeführt hatten? Außerdem war den Medo-Einheiten über seinen Organismus nur wenig bekannt, der Ausgang des Eingriffs daher umso zweifelhafter.

Tamra herzte das Sloppelle, von dem ein strenger Geruch ausging. »Es ist schon recht alt und krank«, sagte sie leise, aber bestimmt. »Ich möchte es nicht wegen des Peilchips irgendwo allein zurücklassen müssen. Wenn es stirbt, was ohnehin bald der Fall sein kann, dann in meinen Armen.«

Startac nickte beipflichtend. Mondra war froh, dass ihr diese Entscheidung abgenommen wurde, und erhob keine Einwände. Zusammen mit dem Sloppelle und Boffään verschwand Tamra im OP-Saal.

Diesmal legte Startac ein Nickerchen ein, während Mondra die Zeit lang wurde. Plötzlich schreckte der Monochrom-Mutant auf, blinzelte und starrte zur Tür, die sich wenige Sekunden später öffnete.

Tamra kam heraus, das Sloppelle auf dem Arm. Sie weinte wie ein Schlosshund. Das Pelzwesen jedoch, dessen graubraunes Fell von orangen Blutstropfen gesprenkelt war, fiepte mit heller Stimme, gut verständlich: »Mama?«

Zwölf Noch ein Unfall am Arbeitsplatz

»Ich zeige dir jetzt etwas, Menschling.«

Mitrade-Parkk projizierte Reproduktionen uralter Schriftstücke, die Demetrius Onmout sehr gut kannte. Schon in der Grundschule hatte er die sogenannten Rhodan-Konvolute ehrfürchtig bestaunt. Auch zahlreiche Bilder des Großadministrators waren dabei. Selbst Laren, die keinerlei Erfahrung mit terranischer Physiognomie besaßen, hätten nur sehr geringe Ähnlichkeiten zu Dmetri festgestellt. Die Hohe Verwalterin hingegen hatte ständig mit Alteranern zu tun ... Ihre smaragdgrünen Augen funkelten siegessicher.

Der Bluff war geplatzt.

Recht so.

»Na schön, Sie sind mir auf die Schliche gekommen«, sagte Dmetri. Weiter zu lügen, hätte keinen Sinn gehabt, zumal er inzwischen sämtliche Antidot-Spender in seiner Mundhöhle verbraucht hatte. »Ich gebe zu, ich bin nicht Rhodan. Ihm und seiner Leibwächterin ist es während der Landung gelungen, sich abzusetzen.«

Die Larin fixierte Dmetri, verblüfft von seiner unvermuteten Mitteilsamkeit. »Was willst du mir jetzt wieder auftischen? Euer abstruser Halbgott hat, wenn überhaupt, vor Jahrtausenden gelebt!«

»Und er erfreut sich immer noch bester Gesundheit, dank seines Zellaktivators. Steht alles da drin. Haben Sie es nicht gelesen?« Dmetri wusste von Perry und Startac, die in der Nacht bei ihm in der Zelle gewesen waren, dass Mitrade nicht sehr viel Zeit gehabt hatte, die umfangreichen Konvolute zu übersetzen und zu durchforsten. Gleichwohl mahnte er sich zur Vorsicht. Er durfte den Bogen nicht überspannen.

»Du willst mir weismachen, dieser Mann war mit euch an Bord?«

»Genau. Und jetzt treibt er sich irgendwo auf Caligo herum. Hören Sie, wir wollten eigentlich noch einen Tag warten, aber da Sie den Bluff schon früher durchschaut haben ... Der Großadministrator hat Ihrem General Kat-Greer ein Angebot zu unterbreiten. Wir besitzen Kenntnisse, die ihm die Eroberung des Pyramidenzirkels ermöglichen und somit den Endsieg bringen werden.«

Im Gesicht der Verwalterin zuckte ein Muskel. Sie litt unter Schlafmangel, und das war kein Nachteil. »Flunkere, so viel du willst«, fauchte sie, wohl um ihre Irritation zu übertünchen. »Ich lasse so oder so die Wahrheit aus dir herausprügeln.«

»Das ist weder nötig noch zielführend, Geschätzte, da ich Ihnen ohnehin alles brühwarm erzähle. Unsere MINXHAO war ein Experimentalraumer, speziell ausgerüstet für Spionagezwecke. Selbst in der kurzen Zeit zwischen dem Treffer des Bodenforts und der Absprengung der Außensektionen konnten wir uns deshalb einen guten Überblick der Lage auf Caligo und in Taphior verschaffen.«

Das stimmte nicht im Mindesten. Aber wie sollten die Laren seine Behauptung nachprüfen? Die fraglichen Teile waren in der Atmosphäre verglüht. Außerdem hatte Rhodan gemeint, es schade nicht, mit ominösen Technologien aufzutrumpfen.

»Der Großadministrator«, fuhr Dmetri fort, »wird morgen von sich aus Kontakt mit Ihrem Revolutionsführer suchen; er wollte diesen noch ein wenig schwitzen lassen. Aber ich denke mir, es wäre für alle Beteiligten angenehmer, wenn Kat-Greer schon heute von Ihnen die Hintergründe erführe. Immerhin dürfte einigen Leuten recht peinlich sein, dass ihnen die beiden wichtigsten Personen unserer Delegation durch die Lappen gegangen sind.«

Und dir könnte man einen Strick daraus drehen, hieß das zwischen den Zeilen, dass du deren Fehlen nicht herausgefunden hast. So aber stündest du deutlich besser da …

»Was sind das für Kentnisse über den Pyramidenzirkel?«

Dmetri hob die Arme. »Oho, werteste Verwalterin, wir sind nicht dumm; wir haben Sicherheitsvorkehrungen getroffen. Die Informationen wurden auf mehrere Personen verteilt. Sie, beziehungsweise Ihre Vorgesetzten, müssen schon alle zusammen an den richtigen Ort bringen, nämlich zu Kat-Greer in dessen Bastion Groschir.«

»Welche Personen?«

»Drei Techniker und Wissenschaftler aus der MINXHAO-Mannschaft; meine Wenigkeit; sowie den Großadministrator und dessen Leibwächterin.«

»Die ich wo finde?«

»Wo? Keine Ahnung.« Die Larin sah drein, als wolle sie Dmetri jeden Moment ins Gesicht springen. Rasch fügte er hinzu: »Aber ich weiß, wie.«

Warnsignale gellten durch die Bastion.

Posbi-Angriff!

Auch das noch.

Kat-Greer, der mit einer Gruppe von Taktikern über dem Problem Elbanger-Tan gegrübelt hatte, eilte in die Kommandozentrale. Zum Glück, so stellte sich heraus, handelte es sich nur um einen kleinen Verband von Roboterschiffen, die aus dem Linearraum ausgetreten waren und nun auf Einflugkurs ins Illindor-System gingen.

Kein ungewöhnlicher Vorfall. Seit geraumer Zeit testeten die Posbis trotz der weiten Flugdistanzen, die sie dafür in Kauf nehmen mussten, immer wieder die Verteidigungsbereitschaft der Laren. Aber Maschinenwesen kannten nun einmal keine Langeweile, und den Begriff der Zeitvergeudung wohl ebenso wenig.

Kats Ärger verflog. Mit etwas Geschick, begriff er, konnte er sich diese eher lästige denn besorgniserregende Störung sogar zunutze machen. Er beorderte die Teile seiner Neunten Flotte, die nicht auf Caligo engagiert, sondern übers System verteilt waren, auf Abfangkurs. Dann ließ er diejenigen Kommandanten anderer Kriegsflotten, die sich für neutral erklärt hatten, anfunken und bat sie um Assistenz gegen den Posbi-Verband. Diese Unterstützung konnten sie ihm schwerlich verweigern. Wenngleich sie ihn damit nicht formell als Ersten Hetran anerkannten, folgten sie doch seinem Aufruf und unterstellten sich für die Dauer des Zwischenfalls seinem Oberbefehl.

Knapp an der Systemgrenze entbrannte die Raumschlacht. Sie verlief ebenso heftig wie kurz. Ehe sie ernsthafte Verluste erlitten, zogen die Posbis wieder ab. Wenn die Mörderroboter Aufschlüsse gewonnen hatten, die sie nach dem langen Rückflug ihrem Zentralplasma überbringen konnten, dann nur die, dass sich die Laren nach wie vor sehr gut zu wehren wussten.

Etwas besser gelaunt wies Kat-Greer seine Presse-Offiziere an, das im Prinzip unbedeutende Ereignis weidlich medial auszuschlachten. Der Erste Steuermann des Großen Bootes Greer habe seinen legitimen Führungsanspruch unter Beweis gestellt und eine gefährliche feindliche Attacke auf das Illindor-System abgewehrt, wohingegen sich Elbanger-Tan feig im Pyramidenzirkel verkrochen und es nicht der Mühe wert befunden hatte, für die gemeinsame Heimat aller Laren zu kämpfen, und so weiter und so fort. »Borstenviehfutter« eben, wie derlei Massenpropaganda intern genannt wurde.

Als auch diese Pflichtübung absolviert war und Kat-Greer sich gerade mit Zlakore-Buld zum Mittagsmahl begeben wollte, überbrachte ein Adjutant dem General eine dringliche Depesche aus Taphior. »Die Verwalterin des Bezirks Dekombor hat sich auch nach Androhung von Disziplinarmaßnahmen nicht abwimmeln lassen. Sie behauptet, Euch unbedingt persönlich sprechen zu müssen, es sei von höchster Wichtigkeit«, entschuldigte sich der Stabsoffizier.

Kats Magen knurrte. Aber er entsann sich des alteranischen Hochstaplers. Und er schätzte jene Mitrade-Parkk, eine Jugendfreundin seiner Tochter Nindel, für zu klug ein, als dass sie ihn wegen einer Bagetelle behelligen würde.

»Durchstellen!«

Mitrade schilderte, was sie dem Alteraner, der seinen wahren Rang und Namen als Captain Demetrius Onmout angab, im Verhör entlockt hatte; wohlweislich, ohne sich darauf festzulegen, wie weit sie ihm seine Geschichte abnahm.

Ihr war klar, dass sie sich auf knisternd dünnem Eis bewegte. Falls der Menschling sie abermals hereinlegte und dieser mysteriöse Rhodan gar nicht existierte, konnte sie ihre Karriere in den Hypersturm schreiben und noch heilfroh sein, wenn sie mit dem unbedeutenden Lehen ihres Vaters davonkam. Dies waren Tage des Umbruchs, der Neuordnung, Tage, in denen Weichen gestellt wurden für die kommenden Jahrhunderte. Wer die falsche Abzweigung wählte, blieb auf der Strecke, mitsamt seiner Sippe und Nachkommen. Jedoch stellte ängstliches, passives, rein defensives Verhalten nicht die Lösung dar. Nach oben, weiter hinauf als von der Abstammung diktiert, gelangte man nur mit Mut zum Wagnis. Versäumen war schlimmer noch als Verfehlen. Sollten sich die Enthüllungen des alteranischen Captains als Windei erweisen, war Mitrade ruiniert. Umgekehrt würde sich Kat-Greer nicht lumpen lassen, wenn er über sie den Schlüssel zum Pyramidenzirkel in die Hand bekam. Dann wäre wahrscheinlich sogar Nindel-Greer genötigt, vor ihr das Haupt zu neigen. Herolde, die schlechte Nachricht überbrachten, wurden nicht selten zu Unrecht bestraft, während Glücksboten ebenso unverhältnismäßig überreiche Prämien winkten. Deshalb hatte sie ihren Lehnsherrn auch unbedingt persönlich sprechen wollen.

»Was verlangen die Kerle?«, bellte der General, nachdem sie geendet hatte.

»Vorerst nur eine Zusammenkunft mit Euch in der Bastion Groschir. Das Ziel ihrer Reise war, mit dem mächtigsten Mann des Trovents zu konferieren.«

»Und wie erreichen wir den Ober-Hochstapler?«

Die ironische Parallele entging Mitrade nicht. Ein sehr altes Sprichwort besagte, dass man einen Dieb bräuchte, um einen Dieb zu fangen. Bedurfte es analog dazu eines angeblichen Ersten Hetrans, um einen wahren, alteingesessenen Ersten Hetran zu entthronen?

»In den Medienberichten soll gehäuft der Begriff ›Hypton-Kolonie‹ vorkommen«, gab sie Onmouts Forderung weiter. »Was immer das bedeuten mag. Dann weiß dieser Rhodan, dass … Ist Euch nicht gut, General?«

Als hätte ihn ein elektrischer Schlag getroffen, war Kat-Greer zurückgezuckt, getaumelt und aus dem Erfassungsbereich der Optik geraten. Es dauerte einige Sekunden, bis sein markantes Antlitz wieder erschien. Dann sagte er rau: »Ab sofort übernimmt Groschir. Du hast richtig gehandelt, Mitrade-Parkk, und wirst deine Belohnung erhalten sowie weitere Anweisungen. Ich danke dir.«

Das Holobild erlosch. Unschlüssig, ob sie frohlocken oder ihre Habseligkeiten zusammenpacken und sich für die Verbannung auf irgendeinen abgelegenen Bauernplaneten rüsten sollte, stierte Mitrade noch einige Atemzüge lang auf die

Kommunikations-Einheit. Vollends begriff sie nicht, was hier ablief. Vermutlich war sie schlicht zu müde.

Aufmunterung tat Not. Sie schleppte sich zum Fernsteuer-Netz. Die verhasste Scheuche zu quälen, hatte ihr noch jedes Mal einen erfrischenden Kick verschafft.

Ungehalten drosch sie auf den virtuellen Aktivierungs-Punkt, weil keine Kopplung zustande kam. Ein Energieausfall? Suchte eine Hyperstörung die Region heim? Oder hatte man ihr wegen des Bürgerkriegs die Stromzufuhr unterbrochen?

Nein. Die Anzeigebalken leuchteten in sattem Braun. Somit schieden diese Erklärungen aus. Mitrade schaltete um auf individuelle Peilchip-Erfassung.

Nichts.

Keine Tamra Cantu. Kein Sloppelle.

Die Scheuche war verschwunden, und ihr stinkendes Vieh mit ihr.

Startac teleportierte Perry und Mondra ins Stadtzentrum. Nachdem er sie in einem leeren Hausflur abgesetzt hatte und zurückgesprungen war, schalteten sie die Deflektoren aus und verließen das Gebäude. Sie überquerten die wenig belebte Fußgängerzone, die Spuren von Kämpfen mit Thermo-Waffen aufwies, und steuerten den ersten Uniformierten an, der ihnen über den Weg lief.

»Hallo. Du kannst relativ reich und berühmt werden«, sagte Perry in perfektem Larion, »wenn du uns verhaftest und deine Dienststelle dazu bringst, unverzüglich General Kat-Greer davon zu verständigen, dass sich der Großadministrator des Terranischen Imperiums und Erste Hetran der Milchstraße, Perry Rhodan, dir ergeben hat.«

In diesem Moment hasste und liebte ihn Mondra gleichermaßen. Wie das zusammenging, hätte sie nicht sagen können. Aber so war es, und sie fühlte sich gespalten; wissend, dass sich nichts ändern würde, bis sie daran zugrunde ging. *Odi et amo. Qua re id faciam, fortasse requiris. Nescio, sed fieri sentio, et excrucior.*

Diese Präpotenz! »Juhu, ich bin Perry Rhodan; führ mich zu deinem Chef, damit ich seine Bude übernehmen kann.«

Und das Schlimmste war: Es funktionierte. Der arme, überforderte Militärpolizist nestelte seinen Strahler aus dem Halfter – Mondra wäre schneller gewesen. Ihr Zeigefinger kitzelte schon den Druckpunkt, da hätte der anvisierte Lare noch nicht einmal entsichert gehabt –, überlegte es sich jedoch anders und zückte stattdessen sein Funkgerät.

Zehn Minuten später verwirbelten die Prallfelder eines landenden Beiboots den Staub, der den Platz bedeckt hatte, zu durchaus hübschen Fontänen. Sie stiegen ein. Perry ließ Mondra galant den Vortritt.

So was gefällt ihm, dachte sie. Da läuft er zu großer Form auf.

In der Bastion Groschir passierten sie Hundertschaften von bis über die Sichelohren Bewaffneten, bevor sie in ein Gemach geführt wurden, dessen Ausstattung das Attribut »schwülstig« nur unzulänglich beschrieben hätte. Captain Onmout wetzte seinen nicht unknackigen Hintern auf einem Plüschhocker; der Cheffunker der MINXHAO, Elias Awadalla, lehnte an einer Fensterbank, neben einem blonden, übergewichtigen Technikingenieur, dessen Name Mondra nicht einfiel. Flohbein zog wie üblich einen erratischen Kurs durch den Raum, verfolgt von schwebenden Mikro-Multisensoren.

Und dann waren da noch, abgesehen von der Eskorte, zwei Laren. Ein Mann und eine Frau. Sie ganz in Schwarz gekleidet, Blick und Körperhaltung wie eingefroren, blankes Eis. Er Macht ausstrahlend, säuerlich, herb, sendungsbewusst und berufen.

Kat-Greer.

»Sie sollten«, schnarrte der General, »sehr schnell begründen, warum Sie meine Zeit stehlen, Hochstapler.«

Perry Rhodan korrigierte mit einer kokett langsamen Bewegung seinen Seitenscheitel. »Alteranische Käfig-Transmitter«, sagte er und studierte dabei die Stukkaturen an der Decke, als ginge ihn das alles nichts an. »Tolle Sache. Wenn man sie in Gang kriegt. Ich denke, ihr habt euch damals, als euer Geheimdienst an die unvollständigen Konstruktionspläne kam, die Beute geteilt und um die Wette daran herumgebastelt. Ergo stehen wegen anhaltenden Misserfolgs aufgegebene Prototypen sowohl hier in Ihrer Burg als auch in einer der Hetranats-Pyramiden.«

Am Aufblitzen von Kat-Greers Augen erkannte Mondra, dass Perry ins Schwarze getroffen hatte. »Wir« – er umfasste die Gruppe der Menschen – »verfügen zusammen über das nötige Fachwissen, die Transmitter fertigzustellen. Das müsste in etwa einem Tag zu schaffen sein.«

»Selbst wenn ihr meine Prototypen einsatzfähig macht … das allein nützt uns gar nichts«, bewies der General, dass ihm die Funktionsweise im Prinzip vertraut war. »Denn an die vorgesehenen Empfangsapparate im Pyramidenzirkel kommen wir nicht heran.«

»Irrtum«, erwiderte Perry. »Falls der Grundstock so weit zusammengebaut wurde, wie wir aufgrund der vom Lichtnetz ergatterten Unterlagen vermuten, besteht eine sehr gute Chance, dass wir auch diese Transmitter aktivieren können, und zwar von hier aus, über die Gegenstationen! Die Geräte sind darauf ausgelegt.«

Das war schlichtweg Humbug. Startac würde ins Hetranat teleportieren müssen, um die dortigen Transmitter empfangsbereit zu machen. Aber dass sie einen Teleporter in der Hinterhand hatten, wollten sie dem Anführer der Putschisten nicht auf die Nase binden.

Kat-Greer warf der schwarz gewandeten Larin einen fragenden Blick zu. »Klingt reichlich phantastisch«, sagte sie kalt. »Doch in Anbetracht unserer übrigen Optionen ...«

»Wieso sollten wir etwas versprechen, das wir nicht halten können?«, fragte Perry, die Arme ausgebreitet. »Es liegt in unserem Interesse, Ihnen zu helfen.«

»Den Versuch ist es wert«, entschied General Kat-Greer. »Aber zuerst will ich Antworten. Wer sind Sie wirklich? Weshalb sind Sie nach Caligo gekommen? Warum unterstützen Sie mich, und was verlangen Sie als Gegenleistung?«

Perry verzog keine Miene. Nur Mondra konnte nachvollziehen, welcher Stein ihm vom Herzen fiel. Sie hatten soeben eine weitere, vielleicht die größte Hürde genommen.

Tamra erwachte aus einem Schlaf voller wirrer Träume, in denen neugeborene Babies und sprechende Kuscheltiere vorgekommen waren.

Neben ihr lag das Sloppelle. Es sah sie aus weit geöffneten Kulleraugen an. Gewohnheitsmäßig wollte sie es an sich ziehen und streicheln, hielt jedoch verlegen inne. »Hallo«, sagte sie stattdessen.

»Hallo, Tamra.« Seine Stimme klang hoch wie die eines Kleinkindes. Tatsächlich befand es sich ungefähr auf der intellektuellen Stufe eines Fünfjährigen. Aber es lernte rasch, furchterregend rasch.

Was musste in diesem so liebenswürdig und knuddelig wirkenden Kopf vorgehen? Empfand das Sloppelle die Freisetzung seiner geistigen Kapazitäten als Gewinn, als erlösendes Auftauchen aus jahrzehntelangem Dämmerzustand? Erinnerte es sich an seine Haustier-Zeit? Und wenn, wie beurteilte es diese? Konnte ein denkendes Wesen damit zurechtkommen, derart grausam an Leib und Seele verkrüppelt worden zu sein, aufzuwachen als kindliches Bewusstsein in einem von Misshandlung, Krankheit und Alter gezeichneten Körper?

»Ich habe dir nie einen eigenen Namen gegeben«, flüsterte Tamra. »Bitte verzeih. Du warst für mich immer ... einfach mein Sloppelle.«

»Macht nix.«

»Wie soll ich dich ab jetzt nennen?«

»Sloppelle passt schon. Zahlt sich nicht mehr aus, das zu ändern.«

Tamra schluchzte, vermochte die Tränen nicht zurückzuhalten. Da geschah etwas schockierend Wunderbares. Eine unsichtbare Hand strich über Tamras Wangen, sanft und zart wie ein Hauch. Sie erschrak, dann begriff sie. Startac Schroeder hatte beim Sloppelle eine parapsychische Begabung geortet. Diese kam nun zum Ausbruch. Es war Telekinet!

So wie Gucky, der Mausbiber ... Nur ungleich schwächer, stellte sich im Lauf des Tages heraus. Tamra übte mit dem Sloppelle, was beiden großen Spaß bereitete. Sie lachten viel. Kleine, leichte Gegenstände konnte es heben und durch die Luft fliegen lassen, aber schon an Boffään scheiterte es, sehr zu dessen Beruhigung.

Er und Schroeder bastelten an der Unterhaltungs-Konsole im Wohnsalon des Apartments herum, das ihnen nach wie vor als Unterschlupf diente. Auch anderen Geräten entnahmen sie diverse Teile. Eine abenteuerlich aussehende Apparatur entstand. Boffään zeterte wie ein Sumpfspatz und verfluchte nahezu pausenlos die mangelhafte Qualität der larischen Erzeugnisse, ganz wie Tamra es von ihm gewohnt war. Schroeder, den er ebenfalls kontinuierlich wegen seiner »zwei linken Stängel« beschimpfte, ertrug dies mit stoischem Gleichmut. Später zogen sie Tamra hinzu, um rascher voranzukommen. Soviel sie verstand, lag ihnen hauptsächlich daran, möglichst viel überflüssige Masse einzusparen, damit Startac das Endergebnis per Teleportation transportieren konnte.

Schließlich äußerte auch das Sloppelle den Wunsch, sich an der Arbeit zu beteiligen. Zuerst maulte Boffään, aber bald stellte es sich als erstaunlich geschickt und nutzbringend heraus. Mit seiner feintelekinetischen Fähigkeit erreichte das Sloppelle Stellen, an die selbst die Werkzeug-Stacheln des Kaktushaften nicht gelangten; und wenn ihm Boffään genau beschrieb, was es tun sollte, führte es dessen Anweisungen zuverlässig und präzise aus.

Die schönen, unbeschwerten, ja ausgelassenen Stunden vergingen im Flug. Am Abend war Tamra rechtschaffen müde, aber auch glücklich wie kaum je zuvor. Schroeder kochte aus den Beständen des Vorratsschranks ein einfaches Gericht. Sie aß, ohne sich dazu zwingen zu müssen, mit großem Appetit.

2700 Kilometer entfernt, auf der anderen Seite des mächtigen, bis in die Wolken aufragenden Coor-Gebirges, fühlte sich Captain Demetrius Onmout bedeutend unwohler.

Das lag einerseits an den wenig heimeligen Werkshallen und Lagerräumen der Bastion Groschir, vor allem aber an der die Menschengruppe beaufsichtigenden Lichtnetz-Agentin. Sie strahlte noch mehr Kälte aus als die unverputzten Steinwände. Dmetri hatte mit manch knallharten Typen der Legion Alter-X zu tun gehabt, allen voran Kommandeur Laertes Michou. Die eisige Larin jedoch wäre sogar dem Staatsmarschall nicht gleichgültig gewesen. Misstrauisch schnüffelte sie jedem Handgriff hinterher. Nichts entging ihr und ihren Mikrosensor-Sonden. Nicht einmal die üblichen Wahnsinnigkeiten Flohbeins, dessen uneingeschränkte Bewegungsfreiheit Rhodan durchgesetzt hatte, vermochten ihre Aufmerksamkeit zu beeinträchtigen.

Und darin lag das Problem. Denn sie waren keineswegs nur hier, um die fünf Prototypen der Käfig-Transmitter funktionstüchtig zu machen.

Diesen Punkt ausgenommen, hatte Perry Rhodan dem Laren-General Kat-Greer reinen Wein eingeschenkt und bedingungslos die Wahrheit erzählt: Dass er wirklich einst von einem Verkünder der Hetosonen als Erster Hetran seiner Heimatgalaxis eingesetzt worden war, woher sein Insider-Wissen über die Struktur des historischen Konzils der Sieben rührte. Wegen des gespannten Verhältnisses zwischen Alteranern und Laren hatte er sich für die Notlüge entschieden, um dieses Gipfelgespräch anzubahnen. Auch, dass das Hetos untergegangen und die Milchstraße seit 1345 Terra-Jahren wieder unabhängig war, verschwieg er nicht. General Kat-Greer nahm diese Information hin, ohne Betroffenheit zu zeigen. Wahrscheinlich hatten sich die Laren ebenso wie die Alteraner schon vor geraumer Zeit damit abgefunden, dass Forn-Karyan oder Ambriador vom Rest des Universums isoliert und ein Verlassen der Kleingalaxis mit den verfügbaren Triebwerks-Technologien aussichtslos war. Rhodan berichtete von Lotho Keraete, dem Boten der Superintelligenz ES, und dessen dringlicher Bitte, sich der Posbi-Krise anzunehmen. Er erläuterte seinen Plan, einen erbeuteten Fragmentraumer wieder flottzumachen und als Vehikel zum Zentralplaneten der Positronisch-Biologischen Roboter zu benutzen, da er dort, und nur dort, eine Lösung herbeizuführen hoffte. Kat-Greer horchte auf, als der Name Verduto-Cruz fiel. Ja, sagte er, er kenne den Kybernetiker, und auch dessen derzeitigen Aufenthaltsort. Ob er ihn allerdings zusammen mit Rhodan und dessen Begleitern ins Gebiet des Imperiums Altera überstellen würde, hing von der siegreichen Beendigung des Bürgerkriegs ab – und natürlich davon, wie viel die Käfig-Transmitter dazu beitrugen.

Diesbezüglich sorgte sich Demetrius Onmout relativ wenig. Han Tsutaya, der blondmähnige, am ganzen, fülligen Leib tätowierte Techniker von der MINX-HAO, war bis zu seiner Inhaftierung wegen wiederholter schwerer Körperverletzung Spezialist für diese Geräte gewesen. Notfalls hätte Tsutaya sie auch allein in Gang bringen können. Flohbein, Rhodan, dessen Leibwächterin und Dmetri selbst waren im Wesentlichen zur Ablenkung mit von der Partie. Die heimliche Hauptaufgabe kam Cheffunker Elias Awadalla zu. Nur, dass der noch keine Gelegenheit bekommen hatte, diese auszuführen – weil ihm die kaltschnäuzige Lichtnetz-Agentin peinlich genau auf die Finger sah. Die anderen zur Bewachung und Handreichung abgestellten larischen Soldaten und Ingenieure ließen sich locker verwirren; schon Flohbein machte sie irre. Aber die Eisfrau nicht.

Und die Stunden verstrichen … Mehrfach versuchte Mondra Diamond, die selbst lange als Geheimagentin tätig gewesen war, ihre »Kollegin« in ein Gespräch zu verwickeln; fruchtlos. Anders als die Flotteningenieure, die nach einer Phase des gegenseitigen Abtastens recht angeregt mit Rhodan, Awadalla und Tsutaya fachsimpelten – auch larische Techniker stellten Wissenserweiterung allemal über rassistische Vorurteile –, blockte die Lichtnetz-Offizierin jegliche Annäherung brüsk ab. Umgekehrt hielten ihre eigenen Leute größtmöglichen

Abstand zu ihr. Dmetri konnte sich zusammenreimen, welchen Rufs sie sich auf Caligo, ja vermutlich im gesamten Trovent erfreute …

Han Tsutaya, auf dessen Overall sich große Schweißflecken abzeichneten, kroch unter dem Käfig-Transmitter hervor, an dem er gearbeitet hatte, und richtete sich ächzend auf. »Wir sind so weit, dass wir einen Testimpuls aussenden könnten.«

»Hervorragend«, lobte Rhodan, und nach einem Blick auf sein Armband-Chronometer: »Sogar früher als veranschlagt.«

»S' gibt allerdings ein Problem.« Tsutaya wischte sich die fettigen Haarsträhnen aus dem Gesicht. »Wir sollten sicherheitshalber mit minimaler Intensität fahren. Die Chance, dass der ultrakurze 5D-Rafferimpuls zufällig aufgefangen wird, ist gering, aber 's wär schön blöd, wenn die Pyramidenheinis vorzeitig Wind bekämen.«

»Klar. Was spricht dagegen, es so zu machen?«

»Wollen wir auch bei geringster Sendeleistung verwertbare Ergebnisse bekommen, müssen hier drin sämtliche Störquellen deaktiviert werden. Auch die lustigen Sensor-Dinger; die streuen nämlich ein wie Sau.« Angewidert schlug er nach einer Mikrosonde, die ihn summend umschwirrte und seiner Hand automatisch auswich.

Sofort baute sich die Eisfrau vor ihm auf. »Untersteh dich, Menschling!«

»Gelblippe, schieb endlich ab! Du trampelst schon lang genug auf meinen Nerven rum.« Tsutaya hob drohend die Fäuste.

Plötzlich funkelte eine Klinge in der Hand der Larin. Behänder, als man es ihm zugetraut hätte, sprang der Transmitter-Spezialist einen Schritt zurück und ergriff ein langes Stahlrohr. Die Spannung, die sich den ganzen Tag über aufgebaut hatte, drohte sich zu entladen.

Perry Rhodan ging mit erhobenen Händen dazwischen. »He! Ruhig, keine Dummheiten!« Mondra Diamond eilte hinzu, vorbei an drei Soldaten, die ebenfalls aufmerksam geworden waren und ihre Waffen hoben.

Und dann ergab sich eine verblüffende Kettenreaktion, ein Domino-Effekt, den Dmetri erst im Nachhinein zu rekonstruieren vermochte. Flohbein war um die Ecke gebogen und ließ erschrocken ein mitgeschlepptes Bauteil fallen. Fast alle reagierten auf das scheppernde Geräusch, indem sie die Köpfe in diese Richtung drehten. Mondra geriet dabei aus dem Gleichgewicht, stürzte und riss einen der Raumsoldaten mit sich. Der taumelte in Rhodans Arme, wurde weitergeschubst, knallte gegen die Eisfrau. Beide erhielten einen zusätzlichen, abwehrenden Stoß von Tsutaya und stolperten über dessen Stahlstange. Der larische Soldat schrie erstickt auf und schlug der Länge nach hin. Die Agentin, ungleich beweglicher, rollte katzenhaft ab, kam dadurch allerdings Mondra Diamond in die Quere, die sie, die angewinkelten Beine ausstreckend, zur Seite katapultierte. Flohbein hatte sich inzwischen nach dem Bauteil gebückt, kickte es jedoch versehentlich mit der Schuhspitze noch ein paar Meter weiter von sich weg – genau unter die Eisfrau, die einen Sekundenbruchteil später darauf landete. Ein greller Lichtblitz blendete Dmetri. Als er wieder sehen konnte, füllte schwarzer Rauch den Raum, und der Gestank verbrannter Haut und Haare.

All das war so schnell gegangen, dass die übrigen Uniformierten erst jetzt klickend ihre Waffen entsicherten. »Sanitäter, rasch!«, rief Rhodan, der damit, seine ganze Autorität einsetzend, sowohl das Kommando übernahm als auch die Situation entkrampfte. Flohbein befahl er: »Schalt das sofort ab!«

Der Wissenschaftler kam der Aufforderung nach. Aber es war zu spät, die Eisfrau war bereits hirntot. Hinterher sollte man sich darauf einigen, dass es sich um einen bedauerlichen Unfall gehandelt habe, eine Verkettung unglücklicher Zufälle, und niemandem böse Absicht unterstellt werden konnte; am ehesten noch der Eisfrau, die schließlich als Erste eine Waffe gezogen und mit ihrem Messer sogar den eigenen Soldaten leicht verletzt hatte. Das bestätigten auch die Laren, ebenso, dass sich Rhodan und dessen Leibwächterin um Deeskalation bemüht hatten.

Dmetri war sich da insgeheim nicht ganz so sicher …

Kat-Greer wurde in der Kommandozentrale verständigt und kündigte eine eingehende Untersuchung an. Jedoch war kaum zu überhören, dass auch er der Agentin keine Träne nachweinte; und das bereits erfreulich weit gediehene Transmitter-Projekt ging jedenfalls vor.

Als sich der Rauch verzogen hatte und die verkohlte Leiche der Eisfrau abtransportiert worden war, rief Elias Awadalla, in die Hände klatschend: »Leute, noch sind wir im Zeitplan. Aber wenn wir ihn weiter einhalten wollen, sollten wir uns sputen.«

Dabei wirkte der Cheffunker gar nicht besorgt, sondern im Gegenteil recht zufrieden.

Dreizehn Elbanger-Tan bekommt Besuch

»Behalt das. Ich will es nicht«, sagte Tamra. Sie schob Mondras Kombistrahler, den ihr Startac hingelegt hatte, zurück über die Tischplatte.

»Hach, sei doch nicht so stur! Du wirst für unbestimmte Zeit allein im Apartment sein. Ich kann nicht vorhersagen, wie lange wir brauchen werden. Falls inzwischen jemand kommt …«

»… verstecke ich mich im Schrank. Außerdem, wer sollte herein wollen? Die Türen sind versiegelt.«

»Bitte nimm den Strahler an dich, mir zuliebe. Ich habe einfach ein besseres Gefühl, wenn du nicht völlig schutzlos bist, ja?«

Sie grinste. »Du redest schon wie Boffään.«

»Das färbt wohl ab.« Startac kratzte sich am Kopf. Immer wieder schaffte sie es, ihn in Verlegenheit zu bringen. »Wir müssen weg. Kannst dich ruhig hinlegen und pennen, Mondras Wächterlein ...«

»... warnen mich, wenn sich jemand den Zugängen nähert, ich weiß. Startac?«

»Ja?«

Sie hob die Hand, als wolle sie ihn am Oberarm berühren, überlegte es sich dann aber doch anders. »Viel Glück. Und pass gut auf mein Sloppelle auf!«

»Versprochen.« Boffään hatte darauf bestanden, den Feintelekineten mitzunehmen, weil sie durch die mittlerweile erprobte Kombination ihrer Fähigkeiten Eingriffe in Geräte vornehmen konnten, ohne diese zerlegen zu müssen. Das Sloppelle war Feuer und Flamme gewesen, regelrecht aufgekratzt. Dabei vermochte es kaum mehr seine Ärmchen zu heben.

Wir sind schon eine Truppe, dachte Startac, seine ungleichen Mitstreiter betrachtend, die es sich oben auf der krude zusammengestückelten Apparatur bequem gemacht hatten. Ein hyperaktiver Kaktus, ein altkluges, beinamputiertes Greisenkind, und ich, der schlechteste Teleporter in der Geschichte terranischer Mutanten, gegen eine Festung, die von der gesamten Militärmacht der Neunten Flotte und des Lichtnetzes nicht geknackt werden konnte.

Sieben Pyramiden. Bis zu 1500 Meter hoch, mit bis zu zweieinhalb mal zweieinhalb Kilometern Grundfläche! Wie sollten sie in diesen riesigen Bauwerken eine Handvoll Käfig-Transmitter finden, die in irgendeiner Abstellkammer verstaubten?

Während des Tages war er mehrmals in die Nähe des Hetranats teleportiert und hatte das Terrain so weit erkundet, wie ihm das von außen möglich gewesen war. Es gab etliche größere Areale, in denen er bei keiner dieser Gelegenheiten Laren oder sonstige Intelligenzwesen geortet hatte. Insgesamt hielten sich, grob geschätzt, 6000 Individuen im Pyramidenzirkel auf. Klar, dass die sich innerhalb des beträchtlichen Gesamtvolumens verliefen. Die meisten konzentrierten sich entlang der Außengrenzen sowie an einigen Brennpunkten, die vermutlich als Befehlszentralen fungierten.

Welchen der unbelebten Bereiche sollte Startac anpeilen? Tamra, das Sloppelle und Boffään waren keine Hilfe bei der Entscheidungsfindung. »Gehüpft wie gesprungen, ja?«, hatte der Reparator ironisch – oder sarkastisch? – geäußert.

Na prima.

Startac legte eine Hand auf den unförmigen Apparat, die andere auf den Rücken des Sloppelles, dessen Hinterteil von einem biegsamen, knallgrünen Blatt des Pflanzenwesens umschlungen wurde. Er sammelte seine Kräfte, konzentrierte die psionische Energie, die ihm aus unbegreiflichen Kontinuen zuströmte, auf einen unendlich kleinen Punkt … und setzte sie frei.

»Geh in die Knie, Nichtswürdiger!«, erschallte eine dröhnende Larenstimme. »Wirf dich zu Boden, ergib dich augenblicklich, dann lasse ich dich und deine Brut am Leben!«

Reflexhaft wollte Startac eine ungezielte Not-Teleportation einleiten, doch Boffään kam ihm zuvor. »Entwarnung!«, zischte er. »Das ist nur eine Projektion.«

»Geh in die Knie, Nichtswürdiger!«, wiederholte das dreidimensionale Abbild eines Laren, dessen schimmernde Rüstung über und über mit Edelsteinen besetzt war, im exakt gleichen Tonfall: »Wirf dich zu Boden, ergib dich …«

Sie befanden sich in einem hohen, lang gestreckten Gewölbe, einer Art Ruhmeshalle oder Ahnengalerie. Startacs Anzug-Positronik verzeichnete keine eintreffenden Ortungsimpulse. Dennoch musste ihre Ankunft trotz des Deflektorschirms registriert und das Projektionsprogramm ausgelöst worden sein, vielleicht wegen der Luftverdrängung und -verwirbelung, durch gewichtssensitive Bewegungsmelder im Boden oder andere simple Mechanismen. Diese schienen aber nur die historischen Dioramen in Gang zu setzen; von Verknüpfung mit einer Alarmanlage war nichts zu bemerken. Dafür maß Startac ein relativ hohes energetisches Hintergrundrauschen an. Ähnlich wie bei den Fassaden draußen in der Stadt wurde auch hier mit vielen verschachtelten Mini-Prallfeldern, Holos und Traktorstrahlen eine Formenergie-Architektur simuliert.

Das war Startac, dessen Pulsschlag sich langsam wieder normalisierte, nicht unlieb. Er wagte es, den Antigrav so weit einzusetzen, dass er die Apparatur, Boffään und das Sloppelle trotz der erhöhten Schwerkraft ohne große Anstrengung durch die Galerie schieben konnte. Aus jeder Nische, die sie passierten, plärrte ein anderer Larenführer.

»Ganz gut getroffen, ja?«, sagte Boffään. »Kann mir nicht vorstellen, dass dieses grässliche Affentheater irgendjemand freiwillig besucht, schon gar nicht während eines Bürgerkriegs. Ich denke, wir können unsere Wunderkiste gleich hier installieren, ja?«

»Sofern die nötigen Anschlüsse vorhanden sind.«

»In einem larischen Protzbau? Die Typen wollen sogar am Klo mit ihren Untergebenen kommunizieren und sich von denen huldigen lassen, ja? Darum heißt es ja ›AfterVasallen‹, hihi.«

Sukkulenten-Humor, dachte Startac. *Kakteen-Witze.*

Immerhin, Boffään behielt Recht. Es gelang ihnen überdies, den Apparat, nachdem sie ihn mit den rasch ausfindig gemachten Leitungen vernetzt hatten, durch Projektionen, deren Programm Boffään modifizierte, gegen optische Wahrnehmung und zufällige Ortung zu tarnen. Man musste schon genau wissen, was und wo man suchte, um das »Kuckucksei« zu entdecken.

Dieser Teil des Einsatzes war also unverhofft flott und glatt über die Bühne gegangen. Aber wie sollten sie eruieren, wo die Transmitter-Prototypen gelagert wurden?

Ihre Hoffnung, im internen Kommunikationsnetz unbemerkt eine Inventarliste aufstöbern zu können, hatte sich zerschlagen. Das Rechnersystem der Pyramiden war in eine Vielzahl von Sektoren zergliedert und jeder einzelne Verbindungsknoten zwischen den Segmenten doppelt und dreifach gegen Infiltration abgesichert – wohl zum Schutz vor Virenbomben der Posbis. Ohne Hochrang-Autorisierung erhielten sie von der Ruhmesgalerie aus nicht einmal eine Übersichtskarte des Netzwerks, geschweige denn sonstige Auskünfte.

Ob es ihnen gefiel oder nicht, sie mussten in belebtere Gefilde.

»Elbanger-Tan, der Erste Hetran, ja? Kannst du erschnüffeln, wo seine Privatgemächer liegen?«

»Mit etwas Glück ... Aber findest du das klug? Billiger als mitten hinein in die Höhle des Löwen willst du es nicht geben?«

»Hab keine Erfahrung mit Raubfeliden, ja? Aber Laren kenne ich bis zum Verdorren. Hier wird mit Garantie alles überwacht, ausgenommen die persönliche Domäne des Ober-Überwachers, ja?«

Dem war eine gewisse Logik nicht abzusprechen. Startac schloss die Augen und esperte nach Ansammlungen von Bewusstseinen, denen das emotionale Sammelsurium von Dienstboten gemeinsam war: Servilität bis zur Selbstverleugnung, gepaart mit unterschwelligem, abgrundtiefem Hass auf das Objekt der Verehrung und dem hypertrophen Gefühl der eigenen Unersetzlichkeit. Nun, das traf auf ein Gutteil der Personen im Pyramidenzirkel zu, es handelte sich schließlich um einen Regierungssitz. Erst, als Startac typisch militärische Aggressivität, Standesdünkel und Analfixierung links liegenließ und auch die biedere, mit wilden, »verbotenen« Phantasien durchwachsene Selbstgefälligkeit von Beamten aussonderte, gelang es ihm, eine Art Hausstaat zu lokalisieren, der das obere Drittel der zweitgrößten Pyramide einnahm.

Er teilte Boffään die Eindrücke seiner Ortungen mit, worauf der ehemalige Majordomus meinte: »Sollte mich wundern, wenn Elbanger nicht ein mittelgroßes Gefolge zur fröhlichen Verknospung unterhielte. Wie nennt man das bei euch Viergliedrern noch gleich, ja?«

»Einen Harem? Diverse Gespielinnen, Kurtisanen, Lustknaben?«

»Märchenerzähler, Schlafschaukler, Traumdeuter, was weiß ich; jedenfalls Egostreichler, vielleicht auch zwei, drei strenge Gouvernanten, ja? Schnupperst du so was?«

Tatsächlich wurde Startac fündig. Ihm war reichlich mulmig zumute, als er seine Para-Sinne auf die betreffende Suite richtete, sich hinschnellte … und in einem stockdunklen Raum rematerialisierte.

Von sexuellen oder sonstigen Ausschweifungen war im näheren Umfeld nichts zu erfassen. Auch gab es, den Sternen sei Dank, keinerlei Anzeichen dafür, dass ihr Eindringen bemerkt worden wäre. Ob dies so blieb, wenn er den Helmscheinwerfer einschaltete, wollte Star jedoch lieber nicht ausprobieren. Auf Licht sprachen selbst primitivste Sensoren an. Und falls dann ein vergleichbarer Radau losbrach wie in der Ahnengalerie, wachten die Schlafenden in den angrenzenden Räumen auf. Schon plötzlich erklingende Musik mochte um diese Nachtzeit Neugierige oder Wächter auf den Plan rufen … Die Infrarotsicht des Helms war mangels Wärmequellen nutzlos, desgleichen die Restlichtverstärkungs-Funktion, da es außerhalb der eng anliegenden Deflektor-Sphäre kein Restlicht zu verstärken gab. Wegen ihres Ultraschall-Sinns verzichteten Laren auf Notbeleuchtungen.

»Zappenduster, ja?«

»Mhm.«

»Da linst er, und trotzdem bleibt's finster. Kompost!«, fluchte Boffään. »Auf gut Glück im Dunkeln herumgrapschen ist eher nicht anzuraten, ja?«

»Nein. Und einen Schauer von Ortungsimpulsen auszusenden, ebenso wenig.« Das darf nicht wahr sein, dachte Startac. So nah dran, und dann scheitern wir am fehlenden Durchblick?

»Kann was ertasten«, fiepte das Sloppelle. »Ohne Hingreifen«, fügte es stolz hinzu.

»Telekinetisch?«

»Ja. Ein Ding, ziemlich ähnlich wie das, das wir gebaut haben.«

»Ein Kommunikationsrelais, ja?«

»Äh …«

Es dauerte einige Zeit, bis sie das Sloppelle instruiert hatten, wie es das Gerät von innen bedienen konnte, ohne dass sich holografische Schirme oder Tastaturen aufbauten, deren Aktivierung möglicherweise unliebsame Nebeneffekte ausgelöst hätte. Boffään vollbrachte sogar das Kunststück, über ein »Medium«, das des Lesens und Schreibens nicht mächtig war, Daten abzufragen. Startacs Mikro-Positronik half zwar bei der Analog/Digital-Wandlung, dennoch gestaltete sich die Prozedur extrem umständlich, quasi über drei Banden. Am Ende war das Sloppelle fix und fertig und auch das Kaktuswesen ziemlich enerviert.

Aber sie erfuhren, in welchem Hangar die nach alteranischen Plänen entwickelten, unvollendet gebliebenen Käfig-Transmitter verstaut worden waren. Und sprangen hin. Und hatten ein drittes Mal unverschämtes Glück, auf keine für sie gefährlichen Sicherheitsvorkehrungen zu treffen. Gut, niemand in Ambriador rechnete mit Teleportern. Gleichwohl befürchtete Startac, sein Glück für diese Woche ausgereizt, wenn nicht schon weit überstrapaziert zu haben. Und sie schafften es, unter allerhand Gerümpel einen der Prototypen freizulegen, instand zu setzen, an eine Energieversorgung anzuschließen und ihn, buchstäblich in letzter Minute gemäß dem vereinbarten Zeitplan, mittels Han Tsutayas Software zum Laufen zu bringen.

»Geritzt, ja?«

Startac nickte erschöpft. »Auftrag ausgeführt. Die Hintertür steht offen.«

»Ihre Leibwächterin geht als Erste«, sagte Kat-Greer zu dem Terraner namens Perry Rhodan. »Und sie bringt mir etwas aus dem Pyramidenzirkel mit zurück.«

Er traute diesem angeblichen ehemaligen Hetran der Milchstraße fast ebenso viele hinterlistige Tricks zu wie sich selbst. Sicher war er nur in einem Punkt: Dass es sich bei Rhodan und dessen Begleiterin um keine gewöhnlichen Menschlinge handelte.

Der Erste Steuermann seines Großen Bootes wäre nie dorthin gekommen, wo er jetzt stand, hätte er nicht schon sehr früh beinah krankhaften Argwohn ausgebildet. Er musste die Möglichkeit einkalkulieren, dass er einem raffiniert angelegten Bluff aufsaß. Stellte ihm Elbanger-Tan mittels dieser ominösen Transmitter eine Falle? Sollte Kat in den Pyramidenzirkel gelockt werden, so wie umgekehrt er den Widersacher hatte dazu verleiten wollen, die Bastion Groschir anzugreifen? Oder war das ein Ablenkungsmanöver? Jedenfalls brauchte er, bevor er seine Elite-Stoßtrupps losschickte, einen Beweis, dass die Käfiggeräte funktionierten und die Verbindung tatsächlich in Elbangers Festung mündete.

»Akzeptiert«, antwortete Rhodan. »Aber sobald Mondra wieder zurück ist, muss es sehr schnell gehen. Wir dürfen uns auf keinen Fall verzetteln, zumal wir erst eines der dortigen Geräte aktiviert haben und den Rest besser direkt vor Ort betriebsbereit machen. Halten Sie sich und Ihre Leute bereit, General. Noch Fragen?«

Der Bleichhäutige hatte in legerem, keineswegs militärischem Tonfall gesprochen. Dennoch unterdrückte Kat den Reflex, ein zackiges »Nein, mein Herr!« zu schmettern. Genau das war es: Dieser für larische Geschmäcker hässliche, ungeschlachte, wasseräugige Kerl besaß so viel Autorität, dass er in geradezu frivoler Weise darauf verzichtete, sie lautstark herauszukehren. Als umgäbe ihn sowieso eine unsichtbare Aura. Als hätte ihn, mehr als einmal, der Hauch der Unendlichkeit gestreift.

Als hielte er sich für den legitimen Erben des Universums …

Kat-Greer schob die törichten Gedanken beiseite und widmete sich dem Naheliegenden. »Keine weiteren Fragen.« Ihm war klar, dass er, solang die Transmitter-Verbindungen standen, so viele Lichtnetz-Spezialisten und schwere Infanteristen wie möglich hindurchschicken musste. Alles hing davon ab, dass sie einen Brückenkopf errichteten, bevor die Invasion des Pyramidenzirkels entdeckt wurde. Kapselte sich der Regierungssitz unter einem Halbraumfeld ab, ehe sie ausreichend Truppen eingeschleust hatten, scheiterte auch dieser Ansturm. Und Kats Berater hatten keine einzige vernünftige Idee zustande gebracht, wie Elbanger-Tan sonst beizukommen wäre …

»Geggenschtatzion angepeild un passif emvangsvertig«, radebrechte einer der Menschlings-Techniker in fürchterlich schlecht akzentuiertem Larion. »Wir wärrn so weit.«

Kat-Greer sah zur Decke und las die Uhrzeit ab. Kurz nach Mitternacht. Eben brach ein neuer Tag an. Der letzte der Tan-Regentschaft? Und zugleich der erste, an dem endlich das Große Boot Greer den anderen vorausflog?

»Legt los«, befahl der General.

So jung so müde.

So alt so lebenslüstern.

Ging nicht zusammen. Kam nicht mehr auf gleich. Be-we-gungs-rich-tun-gen entgegengesetzt. Trafen sich nicht nein fraßen einander auf. Je mehr Wachsen desto mehr Schrumpfen. Je mehr Wissen desto mehr Verfall. Licht machte finster. Umso heller umso schwächer. Denken raubte Atem. Reden lähmte Glieder. Handeln kostete Leben.

Und te-le-ki-ne-tisch Zaubern zehrte das Letzte weg.

Das Sloppelle haderte nicht mit seinem Los. Es erkannte die Un-aus-weich-lich-keit des Endes. Welches so viel zu spät kam und so viel zu früh. Interessiert hätte das Sloppelle noch hunderterlei. Von neun-und-neun-zig Fach-ge-bie-ten kannte es nicht einmal die Bezeichnung. Bloß eins davon zu studieren kam nicht mehr infrage. Das war unfair, aber gerecht. Da es ja auch keinen Namen hatte. Nur das Sloppelle war, das sich Tamra erkoren hatte.

So leicht mutig so schwer mütig. Egal. Auftrag ausgeführt. Hintertür offen. Vordereingang zu. Nichts mehr rein. Nur mehr raus. Raus aus dem fauligen Fell. Weg ohne Wissen wohin.

Auslassen. Einfrieden.

Sterben. Jetzt.

Wäre nicht sie. Tamra. Um die dieses Sloppelle sich schlang seit viel viel lange. Die es trug und ertrug und ohne Betrug immer.

Sprang der Sprungmann zurück mit Sloppelle und Schnattergewächs. Wollte Sloppelle aufgeben Widerstand gegen Außen und verschlafen nach innen bis null.

Rief Tamra traurig: »Mein Sloppelle, nein!«

Beschloss Sloppelle sich weiter zu quälen ein wenig noch.

Perry Rhodan verfolgte die Eroberung des Pyramidenzirkels von der Bastion Groschir aus.

Nach Mondras Rückkehr hatte er angeboten, zusammen mit den alteranischen Technikern durch den Transmitter nach Taphior zu gehen. Aber General Kat-Greer ließ das nicht zu. »Sie und Ihre Freundin bleiben an meiner Seite, bis alles ausgestanden ist!«

Nun, dagegen hatte Perry gar nichts.

Tsutaya, Flohbein, Awadalla und Onmout aktivierten binnen kürzester Zeit die vier übrigen Verbindungen. Eine Flut larischer Agenten und Infanteristen ergoss sich in den Regierungssitz. Wie erhofft bemerkten Elbanger und seine Getreuen die Transportvorgänge nicht. Die alteranischen Käfiggeräte verfügten über sehr gute Abschirmungen. Für Ablenkung sorgte außerdem eine seit Stunden an der Außenseite laufende Großoffensive, in deren Rahmen ein Feuerwerk ständig wandernder 5-D-Impulse entfacht wurde.

Erst zwölf Minuten nach Beginn der Invasion baute sich das mit einem Hyperenergie-Überladungsschirm vergleichbare Halbraumfeld um die sieben Pyramiden auf, wodurch weitere Transmitter-Durchgänge unmöglich wurden. Zu spät: Bei einer Frequenz von fünf Personen pro Sekunde waren zu diesem Zeitpunkt etwa 3600 Elite-Kämpfer eingeschleust worden. Die 6000 Verteidiger des Hetranats mochten zahlenmäßig überlegen sein. Aber sie waren auf einen Angriff im Rücken, oder besser im Herzen ihrer Festung vollkommen unvorbereitet.

Vergeblich versuchte Perry, nicht an die Hundertschaften intelligenter, fühlender Individuen zu denken, die bei diesem Gemetzel auf der Strecke blieben. Traf ihn eine Mitschuld an ihrem Tod? Insoweit gewiss, als er dem Anführer der Putschisten die entscheidende Waffe in die Hand gegeben hatte. Andererseits rettete jede Stunde, die der Bürgerkrieg früher beendet wurde, Leben. Und nicht zuletzt waren da auch noch die hiesigen Terraner, fast achteinhalbtausend in Dekombor, 29 Milliarden in der Kleingalaxis …

»Güterabwägung«, sagte Mondra leise. Wieder einmal hatte sie seine Gedanken erraten. »Rein rational gibt es kaum etwas, das wir uns vorwerfen müssten. Schlafen werde ich heute trotzdem nicht sonderlich gut.«

»Egal wie, hoffentlich bald.« Sie waren schon über 24 Stunden auf den Beinen, und Mondra besaß, im Gegensatz zu Perry, keinen Zellaktivator.

»Hm. Ich fürchte, das dauert. Bevor nicht sein Wimpel von der höchsten Pyramidenspitze flattert, bereitet uns dieser Kat-Greer mit Sicherheit kein Nachtlager.«

»Apropos Unterbringung … Bestehst du weiterhin auf getrennte Betten?«

»Natürlich.«

»Begrüße das. Sonst hätte ich dir einen Korb geben müssen.«

Mondra Diamonds Figur war wohlgerundet, aber der Ellbogen, den sie Perry in die Seite rammte, schmerzhaft spitz.

Vierzehn
Rädchen, die – klick, klack – ineinander greifen

Die Scheuche blieb verschollen. Weder Tamra Cantu noch ihr dummes Vieh tauchten wieder auf, so intensiv Mitrade auch nach ihnen suchen ließ.

Freilich hatte sie nur wenig qualifiziertes Personal zur Verfügung. Außer ihr selbst, bemannten seit Ausbruch der Revolte gerade einmal sieben Laren die Bezirksverwaltung. Die Hilfspolizisten der Maahks erfüllten ihre Aufgaben brav und zuverlässig, jedoch fantasielos. Stur durchkämmten sie der Reihe nach alle Häuser der Alteraner-Siedlung, ohne auf den geringsten Anhaltspunkt zu stoßen. Jason Neko, den Mitrade mit der Befragung der Menschlinge beauftragt hatte, förderte ebenfalls nichts zutage. Nach der Auspeitschung, schwor er glaubhaft, hatte niemand mehr Tamra zu Gesicht bekommen.

Dass sie nicht feststellen konnte, wo die Scheuche steckte und wie sie dorthin gelangt war, machte Mitrade-Parkk rasend. Gewiss war eine abgängige Magd nicht das dringlichste Problem in diesen Tagen. 420 zusätzliche Alteraner mussten, betäubt oder nicht, versorgt werden, womit die Heelghas überfordert waren. Und es galt, die Ordnung im Bezirk aufrechtzuerhalten. Nicht, dass die Menschlinge oder die anderen Knechtvölker Schwierigkeiten gemacht hätten. Sie waren gut abgerichtet, hatten sich schon seit langem in ihren Status gefügt. Auch die Freigeborenen verhielten sich ruhig, standen wohl noch immer wegen der Sprengung des Sterns der Laren unter Schock. Nachlässig werden durfte man trotzdem nicht.

Mach keinen Fehler, Verwalterin …

Obwohl Mitrade mit Pflichten eingedeckt war, kehrten ihre Gedanken, ob sie wollte oder nicht, immer wieder zu Tamra Cantu zurück. Wie, beim Hetos, hatte sie den Fernsteuer- und Peilchip überwunden? Es gab keine funktionierenden »Blocker«, hatte nie welche gegeben; die sieben den Taoisten Zugespielten waren ebenso eine Fälschung gewesen wie Heraklit der Dunkle.

Die Aufzeichnungen des Kontrollsystems erbrachten keinerlei Hinweis. Mir nichts, dir nichts erlosch Tamras Signal. Eben wurde sie noch im Ledigenhaus präzis lokalisiert – vollkommen unfähig, sich zu bewegen, blind und taub, da von Mitrade eigenhändig in die niedrigste Stufe des Paralyse-Modus geschaltet –, und dann, im nächsten Moment, verschwanden Scheuche und Sloppelle vom Schirm.

Fort. Entwischt. Als hätte sie der Erdboden verschlungen.

Wenigstens von der anderen, aktuell ungleich wichtigeren Front trafen Erfolgsmeldungen ein. Nach letzten, schweren, verlustreichen Gefechten ergaben sich die im Pyramidenzirkel verschanzten Regierungstruppen. General Kat-Greer nahm, hieß es in den offiziellen Nachrichtensendungen aller Trivideo-Kanäle, Elbanger-Tans Kapitulation und formelle Abdankung entgegen. Dem Ersten Steuermann des Großen Bootes Tan sei ursprünglich, typisch für Kat-Greers Großmut, freies Geleit zugesichert worden. Bei der Durchsuchung des Hetranats entdeckte man jedoch Beweise dafür, dass Elbanger-Tan unter dem Decknamen »Heraklit« jene alteranische Verschwörung angezettelt hatte, die in der Zerstörung des Larensterns gipfelte. Erschüttert und persönlich zutiefst getroffen, sah sich Kat-Greer gezwungen, den schurkischen Hochverräter sowie die mitkorrumpierten Generäle dessen innersten Führungszirkels zum Tode zu verurteilen. Die Exekutionen wurden unverzüglich auf den Ruinen des eingestürzten Turms vollzogen und in den gesamten Trovent übertragen.

Der Bruderkrieg der Laren war vorüber. Auf sämtlichen Kontinenten Caligos fanden spontane Freudenkundgebungen statt. Zahlreiche Berühmtheiten des öffentlichen und kulturellen Lebens huldigten aus ganzem Herzen dem Sieger und neuen Ersten Hetran. Künstler verschiedenster Sparten widmeten Kat-Greer überschwänglich ihre jüngst entstandenen Werke.

Insgeheim gratulierte auch Mitrade-Parkk: nämlich sich selbst. Sie hatte auf die richtige Partei gesetzt. Sie gehörte zu den Gewinnern.

Endlich.

Die Neuordnung der Verhältnisse würde einige Zeit beanspruchen, das war klar. Vorerst gab es nur noch mehr Anspannung. Am Rande nahm Mitrade zur Kenntnis, dass die vier alteranischen Hilfskräfte, die Unwesentliches zum Sturm auf das Regierungsviertel beigesteuert hatten, wieder in ihre Obhut beziehungsweise ins Internat der Heelghas überstellt wurden.

Wenig später erreichte sie ein Anruf aus dem Pyramidenzirkel. Die Funksendung trug zwei Signaturen, sowohl die Absenderadresse des Hetranats als auch den Siegelkode der Bastion Groschir. Mitrade sah deshalb so genau nach, weil sie fast nicht glauben wollte, was von ihr verlangt wurde.

»Order von Kat-Greer, Erster Hetran des Trovents der Laren«, näselte ein Mitrade unbekannter, recht junger Adjutant. »Sämtliche der Gattung Menschlinge angehörende Insassen des Bezirkes Dekombor sind so schnell wie möglich, spätestens bis zum morgigen Abend, ins neu geschaffene Knechtschaftslager nahe der Stadt Groschir zu überführen.«

Sie traute ihren Ohren nicht. Knechtschaftslager? Bei Groschir? Sämtliche Alteraner?

»Das sind über achttausendvierhundert Leute«, sagte Mitrade. Und die Entfernung betrug 2700 Kilometer! »Wie soll ich …«

»Zu diesem Zwecke«, schnitt ihr der geschleckt wirkende Schnösel das Wort ab, »wird der unweit Dekombors geparkte Troventaar ORTON-TAPH kurzfristig wieder einer Verwendung zugeführt. Die Lagerräume der ORTON-TAPH reichen aus, die deiner Obhut unterstehenden Knechte, Mägde und Bälger vollzählig zu deportieren. Für den Transport zum Flugfeld hat die Bezirksverwaltung Dekombor zu sorgen. Kat-Greer wünscht strikte Diskretion; Rückfragen daher ausschließlich an diese Dienststelle im Hetranat.«

Zuerst verstand Mitrade den Sinn des seltsamen Befehls nicht. Zorn regte sich in ihr, weil sie dermaßen überfahren wurde und wegen der kaum zu bewältigenden logistischen Herausforderung. Dann aber, als sie den ersten Schreck überwunden hatte, begriff sie: Kat-Greer stammte aus Groschir. Dort befand sich nicht nur seine Bastion; die gesamte Region galt seit jeher als bedeutendste Hochburg des Großen Bootes Greer. Mit der Übersiedlung der Menschlinge wollte der General wohl ein erstes Zeichen des Dankes an seine dortigen, treuen Vasallen setzen. In Zukunft durften sie die Arbeitskraft der Alteraner ausbeuten.

Und wo bleibe ich?, dachte Mitrade bang. Laut fragte sie: »Diese neue Siedlung …«

»Mit der Leitung des Knechtschaftslagers Groschir soll die verdiente bisherige Hohe Verwalterin von Dekombor betraut werden, vorausgesetzt, die Angelegenheit wird schleunigst und ohne in Taphior Aufsehen zu erregen, also insgesamt zur Zufriedenheit des Ersten Hetrans abgewickelt. Irgendwelche Einwände?«

Mitrade-Parkk verneinte. Dies waren keine Tage für lange Fragen oder naseweise, überschlaue Nachforschungen. Und sie als Mitwisserin in der Larenstern-Affäre tat erst recht gut daran, bedingungslose Loyalität an den Tag zu legen.

Grußlos unterbrach der Adjutant die Verbindung. Mitrade begann sofort zu planen und zu rechnen. Wollte sie Kat-Greers Forderung zeitgerecht erfüllen, würde sie alle Hände voll zu tun haben. 30, vielleicht 40 Transportschweber, die normalerweise in der Olvid-Landwirtschaft eingesetzt wurden, sollte sie auftreiben und adaptieren können. Stopfte sie in jeden davon 100 Menschlinge pro Flug, ergab das überschlagsmäßig …

Er kam, um zu ernten.

Nicht als Anführer des Umsturzes, Oberkommandierender der siegreichen Neunten Flotte oder Steuermann seines Großen Bootes suchte er den Pyramidenzirkel von Taphior auf. Nein, als frisch inaugurierter Erster Hetran trat Kat-Greer aus dem Transmitterkäfig, um das Machtzentrum des larischen Trovents in Besitz zu nehmen.

Er trug seinen überschweren Kampfanzug. Einerseits wegen der unzähligen Aufnahmeoptiken, die diesen historischen Moment für die Nachwelt festhielten. Andererseits beförderte er in seinem Tornister einen überaus wertvollen Passagier.

Nachdem den Formalitäten auf dem großen, freien Platz inmitten der Pyramiden genüge getan war – Salutsalven, Truppenparaden, Vasallenchoräle, die unvermeidlichen Tieropfer –, begab Kat-Greer sich ins unterste Kellergeschoss des ältesten Gebäudes. Die riesige Kaverne ähnelte der Fundament-Halle seiner Bastion Groschir. Auch hier hingen tausende koboldhafte, in wallende, transparente Gewänder gehüllte, milchig weiße, fast durchscheinende Wesen kopfüber von der Decke. Ihre nachtschwarzen Kugelaugen musterten ihn beunruhigt.

Tar'Kor'Fharan ...

Berater Elbangers und aller anderen Tan-Steuermänner beziehungsweise Hetrane vor ihm. Den Ton angebend, die Herrscher mit sanfter Stimme unterweisend, Politik und Strategie prägend. Seit Urzeiten, seit der Konvoi von SVE-Raumern, der beide Hypton-Kolonien zu ihren neuen Wirkungsstätten hätte geleiten sollen, in die Kleingalaxis Forn-Karyan zwangsversetzt und der Trovent gegründet worden war.

Unruhe ergriff die dicht an dicht hängenden Trauben. Das Gewisper steigerte sich zu einer Kakophonie des Hasses, als Kat-Greer seinen Tornister öffnete. Zum Vorschein kam ein einzelner Hypton, der Abgesandte An'Gal'Dharans – der Zweiten Kolonie, jener von Groschir, die sehr bald die erste und einzige sein würde.

»Wir sind am Ziel«, sagte Kat, nachdem der federleichte Gnom sich auf seiner Schulter niedergelassen hatte. Das hysterische Gezeter der Tar'Kor'Fharan-Meute beim Anblick des Rivalen ignorierte er, genauso wie ihren untauglichen Versuch, ihn parapsychisch zu beeinflussen. Die sanfte Unterrichtung kam erst nach Wochen oder Monaten zur Geltung und verfestigte sich über Jahre und Jahrzehnte.

»Ja, mein General«, vernahm er in seinem Geist die Antwort. »Es ist vollbracht. Wir sind am Ziel.«

»Und ihr«, überschrie Kat-Greer das Geschrei der Hyptons von Taphior, »seid Geschichte!«

Er entsicherte die schweren Waffen, richtete sie mit Unterstützung des Exo-Skeletts an die Decke und eröffnete das Feuer. Es war kein schöner Anblick, als die Flughäute verbrannten, die Leiber zerplatzten, die Kulleraugen sich in übelriechenden Dampf verwandelten. Aber was Kat-Greer tat, musste getan werden. Dies war nicht nur der letzte Akt der Machtergreifung, die Ablösung einer Konstellation, die ihren Zenit überschritten hatte, der Höhepunkt der langen Zurüstung und des kurzen, schmerzlichen Bürgerkriegs. Das war der Anlass, die Ursache, der wahre Grund.

Es war nötig.

»Sie kommen!«, rief Tamra. »Sie rücken tatsächlich an. Zwick mich, damit ich weiß, dass ich nicht träume. Nein, untersteh dich, Schroeder!«

»Keine Sorge.« Startac hätte nie gewagt, die so zerbrechliche und doch so wehrhafte junge Frau zu berühren, es sei denn, um mit ihr zu teleportieren, und auch das nur nach ausdrücklicher Vorwarnung.

Sie befanden sich in der Zentrale des Troventaars ORTON-TAPH, einer 300 Meter langen Einheit, die schon bessere Tage gesehen hatte. Dass die Betriebsräume über die Jahre immer wieder mal von Putztrupps aus Dekombor gereinigt worden waren, änderte daran wenig. Das Schiff präsentierte sich in mitleiderregendem Zustand. Aber Boffään hatte seinem Beinamen »Reparator« Ehre gemacht; den Rest würden hoffentlich Captain Onmout und die »einzigartige Besatzung der MINXHAO« in den Griff kriegen. Unterwegs, falls sie überhaupt die Chance erhielten, sich auf den Weg zu machen.

Einstweilen war verhaltene Zuversicht angebracht. Bis jetzt lief alles nach Plan. Aus Richtung Dekombor näherte sich dem kleinen Flugfeld, auf dem die ORTON-TAPH seit Jahrzehnten ruhte, eine langgezogene Kette von Frachtschwebern. Jeder davon war, ortete Startac, randvoll mit aufgeregten, verunsicherten Menschen.

»Funkanruf«, meldete Boffään. »Aus dem vordersten Gleiter.«

»Annehmen.« Startac nickte Tamra zu, die sich breitbeinig in Positur stellte.

Das Holo zeigte ein bekanntes, wenig anziehendes Gesicht. »Mitrade-Parkk, Hohe Verwalterin von Dekombor und designierte Leiterin des Knechtschaftslagers Groschir. Ich bringe wie vereinbart die erste Tranche der zu deportierenden Menschlinge.«

»Ihr seid sehr pünktlich, Verwalterin«, antwortete Tamra, »und sehr tüchtig, dass Ihr diesen Transport in so kurzer Frist organisiert habt.«

Startac bewunderte die souveräne Gelassenheit, mit der Tamra ihrer Erzfeindin gegenübertrat. Auch wenn die nicht die kahlköpfige, ehemalige Zofe sah, sondern einen schmucken Laren in der Uniform eines Offiziers der Neunten Flotte. Das Trugbild generierte eine »Wunderkiste« gleicher Bauart wie jene, die von Boffään zusammen mit dem Funk-Relais in der Ruhmeshalle des Pyramidenzirkels installiert worden war. Für die Elemente, aus denen sich der virtuelle Offizier zusammensetzte, hatten sie sich in den Speichern der Ahnengalerie bedient, ebenso wie bei dem vermeintlichen Adjutanten, mit dem Mitrade inzwischen zwei weitere Gespräche geführt hatte. Signatur und Autorisierung verdankten sie Elias Awadalla, dem es in der Bastion Groschir gelungen war, die geheimen Daten zu kopieren. Der Cheffunker hatte die Kodes Startac übergeben, als das Einsatzteam wieder im Internat von Dekombor angelangt war.

In ihrer Rolle als vorübergehender Kommandant der ORTON-TAPH informierte Tamra Mitrade-Parkk davon, dass der altersschwache Troventaar für den kurzen

Flug nach Groschir bereit sei. »Meine Mannschaft befindet sich an Bord und auf Posten. Die optischen Leitsysteme werden Euch anweisen, wo die Knechte unterzubringen sind. Diese Frachtbereiche bleiben ab sofort vom Rest des Schiffs abgeschottet. Dadurch ist die Sicherheit während des Transports gewährleistet, und zusätzliche Wächter werden nicht gebraucht.«

Dass sie die Heelghas, die die Schweber steuerten, und die zur Beaufsichtigung des Verladevorgangs eingeteilten Maahk-Polizisten nicht mitzunehmen brauchten, billigte Mitrade-Parkk. Die sollten sowieso in Dekombor verbleiben. »Ich selbst und die sieben mir unterstellten larischen Verwaltungsbeamten hingegen werden den Transfer auf jeden Fall begleiten. Ich bin meinem Lehnsherrn direkt für die Menschlinge verantwortlich und werde sie persönlich in Groschir abliefern.«

Startac verzog das Gesicht. Tamra, die Mitrades Charakter ausgesprochen gut kannte, hatte vorhergesagt, dass die Verwalterin so reagieren würde. Sie überließ ihre Sklaven nicht widerspruchslos einem unbekannten Raumschiffskommandanten. Dazu fürchtete die ehrgeizige Larin viel zu sehr, ausgebootet zu werden und in Dekombor sitzenzubleiben, das ohne Alteraner stark an Bedeutung verlor. Und Mitrade war schlau. Ihr den nachvollziehbaren Wunsch brüsk abzuschlagen, hätte sie vermutlich argwöhnisch gemacht.

»Ihr seid selbstverständlich willkommen. Ich lasse euch acht Einzelkabinen unweit der Lagerräume herrichten. Ihr werdet wohl kaum zusammen mit den Menschlingen reisen wollen. Bitte habt Verständnis, dass die Zentralen und Maschinenräume während des Flugs unbedingt aus den erwähnten Gründen abgeschottet bleiben müssen. Wir sehen uns dann nach der Landung in Groschir von Angesicht zu Angesicht.«

»Eins noch. Besitzt Ihr Unterlagen über das neue Knechtschaftslager?«

»Bedaure, nein. Ich bin nur für die Übersiedlung zuständig. Doch nach dem, was man so hört, dürft Ihr davon ausgehen, dass die Zeit der Zärteleien vorbei ist.« Tamra lachte dreckig. »Kat-Greer hasst alles, was mit Altera zusammenhängt. So gut wie in Taphior unter Elbanger werden die Menschlinge es wohl nicht mehr haben.«

»Das ist ganz in meinem Sinne.«

»Dachte ich mir, Verwalterin. Man lobt Eure strenge Hand und gesunde Härte sehr. Angenehmen Flug!«

Gleich einer Viehherde wurden sie über Prallfeld-Rampen in den Bauch des Troventaars getrieben. Viele Weiber und Kinder weinten. Die Männer stapften gebückt unter schweren Lasten; es war ihnen gestattet worden, an Habseligkeiten mitzunehmen, was sie tragen konnten.

Mitrade erblickte Jason Neko in der Menge. Er hatte nur ein kleines Bündel geschultert. Offenbar vertraute der Idiot ihrer Aussage, die Siedlung bei Groschir sei noch viel luxuriöser ausgestattet als die alte von Dekombor. Nun, er würde sich wundern …

Einer nach dem anderen entluden die Schweber ihre Last, manche schon zum zweiten Mal. Flott und ohne Komplikationen ging die Einschleusung vonstatten. Auch die Freigeborenen fügten sich in ihr Schicksal. Die Besatzungsmitglieder des abgeschossenen alteranischen Spionageschiffs wankten benommen dahin; man sah ihnen die Nachwirkungen des langen künstlichen Tiefschlafs deutlich an. Sie wirkten ebenfalls nicht, als würden sie Schwierigkeiten machen.

Na bitte. Flutscht doch prächtig, dachte Mitrade-Parkk.

Aber warum verspürte sie dann so ein merkwürdiges Flattern im Magen? Wegen der nach wie vor verschollenen Scheuche? Es missfiel Mitrade sehr, dass ihre Rache unvollendet bleiben sollte. Hatte sich Tamra ihr entzogen, um in den Freitod zu gehen, so wie der verrückte Hausmeister Boffään? Nein, sicher nicht; sich auf diese Weise davonzustehlen, das konnte und würde eine Cantu dem Ungeborenen in ihrem Leib nicht antun. Sie musste Komplizen gehabt haben. Mitrade nahm sich vor, dem alten Viñales auf den Zahn zu fühlen, sobald die Dinge im Knechtschaftslager geregelt waren. Folter stand ab morgen sowieso täglich auf dem Menü. Obwohl sie sich nicht vorzustellen vermochte, wie der Tattergreis die Scheuche weggeschafft haben sollte. Mit seinem Rollstuhl? Wohin? Auch in der Kanalisation hatten die Maahks keine Spur eines Schlupfwinkels gefunden.

Oder … Vielleicht dachte sie verkehrt herum. War Tamra etwa gegen ihren Willen entführt worden? Von wem? Ausschließlich einige wenige Laren besaßen die Mittel, solche Chips zu manipulieren. Kelton-Trec? Der Kyber-Chirurg brauchte immer wieder Versuchskaninchen für seine Experimente. Aber weshalb sollte er sich das Menschenmaterial auf einmal hinter Mitrades Rücken besorgen?

Sie kam nicht darauf. Später, vertröstete sie sich. Ihre volle Konzentration hatte dem Umzug zu gelten. Noch waren sie nicht in Groschir. Und die Menschlinge verhielten sich geradezu verdächtig lethargisch …

Die Letzten wurden in die Lagerhallen gepfercht. Dort standen sie dicht an dicht oder hockten auf dem nackten Boden. Sitzgelegenheiten? Liegen? Wozu? Von einem Vergnügungsausflug war nie die Rede gewesen, und für einen Troventaar, selbst einen ausrangierten, stellte die Strecke ohnehin nur einen kurzen Hüpfer dar.

Mitrade-Parkk und ihre sieben Beamten folgten den Ultraschallsignalen des Leitsystems bis zu ihren Unterkünften. Diese lagen an einem langen Korridor; aus unerfindlichen Gründen ließ sich nur jeweils jede zweite Tür öffnen. Mitrade wählte die letzte Kabine; kärglich eingerichtet und verstaubt waren alle. Egal. Sie lehnte sich an einen Spind, dessen verrostete Tür knarrte.

So kommt also die schrottreife ORTON-TAPH doch noch zu einem letzten Einsatz …

Mitrades Bauchgrimmen verstärkte sich. Ausgerechnet jetzt, da sie für die Dauer des Flugs hätte ausspannen können! Stattdessen beschlichen sie plötzlich Zweifel. Etwas roch faul. Ihr wurden zu viele Informationen vorenthalten. Rein gar nichts wusste sie über das neue Lager, das angeblich bereits fix und fertig errichtet war. Wieso hatte man sie, die zukünftige Leiterin, dabei nicht involviert? »Kat-Greer wünscht strikte Diskretion.« Schön und gut, auch verständlich in den Nachwehen der Revolte, wenn viele Rechnungen beglichen und Unwägbarkeiten beseitig wurden. Aber gerade sie war doch Geheimnisträgerin ersten Ranges …?

Eben.

Über das wahre Komplott, die wahren Drahtzieher hinter dem Anschlag auf den Stern der Laren, wussten ausschließlich engste Vertraute Kat-Greers Bescheid. Und sie, die kleine, ansonsten unbedeutende Vasallin! Bei allen Träumen und allem Optimismus, dem sie sich manchmal in Bezug auf ihre künftige Karriere hingab – zum innersten Kreis des Ersten Steuermanns und Hetrans zählte Mitrade-Parkk noch lange nicht.

Wollte man sich ihrer entledigen? Wer sagte, dass die ORTON-TAPH überhaupt Groschir anfliegen sollte? Ein Adjutant und ein Flottenoffizier, die Mitrade beide nur als Holografie kannte, mit denen sie sich nie im selben Raum aufgehalten hatte. Konnte das Ziel des klapprigen Troventaars nicht auch ganz woanders liegen? Falls es überhaupt ein Ziel gab. Mal angenommen, Kat-Greer fand es an der Zeit, die Alteraner, die nach seiner Machtergreifung ihre Schuldigkeit im Wesentlichen getan hatten, auf einen Schlag loszuwerden. Und eine latent unbequeme Mitwisserin gleich dazu … Ha! Nichts einfacher, als das uralte Schiff, das kein Lare mehr brauchte, in den freien Weltraum zu lenken und »versehentlich« abzuschießen, oder mittels einer irgendwo im Triebwerksbereich versteckten Bombe zu pulverisieren.

Das ließ sich sogar per Fernsteuerung besorgen. Mit anderen Worten – hatte die ORTON-TAPH überhaupt eine reguläre Besatzung an Bord? Das würde auch erklären, warum der »Kommandant« so erpicht darauf war, dass die Verwaltungsbeamten weder Zentrale noch Maschinenräume aufsuchten …

Ihr wurde heiß und kalt zugleich. Es hielt sie nicht länger in der engen, stickigen Kabine. Sie musste raus aus dieser Gefängniszelle und schleunigst Nachschau halten.

Zu allem entschlossen stieß Mitrade-Parkk die Tür auf. Sie lauschte. Stille. Kurz glaubte sie, ein Geräusch wie von einem dumpfen Fall vernommen zu haben, aber es wiederholte sich nicht. Wahrscheinlich hatten ihr die überreizten Nerven einen Streich gespielt.

Mit weit ausgreifenden Schritten lief sie den Gang entlang.

Nichts und niemand stellte sich ihr in den Weg. Einen Laren nach dem anderen setzte Startac auf die gleiche Weise außer Gefecht. Dank des Deflektors unsichtbar, teleportierte er in die Kabine und paralysierte den Nichtsahnenden seelenruhig mit seinem Kombi-Strahler.

Verglichen mit den Anstrengungen der vergangenen Tage war das eine leichte Übung. Nur sein fünftes Opfer, ein besonders bulliges, übergewichtiges Exemplar, fing Startac nicht rechtzeitig auf. Er konnte den Sturz des wie eine Steinsäule Umkippenden zwar noch bremsen, jedoch nicht verhindern, dass dieser sich den klobigen Kopf an einer Tischkante aufschlug. Aber mit einer leichten Platzwunde würden sie beide leben können.

Startac esperte. Die angrenzende Kabine war leer; das hatten sie vorsorglich so eingerichtet, genau für solch einen Fall. Der Lare im übernächsten Raum vertrieb sich die Langeweile mit Tagträumen sexueller Natur; keinerlei Anzeichen, dass ihn irgendetwas gewarnt hätte. Startac sprang und legte auch diesen Mann schlafen.

Nummer sieben war eine Frau und gerade in der Hygienezelle. Darauf konnte Star leider keine Rücksicht nehmen: Ruhe sanft, dachte er gut gelaunt, während er sie mit den Lähmstrahlen bestrich. Danach zog er ihr die Hosen wieder rauf. Auch Gegnern hatte man einen gewissen Respekt zu erweisen.

Blieb Nummer acht, bei der es sich um die Verwalterin Mitrade-Parkk handeln musste. Sie …

… fehlte.

Auch ohne aktives Leitsystem fand sich jedes larische Schulkind in einem Troventaar so weit zurecht, dass es wusste, in welcher Richtung die Hauptzentrale lag. Und Mitrade hatte erst vor einem halben Jahr ihren Vater auf dem Werftmond besucht, wohin man ihn abgeschoben hatte, und sich von ihm geduldig durch mehrere im Bau befindliche Schlachtschiffe führen lassen.

Dass in den gähnend leeren Korridoren der ORTON-TAPH nur die Notbeleuchtung glimmte, machte ihr daher nichts aus. Kein einziges Besatzungsmitglied begegnete ihr. Auch in den Nebenkontrollräumen, an denen sie vorbeikam, hielt sich niemand auf, was Mitrades Verdacht bestätigte.

Ein geschlossenes Schott verwehrte den Zugang zum Zentralesektor. Sie hieb mehrmals auf den faustgroßen Öffnungsknopf, ohne dass sich etwas rührte. Die stählerne Lamellentür einzutreten, hätte es eines schweren Kampfanzugs bedurft, und Mitrade trug nur ein leichtes Sommerkleid. Also Endstation?

Mitnichten. Pulpon hatte ihr voll Stolz einen Trick gezeigt, den ihm die Werftingenieure verraten hatten, falls er bei einer Inspektionsrunde versehentlich eingesperrt wurde. Sie musste nur die Verschalung unterhalb des Knopfes ablösen, was sich zur Not mit einer Nagelfeile bewältigen ließ. Dann diese beiden Kontakte kurzschließen, wodurch ein armlanger Hebel ausklappte. Den mit aller Kraft nach unten drücken. Und schon klaffte das Schott weit genug auf, dass sie sich hindurchzwängen konnte.

Dahinter setzte sich der Hauptkorridor fort. Mitrade schlich auf den Zehenspitzen weiter. Kein Mucks war zu hören, nicht Mann noch Maus zu sehen. Die ganze Sektion wirkte vollkommen verwaist. Mitrades Herz klopfte wie wild. War dies tatsächlich ein robotisch gesteuertes Schiff, eine vollautomatische Todesfalle?

Erst in der eigentlichen Zentrale hielt sich eine Person auf. Allerdings kein Flottenoffizier. Überhaupt kein Lare. Sondern ein Menschling.

Eine Alteranerin! Obwohl sie Mitrade den Rücken zudrehte, war sofort sonnenklar, um wen es sich handelte. Der geschorene Schädel, das schmutzige, halbverweste Vieh um die Schultern …

Tamra Cantu. Die lang vermisste Scheuche.

»Wiedersehen macht Freude«, sagte Mitrade-Parkk.

Fünfzehn Marionetten und Fädenzieher

»Gratuliere. Sieg auf allen Linien. Die alteranischen Käfig-Transmitter haben entscheidend dazu beigetragen.« Perry Rhodan sprach halblaut und in heiterem Tonfall, aber mit Nachdruck. »Somit ist unser Teil der Abmachung erfüllt. Nun halten auch Sie Ihr Wort, Erster Hetran!«

Kat-Greer sog pfeifend Luft durch die vier Nasenöffnungen. Nachdem seine Anspannung nachgelassen hatte, machte er auf Mondra Diamond einen abgeschlafften, unkonzentrierten Eindruck. »Eine Passage zum nächst gelegenen Stützpunkt des Imperium Altera. Also nach Fort Blossom«, wiederholte er gedehnt Perrys Forderungen. »Sowie die Hilfe von Verduto-Cruz und seines Teams für Ihr abstruses Projekt mit der Posbi-BOX.«

»Richtig. Und zwar so schnell wie möglich. Unserer Einschätzung nach ist Zeit ein essenzieller Faktor. Die Posbis holen bereits zum finalen Schlag gegen Altera aus.«

Kat-Greer blinzelte träge. »Was bringt Sie zur Annahme, mich könnte das traurig stimmen?«

»Ihre Intelligenz. Ich schätze Sie klug genug ein, zu erkennen, dass die Roboter als Nächstes den Trovent der Laren aufs Korn nehmen werden. Und dass Sie deren Kriegsmaschinerie wenig entgegenzusetzen haben.«

»Selbst wenn dem so wäre … Ihr Plan ist purer Hasard. Versetzen Sie sich in meine Position. Für ein Vorhaben, dem ich äußerst geringe Erfolgsaussichten einräume, soll ich Ihnen einen unserer fähigsten Wissenschaftler und Techniker borgen?«

Perry warf Mondra einen vielsagenden Blick zu. Sie hatten erwartet, dass ihnen der General so kommen würde. Dankbarkeit war keine politische oder gar galaktostrategische Kategorie. Kat-Greer war nicht mehr auf die Alteraner beziehungsweise deren Transmitter angewiesen; und ein anderes Druckmittel besaßen sie nicht. Sie mussten wieder als Bittsteller auftreten, quasi zurück an den Anfang. Mit dem einzigen Unterschied, dass sie sich wenigstens im Zentrum der Macht bewegten – wenngleich de facto als Gefangene –, unmittelbar mit dem neuen Herrscher der Laren verhandelten und Perry sein Charisma in die Waagschale werfen konnte.

»So wichtig und unabkömmlich kann Verduto-Cruz derzeit nicht sein. Sonst wäre er auf die eine oder andere Weise in das hiesige Geschehen eingebunden gewesen.«

»Er lebt auf einem entlegenen Planeten des Trovents. Im Exil, falls Sie es genau wissen wollen. Er ist schon vor längerer Zeit bei Elbanger-Tan in Ungnade gefallen. Auch wenn ich Ihren Plan befürwortete, könnte ich Verduto nicht von einem Tag auf den anderen herbeischaffen.«

»Möglicherweise hängt die Zukunft der Galaxis Forn-Karyan und sämtlicher Bewohner von diesem Mann ab. Verdammt, ohne ihn komme ich nicht ans Zentralplasma ran! Und ich beharre darauf, dass wir nur dort den Hebel ansetzen und die Hassschaltung außer Kraft setzen können.«

»Cruz. Zentralplasma. Hassschaltung.« Der General rieb sich die Schläfen, als plage ihn ein Migräne-Anfall. »Mir wird das heute zu viel. Lassen Sie uns dieses Gespräch vertagen.«

Gleich beugt sich Perry vor, dachte Mondra, legt die flache Hand auf den Tisch, zieht die linke Augenbraue hoch und holt das allerletzte As aus dem Ärmel.

Perry beugte sich vor, legte die flache Hand auf den Tisch und zog die linke Augenbraue hoch. »Ich habe nicht zufällig den Begriff ›Hypton-Kolonie‹ als Kennwort gewählt«, sagte er. »Dass Sie flugs darauf angesprungen sind, beweist mir, dass ich richtig lag. Führen Sie uns zu Ihren Ratgebern. Ich bin überzeugt, sie werden sich meinen Argumenten nicht verschließen.«

In Kat-Greers flächigem Gesicht arbeitete es. Larische Mimik stellte für Mondra Neuland dar. Jedoch schien ihr, als wechselten widersprüchliche Emotionen in rascher Folge: Scham, Gier, Verdruss, Hoffnung …

Der Erste Hetran stemmte sich hoch. »Kommen Sie.«

»Wiedersehen macht Freude.«

Tamra wirbelte herum.

Hinter ihr stieß Boffään einen erstickten Zwitscherlaut aus.

»Und da haben wir ja gleich noch einen Abtrünnigen! Von den Toten auferstanden, Gunstbold?«, versetzte Mitrade-Parkk mit beißendem Spott. »Egal. Was immer hier vorgeht, ich bin sicher, es wird die Raumfahrtbehörde brennend interessieren. Wo war noch gleich der Auslöser für Vollalarm und Notruf? Ah, da ist er ja.« Sie durchquerte die Zentrale mit energischen Schritten.

»Bleib stehen.« Tamra hob den Kombi-Strahler, den ihr Schroeder gegeben hatte, und legte auf Mitrade an. »Oder ich schieße.«

Die Larin lachte. »Du? Du willst mir Angst einjagen? Drohst, mich zu töten? Sei nicht kindisch!« Sie ging weiter.

Tamra entsicherte und wollte von Thermo- auf Paralysator-Funktion umschalten, doch der Hebel klemmte. Keine Zeit für weitere Versuche. »Ich tu's«, rief sie. »Ich verbrenne dich zu Asche!«

»Nein, Scheuche. Das wagst du nicht. Ich bin deine Herrin. Kein Knecht ist dazu fähig, schon gar keine von Heelghas erzogene Zofe.«

»Ich tu's!«, schrie Tamra, der Verzweiflung nahe.

Doch sie konnte es nicht. Mitrade hatte Recht. Die Konditionierung saß zu tief. Laren waren Götter. Böse, wie Tamra inzwischen wusste, heimtückisch, verabscheuungswürdig. Aber Götter. Unangreifbar. Sie dachte an die erlittenen Demütigungen, an Wilbur und die anderen ermordeten Taoisten, an ihre Mutter Roslin und ihren Vater Clees, sammelte all ihre Willenskraft, ihre Wut, ihren Mut … und starrte auf den Zeigefinger, der sich nicht und nicht um den Abzug krümmen wollte.

»Na, was ist?«, höhnte Mitrade-Parkk. »Lähmungserscheinungen? Unangenehm, so was. Glaubtest du ernstlich, du könntest mir entkommen, Scheuche?« Sie streckte die Hand nach dem knallroten Schaltbügel aus. Wenn sie ihn umlegte, wurden das Flugfeld, alle Raumhäfen von Caligo und die gesamte Systemüberwachung in Alarmzustand versetzt. Dann war die Flucht gescheitert, bevor sie begonnen hatte. Tamra musste das verhindern, um jeden Preis.

Ihr Finger gehorchte ihr nicht.

Ihr Finger gehorchte nicht ihr, sondern einem fremden Willen.

Ihr Finger gehorchte einer unsichtbaren, schwachen, jedoch beharrlichen Kraft, welche gerade noch ausreichte, den Abzugshahn durchzudrücken.

Ein sonnenheller Thermostrahl fuhr aus der Mündung des Laufs und in Mitrades Leibesmitte. Ohne zu zittern, hielt Tamra die Waffe fest auf das Ziel gerichtet, eine halbe Ewigkeit lang, bis ihr Startac Schroeder den Strahler aus der Hand nahm.

Dann verlor sie die Besinnung.

Boffään berichtete stichwortartig und reichlich verdattert, was sich in der Zentrale ereignet hatte, bevor Startac – zu spät! – dort rematerialisiert war.

»Du hast nicht zufällig Hühnereier mitgebracht?«, schloss der Kaktusartige. »Ich könnte zwei, drei Kartons vertragen. Ja?«

»Nein.«

Der Verwalterin war nicht mehr zu helfen. In ihrem Bauch klaffte ein großes Loch, aus dem Rauch aufstieg und gelbes Blut sprudelte. Nicht zuletzt deshalb entschloss sich Startac, die Leiche sofort wegzubringen. »Gib Onmout Bescheid, dass sie die Leitstände besetzen können«, trug er Boffään auf. »Kommst du zurecht? Kannst du dich um Tamra kümmern?«

»Willst du mich beleidigen, ja?«

»Bin gleich wieder da.« Er teleportierte mit Mitrade-Parkks Leichnam in einen leerstehenden Schuppen am Rand des Flugfelds, den er vorab erkundet hatte. Auch die schlaffen Körper der übrigen sieben Laren legte er dort ab. Die Paralyse würde frühestens in einigen Stunden abklingen. Und da war die ORTON-TAPH hoffentlich schon weit, weit fort.

Als Startac zurück in die Zentrale kam, hatte Captain Demetrius Onmout bereits das Kommando übernommen. Außer ihm waren von der Mannschaft der MINXHAO nur Tsutaya, der Transmitterspezialist, und Cheffunker Awadalla eingeweiht gewesen. Bei Flohbein wusste man es nicht so genau. Die übrigen Besatzungsmitglieder hielten sich jedoch keineswegs mit Fragen auf, was eigentlich los war, sondern schüttelten ihre Benommenheit ab und gingen hurtig ans Werk. Jeder dieser Halunken erkannte Vorbereitungen zum Ausbüchsen blitzartig, wenn er sie sah.

Startac suchte nach Tamra. Er fand sie in einer Ecke kauernd, das Sloppelle auf den Armen wiegend, Boffään neben sich. Dessen Blattstängel hingen welk herab. »Äh … Seid ihr so weit okay?«

Tamra schüttelte kaum merklich den Kopf. Über ihr schmales Gesicht rannen Tränenbäche. Sie wollte etwas sagen, brachte aber kein Wort heraus.

Startac kniete sich zu ihr. Boffään turnte geschwind an ihm hoch und flüsterte ihm ins Ohr: »Sloppelle ist gestorben, ja? Hat mit letzter Kraft telekinetisch den Strahler manipuliert und uns alle gerettet, dann seinen Geist aufgegeben. Besser jetzt nichts reden, ja?«

Also hielt Startac schweigend mit Tamra Cantu und Boffään, dem Reparator, Totenwache für das Sloppelle, während Captain Onmouts Crew das Schiff startklar machte.

Schließlich sendete Elias Awadalla einen ultrakurzen Rafferimpuls an das Funkrelais in der Ahnengalerie des Pyramidenzirkels. Prompt erging von dort, per Hochrang-Kode autorisiert durch sowohl das Hetranat als auch das Oberkommando der Neunten Flotte in Groschir, an die ORTON-TAPH der offizielle Startbefehl. Dem kamen Onmout und seine Mannschaft nur zu gern nach.

»Abflug!«

»Sir, ja-woll, Sir!«

Sie hoben ab. Niemand vermochte zu diesem Zeitpunkt zu sagen, ob sie den alten Troventaar heil ins All und aus dem Illindor-System bringen würden, schon gar nicht, ob sie den Sprung in den Linearraum schafften. Das Startmanöver zumindest gelang. Die Raumschiffe in Ambriador, gleich welcher Bauart, waren robust, auf möglichst simpler Technologie basierend, die viel verzieh. Sonst hätte angesichts der hyperphysikalischen Wirrnisse in der Kleingalaxis interstellare Raumfahrt gar nicht funktionieren können.

Startac Schroeder fühlte sich trotzdem alles andere als wohl. Tamras Kopf lehnte an seiner Schulter. Sie schluchzte leise, während der Planet Caligo unter ihnen zurückblieb.

Die Decke der ausgedehnten Halle tief unten im Fundament der Bastion Groschir hing voller Hyptons; ein Anblick, geeignet, ungute Erinnerungen in Perry Rhodan zu erwecken.

Die fledermausähnlichen, im Schnitt rund 60 Zentimeter großen Kobolde waren im Gegensatz zu den Laren weder kriegerisch veranlagt noch neigten sie zu direkten Gewalttätigkeiten. Sie besaßen keine eigenen Raumschiffe und keine nennenswerte Technik. Dass sie dennoch ihre Heimatgalaxis Chmacy-Pzan, laut terranischer Katalogisierung NGC 3187/HCG 44D, nach und nach unterjocht hatten, verdankten sie der Gabe, anderen Wesen ihren Willen aufzuzwingen. Wegen dieser im Lauf der natürlichen Evolution erworbenen Fähigkeit wurden sie als »Paralogik-Psychonarkotiseure« bezeichnet. Wer einer Hypton-Kolonie gegenüberstand, verspürte nicht die unbeugsame Gewalt, die von ihren Para-Impulsen ausging. Man glaubte höchstens, eine sanfte Unterrichtung zu erfahren, und später, dieses und jenes aus eigener Einsicht zu tun und zu denken. Das hatte damals für vom Konzil unterworfene Völker ebenso gegolten wie für die Angehörigen des Hetos der Sieben. Hyptons traten immer dann auf den Plan, wenn die Laren mit ihren Flotten eine Galaxis »befriedet« hatten; Dann waren sie deren weisungsbefugte Vorgesetzte als Planer, Umgestalter und Regulatoren. Transportiert wurden sie mit larischen SVE-Raumern, in großen Kolonien von oft mehreren tausend Exemplaren.

Perry bemerkte die Veränderung, die mit Kat-Greer vorging, als er die Halle betrat. Eben noch mürrisch, abgekämpft und überdrüssig, blühte er binnen Sekunden regelrecht auf.

Wie ein Süchtiger, wenn er seine Droge bekommt und die Entzugserscheinungen abklingen … Das war keine Metapher. Kat-Greers Abhängigkeit von der Hypton-Kolonie ließ sich nicht übersehen. Der General und nunmehrige Erste Hetran, Anführer des Putsches, Drahtzieher der Verschwörung, er, der große Puppenspieler, war selbst eine Marionette. Kat-Greer mochte jetzt ganz oben stehen, die Spitze der Gesellschaftspyramide erklommen, die Macht im Trovent erobert haben, doch die wahren Entscheidungen fielen hier unten.

Tausendfaches Wispern erfüllte die Kaverne. »Willkommen, mein General. Du bringst zwei Gäste?«

»Von weit her, An'Gal'Dharan. Jedenfalls behaupten sie das.«

»Wie lautet ihr Begehr?«

Perry schilderte sein und Mondras Anliegen. Die kopfüber hängenden Kobolde hörten zu, ohne ihn zu unterbrechen. Er hatte gehofft, dass sie mit ihrem Psi-Talent die spezielle Aura eines Ritters der Tiefe, die ihn immer noch umgab, wahrnehmen würden. Schon oft war dadurch das Interesse sensitiver Wesen hervorgerufen worden. Ob dies auch für die Hyptons von Caligo galt, vermochte Perry nicht zu beurteilen.

Unmittelbar nachdem er geendet hatte, und noch bevor die Kolonie dazu kam, einen Kommentar abzugeben, sprach das Funkgerät an, das Kat-Greer am Gürtel trug. Ungehalten über die Störung trat der General einige Schritte zur Seite und nahm den dringlichen Anruf entgegen. Je länger er horchte, desto mehr verzerrte sich sein Gesicht.

Perry Rhodan konnte sich denken, welche Nachricht dem Ersten Hetran soeben zugetragen wurde.

Kat-Greer beendete das Gespräch, dann stürmte er auf sie zu. »Achttausendvierhundert Menschlinge!«, belferte er. »Sämtliche Alteraner von Dekombor, plus die inhaftierte Besatzung eures Spionageschiffs, haben einen Troventaar entwendet und sind damit vor kurzem aus dem Illindor-System geflohen. Ziel unbekannt! Versuch nicht, mir weiszumachen, du hättest nichts mit diesem Schurkenstück zu tun!«

Er würde sich hüten, seine Freude zu zeigen. »Wir waren die ganze Zeit über bei Ihnen, wie sollten wir …«

»Schweig! Hältst du mich für blöd? Dafür werdet ihr büßen. Ich hätte nicht übel Lust, euch auf der Stelle eigenhändig …«

Auch er wurde unterbrochen, jedoch ungleich sanfter. »Auf ein Wort, mein General. Unter uns.«

Kat-Greer gehorchte knurrend. Er sperrte Perry und Mondra in eine Nebenkammer. Mittels der in ihren Stiefeln verborgenen TLD-Ausrüstung hätten sie vielleicht entkommen können. Aber wozu? Alles lag jetzt in den vierzehigen Greifklauen der Hyptons.

Was in der Fundament-Halle besprochen wurde, konnten die beiden Terraner nicht hören; zu dick waren die Wände. Nach etwa zehn Minuten entließ sie der General wieder aus dem Verlies. Er wirkte grüblerisch. »Ihr sollt trotz des Affronts gegen den Trovent und mich persönlich euren Willen haben. Aber die Flucht der Knechte ist leicht zu vertuschen und letztlich bedeutungslos. Frag mich nicht, Rhodan, wieso An'Gal'Dharan meint, dir Unterstützung gewähren zu müssen. Ein Kurierschiff wird noch heute mit euch nach Fort Blossom aufbrechen.«

»Und Verduto-Cruz …?«

»Muss erst via Funkbrücke verständigt und in Marsch gesetzt werden. Er kommt aus einer gänzlich anderen Richtung.«

»Bis wann wird er auf Blossom eintreffen?«

»In etwa zwei Wochen; keinesfalls früher, da ist nichts zu machen. Ihr zwei reist trotzdem sofort ab. Ich will euch hier nicht mehr sehen. So, und jetzt raus!«

Perry deutete eine Verbeugung an. »Wir danken für die Gastfreundschaft.«

Epilog Zu den Sternen

Sie singen.

Irgendwer hat das uralte Lied angestimmt und einen neuen Text erfunden. Jetzt grölt die ganze Zentrale der ORTON-TAPH, und die Techniker in den Maschinenräumen wohl ebenso: »Wir hab'n den Laren 'nen Troventaar geklaut, Troventaar geklaut, Troventaar geklaut! Wir hab'n die Kerle auf die Nestschädel gehaut, Nestschädel gehaut …«

Ich singe nicht mit, weil ich um das Sloppelle trauere. Und immer wieder schiele ich zu dem Alarmhebel hin, vor dem Mitrade-Parkk stand, als ich sie tötete. Meine Herrin, unsere Peinigerin, ist nicht mehr, ist Vergangenheit wie die Knechtschaft, die Kettentrupps, die Betteltourneen. Wir sind freie Menschen. Ich sollte mit den anderen feiern.

Doch ich wage es nicht, mich auf die Zukunft zu freuen. Schon einmal, vor 18 Jahren, war ich an Bord eines Raumschiffs, das voller Zuversicht zu den Sternen flog. Statt im Paradies bin ich auf Caligo gelandet, im Internat der Heelghas.

Wo wird diese meine zweite große Reise enden?

Sehr weit kommen wir mit der alten ORTON-TAPH nicht, das war von vornherein klar. Fort Blossom liegt außer Reichweite der stotternden Triebwerke, Altera sowieso. Captain Onmout und Startac Schroeder haben das 232 Lichtjahre entfernte Golth-System ausgewählt. Der Planet Golthonga ist laut Sternkarten »begrenzt lebensfreundlich«. Dort wollen wir warten, bis uns Perry Rhodan und Mondra Diamond mit einer Einheit des Alteranischen Imperiums bergen.

Falls auch ihr Teil des Plans aufgeht.

Falls nicht …

Sollten sie scheitern, sind wir auf Golthonga gestrandet, auf einer unwirtlich heißen Welt, die praktisch nur aus giftigen Sümpfen besteht. Definitiv kein blaues Meer, keine weißen Bungalows unter lilafarbenen Korkenzieher-Palmen. Aber der Großadministrator scheitert nicht, oder? Niemals. Er holt uns nach Hause. Allmählich bin ich geneigt, daran zu glauben, dass die uralte Prophezeiung in Erfüllung geht. Sofern dieses Schiff nicht schon demnächst mitten im Linearraum auseinanderbricht.

Die Beschleunigungsphase hat quälend lange gedauert. Nur mit Müh und Not, sagt Schroeder, haben wir die nötige Eintrittsgeschwindigkeit erreicht. Und jetzt rumpelt und knarzt es überall in der ORTON-TAPH, dass mir angst und bange wird. Vielleicht ergeht es der Mannschaft ja ähnlich, und sie singen deshalb so laut: »Wir hab'n den Laren 'nen Troventaar entrissen, Troventaar entrissen, Troventaar entrissen. Und ihnen auf die Nestschädel …«

Mein Sloppelle werde ich begraben, sobald wir wieder Erdboden unter den Füßen haben. Einstweilen gebe ich es in einen Kühlbehälter. Startac hilft mir. Er meint, wir sollten bald den 8000 Alteranern, die sich in den Frachträumen drängen, bequemere Quartiere richten. Davor müssen wir sie über die Situation aufklären. Er findet, dass am Besten ich das übernehmen sollte, schließlich kennen mich alle. Ich fühle mich jedoch noch nicht bereit dazu. Die Freigeborenen werden jubeln, denke ich, und mich, Schroeder und Captain Onmout hochleben lassen. Aber wie werden all die anderen reagieren? Keiner hat sie gefragt, ob sie von Caligo fliehen und das, was sie als Heimat empfunden haben, gegen einen Flug ins Ungewisse eintauschen wollen. Ich kann mir schwer vorstellen, dass etwa Frizzi Pasterz oder Jason Neko restlos begeistert sind. Wie auch immer, diese Konfrontation bleibt mir nicht erspart.

Noch ist dieses Abenteuer nicht ausgestanden. Die nächsten Stunden und Tage werden spannend, so viel steht fest.

Ich fürchte, da kommt noch einiges auf uns zu.

Perry Rhodan 3

DER POSBI-KRIEG

CATHRIN HARTMANN

Friedhof der Raumschiffe

Eins

29. April 1343 NGZ, System Blossom

Das larische Raumschiff, die POTAR-FARR, flog in das System der roten Riesensonne ein, und auf den Holoschirmen sah es aus, als endeten alle Wege genau an dieser Stelle.

Einer der äußeren Planeten, ein fahler Gasriese mit einem ungewöhnlich großen Trabanten, schien aus den Tiefen des Alls direkt auf die POTAR-FARR zuzuspringen. Einen Moment lang war das gesamte Holo angefüllt mit dem wirbelnden Gelb des Gasriesen und dem hellen, metallischen Blau seines offenbar mit einer Atmosphäre ausgestatteten Mondes. Nur in einer Ecke, oben rechts, gloste die Sonne Blossom und vertrieb auch noch den letzten Rest des schwarzen Weltalls. Der Anblick wirkte wie der Blick in einen Hochofen.

Ein Höllenschlund.

In seiner Kabine lehnte Perry Rhodan sich zurück und schloss kurz die Augen. Wie ein Bild schien ihm das Universum an dieser Stelle – ein Bild für seine eigene Lage. Chaotisch, beinahe unkontrollierbar. Er presste die Lippen zusammen bei dem Gedanken daran, wo er sich befand: an Bord eines larischen Raumschiffs!

Seufzend streckte er die Hand aus und verstellte die Vergrößerung der Außenkameras. Wie an einer Schnur gezogen wanderten Planet und Mond und auch die Sonne ein Stück weg, und zwischen ihnen war wieder die vertraute Leere zu sehen. Schlagartig verging zumindest der äußere Eindruck eines Infernos und machte dem gewohnten Bild eines normalen Sonnensystems Platz.

»Vor mir ist kein geschaffen Ding gewesen, nur Ewiges, und ich muss ewig dauern. Lasst jede Hoffnung, wenn ihr eingetreten.« Rhodan lachte bitter auf. Dann verschränkte er die Arme hinter dem Kopf.

»Was hast du?« Mondra Diamond trat hinter ihn, beugte sich über den Holoschirm und berührte ihn dabei fast an der Schulter. Er konnte den Duft wahrnehmen, der von ihrer Haut aufstieg, und ihr dunkles Haar knisterte leise, als sie sich bewegte.

Er wies auf den Gasriesen, der inzwischen langsam nach links aus dem Bild gewandert war und nur noch einen kleinen Ausschnitt davon beherrschte. »Der Captain fliegt einen interessanten Kurs«, sagte er. »Soweit ich sehen kann, wäre es kürzer gewesen, den Mond auf der sonnenabgewandten Seite zu passieren. Man hat einen kleinen Umweg in Kauf genommen, um uns mit dem Anblick zu beeindrucken.«

Mondra verfolgte die Silhouette des Mondes, bis sie am rechten Rand des Bildschirms verschwunden war. Vor ihnen glommen jetzt nur noch Blossom, ein

Stern der Kategorie M5IIIg, und zwei ihrer inneren Planeten, die vor der großen, in allen Tönen der Rotskala schillernden Sonne jedoch nur als kleine, weißliche Punkte auszumachen waren.

»Nein, ich meinte eigentlich dieses Zitat.«

»Lasst jede Hoffnung, wenn ihr eingetreten?« Rhodan schwang seinen Sessel herum, weil Mondra zurückgetreten war. Er nahm die Arme herunter. »Nur ein Stück alte terranische Literatur. Da unser Kommandant es vorgezogen hat, mich auf dem ganzen Flug kein einziges Mal in die Zentrale zu lassen, habe ich mir die Zeit ein bisschen mit der Lektüre von klassischem larischem Schrifttum vertrieben. Es gab hier eine berühmte Dramatikerin, und ihre Texte haben mich irgendwie an Dantes *Inferno* erinnert.«

Mondra runzelte die Stirn und blies eine Haarsträhne aus dem Gesicht.

Rhodan winkte ab. »Ich glaube, ich habe in den letzten drei Tagen zu viel Zeit zum Nachdenken gehabt, das ist alles.«

»Möglich.« Sie lehnte sich mit verschränkten Armen gegen die Wand. Rhodan spürte leises Bedauern darüber, denn auf diese Weise war sie völlig außerhalb jenes Radius, in dem er sie noch riechen konnte. »Inferno.« Sie schüttelte den Kopf. »Die Zustände auf Caligo könnte man durchaus mit diesem Wort beschreiben.«

Rhodan schloss die Augen und dachte an die letzten Tage zurück. Daran, wie sie in Ambriador angekommen waren und festgestellt hatten, dass die hier ansässigen Posbis nicht befriedet waren, daran, wie sie sich entschieden hatten, einen havarierten Posbi-Raumer wieder flottzumachen, um damit die Zentralwelt der biopositronischen Roboter zu suchen. Wie sie nach dem eher peinlichen Intermezzo auf dem Wonnemond auf die Idee gekommen waren, sich von einem larischen Techniker namens Verduto-Cruz helfen zu lassen. Wie Demetrius Onmout die Besatzung der MINXHAO zusammengestellt hatte und sie nach Caligo aufgebrochen waren, wo sie mitten in einen Bürgerkrieg gerieten. Wie sie versucht hatten, Kat-Greer davon zu überzeugen, dass er ihnen helfen musste ...

Sie hatten erreicht, was sie gewollt hatten, und waren nun auf dem Weg zu einem der wichtigsten alteranischen Außenposten an der Grenze zum Sektor der Laren. Fort Blossom, der sechste Planet der roten Sonne, war nur noch wenige Minuten entfernt.

Rhodan streckte sich und bewegte die verkrampften Schultern. Er schätzte es nicht besonders, drei Tage lang untätig herumzusitzen, während rings um ihn herum eine Galaxis mitten in einem alles vernichtenden Krieg stand. Ihm waren jedoch die Hände gebunden: Die Laren flogen ihr Schiff mit einer Effizienz, die angesichts der andauernden Hyperstürme in Ambriador fast schon bewundernswert war. Und mit einem Selbstvertrauen, das an Arroganz grenzte. Rhodan dachte noch einmal an die Passage zwischen dem Gasriesen und seinem Trabanten. Das Flugmanöver war so ziemlich die einzige Abwechslung gewesen, die sich ihm auf dem Flug von Caligo hierher geboten hatte.

Das leise, melodiös klingende Zirpen des Bordfunks riss ihn aus seinen Grübeleien. Kopfschüttelnd stellte er fest, dass Mondra gänzlich unbemerkt von ihm die kleine Kabine verlassen hatte.

Er sprang auf. Schluss mit den krausen Gedanken! Mit der Faust schlug er auf den Knopf, der den Empfang aktivierte. »Ja?«

»Großadministrator?« Die Stimme des larischen Captains klang ähnlich melodiös wie das Signal. »Fort Blossom steht zurzeit in Opposition zu dem Gasriesen, den wir gerade passiert haben. Wir haben soeben einen Kurs dicht am Zentralgestirn vorbei programmiert und werden den Planeten in ungefähr zwanzig Minuten erreichen. Das ist in Ihrer Zeitrechnung kalkuliert. Unsere Orter entdecken etwa 200 alteranische Raumschiffe sowie 110 Raumforts. Ich denke, es wird Zeit, dass Sie sich den Leuten dort unten zu erkennen geben.«

Rhodan verzog den Mund zu einem grimmigen Lächeln, weil der Lare es sich nicht hatte nehmen lassen, sein Flugmanöver eigens noch einmal zur Sprache zu bringen. Dabei schaute er zu, wie sich, einem Schwarm winziger Lichtpunkte gleich, aus dem Schein der Sonne eine Handvoll alteranischer Kreuzer näherte. Ein kurzes Flimmern glitt über den Schirm, wie ein feiner Schleier aus heißer Luft, und Rhodan wusste, dass der Kommandant die Schutzschirme aktiviert hatte.

»Schalten Sie mich auf den Hypersender«, bat er.

»Schon geschehen. Sie können sprechen!«

Rhodan heftete den Blick auf die sich nähernden Schiffe. Sie waren noch zu weit entfernt, um bei der geringen Vergrößerung, auf die er vorhin den Bildschirm geschaltet hatte, erkennen zu können, ob ihre Waffensysteme kampfbereit waren. Er machte sich nicht die Mühe, die Anzeige zurückzuregeln. Er konnte sich gut vorstellen, wie nervös dort drüben die Finger an den Sensortasten der Kanonen lagen; immerhin näherte sich hier ein Larenschiff einem der wichtigsten Stützpunkte, die das alteranische Imperium in diesem Quadranten der Galaxis unterhielt. Dass die Laren nicht direkt Feinde des Imperiums waren, sondern ebenfalls gegen die Gefahr durch die Posbis kämpften, änderte nichts daran, dass die Alteraner ihnen gegenüber misstrauisch waren.

Was angesichts der Informationen, die sie von Dekombor mitbrachten, auch keine schlechte Idee war. Rhodan räusperte sich.

»Hier spricht Perry Rhodan«, sagte er mit ruhiger Stimme. »Ich befinde mich zusammen mit Mondra Diamond an Bord des larischen Troventaar und erbitte, auf ein alteranisches Schiff übernommen zu werden.«

Zwei der näher kommenden Raumer schwenkten aus der Formation und beschrieben einen Bogen, der sie auf die andere Seite des Larenschiffes brachte. Dabei vollführten sie eine Drehung, bei der sich die Strahlen der Sonne in ihren Aufbauten brachen. Ein Lichtreflex flammte kurz auf und verlosch wieder.

»Großadministrator?« Die Antwort des alteranischen Kommandanten klang zögernd, geradeso, als glaube er seinen Ohren nicht zu trauen. Im selben Moment jedoch hatte der larische Kommandant Rhodan durchgestellt, und vor dessen Augen erschien das Bild eines korpulenten, dunkelhäutigen Mannes, dessen Lider so stark nach unten hingen, dass er Rhodan an eine alte, terranische Hunderasse erinnerte.

Der Mann sah den Unsterblichen, und seine Augen weiteten sich. »Großadministrator!«, wiederholte er. »Was machen Sie an Bord eines Larenschiffes?«

Rhodan lächelte knapp. »Ich denke, das können wir besprechen, wenn wir uns gegenüberstehen, Major ...«

»Mao, Sir! Major John Mao. Verzeihen Sie!« Der Mann gab einen knappen Befehl über die Schulter hinweg und wandte sich dann wieder Rhodan zu. »Wir werden ein Boot zu Ihnen schicken, um Sie an Bord zu nehmen. Haben wir die Erlaubnis Ihres Kommandanten ...?«

»Erlaubnis erteilt«, erklang die kühle Stimme des larischen Befehlshabers. »Wir übermitteln Ihnen, an welcher Stelle Sie andocken können.«

Eine halbe Stunde später befanden Rhodan und Mondra Diamond sich an Bord eines alteranischen Beibootes, das auf dem Stützpunkt aufsetzte. Die Verabschiedung durch den larischen Kommandanten war kurz gewesen.

Fort Blossom wirkte aus dem Orbit nicht wie ein blauer, sondern wie ein grüner Planet, und das, obwohl die Zusammensetzung der Atmosphäre der Erde fast bis aufs Haar glich.

»Sehen Sie sich die Ozeane an«, meinte ihr Pilot, der sich als Yünnan Li vorgestellt hatte. »In ihnen wächst eine besondere Algenart, und zwar in recht hoher Konzentration. Sie färbt das Wasser smaragdgrün. Wir benutzen sie als Nahrungsgrundlage.« Ohne näher auf Einzelheiten einzugehen, schwenkte er das Beiboot auf eine steil abfallende Bahn und landete schließlich auf dem Raumhafen einer großen Stadt. Auf dem Flugfeld stand bereits ein Gleiter bereit, der sie in wenigen Minuten ins Herz der Stadt brachte, wo sie vor einem nadelspitzen und über 500 Meter hohen Gebäude anhielten.

Die Fassade des Wolkenkratzers war mit winzigen Prismen aus einer Rhodan unbekannten metallischen Legierung versehen und schimmerte in einem warmen Bronzeton. Rhodan nahm sich nicht die Zeit, den interessanten Spiegelungseffekt der Prismen näher zu studieren, sondern folgte dem Gleiterpilot ins Innere des Gebäudes, quer durch eine große, mit ähnlichem Material ausgelegte Halle und in einen in seinem Durchmesser beinahe protzig wirkenden Antigrav-

Schacht. Als sie nach oben schwebten, warf Rhodan einen Blick in Mondras Gesicht. Er schenkte ihr ein leises Lächeln, aber sie reagierte nicht darauf.

Ein schwer gebauter, kräftiger Mann mit kurzem, struppigem Haar und grauen Augen begrüßte sie, als sie auf der zwanzigsten Ebene des Gebäudes angekommen waren und ein weitläufiges Büro betraten. Er hatte ein kantiges Kinn und sprach tief und dröhnend. Sein Name war Goberto Ho, und er stellte sich ihnen als Administrator von Fort Blossom vor. Er bat Rhodan und Mondra, sich zu setzen, und der Unsterbliche gab ihm eine kurze Zusammenfassung der Ereignisse der letzten Tage. Er begann damit, wie sie von Lotho Keraete nach Ambriador geschickt worden waren, um den Menschen hier bei ihrem Kampf gegen die Posbis beizustehen. Er erzählte von ihrem Plan, den havarierten Fragmentraumer wieder flugtüchtig zu machen, und ihrer Hoffnung, der Laren-Techniker Verduto-Cruz könne ihnen dabei helfen. Und dann berichtete er, wie die MINXHAO über Caligo abgeschossen worden und sie in den Bürgerkrieg auf dem Heimatplaneten der Laren verwickelt worden waren.

Er endete damit, wie sie das Knechtschaftslager Dekombor entdeckt, Schroeder die Menschen dort befreit hatte und dann mit einem altersschwachen Troventaar geflohen war.

Ho zog die Augenbrauen hoch, was seine breiten Wangenknochen noch stärker hervortreten ließ. »Ihr Mann hat achttausend Alteraner aus larischer Gefangenschaft befreit?«

Rhodan nickte. Genau das hatte er soeben gesagt. Er spürte, dass Ho Mühe hatte, seinen Worten Glauben zu schenken. Der Administrator strahlte eine Skepsis aus, die beinahe mit Händen zu greifen war. Während er sich über ein Funkgerät beugte, das in die Armlehne seines eigenen Sessels eingelassen war, und jemandem am anderen Ende der Leitung den Befehl gab, Kaffee und Wasser für seine Gäste zu bringen, beugte sich Mondra zu Rhodan herüber.

»Der hält dich für einen Schwindler«, flüsterte sie.

Rhodan nickte. Dieser Gedanke war ihm selbst bereits gekommen. Mit zusammengepressten Lippen zuckte er die Achseln. »Er wäre nicht der Erste«, murmelte er.

»Langsam könnten die hier einmal damit anfangen, dich …« Mondra unterbrach sich, weil Ho sich ihnen wieder zuwandte. Er lächelte nicht, aber die Aussicht auf Kaffee schien zumindest seine Laune ein wenig gebessert zu haben. Rhodan zwang sich, nicht sofort eine schlechte Meinung über sein Gegenüber zu bilden, aber es wollte ihm nicht recht gelingen. Im Lauf seines langen Lebens hatte er genug Zeit gehabt, seine Menschenkenntnis zu verfeinern.

Rhodan warf einen Blick aus dem Fenster des weitläufigen Büros. Er sah ein Stück der Skyline, mehrere schraubenförmig gewundene Gebäude, deren Zweck ihm fremd war, und die Ecke eines Parks, in dem schlanke, blaugrüne Bäume standen. Weiter hinten, halb im Dunst verborgen, der über dem Horizont lag, erhob sich ein Gebirge in den Himmel.

Als Rhodan den Blick wieder auf Ho richtete und bemerkte, wie der Mann darauf wartete, dass er etwas sagte, fuhr er sich mit der Zunge über die Lippen. Eine uniformierte Frau betrat das Büro, stellte ein Tablett auf den Schreibtisch und verschwand wieder, ohne ein einziges Wort gesagt zu haben. Ho erhob sich und begann, Kaffee in zwei Tassen zu gießen. Aromatischer Geruch erfüllte den Raum. »Wir haben hier eine echte terranische Sorte«, erklärte Ho. »Sie stammt noch von dem ersten Schiff, das in Ambriador strandete. Wir haben sie sorgfältig kultiviert und gentechnisch den Verhältnissen auf Fort Blossom angepasst.« Mit den Tassen kam er zurück zu der Sitzgruppe, gab sie Rhodan und Mondra und setzte sich wieder. »Also, raus mit der Sprache«, sagte er. »Was wollen Sie von mir?«

Rhodan legte die Fingerspitzen gegeneinander. »Das gekaperte Larenschiff ist nicht mehr in der Lage, Fort Blossom zu erreichen. Ich habe darum mit Startac Schroeder einen Treffpunkt ausgemacht.«

»Einen Treffpunkt.« Hos Stimme ließ keinen Zweifel daran, dass er bereits wusste, was auf ihn zukam.

»Golth-System«, gab Rhodan mit kühler Stimme an. »Der Sumpfplanet Golthonga. Dorthin wird Schroeder die Flüchtlinge bringen, und ich will sie von dort abholen. Dazu brauche ich zwei Ihrer Schlachtschiffe.«

Ho verzog spöttisch den Mund. »Zwei gleich?«

»Zwei.«

»Warum?«

»Weil sich die Galaxis im Krieg befindet und ich fast neuntausend Menschen zu bergen habe. Ich brauche Geleitschutz.«

Zuerst kaum hörbar begann Goberto Ho zu lachen. Es war ein tiefes Lachen, das direkt aus seinem Bauch nach oben zu steigen schien. »Ich muss schon sagen, *Großadministrator*«, gluckste er und betonte das Wort *Großadministrator* dabei so ironisch, dass Mondra sich wütend vorbeugte. »Was glauben Sie eigentlich, was hier los ist? Dies ist ein Frontier-Planet! Wir befinden uns mitten im Grenzgebiet zum Trovent. Hier müssen Sie mit allem rechnen! Außerdem hat das Imperium vor wenigen Tagen erst alle Kräfte abgezogen, die ich entbehren kann. Entbehren!« Er lachte bitter. »Fort Blossom steht mit runtergelassener Hose da! Und Sie wollen *zwei* Schlachtschiffe!«

Rhodan sog Luft durch die Nase. Er konnte den Administrator verstehen, gut sogar. Dennoch ging ihm die aufgeblasene Art des Mannes zunehmend auf die Nerven. »Sagen wir es so«, parierte er Hos Ausbruch. »Altera braucht meine Hilfe. Die soll es auch bekommen, aber ich verlange, dass dafür die Leute aus Dekombor von Golthonga evakuiert werden.«

Ho schlug gegen seine Sessellehne. Rhodan sah seinen Unterkiefer malmen, dann presste der Administrator hervor: »Die MINXHAO hat auf ihrem Flug nach Caligo auf Fort Blossom Station gemacht. Ich bin also darüber informiert, dass Sie mit Weisung von höchster Stelle ausgestattet sind.« Er verstummte und klopfte nachdenklich mit dem Zeigefingerknöchel gegen seine Vorderzähne.

Mondra, die noch immer mit vorgebeugtem Oberkörper in Hos Gesicht spähte, lehnte sich endlich zurück. »Ich weiß nicht, was es da noch zu überlegen gibt.«

Goberto Ho gab sich einen Ruck. Er stand auf, ging an seinen Schreibtisch und aktivierte einen dort installierten Sender. Bevor er zu sprechen begann, wandte er sich noch einmal an Rhodan und Mondra. »Ich werde per Funkbrücke aus dem Altera-System Befehle einholen. Das kann einige Zeit dauern.«

»Tun Sie das.« Obwohl Rhodan sich innerlich wand bei der Vorstellung, wieder tagelang warten zu müssen, nickte er zustimmend. »Und fügen Sie der Nachricht an Laertes Michou bitte folgende Informationen bei: Wir haben auf Caligo die Abstellung von Verduto-Cruz erreicht. Der Lare wird in ungefähr zwei Wochen Fort Blossom erreichen und steht uns dann für BOX-1122-UM zur Verfügung.«

Ho nickte. »Bis die neuen Befehle eintreffen«, sagte er, »bleiben Sie hier.«

»Was heißt hier?« Mondra stemmte sich aus ihrem Sessel hoch.

Der Administrator ignorierte sie. Mit ausdruckslosem Blick sah er Rhodan ins Gesicht. »Sie und Ihre Begleiterin werden so lange in Hausarrest genommen. Für den Fall, dass die Administration Haft für Sie anordnet. Schließlich haben Sie den teuren Totalverlust der MINXHAO zu verantworten.«

Mondra riss die Arme hoch. »Das ist ja wohl nicht ...«

Sie wurde rüde unterbrochen, als Ho einen Knopf drückte. Die Tür zu seinem Büro öffnete sich, und herein traten zwei mit Thermostrahlern bewaffnete Soldaten.

Zwei

»Das wagst du nicht!« Larische Worte.

Fassungslos hervorgestoßen.

Und auf einmal verschwand die Welt hinter der sonnenhellen Glut eines Thermostrahls ...

Mit einem Ruck riss Tamra Cantu die Augen auf. Obwohl der Schuss ein Teil der Vergangenheit war – ihrer eigenen Vergangenheit –, glaubte sie sich von grellen Lichtfunken umgeben. Sie löste die Arme von ihren Knien, die sie eng umschlungen gehalten hatte, und stellte die Füße von der Sitzfläche ihres Sessels wieder auf die Erde. Mit der flachen Hand strich sie sich über die Stirn. Kalter Schweiß bedeckte die Haut. Kurz betrachtete sie den feuchten Film an ihren Fingern und wischte ihn sich dann an der Kleidung ab.

»Alles in Ordnung?« Startac Schroeder schaute von der Positronik auf, an der er sich kurz nach dem Start der ORTON-TAPH niedergelassen hatte. Tamra sah, wie seine Blicke mit einer Mischung aus Besorgnis und Nachdenklichkeit an ihrer dünnen Gestalt auf und ab wanderten. Kurz zuckte ihr ein Gedanke durch den Kopf.

Ahnt er es?

Sie hielt seinem fragenden Blick stand, doch es gelang ihr nicht, aus seinen unruhigen Augen abzulesen, was er dachte.

Sie nickte ihm zu. Lächelte. »Ja. Alles in Ordnung. Nur müde.«

Die Positronik des Larenschiffes gab Schroeder mit einem leisen Zirpen ein Signal, und er betätigte mehrere Tasten. Tamra sah ihn mit beiden Händen über das Gesicht und durch die Haare fahren und fragte sich, ob er sich völlig klar darüber war, was er tat. Immerhin versuchten sie, ein larisches Raumschiff zu fliegen, dessen Technik der alteranischen um einiges überlegen war.

Wie vermessen sie doch waren …

Tamra schüttelte den unerwünschten Gedanken ab. Wann würde sie sich von dem lösen können, was die sogenannten Herren ihr in vielen Jahren der Erziehung eingetrichtert hatten?

»Nur müde?« Nachdem er eine Weile den Datenstrom auf seinem Bildschirm beobachtet hatte, nahm Schroeder das Gespräch wieder auf. »Bei allem, was auf Caligo passiert ist, müsstest du zu Tode erschöpft sein.«

»Müde, ja?« Die quäkende Stimme Boffääns überlagerte den letzten Rest von Schroeders Satz. »Tut mir leid, meine Liebe. Wenn ich könnte, würde ich es ändern, ja?«

Tamra lächelte dem kaktusartigen Wesen zu. Seit sie von Caligo geflohen waren und er seiner Tätigkeit als Reparator nicht mehr nachkommen konnte, hatte er ein fast rührend anmutendes Verantwortungsgefühl für sie an den Tag gelegt. Jetzt wackelte er mit einigen seiner stängelähnlichen Extremitäten. Es sah fast aus wie ein resigniertes Schulterzucken.

»Schon gut«, murmelte Tamra und kehrte in Gedanken zu dem zurück, was Schroeder eben gesagt hatte.

Das Erste, woran sie stets dachte, wenn sie sich an Caligo erinnerte, war der Moment, in dem sie die Augen aufgeschlagen und sich Perry Rhodan gegenübergesehen hatte. Aber diese Erinnerung wurde sofort überlagert von dem Bild ihrer eigenen Hand, die die Waffe auf Mitrade gerichtet hielt.

Und abdrückte.

Die die Larin für all das bestrafte, was sie ihr in den vergangenen Jahren angetan hatte.

Tamra lauschte in sich hinein. Nein, sie fühlte sich nicht zu Tode erschöpft, und sie schrieb das der Tatsache zu, dass sie endlich erreicht hatte, wovon sie seit so vielen Jahren träumte. Freiheit. »Geht schon«, sagte sie an Schroeder gewandt.

Er ließ den Blick nicht von ihrem Gesicht. Er sah skeptisch aus, widersprach aber nicht.

Plötzlich hatte sie das Bedürfnis, sich ihm zu erklären. »Es ist nur … ich hätte mich davon überzeugen sollen, dass Mitrade-Parkk wirklich tot ist.«

Schroeder blies die Backen auf. »Du hast sie mit einer Thermokanone genau in den Bauch getroffen! Sie *ist* tot!«

»Wahrscheinlich.«

»Bald sind wir da.« Schroeder studierte die larischen Schriftzeichen auf seinem Monitor. »Dann könnt ihr das alles hinter euch lassen.«

Tamra presste die Lippen zusammen. »Wenn wir Golthonga erreichen.« Wie zur Bestätigung für ihre düsteren Worte regelte die Bordpositronik die Schaltpultbeleuchtung in Schroeders Umfeld herunter und tauchte ihn in rötliches Zwielicht. Tamra wusste, dass dies ein Warnsignal war. Laren orientierten sich in Extremsituationen eher über ihr Gehör als über den Gesichtssinn, und das Dimmen der Beleuchtung diente ihnen als Konzentrationshilfe.

Hastig flogen Startacs Finger über die Schaltungen der Konsole. Die Beleuchtung flammte ebenso rasch wieder auf, wie sie sich verdunkelt hatte.

Elias Awadella, einer von Captain Onmouts Männern, trat hinter Schroeder, langte über seine Schulter und legte einen Schalter um. Links neben Schroeders Hand sprang eine Anzeige von grau auf gelb, und ein Leuchtbalken wanderte mehrmals rasch über die Anzeige. »Sie müssen mehr Energie in die Andruckabsorber leiten.«

»Dieses Ding fliegt sich bockig wie ein dalmarischer Reithase!«, knurrte Schroeder.

»Sie machen das gut.« Der Offizier grinste und ging dann zurück an sein eigenes Pult.

Tamra ließ die Blicke durch die Kommandozentrale der ORTON-TAPH wandern. Wie der bizarre Schmuck eines Ökologie-Fanatikers hockte Boffään auf der Ecke einer Konsole. Rings um ihn arbeiteten Männer und Frauen an den ihnen fremden Geräten und Instrumenten. Etliche wirkten auf ihre Weise nicht weniger exotisch als der Reparator, denn trotz der Ereignisse auf Caligo sah man ihnen ihre zwielichtige Herkunft noch immer an. Tamra entdeckte in mehr als einem Nacken groteske Tätowierungen, und auch Kleidung und Haartrachten entsprachen bei weitem nicht dem, was als militärisch korrekter Stil gelten würde. Doch trotz aller wilden Optik arbeiteten die Leute wie absolute Profis, ruhig und so effizient wie möglich.

Die meisten von ihnen mussten sich leicht vornüberbeugen, weil die Pulte für sie zu niedrig waren. Dieser Umstand machte Tamra die Tatsache, dass sie sich auf einem gestohlenen Larenschiff befanden, deutlicher als alles andere. Mehr als die vielen toten Bildschirme, die sie nicht zum Leben hatten erwecken können. Mehr als die wirren Kabelstränge, die überall aus den Verkleidungen hingen und sich wie dicke Taue über Boden und Wände wanden. Tamras Blick blieb an einem Stück der Wandverkleidung hängen, das noch immer gegen einen Drehsessel gestellt stand wie in dem Moment, als die ersten Alteraner die Zentrale betreten hatten. Aus irgendeinem Grund machte ihr der Anblick Angst, und sie zog es vor, sich wieder mit den Menschen in der Zentrale zu beschäftigen.

Einem jeden von ihnen war die Konzentration anzusehen, mit der sie fremdartige Anzeigen entzifferten, Datenströme lasen und zu interpretieren versuchten, was das altersschwache Schiff ihnen mitzuteilen hatte. Die Tatsache, dass sie mit der ORTON-TAPH nicht nur ein Schiff der feindlichen Laren fliegen mussten, das eher einem Wrack denn einem flugtüchtigen Raumer ähnelte, sondern dass sie darüber hinaus auch noch Verantwortung trugen für knapp neuntausend Flüchtlinge aus Dekombor, war jedem von ihnen ins Gesicht geschrieben.

Tamra schloss die Augen, um sich einen Augenblick lang Ruhe zu gönnen. *Wir müssen Golthonga erreichen,* dachte sie. Und dann würden sie warten müssen. Warten darauf, dass Perry Rhodan, der sagenumwobene Großadministrator von Terra, auf den sie seit zweieinhalb Jahrtausenden gehofft hatten, sie dort fand und rettete.

Tamra zuckte zusammen. Ihre Hand legte sich auf den noch flachen Bauch.

Sie hatte das Baby gespürt.

Zum ersten Mal.

Wie ein zerschlagenes Spielzeug lag der Körper der Lagerkommandantin zwischen verschmorten Kabeln und glimmenden Konsolteilen. Ein leichtes Zucken ihrer Finger verriet noch immer die Energie, die durch ihre Muskeln geflossen war, und die Augäpfel, deren leerer Blick sich gegen die Decke richtete, hatten einen milchigen Schimmer. Wegen der von Natur aus schwarzen Haut war die tödliche Brandwunde in der Leibesmitte der Larin nur schwer zu erkennen. Allein die verkohlte Uniform kräuselte sich über dunklem Fleisch, und ein schwerer, süßlich atemberaubender Geruch wurde langsam von den auf halber Kraft laufenden Klimaanlagen aufgesogen.

In anderen Teilen des Raumhafens von Taphior wurde noch gekämpft, doch hier herrschte Stille, die durch die fernen Schüsse und ab und zu aufklingendes Gebrüll nur noch undurchdringlicher wirkte.

Mit einem leisen Zischen öffnete sich ein Schott.

Ein kleiner, auf sechs Beinen laufender Roboter näherte sich Mitrade-Parkks Leiche, umkreiste sie einmal und begann dann, ihre Glieder mit vier tentakelähnlichen Armen abzutasten. Dabei drang ein dumpfes Brummen aus dem kugelförmigen Leib des Roboters.

»Lagerkommandantin Mitrade-Parkk identifiziert«, meldete er über Funk.

»Wie ist ihr medizinischer Status?«

Der Roboter hielt in seinen Bewegungen inne. Es sah aus, als verharre er in nachdenklichem Schweigen, doch in Wirklichkeit sondierte er per Funkübertragung die Gehirnwellen Mitrades. »Sie ist tot.«

»Befindet sich das Sen-Trook an ihrem Gürtel?«

»Bestätige. Sen-Trook befindet sich hier.«

»Hat es sich aktiviert?«

»Bestätige. Der bio-hyperkinetische Signalgeber ist in Betrieb. Energiefluss zufriedenstellend.«

»Sehr gut.« Zum ersten Mal war in der körperlosen Stimme seines Befehlsgebers Erleichterung zu hören. Den Roboter kümmerte es nicht. Er registrierte sie und wartete auf weitere Anweisungen. »Sorg dafür, dass die Leiche auf schnellstem Wege hierher gebracht wird.«

Der Roboter machte sich nicht die Mühe, den letzten Befehl zu bestätigen. Er zog seine Tentakel ein und legte sie eng an den Körper, sodass sie mit einem leisen Klicken einrasteten. Dann fuhr er seine sechs Beine aus. Sie wurden länger und länger, bis er mit seinem Leib über die zerstörten Instrumentenpulte ragte. Er ignorierte die dort in wildem Zucken ablaufenden Lichtreflexe und stakste stattdessen mit drei seiner Beine so über den Leichnam der Lagerkommandantin, dass er ihn brückenartig überspannte. Wieder begann es in seinem Leib zu brummen, doch nun baute sich zwischen den Beinen ein schillerndes Energiefeld auf, das Mitrade-Parkk einhüllte und sanft anhob.

So vorsichtig wie ein alteranisches Kind, das mit einem xylischen Feengeist spielte, bugsierte der Roboter die Leiche zwischen den zerschossenen Konsolen hindurch, vorbei an Funken sprühenden Hochspannungsleitungen, qualmenden Monitoren und zerschlagenem Mobiliar. Das Schott öffnete sich, Mitrade-Parkk schwebte hindurch, und zurück blieb nur die Zerstörung, die der Bürgerkrieg von Calisto hinterlassen hatte.

»Bio-hyperkinetischer Signalgeber auf 100 Prozent Leistung. Daten der Lagerkommandantin gespeichert und vollständig. Beginne mit der Konfiguration für den zellulären Reparaturvorgang …«

Kelton-Trec lauschte jeder Angabe der Medoeinheit mit schief gelegtem Kopf und wachsender Erleichterung. Die Stimmausgabe klang noch mechanisch und hässlich, aber das war eines der geringeren Probleme, die er hatte. Dennoch machte er sich im Geist eine Notiz auf seiner langen Liste der noch zu erledigenden Änderungen. An seinem Hals pochte eine Ader in langsamem, schmerzvollem Rhythmus, aber er hatte jetzt weder die Zeit noch die Nerven dafür, sich um dieses Problem zu kümmern. Sein gesamter Körper stand ohnehin derartig unter Adrenalin und Endorphinen, dass er das Brennen in seinen Gliedern kaum wahrnahm. »Oh, Mitrade«, seufzte er und tätschelte die Schulter des Leichnams, während die Medoeinheit leise summend ihre Arbeit verrichtete. »Wer hätte gedacht, dass ausgerechnet du die erste Larin sein würdest, an der ich meinen wunderbaren Schatz hier ausprobieren muss?«

Er ließ Mitrade los, hob die Hand und streichelte gedankenverloren über Schläuche und Kabelstränge, die aus den offenen Verkleidungen der Medoeinheit baumelten. Noch einer dieser kleinen Schönheitsfehler, den er irgendwann beseitigen musste. Im Moment jedoch war es wichtiger, dass das Gerät funktionierte und seine Arbeit in der vorgesehenen Weise verrichtete. Einige sichtbare technische Eingeweide waren vorerst völlig ohne Belang, auch wenn sie Kelton-Trecs ästhetisches Empfinden massiv störten.

Von Bedeutung war allein Mitrade.

Der Lare, dessen Körper schmal und eingefallen wirkte und dessen Haut einen auffallend grauen Schimmer hatte, lächelte schwach. Lange würde es nicht mehr dauern!

»Konfiguration des zellulären Reparaturvorgangs abgeschlossen!«, schnarrte die Medoeinheit. Neben Keltons Schulter begann ein gläserner Behälter in sanftem Gelb zu schimmern, während winzige Blasen darin aufstiegen und wieder niedersanken. »Nano-Reparatur-Module werden programmiert. Geschätzte Dauer: zwanzig Stunden.«

Kelton-Trec seufzte auf und ließ sich in einen Rollsessel fallen. Die hydraulische Lehne fuhr automatisch in eine für ihn angenehme Position zurück, und der Lare entspannte sich ein wenig. Jetzt, da er nichts weiter tun konnte als zu warten, dass der Programmiervorgang beendet war, spürte er seinen schmerzenden Körper stärker als zuvor. Er lauschte in sich hinein. Fast glaubte er zu hören, wie das Blut in seinen Adern stockte, sich in den feinsten Verästelungen seines Kreislaufs sammelte und sie verklebte. Seine Finger kribbelten heute stärker als sonst, und das war kein gutes Zeichen. Die Krankheit war vorangeschritten in den letzten Tagen, und das lag wahrscheinlich auch an der vielen Arbeit, die Kelton gehabt hatte. Er schloss für einen Moment die Augen und ertappte sich bei dem Gedanken, dass ihm die Zeit knapp wurde.

Es war unbedingt erforderlich, dass die Sen-Trook-Einheit heute ihre Funktionstüchtigkeit bewies!

Kelton hob den Kopf. Der pochende Schmerz in seiner Halsschlagader wurde schlimmer. In wenigen Tagen würde sein Blut zu dickflüssig sein, um noch seine wichtigen Organe zu versorgen. Dann würde die letzte Etappe seines langsamen Sterbens einsetzen. Eines Sterbens, gegen das er trotz aller fortgeschrittenen Medizin nichts ausrichten konnte.

Kelton-Trec stieß einen Fluch aus. Er verfluchte Ambriador samt ihren widerspenstigen hyperphysikalischen Besonderheiten, die es unmöglich machten, seine Krankheit zu bekämpfen. Er verfluchte seine Eltern, die das Risiko gekannt hatten, als sie sich entschlossen hatten, ihn zur Welt zu bringen, und die keinen Gedanken daran verschwendet hatten, dass es hier in diesem Teil des Universums unmöglich sein würde, ihn zu heilen. Er verfluchte die Wahrscheinlichkeitsrechnung, die sie in Sicherheit gewiegt und ihnen vorgegaukelt hatte, Kar-Teparisches Blutfieber komme nur in einem von drei Komma vier sieben acht neun Millionen Fällen aller Schwangerschaften vor.

Und er verfluchte seinen eigenen, schwachen Körper, der bereits seit Jahrzehnten von dem tödlichen Virus befreit wäre, wenn, ja wenn er nicht ausgerechnet in Ambriador geboren worden wäre, sondern in einem anderen Teil des larischen Reiches, in dem niemand auch nur einen zweiten Gedanken an eine Krankheit wie die seine verschwendet hätte.

Mit der flachen Hand schlug Kelton-Trec auf die Lehne seines Sessels und ließ ihn dann in eine aufrechte Position hochfahren. Es hatte keinen Sinn, mit seinem Schicksal zu hadern. Immerhin bestanden gute Chancen, dass er bald in der Lage sein würde, es abzuwenden.

Gegen sein Sterben konnte er nichts tun.

Wohl aber gegen das Totsein.

Er verzog die Lippen zu einem zufriedenen Lächeln, als das gelbliche Leuchten des Behälters dunkler wurde. Wieder schüttelte er den Kopf.

»Ich hätte es vorgezogen, die Tauglichkeit des Sen-Trooks für den larischen Organismus an einem anderen Versuchsobjekt zu testen, meine Liebe«, murmelte er. »Das könnt Ihr mir glauben.«

Die angekündigten zwanzig Stunden vergingen langsam, und nach der Hälfte der abgelaufenen Zeit begannen Keltons Gedanken abzuschweifen.

Er kehrte zurück in die Vergangenheit, dachte daran, wie er begonnen hatte, seine Erfindung zu entwickeln. Er erinnerte sich an die Rückschläge, die er hatte hinnehmen müssen, und an seine erste Begegnung mit Mitrade-Parkk. An dieser Stelle jedoch zuckte er zurück. *Zu schmerzhaft …*

Die Medoeinheit signalisierte mit einem Zirpen den Anbruch des letzten Drittels der Nano-Programmierung, und um sich abzulenken, richtete Kelton den Blick auf die Verbrennungen Mitrades. Das Loch in ihrem Leib hatte die Größe einer Faust, und es war gegen die schwarze Haut nur schwer zu erkennen. Zu Keltons Erleichterung saß es weit genug entfernt von einem so wichtigen Organ wie dem Herzen. Zwar würde seine Medoeinheit irgendwann einmal auch in der Lage sein, ganze Organsysteme zu replizieren, doch im Moment war er sich dieser Fähigkeit noch nicht ganz sicher. Eine zerschossene Lunge zu vervollständigen oder sogar ein durchbohrtes Herz, würde keine Schwierigkeiten bereiten, das wusste er. Ein gänzlich fehlendes Organ komplett neu zu erschaffen, funktionstüchtig noch dazu, dafür reichten seine Möglichkeiten nicht. Noch nicht.

Schließlich beendete die Medoeinheit die Programmierungssequenz. Die Flüssigkeit in dem Glasbehälter wirkte jetzt sämig, fast wie Blut. Die Bläschen waren wegen der Konsistenz nicht mehr zu sehen, aber Kelton wusste, dass sie noch da waren. Sie waren das Herzstück dieses Teils des Vorgangs.

»Nano-Module bereit für den Reparaturvorgang«, meldete die Medoeinheit.

»Vorgang starten«, befahl Kelton. Er erhob sich aus seinem Sessel. Die Erregung hatte ihn jetzt wieder im Griff und überlagert die Wahrnehmung seiner Schmerzen. Mit halb geöffneten Lippen beobachtete der Lare, wie die gelbe Flüssigkeit aus dem Behälter gesaugt wurde.

Die Medoeinheit schnitt sämtliche Kleidung von der Leiche und entsorgte sie. Kurz lag die Larin völlig nackt vor Kelton, und er musste schlucken. Dann entstand über dem Körper ein Energiefeld, legte sich um ihren Leib wie ein dünnes Tuch und blähte sich auf. Zu Keltons Bedauern war es undurchsichtig, sodass er nicht verfolgen konnte, was nun in seinem Inneren geschah. Er wusste jedoch, dass die gelbe Flüssigkeit in Mitrades Wunde gepumpt wurde, wo die Nano-Module sich sogleich daranmachten, Zellen zu bilden, Verbrennungen zu heilen und sämtliche auch noch so feinen Verletzungen mit neuem, körpereigenem Gewebe zu verschließen.

Bis schließlich das Energiefeld in sich zusammenfallen und Mitrades nackten Körper gänzlich unversehrt enthüllen würde. Das würde jedoch dauern. Kelton nahm das Sen-Trook, das die ganze Zeit neben dem Kopf der Lagerkommandantin gestanden hatte, und hakte es an seinem Gürtel fest.

Er konnte nichts dagegen tun, dass ihm dabei ein Schauer der Erregung durch den gesamten Leib jagte.

Er aktivierte ein Funkgerät, das als kleine Einheit an seinem Handgelenk baumelte, und wählte die eine, spezielle Frequenz. Seine Lippen verzogen sich zu einem zufriedenen Grinsen, als das Gespräch angenommen wurde.

»Ja?«

»Die Sache läuft«, erklärte er, als sei er der Befehlsempfänger und der andere der Herr. In Wirklichkeit, sagte er sich, war es jedoch umgekehrt.

»Gut. Ich sehe zu, dass ich so bald wie möglich wieder bei Ihnen bin. Zurzeit fliegt die ORTON-TAPH in Richtung Golthonga-System, und ich fürchte, ich kann daran nichts ändern.«

»Lassen Sie sich Zeit!« Kelton unterbrach die Verbindung, bevor der andere noch etwas sagen konnte.

Die Regeneration der Larin dauerte die ganze Nacht und den halben Vormittag des nächsten Tages.

Als Kelton-Trec die Medostation wieder betrat, zeigte ihm ein einfaches Symbol auf dem Bildschirm den Erfolg der Aktion an.

Jetzt war es Zeit für den letzten Akt.

Der Lare befahl der Medoeinheit, den Energieschirm abzuschalten. Trockene Kälte fiel zu Boden, als das geschah, und ein paar Nebelstreifen bildeten sich um Keltons Füße.

Mit der Zunge fuhr er sich über die Lippen. Da lag sie vor ihm, kalt wie Eis und absolut leblos, jedoch ohne die schrecklichen Verbrennungen und Wunden, die man ihr beigebracht hatte. Er musste sich zwingen, den Blick von dem nackten Körper abzuwenden. Sacht griff er nach dem Gesicht der Kommandantin; diesmal berührte er sie jedoch nicht.

Er nahm das Sen-Trook von seinem Gürtel. Dann stellte er es auf die flache Bauchdecke der Toten.

Für eine einzige Nacht hatte sie ganz ihm gehört …

Er schob den gleichzeitig traurigen und ketzerischen Gedanken von sich. Seine Stimme klang heiser, als er sagte: »Platzierung des Memo-Chips bereit?«

»Bereit.«

Auf einen Befehl hin öffnete sich eine winzige Klappe im Kopfteil der Liege, auf der Mitrade ruhte. So schnell, dass es mit den Augen nicht zu erkennen war, wurde ein kurzer Schnitt ausgeführt, dann versenkten mikrofeine Greifarme einen ungefähr daumennagelgroßen Chip im Fleisch dicht unter Mitrades Haaransatz. Es dauerte einen Augenblick, in dem außer einem beständigen, durchdringenden Summen nichts zu hören war. Die Mikroarme verbanden den Chip mit den entsprechenden Nervenfasern von Stammhirn und Rückenmark. Dann fuhren sie zurück und verschwanden wieder in der Kopfstütze.

»Reanimierungs-Komplex anschließen«, befahl Kelton.

Ein Greifarm fuhr aus der Decke über Mitrade-Parkks Körper. Er war bestückt mit einem Bündel haarfeiner, nachtschwarzer Fasern, zwischen denen hellrote Entladungen hin- und herzuckten. Er senkte sich auf Mitrade-Parkks Körper herab, die Fasern streiften über ihre Haut zwischen den Brüsten, über den Hals und das Gesicht, bis hinauf zur Stirn. Auf dem Brustkorb und seitlich an den Schläfen kamen sie schließlich zur Ruhe. Der Greifarm erbebte kurz, als wecke die in ihm fließende Energie nicht nur Biomasse zum Leben, sondern auch ihn selbst. Mit einem kaum hörbaren Zischen drangen die Fasern durch die bleiche Haut Mitrades. Das Beben des Greifarms ergriff den Körper.

Auf dem glatten Untergrund der Medoliege begannen die Finger der Larin zu zucken.

Drei

Wieder hüllte allumfassende Dunkelheit sie ein, und doch wusste Tamra, dass die Larin dahinter lauerte.

Sie ist tot!, mahnte sie sich. *Sie kann dir nichts mehr tun.* Und doch spürte sie die Angst tief in ihrem Inneren, als sie durch die Finsternis stolperte.

Etwas Weiches stellte sich ihrem Fuß in den Weg.

Wie ferngesteuert kniete sich Tamra nieder. Sie wusste, was kommen würde, und konnte es nicht ändern.

Plötzlich war da Licht, ein fernes, düsteres Licht, das gerade ausreichte, um zu erkennen, was sie da hatte stolpern lassen.

Die Leiche der Larin.

Tamra roch Blut und verbranntes Gewebe, und obwohl sie wusste, dass es nur ein Traum sein konnte, ließen Angst und Panik sie erzittern. Sie hob beide Hände vor den Mund, um sich ihr Stöhnen zurück in die Kehle zu stopfen.

Und in diesem Augenblick schlug Mitrade-Parkk die Augen auf.

Schreiend fuhr Tamra zurück.

»He! Schon gut. Du hast wieder geträumt!«

Startac Schroeders Stimme kam aus der Dunkelheit, von der anderen Seite der Kabine, wo er sein Nachtlager aufgeschlagen hatte. Die ORTON-TAPH war zwar ein recht großes Raumschiff, aber für die fast neuntausend Flüchtlinge wurde es dennoch eng, sodass sich die meisten von ihnen eine Kabine mit mehreren anderen teilen mussten. Bei Tamra und Schroeder befand sich außer Boffään noch eine alteranische Familie mit einem kleinen Jungen, die jedoch offenbar zu erschöpft waren, um von Tamras Schrei aufzuwachen.

Tamra hörte das leise Schniefen des Jungen. Er war erkältet.

In Dekombor hatten sie häufig unter solchen kleinen Unpässlichkeiten gelitten, was ihnen die Unterlegenheit der alteranischen gegenüber der larischen Rasse immer wieder deutlich vor Augen geführt hatte.

Tamra richtete sich auf und fuhr sich mit der Hand an die Kehle, wie um sich für diesen verhassten Gedanken zu strafen. Würde sie es jemals schaffen, die alten Verhaltensmuster abzustreifen?

Du bist frei!, sagte sie sich, aber es fiel ihr schwer, sich davon zu überzeugen. Gestern noch hatte sie Euphorie gespürt bei diesem Gedanken, aber in den letzten Stunden war dieses Hochgefühl etwas anderem gewichen, einer dumpfen Ahnung von Bedrohung.

Als würde sie verfolgt.

Sie lachte bitter auf.

»Alles okay?«

Sie hörte, dass Schroeder aufstand und vorsichtig zu ihr herüberkam. Er musste dabei über den Vater der Familie steigen, aber er schien es zu meistern, ohne den Mann anzustoßen. Tamra spürte, wie die Matratze sich senkte, als Schroeder sich neben sie setzte.

In diesem Moment flackerte die rötliche Alarmbeleuchtung der ORTON-TAPH auf, und Sirenen erschollen, deren Laute schrill klangen, wie Fingernägel, die über eine Tafel gezogen wurden. Der Alarm riss Kelton-Trec aus seinen Gedanken. Er fuhr so hastig aus seinem Sessel in die Höhe, dass sein von der Krankheit geschundener Körper mit Schwindel und Übelkeit protestierte. Leise fluchend und mit den Händen nach Halt tastend, stolperte Kelton zur Medoeinheit und überflog die Skalen und Linien auf den Monitoren.

Die Reanimierung war abgeschlossen.

Kelton sog Luft in die Lungen. In diesem Moment waren all seine Schmerzen, all die anstrengende Arbeit der letzten Jahre vergessen. Seine Erfindung funktionierte!

Die Larin war am Leben!

Zumindest vom biologischen Standpunkt aus.

Jetzt gab es nur noch eines zu tun. Kelton hielt die Luft an, denn was nun kam, war das Schwierigste und Gefährlichste an dem gesamten Vorgang. Noch fehlte der Lagerkommandantin etwas Wesentliches.

Ihr Ich.

»Rückspiel-Programm vorbereiten!«, befahl Kelton-Trec. Diesmal zitterte seine Stimme vor Erregung und auch vor Angst. Diesen Teil der Prozedur hatte bisher noch niemand an einem Laren ausprobiert.

Der Greifarm mit den schwarzen Fasern verschwand in der Decke und machte einem zweiten Platz, dessen Fasern in einem irisierenden Silber schimmerten. Auch dieser Arm teilte sich; die Hälfte seiner Fasern senkte sich auf das Sen-Trook und verschwand mit einem Knistern in seinem Innersten. Die andere Hälfte schwebte über Mitrades Gesicht, umfasste dann ihren Hals und klinkte sich in ihrem Nacken an die Schnittstelle des Memo-Chips.

»Rückspiel-Programm vorbereitet«, meldete die Medoeinheit.

»Starten!« Jetzt war Kelton kaum noch in der Lage, richtig zu sprechen. Er räusperte sich, doch seine Kehle wurde dadurch nicht frei.

Der geteilte Greifarm begann zu zucken, sich zu winden, dann drang ein rhythmisches Pochen aus dem Sen-Trook.

»Rückspiel-Vorgang läuft«, meldete die knarzende Stimme.

Kelton nickte zufrieden. Das sah alles sehr gut aus! Überaus gut, um ...

Ein schrilles Zischen ließ ihn mitten im Gedanken zusammenfahren. Es gab ein reißendes Geräusch, dann flackerten sämtliche Anzeigen über Mitrades Körper einmal auf und fielen eine nach der anderen aus.

»Nein!« Kelton spürte, wie sein Leib sich erleichtern wollte. In Panik krallte er die Hände um die Medo-Liege. »Was ...?«

In diesem Moment versiegte das Zischen so abrupt, wie es begonnen hatte.

»Energiezuf...m Hauptaggregat nicht ausreich... Vorg... uschließen ...«

Kelton brauchte seine gesamte Konzentration, um zu verstehen, was die schnarrende, abgehackte Stimme ihm mitteilen wollte.

Energiezufuhr vom Hauptaggregat nicht ausreichend, um den Vorgang abzuschließen.

»Vorg... ebrochen. Vollend... ufen ein...« Die Stimme erstarb in einem langgezogenen Quäken.

Vorgang abgebrochen. Vollendete Rückspielstufen ...

Ja, welche? Welche Elemente hatte die Medoeinheit überspielt?

Kelton riss die Augen auf. »Komm schon!«, murmelte er fieberhaft, während seine Finger über eine Tastatur flogen, als hätten sie ein Eigenleben entwickelt. »Komm schon, wenigstens die Noteinheit muss doch ... aha!« Langsam, den Blick auf einen in die Pultoberfläche eingelassenen Monitor geheftet, ließ er sich in seinen Sessel sinken. Gelbe Zahlenkolonnen rollten über den Bildschirm, der jedoch auch nur sporadisch Energie zu erhalten schien. Immer wieder fiel die Anzeige aus und flammte dann erneut auf. Kelton legte einen Zeigefinger auf den Monitor und tippte ungeduldig mit dem Fingernagel auf das handwarme Glas.

Und dann hatte er es.

»Eins?« Wütend warf er die Hände in die Höhe. »Eins? Weiter bist du nicht gekommen?«

Die Medoeinheit hatte den Rückspielprozess bereits vor Vollendung der ersten Sequenz abgebrochen. Mit anderen Worten: Nichts, gar nichts war überspielt worden.

Kelton-Trec knirschte mit den Zähnen. Versuchshalber gab er einen Befehl in die Tastatur, aber die Medoeinheit reagierte nicht mehr. Die Kämpfe schienen die Energieversorgung in diesem Teil der Stadt endgültig zum Erliegen gebracht zu haben. Zwar waren die medizinischen Labors mit Notstromaggregaten versehen, aber der Rückspielprozess brauchte weitaus mehr Energie, als sie liefern konnten.

Mitrade-Parkks Wiederbelebung war gescheitert.

»Nein! Nein! Nein!« Kelton-Trec stemmte sich mühsam aus dem Sessel in die

Höhe. Mit einem Mal stand sein gesamter Körper in schmerzhaften Flammen. *Aus!*, dachte er. *All die Mühe umsonst!* Er hatte versagt.

Er war nicht in der Lage, den Anblick der toten Lagerkommandantin noch länger zu ertragen, also wandte er sich ab, ging zu einer der Wände und legte beide Hände dagegen. Lange Zeit stand er einfach nur da, während in seinen Adern das Blut stockte und die Enttäuschung ihm den Magen umdrehte.

Ein Geräusch ließ ihn aufmerken. Es klang wie ein leises Stöhnen. Kelton-Trec wandte den Kopf, sah in Mitrade-Parkks Richtung und zuckte zusammen. Sein Herz begann zu hämmern.

Die Lagerkommandantin hatte die Augen geöffnet.

Die Alarmsirenen der ORTON-TAPH verstummten so schnell, wie sie erklungen waren. Startac Schroeder lauschte, als könne er auf diese Weise die dicken Wände des Larenschiffes durchdringen.

In seinem Nacken hatten sich die Haare aufgerichtet. Er schüttelte langsam den Kopf. »Da stimmt was nicht!« Er sagte es mit großer Ruhe, denn innerlich hatte er sich längst auf den Ernstfall vorbereitet. Der Troventaar war zu alt und nicht gut genug instand gesetzt, um sie problemlos durch die unruhige Galaxie Ambriador zu fliegen. Früher oder später würden Schwierigkeiten auftauchen, und es sah ganz danach aus, als sei dieser Zeitpunkt jetzt gekommen.

Gemeinsam mit dem Alarm waren überall im Schiff die Notbeleuchtungen angegangen, und in der jetzt einsetzenden Stille, die sich dick wie Watte auf die Ohren legte, verbreiteten die roten Lampen ihr diffuses, bedrohlich wirkendes Licht. In seinem Schein sah Startac die starr aufgerichteten Körper der beiden Alteraner und ihres kleinen Jungen. Ebenso wie er und Tamra lauschten sie auf Anzeichen dafür, was geschehen war. Durch ihre weit aufgerissenen Augen erinnerten sie Schroeder an wilde Tiere. Als der kleine Junge seine Faust angstvoll in den Mund stopfte, biss Schroeder die Zähne zusammen.

Dann erklang aus dem Bauch der ORTON-TAPH ein langgezogenes, dumpfes Stöhnen.

»Es lebt!«, flüsterte der Junge und ließ die Hand fallen. Seine Stimme war heiser und flach vor Angst.

»Unsinn!«, murrte Boffään mit träger Stimme, die sich anhörte, als sei er eben erst aus dem Schlaf erwacht. Was unmöglich war, dachte Schroeder. Tamra hatte ihm erzählt, dass der Reparator so gut wie nie schlief. »Ein Schiff ist eine Maschine, ja? Maschinen leben nicht.«

In diesem Augenblick erklang die Stimme von Captain Onmout. »Wir haben einige Probleme mit unseren Linearkonvertern«, sagte er. »Darum sind die Übergänge zwischen Hyperraum und Normalraum unruhig. Es besteht im Moment jedoch kein Grund zur Besorgnis. Bewahren Sie bitte Ruhe.«

»Startac, was hat das zu bedeuten?« Tamra saß noch immer aufrecht auf der Liege, in beinahe derselben Position, in die sie aus ihrem Alptraum aufgeschreckt war. Schroeder sah, wie ihr schmaler Körper zusammenzuckte, als das dumpfe Stöhnen sich wiederholte. Er hob die Achseln. »Ich weiß es nicht. Ich gehe mal nachsehen.«

Schneller, als er es bei Tamras geschwächtem Zustand für möglich gehalten hätte, war sie auf den Beinen. »Ich möchte mitkommen.«

Kurz überlegte er, nickte dann. »Gut. Komm.«

Auf den ersten Blick wirkte in der Zentrale alles normal. Gao Tow, ein schmächtiger Mann, dessen schneeweiße Augenbrauen über der Nase zusammenwuchsen und den Demetrius Onmout zum Ersten Offizier ernannt hatte, nachdem feststand, dass sein bisheriger Adjutant Firsam beim Absturz der MINXHAO um Leben gekommen war, unterhielt sich mit einigen Kommunikationskadetten. Sie führten Berechnungen durch und diskutierten leise miteinander. Onmout selbst befand sich im Kommandostand, wo er sich mit einem hochgewachsenen, spindeldürren Alteraner besprach. Schroeder beobachtete Tamra, wie sie ein paar Stufen zu einer erhöht angebrachten Galerie erklomm. Dort oben befanden sich nur unbenutzte Kontrollpulte, und sie würde dort niemandem im Weg sein. Dann huschten seine Blicke über die vielen toten Monitore und dicken Kabelstränge. Er runzelte die Stirn.

Auf Caligo schon war es ihm fast unmöglich vorgekommen, dieses altersschwache Schiff zu fliegen, doch jetzt, im Angesicht der blassen und angespannten Gesichter der Menschen rings herum und mit den nur halbwegs instand gesetzten Instrumenten der Zentrale, erschien es ihm wie ein Himmelfahrtskommando.

Ein Eindruck, der noch verstärkt wurde, als Tamra leise aufstöhnte und ihn mit einer zaghaften Geste auf den Hauptschirm aufmerksam machte.

Darauf waberte eine undurchsichtige, seltsam lebendig wirkende Masse. An ihren Rändern schillerte sie in allen Farben des sichtbaren Spektrums, während ihre Mitte von geradezu abartig kompakt aussehendem Schwarz war. Tiefe, absolute Dunkelheit präsentierte sich ihnen, schwärzer selbst als ein Schwarzes Loch, so kam es Schroeder zumindest vor, als er den Blick in die Mitte des *Dings* richtete.

Ab und an zuckten grellweiße Blitze aus der Schwärze hervor und blendeten jeden, der so ungeschickt war, genau in ihre Richtung zu blicken.

»Ein Hypersturmriff«, erklärte Boffään ihm und pflanzte sich mit einem vorwurfsvollen Blick in Schroeders Richtung auf einer Positronikkonsole auf. Bevor er dazu kam, darüber zu maulen, dass der den ganzen Weg »zu Fuß« hatte zurücklegen müssen, statt von Schroeder oder Tamra getragen worden zu sein, erscholl die Stimme einer jungen Sergeantin.

»Ereton/A, Sir«, informierte sie Schroeder. »Es liegt eigentlich etwas seitab von unserem Kurs nach Golthonga.«

»Eigentlich?«

Die Frau hatte langes, ungewöhnlich lockiges Haar, das ihr wie eine Haube um den Kopf lag. Schroeder hatte einmal gehört, wie Captain Onmout sie mit Lin anredete, und fragte sich, was sie auf dem Kerbholz haben mochte, dass es sie an Bord der MINXHAO verschlagen hatte.

»Eigentlich«, wiederholte Lin. »Im Moment sieht es allerdings so aus, als ziehe es uns unwiderstehlich an.«

Schroeder musste an die Auswirkungen Ambriadors denken, an die Art und Weise, wie die Magnet-Galaxie Raumschiffe in ihre Richtung zwang und nicht wieder hergab. Er fixierte das unruhige, nachtschwarze Etwas auf dem Hauptschirm.

»Ich weiß nicht, wie es euch geht«, murmelte er, »aber ich würde es vorziehen, da nicht hindurchzufliegen.«

»Wir auch.« Onmout gab Lin eine Reihe von Befehlen, um die nächste Linearetappe einzuleiten. »Wir haben einen Kurs an Ereton/A vorbei programmiert, aber jedes Mal, wenn wir aus dem Hyperraum auftauchen, scheinen wir näher an dem Ding dran zu sein.«

Schroeder betrachtete erneut die absolute Schwärze. »Glaubst du wirklich, es zieht uns an?«

»Keine Ahnung! Ich weiß nur, dass jeder Sprung uns an eine Stelle bringt, die ich definitiv nicht habe programmieren lassen.«

»Kann es an der Kalibrierung der Linearkonverter liegen?«

Diesmal erhielt Schroeder die Antwort von Lin. »Möglich ist alles, Sir! Vielleicht lag die ORTON-TAPH genau aus diesem Grund im Hangar. Möglicherweise waren die Laren nicht in der Lage, die Konverter zu reparieren.«

»Die Laren sind zu allem in der Lage«, warf Tamra ein.

Startac ignorierte sie. »Aber wir wissen nicht genug, um sicher zu sein.« Er blickte in Onmouts Richtung. »Wann wird er den nächsten Sprung befehlen?« Ohne Linearetappen, das stand für alle in der Zentrale fest, würden sie nirgendwohin gelangen. Egal, welche Gefahr von Ereton/A auch immer ausging: Von Demetrius Onmouts Leuten stellte kein Einziger den nächsten Linearflug in Frage.

Lins Miene wirkte bleich. »In fünf Minuten«, antwortete sie.

Vier

Kurz vor dem dritten Linearsprung lag die Stille in Block III-7a des Maschinenraums wie Watte in Jason Nekos Ohren. Einmal kurz nur fauchte ein Impulsschlüssel, mit dem ein übergewichtiger Techniker der MINXHAO, ein Menschling namens Han Tsutaya, versuchte, ein bei der letzten Überlichtetappe durchgebranntes Energiemodul aus seiner Halterung zu lösen, dann verstummte auch dieses Geräusch wieder.

Jason Neko lauschte und kratzte dabei gedankenverloren in seinen nach larischer Sitte geflochtenen Haaren. In den anderen Blocks dieser Etage wurde ebenfalls gearbeitet, das wusste er. Die dicken Wände der Konverterräume jedoch schirmten jedes gesprochene Wort und auch jeden anderen Ton wirkungsvoll ab, sodass Neko sich wie in einer Gruft fühlte. *In einer heißen Gruft,* dachte er und wischte sich einen Schweißtropfen von der Nasenspitze. Wie lange hockte er jetzt eigentlich schon hier und gab dem fetten Kerl da unten sein Werkzeug an?

Es mussten Stunden sein. Er hatte längst jegliches Zeitgefühl verloren.

Mit einem ungeduldigen Klopfen signalisierte Tsutaya, dass Neko ihm den Impulsschlüssel abnehmen sollte. Neko tat es. Das Werkzeug war warm und fühlte sich in seiner Hand ekelig feucht an. »Kommen Sie zurecht?«, fragte Neko. Gleich darauf biss er sich auf die Lippe. Seit wann war ihm an Smalltalk gelegen?

Er wog den Schlüssel, der wie ein kleiner Impulsstrahler aussah, in der Hand. Sein Blick fiel auf Tsutayas Beine, die dicht vor seiner Nase baumelten. Die Uniformhose war ein Stück hochgerutscht und enthüllte tätowierte Waden mit langen, blonden Haaren.

»Nein«, kam die Antwort des Technikers auf seine Frage. »Das Ding sitzt zu fest. Die Überschlagsenergie hat die Metalle förmlich ineinandergefräst.« Wieder entstand in Nekos Kopf die Vorstellung einer Gruft; die Stimme des Mannes klang hohl, als käme sie aus einem Sarg. Tsutaya kroch ein Stück rückwärts und schob dabei das absurde, mit roten Rosen bestickte Kissen vor sich her, das er benutzte, um bei der unbequemen Arbeit in den engen Schächten keine blauen Flecken an seinem dicken Hintern zu bekommen. Kurz konnte Neko sein Gesäß sehen, über dem sich die Hose ein ganzes Stück zu eng spannte. Er ballte die freie Hand zur Faust.

»Moment mal!« Der Techniker kroch wieder nach vorn. Sein Hintern entschwand Nekos Blicken. »Vielleicht geht es so …« Neko hörte ihn an irgendetwas herumbasteln.

Wieder glitten seine Gedanken in die Vergangenheit. Manchmal hatte er in Dekombor selbst kleinere Reparaturarbeiten ausgeführt. Meistens dann, wenn die Lagerkommandantin ihn eigens darum gebeten hatte. Sie wusste, wie geschickt Jason Neko mit den Händen war, und er hatte jede Gelegenheit genutzt, der Herrin zu zeigen, wie sehr er …

»Impulsschlüssel!«, riss ihn Tsutayas Stimme aus seinen Träumen. »Pennen Sie da hinten eigentlich, oder was?«

Hastig reichte Neko ihm das Werkzeug und erntete dafür ein böses Schnaufen. Warum hatte der Kerl aus der ganzen Masse an Flüchtlingen ausgerechnet ihn ausgesucht, um ihm zur Hand zu gehen? Mehr als achttausend Menschlinge hockten verstreut in den Eingeweiden dieses alten Schrotthaufens, aber ausgerechnet er wurde einem schwitzenden und stinkenden Fettwanst zugeteilt, der kaum noch in der Lage war, seiner Arbeit nachzugehen, weil er einfach nicht mehr in die Zwischenräume passte!

Neko hörte, dass Tsutaya den Impulsschlüssel benutzte, dann erklang ein dumpfes Dröhnen, als der Techniker mit der Faust gegen die Innenseite des Konverters schlug. »Mist, verdammter!«

»Es geht auch nicht«, sagte Neko mehr zu sich selbst.

Statt eine Antwort zu geben, wedelte Tsutaya mit dem Schlüssel hinter sich. Neko nahm ihn. Ein Zischen zeigte an, dass der Techniker eines der Introventile geöffnet hatte, die der Vermeidung eines internen Hitzestaus dienten. Ein Schwall heißer Luft drängte sich an Tsutayas dickem Bauch vorbei und schlug in Nekos Gesicht. Er wich angeekelt zurück, als handele es sich dabei um die Ausdünstungen des Technikers.

Mit einem kaum hörbaren Summen zeigte Konverterblock III-7a an, dass er wieder einsatzbereit war.

»Sehr gut«, ließ Tsutaya sich vernehmen. »Jetzt muss ich nur noch hier …« Fordernd streckte er die Hand nach hinten.

Neko hatte keine Ahnung, was er wollte. »Was ist, wenn bei der nächsten Linearetappe noch mehr von den Aggregaten ausfallen?«, fragte er.

Tsutaya ließ die Hand ein Stück sinken. »Die ORTON-TAPH ist eine robuste alte Lady, es müssen schon mehr als die Hälfte den Abgang machen, bevor sie überhaupt auch nur daran denkt, den Dienst zu verweigern. Die Maschinen sind hier definitiv nicht das Problem. Jedenfalls meine nicht.«

Natürlich, dachte Neko. *Das typische Techniker-Verhalten.* Wenn etwas schiefging, dann lag es garantiert an den Maschinen der anderen. Ungeduldig klopfte Tsutaya gegen sein Knie.

»Was denn?«, herrschte Neko.

»Den Impulsschlüssel, bei Konfuzius! Auf wie viel Prozent hatte ich ihn eben? Zehn? Stellen Sie ihn um auf zwanzig.«

Neko warf einen Blick auf die Seite des Werkzeugs. Eine fingernagelgroße Anzeige zeigte ihm, dass die Energiezufuhr auf dem niedrigsten Level stand. Er drehte an einer kleinen Stellschraube neben der Anzeige und erhöhte die Leistung des Instruments. Auf 20 Prozent. Er zögerte, überlegte kurz, dann drehte er weiter. 30, 40, 50. Schließlich stand der Wert auf der Anzeige auf 100 Prozent.

Schweigend reichte er Tsutaya den Schlüssel. Er hörte an den typischen klirrenden Geräuschen, wie der Techniker das Werkzeug durch einen Strang titanimummantelter Leitungen schob. Im nächsten Moment schoss eine orangene Stichflamme aus Block III-7a.

Jason Neko entkam ihr nur mit knapper Not.

»Maschinenraum, sind die Linearkonverter einsatzbereit?« Lins Stimme ließ nichts von den Gefühlen ahnen, die die junge Offizierin spürte. Mit unbewegter Miene nahm sie die Okaymeldungen aus den einzelnen Konverterblöcken ab, und Tamra sah ihr dabei zu.

»Block III-4a einsatzbereit und hochgefahren.«

»Block III-5a einsatzbereit. Hochgefahren.«

»Block III-6a ebenfalls einsatzbereit. Ich fahre hoch.«

Ein kurzes Zögern. Dann: »Block III-7a: Einsatzbereit. Und hochgefahren.«

Lin nickte Captain Onmout zu. Nur durch ein leichtes Senken des Kinns gab er den Befehl für den dritten Hyperraumsprung des Tages.

Und im nächsten Moment brach die Hölle los.

Tamra wusste nicht, wie ihr geschah. Sie nahm nur wahr, dass sie von den Füßen gerissen wurde und über die Reling flog, die die Galerie umgab. Meterweit flog sie durch die Luft und krachte mit dem Rücken gegen etwas Hartes. Ein beißender Gestank drang ihr in Nase und Rachen, ließ sie husten und dann würgen, während sie verzweifelt herauszufinden versuchte, wo oben und unten war. Jemand schrie etwas. Dann ein Kreischen, leise erst, aber beständig lauter werdend, bis Tamra die Hände hochriss und gegen die Ohren drückte. Es half nichts. Das Schiff kreischte, und das Geräusch übertrug sich direkt durch das Metall des Fußbodens auf Tamras ausgemergelten Körper.

Sie rappelte sich auf.

»Tamra!« Schroeders Stimme klang, als könne er nicht allzu weit von ihr entfernt sein, aber in dem undurchdringlichen Qualm, der sie umgab, konnte Tamra keine zwei Handbreit sehen. Wieder musste sie würgen, doch zu ihrer Erleichterung begannen automatische Klimaanlagen zu arbeiten und sowohl Qualm als auch Gestank aus der Zentrale zu saugen. Gierig holte sie Luft. Ihre Lungen brannten, ebenso ihre Augen, aber beides vergaß sie in dem Moment, als sie die Zerstörungen sah.

»Bei Rhodan!«, flüsterte sie.

Sie spürte, wie sich eine Hand auf ihre Schulter legte. Schroeder. Sein Gesicht war von Ruß verschmiert. Hell leuchtete das Weiß seiner Augen und Zähne durch den Schmutz auf seiner Haut. »Alles in Ordnung?«

Tamra nickte. Sie fühlte sich ein wenig benommen. Die linke Schulter tat ihr weh, dort, wo sie aufgeprallt war, aber sonst war sie unverletzt. Unwillkürlich tastete sie über ihren flachen Bauch. Im Moment spürte sie das Kind nicht, aber sie wusste, dass es lebte.

Die Zentrale der ORTON-TAPH war nicht wiederzuerkennen. Düsterer, flackernder Halbdämmer hatte sich über sie gesenkt, nur an wenigen Schaltpulten flammte in unregelmäßigen Abständen eine der in Geräte und Wände eingebauten Leuchten auf und verlosch sofort wieder.

»Linearkonverter abschalten!«, gellte Onmouts Stimme durch das Halbdunkel. Niemand reagierte, nur das Schiff selbst, indem es zum zweiten Mal aus seinem Innersten ein hohes Kreischen ausstieß. Tamra sah mehrere Körper regungslos vor und zwischen den Konsolen liegen, mit verdrehten Armen, Beinen, Hälsen. Von einer Tastatur tropfte dunkles, zähflüssiges Blut, zog eine haarfeine Linie über das helle Plastik der Verkleidung und traf schließlich in einer langsam größer werdenden Lache auf dem Boden auf. Aus der Hälfte der Monitore, die Tamra von ihrem Standpunkt überblicken konnte, schlugen Flammen in die Höhe. Notfallroboter waren dabei, die Feuer zu löschen, und auch wenn Tamra es mit Erleichterung registrierte, wusste sie doch, dass es nicht viel nützen würde.

»Das Schiff ist ein Wrack, oder?« Aus weit aufgerissenen Augen sah sie Schroeder an.

Er antwortete ihr nicht. Seine Blicke huschten über das Chaos, und ebenso langsam wie von der Tastatur rann jetzt auch aus seinen Haaren ein Blutsfaden.

»Du bist verletzt!« Tamra wollte die Hand ausstecken, um die Blutung zu stillen, doch er wich ihr aus.

»Linearkonverter abschalten!«, schrie Onmout ein zweites Mal. Diesmal bekam er eine Antwort.

»Unmöglich!« Jemand hustete, dann hörte es sich an, als werde ein Stuhl fortgeschoben. Über der Konsole, die dem ersten Offizier vorbehalten war, hob sich ein blasses Gesicht in die Höhe. Tamra sah rote Lippen und rote Speichelfäden. Der Offizier wischte sich mit dem Ärmel das Blut vom Mund, und als er sich zu voller Größe aufgerichtet hatte, war zu erkennen, dass ihm beide Vorderzähne fehlten. Entsprechend undeutlich war seine Aussprache, als er meldete: »Im Maschinenraum hat es einen Kurzschluss gegeben. Die Konverter laufen sich fest.«

Onmout drehte sich einmal um die eigene Achse. Mehr Zeit blieb ihm nicht, um sich einen Eindruck davon zu verschaffen, wie viele seiner Leute noch am

Leben waren. Sein Gesicht wurde härter, als er auf den Hauptschirm sah, der wie durch ein Wunder noch unversehrt schien.

Ereton/A war um ein Vielfaches größer als noch kurz vor dem Sprung! Tamra biss sich auf die Zunge.

»Block III-7a«, rief eine weibliche Stimme. Es war Lin. Tamra wandte sich suchend nach der Frau um, konnte sie jedoch nirgends entdecken. »Die Störung kommt aus Block III-7a. Offenbar hat eine Explosion die Energiezufuhr überbrückt, darum lässt sich der Konverter nicht abschalten!«

Gleichzeitig mit Onmout drehte sich Tamra zu Schroeder um, doch sie war nicht schnell genug. Dort, wo noch eben seine schlaksige Gestalt gestanden hatte, entstand plötzlich ein Vakuum. Der Qualm, den die Abluftanlagen noch nicht fortgeschafft hatten, wehte in die entstandene Leere und bildete dabei kleine Wirbel.

»Bewegt Euch nicht!«

Kelton-Trec vermochte nur zu flüstern, so voller Staunen starrte er auf Mitrade-Parkks Gesicht nieder. Ihre Augäpfel ruckten einmal nach rechts und nach links, aber er hatte nicht das Gefühl, dass die Lagerkommandantin ihn sah. Auch ob sie ihn gehört hatte, wusste er nicht, aber sie blieb tatsächlich still liegen, wie er sie gebeten hatte.

Mit zwei langen Schritten kehrte Kelton zurück an den kleinen Monitor. Inzwischen waren die Notstromaggregate angesprungen, die Beleuchtung in der Medostation flackerte in trübem Gelb. Auch etwa die Hälfte seiner Instrumente funktionierte wieder. Genug, um herauszufinden, was geschehen war. Rasch scrollte Kelton durch den Datenwust auf dem Monitor.

Sämtliche Vitalfunktionen der Lagerkommandantin befanden sich im grünen Bereich. Ihr Herz schlug kräftig und gleichmäßig, die Lunge arbeitete zufriedenstellend. Auch alle anderen Organe verrichteten ihre Aufgaben.

Das war nichts Ungewöhnliches, schließlich hatten sie das vor Beginn des Rückspiel-Vorgangs ebenfalls getan. Bis auf das Gehirn waren alle Organe zu Keltons vollster Zufriedenheit reaktiviert worden.

Das Gehirn.

Stirnrunzelnd suchte der Lare zwischen den Daten nach einem bestimmten Wert. Als er ihn fand, schüttelte er fassungslos den Kopf und blickte dann wieder auf Mitrades Gesicht.

Ihre Augen waren noch immer offen. Und sie bewegten sich!

Zumindest Letzteres hätte auf keinen Fall sein dürfen. Die Fähigkeiten seiner Sen-Trook-Erfindung waren längst noch nicht ausgereift genug, um bei einem toten Körper Regionen wie Groß- oder Mittelhirn wieder zum Funktionieren zu bringen. Er vermochte lediglich – wie er in langen Versuchsreihen mit Tieren und Gunstbolden herausgefunden hatte – archaischere Teile eines toten Gehirns zu reaktivieren. Teile wie Klein- und Zwischenhirn, die Gleichgewichtssinn und Hormonsteuerung koordinierten. Es war ja schon ein immenser Durchbruch gewesen, als es ihm auch noch gelungen war, das Nachhirn zu reparieren, jenen Teil, der etwa Herz und Lungen steuerte.

Keins der reaktivierten Areale jedoch war imstande, Mitrades Augen zu bewegen.

Kelton tippte einen kurzen Befehl ein und änderte damit die Anzeige auf seinem Monitor. *Vielleicht habe ich mich getäuscht.* Vielleicht schaffte es die Reanimier-Einheit bei einer larischen Leiche, größere Teile des Gehirns zu aktivieren, als es bei seinen Versuchsobjekten der Fall gewesen war. Immerhin waren larische Gehirne denen der Gunstbolde weit überlegen.

Doch er täuschte sich. Keinen einzigen Hinweis fand er darauf, dass in Mitrades Schädel auch nur eine einzige Nervenzelle arbeitete, die dem Großhirn angehörte. Offenbar waren die Augenbewegungen nichts anderes als eine reflexbedingte Reaktion des toten Körpers, ähnlich wie das Muskelzucken kurz nach Eintritt des Todes.

Kelton richtete sich ein wenig auf und straffte die Schultern.

Gerade, als er sich davon überzeugt hatte, dass alle Hoffnung unsinnig, dass Mitrade-Parkk wirklich tot war, öffnete sie den Mund.

»Kelton«, hauchte sie.

Fünf

Startac Schroeder landete nach seinem Sprung in einem schmalen, spiralförmig gewundenen Gang, der angefüllt war mit beißendem Qualm. Sein rechter Fuß befand sich auf etwas Weichem, und rasch trat er zur Seite. Er bückte sich, aber seine Befürchtung, es könne ein Mensch gewesen sein, bestätigte sich nicht. Vor ihm lag ein Kissen! Es war halb verkohlt, und dennoch konnte man sein buntes Muster noch erkennen. Rote, üppige Rosen.

Schroeder schüttelte den Kopf.

Im hinteren Teil des Ganges waren die Techniker damit beschäftigt, eine Handvoll kleinerer Brände zu löschen. Stimmen schrieen durcheinander, jemand brüllte ein paar Befehle. Das Prasseln der Flammen klang seltsam dumpf, wie unter Wasser. Schroeder nahm sich nicht viel Zeit, um sich einen Überblick über die Situation zu verschaffen, sondern packte einen Mann am Arm, der eilig an ihm vorbeihasten wollte.

»Wo ist Block III-7a?«, schrie er ihm ins geschwärzte Gesicht.

Der Mann reagierte nicht sofort. Schroeder packte noch fester zu und sah, wie der andere protestierend den Mund öffnete und mit seiner freien Hand hinter sich wedelte.

»Hier herrscht absolutes Chaos! Der Linearantrieb lässt sich nicht abstellen, und wir können nicht herausfinden, woran das liegt! Die Diagnoseeinheiten scheinen in Mitleidenschaft gezogen worden zu sein. Ich soll ...«

»Konverter III-7a«, herrschte Schroeder den Mann an. »Los Mann! Machen Sie schon!« Er schob ihn vor sich her und wies mit dem Kinn in den dichten Qualm.

Endlich schien der Mann aus seiner Starre zu erwachen. Schroeder sah, wie er zweimal rasch hintereinander blinzelte. Inzwischen brannten auch ihm die Augen, und er wischte sich mit dem Unterarm darüber.

»Kommen Sie!«

Gemeinsam eilten Schroeder und der Techniker den gewundenen Gang entlang, vorbei an Nischen, aus denen entweder leises, beständiges Summen drang oder aber ein statisches Knistern, das für Schroeders gereizte Sinne irgendwie bösartig klang. Mehr als die Hälfte der Konverter, schätzte er, waren durchgebrannt.

»Passen Sie auf!«

Die Stimme des Technikers gellte in Schroeders Ohren, und er reagierte instinktiv. Mit einem kurzen Teleportersprung brachte er sich in Sicherheit. Ein Kabel, das einen Augenblick zuvor noch wie tot am Boden gelegen hatte, war plötzlich zu zuckendem Leben erwacht. Ein Lichtbogen sprang aus seinen zerfetzten Enden, überbrückte eine Strecke von zwei oder drei Metern und schlug genau an der Stelle in die Wandverkleidung ein, an der Schroeder noch Sekundenbruchteile zuvor gestanden hatte. Ein ohrenbetäubender Knall ertönte, und schwarzen Protuberanzen gleich zeichneten sich auf der Oberfläche der Wand strahlenförmige Einschlagspuren ab.

»Bei Tunima und Nora!« Die hellen Augen des Technikers starrten Schroeder an. »Wie haben Sie das gemacht?«

Schroeder antwortete nicht. Vorsichtig stieg er über das Kabel, das jetzt ebenso reglos dalag wie in dem Moment vor der Entladung. An der Stelle, an der sich einmal Konverterblock III-7a befunden hatte, klaffte ein Loch in der Wand.

»Lassen Sie die Konverter vom Energienetz trennen!« Wieder hallte ein Alarm durch die Gänge, und Schroeder musste gegen ihn anschreien.

»Aber das würde ...«

»Wenn Sie es nicht tun, setzen sich die Explosionen wie eine Kettenreaktion fort, und am Ende fliegt uns alles um die Ohren!« Schroeder gab dem Mann einen unsanften Stoß. »Los doch!«

Endlich schien der Techniker zu begreifen und lief los.

Schroeder wollte zurück in die Zentrale springen, als ihn ein kaum wahrnehmbares Stöhnen innehalten ließ.

Er fuhr herum. »Ist da wer?« Er tastete sich durch den dicken Qualm in die Richtung, aus der er das Geräusch vermutete. »Sagen Sie etwas!«

Die Antwort konnte er nicht verstehen, aber das undeutliche Gemurmel genügte, um sein Ziel zu erreichen.

Aus einem wie von einem irren Titanen zerquetschten Kommunikationsstand ragten ein paar Beine. Rasch trat Schroeder neben sie. Er legte eine Hand auf das Metall. Zu seiner Überraschung war es nicht heiß, sondern eiskalt. Er zuckte zurück und beugte sich, vorsichtiger geworden, über das Hindernis.

Mit weit nach hinten gebogenem Oberkörper lag ein Mann in den Trümmern. Schroeder sah eine rote Schürfwunde auf blasser Gesichtshaut und ein paar Augen, über denen die Lider bedenklich flatterten.

»Warten Sie, ich hole Sie da raus!« Er bückte sich, untersuchte die halb eingestürzten Wände und fand schließlich eine Stelle, an der er sich hindurchzwängen konnte. Neben dem Verletzten ging er in die Knie. »Wie geht es Ihnen?«

Die Frage kam ihm absurd vor angesichts der Lage, in der sie sich befanden, aber er musste wissen, wie schwer der Mann sich verletzt hatte, bevor er es wagen konnte, ihn mit einem Teleportersprung in Sicherheit zu bringen.

»Toll!« Der Mann knirschte mit den Zähnen.

»Schmerzen im Rücken?«

»Klar, Mann! Machen Sie endlich, hier bricht gleich alles zusammen!«

Wie um dem Verletzten Recht zu geben, senkte sich mit einem bedrohlichen Knirschen die Decke über ihnen.

Schroeder zog den Kopf ein. Es war keine Zeit mehr zum Überlegen. Er packte den Mann an den Schultern, konzentrierte sich und sprang zurück in die Zentrale.

Lins Stimme schrillte durch die Zentrale. »Konverterleistung noch immer auf über siebzig Prozent! Abstand zu Ereton/A fünfzehn Millionen Kilometer.«

Tamra erhaschte einen Blick auf das Schaltpult vor der Offizierin, auf dem Hunderte von kleinen Leuchtdioden flackerten. Die meisten standen auf Grün, aber ein ganzer Block von vielleicht 20 Stück sprang in diesem Augenblick um auf Rot. Ein Leuchtbalken, der eine Anzeige ausfüllte, wandelte die Farbe in ein helles Gelb und begann zu blinken. Dann wanderte er in Richtung null.

Im nächsten Moment fiel die ORTON-TAPH zurück in den Normalraum. Alarmsirenen heulten auf, verstummten jedoch sofort wieder. Tamra, die inzwischen auf ihren Beobachtungsposten auf der Galerie zurückgekehrt war, sah auf die Bildschirme. Das Hypersturmriff wirkte jetzt bedrohlich nah, so nah, dass es mehr als die Hälfte der Monitore ausfüllte. Lin gab einen Befehl in ihre Konsole ein, und die Anzeige zoomte aus. Unten in der rechten Ecke erschien eine kleine gelbliche Sonne.

»Statusbericht?«, bellte Onmout.

Tamra hörte die Ansagen der anderen Besatzungsmitglieder nicht, denn in diesem Augenblick erschien Schroeder wieder in der Zentrale. Er taumelte einige Schritte zur Seite, und da er von einem mitten im Raum befindlichen Antigrav-Schacht halb verdeckt war und ihr außerdem den Rücken zugewandt hatte, bemerkte sie erst auf den zweiten Blick den Grund dafür.

Er trug einen Verletzten! Vorsichtig legte er ihn hinter dem Schacht zu Boden. Er verlor keine Zeit damit, die Zentrale zu durchqueren, sondern teleportierte ein weiteres Mal und kam direkt neben dem Captain an.

»... Linearkonverter abgeschaltet. Funktionsanalyse läuft noch«, hörte Tamra die letzten Worte von Gao Tows Statusbericht. Der Weißhaarige sah auf seine Anzeigen und wurde blass. Hektisch gab er ein paar Befehle ein. »Captain?«

»Reden Sie!« Onmout drehte sich zu seinem ersten Offizier um.

»Wir haben ein Problem. Die Kurzschlüsse im Konverterraum haben sich offenbar selbstständig gemacht und weite Teile des Normalantriebs in Mitleidenschaft gezogen.«

»Wie viel Kapazität haben wir noch?« Onmout verlor keine Zeit damit, nach den Auswirkungen dieser Schäden zu fragen. An den Mienen der anderen Mitglieder der Zentrale, einschließlich Schroeder, konnte Tamra ablesen, dass sie alle bereits ahnten, was Gao nun sagen würde.

»Ungefähr zehn Prozent. Der Normalantrieb ist bis auf ein paar Steuer- und Bremsdüsen unbrauchbar.«

Schroeder stieß einen leisen Fluch aus. Tamra suchte seinen Blick, doch er wirkte ähnlich nachdenklich wie immer.

»Lin, wie sehen die Raumscans aus?«, fragte Onmout.

Raumscans. Tamra zog die Achseln hoch. Die Art, wie Onmout plötzlich sprach, bereitete ihr Unbehagen. Spannung legte sich wie ein unsichtbares Netz über die Zentrale und ließ Tamra frösteln. Sie schlang die Arme um den Leib.

»Eine gelbe Sonne, Sir, ein Zwergstern vom Spektraltyp G-Zwo, etwa sechstausend Kelvin heiß. Ein einziger Planet befindet sich in der Biozone, eins Komma acht Astronomische Einheiten von der Sonne entfernt.«

»Können wir ihn erreichen?« Onmouts Frage galt Gao.

Der Offizier sprach einige Sätze in den Hyperkom an seinem Mund und lauschte dann. Schließlich nickte er, schaute aber ernst drein. »Mit etwas Glück, Sir! Nach dem Austritt aus dem Hyperraum haben wir noch immer annähernd Lichtgeschwindigkeit. Wenn es uns gelingt, in den Schwerkrafteinfluss des Planeten zu fliegen, bringe ich uns heil runter.«

Demetrius Onmout schlug auf die Lehne seines Kommandosessels. »Worauf warten Sie noch? Fliegen Sie uns in dieses System!«

Während die ORTON-TAPH mit dem Einflug in das unbekannte Sonnensystem begann, trat Schroeder zu Tamra und blieb neben ihr stehen.

Auf den Monitoren schob sich die gelbe Sonne aus ihrem Blickfeld und machte schließlich einer grünlich schillernden Kugel Platz, die sich unendlich langsam der Bildmitte näherte. *Langsam!* Tamra hätte beinahe aufgelacht. Sie flogen fast mit Lichtgeschwindigkeit! Hatte sie sich bereits so sehr daran gewöhnt, durch das Universum zu jagen, dass sie begann, in den Kategorien der Raumfahrer zu denken? Wie lange war es her, dass sie zum letzten Mal geflogen war? Sie erinnerte sich an den Rundflug über Taphior, den der Hohe Verwalter Pulpon-Parkk mit ihr unternommen hatte, damals, als er sie aus dem Internat geholt hatte. Und sie erinnerte sich an die Angst, die sie im ersten Moment empfunden hatte.

Gegen diese Angst von damals war das Unbehagen minimal, das sie angesichts der spürbaren Anspannung der Zentralebesatzung erfasst hatte, und sie fragte sich, ob das an der Gegenwart des Mannes lag, dessen stummer Blick auf ihrem Gesicht ruhte. Schroeder. Traute sie ihm allein deshalb, weil er sie aus Mitrade-Parkks Gewalt befreit hatte, so viel zu, dass es ihr nicht mehr möglich war, in seiner Gegenwart um ihr Leben zu fürchten?

Ein kaum wahrnehmbares Zittern durchlief den Boden der Zentrale.

Tamra griff nach einem Halt. »Was war das?«

»Der Einflussbereich des Planeten ist groß genug, um uns aus unserer Flugbahn zu ziehen«, erklärte Schroeder leise.

»Was ist, wenn auf dem Planeten keine für uns günstigen Lebensbedingungen herrschen?«

Schroeder musterte sie einen Augenblick lang schweigend. Seine dunklen Augen zuckten unruhig, während er die Blicke über ihre Züge gleiten ließ, als wolle er ihr die Gedanken an den kleinen Falten rings um ihre Augen ablesen. Schließlich schüttelte er den Kopf. Er war ehrlich genug, sie nicht mit halbherzigen Sprüchen zu beruhigen, und Tamra war ihm dankbar dafür.

Mit dem Kinn wies er auf die andere Seite der Zentrale. »Da hinten habe ich einen Verletzten aus dem Maschinenraum abgelegt. Boffään ist es zwar gelungen, ein paar Medorobots auf den menschlichen Metabolismus umzuprogrammieren, aber vielleicht wäre es ganz gut, wenn du dich um den Verletzten kümmerst. Es ist ein Mann aus Dekombor.«

Tamra löste ihre Hände von der Verstrebung, an der sie sich festgehalten hatte. Sie nickte, und während Schroeder wieder zu Onmout ging, durchquerte sie die Halle.

Der Verletzte war in eine Ecke gebracht worden, die von einem Kommunikationspult und einem Leitungsschacht gebildet wurde. Tamra umrundete das Pult und kniete neben dem Mann nieder. Seine Kleidung war schmutzig und über seiner Schulter und am Oberschenkel zerrissen. Blut war aus mehreren Abschürfungen gesickert und hatte den Stoff getränkt, aber die Verletzungen selbst hatte der Medoroboter bereits versorgt. Sie lagen unter einem dünnen, durchsichtigen Remed-Film und begannen bereits zu heilen. Eine handgroße Verbrennung, die der Mann seitlich an Hals und Nacken erlitten hatte, hatte der Robot ebenfalls behandelt. Jetzt war er gerade dabei, eine weitere an der rechten Hand mit dem Film zu bedecken. Er ließ sich von Tamra dabei nicht stören.

Der Verletzte schien durch den Schleier aus Schmerzmittel, das ihm offenbar injiziert worden war, ihre Anwesenheit zu spüren. Er wandte Tamra das Gesicht zu. In einem hageren, ausgemergelten Gesicht unter langen, zu einem Nest geflochtenen Haaren lag ein Augenpaar, das sie kannte.

Tamra zuckte zurück. »Jason?«

Sein Blick verriet, dass er sie ebenfalls erkannte. »Tamra.« Seine Stimme klang matt.

Sie schüttelte den Kopf. »Jason Neko!«

»Kelton!« Beim zweiten Mal, da Mitrade seinen Namen hauchte, reagierte er endlich und sprang auf. Fassungslos sah er, dass die Lagerkommandantin die Finger bewegte, dann schließlich Arme und Beine. Endlich richtete sie sich ein Stück auf, sank jedoch gleich darauf mit einem schmerzhaften Stöhnen zurück auf die Liege.

»Vorsicht!« Kelton war bei ihr und hielt ihren Kopf, den sie jetzt in quälend aussehenden Zuckungen von rechts nach links warf. Nur mit Mühe konnte er die Larin davon abhalten, sich zu verletzen.

Die Fasern des Greifarms steckten noch immer in ihrer Nackenhaut. Bei seinen Bemühungen, ihren Kopf festzuhalten, berührte er sie – und zuckte zusammen.

Die Fasern waren noch aktiv!

Zu seiner Erleichterung beruhigte sich die Lagerkommandantin wieder, und er konnte ihren Kopf loslassen.

»Was ist geschehen?« Die Frage war nur schwer verständlich, klang eher wie ein Lallen denn wie gesprochene Worte. Dennoch waren sie für Kelton-Trec ein Wunder.

»Ich weiß es nicht«, antwortete er. »Noch nicht. Ihr müsst unbedingt ruhig liegen bleiben.«

»Mir ist schwindelig.«

»Verständlich.« Kelton biss sich auf die Lippe. Bei den Zuckungen ihres Körpers hatte Mitrade das Sen-Trook von ihrem Bauch geworfen. Es lag auf der Seite neben ihrer Hüfte, und auch in ihm steckten noch immer die unter Energie stehenden Faserbündel des Greifarms.

Keltons Augen wurden weit, als er begriff.

Die Angaben der Medoeinheit waren nicht falsch gewesen: Der Rückspielprozess war tatsächlich gleich zu Beginn abgebrochen worden. Dass Mitrade trotzdem in der Lage war zu sprechen, hatte einen anderen Grund.

Ein eisiger Schauer überlief Kelton, als ihm die Konsequenz dieser Erkenntnis klar wurde. Er fühlte, dass seine Beine nachzugeben drohten, und nur, indem er sich an der Medoliege festklammerte, konnte er einen Sturz verhindern.

»Kelton?« Mitrade hatte den Kopf gewendet und blickte ihm direkt ins Gesicht. »Was ist mit mir passiert?«

Täuschte er sich, oder wurde ihre Artikulation langsam besser? Er löste vorsichtig die Hände von der Liege und atmete tief durch. Auch ihm war schlecht. Sehr schlecht sogar.

»Das Sen-Trook«, flüsterte er.

Mitrade hob einen Arm, doch er drückte ihn auf die Liege zurück. »Auf keinen Fall dürft Ihr Euch bewegen!«

»Warum nicht? Was …« Mitrade schob den Kopf ein wenig hin und her, und Verstehen glomm in ihren Augen auf. »Ich bin noch an die Übertragungseinheit angeschlossen?«

Kelton nickte. »Es gab einen Energieabfall, genau in dem Moment, als ich Euer Bewusstsein auf den Memo-Chip überspielen wollte. Die Übertragung brach ab.«

»Aber trotzdem lebe ich.« Mitrades Zunge erschien zwischen ihren Lippen. Sie wirkte rissig und belegt.

»Ja. Ich weiß auch nicht, wie das passieren konnte, aber offenbar haben die genetischen Komponenten der Übertragungsfasern es übernommen, die Impulse des Sen-Trooks an Euren Körper weiterzugeben. Biomechanische Nervenfasern, sozusagen. Ich hatte keine Ahnung, dass sie auf diese Weise funktionieren würden.«

Mitrade brauchte einige Augenblicke, bis ihr klar wurde, was er gesagt hatte. Dann jedoch erschien das Begreifen mit solcher Wucht in ihren Augen, dass es Kelton fast körperlich schmerzte.

»Ich denke mit dem Sen-Trook?«, flüsterte sie.

Kelton konnte den drohenden Schwächeanfall nicht mehr unterdrücken. Kraftlos fiel er in den Sessel, der seinen Sturz sanft auffing.

»Ja«, ächzte er. Zu mehr war er nicht fähig. Die Schmerzen an Nacken und Hals waren erträglich geworden, nachdem der hässliche, larische Blechkopf ihm eine Spritze in den Oberarm gejagt hatte. Unangenehm war allerdings der

Nebel, der durch Nekos Kopf wallte und die Gedanken wie Leim miteinander verkleben ließ.

Eine junge Frau trat neben ihn, aber er war zu matt, um sie sich genauer anzusehen. »Jason?«

Das eine Wort ließ ihn hochfahren. »Tamra!«

»Jason Neko!«, murmelte sie kopfschüttelnd, und die Laute zerrissen den Nebel in seinem Gehirn. Mühsam stemmte er sich auf die Ellenbogen. Den warnenden Schnarrlaut des Medorobots ignorierte er.

»Tamra?«, wiederholte er. Seine Zunge wollte ihm nicht gehorchen. Der Schmerz der Brandwunde in seinem Nacken wurde unerträglich, und so ließ er sich wieder zu Boden sinken. »Ich dachte, du wärst tot.«

»Mitrade-Parkk hat mich nicht getötet.« Sie sprach leise, und er hatte Mühe, sie zu verstehen. Ihr Körper wirkte wie ein Skelett, über das jemand eine papierne Haut gespannt hatte. Wie überdimensionale Haken ragten die Wangenknochen aus dem Gesicht, und die Augen darüber glühten ungesund. Ihr Blick brannte auf Nekos Zügen und erinnerte ihn an früher. An die Art, wie sein Herz galoppiert war, sobald er sie auch nur aus der Ferne gesehen hatte. Daran, wie er sich hinter seiner Überheblichkeit hatte verschanzen müssen, um nicht Gefahr zu laufen, sich lächerlich zu machen.

Er versuchte, die Hand zu heben, aber die Muskeln protestierten. Sein Arm zitterte, als stünde er unter Strom, und doch gelang es ihm, Tamras Wange zu berühren. *Sie ist untot!*, flüsterte sein Unterbewusstsein.

Hastig fragte Tamra: »Was ist passiert?« Sie wies auf seine Verletzungen.

Er schloss die Augen, und wie von einem grellen Schlaglicht erhellt, stand die Szene wieder vor seinen Augen. Tsutaya, dessen fette Beine vor seiner Nase baumelten. Der Impulsschlüssel mit dem larischen Zahlzeichen für 100. Dann die Explosion, die ihn völlig überrascht hatte. Hätte er geahnt, dass der gesamte Block in die Luft fliegen würde, hätte er sich rechtzeitig zurückgezogen ... Jetzt richtete er den Blick auf Tamra. *Falsch!* Hätte er gewusst, dass *sie* sich an Bord befand, dass sie nicht tot war, hätte er Tsutayas Schlüssel niemals umprogrammiert. Oder vielleicht doch? Er lauschte in sich hinein.

Es war ohnehin egal.

Weil es zu spät war.

Er konnte es nicht mehr rückgängig machen. Wie so vieles in seinem Leben. Wie die dämliche Art und Weise, mit der er damals Tamra versucht hatte, davon zu überzeugen, ihn zu heiraten ... Mit einem Ruck riss er die Lider in die Höhe. »Es gab eine Explosion«, erklärte er. »Keine Ahnung, wieso.«

»Du hast Glück gehabt.«

»Wahrscheinlich. Warum lebst du noch?« Ebenso, wie sie kurz zuvor das Gespräch von einem Thema fortgelenkt hatte, das ihr unangenehm schien, floh jetzt er vor der Erinnerung.

Sie senkte den Blick, und wieder war er versucht, sie zu berühren, zu streicheln. Er ballte die unverletzte Hand zur Faust.

Sie ist untot!

Seiner Kehle entrang sich ein Stöhnen. »Ich war dabei, als du damals …«

Ein Geräusch drang zwischen Tamras Lippen hervor, das wie ein Fauchen klang. Er verstummte.

Mühsam löste er die Fingernägel aus dem eigenen Fleisch. Der Medorobot hatte seine Arbeit inzwischen beendet, stand jedoch wartend an seiner Seite, um im Notfall rasch eingreifen zu können. Er winkte ihn fort.

Der Robot gehorchte, nicht ohne zuvor mit flacher Stimme zu schnarren: »Falls die Schmerzen zurückkehren, ruft mich.«

Tamra sah ihm nach, und kurz blieb ihr Blick an einem seltsamen, dürren Kerl haften, der damit beschäftigt war, in ein Armbandkom zu sprechen.

Neko biss die Zähne zusammen. Die Schmerzen *waren* bereits wieder da, aber er wollte keine weitere Betäubung. Er wollte wach sein, sich klar darüber werden, was in seinem Innersten vor sich ging.

Tamra lebte.

Neko spürte, wie ihm schlecht wurde.

Sechs

In Tamras Kopf wirbelten die Gedanken in wildem Reigen umeinander. Sie stand auf und ließ Neko in seiner Ecke liegen. Jener Tag, an dem er ihr den Antrag gemacht hatte, stand nur noch schwach vor ihrem inneren Auge, denn die Ereignisse danach, ihr Beitritt zu den Taoisten und alles weitere, hatten die Erinnerung daran überlagert. Aber sie wusste noch, dass sie hinter all dem Getue, hinter der Darstellung eines verliebten Katers, die er ihr geboten hatte, seine Zuneigung zu ihr gespürt hatte. Offiziell hatte er so getan, als halte er eine Verbindung mit ihr für eine sinnvolle Sache, aber insgeheim, das war ihr damals klar gewesen, und daran erinnerte sie sich auch jetzt, war ihre Zurückweisung ein empfindlicher Schlag für ihn gewesen. Sie hatte ihn verletzt, nicht nur in seinem Stolz, sondern auch ganz tief im Inneren. In seinem Herzen. Und, was vielleicht schlimmer war, danach hatte sie keinen einzigen Gedanken mehr an ihn verschwendet. Bis zu dem Moment, an dem sie ihn verletzt dort in der Ecke hatte liegen sehen.

Der Ausdruck in seinen Augen, als er sie erkannt hatte, war wie ein Schlag ins Gesicht gewesen.

Kopfschüttelnd kehrte Tamra an ihren Platz auf der Galerie zurück, von wo aus sie den besten Überblick über das Geschehen in der Zentrale hatte. Schroeder sah kurz von einer Datenfolie auf, die Onmout ihm gegeben hatte, konzentrierte sich dann wieder auf seine Arbeit. Auf den Monitoren war der Planet jetzt sehr nah. Die dünne Hülle der Atmosphäre grenzte seine Oberfläche wie ein blau schimmernder Mantel gegen die Nachtschwärze des Alls ab.

»Schön, oder?«

Erst als sie angesprochen wurde, bemerkte Tamra, dass Lin ihren Platz gewechselt hatte und nun an einer Konsole ganz in ihrer Nähe stand. Sie folgte Lins Fingerzeig auf die Abbildung des Planeten und nickte.

»Er hat eine Atmosphäre«, murmelte sie.

Lin lächelte leicht. Ihre Lippen öffneten sich dabei einen Spalt und enthüllten ebenmäßige, wie Perlen schimmernde Zähne. »Und sie ist atembar.«

»Gut.« Tamra beobachtete, wie sie sich dem Planeten näherten. Das blaue Band der Atmosphäre wuchs, bis es schließlich den gesamten Bildschirm ausfüllte. Im nächsten Moment flammten sämtliche Monitore grellweiß auf.

Das Prasseln der Befehle, die plötzlich hin und her flogen, war wie ein Hintergrundrauschen in Tamras Ohren. Sie nahm nur noch das grelle Leuchten der ionisierten Luft rings um die ORTON-TAPH und das beständige Murmeln Lins dicht neben ihr wahr, die die Oberflächenscans durchführte. Um ihr Herz zu beruhigen, das angesichts des flammenden Infernos außerhalb der Schiffshülle geradezu galoppierte, konzentrierte sie sich auf die Worte der Sergeantin.

»Neunzig Prozent Wasser, die gesamte Nordhalbkugel ist für eine Landung ungeeignet. Ein Kontinent auf der Südhalbkugel.«

Das Geräusch, das die an ihrem Schiff vorbeirauschende Luft machte, steigerte sich zu einem orkanartigen Tosen. Das Weiß der Reibungshitze wandelte sich für den Bruchteil einer Sekunde in grelles Blau, wurde dann jedoch zu hellem Gelb, das rasch in Orange überging und dann in Rot.

Sie wurden langsamer.

»Die Backbordsteuerdüsen halten nicht mehr lange!« Schroeder hatte hinter einer Steuerkonsole Platz genommen.

Das Rot der Bildschirme wurde wieder zu Orange. Ein scharfer Ruck durchfuhr die ORTON-TAPH, und ein Hämmern erklang, als habe ein Riese das Schiff wie eine Glocke angeschlagen.

»Lin! Landeplatz!« Onmout saß längst nicht mehr in seinem Kommandosessel, sondern stand davor, breitbeinig, die Hände zu Fäusten geballt und halb erhoben, als könne er ihr Schiff eigenhändig vor dem Fallen bewahren.

Lins Stimme überschlug sich jetzt. »Die Landoberfläche ist zu instabil für eine Landung!«

»Wir müssen …« Der Rest von Onmouts Worten ging in einem weiteren

Hämmern unter. Aus einer Konsole dicht neben dem Captain schlugen meterlange Flammen und hüllten Gao Tow ein. Das gepeinigte Schreien des ersten Offiziers ging ebenso in der Hölle aus Dröhnen, Kreischen und Hämmern unter, das die ORTON-TAPH jetzt von sich gab, wie Lins nächste Angaben.

Vor Tamras Augen verlangsamte sich die Szenerie wie in einem grausigen Alptraum. Sie sah Onmout Schroeder etwas zuschreien. Dann sah sie Schroeder teleportieren. Im selben Moment, als er neben dem Captain verschwand, tauchte er neben Lin auf. Auch sie schrie ihm etwas zu. Er teleportierte erneut. Überbrachte Onmout die Informationen. Onmout wies auf Gaos zerstörtes Steuerpult.

Ein Schlag schüttelte die ORTON-TAPH und riss Tamra von den Beinen. Sie schlug hart auf dem Zentralenboden auf, stemmte sich auf alle viere hoch. Es gelang ihr nicht, sich hochzuzerren, denn jetzt bockte die ORTON-TAPH wie ein junges Pferd. Etwas flog dicht an ihrem Kopf vorbei, streifte ihre Ohrmuschel und krachte irgendwo hinter ihr in die Wandverkleidung. Auch dieser Aufprall verging in dem nervenzerfetzenden Getöse des Schiffes.

Tamra sah Lin mit ausdrucksloser Miene an ihren Datenanzeigen arbeiten. Immer wieder musste die junge Offizierin sich mit aller Kraft festhalten, um nicht von den Füßen gerissen zu werden, aber sie schaffte es, genügend Informationen zu bekommen, die Schroeder in weiteren kurzen Teleportersprüngen Onmout mitteilen konnte.

Plötzlich riss Lin die Augen auf. Ihr Kopf zuckte hoch, ihr Blick traf den Tamras. Sie deutete auf ihren Monitor, aber Tamra kam nicht dazu, nachzusehen, was sie ihr zeigen wollte. Schroeder tauchte neben ihr auf, in den Händen einen der Raumanzüge der Laren. Er hielt ihn Tamra hin und bedeutete ihr, ihn anzuziehen. Sie wies auf Lin, aber Schroeder schüttelte energisch den Kopf. Er schrie etwas. Tamra las »Keine Zeit!«, von seinen Lippen. Im nächsten Moment war er schon wieder verschwunden, und der Larenanzug fiel, seines Haltes durch den Mutanten beraubt, schwer in Tamras Hände.

Sie zog ihn an, während Lin weiterhin erregt ihre Daten betrachtete und Tamra immer wieder dazu bringen wollte, einen Blick darauf zu werfen. Im nächsten Moment fühlte es sich an, als werde Tamra der Boden unter den Füßen fortgezogen. Hatte sie bisher noch das Gefühl gehabt, einigermaßen sicher zu stehen, so kam es ihr jetzt so vor, als stürze sie in bodenlose Tiefen. Ihr Magen stieg ihr in der Kehle nach oben. Ihre Füße verloren auch den letzten Halt.

Und den anderen erging es nicht besser. Schlagartig herrschte in der Zentrale der ORTON-TAPH Schwerelosigkeit.

Falsch!, schoss es Tamra durch den Kopf. *Es herrscht freier Fall!*

Was für ihre Sinne auf das Gleiche herauskam. Sie spürte, wie ihr Magensäure hinten in der Kehle kitzelte. Im nächsten Moment krachte sie mit der

Schulter gegen einen metallenen Vorsprung. Ihr Rücken wurde zusammengestaucht, alle Luft aus ihren Lungen gepresst. Es wurde schwarz vor ihren Augen, aber nur kurz. Als sie wieder sehen konnte, drehten sich dunkelrote Funkenräder vor ihrem Blick. Sie spürte, dass sie über den Boden rutschte, krachte erneut gegen etwas, diesmal mit der Hüfte. Sie schrie auf. Es kippte um, prallte auf sie. Wieder bekam sie keine Luft. Sie stemmte sich gegen das Gewicht, das auf ihren Beinen zu liegen gekommen war. Inzwischen war das Getöse der ORTON-TAPH so durchdringend, dass sie den Eindruck hatte, ihr gesamter Körper sei in Schwingungen geraten. Ihre Zähne schlugen unkontrolliert aufeinander, jeder einzelne Muskel in ihrem Körper zitterte, jeder Knochen schien zu Staub zerrieben zu werden. Irgendwie schaffte sie es, das Gewicht von ihren Beinen zu entfernen. Sie griff nach einer Strebe, die seitlich in ihr Blickfeld ragte. Alles rings herum wirkte wie aus den Angeln gehoben. Oben war nicht mehr oben, unten nicht unten. Mit letzter Kraft klammerte sich Tamra an die Strebe. Das Metall fühlte sich auf der Haut ihrer Wange kalt an, kalt und irgendwie tröstlich.

Dann ein weiterer Schlag. Tamra glaubte, auf die Größe eines Staubkorns zusammengedrückt zu werden. Sie schnappte nach Luft. In ihrem Mund war Blut.

Schließlich wurde es endgültig schwarz um sie.

Niemand von ihnen hatte die Schaltungen des Troventaar so gut im Griff, dass Lin ihre Ortungsergebnisse direkt auf das Pult des Kommandanten spielen konnte. Also nutzte Schroeder seine Fähigkeit zur Teleportation, um Onmout die Informationen zu überbringen. Was er dem Captain mitteilte, war allerdings nicht dazu geeignet, sehr viel Hoffnung zu machen.

Weite Teile des einzigen Kontinents dieses Planeten waren für eine Landung ungeeignet, da sie geologisch offenbar instabil waren. Ein Einschlag eines Körpers von der Größe der ORTON-TAPH würde zu einer Kettenreaktion führen, in deren Verlauf der gesamte Kontinent pulverisiert werden würde. In der Mitte des Kontinents jedoch ragte ein Hochplateau auf. Die Instrumente hatten seine Höhe in Bezug auf die Meereshöhe mit etwas mehr als 4000 Metern angegeben. Gekrönt wurde das Plateau von einem Gebirge, das sich aus seiner Mitte noch einmal gut zwei Kilometer erhob. Hier war ihre einzige Landemöglichkeit. Ein ringförmiger Streifen festen Bodens zwischen Abgrund und rasiermesserscharfen Felskanten! Und sie hatten nur noch eine Handvoll Brems- und Steuerdüsen, mit deren Hilfe sie die ORTON-TAPH lenken konnten. Genauso gut hätten sie versuchen können, einen Elefanten von einem Hochhaus zu werfen und mit ihm auf einem Bierdeckel zu landen.

Immerhin gelang es dem blonden Leutnant, der Gaos Platz eingenommen hatte, genug Energie in die Bremsdüsen zu lenken, um sie nicht ungebremst auf den Planeten niedergehen zu lassen. Kurzzeitig sah es nämlich genau danach aus. Im Maschinenraum fiel ein Energieaggregat nach dem anderen aus. Die Antigravanlagen, die Onmout kurzerhand auf minimale Leistung hatte herunterfahren lassen, um die sinkenden Energiekapazitäten der ORTON-TAPH sinnvoller zu nutzen, konnten die auftretenden Kräfte nicht mehr kompensieren. Einen Moment lang herrschte im Schiff die Schwerelosigkeit des freien Falls.

Schroeder sah sie bereits ungebremst in die Flanke des Gebirges krachen, als der blonde Leutnant es schaffte, doch noch von irgendwoher genug Energie zu bekommen, um sie auf eine halbwegs akzeptable Geschwindigkeit abzubremsen. Mit unvermittelter Wucht griff nun die planetare Schwerkraft nach der ORTON-TAPH, und sie wirkte in einem Winkel von mehr als 50 Grad auf das Schiff ein. Sämtliche losen Gegenstände und alle Menschen in der Zentrale krachten gegen die frontalen Wände.

Aus!, schoss es Schroeder durch den Kopf, als er mit Händen und Füßen voran auf den Hauptschirm zusegelte. Unter diesen Bedingungen würde kein Mensch mehr in der Lage sein, die für eine Landung notwendigen Handgriffe auszuführen. Er sah sich um. Dann teleportierte er zu einer der Steuerkonsolen der Kommunikationseinheit. Ihre Seitenwand stand jetzt einigermaßen waagerecht und bot Schroeder eine Art Plattform, auf der er stehen konnte.

Der Lärm der geschundenen Außenhülle war inzwischen so ohrenbetäubend, dass Schroeder ihn kaum noch wahrnahm. Ein dumpfer Druck erfüllte das Innere seines Kopfs und erschwerte das Denken. Die Monitore waren allesamt ausgefallen, sodass er wenigstens das Ende nicht kommen sah.

Noch einmal verlagerte sich die Richtung der wirkenden Schwerkräfte, ließ Schroeder um sein Gleichgewicht ringen. Dann gab es einen titanischen Schlag.

Und dann herrschte Ruhe.

Sieben

1. Mai 1343 NGZ, Fort Blossom

Mondra war grün im Gesicht.

Perry Rhodan grinste schmal. »Du solltest einen Schritt zur Seite treten«, sagte er. »Orange steht dir besser.«

Die Fenster der zu ihrem Gefängnis umfunktionierten Hotelsuite verfügten über eine eingearbeitete Prismenfolie, die das eindringende Sonnenlicht so spaltete, dass breite, regenbogenfarbige Streifen quer durch das gesamte Zimmer fielen. Sie beleuchteten alles in dunklem Violett, in Blau, hellem Gelb und Grün und leuchtenden Rottönen.

Mondra folgte Rhodans Rat, und jetzt legte sich ein zarter rotgelber Schimmer auf ihre Haut und ließ ihr üppiges Haar leuchten.

»Ich muss schon sagen, Großadministrator. Was glauben Sie eigentlich, was hier los ist? Dies ist ein Frontier-Planet! Wir befinden uns mitten im Grenzgebiet zum Trovent. Hier müssen Sie mit allem rechnen!« Die Art und Weise, wie sie Goberto Hos Worte wiederholte und dabei seinen Kommisston imitierte, ließ Rhodan lächeln, auch wenn ihm eigentlich nicht danach zumute war.

»Ärgere dich nicht!«, riet er. »Ho hat seine Gründe, und ich muss sagen, ich kann sie sogar gut verstehen.«

Mondra grummelte vor sich hin und gab ihm keine Antwort. Sie durchquerte den Raum, wobei sie von Orange wieder zu Grün wechselte und sich schließlich blau angeleuchtet auf dem breiten Bett ausstreckte und die langen Beine an den Knöcheln überkreuzte. Ihr Körper versank beinahe in der Fülle an Kissen und weichen Decken.

Immerhin: Über mangelnden Komfort konnten sie sich nicht beklagen, wenn man einmal davon absah, dass sie unter Arrest standen und nicht gehen konnten, wohin sie wollten. Sie befanden sich in einer weitläufigen Zimmerflucht mit dicken Teppichen, bequemen Möbeln und zwei luxuriös ausgestatteten Badezimmern. Ihr Gefängnis lag offenbar in einem der schraubenförmigen Gebäude, die Rhodan bereits beim Blick aus Hos Büro gesehen hatte. Trotz ihres Prisma-Aufbaus boten die Fenster von innen nach außen einen völlig normalen, ungefärbten Blick. In der Ferne war das bronzefarbene, schillernde Hochhaus des Administrators zu erkennen, und der Park, von dem aus der anderen Perspektive nur eine kleine Ecke zu erkennen gewesen war, lag grün und einladend unter ihnen.

»Was meinst du«, ließ sich Mondra vernehmen, »wie lange es dauern wird, bis der Kerl über seine Funkbrücke seine Befehle eingeholt hat?«

Rhodan zuckte die Achseln und wandte den Blick von der schwindelerregenden Tiefe außerhalb der Fenster ab. Mondra hatte sich auf die Seite gedreht. Den Kopf stützte sie in einer Hand, und die Art und Weise, wie sie ihn ansah, rief in ihm Erinnerungen an frühere Zeiten wach. Fast war er versucht, sich ihr zu nähern, und dann …

Er schob den Gedanken weit von sich. *Das ist längst Vergangenheit!,* schalt er sich. *Konzentriere dich auf wichtigere Dinge.*

Nur, dass es im Moment keine wichtigeren Dinge zu tun gab. Innerlich seufzend drehte Rhodan Mondra wieder den Rücken zu und sah erneut aus dem Fenster. Eine knappe Stunde später zirpte der Interkom neben Mondras Bett. Sie setzte sich auf und hieb auf den Empfangsknopf.

»Ja?« Sie klang so unwirsch wie eine schlecht gelaunte Adjutantin.

»Maria Lung«, meldete sich eine weiche, weibliche Stimme. »Ich bin Administrator Hos persönliche Assistentin. Er bittet mich, Ihnen mitzuteilen, dass Nachricht von Staatsmarschall Michou eingetroffen ist. Man wird Ihnen die beiden gewünschten Schiffe zur Verfügung stellen.«

»Wunderbar!« Rhodan trat in den Sichtbereich der Kameras und fragte sich, ob er auf Maria Lungs Monitor gelb leuchtete. »Wann und wo können wir starten?«

Die junge Frau auf der anderen Seite der Verbindung war sichtlich nervös. Ihre Lider klimperten so schnell, dass Rhodan schwindelig davon wurde. »Die XA PING und die RAPHAO stehen auf dem Raumhafen bereit, nicht weit von der Stelle entfernt, an der Sie auf Fort Blossom gelandet sind. Der Staatsmarschall hat befohlen, beide Schiffe unter Ihr Kommando zu stellen. Ich habe schon veranlasst, dass Sie abgeholt werden. In wenigen Minuten müsste Leutnant Lung bei Ihnen sein.«

»Lung? Ist das Ihr Ehemann?«, konnte Rhodan sich die Frage nicht verkneifen. Er war froh, dass die Warterei endlich ein Ende hatte, ärgerte sich aber auch darüber, dass Goberto Ho es nicht für nötig hielt, ihn persönlich von der Bereitstellung der beiden Schiffe zu unterrichten.

Eine leichte Röte flog über Marias Gesicht. »Lung ist ein sehr häufiger Name im alteranischen Imperium, Sir. Ich soll Ihnen von Administrator Ho eine gute Reise wünschen.« Ohne eine Antwort abzuwarten, kappte sie die Übertragung.

Rhodan starrte auf einen schwarzen Bildschirm. »Danke«, murmelte er kopfschüttelnd. »Übermitteln Sie dem Adminstrator meine besten Grüße.«

»Was für ein Idiot!«, sagte Mondra. Sie war aufgestanden und ging jetzt zur Tür, um auf die Eskorte zu warten.

Rhodan nickte. »Stimmt schon. Aber mir geht im Moment etwas ganz anderes im Kopf herum.«

»Was?« Mondra aktivierte den Bildschirm, der den Gang vor ihrem Apartement abbildete. Noch war von Leutnant Lung nichts zu sehen.

Rhodan seufzte. »Hoffentlich hat Schroeder inzwischen mit den anderen wohlbehalten das Golth-System erreicht.«

Acht

Schroeder brauchte einen Augenblick, um zu begreifen, dass sie gelandet waren, doch dann setzten Verstand und Reaktionsvermögen gleichzeitig wieder ein. Er teleportierte dorthin, wo er Tamra vermutete.

Sie war ebenso wie alle anderen quer durch die Zentrale geschleudert worden, und Schroeder konnte nur hoffen, dass sie noch lebte. Hastig verschaffte er sich einen Überblick. Er sah überall verdrehte Körper, zerschlagene Leichen,

Blut auf Boden und Wänden. Elektrische Instrumente knisterten, und durch den Pfropf, der ihm noch immer in den Ohren saß, klang es dumpf wie das Knacken ausgerenkter Gelenke. Er fand Überlebende, erst einen, dann weitere. Alle trugen Kampfanzüge oder hatten es vor dem Absturz noch geschafft, sich in einen der Larenanzüge zu zwängen. Schroeder schöpfte Hoffnung.

Auch Tamra hatte einen Larenanzug zur Verfügung gehabt.

Aber hatte sie ihn auch anziehen können?

Und wenn ja – hatte er ihr das Leben gerettet?

Er zwängte sich an einem verknäulten Haufen glühenden Metalls vorbei, der ihm den Weg versperrte.

Dann sah er sie. Sie lag zwischen mehreren Stangen aus glänzendem Stahl, die alle so verbogen waren, dass er eine Weile brauchte, um sie als die Überreste eines Geländers zu erkennen.

Im hinteren Teil der Zentrale piepste ein Signal, monoton und ausdauernd, wie das einer Steuereinheit, die um Aufmerksamkeit rang. In der knisternden Stille wirkte das Geräusch fehl am Platz, aber es reichte aus, um Schroeders strapazierte Nerven zum Durchdrehen zu bringen.

Er packte Tamra und sprang mit ihr hinaus, ohne einen Gedanken an mögliche schwere Verletzungen ihrer Wirbelsäule zu verschwenden.

Er landete auf einer windumtosten Ebene mit kleinen, scharfkantigen Steinen unter seinen Stiefeln. Vorsichtig legte er Tamra nieder, und als er sich mit klopfendem Herzen über sie beugte, halb erwartend, dass er nur noch ihren Tod würde feststellen können, stöhnte sie leise auf.

In ihm senkte sich etwas in grenzenloser Erleichterung.

Sie schlug die Augen auf, fuhr in die Höhe und zeigte über seine Schulter.

Jetzt erst wandte Schroeder sich zu der ORTON-TAPH um. Sie befanden sich auf der Hochebene. Sie hatten es tatsächlich geschafft! In einiger Entfernung ragten zu ihrer Linken die Felshänge des Gebirges in die Höhe. Das Schiff schien weitgehend intakt zu sein, wenn seine Außenhülle auch unter der erlittenen Belastung noch immer ächzte und stöhnte. In seinem Inneren, begriff Schroeder, hatten mehr als eine Handvoll Menschen überlebt.

Wie um diesen Gedanken zu bestätigen, öffneten sich zwei der großen Hangarschotts. Eines fiel einfach nach unten und krachte mit einem dumpfen Dröhnen auf dem mit Geröll übersäten Boden auf, bei dem anderen funktionierte die Hydraulik noch. Menschen quollen aus dem Bauch der sterbenden ORTON-TAPH.

Tamra zeigte auf sie. »Viele werden verletzt sein«, krächzte sie. »Ohnmächtig wie ich. Du musst ihnen …« Sie hustete, weil ihr die Stimme versagte. Keuchend holte sie Luft.

»Was ist?« Besorgt beugte Schroeder sich über sie.

»Nichts.« Sie rieb sich über den Brustkorb. »Nur ein bisschen Schwierigkeiten beim Atmen. Aber du musst ...«

Schroeders Blick zuckte zu der langen Reihe von Menschen, die das Schiff wie bei einem Exodus verließen. Viele von ihnen hatten gerade noch genug Kraft, aus der unmittelbaren Nähe der ORTON-TAPH zu taumeln, dann sanken sie erschöpft, verletzt und blutend zu Boden.

Er stand auf. »Onmout«, sagte er.

Tamra legte den Kopf schief. Es sah aus, als lausche sie auf eine unhörbare innere Stimme. »Lin«, fügte sie an. »Du musst unbedingt Lin da rausholen.«

Die Dringlichkeit in ihrem Blick machte Schroeder klar, dass er keine Zeit für Fragen hatte. Er nickte. Dann sprang er.

Der erste Überlebende, den Schroeder zu Tamras Stelle teleportierte, war nicht Demetrius Onmout. Es war zu ihrem Bedauern auch nicht Lin, sondern ein Mann aus Onmouts Crew. Tamra hatte ihn in der Zentrale gesehen, wo er ihr trotz der schrägen Buntheit der zusammengewürfelten Mannschaft aufgefallen war. Er war groß, weit über zwei Meter, schätzte sie. Und er wirkte dürr und abgemagert, als zehre eine schwere Krankheit an ihm. Seine Gesichtshaut hatte einen ungesunden gelben Ton, wie von einer schweren Hepatitis. Die langen, schwarzen Haare trug er zu einem dicken Zopf auf dem Oberkopf zusammengefasst und mit einem buntschillernden Tuch umwickelt. Seinen Namen kannte Tamra nicht. Der Mann war bewusstlos, und Tamra bettete ihn so bequem wie möglich. Während sie auf Schroeders Rückkehr wartete, hatten die Ersten aus der langen Reihe an Flüchtlingen sie erreicht und ließen sich kraftlos zu Boden sinken. Im Nu war Tamra von einer Vielzahl fluchender, jammernder oder einfach nur ausdruckslos vor sich hin starrender Menschen umgeben. Fast jeder blutete aus einer Wunde. Einige der weniger stark Verletzten hatten andere gestützt oder sogar getragen, sodass bei weitem nicht alle überleben würden.

Tamra hörte ihr Stöhnen, und sie fror dabei.

Vom zweiten Sprung kehrte Schroeder mit Onmout zurück. Der Captain war bleich und hatte eine Kopfverletzung davongetragen, die er mit einem Zipfel seines Ärmels stillte. Ohne sich lange aufzuhalten, machte er sich daran, seine Leute unter den Flüchtlingen aufzuspüren und ihnen Befehle zu erteilen.

»Lin!«, rief Tamra Schroeder zu, bevor er erneut verschwinden konnte. Sie wusste nicht, ob er sie gehört hatte. Der Wunsch, mit der Kommunikationsoffizierin zu sprechen, wurde in ihr plötzlich übermächtig. Genau erinnerte sie sich an den erschrockenen Gesichtsausdruck der jungen Frau. Die Anzeigen hatten ihr irgendein Geheimnis dieses Planeten verraten, und zwar kein schönes, da war sich Tamra ganz sicher. Unbehaglich sah sie sich um. Das Hochplateau wirkte friedlich. In einiger Entfernung konnte Tamra das Ende der Geröllhalde ausmachen. Niedrige, blaugrün schimmernde Pflanzen wuchsen dort, hüfthoch zunächst, um etwa einen halben Kilometer weiter in dichtes Unterholz überzugehen. Tamra zog die Schultern hoch.

Beim dritten Mal erschien Schroeder wieder nicht mit Lin, sondern mit Jason Neko. Er legte ihn vor Tamra auf dem Boden ab, und sie erwischte ihn am Arm, bevor er erneut verschwinden konnte. Ernst sah sie ihm ins Gesicht. Er war bleich, und seine Züge sahen vor lauter Erschöpfung spitz aus. Sein Kehlkopf ruckte auf und ab, als sei ihm übel.

»Du musst unbedingt Lin finden«, sagte sie leise. »Sie weiß etwas über diesen Planeten!«

Er holte Luft. Halb erwartete sie, er würde ihr sagen, dass Lin tot sei, aber schließlich nickte er und war erneut fort.

Neko war nur halb bei Bewusstsein, also räumte Tamra die größten Felsbrocken unter seinem Kopf fort, sodass er einigermaßen bequem lag. Zu ihrer Erleichterung hatte er keine zusätzlichen Verletzungen – zumindest war ihm äußerlich nichts anzusehen. Wie es in seinem Inneren aussah … Tamra schob den Gedanken von sich, weil er ihr unangenehm zweideutig vorkam, und hob den Blick über die langsam größer werdende Menge an Flüchtlingen.

Es hatten weitaus mehr überlebt, als sie zu hoffen gewagt hatte. Inzwischen mussten mehr als 1000 Menschen rings um sie herum auf der Ebene lagern, und noch immer riss der Strom an neu Hinzukommenden nicht ab. Unter ihnen befanden sich auch nichtmenschliche Gestalten, und es dauerte einen Augenblick, bis Tamra begriff, um was es sich handelte.

Medorobots!

Auf den Schultern eines von ihnen saß Boffään. Ein Lächeln glitt über Tamras Züge. Der Reparator winkte ihr zu. Er war so klug gewesen, die intakten Maschinen zu aktivieren und mit nach draußen zu bringen. Die Robots glitten auf ihren Prallfeldern durch die langen Reihen der Verletzten, suchten nach den dringendsten Fällen und begannen ihre Arbeit.

Diesmal tauchte Schroeder hinter Tamra auf. Sie bemerkte ihn erst, als er einen leisen Ruf ausstieß. Rasch wandte sie sich um, gerade noch rechtzeitig, um Lins reglosen Körper aufzufangen, der seinen Armen zu entgleiten drohte. Gemeinsam gelang es ihnen, die Offizierin auf dem Boden abzulegen. Tamra legte eine Hand an ihren Hals und suchte nach einem Puls. Sie fand ihn, konnte ihn aber kaum noch spüren, so schwach war er. Rasch suchte sie Lins Körper nach Verletzungen ab, fand zu ihrer Überraschung aber nicht eine einzige. Lins makellose Haut war weiß und unversehrt.

In diesem Moment stöhnte Schroeder leise auf. Tamras Kopf ruckte hoch. Sie hatte gar nicht bemerkt, dass er noch da war, war davon ausgegangen, dass er längst wieder zu seinem nächsten Rettungssprung aufgebrochen war.

»O große Mutter Tunima!«, entfuhr es ihr.

Er war jetzt leichenblass; wie dicke, schwarze Balken lagen Schatten unter seinen Augen. Sein Oberkörper schwankte leicht, und seine Lider flatterten. Mühsam stemmte er sich hoch, und Tamra schrie auf. »Du darfst nicht noch einmal springen!«

Ihre Warnung kam jedoch zu spät. Vor ihren Augen verschwand er.

Trotz der Sorge, die sie um den hageren Mutanten empfand, gelang es Tamra, sich auf Lin zu konzentrieren. Sie griff sich Captain Onmout, der in Begleitung zweier seiner Männer an ihr vorbeieilen wollte, und bat ihn, einen der Medorobots für die Offizierin abzukommandieren.

Der Captain blickte skeptisch auf Lin nieder. »Es sieht nicht so aus, als sei sie in unmittelbarer Lebensgefahr!«

»Ihr Puls geht nur schwach.« Tamra hielt inne und besann sich. »Kurz bevor wir abgestürzt sind, hat sie auf ihren Anzeigen irgendetwas Wichtiges entdeckt. Sie wollte es mir mitteilen, kam aber nicht mehr dazu.«

»Etwas Wichtiges?« Onmout hob eine Hand, um einen seiner Männer davon abzuhalten, ihn zu unterbrechen.

»Über den Planeten.« Tamra nickte energisch. »Ich hatte das Gefühl, dass es sich um irgendeine Gefahr handelt.«

»Gut.« Statt noch mehr Worte zu machen, befahl Onmout seinen Begleitern, dafür zu sorgen, dass ein Medorobot sich um Lin kümmerte. Dann stiefelte er seines Weges.

Der Roboter schwebte kurz darauf heran, und trotzdem hätte Tamra am liebsten wegen seiner Langsamkeit auf seine metallene Hülle eingetrommelt. Sie biss sich auf die Lippen, als er mit seiner Untersuchung begann. Wieder musste Tamra minutenlang warten, und sie tat es sehr unwillig.

»Diagnose«, schnarrte der Roboter endlich. »Leberriss. Meine Mittel reichen nicht aus, um die Verletzung zu behandeln.«

Tamra hob beide Hände an den Mund. »Wird sie sterben?«

»Positiv.«

Neben der Bewusstlosen sank Tamra auf die Fersen. Sie griff nach der Hand der jungen Frau und hielt sie fest; ein verzweifelter Versuch, sie ans Leben zu binden. Lins Haut war kalt und feucht.

»Kannst du sie für einen Moment aufwecken?«, fragte Tamra.

»Ich verstehe nicht«, sagte der Robot.

»Sie aus ihrer Bewusstlosigkeit holen, damit ich mit ihr reden kann.«

»Negativ. Es würde das Sterben beschleunigen.«

Tamra fühlte eine völlig irrationale Wut auf die neutrale Stimme des Robots. »Sie stirbt sowieso!«, fauchte sie. »Aber wenn ich nicht vorher nochmal mit ihr sprechen kann, sterben wir vielleicht alle.«

Diese Argumentation schien der Robot nachvollziehen zu können. »Einen Augenblick.« Eine Injektionsnadel schob sich aus einem seiner tentakelförmigen Arme, senkte sich zu Lin und stach in ihre Halsschlagader. In dem Moment, in dem der Robot die Nadel wieder aus der Haut zog, schlug die junge Offizierin die Augen auf.

»Lin?« Tamra beugte sich über sie. »Können Sie mich hören?«

Der Blick der Frau war unstet, aber schließlich fixierte sie Tamras Gesicht. »… Bioscan …«, hauchte sie.

Der Rest ihrer Worte ging im Schnarren des Robots unter: »Ihre Lebensfunktionen versagen.«

»Halt die Klappe!«, schrie Tamra und beugte sich dichter an Lins Mund. »Was haben Sie gesagt?«

»Es gibt nur ein einz…« Wieder war der Rest des Satzes nicht zu verstehen, doch diesmal war nicht der Roboter Schuld daran. Lin war einfach zu schwach, ihn zu beenden.

Verzweifelt verdrehte Tamra die Augen gen Himmel. »Lin, bitte!«, flehte sie. Aber es war zu spät.

Übergangslos wich der letzte Rest von Leben aus Lins Miene.

Sie war tot.

Tamra ließ ihre Hand los und schlug mit der Faust auf den geröllübersäten Boden. Der Schmerz war scharf und grell, als sich die Steinchen in ihre Haut bohrten, doch sie bemerkte ihn kaum.

Genau in diesem Augenblick kehrte Schroeder zurück. Mit einem kleinen Jungen im Arm materialisierte er dicht neben Lins Leiche.

Schroeder fühlte sich, als sei er kurz vor einem Kreislaufkollaps. Sein Herz pumpte angestrengt und schmerzhaft gegen seine Rippen, in seinem Schädel dröhnte es, und über allen Empfindungen lag ein fast rauschartiger Nebel.

Ihm war klar, dass er keine weiteren Teleportationen mehr durchführen konnte, doch genau das konnte er nicht tun. Teile der ORTON-TAPH waren kollabiert, hatten Menschen verschüttet oder durch herumfliegende Trümmer bewusstlos geschlagen. Er war der Einzige, der sie retten konnte, und wenn es sein musste, würde er bis zur Besinnungslosigkeit springen.

Er würgte. Blutige Schleier wallten vor seinen Augen, und er spürte, wie jemand ihm das Kind abnahm. Einige Worte drangen an sein Ohr, doch er verstand ihren Sinn nicht. Er blieb schwankend stehen, die Augen geschlossen, um zu neuen Kräften zu kommen. Hände lagen auf seiner Schulter und um seinen

Oberarm, und kurz meinte er, Tamras große Augen dicht vor seinem Gesicht zu sehen.

Er atmete tief durch. Ein wenig klärte sich sein Blick, und in seinen Ohren dröhnte es nicht mehr.

Ein seltsames, reibendes Geräusch ließ ihn aufhorchen.

Tamras Augen wurden größer, und er drehte sich um, um festzustellen, was sie mit solchem Entsetzen erfüllte. Das Geräusch wurde lauter, glich jedoch noch immer einem Reiben. Riesige Hände, die über eine raue Oberfläche strichen.

»Das Schiff!«, rief jemand, ein einzelner, schriller Schrei, der aus dem nun einsetzenden Stimmengewirr hervorstach.

Ungläubig starrte Schroeder auf die ORTON-TAPH. Seine Augen waren noch immer nicht in Ordnung! Anders war nicht zu erklären, was er sah.

Die Außenhülle des Schiffes begann, sich zu bewegen. Wie bei metallisch glänzendem Fleisch, das von einer Gänsehaut überzogen wurde, rann ein Schauer über den Raumer. Eine Welle erfasste das Material, lief vom Bug bis zum Heck, und hinter ihr änderte die Oberfläche ihr Aussehen. Glanz wurde zu stumpfem Grau. Geschlossene Schotten, die sich gut sichtbar vom Rest der Hülle abhoben, verkrusteten, bis sie nur noch kaum erkennbare Schatten waren. Offene Schotten schlossen sich, bevor die Welle sie erreichte, und überzogen sich mit derselben Schicht.

Es sah aus, als habe ein Zauber die ORTON-TAPH erfasst und sie in Stein verwandelt.

Schroeder beobachtete, wie die Welle die letzten Spitzen von halb ausgefahrenen Landebeinen und Waffensystemen erreichten.

Ohne dass er es verhindern konnte, schwanden ihm die Sinne.

Auf Caligo stand Kelton-Trec am Fenster seiner illegalen Medostation und rang um Luft. Teile der Stadt brannten noch immer, doch er bemerkte es kaum. Er fühlte die Adern an seinem Hals wie unter immensem Druck anschwellen. Mit zitternden Händen gab er sich eine Injektion, die das Stocken seines Blutes um ein paar Tage verzögern konnte. Dennoch lief ihm die Zeit davon.

Er tippte mit zitternden Fingern auf sein Armbandkom und stellte den Kontakt zu seinem Verbindungsmann auf der ORTON-TAPH her.

Neun

Etwa einen halben Kilometer von der seltsam verwandelten ORTON-TAPH entfernt bildeten Hunderte von kleineren und größeren Felsbrocken ein steinernes Labyrinth. Hierher hatten sich die dem Wrack Entkommenen zurückgezogen, um sich wenigstens provisorisch vor dem kalten Höhenwind zu schützen.

Jason Neko hatte sich gegen einen der größeren Brocken gelehnt und dachte daran, wie Tamra sich um diesen schlaksigen Kerl mit den seltsamen Augen kümmerte. Dessen Existenz schien ihm weitaus interessanter zu sein als die unerklärliche Veränderung des Wracks, das für die anderen Menschen das einzige Gesprächsthema zu sein schien.

Ein Teleporter! Neko schüttelte den Kopf. Bisher hatte er geglaubt, Mutanten gäbe es nur in den Legenden. Sie seien Teil jener uralten Geschichten über Perry Rhodan und das Solare Imperium, an das er schon vor langer Zeit aufgehört hatte zu glauben. Nun, dieser Schroeder hatte ihn eines Besseren belehrt.

Wie ein gefällter Baum war der Kerl nach seinem letzten Sprung umgekippt und seitdem noch nicht wieder erwacht, obwohl die Sonne in der Zwischenzeit einmal unter- und wieder aufgegangen war. Tamra schien sich wirklich Sorgen um ihn zu machen.

Neko beobachtete, wie sie seine Stirn mit einem feuchten Lappen kühlte und immer wieder nach seinem Handgelenk griff, um den Puls zu messen. Die Medorobots hatten im Laufe der Nacht einer nach dem anderen den Geist aufgegeben, weil ihre Akkus leer waren. Kurz bevor die ORTON-TAPH sich in ein Standbild verwandelt hatte, war es zwei Technikern der MINXHAO noch gelungen, eine Ladestation in Sicherheit zu bringen. Dummerweise war das Gerät beim Absturz beschädigt worden, und die beiden Männer versuchten seit Sonnenaufgang, es zu reparieren.

Neko hörte sie im Schatten einer hochaufragenden Felsnadel leise vor sich hin fluchen. Solange sie erfolglos waren, blieb den Menschen nichts anderes übrig, als sich selbst um die Schwerverletzten zu kümmern. Ein komischer Kerl mit einem Turban und ungewöhnlich gelber Haut hatte dabei das Kommando übernommen; Neko hatte von einem von Onmouts Crewmitgliedern erfahren, dass es sich um den Bordarzt der MINXHAO handelte.

Der Mann gab sich alle Mühe, arbeitete seit dem Absturz beinahe rund um die Uhr, und dennoch konnte er nicht verhindern, dass rings herum die Menschen starben.

Manche hörten einfach auf zu atmen; lautlos und würdevoll verabschiedeten sie sich in eine andere Welt. Andere hingegen schrien ihre Qual und auch ihre Angst in den hellblauen Himmel hinaus, sodass Neko jedes Mal froh war, wenn endlich eine der Stimmen verstummte. Er legte den Kopf gegen den Felsen, richtete das Gesicht zur Sonne und schloss die Augen.

Ein Seufzen ließ ihn aufblicken.

Vor ihm stand der Bordarzt. Neko suchte in seinem Gedächtnis nach dem Namen, den ihm Onmouts Soldat genannt hatte.

Ian Fouchou.

»Darf ich mich einen Augenblick zu Ihnen setzen?«, fragte der Mediziner.

Neko zuckte nur mit den Achseln, und Fouchou ließ sich mit einem leisen Stöhnen neben ihm zu Boden sinken. »Ich brauche eine kurze Pause«, sagte er. »Sonst klappe ich zusammen.«

Kurz fragte Neko sich, warum der Mann sich ausgerechnet ihn als Gesellschaft ausgesucht hatte. Dann fiel ihm ein, was Tamra über ihn erzählt hatte. Dass Schroeder ihn kurz vor ihm aus dem Wrack geholt hatte. Vielleicht spürte der Kerl dadurch so etwas wie eine Verbindung.

Neko beschloss, ihm diesen Zahn so schnell wie möglich zu ziehen, und um sein Desinteresse an einer Plauderei von vornherein deutlich zu machen, reagierte er auf die Worte Fouchous nur mit einem undeutlichen Brummen.

Der Mediziner wandte den Kopf und sah ihn an. Wenn er sich über Nekos Unhöflichkeit ärgerte, zeigte er es nicht. Seine Pupillen waren ungewöhnlich weit, so, als stünde er unter dem Einfluss irgendeiner starken Droge.

Wie um diese Vermutung zu bestätigen, holte Fouchou mit einem schiefen Grinsen zwei kleine, grüne Pillen aus seiner Hosentasche und hob sie auf der flachen Hand vor sein Gesicht. »Die machen einen hübsch munter. Leider sind sie nicht gut für den Herzmuskel. Ich habe seit dem Absturz ungefähr die achtfache vorgeschriebene Dosis genommen.«

Neko wollte den Mund öffnen und den Mann fragen, warum er ihm das alles erzählte, tat es dann aber doch nicht. Es war besser, weiterhin den Schweigsamen zu spielen.

Es nützte nicht viel. Fouchou deutete mit weit ausholender Geste über das provisorische Lager und die vielen verletzten Menschen. »Irgendwie habe ich ein Déja-vu«, erzählte er. »Als die MINXHAO über Caligo abgeschossen wurde, konnte ich auch nur einen kleinen Teil der Verletzten retten.« Er legte die Handflächen aneinander und presste sie so stark zusammen, dass die Sehnen an seinen dürren Handgelenken hervortraten. Dann kam er mit einer federnden, energiegeladenen Bewegung auf die Beine. »Scheint mein Schicksal zu sein«, murmelte er. »Fouchou, der Nutzlose. Hat mich gefreut.« Ohne ein weiteres Wort zu verlieren, verschwand er so rasch und lautlos, wie er gekommen war.

Neko sah ihm mit einer Mischung aus Amüsiertheit und Ungläubigkeit nach. Er setzte sich bequemer hin und machte sich daran, die ORTON-TAPH zu betrachten.

Sie hatten versucht, die Umwandlung der Außenhülle wieder rückgängig zu machen, doch völlig erfolglos. Die ORTON-TAPH hatte sich in einen undurchdringlichen, offenbar meterdicken Panzer gehüllt. Wer sich zum Zeitpunkt der Umwandlung noch im Inneren des Schiffes befunden hatte, weilte nach wie vor darin. Inzwischen machte unter den Flüchtlingen das Gerücht die Runde, dass ein Reaktorleck eine radioaktive Verstrahlung verursacht und dadurch die Strukturumwandlung ausgelöst hatte. Wenn das stimmte, waren die Leute im Wrack sowieso nicht mehr zu retten.

Neko seufzte. Er dachte an Han Tsutaya und den Impulsschlüssel und begann zu grübeln, welcher Teufel ihn geritten hatte, die ORTON-TAPH zu sabotieren. Sicher: Er war von Anfang an dagegen gewesen, Dekombor zu verlassen. Wenn sich eine Gelegenheit ergeben hätte, hätte er Mitrade-Parkk sogar vor der Flucht der alteranischen Knechte gewarnt. Es war jedoch alles viel zu schnell gegangen. Bevor ihm überhaupt bewusst geworden war, was geschah, befanden sie sich alle bereits an Bord der ORTON-TAPH. Als er endlich begriffen hatte, dass sie nicht nach Groschir gebracht werden sollten, sondern dass sie *fliehen* würden, waren sie bereits im Luftraum über Caligo gewesen. Er hatte sich gefühlt wie ein Tiger, den man seiner natürlichen Umgebung entrissen hatte.

Und dann hatte er den Impulsschlüssel manipuliert.

In diesem Augenblick war es ihm absolut richtig erschienen. Jetzt allerdings ... Vielleicht hatte er gedacht, eine kleine Sabotage würde sie zum Umkehren zwingen. Vielleicht war er aber auch einfach nur lebensmüde geworden. Ein schneller Tod schien allemal besser zu sein als das primitive Dahinsiechen außerhalb des wohltuenden Einflussbereichs der Laren! Alles mögliche Erklärungen für sein Handeln. Nur, dass er sich nicht erinnern konnte, welche von ihnen die richtige war.

Neko schnaubte, öffnete die Augen wieder und ließ die Blicke schweifen.

Die Felsen waren das Einzige, was ihnen ein wenig Schutz bieten konnte – abgesehen von einigen wenigen Zelten aus dünner Folie, die sie hatten retten können. Und ebenfalls abgesehen von einigen flachen Trümmerstücken, die vor dem Absturz von der ORTON-TAPH abgesprengt worden und rings um das Wrack niedergegangen waren. Auch sie hatte die Strukturumwandlung erfasst, und es waren bis zu zehn Mann nötig gewesen, um sie zwischen die Felsen zu schaffen und als Windschutz aufzurichten.

Die Zeltbahnen knatterten wie Maschinengewehrfeuer im Wind und übertönten damit immer wieder das Stöhnen der Sterbenden. In Nekos Augen bewies die Situation nur zu deutlich, wie Recht er mit seiner Einschätzung der Lage gehabt hatte. Menschlinge waren ohne ihre Herren ein Nichts! Sie alle würden hier auf diesem elenden Planeten krepieren.

Ein Heim fern der wahren Heimat … Ein bitteres Lachen wollte ihm schier die Kehle zerreißen.

»Woran denkst du?«

Er fuhr hoch und begriff, dass er unter den wärmenden Sonnenstrahlen eingenickt war. Tamra stand neben ihm; er hatte ihr Näherkommen nicht bemerkt.

»Nichts.« Er streckte das angewinkelte Bein und zog dafür das andere an.

»Entschuldige, ich wollte dich nicht wecken.« Tamra war drauf und dran, sich wieder zu entfernen, als Neko mit dem Kinn auf Schroeder deutete.

»Meinst du, er wacht irgendwann wieder auf?«

»Er ist nicht schwerer verletzt als du oder ich. Seine Bewusstlosigkeit kommt von der Anstrengung der vielen Teleportationen, hat mir Onmout erklärt. Sein Gehirn braucht einfach Ruhe. Er wird bald wieder zu sich kommen.« Tamra blickte in Schroeders Richtung, und ganz kurz sah Neko, dass ihre Züge weicher wurden. Sie bemerkte jedoch, dass er sie beobachtete, und runzelte die Stirn. »Die Besatzung hat diesen Planeten Terra Incognita genannt«, erzählte sie.

»Hmm.«

»Das ist irgendeine alte terranische Sprache. Es heißt wohl ›unbekanntes Land‹.«

»Wie passend.«

Missmut erschien auf Tamras Gesicht, und Neko vermutete, dass es an seiner Einsilbigkeit lag. Plötzlich hatte er Lust, sie zu irritieren. Sie hatte ihn immer fasziniert. Die Hartnäckigkeit, mit der sie für ihre Ziele, für ihre Freiheit kämpfte, hatte ihm imponiert, und die Tatsache, dass sie eine in seinen Augen so völlig falsche Sache zu ihrem Ziel erklärt hatte, machte sie nur umso interessanter für ihn. Dadurch fühlte er sich ihr überlegen, und gleichzeitig kam sie ihm beschützenswert vor.

Er rief sich in Erinnerung, wie Tamra unter Mitrades Einfluss an der Auspeitschung teilgenommen hatte, wie er geglaubt hatte, dass er nie mehr in ihr sehen könnte als die untote Henkersmagd, die sie gewesen war. Er hatte sich getäuscht. Jetzt und hier war sie für ihn plötzlich wieder die alte, liebenswerte Tamra, und das erfüllte ihn mit tiefster Verwirrung.

»Wie bist du Mitrade entkommen?«, hörte er sich fragen und hätte sich am liebsten die Zunge abgebissen.

Tamra antwortete nicht sofort. Sie wirkte, als sei ihr Geist in einer schrecklichen Vergangenheit gefangen, doch dann gab sie sich einen Ruck. Sie lächelte. »Ich habe sie erschossen.«

Neko fuhr mit solcher Vehemenz auf, dass er sich dabei den Hinterkopf an der rauen Oberfläche des Felsens anschlug. Mit der unverletzten Hand rieb er die schmerzende Stelle. »Du hast *was?*«

Tamras Lächeln verschwand so schnell, wie es gekommen war. »Ich habe sie erschossen.« Mit diesen Worten wandte sie sich um und ging zu Schroeder zurück.

Fassungslos sank Neko zu Boden zurück. Er krallte die Hand in das feine, scharfkantige Geröll und ließ es wie Sand durch seine Finger rinnen. Mitrade tot?

Der Schmerz in seinem Schädel verging langsam.

Nein! Es konnte nicht sein.

Niemals hatte Tamra Cantu genug Macht besessen, um Mitrade-Parkk zu töten.

Nachdenklich kratzte Neko über die verbrannte Stelle in seinem Genick. Die KERIGAN-CORT durcheilte den Leerraum mit auf Volllast laufenden Antriebsaggregaten, sodass in ihrer Zentrale in regelmäßigen Abständen Warnlichter aufleuchteten. Mitrade-Parkks Untergebene hatten alle Hände voll zu tun, um die Energiebereitstellung des altersschwachen Schiffes im Griff zu behalten. Aber es waren nicht die flackernden Signallichter und auch nicht die beständig zu düsterem Dämmerlicht absinkende Beleuchtung, die Mitrades Körper vor Anspannung wie unter Schmerzen immer wieder zusammenzucken ließen. Es waren ihre Gedanken.

Gedanken, die stolperten wie die Aufzeichnung auf einem beschädigten Speicherkristall.

Obwohl Mitrade Caligo und Kelton-Trec samt seiner halbgaren medizinischen Apparate längst weit hinter sich zurückgelassen hatte, hatte sich ihr Zustand nicht wesentlich gebessert. Erfüllt von kalter Wut krallte sie ihre Fingernägel in die Lehne des Kommandosessels des Beiboots, bis der Druck schmerzhaft wurde. Dann hob sie die Hand und betrachtete ihre Finger. Einen nach dem anderen bewegte sie, und sie gehorchten problemlos.

Ihr werdet einige Tage lang das Gefühl haben, als seien Eure Gedanken nicht ganz homogen, hörte sie Kelton-Trecs Stimme in ihrem Kopf.

Es wird vorbeigehen.

Mitrade stieß einen zornigen Schrei aus, der ihre Vasallen erschrocken zusammenzucken ließ. Sie fühlte die vorsichtigen Blicke der Männer auf sich ruhen, spürte die Sorge, ins Zentrum ihres Zorns zu geraten. Am liebsten hätte Mitrade einem von ihnen eigenhändig den Hals umgedreht, um sich Luft zu verschaffen. Sie hasste sie alle! Sie hasste sie für den Ausdruck von Abscheu, den sie in ihren Augen sah, wenn ihr Blick über das Sen-Trook an ihrem Gürtel glitt. Und noch mehr hasste sie sie dafür, dass ihr Verhalten sie an den Spott erinnerte, den sie als Kind hatte aushalten müssen. Vor lauter Hass verkrampfte sich ihr Innerstes zu einem harten, kaum zu ertragenden Knoten, und das Einzige, was sie dagegen tun konnte, war sich ganz auf ihr Ziel zu konzentrieren.

Tamra Cantu.

Eine Erinnerung schoss ihr durch den Kopf. Eine Erinnerung an ihre eigenen Worte, die sie der Scheuche damals entgegengeschleudert hatte.

Ich werde dich umbringen, Tamra Cantu, genüsslich, Stück für Stück. Aber es wird lange dauern, sehr lange.

Dein und mein ganzes, verfluchtes Leben lang.

Voller Bitterkeit lachte sie auf. »Mein ganzes verfluchtes Leben lang«, wiederholte sie ihre eigenen Worte.

Und darüber hinaus.

Mitrade straffte die Schultern. Noch immer brannte der Hass heiß und unangenehm in ihr, doch nun glitt ein finsteres Lächeln über ihre Lippen. Sie würde ihre Rache genießen.

Ein wenig ließ die Anspannung nach, was allerdings nur dazu führte, dass Mitrades Gedanken zurück in die Vergangenheit wanderten.

»Es tut mir leid!«, hatte Kelton-Trec immer wieder gestammelt, als sie sich aufgesetzt hatte. Mit klopfendem Herzen hatte sie an sich hinuntergesehen. Ihr Körper war makellos, ohne ein Anzeichen von Verletzung. Sie war am Leben!

Obwohl die Scheuche sie mit einem Thermostrahler erschossen hatte, lebte sie noch. Die Freude angesichts dieser Erkenntnis wurde jedoch sogleich zunichte gemacht, als ihr Blick auf die silbernen Fasern des Medoarmes fiel.

Sie war noch mit dem Sen-Trook verbunden. Etwas stimmte nicht!

Ihr Gehirn …

»Was ist geschehen?«, fragte sie, und heftete den Blick auf Kelton-Trec. »Warum bin ich noch angeschlossen?«

Der erbärmliche Lare mit dem gehetzten Blick, der seinem Dasein in der Illegalität geschuldet war, zog zitternd Luft durch die Zähne. »Das Sen-Trook hat einwandfrei funktioniert«, berichtete er, und seine Stimme klang schrill. »Als die Steuereinheit bemerkte, dass Eure Vitalfunktionen auf null zurückgingen, hat sie das letzte Backup Eures Geistes gespeichert und dafür gesorgt, dass es sicher verwahrt wurde. Der Medoroboter, den ich mit Eurer Bergung beauftragt hatte, hat Euren Körper und das Sen-Trook in unsere Station gebracht, und ich habe den Reparaturprozess initialisiert.«

Noch einmal sah Mitrade an sich herunter, und jetzt erst ging ihr auf, dass sie nackt war. Kelton bemerkte ihre Scham. Rasch warf er ihr eine dünne Decke über, mit der sie ihre Blöße bedecken konnte. Als er weitersprach, wirkte er verlegen. »Er hat ebenfalls einwandfrei funktioniert. Ihr werdet an Eurem gesamten Körper keinerlei Überreste des Thermoschusses mehr finden. Herz, Lunge, alle inneren Organe arbeiten wie am ersten Tag nach Eurer Geburt.«

»Und das Gehirn?«

»Ihr wisst, dass es mit der derzeitigen Technik noch nicht möglich ist, ein so komplexes Organ wie ein Gehirn wieder wie vor dem Tod zum Laufen zu bringen.«

Mit der illegalen Technik, fügte Mitrade in Gedanken hinzu. Sie bleckte die Zähne. Ihr Vater hatte all die Jahre geheim gehalten, dass er Kontakte zu diesem Mediziner aufgebaut und ihn unauffällig bei der Entwicklung der Sen-Trook-Technik unterstützt hatte. Und auch Mitrade, die die Arbeit von Pulpon-Parkk nach seiner Absetzung weitergeführt hatte, hatte es vorgezogen, damit nicht an die Öffentlichkeit zu gehen.

»Bei Caligo!«, hörte sie Kelton-Trec jetzt fluchen. »Wir können froh sein, dass uns alles andere so gut gelingt.« Er senkte den Blick. Leiser und weniger erregt sprach er weiter. »Ich habe Euch den von mir entwickelten Memo-Chip eingepflanzt, wie wir das bei allen von Euch in Auftrag gegebenen Versuchen auch getan haben. Leider kam es bei der Überspielung Eures Bewusstseins auf den Chip zu einem Energieabfall, und die Anlage wurde beschädigt.«

»Das heißt, Ihr könnt mein Bewusstsein nicht mehr auf den Chip übertragen?« Mitrade zog die Decke enger um die Schultern. Ihr war kalt.

»Nein. Die Zerstörungen, die der Bürgerkrieg in den Energieanlagen hinterlassen hat, sind zu groß, als dass ich derzeit die Anlage reparieren könnte. Aber es kann nur eine Frage von Tagen sein, bis alles wieder …«

»Tage?«, kreischte Mitrade. »Ich habe keine Tage!« Sie wies mit dem ausgestreckten Arm in Richtung Zimmerdecke. »Da draußen befindet sich irgendwo eine kleine alteranische Scheuche, die es gewagt hat, eine Larin zu erschießen! Je länger ich hier herumliege, umso wahrscheinlicher entkommt sie mir!« Sie schwang die Beine von der Liege und quittierte Keltons entsetztes Keuchen mit einem wütenden Blick. »Mir ist egal, was Ihr tut, aber Ihr tut auf der Stelle etwas, damit ich heute noch losfliegen und dieses Miststück zur Strecke bringen kann!«

Ihre eigenen Worte klangen ihr noch immer viel zu laut und viel zu schrill in den Ohren, sie erinnerte sich, dass Kelton-Trec noch eine Weile lamentiert hatte; ein Lamento, dessen Wortlaut sie aus ihrem Gedächtnis verbannt hatte. Schließlich war sein Widerstand gegen Mitrade erlahmt. Er hatte die Medoeinheit umprogrammiert und sie dazu benutzt, eine Überbrückung zwischen den Genfasern aus dem Sen-Trook und jenen aus ihrem Nacken zu schaffen. Nachdem er sich davon überzeugt hatte, dass sie funktionierte, hatte er die Fasern der Greifarme gekappt und die neu hergestellte Verbindung dann mit einer kurzen Operation zur Sicherheit unter Mitrades Hautoberfläche verlegt.

Jetzt, hier an Bord der KERIGAN-CORT, strich Mitrade-Parkk gedankenverloren über einen spürbaren Wulst, der sich an ihrem Hals entlang in den Ausschnitt ihrer Raumkombi zog. Der Medoroboter hatte bei der Beschleunigung des Heilvorgangs hervorragende Arbeit geleistet. Es waren keine Narben zu sehen.

Bis auf den Wulst deutete nichts darauf hin, dass Mitrade-Parkk nicht mehr mit ihrem Gehirn dachte, sondern mit einem kleinen metallenen Kasten an ihrem Gürtel. *Nur die leichte Verzögerung ihrer Gedanken ....*

Sie riss sich von den Grübeleien los und nahm den Ausdruck zur Hand, den einer ihrer Vasallen ihr kurz nach dem Abflug von Caligo gegeben hatte. Schweigend betrachtete sie den darauf eingezeichneten Kurs. Dann nahm sie einen Stift, schrieb einige Daten auf die Rückseite der Folie und händigte sie einem Kommunikationsoffizier aus.

»Das ist der Code eines Peilerchips. Aktivieren Sie ihn und sagen Sie mir, wo sich der Träger befindet.«

Sein Kopf drohte zu zerspringen, und Schroeder musste sich anstrengen, um ein gequältes Stöhnen zu unterdrücken. Ohne die Augen zu öffnen, blieb er reglos liegen und lauschte auf die Geräusche, die ihn umgaben. Nur langsam kehrten seine Erinnerungen an die letzten Augenblicke vor seiner Bewusstlosigkeit zurück. Ihm wurde klar, dass er vor geistiger Erschöpfung ohnmächtig geworden war.

Vorsichtig tastete er nach seiner Stirn. Die Nachwirkungen der Überanstrengung fühlten sich an wie ein schwerer Kater, und ihm war ein wenig übel. Langsam öffnete er die Augen, darauf vorbereitet, dass ihn das Licht blenden und grelle Schmerzwellen durch seinen Schädel rasen lassen würde. Zu seiner Erleichterung war dem nicht so. Graues Halbdämmern umgab ihn, das seine Sinne nicht über Gebühr strapazierte.

Nach einer Weile erkannte er, dass er in einem Zelt lag. Jemand war bei ihm, befand sich jedoch außerhalb seines Blickfelds. Vorsichtig drehte er den Kopf.

Es war Tamra.

Sie war damit beschäftigt, etwas in einer Art Mörser zu zerstampfen, den sie offenbar aus einem Trümmerstück gefertigt hatte. Sie hatte noch nicht bemerkt, dass Schroeder wach war, und er beschloss, sie auch noch eine Weile nicht darauf aufmerksam zu machen.

Er versuchte, sich zu entspannen, und beobachtete Tamra bei der Arbeit. Seit jenem Augenblick, als sein Ortersinn die kombinierten Signale von ihr und dem Sloppelle aufgefangen hatte, spürte er eine Verbindung zwischen sich und der ausgemergelten Frau, die er sich nicht erklären konnte. Er fühlte sich in Tamras Gegenwart so wohl wie bei niemand anderem sonst und fragte sich, woran das lag. Sie hatte, genau wie er, viel mitgemacht. In ihrem Innersten, das glaubte er zu spüren, war sie genauso verletzt wie er selbst. In seinen Augen machte sie das begehrenswert. Begehrenswert, aber auch schrecklich, denn er wusste nicht, ob er wollte, dass jemand begriff, wie es tief in ihm aussah.

Wenn er ehrlich mit sich war, hatte er Angst vor Tamra Cantu.

»Oh!« Sie ließ den Stößel sinken. »Ich habe gar nicht bemerkt, dass du wach bist. Wie fühlst du dich?«

»Matt. Aber es geht schon.« Er versuchte sich aufzusetzen. Sofort schlug die Übelkeit über ihm zusammen und ließ ihn stöhnend zurücksinken. Mit dem Unterarm bedeckte er seine Augen, vor denen flirrende Punkte tanzten.

»Bleib liegen!«, riet Tamra. Sie stellte ihren Mörser fort und trat an sein Lager. »Du bist noch sehr geschwächt. Du hast fast einen ganzen Tag geschlafen.«

»Einen Tag?«

»Wir haben festgestellt, dass die Rotationsdauer von Terra Ingognita 25,45 Stunden beträgt. Wir haben uns entschieden, erst mal unsere Bordzeit beizubehalten.«

»Terra Incognita. Hübsch! Wie viele haben den Absturz überlebt?«

Ein Lächeln glitt über Tamras Züge, das sehr traurig aussah. »Ungefähr achttausend.«

»Achttausend!« Jetzt setzte Schroeder sich doch auf. Mit zusammengebissenen Zähnen kämpfte er gegen die Wellen der Übelkeit an und siegte schließlich. Sein Magen rotierte, aber er übergab sich nicht.

»Das sind die, die sich vor der Strukturumwandlung retten konnten. Was mit den anderen ist, wissen wir nicht.«

»Wisst ihr, warum das passiert ist?«

»Die Strukturumwandlung?« Tamra zuckte die Achseln. »Die neue Hülle sieht aus wie bleiverstärktes Stahlplastik. Onmout vermutet, dass es im Inneren zu einem Reaktorbrand gekommen ist.«

»Was bedeuten würde, da drinnen sind alle so gut wie tot.«

Schroeder wusste, dass sie ihm das alles nicht erzählte, weil sie ihn unter Druck setzen wollte. Dennoch schwang er die Beine über den Rand der provisorischen Liege. Es war ein Stück Bordwand, stellte er fest, kalt, hart und stumpfgrau. Er krallte beide Hände um die Knie und wappnete sich. Dann setzte er seinen Ortersinn ein.

Als er aufgeben musste, schwankte sein Oberkörper. »Es geht noch nicht«, murmelte er und sank in eine liegende Position zurück. »Tut mir leid.«

Zehn

Später am Tag saß Schroeder im Eingang seines Zelts auf dem Boden und dachte nach.

Die Sonne senkte sich bereits über den Spitzen der Berge und schickte lange Schatten in das Lager der Gestrandeten. Einige Männer und Frauen waren im Lauf des Tages zu einem in einiger Entfernung liegenden Wald gegangen und mit ganzen Bündeln Ästen wiedergekommen, aus denen sie provisorische Windabweiser gebaut hatten. Doch noch immer hockte der Großteil der Gestrandeten zwischen den Felsen ungeschützt auf dem Boden.

Vor ein paar Stunden war es den beiden von Onmout abgestellten Technikern mit Hilfe Boffääns gelungen, die Ladestation für die Medorobots zu reparieren. Die Maschinen hatten jene Verletzten versorgt, die sich in Schmerzen wanden. Ihr Stöhnen und Schreien war verstummt, und eine bedrückende Ruhe hatte sich über das Lager gelegt. Wer jetzt noch starb, tat es lautlos.

Dicht hinter dem Wrack der ORTON-TAPH befand sich der Abgrund, über den das Hochplateau in bodenlose Abgründe stürzte. Die tieferen Landesteile lagen unter einem dichten Wolkenschleier, und Schroeder hatte keine Ahnung, wie es dort unten aussah.

Ein steter Wind trieb über die Ebene und schickte dort, wo das Geröllfeld in fruchtbare Erde überging, kleine rote Sandteufel in die Höhe. Der Raumanzug, den Schroeder noch immer trug und der ihn ausreichend sogar vor der Eiseskälte des Weltraums geschützt hätte, leistete beste Dienste gegen den Wind. Auch Tamra hatte es vorgezogen, den larischen Anzug anzubehalten, ebenso wie die anderen, die es vor dem Absturz geschafft hatten, einen von ihnen überzustreifen. Alle anderen froren in ihren Bordkombis.

Der Fuß der Berge im Osten lag ebenso im Nebel verborgen wie das tieferliegende Land. Nur hellviolette Gipfel erhoben sich darüber, und auf einigen konnte Schroeder Schnee erblicken.

Der Wald begann jenseits der Geröllhalde, hinter den Sandteufeln und einem schmalen Streifen hüfthoher Vegetation. Bis zu seinem Rand mochten es vielleicht zwei Kilometer sein.

»Sir?« Die ehrfürchtige Anrede war so fremd für Schroeder, dass er sie zunächst gar nicht auf sich bezog. Erst als er ein leises Räuspern vernahm, wurde er aufmerksam.

Vor ihm stand ein kleiner Junge. Sein Gesicht wirkte vor lauter Dreck wie verkrustet; dennoch glaubte Schroeder, ihn wiederzuerkennen. Es war der Kleine, den er mit seinem letzten Sprung gerettet hatte.

»Ja?« Schroeder verscheuchte den Gedanken an all jene, die vielleicht in den Trümmern hatten sterben müssen, weil er zu schwach gewesen war, um sie zu retten.

»Ich wollte Sie nicht stören, Sir«, sagte der Junge. »Aber meine Mutter sagt, ich soll mich bei Ihnen bedanken.« Er zeigte hinter sich, wo in einigem Abstand eine Frau stand und zu ihnen herübersah. Ihre rotblonden Haare standen wirr vom Kopf ab.

Schroeder zwang sich zu einem freundlichen Gesicht. »Schon gut.«

»Sie haben mir das Leben gerettet, Sir! Wie Petr, der versucht hat, Ntombe

Gebele aus der kaputten ALEXIA zu retten. Nur dass *er* dabei gestorben ist. Sie nicht.«

Schroeder hatte keine Ahnung, wer dieser Petr war oder die ALEXIA. Er nickte abwesend und richtete seinen Blick wieder auf den Waldrand. Irgendwie, so schien es, konnte er sich nicht davon lösen.

»Komm, Liam, Schatz. Lassen wir Mister Schroeder in Ruhe. Er ist sicher noch sehr erschöpft.« Die Frau war nähergekommen und legte dem Jungen eine Hand auf die Schulter. Als sie sah, dass Schroeder sie anblickte, lächelte sie zaghaft. »Ich dachte nur, es gehört sich, Ihnen zu danken. Mein Name ist Frizzi Pasterz. Mein Mann Wu ist vor kurzem gestorben. Ich wäre wohl von den Klippen gesprungen, wenn jetzt auch noch Liam oder einem meiner beiden anderen Kinder etwas passiert wäre.«

Kurz dachte Schroeder an die Familie mit dem erkälteten Kind aus Tamras Kabine, und er fragte sich, ob sie noch am Leben waren. Er lächelte der Frau zu. »Schon gut. Ich habe es gern getan.«

Die Frau nickte und senkte rasch den Kopf, damit er die Tränen nicht sehen konnte, die in ihre Augen getreten waren. Sie wandte sich um und zog den Jungen mit sich fort.

Schroeder sah ihnen nach, bis der Dschungel seine Blicke wieder auf sich lenkte.

»Wie geht es dir?« Diesmal war es Onmout, der ihn aus seinen Gedanken riss. Er hatte ihn ebenso wenig kommen hören wie den Jungen. Ihn wunderte kurz, dass der Captain trotz allem, was sie gemeinsam durchgemacht hatten, zum vertrauten »du« überging.

»Gut. Müde noch, und wie es aussieht, verweigern mir nicht nur meine Parasinne den Dienst. Brauchst du meine Hilfe?«

Onmout zuckte die Achseln; die Geste ließ ihn in Schroeders Augen sehr jung aussehen. »Ein einsatzfähiger Teleporter wäre nicht schlecht, aber darum bin ich nicht hier. Ich wollte dich eigentlich nur über die Lage informieren.«

Schroeder wies ins Innere des Zeltes. »Ich kann dir nur meine Liege anbieten. Als Sitzgelegenheit, meine ich.«

»Geht schon.« Kurzerhand ließ Onmout sich auf die Fersen nieder und schlang die Arme um die Knie. Es war eine Haltung, die auf Schroeder sehr unbequem wirkte, aber der Captain schien mit ihr zufrieden zu sein. »Wir haben nicht besonders viel aus der ORTON-TAPH retten können«, erzählte er. »Zum Glück einige medizinische Instrumente. Medorobots und Waffen. Genügend Waffen, um einige von ihnen zu Schweißgeräten umzufunktionieren.«

»Ihr wollt da rein?« Schroeder wies auf das Wrack, das in seiner Starre ein wenig an ein uraltes, von Korallen überwuchertes Schiff auf dem Meeresgrund erinnerte.

»Wir vermuten da drinnen noch immer etliche Hundert Menschen.«

Schroeder nickte. »Sobald ich wieder teleportieren kann, helfe ich euch.«

»Wäre gut, wenn du so schnell wie möglich wieder auf die Beine kommst.« Onmout zögerte. »Meinst du, dass der Großadministrator uns hier finden wird?«

»Natürlich. Wir sollten versuchen, ihn über Funk zu informieren, dass wir Golthonga nicht erreicht haben.«

»Unmöglich. Außer den Hyperkoms unserer Kampfanzüge konnten wir keinen leistungsfähigen Sender retten. Abgesehen davon … Das Riff liegt genau zwischen uns und dem Blossom-System. Selbst wenn wir einen Sender hätten, könnten wir es nicht erreichen.«

»Ihr könntet in die andere Richtung funken und einen Außenposten informieren.«

»Wir befinden uns mitten im Frontier-Gebiet. Außer Fort Blossom gibt es hier nicht viel, was wir anfunken können. Mal von den Laren abgesehen.« Onmout verzog schmerzhaft das Gesicht. »Entschuldige. Ich bin ein bisschen in Mitleidenschaft gezogen. Ich war noch nie für so viele Menschenleben verantwortlich.«

»Ich verstehe.«

»Glaubst du wirklich, dass Perry Rhodan nach uns suchen wird, wenn er feststellt, dass wir nicht auf Golthonga angekommen sind? Ich meine, er hat schließlich andere Sorgen als eine Handvoll Flüchtlinge von Caligo.«

Schroeder lehnte den Kopf nach hinten und stützte ihn mit im Nacken verschränkten Händen. »Auf Terra gibt es einen Mann namens Reginald Bull. Er hat mir mal eine sehr alte terranische Geschichte erzählt. Ich kriege sie nicht mehr genau zusammen, aber es ging darin um einen Schäfer, der seine Herde verlässt und nach dem einen Tier sucht, das ihm verlorengegangen ist.«

Onmout wiegte den Kopf, und Schroeder war sich nicht ganz sicher, ob der Mann begriffen hatte, was er damit aussagen wollte. »Meinst du, Rhodan ist wie dieser Schäfer?«

Schroeder nickte. »Ganz sicher.« Er gab sich Mühe, mehr Zuversicht auszustrahlen, als er empfand. Natürlich war er sich sicher, dass Perry alles daran setzen würde, sie zu finden – sofern ihm die Umstände die Gelegenheit dazu gaben. Rhodan war ein pragmatischer Mensch. Wenn er sich zwischen dem Schicksal von achttausend Menschen und dem von vielen Milliarden entscheiden musste, war ganz klar, was er tun würde.

Wie von der Sehne geschnellt erhob sich Onmout und ließ seine Fingergelenke knacken. »Danke«, sagte er. »Ich muss jetzt gehen. Ich muss mich um achttausend Menschen kümmern. Ruh dich noch etwas aus.« Mit diesen Worten stapfte er durch den rötlich aufwirbelnden Staub davon.

Schroeder runzelte die Stirn. Hatte er sich getäuscht, oder hatte Onmout tatsächlich während ihres Gesprächs immer wieder unbehaglich zum Waldrand geblickt?

Kurz nachdem Demetrius Onmout gegangen war, fiel Schroeder der Bordarzt der MINXHAO auf, der offenbar damit beschäftigt war, in einen kleinen Armband-Kom zu sprechen. Angesichts der Informationen, die Onmout ihm soeben über die Auswirkungen des Hypersturmriffs gegeben hatte, fragte er sich, mit wem der Mann kommunizierte. Er wurde jedoch von diesem Gedanken abgelenkt, denn Tamra trat aus einem der Zelte am Rand des Lagers. Sie blieb in seinem Eingang stehen, drückte beide Hände in den Rücken und streckte sich.

Ob sie ihm irgendwann von selbst erzählen würde, dass sie schwanger war? Schroeder lächelte leise vor sich hin, während er Tamra dabei beobachtete, wie sie gähnte und dann die verkrampften Schultern bewegte. Den ganzen Tag über hatte sie geholfen, die Verletzten zu versorgen. Ab und zu war sie dabei an Schroeders Zelt vorbeigehastet und hatte rasch einen Blick hereingeworfen. Ein einziges Mal nur hatte sie ihn dabei angelächelt.

Jetzt ging sie zwischen den Felsen hindurch, die Arme um den Leib geschlungen, als sei ihr kalt. Zu Schroeders Freude kam sie direkt auf ihn zu.

»He!«, sprach er sie an, als sie ganz in Gedanken an ihm vorbeizugehen drohte. »Feierabend?« Die Sonne berührte mit ihrem unteren Rand inzwischen die höchsten Berggipfel.

Tamra schauderte. »Onmout hat mir befohlen, eine Pause zu machen.«

»Schlafen wäre eine gute Idee. Was meinst du?«

Ihre Reaktion traf ihn gänzlich unvorbereitet. »Hör auf, mich zu bemuttern!«, fauchte sie ihn an.

Er runzelte die Stirn, sagte aber nichts.

Mit gesenktem Kopf rieb sie sich über Stirn und Augen. »Entschuldige, ich bin nur ziemlich fertig.«

Schroeder stand auf. »Wenn du möchtest, können wir einen kleinen Spaziergang machen.«

Fast erwartete er, sie würde ihn brüsk zurückweisen, doch zu seiner Zufriedenheit nickte sie. »Das wäre schön.«

Sie verließen das Zeltlager und wanderten im Schatten der Berge ein Stück in Richtung Norden. Tamra erzählte von all der Arbeit, die zu tun war, um 8000 Menschen am Leben zu erhalten, und Schroeder begnügte sich damit, ihr zuzuhören. Erst als sie schwieg, holte er tief Luft.

»Die ALEXIA«, sagte er. »Weißt du, was das für ein Schiff war?«

»Woher weißt du von der ALEXIA?« Tamra hatte die Hände um den Nacken gelegt und massierte ihn im Gehen.

»Ein Junge hat mir davon erzählt. Und von einem gewissen Petr. Den dritten Namen habe ich vergessen.«

»Ntombe Gebele?«

»Genau.«

»Die ALEXIA war eines der Schiffe, die in Ambriador gestrandet sind. Aber das ist so lange her, dass es fast schon eine Legende ist.«

Schroeder drehte sich um. Sie befanden sich jetzt einen guten Kilometer entfernt vom Lager. Zwischen den Felsen glommen Feuer auf und erhellten die hereinbrechende Nacht mit ihrem rötlichen Schein. Sie waren bei weitem nicht hell genug, um den Glanz der unzähligen Sterne zu überstrahlen, die nun nach und nach im dunkler werdenden Himmel erschienen.

Tamra blieb stehen und blickte nach oben. »Auf Terra gibt es Sternbilder, die die alten Legenden erzählen, nicht wahr?«

»Möglich. Warum?«

»Auf Caligo habe ich manchmal in den Himmel geschaut und mir gewünscht, dort oben irgendwo zu sein. Weit weg. Ich frage mich gerade, ob es den Menschen auf Terra auch so ging. Ich meine, warum haben sie sonst Bilder in den Sternen gesehen?«

»Als die Menschen auf Terra den Sternbildern Namen gegeben haben, hatten sie noch lange keine Raumfahrt.« *Aber Sehnsucht,* fügte Schroeder in Gedanken hinzu. *Vielleicht zu viel Sehnsucht.*

Ein Geruch stieg ihm in die Nase, schwer und erdig, und plötzlich ging ihm auf, wie dicht sie sich am Waldrand befanden. Sie gingen durch hochstehendes Gras, das leise unter ihren Stiefeln raschelte. Wie lange schon?

Der Dschungel war eine kompakte, schwarze Linie in weniger als zwanzig Schritten Entfernung. Wind raschelte in den Bäumen und kämmte das Gras vor ihren Füßen. Es klang wie ein Wispern, leise und lockend. Schlagartig standen Schroeder die Haare im Nacken zu Berge.

Tamra blieb als Erste stehen. »Was hast du?« In der Dämmerung sahen ihre Augen groß und glänzend aus.

»Der Wald.« Schroeder fuhr sich mit dem Handrücken über die Lippen. Sie kribbelten. Sein ganzer Körper kribbelte. »Lass uns zurückgehen.« Fast hätte er hinzugefügt: *Ich kann noch nicht wieder teleportieren, und falls da gleich etwas aus dem Unterholz springt …* Er schwieg jedoch, weil er Tamra keine Angst machen wollte. Unauffällig schloss er die Hand um die Waffe an seiner Hüfte.

Plötzlich lagen Tamras Arme wieder schutzsuchend um ihren Leib. »Wovor fürchtest du dich?«

Ja, wovor? Er wusste es selbst nicht.

Der Wald, wisperte eine leise Stimme hinten in seinem Kopf.

Er knirschte mit den Zähnen. Würde doch nur sein Orter-Sinn wieder funktionieren!

Tamra ließ den Blick an der langen Reihe von Baumstämmen entlangwandern. »Einige der Leute, die heute Morgen hier waren, um Holz zu sammeln, haben erzählt, wie still es hier ist.«

Und da erkannte Schroeder, was ihn die ganze Zeit gestört hatte. In dem Lärm, den mehr als 8000 Menschen den ganzen Tag über verursacht hatten, war es ihm nicht aufgefallen. Hier jedoch, außerhalb des Lagers, begriff er.

Der Wald war still. Absolut still.

Kein Tier, das den Einbruch der Nacht mit seinem Brüllen begrüßte. Kein Vogel in den Ästen der hoch aufragenden Bäume. Nicht einmal ein Insekt in den Grashalmen zu seinen Füßen.

Choo Kwa war in ihrem ersten Leben Xeno-Biologin gewesen – bevor die Liebe zu einem Mann dazu geführt hatte, dass sie der Spielsucht verfiel und, um ihre Leidenschaft zu finanzieren, schließlich gemeinsam mit ihm eine Bank ausgeraubt hatte. Von ihrer Haftstrafe hatte sie erst knapp die Hälfte abgesessen, als sie für die Crew der MINXHAO ausgewählt worden war. Beim Absturz der ORTONTAPH hatte sie sich in den tiefsten Tiefen des Schiffes befunden, und so hatte sie weder von ihrem rasanten Landeanflug noch von dem eigentlichen Absturz viel mitbekommen. Die einzige Verletzung, die sie davongetragen hatte, war ein großer blauer Fleck an ihrem Knie, der unter ihrer recht dunklen Haut nicht einmal richtig zu sehen war. Dennoch schmerzte er stark, behinderte sie beim Gehen und ließ sie in regelmäßigen Abständen leise vor sich hin fluchen. Sie, die im Gefängnis jeden Morgen fünfzehn Kilometer auf dem Laufband gerannt war, konnte nur schwer auf ihre gewohnte Bewegung verzichten. Zu gern, dachte sie, würde sie jetzt wenigstens einen kleinen Spaziergang durch die samtige Nacht unternehmen und die Tatsache genießen, dass sie *frei* war. Aber stattdessen hockte sie hier am Rand des Lagers, zwischen zwei Windschutzwänden aus Zweigen, die sie sich mit einer Handvoll ebenfalls wissenschaftlich ausgebildeter Männer von der MINXHAO teilte, und versuchte, diesen elenden Biomassescanner wieder in Gang zu bringen. Es war eins der wenigen Instrumente, die sie aus dem Wrack gerettet hatten. Als Onmout Choo gebeten hatte, zu versuchen, es zu reparieren, weil sie mit ihrem kaputten Knie keine Untersuchungen vor Ort vornehmen konnte, hatte sie ihn ungläubig angesehen. Ausgerechnet ein so sinnloses Ding hatte man ins Freie geschafft! Nahrungsmittel, Medikamente – alles hätten sie dringender gebraucht, als ausgerechnet einen Biomassescanner.

Der noch dazu kaputt zu sein schien.

Sie hatte Onmout darauf hingewiesen, doch er hatte nur gesagt: »Dann müssen Sie ihn eben reparieren!« Und auf Choos wütendes Gemurmel, warum sie denn wissen müssten, wie viele Tiere es auf diesem gottverdammten Planeten gäbe, hatte er sie eine ganze Weile schweigend angesehen. Und ihr dann erzählt, wie stumm der Wald war.

»Na und?«, schimpfte Choo jetzt leise vor sich hin. »Seit wann kommunizieren nicht-humanoide Lebewesen nur im für Menschen hörbaren Bereich?«

Terra Incognita! Sie schnaubte zornig. Was für ein dämlicher Name! Fast hätte sie dem Scanner, einem würfelförmigen Kasten von einem halben Meter Kantenlänge, einen wütenden Tritt gegeben, aber ihr Knie warnte sie mit einem dumpfen Pochen, es lieber sein zu lassen. Seufzend sog sie die Nachtluft ein.

Zwischen den Felsen waren überall Feuer entzündet worden; sie sandten ihren würzigen Duft in den Himmel. Mit ihrem flackernden, warmen Licht wirkten sie äußerst romantisch auf Choo. Sie blickte in Richtung ORTON-TAPH und seufzte zum zweiten Mal.

Singh, ein Ingenieur, der genau wie sie selbst straffällig geworden war, um eine Sucht zu finanzieren, und sie aus diesem Grund interessierte, hatte in dieser Nacht ebenso Dienst wie sie. Sie würde sich also bis zum nächsten Abend gedulden müssen, bevor sie mit ihm gemeinsam vor den Flammen sitzen konnte. Und noch viel länger, bevor sie wieder fit genug war, um in diesen fremden Wald zu gehen und sich dort ein wenig umzusehen. Ob es hier wohl Pflanzen gab, die sich zu medizinischen Zwecken verwenden ließen?

Missmutig verband sie die letzten beiden der beim Aufprall des Schiffs zerrissenen Kabelenden des Scanners wieder und klappte das Gerät zu. Ohne sich viel Hoffnung auf Erfolg zu machen, schaltete sie es ein. Und grinste zufrieden, als sie das leise Summen hörte, mit dem es zum Leben erwachte. Sie drehte den Holoschirm so, dass sie nicht von dem am nächsten liegenden Feuer geblendet wurde. Dann fluchte sie leise. Irgendein Bild hätte erscheinen müssen. Stattdessen jedoch geschah nichts. Zuerst dachte Choo, der Scanner habe vielleicht beim Aufprall weitere Schäden erlitten, doch als sie ihn berührte und die Wärme spürte, die von ihm ausging, wusste sie, dass dem nicht so war. Das Ding arbeitete einwandfrei.

Nur, dass es nichts anzeigte.

Choo schaltete den Scanner wieder aus, dann ein. Erneut erwachte der Schirm zum Leben. Erneut blieb er leer, auch, als Choo versuchte, die Auflösung zu erhöhen. Immerhin etwas erreichte sie: Am rechten Rand der Anzeige erschien eine schleierhafte Masse. Die Ansammlung der gestrandeten Menschen, dachte sie. Warum zeigte dieses Mistding die Menschen an, aber kein einziges Tier in diesem Dschungel?

Choo hob eine Hand, um dem widerspenstigen Gerät einen Schlag zu versetzen, doch ihre Bewegung erstarrte mitten in der Luft.

Sie hatte etwas gehört.

Ein leises Geräusch, wie das ferne Wimmern eines kleinen Kindes.

Choos Knie wurden weich. Hastig suchte sie den Waldrand ab, obwohl sie keine Ahnung hatte, aus welcher Richtung das Geräusch gekommen war. Fast schien es, als entstünde es mitten in ihrem Gehirn.

Sie legte den Kopf schief und lauschte.

Nichts.

Sie musste sich getäuscht haben. Woher sollte hier auch ein Kinderwimmern kommen? Choo hätte fast über sich selbst gelacht, doch in diesem Moment hörte sie es zum zweiten Mal.

Sie richtete sich stocksteif auf.

Aus der Richtung des Waldes näherte sich etwas. Choo runzelte die Stirn. Eine urtümliche, tiefsitzende Angst griff nach ihr und ließ sie zurückweichen.

Im nächsten Moment riss sie die Augen auf.

Elf

Von seiner eigenen Unterkunft, einem provisorischen Unterstand aus einem gegen einen Felsen gelehnten Wrackteil, hatte Jason Neko zugesehen, wie Tamra und dieser grimmig wirkende Mutant zu einem Spaziergang aufgebrochen waren. Er stützte den Ellenbogen gegen das Metall und rieb sich über den Mund. Der Wind wehte kühl durch die Ritzen seiner Behausung und spielte mit den feinen Haaren in seinem Nacken. Neko schloss die Augen, genoss die Liebkosung und stellte sich vor, sie käme von Tamra.

Ein leises Wimmern ließ ihn aufblicken. Ein Säugling? Er hatte bisher nicht gewusst, dass sich Kleinkinder im Lager befanden. Er legte den Kopf schief, um die Richtung besser feststellen zu können.

Irritiert blinzelte er. Das Geräusch kam von den Behausungen der Wissenschaftler – und dort gab es definitiv keine Säuglinge, da war er ganz sicher. Aus dem Augenwinkel sah er etwas knapp außerhalb seines Gesichtsfeldes vorbeihuschen. Rasch wandte er den Kopf. Die meisten der Gestrandeten schliefen den Schlaf der Erschöpfung, und nur eine der Wachen, die Demetrius Onmout hatte aufstellen lassen, marschierte mit einem Strahler im Arm zwischen den Felsen auf und ab. Das Knirschen seiner Stiefel auf dem Kies hatte einen regelmäßigen Rhythmus, der Neko bis zu diesem Moment beruhigt hatte. Jetzt jedoch wünschte er sich, der Mann würde stehen bleiben und lauschen, wie er es eben getan hatte. Damit das Wimmern noch einmal zu hören war.

Es hatte seltsam geklungen, gleichzeitig unheimlich und mitleiderregend. Auf jeden Fall hatte es ihn neugierig gemacht. Neko stieß sich von dem Wrackteil ab und trat aus seinem Verschlag einen Schritt hinaus.

Der Wachposten hatte das Ende seines Abschnitts erreicht und hielt für einen kurzen Augenblick inne, bevor er sich umdrehte und den Weg fortsetzte. Dieser Moment reichte Neko. Das Wimmern war jetzt ganz nah.

Hinter ihm!

Er fuhr herum, konnte aber nichts erkennen. Auf seinen Armen entstand eine Gänsehaut, und sein Herz pochte schmerzhaft gegen die Rippen.

Plötzlich entstand ein Kribbeln in seinem Nacken und strahlte von dort bis unter seine Schädeldecke aus. Das Gefühl verstärkte das Grausen, doch es verwandelte es in einen Anflug von freudiger Erregung. So lange er denken konnte, war er sensibel geworden für dieses Gefühl, das andere Alteraner nicht wahrzunehmen vermochten.

Jemand hatte seinen Peilerchip aktiviert.

Mitrade-Parkk stützte den Kopf in einer Hand ab und ließ den Blick fast sehnsüchtig zu der Steuereinheit wandern, die sie kurz vor ihrem Abflug an Bord hatte bringen lassen.

Noch nicht!, mahnte sie sich. *Du musst erst deinen eigenen Körper wieder beherrschen können!*

Sie bemerkte, dass einer ihrer Männer sie abwartend ansah. »Der Peilerchip funktioniert«, informierte er sie. »Aber die Störungen sind gewaltig.«

Sie ignorierte ihn und wandte sich um. »Wie lange dauert es noch, bis du ein Ergebnis hast?« Ihr Nacken schmerzte, die Schultern ebenfalls. Wie angespannt sie doch war! Kein Wunder, wenn man bedachte, was sie in der letzten Zeit mitgemacht hatte!

»Gerade fertig, Herrin. Ich überspiele Euch die Daten jetzt auf Eure Anzeige.« Zenon-Renkk, der in Mitrades Augen etwas zu hochgewachsene Erste Offizier, dem ihre Frage gegolten hatte, nahm eine Einstellung an seinem Holoschirm vor.

Langsam, viel zu langsam, baute sich vor den Augen der Larin die dreidimensionale Darstellung einer kleinen gelben Sonne auf, umgeben von Daten, die Informationen über ihre Koordinaten boten. »Warum hat das so lange gedauert?«

»Die Hyperstürme, Herrin. Sie erschweren es, verlässliche Daten zu bekommen. Wir mussten erst die Verzerrungen herausfiltern. Das hat gedauert, weil die Bordrechner unter den hyperphysikalischen Erschütterungen leiden.« Zenon hielt Mitrades Blick stand, und wenn die Larin es nicht besser gewusst hätte, hätte sie schwören können, dass der Mann eine ganz andere Erwiderung auf den Lippen gehabt hatte. *Was kann ich dafür, wenn Ihr uns mit einem solchen schrottreifen Schiff mitten durch ein Hypersturmriff jagt!* Mitrade verzog die Lippen. Niemals würde einer ihrer Untergebenen es wagen, sie auf diese Art und Weise zu kritisieren, selbst dann nicht, wenn er damit eigentlich Recht hätte.

Die KERIGAN-CORT war in einem schlechten Zustand, aber sie konnte froh sein, dass sie das Schiff überhaupt bekommen hatte. Ihr eigenes war von einer Thermokanone fluguntauglich geschossen worden, sodass Mitrade keine Möglichkeit gehabt hatte, ihrem ersten Impuls zu folgen und Tamra und den anderen Flüchtlingen eigenmächtig hinterherzujagen. Also hatte sie zähneknirschend bei Kat-Greer vorgesprochen und ihn gebeten, die Menschlinge mit einem anderen Raumer verfolgen zu dürfen. Der General hatte ihr allerdings unmissverständlich klar gemacht, dass er Wichtigeres zu tun hatte, als sich um die völlig unbedeutenden Flüchtlinge zu kümmern. Immerhin hatte er Mitrade die KERIGAN-CORT überlassen. Passend, fand Mitrade. Schließlich war auch sie nur ein halb einsatzfähiges Wrack.

Sie rang Zenon-Renkk mit den Blicken nieder und unterdrückte ein selbstmitleidiges Seufzen. »Das Signal des Chips kommt aus diesem System?« Sie wies auf das dreidimensionale Abbild der kleinen Sonne.

»Ja, Herrin. Darf ich eine Frage stellen?«

»Frag.« Ab und zu war es von Vorteil, die Neugier der Leute zu befriedigen, um sich ihrer Loyalität zu vergewissern.

»Wenn ich ehrlich bin, wundert es mich, wie wir diesen Chip anpeilen können. Ich meine: Wir haben es mit einigen anderen versucht, aber das gesamte System der Peilerchips war ausgerichtet auf die planetare Überwachung. Handelt es sich bei diesem einen Chip um einen besonderen?«

Mitrade nickte. »Ja.« *Wenn der Vasall wüsste, wie besonders*, dachte sie. Sie wartete, doch Zenon war klug genug, nicht weiter nachzufragen.

»Ich verstehe«, sagte er nur.

»Gib mir alles, was die Datenbanken über das System haben«, befahl Mitrade.

Die Daten, die sich jetzt vor ihren Augen aufbauten, waren lediglich eine lange Abfolge von astronomischen, geologischen, biologischen und atmosphärischen Details. Durchschnittliche Lufttemperaturen des einzigen Planeten, Bodenbeschaffenheit, Vegetation, Fauna – keinerlei Fauna, stellte Mitrade fest. Ferner Zusammensetzung von Luft und Wasser, ihre Verteilung auf der Oberfläche des Planeten und Aktivität der geologischen Formationen.

Mitrade wedelte durch die holografische Anzeige. »Steuert das System an!«

Zenon-Renkk bestätigte knapp und gab Anweisungen. Aus dem Augenwinkel betrachtete er unbehaglich das Hypersturmriff, das sich auf den Frontbildschirmen abzeichnete.

»Einflug in das System in einer halben Standardeinheit«, meldete ein Untervasall wenig später. »Die Störungen des Riffs überlagern die Energie des Peilerchips, aber wir haben jetzt aktuelle Daten des Planeten, Herrin.« Er überspielte sie, ohne eigens dazu aufgefordert worden zu sein. »Achtet auf die Thermodaten«, sagte er.

Thermale Beschaffenheit fester Oberflächenstrukturen. Zahlen über Zahlen glitten vor Mitrades Augen vorbei, bis sie an einer einzelnen Angabe hängenblieb. In der Nähe eines Gebirges gab es einen unnatürlich hohen Ausschlag thermaler Energie. Mitrade markierte den Wert und gab der Positronik den Befehl, herauszufinden, was er zu bedeuten hatte.

»Geothermale Besonderheit stammt mit achtundneunzigprozentiger Wahrscheinlichkeit von einem kürzlich stattgefundenen Raumschiffabsturz.«

Mit einem weiteren Steuerbefehl ließ Mitrade die Größe des havarierten Schiffes ausrechnen.

»Troventaar-Größe«, gab die Positronik an.

Mitrade erzitterte.

»Fliegt diesen Planeten an«, befahl sie.

Nachdem sie mit Schroeder von ihrem Spaziergang zurückgekommen waren, hatte Tamra versucht, ein wenig zu schlafen. Sie hatte sich geweigert, einen Platz in einer der wenigen Unterkünfte zu beanspruchen, wie Onmout und auch Schroeder sie gebeten hatten. Stattdessen hatte sie sich einfach in der Nähe eines der Feuer hingelegt und die Arme hinter dem Kopf verschränkt. Ihr larischer Kampfanzug wärmte sie ausreichend, sodass sie nicht frieren musste, aber dennoch wollte sich der Schlaf nicht einstellen.

Ein paar Männer und Frauen in ihrer Nähe unterhielten sich leise, und das erschwerte es Tamra zusätzlich, zur Ruhe zu kommen. Seufzend drehte sie sich auf die Seite und schob den angewinkelten Arm unter den Kopf. Ihr spitz hervorstechender Ellbogen drückte an der Wange, und so suchte sie sich eine bequemere Position, ehe sie die Augen schloss.

Es dauerte einige Minuten, dann begann das Kind in ihrem Bauch zu strampeln. Es war nur ein sehr schwaches Flattern, aber es sorgte dafür, dass Tamra an eine Begegnung mit Mitrade denken musste. An das Gespräch, in dem die Larin ihr enthüllt hatte, dass sie geschwängert worden war.

Tamra legte eine Hand auf den Bauch und versuchte, das vogelartige Flattern in ihrem Innersten auch mit den Fingerspitzen zu erfühlen. Dazu war es jedoch noch viel zu schwach. Sie öffnete die Augen wieder und rollte zurück auf den Rücken.

Der Sternenhimmel war wirklich spektakulär. So dicht standen die Sterne an einigen Stellen, dass sie zu schleierartigen Gebilden zu verschmelzen schienen. Der stetig wehende Wind frischte noch etwas auf. Er seufzte zwischen den Felsen und übertönte dadurch die Gespräche der anderen Flüchtlinge.

Alles, was Tamra sich aus den Bruchstücken zusammenreimen konnte, bevor sie in einen unruhigen Schlaf glitt, war eine einzige, immer wieder vorgebrachte Frage: »Warum nur sind wir nicht auf Caligo geblieben?«

Auch Schroeder versuchte, nach dem Spaziergang zur Ruhe zu kommen, doch ihm gelang es noch weniger als Tamra. Irgendwann in der Mitte der Nacht quälte er sich hoch und reckte sich.

Der Himmel war noch immer sternenklar und von so vielen leuchtenden Punkten überzogen, dass alles schwache, aber vielfältige Schatten warf. Am Rande seines Blickfelds glaubte Startac die Sterne flimmern zu sehen, was er den Auswirkungen des nahen Hypersturmriffs zuschrieb. Sie wussten nicht, was die energiereichen Emissionen mit der Atmosphäre des Planeten anstellten.

Sie hatten überhaupt wenig Ahnung von diesem Planeten.

Schroeder versuchte, sich zu konzentrieren. Er konnte die nahen Menschen wahrnehmen; einige unruhige Träume waren wie winzige Erschütterungen zu spüren. Sein Geist schien sich von den Anstrengungen der Rettungsaktion erholt zu haben, der Ortersinn funktionierte wieder.

Schroeder überlegte kurz, dann verließ er das Lager, marschierte die zwei Kilometer bis zum Rand des Waldes und blieb dort stehen. Mit halb geschlossenen Augen sondierte er die Umgebung.

Er spürte – nichts!

Doch mit einem Mal fühlte er sich unwohl.

Er wandte den Kopf und versuchte, jeden einzelnen seiner Sinne zu schärfen, doch das Gefühl von Missbehagen war so stark, dass es sich wie ein Schleier über seine Wahrnehmung senkte. Ganz kurz glaubte er, einen mentalen Impuls zu empfangen, doch als er versuchte, ihn zu fassen, war da nichts.

Er schien sich getäuscht zu haben.

Er versuchte zu teleportieren, doch auch das misslang. Kopfschüttelnd über seine Unfähigkeit kehrte er ins Lager zurück und legte sich wieder hin.

Schlafen konnte er noch immer nicht.

Tamra erwachte kurz vor Sonnenaufgang, erfüllt von der Erinnerung an einen weiteren beunruhigenden Alptraum, die sie auf die Beine trieb.

Der Wind schien ihr kälter als am Abend zuvor, und sie zog fröstelnd die Schultern hoch. An einigen Stellen wurde noch immer – oder schon wieder? – diskutiert. Sie fragte sich, wie viele der Flüchtlinge wie sie nicht gut schlafen konnten. Wie viele spürten Angst vor der unsicheren Zukunft? Das Wissen, dass sie von nun an auf sich selbst gestellt waren, schlich sich wahrscheinlich des Nachts in Hunderte von Köpfen und nistete sich darin ein, um die Menschen mit bösen Träumen und Schlaflosigkeit zu quälen.

Verdammt, selbst sie, die sie ihr ganzes Leben lang von der Freiheit geträumt hatte, hatte Angst! Um ihrer Herr zu werden, verfiel Tamra in einen leichten Laufschritt. Sie wusste, dass ihr Körper bereits nach kurzer Zeit der Anstrengung alle Kraft für die Bewegung brauchen würde und sie auf diese Weise vom Denken abhielt.

Sie blieb erst stehen, als sie dicht vor dem Unterholz des Waldrandes stand. Zögernd machte sie noch einen Schritt in Richtung des dichten, völlig stummen Grüns. Die Ruhe, die zwischen den Baumkronen, den Stämmen und Büschen lauerte, legte sich wie ein unhörbares Summen auf ihre Ohren.

Vorsichtig streckte sie die Hand nach einer weißen, kelchförmigen Blüte aus, von denen die Büsche hier übersät waren. Sie löste sich leicht von ihrem Stängel, und als Tamra sie anhob, um sie näher zu betrachten, stieß sie einen starken, fast betörenden Duft aus.

Die Blüte nachdenklich drehend, wandte sich Tamra um und kehrte zum Lager zurück.

Sie hatte die Blüte noch immer in der Hand, als sie Startac entdeckte, der zwischen den Felsen in ihre Richtung kam. Mit einem Gefühl der Vorfreude im Leib blieb sie stehen.

Er bemerkte sie, und ein kurzes Lächeln glitt über seine Züge. »Schon so früh auf?« Sein Blick fiel auf die Blüte.

»Ich habe wieder von Mitrade-Parkk geträumt«, sagte sie.

Er reagierte nicht sofort, sondern sah über ihre Schulter in Richtung Waldrand. Die Sonne schob sich über den Horizont und zeichnete die Ränder der Wolken in einem satten Rot nach. Fast übergangslos wurde es hell. Die Stille des Waldes wurde überlagert von den Geräuschen des langsam erwachenden Lagers.

»Mitrade-Parkk ist nicht die Gefahr, in der wir schweben«, murmelte er. Es klang, als spreche er zu sich selbst.

»Sondern?« Tamra ließ die Blüte fallen und sah zu, wie sie wie ein winziger Fallschirm sachte zu Boden segelte.

Schroeder wies mit dem Kinn auf den Waldrand. »Der Wald ist es. Warum gibt es in ihm keine Spur von tierischem Leben?« Er wollte mit dem Stiefel gegen die Blüte tippen, doch seine Schuhe waren zu klobig und das weiße Gebilde zu zart dafür. Er trat es in den Staub, schien es aber kaum zu bemerken. »Sieh dir diese Büsche an. Sie haben Blüten, die duften. Blüten, deren Staubgefäße eindeutig dafür gemacht sind, von Insekten bestäubt zu werden. Wo aber sind diese Insekten?«

Tamra glaubte den Duft der zertretenen Blüte noch immer in der Nase zu haben. Sie zuckte mit den Achseln.

»Ich habe mich mit einigen Wissenschaftlern von der MINXHAO unterhalten«, fuhr Schroeder fort. »Sie haben Untersuchungen angestellt. Auf diesem Plateau hat es eindeutig einmal tierisches Leben gegeben.«

»Aber jetzt nicht mehr.«

»Nein. Fragt sich: Warum?«

»Was hast du vor?« Tamra wurde Startacs starrer Blick unheimlich. Offensichtlich plante er etwas.

»Die Wissenschaftler arbeiten fieberhaft an der Lösung des Rätsels. Ich bin kein Biologe, und ich kann ihnen nicht helfen. Aber ich kann mich um etwas anderes kümmern.«

»Um was?« Tamra wandte sich um, um festzustellen, worauf Schroeder jetzt seinen Blick geheftet hatte. Es war das Wrack der ORTON-TAPH.

»Ich werde sehen, ob ich wieder telep...« Ein schrilles Pfeifen ließ ihn verstummen und Tamra hastig den Kopf einziehen. Ihre Ohren gellten schmerzhaft. Ein riesiger Schatten fegte dicht über sie hinweg, und im nächsten Augenblick wurde sie von den Füßen gerissen.

Zwölf

Schroeder bemerkte den flachen, schwarzen Schatten einen Sekundenbruchteil vor Tamra. Er hörte ein Kreischen, das ihm schier die Trommelfelle zerriss, und handelte instinktiv. Er warf sich voran, prallte gegen Tamra und riss sie mit sich zu Boden. Gemeinsam landeten sie hart auf dem Geröll, genau in dem Augenblick, als etwas mit dröhnendem Orgeln über sie hinwegfegte.

Ein heißer Luftschwall brandete auf sie nieder, raubte Schroeder den Atem und ließ ihn herumwirbeln wie ein trockenes Blatt im Herbstwind. Er verlor Tamra aus den Augen. Jegliches Gefühl für oben und unten kam ihm abhanden, und erst, als er erneut aufprallte, härter diesmal als beim ersten Mal, begriff er, was er gesehen hatte.

»Larische Raumjäger!«

Der Schrei kam aus dem Lager. Er klang seltsam laut, denn die Maschinen waren über ihr Ziel hinweggeschossen und außerhalb der Hörweite im Dunst verschwunden. Lähmende, undurchdringliche Stille legte sich über das Lager. Wo noch eben die morgendlichen Geräusche von mehr als achttausend Menschen erklungen waren, herrschte auf einen Schlag absolutes Schweigen. Es senkte sich über die Alteraner wie die Ahnung kommenden Unheils, und erst, als aus der Ferne das Jaulen der sich erneut nähernden Angreifer zu hören war, brach unter den Menschen Panik aus.

»Sie greifen ...«

»... uns an!«

Vereinzelt nur waren verständliche Worte aus dem Geschrei zu verstehen, das nun anhob und gleich darauf im Kreischen der niederstoßenden Jäger unterging. Wie riesige Raubvögel fegten die Schatten der Schiffe über das Lager hinweg. Schroeder sah, wie zwei von ihnen vor dem Feuerball der aufgehenden Sonne vorbeihuschten und sie kurz mit ihren deltaförmigen Flügeln verdeckten. In einem weiten Bogen zogen sie herum.

Und waren heran.

Anders als bei den ersten beiden Überquerungen schossen sie nun. Lange Feuerzungen leckten aus den Flügelspitzen, zuckten zwischen den Felsen nieder. Wo sie aufkamen, explodierten Wrackteile, Planen, Geräte. Und Menschen.

Dann wieder: Stille. Absolut diesmal.

Schroeder schüttelte den Kopf. Was war mit seinen Ohren? Erst langsam begriff er, dass sein Gehirn ihn narrte. Die Geschosse der Laren waren so laut gewesen, dass er alles andere einen Augenblick lang nicht mehr hören konnte.

Auch sein optisches Wahrnehmungsvermögen schien sich verändert zu haben. Die gesamte Szenerie war wie zu einem Standbild des Schreckens eingefroren. Menschen, die noch eben vor lauter Panik über andere hinweggetrampelt waren, hielten plötzlich inne, weil die einbrechende Stille sie wie regungslos an ihren Platz nagelte. Frauen, die sich über ihre Kinder geworfen hatten, richteten sich mit weit aufgerissenen Augen auf, in den Himmel starrend und die Münder zu einem Ausdruck des Entsetzens aufgerissen. Männer, die beim ersten Anflug der Jäger zu ihren Waffen gegriffen hatten, standen wie Statuen da, die Mündungen erhoben und die Köpfe gesenkt, als wollten sie das drohende Unheil abwenden, indem sie ihm Schultern und Nacken entgegenstemmten.

Schroeder griff nach Tamras Arm, ohne den Blick vom leeren Himmel abzuwenden. Mit einem Schlag kehrte sein Hörvermögen zurück. Das Stöhnen Verletzter und das Jammern ihrer Nächsten dröhnte jetzt in seinen Ohren. Er wusste ungefähr, wie lange es dauern würde, bis die Flieger ihre Bögen vollendet hatten, sich neu formieren und einen weiteren Angriff starten konnten.

Ihnen blieben nur Sekunden.

»Zum Wrack!«, rief er, so laut er konnte. Gleichzeitig zeigte er mit dem einen Arm in Richtung ORTON-TAPH, mit dem anderen zog er Tamra auf die Füße. Von der Überraschung des Angriffs benommen, taumelte sie gegen ihn. Ihm blieb keine Zeit, sich zu vergewissern, ob sie unverletzt war, denn ein Orgeln in der Luft kündigte die Rückkehr der Feinde an. Schroeder stieß Tamra in den Schatten eines mannslangen Wrackteiles. »Runter!« Dann wandte er den Blick den anfliegenden Raumjägern zu.

Es waren vier.

Ihre Flügel hatten eine Spannweite von mehr als zehn Metern, und an ihren Spitzen glühte es unheilbringend rot. Impulskanonen. Mit unübersehbarer Geschwindigkeit spieen sie ihre Energie auf die Menschen unter sich nieder und zogen breite Schneisen der Verwüstung mitten durch das Lager. Vereinzelt erwiderten die Alteraner – hauptsächlich Angehörige der MINXHAO – das Feuer, doch mit ihren Handwaffen konnten sie gegen die Feuerkraft der Gleiter nichts ausrichten.

»Schroeder!«

Startac hörte den Ruf, doch er hatte keine Zeit, in der panischen Menge nach dessen Ursprung zu suchen. Er wusste auch so, was er zu tun hatte.

Er fixierte einen der Jäger. Dann kniff er die Augen zusammen, konzentrierte sich. Er hatte keine Zeit zu fürchten, seine Teleporterfähigkeit könne noch immer nicht zurückgekehrt sein.

Er sprang.

»Wir richten nur unwesentlichen Schaden an!«, bellte Zenon so dicht bei Mitrades Ohr, dass die Larin zusammenzuckte. Sie hob die Hand, um den aufgeregten Ersten Offizier zum Schweigen zu bringen. »Ich weiß!« *Das ist Sinn der Sache,* fügte sie in Gedanken hinzu.

»Warum habt Ihr Befehl gegeben, gezielt daneben zu schießen?«, fragte Zenon, betroffen durch die stumme Zurechtweisung. Er hatte Mitrades Befehl, vier der sechs vorhandenen Raumjäger auszuschleusen und darauf zu achten, dass es keine Toten gab, mit einem ungläubigen Blick quittiert, und auch jetzt begriff er noch immer nicht, was sie wirklich bezweckte.

Trotz ihres Befehls waren einige Alteraner getroffen worden – was wahrscheinlich bei einem solchen Angriff nicht zu vermeiden gewesen war.

»Sie sollen nicht vernichtet werden«, belehrte Mitrade ihn.

»Sondern?« Der Offizier streckte eine Hand aus, als könne er die Flieger auf diese Weise dirigieren. Mitrade sah, wie seine Finger zitterten, und ihr wurde klar, dass er genauso begierig wie sie war, die Alteraner tot zu sehen. Er glaubte noch immer, sie seien verantwortlich für die Zerstörung des Sterns der Laren, und Mitrade hatte nicht vor, ihm diesen Glauben zu nehmen. Sie zwang sich, ihre Erregung zu unterdrücken. Die Toten dort unten kamen ihr im Grunde sogar gelegen. Sie würde die Überlebenden nach Caligo zurückbringen und ein neues Gefangenenlager mit ihnen bestücken. Die Ehrfurcht, die diese Flüchtlinge durch Erzählungen unter allen Lagerinsassen erzeugen würden, würde es ihr leicht machen, das neue Lager zu führen. Nein, der Angriff auf die Überlebenden galt nicht der Vernichtung der Alteraner. Er sollte ihren Freiheitswillen brechen.

Mitrade sah auf das zerstörte Wrack der ORTON-TAPH. Zwei der Alteraner dort unten wollte sie auf jeden Fall unversehrt.

Tamra Cantu.

Und Jason Neko.

Wieder glitt ihr Blick zu der spinnenartig anmutenden Steuerung. *Bald!*, beruhigte sie sich. Das Stolpern ihrer Gedanken hatte bereits merklich nachgelassen.

Ein Bild überlagerte ihre Sicht wie die Spiegelung in einer Scheibe: Kelton-Trec, der vor ihr stand. Sie selbst, nackt unter der dünnen Decke, die er ihr gegeben hatte. Seine Stimme: »Es gibt da noch eine Kleinigkeit ...« Mitrade verdrängte die Erinnerungen, denn sie ließen ihr Herz angstvoll schneller schlagen. Am liebsten hätte sie das Fernsteuernetz sofort aktiviert. Doch sie beherrschte sich. Sie hatte Gewissheit, dass Neko noch lebte. Sein Peilerchip arbeitete, wenn auch durch die Hyperstürme eingeschränkt. Mehr musste sie im Moment nicht wissen.

»Geben Sie den Piloten den Befehl, noch zwei Angriffe zu fliegen und dann im Abstand von zwei Kilometern vom Lager in Warteposition zu gehen«, befahl sie Zenon. Für das Grübeln über die Zukunft, für Wenn und Aber, hatte sie jetzt keine Zeit.

Das Innere des Raumjägers, den er angepeilt hatte, war größer, als Schroeder erwartet hatte. Dennoch hatte er gerade genug Platz, mit eingezogenem Kopf dazustehen und den Strahler zu heben, als ein melodiöses Zirpen ihn zusammenzucken ließ.

Gleichzeitig mit ihm erschrak auch der larische Pilot. Er fuhr in seinem Sitz herum, doch bevor er auch nur einen Blick auf Schroeder werfen konnte, traf ihn der Strahl seiner Waffe an der Schulter und katapultierte ihn nach vorn auf die Steuerkonsole. Der Ruck, mit dem der Jäger in den Sinkflug überging, riss Schroeder von den Füßen. Er taumelte vorwärts, prallte gegen den Laren, zerrte ihn aus dem Sessel und rammte ihn gegen die Wand. Im nächsten Augenblick kippte die Maschine und begann zu fallen. Mit lautem Heulen zischten dicht am linken Flügel die steil aufragende Felswand vorbei, während der Jäger über die Kante hinweg in die Tiefe stürzte.

Schroeder hechtete in den Sessel. Durch die Hypnoschulung auf der MINXHAO besaß er genug Wissen über larische Technik, um ein relativ kleines Gefährt wie dieses zu beherrschen. Er krallte beide Hände um die Steuerung, während vor ihm in der Luft Zeichenfolgen erschienen und wieder verblassten. Er konnte sie nicht lesen, dazu jagten sie zu schnell an ihm vorbei. Ihm ging auf, dass er einen der Helme benötigt hätte, der die Daten zu für seine Augen interpretierbaren Bildern ummodulierte. Rasch warf er einen Blick über die Schulter.

Der verletzte Lare lag verkrümmt hinter seinem Sitz und rührte sich nicht. Es war keine Zeit, seinen Helm an sich zu bringen. Schon tauchte der Raumjäger in die dichte Wolkendecke ein, die die tieferliegenden Landesteile vor den Augen der Menschen auf dem Plateau verhüllte. Schroeders Nackenhaare richteten sich auf. Alles in ihm spannte sich an, wartete auf den zermalmenden Aufprall, während er sich nach hinten in den Sitz drückte und die Steuerung zu sich heranzog. *Raus hier!,* schrie sein Unterbewusstsein, doch er zwang sich, dem Fluchtreflex nicht nachzugeben. Er brauchte diesen Jäger, wenn er etwas gegen die Angriffe der Laren ausrichten wollte.

Das Schiff reagierte mit einem protestierenden Stöhnen, doch dann hob sich seine Schnauze. Schroeder lenkte es in einen steilen Aufwärtswinkel, brach aus den Wolken hervor, und für einen kurzen Moment tauchten die Strahlen der gelben Sonne das Cockpit in gleißendes Licht.

Als die Bordpositronik den Lichteinfall durch Blenden herabgeregelt hatte und Schroeder wieder sehen konnte, knirschte er mit den Zähnen. Er raste direkt auf einen Ausläufer der Berge zu. *Bei ES!,* schoss es ihm durch den Kopf. *Sind diese larischen Dinger schnell!*

Er riss den Raumjäger in eine steile Kurve, schoss über den ersten der schroffen Grate hinweg und rollte in einer Vierteldrehung nach rechts, als er einem Überhang bedrohlich nahe kam.

»Hier spricht Zenon-Renkk«, dröhnte eine Stimme aus einem nicht sichtbaren Lautsprecher. Sie klang blechern, weil Schroeder noch immer der Pilotenhelm fehlte. Dennoch war sie verständlich. »Wir fliegen ...«

Den Rest hörte Schroeder nicht, denn in diesem Moment raste er über einen langgezogenen Grat, der wie eine Axtkerbe in die Landschaft geschlagen worden war. Das Gelände dahinter lag gut einen halben Kilometer höher als jener Teil, auf dem die ORTON-TAPH notgelandet war. Und es war übersät mit Raumschiffswracks!

»...derhole: Nach zwei weiteren Überflügen Angriff einstellen und bei den übermittelten Koordinaten sammeln. Bestätigung!«

Es war hauptsächlich das eindringlich gesprochene letzte Wort, das Schroeder aus seiner erstaunten Erstarrung riss. Er wusste nicht, was er tun musste, um den Befehl zu bestätigen, aber ohnehin würde den Laren sehr bald auffallen, dass sie einen ihrer Piloten verloren hatten.

Schroeder wendete. In der Ferne sah er, wie die verbliebenen drei Jäger zu einem neuen Angriff auf das Lager ansetzten. Mit zusammengebissenen Zähnen machte er die Bordkanonen bereit.

Gemeinsam mit einer Handvoll anderer Menschen war es Tamra gelungen, sich unter der überkragenden Außenhülle der ORTON-TAPH in Sicherheit zu bringen. Mit weit aufgerissenen Augen sah sie, wie die Menschen sich um sie herum vor dem Feuer der Angreifer in Sicherheit zu bringen versuchten. An den Stellen, die die Laren unter Beschuss nahmen, war die Zerstörung gewaltig. Wrackteile und Felssplitter flogen durch die Luft wie Schrapnelle und richteten dort, wo sie auftrafen, weitere Zerstörungen an.

Einer der Jäger begann zu trudeln und verschwand über dem Rand des Plateaus. Es dauerte eine Weile, bis Tamra begriff, was geschehen war, doch dann explodierte wilde, völlig absurde Zuversicht in ihr. Aufgeregt krallte sie eine Hand in den Arm eines neben ihr kauernden Mannes und deutete mit der anderen auf das Schiff, das in diesem Moment aus der Wolkendecke schoss und sich sofort in eine steile Kurve legte.

»Schroeder ist da drin!« Sie war sich ganz sicher, und die Skepsis im Gesicht ihres Gegenübers verschwand in dem Moment, als der vierte Jäger die drei anderen angriff.

»Schroeder!«, riefen jetzt auch andere Alteraner, und als reiche das Kapern eines einzigen feindlichen Schiffes bereits aus, um die Schlacht zu gewinnen, wurde Jubel laut.

Tamra drückte beide Hände vor den Mund. Schroeder ging auf die Laren nieder wie ein Habicht. Die Spur seiner Kanonen verfehlte den äußeren Rand des Lagers nur knapp, bohrte sich dann in einen der Jäger und schoss ihn kampfunfähig. Wilde Haken schlagend, verschwand der Lare im Dunst der nahen Berge, und eine gewaltige Explosion zeigte Tamra, dass er nicht wieder auftauchen würde.

Die drei verbliebenen Raumjäger flogen über das Lager hinweg und hinterließen einmal mehr dröhnende, mit Angst erfüllte Stille.

Tausende Augen richteten sich in den Himmel. Und Tausende Köpfe zuckten nach unten, als kurz hintereinander zwei weitere Explosionen wie ferner Donner von den Bergen heranrollten. Ein Schatten näherte sich. Tamras Herz vollführte einen Salto. *Zu schnell!* Er war viel zu schnell, als dass es sich um Schroeder handeln konnte. Dieser Jäger hatte eindeutig noch immer Angriffsgeschwindigkeit.

Er jaulte jedoch über das Lager hinweg, ohne zu schießen. Tamras Nacken protestierte schmerzhaft, so schnell wandte sie den Kopf, um hinterhersehen zu können.

Und im nächsten Moment begriff sie, warum Schroeder noch immer Angriffsgeschwindigkeit flog. Ihr wurde eiskalt.

Aus dem Dunst der Wolken über dem Abgrund schälten sich die Umrisse eines larischen Raumschiffs.

Startac bemerkte das larische Schiff, kurz bevor er die Geschwindigkeit drosselte. Er erschrak, und wie eine mechanische Verlängerung seines Körpers ruckte auch der Jäger unkontrolliert in die Höhe. Schroeder verfluchte die heikle Steuerung.

Das larische Schiff war nicht besonders groß, doch Schroeder erkannte mit einem Blick, dass es ausreichend bewaffnet war, um nicht nur das Flüchtlingslager, sondern auch die Überreste der ORTON-TAPH ins Jenseits zu befördern. Er presste die Lippen zusammen. Keine Zeit zum Nachdenken. Er beschleunigte den Jäger auf Maximalgeschwindigkeit.

Die Landschaft verschwamm zu einem undeutlichen Schemen, und das Dröhnen der Triebwerke hämmerte in seinem Schädel. Er kniff die Augen zusammen und fixierte das Larenschiff. Aus dem Augenwinkel sah er etwas Dunkles auf sich niederkommen.

»Er greift uns an!« Zenons Stimme überschlug sich in fast unhörbaren Höhen.

Fassungslos starrte Mitrade-Parkk auf den winzigen Schatten, der wie ein außer Kontrolle geratenes Insekt dicht über dem Boden der Hochebene dahinraste. Innerhalb weniger Augenblicke waren drei ihrer Männer abgeschossen worden, und es dauerte, bis Mitrade begriff, woher das feindliche Feuer kam.

Von dem vierten Piloten!

Hatte sich denn alles gegen sie verschworen?

»Schutzschirme hoch!«, schrie sie atemlos vor Wut.

Es gab einen dumpfen Knall, ein leichtes Flimmern auf den Schirmen, dann erscholl Zenons Meldung, völlig ausdruckslos diesmal. »Schutzschildgenerator aktiviert. Schutzschild steht.«

Instinktiv riss Schroeder den Kopf herum.

Etwas sauste mit brutaler Wucht auf ihn nieder, verfehlte aber seinen Kopf und traf ihn stattdessen an der Schulter. Ein grausamer Schmerz raste durch seinen Körper. Er warf sich aus dem Pilotensessel. Der Jäger, der Steuerung beraubt, kam ins Trudeln, und Schroeder wurde gegen die Wand geschleudert. Mit beiden Händen fing er den Aufprall ab, fuhr herum und hechtete vorwärts.

Mitten in der Bewegung traf ihn der Hieb einer unsichtbaren Faust. Der Jäger bockte, ein Geräusch wie von einer riesigen Bronzeglocke ertönte. Etwas füllte die Frontschirme, groß und schwarz und alles erdrückend.

Schroeder rappelte sich auf. Auf seiner Lippe schmeckte er Blut.

Tamra sah den Raumjäger auf das larische Schiff zutaumeln, sah das konturlose Aufflimmern der hochfahrenden Schutzschirme.

Ein Stöhnen entrang sich ihr, als der kleinere Flieger gegen den Schirm prallte und wie von einem Titanen mitten im Flug abgebremst wurde. Spinnennetzartige Entladungen breiteten sich von der Stelle des Aufpralls aus, blendeten Tamra und ließen sie aufschreien. Es gab eine gewaltige Explosion. Tamra fühlte, wie sie angehoben wurde und durch die Luft flog.

Den Aufprall spürte sie kaum, denn ihr Blick war wie gebannt auf das larische

Raumschiff gerichtet. Schroeder hatte den Schutzschirm durchschlagen und war an der Oberfläche des Raumers explodiert.

Wie in Zeitlupe kippte das Raumschiff um seine vertikale Achse, und ebenfalls wie in Zeitlupe verschwand es in der Tiefe.

Dreizehn

Der Larenraumer war fort.

Tamra richtete sich auf die Ellenbogen auf. Ihr Rücken schmerzte von dem Aufprall. Nur langsam löste sie den Blick von der Kante des Abgrunds, kam dann auf die Füße.

Wo blieb Startac?

Sie spürte mehr, als dass sie sah, wie Menschen neben sie traten. Wie sie gemeinsam mit ihr in die Tiefe starrten, in der Wolken das Ende der Reise des Larenschiffes verdeckten. Ein Krachen verkündete von dem Aufprall unten in der Ebene. Dann ein Rumpeln, wie von einem fernen Erdbeben, eine Druckwelle, die an ihnen vorbei in die Höhe fauchte, jedoch keine weitere Explosion.

»Wo bleibt er?«, murmelte Tamra. Ihr war klar, dass von dem Moment an, in dem der Jäger auf der Oberfläche des Raumschiffs explodiert war, jegliches Warten sinnlos sein musste. Wenn Schroeder in diesem Augenblick nicht teleportiert war, war er es überhaupt nicht. War er bewusstlos gewesen, vielleicht durch den Aufprall auf den Schutzschirm? War er im Feuer der Explosion vergangen?

Mit schwerem Herzen wandte Tamra sich ab und entfernte sich einige Schritte von den anderen. Ihre Hand tastete Halt suchend an der Wand der ORTON-TAPH entlang, während ihre Augen nicht sahen, wohin sie ging. Eine gähnende Leere, tiefer als jede Schlucht des Planeten, öffnete sich in ihr; das Gefühl eines Verlusts, der umso schlimmer war, weil er sie unvorbereitet traf.

Sie blieb stehen und rieb sich über die Narbe auf ihrer Stirn.

Zum ersten Mal seit Jahren rollten Tränen über ihre Wangen.

Als er wieder zu sich kam, war dicht bei seinem Kopf … nichts! Hastig robbte Startac zurück, bis er mit dem Rücken gegen etwas Hartes stieß. Sein Atem ging schnell von dem erlittenen Schreck, und vorsichtig beugte er sich vor, um in den Abgrund zu sehen.

Er befand sich auf einem Vorsprung mitten zwischen Himmel und Erde. Vorsichtig hob er den Kopf. Weit über ihm war noch ein Stück der ORTON-TAPH zu erkennen. Sich vorzubeugen, um in die andere Richtung zu schauen, wagte er nicht. Er sah auch so, dass sich unter ihm nichts befand, nichts außer grauen, eintönigen Wolken. Wie Watte sahen sie aus, weich, als würden sie seinen Sturz sanft auffangen, wenn er sich nur fallen ließ. Er legte den Kopf gegen den Felsen und blinzelte die Verwirrung fort. Seine Schulter pochte und erinnerte ihn an die letzten Momente in dem Jäger.

Der Lare war genau in dem Augenblick zu sich gekommen, in dem Schroeder den Raumjäger gegen das Schiff gelenkt hatte. Es war ein Waffenkolben gewesen, der auf ihn niedergesaust war. Schroeders instinktive Abwehrbewegung hatte ihn davor bewahrt, dass ihm der Schädel eingeschlagen wurde, aber um den Preis, dass er die Kontrolle über die Steuerung des Raumjägers verloren hatte. Der war auf den Schutzschirm geprallt. Schroeder war vorwärts gehechtet, gegen den Laren, dann ohne genaue Peilung gesprungen.

Und hier auf diesem Felsvorsprung gelandet.

Er holte Luft, konzentrierte sich, um seinen ungemütlichen Aufenthaltsort zu verlassen, doch plötzlich ließ ihn ein kratzendes Geräusch aufhorchen.

»Hilfe!«

Nun beugte er sich doch vor und spähte in den Abgrund. Einige Meter unter ihm hing – gehalten nur von einem handbreiten Vorsprung – der larische Pilot und blickte mit verzerrtem Gesicht zu ihm hoch. Gelbes Blut tränkte seinen Raumanzug dort, wo Schroeders Schuss ihn an der Schulter getroffen hatte.

»Helfen Sie mir!«, bat er in einem für Laren gänzlich untypischen, flehentlichen Tonfall.

Schroeder überlegte nicht lange. »Halten Sie durch!« Er drehte sich auf den Bauch und robbte, so dicht es ging, an die Kante. Das Gestein unter seinem Körper knirschte bedrohlich.

Er schob einen Arm über die Kante, streckte ihn aus, doch er konnte den Piloten nicht erreichen. Langsam rutschte er noch ein Stück vorwärts – und verstärkte das Knistern dadurch.

»Seien Sie vorsichtig!«, flüsterte der Lare.

Doch Schroeder hatte nicht vor, diesem Rat zu folgen. Kurzerhand stemmte er sich auf alle viere. Mit einem haarsträubenden Knirschen gab der Vorsprung unter seinem Körper nach, und Schroeder fiel.

Er krachte dem Laren auf Kopf und Schultern, und genau in dem Moment, als sich dessen Finger von dem Felsvorsprung lösten und sie gemeinsam den Halt verloren, griff er zu und sprang.

Jason Neko hatte den Absturz des larischen Schiffes aus der Mitte des Lagers verfolgt. Er spürte die Auswirkungen des Aufpralls und das dadurch ausgelöste Erdbeben als schwaches Zittern des Untergrundes. Neben ihm sank eine der behelfsmäßigen, aus Wrackteilen errichteten Hütten in sich zusammen und ließ eine kleine, rötliche Staubwolke aufwirbeln.

Jubel erklang, vereinzelt nur und ungläubig; dann krochen die Menschen aus ihren Verstecken hervor. Die meisten wirkten mitgenommen, ängstlich. Sie beobachteten den Himmel, als könne im nächsten Augenblick eine neue Gefahr auf sie niederfahren.

»Na, froh?«, hörte Neko eine bekannte Stimme hinter ihm. Er drehte sich um. Vor ihm stand Ian Fouchou.

»Froh?«, wiederholte Neko. »Warum sollte ich froh sein?«

Fouchou wies nach unten in die Tiefe. »Sie sind abgestürzt. Sie können Sie nicht nach Caligo zurückbringen.«

»Nein.« Langsam schüttelte Neko den Kopf. »Das können sie nicht.« Empfand er Bedauern darüber? Vielleicht sogar Trauer? Als er die Raumjäger und das larische Schiff gesehen hatte, war ganz kurz die wilde Hoffnung durch seinen Leib gezuckt, Mitrade könne noch am Leben sein. Sie komme, um sie zurück nach Dekombor zu holen.

»Freuen Sie sich gar nicht darüber?«, fragte Fouchou.

Neko überlegte. »Warum sollte ich mich freuen?«

»Weil Sie endlich frei sind!«

»Frei?«

»Ja.« Der Dürre verschränkte die Arme vor dem Körper und starrte ihn an. »Sagen Sie nicht, Sie glauben an den ganzen Kram, den man uns ... den sie Ihnen in Dekombor eingetrichtert haben? Die Märchen vom friedlichen Zusammenleben von Laren und Alteranern, und die Lügen darüber, dass die Laren Ihre Beschützer sind.«

Märchen? Lügen? Neko hatte gewusst, dass im Flüchtlingslager Meinungen wie diese kursierten. Aber ihm war nicht klar gewesen, dass die Mitglieder der MINXHAO-Crew über die Verhältnisse auf Caligo informiert waren. Allerdings waren nach dem Absturz der ORTON-TAPH schnell hitzige Diskussionen aufgeflammt. Ob es rechtens war, einfach zu fliehen. Ob es *klug* war, vor allem. Würden sie ohne die schützende Hand der Laren überhaupt überleben können? Würden sie nicht wie die Tiere gejagt werden? Bestraft gar?

Neko hatte die Gespräche mit angehört, schweigend und nachdenklich. Er hatte sich herausgehalten, aber alle Argumente hatten seine eigene Meinung nicht ändern können. Er wies auf das erbärmliche Lager rings herum. »Das halten Sie also für Freiheit?«

Der Dürre schüttelte den Kopf. »Für sie ist das nur eine Übergangslösung. Bis Perry Rhodan kommt und sie hier abholt.«

»*Für sie?* Was ist mit Ihnen?« Neko wies mit dem Kinn auf Fouchous Brust.

»Ich? Wie es aussieht, habe ich nicht mehr lange zu leben.«

Neko war nicht bereit, sich die Geschichte des Mannes anzuhören, und offenbar sah man ihm das an. Der Dürre schwieg. Er sah peinlich berührt aus.

Neko richtete seine Gedanken auf den vorletzten Satz Fouchous.

Bis Perry Rhodan kommt und sie hier abholt …

Machte diese Vorstellung ihm Angst? Er wusste es nicht genau. Sicher war, dass er ein ungutes Gefühl bei dem Gedanken daran verspürte, wie offen und richtungslos die Zukunft vor ihm lag. Wie sollte er es schaffen, Entscheidungen zu treffen, die all die Jahre immer andere für ihn getroffen hatten? Wie konnte er wissen, welchen Weg er einschlagen musste?

Er wusste es nicht.

Aber das war auch gar nicht nötig, begriff er. Das larische Schiff war nur ein kleines Beiboot gewesen, eine Vorhut, die auskundschaften sollte, wo sie sich befanden. Bald würden andere folgen, größere, und dann würden sie zurückgebracht werden in die Sicherheit von Dekombor. Wozu sollte er sich Sorgen um die Zukunft machen? Es gab keinen Grund dafür.

Er fühlte, wie Zuversicht ihn erfüllte, und ertappte sich dabei, dass er hoffnungsvoll in den Himmel starrte.

Fouchou lachte auf. »So schnell kommt er nicht! Sie brauchen sich nicht tagelang den Hals zu verrenken.«

Die Worte irritierten Neko, bis er begriff, dass der Dürre nicht von einem Larentransporter sprach, sondern von diesem sogenannten Großadministrator. Er lachte spöttisch. »Märchen, ja?«

Fouchou nickte ernsthaft. Dann ließ er Neko einfach stehen und ging davon.

Um allein zu sein, ging Tamra quer durch das Lager, hin zum Rand des Waldes. Unterwegs hielt sie inne, denn sie sah den Mann mit dem Turban neben Jason Neko stehen und sich mit ihm unterhalten.

»Märchen, ja?«, sagte Neko gerade, und der andere nickte einfach nur, bevor er davonmarschierte.

Tamras Blick fiel auf eine Gruppe von Männern. Sie standen in einer der Gassen und hatten sich zusammengerottet, um zu debattieren. Alles an ihrer Haltung sah aggressiv und aufgebracht aus. Vorsichtig trat Tamra einige Schritte näher, um verstehen zu können, was sie besprachen.

»… dieser Schroeder eigentlich, wer er ist?«, sagte einer von ihnen, ein vierschrötiger Kerl mit einem Schädel, der ebenso kurzgeschoren war wie Tamras. »Ich meine, wer gibt ihm das Recht, die Laren einfach anzugreifen? Was, wenn sie hier waren, um uns zurück nach Hause zu holen?«

Nach Hause! Tamra spürte, wie ihr eine eisige Hand ums Herz griff. Wie viele der Flüchtlinge sahen Dekombor als ihr Zuhause?

»Klar waren sie das!«, erwiderte ein zweiter Mann. Er war ebenso hochgewachsen wie der Glatzkopf, aber viel dünner. In seinem Gesicht saß eine Hakennase von gewaltigen Ausmaßen. »Darum haben sie ja auch das Feuer auf uns eröffnet.«

Glatzkopf blies Luft durch die zusammengepressten Lippen. »Eine Strafmaßnahme! Schließlich sind wir unerlaubt abgehauen. Wenn ihr mich fragt: Wenn ich gewusst hätte, dass dieses Schiff« – er zeigte auf die ORTON-TAPH – »uns nicht nach Groschir bringen sollte, wäre ich gar nicht eingestiegen.«

»Was werden sie wohl jetzt mit uns anstellen?«, fragte ein Junge, der kaum älter als 16 Jahre sein konnte. Seine Wimpern lagen lang und dicht. »Ich meine, auf Caligo sind wir einfach in das Schiff geklettert und abgehauen. Aber jetzt haben wir Laren *abgeschossen*!« Er betonte das letzte Wort auf eine Weise, die sein ganzes Entsetzen über die Ungeheuerlichkeit des Geschehenen zum Ausdruck brachte.

»Für mich sieht das so aus«, sagte der Glatzkopf. »Dieser Mutant hat das Schiff abgeschossen, nicht wir. Ich schon gar nicht.«

»Aber wie beweisen wir das den Herrn?« Unbehaglich zog der Junge den Kopf zwischen die Schultern, als spüre er bereits den langen Arm der Laren nach sich greifen.

»Wir sagen es ihnen. Mitrade-Parkk wird klar sein, dass keiner von uns dazu in der Lage gewesen wäre.«

»Mitrade ist tot!« Die Worte waren Tamra herausgerutscht.

Gleichzeitig ruckten die Köpfe der Versammelten zu ihr herum. Der Glatzkopf kniff die Augen zu schmalen Schlitzen zusammen, die sein Gesicht aussehen ließen wie das einer Bulldogge. »Was soll das heißen?«

»Das heißt, dass Mitrade-Parkk bei dem Bürgerkrieg auf Caligo erschossen wurde«, sagte Tamra ruhig.

»So! Und das weißt ausgerechnet du ganz genau, ja?«

»Weil sie es getan hat.« Die Stimme ließ die Männer und auch Tamra herumfahren. Neko stand zwischen zwei Felsbrocken und hatte sich mit verschränkten Armen gegen einen von ihnen gelehnt.

Hinter sich hörte Tamra den Jungen aufkeuchen.

»Sie hat Mitrade-Parkk erschossen?«, wiederholte Glatzkopf ungläubig.

Neko lächelte schmal. In Tamras Augen sah es unglaublich arrogant aus. »Das hat sie zumindest behauptet.«

Sie suchte seinen Blick, doch er wich ihr aus. Irritiert stand sie ihm gegenüber und erinnerte sich an die Verwirrung, die sie in seinem Blick entdeckt hatte, als er begriffen hatte, dass sie untot war. Sie hatte geglaubt, leisen Zweifel in ihm zu entdecken, eine Reaktion auf die deutlich sichtbaren Zeichen dessen, was man ihr angetan hatte. Sie hatte gehofft, es könne der Beginn seiner Emanzipation von den Laren sein. Jetzt jedoch, wie er so dastand, so lässig und in sich ruhend, kam es ihr vor, als sei dieser Zweifel nur eine Illusion gewesen. Dies hier war der wahre Jason Neko. Der larische Knecht.

Der Mann, dessen Beweggründe sie niemals verstehen würde.

Mit vorgeschobenem Kinn hielt Tamra seinen Blicken stand. »Es stimmt«, sagte sie.

Er schüttelte nur den Kopf.

»Nicht?« Glatzkopf schob sich an Tamra vorbei.

»Nein. Mitrade-Parkk lebt.«

»Woher willst du das wissen?« Ihre eigene Stimme gellte Tamra in den Ohren. Sie holte tief Luft. »Du hast es nicht mit eigenen Augen gesehen, wie der Thermostrahl sie traf. Wie sie zu Boden sank, mit diesem ... Loch im Leib.« Ihr wurde bewusst, dass sie die Hände gegen ihn erhoben hatte, gerade so, als halte sie den Strahler noch immer in ihnen und habe ihn gegen Neko gerichtet. Kraftlos ließ sie die Arme sinken. Ein völlig irrationales Schluchzen wollte sie schütteln, doch sie wehrte sich dagegen.

Er antwortete nicht auf ihre Worte, blieb einfach stehen, wo er stand. Ruhig und selbstsicher. Glatzkopf und die anderen wirkten unschlüssig.

Tamra drängte sich an Neko vorbei. Sie musste ihn mit der Schulter zur Seite schieben, damit er ihr Platz machte, und obwohl sie nur einen Bruchteil dessen wog, was er auf die Waage brachte, wich er ihr leichtfüßig aus.

»Wir sollten uns überlegen, was wir jetzt tun«, hörte sie Neko zu den Männern sagen. Es kümmerte sie nicht mehr.

Kaum war sie aus der Zeltgasse herausgetreten, warf Tamra sich herum und begann zu laufen.

Nach seinem Gespräch mit Jason Neko wanderte Ian Fouchou eine Weile grübelnd durch das Lager. Momentan hatte er nichts zu tun. Die Medorobots kümmerten sich um die Verletzten, die der Larenangriff hinterlassen hatte. Ihre Existenz ließ Fouchou sich nutzlos vorkommen. Sie taten ihre Arbeit um so vieles effizienter und besser als er. Er seufzte und belauschte dann die Gespräche der Flüchtlinge und auch die seiner Crewmitglieder, nahm ihre Inhalte aber nicht richtig wahr.

Seine Gedanken kreisten um ganz andere Dinge. Er hob den Blick in den hellblauen Himmel von Terra Incognita und ließ ihn einen Augenblick lang auf der kleinen, gelben Sonne ruhen. Ihr Licht war nicht stark genug: Sogar am Tag konnte sie die hellsten Sterne nicht vollständig überstrahlen, und so wirkte der Himmel ein wenig wie mit unregelmäßigen, blassen Narben übersät.

Fouchou schob den Ärmel hoch und musterte die Haut an seinem Unterarm. Das Narbenmuster dort ähnelte dem des Himmels, fand er, und er musste kichern. War das ein Zeichen?

Er kam aus einem System, dessen Sonne zwar ebenso klein wie die Terra Incognitas war, deren Leuchtkraft diese hier jedoch um ein Vielfaches überstieg. So hell war seine Heimatsonne gewesen, dass sie die Nächte erleuchtet hatte, selbst wenn sie längst unter dem Horizont versunken gewesen war. Auf seiner Heimatwelt hatte die astronomische Dämmerung erst bei 115 Grad eingesetzt.

Fouchou seufzte und rollte seinen Ärmel wieder nach unten. *Sterne!* Er musste lachen bei dem Gedanken, dass es auch in Zeiten der Raumfahrt noch immer Menschen gab, die an den Einfluss der Sterne auf ihr eigenes Schicksal glaubten. Was für ein Unsinn!

Mit einer zornigen Grimasse blickte er in Richtung der versiegelten ORTONTAPH und stieß einen leisen Fluch aus.

Kurz bevor Tamra das Lager verließ, stieß sie mit Captain Onmout zusammen.

Er bemerkte, dass sie aufgewühlt war. In seiner Miene stand Verständnis, als er sie aufhielt. »Er ist vor der Explosion entkommen!«, sagte er, und Tamra sah ihn an.

»Hat er sich über Funk gemeldet?« Sie wusste, dass einer von Onmouts Männern versucht hatte, Schroeders Anzugkom anzufunken, und dabei erfolglos gewesen war.

Onmout senkte das Kinn. »Nein. Aber die Störungen des Riffs sind im Moment auch viel zu stark. Ich bin überzeugt davon, dass er am Leben ist, Tamra! Er wird bald wieder auftauchen.«

Sie nickte, als würde sie ihm glauben.

Er gab sich einen Ruck. »Wir sind dabei, die Schäden festzustellen, die der Angriff hinterlassen hat«, erklärte er. »Es sah weitaus schlimmer aus, als es tatsächlich ist. Die Laren wollten uns nicht wirklich schaden.«

»Wie viele Tote?« Es war das Einzige, was Tamra interessierte.

»Zweiundzwanzig.«

»Jemanden, den ich kenne?«

»Bis auf … ich glaube nicht.«

Tamra gab vor, den Beginn seiner Worte nicht gehört zu haben.

»Es handelt sich hauptsächlich um eine Gruppe von jungen Männern aus Dekombor. Außerdem eine Frau, die auf der MINXHAO in der Offiziersmesse gearbeitet hat. Und unsere Xeno-Biologin, der ich den Auftrag gegeben habe, festzustellen, ob es hier nun Leben gibt oder nicht.«

Tamra spürte, wie jedes bisschen Kraft, das sie noch eben aufrecht gehalten hatte, von ihr wich. Sie wollte sich nur noch im Schatten irgendeines Baumes zusammenrollen, die Arme um die angezogenen Knie schlingen und sich für den Rest des Tages nicht mehr rühren.

Onmout legte ihr eine Hand auf den Arm. »Er kommt zurück!«, sagte er leise.

Tamra nickte. »Danke.«

Sie war kaum aus dem Lager herausgetreten, als ein freudiger Ausruf sie herumfahren ließ.

»Schroeder ist wieder da!«

Zwischen den Felsen konnte sie ihn erkennen. Er trat auf den Platz hinaus, als käme er von einem Spaziergang zurück. Und er war nicht allein.

Vor ihm her, in Schach gehalten durch seinen schweren Thermostrahler, taumelte ein Lare!

Vierzehn

Die Reaktionen der Menschen im Flüchtlingslager waren faszinierend verschieden.

Schroeder vernahm entsetztes Getuschel ebenso wie zufriedene Pfiffe und vereinzelt sogar Klatschen. Der Lare, der sich, kurz nachdem er mit ihm an der Kante des Abgrunds materialisiert war, als Tardan-Sharc vorgestellt hatte, zögerte sichtbar, einen Schritt zwischen die dicht stehenden Zelte zu machen. Schroeder legte ihm eine Hand auf die unverletzte Schulter und schob ihn vorwärts. »Keine Angst«, sagte er, »noch sind sie alle viel zu sehr von Ehrfurcht vor ihren *Herren* erfüllt.« Unter seinen Fingern konnte er spüren, wie sich Tardan verkrampfte, aber es blieb dem Laren nichts anderes übrig als weiterzugehen.

Sie marschierten den breiten Gang entlang bis zu dem Platz in der Mitte des Lagers, auf dem am Abend die Feuer entzündet wurden. Jetzt, im Licht des frühen Morgens, lagen die Feuerstellen kalt und schwarz in einem weiten Kreis. Es roch schwach nach Asche und ein wenig nach den Wurzeln, die die Gestrandeten in Ermangelung anderer Nahrung gebraten hatten.

Die Menschen folgten ihnen, in kleinen Gruppen erst, dann immer mehr werdend, bis sich das gesamte Lager auf den Beinen zu befinden schien und sich auf dem Platz versammelte.

Schroeder sah Tamra Cantu am Rand der Menge stehen, und ihr Blick brannte auf seiner Haut. Er lächelte ihr zu. Zu seinem Erstaunen wandte sie sich ab und ging davon.

Er hatte jedoch keine Zeit, ihr nachzulaufen und festzustellen, ob sie den Angriff unbeschadet überstanden hatte. Demetrius Onmout trat jetzt vor ihn.

»Schön, dass du am Leben bist, wir dachten schon, du hättest es nicht rechtzeitig aus dem explodierenden Jäger geschafft«, sagte er. Er sah erschöpft aus. Ein breiter Schmutzstreifen zog sich quer über seine Wange bis hinauf zur Schläfe und in die Haare. Er war durchzogen von dem roten Staub der Ebene und sah aus wie ein Bluterguss.

»Ich musste unkontrolliert springen und wäre beinahe in den Abgrund gestürzt«, erklärte Schroeder. Dann gab er einen kurzen Bericht der Geschehnisse an Bord des Raumjägers ab. Die ganze Zeit hatte er dabei die Hand auf der

Schulter des Laren liegen, der aufrecht und mit hoch erhobenem Haupt inmitten der Menschenmenge stand.

»Und jetzt bringst du uns einen Gefangenen«, nickte Onmout, nachdem Schroeder geendet hatte. »Gute Arbeit. Von ihm werden wir erfahren, was das Larenschiff hier gewollt hat, und vor allem, ob wir uns auf neuen Besuch gefasst machen müssen.«

»Ihr werdet eurer gerechten Strafe nicht entkommen«, sagte der Lare plötzlich in seiner Sprache. Die Menschen, die in Dekombor allesamt hatten Larisch sprechen müssen, seufzten kollektiv auf. Nur auf einigen Gesichtern von MINX-HAO-Mitgliedern malte sich Unverständnis, das sich jedoch sofort verflüchtigte, als sie sich von ihren Nachbarn erklären ließen, was Tardan-Sharc gesagt hatte. Einige wütende Fäuste wurden in Richtung des Laren geschüttelt, doch die meisten Alteraner wichen unbewusst einen halben Schritt zurück. Angesichts ihrer Übermacht war es ein seltsamer Anblick. Er machte Schroeder mehr als alles andere deutlich, wie sehr man diese Menschen auf Caligo unterdrückt hatte. Wut stieg in ihm auf, und bevor sie sich völlig irrational gegen Tardan richten konnte, zog er seine Hand zurück. Der Lare drehte den Kopf, als spüre er die Emotionen, die ihm aus Schroeders Augen entgegenschlugen. Er hielt dem Blick stand, lächelte sogar leicht.

»Was hast du mit ihm vor?«, fragte Schroeder den Captain.

»Wir werden sehen, wie viele nützliche Informationen wir aus ihm herausbekommen.« Onmout strich sich über das Kinn.

»Keine Folterungen!«, befahl Schroeder schärfer, als er es beabsichtigt hatte. Der Wunsch, Tardan die Fingernägel in die bloße Haut zu krallen, tobte noch immer in ihm und ließ ihn seine Wut auf den Kommandanten projizieren.

Onmout machte ein spöttisches Gesicht. Nichts an seiner Miene oder seiner Haltung gab Anlass zu der Vermutung, er könne eine Folter auch nur in Erwägung gezogen haben. Dennoch kam er Schroeder plötzlich sehr viel älter vor als vor dem Absturz. Nein, nicht älter: härter.

»Wir mögen auf einem Stand stehengeblieben sein, den das Terranische Imperium schon vor tausend Jahren hinter sich gelassen hat«, sagte er mit leisem und dadurch umso beißenderem Spott. »Doch wir sind keine Barbaren. Allerdings« – er zog das Wort in die Länge – »brauche ich Informationen darüber, was die Laren als Nächstes planen und wie viele Jäger sie noch haben. Ich hatte überlegt, dich zu bitten, zu ihnen zu teleportieren und nachzusehen, aber ich glaube, es ist besser, wenn wir nichts riskieren. Die Gefahr, dass diese hässlichen Kerle dich abknallen, ist mir einfach zu groß.« Onmout grinste schmal, und Schroeder verstand, dass seine Worte als Friedensangebot gemeint waren. Der Captain streckte die Hand aus und wartete, bis der Teleporter einschlug.

»Allerdings: Da du wieder auf dem Damm zu sein scheinst, würde ich dich bitten, uns in anderer Hinsicht behilflich zu sein.« Er deutete auf die ORTON-TAPH. »Die Arbeiten mit den Schweißgeräten gehen nur langsam voran. Die Abschottung des Schiffes ist ziemlich massiv. Wenn du allerdings zwei oder drei meiner Leute hineinteleportieren könntest, könnten wir feststellen, ob es Überlebende gibt.« Nachdem Schroeder seine Orterfähigkeit zurückerlangt hatte, hatte er noch in der Nacht versucht, eine Antwort auf genau diese Frage zu erhalten. Allerdings erfolglos, was zwei Gründe haben mochte. Entweder waren an Bord tatsächlich alle Überlebenden des Absturzes an den Folgen eines Reaktorbrandes gestorben, oder aber die Ummantelung des Schiffs war stark genug, um Schroeders Parasinn ein unüberwindliches Hindernis entgegenzusetzen.

Onmout seufzte. »Vielleicht können sie dann auch einige Bordinstrumente wieder in Betrieb nehmen, das wäre eine große Hilfe.« Er hielt eine dicht beschriebene Folie hoch. »Zum Glück haben wir einige Medorobots, sodass wir uns um die medizinische Versorgung vorerst keine allzu großen Sorgen machen müssen. Allerdings benötigen wir Nachschub an Medikamenten, die du uns besorgen könntest.«

»Natürlich. Welche Instrumente sollen deine Leute als Erstes wieder in Gang bringen?«

»Zuerst den Hyperfunk. Wenn es uns gelingt, die Frequenzen des larischen Beibootes abzuhören, können wir erfahren, ob wir noch mit ihnen zu rechnen haben oder nicht. Aber meine Fachleute behaupten, die Störungen von Ereton/A sind zu stark. Wir können nicht sicher sein, ob wir Empfang bekommen. Doch die wissenschaftliche Abteilung hat mich auf eine andere Idee gebracht: Biomassescanner.«

»Biomassescanner?«

»Ja. Ich habe bereits eine Xeno-Biologin beauftragt, eins der tragbaren Geräte zu reparieren, weil ein paar Leute wegen des lautlosen Waldes beunruhigt sind.«

Seine Worte machten Schroeder klar, dass er nicht der Einzige war, der sich beim Anblick des Waldes unbehaglich fühlte. Er beschloss, sich so bald wie möglich um dieses Problem zu kümmern.

»Leider kam sie bei dem Angriff ums Leben«, fuhr Onmout fort. »Und von den anderen beherrscht keiner die larische Technik. Wir hoffen, dass ein paar Techniker in der Lage sind, in der ORTON-TAPH genug Informationen aus den Datenbanken auszulesen, um wenigstens eins dieser Geräte in Gang zu bringen. Wenn es stimmt, dass der Planet bis auf die Pflanzen völlig tot ist, könnten wir mit Hilfe des Bioscanners herausfinden, ob die Laren da unten noch leben.«

Schroeder war nicht sicher, ob das möglich war, doch es war zumindest besser, als herumzusitzen und auf den nächsten Angriff zu warten. Er nickte.

Onmout winkte ein in der Nähe stehendes Mannschaftsmitglied herbei. »Holen Sie Shen und Muller.«

Als der Mann ging, näherte sich ein ausgemergelter Hüne Schroeder und Onmout. Er blieb in einiger Entfernung stehen, schien sich dann aber einen Ruck zu geben und räusperte sich. »Captain?«

Onmout wandte sich um, und Schroeder glaubte, einen Anflug von Gereiztheit über seine Miene gleiten zu sehen. »Was ist, Fouchou?«, fragte er ungehalten.

»Nichts. Wenn Mister Schroeder in das Wrack springt, könnte er mir vielleicht meinen Beutel mitbringen. Ich habe ihn in der Funkzentrale verl…«

»Nichts da!«, unterbrach Onmout den Mann mitten im Satz. »Wenn wir damit anfangen, will am Ende jeder seine Habseligkeiten da rausgeholt haben.«

»Aber Sie wissen, dass ich ohne meine …«

»Gehen Sie zu den Medorobots, die werden sich um Ihr Suchtproblem kümmern!« Ohne ihn weiter zu beachten, schob Onmout Fouchou zur Seite und sah zu dem Crewmitglied, das sich mit zwei Wissenschaftlern näherte. Beide hatte Schroeder schon in der Zentrale der ORTON-TAPH gesehen. Einer von ihnen hatte die üblichen schwarzen und glatten Haare der Asiaten, der andere krause Locken von feuerroter Farbe. Beide grüßten sie Schroeder, und ihnen war das Unbehagen wie mit breitem Strich in die Gesichter gemalt.

Schroeder lächelte. »Keine Sorge. Meinen heutigen Fehlsprung habe ich schon hinter mir. Sie können sich mir ruhig anvertrauen. Allerdings sollten Sie sich lieber Raumanzüge leihen, denke ich.«

»Warum sollte das …«, begann Muller, wurde jedoch von Onmout unterbrochen, der zwei Raumsoldaten den Befehl gab, ihre Monturen mit der zivilen Kleidung der Wissenschaftler zu tauschen. Als Muller und Shen sich in die Anzüge gezwängt hatten, half Schroeder ihnen, die Helme zu schließen, und tat es ihnen gleich. Dann streckte er beide Hände aus und wartete, bis Shen und Muller sie ergriffen hatten. Im nächsten Augenblick sah er den zertrümmerten Frontschirm der ORTON-TAPH vor sich.

Schroeder ließ die Wissenschaftler los und warf einen Blick auf die Anzuganzeigen. Die Atmosphäre war tatsächlich mit Radioaktivität gesättigt. »So viel zur Frage, ob der Anzug nötig war!«, sagte er. Er versuchte erneut, eine Ortung durchzuführen, und bekam keine Echos. Sein Magen zog sich zusammen. Er war jetzt sicher, dass an Bord der ORTON-TAPH niemand mehr lebte.

Muller war durch die Teleportation ein wenig blass um die Nase geworden, fing sich aber rasch. Schroeder beobachtete, wie er sich suchend umwandte und sich dann einem der weniger beschädigten Schaltpult zuwandte. Die gesamte Zentrale war, wie die ORTON-TAPH selbst, leicht in Schieflage geraten, was das Stehen erschwerte. Muller stemmte einen Fuß gegen eine schräg in den Raum ragende Verstrebung und machte sich konzentriert an die Arbeit. Innerhalb von wenigen Minuten erwachte eine ganze Reihe Geräte und Instrumente zum Leben.

Während die beiden Männer versuchten, sich einen Überblick zu verschaffen, begann Schroeder, die Gegenstände auf Onmouts Liste zusammenzusuchen. Im Wesentlichen, erkannte er, handelte es sich um Packungen mit irgendeiner komprimierten Substanz, deren Zweck ihm schleierhaft war. Er vermutete, dass die Medorobots sie nutzten, um aus ihr die jeweils benötigten Medikamente herzustellen. Ein Volk, das in der Lage war, ein gesamtes Schiff mittels Strukturumwandlung in eine Bleistatue zu verwandeln, hatte wahrscheinlich keinerlei Probleme damit. Kurz schickte er einen lautlosen Dank in Richtung Boffään. Ohne den Reparator, der zeit seines Lebens damit beschäftigt gewesen war, die komplizierte Technik der Laren zu warten und zu reparieren, und die Anweisungen und Tipps, die er ihnen gegeben hatte, wären sie weitaus schlimmer drangewesen.

Nachdem Schroeder beisammenhatte, was er suchte, überlegte er kurz. Die Funkzentrale befand sich direkt neben der Hauptzentrale und war mit ihr durch einen scheunentorbreiten Durchlass verbunden. Zwei Stufen führten zu ihr hinab. Spontan ging Schroeder sie hinunter und sah sich um.

In der Funkzentrale herrschte ein ähnliches Chaos aus zerstörten Konsolen und verschmorten Kabeln wie im Rest des Schiffs. Startac ließ den Blick über die Rückwand eines mit roten und schwarzen Streifen bemalten Pults gleiten. Er erinnerte sich daran, dass er den bewusstlosen Fouchou darunter hervorgezogen hatte, bevor er ihn aus dem Schiff teleportiert hatte.

Er zuckte die Achseln. Schaden konnte es nicht. Mit wenigen Schritten war er neben dem Pult und sah sich um. Er fand den kleinen Beutel sofort. Er lag seitlich neben dem Pult. Die leichte Schräglage des Schiffes hatte ihn gegen eine Wand rutschen lassen, wo er nun völlig unversehrt ruhte und darauf wartete, dass man ihn aufhob.

Schroeder tat es. Es war eine Art Lederbeutel. Ein dünnes, ebenfalls aus Leder gefertigtes Band diente als Verschnürung und kringelte sich in seinen Fingern. Es war dicht neben dem simplen Knoten zerrissen, der es zusammengehalten hatte.

Kurzerhand steckte Schroeder den Beutel ein, kehrte in die Hauptzentrale zurück und wandte sich noch einmal an Muller. »Versuchen Sie nicht nur die Bioscanner in Gang zu bringen, sondern auch die Datenbanken«, gab er Onmouts Befehl weiter. »Vielleicht erfahren wir dadurch etwas, das uns gegen die Laren hilft.«

»Geht klar. Vielen Dank für Ihre Unterstützung.« Muller hieb Schroeder auf den Rücken.

Der legte sich die große Tasche über die Schulter, die er in einer Kabine gefunden und als Transportbehälter nutzte, und teleportierte zurück ins Freie.

Onmout war nirgends zu sehen, und Schroeder vermutete, dass er sich bereits mit dem gefangenen Laren befasste. Er reichte einem wartenden Kadetten die Tasche und sah sich um. Auch Fouchou war fort.

»Entschuldigen Sie«, wandte Schroeder sich an den Kadetten, der mit der Tasche in der Hand noch immer an Ort und Stelle stand, als fehlte ihm noch etwas. »Kennen Sie den Mann, der vorhin hier war? Ein großer, dürrer Kerl mit einem bunten Turban auf dem Kopf?«

Der Kadett sah sich um, als müsse er sich vergewissern, dass ihm niemand zuhörte. Dann beugte er sich vor. Es sah eigenartig verschwörerisch aus. »Doktor Ian Fouchou.«

Schroeder nickte. »Genau der.«

»Das ist ein Spinner, wenn Sie mich fragen. Aber ein ganz brauchbarer Arzt. Es gehen allerdings ein paar Gerüchte, und wenn Sie mich fragen …«

»Was für Gerüchte?«

»Oh, offenbar hat er irgendein Suchtproblem. Jedenfalls hat er an Bord der MINXHAO mehr als einmal die Medikamentenschränke geplündert.«

»Ein Mediziner«, murmelte Schroeder und griff in die Tasche, in der der Lederbeutel lag.

Der Kadett nickte. Dann zuckte er mit den Achseln. »Manche behaupten, er suche eine Möglichkeit, unsterblich zu werden, so wie Perry Rhodan. Wie bekloppt muss man dafür sein, frage ich Sie?« Ihm schien bewusst zu werden, dass er tratschte, und er straffte die Schultern. »Verzeihen Sie, Sir! Aber Captain Onmout hat mich gebeten, Sie zu fragen, was Sie jetzt vorhaben.«

»Einen Ausflug machen.« Schroeder sah kurz, wie Fouchou zwischen den Felsen auftauchte. Dann wies er in Richtung der Berge. »Aus dem Larenjäger konnte ich sehen, dass dort hinten ein weiteres Plateau liegt. Und es ist übersät mit Raumschiffwracks. Ich dachte, es ist eine gute Idee, mich da mal umzusehen.«

Tamra befand sich ganz in der Nähe des Waldrands, dessen düstere Ausstrahlung sie offenbar nicht wahrnehmen konnte. Sie wirkte abwesend. Schroeder machte sie mit einem leisen Räuspern auf sich aufmerksam, um sie nicht mit seinem plötzlichen Erscheinen zu erschrecken.

Sie saß auf dem Boden, den Rücken gegen eine aufragende Wurzel gelehnt und die Knie so eng vor die Brust gezogen, dass sie mit den darum gelegten Armen ihre eigenen Ellenbogen umfassen konnte. Obwohl sie ihn gehört haben musste, wandte sie sich nicht um, sondern starrte weiter geradeaus zum Abgrund.

»Du bist wieder da«, sagte sie plötzlich.

Schroeder blieb zwei Schritte hinter ihr stehen. »Ja.«

»Gut.«

Er war verwirrt. Was sollte er von den Signalen halten, die sie ihm gab? So abweisend wirkten ihre Haltung und auch die Kälte in ihrer Stimme, dass es ihn schmerzte. Fast wollte er auf dem Absatz kehrtmachen und sie in Ruhe lassen. Die Emotionen, die in ihm tobten, waren in ihrer Intensität nicht nur ungewohnt, sondern auch absolut beängstigend. Nachdenklich spielte er mit der Rechten am Griff des Impulsstrahlers, und dann, einer Eingebung folgend, setzte er sich neben Tamra.

Sie reagierte zunächst nicht, dann wandte sie den Kopf, langsam, als müsse sie gegen einen immensen Widerstand ankämpfen. Ihre Augen waren gerötet, doch ihr Gesicht kam Schroeder ausdruckslos vor.

Ebenso wie ihre Stimme. »Ich habe gedacht, du bist tot.«

»Ich lebe.«

Sie schwieg.

Die Sonne stieg ein ganzes Stück höher und ließ den Schatten der Wurzel über ihre Leiber wandern. Der Wind änderte kurz seine Richtung.

»Ich weiß nicht, ob ich es aushalten könnte«, sagte Tamra endlich.

»Wenn ich tot wäre?«

Wieder Schweigen. Lang und qualvoll.

Schroeder biss die Zähne zusammen.

»In Dekombor habe ich überlebt, weil ich niemanden an mich rangelassen habe. Ich meine, ich weiß nicht, was ich … wie du …« Sie zögerte, doch dann schien sie sich ein Herz zu fassen. »Was ich sagen will, ist einfach: Ich habe Angst, dass ich wegen dir zu schwach werde.«

Schroeder bewunderte sie für ihren Mut. Er konnte nachfühlen, was sie empfand. Verdammt, ihm ging es ja genauso! Vorsichtig legte er eine Hand auf Tamras Knie.

Sie rührte sich nicht. Die Sonne wanderte weiter.

Dann drang ein Seufzer aus ihrem Mund, so tiefempfunden, dass er sie schüttelte. Sie löste die Hände von den Ellenbogen und streckte die Beine aus, sodass seine Hand abglitt. Und endlich wandte sie sich ihm zu. In ihren Augen schimmerten Tränen.

Von seinem Standpunkt am Rand des Lagers aus konnte Jason Neko nicht hören, worüber sich Tamra und der Mutant unterhielten, doch ihre Körpersprache war eine eigenartige Mischung aus Zuneigung und Abwehr. Nekos Hand lag um eine Zeltstange gekrallt, und erst, als die Plane unter seinen Fingern knirschte, bemerkte er, wie fest er sie zusammenpresste. Er ließ los und massierte die Knöchel.

Was war er für ein elender Narr! Seit er Tamra kannte, hatte er sich nur in seinen Träumen gestattet, etwas für sie zu empfinden. Wie oft hatte er sie vor sich gesehen, frisch geduscht, nachdem sie sich die aufgemalten Furunkel ihrer Bettlerinnenrolle abgewaschen hatte? Wie oft hatte er im Schlaf tief Luft geholt, um den Geruch von Seife auf ihrer Haut in sich einzusaugen, und war dann aufgewacht, mit schmerzenden Lungen und zusammengekrampften Fäusten! Tagsüber war es ihm gelungen, die Gedanken an Tamra aus seinem Geist zu verbannen. Er hatte sich darauf konzentriert, Karriere zu machen, und in dem freundlichen Wohlwollen, das Mitrade-Parkk ihm entgegenbrachte, hatte er einen gewissen Ersatz gefunden.

Der Chip in seinem Nacken sandte wieder sein kaum spürbares Kribbeln aus. Neko kratzte die Haut darüber. Die Verbrennung schmerzte noch immer leicht, aber sie hatte auch angefangen zu jucken.

Die Laren dort unten am Fuß des Plateaus waren nicht tot, wie viele Flüchtlinge insgeheim hofften. Irgendwie war er sich dessen ganz sicher. Er zog die Lippe zwischen die Zähne und biss darauf, dass es schmerzte. Er wollte die Kiefer voneinander lösen, doch es ging nicht. Blut füllte seinen Mund mit einem metallischen Geschmack.

Dann endlich löste sich der Krampf.

Neko tastete über die Wunde. Seine Fingerspitzen färbten sich rot. Er stand still, versuchte herauszufinden, was soeben geschehen war, doch es gelang ihm nicht. Er wandte sich um und sah zum Abgrund, in dem das Larenraumschiff verschwunden war. Wieder wanderte seine Hand zu dem Chip in seinem Nacken, und er schüttelte den Kopf über sich selbst. Zum ersten Mal in ihrem Leben fühlte Mitrade sich in der holografischen Fernsteuer-Spinne unbehaglich. Zum einen lag das daran, dass sie sich noch nie in der Öffentlichkeit in das Prallfeld des Gerätes begeben hatte. Die Blicke ihrer Vasallen waren ihr unangenehm. Im Stillen verfluchte sie sich dafür, dass sie das Gerät in der Raumschiffzentrale hatte aufbauen lassen und nicht in ihren Privatgemächern. Außerdem, und das war beinahe noch schlimmer als die neugierigen Blicke ihrer Leute, spannten die unter ihrer Haut verlegten Sen-Trook-Fasern in dieser schwebenden Position schmerzhaft. Mitrade schüttelte sich, um dem unangenehmen Gefühl zu entgehen, und konzentrierte sich wieder auf ihre Arbeit.

Die Verbindung zu Jason Neko war schwach und von unzähligen kleineren und größeren Störungen unterbrochen. Mitrade hoffte inständig, dass sie auf die Nähe von Ereton/A zurückzuführen waren. Die andere Erklärung dafür wäre nämlich die weitaus beunruhigendere gewesen: Sie hätte bedeutet, dass Mitrades Körper durch die einschneidenden Veränderungen, die er in der letzten Zeit durchgemacht hatte, nicht mehr in der Lage war, die Fernsteuerung einwandfrei zu bedienen.

Eine völlig undenkbare Möglichkeit!

Als jetzt zum wiederholten Male die Verbindung unterbrochen wurde, gab Mitrade den Befehl zum Abschalten. Das Prallfeld, das sie hielt, erlosch, und langsam sank sie zu Boden.

Immerhin hatte sie es nicht nur geschafft, unbemerkt einige Minuten lang durch Nekos Augen zu sehen, diesmal war es ihr endlich auch gelungen, einen Teil seines Körpers zu steuern!

Trotz der Schwierigkeiten, die ihr das bereitet hatte, glitt ein Lächeln über ihre Züge. Sie war zufrieden. Bei allen Widrigkeiten, die sich ihr zuletzt in den Weg gestellt hatten, hatte sie immer noch Glück gehabt. Glück, weil sie Nekos Peilerchip schon vor langer Zeit einen Fernsteuerchip hatte aufpflanzen lassen, und vor allem, weil sie ihn bisher noch nie benutzt hatte, sodass Neko von seiner engen Verbindung mit ihr keine Ahnung hatte. Das würde es ihr erleichtern, ihn in die Finger zu bekommen. *Letztendlich,* dachte sie, *wird sich doch noch alles zum Guten wenden.*

Sie strich beinahe zärtlich über die Oberfläche der Fernsteuereinheit, dann riss sie sich los und richtete den Blick auf die Hauptmonitore der Zentrale. Bilder von der Außenhülle der KERIGAN-CORT waren zu sehen, die einige Kameradrohnen während Mitrades Ausflug in Nekos Kopf angefertigt hatten.

Das Beiboot lag am Fuße des Hochplateaus beinahe genau unterhalb des Wracks der ORTON-TAPH, und es hatte den Anschein, als habe der Kommandant es dort nur für einige Stunden abgestellt. Erst als Mitrade die Auflösung der Bilder erhöhte, fielen ihr die Zeichen der Zerstörung auf. Die geschwärzte Stelle der Außenhülle, auf der der Jäger explodiert war. Die zwei zerstörten Schutzschirmprojektoren. Der unnatürliche Winkel, in dem eines der Landebeine aus seinem Schacht gefahren war. All das waren jedoch zu vernachlässigende Schäden, von denen keiner die KERIGAN-CORT fluguntauglich gemacht hätte. Der schlimmste Verlust, den sie erlitten hatten, wurde von den Drohnen nicht angezeigt, denn er befand sich im Inneren des Schiffes.

Durch die Energieentladung auf der Außenhülle war es zu einem Defekt am Prallfeldgenerator gekommen. Mit dessen Hilfe wurde die KERIGAN-CORT in eine Position gebracht, in der sie die Impulstriebwerke starten konnte. Ohne einen funktionstüchtigen Prallfeldgenerator und das Start- und Landekissen, das er erzeugte, waren sie auf dem Boden gefangen. Sollte es ihnen nicht gelingen, den Generator zu reparieren, würde die KERIGAN-CORT diesen Planeten nie wieder verlassen.

Mitrade schaltete die Übertragung der Drohnenkameras aus und ließ sich in ihrem Sessel nieder. Ihre Lage war ernst, aber nicht hoffnungslos. Nach Zenon-Renkks Meinung würde es einige Tage dauern, das Prallfeld zu reaktivieren, doch sobald es wieder intakt war, stand einem Heimflug nichts im Weg.

Heimflug!

Mitrade schürzte die Lippen. Wenn die Vasallen wüssten, dass sie an einen Heimflug zuallerletzt dachte!

Bevor sie heimkehren konnte, musste sie sich um Tamra kümmern. Allerdings war alle Rache an der kleinen Scheuche sinnlos, wenn es Mitrade nicht gelang, Jason Neko in ihre Finger zu bekommen. Dann nämlich würde sie selbst nicht mehr lange genug leben, um ihre Rache zu genießen.

Sie seufzte und schickte im Stillen einen zornigen Fluch zu Kelton-Trec. *Dieser hirnlose, inkompetente ... Schlächter!*

Doch es hatte keinen Sinn, mit dem Schicksal zu hadern.

Eine Anzeige neben ihrer rechten Hand machte sie darauf aufmerksam, dass der Energieausstoß von Ereton/A merklich nachgelassen hatte. Mitrade stemmte sich in die Höhe, kehrte zu ihrer Fernsteuereinheit zurück, aktivierte sie erneut und ließ sich sanft in die Höhe heben. Die Sen-Trook-Fasern schmerzten, doch diesmal ignorierte sie es.

Sie konzentrierte sich auf Neko, schloss die Lider und sah durch seine Augen.

Die Verbindung war intakt.

Da Mitrade keine Ahnung hatte, wie lange das so bleiben würde, machte sie sich daran, die Zeit so gut wie möglich zu nutzen.

Nachdem sie vielleicht eine halbe Stunde einfach nur dagesessen hatten, stand Schroeder mit einem Ruck auf.

»Es tut mir leid, aber ich muss mich um die anderen Schiffe kümmern.«

Tamra sah zu ihm hoch. »Was für Schiffe?«

Mit wenigen Worten erzählte Schroeder ihr, was er hinter dem Felsgrat entdeckt hatte. »Ich werde mich dort umsehen.«

Tamra reichte ihm die Hand. »Ich komme mit.«

Er zog sie hoch. »Das dachte ich mir schon.«

Bevor sie sich auf den Weg machen konnten, wurden sie jedoch auf eine Gruppe von MINXHAO-Leuten aufmerksam, die am Rand des Lagers damit beschäftigt waren, die Opfer des Larenangriffs zu bestatten. Einer Eingebung folgend ging Schroeder zu ihnen und warf einen Blick auf die Toten.

Er spürte Tamra hinter sich und ärgerte sich über sich selbst. Ihm hätte klar sein müssen, dass sie ihm folgen würde. Gern hätte er ihr den Anblick der Leichen erspart, doch als er sie von der Seite her musterte, ihr schmales Gesicht, in dem sich Gefühle mit angestrengter Ausdruckslosigkeit abwechselten, wurde ihm bewusst, dass er sie nicht beschützen musste.

Mit zusammengepressten Lippen wies sie auf die Reihe von jungen Männern und auf die Schusswunden in ihren Leibern. »Sie sind alle zu früh gestorben«, sagte sie leise.

Schroeder fiel nichts ein, was er darauf erwidern könnte. Lautlos zählte er die Toten. Er wollte sich schon abwenden, als ihm etwas auffiel.

Eine Frau befand sich unter den Opfern. Es musste die Biologin sein, von der Onmout gesprochen hatte.

Schroeder beugte sich vor und musterte sie genauer. Mitten auf ihrer Stirn prangte eine sehr ungewöhnliche Narbe. Sie war etwa so groß wie ein Daumennagel und zeichnete sich hell gegen die dunkle Haut der Frau ab.

Sie hatte die Form einer kleinen, dreigezackten Flamme.

Fünfzehn

Mit Tamra an der Hand sprang Schroeder in mehreren Etappen in jene Richtung, in der sich der Grat befand. Er brachte sie bis an dessen Fuß und ließ sich an der Felswand zu Boden sinken, um sich auszuruhen. Während er seine körperlichen und geistigen Kräfte sammelte, ging Tamra einige hundert Meter weit nach rechts, immer an den aufragenden Felsen entlang, als suche sie einen verborgenen Eingang. Im Vergleich zu der steinernen Masse über ihr wirkte ihr Körper in Schroeders Augen winzig. Ein Insekt am Rand einer Hausmauer.

Einige Minuten später hatte er sich erholt, sodass es weitergehen konnte. Er stieß einen gellenden Pfiff aus, der an der Felswand abprallte und sich in den Weiten des Hochplateaus verlor. Tamra wandte sich um und winkte zum Zeichen, dass sie verstanden hatte. Als sie wieder bei ihm war, wies sie nach oben. Die Kante des Vorsprungs ragte an dieser Stelle ein Stück über sie hinaus. Es sah aus, als wolle die gesamte steinerne Masse wie in Zeitlupe auf sie niederkippen, ein Eindruck, der durch die rasch dahinziehenden Wolken noch verstärkt wurde. Schroeder musste den Blick zu seinen Füßen lenken, sonst wäre ihm schwindlig geworden.

»Jetzt da hoch, oder?«, fragte Tamra.

Er nickte nur und reichte ihr die Hand. Ihr nächster Sprung brachte sie zu einer Stelle, die wenige Meter hinter der Kante des Felsgrates lag. Tamras Sinne klärten sich, und ein überraschtes Keuchen entwich ihren Lippen.

Schroeder ließ ihre Hand los. Er machte einige Schritte vorwärts, blieb dann wieder stehen.

Tamra trat an seine Seite. Vor ihnen lag eine sanft abfallende Ebene, deren Oberfläche bedeckt war mit niedrigem, blauschimmerndem Gras. Einzelne violette Blüten standen wie regelmäßige Farbtupfer inmitten des wogenden Ozeans, doch nicht das hatte Tamra verblüfft.

Zu ihren Füßen lagen Raumschiffwracks.

Dutzende von Wracks. Geborstene Bordwände, abgerissene Landbeine und Aufbauten. Zu kaum noch erkennbaren Klumpen zerquetschtes Metall.

»Was ist das?« Unwillkürlich flüsterte Tamra.

»Sieht aus wie ein großer Friedhof.« Schroeder reichte ihr die Hand. Sie ergriff sie, und im nächsten Moment befanden sie sich mitten zwischen den Wracks.

Jetzt sah sie, dass die Trümmer weiter auseinanderlagen, als sie vermutet hatte. Nur von ihrem erhöhten Standpunkt aus – und weil sie keine Vorstellung von den Größenverhältnissen der einzelnen Schiffe gehabt hatte – hatte es den Anschein gehabt, als befänden sich alle in geringen Abständen voneinander. In Wirklichkeit jedoch lagen Kilometer zwischen den einzelnen Wracks.

»Warum sind die alle ausgerechnet hier notgelandet?«, fragte Tamra.

Schroeder, der seit ihrem letzten Sprung stillgestanden und mit geschlossenen Augen gelauscht hatte, schüttelte knapp den Kopf, als wolle er nicht gestört werden.

»Was ist?« Tamra spürte, wie sich ihre Nackenhaare aufrichteten, und wunderte sich darüber. Es gab keinerlei Anzeichen irgendeiner Gefahr, und doch signalisierte ihr Schroeders Haltung genau das.

Er hob eine Hand. Seine Lider zuckten, dann öffneten sie sich. »Nichts«, sagte er leise. »Komm.« Wieder nahm er ihre Hand, aber diesmal teleportierte er nicht. Mit der anderen Hand griff er nach seinem Impulsstrahler, als er Tamra zu einem der Wracks zog.

Es war ein kleines, prismenförmiges Beiboot, das sich mit der Spitze voran in den weichen Boden gebohrt hatte. Wie blaugrüne Wellen wogte das Gras rings um seine irisierende Außenwand, und der auch hier oben beständig wehende Wind verursachte an den scharfen Kanten leise orgelnde Geräusche. Die Frontscheibe war zerborsten; handgroße Scherben lagen rings um das Wrack verstreut. Ihre silbern verspiegelte Oberfläche fing das Licht der Sonne und reflektierte es zu kleinen, schmerzhaften Blitzen. Der Pilotensessel war beim Aufprall halb aus seiner Verankerung gerissen worden und ragte schwer und klobig durch die geborstene Scheibe. Er war leer.

Dafür fanden sie einige Meter entfernt das Skelett eines ungefähr anderthalb Meter großen humanoiden Wesens, dessen Beine für seinen schwerknochigen Körper viel zu filigran wirkten. Eine halbzerfallene Uniform ließ erkennen, dass das Wesen einmal gänzlich in Schwarz gekleidet gewesen sein musste. Der Winkel, in dem der Kopf vom Rest des Körpers abstand, erklärte, woran es gestorben war.

»Beim Aufprall aus dem Cockpit geschleudert«, sagte Schroeder. »Ich frage mich, warum sie alle abgestürzt sind.« Er kratzte sich an der Schläfe und warf einen Blick in den Himmel. »Wegen Ereton/A«, gab er sich selbst die Antwort.

Tamra hatte das Gefühl, er habe ihre Gegenwart völlig vergessen. »Warum alle ausgerechnet hier?«, wiederholte sie ihre Frage.

»Weil das Hochplateau die einzige Stelle ist, auf der man auf diesem Planeten landen kann. Sieh hin: Viele dieser Wracks sind nicht abgestürzt, sondern gelandet. Ich vermute, ihre Piloten haben zuvor noch Gelegenheit gehabt, die Gegend zu sondieren, und sich entschlossen, dort niederzugehen, wo es vorher schon die anderen getan hatten.«

»Was glaubst du, wie alt sind die Wracks?«

»Unmöglich zu sagen. Der Knabe hier liegt schon viele Jahrzehnte hier. Siehst du, wie zerfallen seine Uniform ist? Das scheint irgendein beschichtetes Polymer zu sein, das braucht mindestens hundert Jahre, bevor es so aussieht.«

»Er hatte niemanden, der ihn beerdigen konnte.« Tamra schüttelte sich. Dann wies sie auf ein anderes Wrack. Es hatte die Form eines breiten Kegels, dem man die Spitze abgeschnitten hatte. In seiner Flanke klaffte ein riesiges, schwarz verkohltes Loch.

Nachdem Schroeder mittels der Anzeigen des Raumanzugs festgestellt hatte, dass von dem Wrack keinerlei gefährliche Strahlung ausging, näherten sie sich dem Riss in der Bordwand. Ein süßlicher, kaum zu verwechselnder Geruch drang ihnen entgegen.

Tamra prallte zurück.

»Das liegt noch nicht sehr lange hier.« Schroeder schloss erneut die Augen, und jetzt wusste Tamra, was er tat. Er setzte seine Orterfähigkeit ein, um in Erfahrung zu bringen, ob in dem Schiff noch jemand lebte. Als er die Lider wieder hob, schüttelte er den Kopf. »Lass uns lieber gehen.«

Tamra, der der Anblick des toten Beibootpiloten bereits ausgereicht hatte, nickte erleichtert. Sie folgte Schroeder zu dem nächsten Wrack, einem alteranischen Kreuzer. Es war ein Schiff von sechzig Metern Durchmesser zuzüglich Ringwulst. Sieben der zwölf Landestützen waren weggebrochen, sodass es wie ein umgekipptes Spielzeug schräg auf dem Boden lag. An der Außenhülle waren Spuren von Detonationen zu erkennen, und ein großes Loch im Ringwulst erweckte den Anschein, als habe hier eine Explosion eine der Projektionsfelddüsen des Unterlichtantriebs zerfetzt. Dennoch schien das Schiff gelandet und nicht abgestürzt zu sein. Die Landestützen waren erst später abgeknickt.

»Auch hier lebt keiner mehr«, stellte Schroeder fest.

Er ging zu einer kleinen Mannschleuse in einer der intakten Landestützen. Eine Abdeckplatte direkt neben ihr war mit roter Farbe gekennzeichnet. Sie ließ sich hochklappen, und darunter kam ein T-förmiger Hebel zum Vorschein. Schroeder zog ihn hervor und drehte ihn im Uhrzeigersinn. Ein leises Geräusch hörte sich entfernt wie ein Schmatzen an, dann hob sich die Schleusentür eine Handbreit aus der Wand und schwang zur Seite. Abgestandene, trockene Luft schlug ihnen entgegen, die nach alten Socken roch, aber nicht nach Verwesung und Tod.

Tamra hielt dennoch den Atem an, als sie hinter Schroeder die Schleuse betrat. Der Boden war bedeckt mit einer weißen, krümeligen Masse, die unter ihren Stiefeln leise knirschte. Sie bückte sich und hob eine Handvoll davon auf. Sie bestand aus kleinen Kristallen, die ihr wie Sand durch die Finger rieselten.

»Sieht aus wie Salz«, murmelte sie.

Schroeder nahm ein wenig davon aus ihrer Hand und ließ es von seiner Anzugpositronik analysieren. »Glukose und Fruktose zu gleichen Teilen.« Er ließ die Substanz zu Boden rieseln. »Zucker.« Mit dem Fuß angelte er ein rotes Gewebe aus der Ecke, das sich bei näherem Hinsehen als Sack entpuppte. »Sie haben ihn wohl fallen gelassen, als sie das Schiff ausgeschlachtet haben. Und weil sie wie ordentliche Menschen die Tür hinter sich zugemacht haben, hat er die ganze Zeit seit dem Absturz überdauert.« Ohne sich weiter um das Knirschen seiner Schritte zu kümmern, durchquerte er die Schleuse und gab auf einer Schalttafel am anderen Ende den Befehl, das Innenschott zu öffnen.

Auch die Luft aus dem Schiffsinneren roch muffig, ohne einen Anflug von Verwesung.

Sie durchsuchten das Schiff oberflächlich und gelangten schließlich zur Zentrale. Auch hier fanden sich kaum Zerstörungen. Monitore, Schaltpulte, alles schien intakt, sodass Schroeder der Versuchung nicht widerstehen konnte.

Tamra sah, wie er die Hand ausstreckte und über einer der Funkkonsolen schweben ließ. Er zögerte kurz, doch dann senkte er die Hand auf den Hauptschalter und betätigte ihn.

Mit einer Verzögerung von einer Sekunde erwachte das Pult zum Leben. Rote Lampen flackerten, sprangen um auf Grün und erloschen wieder. Ein leises Brummen war zu hören, senkte sich dann jedoch unterhalb die Hörschwelle ab. Auf einem oszillographenähnlichen Bildschirm erschien eine gerade, leuchtende Linie. Im ersten Moment war sie gelb, doch dann auf einmal blitzte sie leuchtend blau auf.

Gleichzeitig mit Schroeder fuhr Tamra herum. Ganz kurz glaubte sie, ein blaues Licht gesehen zu haben, das quer durch die Zentrale flitzte wie ein winziger Kugelblitz. Aber es war so schnell vorbei, dass es sich nur um eine Täuschung gehandelt haben konnte.

Fragend sah sie Schroeder an.

Er zuckte mit den Achseln. Was hatte er gesehen? Sein Gesicht war jedenfalls auf einmal sehr blass.

Mitrade-Parkk war übel.

Als die erneut angestiegene Aktivität von Ereton/A den Kontakt zu Jason empfindlich störte, hatte sie Zenon-Renkk den Befehl gegeben, die Arbeiten am

Prallfeldgenerator mit doppelter Energie voranzutreiben, und sich dann in ihre Kabine zurückgezogen.

Jetzt lag sie auf ihrem Bett, vergrub das Gesicht unter einem Kissen und kämpfte gegen die Kopfschmerzen an, die sie plötzlich plagten. Sie atmete tief ein und aus, fühlte, wie sich ihre Nasenöffnungen dabei weiteten und wieder zusammenzogen, und überlegte, ob sie sich ein Schmerzmittel spritzen lassen sollte.

Kelton-Trec hatte ihr empfohlen, alles zu vermeiden, was ihren Organismus belastete. Eigentlich hatte er es gesagt, um sie von ihrer Jagd auf Tamra und Neko abzuhalten, aber Mitrade war entschlossen, die Warnung sehr weit zu fassen. Besser würde es sein, ihren Metabolismus nicht mit chemischen Mitteln zu überschwemmen. Sie hatte keine Ahnung, wie das auf die empfindlichen Sen-Trook-Fasern wirken würde, die sie wie winzige, lebendige Würmer unter ihrer Haut spüren konnte.

Während sie einen Arm über das Kissen gelegt hatte und es so fest wie möglich auf die geschlossenen Augen drückte, tastete sie mit der anderen Hand die wulstartige Spur des Faserbündels ab. Vom Sen-Trook an ihrem Gürtel ging es aus und verschwand direkt über ihrem Hüftknochen unter der Haut. Das kleine Stück zwischen Metall und Fleisch hatte Kelton mit einem stabilen Chitinkabel ummantelt, um es zu schützen. Mitrade tastete über die daumennagelgroße Beule, in der die Fasern verschwanden, und fuhr dann ihren Weg nach. Die Taille hinauf, seitlich an der Brust vorbei bis fast in die Achselhöhle. Dort änderten sie die Richtung, führten unter dem Schlüsselbein hindurch und den Hals hinauf bis in den Nacken.

Vorsichtig rieb Mitrade die Stelle, an der ihr Memochip saß.

Ihr *defekter* Memochip.

Sie knirschte mit den Zähnen. Warum nur hatte Kelton-Trec die Möglichkeit nicht vorhergesehen, dass der Chip bei der Übertragung in Mitleidenschaft gezogen werden könnte?

Ein Schaudern ergriff ihren Körper, rann von der Kopfhaut bis zu den Fußsohlen und ließ ihre Zähne klappern. Ihr Schädel drohte zu zerplatzen, und kurz jagte eine Vision durch ihren Geist. Ihr totes, nutzloses Gehirn, das unter ihrer Schädeldecke verfaulte, stinkende Gase bildete, die sich ausdehnten und schließlich einen solchen Druck entwickelten, dass ihr Kopf einfach barst. Sie drückte das Kissen noch stärker auf die Augen, bis sich feurige Räder hinter ihren Lidern drehten. Das Bild verblasste, aber es verging nicht ganz. Wie der Nachhall eines Alptraums nistete es sich in ihrer Erinnerung ein, brannte sich in ihrem Kopf fest.

Nicht in ihrem Kopf, durchschoss es sie. *In dem Sen-Trook!*

Mitrade schluchzte auf. Sie war wie *Mortus-Than*, jenes elende, halbirre

Zwitterwesen, das eine große larische Dramatikerin des vorletzten Jahrhunderts in einem ihrer Nachtgesänge erfunden hatte. Nicht lebendig war sie und auch nicht tot. Halb larisch, halb Maschine, dazu verdammt …

Mit einem Ruck schleuderte Mitrade das Kissen von sich. Es prallte gegen die Wand und rutschte zu Boden. Sie würde sich nicht in Selbstmitleid ergehen! Zu gar nichts war sie verdammt, denn sie hatte noch immer eine Chance. Einen Weg gab es, sich wieder in eine halbwegs normale Larin zurückzuverwandeln. Und sie würde ihn gehen.

Auch wenn ihr dadurch die Schädeldecke platzen würde.

Mit weinenden Augen stand Mitrade auf, wankte zur gegenüberliegenden Wand und hob das Kissen auf. Sorgfältig platzierte sie es wieder auf dem Bett, klopfte die Ecken gerade und strich die Falten glatt. Dann machte sie sich auf den Weg zurück in die Zentrale, um sich erneut in Jason Nekos Kopf zu begeben.

Sechzehn

Tamra bekam nicht aus Startac heraus, was ihn hatte so bleich werden lassen. Plötzlich wirkte er wie unter Strom stehend. Alles an ihm signalisierte erhöhte Alarmbereitschaft: die Art, wie er sich bewegte, wie er immer wieder in diese komische Starre verfiel.

Er hatte sie beide aus der Zentrale des alteranischen Schiffs teleportiert, aber das hatte seine Unruhe nicht besänftigen können. Auch als sie sich von dem Schiff entfernten und nach dem Lager der Gestrandeten suchten, blieb er angespannt und wachsam.

Sie fanden es nicht weit vom Schiff entfernt. Es lag im Schatten eines weiteren Wracks, eines riesigen, ovalen Transporters, der seinem Äußeren nach zu urteilen schon seit Jahrtausenden hier lag. Völlig verwittert war die Hülle, das Metall narbig und überwuchert von einer moosartigen Pflanze.

Dem Lager der Alteraner hatte das Schiff als Schutz gedient.

Tamra und Schroeder fanden die Überreste von Hütten, die ganz ähnlich wie ihre eigenen aus Wrackteilen errichtet worden waren. Auf den leeren Plätzen dazwischen, so vermuteten sie, hatten einstmals Zelte gestanden, die jedoch längst davongeweht oder zu Staub zerfallen waren. Schroeder zählte die Hütten und kam auf zwölf.

»Wenn sie noch einmal die gleiche Anzahl Zelte hatten«, rechnete er, »und mit zwei oder drei Mann in jeder Unterkunft gelebt haben, dann müssten es zwischen fünfzig und siebzig Mann gewesen sein.«

»Sechzig«, nickte Tamra. Die Zahl war ihr plötzlich durch den Kopf geschossen.

Schroeder runzelte die Stirn. »Sechzig.«

»Das ist die Standardbesatzung eines solchen Kreuzers der Planeten-Klasse. Frag mich nicht, woher ich das weiß. Mein Vater war früher Leutnant auf einem Siedlerschiff. Vielleicht hat er es mir mal erzählt.«

»Ist ja auch egal.« Schroeder bückte sich und verschwand in einer der Hütten.

Tamra blieb, wo sie war. Trauer erfüllte sie bei der Erinnerung an ihren Vater, und sie brauchte einen Moment, bis sie dagegen ankämpfen konnte.

»He!« Schroeders Ruf riss sie aus ihrer Grübelei. »Was ist denn das?« Er kam aus der Hütte und umrundete sie. Ein breiter Riss klaffte hier in der Außenhaut des Wracks.

Schroeder verschwand darin, und diesmal folgte Tamra ihm. Die Wand war dick, mehr als vier Meter, schätzte sie. Der Riss zog sich hindurch wie ein schmaler, schnurgerader Gang. Als sie ihn hinter sich gelassen hatten, blieben sie stehen.

Das Raumschiff hatte keinerlei Innenwände, es war ein gigantisches, leeres Ei, das sich über ihren Köpfen zu schier unübersichtlicher Höhe aufwölbte.

»Was …?« Tamras Stimme hallte in der staubigen, kathedralenartigen Stille. Eine Erinnerung flog sie an, ein breiter, mit grobmaschigem Drahtnetz überzogener Schacht in einer dunklen Kanalisation. Das Gefühl, zwischen Himmel und Erde zu hängen und der sich nähernden Mitrade-Parkk hilflos ausgeliefert zu sein … In dem Schacht hatten die Geräusche ganz ähnlich gehallt wie hier. Tamra riss sich zusammen.

»Keine Ahnung. Vielleicht waren die Innenwände aus geformter Energie, ähnlich wie die SVE-Raumer der Laren aus meiner Heimat. Oder sie waren organisch und sind mit den Insassen zugrunde gegangen.« Schroeder zuckte mit den Achseln. Mit dem Fuß schob er ein Stück Bodenbelag zur Seite, bückte sich und untersuchte den kleinen Haufen, den er auf diese Weise geschaffen hatte. »Erde.« Er richtete sich wieder auf und klopfte die Handflächen an der Hose sauber.

Wind fing sich in dem Riss in ihrem Rücken, ließ Schroeders Haare flattern und seufzte leise um Ecken und Kanten.

Tamra fröstelte.

Nur wenig Sonnenlicht fiel durch Risse in der Raumschiffshülle und malte lange Bahnen in die staubige Luft und auf eine Reihe von tellergroßen Steinen, die in einer geraden Linie in den Boden gelassen waren.

»Gräber!«, entfuhr es Tamra.

Schroeder war neben dem ersten dieser Steine in die Hocke gegangen und wischte den moosartigen Belag fort.

»Thang Zhe«, las er vor. »2. April 4898.«

Tamra ging zu dem zweiten Grab, direkt neben dem ersten. »Hong Mei. 3. April 4898.« Sie wandte sich um. »Und John Ho. Auch 3. April 4898.«

Der Stein auf dem dritten Grab war geborsten und so überwachsen, dass seine Inschrift nicht mehr zu lesen war, doch auf den nächsten dreien fand Schroeder ein weiteres Datum. »4. April 4898.« Er erhob sich aus seiner Hocke und ließ seinen Blick die lange Reihe der Gräber entlangwandern. »Wetten, dass wir ein Schema entdecken? Ein Toter am ersten Tag, zwei am zweiten, vier am dritten. Und so weiter.«

Als wolle der Wind die Antwort abwarten, ließ er plötzlich nach. Übergangslos war es totenstill im Inneren des Wracks.

Schroeder schritt an der Reihe der Gräber entlang, und Tamra beeilte sich, in seiner Nähe zu bleiben. Wie mit einer eisigen Hand strich es ihren Rücken entlang. Sie hörte ihr Blut in den Ohren rauschen.

»Dreiundsechzig«, zählte Schroeder und blieb bei dem letzten Grab der Reihe stehen.

Tamra überlegte. »Das würde passen. Ein Toter am ersten Tag, dann zwei, vier, acht und so weiter. Ergibt insgesamt dreiundsechzig Tote am sechsten Tag.«

»Einer muss sie alle begraben haben.« Mit geschürzten Lippen drehte Schroeder sich einmal suchend um die Achse.

Der Eindruck war unheimlich: An der Gräberreihe hatten sie sich fast hundert Meter weit von der Außenhülle des Raumschiffs entfernt, und Tamra kam es vor, als befände sie sich in einem abgeschotteten, kühlen Miniaturuniversum. Die gewölbte Decke des Raumschiff-Eis zog sich über ihr dahin wie ein matter Himmel, und die Lichtreflexe der einfallenden Sonnenstrahlen ließen die Luft wie lebendig aussehen. Plötzlich hatte Tamra das Gefühl, das Wrack atme. Ihr Brustkorb zog sich in einem Anfall von Panik zusammen. Sie kämpfte gegen das Gefühl des Erstickens an, aber es wurde nicht besser.

»Alles okay?« Schroeder sah sie nicht an, denn etwas auf der gegenüberliegenden Seite des kathedralenartigen Schiffs hatte seine Aufmerksamkeit gefesselt.

»Ja, ja.« Tamra sog Luft in die Lungen. Schroeder marschierte los, noch tiefer ins Innere des Wracks, statt, wie sie es lieber getan hätte, nach draußen in die helle Sonne zu laufen. Mit zusammengebissenen Zähnen und krampfhaft geballten Fäusten folgte Tamra ihm.

Bis zu der Leiche eines alteranischen Flottenangehörigen.

Sie lag gegen die Außenhülle gelehnt, durch die Schwerkraft leicht zur Seite geneigt. Eine Uniform umgab bleiche Knochen, an denen noch Reste von Fleisch saßen. Der Haarschopf, der den Schädel wie ein Wasserfall umgab, war lang und hellblond.

»Das war eine Frau«, murmelte Schroeder. »Wahrscheinlich die letzte Überlebende der Crew.«

»Sie hat sie alle beerdigt. Wie mag sie sich dabei gefühlt haben?« Die Vorstellung, wie einsam diese Frau gestorben war, trieb Tamra Tränen in die Augen.

»Was mich eher interessiert, ist, woran die anderen – und sie wohl auch – gestorben sind.« Als müsse er sich des seltsamen Schemas noch einmal vergewissern, zählte Schroeder die Gräber mit dem Finger ab. »Eine Verdopplung der Toten innerhalb von vierundzwanzig Stun…« Er verstummte mitten im Wort. Seine Lider sanken nach unten, und erneut verharrte er in dieser seltsamen, starren Haltung.

Ein Geräusch wehte an Tamras Ohr.

Ein Geräusch, das sie zunächst für eine Sinnestäuschung hielt, so gänzlich fehl am Platz war es hier.

Es war das Wimmern eines sehr kleinen Kindes.

Tamra drückte die Hände auf den Mund. Das Geräusch erfüllte sie mit einem solchen Grauen, dass ihre Knie weich wurden.

Schroeder riss die Augen wieder auf.

Das Wimmern ertönte ein weiteres Mal, und diesmal hatte Tamra das Gefühl, als würde es direkt in ihrem Kopf entstehen.

Ihre Lippen begannen zu beben. »Hörst du das auch?«, flüsterte sie.

Schroeder nickte. »Los«, sagte er, während er bereits nach Tamras Hand griff. »Weg von …«

Er sprach nicht zu Ende, sondern teleportierte.

Mit dem ersten Sprung schaffte Schroeder sie beide an den Rand des Felsgrats, mit dem zweiten hinunter und knapp fünfzig Kilometer weit in Richtung Lager.

Tamra war ein wenig übel von dem häufigen Ent- und Rematerialisieren. Sie kam sich vor, als sei sie falsch wieder zusammengesetzt worden. Nach ihrem dritten Sprung tastete sie unauffällig über ihr Gesicht; natürlich saß jedes ihrer Körperteile am richtigen Platz. Es war ihr angespannter Geist, der ihr Streiche spielte, und nun überlegte sie, ob genau das auch der Grund für ihre Panik in dem riesigen Wrack gewesen war. Die Perspektiven der so unendlich fernen Wände, der schiere Gigantismus des Hohlraumes, das Flüstern des Windes in der Leere und der Nachhall ihrer eigenen Worte. All das musste ihre Phantasie so stark angeheizt haben, dass sie begonnen hatte, Kindergeschrei zu hören.

Kindergeschrei!

Unwillkürlich drückte sie die Hand auf den Unterleib und wartete darauf, dass das Kind mit einem leichten Flattern antwortete. Sie war erschöpft. Das war alles. Nur erschöpft.

Während Schroeder sich von den Teleportationen erholte und Kraft für die nächste schöpfte, sprach sie ihn an. »Glaubst du, wir haben es uns eingebildet?«

Er antwortete nicht. In sich gekehrt starrte er ins Leere.

Tamra wurde kalt. Schroeder hatte das Wimmern auch gehört. Was aber hatte er *gespürt*?

Er schloss seine Finger stärker um die ihren und sprang erneut.

Diesmal hörte sie ihn einen leisen Pfiff ausstoßen, noch bevor sich ihre Sinne geklärt hatten.

Als sie wieder sehen konnte, folgte sie seinem ausgestreckten Fingerzeig. »Was ist?« Vor ihnen lag ein Ausläufer der Berge, der sich wie eine scharfe Kante hinaus in die Ebene zog.

Schroeder trat einen Schritt vor. Er hob beide Hände und hielt sie vor sein Gesicht, als wolle er wie ein Fotograf einen Bildausschnitt einfangen. »Der Berg«, murmelte er.

Tamra verstand nicht, was ihn so verblüffte. »Was ist damit?«

»Schau genau hin.« Er ließ die Hände sinken, und in diesem Augenblick sah Tamra es auch. Was sie für einen sanft abfallenden Bergrücken mit einem ungewöhnlich scharfen Grat gehalten hatte, war in Wirklichkeit kein Berg.

Es war ein Raumschiff.

Ein von Erosion gezeichnetes und von Pflanzen überwachsenes, gigantisches, würfelförmiges Raumschiff.

Im Lager war nach dem Angriff der Laren eine angespannte Ruhe eingekehrt. Schroeder sah die Menschen immer wieder besorgte Blicke in den Himmel werfen, und er hörte sie ängstlich miteinander tuscheln. Die Spezialisten von der MINXHAO hatten berichtet, ein Larenraumer von der Größe jenes Schiffes, das sie angegriffen hatte, habe mindestens sechs Raumjäger an Bord. Sie hatten die Angst der Menschen damit noch angefacht.

Schroeder durchquerte die provisorische Zeltstadt mit Tamra im Schlepptau, und da der Hyperfunk wieder einmal kaum funktionierte, fragte er mehrere Umstehende nach Captain Onmout. Er fand den Kommandanten schließlich vor einer Hütte aus grob gezimmerten Baumstämmen am Rand des Lagers.

»Deine Leute waren fleißig«, sagte Schroeder und wies auf das Holz der Unterkunft.

»Es gibt genug Hände, die beschäftigt werden wollen«, entgegnete Onmout gleichmütig. »Immerhin, der Bau der Unterkünfte geht voran.«

»Sonst nichts?« Schroeder warf einen Blick in die Hütte. Da sie keine Fenster hatte, war es in ihrem Inneren dämmrig. Dennoch konnte er den Laren erkennen, der gefesselt auf einem aus groben Ästen gezimmerten Stuhl hockte und vor sich hin starrte.

»Oh, du meinst mein Verhör unseres Freundes? Einiges habe ich immerhin erfahren …« Onmout lächelte Tamra zu. »Das Larenschiff hatte elf Mann Besatzung, inklusive der Kommandantin.«

»Drei Mann habe ich abgeschossen«, überlegte Schroeder. »Bleiben acht. Mindestens.«

»Unsere Meinung. Meine Männer haben es inzwischen geschafft, herauszufinden, wie die Bioscanner funktionieren. Unsere Vermutung hat sich bestätigt.«

»Das heißt?«

»Auf dem gesamten verfluchten Planeten gibt es keinerlei Leben. Jedenfalls kein tierisches. Nur Blumen und Bäume. Und uns. Und die Laren.«

»Tamra und ich haben die Wracks untersucht«, berichtete Schroeder. »Es sind etliche. Manche sehen aus, als seien sie erst vor wenigen Monaten hier niedergegangen, aber trotzdem haben wir keinerlei Besiedlung gefunden.«

»Keine Lager, so wie unseres?«

»Doch, Provisorien. Als hätten die Überlebenden einige Tage, vielleicht auch Wochen dort gelebt, aber nichts von längerem Bestand.« Schroeder wies auf die Hütte aus Baumstämmen, in der sie den Laren untergebracht hatten.

»Vielleicht wurden die Überlebenden gerettet.«

Schroeder fiel auf, dass Tamra sich entfernt hatte. Er runzelte die Stirn. »Zusammen mit allem Leben, das es hier offensichtlich einmal gegeben hat?«

Onmout antwortete nicht, sondern wartete ab, bis Schroeder weitersprach.

»Nein, wenn du mich fragst, gibt es hier auf dem Planeten irgendetwas, das alles Leben vernichtet. Bei aller Gefahr, die von den Laren ausgeht, Captain, sollten wir so schnell wie möglich herausfinden, um was es sich dabei handelt.«

Das seltsame Gefühl von Panik, das sie in dem kathedralenartigen Schiff verspürt hatte, hatte in Tamra den Wunsch geweckt, allein zu sein. Sie spielte mit dem Gedanken, das Lager zu verlassen, als ihr Blick auf die Hütte fiel, in der Onmout den Laren festhielt. Wie ferngelenkt zog es sie dorthin.

Kurz zögerte sie, doch dann gab sie sich einen Ruck und ging hinein.

Sie trat vor den gefesselten Gefangenen und blickte auf ihn nieder. Er hatte den Kopf in den Nacken gelegt, die gelben Lippen waren geöffnet. Seine vier Nasenflügel bebten leicht.

Tamra betrachtete ihn und mühte sich, sich ihm überlegen zu fühlen. Er war gefesselt. Sie war frei. Dennoch zuckte sie zurück, als er aus seiner Versenkung auftauchte und sie direkt ansah.

»Du bist also die Knechtin, die Mitrade-Parkk so gern in ihre Finger bekommen will«, sagte er. In seiner Kehle entstand ein Geräusch, das wie ein bösartiges Kichern klang.

Die Worte trafen Tamra wie ein Schlag in die Magengrube. Sie schnappte nach Luft. »Mitrade ist tot«, brachte sie hervor.

Nun lachte der Lare auf. »O nein! Das glaubst du nur. In Wirklichkeit ist sie sehr lebendig. Und vor allem ist sie hier auf diesem Planeten.«

Tamra wich einen Schritt zurück. Die Tür schwang auf, stieß gegen ihren Rücken, doch sie bemerkte es kaum.

Er lügt!, kreischte es in ihr. *Er lügt dich an, um dich zu manipulieren. Sie haben dich noch immer in ihrer Gewalt, und du kannst nichts dagegen tun.*

»Das … ist nicht wahr!«, keuchte sie.

Der Lare machte ein gleichgültiges Gesicht. »Du weißt, dass es wahr ist. Du hast auf sie geschossen. Was meinst du, was wird sie dafür mit dir anstellen?«

Jemand packte Tamra am Arm, doch sie riss sich mit einem angsterfüllten Aufschrei los.

»Tamra!« Es war Jasons Stimme. »Komm hier raus!« Wieder wurde sie gepackt, aber diesmal sanfter. Sie wurde aus der Hütte geschoben. Das Sonnenlicht griff nach ihr, hüllte sie ein und ließ die Tränen in ihren Wimpern vor ihrem Blick glitzern.

»Lass sie!«

Ihr Arm wurde losgelassen. Jemand anderes war bei ihr, dafür zog sich Jason zurück. Tamra schwankte.

»Sie ist am Leben!«, wimmerte sie.

Im nächsten Moment schlug Übelkeit über ihr zusammen und sog ihr die letzte Kraft aus den Beinen.

Siebzehn

Neko sah Schroeder dabei zu, wie er Tamra davonführte und dabei den Arm schützend um ihre Schulter legte. Er spürte Zorn in sich aufwallen. Was bildete sich dieser Kerl eigentlich ein? Kannte er, Neko, Tamra nicht schon viel länger als alle anderen hier? Wenn überhaupt, dann war es sein Recht, ihr beizustehen. Er ballte die Hände zu Fäusten, weil sich sein Innerstes seltsam wund anfühlte.

Wenn er die anderen Flüchtlinge überzeugen konnte, zurück nach Caligo zu gehen, würde Tamra ihnen folgen, oder? Sie konnte schließlich nicht allein hier auf diesem Planeten bleiben. *Nein,* schoss es ihm durch den Kopf. Aber sie konnte sich diesem Schroeder anschließen! Er knirschte mit den Zähnen.

Der Mutant!

Er war das Problem.

Neko löste die Fingernägel aus seinen Handflächen und blies gedankenverloren auf die kleinen Wundmale, die sie in seiner Haut hinterlassen hatten. Er würde sich um Schroeder kümmern müssen. Seine Gedanken begannen zu kreisen … So, wie er sich um Tsutaya gekümmert hatte …

Und plötzlich, mitten in der Bewegung, erstarrte er. Seine Finger hingen bewegungslos vor seinem Gesicht, leicht gekrümmt wie Krallen. Die verkrampften Glieder eines Mannes, der seinen Körper nicht mehr unter Kontrolle hatte.

Kurz wehrte er sich gegen den Impuls, den Arm sinken zu lassen, doch der fremde Befehl in seinem Kopf war stark.

Der Arm fiel an seiner Seite herab, als gehöre er nicht zu seinem Körper. Dann wandte Neko sich um und ging davon.

In ihrer Fernsteuer-Spinne drückte Mitrade die Lippen so fest zusammen, dass alle Farbe aus ihnen wich.

Die Fernsteuerung: Sie funktionierte jetzt einigermaßen, aber etwas stimmte trotzdem noch immer nicht.

Seltsame Impulse entstanden direkt in ihrem Kopf und verunsicherten sie. Sie versuchte herauszufinden, worum es sich dabei handelte, doch es gelang ihr nicht.

Sie wusste nur, dass sie sich unwohl fühlte.

Wenn Tamra des Nachts aus einem ihrer Alpträume aufgeschreckt war, hatte sie sich manchmal danach gesehnt, Gewissheit zu haben. Einen Beweis dafür in den Händen zu halten, dass Mitrade-Parkk tatsächlich noch lebte, war ihr weniger schrecklich erschienen als die Ungewissheit.

Jetzt jedoch, da sie diesen Beweis hatte, kam sie sich vor wie eine Idiotin. Nichts war schlimmer als diese Gewissheit!

Weil sie sie an ihrem Verstand zweifeln ließ.

Tamra *hatte* Mitrade-Parkk erschossen! Sie hatte mit angesehen, wie der Thermostrahl sich in den Leib der Larin gefressen hatte, hatte gesehen, wie diese zurückgeprallt war. Und sie hatte den Geruch von verbranntem Fleisch in der Nase gehabt. Die toten Augen gesehen.

Trotzdem fiel es ihr nicht schwer, dem Laren in der Holzhütte zu glauben, dass sie sich irren musste.

»Ist es wahr?«, hauchte sie, so leise, dass Schroeder sich vorbeugte, um sie verstehen zu können. Dann räusperte sie sich. »Er manipuliert mich. Noch immer manipulieren sie mich.«

Diese Ahnung davon, wie schwer es sein würde, den antrainierten Reflexen jemals zu entgehen, war ebenso schlimm wie das Gefühl von Paranoia. Der Lare hatte ihr mitgeteilt, dass Mitrade am Leben war, und im ersten Moment hatte sie es ihm blind geglaubt.

»Niemand manipuliert dich«, sagte Schroeder. »Wenn du es nicht zulässt.«

Tamra holte tief Luft, um die Selbstbeherrschung zurückzuerlangen, die wie Luft aus einem angestochenen Ballon aus ihr entwichen war. Sie spürte, wie ihr Leib dabei zitterte und vornüberfallen wollte.

Schroeder hielt sie, aber sie machte sich von ihm los. »Sie ist hier, um mich zu bestrafen.«

»Ich passe auf dich auf.«

Mit solcher Selbstverständlichkeit sagte er das, dass sie fast aufgesprungen wäre, um davonzurennen. Sie sah ihm ins Gesicht, suchte nach einem Zeichen von Zweifeln oder Schwäche darin, fand aber beides nicht. Und sie hasste sich, weil sie der eigenen Schwäche nachgegeben hatte.

»Und auf dein Kind«, fügte er hinzu.

Tamra legte die Hände gegen ihre Wangen. Sie fühlten sich kalt an. »Woher weißt ...« Sie verstummte. Was war sie für eine Närrin gewesen! Die ganze Zeit über hatte sie gewusst, dass er ein Orter war.

Ein weicher Zug erschien um Schroeders Augen. Vorsichtig nahm er Tamras Handgelenke – sie sahen zerbrechlich aus in seinen Händen, zerbrechlich wie Vogelknochen – und schloss die Arme um ihren Leib. Sie ließ es geschehen. Was, wenn sie sich täuschte? Wenn sie ihre Empfindungen für ihn nicht schwach machten, sondern ganz im Gegenteil? Wenn er ihr eine Stärke gab, die anders war, als alles, was sie bisher gefühlt hatte? Eine Stärke, die nicht mit purer Willenskraft aufrechterhalten werden musste, weil sie tief aus ihrem eigenen Innersten kam.

Tamra schloss die Augen und gab sich einen Moment lang dieser Hoffnung hin.

Ein leises Zirpen an seinem Handgelenk ließ sie zusammenzucken.

»Schon gut.« Schroeder aktivierte sein Hyperkom. »Ja?«

»Mister Schroeder, hier ist Dan Muller«, erscholl eine Stimme, die von statischem Rauschen verzerrt wurde. »Es ist uns tatsächlich gelungen, einige Ortungsgeräte wieder in Gang zu bringen, und Captain Onmout bat mich, Ihnen ein paar unserer Erkenntnisse mitzuteilen.«

Schroeder schob Tamra ein Stück zur Seite, ohne dabei den Arm von ihren Schultern zu nehmen. »Sprechen Sie.«

»Zunächst einmal: Das Raumschiff der Laren ist nicht abgestürzt, sondern am Fuß des Plateaus gelandet. Die Energiemessungen haben ergeben, dass sie jederzeit wieder starten können, wenn sie wollen.«

Tamra schauderte zusammen, doch Schroeder rieb ihr beruhigend den Oberarm. »Warum tun sie es dann nicht? Ich dachte, die Ebene dort unten sei instabil?«

»Sieht so aus, als befinde sich dicht bei der Felswand ein relativ stabiles Gebiet, auf dem sie gelandet sind. Aber warum sie nicht starten, können wir nicht erklären.«

»Kann es sein, dass der Aufprall meines Jägers irgendein Teil beschädigt hat, das zum Starten notwendig ist?«

»Schwer vorstellbar. Können Sie mir ungefähr beschreiben, was sich dort befunden hat, wo Sie aufgeschlagen sind?«

»Ein kegelförmiger Aufbau, sah ein bisschen so aus wie ein Andruckneutralisator.«

Muller schwieg einen Moment. »Hm. Ähnelte er einem Kegelschnitt mit einer daran angebrachten Halbkugel?«

»Möglich. So genau habe ich nicht hingeschaut.« Schroeder bemerkte, dass Tamra ihn beobachtete, und lächelte ihr aufmunternd zu.

»Möglicherweise ein Prallfeldgenerator«, erklang wieder Mullers Stimme. »Ich habe hier die Pläne eines larischen Troventaar-Beiboots vor mir. Es sieht nicht genauso aus wie unser Schätzchen dort unten, aber ziemlich ähnlich. Wenn Sie wirklich einen der Prallfeldgeneratoren pulverisiert haben, können die für eine ganze Weile nicht starten. Diese Sorte von Beibooten muss mindestens einen Meter über dem Boden schweben, bevor die Impulstriebwerke sich zünden lassen.«

Schroeder sah zufrieden aus. »Klingt doch gut. Bleibt noch die Frage, ob wir mit weiteren Angriffen rechnen müssen.«

»Das Schiff hat tatsächlich sechs Jäger an Bord. Keine Ahnung, warum die uns nur mit vier davon angegriffen haben.«

»Mitrade behält gern ein Ass im Ärmel«, sagte Tamra. Sie befreite sich aus Schroeders Armen.

»Wie bitte?«, fragte Muller.

»Ich habe eine Frau aus Dekombor hier bei mir«, erklärte Schroeder. »Sie kennt Mitrade-Parkk, die Kommandantin des Bootes, und sie meint, sie behielte gern ein Ass im Ärmel.«

»So. Nun ja. Interessiert es Sie noch, was die Biomassescanner hervorgebracht haben?«

»Natürlich.« Tamra spürte, wie Schroeder sich anspannte. Sie dachte an ihre bodenlose Panik in dem Wrack und ahnte, dass auch er es tat.

»Wie Sie bereits vermutet haben, gibt es auf dem gesamten Planeten offenbar keinerlei höher entwickeltes Leben. Die Scanner orten genau 8464 Impulse.«

»Können die Scanner differenzieren, nach Größe zum Beispiel?«

»Ich fresse einen Besen, wenn die larischen Teufel dazu nicht in der Lage wären«, kommentierte Muller. »Vielleicht wäre es auch die Xeno-Biologin der MINXHAO gewesen, aber leider ist sie tot. Ich bin schon froh, dass ich die Dinger überhaupt in Gang gekriegt habe.«

»Sonst noch was?«

»Nein. Wenn ich was Neues habe, melde ich mich bei Ihnen.« Bevor Schroeder sich für die Informationen bedanken konnte, hatte Muller bereits die Verbindung unterbrochen.

Schroeder stand auf. »Kommst du mit?«

»Was hast du vor?«

»Zu Onmout gehen. Wir müssen eine Volkszählung durchführen, um zu erfahren, wie viele Männer Mitrade-Parkk noch hat.«

Schroeder funkte Demetrius Onmout an und brachte auf diese Weise in Erfahrung, dass sich der Captain noch immer bei dem gefangenen Laren befand. Als Tamra und Schroeder sich auf den Weg zum Kommandanten machten, erscholl ein Jaulen, das ihre Trommelfelle vibrieren ließ.

Der feine Staub vor Tamras Füßen bildete ein psychedelisch anmutendes Interferenzmuster. Mit morbider Faszination, die es ihr unmöglich machte, sich umzuwenden, betrachtete Tamra die Wirbel und Linien. Sie wusste genau, was das Jaulen zu bedeuten hatte. Auf Caligo hatte sie es oft genug gehört.

Es war das Geräusch eines senkrecht in die Luft steigenden larischen Jägers.

Schroeder war ebenfalls mitten in der Bewegung erstarrt, doch er reagierte schneller als Tamra. »Lauf!«, rief er, und noch während er zusah, wie sich der deltaflüglige Raumjäger über die Kante des Abgrunds schob, packte er Tamras Hand und zog sie mit sich. Tamra stolperte hinter ihm her. Sie strauchelte, blieb jedoch auf den Beinen.

Rings um sie herum brach das Chaos aus. Sie hörte Menschen schreien. Sie sah Männer und Frauen durcheinanderrennen, sich gegenseitig zu Boden stoßen, niedertrampeln.

Ein scharfer Ruck in ihrem Schultergelenk riss ihre Aufmerksamkeit von der Panik der anderen zurück auf sie selbst. Sie lag auf dem roten Boden und wusste nicht, wie sie dorthin gekommen war. Schroeder drängte sie zur Seite, und da erst begriff sie.

Er hatte sie hinter einem Felsen in Deckung gebracht und sich neben sie geworfen. Mit gezogenem Impulsstrahler lag er an ihrer Seite und lauschte auf das abflauende Geräusch des Jägers.

Gemeinsam warteten sie darauf, dass es sich in das typische orgelnde Geräusch verwandelte, das Angriffsgeschwindigkeit bedeutete. Es kam nicht, stattdessen näherte sich ein leises Pfeifen, das in Tamras Ohren wie das Schleichen eines Raubtieres klang.

Langsam, lauernd schwebte der Jäger über das Lager hinweg. Die Menschen duckten sich, wo sein Schatten sich auf sie senkte, und viele von ihnen fielen sogar auf die Knie oder warfen sich bäuchlings in den Staub.

Zorn wallte in Tamra auf. Sie konnte nicht sehen, ob Mitrade-Parkk sich im Inneren des Gleiters befand, aber ihre Phantasie gaukelte ihr genau das vor. Vor

Wut sah sie rot, und sie reagierte ohne nachzudenken. Mit einem Ruck riss sie Schroeder die Waffe aus der Hand, sprang auf und feuerte.

Sein Schrei ging im Donnern der Entladung unter.

Der Schuss fauchte auf das Schiff zu, verendete jedoch mitten in der Luft auf halben Weg dorthin in einem bläulichen Lichtblitz. Die Laren hatten den Schutzschirm aktiviert.

»Was machst du?«, brüllte Schroeder und zog Tamra wieder in Deckung. Doch es war zu spät.

An Bord des Gleiters war man auf sie aufmerksam geworden. Das kleine Schiff hielt inne, dann drehte es sich um seine Achse, bis die Front genau in Richtung des Felsens wies.

Es dauerte einen Augenblick, bevor es sich wieder in Bewegung setzte, doch dann schwebte es langsam über sie hinweg – und blieb direkt über ihnen stehen.

Tamra glaubte, Mitrades Blick durch die Stahlhülle auf sich brennen zu spüren. Sie konnte sich nicht bewegen. Wie das Kaninchen vor der Schlange starrte sie hoch und sah zu, wie sich die Bordkanonen langsam auf sie ausrichteten.

Aus den Augenwinkeln bemerkte sie Schroeder neben sich. Er hatte ihr den Strahler wieder fortgenommen und hielt ihn jetzt mit beiden Händen umfasst. Er lehnte gegen den Felsen und visierte den Jäger über den Rand seiner Waffe an.

Nutzlos!, schoss es Tamra durch den Kopf, und dennoch überschwemmte sie in diesem Moment ein so starkes Gefühl der Zuneigung zu dem schmalen Mutanten, dass sie die Zähne zusammenpresste.

Dann, nach schier unendlichen Minuten, drehte der Jäger ab. Und flog davon.

Erst als er über den Rand des Plateaus in der Tiefe verschwunden war, konnte Tamra wieder Luft holen. Ihre Kiefer lösten sich nur schwerfällig voneinander, und dabei klapperten ihre Zähne unkontrolliert aufeinander.

»Himmelherrgott nochmal!« Schroeder ließ die Waffe sinken und lehnte den Kopf mit geschlossenen Augen gegen den Felsen. Sein Brustkorb hob und senkte sich in schnellem Rhythmus, und ein feiner Schweißfilm stand auf seiner Stirn.

Er wischte ihn fort. Dann steckte er den Strahler in das Halfter an seiner Hüfte und stand auf. Ohne ein Wort über ihren Schuss zu verlieren, bot er Tamra die Hand und zog sie hoch.

Achtzehn

Tamra blieb nachdenklich zurück, während Schroeder zu Onmout ging, um mit ihm die Durchführung einer Volkszählung zu besprechen.

Langsam durchquerte sie das Lager und sah sich dabei um. Die meisten der achttausend Menschen lagerten noch immer im Freien, notdürftig geschützt von Planen und Wrackteilen. Ein steter Strom hatte sich zwischen dem Lager und der ORTON-TAPH gebildet, fast wie eine Ameisenspur. Tamra folgte ihr mit den Blicken und stellte fest, dass es offenbar gelungen war, ein Loch in die Außenhülle des Schiffes zu schweißen.

Sie hielt einen der Männer an, der mit einem dicken Packen Decken an ihr vorbeikam. »Ist das Innere verstrahlt?«, fragte sie.

Der Mann blieb stehen. Auf seiner Oberlippe stand ein Schweißfilm, und er leckte ihn ab, bevor er antwortete. »Bis auf die äußeren Hangars weite Teile, ja.«

Tamra presste die Lippen aufeinander. »Was ist mit den Bergungsarbeitern?«

»Keine Sorge: Wir lassen nur Leute in Raumanzügen durch die Schleusen in die gefährdeten Bereiche.«

»Dann können die Menschen das Wrack nicht als Zuflucht benutzen?«

»Davon würde ich abraten, egal, wie dringend die da draußen einen Unterschlupf brauchen.«

Tamra bedankte sich bei dem Mann und ließ ihn gehen.

Die Lage spitzt sich zu, dachte sie.

Achttausend Leute, kaum Unterbringungsmöglichkeiten, dazu ein ständiger, kalter Wind. Tamra warf einen Blick in den Himmel. Wenigstens regnete es nicht, auch wenn sich ab und an Wolken zeigten. Die fehlende Nahrung jedoch bereitete den Verantwortlichen Sorgen, ebenso wie die mangelnde Hygiene. Man hatte dicht beim Wald einen Fluss entdeckt, doch aus Angst vor Krankheiten wie der Ruhr hatte Onmout den Befehl erlassen, nicht darin zu baden. Trinkwasser hatten sie genug, aber das war auch schon alles.

Tamra kam durch einen Teil des Lagers, in dem sich fast ausschließlich ledige Frauen aus Dekombor aufhielten. Einige von ihnen kannte sie vom Sehen, doch die meisten waren ihr fremd.

Die Sorge fiel ihr auf, mit der die Menschen in den Himmel starrten. In mehr als einem Gesicht las Tamra blanke Angst, und sie sah Dutzende von Händen und Füßen, die nicht stillhalten konnten. Kleidung wurde geknetet, Haare gezwirbelt. Ab und an sprang eine der Frauen auf, lief einige Schritte hin und her und warf sich rastlos wieder zu Boden.

Die Anspannung griff mit kalten Fingern nach Tamra, und sie wuchs noch, als die Frauen sie bemerkten. Sie wurde gemustert, viele Mienen waren verschlossen und voller Wut.

»Das ist sie!«, hörte sie Tuscheln hinter ihrem Rücken. »Wegen ihr sind die Laren hier, und wegen ihr werden sie uns noch alle töten.«

»Redet nicht so einen Unsinn!« Nekos scharfe Stimme fuhr zwischen das Gewisper wie eine Klinge.

Tamra drehte sich um. Er kam auf sie zu, mit langen Schritten, die energisch und zornig aussahen. Seine larische Frisur war längst auseinandergefallen, die Haare hingen ihm lang und dunkel in Stirn und Augen.

Mit einer weit ausholenden Geste drehte er sich einmal um die eigene Achse. »Wie könnt ihr Tamra die Schuld am Auftauchen der Laren geben?«, fragte er mit lauter Stimme. »Schließlich habt ihr alle euch zur Flucht entschieden! Die Laren sind wegen eines jeden von euch hier!«

Eine der Frauen kam auf die Füße und deutete mit dem Finger auf Tamra. »War sie nicht Mitglied dieser Rebellentruppe? Eine Taoistin? Sie haben die Laren gedemütigt, und das ist der Grund, warum sie uns überhaupt jagen.«

»Ihr alle habt die Laren gedemütigt«, widersprach Neko. »Ihr habt ihre schützende Hand zurückgewiesen. In eurem Hochmut habt ihr euch nicht nur von den Grenzen befreit, die ihr zu spüren glaubtet, sondern auch von dem Schutz, den die Laren euch boten. Und dafür werden sie euch bestrafen. Sie haben bereits damit angefangen.«

»Rate uns!«, rief eine Frau aus der Menge. »Du gehörtest doch zu ihren engsten Vertrauten. Was sollen wir tun?«

Neko schien überlegen zu müssen, jedenfalls senkte er den Kopf, sodass seine Haare die Augen verdeckten, und schwieg. »Lasst mich darüber nachdenken«, bat er schließlich, wandte sich ab und ging. Tamra folgte ihm.

Er sah sie an. In seinem Blick stand etwas, das sie nicht zu deuten wusste. War es Verwirrung? »Du weißt, dass sie Recht haben, nicht wahr?«, fragte sie.

»Womit? Dass Mitrade wegen dir hier ist?« Neko schob das Kinn vor und beschleunigte seine Schritte noch. »Möglich.« Seine Augen flackerten jetzt, als wolle er im nächsten Moment das Bewusstsein verlieren.

»Jason!« Tamra griff nach seinem Arm und zwang ihn, stehen zu bleiben. »Was hast du?«

»Nichts.« Er wischte sich über das Gesicht, und das Flackern war fort.

Tamra wies auf die zurückgelassenen Menschen. »Sie haben Angst. Und es wird nicht mehr lange dauern, dann explodiert die Stimmung im Lager.«

Neko nickte nur.

»Wir müssen etwas tun«, sagte Tamra. »Schroeder und ich haben in den Bergen das Wrack eines Posbiraumers gefunden. Gar nicht weit von hier, vielleicht vier Kilometer entfernt. Es wäre eine gute Zuflucht.«

»Eine Zuflucht wovor?«

Tamra verstand die Frage nicht ganz. Wollte Neko ihr zu verstehen geben, dass sie sich vor den Laren dort unten in der Ebene nicht fürchten mussten? Sie begriff nicht, was in ihm vorging, und auf einmal kam er ihr noch rätselhafter vor als früher. Im Moment sprach er mit leiser, sanfter Stimme. Ganz anders als der Neko, der vorhin zwischen das Getuschel gefahren war. Es kam Tamra vor, als säßen zwei Personen in seinem Kopf, zwischen denen er beliebig hin und her springen konnte.

»Ich glaube, ich werde Onmout vorschlagen, die Menschen zu dem Fragmentraumer zu bringen«, sagte sie. »Um sie wenigstens vor dem Wetter zu schützen.«

Neko nickte langsam. Seine Lider sanken zur Hälfte nach unten. Es sah aus, als schlafe er gleich im Stehen ein. Plötzlich klang seine Stimme verändert, als er entgegnete: *»Mein Pluatz ist bei Mitruade.«*

Tamra ließ endlich seinen Arm los. Sie musste sich zwingen, nicht vor Neko zurückzuweichen. Ihre Kehle wurde eng beim Anblick seines plötzlich leeren, ausdruckslosen Gesichtes.

»Du kannst etuas tun«, murmelte er mit schwerer Zunge.

»Tun? Wofür?«

»Dafür, duass ich bei Mitruade ein gutes Woat für dich einleege.« Er leckte sich über die Lippen.

»Ich brauche deine guten Worte nicht.« Wut wollte in Tamras Kehle aufsteigen, doch sie drängte sie zurück. Zu sehr entsetzte sie, was ihre Augen sahen. Sie hob beide Hände an den Mund und beobachtete, wie Neko sich mit eckigen Bewegungen umdrehte und davonging.

Mitrade gestattete sich ein leises Kichern. Dieser entsetzte, fassungslose Blick der Scheuche war zu gut gewesen! Er entschädigte sie sogar dafür, dass Tamra jetzt wusste, was mit Neko los war. Ein dummer Fehler, gestand sie sich ein, weil das Vögelchen mit großer Wahrscheinlichkeit sein neu gewonnenes Wissen hinaussingen würde. Und dann war eine Trumpfkarte in ihrem Ärmel wertlos.

Aber was sollte es!

Die Mischung der verschiedensten Gefühle in Tamras Augen zu sehen, war weitaus besser gewesen, als ein paar Salven in die Menge der Flüchtlinge zu jagen.

Es entschädigte sie sogar für das zunehmende Unbehagen, das ihr diese seltsamen, fremden Impulse verursachten, sobald sie Neko übernahm.

»Haben Sie gesehen, wie sich Tamra und dieser Furzschnüffler miteinander unterhalten haben?« Schroeder war gerade damit beschäftigt, einem von Onmouts Offizieren ein paar Anweisungen zu geben, als ihn Frizzi Pasterz' Stimme aus seiner Konzentration riss.

Der Offizier, der seine benötigten Informationen hatte, nickte Schroeder höflich zu und entfernte sich, um die Volkszählung zu organisieren.

»Was meinen Sie?«, fragte Schroeder und drehte sich zu Frizzi um.

»Na ja, ich dachte nur. Ich hatte das Gefühl, Sie und Tamra … aber ist auch egal.«

Schroeder runzelte die Stirn. Wenn er eins nicht leiden konnte, dann diese Art von zögerlich und doch völlig kalkuliert hervorgebrachten Andeutungen. »Haben Sie mir etwas Wichtiges zu sagen?«, fragte er kühl.

Frizzi schüttelte den Kopf. »Warum so bissig? Immerhin haben Sie meinem Sohn das Leben gerettet. Da dachte ich, es wäre gut, Sie vor Tamra zu warnen.« Sie warf ihre Haare über die Schulter und blitzte Schroeder an. »Sie ist nämlich nicht in der Lage, irgendjemanden außer sich selbst zu lieben, müssen Sie wissen. Passen Sie auf, dass sie Sie nicht einfach für ihre Zwecke missbraucht und dann fallen lässt wie ein Spielzeug, das ihr zu langweilig geworden ist.«

Mit diesen Worten stolzierte Frizzi davon.

Schroeder sah ihr nach, völlig gefangengenommen von der Boshaftigkeit, die aus ihren Worten gesprochen hatte. Aber auch wenn er nichts auf das Gerede anderer Leute gab und sich schon vor langer Zeit einen dicken Panzer um seine Gefühle zugelegt hatte, hatte Frizzi es dennoch geschafft, seine Gedanken in Bewegung zu bringen.

Er hatte längst gemerkt, dass Tamra für diesen Neko mehr zu empfinden schien als für irgendjemanden sonst. Sicher: Sie hatte sich ein-, zweimal von Schroeder in den Arm nehmen lassen, aber wie konnte er das als Zeichen interpretieren? Er war ein emotionaler Krüppel – also das Allerletzte, was sie in ihrer Situation gebrauchen konnte. Ein Gedanke kam ihm, der einen scharfen Dorn durch sein Herz trieb.

Was, wenn …

Er konnte ihn nicht zu Ende denken, denn genau in diesem Moment kam Tamra um die Ecke eines Zeltes. Als sie ihn sah, blieb sie stehen.

Und Schroeder begriff, dass er drauf und dran war, sich in sie zu verlieben.

Er versuchte, die Anspannung, die ihn schlagartig in den Griff nahm, zu lösen, indem er seine Schultern leicht bewegte. Mit einem Mal war er so befangen, dass ihm kein einziger sinnvoller Satz einfallen wollte.

»He!«, war alles, was er hervorbrachte.

Tamra nickte nur. In Gedanken schien sie sehr weit weg.

»Was hast du?«, fragte Schroeder.

Sie warf einen Blick über die Schulter, dorthin, wo Jason Neko zwischen einigen Felsbrocken verschwunden war. Wie um die eigene Verwirrung fortzuwischen, rieb sie sich über die Augen. »Nichts.«

Schroeder war klar, dass sie ihn anlog. Er stand da und wusste nicht, wie er reagieren sollte. Hinter seiner Stirn jagten sich die Gedanken, aber keiner von ihnen war dazu geeignet, ihm einen Weg aufzuzeigen.

Er verschränkte die Arme vor der Brust, um sich selbst Halt zu verschaffen.

Tamra sah es. Ein ganz leichtes Stirnrunzeln flog über ihre Miene, verschwand jedoch sofort wieder. »Vielleicht wäre es gut«, sagte sie leise, »wenn wir die Menschen in den Fragmentraumer schaffen, was meinst du?« Sie hob das Kinn, wie um ihn herauszufordern.

Er hatte keine Ahnung wozu, und so flüchtete er sich in die relative Sicherheit des Themas. »Zu ihrem Schutz, meinst du?«

»Ja. Es würde sie vor dem kalten Wind schützen, aber auch ein wenig vor den Laren. Zumindest müssten sie dann nicht den ganzen Tag ängstlich in den Himmel starren.«

»Dafür würden sie sich vorkommen wie Gefangene ihrer ärgsten Feinde.«

Tamra schüttelte den Kopf. »Diese Menschen hier haben in Dekombor nicht viel vom Posbikrieg mitbekommen. Für sie sind die Laren die ärgsten Feinde. Ich glaube nicht, dass sie Angst vor dem Posbiwrack haben.«

»Möglich. Willst du Onmout deinen Vorschlag unterbreiten?«

Tamra nickte. Sie hatte die Lippen zu schmalen Strichen zusammengepresst.

Zwischen den Felsen tauchte Neko wieder auf. Er blieb stehen und blickte schweigend in Tamras Richtung.

Schroeder sah, wie sie sich versteifte. »Ist er der Vater?«, hörte er sich selbst sagen.

Mein Gott, was redete er da eigentlich?

»Wie bitte?« Tamra riss die Augen auf.

Schroeder wich einen Schritt zurück. »Es tut mir leid! Es geht mich wirklich nichts an, aber ich …« Hilflos verstummte er.

Sie musterte ihn. »Nein«, sagte sie. »Es geht dich wirklich nichts an!«

Bei Rhodan, was war nur mit ihr los?

Tamra konnte nicht fassen, was Schroeder sie soeben gefragt hatte, aber noch weniger begriff sie sich selbst. Warum hatte sie ihm so eisig geantwortet – so eisig, dass er ausgesehen hatte, als habe sie ihm mitten ins Gesicht geschlagen?

Weil seine Frage gar nicht so unberechtigt war, dachte sie. Was, wenn Neko wirklich der Vater des Kindes war, das sie in sich trug?

Tamra hatte nie aus Mitrade herausbekommen, wer es gezeugt hatte. Und außerdem hatte sie bis heute keine Ahnung davon gehabt, dass Jason einen Fernsteuerchip trug, wie sie selbst einen getragen hatte. Sie hatte keine Vorstellung davon, was damals geschehen war – in jenen Stunden, an die sie keine Erinnerung hatte. *Was, wenn Neko …*

Sie hieb sich mit der geballten Faust gegen die Schläfe, um den Gedanken zu vertreiben.

Onmouts Räuspern riss sie aus ihren Grübeleien.

»Miss Cantu?«, fragte er vorsichtig. »Geht es Ihnen gut?«

Jetzt erst bemerkte sie, dass sie längst in der Mitte des Lagers angekommen war. Onmouts Gesicht schwebte dicht vor ihr, und sie fragte sich, wie lange sie schon hier stand.

Als sei sie selbst noch immer ferngesteuert ...

Der Gedanke ließ eine Gänsehaut über ihren Rücken rinnen. Sie tastete nach der Narbe in ihrem Genick, die ihr zeigte, dass der Chip tatsächlich entfernt war.

Mit Gewalt blinzelte sie die Benommenheit fort. »Ja. Entschuldigen Sie, ich habe nachgedacht.« Sie informierte den Kommandanten über ihre Idee mit der Umsiedlung der Flüchtlinge. Er teilte Schroeders Bedenken über die Angst der Menschen vor den Posbis, ließ sich aber von Tamras Argument überzeugen, in Dekombor sei der Posbikrieg weit weg gewesen.

Er versprach ihr, über den Vorschlag nachzudenken.

»Übrigens«, sagte er, als sie sich schon abwenden wollte. »Eben haben meine Leute die Zählung der Flüchtlinge abgeschlossen. Interessiert es Sie, wie viele wir sind?«

»Sicher.« Alles war jetzt besser, als weiter zu grübeln.

»8455.«

Tamra hatte Mühe, ihren Geist auf das Gesagte zu richten. »Aber das kann nicht sein. Ich denke, Mitrade ist nur mit zehn Mann hier auf dem Planeten gelandet. Schroeder hat drei von ihnen abgeschossen. Das bedeutet, sie sind noch zu acht. 8455 plus acht macht 8463. Wurden nicht aber 8464 Impulse gezählt?«

Onmout schürzte die Lippen. Er sah ernst aus. »Wurden es«, sagte er.

Neunzehn

Die Sonne wollte gerade untergehen, und die dicht stehenden Sterne gewannen an Leuchtkraft, als Schroeder sich entschied, nicht mehr über sein Verhältnis zu Tamra nachzudenken, sondern sich sinnvoll zu beschäftigen. Da es für den Augenblick nichts zu tun gab, beschloss er, Fouchou aufzusuchen, um ihm endlich den kleinen Lederbeutel zu geben, den er aus der ORTON-TAPH gerettet hatte.

Er machte sich auf die Suche nach dem Mediziner und fand ihn in der Nähe jenes Teils des Lagers, den die wissenschaftlichen Mitarbeiter für sich reklamiert hatten. Der Mann lag neben einem Feuer, das offenbar erst vor wenigen Minuten angezündet worden war. Schroeder sah Äste unverkohlt und grün aus den Flammen ragen. Kurz gestattete er sich, einen Gedanken an den unheimlichen Wald zu verschwenden, doch dann konzentrierte er sich auf das Naheliegende.

»Störe ich Sie?«, fragte er.

Fouchou rührte sich nicht. Er hatte sich lang ausgestreckt, die Arme hinter dem Kopf verschränkt und sah in den Himmel. »Schön, nicht wahr?«

Schroeder nickte. »Ich habe etwas für Sie.« An dem Lederband zog er den Beutel aus der Tasche und ließ ihn vor Fouchous Gesicht baumeln.

Der Hüne richtete den Blick darauf. Im nächsten Moment grapschte er danach und setzte sich auf. »Danke! Wo haben Sie …« Er betrachtete den Beutel mit einer solchen Inbrunst, dass Schroeder geneigt war, Onmouts Einschätzung zu teilen. Wahrscheinlich handelte es sich bei seinem Inhalt tatsächlich um irgendeine Droge.

»In der Funkzentrale, wie Sie gesagt haben.« Schroeder dachte nach. »Was ist es?«

Mit einer blitzartigen Bewegung ließ Fouchou den Beutel in seiner Hose verschwinden. »Sagen wir, ein Ticket in eine andere Sphäre.«

Drogen! Schroeder ärgerte sich darüber, dass er dem Wunsch des Mannes entsprochen und den Beutel gesucht hatte. Aber nun war es zu spät, und es war müßig, allzu viele Gedanken daran zu verschwenden. Etwas ganz anderes kam ihm in den Sinn. »Sagen Sie, haben Sie Erfahrungen auf dem Sektor der Pathologie?«

»Ich habe eine Zeit lang als wissenschaftlicher Berater für die Polizei von Neo-Tera gearbeitet. Warum?«

»Wären Sie in der Lage, anhand von Skeletten die Todesursachen herauszufinden?«

Fouchou zog die Stirn kraus, was die Haut über seinen hervorstehenden Wangenknochen noch stärker spannte. »Terranische Skelette?«

Schroeder nickte. »Zunächst. Später vielleicht auch andere, aber erst einmal terranische, ja.«

»Sie wollen wissen, was bei den anderen Wracks geschehen ist.« Als könne er die havarierten Schiffe durch die Dunkelheit hindurch ausmachen, starrte Fouchou in die entsprechende Richtung.

»Vielleicht erhalten wir auf diese Weise Informationen darüber, worin die Bedrohung besteht.«

»Bedrohung.« Fouchou legte den Kopf auf die linke Schulter und lachte leise.

»Morgen früh werden die Bergungsleute zwei der Beiboote aus dem Rumpf der ORTON-TAPH befreit haben. Würden Sie dann zu den Wracks fliegen und ein paar der Gräber öffnen, die Tamra und ich gefunden haben?«

Fouchou ließ sich wieder auf den Rücken sinken. Er verschränkte erneut die Arme hinter dem Kopf. »Natürlich.«

Mitrade knirschte mit den Zähnen, weil die Störungen des Hypersturmriffs eine vernünftige Steuerung Nekos erneut unmöglich machten. War sie denn immer wieder dazu verdammt, gegen eine ganze Handvoll Schwierigkeiten gleichzeitig zu kämpfen?

Nicht nur, dass sie sich der Gefahr durch den larischen Idioten entledigen musste, der so dämlich gewesen war, sich von den Menschlingen gefangen nehmen zu lassen.

Nicht nur, dass diese hyperenergetischen Störungen sie wahnsinnig machten. Darüber hinaus quälten sie auch noch die eigenen Gedanken, die unbewusst immer und immer wieder um das Sen-Trook und ihr halbmechanisches Dasein kreisten! In den unmöglichsten Momenten flammte das Wissen darum, was sie wirklich war, wie ein greller Blitz in ihrem Bewusstsein auf, ließ ihr Herz jagen und ihre Kehle eng werden. In solchen Momenten musste sie all ihre Konzentration aufwenden, um nicht die Kontrolle über Neko zu verlieren.

Und zu allem Überfluss kam jetzt auch noch diese seltsame mentale Übelkeit, die sich über sie legte, sobald sie in die Fernsteuer-Spinne kletterte! Als habe sie Gedanken in sich, die so fremdartig und anders waren, dass es schmerzte, sie zu denken.

Mitrade schluckte heftig, doch es nützte nichts. Die Übelkeit verging dadurch nicht, im Gegenteil: Mit einem Mal wurde sie so intensiv, dass Mitrade den Mund öffnete und einen gepeinigten Schrei ausstieß. Etwas legte sich über ihren Blick, ein blaues Leuchten, dessen Ursprung sie nicht lokalisieren konnte. Dann begannen sich Feuerräder vor ihren Augen zu drehen.

Schwärze hüllte ihren Geist ein, und als sie daraus erwachte, zitterte sie am gesamten Leib. Mühsam wendete sie den Kopf dorthin, wo Zenon-Renkk und einer der anderen Vasallen gestanden hatten und ihrer Arbeit nachgegangen waren. Der Anblick ließ Mitrade in ihrem Prallfeld hochfahren.

Beide Laren lagen am Boden. Ihre Augen waren in namenlosem Schrecken geweitet, und es war ganz offensichtlich, dass sie tot waren.

Mitrade kappte die Verbindung zu Jason Neko, ließ sich zu Boden sinken und verließ die Fernsteuer-Spinne. Hastig lief sie zu den beiden Leichen hinüber. Es war auf den ersten Blick nicht zu erkennen, woran sie gestorben waren; äußerlich schienen sie völlig unverletzt.

Halt! Nicht ganz. Mitrade beugte sich vor, um genauer hinsehen zu können. Beide Laren hatten genau in der Mitte der Stirn ein helles, flammenförmiges Muster.

Neko erstarrte mitten in der Bewegung. Die Sonne war gerade aufgegangen und übergoss seinen Rücken mit kaltem, gelbem Licht.

Er sah auf seine Hände und Unterarme. Sie waren mit rötlichem Staub bedeckt, als habe er versucht, sie sich in dem Zeug zu waschen. Er rieb die Handflächen gegeneinander. Ein Teil des Staubs rieselte zu Boden, aber zwischen seinen Fingern haftete er an einer dickflüssigen, klebrigen Substanz. Was war das, zum Teufel? Was tat er hier? Er hatte keine Ahnung, was in den letzten Stunden geschehen war. Er sah sich um. Verdammt, er hatte ja nicht einmal eine Ahnung, wie er hierher gekommen war!

Er befand sich am äußeren Rand des Lagers. Mit den schmutzigen Fingern wischte er sich die schweißnassen Haare aus dem Gesicht und rieb sich mit dem Handrücken die Nase. Die Erkenntnis brannte sich in sein Bewusstsein: Er war untot gewesen!

Sein Gehirn weigerte sich, diesen Gedanken zu akzeptieren.

Ohne darüber nachzudenken, kratzte er die Stelle in seinem Nacken, an der die Verbrennung nur noch ganz leicht juckte. Die Haut war schrumpelig dort und fühlte sich tot an. Wann hatte Mitrade ihm einen Fernsteuerchip einsetzen lassen? Er ließ sein gesamtes Leben vor seinem inneren Auge ablaufen. Es gab Hunderte von Möglichkeiten, in denen sie es hätte tun können, aber ihm fehlte jede Erinnerung daran, wann es wirklich geschehen war. Konnten die Laren Erinnerungen gezielt löschen? Er war sich nicht sicher, aber er war überzeugt davon, dass sie weitaus mehr Dinge tun konnten, als er wissen wollte. Ein eisiger Schauer rann ihm über den Rücken, als ihm weitere Fragen einfielen.

Warum hatte Mitrade den Chip vorher niemals aktiviert? Und falls doch: Warum hatte er bis zu diesem Moment nichts davon gemerkt? Er war nie misstrauisch geworden, oder?

Halt! Sein seltsames Handeln im Konverter der ORTON-TAPH! Plötzlich war er sicher, dass Mitrade ihn dazu gezwungen hatte, dem Techniker den falsch eingestellten Schlüssel zu reichen. Doch irgendetwas war falsch: Wenn es so gewesen war, warum erinnerte er sich an jeden Moment im Konverterraum, aber nicht an die letzten Stunden?

»He!« Eine unwirsche Stimme klang ihm unangenehm laut in den Ohren.

»Was?«, keuchte er. Ihm war übel, und die Zunge klebte plötzlich an seinem Gaumen.

Der Glatzkopf, mit dem er schon einmal gesprochen hatte, sah ihn unter zusammengezogenen Augenbrauen an. »Was ist los?«

Neko winkte ab. Es kostete ihn enorme Kräfte, und an seinem ganzen Körper brach Schweiß aus. »Nichts. Nur ein bisschen übel, das ist alles.«

Glatzkopf warf ihm einen zweifelnden Blick zu. »Wir wollten eigentlich nur wissen, wann es jetzt endlich losgeht.«

»Losgeht?« Neko fühlte sich schwindelig und fiebrig. Wovon sprach der Kerl eigentlich?

»Sie wollten uns zu den Laren bringen, haben Sie gesagt.« Wie mit einem begriffsstutzigen Kind sprach der Glatzkopf. Neko konnte in seinen Augen sehen, dass ihm Zweifel kamen, ob er der richtige Führer für sie war.

»Wann habe ich das gesagt?«

»Na, vor ein paar Stunden! Irgendwann um Mitternacht. Ich habe die halbe Nacht damit verbracht, alle zusammenzutrommeln. Sagen Sie bloß nicht, Sie haben es sich anders überlegt!«

Neko lauschte in sich hinein. Von einer Beeinflussung war nichts zu merken. Er gab seiner Zunge den Befehl, sich gegen den Gaumen zu pressen, und sie tat es ohne Schwierigkeiten. Mit einem Mal konnte er glasklar denken. Wenn Mitrade ihn dazu ausersehen hatte, einen Teil der Flüchtlinge zu ihr zu bringen, warum hatte sie sich dann plötzlich aus seinem Kopf zurückgezogen? Oder hatte sie das gar nicht und wollte ihn nur prüfen?

Konnte sie seine Gedanken lesen?

Er war sich ziemlich sicher, dass dem nicht so war, aber er erinnerte sich auch daran, dass es ihr möglich war, durch seine Augen zu sehen, ohne ihn in irgendeiner Form zu beeinflussen. An seinen Reaktionen konnte sie in gewisser Weise ablesen, was er dachte.

Er schürzte die Lippen und entschloss sich, vorsichtig zu sein. »Bald«, antwortete er dem Glatzkopf. »Sag den anderen, sie sollen sich bereithalten.«

Der Glatzkopf schien nicht völlig zufrieden, aber er hatte eine Anweisung bekommen und würde sie ausführen. Noch immer funktionierte die Konditionierung durch die Laren fast perfekt.

Neko beobachtete den Mann, wie er sich mit langen, schweren Schritten entfernte. Kaum war er außer Sichtweite, kehrten seine Gedanken zu der Fernsteuerung zurück.

Wie konnte er sicher sein, welche der Entscheidungen, die er in seinem bisherigen Leben gefällt hatte, die seinen gewesen waren, und welche nicht?

Er ballte die Hand zur Faust und schlug sich damit gegen die Schläfe. Die Substanz zwischen seinen Fingern klebte, und jetzt fiel ihm auch ihre seltsame Farbe auf. Sie war gelb.

Auf einmal schien der Boden unter seinen Füßen zu schwanken. Er hatte keine Ahnung, wer er wirklich war!

Bereits kurz vor Sonnenaufgang des nächsten Morgens war Tamra auf den Beinen. Sie hatte während der Nacht kaum ein Auge zugetan, so sehr beschäftigten sie die Dinge, die sie am Vortag erfahren und erlebt hatte.

Wenigstens hatte Onmout sich entschlossen, ihrem Vorschlag zu folgen und die Menschen in dem Posbiwrack vor den Laren und dem Wetter in Sicherheit zu bringen. *Eine Sorge weniger.* Tamra wunderte sich ein wenig darüber, wie sehr sie sich für die Dekombor-Flüchtlinge verantwortlich fühlte.

Die weitaus schlimmeren Sorgen jedoch, dachte sie und rieb sich die vor Müdigkeit brennenden Augen, bereitete ihr Jason Neko. Bisher hatte sie niemandem von ihrem Verdacht erzählt, aber die Grübeleien der Nacht und die Angst, die in den dunkelsten Stunden nach ihr gegriffen hatte, hatten sie davon überzeugt, dass sie es tun musste. Und ihr war klargeworden, dass Schroeder der Einzige war, dem sie sich anvertrauen konnte. Dem sie verraten konnte, dass Jason Neko von Mitrade ferngesteuert wurde.

Sie umschlang den Oberkörper mit den Armen, um sich gegen die Kälte zu schützen, von der sie nicht wusste, ob sie von innen oder von außen kam.

Die Sonne schob den oberen Rand über den Horizont und färbte die kalte Morgenluft feurig rot. Die ersten Schlafenden begannen sich zu regen, und als Captain Onmout und Schroeder gemeinsam auf den Platz in der Mitte des Lagers traten und um Aufmerksamkeit baten, waren die meisten der achttausend Flüchtlinge wach und auf den Beinen.

»Seitdem wir auf diesem Planeten notgelandet sind«, begann Onmout mit lauter Stimme zu sprechen, »reißen die Probleme nicht ab. Dennoch ist es uns gelungen, die Bleihülle der ORTON-TAPH zu durchstoßen und in der Zentrale einige Instrumente in Gebrauch zu nehmen. Ferner wollen wir versuchen, ein oder zwei Beiboote ins Freie zu schaffen, aber leider können wir das Wrack nicht nutzen, um Sie alle darinnen vor dem Wind und den Angriffen der Laren zu schützen. Weite Teile der ORTON-TAPH sind verstrahlt, und wir haben keine Möglichkeit, das rückgängig zu machen. Mister Schroeder hier neben mir hat jedoch gestern eine Entdeckung gemacht, die uns helfen kann. In ungefähr fünf Kilometern Entfernung liegt ein anderes Raumschiffwrack, das wir als Zuflucht nutzen können.«

Gemurmel wurde laut, jemand rief: »Warum stellen wir uns nicht einfach den Laren?«

Onmout suchte den Urheber der Frage und sah ihm direkt ins Gesicht. »Erstens sind wir zu dem Schluss gekommen, dass die Laren Ihnen nicht helfen könnten, selbst wenn sie es wollten. Ihr Schiff ist viel zu klein, um Sie zurück nach Caligo zu transportieren. Abgesehen davon: Wir wurden von ihnen angegriffen! Glauben Sie allen Ernstes, dass die Laren Sie einfach kommentarlos wieder in ihre Arme schließen werden?«

»Die meisten von uns konnten sich nicht frei entscheiden, mit der ORTON-TAPH zu fliegen!«, mischte sich Jason Neko in das Gespräch ein.

Tamra musterte ihn aufmerksam, aber sie fand keinerlei Hinweise, dass Neko in diesem Moment ferngesteuert wurde. Sie wandte sich an Schroeder, doch er war zu sehr auf das Geschehen konzentriert, um sich von ihr ablenken zu lassen.

»Das ist richtig«, erwiderte Onmout. »Und das war ein Fehler, den wir gemacht haben. Aber die Situation verlangte rasches Handeln. Wir konnten nicht jeden Einzelnen fragen, ob er mit uns kommen oder lieber in Dekombor bleiben wollte.«

»Sie haben uns genauso behandelt wie die Laren!«, rief ein anderer. »Wie Sklaven, die nicht selbst entscheiden dürfen.«

»Wie ich schon sagte: Die Situation verlangte rasches Handeln. Aber hier wird niemand gezwungen, etwas zu tun, was er nicht möchte. Darum stehe ich hier vor Ihnen, um Sie über unsere Vorhaben zu informieren. Also: Wer mit uns in die relative Sicherheit des anderen Wracks gehen will, soll sich heute Mittag hier einfinden. Wir werden einen Treck organisieren und versuchen, ihn vor larischen Angriffen zu schützen. Wer lieber hierbleiben oder versuchen möchte, mit den Laren Kontakt aufzunehmen, kann das gern tun.«

Schroeder trat einen Schritt vor. »Bevor Sie sich jedoch entscheiden, müssen Sie wissen, dass es sich bei dem Wrack um einen Fragmentraumer der Posbis handelt. Wir ...«

Wieder wurde Gemurmel laut, diesmal so massiv, dass Schroeder sich unterbrechen musste. Geduldig wartete er, bis die Erregung sich ein wenig gelegt hatte.

»Wir haben in etwas größerer Entfernung noch weitere Wracks gefunden«, setzte er neu an. »Und bei keinem konnten wir Überlebende feststellen. Darum gehen wir davon aus, dass auch der Posbiraumer ausgestorben ist. Um sicher zu gehen, werde ich allerdings gleich mit einigen Soldaten dorthin aufbrechen. Wir werden das Terrain sondieren und uns vergewissern, dass Sie ungefährdet in dem Wrack unterkommen können.«

»Warum ausgerechnet das Posbischiff?«, fragte der erste Sprecher. »Warum nicht eins der anderen?«

»Weil der Posbiraumer am nächsten liegt. Wie Captain Onmout schon sagte, in zirka fünf Kilometern Entfernung. Die anderen Schiffe befinden sich mehr als das Zehnfache davon entfernt, außerdem liegt eine Felswand zwischen uns und ihnen, die wir ohne Gleiter nicht überwinden können.«

»Wir sind uns klar darüber«, übernahm wieder Onmout das Wort, »dass es für einige von Ihnen eine Zumutung sein muss, ausgerechnet in einen Posbiraumer umzuziehen, aber Sie können versichert sein, dass wir es für den besten Weg halten. Solange wir auf Perry Rhodan warten müssen, der höchstwahrscheinlich schon auf der Suche nach uns ist, müssen wir uns nämlich noch mit einer zweiten Gefahr auseinandersetzen. Das Problem dabei ist, dass wir im Gegensatz zu den Laren diese zweite Gefahr nicht einschätzen können. Offenbar gibt es irgendetwas auf diesem Planeten, das für jedes höher entwickelte Leben tödlich ist. Wir wissen nicht, ob es sich dabei um eine Krankheit handelt oder etwas anderes. Aber was wir wissen, ist, dass es außer uns und den Laren kein weiteres höher entwickeltes Leben auf Terra Incognita gibt. Solange wir keine Ahnung haben, warum das so ist, müssen wir sehr vorsichtig sein. Ich bitte jeden von Ihnen: Sollte Ihnen etwas auffallen, vielleicht ein seltsames Verhalten eines Nachbarn, eine Veränderung Ihres Gesundheitszustandes, den Sie sich nicht erklären können, oder auch unerklärliche Unruhe oder Unwohlsein, dann melden Sie das umgehend einem meiner Leute von der MINXHAO.«

Während dieser Worte ging Tamra durch die Menge und versuchte herauszufinden, wie die Menschen die Eröffnung aufnahmen, eine weitere Bedrohung hinge über ihnen. Einige wirkten beunruhigt, aber die meisten konnten offenbar mit einer derartig unkonkreten Bedrohung nichts anfangen. Sie diskutierten angespannt miteinander, und fast alle Gespräche kreisten nicht um die namenlose Bedrohung, sondern um die Laren.

Tamra fasste Neko ins Auge. Er stand einfach nur da, die Schultern locker und entspannt, und hörte zu, wie die Leute miteinander stritten. Er bemerkte ihren Blick und er lächelte. Sie wandte sich ab. Dabei stellte sie fest, dass Captain Onmout noch nicht fertig war.

»... darum haben wir uns entschieden, die anderen Schiffswracks ebenfalls untersuchen zu lassen«, sagte er gerade. »Möglicherweise finden wir Hinweise darauf, woran die Besatzungen gestorben sind. Doktor Ian Fouchou hier an meiner Seite« – er deutete auf den dürren Mann mit dem Turban, den Schroeder aus der ORTON-TAPH teleportiert hatte – »hat sich bereiterklärt, die Leichen eines hier abgestürzten alteranischen Kreuzers zu untersuchen und braucht dafür noch einige Freiwillige, die ...«

Ein Aufschrei ließ Onmout verstummen. Irritiert schaute er über die Menge hinweg, wo jetzt ein einzelner Raumkadett auftauchte und wild mit den Armen fuchtelte. Der Mann war blass – so blass, dass er beinahe grün wirkte. Mit energischen Gesten bahnte er sich einen Weg durch die Menge und blieb schließlich vor Onmout stehen.

»Kommen Sie!«, keuchte er.

»Was ist?« Onmout war sichtlich ungehalten, unterbrochen worden zu sein, doch an der Art, wie er die Halsmuskeln anspannte, konnte Tamra erkennen, dass er Unheil kommen sah.

»Der Lare, Sir!« Der Kadett holte tief Luft. Ein wenig Farbe kehrte in sein Gesicht zurück und malte scharf umrissene, rote Flecken auf seine Wangen. »Er ist ... bitte kommen Sie!«

Der Kadett durchquerte die Menschenmenge in umgekehrter Richtung ein zweites Mal. Diesmal teilte sie sich bereitwilliger vor ihm, denn Onmout und Schroeder folgten ihm.

Auch Tamra schloss sich den Männern an. Und sie wünschte gleich darauf, sie hätte es nicht getan.

Sie roch es, bevor sie es sah.

Schwerer, süßlicher Geruch drang aus der Hütte, in der sie den Laren gefangen hielten, und hüllte sie ein.

Dennoch betrat Tamra hinter dem Kadetten, hinter Onmout und Schroeder den Raum.

Der Lare, der noch immer gefesselt auf seinem Stuhl saß, war vornüber gesunken. Rings um seinen Sitz und auf seinem Schoß klebte dickliches, gelbes Blut.

»Sieht so aus«, sagte Onmout kühl, »als habe einer unserer Leute Tatsachen geschaffen.« Er griff dem Laren in die Haare und hob den Kopf an. In dessen Kehle klaffte ein breiter Schnitt.

Tamra schluckte mühsam. Rückwärts ging sie aus der Hütte, und Schroeder, der sich über die Leiche gebeugt hatte, um sie sich genauer anzusehen, registrierte es mit einem kurzen, besorgten Blick.

An der frischen Luft atmete Tamra mehrmals so tief durch, dass ihr davon schwindelig wurde. Sie tat ein paar Schritte, blieb dann stehen.

»Tamra?«

Nekos Stimme ließ sie Luft durch die Zähne ziehen. »Hast du mich erschreckt!«

Er lächelte entschuldigend, aber sie konnte dennoch sehen, dass ihn etwas quälte. Fast hätte sie bei diesem Gedanken laut aufgelacht, so absurd war er. *Natürlich quält ihn etwas!*, sagte sie sich. *Er wird ferngesteuert!*

Dieser Gedanke ließ sie augenblicklich großes Mitleid für ihn empfinden. Egal, wie sehr sie ihn früher für seine Ergebenheit den Laren gegenüber verachtet hatte: In diesem Moment, da sie die Angst in seinem Gesicht las, tat er ihr nur noch leid.

Er wies auf die Hüttentür. »Der Lare«, sagte er und musste sich räuspern, um weitersprechen zu können. »Ich glaube, das war ich.«

»Du?« Tamra legte eine Hand an die Kehle.

Er nickte. »Ich.« Er überlegte. »Mitrade.« Hilflos hob er die Arme und ließ sie wieder fallen. »Sie … ich bin untot, Tamra!«, flüsterte er.

Sie nickte. Plötzlich war ihre Kehle wie mit Glas gespickt. »Ich weiß.« Dann wich sie zurück, von plötzlicher Panik ergriffen. Was, wenn es gar nicht Neko war, mit dem sie gerade sprach?

Neko erriet ihre Gedanken. Er griff nach ihr, aber sie wich ihm aus. »Im Moment bin ich frei«, sagte er. »Das musst du mir glauben, Tamra! Warum sonst sollte ich dir erzählen, dass ich den Laren umgebracht habe?«

Tamra zögerte. Sie konnte keinerlei Anzeichen der Fernsteuerung erkennen. Nekos Bewegungen waren flüssig, und seine Stimme klang klar und deutlich. »Hat sie dich gezwungen, es zu tun?«

»Natürlich.«

Was für eine dumme Frage!, dachte Tamra. Niemals würde der Neko, den sie kannte, der freie Neko, eine Hand gegen einen der Herren erheben. »Aber warum?«, fragte sie. »Was hat sie davon?«

»Sie wollte nicht, dass er noch mehr ausplaudert, als er ohnehin schon getan hat. Vermute ich.«

»Warum hast du gesagt, du *glaubst*, dass du es warst?« Tamra sah, wie Schroeder und Onmout aus der Hütte traten und sich leise unterhielten.

»Weil ich mich nicht erinnern kann, wie ich es getan habe. Ich weiß nur noch, dass ich mit seinem Blut an den Händen aufgewacht bin und versucht habe, es mir abzuwischen.«

Tamra dachte nach. »Das kann nicht sein! Ein Untoter erlebt mit, was geschieht, wenn er ferngesteuert wird. Und er kann sich hinterher auch daran erinnern.« *Das weiß ich aus eigener Erfahrung,* fügte sie in Gedanken hinzu, sprach es jedoch nicht aus. Neko wusste ohnehin Bescheid.

Er nickte, und diesmal sah sie Bedauern in seinem Blick. Für den Moment war sie sich sicher, dass er *er* war und sie nicht Mitrade vor sich hatte. »Bei mir ist es anders. Ich kann mich an das meiste, was ich unter der Fernsteuerung tue, nicht erinnern.«

»Warum erzählst du mir das?« Tamra bemerkte, dass sie noch immer die Hand an der Kehle hatte. Sie ließ sie sinken.

Er kam auf sie zu, diesmal wich sie nicht zurück. »Weil ich nicht weiß, was ich tun soll. Die Fernsteuerung scheint nicht gut zu funktionieren. Heute Nacht zum Beispiel hatte ich das Gefühl, dass ich mich dagegen wehren kann.«

Tamras Blick fiel auf die Verbrennung, die sich in zartem Rosa aus seinem Nacken bis an die Seite des Halses zog. »Vielleicht wurde der Chip beschädigt.«

»Oder das Hypersturmriff stört die Impulse, so wie es den Funk stört.«

Das war ebenso möglich. »Was soll ich tun?«, fragte Tamra.

Neko fiel in sich zusammen. »Egal, was ich über die Laren denke: Sie haben nicht das Recht, mich zu einem Mord zu zwingen!« Sein Blick begann zu flackern, und alarmiert sprang Tamra nach hinten. Er straffte die Schultern. »Hilf mir, dass es …« Er stöhnte leise. *»Huallo, Vöguelchen«,* sagte er dann mit tieferer Stimme. *»Schön, duass wir uns widuasehen!«*

Schroeder diskutierte mit Onmout darüber, wie sie mit der Situation umgehen sollten. Gleichzeitig kreisten seine Gedanken darum, wer einen Grund für den Mord gehabt hatte. Aus dem Augenwinkel nahm er wahr, dass sich Tamra mit Neko unterhielt. Erst als sie vor dem Mann zurückwich, als habe er versucht, sie unsittlich zu berühren, wurde er aufmerksam.

Er sah Tamra blass werden, dann streckte sie die Hand aus und wies auf Neko.

»Nehmen Sie ihn fest!«, schrillte ihre Stimme. »Er hat den Laren getötet!«

Onmout reagierte schneller als Schroeder. Er gab einem seiner Männer einen kurzen Wink. Bevor Schroeder seine Irritation überwunden hatte, hatte der Mann Neko schon den Arm auf den Rücken gedreht und hielt ihn fest.

Neko wehrte sich nicht. Er sank in sich zusammen, und es hatte den Anschein, als sei er plötzlich ohnmächtig geworden. Seine langen, schwarzen Haare verdeckten sein Gesicht, sodass Schroeder nicht feststellen konnte, ob es wirklich so war.

Rasch ging er zu Tamra. »Alles in Ordnung?«

Sie knirschte mit den Zähnen. »Ja. Nein.« Mit einer Geste, die gleichzeitig hilflos und unendlich wütend aussah, warf sie die Arme in die Luft. »Sperren Sie ihn ein«, bat sie Onmout. »Mitrade-Parkk hat ihm einen Fernsteuerchip eingesetzt. Unter ihrem Einfluss hat er den Laren getötet.«

Mitrade-Parkk lief wie ein gefangenes Tier in der Zentrale der KERIGAN-CORT hin und her. Immer, wenn sie an eine Wand kam, trommelte sie mit geballten Fäusten darauf ein, wandte sich dann um und setzte ihren Marsch fort. Ihre Finger schmerzten von der Wucht der Schläge, aber sie merkte es kaum.

Hatte sich denn alles gegen sie verschworen?

An diesem Morgen hatte sie erfolglos darauf gewartet, dass ihre Männer zum Dienst in der Zentrale erschienen. Wütend war sie in die Kabinen der Vasallen gerannt und entsetzt zurückgeprallt. Ein jeder von ihnen lag regungslos und mit weit aufgerissenen Augen auf seiner Pritsche.

Ein jeder von ihnen hatte dieses seltsame flammenartige Muster auf der Stirn.

Mitrade war auf einmal ganz allein auf dem Planeten!

Allein? Sie dachte an die Menschlinge. Sie war nicht allein. Aber sie war die einzige Larin. Was auf das Gleiche hinauskam.

Zu allen anderen Schwierigkeiten jetzt auch noch das!

Kein Wunder, dass sie zu verwirrt gewesen war, um vernünftig zu handeln. Warum nur hatte sie sich in der Fernsteuer-Spinne nicht beherrscht und lieber versucht, Neko davon abzuhalten, den Mord zu beichten, statt Tamra in das entsetzte Gesicht zu lachen?

Festgenommen hatten sie ihn! In der Hütte festgezurrt, in der kurz zuvor noch ihr Untervasall gesessen hatte. Und das jetzt, wo sie ihn dringender brauchte denn je zuvor.

Erneut schlug Mitrade auf die Wand ein. Diesmal platzte die Haut an ihrer rechten Hand, und gelbliches Blut sickerte aus der Wunde hervor. Mitrade leckte es ab.

Einen Schritt nach dem anderen, mahnte sie sich.

Zunächst musste sie einen Weg finden, Neko zu befreien.

Ungefähr eine Stunde, nachdem Neko festgenommen und in der Hütte eingesperrt worden war, wanderte Tamra außerhalb des Lagers zwischen den Felsbrocken hin und her und versuchte, die Unruhe, die sie überkommen hatte, zu bewältigen.

Vom Wrack der ORTON-TAPH erklangen laute Geräusche: ein dumpfes Dröhnen, wie von riesigen Hämmern, die von innen gegen die Raumschiffshülle schlugen, und ein ohrenbetäubend lautes Zischen.

Die Bergungstrupps waren dabei, zwei der Beiboote aus dem Wrack zu befreien, und nutzten die Waffensysteme der kleinen Schiffe, um sich den Weg durch die dicke Bleihülle zu bahnen.

Eine dünne, schwarze Linie fiel Tamra auf, die sich direkt vor ihren Füßen schnurgerade durch den rötlichen Boden zog.

Ein Einschuss von dem larischen Angriff.

Tamra wusste, dass die Unterkünfte rings umher den wissenschaftlichen Mitgliedern der MINXHAO gehörten. Hier irgendwo musste Choo Kwa gestorben sein, die Xeno-Biologin, von der sie hatte erzählen hören.

Tamra ging um einige der Felsen herum. Auch hier sah sie die charakteristischen Schussspuren im Boden, doch etwas anderes ließ sie aufmerksam werden.

Mitten auf einem kleinen Platz stand völlig unbeachtet ein etwa kniehoher Metallkasten.

Tamra ging darauf zu. In glänzender, dunkelroter Schrift war ein Firmenlogo eingeprägt. Hatte nicht irgendjemand erzählt, dass Choo damit beschäftigt gewesen war, ein Bioscan des Planeten anzufertigen, als sie gestorben war? Das hier musste der Scanner sein, von dem man behauptete, er sei bei dem Angriff zerstört worden.

Tamra kniete neben dem Apparat nieder und betrachtete dessen Schalter und Anzeigen. Sie berührte einige von ihnen, und das Gerät erwachte völlig unerwartet zu leise summendem Leben.

Erschrocken zog sie die Hände weg.

Eine Anzeige leuchtete auf, grobkörnig und flackernd. Tamra beugte sich darüber.

Nichts weiter als eine nummerische Anzeige.

8470.

Die Wissenschaftler hatten Recht gehabt: Der Scanner war bei dem Angriff beschädigt worden. Achselzuckend schaltete Tamra ihn aus und nahm ihre Wanderung wieder auf.

»He!« Schroeder trat hinter einem Felsen hervor. »Störe ich?«

»Nein.« Sie blieb stehen. Sofort war die Anspannung so groß, dass sie Tamras Kehle zusammendrückte.

»Ich wollte dir nur sagen, dass wir aufbrechen müssen.« Er wies hinter sich, wo sich die Mitglieder des Teams versammelt hatten, die mit ihm gemeinsam den Posbiraumer sichern sollten.

Tamra nickte. »Wird dir die ganze Springerei nicht langsam zu viel?«

»Vielleicht. Aber wir müssen nicht springen. Wir nehmen eins der Beiboote, das sie aus der ORTON-TAPH herausgeholt haben.«

»Gut. Pass auf dich auf, ja?«

»Mache ich, aber keine Sorge. Da lebt mit großer Wahrscheinlichkeit nichts mehr.«

Was genau ihr Problem war, schoss es Tamra durch den Kopf. Sie schwieg jedoch.

»Was hast du vor?«, fragte Schroeder.

»Ich brauche Beschäftigung. Meine Gedanken machen mich sonst verrückt. Ich dachte, ich melde mich freiwillig, um Fouchou zu begleiten. Immerhin kenne ich mich bei den Wracks aus.«

Schroeder nickte langsam. »Pass du auch auf dich auf!«, bat er. Er zögerte. »Wegen gestern Abend …«

Sie wehrte ab. »Schon gut. Ich wollte dich nicht so anfahren. Es ist nur: Ich habe ziemliche Angst.«

Er griff nach ihrer erhobenen Hand und hielt sie fest. »Ich auch«, sagte er nach einer Weile.

Tamra sah ihn an. Irgendwie wirkte er, als sei eine große Last von seinen Schultern gefallen.

Zwanzig

Eins der Beiboote, die man aus dem Hangar der ORTON-TAPH geholt hatte, trug die Kennung OT-12. Ian Fouchou befand sich bereits an Bord, während Onmout draußen noch die Mitglieder des Teams aussuchte, das ihn begleiten sollte.

Ein wenig gelangweilt sah der Mediziner die Reihe von Freiwilligen an, die dort unten im Schatten des Schiffes standen, bis sein Blick an zwei Frauen haften blieb. Eine von ihnen war relativ klein und so dünn, dass er automatisch an seiner eigenen Gestalt hinabschaute, als er sie wahrnahm. Sie hatte die Haare kurzgeschoren, was ihrem hageren Gesicht mit den brennenden Augen einen noch intensiveren Anblick gab. Fouchou kannte die Frau; er wusste auch, dass sie es gewesen war, die sich um ihn gekümmert hatte, nachdem der Teleporter ihn aus dem Wrack der ORTON-TAPH geholt hatte. Seltsamerweise weckte sie in ihm nicht den Wunsch, mit ihr zu schlafen. Er fuhr sich mit der Zunge über die Lippen und dachte an die rothaarige Gaya-Priesterin, die ihm auf Indigo die Erfüllung aller seiner Sehnsüchte versprochen hatte.

Danach fragte er sich, was Tamra Cantu an sich hatte, dass sie nicht in sein Schema passte, aber er verwandte nicht allzu viel Zeit darauf, denn jetzt fiel sein Blick auf die Frau neben Tamra.

Das war eher ein Weibsbild nach seinem Geschmack!, dachte er und hoffte zugleich, Onmout würde sie als eine seiner Assistentinnen auswählen. Einen ganzen Kopf größer als Tamra war sie, schlank, aber nicht dürr, und ihr herzförmiges Gesicht mit den vollen Lippen und den langen, schwarzen Haaren war genau das, was er am liebsten morgens nach einer langen, anstrengenden Nacht neben sich sehen würde.

Fouchou grinste in sich hinein, als er sah, dass Onmout sowohl Tamra als auch die schwarzhaarige Schönheit in das Schiff befahl. Während die beiden Frauen zusammen mit zwei Männern in voller Kampfmontur die Rampe hinaufmarschierten, tastete er unwillkürlich nach dem kleinen Lederbeutel, den er sich wieder um den Hals gehängt hatte.

»Was starren Sie so gebannt auf das Ding?«

Die tiefe Stimme der dunkelhaarigen Schönheit ließ Fouchou herumfahren. Die Frau stand in der Tür zur Pilotenkanzel, hatte die Schulter gegen den Rahmen gelehnt und wies mit ausgestrecktem Arm auf Fouchous Lederbeutel.

Rasch verstaute er seinen Schatz unter dem Hemd. »Nur so«, sagte er mit freundlicher Stimme. »Das ist ein Erinnerungsstück, nichts weiter.« Er setzte sein strahlendstes Lächeln auf, dann streckte er die Hand aus, um die Frau willkommen zu heißen.

»Tsu-zhi«, stellte sie sich vor. »Onmout hat uns beide Ihrem Team zugeteilt.«

Sie trat einen Schritt in die Pilotenkanzel, und erst jetzt sah Fouchou, dass Tamra in dem Gang hinter ihr stand. Täuschte er sich, oder hatte sie den Blick fragend auf die Stelle seines Hemdes gerichtet, unter der der Lederbeutel verborgen war? Er schüttelte den Kopf und ermahnte sich, nicht paranoid zu werden. Auf dem Flug zum Friedhof der Raumschiffe spürte Tamra zum ersten Mal bewusst, was sie die ganzen letzten Stunden bereits geahnt hatte. Ihr Leib zog sich in einem langanhaltenden, schmerzhaften Krampf zusammen, der sie hart die Luft durch die Zähne ziehen ließ.

Zu ihrer Erleichterung achtete niemand auf sie. Fouchou war damit beschäftigt, die OT-12 zu fliegen und wurde dabei von Tsu-zhi und einem der Soldaten unterstützt. Der andere Soldat befand sich irgendwo im Bauch des kleinen Schiffes und werkelte dort herum. Tamra hatte keine Ahnung, was er tat.

Behutsam legte sie eine Hand auf den Bauch und konzentrierte sich auf das Kind. Sie konnte sein Strampeln spüren, das noch immer dem Flattern eines sehr kleinen Tieres glich. Einen Moment lang gab sie sich dem Wunsch hin, sie könnte es jetzt schon sehen und vielleicht sogar im Arm halten, und die Zärtlichkeit, die sie für das ungeborene Wesen empfand, fühlte sich fremdartig an angesichts der Umstände, unter denen es gezeugt worden war. Mit einem leichten Lächeln auf den Lippen richtete sie den Blick auf die unter ihnen vorbeirasende Landschaft. Sie würden keine zehn Minuten brauchen, um den Friedhof zu erreichen; das hatte Schroeder ihnen gesagt, und er behielt Recht.

Kaum dass sie gestartet waren, drosselte Fouchou bereits die Triebwerke und ließ das Beiboot über der steil abfallenden Felskante schweben, hinter der sich der Friedhof befand.

»Vielleicht sollten wir erst einmal eine Runde drehen«, schlug er vor. »Um uns einen Überblick zu verschaffen.« Und bevor einer der anderen auf seine Worte reagieren konnte, steuerte er das Schiff bereits an der Kante entlang.

Von oben wirkte der Friedhof der Raumschiffe auf Tamra noch imposanter als vom Boden aus. Sie sah das prismenförmige Beiboot, dessen Pilot aus dem Cockpit geschleudert worden war, das kegelförmige Schiff mit dem Leck, den alteranischen Kreuzer und auch das Kathedralenschiff. Es überragte die meisten anderen Wracks um ein Vielfaches und wirkte aus der Höhe wie der Kadaver eines riesigen verendeten Tieres, das ihnen seinen Panzer zuwandte.

Fouchou pfiff leise durch die Zähne und wies auf ein Wrack, dessen äußere Hülle geschwungen war wie ein aufgeblasener, metallischer Diskus. »Ein Kartanin-Schiff«, murmelte er. »Interessant.«

Tsu-zhi wandte den Kopf und rief: »Und da hinten liegt ein Maahk-Raumer. Du liebe Güte, hier scheint ja wirklich die halbe Galaxis havariert zu sein!«

Tamra wollte sich umdrehen, um sich das Methanatmer-Wrack anzusehen, aber plötzlich engte sich ihr Blickfeld ein, und ihr wurde schwindelig. Sie musste sich mit beiden Händen an den Armlehnen des Sessels festhalten, um nicht zu schwanken.

Die Irritation verging so schnell, wie sie gekommen war.

Tamra löste eine Hand und wischte sich über die Stirn, auf der kalter Schweiß stand.

»Was zum Henker war denn das?«, hörte sie Tsu-zhi murmeln.

»Keine Ahnung. Warten Sie, ich wende und dann ...« Fouchou vollführte das angekündigte Manöver, und sofort kehrte die Irritation zurück. Tamras Blick verengte sich zu einer schmalen, grauen Röhre.

Das Beiboot begann zu ruckeln, und Fouchou stieß einen leisen, aber sehr unfeinen Fluch aus. Mit halb geschlossenen Augen und langsamen Kopfdrehungen versuchte Tamra herauszufinden, wo sich die Quelle der Irritationen befand.

Tsu-zhi kam ihr zuvor. »Das Tal dort!«, rief sie. »Irgendwas ist da!«

Sie flogen an einer scharfkantigen Auffaltung des Gebirges vorbei, die sich wie mit zwei geraden Fingern auf die Hochebene erstreckte und Tamra ein wenig an das überwachsene Wrack des Fragmentraumers erinnerte. Die beiden Finger, deren Flanken wie alle Ausläufer des Gebirges viele hundert Meter hoch waren, bildeten ein langgezogenes V-förmiges Tal, an dessen Basis sie vorbeiflogen.

»Das will ich sehen!« Bevor Tamra protestieren oder wegen des irritierenden Einflusses, der aus dem Tal drang, auch nur einen einzigen Ton hervorbringen konnte, schwenkte Fouchou das Beiboot herum und tauchte zwischen die beiden Felsausläufer.

Sofort war Tamras Blick mit einem düsteren, grauen Schleier überzogen. Sie stöhnte auf.

Das Beiboot vollführte einen ruckartigen Sprung nach oben und stieg über die Flanken des Tales in die Höhe. Ein wenig ließ der Einfluss nach.

Tamra schnappte nach Luft. »Was ist das?«

Vor ihnen, am Ende des Tales gerade noch zu erkennen, ergoss sich ein Wasserfall über die Klippen. Er stürzte mehr als 1000 Meter in die Tiefe und überzog seine nähere Umgebung mit einem schillernden Schleier aus Gischt, in dem sich Regenbögen übereinandertürmten.

»Sieht aus wie ein ganz normaler Wasserfall«, sagte Fouchou, doch Tamra war anderer Meinung.

Sie beugte sich vor. »Seht doch! Dort liegt noch ein Schiff!«

Das neue Wrack war unter der aufsprühenden Gischt nur schwer zu erkennen, obwohl es so groß war wie keines der bisher entdeckten. Es hatte eine plump anmutende Walzenform von ungefähr 900 Metern Länge und einen Durchmesser von vielleicht 250 Metern.

»Du liebe Güte, ist das riesig!«

»Ob diese komischen geistigen Impulse von ihm stammen?«

Fouchou biss sich auf die Lippe. »Sieht so aus. Die Richtung stimmt jedenfalls.«

Der Leib des Raumschiffs war beim Aufprall zerplatzt, seine Wandungen von der Kraft des Wassers angegriffen und verwittert. Halb zerschmorte Innereien lagen wie Gedärme herum und brachen die Gischt zu kleinen Kaskaden, die im Licht der Sonne silbern glitzerten.

»Wie halten Sie das aus, Fouchou?«, stöhnte Tsu-zhi und krümmte sich in ihrem Sitz. »Diese Impulse …«

Fouchou, der die Szene die ganze Zeit über mit fasziniertem Blick angesehen hatte, schien wie aus einer Trance zu erwachen. »Sie haben Recht«, murmelte er mit belegter Stimme. »Wir sollten von hier verschwinden.«

Er wendete das Beiboot und flog durch das Tal zurück zu dem Friedhof.

Tamra warf einen nachdenklichen Blick zurück. Die Impulse, die sie verspürt hatte, erinnerten sie stark an jene, die sie aus dem Inneren des Kathedralschiffs vertrieben hatten.

Sie sah Ian Fouchou an und schüttelte sich unmerklich.

In den Augen des Mediziners funkelte es voller Begeisterung und Neugier.

Der Anblick war furchterregend und faszinierend zugleich.

Schroeder hatte das zweite aus der ORTON-TAPH geholte Beiboot, die OT-13, in einer Entfernung von nur 500 Metern vom Wrack des Fragmentraumers gelandet; er stand nun am Fuß der Laderampe und ließ seine Blicke über das Wrack gleiten.

Selbst jetzt, da er wusste, wo es sich befand, waren die Umrisse des Raumers nur schwer auszumachen, so überwuchert und korrodiert war es. Dadurch und durch seine schiere Massigkeit wirkte es wie ein Berg, der sich vor ihnen bis in den Himmel auftürmte. Seine vielgestaltigen Aufbauten, die Antennen, Plattformen, Türmchen und Waffensysteme glichen buckeligen Vorsprüngen und unter der Pflanzenmasse verborgenen Felsen.

»Das liegt schon ziemlich lange hier, würde ich sagen«, hörte Schroeder einen der vier Raumsoldaten murmeln, die Onmout ihrem Team zugeteilt hatte. Der Mann hatte ungefähr seine Größe, doch sein Nacken wirkte gedrungen wie der eines Stieres und wollte so gar nicht zu dem weichen, rosigen Gesicht passen. »Ob sie abgestürzt sind?«

Schroeder maß die Kantenlänge des Wracks ab. »Ein solches Schiff hätte das gesamte Bergmassiv in den Grundfesten erschüttert, wenn es ungebremst aufgeschlagen wäre.«

Eine Frau duckte sich durch die Ladeschleuse der OT-13 und kam die Rampe herunter. »Hat es wahrscheinlich auch. Sehen Sie, wie tief es in den Felsen eingesunken ist! Nur eine Kante und zwei seiner Ecken ragen heraus. Ich würde vermuten, es hat eine Reihe Vulkanausbrüche ausgelöst und danach hat es dann eine ganze Weile gedauert, bis sich das Ganze wieder beruhigt hat.«

»Es liegt lange hier, sag ich ja!«, nickte der Raumsoldat. Er spielte mit dem Griff seiner Strahlenwaffe.

Die Frau, eine hochgewachsene Person mit dem breiten Kreuz einer Kugelstoßerin und den Händen einer Klavierspielerin, warf ihm einen Blick zu. Ihr

Name war Mia Chouwan, und Captain Onmout hatte sie Schroeder zugeteilt, weil sie als ehemalige Raumsoldatin der alteranischen Flotte Erfahrung im Kampf gegen die Posbis hatte. Dass sie wegen einer lesbischen Liebschaft von einem engstirnigen General unehrenhaft aus der Flotte ausgeschlossen worden war, hatte Schroeder auf dem Flug hierher von den Raumsoldaten zugeflüstert bekommen. »Also«, sagte Mia nun und sah dabei Schroeder wie um Erlaubnis fragend an. Er nickte ihr zu, und sie fuhr fort: »Sie wissen alle, warum wir hier sind. Bei der ORTON-TAPH sind sie dabei, die Flüchtlinge für den Marsch zu diesem Raumschiffswrack vorzubereiten. Unsere Aufgabe ist es, es ihnen nett zu machen. Sie wissen, was ich meine. Sehen wir zu, dass wir uns einen Weg ins Innere dieses Schrotthaufens bahnen, suchen wir die passenden Räumlichkeiten, um achttausend Menschen zu verstauen, und fegen wir sie aus.«

Einer der anderen Raumsoldaten, ein Mann, den Schroeder als Yuan kannte, meldete sich. »Meinen Sie«, fragte er, »dass da drinnen noch welche von den Blechköpfen leben?«

Schroeder konnte nicht erkennen, ob er diese Möglichkeit fürchtete oder sich auf sie freute. Yuan war ein drahtiger Typ mit feurigem, irgendwie beunruhigend intensivem Blick. Er wusste nicht, was der Mann ausgefressen hatte, und es interessierte ihn auch nicht.

Er lächelte schmal. »Genau das sollen wir herausfinden. Leutnant Muller hat das Wrack von der ORTON-TAPH aus gescannt und behauptet, es gäbe dort drinnen zumindest kein lebendes Plasma mehr. Ich neige dazu, ihm zu glauben, auch wenn er mehrfach betont hat, dass er die larische Technik nicht gut genug beherrscht, um ganz sicher zu sein.«

Nachdem sie ihr Vorgehen besprochen hatten, gab Schroeder den Befehl zum Aufbruch. Sie drangen durch einen Spalt in das Wrack ein, der in einem ehemals turmartigen Aufbau klaffte. Um ihn zu erreichen, mussten sie über einen moosbewachsenen Abhang klettern, der sich in steilem Winkel in den Himmel erhob.

Der Riss in dem Aufbau wirkte wie der Eingang zu einer Höhle, und im ersten Moment roch es in ihm auch so.

Als sie in eine Halle von riesenhaften Ausmaßen traten, umfasste Schroeder unwillkürlich seine Waffe fester.

Tamra aktivierte den Anzugkom und rief nach Schroeder. Er meldete sich fast sofort, doch seine Stimme klang undeutlich und verwaschen. Zwar wurde sie diesmal nicht von Störungen überlagert, doch er war nur schwer zu verstehen.

»Wir sind gerade in das Wrack eingedrungen«, erklärte er. »Sieht nett aus hier.«

Tamra erzählte ihm in knappen Sätzen, was sie entdeckt hatten. Sie beschrieb den Wasserfall und das fremde Raumschiff. »Wir haben ein Kartaninschiff und einen Maahk-Raumer identifiziert, aber bei diesem hier haben wir keine Ahnung, worum es sich handeln könnte.«

»Walzenförmig?«, überlegte Schroeder. »Das kann alles Mögliche sein. Und du glaubst, die seltsamen Impulse kamen von dort?«

»Von dem Schiff oder aber dem Wasserfall selbst, so genau ließ sich das nicht ausmachen. Auf jeden Fall ähnelten sie denen, die wir in dem Kathedralenschiff wahrgenommen haben.«

»Was habt ihr jetzt vor?«

»Wir fangen wie geplant mit dem alteranischen Friedhof an. Fouchou landet gerade.« Ein neuer Krampf zog Tamras Unterleib schmerzhaft zusammen, und sie unterdrückte ein Stöhnen. Zu ihrer Erleichterung schien Schroeder es wegen der schlechten Verbindung nicht gehört zu haben, doch Tsu-zhi wandte ihr den Kopf zu und musterte sie fragend.

Tamra zwang sich zu einem Lächeln. Sie wusste, dass sie blass war.

Die schwarzhaarige Frau hob eine Augenbraue, schwieg jedoch.

»Passt auf euch auf!«, sagte Schroeder. Er war jetzt kaum noch zu verstehen, seine Stimme klang wie ein Windhauch. »Die Schiffswände scheinen uns voneinander abzuschirmen. Wir sollten Schluss machen.«

Tamra wollte etwas erwidern, doch in diesem Moment war er fort. Sie legte eine Hand auf ihren Leib und fühlte, wie das Kind dagegenboxte. Die Nachwirkungen der geistigen Impulse hatten sie erschöpft, doch jetzt ließen sie langsam nach. Dennoch war Tamra froh, als Fouchou das Beiboot sanft zwischen den Wracks landete und sie der stickigen Luft in der engen Pilotenkanzel entkam.

Einundzwanzig

Der erste Eindruck, der über Schroeder und die anderen hereinbrach, war totale Desorientierung.

»Bei allen vier Müttern«, ließ sich Yuan vernehmen, »hier kriegen wir die Flüchtlinge nie rein!«

Sie standen auf einer kleinen Plattform, die in flachem Winkel kaum zwei Meter über den Fußboden hinausragte. Schroeder musste die Beine leicht spreizen, um das Gefälle auszugleichen. Das Sonnenlicht, das durch den Eingang fiel, reichte nicht weit, und aus diesem Grund hatten die Männer und Mia ihre Anzuglampen angeschaltet und leuchteten das Innere des Wracks aus.

Wie lange, bleiche Finger wanderten Lichtstrahlen durch die staubige Luft, die in Schroeders Nase kribbelte. Bizarre Einzelheiten wurden aus der Finsternis gerissen.

Die gegenüberliegende Wand ragte in einem ähnlichen Winkel in die Höhe wie die Plattform in den Raum, und sie war übersät mit würfelförmigen Gebilden, die absurde Labyrinthe bildeten. Schmale, brückenartige Stege entsprangen aus den Kreuzungen der irrsinnig anmutenden Wege und ragten wie federnde Antennen meterweit in den leeren Raum hinaus, um sich an ihrem Ende fächerförmig aufzuspannen. Auf diesen fächerförmigen Oberflächen gab es neue Würfel, neue Labyrinthe, neue Antennen und darauf weitere Fächer. Schroeder blinzelte gegen die Verwirrung seiner Sinne an. Der Anblick erinnerte ihn an eine Mischung aus Fraktalen und den psychedelischen Bildern eines Holokünstlers, auf dessen Bildern sich beim Hinsehen die Perspektiven rasant verschoben und ineinanderschachtelten.

Und alles wurde noch dadurch verschlimmert, dass sämtliche anderen Wände mit ähnlichen Gebilden bewachsen waren. Es wäre unmöglich gewesen, sich eine Meinung darüber zu bilden, wo oben und unten war, hätte die Schwerkraft von Terra Incognita es ihnen nicht gezeigt.

Zu Schroeders Erstaunen waren nirgendwo Posbis zu sehen. Sämtliche Gänge und Plattformen waren völlig leer, es gab keine Roboterwracks, wie es nach dem Absturz eines so großen Körpers wie des Fragmentraumers zu erwarten gewesen wäre.

Schroeder dachte an Mias flapsige Bemerkung und verzog das Gesicht. »Wenn ihr mich fragt«, sagte er und verfiel automatisch in die vertrauliche Anrede, die er aus der Milchstraße gewohnt war, »hat hier schon jemand ausgefegt.«

»In Posbi-Schiffen gibt es keine Schwerkraft«, informierte Mia die Soldaten, die nicht so viel Erfahrung mit den Maschinen hatten wie sie selbst. »Posbis sind keine menschlichen Wesen. Kategorien wie oben und unten sind nicht wichtig für ihre mentale Stabilität. Für sie zählt nur Effektivität und Ökonomie. Sie haben den zur Verfügung stehenden Platz bestmöglich genutzt, würde ich sagen.«

»Wenn wir die Menschen hierher bringen«, sagte Yuan dumpf, »haben wir innerhalb von einer Stunde das absolute Chaos.«

»Nicht, wenn wir uns Räume weiter im Inneren aussuchen.« Mia rückte den Gürtel zurecht, an dem ein Strahler hing, dessen Lauf ihr bis ans Knie reichte. »Kleinere.«

Sie wies auf eine Stelle in einigen Metern Entfernung. Einer der Soldaten schwenkte seine Lampe dorthin, und eine trapezförmige Öffnung tauchte auf. Ein Gang.

Vorsichtig kletterten sie über die schräge Ebene. Schroeder schickte zwei Raumsoldaten voraus und folgte ihnen gemeinsam mit Mia. Auch hier war alles um wenige Grad aus dem Lot geraten. Der Fußboden – oder das, was sie im Moment für sich als solchen definiert hatten – fiel leicht nach links ab, und schon bald spürte Schroeder seine Fußgelenke, die mit einem dumpfen Pochen gegen das beständige Ausgleichen der Schräge protestierten.

In die Wand zu ihrer Linken waren in regelmäßigen Abständen kreisrunde Löcher eingelassen, hinter denen sich Räume von der Größe eines Tennisfeldes befanden. Einer der Raumsoldaten leuchtete durch das erste Loch. »Leer«, kommentierte er.

Schroeder betrat den Raum und sah sich um. Wie eine Wohnung wirkte er, aus der die Bewohner vor langer Zeit ausgezogen waren. Staub lag in den Ecken, aber sonst war nichts zu sehen – wenn man von großen, viereckigen Schächten absah, die aus allen vier Wänden und auch dem Boden und der Decke abzweigten.

Vorsichtig näherte sich Schroeder dem Schacht auf dem Boden und warf einen Blick hinein. Er war tief, so tief, dass sein Grund in undurchdringlicher Schwärze verschwand.

Schroeder sah genauer hin und stellte fest, dass er sich getäuscht hatte. In Wirklichkeit ließ sich die Tiefe des Schachts nicht feststellen, denn er war mit einer nebelartigen Substanz gefüllt, die in der Luft schwebte wie Tintenfischfarbe im Wasser. Eigenartig substantiell sah sie aus, nicht wie Nebel, sondern eher so, als könne man sie anfassen und zur Seite schieben.

Schroeder wollte gerade in die Hocke gehen und die Hand ausstrecken, um den zweiten Eindruck zu überprüfen, als der Schrei des anderen Soldaten zu ihnen herüberhallte.

»He!«, brüllte er, und seine Stimme dröhnte in den mächtigen Innereien des Schiffes. »Kommt mal her! Das glaubt ihr einfach nicht!«

Die Stille im Inneren des Kathedralschiffs war noch immer dick und beängstigend. Nur Fouchous hastiges Atmen war zu hören, als er gemeinsam mit Tamra, Tsu-zhi und einem ihrer Soldaten, einem Mann mit Namen Lee, die Gräberreihen entlangging und die Inschriften entzifferte.

»Ein deutliches Schema«, murmelte er ein ums andere Mal. »Sie hatten Recht.« Ganz am Ende der Reihe blieb er stehen, die Oberlippe zwischen die Zähne gezogen und nachdenklich daran herumkauend. »Da hinten muss die Leiche liegen, die Sie gefunden haben, nicht wahr?«

Tamra konnte kaum nicken, als der Mediziner sich auch schon wieder in Bewegung setzte. Er ging vor der Leiche in die Hocke und betrachtete sie einige Minuten lang, bevor er sie berührte.

Tamra sah seiner Untersuchung eine Weile zu und fragte sich, warum sie mitgenommen worden war. Sie hatte bisher nichts zu tun gehabt, außer sich in der hallenden Stille zu gruseln. Als Fouchou fertig war, richtete er sich auf. Mit nervösen Fingern nestelte er eine kleine, zusammenklappbare Schaufel von seinem Gürtel und blickte unschlüssig darauf nieder. Ohne ein Wort reichte er die Schaufel an Lee weiter.

»Öffnen wir die Gräber«, sagte er.

Und Tamra wusste, warum man sie mitgenommen hatte. Wortlos griff sie nach ihrer eigenen Schaufel.

Die Erde war locker, und das Graben fiel leicht. Bald hatten sie den Toten freigelegt und sahen einen Augenblick lang ehrfürchtig darauf nieder.

Er war in ein Tuch eingeschlagen worden, bevor man ihn begraben hatte. Fouchou und Tsu-zhi öffneten es. Viel war nicht zu erkennen.

Ein Skelett, sauber von allem Fleisch entblößt, aber noch immer in den Überresten einer Uniform steckend.

Fouchou beugte sich vor und fasste den Stoff genauer ins Auge. »Sehen Sie das?«, fragte er Tsu-zhi.

»Natürlich.«

Tamra blickte an der Frau vorbei. Gerade wollte sie fragen, was die beiden meinten, als sie es selbst sah. Der Schädel des Toten war nicht unversehrt. Mitten auf seiner Stirn prangte etwas, eine seltsame, flammenartige Struktur, die aussah, als sei der Knochen an dieser Stelle geschmolzen und dann zu einer glatten, glasartigen Materie gehärtet.

Sie starrte den Schädel an. Ein anderes Bild schob sich vor ihr inneres Auge. Das Bild der jungen Frau, die bei dem Larenangriff getötet worden war. Sie hatte keinerlei Schussverletzungen gehabt.

Aber eine ganz ähnliche Struktur auf der Stirn.

Das Ende des Gangs befand sich hinter einer rechtwinkligen Biegung. Schroeder und Mia umrundeten sie gleichzeitig.

»Das ist doch …« Mia verstummte und stieß einen langgezogenen Pfiff aus. »Was ist das?«

Schroeder konnte die Frage nicht beantworten. Sie befanden sich auf einer Galerie, ganz ähnlich jener, auf der sie das Wrack betreten hatten. Diese hier war ein ganzes Stück größer, und sie war nicht die einzige. Wie Logen in einem Theater von gigantischen Ausmaßen klebten Tausende von ihnen an den hochaufragenden Wänden und gaben den Blick frei auf eine Halle, die so groß war, dass die gegenüberliegenden Seiten, die Decke und auch der Fußboden in der Dunkelheit verschwanden. Keine ihrer Anzuglampen war stark genug, um sie auszuleuchten.

Filigrane Gebilde baumelten in langen Reihen über- und nebeneinander. Sie sahen aus wie Kokons und hingen zu Tausenden an silbernen Fäden, die wie Wäscheleinen von Loge zu Loge gespannt waren. Jeder dieser Kokons enthielt einen Posbi. Alle Roboter waren offenbar seit langer Zeit deaktiviert. Die metallischen Oberflächen wirkten im Licht der Lampen stumpf und angelaufen, sämtliche Sensoren schwarz und leer.

In ihrer schieren Masse sahen die aufgehängten Kadaver – ein anderes Wort fiel Schroeder bei diesem absurden Anblick nicht ein – geradezu unheimlich aus.

»Ihr könnt mich für verrückt halten«, murmelte Mia, »aber in meinen Augen sieht das aus wie ein verdammter Posbifriedhof.«

Schroeders Blick fiel auf eine kleine Schalttafel. Sie war in der Wand neben dem Durchgang angebracht, und direkt neben ihr verschwand das silberne Seil in der Wand. Schroeder streckte die Hand aus, zögerte aber.

Dann gab er sich einen Ruck.

Er drückte den oberen der beiden münzgroßen Knöpfe. Im nächsten Moment erwachte das Seil zu leise singendem Leben. Wie eine Saite, die man gespannt hatte, vibrierte es leicht, und es dauerte einen Augenblick, bis Schroeder begriff, dass es sich bewegte.

Der Erste der glänzenden Kokons mit der matten Posbileiche darin erreichte die Plattform und setzte sanft auf ihrer Oberfläche auf.

Und dann brach rings herum die Hölle los. Auch der zweite Alteraner, den sie exhumierten, hatte diese flammenartige Struktur auf der Stirn. Ebenso der dritte, und auch der vierte.

Seufzend richtete Fouchou sich auf und drückte beide Hände in sein Kreuz. Unter seinem Hemd pendelte der Beutel sanft gegen seine Brust, als wolle er ihn mit seinen Versprechungen locken. Er ignorierte ihn. »Sieht so aus, als könnten wir davon ausgehen, dass dieses Flammenmuster bei allen zum Vorschein kommt. Jetzt müssen wir klären, ob es auch etwas mit ihrem Tod zu tun hat.« Er griff nach dem Hyperkom, um Captain Onmout und Schroeder über ihre Entdeckung zu informieren, doch ein Ruf Tamras ließ ihn innehalten.

Die junge Frau drückte die Hände gegen die Schläfen, und während Fouchou sich noch fragte, was sie hatte, brach es auch über ihn herein. Ein unsägliches Gefühl von Panik füllte ihn aus, ließ seine Nerven vibrieren und sein Herz rasen.

»Da!« Tamras Rechte löste sich von ihrem Kopf und wies zu einer Stelle in der Kathedralenkuppel.

Ein mattes, blaues Leuchten war dort erschienen. Fouchou hörte Tamra würgen und sah, wie sie in die Knie ging. Der Soldat stand noch aufrecht, doch auch auf seinen Zügen war das Entsetzen zu erkennen. Tsu-zhi stand hinter Fouchou. Er wollte sich auch zu ihr umwenden, konnte es aber nicht. Seine Beine waren wie mit Blei gefüllt.

In diesem Moment erscholl ein leises, kindliches Wimmern, und wenn es überhaupt möglich war, so steigerte sich die Panik in Fouchous Brust noch einmal.

»Verdammt, woher kommt das?«

Schroeder hörte die Stimme des Raumsoldaten durch das rhythmische Krachen des Thermostrahlers, mit dem er auf den Beschuss aus den Tiefen der Halle antwortete.

»Rückzug!«, rief er und winkte Mia und die anderen durch den Durchbruch in den Gang. Nur um Haaresbreite verfehlte ihn einer der gegnerischen Schüsse, und die Wucht, mit der der Energiestrahl dicht neben seiner Schulter in die Wand schlug, riss ihn von den Füßen und ließ ihn vorwärtstaumeln.

Eine kräftige Hand packte ihn am Arm, und er fühlte, wie er wieder auf die Füße gestellt wurde.

Übergangslos verstummte das gegnerische Feuer.

»Was sollte das denn?«, keuchte Mia. Der Schreck stand ihr ins Gesicht geschrieben, und Schroeder fragte sich, wie viel Erfahrung mit Feuergefechten sie wohl haben mochte.

Sie schien seine Zweifel zu spüren, denn sie straffte sich sofort und setzte eine kühle Miene auf.

»Ein Posbifriedhof«, sagte Schroeder und wies über seine Schulter in Richtung der riesigen Halle. »Ich habe davon gehört, dass es so was geben soll, aber bisher habe ich nicht wirklich daran geglaubt.«

»Sie meinen …« – der Soldat, der als Erster auf das Feuer reagiert hatte, wirkte atemlos – »… die deponieren hier ihre Toten? Zum Teufel, ich dachte, das sind Roboter!«

»Nur zum Teil. Sie haben auch eine biologische Komponente. Bei manchen von ihnen ist die der dominante Teil und …« Das Signal seines Hyperkoms unterbrach Schroeder. »Ja?«

»Startac?« Es war Tamra, und sie klang seltsam. Belegt und irgendwie aufgeregt.

»Was ist?«

»Wir haben etwas herausgefunden.« Sie erzählte ihm von der Flammenspur auf der Stirn der Leichen, die sie ausgegraben hatten. »Und kurz darauf ist dieses Panikgefühl über uns hereingebrochen, das wir beide auch schon einmal empfunden haben. Ein seltsames blaues Leuchten entstand in der Kuppel des Kathedralschiffs und verschwand dann wieder.«

»Und gleichzeitig verschwand auch die Panik?«

»Ja. Choo hatte dieselbe Markierung auf der Stirn wie die Toten hier«, erinnerte Tamra ihn. »Meinst du, dass das, was die anderen Gestrandeten umgebracht hat, bei uns angefangen hat, ohne dass wir es bemerkt haben?«

Schroeder hörte, wie Yuan und die anderen über Posbis diskutierten. »Möglich wäre es. Aber wenn Choo wirklich durch diese Ursache starb, hat es wieder aufgehört. Erinnere dich an den Rhythmus, den wir anhand der Grabsteine festgestellt haben.«

»Mister Schroeder?« Die Stimme erklang, bevor Tamra etwas erwidern konnte. »Ian Fouchou hier. Ihnen ist klar, dass der Larenüberfall vielleicht den Beginn des Sterbens verdeckt hat. Möglicherweise wären die anderen Opfer innerhalb der nächsten Tage verstorben.«

Schroeder rieb sich über den Mund. »Das würde bedeuten, dass wir es mit einer Krankheit zu tun haben, meinen Sie? Etwas, das Besitz von den Gehirnen der Opfer ergreift?«

»Wir haben noch gar keinen Anhaltspunkt, womit wir es zu tun haben. Mir war nur wichtig, Sie wissen zu lassen, dass diese Xeno-Biologin möglicherweise das erste Opfer war.«

»Ich danke Ihnen«, sagte Schroeder. »Haben Sie sonst noch etwas?«

Da Fouchou verneinte, gab Schroeder einen kurzen Bericht über den Angriff der Posbis ab. »Wir haben Grund zu der Annahme, dass es sich dabei um einen automatischen Abwehrmechanismus gehandelt hat. Offenbar haben wir die letzte Ruhestätte ihres Volkes gestört. Tamra?«

»Warte mal.« Einen Moment lang war es still, dann erklang ihre Stimme wieder. »Ich muss Schluss machen.« Bevor Schroeder noch etwas sagen konnte, hatte sie die Verbindung unterbrochen.

Mit halbem Ohr nur hatte Tamra wahrgenommen, was Ian Fouchou neben ihr vor sich hin gemurmelt hatte. Doch die Worte hatten eine Saite in ihr zum Klingen gebracht, sodass sie das Gespräch mit Schroeder einfach unterbrochen hatte.

Ein Heim fern der wahren Heimat ...

Sie sah den Mediziner fragend an, doch er schien sie überhaupt nicht wahrzunehmen, sah mit leerem Gesichtsausdruck hoch. Bevor Tamra ihn anstoßen konnte, erklang Tsu-zhis Ruf. »Kommt mal her, ich habe hier etwas!«

Die dunkelhaarige Frau wartete, bis Tamra und auch Fouchou heran waren, bevor sie einen kleinen, ungefähr einen halben Zentimeter hohen und zwei Zentimeter im Quadrat messenden Kasten hochhielt.

»Ein Holospeicherkristall!«, entfuhr es Fouchou. »Glaubst du, er ist intakt?«

»Keine Ahnung. Die letzte Leiche, die ich untersucht habe, hatte ihn in der Tasche.«

Tamra warf einen Blick über Tsu-zhis Schulter zu den exhumierten Leichen, die ordentlich nebeneinander lagen, wie aufgebahrt. Fouchou hatte sich für die Untersuchung die vierte Leiche eines der zuletzt angelegten Gräber ausgesucht.

Falls die Alteraner etwas über den Grund ihres Sterbens herausgefunden hatten, war die Chance, in den letzten Gräbern einen Hinweis darauf zu finden, am größten.

Tsu-zhi musste erst eine Abspieleinheit aus dem Beiboot holen, und während sie fort war, wanderte Tamra zwischen den Gräbern herum, schaute immer wieder in die gewölbte Kuppel des Kathedralenschiffs hinauf und lauschte angespannt, ob das unheimliche Wimmern wieder zu hören war.

Ohne dass sie etwas dazu tat, kamen ihr wieder Fouchous Worte in den Sinn.

Ein Heim fern ...

Sie gab sich einen Ruck.

»Doktor Fouchou?«

Der war gerade damit beschäftigt, eine Schaufel vom Dreck zu reinigen. Er sah auf. »Ja?«

»Waren Sie jemals auf Caligo?«

Ein rasches Blinzeln. »Warum?«

»Nur so. Das Zitat, das Sie vorhin benutzt haben ... es ist ein geflügeltes Wort in Dekombor. Ich dachte nur ...«

Ein Ausdruck von Erleichterung überzog sein Gesicht, und er lachte auf. »Ach so! Ich habe es wohl von einem Ihrer Flüchtlinge aufgeschnappt.« Er sagte es hastig, fast schuldbewusst, doch der Schmerz in Tamras Unterleib verstärkte sich auf einmal wieder und lenkte sie von einer Nachfrage ab. Sie nickte, und er wandte sich wieder seiner Arbeit zu. Nach kurzer Zeit verwandelte sich der Schmerz in ein unangenehmes Ziehen. Tamra legte eine Hand auf den Leib.

Schließlich kehrte Tsu-zhi mit der Abspieleinheit zurück. Sie ging in die Hocke, balancierte das Gerät auf den Knien und schob den Speicherkristall in den dafür vorgesehenen Schlitz. »Mal sehen, ob wir mit diesem larischen Kram da herankommen«, murmelte sie.

Sie brauchte fast zwei Stunden, bis sie es schaffte, dem Speicherkristall seine Informationen zu entlocken. Dann jedoch sprang aus dem Abspielgerät wie ein Schachtelteufel eine sich drehende, mehrfach in sich gewundene Spirale in die Höhe.

»Interessant«, sagte Fouchou. »Die Holotechnik ist offenbar bemerkenswert ähnlich.«

Tsu-zhi legte einen Finger an die Lippen und lauschte. Die Aufzeichnung war schlecht zu verstehen, da sie von Rauschen und einem rhythmischen Knistern überlagert wurde. Dennoch hörte Tamra genug, um sich ein Bild machen zu können.

»30. März 4898«, erklang eine weibliche Stimme. »Seit drei Tagen sind wir jetzt auf diesem Planeten, und unsere Hoffnung auf Rettung löst sich langsam in

Luft auf. Wenn die anderen Schiffe unseres Konvois den Hypersturm überstanden haben, haben sie offenbar unsere Spur verloren.« Es folgte eine längere Beschreibung des Plateaus, wie Tamra es kannte. Dann fuhr die Frauenstimme fort: »Das Fehlen jeglicher Fauna ist ungewöhnlich, und mehr noch: Es scheint einige von uns sehr nervös zu machen. Ich kann es nicht nachvollziehen, aber ich spüre, wie sich Jane und Hong gegenseitig hochschaukeln. Sie reden immer wieder von irgendwelchen Panikattacken, unter denen sie zu leiden haben, aber ich ...« Tsu-zhi spulte die Aufzeichnung ein ganzes Stück vor und ließ sie dann weiterlaufen. »... der Tod von Leutnant Hong hat uns alle geschockt. Keiner von uns hat eine Ahnung, was ihn getötet haben könnte, und auch diese kristalline Flammenspur auf seinem Schädel bietet uns keinerlei Anhaltspunkte.«

Tsu-zhi sah von der sich drehenden Spirale auf. »Kristalline Flammenspur«, murmelte sie und spulte erneut vor. Wieder erklang die Stimme, diesmal jedoch um ein ganzes Stück entsetzter als zuvor. »Das Sterben ist nicht zu stoppen. Es ist erschreckend, mit anzusehen, wie wir immer weniger werden. Jane hat heute Morgen ...«

Den Rest des Satzes bekam Tamra nicht mehr mit, denn plötzlich überfiel sie eine solche Panik, dass sie aus ihrer kauernden Position hochfuhr. Unruhig sah sie sich um.

»Was haben Sie?« Fouchous Gesicht schwebte dicht vor ihr, aber sie konnte ihm nicht antworten.

Wie aus weiter Ferne herangeweht war das Wimmern eines kleinen Kindes zu hören.

Jason Neko bewegte die Hände, die man ihm auf dem Rücken festgebunden und dann an einem grob zusammengezimmerten Stuhl fixiert hatte. Die Durchblutung war durch die Fesseln gestört, und seine Finger kribbelten unangenehm. Außerdem schmerzte sein Steißbein vom langen Sitzen auf dem unbequemen Hocker.

Um sich abzulenken, richtete er seine Gedanken auf Mitrade-Parkk. Er hatte noch immer nicht herausgefunden, wann sie ihm den Fernsteuerchip eingesetzt hatte, aber nicht das beschäftigte ihn derzeit. Vielmehr grübelte er über jenen Moment nach, in dem er sich mit dem larischen Blut an den Händen auf dem roten Boden wiedergefunden hatte. Kurz nach seiner Festnahme waren ihm Zweifel an seiner eigenen Rolle in dieser Angelegenheit gekommen. Wie die verschwommene Erinnerung an einen Alptraum war ein Bild in seinem Kopf aufgeblitzt: er selbst, der mit dem Messer in der Hand vor dem gefesselten Laren gestanden und gezögert hatte. Deutlich spürte er das Nachlassen der Fernsteuerung und den Wunsch, die Klinge sinken zu lassen. Doch jemand trat neben ihn, nahm seine Hände und zwang sie in Richtung der dunkelhäutigen Kehle.

Neko schloss die Augen, um das schlaglichtartige Bild zu vertreiben. Zu seiner Erleichterung endete die Erinnerung genau in jenem Moment, als das Messer die Haut des Laren ritzte, und er war sich sicher, dass in diesem Augenblick die Fernsteuerung wieder eingesetzt hatte. Die Erkenntnis jedoch, die sich aus dem Erinnerungssplitter ergab, war erschreckend, denn die Hände, die nach den seinen gegriffen hatten, waren menschlich gewesen.

Mitrade hatte einen Helfer unter den Alteranern!

Neko zermarterte sich das Gehirn auf der Suche nach einem weiteren Fetzen Wissen, doch so sehr er sich auch anstrengte, er hatte das Gesicht des anderen nicht gesehen.

Voller Wut versuchte er, die Hände von den Fesseln zu befreien. Er drehte die Arme hin und her, bis der Strick tief in seine Haut schnitt und seine Fasern schmerzhaft über das Fleisch scheuerten. Erst, als der Schmerz zu stark wurde, gab er auf.

Enttäuscht und verwirrt ließ er den Kopf auf die Brust sinken. Vielleicht hatte er ja auch einfach nur den Verstand verloren. Vielleicht ertrug sein Gehirn es nicht, dass er gemordet hatte, und gaukelte ihm auf diese Weise vor, unschuldig zu sein. Er ruckte hoch. War er nicht ohnehin unschuldig? Er konnte nichts dafür, was mit seinem Körper geschah, solange Mitrade ihn kontrollierte.

Frustriert sank er in einen dumpfen Halbdämmer.

Er erwachte daraus erst, als jemand die Hütte betrat und sich an seinen Fesseln zu schaffen machte.

»Was jetzt?«, fragte er und verrenkte sich den Hals, um zu sehen, wer hinter ihm stand.

Es war einer von Onmouts Raumsoldaten, ein Mann mit ungewöhnlich heller Haut und fast weißen Haaren. »Nichts«, sagte er. »Doktor Fouchou hat mich gebeten, mich um Sie zu kümmern, wenn der Treck loszieht. Das ist alles.«

Zweiundzwanzig

Plötzlich wurde die staubige Luft im Inneren der kathedralenartigen Halle erneut von diesem blauen Leuchten erfüllt.

Tamra standen am ganzen Körper die Haare zu Berge.

»Was ist das?« Von solcher Furcht erfüllt war die Stimme Fouchous, dass sie Tamras eigene Angst noch einmal steigerte.

Sie wollte laufen, fort, raus aus dem Raumschiffswrack, konnte sich aber nicht bewegen. Ihre Füße klebten am Boden, und als sich das blaue Leuchten noch verstärkte, fuhr ein scharfer Schmerz durch den Unterleib.

Mit einem Stöhnen krümmte sie sich.

»Sehen Sie!«, hauchte Fouchou.

Aus der Höhe des Raumes senkten sich zwei flammenartige Gebilde herab. Wieder erklang das kindliche Wimmern, und Tamra begriff, dass es von diesen beiden Flammen ausging. Ihre Hände zuckten an den Kopf, denn es fühlte sich an, als entstehe das Wimmern direkt in ihrem Schädel.

Es waren die Flammen, die das blaue Licht aussandten. Tamra sah gebannt zu, wie sie mitten in der Luft stehen blieben, als müssten sie sich orientieren. Sie zuckten ein Stück näher, verharrten dann wieder. Das blaue Leuchten umfloss ihre Gestalt wie ein halbmaterieller Halo, änderte seine Farbe von dunklem Indigo bis hin zu hellem Türkis und wieder zurück.

Und erneut sandten die Flammen dieses seltsame wimmernde Geräusch aus.

Im nächsten Moment machte Tsu-zhi einen Schritt auf sie zu.

»Nein!«, flüsterte Fouchou, doch die Frau hörte ihn nicht. Eine der beiden Flammen zitterte in der Luft, dann näherte sie sich Tsu-zhi. Die andere zischte davon. Die Frau tat noch einen Schritt, und nun schwebte die Erscheinung so dicht vor ihr, dass sie sie berühren konnte. Langsam streckte sie den Arm aus.

Die Flamme tanzte gegen ihre Fingerspitzen. Tsu-zhi zuckte zurück. Die Erscheinung verharrte dicht vor ihrem Gesicht, als warte sie auf etwas. Ihr Licht changierte in allen Tönen der Blauskala.

Tamra wollte schreien, wollte sie warnen, konnte sich aber noch immer nicht gegen die Panik zur Wehr setzen. Hilflos sah sie zu, wie Tsu-zhi erneut die Hand hob und diesmal zuließ, dass das Ding nicht nur ihre Finger berührte, sondern auch ihre Handfläche, dann ihren Unterarm. Tsu-zhi kicherte.

Die Flamme wanderte weiter ihren Arm hinauf. Als sie Tsu-zhis Hals erreichte, wollte die junge Frau sie abwehren, doch die Erscheinung schien jetzt ein Ziel zu haben. Mit einem kurzen Zucken sprang sie hinauf in Tsu-zhis Gesicht und setzte sich mitten auf die Stirn.

Und verschwand einfach durch die Haut und den Knochen dahinter im Kopf der Frau!

Tsu-zhi wankte rückwärts.

Sie drückte die Hände gegen die Schläfen, schüttelte den Kopf, doch es nützte nichts. Voller Grauen sah Tamra die Spur, die auf ihrer Haut entstanden war. Glatte, glasartige Flammen wie eine lange verheilte Narbe.

Instinktiv tastete Tamra nach der Narbe an ihrer Stirn.

Tsu-zhi öffnete den Mund, um zu schreien, doch ihre Stimmbänder schienen ihr nicht mehr zu gehorchen.

»Nein!«, hörte Tamra Fouchou neben sich schluchzen.

Tsu-zhis Lider weiteten sich, dann brach sie wie vom Blitz gefällt zusammen.

»Selbstmord!« Mia blies die Wangen auf, was ihr ein grimmiges Aussehen gab. »Ich glaube nach wie vor, dass Ihnen die Sonne nicht bekommen ist, Schroeder!« Genervt warf sie die Arme in die Luft. Sie hatten Stunden damit zugebracht, die angrenzenden Hangars und Räume zu durchsuchen, und bis auf die Halle mit den Kokons hatten sie nirgends auch nur eine Spur von Posbis gefunden. Zu seinem eigenen Erstaunen war es Schroeder gelungen, die überall gegenwärtige Deckenbeleuchtung einzuschalten. Zwar gaben die Leuchtkörper nach all der Zeit nur noch schwaches gelbes Licht von sich, aber es reichte aus, um auf die Anzuglampen verzichten zu können.

Ermutigt durch dieses günstige Zeichen und nach langer Suche endlich davon überzeugt, dass ihnen von den Posbis keine Gefahr mehr drohte, hatte Schroeder zunächst Onmout benachrichtigt, der die Flüchtlingstrecks auf den Weg geschickt hatte, und dann eine Theorie aufgestellt. »Was, wenn die Posbis gemeinsam Selbstmord begangen haben?«, hatte er gefragt und den ungläubigen Ausdruck in Mias Gesicht ignoriert. »Wenn sie auf diesem Planeten gestrandet sind und begriffen haben, dass sie nie wieder von hier wegkommen, wäre das für ein positronisches Gehirn eine logische Konsequenz.«

Jetzt lächelte er Mia schmal an, um auf ihre hervorgestoßene Beleidigung zu reagieren. »Mag sein«, gab er zu, »dass diese Theorie gewagt ist.«

»Gewagt?« Mia lachte auf. »Völlig verrückt, wenn Sie mich fragen! Sie haben gerade eben gesagt, dass die Posbis eine biologische Komponente haben, die sie zu Gefühlen befähigt. Wieso sollten sie sich alle in dieser Halle versammeln, sich in die Kokons einspinnen und kollektiv abschalten?«

»Weil sie keinen Sinn in einem Dasein auf Terra Incognita gesehen haben.« Schroeder zuckte mit den Achseln. Er war selbst nicht völlig von der These überzeugt, auch wenn sie ihm plausibel erschien. Zumindest war sie eine gute Erklärung dafür, dass sie nirgends deaktivierte Posbis gefunden hatten. »Sie haben die Toten eingesammelt, in der Halle bestattet und sich dann gemeinsam verabschiedet.«

Mia wollte etwas erwidern, doch Schroeders Anzugkom schrillte und hielt sie davon ab.

Nur mit halbem Ohr hörte Schroeder zu, wie die anderen weiterhin seine These diskutierten, während er in Gedanken versunken den Kom aktivierte.

»Der erste Treck hat das Wrack fast erreicht«, ertönte Onmouts Stimme. »Das ist ja ein ganz schöner Kasten! Wo befindet ihr euch?«

»Wir kommen raus, um ...«

Mitten in seinem Satz schrillte Tamras Stimme. »Es sind Flammen!«, hörte Schroeder sie rufen. »Kleine, blaue Flammen dringen in ihre Köpfe ...« Auch sie kam nicht dazu, zu Ende zu sprechen, ein lautes Krachen überlagerte ihre Worte.

Schroeder zuckte zusammen. »Was …« Ein kreischendes Fauchen zerriss ihm fast das Trommelfell. »Onmout!«

»… schießen!«, schrie der Captain. »Wir müssen …« Der Rest seiner Worte ging in entsetztem Geschrei und dem Donnern von abgefeuerten Waffen unter.

»Sie greifen an!«, keuchte Tamra. Schroeder meinte, ihr Entsetzen über die Entfernung hin mit Händen greifen zu können.

Er wollte sich konzentrieren, wollte ihr zur Hilfe springen, erstarrte aber mitten in der Bewegung. Eine namenlose Panik griff nach ihm und ließ ihn kraftlos auf die Knie sinken.

Mit weit aufgerissenen Augen unterbrach Tamra die Verbindung zu Schroeder und Onmout und sah auf die beiden Leichen. Die zweite Flamme hatte einen der beiden Soldaten angegriffen und auf die gleiche Weise getötet wie Tsu-zhi.

Plötzlich erschien die blaue Flamme wieder auf der Stirn der toten Frau und löste sich davon. Langsam stieg sie empor, wobei sie anfing, in einem sich steigernden Rhythmus zu pulsieren. Heller und wieder dunkler wurde ihr Blau, und bei jedem Aufblitzen schien die Energie, die sie abstrahlte, sich zu verdoppeln. Schließlich sandte sie grelle, blendende Lichtblitze aus, und als Tamra nicht mehr hinsehen konnte, flackerten sie kurz grell auf und erloschen dann schlagartig.

Über Tsu-zhis Leiche schwebten jetzt zwei Flammen. Sie standen für einen Augenblick lang ruhig in der Luft, während auch aus dem Kopf des toten Soldaten die Flamme wieder auftauchte und sich ebenfalls teilte. Tamra begann gerade zu fürchten, dass die vier sich jetzt den anderen Menschen zuwenden würden, als sie in die Höhe schwebten und durch die Hülle des Kathedralenschiffs verschwanden.

Mit jagendem Herzen sank Tamra in die Hocke, um wieder zu Atem zu kommen. Sie gönnte sich nur wenige Sekunden Ruhe. Dann sprang sie auf.

»Kommen Sie!«, rief sie Fouchou und dem noch lebenden Soldaten zu. »Wir müssen zu den anderen.«

Und ohne sich zu vergewissern, dass sie ihr auch folgten, lief sie zum Beiboot.

Jason Neko reckte den Hals, als ganz in seiner Nähe verwirrtes Geschrei laut wurde. Er befand sich inmitten einer Gruppe von Raumsoldaten aus der MINX-HAO, von denen ihn nicht nur der Weißhaarige überragte, der ihn befreit hatte. Dennoch konnte er einen Blick auf das Geschehen zu seiner Linken erhaschen.

Er bemerkte ein blaues Leuchten. Dann sah er flammenartige Gebilde, kaum größer als menschliche Fingernägel, die durch die Luft heranrasten, über den Menschen verharrten und leicht zu beben begannen.

Die meisten Gestrandeten wichen instinktiv vor ihnen zurück, doch einige schienen wie an Ort und Stelle gebannt zu sein. Wie paralysiert blieben sie stehen und sahen mit an, wie die Flammen sich ihnen näherten und sich dann auf ihre Stirnen setzten.

Eine Frau kreischte. Die Flamme drang durch ihren Schädel ins Innere ihres Gehirns vor!

Neko spürte, wie sich sein Magen umdrehte. Dennoch gelang es ihm, völlig klar zu denken. Mit einer Mischung aus Ekel und Faszination sah er zu, wie die ersten Flammen wieder aus den Köpfen emporstiegen. Ihr Flackern wurde wilder, rhythmischer, verwandelte sich in stroboskopartiges Blitzen, bis es in einem einzigen grellen Aufleuchten mündete – aus dem sich schließlich jeweils zwei Flammen hervorschälten!

Unter den Menschen brach Panik aus. Neko spürte einen harten Schlag im Rücken, der ihn taumeln und fast stürzen ließ. Nur mühsam hielt er sich auf den Beinen. Die Menschen rings herum schrieen wild durcheinander und rannten kopflos einfach davon.

»In das Posbiwrack!«, brüllte jemand.

Als hätte der Ruf das Entsetzen der Menschen kanalisiert, wandten die meisten sich in die angegebene Richtung.

Neko wollte ihnen folgen, konnte es aber nicht. Ganz kurz fürchtete er, selbst ein Opfer der Flammen geworden zu sein, doch dann begriff er, was mit ihm geschah. Er drehte sich um und verließ den Flüchtlingstreck in die entgegengesetzte Richtung.

Er wollte sich dagegen wehren, dass seine Füße ihn aus der relativen Sicherheit der Menge trugen, konnte aber nichts ausrichten.

Mitrade-Parkk hatte wieder die Kontrolle über ihn übernommen. Diesmal allerdings war es anders als zuvor.

Hunger!

In ihrer Fernsteuer-Spinne keuchte Mitrade auf, als sich der Impuls in ihr Bewusstsein fraß.

Hunger! Immer wieder nur das eine: *Hunger!*

Erschrocken von der Wildheit dieses Gedankens unterbrach sie die Verbindung zu Neko und sank schwer atmend in sich zusammen.

Zu ihrer grenzenlosen Erleichterung waren die fremden Impulse fort.

Tamras Augen tränten vor Schmerzen. In brutalen Krämpfen zog sich ihr Unterleib zusammen und entspannte sich wieder, und jedes Mal musste sie die Zähne zusammenbeißen, um nicht aufzustöhnen.

Fouchou flog die OT-12 mit Höchstgeschwindigkeit in Richtung Posbiraumer.

Die Landschaft außerhalb der Fenster verschwamm zu einem konturlosen Schemen, dennoch trafen sie nur rechtzeitig ein, um die Leichen zu sehen, die der Angriff der Flammenwesen in dem Flüchtlingstreck hinterlassen hatte.

Während Fouchou den Gleiter landete, zählte Tamra die Opfer. Es waren sechs.

Captain Onmout kam ihr entgegen. Sein Gesicht wirkte eingefallen und grau, doch in seinen Augen glomm es düster. »Was, bei allen vier großen Müttern, war das?« Er sprach schnell und zornig, und Tamra kam es vor, als mache er sie allein für das Geschehen verantwortlich.

»Eine Lebensform dieses Planeten«, sagte sie. »Doktor Fouchou und ich denken, dass sie für das Fehlen der Tierwelt verantwortlich ist. Sie hat die anderen Raumschiffsbesatzungen getötet, und jetzt hat sie uns entdeckt.«

Onmout wies in Richtung Fragmentraumer. »Ich lasse die Leute so schnell wie möglich ins Innere bringen.«

Tamra nickte, obwohl sie ahnte, dass die Raumschiffswandungen die Menschen nicht vor der Macht der blauen Flammen schützen konnten. Sie dachte daran, mit welcher Leichtigkeit die beiden Flammen durch die Hülle des Kathedralenschiffs verschwunden waren und wie einfach sie die Schädelknochen ihrer Opfer überwanden. Bevor Tamra noch etwas sagen konnte, fiel ihr Blick auf zwei Raumsoldaten, die sich aus dem Flüchtlingstreck lösten und in die entgegengesetzte Richtung losliefen. Sie folgte mit dem Blick der Verlängerung ihres Weges und sah Jason Neko mitten auf der flachen Ebene stehen.

Er wirkte, als habe das eben Erlebte seinen Geist betäubt. Mit schwankendem Oberkörper stand er da und ließ es zu, dass die Soldaten ihn in ihre Mitte nahmen und zurück in den Flüchtlingstreck führten.

Auf dem Weg dorthin kamen sie dicht an Tamra und Onmout vorbei. Tamra versuchte, einen Blick auf Neko zu erhaschen. In seinen Augen stand blanke Verwirrung.

Nur mühsam überwand Schroeder die mentalen Auswirkungen der blauen Flammen. Obwohl er sich im Inneren des Fragmentraumers sehr viel weiter von der Flammengruppe entfernt befunden hatte als die Menschen, die angegriffen worden waren, ließ bei den meisten die Panik nach, sobald die Flammen verschwunden waren. Sein empfindlicher Geist jedoch brauchte fast den gesamten Rest des Tages, um sich zu erholen. Und auch danach ging es ihm nicht wirklich gut.

Etwas trübte sein Konzentrationsvermögen. Es fühlte sich an wie eine leichte geistige Übelkeit, die es ihm erschwerte, der Besprechung zu folgen, zu der Onmout sie zusammengetrommelt hatte.

Fouchou war ein wenig später gekommen als die anderen, und Tamra hatte ihn mit gerunzelter Stirn gemustert.

Auf Bitten von Captain Onmout versuchte der Mediziner eine Theorie aufzustellen, was es mit dem Flammenwesen auf sich hatte. Seiner Meinung nach handelte es sich um einen energetischen Organismus, der sich von der Energie ernährte, die lebende Wesen im Moment des Todes aussandten. Er lieferte eine wortreiche, komplizierte Beschreibung des Vorgangs, wie er ihn sich vorstellte. Schroeder vermochte ihm nicht zu folgen. Er beobachtete Tamra dabei, wie sie stumm dabeisaß und vor sich hin brütete.

Sie war blass, fand er. Viel zu blass, als dass er es noch auf die Nachwirkungen des Schocks zurückführen konnte. Er setzte seinen Ortersinn ein, um herauszufinden, wie sie sich fühlte, doch seine Schwäche erschwerte es ihm. Er nahm nur wahr, dass sie Schmerzen hatte.

Er fing ihren Blick auf, und sie lächelte ihm zu. Nicht besonders beruhigt konzentrierte er sich wieder auf Fouchous Vortrag.

»… irgendwie kann das Wesen eine Hungerperiode überleben. Es ist es nicht zugrunde gegangen, als es seine Nahrungsgrundlage zerstört hatte. Vielleicht hält es so etwas wie einen Winterschlaf, und immer, wenn ein Schiff auf dem Planeten strandet, erwacht es aus seiner Starre und vermehrt sich.«

»Aber warum hat es bei dem anderen alteranischen Schiff einen so regelmäßigen Rhythmus an den Tag gelegt?«, warf Onmout ein. »Und bei uns nicht?«

»Hat es das nicht?« Fouchou zog eine Augenbraue hoch. »Wer sagt denn das? Wir wissen, dass Choo Kwa sein erstes Opfer war. Aus einer Flamme wurden zwei. Und jetzt rechnen wir nach. Wie viele Opfer haben wir heute zu beklagen?«

Tamra gab die Antwort. Ihre Stimme klang gepresst dabei. »Acht. Tsu-zhi, der Soldat und die sechs Leute aus dem Treck.«

Fouchou nickte vor sich hin. Er bewegte die Lippen, als rede er mit sich selbst. »Dazwischen muss es sich also von etwas anderem ernährt haben.«

»Die Laren!«, entfuhr es Onmout.

Fouchou zog einen kleinen Notizblock aus seiner Tasche, schraubte umständlich einen altmodischen Füllfederhalter auf und fing an zu schreiben. Er begann mit dem Namen von Choo. Dahinter schrieb er »Zwei Flammen«. In die nächste Zeile schrieb er »Zwei Laren« und dahinter »Vier Flammen«.

Er tippte auf das Blatt. »Und beim nächsten Mal vier weitere Laren, macht acht Flammen. Vergessen wir den toten Laren in der Hütte nicht und gehen wir davon aus, dass diese Flammen uns mit allem angreifen, was sie haben, führt uns das zu der Erkenntnis, dass ein Lare noch am Leben ist.«

Tamra nickte grimmig. »Mitrade.«

»Warum sind Sie sich da so sicher?«, fragte Fouchou.

Tamra wies mit dem Kinn auf Onmout. »Erinnern Sie sich daran, wie die Soldaten Jason Neko wieder eingefangen haben? Es sah aus, als sei er kurz vorher ferngesteuert worden. Warum sonst sollte er sich von der relativ sicheren Menge entfernen?«

Fouchou sah nicht überzeugt aus. »Es kann auch einer der anderen Laren sein. Soweit ich weiß, kann jeder von ihnen die Fernsteuereinheiten benutzen.«

Tamra schob in einer trotzig anmutenden Geste das Kinn vor. »Es ist Mitrade!«, beharrte sie und sah Fouchou dann erneut mit diesem seltsamen, stirnrunzelnden Gesichtsausdruck an.

»Jedenfalls erklärt das, warum die Laren irgendwann aufgehört haben, uns anzugreifen«, sagte Onmout.

Fouchou nickte geduldig und wich Tamra aus. »Vielleicht hat Tamra Recht. Es spielt aber keine Rolle. Wichtig ist nur, dass wir uns darauf gefasst machen müssen, beim nächsten Mal von sechzehn Flammen angegriffen zu werden.«

Die Verwirrung in Schroeders Schädel wuchs sich zu einem unangenehmen Kopfschmerz aus, sodass er froh war, als Tamra sich erhob und entschuldigte.

Er stand ebenfalls auf, um ihr zu folgen, während Onmout, seine Leute und Fouchou darüber zu diskutieren begannen, wie sie der Gefahr durch die Flammenwesen begegnen konnten.

Tamra wartete auf dem Gang vor dem Besprechungsraum auf ihn. Ihre Lippen waren aufgesprungen, fiel ihm auf, als er ihr jetzt so nah war.

Dennoch lächelte sie tapfer.

»Was hast du?«, fragte er.

»Bauchkrämpfe.« Tamra rieb sich über die schmerzende Stelle. »Nichts Schlimmes. Es war ein bisschen viel heute. Ich lege mich hin, dann geht es mir bald wieder besser.«

Schroeder war versucht, sie zu berühren, wagte es aber nicht. Er fuhr sich mit der Zunge über die Lippen. »Wenn du etwas brauchst ...«, begann er und verstummte dann. Was wollte er sagen? *Bin ich für dich da?*

Sie lächelte schwach. »Danke.« Sie wollte sich schon abwenden, als ihr etwas einzufallen schien. »Dieser Fouchou«, sagte sie nachdenklich. »Er ist komisch, oder?«

»Wie kommst du darauf?« Schroeder dachte an den seltsamen Ausdruck, mit dem sie den Arzt angesehen hatte.

»Ich weiß nicht. Irgendwie habe ich das Gefühl, dass er nicht der ist, der er zu sein vorgibt.«

»Was gibt er denn vor?«

»Nun ja. Er ist Arzt gewesen auf der MINXHAO, oder? Frag mich nicht warum, aber ich habe irgendwie das Gefühl, dass er früher auf Caligo gelebt hat. In Dekombor.«

Schroeder runzelte die Stirn. »Wie kommst du denn darauf?«

»Er benutzt Zitate, die ich von dort kenne. Und er kennt sich mit der larischen Fernsteuertechnik aus.«

Schroeder dachte über ihre Worte nach. Das Benutzen von Zitaten war kein Beweis, dachte er, aber tatsächlich war ihm Fouchous genaue Kenntnis der larischen Technik auch schon aufgefallen. Nicht nur vor wenigen Minuten, als er erklärt hatte, jeder Lare könne eine Fernsteuereinheit benutzen, sondern auch schon früher, als er die Medoroboter problemlos auf menschliche Belange umprogrammiert hatte. Sicher, er hatte dazu Boffääns Hilfe gehabt, aber jetzt, da Schroeder genauer darüber nachdachte, wurde ihm bewusst, wie oft der Reparator nur neben ihm gestanden und missgelaunt gewirkt hatte. Lag das daran, dass er sich unnütz gefühlt hatte?

Schroeder zuckte mit den Achseln. »Wir haben genug andere Probleme«, erinnerte er Tamra. »Meinst du, dass es von Bedeutung wäre, selbst wenn Fouchou uns über einen Teil seiner Vergangenheit belogen hätte?«

Tamra antwortete nicht sofort. Sie wollte gerade den Mund öffnen, als der Mediziner aus dem Raum trat, in dem offenbar die Besprechung soeben beendet worden war. Er warf einen Blick in ihre Richtung und lächelte breit. Das Gelb seiner Augen schien Schroeder auf einmal noch dunkler zu sein als zuvor, und er beschloss, den Mann zur Rede zu stellen.

Er wartete, bis Tamra sich zurückgezogen hatte, und gab sich dann einen Ruck. »Doktor?«

Die Hand schon wieder nach der Tür zum Besprechungsraum ausgestreckt, blieb der Mediziner stehen. Er zog die Hose hoch, und das zeigte Schroeder, dass die Besprechung keineswegs beendet war, sondern er sie nur kurz zum Austreten verlassen hatte. »Mister Schroeder?« An dem Blick, den Fouchou ihm zuwarf, erkannte Startac, dass er auf der Hut war.

Schlagartig erwachte auch in ihm das Misstrauen. Vielleicht hatte Tamra doch Recht mit ihrer Vermutung, dass dieser Mann etwas zu verbergen hatte.

»Darf ich Ihnen eine Frage stellen?«, erkundigte er sich, und ohne das Einverständnis abzuwarten, schob er sogleich nach: »Waren Sie in Ihrem Leben schon einmal auf Caligo – ich meine, vor dem Absturz der MINXHAO?«

Ein leises Lachen quoll zwischen Fouchous Lippen hervor. »Hat die Kleine Ihnen von ihrem Verdacht erzählt, ja?«

Schroeder reagierte nicht darauf, und schließlich seufzte Fouchou. »Also gut. Ich gestehe alles! Ja, ich war früher schon einmal auf Caligo. In Dekombor, um genauer zu sein. Ich bin dort geboren worden.«

Schroeder versuchte zu überblicken, welche Konsequenzen dieses Geständnis hatte, doch es gelang ihm nicht. Von den 8000 Menschen auf dem Planeten stammten mehr als 7000 aus Dekombor.

»Wie sind Sie entkommen? Aus Dekombor, meine ich.«

»Ich war eine Zeit lang Gunstbold bei einem larischen Mediziner. Er lehrte mich alles, was ich heute weiß. Und irgendwann schenkte er mir die Freiheit.«

»Einfach so?«

Fouchou nickte und lächelte schmal. »Einfach so.«

Schroeder fiel kein Grund dafür ein, warum ihn Fouchous Geständnis beunruhigen sollte. Der Mediziner allerdings schien das anders zu sehen. »Falls Sie glauben, dass ich gemeinsame Sache mit der Hexe dort unten in der Ebene mache, täuschen Sie sich«, fuhr er fort. »Und jetzt entschuldigen Sie mich bitte, Captain Onmout braucht meine Hilfe.«

Ohne ein weiteres Wort verschwand er wieder in dem Raum. Das Schott fiel mit einem leisen Zischen zu und schnitt seine an die Versammlung gerichteten Worte mitten im Satz ab. »Da bin ich wie…«

Schroeder blieb nachdenklich zurück.

In Tamra hatten sich viel zu viele Fragen aufgestaut, als dass sie ernsthaft daran dachte, sich schlafen zu legen.

Sie blieb vor einem der runden Durchgänge stehen, hinter dem sie ungefähr 20 Flüchtlinge einquartiert hatten, und versuchte sich vorzustellen, wie es war, sich einfach nur hinzulegen. Dann jedoch entschied sie sich, dass sie, statt sich ruhelos von einer Seite auf die andere zu wälzen, genauso gut versuchen könnte, ein paar der brennendsten Fragen zu beantworten, die sie mit sich herumschleppte.

Sie hielt einen der zur Wache eingeteilten Raumsoldaten an und fragte ihn nach Jason Nekos Aufenthaltsort.

Dreiundzwanzig

Neko befand sich in einer winzigen Zelle, die offenbar einmal als Ladestation gedient hatte. Noch immer hingen Kabelstränge aus den Wänden, und die Deckenbeleuchtung warf Schatten als dünne Schlangenlinien auf den kahlen Fußboden.

Als Tamra sich von einem Soldaten die Zelle aufschließen ließ und eintrat, wies Neko mit dem Kopf auf die trüben Lampen. »Da fragt man sich doch, wozu diese Blechköpfe solche Funzeln brauchen!«

Tamra musterte ihn. Die Verwirrung war aus seinen Augen gewichen. Im

Moment sah er genauso aus wie immer, wenn man von den dunklen Kreisen absah, die sich um seine Augen gebildet hatten.

»Onmout hat erzählt, dass Posbis in den unterschiedlichsten Varianten existieren. Vielleicht hat dieses Schiff eine Besatzung gehabt, die in dem für uns sichtbaren Spektrum sehen konnte.«

Neko winkte ab. Er saß mit dem Rücken gegen eine Wand gelehnt und deutete neben sich, um Tamra zum Setzen aufzufordern. »Ist auch egal. Sind wir einfach froh, dass der Kram hier noch funktioniert und wir nicht im Dunkeln hocken müssen.«

Tamra kam seiner Aufforderung nach, indem sie sich auf die Fersen hockte.

»Was willst du eigentlich hier?«, fragte Neko nach einer Weile.

Sie musste überlegen, bevor sie die Frage beantworten konnte. Was genau wollte sie wirklich? Herausfinden, ob er wusste, wer das Kind in ihrem Leib gezeugt hatte? Ein schmerzhafter Krampf durchzog sie und brachte sie davon ab, eine entsprechende Frage zu stellen.

»Vorhin, als die Flammen angegriffen haben«, begann sie vorsichtig. »Warst du da untot?«

Er lehnte den Kopf an und starrte in die Luft. Die langen, schwarzen Haare hingen ihm in die Augenwinkel, aber es schien ihn nicht zu stören. »Kurz.«

Es hörte sich an, als wollte er noch etwas sagen, aber er tat es nicht. Also hakte Tamra nach: »Und?«

Er wandte den Kopf, ohne den Blick von der Wand zu nehmen. Lange Zeit sah er sie einfach nur an. Dann grinste er schmal. »Warum denke ich gerade, dass du dir Sorgen um mich machst?«

Tamra spürte einen Anflug von Zorn. Noch immer konnte er es nicht lassen, seine Spielchen mit ihr zu treiben. Sie zwang sich zur Ruhe und schwieg nun ihrerseits.

Endlich verlosch das Grinsen auf seinen Zügen, und er wurde ernst. »Seltsame Dinge passieren, solange Mitrade mich kontrolliert«, sagte er leise.

Schroeders Füße trugen ihn durch den Gang mit den runden Durchlässen zurück in den riesigen Hangar, den sie zuerst betreten hatten.

Die konturlose Hauptbeleuchtung ließ die Halle noch gigantischer erscheinen, als sie ohnehin schon war. Schroeders Blick wanderte an den seltsamen, wie Stängel aussehenden Antennen in die Höhe, und ohne dass er darüber nachdachte, ging er in eines der Labyrinthe, das die würfelförmigen Aufbauten darunter bildeten. Die Würfel waren nicht so massiv, wie sie aus der Entfernung ausgesehen hatten. Er marschierte eine Weile durch die rechtwinklig angelegten Korridore und kam sich dabei fast vor wie in einer Bibliothek. Nur dass es keine Bücher waren, die sich in den rechts und links von seinen Schultern aufragenden Fächern befanden, sondern Bauteile der unterschiedlichsten Art und Weise.

Plötzlich blieb er stehen. Er ließ den Fuß, den er schon in die Luft erhoben hatte, zu Boden sinken und biss die Zähne zusammen. Das Unbehagen, das nach dem Flammenangriff nur widerwillig vergangen war, kehrte mit unvermittelter Wucht zurück. So stark war es, dass Schroeder sich krümmte. Keuchend richtete er sich auf. Es kostete ihn Kraft, den nächsten Schritt zu tun, doch eine düstere Ahnung trieb ihn vorwärts.

Er ging um die nächste Ecke.

Ein Stöhnen drang zwischen seinen verkrampften Kiefern hervor. Der nächste Schritt überstieg beinahe seine Kräfte. Er brachte ihn an eine der größeren Kreuzungen, aus deren Mitte wieder eine dieser Antennen in die Luft ragte. An ihr entlang wanderte sein Blick in die Höhe.

Und dann stieß er einen erschrockenen Fluch aus.

Über ihm, auf der fächerförmigen Plattform der Antenne, schwebten die blauen Flammen!

Neko erzählte mit wenigen Worten, was er unter dem Einfluss von Mitrades Fernsteuerung erlebt hatte. »Es war ein umfassendes Gefühl von Hunger und Gier«, endete er. »Völlig archaisch und beängstigend.«

»Glaubst du, dass du die Flammen wahrgenommen hast?«

Er zuckte mit den Achseln. »Was sonst? Seltsam war, dass sie zwar gierig wirkten, aber nicht böse oder so. Nur hungrig. Wie ein Tier vielleicht. Es ist schwer in Worte zu fassen.«

»Hm.« Tamra rieb sich über die Narbe auf ihrer Stirn. »Und diese Wahrnehmung verschwand, als Mitrade die Verbindung unterbrach?«

»Ja. Aber da ist noch etwas.« Neko zog die Beine vor die Brust.

»Noch ...« Ihr Hyperkom unterbrach Tamra. Sie aktivierte es.

»Wo bist du?«, erklang Schroeders keuchende Stimme.

»Bei Neko. Warum?«

»Wo genau?«

So gehetzt klang er, dass sie ihm ohne zu zögern antwortete. »Am Ende des Gangs, in dem wir die Flüchtlinge untergebracht haben. In einer kleinen Kammer, wie eine ...« Sie verstummte, weil Schroeder im selben Augenblick neben ihr materialisierte.

»Die Flammen greifen wieder an«, keuchte er. »Sie waren die ganze Zeit über hier im Schiff!«

Da der Soldat, der Tamra hergeführt hatte, die Tür der Kammer hinter ihr wieder abgeschlossen hatte, teleportierte Schroeder sie und Neko hinaus auf den Gang.

Das kindliche Wimmern der Flammen erklang jetzt vielstimmig, und dadurch wurde es noch beängstigender.

Tamra sah sich hastig um. Aus den runden Öffnungen traten Menschen, die meisten verwirrt und schlaftrunken.

»Die Flammen greifen an!«, rief Schroeder ihnen zu. Seine Worte gingen fast in dem näher kommenden Wimmern unter.

Im nächsten Moment bogen die Flammen um die Ecke und verharrten in der Luft, als müssten sie sich orientieren. Dann griffen sie an.

»Lauft!« Schroeders Stimme gellte in Tamras Ohren.

Ohne nachzudenken rannte sie los. Und befand sich im nächsten Moment inmitten der in Panik verfallenen Menschenmenge. Wie von einem mächtigen Strom mit sich gerissen, wurde sie vorangedrängt. Sie sah Schroeders erschrockenen Blick, seinen nach ihr ausgestreckten Arm, der sie nicht mehr erreichte. Ein brutaler Hieb traf sie seitlich am Kopf und ließ rote Feuerräder vor ihren Augen explodieren. Sie strauchelte. Jemand riss sie wieder auf die Füße, schleifte sie mit sich. Dann wurde sie losgelassen, stolperte vorwärts.

Schüsse fauchten, und Tamra hörte entsetztes Gejammer. Einige der Raumsoldaten Onmouts hatten begonnen, die Verteidigung gegen die Flammen zu organisieren. Breitbeinig standen sie am Ende des Ganges, auf das die panische Menge zutrieb, halfen den Menschen durch das Schott hinaus in den Hangar und schossen gleichzeitig über ihre Köpfe, um die Flammen in Schach zu halten.

Zumindest Letzteres gelang ihnen nicht.

Die Schüsse aus den Thermokanonen kümmerten die Flammen überhaupt nicht. Es schien, als würden sie einfach von der Energie durchdrungen werden. Sie zuckten nicht einmal, sondern setzten ihren Weg in Richtung ihrer Opfer ohne das geringste Zögern fort.

»Das hat keinen Sinn!«, hörte Tamra jemanden rufen. Sie war gegen eine Wand gedrängt worden, sodass sie kaum noch Luft bekam. Kurz sah sie Neko, der ebenfalls von der Menge vorwärtsgetrieben wurde, sich jedoch besser behaupten konnte als sie. Mit energischen Armbewegungen arbeitete er sich wie durch eine Flutwelle zu Tamra vor. Bevor er sie jedoch erreicht hatte, entstand eine Lücke neben ihr. Die Luft flimmerte, und im nächsten Moment stand Schroeder dort. Er griff nach Tamra, genau in dem Augenblick, als auch Neko sie erreicht hatte. Mit der anderen Hand packte er Neko und sprang mit ihnen aus der Gefahrenzone.

Schwer atmend sank Neko gegen eine der würfelförmigen Aufbauten. Die Geräte in den Fächern darin klirrten leise gegeneinander.

Schroeder stützte sich mit beiden Händen auf den Knien ab. Sie befanden sich ganz am anderen Ende des Hangars, mehr als 500 Meter entfernt von den kreischenden und sterbenden Menschen. Schroeder wollte etwas sagen, entschied sich dann aber dagegen. Jedes Wort wäre angesichts der reichen Ernte, die die Flammen hielten, banal gewesen.

»Sie ...« Neko holte noch einmal tief Luft, brachte aber nichts mehr hervor.

Schroeder nutzte seinen Ortersinn, nahm jedoch nur die Panik und die Todesangst der Menschen wahr. Er fühlte, wie er am Arm geschüttelt wurde. Nekos Gesicht war dicht vor ihm. »Ihr Reproduktionszyklus wird sich beschleunigen!«, keuchte er. »Bald wird es nur noch wenige Minuten dauern, bis sie wieder angreifen!«

»Woher wissen Sie das?«

»Ich konnte sie verstehen.« Endlich war Neko zu Atem gekommen. »Sie haben mit mir kommuniziert. Vorhin.«

»Vorsicht!« Tamras Schrei ließ ihn und Schroeder gleichzeitig herumfahren. In dem schmalen Durchgang zwischen den beiden Würfeln schwebte eine Flamme.

Nach der von Onmout anberaumten Besprechung war Fouchou allein zurückgeblieben und hatte nachdenklich auf das leistungsstarke Hyperkom-Gerät an seinem Handgelenk gestarrt, das seit ihrer Havarie auf Terra Incognita so nutzlos für ihn war. Kurz bevor er sich entschieden hatte, den weißhaarigen Soldaten mit Jason Nekos Bewachung zu betrauen, schien es einmal eine kurze Lücke in den Energieausbrüchen von Ereton/A gegeben zu haben; jedenfalls hatte das Gerät kurz gezirpt. Eine Verbindung war jedoch nicht zustande gekommen, und jetzt hoffte Fouchou auf eine längere Emissionspause. Ein leichtes Ziehen in seinem unteren Wirbelsäulenbereich erinnerte ihn daran, wie wichtig es für ihn war, wieder Kontakt zu bekommen.

Schreie wurden laut, ließen ihn aufblicken.

Die Flammen griffen wieder an!

Halb wünschte er sich, diese kleinen Biester würden ihn finden und als Opfer auswählen. Seine Probleme wären dann auf einen Schlag gelöst. Wie es sich wohl anfühlte, wenn sich solch ein fremdes Wesen in sein Gehirn bohrte? Ob es dort ähnliche Strukturveränderungen auslöste wie an Haut oder Schädelknochen? Fouchou schalt sich einen Narren, weil er diese Fragen wälzte. Er hatte wirklich Wichtigeres zu tun. Er trat auf den Gang hinaus und blickte sich um.

Tamra sah die Flamme in dem Durchgang auftauchen, sah ihr rhythmisches, blaues Flackern. Im nächsten Moment stöhnte sie unter dem Ansturm der Panik auf, die ihren Leib überschwemmte wie eine Sturzflut.

»Sie ... manipulieren unseren ... Geist«, hörte sie Neko keuchen. Es gelang ihr, sich umzuwenden und ihn anzusehen. Sein Gesicht war verzerrt, als leide er starke Schmerzen.

Langsam, wie ein Raubtier, das sich seiner Beute sicher war, schwebte die Flamme näher.

Tamra spürte Schroeders Hand auf ihrer Schulter. Halb erwartete sie, das inzwischen vertraute Ziehen der Entmaterialisierung zu fühlen, doch es kam nicht. Stattdessen stieß Schroeder einen gequälten Schrei aus.

Er taumelte gegen sie, und sie musste ihn stützen. Genauso blass war er, wie bei ihrem ersten Besuch in dem Kathedralenschiff. Tamra brauchte all ihre Kraft, um seinen hageren Körper nicht fallen zu lassen. Dankbar registrierte sie, dass Neko herbeisprang und ihr half.

»Sein Gehirn reagiert wahrscheinlich noch viel empfindlicher auf die Panikimpulse der Flammen«, vermutete er, während er sich Schroeders linken Arm um die Schulter legte.

Schroeders Kopf sank auf die Brust, als sei er ohnmächtig geworden. Dass er jedoch nach wie vor bei Bewusstsein war und unter den mentalen Impulsen litt, zeigten die Worte, die er zwischen den Zähnen hervorstieß. »Weg … hier.«

Mit vereinten Kräften schleppten Tamra und Neko ihn den Korridor entlang, und langsam, beinahe neugierig folgte ihnen die Flamme.

Sie liefen um eine Ecke, um eine zweite. Kurz verloren sie die Flamme aus den Augen, aber Tamra war sich klar darüber, dass sie kaum eine Möglichkeit hatten, ihr zu entkommen, solange Schroeder nicht teleportieren konnte.

Auf einmal ertönte das kindliche Wimmern wieder.

Tamra stellten sich die Nackenhaare auf. Ihr Herz klopfte schmerzhaft, jedoch nicht vor Angst, sondern von der körperlichen Anstrengung. Vor ihren Augen tanzten Feuerräder, und durch sie hindurch sah sie, wie sich keine fünf Meter entfernt die Flamme um eine Ecke schob.

Diesmal zögerte sie nicht, sondern griff an. Fouchou beobachtete, wie ein etwa vierzigjähriger Mann aus Dekombor von einer der Flammen gebannt wurde und schließlich tot zu Boden sank. Er schaute fasziniert der Teilung der Flamme zu und folgte mit den Blicken ihrem Flug zur Decke.

Im selben Moment, als das blaue Leuchten gänzlich erlosch, lief eine junge Frau um die Ecke des Gangs. Ihr war ebenfalls eine der Flammen auf den Fersen. Mit wissenschaftlichem Interesse registrierte Fouchou, dass bei ihr offenbar die paralysierende Wirkung der Flammen nicht funktionierte. Dennoch stellte die Flamme sie, genau in dem Moment, als sie von einem geschlossenen Schott in ihrer Flucht gebremst wurde. Langsam drehte sie sich um.

Die Flamme schwebte dicht vor ihrem Gesicht und pulsierte sacht.

»Rühren Sie sich nicht!«, rief Fouchou. Seine Gedanken rasten auf der Suche nach einem Mittel, die Frau zu retten, doch ihm wollte nichts einfallen. Er sah zu, wie sie mit der Rechten nach dem Strahler an ihrem Gürtel tastete.

Die Flamme schwebte auf und ab, dann zuckte sie ein Stück näher an das Gesicht der Frau heran.

»Tun Sie doch was!«, beschwor sie Fouchou. Sie löste die Halterung des Strahlers, und mit langsamen Bewegungen zog sie die Waffe aus ihrem Holster.

»Ich weiß nicht, was«, rief Fouchou. Er machte einige Schritte vorwärts in der Hoffnung, er könne die Flamme von der Frau ablenken und auf sich aufmerksam machen. Es gelang ihm jedoch nicht.

Er hob die Arme und wedelte damit in der Luft herum. »He!«, schrie er. »Komm her!«

Aber die Flamme reagierte nicht wie ein normales Raubtier. Es schien, als nehme sie Fouchou überhaupt nicht wahr. Selbst als er direkt hinter sie trat und sie mit dem Zeigefinger anzustoßen versuchte, ignorierte sie ihn.

Nachdenklich sah er auf seine kribbelnde Fingerspitze.

Die Flamme rückte noch ein Stück näher auf die Frau zu, und damit überschritt sie die Grenze. Mit einem Ruck hob die Frau den Strahler an die Schläfe.

»Nicht!« Fouchous Schrei kam gleichzeitig mit dem Schuss.

Die Frau kippte vornüber, die Flamme wich ihrem Körper aus, indem sie nach oben jagte und unter der Decke innehielt. Fouchou griff zu, um die Leiche aufzufangen.

Leiche?

Er riss erstaunt die Augen auf. Die Frau war nicht tot!

Vorsichtig ließ Fouchou sie zu Boden gleiten und warf dabei einen Blick auf den Strahler. Es war eine der larischen Waffen, die sie aus jenem Hangar der ORTON-TAPH geborgen hatten, in dem sich auch die beiden Beiboote befunden hatten. An ihrer Seite befand sich ein kleiner drehbarer Hebel, mit dem sich drei verschiedene Einstellungen vornehmen ließen.

Die Flamme schwebte noch immer an Ort und Stelle, als müsse sie sich klar darüber werden, was sie jetzt tun sollte.

Ohne sie aus den Augen zu lassen, hob Fouchou den Strahler auf. Die Flamme erzitterte – und verschwand dann.

Fouchou ließ Luft durch die Zähne entweichen.

Er sah auf die junge Frau zu seinen Füßen nieder. Ihr Atem ging regelmäßig und kräftig; es sah aus, als liege sie in einer tiefen Ohnmacht, aus der sie jedoch jederzeit wieder erwachen konnte.

Bevor er überlegen konnte, was er mit ihr anstellen sollte, zirpte erneut der Hyperkom an seinem Arm. Diesmal kam die Verbindung lange genug zustanden, dass Fouchou erkennen konnte, wer ihn sprechen wollte.

Er presste die Lippen zusammen.

Es war Kelton-Trec.

Fouchou vergewisserte sich, dass die Störungen noch immer kein Gespräch zulassen würden. Dann schulterte er die bewusstlose Frau, um sie in Sicherheit zu bringen.

Vierundzwanzig

»Jason!« Tamra keuchte auf, als plötzlich Schroeders gesamtes Gewicht wieder auf ihren Schultern lastete.

Neko hatte den Mutanten losgelassen und sprang nun vor, der Flamme entgegen. »Verschwindet!«, rief er. »Ich halte sie auf.«

Schroeder schien ein wenig Kraft zu schöpfen, denn die Last auf Tamras Schultern wurde geringer. Er hob den Kopf, sagte jedoch nichts.

Tamra sah, wie sich die Flamme Neko näherte.

Neko hatte keine Angst.

Seltsamerweise schienen die Impulse, die die Menschen rings herum in helle Panik versetzen konnten, auf ihn keine Auswirkung zu haben.

Das Wesen schwebte heran. Langsam liefen kleine Wellen über seinen winzigen Körper, wie helle Blitze, die von seinem stumpfen Ende ausgingen und sich oben an der spitzesten Stelle zu größter Helligkeit sammelten. Ohne darüber nachzudenken, streckte Neko die Hand aus.

»Nein, Jason!«, flüsterte Tamra hinter ihm.

»Ihr sollt verschwinden!«, gab er zurück, ohne den Blick von dem fremden Ding vor seinem Gesicht abzuwenden. Die Flamme tanzte gegen seine Fingerspitzen. Neko zuckte zurück. Es war eine eigenartige Berührung gewesen, kalt und doch irgendwie lebendig. Ein sachtes Kribbeln rann ihm von den Fingern bis hinauf zum Ellbogen.

Die Flamme verharrte dicht vor seinem Gesicht, als warte sie auf etwas. Ihr Licht durchwanderte jetzt alle Töne der Blauskala. Neko hob erneut die Hand, und diesmal ließ er es zu, dass das Ding nicht nur seine Finger berührte, sondern auch seine Handfläche, dann den Unterarm. Überall, wo es in Kontakt mit der Haut kam, fühlte er ein leichtes Prickeln. Die Flamme wanderte weiter an seinem Arm hinauf. Als sie seinen Hals erreichte, zuckte er zusammen, aber das fremdartige Wesen ließ sich nicht mehr beirren. Mit einem einzigen kurzen Zucken sprang es hinauf in Nekos Gesicht und setzte sich mitten auf seine Stirn.

Schroeders Kopf schien zerspringen zu wollen, obwohl die panikerzeugenden Impulse der Flamme sich jetzt offenbar auf Neko konzentrierten. Mit äußerster

Anstrengung wehrte der Monochrom-Mutant sich gegen eine Ohnmacht, die wie ein grauer, undurchdringlicher Schleier am Rande seines Blickfelds lauerte. Er löste sich von Tamras Arm.

Sie warf ihm einen kurzen Blick zu, schaute dann wieder zu Neko, dem die Flamme in diesem Moment wie ein Irrlicht den Arm hinauftanzte.

»Hilf ihm!«, flüsterte sie. Schroeder sah Tränen in ihren Wimpern glitzern.

Er hatte keine Ahnung, wie.

Mit zusammengebissenen Zähnen griff er nach ihrem Arm. Sie schaute alarmiert auf, ihre Lippen formten sich zu einem abwehrenden O, aber es nützte ihr nichts.

Ohne sie nach ihrem Einverständnis zu fragen, teleportierte er sie fort.

Er kam nicht weit. Ein, zwei Gänge höchstens, schätzte er. Direkt vor ihnen, in kaum einem Meter Abstand, klaffte ein Abgrund, der in seiner Form und in seinem Durchmesser denjenigen ähnelte, die sie in den Räumen mit den kreisrunden Türöffnungen gefunden hatten. Die Anstrengung der Teleportation hatte Schroeder den letzten Rest Kraft geraubt. Mit einem Ächzen sank er auf die Knie und verlor kurz das Bewusstsein.

Als er wieder zu sich kam, nahm er zuerst Tamras Geruch dicht bei ihm wahr. Dann hörte er ihre Zähne, die heftig aufeinanderschlugen.

Und sah das Licht, das die Flamme aussandte.

Tamra kam auf die Füße, wich rückwärts. Bis an den Rand des Abgrunds.

Schroeder streckte die Hand nach ihr aus, als könne er sie allein dadurch vor ihrem Schicksal bewahren. Sein Mund war schlagartig staubtrocken. Er krächzte eine Warnung, aber sie schien ihn nicht zu hören.

Sie hatte den Blick auf die Flamme geheftet, die jetzt dicht vor ihrer Stirn schwebte. Ihre Füße berührten die Kante des Abgrunds. Schroeder sah sie straucheln und hielt den Atem an.

Dann durchfuhr ein Ruck die Flamme. Sie zischte vor, direkt auf Tamras Stirn zu. Erschrocken wich Tamra zurück. Ihr Fuß traf ins Leere, und für einen Moment lang schien sie den Kampf um ihr Gleichgewicht zu gewinnen. Ihre Arme ruderten durch die Luft.

Dann war die Schwerkraft stärker als sie.

Schroeder hechtete vorwärts, doch er kam zu spät. Vor seinen Augen kippte Tamra nach hinten und verschwand mit einem spitzen Aufschrei in der Tiefe. Mit ihr die Flamme.

Hart kam Schroeder an der Kante auf dem Boden auf. Der Aufprall trieb ihm die Luft aus den Lungen. Er streckte den Arm in die Tiefe, aber es war längst zu spät. Tamras Körper war in dem undurchdringlichen Schwarz, das in den Abgründen lauerte, nicht mehr zu sehen.

Nur ein winziges Licht erhellte wie eine Streichholzflamme eine handtellergroße Zone. Es zuckte in ekstatischem Rhythmus, stieg dabei in die Höhe.

Direkt vor Schroeders Gesicht teilte es sich, und zwei Flammen schossen in entgegengesetzten Richtungen davon.

Schroeder ließ den Arm sinken. Kraftlos fiel er in den Abgrund und berührte dabei das tintenartige Schwarz darin. Ein kalter Hauch rann über seine Haut. Schroeder spürte ihn kaum.

Er ließ den Kopf sinken, bettete ihn auf dem anderen Arm.

»Tamra!«, flüsterte er.

Dann wurde es schwarz um ihn.

Jason Neko stand noch immer an der Stelle, an der ihn die Flamme verlassen hatte, und versuchte sich klarzuwerden, was geschehen war.

Er war am Leben!

Er hatte keine Ahnung wieso, denn bis zum Schluss war der Angriff der Flamme auf ihn genauso verlaufen wie bei allen anderen Opfern auch. Nur, dass sie ihn am Leben gelassen hatte.

Er zermarterte sich den Kopf, warum dem so war, kam aber zu keinem Ergebnis. Sie hatte seinen Schädel nicht durchdrungen. Jedes Grübeln über den Grund dafür war müßig.

Er riss sich aus seiner Erstarrung und ging ein paar Schritte in die Richtung, in der er Schroeder und Tamra vermutete. Er hatte Tamras Schrei gehört; einen Schrei, der nichts Gutes verhieß. Seine Knie zitterten ein wenig, aber es wurde besser, und so rannte er um eine Ecke, dann um die nächste.

Und blieb aus vollem Lauf stehen.

Schroeder lag an der Kante eines der Abgründe, wie niedergestreckt, einen Arm über der Leere baumelnd. Tamra war nirgends zu sehen.

Nekos Kehle wurde eng.

Er eilte zu Schroeder, zog ihn ein Stück von der gähnenden Tiefe weg und drehte ihn auf den Rücken. Eilig sank er neben ihm auf die Knie, um festzustellen, ob der Mutant noch am Leben war.

Er war es. Eine einzelne Ader an seinem Hals klopfte in starkem und regelmäßigem Rhythmus.

»Mister Schroeder!« Neko schlug ihm vorsichtig ins Gesicht. »Hören Sie mich?«

Der Mutant rührte sich nicht.

»Startac!« Noch einmal schlug Neko zu, diesmal auf die andere Wange, und endlich schlug Schroeder die Augen auf.

Er wirkte kurz desorientiert, doch dann klärte sich sein Blick. Nur, um im nächsten Moment von den sich schließenden Lidern verdeckt zu werden.

»Was ist mit Tamra?«, fragte Neko. Sein Inneres erzitterte, weil er die Antwort längst kannte.

Schroeders Arm fiel in Richtung des Abgrunds. »Tot.«

Neko gab sich keine Zeit, sich seiner Trauer bewusst zu werden. Mit einem energischen Ruck zog er Schroeder in eine sitzende Position. »Die Flammen werden noch mehr Menschen töten«, sagte er zwischen schmerzenden Kiefern hervor. »Wenn Sie mich nicht zu Mitrade bringen.«

Schroeder kam soweit zu sich, dass er sich aufsetzen konnte. Sein Blick irrte in Richtung des Abgrunds, fokussierte dann Nekos Gesicht. Er brauchte eine Weile, bis seine Lippen eine Antwort formten, und als sie es taten, klang sie monoton. »Geht nicht. Zu schwach zum Springen.«

»Wir haben die Beiboote«, widersprach Neko. »Mit einem von ihnen können wir zu dem larischen Schiff fliegen. Kommen Sie.« Er zog Schroeder hoch.

Der Mutant stand nur eine Armlänge von der scharfen Kante entfernt und starrte auf die undurchdringliche Finsternis. Neko befürchtete kurz, er würde sich Tamra hinterherstürzen, doch dann durchlief ein sichtbarer Ruck den hageren Körper.

Schroeder sah Neko nicht an, aber seine Stimme gewann ein wenig an Stärke, als er sagte: »Gehen wir.«

Die Einsamkeit der Schiffszentrale trieb Mitrade-Parkk beinahe in den Wahnsinn. Einmal glaubte sie sogar, blaue Lichter zu sehen, die außerhalb des Schiffes dahingeisterten wie verlorene Seelen. Als sie die Außenkameras herumschwenkte und versuchte, einen Blick auf sie zu erhaschen, waren sie jedoch verschwunden.

Nichts als Ausgeburten ihrer überreizten und angestrengten Phantasie – ebenso wie das Singen des Hyperkoms, das ihr zeigte, dass jemand bei den Menschlingen versucht hatte, Kontakt mit ihr aufzunehmen.

Das Sen-Trook-Kabel in ihrem Hals hatte zu allem Überfluss auch noch angefangen zu jucken. Immer wieder war Mitrade versucht, ihre Fingernägel zu nehmen und sich die längst verheilte Wunde über dem wulstigen Ding aufzukratzen. Sie tat es nicht, weil sie fürchtete, sie könne die empfindlichen Fasern dadurch beschädigen. Die Vorstellung, dass das Wenige, was sie noch von einem Leichnam unterschied, zerstört werden könnte, ließ all ihre Nervenenden wie unter Strom stehen.

Unruhig wanderte sie in der Zentrale auf und ab, um der Anspannung Herr zu werden. Immer wieder fiel ihr Blick auf die Fernsteuer-Spinne, aber sie beherrschte sich. Die fremdartigen Impulse, die sie empfangen hatte, als sie Neko ferngesteuert hatte, waren einfach zu abstoßend gewesen, als dass sie es wagen würde, in der nächsten Zeit wieder Kontakt mit ihm aufzunehmen.

Irgendwie jedoch musste sie ihn in die Finger bekommen.

Sie blieb vor dem Kommandosessel stehen, den Zenon-Renkk innegehabt hatte, und das Bild des toten Vasallen erschien vor ihrem inneren Auge. Sie krallte beide Hände in die Haare und zerrte an ihnen.

Sie hatte den Hyperfunk abgehört und dabei herausgefunden, dass auch oben auf dem Plateau bei der ORTON-TAPH die Menschen starben, und zwar zu Dutzenden.

Was ging auf diesem Planeten nur vor? Und warum war sie selbst offenbar immun gegen das, was alle anderen zu töten drohte?

Sie wusste es nicht.

Aber die Vorstellung, dass sie dazu verdammt war, bald ganz allein auf diesem verfluchten Planeten zu sein, noch dazu in ihrem jämmerlichen Zustand, ließ Übelkeit in ihrer Kehle aufsteigen.

Verzweifelt ließ sie die Hände sinken. Sie wollte sich gerade in Zenons Sessel fallen lassen, als ein Signal erklang. Einer der Holoschirme erhellte sich.

Mitrade kniff die Augen zusammen.

Die Wand des Hochplateaus war auf dem Bild zu sehen. Und vor ihr, winzig gegen die riesigen Felsvorsprünge, schwebte ein larisches Beiboot in die Tiefe.

Mitrade schloss ungläubig die Augen und riss sie wieder auf. Eine Kennung der ORTON-TAPH.

Die Menschlinge kamen zu ihr?

Was hatte das nun wieder zu bedeuten?

»Und du bist sicher, dass das etwas bringt?« Onmouts Stimme war wieder einmal von den Störungen überlagert, die eine Kommunikation schwierig machten. Dennoch hörte Schroeder die Skepsis in seiner Stimme.

»Ich habe keine Ahnung, ob das was bringt, aber wir müssen alles versuchen«, antwortete er. »Solange die Larin Neko fernsteuert, kann er offenbar mit den Flammen kommunizieren.«

»Du meinst, er hört sie.«

»Wir wissen nicht, ob auch sie ihn wahrnehmen. Aber genau das wollen wir herausfinden.«

»Gut«, meinte der Kommandant schließlich. »Der Angriff scheint für den Moment vorbei zu sein. Hoffentlich hat Neko nicht Recht mit seiner Vermutung, dass diese Biester die Frequenz erhöhen werden. Tu, was du für richtig hältst. Vielleicht bringt uns das ja wirklich einen Schritt weiter.«

Schroeder unterbrach die Verbindung und konzentrierte sich auf die Ortungsgeräte der OT-12. Das Gefährt, das sie aus der ORTON-TAPH befreit hatten, war um einiges größer als der Raumjäger, den er vor einigen Tagen gekapert hatte. Dennoch bereitete es ihm kaum Schwierigkeiten, ihn zu fliegen, da die wesentlichen Steuerungen ähnlich waren, und die Hypnoschulung, die er erhalten hatte, ausreichend.

Der Abgrund sah auf einem seiner Monitore aus wie eine massive, dunkelbraune Wand, die sich rasch nach oben aus der Optik schob. Das Gelände am Fuße des Abhangs war tatsächlich stabil, genau wie Muller es gesagt hatte. Breite, lavaähnliche Ströme schienen sich vor vielen Jahrtausenden in die Ebene ergossen zu haben und waren zu nachtschwarzem Gestein erstarrt. Auf einer dieser Gesteinsadern, die auf Schroeders angespannten Geist wie verkrampfte Muskeln wirkten, stand das Beiboot der Laren.

Es sah flugtauglich aus. Nur die Stelle, auf der Schroeders Jäger explodiert war, wirkte wie eine geschwärzte Delle in der sonst unversehrten Hülle.

»Sie wird sich über unser Kommen nicht gerade freuen, oder?«, fragte Neko von seinem Sitz im Hintergrund aus. Er war zu einer vertraulichen Anrede übergegangen, nachdem Tamra gestorben war. Schroeder hatte nicht die Kraft gehabt, es ihm zu verwehren.

Das bisschen, was ihm noch geblieben war, reichte gerade aus, um seine Aufgabe zu erledigen. Halb wünschte er sogar, Mitrade dort unten möge die Nerven verlieren und schießen. Es würde seine Probleme ein für alle Mal lösen.

Tamra!

Allein ihren Namen zu denken, trieb einen scharfen Dorn tief in Schroeders Herz. Der Schmerz in seinem Inneren war so unerträglich, dass er die Hände zu Fäusten ballte und die Fingernägel ins Fleisch bohrte. Er biss sich auf die Lippe, bis sie blutete, und presste das Bein gegen die Steuerkonsole seines Sitzes, sodass sich die scharfe Kante in die weiche Stelle über seinem Knie bohrte. Alles, damit der körperliche Schmerz den Schmerz des Verlustes überstrahlte, der ihn sonst schreiend in die Höhe getrieben hätte.

Das Blut in seinen Ohren rauschte so laut, dass es alle anderen Geräusche im Inneren des Gleiters übertönte. Ein blinkender Punkt auf seinem Hauptschirm signalisierte ihm, dass Mitrade sie entdeckt hatte. Er beobachtete, wie sich bei dem gegnerischen Schiff die Waffensysteme ausrichteten.

»Die wird doch nicht ...« Neko klang ungläubig. Hastig schlug er mit der Faust auf den Sender des Hyperkom. »Mitrade!«, rief er. »Ich bin es, Jason Neko!«

Aber es war bereits zu spät. Aus der Flanke des larischen Raumschiffs löste sich ein einzelner Schuss und raste direkt auf sie zu.

»Das ist ein Laser-Torpedo!«, schrie Neko. Mit einem regelmäßigen, nervenaufreibenden Piepen gerade oberhalb der Hörschwelle zeigte das Radar, dass sie anvisiert waren.

Schroeder riss die OT-12 in einer steilen Kurve nach oben, aber es nützte nichts. Das Torpedo folgte ihrem Ausweichmanöver mit einem elegant aussehenden Schlenker. Das Piepen verstummte kurz, setzte aber gleich darauf mit höherer Frequenz wieder ein.

»Das hat keinen Sinn!« Schroeder stemmte sich aus dem Sessel. »Komm!«

Er griff nach Nekos ausgestreckter Hand und teleportierte.
Mitten in Mitrades Zentrale.

Mit einem Ruck fuhr Tamra aus ihrer Ohnmacht auf. Kalte, zähe Finsternis hüllte sie ein.

Schmerzen erfüllten sie mit solcher Gewalt, dass sie die Zähne aufeinanderbiss, bis sie knirschten. Sie tastete sich über den Leib.

Das Baby!

Mühsam richtete sie sich auf. Übelkeit überfiel sie in Wellen. Sie krümmte sich und übergab sich. Magensäure stieg ihr in der Nase hoch und brannte.

Sie schaffte es, sich auf alle viere hochzustemmen. Ihr war schwindelig, aber die Übelkeit hatte für einen Moment nachgelassen.

Ihr Leib zog sich in einem brutalen Krampf zusammen. Sie spürte warme Feuchtigkeit an den Schenkeln.

Schluchzend aktivierte sie den Hyperfunk ihres Anzuges und rief um Hilfe.

»So wie es aussieht, haben wir wenigstens eine kleine Verteidigungsmöglichkeit gegen die Angriffe der Flammen gefunden.« Ian Fouchou hatte einen der larischen Strahlenkarabiner in den Händen. Onmouts Leute hatten ein gutes Dutzend davon aus der ORTON-TAPH geholt. Die Waffe sah in seinen Händen klobig und hässlich aus, aber sie war im Moment ihre einzige Hoffnung im Kampf gegen die blauen Flammen.

»Doktor Fouchou ist aufgefallen, dass die Flammen einen betäubten Menschen nicht angreifen«, nahm Captain Onmout den Faden auf.

»Wie das?« Einer der Offiziere, die Fouchous Vortrag lauschten, hob die Hand wie ein Erstklässler. »Ich meine, ein Betäubungsschuss paralysiert das Nervensystem, oder etwa nicht? Wieso schreckt das die Flammen ab?«

Fouchou bleckte die Zähne. »Wir wissen noch so gut wie gar nichts über die Flammen und die Art und Weise, wie sie die Menschen töten. Möglicherweise verursacht die Lähmung einer larischen Waffe einen Bewusstseinszustand, der sie von einem Angriff abhält. Genauso wie die Änderung des elektrischen Feldes, die ein Sicherheitstauchanzug hervorruft, alteranische Wanderhaie davon abhält, den Taucher anzuknabbern. Noch ist die junge Frau bewusstlos, sodass wir keine näheren Informationen erhalten können.«

Ein Mann meldete sich, den Fouchou bisher noch nie registriert hatte. Er war klein und kräftig gebaut, und seine rotbraunen Haare standen ihm wirr vom Kopf ab. »Ich habe auf Caligo ab und zu als Leibwächter für eine berühmte Künstlerfamilie arbeiten dürfen und wurde zu diesem Zweck in die Handhabung der Waffen eingewiesen. Darf ich?« Er streckte die Hand aus, und Fouchou gab ihm den Karabiner.

Der Mann hielt ihn in die Höhe und wies auf den kleinen Hebel. »Die Waffe lässt sich auf drei verschiedene Schussvarianten einstellen. Diese hier«, er verstellte den Hebel, »steht für normalen Thermoschuss. Recht beeindruckend übrigens, wenn ich das am Rande erwähnen darf, also seien Sie vorsichtig damit. Diese mittlere Stellung verwandelt die Waffe in einen normalen Paralysestrahler, wie wir ihn auch kennen. Gelähmt wird nur das dem freien Willen unterworfene periphäre Nervensystem. Das autonome Nervensystem, das für Herzschlag, Lungenfunktion und anderes nötig ist, bleibt davon unberührt.« Der Mann grinste breit und enthüllte dabei eine breite Lücke zwischen seinen oberen Schneidezähnen. »Aber da unsere geliebten larischen Herren immer eine Schippe mehr auf Lager haben als wir selbst, gibt es noch diese dritte Einstellung.« Er schob den Hebel in die obere Stellung. »Wenn Sie die Waffe so gerastet haben, dann lähmt der Schuss nicht Ihr periphäres Nervensystem, sondern er verursacht eine tiefe, aber völlig harmlose Ohnmacht. Ihr Gehirn wird sozusagen ausgeschaltet. Anders als bei Variante eins kann ein auf diese Weise betäubter Mensch nicht mehr hören und sehen, und auch mit dem Denken ist für eine Weile Schluss. Diese spezielle Form der Betäubungswaffe wurde eigens für die Niederschlagung von Aufständen in larischen Gefangenenlagern entwickelt und verursacht nach dem Aufwachen einen ordentlichen Kater.«

Fouchou nahm die Waffe wieder an sich und bedankte sich bei dem Mann für die Ausführungen. »Gehen wir also davon aus, dass diese spezielle Form der Betäubung die Flammen davon abhält, ihre Opfer anzugreifen. Ich vermute, sie können ein betäubtes Gehirn nicht mehr als Beute wahrnehmen.« Warum die Flamme aber nach dem Schuss der jungen Frau ihn ebenfalls nicht angegriffen hatte, konnte Fouchou nicht einmal vermuten. Möglicherweise hatte sie das plötzliche »Verschwinden« ihrer Beute so irritiert, dass sie es vorgezogen hatte, sich anderweitig umzusehen.

Fouchou warf einen Blick auf Onmout, damit dieser mit seinen Ausführungen fortfahren konnte.

»Leider haben wir nur dreizehn Waffen mit dieser speziellen Funktion«, sagte der Captain. »Wir müssen also einen Weg finden, wie wir mit nur einem guten Dutzend Leuten achttausend Menschen schützen können. Um ...« Sein Hyperkom zirpte und unterbrach ihn mitten im Satz. Er aktivierte ihn. »Ja?«

Die Stimme war nur undeutlich zu hören, da ein starkes hyperphysikalisches Rauschen sie übertönte. »... Abgrund ... brauche Hilfe!«

Auf Onmouts Gesicht trat ein ungläubiger Ausdruck. »Tamra? Sind Sie das?«

»Ja ... befinde mich ...«

»Wir dachten, Sie wären tot! Ich kann Sie nur schlecht verstehen, aber bleiben Sie auf Empfang. Ich schicke zwei Männer aus, um Sie zu orten.«

»... beeilen ... blute stark.«

»Keine Angst. Es dauert nicht lange. Bleiben Sie einfach, wo Sie sind.« Onmout unterbrach die Verbindung und gab zwei Raumsoldaten einen knappen Wink. Sie brauchten keine weitere Aufforderung. Rasch entfernten sie sich, um eine Dreieckspeilung durchzuführen.

Fouchou setzte seinen unterbrochenen Vortrag fort. Er war noch nicht zu Ende, als die beiden Soldaten eine blutüberströmte und halb bewusstlose Tamra Cantu herbeibrachten.

Im selben Moment erklang aus einem der Räume, in denen sie die Flüchtlinge untergebracht hatten, schrilles, panisches Geschrei.

Fünfundzwanzig

Beim Anblick der beiden Männer, die so unvermittelt vor ihr aufgetaucht waren, hechtete Mitrade zu dem Kommandosessel Zenons, an dessen Seite sich ein Thermostrahler befand. Sie erstarrte jedoch mitten in der Bewegung, als sich die Mündung von Schroeders Waffe auf sie richtete. Auf einem der Holoschirme entstand das grelle Leuchten einer Explosion, als die nunmehr steuerlose OT-12 in der Ebene zerschellte.

Schroeder schluckte hart, weil die Anstrengung des Teleportierens ihn mit Übelkeit erfüllte. Es war sein Glück, dass die Entfernung von der OT-12 bis zum Larenschiff nur wenige hundert Meter betragen hatte. So gelang es ihm, die Schwäche zu überwinden, bevor Mitrade sie bemerkte.

»Ihr wagt es!«, giftete die Larin, blieb aber stehen und hob die Hände halb in die Höhe. Schroeder sah einen einzelnen Muskel an ihrem Hals zucken, als sei eine Schlange unter ihrer Haut verborgen. Der Anblick faszinierte ihn, und er musste sich mit Gewalt davon losreißen.

»Mitrade!« Neko trat einen Schritt vor. Auch er hatte die Hände erhoben, allerdings sah die Geste bei ihm beschwörend aus. Schroeder musste ein Stück zur Seite weichen, damit er die Schussbahn nicht verdeckte.

»Wir sind hier, weil wir Eure Hilfe brauchen.«

Mitrade stieß ein höhnisches Gelächter aus. »Ach?«

»Ja, wir …«

»Warum habt ihr euch unerlaubt von Caligo fortgestohlen, wenn ihr ohne larische Hilfe nicht auskommt, hm?« Wutverzerrt schleuderte Mitrade Neko die Worte ins Gesicht. Schroeder hob die Waffe ein Stück höher, aber die Larin ignorierte die Warnung. Sie ging auf Neko zu wie eine zornige Vettel.

»Stehen bleiben!«, befahl Schroeder scharf.

Mitrade erstarrte. »Du wagst …« Sie war klug genug, den Satz nicht ein zweites Mal zu Ende zu sprechen. Brennender Hass schlug aus ihren Augen, wandelte sich jedoch gleich darauf in etwas anderes. Etwas, das Schroeder nicht zu deuten wusste. Es sah aus, als sei der Larin ein Gedanke gekommen. Ein Gedanke, der sie auf's Äußerste befriedigte. Schroeder spürte, wie ihm warm wurde.

»Was planen Sie?«, rutschte es ihm heraus.

Zu seiner Überraschung lachte Mitrade auf. Es klang höhnisch. »Dir ist nicht klar, dass ich wegen dir hier bin, nicht wahr?«, sagte sie zu Neko.

»Wegen mir?« Neko schien verwirrt.

Mitrade ließ Schroeder nicht aus den Augen. »Du glaubst, dass ich wegen der Flüchtlinge hier bin, aber in Wirklichkeit bist du es, der mich interessiert. Nur du. Und Tamra vielleicht.«

In Schroeder rangen zwei Bedürfnisse miteinander. Er wollte erfahren, was Mitrade im Schilde führte, aber noch mehr wollte er die Angriffe der Flammen beenden.

Neko traf die Entscheidung für ihn.

»Die Alteraner dort oben auf der Ebene«, erklärte er, »werden von einem flammenartigen Wesen angegriffen und getötet.«

»Wie sollte ich da helfen?«

»Das Wesen hat Eure Leute ebenfalls umgebracht, nicht wahr?«

»Meine Leute sind völlig kampflos gestorben!« Mitrade spuckte die Worte vor Nekos Füße. »Wie Feiglinge.«

»Sie waren keine Feiglinge!«, beschwor Neko sie. »Die Flammen haben ihnen keine Chance gelassen, sich zu verteidigen. Genauso wie bei unseren Leuten dort oben. Ihr müsst in Eure Fernsteuer-Spinne steigen und den Kontakt zu mir herstellen. Gemeinsam können wir vielleicht mit den Wesen reden!«

Mitrades Blick zuckte zu der Fernsteuereinheit und zurück zu Neko. Schroeder kam es vor, als habe sie ihn und die auf sie gerichtete Waffe völlig vergessen. »Ich habe etwas gespürt«, murmelte sie. »Als ich dich beim letzten Mal gesteuert habe.«

»Das war das Wesen!« Neko trat noch einen Schritt vor, doch Schroeder stoppte ihn mit einem warnenden Räuspern. »Ich glaube, dass ich mit ihm kommunizieren kann. Aber ich kann es nur, wenn Ihr mich fernsteuert.«

Die Erkenntnis, dass sie soeben ihre Macht über Leben und Tod der Alteraner wiedergewonnen hatte, zeichnete sich als amüsiertes Lächeln auf Mitrades Gesicht ab. In Schroeders Kopf schrillten die Alarmglocken. Auf keinen Fall durfte er es zulassen, dass Mitrade die Oberhand gewann. Er hatte nur keine Ahnung, wie er das verhindern konnte. Mitrade war die Einzige, die die Fernsteuereinheit bedienen konnte.

Onmouts Stimme riss ihn aus seinen Überlegungen.

»Schroed… ier … Onmou…« Die Verbindung war schlecht. Schroeder verstand kaum ein Wort. »… haben …ra. Aber …lammen …reifen an. Du muss… ich …eilen.«

»Mitrade!«, flehte Neko. »Ihr habt gehört. Dort oben sterben sie! Bitte, Ihr müsst uns …«

Schroeder hatte genug von dem Gewinsel. Er trat vor und rammte Mitrade den Lauf seiner Waffe in die weiche Stelle unter ihrem Kiefer. Der Muskel an ihrem Hals vollführte einen wilden Tanz. Jetzt, da Schroeder ihr so nah war, sah er, dass es gar kein Muskel war. Irgendetwas war unter ihrer Haut eingepflanzt worden. Der Anblick war faszinierend und ekelhaft zugleich. Schroeder zwang sich, den Blick in Mitrades Augen zu senken. »Schluss mit dem Geplänkel!«, befahl er. »Rein in die Steuerung. Los!« Er gab der Larin einen Stoß, der sie vorwärtstaumeln ließ.

Wütend funkelte sie ihn an. Sie hatte den Mund schon geöffnet, um ihn anzufahren, gehorchte dann aber wortlos. Mit aufreizend langsamen Bewegungen kletterte sie in die spinnenartig aussehende Vorrichtung. Dann aktivierte sie ein Energieaggregat. Die Vorrichtung begann zu summen, und gleichzeitig baute sich ein schimmerndes Prallfeld auf, das Mitrade sanft von den Füßen hob. Wie ein großes Insekt über einer Seeoberfläche schwebte sie frei mitten im Raum. Bis sie ihre Hände auf zwei paddelförmige Steuerelemente legte, aus denen sich lange, geschmeidige Fingerlinge schoben und ihre Hände umfassten. Mitrade bewegte zwei ihrer Finger.

Neben Schroeder zuckte Jason Neko zusammen. Dann erstarrte er.

Fouchou reagierte als Erster. Er entsicherte den Karabiner und rannte an den verblüfften Soldaten vorbei hinaus auf den Gang. Befriedigt stellte er fest, dass die anderen ihre Erstarrung überwanden und ihm folgten.

Es waren eben immer noch die selben alten Haudegen, dachte er, während er um eine Ecke lief und sich durch die Menge der Flüchtenden in den Raum kämpfte, aus dem das kindliche Wimmern der Flammen drang.

Rasch verschaffte er sich einen Überblick. Fünf Flammen schwebten in einer Ecke und pulsierten in trägem Rhythmus. Fouchou sah ebenfalls fünf Menschen, die wie zu Salzsäulen erstarrt herumstanden. Der Rest der Flüchtlinge war mit aufgerissenen Augen an die Wände zurückgewichen, um so viel Platz wie nur möglich zwischen sich und die Flammen zu bringen. Zum ersten Mal ging Fouchou auf, wie perfekt die Angriffsstrategie der Flammenwesen war. Sobald sie ihre Opfer erst einmal unter Kontrolle hatten, konnten die sich kaum noch bewegen.

»Achtung!«, rief er, ohne genau zu wissen, warum eigentlich. Dann schoss er.

Der Betäubungsstrahl brach aus seiner Waffe hervor, suchte sich seinen Weg und traf einen der Männer in den Rücken, auf den sich gerade eine der Flammen niedersenkte. Wie eine Marionette, der man die Fäden durchgeschnitten hatte, sackte der Mann in sich zusammen.

Die Flamme, auf diese Weise ihres Opfers beraubt, verharrte einen Moment an Ort und Stelle. Ihr Pulsieren änderte den Rhythmus. Fouchou konnte sich des Eindrucks nicht erwehren, dass die Flamme irritiert war. Anders als jene, mit der er es vorhin zu tun gehabt hatte, schien diese sich jedoch schnell zu fangen. Ohne weitere Verzögerungen wandte sie sich dem nächsten Opfer zu.

Fouchou schoss erneut.

Erleichtert registrierte er, dass die anderen Bewaffneten sich ihm anschlossen. Die Gebannten fielen einer nach dem anderen zu Boden, ohne dass die Flammen einen Einzigen von ihnen töten konnten.

Ihr Triumph war allerdings von kurzer Dauer, denn genau in diesem Moment hörte Fouchou Schreie aus den anderen Räumen.

Wieder rannte er los. Gedanken waren in Nekos Kopf, füllten ihn mit solcher Intensität, dass sein Schädel zu explodieren drohte.

Er schrie auf. Er wollte die Hände heben, sie gegen die Schläfen drücken, konnte es aber nicht. Er stand steif wie eine Statue. Mitrade schwebte vor ihm, den Mund vor Entsetzen weit aufgerissen. Ein Speichelfaden lief ihr über Unterlippe und Kinn, und Neko richtete seine gesamte Aufmerksamkeit auf dieses Detail, weil er sonst den Verstand verloren hätte.

Er spürte, wie sein Ich sich unter dem beständigen, trommelfeuerartigen »Hunger! Hunger!« auflöste, das auf ihn einprasselte. In regelmäßigen Abständen wandelte sich ein Hungerimpuls in kurze, ekstatische Befriedigung, und diese Wahrnehmung war noch schlimmer als die archaische, irrsinnige Gier. Denn sie ließ Neko begreifen, dass ein weiterer Mensch gestorben war.

Er brauchte all seine Kraft, um einen sinnvollen Gedanken zu formulieren – einen Gedanken, von dem er nur hoffen konnte, dass die Flammen ihn verstanden. Mitrade war ihm dabei keine Hilfe, kontrollierte sie doch nur seinen Körper, nicht jedoch seinen Geist.

Dennoch schaffte er es.

»Wer seid ihr?«, dachte er so intensiv, wie er nur konnte. »Warum tötet ihr uns?«

Das Trommelfeuer der gierigen Impulse ließ kurz nach. Es wurde ersetzt von einem starken Gefühl der Irritation, und dann entstand eine seltsame Leere in Nekos Kopf.

Eine Stimme drang wie durch eine dichte Wasserwand in seinen Geist. Verzerrt klang sie und langgezogen, und Neko hatte Mühe, ihren Sinn zu erfassen.

»Aufhören! Sofort!«

Er hörte ein lautes, schepperndes Geräusch, und im nächsten Moment war er frei. Seine Beine gaben nach, als sein gesamter Körper sich entspannte.

Die Impulse waren fort. Neko krümmte sich auf dem Fußboden zusammen. Schroeder war bei ihm, stützte ihn.

Mit tränenden Augen und pochendem Schädel richtete Neko sich auf. »Ich konnte sie spüren«, ächzte er. »Für den Moment sollte es vorbei sein.«

Es war ein ungleicher Kampf, in dem Angriffs- und Verteidigungstaktiken sich in schneller Folge aneinander anpassten.

Onmout verteilte die dreizehn Bewaffneten auf die verschiedenen Räume, um so zu verhindern, dass sich die Flammen stets einen unbewachten aussuchten. Zunächst stoppte das den Angriff, bis die Flammen begriffen hatten, dass sie sich zusammentun mussten. Sie waren inzwischen an die 50, schätzte Fouchou, und als sie sich sammelten und geballt in einem einzigen Raum angriffen, hatten sie rasch fast die gleiche Anzahl von Menschen getötet, bevor die zwölf anderen Bewaffneten ihrem auf diese Weise überforderten Kameraden zu Hilfe eilen konnten.

Dann änderten auf einmal auch die Flammen ihre Vorgehensweise. Plötzlich griffen sie Fouchou und die Männer an.

Bevor die sich klar darüber wurden, was geschah, waren zwei von ihnen tot.

Fassungslos starrte Fouchou auf die zusammengesunkenen Leichen, sah zu, wie sich die Flammen teilten und zurückzogen.

Zwei der Dekombor-Flüchtlinge zögerten nicht lange. Sie brachten den Strahlenkarabiner der Gefallenen an sich und sahen Fouchou fragend an.

Der nickte nur und wies mit dem Kinn auf die verbliebenen Flammen. Sie näherten sich erneut Fouchous Gruppe.

Fieberhaft überlegte er, wie er dieses neue Problem bewältigen konnte. Er überlegte noch, als die Flammen plötzlich allesamt in der Luft stehen blieben. Ihr Pulsieren beschleunigte sich, wandelte die Farbe von hellem Blau zu schmuzigem Weiß.

»Was passiert jetzt?«, flüsterte jemand.

Fouchou schüttelte den Kopf. »Ich habe keine Ahnung.«

Vor ihren staunenden Augen zogen sich die Flammen ungesättigt zurück und waren im nächsten Moment verschwunden.

»Schroeder?« Kaum dass Mitrade Neko aus der Fernsteuerung entlassen und dessen Gesicht den verzerrten, panischen Ausdruck verloren hatte, scholl Fouchous Stimme aus Schroeders Hyperkom. »Ich weiß nicht, was Sie gemacht haben, aber es scheint zu funktionieren! Die Flammen haben den Angriff abgeblasen.«

»Gut.« Schroeder ließ Neko nicht aus den Augen. »Ich melde mich wieder bei Ihnen.«

»Beeilen Sie …«

Mitten im Satz würgte Schroeder den Wissenschaftler ab. Er packte Neko am Arm und bugsierte ihn in einen der larischen Kommandosessel. Sanft drückte er ihn hinein. »Was hast du gehört? Erzähl!«

Neko fuhr sich mit der Hand über den Mund. »*Gehört* ist nicht das richtige Wort«, begann er. Seine Stimme klang dünn, wie Papier, das im Wind raschelte. »Es war wie ein Einssein mit ihnen. Ich konnte ihren Hunger spüren, und die Befriedigung, wenn sie sich jemanden einverleibt hatten.«

Schroeder registrierte die seltsame Beschreibung des Tötungsvorgangs, sprach sie aber nicht an. Vorerst nicht.

»Sie haben eine Art kollektive Erinnerung«, fuhr Neko fort und verbesserte sich gleich darauf: »Nein, das ist nicht das richtige Wort. Es ist, als wären sie ein Wesen. Wie ein Bienenvolk oder so. Aber sie haben eine Art Gedächtnis.«

»Woher kommen sie?« Schroeder stützte sich auf den Armlehnen ab, um Neko genauer ansehen zu können. Zu seiner Beruhigung verging dessen Schwäche jedoch zusehends.

»Durch den Tunnel. Ihr Schwarm kam durch den Tunnel. Das denken sie immer wieder. *Durch den Tunnel, aus einer Welt, die unendlich viel heißer ist als diese.*«

»Was ist *der Tunnel?*«

»Das wissen sie nicht.«

Schroeder fiel der Wasserfall ein, den Tamra entdeckt hatte. Dessen Impulse ähnelten denen der Flammen sehr, hatte sie gesagt. Vielleicht befand sich dieser geheimnisvolle Tunnel hinter dem Wasserfall. Konnte es sein, dass der Einfluss der Flammen auf seinen Geist eine Art Überbleibsel von der Passage durch den Tunnel war? Wie ein übler Geruch, der an ihnen haften geblieben war und den er und andere sensible Menschen wahrnehmen konnten?

»Sie wissen, dass sie durch den Tunnel kamen und danach sehr hungrig waren«, nahm Neko den Faden wieder auf. »Sie begannen, die Tiere von Terra Incognita zu jagen, um diesen Hunger zu stillen. Aber ihr Schicksal war, dass es auf dem Planeten keinerlei intelligentes Leben gab.«

»Warum das?«

Neko zuckte die Achseln. »Ich bin nicht sicher. Die Erinnerung ist hier vage, verschwommen, so als sei sie einmal da gewesen, aber inzwischen vergessen worden. Die Flammen wissen, dass sie beides brauchen. Sie stillen ihren Hunger mit unintelligentem Leben, aber sie sind beständig auch auf der Suche nach intelligentem. Ein Instinkt sagt ihnen, dass sie es benötigen, aber sie wissen nicht, warum.«

»Und bei der Suche danach haben sie nach und nach alles Leben auf Terra Incognita ausgelöscht?«

»Genau. Danach verfielen sie in eine Art Hungerstarre. Flamme um Flamme verging, bis am Ende nur eine Einzige übrig blieb. Es ist ganz ähnlich wie bei einem Wespenstaat: Es überlebt nur ein einziges Individuum die Zeit des Hungerns. Und das erwacht ein jedes Mal aus seinem Schlaf, wenn ein Schiff notlandet, und der Reproduktionszyklus beginnt von neuem.«

»Hast du herausgefunden, womit wir sie bekämpfen können?«

»Nein. Sie sind gegen jede Art von Gewalteinwirkung immun, egal, ob sie physisch oder energetisch ist. Man kann sie nicht besiegen.«

»Aber sie haben von ihrem Angriff abgelassen, sobald du mit ihnen in Kontakt warst.«

»Weil sie irritiert waren. Sie haben noch nie Kontakt mit ihren Opfern gehabt. Ich habe aber keine Ahnung, wie lange die Irritation sie abhält.«

Tamra bekam von dem neuen Angriff der Flammen nicht viel mit, denn der Medorobot, der sie behandelte, hatte ihr nicht nur den Raumanzug und damit den Hyperkom weggenommen, sondern sie darüber hinaus in einen leichten Betäubungszustand versetzt, um ihre Krämpfe zu lindern.

Sie wusste jedoch genug, um Onmouts Gesicht deuten zu können, als er zu ihr in die Kammer geeilt kam.

Auf die Ellbogen gestützt sah sie ihm entgegen. »Sie haben wieder angegriffen, nicht wahr?«

Er nickte.

Tamra fragte sich, wie lange Onmout nicht mehr geschlafen hatte. Sein Gesicht sah schlaff und grau aus wie das eines alten Mannes, seine Gesten wirkten gehetzt und unruhig.

»Sie haben den Angriff völlig überraschend abgebrochen, und wir hoffen, dass sie es dabei belassen. Vorerst zumindest.« Er erzählte ihr mit knappen Worten, was Fouchou über die Betäubungsstrahler herausgefunden hatte und dass Schroeder zusammen mit Jason Neko bei Mitrade war, um eine Lösung für ihr Problem zu finden. »Wir hoffen, dass er tatsächlich eine gefunden hat. Im Moment sieht es fast danach aus, aber …« Er unterbrach sich, als fiele ihm erst jetzt wieder ein, warum er gekommen war. »Wie haben Sie den Angriff der Flamme überlebt?« Ihr war anzusehen, welche Hoffnung er auf ihre Antwort setzte. Wie verzweifelt er versuchte, die ihm anvertrauten Menschen vor der schrecklichen Gefahr der Flammen zu bewahren.

Sie hatte beinahe ein schlechtes Gewissen, dass sie ihm nicht helfen konnte. »Ich habe es überlebt«, bestätigte sie ihm. »Aber das Kind nicht.«

»Sie haben es verloren?«

Tamra nickte und versuchte sich klarzuwerden, was sie dabei fühlte. Im Moment war da nur eine große Leere, und sie hatte keine Ahnung, womit sie sich füllen würde, ob mit Erleichterung oder Trauer. »Die Flamme, die mich angreifen wollte hat, hat stattdessen das Kind …« Weiterzusprechen war unnötig.

Onmout schürzte die Lippen. »Es tut mir leid.«

Er zuckte zusammen, als sein Hyperkom sich meldete. Fouchous Stimme füllte den Raum mit seiner Lautstärke.

»Sie greifen wieder an!«

Sechsundzwanzig

Diesmal kam der Angriff der Flammen ohne Vorwarnung. Ian Fouchou hatte seine Männer auf die verschiedenen Räume verteilt, um ihre Verteidigung so breit wie möglich zu streuen. Er war dabei, die Betäubten in eine bequemere Lage zu betten, als er das blaue Leuchten oben in der Ecke entdeckte. Im nächsten Moment fielen die Flammen auch schon über die Menschen her.

Zwei von ihnen starben, bevor Fouchou seine Überraschung überwinden konnte. Er informierte Onmout, dann riss er die Waffe hoch und gab in rascher Folge mehrere Schüsse ab. Zehn Menschen sanken betäubt zu Boden, und von ihnen ließen die Flammen so rasch ab, dass es beinahe angeekelt aussah. Es waren jedoch zu viele, als dass Fouchou allein mit ihnen fertigwerden konnte.

Direkt vor seinen Augen teilte sich eine der Flammen, und statt sich, wie gewohnt, gesättigt zurückzuziehen, verharrte sie kurz in der Luft und suchte sich dann ein neues Opfer.

Innerhalb von Minuten waren weitere hundert Menschen tot, und mit jedem beschleunigte sich das Sterben der anderen. Es war ein einziger höllischer Totentanz, erfüllt mit panischen Schreien und entsetztem Kreischen, unterlegt mit dem regelmäßigen Donnern der Betäubungsstrahler.

Dann war es schlagartig still. Die Menschen in Fouchous Raum waren entweder tot oder lagen paralysiert kreuz und quer übereinander. Einen Moment lang schwebten die Flammen über ihnen, und ihr Flackern wirkte beinahe fassungslos.

Dann zogen sie sich zurück.

Und im nächsten Moment begann der Terror in einem der anderen Räume von neuem.

Schroeder richtete den Blick nachdenklich nach innen, um die Informationen zu sortieren, die Neko ihm gegeben hatte.

Im nächsten Moment geschah alles mit rasender Geschwindigkeit.

Plötzlich hatte Neko eine Waffe in der Hand, und ihre Mündung zielte direkt auf Schroeders Magen.

»Was soll das?« Schroeder hatte die Frage schon hervorgestoßen, bevor er bemerkte, dass es nicht Neko war, der ihn bedrohte. Es war Mitrade. Sie hatte unbemerkt die Steuerung wieder aktiviert und die Kontrolle über Neko übernommen. Bevor sie jedoch den Abzug durchdrücken konnte, stöhnten sie und Neko wie aus einem Mund auf.

Nekos Miene verzerrte sich in heller Panik, und in einem einzigen Aufblitzen der Erkenntnis begriff Schroeder, dass ihm der offenbar eben begonnene neuerliche Angriff der Flammen das Leben gerettet hatte.

Mitrade zog die Lippen zurück und entblößte die Zähne. »Schieß endlich!«, keuchte sie.

Schroeder sah Nekos Finger zittern. Unaufhaltsam näherte er sich dem Abzug.

In dem Moment, in dem er durchzog, brach ein Schrei aus seiner Kehle hervor. Er riss die Waffe nach oben, und der Schuss fauchte um Haaresbreite an Schroeders Wange vorbei. Wie gelähmt stand der da, nicht fähig, die Hand an die schmerzende Wunde zu pressen, die die Hitze des Schusses in seinem Gesicht hinterlassen hatte.

Vor seinen Augen brach Neko in die Knie. »Aufhören!«, wimmerte er. »Mitrade! Bitte!«

»Wir schaffen es nicht!« Fouchous Schrei gellte über den Lärm und das Chaos. »Rückzug!«

Aber als sei das ein Signal gewesen, stoppte der Angriff der Flammen plötzlich zum zweiten Mal.

Jede Einzelne von ihnen – es mochten inzwischen fast 1000 sein – verharrte mitten in der Bewegung, und gemeinsam begannen sie sachte auf und ab zu schweben.

Fouchou ließ den Strahler sinken. Seine Schultern schmerzten von der Anstrengung des Schießens, und seine Ohren schrillten in der plötzlichen Stille. Nur das leise Schluchzen einiger weniger Menschen war zu hören.

»Schroeder!«, flüsterte Fouchou.

In der Zentrale des Larenschiffes krallte sich Jason Neko beide Hände in die Wangen, als wolle er sich die Haut vom Gesicht reißen. »Sie sind Leben wie Ihr!«, wimmerte er immer wieder.

Schroeder schlug auf sein Hyperkom und lauschte auf das Abebben des Kampflärms oben in dem Fragmentraumer. Stille senkte sich, Stille, in der er mit sich kämpfte, was er tun sollte.

Solange Mitrade Neko kontrollierte, stand offenbar die Verbindung der beiden mit den Flammenwesen. So lange zögerten die Flammen, die Menschen anzugreifen. Aber so lange litt Neko unter Höllenqualen.

Schroeder sah zu Mitrade hinüber. Sie schien von den Impulsen der Flammen ähnlich gequält zu werden, hatte jedoch offenbar einen Grund, die Verbindung nicht zu kappen. Wieder wanderte Schroeders Blick zu Neko.

Die Waffe.

Mitrade wollte um alles auf der Welt Schroeder erschießen. Dafür war sie bereit, die geistigen Qualen auszuhalten.

In einem Anflug von Fatalismus hob Schroeder seinen Strahler und richtete ihn auf die Larin. »Abschalten!« Sein erstes Ziel musste sein, am Leben zu bleiben. Wenn er starb, hatte Mitrade Neko in ihrer Gewalt. Schroeder ahnte, dass die Larin dann mit Neko den Planeten verlassen würde. Und das würde den sicheren Tod für alle Menschen dort oben bedeuten.

»Abschalten!«, sagte er noch einmal.

»Nein!« Nekos Stimme klang mit einem Mal völlig klar und unverzerrt. Schroeder wandte sich zu ihm um. Die Maske des Grauens war von seinem Gesicht gefallen, ebenso wie alle Anzeichen der Fernsteuerung. »Sie sind jetzt intelligent!«, sagte er leise. »Sie haben aufgehört, ihre Panikimpulse zu senden.«

In Schroeders Geist schrillten die Alarmglocken. Warum hatte Mitrade ihn so plötzlich freigegeben? Er sah Nekos Augen weit werden und reagierte instinktiv.

Mit einem Satz hechtete er vor, prallte gegen den Knechtgeborenen. Riss ihn mit sich von den Füßen.

Und teleportierte.

Er war nicht schnell genug. Glühend heiß fraß sich etwas in seinen Oberarm.

Tamra hatte endlich ihren Raumanzug wiedererhalten und ihr Funkgerät auf Fouchous Frequenz eingestellt. Atemlos hörte sie mit an, was bei den Flüchtlingen geschah.

Als sich die Stille der neuerlichen Angriffspause über den Fragmentraumer senkte, hielt sie es nicht mehr aus. Sie stemmte sich von ihrem Lager hoch, schob den protestierenden Medoroboter kurzerhand zur Seite und wankte aus dem kleinen Raum. Boffään, dessen Anwesenheit sie bisher gar nicht registriert hatte, ignorierte sie auch jetzt.

Der Gang, der zu den Quartieren der Flüchtlinge führte, lag scheinbar endlos vor ihr. Sie hatte Mühe, die leichte Schräge des Fußbodens auszugleichen. Mit der Hand stützte sie sich an der Wand ab und erreichte schließlich den ersten Raum. Ihr bot sich ein Bild des Grauens. Hier stand niemand mehr auf den Beinen. Allein die geweiteten Augen und die flammenförmigen Narben zeigten an, welche der reglosen Gestalten vor ihr tot waren und welche nur betäubt.

Tamra lief in den zweiten Raum, fand dort ein ähnliches Bild vor. Im dritten schließlich traf sie auf Onmout, Fouchou und die anderen Soldaten, die die Betäubungsstrahler in den Händen hielten. Eine gewaltige Masse blau leuchtender Flammen schwebte unter der Decke, ihre kleinen Körper pulsierten in langsamem Rhythmus in allen Blautönen. Durch die Enge, in der sie sich zusammengedrängt hatten, wirkten sie jetzt wie ein einziger, großer, atmender Organismus.

Tamra trat mit lautlosen Schritten neben Fouchou. »Was hat das zu bedeuten?«, flüsterte sie.

Fouchou schüttelte den Kopf. »Ich habe keine Ahnung.«

Schroeder materialisierte mit Neko auf einem der Lavaströme, ungefähr zwei Kilometer entfernt vom Larenschiff. Der Schwung, den er vor der Teleportation gehabt hatte, riss ihn jetzt noch vorwärts und ließ ihn zu Boden stürzen. Er schrie auf, als Feuer durch seinen Arm raste.

»Komm!« Neko bot ihm seine Hand und half ihm hoch. Er kümmerte sich nicht um Schroeders Verletzung, sondern drängte ihm seine Waffe auf. »Hier, nimm! Ich weiß nicht, wie lange es dauert, bis Mitrade mich wieder übernimmt.«

Schroeder nahm den Strahler und steckte ihn in sein Halfter. Den eigenen behielt er in der Hand, senkte die Mündung jedoch zu Boden. Mit zitternden Fingern aktivierte er den Anzugkom. »Was ist mit den Flammen?«

»Sie haben eine bestimmte Größe erreicht und scheinen intelligent zu sein. Sie haben begriffen, dass wir es ebenfalls sind. Für den Augenblick werden sie nicht wieder angreifen.«

Schroeder hob sein Hyperkom an die Lippen. »Demetrius, hast du das gehört?«

»Ja«, kam die Antwort, von den hyperphysikalischen Störungen verzerrt, aber verständlich. »Neko hat Recht. Sie schweben hier direkt vor uns und sehen ziemlich verwirrt aus.«

»Das sind sie auch. Sie waren noch niemals zuvor in einer solchen Lage. Sie vermuten, dass ihr Schwarm bei der Passage durch den Tunnel mutiert ist, denn das Volk, von dem sie abstammen, war nicht imstande, Intelligenz zu entwickeln. Die Situation ist völlig neu für sie, und sie versuchen, eine Entscheidung zu treffen, was sie nun tun sollen.«

»Irgendwie befürchte ich, dass sie nicht lange in diesem Zustand bleiben«, meinte Onmout.

»Wir müssen versuchen, mit ihnen zu verhandeln«, sagte Neko. Während er sprach, begann er damit, Schroeders Armwunde zu untersuchen.

»Was haben wir schon anzubieten?«, fragte Onmout. »Wenn ihnen einfällt, dass ihr Hunger groß genug ist, um uns auch zu verspeisen, obwohl wir intelligent sind wie sie, dann gute Nacht.«

Bei der Untersuchung berührte Neko Schroeders Wunde. Der Mutant stieß einen kurzen Schrei aus.

»Was ist mit dir?«

Er glaubte, seinen Ohren nicht zu trauen. »Tamra?«

»Ja. Natürlich. Was …«

»Du lebst?«

»Natürlich lebe ich. Wieso …« Sie stockte und Schroeder konnte sie scharf einatmen hören. »Du hast geglaubt, ich bin tot? Du hast nicht versucht, mich zu orten?«

Schroeders Beine drohten nachzugeben. An diese Möglichkeit hatte er nicht einen Gedanken verschwendet! »Ich habe die Flamme gesehen, die sich geteilt hat, nachdem du … ich dachte …« Tränen der Erleichterung schossen ihm in die Augen.

Er hörte Tamra lachen. Dann zog sie die Nase hoch. »Du Riesenidiot! Die Flamme hat mein Kind …« Sie schniefte erneut. »Idiot!« Dann verstummte sie.

»Schroeder?« Diesmal war es Fouchou, der sich meldete. »So leid es mir tut, wir haben keine Zeit für Familienzusammenführungen. Wir müssen einen Weg finden, Frieden mit den Flammen zu schließen.«

»Gleich. Tamra? Geht es dir gut? Ich meine, das Kind …«

»Mir ist nichts passiert. Ich bin offenbar auf einer schrägen Ebene gelandet, die meine Aufprallenergie weit genug reduziert hat. Eine Menge blaue Flecken habe ich, aber sonst …«

»Du hast dein Kind verloren.«

»Nicht durch den Sturz. Ich hatte vorher schon Krämpfe. Ich glaube, dass es nicht lebensfähig war.«

»Moment!« Fouchou drängte sich erneut in das Gespräch. »Was haben Sie da gesagt?«

Er unterhielt sich einen Augenblick lang aufgeregt mit Tamra. Schroeder verstand nicht viel, da sie schnell redeten und die Störungen ihr Gespräch überlagerten. Schließlich meldete er sich atemlos: »Schroeder, hören Sie zu. Offenbar hat die Flamme, die Tamra angreifen wollte, sich stattdessen Tamras Kind einverleibt – Entschuldigung, Tamra! Wir sind uns nicht ganz sicher, aber es könnte sein, dass sie das Kind nicht getötet hat, sondern dass es genau im Moment des Angriffs von allein starb.« Fouchou wirkte aufgeregt. »Vielleicht ist das eine Lösung für unser Problem! Wenn das stimmt, nützt den Flammen auch ein normaler natürlicher Tod, damit sie sich vermehren. Wenn wir ihnen das begreifbar machen können …«

Ein grausamer Schmerz raste durch Schroeders Arm und ließ den Rest der Worte hinter einem blutigen Schleier verschwinden. Neko hatte seine Hand um die Schusswunde gekrallt. Für einen winzigen Augenblick dachte Schroeder, er tue das, um die Blutung zu stoppen, aber dann erhaschte er einen Blick in Nekos Gesicht und wusste, dass Mitrade ihn wieder übernommen hatte.

Die Eindrücke prasselten mit solcher geballten Wucht auf Nekos Geist ein, dass er sich wie unter einem mentalen Trommelfeuer vorkam.

Er sah die Erinnerungen der Flammen, sah die Welt, in der sie früher gelebt hatten, sah ihre riesige, blauflammende Sonne. Er spürte, wie die aus ihrem instinktgesteuerten Dasein erwachten Flammen anfingen, Fragen zu stellen.

Woher stammen wir?

Diese Sonne – sie sieht aus wie wir.

Ist sie unser Ursprung?

Bevor er einen klaren Gedanken formulieren konnte, hatte Mitrade ihn unter ihrer Gewalt, und er spürte, wie sein Körper erstarrte. Er wehrte sich gegen die Beeinflussung, doch er war machtlos dagegen. Ohne dass er es verhindern konnte, zwang Mitrade seine Hand um Schroeders Wunde. Er sah mit an, wie Schroeder in die Knie ging, sich gleich darauf jedoch zusammenriss und die Waffe hob.

Er sah den düsteren Ausdruck in dem Gesicht des Mutanten, und dann richtete sich die Mündung genau auf seinen Bauch.

»Wenn du mich nicht loslässt, Larin«, presste Schroeder zwischen den Zähnen hervor, »jage ich deinem Schoßhund einen Schuss in den Bauch.«

Abrupt lockerte sich der Griff um seine Wunde, und Schroeder registrierte es beinahe erstaunt. Offenbar hatte seine Ahnung ihn nicht getrogen: Neko war kostbar für Mitrade! Die Frage war nur: warum? Er atmete ein paarmal tief durch, um die Übelkeit zu vertreiben, die durch seinen Leib wallte.

Vor seinen Augen verdichteten sich die Schleier, die er dem Blutverlust verdankte. Sein Oberkörper schwankte, und seine Bewegungen waren viel zu langsam, als dass er Hoffnung auf einen Erfolg seines verzweifelten Versuchs haben durfte. Dennoch entriss er Neko seinen Arm, vollführte eine halbe Drehung und schlug gleichzeitig mit dem Strahlerlauf zu.

Der Aufprall fuhr wie ein Messer in seinen Leib. Schwärze senkte sich über seinen Geist, und er konnte sie nur mit äußerster Anstrengung noch einmal vertreiben.

Neko schwankte nicht. Zwar hatte er ihn getroffen, aber der Schlag war nicht hart und vor allem nicht schnell genug gewesen. Mitrade hatte Nekos Arm hochgerissen und den größten Teil der Wucht abgefangen.

Schroeder hörte Neko aufschreien, aber die Welt um ihn herum war nur noch eine immer ferner rückende Kulisse. Er hörte einen Fluss rauschen und begriff, dass es das Blut in seinen Ohren war.

Dann traf ihn etwas seitlich am Schädel und löschte alle Empfindungen aus.

Tamra hatte darauf bestanden, in der OT-13 mitzufliegen, die Onmout losgeschickt hatte, um Schroeder zu helfen.

Jetzt lehnte sie an dem Fenster neben ihrem Sitz und sah mit an, wie Neko sich über die breiten Lavaströme und die felsenübersäten Gebiete dazwischen quälte und zu Mitrades Raumschiff stolperte.

Der Pilot ließ den Gleiter ungefähr 20 Meter über Nekos Kopf schweben. »Was machen wir mit ihm?«

»Er ist auf dem Weg zu Mitrade.« Tamra sah zu, wie Neko mühsam und mechanisch eine kleine Schräge hinaufkroch. *Warum nur will Mitrade ihn unbedingt in ihre Hände bekommen?,* fragte sie sich. Sie schüttelte den Kopf. »Lassen wir ihn in Ruhe. Startac braucht unsere Hilfe dringender.« Sie wies voraus, wo Schroeders Leib regungslos auf dem schwarzen Felsen lag.

Als sie neben ihm landeten, erwachte er gerade wieder aus seiner Ohnmacht. Tamra wartete nicht, bis die Laderampe den Boden berührte, sondern sprang den letzten halben Meter hinab und eilte zu ihm.

Er blutete stark aus einer Fleischwunde am Arm, und der Blutverlust hatte ihn noch bleicher werden lassen, als er ohnehin schon war. Eine lange, ebenfalls blutige Schramme zog sich über seinen Unterkieferknochen bis hinauf zum Ohr.

Aber er schien nicht ernstlich verletzt zu sein, denn er richtete sich auf, bevor sie ihn ganz erreicht hatte. Mit ihrer Hilfe kam er auf die Füße.

»Lass uns abhauen«, knirschte er mit schmerzverzerrtem Gesicht. »Bevor Mitrade Neko hat und sich entschließt, uns abzuschießen.«

Siebenundzwanzig

Zu Mitrades Erleichterung hatten die Impulse der Flammen ihre Intensität verändert, seitdem sie Intelligenz entwickelt hatten. Zwar konnte sie sie noch immer wahrnehmen, aber sie waren nicht mehr erfüllt von animalischer Gier und ekstatischer Triebbefriedigung, sondern glichen nun eher zögerlichen, irritierten Fragen. Es fühlte sich an wie das Zupfen an ihrem Geist, wenn ihr ein Name nicht einfallen wollte, von dem sie genau wusste, dass sie ihn eigentlich in ihrer Erinnerung gespeichert hatte.

Jason Neko befand sich jetzt ganz in der Nähe des Schiffes. Wenn sie ihn erst in ihrer Gewalt hatte, würde sie ihn nicht mehr fernsteuern müssen. Dann würde sie ihn zu einem hübschen Paket verschnüren, in einen der Raumjäger verfrachten und diesen elenden Planeten endlich verlassen, um zu Kelton-Trec zurückzufliegen.

Im Lauf der Zeit, die sie nun schon damit verbracht hatte, Alteraner fernzusteuern, hatte sie es zur Perfektion darin gebracht, mit einem Teil ihres Bewusstseins die Steuerung durchzuführen und gleichzeitig mit einem anderen ihren eigenen Gedanken nachzuhängen.

Tamra fiel ihr ein und ihre Rache, die nun noch eine Weile auf sich warten lassen musste. Allein der Gedanke an die Alteranerin führte jedoch dazu, dass sie vor Zorn am ganzen Körper zu zittern begann. Sie lenkte sich damit ab, dass sie sich auf Jason Neko konzentrierte.

Der Weg über die Lavaströme schien mühsam zu sein, denn Neko näherte sich der KERIGAN-CORT nur sehr langsam. Endlich jedoch stand er im Schatten des Schiffes, die Schultern gestrafft und der Nacken ebenfalls, wie ein Soldat, der auf einen Befehl wartete.

Mitrade entließ ihn aus ihrer Gewalt und öffnete die untere Schleuse für ihn.

Obwohl Neko jetzt nicht mehr ferngesteuert wurde, kam er schließlich in die Zentrale. Seine Haltung hatte sich in der Zeit, die er gebraucht hatte, um das Schiff zu durchqueren, verändert. Seine Schultern hingen nach vorn, ebenso der Kopf, sodass seine langen, schwarzen Haare seine Augen verdeckten.

»Hallo, Jason!« begrüßte Mitrade ihn. Ein erregtes Kribbeln rann über ihren Rücken. Sie hatte ihn!

Endlich hatte sie Jason Neko in ihrer Gewalt.

Er stand eine Weile reglos, als habe er ihre Worte nicht gehört. Dann hob er langsam den Kopf und richtete den Blick auf sie.

Seine Augen flackerten vor unterdrückter Wut, und eine Düsternis ging von ihm aus, die die Erregung in Mitrade noch um einige Grad nach oben schraubte. Sie liebte es, mit ihm zu spielen. Ihn zu manipulieren, ohne dabei die technischen Möglichkeiten der Fernsteuer-Spinne zu benutzen. Sich dabei einfach nur auf ihren Intellekt zu verlassen.

Mit einem feinen Lächeln hob sie die Augenbrauen.

»Warum, Mitrade?« Heiser war seine Stimme, ein wenig zitterig, und die Tatsache, dass er sie zum ersten Mal mit ihrem Namen und nicht mit »Herrin« angeredet hatte, ließ Wut wie einen winzigen Funken in ihrem Magen aufglimmen.

Sie ging einige Schritte auf ihn zu. »Warum?«, wiederholte sie. Langsam umrundete sie ihn und hoffte, er würde genügend Angst vor ihr empfinden, um sie misstrauisch im Auge zu behalten.

Er tat es nicht.

Er stand einfach da und starrte geradeaus.

Mitrade knirschte mit den Zähnen. »Warum was, mein Lieber?«

Neko sog Luft in die Lungen und richtete sich dabei zu seiner ganzen Größe auf. »Warum habt Ihr mir diesen Fernsteuerchip einbauen lassen?«

Das war die Frage, die ihn am meisten umtreiben musste. Mitrade kicherte leise. »Weil ich es konnte.«

»Wann?«

»Oh, das ist sehr lange her.«

»Ihr habt mich benutzt wie ein Spielzeug.«

Mitrade hatte ihre Umrundung seiner Gestalt beendet. Dicht vor ihm blieb sie stehen und legte ihm eine Hand unters Kinn. Als sie ihn zwang, ihr ins Gesicht zu sehen, nahm ihr der Hass in seinen Augen beinahe den Atem. Das Kribbeln ebbte ab, verstärkte sich jedoch gleich darauf wieder, wie bei einem Spiel, bei dem sie auf ein schlechtes Blatt den Einsatz verdoppelt hatte.

Behutsam tastete sie über den Sen-Trook-Strang an ihrem Hals.

Nekos Blicke verfolgten sie dabei, und sie ließ die Hand sinken. »Was versprecht Ihr Euch für einen Vorteil von mir?«

Ein ganz leichter Schauer ließ Mitrades Miene wanken, verging jedoch so schnell, dass Jason sich nicht ganz sicher war, ob er ihn gesehen oder sich getäuscht hatte. Seine Frage war ins Blaue gezielt, denn er hatte keine Ahnung, warum sie ihn zurück in das Raumschiff gebracht hatte. Er wusste nur, dass sie solch einen Aufwand nicht für ein einfaches Spielzeug betreiben würde.

Sie musste einen triftigen Grund haben.

»Ihr seid nicht hier, um die Flüchtlinge wieder einzufangen«, sagte er leise. Dieser Gedanke war ihm schon in dem Moment gekommen, als er genauer über die KERIGAN-CORT nachgedacht und begriffen hatte, dass sie viel zu klein war für die 8000 Menschlinge – Menschen, korrigierte er sich in Gedanken. »Ihr wollt Rache, nicht wahr?«

»Rache?« Mitrade wiederholte das Wort, als komme es ihr zum ersten Mal in den Sinn. »Ein hübscher Gedanke.«

Der Hass, der sich seit jenem Moment in Neko aufgestaut hatte, als er gewahr geworden war, was Mitrade mit ihm anstellte, entzündete sich in einem einzigen grellen Aufflackern. Er hatte jedoch nicht die Kraft, sich auf sie zu stürzen und ihr den Hals umzudrehen, wie er es vorgehabt hatte. Stattdessen überkam ihn eine grenzenlose Müdigkeit, die umso schwerer zu ertragen war, als der Hass ihn ruhelos machte.

Sein Blick fiel auf die Fernsteuer-Spinne. »Ihr habt vor, mich zu nutzen, um Tamra zu quälen, stimmt es?«

»Was für ein selbstgerechter kleiner Kerl du doch bist«, zischte Mitrade. »Glaubst du allen Ernstes, Tamra schert sich auch nur eine Sekunde lang um dich?«

Die larische Überheblichkeit, mit der sie das sagte, überstrahlte einen Moment lang all seine Gedanken. *Sie hat Recht!,* schoss es ihm durch den Kopf, doch dann wehrte er sich gegen den Impuls, ihr zu glauben. »Sie tut es«, sagte er schlicht.

»Sie hält dich für einen Trottel! Spätestens, seit du ihr damals diesen schnurrigen Heiratsantrag gemacht hast. Erinnerst du dich daran? Du hast dich benommen wie ein rolliger Straßenkater.«

»Ihr wart es, der mich damals diese Worte sprechen ließ!« Er rief die Erinnerung an jenen Moment in sich wach und verdrängte die Scham, die er bisher dabei empfunden hatte.

Mitrade warf den Kopf in den Nacken und lachte auf. »Möglich.«

Jason ballte die Hände zu Fäusten. Ihm war, als müsse er sich hier und jetzt auf dem Boden zusammenrollen und die Augen schließen, um dann nie wieder aufzustehen. Die Erkenntnis, dass er niemals Sicherheit darüber erlangen würde, welche seiner Taten seine eigene Entscheidung gewesen waren und welche nicht, schmerzte ihn so sehr, dass es kaum auszuhalten war. »Und die Sabotage der ORTON-TAPH ebenfalls«, hauchte er.

»Sabotage? Oh nein, als du dich auf der ORTON-TAPH befunden hast, war ich gar nicht in der Lage, die VR-Spinne zu bedienen.«

Jasons Geist registrierte diese Aussage, aber er maß ihr keinerlei Bedeutung bei. Der Wunsch erwachte in ihm, das alles zu beenden. Unauffällig sah er sich nach einer Möglichkeit um.

Mitrades Thermostrahler hing in einer Halterung an ihrem Kommandosessel. Zu weit entfernt, um ihn zu erreichen.

Die Larin bemerkte, wohin sein Blick gewandert war. »Mordlust, mein Lieber?«

Neko biss die Zähne zusammen. Ihm wurde klar, dass er nicht wusste, auf wen er die Waffe richten würde, falls er sie in die Finger bekam. Wieder betrachtete er die Fernsteuer-Spinne. Im Moment konnte er absolut sicher sein, dass er er selbst war. Er kannte sich ein wenig mit der Technik des Gerätes aus und wusste, dass die Larin mindestens zwei oder drei Minuten brauchen würde, um sich in das Prallfeld zu begeben, die entsprechende Position einzunehmen, alle Fingersteuerungen an ihrem Platz anzubringen und dann den Steuervorgang zu starten.

Wenn sie es jedoch geschafft hatte, würden die Impulse aus dem Gerät direkten Einfluss auf den Chip in seinem Nacken nehmen, sein Nervensystem beeinflussen und seinen Körper zwingen, das zu tun, was Mitrade wollte.

Sein Arm hob sich, und er tastete mit der Hand in den Nacken. Er glaubte, den Chip in seinem Fleisch pulsieren zu fühlen.

Seine Hand verkrampfte sich zu einer Kralle, und er spürte, dass sich die Fingernägel durch seine Haut bohrten.

Mitrade erstarrte.

So erschrocken sah sie aus, dass Jason, der schon dem Schmerz nachgeben und die Hand hatte sinken lassen wollen, den Druck noch ein wenig erhöhte. Wie kleine Klingen schnitten seine Nägel sich in sein Fleisch. »Was habt Ihr?«, fragte er. »Ihr seht auf einmal so besorgt aus.«

Mitrade wollte etwas sagen, verschluckte sich aber. Sie hustete, setzte neu an. »Nicht den Chip zerstören«, flüsterte sie. Sie wirkte so erschrocken, dass Neko beinahe gewillt war zu glauben, er habe ein Druckmittel gefunden.

Was war an dem Chip so wichtig?

»Warum nicht?«, fragte er mit kalter Stimme.

»Weil du dich damit umbringst, du Idiot!« Schlagartig war ihre Selbstbeherrschung wieder da.

»Was, wenn ich genau das vorhabe?«

Mitrades Mund bildete ein kleines, panisches O. An ihrem Hals zuckte es nervös. Die Bewegung war zu stark für einen einzelnen Muskel.

Jason ließ den Blick an Mitrades Gestalt hinabgleiten, bis er an dem kleinen silbernen Kasten an ihrem Gürtel haftenblieb.

Sie bemerkte es, und ihre Hand krampfte sich schützend um das Ding.

»Was ist das?«

»Das geht dich gar nichts ...« Ein kurzer, harter Schlag riss Mitrade das letzte Wort von den Lippen.

Jason begriff verblüfft, dass er vorgeschnellt war und zugeschlagen hatte, ohne dass er es bemerkt hatte. Sofort meldete sich wieder diese kleine Stimme in seinem Hinterkopf: *Was, wenn du noch niemals du selbst warst?*

Er ignorierte sie.

»Was ... ist ... das?«, wiederholte er.

»Ein Sen-Trook.« Mit einem Mal war alle Selbstsicherheit aus Mitrades Stimme verschwunden.

»Was ist ein Sen-Trook?«

»Ein künstliches Gehirn.«

Jason hob eine Augenbraue, um ihr zu signalisieren, dass er nicht verstanden hatte. Fast bereitete es ihm Freude, wie sie auf einmal ängstlich auf seine Reaktionen achtete. Sie wusste, dass er ihr körperlich überlegen war. Er war größer als sie und mittlerweile so zornig, dass er sich kaum noch beherrschen konnte.

Unsicher glitt ihr Blick zu der Waffe an ihrem Sessel.

Jason streckte die Hand aus und legte sie um Mitrades Kehle. »Denk nicht einmal dran!«, knurrte er.

Ihre Augen weiteten sich. Es war nicht ersichtlich, ob wegen des Drucks, den er auf ihre Luftröhre ausübte, oder wegen der plötzlich gar nicht mehr ehrfürchtigen Anrede. »Ein Professor der Medizin, der früher einen Lehrstuhl an der

Universität von Taphior hatte, dort aber in Ungnade fiel, hat es entwickelt«, beantwortete sie seine Frage schnell und fügte hinzu: »Illegal.«

»Wozu dient es?«

»Es ist eine Art Zwischenspeicher für den Geist eines Laren, der ...« Sie zögerte, es auszusprechen. »Getötet wurde«, schloss sie mit einem Seufzen.

Jetzt war es an Neko, die Augen zu weiten. »Dann hat Tamra also die Wahrheit gesagt! Sie hat dich tatsächlich erschossen. Und dieser kriminelle Professor aus Taphior hat dich wiederbelebt.«

Mitrade schluckte schwer gegen den Druck auf ihrer Kehle an, und Jason lockerte seinen Griff ein wenig. Sie nickte. »Die Technik ist nicht weit genug fortgeschritten, um das Gehirn wieder zum Funktionieren zu bringen, sobald es einmal länger als eine halbe Stunde tot war.«

»Darum dieser Kasten.«

»Er ist nur eine Übergangslösung.«

»Wofür?«

»Für ein richtiges Sen-Trook. Eines, das in den Körper eingepflanzt werden kann.«

Unwillkürlich griff Jason sich mit der freien Hand in den Nacken. Er sah, wie Mitrade ihn dabei beobachtete. Ihre Augen zuckten nervös, und mit einem Mal wusste er Bescheid.

Alle Energie wich aus seinem Körper. Kraftlos glitten seine Finger von Mitrades Hals, und sein Arm fiel nach unten. *Nein!*, schrie es in ihm. *Das kann nicht sein!* Aber als er sah, wie sich Triumph in Mitrades Blick stahl, wusste er, dass alles Sträuben nichts nützte.

Er schlug sich in den Nacken. »Dort sitzt ein solches Sen-Trook!«

Die OT-13 brachte Tamra und Schroeder zurück zu dem Posbiraumer und setzte sie direkt davor ab.

In Tamras Augen dauerte es viel zu lange, bis sie beide, Captain Onmout und Doktor Fouchou alle Einzelheiten ihrer Erkenntnisse miteinander ausgetauscht und sich gegenseitig auf den Stand der Dinge gebracht hatten.

»Dann glauben Sie, dass die Flammen uns nicht wieder angreifen werden?«, fragte Onmout. »Obwohl wir Neko verloren haben?«

»Wir haben ihn nicht verloren!«, protestierte Tamra. »Er ist am Leben. Mitrade hat ihn!«

Schroeder schien zu diesem Thema seine eigene Meinung zu haben, doch er sprach sie nicht aus.

»Wir müssen ihn befreien!«, sagte Tamra.

»Wir wissen nicht«, meinte Fouchou sanft, »ob er befreit werden möchte.«

Tamra wusste, dass er Recht hatte. Zeit seines Lebens hatte Neko auf der

Seite der Laren gestanden. Wer sagte denn, dass er sich genau in diesem Moment nicht freiwillig bei Mitrade aufhielt?

Das nackte Entsetzen fiel ihr ein, das sie in seinen Augen gesehen hatte, als er ihr erzählt hatte, was mit ihm los war. Sicher, er war ein loyaler Knechtgeborener gewesen, aber das nur aus der Unkenntnis heraus, wozu Laren fähig waren. Was Mitrade ihm angetan hatte, musste einfach jedes Gefühl von Loyalität für sie fortgefegt haben.

Tamra klammerte die Hände ineinander. »Er will es!«, sagte sie und wünschte sich, überzeugter klingen zu können, als sie es tatsächlich war.

»Was bist du doch für ein kluger, kleiner Kerl!« Mitrade, die jetzt wieder die Oberhand hatte, kicherte leise. Sie kam auf Jason zu und legte nun ihrerseits die Hand um seine Kehle. Sie drückte jedoch nicht zu, wie er es getan hatte, sondern streichelte die Haut an seinem Hals zärtlich mit dem Daumen.

Jason drehte sich der Magen um. »Warum?«, krächzte er.

»Oh, ganz einfach. Du warst ein Teil der Versuchsreihe.« Langsam ließ Mitrade die Hand in seinen Nacken wandern und kraulte dort seine Haare. »Du warst noch sehr klein damals, hattest aber einen starken Überlebenswillen.«

Jason hatte Mühe, die Informationen zu einem Gesamtbild zusammenzufügen, denn das Grauen, das ihn angesichts des Bildes ergriff, das sich langsam vor ihm aufbaute, war wie ein Fluchtreflex. Es gab jedoch keine Möglichkeit dem Kommenden auszuweichen, denn Mitrade fuhr einfach fort.

»Genau genommen warst du das erste Objekt, das die Versuche überstand.«

»Ihr habt mich getötet.«

»Natürlich. Anders konnten wir die Versuche ja nicht durchführen.« Wenn Mitrade registriert hatte, dass er zu der ehrfürchtigen Anrede zurückgekehrt war, zeigte sie es nicht. In ihren Augen glitzerte die Freude darüber, ihn jetzt völlig in der Hand zu haben.

Ohne Fernsteuerung.

»Und dann habt Ihr meinen Geist auf dieses Sen-Trook überspielt und mir eingebaut.«

»Genau. Das interne Sen-Trook war eine Weiterentwicklung von diesem hier.« Mitrade klopfte auf den Kasten an ihrem Gürtel. »Kelton-Trec baute es aus einem ganz normalen Fernsteuer-Chip, dem er die zusätzliche Funktion aufpflanzte.«

»Warum besitzt Ihr nicht auch so eines?«

Die Frage veränderte den Ausdruck in Mitrades Gesicht so schlagartig, dass Jason keine Gelegenheit bekam, dem Kommenden auszuweichen. Die Hand fuhr aus seinem Nacken nach vorn, und im nächsten Augenblick explodierte ein zorniger Hieb an seiner Schläfe.

Flammend gelb senkte sich heiße Wut über Mitrades Geist, so unvermittelt, dass sie augenblicklich die Selbstbeherrschung verlor und zuschlug. Sie traf Neko seitlich am Kopf, und der Schlag war mit so viel Wucht geführt, dass der Menschling herumgerissen wurde. Ganz kurz glaubte Mitrade, dem Sen-Trook in seinem Nacken geschadet zu haben, denn der Ausdruck in Nekos Augen wurde stumpf, klärte sich jedoch gleich darauf wieder.

»Warum ich keinen Sen-Trook-Chip habe?«, keifte sie. Speichel sprühte von ihren gelben Lippen in Nekos Gesicht. »Warum ich mit diesem Ding hier rumrennen muss, mit einem Schlauch unter der Haut, der mich juckt und kribbelt, dass es kaum zum Aushalten ist?«

Die Erinnerung senkte sich auf sie nieder, und diesmal gelang es ihr nicht mehr, sie zu verdrängen. Sie wimmerte auf.

Kelton-Trec stand vor ihr, den Kopf bis auf die Brust gesenkt, sodass er ihr den Nacken darbot. Sein ängstliches Winseln hallte ihr in den Ohren wieder. »Es gibt da noch eine Kleinigkeit …«, stammelte er.

»Was für eine Kleinigkeit?«

»Der Chip wurde bei dem Vorgang zerstört.«

»Dann nehmt einen neuen!«

»Genau das ist das Problem.« Jetzt hob Kelton das Kinn und wagte es, Mitrades fassungslosem Gesicht standzuhalten. »Es gab nur den einen.«

Mit lautem Kreischen fuhr Mitrade auf ihn los. Mit geballten Fäusten prügelte sie auf ihn ein, ohne dass er sich dagegen wehrte, und erst, als ihm das Blut von den Lippen und Brauen tropfte, kam sie zur Besinnung. Betäubt sank sie auf die Fersen und legte beide Hände auf den Boden, um den Schwindel zu bekämpfen, der sie in seinen unbarmherzigen Griff genommen hatte. »Baut einen neuen«, flüsterte sie.

»Das geht nicht so einfach. Es würde Jahre dauern. Erinnert Euch daran, dass der Bürgerkrieg einen Großteil meiner Geräte zerstört hat. Aber ich werde Euch das Gerät, auf dem Euer Geist im Moment gespeichert ist, so integrieren, dass Ihr damit steinalt werden könnt.«

Mitrade holte wimmernd Luft. »Ich will nicht für den Rest meines Lebens mein Gehirn am Gürtel tragen! Es muss doch eine Lösung geben!«

»Keine«, murmelte Kelton. »Alle Sen-Trook-Chips sind zerstört oder verbaut. Eurer war der letzte, den ich hatte.«

»Zerstört oder verbaut.« Mit nachdenklicher Miene kam Mitrade hoch. »Verbaut. Von Euren Versuchsobjekten leben noch einige, nicht wahr?«

»Einer nur: Jason Neko.«

»Neko!« Mitrade schöpfte wieder Hoffnung. »Wenn ich Euch diesen Neko bringe, könnt Ihr dann sein Sen-Trook gegen dieses Ding hier austauschen?«

Kelton-Trec dachte nach. »Natürlich. Allerdings würde es den Tod des Menschlings …«

»Wenn schon!« Mitrade wies auf die schwarzen Fasern, die ihr Genick mit dem silbrigen Kasten verbanden und sich wie lebendig neben ihrem Körper durch die Luft schlängelten. »Versorgt das so, dass ich keine Probleme damit habe. Ich bringe Euch Jason Neko …«

Mitrade wusste nicht mehr, welches Entsetzen größer gewesen war: das, als sie begriffen hatte, was dieser medizinische Pfuscher mit ihr angestellt hatte, oder das, als sie erfahren hatte, dass sich Jason Neko an Bord der ORTON-TAPH und damit außerhalb der Reichweite ihrer Macht befand.

Sie wurde sich bewusst, dass sie die Hände in ihre Haare gekrallt hatte und Jason das sehr genau registrierte. Wie lange war sie in ihren Erinnerungen versunken gewesen? Minuten? So jedenfalls kam es ihr vor. Aber wie auch immer: Der Menschling hatte die Gelegenheit nicht genutzt, um sie zu überwältigen.

Hatte er es überhaupt gewollt? Er wies jetzt auf die Fernsteuer-Spinne. »Die Menschen dort oben brauchen uns beide. Wir dürfen nicht …«

Er fuhr herum, weil Mitrade einen erschrockenen Schrei ausstieß.

Hinter ihm war dieser Teleporter-Mutant erschienen, und er richtete einen Thermostrahler direkt auf Mitrades Bauch. »Wenn du nicht willst, dass ich Tamras Loch erneuere«, sagte er grimmig, »bringst du uns alle drei auf der Stelle zu dem Fragmentraumschiff. Und deine Fernsteuer-Einheit dazu.«

Der larische Jäger zog eine lange Schleife über dem Wrack und landete dann mit Hilfe eines Prallfelds fast lautlos. Der rote Staub, der sich in der Nähe des Fragmentraumers mit der niedrigen Vegetation mischte, wirbelte hoch und sank langsam wieder zu Boden, während die Bodenluke geöffnet wurde und eine Rampe sich aus dem Gleiter schob.

Mit vor Aufregung feuchten Händen sah Tamra zu, wie Jason als Erster auftauchte. Seine Haltung hatte sich völlig verändert. Er wirkte kleiner als noch Stunden zuvor, und auch älter. Nichts war mehr von seiner selbstbewussten, katzenhaften Sicherheit übrig.

Hinter ihm kam Mitrade. Tamras Brustkorb zog sich zusammen. Die Larin hatte die Hände über dem Kopf erhoben, ihre Finger wiesen in Richtung ihrer Schläfen, sodass die Ellbogen weit nach außen gestreckt waren. Der Blick ihrer smaragdgrünen Augen huschte über die kleine Ansammlung von Menschen, die zusammen mit Tamra die Ankunft des Gleiters erwartet hatte.

Onmout, der direkt neben Tamra stand, murmelte irgendeine leise Verwünschung.

Dann hatte Mitrade Tamra entdeckt. Mit einem Ruck blieb sie stehen. Ihr

Blick bohrte sich in den Tamras, und für eine Sekunde stand die Zeit still. Bis Schroeder mit angelegter Waffe hinter Mitrade auftauchte und ihr einen Stoß gab, der sie die Rampe hinuntertaumeln ließ.

Tamra spürte, wie er sie ansah. Gänzlich undurchdringlich war seine Miene, und doch ahnte sie, dass er sich Sorgen machte. Sie holte tief Luft.

Sie würde das hier überstehen!

Schroeder trieb Mitrade vor Captain Onmout. »Da ist sie.«

Der Kommandant musterte die Larin schweigend. »Gut«, sagte er dann. »Sehen wir zu, dass wir diese Sache hinter uns bringen. Habt ihr die Fernsteuer-Einheit mitgebracht?«

Mit dem Kopf wies Schroeder über seine eigene Schulter in Richtung Raumjäger. »Sie ist da drin. Sie ist größer, als ich gedacht habe, aber wir konnten sie aus der Zentrale in den Jäger schaffen. Allerdings ist es dort jetzt so eng, dass von uns niemand mehr hineinpasst, sodass ich vorschlage, sie hier draußen aufzubauen.«

Wieder nickte Onmout. Dann sprach er Mitrade direkt an. »Sobald Mister Schroeder Ihr Gerät ins Freie geschafft hat, werden Sie sich daransetzen, Mister Nekos Körper übernehmen und uns helfen, mit den Flammenwesen zu kommunizieren.«

»Was ist, wenn ich es nicht tue?« Herausfordernd reckte Mitrade das Kinn.

Tamra ballte die Hände zu Fäusten.

»Dann werden wir Sie dazu zwingen.« Onmout sagte das in einem sehr ruhigen Ton, und als die Larin darauf nicht reagierte, verlieh Schroeder seinen Worten Nachdruck, indem er ihr die Waffe zwischen die Schulterblätter drückte. Er wirkte jetzt unglaublich finster, und Tamra fragte sich, was in seinem Kopf vorging. Wäre er wirklich in der Lage, die Larin einfach zu erschießen? Sie suchte nach einer Regung in seinen dunklen Augen, und ihr wurde klar, dass er nicht zögern würde, wenn er damit fast 8000 Menschen retten konnte.

Der Haken an der Sache war nur, dass es sie nicht weiterbrachte, Mitrade zu töten, weil dann ein wichtiger Teil für die Kommunikation mit den Flammen fehlte. Und das wusste Mitrade ebenso gut wie die anderen auch.

Was ihre Möglichkeiten, sie unter Druck zu setzen, rapide verringerte.

Um die Aufmerksamkeit der anderen nicht unnötig von der Larin abzulenken, trat Tamra unauffällig an Jasons Seite. Sein Gesicht war bleich und starr, wie bei einem Mann, der von einer Sekunde auf die andere in abgrundtiefe Trauer gerissen worden war.

»Wir brauchen sie, nicht wahr?«, fragte sie leise.

Jason reagierte mit einiger Verzögerung. »Ja. Niemand außer ihr ist in der Lage, die Fernsteuerung zu bedienen.«

»Dann müssen wir sie dazu überreden, uns zu helfen. Wir müssen verhandeln«, sagte Tamra.

Jetzt wandte Jason den Kopf und sah sie an. Seine Augen waren rot gerändert. »Was willst du ihr anbieten?«

Tamra zuckte die Achseln. Mitrade stand noch immer aufrecht und mit arroganter Miene inmitten der Menschen und schien sie überhaupt nicht wahrzunehmen.

Natürlich hatte Tamra längst eine Idee, was sie der Larin für ihre Hilfe bieten konnte. Sie ließ ihren Blick über die langsam immer größer werdende Menschenmenge gleiten, die nach und nach aus dem Fragmentraumer ins Freie trat.

Wie um sie alle an die noch nicht überstandene Gefahr zu erinnern, tauchten aus einem Spalt in der Raumschiffflanke nun auch mehrere blaue Flammen auf und standen reglos wie winzige Leuchtfeuer in der Luft. Ihr Pulsieren hatte einen langsamen Rhythmus.

»Sie sehen aus, als würden sie nach mir rufen«, murmelte Jason dicht bei Tamras Ohr. Und er hatte Recht. Auch auf Tamra machten die Flammen den Eindruck, als warteten sie auf die Wiederaufnahme der Kommunikation. Immer mehr Flammen erschienen, bis sich schließlich ein großer, blauschillernder Klumpen in der Luft ballte.

Tamra presste die Lippen aufeinander und fasste einen Entschluss. Sie wollte schon einen Schritt nach vorn machen, als sie Jasons Hand auf der Schulter spürte.

»Kommt gar nicht in Frage!«, sagte er so leise, dass nur sie es hören konnte. Hatte er begriffen, was sie vorhatte? Offenbar, denn mit einem energischen Ruck zog er sie zurück und ging stattdessen selbst zu Mitrade.

»Euch ist klar«, sagte er, »dass diese Menschen Euch nicht von dem Planeten fortlassen werden, wenn Ihr ihnen nicht helft.«

Mitrade zuckte mit den Achseln, doch es war deutlich zu sehen, dass sie fieberhaft über ihre Möglichkeiten nachdachte. Sie wurde gebraucht, das war ihr klar, und deshalb hatte sie in dieser Verhandlung eine eindeutige Machtposition. Wenn sie sich weigerte, würde das Sterben wieder einsetzen, und Menschen würden als Erste sterben. Mit jedem Toten würde ihre Verhandlungsposition besser werden, bis sie schließlich alles fordern konnte, was sie nur wollte.

Herausfordernd sah sie Tamra an und lächelte leicht. »Die Flammen verschonen mich«, sagte sie spöttisch und tippte auf den Kasten an ihrem Gürtel. »Deswegen! Warum sollte ich auch nur einen Einzigen von euch Alteranern retten?«

Tamra rief sich den Moment ins Gedächtnis, in dem sich ihr Thermostrahl in Mitrades Bauch gebrannt hatte und die Larin wie eine Puppe zurückgeschleudert worden war. »Weil ich in diesem Fall mit Euch zurück nach Caligo gehen würde. Als Eure Sklavin.« Sie hörte Startac Luft durch die Zähne ziehen, doch Jason kam ihm zuvor.

»Sie ist es doch gar nicht, weswegen Ihr hierher gekommen seid«, beschwor er die Larin. »Ihr denkt schon lange nicht mehr an Eure Rache, weil Ihr eine viel wichtigere Mission habt.«

Seine Worte ließen Mitrade den Blick senken. Ihre Hand krampfte sich um das silberne Kästchen an ihrem Gürtel.

Jason wies darauf. »Wenn Ihr diesen Menschen helft, komme *ich* mit Euch zurück nach Caligo. Ohne Widerstand zu leisten.«

Mitrade stieß höhnisch Luft durch die vier Nasenlöcher. »Dann bist du tot!«

Jason nickte gleichmütig. »Das bin ich jetzt schon.«

»Jason?« Obwohl sie die Spannung fühlte, die sich zwischen den beiden aufgebaut hatte, konnte Tamra sich nicht zurückhalten. »Was meinst du damit?«

Mitrade warf den Kopf in den Nacken und lachte so laut, dass das Geräusch über die Ebene hallte und von den nahen Bergen zurückgeworfen wurde. »Dass er tot ist, Vögelchen! Genau wie ich auch.«

Jason drehte sich zu Tamra um. »Untot, Tamra«, sagte er leise. »Mitrade hat es geschafft, der Bezeichnung eine ganz neue Bedeutung zu geben.« Und er erzählte ihr, was mit ihm geschehen war.

Tamra spürte, wie ihr Magen sich mit scharfen Eisstücken füllte. »Das darf nicht sein!«

»O doch!«, schrie Mitrade. »Darf es, weil ich es so wollte! Was meinst du, was für eine schöne Leiche dein guter Jason war? Drei Jahre alt war er, aber schon damals so hübsch, dass er all seine Erzieher um den Finger wickelte. Wie eine zarte kleine Porzellanpuppe lag er vor mir, nachdem Kelton ihm die Spritze gegeben hatte.«

»Schluss jetzt!« Schroeders Stimme donnerte dazwischen und brach sich ebenso an den Bergen wie Mitrades Lachen. »Hör auf mit deinen grausamen Spielchen!«, herrschte er die Larin an. »Und sieh zu, dass du in den Gleiter kommst.« Er wollte nach ihrem Arm greifen und sie vorwärtsstoßen, doch sie machte sich los.

»Ich verlange Neko dafür!«, rief sie.

Captain Onmout trat einen Schritt vor. Die Flammen waren jetzt beinahe vollständig aus den Höhlungen des Fragmentraumers hervorgekommen. Ihr blaues, pulsierendes Licht ließ alles in ihrer Nähe einen zweiten Schatten werfen. Mit versteinerter Miene sah Onmout Jason fragend an.

Der nickte nur. Und sah zu, wie Schroeder die Fernsteuer-Spinne ins Freie schaffte.

Achtundzwanzig

Fouchou war froh, dass sie die ganze Sache im Freien vollziehen würden. Er war kurz im Laderaum des Jägers gewesen, und die stickige Enge darin hatte sich wie ein eisernes Band um seine Brust gelegt. Jetzt, da er wieder draußen stand, holte er so tief Luft, wie er konnte.

Endlich war das Geplänkel vorbei und Mitrade hing in der Prallfeld-Halterung ihrer Fernsteuer-Einheit. Mit einer Mischung aus wissenschaftlichem Interesse und wehmütiger Faszination betrachtete Fouchou das Gerät und schüttelte insgeheim den Kopf über sich. Seine Gedanken wanderten zu Kelton-Trec, und er legte eine Hand auf die Stelle seines Rückens, hinter der sich die Leber befand.

Er zwang sich, sich darauf zu konzentrieren, die Gefahr der Flammen von den Gestrandeten abzuwenden. Vorerst wenigstens.

»Sind Sie so weit?«, fragte er Neko.

Der hob den Daumen.

»Können Sie ihn so steuern, dass er in der Lage ist, mit mir zu sprechen?«, fragte er Mitrade.

»Natürlich!«

»Gut. Dann tun Sie das.«

Mitrade bewegte einige ihrer Finger in einem schnellen Rhythmus und aktivierte dadurch die Fernsteuerung. Nekos Körper erstarrte, allerdings nur einen Moment lang, dann entspannte er sich wieder.

»Ich bin jetzt in seinem Körper«, informierte Mitrade Fouchou. »Solange ich keine weiteren Befehle eingebe, kann er sich frei bewegen und handeln.«

»Jason, können Sie mich hören?« Fouchou brachte sein Gesicht dicht vor das Nekos.

»Ja.«

»Hören Sie auch die Flammen?«

»Ja. Sie fragen, wer ich bin und wo ich bis eben war.«

»Erstaunlich!«, sagte Fouchou. »Sie haben tatsächlich begonnen, auf ihre Umwelt zu reagieren. Nicht wie ein instinktgesteuertes Raubtier, sondern wie ein intelligenter, neugieriger Organismus. Und da sie selbst ein multipler Organismus sind, vermögen sie auch nur mit einem anderen multiplen Organismus zu kommunizieren. Sagen Sie ihnen, dass Sie ein Freund sind und dass Sie geschlafen haben.«

»Sie wollen wissen, was das ist, *Freund* und *geschlafen.*«

Fouchou schloss die Augen, um sich besser konzentrieren zu können. Er wischte sich über die Stirn und verdrängte den unangenehmen Gedanken, der ihm durch das Gehirn schoss. Es hatte Dutzende von Linguisten gebraucht, und Jahre des Forschens, um eine Kommunikation mit dem Wonnerochen von Zeus aufzubauen ... »Sagen Sie ihnen, ein Freund ist dazu da, um mit ihnen Antworten auf ihre Fragen zu suchen.«

Ein unterdrückter Schrei ließ ihn die Augen wieder aufreißen. Er wollte gerade einen wütenden Fluch ausstoßen und die Menge zur Ruhe anhalten, als er bemerkte, dass sich der Schwarm in Bewegung gesetzt hatte und sich ihnen näherte.

Schroeder hielt noch immer seine Waffe im Anschlag, obwohl Mitrade in ihrem Prallfeld keine Möglichkeit hatte, Dummheiten zu machen. Einzig Nekos Körper konnte sie dazu nutzen, und Startac war sich relativ sicher, dass er es nicht fertigbringen würde, auf den Mann zu schießen.

Dennoch konnte er den Strahler einfach nicht einstecken. Er umklammerte ihn sogar noch fester, als die Flammen näher kamen.

Mitrade schien nicht völlig von der Kontrolle über die Fernsteuerung beansprucht zu werden, denn sie warf immer wieder lange, finstere Blicke in Tamras Richtung, die das jedoch nicht zu bemerken schien. In ihre eigenen düsteren Gedanken versunken starrte Tamra einfach geradeaus in Nekos Richtung.

»Sie fragen, ob ich mich selbst für das Nicht-Sein entscheiden kann«, sagte der gerade.

Fouchou runzelte die Stirn. Es bedurfte einer gewissen Interpretationsfähigkeit, wusste Schroeder, um eine Kommunikation mit einem solch fremdartigen Wesen in Gang zu bringen und keinen Missverständnissen zu unterliegen.

Der Schwarm hatte sich den ersten Menschen aus der Menge bis auf wenige Meter genähert. Schroeder bewunderte die Leute, die diesmal nicht in Panik ausbrachen, sondern sich nur unbehaglich langsam in die andere Richtung entfernten. Ein kleiner Funke würde genügen, um die Situation kippen zu lassen. Im Augenblick sandten die Flammen ihre panikerzeugenden Impulse nicht aus, aber was war, wenn Panik unter den Menschen ausbrechen würde? Würde das die Flammen zum Angriff treiben?

»Sagen Sie ihnen, ja. Menschen können sich für das Nicht-Sein entscheiden«, bat Fouchou Neko.

Einen Moment lang blieb Neko still, dann sagte er: »Sie sagen, Nicht-Seiende sind Futter.«

Schroeder fühlte, wie sein Mund trocken wurde. Onmout gab seinen Männern einen Wink, und sie nahmen ihre Karabiner von den Schultern und entsicherten sie.

»Fragen Sie sie, was sie unter Nicht-Seienden verstehen. Schnell!«

»Sie sagen, Nicht-Seiende können nicht kommunizieren.«

Fouchou lief der Schweiß jetzt in breiten Bahnen über Brust und Rücken. Es gab so viele Möglichkeiten, missverstanden zu werden. Er musste den Flammen irgendwie klarmachen, dass nicht nur Mitrade und Neko Seiende waren, sondern die anderen 8000 – 7000, verbesserte er sich – ebenfalls. Sein Problem schien jedoch, dass die Flammen nur Neko und Mitrade wahrnehmen konnten. Alle anderen waren für sie Nicht-Seiende, also Tiere, die gefressen werden konnten. Und dass sie sich bereit machten, erneut anzugreifen, war überdeutlich.

»Fragen Sie sie, was sie tun werden, wenn alle Nicht-Seienden gefressen wurden.«

»Selbst ins Nicht-Sein zurückfallen. So ist der Zyklus.«

Fouchou füllte seine Lungen mit Luft. »Okay«, murmelte er. »Jason! Sie müssen den Flammen ein Bild übermitteln. Schaffen Sie das? Machen Sie ihnen klar, dass wir Menschen genauso ein Organismus sind wie sie. Ebenso wie sie brauchen wir jeden einzelnen Körper, um zu sein.« Es war nicht direkt eine Lüge, dachte er, sondern eher ein Bild, das die Flammen hoffentlich verstehen würden. »Und weil dem so ist, dürfen die Flammen uns nicht mehr töten. Machen Sie ihnen das klar.«

»Sie sagen, dass sie nicht darauf verzichten können, sonst werden sie irgendwann wieder nicht sein.«

Fouchou spürte Triumph. Genau das hatte er gehofft! »Doch!«, rief er euphorisch, als könnten die Flammen ihn direkt verstehen. »Weil wir gekommen sind, um genau das zu verhindern. Machen Sie ihnen klar, dass wir dafür mächtig genug sind. Immerhin können wir uns zwischen Sein und Nicht-Sein entscheiden. Erklären Sie ihnen das! Wir sind in der Lage, die Flammen vor dem Nicht-Sein zu bewahren, aber nur, wenn sie uns am Leben lassen!«

Es verging eine quälend lange Zeit, bis Neko wieder etwas sagte. »Sie wollen wissen, wie das gehen soll.«

Fouchou winkte Tamra zu sich. Sie reagierte nicht sofort, und so zischte er ihr zu: »Kommen Sie her!« Als sie neben ihm stand, griff er nach ihrer Hand. Er spürte, wie sie sich versteifte, aber sie ließ zu, dass er ihren Arm in die Luft hob. »Diese Frau wurde von einer der Flammen angegriffen, und weil sie wusste, dass die Flammen Leben brauchen, hat sie einen Teil von sich geopfert. Sagen Sie den Flammen, dass die Menschen bereit sind, dies in Zukunft regelmäßig zu tun.«

Er hörte, wie hinter ihm in der Menge Gemurmel lautwurde, und konnte verstehen, was die Menschen umtrieb. Er hatte jedoch keine Gelegenheit, ihnen seinen Plan zu erklären. Einzig Onmout und Startac Schroeder schienen begriffen zu haben, und sie versuchten, die aufgebrachte Menge zu beruhigen. Es gelang ihnen nicht sehr gut, aber immerhin wurde das Gemurmel leiser.

Schließlich erhob Jason die Stimme wieder. »Die Flammen wollen wissen, warum wir ihnen das anbieten.«

»Weil nur so beide Völker auf diesem Planeten überleben können, ohne sich gegenseitig vernichten zu müssen.«

Mit klopfendem Herzen wartete er auf eine Reaktion der Flammen. Neko stand bewegungslos, den Kopf leicht auf eine Schulter geneigt, als lausche er auf eine für alle anderen unhörbare Stimme.

»Sie sind einverstanden«, sagte er schließlich.

Gleichzeitig zog sich der Flammenschwarm zurück.

Unter den Menschen brach lauter Jubel aus.

Fouchou wischte sich den Schweiß vom Gesicht.

Nachdem Mitrade die Fernsteuerung abgeschaltet hatte, streckte sie den Arm nach Jason aus. Die Geste sah eigenartig übertrieben aus, wie die Parodie einer Mutter, die ihr Kind an die Hand nehmen wollte.

»Das dürfte es gewesen sein«, sagte die Larin. »Gehen wir.«

Jason zögerte einen Moment. Dann machte er einen Schritt auf die Larin zu.

»Nein!« Der Schrei war Tamra herausgerutscht. Sie hechtete voran und stellte sich zwischen Jason und Mitrade.

Heiße Wut blitzte in Mitrades grünen Augen auf. »Wag' es nicht!«, zischte sie.

Dann ging alles sehr schnell.

Jason wusste, was geschehen würde, obwohl die Larin mit schier übermenschlicher Geschwindigkeit handelte. Er sah sie herumfahren zu Onmouts Soldat. Sah sie ihm die Waffe entreißen und mit der gleichen Bewegung auf Thermobeschuss umstellen. Sah sie zielen.

Und schießen.

Er warf sich vorwärts. Mit schmerzhafter Wucht prallte er gegen Tamras schmalen Körper. Riss sie zur Seite.

Und der Schuss, der Tamra gegolten hatte, traf ihn genau in den Bauch.

Tamra taumelte vorwärts, gegen die Hülle des Raumjägers. Sie brach in die Knie. Mühsam nur fing sie ihren Sturz mit den Händen ab und schürfte sich dabei die Haut blutig.

Der Schuss fauchte an ihr vorbei, strich atemberaubend heiß über ihre Wange. Fassungslos wirbelte Tamra herum.

Jason wurde mitten im Sprung getroffen und zur Seite gerissen. Hart kam er auf dem Rücken auf. Das Knistern der Entladung gellte in Tamras Ohren.

Sie rappelte sich auf, wie unter Wasser kam sie sich vor, als habe sich die Luft um sie herum zu einer zähen Masse verdichtet, die sich ihr entgegenstemmte und ihr den Atem aus den Lungen drückte. Halb kroch, halb flog sie auf Jason zu, und als sie neben ihm war, griff sie nach seiner ausgestreckten Hand.

Seine Augen waren vor Erstaunen weit aufgerissen.

Ein Rauchfaden stieg von seinem Leib in die Höhe und zerfaserte in der Luft.

Tamra presste die freie Hand auf ihren aufgerissenen Mund, während ein Zucken durch Jasons Körper lief. Seine Hand krampfte sich um ihre Finger. Er öffnete den Mund, um etwas zu sagen, aber der Schuss hatte auch ihm die Luft aus den Lungen getrieben.

Er atmete keuchend ein.

Und dann nicht mehr aus.

Mitrades schrilles Kreischen gellte ihm in den Ohren, und es klang so absolut wahnsinnig, dass Schroeder die Haare im Nacken zu Berge standen.

Er fuhr herum und wollte schießen, aber Tamra war ihm im Weg, und so ließ er die Waffe unbenutzt sinken.

Die Larin war an Nekos Seite auf die Knie gesunken und beugte sich über die Leiche wie ein altes Klageweib. Sie raufte sich die Haare und heulte laut auf.

Der Anblick war grotesk.

Tamra schien das ebenfalls zu empfinden, denn sie kam auf die Füße und entfernte sich von der Larin.

»Komm her!«, sagte Schroeder leise.

Sie tat, was er verlangte.

Onmout, der einige Schritte vor seinen eigenen Leuten stand und eine Hand wie als Signal zum Schießen in die Luft gereckt hatte, biss sich auf die Lippe. Er zögerte einen Augenblick, dann machte er ein verneinendes Zeichen.

Die Männer ließen die Waffen sinken.

Tamra lauschte in sich hinein, suchte die Lücke, die in ihre Seele gerissen worden war, fand sie aber nicht. Für den Moment war in ihr alles leer, und es war eine gänzlich andere Leere als diejenige, die sie empfunden hatte, als sie Schroeder totgeglaubt hatte.

Diesmal war es ein tiefes Bedauern. Eine große Trauer darüber, dass sie Jason Neko nun nie mehr so kennenlernen würde, wie er ohne larischen Einfluss geworden wäre.

Sie versuchte, sich in ihn hineinzuversetzen. Versuchte nachzuempfinden, was er zuletzt gefühlt haben mochte, nachdem er erfahren hatte, was mit ihm geschehen war. Sie konnte es nicht.

Tot gewesen zu sein und feststellen zu müssen, dass alles, was einen ausmachte, in einem technischen Gerät gespeichert worden war!

Tamra schüttelte sich. Unwillkürlich tastete sie zu der Stelle, an der ihr eigener Peilerchip gesessen hatte.

Ihre Augen brannten, doch sie spürte keine Tränen hinter den Lidern.

»Halten Sie sie auf!«

Der Schrei ging in einem orgelnden Pfeifen unter, dessen Bedeutung Tamra erst beim zweiten Blick aufging.

Während die Menschen rings herum von Jasons Tod gefangen waren, hatte Mitrade sich davongestohlen. Und den Jäger gestartet!

»Sie entkommt uns!«

Da Onmouts Männer ihre Waffen noch immer im Betäubungsmodus trugen, brauchten sie einige Augenblicke, um sie umzustellen. So war Schroeder der Einzige, der einige Thermoschüsse hinter dem senkrecht in die Luft steigenden Gefährt hinterherschickte.

Sie waren wirkungslos.

Der Raumjäger stieg innerhalb von wenigen Sekunden auf mehrere hundert Meter Höhe, verharrte dort einen Augenblick und schwenkte dann herum, um zu beschleunigen.

Im nächsten Moment war er Tamras Augen entschwunden.

Neunundzwanzig

Noch am gleichen Abend wandelte sich die Trauer in Tamra in einen tiefen, unerträglichen Schmerz und schließlich in gleißende Wut auf Mitrade-Parkk, die wieder einmal dafür gesorgt hatte, dass ihr, Tamra, Leid zugefügt wurde.

Obwohl sie Schlaf dringend nötig hatte, wanderte Tamra unruhig in ihrer Kabine umher. Ihr Körper wollte fort, sämtliche Nerven schienen in Flammen zu stehen, und sie glaubte, sich im nächsten Moment übergeben zu müssen.

Sie blieb dicht vor der Wand stehen und hieb mit der geballten Faust dagegen. Der körperliche Schmerz raste bis hinauf in ihre Schulter, aber er konnte den seelischen Schmerz nicht überblenden.

Beinahe hätte Tamra überhört, dass jemand hinter sie getreten war.

»Störe ich?« Es war Schroeder.

Tamra schüttelte den Kopf und rieb sich die schmerzende Hand.

Schroeder kam näher. Er strich behutsam über Tamras Wange, die von dem Beinahe-Streifschuss wie nach einem starken Sonnenbrand schrillte. Dann nahm er ihren Arm und begann, Gelenk und Handkante zu massieren. Tamra sah ihm ins Gesicht, und wieder begannen ihre Augen zu brennen, ohne dass sie weinen konnte.

»Hat Mitrade den Planeten verlassen?«

»Muller ist sich nicht sicher. Aber er hat die Emissionen des Jägers so lange verfolgt, bis sie nicht mehr aufzuspüren waren.«

»Sie wird nach Caligo zurückkehren.«

»Ihre Reichweite ist nicht groß genug, aber sie wird es bis zu einem larischen Außenposten schaffen, denke ich.«

Tamra entzog Schroeder ihre Hand. Die Berührung seiner Finger hatte eine leichte Gänsehaut auf ihre Haut gezaubert. Sie schlang die Arme um den Leib. »Dann ist sie entkommen.«

»Sieh es so: Sie hat eine Strafe erhalten, die vielleicht schlimmer ist als der Tod.«

»Untot.« Tamra schüttelte den Kopf. »Wer hätte das gedacht?«

Schroeder legte eine Hand unter ihr Kinn und zwang sie, zu ihm aufzusehen. »Hast du geweint?«

Sie verneinte.

Er biss die Zähne zusammen. »Solltest du aber.«

Sie zuckte die Achseln. »Was wird jetzt mit den Flammen?«

»Sie befinden sich nach wie vor im Friedhofshangar. Fouchou behauptet, dass das ein gutes Zeichen ist. Er ist dabei, einen neuen Weg zur Kontaktaufnahme zu suchen. Er behauptet, er könne eine andere Art finden, mit den Flammen zu kommunizieren, und ich hoffe, er hat Recht. Irgendwie habe ich das Gefühl, er brütet etwas aus.«

»Einen Plan?«

»Keine Ahnung. Ich denke, ich werde versuchen, ihm zu helfen.«

Tamra löste die Arme von ihrem Leib. »Wie willst du das tun?«

»Das Wrack in dem Wasserfall«, erinnerte er sie. »Der Wasserfall selbst. Denk daran, dass du das Gefühl hattest, die Impulse, die davon ausgehen, seien die gleichen wie die der Flammen. Ich werde morgen zu dem Wasserfall fliegen und mich dort umsehen.«

Eine große Müdigkeit griff auf einmal nach Tamra. Sie gähnte unterdrückt.

»Schlaf ein wenig. Bevor ich morgen früh fliege, komme ich noch einmal zu dir, ja?« Schroeder wollte sich abwenden.

Tamra nickte. Er war bereits draußen, als sie ihn zurückrief.

»Startac?«

»Ja?« Er streckte den Kopf wieder in die Kabine.

Sie gab ihm einen leichten Kuss auf die Lippen. »Danke«, sagte sie nur.

Die Berührung von Tamras Lippen brannte noch auf Schroeders Haut, als er sich auf die Suche nach Doktor Fouchou machte.

Er fand ihn im Friedhofshangar der Posbis, wo er in den Anblick der pulsierenden Flammenmenge vertieft war. Offenbar hatte der Mediziner ihn kommen hören, denn ohne sich umzuwenden, sagte er: »Sie sehen schön aus, oder?«

Schroeder trat neben ihn. Der Abgrund gähnte nur wenige Zentimeter vor seinen Füßen, aber er ignorierte ihn. Das Leuchten der Flammen erfüllte den Hangar mit einem unwirklichen Licht.

»Irgendwie schon.«

Fouchou blieb noch einen Augenblick in die Betrachtung des Schwarms vertieft, dann wandte er sich zu Schroeder um. Sein merkwürdig gefärbtes Gesicht schien heute noch hagerer zu sein als sonst. »Kann ich Ihnen irgendwie behilflich sein?«

Schroeder hatte eigentlich vorgehabt, Fouchou so unauffällig wie möglich auszuhorchen, um herauszufinden, ob Tamras Verdacht zutraf, mit ihm könne irgendwas nicht stimmen. Jetzt jedoch entschied er sich, mit offenen Karten zu spielen. »Kann es sein, Doktor, dass es noch einen anderen Grund für Ihr Hiersein gibt?«, fragte er. »Ich meine: Sie haben zugegeben, dass Sie auf Dekombor geboren wurden, und ich werde seitdem den Gedanken nicht los, dass Sie für Mitrade arbeiten.«

»Mitrade?« Fouchou lachte leise. »Oh nein, mein Lieber. Da liegen Sie völlig falsch.«

»Womit läge ich richtig?« Die Flammen sanken ein Stück in die Tiefe, sodass sich die Intensität des von ihnen ausgehenden Leuchtens veränderte. Fouchous vorstehende Wangenknochen warfen jetzt Schatten auf seine Augen.

»Ich habe Ihnen doch von dem Laren erzählt, dessen Gunstbold ich eine Zeit lang war. Nun, dieser Lare war jener Kelton-Trec, der unsere liebe Mitrade in einen Cyborg verwandelt hat. In seinem Auftrag bin ich hier.« Fouchou legte den Kopf schief, als wollte er Schroeder herausfordern.

»Erzählen Sie mir, was passiert ist.«

Fouchou nickte. Die Flammen hoben sich wieder, und es sah aus, als fließe die Dunkelheit aus den Augenhöhlen des Doktors heraus. »Kelton-Trec war einmal ein hoch angesehener Mediziner in Taphior. Er hat Vorlesungen an der Universität der Stadt gehalten und die Reichsten und Edelsten der Laren behandelt. Irgendwann jedoch passierte ihm bei einer seiner Operationen ein schrecklicher Fehler, und eines der Familienmitglieder eines hohen Politikers kam dabei ums Leben. Kelton verlor auf einen Schlag alles, seine Reputation, seine Arbeit und sogar seine Gesundheit. Er leidet unter einem seltenen Gendefekt, müssen Sie wissen. Einer Krankheit, die sein Blut verdickte und seine Adern über kurz oder lang verkleben würde. Er ist nicht in der Lage, etwas dagegen zu tun, außer den schleichenden Verfall zu verlangsamen. Als er jetzt aber auf so abrupte Weise in Ungnade fiel, beschleunigte sich die Krankheit. Um am Leben zu bleiben, ging Kelton in den Untergrund und setzte dort die Forschungen fort, die er in der Universitätsklinik heimlich begonnen hatte. Es gelang ihm, einige finanzkräftige Förderer zu gewinnen, darunter auch Pulpon-Parkk, Mitrades Vater, sodass er die Sen-Trook-Technik in relativ kurzer Zeit zu einer gewissen Reife bringen konnte.« Ein düsteres Grinsen glitt bei diesen Worten über Fouchous Miene, und Schroeder kam ein Verdacht.

»Sie haben daran einen nicht unwesentlichen Anteil, vermute ich.«

Das Grinsen erlosch abrupt. »Stimmt. Wie gesagt diente ich als Gunstbold bei Kelton, aber in Wirklichkeit übersteigt mein medizinisches Können, das ich übrigens zum Großteil von Kelton selbst gelernt habe, das seine. Ich war es, der das Sen-Trook zum Funktionieren brachte. Als Dank dafür schenkte mir Kelton die Freiheit.«

Schroeder fragte sich, ob das vor oder nach dem »Mord« an Jason Neko geschehen war, wollte es aber lieber gar nicht genau wissen. Er spürte, wie seine Kehle in der Nähe des Mediziners eng wurde, und plötzlich konnte er das Unbehagen nachvollziehen, das Tamra in dessen Nähe empfunden hatte.

»Ich bin Ihnen unheimlich, nicht wahr?«, lächelte Fouchou. »Nun, das hat gute Gründe, fürchte ich, wenn ich auch an dem, was Jason angetan wurde, völlig unschuldig bin.« Er erstarrte einige Sekunden lang in Nachdenklichkeit. »Wenigstens daran«, murmelte er. Dann kehrte er in Gedanken in die Vergangenheit zurück und erzählte weiter: »Ich war damals zwar ein recht begabter Mediziner, aber leider war mein Charakter in keiner Weise gefestigt genug für die Freiheit. Ich landete auf direktem Wege in der Drogenhölle von Hiob, einem kleinen System in den Außenbezirken des alteranischen Imperiums. Seitdem bin ich abhängig hiervon.« Er zog den Lederbeutel unter seinem Hemd hervor und hielt ihn Schroeder vor die Nase. »Eine hübsche, kleine Teufelsdroge. Wenn Sie mir das nicht aus der ORTON-TAPH geholt hätten, wäre ich schon längst tot. Leider werde ich über kurz oder lang auch mit diesem Zeug tot sein, da es meine Leber ganz langsam auffrisst. Ich hatte allerdings nicht vor, das zuzulassen. Ich nahm Kontakt mit Kelton-Trec auf, denn ich kannte ja die Fähigkeiten seiner Sen-Trook-Einheit. Sie würde in der Lage sein, meine Leber zu erneuern, und genau darum bat ich ihn. Zu meiner Überraschung willigte er sofort ein. Heute denke ich, dass er irgendein Problem mit seinem Gerät hatte und sich erhoffte, ich könnte es für ihn lösen. Die Heilung meiner kaputten Leber würde ein kleiner Preis für meine Hilfe sein, dachte er wohl. Leider kam ich nicht dazu, mich zu ihm zu begeben, denn in der Zwischenzeit wurde ich verhaftet und wegen Drogenbesitzes ins Gefängnis gesteckt.«

»Wo Sie Demetrius Onmout schließlich rausgeholt hat«, vermutete Schroeder.

Fouchou nickte. »Ja. Als ich erfuhr, dass die MINXHAO ausgerechnet nach Caligo fliegen sollte, hätte ich vor Lachen beinahe meine eigene Zunge verschluckt. Wie dem auch sei: Die MINXHAO wurde abgeschossen, die Besatzung in Dekombor inhaftiert. Ich hoffte eine ganze Weile, dass Kelton mich dort herausholen würde, aber offenbar hatte er inzwischen sein Problem allein in den Griff bekommen, denn er machte keine Anstalten dazu. Erst als die Sache mit Mitrade so schrecklich schiefging, brauchte er meine Hilfe wieder und nahm Kontakt mit mir auf.«

»Wie das? Zu dem Zeitpunkt müssen Sie sich doch längst an Bord der ORTONTAPH befunden haben.«

»Habe ich auch. Aber ich hatte dies hier.« Fouchou hielt seinen linken Arm hoch und wies auf ein schmales, schwarzes Band, das er um das Handgelenk trug. »Eine weitere Erfindung von Kelton und mir. Ein Hyperfunk, der weitaus weniger von den Einflüssen in Ambriador gestört wird als alles, was es sonst so gibt. Leider funktioniert er allerdings in unmittelbarer Nähe von Ereton/A auch nicht viel besser als Ihr Gerät.«

»Dann sind Sie also im Auftrag von Kelton-Trec hier«, fasste Schroeder zusammen. »Aber warum?«

Fouchou verzog die Lippen zu einem wölfischen Grinsen, das dem Mitrades sehr ähnlich sah. »Um dafür Sorge zu tragen, dass Jason Neko auch wirklich zurück nach Caligo gelangt.«

»Als Hilfe für Mitrade«, nickte Schroeder. »Also doch!«

»Nein!« Fouchou klang empört. »Als Aufpasser für die Larin. Kelton traut ihr nicht über den Weg. Er weiß, wie impulsiv die Frau oft handelt, und glaubt darum, es sei gut, jemanden in ihrer Nähe zu haben, der verhindert, dass sie Dummheiten macht.«

»Sie haben sich aber recht wenig um Ihren eigentlichen Auftrag gekümmert, würde ich sagen.«

Fouchou zuckte mit den Achseln. Schroeder versuchte, aus ihm schlau zu werden, aber es gelang ihm nicht. »Neko ist tot. Was werden Sie jetzt tun?«

»Ich bin ebenfalls so gut wie tot.« Fouchou klopfte sich gegen die Brust, wo der Lederbeutel unter seinem Hemd verborgen lag. »Ich denke, ich werde versuchen, wenigstens noch einmal ein bisschen nützlich zu sein.« Eine Wehmut lag im Blick des Arztes, die Schroeder sich nicht erklären konnte. Er beschloss, nicht nachzuhaken; dies war offensichtlich ein heikles Thema für Ian Fouchou.

Unbehaglich räusperte Schroeder sich. »Nun ja. Dann gibt es nicht mehr viel zu sagen, nicht wahr?«

Fouchou schüttelte den Kopf.

Schroeder reichte ihm die Hand. Er ergriff sie. Wieder erschien ein Lächeln in seinem Gesicht, doch diesmal wirkte es traurig. »Leben Sie wohl, Mister Schroeder. Passen Sie gut auf Tamra Cantu auf.«

»Das werde ich.« Startac schüttelte Fouchous Hand, und dabei spürte er, wie ihm die Kehle eng wurde.

Fouchou senkte den Kopf. »Gehen Sie jetzt besser«, riet er.

Am nächsten Morgen fühlte Tamra sich ein wenig besser. Die Müdigkeit war zwar noch immer da, und sie schien eher aus ihrem Geist zu kommen als ein Signal ihres Körpers zu sein. Aber im Schlaf hatte Tamra ein bisschen Kraft getankt, und sie fühlte sich kräftig genug, um Schroeder zu bitten, sie auf seine Erkundungsreise mitzunehmen.

Zunächst zierte er sich, doch als sie ihm erklärte, dass sie sich nur durch eine Aufgabe von den trübseligen Gedanken an Jason abhalten konnte, willigte er schließlich ein.

Er bat Onmout um zwei Soldaten als Begleitschutz. Zu viert flogen sie los.

Der Großteil des Fluges verging in tiefem Schweigen. Da die beiden Soldaten es vorgezogen hatten, sich nicht auch noch in die enge Pilotenkabine der OT-13 zu quetschen, sondern sich kurzerhand im Transporthangar des Beibootes auf den Boden gehockt hatten, waren Tamra und Schroeder allein.

Ihr machte die Stille nichts aus, und fast bedauerte sie es, als Schroeder das Wort an sie richtete. »Darf ich dich etwas fragen?«

»Natürlich.«

»War Jason der Vater deines Kindes?«

Das Kind! Tamra unterdrückte ein Seufzen. Was hatte sie eigentlich in den letzten Tagen alles verloren?

Schroeder verstand ihr Seufzen falsch. »Entschuldige«, sagte er hastig. »Ich wollte … es geht mich gar nichts an.«

»Doch.« Tamra wandte den Kopf und wartete, dass er sich einen Moment lang von dem Anblick vor der OT-13 losriss. Sie flogen über eine Landschaft aus scharfkantigen, wie aufgefaltet aussehenden Felsen.

»Es geht dich etwas an«, sagte sie. Es war das Einzige, was sie ihm im Moment zu bieten hatte. Das äußerste Ende jenes Weges, den sie zu gehen wagte, und sie konnte nur hoffen, dass er verstand, was sie ihm sagen wollte.

Er wartete eine Weile. Ab und zu warf er einen prüfenden Blick nach vorn, sah dann aber immer wieder Tamra an. »Es geht mich was an«, wiederholte er. Ein leises Lächeln glitt über seine Miene. »Gut.«

Er hatte verstanden.

Wenige Minuten später gab der Hyperfunk einen leisen Ton von sich und zeigte an, dass Captain Onmout versuchte, sie zu erreichen. Schroeder aktivierte die Übertragung. »Wir befinden uns im Anflug auf das Tal«, informierte er den Kommandanten. »Ich beginne bereits die Auswirkungen des Schiffes zu spüren, aber Tamra noch nicht.«

»Kommen dir die Impulse irgendwie bekannt vor?«, fragte Onmout.

In der Tat erinnerten sie Schroeder an jene, die die Flammen aussendeten, aber er hatte kurz vor seinem Aufbruch mit Onmout gesprochen und wusste darum, dass der Kommandant sich erhoffte, er würde die Impulse aus der Milchstraße kennen.

»Nicht von früher, nein«, antwortete er. Bis auf Terra Incognita hatte er einen solchen Einfluss auf seinen Geist noch niemals zu spüren bekommen.

»Schade.«

»Wir finden schon heraus, was es damit auf sich hat.« Er deutete auf die Frontscheibe, wo jetzt der Fluss auftauchte. Tamra nickte zum Zeichen, dass es jener war, den sie bei ihrem ersten Ausflug hierher gesehen hatte. »Soeben ist der Fluss in Sichtweite gekommen«, sagte er zu Onmout. »Ich melde mich wieder, wenn wir etwas Neues wissen.«

»… ich melde mich wieder, wenn wir etwas Neues wissen.«

Schroeder hatte die Verbindung unterbrochen, doch Mitrade hatte genug gehört. Sie fuhr sich mit der Zunge über die Lippen. Ein Gefühl von Triumph wollte sich seit Nekos Tod nicht mehr einstellen, doch ein wenig Befriedigung konnte sie noch empfinden.

Sie hatte die Atmosphäre des Planeten bereits verlassen, als ihr aufgegangen war, dass sie keine Ahnung hatte, was auf Caligo für Verhältnisse herrschten. Gut möglich, dass sie bei der neuen Regierung, die sich über kurz oder lang etablieren musste, nicht mehr denselben Stand haben würde wie bei der alten. Das war sogar wahrscheinlich, hatte sie sich in Gedanken korrigiert, wenn man herausfand, *was* sie war. Sie hatte auf das Sen-Trook geklopft, und Emotion war durch ihren Leib gewallt wie ein Adrenalistoß.

Sie hasste dieses Gerät!

Kurz hatte sie mit dem Gedanken gespielt, einfach die Fasern zu zerreißen, die unter ihrer Haut allein bei dem Gedanken daran wieder angefangen hatten zu jucken, aber dann hatte sie sich dagegen entschieden.

Umbringen konnte sie sich immer noch.

Vorher würde sie allerdings die letzte Aufgabe erledigen, die ihr noch geblieben war.

Also hatte sie den Raumjäger gewendet und den Hyperfunk aktiviert, um herauszufinden, was sie wissen musste.

Sie schaltete die Oberflächenscanner ein und überflog die Bilder, die sie lieferten, bis sie ein Tal und einen Fluss fand. Beides lag nicht allzu weit entfernt von dem Wrack der ORTON-TAPH.

Mitrade bleckte die Zähne zu der Nachahmung eines Grinsens.

Dann änderte sie den Kurs entsprechend der neuen Daten.

Sie wusste jetzt, wo sie Tamra Cantu finden konnte.

Das Walzenschiff lag noch immer inmitten des Flusses, und die regenbogenschillernden Kaskaden des Wasserfalls ergossen sich über sein Heck.

Schroeder landete die OT-13 in einiger Entfernung. In den letzten Minuten war der Anflug auf das Wrack zunehmend schwierig geworden, und als er jetzt die Triebwerke ausschaltete, senkte er für einen Moment den Kopf und umklammerte ihn mit den Händen.

Auch Tamra spürte die Auswirkungen der Ausstrahlung des Schiffs. Vor ihren Augen flimmerte es, immer wieder ruckten die Ränder ihres Blickfelds schlagartig aufeinander zu. Ihr Kopf schmerzte wie von tausend kleinen Nadelstichen. Das Schlimmste war jedoch ein starkes Gefühl von Irritation, das von dem Wrack ausging.

Es war, als streiche ihr permanent eine eiskalte Hand über den Rücken. Sie schauderte. »Geht es?«, fragte sie Schroeder.

Er richtete sich auf. Seine Augen sahen gequält aus, und seine Lider flatterten leicht. »Geht schon.«

Unter ihnen erklang ein Zischen und dann ein Poltern, das ihnen anzeigte, dass die Soldaten bereits die Bodenschleuse geöffnet und die Laderampe ausgefahren hatten.

Schroeder stemmte sich aus seinem Pilotensitz in die Höhe. »Na, dann los«, sagte er gepresst.

Das fremdartige Wrack wirkte auf Schroeder düster und bedrohlich, und er begriff, dass dieser Eindruck allein unter dem Einfluss der fremdartigen Impulse entstand. Bei genauerem Hinsehen war an dem Wrack nichts zu entdecken, was es von all den anderen unterschied. Abgesehen von seiner schieren Größe jedenfalls.

Tamra zupfte ihn am Ärmel und zeigte auf ein paar verstreute Fragmente, die sich bei genauerem Hinsehen als halbmeterlange, schwärzliche Panzer erwiesen. An einigen hingen fransenartige Beinchen.

»Meinst du, die sind ebenfalls Opfer der Flammen geworden?«, fragte sie.

Schroeder zuckte die Achseln. »Das werden wir wahrscheinlich nie erfahren.«

Das Wrack zu betreten war bei all den Rissen und aufgeplatzten Wänden kein Problem. Sie arbeiteten sich zu viert durch die herumliegenden Trümmerteile, von denen die Vegetation etliche so überwuchert hatte, dass sie kaum noch als technische Relikte zu erkennen waren. Dann betraten sie das Schiff durch ein Loch, das mindestens 100 Meter in die Höhe und mehr als 50 Meter in die Breite maß.

Sie kamen in einen Hangar, der auf den ersten Blick genauso gigantisch wirkte wie der des Fragementraumschiffs. Als Schroeder gegen die Funken anblinzelte, die vor seinen Augen tanzten, sah er jedoch, dass dieser Eindruck täuschte. Zwar war auch dieser Raum groß genug, um darin überlichttaugliche Beiboote unterzubringen, doch er besaß nicht annähernd die riesigen Dimensionen des Fragmentraumers.

Eine Wand war bedeckt mit Bedienelementen und Schaltpulten. Schroeder trat davor und musterte die Steuerungen. Plötzlich kam er sich vor wie ein Kind in einer viel zu großen Küche. Die Pulte, die Schalthebel, sämtliche Knöpfe waren gigantisch.

Schroeder sah Tamra zu, wie sie prüfend eine Hand auf ein Schaltelement legte, das seitlich an einem Pult angebracht war. Gegen die Größe des Elements sah ihre Hand so winzig aus wie die eines Säuglings.

»Was für Kerle haben denn dieses Schiff geflogen?«, fragte sie verblüfft. Ihre Stimme klang rau. Immer wieder blinzelte sie, und an der tiefen Falte zwischen ihren Augenbrauen konnte Schroeder ablesen, dass auch sie Kopfschmerzen verspürte.

»Große«, kommentierte einer der beiden Soldaten. Auch er verglich seine Körperteile mit jenen, die nötig waren, um die Bedienelemente zu handhaben.

Schroeder versuchte sich vorzustellen, wie die Gliedmaßen des fremden Volkes gebaut sein mussten. Einen konkreten Hinweis darauf gab ihm eine großflächige Vertiefung in einer Konsole. Sie ähnelte der Bedienfläche von Mitrades Fernsteuer-Spinne. Ebenso wie diese bildete der tieferliegende Umriss die Hand nach, sodass sich recht gut erkennen ließ, womit die fremden Raumfahrer gearbeitet hatten.

Eine Art monströser Greiflappen.

Schroeder forschte in seiner Erinnerung, ob er ein Volk kannte, das ähnliche Hände besaß. Wie durch einen Katalog ging er alles durch, was ihm jemals in seinem Leben begegnet war oder wovon er auch nur gehört oder gelesen hatte.

Er biss sich auf die Oberlippe und kaute darauf herum. Ein Volk mit solchen Händen kannte er!

Gleich darauf jedoch schüttelte er den Kopf, wie um sich selbst zurechtzuweisen.

»Sei nicht albern!«, murmelte er.

Tamra sah ihn fragend an.

»Diese Steuerung hier ... sie sieht aus, als gehöre sie einem ...« Er zögerte, dann sprach er es aus. »... einem Kelosker.«

»Was sind Kelosker? Und warum glaubst du nicht daran?«

»Weil die Kelosker seit langem nicht mehr existieren. Sie waren die begabtesten Mathematiker, die das Universum je gesehen hat. Ihr Gehirn funktionierte im fünf- und sechsdimensionalen Bereich, und rechnerisch konnten sie sogar bis in die siebte Dimension vordringen.«

Tamra strich über die Kante des Steuerpultes. »Ja, und? Du hältst es offenbar trotzdem für unmöglich, dass ein Schiff von ihnen hier gestrandet ist.«

»Weil es auch unmöglich ist! Durch ihre Denk- und Wahrnehmungsweise sind Kelosker in der Lage, das zu sehen, was für uns die Zukunft ist. Sie wären von den Einflüssen von Ereton/A niemals so überrascht worden wie wir.«

»Trotzdem sind sie hier notgelandet.«

Schroeder war noch nicht ganz überzeugt davon, aber da er keine andere Erklärung hatte, beließ er es dabei. Die geistigen Einflüsse waren hier im Inneren des Schiffes ein ganzes Stück erträglicher geworden, und das schien ihm viel eher ein Phänomen zu sein, mit dem sie sich beschäftigen sollten. Bevor er sich jedoch abwenden konnte, kam ihm ein atemberaubender Gedanke.

Konnte es sein, dass die Kelosker hinter den extremen hyperphysikalischen Vorgängen in Ambriador steckten?

Nach allem, was er von ihren Fähigkeiten wusste, wäre ihnen das durchaus zuzutrauen.

Ein Kribbeln ergriff Schroeders Rückgrat. Plötzlich hatte er das dringende Bedürfnis, Perry Rhodan von dieser Entdeckung zu unterrichten. Er knirschte mit den Zähnen. *Eins nach dem anderen.*

»Weißt du, was mich wundert?«, fragte Tamra. Sie strich noch immer über die verschiedenen Instrumente. Ab und zu kratzte sie ein wenig von dem auch hier im Inneren überall wuchernden Moos ab. »Dass wir hier keine Leichen finden.«

»Wir haben doch noch gar nicht richtig gesucht.«

Tamra sah skeptisch aus. »Stimmt. Aber irgendwie glaube ich, dass wir keine finden werden.«

Schroeder nahm sein Hyperfunk und unterrichtete Onmout über das, was sie entdeckt hatten.

»Wir werden sehen«, sagte er zu Tamra, nachdem er fertig war.

Dreißig

Tamra behielt Recht.

Sie suchten ungefähr eine Stunde lang das Innere des Wracks ab, und obwohl sie etwas entdeckten, das wie die Zentrale aussah, fanden sie keine einzige Leiche. Schließlich machten sie sich in der näheren Umgebung auf die Suche nach einem Friedhof oder Ähnlichem, aber auch dabei waren sie erfolglos.

Die fremdartigen Impulse waren hier draußen allerdings auch so stark, dass sie kaum noch richtig denken konnten.

Um ihnen zu entgehen und sich zu beraten, zogen sie sich noch einmal ins Innere des Raumschiffs zurück.

»Wusste ich es doch!«, sagte Tamra. »Wenn du mich fragst, dieses Schiff ist unheimlich!«

»Aber es scheint, als kämen die Impulse nicht von hier«, meinte Schroeder. »Sie gehen von etwas anderem aus.«

Tamra nickte nachdenklich.

»Der Wasserfall!« Einer der Soldaten und Schroeder hatten die Worte gleichzeitig ausgesprochen.

Tamra winkte ungeduldig ab. »Ich meine nicht diese Impulse. Ich meine das Schiff selbst. Und seine Erbauer, diese Kelosker. Sieh dich doch um! Das Schiff ist riesig. Hier sind mit Sicherheit mehr als tausend Individuen mitgeflogen. Warum haben die Flammen sie nicht angegriffen?«

»Vielleicht ist das Schiff lange vor den Flammen hier aufgetaucht.«

»Möglich. Aber das würde nicht erklären, wo die Kelosker geblieben sind.«

»Sie haben den Planeten mit ihren Beibooten verlassen.«

Tamra sah Schroeder an, dass er nicht an seine eigenen Worte glaubte. Irgendwie, das spürte sie, empfand er die gleiche Faszination und auch das gleiche Grauen wie sie. Dieses Schiff war Teil eines Volkes, das wahrhaft mächtig war.

Tamra glaubte noch einen fernen Abglanz dieser Macht fühlen zu können, und an der Art, wie sich Schroeder und auch die beiden Soldaten umsahen, erkannte sie, dass es ihnen ganz ähnlich ging. Es war wie eine ferne, geisterhafte Präsenz, die ihr eine Gänsehaut über den ganzen Rücken jagte.

In einem Anfall von Fatalismus lachte sie auf. »Ausgerechnet!«, entfuhr es ihr.

»Was meinst du?«

»Ausgerechnet wir zwei Bruchpiloten, die wir kaum mit unserem eigenen Leben klarkommen, entdecken eine Spur zu kosmischen Dimensionen!«

Eine wohlbekannte Stimme ließ alles in Tamra zu glasklarem Eis erstarren. »Du hast schon immer dazu geneigt, dich allzu wichtig zu nehmen, Vögelchen!«

Der Flammenschwarm schwebte inmitten der silbrigen Kokons, die den Posbis als Gräber dienten. Ihr blaues Leuchten ließ die feinen Drähte schimmern und glitzern, dass sie aussahen wie gesponnene Seide. Ian Fouchous Hand schloss sich fester um den Beutel an seinem Hals, und mit einem Ruck zerriss er die Schnur.

»Was machen Sie hier eigentlich die ganze Zeit?«

Die kindliche Stimme hallte in der Weite des Raumes wider und ließ Ian Fouchou zusammenzucken. Hastig wandte er sich um.

»Hast du mich erschreckt!«

Ein kleiner Junge hatte sich vor ihm aufgebaut, die Hände in die Hüften gestützt und die Augen fragend aufgerissen. Sein Haar stand ihm in unordentlichen, rötlichen Wirbeln vom Kopf, und seine Wangen glühten.

»Entschuldigung«, sagte er, aber er klang nicht betreten. Neugierig glitten seine Blicke an Fouchou vorbei hin zu den Flammen. »Sind die jetzt wirklich harmlos?«

»Ich hoffe es. Genau sagen kann ich es nicht. Wie ist dein Name?«

»Liam Pasterz.«

»Weiß deine Mutter, dass du hier bist?«

Der Junge zuckte mit den Achseln. Es war eine starre Geste. »Sie ist bei einem der Flammenangriffe ums Leben gekommen.«

Fouchou schluckte. Mit einem Mal wusste er nicht mehr, was er sagen sollte. »Warum bist du hier?«

Wieder dieses starre Schulterzucken. »Weil ich mit eigenen Augen sehen will, ob sie wirklich harmlos sind.«

»Du glaubst es nicht, oder?«

Schulterzucken.

»Sie haben deine Mutter nicht aus Bosheit getötet, das darfst du nicht glauben.« Fouchous Wangen begannen ebenfalls zu glühen.

»Ich weiß. Es war ein Missverständnis.«

Überrascht hob Fouchou die Augenbrauen. Er suchte nach einem Zeichen dafür, dass Liam das zynisch gemeint hatte, fand aber keins.

Der Junge pustete gegen seinen wirren Haarschopf. »Sie finden das komisch, oder? Dass ich so rede?«

»Ein bisschen vielleicht.«

Wieder setzte Liam zu seinem Schulterzucken an, doch diesmal hielt er mitten in der Bewegung inne. »Die anderen finden es komisch. Sie denken, ich bin verrückt geworden.«

»Wenn die eigene Mutter auf so eine schreckliche Weise stirbt, kann einen das …«

»Unsinn!« Mit einer heftigen Handbewegung wischte Liam Fouchous Worte zur Seite. »Ich bin nicht verrückt. Und so schrecklich war der Tod für meine Mutter bestimmt nicht. Sie hat sich sehr nach meinem Vater gesehnt.«

»Der auch gestorben ist?«

»Auf Caligo, ja.«

Fouchou spürte ein großes Bedauern darüber, wie viel Schmerz es in der Welt gab.

Liam musterte ihn genau. »Sie wollen auch lieber sterben, oder?« Er wies auf den Beutel in Fouchous Hand.

War er so leicht zu durchschauen? Fouchou sah in die Richtung der Flammen. Seit der vergangenen Nacht zerbrach er sich den Kopf darüber, wie es möglich war, eine Kommunikation mit den Flammen in Gang zu setzen, jetzt, da sie Jason Neko verloren hatten. Er war sicher, dass die beiden so verschiedenen Völker nicht nur friedlich miteinander leben, sondern sich auch gegenseitig eine Menge geben konnten.

»Auf Terra gab es eine Zeit«, erzählte er, »da entdeckten die Menschen einen bis dahin fremden Kontinent. Natürlich konnten sie zunächst mit den Einwohnern dieses Kontinents nicht reden, aber sie verständigten sich auf andere Weise. Sie machten sich gegenseitig Geschenke, die ihnen zeigen sollten, dass ihre Absichten friedlich waren.«

»Klingt gut.« Liam schob seine Zunge zwischen den Zähnen hervor und zog daran. »Was schenkt man dem Flammenvolk?«

Fouchou zuckte die Achseln.

»Mitrade!« Jeder Anflug von Angst oder gar Entsetzen war aus Tamras Stimme und auch aus ihrem Verhalten verschwunden. Mit vor Anspannung schmerzenden Schultern sah Schroeder zu, wie sie sich der Larin näherte, die aus dem Schatten eines der gigantischen Schaltpulte getreten war und einen Strahler auf sie gerichtet hatte.

Wut sprach aus den Gesten der jungen Alteranerin. Grenzenlose, kalte Wut.

Schroeder griff nach seiner Waffe und zog sie. Gleichzeitig mit ihm taten das auch die beiden Soldaten. Mitrade jedoch lachte ihnen offen ins Gesicht.

»Bevor ihr mich erwischt«, sagte sie mit einer Stimme, die absurd fröhlich klang, »habe ich Tamra längst erschossen.«

Schroeder war klar, dass sie Recht hatte. Und ihm war ebenfalls klar, dass es Mitrade völlig egal sein musste, was nach ihrem Schuss passierte. Sie war gekommen, um Rache zu nehmen, weil das das Einzige war, das ihr noch blieb.

»Willst du es dir tatsächlich so einfach machen?«, höhnte Tamra mit eisiger Stimme. »Ein kurzer Schuss, und das war es?«

Mitrade funkelte sie an. »Genauso einfach, wie du es dir gemacht hast.«

Ein winziges Kopfzucken zeigte Schroeder, dass Tamra ihr nicht glaubte. Dachte sie wirklich, der Rachedurst der Larin sei so groß, dass sie sie nicht einfach erschießen würde?

»Das ist dir nicht genug, Mitrade, und das weißt du so gut wie ich!« Tamra ging einige Schritte auf Mitrade zu und verdeckte sie dadurch fast vollständig.

Schroeders Herz begann zu jagen. Was hatte sie nur vor?

Kurz schoss ihm der Gedanke durch den Kopf, sie könne Selbstmord begehen wollen, doch er schob ihn von sich. Es hatte keinen Zweck, sich mit Eventualitäten zu befassen. Er musste eine Lösung finden, bevor Tamra feststellen würde, dass sie sich täuschte.

Sein Blick glitt nach oben zur Decke. Unauffällig gab er den beiden Soldaten einen Wink. Sie traten beide ein Stück zur Seite, der eine nach rechts, der andere nach links, sodass ihre Schusswinkel ein wenig günstiger wurden.

Mitrade registrierte es mit einem wölfischen Grinsen und ohne die Waffe von Tamra zu nehmen.

Schroeder versuchte, sein Herz zu beruhigen. Seine Hand hatte sich schweißnass um die Waffe geklammert, und er fühlte, dass sie zitterte. Wieder blickte er zur Decke. Dort befand sich eine spiralförmig gewundene Antenne, die mit ihrer silbrigen Spitze nach unten aus der Verkleidung wuchs. Mitrade stand genau unter ihr.

Ganz langsam atmete Schroeder ein, bis seine Lungen zum Bersten gefüllt waren, dann hielt er die Luft an. Er hatte nur eine einzige Chance.

Er musste schnell sein.

Verdammt schnell.

Er machte sich bereit, indem er die Luft aus seinen Lungen entweichen ließ.

»Tamra!«, schrie er.

Dann schoss er. Liam hatte sich an Fouchous Seite gedrängt, so dicht, dass ihre Arme und Oberschenkel sich berührten. Eine Wärme ging von dem Körper des Kindes aus, die fast fiebrig wirkte.

Im ersten Moment war Fouchou nervös gewesen, erfüllt mit Angst. Doch jetzt, da es ihm gelungen war, die Flammen auf sich aufmerksam zu machen und sie langsam auf ihn zuschwebten, wurde er auf einmal ganz ruhig.

Der Flammenschwarm blieb vor ihm stehen.

Fouchou trat so dicht an die Kante der Loge heran, wie er es wagte. Er vermied es, einen Blick in den Abgrund zu werfen, der unter ihm gähnte. *Bloß nicht schwindelig werden und in die Tiefe stürzen!* Er streckte eine Hand aus, und die Flammen schienen zu verstehen, was er ihnen sagen wollte.

Eine von ihnen löste sich aus dem Schwarm, näherte sich lautlos und blieb wenige Millimeter vor seinen ausgestreckten Fingern stehen.

»Ein Geschenk«, murmelte er. »Ein Geschenk für euch habe ich.« Er hob den Lederbeutel, den er in der anderen Hand hatte.

Die Flamme rührte sich nicht.

»Sie akzeptiert den Frieden, den sie mit Neko geschlossen hat«, flüsterte Fouchou Liam zu. »Siehst du das? Sag den anderen, dass die Flammen ihnen nichts mehr tun werden.« Er nahm das Lederband zwischen die Zähne, formte mit der nun freien Hand eine Schüssel und näherte sie der Flamme von hinten.

Sie wich ihm aus und schwebte dabei ein Stück über Fouchous Finger hinweg. Vorsichtig näherte er sich ihr noch ein bisschen mehr, trieb sie auf diese

Weise über seinen Handrücken, den Unterarm hinauf bis zur Schulter. Das Pulsieren der Flamme wurde schneller und erinnerte jetzt an den Rhythmus, den sie kurz vor einem Angriff an den Tag gelegt hatten. Es kamen jedoch keine Panikimpulse.

Fouchou drängte die Flamme noch ein Stück höher, bis sie dicht an seiner Halsschlagader schwebte. Er drehte die Hand ein wenig, schob die Flamme an seiner Wange hinauf. Als sie sein Jochbein erreicht hatte, schien sie zu begreifen. Den letzten Rest des Weges legte sie allein zurück.

Sie setzte sich auf Fouchous Stirn. Ihr Pulsieren war jetzt schnell und erregt, aber sie rührte sich nicht.

»Ein Geschenk«, murmelte Fouchou. Er konnte nur hoffen, dass die Flammen in der Lage waren, die Symbolik seiner Handlung zu verstehen.

Langsam hob er den Lederbeutel an die Lippen und zog die Schnur mit den Zähnen auseinander.

»Sag den anderen, was geschehen ist, ja?«, bat er Liam. »Und jetzt geh!«

Der Junge schüttelte den Kopf. »Ich will zusehen.«

Fouchou war dicht davor, es ihm zu verbieten, doch dann entschied er sich dagegen. Vielleicht war es von Nutzen, wenn jemand den anderen erzählen konnte, was genau hier vor sich gegangen war. Auf diese Weise würde nicht die Gefahr bestehen, dass Onmout dachte, es habe ein neuer Angriff stattgefunden.

Mit klopfendem Herzen richtete Fouchou den Blick wieder auf den Flammenschwarm. Die Flamme auf seiner Stirn hüllte sein Gesichtsfeld in schwingendes, blaues Licht, das auf ihn eine beruhigende Wirkung hatte.

Er hob den Lederbeutel an die Lippen und schüttete den gesamten Inhalt in den Mund.

Schroeders Schuss traf die Antenne an der Basis. Ein greller Entladungsblitz flammte auf. Im gleichen Moment warf sich Tamra zur Seite.

Ein weiterer Blitz – aus Mitrades Waffe diesmal. Er furchte eine handbreite Schneise in ein Schaltpult.

Tamra stürzte zu Boden, und für einen atemlosen Moment glaubte Schroeder, sie wäre getroffen worden. Die Antenne brach mit einem lauten Kreischen ab, das Mitrade den Blick nach oben reißen ließ.

Ihre Augen wurden weit. Dann wich sie dem fallenden Geschoss aus.

Und prallte dabei gegen Tamra, die sich gerade auf alle viere aufrappelte. Gemeinsam gingen die beiden zu Boden.

Tamra reagierte schneller, als Schroeder es je zuvor bei einem Menschen gesehen hatte. Im Fallen rollte sie herum, kam auf die Füße und schlug Mitrade die Waffe aus der Hand.

Mit einem Aufschrei stürzte die Larin sich auf sie, trieb sie gegen eine Wand, wo sie sie mit dem Rücken festnagelte.

Tamra stieß einen schmerzhaften Schrei aus.

»Nicht schießen!«, befahl Schroeder den beiden Soldaten, die mit angelegter Waffe dastanden und nicht wussten, was sie tun sollten.

Seine Warnung kam gerade noch rechtzeitig, denn genau in diesem Moment wurde sich Mitrade ihres ungedeckten Rückens bewusst. Sie zerrte Tamra von der Wand fort und fuhr herum, sodass die Alteranerin sich jetzt wie ein Schild zwischen ihr und den Soldaten befand.

Schroeder stockte der Atem.

Er sah zu, wie Tamra auf die Knie ging, weil sich die Hände der Larin um ihren Hals legten und zudrückten. An Schnelligkeit war sie der kompakten Larin um einiges überlegen, aber an Kraft konnte sie es nicht mit Mitrade aufnehmen.

»Tamra!« Schroeder sprang vor, um ihr zu Hilfe zu eilen, aber er war nicht schnell genug.

In einem Anflug von Panik ruderten Tamras Hände durch die Luft. Sie bekamen Mitrades Hals zu fassen, und ihre Finger gruben sich in das Fleisch dort.

Fassungslos sah Schroeder zu, wie die Larin mitten in der Bewegung zu absoluter Regungslosigkeit erstarrte.

Tamra kam auf die Füße. Ohne Mitrade loszulassen, wandte sie sich langsam zu ihr um. Sie machte einen Schritt auf die Larin zu, und diese wich aus! So unerwartet kam die Wendung in dem ungleichen Kampf, dass Schroeder einen Augenblick brauchte, bis er begriff, was geschehen war.

Tamra hatte den wulstigen Strang an Mitrades Hals zwischen die Finger bekommen!

Die Verbindung zwischen Mitrades Nervensystem und dem Sen-Trook an ihrem Gürtel.

Ein einziger Ruck würde genügen, der Larin buchstäblich das Gehirn aus dem Leib zu reißen.

Und Mitrade wusste das.

Auf ihrem breiten Gesicht zeichneten sich der Reihe nach die unterschiedlichsten Gefühle ab. Fassungslosigkeit. Entsetzen. Dann Resignation. Kapitulation.

»Nun mach schon!«, hörte Schroeder sie flüstern. Ihre Stimme war nicht mehr wiederzuerkennen, klang flach und rau.

Tamra rührte sich nicht.

Die Brutalität der Handlung drang in Schroeders Bewusstsein ein, und als er sah, wie sich Tamras Halsmuskeln spannten, war er sicher, dass ihr Zorn und die

Qualen, die sie all die Jahre durch Mitrade hatte erleiden müssen, groß genug waren.

Er sah ihre Hand zucken.

Mitrades Augen quollen aus den Höhlen.

Dann gab Tamra ihr einen harten Stoß, der sie auf den Rücken fallen ließ.

Mit in den Nacken geworfenem Kopf blickte die Alteranerin auf die Larin nieder. »Leb weiter!«, zischte sie.

Die Wirkung der Droge setzte fast augenblicklich ein. Fouchou fühlte, wie sich seine Adern mit Feuer füllten, das durch seinen gesamten Körper raste und jeden einzelnen Nervenstrang unter Strom setzte. Er sah buntschillernde Räder vor seinen Augen tanzen, hörte Stimmen und Geräusche. Ätherische Gesänge. Seine Nase roch Blumenduft.

Durch all diese Wahrnehmungen hindurch spürte er noch die Flamme auf seiner Stirn zucken und sich winden, und das Licht, das sein Sehvermögen überlagerte, änderte seine Farbe von hellem Blau zu intensivem Ultramarin.

Die Gesänge wurden lauter, als nähere er sich endlich seinem Ziel.

Er spürte, wie sein Herz anfing, langsamer zu schlagen, und große Müdigkeit ihn einhüllte. Ein starkes Kribbeln ging von seiner Stirn aus, und plötzlich hatte er das Gefühl, er sei nicht mehr allein.

Bevor die Dunkelheit heranrauschte, verdoppelte sich die Intensität des blauen Lichtes direkt vor seinen Augen. Er lachte auf.

Er war angekommen!

»Warum haben Sie sie gehen lassen?«, fragte einer der Soldaten ungläubig. Seiner Miene war anzusehen, dass er Tamra für verrückt hielt.

Nachdem sie Mitrade von sich gestoßen hatte, hatte sie sie davongescheucht wie eine lästige Fliege. Stolpernd hatte Mitrade das Keloskerschiff verlassen, und jetzt war von draußen das Dröhnen eines startenden Jägers zu hören.

Tamra hob die Hände zu einer Geste, die aussah wie Resignation. »Ich wollte einmal so grausam sein wie sie.«

Das Dröhnen entfernte sich, und zurück blieb nur schwere, lastende Stille. Die plötzlich von einer Detonation zerrissen wurde.

Einunddreißig

Einige Tage später

»Glauben Sie, dass Sie dem wirklich gewachsen sind?« Fragend spähte Captain Onmout in Tamras Gesicht. »Sie sehen noch immer mitgenommen und blass aus.«

»Es geht schon.« Tamra wich Schroeders Blicken aus. Sie wusste, dass er ihren Entschluss, ihn zu begleiten, nicht guthieß.

Er kannte jedoch ihre Motivation: Endlich konnte sie akzeptieren, dass Schroeder und sie zusammengehörten. Da würde sie nicht das Risiko eingehen, allein zurückzubleiben, wenn er sich in eine gefährliche Situation begab.

Denn gefährlich war das, was er vorhatte, das war allen klar, die jetzt hier vor dem Wasserfall standen und betreten vor sich hinstarrten.

»Überleg es dir noch einmal!«, bat Onmout Schroeder. »Wenn wir euch beide verlieren, ist das für die Menschen hier ein schwerer Schlag. Nach all den schlechten Nachrichten, die sie in der letzten Zeit verkraften mussten ...«

»Es gab auch ein paar gute«, erinnerte Tamra ihn. Die Flammen schienen sich tatsächlich mit ihrem Nichtangriffspakt zufriedenzugeben. Jedenfalls hatten sie seit Nekos Tod den Friedhofshangar der Posbis nicht mehr verlassen. Noch immer verspürte Tamra das Bedürfnis, den Kopf zu schütteln, wenn sie daran dachte, was Doktor Fouchou getan hatte.

Sie hatten ihn nach ihrer Rückkehr von dem Kelosker-Wrack auf einer der Galerien gefunden. Ganz friedlich sah er aus, und die Flammenspur auf seiner Stirn wirkte beinahe wie ein Schmuckstück.

Den 8000 Gestrandeten hatten sie nicht erzählt, dass es einen erneuten Todesfall in Zusammenhang mit den Flammen gegeben hatte. Die meisten Menschen hätten die Symbolik nicht verstanden, die Fouchou bei seinem letzten Schritt vorgeschwebt war. Tamra und die anderen jedoch waren sicher, dass sein Selbstmord der letzte Fingerzeig gewesen war, den die Flammen brauchten, um sich auf ein friedliches Zusammenleben einzulassen.

»Es war ein Geschenk«, hatte der kleine Liam Pasterz ihr zugeflüstert, und sie glaubte, dass er Recht hatte.

Neko hatte den Flammen *erzählt*, dass die Menschen bereit waren, ihnen ihre Sterbenden zu schenken. Fouchou hatte es ihnen *bewiesen*.

Tamras Hand glitt in eine Tasche an ihrem Raumanzug. Papier knisterte unter ihren Fingern, und sie fühlte ein Lächeln auf ihrem Gesicht. Man hatte einen Brief bei Fouchous Leiche gefunden, der an sie adressiert war. Nur zwei Sätze hatten darauf gestanden: *Schroeder kann Ihnen alles erklären.* Und: *Jason hat den Laren nicht getötet, sondern ich.*

Tamra kehrte aus ihren Erinnerungen an den seltsamen Mediziner zurück in die Gegenwart.

»... stimmt«, hörte sie Onmout sagen. »Aber dass wir diesen Planeten nicht mehr verlassen können, hat die Moral doch ganz gehörig gedämpft.«

Es hatte mit der Detonation von Mitrades Jäger begonnen. Zuerst hatten sie gedacht, die Larin habe sich selbst in die Luft gesprengt, aber als Onmout ein paar Tage später befohlen hatte, ein weiteres Beiboot aus der ORTON-TAPH zu holen und einen seiner Piloten damit beauftragt hatte, zu starten und zu versuchen, einen alteranischen Außenposten zu erreichen, war das Schiff über dem Meer ins Trudeln geraten und abgestürzt.

Sie hatten keine Ahnung, warum es so war, aber offenbar war Terra Incognita nicht gewillt, sie wieder fortzulassen.

»Wir wissen nicht, was ihr auf der anderen Seite finden werdet«, wandte sich Onmout jetzt an Schroeder und schielte unbehaglich zu dem Wasserfall, den sie inzwischen als Ursprung der irritierenden Impulse ausgemacht hatten. Er war blass, wie alle, die sich so dicht an der Quelle befanden. »Aber solltest du auf einer Welt landen, von der aus du Perry Rhodan erreichen kannst, informiere ihn bitte, wo wir sind. Aber warne ihn in aller Deutlichkeit! Auf keinen Fall darf er riskieren, ebenfalls hier zu stranden.«

Schroeder nickte. »Er wird herauszufinden versuchen, woran es liegt, dass kein Schiff von hier starten kann.«

»An diesem elenden Hypersturmriff, woran sonst?« Onmout verzog den Mund zu einer schiefen Grimasse.

Schroeder war sich nicht ganz sicher, ob er Recht hatte, aber das behielt er für sich.

Er wischte sich über die Stirn, doch das vertrieb die Kopfschmerzen nicht, die sich wie ein hungriges Tier durch sein Gehirn wühlten. Mit zusammengebissenen Zähnen reichte er Tamra die Hand. »Bereit?«

Sie griff zu. Ihre Finger waren eiskalt. »Bereit. Wozu auch immer.« Sie griff nach dem Kabel, das man an ihrem und an Schroeders Raumanzug befestigt hatte, und schüttelte es. Es wirkte dünn und zerbrechlich, auch wenn Schroeder wusste, dass es aus spezialverdichtetem Metallplastik bestand und absolut reißfest war.

Er wappnete sich. Dann tat er den ersten Schritt unter den Wasserfall.

12. Mai 1343 NGZ

Mit steinernem Gesicht sah Perry Rhodan hinaus in den leeren Raum, in dem sich einer der unzähligen Sterne langsam in einen roten Ball verwandelte, je näher sie ihm kamen.

Blossom.

Er unterdrückte ein Seufzen.

Was für eine Bilanz!, dachte er. Sie hatten im Golthonga-System fünf Tage auf das Erscheinen der ORTON-TAPH gewartet. Das Schiff war nicht angekommen, und es stand zu befürchten, dass es auch nicht mehr kommen würde.

Fast 10000 Menschen waren verschollen, und mit ihnen Startac Schroeder.

Mondra Diamond trat hinter Rhodan und legte ihm eine Hand auf den Oberarm. »Grübelst du?«

Er zuckte die Achseln. »Unsere Silberkugeln befinden sich in der Hand von Laertes Michou«, begann er aufzuzählen. »Anton Ismael liegt im Koma und kann den Kerl nicht im Zaum halten. Startac ist verschollen, vielleicht sogar tot.«

»Das kannst du nicht wissen!«

Rhodan ließ Luft durch seine Nasenlöcher entweichen. »Stimmt.« Er entwand Mondra den Arm und richtete den Blick wieder auf die langsam näher kommende Riesensonne.

»Großadministrator?«, erklang eine Stimme aus dem Interkom.

»Ja?«

»Soeben erhalten wir die Nachricht, dass am Rand des Systems ein larischer Troventaar aus dem Linearraum gefallen ist.«

Rhodan rieb sich über das Kinn. »Danke!«

Wenigstens Verduto-Cruz war pünktlich!

Vielleicht konnten sie es doch noch schaffen, die 29 Milliarden Alteraner vor dem Tod zu retten, deretwegen sie Lotho Keraete hergeschickt hatte.

Ungeduldig trat Captain Onmout von einem Fuß auf den anderen. Seit einer Stunde waren Schroeder und Tamra nun schon im Inneren des Wasserfalls verschwunden. Das Kabel, das sie mit dem Hier und Jetzt verband, bebte ab und zu ein wenig, aber sonst tat sich nichts.

Schließlich hielt Onmout es nicht mehr aus. »Holt sie da wieder raus!«, befahl er.

Zwei seiner Männer machten sich daran, das Kabel auf die große Rolle zurückzuwickeln, von der sie es abgespult hatten. Im ersten Moment mussten sie all ihre Kraft einsetzen, um es einzuholen, dann ging es leichter.

Sie kurbelten einige Minuten.

Dann stieß Onmout einen lästerlichen Fluch aus.

Zu ihren Füßen lag das Ende des Kabels. Es war abgerissen, ausgefranst und zerfasert.

Von Schroeder und Tamra gab es keine Spur.

Lichtjahre entfernt stand Kelton-Trec des Nachts auf einem zerschossenen Hausdach und sah in den sternenübersähten Himmel von Caligo.

In seinen Adern stockte das Blut, und er wusste, dass er nicht mehr viel Zeit hatte, um sein Lebenswerk zu vollenden.

»Kommt endlich, Mitrade!«, flüsterte er. »Damit wir dem Sterben ein Ende bereiten können.«

Er blickte auf das Armband-Kom an seinem Handgelenk. Vor wenigen Stunden hatten die Eruptionen des Hyperraumes kurz nachgelassen und ihm eine Kontaktaufnahme mit Ian Fouchou ermöglicht.

Die Signale hatten ihre Reise durch die Unendlichkeit angetreten, und Kelton konnte an seiner Anzeige ablesen, dass ein Kontakt zustande gekommen war.

Fouchou jedoch hatte sich nicht gemeldet.

Der Einfluss auf seinen Geist war unglaublich stark. Schroeder spürte, wie er die Orientierung zu verlieren drohte, doch es gelang ihm, sich auf die Quelle der Störungen zu konzentrieren.

Es fühlte sich an, als habe sein Körper sich aufgelöst. All seine Empfindungen waren ausgelöscht bis auf eine einzige. Er spürte, dass er noch immer Tamras Hand hielt.

Ein Sog erfasste ihn, der sich kalt anfühlte. Eiskalt.

Schroeder erschauerte. Mit all seiner Kraft krallte er sich an Tamra, und plötzlich glaubte er, etwas sehen zu können.

Das stumpfe Grau, das ihn in den letzten Minuten oder Stunden eingehüllt hatte, lichtete sich zu einem röhrenförmigen Tunnel, durch den er wie durch ein Teleskop blicken konnte.

Sein anderes Ende war in rötlich-düsteres Licht getaucht. Psychedelisch bunte Leuchterscheinungen flammten auf und erloschen wieder. Zwischen ihnen glaubte Schroeder wimmelnde, halb durchsichtige Körper zu erkennen, aber wenn er versuchte, den Blick auf einen von ihnen zu fokussieren, entglitten sie ihm wieder. Kurz hatte er den Eindruck von aufgerichteten Hundertfüßlern, und er dachte an die schwarzen Panzerschalen, die sie bei dem Wasserfall entdeckt hatten. Er konnte nicht sagen, was er sah; die Szene machte auf ihn gleichzeitig den Eindruck einer Alptraumvision und eines rauschenden Festes.

Schroeder versuchte, die Augen zusammenzukneifen. Er hatte keine Ahnung, ob sie ihm gehorchten. Er wusste nicht einmal mehr, ob er noch Lider hatte.

Langsam verdichtete sich der Nebel wieder und entzog das Bild der fremden Welt seinem Bewusstsein. Kurz bevor es jedoch ganz erlosch, sah Schroeder eine ungeschlachte, massige Gestalt mit riesigen, lappenförmigen Gliedmaßen.

Einen Kelosker.

Das Grau hüllte ihn wieder ein. Er fragte sich, ob es ihn jemals wieder aus seinem Griff entlassen würde.

Perry Rhodan 4

DER POSBI-KRIEG

HUBERT HAENSEL

Der Milliarden-mörder

Eins Verbündete

Es war schwül geworden. Drückend schwer erschien Perry Rhodan die Luft, als lege sie sich erstickend auf die Atemwege. Ohne sich dessen bewusst zu werden, fuhr er sich mit den Fingern unter den Kragen. Er schwitzte.

Der aufkommende Wind brachte den stechend-scharfen Geruch von Ozon, aber auch das Aroma regenschwerer Erde. Beides überdeckte die Ausdünstungen metallischer Legierungen und Chemikalien, die über dem Landefeld lasteten. In Minutenschnelle hatte sich die rote Riesensonne Blossom hinter hoch aufwachsenden Wolkentürmen verborgen, nur hier und da huschten noch fahle Lichtfinger über die Ebene.

Rhodans Blick wanderte über den weitgehend verlassenen Raumhafen. Eines der wenigen hier stehenden Schiffe, die RAPHAO, hatte Mondra und ihn gestern nach Fort Blossom zurückgebracht. Für den Weiterflug stand die HANSHAO bereit, ebenfalls ein vierhundert Meter durchmessendes Schlachtschiff, in dessen spärlich bemessenen Laderäumen mittlerweile die erste Fracht verschwand. Lastenschweber und Antigravplattformen lieferten Posbi-Aggregate an.

Am jenseitigen Ende des Hafengeländes brodelte Schwärze; dort war das Unwetter schon mit voller Wucht losgebrochen. Rhodan gewann den Eindruck, als rücke eine undurchdringliche Wasserwand näher.

Mehrere Schwebegleiter zogen über ihn hinweg und setzten unter dem Kugelrund der HANSHAO auf. In dem Bereich wimmelte es plötzlich von Technikern und Offizieren; verzerrt trug der Wind ihre Stimmen heran.

Befehlsfetzen ... die Arbeitsgeräusche der vielfältigen Maschinen ... Alles wurde von rollendem Donner übertönt.

Die Stimmung über dem Raumhafen ähnelte Rhodans Gemütslage: eine bedrückende Anspannung, die sich entladen musste, damit das Atmen endlich wieder leichter fiel. Für die Menschen des Imperiums Altera ging es um das nackte Überleben; einem massierten Angriff der Posbis würde keines ihrer über hundert besiedelten Sonnensysteme lange standhalten können.

Nicht minder erbitterte Gegner waren die Laren.

Nur mehr vage konnte Rhodan den Leichten Kreuzer erkennen, der Verduto-Cruz am Rand des Systems von einem larischen Troventaar übernommen und nach Fort Blossom gebracht hatte. Beide Seiten hatten sich während jenes Manövers um einen korrekten Ablauf bemüht, doch das war alles andere als ein Schritt hin zu gegenseitigem Verstehen gewesen, sondern bittere Notwendigkeit. Rhodan bezweifelte nicht, dass die Laren ebenso verbissen wie die Alteraner der Wachflotte darauf gewartet hatten, dass die Gegenseite einen Anlass bot, kompromisslos das Feuer zu eröffnen.

Das konsequente Vorgehen des Administrators kannte Rhodan zur Genüge.

Goberto Ho hatte sich nicht gescheut, Mondra und ihn in Arrest zu nehmen. Der Mann mit den stahlgrauen Augen hielt die Geschichte vom Großadministrator des Solaren Imperiums weiterhin für eine abgefeimte Lüge. Andererseits fügte er sich zähneknirschend, weil Laertes Michou es so verlangte. Das Imperium Altera hatte nichts zu verlieren, wenn es in den wrackgeschossenen Fragmentraumer der Posbis investierte, sondern konnte dabei nur gewinnen.

Rings um Rhodan klatschten die ersten schweren Tropfen auf die Piste. Sekunden später brach der Platzregen los, aber die dampfende Nässe erreichte den terranischen Residenten nicht mehr. Im Nahbereich der HANSHAO waren Prallfelder entstanden, über die sich der Regen wie ein Wasserfall ergoss.

Die Verladearbeiten wurden davon nicht behindert. Rhodan schritt an den massigen Aggregaten vorbei. Es handelte sich um Energieerzeuger und Triebwerksblöcke aus einem Posbi-Wrack, das nicht sofort vernichtet worden war.

Die Alteraner arbeiteten hastig. Viele hatten verinnerlicht, dass ausgerechnet von Perry Rhodan ihr Überleben abhing. Falls es ihm und seinen Begleitern nicht gelang, die Hass-Schaltung der Posbis zu unterbinden, war das Schicksal der menschlichen Kolonie in Ambriador besiegelt. Die Roboterzivilisation unterwarf nicht, Ziel der positronisch-biologischen Maschinen war, alle Intelligenzen auszulöschen, die für sie nicht das »Wahre Leben« bedeuteten. Das taten sie so kompromisslos und unbeirrbar, wie es Roboter eben tun konnten.

Sinnend blieb Rhodan vor einem monströsen Komplex stehen, den er als Linearkonverter identifizierte. Seine Miene verhärtete sich. Die Ähnlichkeit der Posbi-Technik mit terranischen Aggregaten war nicht zu übersehen. Sogar mehr als fünf Millionen Lichtjahre von der Milchstraße entfernt glichen ihre Linearkonverter für den überlichtschnellen Flug durch den Zwischenraum frappierend den Kalups von einst.

Selten hatte sich Rhodan so oft an die Vergangenheit erinnert wie in Ambriador. Die Zeit war keineswegs stehengeblieben, das tat sie nie, denn in dieser Hinsicht war sie gnadenlos, aber sie hatte Dinge konserviert und lebendig erhalten, die andernorts längst ihren Platz im Museum gefunden hatten.

Während der Regen auf die Piste trommelte und Blitze in die Prallfelder einschlugen, strich der Resident sinnend mit beiden Händen über den Stahl des Kompensationskonverters.

Damals …

Die Menschheit hatte sich gegen die etablierten Völker in der Milchstraße behauptet und nicht nur die Unabhängigkeit bewahrt, sondern war zu einem kleinen Sternenreich herangewachsen, dem Solaren Imperium. Er selbst hatte fasziniert die Auswirkung der potenziellen Unsterblichkeit an sich beobachtet, das Anhalten des Alterungsprozesses durch eine höhere Macht, nicht mit Hilfe eines implantierten Aktivatorchips wie heute, sondern aufgrund der ihm und seinen Gefährten gewährten Zelldusche. Alle Kraft hatte er darangesetzt, seinen Traum zu verwirklichen, Terra und die Terraner im Kosmos zu etablieren und die Menschheit weit hinauszuführen in eine Zukunft, die eines Tages das Paradies bringen musste.

Rhodan dachte zurück an die Druuf, in deren Universum die Zeit sehr viel langsamer verlaufen war als im Einstein-Raum. Von den Druuf stammte das Prinzip des Lineartriebwerks, das der Hyperphysiker Arno Kalup letztlich weiterentwickelt und zur Serienreife geführt hatte. Die zwangsläufige Folge dessen war der Griff nach der Nachbargalaxis Andromeda gewesen, und genau in jener Sturm- und Drangzeit, nur drei Jahre nach dem Sieg über die Meister der Insel, hatte ein schwerer Hypersturm die Siedlerschiffe nach Ambriador verschlagen.

Rhodans Hände berührten eine der Redundanz-Konsolen. Die Schaltroutine war nicht schwer zu ergründen. Er zögerte nur unmerklich, als er die holographischen Bereitschaftsanzeigen abrief.

Die autarke Energieversorgung der Peripherie war intakt.

Hatte er anderes erwartet als die in Sekundenabständen aufleuchtenden Funktionswerte? Eigentlich nicht, gestand er sich ein. *Oder doch?* Ein Hauch von Zweifel ließ sich nicht vertreiben. Staatsmarschall Michou folgte eigenen Plänen, das hatte er schon mit dem Entzug der Silberkugel bewiesen. Natürlich wollte er, dass Rhodan für ihn die Kastanien aus dem Feuer holte, also sorgte er dafür, dass die benötigte Ausrüstung zur Verfügung gestellt wurde. Mit funktionsunfähigen Linearkonvertern für die Posbi-BOX-1122-UM hätte er sich selbst einen schlechten Dienst erwiesen.

Rhodan atmete tief durch. Mondra war an Bord der HANSHAO gegangen, ohne den Ersatzaggregaten übermäßige Beachtung beizumessen. Sie zweifelte nicht daran, dass die Vorbereitungen reibungslos ablaufen würden. Für viele Alteraner war Perry Rhodan nach wie vor der Großadministrator des Solaren Imperiums, der die Menschheit entscheidend vorangebracht hatte – das unerwartet fleischgewordene Idol ihrer Stammväter. Ihn, der gekommen war, um zu helfen, behinderte man nicht. Man beraubte ihn höchstens seiner Rückkehrmöglichkeit in die Milchstraße, wie es der Staatsmarschall getan hatte, und zwang ihn kompromisslos zur Unterstützung.

Er hatte seinen Ärger darüber längst verdrängt. Michou war nicht das Problem, sein Verhalten wurde angesichts des seit mehr als einer Generation tobenden Vernichtungskriegs der Posbis gegen Altera durchaus verständlich. Eines der großen Rätsel war der jähe Umschwung der Roboter von friedlichen Mitbewohnern Ambriadors hin zu erbitterten Eroberern. Zu gnadenlosen Mördern sogar.

Rhodan nahm Kontrollschaltungen vor, die üblicherweise von einer Hauptpositronik erledigt wurden. Die manuelle Vorgehensweise war für Notfälle vorgesehen und ohne externe Energieversorgung nicht mehr als eine Simulation des Kompensatorfeldes gegen vier- und fünfdimensionale Einflüsse.

Dennoch reagierte der Resident überrascht auf die ersten Warnanzeigen. Der Energiekreislauf stabilisierte sich nicht. Offenbar endete der Kontrollfluss im Bereich der Kompensatorröhren, und der Anregungsimpuls für die Hyperkristall-Folienbeschichtung drang nicht nach innen durch. Das Ergebnis blieb negativ, als Rhodan die Schaltungen wiederholte. Die mehrfach mannsgroßen Röhren waren als sperrigste Bauteile des Kalups nur schwer auszutauschen, hingegen vergleichsweise einfach von innen in Augenschein zu nehmen.

Mit einer wischenden Handbewegung ließ der Terraner die Holofelder erlöschen und suchte nach einer Möglichkeit, weiter in die Höhe zu steigen. Terranische Linearkonverter wiesen in dem Bereich angeflanschte Griffe aus, Roboter benötigten solche Unterstützungen nicht.

Das Gewitter tobte über dem Landeplatz der HANSHAO. Auch der Lärm der Verladearbeiten schwoll an. Rhodan registrierte eine wachsende Hektik, und ihm war, als hätte er seinen Namen rufen gehört. Abrupt hielt er inne.

»Großadministrator!«

Ein Techniker stand schräg unter ihm und schaute verkniffen zu ihm herauf. Rhodan blickte dem Mann fragend entgegen.

»Bitte, Mister Rhodan, die Verladearbeiten müssen zügig vorangehen. Tun Sie mir einen Gefallen ...!«

»Ja?«

»Kommen Sie da herunter, Sir! Ich trage die Verantwortung, falls Ihnen etwas zustößt.«

Mit einem schnellen Rundblick überzeugte sich der Terraner davon, dass frühestens in zehn Minuten die Traktorstrahlen das Aggregat zu einer der großen Schleusen emporheben würden.

»Ich kann ganz gut auf mich aufpassen. Danke jedenfalls für den Hinweis«, erwiderte Rhodan lächelnd.

»Sir ...!« Das klang drängend. Der Techniker schwang sich zu ihm nach oben. »Sie sind für uns unersetzlich. Altera ist auf Ihr Wissen und Ihre Unterstützung angewiesen und ...«

»... ebenso darauf, dass es an Bord der BOX keine Ausfälle geben wird. Was ist mit diesem Konverter?«

Eine unausgesprochene Frage zeichnete sich in dem verkniffenen Gesicht des Alteraners ab.

»Die Anregungsimpulse werden blockiert«, stellte Rhodan unumwunden fest.

Eine steile Falte erschien auf der Stirn seines Gegenübers. »Ich kümmere mich darum«, versprach der Mann. »Sicher haben wir es nur mit einer Irritation im Prüfablauf zu tun.«

»Dann klären wir das gemeinsam, bevor der Konverter verladen wird.«

»Das ist meine Aufgabe, Sir.«

Rhodans Blick streifte den Overall des Alteraners und dessen Rangabzeichen. Nur das Namensschild konnte er nicht lesen. »Cheftechniker …«

»Troham, Sir. Reginald Troham. Sie können sich darauf verlassen, dass alles Menschenmögliche getan wird.«

Der Mann war nervös. Wer das übersah, dem fehlte jede Menschenkenntnis. Rhodan fragte sich, ob er selbst die Ursache dieser Nervosität sein konnte. Er war für die meisten Alteraner wie ein Fossil: ein Held, von dem ihre Überlieferungen berichteten, eigentlich eine Legende. Wie oft hatte er in den letzten Wochen schon darüber nachgedacht, wie er reagiert hätte, damals, zur Zeit seiner ersten Mondlandung, als die Welt noch aus Ost und West, aus Schwarz, Weiß und Gelb und sich eifersüchtig abgrenzenden Religionen bestanden hatte, wäre ihm in jenem Jahr 1971 Alexander der Große begegnet. Wahrscheinlich hätte er verwirrt den Kopf geschüttelt und sich selbst für verrückt erklärt oder den vermeintlich geschichtsträchtigen Feldherrn als erbärmlichen Hochstapler angesehen.

Sicher, er trug einen Aktivatorchip, aber machte das *den* Unterschied? Zweieinhalb Jahrtausende waren mehr als ein Dutzend Lebensspannen. Eigentlich verblüffend, dass in dem Sternenreich Altera überhaupt jemand wusste, dass es einen Großadministrator namens Perry Rhodan gegeben hatte. Angesichts der schwierigen Verhältnisse, mit denen die irreguläre Kleingalaxis Ambriador die Siedlerschiffe empfangen hatte, wäre es durchaus logisch erschienen, hätten die Überlebenden allen Ballast abgeworfen und sich nur darauf konzentriert, ihre Existenz zu sichern.

Rhodans Blick wanderte von dem Techniker weiter zu den Kompensatorröhren. Es war in der Tat nicht seine Aufgabe, sich darum zu kümmern, er hatte nur gern Gewissheit, kein Detail übersehen zu haben.

Das Schicksal von neunundzwanzig Milliarden Alteranern stand auf Messers Schneide. Zudem glaubte Perry Rhodan zu spüren, dass Ambriador von weit größerer Bedeutung sein musste als zunächst angenommen. Er fragte sich, ob hier ein Kapitel kosmischer Geschichte geschrieben wurde. Hätte sich sonst Lotho Keraete eingeschaltet, der Bote von ES?

Sein Kombiarmband aktivierte den Empfang. Über seinem linken Handrücken entstand das holographische Miniaturkonterfei von Mondra Diamond. Selbst in der Bildübertragung lag ein geheimnisvoller Schimmer in ihren Augen.

»Du solltest an Bord kommen, Perry!«

Er schwieg dazu, erwiderte nur Mondras eindringlichen Blick. Die Zeit stand zwischen ihnen beiden; sie hatte die Partner von einst nicht getrennt, aber ihre Leidenschaft für einander abkühlen lassen. Weil menschliche Gefühle nicht für die Ewigkeit geschaffen waren; wenn er es recht bedachte, nicht einmal für die Dauer eines Menschenlebens.

Mit einer auffordernden Handbewegung fuhr sich Mondra durch das dunkle Haar. »Von der Zentralverwaltung wurde gemeldet, dass Verduto-Cruz an Bord gebracht wird! Das bedeutet, wir können starten, Perry.« Die Übertragung erlosch.

Immer noch goss es in Strömen, obwohl das Gewitter weiterzog. Im Osten klarte der Himmel wieder auf. Ungefähr dort, in Richtung der Stadt und vor dem in gleißender Helligkeit badenden Horizont, entdeckte Rhodan einen winzigen dunklen Punkt. Möglicherweise war das schon der Fluggleiter, der den Laren überstellte.

Ein hässliches Wort. Perry Rhodan verzog die Mundwinkel. Niemand hatte es nötig, Verduto-Cruz zu *überstellen*.

Ihm behagte nicht, dass der Lare von den Behörden festgehalten worden war. Noch weniger gefiel ihm, dass die zuständigen Beamten den vorübergehenden Aufenthaltsort des Mannes verschwiegen und ihn damit von jeder Einflussnahme ausgeschlossen hatten.

Rhodan wandte sich dem Techniker zu: »Sie kümmern sich um den Konverter! Aggregate, deren Funktionsfähigkeit nicht hundertprozentig ist, haben auf der BOX nichts verloren.«

»Selbstverständlich, Großadministrator.«

Rhodan sah nicht mehr den verdrehten Augenaufschlag des Alteraners, und dass die Anspannung von ihm abfiel, denn da hatte er sich schon an Reginald Troham vorbeigezwängt. Mit schnellen Schritten ging er zwischen fragmentarischen Maschinenblöcken hindurch auf die Bodenschleuse des Schlachtschiffs zu.

»Perry.« Erneut klang Mondra Diamonds Stimme aus dem Armbandholo. »Unser *spezieller Freund* Ho hat es endlich mächtig eilig, uns loszuwerden. Ein Gleiterpulk nähert sich …«

»Die Maschinen habe ich schon bemerkt«, antwortete der Terraner. »Ich kümmere mich darum.«

Der dunkle Punkt wuchs schnell an und teilte sich. Es mussten mindestens drei oder vier große Gleiter sein.

Nahe der zentralen Bodenschleuse blieb Rhodan stehen. Es regnete noch, schüttete aber nicht mehr wie aus Kübeln. Die Prallfelder waren vor wenigen Sekunden erloschen, nun schäumte das Wasser über den Ringwulst des Schlachtschiffs auf die Piste.

Zehn Uniformierte polterten die ausgefahrene Rampe herab. Schwer bewaffnet sollten sie Eindruck schinden, nur wirkte dieser Aufwand angesichts eines einzigen Laren weit überzogen – Rhodan selbst empfand den Auftritt eher als lächerlich. Zudem erschien ihm das martialische Gehabe überflüssig wie ein Kropf. Verduto-Cruz war zweifellos nicht als wahrer Freund, aber wenigstens als Helfer gekommen. Der Zwang zur Zusammenarbeit ließ sich nicht mehr leugnen.

Bis zuletzt hatte der Resident auf ein Team von Technikern und Wissenschaftlern gehofft, denn Verduto-Cruz war seinerzeit nicht allein bei den Posbis gewesen. Andererseits musste er schon zufrieden sein, dass der Erste Hetran der Laren überhaupt auf sein Ansinnen reagiert hatte.

»Der Feind meines Feindes ist zwar im Allgemeinen nicht automatisch mein Verbündeter, doch für die Verhältnisse in Ambriador trifft das zweifelsohne zu«, stellte Mondra Diamonds Hologramm fest, als könne sie seine Gedanken erraten. In der Zentrale der HANSHAO sah sie über die Außenbeobachtung besser, was geschah, und war nicht auf die Übertragung von Perrys Armbandoptik angewiesen. »Nach dem Imperium Altera werden sich die Posbis gegen den Trovent der Laren wenden. Das dürfte die einzige Motivation sein, die Kat-Greer und Verduto-Cruz antreibt. Andernfalls würden sie lachend zusehen, wie Altera untergeht.«

Fünf schwere Kampfgleiter flogen in den Schatten der HANSHAO ein.

War Verduto-Cruz eine derart bedrohliche Persönlichkeit, dass Administrator Ho gar nicht anders konnte, als dessen Überlegenheit mit militärischer Präsenz zu kompensieren? Rhodan ertappte sich dabei, dass er mit dem rechten Daumen über seinen Nasenflügel rieb.

Die Gleiter landeten nebeneinander. Soldaten in Kampfanzügen verließen die vier äußeren Maschinen, als gelte es, ein Kontingent von Posbis oder Laren zu bekämpfen, dem der Durchbruch gelungen war.

Mit den Strahlern im Anschlag sicherten sie eine fiktive Gasse bis zur Bodenschleuse der HANSHAO. Von Rhodan nahm keiner Notiz. Oder, ging es dem Terraner durch den Sinn, war diese Demonstration der Macht zugleich für ihn bestimmt? Hatte Goberto Ho angeordnet, dem vermeintlichen Großadministrator vorzuführen, was ihn erwartete, sollte er nicht der sein, als der er sich ausgab?

Es waren oft die Überheblichen und ewig Gestrigen, die glaubten, Geschichte schreiben zu müssen, indes irgendwann kläglich scheiterten. Rhodan verschränkte die Arme und warf einen flüchtigen Blick auf das Hologramm über seinem linken Handrücken – Mondra hatte sich halb aus dem Erfassungsbereich entfernt, im Hintergrund war der Kommandostand zu erkennen.

Er ging weiter auf die Rampe zu, konnte den mittleren Gleiter nun besser sehen und fragte sich, was geschehen wäre, hätte Verduto-Cruz darauf bestanden, mit dem Troventaar auf Fort Blossom zu landen. Vielleicht, überlegte Perry Rhodan, war der Laren-Techniker doch ein umgänglicher Typ.

Dann sah er ihn.

Verduto-Cruz verharrte in der geöffneten Luke und schaute über die Phalanx der Bewaffneten hinweg. Seine Haltung wirkte lässig und irgendwie gelangweilt.

Zwei Gefährliche Arbeiten

Die letzten brüchigen Verankerungen zerfetzten, und inmitten von Wolken aufstiebender Asche löste sich das Wandsegment. Messerscharfe Splitter peitschten geschossgleich durch den Raum, hämmerten ein kurzes Stakkato gegen die Wände.

»Auf die Fesselfelder achten!«

Das Kreischen des spröde gewordenen Stahls übertönte den Befehl sogar in den Ohrwürmern. Ruckartig hetzten Scheinwerferkegel über die Wand. Wie eine alles verschlingende Woge breitete sich der Staub aus, als müsse er das Leben stoppen, das tief in den verwundeten Schiffsleib vordrang, um ihm seine Bedrohung zu nehmen. Nichts in dem technischen Labyrinth war für Menschen bestimmt – für sie gab es in dieser Umgebung keine Existenzberechtigung, und das keineswegs erst, seit ihre durchschlagenden Waffenenergien sich ausgetobt hatten.

»Im oberen Bereich alle Energie auf die Projektoren!«, brüllte Yi Han. »Die Sicherungstruppe weiter zurück! Schnell … schnell …!« Seine Stimme überschlug sich.

Es regnete Staub, Asche und große Flocken verbrannter Materialien. Die Schwärze verschlang die Silhouetten der Männer ebenso wie die geisterhaft fahlen Lichtfinger ihrer Scheinwerfer. Für Yi Han war es, als verwehrte ein siebenköpfiger Dämon den Zutritt in sein Reich.

Ein lächerlicher Gedanke. Nichts würde ihn und seinen Räumtrupp aufhalten. Sie waren hier, um ihr Leben und das ihrer Familien zu verteidigen. Wenn dazu gehörte, dass sie weit hinter die Linien der mörderischen Gegner vordrangen, standen sie auch das durch, irgendwie jedenfalls.

Der Treffer aus dem Röhrenfokus-Geschütz eines alteranischen Kampfraumschiffs hatte sich weit in die Deckstruktur der Posbi-BOX hineingefressen, wobei der Thermostrahl trotz zunehmender Tiefe enorme Zerstörungen angerichtet hatte. Schäden, die es so weit wie möglich zu beheben galt. Niemand erwartete perfekte Reparaturen, die ohnehin nicht zu bewerkstelligen gewesen wären.

Im Ohrwurm überschlugen sich die Stimmen, als die Wandstruktur auseinanderbrach.

Ein Schatten stürzte auf Yi Han herab, ein riesiges Fragment, das nicht mehr stabilisiert wurde. Gerade noch rechtzeitig warf er sich zur Seite, bevor neben ihm der ausgeglühte Stahl aufschlug. Die Erschütterung pflanzte sich nach allen Seiten fort.

Wütend auf sich selbst wischte Han fette Rußflocken von der Sichtscheibe. Die Tücken eines Schusskanals quer durch Decks und Räume unterschiedlichster Verwendung lagen auf der Hand, dennoch hatte er die einfachsten Vorsichtsmaßnahmen ignoriert. Weil jeder von ihm verlangte, schnell die letzten Sektoren des Fragmentraumers zugänglich zu machen. Dabei wusste er, dass nichts in dem Wrack eines Posbi-Schiffes ungefährlich sein konnte, nicht einmal, wenn diese seelenlosen Bestien mit ihren eigenen Befehlskodes gebändigt worden waren. Unter anderen Gegebenheiten wäre das Schiff umgehend atomisiert worden.

Mehr als fünfhundert Meter tief hatte sich der Thermostrahl in das bizarre Würfelschiff hineingefressen, und das war nur einer von mehreren Treffern gewesen. Voller Inbrunst hoffte Yi Han, dass möglichst viele Maschinenteufel von den einschlagenden Energien vernichtet worden waren.

Die Roboter waren schlimmer als eine Pestepidemie. Bis vor wenigen Jahrzehnten hatten sie sich als Freunde ausgegeben – aber dann von einer Stunde zur anderen mit dem Morden begonnen. Kompromisslos. Nicht, um zu unterwerfen, sondern um auszulöschen.

Yi Han hatte nicht mehr auf die Stimmen im Ohrwurm geachtet. Die Männer an den Projektoren stimmten sich ab, und dazu waren sie allein besser in der Lage, als wenn er sich einmischte. *Wofür brauchen sie mich überhaupt noch?*, dachte er bestürzt.

Die Erkenntnis, eigentlich überflüssig zu sein, traf ihn mit neuer Härte. Seit zwei Monaten lebte er mit der Lüge, dass alles weiterging, wie es immer gewesen war. Jetzt hatte ihn die Wahrheit eingeholt; er konnte nicht für alle Zeit die Wunden ignorieren und sich einreden, Sinja warte auf ihn.

Nie wieder würde er sie in die Arme schließen, nie mehr die Wärme ihres Körpers spüren und ihren Atem in seinem Gesicht, wenn sie in seiner Umarmung ihre Leidenschaft hinausschrie. Sinja war Vergangenheit. Wie vieles in seinem Leben. Wie fast alles, wenn er die Scheuklappen des erzwungenen Vergessens ignorierte und sich der Gefahr aussetzte, nicht nur die Hoffnung, sondern ebenso den Verstand zu verlieren.

Die Erinnerung quälte ihn. Seine Finger krachten gegen die Helmscheibe, weil er zu spät erkannte, dass er die Tränen nicht abwischen konnte, die brennend heiß über seine Wangen liefen.

Die Posbis hatten Sinja ermordet. Am schlimmsten für ihn war, dass er nicht wusste, wie sie gestorben war. Er fürchtete, dass sie lange gelitten und vergeblich auf Hilfe gehofft hatte. Ein solches Schicksal war grausam – zumal Sinja ihren humanitären Einsatz an Bord eines Schlachtschiffs mit dem Leben bezahlt hatte. Ausgerechnet sie, die nie anderes getan hatte, als Kranke und Verletzte zusammenzuflicken und jedem neuen Lebensmut einzureden.

Die Meldung, die Yi Han von den Behörden erhalten hatte, war für ihn bis heute eine Farce. *Das Schlachtschiff STERN VON ALTERA wurde von überlegenen Posbi-Einheiten aufgebracht und vernichtet,* hatte es geheißen. *Es gab keine Überlebenden. Wir bedauern den Tod Ihrer Lebensgefährtin.* Signiert gewesen war die Nachricht von Laertes Michou.

Nach dem ersten Lesen hätte Yi Han dem Staatsmarschall liebend gern den Hals umgedreht, und daran hatte sich für ihn bislang nichts geändert. Selbst wenn in diesem Krieg schon Hunderttausende gestorben waren und das Leben von Milliarden auf dem Spiel stand, gab es keinen Grund für eine derart kalte und unmenschliche Art. Er hatte darin kein Mitgefühl entdeckt, nur eine sachliche Statistik. *Tot … abgehakt … vergessen.*

Yi Han starrte in die Finsternis. Die Wandsegmente wurden zur Seite bugsiert. Hinter ihnen öffnete sich ein Labyrinth. Hier hatte nicht nur die Hölle getobt – das *war* die Hölle! Am entsetzlichsten war für ihn der Gedanke, in dieser Schwärze könnten noch Maschinenteufel lauern.

Yi Han hielt die Lampe in der Linken, seine rechte Hand griff nach dem Thermostrahler. Er war nervös.

Tief atmete er ein, ging dann entschlossen weiter. Es gab keine Beleuchtung, nicht in den Sektionen, die längst schon in Besitz genommen waren und schon gar nicht in den zerstörten Bereichen. Wenigstens setzte sich der aufgewirbelte Ruß langsam wieder; im Lichtkegel erinnerte er an ein Schneegestöber, nur dass dieser Schnee aus schwarzen Flocken bestand.

Yi Hans Finger umklammerten den Strahler. Angespannt wartete er darauf, die Teufel aus der Schwärze auftauchen zu sehen …

… oder den grellen Blitz eines Energieschusses und danach nichts mehr. Aber alles blieb ruhig, nur das Licht verlor sich in dem Chaos.

Han streifte Gebilde, die wie Stalagmiten aufwuchsen. *Die Überreste in der Hitze geschmolzener Maschinen,* vermutete er. Was sie wirklich dargestellt hatten, würde ihm verborgen bleiben. Ziemlich alles kam dafür in Betracht: Reserveaggregate, Produktionsanlagen oder einfach nur Fracht und Ersatzteile.

Der aberwitzige Gedanke, dass die Maschinenteufel sogar an Bord ihrer Raumschiffe fortwährend neue ihrer Art konstruierten, um sie auf exponierten Welten als Sturmtruppen abzusetzen, ließ seinen Herzschlag stocken. Ein solcher Feind konnte jede Zivilisation überrennen, er war unbesiegbar.

Yi Han lief weiter, tiefer hinein in das Dunkel des gewaltigen Raumschiffs. Die allgegenwärtige Bedrohung war mit dem lächerlich schwachen Lichtkegel nicht zu erfassen. Sensoren fixierten ihn, während er sich einen Weg suchte, er sah sie nicht, aber er glaubte, ihre Nähe wie eisige Blicke zu spüren. Die Ortungsfunktion seines Kombi-Armbands behauptete hingegen, dass da nichts sei, was er fürchten müsse. Keine Energiequelle im Halbkreis von gut zehn Metern. Tot. Alles war tot.

Er leuchtete den Boden ab, um Durchbrüche oder andere tückische Stellen rechtzeitig zu erkennen. Das war eine Moränenlandschaft aus ausgeglühtem Metall, durchsetzt von einem vagen Schimmern, reflektierend, als hätten sich in der Hitze neue Legierungen gebildet.

Hier mochte ein Korridor auf eine größere Halle gestoßen sein, vielleicht eine Produktionsstätte. Die Wände waren nicht nur ausgeglüht, es hatte sogar Explosionen gegeben, deren Druckwelle die Zerstörung weitergetragen hatte.

Ein Konglomerat aus zerfetzten Verkleidungsplatten und verdrehten Spanten und Verstrebungen machte das Durchkommen nahezu unmöglich. Flüchtig schaute Yi Han zurück. Etwa vierzig Meter hinter ihm tanzten die Scheinwerferfinger seines Trupps, der den Durchgang sicherte. Den Ohrwurm hatte Han ein Stück weit gelockert, dennoch verstand er die Warnung, dass ein Deckensegment nachzurutschen drohte. Weil erst die Absicherung vorgenommen werden musst, folgte ihm niemand.

Er leuchtete in die Finsternis zwischen den herabgebrochenen Platten.

»Pass auf dich auf!«, hatte er Sinja während ihres letzten kurzen Holovidkontakts gebeten. »Ich brauche dich!«

Ihr Lachen klang ihm noch im Ohr. Amüsiert und nachdenklich zugleich war es gewesen. »Was sollte mir schon zustoßen, Yi? Ausgerechnet auf einem schwer armierten Schiff wie der STERN VON ALTERA? Aber versprich mir, dass *du* vorsichtig sein wirst!«

»Das bin ich immer!«

Ihn mit ihrem Blick liebkosend, hatte Sinja kaum merklich den Kopf geschüttelt. Der stumme Vorwurf und ihre unterschwellige Furcht waren ihm nicht entgangen. Doch Augenblicke später war die Verbindung zusammengebrochen, weil einer dieser verdammten Hyperstürme tobte. Sie hielten Ambriador im Griff und machten jeden Raumflug zum Risiko, auch ohne mörderische Roboter und die nicht minder bedrohlichen Begehrlichkeiten der Laren.

Warum, fragte sich Yi Han, war es so verdammt schwer, in Frieden zu leben? Er wollte nichts anderes als nur sein Leben genießen, ohne täglich von unterschwelliger Furcht begleitet zu werden. Von einer Furcht, die längst zur Gewohnheit geworden war und deshalb unvorsichtig machte.

Heftig zuckte er zusammen. Am Rand des Lichtkegels, der zwischen den

Trümmern auffaserte und viele Schatten warf, lag ein menschlicher Körper, eingeklemmt und unfähig, sich aus eigener Kraft zu befreien. Yi Han blinzelte gegen die Tränen an, die immer noch seinen Blick verschleierten. Doch erst, als er den Helm ruckartig zurückklappte und sich die klebrige Nässe aus den Augen wischte, wurde ihm bewusst, dass ihn das Spiel von Licht und Schatten genarrt hatte.

Zitternd tanzte der Lichtschein über die ineinander verbackenen Verstrebungen. Sie waren ein Stück gebleichtes Skelett des riesigen Schiffes, nachdem das Fleisch von den Knochen gefetzt und halb verbrannt worden war. Nur mehr die Eingeweide hingen herab, Leitungsstränge unterschiedlichster Stärke, ein künstliches Geflecht von Adern und Sehnen. Verfilzt und undurchdringlich.

Die Schatten, die all das warf, wuchsen bedrohlich an. Sie bewegten sich. Wie Posbis, die in der Dunkelheit lauerten.

Mörder!, schrien Hans Gedanken. *Aber ich werde Rache nehmen. Sobald dieses Schiff eure Zentralwelt erreicht …*

Ein letzter Rest seines Verstandes warnte ihn, dass er im Begriff war, den Bezug zur Realität zu verlieren. Er hatte die Waffe gezogen und richtete sie auf die Schatten.

Gebt dieses Versteckspiel auf und kämpft! Mann gegen …

Gegen Teufel? Waren diese Ungeheuer tatsächlich nur Maschinen? Oder machten ihre Bioplasmazusätze sie zu einer besonderen Art von Leben?

Die Finsternis quälte ihn mit ihren Schatten und der Ungewissheit. Nicht nur hier – sie war überall. Ein Monstrum wuchs nur wenige Meter von der Stelle entfernt auf, wo er eben Sinja zu sehen geglaubt hatte.

Han riss die Waffe herum. Obwohl alles in ihm danach schrie, abzudrücken und den Glutstrahl wandern zu lassen, zögerte er. Er war krank. Das wurde ihm zunehmend deutlicher bewusst. Die Belastungen der letzten Wochen waren zu viel für ihn gewesen, er hatte sich selbst systematisch zugrunde gerichtet. Seine Unruhe raubte ihm den Schlaf, und sobald ihm vor Erschöpfung die Auge zufielen, wurde er von Sinjas quälenden Schreien aufgeschreckt. Jede Nacht war er schweißgebadet, und die Qual nahm kein Ende. Aufgefallen war sein Zustand bislang niemandem. Die Medikamente, die er schluckte, ließen ihn wenigstens äußerlich ruhig erscheinen. Wie es in ihm aussah, und dass seine Seele verkümmerte, das ging keinen etwas an. *Es wird wieder!,* redete er sich ein. *Die Zeit wird alle Wunden heilen. Wenn nicht heute, dann doch eines Tages.*

Er gurgelte erschrocken und wirbelte herum, als sich eine Hand auf seinen rechten Arm legte und den Thermostrahler nach unten drückte.

»Ich beobachte dich seit Stunden, Yi. Was ist los mit dir?«

»Nichts!« Er starrte Jake an – seinen besten Freund, dem er dennoch nicht sagen konnte, was ihn quälte. »Nichts. Ich bin nur … erschöpft.«

»Das sind wir alle. Trotzdem laufen wir nicht vor der Verantwortung davon.«

Schroff schüttelte Yi Han die Hand ab. »Das hier ringsum ist meine Verantwortung!«, stieß er heiser hervor und wandte den Blick wieder den Verwüstungen zu. »Irgendwo haben sich Maschinenteufel versteckt ...«

Jake Henderson zog den Truppleiter am Arm herum. »Du hältst dich nur mit Aufputschmitteln auf den Beinen. Bilde dir nicht ein, dass ich das nicht bemerkt hätte. Ich sehe lange zu, Yi, doch bevor du für dich selbst und für uns alle zur Bedrohung wirst, werde ich Meldung machen.«

»Dann tu, was du dir einbildest, aber lass mich in Frieden!« Yi Han riss sich los und stapfte weiter. Der Lichtkegel seines Handscheinwerfers sprang ruckartig über das Trümmerfeld.

Hastig schaute er um sich. Nichts. Nur Schwärze, Schatten und geschmolzene und wiedererstarrte Fragmente.

Aber die Teufel, die wie eine Apokalypse über das Imperium gekommen waren ...? Waren auch sie nur eine Ausgeburt seiner überreizten Nerven? Vielleicht hatte Jake Recht. Vielleicht war es das Beste, wenn Captain Olexa von seinem Zustand erfuhr und ihm die Verantwortung entzog. Han hätte nur um seine Rückversetzung nach Altera ersuchen müssen. Doch das konnte er nicht. Weil ihn das Gefühl, Sinja im Stich gelassen zu haben, binnen kürzester Zeit von innen heraus auffressen würde.

Die Angreifer zu bekämpfen, war sein Lebensinhalt. Yi Han kannte den erbarmungslosen Krieg, seit er denken konnte. Noch nicht einmal drei Jahre alt war er gewesen, als sein Vater den Robotern zum Opfer gefallen war. Weit draußen, an den Grenzen des Imperiums, hatten ihre Würfelschiffe seinen Frachterkonvoi vernichtet. Erst viel später war Yi klar geworden, dass mit diesem Überfall der Krieg begonnen hatte.

Er zwängte sich zwischen herabhängenden Leitungen hindurch. Mit dem linken Arm und dem Scheinwerfer bahnte er sich den Weg. Die halbverkohlten Eingeweide des Schiffes verströmten einen erbärmlichen Gestank. Möglicherweise waren die Ausgasungen giftig, aber das interessierte ihn nicht.

Yi Han feuerte, als sich ihm jäh eine Greifklaue entgegenreckte.

Flammen loderten auf, fraßen sich an immer noch brennbaren Materialen in die Höhe, erloschen aber ebenso schnell wieder. Entlang der Schussbahn, die das Dickicht wie ein Spinnennetz aufgerissen hatte, blieb ein irrlichterndes Glühen zurück. Der Gestank war kaum mehr zu ertragen.

Die labile Statik geriet in Bewegung. Als sich über ihm ein Knistern fortpflanzte und schwarzer Staub aus der Höhe herabrieselte, wich Han instinktiv zurück. Schrott krachte zu Boden, dazwischen ein deformierter Maschinenteufel. Zuvor hatte Yi Han nicht mehr als einen seiner Arme erkennen können, nun schlug der tonnenschwere Roboter vor ihm auf.

Wieder feuerte Han. Der Thermostrahl traf den klobigen Schädel des Posbis und fraß sich Funken sprühend durch die Sehzellen hindurch. Mehrere schwache Explosionen rissen den gut fünfzig Zentimeter durchmessenden Kopf auf. Stumm blickte der Alteraner auf das dicht gepackte, schwelende Innenleben.

Dieses Monstrum hätte ohnehin niemandem mehr gefährlich werden können. Erst allmählich wurde Han klar, dass der gut zweieinhalb Meter messende Körper schwere Schäden aufwies. Die Maschine verfügte außerdem nicht über Waffenarme oder eingebaute Geschütze, sie hatte lediglich Arbeitsaufgaben erfüllt. Das Ende eines Tentakelarms ähnelte einem Desintegratorschneider, ein anderer Arm lief in Glasfaserbüscheln für positronische Arbeiten aus.

Nachdem Yi Han den Roboter abgeleuchtet hatte, ließ er den Scheinwerferkegel wieder über den Schutt wandern. Er rüttelte an einigen Platten. Ineinander verkeilt, saßen sie unverrückbar fest. Schließlich tauchte er unter schenkeldicken Kabeln hindurch und drang tiefer in das Gewirr ein. Die Deckenkonstruktion in diesem Abschnitt war nicht sonderlich hoch angelegt gewesen, wies jedoch einen geräumigen Zwischenboden auf. Der Geschütztreffer hatte offenbar einen Versorgungsbereich erwischt.

Einige Meter vor sich bemerkte Han ein fahles Glimmen wie von einer robotischen Sehzelle.

»Da besteht ein schwacher Energiefluss, Yi«, sagte Jake hinter ihm. »Sei vorsichtig!«

»Bist du lebensmüde, Jake? Schleich dich nicht so an! Ich hätte dich für einen dieser Teufel halten und erschießen können.«

»Aber du hast es nicht. Mensch, Yi, es wird Zeit, dass du dich wieder besinnst, was wichtig ist. Das Leben geht weiter …«

»Wie lange, Jake? Gegen die Roboter haben wir keine Chance, und nicht einmal der Großadministrator kann Tote wieder zum Leben erwecken. Egal, ob er selbst unsterblich ist oder nicht. Das konnte nur einer.«

»Wer?«, fragte Jake Henderson verwirrt. Gleichzeitig erstarrte er. Etwas hatte sich bewegt. So schnell, dass ein Ausweichen unmöglich war.

Ein Schatten fiel aus mehreren Metern Höhe herab, ein undefinierbares vielgliedriges Ding, und sein Aufprall riss Jake Henderson von den Beinen. Vergeblich suchte er nach Halt, als mehrere Tentakeln ihn mit sich schleiften, dann schrie er gellend auf.

Alles geschah aberwitzig schnell. Was Yi Han aus der Höhe herabsinken sah, war ein metallisches, wurmförmiges Gebilde, aus dem ein Dutzend und mehr unterschiedlichster Gliedmaßen ragten.

Dieses Etwas krallte sich an Jakes Oberkörper fest und riss den Mann mühelos von den Beinen.

Yi Han handelte instinktiv, als wäre er selbst eine Maschine, die nur ein einziges Ziel kannte, nämlich den Teufel zu vernichten. Er riss die Waffe hoch und feuerte auf den angreifenden Roboter.

Yi Han fragte nicht, weshalb dieses unförmige Ding den Befehlskodes trotzte. Alle Feinde an Bord des Fragmentraumers sollten eigentlich außer Gefecht gesetzt sein.

Jake schrie immer noch. Wie wohl auch Sinja geschrien hatte, als die Maschinenteufel … Der Raupenleib verfärbte sich unter dem einschlagenden Thermostrahl. Er zuckte, krümmte sich, und in dem Moment wurde der gepulste Schuss abgelenkt und brannte eine lodernde Spur quer über Jakes Brustkorb. Wahrscheinlich spürte Henderson nicht einmal mehr, dass er starb.

Nur Sekundenbruchteile blieben Yi Han, zu begreifen, dass er in seiner Überreaktion den Freund getötet hatte. Ein verheerender Tentakelhieb traf ihn an der Schulter und trieb ihn zurück. Er spürte seine Knochen splittern. Der Handscheinwerfer fiel zu Boden, er selbst schlug rücklings zwischen den Verstrebungen auf.

Der Schmerz trieb ihm die Luft aus der Lunge. Vergeblich versuchte Han, die Waffe noch einmal abzufeuern, sie wurde ihm aus der Hand gerissen. Ein anderer biegsamer Arm wickelte sich um seinen Hals und drückte ihm die Luft ab.

Zwei Deckenplatten dröhnten herab. Yi Han ahnte sie mehr, als er sie in dem erlöschenden Streulicht der Lampe erkennen konnte, dann war da ein grässlicher Schmerz …

… und danach nichts mehr.

Drei Der Lare

Ruckartig schwang er sich aus dem Gleiter, kam federnd auf und straffte sich sofort zu seiner vollen, wenngleich keineswegs imposanten Größe. Perry Rhodan schätzte den Mann kleiner ein als den Durchschnitt der Laren. Wahrscheinlich erreichte er nicht einmal einen Meter fünfundfünfzig. Außerdem schien er nicht mehr der Jüngste zu sein.

Mit beiden Händen streifte Verduto-Cruz – es gab im Blossom-System mit Sicherheit keinen zweiten Laren, der sich einigermaßen frei hätte bewegen können – über seine schwarze Kleidung. Sein Blick huschte die Doppelreihe der Bewaffneten entlang und glitt am Rumpf der HANSHAO in die Höhe. In einem geringschätzig anmutenden Ausdruck verzog er die Mundwinkel.

Die Wachen nahmen ihn in ihre Mitte. Jeder der Alteraner war mindestens eine Handspanne größer als der Lare. Trotzdem stach er zwischen ihnen hervor wie ein Fuchs inmitten einer Hühnerschar. Sein aufgestelltes rotes Haarnest, wirklich ein kreisrunder und borstiger Kranz auf der Schädeldecke, und die grell zu dem schwarzen Gesicht kontrastierenden gelben Lippen verliehen ihm mehr als nur einen Hauch Fremdartigkeit.

Rhodan nagte an seiner Unterlippe. Er hätte nicht zu sagen vermocht, was er erwartet hatte. Einen Mann wie einst Hotrenor-Taak, der Verkünder der Hetosonen und »Eroberer der Milchstraße«? Das wohl besser nicht, denn das hätte unweigerlich schwerwiegende Probleme nach sich gezogen. Die Frage stellte sich ohnehin, wie eine reibungslose Zusammenarbeit aller Beteiligten aussehen würde. Schon die Posbis Nano Aluminiumgärtner und Drover waren für die Alteraner identisch mit ihrem Feindbild Nummer Eins. Und nun noch der Lare, den gleichfalls niemand mit offenen Armen empfing.

Verduto-Cruz und seine Eskorte schritten steif vorbei. Das war Militarismus pur, völlig überflüssig, aber seitens der Alteraner offensichtlich unerlässlich. Äußerlichkeiten wie diese, so empfand Rhodan, waren Anzeichen des Niedergangs. Die Verluste an Leben, Material und Territorium wurden durch eine immer straffere Führung scheinbar kompensiert. Dazu passte Staatsmarschall Michous Verhalten. Für Altera war es fünf vor Zwölf.

Rhodans Blick traf sich mit dem des Laren, der ihn eindringlich musterte. In Verduto-Cruz' Augen loderte ein Feuer aus Zorn und Tatkraft. Groß und weit auseinanderstehend, zogen sie in dem faltig und eingetrocknet wirkenden Gesicht sofort jede Aufmerksamkeit auf sich.

Rhodan hielt sich zurück. Nur der Sergeant, der die Raumsoldaten der HANS-HAO befehligte, ging dem Laren entgegen. Verduto-Cruz betrachtete das alteranische Schlachtschiff mit einer Akribie, als gelte es für ihn, jedes noch so unscheinbare Detail zu analysieren. Aus seiner Haltung sprach unverkennbarer Stolz. Er ignorierte sogar, dass seine Bewacher zur Seite traten.

Ob der Lare aus völlig freiem Entschluss gekommen war, wagte Rhodan nicht zu beurteilen. Er vermutete, dass der Erste Hetran dabei doch ein gewichtiges Wort gesprochen und Cruz abkommandiert hatte.

»Ich bin beauftragt, dich an Bord zu bringen!«, sagte der Sergeant schroff.

Verduto-Cruz übersah den Uniformierten geflissentlich.

»Bist du schwerhörig, Großohr?«

Ruckartig hob der Techniker den Kopf. »Nein, das bin ich nicht.«

»Worauf wartest du dann? Wir vergeuden hier kostbare Zeit.«

»Sie sollten sich eines anderen Tonfalls bedienen, Alteraner! Ich bin freiwillig gekommen, und ich bin keinesfalls Ihr Gefangener. Wenn Sie das nicht akzeptieren, ist unsere Zusammenarbeit beendet, bevor sie beginnen kann. Wobei« – der Lare schaute den Sergeanten herausfordernd an – »Sie mich brauchen, nicht ich Sie. Ihr Imperium steht am Abgrund.«

»Umso mehr Grund, keine Zeit zu verlieren.« Der Uniformierte ergriff Verduto-Cruz am Kragen. Er glaubte offenbar, mit dem kleineren Laren leichtes Spiel zu haben.

Seinen Irrtum begriff er schnell.

Der Schwarzhäutige explodierte förmlich. Rhodan sah seine Arme auseinanderfliegen, ein Ellenbogen krachte dumpf in die Magengrube des Alteraners. Der Sergeant stürzte rücklings auf die Piste, und als er die Waffe zog, setzte der Lare nach. Der Strahler schlitterte zwar über den Stahlbeton davon, aber mindestens zwanzig Thermogewehre ruckten hoch. Ihre flirrenden Projektormündungen zeigten unmissverständlich auf den Laren.

»Hände in den Nacken!«

»Beine auseinander!«

Die Befehle überschlugen sich.

»Falls du an deinem Leben hängst, keine unvorsichtige Bewegung mehr, Lare!«

Breitbeinig stand Verduto-Cruz da, leicht nach vorn geneigt und die Hände tatsächlich im Nacken verschränkt. Ihm war also bewusst, dass er gegen die Soldaten keine Chance hatte. Dennoch erinnerte er Rhodan weiterhin an einen gereizten und sprungbereit lauernden Panther.

»Euer Offizier wird nicht lange bewusstlos sein«, sagte der Lare geringschätzig. »Ich mag es nur nicht, wenn mich jemand anfasst.«

»Geh endlich weiter!« Einer der Soldaten winkte unmissverständlich mit der Waffe.

Das war kein Geplänkel mehr, das war beinahe schon Hass, der sich entlud. Der Graben zwischen beiden Völkern schien längst unüberbrückbar tief eingebrochen zu sein. Daran konnte auch der Zwang zur Zusammenarbeit wenig ändern. Rhodan war jedoch keineswegs bereit, einer Eskalation auch nur im Kleinen tatenlos zuzuschauen.

»Ist es zu viel verlangt, von Alteranern so etwas wie Höflichkeit zu erwarten?«, fragte Verduto-Cruz in dem Moment schrill.

»*Gib einem Laren den kleinen Finger, und er nimmt sofort den ganzen Arm.* Trotzdem, wenn du Wert darauf legst, Schwarzgesicht: Sei so freundlich und lass dich nicht bitten!« Die langläufige Waffe in seiner Armbeuge redete nach wie vor eine unmissverständliche Sprache.

»Ich kann nicht behaupten, dass mir die Zusammenarbeit mit den Alteranern erstrebenswert erscheint.« Immerhin ging Verduto-Cruz nun auf die Rampe zu. »Trotzdem muss ich wohl meine Bedenken hintanstellen. Das ist schwer, verdammt schwer. Erst halten mich die Behörden einen halben Tag lang und die ganze Nacht hindurch fest, weil sie mich grundsätzlich als verdächtig ansehen, obwohl ich freiwillig gekommen bin … Und nun das hier.«

»Die Situation wird sich ändern, sobald wir im Raum sind.« Rhodan trat zwischen den Bewaffneten hindurch vor.

Verduto-Cruz musterte ihn mit einem halb spöttischen, halb interessierten Blick. »Sie sind keiner von diesen Halunken«, stellte er fest. »General Kat-Greer ließ mir zwei Porträts übermitteln. Demnach müssen Sie Perry Rhodan sein.«

»Das stimmt. Wir beide werden einige Zeit miteinander verbringen.«

»Mir fällt auf, dass Sie keine Waffe tragen, Rhodan. Fürchten Sie mich nicht?«

»Muss ich das, wenn ich mit Ihnen zusammenarbeiten will, Verduto-Cruz?«

Da war ein flüchtiges Aufblitzen in den Augen des Laren. »Nein«, versicherte er. »Wahrscheinlich nicht. Letztlich hängt das von Ihnen ab.«

Perry Rhodan hielt die Wachen zurück, die einschreiten wollten. Er sah, dass sie dem Laren nicht trauten. Verduto-Cruz mochte bissig und leicht reizbar sein, aber wer war das nicht?

Neben dem Laren ging Rhodan die Rampe hinauf und hielt erst in der geräumigen Schleusenkammer inne.

Die Neugierde stand Verduto-Cruz mittlerweile ins Gesicht geschrieben. Mit knappgehaltenen Erklärungen hätte Rhodan ihm schon das Wichtigste klarlegen können, während sie in dem zentralen Antigravschacht in die Höhe schwebten, doch er ließ den Laren vorerst in Ungewissheit. Verduto-Cruz sollte erkennen, dass seiner herausfordernden Art tatsächlich Grenzen gesetzt waren.

Die HANSHAO verließ Fort Blossom eine Stunde später. Zu dem Zeitpunkt setzten sich Perry Rhodan und Mondra Diamond mit dem Laren in einem geräumten Aufenthaltsraum zusammen. Zuvor hatte der Terraner sichergestellt, dass kein Besatzungsmitglied des Schlachtschiffs in die Besprechung hineinplatzen würde.

»Mir fehlen alle brisanten Informationen«, unterbrach der Lare Rhodans erste Erklärungen. »Sie beide wollen mir also einreden, Sie stammten nicht aus Ambriador und seien demzufolge keine Alteraner?«

»Niemand will Ihnen etwas einreden, Verduto-Cruz«, korrigierte Mondra. Der Lare bedachte sie nur mit einem abschätzenden Blick und wandte sich sofort wieder Rhodan zu.

»Wer sind Sie wirklich?« In seiner Stimme schwang Verärgerung mit.

»Der Erste Hetran hat Ihnen nicht bis ins Detail berichtet?«, antwortete der terranische Resident mit einer Gegenfrage.

»General Kat-Greer nannte mir lediglich Ihren Namen und erwähnte, dass es um die Posbis geht.«

»Wir sind vor kurzem aus einer Galaxis namens Milchstraße eingetroffen.«

Verduto-Cruz' Geste verriet, dass ihn das nicht interessierte. »Sie sehen den Alteranern sehr ähnlich«, stellte er anzüglich fest. »Muss ich betonen, dass wir Laren mit diesem Volk nicht immer gute Erfahrungen gemacht haben?«

Mondra setzte zu einer Erwiderung an, doch Rhodans Blick forderte sie zur Zurückhaltung auf. Also zuckte sie nur beiläufig mit den Schultern und griff nach einem der gefüllten Wassergläser, die ein kleiner Schweberoboter soeben brachte. Während sie trank, ließ sie den Laren nicht eine Sekunde lang aus den Augen.

Verduto-Cruz nippte nur und stellte sein Glas sofort wieder ab, als fürchtete er irgendeine Art von Beeinflussung.

»Sie dürfen unbesorgt sein«, sagte Rhodan. »Niemandem liegt daran, Ihrer Gesundheit zu schaden.«

»Diesen Eindruck hatte ich keineswegs.« Verduto-Cruz beugte sich jäh nach vorn, stützte beide Hände auf der Tischkante ab und stemmte sich ruckartig in die Höhe. »Ich wurde über Stunden hinweg verhört. Leider bin ich kein Verbrecher, wie Ihre Legion Alter-X und andere zu glauben scheinen.«

Mit schnellen Schritten durchmaß er den Raum und wandte sich erst um, als das Schott nicht auf seine Annäherung reagierte. Er schnaubte ungehalten. »Fragen Sie Ihre Freunde, Rhodan! So lasse ich nicht mit mir umspringen, auch dann nicht, wenn der Erste Hetran Kat-Greer mich anweist, das Imperium Altera zu unterstützen.«

»Wir brauchen Sie, Verduto-Cruz«, bestätigte Rhodan. »Damit wir zu den Posbis fliegen können.«

Sekundenlang stand der Lare wie erstarrt, sogar sein Gesicht wirkte versteinert. Dann lachte er dröhnend und fuhr sich mit beiden Händen durch den Haarkranz. »Erwarten Sie, dass ich Ihnen das abnehme? Das ist schizophren. Eine Nacht lang verhören mich Ihre Agenten wegen meiner Kontakte zu den Posbis und was ich für sie getan habe. Sie wollen herausfinden, wie gut ich ihre Raumschiffe kenne, ihre Waffensysteme, ihre Technik überhaupt. Wo sich die Werftplaneten der Roboter befinden, wie sie ihre Welten absichern …«

»Keine Fragen über den Trovent der Laren?«, platzte Mondra Diamond überrascht heraus.

Um Verduto-Cruz' Mundwinkel zuckte es verhalten. »Sehr viele sogar. Ich habe alle überhört.«

Rhodan hatte es vorgezogen, sitzen zu bleiben, weil er den Laren nicht zwingen wollte, zu ihm aufzuschauen. »Ich bedauere den Vorfall, und ich entschuldige mich in aller Form für das Vorgehen der Behörden.«

Natürlich steckte Administrator Ho dahinter. Wer außer ihm hätte auf Fort Blossom die Fäden auf diese Weise ziehen können? Goberto Ho zweifelte weiterhin Rhodans Geschichte an und zog es folglich vor, sein eigenes Spiel zu spielen. Möglicherweise würde er nicht einmal davor zurückschrecken, den größten Teil des alteranischen Imperiums zu opfern, wenn es ihm den Machterhalt und dem Blossom-System das Überleben sicherte. Für eine Handvoll Informationen gefährdete er das Projekt BOX-1122-UM. Damit war klar, warum alle Anfragen nach Verduto-Cruz' Verbleib unbeantwortet geblieben und Rhodan und Mondra frühzeitig aufgefordert worden waren, an Bord der HANSHAO zu gehen.

»Bitte!« Rhodan deutete auf den freien Sessel. »Nehmen Sie wieder Platz, Verduto-Cruz.«

Der Lare zögerte. Ob aus verletzter Eitelkeit oder Misstrauen, war nicht zu erkennen.

»Wir fliegen das Alter-System an«, fuhr Rhodan fort. »Dort wartet eine Posbi-BOX auf uns, die während eines Angriffs schwer, aber keineswegs irreparabel beschädigt wurde.«

Verduto-Cruz hatte sich hinter dem Sessel aufgebaut. Seine Finger umschlossen die Rückenlehne und gruben sich in die Polsterung. Stumm blickte er Rhodan an, die gelben Lippen zu einem schmalen Strich aufeinandergepresst.

»Mondra Diamond und ich sind Terraner«, erklärte Perry Rhodan. »Unsere Heimat ist eine Galaxis namens Milchstraße, mehr als fünf Millionen Lichtjahre entfernt. Vor langer Zeit verschwanden dort zwölf Siedlerraumschiffe während eines Hypersturms. Inzwischen wissen wir, dass diese Schiffe nach Ambriador verschlagen wurden und die Überlebenden eine neue Zivilisation aufgebaut haben.«

Er beobachtete den Laren, der sich keine Regung anmerken ließ und unverändert steif hinter dem Sessel stand, als habe er einen Stecken verschluckt.

»Aus technischen Gründen wäre es derzeit keinem Milchstraßenvolk möglich, eine Hilfsflotte nach Ambriador zu senden.«

Verduto-Cruz fragte nicht nach, dokumentierte sein Interesse jedoch, indem er geschmeidig wieder Platz nahm.

»Der Bote einer Superintelligenz half uns, nach Ambriador zu gelangen«, sagte Rhodan.

»Ich bin mit der Existenz übergeordneter Wesenheiten vertraut, wenngleich nur rein theoretisch«, bestätigte Verduto-Cruz, als der Terraner eine Pause einlegte. »Wo befindet sich der Bote jetzt?«

»Er verließ uns unterwegs«, wandte Mondra ein.

»Wir wissen, dass wir diese Kleingalaxis vor einem Vernichtungskrieg bewahren müssen, der alles intelligente Leben auslöschen würde«, fuhr Rhodan fort. »Andernfalls kann es nur einen Sieger geben, die Posbis.«

»Weiter!«

»Die Alteraner konnten mehrere Fragmentraumer manövrierunfähig schießen. Eines dieser Schiffe wird nach Kräften instand gesetzt. Die BOX soll den Zentralplaneten der Posbis anfliegen.«

»Das ist verrückt!« Verduto-Cruz erschrak, gleich darauf lächelte er nachsichtig. »Andererseits … Nein. Keiner von Ihnen wird wie ein Posbis handeln und reagieren können, solange er nicht in der Lage ist, wie ein Posbi zu denken.«

»Es sei denn, wir hätten Verbündete, die uns in dieser Hinsicht alle Hindernisse aus dem Weg räumen.«

Zum ersten Mal schaute der Lare Mondra Diamond länger als nur für Sekundenbruchteile an. Es schien, als akzeptiere er keine Frau als Gesprächspartnerin. »Hindernisse dieser Art können nur Posbis selbst ausräumen«, wandte er sich wieder an den Terraner.

»Eben«, sagte Mondra mit Nachdruck. »Genau so verhält es sich.«

Verduto-Cruz ruckte herum. Auf seiner Stirn gruben sich einige Falten mehr ein. Seine vollen Lippen bebten, als wolle er heftig widersprechen, doch er zögerte aus unerfindlichem Grund.

Mondra Diamond grinste breit, vor allem, weil Rhodan keine Anstalt machte, den Laren aufzuklären. Das überließ Perry ihr. Bewusst, um Verduto-Cruz von seiner Überheblichkeit herunterzuholen.

»Bis zum Trovent hat es sich also nicht herumgesprochen, dass wir in Begleitung zweier Posbis gekommen sind. Die Roboter sind unsere Freunde.« Mondra hatte die Stimme gehoben, sie sprach langsam und eindrucksvoll, was den Laren sichtlich irritierte. »Die Posbi-Zivilisation in der Milchstraße dürfte um einiges bedeutungsvoller sein als hier in Ambriador.«

Verduto-Cruz blickte sie entgeistert an, er musste das Gehörte erst verarbeiten. *»Freunde …?«,* fragte er dumpf, wie um sich zu vergewissern, dass er richtig verstanden hatte.

»Freunde!«, bestätigte Mondra. »Leider sind sie ebenfalls nicht in der Lage, mit ihren Flotten Ambriador zu erreichen. Sonst wäre dem kriegerischen Spuk bald ein Ende gesetzt.«

Verduto-Cruz schwieg lange. Er schien zu überlegen, welche Konsequenzen sich aus dem Gehörten ergeben konnten.

»Weil Sie auf *Ihre* Posbis verzichten müssen, rechnen Sie mit meiner Unterstützung?«, fragte er endlich.

Rhodan nickte knapp. »Wir wissen, dass Sie vor dem Ausbruch des Krieges ein großes Technikprojekt für die Roboter abgewickelt haben. Der alteranische Geheimdienst bezeichnet Sie als den Posbi-Experten Nummer Eins.«

»Soll das ein Lob sein? Ausgerechnet von der Legion Alter-X? Mir war bislang nicht bekannt, dass die Alteraner meine Kenntnisse zu schätzen wissen.« Verduto-Cruz verzog das eingefallene Gesicht zu einer Grimasse. »Auf eine derart zweifelhafte Ehre kann ich verzichten. Warum lassen Sie sich nicht von Ihren eigenen Robotern helfen und halten mich da raus, Rhodan?«

»Nano Aluminiumgärtner und Drover – unsere Posbis aus der Milchstraße – sind damit beschäftigt, die Roboter des Fragmentraumers für unsere Zwecke umzuprogrammieren. Und dafür zu sorgen, dass sie keine Bedrohung mehr darstellen.«

»Was erwarten Sie von mir? Soll ich Sie bei der Reparatur des Fragmentraumers unterstützen? Suchen Sie außerdem Informationen über die Posbi-Welten? Ihnen sollte bekannt sein, dass meine Kenntnisse sechsunddreißig Jahre alt sind.«

»Das ist uns bewusst«, bestätigte Mondra. »Können wir auf Ihre Mitarbeit zählen, Verduto-Cruz?«

Der Lare verzog das Gesicht. »Der Trovent und das Imperium Altera sind Gegner«, erwiderte er ausweichend, als versuche er zu pokern. Vielleicht wollte er wirklich seinen Preis in die Höhe treiben. Dass es ohne Probleme abgehen würde, hatten weder Mondra noch Rhodan erwartet.

Mondra stützte das Kinn auf die ineinander verschränkten Hände und blickte den Laren durchdringend an, genau so, wie er es perfekt beherrschte. »Ja oder nein, Verduto-Cruz? Sie kommen nicht umhin, eine Entscheidung zu treffen. Denken Sie darüber nach!«

»Das muss ich nicht. Die Entscheidung hat mir der Erste Hetran längst abgenommen. Was ich allerdings wirklich tun kann, wird sich an Bord des Fragmentraumers zeigen.«

Fort Blossom galt als einer der wichtigsten Außenposten des Imperiums. Wiederholt war das System von den Laren attackiert worden, jedoch hatte der Trovent nie größere Flottenkontingente in Marsch gesetzt, obwohl die Verteidiger einem massierten Angriff schwerlich widerstanden hätten.

Perry Rhodan vermutete, dass Taktik eine gewichtige Rolle spielte. Für die Laren bedeuteten Blossom und etliche andere Sonnensysteme der Alteraner zweifellos einen willkommenen Schutzwall gegen die Posbi-Gefahr. Denn noch galten die Angriffe der Roboter überwiegend dem Imperium Altera. Erst nach dessen Fall würden die Posbis zum konzentrierten Sturm auf den Trovent der Laren ansetzen. Je weiter dieser Zeitpunkt in die Zukunft rückte, desto effektiver konnten die Laren Abwehrmaßnahmen treffen.

Fort Blossom lag 624 Lichtjahre von Altera entfernt. Für die HANSHAO kalkulierte Rhodan mit einer Flugdauer von knapp einem Tag. Letztlich entschieden jedoch die aktuellen hyperphysikalischen Bedingungen auf der Flugroute. Schon ein aufziehender Hypersturm konnte alle Berechnungen zu Makulatur werden lassen.

Der Start der HANSHAO hatte die Dinge endgültig ins Rollen gebracht. Nun galt es, sie unter allen Umständen in Bewegung zu halten.

Das Gespräch mit Verduto-Cruz stellte den terranischen Residenten bislang keineswegs zufrieden. Darauf angesprochen, hätte er es als mühsam und schleppend bezeichnet. Außerdem von gegenseitigem Misstrauen geprägt, was nicht zuletzt die Schuld von Goberto Ho und einigen Agenten der Legion war. Ihr Versuch, dem Laren Informationen zu entlocken, war nicht nur dumm und unnötig gewesen, sondern von vornherein zum Scheitern verurteilt. Verduto-Cruz war mental präpariert, daran hegte Rhodan nicht den geringsten Zweifel. Alles andere hätte ihn an der Kompetenz des Ersten Hetrans zweifeln lassen.

Rhodan hatte die Stirnwand des Besprechungsraums in eine Projektionsfläche verwandelt. Der Eindruck war nicht so perfekt wie auf terranischen Schiffen, gleichwohl wuchs das überwältigende Gefühl, unmittelbar in den Weltraum hinauszublicken.

Ein von dichten Wolkenbändern verhüllter riesiger Planet stand nahe. Mit bloßem Auge waren zwei Dutzend Trabanten auf unterschiedlichsten Umlaufbahnen zu erkennen.

»Das muss Blo VII sein«, kommentierte Verduto-Cruz und warf dem Terraner einen bedeutungsvollen Blick zu. »Der Planet durchmisst mehr als einhundertfünfundvierzigtausend Kilometer und hat neununddreißig Monde. Die Alteraner unterhalten Stützpunkte auf einigen der äußeren Monde, insgesamt gelten diese Anlagen aber als bedeutungslos.«

»Sie sind gut informiert, Verduto-Cruz«, stellte Mondra fest. »Wir hoffen, das gilt ebenso für alles, was die Posbis betrifft.«

»Als es noch möglich gewesen wäre, die Roboter so umfangreich zu studieren wie die Alteraner, gab es keinen Anlass dafür. Posbis eignen sich nicht für die Rolle von Untergebenen.«

»Wir Menschen ebenfalls nicht!«

»Wer nicht in Ambriador geboren wurde, kann das nicht beurteilen«, wies Verduto-Cruz Mondras Einwand zurück. »Im Übrigen habe ich den Eindruck gewonnen, dass Sie auf mich angewiesen sind. Also fordern Sie nicht meinen Unmut heraus.«

»Die Selbstüberschätzung des Konzils und der Laren kenne ich hinreichend.« Rhodan legte es im Moment darauf an, sein Gegenüber zu provozieren. »Das Konzil wurde zerschlagen, die Laren haben wir aus der Milchstraße vertrieben. Ich denke, die Posbis werden das Gleiche in Ambriador vollziehen. Nur hat es nicht den Anschein, als wollten sie die hier lebenden Völker lediglich vertreiben. Sie vernichten. Die Roboter werden kein Leben neben sich dulden, wenn wir nicht gemeinsam dagegen einschreiten.«

Der Lare sah ihn zornig an. Seine übermäßig breite und flache Nase bebte unter hastigen Atemzügen, und der rote Haarkranz stand drahtig wirr ab, weil Verduto-Cruz sich beidhändig über den Schädel gefahren war. Offensichtlich erreichte Rhodan die beabsichtigte Wirkung, denn die jetzt kräftig gelben Lippen verrieten, dass der Kreislauf des Laren-Technikers in Aufruhr geriet. Ganz so unbeeindruckt und überheblich, wie er sich gab, war er demnach nicht.

»Ich habe schon Posbis befriedet.« Rhodan betonte jedes Wort. »Das war sehr lange vor Ihrer Geburt, Verduto-Cruz. Geben Sie sich also nicht dem Irrtum hin, Sie wären für uns unersetzlich. Wir wollen eine gute Zusammenarbeit, aber es wird dabei nicht nur einen Gewinner geben. Jeder soll profitieren.«

Der Lare ging darauf nicht ein. »Sie reden von seltsamen Gegebenheiten, vor allem von Geschehnissen, die weit in der Vergangenheit liegen«, sagte er stattdessen. »Wie alt sind Sie eigentlich?«

»Hat General Kat-Greer Sie weder über unsere Absichten noch über uns selbst ausreichend in Kenntnis gesetzt?«, warf Mondra spöttisch ein. »Dann muss ich meine Anerkennung Ihrer guten Informationen zurücknehmen.«

Verduto-Cruz' Blick flog zwischen beiden hin und her. Erstmals bröckelte seine Fassade, die Überraschung und der Ärger waren ihm anzusehen. Sie hielten sich die Waage. Der Lare vergrub die Finger in die Armlehnen des Sessels. Rhodan gewann den Eindruck, dass Verduto-Cruz zwar keineswegs vorhatte, ihre Probleme zu ignorieren, aber dennoch seinem Geltungsbedürfnis folgte.

»Perry Rhodan steht im Schatten der Hohen Mächte des Universums, er gehört zu den potenziell Unsterblichen«, erklärte Mondra. »Trotzdem ist er ein Mensch geblieben.«

Ein Hauch von Wehmut schwang in ihrer Stimme mit, eine Erinnerung an die gemeinsam verbrachte Zeit. Sie hatten einander sehr viel bedeutet, wären um ein Haar bereit gewesen, miteinander zu leben: er, der Mann, der nicht alterte, und sie, eine lebensfrohe Frau, deren Schicksal es war, den biologischen Gesetzen gehorchen zu müssen wie jeder normale Mensch. Sie würde mit hundert noch attraktiv sein und trotzdem eines Tages nur mehr eine Greisin an Rhodans Seite. Davor hatten sie beide sich gefürchtet, auch wenn keiner das eingestanden hätte. Vielleicht waren sie heute sogar froh, diesen Punkt überwunden zu haben. Und vielleicht erwies sich ihr neues Miteinander als eher sachliches Verhältnis, das geprägt war von einem einst schönen Traum.

Rhodan warf einen abschätzenden Blick auf die Panoramawand.

Blo VII, der Fort Blossom benachbarte Gasriese, fiel merklich zurück. Das Schlachtschiff hatte seinen Kurs geändert und verließ das System im spitzen Winkel zur Ekliptik. Beschleunigung weiterhin mit Höchstwert. Der erste Übertritt in den Linearraum stand vermutlich kurz bevor.

Rhodan setzte sich wieder und sah den Laren eindringlich an. »Wir müssen die tödliche Bedrohung beseitigen, die von den Posbis in Ambriador ausgeht. Dabei sind wir weder lebensmüde noch größenwahnsinnig, vielmehr sehen wir eine reelle Chance, dieses Ziel zu erreichen. Unsere Milchstraßen-Posbis verfügen über wirkungsvolle Befehlskodes. Mit ihrer Hilfe gelang es bereits, einen

Angriff auf das Alter-System abzuwehren. Das wird nicht immer so sein, dessen sind wir uns bewusst. Über kurz oder lang werden die Befehlskodes nicht mehr greifen – deshalb sind wir auf Ihre Unterstützung angewiesen, Verduto-Cruz.«

»Nach der besagten Raumschlacht wurden wrackgeschossene Posbi-BOXEN auf ihre Tauglichkeit für unsere Zwecke überprüft«, erklärte Mondra weiter. »Eines dieser Schiffe, die BOX-1122-UM, wird unter Hochdruck instand gesetzt. Wir beabsichtigen, das Hauptsystem der Posbis anzufliegen.«

Ein zynisches Lächeln umspielte Verduto-Cruz' Mundwinkel. Jedenfalls empfand Rhodan es so.

»Wissen Sie, was Sie da von sich geben?«, fragte der Lare. »Die Posbis werden Sie auf Anhieb identifizieren. Allein schon ihre mangelhafte Kommunikationsmöglichkeit ...« Er verstummte. Sein Blick flog von einem zum anderen.

»Ich gehe von Ihrer Bereitschaft aus, uns zu unterstützen«, sagte Rhodan. »Sie tun das schließlich auch für Ihr Volk.«

»Sie wollen mein Wissen?«

»In erster Linie.«

»Trotzdem werden Sie improvisieren müssen, mehr als Sie bislang annehmen.«

»Das sind wir gewohnt.«

»Hoffen Sie, dass ich mit Ihnen fliege? Dass ich Sie begleite?« Der Lare erwartete keine Antwort, denn er sprach im selben Atemzug weiter: »Vor achtunddreißig Jahren verfügte ich über ein Team erstklassiger Techniker. Es gab für uns kaum ein Problem, mit dem wir nicht fertiggeworden wären. Heute leben nur noch wenige meiner Leute. Einige sind bei Gefechten mit Alteranern umgekommen, aber auch bei der Erprobung neuer Waffensysteme. Auseinandersetzungen fordern nun einmal Opfer.«

»Sie reden, als wäre der Krieg der Laren gegen Altera ein unabwendbares Schicksal.«

Der Techniker verzog das Gesicht. »Geplänkel werden zu einem Krieg hochstilisiert. Ich mache Ihnen einen Vorschlag. Blenden Sie dieses Thema aus, widmen wir uns einzig und allein den Posbis. Ich bin bestimmt nicht gekommen, um tiefsinnige Betrachtungen über das Verhältnis von Laren und Alteranern anzustellen.«

Die HANSHAO ging in den Überlichtflug. Die Weltraumschwärze mit den wenigen Sternbildern wich dem monotonen Wogen des Zwischenraums. Fast eine halbe Minute lang lauschte Verduto-Cruz den vielfältigen Geräuschen des Schiffes, als könne er daraus wichtige Informationen gewinnen, dann gab er sich einen kaum merklichen Ruck.

»Wir waren die Besten im Trovent, deshalb kamen die Posbis mit technischen Fragestellungen zu uns, die sie selbst nicht bewältigen konnten. Sie brachten uns zu ihrer Stützpunktwelt Dreydon und ließen uns eine Reihe von Hochenergie-Maschinen konstruieren, deren Verwendung mir bis heute nicht klar geworden ist.«

»Diese Maschinen müssen für die Posbis sehr wichtig gewesen sein …«

»Ich kann das nicht nachvollziehen. Weil ich nicht einmal ansatzweise verstanden habe, was wir zu jener Zeit tatsächlich gebaut haben. Nach meiner Ansicht waren diese Maschinen niemals funktionsfähig. Sie wurden für den Betrieb mit einer Sorte Hyperkristall ausgelegt, die nicht existiert. Deshalb hielt ich die Posbis bald schon für verrückt oder von einer fixen Idee besessen oder gar beides. Nicht einmal mit dem reinsten Howalgonium hätten diese Aggregate je arbeiten können.«

»Was wollen die Posbis mit Maschinen, die sie nicht einsetzen können?«, fragte Mondra irritiert. »Roboter denken logisch. Es ist unsinnig, solchen Aufwand für ein Projekt zu betreiben, das von vornherein zum Scheitern verurteilt ist.«

»Ich weiß es nicht«, wiederholte der Lare. »Sooft ich versucht habe, Details aus dem Gedächtnis zu rekonstruieren, war das vergebliche Mühe.«

»Warum haben die Posbis bei den Laren Unterstützung angefordert und nicht bei den Alteranern?«

»Weil wir Laren grundsätzlich ein höheres Wissen im Bereich der Hypertechnologie haben. Als unsere Vorfahren nach Ambriador verschlagen wurden, verfügten sie über SVE-Raumer.«

Genau das hatte Rhodan erwartet. In der Milchstraße waren die Strukturvariablen-Energiezellen-Raumer lange Zeit gefürchtet gewesen, diese Schiffe mit Wandungen aus geformter Energie. Die terranischen Siedler hingegen hatten nur das technische Wissen des Jahres 2409 nach Christus nach Ambriador mitgebracht.

»Der Kontakt zwischen ihnen, mir und meinen Technikern war und blieb der Einzige überhaupt«, fuhr Verduto-Cruz fort. »Ich kann nicht einmal beurteilen, ob es eine weitere und vor allem intensivere Zusammenarbeit hätte geben können. Die Roboter überließen uns als Bezahlung für unsere Arbeit eine beachtliche Menge Howalgonium …«

»Für eine Arbeit, die im Grunde genommen wertlos war?«

Verduto-Cruz machte eine irritierte Geste. »Mag sein, dass die Posbis das Ergebnis als in ihrem Sinne positiv empfanden. Wir haben das nie erfahren. Die Zusammenarbeit dauerte knapp zwei Jahre, dann brach der Krieg aus.«

»Ein eigenartiges Zusammentreffen«, stellte Rhodan fest.

Weitere Falten gruben sich auf der Stirn des Laren ein. Sie ließen seinen Kopf noch flacher erscheinen, als dies ohnehin schon der Fall war.

»Zufall«, antwortete er. »Mehr kann ich dazu nicht sagen. In nicht einmal zwei Jahren bei den Posbis habe ich jedoch sehr viel über ihre Technologie gelernt. Sie rechnen mit meiner Unterstützung, Rhodan. Was ich tun kann, um Ihren Fragmentraumer startklar zu machen und zu den Posbis zu bringen, werde ich tun.«

Vier BOX-1122-UM

Ganz Ambriador befand sich im Ausnahmezustand. So jedenfalls erschien es, als die HANSHAO am späten Nachmittag des 14. Mai 1343 NGZ die letzte Linearetappe beendete.

Das Schlachtschiff fiel am Rand des Alter-Systems aus dem Zwischenraum, fast genau auf der Höhe der Ekliptik und nicht einmal fünf Millionen Kilometer von der Umlaufbahn des äußeren Planeten Hades entfernt. Dennoch waren die Jäger innerhalb Minutenfrist präsent. Wie ein Schwarm angriffslustiger Insekten rasten sie dem Kugelraumschiff auf Kollisionskurs entgegen und fächerten auf. Es sah aus, als wollten zwei Dutzend torpedoförmige Winzlinge ein Monstrum attackieren.

Das Manöver, mit dem die Jäger eindrehten und ihre vermeintlich wütende Attacke als aufgezwungenen Geleitschutz erkennen ließen, nötigte Perry Rhodan ein anerkennendes Nicken ab. Er fühlte sich an waghalsige Flugfiguren erinnert, die er oft genug erlebt hatte, und prompt erwachten Gefährten von einst wie Don Redhorse und Brazos Surfat in seiner Erinnerung zu neuem Leben. Redete er sich das nur ein, oder hatte sich in den Alteranern viel von dem Abenteuergeist in die heutige Zeit herübergerettet, der zur Zeit des Aufbruchs nach Andromeda das Leben geprägt hatte? Andromeda war der erste Schritt in kosmische Fernen gewesen. Außerdem hatte die Nachbargalaxis die Menschheit mit ihrer eigenen Vergangenheit konfrontiert, die Frage nach dem Woher aber nicht beantwortet. Ein Zipfel kosmischer Geheimnisse war angehoben worden, und mancher hatte einen flüchtigen Blick erhascht, nicht mehr.

Knapp und unmissverständlich wurde der HANSHAO ein Flugkorridor zugewiesen. Außerdem erging die Anordnung, die Geschwindigkeit nicht über ein Drittel Licht zu erhöhen.

»... jeder Verstoß wird mit einem sofortigen Feuerschlag beantwortet!«

»Das erweckt den Anschein, als rechne das Alter-System mit einem Angriff«, stellte Verduto-Cruz fest.

Vor nicht einmal zwanzig Minuten, während der letzten Linearetappe, hatten Rhodan und Mondra gemeinsam mit dem Laren die Hauptzentrale betreten. Vorangegangen war ein heftiger Disput mit der Schiffsführung, denn der Kommandant hatte Verduto-Cruz von allen neuralgischen Positionen fernhalten wollen. Am liebsten wäre es ihm gewesen, den »Gast« bis zum Übersetzen auf die Posbi-BOX in dem Konferenzraum zu arrestieren.

Rhodan hatte sich freilich durchgesetzt. Zwei Wachen waren dennoch neben der Sitzgruppe postiert worden.

Als eins der großen TRIANGOLO-Raumforts in die optische Erfassung des Hauptschirms wanderte, richteten sich zwei Strahlerläufe auf den Laren.

»Was soll das?«, fuhr Rhodan die Wachen an.

Einer von beiden, ein Kadett mit stark ausgeprägten Wangenknochen und leicht verengten Augen, klopfte mit zwei Fingern demonstrativ auf seinen Ohrwurm. Dabei drückte er das Drahtgestell noch ein wenig tiefer in die Ohrmuschel.

»Befehl von ganz oben! Der Lare darf keine Gelegenheit für Rückschlüsse auf unsere Verteidigungsbereitschaft erhalten.«

Ein spöttischer Ausdruck trat in Verduto-Cruz' Gesicht. Demonstrativ lehnte er sich zurück und musterte die Kadetten. »Diese Schizophrenie verstehe, wer will. Erkennen Sie allmählich, Rhodan, dass Sie auf der falschen Seite stehen?«

Der Terraner ging nicht darauf ein. »Etwas ist vorgefallen, von dem wir noch nichts wissen«, vermutete er.

»Ihre Posbis werden versagt haben! Falls sich der Kommandant der oberen Schicht den falschen Kodes entziehen konnte, gibt es ein schwer zu behebendes Problem.«

»Das wird nicht geschehen«, behauptete Mondra Diamond.

»Sie vertrauen Ihren eigenen Maschinenteufeln?« Zum ersten Mal verwendete der Lare den alteranischen Jargon für die Posbis.

Mondra nickte nur. Zwei weitere Bewaffnete kamen heran. Sie trugen schwere Paralysatoren. Unmissverständlich ihr Wink an den Laren, sich zu erheben und mit ihnen die Zentrale zu verlassen.

»So geht es nicht!«, widersprach Rhodan. »Sagen Sie dem Kommandanten, dass er diesen Befehl zurück…«

»Es handelt sich um einen Überrangbefehl des Kommandeurs! Niemand an Bord wird diese Anordnung in Zweifel ziehen oder gar widerrufen.«

Verduto-Cruz lachte schallend. »Bemühen Sie sich nicht meinetwegen, Rhodan. Ich finde es sogar gut, dass Sie mitbekommen, wie effektiv Hilfeleistung mit Misstrauen vergolten wird. Ich habe es nicht nötig, ein TRIANGOLO-Raumfort auszuspionieren – was sollte daran für einen wie mich neu sein?«

Er erhob sich, überkreuzte demonstrativ die Handgelenke und hielt die Arme den Kadetten entgegen. Dass der Wortführer der Alteraner diese Geste ignorierte und ihn stattdessen an der Schulter packte, ließ ihn zusammenzucken.

»Nehmen Sie Ihre Finger weg!«, herrschte er den Mann an und schüttelte dessen Griff ab.

Hoch erhobenen Hauptes verließ Verduto-Cruz die Zentrale.

Aufmerksam blickte Captain Bo Perry Rhodan entgegen. »Wir müssen befürchten, dass die Maschinenteufel von den Vorbereitungen Wind bekommen haben«, stellte er fest. »Vor wenigen Augenblicken traf die Nachricht ein, dass zwei Fragmentraumschiffe in geringer Distanz zum Alter-System angemessen wurden. Beide BOXEN haben Ortungen vorgenommen.«

»Wo stehen diese Schiffe jetzt?«

»Sie sind wieder in den Überlichtflug eingetreten, ein Ende ihres Linearmanövers wurde bislang nicht angemessen. Im schlimmsten Fall müssen wir davon ausgehen, dass es sich um Späher einer neuen Angriffsflotte handelt.«

»Verduto-Cruz hat damit nichts zu tun.«

Captain Bo zuckte mit den Schultern. »Mir sind die Hände gebunden. Staatsmarschall Michou hat unmissverständliche Anweisungen erteilt. Keine Risiken hinsichtlich das Laren eingehen, solange er BOX-1122-UM noch nicht betreten hat.«

»... danach ist dem Kommandeur egal, was geschieht?«, fragte Mondra Diamond ungläubig. »Hauptsache, keine alteranische Einheit ist davon betroffen.«

»Es tut mir leid ...«

Die ehemalige TLD-Agentin musterte den Kommandanten durchdringend. »Mir ebenfalls. Der Staatsmarschall verkennt die Gegebenheiten.«

Im Zentrum des Hauptschirms stand eine schmale Planetensichel. Die eingeblendeten Datenkolonnen wiesen den Stern als fünfte Welt des Alter-Systems aus, mit einer durchschnittlichen Sonnenentfernung von 725 Millionen Kilometern.

»Die BOX der Maschinenteufel wurde in die Nähe des Planeten Hera geschleppt«, erläuterte Captain Bo.

Flugzeit bei gleichbleibenden Werten vier Stunden und vierzig Minuten.

Perry Rhodan und Mondra Diamond wussten, dass sich im Bereich des Gasriesen und seiner zweiundzwanzig Monde die Ausweichzentrale der äußeren Systemverteidigung befand. Zudem waren große Fernortungsstationen in der oberen Atmosphäre verankert. Reflexionen der Gashülle beeinträchtigten jede von außen kommende Ortung zusätzlich zu den ohnehin schwierigen hyperphysikalischen Verhältnissen von Ambriador. Insofern bedeutete die Nähe von BOX-1122-UM zu Hera einen nicht zu unterschätzenden Sicherheitsfaktor.

Antriebslos fiel die HANSHAO ihrem Ziel entgegen.

Erst nach eineinhalb Stunden kam die erlösende Nachricht vom endgültigen Abzug der beiden Posbi-Schiffe.

Erreichen kann Michou mit solchen Maßnahmen gar nichts, sagte Mondras Blick. *Die Posbis wissen längst, woran sie mit Altera sind.*

Rhodan nickte ihr nur knapp zu.

Das Schlachtschiff beschleunigte für die letzte Überlichtetappe und fiel kurz darauf wenige Millionen Kilometer vor der Posbi-BOX in den Normalraum zurück.

Die optische Erfassung zeigte einen schnell größer werdenden Stern, mehrere Planetendurchmesser von Hera entfernt: BOX-1122-UM. Riesige Scheinwerferbatterien erhellten den Fragmentraumer bis in den letzten Winkel seiner zerklüfteten, von unterschiedlichsten Aufbauten übersäten Hülle. Das würfelförmige Schiff war ein verwirrendes Konglomerat, wie es Wesen aus Fleisch und Blut in dieser Ausprägung wohl niemals konstruieren würden.

Es war unüberschaubar.

Und es wirkte bedrohlich.

Eigentlich mutete es fremd an, als hätte der Weltraum dieses bizarre Objekt ausgespien. Ebenso wirkten die Posbis. Sie waren skurrile Maschinen für jeden denkbaren Einsatzzweck, Roboter eben. Das Schlimme daran: aufgrund der Verzahnung ihrer positronischen Gehirne mit einem mehr oder minder gewichtigen Anteil biologisch lebenden Plasmas nicht nur rein maschineller Logik folgend, sondern mit Denkstrukturen behaftet, die denen eines Lebewesens sehr nahe kamen.

Gerade diese Verknüpfung von Technik und Leben machte sie zur extremen Bedrohung. Sie waren weder Fisch noch Fleisch, sagte sich Rhodan. Wobei sich seine Überlegungen allein auf die Posbi-Zivilisation von Ambriador bezogen.

Mit minimaler Restfahrt näherte sich die HANSHAO dem Fragmentraumer. Bei knapp einhundertundfünfzig Kilometern Distanz erreichte das Schlachtschiff den relativen Stillstand.

Vergeblich suchte Rhodan nach äußerlichen Hinweisen, dass dieses Schiff vor wenigen Wochen schwere Geschütztreffer erhalten hatte. Bei seinem ersten Anflug hatte er tiefe Krater in der zerklüfteten Stahllandschaft gesehen und ebenso unheimlich leuchtende Glutnester, die von Wirkungstreffern der alteranischen Röhrenfokus-Geschütze zeugten. Zumindest die der HANSHAO zugewandten Seiten des Würfels ließen nun keine Schäden mehr erkennen.

Reparaturplattformen bewegten sich zwischen den vielfältigen Erkern, Türmen und Kuppeln, die mitunter wie aufgeplatzte Geschwüre wirkten. Ein Schwarm von Korvetten umgab den Fragmentraumer; im Vergleich mit dem kantigen Schiffsungetüm erschienen sie winzig, geradezu verloren. Sogar die HANSHAO mit ihren vierhundert Metern Rumpfdurchmesser musste wie ein Zwerg anmuten.

Dabei hatte BOX-1122-UM nur eine Seitenlänge von zwei Kilometern. Die Posbi-Schiffe in der Milchstraße maßen bis zu dreitausend Metern und waren ihrerseits, verglichen mit Schiffen wie der BASIS oder der SOL, klein zu nennen. Ihr Volumen von siebenundzwanzig Kubikkilometern, ausgefüllt mit einem in keiner Hinsicht mehr überschaubaren technischen Labyrinth, war trotzdem mit

Superlativen schwer beschreibbar. Imposant, gigantisch – all das erschien für die verfilzte Vielfalt zu gering. Bedrückend, ein Alptraum – auch das zeigte die Empfindungen eines Lebewesens angesichts der auf robotische Bedürfnisse zugeschnittenen Schiffskolosse nur höchst unvollkommen.

Keine halbe Minute hatte Rhodan den Anblick auf sich wirken lassen. »Captain Bo«, wandte er sich an den Kommandanten, »ich brauche eine Holovid-Verbindung …«

»Kontakt steht!«, meldete der Funker. »Wir werden von der BOX angerufen. Ihr Gesprächspartner, Mr. Rhodan, Sir!«

Rhodan registrierte Mondras verhaltenes Lächeln – sie amüsierte sich über die Anrede, die der Funker hörbar ehrfürchtig gebraucht hatte –, und dann entstand dicht vor ihm die Bildübertragung.

Ein Robotergesicht grinste ihn an. Vielen Alteranern ringsum raubte dieses Abbild den Atem. Für sie war das eine Fratze des Schreckens, einer der verhassten Maschinenteufel. Zu akzeptieren, dass ausgerechnet diese skurrile Gestalt anders sein sollte, ein Freund der Menschen, fiel ihnen schwer. Rhodan sah, dass selbst Captain Bos Rechte zum Waffenholster glitt.

»Willkommen zurück, Perry«, schnarrte eine kratzende Stimme. »Und n-natürlich auch du, Mondra, schönste Terranerin in Ambriador.«

Nano dreht durch, las Rhodan in dem Blick, den Mondra Diamond ihm zuwarf. *Wir waren einen Monat lang fort, und das scheint ihm nicht bekommen zu sein.*

Wahrscheinlich war die Wahrheit nicht ganz so extrem. Andererseits entsprach Nano dem dunkelsten Feindbild der Alteraner. Auch wenn er von ihnen nicht angegriffen worden war, musste er zumindest das Gefühl haben, keineswegs willkommen zu sein und sogar gehasst zu werden.

Deshalb hatte er an sich gearbeitet und sein Äußeres umgestaltet.

Die Multi-Sensorflächen, die aus größerer Distanz wie Augen wirkten, waren näher zusammengerückt und erweckten in der Holovid-Übertragung den Eindruck, dass Nano schielte. Mitten in das Blaugrau seines kantigen, eigentlich nur stilisierten Gesichts hatte er anthrazitfarbene Plättchen eingepasst. Sie blähten sich wie die Wangen eines überdimensionalen Frosches, sobald der Posbi den Mund aufmachte.

Überhaupt … dieser Mund. Der Schlitz für die Sprachausgabe war nach wie vor halbmondförmig gebogen und erinnerte an die heruntergezogenen Mundwinkel eines Menschen. Deshalb haftete ihm der Ausdruck eines stummen Vorwurfs und sogar von Traurigkeit an. Mit leuchtend roter Farbe, zweifellos um das zu kaschieren, hatte er sich kräftig geschwungene Lippen aufgemalt.

»Ich freue mich, euch wohlbehalten wiederzusehen!«, erklang es aus diesem üppigen Schmollmund.

»Du hast dich verändert«, stellte Mondra fest.

»Was soll dieser Unsinn?« Rhodans Frage war deutlicher.

»Angewandte Psychologie«, erklärte der Posbi stolz. »Ich war es leid, stetig erklären zu müssen, dass ich kein Maschinenteufel bin, da…«

»Lass es gut sein! Sag mir kurz und bündig, ob alles in Ordnung ist.«

Einer von Nanos Multi-Sensoren blinzelte. »Drover geht es wieder gut. Und Mauerblum – ja, es ist alles in Ordnung.«

Zweifel waren angebracht. Dass Posbis eine Ader hatten, jeden an den Rand der Verzweiflung zu treiben, gehörte zu den Dingen, die man einfach als gegeben hinnehmen musste, weil sie sich nicht ändern ließen.

»Eigentlich wollte ich hören, wie die Arbeiten an dem Fragmentraumer voranschreiten.«

»Sehr gut, Großadministrator!«, erklärte Nano Aluminiumgärtner ein wenig zu großspurig. »Wir können die Kabel so verlegen, dass sie für die Alteraner nicht sofort zur Stolperfalle werden.«

»Was für Kabel?« Rhodan hielt sekundenlang die Luft an. Die schlimmsten Befürchtungen brauten sich wie düstere Gewitterwolken zusammen.

»Die Kabel für die Beleuchtung natürlich«, erklärte der Posbi im Tonfall purer Unschuld. »Und da wir schon dabei sind, die Grundversorgung abzuklären: Zwei Lagerräume wurden ausreichend präpariert und in Tanks umgewandelt. Wir werden nicht einen Tropfen Wasser durch schadhafte Verbindungsnähte verlieren …«

»Wasser?«, unterbrach Mondra ungläubig.

»W-wasser!« Der Roboter verzog die Mundwinkel zur Grimasse. »Ein Tankschiff ist unterwegs. Entsprechend der veranschlagten Einsatzdauer sollte ein Volumen von einer Million Kubikmetern ausreichend sein. Ich habe darauf verzichtet, die Grundkonstruktion der BOX-1122-UM durch den Einbau einer Wiederaufbereitungsanlage …«

Ein gellender Aufschrei hallte aus den Akustikfeldern. Die Stimme überschlug sich, verlegte sich aufs Wimmern. Gleichzeitig flackerte die Holovid-Übertragung grell auf. Rhodan erkannte, dass im Hintergrund ein Thermoschuss eingeschlagen hatte.

»Nichts von Bedeutung!«, beschwichtigte Nano Aluminiumgärtner sofort. Das fette Grinsen in seinem Gesicht wirkte dazu wie eine unpassende Karikatur. »Das geschieht hin und wieder.«

»Was geschieht?«, drängte der Terraner. »Ich habe nicht vor, dir die Würmer einzeln aus der Nase zu ziehen.«

Mittlerweile hatte sich beinahe die gesamte Zentralebesatzung der HANSHAO dem Roboterholo zugewandt. Vielen war anzusehen, dass die Szene sie fast überforderte.

»Drover reaktiviert einzelne Posbis«, erklärte Nano Aluminiumgärtner. Er klang plötzlich reserviert und irgendwie kleinlaut. »Das funktioniert nicht immer schon beim ersten Versuch. Manche Ambriador-Posbis sind wirklich ...«

»Was?«

»Maschinenteufel, Perry!« Nano flüsterte nur noch, als bereite es ihm Probleme, diese Bezeichnung für seinesgleichen auszusprechen.

»Wie viele Posbis sind wieder funktionsfähig?«

»Ein paar«, antwortete Aluminiumgärtner ausweichend, als sei ihm das Thema schlagartig unangenehm geworden. Hinter ihm geriet für wenige Sekunden der Matten-Willy Mauerblum in den Aufnahmebereich. Zweifellos hatte er eben den Schrei ausgestoßen, der wohl eine Warnung für Drover gewesen war.

Ungehalten winkte Rhodan ab. Nano schwieg daraufhin.

»Wir setzen sofort zur BOX über!«, wandte der Terraner sich an den Kommandanten. »Eine Space-Jet steht bereit?«

»Die Piloten sind schon an Bord.« Bo salutierte militärisch exakt. »Es war mir eine Ehre, Großadministrator ...«

»Brechen Sie sich nichts ab, Captain!« Rhodan winkte lässig ab. »Vor allem: Sparen Sie sich die Lobreden für den Zeitpunkt auf, an dem die Gefahr aus der Welt geschafft ist.«

Auf dem Absatz machte er kehrt und folgte Mondra, die schon auf das Hauptschott zuging.

Wie einfach war es doch, einem Teleporter die Hand zu reichen und mit ihm ohne Zeitverlust zwischen zwei Raumschiffen zu wechseln. Auf diese Weise hätte Perry Rhodan gedankenschnell von der HANSHAO auf den Fragmentraumer gelangen können.

Während die Space-Jet den Hangar des Schlachtschiffs verließ, weilten die Gedanken des terranischen Residenten nicht etwa schon an Bord der BOX-1122-UM. Er sorgte sich um den Teleporter Startac Schroeder. Andererseits würde die ORTON-TAPH unter Captain Demetrius Onmout bestimmt über kurz oder lang den Treffpunkt erreichen. So altersschwach der Trovent-Mörser auch sein mochte, und so unkalkulierbar die hyperphysikalischen Gegebenheiten der permanent von Hyperstürmen durchtobten Kleingalaxis Ambriador, so sehr vertraute Rhodan den Fähigkeiten und dem Überlebenswillen der Besatzung. Außerdem war Startac kein Mann, der sich leicht unterkriegen ließ. Rhodan wollte gar nicht daran denken, dass er gezwungen sein könnte, ohne den Mutanten in die Milchstraße zurückzukehren.

Die Space-Jet hatte ihre Drift der Posbi-BOX angeglichen und hing nur mehr hundert Meter über der zerklüfteten Oberfläche des Würfelschiffs. Aus der geöffneten Mannschleuse gesehen, gab es keinen Weltraum mehr, weder die matte Schwärze des Nichts, noch fern hingestreute Sterne, sondern nur einen bedrückenden, vermeintlich zum Greifen nahen Wall aus schrundigem Stahl. Ein Gefängnis, hatte es den Anschein, in dem jeder Gefahr lief, den Verstand zu verlieren.

»Worauf warten wir?«, drängte die Stimme des Laren im Helmempfang.

Rhodan bedachte Verduto-Cruz mit einem knappen Seitenblick, dann trat er wortlos nach draußen. Für Sekundenbruchteile war da das längst vertraute Gefühl, in endlose Tiefe zu stürzen – es ließ sich wohl nie wirklich verdrängen –, doch dann registrierte der Terraner den schwachen Zug eines Traktorstrahls, der nach ihm griff.

Augenblicke später setzte er in einer Schleuse des Posbi-Würfels auf. Verduto-Cruz und Mondra Diamond kamen dicht hinter ihm. Das Schott schloss sich, und die Armbänder zeigten an, dass atmosphärischer Druck aufgebaut wurde.

Als das Innenschott geöffnet wurde, glitt Rhodans Rechte in einer Instinktreaktion zur Waffe. Er hatte erwartet, Drover, Nano Aluminiumgärtner oder sogar den Matten-Willy Mauerblum zu sehen. Aber nicht einmal Alteraner waren als Empfangskomitee gekommen, sondern ein Posbi.

Der Roboter war knapp zweieinhalb Meter groß und klobig. Er wirkte keinem bekannten Vorbild nachempfunden. Das begann schon bei den drei kräftigen, mehrgelenkigen Beinen, ging über den tropfenförmigen, leicht konkav eingewölbten Körper weiter und hörte mit dem übergangslos aufsitzenden und schlank auslaufenden Schädel auf. Ein Kranz ungewöhnlich kurzer Vielzweck-Gliedmaßen umgab den Tropfen an der dicksten Stelle.

Darüber hatten sich wohl noch vor kurzem schwere Waffensysteme befunden. Sie waren bis auf den Grund ihrer Verankerungen entfernt worden, aber niemand hatte die unregelmäßig wirkenden Höhlungen kaschiert.

»Bitte mitkommen!« Der Posbi schnarrte ein schwerfälliges Interkosmo. Er reagierte nicht darauf, dass die beiden Terraner und der Lare die Helme ihrer Monturen öffneten.

»Und wenn nicht?«

Der seltsame Schädel neigte sich Mondra Diamond entgegen und wurde dabei noch etwas länger, als verfüge das verwendete Material über sehr flexible Eigenschaften.

»Bitte mitkommen!«, wiederholte der Roboter.

»Wohin bringst du uns?«

Keine Antwort. Stattdessen wandte sich der Posbi um und eilte auf seinen drei Beinen geschmeidig voraus.

»Interessant«, bemerkte Verduto-Cruz. »Jemand hat diese Maschine ihrer Waffen beraubt und hofft wohl, sie stelle keine Gefahr mehr dar. Der Betreffende hat den Roboter trotzdem nicht im Griff, sonst hätten wir eine Antwort erhalten.«

»Was schließen Sie daraus?«, fragte Rhodan.

In einer durchaus menschlich anmutenden Geste fuhr sich der Techniker mit der flachen Hand über das Gesicht. »Hier sind selbst ernannte Fachkräfte am Werk, die einen gewissen Erfolg erzielen können. Aber wenn es darauf ankommen wird ...« Er lachte spöttisch und griff sich unmissverständlich an die Kehle. »Sie haben meine Unterstützung wirklich nötig, Terraner.«

Der zunehmend schneller ausschreitende Posbi bog den Oberkörper halb zur Seite und drehte ihn zugleich nach hinten. »Sie irren sich, Nestschädel. Das ist eine f-falsche Feststellung.«

»Nano!«, rief Mondra Diamond schneidend. »Ich will keine beleidigenden Äußerungen hören! Weder aus deinem Mund noch von einem Dritten. Du hast den Posbi im Griff?«

»Selbstverständlich. Ich würde nichts tun, was einem von uns schaden könnte.«

»Das hoffe ich!«

Weiter als zweihundert Meter hatten sie sich noch nicht von der Schleusenkammer entfernt. Während in deren Bereich alles hell erleuchtet gewesen war, herrschte hier schon Zwielicht. Die Schattenbereiche wurden düsterer und weiteten sich aus. Als der Roboter gleich darauf das Ende einer in Windungen aufwärts führenden Rampe erreichte, war die Finsternis bereits vollkommen. In größerer Distanz tanzten Scheinwerferfinger und entrissen der Schwärze schlaglichtartig skurrile Details. Die Eindrücke blieben jedoch unzusammenhängende Puzzleteile.

»Wurde die Energieversorgung für diesen Sektor abgeschaltet?«

Zu den Schutzanzügen gehörten Stablampen, die sie schon aktiviert hatten. Die Lichtkegel brachen sich auf verschachtelten Aggregatblöcken, huschten auseinander und sollten mehr von dieser Umgebung sichtbar machen, aber die räumliche Enge konnten sie nicht überwinden. Rhodan richtete seine Lampe auf den Posbi.

»Mir fehlt die Zugriffsmöglichkeit auf relevante Daten«, behauptete der Roboter.

»Warum wurde die Beleuchtung bislang nicht wiederhergestellt?«

»Ich habe darauf keine Antwort.«

»Wie weit reicht dein Erinnerungsvermögen zurück?«, wollte jetzt der Lare wissen.

»Mein Gedächtnisspeicher ist intakt.«

»Was ist das erste Ereignis, auf das du zugreifen kannst?«

»Ich wurde geweckt.«

Triumphierend schaute Verduto-Cruz zu Rhodan auf, dann wandte er sich wieder dem Posbi zu.

»Von wem geweckt?«
»Durch einen Befehlsimpuls.«
»Ein Befehl des Robotkommandanten?«
»Nein.«
»Wer erteilte dir den Befehl?«
»Der Herr!«
»Hat dieser *Herr* einen Namen?«
»Nano Aluminiumgärtner.«

Ein beinahe zufriedenes Lächeln zeichnete sich um Rhodans Mundwinkel ab. Er brauchte nicht zu sagen, dass er diese Antwort erwartet hatte, das konnte Mondra sehen, und das erkannte auch der Lare.

»Wer außer dem Herrn erteilt dir Befehle?«, fasste Mondra Diamond nach.

Der Spitzkopf, den eine einzige multiple Sensorzelle zierte, neigte sich ihr entgegen. »Da ist niemand außer Nano Aluminiumgärtner, der mit mir kommunizieren könnte.«

»Weißt du von Speicherdaten, auf die du keinen Zugriff hast?«

»Es gibt keine solchen Daten!«

Die Aussage war falsch. Das wusste jeder der drei, die dem wieder schnell ausschreitenden Posbi folgten.

»Dieser Nano Aluminiumgärtner scheint trotz meiner anfänglichen Bedenken recht gut mit den Posbis zurechtzukommen«, stellte Verduto-Cruz anerkennend fest. »Indem er ihre Erinnerungssektoren blockiert, vermeidet er zumindest vorerst Loyalitätskonflikte. Hundertprozentig erscheint mir diese Methode aber nicht. Der Schwachpunkt ist der Plasmaanteil des Posbi-Gehirns.«

»Ich bin überzeugt, dass Nano das berücksichtigt«, versicherte Mondra.

Das Lachen des Laren wirkte spöttisch. »Ich habe darauf hingewiesen, mehr kann ich nicht tun. Für Sie mag dieser Posbi, der Sie begleitet, über jeden Zweifel erhaben sein – für mich ist er eine Gefahrenquelle, die ich nicht aus den Augen lassen werde. Nano Aluminiumgärtner hat dieses Schiff noch lange nicht im Griff.«

Fünf Aufbruchstimmung

Fremd und unheimlich erschien BOX-1122-UM, ein Schiff, das keinesfalls für Menschen geschaffen worden war. So kantig, kalt und abweisend wie die Tausende Roboter der ursprünglichen Besatzung, von denen nur wenige einander glichen.

Vielleicht, ging es Perry Rhodan durch den Sinn, pervertierte die Evolution ihre eigenen Prinzipien und war im Begriff, künstlicher Intelligenz alle Vorteile einzuräumen. Eines fernen Tages würden dann unüberschaubare Maschinenheere die Sterne verdunkeln und das Universum unter sich aufteilen – gefräßiger als Heuschreckenschwärme und gründlicher in ihrem Zerstörungswerk, als der Mensch es jemals hätte sein können.

Bestand haben würde nicht mehr der Geist eines göttlichen Funkens, sondern allein der logische und damit tödlich gefährliche Impuls denkender Mechanismen. Ein entsetzlicher Gedanke, dass Roboter sich aufschwangen, die Ewigkeit zu überdauern und entweder nach einem neuen Urknall wie Phoenix aus der Asche aufzuerstehen oder alle Materie eines auf ewig expandierenden und damit erkaltenden Weltalls zu ihresgleichen umzuformen.

Diese Überlegungen erschreckten den Terraner. Jeder andere hätte über solche Befürchtungen nur mitleidig gelächelt, dennoch lagen sie für einen relativ Unsterblichen wie ihn nahe. Nicht, dass er geglaubt hätte, eine derart alptraumhafte Epoche jemals zu erleben – eine nach Äonen messende Spanne überstand auch kein Aktivatorchip –, doch Rhodan zweifelte keineswegs an der Anpassungsfähigkeit denkender, sich selbst reproduzierender Maschinen. Kleiner als Mikroben konnten sie sein, sogar die Winzigkeit eines Atoms erreichen, und andererseits größer werden als die massigsten Saurier. Maschinen von Planetengröße waren nichts Undenkbares. Vielleicht, sagte er sich, waren die Posbis ein erster zaghafter Schritt der Evolution in diese Richtung.

Roboter als das einzige und wahre Leben? Wer traf eine solche Definition, wenn nicht derjenige, der sich die Intelligenz einbildete, darüber entscheiden zu können?

Seid ihr Wahres Leben? Die über Funk gestellte Frage der Posbis konnte von denen, an die sie gerichtet war, nicht zufriedenstellend beantwortet werden und öffnete damit zwangsläufig den Weg zur Vernichtung alles Andersartigen.

Die Zivilisation der Roboter, fand Perry Rhodan, war nur ein Symptom von vielen. An ihrer Stelle hätten unzählige andere Namen stehen können, die eine ähnliche Entwicklung durchgemacht hatten. Namen von Einzelwesen, von Völkern, sogar von höheren Mächten.

Alles ringsum atmete Unheil aus. Nichts in diesem Würfelraumschiff wirkte vertraut, und falls doch, verblasste es in der bordeigenen Finsternis zur Bedeutungslosigkeit.

Sternförmig blähte sich ein Lichtbogen auf, begleitet von unheilvoll anschwellendem Prasseln, und zerstob in einem Meer von Funken. Außerhalb des von alteranischen Leuchtplatten erhellten, diesen Bereich nur tangierenden Durchgangs, wurde für Sekunden eine weitläufige Halle erkennbar. Flackernd offenbarten sich skurrile Aggregate, scheinbar von der Hand eines Riesen wahllos verstreut, aneinandergeklebt und hoch aufgeschichtet – Formen, als setze sich die Architektur der Schiffshülle übergangslos nach innen fort. Irrlichtern gleich stob ein neuer Funkenregen auf, ließ Schatten wachsen und ebenso schnell vergehen … Dazwischen, winzig klein, zeichneten sich die Silhouetten von Alteranern ab, die Scheinwerferbatterien aufbauten und im Begriff waren, endlich auch von dieser Region im Herzen des Posbi-Schiffes Besitz zu ergreifen.

»Wann, sagten Sie, wollten Sie mit diesem Fragmentraumer zu den Posbis fliegen?«

Nur ihr Atmen und die leisen Geräusche, die der voranschreitende Posbis verursachte, begleiteten sie. Daher war deutlich jede Nuance in der Stimme des Laren herauszuhören. Dieses leichte Vibrieren, in dem Ärger und Verwunderung gleichermaßen mitschwangen … Dazu sein verhaltener Spott, als wolle er sagen, dass sie auch in Monaten das Alter-System noch nicht verlassen würden.

Zielgenau traf Verduto-Cruz den empfindlichen Punkt, und Perry Rhodan konnte dem nicht einmal widersprechen. In den knapp fünfundzwanzig Minuten, seit sie BOX-1122-UM betreten hatten, waren seine Illusionen weitgehend verflogen. Er hatte mehr erwartet, sehr viel mehr, als Nano Aluminiumgärtner, Drover und der Matten-Willy zu leisten imstande gewesen waren.

Überrascht schaute er auf, als er Mondras Hand auf seinem Arm spürte. Wortlos grub sie ihre Finger in sein Fleisch – und nein, sie suchte nicht Halt bei ihm, weil sie ebenfalls erkannt hatte, dass sie so kaum vorankamen, sie wollte vielmehr ihm Halt geben.

Seine erste Reaktion war, ihre Hand abzuschütteln. Glaubte Mondra, dass er nicht selbst damit fertigwürde? Er hatte andere Enttäuschungen erlebt als diese zeitliche Verzögerung. Selbst wenn das Leben von Milliarden Alteranern bedroht war, durfte er nicht mit Hektik reagieren. Gerade deshalb nicht.

Ohne darüber nachzudenken, legte Rhodan seine Rechte auf Mondras Hand. Durch die hauchdünne Folie der Handschuhe spürte er ihre Wärme, und schon drehte Mondra die Hand, schob ihre Finger zwischen seine und drückte fester zu.

Tief atmete der Terraner ein. Kaum etwas lag ihm momentan ferner, als sich ausgerechnet in solche Erinnerungen zu verlieren. Die Zeit hatte vieles von dem zerstört, was zwischen Mondra und ihm gewesen war, und diese Gefühle ließen sich nicht zurückholen. Das wollte er nicht, und er glaubte zu wissen, dass Mondra das ebenso wenig wollte. Oder täuschte er sich? Beinahe war er froh darüber, dass sie ihre Hand schon wieder zurückzog.

»Ich befürchte, dass bislang nicht einmal alle Energieerzeuger arbeiten«, stellte Verduto-Cruz fest und fügte amüsiert hinzu: »Planen die Alteraner, die BOX mit den Energiezellen ihrer Scheinwerferbatterien zu fliegen?«

»Bestimmt nicht!«, entgegnete Rhodan.

»Sie glauben wirklich, den Flug zu den Posbis schaffen zu können?«

»Ich bin sogar davon überzeugt.«

»Dann sollten Sie Ihren sogenannten Spezialisten endlich in den Arsch treten. Genauso sagen die Alteraner; ich hoffe, Ihnen ist die Redewendung nicht unbekannt.«

»Unsere Spezialisten sind die beiden Posbis aus der Milchstraße.«

Verduto-Cruz verzog das breite Gesicht zu einer geringschätzigen Grimasse. »Das besagt gar nichts«, bemerkte er mit unverkennbarem Spott in der Stimme. Roboter salutierten militärisch exakt, was Perry Rhodan einen verwunderten Blick des Laren eintrug. Auch ohne diese Reaktion hätte der Terraner sich vorgenommen, mit Drover und Nano Aluminiumgärtner Klartext zu reden. BOX-1122-UM war keinesfalls die Spielwiese eines halb durchgeknallten Plasmazusatzes, sondern der sprichwörtlich rettende Ast für das Imperium Altera.

»W-willkommen an Bord!«, plärrten beide Roboter. Der eine, gut zwei Meter groß, mit flexiblem Zylinderkörper und einer Vielzahl in zwei senkrechten Reihen angeordneter büschelartiger Gliedmaßen, erinnerte an eine auf dem Hinterleib aufgerichtete Raupe. Der andere wirkte mit seiner breiten Rückenpanzerung und dem plumpen Körper eher wie das Zerrbild eines Käfers.

Rhodans Miene verdunkelte sich endgültig. Mit zwei Fingern stieß er den Raupen-Posbi an. »Wer hat deine Sprachprogrammierung vorgenommen?«

»N-nano A-a...«

»Genug!«, fuhr der Terraner auf. »Ich will dieses Stottern nicht mehr hören! Von keinem von euch!«

»B-befehle kann ich nur von Nano entgegen...«

Rhodans Faust krachte auf den Raupenleib, aber der Roboter traf keine Anstalt, deshalb zurückzuweichen. Nicht einmal millimeterweise gab er dem Druck nach. »Ich habe den Auftrag ...«

Rhodan ging weiter auf das sich öffnende Schott zu. Dutzendfach angebrachte Leuchtfolien erfüllten den Ringkorridor nur mit düsterem Halbdunkel. Demgegenüber war die Hauptzentrale in die gleißende Helligkeit etlicher Scheinwerferbatterien getaucht.

Der Terraner blinzelte geblendet. Knapp wandte er sich um und vergewisserte sich, dass Mondra und der Lare nicht aufgehalten wurden. Er traute den umprogrammierten oder zumindest von Nanos Befehlskodes befriedeten Posbis nicht mehr. Nano Aluminiumgärtner musste verrückt geworden sein, sich diesen Privatzoo aufzubauen. Einen treffenderen Ausdruck dafür fand Rhodan nicht. Steckte Geltungssucht dahinter? Er fragte sich, ob es Schlimmeres geben konnte als einen Roboter mit derartiger Profilneurose.

Mehrere Scheinwerfer blendeten ihn, dann war Rhodan daran vorbei. Während er sich einmal um sich selbst drehte und gegen die seinen Blick verschleiernden Tränen anblinzelte, registrierte er ein vielfältiges Gewirr von Anlagen, Arbeitsstationen, Holoschirmen und undefinierbaren Aggregaten, das sich in atemberaubender Vielfalt zu einem geschlossenen Ganzen vereinte. Unregelmäßig angeordnete Nischen führten weit in das technische Gewirr hinein. Zwischen Galerien spannten sich Übergänge, etliche davon als transparente Tunnelröhren ausgebildet. Auch der Boden wirkte je nach Blickwinkel transparent und ließ die unteren Sektionen einsehen. Rhodan glaubte, in der Tiefe sperrige Schirmfeldprojektoren und Speicherbänke zu erkennen. Eine autarke Versorgung schützte also das Zentrum des Fragmentraumers und den Robotkommandanten. Im Prinzip war das nichts anderes als die Kernschale terranischer Kugelraumer.

Lediglich Sekunden hatte Rhodan für seine Feststellungen benötigt. Indessen waren alle Gespräche verstummt.

Etwa dreißig Personen hatten an geöffneten Konsolen hantiert. Überhaupt gab es nicht viele verkleidete Aggregate im Zentralebereich. Der Blick fiel ungehindert auf komplexe Steckschaltungen und mannsdicke, in verwirrenden Strukturen auffasernde Bündel glänzender Impulsleiter – das alles nicht sehr verschieden von dem Bild, das sich an Bord anderer Raumschiffe bot, nur dass Roboter ohne nennenswertes ästhetisches Empfinden sich nicht an offenliegenden Schaltungen störten. Für sie waren Verkleidungen unnütz, eher hinderlich, sobald es darauf ankam, Systemfehler effektiv zu beheben.

»Der Großadministrator ist gekommen!«, jubelte eine schrille Stimme. »Nun wird alles gut werden!«

Die Gestalt, die so freudig alle wissen ließ, was sie dachte, und die sich mit ruckartigen Verrenkungen näherte, war nur wenig größer als eineinhalb Meter. Ein unförmiger, sich stetig verändernder Körper balancierte auf kurzen Säulenbeinen. Anstelle eines Kopfes ragten aus den Schultern dieses Wesens unterschiedlich lange armdicke Stiele, die hektisch blinzelnde Augen trugen.

»Wann starten wir, Perry?« Zwei der Stielaugen verknoteten sich in einer nicht nachvollziehbaren Bewegung, lösten sich aber ebenso hastig wieder voneinander und pendelten wie suchend seitwärts. »Mondra ist auch endlich wieder da. Und ein Nestschädel – so sagen doch unsere Siedlerfreunde – und ...« Der Körper brodelte, als wolle er auseinanderfließen. Er schrumpfte, während sich rings um seine Füße Blasen werfende Gallerte ausbreitete.

»Wo um alles in der Welt ist Startac Schroeder?«, gellte Mauerblums neuerlicher spitzer Ruf durch die Zentrale. »Warum ist er nicht längst zu uns teleportiert?«

»Startac ist nichts zugestoßen, oder?« Ein fassförmiger Posbi schwebte auf Prallfeldern heran. Erst dicht vor Rhodan stoppte er, ließ seine dreigelenkigen Arme vorschnellen und umfasste mit den fingerartigen Greifern die Schultern des Terraners. »Sag, dass unserem Freund Startac nichts geschehen ist, Perry! Wir würden es uns nie verzeihen, ihn alleingelassen zu haben.«

Wortlos griff Rhodan nach den Armen des Roboters und drückte sie zur Seite. Drover dachte nicht daran, ihm Widerstand entgegenzusetzen, er gab jedoch Geräusche von sich, die wie das gequälte Schnaufen eines Menschen klangen.

Der Matten-Willy Mauerblum war weitestgehend auseinandergeflossen. Wie ein übergroßer Quecksilbertropfen wölbte er sich zitternd am Boden und bildete Pseudopodien und in schneller, aufgeregter Folge immer neue Stielaugen aus.

»Startac befindet sich an Bord eines Raumschiffs, das vorläufig noch als verschollen gilt. Aber was bedeutet eine Vermisstenmeldung schon angesichts der besonderen Verhältnisse in Ambriador? Ich bin sicher, wir werden bald erfahren, dass er wohlbehalten den Treffpunkt erreicht hat.« Rhodan schaute in die Runde. Nano Aluminiumgärtner hatte seinen Standort vor einer halb in ihre Bestandteile zerlegten, kegelförmigen Apparatur verlassen und kam näher. Kein Alteraner arbeitete mehr. Die meisten verhielten sich abwartend. In ihrer Haltung drückte sich zum Teil Furcht aus. Die eine oder andere verkrampft an den Körper gepresste Faust signalisierte Zorn. Doch diese Reaktionen galten nicht dem Mann, der für sie immer noch den Titel des Großadministrators trug, sondern dem Laren.

Ein flüchtiger Seitenblick ließ Rhodan Verduto-Cruz' Anspannung erkennen. Der Techniker drückte trotzig die Lippen zusammen, die Augen lagen tief in ihren Höhlen.

Sekunden später trat Nano Aluminiumgärtner mit wiegender Hüfte vor den Laren und breitete die Arme aus, als müsse er einem heranstürmenden Mob Widerstand bieten. Rhodan sah, dass der Techniker den aus unterschiedlichsten Komponenten zusammengesetzten Rundron-Posbi abschätzend taxierte.

»Dieses Schiff wird in die Geschichte von Ambriador eingehen!«, verkündete Nano großspurig und in einer Lautstärke, die einem anlaufenden Beiboot-Triebwerke kaum nachstand. »Wir haben es in der Hand, die tödliche Bedrohung durch die Maschinenteufel abzuwenden.«

»Es wird nicht einfach werden, und wir brauchen Freunde, die uns mit ihren Kenntnissen und besonderen Fähigkeiten unterstützen.« Rhodan gab dem Posbi einen Wink, zur Seite zu treten. Es behagte ihm schon nicht, dass der Matten-Willy weiterhin bebend und verhalten wimmernd vor ihm lag. »Jeder ist gefordert, sein Bestes für das gemeinsame Ziel zu geben. Wir werden darauf angewiesen sein, dass dieses Schiff, die BOX-1122-UM, ebenso perfekt funktioniert, als würden Maschinenteufel damit fliegen. Dass wir es überhaupt erobern und an Bord gehen konnten, verdanken wir den Posbis aus unserer Heimatgalaxis. Andererseits kennen sie die Technik der Ambriador-Roboter nicht in jeder Hinsicht und müssen Funktionen erst ergründen und nachvollziehen. Deshalb sind wir auf einen weiteren Spezialisten angewiesen. Verduto-Cruz hat vor dem Kriegsausbruch für die Posbis gearbeitet. Er weiß, dass sie nicht nur das Imperium Altera auslöschen werden, wenn es nicht gelingt, sie zu stoppen, sondern ebenso den Trovent der Laren, die Screews und Moefonen und wie die Völker alle heißen mögen, die sich in der Eastside von Ambriador angesiedelt haben.

Verduto-Cruz ist auf meine Bitte hin ins Alter-System gekommen. Da Laren und Alteraner sich bislang unversöhnlich gegenüberstehen, sage ich unmissverständlich, dass ich an Bord keine Vorurteile dulden werde.«

»Dann soll der Nestschädel mit gutem Beispiel vorangehen!«, rief jemand aus dem Hintergrund. »Die Laren haben nie versucht, Freunde zu gewinnen, sie wollen Sklaven!«

Obwohl Rhodan sofort den Kopf reckte, konnte er den Sprecher nicht identifizieren. Derjenige traf auch keine Anstalten, sich zu erkennen zu geben.

»Sie alle haben es geschafft, sich mit der Anwesenheit unserer Milchstraßen-Posbis zu arrangieren«, fuhr der Terraner fort und übersah geflissentlich den Arm und die hektisch winkende Hand, die Mauerblum nach oben reckte. »Sie werden ebenso akzeptieren, dass Verduto-Cruz mithilft, dieses Schiff absolut flugfähig zu machen. Wer sich dazu aus irgendeinem Grund nicht in der Lage fühlt, sollte BOX-1122-UM schnellstmöglich verlassen. Das ist alles, was ich dazu zu sagen habe. Ich hoffe, jeder hat mich verstanden, denn ich wiederhole mich höchst ungern.«

Damit war dieses brisante Thema für Rhodan erledigt. Er hoffte, dass es dabei auch bleiben würde. Für die Alteraner ging es schlicht um die Existenz. Rhodan war überzeugt, dass sie sich arrangieren und über ihren Schatten springen würden, zumal ihnen keine andere Wahl blieb. Das Schwarz-Weiß-Bild, das sich in sechsunddreißig Kriegsjahren zwangsläufig in ihre Vorstellungen eingebrannt hatte, war eine starke Vereinfachung. Aber so einfach war das Leben nicht, es hielt alle nur denkbaren Schattierungen bereit.

Rhodan nickte dem Laren zu und wandte sich an Nano Aluminiumgärtner. Hatte der Posbi bislang schon etwas von einer traurigen Gestalt an sich gehabt, so wirkte er mit seiner lackierten Sprachmembran geradezu tuntenhaft. Es fehlten nur noch exaltiert gezierte Bewegungen und ein veränderter stimmlicher Ausdruck … Ärgerlich schüttelte Rhodan den Kopf. Es gab wahrhaft Wichtigeres, als sich über das Outfit eines Roboters Gedanken zu machen, der aus seiner Sicht hinreichend Anlass gehabt hatte, sich so darzustellen.

»Die Reparaturarbeiten sind zügig vorangeschritten?«, erkundigte er sich.

Nanos Gesicht wirkte mit einem Mal leicht schief, ganz so, als ziehe er eine nicht vorhandene Augenbraue in die Höhe. »Selbstverständlich, Perry«, versicherte er. »Wir ha-haben alles im Griff, rund um die Uhr. Das heißt, Mauerblum braucht seinen Schlaf, aber ich und Drover …« Ruckartig hob er den Kopf und zog die Mundwinkel hoch, was ein gänzlich undefinierbares Bild ergab. »… wir können einfach nicht überall sein.«

»Mit anderen Worten: Es gibt Probleme.«

»Die Außenhülle der BOX ist dicht und in jeder Hinsicht belastbar. Die Röhrenfokus-Geschütze haben allerdings größere Schäden angerichtet, als ursprünglich ersichtlich war. Nur soweit wichtige Sektionen betroffen waren, wurden alle Funktionen theoretisch wiederhergestellt.«

»Was ist mit der praktischen Erprobung ...?«

»Nichts Genaues weiß man nicht.« Mauerblum erhob sich als halbwegs humanoide Gestalt, doch weder schaffte er es, einen Mensch nachzubilden, noch zeigte er sich in seiner eigentlichen Form. Er wirkte erschreckend glatt und unproportioniert.

Rhodan schob den protestierenden Matten-Willy mit Nachdruck zur Seite. Dass Verduto-Cruz ihn durchdringend musterte, entging ihm keineswegs. Allerdings ließ der Lare sich nicht anmerken, ob er Nano Aluminiumgärtner nur als verrückt einstufte, ihn für gefährlich hielt oder gar beides gleichzeitig in Erwägung zog.

»Ich habe nicht erwartet, ein startbereites Schiff vorzufinden«, schränkte der Terraner ein. »Unabhängig davon, welche Arbeiten ausstehen, wird Verduto-Cruz die Dinge zu einem vernünftigen Ende bringen. Wichtig für mich ist vor allem, dass du die Speicherinhalte der BOX-Rechner entziffern konntest, Nano. Wir sind auf alle Informationen über die Stützpunkte und Flotten der Ambriador-Posbis angewiesen, die wir bekommen können. Vorrangig will ich die Positionsdaten ihrer Zentralwelt.«

Nano Aluminiumgärtner schwieg, was Mondra Diamond zu einem enttäuschten Kopfschütteln veranlasste. Verduto-Cruz registrierte ebenfalls, dass sehr viel im Argen lag. Sein Blick wanderte von dem Milchstraßen-Posbi zu Rhodan und sofort wieder zurück. Etliche Alteraner, die in unmittelbarer Nähe hantierten und auf jedes Wort gelauscht hatten, zeigten ihr bis eben verstecktes Interesse mittlerweile ganz offen.

»Ich will keine Ausflüchte hören, Nano!«, drängte Rhodan. »Wenn jemand mit der Biopositronik des Fragmentraumers umzugehen weiß, dann in erster Linie ein Posbi selbst.«

»Das da-dachte ich e-ebenfalls.« Der Roboter stotterte wieder. Es musste sein Bioplasmaanteil sein, der diese Fehlschaltung verursachte. Möglicherweise äußerte sich darin ein Hauch emotionaler Verlegenheit, den rein positronische Schaltkreise niemals hätten aufkommen lassen.

Rhodan taxierte den Roboter abschätzend. In seinem Blick lag ein Zwang, dem Nano Aluminiumgärtner tatsächlich auszuweichen versuchte. Der Zweimeterkoloss fühlte sich nicht wohl, sofern man bei einer Maschine überhaupt von wohlfühlen sprechen durfte.

»Es hat nicht funktioniert. Keine Daten«, gestand der Posbi ein. »Andererseits hat Drover mich dabei unterstützt, eine große Zahl von Ambriador-Posbis unter meinen Befehl zu nehmen. Da gibt es keine Schwierigkeiten. Ebenso viele sind weiterhin deaktiviert …«

»Genau das sollte ich mit dir ebenfalls tun. Was ist schiefgelaufen?« Rhodans Tonfall war bedrohlich leise geworden.

»Ich weiß es nicht, Perry. Ich habe alle Möglichkeiten mehrfach geprüft und neu berechnet, die Speicher der Biopositronik erweisen sich trotzdem als unzugänglich. Jeder gewaltsame Versuch würde sie zerstören. Dabei kann ich nicht einmal erkennen, ob entsprechende Datensätze überhaupt vorhanden sind.«

»Ist das alles?«, fragte Verduto-Cruz.

Langsam wandte der Posbi den Kopf. Er verzog die lackierten Mundwinkel zu einer Grimasse. »Etliche Reparaturmaßnahmen sind bislang ebenso fehlgeschlagen. Das betrifft die Energieversorgung …«

»… und im Besonderen die Triebwerke«, unterbrach der Lare. »Die Koordination im Unterlichtbereich wird Fehlerquellen aufweisen, ebenso das Hochfahren der Kompensationskonverter.«

Mit einer knappen Handbewegung umfasste Verduto-Cruz die Zentrale. Aber eigentlich meinte er das gesamte Schiff.

»Gibt es einen besonderen Grund für den Aufbau der Scheinwerferbatterien? Und für die banalen Leuchtfolien? Das Zeug hat an Bord nur Müllstatus. Im schlimmsten Fall trägt es dazu bei, die Mission scheitern zu lassen.«

»Es war unmöglich, in BOX-1122-UM eine d-durchgehende Beleuchtung zu aktivieren«, protestierte Aluminiumgärtner. »Wir haben keine Informationen gefunden, dass eine solche Beleuchtung überhaupt existiert. Wir Posbis brauchen kein Licht, wir orientieren uns im Infrarotbereich oder mit den Ortungen. Solange keine biologischen Wesen an Bord sind …«

Was Verduto-Cruz von sich gab, war kaum verständlich, eine Bemerkung nur im Selbstgespräch und für niemand sonst bestimmt. Rhodan schürzte die Lippen, als er sich ein »Unfähiges Roboterpack« zusammenreimte. Auch Mondra hatte etwas in der Art herausgehört, wie ihr leicht amüsierter Blick verriet.

Der Lare ignorierte, dass jeder ihn anstarrte. Geschmeidig glitt er zu der nächsten Arbeitsstation hinüber, aktivierte mit Schaltungen in rascher Folge holographische Anzeigen und schaute sich suchend um. Nicht mehr als zwanzig Sekunden mochten vergangen sein, da ging er zielstrebig auf eine Gruppe alteranischer Mechaniker zu, die vor einer der offenen Schaltwände standen. Zögernd wichen die Männer vor dem Laren zur Seite, nicht schnell genug allerdings, denn Verduto-Cruz verschaffte sich mit einer unwilligen Bewegung mehr Platz. Dass der eine oder andere sein Werkzeug fester umklammerte, als müsse er sich damit zur Wehr setzen, schien er nicht einmal zu registrieren.

Verduto-Cruz widmete sich den verschachtelten Elementen. Selbst wenn er sich streckte, reichte er mit den Fingerspitzen kaum zu den oberen Strukturen hinauf. Zögernd, wie um den Überblick zu behalten, fuhr er mit beiden Händen Teilbereiche der Schaltblöcke nach.

Lediglich zwei Mal veränderte der Lare Steckverbindungen, dann wandte er sich wieder um. Seine unmittelbare Nähe zu den Alteranern war in dem Moment wie ein stummes Kräftemessen; keiner von ihnen wich erneut zur Seite, um den Laren passieren zu lassen.

Rhodan spannte sich. Er würde eingreifen müssen, bevor es zur Konfrontation kam. Andererseits waren die Alteraner und der Lare gezwungen, sich zusammenzuraufen. Je eher jeder über seinen Schatten sprang und die Gegebenheiten akzeptierte, desto besser.

»Das geht nicht gut«, ächzte Mauerblum. »Ich muss den Laren schützen.« Er floss auseinander und breitete sich zu einer nur Zentimeter dicken wogenden Masse aus, die Verduto-Cruz mühelos einhüllen konnte.

»Du bleibst hier!«, befahl Rhodan. »Keine Diskussion.«

Gleichzeitig trat der Lare vor, griff mit beiden Händen zu und nahm einem der Mechaniker ein größeres Werkzeug ab. Die Selbstverständlichkeit in seiner Haltung machte deutlich, wie sehr er sich den Alteranern überlegen fühlte. Offensichtlich zog er nicht in Erwägung, dass sie ihn tatsächlich angreifen könnten.

»Ich brauche das Justierelement!« So hatte Rhodan den hastig hingeworfenen Satz verstanden. Keine Bitte war dem gefolgt, keine Erklärung. Der Ärger war und blieb vorprogrammiert.

Verduto-Cruz widmete sich den Schaltungen, als hätte er sein Umfeld völlig vergessen. Augenblicke später wurde die Zentrale in eine angenehme Helligkeit getaucht, die alle provisorisch aufgebauten Scheinwerfer überflüssig machte.

Deutlicher hätte der Lare seine Kompetenz nicht zeigen können. Seine Miene blieb unbewegt, als er dem Alteraner das Werkzeug zurückgab.

Er sagte nichts. Erst als er Perry Rhodan und Mondra Diamond erreichte, zog er eine geringschätzige Grimasse.

»Diese Leute sind unfähig. Die beiden Posbis ebenfalls. Ab sofort ist die Beleuchtung überall im Schiff aktiv. Sagen Sie Ihren Lakaien, dass sie ihren Schrott aus dem Schiff werfen sollen! Anschließend will ich eine Definition aller Probleme. Oder zumindest dessen, was diese Stümper für Probleme halten.« Herausfordernd sah er den Terraner an. »Ich nehme an, Sie wollen meine Unterstützung nach wie vor? Für den Fall noch etwas: Ich habe einigen Ärger abzubauen. Falls Ihnen das nicht gefällt, beschweren Sie sich bei den Verrückten, die geglaubt haben, mich unbedingt verhören zu müssen.«

»Das ist alles?«, fragte Rhodan gelassen. »Keine Verhandlungen?«

»Worüber? Ich habe keine Bezahlung verlangt, und ich werde auch keine Forderungen nachschieben. Mir genügt es, den Alteranern vorzuführen, was sie können und was nicht. Sie sollten glücklich darüber sein, dass der Trovent sich ihrer annehmen will …«

»Hören Sie auf, Verduto-Cruz!«, fiel Rhodan dem Laren ins Wort. »Ich sagte schon, dass ich keinen Ärger haben will. Das gilt für jeden, auch für Sie.«

Die Pupillen des Laren verengten sich. Verbissen blickte er den Terraner an, und es war ein stummes Kräftemessen zwischen ihnen, ein Versuch, herauszufinden, wer an Bord von BOX-1122-UM letztlich das Sagen haben würde.

Schließlich senkte Verduto-Cruz den Blick.

»Gut.« Als sei nichts vorgefallen, streckte der Terraner dem Laren die Hand entgegen. »Auf uns wartet sehr viel Arbeit.«

Sekunden vergingen, dann ergriff Verduto-Cruz die ihm dargebotene Rechte. Es mochte sein, dass ihm diese Geste tatsächlich unbekannt gewesen war, aber vielleicht hatte er durchaus bewusst gezögert. Sein krampfhaftes Lächeln erlaubte keine zutreffende Deutung.

»Wo sind die Unterkünfte?«, wandte Rhodan sich an die Posbis.

»Ich führe euch«, bot Drover an.

Mauerblum hatte seine ausgebreitete Körpermasse wieder zusammengezogen. In deformierter Kugelgestalt rollte er kichernd vor dem Posbi und seinen Begleitern her in Richtung Hauptschott.

Sechs Bedrohungen

»Sehr schön!«, sagte Mondra Diamond mit Nachdruck. »Wirklich sehr schön!«

Die Ironie in ihrer Stimme verstand der klobige Rundron-Posbi nicht, und Mauerblum zeigte sich schon gar nicht gewillt, die feinen Nuancen menschlicher Phonetik zu analysieren. Der Matten-Willy hatte ein halbes Dutzend plumper Fortsätze ausgebildet, auf denen er sich an Perry Rhodan und Mondra vorbeizwängte, bevor sie beide die Kabine betraten.

Drover verharrte neben dem Schott. »Es freut mich, wenn dir der Raum zusagt«, stellte er mit positronischer Zufriedenheit fest. »Vor allem, weil ich diese spontane Zustimmung nicht erwartet habe. Im Gegensatz zu dir waren die Alteraner …«

»Ja?«, drängte Mondra, die sich kopfschüttelnd umsah und die zuckende Riesenamöbe vor ihren Füßen ignorierte. »Was ist mit unseren Freunden?«

Rhodan schwieg. Nachdenklich massierte er sich den Nasenrücken. Als ihn Mondras Blick traf, zuckte er fatalistisch mit den Schultern. *Es ist eben so,* besagte seine Geste. *Was haben wir erwartet? Keinesfalls Verhältnisse wie in der Milchstraße. Die Posbis von Ambriador hatten wohl nie für längere Zeit Gäste an Bord ihrer Schiffe.*

»Ein Teil der Alteraner sprach von desolaten Verhältnissen«, schnarrte Drover. »Sie bezeichnen die Unterkünfte als *Mu.*«

Mondra hatte nur Sekunden gebraucht, um alles zu erfassen, was es zu sehen gab. Auffordernd schaute sie den Posbi an. »Ich vermute, du sprichst von den Han, die zu den Arbeitsteams an Bord gehören?«

»Von wem denn sonst?« Mauerblum bildete mehrere Extremitäten aus und gestikulierte heftig. »Die anderen sind genügsamer – sie sagen, schon ihre Vorfahren wären gezwungen gewesen, sich mit wenig zu bescheiden. Und um Altera vor dem Untergang zu retten, brauchen sie keinen Prunk …«

»… was bedeuten schon ein paar Tage unter einfachen Bedingungen?«, vollendete Drover.

»Sehr einfachen.« Quietschend rieben Mondras Stiefelsohlen bei jedem Schritt über den Boden. Nach dem Zugang zu einem Sanitärraum suchend, schritt sie die Wände ab.

Das für sie vorgesehene Quartier hatte grob geschätzt eine Tiefe zwischen zwölf und fünfzehn Metern, war etwa zwei Drittel dessen breit und ebenso hoch. Schalldämpfende Materialien waren nicht verbaut worden, jedes laut gesprochene Wort hallte als Echo zurück. Das Mobiliar beschränkte sich auf einen primitiven runden Kunststofftisch, zwei nicht eben bequem wirkende Stühle und ein breites Bett. Alles überschüttet von der Schiffsbeleuchtung. In der bis vor kurzem herrschenden Finsternis musste die Kabine wie ein kahles Loch gewirkt haben, egal, welchen Zwecken sie bislang gedient hatte.

»Gibt es keine Nasszelle?«, wollte Mondra wissen, nachdem ihre Suche vergeblich geblieben war. »Wenigstens eine Waschgelegenheit und eine banale Desintegratortoilette?«

»Für den Abbau unverwertbarer Stoffwechselprodukte wurden mehrere Hallen umgerüstet«, erklärte Drover. »Ebenso haben wir Duschmöglichkeiten geschaffen.«

»An Bord dieses Schiffes haben niemals Matten-Willys gelebt!«, rief Mauerblum entrüstet. »Hier waren immer nur Posbis. Ich verstehe nicht, warum sie keine Helfer brauchten. Diese Roboter haben sich in die Primitivität zurückentwickelt, sonst würden sie keinesfalls ohne Matten-Willys auskommen.«

»Was heißt *Mu*, Drover?«, fragte Rhodan. Auf das Geschwätz des Posbi-Kindermädchens ging er nicht ein.

Der fassförmige Roboter schwebte auf seinem Prallfeld über dem Boden. »Für die Han bezeichnet das Wort eine Grabanlage, jedoch nichts, was heutzutage standesgemäß wäre. Ein einfacher Erdhügel oder sogar eine größere Anlage aus unterirdischen Kammern und Gängen. Damit verbinden sie Begriffe wie dunkel, muffig, feucht.«

»Dunkel ist es nicht mehr. Feucht ebenso wenig.«

»Und Wasser hat es auf diesem Schiff nie gegeben, Perry. Wenigstens nicht in größerer Menge.«

»Wo ist meine Unterkunft?«

»Nebenan«, antwortete Drover.

»Und die Räume für die Besatzung?«

»Dezentralisiert auf mehreren Decks. Die Techniker wohnen in der Nähe der Energieerzeuger und Maschinenräume.«

»Unter den Umständen halte ich es für sinnvoll, wir campieren gleich in der Hauptzentrale«, bemerkte Mondra. Sie reagierte mit einer abwehrenden Bewegung, als Drover sich ihr zuwandte. »Ist schon gut, du musst das nicht kommentieren. Ich frage mich eben, weshalb ich keine Direktverbindung zur Zentrale entdecken kann.«

»Weil wir uns in ehemaligen Lagerräumen für Ersatzteile und defekte Maschinenteufel befinden ...«

»Sehr reizend!«, spottete die ehemalige TLD-Agentin.

»Allerdings werden kabelgebundene Kommunikationsvorrichtungen installiert. Ein Großteil der Posbis unter unserem Befehl arbeitet schon daran.«

»Zeige mir jetzt meine Unterkunft!«, sagte Rhodan.

Der Raum, in den Drover ihn führte, wirkte nicht viel anders. Lediglich das Inventar gehörte zur gehobenen Kategorie: zwei Sitzgelegenheiten mehr und der Tisch deutlich größer.

Unter der Decke gähnte die Öffnung eines rechteckigen Schachtes in der rückwärtigen Wand. Armdicke Kabelstränge hingen herab. Rhodan registrierte sie sofort, und ebenso die schleifenden Geräusche aus dem Schacht. Forschend blickte er in die Höhe.

»Das ist ein Lüftungsschacht«, erklärte Drover. »Einzelne Stränge können separiert und mit unterschiedlicher Atmosphäre geflutet werden. Knotenpunkte bestehen zu Wartungsgängen und den Versorgungssträngen in den Zwischendecks.«

Das Geräusch wurde lauter, die Ursache dafür musste bereits sehr nahe sein. Rhodan stellte fest, dass die Kabelstränge in Bewegung geraten waren. Er registrierte zudem, dass Mondra geschmeidig zur Seite wich. Was immer sich näherte, sie traute dem Frieden ebenso wenig.

Ein dünner, metallisch glänzender Tentakel peitschte ins Leere. Ein zweiter biegsamer Arm folgte, tastete suchend über die Decke und umschlang eines der blanken Kabelenden. Im nächsten Moment schwang sich ein halbtransparentes, fluoreszierendes Etwas aus dem Schacht.

Mondra war vollends bis an die gegenüberliegende Wand zurückgewichen. Sie zog ihren Strahler, feuerte aber nicht.

Rhodans Rechte lag nur auf seiner Waffe. Angespannt blickte er dem höchstens zwei Fäuste großen Roboter entgegen, aus dessen unregelmäßigem Körper beinahe zwei Dutzend dünne, jeweils gut einen Meter lange Tentakeln hervorwuchsen.

Der Posbi arbeitete flink und ohne die Zuschauer zu beachten. Er klammerte sich mit mehreren Armen innerhalb des Schachts fest. Zumindest einige der anderen Tentakel mündeten in winzigen Desintegratorprojektoren, mit denen er die Kabel aufschnitt. Er verknüpfte die feinen Enden mit Sensoren und anderen positronischen Elementen und verschweißte das Ganze zu einem größer werdenden Bündel. Der Vorgang nahm nur Minuten in Anspruch, danach zog sich der Roboter zurück.

»Wie viele solcher Arbeiter befinden sich im Schiff?«, fragte Rhodan.

»Drei«, antwortete Drover.

»Mir gefällt nicht, dass sie über die Schachtsysteme überall Zutritt erlangen können.«

Ein helles Kichern erklang und ein Flüstern, das gerade noch laut genug war, dass jeder es verstehen konnte. Blasenwerfend hatte Mauerblum sich aufgerichtet und mit mehreren Pseudopodien nach Drover gegriffen. Mit wellenförmigen Bewegungen seines flachen Körpers, die an die Fortbewegung eines terranischen Rochens erinnerten, glitt er an dem Posbi in die Höhe. »Ich habe euch beiden gesagt, dass Perry damit nicht einverstanden sein wird. Und was ist? Er mag das nicht.«

Wie ein dicker Kragen rollte der Matten-Willy sich im Nacken des Posbis zusammen. Rhodan fühlte sich an die Symboflexpartner der Zeitpolizisten erinnert, aber von derart lange zurückliegenden Ereignissen hatte Mauerblum vermutlich nicht den geringsten Schimmer. Es war Zufall, dass er diese Position einnahm. Andererseits formte er zwei wulstlippige Münder, mit denen er von beiden Seiten zugleich auf den Posbi einredete.

»Perry mag das nicht«, wisperte er in einer Lautstärke, die schwerlich zu überhören war. »Menschen haben ein übersteigertes Sicherheitsbedürfnis, daran ist ihr größerer Bio-Anteil schuld.«

»Es reicht!«, fuhr Rhodan auf. »Sobald diese Posbis das Holovid installiert haben, werden sie abgeschaltet. Hast du verstanden, Drover?«

»Vollkommen!«, bestätigte der Rundron-Posbi, der sich selbst als Schwerer Arbeiter bezeichnet hatte, hinter dessen Fassade sich aber ein hochspezialisierter Kampfroboter verbarg.

»Dann will ich jetzt die sanitären Einrichtungen sehen!«

Rhodan wandte sich zur Seite, weil er aus dem Augenwinkel eine Bewegung auf dem Korridor bemerkt hatte. Jemand näherte sich schnell.

Der Mann in der lindgrünen Uniform trug die Rangabzeichen eines alteranischen Captains. Er lächelte, als er Rhodans taxierenden Blick bemerkte.

Der Resident schätzte ihn auf gut einen Meter neunzig, wenn nicht sogar ein wenig größer; das war ungewöhnlich für Alteraner, deren Durchschnittsgröße bei einem Meter fünfundsiebzig lag. Er hatte schwarzes, im Nacken gerafftes Haar und ein kantiges Gesicht. Allerdings suchte Rhodan vergeblich nach leicht schräg stehenden Augen oder ausgeprägten Wangenknochen. Vielmehr waren es das markant vorspringende Kinn und die scharfrückige, leicht gebogene Nase, die dem Captain Profil verliehen. Die dunklen Bartschatten ließen seine Haut wie von Wind und Wetter gegerbt erscheinen.

Dieser Mann hatte kein Han-Blut in den Adern, er führte seine Abstammung wohl in durchgängiger Linie auf die anderen gestrandeten Siedler zurück. Keiner seiner Vorfahren war den sinnlichen Reizen einer mandeläugigen Schönen verfallen. Ein leichtes Lächeln umspielte seine Mundwinkel. Augenscheinlich war ihm die flüchtige Musterung durch den Terraner nicht entgangen.

Auf gewisse Weise fühlte Rhodan sich an Don Redhorse erinnert, aber das war ein Vergleich, den er sofort wieder von sich schob. Das Imperium Altera war nicht das Solare Imperium.

»Die Sanitäranlagen sind weitgehend fertiggestellt ...«

Rhodan ignorierte Drovers Wortschwall. Er ging auf den Captain zu, der ihm erwartungsvoll entgegensah und Haltung annahm.

»Großadministrator, es ist mir eine Ehre ...«

»Stehen Sie bequem, Captain!« In der Zentrale hatte er den Mann nicht gesehen, nur Unteroffiziere und einen Leutnant. »Ich nehme an, Ihnen wurde das militärische Kommando übertragen ...?«

Der Offizier zögerte nur den Bruchteil eines Augenblicks, bevor er die ihm dargebotene Hand ergriff.

»Olexa, Sir. Captain Telemach Olexa«, stellte er sich vor. Sein Händedruck war sehr fest, zeugte von Durchsetzungsvermögen und einer gehörigen Portion Hartnäckigkeit. Aus dem Blick seiner braunen Augen sprach die Entschlossenheit, durch die Hölle zu gehen, wenn es sein musste.

Wahrscheinlich wartet auf uns auch die Hölle, resümierte Rhodan.

Das Alter des Captains konnte er nur schwer schätzen. In der Spanne zwischen vierzig und fünfzig, wahrscheinlich eher auf die fünfzig zu. Es waren Kleinigkeiten, Nuancen in der Körperhaltung, Falten um die Augenwinkel und die sehnigen Handrücken, die alle anderen Eindrücke in der Hinsicht ein klein wenig der Lüge straften.

»Ich war zuletzt auf Fort Kanton stationiert«, erklärte der Captain wie beiläufig. »Staatsmarschall Michou hat mich für diesen Sondereinsatz angefordert – um was es sich handelt, wurde mir erst in der Administration von Neo-Tera eröffnet. Ein gewagtes Unternehmen.«

Perry Rhodan konnte erkennen, dass Telemach Olexa sich am liebsten auf die

Zunge gebissen hätte, weil ihm im Nachhinein bewusst wurde, was er da gesagt hatte.

»Ich bitte um Verzeihung, Großadministrator. Natürlich bleibt uns keine andere Wahl …«

»Schon gut, Captain.« Rhodan winkte ab. »Sagen Sie mir lieber, wie es bei Fort Kanton aussieht! Und noch etwas: Ich bin nicht mehr Großadministrator. Dieses Amt gibt es nicht in der Liga Freier Terraner.«

Sein Gegenüber leckte sich über die Lippen. Offensichtlich besann er sich, dass nicht die Zeit dafür war, Fragen über die Milchstraße zu stellen.

»Das Kanton-System befindet sich wieder unter unserer Kontrolle«, sagte der Captain. »Zumindest, als ich abgezogen wurde, hielten sich die Schiffe der Maschinenteufel fern. Aber das wird nicht lange so bleiben. Fort Kanton ist unser Außenposten zum Einflussgebiet der Posbis und den Robotern längst ein Dorn im Auge. Fragen Sie mich nicht nach unseren Chancen, Sir, das Kanton-System zu halten. Wir haben keine. Auf die Bevölkerung und unsere Truppen wartet der Tod. Der nächste Angriff der Posbis wird nur Wracks und verbrannte Planeten zurücklassen. Und mehr als zwei Milliarden Tote. Die Maschinenteufel werden auf eine Herde von Schlachtvieh treffen, die sich nicht mehr wirkungsvoll verteidigen, aber auch nicht schnell genug fliehen kann.«

»Die Frage stellt sich, wohin diese Menschen fliehen sollten«, wandte Drover ein. Er war lautlos herangeschwebt. Mauerblum hing wie ein Cape über seinem Rücken.

Der Captain versteifte sich. Sein Blick sprang zwischen Rhodan und dem klobigen Roboter hin und her; schließlich fixierte er den Matten-Willy, der zwei Hautlappen ausstülpte, groß wie die Pranken eines Haluters, und mit ihnen die Sensorfelder seines Schützlings verdeckte.

»Drover ist harmlos!«, rief Mauerblum. »Er sieht zwar aus wie einer dieser schrecklichen Teufel, dabei kann er nicht mal eine Fliege erschlagen.«

»Drover …« Verbissen schüttelte der Captain den Kopf. »Dieses Schiff mit seinen Maschinenteufeln ist ein Alptraum. Der Staatsmarschall hat nicht gesagt, dass es so schlimm sein würde.«

»Die deaktivierten Posbis sind nicht schlimm, Captain. Und alle anderen werden von Nano Aluminiumgärtner kontrolliert.« Mondra Diamond kam nun heran. »Würden in Kürze die Posbi-Flotten zum Entscheidungsschlag über das Imperium herfallen … das wäre schlimm. Wir müssen dem zuvorkommen und sind deshalb auf die Maschinenteufel an Bord angewiesen. Machen Sie sich mit dieser Vorstellung vertraut, je eher, desto besser.«

Im ersten Moment schien der Offizier zu einer geharnischten Erwiderung ansetzen zu wollen, dann entspannte sich seine verkniffene Miene. Dass ihn, dessen Haar schon die ersten silbernen Fäden erkennen ließ, der Anblick der dunkelhäutigen Schönheit ein klein wenig von der eigentlich unerträglichen Nähe der Posbis ablenkte, stand ihm sekundenlang ins Gesicht geschrieben. Doch er hatte sich sofort wieder unter Kontrolle.

»Sie müssen Mondra Diamond sein, die Lebensgefährtin des Großadministrators.« Er deutete eine knappe Verbeugung an. »Der Staatsmarschall sprach mit aller Hochachtung von Ihnen.«

»So, hat er das?«, bemerkte die ehemalige Agentin des Terranischen Liga-Dienstes spitz. »In einem irrt Laertes Michou: Ich bin nicht die Lebensgefährtin Perry Rhodans, ich begleite ihn.«

Rhodan überging diese Bemerkung mit einem Schulterzucken. Nur vorübergehend war er sich unschlüssig, ob Mondra möglicherweise doch die frühere erotische Spannung zwischen ihnen vermisste. Zumindest eine Zeit lang hatten sie beide auf eine gemeinsame Zukunft hoffen dürfen. Mittlerweile hatte das Gefühl aus gegenseitiger Achtung heraus gewachsener Vertrautheit den sexuellen Reiz erstickt. Sie waren nie ein Ehepaar gewesen, nicht einmal entsprechend den Klauseln eines äußerst kurzfristigen Ehekontrakts, dennoch fühlten sie sich, als hätten sie schon Jahrhunderte gemeinsam verbracht. Miteinander oder auch nebeneinander; sich nahe, aber trotzdem auf Distanz. Zu vieles stand zwischen ihnen, was sie verband, zugleich jedoch die Kluft zwischen ihnen aufrechterhielt.

Rhodan entging nicht, dass der Captain Mondra in Gedanken entblätterte. Olexa stand ein wenig zu starr, und seine Kiefer pressten sich zu fest aufeinander. Er atmete flach, aber seine Augäpfel glitten auf und ab, als könne er allein mit Willenskraft den Magnetsaum von Mondras Schutzanzug öffnen. Und Mondra dachte nicht daran, sich abzuwenden, obwohl sie das ebenfalls registrieren musste. Sie genoss die Blicke sogar.

Eine eigenartige, beinahe unwirkliche Situation war das, stellte Rhodan fest. Dabei berührte ihn kaum, dass er nachvollziehen konnte, welche Gedanken den Alteraner bewegten. Mondra war eine verdammt schöne Frau geblieben, ihre sechzig biologischen Jahre sah ihr niemand an.

Nur Sekunden hatte diese eigenartige Stimmung Bestand, vor allem war sie es keineswegs wert, dass er sich davon ablenken ließ. Mitunter fragte Perry sich, was für einen potenziell Unsterblichen Liebe oder Zuneigung tatsächlich bedeuteten. Jede neue Bindung hinterließ letzten Endes nur einen weiteren Stein auf dem unausweichlichen Weg in die Einsamkeit. Orte, Begebenheiten und Personen der eigenen Erinnerung standen heute schon Spalier. Irgendwann musste all das überhandnehmen und zu einem Spießrutenlauf mutieren. Solange er dem Vergessen keine Chance gab, würde eines Tages seine Erinnerung die Gegenwart nicht nur in ein unerträglich enges Korsett zwängen, sondern sie mit barbarischer Wildheit erschlagen. Dann würde er sich fragen müssen, was aus seinen Träumen und den Idealen geworden war.

»Umpf«, erklang ein dumpfes Gurgeln.

Rhodan war froh über diese Ablenkung. Ruckartig wandte er sich dem Posbi zu, der von Mauerblum allzu fürsorglich eingehüllt wurde.

»Hrrumpf!« Das hörte sich schon deutlich ungehalten an.

Der Matten-Willy verlegte sich aufs Jammern, als Drover die Metallfinger in seinen Fladenleib grub und versuchte, den zuckenden »Überwurf« von seinem Sensorkranz herabzuzerren. Sehr schnell war Mauerblum gezwungen, der rohen Kraft des Roboters nachzugeben.

»Nano hat sich mit mir in Verbindung gesetzt«, wandte Drover sich an den Terraner. »Auf der HANSHAO wird soeben mit dem Ausladen der Fracht begonnen. Verduto-Cruz' Gepäck wurde bereits auf die BOX gebracht. Der Lare lässt trotzdem mitteilen, dass ihn seine Kabine vorerst nicht interessiert. Wichtiger sei es für ihn, sich einen Überblick über das Schiff und den Zustand der Systeme zu verschaffen. Nano soll ihn dabei begleiten.«

Eine Unmutsfalte erschien auf Rhodans Stirn. In seiner Planung für die nächsten Stunden hatte eine Aussprache mit Nano Aluminiumgärtner höchste Priorität. Daten waren für das Unternehmen lebenswichtig – genau die Informationen, über die der Posbi-Kommandant einfach verfügen musste.

»Du kannst Verduto-Cruz nicht allein durch das Schiff laufen lassen«, raunte Mondra, als habe sie seine Gedanken gelesen. »Vorerst ist das noch, als würden wir Öl ins Feuer gießen.«

»Dann müssen die Alteraner sich eben schnell an den Laren gewöhnen!«, entgegnete Rhodan ungewohnt schroff. »Sie sind mit Nano und Drover klargekommen, sie werden auch in Verduto-Cruz nicht mehr lange einen unversöhnlichen Gegner sehen. Und wenn doch …«

Der Rest blieb unausgesprochen. Jeder hatte Grund genug, mit den anderen zusammenzuarbeiten. Die Alteraner brauchten den Laren, um den Fragmentraumer flottzubekommen, außerdem mussten sie den Posbis aus der Milchstraße vertrauen, ohne die schon der erste Funkkontakt mit den Maschinenteufeln zum Desaster geraten würde. Verduto-Cruz seinerseits würde gezwungen sein, von seinem Vorurteil abzurücken, dass Alteraner nur Sklaven waren, die ihm jeden Wunsch von den Augen abzulesen hatten.

Fast war Rhodan versucht, das Geschehen in Ambriador als Lehrstück in Kosmogenese zu werten. Wahres Leben war weder ausschließlich biologischen noch technischen Ursprungs und ebenso wenig ein Mittelweg wie die positronisch-biologischen Roboter. Wahres Leben, fand der Terraner, definierte sich über die Einstellung sich selbst und dem Fremden gegenüber und damit über humanitäre sowie ethische Werte.

Durchdringend sah Rhodan den Captain an. »Wie viele Leute stehen unter Ihrem Kommando?«

»Einhundert Elitesoldaten und Technik-Spezialisten wurden abkommandiert, Sir.«

»Sie gehorchen den Befehlen des Staatsmarschalls.« Das war mehr Frage als Feststellung. Der Captain registrierte den feinen Unterschied sehr wohl. Ein kaum merkliches Zucken umspielte seine Mundwinkel, als er den Blick von Mondra löste.

»Administrator Ismael liegt nach wie vor im Koma«, stellte er fest. »Bis zu seiner Genesung oder seinem Tod führt Staatsmarschall Michou weisungsberechtigt kommissarisch die Geschäfte als Regierungschef.«

»Ich gehe davon aus, dass Michou mir keinen unerfahrenen Offizier zur Seite stellt.«

Mit keiner Regung ließ der Captain erkennen, ob ihn die bewusst provozierende Bemerkung traf. »Fünf Einsätze gegen die Maschinenteufel während der letzten eineinhalb Jahre, Sir! Das Operationsziel wurde jeweils mit geringstmöglichen Verlusten erreicht.«

»Welche Ziele?«, wollte Mondra wissen.

»Sprengung eigener Schiffswracks nach einem Überfall der Maschinenteufel auf das Early-Bird-System. Es ging darum, den Angreifern keine brisanten Daten der Systemverteidigung in die Hände fallen zu lassen. Außerdem Evakuierung eines schon geräumten Agrarplaneten. Mehrere tausend Viehzüchter und ihre Großfamilien weigerten sich, ihre Heimatwelt zu verlassen. Abschluss der Maßnahme während des Angriffs der Posbis.«

»Verluste?«

»Fünf Schlachtschiffe von fünfunddreißig. Die Posbis kamen mit über dreihundert Fragmentraumern, entfesselten einen Atombrand auf *Green Hills* und zogen sich anschließend zurück.«

»Dann haben Sie eine klare Vorstellung davon, was uns erwartet, Captain.«

Mit beiden Händen fasste Telemach Olexa an den Kragen seiner Uniform. Seine Miene versteinerte, als er den Magnetsaum aufzog und den Oberkörper entblößte. Rotschwarz verkrustetes, aufgequollenes Gewebe war zu sehen und darin eingebettet zwei jeweils eine Handfläche große Metallplatten.

»Ich habe eine klare Vorstellung, Sir!«, sagte er. »Dieses Andenken an die Maschinenteufel stammt von meinem vorletzten Kommando. Wenn Sie so wollen, bin ich dem Tod gerade noch von der Schippe gesprungen. Ohne das Können unserer Ärzte hätte ich nicht überlebt.«

Rhodan nickte. Die Verbrennungen mussten hochgradig gewesen sein. Zweifellos war neues Gewebe aufgebaut worden. Rippen und einer oder mehrere Lungenlappen waren wohl ebenfalls transplantiert oder durch Implantate ersetzt worden.

Mauerblum rutschte fast von Drovers Schultern, als er sich weit vornüberwölbte und mehrere Stielaugen ausfuhr. Außerdem bildete er spontan zwei fleischige Arme aus, die nach Olexas Oberkörper tasteten.

»Da steckt weit mehr Metall in deinem Körper«, seufzte der Matten-Willy. »Wollten die Ärzte dich zu einem Posbi machen? Dann erlaube, dass ich mich deiner annehme, mein Freund. Eine bessere Krankenschwester als mich wirst du nicht finden …«

Immer weiter hatte Mauerblum sich vorgebeugt und dabei Mondra nicht beachtet. Deshalb zuckte er heftig zusammen, als sie ihn anfuhr, er solle sich gefälligst zurückhalten.

Mauerblum gurgelte, als er den Halt verlor.

Er verstummte erst, als er auf den Boden klatschte, aber weder Perry Rhodan noch Mondra Diamond interessierte sein Missgeschick.

»Ich wollte doch nur Gutes tun«, wimmerte der Matten-Willy. »Jetzt müsst ihr mir helfen …«

»Sind Sie hier, weil Sie Ihre Chance sehen, persönlich Rache an den Posbis zu nehmen?«, fragte Rhodan in dem Moment.

Zum ersten Mal kam deutliche Bewegung in das so beherrscht wirkende Mienenspiel des Alteraners. Überrascht sah er den Terraner an, der ihn mit einem Blick taxierte, als wolle er sein Innerstes nach außen wenden.

Das schrille Heulen einer Sirene zerriss die Stille. Rhodan winkelte den linken Arm an und wartete auf eine Anzeige seines Multifunktionsarmbands.

»Glauben Sie wirklich, Sir, dass uns Rache weiterbringen würde?« Captain Olexa hatte Mühe, den Lärm zu übertönen. »Ich bin nicht dieser Meinung.«

Der Alarm schrillte im höchsten Diskant. Offenbar gab es niemanden, der sich darum kümmerte, den Lärm wieder abzustellen.

Der Funkempfang blieb taub, von einem optisch signalisierten Hintergrundrauschen abgesehen.

Captain Olexa stocherte mit den Spitzen seines Ohrwurms derart heftig in seinem Gehörgang herum, dass jeder terranische Mediziner entsetzt die Hände über dem Kopf zusammengeschlagen hätte. Nach einigen Sekunden hielt er abrupt inne und drückte das Gerät nur noch ein wenig tiefer.

»Ein Zwischenfall im Bereich der Speicherbänke«, gab er wieder, was ihm eine für alle anderen unhörbare Stimme übermittelte. »Offensichtlich wurden Techniker verletzt. Nähere Informationen fehlen.«

»Zwischenfall« war eine extreme Verharmlosung.

Was immer sich abgespielt hatte, lag nahe an der Grenze zur Katastrophe. Das erkannte Perry Rhodan, nachdem er mit seinen Begleitern fast das halbe Schiff durchquert und den Speicherdom erreicht hatte.

»… eine mögliche Kettenreaktion wäre das schlimmste Szenario geworden«, murmelte Mondra Diamond betroffen.

Zum Glück hatten sich Energieschirme aktiviert, die von alteranischen Technikern bereits wieder abgebaut wurden. Posbis löschten Glutnester, während Sanitäter und weitere Hilfskräfte die Trümmer eines in sich zusammengesackten Aggregats abtrugen.

Der Mann, den sie bargen, war ohne Bewusstsein. Seine klaffenden Fleischwunden an den Armen wurden mit Wundplasma behandelt. Doch unvermittelt kam Hektik auf.

Ein Arzt musste reanimieren.

Immer mehr Personen standen oder knieten neben dem Verletzten. Aus mehreren Metern Distanz war kaum noch zu erkennen, was geschah. Künstliche Beatmung. Jemand setzte eine Injektion. Wieder beugte sich der Arzt über den Mann und pumpte.

»Wo bleibt die angeforderte Antigravtrage? Wie lange dauert das?«

»Herzschlag setzt abermals aus … Kein Puls mehr!«

»Defibrillation!«

Ein Notfallset wurde weitergereicht.

»Schneller! Beeilung …!«

»Er geht ins Nirwana …«

»Unsinn. Jetzt!«

Ein dumpfes Ächzen. Rhodan glaubte zu sehen, dass sich der Körper des Sterbenden aufbäumte.

»Noch einmal. Achtung: Jetzt!«

Sekunden vager Stille folgten, nur das Summen der Löschgeräte bildete eine anhaltende Kulisse. Dichter Qualm verwehrte allmählich den Blick durch den Dom mit den Speicherbänken, den großen Umsetzern und Wandlern. Es gab keine nennenswerte Entlüftung, die dafür gesorgt hätte, dass schnell normale Verhältnisse zurückkehrten. Roboter brauchten solche Errungenschaften nicht. Abgesehen von ihrem Bioplasmaanteil war es für sie bedeutungslos, ob sie sich in einer Sauerstoffatmosphäre bewegten, in einer für Menschen giftigen Gaszusammensetzung oder gar im Vakuum.

»Puls ist da! Atmung setzt ein!«

»Was ist mit dem zweiten Opfer?«

Jemand gab die Frage weiter zu einer Gruppe, die unter einem der klobigen Umformer kauerte.

»Wir können nichts mehr machen«, kam die Antwort. »Schwerste innere Verletzungen durch die Druckwelle der Explosion. Unser Mann ist tot.«

Ein Posbi brachte die Antigravtrage. Er wirkte wie die Karikatur eines Roboters, war nicht mehr als ein wandelndes Metallgestell, dessen spärliches Innenleben sich auf den nach vorn spitz zulaufenden ovalen Schädel und die zwischen den Brustplatten integrierte Kugelhülle beschränkte. Ein System zweifellos molekularverdichteter Zugdrähte machte den Posbi beweglich und erweckte zugleich den Anschein, dass hier das Innenleben einer Maschine nach außen gestülpt worden war. Gewissermaßen fehlten nur die Fäden, mit denen dieser Roboter bewegt wurde. Nano Aluminiumgärtners Kodes sorgten dafür, dass alle zu neuer Funktion wiedererweckten Roboter nicht mehr ihrer ursprünglichen Programmierung folgten, sondern zu Helfern geworden waren – Helfern allerdings, denen die Alteraner noch lange misstrauen würden.

»Den Verletzten vorsichtig anheben! Vier Mann gleichzeitig. Achtung: Er verkrampft. Ich brauche erneut Sauerstoff!«

Einer der Alteraner, der nicht mit zupackte, herrschte den Posbi an. »Steh hier nicht herum! Verschwinde, du Teufel! Na los, ich kann euch Brut nicht mehr sehen.« Blitzschnell griff der Mann zur Hüfte.

Rhodan hatte schon festgestellt, dass alle Techniker Waffen trugen. Wahrscheinlich wären sie anders nicht zu bewegen gewesen, an Bord des Teufelsschiffs zu gehen. Alles in dem Fragmentraumer atmete für sie eine unheimliche Bedrohung aus.

»Hörst du nicht?«, brüllte der Mann. »Wir brauchen euch nicht, wir haben euch nie gerufen …«

Rhodan und Mondra standen mehrere Meter zu weit entfernt. Einer der Sanitäter versuchte ebenfalls noch einzugreifen, aber auch er kam zu spät. Da hatte der Techniker seinen Strahler schon auf Dauerfeuer geschaltet und ausgelöst.

Die gebündelte Glut traf den Posbi, der sich nicht durch einen Energieschirm schützte, fraß sich durch dessen Gestänge und verharrte zitternd auf dem innenliegenden Kugelgebilde. Gleichzeitig erreichte der Sanitäter den Mann, prellte ihm die Waffe aus der Hand, und gemeinsam stürzten sie zu Boden. Hinter ihnen glühte der Brustkorb des Posbis in irrlichterndem Feuer, Sekundenbruchteile später explodierte er.

Teile der Verstrebungen wirbelten nach allen Seiten auseinander. Ein abgerissenes Armsegment klirrte über Rhodan gegen die Abschirmung eines Verteilers, wurde abgelenkt und schlug dicht neben ihm auf. Wie unter dem Einfluss letzter Nervenreflexe zuckten die Metallfinger noch, ein vages Leuchten umfloss die abgerissenen Enden. Zugleich war Mauerblums Wimmern zu hören. Der Matten-Willy sorgte sich, sein Schützling Drover könne von einem der Metallteile getroffen worden sein.

Der Schütze hatte den Sanitäter zurückgestoßen und sich erstaunlich schnell abgerollt. Wieder griff er nach seinem Strahler, doch ein kräftiger Tritt wirbelte die Waffe davon.

Captain Olexa hatte den Mann erreicht und zerrte ihn auf die Beine.

»Ich habe Zurückhaltung befohlen! Wir veranstalten keine Schießübungen ... Ist Ihnen das klar?«

Keine Antwort. Dafür ein wütender Fausthieb, dem der Captain aber geschmeidig auswich. Er hebelte den Mann aus. Erst als er auf dem Boden lag, die Augen weit aufgerissen, erkannte der Techniker offenbar, mit wem er sich angelegt hatte.

»Sie gehören zu den ausgewählten Spezialisten, die den Flug begleiten werden?«, fragte der Captain.

Ein zaghaftes Nicken. Und, als Olexa bedeutungsvoll schwieg, beinahe trotzig hervorgestoßen: »Ja, ich bin dabei. Ich ...«

»Ab sofort nicht mehr! Packen Sie Ihren Kram zusammen und verschwinden Sie!«

»Aber ...«

»Kein Wort!«, herrschte der Captain sein Gegenüber an. »In einer Stunde sind Sie von Bord verschwunden. Mich interessiert nicht, wer Sie eingeteilt hat«, unterband er einen zweiten Rechtfertigungsversuch des Technikers. »Ich will auch nicht hören, dass Sie *nur* auf einen Maschinenteufel geschossen haben. Unbeherrschtheit im Einsatz kann uns alle das Leben kosten. Und jetzt verschwinden Sie!«

Der Techniker biss die Zähne zusammen, dass Rhodan, der mittlerweile aufgeschlossen hatte, schon glaubte, die Kiefer knacken zu hören. In den Augen des Mannes brannte Zorn. Dann wandte er sich ab und stürmte davon. Auch die Mediziner mit dem Schwerverletzten verschwanden hinter massigen Aggregaten aus dem Blickfeld.

»Alles in Ordnung?«, fragte der Captain, an Rhodan gewandt, wartete eine Antwort aber nicht ab, sondern widmete sich den Männern, die soeben dem Toten die Augen zudrückten.

»Was ist vorgefallen?«

Sie redeten wirr durcheinander. Selbst als sie dazu übergingen, einzeln zu berichten, blieb es bei Mutmaßungen.

»Jörg hat an einem Umsetzer Messungen vorgenommen, Vorbereitungen für die neue Justierung. Mit einem Mal rief er aufgeregt nach uns.«

»War keiner bei ihm?«

Kopfschütteln. »Die Arbeiten müssen schnell vorangehen. Wenn wir unsere Kräfte verzetteln, indem immer mehrere ...«

»Schon gut«, unterbrach der Captain ungeduldig. »Was war mit ihm?«

Der Alteraner, der das Wort übernommen hatte, traf keine Anstalten, sich von dem Toten zu erheben. Schwer lag seine Rechte auf der Schulter des Mannes. Sein hektisches Blinzeln konnte die Tränen nicht zurückhalten, die seine Stimme beinahe erstickten.

»Irgendetwas muss Jörgs Aufmerksamkeit geweckt haben. Er wollte, dass wir uns das ansehen, aber dann …«

»Sie kamen nicht mehr dazu.« Als der Sprecher den Kopf hob, fiel Rhodan auf, dass seine Gesichtszüge denen des Toten ähnelten.

»Es gab eine fürchterliche Entladung, die den Umsetzer platzen ließ wie eine überreife Frucht …«, sagte ein anderer.

»Wären wir schon näher heran gewesen, hätte es uns ebenfalls erwischt«, bemerkte ein Dritter.

»Posbis?«, wollte Captain Olexa wissen. »Haben Posbis das verursacht?«

»Von den Maschinenteufeln war keiner in der Nähe. Wir wollen sie nicht hier bei den hochenergetischen Systemen haben.«

»Selbst ein Posbi stirbt ungern«, kommentierte Mauerblum hastig und so laut, dass niemand die Bemerkung überhören konnte. Er zitterte wie Espenlaub. Aber das lag wohl daran, dass sich schlagartig alle Blicke auf ihn richteten.

»Niemand geht gern in den Tod! Doch danach fragen diese Blechteufel nicht. Wo ihre Schiffe erscheinen, morden und vernichten sie.« Der Techniker sah den Toten noch einmal an, seine blutleeren Lippen flüsterten Worte, die niemand verstand, dann richtete er sich auf. Er schwankte leicht, schüttelte benommen den Kopf und fuhr sich mit beiden Händen über das Gesicht.

»Sie sind Bestien!«, stieß er tonlos hervor. »Ich kenne nichts anderes als den Krieg gegen diese Teufel und unsere ständigen Rückzüge. Furcht. Entsetzen, sobald eines ihrer Würfelschiffe in der Nähe einer unserer Welten aus dem Zwischenraum fällt. Panik, wenn ihre Geschütze feuern. Der Tod ist immer gegenwärtig, und er holt sich jedes Jahr mehr von uns …« Mit den Handballen rieb er sich über die Augen. Als er Rhodan gleich darauf anschaute, waren seine Augäpfel blutrot. »Wir brauchen Transformkanonen, Großadministrator! Wenn Altera nicht mit aller Macht zurückschlagen und ebenso kompromisslos wie diese Teufel vorgehen kann, gibt es bald keine Menschen mehr in Ambriador.«

»Wir haben keine Transformkanonen«, platzte Drover heraus. »Wir können auch keine beschaffen.«

Einer der Männer spuckte aus und fuhr sich verächtlich mit dem Handrücken über die Lippen. »Eine Krähe hackt der anderen kein Auge aus«, schimpfte er.

Besänftigend hob Rhodan die Hände. Sein Blick traf die Alteraner der Reihe nach, keinen ließ er aus, und es war ihm egal, ob sie sich unter dieser Musterung noch unbehaglicher fühlten. Von Kindheit an kannten sie Erzählungen über Perry Rhodan, über Mausbiber Gucky und das Mutantenkorps. Vielleicht hatten sie sich mehr Wissen und Erinnerungen bewahrt als der Durchschnittsterraner.

»Sind Sie inzwischen so weit, dass die Unterscheidung zwischen Freund und

Feind unmöglich wird? Wenn das so ist, schaufeln sich die Alteraner ihr eigenes Grab.«

»Haben Sie Frau und Kinder verloren, Rhodan?«

»Ja.« Der Resident nickte schwer.

»Umgebracht, Großadministrator, nicht gestorben. Von wahnsinnig gewordenen Teufeln ausgelöscht.«

Da war der Schmerz wieder, den er seit Jahrhunderten überwunden glaubte. In Perry Rhodans Erinnerung gewann Thora neu Gestalt, die stolze und anfangs so unnahbare Arkonidin. Mit ihrem auf dem irdischen Mond notgelandeten Forschungskreuzer hatte der Weg der Menschheit erst richtig begonnen. Aber beinahe wäre mit Thomas Cardif, ihrem gemeinsamen Sohn, vieles ebenso schnell zu Ende gegangen. Thomas war ihm so ähnlich gewesen wie kein anderer und zugleich sein größter Widersacher. Rhodan dachte auch an Mory Abro, seine zweite Frau, an die Zwillinge Suzan und Michael. Wenigstens Mike trug ebenfalls einen Aktivatorchip, doch alle anderen ... *tot*, nicht mehr als Erinnerung, die ihn in den unmöglichsten Momenten überfiel. Wie Schlaglichter leuchteten die Bilder vor seinem inneren Auge auf, Freude und Leid so beängstigend dicht beieinander. Unsterblich zu sein und zugleich wie andere Menschen eine Familie zu haben, das erschien ihm oft genug unvereinbar.

»Sie haben nicht erlebt, dass Posbis Ihre Liebsten hinschlachteten. Mussten Sie zusehen, wie neben ihnen Ihre Frau im Strahlenschauer verbrennt, wie ihr Fleisch von den Knochen abfällt und ...« Qualvoll stieß der Alteraner seine Frage hervor. Mit bloßen Händen wollte er auf Drover losgehen, doch ihm fehlte die Kraft. Er taumelte, brach fast zusammen, bevor er den Posbi erreichte, und dann hielten ihn zwei seiner Gefährten zurück.

Diese Menschen waren halbe Wracks. Mondras Blick verriet Rhodan, dass sie genauso dachte wie er. An Bord einer Posbi-BOX zu schuften, brachte sie an den Rand der Belastbarkeit. Überall trafen sie auf Posbis und mussten bei jeder Begegnung argwöhnen, dass sie die Mörder von Familienangehörigen und Freunden vor sich hatten.

»Es geht weiter!«, sagte Captain Olexa schneidend. »Das Imperium kann sich Trauer nicht leisten, sonst wird der Tod bald allgegenwärtig sein. Ich erwarte, dass die Überreste des Umsetzers so schnell wie möglich auf Spuren untersucht werden.« Er winkte vier der Techniker zu sich heran. »Sie sind bis auf weiteres von allen anderen Aufgaben entbunden; was unaufschiebbar ist, wird delegiert. Ich verlange eine Analyse sämtlicher Messprotokolle, und sollten sie noch so spärlich sein. Vorher Infrarotaufnahmen, selbst dann, wenn die Explosion vermeintlich alle Wärmeabdrücke verwischt hat.« Er wandte sich an Rhodan. »Kann uns der Lare weiterhelfen?«

»Sie glauben, der Vorfall wurde inszeniert, Captain?«, wandte Mondra ein.

Telemach Olexa schürzte die Lippen. Das machte seine Unsicherheit spürbar. »Ich ziehe das zumindest in Erwägung«, stellte er fest. »Zumal ich mir sagen ließ, dass es an Bord schon zwei Tote gab.«

Rhodan machte seinem Ruf als Sofortumschalter wieder einmal Ehre. Abrupt wandte er sich Drover zu. »Warum wurde mir bislang nichts davon berichtet?«, herrschte er den Rundron-Posbi an. »Gibt es eine potenzielle Bedrohung?«

Der Sensorkranz des Roboters flackerte. Mit einem Arm hielt er den Matten-Willy auf Distanz, der sich aus unerfindlichem Grund bemüßigt fühlte, seinen Schützling ausgerechnet jetzt zu polieren. Vielleicht spürte Mauerblum die wachsende Anspannung, und das war seine Art, die aufkochenden negativen Empfindungen zu kompensieren.

»Die Bedrohung entsteht in den Köpfen!«, schnarrte Drover. »In der Hinsicht sind die Alteraner ebenso empfindlich wie die Menschen in den Milchstraße.«

»Komm zur Sache!«

»Natürlich. Ich wollte nur erklären ...«

»Humanpsychologie ist uns vertrauter als einem Posbi«, warf Mondra ein. »Wir brauchen keine Erklärungen, sondern Fakten.«

Mauerblum bildete zwei Stielaugen aus, die Mondra Diamond fixierten. »Auch du, meine Schwester«, murmelte der Matten-Willy so leise, dass es wohl keiner der Alteraner vernehmen konnte. Jedenfalls zeigten sie keine Reaktion.

»Psychische Überforderung«, stellte Drover äußerst knapp fest. Rhodan wusste zuerst nicht, ob er seine Frage beantwortete oder Mauerblums Zustand meinte, doch der Roboter redete sofort weiter. »Der Leiter eines Räumtrupps hat in Panik um sich gefeuert. Ein Untergebener erschossen, er selbst von Wrackteilen zerschmettert.«

»Hat es sich so abgespielt – oder *könnte* es so gewesen sein?«

Captain Olexa merkte sichtlich auf.

Drover legte den Kopf ein wenig schräg, als hätte er sich die Geste von Menschen abgeschaut. »Keine verwertbaren Spuren. Nano und ich haben uns vor Ort umgesehen.«

»Ich war ebenfalls dabei«, quäkte Mauerblum.

Rhodan ignorierte den Matten-Willy. »Alle Maschinenteufel an Bord müssen überprüft werden! Nachlässigkeiten dürfen wir uns nicht erlauben.«

Sieben Verdächtigungen

Das Licht in Perry Rhodans Kabine war grell. Es gab keine Zwischenstufe – zumindest hatte der Resident mit wenigen halbherzigen Versuchen nicht herausgefunden, wie sie zu schalten gewesen wäre.

»Was geht an Bord vor, von dem wir nichts wissen?«

Die Frage klang frostig. In seiner Stimme schwang zudem ein Unterton mit, den man nicht auf Anhieb identifizieren konnte. *Gereiztheit.* Sicher. *Aber Ungeduld?* Landläufig durfte man von Unsterblichen annehmen, dass sie es gewohnt waren, mit Jahrhunderten zu jonglieren wie andere mit Wochen oder höchstens Monaten, und dass sie etwas wie Ungeduld nicht kannten. Oder zumindest irgendwann verlernt hatten, was es hieß, das eigene Leben zwischen den Fingern verrinnen zu sehen, während man auf Ereignisse wartete, die womöglich nie eintreten würden.

Rhodan hatte die Arme vor dem Leib verschränkt und den linken Fuß auf die Sitzfläche des Plastikstuhls gestellt. Rechts neben ihm am Tisch, leicht nach vorn gebeugt und das Kinn auf die ineinander verschränkten Hände aufgestützt, saß Mondra Diamond. Sie fixierte Nano Aluminiumgärtner, den Rhodan für diese »Besprechung unter vier Augen und zwei Sehzellen« angefordert hatte. Drover und der Matten-Willy Mauerblum begleiteten den Laren durch das Schiff.

»Lotho Keraete, der Bote unserer Superintelligenz ES, spricht von neunundzwanzig Milliarden Menschen in der Galaxis IC 5152, deren Existenz bedroht ist«, sagte Rhodan bedeutungsvoll. »Er zeigt uns einen realistischen Alptraum, Welten, auf denen jegliches menschliche Leben ausgelöscht wird. Unsere Aufgabe ist es, diese Eskalation zu verhindern ...«

»Richtig, Perry!«, schnarrte der Roboter, genau erkennend, dass der Resident eine Antwort von ihm erwartete.

»Folglich missfällt mir die Vorstellung, dass Lotho Keraete zwei völlige Versager als Begleiter für uns ausgewählt haben soll.« Rhodans Kinn ruckte vor. Er hielt den Atem an, ein untrügliches Zeichen für einen aufmerksamen Beobachter, dass er seinem Ärger gleich freien Lauf lassen würde. Und Nano Aluminiumgärtner war ein aufmerksamer Beobachter.

»Wir sind ungestört?«, fragte der Rundron-Posbi. Sein Flüsterton hatte prompt etwas Verschwörerisches.

Mondra nickte knapp. Niemand würde sie in Rhodans Kabine stören, diesem Provisorium aus Lagerhalle und Verlies, dem das Mobiliar keine wohnlichere Note verleihen konnte. Vielmehr verstärkten die mattgrauen Möbel den Eindruck einer großzügigen Gefängniszelle.

»Der L-lare ist verrückt.« Aus der Sprachmembran eines clownhaft grotesk wirkenden Roboters klang diese Feststellung eigenartig. »Verduto-Cruz hetzt durch das Schiff, als ... als ...«

»Als hinge sein Leben davon ab?«, versuchte Mondra auszuhelfen.

»... als müsse er allen beweisen, wie perfekt er die Technik der Ambriador-Posbis beherrscht. Vor allem scheint er mich damit beeindrucken zu wollen.«

»Und?«

»Er hat sein Ziel erreicht. Wenn jemand BOX-1122-UM schnell flottmachen kann, dann Verduto-Cruz.«

»Eindeutig?«

»Ich lüge nicht, Perry.«

»Genau das tust du! Oder was sollte das Geschwätz in der Zentrale? Behaupte nicht noch einmal, dass du nichts herausgefunden hast …«

Nanos auflackierte Lippen verzogen sich zu einer Grimasse. »Die Biopositronik, von der ich nicht alle gewünschten Informationen bekomme, muss erst erschaffen werden«, behauptete er großspurig. »Selbstverständlich habe ich alle Daten über die Posbi-Planeten in Ambriador längst kopiert und gut verwahrt.« Ruckartig hob er einen Arm und tippte sich mit zwei Fingern an den Kopf. Mit einem aufreizenden Hüftschlenker setzte er sich in Bewegung, schritt fast auf Tuchfühlung an Mondra vorbei und setzte sich auf einen der Plastikstühle.

Rhodan sah den Stuhl schon zersplittern, aber mehr als ein Knarzen war nicht zu vernehmen. Nano Aluminiumgärtner hatte sich gerade noch rechtzeitig auf sein Prallfeld besonnen. Die Arme in durchaus menschlicher Manier ausgestreckt und die Hände auf dem Tisch abgestützt, saß er hoch aufgerichtet da und wirkte in dem Moment sehr eindrucksvoll und bedeutend. Zumindest gab er sich alle Mühe.

»Nicht einmal D-drover ist informiert, dass ich d-die Datenbänke gep-plündert habe.« Sein Stottern war entsetzlich, und das wusste er selbst, denn er setzte ein noch entsetzlicheres um Nachsicht heischendes Grinsen auf.

Hinter dieser Fehlschaltung in der Sprachausgabe konnte sich durchaus Absicht verstecken, aber das hatte Rhodan bislang kaum in Erwägung gezogen. Vor allem wusste er bei manchen Posbis nie, woran er wirklich mit ihnen war. Momentan sah es jedenfalls aus, als reagiere Nanos Plasmakomponente erregt. Das wiederum war kein Wunder. Wie die Liga Freier Terraner nie von der Existenz eines beachtlich großen menschlichen Sternenreichs mehr als fünf Millionen Lichtjahre von der Milchstraße entfernt erfahren hatte, war es den Posbis der Hundertsonnenwelt unbekannt gewesen, dass ihre technische Zivilisation einen Ableger hervorgebracht hatte. Einen, in dem die längst vergangenen Klischees vom Wahren Leben bedrückende Urstände feierten.

»Ich habe die Informationen bewusst zurückgehalten«, gestand Nano Aluminiumgärtner. »Die Alteraner müssen nicht wissen, dass wir Daten über die Posbis haben. Vor allem b-bekommt Staatsmarschall Laertes Michou nicht ein Byte davon. Ich traue ihm nicht.«

»Nicht einmal Michou verfügt über die Ressourcen, nur eine einzige Posbi-Welt anzugreifen«, entgegnete Mondra Diamond.

»Trotzdem«, beharrte Nano. »Die Posbis von Ambriador – völlig unabhängig davon, was diesen verheerenden Krieg ausgelöst hat – sind mein Volk. Würdest du in einer ähnlichen Situation die Menschen verraten, Mondra? Oder du, Perry?«

Beinahe hätte der Terraner heftig darauf reagiert. Doch er besann sich, dass Nano Aluminiumgärtner nichts anderes für sich in Anspruch nahm, als er selbst im angesprochenen Fall eingefordert hätte, nämlich Humanität.

Für Maschinen?

Die Frage stellte sich, wie weit denkende Roboter vermenschlicht werden konnten. Oder durften. Stellte ihr kleiner Plasmaanteil sie tatsächlich auf die Stufe biologischen Lebens?

»Als was fühlst du dich, Nano?« Mondra verfolgte die gleichen Gedanken, als wären Themen wie diese nicht schon Dutzende Male Gegenstand langwierigster ethischer Diskussionen gewesen.

»Ich bin ein Posbi!«, antwortete Aluminiumgärtner stolz. »So sehr mir Terraner und Alteraner nahestehen, ich werde immer ein Posbi bleiben.«

»Das heißt, du würdest dich gegen uns wenden, sobald den Maschinenteufeln Gefahr droht?«

»Hätte ich dann genau das nicht schon tun müssen?«

»Vielleicht hast du es«, behauptete Mondra. »Indem du wichtige Daten verschweigst oder den Start der BOX-1122-UM verzögerst, wenn nicht gar unmöglich machst.«

Ihr Misstrauen war geweckt. Perry kannte jede Regung an ihr; ihre Körpersprache, ihre Reaktionen, all das war ihm immer noch so vertraut wie vor einem halben Jahrhundert, und selbst die Zeit, die sie voneinander getrennt gewesen waren, hatte daran nichts ändern können.

»Du enttäuschst mich, Mondra«, sagte der Posbi schleppend. »Gerade von dir hätte ich Verständnis erwartet. Was ich tue, tue ich für unsere gemeinsame Sache.«

»Bitte!« Rhodan hob abwehrend die Hände. »Wir diskutieren hier über Banalitäten, während einige hundert Lichtjahre entfernt womöglich in diesen Minuten Alteraner im Geschützfeuer sterben.«

»Und Posbis!«, ergänzte Nano Aluminiumgärtner hartnäckig. Dann schwieg er.

Das Schiff war ohne Geräusche. Nur manchmal erklang das verhaltene Summen der Luftumwälzung, die sporadisch arbeitete. Momentan nicht.

»Egal wie, wir werden diesen Krieg beenden!«, sagte Rhodan endlich. »Es muss Mittel und Wege geben ...«

»Die Posbis von Ambriador sind keine Mörder!«, behauptete Nano mit Nachdruck.

»Sie säubern nur bewohnte Welten von intelligentem Leben«, hielt Mondra ihm zynisch entgegen. »Wie soll ich ein solches Vorgehen nennen, wenn nicht Völkermord?«

Nano Aluminiumgärtners Äußeres wirkte nicht mehr lustig. Die hängenden Mundwinkel machten trotz der Farbe aus ihm einen traurigen Clown.

»Die Posbis von Ambriador haben rigide Vorsichtsmaßnahmen getroffen«, sagte er übergangslos. »Programmroutinen löschen in jeder BOX die Koordinaten ihrer Heimatwelt, sobald das betreffende Schiff das Zentralsystem verlässt. Diese Koordinaten können nicht wiederhergestellt werden.«

»Das heißt, kein einziger Fragmentraumer kehrt zurück?«

Nano legte den Kopf ein wenig schräg, als lausche er einer unhörbaren Stimme. »Nicht auf dem kürzesten Weg«, antwortete er schwerfällig. »Wer die Achtzigsonnenwelt anfliegen will, muss sich die Koordinaten von einer Zentralen Leitstelle geben lassen. Das gilt für ein einzelnes Schiff ebenso wie für eine Kampfflotte.«

»Achtzigsonnenwelt …«, hakte Rhodan nach. »Heißt das, wir haben es mit einer ähnlichen Erscheinung zu tun wie bei der Hundertsonnenwelt?«

Suchten sie demnach nach einem Planeten, der ohne Sonne im intergalaktischen Leerraum stand? Im Fall der Hundertsonnenwelt übernahmen rund zweihundert Atomsonnen die Aufgaben des nicht vorhandenen Zentralgestirns. Bedeutete die Bezeichnung Achtzigsonnenwelt, dass einige Dutzend künstliche Lichtspender weniger den Planeten umkreisten?

»Nicht zwangsläufig«, beantwortete Nano die Frage. »Die Menschen in Ambriador haben für die Namensgebung Altera auch nur nostalgische Gründe gewählt. Im Übrigen befindet sich die Zentrale Leitstelle der Ambriador-Posbis auf einem Planeten namens Orombo, siebentausendundsechzig Lichtjahre von Altera entfernt am Northside-Rand der Kleingalaxis.«

»Das ist doch schon eine ganze Menge«, stellte Rhodan fest. »Unser erstes Ziel heißt also Orombo.«

»Es gibt keine Hinweise auf äußere Einflüsse«, behauptete Verduto-Cruz. »Ebenso wenig lässt sich nachweisen, dass die Explosion durch Unachtsamkeit oder Unkenntnis ausgelöst wurde. Andererseits machen die alteranischen Techniker auf mich einen erschöpften oder schlicht zerstreuten Eindruck. Sie fürchten die Posbis an Bord mehr als ihr eigenes Versagen. Auch deaktivierte Posbis, wohlgemerkt«, fügte er verächtlich hinzu.

»Wenn Sie der Meinung sind, dass wir für einen Erfolg weitere Leute aus Ihrem alten Team brauchen, rufen Sie die betreffenden Personen zusammen«, sagte Rhodan. Er hatte den Laren zwischen zwei Lagerhallen getroffen und begleitete ihn bei seiner Bestandsaufnahme.

Der Lare blieb abrupt stehen. »Das ist nicht Ihr Ernst, oder? Ihre alteranischen Freunde wären die Ersten, die eine heimliche Invasion befürchten und uns der Unterwanderung bezichtigen würden. Für diesen Laertes Michou ist ein Lare schon ein Lare zu viel.«

»Wie würden Sie reagieren, wenn sie von Knechtschaftslagern wüssten, in denen Alteraner systematisch ihrer Freiheit und ihres freien Willens beraubt würden?«

»Propaganda. Laertes Michou ist ein verwirrter Mensch, der vor keiner Verleumdung zurückschreckt.«

»Wollen Sie behaupten, das Knechtschaftslager Dekombor sei nur eine Lüge der Alteraner? Hinter dem Vorgehen der Laren steckt System. Sie unterdrücken und versklaven ...«

Verduto-Cruz lachte seinem Begleiter ins Gesicht. »Wir lernen, uns Alteraner zu Freunden zu machen. Was finden Sie daran verwerflich?«

Beinahe glaubte der Resident, Hotrenor-Taak reden zu hören. Das klang nicht sehr viel anders als damals, als er von dem Verkünder der Hetosonen zum Ersten Hetran der Milchstraße bestimmt worden war. Nur hatte er die falsche Freundlichkeit des Konzilsvolks rechtzeitig durchschaut. Die Laren waren perfekte Agitatoren.

Manchmal erschien es Rhodan sogar sinnvoller zu schweigen, als mit der eigenen Meinung andere vor den Kopf zu stoßen. Jetzt zum Beispiel. Weil er auf Verduto-Cruz als Techniker und vor allem als Kenner der Posbis von Ambriador angewiesen war. Zudem wusste der Lare genau, dass ihn niemand ersetzen konnte.

»Werden weitere Aggregate angeliefert?«, fragte Verduto-Cruz unvermittelt. »Was von dem Schlachtschiff umgeladen wird, ist nicht eben üppig.«

»Zum Leben zu wenig, aber zum Sterben zu viel«, stellte Rhodan fest.

Ein undefinierbarer Ausdruck trat in den Blick des Laren. »Ihre alteranischen Schützlinge wollen uns die Macht in Ambriador streitig machen. Allerdings sind sie unfähig dazu und begehen einen schwerwiegenden Fehler nach dem anderen.«

Nun war es Rhodan, der leise, fast spöttisch lachte. »Sind Sie Techniker oder Stratege, Verduto-Cruz?«, erkundigte er sich wie beiläufig.

Die Mimik des Laren ließ Unverständnis erkennen, so jedenfalls deutete Rhodan den Ausdruck.

»Man muss beides sein«, fuhr Verduto-Cruz Augenblicke später nachdenklich fort. »Und Wissenschaftler dazu. Andernfalls hätte ich nie mein Wissen über die Technik der Posbis erworben. Ihre Menschen ziehen es stattdessen vor, Wracks von Fragmentraumern schnellstmöglich zu vernichten, weil sie die Posbis fürchten. Das ist ein Verlust von Wissen, der nicht wieder aufgeholt werden kann.«

»Inzwischen haben sie dazugelernt«, erwiderte Rhodan. »Andernfalls hätten wir keine Ersatzaggregate bekommen.«

Ihre Unterhaltung war nach wie vor ein Abtasten. Wie zwei Kampfhähne umkreisten und belauerten sie sich, aber keiner von beiden versuchte wirklich, den anderen zu verletzen. Etwas Unsichtbares stand zwischen ihnen, für das Rhodan mühsam nach einer Erklärung suchte. Ihre Herkunft mochte ein Teil dieses Vorbehalts sein. Zweifellos sogar. Für den Terraner waren die Laren mit dem Untergang des Solaren Imperiums verbunden, mit seiner Flucht aus der Milchstraße, mit dem Sonnentransmitter Kobold, der Erde und Mond in den kosmischen Mahlstrom versetzt und das Zeitalter der Aphilie eingeleitet hatte, und mit der Odyssee des Fernraumschiffs SOL auf der Suche nach der Erde. Die Zeit, hieß es zwar, heilte alle Wunden, trotzdem gehörten jene Jahrzehnte nicht zu seinen bevorzugten Erinnerungen. Wenngleich damals erst die wirklich kosmischen Ereignisse eingeleitet worden waren.

Verduto-Cruz sah ihn zweifellos sachlicher, als Vertreter der Terraner, aus denen die Alteraner hervorgegangen waren. Und wenn schon das Imperium Altera den Laren die Herrschaft streitig machte, bedeutete Terra eine noch größere Macht im Hintergrund. Begehrlichkeiten und zugleich eine unterschwellige Furcht mochten die beherrschenden Emotionen des Technikers sein, und nur ihr gemeinsames Ziel machte sie zu Verbündeten auf Zeit.

Sie waren weitergegangen und steckten nun scheinbar in einer Sackgasse. Vieles in BOX-1122-UM wirkte nicht nur exotisch, sondern vor allem alptraumhaft. Das Schiff war eben nicht für Menschen konstruiert, sondern für Roboter. Was menschliches Vorstellungsvermögen überforderte und den Gleichgewichtssinn durcheinanderbrachte, war für Posbis nur eine Frage der Zweckmäßigkeit. Wo stand geschrieben, dass sich die Inneneinrichtung dem Schwerkraftvektor anzupassen hatte? Den Bedürfnissen entsprechend teils auf engem Raum unterschiedliche Schwerkraftrichtungen nebeneinander zuzulassen, das schien den Posbis wichtig zu sein. Und das war wohl auch der Grund, weshalb ihre Würfelraumer nur eine Kantenlänge von zwei Kilometern aufwiesen und damit deutlich hinter den Größenordnungen zurückblieben, die Rhodan aus der Milchstraße kannte.

Nicht überall war BOX-1122-UM indes ein mit Technik vollgestopftes Labyrinth. Dieses Schiff, fand der Terraner, war ein Schiff der Gegensätze, ebenso widersprüchlich wie die Posbis von Ambriador. Erst Freunde, seit mehr als drei Jahrzehnten Todfeinde.

Der Eindruck, durch einen geradlinig verlaufenden Korridor einen der peripheren Frachträume erreicht zu haben, erwies sich im Nachhinein als trügerisch. Während Verduto-Cruz über einen Kodegeber, der zu seiner eigenen Ausrüstung gehörte, den keineswegs auf Anhieb erkennbaren Durchgang öffnete, warf Rhodan einen Blick zurück. Der Weg zeigte sich von dieser Position aus spiralförmig gedreht. Nichts hatte er davon bemerkt, während er hindurchgegangen war, außer einem leichten Unbehagen, da die Schwerkraft stets im rechten Winkel zur jeweiligen Position wirkte.

Auch die BASIS, das mit vierzehn Kilometern Länge bislang bedeutendste terranische Fernraumschiff, hatte unterschiedliche Schwerkraftvektoren aufgewiesen. Rhodan verdrängte alle Vergleiche, die nur ablenkten.

Wie eine Irisblende glitt das Schott auf. Der Lare aktivierte die Beleuchtung und ließ seinen Blick schweifen. Viel zu erkennen war jedoch nicht, denn schon wenige Meter vor ihm ragten die Elemente eines Linearkonverters auf.

»Welche Entfernungen soll BOX-1122-UM überwinden?«

Wie selbstverständlich ging Verduto-Cruz davon aus, dass Rhodan ihm folgte. Erst als er keine Antwort erhielt, wandte er sich ruckartig um.

Der Terraner hatte zwar die Halle betreten, war aber neben dem Schott stehen geblieben.

»Sie wissen es nicht?«, fuhr der Lare verständnislos fort. »Sie nehmen bewusst das Risiko auf sich, mit ausgebrannten Konvertern im Leerraum hängen zu bleiben? In Ambriador herrschen andere Verhältnisse, als Sie wahrscheinlich gewöhnt sind.«

»Ich habe die Bedingungen kennengelernt.«

Verduto-Cruz' Gesicht wurde noch breiter, als er die gelben Lippen aufeinanderpresste. Er schritt den Konverter ab, blickte dabei forschend über die zerklüftete Oberfläche, schwang sich mehrere Meter in die Höhe und tastete über Brandspuren auf der Verkleidung. Rhodan schwieg dazu.

Nachdem er schließlich das erste Aggregat ausgiebig in Augenschein genommen hatte – gut zehn Minuten waren vergangen, aber keiner hatte das bedrückende Schweigen gebrochen –, sagte der Lare kopfschüttelnd: »Sie sind lebensmüde. Oder ein Hasardeur. Nur ... so viel Glück, wie Sie brauchen werden, kann niemand haben.«

Deutlicher als zuvor spürte Rhodan, dass Verduto-Cruz nicht nur gekommen war, um die BOX flugfähig zu machen. Der schwarzhäutige kleine Techniker mit dem rostroten Haarkranz würde kaum etwas tun, von dem er sich keinen persönlichen Vorteil versprach.

»Sie wissen, Terraner, dass der Fragmentraumer über zehn Linearkonverter verfügt und jeder Konverter eine Reichweite von maximal eineinhalbtausend Lichtjahren ermöglicht?«

»Das ist mir bekannt.«

Steif ging Verduto-Cruz auf das zweite Aggregat zu. Es war der Konverter, den Rhodan auf Fort Blossom flüchtig in Augenschein genommen hatte. Die äußeren Schäden waren unverkennbar, sie mochten beim überhasteten Ausbau und dem Abtransport aus dem Wrack eines Fragmentraumers entstanden sein, konnten ebenso gut aber von sekundärer Waffeneinwirkung herrühren.

»Glauben Sie an irgendeine primitive Gottheit, Rhodan?«, fragte der Lare bissig. »Dann beten Sie schon einmal, dass dieser Schrotthaufen intakter ist, als es von außen den Anschein hat.«

Oh ja, Verduto-Cruz war nicht nur überheblich, er fühlte sich tatsächlich überlegen. Das ließ er sich immer deutlicher anmerken. Vielleicht tat er das nicht einmal absichtlich oder aus Berechnung, es war einfach seine Art. Auch die Menschen hatten sich vor langer Zeit als die Krone der Schöpfung angesehen, waren aus ihrer Arroganz indes sehr schnell auf den Boden der Tatsachen zurückgeholt worden. Bei den Laren in Ambriador hatte das Schicksal versäumt, rechtzeitig einzugreifen. Hochgezüchtete Technik und ihre Herrenmentalität ergaben nicht nur eine brisante, sondern sogar eine hochexplosive Mischung.

»Lassen Sie meinen Gott aus dem Spiel, Verduto-Cruz!«, sagte Rhodan eisig. »Oder informieren Sie sich vorher, worüber Sie reden.«

Ein überraschter Blick traf ihn, als verstünde der Lare überhaupt nicht, weshalb sein Gegenüber sich aufregte. Gleich darauf schien Verduto-Cruz den Widerspruch schon vergessen zu haben.

»Ihre Posbis, Rhodan, waren bislang nicht einmal in der Lage herauszufinden, welche Reichweite die integrierten Konverter noch ermöglichen. Von zehn vorhandenen Ersatzaggregaten sind zwei durch Beschuss irreparabel beschädigt. Ich habe Anweisung gegeben, den Schrott umgehend von Bord zu werfen. Das ist unnützer Ballast. Und das hier ...« – beinahe wütend ließ er seinen Blick über die aus dem Blossom-System stammenden Konverter hinweggleiten – »ist möglicherweise die größte Selbsttäuschung, der Sie erliegen können. Wie lange wird jedes Aggregat durchhalten? Hundert Lichtjahre? Fünfhundert? Das reicht im Notfall, eine bewohnbare Welt zu finden, auf der Sie und Ihre Alteraner Ihren Lebensabend verbringen können.«

»... also kein Grund für Sie, daran zu verzweifeln«, konterte Rhodan. »Es sei denn, Sie können sich ausrechnen, dass wir unser Ziel nicht erreichen werden.«

»Haben Sie überhaupt ein Ziel? Oder unterliegen Sie der Selbsttäuschung, irgendwo einen Planeten der Posbis zu finden? Das wäre auf jeden Fall die tödliche Lösung Ihrer Probleme.«

Rhodan stutzte, dann nickte er knapp. »Wir werden eine Welt namens Orombo anfliegen. Sagt Ihnen der Name etwas?«

Verduto-Cruz zögerte kurz. »Es muss sich um einen der äußeren Planeten handeln. So wie Dreydon. Auf jeden Fall in der Northside von Ambriador. Ist das alles, was Sie wissen, oder wollen Sie die Koordinaten nur nicht preisgeben? Ich kann verstehen, dass Sie glauben, sich absichern zu müssen. Vergessen Sie aber nicht, dass dies nicht allein Ihr Krieg ist.«

»Die Koordinaten von Orombo sind bekannt. Aber es gibt keine Hinweise auf den Zentralplaneten. Nicht einmal annähernd«, erwiderte Rhodan. »Nano Aluminiumgärtner konnte lediglich den Namen herausfinden.«

Fragend zog der Lare ein Augenlid in die Höhe.

»Die Achtzigsonnenwelt«, sagte Rhodan.

Verduto-Cruz massierte sich die Stirn. »Womöglich deutet der Begriff darauf hin, dass dieser Planet in einem kleinen Sternhaufen liegt. Eine Population von achtzig Sonnen ... Lassen Sie die astronomischen Archive nach diesem Kriterium durchsuchen!«

»Müssen wir uns diese Arbeit machen?«

Verduto-Cruz stieß ein heiseres Krächzen aus. Das war wohl eine ebenso verärgerte wie spöttische Äußerung. »Gegenseitiges Misstrauen, Rhodan, oder wie soll ich das auffassen? Keiner meines Teams, ich eingeschlossen, hielt Namen oder Koordinaten für wichtig. Wir hatten unsere Aufgabe und mussten den Posbis beweisen, dass wir Laren in jeder Hinsicht perfekt sind.«

»Nach meinen Informationen liegt Orombo etwa siebentausend Lichtjahre von Altera entfernt. Über die Achtzigsonnenwelt ist nichts bekannt.«

Der Lare seufzte verhalten. »Gehen Sie davon aus, dass die erste Garnitur Linearkonverter ausgebrannt sein wird, bis Sie Orombo erreichen. Wohin dann? Liegen weitere siebentausend Lichtjahre vor dem Schiff?«

»Möglich, dass es nur siebenhundert sein werden ...«

»Wollen Sie den Rückweg nach Altera überhaupt schaffen, Rhodan? Sie lügen sich in die eigene Tasche, aber das zu Ihren Ungunsten. Genau das verstehe ich nicht. Wollen Sie nicht mehr zurückkommen, oder wissen Sie heute schon, dass Ihnen keine Überlebenschance bleiben wird?«

»Weder noch.«

Der Lare sah ihn entgeistert an. »Sie sind verrückt. Wissen Sie wenigstens das?« Offensichtlich wartete er auf eine Bestätigung. Als sie ausblieb, schüttelte er ungläubig den Kopf. »Sie brauchen jemanden, der das Letzte aus dem Schiff herausholen kann. Nicht nur vor dem Start, sondern vor allem während des Fluges.«

»Und dieser Jemand heißt Verduto-Cruz? Ich habe erwartet, dass Sie die BOX flugfähig machen, nicht mehr, aber auch nicht weniger.«

»Banalitäten«, wehrte der Lare ab. »In spätestens zwei Tagen sind die für den Flug notwendigen Mindestreparaturen erledigt. Dann kann das Schiff starten. Alle übrigen zwingend erforderlichen Arbeiten können während des Fluges ausgeführt werden. Dazu brauchen Sie mich. Sie gewinnen jedoch Zeit mit dieser Version. Bis nach Orombo wird BOX-1122-UM schätzungsweise drei bis vier Tage benötigen. Vorausgesetzt, dass alle Aggregate reibungslos arbeiten.«

»Sie schließen also nicht aus, dass wir Sie und Ihr technisches Wissen während des Fluges benötigen werden?«

»Spätestens, wenn die Linearkonverter Probleme bereiten. Ich kenne die hyperphysikalischen Gegebenheiten in Ambriador besser als die Alteraner.«

»… deren Schicksal Ihnen letztlich egal ist.«

Verduto-Cruz zuckte mit den Schultern. Das machte ihn menschlich, wenngleich nicht auf die sympathischste Art. »Ich muss auch an mich denken«, sagte er schroff. »Leider werde ich nicht jünger; mir bleiben zehn, fünfzehn Jahre, mag sein, dass ich sogar noch zwanzig Jahre zu leben habe. Die Roboterzivilisation fasziniert mich. Seit ich auf Dreydon war, will ich auch die Zentralwelt der Posbis sehen. Doch solange sie jedes biologische Leben gnadenlos ausmerzen, wäre das Selbstmord.«

»Jeder hat unerfüllte Träume.«

»Ihre Expedition bietet mir die Möglichkeit, meinen Traum zu realisieren. Ich wäre schlecht beraten, würde ich nicht zugreifen. Die Alteraner«, fügte er hastig hinzu, »werden eben über ihren Schatten springen und sich damit abfinden müssen, dass ich bis zum Ende dabeibleibe.«

»Ich könnte widersprechen.«

»Genau das werden Sie nicht tun«, behauptete der Lare. »Sie wissen, dass Sie mich brauchen, und Ihnen bleibt keine andere Wahl, als sich auf mich zu verlassen. Hätten Sie sich sonst die Mühe gemacht, nach mir zu forschen? Sie sind sogar ein nicht unerhebliches persönliches Risiko eingegangen. Ihr Volk wird früher oder später erkennen, was es an uns Laren hat.«

»Mein Volk wird immer selbst über seine Geschicke bestimmen wollen«, entgegnete der Terraner. »Weil für uns der Satz von der Freiheit und Gleichheit aller Intelligenzen entscheidende Bedeutung hat!«

»Ich weiß, dass der Lare ein äußerst unsicherer Verbündeter ist«, gestand Perry Rhodan ein. Mondras beipflichtendes Nicken hatte er erwartet. »Trotzdem halte ich sein Angebot für einen Glücksfall.«

Vieles hatte sich in den letzten vierundzwanzig Stunden verändert. Er brauchte sich nur umzusehen, um zu erkennen, dass BOX-1122-UM sektorenweise zu pulsierendem Leben erwacht war. Die Arbeiter hatten sich aus der Zentrale zurückgezogen, die nun herrschende gedämpfte Helligkeit stand für Betriebsatmosphäre, und Reihen von Hologrammen zeigten den nahen Weltraum und einige Planeten des Alter-Systems ebenso wie die letzten alteranischen Beiboote, deren Besatzungen sich aus der Nähe des Fragmentraumers zurückzogen. Schäden durch Treffer alteranischer Geschütze waren an einer Würfelseite noch erkennbar, nur wirkten sie nicht mehr bedrohlich. Alles in allem: BOX-1122-UM war einem schwachen alteranischen Gegenschlag entkommen.

»Ich halte Verduto-Cruz für ein permanentes Risiko«, sagte Captain Olexa.

»Das ist er zweifellos«, bestätigte Mondra und ignorierte geflissentlich, dass der Blick des Alteraners unnötig lange auf ihr ruhte.

»Trotzdem sind wir gezwungen, uns auf den Laren zu verlassen«, sagte Rhodan. »Nano – deine Meinung!«

Sie standen in der Nähe des Robotkommandanten, dessen Funktionen in minderem Umfang wiederhergestellt waren, den Standard aber ohnehin nicht mehr erreichen würden. »Zu risikoreich«, hatte Nano Aluminiumgärtner erklärt. »Noch greifen meine Überrang-Kodes. Falls der Kommandant aus irgendwelchen Gründen Verdacht schöpfen sollte, wird er sich nach und nach von der Bevormundung lösen können.«

»Rein rechnerisch sind eine Vielzahl Situationen denkbar, die eine schnelle Fehlerkorrektur erfordern«, schnarrte der Posbi. »Eine Beurteilung über die Schwere solcher Fehler kann aktuell nicht getroffen werden.«

»Ich werde alles tun, damit ihr euch wohlfühlt.« Wie ein hauchdünner Umhang flatterte Mauerblum von Nanos Schultern herab. »Ihr schafft es, meine Lieben – ihr schafft alles, was ihr euch vornehmt. Das ist die richtige Einstellung, dann werden wir gemeinsam Geschichte schreiben. Wir …«

Der Matten-Willy hatte in einem Büschel mehrere Stielaugen ausgebildet, die jeden in der kleinen Gruppe neugierig fixierten. Gurgelnd verstummte er, als Nano blitzschnell seine Greifklauen um die Augen schloss. Allerdings konnte der Posbi das daraufhin zerfließende Zellgewebe nicht festhalten.

»Eine klare Aussage, Nano!«, verlangte Rhodan. »Verduto-Cruz hat seit gestern mehr bewegt als du, Drover und die alteranischen Techniker in den Wochen zuvor.«

Traurig sanken Nanos Mundwinkel noch weiter nach unten. »Der Lare hat es vergleichsweise einfach. Weil … w-weil er nur auf unseren Vorarbeiten aufbauen m-muss …«

»Ich habe nicht die Absicht, deine Leistung zu schmälen, Nano. Auch nicht, was Drover für das Schiff getan hat. Aber ich erwarte endlich eine eindeutige Aussage, wie die Fähigkeiten des Laren zu bewerten sind.«

Am unteren Ende seines Faltenleibs bildete Mauerblum halb versteckt ein neues Auge aus. Verwirrt blinzelte er in die Runde, wagte jedoch nicht, sich bemerkbar zu machen. Obwohl er ebenfalls seinen Beitrag geleistet und die Posbis umsorgt und gepflegt hatte.

»Verduto-Cruz ist ein sehr guter Techniker.« Schleppend kam die Feststellung über Nano Aluminiumgärtners Membran. »Er ist den Alteranern weit überlegen. Was er kann, beherrschen sie alle nicht.« Mit einer Geste, als streife sich ein Mensch verlegen imaginäre Fuseln von der Kleidung, wischte er mit beiden Metallhänden über seinen lebenden Umhang. Mauerblum gurgelte entsetzt und klammerte sich mit aller Kraft fest.

»Wenn du es genau wissen willst, Perry: Verduto-Cruz' Unterstützung ist unschätzbar wertvoll. Vorgänge, die wir mühsam errechnen oder interpolieren müssen, beherrscht er mit wenigen Schaltungen. Er zögert weder bei der Energieversorgung noch im Bereich der Triebwerksanlagen. Die Sauerstoffversorgung wurde nach seinen Vorgaben optimiert, und viele andere kleine Dinge, die sich in kürzester Zeit summieren. Man könnte glatt der Meinung sein … ach was, das ist irrelevant.«

»Was für eine Meinung?«, hakte Captain Olexa sofort nach.

»Ich sagte schon, das ist irrelevant.«

»Ich will es ebenfalls wissen!«, sagte Rhodan fordernd.

»Das w-war ein Schaltfehler«, bemerkte Aluminiumgärtner ausweichend. »Nichts weiter a-als ein emotioneller Impuls des Plasmas.«

»Ich will diese Meinung hören!«, beharrte der Resident.

Der Zwei-Meter-Posbi mit den breiten Schultern und dem Clownsmund seufzte und bewies damit, dass er menschliche Eigenheiten immer treffender nachzuahmen vermochte. »Verduto-Cruz könnte ein Posbi sein. Vielleicht ist sein Äußeres eine perfekte Maske. Sein Wissen v-verrät ihn.«

»Weil er besser über den Fragmentraumer informiert ist als du und Drover zusammen?«

»Wir wurden nie in jeder Hinsicht über unsere Raumschiffe instruiert. A-außerdem sind die Schiffe sehr unterschiedlich.«

»Wir haben demnach gar keine andere Wahl, als uns auf Verduto-Cruz zu verlassen«, stellte Rhodan fest. »Der Lare wird uns also zur Achtzigsonnenwelt begleiten.«

Verduto-Cruz legte sich gewaltig ins Zeug. Er schien keiner Ruhepause zu bedürfen und schon gar nicht schlafen zu müssen. Dem äußerst geringen Schlafbedürfnis eines Zellaktivatorträgers schien er in gar nichts nachzustehen.

Entweder betrieb er Raubbau an seiner Gesundheit, oder er stand unter dem Einfluss hochwirksamer Medikamente – oder … Nanos Bemerkung schlich sich wieder in Perry Rhodans Überlegungen ein. Diesmal ließ sie sich nicht so leicht verdrängen.

Ohne es eigentlich zu wollen, blieb Rhodan vor der Kabine des Laren stehen. Der Raum lag nur wenig mehr als hundert Meter von seiner und Mondras »Lagerstätte« entfernt, auf demselben Deck, doch erst im nächsten Seitengang. Die Räumlichkeiten dazwischen waren als oberste Etage einer Fabrikhalle zugeordnet, die Nano als stillgelegt bezeichnete. Was produziert worden war, wusste der Posbi nicht, und solche Details nachzuforschen, hätte den Rahmen des Machbaren bei weitem gesprengt. Wie verschachtelt das Innenleben des Fragmentraumers angelegt war, zeigte sich schon hier.

Acht Kubikkilometer hochtechnisiertes Innenleben. Selbst bei mitgelieferter Gebrauchsanweisung wären Wochen allein mit dem Vorhaben vergangen, alles zu erkunden. Die Zeit dafür stand nicht zur Verfügung. Einfach mit BOX-1122-UM aufzubrechen war ein Kompromiss. Verduto-Cruz hatte ihn schon als Hasardeur bezeichnet. Rhodan war aber alles andere als eine Spielernatur. Sicher, er musste oft genug Risiken eingehen. Aber das tat er nur, wenn er ihre Auswirkungen abschätzen konnte oder sie in der Tat unumgänglich waren, nicht aus einer bloßen Laune heraus, oder weil ihn das Abenteuer reizte. Vielleicht früher, als er Major und Risikopilot der U.S. Space Force gewesen war. Heute trug er zu schwer an der ihm aufgebürdeten Verantwortung. Möglich, dass der Schuh auch einige Nummern zu groß war, den er sich anzog – sehr wahrscheinlich sogar, denn was war ein Perry Rhodan schon, verglichen mit jenen Intelligenzen, die kosmische Geschichte geschrieben hatten oder weiterhin schrieben? Auf seinen Status als Ritter der Tiefe musste er nicht unbedingt stolz sein, und der Aktivatorchip war in der Hinsicht eher ein Spielzeug.

Da war jedoch etwas, das ihn vorwärtstrieb, ihn immer von neuem zwang, seinen Träumen nachzujagen.

Achtung und Verständnis für das Fremde und Andersartige …

Ein friedlicher Austausch zwischen den Sternenreichen ohne Kriege und Hass. Stattdessen gemeinsame Forschung, die Jagd nach Antworten auf heute noch ungestellte Fragen.

Irgendwo, davon war er überzeugt, lag der Sinn aller Existenz verborgen. Er wollte die Antwort. Aber er fühlte sich deshalb nicht, als versuche er, an Gottes Fundament zu rütteln.

Momentan stand er in einem kahlen Korridor in einem kalt und steril anmutenden Raumschiff, in dem gefühlsbetontes Leben nie Platz gehabt hatte. Maschinelle Logik und nüchterne Zweckmäßigkeit hatten allem ihren Stempel aufgedrückt.

Er sah auf das Schott, hinter dem er vielleicht eine überraschende Entdeckung machen würde. Verduto-Cruz – kein Lare aus Fleisch und Blut, sondern ein Maschinenteufel? Eigentlich, sagte er sich, war er verrückt, wenn er sich minutenlang mit diesem Gedanken beschäftigte. Dennoch ließ ihm die Vorstellung keine Ruhe, Nanos Geschwätz könne sich als wahr erweisen.

Er tastete nach dem Kodegeber, der ihm alle Schotten in BOX-1122-UM öffnete. Die Frage war nur, was er wirklich finden würde. Verduto-Cruz' Gepäck hatten Agenten von Alter-X längst durchsucht, während der Lare festgehalten worden war. Mit Überraschungen brauchte er hier nicht zu rechnen. Und Cruz war ohnehin mit Technikern irgendwo im Schiff unterwegs, um Hand anzulegen.

Rhodan drehte den Kodegeber zwischen den Fingern. Er verstand selbst nicht mehr, weshalb er überhaupt innegehalten hatte. Weil Nano doch einen Hauch von Zweifel gesät hatte? Dazu passte wie die Faust aufs Auge die Geschicklichkeit, mit der Verduto-Cruz sich im Rumpfschatten der HANSHAO gegen den Sergeanten behauptet hatte.

Falls der Lare regelmäßig Kampfsport trainierte, löste sich der Verdacht schon in Wohlgefallen auf. Rhodan ärgerte sich mittlerweile über sich selbst. Trotz seiner Erfahrung war er offenbar nicht davor gefeit, der dummen Behauptung eines Posbis aufzusitzen.

Er warf einen letzten Blick auf das Schott und ging weiter.

Ihm blieb die gedrungene Gestalt mit dem rostroten Haarkranz verborgen, deren Blicke ihm irritiert folgten. Verduto-Cruz stand schon lange genug in der Deckung eines Seitenkorridors, dass er Rhodans zögerndes Abwarten richtig einschätzen konnte. Der Lare verzog die gelben Lippen zu einem verächtlichen Grinsen.

Rhodan war schon lange verschwunden, als Verduto-Cruz seine Unterkunft betrat.

Acht Aufbruch

Eine unruhige Nacht lag hinter dem Terraner. Eigentlich waren es nur drei Stunden gewesen, die einem Aktivatorträger unter normalen Umständen genügten, sich psychisch und physisch vollständig zu regenerieren. Doch aus irgendeinem Grund hatte er keinen richtigen Schlaf gefunden, und nicht einmal der Zellaktivator hatte das ausgleichen können.

Die Hände im Nacken verschränkt, hatte er lange wach gelegen und zu der hohen Decke hinaufgestarrt, wie er es manchmal zu tun pflegte, wenn er sich eingehend mit Problemen beschäftigte. Nur hatte er in völliger Finsternis die Decke nicht einmal erahnen können und stattdessen den immer wieder durch das Schiff hallenden Geräuschen gelauscht. Die kahle Kabine verstärkte den Schall.

Manchmal war es ihm gewesen, als könne er ferne Stimmen hören. Leise und unverständlich, und falls überhaupt, dann mochten es die Stimmen der unter Hochdruck arbeitenden Techniker gewesen sein. Terranische Raumschiffe wiesen vielfache Schallisolierungen auf, die Posbis von Ambriador achteten nicht darauf, ob Maschinenlärm durch Schächte und Verstrebungen übertragen wurde. Verduto-Cruz ließ die alteranischen Techniker jedenfalls Blut und Wasser schwitzen. Sie mochten ihn dafür verfluchen und in die Hölle der Maschinenteufel wünschen, dem Laren schien das egal zu sein. Ihn interessierte nicht einmal, ob der ohnehin latente Hass auf die Nestschädel aufgrund seiner Sklaventreibermentalität neue Nahrung erhielt.

Irgendwann war in dem Lüftungsschacht ein nahes Rascheln zu vernehmen gewesen. Doch als Perry Rhodan sich schon aufgerichtet und nach der Waffe gegriffen hatte, war ihm schallendes Gelächter entgegengebrandet. Kein wirkliches Lachen. Vielmehr musste es in seinen Gedanken entstanden sein, lautlos, dafür umso beklemmender.

Er kannte dieses Lachen nur zu gut. Es hatte ihn auf seinem Weg zu den Sternen begleitet, war gutmütiger Spott ebenso gewesen wie ein unnachgiebiger Druck, die Dinge voranzutreiben. Aber diesmal bildete er sich das Gelächter nur ein. Denn der Unsterbliche von Wanderer, die Superintelligenz ES, war nicht hier in Ambriador.

Rhodan ließ die Beleuchtung aufflammen und schwang sich endgültig aus dem Bett. Der Anblick des nackten Stahls war nicht dazu angetan, seine Stimmung zu heben. Erneut lauschte er in die Tiefe des Schiffes, aber die vielfältigen Geräusche waren verstummt.

Der Kabelstrang, an den Projektionsgeräte angeschlossen werden sollten, pendelte leicht. Wahrscheinlich hatten die letzten Instandsetzungsarbeiten minimale Schwankungen der künstlichen Schwerkraft ausgelöst.

Ein Blick auf die Zeitanzeige verriet Rhodan, dass der 16. Mai schon zwei Stunden alt war. Mondra und er hatten ihren gewohnten Rhythmus beibehalten. An Bord wurde ohnehin vierundzwanzig Stunden am Tag gearbeitet, in mehreren Schichten, und eine generelle Lichtabsenkung während fiktiver Ruheperioden gab es nicht. Nano Aluminiumgärtner und Drover hatten eine Anpassung an planetare Gegebenheiten konsequent vermieden.

Rhodan streifte sich die Kombination über und verließ seine Kabine. Sanitärräume und Duschen waren separat angelegt worden, wegen der komplizierten Gegebenheiten nicht gerade um die Ecke.

Er kam an Verduto-Cruz' Unterkunft vorbei und verlangsamte seine Schritte, ging dann aber rasch weiter. Entweder hatte der Lare sich für eine Ruhepause zurückgezogen, oder er tobte sich in Begleitung von Nano oder Drover in einer der Triebwerkssektionen aus.

Etliche Roboter standen reglos herum. Die Zahl der nach wie vor deaktivierten Maschinenteufel ging in die Hunderte. Überwiegend handelte es sich um bewaffnete Posbis, deren Inbetriebnahme Risiken barg. Irgendwann würden Nano Aluminiumgärtner und Drover sich ihrer annehmen, aber vorerst hätte das noch bedeutet, die Kräfte zu verzetteln.

Ob während des Fluges nach Orombo und weiter, ausreichende Kapazitäten frei werden würden, wagte Rhodan zu bezweifeln.

Eine provisorische Treppe führte zum nächsten Halbdeck. Sie war aus Fertigteilen eingesetzt worden, weil es in diesem Bereich keinen Antigravschacht gab. Rhodans Schritte dröhnten die Stahlstufen hinauf.

Ein Geschütztreffer hatte Posbi-Maschinen zu bizarren Gebilden deformiert. Nur ein Teil des Schrotts war beseitigt worden; die Schnittstellen spiegelten das

Licht aus dem Treppenbereich in kantigen Facetten. Dazwischen verliefen in giftgrünem Kunststoff mannsdicke Rohrleitungen. Sie waren Fremdkörper, wirkten wie Bypässe, die den Organismus des Fragmentraumers am Leben erhielten. Dumpfe Pumpgeräusche und das Gluckern von Wasser bildeten eine monotone Kulisse. Dazu lauter werdende Stimmen, die manche Gefühlswallung verrieten.

Die ersten Fertigkabinen ragten vor ihm auf. Ein seltsam buntes, anachronistisches Konglomerat war dort entstanden. Sanitärwürfel – Konstruktionen, die für Expeditionen und die Ersterschließung neuer Welten verwendet wurden und deren Äußeres sich seit den frühen Explorermissionen nur unwesentlich verändert hatte, zumindest hier in Ambriador – stapelten sich im Halbkreis. Einfache Treppen führten zu den oberen beiden Etagen hinauf, dazwischen verlief das Geflecht der Zuleitungen und Rückflüsse, die in klobigen Sammelanlagen im Hintergrund mündeten.

Beinahe schlagartig verstummte die erhitzt geführte Unterhaltung, als die Anwesenden den Terraner bemerkten. Zwei Frauen in lindgrüner Uniform sahen ihn an wie einen Geist, während mehrere Techniker weiterhin lautstark einen Standpunkt vertraten, der die Zerstörung aller Posbis an Bord verlangte.

»Das ist albernes Geschwätz!«, verwehrte sich ein Oberleutnant dagegen. »Wenn es gelingt, alle Maschinenteufel umzuprogrammieren, gewinnen wir an Schlagkraft.«

»Ich behaupte, sie werden uns umbringen. Vernichtet diese Bestien, ehe sie aus ihrer Starre erwachen. Nur ein toter Posbi ist ein guter Posbi.«

»Was ist mit den beiden, die der Großadministrator mitgebracht hat? Angeblich sind diese Teufel dicke Freunde der Terraner.«

»Weg mit dem Pack! Wir dürfen uns nicht täuschen lassen …«

»Ich würde nicht einmal daran denken, Nano Aluminiumgärtner und Drover als Pack zu bezeichnen!«, sagte Rhodan. Nicht sonderlich laut zwar, doch die Alteraner verstummten jäh.

Einer der Soldaten scheiterte bei seinem Versuch, Haltung anzunehmen. Er verfärbte sich wie ein Chamäleon, wurde erst kreidebleich, und dann schoss ihm die Röte ins Gesicht.

»Hat es allen die Sprache verschlagen?«, fragte der Resident. »Sehe ich aus wie ein Geist? Eben waren einige voll ungestillten Tatendrangs, und es gibt sehr viel zu tun.«

»Guten Morgen, Sir!« Ein untersetzter Mann, fast schon ein Bully-Typ, knallte die Hacken zusammen. Rhodan bedachte ihn mit forschendem Blick. Der nackte, muskelbepackte Oberkörper des Raumsoldaten glänzte, als wäre er mit Öl eingerieben. Die Uniformjacke hatte er offenbar in seiner Kabine zurückgelassen.

»… Morgen!«, erwiderte Rhodan knapp. Er ging weiter, registrierte aus den Augenwinkeln heraus, dass der Techniker erleichtert aufatmete, der eben vehement die Vernichtung der Posbis verlangt hatte, und wandte sich gerade deshalb dem Mann zu.

»Unsere Aufgabe ist es nicht, Roboter zu zerstören!«, sagte er mit Nachdruck. »Wir werden vielmehr alles daransetzen, das Imperium Altera vor der Auslöschung durch die Posbi-Zivilisation zu bewahren. Wer sich nicht in der Lage fühlt, das auseinanderzuhalten, tut gut daran, umgehend seine Rückversetzung ins Alter-System zu beantragen.«

Weiterhin herrschte betretenes Schweigen. Rhodan spürte jedoch brennende Blicke im Rücken, als er, ohne sich noch einmal umzuwenden, eine der Toilettenkabinen betrat.

Wenig später war niemand mehr da. Jeder hatte es vorgezogen, einer weiteren Zurechtweisung durch den Großadministrator auszuweichen.

Tief atmete der Terraner ein. Es war ein eigenartiges Gefühl, die gestapelten Container zu sehen und sich einreden zu müssen, dass diese Szene Teil eines hochmodernen Raumschiffs war. Hier trafen zwei Welten aufeinander. Die eine minimalistisch, sich ihrer Einfachheit vollauf bewusst, aber funktionell. Die andere bedrohlich, kalt und nicht nur deswegen unmenschlich. Beide wollte er nicht.

Rhodan schwang sich die Treppe hinauf zu einer der geräumigen Duschzellen. Es roch nach Desinfektionsmitteln, und die Luftfeuchtigkeit schlug sich an den Wänden nieder. Er zog sich aus, verstaute seine Kleidung in einem der Trockenfächer und stellte sich unter die nächste Dusche.

So oft er die monotone Litanei verwünscht hatte, ausgerechnet jetzt vermisste er die wohlklingende weibliche Stimme des Servos, die sich nach seinen Wünschen erkundigte. Stattdessen musste er die Wassertemperatur selbst regeln. Einen massierenden Warmluftstrom gab es ebenso wenig wie die wohlduftenden, antibakteriellen Essenzen, die zugleich den Kreislauf anregten. Beides brauchte er als Aktivatorträger nicht, doch an die angenehmen Dinge gewöhnte man sich schnell.

Hart traf ihn der Wasserstrahl aus Dutzenden winziger Düsen. Das Wasser war außerdem zu heiß, als versuche jemand, ihn wie einen Krebs zu kochen. Schon nach Sekunden wurde er von einer Dampfwolke eingehüllt.

Ein Schatten glitt vorbei. Sekunden später ein zweiter. Aber niemand wollte etwas von ihm.

Rhodan duschte nur kurz. Der Gedanke an die begrenzten Wasservorräte der BOX zwang ihn zur Sparsamkeit.

Wenigstens gab es Warmluftdüsen, die den Körper schnell trockneten. Erst jetzt sah der Resident die Männer deutlicher, die beide gegenüberliegenden Nischen betreten hatten. Sie duschten nicht und versuchten unbefangen zu wirken, doch sie starrten ihn an, als hätten sie nie zuvor einen Menschen gesehen. Zumindest keinen Terraner. Schon gar nicht den Perry Rhodan, dessen Leben ausgiebiger Lehrstoff war und den ihre Ahnen beinahe auf das Podest einer Prophezeiung emporgehoben hätten. Wahrscheinlich, weil sie noch gehofft hatten, eines Tages in die heimische Milchstraße zurückzufinden. Der Name Perry Rhodan war für sie lebendige Erinnerung gewesen.

»Wir wollten Ihnen sagen, Sir, wie dankbar wir dem Schicksal sind, das Sie ausgerechnet jetzt nach Ambriador geführt hat. Seit Generationen warten wir darauf, endlich terranische Kugelraumer zu sehen.«

Rhodan schüttelte den Kopf. »Ich habe keine Flotte mitgebracht, das wissen Sie. Was wir erreichen wollen, müssen wir uns selbst erarbeiten.«

Offensichtlich wurde es ihnen zu dumm, nur herumzustehen und den Terraner anzustarren. Jedenfalls überwand sich einer von ihnen, das Wasser laufen zu lassen. »Vor zehn Minuten wurden wir Zeugen dieses … unschönen Disputs«, sagte er. »Aber nicht alle von uns denken wie der Techniker. Das sollen Sie wissen, Großadministrator. Und auch der Lare – solange er uns unterstützt, ist er uns willkommen.«

Irgendwann würde er es überdrüssig werden, darauf hinzuweisen, dass er nicht mehr Großadministrator war, sondern längst Resident der Liga Freier Terraner. In dieser Hinsicht waren die Menschen von Ambriador jedoch zu sehr in der Vergangenheit verhaftet.

»Wann werden wir auf die Maschinenteufel treffen, Sir?«

Rhodan verzog das Gesicht. »Heute, morgen … Es kann immer geschehen.«

Die Techniker und Positronikspezialisten, die jetzt noch auf dem Schiff waren, zählten zur Kernmannschaft. Rhodan glaubte allerdings, dass die beiden Männer ihm gegenüber zu dem Militärkommando gehörten, das gestern an Bord gekommen war. Sozusagen im fliegenden Wechsel hatten die Elitesoldaten die von den Arbeitstrupps geräumten Unterkünfte bezogen.

Mit den Vorarbeiten der Rundron-Posbis war die Ausgangsbasis für Verduto-Cruz geschaffen worden. Dass der Lare nur drei Tage benötigen würde, um BOX-1122-UM endgültig einsatzfähig zu machen, dafür hätte Rhodan bis vor kurzem nicht die Hand ins Feuer gelegt. Aber Verduto-Cruz war der richtige Mann an der richtigen Stelle, die Informationen und Mutmaßungen über ihn bewahrheiteten sich.

Alles sah danach aus, dass der Fragmentraumer innerhalb der nächsten vierundzwanzig Stunden das Alter-System verlassen würde.

Während Rhodan sich anzog, stürmten Techniker die freien Duschen. Ein scharfer, beinahe beißender Geruch hing ihnen an, eine Mischung aus Hydrauliköl, Schweiß und Ozon. Sie waren mit ihren Kräften am Ende, aber gerade das hielt sie nicht davon ab, laut über die Sklavenarbeit an den Impulstriebwerken zu schimpfen. Den Laren wünschten sie in die heißeste Hölle. Etwas wie Respekt schwang dennoch in ihren Tiraden mit.

»… warum ist dieser verdammte Nestschädel nicht einer von uns?«

»Fragt ihn, ob er überläuft. Nach einem wie ihm leckt sich der Kommandeur alle Finger.«

»Haltet endlich die Klappe, Leute. Mittlerweile bin ich überzeugt, dass der Großadministrator genau weiß, weshalb er den Laren geholt hat.«

»Das ist richtig«, sagte Rhodan.

»Oh Scheiße«, entfuhr es einem der Männer.

»Ich sagte, haltet die Klappe. Da ist Perry Rhodan, aber wir führen uns auf, als hätten wir nichts Besseres zu tun.«

»Schon gut.« Der Terraner winkte ab. »Wie sieht's aus, Leute?«

Derjenige, der eben den Kraftausdruck gebraucht hatte, trat unter dem dampfenden Wasserstrahl hervor und schüttelte sich ab wie ein Hund. »Alle vierundzwanzig Impulstriebwerke sind wieder einsatzbereit. Höchstbeschleunigung beträgt fünfundsiebzig Kilometer pro Sekundenquadrat.«

»Ich weiß«, sagte Rhodan. »Das haben wir wohl hauptsächlich dem *verdammten Nestschädel* zu verdanken, nicht wahr?« Ohne weiteren Kommentar verließ er die Gemeinschaftsdusche.

»Wie meint der Großadministrator das?«, hörte er, als er den Container verließ.

»Ein halbwegs vernünftiger Lare allein bringt unsere Völker bestimmt nicht zusammen. Die Nestschädel kann niemand ändern. Sie sind nicht anders als die Posbis, nur nicht ganz so gefährlich.«

»Erst müssen wir die Posbis besiegen, und dann …«

Die Tür fiel hinter Rhodan ins Schloss.

Eineinhalb Stunden später betrat der Resident wieder die Hauptzentrale. Zwei schwere Kampfroboter flankierten das Schott, die Waffenarme vor der stählernen Brust überkreuzt. Beide Maschinen waren menschenähnlich, richtig imposant wirkten sie jedoch wegen ihrer Größe von gut zweieinhalb Metern.

Rhodan wurde nur unmerklich langsamer, als er zwischen den Robotern hindurchging. Sie reagierten nicht, obwohl sie ihn wahrnahmen. Ein glühendes Lauflicht huschte über ihre Sehbänder, die ihn starr fixierten. Welch nachhaltigen Eindruck ausgerechnet diese Maschinen auf jeden Alteraner machten, konnte Rhodan sich nur zu gut vorstellen.

Mehrere Offiziere hielten sich in der Zentrale auf. Als sie den Terraner bemerkten, verstummte ihr Gespräch. Sofort wandten sie sich ihm zu.

»Mittlerweile sind die Impulstriebwerke freigeschaltet, Großadministrator.«

Er nickte knapp. Das war keine Neuigkeit mehr. Auch der Prallschirm und die Halbraumfelder arbeiteten fehlerfrei. Vor dreißig Minuten hatte er in der Energieversorgung mit Verduto-Cruz darüber gesprochen, der sofort danach zu den untergeordneten Leitständen geeilt war, um die letzten Sicherheitskontrollen vorzunehmen.

Zum ersten Mal hatte der Lare nicht nur übermüdet, sondern schlicht erschöpft ausgesehen, obwohl Verduto-Cruz sich Mühe gegeben hatte, genau das zu verbergen. Er schien besessen davon, BOX-1122-UM in Rekordzeit einsatzbereit zu machen, als müsse er sich selbst beweisen, dass die Zeit seit seinem Aufenthalt bei den Posbis spurlos an ihm vorübergegangen war. Vielleicht fürchtete er sich vor dem Älterwerden und spürte, dass ihm die Jahre gerade deshalb zwischen den Fingern verrannen.

»Die Besatzung ist vollzählig an Bord, Sir!«, meldete ein Oberleutnant und fügte mit einer knappen Verneigung hinzu, als Rhodan ihn fragend anschaute: »Mein Name ist Li Fei. Üblicherweise fungiere ich als Navigator. Hier nehmen mir wohl die Roboter die Arbeit ab.«

Rhodan antwortete mit einem knappen und wenig militärischen Nicken.

»Alle Vorräte gebunkert, Sir!«, fuhr Fei dienstbeflissen fort. Dass er, schmächtig und klein, zu dem Terraner aufsehen musste, machte ihm wenig aus. Das asiatische Lächeln wich vermutlich nie aus seinem Gesicht.

»Unsere autarke Versorgung ist für mehr als sieben Monate gewährleistet. Sir, wenn ich bemerken darf: Ich persönlich hoffe, dass unser Einsatz gegen die Maschinenteufel nicht so viel Zeit in Anspruch nehmen wird.«

»Das hoffe ich ebenfalls«, erwiderte Rhodan. »Aber Zwischenfälle und Verzögerungen wird es immer geben.«

Er dachte an Startac Schroeder und Tamra Cantu. Nach wie vor wartete er auf eine Nachricht, dass der Mutant mit der ORTON-TAPH endlich den Golthonga-Sektor erreicht hatte. Doch wahrscheinlich war es dafür weiterhin zu früh. Ein einziger Hypersturm konnte den altersschwachen Troventaar mit den Flüchtlingen aus dem Knechtschaftslager Dekombor und den Überlebenden der MINXHAO weit vom Kurs abgebracht haben. Also musste er sich in Geduld üben, auch wenn ihm das momentan schwerfiel. Im Herzen des Posbi-Imperiums wären die Möglichkeiten des Teleporters Startac nicht einmal mit Hyperkristallen aufzuwiegen gewesen.

In der geräumigen Zentrale erwachten immer mehr Anlagen zum Leben. Hologramme entstanden und zeigten für kurze Zeit neuralgische Abschnitte aus dem Schiff.

»Die Testfunktionen sind angelaufen«, sagte ein schlanker, beinahe dürr zu nennender junger Mann, der sich bislang im Hintergrund gehalten hatte. Er war Rhodan schon aufgefallen, weil seine Haut rissig und spröde wirkte. Außerdem litt er unter Pigmentstörungen, eine Erkrankung, die sicher leicht in den Griff zu bekommen gewesen wäre; seine Haut wirkte stellenweise unnatürlich braun.

»Ist es wirklich unumgänglich, dass die Maschinenteufel das Schiff fliegen, Sir? Ich meine ... die Gefahr ...«

»Ich weiß, was Sie meinen, Leutnant«, entgegnete Rhodan.

Posbis, die reglos in einer Nische gestanden hatten, seit der Resident die Zentrale zum ersten Mal betreten hatte, setzten sich jäh in Bewegung.

Rhodan beobachtete, dass der Leutnant an seinem Waffenholster zupfte. Der Mann hatte Mühe, die Roboter nicht als Todfeinde anzusehen, deren Angriff er zuvorkommen musste. Natürlich wusste er, dass diese Posbis dem Zwang alter Kodes gehorchten. Aber was bedeutete diese ungewohnte Kontrolle gegen seine Erfahrung aus Jahrzehnten, dass Maschinen wie diese Tod und Verderben brachten, wo immer sie auftauchten?

Überall war jetzt Bewegung. Bis eben unscheinbare Wandsegmente öffneten sich und quollen auf wie trockene Schwammstrukturen, die nach langer Dürre Wasser saugten. Absonderliche Maschinenkreaturen wurden aus verborgenen Hohlräumen freigesetzt, verankerten sich mit dünnen Spinnenbeinen und wurden zu verbindenden Bestandteilen dieser Maschinerie.

Ein Hologramm zeigte sechs metallisch matte Kuppelkonstruktionen. Sie wurden von den alteranischen Offizieren misstrauisch beobachtet, als sich das vage Flirren aktivierter Schutzschirme um sie herum abzeichnete. Diese Kuppeln bargen neben der Hauptpositronik die Plasmakomponente des Schiffes.

Rhodan wusste, dass soeben der Plasmakommandant geweckt worden war – den Umfang dieses Vorgangs hatten Mondra und er ausführlich mit den Rundron-Posbis besprochen.

Die Gefahr, dass dieses Plasma ein zu großes Eigenbewusstsein entwickelte und die Manipulation aufdeckte, bestand latent. Nano Aluminiumgärtner hatte den eindeutigen Befehl, sobald die Situation kippte, den Plasmakommandanten von allen Funktionen abzutrennen. Nicht einmal rigoroser Waffeneinsatz war dann tabu.

Während Rhodan knappe Erläuterungen gab, erloschen die Holodarstellungen nacheinander. Die Bereitschaft des Schiffes war zumindest vordergründig hergestellt, alle weiteren Vorgänge spielten sich im Innenbereich ab, den Nano Aluminiumgärtner und, in beschränkterem Umfang, Drover auf allen Frequenzen kontrollierten.

Immer mehr Roboter nahmen ihre Positionen ein, aufmerksam beobachtet von den Offizieren und einer Handvoll Technikern, die Verduto-Cruz abkommandiert hatte.

Die Möglichkeit des Robotkommandanten, das Fragmentraumschiff ohne diese Peripherie in Direktsteuerung zu übernehmen, war drastisch beschnitten worden, weil die daraus resultierende Kompetenzanhäufung die Überwachung problematischer gestaltet hätte als die Kontrolle einiger Dutzend einzelner auf die Schiffsführung spezialisierter Posbis. Obwohl diese dann permanente Funkverbindung hielten.

»Es fällt mir leichter, diese Verbindungen zu manipulieren als den Plasmakommandanten«, hatte Aluminiumgärtner erklärt.

»Mir ist nicht sonderlich wohl bei dem Gedanken, dass uns eigentlich die Hände gebunden sind«, sagte der hagere Leutnant. »Ich will Sie nicht kritisieren, Großadministrator, aber wir haben gelernt, uns nur auf uns selbst zu verlassen.«

»Wir begeben uns in die Höhle des Löwen«, erwiderte der Terraner. »Also tun wir gut daran, uns wie ein Löwe zu verhalten.«

»Sir?« Der Hagere kniff die Brauen zusammen. Es war offensichtlich, dass er nicht verstand, wovon Rhodan redete. Als er sich mit der Hand übers Kinn rieb, raschelte es wie Sandpapier.

Erst jetzt registrierte Rhodan bewusst, was ihm schon vorher aufgefallen war. Nicht nur das grobporige Gesicht des Leutnants, auch die tief in ihren Höhlen liegenden Augen und der im Vergleich zum restlichen Körper voluminös geratene Brustkorb weckten Erinnerungen in ihm.

»Ein Löwe ist ein terranisches Raubtier«, erklärte er. »Heutzutage gibt es in freier Wildbahn wieder mehrere Dutzend genetisch nachgezüchtete Exemplare …«

Dieses Gesicht irritierte ihn; der Blick der Augen, von unten herauf, bohrend im einen Moment, im nächsten unschuldig, als könne der Leutnant kein Wässerchen trüben.

»Leutnant Harrison Hainu ist Kampfpilot, einer der Besten in unserer Flotte!« Oberleutnant Fei sah sich endlich bemüßigt, den Mann vorzustellen. »Eigentlich sollten die höchsten Auszeichnungen des Imperiums an seiner Brust stecken, wäre er nicht so schrecklich bescheiden.«

Der Leutnant lächelte verlegen.

»Hainu?«, wiederholte Rhodan. »A Hainu?« Die Ähnlichkeit war da, wohl nur für jemanden, der Tatcher a Hainu, den Marsgeborenen der a-Klasse, persönlich gekannt hatte, aber sie ließ sich nicht leugnen.

»Nur Hainu, Sir!«

»Sind Blutsverwandte von Ihnen zum Mars ausgewandert?«

Harrison Hainus Augen wurden unnatürlich groß, sein Gesicht verwandelte sich in eine von Licht und Schatten zerfurchte Kraterlandschaft. »Ich habe nie davon gehört«, antwortete er stockend. »Ist das für Sie wichtig, Sir?«

»Tatcher a Hainu und ich kannten uns gut«, bemerkte Rhodan ausweichend. »Er gehörte dem Mutantenkorps an und ging Mitte des vierten Jahrtausends in ES auf.«

»Sein Geist wurde Teil der Superintelligenz? Mann ... wenn das wahr ist, dann ...« Harrison Hainu merkte gar nicht, dass Rhodan sich abwandte, weil Captain Olexa in Begleitung weiterer Elitesoldaten die Zentrale betreten hatte.

Kurz darauf kam Mondra.

Verduto-Cruz folgte ihr fast auf dem Fuß. Sein Gesicht glänzte schweißnass, die kranzförmige Haarpracht stand drahtig in alle Richtungen ab, und das Gelb der Lippen leuchtete schrill wie eine Signalfarbe. Die Erschöpfung war ihm deutlich anzusehen, zugleich wirkte er überdreht, denn sein Körper aktivierte die letzten Reserven.

Mit einer unwilligen Geste zeigte er auf die beiden Posbis, die das Hauptschott flankierten. »Wer ist so verrückt, diese Kampfmaschinen zu aktivieren? Wir brauchen sie nicht – und was in ein paar Tagen sein wird, kann niemand vorhersehen. Wollen Sie eine Materialschlacht provozieren, Rhodan? Posbis gegen Posbis? Das halten wir dann genau so lange durch, wie es dauert, unser Schiff zu atomisieren.«

»Sie treiben Raubbau mit Ihrer Gesundheit«, erinnerte Rhodan den Laren.

Cruz starrte ihn herausfordernd an. »Kümmern Sie sich um Ihre Angelegenheiten, ich bin für meine zuständig. Die BOX ist nahezu startbereit, das wollten Sie doch von mir hören.«

Die Hiobsbotschaft kam von Nano Aluminiumgärtner. Er meldete sich über Funk.

»Perry, BOX-1122-UM könnte starten – allerdings halte ich es für sinnvoll, damit zu warten.«

»Warum?«

»Ich habe unbekannte Impulse angemessen. Eine Störung, während die Projektoren der Halbraumfelder testweise von der Zentrale aus angesprochen wurden. Für die Dauer von zweieinhalb Nanosekunden war eine Reflexion zu verzeichnen, die nicht den normalen Parametern entspricht.«

»Bitte Klartext, Nano. Ich habe kein Interesse daran, biopositronische Gedankengänge nachzuvollziehen.« Rhodan wandte sich zu Mondra um, doch sie schüttelte den Kopf, war sich also ebenfalls nicht im Klaren, worüber der Posbi redete.

»Wir haben etwas an Bord, das höchstwahrscheinlich nicht an Bord gehört.«

»Bist du sicher?«

»So sicher ich bei einem Wahrscheinlichkeitskoeffizienten von achtundsechzig Komma drei Prozent sein kann. Der Rückmeldung der Projektoren auf einer der Standardfrequenzen ging ein undefinierbarer Impuls voraus.«

»Eindeutig und unmissverständlich, Nano!«, verlangte der Terraner. »Red nicht um den heißen Brei herum!«

Stille. Rhodan war sich bewusst, dass Nano Aluminiumgärtner die Rückfrage vermied, was für ein *heißer Brei* gemeint sei. Der Posbi entschied sich, diese Aussage zu ignorieren.

»Der Abfrageimpuls aus der Zentrale hat ein unbekanntes Objekt zur Antwort animiert. Diese Erwiderung wurde zwar umgehend abgebrochen, konnte aber nicht vollständig gestoppt werden. Das ultrakurze Fragment einer Bestätigung kam dennoch zurück.«

Mittlerweile war jeder in der Zentrale aufmerksam geworden. Mondra Diamond bedeutete den Alteranern, ihre Fragen vorerst zurückzuhalten.

»Mit was für einem Objekt haben wir es zu tun, Nano? Handelt es sich um einen Posbi?«

Wieder dieses kurze, äußerst ungewöhnliche Zögern.

»Ein Posbi hätte den Antwortimpuls nicht unterdrückt, weil dafür keine Notwendigkeit besteht. Die Identifikation über den Robotkommandanten wäre eine reine Formalität.«

»Falls der betreffende Posbi eine Identifikation vermeiden will?«, wandte Mondra ein. »Weil er sich Nanos Kodes entziehen konnte?«

»Negativ, Mondra!«, krächzte Aluminiumgärtners Stimme aus dem Akustikfeld. »Alle bislang aktivierten Ambriador-Posbis wurden abgefragt. Die Überprüfung ergab keine Unregelmäßigkeit.«

»Was bewegt sich dann durch das Schiff?«

»Vergessen Sie den Laren nicht, Großadministrator!«, sagte Leutnant Hainu. »Ich befürchte, dass er etwas eingeschleust hat. Zu welchem Zweck auch immer.«

»Dieses Objekt befindet sich schon länger an Bord«, widersprach Rhodan. »Es kam entweder mit den Technikern, oder es war schon vorher da.« Er warf einen bedeutungsvollen Blick in die Runde. »Der Start wird vorerst verschoben. Nano, du wirst alles in Bewegung setzen, um das unbekannte Objekt dingfest zu machen.«

Die beiden Posbis am Hauptschott der Zentrale standen auch Stunden später unverändert da. Kaum jemand achtete noch auf die Kolosse, obwohl sie das alteranische Sinnbild des Maschinenteufels an sich verkörperten.

Spurlos ging die Zeit an diesen Robotern vorbei. Ihre Positronik war tot und würde es bleiben, bis die Sperre aufgehoben oder neue Vorrang-Symbolgruppen die uralten Milchstraßen-Befehlskodes des Posbi-Historikers Nano Aluminiumgärtner verdrängten.

Die geringe Menge Bioplasma, die mit den positronischen Befehlszentren der Kampfmaschinen verbunden war, änderte daran nichts. Ihr Volumen war zu gering, eigene Intelligenz aufzubauen. Das Plasma vegetierte nur, von intuitiven

Funktionen eines positronischen Befehlskreises am Leben erhalten, aber keineswegs so annähernd zeitlos wie die stählerne Hülle.

Für diese Posbis war es unwichtig, ob BOX-1122-UM erst in einem Jahr das Sonnensystem der Alteraner verlassen würde, in hundert Jahren oder nie. Auf gewisse Weise, stellte Rhodan fest, waren diese Kampfmaschinen zu beneiden.

Er wünschte, er hätte ein ebensolches Verhältnis zur Zeit, dass er Wochen und Jahre stoisch an sich abperlen lassen konnte, ohne sich davon beeindrucken zu lassen. Aber Unempfindlichkeit gegen Werden und Vergehen gab ihm der implantierte Aktivatorchip nicht. Er war potenziell unsterblich und sein Alterungsprozess aufgehoben, trotzdem brannte ihm die Zeit auf den Nägeln.

»Nichts!«, meldete Nano Aluminiumgärtner zum wiederholten Mal, und in seiner rauen Stimme klang ein Hauch von Resignation an. »Es gibt keine verwertbare Spur. Nicht einmal der Lare ist bislang fündig geworden.«

Was immer da war, es konnte sich überall und nirgends verbergen. Ein Schiff wie BOX-1122-UM war riesig, ein Gewirr ineinander verschachtelter Decks, zerstückelt von Wänden, Schächten und Gängen, die ein Labyrinth schufen. Und letztlich vollgestopft mit Maschinen, mächtigen Ungetümen ebenso wie miniaturisierten Aggregaten, doch jedes für sich ein neues Konglomerat von Hohlräumen und Nischen. Ein Objekt, von dem nicht einmal feststand, ob es die Größe eines Menschen aufwies oder nur wenige Zentimeter maß, und das zudem nicht die Absicht hatte, sich aufspüren zu lassen, konnte verborgen bleiben, bis irgendwann der Zufall alles wieder veränderte.

»Ich bin überzeugt, wir haben es mit einem Posbi zu tun«, sagte Rhodan. »Ein Roboter, der sich zum Partisanenkrieg genötigt sieht, kann unser Ende bedeuten.«

»Sie glauben, dass dieser Posbi die Explosion des Umsetzers verursacht hat?«, fragte Captain Olexa.

»Das … und womöglich gehen auch die beiden Toten des Räumtrupps auf sein Konto.«

»Er könnte also jederzeit das Schiff vernichten?«, wandte Leutnant Hainu ein.

»Dann wäre das längst geschehen.« Nahezu gleichzeitig sprachen Mondra Diamond und Nano Aluminiumgärtner diesen Gedanken aus. Mondra schwieg jedoch nach den ersten Worten wieder.

»Ich gehe davon aus, dass wir es mit einem fehlgeschalteten, spezialisierten Posbi zu tun haben«, fuhr Nano fort. »Ihm stehen nur ein begrenztes Programmspektrum und beschränkte Möglichkeiten zur Verfügung.«

»Deshalb reagiert er nicht auf deine Befehle?«

»Diese Möglichkeit halten wir für die wahrscheinlichste«, plärrte Mauerblum dazwischen. »Der Posbi ist krank, wir müssen ihm hel…« Wie Pilze sprossen plötzlich rudimentäre Stielaugen aus seiner Körperoberfläche und wandten sich den Alteranern zu. Es gehörte nicht viel Auffassungsgabe dazu, zu erkennen, dass die Soldaten von der Aussicht wenig begeistert waren, ausgerechnet einem Maschinenteufel zu helfen.

Li Fei klopfte demonstrativ auf seine Waffe. Sein gequältes Lächeln verriet deutlich, was er unter *helfen* verstand.

Captain Olexa straffte sich. »Es liegt mir fern, mich auf eine Stufe mit Ihnen zu stellen, Sir«, wandte er sich an Rhodan, »aber ich glaube, Ihre Gedanken erraten zu können.«

Bitte, sagte Rhodans Geste.

»Wir haben keine Wahl. Weil uns kein anderer Fragmentraumer zur Verfügung steht, falls wir BOX-1122-UM aufgeben. Und weil uns die Posbis bestimmt nicht die Zeit lassen werden, die wir brauchen. Sie werden uns töten, wenn wir bleiben. Und wir werden sterben, falls dieses Schiff von einem einzigen Roboter vernichtet wird. Aber dann hatten wir wenigstens eine Chance.« Der Captain sah angespannt in die Runde.

»So ungefähr hätte ich es ebenfalls ausgedrückt«, pflichtete Rhodan ihm bei. »Ich stelle jedem frei, das Schiff zu verlassen, wenn er das Risiko nicht eingehen will. Ich bleibe.«

Mondra nickte knapp.

Verduto-Cruz lachte nur, als er davon hörte. »Wir werden weitersuchen. Und wir spüren diesen einen Posbi auf.«

Nicht einmal eine Stunde später stand fest, dass keiner der als Stammpersonal eingeteilten Alteraner die BOX verlassen wollte.

Am 16. Mai, um 15:45 Uhr Standardzeit, nahm der Fragmentraumer endlich Fahrt auf. Langsam wurden die Impulstriebwerke auf halbe Leistung hochgefahren. Die Messprotokolle ließen keine Fehlfunktionen erkennen. Rhodan ordnete schließlich an, auf volle Beschleunigung zu gehen.

7060 Lichtjahre bis Orombo.

Die Ungewissheit hatte gerade erst begonnen.

Neun Widerstand

Die Sonne stand schon merklich über dem Horizont, denn ihre Strahlen fielen durch die Schlitze in den Jalousien und woben ein filigranes Kunstwerk aus Licht. Matio Candiz blinzelte in das Halbdunkel des Schlafraums und versuchte, sich über Ort und Zeit klar zu werden.

Sekundenlang genoss er die angenehme Stille, dann durchzuckte es ihn siedend heiß. Er hatte sich von dem angenehmen Gefühl treiben lassen, für kurze

Zeit jeder Hektik entronnen zu sein, und prompt verschlafen. Gleich an seinem ersten Urlaubstag. Dabei wollte Tafdy mit ihm gemeinsam zwei schöne Wochen verbringen, bevor sie sich, dem Zwang der Zeit folgend, womöglich endgültig auseinanderlebten. Zwischen dem Alter-System und Fort Blossom lagen immerhin 624 Lichtjahre.

Nach all der Hektik und Panik des vergangenen Jahres war Altera seine neue Heimat geworden. Er bedauerte es nicht, in den gigantischen Industriemoloch des Nordkontinents Arctica eingespannt und damit an dem wichtigsten Rüstungsprojekt überhaupt beteiligt zu sein. Obwohl ihm nur ein kleiner Sachbereich unterstand, war Matio stolz darauf, an der Realisierung des Projekts *Geheimwaffe TIGER* mitarbeiten zu können. Trotzdem galt er nicht als Geheimnisträger, der das Alter-System unter keinen Umständen hätte verlassen dürfen. Er war eben doch nur ein kleines Rädchen in der riesigen Maschinerie.

Er freute sich auf Tafdy. Nachdem seine Frau Thora offiziell seit dem vergangenen Jahr als verschollen galt, hatte er außer seiner Tochter niemanden mehr.

Matio Candiz stemmte sich auf den Ellbogen hoch und setzte sich auf. Leicht schläfrig blinzelte er dem im Sonnenlicht flirrenden Staub hinterher. Da war ein kurzes Aufblitzen und danach nichts mehr.

Wie ein menschliches Schicksal ...

Seine Tränen waren schon vor Monaten versiegt. Von dem Leichten Kreuzer, mit dem Thora nach Altera geflogen war, fehlte jede Spur. Posbis oder Laren hatten das Schiff aufgebracht und vernichtet, er fühlte das.

Schritte?

Er lauschte atemlos.

Etwas klirrte im Nebenraum. Gleich darauf vernahm er das leise Rauschen der schlecht isolierten Wasserleitung.

Das war wie früher. Matio Candiz' Herzschlag raste, als er endlich seine Starre überwand und sich aus dem Bett schwang. Er wollte rufen, aber nicht ein Laut kam über seine Lippen.

Schwungvoll riss er die Tür auf. Sie dröhnte gegen die Wand, schwang zurück und traf sein Schulterblatt. Der Schmerz verriet ihm wenigstens, dass er nicht träumte. Matio blinzelte in die Helligkeit des Korridors und atmete tauschwere frische Morgenluft. Jemand hatte die Fenster geöffnet.

Sekunden später sah er sie. Im Gegenlicht der Morgensonne umfloss ihr Haar den Kopf wie ein Heiligenschein. Sie hatte Tee gebrüht und stellte soeben zwei Tassen auf das Tablett.

Thora!

Zum Glück blieb ihm der Aufschrei im Hals stecken. Welcher Narr er doch war; er lief einem verlorenen Traum hinterher.

Tafdy lachte hell und schüttelte ihr schulterlanges blondes Haar mit einer herrischen Kopfbewegung zurück, genau, wie es ihre Mutter stets getan hatte. »Ich wollte dich nicht wecken, Dad.« Einen Augenblick später lagen sie sich in den Armen, und Matio Candiz wusste, dass er wenigstens seine Tochter nie wieder loslassen würde.

Jemand rüttelte ihn an der Schulter. Ziemlich rau sogar. Trotzdem wollte er nicht aufwachen, alles in ihm sträubte sich gegen die Wahrheit. Sie war kalt, machte ihm Angst, und vor allem – sie hatte keine Zukunft.

Brummend zog er die Arme an den Leib und wälzte sich zur Seite. Der Griff um seine Schulter wurde daraufhin schmerzhaft. Er hörte eine Stimme murmeln, aber er verstand nicht, was sie sagte. Sie war unendlich weit weg von ihm, *in einer anderen Welt …*

Sekunden später tastete etwas über seine Stirn und presste sich gleich darauf erstickend auf sein Gesicht. Er sträubte sich dagegen, keuchte, hustete, aber dann strömte frischer Sauerstoff in seine Lungen, und er atmete tief ein. Mit dem Brennen in der Luftröhre kehrten die schon erlahmten Lebensgeister zurück.

»Es ist so weit«, flüsterte eine Frauenstimme dicht neben ihm.

Thora? Tafdy?

»Halten Sie die Maske fest und atmen Sie tief durch, Matio!«

Kalter Schweiß bedeckte seinen Körper; seine Kleidung konnte die Nässe gar nicht schnell genug absorbieren. Erst allmählich wurde ihm bewusst, wie schrecklich drückend die Luft gewesen war. Schal. Kaum noch Sauerstoff.

»Das Schiff beschleunigt, Matio. Wir werden diese quälende Enge bald verlassen können. Eher als erwartet.«

Er nickte schwach.

Bald …!, hämmerte das Blut in seinen Schläfen.

Bald werden wir den Betrug aufdecken und eine Katastrophe verhindern …

Und danach? Es war ihm egal, von Anfang an hatte er nicht über die Folgen nachgedacht. Er wusste nur, dass es richtig war, was er tat. Er, Yu Tao und Ponffo. Sie waren bereit, ihr Leben für das Imperium zu geben.

Sie hassten die Posbis …

… und die rothaarigen Nestschädel.

Tafdy hatte auf Fort Blossom ihren Platz gefunden und endlich erfahren, dass es mehr gab als nur den Krieg, der das Imperium in seinen Klauen hielt. Vielleicht, deutete sie ihrem Vater schon nach dem ersten gemeinsamen Tag an, würde sie selbst eine Familie gründen. Sehr wahrscheinlich sogar, sagte sie, denn in der Hinsicht sei sie altmodisch. Ihr Kind würde zwar in eine hässliche Zeit hineingeboren werden, aber gerade deshalb sollte es wenigstens in seiner engsten Umgebung Geborgenheit empfinden.

Er sah Tafdy wortlos an, dann zog er sie schweigend an sich, als wolle er sie nie wieder loslassen. Seine Tochter sollte nicht sehen, wie sehr er mit den Tränen kämpfte. »Wann?«, war alles, was er endlich über die Lippen brachte.

»Ich bin schon über den dritten Monat hinaus, Dad.« Sie lächelte. »Deine Enkeltochter wird Thora heißen.«

Sie hatte die üblichen genetischen Untersuchungen längst hinter sich. Ebenso natürlich erschien es ihm, dass Tafdy ihrer Neugierde nachgegeben und die versiegelte Folie mit der Geschlechtsangabe des Fötus aufgebrochen hatte. Es blieb allen Eltern selbst überlassen, was sie mit den medizinischen Daten machten. Matio entsann sich, dass er die Folie seiner Tochter original verschlossen über einer Kerzenflamme verbrannt hatte. Jener Tag war ähnlich schön gewesen, und die Nacht ... beinahe unglaublich, dass das alles neunundzwanzig Jahre zurücklag.

Es war früher Nachmittag, und nur wenige Wolken bauschten sich am leicht orange gefärbten Himmel. Der rote Zentralstern stand eine Handbreit über dem Horizont und würde nicht einmal während der Nacht völlig verschwinden; die kleine grüne Sonne hingegen senkte sich im schnellen Lauf aus dem Zenit herab.

»Das müssen wir feiern ... *Die drei Sternenbrüder*, Tafdy, heute Abend?«

»Du willst in das beste Haus am Platz? Dad, das muss wirklich nicht ...«

Ein Kuss auf die Stirn ließ ihren Protest verstummen.

Die drei Sternenbrüder – der Name war Geschichte wie so vieles im Imperium und zeigte, dass die Menschen in Ambriador sich nie wirklich von der Heimat ihrer Vorfahren gelöst hatten. Manchmal träumte Matio von einer majestätischen Flotte. Eines Tages würden Kugelraumschiffe aus dem Linearraum hervorbrechen, gewaltige Kolosse wie einst die CREST III, das Flaggschiff der Solaren Flotte während des Vorstoßes nach Andromeda. Zweieinhalb Kilometer durchmessend. Jedes Kind kannte diese Giganten, gegen die sich sogar die eigenen Schlachtschiffe wie Beiboote ausnehmen mussten. Die alten Bildkonserven, oft genug restauriert und in ihrer Authentizität längst angezweifelt, wurden von den wichtigen Holovid-Sendern in schöner Regelmäßigkeit hervorgekramt. Stets folgten endlose Diskussionen über Transformkanonen und strategische Vergeltungsschläge, die niemand mehr hören wollte. Weil die Wirklichkeit eben nicht auf Bildfolien zurechtgeschnitten wurde, sondern eigenen Gesetzen gehorchte. Sie war, fand Matio, grausam.

Eines Tages, das redete er sich mit ebensolcher Hartnäckigkeit ein, würde Perry Rhodan nach Ambriador kommen. Alle Schulungsdateien sagten, dass der Großadministrator des Solaren Imperiums niemals Menschen im Stich gelassen hatte.

Das Problem war nur, dass in der Milchstraße niemand von der Existenz einer Millionen Lichtjahre entfernten menschlichen Zivilisation wusste.

Matio Candiz schob die Sauerstoffmaske beiseite. Da seine Erregung ohnehin abflaute, stabilisierte sich der Kreislauf rasch. Vorübergehend hatte er nach seinem schlechten Schlaf wirklich nicht mehr gewusst, wo er sich befand.

Im fahlgrünen Schimmer der auf chemischer Basis arbeitenden Lichtfolie sah er Yu Taos Mandelaugen auf sich gerichtet. Sie fragte sich, ob er körperlich durchhalten würde, das sah er ihr an. Matio Candiz verzog die Mundwinkel zu einem schiefen Grinsen. Ein Zurück gab es ohnehin für keinen von ihnen.

Eine Handspanne über ihm hing die Quertraverse der Zylinderverankerung. In ihr verlief die Hauptenergiezufuhr. Sobald das Aggregat in Betrieb ging, würde die freiwerdende Strahlung selbst die kleinste Mikrobe in der Vorkammer verglühen.

Ärgerlich auf sich selbst wegen dieser Gedanken wälzte Candiz sich herum. Er wollte seine winzigen Spiegelbilder in der Hammerschlagbeschichtung nicht länger sehen. Tausendfach verzerrt grinsten sie ihn an, diese abgemagerten Fratzen mit ihren tief in den Höhlen liegenden Augen. Vor einigen Monaten hatte er noch auf sein Äußeres geachtet, mittlerweile waren ihm sogar die schweren und blutunterlaufenen Tränensäcke egal.

Ungewöhnlich lange ruhte Yu Taos Blick auf ihm.

»Schon gut«, knurrte er. »Ich habe miserabel geträumt.«

»Von Tafdy?«

Sein Schweigen sagte mehr als jede Antwort.

»Wann werden die ersten Konverter ausgetauscht?« Yu Tao wechselte das Thema.

Ponffo, der jüngste von ihnen, stemmte seine Fäuste gegen die Vorkammerverkleidung. Er mochte es nicht, zur Untätigkeit verurteilt zu sein.

»Nach spätestens tausendfünfhundert Lichtjahren ist jede Kristallschicht ausgebrannt«, antwortete der Legionär.

Er war so alt wie Tafdy, ging es Candiz durch den Kopf, aber er konnte jedes Raumschiff auseinandernehmen und eigenhändig wieder zusammensetzen. Zumindest hatte Administrator Ho einen solchen Ausspruch getan.

»Wenn wir Pech haben, gibt es schon nach wenigen hundert Lichtjahren Auswechslungsbedarf. Welchen Konverter sie holen werden ...« Ponffo zuckte mit den Schultern.

Yu Tao, die in der Legion Alter-X einen hohen Rang bekleidete, schwieg dazu. Ihr Blick folgte dem kleinen Käfer, der von der Facettenwand auf die Traverse wechselte und für Sekundenbruchteile die Flügeldecken öffnete. Dann hatte er festen Halt und lief kopfunter weiter. Seine Fühlerbüschel zitterten, als Yu Taos Finger seinen Weg versperrten. Er wich zur Seite aus, über eine violette Markierung hinweg, und nahezu gleichzeitig verfärbte er sich, passte sich seiner Umgebung zwar nicht hundertprozentig an, doch Matio Candiz musste zweimal hinsehen, bevor er die Bewegung wieder wahrnahm. Nachdem der Käfer das Hindernis umrundet hatte, schlug er die ursprüngliche Richtung wieder ein.

In dem Moment griff die kleine, drahtige Frau zu und pflückte das Insekt von der Verstrebung.

Als sie die Hand öffnete, lag das Tier auf dem Rücken. Es zappelte nicht, sondern seine Beine marschierten unermüdlich weiter. Zugleich öffnete es die Flügel und versuchte, sich herumzudrehen.

Mit dem nur zwei Millimeter durchmessenden Sensorstift, den Yu Tao um den Hals trug, berührte sie die Kontaktpunkte auf dem Bauch des Käfers. Er streckte alle Glieder von sich und lag nun ruhig da.

Bis vor kurzem hatte Candiz keine Ahnung davon gehabt, dass Alter-X über derartige technische Spielereien verfügte.

Das übliche kleine Hologramm entstand. Seitdem sie sich in dem Konverter verborgen hielten, war dieser Vorgang beinahe schon zum Ritual geworden. Jeden Tag kam einer der mit künstlicher Muskelkraft flugfähigen Käfer zurück. Ein einfaches Programm, das nur wenige stupide Verhaltensweisen vorgab, lenkte sie. »Verbesserter Ortungsschutz, geringere Ausbeute«, hatte Yu Tao kurz und bündig zu verstehen gegeben. »Aber für uns wird es ausreichend sein.«

Die dreidimensionale grobkörnige Wiedergabe verriet eine extreme Weitwinkeloptik. An die gestauchten Linien gewöhnte man sich schnell.

Candiz sah leere Korridore und deaktivierte Posbis. Vor allem aber ein unermüdlich arbeitendes Heer von Maschinenteufeln. Ihm fehlten Vergleichsmöglichkeiten, doch er schätzte ihre Zahl auf weit über tausend. Letzten Endes verloren sie sich in der Weite des Würfelschiffs.

Eine bedrückend bizarre Welt präsentierte der Käfer mit seinen optischen Eindrücken. Candiz vermisste lediglich den Ton und Geruchsnuancen. Er nahm an, dass die Luft in diesem technischen Konglomerat anders war als an Bord eines alteranischen Raumers. Erfüllt von den Ausdünstungen der Maschinen, vor allem von Ozon, aber auch die beißenden Absonderungen der Impulstriebwerke mochten die Atemwege reizen. Gehört hätte er zudem gern, worüber die Techniker redeten. Die verzerrten Bilder ließen nicht zu, dass er von den Lippen las.

Wahrscheinlich redeten die Frauen und Männer über Perry Rhodan. Unerheblich, ob er tatsächlich derjenige war, für den er sich ausgab.

Yu Tao übersprang lange Bildsequenzen, bis die Wiedergabe eine Halle zeigte, offensichtlich einen Verteilerknoten, der aktuell nicht genutzt wurde. Maschinenteufel durchquerten die Halle in gestaffelter Phalanx, an ihren lindgrünen Uniformen leicht zu erkennende Raumsoldaten folgten ihnen.

»Posbis und Soldaten durchsuchen gemeinsam das Schiff!«, stellte Yu Tao tonlos fest.

»Sie glauben, wegen uns? Vielleicht wurde einer der Käfer entdeckt?«

»Dann hätten wir die Soldaten schon am Hals. Nein, was immer da geschieht, es gilt nicht uns. Aber wir sind gezwungen, noch vorsichtiger zu sein.«

»Das Schiff bietet unzählige Verstecke«, wandte Ponffo ein.

Das Hologramm wechselte und zeigte eine schwarzhäutige Gestalt, offenbar nicht allzu groß, aber die gelben Lippen und der abstehende rote Haarkranz waren eindeutig.

»Das muss der Lare sein, von dem Administrator Ho sprach«, murmelte die Agentin. »Wir wären verrückt, mehr von ihnen in unserer Nähe zu dulden.«

Wir sind verrückt, wollte Candiz erwidern. *Oder grenzenlos verzweifelt. Wenn schon der Kommandeur nicht dagegen einschreitet …* Aber er schwieg. Seine Aufmerksamkeit galt nur mehr diesem verdammten Nestschädel. Den seltsamen Maschinenteufel mit den auffallenden roten Lippen nahm er zwar wahr, beachtete ihn aber nicht.

Matio Candiz fror. Die Kälte kam aus seinem Innern, ließ ihn beben. In dem Moment wünschte er, die BOX würde explodieren. Aber ein schneller Tod wäre für den Laren zu gnädig gewesen.

Auge um Auge, Zahn um Zahn. So stand es geschrieben.

Nie hatte Candiz sich für die zerfledderte, nach Moder und Fungiziden riechende Familienbibel interessiert. Seine Mutter hatte die Überreste des einst dicken Buches wie ein Heiligtum behandelt. Die eigentlich unzerstörbaren Folienseiten waren längst matt geworden, die Aufprägungen zum Teil schwer lesbar, und zusätzlich eingelagerte Speicherfäden hatte es früher nicht gegeben.

»Du lachst heute darüber wie viele junge Alteraner.« Die Stimme seiner schon vor Jahrzehnten verstorbenen Mutter hallte in seinen Gedanken nach. »Vielleicht spottest du insgeheim sogar. Aber das Althergebrachte ist wertvoller, als du glauben willst. Eines Tages wirst du das erkennen. Ich hoffe es für dich.«

Endlich hatte er den Sinn ihrer Worte verstanden. Oft war er nahe daran gewesen, die wenigen Blätter in den Konverter zu werfen, doch aus irgendeinem Grund hatte er es nie fertiggebracht. Mühsam hatte er manches entziffert, wenn auch längst nicht alles. Es war ein Buch von der Liebe, von gewaltsamem Tod und Vergeltung, das, von seiner uralt anmutenden Sprache abgesehen, ebenso gut dieser Tage hätte geschrieben werden können. Es war die Geschichte des Retters, der sich für seine Brüder und Schwestern opferte. Nachdem zuvor ein Bruder den anderen erschlagen hatte und sogar Neugeborene von ihren Feinden getötet worden waren.

In dem Moment wandte der Lare in der Projektion den Kopf und starrte ihn an. Nur kurz, doch Matio Candiz fühlte erneut die sengende Hitze, die ihm den Atem raubte und seinen Oberkörper verbrannte.

Auge um Auge, Zahn um Zahn …

»Meine Güte, Tafdy, lass dich anschauen!« Er spitzte die Lippen und nickte zufrieden. »Wie eine junge Göttin siehst du aus; mich werden heute Abend alle beneiden.«

Seine Tochter hatte ihr Haar im Nacken zusammengerafft und aufgesteckt. Ein verborgenes Antigravplättchen sorgte für die lockere Fülle, dieses Emporsteigen und nach außen hin gleichmäßige Auseinanderfallen wie eine schäumende Fontäne. Dazu der Traum von einem Kleid. Bodenlang, in vier gewölbten Bahnen, blütenförmig und hochgeschlossen mit einem geschwungenen Stehkragen. Matio wusste sofort, dass Thora ebenfalls zu diesem Kleid gegriffen hätte. Für ihn würde der Abend folglich auch eine Reise in die Vergangenheit werden.

Sie benutzten den gläsernen Lift an der Außenfassade. Die rote Sonne war zu mehr als zwei Dritteln hinter dem Horizont versunken. Was von diesem Stern noch zu sehen war, wirkte aber unglaublich imposant. Matio hätte nicht zu sagen vermocht, ob die dichten Luftschichten optische Täuschungen hervorriefen, er hatte jedenfalls den Eindruck, Bogenprotuberanzen erkennen zu können. Sie mussten gewaltig sein, größer als jeder Planet des Systems. Die andere Sonne würde in wenigen Stunden, kurz nach Mitternacht, wieder im Südosten aufgehen.

Der Weg tangierte die gepflegte Parklandschaft und führte ein kurzes Stück an dem weit ins Land hineinreichenden Meeresarm vorbei. Eine frische Brise ließ das Wasser kabbelig erscheinen. In das allgegenwärtige Säuseln mischte sich ein fernes Grollen wie von einem aufziehenden Gewitter.

Tafdys Kleid verfärbte sich regenbogenfarben. Das Gewebe kompensierte die leicht sinkende Temperatur.

Da war es wieder, dieses dumpf rollende Geräusch. Es kam über das Meer und brach sich an der Silhouette der Stadt. Matio glaubte sogar zu spüren, dass die Atmosphäre vibrierte.

»Die Wetterkontrolle hätte ein solches Gewitter angekündigt.« Er seufzte. »Wahrscheinlich irgendein verrückter Schiffskapitän, der nicht schnell genug runterkommen kann.«

Der Wind wurde stärker. Feine Gischt wehte heran. Tafdy fröstelte. Obwohl sie weitergehen wollte, sah Matio noch einmal aufs Meer hinaus.

Der Himmel hatte sich während der letzten Stunde zugezogen und glühte bis weit über den Zenit hinaus im permanenten Abendrot. Die wenigen Stellen, an denen die Wolkenbänke auffaserten, ließen keine Sterne erkennen.

»Was ist, Dad? Ich habe wenig Lust, hier nass zu werden.« Tafdy lachte, machte einige Schritte, blieb aber wieder stehen. »Hast du vergessen, den Tisch zu reservieren, oder warum zögerst du? Nun komm schon!«

Das Grollen war lauter geworden, und es hatte ein Echo bekommen, das sich innerhalb weniger Augenblicke zum ohrenbetäubenden Dröhnen aufschaukelte. Im Stadtgebiet wurden Akustikfelder aktiv, eine Stimme war zu hören, nur blieb unverständlich, was sie sagte.

Auch Tafdy blickte nun wie gebannt in die Höhe.

Als die Wolken aufrissen, flammte der erste Blitz auf. Nicht vielfach verästelt und von beinahe filigraner Schönheit, sondern eine grelle Glutbahn. Wo sie den Boden berührte, loderten Gebäude wie Fackeln auf.

Weitere Blitze fraßen sich durch die Stadt. Infernalischer Lärm lag plötzlich in der Luft. Eine Feuerwoge flutete alles verbrennend die Straßen entlang.

»Weg hier!«, brüllte Matio. Er riss seine Tochter mit sich, zerrte sie hinter sich her, ohne darauf zu achten, ob sie Schritt halten konnte. Dass sie schrie, hörte er nicht. Er schrie selbst.

Weg aus der Nähe der Stadt, am besten hinüber zum anderen Ufer, falls es überhaupt noch einen Ort gab, der Schutz versprach.

Ein Schatten sank herab und vermischte sich mit dem Leichentuch aufsteigender Rauchpilze und dem glimmenden Widerschein der Feuersbrünste. Ein monströses Raumschiff hatte die letzten Wolkenfetzen durchbrochen und beiseitegefegt. Matio starrte zu dem Koloss empor, nahm jedoch nicht einmal dessen Form wahr, hätte nicht zu sagen vermocht, ob es ein eigenes Schlachtschiff war oder einer der gigantischen zerklüfteten Würfel der Maschinenteufel.

Mühsam stemmte er sich gegen den tobenden Orkan. Tafdy stürzte und wurde haltlos wie ein Blatt im Herbststurm über den Boden gewirbelt.

Matio hetzte seiner Tochter hinterher. Der Orkan riss ihm die Schreie von den Lippen. Er stürzte, überschlug sich immer wieder und schrammte sich Hände und Arme auf bei dem Versuch, Halt zu finden.

Der Aufprall Augenblicke später raubte ihm fast die Besinnung. Sand und Dreck peitschten heran und machten das Atmen zur Qual; trotzdem erkannte Matio, dass ihn ein entwurzelter Baumriese aufgefangen hatte. Seine Tochter klammerte sich nur ein Dutzend Meter entfernt an den fächerförmigen Ästen fest.

Tafdy sah ihn nicht. Sie hörte auch sein Rufen nicht. Verzweifelt kämpfte sie gegen den Sturm an, der mit unverminderter Gewalt an ihr zerrte. Matio stemmte sich vorwärts. Fluchend trotzte er den entfesselten Elementen Meter um Meter ab.

Tafdys Kleid wirbelte zerfetzt davon.

Endlich sah sie ihren Vater. Ihr Gesicht war blutüberströmt, wurde aber schon wieder von dem wehenden Haar verdeckt.

Matio hatte seine Tochter beinahe erreicht, er streckte ihr schon seine Hand entgegen, als der Hagel herabprasselte. Der Orkan hatte die Boote in der nahen Bucht zertrümmert. Rumpfsegmente bohrten sich geschossgleich in den Boden, Planken verfingen sich im Geäst, dann spürte Matio einen fast mörderischen Schlag, der ihm die Besinnung raubte.

Die Schmerzen holten ihn zurück. Er hatte keine Ahnung, wie lange er bewusstlos gewesen war. Sehr viel Zeit konnte jedoch nicht vergangen sein, und der Sturm tobte unvermindert heftig. Blutrote Rauchpilze erstickten die Stadt.

Tafdy!

Sie lag halb unter einem Berg von Schutt begraben. Ihr rechter Arm ragte daraus hervor, als habe sie versucht, sich selbst zu befreien. Die Finger hatten sich um einen Ast verkrallt.

Einen Atemzug später zerrte Matio die ersten dicken Planken zur Seite. Der Sturm drückte ihn tiefer in die Baumkrone; er biss die Zähne zusammen, machte weiter, ignorierte die tobenden Schmerzen und den Blutgeschmack, der ihn würgen ließ. Wie ein Berserker wühlte er sich durch den Unrat …

… und dann lag Tafdy vor ihm. Sie hatte die Augen geschlossen, als schlafe sie. Nicht einmal die tiefen Schürfwunden, die ihr Gesicht verunstalteten, konnte ihr die Schönheit nehmen.

Vorsichtig schob Matio den Arm hinter ihre Schulter und versuchte, sie anzuheben. Ihr Kopf kippte haltlos zur Seite.

Sie war tot.

Matio Candiz kniete neben seiner Tochter. Er ließ sich einfach fallen, schloss die Augen und wollte nur noch sterben. Aber so gnädig war das Schicksal nicht mit ihm.

Irgendwann flaute der Sturm ab.

Es regnete leicht. Matio wälzte sich auf den Rücken, ließ sein brennendes Gesicht kühlen, doch der vermeintliche Regen erwies sich als Asche. Mühsam blinzelnd sah er den Dreck wie Schnee herabsinken.

Irgendjemand stand da und starrte ihn an. Sein Herzschlag stolperte, hämmerte unrhythmisch weiter. Ein Helfer wäre auf ihn zugekommen, aber diese Gestalt stand nur da. Scheinbar reglos. Ein nicht allzu großer Schatten, der sich deutlich gegen die brennende Stadt abzeichnete.

Der Schatten sagte etwas zu ihm. Matio verstand nicht. Aber er sah die gelben Lippen, und mit der Rechten tastete er verzweifelt um sich, während der Lare näherkam.

Da war etwas Festes. Ein Ast, ein Stück Eisen, Matio konnte es nicht erkennen. Er wusste nur, dass er dieses Ding so fest wie möglich umklammern und damit zuschlagen musste.

Der Lare war nur noch zwei Schritte vor ihm. In der Hand hielt er einen entsicherten Strahler, zielte auf ihn.

Matio Candiz wirbelte seine provisorische Waffe hoch und schlug zu. Er war zu schwach und zu langsam und streifte den Gegner nur, der gleichzeitig den Strahler abfeuerte.

Sengende, unerträgliche Hitze war das Letzte, was Matio spürte.

Zehn Im Anflug

»Alle Systeme arbeiten einwandfrei, Sir!«, meldete Leutnant Harrison Hainu. »Test- und Beschleunigungsphase für den ersten Lineareintritt sind abgeschlossen.« Er grinste.

Spätestens jetzt wurde Perry Rhodans Vermutung zur Gewissheit, dass zwischen Leutnant Hainu und dem Marsianer Erster Klasse Tatcher a Hainu genetische Bande bestanden. Genau so hatte er Tatchers Grinsen in Erinnerung, wenn dieser wieder einmal die längst verbeulte Kaffeekanne gegen seinen Vorgesetzten und väterlichen Freund Dalaimoc Rorvic geschwungen hatte. Die Geschichtsschreibung bezeichnete beide als Psychoteam. In Rhodans Augen waren sie eher ein Chaotenteam gewesen, wenngleich ein sehr erfolgreiches. Er würde dem Leutnant eine umfangreiche historische Dokumentation übergeben müssen.

»Was s-sagst du, Perry?«, schnarrte Nano Aluminiumgärtner. »Haben wir erstklassige Arbeit geleistet?«

»Ich gehe davon aus«, antwortete der Terraner. »Genau wissen werden wir es, wenn wir ohne Zwischenfälle das Ziel erreicht haben.«

Mauerblum, der eben noch halb zusammengerollt vor Nanos Füßen gelegen und ihn aus mehreren Stielaugen angehimmelt hatte, verwandelte sich in einen fliegenden Teppich. Seine wellenförmigen Kontraktionen ließen jedenfalls den Eindruck entstehen, dass er sich ein Stück weit vom Boden erhob.

Der Matten-Willy rieb sich an Rhodans Beinen, entdeckte dabei aber ein zweites Opfer für seine aufdringliche Fürsorge, das ihm besser gefiel. »Mondra«, hauchte er im lieblichsten Tonfall, während er gleich drei Arme ausbildete, die sich wie Tentakel an ihren Beinen entlang in die Höhe schoben. Mit einem Ruck umschlang er ihre Hüfte und seufzte.

»Jetzt nicht, du Mauerblümchen!« Vergeblich versuchte Mondra, sich der Greifer zu erwehren, einer der Arme grapschte immer an ihr herum.

»Mauerblum!«, rief Nano scharf. »Merkst du nicht, dass du zu aufdringlich bist? Komm her!«

»Ich mag sie aber«, wisperte der Matten-Willy. »Und genauso Perry – und dich …« Weil der Posbi einen raschen Schritt auf ihn zu machte und mit beiden Greifklauen zupackte, verstummte er gurgelnd und glitt davon.

»So redet Mauerblum immer, w-wenn er fürchtet, sterben zu müssen.« Wie eine Entschuldigung klang das.

»Das ist nicht wahr!«, rief Mauerblum schrill aus einer Ecke, in der er sich zitternd wieder aufrollte. »Ich habe keine Angst. Die Maschinenteufel sind auch nicht schlimmer a-als die in der M-milchstraße.« Sein Äußeres färbte sich dunkel. Offenbar war ihm aufgefallen, dass er Nanos Stottern imitiert hatte.

In derselben Sekunde trat BOX-1122-UM in den Linearraum ein. Schwer zu definierende Geräusche brandeten durch das Schiff, verloren sich aber schon nach wenigen Sekunden.

»Keine Kursabweichung!«, meldete Oberleutnant Li Fei.

»Flugverlauf unproblematisch«, bemerkte Harrison Hainu. »Das ist die größte Kiste, mit der ich bisher im Zwischenraum war.«

Dennoch kroch das Schiff durch das übergeordnete Kontinuum. Die hyperphysikalischen Gegebenheiten der Magnetgalaxie Ambriador machten Gedanken an ein schnelles Reisen zur Farce. Die Auswirkungen erhöhter Hyperimpedanz waren an diesem Bereich der Lokalen Gruppe eigentlich spurlos vorübergegangen, denn schon immer hatten die raumfahrenden Völker von Überlichtgeschwindigkeiten mit vierzig oder fünfzig Millionen nur träumen können.

Träge tropften die Minuten dahin.

Drover meldete Unregelmäßigkeiten bei den Linearkonvertern. »... erhöhte Energieaufnahme. Es scheint, als würde uns etwas Unsichtbares den Saft aussaugen.«

»Gib mir die Daten!«, befahl Nano und leitete die Messkolonnen sofort in eines der Holos weiter.

»Da draußen ist etwas«, bemerkte Li Fei.

»*Etwas* ist immer da!«, konterte Verduto-Cruz. »Wir durchfliegen eine ungewöhnlich starke Hypersturmbö.«

»Nicht einmal fünfzehn Lichtjahre von Altera entfernt?«

Ruckartig wandte der Lare sich zu dem Offizier um. »Glauben Sie, Ihr lächerliches Altera bleibt von allem verschont? Wenn ich solchen Unsinn höre, ist mir unverständlich, wieso Ihr Imperium so lange bestehen konnte.«

»Oh ja, natürlich«, mischte sich Captain Olexa ein. »Die Laren haben stets tatkräftig mitgeholfen, uns die Luft abzuschnüren. Ich für meinen Teil frage mich, warum Sie uns gegen die Maschinenteufel beistehen.«

»Das frage ich mich allerdings auch«, giftete Verduto-Cruz zurück. »Ich mache es bestimmt nicht wegen Ihnen – Ihr Imperium Altera bedeutet mir so viel.« Er schnippte demonstrativ mit den Fingern.

»Was zwingt Sie dann, die BOX flugfähig zu machen und sogar an Bord zu bleiben?« Olexas Rechte lag bereits auf dem Griff seines Strahlers. »Sie wollen etwas von uns, Nestschädel?«

Verduto-Cruz starrte den Alteraner herausfordernd an. Aber dann schüttelte er nur den Kopf und wandte sich wieder den Holos zu.

»Es reicht, Captain!«, sagte Perry Rhodan. »Noch haben wir keine militärische Auseinandersetzung, die Ihren ganzen Einsatz erfordern würde. Das gilt für alle.«

Einige Männer wirkten betroffen, sie fühlten sich offensichtlich bei ihren geheimsten Gedanken ertappt. Notgedrungen hatten sie den Laren in den letzten

Tagen akzeptiert, schließlich war es seinen Fähigkeiten zuzuschreiben, dass BOX-1122-UM überhaupt einsatzbereit war. Mit dem Verlassen des Alter-Systems setzte sich indes die Ansicht durch, dass Verduto-Cruz seine Schuldigkeit getan hatte. Selbst bei den Offizieren drohten die angestauten Ressentiments wieder aufzubrechen.

»Ende der Linearetappe in wenigen Minuten!«, rief Leutnant Hainu. »Hoffen wir, dass sich die Bö nicht zu einem Hypersturm auswächst.«

Leichte Vibrationen waren zu spüren.

»Die Schwingungsdämpfer zeigen einen geringen Leistungsabfall«, stellte Nano Aluminiumgärtner fest. »Das ist alles. Keine Bedrohung.«

Rhodan registrierte, dass Verduto-Cruz den Posbi überrascht musterte. Wirklich einverstanden mit dem, was Nano von sich gegeben hatte, war der Lare nicht. Trotzdem traf Cruz keine Anstalten, den Rücksturz zu unterbinden. Selbst wenn es Probleme gab, sie während des Überlichtflugs zu beheben, wäre ohnehin so gut wie unmöglich gewesen. Das Schiff würde in ungefähr zwanzig Minuten von selbst in den Einsteinraum zurückfallen.

»Drover meldet zusätzliche Schwierigkeiten im Bereich eines Linearkonverters«, sagte Nano Aluminiumgärtner.

»Zwei Linearkonverter ...«, fügte er eine Minute später hinzu.

Begleitet von einer unheimlichen Geräuschkulisse fiel BOX-1122-UM kurz darauf aus dem Zwischenraum zurück.

»Keine Energie- und Masseortung!«

»Geringfügige Kursabweichung. Automatische Peilung ergibt zwei Komma drei neun Lichttage Differenz. Vermutete Ursache eine Strukturbeeinflussung durch die Hypersturmbö.«

Das dumpfe Rumoren aus dem Schiffsbauch war verstummt.

»Restgeschwindigkeit fällt ab. Wir tangieren einen fünfdimensionalen Strömungsbereich. Offensichtlich ist tatsächlich ein Sturm im Entstehen begriffen.«

Rhodan nickte knapp. »Beschleunigen und Eintauchgeschwindigkeit halten! Falls sich mehr zusammenbraut, gehen wir wenigstens für kurze Distanz wieder in den Überlichtflug.« Er wandte sich an Nano: »Was hat sich bei den Linearkonvertern getan?«

»Drover fordert Unterstützung an. Ich gehe mit Verduto-Cruz.«

»Einverstanden.« Er schaute dem ungleichen Paar kurz hinterher, dann widmete er sich wieder den Hologalerien. Das Sternenmeer in Flugrichtung wirkte dichter, als es wirklich war. Schräg hinter dem Schiff zogen sich Farbschleier zusammen. Sie wurden nicht optisch erfasst, vielmehr handelte es sich um eine positronische Aufbereitung der Ortungsdaten. Diese zeigten fünfdimensionale Energieeruptionen, bei denen es sich in der Tat um einen beginnenden Hypersturm handeln konnte.

»Sir!« Captain Olexa trat an den Terraner heran. »Falls Sie mein Verhalten als ausfällig empfunden haben, entschuldige ich mich in aller Form. Es liegt mir fern, unsere Mission in Schwierigkeiten zu bringen – ich weiß, dass wir auf den Laren angewiesen sind.«

»Trotzdem hassen Sie ihn, Captain. Sie sehen in Verduto-Cruz einen der Erzfeinde Ihres Volkes.«

»Ich traue ihm nicht!«

»Zweifellos sind Ihre Beweggründe nachvollziehbar, Captain. Verduto-Cruz ist jedoch meiner Bitte um Unterstützung gefolgt. Wäre das nicht Grund genug für Sie, über den eigenen Schatten zu springen?«

»… und dem Laren die Hand zu reichen?«

»Das wäre ein erster Schritt in die richtige Richtung.«

Telemach Olexa schüttelte den Kopf. »Seit Generationen leben wir in Fehde mit den Laren. Sie sind falsch, sie versuchen mit allen Mitteln, die Macht an sich zu reißen, und gehen dabei über Leichen. Die Laren sind so, niemand wird ihren Charakter beeinflussen können.«

»Die Zeit kann vieles verändern, Captain.«

»Sie müssen es wissen, Großadministrator. Ich bin nur ein normal sterblicher Mensch, aber gerade deshalb warne ich davor, dem Laren zu viel Freiheit zu lassen.«

»Natürlich werden wir Verduto-Cruz im Auge behalten«, pflichtete Rhodan ihm bei. »Andererseits sollten Sie nicht vergessen, dass er sich an Bord nichts hat zuschulden kommen lassen. Ohne ihn wären wir außerdem längst nicht so weit, wie wir es jetzt schon sind.«

BOX-1122-UM flog mit siebzig Prozent der Lichtgeschwindigkeit, trotzdem hatte es den Anschein, als stünde der Fragmentraumer unverrückbar im Raum. Mit Sorge nahm Rhodan das Sturmgebiet in Augenschein. Die Ortung zeigte einen sich ausweitenden Energiewirbel zwischen zwei roten Riesensternen. Die Sturmfront würde zwar mehrere Lichtjahre an der BOX entfernt vorbeiziehen, doch ein Ausläufer entwickelte sich in Richtung des Schiffes.

»Falls er an Zerstörungskraft gewinnt, könnte es für uns ungemütlich werden«, stellte Mondra fest. »Ich glaube nicht, dass uns dann viel Zeit bleibt, darüber nachzudenken.«

»Wir müssen hier so schnell wie möglich weg.« Captain Liza Grimm hatte vor etwa zwanzig Minuten die Hauptzentrale betreten und befasste sich seitdem mit Decksplänen, die sie in rascher Folge projizieren ließ. Was rings um sie herum geschah, interessierte sie offenbar herzlich wenig. Nur zwei- oder dreimal hatte sie sich kurz umgeschaut.

Rhodan musterte die junge Frau. Wäre er ihr auf irgendeinem Raumhafen begegnet, er hätte sie für eine Verwaltungsangestellte gehalten, sehr wahrscheinlich für eine staatliche Kontrolleurin. Vorausgesetzt, sie wäre ihm ohne die Flottenuniform über den Weg gelaufen, die ihr ausnehmend gut stand. Dass diese Frau zu Olexas Elitesoldaten gehörte, überraschte ihn. Sie wirkte verletzlich und zurückhaltend, war schon bei ihrer ersten Begegnung seinem Blick ausgewichen und tat das auch jetzt wieder.

»Wir warten mit der nächsten Linearetappe, bis Nano Aluminiumgärtner und Verduto-Cruz grünes Licht geben«, sagte er.

»Das wird hoffentlich bald sein.« Liza Grimm war außer Olexa die einzige Person im Rang eines Captains. Sie machte eine lässige Ehrenbezeugung. »Ich koordiniere die Suchgruppen, Sir.«

Nein, die eine Bemerkung stand mit der anderen nicht im Zusammenhang. Die Frau widmete sich wieder dem Holo, in dem ein großer Bereich rund um die Energiezentrale wiedergegeben wurde. Mit beiden Händen griff sie in die Bilddarstellung, als könne sie auf diese Weise die Räumlichkeiten für sich besser nachvollziehbar machen.

Rhodan sah ihr in Gedanken versunken zu.

Kurz darauf wich sie zufrieden zurück und gab einem in der Nähe stehenden aktivierten Posbi einen knappen Befehl. Die Darstellung erlosch. Der Hauch eines Lächelns huschte über ihr Gesicht, als sie Rhodans Interesse bemerkte.

»Wenn sich tatsächlich ein Maschinenteufel der Kontrolle entzieht, finden wir ihn!« Sprach's, drehte auf dem Absatz um und eilte zum Schott.

Rhodan sah ihr noch hinterher, als ihm jemand auf die Schulter tippte.

»Du verwirrst den Captain«, stellte Mondra fest. »Ist dir das nicht aufgefallen?«

»Ganz bestimmt nicht«, wehrte er ab.

»Liza Grimm findet dich nett.«

»Nett ...« Er ließ sich das auf der Zunge zergehen. »Wenn es danach geht, findet mich jede Pubertierende nett.«

»Sie ist immerhin Captain.«

Eifersüchtig?, hätte er um ein Haar gefragt. Aber dann lachte er nur, wenngleich es ein gequältes, künstliches Lachen wurde. Sie hatten zu viele Probleme und offene Fragen am Hals, als dass er sich der Psyche eines weiblichen Offiziers hätte annehmen können. Und Mondra? Sie beide waren gemeinsam im Einsatz. Wollte sie mehr?

Er warf einen Blick auf die Zeitanzeige seines Kombiarmbands. Zweieinhalb Stunden waren seit dem Ende der Linearetappe vergangen.

Wie es aussah, machte nur einer der Linearkonverter Schwierigkeiten. Verduto-Cruz behauptete, dass die Kristallbeschichtung noch für mehrere Überlichtetappen gut sein würde, sofern die Justierung entsprechend nachgeregelt werden konnte. Nicht nur angesichts des aufziehenden Hypersturms hatte Rhodan entschieden, vorerst auf die zeitintensivere Auswechslung zu verzichten.

»Zwei Stunden«, hatte der Lare behauptet.

Sie waren verstrichen, aber die erlösende Meldung aus dem Triebwerkssektor ließ auf sich warten.

Erst war es nur ein Anschwellen des kosmischen Hintergrundrauschens, das sich in Ambriador ohnehin intensiver bemerkbar machte als in anderen Regionen. Dann zeigte die Hyperortung Ausfallserscheinungen.

»Der Sturmausläufer kommt direkt auf uns zu!«, meldete jemand. »Wir müssen hier weg, oder ...«

Oder wir werden scheitern, führte Rhodan den Satz in Gedanken zu Ende, den der Alteraner offengelassen hatte. *Und damit verlieren Milliarden Menschen ihre Hoffnung.*

Der Weltraum glühte auf. Sprunghaft stieg die Schirmfeldbelastung an. Die Werte kletterten stetig, näherten sich der ersten Warnmarke.

Endlich meldete Nano Aluminiumgärtner, dass der Übertritt in den Linearraum wieder möglich sei.

»... Manöver von jetzt an in ... dreißig Sekunden.«

Die Anspannung blieb. An Bord des Fragmentraumers herrschte eine Atmosphäre zwischen vorsichtiger Zuversicht und Fatalismus, und eigentlich verlief alles nach Plan. Ohnehin hatten die Verhältnisse in Ambriador von Anfang an keinen reibungslosen Flug über mehr als siebentausend Lichtjahre hinweg erwarten lassen. Die Schätzung, dass bis Orombo gut vier Tage vergehen würden, trug dem bereits Rechnung.

Vierzig Lichtjahre hatte BOX-1122-UM mit der zweiten Linearetappe zurückgelegt, beim dritten Rücksturz war es nur eine Etappe über fünfundzwanzig gewesen.

Am frühen Vormittag des 17. Mai Standardzeitrechnung fingen die Antennen den verstümmelten Notruf eines alteranischen Frachters auf. Das Signal wurde automatisch wiederholt.

»Entfernung sechs bis sieben Lichtjahre!«

Rhodan biss die Zähne zusammen. Es wäre ein Leichtes gewesen, den Kurs zu ändern und Hilfe zu leisten, falls diese nicht ohnehin längst zu spät kam. Der Funkspruch verriet nicht, was geschehen war. Ein Fragmentraumer wie BOX-1122-UM, der ein alteranisches Schiff mit einer Breitseite vernichtete, fiel nicht auf – sobald die BOX jedoch Anstrengungen unternahm, die Besatzung eines Kugelraumers zu retten, machte sie sich verdächtig. Schon eine Antwort auf den Notruf hätte genügt, ebenso dessen Weiterleitung ins Alter-System, um dort Unterstützung zu mobilisieren.

Rhodan war also gezwungen, den Funkspruch zu ignorieren. Vielleicht, sagte er sich, starben dann Dutzende Menschen in den nächsten Stunden oder Tagen einen qualvollen Tod, obwohl er es in der Hand gehabt hätte, sie zu retten. Ließ er indes den Frachter anfliegen, und BOX-1122-UM wurde bei der Hilfeleistung beobachtet, endete in dem Moment die Hoffnung für Milliarden Menschen.

»Wir bleiben auf Kurs! Vorbereitung für den nächsten Lineareintritt!« Er gab den Befehl und verabscheute sich selbst dafür. Ihm blieb keine Wahl.

Als die BOX erneut in den Überlichtflug ging, war das für Rhodan, als hätte er die Besatzung des unbekannten Frachters zum Tod verurteilt.

Dass kurz vor dem Linearmanöver der Notruf jäh abbrach, war ihm nur ein schwacher Trost. Er hatte sich gegen diese Menschen entschieden, gegen ihre Hoffnungen und ihren Überlebenswillen. Alles andere hatte er nicht vorhersehen können.

Der Frachter schien explodiert zu sein. Jedenfalls legte die Auswertung der letzten Sekundenbruchteile des Notrufs diese Vermutung nahe.

Rhodan übertrug Mondra das Kommando und zog sich in seine Kabine zurück. Wenigstens für kurze Zeit wollte er mit sich und seinen Überlegungen allein sein. In voller Montur ließ er sich auf sein Bett sinken, verschränkte die Hände im Nacken und war gleich darauf eingeschlafen. Selbst ein Aktivatorträger trieb nicht ständig Raubbau an seinem Körper, ohne dass dieser über kurz oder lang sein Recht forderte, und wenn es nur zwei Stunden erholsamer Tiefschlaf waren.

Drover kam, und mit ihm der Matten-Willy Mauerblum. »Wo ist der Chef?«, fragte der Rundron-Posbi wenig respektvoll. Mauerblum kicherte, aber dieses Anzeichen von Heiterkeit klang gequält. Mondra fand, dass der Matten-Willy gestresst wirkte. Schneller als sonst ließ er sich von Drovers Schultern auf den Boden gleiten. Wie eine große graue Amöbe lag er da und bewegte sich nur noch zögernd.

»Wo ist Perry?«, drängte der Posbi.

»Er hat sich in seine Kabine zurückgezogen.«

»Wozu?«

»Ölwechsel.« Mauerblum kicherte und richtete ein Ende seines Körpers auf, indem er tentakelartige Fortsätze ausbildete. »Das wäre bei Nano und dir ebenso angebracht. Ich schlage vor …« Er verstummte, als der »Schwere Arbeiter« an ihm vorbeischwebte, ohne ihn zu beachten.

Vor Mondra erhob sich der Posbi ein klein wenig höher. »Ich brauche Unterstützung!«, stellte er fest.

»Du hast Mauerblum.« Die ehemalige TLD-Agentin konnte sich diese Bemerkung nicht verkneifen. Zum Dank bildete der Matten-Willy ein Stielauge aus und blinzelte ihr zu. Für Mondra stand damit endgültig fest, dass zwischen Mauerblum und den Posbis dicke Luft herrschte.

»Mauerblum ist mir im Weg mit seiner übertriebenen Fürsorge«, protestierte Drover. »Ich brauche kein weinseliges Kindermädchen, sondern richtige Helfer. Männer und Frauen, die sich dem Gegner auch nicht gleich an den Hals werfen.«

»Niemand wirft sich irgendwem an den Hals.« Das klang zornig. Der Matten-Willy schob sich langsam näher, aber Mondra achtete jetzt nicht mehr darauf.

»Wir kriegen ihn«, behauptete Drover. »Ich bin ganz nahe dran.«

»Von wem sprichst du?«

»Von dem Unbekannten, Mondra, von diesem Ambriador-Posbi, der sich nicht um Nanos Kodes schert. Es gibt ihn, ich habe eine Reflexortung aus einem Sektor, in dem sich ansonsten kein Roboter aufhalten dürfte.«

»Aber ich kann dir keine Posbis abstellen. Sie unterstehen Nano.«

»Ich brauche Raumsoldaten, Mondra! Sie müssen den fraglichen Bereich absichern und durchsuchen. Die Streustrahlung der Ambriador-Posbis würde die Messungen nur erschweren. Außerdem wäre sie verräterisch.«

»Warum wendest du dich nicht an Captain Grimm? Sie koordiniert die Suche.«

Mondra Diamond fragte sich, was sie soeben Falsches gesagt haben mochte. Sie hatte noch nicht zu Ende gesprochen, da drehte Drover sich langsam zur Seite, und seine Sensorfelder richteten sich auf Mauerblum. Der Matten-Willy entwickelte plötzlich eine Energie, die seiner eben gezeigten Lethargie völlig zuwiderlief. Auf einem Dutzend winziger Füße lief er um Mondra herum und brachte nicht nur sie, sondern zudem zwei Alteraner zwischen sich und Drover.

»Du weißt nichts davon, dass der Captain einen Suchtrupp führt?« Für Mondra blieb nur diese Folgerung.

»Wenn das so ist, suchen die Alteraner am falschen Ort.«

»Das beantwortet meine Frage nicht.« Mondra sah sich nach dem Matten-Willy um, der langsam in Richtung Hauptschott verschwand.

»Mauerblum ist schuld!«, verkündete der Posbi. »Er hat mich eine Zeit lang von jeder Kommunikation abgeschnitten.«

Diese Behauptung entlockte Mondra ein spöttisches Grinsen. »Es überrascht mich, dass ein Matten-Willy einen Schweren Arbeiter wie dich partiell abschalten kann.«

»Mauerblum hat mich überredet.«

»… um sich anschließend dem Gegner an den Hals zu werfen? Ich verstehe die Logik nicht.«

»Drover braucht mich nicht«, klang es vom Schott her schrill durch die Zentrale. »Er behauptet, er kommt ohne mich aus. Tatsächlich will er die Lorbeeren allein einsammeln.«

Mondra ignorierte den Ruf, weil der Posbi gleichzeitig zu einer verständlicheren Erklärung ansetzte: »Es sei vorteilhaft, wenn ich jegliche Funkkommunikation einstellen würde, hat Mauerblum behauptet, und wenn ich anschließend reglos verharren würde, nur von einem Minimum an Energie am Leben erhalten. Die restliche Abschirmung wolle er vornehmen, indem er mich völlig einhüllt.«

»Ich nehme an, Mauerblum hat das genauso gemacht.«

»Er wusste, dass ich seine völlige Umhüllung aus anderen Gründen niemals dulden würde. Dieses nutzlose Subjekt weiß nichts Besseres mit sich anzufangen.«

»Aber du hattest diese Ortung?«

»Die hätte ich ohnehin verzeichnet.«

»Da hörst du es!«, krächzte Mauerblum. »Für ihn bin ich überflüssig. Drover braucht mich nur als Krankenschwester, wenn seine Nervendrähte verrückt spielen ...«

Das Mienenspiel der Alteraner, die den Disput verfolgt hatten, war bezeichnend. Mit Mühe hatten sie sich an die Gegenwart der beiden Maschinenteufel aus der Milchstraße gewöhnt, und den Matten-Willy betrachteten sie als ein exotisches Geschöpf, mit dem sie ohnehin wenig anzufangen wussten. Diese gegenseitige Reiberei sahen sie mit Unverständnis.

»Es reicht, Drover!«, sagte Mondra eindringlich. »Ich werde nicht dulden, dass ihr beide hier für Unruhe sorgt ...«

»Captain Liza Grimm hat soeben meine Anfrage über ihren Ohrwurm bestätigt«, unterbrach der Posbi. »Ich treffe sie und einige ihrer Leute bei den Wassertanks.«

Wenige Zentimeter über dem Boden schwebend, drehte er sich um 180 Grad und summte davon. Von Mauerblum nahm er nicht mehr die geringste Notiz.

Der Matten-Willy hatte sich bereits einen der beiden Kampfroboter als neues Opfer ausgesucht. Mondra sah ihn mehrere tentakelartige Gliedmaßen ausbilden, mit denen er an dem glatten Rumpf des Ambriador-Posbis entlangtastete. Sie fragte sich, ob Mauerblum in der Lage war, Schaden anzurichten. Noch verzichtete sie aber darauf, ihn quer durch die Zentrale zur Räson zu rufen.

Bis Mondra den Matten-Willy erreichte, bedeckte er schon den halben Rumpf des Posbis. Über der Schulter der schweren Maschine klumpte er sein Zellgewebe zu einem grob strukturierten Schädel zusammen und blickte aus zwei großen unschuldigen Augen auf die Frau hinab.

»Sei vorsichtig, Mauerblum!«, warnte sie.

Der Matten-Willy schwieg. Er floss mit einem Teil seiner Masse in den Nacken des Posbis und zog sich an dessen rückwärtiger Schädelpartie empor.

»Am besten wäre es, du lässt den Posbi in Ruhe und kommst mit mir!«

Mauerblum blinzelte die Frau verwirrt an. »Ich bin nutzlos«, murmelte er.

»Wer sagt das?«

Schweigen.

»Niemand also. Demnach bildest du dir das ein, Mauerblum.«

»Nano braucht mich nicht. Und für Drover bin ich nur ein lästiges Anhängsel.«

Ein Matten-Willy, der vor Selbstmitleid zerfloss, hatte Mondra gerade noch gefehlt. Perrys anfängliche Bedenken über ihre Begleiter hatte sie nicht in jeder Hinsicht geteilt, mittlerweile war sie im Begriff, ihm Recht zu geben.

»Vielleicht brauche ich dich«, stellte sie fest.

»Aber nur *vielleicht.*« Mauerblum betrieb inzwischen Wortklauberei. Deutlicher konnte er nicht zu erkennen geben, dass er sich selbst nicht grün war.

»Ganz sicher sogar«, betonte Mondra.

Der Matten-Willy blinzelte hektisch. In dem Moment ruckte der Posbi herum und setzte sich in Bewegung. Mondra sprang gerade noch rechtzeitig zur Seite, andernfalls hätte die Maschine sie niedergewalzt.

»Halt ihn auf, Mauerblum!«, befahl sie.

»Ich ... ich tu gar nichts.«

So sicher war Mondra dessen nicht. Der Matten-Willy umhüllte den oberen Körperbereich des Posbis wie eine zweite Haut. Wahrscheinlich war er zudem in verschiedene Körperöffnungen eingedrungen. Mondra vermutete, dass Mauerblum, ob gewollt oder nicht, den geringen Zellplasmaanteil des Posbis beeinflusste.

Die Alteraner reagierten mit Panik auf den marschierenden Maschinenteufel. Ihre gebrüllten Befehle verhießen nichts Gutes.

»Nicht schießen!«, rief Mondra. »Provozieren Sie ihn nicht!«

Der Posbi ruckte geschmeidiger herum als zuvor. Wenige Sekunden hatten ihm genügt, seine Funktionen unter Kontrolle zu bekommen. Die Projektormündungen der Waffenarme flammten auf. Falls er Nanos Befehlskodes unterdrückte, würde der Posbi nicht zögern, die Zentrale des eigenen Schiffes in Schutt und Asche zu legen. Er ortete biologisches Leben.

»Seid ihr Wahres Le...?« Der Funkempfang über Mondras Armband endete so unvermittelt, wie er begonnen hatte. Nach dem Sender brauchte sie nicht zu fragen, denn dessen Bewegungen erstarben in demselben Sekundenbruchteil. Das Flimmern der Waffenprojektoren erlosch ebenso wie die Sehzellen.

Mondra schaute hinüber zu dem zweiten Kampfroboter. Auch dessen Sensorband war dunkel geworden. Trotzdem dachte sie noch nicht daran, ihre Waffe wieder zu sichern. Halb wandte sie sich zu den Alteranern um. »Bitte gehen Sie an Ihre Plätze zurück! Das hier dürfte ausgestanden sein.«

»Hast du das bewerkstelligt?«, wandte sie sich wieder an den Matten-Willy.

»Nein«, quäkte Mauerblum und rutschte langsam an dem Roboter abwärts. »Er ist völlig lahmgelegt. Das … das würde ich nicht schaffen.«

»Nano?« Mondra funkte den Rundron-Posbi über ihr Armband an.

»Ich habe eingegriffen«, bestätigte Nano Aluminiumgärtner. »Mir fiel auf, dass sich einer der Posbis der Kontrolle entzog. Beide sind nun endgültig stillgelegt.«

»Besteht die Gefahr, dass andere Posbis aktiv werden?«

»Ich würde es bemerken, Mondra. In dem Fall war ein mir unbekannter äußerer Einfluss ursächlich.«

Sie hätte sagen können, dass dieser Faktor einen Namen hatte: Mauerblum. Aber sie schwieg. Weil der Matten-Willy wie Espenlaub zitterte, kaum dass er sich vollständig von dem Kampfroboter gelöst hatte. Er versuchte zwar, sich zu einer halbwegs aufrecht stehenden Gestalt zusammenzuballen, aber das Ergebnis sah erbärmlich aus.

Schließlich sank der Matten-Willy haltlos in sich zusammen.

»Ich bin nutzlos«, blubberte es aus der Gewebsmasse. »Alles mache ich falsch. Ich werde mich in den nächsten Konverter stürzen.«

»Das wirst du nicht tun, Mauerblum!«

»Warum nicht?« Er zögerte kurz. »Siehst du, du hast keine Antwort.«

Nur den Bruchteil eines Augenblicks hatte Mondra Diamond gezögert. »Weil das keine Lösung ist!«, sagte sie schneidend.

»Was wäre denn … eine Lösung?«

Sie starrte den Matten-Willy an. Er dachte gar nicht daran, sich selbst etwas anzutun, den Mut dafür brachte er nicht auf. Sonst hätte er anders reagiert. Mauerblum suchte vielmehr ihr Mitleid, wollte wahrscheinlich eine Bestätigung, wie schlecht es ihm ging. Vielleicht musste sie Drover und Nano raten, dass sie sich mehr um den Matten-Willy als um alles andere kümmern sollten. Er fühlte sich offensichtlich zurückgesetzt.

Beinahe hätte sie zu lange gezögert. Als Mauerblum sich zusammenzog, wurde ihr erst richtig bewusst, dass er sie nach einer Lösung gefragt hatte.

»Du musst auf deine Stärke vertrauen, Mauerblum!«, sagte sie eindringlich. »Lotho Keraete hat dich für diese Mission ausgewählt, weil er weiß, dass du für uns wichtig sein wirst. Deine Stunde ist nur noch nicht gekommen.«

»Ach …« Heftige Zuckungen durchliefen den Matten-Willy.

»Ich bin überzeugt, dass wir früher oder später ohne deine Hilfe nicht weiterkommen werden«, fuhr Mondra fort. »Was glaubst du, warum hat der Bote von ES dich ausgewählt und keinen anderen deines Volkes? Wo liegen deine besonderen Stärken?«

»Ich weiß es nicht.« Mauerblum dehnte sich endlich ruhig aus, als Mondra neben ihm in die Hocke ging und mit einer Hand über seine Oberfläche strich. »Ich denke darüber nach«, versprach er.

Nach diesem Zwischenfall hielt Mauerblum sich zurück. Zumindest war er irgendwann aus der Zentrale verschwunden, ohne dass jemand wusste, wohin er sich begeben hatte.

»Keine Ahnung, was in ihn gefahren ist«, sagte Mondra zu Perry, als er wieder in die Hauptzentrale kam. »Ich hoffe nur, dass der Schock mit dem Kampfroboter heilsam war.«

»Für ihn – und für Nano«, pflichtete Rhodan bei.

Erst Stunden später traf Mondra wieder mit Mauerblum zusammen, in der Nähe ihres Quartiers. Der Matten-Willy hatte sich zusammengerollt und ließ zwei Stielaugen pendeln.

»Ich habe auf dich gewartet, Mondra«, raunte er. »Ich habe mir einige dieser ... Posbis angesehen, aber sie wirken bedrohlich. Ich weiß nicht, was ich von ihnen halten soll.«

»Wäre es so einfach, hätte Lotho Keraete uns nicht nach Ambriador verschleppt.«

»Wir sind freiwillig gegangen!«, protestierte Mauerblum.

»Und jetzt verkriechst du dich freiwillig in einem der Korridore ...«

»Hast du das ernst gemeint, Mondra? Dass ES *mich* ausgewählt hat?«

»Ich denke schon.«

»Aber warum mich?« Mauerblums Tonfall ließ wieder eine eigenartige Nuance heraushören. »Was habe ich Besonderes?«

»Du kennst dich selbst am besten. Also frag nicht mich, sondern versuche, mit dir ins Reine zu kommen.«

»Ich hasse es, allein zu sein, Mondra.«

»Dann suche dir einen anderen Platz als ausgerechnet diesen Korridor. Du brauchst Gesellschaft.«

»Mondra!«, rief Mauerblum schrill, als sie sich anschickte weiterzugehen. »Du kannst mich nicht allein lassen.«

Sie kniff die Augen zusammen und fixierte die schwammige Gestalt, die sich anschickte, einen menschlichen Körper nachzubilden. »Doch«, sagte sie mit Nachdruck, »das kann ich.«

»Nimm mich mit!«

Vorübergehend glaubte sie, in dem Pseudo-Gesicht vertraute Züge zu erkennen – die von Perry?

»Ich bin müde und brauche Schlaf«, wehrte sie entschieden ab.

»Ich störe dich nicht, Mondra. Ich will dich nur umsorgen.«

»Du willst die Nähe eines Posbis«, korrigierte sie die Aussage. »Geh zu Nano oder Drover, einer von beiden wird Zeit für dich haben.«

»Vielleicht habe ich mich geirrt.«

Tief atmete die Terranerin durch. Es klang wie ein Stoßseufzer.

»Ich weiß erst, ob ich mich geirrt habe, wenn ich mich vom Gegenteil überzeugen kann. Diese Ambriador-Posbis haben keine wirklichen Gefühle. Sie sind kalt, sie denken rational und nüchtern.«

»Hast du getrunken?«

»Wasser«, bestätigte Mauerblum.

»Dann lass es auch dabei. Versuche einfach, ganz du selbst zu sein. Das dürfte dir doch nicht schwerfallen.« Mondra ging weiter. Solche Diskussionen führten ins Uferlose, aber gewiss nicht an ein Ziel. Die meisten Matten-Willys, von denen viele auch auf terranischen Welten anzutreffen waren, galten als friedlich und intelligent. Ausnahmen gab es immer wieder. Mauerblum entwickelte sich mit jedem Tag mehr zu einer solchen.

Perry Rhodan hatte die Maschinenräume und Triebwerkshallen aufgesucht. In dem Bereich wimmelte es weiterhin von Ambriador-Posbis, die in drei Schichten von alteranischen Technikern und Triebwerksspezialisten beaufsichtigt wurden. Nach wie vor war die Nähe der Posbis für die Männer und Frauen nichts Alltägliches, obwohl sie sich bereits Mühe gaben, unbefangen mit den Maschinenteufeln umzugehen. Mehr als dreißig Jahre Blutvergießen ließen sich eben nicht einfach beiseiteschieben. Immer wieder zeigte sich in den Gesichtern der Menschen ihr Hass auf die Roboter.

Drei ausgebrannte Linearkonverter waren ausgewechselt worden. Die Übernahme des nächsten Aggregats aus dem Altbestand der BOX wurde soeben vorbereitet.

»Ich gehe bis zum Äußersten«, erklärte der Lare. »Was ich verantworten kann. Aber mehr als zwei Etappen hält das Aggregat nicht durch.«

Der erreichbare Überlichtfaktor lag bei annähernd achthunderttausend. Verduto-Cruz hatte davor gewarnt, diesen Maximalwert auszuschöpfen. Ein deutlich erhöhter Verschleiß wäre die Folge gewesen.

Wegen der Ortungsgefahr blieb die aktuelle Regenerationsphase kurz. Nichts fürchtete Rhodan mehr als das unerwartete Auftauchen einer Posbi-Flotte. Oder Laren, die BOX-1122-UM als ideales Angriffsziel angesehen hätten. Ein einzelner Fragmentraumer musste solche Begierden wecken.

Das Schiff lag wieder auf Kurs, nachdem ein zweites, schwaches Hypersturmgebiet umflogen worden war.

Die nächste Linearetappe. Das Posbi-Schiff gehorchte seiner neuen Besatzung, zumindest Nano Aluminiumgärtners historischen Befehlskodes. Nicht einmal der Robotkommandant probte den Aufstand.

»Sie sind von Grund auf misstrauisch, Rhodan?«, erkundigte sich der Lare. Sein Ärger war nicht zu überhören. »Sie glauben immer noch, ich könnte dem Schiff schaden? Oder seiner Besatzung? Aber sagen Sie aufrichtig, Terraner: Was hätte ich davon?«

»Ich weiß es nicht.«

»Wenigstens sind Sie ehrlich.« Verduto-Cruz lächelte bitter. »Ihre Alteraner bilden sich tatsächlich ein, sie könnten mich unauffällig beobachten. Sagen Sie Ihnen, sie sollen ihre Energie nicht weiter verschwenden.«

Rhodan hielt dem bohrenden Blick des Laren stand. Das Format eines Hortenor-Taak hatte Verduto-Cruz nicht, doch er war gefährlich.

Der Lare widmete sich wieder seiner Arbeit. Erst nach einigen Minuten wandte er sich um, wie um sich zu überzeugen, dass der Terraner gegangen war. Dass Rhodan ihn nicht aus den Augen gelassen hatte, irritierte ihn. »Ich unterstütze Sie, genügt Ihnen das nicht? Was wollen Sie eigentlich mehr?«

»Es scheint ein langer Weg zu werden, bis unsere Völker sich ohne Vorbehalt verstehen werden«, stellte Rhodan fest.

»Sehr wahrscheinlich«, sagte der Lare. »Aber das interessiert mich nicht, weil ich es nicht mehr erleben werde.«

Augenblicke später kündigte sich der Ausfall eines weiteren Linearkonverters an. Zum ersten Mal gewann Rhodan den Eindruck, dass Verduto-Cruz nahe davor stand, seine arrogante Ruhe zu verlieren.

Elf Zwischenfall

»Sir!« Dumpf und ein wenig verzerrt hallte die Stimme von den Stahlwänden zurück. »Ich bitte Sie, in die Werkstatt zu kommen.«

Perry Rhodan blickte um sich. »Ich habe keine Bildübertragung.«

»Das ist bedauerlich.« Die Stimme, das war jetzt deutlicher zu erkennen, gehörte Captain Telemach Olexa. »Ich bitte Sie und Mrs. Diamond zur Anprobe. Bei der Gelegenheit: Für wen ist die vierte Schatulle bestimmt? Wenn meine technischen Spezialisten das gleich mit erledigen können ...«

»Wir besprechen das vor Ort, Captain! Danke.«

Rhodan warf einen Blick zu dem von der Decke seiner Kabine herabhängenden Kabelstrang, der in einen facettenreichen Projektorkopf verwandelt worden war. Zwei Techniker hatten es endlich geschafft, die Querverbindungen herzustellen. Trotzdem gab es einige Probleme.

Zweimal musste Rhodan den akustischen Befehl für eine Verbindung in die Hauptzentrale wiederholen. Dann stabilisierte sich zwar ein grobes Holo, doch Oberleutnant Li Fei war kaum zu erkennen.

»Mrs. Diamond hat die Zentrale vor wenigen Minuten verlassen.«

»Danke«, erwiderte Rhodan knapp und schaltete ab. Kurz darauf erreichte er Mondra über Armbandfunk und bat sie in die Werkstatt.

»Die erste positive Nachricht«, stellte sie fest. »Es geht eben nichts über die Arbeit von Spezialisten.«

Sie trafen beinahe gleichzeitig ein. Was von Captain Olexa und seinen Leuten als Werkstatt bezeichnet wurde, war weit eher ein umfangreicher Fabrikbereich, wie es ihn auch auf großen terranischen Kugelraumern gab. Nur hatten die Posbis hier vor allem weitere Roboter konstruiert. Schon die erste Besichtigung der BOX war für Rhodan in der Hinsicht sehr aufschlussreich gewesen.

Nano Aluminiumgärtner hatte alle Posbis aus dem Werkstattbereich abgezogen. Trotz seiner Beteuerung, dass es keinen Geheimnisverrat geben könne, hatte Rhodan darauf bestanden. Von der Wirkung der »Schatullen« hing sehr viel ab. Das waren die Voraussetzungen, die stimmen mussten; unkalkulierbare Zufälle würden ohnehin für Probleme sorgen.

»Werden Sie die Fertigstellung komplett schaffen, bis wir Orombo erreichen?«, wandte der Terraner sich an den Captain.

»Ausschlaggebend ist der Test mit Ihnen beiden«, sagte einer der Techniker.

Telemach Olexa lächelte zufrieden, als Mondra mit schnellen Schritten auf die Schatullen zuging.

»Wie Marionetten!«, stellte sie unumwunden fest. »Wo sind die Fäden, an denen wir geführt werden?«

»Es gibt keine«, versicherte der Captain. »Das heißt – aus eigener Kraft würden Sie sich nur höchst schwerfällig bewegen können. Dafür haben wir die integrierten Kraftverstärker. Wer in einer Schatulle steckt, sollte außerdem nicht zu klaustrophobischen Anfällen neigen.«

»Wir sind es gewohnt, manchmal wochenlang einen geschlossenen Raumanzug zu tragen«, sagte Rhodan.

»Die Schatullen sind gewichtiger, erdrückend, sobald man erst in einer steckt. Ich habe meinen Test schon hinter mir.«

Mondra musterte die vier klobigen Anzüge, die nebeneinander in Antigravfeldern hingen. Sie erweckten den Anschein, als hätte jemand einen schweren Raumanzug für Extremwelten in seine Bestandteile zerlegt und diese als Bündel zusammengeschnürt. Obwohl es deshalb schwer zu erkennen war, wirkten diese vier Packen dennoch unterschiedlich.

»Diese Hülle wurde nach Ihren Grobmaßen zusammengestellt, Mrs. Diamond.« Der Captain zog eine der Schatullen nach vorn. »Das Exemplar daneben ist für Sie vorbereitet, Mr. Rhodan. Alles natürlich erst ein Provisorium, das im nächsten Schritt komplett zusammengefügt und ausgestattet wird.«

»Ich weiß gar nicht mehr, wie oft ich schon ähnliche Masken anlegen musste«, sagte Rhodan, während er die Körperhülle schloss. »Aber das hier dürfte die umfangreichste, auf jeden Fall die gewichtigste sein.«

Er fühlte sich eingeengt und sah, dass es Mondra keinen Deut anders erging.

»Im endgültigen Sitz werden die Schatullen bequemer sein und zudem an Reibungspunkten aufgepolstert«, erklärte einer der Spezialisten. »Jetzt die Arme anwinkeln, Sir!«

Perry fühlte sich wie beim Start zu seiner ersten Mondlandung. Nicht, dass sein Raumanzug zu jener Zeit ähnlich steif und unbequem gewesen wäre, aber damals hatte man sich Roboter so vorgestellt, wie er jetzt zusammengeschraubt wurde. Bei seiner Rückkehr vom Mond hatte er selbst schon ein völlig anderes Roboterbild gehabt, entsprechend den arkonidischen Maschinen. Posbis in ihrer Vielgestaltigkeit wichen davon nochmals ab.

Mit einem Mal hatte er kaum noch Bewegungsfreiheit. Aber die unsichtbare Last fiel schnell wieder von ihm ab, nachdem alle Messungen abgeschlossen waren.

»Sie erhalten ausgeklügelte Exoskelette«, sagte Captain Olexa stolz.

»Ihre eigene Mutter wird sie in so einem Ding nicht erkennen«, fügte einer der Techniker grinsend hinzu.

»Wichtig ist, dass uns die Posbis nicht erkennen«, erwiderte Rhodan. »Mehr verlange ich gar nicht.« Nur gedämpft und wie aus weiter Ferne hörte er die Stimmen. Das Kommunikationssystem war noch nicht installiert.

»Von außen perfekt, ein Maschinenteufel wie Tausende andere auch«, bemerkte der Captain.

»Soll ich blind durch die Hölle tappen?«

Jemand lachte gequält. »Ungefähr vor Ihnen, Sir, in Brusthöhe. Spüren Sie die Vertiefung unter ihren Fingern?«

»Ja. Falls da manuelle Kontrollen vorgesehen sind, vermisse ich sie aber.«

»Die Klein-Positronik wird ebenfalls erst integriert. Ebenso die Kraftverstärker und die Projektorsätze für die Prallfelder. Die Positronik wird sie zudem in die Lage versetzen, an rudimentärer robotischer Kommunikation teilzunehmen.«

»Ich fühle mich jetzt schon wie ein Posbi. Wahrscheinlich werde ich die Schatulle bald nicht mehr ablegen wollen.«

»Keine Sorge, Sir, so bequem wird es nicht werden.«

Minuten später schälten ihn hilfreiche Hände wieder aus dem stählernen Sarg. Gerade noch rechtzeitig, dass er Mondra in ihrer robotischen Gestalt sehen konnte. Im ersten Moment hatte er wirklich den Eindruck, einen Posbi vor sich zu haben. Diese Schatulle wirkte keineswegs plump. Mondra versuchte sogar, ein Stück weit vorwärts zu kommen. Ihre Schritte wirkten eckig und plump, aber das würde mit funktionierenden Kraftverstärkern völlig anders sein.

Mit einem Fingerschnippen aktivierte Captain Olexa einen Holoprojektor. »Was Sie sehen, Sir, ist Ihre Schatulle. Originalgröße.«

Ein gut zwei Meter zwanzig großer Posbi. Roboter, die als Vorbild gedient haben mochten, hatte Perry schon mehrfach an Bord gesehen.

»Alle Vorgänge können Sie später über die Klein-Positronik steuern«, erklärte der Captain. »Das Sensorband überträgt alle Wahrnehmungen auf eine innere Matrix. Lediglich die Farbübertragung bekommen wir bislang nicht in den Griff. Als Ausgleich wird Ihnen aber Infrarot zur Verfügung stehen.«

»Gut«, sagte Rhodan. »Ich gehe davon aus, dass die ersten Schatullen einsatzbereit sein werden, bis wir Orombo erreichen.«

»Ich dachte ...«

»Ja, Captain?«

»... die Masken werden erst auf der Hauptwelt der Posbis zum Einsatz kommen.«

»Wenn wir die Achtzigsonnenwelt wirklich erreichen. Falls nicht, werden wir unter Umständen gezwungen sein, eher zu handeln. Auf keinen Fall kann es schaden, weitere Masken zur Verfügung zu haben.«

»Die Kapazität reicht für zehn Schatullen. Vier werden in den nächsten dreißig Stunden einsatzbereit sein. Zwei für Mrs. Diamond und Sie selbst, die dritte wird mir auf den Leib geschneidert, aber Nummer Vier ...?«

»Verduto-Cruz weiß bislang nichts davon. Ich sorge dafür, dass er sich zur Anprobe einfindet.«

»Der Lare? Sir, finden Sie nicht ...?«

»Ich kenne Ihre Bedenken, Captain. Nur dürfen wir uns pauschale Vorbehalte nicht erlauben.«

»Wir müssen davon ausgehen, dass wir auf der Achtzigsonnenwelt die Unterstützung des Laren benötigen werden«, stellte Mondra fest. »Dass Verduto-Cruz die Technik der Posbis beherrscht, hat er mehr als überzeugend bewiesen.«

Verduto-Cruz reagierte keineswegs überrascht, als Perry Rhodan ihm von den Schatullen berichtete. »Ich dachte mir schon, dass Sie etwas Ähnliches vorhaben«, lautete sein Kommentar. »Wenn Sie mich dabeihaben wollen, stehe ich zur Verfügung. Ich kann Ihnen nützlich sein, da haben Sie völlig Recht. Sobald ich hier abkömmlich bin, werde ich mich in der Werkstatt einfinden.«

Rhodan sah nicht mehr, dass der Lare ihm nachdenklich nachschaute.

Seit geraumer Zeit arbeiteten alle Systeme einwandfrei. BOX-1122-UM bewegte sich mit annähernd Höchstgeschwindigkeit durch den Linearraum.

An einem Statusterminal kontrollierte Verduto-Cruz die aktuellen Leistungswerte und wartete den Rücksturz in den Normalraum ab. Die Überprüfung aller Parameter war zur Routine geworden. Der Lare wirkte dennoch angespannt, scheuchte mehrere Alteraner herum, die nach seiner Ansicht nicht präzise genug mit den Posbi-Anlagen umgingen, und verließ den Triebwerkssektor, nachdem die nächste Überlichtetappe eingeleitet war.

Geduldig ließ er die Messungen in der Werkstatt über sich ergehen. Letztlich äußerte er sich sogar zufrieden über die Schatullen. Er war gerade im Begriff, seiner Meinung nach unerlässliche Verbesserungsvorschläge durchzusetzen, als Alarm ausgelöst wurde.

»Triebwerksschaden!«, brüllte jemand. »Es sieht so aus, als würden mehrere Umsetzer kritisch werden.«

»Was genau?«

Nur ein Kopfschütteln antwortete dem Laren.

BOX-1122-UM befand sich im Linearraum. Falls die Umsetzer tatsächlich mehr Energie abgaben, als benötigt wurde, bestand höchste Gefahr. Verduto-Cruz rief den Alteranern zu, dass sie Rhodan informieren sollten, er sei unterwegs, dann hastete er los, quer durch das halbe Schiff.

Niemand würde in dieser Situation darauf achten, welchen Weg er nahm. Gut konnte er sich die wachsende Verzweiflung der Techniker vorstellen, die kaum eine Chance hatten, die Ursache des Problems aufzuspüren.

Verduto-Cruz, an eine höhere Schwerkraft gewöhnt als die Alteraner, kam schnell voran. Niemand begegnete ihm. Schwieriger wurde es erst, als er die Nähe der Sanitäranlagen erreichte. Angesichts des Notfallalarms würde aber niemand die Duschräume aufsuchen.

Er wurde langsamer und sondierte mehrere Seitenkorridore, bevor er den defekten Posbi ansteuerte. Die Zeit war sein Problem. Falls wider Erwarten doch jemand auf ihn aufmerksam wurde, würde er Schwierigkeiten haben, Rhodan eine glaubwürdige Erklärung zu präsentieren. Der Terraner war ihm ebenbürtig, das hatte er frühzeitig gespürt. Obwohl Rhodan sein Geschwätz von Verständigung und Gemeinsamkeiten selbst zu glauben schien, machte ihn das nicht weniger gefährlich. Die Alteraner waren berechenbar in ihrer Ablehnung, Rhodan und die Frau an seiner Seite weit weniger.

In einem Seitengang stand der Roboter. Schon seiner äußeren Schäden wegen gehörte er zu den Posbis, die deaktiviert blieben. Niemand hatte diesen Koloss beachtet, Verduto-Cruz schon. Wenngleich er dieser Kampfmaschine nur manchmal ein kurzes Interesse gewidmet hatte.

Jetzt war er sicher, dass ihn niemand beobachtete. Das geringe Restrisiko nahm er bewusst in Kauf.

Jeder Handgriff saß. Er wusste, was zu tun war, hatte mehr Ahnung von den Posbis, als irgendjemand an Bord glauben würde. Vor allem durfte Nano Aluminiumgärtner die Aktivierung nicht auffallen. Das war möglich. Andernfalls hätten die Alteraner nicht fieberhaft nach einem ungebetenen Passagier gesucht.

Verduto-Cruz hielt den Atem an, als er sich dem Innenleben des Posbis widmete. Mit einem Präzisionsinstrument blockierte er mehrere Impulsleiter. Der Posbi durfte keine Kennung senden.

Noch stand die schwere Kampfmaschine reglos.

Der Datenspeicher, den Verduto-Cruz präpariert hatte, maß nicht mehr als eineinhalb Zentimeter Seitenlänge. Mit fliegenden Fingern platzierte er das Plättchen in die Befehlserkennung und justierte die Nervenleiter neu.

Viereinhalb Minuten waren vergangen, als er den Speicher auf Vorlauf schaltete und die Wartungsöffnung des Roboters schloss.

Der Posbi erwachte. In seinen Sehzellen erschien ein heller werdendes Glimmen. Die erforderlichen Parameter wurden innerhalb seiner Befehlserkennung geprüft und übernommen. Der ganze Vorgang nahm nicht mehr als Nanosekunden in Anspruch.

Verduto-Cruz wusste nicht, welche Schäden der Roboter tatsächlich davongetragen hatte. Für eine derart detaillierte Untersuchung war ihm das Risiko, von einem Besatzungsmitglied überrascht zu werden, zu groß gewesen. Deshalb aktivierte er vorerst auch nur das Motorikzentrum.

Ruckartig setzte sich die Kampfmaschine in Bewegung.

Verduto-Cruz wartete, bis der Posbi in den Hauptkorridor einbog. Kein Alteraner ließ sich sehen. Der Roboter hatte den Befehl, Verduto-Cruz' Kabine aufzusuchen und sich dort umgehend wieder zu deaktivieren.

Der Lare hastete weiter.

Er war sicher, dass die alteranischen Techniker längst Blut und Wasser schwitzten. Es lag ihm fern, dem Fragmentraumer Schaden zuzufügen, den er selbst nicht mehr hätte beherrschen können, aber die bornierten Emporkömmlinge würden seine Überlegenheit endlich vorbehaltlos anerkennen müssen.

Ein Witzbold hatte die beiden Posbis mit Regenbogenfarben besprüht. Da es sich zudem um Fluoreszenzpigmente handelte, stachen die massigen Leiber jedem, der in den Hauptkorridor einbog, sofort ins Auge.

Kopfschüttelnd blieb Mondra Diamond stehen. Eigenwillige Musik klang ihr entgegen. Es waren fremdartig anmutende Töne, die deutlich zeigten, dass die alteranische Kultur nicht nur in der Vergangenheit der Siedlerschiffe verhaftet war, sondern durchaus eigene Wege beschritten hatte. Die Melodie wirkte nicht aufdringlich, aber mitreißend. Ein Hauch von Sehnsucht klang darin an, doch ebenso der raue und ruppige Ton des Krieges.

»Eigentlich«, hatte Mondra spontan widersprochen, als sie von dieser geplanten Feier erfahren hatte, »gibt es an Bord immer noch genügend Arbeit. Jeder kann sich austoben, bis er todmüde in die Koje sinkt.«

Und genau deshalb war sie nun hier. Sozusagen als offizielle Beobachterin.

»Wir dürfen nicht vergessen, meine Liebe, dass Menschen zu Extremen neigen«, klang ihr Perrys Erklärung im Ohr. »Unsere Techniker und Soldaten sehen endlich einen Hoffnungsstreifen am Horizont. Lass sie feiern, sie haben wahrlich Grund dafür.«

Und vor allem wissen wir nicht, was uns noch erwartet, fügte sie in Gedanken hinzu.

Die Blockade der Umsetzer vor einem halben Tag war schon eine dieser Überraschungen gewesen und wäre beinahe zur Katastrophe ausgeartet. Ein sehr ruppiger Rücksturz aus dem Linearflug, verbunden mit zerstörerischen Überschlagsenergien, hätte das Schiff auf jeden Fall für lange Zeit manövrierunfähig gemacht, im schlimmsten Fall zu einem treibenden Wrack.

Der Lare hatte sie gerettet. Er allein war in der Lage gewesen, den Positronikfehler aufzuspüren, der eine zur Lawine anwachsende Flut von Fehlsteuerungen ausgelöst hatte. Seine Korrektur war gerade noch rechtzeitig erfolgt.

Seitdem sah die Besatzung der BOX Verduto-Cruz mit anderen Augen. Etliche waren nachdenklich geworden und gestanden bereits ein, dass sie sich allzu schnell zu einem Urteil hatten hinreißen lassen. Dass Verduto-Cruz ein Lare war, stempelte ihn nicht sofort zum Gegner ab.

Seit dieser Beinahe-Katastrophe, die schon einen Tag zurücklag, verlief der Flug reibungslos. Außerdem waren die letzten notwendigen Reparaturarbeiten vor wenigen Stunden abgeschlossen worden – sehr viel schneller, als anfangs von jedem für machbar gehalten.

Jeder hatte gespürt, dass eine ungeheure Anspannung gewichen war.

Und morgen würde, sofern es keinen Zwischenfall mehr gab, BOX-1122-UM an den Koordinaten von Orombo aus dem Linearraum fallen. Und dann ... Unwillig schüttelte Mondra den Kopf. Was immer sie vorfinden würden, sie mussten sich nach den Gegebenheiten richten.

Sie erreichte den ersten Posbi. Ein Kampfroboter wie jene am Zentraleschott, nur war in ihm nicht ein Hauch von Energie. Der Witzbold mit der Farbe entpuppte sich als verhinderter Künstler. Er hatte dem klobigen Posbi nicht nur rote Hörner aufgesprüht und ihm einen schwarzen Klumpfuß verpasst, er hatte ihm auch einen richtig drahtigen Schwanz angeheftet, der im Schritt nach vorn gebogen war und sich mehrfach um eines der Beine wand.

Immerhin erstarrten die Alteraner nicht in ohnmächtiger Furcht vor den Maschinenteufeln.

Der zweite Posbi war auf ähnliche Weise drapiert. Sein kantiges Kinn wurde sogar von einem Ziegenbart verziert.

Millionen Tote hatte dieser Krieg schon gefordert. Aber anders als mit solchem Spott, der den Gegner greifbar machte und ihn vom Podest der Übermächtigkeit herabholte, waren die Angriffe der Fragmentraumer wohl nicht mehr zu ertragen.

Morgen werden wir erfahren, ob wir mit diesen Teufeln richtig umzugehen verstehen, dachte Mondra bitter.

Sie tauchte ein in die kleine Welt der Feiernden, die so gar nichts mehr mit der gefühlten Kälte des Fragmentraumers zu tun hatte. Hier hatten Tod, Leid und beklemmende Erinnerungen für kurze Zeit ihre Macht verloren.

Mondra blieb kurz stehen und versuchte, sich in dem Stimmengewirr und der Musik zu orientieren. Die Beleuchtung war manipuliert worden, das Licht hatte etwas von der Stimmung eines schönen Sonnenuntergangs. Im Hintergrund erklang sogar Brandungsrauschen.

Bevor sie sich versah, fühlte sie sich von hinten an den Armen gepackt und herumgezerrt. Ein bulliger Raumsoldat hatte geglaubt, sie an sich ziehen zu müssen, doch ebenso schnell bemerkte er seinen Irrtum.

»Verzeihung, Mrs. Diamond«, ächzte er. »Ich dachte … ich meinte …« Immer noch hielt er ihre Arme fest.

»Sie dürfen Ihre Hände ruhig wieder wegnehmen, Sergeant! Ich bin nur hier, um mich umzusehen.« Mondra nickte knapp, als ihr Gegenüber endlich losließ. Im Herumdrehen entdeckte sie Nano Aluminiumgärtner. Der Posbi schaute ihr aus hell leuchtenden Multi-Sensorflächen entgegen. Seine heruntergezogenen Mundwinkel verliehen ihm in dieser Umgebung ein unendlich trauriges Aussehen. Allerdings stand Nano fast auf der anderen Seite des Raums, und zwischen ihnen drängten sich etliche Alteraner. Mondra beachtete ihn nicht weiter.

Sie schätzte, dass sich an die sechzig Männer und Frauen eingefunden hatten. Ihr Stimmengewirr wurde von keinen Akustikfeldern kanalisiert.

Mondra schritt über festgetretenen Sand, auf dem sanfte Wellen ausliefen, auf eine Reihe von Dünen zu. Weiter im Hintergrund erhoben sich die Gipfel eines Karstgebirges, das von der untergehenden Sonne kaum noch angeleuchtet wurde. Die künstliche Abendstimmung wurde mit jeder Minute deutlicher.

Suchend sah sie um sich. Zu ihrer Rechten, in dem Bereich, in dem sie eben Nano gesehen hatte, wucherte nun dichter Dschungel empor. Das üppige Grün der Baumkronen zog sich bis halb über die hohe Hallendecke. Ein Schwarm bunt gefiederter exotischer Vögel stob krächzend auf.

Die holographischen Szenarien wirkten echt, solange man sie nur oberflächlich betrachtete. Wer die erforderlichen Programmschablonen an Bord gebracht hatte, sah Mondra im Grunde als unerheblich an. Zumindest gab es jemanden, der daran gedacht hatte.

Tischgruppen – die selben einfachen Plastikmöbel wie in ihrer Kabine – waren überall verteilt. Mondra ließ sich an einem freien Tisch nieder.

Mehrere Paare tanzten. Sofern dieses gegenseitige Berühren und Verbiegen der Gliedmaßen tatsächlich als Tanz bezeichnet werden konnte.

Ein Techniker kam auf sie zu, stellte ihr einen gefüllten Becher auf den Tisch und eilte weiter. Feurig heiß, aber keineswegs unangenehm, rann der erste Schluck durch Mondras Kehle. Sie spürte, dass die leichte Müdigkeit von ihr abfiel.

Die Melodie, die jetzt erklang, kannte sie. Reginald Bull hatte hin und wieder dieses Lied gesummt. »Uralt«, entsann sie sich seiner Behauptung. »Komponiert, als Perry und ich noch lange nicht an interstellare Raumfahrt dachten. Hätte uns zu dem Zeitpunkt jemand erklären wollen, welche Fülle intelligenten Lebens wir allein in der Milchstraße vorfinden würden, wir hätten ihm wohl kaum geglaubt.«

Fünf Millionen Lichtjahre von der Milchstraße entfernt, in einer Galaxis, in der Menschen seit Jahrzehnten um ihr Überleben kämpften, klang dieses Lied wie ein Anachronismus. Aber zugleich verbreitete es Hoffnung. Oh ja, Mondra konnte Perrys besten Freund verstehen, dass er an diesem Lied hing, und das nicht nur, weil es möglicherweise das Einzige war, das Jahrtausende überdauert hatte.

... five hundred miles a way from home ...

»Wir beide sollten zu dieser Musik tanzen.« Leutnant Harrison Hainu stand vor ihr und grinste breit. »Es wird mir eine Ehre sein, die Begleiterin des Großadministrators in unsere Kultur einzuweihen. Ich weiß nicht, ob die Menschen in der Milchstraße Tänze überhaupt noch kennen ...«

»Doch, Leutnant. Nur anders als hier.« Mondra erhob sich. Hainu war fast so groß wie sie. Er warf ihr einen schmachtenden Blick zu, hob die Unterarme und drehte ihr die Handflächen entgegen. Der Reihe nach bog er die Finger ein.

»Sie müssen es mir nur nachmachen, Mrs. Diamond. Es ist ganz einfach.«

Geflissentlich übersah er, dass sie die Finger verhedderte. »Wie lebt es sich an der Seite des Groß... ich meine, eines so geschichtsträchtigen Mannes wie Perry Rhodan?«

»Sie fragen aus einem bestimmten Grund, Leutnant?«

»Ich müsste lügen, würde ich Sie nicht als Schönheit bezeichnen.«

Abrupt blieb sie stehen. Hainu drehte sich an ihr vorbei, stoppte und kam aus dem Takt.

»Ich lebe nicht mit Perry zusammen«, sagte sie. »Wir beide sind gute Freunde.«

»Aber ...«

Fast tat ihr der Kampfpilot wegen ihrer schroffen Reaktion leid. »Sie wollten tanzen, Leutnant«, versetzte sie deshalb. »Was ist, haben Sie schon genug?«

»Nein, natürlich nicht.« Harrison Hainu rüttelte an dem Ohrwurm, den er auch jetzt trug. »Jake, das Lied von eben noch einmal!«, sagte er bestimmt. »Ja, das Uralt-Ding von Terra … Es hat irgendwie die Zeit überdauert«, sagte er zu Mondra. »Seltsam. Manchmal frage ich mich, warum manches vergänglich ist und anderes nicht.« Er spreizte die Arme ab, verschränkte die Hände im Nacken …

… aber sein Grinsen gefror, als ihn eine große metallische Gestalt sanft aber bestimmt zur Seite schob.

»Bitte unterlassen Sie diese Verrenkungen, Leutnant!«, schnarrte Nano Aluminiumgärtner. »Ich sage Ihnen das als Unbeteiligter. Falls Sie es jedoch lieber aus dem Mund von Perry Rhodan …«

»Was soll das, Nano?«, fuhr Mondra auf. »Was ist mit dir los?«

»Nichts«, antwortete der Posbi. »Außer, dass ich typisch menschliche Verhaltensschemata sehr wohl zu erkennen weiß.«

»Hast du getrunken?«

»Diese Frage habe ich erwartet, Mondra. In deiner Erregung ü-übersiehst du jedoch, dass ich als Posbi nicht anfällig bin. Im Übrigen habe ich die T-terraner und ihre Besonderheiten über Jahre hinweg studiert. Ich kenne jede Trivid-Seifenoper und alle Dialoge. Ebenso das sich daraus ergebende Chaos in den z-zwischenmenschlichen Beziehungen.«

In diesem Augenblick war Mondra sich wirklich nicht schlüssig, ob sie lauthals lachen sollte. Mauerblum war schon zutiefst gekränkt. Falls nun auch Nano in einen Gefühlskonflikt stürzte, den sein Plasmaanteil auslöste, lag das bestimmt nicht in Lotho Keraetes Absicht.

»Um was handelt es sich bei einer – wie sagtest du – Trivid-Seifenoper?«, wandte Hainu sich an den Posbi.

Nano streckte nur einen Arm aus und schob den Kampfpiloten mühelos zur Seite. »Versuche nicht, m-mich abzulenken!«, sagte er theatralisch. »Mich kannst du nicht beeinflussen.«

Niemand tanzte mehr. Einige Paare schauten interessiert auf Mondra, den Leutnant und den Posbi. Im Hintergrund erklangen heisere Rufe, gefolgt von schallendem Gelächter.

»Ich weiß, dass Perry Rhodan und Mondra Diamond füreinander bestimmt sind«, fuhr Nano eindringlich fort. »Lass deine Finger von der Frau, Leutnant …!«

»Nano«, fuhr Mondra auf, »ich verbiete dir, in diesem Ton weiterzureden!«

»Das ist die typische Reaktion. Ich habe gesehen, wie dich diese nichtsnutzigen Tagediebe anschauen. Erst die Blicke von Captain Olexa – soll ich dir die Holospeicherung vorführen?«

»Du sollst schweigen, Nano! Oder ich werde dich verschrotten lassen.«

»Natürlich. Das ändert nichts daran, dass Perry und du …«

»Wenn du mir nicht wichtig wärst, Nano, wenigstens für diesen Einsatz, würde ich dich auf der Stelle kurzschließen.« Mondra blickte in die Runde. Verwirrte, teils erwartungsvolle Gesichter schauten ihr entgegen. »Ich bedauere diesen Zwischenfall«, stellte sie unumwunden fest. »Die Posbis in der Milchstraße sind die besten Freunde der Menschheit. Aber vieles hat eben zwei Seiten.«

Das Lachen im Hintergrund war lauter geworden. Mondra schaute in die Richtung, konnte aber nicht sehr viel erkennen. Techniker und Raumsoldaten standen dicht gedrängt und schienen sich köstlich zu amüsieren.

»Dort drüben war vorhin noch der Matten-Willy«, raunte jemand neben ihr.

Niemand lachte mehr. Irgendwer, möglicherweise sogar Leutnant Hainu, gab den Befehl, die Akustikfelder abzuschalten. »Wenn ich sofort sage, meine ich sofort!«, hörte Mondra ihn sagen, aber sie achtete nicht mehr darauf.

Unwillig schob sie die ersten Männer beiseite. Jemand versuchte, sie zurückzuhalten, doch als der Betreffende sie erkannte, zuckte er zurück, als hätte er sich die Hände verbrannt.

Mondra rümpfte die Nase. Es roch nicht nur, es stank. Nach verschüttetem Sekt und nach härteren Sachen.

Vor ihr lag etwas auf dem Boden, das aussah wie eine Riesenamöbe. Mauerblum befand sich in einem erbärmlichen Zustand. Vergeblich versuchte er, sich aufzurichten, doch die dünnen Beinchen, die er ausbildete, knickten sofort wieder ein.

Mondra kniete vor ihm nieder. Selbst die Gespräche an einigen entfernteren Tischen waren verstummt.

»Hicks!«, machte der Matten-Willy.

»Du bist stockbesoffen!«, schimpfte Mondra. »Ich mach mir Sorgen um dich …«

»Muscht du nicht.« Ein armdickes Pseudostielauge stieg vor ihr in die Höhe, bog sich aber so heftig von einer Seite zur anderen, dass Mauerblum sie kaum wirklich wahrnehmen konnte.

»Was habt ihr ihm gegeben?«, herrschte Mondra die Umstehenden an.

»Nicht einmal ein halbes Glas Sekt.«

»Er hat es selbst verlangt. Weil er sich schwach gefühlt hat.«

»Jedschd bin ich nicht mehr schwwwach«, nuschelte Mauerblum. »Jedschd bin ich schdark. Isch gehe!«

Tatsächlich schaffte er das Kunststück, sich vom Boden zu erheben. Die diamantharte Schicht seiner Teleskopfüße verursachte ein schrilles Kreischen. Er rülpste unterdrückt, als er an Mondra vorbeitaumelte.

»Wohin gehst du?«, fragte sie voll böser Vorahnung. Dass Mauerblum sich absichtlich in diesen Zustand versetzt hatte, war nicht zu übersehen. Vielleicht hätte sie ihn doch ernst nehmen sollen, als er vor einem Tag angekündigt hatte, sich in den nächsten Konverter zu stürzen. Aber mancher Matten-Willy hörte sich eben gern reden.

»Wohin? Hicks. Ich will endlich zu etwas nütze sein. Ich habe … habe eine Aufgabe gefunden.«

Matten-Willys reagierten auf Alkohol höchst empfindlich. Sie wurden albern, geradezu kindisch. In gewisser Weise traf das auch auf Mauerblum zu. Aber er hatte schon vor einem Tag Schwermut verbreitet, und das steigerte sich bis zum Exzess.

»Ich bin Müll«, krächzte er. »Wertlos … weggeworfen. Sogar von meinen Freunden. Sie … sie sind nicht da … hicks … wenn ich sie … brauche.« Er krümmte sich und versuchte vergeblich, Kugelform anzunehmen. Sein Gleichgewichtsempfinden war nicht mehr das beste. »Aber sogar Müll … ist brauchbar. Wenn er zu Energie verbrennt. Eine gute Tat … Ich werde glücklich sterben, weil ich weiß …« – ein heftiges Schluchzen schüttelte den Körper – »dass alle mit mir zufrieden sein werden.«

»Das kannst du nicht tun, Mauerblum.«

»Ich … kann …« Gurgelnd rannte er los. Schwankend zwar, doch schneller, als Mondra es erwartet hätte.

Sekunden später ein gurgelnder Aufschrei. Nano Aluminiumgärtner war rechtzeitig zur Stelle gewesen, hatte mit beiden Greifklauen zugepackt und den Matten-Willy vom Boden gepflückt. Mauerblum trat nach dem Posbi und hätte ihm sicher schwere Schäden zugefügt, wenn er nüchtern gewesen wäre. In seinem desolaten Zustand schaffte er es allerdings nicht, den Roboter zu treffen.

»Ich will sterben, du Monstrum!«, keuchte er. »Wirf mich in den Abfallvernichter! Na los, worauf wartest du?«

Nach einer Weile wurde das Wimmern leiser. Schließlich schluchzte Mauerblum nur noch. Er war nicht einmal mehr in der Lage, seinen Körper so zu verformen, dass er im wahrsten Sinne des Wortes zwischen den Fingern des Posbis hindurchgeflossen wäre.

»Ein bis zwei Stunden, dann wird er wieder einigermaßen nüchtern sein und sich vermutlich an gar nichts erinnern«, behauptete Nano.

Mondra war sich dessen nicht sicher, aber der Posbi musste es wissen. Sie fragte sich, wie mit einer solchen Truppe ein Krieg zu gewinnen sein sollte.

Wenn sie es recht bedachte: Lotho Keraete hatte mit seiner Auswahl womöglich denselben makaberen Humor bewiesen, der die Superintelligenz ES schon immer auszeichnete.

Nach der Beinahe-Katastrophe mit den Umsetzern folgten ihm nicht mehr so viele misstrauische Blicke wie zuvor. Beinahe bedauerte Verduto-Cruz, dass er diesen Zwischenfall nicht schon eher provoziert hatte.

Er schaute an der massigen Gestalt empor, die mitten in seiner Kabine stand. Endlich konnte er ungestört an dem Posbi arbeiten. Dass die Menschen und sogar Perry Rhodan eine gewisse Privatsphäre respektierten, war ihm schon am ersten Tag aufgefallen. Solange er keinen Anlass dazu gab, würde niemand den ohnehin kahlen Raum durchsuchen.

Natürlich hatte er das Misstrauen bemerkt, das ihm von allen Seiten entgegengebracht worden war. Aber hätte er monoton versichern sollen, dass es keinen Grund dafür gab? Wie er die Alteraner einschätzte, hätte ihm ohnehin niemand geglaubt. Sie waren hin und her gerissen worden zwischen der Hoffnung auf Unterstützung und der Furcht davor, er könne ihr waghalsiges Unternehmen scheitern lassen.

Den Kampfroboter in seinem Sinn umzuprogrammieren, war eine Herausforderung für ihn. Vor allem durften Nano Aluminiumgärtner und Drover nicht bemerken, dass ein Posbi aus seiner Starre aufgeweckt worden war.

Verduto-Cruz arbeitete keineswegs langsam, aber dennoch bedächtig. Die Chance, einen Fehler rückgängig zu machen, würde ihm der Posbi nicht lassen, das wusste er. Dieser Kampfmaschine hatte er nichts entgegenzusetzen.

Er nannte den Koloss Kohurion, nach einem der Gründer des Trovents in Ambriador.

Zwölf Gegner an Bord

Matio Candiz griff nach dem Strahlgewehr. Seine Finger verkrampften sich um den Schaft.

»Wir haben alle gegen uns«, wiederholte Yu Tao eindringlich. »Darüber müssen wir uns klar sein. Gerade die Raumsoldaten werden uns als Gegner sehen und entsprechend reagieren. Wir müssen also nicht nur schnell sein, wir dürfen uns zudem nicht die geringste Blöße geben.«

Er nickte verbissen, obwohl er in Gedanken schon wieder Monate in der Vergangenheit weilte. Ihm war, als könne er Tafdys Nähe spüren. Sie war bei ihm, auch wenn er sie nicht sehen konnte. In irgendeiner Erscheinungsform.

Candiz war unruhig. Nie würde er das Gesicht des Laren vergessen, der ihn daran gehindert hatte, von Tafdy Abschied zu nehmen. Seine schlimmsten körperlichen Wunden waren verheilt, die Ärzte hatten davon gesprochen, dass er über einen unglaublichen Lebenswillen verfügte, aber die Narben in seiner Seele hatte niemand behandelt. Er wollte Vergeltung.

»Die Deflektorschirme sind kein Allheilmittel, insofern dürfen wir uns nicht darauf verlassen, dass wir wirklich unbemerkt bleiben werden. Vor allem die Maschinenteufel werden die Streustrahlung sehr schnell anmessen.«

Yu Tao wurde nicht müde, alles bis zum Erbrechen zu wiederholen. »Ponffo und ich leiden nicht an Gedächtnisschwund«, wollte er der Agentin an den Kopf werfen, doch er schwieg. Yu Tao hatte Recht, zu viel hing davon ab.

Einen Versuch hatten sie in letzter Sekunde abgebrochen, weil der Lare so gut wie nie allein gewesen war. Sie hätten ihn töten können. Ein wohlgezielter Schuss aus dem Hinterhalt – nicht nur ein Streifschuss wie der, unter dessen Nachwirkungen Candiz noch heute litt – hätte das Problem schnell aus der Welt geschafft, aber gleichzeitig eine Reihe neuer Schwierigkeiten entstehen lassen.

Yu Tao hatte ihre Beziehungen genutzt. Einer Agentin der Legion Alter-X standen viele Türen offen, die anderen versperrt blieben. Was es über Verduto-Cruz herauszufinden gab, hatte sie in Erfahrung gebracht. Seine Arbeit für die Maschinenteufel musste der Knackpunkt sein. Der zeitliche Zusammenhang mit dem Ausbruch des Krieges drängte sich geradezu auf.

Yu Tao befürchtete, dass der Lare Teil eines genialen Planes war, der nur ein einziges Ziel haben konnte, nämlich den Untergang des Imperiums Altera.

»Falls wir auf Widerstand stoßen, wird jeder auf sich allein angewiesen sein«, rief seine Vorgesetzte in Erinnerung.

Das ist im Interesse der Sache, fügte Matio Candiz in Gedanken hinzu. Immer wieder bewegten sich seine Überlegungen im Kreis. Seit zweieinhalb Jahrtausenden hofften und warteten die Menschen in Ambriador darauf, dass ein Raumschiff aus der alten Heimat eintraf. Sie hatten ihr Wissen um den Großadministrator, um Reginald Bull, das Mutantenkorps und nicht zuletzt um Raumschiffe wie die legendäre Androtest-Typenreihe lebendig gehalten, um nicht unvorbereitet zu sein, wenn eines Tages eine Delegation aus der Milchstraße eintraf. Selbst falls es nur unwesentliche Weiterentwicklungen im Triebwerksbereich gegeben hatte, denn die alten Berichte sprachen von einem enormen Expansionsdrang des Solaren Imperiums, wären Androtest-Konzepte bestimmt in der Lage gewesen, den intergalaktischen Abgrund zu überwinden.

In jedem Geschichtswerk waren diese Spezialraumschiffe abgebildet, vierstufige Konstruktionen, die den Weg der Menschen nach Andromeda entscheidend unterstützt hatten. Jede Stufe hatte über ein eigenes Lineartriebwerk verfügt und war nach dem Ausbrennen der Konverter abgestoßen worden. Mit einem solchen Konzept, vielleicht mit mehr Stufen und verbesserter Reichweite der Lineartriebwerke, sollte es möglich sein, den Abgrund zwischen der Milchstraße und Ambriador zu überwinden. Matio wusste, dass eine solche Hoffnung lange Zeit aufrechterhalten worden war.

Und nun war Perry Rhodan gekommen. Sozusagen aus dem Nichts heraus, vom Himmel über Altera gefallen. Ohne eine schlagkräftige Flotte, nicht einmal mit einem Flaggschiff, das Staunen und Fürchten gleichzeitig gelehrt hätte. Nur in Begleitung zweier Menschen. Außerdem zwei Maschinenteufel und ein Matten-Willy.

Die Mehrheit aller Alteraner jubelte ihm zu wie einem Befreier. Plötzlich war die Hoffnung wieder da.

Aber diese Hoffnung, fand Matio Candiz, machte blind. Und taub ebenfalls.

Die Posbis als Freunde der Menschheit, deshalb die beiden stählernen Begleiter. Ein historisch verbürgter Bericht sprach sogar davon. Schon zu Anfang des 22. Jahrhunderts hatte das Zentralplasma in der Milchstraße ein Bündnis mit Terra geschlossen und die Unterlagen für den Bau der sagenumwobenen Transformkanonen übergeben.

In Ambriador hatte es zwischen Menschen und Posbis selten Begegnungen gegeben, bis vor nunmehr sechsunddreißig Jahren die Maschinenteufel ihren Vernichtungsfeldzug begonnen hatten.

Zu den aktuellen Ereignissen hatte Matio Candiz seine eigene Sicht der Dinge, die er mit Yu Tao und Ponffo teilte.

Die beiden Posbis an der Seite des ehemaligen Großadministrators waren Aufpasser. Und Perry Rhodan war höchstwahrscheinlich nicht der, für den er sich ausgab, sondern eine perfekte Kopie. Soweit überhaupt ein Alteraner in der Lage gewesen wäre, den richtigen Großadministrator zu identifizieren. Dieser Mann entsprach dem uralten Bildmaterial, doch einige gutgemachte plastische Operationen genügten bereits, das zu bewerkstelligen.

Vielleicht hatte Rhodan sein Leben schon vor Jahrhunderten verloren und war wirklich nichts anderes mehr als eine Legende aus längst vergangener besserer Zeit. Der Zellaktivator schützte ihn nicht vor Unfällen oder einem tödlichen Attentat. Womöglich existierten das Solare Imperium und die Menschheit in der Milchstraße ebenfalls nicht mehr, und Altera war, ohne dass davon jemand ahnte, die letzte Bastion terranischer Kultur.

Wer zog schon in Erwägung, dass dieser Fremde und seine Begleiter Marionetten der Laren sein könnten? Rekrutiert aus einem der Knechtschaftslager, in denen die Nestschädel Alteraner für undurchsichtige Zwecke zusammenpferchten und sogar züchteten. Candiz wusste nicht, was in diesen Lagern geschah, keiner wusste das, aber seine Fantasie ließ ein weites Feld für Spekulationen.

Er schaltete den Deflektorschirm ein und spannte sich die Antiflex-Folie vor die Augen. Nur mit Hilfe der Folie konnten sie sich gegenseitig sehen.

Er wartete auf diesen Moment, seit sie ihr Versteck in der Enge des Linearkonverters bezogen hatten. Ein gewagtes Unterfangen, aber wer von ihnen hatte noch etwas zu verlieren?

»Ich bedauere den Vorfall.« Captain Telemach Olexa kam im Laufschritt heran, als der Terraner und seine Begleiterin die Werkstatt betraten. »Selbstverständlich werden die beteiligten Personen verwarnt und …«

»Lassen Sie es gut sein, Captain«, fiel Perry Rhodan dem Offizier ins Wort. »Ich kann nachvollziehen, wie Ihre Leute sich fühlen. Wir werden bald mit den ersten Posbis zusammentreffen.«

Der Alteraner nickte knapp. »Ich hoffe, dass der Matten-Willy durch den Alkohol nicht geschädigt wurde. Was ich gehört habe …« Wieder wurde er unterbrochen, diesmal von Mondra.

»Betrachten Sie die Sache als erledigt, Captain. Als ich Mauerblum zuletzt sah, konnte er sich schon wieder leidlich auf den Beinen halten. Vielleicht war das Ganze ein heilsamer Schock für ihn, zumal er schon erfahren hat, dass jeder an Bord über ihn spricht. Dass ausgerechnet Nano ihn am Freitod gehindert hat, scheint seinem Ego sogar gutgetan zu haben.«

»Mauerblum wird sich bald in allgemeiner Aufmerksamkeit aalen«, pflichtete Rhodan bei. »Er ist nicht besser oder schlechter als die meisten Matten-Willys. Allerdings sind wir nicht hier, um über ihn zu diskutieren.«

»Sie können die Schatullen sofort testen. Falls noch Schwierigkeiten im Detail auftauchen, schaffen wir die Veränderungen vor der Ankunft im Orombo-System.«

»Was ist mit den weiteren Masken?«

»Die ersten Rohkörper werden in den nächsten Stunden bearbeitbar sein. Danach folgt der gewohnte Ablauf bis hin zur Anprobe.«

»Und Verduto-Cruz?«

»Der gedrungene Körperbau des Laren macht zusätzliche Veränderungen nötig.« Captain Olexa nahm die Frage schon vorweg, die unweigerlich kommen musste. »Fertigstellung erst, nachdem wir Orombo erreicht haben werden. Es gibt keine Möglichkeit, den Ablauf zu beschleunigen.«

Die Passform der Körperhüllen hatte sich spürbar verbessert. Mondra äußerte schon während des Anlegens ihre Zustimmung. Rhodan achtete ebenfalls sehr genau auf ausreichende Bewegungsfreiheit. Er ging davon aus, dass sie die Schatullen nicht nur für wenige Stunden, sondern möglicherweise über Tage hinweg tragen würden.

Mondras erste Gehversuche glichen den tapsigen Bemühungen eines Jungbären, sich auf den Beinen zu halten und dabei möglichst bedrohlich zu wirken. Aber schon nach wenigen Metern bekam sie die ausgefeilte Mechanik unter Kontrolle.

Unvermittelt wirbelte sie herum und griff Rhodan an. Der Terraner reagierte jedoch eine Nuance schneller. Seine Roboterarme ruckten hoch, die Greifklauen schlossen sich um Mondras Posbi-Gelenke und gaben sie nicht mehr frei.

»Wie sieht es aus?« Die Schallübertragung verzerrte Rhodans Stimme zum Klang mechanischer Sprechwerkzeuge.

»Von Nanos Lautäußerungen nicht zu unterscheiden, wenigstens nicht hier drinnen«, antwortete Mondra.

»Sie sind der perfekte …« Captain Olexa biss sich jäh auf die Zunge.

Mondra lachte hell.

»Sprechen Sie es ruhig aus, Captain!«, sagte Rhodan. »Sie glauben, ich sei der perfekte Maschinenteufel. Vielleicht stimmt das sogar.«

Mehr als zwei Stunden lang hatten sie ihre Posbi-Hüllen etlichen Tests ausgesetzt. Nicht alles war wirklich so optimal, wie es anfangs den Anschein erweckt hatte. Zwar mussten nur Kleinigkeiten angepasst werden, doch im Einsatz würden solche Details entscheidend sein, jedes Zögern konnte tödliche Folgen nach sich ziehen.

»Ich sehe noch einmal nach Mauerblum«, sagte Mondra unvermittelt. »Er scheint die Veränderungen und die Anspannung nicht so leicht zu verkraften.«

»Du verhätschelst ihn. Sobald unser Freund das spitzkriegt, wird er deine Fürsorge schamlos ausnützen. Der Bursche kann zur Klette werden, Mondra.«

»Was ich von dir nicht behaupten würde. Nano hat laut hinausposaunt, wir beide wären füreinander bestimmt.«

»Du hättest ihm den Mund verbieten sollen.«

Die ehemalige TLD-Agentin kniff die Brauen zusammen. Forschend fixierte sie den Residenten, verbiss sich aber eine Antwort.

Rhodan spürte, dass sie beide noch immer mehr verband als nur die gemeinsame Arbeit. Manchmal glaubte er, dass Delorian zwischen ihnen stand, ihr gemeinsamer Sohn, der in ES aufgegangen war. Aber auch die Vergangenheit, deren Herausforderungen Mondra verändert hatten.

»Mauerblum tut mir leid«, sagte sie schroff. »Er sehnt sich nach einer Geborgenheit, die er bei unseren Posbis nicht so schnell finden wird. Obwohl er alles für sie tun würde.«

Rhodan nickte nur. Mondra suchte unbewusst nach etwas, was sie ebenfalls nicht so schnell finden würde. Zumindest war das sein Eindruck. Nach ihrer Rückkehr mit der SOL zur Erde hatte sie die Algorrian betreut, denen mehr als nur ein Hauch großer kosmischer Geschichte anhaftete. Die Schohaaken waren ebenfalls in ihren Zuständigkeitsbereich gefallen. Und nun fühlte sie sich dem Matten-Willy verpflichtet.

War das ihre Art, mit sich selbst ins Reine zu kommen, vielleicht eine unbewusste Flucht? Womöglich vor dem Versuch, an die vergangenen gemeinsamen Jahre anzuknüpfen?

Rhodan wischte diese Überlegungen beiseite. Sie brachten ihn nicht weiter, sondern behinderten ihn nur.

»Ich werde mit Verduto-Cruz reden!«, sagte er. »Der Lare weiß mehr über die Posbis, als er sich und uns eingesteht. Natürlich werden beinahe vier Kriegsjahrzehnte vieles verändert haben, aber es gibt grundlegende Erfahrungen, die er nicht einfach weggesteckt haben kann.«

Mit einem Anruf in der Hauptzentrale brachte Rhodan in Erfahrung, dass Verduto-Cruz eine neuerliche Prüfung der peripheren Schirmfeldprojektoren sowie der Waffensysteme eingeleitet hatte. Neben Drover begleiteten ihn mehrere Offiziere und alteranische Techniker.

»Als müsse er sich vergewissern, dass die BOX einem Angriff widerstehen kann«, kommentierte Mondra.

»Die Posbis, mit denen wir es bald zu tun bekommen werden, sind nicht mehr die Roboter, die Cruz vor achtunddreißig Jahren kennengelernt hat. Ihre Einstellung hat sich gravierend verändert.«

Ihre Wege trennten sich.

Rhodan kam an den Gemeinschaftsräumen und kurz darauf an den Unterkünften der Raumsoldaten vorbei. Mehr als einige belanglose Sätze wechselte er mit keinem der Alteraner.

Kurz darauf war er allein. In diesem Bereich, hatte er sich sagen lassen, waren die beiden Männer des Räumtrupps ums Leben gekommen. Wände und Böden zeigten noch die Spuren eines schweren Geschütztreffers, doch die Überreste der vernichteten Anlagen waren weitgehend entfernt worden.

Wandmarkierungen waren nicht nur hier, sondern in vielen Sektionen der BOX angebracht worden, um die Orientierung zu erleichtern. Rhodan folgte den leuchtenden Beschriftungen.

An der Einmündung zweier schmaler Seitenkorridore wurde er jäh angesprochen.

»Machen Sie keine überhastete Bewegung, Großadministrator! Sie würden den Versuch nicht überleben.«

»Lassen Sie Ihre Waffe stecken!«

Die Hand schon halb am Holster, verhielt er sich dennoch ruhig. Das waren zwei Stimmen aus verschiedenen Richtungen gewesen, ein Mann und eine Frau.

»Wie viele sind Sie?«, fragte er. »Und schalten Sie die Deflektorschirme ab. Wenn Sie etwas von mir wollen, unterhalten wir uns besser von Angesicht zu Angesicht.«

»Was wir von Ihnen wollen, können Sie sich denken. Den Arm unten lassen, Rhodan! Versuchen Sie gar nicht erst, Ihr Funkgerät zu aktivieren!«

Er spannte sich. Dem Klang nach stand der Mann in dem Seitengang, höchstens vier Meter entfernt. Zu weit, um ihn mit einem schnellen Angriff ausschalten zu können. Die Frau musste sich schräg vor ihm befinden.

»Sie sind Alteraner?«

»Die Fragen stellen wir!«

Zeit schinden, den linken Arm unmerklich anwinkeln, um den Armbandfunk letztlich doch einzuschalten ...

»Wer sind Sie?«, herrschte ihn der Unsichtbare an.

»Perry Rhodan. Aber das wissen Sie. Da wir über sechstausend Lichtjahre von Altera entfernt sind und unterwegs keine Anhalter aufgelesen haben, darf ich wohl davon ausgehen, dass Sie zur Besatzung ...«

Ein kräftiger Hieb traf seinen Hinterkopf und ließ ihn taumeln, nur Sekunden, bevor der Armbandsensor auf seinen Blickkontakt reagiert hätte.

Ein zweiter Schlag schmetterte gegen seine Schläfe und ließ eine wirbelnde Galaxis vor seinen Augen zerbersten. Mit schwindender Kraft fuhr er herum und schlug mit ineinander verschränkten Händen zu. Er traf, hörte sogar noch ein halb ersticktes Gurgeln, aber dann stürzte er in eine endlose schwarze Tiefe.

Dass er aufschlug, spürte er schon nicht mehr.

Viel zu lange hatte sich Mondra Diamond von dem Matten-Willy in tiefschürfende Gespräche verwickeln lassen. Was blieb, war ein zwiespältiger Eindruck. Ihr Empfinden vergeudeter Zeit hielt sich die Waage mit der Erkenntnis, Mauerblum unterschätzt zu haben. Entweder war er einer der abgefeimtesten Sprücheklopfer überhaupt oder nur ein Simulant, der es verstand, sich unauffällig aufdringlich in den Vordergrund zu rücken. Wurde er ignoriert, war sein Lamento groß, und die Drohung mit dem nächsten Konverter erwies sich als überaus variationsfähig.

»Ob du aus der nächsten Schleusenkammer ins Vakuum springst oder dich in einer Wanne voll Sekt ertränkst, ist mir inzwischen egal«, schimpfte die Terranerin.

»Du bist hartherzig, Mondra. Außerdem egoistisch.«

»Da kenne ich noch jemanden.«

»Wen?«, rief Mauerblum hinter ihr her. »Sag schon!«

»Dich«, sagte in diesem Moment eine Reibeisenstimme. Nano Aluminiumgärtner hatte erst vor wenigen Augenblicken die Hauptzentrale betreten und sich zielstrebig dem Seitenbereich genähert, der als Besprechungsecke eingerichtet worden war.

Der Posbi wandte sich an Mondra, ohne Mauerblum weiter zu beachten. »Wo ist Perry? Ich hatte erwartet, euch beide endlich gemeinsam zu sehen, wie es sich für eine gute Schlussregie gehört. Wenn ich mir in den Speicher rufe, dass in der letzten Folgen von *Liebe und der Hypersturm* die beiden Menschen …«

»Nicht jetzt, Nano!«, wehrte Mondra ab. »Der Tag war ohnehin schon verdammt lang. Perry redet mit Verduto-Cruz über Orombo.«

»Nein.«

»Was heißt nein?«

»Ich habe eben mit Drover kommuniziert. Der Resident ist nicht bei der Gruppe.«

»Dann hat er sie schon wieder verlassen.«

»Auch das ist u-unzutreffend. Während der Inspektion hat sich Perry jedenfalls nicht mit dem Laren in Verbindung gesetzt.«

Mondra warf einen Blick auf die Zeitanzeige. »Wir haben uns vor dreieinhalb Stunden getrennt …«

»Er vergnügt sich mit einer anderen«, kreischte Mauerblum. »Ich kenne die Trivid-Folge ebenfalls, Nano. Sie ist das Beste, was Terra uns bislang nach Rundron geliefert hat.«

»Es reicht!«, fuhr Mondra auf. »Wenigstens weiß ich nun, woher deine Wahnideen stammen.«

»Ruf Perry einfach an«, schlug Nano Aluminiumgärtner vor. »Wenn du aber stattdessen eine Schulter brauchst, u-um dich anzulehnen …«

Mondra hatte ihren Sender selten so schnell aktiviert. Allerdings kam keine Verbindung zustande. Perry musste den Empfang blockiert haben. Das war zumindest ungewöhnlich.

Fünf Minuten später konnte sie sicher sein, dass der Resident nicht in seiner Kabine war. Nach einer halben Stunde hatten Nano und Drover herausgefunden, dass Rhodan sich auch nicht in der Nähe von Posbis oder Alteranern aufhielt.

Weitere dreißig Minuten später sah es so aus, als hätte das Schiff den Terraner verschluckt. Mehrere Alteraner sagten übereinstimmend aus, dass sie kurz mit Rhodan gesprochen hatten, als er in Richtung der peripheren Geschützkontrolle gegangen war, um den Laren zu treffen.

Nur war er dort nie angekommen.

Er erwachte mit einem fürchterlichen Brummschädel, aber er spürte auch die Impulse des implantierten Aktivatorchips, die dafür sorgten, dass er sich schneller als jeder andere von den beiden wuchtigen Hieben erholte.

Die Augen hielt er geschlossen, auch versuchte er, flach und gleichmäßig weiterzuatmen. Wer immer ihn angegriffen hatte, sollte nicht merken, dass er das Bewusstsein schon zurückerlangt hatte.

Zusammengekrümmt lag er auf einer harten Unterlage, vermutlich dem nackten Boden. Seine Arme waren gefesselt. Er spürte den kühlen Widerstand, als er vorsichtig die Muskeln spannte; eine Art Handschellen lagen um seine Handgelenke.

Der Raum hier war auf jeden Fall nicht mehr der Korridor, der Schall wurde anders gebrochen. Er hörte Schritte. Jemand lief in unmittelbarer Nähe auf und ab, verharrte immer wieder. Dazu Stimmen, im Flüsterton und kaum verständlich. Aber das alles so dumpf, als biete der Raum wenig Platz.

Auf die Weise konnte er nicht einmal annähernd herausfinden, in welchen Bereich er gebracht worden war. Aber selbst wenn er sich hätte umsehen können, hätte das nicht unbedingt eine bessere Orientierung erlaubt. BOX-1122-UM war und blieb ein technisches Labyrinth.

»... kommen an den Laren nicht heran«, hörte er. »Vor allem der Maschinenteufel in seiner Nähe ...«

»Trotzdem müssen wir herausfinden, was abläuft. Das Schiff darf sein Ziel nicht erreichen!«

Die Schritte erklangen wieder, kamen näher. Rhodan bemerkte, dass neben ihm jemand in die Hocke ging. Augenblicke später spürte er eine tastende Hand an seinem Oberkörper. Sie riss den Magnetsaum der Kombination auf und fuhr suchend unter den Stoff.

»Nichts! Da haben wir den Beweis. Bist du sicher, Yu, dass das Ding eiförmig sein muss?«

»Alle Quellen sind eindeutig: erst die Zelldusche, später der Zellaktivator, der an einer Kette um den Hals getragen wird.«

Die Finger glitten bis unter Rhodans Kinn, fuhren suchend sogar in seinen Nacken.

»Er trägt nicht einmal eine Kette.«

»Weil der ursprüngliche große Zellaktivator von ES mittlerweile durch ein Implantat abgelöst wurde«, erwiderte Rhodan schroff. »Es wäre einfacher gewesen, mich danach zu fragen, als mich aus dem Hinterhalt niederzuschlagen.«

Der Mann neben ihm wich zurück und musterte ihn verbissen. Rhodan, der jetzt die Augen offen hatte, sah einen jungen, muskulösen Burschen. Ob die lindgrüne Uniform, die er trug, ihn als Besatzungsmitglied auswies, vermochte der Terraner nicht zu sagen. Das längliche, hagere Gesicht mit der scharfrückigen Hakennase und den deutlich hervortretenden Wangenknochen, dazu die kahle Schädeldecke mit den aufgequollenen Narben, hatte er jedenfalls noch nicht gesehen. Hatte er tatsächlich ungebetene Passagiere vor sich?

»Auf jeden Fall kann er einiges einstecken«, sagte eine Frauenstimme im Hintergrund. »Das macht ihn doch interessant.«

Sie kam näher, blickte angespannt und verächtlich zugleich auf ihn herab.

»Wer bist du?«

Rhodan erwiderte ihren Blick ungerührt. »Mein Name sollte Ihnen bekannt sein. Hätten Sie mich sonst entführt?«

»Perry Rhodan. Der Großadministrator des Solaren Imperiums. Ich weiß.«

»Des ehemaligen Solaren Imperiums«, korrigierte er.

Ein Aufblitzen lag in ihren dunklen Augen. »Wer bist du wirklich? Du stammst aus einem Knechtschaftslager der Laren; sie haben dich operiert, dir dieses Gesicht gegeben. Warum?«

»Wie sind Sie an Bord gekommen?«, stellte Rhodan eine Gegenfrage, ohne auf das Gesagte einzugehen. »Mit den Versorgungslieferungen? Oder auf Fort Blossom? Ja, ich nehme an, Sie haben sich in den Linearkonvertern versteckt, und niemand hat die Aggregate untersucht.«

Der Dritte im Raum, ein älterer Alteraner, dessen linke Gesichtshälfte von einer schweren Verbrennung entstellt war, schüttelte missbilligend den Kopf.

»Es wäre einfach gewesen, hätten wir dir den Zellaktivator abnehmen und darauf warten können, ob du rapide alterst«, sagte er schleppend.

Rhodan wälzte sich endlich herum und versuchte, sich aufzurichten, doch die Frau drückte ihn auf den Boden zurück.

»Sie bezweifeln also tatsächlich, dass ich der echte Perry Rhodan bin. Der Alterungsprozess wäre der Beweis dafür. Nicht schlecht gedacht, aber für mich leider sehr unangenehm. Sie wissen, dass ein Aktivatorträger nach dem Verlust seines Zellaktivators innerhalb weniger Tage stirbt.«

»Wenn er wirklich ein Implantat trägt, sollten wir das herausschneiden und abwarten«, bemerkte der Jüngere.

»Ich bin dagegen«, sagte Rhodan. »Aber ich mache Ihnen einen Vorschlag, falls Sie nicht vorhaben, den echten Perry Rhodan zu töten: Ich sorge dafür, dass Sie ungehindert die provisorische medizinische Abteilung betreten können. Dort lässt sich der Aktivatorchip sehr leicht nachweisen.«

»Nein!«, widersprach die Frau heftig. »Ein Stück Metall unter der Haut ist kein Beweis.«

»Sie könnten versuchen, mich zu vergiften. Hat Staatsmarschall Michou nicht erwähnt, dass er ebenfalls auf diese Idee gekommen ist?« Rhodan deutete das Schweigen seiner Entführer richtig. »Michou hat demnach keine Ahnung von Ihrem Vorgehen. Sie wollen verhindern, dass wir zu den Posbis gelangen. Und dann?«

»Welchen Plan hat der Lare?«

»Fragen Sie ihn doch selbst!«

Ein schmerzhafter Fußtritt verriet Rhodan, dass er den Bogen überspannte. Zumindest die beiden Männer machten auf ihn nicht eben einen professionellen Eindruck. Die Frau hingegen hielt er für die treibende Kraft. Obwohl sie es nicht nur geschafft hatten, an Bord zu gelangen, sondern ihn sogar zu überwältigen, lief die Aktion keineswegs wie erwartet. Ein eindeutiger Beweis seiner Identität wäre der eiförmige Zellaktivator gewesen, und zweifellos hätten sie nicht gezögert, ihm das Gerät tatsächlich abzunehmen. Waren die drei verzweifelt? Wussten sie es nicht besser?

»Wir müssen uns unterhalten«, sagte Rhodan eindringlich.

»Über den Plan der Laren, das Imperium Altera an die Posbis zu verraten?«, fragte der Ältere.

»Über das, was Sie vorhaben.«

»Das ist ganz einfach«, entgegnete die Frau. »Egal wie, wir werden dieses Posbi-Schiff aufhalten und die Laren daran hindern, unsere Heimatwelten den Maschinenteufeln in die Hände zu spielen. Altera geht unter, aber die Nestschädel werden unbehelligt bleiben. Ist es so?«

»Nein, so ist es eben nicht«, antwortete der Terraner. »Versuchen Sie wenigstens, über die Wahrheit nachzudenken. Wenn Sie wirklich die BOX aufhalten, werden Sie bald mehr Blut an den Händen haben, als Sie jemals für möglich gehalten hätten. Dann sind Sie und niemand sonst für den Tod von Milliarden Alteranern verantwortlich. Wollen Sie das wirklich? Wollen Sie in die Geschichte eingehen als Milliardenmörder?«

Ihre schlimmste Vorstellung war, Perry könnte von einem verrückten Ambriador-Posbi, der wahllos zuschlug, getötet worden sein. Mondra Diamond schaute Captain Grimm an, doch die Alteranerin schüttelte ebenso stumm den Kopf. Es war unmöglich, den Fragmentraumer innerhalb weniger Tage bis in den letzten Winkel zu durchsuchen. Wahrscheinlich liefen die Mannschaften an ungezählten Schächten und anderen Hohlräumen vorbei, ohne diese überhaupt zu bemerken.

Bislang hatten sie nicht einmal eine Spur des Posbis gefunden, von nicht lokalisierbaren Geräuschen innerhalb der weit verzweigten und mitunter sehr engen Schachtsysteme abgesehen. Falls der unbekannte Gegner sich hier aufhielt, musste er entsprechend klein sein, nur eine Wartungsmaschine womöglich, aber mit eigener Intelligenz ausgestattet.

Mauerblum hätte eine Chance gehabt, sogar die schwierigsten Engstellen zu passieren. Mondra schreckte indes davor zurück, ihn durch die lichtlosen Gedärme des Raumers zu hetzen. Sie wusste, dass der Matten-Willy eine solche Tortur psychisch kaum überstehen würde. Abgesehen davon … was sollte er innerhalb eines einzigen Tages ausrichten können?

»Wenn wir Perry nicht sehr schnell aufspüren, müssen wir den Flug unterbrechen«, sagte sie.

»Darüber denken wir besser nicht nach«, widersprach Captain Olexa überraschend heftig. »Es tut mir leid, aber unsere Ansichten gehen in der Hinsicht weit auseinander. Perry Rhodan sprach davon, dass wir den Krieg beenden könnten, wenn es uns gelingt, die Hass-Schaltung ausfindig zu machen und zu zerstören. Dass er diesen Komplex auf der Zentralwelt der Maschinenteufel vermutet, erscheint logisch.«

»Auch wenn der Captain nur ein Alteraner ist, ich muss ihm beipflichten«, sagte Verduto-Cruz. »BOX-1122-UM befindet sich bereits sehr nahe am Orombo-System. Die Posbis haben das Schiff wahrscheinlich schon erfasst. Auf jede längere Flugunterbrechung würden sie mit der Kontrolle durch mehrere Kampfraumschiffe reagieren.«

»Perry würde ebenfalls verlangen, dass wir weiterfliegen«, mischte sich Nano Aluminiumgärtner ein.

Einige Sekunden lang schloss Mondra die Augen. Es gab nicht ein schlagkräftiges Argument gegen die Fortsetzung des Fluges – außer, dass Perry der Einzige war, der Erfahrung mit der Hass-Schaltung der Posbis hatte. Unterbrach sie den Flug, und die Roboter von Orombo wurden aufmerksam, musste sie mit einer intensiven Kontrolle rechnen, die letztlich den Anfang vom Ende bedeuten konnte.

Alle Blicke ruhten auf ihr. Sogar Captain Olexa akzeptierte sie stillschweigend als Expeditionsleiterin an Perrys Stelle. Dabei hätte er durchaus sein militärisches Kommando ausspielen können. Oder fürchtete er, dann vor allem auf das Wissen und die Unterstützung von Nano und Drover verzichten zu müssen?

»Wir setzen die Mission fort«, entschied Mondra. »Und wir werden mit allen zur Verfügung stehenden Mitteln nach Perry suchen. Er kann das Schiff nicht verlassen haben.«

»Es wurde keine Öffnung einer Außenschleuse registriert«, schnarrte Nano Aluminiumgärtner pflichtbewusst.

»Das ist die einzig richtige Entscheidung«, stimmte sogar Verduto-Cruz zu. »BOX-1122-UM muss die Zentralwelt der Posbis erreichen. Sobald Altera fällt, werden die Roboter massiv gegen den Trovent vorgehen.«

»Eigennützig war Ihr Volk noch nie«, fauchte Olexa. »Aber ich gehe davon aus, dass Sie ebenfalls alles daransetzen werden, Perry Rhodan zu finden.«

»Tot oder lebendig«, bestätigte der Lare. »Wie viele Kampfteufel stellen Sie mir zur Verfügung, Captain?«

»Mit Ihrer Borniertheit liefern Sie neunundzwanzig Milliarden Menschen dem sicheren Tod aus! Wissen Sie, wie es ist, wenn schwere Schiffsgeschütze die Oberfläche eines Planeten verbrennen? Welche Welten werden die Posbis zuerst auslöschen? Fort Blossom? Oder Altera?«

Perry Rhodan fragte nicht, ob solche Vorhaltungen bei seinen Entführern überhaupt auf fruchtbaren Boden fielen. Etwas anderes als Reden konnte er ohnehin nicht tun. Fester verschnürt als zuvor lag er auf dem Boden, und sehen konnte er die drei Alteraner kaum, weil ihm undefinierbare Aggregate den Blick nahmen. Er hörte lediglich Fetzen erregter Dispute. Die drei wollten den Fragmentraumer mit allen Mitteln stoppen und scheuten nicht einmal mehr die völlige Vernichtung des Schiffes.

Sein Armband hatten sie ihm schon während seiner Bewusstlosigkeit abgenommen, ebenso den Strahler.

»Sie sind im Begriff, den größten Fehler Ihres Lebens zu machen!«, rief er.

»Halt den Mund!« Wütend kam die Frau näher. »Aber wenn du schon reden willst: Wie wäre es mit der Wahrheit?«

»Sie hören mir nicht zu.«

»Warum sollte ich meine Zeit an einen Verräter verschwenden? Wer mit den Laren gemeinsame Sache macht, ist für mich nichts anderes. Wer bist du wirklich?«

»Sie wissen es. Mein Name ist Perry Rhodan. Geboren wurde ich auf Terra, am 8. Juni des Jahres 1936 alter Zeitrechnung. Geburtsort: Manchester, US-Bundesstaat Connecticut.«

Ihr bitteres, zynisch wirkendes Lächeln gefror. »Diesen Spruch kann jeder Zehnjährige aufsagen. Ihre Eltern sind Jakob Elgar Rhodan, ein Sohn deutscher Einwanderer, und Maria Anna …«

»Falsch: Der Vorname meiner Mutter war Mary.«

»Auch das besagt nichts.« Sie nickte wenigstens, gleich darauf hob sie verlangend die rechte Hand. »Ponffo, ich habe mich entschieden. Gib mir die Ampulle!«

Ponffo war der jüngere der beiden Männer. Er hatte sich ein Stück weit abseits gehalten, Rhodan aber nicht aus den Augen gelassen. Nichts entging seinem Raubvogelblick. Aus einer Brusttasche seiner Kombination zog er ein fingerlanges Röhrchen und reichte es der Frau.

»Das Serum war für den Laren bestimmt.« Sie wechselte in einen unverbindlichen Plauderton. »Jetzt habe ich umdisponiert. Viel Zeit bleibt uns ohnehin nicht mehr, bis das Schiff auf einer Welt der Maschinenteufel landet. Du wirst Matio alles erzählen. In welchem Lager du aufgewachsen bist, wie oft die Nestschädel dich operieren mussten, bis du dieses Gesicht hattest …«

»Was ich ihm sagen werde ist, dass ich Perry Rhodan bin. Ich weiß nur nicht, wie ich das beweisen soll.«

»Hiermit.« Yu Tao presste die Ampulle an seinen Hals. Rhodan spürte nur eine kurze eisige Berührung, dann schleuderte die Frau das Röhrchen achtlos beiseite. »Schätzungsweise in ein bis zwei Stunden wirst du die Wahrheit sagen. Matio kann uns dann noch über Funk zurückpfeifen. Andernfalls …« Mit beiden Händen machte sie eine unmissverständliche Geste. Das Schiff würde explodieren.

»Wenn die Laren mich präpariert hätten, hätten sie mich bestimmt gegen Wahrheitsseren und andere Verhörmethoden immunisiert.«

»Na also.« Sie lachte hell. »Es wirkt schon. Du hast übersehen, dass der richtige Großadministrator ebenfalls nicht auf solche Seren reagiert. Um seinen Hals hängt allerdings auch ein Zellaktivator. Natürlich ist die Ampulle vergeudet, aber ich muss mir nicht vorwerfen, einen Versuch unterlassen zu haben.«

Rhodan verstand, dass sie ihm keinen Glauben schenken würde, unabhängig davon, was er von sich gab. Yu hatte sich so fest in ihre Idee verbissen, dass sie die Wahrheit gar nicht erkennen wollte.

»Falls es wirklich einen Plan der Laren gäbe, das Imperium Altera den Posbis auszuliefern, würde die Vernichtung der BOX daran nichts ändern. Glauben Sie mir, nach Verduto-Cruz kämen andere Laren, und nach diesen wieder andere. Sie wären indessen zum Mörder Ihres eigenen Volkes geworden.«

Die Frau erwiderte nichts. In ihren Augen loderte ein verzehrendes Feuer. Sie warf Matio einen auffordernden Blick zu; er nickte knapp. Dann wandte sie sich ab und ging. Ponffo folgte ihr. Beide wurden unsichtbar, als sie ihre Deflektorschirme einschalteten.

BOX-1122-UM ging nach einem kurzen Orientierungsmanöver sehr schnell wieder in den Überlichtflug. Zwei in größerer Distanz geortete unbekannte Raumschiffe konnten eigentlich nur Fragmentraumer der Posbis gewesen sein. Ob sich in der Eastside von Ambriador beheimatete Völker in dieses Territorium wagten, war zumindest fraglich.

Nur noch dreihundert Lichtjahre bis Orombo.

Suchgruppen durchkämmten die BOX.

Von zwei Dutzend Positionen ausgehend, fächerten die Mannschaften auf. Im Vordergrund stand weiterhin die Frage, was geschehen sein mochte. Ein Mann wie Perry Rhodan, sagte Mondra Diamond, verschwand nicht einfach. Vor allem nicht, ohne Spuren zu hinterlassen, irgendetwas, das es schnell zu finden galt. Wärmeabdrücke verwehten innerhalb kurzer Zeit. Auf DNA-Material wie Haare oder Hautschuppen zu hoffen, die Aufschluss geben konnten, hätte bedeutet, die sprichwörtliche Suche nach der Nadel im Heuhaufen ins Extrem zu treiben. Zumal die erforderliche biotechnische Ausrüstung ohnehin nicht vorhanden war.

Die Versuche, Rhodans Funkempfänger anzusprechen, waren mittlerweile eingestellt.

»Es gibt keine Transmitter an Bord, oder?« Mondra zog vieles in Erwägung, was sich bei näherer Betrachtung letztlich als unhaltbar erwies. Dazu gehörte die Frage nach eigenständig operierenden, bislang unentdeckt gebliebenen Posbis ebenso wie die Vermutung, blinde Passagiere könnten sich eingeschlichen haben. Beides ließ sich rasch widerlegen. Posbis hätten längst versucht, die im Schiff verstreuten abgeschalteten Roboter zu reaktivieren und die BOX zurückzuerobern. Und Fremde hätte während der Instandsetzungsarbeiten im Alter-System an Bord gelangt sein müssen – ein Unding, denn jedes noch so kleine Raumschiff wäre beim Einflug in das System sehr schnell aufgebracht worden.

Aufregung griff um sich, als eine vage Energieortung gemeldet wurde. In den Holokarten in der Hauptzentrale konnte Mondra erkennen, dass mehrere Gruppen sich in der Nähe der Ortung befanden und prompt reagierten.

Der Reflex verschwand, erschien jedoch knapp zwei Minuten später von neuem. Auf dem Hauptdeck über der ersten Position, um gut zweihundert Meter seitlich versetzt.

»Eine unstete Emission!«

»Analyse?«, fragte Mondra nach.

»Das Energiespektrum einer kleinen Speicherzelle.«

»... zudem weist ihre Abschirmung partielle Lecks auf«, murmelte die Terranerin im Selbstgespräch.

»Ich denke, wir haben unseren speziellen Unbekannten aufgespürt«, stellte Captain Grimm fest. »Das Ziel bewegt sich durch ein enges Schachtsystem.«

»Lassen Sie es nicht entkommen, Captain. Ich nehme an, Sie haben dennoch keine Hinweise auf Perry Rhodan?«

»Bislang nicht.«

Diamond verfolgte die Jagd von der Zentrale aus. Das Objekt konnte nach Auswertung aller Daten nur ein Posbi sein, vermutlich eine Kontrolleinheit für alle schwer zugänglichen Systeme. Solche Maschinen waren weder als Mörder noch als Attentäter programmiert, aber möglicherweise spielte ein Plasmaanteil verrückt.

»Alle Posbis sind unberechenbar«, sagte in dem Moment einer der Zentrale-Offiziere. »Sie sind eben Maschinenteufel ...«

Wahrscheinlich hatte der Mann sogar Recht. Zumindest kannte er es nicht anders. Mondra schätzte ihn auf höchstens Mitte dreißig. Er gehörte demnach schon der Generation an, die mit tödlichen Angriffen der Posbis auf Raumschiffe, Stationen und Planeten groß geworden war.

Der Funkverkehr flachte ab. Mondra konnte nicht mehr unmittelbar mitverfolgen, was geschah. Aus den bewegten Positionsdaten wurde ein statisches Bild, weil auch die Standortmeldungen unterblieben.

Ungeduld zu beherrschen, hatte Mondra schon als Kind gelernt, lange bevor sie begonnen hatte, ihren Körper auch in den Bewegungsabläufen zu trainieren. Beides, Nervenstärke und äußerste Beweglichkeit, waren die Grundvoraussetzung für ihre Zeit als Zirkusartistin gewesen. Später, während der Ausbildung zur TLD-Agentin, hatte sie darauf aufgebaut. Und heute, mit dreiundsiebzig Jahren, fand sie, näherte sie sich erst ihren eigenen Idealvorstellungen.

BOX-1122-UM beendete wieder eine Linearetappe. Siebzig Lichtjahre hatte das Schiff diesmal überwunden, es gab keine erkennbaren Probleme.

Die Ortung meldete einen Konvoi von zehn oder zwölf großen Raumschiffen annähernd auf Gegenkurs. Diese kleine Flotte verschwand Sekunden, bevor auch die BOX wieder in den Zwischenraum ging.

Der Robotkommandant, unter Nanos Einfluss auf die Schiffsführung beschränkt, arbeitete ohne Zwischenfälle. Die Arbeit der alteranischen Spezialisten, die bereitstanden, um jederzeit eingreifen zu können, bewegte sich nach wie vor nur im Bereich geringer Überwachungstätigkeiten.

Endlich kam die erlösende Meldung von Captain Grimm. Die Suchtrupps hatten es geschafft, den Gegner einzukreisen, bevor er in der unergründlichen Tiefe des Schiffes verschwinden konnte. Mit Traktorstrahlen und energetischen Sperren hatten sie seine Bewegungsfreiheit eingeschränkt und ihn lahmgelegt.

Die Bildübermittlung zeigte einen sehr stark deformierten Posbi. Für Mondra war unverkennbar, dass diese Maschine in den Wirkungsbereich eines Thermogeschützes geraten war. Positronik und Bioplasma reagierten darauf mit Ausfallserscheinungen, möglicherweise existierte das Plasma auch nicht mehr.

»Eine Spur von Perry …?«

»Bislang nicht«, antwortete Liza Grimm. »Aber Drover ist zuversichtlich, dass die relevanten Datenspeicher ausgelesen werden können. Wir lassen den Roboter in die Werkstatt bringen und …«

Das alles war mit einem Mal nicht mehr wichtig. Mondra Diamond erhielt die Meldung von einem Schusswechsel im Bereich der Hauptreaktoren.

Nano Aluminiumgärtner führte eine Gruppe Raumsoldaten und Posbis; Verduto-Cruz hatte sich ihm angeschlossen.

Für kurze Zeit hatte der Lare tatsächlich befürchtet, Rhodans Begleiterin würde die Mission abbrechen, bevor sie in die Nähe des Posbi-Systems kamen. Sicher, Rhodan war die treibende Kraft des Unternehmens, und vor allem, ihm vertrauten die Alteraner. Aber das waren Sentimentalitäten, die sich kein Lare jemals erlaubt hätte, da sie den Blick auf das Wesentliche verstellten.

Für Cruz war Perry Rhodan keineswegs der charismatische Held, als den ihn die Emporkömmlinge von Altera sahen. Doch wer die BOX heil ans Ziel bringen wollte, benötigte eine gewisse Unverfrorenheit und die Überzeugung, dass die Posbis keineswegs unbesiegbar waren. Verduto-Cruz wusste das, die Terranerin ließ sich ebenfalls nicht aus Furcht beeinflussen, aber die Soldaten unter dem Befehl des Captains … nun, Verduto-Cruz hätte keineswegs darauf vertraut, dass sie im Ernstfall in der Lage gewesen wären, seine Sicherheit zu gewährleisten.

Eigentlich erschien ihm der terranische Resident als Bedrohung, andererseits brauchte er diesen Mann. Wenn jemand in der Lage war, die Achtzigsonnenwelt unbehelligt zu erreichen, dann Perry Rhodan. Er selbst hätte es ebenfalls geschafft, aber die Reaktion auf einen solchen Vorschlag konnte er sich ausrechnen. Niemals würden sich die Alteraner der Führung eines Laren anvertrauen.

Zum Schutz der untergeordneten Zentralen und positronischen Knotenpunkte hatte Nano Aluminiumgärtner Posbis abgestellt. Das traf ebenso auf die Maschinenräume und Triebwerksbereiche zu. Verduto-Cruz hätte selbst nicht anders reagiert. Rhodans Verschwinden bedeutete auf jeden Fall eine Bedrohung, im Gegensatz zu den Offizieren machte er aber nicht die Posbis dafür verantwortlich. Seine Überlegungen zielten in eine Richtung, für die Mondra Diamond und die Alteraner gleichermaßen blind waren.

Er fragte sich, ob jemand verhindern wollte, dass BOX-1122-UM eine Welt der Posbis erreichte. Jemand, der die Roboter-Zivilisation fürchtete und dem die beiden Milchstraßen-Posbis ebenso suspekt waren wie der Lare an Bord. Also ein Alteraner. Oder mehrere.

Aus der richtigen Distanz gesehen, ergab sich ein schlüssiges Bild, fand Verduto-Cruz. Der Name Perry Rhodan hatte im Imperium Altera den Klang einer Prophezeiung. Dass dieser Mann ausgerechnet jetzt erschienen war, mochte wie eine wundersame Fügung erschienen sein. Im Nachhinein wuchsen aber wohl auch Zweifel. Warum war der Terraner erst jetzt gekommen und nicht schon Jahrzehnte früher?

Rhodan führte keine Kampfflotte an, aber er riskierte sein Leben. Dass er für sein Vorhaben ausgerechnet einen Laren an Bord holte, musste manchem Zweifler als schlimmer Affront erschienen sein.

Vielleicht war der angebliche Rhodan gar nicht der wirkliche Rhodan, sondern ein Produkt der Laren. Wollte er das Imperium an die Posbis verraten?

Eine verrückte Vorstellung, fand Verduto-Cruz. Alteraner, die so dachten, übersahen in ihrer Panik, dass die Posbis bestimmt nicht auf einen Verrat warten mussten, damit sie das Imperium auslöschen konnten. Sobald Altera fiel, hatten die Roboter ideale Ausgangsbasen gewonnen, den Trovent der Laren anzugreifen und sich ebenso den Welten der Methanatmer und der Kartanin zuzuwenden. Alle anderen eher unbedeutenden Völker konnten den Posbi-Flotten ohnehin keinen Widerstand entgegensetzen.

Niemand fragte ihn. Kein Alteraner wagte das, obwohl er längst darauf wartete. Als Antwort hätte Verduto-Cruz jedem schallend ins Gesicht gelacht, denn er kannte die Posbis. Seine Begleiter von damals wussten ebenfalls, wenn auch nicht in allen Details, wie sie mit den Robotern umzugehen hatten. Aber die Spur der meisten Wissenschaftler und Techniker verlor sich im Trovent. Sie hatten sich zurückgezogen und hofften wohl darauf, dass der Krieg an ihnen vorbeigehen würde.

Verduto-Cruz fragte sich, ob die Explosion im Bereich der Speicherbänke ein erster Versuch gewesen sein konnte, die BOX zu stoppen. Er musste sich eingestehen, dass er keine Antwort darauf hatte. Andererseits erschien es ihm wie ein zweiter Versuch, die Expedition aufzuhalten, wenn Besatzungsmitglieder Rhodan entführt hatten. Wer allerdings glaubte, den Terraner zur Umkehr zwingen zu können, der hatte sich mit diesem Mann nicht befasst. Rhodan würde keiner Drohung nachgeben.

Dann blieb nur noch eine Möglichkeit, das Schiff aufzuhalten.

Ein Triebwerksschaden, wenige Dutzend Lichtjahre von Orombo entfernt, war bestenfalls geeignet, die Posbis auf den Plan zu rufen. Solche Maßnahmen bewirkten nichts mehr und kamen eindeutig zu spät. Bislang hatten die Unbekannten Skrupel erkennen lassen, eine typisch alteranische Regung. Sonst hätten sie schon in aller Konsequenz zugeschlagen. Aber nun mussten sie den Fragmentraumer vernichten, eine andere Wahl blieb ihnen nicht mehr.

Verduto-Cruz glaubte, dass der Milchstraßen-Posbi ähnliche Überlegungen vollzogen hatte. Ob das Ergebnis auf rein positronischer Berechnung beruhte oder ob die Plasmakomponente mitgewirkt hatte, interessierte ihn nicht. Jedenfalls hatte Nano Aluminiumgärtner seine Gruppe im Bereich der Hauptreaktoren Stellung beziehen lassen.

Es gab keinen aktiven Funkverkehr. Nur die anderen Suchmannschaften wurden abgehört. Für Verduto-Cruz war deren Jagd auf einen Posbi nicht mehr als ein zufälliges Zusammentreffen, mit Rhodans Verschwinden hatte der Roboter nichts zu tun.

Die Alteraner veranstalteten also ein unnötiges Feuerwerk. Verduto-Cruz' larische Nahbereichs-Ortung verriet, dass die Soldaten unter Captain Grimms Kommando übernervös reagierten. Letztlich ließen die Meldungen erkennen, dass sie einen Kontroll- und Reinigungs-Posbi gestellt hatten.

Gleichzeitig registrierte Cruz eine neue Anzeige. Ein schwach energetisches Feld bewegte sich auf den Reaktorkomplex zu. Die Erscheinung wurde innerhalb weniger Sekunden deutlicher.

Der Lare identifizierte zwei gleichartige geschlossene Strukturen, die den Wellenbereich des für menschliche Augen wahrnehmbaren Lichts manipulierten. Gegen Ortung schützten sie nur unzulänglich.

Er justierte die Projektormündung seines Strahlers auf schärfste Bündelung. Seine Überlegungen erwiesen sich offensichtlich als zutreffend. Die beiden Unbekannten bewegten sich jedenfalls äußerst vorsichtig und mieden die Bereiche, in denen Posbis warteten. Demnach verfügten sie über eine entsprechend gute Ausrüstung, handelten also nicht nur spontan.

Von seiner Position aus konnte Verduto-Cruz das Versteck eines der Soldaten einsehen, gut zwanzig Meter entfernt. Der Mann hatte die Unsichtbaren wohl noch nicht bemerkt.

Eine Stimme im Funkempfang forderte, schnellstens die Datenspeicher des angeschossenen Posbis auszulesen. »... wahrscheinlich können wir die Suchaktion danach räumlich eingrenzen ...«

Verduto-Cruz achtete nicht mehr darauf. Die beiden Unsichtbaren waren im Begriff, den ahnungslosen Posten in die Zange zu nehmen. Nur flüchtig erwog der Lare, den Mann zu warnen. Er unterließ es. Gleich darauf sackte der Alteraner in sich zusammen und wurde lautlos von etwas Unsichtbarem aufgefangen.

Das Schott zur Reaktorhalle glitt auf.

Verduto-Cruz feuerte, bevor die Unbekannten in der Anlage verschwinden konnten.

»Zwei Attentäter im Schutz von Deflektorschirmen!«, brach er die Funkstille. »Dringen in die Reaktorhalle ein!«

Der kaum fingerdicke Thermostrahl verschwand im Nichts. Sekundenbruchteile später manifestierten sich die Umrisse eines Alteraners, und während der Mann zusammenbrach, erlosch sein Deflektorschirm vollends.

Verduto-Cruz' nächster Schuss zog eine glutende Spur quer über die Wand. Der zweite Gegner hatte blitzschnell reagiert und das Feuer erwidert.

Sich zur Seite werfen und im Abrollen den Korridor mit einer breit gestreuten Salve einzudecken, war für den Laren eine instinktive Reaktion. Wo er den Unsichtbaren vermutete, war dieser aber schon nicht mehr.

Ein Aufblitzen in zwanzig Metern Entfernung. Die tödliche Hitze verfehlte Verduto-Cruz nur um Haaresbreite. Gleichzeitig nahm er die Position des Gegners unter Feuer, und er schoss noch, als der andere schon seiner Unsichtbarkeit beraubt war und mit auflodernder Kombination zusammenbrach.

»Sie wissen nicht, was Sie tun«, sagte Perry Rhodan.

Eine Zeit lang hatte Matio ihn nur beobachtet, abwartend, aber auch ein wenig nachdenklich. Rhodan fragte sich, was in dem Mann vorgehen mochte, der eher bedrückt wirkte als kämpferisch.

»Falls Ihre Freunde das Schiff sprengen, besiegeln Sie damit das Schicksal Ihres Volkes.«

»Du langweilst mich.« Matio wandte sich ab.

»Ich glaube dennoch nicht, dass Sie das kaltlässt!«, rief der Resident hinter ihm her. »Auf mich machen Sie keineswegs den Eindruck eines kaltblütigen Mörders.«

Der Mann verschwand hinter klobigen Maschinen.

»Sie müssen diesen Irrsinn verhindern! Haben Sie keine Familie, Matio …? Niemanden, der Ihnen nahesteht?«

Ein heiseres Gurgeln antwortete Rhodan. Sekunden später stand der Alteraner wieder da und starrte ihn an. »Ich hatte Familie. Aber alle wurden von den verfluchten Nestschädeln umgebracht.«

»Das tut mir leid.«

Matio reagierte nicht darauf. »Und das hier« – er fuhr sich mit der flachen Hand über die Brandnarben im Gesicht – »ist auch ein Andenken an sie.«

Rhodan schwieg. Was immer er sagte, sein Gegenüber hätte es falsch auslegen können. Vielleicht bewirkte es mehr, den Mann sich selbst zu überlassen.

»Ich habe immer gehofft, dass eines Tages der Großadministrator mit einer großen Kriegsflotte in Ambriador eintreffen würde«, begann Matio unerwartet. »Und viele denken so wie ich. Je schlechter die Zeiten wurden, desto größer der Ruf nach Rhodan. Inzwischen wissen wir, dass in der Milchstraße unsere Existenz unbekannt ist. Die Siedlerschiffe von einst, verschollen, abgehakt; die Besatzungen für tot erklärt. Wer sollte nach einer kleinen Ewigkeit überhaupt wissen, dass es unsere Vorfahren jemals gegeben hat?«

Matio schaute auf, dann zuckte er mit den Schultern. »Wir stehen zwischen den Fronten. Die Maschinenteufel morden gnadenlos. Und die Nestschädel bekämpfen uns mit unseren eigenen Erinnerungen, indem sie uns einen falschen Großadministrator vorführen. Damit nehmen sie uns unsere Identität.«

Der Mann begann eine unruhige Wanderung. Nur hin und wieder hielt er inne und herrschte seinen auf dem Boden liegenden Gefangenen an: »Wer sind Sie?«

Immerhin sagte er nun *Sie*, benutzte nicht mehr das vertrauliche und in dem Fall eher abwertende *du*.

»Mein Name ist Perry Rhodan. Und wenn Sie mich noch hundertmal fragen, Matio, ich werde Ihnen nichts anderes antworten als die Wahrheit.«

»Sie sind konditioniert, genau wie Yu schon sagte. Das Serum kann nicht wirken.«

»Wie viel Zeit bleibt uns noch?«

Matio lachte heiser, das war seine Antwort.

»Ich habe den Eindruck, Sie wollen das alles gar nicht und warten deshalb darauf, dass es bald vorbei sein wird«, stellte Rhodan fest. »Warum schaffen Sie es nicht, Ihre Verbitterung zu überwinden?«

»Warum?«, fuhr der Mann auf. »Was haben die Laren mit Ihnen gemacht? Erst haben Sie meine Frau umgebracht, dann meine Tochter Tafdy vor meinen Augen. Und das hier« – er fuhr sich wieder über das verbrannte Gesicht – »erinnert mich ständig an sie. Yu und Tafdy arbeiteten zeitweise zusammen …«

»Und deshalb glauben Sie, nun Rache nehmen zu müssen? Rufen Sie Ihre Mitverschwörer zurück, Matio!«

Der Mann sah ihn verständnislos an. Er wollte nicht verstehen. Auch als Rhodan anfing, ihm mehr zu erzählen. Details, als die Laren zum ersten Mal in der Milchstraße erschienen waren. Er redete davon, dass er Hortrenor-Taaks Absichten durchschaut hatte, ihm letztlich aber keine andere Wahl geblieben war als die Flucht. Er sprach von seiner Hoffnung, mit Hilfe des Antitemporalen Gezeitenfelds das Solsystem dem Zugriff der Laren zu entziehen – eine trügerische Hoffnung, wie sich bald erwiesen hatte. Dann die Flucht von Erde und Mond durch den Sol-Transmitter, die Ankunft im Mahlstrom der Sterne und in der Folge die Lieblosigkeit der Menschen, verursacht durch eine Strahlungskomponente der neuen Sonne Medaillon. Währenddessen waren in der Milchstraße die letzten freien Menschen zu Sklaven der Überschweren und der Laren geworden. Und in der Dunkelwolke Provcon-Faust hatte das Neue Einsteinsche Imperium das Erbe des untergegangenen Solaren Imperiums angetreten, eigentlich die Verwaltung eines Scherbenhaufens.

»Das ist die Wahrheit?«, fragte der Alteraner schließlich. »Sie klingt aberwitzig und verrückt.«

»Lügen sind stets einfacher und leichter verdaulich«, versetzte Rhodan.

Matio massierte sein Kinn. Er stand gut drei Meter von dem gefesselten Terraner entfernt und sah nachdenklich auf ihn hinab. »Ich weiß nicht mehr, was ich glauben soll«, gestand er zögernd.

Augenblicke später schien er sich entschlossen zu haben. Jedenfalls schaltete er sein Funkgerät ein und rief nach Yu und Ponffo. Er bekam keinen Kontakt.

Vorübergehend hatte es den Anschein, als wolle der Alteraner es bei diesem einen Versuch bewenden lassen. Eine längere Pause entstand. Schließlich wischte er sich mit dem Handrücken über die Lippen, die Geste wirkte trotzig, und startete einen neuen Versuch.

»Nichts. Und nun?« Fragend sah er Rhodan an.

»Lösen Sie meine Fesseln, Matio, und geben Sie mir mein Funkarmband! Vielleicht haben wir noch eine Chance.«

Erneut zögerte der Alteraner. Die Forderung war zu direkt gekommen. Aber endlich nickte er, ging auf Rhodan zu und beugte sich über ihn.

Ein jähes Geräusch ließ Matio herumfahren und ebenso schnell zur Waffe greifen. Er schaffte es noch, den Strahler hochzureißen, dann erstarrte er in der Bewegung. Seine Waffe fiel zu Boden.

Matio Candiz sank vornüber auf die Knie, kämpfte vergeblich um sein Gleichgewicht und kippte zur Seite – seine brechenden Augen waren unverwandt auf den Laren gerichtet, der ihn erschossen hatte.

»Es sieht aus, als hätte ich Ihnen das Leben gerettet, Rhodan!«, sagte Verduto-Cruz zufrieden.

Hinter dem Laren folgten Soldaten. Sie sicherten nach allen Seiten, doch es gab keinen Gegner mehr.

Dreizehn Orombo

Zweieinhalb Stunden später beendete BOX-1122-UM die letzte Linearetappe.

Jeder in der Zentrale hielt in dem Moment den Atem an. Perry Rhodan sah versteinerte Gesichter. Viel hätte er dafür gegeben, Gedanken lesen zu können. Anspannung und eine extreme Nervosität waren vorherrschend. Nicht einmal Captain Olexa blieb davon verschont, seine Hand lag auf dem Griff seiner Waffe, und er schloss und öffnete die Finger in rascher Folge.

Nano hatte in den letzten dreißig Minuten seine roten Lippen »abgeschminkt«, denn die Ambriador-Posbis hätte er mit dieser Kriegsbemalung weder gnädig stimmen noch beeindrucken können.

Verduto-Cruz stand ein paar Schritte von den Alteranern entfernt, die ohnehin nur Augen für Ortungsbilder und optische Wiedergabe hatten. Die Arme vor der Brust verschränkt, erweckte er den Anschein, als gehe ihn das alles nichts mehr an. Auf Rhodans Vorwurf, Matios Tod wäre vermeidbar gewesen, hatte er unwillig reagiert. »Der Mann war nach Ihren Gesetzen ein Verbrecher, Rhodan. Wollten Sie ihm Gelegenheit geben, seine Tat zu vollenden?«

»Er wollte gerade meine Fesseln lösen …«

»Dafür wäre eher Zeit gewesen. Und sobald wir mit den Posbis zu tun bekommen, sollten Sie ebenfalls zuerst schießen, Rhodan. Tun Sie das nicht, dürfte Ihr Leben keinen Sandkrabbler wert sein.«

»Wenn wir uns auf ein Gefecht mit den Posbis einlassen, werden wir die Achtzigsonnenwelt niemals erreichen«, hatte der Terraner schroff geantwortet.

Hunderte Ortungsreflexe zeichneten sich ab. Das war mehr, als Rhodan erwartet hatte. Orombo schien weit mehr zu sein als nur ein Leuchtfeuer oder ein Außenposten der Roboter-Zivilisation.

BOX-1122-UM war inmitten großer Pulks von Fragmentraumschiffen aus dem Linearraum zurückgefallen.

»Posbi-Ortungen erfassen das Schiff!«, meldete Nano Aluminiumgärtner.

»Falls wir nicht sofort abgeschossen werden, haben wir eine gute Chance.« Verduto-Cruz lachte, als sich ihm etliche Alteraner zuwandten. »Es ist so!«, bekräftigte er.

»Sehr großes Funkaufkommen!«

Rhodan nickte knapp. Zumindest in der Hinsicht hatte er nichts anderes erwartet. Im Bereich Orombo, das zeichnete sich schon nach wenigen Minuten ab, herrschte ein stetes Kommen und Gehen, und im Umfeld des sechsten Planeten war das Aufkommen am stärksten.

Orombo war eine kleine gelbe Sonne, einer der Sterne, die zwar häufig anzutreffen, aber keineswegs sonderlich imposant waren. Acht Planeten umfasste das System. Rhodan orientierte sich an den Grobdaten, die Nano Aluminiumgärtner auf die Holoschirme holte.

Daran, dass der sechste Planet das vorläufige Ziel der BOX sein musste, ließen schon die anderen Fragmentraumer keinen Zweifel, die alle diesen Planeten anflogen.

»Der Äquator-Durchmesser liegt bei knapp zweiundzwanzigtausend Kilometern!«, rief Oberleutnant Li Fei in die Runde. »Schwerkraft zwei Gravo. Kein Mond.«

Ein Pulk von achtzehn Schiffen, nur wenige Millionen Kilometer vor BOX-1122-UM, beschleunigte mit hohen Werten und verschwand kurz darauf im Linearraum. Binnen Minutenfrist näherten sie sich Orombo bis auf geringe Distanz.

»Folgen wir der Flotte?«

»Auf keinen Fall!«, fuhr Verduto-Cruz den Alteraner an, der die Frage gestellt hatte. »Wir warten, bis wir über Funk angesprochen werden. Ich kenne das so.«

»Der Meinung bin ich ebenfalls«, bestätigte Rhodan. »Nano?«

»Kein Einwand«, erwiderte der Rundron-Posbi.

Mit halber Lichtgeschwindigkeit näherten sie sich dem Planeten. Die Rücksturzkoordinaten hatten oberhalb der Ekliptik gelegen, deshalb würde BOX-1122-UM die Umlaufbahnen der beiden äußeren Welten nicht einmal tangieren.

Die Ortung ließ eine Fülle von Details erkennen. Nicht nur im Nahbereich des sechsten Planeten, sondern auch innerhalb des Systems verstreut gab es große Masse- und Energiekonzentrationen. Die Auswertung zeigte Raumforts, die offensichtlich jeweils aus mehreren zusammengekoppelten Fragmentraumern bestanden.

»Altterranische Geschichte ist doch immer wieder lehrreich«, stellte Mondra Diamond fest. Sie erntete dafür eine Vielzahl fragender Blicke.

Rhodan lächelte. »Es geht nichts über ein gutes *Trojanisches Pferd*«, bestätigte er. »Jedes alteranische Schlachtschiff würde sofort von irgendeiner Seite angegriffen und vernichtet werden.«

»Das gilt zweifellos auch für jeden Troventaar«, pflichtete Verduto-Cruz bei.

BOX-1122-UM blieb unbehelligt.

Fünf Minuten waren erst vergangen, als der Fragmentraumer von einem Abfrageimpuls über Richtfunk angesprochen wurde. Nano Aluminiumgärtner reagierte mit der gewohnten Schnelligkeit eines Posbis. Daten lagen von Anfang an vor, seit er die Hauptpositronik nach allen wichtigen Informationen durchsucht hatte.

»Soeben habe ich BOX-1122-UM bei dem planetaren Robotkommandanten von Orombo angemeldet«, setzte er die Alteraner in Kenntnis. »Die Daten sind gefälscht, aber nicht fiktiv. Alle Informationen habe ich aus der Hauptpositronik des Schiffes separiert ...«

»Also doch!«, kam es von einem der Offiziere. »Hieß es nicht am Anfang, es würden kaum verwertbare Informationen vorliegen?«

»Eine reine Vorsichtsmaßnahme«, antwortete Mondra an Rhodans Stelle. »Zu dem Zeitpunkt konnte niemand abschätzen, ob sich Probleme ergeben würden.«

»Dieses Vorgehen war sinnvoll«, bestätigte der Lare. »Die Ortung zeigt deutlich die Verteidigungsfähigkeit dieses Systems.«

Mit halber Lichtgeschwindigkeit fiel der Fragmentraumer dem gut eine Lichtstunde entfernten Planeten entgegen.

»BOX-1122-UM transportiert ab sofort wertvolle Rohstoffe, die in einem System der äußeren Eastside abgebaut wurden«, schnarrte Nano Aluminiumgärtner. »Alles Weitere wird sich hoffentlich in den nächsten beiden Stunden ergeben, bevor uns ein Landeplatz auf Orombo zugewiesen wird.«

»Was unternehmen wir, falls die vermeintliche Fracht gelöscht werden soll?«, wollte Captain Grimm wissen.

»In diese Zwangssituation werden wir nicht kommen«, behauptete der Posbi.

»Wir haben ein Recht auf alle Informationen!«, protestierte Li Fei.

»Genau so ist es.« Verduto-Cruz massierte sich die Schläfen, als versuche er, einen Anflug von Müdigkeit zu vertreiben. »Ich bin sicher, Nano Aluminiumgärtner versucht erneut, seine historischen Befehlskodes auszuspielen. Mir soll es recht sein, solange wir mit heiler Haut weiterkommen. Andernfalls ...« Das Fingerschnippen, das er folgen ließ, musste er einem der Alteraner abgeschaut haben. Es wirkte überaus menschlich, passte aber nicht zu ihm, wie er sich sonst gegeben hatte. Allem Anschein nach hatte er mit dem Erreichen des Orombo-Systems seine Zurückhaltung ein Stück weit verloren.

»Der Mitteilung an den Robotkommandanten wurden meine Kodes aufgeprägt«, erklärte der Rundron-Posbi. »Sobald sie akzeptiert werden, erlauben sie mir den Zugriff auf den planetaren Robotkommandanten.«

»Und wenn nicht?«, erklang es aus dem Hintergrund.

Nano zögerte einige Sekunden. »Die Ortung erfasst keine steigende Energieemission der Wachforts. Auch gehen keine Fragmentraumer auf Abfangkurs«, antwortete er ausweichend.

»Also besteht bislang keine eindeutige Verbindung zu dem Robotkommandanten?«

Wieder antwortete der Posbi nicht sofort.

»Hast du eine Verbindung?«, wollte Mondra wissen. »Ja oder nein?«

Abwehrend hob Nano seine angeschmort wirkenden Arme. »BOX-1122-UM wurde nur unter geringer Priorität eingestuft. Derzeit befindet sich der Robotkommandant im Zentrum umfangreicher Prozesse, die seine Außenverbindungen weitgehend reduziert haben.«

»Ist das schon eine Folge deiner Kodes?«

»Nein, ich denke nicht.«

»Aber die Möglichkeit besteht?«, fasste Rhodan nach.

»Das ist richtig«, bestätigte Nano. »Wir müssen abwarten, in welchem Umfang ich tatsächlich Zugriff bekomme.«

Oder ob überhaupt? Der Resident sprach die Frage nicht aus.

Zu spüren war jedoch, dass jeder solchen Überlegungen nachhing. Der Eindruck entstand, als hinge die BOX unverrückbar im Raum, obwohl sie weiterhin mit halber Lichtgeschwindigkeit flog. Nur langsam wuchs die schmale Sichel des Planeten an.

Fragmentraumer, die nach BOX-1122-UM die Systemgrenze erreicht hatten, flogen mit kurzer Überlichtetappe Orombo an und schwenkten in einen Orbit ein. Andere Schiffe, zumeist größere Pulks, verließen das Sonnensystem.

»Der Robotkommandant hat uns vergessen«, argwöhnte Harrison Hainu, nachdem nahezu eine Stunde in völliger Ereignislosigkeit verstrichen war.

Mit lediglich drei Millionen Kilometern Distanz passierte das Schiff eines der Raumforts. Es bestand aus sechs kreuzförmig aneinandergekoppelten Fragmentraumern, maß also deutlich mehr als acht Kilometer in der Länge und im Bereich des »Querbalkens« über sechseinhalb. Rhodan bezweifelte nicht, dass die Schiffe jederzeit getrennt werden und separat operieren konnten. Die von Aufbauten übersäten zerklüfteten Rümpfe erzwangen die Kopplung ausschließlich mit Hilfe von Energiefeldern, was eine enorm schnelle Trennung ermöglichte. Er zog Parallelen zu PRAETORIA, dem flugfähigen Multifunktions-Stützpunkt der LFT. Die Lösungen waren ähnlich, konnten aber schon wegen der unterschiedlichen Oberflächenstrukturen nicht näher beieinanderliegen.

Rhodan beobachtete den Laren. Verduto-Cruz wirkte angespannt, er ließ die Ortungsauswertungen, die Aufrisse und Schemaauswertungen kaum mehr aus den Augen. Trotzdem spürte er die ihm geltende Aufmerksamkeit, denn er wandte sich jäh dem Terraner zu.

»Sie fragen sich, Rhodan, ob das vor achtunddreißig Jahren auch so war. Im Bereich von Dreydon gab es solche Raumforts nicht, das System wirkte im Gegensatz zu diesem eher beschaulich.«

Das große Raumfort blieb hinter BOX-1122-UM zurück und verschmolz langsam wieder mit der Weltraumschwärze. Der Fragmentraumer wurde ignoriert.

Noch fünfzehn Lichtminuten bis Orombo …

Rhodan hatte untersagt, die Ortungen allzu auffällig einzusetzen. Posbis, die den Planeten womöglich routinemäßig anflogen, kannten die Gegebenheiten. Aber schon die Passivortung ließ erkennen, dass diese Welt extrem hoch industrialisiert sein musste.

Orombo entpuppte sich als stählerner Planet, gerodet, eingeebnet, zugebaut.

»Ein Alptraum!«, stieß Leutnant Hainu hervor. »Eine Wüste aus Stahl und Plastbeton. Es hat nicht den Anschein, als würde dort noch eine Spur von Leben existieren.«

Die Atmosphäre erwies sich als Gebräu aus Edelgasen und Stickoxiden. Es war anzunehmen, dass der Sauerstoffanteil einmal weit höher gewesen war, doch heute konnte er einen Menschen ohne Verdichtermaske und Filter nicht mehr lange am Leben erhalten.

Eine eigenartige grau-silberne Albedo umgab den Planeten. Sogar die Ozeane waren in die Bebauung integriert worden.

»Weiterhin keine Rückmeldung«, stellte Nano lakonisch fest. »Der Robotkommandant nimmt keine Notiz von BOX-1122-UM.«

»Trotzdem werden wir in Kürze entscheiden müssen, ob wir landen oder einen Orbit einschlagen sollen«, sagte Rhodan.

Das Bremsmanöver war schon eingeleitet. Da die maximale Bremsbeschleunigung bei fünfundsiebzig Kilometern pro Sekundenquadrat lag, bedeutete das mehr als hundertfünfzig Millionen Kilometer bis zum relativen Stillstand. Oder achteinhalb Minuten Flugzeit.

»Funkkontakt!«, rief einer der Alteraner. »Wir werden über Richtstrahl von Orombo angesprochen.«

Der Mann zeigte sich verärgert, dass Nano Aluminiumgärtner überhaupt nicht reagierte, dann erst verstand er, dass der Milchstraßen-Posbi die Impulsfront längst empfing und, darauf aufbauend, wahrscheinlich eine Vielzahl von Rückkopplungen herstellte.

»Die Kodes zeigen Wirkung. Ich habe Zugang zu positronischen Systemen, die den Frachtverkehr verwalten«, sagte Nano.

»Das ist alles?« Mondra klang enttäuscht. Auch Rhodan hatte mehr erwartet.

Nano reagierte nicht mehr. Er bediente sich jetzt der Schiffssysteme und kommunizierte über ein Bündel unterschiedlicher Frequenzen.

Nicht einmal vier Minuten vergingen, eine Zeitspanne, während der ein hoher Durchlauf von Datenpaketen ersichtlich war.

Nano gab eine Reihe knackender Geräusche von sich, als er den Oberkörper abwinkelte und Rhodan anschaute.

»Du hast Schwierigkeiten?«, argwöhnte der Terraner.

»Große Sch-wierigkeiten.« Nachdem er eine Zeit lang den Sprachfehler unterdrückt hatte, ließ Nano Aluminiumgärtner wieder sein eigenwilliges Stottern hören. »Ich kann a-auf den Robotkommandanten keinen Einfluss nehmen, alle Kodes und Befehlssequenzen werden über Prüfroutinen abgeblockt. Wenn ich es zu hartnäckig versuche, b-besteht die Gefahr, dass die alten Sequenzen als Angriff interpretiert werden.«

Wahrscheinlich war das Vertrauen in Nano Aluminiumgärtners Fähigkeiten mittlerweile zu groß geworden. Die Ernüchterung zeichnete sich jedenfalls in den Gesichtern der Zentralebesatzung ab.

»Was ist nun? Betätigen wir uns als interstellare Spediteure?«, fragte Mondra.

Rhodan sah es in ihren Augen aufblitzen. Aber ebenso schnell wischte sie den aufkommenden Ärger wieder beiseite.

»Mir ist es gelungen, eine Frachtcharge zur Übernahme auf BOX-1122-UM umzuleiten«, bestätigte der Posbi.

»Lass mich raten! Die Fracht ist für die Achtzigsonnenwelt bestimmt? Du hast es geschafft, Nano? Du hast es wirklich geschafft – Mensch, Posbi«, plärrte Mauerblum, der sich zuletzt auffallend ruhig verhalten hatte. Sein Auftritt unter Alkoholeinfluss war ihm peinlich, und eine solche Regung hatte bei einem Matten-Willy sehr viel zu heißen.

»Die Fracht ist noch nicht verladefertig«, schnarrte Nano, »aber sie wird unsere Eintrittskarte für das Machtzentrum der Ambriador-Posbis sein. Leider muss ich zu bedenken geben, dass mein Einfluss auf die Kommandostruktur dort geringer ausfallen wird.«

Rhodan rieb sich den Nasenrücken. »Wie lange müssen wir auf die Fracht warten?«, fragte er voll unguter Vorahnung.

»Es wird keine ungenutzte Wartezeit geben«, antwortete Nano Aluminiumgärtner ausweichend. »Der Robotkommandant hat angeordnet, dass BOX-1122-UM eine orbitale Werft anfliegt. Die ausgebrannten Linearkonverter werden durch neue Aggregate ersetzt.«

»Unmöglich«, schnaubte Captain Olexa. »Wir sollen neue Maschinenteufel an Bord lassen? Das kann doch nur schiefgehen.«

»Wenn ich diese Welt sehe, frage ich mich, weshalb in Ambriador nicht längst alles Leben ausgelöscht wurde.«

Innerhalb kürzester Zeit hatte Captain Olexa jede Illusion verloren. Orombo konnte einem Alteraner nicht nur Alpträume bescheren, sondern jeden Schlaf rauben.

»Es gibt Schlimmeres«, erwiderte Rhodan.

Der Captain starrte ihn an, als erwartete er, dass sich der Terraner in der nächsten Sekunde seiner Maske entledigen und zu einer der Kreaturen mutieren würde, die mit ihren Würfelraumschiffen Tod und Entsetzen verbreiteten.

Transportscheiben verdunkelten den Himmel über Orombo wie auf anderen Planeten unüberschaubare Vogelschwärme, und im Orbit hingen Stahlkolosse, die wie überdimensionale Kraken Fragmentraumer umschlangen. Ströme von Kleinfahrzeugen für Materialtransporte und Versorgungsflüge pendelten zwischen diesen Stationen und der Stahlwüste des Planeten.

Auf den übrigen Welten des Systems existierten ebenfalls ausgedehnte Fabrikanlagen, doch sie dienten eher der Rohstoffgewinnung.

»Ich darf nicht darüber nachdenken.« Der Captain wischte sich den Schweiß aus dem Gesicht. »Das hier ist nur ein Randsystem der Posbis. Trotzdem übertrifft die Kapazität alles, was wir zu bieten haben. Unsere Vorposten muten im Vergleich dazu wie zurückgebliebene Agrarwelten an.«

Rhodan kannte weit beeindruckendere Welten als Orombo. Doch das behielt er für sich.

BOX-1122-UM hatte vor drei Stunden an einer der orbitalen Werften angedockt. Das heißt, eigentlich hatten sich Greifarme ausgebreitet und hielten das Schiff mit Energiefeldern fest.

Arbeitsmaschinen waren an Bord gekommen und entluden die ausgebrannten Konverter. Alle Techniker und Soldaten, bis auf die Zentralecrew, hatten sich in ihre Unterkünfte zurückgezogen. Nur die Rundron-Posbis und einige der von Nano kontrollierten Maschinenteufel hielten sich im Bereich der Verladetätigkeit auf.

Langsam zog die Fabrik ihre Bahn über den Planeten. Aus wenigen hundert Kilometern Höhe bot sich ein guter Überblick. Bislang hatte sich die Szene kaum verändert. Diese Welt glich den Fragmentraumschiffen, ihre Oberfläche war ein Konglomerat schluchtenartiger Strukturen, zwischen denen gigantische Bauten wie überdimensionierte Städte aufragten. Höhenunterschiede bis zu vier Kilometern prägten das Bild.

Es gab keine Berge und Täler, kein Land und keine Meere. Wo Wasser sichtbar wurde, ergoss es sich durch künstliche Kanäle und verschwand tosend in Fabrikanlagen, ohne jedoch an anderer Stelle wieder zum Vorschein zu kommen.

Am Horizont, von der untergehenden Sonne nur teilweise angestrahlt, erschien eine seltsam gleichmäßige Formation. Dunst verschleierte die Sicht, als kondensiere die in der Atmosphäre gebundene Feuchtigkeit.

»Raumschiffe!«, stellte Rhodan fest. »Wahrscheinlich der erste wirklich große Raumhafen auf Orombo.«

Dutzende Fragmentraumer hatten sie bereits starten und ebenso viele landen sehen. Umgerechnet auf den gesamten Planeten waren es in den wenigen Stunden Hunderte gewesen, die sich zwischen den Industrieanlagen regelrecht verloren.

Das hier war anders. Dicht gedrängt standen die Zwei-Kilometer-Würfel, im Widerschein der sinkenden Sonne eine blutig schimmernde Phalanx. Als warteten diese Schiffe nur darauf, sich auf ein Zeichen hin gemeinsam in den Raum zu erheben.

Einige Hundert, hatte Rhodan im ersten Moment vermutet. Doch die Ebene, auf der sie standen, nahm kein Ende.

Er wandte sich der Ortung zu.

Die Energieechos waren Legion. Es war schwer genug, ohne zusätzliche Filter einzelne Raumschiffe aus dem sie umgebenden energetischen Chaos herauszufinden. Zu Rhodans Überraschung ließen die Energieflüsse in dem beobachteten Bereich nach. In Helligkeitsabstufungen wiedergegeben, wäre ganz Orombo eine gleißende Fackel gewesen, aber das Landefeld lag in Düsternis. Auf den Fragmentraumern waren nur die notwendigsten Anlagen in Betrieb.

»Eingemottet?«, fragte Mondra hinter ihm.

»Sieht ganz so aus.« Rhodan nickte, ohne von den Ortungsbildern aufzuschauen. An Bord eines terranischen Raumschiffs hätte er mit wenigen Schaltungen die Energieortung mit den Massewerten gekoppelt und die optische Erfassung hinterlegt. Dazu Skalenwerte eingeblendet, um die Datenwiedergabe komplex zu haben.

Hier bereitete es ihm Schwierigkeiten, überhaupt auf die Ebene der positronischen Befehlsströme vorzudringen. Längst nicht alles konnte auf manuelle Schaltkreise umgelegt werden, über die ein umfassender Informationsabruf möglich gewesen wäre. Rhodan wollte tiefer greifende Messwerte, bekam sie aber nicht, weil Nano Aluminiumgärtner und Drover anderweitig gebunden waren.

Aber auch so ertappte der Terraner sich dabei, dass er unvermittelt den Atem anhielt. Was immer deutlicher am Horizont sichtbar wurde, obwohl die orbitale Werft sich dem Areal nicht weiter näherte, war eine gewaltige Flotte.

»Ich schätze, das sind mindestens fünftausend Fragmentraumer. Diese Schiffe werden auf Orombo gebaut und warten hier auf ihren Einsatz.« Mondras Feststellung klang eisig.

»Sobald diese Flotte gegen das Imperium losschlägt, werden wir keines unserer Systeme wirkungsvoll verteidigen können«, sagte Oberleutnant Li Fei.

»Warum greifen diese Teufel noch nicht an?« Captain Olexa wandte sich an Rhodan. »Worauf warten die Roboter?«

Vor nicht einmal sechs Wochen hatten dreieinhalbtausend Fragmentraumer das Alter-System angegriffen. Letztlich hatte nur Nano Aluminiumgärtner mit seinen historischen Kodes, die Befehle einer Höheren Instanz simulierten, das

Ende Alteras verhindert. Angesichts der Flotte, die hier auf Orombo auf ihren Einsatz wartete, konnte von Verhindern nicht mehr länger die Rede sein, sondern nur noch von einem Hinauszögern.

Nicht mehr als ein Pyrrhussieg war die Schlacht um Altera gewesen. Die Verluste an Material wogen in dem Fall noch schwerer als der hohe Blutzoll. Von den TRIANGOLO-Raumforts mit ihrer schlagkräftigen Bewaffnung hatten nur sechsundachtzig die Kämpfe ohne nennenswerte Schäden überstanden, dazu nicht einmal dreihundert Schlachtschiffe und einhundertachtzehn Schwere Kreuzer. Die Leichten Kreuzer waren ohnehin eher in die Rubrik Geschützfutter einzuordnen.

Angesichts dieser Flotte von Fragmentraumern wurde jede Hoffnung zur Farce, das Alter-System irgendwie noch verteidigen zu können.

Stumm blickten die Alteraner auf die Anzeigen.

Schließlich durchbrach Captain Olexa die Stille. »Egal, ob wir im Tempel für Buddha Räucherstäbchen entzünden, ob wir uns vor Allah verneigen oder zu dem dreieinigen Gott beten, wir werden den Beistand aller bitter nötig haben.«

Langsam wanderte der Raumhafen unter der Werft vorüber. Weit in der Ferne waren noch leere Landefelder zu erahnen. Die Zahl, die Rhodan jetzt errechnete, belief sich auf achttausend.

Achttausend startbereite und schlagkräftige Fragmentraumer. Sobald die Posbis diese Flotte nach Fort Kanton führten, war es für Gegenmaßnahmen zu spät. Altera würde danach nicht einmal einen einzigen Tag Aufschub haben.

Die Übernahme der Linearkonverter war abgeschlossen. Auch wenn Perry Rhodan es niemandem eingestanden hätte, ihm fiel ein Stein vom Herzen. Trotzdem wartete noch ein ganzer Steinbruch, den es wegzuräumen galt, bevor er wirklich zufrieden sein konnte.

Langsam zogen sich die Greifer zurück, und die erlöschenden Energiefelder gaben BOX-1122-UM frei. Traktorstrahlen drückten den Fragmentraumer aus der offenen Montagebucht. Sekunden später, als die Distanz auf mehrere hundert Meter angewachsen war, zündeten die Impulstriebwerke in gegenüberliegenden Eckbereichen und drehten das Schiff.

BOX-1122-UM driftete von Orombo fort und erhielt in einhundertfünfzigtausend Kilometern Entfernung eine Parkposition zugewiesen.

Nano Aluminiumgärtner war nun permanent über den Funkbereich des Robotkommandanten mit den planetaren Stellen verbunden. Wie erstarrt stand er in der Zentrale, aber während er äußerlich den Anschein erweckte, als sei jegliches positronische Leben aus ihm gewichen, entwickelte er stetig neue Aktivitäten.

Die scheinbare Ruhe schürte die Nervosität der Alteraner. Nano Aluminiumgärtner stand auf ihrer Seite. Natürlich. Aber wer sagte ihnen, dass die Maschinenteufel von Orombo nicht im Begriff waren, Macht über ihn zu gewinnen, so wie er es seinerseits in den letzten Tagen und Wochen mit den Robotern an Bord der BOX vorgeführt hatte?

»Wir müssen den Staatsmarschall informieren!«, forderte Leutnant Hainu. »Was sich hier zusammenbraut, wird das Ende des Imperiums bedeuten.«

»Egal, was wir unternehmen, ob wir einen Hyperfunkspruch absetzen oder zu fliehen versuchen, diese Teufel werden uns nicht am Leben lassen, sobald sie Verdacht schöpfen«, widersprach Olexa heftig.

»Warum fluten wir nicht alle Energie und lassen die BOX über dem Landefeld abstürzen? Dann hätte unser Tod wenigstens einen Sinn.«

»Nichts von alldem werden wir tun!«, widersprach Rhodan ruhig und eindringlich. »Was ist denn bislang geschehen? Nichts, was uns direkt bedrohen würde. Mit einem Opfergang wie eben gefordert, würden wir bestens fünf, vielleicht sogar zehn Fragmentraumschiffe zerstören. Was wäre damit gewonnen?«

»Nichts!«, pflichtete Verduto-Cruz bei. Er wirkte verbissen. »Diese Flotte von Fragmentraumern wird sich nicht nur gegen das Imperium Altera wenden, der Trovent wird die Schlagkraft der Posbis ebenfalls zu spüren bekommen. Panik ist immer die falsche Reaktion, sie hat noch niemanden weitergebracht. Rhodan hat die einzige Lösung aufgezeigt, die mir gangbar erscheint. Unabhängig davon, ob einige hier den Mut verloren haben, müssen wir die Achtzigsonnenwelt anfliegen.«

»Ein Lare wird nicht darüber bestimmen, was …« Die erregte Stimme eines Technikers verstummte, weil zwei Offiziere gleichzeitig auf ihn einredeten.

Die stundenlange erzwungene Untätigkeit und dazu die unheimliche Bedrohung vor Augen ließen unterschwellige Aggressionen wieder aufkochen. Das Empfinden, den Maschinenteufeln hilflos ausgeliefert zu sein, trieb manchen Alteraner einer fatalistischen Einstellung in die Arme.

Ächzend löste sich Nano Aluminiumgärtner aus seiner Starre. Rhodan sah, dass alle den Rundron-Posbi anschauten. Jeder wollte hören, was Nano in Erfahrung gebracht hatte.

»Es war sogar für mich mühsam, die Zugriffssperren in den planetaren Kommunikationslinien zu umgehen und die richtigen Datenknoten aufzuspüren. Bereiche, in denen meine Kodes nicht wirksam werden, musste ich dabei aussparen …«

»Schon gut«, unterbrach Leutnant Hainu ungeduldig. »Welche Informationen gibt es über die achttausend Fragmentraumer? Wann werden sie angreifen?«

»Vorerst nicht.«

Nanos Antwort hatte ein hörbares Aufatmen zur Folge. Doch in einer überaus menschlich wirkenden Geste hob er sofort beide Arme. Das Klicken seiner Greifklauen erschien Perry Rhodan wie das Ticken eines Zeitzünders.

»Die Ambriador-Posbis betrachten ihre bisherigen Angriffe auf das Imperium

Altera und den Trovent der Laren nur als vorbereitende Maßnahmen«, sagte Nano Aluminiumgärtner. »Geplänkel, die beide Völker in permanenter Defensive halten sollen, damit sie keine Gelegenheit finden, einen wirkungsvollen Verteidigungswall aufzubauen, womöglich gar zusammenzuarbeiten. Die gegenseitigen Angriffe und Gefechte zwischen Alteranern und Laren wurden von den Posbis akribisch in ihre eigene Strategie aufgenommen. Fest umrissene Aufgabe der Robotkommandanten war und ist es, die Gegner in jeder Hinsicht zu schwächen. Erst sobald die zahlenmäßige Überlegenheit nicht mehr durch Raumforts, verminte Sektoren, schwere planetare Geschützstellungen und Ähnliches kompensiert werden kann, werden die Posbis mit aller Kraft zuschlagen. Dieser Vernichtungsangriff wird gestartet, sobald zehntausend Fragmentraumer zur Verfügung stehen. Die Strategie besagt eindeutig, dass nach dem Fall des Imperiums Altera sofort der Trovent der Laren angegriffen und ausgelöscht werden muss.«

Alle Befürchtungen hatten mit einem Mal Gestalt angenommen. Zehntausend Kampfschiffe! Mit apokalyptischer Gewalt würden die Maschinenteufel über alle Sternenreiche von Ambriador hereinbrechen – unerbittliche Kämpfer, die den eigenen Tod nicht fürchteten, weil gigantische Fabriken immer neue Kopien von ihnen fertigten. Wie ein gefräßiger Heuschreckenschwarm würden sie eines Tages sogar die Sterne verdunkeln.

»Nicht einmal unsere Flotten gemeinsam könnten diesem Angriff widerstehen.« Verduto-Cruz' schwarze Haut schimmerte in einem fahlen Grau. »Selbst wenn wir uns eine Zeit lang wirkungsvoll zur Wehr setzen könnten, die Posbis werden uns letztlich überrollen. Ihre industrielle Kapazität ist beängstigend.«

Das war dir doch längst klar, Verduto-Cruz, ging es Rhodan durch den Sinn. *Wonach suchst du? Nur nach einer Bestätigung, dass es wirklich so ist? Oder nach Verbündeten? Das allerdings wäre die vordringliche Aufgabe des Ersten Hetrans.*

Womöglich hatte es schon Vorstöße in der Hinsicht gegeben, aber Administrator Anton Ismaels Koma spielte den Falken in beiden Lagern in die Hände. Denn Staatsmarschall Michou war nicht der Mann, der einem Laren die Hand reichen würde, jedenfalls nicht, ohne seinen eigenen Führungsanspruch festgeschrieben zu wissen.

Die Distanzüberwachung meldete die Annäherung von vier Fahrzeugen, löste aber keinen Alarm aus. Große Plattformen näherten sich der BOX.

»Unsere Fracht kommt!«, verkündete Nano Aluminiumgärtner stolz. »Damit rückt die Achtzigsonnenwelt zum Greifen nahe.«

Ein Aufschrei hallte durch die Zentrale. Rhodan fuhr herum und sah mehrere Alteraner zu den Waffen greifen, während ein anderer förmlich durch den Raum geschleudert wurde und im Stürzen mehrere Männer mitriss.

Er hörte Verduto-Cruz eine Verwünschung ausstoßen, zugleich sah er den wild gewordenen Posbi. Der Roboter, der sich offensichtlich Nanos Kontrolle entzogen hatte, war unbewaffnet. Wenigstens das.

Blitzschnell hatte der Posbi einen der Offiziere an sich gerissen, und er würde dem Mann alle Knochen im Leib brechen, wenn er ihn noch fester an sich zog. Einen zweiten Alteraner hatte er mit einem kräftigen Hieb zur Seite geschleudert.

»Nicht schießen!«, rief Rhodan. Die Lastenplattformen waren mittlerweile in einen der großen Laderäume eingeflogen. Jede außergewöhnliche Energieentladung in der Zentrale konnte die Tarnung auffliegen lassen.

Gleichzeitig gab der Posbi seinen Gefangenen wieder frei, der keuchend zusammenbrach – und erstarrte zu neuer Reglosigkeit. Mehrere Alteraner kümmerten sich um den Verletzten.

Perry Rhodan wandte sich an Nano, aber der Rundron-Posbi kam seiner Frage zuvor.

»Ich verzeichne eine Überlagerung«, stellte Nano Aluminiumgärtner orakelhaft fest, schob jedoch sofort eine Erklärung nach. »Mit hoher Wahrscheinlichkeit ist die Impulsfront des Robotkommandanten ursächlich. Eine permanente Flut von Befehlssequenzen, Bestätigungen und Statusberichten greift von Orombo aus weit in den Raum hinaus. Der Kommandant kontrolliert auf diese Weise nicht nur die Reparaturdocks, sondern auch die Festungen. Auf größere Distanz handelt es sich ausschließlich um Richtimpulse, im planetennahen Bereich überwiegen Streustrahlungen. Die Prioritätskennungen des Robotkommandanten interferieren mit meine Befehlskodes.«

»Das heißt, wir müssen hier weg, bevor sich die Zwischenfälle häufen.«

Rhodan hatte den Eindruck, dass Nano Aluminiumgärtner gar nicht mehr auf ihn achtete. Bevor er sich darüber klar werden konnte, ob er sich womöglich täuschte, reagierte Nano schon wieder normal.

»Zwei weitere Zwischenfälle, zum Glück nicht bei den Verladearbeiten«, stellte der Posbi fest. »Ich muss größte Aufmerksamkeit darauf verwenden, neue Befehle zu senden. Andernfalls besteht die Gefahr, dass ich die Kontrolle verliere.«

»Wie lange noch?«, fragte Verduto-Cruz.

Nano Aluminiumgärtner schwieg.

Zwei der Frachtplattformen verließen in dem Moment das Schiff. Vorübergehend waren sie auf den Schirmen der Außenbeobachtung zu erkennen, dann fielen sie Richtung Orombo aus dem Erfassungsbereich.

»Was ist mit den deaktivierten Kampfrobotern?«, wollte Mondra wissen. »Bevor es zu ernsthaften Problemen kommt, müssen wir sie zerstören.«

»Keine Ge-fahr!« Nano ließ nun jede Stimmmodulation vermissen, er klang blechern und abgehackt. »Nur die beeinflussten ... Posbis sind ... gefährdet. Ich versuche ... sie stillzulegen ...«

Zwei weitere Maschinen, die zur ständigen Zentrale-Unterstützung gehörten, erstarrten Sekunden später.

Im Laufschritt verließen die ersten Alteraner den Raum. Die Männer und Frauen in den anderen Stationen mussten informiert werden, doch jede über Funk abgesetzte Warnung hätte die Entdeckung provozieren können.

Zwei weitere Lastenplattformen näherten sich der BOX. Rhodan registrierte, dass sie einen Richtstrahl erhielten, der sie zu einem anderen der großen Hangars führte. Wahrscheinlich hatte Drover die Einweisung übernommen, da er sich ohnehin in einem der Hangars aufhielt.

Staffage, mehr waren die Menschen nicht in diesem Spiel, das sich außerhalb ihres Wahrnehmungsbereichs manifestierte.

Wieder einmal warten.

Zum Nichtstun verurteilt, dabei den drohenden Untergang vor Augen.

Rhodan fühlte sich an die Männer erinnert, die in ihren stählernen Konservendosen namens U-Boot die Weltmeere durchkreuzt hatten, um dem Feind schwere Verluste zuzufügen. Wie oft mochten sie schweigend verharrt haben, in der Furcht vor gegnerischem Sonar und Wasserbomben, bemüht, den eigenen Atem leise zu halten und gleichzeitig von der quälenden Enge schier erdrückt? So ähnlich empfand er, wenn er in die Gesichter der Alteraner schaute. Er las die nur mühsam unterdrückte Angst in ihrem Mienenspiel, aber eher noch die Panik, alles, was sie hier gesehen hatten, nicht mehr weitergeben zu können.

»Die erste Hälfte der Fracht ist übernommen und gesichert«, schnarrte Nano Aluminiumgärtner. Seine blecherne Stimme durchbrach die lähmende Stille wie ein Sakrileg.

Ein Pulk von fünf Fragmentraumern wurde in der Ortung sichtbar. Die Schiffe kamen schnell näher, fächerten auf, als setzten sie zu einem Angriff an und versuchten zugleich, jede Fluchtbewegung ihres Opfers zu unterbinden. Dann jagten sie zwischen BOX-1122-UM und Orombo hindurch und nahmen Kurs auf das nächste Raumfort.

Langsam wandte Nano Aluminiumgärtner sich um. Seine Multisensorflächen schienen alles und jeden im Blick zu haben.

»Unsere Fracht ist für das Umfeld des Zentralplasmas der Achtzigsonnenwelt bestimmt«, sagte er bedeutungsschwer. »Die Kursdirektive wurde vor fünfunddreißig Komma vier Sekunden übermittelt. BOX-1122-UM fliegt umgehend die Zentralwelt der Ambriador-Posbis an.«

Kein Jubel kam auf. Jeder musste erkannt haben, dass alles nur noch schlimmer werden würde.

»Wie groß ist die Entfernung bis zur Achtzigsonnenwelt?« Ausgerechnet der Lare fragte als Erster danach.

»Zweiundzwanzig Lichtjahre in Richtung Galaktisches Zentrum«, antwortete Nano. »Mehr nicht.«

Vierzehn Die Achtzigsonnenwelt

Die Überraschung war perfekt. Mit einer derart geringen Distanz hatte niemand gerechnet.

»Eine Stunde Flugzeit«, folgerte Perry Rhodan, »länger können wir den Transfer nicht ausdehnen. Ich fürchte, dass wir sonst Aufmerksamkeit erwecken würden.«

»Das hört sich an, als hätten wir ein Problem«, wandte Liza Grimm ein.

»Die Posbis hier an Bord werden zum Problem«, bestätigte der Lare.

»Brauchen wir sie?«, wandte Olexa ein.

»Vielleicht. Vielleicht auch nicht. Was kann uns jetzt noch aufhalten?«

»Energieprobleme … ein Triebwerksschaden …« Mondra Diamond machte eine alles umfassende Geste. »Bei technischen Schwierigkeiten brauchen wir die Posbis für eine schnelle Schadenseingrenzung.«

»Warum werfen wir nicht wenigstens die Hälfte von ihnen aus dem Schiff?«

Rhodan unterbrach die beginnende Diskussion, bevor sie aus dem Ruder laufen konnte. BOX-1122-UM hatte die Eintauchgeschwindigkeit für das Linearmanöver ohnehin fast erreicht.

»Registrierst du weiterhin störende Impulse, Nano?«, wandte er sich an den Rundron-Posbi.

»Der Einfluss durch den planetaren Robotkommandanten ist permanent vorhanden, ich kann ihn aber wieder leichter kompensieren.«

Rhodan nickte knapp und wandte sich wieder allen zu. »Wir haben es vor gut einer dreiviertel Stunde erlebt, dass Nano in Gegenwart einer höheren Instanz mit seinen Befehlskodes in Schwierigkeiten geraten kann.«

»Weil der Robotkommandant meine Kodes infiltriert«, erklärte der Posbi. »Ich kann keine Kommandostufe simulieren, die höher rangiert als er.«

»Auf der Achtzigsonnenwelt werden wir mit der höchsten Instanz der Ambriador-Posbis konfrontiert sein«, fuhr Rhodan fort. »Ich erwarte, eine Hyperinpotronik vorzufinden. Die Gefahr muss demnach sehr ernst genommen werden, dass Nano gänzlich die Kontrolle verliert.«

»Also werden uns die Posbis an Bord angreifen?«

»Diese Möglichkeit besteht«, schnarrte Nano Aluminiumgärtner. »Noch kann ich das durch einen überlagernden Befehlsblock verhindern. Aber das wird nicht ewig wirken. Das Plasma erkennt den Block mit der Zeit als Fehlschaltung und bewirkt eine Umgehung.

Sehr viel bedrohlicher sehe ich allerdings die Kommunikationsebene, die der Hyperinpotronik direkten Zugriff erlaubt. Ein einziger unkontrollierter Datenabgleich wird genügen …«

»Was geschieht, sobald der Körpersender jedes Posbis unbrauchbar wird?«, fragte Rhodan.

»Funkstille«, antwortete Nano. »Keine Kommunikation.«

»Gib den Posbis an Bord den Befehl, ihre Sender zu zerstören! Ausnahmslos. Oder bleibt eine bessere Wahl?«

»Keine«, bestätigte Aluminiumgärtner.

Nano hatte erwähnt, dass die Fracht für das Umfeld des Zentralplasmas bestimmt sei. Damit bestätigte sich bereits, dass die Zentralwelt der Ambriador-Posbis ähnlich aufgebaut sein musste wie die Hundertsonnenwelt in der Milchstraße.

Mit dreitausend Jahren Lebenserfahrung, behaupteten viele, habe man sich ein so dickes Fell zugelegt, dass Überraschungen daran abperlen konnten wie Wasser an einer Fettschicht. Rhodan diskutierte über solche Themen nicht gern. Erfahrung war nichts, was immun machte und unempfänglich für die alltäglichen Dinge des Lebens, so wie Wissen nicht eines Tages zur unumschränkten Weisheit führte oder gar zwangsläufig zur Beantwortung aller Fragen, die die menschliche Existenz bereithielt.

Angespannt zählte er die letzten Sekunden bis zum Ende der Linearetappe. Wie lange hatte er so etwas schon nicht mehr getan, weil ihm perfekte Technik die Arbeit und mit der Zeit auch die Gefühle abnahm? Dabei gaben erst solche eigentlich unbedeutenden Empfindungen der Routine des überlichtschnellen Fluges ihren Reiz zurück. Er musste wieder lernen, über Kleinigkeiten zu staunen, das Universum vielleicht sogar mit den Augen eines Kindes zu sehen, die bislang nicht von Gewalt und Ignoranz blind geworden waren. Was für ihn galt, traf in noch größerem Maß für die gesamte Menschheit zu.

Möglicherweise bekam er dann seine Träume zurück, die das Jahrtausend der Kriege zu ersticken drohte.

Wie weit, fragte er sich, hatte er sich schon von dem Weg entfernt, den er gern gegangen wäre? Letztlich ließ er sich sein Handeln von kosmischen Mächten aufzwingen. Sich darauf nicht einzulassen, bedeutete, zwischen gewaltigen Mühlsteinen zerrieben zu werden. Aber würde es wirklich so sein?

Die Sterne des dreidimensionalen Raum-Zeit-Kontinuums leuchteten ihm wieder entgegen. Eine kleine weiße Sonne, der Zielstern während des Linearflugs, stand sehr nah.

Die Ortung meldete etwa dreihundert Fragmentraumer im Umkreis von mehreren Lichtstunden, außerdem ein Dutzend der großen Raumforts, die aus unterschiedlich vielen Fragmentraumern zusammengefügt waren.

Nano Aluminiumgärtner versteifte sich. Rhodan glaubte erkennen zu können, dass der Posbi soeben mit einer planetaren Positronik in Verbindung getreten war.

Ohne sichtbares Zutun änderte das Schiff den Kurs.

»Ich habe die Landekoordinaten erhalten«, schnarrte Nano eilfertig, und der Terraner glaubte, so etwas wie Triumph in der blechernen Stimme mitschwingen zu hören. Mondras vielsagendes Lächeln bestärkte ihn in dieser Annahme.

Die optische Erfassung holte den einzigen Planeten der Sonne auf die Holoschirme.

Es schien eine schöne Welt zu sein, ebenso wie die Heimat der Milchstraßen-Posbis. Das Blau großer Ozeane vermischte sich mit weiten grünen Regionen, und über allem spannte sich das milchige Weiß ausgedehnter Wolkenfelder.

Erst hatte es den Anschein, als wölbe sich auf Äquatorebene ein zarter Ring, der aus den Bruchstücken eines oder mehrerer Monde entstanden war. Dann zeichnete sich schnell ab, dass dieser Ring aus einer Vielzahl größerer Körper bestand.

Kunstsonnen!

Ihre Zahl betrug exakt achtzig, sofern der momentan sichtbare Bereich des Ringes in der Anordnung dem Rest entsprach. Fünfzigtausend Kilometer über dem Äquator postiert, überschütteten diese Sonnen den Planeten mit gleichmäßiger Helligkeit, die den naturgegebenen Tag- und Nacht-Wechsel kompensierte. Lediglich in den Polregionen gab es Dämmerung.

»Die Oberflächentemperatur sollte aufgrund der Sonnenentfernung und der Umlaufbahn rechnerisch im Durchschnitt bei fünf Grad Celsius liegen. Tatsächlich zeigt die Fernmessung sehr angenehme zwanzig Grad Celsius an.«

Rhodan nickte knapp. Natürlich zeigten die Kunstsonnen Auswirkungen. Im Falle der Hundertsonnenwelt mussten sie den Planeten in erster Linie vor der Erstarrung im intergalaktischen Leerraum schützen. Und sie mussten ausreichend Helligkeit spenden. Hier, in Ambriador, umkreiste die Zentralwelt der Posbis eine eigene große Sonne. Die atomaren Kunstsonnen, so empfand es der Terraner, waren demnach nichts anderes als eine Reminiszenz der Posbis an ihre Vergangenheit. Letztlich bedeutete das nichts anderes, als dass die Roboterzivilisation auf ähnliche Art und Weise an diesen Ort verschlagen worden war wie Alteraner, Laren und vermutlich alle anderen Völker ebenfalls. Eigentlich war das schon klar gewesen, nachdem Nanos Kodes Wirkungen gezeigt hatten. Aber diese Übereinstimmung, der Versuch, positronische Erinnerungen zu kopieren, ließ erwarten, dass vieles andere ebenfalls Ähnlichkeiten aufwies. Auch die Hass-Schaltung.

»Spektralanalyse weist eine atembare Sauerstoffatmosphäre aus. Die Schwerkraft beträgt am Äquator null Komma acht Gravos.«

Rhodan nickte zufrieden. Das waren angenehme Werte.

Die Achtzigsonnenwelt zeigte sich keineswegs total verbaut wie Orombo, sondern immer deutlicher als erdähnlicher Planet mit ausgedehnten Meeren, schroffen Gebirgszügen und weitläufigen Vegetationszonen. Im Vergleich dazu schien Orombo das militärische Zentrum zu sein, auch wenn Nano das bislang nicht explizit erwähnt hatte.

»Es gibt sechs große Kontinente, kleinere Inselgruppen sind unbedeutend und entweder kahle Felseneilande oder von üppigem Dschungel überwuchert«, teilte Nano Aluminiumgärtner mit.

Das waren dürftige Informationen, obwohl er stetig mit der Achtzigsonnenwelt Kontakt hielt. Aber zweifellos musste Nano äußerst vorsichtig sein und durfte sich nicht beim Herumvagabundieren in den Datenknoten erwischen lassen.

BOX-1122-UM hatte die hohe Anfangsgeschwindigkeit bis auf weniger als fünfhundert Sekundenkilometer reduziert. Einige Dutzend Fragmentraumer flogen mittlerweile auf Parallelkurs.

Nur noch knapp zwei Lichtsekunden entfernt, war die Achtzigsonnenwelt schon zum Greifen nahe.

BOX-1122-UM schwenkte in einen weiten Orbit ein.

Zwischen Wolkenwirbeln zeichnete sich kurz darauf auch ein anderes Bild ab als die vermeintliche naturbelassene Idylle. Captain Grimm sprach von Orombo im Kleinformat. Einer der Kontinente war zugebaut. Auch hier ausgedehnte Industriekomplexe, ein gewaltiges Gebirge aus Stahl, Kilometer hoch aufragend und ebenso tief eingeschnitten, teilweise sogar in die Planetenkruste hinabreichend. Schluchten, auf deren Grund Fragmentraumer standen, die in der optischen Vergrößerung wie Spielzeuge anmuteten. Canyons, deren Wände über mehrere tausend Meter teils steil abfielen, aber auch terrassenförmig abgestufte Landeplätze boten.

Nahezu ununterbrochen starteten oder landeten Fragmentraumer auf diesem Kontinent. Auch die Schiffe, die BOX-1122-UM vorübergehend begleitet hatten, entfernten sich in diese Richtung.

»Wo landen wir?«, fragte Rhodan.

»Bislang liegt keine Anweisung vor«, antwortete Nano Aluminiumgärtner. »Die Nähe der höchsten Instanz schafft vielfältige Kommandostrukturen.«

»Du bekommst also nur schwer Zugriff?« Verduto-Cruz hatte sich keine Phase des Anflugs entgehen lassen. Auch jetzt wandte er sich nur zögernd an den Posbi.

Nano Aluminiumgärtner registrierte, dass Perry Rhodan ihm kaum merklich zunickte.

»Meine Kodes sind nach wie vor gültig. Entscheidend wird sein, in welchem Umfeld wir uns bewegen werden.«

»Und wie viel Zeit wir herausschinden können«, ergänzte Rhodan.

Ihr Vorgehen war abgesprochen. Fraglich war nur, welche Reaktionen sie damit erzielen würden. Zweifellos dauerte der Aufenthalt eines Fragmentraumers auf dem Planeten nicht länger, als für die Löschung oder Aufnahme der jeweiligen Fracht notwendig war. Aber damit würden sie herzlich wenig anfangen können.

»Die Landekoordinaten gehen soeben ein«, stellte Nano fest. »Wir werden nicht nach Gayn Dor beordert wie die anderen Schiffe, sondern auf den Kontinent Vabonde geleitet.«

BOX-1122-UM drang in die Atmosphäre ein und sank langsam tiefer. Sie näherte sich einem von weiten Ebenen geprägten Kontinent. Mächtige Flüsse durchschnitten das Land, und die ausgedehnte Seenplatte mochte Überrest einer Eiszeit sein, konnte ihrer Gleichmäßigkeit wegen aber ebenso gut auf eine kleine Katastrophe hindeuten. Oftmals füllten sich von den glühenden Fragmenten eines abstürzenden Raumschiffs geschlagene Kraterketten mit Grundwasser.

Die BOX näherte sich dem Hochplateau im Zentrum des Kontinents. Weitläufige technische Anlagen erhoben sich hier, erweckten indes längst nicht den Eindruck einer unermüdlich produzierenden Industrie wie auf dem Kontinent Gayn Dor, von Orombo ganz zu schweigen.

»Was wir sehen, sind die Anlagen des Neuen Zentralplasmas der Zweiten Zivilisation«, verkündete Nano Aluminiumgärtner. »Die Posbis auf der Achtzigsonnenwelt bezeichnen sich als Zweite Zivilisation.«

Rund zwanzig Kilometer von den ersten größeren Anlagen entfernt, am Rand des Hochplateaus, setzte BOX-1122-UM auf.

Obwohl er das nie für möglich gehalten hätte, fiel es ihm schwer, die Erregung zu verbergen. Schon seine Ohren wurden plötzlich so heftig durchblutet, dass sie von der oberen Rundung ausgehend über den Unterkiefer hinweg bis zum Halsansatz pulsierten. Die Zentrale war mit einem Mal von Geräuschen erfüllt, die er zuvor nicht wahrgenommen hatte – ultrahohe Schwingungen, als könne er die Kommunikation der Roboter hören. Nur langsam beruhigte sich sein aufgewühlter Stoffwechsel wieder.

Kaum jemand beachtete ihn während dieser zwanzig Minuten. Die Alteraner hatten mit sich selbst zu tun, und Rhodan, die Frau und die Posbis, sogar der Matten-Willy, waren mit der Aufarbeitung aller Informationen beschäftigt.

Der Entladevorgang hatte schon begonnen. Krakenähnliche Transportschweber, wie sie auf Gayn Dor allgegenwärtig waren, hingen über dem Schiff. Auf dem Industriekontinent erreichten diese Maschinen Größenordnungen, die einem Fragmentraumer nicht nachstanden, weil die Lasten, die sie zwischen den Fabrikanlagen bewegten, dementsprechend massig waren; auf Vabonde gab es nur kleinere Ausführungen.

Verduto-Cruz kannte das alles.

Auch wenn die Geschehnisse über sechsunddreißig Jahre zurücklagen, empfand er seine Rückkehr, als wäre er nur für kurze Zeit fort gewesen. Vieles mochte sich verändert haben, doch die Grundstrukturen waren erhalten geblieben. Er hatte erwartet, dass der wuchernde Moloch Industrie längst auf die übrigen Kontinente übergegriffen hatte, aber das war nicht geschehen. Damals wie heute bot die Achtzigsonnenwelt einen Anblick zwischen Beschaulichkeit und technischem Absolutismus.

Lange Zeit hatte Verduto-Cruz ausschließlich auf Gayn Dor gearbeitet. Aber er hatte auch einige Male das absolute Zentrum Vabonde mit dem Neuen Zentralplasma aufgesucht.

Die Anlagen waren ausgeweitet worden, als gäbe es heute mehr Kuppeln für zusätzliche Plasmamengen. Ansonsten war alles wie damals.

Die Frachthangars leerten sich schnell.

Verduto-Cruz fragte sich bereits, wann Nano Aluminiumgärtner intervenieren würde.

Sekunden später ließ der Milchstraßen-Posbi ein Geräusch vernehmen, das wie ein blechernes Lachen klang.

»Die Kontrolleinheit hat soeben meine Angabe bestätigt, dass BOX-1122-UM an der verlustreichen Schlacht um das Alter-System teilgenommen hat. Die Aussage, dass während der Landung Spätschäden am positronischen System sowie in der Stabilität des Robotkommandanten aufgetreten sind, wurde akzeptiert. BOX-1122-UM ist vorerst nicht manövrierfähig.«

»Weiter!«, drängte Captain Olexa. »Kommt ein Reparaturkommando an Bord?«

»Natürlich nicht!«, rief Mauerblum mit bebender Stimme. »Nano sagt, was er meint, und was er nicht meint, sagt er auch nicht. Hat er von einem Reparaturkommando gesprochen?«

»Er hat auch nicht erwähnt, dass kein externes Kommando eingesetzt wird.«

»BOX-1122-UM hat die Berechtigung erhalten, die notwendigen Reparaturmaßnahmen wie vorgeschlagen mit Bordmitteln selbst auszuführen«, fuhr der Milchstraßen-Posbi mit seiner Erklärung fort. »Unser Zeitrahmen beträgt acht Tage. Da der Landeslot vorerst nicht benötigt wird, wird das Schiff an Ort und Stelle bleiben.«

»Perfekt«, sagte Rhodan. »Alles läuft wie erhofft. Die geringe Entfernung des Zentralplasmas bietet uns eine gute Ausgangsbasis für den Einsatz.« Er wandte sich an Verduto-Cruz. »Fühlen Sie sich in der Lage, den ersten Erkundungsgang sofort mitzumachen?«

»Was sollte dagegen sprechen?«

»Sie wirken angespannt und bleich.«

»Ich habe nur versucht, den Planeten Dreydon mit der Achtzigsonnenwelt zu vergleichen. Äußerlich sind sie sehr verschieden. Aber ich bin dabei.«

»Gut. Ich ordne eine mehrstündige Ruhepause an. Bis dahin wird die Fracht gelöscht sein. Danach brechen wir auf.«

Verduto-Cruz machte eine zustimmende Geste.

Der Erste Hetran Kat-Greer hatte ihn nicht aufgefordert, an diesem Flug teilzunehmen, damit er Rhodan unterstützte. Das nicht. Aber noch durfte er nicht mehr Verdacht erregen, als dem angespannten Verhältnis zwischen Laren und Alteranern entsprach.

Es war der frühe Morgen des 21. Mai, als Perry Rhodan die Einsatzgruppe in einem Nebenraum der Werkstatt versammelte.

»Was immer uns am Ziel erwartet, wir müssen zusammenbleiben«, eröffnete er die kurze Besprechung. »Sollte dennoch einer den Anschluss verlieren, wird er so schnell wie möglich zur BOX zurückkehren. Auf keinen Fall dürfen die Posbis eine Möglichkeit erhalten, hinter unsere Fassade zu schauen. Jeder muss sich darüber klar sein, dass ein solcher Vorfall nicht nur seinen sofortigen Tod, sondern ebenso die Vernichtung unseres Schiffes bedeuten wird.«

Mondra Diamond war mit von der Partie, Captain Telemach Olexa ebenso. Beide hatten Gelegenheit gefunden, ihre Schatullen ausführlich zu testen. Der Lare und Leutnant Harrison Hainu hatten zwar mehrere Anproben hinter sich gebracht, waren aber mit den Funktionen der Schatullen bislang kaum vertraut. Zumindest hatten sie selbst keine längere Funktionsprobe vornehmen können. Leutnant Hainu war nicht nur hoch dekorierter Kampfpilot der imperialen Flotte, sondern zugleich der beste Sprengstoffexperte, über den Olexa verfügte. Rhodan brauchte ihn für den Fall, dass sie überraschend schnell zu der Hass-Schaltung vorstoßen würden.

»Ich fasse nur kurz zusammen«, fuhr der Resident fort. »Vor ungefähr zwanzigtausend Jahren errichteten die Konstrukteure der Posbis auf der Hundertsonnenwelt ein überaus komplexes Robotgehirn, das wir als Hyperinpotronik bezeichnen, und ergänzten beziehungsweise verknüpften diese Rechenanlage mit lebendem Zellplasma. Um dieses Plasma dauerhaft zu schützen, konstruierten sie zudem einen autarken Block innerhalb des Hyperinpotronik, der den positronisch-biologischen Robotern einen dauerhaften Hass gegen die Feinde ihrer Erbauer aufprägte. Wir nennen diesen Komplex die Hass-Schaltung. Im Laufe der Zeit bildete sich jedoch eine Modifikation, die den künstlichen Hass der Roboter über das bisher definierte Feindbild hinaus auf andere organische Lebensformen erweiterte. Der Einfachheit halber sprechen wir in diesem Zusammenhang von *Falschem Leben*.

In der Milchstraße ist es uns schon vor langer Zeit gelungen, den Komplex der Hass-Schaltung zu zerstören.«

»Ambriador kämpft seit sechsunddreißig Jahren mit denselben Problemen«, wandte Captain Olexa ein. »Die Maschinenteufel fragen permanent nach dem *Wahren Leben*, aber sie akzeptieren keine Antwort.«

»Die Anlagen der Achtzigsonnenwelt – soweit sich das bisher erkennen ließ – wurden nach dem Vorbild aus der Milchstraße errichtet. Von Anfang an lag für mich nahe, dass die Posbis von Ambriador von einer Hass-Schaltung beherrscht werden, zumindest seit ich diese Frage nach dem Wahren Leben vernahm. Also kann mit hoher Wahrscheinlichkeit davon ausgegangen werden, dass eine eigenständige Schaltung existiert, bei der es sich möglicherweise um eine exakte Kopie des positronischen Blocks von der Hundertsonnenwelt handelt. Warum diese in Ambriador erst vor kurzem aktiv wurde, lässt sich vorerst nicht sagen. Aber das herauszufinden ist keinesfalls unser vorrangiges Ziel.

Wir müssen die Hass-Schaltung finden und deaktivieren oder zerstören. Möglicherweise handelt es sich um einen nachträglich eingefügten positronischen Baustein, und ebenso wahrscheinlich finden wir ihn in den Kuppeln des Zentralplasmas. Da uns Nano Aluminiumgärtner und Drover begleiten werden, dürfte die Identifikation keinesfalls unmöglich sein.«

»Falls wir diesen Block aufspüren«, wandte Verduto-Cruz ein. »Warum ist Nano Aluminiumgärtner nicht erschienen und klärt uns über seine Möglichkeiten auf? Ich nehme an, mit Hilfe seiner Kodes wäre es ihm sehr schnell möglich, die Schaltung zu finden.«

»Die Posbis werden uns selbstverständlich begleiten, aber sie stoßen erst sehr spät zu uns. Bis dahin müssen sie an Bord eine Vielzahl von Absicherungen vornehmen.«

»Nano Aluminiumgärtner fürchtet also um seinen Einfluss?«

Das breite Grinsen des Laren musste nicht dieselbe Bedeutung haben wie bei einem Menschen. Trotzdem glaubte Rhodan, dass Verduto-Cruz sich immer mehr für unersetzlich hielt. Wie sich das letztlich auswirken konnte, blieb abzuwarten. Er würde ihn jedenfalls mit Argusaugen beobachten.

»Die höchste Instanz der Posbis, die Hyperinpotronik mit dem Zentralplasma, befindet sich in nächster Nähe«, stellte er unumwunden fest. »Ich kann nur befürworten, dass Nano jede denkbare Vorsichtsmaßnahmen trifft.«

»Natürlich.« Mit beiden Händen massierte der Lare seine kiemenartig anmutenden Ohren. »Ich verstehe, dass der Posbi seine wachsenden Schwierigkeiten verharmlost. Deshalb sollten wir umso schneller aufbrechen.«

Leutnant Harrison Hainu trug sein Exoskelett zum ersten Mal. Er hatte enorme Schwierigkeiten, alle Bewegungen zielgerichtet mit der Schatulle umzusetzen. Erst nach einigen Nachjustierungen der Kraftverstärker bestätigte er den reibungslosen Bewegungsablauf.

»Fangen Sie auf, Leutnant!« Aus vier Metern Entfernung warf ihm einer der Techniker eine Handfeuerwaffe zu.

Hainu reagierte blitzartig. Der rechte Arm seiner Schatulle zuckte hoch, die Greiffinger spreizten sich fächerartig auf und fischten den Strahler ohne Fehlgriff aus der Luft. Allerdings hatte der Leutnant die Waffe am Lauf erwischt, und sie zwischen den Fingern herumzudrehen, bereitete ihm schon wesentlich mehr Schwierigkeiten.

Er hatte es fast geschafft, da prallte ein zweiter klobiger Körper gegen die Posbi-Hülle. Harrison Hainu konnte sich nicht mehr aufrichten und ging dröhnend zu Boden. Der andere, es war Verduto-Cruz, versuchte noch, über ihn hinwegzusteigen, krachte jedoch mit einem Fuß gegen den stählernen Leib und stürzte ebenfalls. Bösartig summend meldete sich zwar das aktivierte Prallfeld, doch verschlimmerte es die prekäre Situation des Laren eher.

»Deaktivieren, Verduto-Cruz!«, dröhnte Perry Rhodans künstliche generierte Roboterstimme durch die Werkstatt. Zugleich musste der Lare den Wortlaut auch über Funk empfangen, allerdings mit derart geringer Sendeleistung, dass schon wenige Meter entfernt weder Ortung noch Empfang möglich waren.

Verduto-Cruz versuchte, dem Kommando nachzukommen. Er überschlug sich jedoch, wurde von seinem Prallfeld meterweit durch die Luft gewirbelt und krachte rücklings auf eine Arbeitsplattform, die unter der plötzlichen Last bedrohlich schwankte.

Sekundenlang war nur ein überlautes Schnaufen zu hören, dann brüllte der Lare mit einer Lautstärke los, die jedem Haluter Ehre gemacht hätte.

»Ich sehe das als Attentat an. Wenn die Alteraner mich an der Teilnahme hindern wollen, sollen sie das offen sagen.«

»Niemand will Sie behindern, Verduto-Cruz.«

»Warum arbeitet die Schatulle derart fehlerhaft, Rhodan?«

»Die Funktionstests waren einwandfrei«, antwortete der Leitende Techniker an Stelle des Terraners. »Sie sehen es an den übrigen Masken, Verduto-Cruz.«

»Vage Ausreden. Ich verlange, dass der Fehler sofort behoben wird! Die Verantwortlichen müssen außerdem mit aller Härte bestraft werden!«

»Bleiben Sie ruhig, Verduto-Cruz!«, sagte Rhodan in einem Tonfall, der erst keinen Widerspruch aufkommen ließ. »Wir holen Sie da raus.«

Minuten später stand der Lare wieder auf den eigenen Füßen. Wütend starrte er die Alteraner an. »Was ist jetzt?«, schnaubte er ungehalten. »Wie lange soll der Aufbruch verzögert werden?«

»Die Konstruktion ist einwandfrei«, behauptete Captain Olexa, der ebenfalls schon in seiner Schatulle steckte. »Der Fehler muss im Zusammenspiel zwischen Ihrem Körper und der Hülle liegen. Ihre Nervenreflexe unterscheiden sich möglicherweise deutlicher von den menschlichen, als vorhersehbar war.«

»Wie viel Zeit wird die Optimierung in Anspruch nehmen?«, fragte Rhodan.

Der Leitende Techniker machte eine Geste, die Ungewissheit ausdrückte. »Wir werden einige medizinische Untersuchungen brauchen …«

»Wie lange?«, drängte der Lare.

»Zwei Tage, drei … Ich fürchte, die Justierung muss von Grund auf verändert werden.«

»Es tut mir leid, Verduto-Cruz«, wandte Rhodan sich an den Laren. »Unter diesen Umständen müssen wir ohne Sie aufbrechen.«

Zwanzig Minuten später betraten Perry Rhodan, Mondra Diamond, Captain Olexa und Leutnant Hainu die große Lastenschleuse, vor der Nano Aluminiumgärtner und Drover schon warteten. Die beiden Posbis würden den Stoßtrupp anführen. Sie waren in der Lage, Schwierigkeiten rechtzeitig zu erkennen und sie entweder auszuräumen oder ihnen auszuweichen.

Ein gurgelnder Aufschrei erklang aus der Höhe, als sie die Schleuse betraten. »Nano, du Traum meiner schlaflosen Nächte, und du, Drover, mein starker Posbi, der du mir immer wie ein Fels in der Brandung erschienen bist …«

Über ihnen, in dem Gewirr unverkleideter Hydraulikleitungen und einzelner Schächte, zuckte eine fladenförmige Masse. Tropfenförmig wuchs ein zäher Strang nach unten.

»Du bist nicht für die Erkundung eingeteilt, Mauerblum!«, sagte Nano Aluminiumgärtner schroff.

»… ich will euch noch einmal sehen, bevor eure Gliedmaßen in der Nässe dieser schrecklichen Welt vor sich hin rosten werden …«

»Hast du getrunken, Mauerblum?«, fragte Rhodan scharf.

»Ich? Getrunken? Brrrr …« Der größer werdende Tropfen schüttelte sich ab. »Ich fürchte um die Existenz dieser lieblichen Posbis. Niemand sonst kann meinem Leben den Sonnenschein geben, den ich verdiene. Sie werden sterben, wenn sie zu den Teufeln gehen …«

»Um uns fürchtest du nicht, Mauerblum?«, fragte Mondra. Ihre Stimme klang gereizt.

Der Posbi ließ sich gänzlich von dem Gestänge herabtropfen und rollte sich zu einer mannsgroßen Kugel zusammen. Aus mehreren Stielaugen musterte er die Truppe.

»Du musst Mondra sein, falscher Posbi, auch wenn deine Stimme hart klingt. Nimm mich mit. Ich weiß, dass du es nicht über dein Herz bringst, mich zitternd zurückzulassen. Ich sterbe vor Sorge.«

»Wir alle werden sterben, wenn du uns mit deinem Geschrei die Maschinenteufel auf den Hals hetzt.«

»Mondra! Perry …! Nano, du mein großer Schützling …«

Das Jammern verklang hinter ihnen, als sie die Schleuse verließen.

Jeder der kleinen Gruppe war es gewohnt, sich mit Hilfe eines Mikrotriebwerks oder von Prallfeldern zu bewegen. Neu war nur das Gefühl, in einem stählernen Sarg zu stecken, gegen den sogar schwere Raumanzüge, wie sie auf Extremwelten benötigt wurden, königlichen Komfort boten. Die Achtzigsonnenwelt aber schreckte niemanden mit extremen Umweltbedingungen ab.

Landeplätze für Fragmentraumer zogen sich in gerader Linie am Rand der Hochebene entlang. Zwischen ihnen wucherten die Reste einstiger Wälder, ein verfilztes Dickicht aus modrigem Unterholz und darauf wurzelnden riesigen Farnbäumen.

Posbis zeigten sich nur hier und da. Kurz nachdem ein Raumschiff auf einem der benachbarten Felder niedergegangen war, wimmelte es jedoch von Lastenschwebern. Zwei bizarre Konstruktionen, Quallen ähnelnd, deren Nesselfäden jeweils mindestens hundert Meter maßen, schwebten lautlos über den Himmel und sanken über dem soeben gelandeten Schiff tiefer. Perry Rhodan glaubte erkennen zu können, dass sich die künstlichen Fangarme büschelweise über das Schiff stülpten, ganz so, als würde ein ausgehungertes Tier Beute schlagen.

»Soeben wurden wir von einem stationären Kontrollorgan angesprochen«, erklangen Nanos Impulse in Rhodans Schatulle. »Es handelt sich um ein rein positronisches Überwachungssystem, ich habe seine Erinnerung an uns sofort gelöscht.«

Nicht immer wird das so einfach sein, dachte der Terraner grimmig.

Die Probleme des Laren mit seiner Körpermaske beschäftigten ihn ständig. Jederzeit konnte einem von ihnen Ähnliches geschehen. Andererseits blieb kein ausreichender zeitlicher Spielraum für weitere Tests und Trainingsstunden, die letztlich von einem Zufall wieder zunichtegemacht werden konnten. *Entweder – oder.* Manche Einsätze mussten eben weitgehend unvorbereitet durchgestanden werden, weil es für sie keine Alternative gab.

Nicht mehr weit vor ihnen ragten die ersten großen Gebäude auf. Etliche Kilometer dahinter erhoben sich die Kuppelbauten, die während des Anflugs kurz zu sehen gewesen waren und von denen Rhodan annahm, dass sie das Zentralplasma der Zweiten Zivilisation bargen.

Vierzig Kuppeln, nicht sonderlich groß, aber über einen Platz von fünf Kilometern Durchmesser verteilt – das hatte er aus den Bildaufzeichnungen einer Überwachungspositronik an Bord erkennen können. Er vermutete, dass sich diese Bauten unterirdisch fortsetzten, wahrscheinlich sogar miteinander in Verbindung standen, und ebendas hatten Nano und Drover bestätigt, freilich ohne es mit letzter Sicherheit behaupten zu können.

Im Zentrum des Areals erhob sich eine vergleichsweise große, rund vierhundert Meter durchmessende Kuppel.

Ohne merkliche Abgrenzung ging der Außenbereich in das bebaute Gebiet über. Rhodan ließ die Kurzstreckenortung arbeiten, doch das Ergebnis war ein unentwirrbares Chaos energetischer Strukturen. Er fand keinen Hinweis auf Prallfeldzäune oder andere Sperren.

»Wir landen und gehen zu Fuß weiter!«, bestimmte Nano.

Mit dieser Art der Fortbewegung erregten sie weniger Aufmerksamkeit als im schnellen Flug. Die meisten Posbis, und es wurden immer mehr, die sie zu Gesicht bekamen, bewegten sich auf zwei, vier oder auch sechs Beinen, je nachdem, für welchen Zweck sie konstruiert worden waren.

Kubische, flach gehaltene Bauten bestimmten die periphere Architektur. Hinter ihnen ragten fabrikartige Anlagen auf, Strukturen, wie Rhodan sie von der Hundertsonnenwelt nicht kannte. Ihm drängte sich der Vergleich mit einem Kinderbaukasten voll geometrischer Figuren auf, den jemand wahllos ausgeschüttet hatte. Ineinandergeschobene Kegel, deren weit offenstehende Basis wie der Eingang in eine bedrohliche Unterwelt wirkte, wechselten ab mit filigranen Elementen. Vor Kälte dampfende Rohrleitungen wanden sich um kugelförmige Elemente, in denen sich Energieerzeuger, Speicher- und Umformeranlagen sowie effektive Kühlsysteme verbergen mochten.

»Zügig weitergehen!«, mahnte Nano Aluminiumgärtner. »Ich kann keine Posbis ausmachen, die ihrer Umgebung mehr Aufmerksamkeit widmen als unbedingt erforderlich. Die Gefahr, dass einer von uns wegen solcher Kleinigkeiten auffällt, wächst stetig.«

»Du hast Kontakt?«, erkundigte sich Rhodan.

»Eine verwirrende Vielzahl sogar. Ich kann positronischen Schalteinheiten bis in eine Tiefe von eineinhalb Kilometern nachspüren. Allein im Umfeld dieser Anlage gibt es Zehntausende Knoten- und Nebenrechner in positronischer und biopositronischer Konfiguration. Sie steuern und überwachen Abläufe, in die einzudringen ich Tage benötigen würde, sofern es mir überhaupt möglich wäre. Das Risiko wächst, als Eindringling erkannt zu werden, je näher ich mit meinen Nachforschungen der Zentralpositronik komme.«

»Wir brauchen nur einen Hinweis auf die Hass-Schaltung«, meldete sich Captain Olexa. »Leutnant Hainu ist der Fachmann für chirurgisch exakte Sprengungen.«

»Ganz so einfach wird es nicht werden«, erwiderte Rhodan verhalten. »Der geringste Hinweis auf eine Manipulation, und wir haben alle Posbis dieses Planeten gegen uns.«

Harrison Hainu und der Captain stockten hin und wieder. Es war immer nur ein kurzes Zögern, aber es fiel Rhodan auf. Er war überzeugt davon, dass beide Alteraner im wahrsten Sinne des Wortes Blut und Wasser schwitzten. Nicht allein, dass sie sich mit dem Anlegen der Schatullen zumindest äußerlich selbst in Maschinenteufel verwandelt hatten, dieser Planet musste ihnen wie die Pforte zur Hölle erscheinen. Tausende vernichtete Raumschiffe der imperialen Flotte. Millionen Alteraner, die durch Angriffe der Posbis ihr Leben verloren hatten; mindestens ebenso viele, die lebenslang unter schwersten körperlichen Schäden zu leiden haben würden, von ihren psychischen Wunden ganz zu schweigen. Hier, auf der Achtzigsonnenwelt, entschied sich das Schicksal der Menschen in Ambriador.

Posbis kamen auf Nano Aluminiumgärtner zu. Augenblicke später wurde er von mehreren der klobigen Maschinen aufgehalten.

Mehr sah Rhodan nicht. Seine Schritte dröhnten eine breite Rampe hinab. Für diesen Bewegungsablauf war der menschliche Körper nicht geschaffen, und ohne die Kraftverstärker wäre schnell ein Desaster daraus geworden.

Er ignorierte das Verlangen, sich nach Nano umzudrehen. Auf mehreren handflächengroßen Bildfolien sah er die Umgebung vor sich. Natürlich hatte er auch die Möglichkeit der Direktbeobachtung, doch erlaubte sie nur einen sehr begrenzten Blickwinkel. Auf die Bildfolien wurden die Wahrnehmungen der Sehzellen übertragen, ohne dass von außen ungewöhnliche Energieflüsse zu orten gewesen wären, wie sie bei holographischen Darstellungen auftraten.

Keiner der anderen nutzte jetzt noch den Funk, sie warteten darauf, dass Nano die Freigabe erteilte. Trotz ihrer Maske mussten sie vorsichtig sein.

Das Ende der Rampe war schnell erreicht. Sie standen in einer halbrunden Nische, die für sie zur Sackgasse wurde.

Die vermeintliche Wand war nicht wirklich eine, vermutete Rhodan. Vielmehr führten von hier aus Durchgänge in andere Bereiche, nur öffneten sie sich nicht selbsttätig. Ohne die entsprechenden Schlüsselkodes gab es kein Weiterkommen.

Rhodan wollte sich Drover zuwenden, doch er registrierte in dem Moment ein leichtes Flirren, das den Hintergrund verwischte. Ein Energiefeld baute sich auf. Und schon sackte der Boden weg.

Rasend schnell senkte sich die Plattform, auf der sie standen. Bestenfalls Drover hätte mit gewohnter Effizienz reagieren und sich absetzen können, tat es aber nicht.

Zwei, drei Sekunden, nicht länger jedenfalls als ein erschreckter Atemzug, dann stoppte der Lift jäh. Fauchend öffnete sich eine halb transparente Rundung. Die Aufforderung war nicht misszuverstehen.

Rhodan zögerte nur kurz. Er verließ den Lift als Erster.

Die beiden Alteraner folgten ihm, wenn auch sichtlich zögernd. Nach ihnen trat Mondra durch die Öffnung. Drover bildete den Schluss. Hinter ihm schloss sich der Durchgang, ein eigentümliches Leuchten huschte über die Röhre, die ihre Transparenz verlor, dann wurde der Lift schier in die Höhe katapultiert.

Sie befanden sich in einer nahezu dunklen Halle. Nur von der Decke, etwa fünfzig Meter über ihnen, ging ein vages Streulicht aus. Deutlich war dort oben das Kreissegment zu sehen, das den Liftschacht abdeckte.

»Ich erfasse keine Posbis in der Nähe«, meldete Drover. »Nach meiner Messung haben wir ein Niveau zwischen achthundert und tausend Metern unter der Oberfläche erreicht.«

»Der Lift verfügt demnach über Absorberfelder«, stellte Mondra fest. »Andernfalls stünden wir nicht mehr auf den Beinen. Was ist das für ein Teil der Anlage?«

Sie erwartete keine Antwort. Das Wenige, was es zu sehen gab, hatte Höhlencharakter. Technik hatte hier jedenfalls noch nicht Einzug gehalten.

»Wahrscheinlich ein Erweiterungstrakt«, sagte Harrison Hainu dennoch. »Wie gelangen wir wieder nach oben?«

Minuten später konnten sie sicher sein, dass es nicht so einfach sein würde. Drover hatte versucht, die Liftröhre zurückzuholen, jedoch ohne Erfolg.

»Ohne den richtigen Kodeimpuls sind unsere Chancen denkbar schlecht, nach meiner Schätzung liegen sie bei null Komma null null drei Promille«, stellte der Schwere Arbeiter fest. »Wir müssen einen anderen Ausgang suchen.«

»Was sagt Nano dazu?«

Drovers plumper Körper setzte schwer auf den Boden auf. Das Dröhnen hallte in dumpfem, schnell verklingenden Echo aus der Tiefe der Halle zurück.

»Kein Kontakt zu Nano!«, stellte der Posbi fest.

»Nähere Erläuterung!«, verlangte Rhodan ebenso knapp.

Drovers Sensorkranz schien sich ihm zuzuwenden. Das trübe Glimmen wurde um ein Mehrfaches heller. »Ich registriere energetische Barrieren. Der Grund für ihr Vorhandensein ist unbekannt.«

»Wir können ohne Nano Aluminiumgärtner nicht weitergehen«, sagte Captain Olexa.

»Das beabsichtige ich vorerst auch nicht.« Rhodan schaute sich um. Der Scheinwerfer, den er eingeschaltet hatte, wanderte über rauen Felsboden und traf keine hundert Meter weiter auf eine gewachsene Wand.

In der Richtung, stellten sie rasch fest, gab es kein Weiterkommen, es wäre aber auch die Richtung gewesen, aus der sie gekommen waren.

»Wenn wir uns zwanzig Kilometer durch den Fels graben, erreichen wir die BOX.« Mondras Bemerkung hatte ein Witz sein sollen, nur lachte niemand darüber. Nicht einmal Drover.

»Wir warten auf Nano!«, entschied Rhodan.

Mehr als zwei Stunden waren ereignislos vergangen.

Zunächst hatte jeder noch gehofft, Nano Aluminiumgärtner würde sich bald mit ihnen in Verbindung setzen.

»Falls die Maschinenteufel ihn nicht schon enttarnt haben«, argwöhnte Harrison Hainu. »Vielleicht wurde das Schiff längst von den Robotern gestürmt. Dann sind unsere Leute tot und wir die Einzigen, die das Massaker überstanden haben. Was uns allerdings erwartet ...«

»Es hat kein Massaker gegeben!«, widersprach Rhodan heftig. Wirklich sicher war er sich dessen aber nicht. Zuerst hatte er davor zurückgeschreckt, BOX-1122-UM anzufunken, seit geraumer Zeit wusste er, dass jeder Versuch ohnehin vergeblich gewesen wäre. Sie waren abgeschnitten, umgeben von absorbierenden Energien, die nichts durchließen.

Eine weitere Stunde verstrich in quälender Langsamkeit.

»Wir gehen weiter!«, entschied er endlich. Er glaubte nicht, dass Nano Aluminiumgärtner ihre Spur verloren hatte. Aber nachdem der Posbi ihnen bislang nicht gefolgt war, nahm er an, dass Nano aufgehalten wurde.

»Nano wurde als Eindringling erkannt«, argwöhnte Drover.

Rhodan winkte heftig ab. »Ich bin sicher, es gibt eine einfache Erklärung.«

»Unseretwegen müssen Sie nicht nach Ausflüchten suchen, Sir!«, ließ sich Captain Olexa wieder vernehmen. »Das Risiko, dass wir von dieser Mission nicht zurückkehren, wurde von Anfang an mit neunundneunzig Prozent beziffert.«

»Genau die richtige Motivation«, bemerkte Mondra spitz. »Ich nehme an, die Behauptung stammt von Staatsmarschall Michou.«

Das Schweigen der beiden Alteraner war eine unmissverständliche Bestätigung.

Sie nutzten ihre Prallfelder wieder, um schnell eine große Strecke zu bewältigen. Aber schon nach Minuten rückten die Wände näher zusammen. Der unfertige Eindruck, den alles von Anfang an machte, fand endlich seine Bestätigung. Die Anlage rund um das Zentralplasma wuchs und fraß sich immer tiefer in das Hochplateau hinein.

Der Lift verband den erschlossenen Teil mit einem neu entstehenden Bereich. An mehreren Stellen waren die Arbeiten eingestellt worden, die weitläufige Halle mündete mit einem Mal in wenige Durchgänge. Gewaltige Steinblöcke verbanden hier die Decke noch mit dem Boden. Die meisten ließen deutlich die Spuren von Desintegratorfräsen erkennen.

»Hier wurde schweres Gerät eingesetzt«, stellte Mondra Diamond fest. »Irgendwo existieren demnach größere Zufahrten.«

Im Scheinwerferlicht glitzerte das Gestein teilweise in allen Farben des Spektrums. Leutnant Hainu kratzte daran. »Möglicherweise wurden die Arbeiten wegen dieser Einschlüsse unterbrochen. Ich kann mich nicht entsinnen, solche Reflexionen schon am Anfang der Halle gesehen zu haben.«

»Wertvolle Rohstoffe?«, fragte der Captain. »Auf mich wirken die Adern kristallin. Eine besondere Art von Hyperkristall?«

»Das Gestein strahlt nicht im fünfdimensionalen Bereich«, widersprach Drover. »Eine exakte Analyse ist mir jedoch nicht möglich.«

Auch der Boden ließ funkelnde Einschlüsse erkennen, als sie in einem der Durchbrüche weitergingen. Nur zwanzig Meter standen hier die Wände auseinander, aber nach knapp einem halben Kilometer weitete sich die Engstelle wieder. Sie stießen auf einen schrottreifen Desintegratorschweber.

Rhodan bezeichnete das Fahrzeugwrack jedenfalls so. Es hatte die Ausmaße eines kleinen Ein-Mann-Gleiters, eine ovale Antigravscheibe mit aufmontiertem schwerem Desintegrator. Dazu schwer zu definierende Vorrichtungen, die aber möglicherweise der Umwandlung der ihrer molekularen Bindungskräfte beraubten Materie in Betriebsenergie dienten.

Als wäre es aus größerer Höhe abgestürzt, lag das Fahrzeug zwischen kantigen Steinblöcken. Selbst der Desintegrator machte einen desolaten Eindruck. In grellen Farben glitzernder Staub bedeckte das Wrack zudem zentimeterhoch.

Kurz darauf fanden sie den Posbi. Oder vielmehr das, was von ihm übrig geblieben war.

Es musste eine schwere, für den Bergbau konstruierte Maschine gewesen sein. Ihre Tentakelarme waren aufgeplatzt, und es hatte den Anschein, als zersetze Rost das Metall. Von dem klobigen Rumpf war fast nur noch angehäufter Dreck übrig, der sich mit flirrendem Kristallstaub vermischt hatte.

Der eiförmige Schädel lag einige Meter entfernt. Er machte zwar einen einigermaßen gut erhaltenen Eindruck, doch als Rhodan zugriff, zerfiel er in grobe Brocken.

Auch hier würden sie nicht mehr in Erfahrung bringen. Sie gingen weiter.

»Wie lange dauert es, bis ein Posbi ohne äußere Einflüsse so zerfällt?«, wandte Rhodan sich an Drover. Die Halle weitete sich wieder, ihre Scheinwerferkegel verloren sich schon nach wenigen Minuten wieder im Leeren.

»Darüber denke ich nach«, schnarrte der Schwere Arbeiter. »Aber ich komme zu keinem Ergebnis.«

»Der Staub …?«

Sie schwiegen.

Nach der Entfernung zu urteilen, die sie zurückgelegt hatten, mussten sie sich bald unter den Hauptgebäuden befinden. Andererseits nicht tief genug. Nano Aluminiumgärtner hatte von Schalteinheiten in eineinhalb Kilometern Tiefe gesprochen. Bewegten sie sich womöglich doch in eine falsche Richtung?

Rhodan wälzte beklemmende Gedanken, die mit dem auseinanderbrechenden Posbischädel ebenso zu tun hatten wie mit dem Desintegratorschweber und den funkelnden Einschlüssen im Fels. Es gab eine ebenso einfache wie unangenehme Antwort, warum die Erweiterung der Anlagen eingestellt worden war.

Abrupt blieb Leutnant Hainu stehen. Sein entsetztes Gurgeln verriet Rhodan, dass seine Überlegungen richtig waren.

Ein merkwürdiges, sehr intensives Glitzern überzog die Greifklauen von Hainus Schatulle. Wo es sich löste und offensichtlich weiterkroch, hatte sich der Stahl verfärbt. Als Harrison Hainu mit der anderen Metallhand versuchte, die Verfärbung wegzuwischen, brachen die Fingerkuppen mit den Sensoren.

Das war der Moment, in dem er sich nicht mehr beherrschen konnte. »Wir zerfallen! Die Schatullen lösen sich auf!«

Er hörte nicht, dass Rhodan ihm zurief, er solle die Ruhe bewahren. Ihn ließ wohl auch nicht das Unheimliche, das den Stahl zersetzte, panikartig reagieren – es war die Furcht, den Maschinenteufeln der Achtzigsonnenwelt bald hilflos ausgeliefert zu sein.

Ruckartig schaltete er die Prallfelder hoch und beschleunigte.

Rhodan folgte ihm. Zögernder kamen die anderen. Drover funkte einigermaßen wirr, dass er ebenfalls befallen sei. An den Armen ebenso wie an mehreren Stellen seines Körpers.

»Hainu, Ihnen geschieht nichts!«, rief Rhodan. »Das Zeug frisst nur den Stahl auf.«

»Aber dann kommen die Posbis …«

»Die Roboter haben sich aus der Höhle zurückgezogen. Weil sie diese Kristalle oder Mikroben oder was immer fürchten.«

Der Alteraner lachte schrill.

»Vor uns ist der Ausgang!«, rief Mondra Diamond dazwischen. »Hainu, sehen Sie den fahlen Schein? Nun machen Sie schon die Augen auf!«

Dieselbe vage Helligkeit wie auf der anderen Seite rund um den Liftschacht zeichnete sich ab. Als sie nahe genug heran waren, sahen sie, dass es hier einen ähnlichen Schacht gab. Aber die Röhre senkte sich nicht von der Decke herab.

Hainu drosch seine Roboterhand gegen die raue Wand. Wieder und wieder schlug er zu, aber das Glitzern, das sich bereits bis über das Handgelenk erstreckte und im Begriff war, auf den Arm überzuspringen, ließ sich nicht abschütteln.

»Die Posbis verkriechen sich hinter ihren energetischen Sperren«, stellte der Captain fest. »Für uns gibt es keinen Weg nach draußen.«

»Startac …«, sagte Mondra bitter. »Jetzt wissen wir, nach welchen Gesichtspunkten Lotho Keraete die Teilnehmer ausgewählt hat.«

Rhodan schwieg dazu. Was hätte er auch sagen sollen? In den letzten Tagen hatte er oft an Startac Schroeder gedacht. Er fragte sich, ob die Mannschaft der XA PING mit ihrer Suche Erfolg gehabt hatte.

»Wer ist dieser Startac?«, erkundigte sich der Captain, möglicherweise nur, um von allem anderen abzulenken. »Ich habe von einem dritten Mann gehört, der mit Ihnen nach Altera gekommen sein soll.«

»Genauso ist es«, antwortete Mondra. »Aber Startac ist verschollen. Wäre er hier, hätten wir kein Problem.«

»Ist der Mann Teleporter?«

Captain Olexa schnappte hörbar nach Luft, als die Frau genau das bestätigte.

Harrison Hainu ließ sich, wo er gerade stand, auf den Boden sinken. Das Glitzern bedeckte schon seinen halben Unterarm.

Drovers Körper war mit Flecken übersät, die sich ebenso unaufhaltsam ausbreiteten. Während die Menschen ohne ihre vorgetäuschten Robotkörper leben konnten, würde ihn diese Infektion umbringen. Er hatte womöglich noch einen oder zwei Tage, bis seine Positronik versagte. Und sein Plasmaanteil würde nicht wesentlich länger am Leben bleiben, die Masse war zu gering, als dass sie eigenständig hätte existieren können. Andererseits war Drover deshalb nicht zu intensiven Gefühlen fähig wie Nano; er sah seinem Ende unaufgeregt entgegen. Ihn interessierte nicht, was bleiben würde, sobald die Positronik versagte.

Erneut versuchte Rhodan, über Funk die BOX-1122-UM zu erreichen. Die energetische Sperre über der Felsenhalle schirmte alles ab.

Dann sank der Lift herab. Die runde Kabine war leer, das zeigte sich, als sie transparent wurde.

Fünfzehn Die SIEBENKOPF-Schaltung

»Nano meldet sich nicht«, stellte Drover sofort fest. Funkkontakt war also weiterhin unmöglich; der Lift bildete keine Schwachstelle in der energetischen Abriegelung.

»Ich glaube nicht, dass die Posbis uns umbringen wollen. Das könnten sie einfach haben, wenn sie uns ignorieren.« Perry Rhodan hatte viele Möglichkeiten in Erwägung gezogen und alle wieder verworfen. Letztlich sah es doch so aus, dass sie durch nichts weiter als einen Zufall in diese Situation hineingeraten waren.

Mondra betrat den Lift als Erste. »Die Absicherung beweist, dass die Posbis den Kristallstaub fürchten«, stellte sie fest. »Warum sollten sie sich selbst gefährden, indem sie uns nach oben holen?«

»Wenn wir schon sterben sollen, habe ich nichts dagegen, wenn ich wenigstens einige Dutzend Maschinenteufel mitnehmen kann!« Leutnant Hainu hob demonstrativ beide Arme. Die zweite Hand war inzwischen ebenfalls bis auf den Unterarm befallen.

Der Lift jagte in die Höhe. Sie merkten nichts davon, nur Drovers Messgeräte registrierten die Bewegung. Längstenfalls drei Sekunden, dann öffnete sich das Rund. Nicht einmal Rhodan hätte in dem Moment zu sagen vermocht, was er wirklich erwartete. Er hing einer vagen Hoffnung nach ...

... und sie erwies sich als zutreffend.

Nano Aluminiumgärtner stand nur wenige Schritte entfernt. Der Rundron-Posbi trat in durchaus menschlicher Angewohnheit unruhig von einem Bein auf das andere.

»Bleib auf Distanz!«, sagte Rhodan warnend über den Außenlautsprecher seiner Maske.

»Du unterschätzt die Kristallviren, Perry. Sie verbreiten sich in jedem Medium, sogar über Funkwellen auf kurze Distanz. Wir befinden uns in einem Hochsicherheitstrakt. Alle Erweiterungsarbeiten sind eingestellt, die Zugänge blockiert. Ihr könnt die Liftröhre verlassen, nicht aber den näheren Umkreis. Die Dekontamination beginnt bereits, ihr werdet den Vorgang unbeschadet überstehen.«

»Wer sagt das?«, platzte Leutnant Hainu heraus.

»Ich sage das«, antwortete Nano. »Die Prozedur wird noch vierzehn Komma drei drei Minuten in Anspruch nehmen. Erst wenn der letzte Kristall eliminiert wurde, können wir den Trakt verlassen.«

»Und außerhalb warten die Maschinenteufel auf uns?«

»Darauf bedarf es wohl keiner Antwort«, erwiderte der Rundron-Posbi. »Es ist meine Pflicht, einen solchen Vorfall zu verhindern.«

»Vierzehn Minuten ...«, wiederholte Rhodan. »Das ist nicht viel im Vergleich zu den gut zehn Stunden, die wir verloren haben. Ich denke, du hast uns sehr viel zu berichten, Nano. Was ist geschehen?«

Der Posbi redete schneller, je mehr er erzählte, und mehrmals musste Rhodan ihn unterbrechen. Währenddessen leckten Elmsfeuer über die Schatullen, kalte Entladungen, mit denen die Kristallviren ihre Energie freisetzten. Drover war davon am stärksten betroffen.

»... BOX-1122-UM wurde von einer Archivpositronik als Einheit identifiziert, die nach einem Kampfeinsatz über längere Zeit als vermisst geführt wurde«, erklärte Nano. »Diese Positronik hat deshalb für unsere Gruppe die Entnahme der

Speicherdaten angeordnet. Unser Tarnung wäre dabei zwangsläufig aufgedeckt worden. Ich musste euch den Erfassungssystemen entziehen.«

»Es war Zufall, dass wir die Rampe hinabgegangen sind«, erwiderte Mondra Diamond. »Wir hätten ebenso jeden anderen Weg wählen können.«

»Dann hätte ich Schotte für euch geöffnet. Der Lift erschien mir jedoch als das effektivste Mittel, euch schnell auf möglichst große Distanz zu bringen. Er war blockiert, aber mit meinen Kodes ließ sich diese Blockade unterlaufen.«

»Kann es sein, dass dein Plasmaanteil dir Panik suggeriert hat?«, erkundigte sich Rhodan überrascht.

»Das war so – und es war für mich ein schlimmes Gefühl.« Nano Aluminiumgärtner schwieg sekundenlang, dann fügte er bedeutungsschwer hinzu: »Ich weiß jetzt, dass ich keinesfalls ein Mensch sein möchte. Solche Empfindungen belasten die Rechenkapazität deutlich.«

Er berichtete von seinen Bemühungen, in einer Rückkopplung die Archivpositronik zu beeinflussen. Es war ihm nicht leichtgefallen, vor allem war er wegen der Querverbindungen in unmittelbarer Nähe der Hyperinpotronik gezwungen gewesen, überaus vorsichtig vorzugehen. Aber er hatte es geschafft, die Historie von BOX-1122-UM aus allen relevanten Speichern zu löschen, ohne verräterische Lücken zu hinterlassen.

Als er nach gut eineinhalb Stunden endlich wieder versucht hatte, Rhodan und die anderen aufzuspüren, waren ihm Datensätze über die hermetische Abriegelung des subplanetaren Bereichs aufgefallen. Sie blockierten die Entriegelung des Liftsystems, waren aber zuvor durch seine Vorrangkodes überschrieben worden.

»Die kristallinen Viren sitzen im kontinentalen Gesteinssockel«, erklärte er. »Nur eine Ader wurde von den Desintegratorfräsen geöffnet, aber die frei gewordene Pest hat mehrere hundert Posbis zersetzt, bis das Zentralplasma ihre Ausbreitung eindämmen konnte.«

Außer der Dekontamination, die Perry Rhodan und seine Begleiter durchliefen, kannten die Ambriador-Posbi bislang keine Möglichkeit, die kristallinen Erreger zu neutralisieren. Gesteuert und überwacht wurde der Hochsicherheitstrakt von einer spezialisierten Biopositronik. Nach langen vorsichtigen Bemühungen hatte Nano ihr einen partiellen »Gedächtnisschwund« verordnet.

»Wir müssen zum Schiff zurück«, stellte der Posbi fest, als ihm die Biopositronik die Beseitigung aller kristallinen Spuren signalisierte. »So können wir jedenfalls nicht weiter in die Anlage vordringen.«

Mit einer beinahe anklagenden Geste zeigte er auf Leutnant Hainu, von dessen Greifklauen nur noch Stummel übrig waren. Auch ein Teil seiner Brustplatte hatte sich zersetzt und ließ bei genauem Hinsehen die Attrappe erkennen. Rhodan hatte ebenfalls mit einem Arm Probleme, nur Mondra und der Captain waren glimpflicher davongekommen. Drovers Körper wirkte pockennarbig, großflächig wölbte sich die äußere Metallschicht auf und platzte bereits ab. Aber das, behauptete er, könne er mit Bordmitteln der BOX einigermaßen kaschieren.

»Wir sind also nicht einen Schritt weitergekommen.« Rhodans Feststellung klang gequält. »Abgesehen davon werden wir noch mehr Zeit verlieren, bis wir zu einer zweiten Erkundung aufbrechen können.«

»So würde ich das nicht sehen«, widersprach Nano Aluminiumgärtner. »Ich konnte eine Menge interessanter Fakten sammeln. Bekomme ich dafür einen Orden?«

»Wir lassen uns von dem alten Zwiespalt zwischen Mensch und Maschine verleiten. Es hätte genügt, Nano allein einzusetzen«, stellte Mondra Diamond wie beiläufig fest.

»Mein Nano ist keine Maschine!«, protestierte Mauerblum schrill. »Er hat mehr Gefühl als die Menschen, die solchen Unfug behaupten.«

Als die Gruppe an Bord zurückgekehrt war, hatte der Matten-Willy ein nicht enden wollendes Lamento über Drovers entsetzlichen Zustand angestimmt. Mittlerweile hing er wie eine Klette an Nano Aluminiumgärtner, weil der Schwere Arbeiter in einem Bassin mit Metall-Regenerator steckte.

»Weiter im Text!«, drängte Rhodan.

Nano hatte schon einige holographische Projektionen wiedergegeben, die im Grunde eine nahezu vollständige Übersicht über die Hochebene darstellten. Sehr viel mehr hätten sie auch mit einer intensiven Erkundung nicht herausfinden können.

Sie saßen in einem Nebenraum der Hauptzentrale. Verduto-Cruz gehörte ohnehin zu der Gruppe. Und die Alteraner, für die weitere Masken bereitlagen, erhielten die Informationen ebenfalls.

Das Zentralplasma von Vabonde musste in der Tat als die Intelligenz der Zweiten Zivilisation angesehen werden. Der biologische Bestandteil der Hyperinpotronik war in den kleinen Kuppelbauten untergebracht. Das Plasma wies ein beachtliches Volumen auf, es füllte vierzig subplanetar geschützte Zylinder, von denen jeder zweihundertfünfzig Meter tief in den Boden reichte und zwanzig Meter durchmaß. Der Durchmesser entsprach genau den darüber errichteten Kuppeln, von denen jede über eine autarke Versorgung verfügte.

Die Masse des Plasmas war mehr als ausreichend für die Entstehung von Intelligenz. Zumindest die beiden Terraner kannten von der Hundertsonnenwelt die vielfältigen Versorgungsanschlüsse und auch die Entsorgungsanlagen, die das Überleben des komplexen Organismus erlaubten. In diesen Bereichen wimmelte es üblicherweise von Matten-Willys, die bis hin zur Selbstaufopferung das Zentralplasma in allen Belangen betreuten.

»Die Geschichte der Posbis in Ambriador ähnelt dem Schicksal der Alteraner ebenso wie dem der Laren«, erklärte Nano Aluminiumgärtner. »Vor ungefähr elf Jahrtausenden wurden acht Fragmentraumer durch einen Tryortan-Schlund nach Ambriador verschlagen. Die Heimat dieser Posbis war die Hundertsonnenwelt, und da sie keine Möglichkeit zur Rückkehr errechnen konnten, suchten sie sich eine Welt, die ähnliche Bedingungen bot. Die einstigen BOXEN bilden bis heute den Kern ihrer Anlage; die Biopositroniken der Schiffe wurden im Laufe der Jahrtausende zur Neuen Positronik sowie dem Neuen Zentralplasma weiterentwickelt. Das alles unter den schwierigen hyperphysikalischen Bedingungen, die letztlich dafür verantwortlich sind, dass die isolierte Zweite Zivilisation der Posbis überhaupt entstand.

Die Steuereinheit der Zentralpositronik befindet sich heute in der großen Kuppel. Sie liegt im Zentrum eines Kreises, den die acht Ur-BOXEN bilden. Auf den Kontinenten Vabonde und Gayn Dor finden sich außerdem ungezählte Knoten- und Nebenrechner in biopositronischer Konfiguration.«

»Weißt du mehr über die Verbindung zwischen dem Zentralplasma und den Rechnern?«, unterbrach Rhodan den Redeschwall. »Ich nehme an, wir haben es mit einigen Millionen Bioponblocks zu tun.«

Er kannte es nicht anders, und was auf der Hundertsonnenwelt Standard war, hatten die Posbis vor elftausend Jahren wohl nicht anders gehandhabt. Weil es nach dem Stand der Dinge die bestmögliche Lösung darstellte.

Die vernetzten Bioponblocks waren als syntho-organische Verbindung zwischen den natürlich gewachsenen Nervenbahnen und positronischen Leitern in die Plasmamasse eingebettet. Diese Verbindung wurde allgemein als Hypertoiktische Verzahnung bezeichnet, über sie erfolgte die Umsetzung organischer Nervenströme in positronisch nutzbare Symbolgruppen. In der gegenläufigen Richtung wurden positronische Kommandos in Nervenimpulse umgewandelt und weitergegeben.

Nano Aluminiumgärtner bestätigte Rhodans Frage äußerst knapp. Eigentlich war damit alles gesagt, was es derzeit zu sagen gab.

Rhodan lächelte, als er die unausgesprochene Frage in den Gesichtern der Alteraner sah. So knapp und präzise wie möglich erläuterte er den Zusammenschluss zwischen lebendem Plasma und positronischen Elementen.

»... in diesem Konstrukt der Hyperinpotronik, in der eine zusätzliche Steuerung über Hyperimpulse erfolgt, übernimmt der Plasmazusatz nichts anderes als die Aufgabe eines Gefühlssektors. Aber gerade deshalb entwickelt das Plasma ein besonderes Eigenleben und Kreativität. Die Denkvorgänge werden effizient und erreichen innerhalb der Grundsatzprogrammierungen einen hohen Grad individueller Entscheidungsfreiheit.

Die wichtigsten Daten und Basisprogramme sind in Kernspeichern mit sofortiger Zugriffsmöglichkeit integriert, alle übrigen Informationen einschließlich der Datenkomprimatoren werden in dem hierarchisch strukturierten Speichersektor der Peripherie abgelegt.

All das macht natürlich vielfältige Anschlüsse und Verbindungskontakte notwendig, ebenso wie eine große Zahl von Wartungs- und Reparaturzugängen. Es muss ein verzweigtes System von Kanälen, Schächten und Zwischendecks zwischen den einzelnen Kuppeln bestehen.

Wir werden uns an die eigentlichen Zentren der Anlage heranwagen müssen. Irgendwo in diesem Bereich muss die Hass-Schaltung installiert sein.«

»Also die berüchtigte Suche nach einer Nadel im Heuhaufen!«, platzte Captain Grimm heraus.

Der Terraner nickte knapp.

»Sir, eine letzte Frage!«, warf Olexa ein. »Sie werden nicht müde zu erwähnen, dass die Posbis in der Milchstraße die besten Freunde der Menschheit sind. Inzwischen wissen wir eindeutig, dass die Maschinenteufel Abkömmlinge genau dieser Posbis sind, zu einer Zeit aber, als es in der Milchstraße keine Verständigung mit ihnen gab. Da die Maschinenteufel ihre alte Zivilisation fortsetzten, müssen sie von Anfang an unter dem Einfluss der Hass-Schaltung gestanden haben. Sie waren aber friedlich. Elftausend Jahre lang hätten sie Gelegenheit gehabt, Ambriador für sich zu erobern und alles Falsche Leben auszulöschen. Nichts dergleichen ist geschehen.«

»Erst seit sechsunddreißig Jahren führen sie ihren Vernichtungskrieg.« Rhodan stand auf und ließ nachdenklich den Blick über die Versammelten schweifen. »Ich habe keine Antwort. Bislang nicht. Aber irgendetwas Schwerwiegendes muss geschehen sein.« Länger als auf allen anderen blieb sein Blick auf dem Laren hängen.

»Wenn ich zur Aufklärung beitragen könnte, würde ich es tun«, sagte Verduto-Cruz. »Ich erinnere mich jedoch an keine außergewöhnlich scheinenden Dinge. Der Vorfall, den Sie suchen, muss nach unserer Heimkehr datieren. Andernfalls wären meine Leute und ich wohl die ersten Opfer dieses Krieges geworden.« Die Reparaturen an den Schatullen hielten die Techniker in Atem.

Versuche, die beschädigten Körpermasken durch andere aus dem Vorrat zu ersetzen, scheiterten, weil die Hüllen auf ihre Träger justiert waren. Der Zeitaufwand wäre womöglich größer geworden als für die Wiederherstellung. Schon die Maske für Verduto-Cruz trieb einige Spezialisten langsam aber sicher zur Verzweiflung.

Am Morgen des 24. Mai – der vierte Tag für die Besatzung der BOX-1122-UM auf der Achtzigsonnenwelt war angebrochen – stand endgültig fest, dass der Lare auch an der zweiten Exkursion nicht teilnehmen konnte. Die Motorik seiner Schatulle zeigte weiterhin Ausfälle. Zwar nur mehr sporadisch, aber das Risiko erschien Perry Rhodan trotzdem zu hoch. Er entschied, die Zusammensetzung der Gruppe nicht zu verändern.

Nano setzte sich an die Spitze der Gruppe. Diesmal hielten sie sich nicht zwischen den äußeren Gebäuden auf, sondern drangen zielstrebig mehrere Kilometer weiter vor, bis sie schon die Kuppeln des Zentralplasmas sehen konnten. Obwohl es hier von Posbis und Matten-Willys wimmelte, blieben sie weitgehend unbeachtet. Die Gruppe wurde zwar mehrmals über Funk angesprochen, für Nano und Drover bereitete ihre Identifikation aber keine Probleme.

Nicht einmal eine Stunde, nachdem sie das Schiff verlassen hatten, drangen sie in eines der kleineren Gebäude ein, in dem nach Nanos Informationen mehrere Knotenrechner für die Auswertung und Archivierung von Datenströmen zuständig waren.

Nano Aluminiumgärtner brauchte gut zehn Minuten, um sich mit Hilfe von Drover in eine der Festverbindungen einzuschleusen.

»Das kann Stunden dauern«, behauptete Drover. »Für den Informationsabgleich zwischen zwei Knoten ist Nanos Verarbeitungsgeschwindigkeit zu gering.«

Das Warten zerrte an den Nerven. Selbst Rhodan musste sich eingestehen, dass es ihm nicht schnell genug ging. Andererseits war ihm bewusst, welcher Datenfülle der Posbi sich gegenübersah.

Bei seinen ersten Versuchen vor zwei Tagen hatte er keineswegs so wählerisch sein können. Da war es noch um den Überblick gegangen, aber der hatte ihm nicht die Spur eines Hinweises auf die Hass-Schaltung beschert.

Jederzeit konnten Posbis in den mit Aggregaten vollgestopften Nebenraum eindringen und sie entdecken. Für den schlimmsten Fall hatte Drover den Befehl, von seinen Waffen Gebrauch zu machen und jeden Ambriador-Posbi zu zerstören, der ihre Sicherheit bedrohte. Rhodan hoffte jedoch, dass diese Situation nicht eintreten würde, denn danach blieb ihnen nur die Flucht.

Nano, seit beinahe vierzig Minuten regungslos, löste sich endlich aus der Verbindung.

»Ich habe die Hass-Schaltung nicht aufgespürt.« Die Hoffnung erlosch so schnell, wie sie aufgeflackert war. »Allerdings gibt es Hinweise, dass die Schaltung existiert. Nur bezeichnen die Posbis sie mit einem uns bislang unbekannten Namen. Die Hass-Schaltung und ihre SIEBENKOPF-Schaltung scheinen identisch zu sein.«

»Wieso SIEBENKOPF?« Mondra kam mit ihrer Frage sogar Rhodan zuvor.

»Ich habe keine Antwort darauf«, schnarrte Nano. »Ebenso wenig, wie ich die Positionsdaten dieser SIEBENKOPF-Schaltung aufspüren konnte.«

»Was ist mit Umfang und Aussehen?«

»Vielleicht existieren in irgendeinem Speicher Hinweise darauf«, schränkte Nano ein. »Vorerst konnte ich sie aber nicht aufspüren. Allerdings habe ich die Verbindung nicht deshalb abgebrochen, sondern weil ich auf eine andere Information gestoßen bin, die mir überaus brisant erscheint. Der Name SIEBENKOPF wird nicht nur im Zusammenhang mit der SIEBENKOPF-Schaltung gelistet, er ist zugleich ein Leitmerkmal des derzeit wichtigsten Bauprojekts. Es entsteht auf dem Industriekontinent Gayn Dor und wurde von SIEBENKOPF initiiert.«

»Demnach wäre dieser SIEBENKOPF keine reine Bezeichnung, sondern eine reale Person«, warf Captain Olexa ein. »Ein Posbi oder ein Wesen aus Fleisch und Blut?«

»Dann müsste er das sein, was die Posbis unter Wahrem Leben verstehen«, ließ Leutnant Hainu vernehmen.

Rhodan hing eine Weile seinen Gedanken nach. »Von der Hand zu weisen ist diese Behauptung nicht, Leutnant«, sagte er schließlich. »Ich kann mir jedenfalls nicht vorstellen, dass SIEBENKOPF ein Kodename für das Zentralplasma sein sollte.«

Er wandte sich an Nano. »Vielleicht existiert auf diesem Planeten eine weitere befehlsgebende Instanz?«

»Eine solche Erkenntnis liegt mir nicht vor«, antwortete der Posbi.

»Trotzdem sollten wir uns auf Gayn-Dor umsehen. Diese Namensgleichheit halte ich keineswegs nur für zufällig.«

Mondra ließ ein amüsiertes Lachen hören. »Mit anderen Worten: Nano, wir brauchen alle Flugpläne zwischen den beiden Kontinenten. Zu Fuß gehen wäre zu beschwerlich.«

Rhodans Kopfschütteln wurde von seiner Schatulle exakt nachgeahmt. »Ich habe weniger an die Touristenklasse gedacht als vielmehr an eine Mitreisegelegenheit. Einfach auf einen Güterzug aufspringen …«

Wenig später wussten sie, dass zwischen den Kontinenten zwar kein reger Verkehr herrschte, aber Lastenschweber nahezu stetig unterwegs waren. Nano manipulierte eines der großen Robotfahrzeuge mit Hilfe seiner Uralt-Kodes und lenkte es ein Stück weit um.

Dass er sich zu einem keineswegs ungefährlichen Abstecher hinreißen ließ, wurde dem Terraner erst wirklich bewusst, als sie an Bord gingen. Schließlich entfernten sie sich sehr weit von ihrem Raumschiff. An eine schnelle Flucht war unter diesen Umständen nicht zu denken.

Andererseits wollte er ohnehin nicht fliehen. Er würde alles daransetzen, die Hass-Schaltung zu stoppen.

Ruckartig kam Leben in die Maschine, ihre Sehzellen glommen auf, und dieses Glimmen verstärkte sich innerhalb von Sekundenbruchteilen zu einem intensiven dunkelroten Glühen. Der Roboter winkelte beide Arme an, dann bogen sich seine Greiffinger zurück, klappten aus den Scharnieren und gaben die Abstrahlmündungen zweier schwerer Kombiwaffen frei.

»Nenne mir deine Bezeichnung und den Status!« Die Stimme klang lauernd. Zufriedenheit schwang in ihr mit.

»Kohurion!«, antwortete der Roboter. »Schwerer Posbi mit Kampfausrüstung. Ich stehe zu deiner uneingeschränkten Verfügung, Verduto-Cruz!«

»Die Waffen wieder einfahren, Kohurion! Noch musst du sie nicht einsetzen.« Der Lare war zufrieden. »Du wirst mich ein Stück weit auf deinen Armen tragen, aber nur innerhalb dieses Schiffes.«

Verduto-Cruz wurde sanft in die Höhe gehoben. Er balancierte die Bewegung aus, bis er sicheren Halt hatte.

»Aktiviere deinen Deflektorschirm!«

»Deflektor ist aktiviert und arbeitet fehlerfrei.«

Im Schutz der Unsichtbarkeit schwebte der Kampfroboter eine Handbreit über dem Boden den Korridor entlang, der von Cruz' Kabine zu den gemeinschaftlichen Sanitäranlagen führte. Zwei Raumsoldaten kamen ihnen entgegen. Die Alteraner diskutierten heftig, aber sie bemerkten den Posbi nicht, obwohl sie beinahe auf Tuchfühlung an ihm vorbeigingen.

Verduto-Cruz dirigierte den Roboter auf das nächste Hauptdeck und weiter zu einem seitlich gelegenen Schott. Fauchend glitten die Lamellen auseinander, und ebenso geräuschvoll schlossen sie sich hinter dem Roboter wieder. Die Sensoren reagierten nicht auf optischen Reiz, sondern auf die sich nähernde Masse.

Verduto-Cruz hatte eine spärlich bestückte Ausrüstungskammer erreicht. Sie gehörte zu der als Werkstatt bezeichneten größeren Räumlichkeit, die von hier aus auf direktem Weg betreten werden konnte. Der Lare war sicher, dass er nur auf die übliche Wache treffen würde. Die Techniker hatten sich in ihre Kabinen zurückgezogen und holten versäumten Schlaf nach. Nachdem Verduto-Cruz' Schatulle kurz vor dem zweiten Aufbruch von Rhodans Trupp endgültig als unbrauchbar erklärt worden war, gab es für sie keine dringende Arbeit mehr. Dass einige von ihnen ausgerechnet diesem Umstand ihr Leben verdankten, würden sie womöglich nie erfahren.

Die Wache hatte es sich bequem gemacht. In einem Holowürfel flimmerten Szenen einer Dokumentation, offensichtlich Bilder aus dem Alter-System. Aber dafür interessierte Verduto-Cruz sich nicht. Er verstand ohnehin nicht, weshalb eine Wache aufgestellt wurde. Die Alteraner misstrauten augenscheinlich allem und jedem.

Er ließ sich von den Armen des Kampfroboters auf den Boden gleiten. Obwohl er glaubte, völlig geräuschlos abzufedern, richtete sich der Alteraner abrupt auf und sah sich um.

»Ist da wer?«

Der Mann blickte ihn geradewegs an. Trotzdem konnte er nichts erkennen; da durfte nicht einmal eine leichte Trübung der Luft sein.

Aus der Deckung des Deflektorfeldes heraus schoss Verduto-Cruz.

Der Paralysatortreffer ließ den Alteraner steif zusammenbrechen. Seine Muskulatur war gelähmt, aber sein Wahrnehmungsvermögen und sein Verstand arbeiteten weiterhin. Verduto-Cruz sah das Entsetzen in den Augen des Mannes, als er sich, nun sichtbar geworden, flüchtig über ihn beugte.

Er schaute sich um und fand seine Schatulle in der Wandnische, in der sie von Anfang an aufbewahrt wurde. Er schleppte die schwere Rüstung hinüber zu dem Arbeitstisch und holte sich einige der vielen halbfertigen Teile, die von den Technikern achtlos beiseitegeworfen worden waren. Niemand würde nachvollziehen können, wie viele solche Fragmente existiert hatten.

Augenblicke später gab er Kohurion den Befehl, den gelähmten Alteraner vor der Nische abzulegen. Alles musste wie ein Unfall aussehen.

Die Blicke des Alteraners folgten ihm. Verduto-Cruz schaute darüber hinweg. Der Mann interessierte ihn nicht.

Vermutlich aus Langeweile hatte die Wache mit der defekten Schatulle hantiert und dabei eine Interaktion mit den Energie führenden Systemen in der Wandnische ausgelöst. Nachdem das Schiff von mehreren schweren Thermoschüssen getroffen worden war, mussten die Abdeckungen infolge Materialermüdung unsicher geworden sein. So würde es aussehen.

Verduto-Cruz lockerte diese Abdeckungen und drapierte die Schatullenfragmente darum.

Der Blick des Alteraners durchbohrte ihn förmlich. Der Mann hatte genau erkannt, was ihm bevorstand, aber er konnte nicht einmal schreien. Trotzdem versuchte er es mit aller Kraft.

Verduto-Cruz registrierte überrascht, welche Reserven der Hilflose mobilisierte. Er verzog die Lippen zu einer hämischen Grimasse.

Der Tod kam schnell, als der Lichtbogen übersprang. Flammen loderten auf. Sie würden alle Spuren verwischen.

Während das Knistern und Prasseln sich ausbreitete und zähflüssig werdendes Metall zischend abtropfte, stieg Verduto-Cruz in seine Schatulle. Er beherrschte die Maske perfekt, und sie reagierte auf jeden noch so schwachen Impuls. Für sein Vorhaben war sie ideal, das hatte er sofort erkannt. Die Techniker waren naiv genug gewesen, auf seine Täuschungen hereinzufallen.

Verduto-Cruz war jetzt ein Posbi unter vielen. Nur mehr ein kleiner Schritt trennte ihn von seinem Triumph.

Ungesehen verließ er das Schiff, in dem Kohurion auf ihn warten würde.

Es fiel dem Laren nicht schwer, sich zu orientieren, als er die ersten Anlagen des Hochplateaus erreichte.

Manches hatte sich verändert, vieles erkannte er wieder, als wäre er erst gestern an diesem Ort gewesen. Dabei lag fast die Hälfte seines Lebens zwischen jener denkwürdigen Kooperation und heute. Als die Posbis Laren-Techniker auf ihre Zentralwelt geholt hatten, war das ein bis dahin beispielloser Vorgang gewesen.

Er erinnerte sich gut. An den ehrgeizigen wissenschaftlichen Techniker Verduto-Cruz, der als Leitender Fachmann die Gruppe älterer und mitunter sogar besser qualifizierter Laren geführt hatte. Trotzdem hatte sich keiner gegen ihn durchgesetzt. Zum Teil war das auch das Verdienst des aufstrebenden Kommando-Offiziers Kat-Greer gewesen. Jenes Kat-Greer, den sein Ehrgeiz auf die höchste Stufe emporgehoben hatte und der nun als Erster Hetran die Geschicke des Trovents leitete.

Eigentlich hatte er sich damals sehr viel länger auf dem Kontinent Gayn Dor aufgehalten als auf Vabonde. Die Konstruktionsarbeit an den eigentümlichen Hochenergie-Maschinen hatte ihm kaum freie Zeit gelassen. Zumindest hinsichtlich dieser Maschinen hatte er Rhodan die spärliche Wahrheit nicht vorenthalten.

Alles andere durfte der Terraner noch nicht erfahren. Er würde spätestens in dem Moment begreifen, in dem die Posbis ihn töteten – vielleicht schon auf der Achtzigsonnenwelt, wahrscheinlich erst im Weltraum, an Bord der BOX-1122-UM.

Verduto-Cruz bedauerte den Umstand, dass er dann nicht an Rhodans Seite sein konnte. Es hätte ihn interessiert, das Gesicht des Terraners zu sehen, wenn der Tod nach ihm griff. Posbis waren keine Freunde der Menschen und würden es nie werden, das war Rhodans Irrtum.

Die Gedanken des Laren schweiften wieder zurück in die Zeit vor achtunddreißig Jahren.

»Wenn wir die Roboter schon unterstützen, müssen sie auch damit einverstanden sein, dass wir alles über sie erfahren. Sie haben Geheimnisse. Jedes Volk hat Geheimnisse, die in den richtigen Händen zur Waffe werden können.«

Genau diese Sätze glaubte Verduto-Cruz noch immer zu hören. Kat-Greer hatte darauf gedrängt, nicht nur für die Posbis zu arbeiten, sondern den eigenen Vorteil zu suchen. Unter seiner Anleitung hatte das Team ein Konzept entwickelt, das dem der Schatulle sehr nahegekommen war. Auf diese Weise war es ihnen möglich geworden, sich unbemerkt und unangefochten auf der Achtzigsonnenwelt zu bewegen.

Von seiner Maske geschützt, hatte er, Verduto-Cruz, seinerzeit mehrfach den Kontinent Vabonde aufgesucht und dabei, ohne zuerst die Brisanz seines Fundes zu ahnen, die Hass-Schaltung entdeckt. Der positronische Komplex befand sich in einer der acht Ur-BOXEN, mit denen die Posbis ursprünglich auf der Achtzigsonnenwelt gelandet waren.

Er hatte lange gebraucht, um die Wirkungsweise des eigentümlichen Schaltblocks zu ergründen, dessen Geheimnis für ihn von Anfang an eine Herausforderung bedeutet hatte. Monate waren darüber vergangen; er hatte Blut und Wasser geschwitzt, zumal er sich durch unvorsichtige Schaltungen verraten hätte. Aber sein Ehrgeiz hatte stets über seine Furcht triumphiert.

Die Enttäuschung, als er endlich verstanden hatte, was dieser positronische Komplex bewirkte, glaubte er noch immer zu spüren. Die Schaltung generierte ein Feindbild, das als Falsches Leben bezeichnet wurde.

Erst Tage später war ihm die Tragweite seines Fundes bewusst geworden.

Er, Verduto-Cruz, hatte damit plötzlich eine Waffe in der Hand gehalten, die mächtiger sein konnte als alles, was er kannte. Sobald er diesen Positronikblock völlig durchschaute, war er in der Lage, ein Volk von Robotern zu steuern.

Theoretisch, das wusste er inzwischen, hätten alle intelligenten Bewohner von Ambriador Falsches Leben sein und die Posbis in einem gnadenlosen Vernichtungsfeldzug längst Alteraner, Laren und die anderen Völker vernichten müssen. Dass dies nicht geschah, lag an einem noch seltsameren Komplex, den Speicherdaten als SIEBENKOPF-Schaltung bezeichneten.

Was dieser Zusatz im Detail bewirkte, hatte Verduto-Cruz nie herausgefunden; die in höchstem Maß fortschrittliche Technik entzog sich seinem Verständnis. Er war zu der Einsicht gelangt, dass ein technisch sehr hochstehendes Volk die SIEBENKOPF-Schaltung installiert haben musste und vor allem, dass nur diese Schaltung den kriegerischen Impetus der Hass-Schaltung neutralisierte.

Als die Arbeit an der Hochenergie-Maschine schließlich, vor Ablauf eines Jahres, fertiggestellt worden war, hatten die Posbis alle Laren-Techniker wieder von der Achtzigsonnenwelt weggeschickt.

Was er Rhodan verschwiegen hatte, war der zweite Konstruktionsauftrag.

Nach wenigen Monaten hatten sich die Posbis erneut mit der Bitte um technische Unterstützung an die Laren gewandt. Ziel war es gewesen, eine weitere, anders geartete Hochenergie-Maschine zu bauen.

Warum?

Verduto-Cruz wusste das bis heute nicht.

Nun war er erneut gekommen.

Diesmal würde er den entscheidenden Schritt vollziehen, davon war er überzeugt. Er glaubte zu wissen, was schiefgegangen war, hatte sechsunddreißig Jahre lang Zeit gehabt, sich jede Einzelheit immer wieder vor Augen zu führen und in Gedanken nachzuvollziehen, was getan werden musste.

Natürlich waren das Wunschvorstellungen gewesen. Eine Möglichkeit, die Zentralwelt der Posbis zum dritten Mal zu erreichen, hatte es für ihn nie wieder gegeben.

Bis der Terraner gekommen war. Egal, ob unsterblich oder nicht, ob wirklich der Perry Rhodan, der als Großadministrator wie ein Geist die seltsame Kultur der Alteraner prägte, oder ein Betrüger – für den Ersten Hetran Kat-Greer bedeutete Rhodan von Anfang an nur ein willkommenes Werkzeug. Und für ihn, Verduto-Cruz, ebenso. Ein Werkzeug, das man einmal benutzte und danach nie wieder.

Verduto-Cruz hielt kurz inne. Nicht mehr weit entfernt erhob sich die Ur-BOX wie ein schroffes Gebirge zwischen den angeflanschten Gebäuden. Wer über die Historie der Posbis nicht informiert war, konnte leicht übersehen, dass das Zentrum ihres Reiches auf acht uralten Fragmentraumschiffen aufgebaut worden war. Die Raumschiffe waren nicht nur teilweise in den Boden versunken, sondern längst in An- und Umbauten integriert.

Angespannt hatte Verduto-Cruz den Ausführungen des Milchstraßen-Posbis zugehört. Er war überzeugt, dass Rhodan innerhalb kurzer Zeit daraus die richtigen Schlüsse ziehen würde. Womöglich befand sich die Gruppe ebenfalls schon in diesem Bereich. Aber Rhodan und die anderen konnten ihm kaum zuvorkommen.

Vor sechsunddreißig Jahren hatte er, Verduto-Cruz, die beiden Positronikblöcke voneinander getrennt und die Hass-Schaltung in ihren Ursprungszustand versetzt.

Mit einer einzigen Modifikation. Als Wahres Leben hatte er die Laren definiert. Das zu vernichtende Falsche Leben waren die Alteraner. Kat-Greer und er hatten gehofft, auf diese Weise das verhasste Imperium Altera ohne eigene Verluste von den Posbis auslöschen zu lassen.

Aber die Schaltung hatte einen verheerenden Krieg ausgelöst, der sich keineswegs nur gegen Altera richtete, sondern auch nach dem Trovent der Laren griff. Ein schlimmer Fehlschlag, der dem eigenen Volk schon Zigtausende Tote und hohe Verlust gebracht hatte.

Seit den ersten Angriffen der Posbis auf Welten des Trovents spekulierte Verduto-Cruz über die Ursachen des Fehlschlags. Jahrelang hatte er sich in seine Datenkopien verkrochen, gerechnet und spekuliert und eines Tages verbittert festgestellt, dass ihm die beste Zeit seines Lebens geraubt worden war.

Seinen Ehrgeiz hatte das nur angefacht.

Mittlerweile war er überzeugt davon, dass die SIEBENKOPF-Schaltung verantwortlich sein musste. Es gab Interaktionen zwischen den scheinbar getrennten Positronikblöcken, die er nicht in ihrer vollen Tragweite überschaut hatte.

Doch nun hatte er endlich die Möglichkeit, den Fehler zu korrigieren und neben Kat-Greer als der größte Wohltäter des Trovents in die Geschichte einzugehen. Er musste nicht mehr dafür tun, als die Laren erneut als das Wahre Leben zu definieren und die Hass-Schaltung und die SIEBENKOPF-Schaltung endgültig und diesmal erfolgreich zu trennen.

Geborgen in der perfekt funktionierenden Schatulle schritt Verduto-Cruz wieder schneller aus.

Kurz nach dem Verlassen der Hochebene durchbrach der Lastenschweber die Schallmauer und beschleunigte über dem offenen Meer weiter. Schnell versank Vabonde hinter der Kimm. Eine Zeit lang erstreckte sich nur mehr aufgepeitschte, von verwehenden Gischtkronen geprägte See von Horizont zu Horizont, bis endlich wieder Land in Sicht kam.

Der Eindruck, ein Stück Orombo zu sehen, ließ sich nicht leugnen. Oder auch Arctica, wenngleich die Industriefläche auf Altera diesem Vergleich schwerlich standhielt.

Gayn Dor, in der Ausdehnung dem terranischen Bundesstaat Europa vergleichbar, wurde von verschachtelten Industriekomplexen beherrscht. Die einzige auf Anhieb erkennbare Abwechslung boten ausgedehnte Landefelder für die in steter Folge niedergehenden Fragmentraumer. Zerfetzte, auffasernde Wolkenbänke zeugten von unaufhörlichen Turbulenzen in der Atmosphäre.

Der Lastenschweber näherte sich einem Komplex dreihundert Kilometer landeinwärts und flog in eines von mehreren kegelstumpfförmigen Bauwerken ein. Er hatte kaum aufgesetzt, als krakenförmige Posbis schon mit dem Entladen der Containerfracht begannen. Von den Passagieren nahm keine der Maschinen Notiz.

»Hier fällt es mir leichter, sie zu kontrollieren, als in der Nähe des Zentralplasmas«, bemerkte Nano Aluminiumgärtner. Er klang zufrieden. »Sobald alles ausgeladen ist, kehrt das Fahrzeug nach Vabonde zurück. Nun ja« – es hatte den Anschein, als hüstelte der Posbi amüsiert – »ein kleiner Umweg ist in unserem Reiseprogramm selbstverständlich enthalten.«

»Besichtigung des SIEBENKOPF-Gebäudes?«

Keiner seiner Begleiter sah Perry Rhodans Lächeln. Ganz so umfangreich, wie Leutnant Hainus Frage vermuten ließ, würde das Programm wohl nicht ausfallen. Rhodan vertraute vor allem darauf, dass Nano aus unmittelbarer Nähe wie ein Schwamm alle greifbaren Informationen aufsaugen konnte. Bislang hatte der Rundron-Posbi sich in dieser Hinsicht als Begleiter von unschätzbarem Wert erwiesen.

Die letzten Container wurden von kleinen Exemplaren der krakenähnlichen Maschinen abtransportiert, danach stieg der Lastenschweber senkrecht auf, drehte einmal, als müsse er seinen Passagieren einen makellosen Rundblick bieten, und entfernte sich weiter landeinwärts.

»Es wird nicht lange dauern«, versprach Nano. »Fünf oder sechs Minuten reine Flugzeit. Ich schlage vor, auf eine Landung zu verzichten. Unser Transportfahrzeug ist nicht das geeignete Objekt; wir würden aller Vorsorge zum Trotz unnötig Aufmerksamkeit erregen. Um das zu verhindern, müsste ich zu viele eigenständige Arbeiter kontrollieren.«

»Einverstanden«, sagte Rhodan. »Vorerst wenigstens.«

In die zerklüftete Skyline mischte sich ein Hauch von Gleichmäßigkeit, eine ebene Monotonie wie in den weit verstreuten Landeplätzen für Fragmentraumer. Das Areal war groß, sonst wäre es nicht schon von weitem aufgefallen. Etwa zehn, zwölf Kilometer im Durchmesser, schätzte er während der Annäherung.

Im Zentrum dieses Geländes ragte ein plump anmutendes Gebilde auf.

Noch war der Schweber zu weit entfernt, aber Einzelheiten wurden schnell erkennbar.

»Eine Art überdimensionales Herz«, stellte Mondra fest. »Eine eigenartige Form für ein schätzungsweise knapp vierhundert Meter hohes Bauwerk.«

»Vielleicht ist es kein Bauwerk, sondern eine Maschine«, wandte Captain Olexa ein.

Mit schrumpfender Distanz wurde der verschlungene Aufbau des Objekts deutlicher. Das vielfältige Spiel von Licht und Schatten veränderte zwar nicht die Umrisse, ließ aber den Aufbau deutlicher werden. Das gesamte Gebilde wirkte immer mehr wie ein riesiger, mehrfach geknüpfter Knoten. Oder, so stellte Leutnant Hainu trocken fest, wie ein Konglomerat aus Gedärmen.

Der Lastenschweber schickte sich an, das Bauwerk zu umrunden.

Heerscharen von Posbis arbeiteten auf dem Fabrikgelände – sofern man das weitgehend ebene Gebiet wirklich als Fabrik bezeichnen wollte. Das wiederum implizierte die Vermutung, dass es sich bei dem Objekt keineswegs um ein reines Gebäude handelte und der Captain mit seiner Ansicht Recht behielt.

»Was stellt es dar?«, fragte Rhodan schon zum dritten Mal, als Nano Aluminiumgärtner endlich eine Reaktion zeigte.

»Ich habe alles versucht, um eine Antwort zu finden. Inzwischen bin ich überzeugt, dass die Posbis der Zweiten Zivilisation nicht wissen, was sie für SIEBENKOPF erschaffen. Dieses Objekt soll weder auf der Achtzigsonnenwelt noch auf Orombo in Betrieb gehen. In zwei Tagen werden die letzten Arbeiten abgeschlossen sein, dann wird das Gebilde zu seinem Bestimmungsort transportiert.«

»Wohin genau?«

»Ins Zentrum von Ambriador – wobei mir die Information, dass aufgrund der hyperphysikalischen Gegebenheiten kein Raumschiff diesen Ort erreichen kann, paradox erscheint.«

Der Lastenschweber setzte zur zweiten Umrundung des skurrilen Objekts an. Von keiner Seite ließ es einen Hinweis auf seine geplante Verwendung erkennen.

»Es gibt Kursdaten für einen Einflugkorridor in das galaktische Zentrum«, schnarrte Nano. »SIEBENKOPF stellt eine Vielzahl von Koordinaten zur Verfügung, aber sie sind nicht statisch, sondern wechseln permanent.«

»Wer oder was ist SIEBENKOPF?«

»Ich kann diese Frage weiterhin nicht beantworten, Perry.«

»Obwohl die Antwort für uns von höchster Brisanz sein dürfte? Die Posbis der Achtzigsonnenwelt arbeiten für SIEBENKOPF. Ob sie das freiwillig tun oder kontrolliert werden, lasse ich vorerst dahingestellt. Auf jeden Fall, fürchte ich, wird uns die Deaktivierung der Hass-Schaltung nicht einen einzigen Schritt weiterbringen.«

»Weil sie nicht mehr die erwartete Wirkung zeigen würde?«, fragte Harrison Hainu. »SIEBENKOPF treibt die Posbis in den Krieg?«

»Davon müssen wir ausgehen«, bestätigte Nano Aluminiumgärtner.

»Könnte es sich um eine Gruppe von sieben Posbis handeln?«, überlegte Mondra Diamond laut. »Das erscheint mir plausibel. Aber wo finden wir diese Roboterclique?«

»Das Zentralplasma würde sich niemals dem Willen untergebener positronisch-biologischer Roboter beugen«, protestierte Drover, der sich bislang hartnäckig aufs Schweigen verlegt hatte. Er war kein Posbi der großen Worte, sein geringer Plasmaanteil ließ das nicht zu. Aber er vermisste auch nichts.

»Bist du sicher, Drover?«, wollte Mondra wissen.

»Nein, das ist er nicht!«, antwortete Nano Aluminiumgärtner für den Schweren Arbeiter. »Und ich bin es ebenso wenig.«

Rhodan löste sich vom Anblick des herzförmigen Riesenknotens. »In das Gebilde einzudringen, erscheint mir zu gewagt und zu gefährlich. Von außen haben wir erst einmal genug gesehen. Was ist mit Informationen, Nano?«

»Ich habe gespeichert, was für mich greifbar war.«

Der Terraner nickte knapp. »Wir kehren um!«, entschied er. »Was wir haben, werten wir an Bord aus, anschließend sehen wir weiter.«

Sechzehn Wahres Leben

Verduto-Cruz wollte sich den Schweiß aus dem Gesicht wischen, doch das Exoskelett hinderte ihn daran. Mühsam blinzelnd versuchte er, die Nässe und das stete Brennen wenigstens aus den Augen zu vertreiben, doch in der Hitze, die ihn langsam im eigenen Saft schmorte, war dies ein mühseliges Unterfangen.

Noch immer wirkte vieles, was er sah, auf ihn vertraut. Tief im Innern der Anlage mehr als in den äußeren Bereichen, die sich in den Jahren weiter in das Land hineingefressen hatten. Die von den Robotern ausgehende Bedrohung hatte Verduto-Cruz nie unterschätzt.

Er war unbeirrbar und gierig. Wie ein Raubtier, das heißhungrig einer blutigen Fährte folgte und instinktiv spürte, dass es die geschwächte Beute bald reißen würde. Verduto-Cruz fieberte dem Moment entgegen, in dem er das Umfeld beider Schaltblöcke wieder vor sich sah.

Diese positronischen Komplexe bedeuteten Macht – mehr, als er sich jemals hätte träumen lassen.

Ein paar Sekunden lang hielt der Lare inne. Ein Ausdruck von Zufriedenheit huschte über sein Gesicht, denn in Gedanken sah er unschlagbare Roboterheere marschieren. Wie eine Springflut schwappten sie von einem Planeten auf den nächsten über – Millionen stählerne Leiber, konstruiert und programmiert für die unterschiedlichsten Bedingungen. Diese Roboter überrannten jeden Widerstand, und ihre Raumschiffe verdunkelten den Himmel über allen Welten, die sie säuberten. Eine gewaltige Flotte, erst nach Zehntausenden zählend, später nach Hunderttausenden. Diese Armada war geschaffen, um dem Wahren Leben den Weg zu ebnen, bemannt mit willigen Helfern, die zuverlässiger waren als jeder Sklave.

Die Posbis ebneten den Laren den Weg; sie beseitigten alles Leben, das ihnen zur Bedrohung werden konnte. Nichts und niemand hielt diesen unbeschreiblichen Siegeszug auf, der für immer mit dem Namen Verduto-Cruz verbunden sein würde.

Erst in Ambriador … dann in den benachbarten Galaxien.

»Nichts wird uns aufhalten können! Nichts!« Verduto-Cruz setzte die Schatulle wieder in Bewegung.

Er betrat den Bereich der Ur-BOX.

Eine kleine Ewigkeit hatte er damals gebraucht, sich überhaupt zurechtzufinden. An jeden düsteren Korridor erinnerte er sich, an jeden Trakt mit dicht gepackten positronischen Schaltkomplexen; das alles hatte sich unauslöschlich in sein Gedächtnis gebrannt. Manchmal glaubte er, dass diese Erinnerungen nicht einmal mit seinem Tod enden könnten.

So wie er es einmal geschafft hatte, unbemerkt einzudringen, würde er es wieder schaffen. Doch diesmal war der Einsatz höher.

Vor sechsunddreißig Jahren hätten ihn die Posbis nur als unerwünschten Eindringling angesehen.

Dann hatte er die Schaltung verändert.

Heute war er deshalb selbst Falsches Leben, und Roboter würden ihn sofort töten, sobald sie ihn bemerkten.

Vor sechsunddreißig Jahren hatte er die Sicherheitsvorkehrungen der Schaltblöcke überwunden – ein raffiniertes System, das ihn seitdem mit Alpträumen quälte. Im Rückblick stockte ihm der Atem, aber damals hatte er nichts empfunden, er war selbst zu einer präzise funktionierenden gefühllosen Maschine geworden. Andernfalls, glaubte er im Nachhinein, wäre er sehr schnell gescheitert.

Seine Überzeugung, den richtigen Weg eingeschlagen zu haben, hatte ihn vorwärtsgetrieben. Genauso wie der Zwang, sich selbst beweisen zu müssen, dass er den Robotern überlegen war.

Tief atmete Verduto-Cruz ein, um das Pochen in seinen Schläfen zu beruhigen. Sein Herz raste und hämmerte wild gegen die Rippen.

Sechsunddreißig Jahre seines Lebens hatte er verloren …

… und war darüber alt geworden.

Während dieser Zeit hatte der Tod in Ambriador reiche Ernte gehalten …

Oktober 4894, Handelskonvoi der Alteraner:

Yü Han hatte kein gutes Gefühl. Nicht allein wegen der vierzehn Frachter im Gefolge, deren Laderäume aus allen Nähten zu platzen drohten und die aufreizend langsam durch den Raum zuckelten, sondern vor allem wegen des seit Wochen tobenden schweren Hypersturms, der sich immer deutlicher in Richtung der Flugroute ausdehnte. Fünfundzwanzig Lichtjahre waren für einen Sturm dieses Potenzials keine Distanz.

»Funkkontakt?« Yü Han wandte sich zum vierten oder fünften Mal an seinen Komm-Offizier. Genauso oft hatte er die Antwort gehört, dass Challenge Sun schwieg.

Seit Wochen gab es kein Lebenszeichen der Siedler. Ihr letzter Hyperfunkspruch datierte mehrere Tage vor dem Ausbruch des Sturms. Zwei schnelle Kurierschiffe schwiegen ebenfalls; in der Administration von Neo-Tera war unbekannt, ob sie ihr Ziel überhaupt erreicht hatten.

Die Ortung – tot.

Funk – ein grässliches Hintergrundrauschen, eine Kakofonie des Hypersturmtiefs.

»Nicht die gesündeste Gegend hier im Norden des Imperiums«, stellte Yü Han fest.

Mehrere Offiziere lachten. Aber dieses Lachen klang gequält. Sie mochten seine Witze nicht, munkelten hinter seinem Rücken, dass er nichts wirklich ernst nahm. Aber anders, fand Yü Han, waren diese Konvois nicht zu ertragen; ein Schwerer Kreuzer und eine Herde flügellahmer Enten.

Acht Minuten bis zum Eintritt in die nächste Linearetappe ... Aber danach immer noch eine kleine Ewigkeit, bis er endlich wieder zu Hause sein konnte.

Verbissen starrte er auf die Zeitanzeige, als könne er den Wechsel der Ziffern beschleunigen.

Eine Ortung wurde gemeldet.

»Womöglich eines der schnellen Kurierschiffe? Die Besatzungen haben sich auf Challenge schöne Tage gemacht und ...«

»Das Objekt ist größer, Captain. Sehr viel größer sogar.«

Sieben Minuten und fünfzehn Sekunden noch ...

»Wie groß? Lassen Sie sich nicht alle Würmer aus der Nase ziehen, Li Si.«

Der Ortungsoffizier schwieg sekundenlang. »Das ... das ist unglaublich!«, ächzte er dann. »Das fremde Schiff hat ... seine Masse entspricht mehr als zweihundertunddreißig Schlachtschiffen! Es kommt schnell näher!«

Beinahe mitleidig schaute Yü Han seinen Ortungsoffizier an. Endlich hatte er die Ortungsauswertung auch auf seiner Konsole. Das unbekannte Schiff war in der Tat riesig, ein Würfel, Kantenlänge jeweils zwei Kilometer. Dunkel entsann er sich, von solchen Schiffen schon gehört zu haben.

»Das sind Posbis!«, ließ der Erste Offizier vernehmen. »Angehörige einer seltsamen Zivilisation von Maschinen, irgendwo ...«

»Irgendwo im Norden von Ambriador. Ich weiß, Mr. Zhou, einem solchen Schiff zu begegnen ist ungefähr wie ein Haupttreffer in der Glückslotterie.«

»Ich spiele nicht, Captain.«

Jetzt war es der Erste, der Witze machte. Yü Han sah großzügig darüber hinweg.

»Distanz unterschreitet fünf Millionen Kilometer!«

»Anfunken! Die übliche Bitte um Identifikation und so weiter ...«

Fünf Minuten zwölf ...

»Der Posbi funkt uns an, Captain! Er stellt eine seltsame Frage.«

»Auf Lautsprecherfelder umlegen!«, befahl Yü Han.

Er wunderte sich noch, dass er gerade jetzt den Größenvergleich nachvollzog. Mit zweihundertfünfzig Metern Durchmesser schnitt sein Schiff dabei gar nicht gut ab. Andererseits ging von den Robotern keine Bedrohung aus. Meldungen über Zwischenfälle gleich welcher Art wären ihm bekannt gewesen. Posbis und Alteraner gingen getrennte Wege, soweit er davon wusste; keiner kümmerte sich um den anderen.

Eine Maschinenstimme plärrte durch die Hauptzentrale des Schweren Kreuzers.

»Seid ihr Wahres Leben?«

Was war das für eine Übersetzung? Yü Han verstand den Sinn nicht.

Die Frage wurde wiederholt. So monoton, wie nur eine Maschine sprechen konnte.

»Antwort ist möglich, Captain!«

Vor ihm war ein Mikrofonfeld entstanden. Yü Han räusperte sich.

»Seid ihr Wahres Leben?«, erklang es zum dritten Mal.

Drei Minuten achtzehn ... Yü Hans Blick fraß sich an der Ortung fest. Da waren die vierzehn Frachter, winzige Reflexe, verglichen mit dem unglaublich großen Roboterschiff. Dieser Riesenwürfel näherte sich im spitzen Winkel auf Kollisionskurs; er war schneller als der Konvoi.

»Natürlich sind wir Wahres Leben!«, antwortete der Captain laut und betont. »Mein Name ist Yü Han, ich befehlige den Schweren Kreuzer YANGJIAWAN ...«

»Seid ihr Wahres Leben?«, hallte die Frage unerbittlich durch die Hauptzentrale.

»Ja, das sind wir! Ich erbitte Bestätigung.«

Yü Hans Blick wanderte hinüber zu dem Ortungsoffizier. Li Si nickte bestätigend; alle Systeme arbeiteten einwandfrei, der Funkspruch verließ die Antennen.

Bis auf eine halbe Million Kilometer war das Roboterschiff heran, da eröffnete es das Feuer. Der Weltraum brannte, als turmdicke Energiestrahlen dem Konvoi entgegenzuckten. Drei Frachter wurden getroffen, glühten auf und explodierten in lodernden Feuerbällen.

Vollalarm heulte durch die YANGJIAWAN.

»Alle Energie auf Schutzschirm!«

»Waffensysteme Zielerfassung!«

Der Angreifer war bis auf dreihunderttausend Kilometer heran und damit innerhalb der Kernschussweite der Desintegatorkanonen.

Weitere Frachter wurden schwer getroffen. Gleichzeitig feuerte die YANGJIAWAN im Salventakt.

»Gegnerischer Schutzschirm hält stand.«

»Punktbeschuss! – Notruf nach Altera absetzen! Alle Daten ...«

Gleißende Helligkeit sprang von den Holoschirmen herab und flutete durch die Zentrale. Augenblicke später kamen die Ausfallmeldungen. Mehrere Schirmfeldsektoren zusammengebrochen, Wiederaufbau fraglich; Hüllenbruch im Bereich der Beiboothangars.

Die nächsten Treffer. Yü Han glaubte zu hören, wie sein Schiff stöhnte und schrie. Das Dröhnen schwerer Explosionen hallte heran. Zugleich durchlief ein Zittern wie ein letztes Aufbäumen die Wände und den Boden.

Die nächsten Einschläge rissen den Kreuzer auf. In den Hangars tobten Höllengluten, atomares Feuer brandete durch die Korridore und Ringgänge des Schiffes, während die entweichende Atmosphäre einen unwiderstehlichen Sog entfachte.

Dreizehn Sekunden noch ... *Diese Anzeige war das Letzte, was Yü Han sah. Dann war da nur mehr sonnenheiße Glut, die alles auslöschte.*

17. November 4894/Ministerium für Verteidigung/Dossier 14-03P
Offizielle Verlautbarung:

Seit zwei Tagen besteht traurige Gewissheit: Das erst vor wenigen Jahren in das Imperium eingegliederte und neu besiedelte System Challenge Sun ist Schauplatz einer Katastrophe. Challenge, der vierte Planet, dessen Zukunft als Agrarwelt und Rohstofflieferant gleichermaßen glänzende Prognosen aufwies, wurde Opfer eines heimtückischen Überfalls. Die weit verstreuten, teilweise noch im Aufbau begriffenen Städte existieren nicht mehr.

Es gibt keine Überlebenden.

Einziger Beleg für den Angriff Fremder ist ein normal lichtschneller Funkspruch, den eine unserer Flotteneinheiten erst vor kurzem aufgefangen hat. In dem verstümmelten Text ist die Rede von gewaltigen Raumschiffen, die nur wenige Lichtsekunden vor Challenge aus dem Linearraum fielen. Ihrer über Funk gestellten Frage »Seid ihr Wahres Leben?« folgte ein Vernichtungsangriff.

Ob ein Zusammenhang mit dem in der Nordregion verschollenen Handelskonvoi besteht, kann bislang nicht definitiv beantwortet werden. Die Frachter unter Geleitschutz eines Schweren Kreuzers gelten als verschollen. Hingewiesen wird darauf, dass zu der fraglichen Zeit ein starker Hypersturm der Kategorie Sechs tobte. Notrufe wurden in keinem der nächstgelegenen Systeme aufgefangen.

Zusatz, nur für den internen Gebrauch (hohe Zugriffsstufe):

Entgegen offizieller Verlautbarung wurde ein verstümmelter Funkspruch des Schweren Kreuzers YANGJIAWAN unter dem Befehl von Captain Yü Han empfangen. Die Rede ist darin von einem zwei Kilometer messenden Würfelraumschiff. Mit an Sicherheit grenzender Wahrscheinlichkeit kann deshalb angenommen werden, dass der Konvoi einem Angriff zum Opfer fiel. Schiffe des genannten Typs sind der Roboter-Zivilisation der Posbis zuzuordnen, die bis dato in keiner Weise als Bedrohung eingestuft wurden. Ferner muss davon ausgegangen werden, dass dieselben Angreifer das Massaker auf Challenge verübt haben.

Die Verluste an Menschenleben sind extrem hoch.

14 Millionen 380.000 Männer, Frauen und Kinder auf Challenge. Die genau Zahl wird wohl nie ermittelt werden können.

1765 Raumfahrer und Mitarbeiter der Exploration »Strange Mining« an Bord der Frachtflotte sowie 375 Offiziere und Mannschaften der YANGJIAWAN.

Dossier-Ende. Eventuelle spätere Ergänzungen über das Ministerium für Verteidigung, Zugriff blockiert.

Der Matten-Willy Mauerblum wartete. Er blickte über das hässliche und gefahrvolle Land. Irgendwo dort draußen bewegten sich die beiden einzigen Geschöpfe, die ihm jemals etwas bedeutet hatten. Sehr lange waren sie schon weg – zu lange, wie er fand.

Er zog sich zusammen, rollte sich in eine Ecke der Schleusenkammer und versuchte, seine Furcht in den Griff zu bekommen. An gar nichts zu denken, wollte ihm jedoch nicht gelingen.

Das Schott stand einen Spaltbreit offen. Gerade so weit, dass er zwei Pseudoarme hätte hindurchzwängen und sich nach draußen ziehen können. Aber bislang wagte Mauerblum das nicht. Seine Furcht, selbst in ein absonderliches Geschehen hineingezogen zu werden, war größer als seine Sorge um Nano Aluminiumgärtner und Drover.

Zitternd formte er hin und wieder ein Stielauge und ließ es vor dem schmalen Spalt pendeln.

Drovers Verletzungen vor ein paar Tagen hatten ihn entsetzt. Was, so fragte er sich bebend, würde geschehen, falls die Kristallviren erneut zugeschlagen hatten? Vielleicht lagen Nano und Drover schon irgendwo dort draußen, schwer verletzt und nicht mehr in der Lage, sich selbst zu helfen.

Womöglich hatte das Zentralplasma der Achtzigsonnenwelt befohlen, die Eindringlinge auseinanderzunehmen, ihren Egosektor neu zu programmieren und das feindliche Plasma zu zerstrahlen, es im nächsten Konverter in ein paar Quant Energie zu verwandeln?

Vielleicht …

Mauerblum zuckte jäh zusammen. Am Rand des Landefelds hatte er eine Bewegung ausgemacht.

Jemand kam zielstrebig näher, ganz so, als gehöre er zu BOX-1122-UM.

Der Matten-Willy fuhr ein zweites Auge aus und bemühte sich, einen stereoskopischen Seheffekt zu erzielen. Doch er war zu aufgeregt; er sah plötzlich zwei Gestalten, die sich dem Schiff näherten, Zwillinge, denn sie glichen sich wie ein Ei dem andern. Sie liefen aufeinander zu, berührten sich Sekunden später und durchdrangen sich, als wollte sie miteinander verschmelzen.

Mauerblum spielte mit dem Gedanken, Alarm auszulösen. Er blinzelte hektisch – und erkannte endlich, dass er nur eines seiner Augen schließen musste, damit er wieder deutlicher sah.

Er erschrak zutiefst. Ein Posbi kam auf das Schiff zu. Da es sich um keinen seiner Schützlinge handelte, konnten es nur Perry oder Mondra sein oder einer der beiden Alteraner. Etwas anderes wagte er in dem Moment gar nicht zu denken.

Mauerblum identifizierte die Schatulle erst, als der Betreffende schon vor dem Schiff stand und über Funk den Öffnungsmechanismus für das Schleusenschott betätigte. Auch wenn nicht einmal ein Terraner unter Hunderten gleich aussehender Roboter einen einzelnen wiedererkannt hätte, Matten-Willys beherrschten diese Fähigkeit schon in ihren ersten Lebensjahren. Sie identifizierten Posbis anhand winzigster Merkmale, die anderen Intelligenzen nicht einmal aufgefallen wären.

Eigentlich, erkannte er, durfte diese Maske gar nicht beweglich sein, jedenfalls nicht so zielstrebig und ohne jedes Stolpern. Verduto-Cruz war mit ihr nicht klargekommen. Aber wenn nicht der Lare, wer um alles in der Welt steckte dann in dem Ding? Hatte er, seit er sich vor Stunden entschlossen hatte, in der Schleuse zu warten, nicht mehr mitbekommen, dass die Techniker einen neuen Test gestartet hatten?

Ohne zu zögern schwang sich der vermeintliche Posbi in die Schleuse. Die Augenzellen richteten sich auf Mauerblum, als der Matten-Willy ein unterdrücktes Ächzen vernehmen ließ.

Die Schatulle starrte ihn an – und Mauerblum starrte ebenso auffällig zurück.

»Verduto-Cruz?«, brachte er stockend hervor. »Natürlich, du kannst kein anderer sein als Verduto-Cruz. Haben die Techniker es endlich geschafft, die Schatulle funktionsfähig …?«

Gurgelnd verstummte er. Weil der Lare seine Waffe auf ihn richtete.

»Nein!«, wollte Mauerblum aufschreien. »Tu das nicht! Nano und Drover sind noch draußen …«

Er brachte keinen Laut mehr hervor. Als der Lare auf ihn schoss, brach er stocksteif zusammen.

Sor-Oggan im Trovent der Laren, acht Jahre nach der Rückkehr von der Achtzigsonnenwelt:

»Ich verstehe nicht, was diese doppelten positronischen Absicherungen bewirken sollen. Überhaupt: Dieser Teilbereich erscheint mir in seiner Konstruktion so unsinnig, dass ich mich frage, was die Posbis wirklich mit dem Gesamtaggregat bewirken wollten.«

Morgam-Andarsk, mittlerweile Hauptkonstrukteur im Flottenwesen und damit dem Ersten Hetran unmittelbar unterstellt, drehte sich langsam um die eigene Achse. Seine Hände, halb erhoben und die Finger abgespreizt, zogen Unschärfelinien durch das Hologramm. Es füllte den Raum aus und war dennoch nur ein Bruchteil des Gesamtobjekts.

»Wir werden nie herausfinden, was wir wirklich erschaffen haben«, sagte Terogt-Bekaam schleppend.

»Eine Hochenergie-Maschine, die nicht funktionieren kann.« Hart-Taak, der älteste von ihnen, lachte bitter. »Meine letzten Gespräche mit Hyperphysikern haben nichts Neues ergeben. Die Sorte Hyperkristall, die wir brauchen …«

»Du hast von diesem Projekt gesprochen?« unterbrach Verduto-Cruz heftig. »Wir waren uns einig, dass niemand davon erfährt.«

Besänftigend hob Hart-Taak beide Arme. »Ich habe mich auf eine theoretische Diskussion eingelassen. Auf einen höchst abgehobenen Dialog sogar, der den grundlegenden naturwissenschaftlichen Theorien den Kampf ansagt. Ich weiß seitdem unwiderlegbar, dass es diese Hyperkristalle nicht geben kann, dass ihre Entstehung zwar theoretisch denkbar erscheint, tatsächlich aber Voraussetzungen dafür verlangt werden, die das Universum auf den Kopf stellen würden.«

»Wie sicher ist dieses *Unwiderlegbar*?«, fragte eine heisere Stimme von der anderen Seite des Hologramms.

»So sicher wie alle Theorien«, antwortete Hart-Taak. »Ich bin fast schon überzeugt, dass diese speziellen Hyperkristalle existieren. Wir haben sie nur noch nicht gefunden.«

»Also setzen wir das Projekt fort?«

»Natürlich tun wir das. Allerdings verstehe ich deine Frage nicht, Verduto-Cruz.« Sird-Moogey kam mit schnellen Schritten auf ihn zu und verwirbelte die Hauptschaltkreise der Darstellung. Aber darauf achtete in dem Moment niemand. »Gerade du bist derjenige, der von Anfang an darauf gedrängt hat, die Konstruktion nachzuvollziehen.«

»Was wir bislang geschaffen haben, ist ein müder Beginn … Ich will die Ergebnisse schneller; vor allem will ich herausfinden, was die Posbis mit diesen Maschinen bezwecken.«

»Sie produzieren Waffen für ihren Krieg gegen das Imperium Altera.«

Verduto-Cruz lachte leise. »Wenn dem wirklich so wäre, warum nicht. Ich kann mir lebhaft vorstellen, dass der Trovent ebenfalls Verwendung für gute Waffensysteme hat.«

»Aus irgendeinem Grund erledigen die Posbis für uns die Drecksarbeit«, stellte Terogt-Bekaam fest. »Ich habe nichts dagegen.«

Es ging langsam voran.

Die Maschine wuchs und glich jenem Aggregat, das sie als Erstes auf der Hundertsonnenwelt fertiggestellt hatten. Dieses Gebilde war absolut fremd, auch jetzt noch, mit dem Abstand von Jahren.

Den Planeten Sor-Oggan hatten sie seiner Infrastruktur wegen ausgewählt, weil er ihnen alles bot, was sie für ihre Arbeit brauchten. Und weil Sor-Oggan der einzige Umläufer seiner Sonne war. Verduto-Cruz hatte den Fall eines spektakulären Scheiterns eingeplant. Niemand hatte zu sagen vermocht, ob diese Hochenergie-Maschine womöglich dafür eingesetzt wurde, eine Sonne anzuheizen und beschleunigt bis hin zur Nova altern zu lassen. Vielleicht würde auch die Raum-Zeit-Struktur aufbrechen und den Übertritt in ein anderes Universum ermöglichen, oder die Posbis arbeiteten an einem Rückgriff in der Zeit. Dann würde es für den Trovent ein Leichtes sein, das Imperium Altera schon in seiner Keimzelle aufzuhalten.

Verduto-Cruz schreckte aus seinen Überlegungen auf. Das Arbeitsholo erlosch. Zwei, drei Sekunden lang erfüllte nur mehr ein dichtes Flimmern den Raum, dann baute sich eine neue Übertragung auf, eine Zwangseinblendung der planetaren Verwaltung.

»Posbi-Schiffe!«, stieß einer der Techniker hervor.

Fünf Fragmentraumer waren in der Übertragung zu erkennen. Sie standen nicht weit von Sor-Oggan entfernt. Verduto-Cruz schätzte die Distanz auf weniger als zehn Lichtsekunden. Die kleine Sichel vor dem Sternenmeer von Ambriador, das musste der Planet sein, auf dem sie sich befanden. Kein Zweifel, denn die Sonne war unverkennbar.

Ein Aufblitzen ... Lichtschnelle grelle Glutbahnen, mit dem Auge kaum wahrnehmbar ... Die Fragmentraumer hatten das Feuer eröffnet. Deutlich waren die Einschläge ihrer Strahlwaffen zu sehen. Einige Dutzend Schlacht-Troventaare gingen auf Abfangkurs, ihre Halbraumfelder verwandelten sich unter dem heftigen Beschuss in flammende Auren.

Wieder wechselte das Bild.

Verduto-Cruz blickte auf das verzerrte Gesicht eines Flottenkommandanten; was der Mann sagte, ging im Prasseln der Störungen nahezu ungehört unter. Ihm war in dem Moment nur eines klar: Die Posbis griffen zum ersten Mal eine Welt des Trovents an. Sie beschränkten sich nicht mehr darauf, die Alteraner zu vernichten.

»… fünf Troventaare zerstört …« Verzerrt klang die Stimme des Kommandanten auf. »Weitere Einheiten wurden manövrierunfähig … fordern Unterstützung an …«

Die Wiedergabe kippte erneut, wich der kurzen Sequenz eines brennenden Wracks. Beiboote starteten, jagten wie ein Schwarm Insekten auseinander – und wurden von grellen Geschützbahnen förmlich aus dem Raum gefegt.

Abermals die Stimme des Kommandanten, doch sie wurde von einem verzerrten Klang überlagert, während die Bildübertragung explodierende Raumschiffe zeigte.

»… das Wahre Leben?«, dröhnte ein dumpfer Bass. »Seid ihr das …?«

»Raus hier!«, brüllte Verduto-Cruz. »Wir müssen den Planeten verlassen, solange wir dazu eine Möglichkeit haben!«

Vergessen war das Projekt, an dem sie seit Jahren arbeiteten. Die unersetzlichen Daten, die zu gut einem Drittel fertiggestellte Maschine … verloren. Wenn das hier vorbei war, würde es keinen Neuanfang geben.

Verduto-Cruz stürmte los. In dem Moment spielte es für ihn keine Rolle mehr, wer ihm wirklich folgte. Einige waren es, die anderen fühlten sich sicher. Sie schienen immer noch nicht glauben zu wollen, dass die Posbis sich gegen den Trovent wendeten.

Seid ihr das Wahre Leben? Unaufhörlich dröhnte dieser eine Satz durch Verduto-Cruz' Gedanken. Die Roboter mussten wissen, dass sie ein System der Laren angriffen. Empfingen sie die telemetrischen Biodaten nicht, die Hirnwellenmuster? Millionen Laren lebten und arbeiteten auf Sor-Oggan, ihre mentale Kapazität war über viele Lichtsekunden hinweg anzumessen. Dazu die Troventaare, deren Besatzungen sich den Angreifern erbittert entgegenwarfen. Die Posbis mussten erkennen, dass ihr Vernichtungsangriff diesmal Wahrem Leben galt.

Oder …?

Verduto-Cruz schob diesen einen Gedanken weit von sich.

»Wir sind das Wahre Leben!«, keuchte er. Irritierte Blicke trafen ihn. Rücksichtslos bahnte er sich den Weg, stieß andere Laren beiseite, die ihn behinderten. Immer mehr quollen aus ihren Löchern hervor wie Ameisen, in deren Bau jemand mit einem Ast herumstocherte.

Vor ihm endlich der Antigravlift. Von mehreren Seiten mündeten hier Korridore, die in Kürze mit Flüchtlingen verstopft sein würden. Dicht gedrängt standen sie schon in der Liftkabine.

Verduto-Cruz schnellte vor und verhinderte mit seinem Aufprall, dass die Kabine geschlossen wurde und in die Höhe raste. Mit beiden Händen griff er zu, zerrte zwei Männer nach draußen und stieß sie hart zurück.

Sein Griff zur Waffe hielt den Mob zurück. Jeder konnte ihm ansehen, dass er nicht zögern würde, den Strahler auszulösen. Es war ihm egal, ob er Laren töten musste, um sein Leben zu retten. Sie würden ohnehin sterben, sobald die Fragmentraumer mit ihren Salven einen Teppich des Todes über diese Welt legten. Wer nicht schnell die Oberflächenhangars erreichte, war verloren.

Der Lift stoppte.

»Lauft, solange ihr es noch könnt!«, brüllte Verduto-Cruz den anderen zu. »Verschwindet mit dem nächsten Schiff!«

Er hetzte weiter, hinüber zu den Hangars der Technischen Verwaltung. Auch hier drängten sich Dutzende Männer und Frauen, ohne Zugang zu finden. Sie versperrten ihm den Weg, würden ihn zweifellos nur passieren lassen, wenn er sie mitnahm.

Aus der Ferne erklang ein dumpfes, anschwellendes Dröhnen. Die ersten Fragmentraumer waren mit hoher Geschwindigkeit in die Atmosphäre eingedrungen.

Die Zeit lief ab. In wenigen Minuten würde kein Start mehr möglich sein.

»Verschwindet!«, herrschte Verduto-Cruz die Wartenden an. Die entsicherte Waffe in seiner Hand redete eine weit deutlichere Sprache. Aber niemand dachte daran, seinem Befehl zu folgen. Drohend kamen einige der Umstehenden auf ihn zu.

In dem Moment feuerte er, und er nahm den Finger erst wieder vom Auslöser, als niemand mehr auf den Beinen stand. Die Schreie waren verstummt, der Gestank von verkohltem Fleisch ließ ihn würgen.

Im Laufschritt stürmte er in den kleinen Hangar der Technischen Verwaltung. Zwei überlichtschnelle Beiboote standen hier, jedes für zehn Personen ausgelegt. Aber er sah keine Flüchtlinge. Offenbar hatte es niemand außer ihm geschafft, hierher vorzudringen.

Sekunden später war Verduto-Cruz an Bord.

Er atmete auf, als die Kontrollen anzeigten, dass sich das Zugangsschott schloss und die Starttube geöffnet wurde.

Er nahm das kleine Schiff in Manuellkontrolle, jagte es mit Vollschub durch die Tube. Es spielte keine Rolle, ob die Partikelströme das zweite Boot und den Hangar explodieren ließen. Der Planet brannte bereits.

Zwei Fragmentraumer gerieten in den Erfassungsbereich seiner Ortung. Sie feuerten aus allen Projektoren.

Jeden Moment erwartete Verduto-Cruz, von einem Strahlschuss getroffen zu werden. Aber nichts geschah. Immer weiter entfernte er sich von Sor-Oggan, während der Planet sich mit düsterem Rot überzog.

Endlich glitt das Boot in den Zwischenraum.

Notiz Verduto-Cruz:

Das Projekt ist gestorben, es wird keinen Nachbau der Hochenergie-Maschinen geben. Keiner, der mit mir auf der Achtzigsonnenwelt war und zu diesem Treffen erschienen ist, lebt noch. Ich bin der Einzige, der es geschafft hat, und dafür bin ich dem Schicksal dankbar.

Es gibt einen Fehler. Ich habe mein Volk als das Wahre Leben definiert. Aber die Posbis greifen nun auch uns an. Das kann kein Zufall sein. Je länger ich darüber nachdenke, desto mehr glaube ich, dass die SIEBENKOPF-Schaltung damit zu tun hat.

Ich weiß nicht, was ich tun kann – ich weiß nur, dass es mehr Verluste geben wird, als ich dachte.

Zusatz, zwei Tage später:

Höchste Alarmstufe im Trovent. Dies sind die Vorzeichen eines Krieges. Dabei weiß niemand, was wirklich geschehen ist. Die Meldungen überschlagen sich, viele sprechen von einem Angriff des Imperiums Altera und fordern den sofortigen Gegenschlag.

Sor-Oggan ist verloren. Nicht allzu viele konnten sich von dem Planeten retten. Das ist ein Verlust, den unsere Wirtschaft über Jahre hinweg spüren wird.

228 Millionen Tote werden offiziell bestätigt. Ich weiß, dass das erst der Anfang sein kann.

Verduto-Cruz hatte jedes Gefühl für die Zeit verloren, die verstrich. Er wusste nur, dass er besessen war. Besessen davon, das Schicksal zu besiegen. Nichts anderes zählte mehr für ihn, seit er wieder auf der Achtzigsonnenwelt weilte.

Diesmal hatte er es geschafft. Das hoffte er.

Zumal er vorgesorgt hatte. Wer immer versuchen würde, die Hass-Schaltung zu eliminieren oder seine Manipulation rückgängig zu machen, falls diese überhaupt erkennbar wurde, hatte nicht den Hauch einer Chance. Er hätte sich schon sehr beeilen müssen.

Wie oft kam es vor, dass periphere Positronikelemente fehlgesteuert wurden? Ausfälle dieser Art wurden durch Redundanzrechner überbrückt und innerhalb kürzester Frist behoben. Die Fehlsteuerung einer kompletten Rechnerbatterie führte zur Notabschaltung und in unmittelbarer Folge zum Einsatz interner Reparaturprogramme, in zweiter Instanz zur Kontrolle durch Analysetrupps.

Wurde die Ursache der Fehlsteuerung nicht gefunden, führte das zur Total-Revision. Das war gleichbedeutend mit einer Komplettabriegelung. Während dieses Zeitraums würde es keiner Mikrobe gelingen, auch nur in die Nähe der Hass-Schaltung vorzudringen.

Je eher er sich jetzt zurückzog, desto besser.

Peinlich genau hatte er über sechsunddreißig Jahre hinweg alle bekannt gewordenen Angriffe der Posbis archiviert. Auch Zwischenfälle, die nie geklärt worden waren, von denen aber höchstens zehn bis fünfzehn Prozent Hypersturmphänomenen zuzuschreiben sein mochten.

Schon jetzt fragte er sich, wo die Roboter als nächstes zuschlagen würden. Zweifellos würden seine Archivdateien weiterhin so rasch anwachsen wie bisher. Nur eines konnte in Zukunft nicht wieder geschehen – es würden keine Namen von Welten des Trovents mehr erscheinen.

Verduto-Cruz' Gedanken schweiften erneut zurück in die Vergangenheit. Längst waren die Zahlen für ihn zu rein mathematischen Größen geworden.

Big Bad Blue:

Eine Wasserwelt, Standort der größten alteranischen Fischfarmen. Erster Angriff der Posbis im Januar 4899. Zwei in der Nähe operierenden alteranischen Kampfflotten war es gelungen, wenn auch unter hohen eigenen Verlusten, die Roboter zurückzuschlagen.

Verluste in der Bevölkerung: 750.000.

Verluste in der Flotte: 13.762.

Wiederaufbau der Fischproduktion in den nachfolgenden zwölf Jahren. Stationierung eines eigenen schnellen Wachgeschwaders sowie zweier großer Raumforts. Außergewöhnlich großes Bevölkerungswachstum, bedingt vor allem durch Flüchtlinge aus anderen alteranischen Systemen.

Im Oktober 4928 zweiter Angriff der Posbis. Keine Überlebenden sowohl auf den Planeten als auch bei der alteranischen Flotte. Gesamtzahl mehr als zweihundert Millionen.

Larhat:

Eine kleine larische Welt nahe einer Kartanin-Exklave. Erst seit kurzem besiedelt, um einem potenziell denkbaren Vormarsch der Kartanin vorzubeugen. Verluste in der larischen Bevölkerung knapp zweihunderttausend.

Xi'an:

Neu errichteter Flottenstützpunkt der Alteraner, eindeutig ein Affront gegen den Trovent. Totalverlust nach Angriff von achthundert Fragmentraumern. Verluste in unbekannter Höhe. Im Trovent kursieren Schätzungen zwischen fünfzig und einhundertfünfzig Millionen.

Das Doppelsternsystem Woolver Twins:

Fünf Millionen ...

Archers Tears: Acht Millionen ...

Phoenix ...

Er dachte nicht mehr darüber nach. Die Ur-BOX blieb hinter ihm zurück. Noch durfte er seine Maske nicht ablegen, aber seine Manipulationen würden bald wirksam werden.

Für Verduto-Cruz kam die unerwartete Begegnung mit dem Matten-Willy einer Katastrophe gleich. Wenn Mauerblum sich geschwätzig zeigte, hatte Cruz die Rückkehr zum Trovent verspielt.

Natürlich würden die Posbis ihn nicht töten, sobald sie ihn als Wahres Leben identifizierten. Die Frage war nur, ob sie ihm ein Raumschiff zur Verfügung stellten. Ein geringes Restrisiko blieb also. Schon einmal hatte die SIEBENKOPF-Schaltung seine Hoffnungen unterlaufen. Diesmal war er sicher, die Trennung komplett vollzogen zu haben. Er hatte dies auf eine Art und Weise getan, die, verglichen mit der hochstehenden Technik, nicht künstlerisch filigran, sondern eher brachial anmutete. Zweifel an deren Wirksamkeit waren fehl am Platz.

Nur an Bord der BOX-1122-UM konnte er die Achtzigsonnenwelt schnell wieder verlassen, vor allem als freier Mann. Nur Mauerblum stand ihm dabei im Weg.

Verduto-Cruz streckte den Matten-Willy mit einem Paralysatorschuss nieder, bevor der auf den Gedanken kommen konnte, die Mannschaft zusammenzubrüllen.

Am einfachsten wäre es, Mauerblum mit dem Desintegrator zu beseitigen. Nichts außer feinstem Staub würde von dem Matten-Willy zurückbleiben. Andererseits musste sein Fehlen auffallen. An Bord würde die nächste große Suchaktion beginnen – und im schlimmsten Fall sowohl Kohurion als auch die Schatulle aufspüren.

Verduto-Cruz betrachtete den Matten-Willy nachdenklich. Täuschte er sich, oder starrte die Riesenamöbe mit zwei Stielaugen zurück? Dieser Blick war ihm nicht geheuer und weckte den Verdacht, dass Mauerblum die Paralyse innerhalb kürzester Zeit überwinden konnte. Verduto-Cruz wusste zu wenig über den Metabolismus eines Matten-Willys und war nicht in der Lage, das zu beurteilen.

»Ich weiß, dass du darüber nachdenkst, wie du mich bloßstellen und deine Haut retten kannst«, sagte der Lare mit deutlich reduzierter Lautstärke der Außenlautsprecher. »Ich werde dich also töten!«

Auch das war keine Lösung, erkannte er im selben Moment. Die Suche nach dem Mörder des Matten-Willys würde wohl schnell ans Ziel führen. Da war es besser, er ließ die Leiche verschwinden. Es sei denn … Nachdenklich betrachtete er den reglosen Gewebeklumpen.

»Du begehst Selbstmord!«, stellte er zufrieden fest. »Das ist die beste Lösung für uns beide. Niemand wird bezweifeln, dass du deinem Leben selbst ein Ende gesetzt hast. Du bist nicht ganz richtig im Verstand, das wissen alle. Was hältst du von einem Konverter?«

Mauerblum zwinkerte ihm zu, er sah es ganz deutlich. Noch einmal hob er den Paralysator und schoss.

Der Konverter schied aus, das war ihm durch diese Reaktion der Riesenamöbe deutlich geworden. Der Bursche hatte tatsächlich versucht, ihn dazu zu bewegen. Aber dann stellte sich wieder das Problem der fehlenden Leiche. Außerdem wurden die Konverter überwacht und jeder Vernichtungsvorgang aufgezeichnet.

Eine sehr viel bessere Lösung lag nahe. Verduto-Cruz fragte sich, weshalb er nicht sofort darauf gekommen war.

In seiner Maske beugte er sich über den Gelähmten und wuchtete ihn in die Höhe. Mit aktiviertem Prallfeld verließ er die Schleuse.

Was er suchte, fand der Lare mehrere Decks höher in der Mannschaftsmesse. Etwas verständnislos betrachtete er die unterschiedlichen Flaschen und entschied sich spontan für eine der schon geöffneten. Ein überaus scharfer Geruch schlug ihm entgegen. Gleichmäßig schüttete er die dunkle Flüssigkeit über den Matten-Willy und sah zu, wie das Gewebe trotz der Paralyse konvulsivisch zuckte und innerhalb weniger Minuten den Alkohol absorbierte.

Die beiden Stielaugen, die ihn unentweckt anblickten, wurden trüb.

Verduto-Cruz schleppte den sperrigen Körper ein weiteres Halbdeck in die Höhe. Dort befand sich eine der kleineren Mannschleusen. Nicht einmal ein Posbi begegnete ihm; das Schiff erschien wie ausgestorben. Die von Nano Aluminiumgärtner ergriffenen Vorsichtsmaßnahmen hatten die Bewegungsfreiheit der Roboter weitgehend eingeschränkt.

Die Schleuse lag mehr als dreißig Meter über dem Boden des Landefeldes. Einen Sturz aus dieser Höhe hätte kein Lare überlebt, auch kein Alteraner. Nach einem schnellen Blick in die Tiefe stieß Verduto-Cruz den Matten-Willy einfach nach draußen. Die Analysesensoren der Schatullen zeigten ihm nach wie vor eine hohe Alkoholkonzentration in der Luft, die von Mauerblum ausging.

Der Körper schrammte über den Rumpf des Raumers und schlug gleich darauf mit fürchterlicher Wucht auf. Verduto-Cruz warf einen letzten Blick in die Tiefe, überzeugte sich davon, dass er keine Spuren hinterlassen hatte, und zog sich zurück.

Siebzehn Aufstand

Der Rückflug von dem Industriekontinent Gayn Dor war ohne Zwischenfall vonstatten gegangen. Nano Aluminiumgärtner dirigierte den Lastenschweber in einen Bereich des Hochplateaus von Vabonde, der von vielen dieser Transportfahrzeuge frequentiert wurde. Auch jetzt nahm niemand von ihnen Notiz.

Rings um den Landeplatz ihres Fragmentraumers schien alles ruhig geblieben zu sein.

»Keine Besonderheiten feststellbar«, schnarrte der Posbi. »Die Distanz zu unserem Schiff beträgt rund fünfzig Kilometer. Wir können die Anlage des Zentralplasmas in größerer Distanz umgehen, aber auch den Komplex selbst durchqueren und ...«

Er stockte mitten im Satz. Seine Sehzellen erloschen in dem Moment, nur ein schwaches Glimmen war noch zu erkennen. Gleichzeitig hob er ruckartig einen Arm, als mache ein Mensch eine abwehrende Bewegung, um andere auf Distanz zu halten.

»Wir müssen den Schweber verlassen!«, drängte Perry Rhodan, wurde aber sofort von Drover unterbrochen, dessen Impulse in der Schatulle hörbar wurden.

»Nano hat sich mit seiner gesamten Kapazität soeben in die Datenflüsse eingeschaltet«, verkündete der Schwere Arbeiter. »Im Bereich der Hauptpositroniken ist eine Potenzierung der Rechenvorgänge erkennbar.«

»Hat er den Schweber weiterhin unter Kontrolle?«

»Das ist kein Problem.«

»Was geschieht da draußen?«, fragte Captain Olexa.

»Aufruhr!«, antwortete Drover äußerst knapp.

Es war das eine, sich die Schnelligkeit eines Posbis mit biopositronisch arbeitendem Hauptsektor und die extrem hohe Zahl der von ihm zeitgleich durchzuführenden Operationen vor Augen zu führen, aber etwas ganz anderes, die Sekunden zu zählen, die Aluminiumgärtner seine Peripheriefunktionen so offensichtlich einschränkte. Rhodan wusste sofort, dass höchst brisante Ereignisse abliefen.

Endlich, endlos lange vierzig Sekunden waren vergangen, erwachte der Rundron-Posbi aus seiner Starre.

»Im Umfeld des Zentralplasmas herrscht Alarm! Vor neunundvierzig Sekunden wurde die Komplettrevision sämtlicher Anlagen der Ur-BOXEN angeordnet.«

Rhodans Überlegungen eilten schon einen Schritt voraus. Für biopositronische Anlagen war eine solche Vorgehensweise Standard, das betraf nicht nur die Roboter-Zivilisation. Allerdings irritierte ihn die Beschränkung auf die integrierten Fragmentraumer.

»Die Gefahr einer Entdeckung steigert sich extrem, je weiter ich versuche, in die Abläufe einzudringen«, stellte Nano fest. »Ich bin gezwungen, sämtliche Positroniken und Nebenstellen im Bereich des betroffenen Komplexes zu meiden.«

»Das heißt im Klartext?«

»Achtundneunzig Komma sieben Prozent Wahrscheinlichkeit für die Annahme, dass die bislang nicht auffindbare Hass-Schaltung ebenso wie die unbekannte SIEBENKOPF-Schaltung in dem von der Revision betroffenen Bereich aufzufinden sind.«

Rhodan atmete tief ein. Er hörte Mondras Schnaufen, und die beiden Alteraner überfielen ihn unvermittelt mit einem Berg von Fragen.

»Keine Diskussion!«, unterbrach er schroff. »Was Nano feststellt, ist genau das, wonach wir gesucht haben. Ich bin überzeugt davon, dass er den fraglichen Bereich weiter eingrenzen wird, sobald er mit dem nötigen Feingefühl und ausreichend Zeit weitere Informationen auslesen kann. Zweifellos lässt sich der betroffene Sektor auf eine der acht BOXEN festlegen. Nano?«

»Ich gehe von einem solchen Sachverhalt aus«, bestätigte der Posbi.

Der Terraner nickte, und die Schatulle vollzog diese Bewegung ebenfalls. Es mutete ein wenig seltsam an, den großen und kräftigen Roboter, der nur über einen rudimentären Schädel verfügte, solch eine Bewegung vollziehen zu sehen.

»Ich frage mich, ob dieses zeitliche Zusammentreffen Zufall sein kann«, fuhr Rhodan fort. »Während unserer Abwesenheit hat sich etwas Gravierendes ereignet.«

»Verschiedene Faktoren lassen vermuten, dass die Überprüfung spontan geschaltet wurde«, bestätigte Nano. »Mehrfache Signaturen und Blockaden durch das Zentralplasma innerhalb der speziellen Befehlsstruktur sind eindeutig. Jedoch habe ich keinen dieser Datensätze einer Prüfung unterzogen.«

Etliche Schwebegleiter in ihrer Nähe hoben nacheinander ab.

»Die Anweisung wurde erteilt, alle Landeplätze im Umfeld der betroffenen BOXEN zu räumen. Wir müssen das Fahrzeug verlassen«, stellte Drover fest.

Zwischen den nahen Gebäuden wimmelte es von Posbis. Aber keine der Maschinen nahm Notiz von ihnen.

Rhodan und seine Begleiter entfernten sich geradlinig vom Brennpunkt des Geschehens. Zurückblickend sahen sie, dass sich ein fahles Leuchten über den Kuppeln des Zentralplasmas und den integrierten BOXEN verdichtete. Das waren keine hochgespannten Schutzschirme, aber doch Sperrfelder, die frei werdende Streustrahlung absorbieren sollten.

»Der gesamte Komplex wird für längere Zeit nicht mehr erreichbar sein«, ließ Nano vernehmen. »Ich gehe davon aus, dass diese Maßnahmen über Monate hinweg Bestand haben werden. Einschließlich verstärkter Kontrollen, die das normale Maß weit überschreiten. Wir können hier nichts mehr bewirken.«

»Also kehren wir auf schnellstem Weg zum Schiff zurück«, sagte Mondra Diamond. »An die Hass-Schaltung kommen wir nicht mehr heran. Aber vielleicht bringen uns die Daten über SIEBENKOPF weiter.«

Mit Hilfe der Prallfelder bewegten sie sich mittlerweile parallel zur Abbruchkante des Plateaus. In der Ferne konnten sie BOX-1122-UM im aufsteigenden Dunst schon erahnen.

»Wir müssen diese Hass-Schaltung zerstören«, sagte Captain Olexa unvermittelt. »Wenn wir zu dem betreffenden Block keinen Zugang bekommen, bleibt keine andere Option, als das Hochplateau zusammen mit der Hyperinpotronik zu vernichten. Das ist der einzige gangbare Weg, den ich unter diesen Umständen sehe.«

Im Flug wandte Nano Aluminiumgärtner sich dem Captain zu und hob abwehrend die Arme. Drover nahm spontan eine sogar drohende Haltung ein.

»Ausgeschlossen!«, plärrte der Schwere Arbeiter los. »Ein solches Vorgehen werden wir auf keinen Fall mittragen. Wir wollen das Zweite Volk befrieden, aber dafür ist uns keinesfalls jedes Mittel recht. Niemand vergreift sich an dem Neuen Zentralplasma – das ist, als würde zur Debatte stehen, die intelligente Bevölkerung eines ganzen Planeten auszulöschen.«

»Wir Posbis sind keine Mörder!«, verkündete Nano Aluminiumgärtner in ruhigerem Tonfall.

»Natürlich brauchen wir eine andere Lösung«, wandte Mondra ein. »Ich bin sicher, es gibt sie und wir sind schon nahe daran.«

»Du sprichst von SIEBENKOPF«, stellte Rhodan fest. »Darüber denke ich ebenfalls nach. Es erscheint mir gar nicht mehr so abwegig, nicht die Posbis selbst, sondern diesen SIEBENKOPF als die treibende Kraft anzusehen. Wer oder was sich auch hinter diesem Namen verbirgt, er hat sehr viel mehr Einfluss auf die Posbis und das Zentralplasma, als wir bislang wahrhaben wollen.«

»Mit anderen Worten: Wenn wir nicht auf der Stelle treten wollen, müssen wir uns intensiv mit diesem Unbekannten befassen.«

»Das ist eine logische Kausalkette«, bestätige Nano. »Ich stelle fest, dass die Aufgabe, SIEBENKOPF ausfindig zu machen, an die Spitze der Prioritäten aufsteigt.«

»Schön gesagt«, entgegnete Mondra. »Wir haben eine heiße Spur, die ins Zentrum dieser Galaxis führt – einen Weg, der nur unter größten Schwierigkeiten gangbar sein dürfte.«

»Alles ist relativ«, sagte Rhodan. »Nano, ich gehe davon aus, dass der Alarm für das Plasma und die Ur-BOXEN alle anderen Abläufe nicht tangiert. Hast du die Möglichkeit, dich einzuschalten?«

»Ich verstehe«, sagte der Rundron-Posbi. »Du suchst eine Möglichkeit, in das Zentrum von Ambriador einzudringen.«

»Ich suche nicht mehr, ich habe diese Möglichkeit bereits gefunden«, erwiderte Rhodan. »Und ich bin überzeugt davon, du ebenfalls.«

»Natürlich«, bestätigte Nano.

Sie hatten ihr Schiff erreicht. Alles war ruhig, BOX-1122-UM wirkte verlassen. Bis auf eine offen stehende kleine Schleuse in mehr als dreißig Metern Höhe. Der Fleck greller Helligkeit zwischen düsteren Aufbauten zog die Blicke geradezu an.

Dass da auf der Piste etwas lag, direkt unterhalb dieses Mannschotts, bemerkten alle nahezu gleichzeitig. Es sah aus, als hätte jemand Unrat einfach aus dem Schiff geworfen.

Tatsächlich war es etwas, das bei näherem Hinsehen an Zellplasma erinnerte. Graues, zähes, teilweise verklumptes Gewebe.

»Alkohol!«, stellte Drover fest. »Meine Sensoren registrieren einen hohen Anteil von Ethanol in der Umgebungsluft und auf diesem …«

Niemand sollte je erfahren, ob das Wort Abfall in seinem Sprachzentrum aufgerufen worden war. Der Schwere Arbeiter stieß einen Laut aus, der einem menschlichen Aufschrei sehr ähnlich klang.

»Das ist der Körper eines Matten-Willys! Mauerblum ist tot!«

»Er hat es also getan.« Mondra trat näher an den formlosen Zellhaufen heran und ging vor ihm in die Knie. Mit einer Hand ihrer Posbi-Maske berührte sie den toten Leib. »Er hat sich nicht in den Konverter gestürzt, sondern aus der Schleuse. Mauerblum muss sehr verzweifelt gewesen sein.«

»Er war besoffen!«, versetzte Drover. »Stockbesoffen.«

Ruckartig fuhr Verduto-Cruz auf, als das Schott zu seiner Kabine aufglitt. Sein Gesicht verzerrte sich zur ungläubigen Grimasse, als die Bewaffneten eindrangen, gedankenschnell nach allen Seiten auseinanderspritzten und in Stellung gingen. Bevor er es sich versah, blickte er in ein Dutzend flirrende Strahlermündungen, die unmissverständlich auf ihn gerichtet waren.

In diesem Moment bereitete es ihm Mühe, seinen Zorn nicht offen zu zeigen. Er versuchte, ruhig zu bleiben, dennoch verkrampfte er sich. Langsam streckte er die Arme zur Seite.

»Ich protestiere gegen diesen Überfall!«

Ihm war fast zwangsläufig klar, dass die Alteraner von seiner Manipulation an der Hass-Schaltung erfahren haben mussten. Weshalb sonst wären sie mit dieser Vehemenz in seine Privatsphäre eingedrungen? »Weiß Rhodan davon?«, fragte er gepresst.

Niemand antwortete ihm. Verduto-Cruz zog es vor, unter diesen Umständen wie angewurzelt zu verharren.

Unter dem offenen Schott entstand Bewegung. Der militärische Befehlhaber betrat den kahlen Raum.

»Olexa! Was verschafft mir die Ehre dieses hohen Besuchs?« Aus jedem Wort sprach nackter Hohn. Sein Zorn verwandelte sich in Wut. »Nutzen die Alteraner Rhodans Abwesenheit, um ihrem Hass freie Bahn zu lassen?«

Der Captain ging darauf nicht ein. Er hielt ein langläufiges Strahlgewehr in der Armbeuge. Langsam richtete er die Waffe auf den Laren.

»Verduto-Cruz, ich beschuldige Sie des versuchten Mordes! Ab sofort unterstehen Sie alteranischer Gerichtsbarkeit. Sie haben sich vor einem Militärgericht zu verantworten.«

»Mord? Das ist lächerlich!« Verduto-Cruz spuckte aus. Dass einige der Soldaten schon deshalb nervös reagierten, registrierte er nur am Rande, es interessierte ihn nicht. »Ich habe nie jemanden umgebracht! Lassen Sie sich das gesagt sein, Alteraner.«

»Ich sagte Mordversuch«, wiederholte der Captain. »Zweifellos waren Sie sogar überzeugt, einen lästigen Mitwisser beseitigt zu haben.«

Neben Telemach Olexa schoben sich mehrere Stielaugen um den Schottrahmen. Ein bebender, entfernt menschliche Konturen aufweisender nackter Körper folgte, der sich sehr schnell zu annähernder Kugelform zusammenzog und mehrere Meter weit in die Kabine rollte. Dort faltete er sich langsam wieder auf.

»Mörder!«, krächzte Mauerblum und rülpste unterdrückt. Obwohl mehrere Stunden vergangen waren, seit Perry Rhodan und die anderen ihn hilflos auf der Piste liegend aufgefunden hatte, machten ihm die Nachwirkungen des diffundierten Alkohols immer noch zu schaffen. »Ich habe alles gesagt, alles. Dass du mit deiner Schatulle draußen gewesen bist. Dass du mich niedergeschossen und mit Schnaps überschüttet hast. Und dass du mich brutal aus der Schleuse gestoßen hast. Du wolltest mich töten, Verduto-Cruz. Was bist du nur für ein … für ein Lare?«

»Führt ihn ab!«, befahl der Captain den Soldaten.

Energiefesseln schlossen sich um den Techniker. Verduto-Cruz konnte sich nicht dagegen zur Wehr setzen. Eng wurden seine Arme an den Körper gepresst. Er spürte gleich drei energetische Bänder, die ihm auch den Brustkorb einschnürten. Hielten die Alteraner ihn für ein Monstrum?

Trotzig starrte er den Captain als, er von zwei Männern durch das Schott eskortiert wurde.

Olexa erwiderte den brennenden Blick ohne jede Regung. »Sie wussten nicht, Verduto-Cruz, dass ein Matten-Willy zäher ist als viele andere intelligente Wesen. Sein variables Körpergewebe hätte Mauerblum auch einen Sturz aus größerer Höhe ohne Folgeschäden überstehen lassen. Aber sein vermeintlicher

Unfalltod wirft ein völlig neues Licht auf das, was in der Werkstatt geschehen ist. Sie haben einen Alteraner getötet, um unbemerkt die Schatulle an sich zu bringen?«

Der Lare wandte den Kopf ab. Er wollte diese Vorwürfe nicht hören.

»Wie viele Leben haben Sie außerdem auf dem Gewissen?«, rief der Captain hinter ihm her.

Der Lare schwieg.

»Sir, bei allem Respekt, als militärischer Befehlshaber vertrete ich an Bord dieses Schiffes zugleich die Militärgerichtsbarkeit des Imperiums. Mord an einem unserer Techniker, dazu der nachgewiesene Mordversuch – was soll Verduto-Cruz noch anstellen, bis Sie entscheiden, ihn sofort abzuurteilen?« Telemach Olexa hatte sich in Rage geredet, seine Wangen glühten. »Wissen wir, was dieser Mann während seines Ausflugs mit der Schatulle wirklich angerichtet hat? Er war sehr lange draußen. Womöglich ist er an dem Aufruhr wegen der Hass-Schaltung beteiligt.«

»Vorerst wird es keine Verhandlung geben«, widersprach der Terraner. »Verduto-Cruz bleibt in Arrest. Solange wir nicht in Erfahrung gebracht haben, was er da draußen, wie Sie es ausdrücken, angestellt hat, ist mir sein mögliches Wissen zu wertvoll. Falls Sie hinter der Fassade des Verduto-Cruz mehr vermuten, als er zu sein vorgibt, haben Sie Recht, Captain. Ich bin ebenfalls der Ansicht, dass wir von seiner wahren Persönlichkeit nur einen Bruchteil kennengelernt haben. Genau deshalb werden wir uns sehr viel Zeit nehmen müssen, um von ihm alle Informationen zu bekommen. Trotzdem werden wir bei seinem Verhör nicht gegen die Menschlichkeit verstoßen.«

Alarm heulte durch das Schiff.

Nahezu zeitgleich damit stürmte Nano Aluminiumgärtner in den Raum, der unmittelbar neben der Zelle des Gefangenen lag. Wenn Rhodan jemals einen Posbi gesehen hatte, der alle Anzeichen von Entsetzen zeigte, dann war es Nano in diesem Augenblick.

»Ich habe die Kontrolle über zahlreiche Posbis verloren!«, rief der Roboter. »Die Hyperinpotronik infiltriert die ersten meiner Befehlskodes, und die Posbis reagieren sehr schnell darauf.«

Nach zwölf Stunden Dienst freute sich Gordon Ward auf ein kräftiges Essen. Eigentlich hatte er nicht mehr zu tun gehabt, als durch die Triebwerksräume zu patrouillieren und mögliche Veränderungen sofort zu melden. Die mächtigen Aggregate waren stillgelegt, Maschinenteufel hielten sich in diesem Bereich nicht mehr auf. Es hatte den Anschein, als sollte BOX-1122-UM die Achtzigsonnenwelt nicht so schnell wieder verlassen.

Die Mannschaftsmesse war so provisorisch wie vieles an Bord. Nur zwei der kleinen Tische waren besetzt, als Ward den Raum betrat. Die Ventilation funktionierte schlecht. Kochgeruch lag in der Luft, der letztlich doch wieder nur aus der üblichen Mischung aus Konzentraten und zubereitetem, dehydriert angeliefertem Braten bestand.

»Was sagst du wegen des Laren?« Monja überfiel ihn, kaum dass er sich gesetzt hatte.

»Hab ich was verpasst?«, argwöhnte er.

Sie nickte eifrig und voll Genugtuung. »Jeder von uns weiß, dass einem Laren nicht zu trauen ist. Er hat einen Techniker getötet und versucht, den Matten-Willy umzubringen. Und frag mich nicht, was er noch auf dem Gewissen hat.«

Ward nickte sinnend.

Das war der Moment, in dem der Alarm aufheulte. Nicht einmal mit Konzentraten konnte er seinen rebellierenden Magen beruhigen. Er hörte, dass das Schott hinter ihm aufglitt, Monja vernahm das leise fauchende Geräusch ebenfalls, aber sie wandten sich beide erst um, als eine rostige Stimme durch die Messe dröhnte.

»Seid ihr Wahres Leben?«

Wards Griff zur Waffe kam zu spät. Sengende Hitze schlug in seinen Körper ein und tötete ihn sofort.

Der Posbi feuerte, bis sich kein Leben mehr regte. Dann wandte er sich um.

Als das Schott wieder aufglitt, zuckte unter einem der halb zerschmolzenen Tische ein fingerdicker Thermostrahl empor, schlug in den Rücken des Roboters ein und fraß sich glutend bis zu seinem Sensorring empor. Die Maschine erstarrte.

Zwischen den Trümmern kauerte ein Techniker und brüllte mit sich überschlagender Stimme in sein Funkgerät.

Eines der kleineren Sektionsgehirne hatte sich von Nanos Kodes gelöst und mehrere Dutzend Posbis zur Reaktion beeinflusst.

Schon in den ersten Minuten nach dem Alarm waren etliche Tote zu beklagen, Männer und Frauen, die nichtsahnend von den Robotern niedergestreckt worden waren.

Das lag eine Viertelstunde zurück. Mittlerweile konnte Nano Aluminiumgärtner die gefährdeten Schiffssektionen eingrenzen. Vor allem war er bemüht, eine Kettenreaktion zu vermeiden, die anderen Sektionsrechnern ebenfalls die Handlungsfreiheit zurückgeben würde. Reihenweise blockierte er Datenverbindungen, die das Schiff wie ein Geflecht von Nervenbahnen durchzogen.

Das Bild war zwiespältig. Captain Olexas Soldaten versuchten, die betroffenen Sektoren abzuriegeln, und zerstörten auch die Posbis, die sich neutral verhielten. Niemand konnte vorhersagen, ob eine solche Maschine hinter seinem Rücken doch noch zum todbringenden Werkzeug werden würde.

Dass die Körpersender aller Roboter unbrauchbar gemacht worden waren, zeigte in dieser Situation Wirkung. Ein einziger Funkspruch nach außen hätte genügt, das Ende der BOX-1122-UM und ihrer Besatzung zu besiegeln. Ob die energetischen Entladungen angemessen wurden, vermochte niemand zu sagen. Vielleicht war das Zentralplasma zu sehr mit sich selbst und den Ur-BOXEN beschäftigt, um solche Dinge zu registrieren. Später womöglich, sobald die Speicherungen abgefragt wurden …

Drover hatte sich schon in den ersten Minuten den Soldaten angeschlossen. Von ihm kam die Meldung, dass in einem bislang ruhigen Bereich des Schiffes unvermittelt Kämpfe ausgebrochen waren.

»Wir müssen das Sektionsgehirn abschalten«, erkannte Nano Aluminiumgärtner kurz darauf und projizierte Hologramme, die schematisch alle wichtigen Schiffsstrukturen im Umfeld dieser einen Positronik aufzeigten. Anhand eintreffender Meldungen und von Ortungsbildern war deutlich zu erkennen, dass die Positronik Posbis zu ihrem Schutz zusammenzog. »Falls es diesem Rechnerknoten gelingt, weitere Roboter zu aktivieren, verlieren wir jede Zugriffsmöglichkeit«, warnte er. »Wir werden an dem Verteidigungsring scheitern, es sei denn, wir setzen schwere Waffen ein.«

»Mit welchen Konsequenzen?«

»Extrem erhöhte Ortungsgefahr. Großräumige Zerstörungen innerhalb des Schiffes. Im schlimmsten Fall werden die angrenzenden Sektoren mit den Schirmfeldprojektoren betroffen.«

Rhodan widmete sich intensiv den Darstellungen. Zwei einander nahezu gegenüberliegende Positionen schienen bislang noch ein Durchkommen zu ermöglichen. Allerdings wirkte mindestens eine so offensichtlich, dass es sich dabei um eine Falle handeln konnte.

»Wir versuchen, auf der anderen Seite einzudringen«, entschied der Terraner.

»Ich gebe zu bedenken, dass gerade das die Falle sein könnte, von der du gesprochen hast«, sagte Nano.

»Wahrscheinlichkeit dafür?«

»Siebenundsechzig Prozent.«

»Also eine recht gute Chance.« Rhodan wischte jeden möglichen weiteren Einwand mit einer knappen Handbewegung beiseite. »Wir gehen!«

Damit meinte er eine Handvoll Soldaten, Captain Olexa und sich selbst. Alle anderen Kräfte waren weit verstreut im Schiff gebunden. Sogar diese Soldaten hatte der Captain an einem neuralgischen Punkt abziehen müssen. Die Posbis würden genau dort weiter vordringen und sich festsetzen können. Aber dieses Risiko bestand letztlich an allen Positionen.

»Wenn wir durchkommen, machen wir dem Spuk ein Ende«, stellte der Captain fest, als sie im Laufschritt durch die Korridore eilten. »Wenn nicht …« Er zuckte mit den Achseln. Müßig, sich darüber Gedanken zu machen.

Sie fächerten auf. Zwei Posbis verglühten im konzentrischen Feuer aus mehreren Strahlwaffen.

Augenblicke später stieß Rhodan auf das erste verriegelte Schott. Es ließ sich nicht einmal mit dem handlichen Impulssender öffnen.

»Hier kommen wir nicht weiter!« Der Captain deutete in die Höhe. Rhodan nickte knapp. Während die Soldaten sich in zwei Seitenkorridoren verteilten und dabei mehrfach unter Feuer genommen wurden, mussten sie versuchen, die nächsthöhere Ebene zu erreichen.

Nano teilte über Funk mit, dass weitere zwanzig Posbis seiner Kontrolle entglitten waren und wild um sich schießend angefangen hatten, eine Spur der Vernichtung quer durch das Schiff zu ziehen.

Rhodan und der Captain stürmten weiter. Die Thermit-Haftladungen, die sie bei sich trugen, hätten ausgereicht, mehrere Schotte aufzubrennen, dennoch nahmen sie den Umweg bewusst in Kauf. Es wäre deutlich schlimmer gewesen, kurz vor dem Sektionsgehirn nicht mehr weiterzukommen.

Sie stießen auf zwei übel zugerichtete Männer, Techniker, die vermutlich in diesem Bereich gearbeitet hatten, als das Unheil über sie hereingebrochen war.

Thermoschüsse zuckten ihnen entgegen. Vor ihnen lag nur ein kurzer, wenngleich kaum Deckung bietender Gangabschnitt. Nicht einmal zehn Meter entfernt öffnete sich dieser zu einer weitläufigen Galerie, von der aus mindestens zwei Zugänge zu der rebellierenden Positronik führten.

»Nur ein Gegner!«, stellte Olexa knapp fest.

»Ich habe ihn auch gesehen.« Rhodan nickte. »Gib mir Feuerschutz!« Zum ersten Mal fiel er in das gewohnte Du. Er sah noch, dass der Captain lächelte, dann hetzte er los. Mit wilden Sprüngen schnellte er von einer Seite des Korridors zur anderen, wohl wissend, dass er damit ein Posbi-Gehirn nur für Sekundenbruchteile irritieren konnte. Spätestens dann hatte die Positronik seine nächsten Bewegungen hochgerechnet.

Zwei Strahlbahnen verfehlten ihn, als er sich, seinem Instinkt folgend, zur Seite warf und abrollte. Während er federnd wieder auf die Beine kam, spürte er die sengende Hitze. Für Sekunden raubte sie ihm den Atem, zugleich tobte ein brennender Schmerz durch seinen rechten Arm. Ein Streifschuss war das, nicht mehr als eine schwere Brandwunde. Den zwangsläufigen Eiweißschock kompensierte der Aktivatorchip.

Trotz des Schmerzes, der ihm Tränen in die Augen trieb, feuerte Rhodan.

Neben ihm hetzte der Captain vorbei und schoss im Salventakt auf die Galerie hinaus. Entgegen ihrer Absprache war er dem Terraner gefolgt. Immerhin erwischte er den Posbi, der zeitlupenhaft langsam zur Seite kippte und seine nächsten Schüsse gegen die Decke jagte.

Der Korridor war zu Ende. Gegenseitig gaben sich die beiden Männer Deckung, aber da war kein Gegner mehr. Sie hasteten weiter, eine Rampe hinab, die zu einem der kleineren Nebenzugänge führte. Alles blieb ruhig.

An dem verriegelten Schott brachte Rhodan seine beiden Thermitladungen an. »Gleich sind wir durch!«, rief er dem Captain zu.

In derselben Sekunde erschien auf der Rampe, keine zwanzig Meter entfernt, der nächste Posbi. Rhodan sah es aufblitzen und warf sich zur Seite. Zu langsam, erkannte er gleichzeitig. Im Stürzen sah er Olexa herumwirbeln. Der Captain hätte Gelegenheit gehabt, das Feuer zu erwidern, er wäre wohl nicht getroffen worden, aber mit voller Absicht hatte er sich in die Schussbahn geworfen.

Rhodan feuerte auf den Roboter, und da waren endlich auch zwei Soldaten. Sie erledigten den Posbi.

Für einen Moment kämpfte Rhodan gegen die Tränen an, als er neben dem Captain stand und in dessen gebrochene Augen blickte. Dann warf er sich herum und lief durch das geöffnete Schott.

Zwei Minuten später existierte die rebellische Positronik nicht mehr.

Die Schlacht war geschlagen, doch hatte sie den Alteranern einen hohen Blutzoll abverlangt. Trotzdem, oder gerade deswegen, kannte dieser Tag viele Helden. Captain Telemach Olexa war einer von ihnen. Andere Soldaten und sogar einige Techniker hatten sich ebenfalls besonders hervorgetan.

Drover war seiner Vernichtung nur knapp entgangen. Mehrere Ambriador-Posbis hatten ihn in die Zange genommen und regelrecht zusammengeschossen. Sein Anblick schockierte Mauerblum. Der Matten-Willy starrte Drover nur an und sagte nicht ein einziges Wort.

Die Verwundeten wurden versorgt.

Rhodan ließ seinen Arm als Letzter behandeln. Ein Verband aus Wundplasma und der Zellaktivator würden den Heilungsprozess rasch voranschreiten lassen.

Die einzige gute Nachricht überbrachte Nano Aluminiumgärtner. Während Rhodan versorgt worden war, hatte er es geschafft, in die Hauptpositronik von Gayn Dor einzudringen. Nur in den Bereich, der mit dem SIEBENKOPF-Bauwerk befasst war, aber mehr war nicht erforderlich.

»Unser Schiff gehört ab sofort zu dem Transportkonvoi, der die Konstruktion ins Zentrum von Ambriador bringen soll!«, verkündete er zuversichtlich.

Der Transport war zeitlich vorverlegt worden.

Nicht einmal mehr zwei Stunden blieben ihnen, um BOX-1122-UM startbereit zu machen.

Ein gurgelnder Aufschrei, gefolgt von dem Geräusch eines fallenden Körpers weckte ihn aus seinem Halbschlaf.

Als Verduto-Cruz die Augen aufschlug, fiel soeben die Energiebarriere in sich zusammen, die seinen Teil der Zelle von dem Bereich seines Wächters trennte.

In eigenwillig verrenkter Haltung lag der Alteraner auf dem Boden. Sein Kopf war so weit zur Seite gedreht, dass Verduto-Cruz nicht eine Sekunde lang daran zweifelte, dass alle Nackenwirbel des Mannes gebrochen sein mussten.

Der Posbi, der reglos abwartete, hatte mit mechanischer Gewalt zugegriffen.

»Kohurion!«, stieß Verduto-Cruz hervor.

»Ich gehorche deinem Befehl«, sagte der Posbi. »Ich bin gekommen, um dich zu befreien.«

Nicht jetzt, wollte Verduto-Cruz widersprechen, doch er tat es nicht. Wohin hätte er sich wenden sollen? Sich innerhalb des Schiffes verbergen? Er war überzeugt, dass er das nicht lange durchhalten konnte. Spätestens, wenn er Nahrung und Wasser brauchte, würde er den Alteranern und Rhodan wieder in die Hände fallen.

»Wir müssen das Schiff verlassen!«, sagte Kohurion. »Die BOX ist startbereit.«

»Abflug? Wohin?«

»Ein Konvoi, gemeinsam mit anderen Fragmentraumern. Ich kenne das Ziel nicht.«

In der Nähe liefen schwere Aggregate an. Der Lare spürte die schwachen Erschütterungen, als wolle sich das Schiff bereits erheben.

»Uns bleibt nur wenig Zeit, Herr!«

Verduto-Cruz hatte die Wahl. Zwischen den Alteranern, die ihn zweifellos exekutieren würden, denn ein einziger Toter genügte ihnen dafür. Mittlerweile waren es zwei Männer, deren Tod sie ihm zuschreiben würden. Oder aber, er musste seinen Manipulationen vertrauen und darauf hoffen, dass die Posbis ihn verschonen würden.

Verduto-Cruz fasste seinen Entschluss spontan. »Bring mich zur nächsten Schleuse!«, befahl er Kohurion. »Schnell!«

Niemand begegnete ihnen.

Sie erreichten eine kleine Nebenschleuse tief unten im Schiff, die der Posbi auf den Befehl des Laren öffnete. Auch den Schließbefehl gab Kohurion an die Automatik, bevor er das Schiff mit Verduto-Cruz verließ.

Nur wenig später löste sich BOX-1122-UM vom Boden, wurde schneller und verschwand wie ein aufflammender Stern im tiefblauen Himmel.

Verduto-Cruz wandte sich dem Zentrum des Hochplateaus zu. Wohin sonst hätte er gehen sollen?

Am Rand des Landefeldes stieß er auf den ersten Posbi. Der Roboter beachtete ihn nicht.

Verduto-Cruz lief weiter, ohne länger auf Kohurion zu achten.

Er wusste jetzt, dass die Hass-Schaltung nicht mehr auf Laren ansprach, denn er hatte seinesgleichen als Wahres Leben definiert.

Endlich war die Zeit gekommen, mit der Hyperinpotronik zu sprechen.

Perry Rhodan 5

DER POSBI-KRIEG

FRANK BÖHMERT

Die Psi-Fabrik

Eins

An Bord der BOX-1122-UM am 28. Mai 1343 NGZ

»Das ist nicht Ihr Ernst!«, entfuhr es der Nachfolgerin von Captain Olexa.

Perry Rhodan schmunzelte. Er nickte ihr aufmunternd zu.

»Aber … Sir!« Captain Liza Grimm holte tief Luft. »Ich möchte zu bedenken geben, dass auf Ihnen sämtliche Hoffnungen ruhen. Wir können es uns nicht leisten, Sie zu verlieren. Sie sind eine Legende, der terranische Großadministrator.«

»Der Großadministrator, ganz recht«, sagte Rhodan. »Wir wollen uns doch hier sicher nicht über Weisungsbefugnisse auseinandersetzen, oder?«

»Nein, Sir. Gewiss nicht. Aber wenn ich mir einen Kommentar gestatten darf – bei allen guten Müttern! Sie und Mondra Diamond riskieren damit Ihr Leben!«

Die alteranische Offizierin zeigte auf die beiden starren übermannsgroßen Posbis. Klaffende Öffnungen in den Robotern erwiesen, dass es sich in Wirklichkeit um eine Art gepolsterte Exoskelette handelte.

Sie befanden sich in einem Hangar, der bei dem Roboteraufstand nicht beschädigt worden war. Rhodan, Mondra und die Alteraner waren hier das Schmutzigste; sie trugen den Ruß aus den verheerten Schiffsteilen unfreiwillig überall hin. Für eine groß angelegte Reinigungs- und Reparaturaktion fehlten die Kapazitäten.

»Ich glaube nicht, dass die Gefahr so groß ist.« Rhodan lächelte gewinnend. »Immerhin sind wir mit den Schatullen schon unerkannt auf der Achtzigsonnenwelt gewesen. Da werden wir es wohl auch ein paar Fragmentraumer weit in diesem Konvoi schaffen.«

Er nickte den Technikern zu. Mit wenigen Handgriffen schlossen sie die beiden Schatullen und winkten dem Beiboot. Per Zugstrahl wurden die Schatullen ein Stück angehoben und in die Schleuse befördert.

Die Offizierin sah Mondra Diamond an. Ihre Augen blitzten. »Darf ich erfahren, welchen Sinn dieser Ausflug haben soll?«

»Erkenntnisgewinn?«, sagte Mondra. Sie zeigte ihr strahlendstes Lächeln und bedachte auch Rhodan damit, während sie an ihm vorbei zu dem Beiboot ging. Mit zwei Schritten holte er sie ein.

Hinter ihnen seufzte die Offizierin. »Wir können Ihnen eine Bildübertragung aufbauen, eine Holografie, was Sie wollen. Aber wozu müssen Sie selbst dort hinüber?«

Rhodan trat über den runzeligen Schleusenrand hinweg ins Beiboot. Ein säuerlicher Geruch schlug ihm entgegen. Der Terraner drehte sich um. »Wozu?«

Die junge Offizierin starrte zu ihm hinauf. Sie sah ernst aus in diesem Augenblick, verletzlich. Ihre ganze Haltung hatte mehr von einer Tochter als von einer Soldatin. Der rußige Schmierfleck über der Stirn verstärkte diesen Eindruck noch.

Rhodan verkniff sich ein Grinsen und nickte leicht. »Um nicht untätig herumzusitzen. Um die Sache in die Hand zu nehmen.«

»Und außerdem ...« Mondra schob sich neben ihn, sodass er ihre Schulter an der seinen spürte. Er sah sie kurz aus dem Augenwinkel an. Sie lächelte honigsüß. »... konnte der Herr Großadministrator noch nie einem Rätsel aus dem Weg gehen. Daran habe ich ihn nie hindern können, Schwester, also werden Sie es auch nicht können.«

Das Schott schloss sich. Mondra sah ihn aus ihren grünen Augen an. »Stimmt doch, oder?«

Rhodan setzte ein Grinsen auf und schnaubte. »Schwester?«, fragte er.

Mondra reagierte nicht. Sie ging weiter in das Beiboot hinein. »Wollen wir doch mal schauen, was für ein Transportmittel uns die Posbis zugedacht haben ... Himmel.« Sie blieb ruckhaft stehen. »Wovon träumen Posbi-Innenarchitekten eigentlich nachts?«

Rhodan trat neben sie. Er konnte nicht verhindern, dass seine Augen sich verdrehten. Nur mit Mühe und viel Zwinkern bekam er sie wieder fokussiert.

»Wir sind da, werte Lebewesen«, sagte das Beiboot keine halbe Stunde später auf Larisch.

»Vielen Dank.« Rhodan richtete sich vorsichtig aus dem Schneidersitz auf, darauf bedacht, nichts mit den Händen zu berühren. Boden und Wände der fensterlosen Passagierkabine waren mit einem weichen, nachgiebigen Spezialkunststoff ausgestaltet. Sie formten eine gerundete, organisch wirkende Höhle mit Mulden und Buchten, in die er und Mondra sich behaglich hätten schmiegen können, wären sie nicht Terraner gewesen, sondern Matten-Willys.

Zwei-Meter-Schwämme mit annähernd kugelförmiger Ruhegestalt fühlten sich hier sicher bestens umsorgt.

Das freundliche Beiboot hatte ihnen für den kurzen Flug von einem Fragmentraumer zum anderen sogar etwas zu trinken angeboten. Rhodan war erst stutzig geworden, als es hatte wissen wollen: mikrogedampft oder als Massagestrahl?

Er sah sich in der grellgrünlichen Gummilandschaft um. »Mondra?«

Sie lag, wie er im blauen Kampfanzug, ein wenig abseits auf dem Rücken, die Arme ausgebreitet, die Beine hochgelegt. Der Kunststoffbelag besaß eine Bläschenstruktur, die auf Druck reagierte; wurde eine Blase zusammengedrückt, vergrößerten sich die Nachbarblasen proportional und färbten sich von Neongrün zu augenschmerzendem Pink; Mondras Gestalt schien von üppigen Pilzen oder Beeren umwuchert zu sein.

Rhodan trat zu ihr. Die schwarzen Haare umflossen ihr Gesicht. Sie hatte die Augen geschlossen und lauschte einer Musik aus den Anzuglautsprechern, von der er nur die hohen Töne wahrnahm.

»Mondra.« Er hob den gesunden Arm und berührte sie an der Wade. »Wir sind da.«

Sie öffnete die Augen. Das Grün der Iris ging unter in dem befremdenden Licht, aber von der Intensität ihres Blicks ließ sich das nicht behaupten. Einen Moment lang schien er von weither zu kommen, dann blitzte etwas auf in ihren Augen, Erkennen vielleicht oder Amüsiertheit.

Mit einer einzigen fließenden Bewegung ging sie in eine Rolle rückwärts und stand, strahlte ihn an. »Dann los.« Zu ihren Füßen war kurz noch wie ein Nachbild der Umriss ihrer Gestalt zu sehen, dann schrumpfte der rote Beerenkranz in den grünen Blasenteppich zurück.

In der Schleuse angekommen, bestiegen sie ihre Schatullen. Das Beiboot sagte: »Ich empfehle, euch nicht allzu weit zu entfernen. Dann kann ich auf euch aufpassen. Und der Große Frachtraum hier in dieser BOX heißt nicht umsonst so.«

Rhodan schlug auf den Verschlussmechanismus. Ratschend klappten die Hälften der Pseudoroboter zu. Vor ihm glommen die Flachbildschirme auf, die winzigen Behelfsleuchten. Genussvoll schnupperte Rhodan Maschinenluft. In Matten-Willy-Räumen roch es ihm auf Dauer zu muffig und säuerlich.

»Keine Sorge«, sagte er. »Wir wollen nur schauen. Wie viel Zeit haben wir?«

»So viel ihr wollt«, antwortete das Beiboot. »Ich bin für euren Transport freigestellt worden.«

Die kreisrunde Schleuse öffnete sich, sie traten über den runzeligen Wulst hinweg, und da war es.

»Das kriechende Herz«, sagte Rhodan leise.

»So hast du es getauft?«, kam Mondras gehauchte Stimme über die Anzuglautsprecher. Die Kommunikationssysteme der Schatullen wollten sie lieber nicht benutzen.

Rhodan nickte, ohne den Blick von dem Gebilde zu nehmen.

»Ich weiß nicht mehr, welcher Philosoph das auf welcher Welt vor wie viel tausend Jahren gesagt hat.« Mondras Stimme klang rau. »Aber wenn es stimmt, dass das Leben ein Traum in einem Traum ist, ist dieses Artefakt ein Alptraum in einem Alptraum.«

Das Beiboot hatte sie in einem schlecht beleuchteten, schlauchförmigen Hangarfinger abgesetzt. Vielleicht 20 Meter vor ihnen öffnete sich der Schlauch zu einem Raum, dessen Größe sehr schwer zu erahnen war. Auf jeden Fall kamen erst 30 Meter Nichts und dann eine gleißend hell angestrahlte Wand, die an ein Rohrgeflecht aus Verbundstoffen erinnerte, an verschlungene, peristaltisch langsam pulsierende Gedärme, an ein Schlangennest in Zeitlupe.

»Komm.« Rhodan setzte sich in Bewegung.

Der Mondra-Posbi blieb neben ihm.

Je näher sie kamen, desto mehr weitete sich der Blick in den Frachtraum. Ihre Zutrittsöffnung musste etwa mittig zu dem Artefakt liegen. Rhodan hatte den Eindruck, sich einer Häuserschlucht zu nähern. Er wusste, dass das kriechende Herz eine Höhe von 380 Metern besaß. Hier jedoch verlor sich dessen Ausdehnung in den dunklen Tiefen des Frachtraums. Vereinzelt glommen Punktstrahler auf, wischten Lichtkegel über Wülste und Auswüchse hinweg. Schweißbögen flackerten.

»Wer um alles in der Welt gibt eine solche Konstruktion in Auftrag?«, fragte Mondra.

Rhodan wusste, dass die Frage rhetorisch gemeint war. Die Antwort, die Mondra natürlich kannte, lautete: eine Instanz namens Siebenkopf, ansässig im schwer zugänglichen Zentrumsbereich der Galaxis Ambriador. Dorthin waren sie unterwegs.

»Die eigentliche Frage ist …« Mondra lachte rau. »Möchte ich die Auftraggeber eigentlich wirklich kennenlernen?«

Rhodan schmunzelte. »Natürlich. Mir machst du nichts vor. Pass auf! Es kommt!«

Das Konglomerat künstlicher Riesengedärme wölbte sich plötzlich vor, kam dichter und dichter heran. Rhodan packte Mondra am Arm – oder wollte es. Scheppernd schlug die Greifklaue gegen einen ihrer gepanzerten Schulteraufbauten. In demselben Moment zog sich der Hangarfinger jedoch auch schon aus dem Frachtraum zurück, in einer ganz organischen, fast tänzerischen Bewegung, die die beiden Terraner in ihren Exoskeletten kaum aus dem Gleichgewicht brachte.

»Keine Sorge«, sagte das Beiboot mit laut hallender Stimme hinter ihnen. »Für eure Sicherheit ist gesorgt.«

»Posbis …«, flüsterte Mondra über den Anzugfunk. Rhodan hörte ihrer Stimme an, dass sie dabei die Augen verdrehte.

Er grinste. »Aber praktisch sind sie schon.«

»Wie geht es deinem Arm?«

»Schon wieder ganz gut.« Er demonstrierte die wiedergewonnene Beweglichkeit, indem er den Arm einige Male beugte und streckte. »Nur kann ich noch nicht viel Kraft hineinlegen. Was hier aber nicht weiter stört.«

»Zum Glück hat dich der Thermoschuss nur gestreift.«

Rhodan verzog das Gesicht. »Sonst wäre ich geendet wie Captain Olexa.«

Sie drehte die Greifer hin und her, fragend, abschätzend vielleicht. »Ein tapferer, selbstloser Mann. Wie du.«

Rhodan holte tief Luft. »Ich hasse Opfertode.«

»Hmm.«

»Ich bin Olexa dankbar, sicher, und gleichzeitig denke ich: Noch ein Toter, der auf mein Konto geht. Verstehst du das?« Und als sie nichts sagte: »Mondra?«

Sie seufzte. »Ach, Perry. Die Bestattung ist vorbei. Du musst keine Trauerrede mehr halten.«

»Du meinst … das kam gerade zu staatsmännisch?«

Sie lachte leise auf. »Ja.«

Rhodan schüttelte den Kopf. »Manchmal weiß ich nicht, wo meine Rolle aufhört und der Mensch anfängt. Manchmal denke ich, den gibt es überhaupt nicht mehr. Verrückt, oder?«

»Nein«, kam es warm über den Anzugfunk.

»Nein?«

»Nein.«

»Na schön. Streich die letzte Bemerkung.« Rhodan seufzte. »Jetzt sagst du bestimmt wieder nein.«

»Ja.« Ihre Stimme klang, wie so oft, überaus amüsiert.

Er sah zu dem Artefakt hinaus. Es schien sich um seine Längsachse zu drehen. Davon abgesehen war es im Augenblick ganz ruhig. Fast meinte Rhodan, vorhin einer Sinnestäuschung erlegen gewesen zu sein. Metalle, Kunststoffe, Verbundstoffe zogen vorbei, zumeist unlackiert und ohne Verkleidungen, Beschichtungen: Nicht nur ein Gewirr von Formen und Materialien, sondern auch von Farben. Metall- und Erdtöne herrschten vor.

»Schrottkunst«, sagte er. »Nur ist es kein Schrott. Sondern höchst entwickeltes Posbi-Gerät.«

Mondra schnaubte. Bei ihr klang selbst das anmutig. »So hoch entwickelt, dass nicht einmal die hiesigen Posbis wissen, wozu es gut sein soll. Obwohl sie es gebaut haben!«

»Vermutet unser Aluminiumgärtner. Aber vielleicht halten sie den Zweck auch nur geheim.«

»Apropos. Wo steckt Nano eigentlich? Nicht, dass ich ihn vermissen würde.«

»Er repariert wohl gerade Drover. Den hat es ziemlich schlimm erwischt bei dem Aufstand. Mauerblum und er sind jedenfalls mit Drover in einer Werkstatt verschwunden und nicht mehr aufgetaucht.«

»Uff. Welch ein Glück.«

Rhodan nickte, dann fiel ihm ein, dass Mondra das nicht sehen konnte. »Er kann einem mit seinen Beziehungstipps schon ziemlich auf die Nerven gehen, was?«

Mondra lachte auf. »Streich das ›ziemlich‹!«

Weit unten, von Rhodans Warte aus gerade noch zu sehen, schlängelte sich ein Knäuel Versorgungsleitungen zu dem kriechenden Herzen hin wie ein quer wachsendes Grasbüschel in Zeitrafferaufnahme.

»Perry?« Auf einmal klang Mondras Stimme ganz ernst.

»Ja?«

»Raus mit der Sprache. Was bedrückt dich? Und ich will jetzt nichts Staatsmännisches hören.«

Rhodan nickte. »Ich mache mir Sorgen um Startac Schroeder.« Er sah sie kurz an. Aber da stand ja nur eine robotische Hülle. »Ich frage mich, wo er abgeblieben ist.«

Zwei

Auf dem Planeten Pakuri im Mai 1341 NGZ

Fast auf den Tag genau zwei Jahre, bevor die Knochenleute kamen, machte Tawe tla Mouuach den größten Fehler ihres jungen Lebens. Sie erregte die Aufmerksamkeit eines Imago-Forschers. Ihm gefielen nicht etwa ihre strammen Brustbeine oder ihre Larve. Er wollte auch nicht mit ihr schäkern, um einmal zu schauen, ob sie etwas für die nächste Hitze wäre. Es war viel schlimmer. Er hatte nur Fühler für ihre Liebesgabe.

»Sieben Rosen!«, sagte Tawe, ohne ihn zu bemerken. Er spazierte unten auf der Wiese durch die wimmelnden Mengen, die auf dem Herzberg feierten, während Adilai und sie ein Stück weiter oben an einer gewölbten Wand des grünen Jadepalasts klebten und flirteten. »Sieben Rosen für die schönste Knospe der Stadt!«

»Du!« Adilai stülpte rot schimmernde Vorwurfsstacheln aus ihrer Larve. »Sag wenigstens Blüte, du Schmeichlerin! Ich bin doch kein Kind mehr!« Aber sie konnte nicht verhindern, dass Wellen des Gefallens durch ihre Stacheln flossen. Sie war noch zu jung für eine solche Beherrschung ihrer Larve, das gelang den meisten Ueeba erst nach dem Fraufest.

Tawe antwortete nicht mit Worten, sie sagte es mit Blumen. Sechs der sieben halbmateriellen Rosen, die sie gebildet hatte, schwebten ein Stück höher. Dann lösten die Stiele sich auf. Die Blütenblätter rieselten herab und tanzten schräg zur Schwerkraft mit einem hellen *Ping!* durch Adilais leuchtende Larve hindurch. *Ping! Ping! Pingpingping!* Die Blätter zerschmolzen auf ihrem schwarz glänzenden, herrlichen Leib und vergingen.

Adilai lachte trillernd. Tawe hatte die Blütenblätter extra eiskalt gemacht.

»Das ist schön!«, hauchte Adilai. »Wie machst du das? Du bist sehr begabt. Sie haben sogar ein bisschen geduftet …«

»Ach!«, sagte Tawe, obwohl sie sich zutiefst freute. »Das ist doch nichts. *Du* bist schön. *Du* riechst so gut.«

»Wie gut?« Adilai ließ dunkle Schleier über ihre Fühler fallen.

»Hmm, ich könnte den ganzen Tag nichts anderes riechen … *so* gut!« Tawe bog sich von der Palastwand weg und fing die letzte, siebte Rose aus der Luft. Sie hielt sie Adilai hin. »Hier. Für dich.«

Adilai flirrte verwirrt mit den Fühlern unter den nun gazeartigen Lichtschleiern ihrer Larve. »Aber …«

»Nun nimm schon.«

Ihre Angebetete richtete sich auf und nahm vorsichtig die Blume. »Sie ist … echt?«

»Sie ist für dich.«

»Aber … so etwas können sie sonst nur in der Fabrik … die Männer.« Adilai drehte die Blume mit den Füßen, führte sie an die Mandibeln, tupfte. »Tawe …«

»Bei Sonnenaufgang wird sie wieder verschwunden sein.«

»Trotzdem. Dein Haufen muss stolz auf dich sein.«

»Reden wir nicht von meinem Haufen.« Sie wies mit den Fühlern in die Landschaft. »Ist das nicht eine herrliche Nacht? Sieh nur, wie die Fadenwälder sich im Wind wiegen! Wie die Jademauern unter den Sternen glänzen!«

Unten, in der Senke vorm Wald, tanzten tausend Ueeba zur Musik aus den schwebend dahinkreisenden Alles-für-euch-Lautsprechern. Die wogende, leuchtende Masse war wie ein Meer im Rausch der Klänge und der Glückshormone. Der Ozean aus Licht und schwarzen Leibern tanzte und wogte und wiegte sich unter dem Zug des Schleiersterns. Oben gischteten die Lichterscheinungen der Larven wie bewegte Wellen. Unten, am Grund der Untiefen, schabten und klackten die Leiber der Tanzenden wie Kiesel oder Perlen, bewegt von den Wiegekräften der Musik. Ab und zu war Juchzen zu hören. Durchscheinende Kugeln, Sterne, Spiralranken, Tiergestalten erhoben sich in die Luft und vergingen wenige Meter über der Festwiese.

Um die Festwiese herum stand der grellbunte Ring von Ruhbuden, Garküchen und Nehmläden. Hier schenkten die Alles-für-euch-Köche Speisen und Getränke aus. Hier konnten die Ueeba Andenken mitnehmen, Decken und Laternen und Beinschmuck und Parfüme und Musikchips und und und … *Greif zu, nimm mit, ist alles für euch!*

Dahinter dehnten sich die Fadenwälder, nichts als fahle Stängel bis zum Horizont, zur Unendlichkeit, zur sternenübersäten, freundlichen Nacht.

Der Lodertunnel war von ihrem Platz aus nicht zu sehen, darauf hatte Tawe geachtet. Der Blick in sein kalt glühendes Maul war ihr unangenehm. Also saßen sie so, dass einer der hohen Türme ihn abschirmte.

Alles-für-euch in Gleitergestalt zogen über die Wälder hinweg Richtung Stadt. Sie brachten die Erschöpften zurück, die Müden, die nicht in den Schatten des grünen Jadepalastes zu schlafen wagten. Immer noch kamen mehr Ueeba an, um zu feiern, zu rauschen, zu bäumeln, bis der Morgen graute und die blaue Sonne sie für den Tag in die Häuser trieb. Nur die allzu Berauschten und die Gröbsten versuchten, in den Vorkammern des Palasts zu schlafen, und klebten sich, zu Kleinhaufen gekuschelt, in die dunkelsten Winkel. Aber die Alles-für-euch fanden sie doch und pflückten die Schlummernden sanft ab und trugen sie heim.

Ja, der Herzberg!, dachte Tawe. *Das hast du gut gemacht, Mädchen. Genau der richtige Ort für eine erste Verabredung. Abgefahren. Sanft und wild und ein bisschen verrufen. Aber doch romantisch.*

Sie sagte nichts, weil Adilai sie sicher zurückgewiesen hätte, und das hätte zu wehgetan. Tawe spreizte sich einfach auf Adilais Seite, machte sich einladend flach. Und tatsächlich – ihre Göttin seufzte und kuschelte sich an sie. Das herrliche, schüchterne Schaben war in der pulsierenden Nacht kaum zu hören. Angenehm legte sich Adilais Gewicht auf ihre Panzerbögen.

Tawe hielt den Atem an. Sie wagte nicht, die Beine zu bewegen.

»Hm«, machte ihre Göttin. »Ich könnte hier ewig so kleben.«

Tawe seufzte und konnte endlich wieder atmen. *Ich auch. Hier. Mit dir. – Sag es, Mädchen! Sag es doch einfach.*

»Ich auch«, sagte sie. »Hier. Mit ... mit der ganzen Musik ... und den Sternen ... und so.«

»Ja. Ich war schon ein paarmal hier«, sagte Adilai. »Aber noch nie war es so schön wie heute ...« Sie betupfte die Rosenblüte. »Mit dir.«

Ja! Jaha! Tawe musste aufpassen, dass sie ihre Larve nicht zu einer ungehörig großen Blase aufblähte, so sehr durchfuhr sie das Glück. »Ja«, brachte sie hervor. »Ja, Adilai.« Sie schmiegte sich enger an sie.

So hingen sie dort, am Fuß der gewölbten Wand des grünen Jadepalastes, ganz still und glücklich inmitten eines perfekten Festes, einer perfekten Nacht, die alles gut, alles wettmachte, was Tawe in ihrem jungen Leben je an Unerfreulichem, Schmerzhaftem, Frustrierendem zugestoßen war. So hingen sie dort und träumten und lauschten und fühlten und schwiegen.

Bis ...

»Ha-hrm.«

Ein Räuspern unter ihnen. Rau. Alt.

Tawe sah nach unten und erschrak. Sie zuckte so heftig zusammen, dass Adilai ebenfalls erschrak und ihre Rose fallen ließ.

Die Blume purzelte die Wandung hinunter und landete genau vor den Brustbeinen des Forschers, der zu ihnen hinauffühlerte.

»Verzeiht, Kinder, dass ich euch störe. Wenn ihr vielleicht zu mir herunterkommen könntet? Meine Beine sind nicht mehr die jüngsten.«

Während Adilai und Tawe die Wandung hinunterglitten – Tawe für ihren Teil mehr als widerwillig, aber einem Forscher widersprach eine Ueeba nicht –, hob er die Blume auf und befühlte sie.

»Das ist eine sehr hübsche Arbeit, Kind. Wirklich sehr hübsch.« Er sprach Tawe an, obwohl doch Adilai die Blume gehalten hatte. Da dämmerte ihr, dass er sie bereits eine Zeit lang beobachtet haben musste. Aber ihr dämmerte noch nicht, dass sie den größten Fehler ihres jungen Lebens gemacht hatte. »Darf ich fragen, wie du heißt?«

»Tawe. Tawe tla Mouuach.«

»Ach, *du* bist die Tawe vom Kollegen Mouuach? Dann wundert mich nichts mehr. Du bist jetzt wie alt? Fünf?«

»Vier, Chef«, benutzte sie die höfliche Anredeform für einen Forscher aus der Psi-Fabrik. »Viereinhalb.«

»Viereinhalb. Ich bin beeindruckt. Liebe macht stark, was?«

Sie wäre am liebsten sofort in die tiefsten Tiefen ihres Haufens geflohen. Wie konnte er so etwas aussprechen, so ein Wort! *Das* Wort. Sie wagte es weder, ihn anzufühlern, noch Adilai.

»Ha-hrm. Nun ja. Ja, ja, ja.« Der Mann, dessen larvennackter Leib doppelt so lang und massig war wie der einer Frau und den die Sonne beim Tagwerk längst grau und trüb und krustig gebrannt hatte, wandte sich Adilai zu. »Und du, schönes Kind? Bist sicher eine vom Kollegen Dadié, habe ich recht?«

»Ja, Chef.« Adilais Stimme war kaum zu hören, ihre Larve zog sich zusammen.

Seine Fühler tanzten. »Noch ein bisschen jung, noch ein bisschen unreif. Aber dein Fraufest kommt bald, Kind. Ist schon zu riechen. Du wirst viel Spaß haben bei der Hitze, ha ha! Ha-hrm.« Er hustete.

Tawe war stumm und starr vor Wut. Wie konnte er so von Adilai reden! Dieser Grobkerl!

»Ha-hrm. Ja. Schönes Fest, das ihr hier feiert. Viel Spaß noch, Kinder. Die Arbeit ruft.« Er wandte sich ab und ließ ein riesiges Gebilde erstehen, einen überdimensionalen, leuchtenden Alles-für-euch-Gleiter, der langsam zu einem Punkt zusammenfiel. Prompt stieg hinter dem Ring der Buden ein Gleiter auf und kam näher.

»Wohin darf ich dich fahren, Chef?«, fragte der Alles-für-euch.

»Zur Fabrik, mein Guter. Zur Fabrik.«

»Einen Moment noch!« Tawe schob sich vor den offenen Verschlag und versperrte dem Mann-Riesen den Weg. Ihre Larve fühlte sich steinern an, so sehr riss sie sich zusammen. »Die Rose. Sie gehört ihr. Adilai.«

Der Forscher, der sich nicht einmal vorgestellt hatte, warf ihr die Blume hin und krabbelte über Tawe hinweg, schmerzhaft schwer, ohne das Gewicht zu verteilen oder auf seine Beine zu achten.

Und als der offene Gleiter abflog, prasselten hundert Bildrosen auf Adilai und sie hinab wie ein Regenguss.

»Dieser Grobkerl! Dieser Mister!«, presste Tawe hervor. Sie lag zu einer Spirale aufgerollt auf der Seite und konnte weder weinen noch brüllen, so aufgewühlt war sie. Flammen, Stacheln, Protuberanzen stülpten sich gelb und rot und türkis und schwarz von ihr weg. So peinlich es war, sie konnte nichts dagegen tun.

Adilai verfächerte ihre zartrosa Fransenlarve mit Tawes und strich ihr mit den Fühlern über die weichen, empfindsamen Stellen an den Beingelenken, immer die Spirale entlang. »Er ist ein Mann, Tawe. Ein Forscher aus der Fabrik. Er kann tausend Rosen machen, wenn er will.«

Tawe erstarrte. »Jetzt sag nicht, dass du ihn bewunderst.«

Wieder das Streichen die Spirale entlang. »Er ist stark. Er ist groß«, sagte Adilai. Wieder das Streichen. Wieder. »Er ist potent, voller Bildkraft.« Streichen, streichen. Noch einmal. »Aber selbst tausend mal tausend seiner Rosen sind mir nicht so viel wert wie deine eine.«

»Aber wie sollen wir sie denn je wiederfinden? Darunter!« Tawe peitschte mit dem Po gegen die hundert Rosen.

»Das ist doch ganz einfach«, sagte Adilai. »Er hat goldene Fäden in seine gewirkt. Schau!«

Sie schaute. Adilai, ihre Adilai, hatte Recht. Bald hielt sie Tawe die richtige Rose entgegen.

»Und jetzt lass uns tanzen, komm!«

Tawe sträubte sich. Die Demütigung saß tief. Aber irgendwann tanzten sie doch. Die Alles-für-euch-Lautsprecher zogen ihre konzentrischen Kreise um sie herum. Sie hüllten die beiden Ueeba ein, sponnen sie ein in flirrende, schwirrende, atmende Klänge, bis sie nicht mehr wussten, wo links und rechts und vorn und hinten war. Durch den Erdboden pulsten die Bässe in ihre Leiber und hoben sie empor, hoben sie mit jedem Schlag weiter empor in den Himmel, ins gleißende, funkelnde Alles.

Drei

Jenseits des Planeten Terra Incognita am 6. Mai 1343 NGZ

Startac Schroeder bewegte sich mühsam durch die Gewalt des Wasserfalls. Er hielt Tamra Cantus Hand fest umklammert. Beide trugen Kampfanzüge, Schroeder nach wie vor sein blaues terranisches Modell, Tamra hingegen einen Anzug der Laren. Das endlose, maßlose Wasser prasselte mit der Wucht eines Erdrutsches auf sie hinab. Ohne die hochgerüsteten Anzüge wären sie verloren gewesen.

»Weißt du noch die Richtung?«, rief Tamra über Interkom. Ihre Stimme war über dem Einprasseln auf Schroeders Helm kaum zu hören.

»Vorn ist da, wo die Litze nicht ist«, scherzte er und griff hinter sich, um sich zu vergewissern, dass noch der leichte Zug auf der Litze war …

… und fand den dünnen, extrem belastbaren Faden nicht!

Sie hatten die Verbindung nach Terra Incognita verloren.

Er tastete hinten an seinem Gürtel umher. Seine behandschuhten Finger fanden den Karabiner. Er hing gerade herunter.

»Tamra. Die Litze.« Schroeder ließ ihre Hand los und wandte sich ab. »Sieh du einmal nach. Die Handschuhe sind zu grob.«

Er hörte sie fluchen, dann trat sie um ihn herum und hielt ihm einen zerfaserten Faden vor die Augen. Das Ende zuckte unter dem ungleichmäßigen Strom der Wassermassen. Schroeder fing es ein, hielt es sich vor die Augen. Als er mit der anderen Hand das Wasser vom Helm abschirmte, konnte er kurz sehen, dass die Litze verformt war, wie unter großer Hitzeeinwirkung in die Länge gezogen und schließlich gerissen. Einzelne Fasern hatten sich spiralförmig aufgerollt.

Schroeder hatte weder einen solchen starken Zug bemerkt noch Hitze.

»Startac?« Tamras Stimme klang dünn, fragil, kaum verständlich. Er würde aufpassen müssen, dass ihre Nerven nicht mit ihr durchgingen.

Aber zuvor hatte er ein anderes Problem. *Vorn ist, wo die Litze nicht ist.* Hatte er eben eine halbe Drehung nach links oder nach rechts gemacht? Er sah noch einmal auf die Anzeigen in seinem Helmdisplay, aber die waren weiterhin ausgefallen. Der Anzug war gut, aber leider nicht *strangeness-proof.*

»Startac!«

Er hob die freie Hand. »Einen Moment.« Seine Stimme duldete keinen Widerspruch, und es kam ausnahmsweise auch keiner. Schroeder schloss die Augen, vergegenwärtigte sich, wie er eben Tamras Hand losgelassen und sich abgewandt hatte. Dann vollzog er die halbe Drehung rückwärts.

Immer noch mit geschlossenen Augen. Er spürte mit dem ganzen Körper nach. *Ja, so muss es richtig sein.*

Erleichtert öffnete er die Augen. »Ja?«

Tamra trat neben ihn, packte wieder seine Hand. Sie schien begriffen zu haben, was er gerade getan hatte. »Startac.« Ihre Augen waren sehr groß hinter dem Helm. »Die Litze …«

»Ja«, sagte er ungeduldig. »Wir haben die Verbindung zu Captain Onmout und seinen Leuten verloren. Aber wir wollen ohnehin nicht nach Terra Incognita zurück. Wir müssen nach vorn!«

»Weiß ich doch. Aber die Litze … sie ist rot! Hat sie vorhin beim Einstieg nicht eine andere Farbe gehabt?«

»Hat sie?« Startac räusperte sich. Er zog die Schultern hoch, sie knackten.

»Entschuldige«, sagte Tamra jetzt mit wärmerer, festerer Stimme. »Ich vergesse immer wieder, dass du nur schwarzweiß sehen kannst.«

»Schon gut. Es gibt Schlimmeres.« Zum Beispiel das Gefühl, dass er diese Szene schon einmal erlebt hatte. *Ja,* dachte Schroeder, *wir haben das eben schon einmal erlebt, und irgendwie ist es da anders gewesen.* War Tamra nicht gestolpert, und er hatte sie hochgezogen?

»Die Desorientierung durch die Strangeness in diesem … Wasserfall ist offensichtlich sehr stark«, sagte er. »Wir sollten uns von den Effekten nicht irremachen lassen. Komm weiter.«

Sie bewegten sich mühsam durch die prasselnden Wassermassen.

»Wie tief kann dieser angebliche Wasservorhang denn noch sein?«, stöhnte Tamra auf.

Schroeder stutzte. *Auch das hast du eben schon einmal gesagt.*

»Gehen wir überhaupt noch in die richtige Richtung?«, fragte Tamra. »Ich weiß ehrlich gesagt gar nicht mehr, wo vorn und hinten ist.«

»Vorn«, sagte Schroeder, »ist da, wo die Litze nicht ist – *verdammt!*«

»Was?«

Für einen Moment hatte ihn das eingeweideüberfrierende Gefühl überkommen, in einer Art Wahrnehmungsschleife festzuhängen. Er holte tief Luft. »Tamra. Bitte. Wir reden jetzt nicht. Wir gehen vorwärts. Unsere einzige Chance.«

Schweigend stapften sie weiter. Endlose fahl schimmernde Wassermassen stürzten um sie herum zu Boden.

Schroeder ignorierte die Tatsache, dass die Fluten unmöglich so leicht hätten abfließen können. Sie beide hätten sich normalerweise längst schwimmend fortbewegen müssen, in einem reißenden Strom.

Aber was hieß hier schon »normal«?

Unvermittelt ließ die Gewalt der Fluten nach. Stattdessen war da ein vager Eindruck von Eiseskälte. Die Helmanzeigen sponnen nach wie vor, aber um die beiden Menschen war eine Art Nebel, der ferne Eisflächen erahnen ließ … kalbende Eisberge ohne jeden Ton … dafür wimmernde, klirrende Nordlicht-Effekte. Knacklaute liefen auf sie zu und entfernten sich wieder, als drohte die Welt um sie herum jeden Moment zu bersten.

Tamras Hand krampfte sich kraftvoll um die seine. Tamra Cantu mochte unterernährt und ausgezehrt sein, aber sie war auch zäh.

Schroeder blinzelte. Da war eine Öffnung in dem leuchtenden Nebel, eine Röhre. Sie wand und bog sich zeitlupenhaft ins Nirgendwo.

»Komm!« Er zerrte die Frau weiter, hinein in die Röhre.

»Wir sind gleich dort!« Er spürte es genau.

»Startac!« Tamras Stimme war nur ein Hauch. »Dort vorn … das ist … eine andere Welt? Ich will … ich muss … dorthin …«

Sie knickte ein neben ihm. Er zog sie hoch, legte sich ihren Arm um die Schultern, schleppte sich weiter. Er hätte sie gern hochgehoben, auf Armen getragen, aber er konnte selbst nicht mehr.

»Tamra«, sagte er, »ein Stück noch, komm.« Sein Kiefer schien meterbreit, hohl und wie mit zu geringer Geschwindigkeit abgespielt kam die Stimme heraus. Startac schüttelte den Kopf, und der Effekt verging.

Wie eine Motte vom Licht, so fühlte er sich von dem angezogen, was am Ende des flackernden Tunnels lag …

Eine andere Welt.

»Tamra? Dieses Glühen dort in der Dunkelheit … Ist es rötlich? Feuersglut?«

Seine Gefährtin lallte nur noch Unverständliches.

Schroeder stolperte weiter. Inzwischen wusste er nicht mehr, ob er Tamra stützte oder sie ihn.

Wieder hatte er das Gefühl, diesen Tunnel schon einmal entlanggestolpert zu sein und dass es sich ähnlich angefühlt hatte, aber nicht ganz. Andere Worte, andere Empfindungen.

Und ich bin immerhin Mutant, dachte er. *Wie mag es Tamra gerade ergehen?*

Vor ihnen waberte es dunkel. War das Nacht da draußen? Überall schwebten seltsame Lichter in verschiedenen Grautönen, Lampen in den unterschiedlichsten geistverwirrenden Formen. Und dann erblickte Schroeder die wimmelnden, leuchtenden, halb durchsichtigen Körper.

Sie waren nicht richtig zu erkennen. Tiere vielleicht? Sich merkwürdig verändernde Traumgestalten? Startac kniff die Augen zusammen. In den Lichtblasen war irgendetwas.

Längliche Körper schimmerten zwischen den Lichtblasen hervor – schlängelnde, sich windende Körper … dunkel … schwarz … mit unzähligen wimmelnden Beinchen … in diese Blasen gehüllt, als hätten sie sich maskiert.

Was um Himmels willen war das dort drüben? Eine Alptraumvision?

Oder – Schroeder hatte beinahe das Ende des Tunnels erreicht und bemerkte die Bässe, die dumpf durch seine Füße drangen – ein rauschendes Fest?

Er stolperte ins Freie. Unvermittelt war Gekreisch um ihn, grässliche Dissonanz. Er ließ Tamra los und hielt sich die Ohren zu – nein, versuchte es. Seine Hände schlugen an den Helm. Aber Schroeder wusste nicht mehr, was ein Helm war, was Außenmikrofone waren und wie sie sich herunterregeln ließen.

Er sackte zur Seite, fiel halb über Tamra hinweg. Das schrille, grelle, vielstimmige Pfeifen bohrte sich in sein Hirn. Er wurde ohnmächtig.

Anscheinend dauerte seine Bewusstlosigkeit nicht lang, denn als er wieder zu sich kam, lag er immer noch über Tamra hingestreckt, schnitt sich noch immer dieses schreckliche Gepfeif in seinen Schädel.

Aber die kurze Auszeit hatte seinen Geist wieder geklärt. Schroeder ging auf alle viere, dann auf die Knie.

Die Leuchterscheinungen waren näher gekommen.

Tamra zuckte neben ihm, krampfte. Rasch griff er an ihre Anzugsteuerung und dämpfte die Lautstärke. Dann tat er das Gleiche bei seinem Anzug.

»Gut«, flüsterte er.

Hinter ihm erlosch flackernd der Tunnel, durch den sie gekommen waren.

Vor ihm … Schroeder wandte den schweren, trägen Kopf …

Die Wimmelwesen hatten sich in einem weiten Halbkreis um sie versammelt.

Das waren Riesenasseln dort unter den Lichtblasen! Nein, Borstenwürmer! Nein, ein Meter große, kreischende Hundertfüßler!

Pechschwarz gepanzertes Riesenungeziefer.

Und die Wesen waren intelligent, Schroeder spürte es. Er nahm Rausch wahr, Neugierde, Aufgekratztheit. *Die feiern ein Fest? Hoffentlich brauchen sie nicht noch ein paar lustig anzusehende exotische Leckerbissen fürs Buffet.*

Seine Arme knickten ein. Er musste liegen. Einfach liegen jetzt. Als er die Augen schloss, sah er vertrocknete, zusammengerollte, schwärzliche leere Schalen und Bruchstücke vor sich, an denen noch einige fransenartige Beinchen hingen. Sie waren grell von der Sonne beschienen.

Hatte er sie auf Terra Incognita gesehen?

Ja. Nein. Doch. Die vertrockneten Überreste hatten auf recht große Insektoide hingedeutet.

Anscheinend hatten diese Wesen hier einmal den Durchgang nach Terra Incognita gewagt.

Nur nicht mehr den Durchgang zurück, dachte er. *Und ich kann's ihnen nicht verdenken.*

Er öffnete die Augen wieder, wandte den Kopf mühsam zu den Wesen.

Mensch, tat das weh!

Der deutlichste Hinweis, dass er wirklich überlebt hatte.

Oder hing er noch immer in diesem Strangeness-Feld fest?

Seine Wahrnehmung war eindeutig gestört. Das alles konnte nicht wahr sein. Diese geradezu psychedelischen Effekte. Wieder hatte er den Eindruck, diese Szene bereits in einer anderen Version erlebt zu haben.

Er sah die Hundertfüßler an unter ihren Lichtblasen, die beständig waberten und sich verformten.

Herrgott, wie musste das erst für Tamra aussehen, in aller Farbenpracht. Einen Moment lang war er froh, ein Monochrom-Mutant zu sein. Aber Tamra war ohnmächtig geworden, wie er sich mit einem Seitenblick überzeugte.

Ist sie vorhin auch ohnmächtig geworden an dieser Stelle? Er schüttelte den Kopf. *Nicht irremachen lassen jetzt. Abschalten. Einfach wahrnehmen. Wahrnehmen und handeln.*

Jedes der schwarzen Wesen um ihn und die reglose Frau verfügte über ein Schock langer, leicht gebogener Fühler wie aus Draht. An manchen Enden saßen Augen. Er streckte die Hand aus, berührte eines der Augen. Es zog sich wie eine Schnecke in die offensichtlich hohle Fühlerspitze zurück.

»Stielaugen, schick. Ich weiß, was gleich passiert«, sagte Schroeder. Er musste lachen. Verschluckte sich. Hustete. »Gleich kommt ein Dings … ein …«

Er kämpfte sich hoch. Stand wackelig da, den Kopf in den Nacken gelegt, starrte seine Nasenflügel entlang.

Aufgeregt zuckten die Fremdwesen mit den Fühlern und wimmelten umeinander. Dann verformten sich die Lichtkugeln um sie herum, stülpten Fortsätze aus. Waren das Arme? Beine?

Schroeder sah schwankend zu, wie die Lichterscheinungen sich zu ungeschlachten Humanoiden formten, zu Riesenwesen, die verformte, höckerbesetzte Köpfe besaßen und Hände, die aussahen wie zerflossen.

»Ja, genau«, knarrte Schroeder. »Ein Kelosker. Dankeschön, die Herrschaften. Die Wurmschaften.« Er lachte glucksend.

Fühlte es sich so an, den Verstand zu verlieren?

Dutzende von Kelosker-Lichterscheinungen blähten sich vor ihm auf.

Dann kam ein Posbi-Gleiter angerast.

»He! Ihr Brüder auch noch?«, brüllte Schroeder. »Seid ihr wahres Leben oder was?«

Wieder musste er lachen, husten. Auf einmal lief ihm die Nase. Er leckte sich die Oberlippe.

Das war kein Nasensekret. Das war Blut.

Schwärze sickerte wie Tinte vom Rand seines Gesichtsfelds her ein. Im letzten Moment sah er noch, wie der Posbi-Gleiter sich öffnete und der größte Hundertfüßler von allen sich über ihn beugte. Schroeder sah ihm direkt in das klaffende Maul. Mandibeln zuckten darin.

Dann verschluckte die tiefschwarze Tinte auch dieses Bild.

Vier

Die nächsten Wochen waren wirr, waren wunderbar, waren wahnsinnig. Tawe und Adilai waren ein Paar. Das schönste der Stadt, wie Tawe fand.

Die Ausflüge mit Adilai ins Umland der Stadt sollten später zu Tawes schönsten Erinnerungen gehören. Auch zu ihren schmerzlichsten. Sie riefen sich einen der allgegenwärtigen Alles-für-euch-Gleiter und sausten kreuz und quer über den ganzen Kontinent.

All die Geschöpfe, die hier draußen existierten! All die Wunder!

Sie waren noch öfter auf dem Herzberg, dem Ort ihres ersten Rendezvous. Manchmal saßen sie sogar vor dem Lodertunnel. Adilai fühlte sich von ihm angezogen. Sie konnte lange in seine kalten Flammen starren, die Tawe immer so zerstörerisch vorkamen. Bis zu diesem Tag war jede Ueeba, die sich hineinwagte, verlorengegangen und nie wieder zum Vorschein gekommen.

Jede Ueeba, die es hinein *schaffte*. Die Alles-für-euch passten auf. Warum die Maschinenwesen die Ueeba nicht gänzlich daran hinderten, indem sie einfach einen Schild über den Tunnel legten, wusste Tawe nicht.

Sie wusste aber, warum sie keinen Zaun darum zogen. Wegen der Elolane. Elolane konnten Zäune nicht ausstehen. Wenn ein Elolan einen fand, biss es ihn kaputt und zertrampelte ihn. Gelang dies dem Elolan nicht, weil der Zaun aus zu stabilem Material errichtet worden war, fügte es sich bei dem Versuch grässliche Verletzungen zu. Keine Absperrungen also um den Lodertunnel!

Ansonsten waren die Wesen freundlich und völlig harmlos. Wie geschockt waren Adilai und Tawe, als sie eines Abends mit ansahen, wie eine Herde Elolane von den Flammteufeln zu Tode gehetzt wurde. Flammteufel waren Schwärme aus tanzenden Flämmchen, Geist-Tiere, die sich wahrscheinlich von der Furcht nährten, die Herden empfanden, wenn sie von den Flammen eingeschlossen wurden.

Für Ueeba waren diese ätherischen Wesen höchstens lästig, ein Prickeln auf der Larve. Für Tiere aber, die harmlosen Elolane zumal, waren sie eine tödliche Gefahr.

Wie die Elolane schrien, wie sie mit ihren Donnerfüßen stampften – wie sie zuckten, stürzten, krampften! Der Boden bebte, ließ die Panzerbögen der beiden Ueeba erzittern. Und dann Ruhe. Stille. Massige lila Leiber mit Beinen wie

Baumstümpfe, eben noch voller lebendiger Kraft, lagen hingeworfen wie Felsgestein. Und die Flammen tanzten darüber, zogen wirre Glutspuren durch die Dämmerung.

Tawe fand ein Junges, es lebte. Noch. Bis tief in die Nacht hinein barg sie es in ihrem Rund. Sein Atem war kaum zu spüren. So lagen sie, Adilai rund an Tawes Rücken, und irgendwann war das Elolan merklich kühler unter Tawes Füßen.

Noch im Sterben sind wir von Leben umhüllt, dachte sie die alten, heiligen Worte. *So ist es, und so soll es sein.*

Dieses Elolan erwies sich als das Beste, das Tawe je gegessen hatte. Auch trauriger aß sie nie.

Adilai liebte Tawe dafür.

Adilai schien sie für alles zu lieben.

Sie waren glücklich. Dann aber brach die nächste Hitze über sie herein.

Tawes Bauch schwoll an. Sie wurde kribbelig, gereizt. Tausend Gründe, sich von Adilai zu entfernen, wuchsen heran. »Ich will nicht gehen«, sagte sie eines Abends. »Aber ich muss.«

»Weiß ich.«

»Es ist nur Sex.« Tawe wiegte ihren prallen Leib auf einer tagheißen Dachrippe. »Fortpflanzung.«

»Weiß ich. Weiß ich doch.«

»Ich bin nur froh«, ächzte Tawe, »dass du dein Fraufest noch immer vor dir hast! Die Vorstellung, dass du jetzt auch …«

»Pst«, machte Adilai. »Ist ja gut.«

Tawe fluchte. Oh, wie sie fluchte!

»Hey«, sagte Adilai. »Vergiss nicht, dass auch du etwas davon hättest, wenn ich schon eine Frau wäre. Weißt du noch, neulich? So etwas könnte dann nicht mehr passieren.«

Tawe musste lachen und konnte nicht mehr fluchen.

Auch das sollte später eine ihrer schönsten Erinnerungen sein, und diese eine schmerzte nie: Wie sie trotz besseren Wissens zu bäumeln versuchten, an nur einem Faden. Tawes Faden. Wie sie sich drehten und umschlangen, und wie mitten im schönsten Gebäumel, als ihrer beider Innerstes weich und aufgeblüht war, Tawes Faden riss und sie kreischend zu Boden stürzten, ins tagverbrannte Gras. Wie sie zu dem Baum hinaufschauten, an dem durchsichtig-weiß der Faden klebte, ein wirres Gespinst an den blaugrünen Blättern, und sie lachen und immer wieder lachen mussten und sich gar nicht voneinander lösen wollten. Noch als sie Erde und Grashalme von ihren feuchten Innersten entfernten, mussten sie kichern, obwohl es mühevoll war und ziepte.

»Halt mich«, sagte Tawe. Adilai hielt sie.

»Ich muss gehen«, sagte Tawe. Adilai ließ sie gehen.

Und Tawe vergaß sie.

Mit jedem Schritt vergaß Tawe sie ein bisschen mehr. Mit jedem Schritt brannte sie mehr darauf, endlich auf einen Forscher, auf einen *Mann* zu stoßen und sich mit ihm an den nächsten Baum zu hängen. Sie fühlerte nach den feinen Schwaden in der Luft, nach dem Duft sonnenverbrannter, heißer Panzerhaut.

Alles in ihr juckte, zog sich zusammen, dehnte sich wieder.

Je weiter sie in die Richtung lief, aus der die männliche Lockwürze heranzuranken schien, desto mehr Frauen waren um sie herum, alle heiß, alle prall. Ein Wettlauf, ein Drängeln, ein Schubsen.

Ein Gleiter stieß auf die Ueeba hinab.

»Du«, sagte ein Mann-Riese dröhnend über den Frauen. »Tawe tla Mouach.«

Tawe seufzte. Endlich!

Der Alles-für-euch hob sie mit einem Zugstrahl hinauf.

Vor ihr stand der Forscher, der am Herzberg die Bildrosen über Adilai und sie ausgeschüttet hatte.

Er sah so gut aus! Er war so reif! So stark! So bildmächtig! Und wie erotisch es war, dass die Imago-Forscher nie Larven trugen! Sie, die ihn neulich noch gehasst hatte, verzehrte sich nach ihm.

»Wo willst du hin?«, fragte sie, als der Alles-für-euch keine Anstalten machte zu landen. »Willst du uns keinen Baum suchen?«

Der Forscher lachte. »Einen Baum? Wo wir hinfliegen, Prachtweib, brauchen wir keine Bäume!«

Der Alles-für-euch schloss sich und stürzte hoch in die Luft empor, flog in einer weiten Kurve von der Stadt weg, in der Tawe ihr junges Leben verbracht hatte. Der Gleiter beschleunigte. Hinter ihnen verschwand die schwarz schimmernde Fläche des Meeres am Horizont. Sie hielten auf das Landesinnere zu.

»Du bringst mich … zum Siebenberg, Chef?« Tawe wagte es kaum, den Namen des gewaltigen Zentralmassivs auszusprechen.

»Zur Psi-Fabrik, Tawe, genau. Die Forschungsleiter warten schon.«

Es war dies Tawes dritte Hitze. Noch nie war sie in die Fabrik eingeladen worden. Sie überlegte, so gut das in ihrem Zustand eben ging.

»Der Schleierstern?«

»Ganz recht, Prachtweib. Er ist nah, wie damals bei deiner Geburt.« Er zeigte mit den Fühlern in eine Richtung, aber sie konnte den Schleierstern natürlich nicht sehen. Das konnten nur Männer.

Wenn der Schleierstern am Himmel stand, das wussten alle Ueeba, wurde eine Generation von besonders begabten Kindern geboren. Zu einer solchen Generation gehörte auch Tawe.

Sie rieb sich an dem Forscher, knabberte an seinen Brustbeinen. »Wann sind wir denn da?«

»Bald«, sagte er. »Bald. Ha-hrm.«

Schon erhoben sich in der Ferne vor ihnen graue Formationen aus dem Fahlblau der Fadenwälder. Die Wälder blieben zurück, wichen seltsam schimmernden Buckeln. Es mochten dicht mit Regenbogengras bewachsene Felsen sein. Sie sackten unter dem Gleiter weg. Er stieg auf, immer weiter auf.

Ihrer Hitze zum Trotz wurde Tawe von einer Beklemmung ergriffen. Von Ehrfurcht vielleicht. Angst war es nicht. Sie hatte die Psi-Fabrik noch nie gesehen. Ohne einen Forscher brachte kein Alles-für-euch eine Ueeba zum Siebenberg. Überallhin auf der Welt, ja. Aber der Siebenberg war Sperrgebiet für die Frauen.

Angeblich lag hier auch die Stadt der Alles-für-euch. Angeblich stellten sie hier alles für die Ueeba her. Oder holten es mit riesigen Gleitern aus dem Sternenmeer. Angeblich gab es hier einen Ring von sieben Lodertunneln. Angeblich lebten hier auch die gewaltigen Hüter, die sich nur selten einmal hinunter in die Niederungen der Ueeba begaben.

Der Forscher, dessen Namen Tawe noch immer nicht wusste, rieb ihr den Rücken.

Hoch und höher flogen sie unter den Sternen, immer an der grau und weiß gefleckten Wand empor.

Und dann waren sie darüber hinweg.

Chrrrr!, machte Tawe.

Der Forscher lachte klackend. »Erstaunt?«

»Erstaunt … verblüfft … fassungslos. Was *ist* das?«

»Die Ringstadt der Alles-für-euch.«

Von links und rechts bogen sich die Bergketten vor, umrundeten augenscheinlich ein riesiges, kreisrundes Areal. Unter ihren Hängen breitete sich eine gewaltige künstliche Landschaft aus, ein ganzes Meer aus Alles-für-euch. Es funkelte bläulich und schwarz unter den Sternen. Damals wusste Tawe es als eine einfache Ueeba noch nicht: Es war eine gewaltige Industrielandschaft aus Fabriken, Landefeldern, Montagestrecken. Dort lebten keine Ueeba, dort spielte sich das Maschinenleben der Alles-für-euch ab, die aus ihrer Ringstadt heraus wiederum tatsächlich für das Wohlergehen der Ueeba sorgten.

Der Forscher wandte sich an den Gleiter. »Können wir einen kleinen Schlenker über das Tal der Dimensionen machen, mein Guter?«

»Das müsste ich mir erst genehmigen lassen, Chef.«

»Ich bitte darum. Wir wollen doch Tawes Horizont ein wenig erweitern.«

Der Gleiter schwieg.

»Das Tal der Dimensionen!«, sagte Tawe. »Diesen Namen habe ich noch nie gehört. Hat es etwas mit den sieben Lodertunneln zu tun?«

»Die sieben Lodertunnel sind ein Ammenmärchen, Kind«, sagte der Forscher. »Obwohl … es geht sicher auf das Tal der Dimensionen zurück.« Mehr sagte er nicht.

Tawe stieß ihn an.

Er lachte. »Neugierig, die Kleine. Dachte ich's mir doch! Das Tal der Dimensionen liegt in der Mitte der Ringstadt. Wo eigentlich flaches Land sein müsste, fällt eine Senke ab. Unten wogt nur Nebel.«

»Und warum dieser Name?«

Er antwortete nicht. Stattdessen wandte er sich an den Gleiter. »Was ist denn nun, mein Guter?«

»Tut mir leid, Chef.«

»Na schön. Ha-hrm. Warum dieser Name, willst du wissen, Tawe? Weil der Hang keinen Boden kennt. Er sinkt unendlich tief ab. Kein Ueeba hat je gesehen, was sich auf dem Grund des Tals abspielt. Wenn es denn einen Grund hat.«

Tawe stand der Sinn nicht mehr nach Landschaftsbeschreibungen. Sie überkam die nächste Hitzewallung. »Wann sind wir endlich da? Und *wie viele* Forscher warten da auf mich, hast du gesagt?«

»Ich habe gar nichts gesagt. Bald, Prachtweib. Bald.«

Sie wollte sich knabbernd zu seinen Mandibeln hocharbeiten, doch seine Beine hielten sie eisern fest.

Mit jeder Hitze vergaß sie sich mehr.

»Schau hinaus!«, sagte er. Nicht unfreundlich. Sie konnte spüren, dass sie ihm gefiel. Sein Innerstes war aufgeblüht und pulste an die Gleiterwandung, hinterließ feuchten Glanz und Schaum. Aber irgendwie schaffte er es, sich von seinem Leib nicht beherrschen zu lassen. »Schau sie dir an!«

Sie sah hinaus. Unter ihnen lag immer noch dieses funkelnde Alles-für-euch-Gewimmel. »Wen denn? Wen soll ich mir anschauen?«

»Die *Fabrik*. Auf dem Siebenberg.«

»Auf dem Siebenberg? Aber ich dachte, dieses ganze Ringgebirge wäre der …« Der Anblick schnitt ihr das Wort ab.

Der Siebenberg war offensichtlich der höchste Gipfel des Gebirges. Und in seinen Steilhängen gleißte ein Feuer! Es tat ihr in den Fühlern weh. Tawe wandte sich ab.

»Sieh hin, Kind. Sieh hin!«

Es war kein Feuer.

Schroffe Mauern hatten klaffende Wunden in die Steilwände des Siebenbergs geschlagen. Sie wurden von gewaltigen Strahlern beleuchtet, die die freundliche Sternennacht zum brutalen Tag machten.

»Wir Kollegen schätzen das Dunkle nicht«, sagte Tawes namenloser Verehrer. »Wir arbeiten. Wir machen die Nacht zum Tag.«

Blendende Flächen! Schmerzhaft grelle Kanten! Rechte Winkel überall! Die Psi-Fabrik ängstigte Tawe.

Sie war grau, gleichmäßig grau. Um sie herum wucherte bunt die Pflanzenwelt. Aber das Regenbogengras endete wie abgeschnitten an den Mauern. Die purpurnen Fledderflechten, riesig sich aufwölbende Faserbögen kreuz und quer über dem Felsgestein, waren abgestorben und verkümmert, wo sie die Mauern erreichten. Nirgends Schatten, nirgends die sonst allgegenwärtigen Nachtschattenflaumhörnlinge. Die Fabrik war ein Fremdkörper. Ein schrecklicher Fremdkörper!

Tawe erschauderte. »Was für ein beängstigender Anblick! Hier lebt ihr?«

Er antwortete nicht, hustete nur.

Der Alles-für-euch bremste ab und landete auf einem Mauervorsprung hoch über der Schlucht. Er ließ seine Kuppel auffahren. Kalte Luft fiel ins Innere. Der Forscher und Tawe stiegen ins grelle Licht hinaus. Sie verdunkelte ihre Larve, aber die Fühler taten ihr trotzdem weh. Plötzlich klaffte eine Öffnung vor ihnen. Tawe zuckte zusammen.

»Keine Angst. Das ist nur ein Tor. Ha-hrm.«

»Ein Tor?«

»So etwas kennt ihr Frauen nicht. Die verschließbare Öffnung eines Hauses.«

Sie gingen hinein. Hinter ihnen schlug das Tor-Ding zu.

Vor ihnen lag tödlich weiße Helligkeit. Tawe sah Schemen, die sich gelassen auf sie zubewegten.

Oh, wie sie dufteten!

»Seht, wen ich uns mitgebracht habe, Kollegen.«

Tawe stürzte sich mitten unter sie. »Tawe!«, hörte sie die Männer flüstern. Ihre Fühler glitten über Tawes Leib, während sie die Frau in eine hohe, abgedunkelte Halle trugen. Am Fuß der Wände flackerten Kerzen. Aus der Mitte der Halle erhob sich eine gewaltige Säule, die sich oben zu einem steinernen Baum verzweigte. »Tawe!«, flüsterten die Männer und trugen sie zu dem Baum, »Tawe tla Mouuach!«

Der Rest war Rausch, Rotieren, Selbstvergessenheit.

Fünf

Mondra Diamond zog ihre Trainingskleidung an. Sie hatte sich aus dem Fundus der Alteraner bedienen dürfen.

Der Konvoi der 13 Fragmentraumer hatte inzwischen 1500 Lichtjahre in Richtung des galaktischen Zentrums zurückgelegt und bei einem Konglomerat-Fort der Posbis Station gemacht, das im freien Raum schwebte. Das Fort hatte ihnen eben die entscheidenden Kursdaten übermittelt.

Während sich BOX-1122-UM im Konvoi mit den anderen über kurze Linearetappen und mit geringem Überlichtfaktor voran zu einem Ziel tastete, das ihnen nicht bekannt war, wollte Mondra joggen gehen.

Es reichte doch, dass Perry und die anderen darauf lauschten, ob die Kursdaten, die man von dieser Instanz Siebenkopf bekommen hatte, nun einen Durchflug ermöglichten oder nicht.

Etwas ausrichten konnten sie ohnehin nicht, und Mondra verspürte nach den Tagen in diesem Schiff einen enormen Bewegungsdrang. Dann war die Fluggeschwindigkeit eben gering; ihr sollte genügen, dass sie überhaupt vorankamen.

Sie verließ ihre Kabine und machte sich wieder auf ihre winzige Joggingrunde, die sie ein paar Gänge des Decks entlangführte, auf dem sie sich zumeist aufhielten.

»Pst, Mondra!«, hörte sie auf einmal die Stimme von Nano Aluminiumgärtner hinter sich. Sie seufzte auf und legte einen Zahn zu.

»He, Mondra! Warte doch!«

Neben ihr tauchten die scheinbar wahllos zusammengeschraubten Komponenten des Posbis aus blaugrauen und anthrazitfarbenen Materialien auf. Seine Arme und Beine wirkten wie angeschmort, dennoch lief der hoch aufgeschossene Robot-Tänzer mit den schmalen maschinellen Hüften und breiten Schultern auf erstaunlich elegante Weise neben ihr her.

»Nano«, sagte sie, ohne zu keuchen. »Hast du nicht gemerkt, dass ich das Tempo angezogen habe?«

»O ja, Mondra. Ein klassisches terranisches Jagd-Spiel. *Hasch mich, ich bin der Frühling!,* musst du noch rufen.«

Sie blieb stehen und massierte ihre Schläfen mit den Fingerspitzen. Sie wusste nicht, ob sie schreien oder lachen sollte.

Nano stand vor ihr. Seine zwei Multi-Sensorflächen am Kopf sahen aus wie Augen, der Schlitz zur Sprachausgabe war wie immer halbmondförmig gebogen. Der Robot von der traurigen Gestalt. Seine zwei Meter Größe machten das nicht besser.

Trotz der heruntergezogenen »Mundwinkel« hatte seine Stimme ein munteres, hoffnungsvolles Timbre. »Es war nur ein Scherz, hi-ha, hi-ha, hi-ha! Ich habe eine Überraschung für dich, Mondra.«

»Aha? Und die wäre?« Sie ging in eine Dehnübung.

»Komm mit.«

Er führte sie durch ein Gewirr von unbeleuchteten, engen Gängen, die manchmal steil abfielen oder anstiegen. Mondra verlor die Orientierung fast ebenso schnell wie die Geduld. Sie wollte dieser Angelegenheit gerade ein Ende setzen, da strich kühle, frische Luft über ihr Gesicht. Sie folgte Nano in einen Durchgang, hinter dem es rötlich schimmerte.

»Hier kannst du besser joggen«, erklärte der Posbi und breitete die Arme aus. »Mehr Platz. Mehr Atemluft auch. Und eine schönere Umgebung, dachte ich.«

Mondra sah sich verblüfft um. Stahlgraue Säulen wuchsen in nicht ganz regelmäßigen Reihen empor, sodass sie eher wie ein metallener Park wirkten als wie ein Bauwerk. Oben verzweigten sie sich, verbanden sich zu etwas, das an einen gewaltigen Kreuzgang erinnerte oder an die Innenseite eines kopfstehenden Schiffsbauchs. »Nano. Donnerwetter. Ich bin begeistert.« Nirgendwo waren Posbis zu sehen. Das Licht kam orange glühend von den Außenwänden her. Die Anlage wirkte wie ein Wald, um den die Sonne unterging. »Und du meinst, hier kann ich problemlos joggen?«

»Aber ja.«

»Danke für den Tipp.«

»Du kannst jetzt in aller Ruhe deinen K-körper ertüchtigen. Ich werde draußen auf dich warten und dich zurückbringen, wenn du gestattest. Diese Gänge sind etwas unzuverlässig.«

Die gesamte erste Runde kam Mondra aus dem Kopfschütteln nicht heraus. Was war denn nun schon wieder in den Posbi gefahren? Aber diese kleine Aufmerksamkeit war immerhin angenehmer, als dass er allen, die es garantiert und absolut nichts anging, ausführlichst erläuterte, warum Perry und sie unbedingt wieder ein Paar werden mussten …

Sechs

In einem Alles-für-euch-Gleiter kam Tawe zu sich. Draußen war es dunkel. Sie verdurstete. Sie hatte Hunger. Ihr Leib war mürbe. Und sie war dünn.

»Wie lange?«, fragte sie den Alles-für-euch. »Wie lange war ich in der Fabrik?«

»Verzeihung? Ich verstehe nicht.«

Aber Tawe verstand. Allmählich. Sie war dünner als dünn. »Du … du hast mich nicht an der Fabrik abgeholt. Sondern am Hütehaus.«

»Das ist richtig, Tawe.«

»Ich fasse es nicht! Ich hab die *Ablage* verschlafen?«

»Vielleicht war das ganz gut so, Tawe. Ich habe hier den Bericht vom Hütehaus. Du warst sehr ausgetrocknet. Und wund. Viele Ueeba lassen sich sogar extra betäuben für die Eiablage. Es ist weniger traumatisch. Soll ich dich zu deinem Haufen bringen?«

»Ja«, sagte Tawe. »Nein. Zu Adilais Haufen. Oder lieber doch zu meinem!« Sie war völlig durcheinander. Sie kam sich wie betrogen vor. Nach ihren ersten beiden Hitzen hatte sie es so genossen, sich von den tausend Eiern zu erleichtern.

»Ich kann dich auch irgendwo anders absetzen. Am Herzberg bist du immer gern.«

»Nein. Nein, bring mich … bring mich ans Meer. Aber nicht zu einer der Garküchen. An irgendeinen einsamen Strand. Und lass mir etwas zu trinken kommen. Mindestens zwei Fässchen!«

»Wie du wünschst.« Er ging hoch und beschleunigte. Bald war das Meer zu sehen, das große, schwarze, glänzende Nichts. Tawe wackelte mit den Beinen, dehnte die Bogenglieder. Wie steif sie war!

Am Strand grub sie sich über der Wasserlinie in den feuchten Sand ein und genoss seine Kühle. Der Alles-für-euch stach das erste Fässchen an, schob den Schlauch hinein.

»Du?«, sagte Tawe irgendwann, nachdem der Gleiter und sie lange geschwiegen hatten. »Kannst du bei mir bleiben? Und falls ich einschlafe und es Tag wird, kannst du mich dann zu meinem Haufen bringen?«

»Aber ja«, sagte er. »Dafür sind wir ja da.«

Lange lag sie dort am Strand. Aber sie schlief nicht. Sie machte sich Gedanken. Je länger sie dort lag, desto größer wurde ihre Sehnsucht nach Adilai. Herrliche, prachtvolle, zarte, freundliche Adilai!

Aber Tawe ließ sich nicht zu ihr fliegen. Es kam ihr immer noch wie ein Wunder vor, dass Adilai sie liebte. Ausgerechnet sie. Dabei fand Tawe sich durchaus liebenswert. Sie war hübsch, wenn auch robust, was aber vielen gefiel; sie war talentiert – eine würdige tla Mouuach, von ihrem Eigensinn einmal abgesehen. Und Tawe fand auch – daran hatte sich nichts geändert –, dass sie das schönste Paar der Stadt waren. Aber nun, da sie in ihrem Sandversteck darüber nachdachte, fand sie Adilai um einiges liebenswerter.

Natürlich, sie war ja in sie verliebt. Aber es gab noch einen tieferen Grund. Damals kam sie nicht darauf. Aber später sollte sie denken, dass es Adilais Mädchensein war, das Tawe sie so überhöhen ließ. Ihre Reinheit, ihr Fernsein von Hitze, Eiablage, Bäumeln – von *Männern*. Das vor allem.

So sollte Tawe später darüber denken. Damals grübelte sie in ihrem Sandversteck nur, wie Adilai und sie für immer vereint bleiben konnten. *Für immer vereint!,* dachte sie und nahm noch einen Schluck Bier. *Bin ich denn nur noch eine romantische Närrin?*

So lag sie und grübelte und trank und wurde immer berauschter. Ihre Larve gaukelte ihr die unglaublichsten Dinge vor, Tawe hatte völlig die Beherrschung über sie verloren. Sie sah wimmelnde Eier an der Innenfläche der Larve, sah Fühler, tausend Fühler wie ineinandergreifende Fächer, Wedel. Berge wölbten sich empor wie Leiber, Leiber wiegten und bogen sich, erstarrten, wuchsen auf zu den großen, freundlichen, gerundeten Häusern der Ueeba. Der grüne Jadepalast mit seinen Toren, seinen Fenstern, durch die hundert Ueeba zugleich gepasst hätten. Tawe sah Augen ohne Fühler, sah Hände, sah die lappigen Gliedmaßen der Hüter …

Es war so still. Nur das Meer plätscherte träge.

»Du?« Ihre Stimme kam ihr seltsam vor, sie klang so gedehnt. »Kannst du mir ein bisschen Musik machen?«

»Was möchtest du denn gern hören?«, fragte der Alles-für-euch.

»Etwas Wildes. Kraftvolles. Zuversichtliches.« Sie nannte ein paar Namen.

Musik setzte ein, steigerte sich rasch zu einem Klangteppich, der Tawe endgültig abheben ließ.

Sie sah blaues Glühen, einen Wirbel. Den Lodertunnel? Eine Gestalt darin … kam näher … richtete sich auf, die Brustbeine vorgestreckt. Nackt. Larvenlos. Tawe kannte die Farbverläufe zwischen den Panzern, kannte sie auswendig.

»Adilai!«, heulte sie auf in ihrem Rausch. »Ich hab solche Sehnsucht nach dir! Aber ich kann nicht kommen. Ich kann noch nicht kommen!«

»Wohin willst du denn kommen?«, meinte sie Adilais Stimme schwach durch die Musik zu hören. Die Erscheinung kam näher. Sie berührte Tawe.

Tawe zuckte zusammen. »Du … bist ja wirklich da!«

»Der Gleiter hat mich gebracht.«

Tawe sah einen Alles-für-euch verschwinden. Er wurde rasch von den Schatten verschluckt. »Ja, aber …«

»Ich wollte bei dir sein. Du warst so lange weg.« Adilai wühlte sich neben sie. Sand schmatzte feucht. »Du hast getrunken. Wie viel hast du noch? Ich will auch betrunken sein.«

»Trink«, sagte Tawe und sog Adilais Duft ein. »Trink!« Sie lachte. »Du kannst jetzt ausmachen«, sagte sie zu dem Alles-für-euch. Die Musik verklang. »Und ein bisschen weiter weg warten. Danke.«

In der Stille und in der Abgeschiedenheit feierten sie ihr Wiedersehen. Das zweite Fässchen trank Adilai leer. Sie roch so gut! … Flüstern … Streicheln … herrliches Schaben und knirschender Sand … »Adilai!«, flüsterte Tawe irgendwann. »Ich will mich nie wieder so von dir entfernen!«

»Aber du hast dich doch nicht von mir entfernt.«

»Nie wieder, sag ich. Ich will immer mit dir zusammen sein. Nur mit dir.«

»Ich auch. Aber …«

»Ich will dir *treu* sein. Ich …«

Adilai lachte. »Männer zählen doch nicht. Oder hast du …?«

»Was? Nein. Nein! Es gibt keine andere. Aber hör mir doch zu, Adilai. Ich hab mir das überlegt. Darum konnte ich nicht kommen. Ich hab mir das genau überlegt. Ich *will* keine Hitze mehr kriegen. Ich *will* nicht mehr mit Männern bäumeln. Und das werde ich auch nicht mehr! Nie mehr!«

»Du bist süß«, sagte ihre Göttin und drückte sich an sie. »Wie willst du das denn machen?«

»Ist doch klar«, sagte Tawe. »Ich werd das so machen wie in dem Märchen von der Seherin Mesehi.«

Adilai rückte ein Stück von ihr ab. Misstrauen färbte ihre Stimme: »Du willst *was* so machen …?«

Sieben

Als Tamra Cantu das erste Mal erwachte, lag sie nackt in weich rieselndem Sand und blinzelte in grelles Sonnenlicht hinauf.

Ein Schatten war über ihr zu sehen, ein kopfgroßes Etwas, aus dem lauter Drähte führten, deren Enden Tamra berührten. Sie stöhnte auf, und …

… als sie das zweite Mal erwachte, diesmal in Beinahe-Schwärze, hatte sie das bedrohliche Gefühl, jeden Moment zu ertrinken, zu ersticken. Sie schlug mit den Händen um sich und traf blubbernde, quietschende Gallerte. Sie hing darin, trieb darin! Tamra schrie auf. »Startac!«

»Sorge dich nicht«, sagte eine undeutliche Stimme auf Larion.

»Startac? Warum ist es so dunkel? Wo sind wir? Ich … sinke ein! Hilfe!«

»Sorge dich nicht«, sagte die Stimme wieder. Etwas krabbelte an Tamras Hals herum. Diese Drähte wieder?

»Lass das.« Tamra versuchte die Drähte wegzuschieben, aber ihre Händen trafen den Jemand, der mit ihr sprach. Er trug eine Art Rüstung.

»Sorge dich nicht.«

»Ich sinke ein! Startac, wo bist du? Ich …«

Als Tamra zum dritten Mal erwachte, spielte der Widerschein eines Feuers über ihr. Sie lag in … einer Art Nest? Und sie hatte das sichere Gefühl, nicht allein zu sein. Da atmete doch jemand!

Sie schrak hoch, als sie die winzigen Berührungen bemerkte. Eine kopfgroße Kugel fuhr von ihr weg nach oben; ein Gewimmel dünner, gebogener Drähte entfernte sich von ihr.

»Euch hab ich doch schon mal gesehen«, flüsterte Tamra. Ihre Stimme war rau, die Kehle tat weh.

Das mussten medizinische Sonden sein. Als das Ding bemerkte, dass Tamra ruhig saß, kamen die Drahtenden langsam wieder näher.

»Haut bloß ab.« Sie schlug nach ihnen. Die Drähte zogen sich zurück, blieben tanzend knapp außerhalb ihrer Reichweite stehen.

Tamra sah sich um. Ja, ein Nest. Pflanzengeflecht, ausgepolstert mit etwas wie Federn, wie weichen Baumschwämmen, wie Tierfellen.

Sie bemerkte erst jetzt, dass sie nackt war, und raffte eines der Felle um sich. Es leuchtete grün-orange gefleckt.

Das Nest schaukelte leicht. Da lag wirklich jemand. Startac. Er schlief. Startac war ebenfalls nackt, jedenfalls so weit seine schmalen, nicht sehr kräftigen Gliedmaßen aus den Fellen hervorguckten.

Bei allen guten Müttern!, dachte Tamra. *Warum sind wir denn nackt? Wir haben doch nicht etwa …*

Sie wusste von nichts. Von gar nichts!

In ihr stieg eine Wut empor, die sie erschreckte. Wut auf Startac, dem sie nur ein einziges Mal einen einzigen, leichten Kuss gegeben hatte. Wut auf den eigenen Körper, der sie schon einmal im Stich gelassen hatte und plötzlich schwanger gewesen war; sie wusste bis heute nicht, wie und von wem.

Mordswut stieg in ihr empor, eine beängstigende, so heiße Lust zu töten, zu zerreißen, zu zerfetzen, dass ihr die Hände davon schmerzten.

Mitrade, ich hätte dich einfach … – Moment. Bleib in der Gegenwart, Mädchen, in der Wirklichkeit.

In der Wirklichkeit … war sie denn überhaupt in der Wirklichkeit? Tamra starrte »neben die Welt« und war erleichtert, als keiner der gefürchteten Kipp-Effekte erfolgte, die ihr früher im Internat so zugesetzt hatten. Sie befand sich immer noch in diesem Nest, immer noch mit diesem Fühlerbündel über sich, und immer noch lag Startac neben ihr.

Startac. Sein Mund sah gar nicht mehr so schmallippig aus, wenn er schlief. Die braunen Haare hingen ihm in die Stirn, das kantige Kinn war von langen, grau durchschossenen Bartstoppeln überwuchert.

Wir müssen lange geschlafen haben, dachte Tamra. *Viele Tage lang. Irgendjemand hat uns wohl gerettet. Aus diesem … Wasserfall?*

Schroeder sah ruhig aus, weich und gar nicht so gehetzt und verschlossen, wie er im Wachzustand oft wirkte. Verloren sah er aus, wie ein Kind.

Tamra stand vorsichtig auf. Sofort wurde ihr mulmig. Die Knie waren so weich, dass sie das Gefühl hatte, jeden Moment wieder ohnmächtig zu werden.

Im Stehen konnte Tamra bequem über den Rand des Nests hinaussehen. Sie befand sich in einem grob verputzten, schmucklosen Raum. Das Nest war mit langen, wirr gespannten Schnüren mitten im Raum aufgehängt. An einer der Schnüre hing eine Art Tablett, auf dem … ja, tatsächlich: ihre Anzüge lagen, auch die Unterwäsche. Drüben, an den Wänden, befanden sich einige Feuerschalen. Flammen leckten zu den Rußfahnen empor. Der Boden unten war offensichtlich nur grob gereinigt. Alles sah unsäglich primitiv aus. Alles bis auf dieses Tast-Ding über ihr.

Tamra merkte, wie ihre Beine nachgeben wollten, und setzte sich vorsichtig wieder hin. Sie war nicht entkräftet, es war eher ihr Kreislauf, der Probleme machte.

Wo waren Startac und sie gelandet? Sie erinnerte sich nur dunkel an den Dimensionstunnel, den Wasserfall.

Wieder kamen diese Sonden näher, wieder schlug Tamra sie weg. Wenn das tatsächlich medizinische Instrumente waren, würden die Ärzte nicht lange auf sich warten lassen.

In Tamra krampfte sich alles zusammen. Sie brauchte dringend etwas zum Anziehen! Und sie musste hier raus aus diesem Nest. Aber wohin? Es hing doch in der Luft.

Auf einmal war ihr alles viel zu eng. Sie begann zu keuchen. Das Fell, eben noch so angenehm, fühlte sich ekelhaft um ihren Körper an. Welchem Wesen hatte es einmal gehört? Vielleicht auch einem Intelligenzwesen, das jemand grausam »gedrosselt« hatte? Wie ihr Sloppelle, dieses arme, vergewaltigte Ding?

Tamra warf die behaarte Haut von sich.

Aber nun kam sie sich ausgeliefert vor, verletzlich. Sie fühlte sich gefangen, eingesperrt in diesen ausgemergelten, bleichen Leib, der von blauen Flecken wimmelte und inwändig beschmutzt war, der sie verraten hatte. Ja, verraten! War er etwa nicht gehorsam gewesen, als Mitrade Parkk ihn wie einen Zombie gesteuert hatte? War er etwa nicht schwanger geworden nach diesem … Eingriff, an den Tamra sich bis heute nicht zu erinnern vermochte – auch von ihrem Gedächtnis im Stich gelassen.

Tamra biss sich auf die Lippen, um nicht loszuweinen, krallte die Fingernägel in die Handflächen, bis das Gefühl verging, beherrschbar wurde.

Sie sah zu Startac. Zum Glück schlief er immer noch.

Mit bewusster Willensanstrengung machte Tamra sich kalt. Ihr Bewusstsein wurde zu einem Maschinenführer, der hoch oben in ihrem Körper saß und ihn, die viergliedrige Maschine, dirigierte.

Das in der Luft hängende Nest, die gestohlene Kleidung: Auch wenn es auf den ersten Blick nicht so aussah; irgendjemand versuchte, sie hier mit allen Tricks gefangen zu halten.

Als Tamra gerade auf der Nestwandung kauerte und überlegte, wie sie die Körpermaschine am besten zu dem kleinen Tablett hinüberlenkte, auf der die beiden Anzüge lagen, öffnete sich hinten, unten, eine Tür, und ein Monster trat ein.

Das Wesen war mehr als menschengroß, grau und lief auf winzigen, wimmelnden Beinen. Eine Art Hundertfüßler mit unzähligen tastenden Fühlern vorn am Kopfende, die eindeutig diesem Sonden-Ding als Vorlage gedient hatten.

»Bleib, wo du bist!«, drohte Tamra, obwohl sie überhaupt nichts in Händen hielt, womit sie ihre Drohung hätte unterstreichen können.

»Sorge dich nicht«, sagte der Wurm auf Larion. Die Sprache ihrer Peiniger, aber auch die Sprache, dank der sie sich mit Startac unterhalten konnte. »Ich will dir nichts tun. Ich freue mich, dass du wach bist, ja?«

In Tamras Rücken pikste etwas. Sie schlug die Drahtsonden weg. »Dann sag diesem Ding, dass es verschwinden soll.«

Der Wurm wimmelte schneller, als Tamra gedacht hätte, die Wand hinauf und über die Decke. Auf einen Tastendruck hin zog sich die Kugel an die Decke zurück.

Vom Hochsehen wurde Tamra schwindelig, und sie rutschte, ohne es recht zu wollen, ins Nest zurück. Sie konnte ihren Sturz gerade noch mit den Händen abmildern.

»Du wirkst sehr erregt«, sagte der Hundertfüßler. »Was kann ich tun, um dein Wohlbefinden zu erhöhen?«

»Gib mir meine Kleider wieder!«

»Kleider …«, machte das Wesen. »Ich verstehe nicht.«

»Meinen Anzug!«, fuhr Tamra ihn an. Sie hatte ein Gefühl von Unwirklichkeit. *Ihr Mütter, ich sitze in einem hängenden Nest und unterhalte mich mit einem Riesenkrabbelvieh, das kopfüber an der Decke klebt!* »Das, womit meine Haut bedeckt war, als ich … als wir hierher gekommen sind. Auf eure Welt.«

»Ah. Diese larvenartigen Hüllen, ja? War gar nicht so leicht, sie zu entfernen. Sie haben sich gewehrt. Moment, ich hole sie.« Der Hundertfüßler verschwand.

Auf einmal, spürte Tamra, entspannte sie sich leicht. Sie brauchte einen Moment, bis sie auf den Grund kam: Die Sprechweise des Wesens hatte sie unvermittelt an Boffän erinnert, den frühstückseiersüchtigen Kaktus.

Tamra sollte den Anzug gar nicht brauchen. Schon als sie in die Unterwäsche geschlüpft war, fühlte sie sich besser. Der Hundertfüßler, der sich als Tibala vom

Volk der Ueeba vorstellte, wobei Tibala offensichtlich ein Eigenname war, brachte ihr zu essen und zu trinken. Das Wasser schmeckte leicht metallisch, aber Tibala versicherte ihr, dass sie es trinken könne; mit einer Nährlösung daraus sei sie während ihrer »Starre« versorgt worden. Das Essen bestand aus einer Art Brei, an dem Tamra vorsichtig schnupperte. Trotz des, hm, Blutgeruchs lief ihr das Wasser im Mund zusammen.

»Es ist das verträglichste Lebensmittel, das wir haben«, erklärte Tibala. »Wir füttern unsere Jungen damit.«

»Baby-Brei, ja?«

»Ich glaube, so kann man sagen.« Tibala, der über ihr an der Decke hing, wirkte unsicher. »Wir benutzen das Larische als Fachsprache. Brutpflegerische Begriffe kommen in unseren Vokabelsammlungen nicht vor. Die kann ich nur in Ueebaka ausdrücken.« Er machte einige schrille Pfeiftöne. »Bloß verstehst du sie nicht. Nicht wahr?«

Tamra verneinte schlürfend. Als Essbesteck hatte das Wesen ihr einen kurzen Schlauch gereicht. »Hast du mich gefunden?«

»O nein«, machte Tibala. »Das war Tawe! Unser absoluter Topforscher! Aber er hat gerade leider keine Zeit, sich um euch zu kümmern. Ihm gelingt immer wieder um einen Jungfühler die Lösung der Siebenunddreißig. Und dann doch wieder nicht. Es ist zum Verzweifeln.«

»Ach so?«

Während Tamra aß und Startac schlief, plapperte Meister Hundertfuß, wie sie ihn im Stillen nannte, munter vor sich hin. Sie verstand nicht alles, aber er war von so einnehmender, unschuldiger Freundlichkeit, dass Tamra gar nicht anders konnte, als sich zu entspannen. Er erzählte ihr sogar, ohne dass sie ihn dazu auffordern musste, wie er auf Tawes Geheiß versucht hatte, für die beiden bewusstlosen »Knochenleute« und »Weichwesen« vernünftige Ruhebetten zu konstruieren. Das erklärte ihre merkwürdigen Erinnerungsbruchstücke davon, an einem Strand gelegen zu haben, in einer gallertartigen Flüssigkeit geschwommen zu sein. Offensichtlich ruhten die Ueeba mit ihren gepanzerten Körpern einfach immer, indem sie sich irgendwo in eine geschützte Stelle klebten.

Tibala plapperte viel und fragte wenig und ließ Tamra in Ruhe. Sie lag satt und nicht länger durstig in diesem Nest, nicht länger nackt, nicht länger ängstlich.

Irgendwann hatte sie das Gefühl, längst eingenickt zu sein. Sie öffnete die Augen wieder. »Tibala? Bist du noch da?«

»Ja«, sagte der Hundertfüßler über ihr. Der Schatten seines Fühlerbündels tanzte im Feuerschein, und auf einmal fühlte Tamra sich an die Heelghas damals im Internat erinnert. Es war zu ihrem Erstaunen keine unangenehme Erinnerung. Tamra dachte an die lustigen seeanemonenartigen Auswüchse auf dem

Kopf der birnenförmigen Wesen, die den Lehrkörper des Internats gebildet hatten. Wärme und ein Gefühl von Geborgenheit machten sich in ihr breit. Sie drehte sich auf die Seite, kuschelte sich mit dem Bauch und den Schenkeln um ein Schwammkissen herum.

»Tibala?« Ihre eigene Stimme kam ihr weit entfernt vor. »Erzählst du mir eine Geschichte? Ein Märchen … ich bin so müde.«

»Ein Märchen.« Das Wesen schien zu stutzen, aber es klang nicht unangenehm berührt, sondern einfach nur überrascht. »Ja, das kann ich wohl tun.« Der Hundertfüßler kam mit wimmelnden Bewegungen ein Seil hinuntergekrabbelt und legte sich auf den Rand des Nestes, ließ einige seiner vielen Beine baumeln. Tamra hatte das Gefühl, von ihm nur zu träumen.

»Die Geschichte von der Seherin Mesehi«, verkündete Tibala. »Sie erzählt von unserem Ursprung. Sie ist in dieser Form beinahe zweitausend Jahre alt … Hörst du?«

»Ja«, hauchte Tamra. *Ja, Mama.*

Sie schlief bereits wieder halb, als die warm brummenden, geflüsterten Worte sich in ihren Geist rankten.

Acht

Dies ist unser Märchen.

Hören wir also.

Die Seherin Samarakodi war tot. Die junge Mesehi hatte bei ihr ausgeharrt. Die junge Mesehi und niemand sonst? Ja. Noch im Sterben sind wir von Leben umhüllt, aber eine Seherin war es weniger als du, als ich. Die Seherin träumte allein, starb allein. Nahm nur ihre Schülerin mit hinein in den letzten Ritz. Falls sie eine hatte.

Samarakodi war also tot. Mesehi rief einen Alles-für-euch, und er kümmerte sich um die Tote. Mesehi sah ihm nach. Dann brach sie auf. Zu Fuß. In der Nacht lief sie, am Tag verbarg sie sich. Nacht für Nacht lief sie, wie Samarakodi ihr aufgetragen hatte.

Hinter ihr kam Hitze. Kinder schlüpften, Alte starben, der Ruf in die Fabrik erklang. Fraufeste. Und wieder Hitze. Wieder Wachsen. Sterben. Fraufeste. Der Ruf. Und immer noch lief Mesehi. Wie Samarakodi ihr aufgetragen hatte. Und immer noch war Mesehi jung.

Sie dürstete. Sie hungerte. Sie wurde wahnsinnig vor Hunger. Auch vor Einsamkeit, so fern von ihrem Haufen. Wilde Tiere kamen, um sie zu fressen. Mesehi lachte sie aus. Die Tiere sahen sie nicht mehr.

So lief Mesehi bis in das Land, zu dem der Winter kommt. Kann eine Ueeba so weit laufen? Ohne einen Alles-für-euch, der sie trägt? Wo das Land, zu dem der Winter kommt, doch jenseits des Meeres liegt?

Mesehi konnte. Und immer noch war Mesehi jung. Noch! Sie war nun fast schon eine Frau.

Sie legte sich in eine Höhle. Sie wartete. Der Winter kam. Daheim gab es Hitze, Kinder, Tod. Gab es Fraufeste und Spiele und Musik. Mesehi aber lag im Schnee. Sie spielte nicht, sie starb nicht, sie träumte. Und als der Winter ging, erwachte sie. Und als sie wach war, trat sie vor die Höhle. Und oben, am Himmel, sah sie den Schleierstern. Er schien zu rasen, und doch bewegte er sich ganz langsam zwischen den Sternen. Mesehi sah ihn. Wie Samarakodi gesagt hatte. Mesehi sah die Bahn, die er nehmen würde.

Mesehi beeilte sich, zu ihren Schwestern zurückzukehren. Oh, wie sie sich beeilte! Sie rief den erstbesten Alles-für-euch heran, der ihr begegnete. Er trug sie in Windeseile zurück. Sie glitt hinaus. Ein Fest! Eine Festnacht für ihren Haufen!

»Ich kann ihn sehen!«, rief Mesehi. »Den Schleierstern! Er kommt!«

Ihre Schwestern feierten Mesehi. »Wir haben eine neue Seherin! Sie lebe hoch!«

Ach, die Frauen! Immer wollen sie begnadete Kinder. Immer wollen sie wissen, wann der Stern kommt, der begnadete Kinder schenkt und den doch nur die Männer sehen können, nun, da es keine Seherinnen mehr gibt.

Sie feierten ihre Schwester Mesehi, und dann ließen sie die Seherin Mesehi allein.

Seherinnen waren Wintermädchen. Sie gehörten nicht zu den Frauen. Sie gehörten dem Weiß. Dem Frost. Der Nicht-Hitze.

Mesehi machte es nichts aus. Nachts betrachtete sie den Schleierstern, tags lag sie in ihrem Ritz und träumte. In ihrem Ritz! Kein Haufen mehr für Mesehi. Keine Feste, nichts.

Litt Mesehi? Sie litt nicht. Sie war ein Wintermädchen. Sie genoss den Frieden des Schleiersterns.

Aber Mesehi war klug, darum hatte Samarakodi sie einst erwählt. Mesehi wollte wissen.

»Ich frage mich«, sagte sie eines Tages und wurde dabei gehört, »was geschieht, wenn ich noch einmal zu der Höhle laufe? Ich kann in den Raum sehen. Ob ich dann mehr sehen kann? Weiter hinaus? Oder vielleicht kann ich dann in die *Zeit* sehen?«

In die Zeit hinaussehen! Was für eine Einsame-Ritzen-Idee. Aber so dachte Mesehi. Und Mesehi lief.

Daheim kamen Hitze und Schlüpfen und Tod. Daheim gab es Fraufeste und Spiel und Musik. Und Mesehi lief. Nacht und Tag.

Und Tag! Sie verbrannte. Ergraute. Wie ein Mann.

Und sie lief.

Und der Winter kam. Mesehi in ihrer Höhle, sie träumte. Daheim schlüpften Kinder, starben Alte, feierten Frauen. Die Männer riefen in die Fabrik. Und Mesehi träumte.

Was träumte sie? Wir werden sehen.

Als sie erwachte, war der Winter fort. Mesehi war allein. So allein! Sie nahm den erstbesten Gleiter, auf den sie traf.

Daheim war alles, wie es daheim war. Doch Mesehi war kalt. War grau. Von der Sonne verbrannt. Mesehi war nicht Mädchen, nicht Frau, nicht Wintermädchen, nicht Mann. Mesehi war nicht. Nicht-Mesehi.

»Was ist mit dir?«, fragten ihre Nicht-Schwestern.

»Ich *weiß*«, sagte Nicht-Mesehi. »Ich weiß, wie alles zusammenhängt. Wo wir herkommen.«

»Wo wir herkommen!« Ihre Nicht-Schwestern waren verblüfft. »Aus dem Hütehaus kommen wir. Aus dem Bauch der Mutter.«

»Wir sind so klein«, sagte Nicht-Mesehi. »Wir sind nichts. Nichts als das Geziefer der Göttinnen.«

Ihre Nicht-Schwestern waren bestürzt. »Wie kannst du sagen, dass wir nichts sind? Wir sind auch nicht klein. Siehst du nicht die Häuser, die wir einst erbaut haben? Sie halten tausend mal tausend Jahre lang. Siehst du nicht die Alles-für-euch? Sie tun alles, was einst wir tun mussten. Unsere Ahnen, sie haben genug geleistet. Genug geschaffen. Nun ist alles Spiel und Nähe und Musik.«

»Unsere Ahnen!«, rief Nicht-Mesehi. »Unsere Ahnen wurden von den Göttinnen zertreten. Habt ihr euch nie gefragt, warum die Häuser der Ahnen so groß sind? Weil es die Häuser der Göttinnen waren! Und unsere Ahnen waren nur Tiere, die dort in den Ritzen lebten!«

Ihre Nicht-Schwestern kreischten auf und flohen, aber Mesehi setzte ihnen nach. Ein großes Durcheinander und Geschrei erhob sich, doch Mesehis Stimme übertönte alles. Wieder und wieder schrie Mesehi ihr Traumgesicht vom Ursprung der Ueeba in die Welt.

Alles-für-euch kamen, um die Ueeba zu beruhigen. Aber Mesehi schrie.

Mesehi schrie. Ihren Nicht-Schwestern grauste. Und die Alles-für-euch, sie konnten nichts tun. Ihre Medizin beruhigte Mesehi nicht. Ihre Zugstrahlen hielten Mesehi nicht. Mesehi schrie. Die Ueeba weinten. Wohin sie auch flohen, Mesehi folgte. Und schrie. Unmengen von Alles-für-euch flatterten durch die Luft, hilflos wie seit tausend Jahren nicht.

Mesehi schrie. Weit weg, in der Psi-Fabrik, seufzte ein Forscher. Er legte seine Arbeit beiseite und griff zu einer Keule. Er rief einen Gleiter und folgte den Schreien.

Er zerschlug Mesehis Mandibeln.

»Gechiecher ger Göckingen!«, blubberte es kehlig aus Mesehis Mund. »Hir hing nichh! Ung gie Göckingen hing kok!«

Er hob einen Stein auf. Verstopfte der Schreienden den Schlund damit.

Stille. Plötzliche, glückliche Stille.

Reglos standen die Ueeba um den Forscher und Mesehi herum.

Wir sind nichts, und die Göttinnen sind tot! Hatte sie das wirklich gesagt?

»Siehst du nun«, sagte der Forscher zu Mesehi, »warum wir am Tag leben und euch die Nacht lassen? Warum wir den Schleierstern sehen können und ihr nicht? Warum wir arbeiten und ihr spielen dürft?«

Aber Mesehi schrie. Und der Stein zersprang.

Und der Forscher hob seine Keule und zerschmetterte ihr den Kopf.

Kam Hirn? Kam Blut?

Maden wimmelten hervor.

Der Forscher versuchte sie zu zertreten, aber die Maden waren schnell.

Die Ueeba waren langsam. Bald war keine Made mehr zu sehen.

Und hier endet Mesehis Geschichte. Hier endet auch die Folge der Seherinnen. Und die Ueeba spielen und lieben und ernten auf ewig die Früchte der alten Zeit. Und tragen Larven seither.

Und hüten sich – hören wir hin! – vor Madengedanken.

Neun

»Du bist – ich möchte gar nicht aussprechen, wie mir das vorkommt. Das ist ein *Märchen.* Auf diesem Kontinent gibt es keinen Winter. Und kein Alles-für-euch trägt dich übers Meer. Und selbst wenn, wie wolltest du denn die Höhle finden? Du würdest nie wieder wach werden … erfrieren … sterben …«

»Ich würde nicht sterben, Adilai. Bestimmt nicht. In jedem Märchen steckt ein wahrer Kern.« Tawe ging zu ihr, nahm sie in die Brustbeine. »Verstehst du denn nicht? Ich bin schon eine Frau, ich würde keine Seherin werden. Mir könnte nichts geschehen. Ich würde einfach nur meiner nächsten Hitze ausweichen! So steht es doch in dem Märchen: Sie wird nicht heiß.«

Adilai sagte nichts. Sie ließ die Fühler hängen. Sie war ganz weich in Tawes Beinen.

»Ich sehe alles schon vor mir«, sagte Tawe. »Du und ich, wir gehen zusammen! Wir werden *nicht* einsam sein. Wir werden *nicht* verrückt werden. Wir brauchen auch nicht diese Höhle. Wir müssen auch nicht über irgendein Meer. Das ist alles Unsinn. Ich war am Ringgebirge. An der Ostflanke des Siebenbergs liegt Schnee in den Klüften! Außen! Dort wird uns niemand suchen, so dicht an der Psi-Fabrik und dem Dorf der Hüter!«

»Suchen, Tawe? Was redest du denn da?«

»Wir nehmen ein Zelt mit und eine Heizung mit Zeitschaltuhr«, redete sie in ihrem Rausch einfach weiter. »Und dann, wenn meine Hitze sich ankündigt, schalten wir die Heizung ab und träumen im Eis. Und wenn sie wieder zu heizen beginnt, werden wir erwachen, und ich werde dir treu gewesen sein!«

»Ach, Tawe. Liebste. Dieses Gespräch hatten wir doch schon.«

»Ich werde dir treu sein!«, beharrte sie. »Und du wirst sicher auch keine Seherin werden. Wir bleiben ja keinen ganzen Winter dort drin – wie lang ein Winter einst auch immer gewesen sein mag. Wir legen uns nur ein paar Tage auf Eis, so lange eine Hitze eben dauert. Gut, du wirst dann vielleicht auf ewig ein Mädchen bleiben, aber …«

»Ach, Tawe.« Adilai strich ihr mit einem Fühler die Mandibeln entlang.

»Was denn? Eine größere Liebe als die unsere wird es nie geben!«

»Tawe, Tawe, Tawe …«

»Was denn?«

»Riechst du denn nichts? An mir?«

Tawe schnupperte an ihr. Adilai lachte. Tawe hatte keinen Schimmer. Sie war berauscht, vom Bier und von ihrer Idee.

»Ich bin doch gar kein Mädchen mehr. Ich hab mein Fraufest gehabt. Während deiner Hitze.«

»Oh.«

Viel mehr als »Oh« sollte Tawe auch für den Rest der trunkenen Nacht kaum sagen. »Ah« vielleicht noch. Und »hm«. Aber da befanden sie sich längst nicht mehr an einem einsamen Strand, da lagen sie auch nicht mehr im Sand. Da wiegte Wind ihren Baum, und auf ihren vereinten Larven glühte tiefes Rot im Schwarz.

Sie waren glücklich, Nacht um Tag um Nacht. Meist genügten sie sich selbst; Tawe war ohnehin eher eine Einzelgängerin. Adilai jedoch besaß einen Haufen Freundinnen, und Tawe stellte zu ihrer Freude fest, dass diese Freundinnen eine höchst angenehme Gesellschaft waren, geistreich, schön, feinfühlig. Sie wunderte sich nur kurz darüber, schließlich waren es doch Ueeba, mit denen ihre göttliche Adilai sich verbunden fühlte! Wie konnten sie da anders als großartig sein?

Die Freundinnen wiederum stellten erfreut fest, dass Tawe ganz und gar nicht so herablassend war, wie immer behauptet wurde. Sie war ja, oh!, so umgänglich. So witzig. So … so *eigen*.

Die Freundinnen waren bezaubert.

Meist genügten Adilai und Tawe sich selbst. Aber immer begegneten sie auf ihren Spaziergängen Adilais Freundinnen, und manchmal feierten sie gemeinsam auf dem Herzberg.

Und einmal zogen sie dort in einem ganzen rausch-fröhlichen Haufen zum grünen Jadepalast. Nicht, um auf seinen hohen, gewölbten Wänden zu kleben und die Aussicht zu genießen. Sondern um die Mutprobe zu bestehen.

Die Mutprobe!

Der grüne Jadepalast war ein Ort, der die Ahnen atmete. Hier gingen, zwischen den Spinnwebgespinsten von Jahrhunderten, die Geist-Tiere um. Hier lagen, von dichten Staubpelzen bedeckt, seit Jahrtausenden die Spielzeuge der Göttinnen.

Hier, so hieß es schon bei den ganz kleinen Ueeba in den Hütehäusern, schlief die alte Zeit.

Der grüne Jadepalast, der Herzberg, der Lodertunnel – alles zusammengenommen bildete einen Ort der Kraft. Tawe wusste nicht, wie die drei Elemente zusammenhingen, außer dass sie eben beieinander standen, aber eines wusste Tawe mit jeder Faser ihres Leibs: Allein der Herzberg war gut. Der Lodertunnel hingegen bedeutete Todesgefahr, und der Jadepalast … Unbehagen. Großes, machtvolles, übermächtiges Unbehagen.

Als wäre es den Ueeba ins Fleisch eingeschrieben, nichts über die alte Zeit erfahren zu wollen, über ihren Ursprung.

Heute jedoch, mit Adilai an ihrer Seite, war Tawe zuversichtlich. »Wetten«, sagte sie und hakte Adilai unter, »dass wir beide weiter kommen als ihr alle? Das ist die Macht der Liebe!«

Adilai schnappte scherzhaft nach ihr. »Du süße Spinnerin!«

Die anderen seufzten und kicherten und blähten die Larven. Sie hielten dagegen.

»Dann los!«

Wild wimmelten sie über die Schwelle des Jadepalastes. Der Fliesenboden war dicht mit Staub und Unrat bedeckt, also bogen sie bald auf die Wände ab, ein kichernder Batzen leuchtender Blasen in der langen samtschwarzen Galerie. Fahl schimmerte unter ihnen eine beachtliche Reihe verschiedenartiger Gegenstände auf, die alle mit den gleichen grauen Überzügen verhüllt waren, mit dem Staub von Jahrhunderten.

Dann sahen sie, mitten im Raum, unheimlich und hager, etwas stehen, was offenbar der untere Teil eines riesigen Innen-Skeletts war. Vier plumpe, schief stehende Füße deuteten an, dass es sich um ein ausgestorbenes Geschöpf von der Art der Elolane handeln musste. Der Schädel und die oberen Knochen lagen im dicken Staub daneben und ließen darauf schließen, dass das Wesen viel, viel größer als die Elolane gewesen war.

»Die Geist-Tiere!«, flüsterten die jungen Ueeba voller Bereitschaft, sich angenehm zu gruseln. Noch war von der Beklemmung, die der Jadepalast in seinen Tiefen ausdünstete, nichts zu spüren. »Aus dem Zeitalter der Riesen!«

Weiter hinten in der Galerie lag das gewaltige, hingestreckte Innen-Skelett eines Tieres, dessen Beine unmöglich zum Laufen hatten geeignet sein können.

Tawe bildete ein paar Leuchtkugeln und ließ sie in den »Bauchrutscher« niedergehen, wo sie flackernd verloschen.

Adilais Freundinnen waren von dem bizarren Lichtspiel des Gerippes begeistert.

Unten an den Seitenwänden befanden sich Reihen leicht geneigter Vorsprünge. Als das Bier aus einem der mitgenommenen Fässchen kleckerte, klatschten die Tropfen unten auf den Staub und schlugen die dicke Schicht weg. Darunter schimmerte Glas.

Manche der Glaskästen waren aufgebrochen und geleert worden. Generationen Ueeba hatten mit den darin enthaltenen Gegenständen gespielt. »Wunderkästen« nannten sie die gläsernen Vorsprünge und zogen die darin enthaltenen kleinen Geist-Tiere auf Binsen, um sie eine Zeit lang als Beinschmuck zu tragen.

Wenn sie der Geist-Tiere überdrüssig waren und sie wegwarfen, trug der nächstbeste Alles-für-euch die Stücke wieder zum Palast zurück.

Es war sehr still hier. Der dicke Staub dämpfte die Geräusche. Und allmählich wurde auch der Haufen junger Ueeba still. Je weiter sie vordrangen, desto weniger war von der Musik auf dem Berg zu hören. Die Gegenwart, in der sie lebten, fiel zurück und machte dem Schweigen der grauen Vorzeit Platz.

Sie fanden die kurze zweite Galerie, die quer zur ersten verlief. Hier lagerten einst bunte Steine in den großteils zerfallenen Wunderkästen. Die Ueeba ignorierten diesen Abschnitt und wandten sich einem sehr verfallenen Seitenflügel zu, der parallel zu dem ersten Gang verlief, den sie betreten hatten. Hier war alles inzwischen längst bis zur Unkenntlichkeit vergangen. Ein paar verschrumpfte und geschwärzte Überreste von Dingen, die einst wohl gelebt hatten, ausgetrocknete Mumien, braune Staubfladen, das war alles!

Inzwischen hatten die zwei Dutzend Ueeba sich getrennt. Instinktiv waren mehrere Frauen und Mädchen näher zum Boden hin abgewandert. Wenn das Große Unbehagen kam, drohte der Absturz.

Sie gelangten in eine Galerie von schlichtweg kolossalen Ausmaßen, deren Boden von dem Ende, an dem sie sie betraten, leicht abwärts führte, was jedoch nur die Ueeba bemerkten, die sich nicht länger hoch oben vorwagten.

Die anderen, darunter auch Tawe und Adilai, wichen an die Decke aus, denn zu beiden Seiten standen gewaltige Maschinen, alle sehr zerfressen und viele zusammengebrochen, aber einige sahen noch aus wie nur etwas merkwürdig gebaute und zu große Alles-für-euch. In Abständen ragten von der Decke weiße Kugeln zum Boden hinauf, viele gesprungen oder zertrümmert.

Dies war er, der Gang der Gänge.

»Wer kommt am weitesten?«, rief Adilai. »Wir!«

Immer weiter fiel der Boden unter ihnen weg, immer länger waren die Schnüre, an denen die Kugeln aufragten.

Schon fielen unten die ersten Ueeba zurück. »Ich kann nicht mehr!« – »Wir sehen uns draußen.«

Und immer noch war das Ende der Galerie nicht zu sehen. Sie schien sich tief in den Herzberg hineinzubohren.

Weiter, weiter ... Tawes Panzerbögen schienen zu verhärten, das Atmen fiel ihr schwer.

»Kannst du noch?«, flüsterte sie Adilai zu.

Adilai klapperte nur bestätigend mit den Mandibeln. Ihre Larve flackerte.

»Ich auch.« Tawe sah nach hinten. Sie blieb stehen. »He, was ist! Kommt ihr?«, rief sie den drei Freundinnen zu, die ein Stück zurückgeblieben waren. »Oder haben wir etwa schon gewonnen?«

»Beim Lodertunnel«, ächzte eine zur Antwort. »Was ist das nur? Aber so weit bin ich noch nie gekommen.«

»Na los. Ein kleines Stück noch. Komm.«

»Nein, lasst mal.« Ihre Larve sah schwärig aus, ein zeitlupenhaftes, gelbliches Blubbern. »Unser Liebespaar hat gesiegt. Ich brauche dringend ein Bier.« Sie machte unsicher kehrt.

»Wir kommen auch gleich«, sagte Tawe. »Wir wollen die Atmosphäre noch ein wenig genießen.«

»Du Angeberin!«, flüsterte Adilai.

»Wieso?«, machte Tawe. »Ist doch toll hier. Ich fühle mich prächtig neben dir.«

Sie fühlte sich ganz und gar nicht prächtig. Jedenfalls ihr Leib nicht. Aber ihr Geist war voller Freude: Diese Kraft ihrer Liebe zu spüren, war wie ein Rausch!

Mit Adilai, mit der göttlichen, unvergleichlichen Adilai vermochte sie alles!

Sie waren also glücklich, Nacht um Tag um Nacht. Die nächste Hitze ließ noch lange auf sich warten und war weit weniger greifbar als das Glück, das sie in der Gegenwart miteinander teilten. Sie feierten. Sie liebten sich. Sie genossen einander, sie genossen die Welt. Tawe machte schöne Dinge für Adilai, aber immer nur, wenn sie allein waren.

Manchmal, wenn Tawe mitten am Tag erwachte, musste sie an das drohende Unglück der nächsten Hitze denken und hatte Schwierigkeiten, wieder einzuschlafen.

Aber um den größten Fehler ihres jungen Lebens, den sie zwei Jahre, bevor die Knochenleute kommen sollten, gemacht hatte, sorgte Tawe sich nicht. Er schien weit zurückzuliegen, und sie wähnte sich sicher. Sie passte ja auf.

Er holte sie ein.

Zehn

Der private Rufton erklang zum zweitenmal, da warf Captain Liza Grimm sich schon quer über das Feldbett zu ihrer Uniform und löste den Kom-Clip vom Kragen. »Hallo?«, sagte sie atemlos.

»Hallo.« Die sonore, garantiert nachbearbeitete Stimme ihres unbekannten Verehrers.

Ihr Herz machte einen Satz. Sie rollte in ihrer weißen Armeeunterwäsche herum und drehte den Regler des kleinen Musikgeräts hinunter. Die romantisch-sehnsüchtigen Klänge, mit denen sie sich das Einschlafen hatte versüßen wollen, verklangen zu einem Säuseln und hörten sich plötzlich furchtbar flach und kitschig an. Liza machte sie ganz aus, rollte auf den Rücken und strich sich über die kurzgeschorenen, schwarzen Haare.

»Wie geht's?«, sagte sie.

»Du bist so schön«, sagte ihr Verehrer. »Ich l-liebe deine Kraft, deine Verletzlichkeit.«

Sie streckte sich. *Wo wir gerade von Kitsch reden!*

»Bist du nervös?«, fragte sie.

»Wieso?«

»Weil du gerade gestottert hast.«

»Ich bin … berührt. Aufgewühlt.«

Liza sagte nichts. Sie schob die Zungenspitze zwischen die Zähne und lächelte. Ein Teil des Spaßes, den sie miteinander teilten, war es herauszufinden, wer er war. Mit wem sie dieses kleine Geheimnis leidenschaftlicher privater Anrufe teilte.

»Nie hätte ich gedacht, dass es mich einmal so erwischen würde«, sagte ihr Verehrer. »Und hier! In einem Raumschiff voller Roboter.«

»Woher weißt du eigentlich immer so genau, wann du mich anrufen kannst?«, fragte Liza. »Schläfst du nebenan?«

»Schlafen!« Er betonte das Wort merkwürdig. »Ich habe meine Mittel. Ich interessiere mich für dich.«

Liza durchlief es warm. Sie hatte schon seit seinem zweiten Anruf einen stillen Verdacht, um wen es sich handelte. Es war verrückt, aber alles lief darauf hinaus. Eindeutig. Es sei denn, jemand erlaubte sich einen Scherz mit ihr.

Die Vorstellung, dass am anderen Ende eine Handvoll lachender Kameradinnen kauerte und sich die Münder zuhielten, während eine von ihnen Liza aus der Reserve zu locken versuchte, war entsetzlich.

Sie lauschte, spitzte die Ohren. Aber niemals waren Hintergrundgeräusche zu hören.

»Ich weiß nicht, ob ich dir trauen kann. Du versteckst dich die ganze Zeit.« Sie beschloss, aufs Ganze zu gehen. »Ich weiß ja nicht mal, ob du wirklich ein Mann bist. Vielleicht bist du ja eine Frau.«

»Sag so etwas nicht. Darin kannst du mir vertrauen. Absolut vertrauen. Allein, mich zu diesem Zeitpunkt zu offenbaren, wäre heikel.«

»Bist du gebunden?«

Zögern. Dann: »Das ist es nicht.« Sein seufzender Atem so dicht an ihrem Ohr ließ sie erschaudern. Er klang immer so … gequält. So hin und her gerissen. Das war nicht geschauspielert, das nicht.

Draußen, jenseits der dünnen Containerwände, rumpelte etwas in diesem gewaltigen Schiff.

»Was wäre so schlimm daran, wenn ich wüsste, wer du bist? Bist du zu alt für mich?«

Er sagte nichts.

»Alter spielt für mich keine Rolle.« Sie gab sich betont munter, plaudernd. »Bei manchen Männern kann man ohnehin kaum sagen, wie alt sie wirklich sind. Überhaupt, was heißt schon Alter!«

»Ja«, sagte er. »Was heißt das schon.«

»Manche Männer sind außen jung und im Herzen alt … bei anderen verhält es sich genau umgekehrt.« Sie setzte sich auf. »Wie ist es bei dir?«

»Das … lässt sich nicht so genau sagen.«

Sie wartete einen Moment, dann sagte sie möglichst kühl: »Ich weiß, wer du bist.«

Ihr unbekannter Verehrer hätte den Anruf beinahe abgebrochen. Wenn er gekonnt hätte. Aber er fühlte sich wie gelähmt. Nein: wie auf einer schiefen, abschüssigen Bahn.

Er brauchte mehrere Anläufe, bevor er ein nonchalantes »Aha?« zustande bekam.

Ich weiß nicht, was ich tue, dachte er. *Wie kann ich sie in solche Gefühlsverwirrungen stoßen?*

»Du hast dich verraten«, sagte sie.

»Aha?«

»Mehrfach. Zum Beispiel bedeutet dir Erholungsschlaf nicht viel. Und du wirkst immer irgendwie … zeitlos.«

Er sammelte sich einige Sekunden lang. »Dann erstaunt mich, dass du noch mit mir sprichst.«

»Wieso?«

»Weil diese Kluft zwischen uns steht.«

Er hörte ein Knarren. Wahrscheinlich ihr Bett.

»Nicht alle Klüfte sind unüberbrückbar«, sagte sie. Ihre Stimme klang jetzt brüchig, zart. »Und Brücken müssen nicht von Dauer sein. Manchmal … bleiben nur Tage … Wochen … und sie können doch auch schön sein. Schmerzhaft, aber schön.«

Was tue ich hier bloß, dachte er.

Leutnant Liza Grimm, seit einer guten Stunde in der Freischicht, wie er wusste, weil er Zugang zu den alteranischen Dienstplänen hatte, sprach weiter. Leise. Zögernd. »Ich bin keine, die dich am ausgestreckten Arm verhungern lässt.«

»Du bist … eine mutige Frau.«

Sie lachte. »Und rückhaltlos! Sag doch auch noch rückhaltlos!«

Er gab ein verständnisloses Schnauben von sich.

»Glaubst du, ich habe keine Angst?«, sagte sie. »Glaubst du, ich habe nichts zurückgehalten? O, ihr Mütter, wie du mich angesehen hast neulich! Wie ich mir gewünscht habe, du würdest mich berühren. Ich wusste von Anfang an, wer du bist. Aber ich habe es erst nicht geglaubt und dann nicht zu hoffen gewagt.«

»Ich … das geht mir jetzt ein bisschen schnell.«

»Das sagst du?« Sie lachte wieder. »Ausgerechnet du?«

Er lachte leise. Für ihn klang es sehr gekünstelt, aber der Filter, durch den er seine Stimme schickte, ließ solche Nuancen vielleicht nicht durch. »Glaub mir. Ich bin nicht der, für den du mich hältst.«

»Danke, gleichfalls. Ich bin auch nicht die, für die du mich hältst. Ich bin kein Töchterchen, dem du mit Spucke einen Fleck vom Gesicht reibst. Ich bin erwachsen. Wir beide können tun und lassen, was wir wollen.«

»Aber tragen wir nicht Verantwortung? Für uns selbst, für andere? Dürfen wir tun, was immer uns unsere Gefühle aufgeben? Ohne Rücksicht auf Verluste? Wo bliebe denn dann – vorausgesetzt es gibt ihn überhaupt, versteht sich – der freie Wille?«

»Ich fass es nicht«, hauchte sie. »Wollen wir jetzt Philosophie diskutieren? Möglichst abstrakte allgemeine moralische Fragen?« Ihre Stimme klang weit weniger vorwurfsvoll als die Fragen; das Ganze hatte etwas Spielerisches, wenn er es richtig mitbekam. »Wo bleibt denn dein Sinn für Abenteuer?«

»Vielleicht kann ich dich morgen wieder anrufen«, sagte er.

»Warte! Lass uns doch … lass uns doch schauen, welche Grenzen wir brauchen, ja? Ich … du hast mich so beeindruckt … ich … wie du mich angeschaut hast … so tief bin ich noch nie berührt worden. Es klingt kitschig, ich weiß. Aber was soll ich daran ändern?«

»Lass uns morgen weiterreden. Ja?«

»Können wir uns nicht … wir haben doch noch Zeit. Vielleicht ist es noch zu früh für ein Treffen … alles kann, nichts muss sein … wie wir es wünschen … wie *du* es wünschst.« Sie lachte auf. »Es kommt mir so merkwürdig vor, ›du‹ zu sagen. Aber wer weiß, vielleicht werde ich dich bald beim Vornamen nennen. Hm? Soll ich? Oder lass mich raten: Der erste Buchstabe ist ein …?« Sie lachte leise. »Soll ich, Sir?«

Der erste Buchstabe ist ein P, vervollständigte er den Satz im Stillen. Doch er antwortete nicht. Er konnte weder vor noch zurück. So kannte er sich absolut nicht. Ein so persönliches Dilemma hatte er noch nie erlebt. Warum nur hatte er sie überhaupt angerufen, das erste Mal?

Sie räusperte sich. »Wir könnten doch … vielleicht brauchst du den Abstand?« Und als er nicht antwortete: »Hm? Brauchst du den Abstand?« Ihre Stimme klang nicht mehr verzweifelt und hektisch, sie klang verletzlich. Verletzlich und rau. Sehr rau.

Er hörte ein Rascheln, von Bettzeug vielleicht. »Möchtest du wissen, was ich gerade anhabe?«, fragte Liza leise.

Unvermittelt sah er Mondra vor sich, ihre schweißglänzende Haut.

»Es tut mir leid.« Er unterbrach das Gespräch.

Was tue ich?, dachte er. *Was tue ich denn?*

Elf

Die am höchsten Erachteten unter den Ueeba waren die Forscher in der Psi-Fabrik auf dem Siebenberg, dem gewaltigen Zentralmassiv im Zentrum des Kontinents. »Forscher«, so nannten die Ueeba-Frauen sie im Alltag. Ihr vollständiger Name jedoch lautete »Imago-Forscher«.

Die Imago-Forscher waren die einzigen Ueeba auf dem Planeten, die arbeiteten. Sie waren mit der Entwicklung psimaterieller Artefakt-Komponenten beschäftigt.

Die respektlose Tawe hatte sich mehr als einmal über dieses Wortungetüm lustig gemacht, mit einem kleinen Dialog.

Hohe Stimme: »Du, große Schwester, was machen die Forscher eigentlich da oben in ihrer Psi-Fabrik?!«

Tiefe Stimme: »Sieentwickelnpsimaterielleartefaktkomponenten.«

»Wetten«, hatte sie dann immer mit ihrer normalen Stimme hinzugefügt, »dass die kleine Schwester nie wieder fragt?«

Diese Entwicklung war jedenfalls der Daseinszweck der Imago-Forscher. Keine Ueeba wusste, was genau darunter zu verstehen war, doch ahnte Tawe, dass die Tätigkeit der Forscher eine ungeheuer schwierige und mühevolle war. Und das wiederum passte überhaupt nicht zu der Leichtigkeit des Seins, die die Ueeba-Frauen genießen durften.

Der Fabrik einen künftigen Imago-Forscher zuzuführen, wünschte sich jeder Haufen, der auf sich hielt. Doch ausschließlich Mädchen, die unter dem Einfluss des Schleiersterns geschlüpft waren, wurden in die Fabrik aufgenommen.

Oder, wie Tawe es lieber ausdrückte, wurden *dorthin verfrachtet* – denn wer würde schon, von den stets in großer Zahl verfügbaren Dumpfbacken einmal abgesehen, aus freien Stücken in die Fabrik gehen wollen?

Als in diesem Jahr die Auswahl stattfand, geschah etwas, womit Tawe bei bestem Willen nicht gerechnet hatte – obwohl es doch so nahe lag. Die Forscher, die von der Fabrik herabgestiegen waren, suchten als nächsten Jungforscher *sie* aus.

Tawe tla Mouuach, die von der herrlichen Adilai tla Dadié geliebt wurde und ein Leben voller Glück vor sich hätte haben sollen.

In dieser Nacht wurde Tawe allem entrissen, was für sie Bedeutung hatte. Ihrer Liebe, ihrem Leben, ihrem Geschlecht.

»Ich werde auf dich warten!«, rief Adilai, als der Alles-für-euch Tawe aufnahm, um zum Siebenberg zu fliegen. Adilais Larve, sonst immer so zart, flammte rot. »Ich vergess dich nicht, hörst du, mein Leben lang nicht! – Tawe? Tawe!«

Sie konnte Adilai nicht mehr antworten, der Gleiter schoss empor. Aber allein diese verhallenden Worte halfen Tawe, die Maschinerie zu durchstehen, die nun über sie kommen sollte.

Als der Alles-für-euch in eine Kurve ging, sah Tawe unten zwischen den marmorweißen, von Fackeln erleuchteten Mauern des Wolkengartens Adilais Larve am großen Leib des Forschers glühen, der Tawe fortgeschickt hatte. Offensichtlich rang sie mit ihm. Andere Ueeba mischten sich ein, zogen sie fort, ein Gewimmel glühender Flimmertierchen.

Dort unten wollten sie jetzt ein Fest zu Tawes Ehren feiern, zu Ehren ihres Haufens, mit diesem Forscherkerl als besonderem Gast. Und Adilai, ihre Adilai, störte es!

Tawe knickte sich die Fühler an der Kuppel, bis von der Szene unten nichts mehr zu sehen war.

Sie schlug mit dem Kopf daran. Wie hatte sie so dumm sein können! Um den Preis einer Rose hatte sie ihr Leben an Adilais Seite verspielt. Andererseits: Hätte sie Adilai denn ohne diese Rose gewonnen?

»Bitte unterlass dieses Tun«, sagte der Alles-für-euch. »Sonst muss ich dich in ein Schutzfeld hüllen.«

»Ha!« Tawe donnerte noch einmal kräftig mit dem Kopf gegen die Sichtkuppel. »Schon gut«, sagte sie dann. »Gib mir ein Fässchen und einen Schlauch, und ich werde still sein.«

»Tut mir leid, Tawe tla Mouuach. Forscher sind nüchtern.«

»Kein Bier? Keine Pilze? Kein gar nichts?«

»So ist es. – Stopp!«

Tawe vergaß sich.

Als sie wieder zu sich kam, hing sie in einem Schutzfeld und war an mehreren Stellen verbunden. »Du hast mich betäubt, stimmt's?«, brüllte sie.

»Ich habe dir ein Kurzzeitsedativum verabreicht, das ist richtig.«

»Ha! Ich denke, Forscher sind nüchtern, du Schwachkopf-Ding!«

»Ab jetzt wirst du nüchtern sein, Tawe. Und sicher.«

Der Gleiter hatte Recht. Sie konnte sich nicht rühren. Sie schrie und brüllte, doch so etwas störte keinen Alles-für-euch. Wahrscheinlich fuhr er einfach seine Mikrofone herunter. Oder zeichnete ihre Anfälle sogar auf, als Studienmaterial für spätere Zuführungen von Jungforschern.

So flog Tawe ein zweites Mal über die fahlblauen Fadenwälder hinweg, über die irisierenden, grasbewachsenen Felsen, raste ein zweites Mal die Hänge des Zentralgebirges hinauf. *Zumm!,* bogen sie über die Ringstadt ein. *Zang!,* ging es den Siebenberg hinauf. Wieder gleißten die grausigen Mauern der Psi-Fabrik vor ihnen auf, diese obszöne Wunde, die die Forscher in die bunte, freundliche Welt geschlagen hatten. Wieder hob der Alles-für-euch sie diese endlose Wand hinauf bis zu dem Vorsprung, dem Tor. Es öffnete sich vor ihnen. Der Gleiter bugsierte Tawe mit langen Greifarmen hindurch. Das Tor schloss sich hinter ihr. Dröhnend.

Ab nun blieb ihr nur, ein Forscher zu sein.

Der gewaltige Hof lag leer unter den Scheinwerfern. Nirgendwo wuchs auch nur die winzigste Pflanze. Sie hing in ihrem Fesselfeld, allein und wie vergessen. »Lasst mich gehen!«, brüllte sie. Sie rief noch so manches.

Irgendwann, sie hing noch immer in dem Feld, hörte sie auf. Sie konnte nicht mehr brüllen. Sie konnte nur noch weinen, allein dort auf dem leeren, toten Hof.

Schließlich hörte sie auch damit auf.

Was dann kam, aus der Erschöpfung geschlüpft, war eine Art Frieden.

Weit hinten öffnete sich in einer der grauen Wände eine Tür. Ein Forscher näherte sich ihr. Er war alt und grau und zog etliche Beine nach, und es schien Stunden zu dauern, bis er bei ihr ankam.

Als er über ihr stand, doppelt so groß wie sie, und sie fühlerte, hatte Tawe schon wieder etwas Kraft geschöpft.

»Lasst mich gehen!«, brüllte sie. »Ich will nichts mit euch zu tun haben. Ich werde nichts für euch erschaffen! Nicht einmal ein Staubkorn! Ihr könnt mich mal!«

Der Forscher hörte sich das eine Weile an. Dann sagte er etwas. Sie konnte es nicht verstehen. Er hatte so leise gesprochen.

Er zückte etwas, richtete es auf sie, und Tawe verging in einer Woge von Schmerzen.

Als die Woge abebbte, *konnte* Tawe ihn verstehen. »Ich sagte, wir haben zwei Möglichkeiten. Entweder du bist in einem Bewusstseinszustand, der kein vernünftiges Handeln mehr zulässt, dann werde ich dich in die Krankenstation bringen und betäuben lassen. Oder du leistest dir den Luxus eines Machtkampfes, dann wird dieser Schockerstab dich eines Besseren belehren. Hat er dich eines Besseren belehrt?«

Tawe fauchte, spuckte, wand sich. Sie warf ihm alle Schimpfworte an den Kopf, die sie kannte.

»Du verlangst nach Demütigung, Kind. Das ist keine gute Entscheidung. Aber ich werde dir den Gefallen tun.«

Er setzte den Schockerstab ein, wann immer sie auch nur mit den Mandibeln zuckte.

Am Ende war sie still.

»Du hast dich befleckt, Kind. Tu etwas dagegen, sobald du wieder bei Kräften bist. Dann wirst du hereinkommen dürfen.«

Tawe lag wimmernd in ihrem Fesselfeld.

Als es sich auflöste, öffnete Tawe die Augen. Sie fühlerte umher. Der Hof war leer. Und sie stank. Beim Schleierstern, wie sie stank!

Sie lag dort, flach am Boden unter dem grellen Kunstlicht, und rührte sich nicht. Ihr Kopf war leer. Betrübt, betäubt.

Unvermittelt, aber nach Stunden vielleicht, wurde es einen Tick dunkler. Tawe sah auf. Die Scheinwerfer – sie waren erloschen! Dämmerung streckte ihre Stacheln über den Himmel!

Noch schirmten die hohen Mauern sie von der blauen Sonne ab, aber ihr wurde mulmig. Sie probierte die Türen, soweit sie sie erkennen konnte. Sie vermochte keine dieser unvertrauten Vorrichtungen zu öffnen.

Stundenlang kam nicht ein einziger Forscher über den Hof. Manchmal hörte sie fernes Rumoren, das hinter den dicken Mauern kaum als klares Geräusch erkennbar war. Und die Sonne stieg. Die Mitte des Hofes war Tawe bald nicht mehr zugänglich, war ein einziges grelles Schmerzfeld.

Sie kroch durch die immer kleiner werdenden Schattenflächen. Nirgends war auch nur die Antenne eines Alles-für-euch zu finden, der sie hätte waschen können. Nirgends ein Teich, ein See, ein Brunnen. Neben einer scheibenförmigen

Plastik aus kalt glänzendem Metall, irgendeinem Forscher-Kunstwerk, fand sie ein flaches Becken voller Sand. Unter einer dünnen, harten Kruste war er feucht. Sie rieb sich damit ab.

»Ich habe mich gereinigt«, rief sie. »Seht ihr!« Sie warf einen Blick zum Himmel, der grell und sternenlos war. »Lasst mich rein! Lasst mich bitte, bitte rein!«

Es wurde Mittag. Die Schattenflächen schrumpften zu Streifen. Sie drückte sich an eine Mauer und konnte nur zusehen, wie die Streifen schmal und schmaler wurden. Ihre Larve, die sie so dunkel gemacht hatte, wie es nur ging, war nichts weiter als ein durchsichtiger Schleier für die scharfen Stacheln der Sonne.

»Die lassen mich nicht rein«, flüsterte sie. »Die lassen mich hier draußen verbrennen. Die brennen mir mein Ich weg.«

Und genau so sollte es kommen.

Ihr tat alles weh. In ihren Beinen begann es zu summen, zu prickeln. Zwanghafter Bewegungsdrang überkam sie, sie zuckte und bebte. »Ihr kriegt mich nicht«, flüsterte sie. »Es dauert nicht lange, dann kommen wieder die ersten Schatten. Ich muss nur noch ein bisschen durchhalten.«

Als der erste Schatten-Ritz entstand, rannte sie über den glühend heißen Boden zu der Wand und kauerte sich dort hin. Ihre heißen Panzerbögen knackten.

»Schatten«, flüsterte sie. »Er kommt, er kommt. Ihr Dumpfbacken. Ihr kriegt mich nicht. Da könnt ihr machen, was ihr wollt. Ihr unterschätzt meine Stillenswärke.« Sie kicherte. »Willensstärke. Voll rausgebratet, die Wörterdinger.«

Tawe war ein lallendes Wrack, aber sie war entschlossen. Mochte ihre Panzerhaut dreimal Risse bekommen, dreimal ihren Glanz verlieren!

Der Schatten wurde zu einem Streifen, einem gnadenvollen breiten Band. Sie hatte die Mittagssonne überstanden. Die Forscher hatten sie nicht kleingekriegt.

Ein metallenes Knarren erklang über ihr. Hoch über ihr. Sie sah hinauf. Oben auf den Mauern beugten sich Forscher vor und brachten Spiegel in Anschlag. Große quadratische Flächen gleißten auf.

Sie fraßen Tawes Schattenstreifen weg.

Tawe raste die Mauern entlang. Die Flecken Sonnenlicht folgten ihr. Sie konnte sich wenden, wohin sie wollte, immer blieb sie in der prallen Sonne.

Die Forscher schwiegen nicht mehr, sie begannen zu pfeifen, zu johlen. Mit Psi-Kraft gebildete kleine Gegenstände prasselten auf Tawe hinab. Sie zertrat sie während ihrer kopflosen Flucht unter ihren rasenden Füßen, ohne mehr zu erkennen als bunte Flecken. »He, Tawe!«, rief es von oben herab. »Schätzchen!« – »Jetzt ist dir mal richtig heiß, was?« – »Seht sie euch an, die heiße Braut!«

Ein Chor quälender Gemeinheiten.

Dann ging ihr etwas auf. Ganz langsam, von Bruchstück zu Bruchstück. Sie erstarrte mit flatternden Bögen.

Die Forscher hatten sie alle gehabt bei der letzten Hitze.

Vor wenigen Wochen erst.

Sie mussten zu diesem Zeitpunkt schon gewusst haben, dass Tawe der Ruf in die Fabrik ereilen würde.

Und hatten sie, bevor sie das Geschlecht wechseln würde, noch schnell in die Fabrik geholt.

Das war nicht nur harmlose Fortpflanzung gewesen, Bäumelei und Sex.

Das war – ein Ungedanke für jede Ueeba, da Sex für sie doch stets Einvernehmen war und Teilen – der klammheimliche *Beginn* der Demütigungen gewesen, die Tawe in diesem Moment erlitt!

Etwas in ihr zerbrach.

Sie bog die Fühler zwischen die Brustbeine und rollte sich zu einer festen Spirale zusammen. Und immer noch johlten die Männer, prasselten die Bildgegenstände auf sie herab, auf sie ein. Bis …

»Stopp! Hört auf damit! Sofort!«

Unvermittelt hüllte wieder Schatten sie ein.

Sie fühlerte vorsichtig. Blumen lagen um sie verstreut. Blütenkränze. Winzige Sonnenschirme. Beinringe von vielerlei Gestalt. Und Anzüglichkeiten: einander umwindende Ueebapaare, groß der Mann, klein die Frau; dazu übertriebene Darstellungen eines aufgeblühten, ja aufgeplusterten Innersten. Alles das hatten die Männer auf sie einprasseln lassen.

Tawe hob die Fühler. Oben auf den Brüstungen war niemand mehr zu sehen.

Ein Scharren. Neben ihr stand ein einzelner Forscher. Älter und grauer und zernarbter hatte sie keinen je gesehen. Etliche seiner Beine waren völlig abgenutzt, zerfranst. »Kollege Tawe. Willkommen in der Psi-Fabrik. Ich bin Forschungsrat Pokou.«

Er berührte sie. Tawe zuckte zurück.

»Hm«, machte er unwillig. »Nun hör doch endlich auf, dich zum Narren zu machen, und wasch dich. Wir haben heute noch einiges zu tun. Komm, hier.«

Er ging zu der seltsamen hochgestellten Scheibe neben dem Sandbecken, die Tawe für ein Kunstwerk gehalten hatte. Er hakte sich in einige ihrer Löcher ein und begann sich auf ihr zu winden, in s-förmigen Bewegungen. Sie drehte sich immer schneller im Kreis, und aus ihrer Halterung begann Wasser zu fließen, in einem immer kräftigeren Schwall.

Tawe kroch darunter. Oh, wohltuendes, kühlendes Nass!

»Du hast mich einigermaßen enttäuscht, junger Kollege«, sagte Forschungsrat Pokou, während er sich drehte, drehte. »Du hast nicht einmal den Versuch unternommen, diese Brunnenschraube zu bedienen oder auch nur zu begreifen. Noch einer, der gern hilflos bleibt! Noch einer, der ohne einen Alles-für-euch nicht einmal seine Notdurft verrichten kann!«

Tawe rieb die eingeweichten Schmutzränder an ihrer Unterseite mit Sand ab. Es tat weh. Alles tat weh. Schon hatten sich winzige graue Risse in ihrer trübschwarzen Panzerhaut gebildet. Sie wusch den Sand ab und war endlich sauber. Abgesehen davon, dass sie sich inwändig beschmutzt und verfault fühlte.

Pokou stieg von der wundersamen Mechanik ab. »Und dann hast du nicht einmal versucht, dir ein Schutzzelt zu bilden, einen Schlupfpanzer, sonst irgendetwas! Du hast deine größte Gabe einfach brachliegen lassen.« Er klapperte missbilligend mit den Mandibeln. »Zuversichtlich stimmt mich lediglich, dass du nicht versucht hast, über die Mauern zu fliehen. Das deutet darauf hin, dass du dich doch schon in deine neuen Lebensverhältnisse einzufügen beginnst.«

Über die Mauern fliehen? Dieser Gedanke war ihr tatsächlich nicht gekommen. Sie fühlte sich verraten, von den eigenen Instinkten im Stich gelassen.

»Und es gibt mir die Hoffnung, dass wir dich zu einem nützlichen Mitglied der Mannschaft formen können. Aber du musst dir dessen bewusst sein, junger Kollege, dass du auf einem wesentlich niedrigeren Niveau anfängst als die meisten Imago-Forscher. Dümmlichkeit ist fatal, aber auch Eigensinn schadet nur. Der Mannschaft, der gemeinsamen Aufgabe und nicht zuletzt dir selbst.«

Was faselst du da, altes Wrack?, hätte sie am liebsten gerufen. *Ihr könnt mich mal!*

Aber dafür war sie viel zu kaputt. Und so verrückt es auch schien, so peinlich seine Manipulation in ihrer Durchschaubarkeit auch war, sie verspürte ihm gegenüber Dankbarkeit – weil er sie aus dieser scheußlichen Lage gerettet hatte.

Als sie über den Hof zu einer fernen Tür zuckelten, drehte Pokou, der nicht mehr der Schnellste war, sich um und machte eine missbilligende Fühlerbewegung. Die Spottgegenstände, die von der johlenden Meute über der Brüstung gebildet worden waren, lösten sich ploppend und Funken sprühend in Nichts auf.

Zwölf

Startac Schroeder erwachte in der Stille eines Krankenzimmers. Die Luft war kühl, angenehm frisch. Schwaches Licht drang durch seine Lider. Als er sich umdrehte und nach der Bettdecke tastete, knarrte das Bett unter ihm und schwankte etwas. Und die Bettdecke fühlte sich wie ein kurzhaariges Fell an. Er schlug die Augen auf.

Er befand sich tatsächlich in einem Krankenzimmer. Die Wände waren hell getüncht, das Bett, auf dem er lag, bestand offensichtlich aus einer Art Rohrgeflecht, und es war tatsächlich ein Fell, unter dem er lag.

Ein Krankenzimmer von der primitiven Sorte. Der Boden bestand aus einer immerhin sauber gefegten betonartigen Schale.

Es handelte sich um ein Zweibettzimmer. Und das Bett neben ihm war leer.

Tamra?

Er setzte sich ruckhaft auf. Prompt wurde ihm schwindelig.

Das Bett war eindeutig benutzt worden. Wahrscheinlich machte sie einen Spaziergang auf dem Flur.

Schroeder sah an sich hinab. Er trug seine Unterwäsche. Immerhin. Er schwang vorsichtig die Beine aus dem Bett. Der Boden war rau und kratzig unter seinen nackten Fußsohlen.

Was für eine Sorte Krankenstation war das?

Andererseits waren Kelosker dafür bekannt, eine gewisse Primitivität in ihren Lebensverhältnissen zu haben.

Schroeder kniff die Augen zusammen. Hatte er wirklich Kelosker gesehen, kurz bevor er ohnmächtig geworden war? Irgendetwas stimmte mit seiner Erinnerung nicht.

Neben ihm, über dem Kopfende des Bettes, bewegte sich etwas. Eine mit langen Fühlern besetzte, metallisch schwarze Kugel, bei der es sich offensichtlich um einen Medorobot handelte.

»Hol einen Mediker«, sagte Schroeder und schnaubte. Er hatte terranisch gesprochen. Er sagte seinen Satz noch einmal auf Larion.

Die Kugel reagierte nicht.

»Hast längst einen verständigt, hm?« Schroeder richtete sich auf, so gut er es konnte. Er hatte kaum Schmerzen, aber das ungute Gefühl, sich nur sehr eingeschränkt bewegen zu können, als seien sämtliche Sehnen und Muskeln ein Stück kürzer geworden.

Beherrschten die hier nicht einmal die grundlegendste Erhaltungsmedizin? Was für eine Sorte Klinik war das denn?

Der Raum war klein, die Einrichtung primitiv, aber eigentlich hatte Schroeder schon Schlimmeres gesehen. Er schlurfte zur Tür hinüber, die – kaum zu fassen – nicht richtig eingepasst war. Helles Licht stand in den Spalten.

Schroeder suchte gerade nach dem Öffnungsmechanismus, da schwang die Tür auf. Nach innen. Er konnte ihr gerade noch ausweichen.

»Du bist wach!« Tamra stand vor ihm, in ihrem larischen Kampfanzug, dessen Verteidigungseinrichtungen jedoch deakiviert waren. Sie strahlte ihn an.

»He«, sagte Schroeder. »Du doch auch.«

Bis auf dunkle Schattenringe unter den Augen sah sie sehr fit aus. »Schon seit fast einer Woche.«

Es war albern, weil er ja schließlich nicht ihr weißer Ritter war, dennoch versetzte ihm Tamras Antwort einen Stich. Er spähte an ihr vorbei. »Dann weißt du ja bestimmt, wo wir gelandet sind.«

Sie machte ihm Platz. »In einer sogenannten Psi-Fabrik hoch oben in den Bergen.«

Draußen war ein grell beleuchteter Platz zu sehen, jedoch nur als Ausschnitt, weil vor der Tür ein großes Sonnensegel aufgespannt war. Soweit Schroeder sehen konnte, war der Platz menschenleer. Oder, was das anging, keloskerleer. Wie ausgestorben.

»Hast du schon herausbekommen, wie der Planet heißt, auf dem wir uns befinden?«

»Natürlich. Es handelt sich um die Welt Pakuri. Die dominante Rasse nennt sich Ueeba.« Und als Schroeder sie fragend ansah: »Diese Hundertfüßler. Startac, ich bin so froh, dass mit dir alles in Ordnung ist. Als du nicht aufwachen wolltest …«

»Mir geht es gut«, unterbrach Startac sie und trat unter das Sonnensegel. Das Licht war brutal grell, aber die Luft war kühl. »Weißt du zufällig, wo diese Welt sich befindet?«

»Ich habe nicht gefragt, aber irgendwo im Zentrum von Ambriador, würde ich mal sagen. Die Sternkonzentration ist nicht zu fassen.«

Mit anderen Worten, sie würden mit einem Raumschiff von hier kaum entkommen können – falls sie überhaupt an eines herankamen.

»Startac? Was ist los?«

»Nichts. Ich will mich nur möglichst schnell orientieren.«

Tamra holte tief Luft neben ihm. »Als ob es auf eine Stunde ankäme. Du schwankst, merkst du das? Ruh dich aus.«

Sie griff nach seinem Ellenbogen, aber er entzog sich ihr. »Ich habe lange genug geruht. Diese Ueeba, hast du dich mit ihnen verständigen können?«

»Aber ja. Sie sprechen Larion.«

Er runzelte die Stirn. »Ich kann mich nur an irgendwelches Gekreisch erinnern.«

»Das ist ihre eigene Sprache. Nennt sich Ueebaka und besteht hauptsächlich aus Pfeiflauten. Aber zumindest hier in der Fabrik sprechen sie alle Larion.«

Schroeder trat bis unter den Rand des Sonnensegels. Der helle Stoff über ihm war fleckig. Primitiv war das alles! Ihm fielen wieder diese Keloskergestalten kurz vor seinem Zusammenbruch ein.

»Herrgott, Tamra. Lass dir doch nicht alles einzeln aus der Nase ziehen. Wo sind wir hier? Was wird hergestellt in dieser Psi-Fabrik? Mit wem können wir in Kontakt treten? Beherrschen die Ueeba den Raumflug? Oder gibt es sonst irgendwelche raumfahrenden Völker hier? Bitte!«

Schwindel überkam ihn. Auf einmal war das Licht hier draußen zu viel für ihn. Er wandte sich um, starrte auf den dunklen Eingang zum Krankenzimmer.

»Leg dich brav ins Bett, und ich erzähl dir alles«, sagte Tamra.

»Ich hab lange genug herumgelegen. Mich ausstrecken ist wirklich das Letzte, was ich jetzt brauche …«

Aber noch während er es sagte, begannen schwarze Flecken am Rand seines Gesichtsfelds zu tanzen.

Als er, im Rücken mit Kissen gestützt, die eher an Ballen von Verpackungsmaterial erinnerten, wieder im Bett war, legte Tamra los. Sie saß am Fußende, seitlich zu ihm. Sie hatte sich zunächst auf das eigene Bett setzen wollen, aber das stand mindestens zwei Meter entfernt, und so hatte Schroeder nur mit der flachen Hand auf die Liegefläche seines Bettes geklopft und gesagt: »Tamra, bitte. Entschuldige meine Kurzangebundenheit. Aber ich habe eine Verantwortung Rhodan gegenüber.«

Sie hatte leicht das Gesicht verzogen, sich aber zu ihm gesetzt.

Diese Frau war unglaublich. Ein knochiges, zerbrechliches Wesen mit kaum Fleisch auf den Rippen, das zudem kürzlich einen Abort erlitten hatte. Und doch war sie mit ihm durch dieses Strangeness-Feld spaziert wie nichts. Es wurmte ihn gewaltig, dass sie vor ihm aus ihrem Koma erwacht war.

»Gut«, sagte Tamra. »Also. Die einzigen Raumschiffe hier, von denen ich weiß, gehören den Posbis.«

»Posbis?« Schroeder warf einen demonstrativen Blick zu dem primitiven Medorob an der Wand. »Hier gibt es Posbis?«

»Hier in der Fabrik anscheinend nicht. Aber draußen, jenseits der Mauern, massenweise. Und es sind ganz merkwürdige Posbis. Sie ähneln in nichts den Maschinenteufeln.«

»Du meinst, sie unterliegen keiner Hass-Schaltung? Dann wäre es umso wichtiger, Kontakt zu Rhodan herzustellen. Vielleicht liegt ja hier die Lösung für unser Problem!«

Die Aussicht war berauschend.

»Ich kann mir nicht vorstellen, dass diese Posbis hier für irgendetwas eine Lösung darstellen. Du müsstest sie mal sehen. Sie sind irgendwie … verrückt. Wie übereifrige Haustiere oder so. Sie nennen sich Alles-für-euch, und sie haben überhaupt nichts von Soldaten oder Kampfmaschinen an sich. Sie wimmeln auf Pakuri praktisch überall herum. Sie sorgen für die Ueeba. Und sie betätigen sich künstlerisch. Manche wirken wie verrückte Wissenschaftler und forschen in skurrilen Zweigen wie ›Experimentelle Evolutionswissenschaft‹, ›Mikrozeitgestaltung‹ oder ›Maschinelle Harmonistik‹.«

Sie hatte ja verdammt viel herausgefunden in den letzten Tagen. Die er verschlafen hatte. Schroeder setzte ein Grinsen auf. »Mikrozeitgestaltung kenne ich auch. Ich arbeite schließlich für Perry Rhodan. Da muss man manchmal aus dem kleinsten Fitzelchen Freizeit rausholen, was man nur kann …«

Tamra lächelte schief.

Schroeder wurde wieder ernst. »Gut. Ob sie uns gegen den Posbi-Sturm helfen können, wird sich herausfinden lassen. So oder so werden diese Alles-füreuch sicher ein paar hundert Fragmentraumer im System stehen haben. Aber werden sie uns einen zur Verfügung stellen, mit dem wir dann auf Nimmerwiedersehen verschwinden können? Vielleicht werden wir einen stehlen müssen. Bist du dir sicher, dass diese Ueeba keine Raumfahrt entwickelt haben?«

»Absolut. Sieh dich um.« Sie machte eine das ganze primitive Zimmer umfassende Handbewegung.

Schroeder nickte. Nach einem Moment des Nachdenkens fragte er: »Und es gibt hier keine Hinweise auf weitere raumfahrende Zivilisationen?«

»Soweit man das nach ein paar Tagen in einer abgelegenen Ecke eines abgelegenen Planeten sagen kann.«

Schroeder biss sich auf die Wangen. »Ich hätte schwören können, dass diese Ueeba, wie du sie nennst, Kontakt zu wenigstens grob menschenähnlichen Wesen haben. Da waren diese Bilder … oder habe ich mir das eingebildet? Tamra, an was kannst du dich erinnern? Als wir aus dem Dimensionstunnel herausgekommen sind, meine ich. Du warst nahezu bewusstlos.«

Sie runzelte die Stirn, dann schüttelte sie den Kopf. »Worauf willst du hinaus?«

»Ich weiß nicht, ob ich bloß eine Halluzination gehabt habe. Aber da waren diese Umrisse, diese Bilder … von … Nein, es ist zu albern. Was sollten die hier? Außerdem sind sie doch allesamt in einer Superintelligenz aufgegangen oder so.«

»Startac. Ich verstehe kein Wort.«

»Gut.« Er nickte. »Ich glaube, ich habe keloskerartige Gestalten gesehen beim Durchtritt.« Und als sie nicht reagierte: »Weißt du, was Kelosker sind? Mehr als menschengroße, grobe Wesen mit einem höckerbesetzten Kopf und Händen, die wie verformt wirken, nur Fleischlappen sind, mit denen man greifen kann.«

»Ach so«, sagte Tamra und strahlte ihn an. »Du meinst die Ober-Denker!«

»Die … Ober-Denker?«, hauchte Schroeder. Ja, so konnte man die legendären Wesen durchaus nennen. Ihn überkam erneut ein Schwindelgefühl, aber diesmal rührte es ganz sicher nicht von seiner körperlichen Verfassung her. »Du kennst sie?«

»Klar doch«, sagte Tamra munter. »Sie wohnen gleich nebenan. Nur einen kleinen Fußmarsch von hier. Eine merkwürdige Sippe.«

Dreizehn

Forschungsrat Pokou führte Tawe in ihre künftige *Lebensaufgabe* ein, wie er es nannte. Gleichzeitig führte er sie durch die Psi-Fabrik. Dass sie müde und zerschlagen war, ließ er nicht gelten. »Forscher schlafen am Arbeitsplatz«, sagte er. »Oder im Sterberitz. Du siehst nicht so aus, als würdest du sterben.«

Was von draußen so mächtig und makellos ausgesehen hatte, war drinnen an mancher Stelle recht … *dürftig*, fand Tawe. Schiefe Wände, zerfallende Strukturen, und überall schmale Durchgänge.

»Dieses Bauwerk ist sicher nicht von den Ahnen errichtet worden«, sagte sie irgendwann, als sie sich hintereinander durch einen schuttknirschenden Tunnel schoben.

»Dieses Bauwerk ist weitgehend ohne Zuhilfenahme von Alles-für-euch errichtet worden, allein mit der Leibeskraft der ersten Generationen von Imago-Forschern. Durch eigener Füße Arbeit, wie es sich gehört.«

Tawe sagte nichts, aber sie durchschaute nur zu bald, was sie sah. Alles Krude, Schiefe, Zerfallene zeigte überdeutlich, dass die Forscher sich mit ihrem Arbeitsanspruch übernommen hatten. Und die makellose Außenhülle der Psi-Fabrik erwies sich ebenso deutlich als Fassade, Vorspiegelung, Mythos. Was die dummen Ueeba-Frauen vielleicht einmal zu sehen bekamen, musste beeindruckend sein. Dafür waren die Alles-für-euch dann gut genug.

»Manche Tunnel legen wir außerdem so an, dass die Ober-Denker eben nicht durch sie hindurch können.«

»Ober-Denker?«

»Draußen werden sie wohl Hüter genannt. Ihre Siedlung liegt nicht weit von der Fabrik. Du wirst sie beizeiten noch besuchen. Von ihnen stammen die *Aufgaben.*«

Er betonte das Wort so merkwürdig, dass Tawe gar nicht erst nachfragte. Sie wusste genau: Ganz gleich, welche Reaktion von ihrer Seite kam, er konnte gar nicht anders, als weiterzuerzählen. Und richtig.

»Die Ober-Denker haben den Imago-Forschern zu Beginn der Zeitrechnung siebenunddreißig Aufgaben gestellt. Die Imago-Forscher sollten siebenunddreißig komplexe Gebilde aus stabiler Psi-Materie entwickeln, die …«

»… sogenannten psimateriellen Artefakt-Komponenten, ich weiß. Davon hat jedes Ueeba-Junge schon gehört.«

»Oh, sie kann denken«, sagte Pokou höhnisch. »Ich wusste doch, dass du noch nicht zu müde bist.«

In Tausenden Jahren hatten die Imago-Forscher dem alten Forschungsrat zufolge danach gestrebt, *»die Siebenunddreißig aufzulösen«.* Sechsunddreißig seien tatsächlich gelöst worden. Nur die eine, die Siebenunddreißig, stünde noch offen. Dieser mythischen Siebenunddreißig gälte all ihr Streben.

»Und dafür braucht ihr mich, oder was?«

Der Alte lachte auf, dass es im Tunnel widerhallte. »Du, Tawe, bist zwar talentiert und jung. Aber du bist auch eigensinnig, und wer weiß, wie weit du überhaupt kommst. Ich glaube nicht, dass du je mehr als ein Fünfundzwanziger oder Sechsundzwanziger sein wirst, deine ordentliche Anstrengung vorausgesetzt. Nein, die tatsächliche Lösung der Siebenunddreißig wird von uns niemand erleben. Ich sowieso nicht. Aber auch du nicht. Niemand, der heute lebt.«

Vor ihnen öffnete sich der Tunnel zu einem Saal, und der Alte richtete sich auf. »Schau, Tawe. Bewundere die erhabene Schönheit der Sechsunddreißig.«

Er hieb auf einen Schalter. Licht gleißte auf.

Tawe schnappte nach Luft. Ihre Fühler spreizten sich, zuckten unbeherrschbar in alle möglichen Richtungen. Ihr Hirn hatte Mühe, die Schnipsel zu einem Bild zu fügen.

Die Sechsunddreißig waren schön. Und furchteinflößend. Spiralen schraubten sich ins Jenseits. Blüten stülpten sich über sich selbst. Manche der Gebilde ähnelten den Alles-für-euch, wie sie dort metallblitzend in der Luft hingen – nur dass Tawe nie hätte sagen können, welchem Zweck diese Alles-für-euch dienen mochten. Farben erklangen. Töne kitzelten Tawes Flanken. Traurige Tiere wanderten ein Band entlang, das in die Unendlichkeit reichte, nur dass es keine Tiere waren und auch kein Band, und die Unendlichkeit hätte zwischen die Spitzen zweier Mandibeln gepasst …

Schaute Tawe sich die Sechsunddreißig an, wie sie dort hingen, sah sie nur wirre Klumpen. Schaute sie sich die Gebilde jedoch mit dem schiefen Blick an, der die Ueeba ins Jenseits blicken ließ, in den Raum neben dem Raum, waren es köstlich strukturierte Kunstwerke, Schönheiten.

»Ich bin … überwältigt«, stammelte sie. »*Die* habt ihr geschaffen? Und ich hielt schon meine Rosen für toll.«

Pokou lachte. »Das hier ist nur der Ausschuss. Die echten Sechsunddreißig sollen noch tausendmal schöner gewesen sein.«

»Der Ausschuss? Die *echten* Sechsunddreißig? Noch tausendmal schöner?«

»Du hörst zu, Tawe, aber nicht gut genug. Die Sechsunddreißig sind schon in alter Zeit fertiggestellt und ins Tal der Dimensionen geliefert worden. Kaum ein Forscher schafft es je, mit seiner Reihe überhaupt bis zur Sechsunddreißig zu kommen. Wir werden sehen, wie weit dich dein Talent trägt.«

»Wann?« Tawe brauchte ihre Stimme nicht einmal zu verstellen, sie klang auch so begeistert und ergriffen genug.

»Bald«, sagte der Forschungsrat. »Aber nicht allzu bald. Komm.«

Sie folgte ihm und sah sich so aufmerksam um, wie sie es in ihrer Erschöpfung noch konnte. In Wahrheit hatte sie natürlich vor zu fliehen. Was denn sonst?

Sie verließen den Saal durch einen weiteren Gang, der unvermittelt im Hof endete.

Pokou öffnete eines dieser Tür-Dinger in der Wand und holte eine Stange heraus, an deren Ende sich Metall aufspreizte wie ein Borstenbüschel. »Hier, ein Besen. Damit fegst du täglich den Hof.«

»Was?«

»Wir wollen dich sachte ans Arbeiten gewöhnen. Auch solltest du dich täglich für ein, zwei Stunden der Sonne aussetzen. Das macht, bei allen Unannehmlichkeiten, die Umwandlung erträglicher, junger Kollege.«

Tawe war sprachlos.

Pokou richtete sich auf und rieb an ihrer Panzerhaut. »Da, schau. Bist schon auf dem besten Weg, ein Mann zu werden. Sieh zu, dass du dich so oft wie möglich abduschst. Frische Luft tut auch gut. Am besten schläfst du im Freien. Wenn du nicht gerade etwas zu fegen oder im Sprachlabor zu tun hast, versteht sich. Nutze den Tag!«

Er wandte sich ab und sah nicht ein einziges Mal zurück, während er über den Hof zuckelte und im größten Gebäude verschwand. Er ging wahrscheinlich davon aus, dass sie brav den Hof fegen würde.

Fegte Tawe?

Sie fegte. Sie war verwirrt.

War sie wirklich schon dabei, sich in einen Mann zu verwandeln? Sie horchte nach innen. Sie fühlte sich hohl – wie ein Baum mit einem verfaulten, zerfaserten Kern. So hatte sie sich früher nie gefühlt, aber ob das nun ihrem neuen Mannsein geschuldet war oder der Demütigung vorhin im Hof, vermochte sie nicht zu sagen.

Wenn du dich als Mann so fühlst, na danke!

Sie fegte. Ihr tat alles weh. Besonders die durch das Aufrichten gestauchte Stelle hinten brannte in der Sonne. Tawe versuchte, ihre Larve zu verdunkeln, zu verdicken, aber sie bekam kaum mehr zustande als eine Luftverschmutzung, einen Rauchschleier.

Verzichteten die Forscher zwangsläufig auf ihre Larven? Weil sie als Männer gar nicht in der Lage waren, eine Larve auszubilden? Tawe hatte sich nie darüber Gedanken gemacht, aber vielleicht entsprang dieses Licht-und-Farben-Gebilde ja nicht allein dem Geist der Ueeba-Frauen, sondern ebenso ihrem Leib, ihrer Haut.

Sie befühlte ihre Panzerrundungen. Sie fühlten sich körniger an als sonst, grob und wie gespannt. Wuchs ihr Leib schon?

Sie wollte kein grober, grauer Mann-Klotz werden, der auf die halb so großen Ueeba-Frauen hinabschaute. Auf Adilai.

Fegend näherte sie sich einer der Mauern, fühlerte hinauf. *Du hast nicht einmal versucht, die Mauern hinaufzuklettern,* hatte der Alte gesagt.

Na schön, dann eben jetzt! Sie warf den Besen beiseite und machte, dass sie die Mauer hinaufkam.

Sie hatte ungefähr ein Drittel geschafft, da geriet sie auf einen Streifen, an dem ihre Füße absolut keinen Halt fanden. Sie glitten ab, und Tawe stürzte schwer in den Hof zurück. Schmerz durchfuhr sie, ein grässlich reißendes Geräusch war zu hören, ganz nah.

Einer der Panzerbögen war aufgerissen. Zerfleddert hing die Panzerhaut herab. Darunter war Jungfleisch zu sehen.

»O nein«, wimmerte Tawe. »O nein!« Sie schlug die Fetzen zurück, fügte sie wieder zusammen – oder versuchte es jedenfalls. Sie schlossen sich nicht mehr. Zwischen ihnen klaffte eine Lücke von Fußbreite. Tawe wuchs. Sie wuchs!

Die Sonne sengte fürchterlich auf den aufgeplatzten Stellen. Tawe kühlte sie im feuchten Sand bei der Brunnenschraube. Als der Schatten von dort wegwanderte, floh sie in den kleinen Geräteraum, aus dem Pokou den Besen geholt hatte.

»He!«, flüsterte eine helle Stimme. Ein Forscher fühlerte um die Tür herum. Er war recht zierlich gebaut und brachte ihren Besen mit, außerdem ein Tablett. »Ich bin Tibala. Der Jungforscher vom letzten Jahr. Erster Rat Pokou sagt, wer nicht fegt, soll auch nicht essen. Also habe ich mir erlaubt, für dich fertig zu fegen.«

Der Duft des Essens stieg ihr in die Nase. Ein kühler Duft, frisch und fleischig. Sie hatte sich in den dunkelsten Winkel der Kammer geklebt, aber nun kam sie hinunter. »Danke.«

»Greif zu. Hau nur ruhig ordentlich rein.«

Das tat sie. »Nett von dir«, sagte sie beißend, reißend.

Tibala wackelte mit den Fühlern. »Ich kann mich noch gut genug an meine ersten Tage hier erinnern. Du fühlst dich scheußlich.«

»O ja. Ein wahres Wort, gelassen ausgesprochen.«

Sie mampfte.

Tibala scharrte auf dem bröckeligen Betonboden der Kammer.

»Ist irgendwas?«, fragte Tawe.

»Nein … *Ja.* Es tut mir leid, was sie vorhin mit dir veranstaltet haben. Ich bin es gewesen, der Pokou informiert hat.«

»Nett von dir. Danke.«

»Gern. Na dann, ich muss los.« Er beeilte sich so sehr, dass seine Beine wie Fransen im Wind zu wehen schienen.

Das Essen half Tawe, wieder ein wenig den Überblick zu bekommen. Sie war nach wie vor zur Flucht entschlossen. Sie war nach wie vor entschlossen, sich zu sperren.

Sie wollte kein Forscher sein. Sie wollte nicht deren seltsame Gebilde schaffen, so faszinierend diese auch waren.

Sie wollte zu Adilai. Wollte frei sein.

Mit etwas Geduld fand sie sicher einen Weg aus der Fabrik heraus. Und wenn nicht, konnte sie sich immer noch allem verweigern. *Ohne mich!,* konnte die Entgegnung auf alles sein. *Ich will nicht.*

Aber sie hatte ja nicht nur gegen die Forscher zu kämpfen.

Ihr eigener Leib, der ihrem Selbst so lange ein freundliches Heim gewesen war, kehrte sich gegen sie. Sie wuchs zu einem Mann heran.

Wie ließ sich das aufhalten? Woher kam überhaupt die Verwandlung? Tawe hatte keine Ahnung. Sie wusste so wenig, und die Forscher wussten so viel.

Vielleicht war es das Beste, sich geläutert zu geben. Ja, sie hatte einige Anfangsschwierigkeiten gehabt, aber nun war sie begierig darauf, Jungforscher zu werden, oder sperrte sich jedenfalls nicht mehr. Auf diese Weise konnte sie lernen, was es zu lernen gab … konnte vielleicht einen Ausweg aus dieser Fabrik finden. Aber dann war da immer noch das Problem, dass sie ein Mann-Riese werden würde. Keine gemeinsame Größe mehr mit Adilai, keine Liebe auf Fühlerhöhe. Tawe würde groß sein und stark und rau, und Adilai würde klein sein und schwach und zart. Eine widerwärtige Vorstellung. Tawe grauste.

Außerdem – wo sollten die beiden denn dann hin? Es wäre ein absoluter Bruch mit allem, was die Ueeba kannten. Männer lebten einfach nicht draußen unter den Frauen. Überall würden die Frauen Tawe ausweichen, würden scheu sein und neugierig zugleich … kein Tanzen mehr in der Menge auf der Festwiese, keine Scherze und Ausflüge mehr mit Adilai als Paar unter lauter Paaren und Haufen.

Tawe biss sich auf den Fühler: Wie dumm war sie denn! Nie würden die Alles-für-euch sie dort lassen, immer wieder würden sie die Fabrik verständigen, und dann würde ein Forscher kommen und sie zurückholen.

Zum ersten Mal im Leben begann sie die Allgegenwart der Alles-für-euch infrage zu stellen. Oh, es war immer so schön gewesen, dass sie wussten, wo eine jede Ueeba war! So hatte Adilai Tawe finden können an dem einsamen Strand.

Nun aber war es … wie gelähmt zu sein.

Männer waren nicht frei. Männer hatten Pflichten.

Ich werde auf dich warten, hatte Adilai gerufen.

War sie jetzt ebenso krank vor Verzweiflung wie Tawe? Wimmelten auch ihr Madengedanken im Hirn herum?

Tawe musste einen Weg aus dieser stinkigen Fabrik hinausfinden. Sie musste!

Dann würde sie weitersehen.

So sagte sie sich, um einen Schlussstrich zu ziehen, aber dann begannen dieselben wirren Madengedanken wieder und wieder durch ihr Hirn zu kriechen, endlos, eklig, fett.

Vierzehn

Schroeder lachte auf, aber es war nicht witzig. Ganz und gar nicht. »Tamra, weißt du, was das heißt, wenn es hier Kelosker gibt? Dass wir mitten in einem Wespennest gelandet sind, heißt das!«

»Wespennest?«

»Ein Ort, an dem es gefährlich zugeht. Sehr gefährlich.«

Sie sah ihn nur an.

Natürlich, sie denkt an Terra Incognita. Er zog die Schultern hoch. »Nicht ganz zutreffend, meinetwegen. Aber Terra Incognita lag fernab von bewohnten Welten. Ohne diesen … Attraktor wäre dort nie jemand gelandet. Und Pakuri, hier im Zentrum von Ambriador, müsste eigentlich auch bestenfalls ein Nest sein, so eingeschränkt, wie die Raumfahrt in den Zentrumsbereichen von Galaxien möglich ist. Und trotzdem stoßen wir hier auf Posbis und sogar auf Kelosker. Diese merkwürdige Sippe, wie du sie nennst, ist legendär.«

»Aha?«

»Ich frage mich, was sie hier treiben.« Da erst merkte er, wie unbeeindruckt Tamra war. Ihr Gesichtsausdruck ließ sich bestenfalls als milde neugierig bezeichnen.

»Tamra. Die Kelosker gehörten einst zu den brillantesten mathematischen und logischen Denkern des Universums. Sie konnten problemlos mit fünf- und sechsdimensionalen physikalischen Zusammenhängen operieren. Ihre begabtesten Köpfe gelangten sogar in den siebendimensionalen Bereich. Ohne die Hilfe von Maschinen. Soweit ich weiß, ist dieses geniale Volk vor über tausend Jahren in einer Superintelligenz aufgegangen – in einem Geistwesen aus Myriaden von Einzelintelligenzen«, fügte er sicherheitshalber als Erklärung hinzu. »Wenn wir hier jetzt plötzlich auf eine Ansiedlung dieser 7-D-Denker stoßen, stellt das eine Sensation von kosmischen Ausmaßen dar!«

»Bist du jemals einem dieser legendären 7-D-Genies begegnet?«

»Nein. Natürlich nicht. Ich sagte doch gerade …«

»Dann solltest du dir ihre *Ansiedlung* besser mal ansehen, bevor du hier weiterhin erzählst, wie großartig und kosmisch diese Kelosker sind. Das sind Primitive.«

»Wie kommst du denn darauf? Gut, ihre Architektur soll sehr plump gewesen sein, aber das entspricht ja nur ihrem Körperbau. Sie sind Denker, keine Handwerker.«

Tamras Blick war offen und entschieden. »Sieh sie dir an, Startac. Sieh sie dir einfach kurz an.«

»Können wir hier einfach so raus und uns auf dem ganzen Gelände frei bewegen?«, fragte Schroeder, als er wieder aus dem Krankenzimmer kam. Er trug jetzt seinen dunklen Kampfanzug, den er, einer Empfehlung der integrierten Cybermed-Einheit folgend, auf einen Wert knapp unter Normalschwerkraft eingestellt hatte. Das kam seinem angeschlagenen Kreislauf entgegen.

Tamra drehte sich unter dem Sonnensegel um. »Aber ja. Zuerst gab es ein bisschen Theater, aber dann hieß es plötzlich: freier Zugang in allen Bereichen.« Sie schloss den Helm ihres Larenanzugs und ließ nur die Kinnpartie offen.

Zum Schutz vor der hereinprasselnden Strahlung dieser blauen Riesensonne, begriff Schroeder. Er tat es Tamra nach. Ein Gespinst dünnster Glasfaserbänder schoss aus dem Helmwulst und formte sich wie von Geisterhand zu einer nanodünnen amorphen Kugel, die nahezu seinen gesamten Kopf einschloss. Als Schroeder in die Sonne hinaus trat, tauchte der Helm die Umgebung in ein klares, metallisch wirkendes Grau, das für Normalsehende wahrscheinlich blau war.

»Los geht's«, sagte Tamra und aktivierte ihren Antigrav. Sie schwebte zur Mitte des freien Geländes. Schroeder folgte ihr.

Während sie emporschwebten, sah er sich um. Viele verschachtelte Mauern und Gebäudeteile erstreckten sich um einen weitläufigen Hof. Nirgendwo waren Lebewesen oder Gegenstände zu sehen. Der ganze Komplex wirkte verlassen, wie eine gut erhaltene Ruine, ein Baudenkmal. Nein, ein Freilichtmuseum während der Schließzeiten.

Dieser Eindruck änderte sich erst, als sie auf Höhe der ersten Dächer waren. Im Augenwinkel sah Schroeder eine Bewegung. Einer dieser dunklen Zwei-Meter-Hundertfüßler wimmelte um eine Mauerecke davon. Schroeder versuchte im Aufsteigen, seinen Weg weiterzuverfolgen, aber das Wesen musste durch eine von ihm aus nicht sichtbare Öffnung im Gebäudeinneren verschwunden sein.

Eines der Häuser besaß kein festes Dach. Lediglich ein riesiges Sonnensegel flatterte in dem Wind, der vom Berghang herunterstrich.

»Einen Moment, Tamra«, sagte Schroeder über Helmfunk und bog ab.

Die fleckige Zeltplane bedeckte den darunterliegenden, saalgroßen Raum nur zum Teil. Schroeder spähte durch einen Spalt. Unten waren ein halbes Dutzend dieser Hundertfüßler zu sehen. Sie hatten sich jeder vor etwas aufgerichtet – Terminals?

In der Saalmitte flirrte die Luft wie von einem Holoprojektor in Bereitschaft.

Schroeder warf einen Blick zu Tamra. Sie hatte bereits den oberen Rand dessen erreicht, was wahrscheinlich die Außenmauer dieser »Fabrik« war, und winkte ihm.

Schroeder sah noch einmal durch den Spalt hinunter, dann kehrte er der sich im Luftstrom wellenden Plane den Rücken zu und flog in einer geschwungenen Kurve Tamra hinterher.

Er erreichte die Mauerkuppe und hätte sich in seinem geschwächten Zustand beinahe überschlagen. »Donnerwetter!«, entfuhr es ihm.

Unten, am Fuß der Berge, die augenscheinlich ein gigantisches Hochplateau einschlossen, glitzerte ein Moloch aus Stahl und Kunststoff.

»Die Stadt der Posbis«, hörte er Tamras Flüstern dicht an seinen Ohren. Manchmal hatte sie eine Stimme, in die er am liebsten wohlig hineingekrochen wäre.

Schroeder sah in die Stadt hinunter. Überall wimmelten Maschinen. Selbst aus der Höhe war zu sehen, dass es sich um keine von Lebewesen bewohnte Stadt handelte. Da waren keine freien Flächen, keine Parks, keine zur Freude des Besuchers angelegten Blickachsen. Keine Gleiterparkplätze, keine Reklame. Nur ein geschäftiges Durcheinander, das einen Menschen beim bloßen Zusehen schwindelig werden ließ. Flugfähige Posbis schwirrten durch die Luft wie Myriaden von Insekten. Gigantische Bahnen bewegten sich pulsend durch die Stadtlandschaft, Transportröhren vielleicht. Bauwerke schienen aus dem Boden gewachsen zu sein wie riesenhafte Kristalle, gegeneinander verkantet, hervorgewuchtet wie Pilze, nur dass sie keine organischen Formen besaßen.

»Was für eine gigantische Ausdehnung«, sagte Schroeder rau. »Bist du dort schon gewesen?«

»Ja. Aber lange habe ich es nicht ausgehalten. Ich bin bald wahnsinnig geworden da unten. Ich habe mich gefühlt wie in einem Alptraum, wie im Bauch der Mutter aller Maschinenteufel.«

»Ist nicht weiter schlimm«, sagte Schroeder. »Darum kann ich mich ja bei Gelegenheit kümmern.«

Er musste über sich selbst grinsen. Ein Gefühl von Kraft hatte sich bei Tamras Worten in ihm breitgemacht. Er hatte eine Möglichkeit aufgetan, mit ihr gleichzuziehen.

Ich wusste gar nicht, dass ich ein Macho bin.

Weit, weit hinten in der Stadt stieg ein schwarzer, zerklüfteter Würfel in den Himmel auf. Als er über die Berge hinaus war, gleißte eine seiner Seiten auf. Es musste sich um eine Spiegelung des Sonnenlichts handeln.

»Ein Fragmentraumer«, sagte Schroeder. »Sieh an. Da kann ein Raumhafen nicht fern sein. Gut zu wissen.« Er sah sich um. »Wo ist denn nun diese Kelosker-Siedlung?«

In bequemen fünf Metern Höhe ging es leicht abwärts über die Hänge, immer einem sich dahinschlängelnden Trampelpfad nach. Ihm fiel erst jetzt auf, dass jeder Quadratzentimeter des Geländes bewachsen, ja überwuchert war. Grasteppiche sträubten sich moosdicht auf kugeligen Formen, die wohl Felsen waren.

An manchen Stellen wölbten sich brückenartige Bäume auf, zum Teil ließen sich die Bögen sogar durchfliegen. In den Schatten wucherten Pilze, manche waren so groß wie Kinderköpfe.

Schroeder registrierte mit einem Stutzen, dass die Vegetation und die Stadt der Posbis sich in ihrer Üppigkeit ähnelten. Passten sich auch Posbis ihrer Umgebung an?

Dagegen sprach, dass ja auch ihre Fragmentraumer wie eine Ausgeburt des Chaos wirkten.

Interessant war es trotzdem.

»Dort drüben«, sagte Tamra unvermittelt. »Schau.«

Sie schwebte über einer Klamm. Auf der anderen Seite der überwucherten, dunklen Schlucht öffnete sich ein leicht konkaves Hochtal. Schroeder sah Bergwiesen, auf denen nichts nach Viehwirtschaft aussah. Und weiter hinten Hütten.

Er aktivierte die Fernsicht. Das waren Lehmhütten. Primitiver ging es in der Tat kaum. Schmale, ausgetretene Pfade verbanden die Hütten. Kein Asphalt, keine Gehwege, nichts.

Einfach nur ein paar Dutzend Hütten, wirr in die Landschaft geklatscht, und dort hinten …

Ein groteskes Geschöpf wankte auf vier Stummelbeinen zwischen einigen Hütten dahin. Sein tonnenförmiger Rumpf war von einer Lederhaut überzogen, und es hatte noch ein drittes Gliedmaßenpaar. Die Tentakel endeten in zweigeteilten Greiflappen. Der unförmige Kopf nahm fast die Hälfte der Schulterbreite ein, die Augen waren so riesig und schief, als hätte ein Kind sie gemalt. Oben auf dem haarlosen Schädel waren Auswüchse zu sehen, unregelmäßige Wülste.

Paranormhöcker, dachte Schroeder. *Wie in den alten Dokus. Ich fasse es nicht.*

»Die sehen aus, wie ein Kind ein freundliches Monster malen würde«, sagte Tamra neben ihm.

Schroeder schnaubte. Und nickte. »So etwas Ähnliches habe ich auch gerade gedacht.«

»Und? Sind es Kelosker?«

»Nichts anderes.«

»Aber sie sind nackt«, sagte Tamra.

»Du meinst, sie sollten sich lieber in wallende Gewänder hüllen wie die Philosophen des terranischen Altertums?«

Tamra sagte nichts. Vielleicht wusste sie nicht, wovon er sprach.

»Der Kosmos ist groß. Warum sollte darin kein Platz sein für ein Volk mathematisch hochbegabter Nudisten? Komm.« Schroeder setzte über den Dschungel in der Schlucht hinweg.

Fünfzehn

Es dauerte seine Zeit, bis Tawes Verzweiflung still wurde. Sie versuchte zu fliehen. Sie verweigerte sich den Abläufen in der Fabrik. Nichts davon gelang. Um kein Forscher zu werden, hätte sie den Freitod wählen müssen. Aber Adilai hatte gesagt, sie würde auf sie warten. Wie konnte Tawe da ernsthaft sterben wollen?

Und dann, eines Nachts oder eines Tages – es war egal, weil sich ihr Lebensrhythmus bereits umstellte –, war sie ein Mann. Grobporig. Larvenlos. Groß und stark und gebrochen.

Und die Forschungsleiter waren zufrieden, und Tawes Unterweisung begann.

Wichtiger Bestandteil des Unterrichts war unter anderem ein spezielles Sprachtraining. Da die Ober-Denker das Ueebaka mit ihren Mündern nicht formen konnten und die Ueeba wiederum deren Sprache unmöglich lernen konnten, bedienten sie sich einer Verkehrssprache: Larion.

Bevor Tawe sich ernsthaft an die Aufgaben der Ober-Denker machen konnte, musste er zunächst einigermaßen das Larische beherrschen. Es fiel ihm nicht leicht. Diese Sorte Unterricht hatte er ganz und gar nicht erwartet. Aber im Imago-Saal wurde Larisch gesprochen – alle Anweisungen, sämtliche Vorgaben der Ober-Denker lagen auf Larion vor. Und Tawe musste ja nicht nur die Sprache erlernen, sondern überhaupt erst einmal Lesen und Schreiben.

Der »Imago-Saal«! Was für ein großes Wort für diese bessere Baracke, wie Tawe feststellte, als er Vokabeln genug gepaukt hatte, um das Sprachlabor für eine Besichtigung verlassen zu dürfen. Dieser wichtigste Abschnitt der Fabrik war eigentlich nur ein Hof, sprich: nach oben offen – damit die Komponenten abtransportiert und ihrer Verwendung durch die Ober-Denker zugeführt werden konnten.

Da alle bis auf die letzte Komponente seit langer Zeit abgeliefert waren, hatten die Forscher ihre Improvisationskünste bemüht und eine garantiert alles-für-euch-freie Zeltdachkonstruktion über den zerfallenden Hof gespannt. Ein Gewimmel von alten Wasserflecken zierte das wettermürbe, sonnengebleichte

Material. Die Balkenkonstruktion wirkte noch weniger vertrauenerweckend. Jahrhunderte blickten drohend auf Tawe herab.

Und der Hof selbst war natürlich winzig für einen, der seine Tage als Frau in den weitgeschwungenen Hallen der Häuser der Vorfahren verbracht hatte. An die Wände des groben Kastens hätten durchaus etliche Hundert Ueeba gepasst – nur wollte Tawe sich nicht vorstellen, wie eng es darin sein würde, wenn in der Mitte tatsächlich einmal die Komponente Siebenunddreißig schwebte.

Er sollte es bald am eigenen Leibe erfahren, nicht mit der Siebenunddreißig, aber mit einigen ausgewählten Komponenten-Modellen, die im Unterricht gebildet wurden. Immer wieder formten die anderen Forscher Gebilde, die in sich verwundenen, unmöglichen Knoten ähnelten. Manche waren bis zu zwanzig Meter hoch.

Wichtig war jedoch nicht allein die äußere Form, sondern auch, wie sich das Gebilde auf paranormaler Ebene anfühlte – wenn man es »schief ansah«, wie Tawe es nannte. Die Imago-Forscher nannten dies den Psionischen Stempel. Diese Stempel waren entscheidende Bestandteile der siebenunddreißig Aufgaben. Eine psimaterielle Artefakt-Komponente, deren Psionischer Stempel nicht der Vorgabe entsprach, war für die Ober-Denker wertlos.

»Jetzt du, Tawe.« Einer der Älteren leitete ihn an. Und Tawe, der einst als Frau so von sich überzeugt gewesen war und geglaubt hatte, niemand könne feinere, schönere und strahlendere Gebilde aus reiner Gedankenkraft formen, sah sich tief erschüttert. Unter den Jungforschern gab es keinen, der noch schlechter war als er.

»Wärst besser nicht berufen worden«, zischte beim Pausengang wieder ein leiser Chor um ihn herum. »Als Frau war mehr mit dir anzufangen.« – »Was für eine Verschwendung!« – »Wir hätten noch so viel Spaß miteinander haben können.« – »Stümper.« – »Stümper.« – »Stümper!«

Tawe kroch mit hängenden Fühlern hinaus in den Hof.

Draußen, jenseits der grellen Scheinwerfer, jenseits der unüberwindbaren Mauern, war Nacht.

Ein Schaben hinter ihm. Tibala kam. »Mach dir nichts draus«, versuchte er Tawe zu trösten. »Du verstehst die Anweisungen ja kaum. Und bist auch noch eine halbe Frau. – He, was habe ich denn gesagt?!«

Tawe rollte sich zu einer Spirale zusammen und barg sich an sich selbst.

Die Zeit verging, und noch immer war er ein Gefangener der Fabrik. Er durfte das Gelände nach wie vor nicht verlassen. Selbst bei der nächsten Hitze der Ueeba-Frauen musste er innerhalb der geschlossenen Mauern bleiben.

»Warum?«, fragte er den alten Pokou, zu dem ihn sein Unterweiser weitergeschickt hatte. »Ich bin doch jetzt ein ausgewachsener Mann.«

Um sie herum im Hof dröhnten und scherzten und balgten die frisch gewaschenen, von reifem Samen strotzenden Forscher. Sie vertrieben sich so die Zeit bis zum Eintreffen der Alles-für-euch-Gleiter, mit denen sie über das Land ausschwärmen würden. Selbst der scheue, zarte Tibala war unter ihnen, nicht ganz so dröhnend, aber so aufgekratzt, dass er kein Bein stillhalten konnte.

»Du bleibst hier«, sagte der Erste Rat, »weil dein Samen noch lange nicht ausgebildet genug ist. Komm hier erst einmal zur Ruhe. Du musst eine Weile Mann gewesen sein, damit du den Frauen keine missgebildeten Kinder bescherst. Und außerdem willst du gar nicht die heißen Ueeba beglücken. Du willst zu dieser Adilai und ein bisschen herumfühlern.«

Pokou hatte ihn ertappt. Genau das wollte Tawe natürlich. Wenigstens für einen Tag! Oder eine Nacht.

Der Witz war nämlich – was er erst jetzt merkte, erst jetzt am eigenen Leib spürte –, dass die Männer in keinen der Frauenhitze vergleichbaren Zustand gerieten. Sie konnten warten, sie waren Herren der Lage. Nichts drängte Tawe hinaus. Auch die anderen, die so laut und angeberisch tönten, waren eher unternehmungslustig als triebgesteuert.

Einerseits hatte Pokou ihn ertappt. Andererseits lag der Alte falsch. Was Tawe wollte, was er wirklich wollte, war dies: Adilai verstecken. Am liebsten hätte er sie dem Zugriff der anderen Forscher entzogen.

Seine Adilai … mit diesen miesen Männern. Allein der Gedanke bereitete ihm körperliche Schmerzen.

Und das Schlimmste war, dass sie wahrscheinlich auf ihn wartete. Dass sie bestimmt fest damit rechnete, ihn wenigstens während der Hitze endlich wiederzusehen, wenn sich die Forscher doch unter die Frauen mischten.

Und nun sollte er auch heute hier in der Fabrik bleiben? Ohne dass sie wusste, warum? Nicht auszuhalten!

Als Pokou sich abwandte und in dem Haus verschwand, in dem die Bibliothek der Fabrik untergebracht war, huschte Tawe zu Tibala. Der schmalbögige Jungforscher war immer noch der netteste der ganzen Bande und hatte selbst oft unter den anderen zu leiden. Er unterlief Regeln lieber als sonst jemand hier.

»Kannst du Adilai eine Nachricht von mir bringen?«, flüsterte Tawe.

Hinter und über ihnen wurde ein Summen lauter: Die Alles-für-euch-Gleiter kamen.

Tibala fühlerte kurz zu ihnen hinauf. »Was soll ich ihr denn sagen?«

»Dass ich … dass ich sie nicht vergessen habe. Erklär ihr, warum ich nicht kommen konnte.«

Sein einziger Freund bejahte und beeilte sich, in den Gleiter zu kommen.

»Möchte mal wissen, was du immer mit diesem Tawe herumfusselst«, dröhnte jemand.

»Bala ist eben 'ne kleine Schwuchtel!«, verkündete ein anderer gut gelaunt. »Komm her, du!« Er drückte den kleineren Kollegen an sich.

»Haha, sehr witzig.« Tibala befreite sich von ihm.

»Hmm!«, machte der andere genießerisch. »Das bringt mich in Stimmung! Wo sind die Weiber? Her mit den Weibern!«

Die Gleiter hoben ab. Tawe sah ihnen nach, bis sie in der Nacht jenseits der hell erleuchteten Fabrikmauern verschwanden.

Nun hatte er zwei, vielleicht auch drei lange Tage des Wartens vor sich. Regulärer Unterricht fand während der Hitze nicht statt. Wenn er seinen Unterweiser fragte, was er in dieser Zeit zu tun hatte, würde der ihm nur irgendwelche stumpfsinnigen Tätigkeiten in Haus und Hof aufdrücken. *Bloß nicht!* Am besten fragte er Pokou. Der alte Forschungsrat war oft so in sich versunken, dass er ihn vielleicht mit einem Fühlerwedeln entließ. *Kannst du nicht selbstständig arbeiten?,* würde seine Antwort bestenfalls lauten. *Such dir halt etwas! Mach dich nützlich! Oder ich lass dich die Nordwand der Bibliothek weißeln!* Und dann konnte Tawe machen, was er wollte, und wenn sein Unterweiser ihn fragte, seelenruhig antworten: *Hat mir der Erste Rat aufgetragen.*

Tawe betrat die Bibliothek. Während er die Tür hinter sich schloss, flammte im Vorraum Licht auf. Er ging an den Schaukästen mit den alten Artefakten vorbei, die aus dem grünen Jadepalast stammten. Er würdigte sie keines Blickes, sondern durchstreifte die Regalreihen an allen sechs Seiten des würfelförmigen Saals. Sogar auf dem Boden hatte man aus lauter Platznot Regale angebracht! Endlose, enge Reihen mit verstaubten Notizbüchern, kiloweise Tätigkeitsnachweise von Generationen von Forschern. Uralte Speichermedien mit den dazugehörigen, halbzerfallenen Lesegeräten. Tawe nahm die oberste Hülle von einem der Stapel und blies den Staub ab: »Zum Fortpflanzungsakt der Ueeba«, entzifferte er mühsam die kruden Schriftzeichen. »Unter besonderer Berücksichtigung der ääs-the- … ästhetischen Implikationen. Häh?« Er pfefferte die Hülle in eine Ecke. Das scheuchte einen Flammteufel auf. Tawe ignorierte das irrlichternde blaue Flämmchen und wanderte weiter.

Der alte Forschungsrat war nirgends zu finden.

Na gut, dann eben nicht. Tawe durchwanderte die Nebenräume und Gänge. Er hatte sich in der Bibliothek bisher kaum aufgehalten. Da die Leiter einem gern aus disziplinarischen Gründen einen Bibliotheksdienst aufdrückten, verspürten die wenigsten Jungforscher den Drang, zur Abwechslung einmal das Gebäude zu erforschen.

Die Bibliothek, das war einfach nur der Ort, an dem die ganzen Bücher landeten, die man während des Unterrichts und der Arbeit im Imago-Saal vollkritzeln musste. Seiten um Seiten mühseliger, unbeholfener, sich ewig wiederholender Kritzeleien … nur für den Fall, dass die Ober-Denker einmal nachgewiesen haben wollten, was die Forscher eigentlich Tag und Nacht taten, wenn doch die 37 immer und immer noch ausstand. Nicht zu fassen.

Als Tawe unvermittelt in den Raum mit dem künstlichen Baum trat, war der Schrecken so groß, dass seine Glieder erstarrten.

Der Baum! Hier hatten die Forscher ihn … nein, *sie*, damals war er noch eine Frau gewesen … hier hatten die Forscher sie gehabt, kurz bevor Tawe der Ruf in die Fabrik ereilte.

Der Baum. Der Ort seiner ersten, noch nicht als solche erkennbaren Demütigung.

Die gemauerten, gegossenen, gehauenen Äste verzweigten sich hoch oben, wo durch Fensteröffnungen unter dem Dach das Sonnenlicht hereindrang.

Ob die diesmal wieder eine Kandidatin hier hereinholten?

Langsam ging Tawe unter dem Baum hindurch, umkreiste den von der Zeit geschwärzten Stamm, befühlerte die kalten, krümeligen Feuerschalen an den Wänden.

In ihm stieg eine wahnsinnige Wut empor. Seine Brustbeine zitterten, wenn er nur an den Tag dachte, an dem er hier gewesen war … die auflodernden Flammen, das Flüstern der Männer, heiser und wie ein Gesang. *Tawe. Tawe tla Mouuach.* Er hätte töten können in diesem Moment.

Plötzlich sprach ihn jemand an. »Ach, Tawe? Möchtest du dich den Leibesübungen widmen?« Es war der alte Pokou.

»Leibesübungen?« Tawe ließ die Augenfühler durch die Mandibeln laufen, um sich zu sammeln.

»Ja. Einst hing man dem Irrglauben an, dass es sich lohne, nicht nur den Geist zu üben, sondern auch den Leib. Also errichtete man diesen Trimm-Baum. Er eignet sich, den Schriften zufolge, für die sieben mal sieben goldenen Haltungen, wie man das damals nannte.«

Tawe konnte nichts sagen. Seine Stimme machte nicht mit. Er räusperte sich. »Einst? Damals? Dann wird dieser Raum nicht mehr benutzt?«

»Schon lange nicht mehr«, sagte der Alte und winkte mit einem seiner zerfransten Brustbeine ab. Ein Stück loser Schale baumelte nach. »Er ist kaum mehr als ein Artefakt. Ich kann mich erinnern, als ich jung war, da gab es noch einen Forschungsleiter, einen bis nahezu an die Lächerlichkeit hochbetagten Mann, der hier seine Übungen machte. Er war der Einzige. Der Letzte.«

»Ich dachte …« Tawes Gedanken rasten. »… hier würden heutzutage andere Übungen gemacht.«

»Was für andere Übungen denn?« Der Alte kroch halb um den Stamm herum.

»Ich weiß nicht. Übungen eben.«

»Unsinn! Davon wüsste ich als Erster Rat doch.«

»Dann ist es wohl nur eine Geschichte gewesen, eine kleine Angeberei unter Jungforschern«, sagte Tawe leichthin. Es fiel ihm jedoch schwer. Dann hatten die ihn zur Zeit der letzten Hitze heimlich hier hereingeholt? Hereingeschmuggelt?

»Was für eine Geschichte denn?«, fragte der Alte.

»Ach, eine Geschichte halt.« Tawe gab ein Lachen von sich. »Jungforscherunsinn, oh Chef und großer Kollege, weiter nichts. Beachte mein Geplapper gar nicht weiter.«

»So? Hm. Na schön.« Pokou scheuchte ihn mit wedelnden Brustbeinen von dem Baum weg. »Was willst du überhaupt hier?«

»Dich fragen, was ich als Nächstes tun darf«, gab Tawe sich treuherzig. »Wo doch gerade kein regulärer Unterricht stattfindet.«

»Mich fragen! Hast du keinen eigenen Kopf? Denk dir selbst etwas aus! Mich fragen, also wirklich!« Der Alte humpelte davon.

Tawe spazierte gemütlich hinterdrein. »Ich habe mir ja etwas ausgedacht. Ich könnte euch assistieren. Dem Forschungsrat.«

Pokou blieb abrupt stehen. »Du? Ausgerechnet du? Vor nicht allzu langer Zeit wolltest du noch weglaufen.«

»Jetzt will ich mich aber einbringen«, sagte Tawe. »Wo ich doch sowieso nicht von hier wegkomme. Und ich habe Ideen. Sicher keine besonders guten, klar. Ich bin ja noch jung. Aber ich dachte ...« Tawe brach ab.

Der Alte hatte die Fühler gespreizt. »Was für Ideen denn?«

»Nun, ich dachte, wir könnten doch zum Beispiel die Frauen hierher holen, anstatt dass alle zeugungsfähigen Forscher die Fabrik auf einen Schlag verlassen. Auf diese Weise würden wir viel effektiver ...«

»Tawe tla Mouuach!«, krächzte der gebrechliche Pokou. Seine Stimme konnte nicht mehr schneiden, aber zum Ausgleich hatte er sich einer verletzenden Anrede bedient. Ein Forscher wurde höchstens einmal wieder mit dem Namen seines Vaters angesprochen, wenn er sich unreif benahm, weibisch. »Keine Frau hat je diese Fabrik betreten, es sei denn, ihr Ruf ist erfolgt!«

»Keine Frau? Nie?«

»Niemals! Und im Übrigen unterliegt die Arbeit des Rates der Vertraulichkeit. Da haben Assistenten nichts zu suchen!«

»Oh. Na, dann. Nichts für ungut, Chef. Ich empfehle mich.«

»Bleib sofort stehen, wir sind noch nicht fertig! Junger Kollege, du bist wieder einmal sehr selbstsüchtig gewesen. Ich habe dir doch gesagt, dass dein Samen noch nichts taugt. Also schlag dir diese Adilai aus dem Kopf.«

»Ja, Chef. Das tue ich.« Und als der Alte nichts sagte, sondern ihn nur anfunkelte: »Darf ich jetzt gehen?«

»Ja, geh bloß und mach dich nützlich. Bevor ich dich die Nordwand der Bibliothek weißeln lasse!«

Bei dieser Zurechtweisung handelte es sich um eine stehende Redewendung des Forschungsrats Pokou, die unter den Jungforschern legendär war: *Geh bloß und mach dich nützlich. Bevor ich dich die Nordwand der Bibliothek weißeln lasse!*

Tawe ging, aber er hatte nicht vor, sich nützlich zu machen. Vielleicht war es tatsächlich gar kein Fehler, sich in der Bibliothek aufzuhalten. Die Regalreihen waren schlecht einsehbar, und wenn ihn doch jemand aufstöberte, sein Unterweiser zumal, dann konnte er leicht behaupten, hier im Auftrag des alten Pokou aufzuräumen oder sauber zu machen.

Er versuchte, es sich zwischen den Regalen bequem zu machen, schon aus Prinzip nichts zu tun, aber es ging nicht. Er war zu aufgewühlt. Bald ertappte er sich dabei, den Gang auf und ab zu laufen, immer auf und ab.

Diese Bande von Männern hatte ihn verbotenerweise in die Fabrik geholt.

Konnte er sich diese Tatsache zunutze machen? Sich rächen?

Aber wie?

»Was denke ich denn da?«, flüsterte er nach einer Weile des Grübelns. »Ich würde die meisten doch nicht einmal wiedererkennen.«

Er war sich ziemlich sicher, dass Tibala nicht unter ihnen gewesen war. Auch nicht Pokou. Allein sein Unterweiser stand zweifelsfrei fest. Er hatte Tawe schließlich hierher gebracht.

Dass ich ihn immer noch nicht mit seinem Namen bezeichnen mag, wunderte Tawe sich. *Erst ist er »mein namenloser Verehrer« gewesen, dann »mein Unterweiser«. Komisch.*

»Lamrié«, sagte er leise. »Lamrié. Lamrié, Lamrié, Lamrié!«

Sechzehn

In der Kelosker-Siedlung roch es merkwürdig pfeffrig. Tamra und Startac waren ein Stück vor den ersten Häusern gelandet und hatten sich zu Fuß genähert.

»Alles wie ausgestorben«, sagte Startac.

Zwischen den Häusern, die grob aus Baumwedeln geflochten und mit irgendeinem Brei abgedichtet worden waren, der an vielen Stellen wieder abbröckelte, lag nackter, flachgetretener Erdboden. In den Schatten wucherte Unkraut. Auch die augenscheinlich weniger frequentierten Wege holte die üppige Vegetation sich zurück.

»Lehmhütten mit Trampelpfaden dazwischen«, sagte Tamra abschätzig. Aber auch sie hatte gedämpft gesprochen. Irgendetwas war an dieser Siedlung, das einen leise auftreten ließ.

Sie gingen zwischen den Hütten hindurch. Anscheinend gab es keinen Marktplatz, keinen Versammlungsort, kein Zentrum. Hinter ihnen raschelte etwas davon. Als Startac herumfuhr, sah er noch etwas unter ein Dach hinaufhuschen. Kratzende Geräusche waren zu hören, dann herrschte wieder Stille.

Das Tier hatte ausgesehen wie ein räudiger Igel. Wie ein *mumifizierter* räudiger Igel.

»Wahrscheinlich eine Art Riesenkäfer mit ein paar Dutzend Stacheln«, mutmaßte Startac.

»Bizarr«, hauchte Tamra. »Aber wunderschön! Es muss eine Art Haustier sein.«

»Wie kommst du denn darauf?«

»Die Löcher.« Sie zeigte unter die Dachkanten mehrerer Häuser. Tatsächlich waren dort in mehr oder weniger regelmäßigen Abständen überall kleine runde Öffnungen zu sehen.

Startac zuckte mit den Schultern. Es mochten so etwas wie Taubenschläge sein, seinetwegen. Aber: »Vielleicht dienen sie ja auch nur der Belüftung.«

Tamra schüttelte den Kopf. Sie ging zu dem Loch, in dem das Wesen verschwunden war, und aktivierte ihren Antigrav. In doppelter Mannshöhe schwebend spähte sie in das Loch. Unvermittelt ertönte ein lautes, kratzendes Geräusch in der dunklen Öffnung, explosionsartig spreizte sich ein Stachelbüschel auf, Tamra zuckte mit einem Aufschrei zurück, und als sie den Kopf einzog, prasselte etwas an ihren Helm. Eine Handvoll Stachelspitzen trudelten ins Gras.

»Puh.« Sie griff sich an die Brust. »Mein Herz.« Sie grinste.

»Hast du was abgekriegt?«

»Glaube nicht. Nein.«

Startac bückte sich, zog einen Handschuh an, hob einen der Stacheln auf. »Hart. Und trocken.« Die verwaschen fleckigen Stäbe erinnerten ihn von Größe und Beschaffenheit her an ein antikes Gesellschaftsspiel, das er einmal im Terrania City Museum für Alltagskultur gesehen hatte. Wie war noch der Name gewesen? Maredo? Mikado? Tsingtao?

Tamra landete neben ihm. Er sah sie an. »Ein Haustier, ja?«

»Natürlich!« Sie stutzte. »Ach so.« Sie verzog kurz das Gesicht. »Die Farben. Es ist in den unglaublichsten Farben gescheckt. Der reinste Rausch. Wenn das nicht gezüchtet ist, weiß ich es auch nicht.«

»Na schön.« Startac stand auf. »Dann also ein Haustier. Auf jeden Fall ein wehrhaftes.« Er ging um die Hütte zu einer Toröffnung, die mit einem riesigen, groben Tuch verhangen war. »Hallo? Ist da jemand?« Er rief es auf Interkosmo, auf Larion.

Nur Stille antwortete ihm. Er trat zurück. Überall um sie herum erspürte er die Gedankenwelt fremder Intelligenzwesen. Und doch wirkte die in drückender Hitze liegende Siedlung wie eine Totenstadt. Nur das Summen vereinzelter Fluginsekten war zu hören, und in der Ferne etwas wie Vogelschreie, dazu eine Ahnung von rauschenden Baumwipfeln. Das Rauschen musste der Lärm der Posbistadt sein; es herrschte ja Windstille.

Die beiden Menschen durchstreiften die Ansammlung von Häusern. »Ober-Denker!«, rief Schroeder, »Kelosker! Wo seid ihr?«

Einmal, weit weg, ein grunzendes, schnaubendes Geräusch, für eine knappe Sekunde nur.

»Na schön«, sagte er erneut. Seine Kiefermuskeln spannten sich. Er achtete die Privatsphäre, gerade als leicht telepathisch begabter Mensch. Aber was zu viel war, war zu viel. »Von Höflichkeit haben die hier wohl nie gehört. Oder von Gastfreundschaft.«

»Vielleicht sind sie krank?«

Er verzog kurz das Gesicht und marschierte zum nächstbesten Haus. »Ich komme jetzt rein«, sagte er laut und deutlich. Er griff nach dem Vorhang, schob ihn zur Seite. Ein beißend scharfer, aber trockener Geruch schlug ihm entgegen. Atemgeräusche waren zu hören, leise, tief. Verschiedene Atemgeräusche.

Ihm stellten sich die Nackenhaare auf. Er warf einen Blick zu Tamra zurück, die schluckte, dann betrat er die Hütte.

Sie bestand aus einem einzigen, großen Raum. In dem Streulicht aus den Öffnungen unterm Dach waren massige Leiber zu erkennen, hingestreckt wie schlafende Elefanten, wie ein Haufen Findlinge, zwischen denen Schlangen lagen, Schläuche.

Die Arme, dachte Schroeder. Sie waren bei Keloskern menschenlang und knochenlos.

»Es tut mir leid, dass ich eure Siesta störe«, sagte er auf Terranisch und dann auf Interkosmo: »Mein Name ist Startac Schroeder. Ich komme aus einer anderen Galaxis. Aus der Milchstraße. Aus dem Solsystem. Vom Planeten Terra.«

Täuschte er sich, oder klangen die Atemgeräusche jetzt ein wenig anders?

Er wiederholte seine Vorstellung, diesmal auf Larion.

Scharren. Ächzen. Augen öffneten sich, schiefe Augen in verformt wirkenden Köpfen. Tentakelartige Arme entrollten sich. Zwei, drei der Wesen kamen schwerfällig hoch, schwankten auf ihren vier Stummelbeinen.

Ein rasselndes Schnauben ertönte, ein Räuspern vielleicht.

Das war alles.

»Terra, sagt euch das etwas?«, hakte Schroeder nach. »Die Heimat von Perry Rhodan?«

Die Wesen starrten ihn an. Eines rieb sich langsam die Flanke, dann ließ es die lappenartige Hand wieder fallen. Sie starrten und starrten. Was sollte das?

Über ihm, im Gestrüpp des Daches, raschelte es. Schroeder sah nach oben.

Dort klebte etwas wie eine Traube dunkler Wein, nur dass die Beeren in Bewegung waren. Er aktivierte sein Helmlicht. In dem dünnen, scharfen Strahl wurde deutlich, dass es sich um Kerbtiere handelte, eine Art kreisrunder Asseln von Daumennagelgröße. Miniaturtrilobiten.

Hübsche Fauna hier. Er sah wieder nach unten. »Ihr seid Kelosker, nicht wahr? – Wir sind durch eine Art Dimensionstor hierher gekommen. Wir brauchen Hilfe. – Könnt ihr sprechen? – Wie heißt diese Siedlung hier? – Ganz schön heiß heute. Ist es hier immer so?« So versuchte er auf die verschiedenste Weise, eine Reaktion bei den Wesen hervorzurufen, aber sie taten nichts anderes, als dort zu kauern und zu atmen und ihn anzustarren.

Was sollte er denn machen? Ihm kamen schon Sätze wie *Ich habe Schlechtes über eure Mütter sagen gehört* in den Kopf. *Über eure Väter auch.* Aber selbst wenn er sie solcherart provozierte, und er wusste reinweg gar nichts über die Sozialstrukturen von Keloskern … wie sollte sich daraus eine gute Kommunikation entwickeln?

Schließlich, nach vielen langen Minuten, machte Startac Schroeder auf dem Absatz kehrt und ging.

»Primitive«, sagte Tamra hinter ihm.

Schroeder verspürte nicht mehr das Bedürfnis, ihrer Bemerkung etwas entgegenzusetzen. Er starrte in den gleißenden Himmel hinauf. »Wir müssen irgendwie von hier wegkommen und wieder zu den anderen stoßen. Wir orientieren uns, maximal noch ein, zwei Tage lang, und dann sehen wir zu, dass wir irgendwie an ein Raumschiff kommen.« Er aktivierte seinen Antigrav.

»Was hast du vor?«, fragte Tamra hinter und unter ihm.

»Ich will mir diese Posbistadt ansehen. Kommst du mit?«

Sie holte ihn ein und grinste schief. »Nicht, wenn es nicht unbedingt sein muss. Komm, lass uns in der Fabrik einen Happen essen, und dann mach du nur deine Orientierung.«

»Ich hab keinen Hunger«, sagte Schroeder. Er schaute sehnsüchtig die Berghänge hinab. Zur Fabrik zurückzukehren wäre ein Umweg gewesen.

Tamra knuffte ihn an die Schulter. »Ach, komm schon. Rede mit Meister Hundertfuß, bevor du zu den Posbis fliegst. Er kann dir auch einen Gleiter rufen, dann reist du schneller und bequemer.«

Meister Hundertfuß, so stellte sich heraus, war von der Fabrikleitung als ihr Krankenpfleger abgestellt worden. Er geriet ganz aus dem Häuschen, als sie ihm von ihrem Ausflug zur Siedlung der Kelosker erzählten.

»Knoten am Kopf!«, rief er aus. Seine vielen Fühler tanzten. »Die Ober-Denker reden wirklich nur mit Tawe! Das hätte ich nicht gedacht. Sie haben doch angeblich großes Interesse an außergewöhnlichen Vorkommnissen. Und außergewöhnlicher, als ihr zu uns gekommen seid, geht es doch gar nicht. Ich meine, der Dimensionstunnel hat noch nie lebende Wesen ausgespuckt – jedenfalls habe ich nie davon gehört, außer in Kindergeschichten.«

»Wer ist dieser Tawe?«, fragte Schroeder, während er langsam und bedächtig einen fleischigen Brei in sich hineinlöffelte. Tamra hatte ihm versichert, dass das Zeug gut verträglich war, aber irgendwie machte es ihn misstrauisch. Es schmeckte roh.

»Tawe ist unser größtes Talent. Der Forschungsrat erhofft sich von ihm einen Durchbruch, was die Erschaffung der mythischen Siebenunddreißig angeht.«

»Aha. Kannst du ihn mir einmal vorstellen?«

»Aber ja.« Der Ueeba, der eben noch an der Wand herumgewuselt war, erstarrte.

Mitten im Krankenzimmer, in der leeren Luft, bildete sich ein Hundertfüßler und drehte sich wie in einer perfekten 3-D-Animation langsam um die eigene Achse.

Schroeder rieb sich die Brauen. »Ich meinte, kannst du mich einmal zu ihm bringen? Damit ich ihn kennenlerne.«

»Ach so, sag das doch gleich!« Das Tawe-Abbild löste sich ploppend in Luft auf.

»Wie macht ihr das?«, fragte Schroeder verblüfft.

»Mit Psi-Materie.«

»Psi-Materie?!« Schroeder brachte mit Mühe den Brei hinunter, ohne sich zu verschlucken. »Du beliebst zu scherzen.«

»Nein. Wieso?«

»Weil das … unmöglich *sein* kann. Psi-Materie, in dieser Menge! Das war doch nur ein Abbild, ein Lichteffekt. Und nichts Stoffliches.«

»Wenn du meinst. Hier!«

Aus der leeren Luft flog auf Startac etwas zu. Er fing es auf. Es handelte sich um eine Art Knotenballung, die vage seine eigenen Gesichtszüge aufwies.

»Das Ding wiegt mindestens ein halbes Kilo«, sagte er leise. »Unfassbar.«

»Was soll daran unfassbar sein?«, mischte Tamra sich ein. Sie war bereits fertig und hatte die Schale auf den Boden gestellt. Nun lag sie zurückgelehnt auf dem Bett, die Arme hinter dem Kopf verschränkt.

»Es gab einmal einen Supermutanten bei uns. Er hieß Ribald Corello. Er war ein sogenannter Quintadimtrafer.« Schroeder schüttelte den Kopf. »Er war ebenfalls in der Lage, Hyperenergie zu Psi-Materie zu verstofflichen – bloß strengte ihn das so sehr an, dass er es etwa alle zwei Jahre einmal zustande brachte. Alle zwei Jahre eine Menge von maximal *zehn Gramm*, wohlgemerkt.«

»Dann war er krank?«, fragte Meister Hundertfuß.

Schroeder grinste grimmig. »Könnte man meinen. Oder das hier ist keine Psi-

Materie.« Er warf dem Wesen den Knotenkopf zurück. Das Gebilde blieb vor dessen Fühlern in der Luft hängen. »Wo holt ihr sie her?«

»Von nebenan«, sagte der Ueeba. »Aus dem Überraum.«

Startac bekam ein Kribbeln zwischen den Schulterblättern. Die Worte passten durchaus: Während Materie des Standarduniversums in Form von normaler Masse und Energie ihr übergeordnetes Äquivalent vor allem im unteren Bereich des hyperenergetischen Spektrums hatte, musste bei Psi-Materie ausschließlich der ultrahochfrequente und superhochfrequente Bereich zugrunde gelegt werden. Das, was man von der Psi-Materie als Substanz wahrnahm, hatte seine Ursache also gänzlich im Übergeordneten.

»Und ist sie … wirklich vorhanden?«, fragte er. »Wirklich da?«

»Das scheint nur so«, antwortete Meister Hundertfuß. »Sie kann fest oder flüssig oder gasförmig *wirken*. Aber eigentlich ist es nur eine Kraft, die sich hier herüberstülpt.«

»Psi-Materie. Von der Beschreibung her kein Zweifel.« Schroeder schwindelte es. Kelosker. Eine wimmelnde Posbi-Zivilisation, die ganz andere Wege gegangen war als alle Posbis, von denen er je gehört hatte. Und jetzt noch Wesen, die kiloweise mit Psi-Materie jonglierten. Wo um alles in der Welt waren sie hier gelandet?

Dann fiel ihm etwas ein, und sein Magen sackte durch wie im freien Fall. Kiloweise Psi-Materie. Bei Ribald Corello damals hatten zehn Gramm genügt, um zur Explosion gebracht die Energiefreisetzung einer Nova zu entfesseln …

»Kann ich den Knoten noch einmal haben?«, fragte er mit rauer Stimme und nahm das Gebilde. Es war fest, massiv und ganz sicher ein halbes Kilogramm schwer. Dann besaß es die Sprengkraft von 50 Novae?

Das konnte nicht sein. Das durfte nicht sein.

Handelte es sich um eine Variante, die nicht waffenfähig war? Oder waren die Ueeba nie darauf gekommen, Psi-Materie in Kriegen einzusetzen?

Und die Kelosker auch nicht? Und die Posbis ebenfalls nicht?

Schroeder rieb sich mit einer Hand das Gesicht. Das ergab doch alles keinen Sinn!

»Möchtest du den Klumpen behalten, oder soll ich ihn wegmachen?«, fragte Meister Hundertfuß unvermittelt.

»Was? Dann müsst ihr *doch* damit haushalten, ja?«

»Haushalten?« Der Ueeba klackte mit den Mundwerkzeugen, was offenbar eine Äußerung von Humor darstellte. »Nein, aber du wirkst angestrengt. Vielleicht regst du dich zu sehr auf.«

»Ja, du hast Recht«, sagte Schroeder versuchsweise. Er hielt Meister Hundertfuß den Klumpen auf der flachen Hand hin. »Mach ihn weg.«

Er holte keuchend Luft, als am oberen Rand des Klumpens Lichtbögen aufgleißten und sich auf seine Handfläche zufraßen. In einer Woge von Lichteffekten verglühte die Psi-Materie, bis nur noch ein einziger Funken über seiner zitternden Hand tanzte. Und *knack!*, war er erloschen.

»Völlig kalt«, flüsterte Schroeder. Er räusperte sich. »Wie heißt du eigentlich, Meister Hundertfuß? Ich möchte dich nicht immer bei deinem Spitznamen anreden.«

»Tibala.«

»Tibala, sag mir: Was ist das größte Stück Psi-Materie, das ihr so erschaffen könnt? Massiv, meine ich.«

»Würde hier nicht reinpassen«, sagte der Ueeba leichthin.

»Und ihr habt keine Angst, dass … euch das Zeug einmal um die Ohren fliegt?«

»Verzeihung?«

»Dass es explodiert? Und den ganzen Planeten vernichtet?«

»O weh. Das wäre ja schrecklich. Aber wie kommst du denn auf so etwas?«

»Tja, ich weiß nicht. Ich habe einmal gehört, Psi-Materie wäre sehr heikel. Aber ich bin natürlich nicht vom Fach …«

So plauderte er, um den Ueeba abzulenken. Es fiel ihm nicht leicht, seine Aufgewühltheit zu verbergen.

Sind wir hier mitten in eine gigantische Waffenproduktion gestolpert?, dachte er und vermied es, Tamra anzusehen. *Selbst wenn es sich um eine Variante handelt, die nur einen Bruchteil so explosiv ist wie die Psi-Materie, die wir kennen, liefe das auf fürchterliche Bomben hinaus. Diese naiven Ueeba wissen wahrscheinlich gar nicht, was sie tun.*

Siebzehn

Tibala wusste genau, worauf das hinauslief. Aber er konnte nicht anders. Er hatte ein weiches Herz.

Kannst du Adilai eine Nachricht von mir überbringen?

Aber natürlich, klar doch, immer her damit, nichts leichter als das.

Natürlich war nichts schwerer als das!

Zum Glück hatte er im richtigen Gleiter gesessen. Viele Ueeba-Frauen, die sich gern im Haufen amüsierten, tanzten während der Hitze auf dem Herzberg, bis die Männer kamen. Also kamen viele Männer, die sich gern im Haufen amüsierten, geradewegs zum Herzberg geflogen.

Tibala, nicht der Geschickteste, was das Verhalten in Haufen anging, hatte sich ebenfalls mit zum Herzberg zerren lassen. Und wie sich herausstellte, stromerte auch Adilai irgendwo hier herum. Er musste sie nur noch finden zwischen den Tausenden heißen, aufgekratzten Frauen.

Und zwar schneller als irgendein Kollege. Wenn Adilai erst einmal irgendwo bäumelte, konnte er ja schlecht in jedes Liebesnest lugen, bis er sie gefunden hatte. Das wollte er jedenfalls vermeiden.

Mühsam bahnte er sich einen Weg durch die Feiernden. Die Frauen in ihren leuchtend durchsichtigen Larven fühlerten zu ihm hinauf, zeigten ihm ihre Brustbeine, rieben sich feucht an seinem Leib. »Süßer …« – »… hierher.« – »… mich?« Er verstand ihre Lockrufe kaum über der lauten, wiegenden Musik.

Der kleine Alles-für-euch-Verfolger auf einem seiner Fühleraugen wies ihm den Weg, aber der Weg änderte sich beständig. Anscheinend tanzte auch Adilai; sie wuselte jedenfalls auf wirren Bahnen durch die Menge. Alles-für-euch-Lautsprecher taumelten durch die Luft; auch eine Handvoll Gleiter kreiste über dem Feld.

Schon sah er schräg vor sich eine heiße Ueeba in die Luft aufsteigen. Sie drehte sich entzückt im Zugstrahl des Gleiters und verstrahlte Regenbögen in alle Richtungen.

Sehr temperamentvoll, die Gute.

Und zum Glück war es nicht Adilai. Der Verfolger wies in eine andere Richtung.

Er lief und lief, und dann war Tibala ihr auf einmal ganz nah. Vor ihm tobte sich ein ganzer Haufen hübscher Frauen aus. Sie tanzten, wanden sich, verschmolzen ihre zarten Larven miteinander. Er konnte kaum ausmachen, wie viele es waren. Fünf Frauen, sechs?

»Adilai«, sagte er gerade so laut, dass sie es über der Musik hören konnten. »Welche von euch ist Adilai?«

»Ich vielleicht.« – »Oder ich!« Sie lachten trillernd und krabbelten umeinander unter den sich verschränkenden Larven. »Komm doch und koste.« – »Ja! Rate, wie Adilai schmeckt!«

Er fühlerte nach oben, wo sich ein kreisender Gleiter näherte, und drängte: »Ich bin ein Freund von Tawe! Ich habe eine Nachricht für Adilai!«

Ein Aufkreischen, und auf einmal bildeten die Frauen einen Ring mit einer Schwester in der Mitte.

Meine Güte, sie ist absolut so schön, wie Tawe immer sagt, dachte Tibala. »Komm, schnell. An einen Ort, wo wir reden können.« Er beugte sich vor und nahm sie in seine Brustbeine.

»Tawe … wie geht es ihm?« Ihre Stimme klang schmelzend.

»Nicht so gut«, flüsterte Tibala ihr ins Ohr. Und als sie erschrocken Luft holte, fügte er rasch hinzu: »Doch, doch. Es geht ihm schon gut, aber du fehlst ihm eben.«

Sie seufzte und ließ sich von ihm durch die Menge tragen.

Tibala seufzte ebenfalls. Sie war so leicht. Das reinste Luftmädchen. Er wusste genau, worauf das hinauslief.

»Die da! Ich will die dicke Tante da!«, dröhnte der letzte Jungforscher in Lamriés Gleiter. »Die ist genau richtig für einen kräftigen Burschen wie mich! Perfekt.«

Lamrié fühlerte nach hinten. Der Kerl klebte schon halb an der Außenwandung. »Dann geh runter und hol sie dir.«

»Kannst du sie nicht mit dem Zugstrahl raufholen und uns an irgendeinem schönen Baum absetzen wie die anderen Kollegen auch, Chef?«

»Ha-hrm. Dafür fehlt mir jetzt leider die Zeit«, sagte Lamrié. »Ich muss ja auch sehen, wo ich bleibe.«

»Ach, Chef ...«

»Runter mit dir. Das ist eine Anweisung.« Er klackte mit den Mandibeln. »Die Letzte für die nächsten Tage. Nun mach schon. Tob dich aus.«

Mit einem Auflachen ließ der Jungforscher sich aus dem offenen Gleiter fallen, mitten zwischen die aufsteigenden großen Blüten und Fantasie-Tiere und Sterne, die seinen Sturz aus der ohnehin geringen Höhe noch abbremsten.

Lamrié sah nicht mehr nach hinten. Ihm war egal, ob der Bursche seine Favoritin fand. Wenn nicht diese, dann eine andere. Wenn nicht jetzt, dann vielleicht später.

Er konzentrierte sich wieder auf die vor ihm liegende Aufgabe. Sie würde Arbeit und Vergnügen auf das Feinste verbinden. Er räusperte sich. »So, mein Guter«, sagte er zu dem Alles-für-euch-Gleiter. »Nun bring mich bitte zu Adilai.«

»Tla Dadié, Chef?«

»Genau die, mein Guter.«

»Wird gemacht. Ich hoffe, du hast es nicht eilig, Chef.«

»So?«

»Nun, sie ist *beschäftigt*. Ha-ha. Ha.«

Lamrié verstand den Alles-für-euch erst, als der Gleiter am Rand der Festwiese bei einem Baum hielt, in dem sich ein Liebesnest drehte.

Chef – beschäftigt – be-chef-tigt.

»*Def*tig«, setzte Lamrié die Reihe fort. »Sehr witzig, mein Guter. Bist du dir sicher, dass die Hitze nicht auch auf euch abfärbt?«

Der Alles-für-euch ging nicht darauf ein. »Möchtest du so lange warten, Chef?«

Lamrié seufzte. »Ich werde warten.« Er sah nach unten, wo Ueeba-Frauen rufend übereinander kletterten, um den Gleiter zu erreichen. »Aber geh bitte ein bisschen höher, mein Guter, ja? Die Damen sollen sich ja keine falschen Hoffnungen machen.«

Achtzehn

Als Mondra Diamond die behelfsmäßige Messe betrat und Perry Rhodan bei der Essensausgabe mit dieser jungen alteranischen Offizierin scherzen sah, blieb sie kurz stehen. Dann senkte sie den Kopf und ging entschlossen weiter, genau auf die beiden zu.

Nano Aluminiumgärtner, der 20 Meter entfernt mit einem sehr schweigsamen Matten-Willy Mauerblum zu Tische saß, justierte sein Richtmikrofon.

»Hallo, Captain Grimm. Wie geht's?«, hörte er Mondra sagen. Sie lächelte.

Liza Grimm erwiderte ihr Lächeln. »Danke, gut. Und Ihnen?« Irrte Nano sich, oder wurden Grimms Wangen einen Tick dunkler?

»Bestens.« Mondra wandte sich an Rhodan. »Perry? Kann ich dich kurz sprechen?«

»Ja. Natürlich. Wenn Sie mich einen Augenblick entschuldigen würden, Captain.«

»Selbstverständlich.«

Nano sah, wie sich Liza Grimms Grübchen noch kurz vertieften, als Mondra sich abwandte und ging. Mondra sah zu Rhodan, der schmunzelnd neben ihr herspazierte und kurz den Kopf schüttelte. Er wirkte amüsiert.

Nano stand rasch auf. »Bin gleich wieder da, Mauerblümchen.«

»Hm?«, machte der Matten-Willy mit kaum ausgestülpten Stielaugen. »Ja. Gut.«

»Lass dich nicht so hängen. Wir kriegen Drover schon wieder hin.«

Nano verließ die Messe gerade rechtzeitig, um zu hören, wie Rhodan hinter einem dunklen Durchgang sagte: »Okay, Mondra. Was gibt es? Irgendwelche Neuigkeiten? Von dieser Instanz Siebenkopf gar?«

Ein Farbwechsel in Nanos Sichtfeld signalisierte, dass Mondra zur Abschirmung ein Akkustikfeld aktiviert hatte, das selbstverständlich sofort neutralisiert wurde. »Weißt du eigentlich, was du da tust, mein Lieber?«

Nano lauschte, aber Rhodan sagte nichts.

Mondra: »Du machst dieser Kleinen völlig falsche Hoffnungen.«

Rhodan: »Mondra. Ich unterhalte mich mit der Befehlshaberin dieser alteranischen Truppe. Sie ist Soldatin. Sie hat ihre Kampfkraft und Nervenstärke bewiesen. Warum nennst du sie eine Kleine?«

Nano hörte ein Pusten, vermutlich blies Mondra eine Haarsträhne aus ihrem Gesicht; eine ihrer Standard-*Übersprungshandlungen*, wenn er terranische Psychologie richtig verstand. »Dir ist sicher nicht entgangen, dass sie in dich verliebt ist. Zumal ich dir das schon vor einer Weile gesagt habe.«

Rhodan: »Darum hast du mich doch sicher nicht aus der Messe geholt.« Und als sie nichts erwiderte: »Das ist nicht dein Ernst.«

Mondra: Schweigen.

Oder war es ein technischer Fehler? Nano ließ rasch eine Prüfroutine laufen. Nein, es war alles in Ordnung. Ach, und bei der Gelegenheit konnte er ja gleich einmal die Gesprächsanalyse aktivieren.

Rhodan: »Ich weiß gar nicht, worauf ich zuerst antworten soll.« (*Sprachhaltung gequält,* analysierte Nano.) »Ob ich überhaupt antworten will, Mondra. Ich bin froh, dass wir gute Freunde sind. Ich schätze deine Gegenwart, dein Urteil, auch deinen Charme. Ich genieße deinen Anblick.« (*Sprachhaltung amüsiert,* analysierte Nano. *Nein, verkrampft.* Wie passte das denn zusammen?) »Aber selbst, wenn an deinen Vermutungen etwas dran *wäre* – meinst du, diese vorwurfsvolle Haltung steht dir zu?«

Mondra: Schweigen.

Rhodan: »Manchmal verstehe ich dich nicht, Mondra.« (*Sprachhaltung resigniert,* analysierte Nano. *Nein, unterschwellig aggressiv.* Rhodan log?)

Mondra: »Sie könnte deine Tochter sein. Herrgott nochmal, sie *möchte* deine Tochter sein. Merkst du das denn nicht?« (*Sprachhaltung verzweifelt nein vorwurfsvoll nein verletzt nein traurig nein aggressiv nein arrogant nein ABBRUCH,* sagte Nanos selbst geschriebene Gesprächsanalyse-Routine.) »Nur haben wir alle gelernt, dass Männer und Frauen miteinander ins Bett zu gehen haben, wenn sie Nähe suchen.«

Rhodan: schnaubendes Ausatmen.

Mondra: tiefes Luftholen. Dann: »Perry, wirklich. Ich gönne dir deinen Spaß. Aber Liza Grimm? Also ehrlich. Denk drüber nach.«

Nano war völlig ratlos. Was waren das denn nun schon wieder alles für Sprachhaltungen gewesen? Mit jedem kleinen Satz hatte Mondra gefasster geklungen. Und das nach diesem aufgewühlten Monolog gerade. Er musste die Aufzeichnung dringend in ein Diagramm umformen, um das alles zu verstehen. Gleich nachher!

»Das werde ich, Mondra.« Rhodans Stimme, die Nano ebenfalls als gefasst einstufte, hallte in dem schmalen Gang. Das Akustikfeld war wieder abgeschaltet, wie auch ein Blick auf Nanos Farbdisplay erwies.

Rhodan kam. Nano ging ihm entgegen, legte einen forschen Gang ein. »Sei g-gegrüßt, Sir!«, schmetterte er.

Rhodan nickte nur und stapfte an ihm vorbei, zurück in die Messe.

Nano wollte gerade nach Mondra sehen gehen, da kam sie schon auf ihn zu, sich mit den kleinen Fingern die Nasenflügel reibend, die Mundwinkel. »Nano«, grüßte sie ihn mit einem knappen Lächeln.

Er sah ihr nach. Da betrat sie, knapp hinter Rhodan, erneut die Messe und wandte sich munter einer Gruppe Alteraner zu, beteiligte sich prompt an deren Plauderei.

Was für eine Frau!, dachte Nano. *Ich muss es endlich wagen, mich ihr zu offenbaren. Keine Übungen mehr.*

Als er sich wieder zu Mauerblum setzte, der vor Sorgen halb unter den Tisch geflossen war, sah Nano sich nach Captain Grimm um, aber die junge Alteranerin war nirgends zu sehen. Und Rhodan? Stand an der Essensausgabe und programmierte sich –: Nano zoomte näher – einen Grüntee.

Interessante Entwicklungen. Sie bereiteten ihm ein, hm, vielleicht luftig zu nennendes Gefühl im Plasma, aber interessant waren sie allemal.

Neunzehn

»Hmmm, das tat gut.« Adilais Stimme klang um einiges tiefer als vorhin.

Tibala spürte, wie sich ihr Innerstes zurückzog. Er seufzte. Er wusste, worauf das hinauslief.

Sie glitt an ihm empor. Ihre Fühler umtanzten die seinen. »Sag Tawe, dass ich sie liebe, hm? Auch wenn sie jetzt ein Mann ist. Dass ich immer auf sie warten werde.«

»Ja«, sagte Tibala. »Mach ich. Klar.«

Sie fuhr ihm mit einem Fühler den Mundwinkel entlang. »Du bist ein Schatz. He, wäre doch toll, wenn die Kinder nachher von dir stammen.« Ihr Fühler wanderte zu den Panzerbögen weiter, strich die weiche Haut in den Zwischenräumen entlang. »Du bist so freundlich. Und nicht so grobgliedrig wie die anderen.« Sie drückte ihn. »So-und-so tla Tibala. Klingt auch schön. Hm?«

»Ja«, sagte er. »Ja. Das wäre schon was.«

Sie fühlerte nach oben, zu den umeinander gedrehten Fäden, an denen ihr Liebesnest hing.

Tibala rührte sich nicht.

Sie sah ihn an. »Willst du uns nicht hinunterlassen?«

»Ähm. Wollen wir nicht … nochmal … vielleicht?«

Adilai lachte trillernd. »Warum nicht. Hast du denn noch Kraft?«

»Denke schon.«

»Und der Faden hält noch ein zweites Mal? Oh, die Frage war dumm, nicht?«

Tibala sagte nichts, er begann die Frau an sich zu reiben.

Er wusste genau, worauf das hinauslief.

Lamrié fühlerte über die Gleiterkante hinweg. Das Nest unten im Baum drehte sich immer noch langsam an seinem Faden.

»Seltsam«, brummte er. »Was machen die denn?«

Auf dem Armaturenbrett des Alles-für-euch glommen ein paar Leuchten auf.

»Der Fortpflanzungsakt der Ueeba«, begann er zu dozieren, »ist von allen Lebewesen des Planeten Pakuri der faszinierendste. Zunächst einmal muss man wissen, dass er von der Doppelhelix dominiert wird.«

»Ha-hrm!«, unterbrach Lamrié das dumme Maschinending. »Ich weiß. Das weiß ich doch. Ich weiß, was die da machen. Aber so lange?«

Sie warteten einige Minuten.

Das Nest drehte sich.

»Du hast Recht, Chef«, sagte der Alles-für-euch schließlich. »Das *ist* seltsam.«

Der Fortpflanzungsakt der Ueeba ist von allen Lebewesen des an ausgefallenen Lebensformen gewiss nicht armen Planeten Pakuri der faszinierendste. Zunächst einmal muss man wissen, dass er von der Doppelhelix dominiert wird.

Schon die Annäherung an den Baum, in dem der Akt vollzogen wird, erfolgt in 76 Prozent aller Fälle spiralförmig. In immer engeren Kreisen nähert sich die ausnahmslos rückwärts gehende Frau dem Stamm, der doppelt so große Mann folgt ihr dabei. Einander mit Mundwerkzeugen und Fühlern liebkosend finden sie ihren Weg, obwohl sämtliche Augen dabei in die Stiele zurückgezogen sind (vereinzelt wurden Abweichungen registriert).

Am Fuß des Baums angelangt, lösen die beiden sich voneinander. Nun geht der Mann vor, windet sich um den Stamm nach oben. Die Frau folgt ihm – interessanterweise läuft sie in der Regel genau in der Lücke zwischen seinen Bahnen.

Der Mann sucht einen tragfähigen Ast, der in vier von fünf Fällen von der Frau akzeptiert wird. Nun lässt er sich an dem Faden herunter, der die beiden tragen wird. Dieser Faden, der einer Drüse an der Kopfspitze entströmt, ist als Doppelhelix strukturiert.

Obwohl auch die Frau zur Ausbildung eines solchen Fadens in der Lage ist – sie verfügt über die gleiche Kopfdrüse –, überlässt sie die Sicherung des sogenannten Liebesnests ausnahmslos dem Mann. Dies erklärt sich, wenn man den Größenunterschied der beiden bedenkt.

Das Liebesnest besteht aus zwei frei schwebenden Schichten. Bei der inneren handelt es sich um die Larve der Frau, bei der äußeren um eine psi-materielle Hülle, die der Mann ausbildet. Fotoreihen belegen, dass seine jeweilige Hülle in Form und Muster einzigartig ist und ebenso wenig bei einem anderen Mann vorkommt wie die Farbverläufe der verbindenden Häute zwischen den Panzerbögen bei einer anderen Ueeba-Linie. Dies deutet darauf hin, dass die Liebesnester, so kunstvoll die vergänglichen Gebilde auch wirken mögen, nicht der willkürlichen Kreativität des Mannes entspringen, sondern ihr Aussehen allein von seinen Genen gesteuert wird.

Was spielt sich nun im Inneren des Liebesnestes ab?

Als er kam, schüttelte es Tibala, und das löste die Verkrampfung, in der sein Leib sich inzwischen befand, wenigstens ein bisschen.

»Hui«, sagte Adilai unten, ein Kitzeln zwischen den Bauchpanzerbögen. »Ich fasse es nicht. Du überschwemmst mich.«

Sie wand sich ein Stück höher und rutschte wieder hinunter. »Ich kann nicht mehr. Hilf mir.«

Tibala schob sie mit einem Flirren der Beine hinauf und um sich herum. Ihm tat alles weh.

»Wollen wir nicht nochmal?«, fragte er.

»Du spinnst.«

Da hatte sie Recht. Aber er musste es tun. Noch einmal. Oder zweimal. Oder die ganze Nacht lang. Für Tawe.

»Ha-hrm«, machte Lamrié oben im Gleiter.

»*Sehr* ungewöhnlich«, sagte dieser.

Mit dem Kopf nach oben an der Doppelhelix des Fadens hängend, verwindet der Mann seinen Leib so, dass der Leib der Frau gerade noch in die Windungen passt. Nun gleitet sie, Bauch an Bauch, an ihm hinunter, vollzieht seine Windungen nach, bis ihre Mundwerkzeuge einander gegenüberliegen. Das Paar bildet, wir ahnen es schon, die nächste Doppelhelix.

Nach einiger gegenseitiger Stimulation der Mandibeln, Fühlerbüschel und Brustbeine sind die Geschlechtsorgane so weit durchblutet, dass sie sich am hinteren Ende aus dem Körperinneren ausstülpen.

Wir erinnern uns, dass die Frau nur halb so groß ist wie der Mann. Duftende Sekrete treten aus, vermengen sich bauchseitig miteinander, und beide Partner wissen, auf einer eher körperlichen, nicht bewussten Ebene, dass es nun an der Zeit ist, die Eier im Körper der Frau zu befruchten.

Beider Körperspannung lässt nach. Allmählich gleitet die Frau, der Schwerkraft folgend, die Windungen des Mannes hinab, und wenn sie unten ankommt, gleiten auch die verwundenen Geschlechtsorgane beider anstrengungslos ineinander. In demselben Moment, in dem sich die Spitzen beider – übrigens gleich langen – Fortpflanzungsorgane berühren, versteifen sich sämtliche Beinpaare der Partner und halten diesen fragilen Zustand der einander doppelhelixförmig umschlingenden Organe aufrecht.

Von nun an vollzieht sich der Fortpflanzungsakt, was Grobmotorik angeht, in Bewegungslosigkeit. Der Höhepunkt wird allein durch den Austausch von Botenstoffen und die damit einhergehenden Kontraktionen erreicht.

Lichterscheinungen, die sich an der Larve der Frau verzeichnen lassen, deuten darauf hin, dass auch optische Reize eine Rolle für das Erreichen des

Höhepunkts spielen. Eine Korrelation zwischen Intensität sowie Rhythmus der Lichterscheinungen und bestimmten Veränderungen der Muster der Hirnströme – wohlgemerkt *beider* Partner – ist messbar.

»Wuuiii …«, machte Tibala. In seinem Hirn drehte sich alles. Er hörte ein Pfeifen und brauchte eine ganze Weile, bis er begriff, dass es sein eigener Atem war.

»Lass uns runter«, flüsterte Adilai. »Bitte. Ich brauche etwas zu trinken. Ich bin schon ganz vertrocknet.«

»Gleich.« Tibala schüttelte den Fühlerschopf. »Nur einmal noch«, sagte er. »Komm. Das schaffen wir.«

»Gefalle ich dir so?«

»Ja«, sagte er und versuchte, sich obenherum kurz zusammenzuziehen, seine Muskeln zu lockern, ohne dass Adilai es merkte.

»Hm. Du weißt aber schon, dass du dir damit keine Nachkommen sicherst, ja? Dass es völlig egal ist, wie oft man es miteinander macht?«

Es ist nicht egal, dachte Tibala verzweifelt. *Ganz und gar nicht. Jedenfalls nicht, wie oft* wir *es miteinander machen!*

»Komm«, sagte er. »Bitte.«

»Na schön. Aber lass uns wenigstens vorher an einer der Buden etwas trinken.«

»Nein!«

»Jetzt reicht's mir aber! Ich weiß ja schon gar nicht mehr, ob ich überhaupt noch geschmeichelt … *aaaah!*«

»Jetzt reicht's mir aber«, hatte Lamrié oben im Gleiter, ohne es zu ahnen, in eben demselben Moment auch gesagt. Er bildete eine Feuerkugel und jagte sie in den Liebesfaden. Funken fauchten den Faden entlang, der klirrend riss.

Ein heller Aufschrei drang aus dem Inneren des Liebesnests, das ins Regenbogengras fiel und nach einer halben Umdrehung liegen blieb.

Lamrié wedelte mit den Fühlern. Das Nest löste sich ploppend in Luft auf. Adilai tla Dadié purzelte in einer schreckensbleichen Larve ins Gras. Und der Mann war …

»Der junge Kollege Tibala! Ich hätte es mir denken müssen!«

Sein Schüler lag verwunden im Gras und versuchte sich aufzurichten. Seine Fühler waren empört gespreizt. »Hoher Kollege, ich protestiere auf das Schärfste!«, sagte er mit einer Stimme, deren Zittrigkeit seine entschiedenen Worte Lügen strafte. »Wir waren noch nicht fertig. Es gehört sich absolut nicht …«

»Schweig still!«, dröhnte Lamrié. Und fügte, als sein Untergebener zurücksank, mit sanftem Tadel hinzu: »Du bist wohl auch noch stolz auf dieses weibische Verhalten. Ha-hrm. Männer bäumeln nicht stundenlang mit derselben herum. Die kommen … und gehen. Merk dir das. Und nun troll dich. Und vermehre dich.«

Tibala wollte sich aufrichten, aber auf einmal waren lauter heiße Frauen um ihn herum. »Ooh!« – »Ist der aber süß!« – »Brauchst du eine kleine Stärkung, Schatz? Oder eine Massage?« Zehen, Fühler, Mandibeln tupften und tasteten und knabberten an ihm. Kühl ergoss sich etwas über sein mit Krümeln und Gras verklebtes Inneres. Geruch von würziger Bierhefe machte sich breit.

»Nein! Lasst mich!« Tibala versuchte, über die dunklen Leiber in den irisierenden Larven hinwegzusehen.

Sein Unterweiser Lamrié hatte sich Adilai zugewandt. »Komm, schönes Kind«, sagte er gerade.

Ein Zugstrahl hob Adilai zum Gleiter hinauf. Ihre Larve war ein Schleierwirbel in Zeitlupe. »Hast du etwas zu trinken für mich, Großer?«, fragte sie.

»Wo wir hinfliegen, Kind«, sagte Lamrié, »kannst du in Getränken *baden.*«

Tibala hörte sie kichern, dann flog der Gleiter davon.

»Nein! Adilai! Neeiiin!«, rief Tibala und streckte sich – mitten in die Brustbeine einer Frau hinein.

»Tawe …«, jammerte er undeutlich. »Ich hab's versucht. Ich hab's wirklich versucht.«

Die Frau presste seine Mandibeln noch dichter an sich und zerwühlte ihm glucksend die Fühler.

Zwanzig

»Klopf noch einmal«, sagte Schroeder.

»Na gut. Aber auf deine Verantwortung.«

Tamra Cantu sah zu, wie Tibala den schweren Klopfer abgebremst gegen die Tür sinken ließ.

Pok, machte die Platte.

Tamra verzog das Gesicht. Sie machte einen Schritt nach vorn und griff an den Fühlern des Ueeba vorbei nach dem Klopfer, rummste ihn kräftig gegen die Tür.

Das Geräusch hallte in dem ausgedehnten, grell erleuchteten Hof wider.

Sie sah den Ueeba an. *So macht man das.*

Er stülpte langsam die Augen wieder aus. »Tawe ist unser wichtigster Mann!«, fauchte er leise. »Der talentierteste Bildner! Der jüngste Forschungsrat, den die

Fabrik je hatte! Er arbeitet Tag und Nacht. Und er ist mein Freund. Wenn er sagt, er möchte nicht gestört werden, dann störe ich ihn nicht …«

Die Tür ging langsam auf. In dem kräftigen Schlagschatten war nur ein graues Fühlerbüschel zu sehen, das um die Türkante lugte. »Ja?« Die Stimme klang geschafft, erledigt, am Ende. Mehr tot als lebendig.

»Sei gegrüßt, Chef«, sprach Schroeder den Forschungsrat Tawe mit der Anrede an, die Tamra ihm empfohlen hatte. »Wir sind die beiden Menschen, die du bei dem … Lodertunnel gerettet hast. Vielen Dank dafür.«

Der Ueeba hinter der Tür sagte nichts. Das Fühlerbüschel blieb starr auf Schroeder und Tamra gerichtet. Die Augen waren stumpf und fleckig. Menschenaugen, die so aussahen, waren in der Regel blind.

»Tibala hier meint, du kannst uns etwas über die Kelosker erzählen. Und über die Posbi-Stadt.«

»Ich hab ihnen *gesagt*, dass du zu beschäftigt bist«, kam es von Tibala. »Ich hab ihnen *gesagt*, dass sie sich ruhig allein alles ansehen dürfen.«

Tamra hatte den Eindruck, dass dieser Tawe auf die Erwähnung der Posbis reagiert hatte. »Dürfen wir reinkommen?«, fragte sie.

Die Fühler richteten sich auf sie. »Ja«, sagte der Ueeba hinter der Tür. »Ja. Selbstverständlich.« Die Worte kamen so zögernd, als müsste er sich an jedes einzelne erst erinnern.

Die Tür schwang auf. Der Ueeba namens Tawe führte sie in eine große, halbschattige Halle. Er setzte die Füße so langsam und ruckhaft, dass es aussah wie bei einer Maschine. Kein Vergleich zu den flüssigen, flirrenden Bewegungen, die den Ueeba sonst zu eigen waren.

»Das ist eine Werkstatt, ja?« Schroeder sah sich um.

»Der Imago-Saal«, sagte Tawe. Er war groß und grau, und Tamra sah erst jetzt, dass ihm eine ganze Reihe Beine fehlten. Ein Narbe zog sich seinen Rücken entlang wie eine unregelmäßig gezackte Schweißnaht. Sie glänzte wie Blei.

Der jüngste Forschungsrat?, dachte Tamra. *Dann möchte ich aber nicht den ältesten sehen. Dieses Wesen ist ein Wrack.*

Tawe führte sie ein Stück weiter, an einigen groben Steintischen vorbei, auf denen Terminals standen … Bücher, fleckig und gelbstichig … hölzerne Schalen mit Schmutzrändern darin, von Speiseresten vermutlich … schmuddelige Tücher lagen zusammengeknüllt und faltig auf dem Boden.

»Darf ich euch etwas zu trinken bringen?«, fragte Tibala, sammelte eifrig die Tücher auf und stopfte sie in eine der Schalen. »Tawe?«

»Trinken. Ja, trinken wäre gut.«

»Ein Fässchen Bier mit drei Schläuchen?«

»Nein! Kein Bier! Forscher sind nüchtern!« Auf einmal war die Kraft dieses Tawe spürbar.

»Aber … ausnahmsweise. Du könntest ein wenig Entspannung brauchen«, sagte Tibala. »Dein Geist … Er ist zu erhitzt. Bitte. Du brauchst dringend eine Pause.«

»Keine Pause«, sagte Tawe. »Bring mir kalten Wurz. Stark, bitte.«

Irrte Tamra sich, oder war dieses schnarrende Geräusch, das Tibala von sich gab, ein Seufzen? Ihr ehemaliger Krankenpfleger wuselte davon.

»Bitte«, sagte Tawe. »Macht es euch bequem.« Der Hundertfüßler krabbelte ein Stück die Wand hinauf, dann zog er irgendwie die Beine unter seinen schalenbewehrten Leib und schien sich festzusaugen.

Tamra sah sich um. Schließlich lehnte sie sich mit dem Po an einen der Steintische. Bequem würde das nicht lange sein; sie konnte einen ihrer Schenkelknochen spüren.

Startac war stehen geblieben. »Du hast uns also bei diesem Lodertunnel gefunden.«

»Beim Dimensionstunnel, ja.«

»Dann verdanken wir dir wohl unser Leben«, sagte Startac. »Allerdings frage ich mich, warum du uns – eine fremde Spezies – nicht bei den Posbis abgeliefert hast. War nicht damit zu rechnen, dass diese sich besser um unsere Verletzungen hätten kümmern können?«

Startacs Gesicht war dunkel, verschlossen. Seine Augen, zu Schlitzen zusammengezogen, ließen nichts erkennen. *Er ist wütend,* begriff Tamra.

»Bei den Posbis«, sagte der Ueeba an der Wand nach einer Weile. »Warum nennst du sie immer so? Posbis, das ist der Name für die Urahnen der Alles-füreuch. Für ihre Götter vielleicht. Die Quellen sind da nicht ganz klar.«

»Ich habe wochenlang im Koma gelegen. Und dann erwache ich endlich daraus und darf feststellen, dass nur ein paar Kilometer entfernt eine hochzivilisierte Maschinenkultur ihr Lager aufgeschlagen hat, deren Mediker mich vielleicht binnen *Stunden* wieder auf die Beine gebracht hätten!«

»Nun, du kannst gern zu einer Nachuntersuchung dorthin gehen«, sagte der Ueeba. Seine langsam und ungleichmäßig klackenden Mundwerkzeuge schienen die Worte zu zerschneiden. »Aber wir hier in der Psi-Fabrik erledigen unsere Arbeit selbst. Ohne die Hilfe der Maschinenwesen.«

»Was mir ehrlich gesagt nur recht ist, werter Ueeba«, brachte Tamra sich ein, um die Situation zu entschärfen. »Ich habe es lieber mit biologischen Wesen zu tun. Aber wir haben uns noch nicht vorgestellt. Mein Begleiter hier heißt Startac Schroeder. Ich bin Tamra Cantu. Wir wissen, dass du viel zu tun hast, und möchten dich nicht länger stören als nötig. Aber dein Kollege sagte uns, du hättest regelmäßig Kontakt mit den Keloskern. Wir sind heute auch dort gewesen. Sie haben aber nicht mit uns gesprochen.«

»Nicht?«, fragte Tawe. »Das wundert mich.« Er löste sich von der Wand, beugte sich ihr entgegen. »Habt ihr ihnen gesagt, dass ihr aus dem Dimensionstunnel kommt?«

»Ja«, sagte Tamra, obwohl sie sich nicht mehr ganz sicher war. Sie sah zu Startac, aber er starrte den Ueeba an.

»Das ist seltsam. Ich hätte gedacht ...« Der Ueeba machte eine langsame, wirbelnde Bewegung mit den kürzesten Fühlern. »Was möchtet ihr denn wissen?«

Die Tür öffnete sich wieder. Tibala kam herein. Er hatte zwei kleine Fässer in den vorderen Gliedmaßen, dazu eine Schale.

»So«, sagte er munter. »Eine Schale Wurz, kalt. Ein Fässchen Wasser, ebenfalls. Und noch ein Fässchen Bier, falls doch jemand möchte.« Er fühlerte zu Tawe hinüber, der nicht reagierte, soweit Tamra das mitbekam.

»Habt ihr euch schon über die Psi-Materie unterhalten?«, fragte er Tamra.

»Nein«, sagte sie.

Der zierliche Ueeba wandte sich an seinen lädierten Freund. »Sie fürchten sich vor unseren Bild-Dingen.« Er klackte mit den Mandibeln, aber viel schneller als Tawe, schnarrend. War es das Lachen dieser Wesen? »Als wären das schrecklich monströse Dinge. Buh!«

Unvermittelt blähte sich über ihm ein riesiges, geifertropfendes Maul mit Zähnen so lang wie Unterarme. Der halb durchsichtige, türkis und rosa Kopf füllte die halbe Halle aus. Als die Kiefer nach ihr schnappten, setzte Tamras Herz einen Schlag aus, und sie hob abwehrend die Hände. Instinktiv. Obwohl sie wusste, dass es sich nur um eine Art Illusion handelte.

Als die Fänge sie berührten, löste sich die ganze Erscheinung mit einem *Ping!* in Luft auf. Wie eine Seifenblase. Auf Tamras Wangen blieb kurz ein Prickeln zurück. Ein Knistern verklang.

Tamra verschränkte die Arme vor der Brust und starrte Tibala an. Er machte wieder dieses Schnarrgeräusch und verschwand durch die Tür nach draußen.

Sehr witzig.

Aber grinsen musste sie doch. Der Humor dieses Burschens hätte Boffän gefallen.

Startac räusperte sich und schnupperte an einem der kopfgroßen Fässer. Er nickte und zog an dem Schlauch, der daraus hervorschaute, kaute die Flüssigkeit mit übertriebenen Bewegungen, schluckte. Er hielt Tamra das Fässchen hin. »Du auch?«

»Gern.« Sie lächelte ihn an, froh, dass er wieder zu höflichen Umgangsformen zurückgefunden hatte.

»Vielen Dank für die Gastfreundschaft, Herr Forschungsrat«, sagte Schroeder. »Ihr stellt in eurer Fabrik also Psi-Materie für die Kelosker her, wenn ich das richtig verstanden habe?«

Der Ueeba starrte jedoch Tamra an, die gerade trank. »Wie macht ihr das?«

Tamras Lippen ließen den Schlauch los. »Wie machen wir was?«

»Trinken«, sagte der Ueeba.

Tamra zuckte die Achseln. »Ich sauge an dem Schlauch. Dann schlucke ich.«

»Du *saugst* … Du stellst irgendwie mit dem Mund einen Unterdruck her, ja?«

»Ja. Wie trinkt ihr denn?«

»Darf ich?« Er nahm das Fässchen und machte es vor. Die Ueeba ließen sich Flüssigkeiten mit Hilfe der Schwerkraft in die Mundöffnung rinnen, Fass über Kopf.

»Und den Unterdruck, der zu Anfang dafür nötig ist, den bringt ihr mit dieser Bewegung zustande, ja?«

»Ja, so.« Der Ueeba machte es noch einmal langsamer vor. Er presste eine Strecke Schlauch mit mehreren Gliedmaßen zusammen, klemmte das Trinkende um, tauchte das andere Ende in die Flüssigkeit, lockerte den Griff der Gliedmaßen und löste das umgeklemmte Trinkende. Gurgelnd floss ihm Wasser in die Kehle. Er knickte das Ende wieder ab und sah Tamra an.

Was für eine umständliche Art zu trinken, dachte sie. *Unter Zuhilfenahme mehrerer Hände. Wie sind sie denn darauf gekommen?*

Startac räusperte sich erneut. »Um noch einmal auf die Psi-Fabrik zu sprechen zu kommen und auf die Psi-Materie, die ihr für die Kelosker herstellt …«

»Wir stellen nicht bloß Psi-Materie her«, sagte der Ueeba und führte jetzt die Schale mit diesem Wurz an den Mund. »Das kann jedes frisch geschlüpfte Kind. Natürlich keine haltbare. Aber die Kelosker benötigen von uns nicht nur haltbare Psi-Materie, sondern aus solcher gebildete Artefakt-Komponenten.«

»Komponenten welchen Artefakts denn?«

»Der *Fähre*. Im Takrone-System bewegt sich ein interdimensionales Objekt, das die einfachen Ueeba den Schleierstern nennen. Der Keloskername lautet TRAGTDORON.«

»Takrone, so heißt diese blaue Riesensonne hier, ja?«

Der Ueeba wedelte mit einigen seiner vorderen Beine. Offensichtlich zur Bestätigung. Aber es wirkte auch ungeduldig.

»Und was habe ich mir unter diesem … interdimensionalen Objekt vorzustellen?«

»Einen Wallfahrtsort.«

Tamra glaubte, sich verhört zu haben.

Auch Startac schnaubte. »Wie bitte?!«

»Vielleicht haben wir eine Wortschatz-Diskrepanz«, sagte der Ueeba. »Ich meine einen Ort, der für die Kultur eines Volkes von unschätzbarem Wert ist. Wie unser grüner Jadepalast, nur tausendmal wichtiger.«

Schroeder rieb sich das stachelige Kinn. »Also wohl so etwas wie der heilige Gral. Wie Shangri-La. Ich hätte eher an eine riesige Maschine gedacht, an eine Waffe.«

»Eine Waffe?« Der Ueeba wirkte aufgebracht. »Die Ober-Denker warten doch nicht seit Tausenden von Jahren darauf, eine *Waffe* erreichen zu können!«

Tamra blieb der Mund offen stehen. Sie schluckte. *Seit Tausenden von Jahren?* »Entschuldige, werter Forschungsleiter«, sagte sie dann. »Wir wollten nichts Beleidigendes sagen. Die Kelosker wollen also dieses TRAGTDORON betreten?«

»Ja. Dazu haben sie ein Gefährt entworfen, die Fähre. Für diese Fähre wiederum erschaffen wir Ueeba siebenunddreißig psimaterielle Bauteile. Die Artefakt-Komponenten. Sechsunddreißig haben wir geliefert, eine steht noch aus.« Er leerte seine Trinkschale und feuerte sie achtlos auf einen der Steintische. »Wenn ihr mich jetzt also bitte entschuldigen würdet.«

»Bitte. Wenn du so unter Zeitdruck stehst. Aber können wir uns so lange hier umsehen?«, fragte Schroeder.

»Kein Problem«, bestätigte Tawe und entfernte sich aus der Ecke mit den Tischen. Nach oben. Die Wände entlang. »Die Aktivitäten um die TRAGTDORON-Fähre konzentrieren sich in der Ringstadt der Alles-für-euch.« Seine erhobene Stimme hallte von den Wänden wider. »Da könnt ihr jederzeit hin. Die Alles-für-euch werden euch einen Gleiter zur Verfügung stellen und euch fliegen, wohin ihr wollt.«

»Auch zu dieser TRAGTDORON-Fähre?«

»Auch dorthin!« Der Ueeba war jetzt so weit weg, dass er rufen musste. »Die Fähre selbst zu besichtigen, ist jedoch unmöglich, da sie sich mitten im Tal der Dimensionen befindet! Wer in das Tal hinabsteigen will, braucht als Lotsen einen Kelosker! Und selbst dann ist es normalsterblichen Wesen nicht vergönnt, die Desorientierungen bei Bewusstsein zu überstehen! Aber schaut euch das Tal von der Stadt aus nur ruhig an! Es ist ein imposanter Anblick!«

»Danke!«, rief Tamra dem Ueeba nach. »Dürfen wir wiederkommen, wenn deine Schicht zu Ende ist?«

Tawe antwortete nicht. Unvermittelt hing ein riesiges bizarres Gebilde in dem Saal und versperrte ihnen den Blick auf den Forschungsleiter.

Hinter ihnen öffnete sich die Tür. Tibala lugte herein. »Will nur eben abräumen.«

»Wann wird er denn fertig sein mit seiner Schicht?«, fragte Tamra ihren Ex-Krankenpfleger.

»Wenn er von der Wand runterfällt, schätze ich.« Tibala hob die Stimme, sodass sie weit durch den Saal trug. »Komponente siebenunddreißig ist seit tausend Jahren fällig! Als ob es da auf eine Pause mehr oder weniger ankommt!«

»Seit tausend Jahren?«, ächzte Startac. »Ich glaube, jetzt brauche ich doch einen Schluck Bier.« Er nahm Tibala das Fässchen aus der Hand und sog an dem Schlauch. Seine Miene hellte sich auf. »Hm! Bier brauen könnt ihr.« Er kostete noch einmal. »Nur der Nachgeschmack ist ein bisschen gewöhnungsbedürftig.«

»Ist Pilzbier. Ein starkes Gebräu, hier in der Fabrik eigentlich nur an Festtagen gestattet«, sagte Tibala. »Macht schöne Träume.«

Startac hielt sich eine Hand auf den Bauch und blähte die Wangen.

»Dauert noch ein bisschen, bis es wirkt«, sagte Tibala. »Vielleicht solltet ihr die nächsten Stunden lieber auf dem Herzberg verbringen statt in Siebenkopf oder so. Dort hast du mehr davon.«

»Siebenkopf.« Schroeder spuckte vor der Tür aus. »So heißt die Ringstadt, ja? Das Tal der Dimensionen?«

»Nein, wie kommst du darauf? So nennen die Ober-Denker ihre Siedlung. Die Kelosker.«

Einundzwanzig

Als Tawe von einem Geräusch erwachte, wusste er zunächst nicht, wo er war. Es war stockdunkel um ihn herum. *Ich bin doch noch gar nicht schlafen gegangen, oder?* Er fühlerte um sich. Eng. Ein enger Gang. Holzkanten. Papier. Bücher.

Er war noch immer in der Bibliothek, war dort beim Faulenzen eingeschlafen. Gequält erinnerte er sich, dass die anderen jetzt draußen waren, in der Stadt, am Herzberg, bei den Frauen. Und er saß hier fest!

»Adilai«, flüsterte er. Er war so voller verzweifelter Sehnsucht, dass ihm die Fühlerspitzen wehtaten.

Fast glaubte er, Adilais Stimme zu hören, ihr Lachen.

»Du meinst, ich bin zu selbstmitleidig?«, sagte er leise. »Vielleicht hast du Recht.« Er knetete sich die Brustbeine. »Klar. Wahrscheinlich genießt du deine erste Hitze und denkst einmal für ein paar Tage gar nicht an mich. Es ist ja nur Sex!«

Er schloss die Augen, barg die Fühler vor der Brust. »Ach, Adilai! Ich hoffe, Bala hat dich gefunden! Hat dir meine Nachricht ausgerichtet!«

Wieder glaubte er, ihr Lachen zu hören, über den tieferen Stimmen von Männern.

Von Männern! Tawe sprang so schnell auf, dass er die Wand hinunterfiel und beim Sichabrollen in ein Regal krachte. Kurz tanzten Funken vor ihm in der Dunkelheit, dann war er wieder klar.

Adilai! Sie war hier! In der Fabrik!

Tawe zog die Augen ein und tastete sich, so schnell er konnte, zu dem Saal mit dem alten Trimmbaum. Bevor er die Tür erreichte, bremste er ab. Was sollte er als Jungforscher ausrichten gegen eine Horde ranghöherer, stärkerer Männer? Außerdem war Adilai sicher freiwillig da, genau wie er damals.

»Adilai!«, hörte er den brummenden, rauen Gesang aus dem Trimmraum. »Adilai tla Dadié!«

Der Widerschein von Flammen spielte auf dem Boden vor der offenen Tür.

Tawe eilte die Wand hinauf und an die Oberkante der Tür. Als er die Fühler über den Rand schob, zogen seine Augen sich wie von selbst in die Röhren zurück. Nein! Er konnte es nicht! Er konnte es nicht mit ansehen!

Wie wahnsinnig lief er an der Wand hin und her, während er den Gesang hörte, den Gesang!

Als Adilai, seine Adilai trillernd lachte, hatte er das Gefühl, dass etwas in ihm zerriss.

Mit Männern ist es doch bloß Sex, Tawe. Das zählt doch nicht.

Aber denen ging es nicht um Sex. Denen ging es um etwas anderes, wie Tawe schmerzhaft am eigenen Leib, an eigener Seele erfahren hatte. Denen ging es um Psycho-Spielchen, um Demütigung.

»Bitte nach dir, ehrwürdiger Kollege«, hörte er Lamriés Stimme über die Gesänge hinweg.

Er biss sich auf ein Ohr, dass es knackte.

Worum ging es? Worum *ging* es denen?

Er war so angespannt, dass er erst nach einem Moment merkte, dass er keine Luft mehr bekam. Einen Atemzug später kam der Schmerz. Scharf, sengend.

Er hatte sich, ohne es zu merken, ein Bein ausgerissen.

Der Schmerz machte ihn klar im Kopf.

Natürlich ging es wieder um Demütigung. Adilai in die Fabrik zu bringen … das war zunächst einmal gegen ihn gerichtet. Vielleicht auch gegen Adilai – falls sie vorhatten, als Nächstes ausgerechnet seine Liebste in die Fabrik zu rufen …

»Nein«, flüsterte Tawe. »Nein, das ist Unsinn. Das machen sie nicht.« Adilai war schön, liebreizend, klug, war *alles* … aber ein Psi-Talent war sie nicht.

Und wenn sie es doch vorhatten? Nur, um ihn zu quälen? Weil sie neidisch waren? Oder sonstwie verdreht?

Ehrwürdiger Kollege, hatte Lamrié gesagt. Das war die Anrede für ein Mitglied des Forschungsrats.

Mitglieder des Forschungsrats beteiligten sich nicht mehr an der Fortpflanzung. Sie waren dazu gar nicht mehr in der Lage. Es handelte sich beim Rat um die Versammlung der verdientesten, vor allem aber der ältesten Imago-Forscher, um eine Einrichtung, die buchstäblich seit Anbeginn der Zeiten für die Geschicke der Psi-Fabrik verantwortlich war.

Was war das dort in diesem Trimmraum für eine merkwürdige Gemeinschaft, verdammt nochmal?

Er musste gucken gehen. Er musste!

Reiß dich zusammen, dachte er. *Reiß dich zusammen und guck jetzt um diese Tür herum.*

So schlimm konnte es ja nicht sein. Er hatte es ja selbst einmal miterlebt.

Tawe tat es. Er riss sich zusammen. Und als er um die Tür herumsah, als er sah, was sich in der Krone des uralten künstlichen Baums abspielte, verlor er für einen Moment den Verstand.

»Du verstehst dich von Hitze zu Hitze mehr darauf, uns ein Fest auszurichten, junger Kollege!«, sagte ein Forschungsrat, der kaum noch Mandibeln im Mund hatte, so abgeschliffen waren sie von der Zeit.

»Danke, großer Kollege.« Lamrié zog sich zurück. »Aber entschuldige mich bitte, ich habe da etwas gehört.«

Lamrié lief den Baum hinunter und auf den Gang hinaus. Er richtete sich fühlernd auf.

Nichts. Dabei hätte er schwören können, einen fernen Schrei gehört zu haben.

Er wollte gerade wieder in den Trimmraum zurückkehren, da bemerkte er etwas in den Schatten. Er befühlerte es. Es war ein Beinknochen.

Welcher Neumann hat denn da wieder seinen Dreck nicht aufgeräumt?, dachte er. *Zu klein gewordene Knochenhülsen gehören in den Schredder ...*

Er würde seinen Schülern einmal wieder einen Vortrag über Kompostierung halten müssen.

Dann fiel ihm ein, dass sie derzeit gar keine Neumänner in der Fabrik hatten. Der letzte Ruf war viel zu lange her.

Er tippte das Bein an. Es war zu schwer. Das war nicht bloß ein Knochen. Da war noch Muskelmasse drin. Fleisch.

Lamrié hob das Bein auf und roch daran. Frisch. Er ging zurück unter den Baum, zu einer der Feuerschalen an der Wand, drehte das Bein in dem flackernden Licht hin und her.

Die Haut an den Gelenken trug eindeutig Tawes Farbmuster.

»Stimmt irgendetwas nicht?« Ein ehrwürdiger Kollege sah über ihn hinweg auf das Bein.

»Tawe war hier«, sagte Lamrié nachdenklich.

»Wie schön! Unser Wunderkind!«, höhnte der Alte.

»Ich frage mich, wo er jetzt steckt.«

»Dann geh ihn halt suchen!«

»Das werde ich tun.« Lamrié ging ins nächstgelegene Büro, warf das Bein in den Biomülleimer und steckte sich einen Alles-für-euch-Verfolger auf. Dann wählte er eine Keule. Sicher war sicher.

Tawe raste die Gänge entlang. Es war keine bewusste Entscheidung, dass er zu dem alten Forschungsrat Pokou strebte. Er tat es einfach, ohne es überhaupt zu bemerken. Pokou hatte ihn schon einmal gerettet, als er verzweifelt und gedemütigt gewesen war. Pokou bedeutete Hilfe. Rettung. Erleichterung.

Wäre es eine bewusste Entscheidung gewesen, Pokou zu suchen, hätte Tawe sich einen Verfolger aufgesteckt und sofort Bescheid gewusst. Dann hätte er jede Hoffnung auf Hilfe vonseiten des Ersten Rats sofort aufgegeben.

Tawe suchte Pokou in den Privatzimmern.

Tawe suchte Pokou in den Amtszimmern.

Er fand ihn nicht.

Tawe wirbelte im Kreis herum. Wo war der Erste Rat nur?

»Hab dich«, sagte Lamrié.

Tawe blieb stehen. Keuchend.

»Lasst mich!«, brüllte Tibala auf der Festwiese. »Lasst mich *gehen*, ihr verdrehten Weiber!«

Zweiundzwanzig

Perry Rhodan zog die Schultern hoch und gähnte, während er den schlecht beleuchteten Gang zu den Offiziersquartieren entlangging. Die Tage waren langweilig, also zermürbend, also anstrengend. Allmählich bekamen sie hier alle einen Koller, versteckt in diesem Konvoi von Fragmentraumern, die bis auf ihre bessere Attrappe von lebensfeindlichen Posbis wimmelten.

Der Konvoi kroch auf das Zentrum der Kleingalaxis Ambriador zu. Orientierungsstopp, kurze Linearetappe, wieder Orientierungsstopp. Ziel der Reise schien, entsprechend den Daten, die Nano Aluminiumgärtner vorsichtig gesammelt hatte, eine Welt namens Pakuri zu sein, einziger Planet des Takrone-Systems.

Und läge unser Einflugkorridor nicht in einer rätselhaften Zone relativer Inaktivität inmitten des brodelnden Chaos, dachte Rhodan, *wäre die Reise längst mit einem Knall zu Ende gewesen.*

Er erreichte den Hangar, in dem Nano die Behelfsquartiere hatte aufstellen lassen. Frachtcontainer, bunt übereinandergestapelt. Dazwischen wirre Versorgungsleitungen – *wie Gedärme*, dachte Rhodan.

Er schüttelte mit einem schiefen Grinsen den Kopf. Er war eindeutig schlecht gelaunt. Eine negative Assoziation jagte die nächste. Dabei hatte er seine kurzen Schlafperioden schon wesentlich unkomfortabler verbracht.

Noch mehrere Tage bis zum Ziel. So hatte Nano sich ausgedrückt: mehrere Tage. Nicht gerade die berühmte Posbi-Präzision. Und über Siebenkopf hatte er auch immer noch nichts herausgekriegt.

Rhodan musste an Mondra denken und verzog das Gesicht. Sie saßen tatenlos in ihrer BOX herum und gingen sich gegenseitig auf die Nerven, und im Imperium Altera starben die Menschen wie die Fliegen. Schlimmer als Fliegen.

Wenn es nicht gelang, via Siebenkopf die Posbis zu befrieden, was sollte dann werden?

Die Bedrohungen waren durchaus vielfältig: Ihr Team mochte irgendwo in Ambriador stranden, vielleicht hier im Zentrum, so wie auch Startac vermutlich verschollen war. Oder Siebenkopf erwies sich als Gegner. Oder vielleicht hatten sie auch so viel Zeit verloren, dass Altera mittlerweile vernichtet war.

Nicht zu vergessen: Sie alle schwebten darüber hinaus beständig in ganz ordinärer Lebensgefahr.

Rhodan neigte den Kopf nach links und rechts. In seinem Genick knackte es.

Tja, so ist das mit uns Zellaktivatorträgern, dachte er. *Immer kerngesund. Aber gegen Verspannungen sind wir auch nicht gefeit.*

Elastisch sprang er die Gitterstufen zu dem Container hinauf, den er sich mit Mondra teilte, und wollte gerade die primitive Verriegelung lösen, als er sah, dass der Container gar nicht verschlossen war.

Seltsam. Mondra?

Er zog vorsichtig an der Tür, ganz wenig nur. Sie war auch von innen nicht verriegelt.

Das ist doch sonst nicht ihre Art.

Jetzt war er ganz still. Bewegte sich langsam ein wenig zur Seite, sah sich um. Halbdunkel. Notbeleuchtung. Irgendwo am anderen Ende rauschte ein Wasserrohr.

Langsam zog er die Tür noch einen Millimeter weiter auf. In dem winzigen entstandenen Spalt war es schwarz. Kein Licht dort drinnen.

Er zog sich schräg bis ans Geländer zurück. *Das gefällt mir nicht. Das gefällt mir ganz und gar nicht.* Seine Gedanken rasten.

Einen Moment lang überlegte er, Alarm zu schlagen. Seine Hand tastete nach dem Strahler, aber er zog ihn nicht.

Sein Finger lag bereits auf dem Bedienfeld für den Schutzschirm, als er den eigentümlichen Geruch wahrnahm, der aus der nicht ganz dichten Containertür drang.

Rhodan zog den Finger zurück und straffte sich. Er hatte diesen spezifischen Geruch noch nicht oft gerochen, aber oft genug. Er wusste jetzt, was ihn dort drinnen erwartete.

Ihm stand ein schwerer Moment bevor.

Er holte tief Luft und zog die Tür auf.

Dreiundzwanzig

»W-was willst du hier?«, fragte Tawe.

»Die Frage lautet doch wohl eher, was willst *du* hier? Das sind die Räumlichkeiten der Räte!« Lamrié beschrieb mit der Keule einen Bogen.

Tawe antwortete nicht; er suchte sein Heil in der Flucht. Als Lamrié ihm die Lücke bot, flitzte der Jungforscher auch schon die Wand entlang an ihm vorbei nach draußen.

Oder versuchte es jedenfalls. Mit einem gezielten Keulenwurf fegte Lamrié ihn von der Wand.

Benommen lag Tawe auf dem Rücken und zuckte mit dem Hinterteil. Lamrié packte ihn bei den Fühlern, wickelte sie sich einmal um den Fuß und zerrte ihn den Gang entlang zum Bibliothekstrakt zurück.

»Disziplin!«, sagte er, sobald Tawe sich wieder zu regen begann. »Respekt! Traditionsbewusstsein! Und noch mehr Disziplin! Und ab und zu ...!«

Er drehte sich kraftvoll.

»... als Belohnung ...!«

Er schleuderte den Jüngeren über den Boden, sodass dieser in den Fuß des Trimmbaums krachte und liegen blieb.

»... ein zünftiges kleines Fest zum Austoben!« Er spreizte die Fühler und klackte Tawe an. »So *lustig* ist das Forscherleben.«

»Hört, hört!«, tönte es über Lamrié im Baum. »Wohl gesprochen!« – »Hallo, Jungforscher.« – »Ja guck an, ist das nicht der junge Tawe?«

Tawe schüttelte den Kopf, um wieder klar zu werden. Einige seiner Augen schienen verletzt.

»Liebster?« Eine helle Stimme. »Bist du das?«

Er fühlerte nach oben. »Adilai?«

»Tawe!« Sie lachte. »Komm rauf! Komm doch rauf!«

»Ja, Tawe!«, tönten die Stimmen der älteren Männer. »Geh rauf!« – »Zu deiner Liebsten!« – »Zeig uns, was du drauf hast!« – »Bist du denn kein Mann?« – »Geh rauf!« – »Geh rauf und zeig's ihr!« – »Uns! Uns soll er's zeigen!«

Adilai lachte.

Tawe hielt sich am Stamm des Baumes fest, richtete sich mühsam auf. Sein Oberkörper schwankte hin und her. »Ihr Monster!«, rief er. »Was habt ihr mit ihr gemacht?«

»Sie ist heiß, Mann«, kam es lässig von Lamrié, der immer noch in der Tür stand, ihm gegenüber. »Sie ist einfach heiß.«

Tawe schrie und stürzte sich auf ihn.

Und Adilai lachte.

»Zur Psi-Fabrik!«, rief Tibala, als er es endlich in einen Alles-für-euch-Gleiter geschafft hatte. »Schnell!«

»Gern, Chef.« Der Gleiter beschleunigte.

»Kannst du mir sagen, wo sie stecken? Adilai tla Dadié und die Forscher Tawe und Lamrié?«

Nach einem Moment sagte der Gleiter: »Alle in der Fabrik, Chef.«

»*Verdammt!* Ich meine, danke. – Kannst du nicht schneller?«

»Ich erhöhe die Geschwindigkeit, Chef.«

Tibala antwortete nicht. »Was mach ich nur, was mach ich nur«, flüsterte er, während der Fahrtwind an ihm zerrte. Hinter und unter ihm blieb der Herzberg zurück, ein Gewirr von Feuern und Lampions und leuchtenden Larven, über dem fahl der grüne Jadepalast schimmerte. Tibala hatte keinen Blick dafür. »Was mach ich nur? Was?«

Er zerrte sich an den Fühlern. »Pokou ...«, kam ihm plötzlich die rettende Idee. »Der Erste Rat ... Ja. Er wird dem ein Ende setzen.«

»Was auch immer du damit meinst, Chef«, sagte der Gleiter unvermittelt. »Aber ich fürchte, es geht nicht.«

»Wie?!«, rief Tibala. »Es *geht* nicht! *Was* geht nicht?!«

Adilai schwebte, trieb träge in einem Ozean aus Berührungen, Licht, Klängen. Ihre Larve schien ihr nicht mehr zu gehorchen; sie hatte ein Eigenleben. Und was für ein schönes!

Die junge Ueeba erlebte ihre erste Hitze. Sie hatte die Frauen vom scheinbar endlosen Rausch reden gehört, von sich aufschaukelnden Reizen, von Sinneseindrücken sonder Zahl, vom Sichverlieren im Wogen, im Pulsen, im Fließen. Es hatte alles nur kitschig geklungen. Und abgehoben.

Nun hob sie selbst ab. Seit Stunden. Hob ab, ab, ab.

In ihren Augen glänzte der Widerschein der Feuer unten an der Wand, sie aber sah sich in die Zeit vor dem Schlüpfen zurückversetzt, sah die Schale ihres

Eis, die halb durchsichtig wurde, sah tausend Eier um sich herum … rötliche, runde Formen … glühend im Licht der Alles-für-euch-Lampen … tausend sich drehende, tanzende Ueeba-Kinder … sie mussten in ihrem Bauch sein … und Adilai *sah* die Eier in ihrem Bauch … schlummernd nun … lauter warme Herbergen, die auf Gäste warteten.

Adilai lachte.

Wogen … sanfte, heiße Wogen trieben über die Eier hinweg … Adilai hörte Schreie … das Lachen von Kindern …

Sie merkte nicht, dass es ihr eigenes Lachen war.

Männer sangen … Männer brummten … sattes, lautes, vibrierendes Männergetön … ein Teppich … aus Lauten … ein fliegender Teppich, der sie trug, trug, trug … hoch über dem Erdboden schwebte Adilai in den Schleiern ihrer Larve …

Tawes Stimme … Sie glaubte, Tawes Stimme zu hören … Die Stimme durchdrang sie, und sie hörte ein leises Klirren in ihrer Brust: *ping!*

»Ping!«, flüsterte sie und musste lachen.

Eine Rose, hörte sie Tawes Stimme, *eine Rose für die schönste Blüte der Stadt.*

Aus ihrer Brust schossen Strahlen … ein kraftvolles, gleißendes Strahlengewirr, das die Schleier ihrer Larve aufglühen ließ … Lichtfächer … sich drehende, glühende Schleier …

Ich bin ein Stern, dachte Adilai. *Ein Schleierstern!*

Irgendwo tief unter ihr auf dem Planeten Pakuri schrie jemand. Irgendwo tief unten auf dieser wimmelnden, von Leben strotzenden Welt krachte es. Das Geräusch schaukelte sich zu einem alles durchdringenden Bersten auf. Adilai konnte den Klang *sehen.* Schallwellen wuchsen auf sie zu wie Ringe auf einer Wasseroberfläche. Adilai konnte den Klang *spüren.* Es durchdrang ihren Leib, rieb kraftvoll jede einzelne Zelle entlang. Adilai konnte den Klang *schmecken.* Es schmeckte wie Blut, wie ein frisch gerissenes Tier.

Wow!, dachte Adilai. *Ist das abgefahren.*

Ihr war heiß. *Sie* war heiß.

Verdammt, die ganze *Welt* um sie herum war heiß!

»Hört auf, ehrenwerte Kollegen! Hört auf!« Lamriés Stimme. Sein Unterweiser.

Auf einmal war das entsetzliche Stauchen und Reißen vorbei. Nur der Schmerz war noch da. Überall.

»Ist er … ist er tot?« Ein Flüstern, unkenntlich.

Packen, zerren, biegen. Grelles Licht.

»Noch nicht.« Lamriés Stimme.

»Was machen wir jetzt?«

Alles in Tawe schrie danach, dass er sich zusammenrollte. Aber es ging nicht. Es ging nicht. Sein Rücken … da klaffte etwas … Luft. Er brauchte Luft!

»Wir schaffen ihn rüber.« Lamrié. »In den Imago-Saal. Und morgen … finden wir ihn. Ein bedauerlicher, selbst verschuldeter Unfall.«

»Du bist verrückt.«

»Wieso denn?« Jemand anders. »Dieser arrogante kleine Scheißkerl. Hält sich für was Besseres.« Schmerz, jäher Schmerz. An der Seite.

»Hält sich nicht an die Regeln.« Noch jemand. Wieder Schmerz.

»Hält sich für begabt!« – »Ein Talent!« – »Begnadet!« – »Will kein Mann sein!« Schmerz, Schmerz, Schmerz …

»Lasst ihn!« Lamrié, scharf. Dann ruhiger: »Schaffen wir ihn rüber.« Zerren, kein Boden mehr unterm Leib. »Die Beine nicht vergessen. Kommt.«

»Hmmmmm«, machte Adilai weit oben über Tawe. »Ooooooh …«

»Der Erste Rat und seine Kollegen befinden sich nicht in der Fabrik«, sagte der Gleiter. »Und sie möchten auch nicht gestört werden.«

»Befinden sich nicht in der Fabrik?« Tibala biss sich auf die Fühler. »Wo sind sie denn?«

»Während der Hitze ziehen sie immer zum Tal der Dimensionen.«

»Was wollen sie denn da? Sie sollen die Fabrik leiten!«

»Sie fasten. Sie meditieren. Sie suchen die Inspiration der Fähre.«

»Bring mich dorthin!«

Der Gleiter hielt weiter Kurs auf die Fabrik. »Sie möchten nicht gestört werden.«

»Aber … aber …« Tibalas Gedanken rasten. »Aber es geht um die Siebenunddreißig! Um die mythische Siebenunddreißig! Sie ist … wir haben sie erschaffen!« Unvermittelt rutschte er nach vorn, überschlug sich.

Der Gleiter bremste ab. »Nach all der Zeit …«, flüsterte er. »Das ist … Warum hast du das nicht gleich gesagt?«

»Ich … ich bin so aufgeregt«, sagte Tibala. »Ausgerechnet jetzt … heute … praktisch aus Versehen … nur eine Jungforscherspielerei. Aber sie müssen sie sehen. Die Gestalt, der Stempel – alles scheint zu stimmen!«

»Wenn das wahr ist«, hauchte der Alles-für-euch. »Wenn ich das wirklich erleben darf … Hm.«

»Was ist?«, fragte Tibala. Ihm wurde langsam mulmig, und zwar nicht wegen Tawe und Adilai. Allmählich dämmerte ihm das Ausmaß seiner Notlüge.

Das alles nur, weil Tawe vielleicht durchdreht?, dachte er. *Ich muss verrückt sein. Hoffentlich trifft den alten Pokou nicht der Schlag. Erst die Hoffnung, dann der Skandal. Die werden mich … Herrje, ich habe keine Ahnung, was die mit mir machen werden.*

»Wir wissen ja noch nicht, ob es wirklich die korrekte Siebenunddreißig ist«, schwächte er ab.

»Du wirkst seltsam«, sagte der Alles-für-euch. »Du belügst mich doch nicht?«

»Nein«, sagte Tibala fest. »Wenn ich dich belüge, soll ich für immer im Lodertunnel schmoren.«

Herrje, was sag ich denn da? Was sag ich denn da?

»Hm«, machte der Alles-für-euch. Unvermittelt beschleunigte er wieder. Härter als zuvor.

Tibala wurde nach hinten gedrückt. »He!«

»In der Fabrik ist tatsächlich eine Menge los«, sagte der Gleiter. »Haufenweise Signale im Imago-Saal.«

»Aber du fliegst in die falsche Richtung!« Neben und unter ihnen verschwammen die Schatten der Ringstadt, so schnell rasten sie die Grate des Gebirges entlang. »Du fliegst noch immer zur Fabrik!«

»Pokou und seine Kollegen werden gerade verständigt«, sagte der Alles-für-euch. »Sie kommen mit einem eigenen Gleiter. Das geht schneller.«

Täuschte Tibala sich, oder war auf einmal mehr Leben drüben in der Ringstadt? Er hatte den Eindruck, auf einmal überall die Reflexe von Gleitern zu sehen.

Beim Lodertunnel, dachte er jämmerlich. *Die reißen mir sämtliche Beine aus, wenn sie merken, dass es keine Siebenunddreißig gibt. Die bringen mich um …*

Vierundzwanzig

»Egal«, sagte Schroeder und sah ins Abendlicht hinauf. »Ich will jetzt diese Ringstadt sehen. Ruf mir so einen Alles-für-euch-Gleiter, bitte. Du weißt doch bestimmt schon, wie das geht.«

»Also wirklich, Startac. Manchmal könnte ich dich …« Tamra funkelte ihn an.

Er sah sie an und machte eine Handbewegung. *Na los, Mädchen! Mach schon. Den Gleiter.*

»Ooh! Männer!« Sie stapfte ein paar Schritte weg, klickte am Bedienfeld ihres Anzugs herum und sagte etwas in ihr Kragenmikrofon. Dann verschränkte sie die Arme vor der Brust und funkelte ihn wieder an. »Gleiter ist unterwegs.«

»Danke. Geht doch.«

»Aber glaub ja nicht, dass ich dich allein dorthin lasse!«

»Bitte? Ich denke, du magst es nicht bei den Maschinenteufeln.«

»Mag ich auch nicht. Aber du hast vielleicht eine psychoaktive Droge im Bauch. Da lass ich dich nicht allein irgendwo rumfliegen.«

»Um die kümmert sich sicher der Anzug-Medo. Außerdem habe ich nur einen Schluck davon genommen. So schlimm kann das schon nicht sein.«

Sie sah weg, sah ihn wieder an. Ihr Blick flackerte jetzt. »Der Anzug-Medo, ja?«, sagte sie. Ihre Stimme war leiser.

»Ja«, sagte Schroeder. »Ich frag mich sowieso, warum du mich nicht von Anfang an in dem Ding gelassen hast. Der Medo hätte sicher besser mit meinem Zustand umgehen können.«

Als er ihr Gesicht sah, hätte er sich am liebsten auf die Zunge gebissen.

»Du bist ein …« Sie brach ab. »Warum *bist* du so?«

Seine Kehle war eng. »Entschuldige.« Er musste das Wort richtig hinausquetschen. Er schloss die Augen.

»So *zu*«, sagte sie mehr zu sich selbst. »So verschlossen.« Sie schüttelte den Kopf und wandte sich ab.

Schroeder hatte das Gefühl, dass etwas zwischen ihnen zu zerreißen drohte. Die Verbindung, die er von Anfang an zu dieser Frau gespürt hatte.

Na, warum nicht? Sein erster Impuls war, sich wegzudrehen. Aber er tat es nicht. »Tamra«, sagte er.

Sie schüttelte den Kopf, schniefte.

»Tamra. Ich komm mir so hilflos vor. Ich …« *Ich wollte dich retten,* dachte er, *dir beistehen. Und dann lieg ich im Koma, und du bist längst wach.* Er räusperte sich. »Ich könnte schreien.«

»*Du* könntest schreien?«, fuhr sie ihn an, aber sie hatte Tränen in den Augen. »Ja, dann tu's doch endlich mal. Statt immer so von oben herab zu sein … so gnadenlos.«

»Gnadenlos?« Das Wort erschreckte ihn.

»Ich will dich *begleiten*«, sagte sie. »Ich hab eine Scheißangst vor den Posbis, aber ich will nicht, dass dir irgendwas passiert, du Idiot!«

Du Idiot, dachte er und musste lachen. »Tamra …«, sagte er glucksend. »Mensch.«

»Jetzt lach mich nicht auch noch aus!«

Sie schlug nach ihm, und irgendwie fing er die Faust mit der Hand ab, und auf einmal hatte er Tamra im Arm, und sie versuchte ihn wegzustoßen, und er hielt sie fest, Tamra, diese Frau aus Haut und Knochen, diese geballte Ladung Energie, Tamra, die ihn nun ebenfalls hielt, festhielt, umarmte, und so standen sie immer noch da, schniefend, schnaubend, kopfschüttelnd, als der Gleiter kam.

»Soll er die Kanzel lieber schließen?«, fragte Startac, als sie aufstiegen.

»Nein«, sagte Tamra. »Nein, ich weiß ja, dass sie uns nichts tun werden.«

Startac schmunzelte sie an.

»Was ist los?« Sie musste auch schmunzeln und zog unsicher die Brauen hoch.

Er sah auf ihren Kopf. »Du hast da einen lustigen Wirbel.«

Sie befühlte ihre kurzen Haare. »Hm. Feucht an ein paar Stellen …« *Das müssen seine Tränen sein.* »Ach, Startac.« Sie beugte sich vor und strich ihm mit der Hand über die stoppelige Wange.

Er grinste verlegen. Er sah weg, nach unten. »Ich kann es immer noch nicht fassen, was für eine üppige Vegetation es hier gibt. Eine richtige grüne Hölle …«

»Na, grün eher nicht, Startac. Das da unten ist die bunteste, scheckigste Landschaft, die ich in meinem Leben je gesehen habe.«

»Aha?«

»Deine grünen Hügel dort weiter unten, sie schillern in allen Regenbogenfarben. Diese großen Bögen dort, deren Oberfläche wie zerrissen und hingeklatscht wirkt … sie werden Fledderflechten genannt. Dunkelviolett herrscht vor, aber diese Streifen in den Blättern haben alle möglichen helleren Farben. Alle möglichen. Diese ganze wuchernde Welt sieht aus wie eine einzige optische Täuschung.«

»Holla. Klingt so, als könnte ich für dieses eine Mal froh über meine Monochromsichtigkeit sein.«

Tamra lachte. »Zuerst hab ich gedacht, es wäre gerade Herbst hier. Lauter buntes Laub, ja? Dann hab ich die ganzen Blüten überall gesehen. Und Früchte. Die Schöpfung muss im Drogenrausch gewesen sein, als Pakuri auf dem Programm stand.«

Sie zeigte hinunter in ein Tal. Weit unten zog eine Herde rosafarbener Tiergiganten dahin.

»Die sehen aus wie Dinosaurier«, sagte Startac.

»Das sind Elolane«, sagte Tamra. »Pink.«

Er konnte mit der Farbbezeichnung sichtlich nichts anfangen. »Carnivor?«

»Nein. Sie ernähren sich, den Ueeba zufolge, von Luft und Liebe und Pflanzen und Absperrungen.«

»Absperrungen!«

»Drogenrausch, hab ich's nicht gesagt?« Ihr fiel wieder der Pilzbier-Zwischenfall ein. »Wie geht's dir?«

»Gut. Ich glaube, der Anzug hat alles neutralisiert. Wenn es überhaupt eine wirksame Dosis war.« Startac sah sich in alle Richtungen um. Seine schwarzen Haare flatterten.

»Vielleicht zeig ich dir nachher noch die Stadt, in der die Frauen wohnen«, überlegte Tamra. »Sie sind nachtaktiv, darum sollten wir es nicht erst morgen machen.«

»Eine Frauenstadt? Und wo wohnen die Männer?«

»In der Fabrik.«

»Wie jetzt?«

»Die paar hundert Würmer in der Fabrik sind die einzigen Männer hier. Und ab und zu gehen sie in die Stadt, die Frauen beglücken.« Als sie Startacs Gesichtsausdruck sah, nickte sie bekräftigend. »Klingt seltsam, ich weiß. Die Frauen finden das aber ganz toll.«

»Geschlechtertrennung?«, fragte Startac.

»In so ziemlich jeder Hinsicht«, sagte Tamra.

Startac rieb sich das Gesicht. »Wo sind wir hier bloß gelandet ...«

»Auf Pakuri im Takrone-System«, mischte sich der Gleiter ein. »Wir sind jetzt über der Ringstadt. Möchtet ihr einen Rundflug oder gleich mittendurch zum Tal der Dimensionen?«

»Gleich mittendurch«, sagte Startac. »Aber flieg ruhig in niedriger Höhe, damit wir ein paar Detaileindrücke kriegen. Wenn das okay ist, Tamra?«

Sie sah ernster aus jetzt, blasser. Aber sie nickte.

Der Gleiter ging in den Sinkflug. Schon auf dem Weg nach Siebenkopf war von weitem deutlich gewesen, dass die Ringstadt nicht für Menschen oder überhaupt für biologische Wesen errichtet worden war. Es fehlten Parks, Naherholungsgebiete, Einkaufsstraßen, Flaniermeilen, Restaurants, Cafés, Spielplätze, Sportplätze. Und Licht. Leuchtreklamen zum Beispiel, aber das war irrelevant. Werbefreie Städte hatte Startac schon gesehen, die waren auf manchen Welten durchaus üblich. Aber es fehlte einfach insgesamt an Licht.

Wahrscheinlich dachten die Posbis nicht in der Assoziationskette, die von einer Straßenbeleuchtung weit zurück zum Lagerfeuer in einer Höhle führte, um die nachts Raubtiere herumschlichen. Licht bedeutete für sie nicht Behaglichkeit und Sicherheit; es war einfach nur etwas, was bei bestimmten Tätigkeiten oder bei der Nutzung bestimmter Technologien als Nebenprodukt entstand.

»Wenn ich noch tiefer gehe, müsste ich euch in Fesselfelder nehmen«, sagte der Posbi-Gleiter.

Schroeder warf einen Blick zu Tamra, die entsetzt aufsah. »Ähm, nein, danke, lass mal. Bleib ruhig weiter oben.«

»Schön«, sagte der Posbi. »Ich fliege auch lieber ohne Automatik. Hui!« Er ging in ein paar geschwungene Kurven, immer hin und her zwischen den schroffen, wulstigen, wuchernden Schatten der von keinerlei erkennbarer Ästhetik beleckten Gebäude.

»Hui«, dachte Schroeder. *Und ich dachte, es gibt im ganzen Universum nur einen Posbi, der »Hui« sagt. Nano Aluminiumgärtner würde sich hier sicher sehr wohlfühlen.*

Der Gleiter hielt jetzt auf eine dunstige Lichtkuppel zu. Das Tal der Dimensionen.

Rund 40 Kilometer entfernt, in Siebenkopf, reckte ein Kelosker den Hals. Seine Lederhaut war von einem eigentümlichen Netzmuster überzogen.

Um ihn standen einige andere Kelosker. Sie hatten in der Hütte gelegen, in die Startac Schroeder und Tamra Cantu eingedrungen waren, und beim Anblick der Menschen sofort zu rechnen begonnen. Nun waren sie mit ihren Berechnungen fertig.

Der gemusterte Kelosker schnaubte. Er sah hinunter ins Tal, Richtung Ringstadt. Er schaute hinauf in die Berge, Richtung Fabrik. Dann setzte er sich in Bewegung.

Die anderen sahen ihm nach.

Fünfundzwanzig

Erster Rat Pokou hielt sich nicht auf mit Toren, Türen, Gängen. Er ließ den Alles-für-euch direkt über dem Imago-Saal halten. Dazu hatte er ihm weismachen müssen, dass ein kritischer Notfall vorlag. *Es geht um Leben und Tod!,* hatte er gesagt, weil ihre Programmierung den Alles-für-euch grundsätzlich verbot, auf das Fabrikgelände vorzudringen.

»Noch ein Stück, Jungchen. Ja, jetzt.«

Kaum berührte der Gleiter mit einem winzigen Schrammen den Kopf der Mauer, lief der Alte schon die Wand hinunter und an der Dachplane vorbei in den Saal. Seine Kollegen taten es ihm nach.

»Das ist doch nicht die Siebenunddreißig«, krächzte er empört. »Was soll der Unfug?«

Der Saal unter ihnen wurde von einem knotigen, vielkantigen, plumpen Etwas beherrscht.

Pokou fühlerte. »Es ist viel zu wuchtig. Und es schwebt nicht einmal. Es steht wie ein Klotz auf dem Boden!« An seinen Mandibeln bildete sich Schaum. »Wo steckt dieser Tibala? Ich verlange eine Erklärung!«

»Ehrwürdiger Rat, lieber Freund«, ertönte neben ihm die schwache Stimme eines seiner Vertrauten, Xaio. »Was um alles in der Welt ist *das*?«

Pokou richtete den Blick unwirsch auf die Stelle, zu der sein Kollege zeigte. *Ja. Was ist das?* Er ließ einen Ball aus kaltem Feuer entstehen und schickte ihn in den engen Spalt zwischen Mauer und dieser angeblichen 37 hinunter. »Das ist … das sieht aus wie …«

»Beine!«, keuchte der gebrechliche Xaio neben ihm.

In diesem Augenblick hörte er das Wetzen von Füßen drüben im Saaleingang. »Herr Pokou! Herr Pokou!«, rief jemand atemlos und krachte gegen den Trumm, der ihm im Weg stand.

Pokou spreizte die Fühler. Das konnte nur einer sein. »Hier, Tibala«, sagte er.

Da kam er auch schon in die Ecke gewetzt und drehte sich allen Ernstes um sich selbst beim Bremsen. Er fühlerte kurz zu ihnen hinauf, dann erblickte er die Beine, die sich von unten um eine der schroffen Kanten des Klotzes krallten. »Du meine Güte! Tawe! Macht dieses Ding weg! Macht dieses Ding weg!«

Pokou machte es weg. Als es funkensprühend verging, kam unten, auf dem Boden, ein mehr als übel zugerichteter Jungforscher Tawe zum Vorschein. Er lag halb auf der Seite, verdreht, und rührte sich nicht. Mehrere seiner Beine lagen abgetrennt neben ihm. Die Panzerbögen entlang klaffte eine tiefe Wunde. »Lebt er noch?« Pokou bewegte sich die Wand hinunter.

»Glaube schon«, sagte Tibala unsicher.

»Dann los, in die Krankenstation mit ihm!« Pokou mobilisierte alle Reserven. »Kommt, Kollegen!« Schon erreichte er den Fußboden, wechselte vorsichtig auf die andere Ebene über. »Xaio, mach uns einen von deinen Schwebern, schnell!«

»Ja, das tu ich. Das tu ich«, sagte sein ältlicher Kollege. »Unter ihm? So langsam wachsen lassend?«

»Natürlich unter ihm! Aber bloß nicht langsam! Muss man denn alles selbst machen! Du kannst das viel besser als ich!«

Unter Tawe entstand eine prächtige, schillernde Blase, die sich um ihn blähte wie ein Kissen, dann hob der schwerverletzte, bewusstlose Ueeba sanft vom Boden ab.

»Was habt ihr gemacht, du und Tawe, häh?«, herrschte Pokou den jungen Tibala an. »Ein Dutzend Aufgaben übersprungen oder was? Ihr wisst doch, dass das lebensgefährlich ist!«

»Ich … nein …« Tibala wedelte mit den Brustbeinen. Er sah völlig verwirrt aus.

»Es wäre mir lieber, wenn ihr dieses Gespräch später fortsetzen könntet«, sagte Xaio schwächlich. »Ich glaube, der junge Tawe macht es sonst nicht mehr lange.«

Einen Moment lang war alles still.

Nur dadurch hörten sie den fernen Lärm.

»Und was bittschön ist das?«, fragte Pokou.

»D-davon wollte ich euch gerade erzählen«, sagte Tibala. »In der … neben der Bibliothek … Lamrié …«

»Er stirbt!«, krächzte Xaio.

»Gut. Tibala, du kommst mit mir. Ihr anderen, in die Krankenstation!«

»Aber, ehrwürdiger Kollege.« Tibalas Fühler zuckten. »Ich … Tawe ist mein Freund.«

»Du – kommst – mit – *mir*, hab ich gesagt!« Und auf einmal musste Pokou sich sehr beeilen, hinter dem jungen Tibala herzukommen.

Kurz vor dem Eingang zum Trimmraum blieb Tibala stehen. Feuerschein spielte auf dem Gang. »Hier, Erster Rat«, flüsterte er.

»Hm.« Pokou verschwand um die Türöffnung. »Was ist denn hier los?«, hörte Tibala ihn im nächsten Moment donnern. »Kollegen, ich verlange Aufklärung!«

Schlagartig stand grellblaues Licht im Raum.

»Aua«, hörte Tibala eine Frauenstimme. »Manno, ist das hell!« Das musste Adilai sein.

Er fühlerte vorsichtig um die Ecke.

Jemand, der alte Pokou vermutlich, hatte an den Wänden ringsum riesige blaue Glutscheiben entstehen lassen. Sie leuchteten die Szene grell aus. Oben an der Decke warf der Baum ein Gewirr von Schlagschatten.

»Ehrwürdiger Kollege«, sagte Lamrié und kam den Stamm des künstlichen Baumes herabgelaufen. Er klang nicht auch nur ansatzweise besorgt oder in der Defensive. »Geht es dir nicht gut? Du wirkst erhitzt. Und durcheinander. Soll ich dir etwas zu trinken bringen lassen?« Er trat zwischen Pokou und den Raum, hakte ihn in scheinbarer Freundlichkeit unter und ging Richtung Ausgang.

»Halte mich nicht zum Narren!« Der Alte riss sich los. »Was ist das hier?«

»Ein privater Kreis, ehrwürdiger Kollege. Nur ein wenig körperliche Ertüchtigung. Ich wollte einmal probieren, ob man nicht das gute alte Zirkeltraining wieder aufleben lassen könnte. In manchen Schriften steht recht viel Gutes darüber.«

»Körperliche Ertüchtigung? Ihr habt eine *Frau* dort oben im Baum!« Speichelschaum flog von Pokous Mandibeln, glitzerte bläulich auf dem Boden. »Ihr *trinkt*! Dieser ganze Raum dünstet Bier und Sex aus!«

Der arme alte Pokou fällt jeden Moment um, dachte Tibala voller Angst. *Und dann?* Er fühlerte zu Lamrié. Der Anblick linderte seine Angst nicht. Lamrié bog sich langsam, rückwärts gehend, um den Alten herum. *Er kommt hier raus! Er schneidet ihm den Weg ab!*

Tibala bewegte sich auf Zehenspitzen die Wand hinauf, zur Decke – bloß weg von Lamrié, weg!

»Und ich sehe nicht einmal irgendwo ein Liebesnest hängen«, hörte er die Stimme des Ersten Rates. »Ihr habt *voreinander* Sex gehabt? Kollege Lamrié, ich bin erschüttert. Diese … Abscheulichkeiten sind ohne Beispiel. Du bist Unterweiser. Die Jungforscher sollen zu dir aufschauen. Dir vertrauen.« Geräusche von Schritten. »Du bist mit sofortiger Wirkung vom Dienst suspendiert. Ich werde den Rat zu einer außerordentlichen Sitzung zusammenrufen.«

»Du wirst überhaupt nichts, du vertrocknete alte Mumie.« Lamrié hatte seine Stimme noch immer nicht erhoben, eher war sie leiser geworden. »Sieh dich doch um. Dein halber Rat sitzt über dir im Baum.«

Offensichtlich sah der Alte sich um, denn Lamrié hatte auf einmal eine Keule gezückt und holte damit aus und …

»Neeiiiiiin!«, schrie Tibala und ließ sich von der Decke fallen, genau auf seinen frisch suspendierten Unterweiser. Er klammerte sich an der Keule fest und biss Lamrié kräftig ins Bein.

So dachte er jedenfalls. Aber in dem Moment, als er Holz schmeckte, flog er auch schon durch die Luft gegen den Türrahmen.

»Du also auch noch«, hörte er Lamrié fauchen. »Die ganzen Spinner vereint. Na, meinetwegen. Dann ist es ein Aufwasch.«

Tibala schüttelte benommen den Kopf. *Ein Aufwasch? Die ganzen Spinner? Der meint nicht Pokou. Der meint …*

»Tawe!«, schrie er. »Du hast Tawe auf dem Gewissen, du Monster!«

Wieder griff er den Unterweiser an, wieder wurde er gegen den Türrahmen geschleudert. Ächzend blieb er liegen.

Nein! Er kämpfte sich hoch. *Die anderen! Was machen die anderen?*

»Kollege Lamrié«, hörte er Pokou sagen, während sich seine Augen noch immer nicht fokussieren wollten. »Ich werfe dir vor: Unzucht, Liederlichkeit, Lüge und ein Verbrechen gegen Leib und Leben von Jungforscher Tawe. Ich fordere dich auf, die Suspendierung ohne Umschweife zu akzeptieren und dich für eine Ratsentscheidung zur Verfügung zu halten.« Der Alte klang so förmlich. Was sollte das? »Anderenfalls sehe ich mich gezwungen …«

»Ja?«, sagte Lamrié lauernd. »Was denn, du Knochenhülle!«

»… sehe ich mich gezwungen, die Hochedle Wissenschaft gegen dich anzuwenden!«

»Die Hochedle Wissenschaft? Du? Hier hast du deine Hochedle Wissenschaft!«

Ein gewaltiges Rummsen ließ den Trimmraum erbeben. Tibala sah plötzlich nicht mehr das verschwommene Blau der Leuchtwände, sondern irgendetwas Graues, Schattiges.

Er knabberte sich hektisch die Augen sauber.

Das war … ein Monolith! Lamrié hatte einen gewaltigen Monolithen gebildet und den alten Forscher damit zerquetscht!

Der riesige Fels aus Psi-Materie fing zu glühen an, zu beben.

»Ich mag nicht mehr«, wimmerte Adilai oben im Baum. »Das wird mir alles zu viel jetzt, echt.«

Ein Bersten. Brocken von Fels flogen in alle Richtungen, zerschmetterten …

Nein. Es waren nur noch Schaumbatzen, die gegen die Wände spritzten.

Sie kämpfen mit Psi-Materie?, schoss es Tibala durch den Kopf. *Die Hochedle Wissenschaft? Das hab ich ja noch nie gehört! Das … das ist ja krank!*

»Los!«, rief Lamrié. »Schnappt euch den alten Narren! Es wird Zeit, dass dieses lachhafte alte Fabriksystem fällt! Tausend Jahre Schwachsinn! Tausend Jahre ohne Ergebnis!«

Und auf einmal ging alles ganz schnell.

Drüben, in der Krankenstation, hatten sie Tawe auf den Bauch gelegt und waren gerade fast fertig damit, seine klaffende Wunde am Rücken zu verkleben.

»Ich hab keinen Puls mehr.«

»Egal. Solange er das hier hat, ist er eh tot.« Kollege Mouuach hielt die Pistole wieder an die offene Wunde, in der die Lungen zu sehen waren. Er klebte weiter.

Kratz.

»Was war das?«

»Ich fasse es nicht. Er hat die Beine gespreizt. Er hat alle Beine von sich gestreckt.«

»Alle« war eine Übertreibung. An die zehn Beine füllten einen Mülleimer unter dem Tisch. Zwei baumelten an den letzten Gelenkfasern. Aber ansonsten hatte der gute Xaio Recht: Der junge Tawe hatte die Beine bewegt.

Prassel.

»Die Fühler. Jetzt guck dir die Fühler an!«

»Haltet ihn fest! Der springt uns gleich runter!«

Zwei weitere Forschungsräte sprangen hinzu.

»Ich hab Puls! Ich hab Puls!«

»Haltet ihn! So haltet ihn doch!«

Ein Fauchen. Aggressiv. Grässlich.

Die Ueeba wichen zurück.

Tawe, einer von tausend Söhnen des ehrwürdigen Kollegen Mouuach, dem gerade die Sinne schwanden und die Klebepistole hinunterfiel, kroch von dem Operationstisch hinunter. Ein Pfeifen war zu hören, unruhig, flatternd. Wie Wind in einem Schaumbaum.

Es kam aus der Wunde am Rücken.

Es waren seine Atemzüge.

»So haltet ihn doch zurück«, flüsterte einer der Räte.

Aber niemand regte sich.

Das Kratzen, das Prasseln, das Pfeifen … sie verklangen, als Tawe kriechend, zuckend, atmend um die Ecke verschwand.

Erst jetzt hörten die alten Freunde des Ersten Rates den Lärm drüben, der gedämpft durch die dicken Mauern der Bibliothek drang.

»Auf ihn!«, donnerte Lamrié. »Weg mit den alten Mumien!«

»Weg mit den Mumien!«, nahmen seine Kumpane oben im Baum den Ruf auf. »Frische Luft an den Muff!«

»Das ist offene Revolte«, empörte sich Pokou.

Hör auf zu reden, dachte Tibala. *Hör doch auf zu reden!*

Er hatte keine Ahnung, was er tun sollte – was er tun konnte, aber er rannte in den Trimmraum.

In diesem Moment stürzten die Kumpanen sich vom Baum.

Zing!, spreizten sich tiefschwarze Gitterstäbe quer durch den Raum, versperrten ihnen den Weg.

Spra-zisch!, lösten die Gitterstäbe sich in tausend mal tausend kleine goldene Flitterpartikel auf. Lamrié lachte.

Zack!, stand plötzlich eine bunte Pyramide, wo er eben noch gewesen.

Zong! Zeng! Prang! Klonk! Immer größere, immer bizarrere geometrische Körper erfüllten den Raum.

»Hilfe!«, schrie Adilai. Der Baum wankte unter der Wucht der Körper, zerbrach unter ihr.

Tibala sprang vor, krabbelte zwischen Würfeln und Kuben und Kegeln hindurch, über umgestürzte Säulen hinweg. Kristalle prasselten auf ihn nieder, sodass er die Augen einziehen musste. Einmal sprang ihm sein Spiegelbild entgegen und zerplatzte bei der Berührung wie eine Seifenblase. Und dann stand er da und riss die Brustbeine hoch und fing Adilai auf. Und hinter ihr kam der ganze Baum herunter, ein Rollen, ein Poltern, ein Rutschen.

Adilai kreischte auf in seinen Brustbeinen und verstummte. Tibala stöhnte. Er klemmte fest.

Er sah sich um. In dem wallenden Staub und den Flirreffekten war es nur schlecht zu sehen, aber anscheinend waren die Männer allesamt von Baumteilen und psimateriellen Brocken erwischt worden. Er fühlerte Adilai ab. Sie schien nur ohnmächtig.

Aber immer noch hörte er die Schreie und das Keuchen von Lamrié, von Pokou, die sich gegenseitig mit Psi-Materie zu fangen, zu fesseln, zu ersticken, zu erschlagen versuchten.

Das war Irrsinn, der reine Irrsinn war das!

Es krachte, und auf einmal lag Pokou vor ihm zwischen den Trümmern, auf dem Rücken, mit wirr tastenden Fühlern. Der Erste Rat rollte sich zu einer Spirale auf und erstarrte und fiel auf die Seite, rutschte ein Stück die staubigen Trümmer hinab.

»Hab dich, du Narr!«, tönte Lamrié. »Du bist tot! Tot!«

Und auf einmal war Stille. Und Nacht.

Auf einmal war Frieden. Wind pfiff leise um die Dächer der Fabrik. Sterne glänzten. Der wunderschöne, klare Nachthimmel der Berge prangte über Tibala. Irgendwo unten im Tal schrien große Säuger. Ein tiefes, gemütliches Brüllen.

Dann Stille. Und Frieden.

Der Alles-für-euch, der aus Neugierde über dem Imago-Saal noch gewartet hatte, zeigte ihnen später, in der Krankenstation, eine Aufzeichnung.

Die Fabrik, von oben. Die sonst übliche Beleuchtung ist wegen der Hitzetage auf ein Mindestmaß reduziert. Unter einem Dach flackern orange Rechtecke. Das ist der Trimmraum. Der kleine Würfel daneben ist die Bibliothek.

»So sah es aus, als ihr hinunter in den Imago-Saal gegangen seid, Chef. Ich springe jetzt ein Stück nach vorn.«

Eine Ebene mit einem flatternden Vorhang davor, drinnen Licht. Das ist der Imago-Saal von oben, Blickrichtung am Dach vorbei Richtung Boden. Auf einmal wackelt das Bild. Schlieren, Verwischungen, dann wieder die rechteckigen Fensteröffnungen unter dem Dach des Trimmraums. Aber jetzt sind sie nicht mehr flackernd orange, sondern gleißend blau. Lichtbögen schießen hervor, wieder wackelt das Bild.

»Ich springe noch ein Stück weiter nach vorn.«

Rumpeln, Grollen, Bersten. In den Fenstern die wirrsten Lichteffekte.

»Jetzt.«

Wo eben noch der Anbau des Trimmraums gestanden hat, prangt plötzlich ein riesiges, knotenartiges Gebilde. Nein, der Anbau ist noch da. Dieser Knoten scheint ihn zu durchdringen. Er überragt das Gebäude noch um etliche Meter.

Dann, ebenso unvermittelt, wie er aufgetaucht ist, ist der Knoten wieder weg.

»Das ging ein bisschen schnell«, sagte Erster Rat Pokou auf seinem Krankenlager. »Kannst du es noch einmal in Zeitlupe abspielen?«

»Tut mir leid. Das war schon Zeitlupe. Auch in Einzelbildern sieht es nicht anders aus. Eben steht das Haus noch, dann ist der Knoten da, dann ist er wieder weg. Und das Haus auch, soweit er es umschlossen hat.«

»Hm. Noch einmal bitte. Und stehen lassen. Jetzt!«

Der Alte richtete sich ächzend auf und starrte den Knoten an. »Eindeutig. Aufgabe Nummer drei. Wenn auch nur für einen Moment. Zum Psi-Stempel lässt sich über dieses Medium freilich nichts sagen.«

»Tawe hat die Drei gelöst?«, hauchte Tibala neben ihm. »Ohne vorher die Eins und die Zwei gemacht zu haben? Einfach so? Ohne Handbuch vor sich? Vom Nebenraum aus?«

Pokou klackte zustimmend. »Er ist das größte Psi-Talent, das wir je hatten.«

Alle sahen zu dem Netz, das unter der Decke baumelte. Darin lag reglos, mit starren Fühlern, Tawe. Der Wind, der durch die Fabrik zog, ließ ihn sachte schaukeln.

»Das größte Talent, das wir je hatten«, wiederholte der Alte düster.

Sechsundzwanzig

»He«, flüsterte Rhodan in die Dunkelheit der Kabine hinein.

»He«, antwortete leise Liza Grimm.

Rhodan machte Licht. Die junge Soldatin lag an das Kissen gelehnt in seinem Bett, die Decke bis zur Brust hochgezogen. Ihre Schultern waren nackt, die Schlüsselbeine schimmerten auf. Sie blinzelte, geblendet von dem hellen Deckenlicht.

Rhodan lächelte. »Captain Grimm.«

»Großadministrator.« Sie strahlte ihn an. Grübchen bildeten sich in den Wangen. »Sir.« Sie lachte leise.

Rhodan schüttelte schmunzelnd den Kopf. Er trat in den zur Kabine umfunktionierten Container. Die Tür fiel hinter ihm zu. »Ich gehe davon aus, dass Sie als verantwortungsbewusste Soldatin das Terrain gesichert haben.«

»Aye, Sir.« In ihren dunklen Augen blitzte es.

Ihm lag auf der Zunge zu fragen, unter welchem Vorwand Mondra gerade wo beschäftigt gehalten wurde, aber er entschied sich dagegen. Zu vertraulich. Zu verschwörerisch.

Sie sahen sich an, und das Schweigen zwischen ihnen wuchs, bis Rhodan das Gefühl hatte, sich im Innern einer großen Glocke zu befinden, die jeden Moment angeschlagen werden konnte.

Liza klopfte mit der freien Hand neben sich auf das Bett.

Rhodan machte ein, zwei Schritte, während denen er überlegte, sich einfach vor das Fußende zu stellen, aber das wäre zu albern gewesen. Als fürchtete er ihre Nähe. Er setzte sich auf das Fußende, Liza gegenüber, ein Bein leicht angewinkelt auf dem Bett, sodass der Stiefel draußen blieb, der andere Fuß fest auf dem Boden. Im Nierenbereich spürte er angenehm den Bettrahmen. Die Hände. Was machte er mit den Händen? Er legte sie auf die Oberschenkel.

Liza setzte sich auf und sah ihn an. Irgendetwas passierte in ihren Augen, und auf einmal waren sie weniger schimmernd, heller.

»Das ist eine komische Situation jetzt«, sagte sie.

Er nickte, kniff kurz die Lippen zusammen. Lächelte schief. »Ja, Liza.«

»Als wir … geredet haben, war alles ganz anders.« Rhodan fragte sich, warum sie das Wort *geredet* so merkwürdig betonte, aber sie räusperte sich und fuhr bereits fort. »O Gott, welche Signale du ausgesendet hast …« Sie fiel zurück aufs Kissen, hielt sich einen Arm über die Augen, lachte. Ihre Achsel war rasiert. Unter der weißen Bettdecke lugte eine Brust hervor. Sie bebte leicht unter dem Lachen der jungen Frau.

In Rhodans Hände trat ein schmerzliches Ziehen. »Liza …«

Sie sah ihn unter ihrem Arm hindurch an, ließ den Arm fallen, zog die Decke um ihren Busen zusammen, setzte sich wieder auf, ein Knie hochgezogen. Rhodan sah ihre Taille, die Linie ihrer Hüfte, wo die Decke verrutscht war. Unabsichtlich, eindeutig.

Es gab solche Frauen. Ihre Erotik war von schmelzender, gänzlich natürlicher Art, ihre Körpersprache ohne jede Berechnung. Wenn da ein Stück Schenkel aufblitzte oder das Dekolleté verrutschte, dann nicht, weil sie es wollten, sondern weil es in ihrer Körperlichkeit einfach geschah. Es war nie aufreizend oder vulgär, nie kontrolliert. Es war unbewusst und machte sie verletzlich. Wenn solche Frauen sich auszogen, waren sie *wirklich* nackt und hatten nicht bloß die Kleidung abgelegt, um sich nun hinter Gesten zu verstecken.

»Liza.« Seine Stimme kam ihm sehr rau vor. »Du bist wunderbar. Mutig. Ein Geschenk.«

Sie schob einen Fuß vor, drückte ihn an seine Wade. Er legte eine Hand auf den Fuß, spürte ihn durch die Decke.

»Aber?«, sagte sie leise. Ihr Lächeln war jetzt traurig.

»Nichts aber«, sagte Rhodan. Seine Stimme war definitiv sehr rau.

Sie sah ihn fragend an.

»Bei dir gibt es kein Aber«, erklärte er. »Bei mir gibt es eins.«

»Mondra.«

Er lächelte schief, schüttelte den Kopf.

»Sondern?«

»Dass ich zwar möchte, aber nicht will.«

Sie kräuselte die Brauen und schüttelte den Kopf. »Äh, wie bitte?« Da waren ihre Grübchen wieder.

»Dieser Moment hier, dieser eine geschützte Moment würde gut sein. Danach … würde alles schlecht werden. Du bist so schön … so *gerade* … bleib so.« Er musste schlucken. Es klang laut in dem stillen Raum.

Sie beugte sich vor und legte ihre Hand auf die seine, die immer noch ihren Fuß festhielt. Ihre Hand war warm und kräftig. »Du trägst ganz schön viel mit dir herum, Großadministrator, Sir.«

Er zuckte mit einer Schulter. »Ich lebe schon eine Weile. Captain.« Er grinste.

»Dann gehe ich jetzt.« Sie ließ seine Hand los, fuhr mit den Fingern seine Wange entlang, seine Lippen.

»Ja«, flüsterte er. Und umfasste ihre Hand und küsste sie auf die Fingerkuppen. »Ja, Captain.«

Sie nahm ihre Hand in demselben Moment weg, als er sie losließ.

Um sie herum wuchs wieder diese dröhnende Stille.

Rhodan stand auf und wandte sich ab. Er stemmte die Fäuste auf den billigen kleinen Besprechungstisch in der Ecke und lauschte, den Blick auf die verkratzte weiße Fläche gerichtet, wie Liza Grimm sich mit den flinken, routinierten Bewegungen einer Soldatin anzog.

»Captain?«, sagte er, als er die Magnetverschlüsse ihrer Stiefel klacken hörte.

»Ja, Sir?«

»Ich danke dir, dass ich dich so sehen durfte.«

Sie prustete leise hinten beim Bett. »Wie denn, Sir?«

»Praktisch nackt«, sagte er.

»Gern geschehen«, knödelte sie. Und im nächsten Moment bekam er ein Kopfkissen in den Nacken.

Als er das Kissen aufgefangen und sich umgedreht hatte, war sie schon auf dem Weg zur Tür.

Eine drahtige, zierliche Soldatin mit federnden Schritten. In ihrem ausrasierten Nacken waren die beiden kräftigen Sehnen zu sehen.

Sie drehte sich um. »Bis morgen.« Ihr Lächeln war da, aber ohne Grübchen.

»Bis morgen, Liza.«

Die Tür fiel zu, die Treppe schepperte unter Lizas flinken Schritten.

Rhodan warf das Kissen aufs Bett und sah sich um. Der Raum war leer und groß und unbehaglich. Liza Grimms Parfüm hing in der Luft.

Er ließ sich schräg auf das Bett fallen, damit seine Stiefel das Bettzeug nicht beschmutzten. Die Matratze war warm.

Und in dem Summen der grellen Lampe unter der Decke schienen Stimmen von Frauen zu flüstern, die er einmal geliebt hatte.

Siebenundzwanzig

»Ich bin was?«, fragte Tawe. Es ging ihm inzwischen besser. Er klebte aus eigenen Kräften an einer Wand, die sich mit der Wärme der Sonne aufgeladen hatte.

»Forschungsrat-Anwärter!« Tibala wackelte mit dem Kopf.

»Was ist das denn? Da habe ich noch nie von gehört.«

»Das kannst du den alten Pokou selbst fragen, wenn er dir die Ernennung mitteilt. Ich wollte es dir bloß schon mal sagen. Ich musste einfach.«

»Bala. Komm. Ohne Quatsch jetzt.«

»Na, was sollen sie denn machen? Der halbe Forschungsrat ist tot oder seiner Ämter enthoben. Pokou will groß aufräumen. Und er will dich. Sobald du die Zehn geschafft hast, sollst du vollwertiges Ratsmitglied werden. – Pst, da kommen sie! Ich hab nichts gesagt.«

Die Zehn geschafft? Tawe fasste es nicht.

Aber tatsächlich öffnete sich die Tür, und Tageslicht fiel herein. Der Erste Rat Pokou trat ein, begleitet von Mouuach und Xaio.

»Tawe, mein geschätzter junger Kollege. Wie geht es dir?«

»Ziemlich gut, ehrwürdiger Pokou. Danke.« Die Beinstümpfe waren sauber verödet worden, und die lange Narbe auf dem Rücken war auch fast verheilt. An einigen Stellen löste sich der Klebstoff bereits ab. »Ein paar Zugschmerzen, aber es geht schon.«

Jeder einzelne Atemzug tat ihm weh, aber er sagte niemandem davon. Der Schmerz tat ihm gut. Er bedeutete Gefühl, Leben.

»Das freut mich zu hören.« Der Alte ging die Wand hinauf bis ein Stück über Tawe, richtete sämtliche Fühler auf ihn. »Tawe, ich wollte dich in den ersten Tagen deiner Genesung nicht stören, aber wir müssen reden.«

Tawe machte eine Geste der Bereitwilligkeit. *Dann mal los,* dachte er bitter. *Verklicker mir den Unsinn von wegen Forschungsrat-Anwärter. Damit ich dankend ablehnen kann.*

»Zunächst einmal möchte ich ausdrücklich anerkennen, dass du mir wohl das Leben gerettet hast«, begann der Alte.

Bla, bla, bla. Bla, bla, bla, Anwärter, dachte Tawe. *Und dann: Danke, nein. Verzichte.*

»Dafür danke ich dir. Jedoch …«

Wie? Jedoch? Was denn jedoch?

»… bin ich mir schmerzlich bewusst, dass du einen Kollegen spurlos verschwinden lassen hast, vermutlich in den Hyperraum abgestrahlt. Du hast zweifelsohne einen frevelhaften Umgang mit der Begabung an den Tag gelegt. Wir müssen dich also irgendwie bestrafen.«

»Wie bitte?«, ächzte Tawe. »Das war … ich musste es tun! Er hat dich … er hat mich … Adilai …« Ihm versagte die Stimme.

»Du hast nicht ganz aus eigennützigen Motiven gehandelt, Tawe. Gewiss nicht. Aber du warst auch rachedurstig gegen Lamrié. Freilich wollen wir dir zugute halten, dass du nicht Herr deiner Sinne warst.« Der Alte fühlerte in Richtung der Lücke in Tawes einer Beinreihe. »Ab sofort, junger Kollege, ist es dir bis auf weiteres verboten, dich ohne autorisierte Begleitung vom Fabrikgelände zu entfernen. Insbesondere ist dir jeglicher Kontakt zu Frauen untersagt. Kein Blick, kein Wort, gar nichts. Auch keine geschmuggelten Nachrichten.«

»Aber … aber …« *Ich durfte doch bis jetzt gar nicht raus,* wollte er schon sagen, *ob mit Begleitung oder ohne.* Da fiel sein Blick auf Tibala. Sein Freund bedeutete ihm zu schweigen. Sein Freund, der sich offensichtlich mit der Nachricht für Adilai verplappert hatte.

»Haben wir uns so weit verstanden, Tawe?«, fragte Pokou.

»Äh … ja«, machte Tawe ratlos.

»Sehr schön. Wir werden eine entsprechende Bekanntmachung in der Kantine aushängen lassen. Und dazu noch eine andere. Vielleicht möchtest du sie dir morgen früh einmal ansehen.«

»Frischer Wind wird gebraucht!«, las Tibala leise vor. »Der Forschungsrat hat in seiner Sitzung vom blablabla mit einstimmiger Mehrheit beschlossen, dass der jüngste Forscher, der bis zum Jahreswechsel die Zehn in Gestalt und Stempel getreu den Vorgaben löst, das neu geschaffene Amt des Forschungsrat-Anwärters übertragen bekommt. Der Forschungsrat-Anwärter wird, solange er nicht nachrückt, allein beratende Funktion haben und insbesondere mit den Aufgaben blablabla und so weiter betraut werden ... von sämtlichen hauswirtschaftlichen Tätigkeiten freigestellt ... Dienste im Imago-Saal ... Kontaktpflege mit den Ober-Denkern ... verantwortliche Leitung der Bibliothek ... ach, und immer so weiter.« Tibala sah ihn erwartungsvoll an.

»Schick«, sagte Tawe. »Und was hat das mit mir zu tun?«

Sie standen allein vor den Anschlägen, obwohl die Kantine um diese Zeit immer brechend voll war. An den Schalen und Kugeln in der Nähe waren sämtliche Forscher demonstrativ mit sich selbst beschäftigt. Manche zeigten kurz zu ihm und klackerten dann leise miteinander.

»Ja, verstehst du denn nicht?« Für Tibala war anscheinend alles ganz klar. Er deutete auf den anderen neuen Anschlag. »Erst bestraft der Rat, damit ja alle zufrieden sind. Du bist ja nicht der Beliebteste, weißt du, und jetzt haben die anderen sogar Angst vor dir. Na ja, und dann baut er dir dieses neue Amt so zurecht, dass es dir absolut liegt!«

»Unfug!«

»Nix Unfug. Diese ganze Tätigkeitsbeschreibung ... sie passt total auf dich. So ein Arbeitsplan würde dir gut tun. Kein Theater mit den anderen Kollegen mehr, stattdessen Forschen und Üben und Nachdenken und in der Bibliothek rumkleben und Spaziergänge zu den Ober-Denkern unternehmen.«

»Hm!« Tawe war skeptisch.

»Glaub mir! Die rechnen fest damit, dass du der Nächste bist, der die Zehn knackt! Die sind echt geschickt, die alten Herren. So gibt es kein Gejaule von wegen ungerecht, weil auf dem Papier ja jeder seine Chance gehabt hat. Aber wenn du die Zehn dann schaffst ...« Er schnappte mit den Mandibeln.

Nur schaffte Tawe die Zehn nicht bis Jahresende. Er schaffte nicht einmal die Eins.

Achtundzwanzig

»Spürst du etwas?«, fragte Tamra. Sie fröstelte. Aber es war nicht das Wetter. Es war diese Stadt in ihrem Rücken.

Startac hatte die Augen geschlossen und den Kopf leicht geneigt, als lausche er. »Ja. Ja, dort unten sind … Intelligenzwesen … Kelosker? Sie fühlen sich irgendwie anders an als in dem Dorf.«

Vor den beiden Menschen dehnte sich das Tal der Dimensionen aus. Zu sehen war nicht mehr als eine vermutlich kreisrunde, riesige Ebene aus Nebel. Als blickte man im Herbst auf einen stillen See, am frühen Morgen, wenn gerade der erste Nebel aufstieg. Nur dass hier unter den dünnen Nebelschwaden nicht der dunkle Spiegel einer Wasseroberfläche lag. Sondern noch mehr Nebel, dicht und kompakt. Ein fahles Blau schien er auszustrahlen, vielleicht eine Reflexion des reichen Sternenhimmels. Manchmal schimmerten unten, wie seltsame meteorologische Effekte, gelbliche Flecken auf. Dazu hörten sie ein fernes Klirren, verweht und verzerrt wie die Echos eines Echos.

Tamra schlang die Arme um den Oberleib, umfasste die eigenen Schultern. Die Nebelscheibe lief ins Nichts aus, wie ein Meer. Links und rechts, an den Ufern, ragten bogenförmig die Ausläufer der Posbi-Stadt vor, die das Nebeltal vollständig zu umgeben schien. Wirre, zerklüftete Klippen waren es, durch die manchmal Lichter tanzten. Tamra hatte vorhin den Fehler gemacht, sich die Metallklippen über Helm-Infrarot anzusehen. Auf einmal hatte das Bild Tiefenschärfe gehabt, hatte sie in den Dschungel aus Metall und Verbundstoffen hineinsehen können, in das zielstrebige Gewimmel der Maschinenwesen. Und jetzt wurde sie die Erinnerung an den Anblick nicht wieder los.

Sie sah zu Startac. »Alles okay mit dir?«

»Ja. Keine Sorge. Der Pilzbier-Zwischenfall wird ausbleiben.« Er öffnete die Augen, sah sie an. »Und du?«

»Geht so.«

»Was ist los?«

»Hast du gesehen, dass diese Stadt hier zum Teil uralt ist? Manche Ecken sind regelrecht verrottet. Da haben sie einfach wieder obendrauf gebaut. Und du weißt nie: Ist es ein Stück von einem Haus, ein ausrangiertes Triebwerksteil, was da unten verrostet und verrottet, was sie mit Pfeilern und Stützbögen durchstoßen und festgenagelt haben, oder noch ein Robotwesen, mit diesem Plasma drin, durch das es denken und fühlen kann?« Sie schüttelte sich. »Ich hab mal gedacht, bei denen würde nichts leben, die wären einfach nur Computer. Aber irgendwie lebt bei denen *alles*. Und das ist fast noch schlimmer.«

»Puh«, machte er. Und trat hinter sie. Einfach so. Ohne sie zu berühren.

Er schirmt mich von der Stadt ab, begriff Tamra. Sie ließ sich gegen ihn sinken. So standen sie eine Weile da.

»Hast du gesehen, dass die nichts haben, was nach Friedhöfen aussieht? Nach Tempeln oder Schreinen oder Kirchen oder sonst etwas? Der Tod scheint ihnen völlig egal.«

»Das wissen wir nicht, Tamra.«

Sie seufzte.

»Sollen wir gehen?«

»Gleich.« Sie zeigte in den Nebel hinunter. »Was, meinst du, befindet sich da unten?«

Er zuckte mit den Schultern, sie konnte es durch den Rücken spüren. »Der obskure Wunsch-Ort einer obskuren Kultur. Der Bastelraum eines planetengroßen Sanatoriums.«

»Nein, im Ernst. Ob man da unten durch auch in eine andere Welt kommt? So wie durch diesen Tunnel?«

»Das bezweifle ich. Das ist eine Art Fertigungsstrecke da unten, hast du doch gehört. Bloß dass da seit tausend Jahren nichts fertig wird.« Er schnaubte. »7-D-Mathematiker, die in Ställen hausen wie Vieh. Psi-begabte, völlig verstrahlte Hundertfüßler. Wir verschwenden hier wirklich nur unsere Zeit.«

»Na schön.« Er wollte offensichtlich nicht ernst sein. Vielleicht seine Art, mit dieser bedrückenden Szenerie hier klarzukommen. »Gehen wir.« Sie richtete sich auf.

Sie gingen zu dem Gleiter, der ein Stück entfernt gewartet hatte und nun wieder aus dem Bereitschaftsmodus kam.

Wie zum Abschied ertönte unten aus dem Nebeltal ein gewaltiges, langsames Dröhnen. Es klang ganz nahe, aber als sie sich umdrehten, war in der Tiefe nur wieder dieses Wetterleuchten zu sehen.

Zwei Stunden später erwachte Schroeder unvermittelt in der Krankenstation. Sein Herz pumpte wie wild. Es fühlte sich an, als wäre er aus einem Alptraum erwacht. Aber er erinnerte sich an kein einziges Traumbild. Er musste etwas gehört haben. Oder gespürt.

Mit offenen Augen lag er in der Schwärze auf der Seite und lauschte.

Nichts. Gar nichts. Tamras leise Atemzüge vor ihm, zwei Meter entfernt. Er drehte sich auf den Rücken. Das Bett aus geflochteten Pflanzensträngen knarrte. Schroeder überlegte kurz, Licht zu machen, aber er wollte Tamra nicht stören.

Er seufzte. Sein Herz pumpte. Kräftig. Zu stark.

Fühlte es sich so an, einen Herzanfall zu bekommen?

Ihm fiel das Pilzbier wieder ein. Zeigten die paar Schluck jetzt doch noch Wirkung? Vielleicht sollte er lieber wieder in seinen Kampfanzug steigen. *Der Cyber-Med … wie spät ist es überhaupt?*

Schroeder hatte die Uhr des Bedienfelds auf eine ungefähre Ortszeit eingestellt. Der Kampfanzug lag zusammengelegt oben auf seinen Stiefeln. Seine Stiefel standen neben dem Bett an der Wand. Er drehte sich auf die andere Seite, weg von Tamra, und tastete nach dem Ärmel mit dem Bedienfeld. Fahles Licht schimmerte auf, als er den Sensor berührte.

Herrgott, noch fast drei Stunden bis Sonnenaufgang. Da bringt Aufstehen nichts. Ich sollte noch schlafen.

Er knuffte das behelfsmäßige Kissen, dessen harte, knotige Füllung ständig verrutschte, wieder zurecht und legte den Kopf auf den Arm, schloss wieder die Augen.

Sein Herz. Es hämmerte. *Ist das ein Symptom? Soll ich Alarm schlagen?*

Er starrte auf den Schatten der Stiefel und des Kampfanzugs vor sich und wartete darauf, dass sich das Bedienfeld automatisch wieder abschaltete.

Kurz bevor es das tat, schien ein Leuchtpunkt aus dem Schaft eines Stiefels auszutreten. Durch das Material hindurch. Schroeder riss die Augen auf. Einen Moment lang setzte sein Herz aus. Dann warf er sich rückwärts aus dem Bett. »Tamra! Aufwachen! Schnell!«

Der helle Punkt, um etliches größer als ein terranisches Glühwürmchen, löste sich von dem Stiefel und schwebte langsam durch den Raum, auf einer wirren Bahn.

Hinter Schroeder schnappte Tamra erschrocken nach Luft.

»Raus hier! Los!«

Im Dunkeln krachten sie gegen die Tür, stießen sie auf. Geblendet vom grellen Scheinwerferlicht draußen rannten sie auf den sandigen Hof hinaus, barfuß und in Unterwäsche.

»Eine Flamme!«, rief Startac. Sein Ruf gellte über die Gebäude. »Alarm!« Sie liefen zur anderen Seite des Hofes und sahen sich um.

»Ich sehe sie nicht mehr«, sagte Tamra.

»Ich auch nicht. Vielleicht ist sie noch im Zimmer.«

Tumult hinter ihnen, wetzende Geräusch. Ein paar Ueeba kamen hinter ihnen aus einem schmalen Durchgang gewimmelt, die Wände entlang. Ihre Fühlerbündel zitterten.

»Wo denn?«, fragte einer.

»Drüben im Zimmer vermutlich«, sagte Schroeder.

»Vermutlich? Du gibst Feueralarm und weißt nicht, wo es brennt?«

»Ich hab eine *Flamme* gesehen. Ich weiß nicht, wie diese Wesen bei euch heißen. Sie sind tödlich. Sie ernähren sich von der Angst, die sie in anderen Lebewesen erzeugen.«

Jetzt wusste Schroeder, warum sein Herz wie wild geschlagen hatte.

»Huh«, machte der Ueeba. »Eine tödliche Flamme im Schlafzimmer. Puh.«

Schroeder hatte das Gefühl, der Hundertfüßler mache sich über ihn lustig.

»War diese Flamme vielleicht blau?«, fragte ein anderer Ueeba, und erst in diesem Moment erkannte Schroeder, dass es dieser Tibala war.

»Ja, verdammt!«, rief Tamra.

Die Kälte der Nacht sickerte durch Schroeders Unterwäsche. Die Situation kam ihm völlig absurd vor. Surreal.

Die Ueeba streckten die Fühlerbündel zueinander und wackelten flirrend damit. »Ein Flammteufel!«, sagten sie unisono und klackten mit ihren Mundwerkzeugen.

»Geht ihr mal wieder, Kollegen«, sagte Tibala, und immer noch klackernd krabbelten die anderen Ueeba davon. Tibala sah Schroeder aus einem Stielauge an. »Dann kümmern wir uns mal um den Flammteufel«, sagte er und wackelte über den Hof Richtung Krankenstation.

Schroeder sah zu Tamra, die seinen Blick erwiderte und bibbernd die Schultern hob. Vorsichtig folgten sie dem Ueeba.

Er spazierte schnurstracks in ihr Zimmer, stellte sich mitten hinein, ohne das Licht einzuschalten, und murmelte: »Wo haben wir den Burschen denn? … Ah ja, da drüben … Ui, das ist aber ein ganz schön großes Exemplar … Könnt ihr vielleicht einmal kommen? Sonst kriegen wir ihn nicht.«

Tamra und Schroeder, die vor der Tür stehen geblieben waren, sahen sich an. »Wir haben Dutzende Menschen unter Qualen sterben gesehen«, sagte Schroeder. »Auf der Welt, von der wir gekommen sind, haben sie ganze Raumschiffbesatzungen ausgelöscht.«

»Das verwundert mich«, sagte Tibala. »Hoppla, jetzt geht er durch die Wand. Bleibt bitte stehen, ja? Ich bin gleich bei euch.«

»Und du weißt wirklich, was du tust, Tibala?«, fragte Tamra mit umschlagender Stimme.

»Ja, ja«, sagte der Ueeba hinter der Türöffnung. »Einfach ganz ruhig stehen bleiben, Kinder. Dann setzt er sich, und dann pflück ich ihn ab.«

Stocksteif stand Schroeder da und sah zu, wie die Flamme durch die Wand gedrungen kam und suchend in der Luft tanzte. Er sah zu Tamra. Sie schluckte. Ihre Augen waren sehr groß.

In der Türöffnung tauchte Tibala auf.

Schroeder merkte, wie sich seine Nackenhaare aufrichteten.

Auf Terra Incognita hatten sie nichts gegen die hungrigen Flammen ausrichten können. Die halbintelligenten Schwarmwesen durchdrangen Schiffswände, Schutzschirme, Kampfanzüge. Sie widerstanden Strahlerschüssen. Die einzige *Fluchtmöglichkeit* bestand darin, sich paralysieren zu lassen.

Die Flamme tanzte in der Luft und näherte sich langsam Tamra, schwirrte vor ihrem Gesicht umher, vielleicht noch einen Meter entfernt.

Nein, dachte Schroeder. Er streckte eine Hand aus.

»Nicht bewegen«, sagte der Ueeba in der Türöffnung. Es klang ganz ruhig.

Tamra sah Schroeder an, aus weit aufgerissenen Augen. Sie schluckte so schwer, dass ihr Kopf ruckte.

»Ist ja gut«, sagte der Ueeba. »Ist gut. Ich muss ein bisschen improvisieren, aber alles wird gut.« Aus dem Augenwinkel sah Schroeder, dass der Ueeba langsam näher kam, mit hoch aufgerichtetem Vorderleib. Seine Fühler verharrten in Gesichtshöhe der Menschen.

Die Flamme schwebte nun Zentimeter von Tamras Stirn entfernt. In tiefe Falten gerissen war diese Stirn.

Schroeder schmerzten die Hände, so sehr drängte es ihn, Tamra wegzustoßen, wegzureißen. *Ich bring dich um, Ueeba,* dachte er. *Wenn ihr etwas passiert, bring ich dich um.* Und die ganze Zeit hielt er den Blickkontakt mit Tamra, die sich an seinen Augen förmlich festzusaugen schien.

Die Flamme setzte sich, mitten auf Tamras Stirn. Schroeder hörte sie aufkeuchen, aber sie bewegte sich nicht, sie zuckte nicht einmal – und im gleichen Moment wischte etwas vor Tamras Gesicht vorbei, und die Flamme war weg.

»Hab dich«, sagte Tibala ganz nah, in Höhe ihrer Bäuche.

Tamra taumelte ein, zwei Schritte zurück. Auf ihrer Stirn war eine rautenförmige dunklere Stelle. Ansonsten schien sie in Ordnung.

Schroeder trat um Tibala herum und nahm sie in die Arme. Sie zitterte. Er zitterte auch. Vor Erleichterung. Vor Kälte. Schroeder spürte Tamras knochigen Körper durch die beiden dünnen Unterhemden. Einen Hüftknochen. Das kleine Kissen einer Brust. Er starrte in die schmerzend grellen Flutlichter hinauf und empfand Dankbarkeit. Sie lebte. Sie war hier. Bei *ihm.*

Unvermittelt ein Scharren hinter ihnen, schnelle Bewegungen.

»Hoppla«, sagte Tibala. »Na, verflixt …«

Neunundzwanzig

Viele Nächte vergingen. Viel zu viele Nächte. Adilai hörte nichts mehr von Tawe.

Gerüchte hörte sie. Geschichten, die die Ueeba sich erzählten, zusammengereimt aus wenigen Sätzen seltsam wortkarger Männer. Tawe lag im Sterben. Tawe war schwer verletzt. Tawe würde nie wieder in der Senkrechte gehen können. Tawes Lungen waren so beschädigt, dass er sich kaum drei Schritte bewegen konnte, ohne in Atemnot zu geraten. Dann lebte Tawe. Geheilt, aber vernarbt, fürs Leben gezeichnet. Mit beschädigtem Geist, dem misstraut werden musste. Tawe, der Mörder! Der unter Beobachtung gehalten werden musste, eingeschlossen hinter den Fabrikmauern. Tawe, der missgelaunt war, mürrisch, bitter! Der tagelang nicht sprach. Der aber hinter dem Rücken der anderen intrigierte, sich bei der Fabrikleitung lieb Kind machte, der irgendetwas vormachte, der sie alle ruinieren würde, ihren Tod heraufbeschwören! Der sich nächtelang in die Bibliothek einschloss und über alten Schriften brütete, der alte, längst vergessene Praktiken studierte, verderbte Praktiken, verbotene Praktiken.

Nichts davon erinnerte Adilai an die Tawe, die sie geliebt hatte.

Das Einzige, was sie aus all dem heraushören konnte, war, dass er litt. Hinter jeder Geschichte, jedem Gerücht glühten Qualen.

Und Adilai litt mit ihm. Ihre Freundinnen erkannten sie nicht wieder. Die Zeit verging, und die Last der verstrichenen Nächte legte sich schwer und schwerer auf Adilai. Keine fröhlichen Feiern auf dem Herzberg mehr. Kein behagliches Einschlafen im selbst gewählten Haufen bester Freundinnen, keine angeregten Gespräche bis weit in den Tag hinein. Nicht für Adilai. Nicht mehr.

Ihre Freundinnen hörten bald auf, sie mit zum Herzberg locken zu wollen. Aber wenn sie manchmal dort ankamen und eine erste Runde um die Festwiese drehten, fanden sie Adilai vor dem Lodertunnel stehend, düster, schweigend, unbewegt. Dann hatten sie Angst um sie.

Aber sie wagten es nicht, sie zu stören. Als würde sie sich in demselben Moment, da ihre Freundinnen sie ansprachen, in seine Tiefen stürzen.

Sie hatten allen Grund, sich Sorgen zu machen. Adilai spürte in der Tat seinen Sog.

Aber Tawe lebte, sagten die Gerüchte, die Geschichten. Und wenn Tawe lebte, dieser fremde, düstere Narben-Mann, wenn er Qualen litt und doch lebte – wie durfte sie dann sterben?

Und doch spürte sie den Sog des Lodertunnels.

Sie hatte nie mit jemandem darüber gesprochen, nicht einmal mit Tawe, aber früher, da hatte sie manchmal das Gefühl gehabt, dass der Tunnel ihr etwas versprach, etwas ankündigte.

Ein so diffuses Gefühl war das gewesen, dass sie sich albern vorgekommen wäre, davon zu erzählen.

Von Ankündigungen und Versprechen war nichts mehr zu spüren. Wenn es jetzt manchmal in den Tiefen des Lodertunnels irrlichterte, dann rief er Adilai nur. Lockte.

So stand es um Adilai, und nur der Gedanke an die nächste Hitze hielt sie aufrecht. Wenn die Gerüchte falsch waren, wenn Tawe nicht kranken Geistes war, wenn er kein Gefangener der Fabrik war, würde er kommen.

Bei der nächsten Hitze würde er ein reifer Mann sein.

Und er würde kommen!

Er kam nicht.

Nicht in der ersten Nacht und nicht in der zweiten. Adilai war heiß, Adilai war schön. Aber die Männer mieden sie.

»Wie geht es Tawe?«, fragte sie die Männer. »Habt ihr eine Nachricht von ihm? Ist er …?«

»Tawe! Ach!« Die meisten Männer suchten sich dann eine andere zum Bäumeln. Die wenigen, die trotzdem etwas mit ihr anfingen, waren wortkarg und irgendwie schlecht gelaunt. Adilai hing mit ihnen im Liebesnest und spürte wenig.

Adilai war heiß, Adilai war schön. Aber ihre Schönheit bröckelte. »Weiß gar nicht, was an der so toll sein soll«, hörte sie einen angetrunkenen, aufgekratzten Forscher einmal sagen, drüben auf der Festwiese. Er war nicht zu sehen hinter den Larven der Tanzenden, in dem Gewimmel der schwarzbunten Leiber, und er hatte keinen Namen genannt. Also wusste sie gar nicht genau, ob er sie überhaupt gemeint hatte.

Aber sie wusste es genau. Er hatte.

Auch in der dritten Nacht, in der es immer schon ruhiger zuging, weil viele Männer sich erschöpft hatten und die meisten Frauen schon mit überreifem Leib und wundem Innersten bei der Ablage im Hütehaus waren, kam Tawe nicht.

Aber Tibala kam.

Sie hatten Sex miteinander; angenehmen, freundlichen, wohltuenden Sex. Und dabei redeten sie. Flüsterten in der Geborgenheit von Tibalas Liebesnest.

»Es geht ihm ganz gut, glaube ich«, sagte Tibala. »Aber er darf die Fabrik nicht verlassen. Weil er doch diesen Lamrié getötet hat. Also wahrscheinlich getötet hat. Es weiß ja keiner, wo der abgeblieben ist.«

»Dann ist er nicht madenhirnig und verkrüppelt?«

»Ähm … Nein. Nicht so richtig.«

»Was soll denn das nun heißen? … *Ooh.*«

»*Ja.* Das fühlt sich *gut* an … Na ja, er ist nicht mehr der Alte, fürchte ich. Er hat sich ziemlich zurückgezogen und wirkt irgendwie bitter. Er hat sich aufgegeben, glaube ich. Also, er wäscht sich noch und isst und so weiter, aber er macht alles wie automatisch. Wie eine Maschine. Ich meine, Spaß hat er in der Fabrik ja nie gehabt, aber er hat sich aufgelehnt und gekämpft. Doch jetzt? Er ist nur noch ein Mitläufer, sozusagen. Er macht alles mit und so weiter, aber …«

»Moment. Ich …« Sie lachte. »Ich kann grad nicht so zuhören …« Und nach einer Weile sagte sie: »Ja … jetzt. Jetzt, Tibala.«

»Hm? Ach so. Na ja, er wehrt sich nicht, er macht alles mit, aber ihm gelingt nichts. Er schlurft durch die Gegend. Klebt sich einfach irgendwo hin und dämmert, dämmert wie irgendein Gemüse vor sich hin.«

»Aber warum?«

»Frag mich was Leichteres. Wenn es nicht so absurd wäre …« Er lachte auf.

»Was?« Sie biss ihm zwischen zwei Panzerbögen. »Was, Tibala?«

»Manchmal kommt es mir fast so vor, als ob er verletzt ist, weil du Sex hast. Absurd! Als ob man sich daran verletzt, dass zwei Leute ein Tier miteinander teilen oder die gleiche Luft atmen!«

»Der Arme, der Arme …« Adilai schloss die Augen. »Du hast das schon richtig erfühlert, Bala, fürchte ich. Schon als er noch eine Frau gewesen ist … Tawe hat sich fürchterlich schwergetan damals mit ihrer Hitze. Wir hatten uns ineinander verliebt, und dann kam die nächste Hitze, und sie hat sich fürchterliche Vorwürfe gemacht …«

»O je. Hat man so was schon gehört? … *O ja* …«

»Jaaaa …«

Eine Weile drehten sie sich in dem Nest nur langsam um die eigene Achse. Die Lichtspiele auf Adilais Larve erweckten den Eindruck, als würden sie zwischen Wolkenranken dahintreiben, über Baumwipfel hinweg, wie Federsamen in einer milden Brise.

Dann sagte Adilai: »Das war schön.«

»Ja.«

»Aber jetzt sag mir die Wahrheit, Bala. Warum bist du gekommen?«

»Ich … weil ich dir Nachricht von Tawe bringen wollte.«

»Dann hat *er* dich geschickt, ja?«

»Ja … *Nein,* Adilai. Er hat mich nicht geschickt. Ich dachte, ich treff dich mal. Und erzähle dir von ihm. Und kann dann vielleicht ihm von dir erzählen. Dachte ich.«

Sie drückte ihn. »Du bist ein Schatz, Bala. Weißt du das?«

»Nee«, sagte er.

»Sag ihm … sag ihm, dass ich … dass ich mit keiner anderen etwas angefangen habe. Dass ich ihm immer noch treu bin. Und auf ihn warte.« Sie schluckte. »Auch wenn ich verdammt noch mal nicht weiß, wie das überhaupt je gehen soll.«

Tibala fühlerte zu ihr hinunter, ohne etwas zu sagen.

»Richtest du ihm das aus?«

»Klar!«, sagte er erfreut. »Aber ihr beiden seid echt die verrücktesten Leute, die ich kenne.«

»Liebe zwischen einem Mann und einer Frau. Hast du je von so etwas gehört?«

»Nee«, sagte Tibala. »Die Liebe, die haben doch die Frauen erfunden. Gefühlsduselige Dinger.«

»Aber schön heiß, hm?«

»O ja. Soll ich uns jetzt runterlassen?«

»Gern. He, kommst du wieder bei der nächsten Hitze? Das macht immer Spaß mit dir.«

»Klar doch. – Hoppla.«

Unvermittelt krachte das Liebesnest ins Gras, und sie purzelten in seinem Inneren übereinander, bis es ausgerollt war.

»Na so was«, sagte Tibala. »Da ist mir doch glatt der Faden gerissen.«

Dreißig

»Na verflixt …«, sagte Tibala hinter Schroeders Rücken. »Da ist er mir doch glatt wieder ausgerissen.«

Rasch warf Schroeder sich mit Tamra zu Boden, drehte sich im Fallen, sodass sie auf ihn fiel. Dann rollte er herum, ging über sie, halb im Liegestütz. Da! Dort war die kleine Flamme, zuckte unter einer Art Tuch, einem Gespinst.

»Hab ihn schon!« Der Hundertfüßler machte einen Satz, was seltsam aussah, so, als fehlten in einem Film ein paar Bilder … eben war er noch hier, dann plötzlich dort … und *zack!*, hatte er das Gespinst zwischen drei, vier Fühlern und richtete sich auf, betrachtete das zappelnde Ding, diesen Flammteufel, und im nächsten Moment führte er das Gespinst an seine Brustbeine und zerknüllte es mit ihnen, und der Flammteufel war verschwunden.

»So.« Tibala fühlerte zu ihnen hinüber. Das Gespinst ließ er achtlos zu Boden fallen.

Schroeder ging zurück auf die Knie. Tamra setzte sich auf, rutschte ein Stück weg. Ihre helle Unterwäsche war fleckig vom Sand. Der Abdruck der Flamme auf ihrer Stirn war kaum noch zu sehen. Sie tastete mit ihren Fingern danach.

»Wie fühlst du dich?«, fragte Schroeder.

»Ganz gut, glaube ich.« Sie klang erstaunt.

Schroeder sah zu dem Hundertfüßler. »Wie hast du das gemacht?«

»Ich hab's erstickt. In einem Tüchlein aus Psi-Materie. Das hab ich als kleines Mädchen mal gesehen.«

Schroeder stand auf und ging zu dem Gespinst. Bückte sich, hob es auf. Es fühlte sich sehr kalt an, war aber gleichzeitig sehr schlüpfrig. Kaum zu packen. Schroeder musste an die vielen Kolonisten denken, hinten auf Terra Incognita.

Vielleicht sollten wir ja irgendwie versuchen, ihnen ein paar Kisten davon zukommen zu lassen, dachte er. *Schutz vor den Flammen wäre es fast wert, den Weg noch einmal zu gehen.*

Aber während seine Gedanken noch rasten und sich an der Logistik dieser

Unternehmung abarbeiteten, leuchtete das Gespinst zwischen seinen Fingerspitzen auf und verging mit einem sachten Klingeln.

»Und der kleine Teufel hätte wirklich euren Tod bedeutet?«, fragte Tibala.

»Absolut.« Schroeder hielt Tamra eine Hand hin und half ihr auf. Dann erklärten sie es dem Ueeba.

»Ich glaube, ihr solltet lieber mal die Frauen besuchen«, sagte Tibala nachdenklich. »Die haben ein Öl, das die Flammteufel vertreibt. Damit reiben sie vorm Schlafengehen immer die kleinen Kinder ein.«

»Dann habt ihr überhaupt keine Probleme mit diesen Wesen?«, fragte Tamra.

»Kleine Kinder kriegen manchmal Alpträume von den lästigen Dingern. Und man kann sie nicht einfach zerknacken, sondern braucht so ein instabiles Tüchlein. Aber ansonsten?«

Er ließ kurz die Mandibeln aufklaffen, was wohl die Ueeba-Entsprechung eines Achselzuckens war. »Geht zu den Frauen. Holt euch das Öl.«

»Und das hilft?«, fragte Schroeder. Er hatte wenig Lust, sein Leben irgendeinem obskuren Hausmittelchen anzuvertrauen.

»Ich kann nicht immer in der Nähe sein«, sagte Tibala. »Und die Frauen schwören drauf.«

»Und müssen nicht nachts trotzdem mit einem Tüchlein bei den lieben Kindern anrücken?«

»Ach, was.« Er wandte sich ab und krabbelte davon. »Geht hin. Am besten noch vor Sonnenaufgang. Am Tag sind sie schlecht zu finden. Lasst euch zum Herzberg fliegen. Da gibt es massenhaft Nehmläden. Ich kleb mich noch mal für ein Stündchen irgendwo hin.« Wenig später war er über eine Wand hinweg verschwunden.

Schroeder sah Tamra an. »Sollen wir?«

»Warum nicht? An Schlaf ist jetzt ohnehin nicht mehr zu denken.«

Keine zehn Minuten später waren sie unterwegs. Wieder saßen sie hinten in einem flachen Alles-für-euch-Gleiter an die Wand gelehnt und starrten hinunter in die Tiefe. Aber diesmal betrachteten sie diese Welt mit anderen Augen. Sie kamen sich ausgeliefert und verletzlich vor.

»Dabei scheinen die Flammteufel eher selten zu sein«, überlegte Tamra. »Bis jetzt ist mir draußen noch kein Einziger begegnet.«

Schroeder starrte in die dunklen Buckel der Wälder, über die sie glitten. Er musste an terranische Zecken denken. Die begegneten den einen Menschen im Leben gar nicht, und andere wurden gleich dutzendfach gepiesackt. Weil sie im falschen Stück Naturpark herumspaziert waren.

Er schaute nach vorn. Es war noch nichts zu sehen unter den gleißenden

Sternen. Vielleicht ganz dicht am Horizont die Andeutung einer Kuppel aus Licht und Dunst, aber sicher war Schroeder sich dessen nicht.

»Warst du schon öfter in der Stadt … als ich noch bewusstlos war?«

»Einmal. Es ist heftig da.« Tamra grinste kurz bei der Erinnerung. Dann erschrak sie. »Die Frauen können doch gar kein Larion!«

»Ich weiß nur noch, dass diese Wesen unglaublich schrill gekreischt haben, als wir aus dem Dimensionstunnel gestolpert sind.«

»Dagegen hilft der Helm«, sagte Tamra nachdenklich. »Aber wir können uns nicht verständigen. Daran habe ich gar nicht mehr gedacht. Und Tibala anscheinend auch nicht.«

»Was möchtet ihr denn auf dem Herzberg?«, fragte der Gleiter mit einer freundlichen, geschlechtsneutralen Stimme. »Vielleicht kann ich euch helfen.«

Tamra sah Schroeder an. Er nickte.

»Danke«, sagte Tamra. Es fiel ihr sichtlich nicht leicht.

»Gern«, sagte der Alles-für-euch. »Dafür sind wir doch da. Was habt ihr vor?« Und nachdem Schroeder es ihm erklärt hatte: »Aber da braucht ihr euch doch nicht eigens zu bemühen! Das kann ich euch doch besorgen.«

»Ach so?«

»Aber ja. Es stammt ohnehin aus unserer Produktion.«

»Es ist kein Hausmittel der Ueeba-Frauen?« Irgendwie beruhigte Schroeder dieser Gedanke. Er hatte entschieden mehr Vertrauen in die pharmazeutischen Fertigkeiten der Posbis als in das Selbstangerührte irgendwelcher Ureinwohner.

Auch wenn es Tamra vielleicht anders ging.

»Die Wortfügung ›Haus-Mittel‹ ist mir nicht vertraut«, sagte der Gleiter einige Sekunden später. »Aber wenn du mit deiner Frage dein Erstaunen darüber ausdrückst, dass sie dieses Öl nicht selbst herstellen, dann lass dir gesagt sein, dass die Ueeba-Frauen *nie* etwas herstellen. Sie haben doch uns.«

»Das heißt, ihr nehmt ihnen die ganze Arbeit ab?«, fragte Tamra.

»Alles«, erklärte der Gleiter. »Dafür sind wir doch da.«

Und wozu sind die Ueeba-Frauen da?, wollte Schroeder schon fragen. Ihm schossen Bilder von Harems durch den Kopf – und noch weit weniger angenehme: Von Gebärmaschinen. »Und was machen die Ueeba-Frauen den ganzen Tag?«, formulierte er seine Frage etwas neutraler.

»Die ganze Nacht«, sagte der Alles-für-euch, anscheinend ein Besserwisser. »Sie spielen. Sie erfreuen sich des Lebens.«

»Ah ja. Verstehe.«

»Und? Möchtet ihr nun, dass ich wieder umdrehe? Und euch die gewünschte Ware bequem ans Bett liefere?«

»Nein, danke. Bring uns hin. Du kannst dolmetschen.«

»Gern.«

Schroeder beugte sich zu Tamra und flüsterte ihr ins Ohr: »Hat der Kerl jetzt patzig geklungen oder nicht?«

»Pst«, machte sie und tätschelte seine Hand.

Er spürte die Berührung noch Sekunden später.

Die Welt der Frauen erwies sich als völlig anders. Wenn auch als Wahnsinn.

»Geht ruhig und schaut euch um«, hatte der Gleiter in dem von Lampions und Feuern erhellten Ring der Buden am oberen Rand der Festwiese gesagt. »Ich finde euch schon wieder.«

Während er gemeinsam mit der Heile-Nehmbude klärte, ob die Haut der beiden Menschen das Flammteufel-Öl vertragen würde – sie hatten ihm nur einen Zungenabstrich dalassen müssen –, wanderten sie den Ring der Buden entlang.

Verfolgt, beobachtet, angefühlert von den Ueeba-Frauen. Sie waren deutlich kleiner und hüllten sich in leuchtende, kunstvoll verzierte und geformte Felder. Ihr Kreischen wurde von der Helmsoftware gut ausgefiltert und klang so nur noch wie lautes Vogelgezwitscher.

Die meisten Stände reichten Schroeder nur bis ans Kinn, sodass er über die Planen hinweg bequem ihren Gleiter sehen konnte, der vielleicht 100 Meter entfernt über der Heile-Bude hing. Rauchschwaden zogen über das Gelände, die Luft roch würzig nach Feuer, nach Räucherwerk, nach Grillfleisch.

Schroeder bückte sich, um in den Stand vor ihm schauen zu können. Ein Schmuckstand. Hunderte sorgfältig aufgereihter Ringe glitzerten auf schwarzem Samt. Er schüttelte kurz den Kopf, so befremdend vertraut war ihm der Anblick von Märkten, die er auf Humanoidenwelten besucht hatte.

Eine Ueeba-Frau steckte sich eifrig Ringe an, ein halbes Dutzend auf jedes Bein. Sie war ungeschickt: Ringe purzelten ins Gras. Manchen fühlerte sie nach und hob sie auf, andere ließ sie liegen und bediente sich wieder aus der Auslage. Schroeder bückte sich tiefer. Hinter dem Standtisch kauerte ein filigran gebauter Posbi, der aussah wie etwas, das ein klassischer Silberschmied aus purer Langeweile und Verspieltheit gehämmert hatte. Mehrere Linsen waren auf die Frau gerichtet, die sich zwitschernd Ring um Ring ansteckte und schließlich ruckhaft weiterkrabbelte. Sie wirkte völlig benebelt. Hinter ihr im Gras blieb eine Spur aus glänzenden Ringen zurück.

Schroeder beugte sich wieder unter die Standplane. Die Auslage war zu mindestens einem Drittel gelehrt. Der Posbi schaute der Frau einige Sekunden nach, dann öffnete er einige verborgene Schubladen in seinem Körper und füllte die Lücken wieder.

Schroeder schüttelte amüsiert den Kopf und spazierte weiter.

Er wollte Tamra gerade über Helmfunk ansprechen, als er sie entdeckte.

Die Alteranerin hatte sich ins Gras gesetzt. Ihr Rücken war ihm zugewandt; sie schaute sich offenbar an, was unten auf der Festwiese vor sich ging.

Schroeder warf schmunzelnd einen Blick dorthin. Am Ende der Senke wurden archaische Riten zelebriert. Irgendein Getön, das die planetare Jugend bestimmt als göttliche Musik abfeierte, wurde dort unten zum Besten gegeben, komplett mit Lichtspielen und Raucheffekten. *Eine selten erwähnte kosmische Konstante,* dachte Schroeder und grinste in sich hinein.

»Startac?« Tamras Stimme, geflüstert trotz Helmfunk. Hingerissen. »Komm mal. Komm und sieh dir das an.«

Sie saß immer noch im Gras. Vor ihr schwebten leuchtende Blasen herum. Mit Ueeba darin.

Schroeder ging langsam näher, hockte sich neben Tamra.

»Sieh doch«, flüsterte sie. Ihre Augen glänzten unterm Helm.

Es war eine Art Tanz oder Akrobatik. Hundertfüßlerinnen liefen los, erst auf dem Gras, dann plötzlich in der Luft, bogen sich, drehten sich um die eigene Achse, schlugen Kapriolen vor Tamra und ihm. In Zeitlupe, gehüllt in ihre leuchtenden, wabernden Blasen. Ein langsamer, schwebender Tanz, ein Tanz wie ein Traum, bis sie wieder sanken, im Gras landeten und zu ihren Freundinnen hinauffühlerten.

»Das ist schön!« Tamra lachte auf, und auf einmal hatte er das Gefühl, genau zu wissen, wie sie als kleines Mädchen gewesen war.

»Es hat fast etwas Hypnotisches«, sagte Schroeder leise.

»Die machen das für uns«, sagte Tamra.

Er sah sich um. Es hatte fast den Eindruck, ja.

»Es passt absolut zur Musik«, hauchte Tamra. »Nicht zum Rhythmus, zur Melodie … Ergibt das Sinn?«

»Für mich schon«, flüsterte Schroeder. Die schwebenden, sich zu Spiralen aufrollenden und wieder entrollenden Ueeba waren jetzt überall um sie herum. Er richtete sich auf, aber es hatte gar nichts Bedrohliches.

Tamra war mit ihm aufgestanden. Sie drehte sich langsam mit den Wesen mit, um die eigene Achse. Schroeder hörte ihren Atem. Ihr leises Lachen. Voller kindlicher Freude. Er sah zu, wie sie sich drehte, wie sie die Arme hob, wie sie die Hände ausstreckte nach den Wesen, den Lichtblasen, die ihr am nächsten kamen. Er stand da und sah zu, wie Tamra sich langsam, tanzend, von ihm entfernte. Erst war er noch Bestandteil des Rings von Ueeba-Frauen, dann nicht mehr.

Etwas stupste ihn an. Am Schenkel. Er sah nach unten. Eine Ueeba fühlerte zu ihm hinauf, zwitscherte etwas, stupste ihn wieder an.

Er lächelte ihr zu und schüttelte bedauernd den Kopf, zeigte auf seine Ohren dabei.

Ich verstehe eure Sprache nicht … tut mir leid …

Tamra war verzaubert. Buchstäblich verzaubert. Diese Wesen waren so schön. So freundlich. Sie musste immer wieder lachen. Es war ein Glucksen, das einfach entstand in ihr, einfach ab und zu nach oben sprudelte. Wie eine Luftblase im Wasser. Blubb. Blubb. Glucks. Glucks.

Sie konnte sich nicht erinnern, je auf diese Weise gelacht zu haben.

Es hatte vorhin begonnen, als sie noch im Gras gesessen hatte. Sie hatte auf diese Schräge hinuntergeblickt, diese sanft abfallende Wiese, auf der die Ueeba-Frauen tanzten, und hatte lachen müssen: Da saß sie in der Nacht auf einer Wiese zwischen tausend wimmelnden, einen Meter langen Krabbelwesen, die Mundwerkzeuge hatten, in die sie ihre Hand lieber nicht stecken würde, und sah ihnen beim Feiern zu, beim Tanzen!

Es hätte so leicht ein unheimlicher Anblick sein können, eine unheimliche Situation. Gestrandet unter fremden, kerbtierartigen Wesen, deren Sprache sie nicht verstand, in der rauchgeschwängerten Nacht, zwischen Schatten und Feuern, umgeben von wimmelnden, klackenden, gepanzerten Leibern. Und doch war es nicht unheimlich.

Sie kam sich vor wie im Traum. Drehte sich langsam. Machte wellenförmige Bewegungen mit den Armen, stupste eine der Leuchtkugeln an, mit denen die Frauen sich schmückten, und sah entzückt zu, wie die Frau in der Hülle sich drehte, ihr im Vorbeischweben die Fühler entgegenstreckte, in einer langsamen, unglaublich geschmeidigen Bewegung, wie ein Teil der Hülle irgendwie an Tamras Fingerspitze hängen blieb und zu einer Ranke wuchs, bis sie sich von dem Finger wieder trennte und zu einer Spirale aufrollte, die langsam in der Hülle verschwand.

Tamra spielte eine Weile mit den vorbeiziehenden Hüllen. Und noch immer drehte, wiegte sie sich. Immer mehr Frauen bildeten Ranken aus, umflossen sie damit, bis Tamra vor Freude aufschrie. »Startac! Schau doch! Schau!«

Da erst fiel ihr auf, dass er nicht mehr da war.

»Startac?«

Sein Räuspern. Ganz dicht an ihren Ohren. Der Helmfunk. »Hier«, flüsterte er mit rauer Stimme. »Ich bin hier.«

Sie sah ihn jetzt zwischen den Ranken, den leuchtenden Blasen der Ueeba. Sein hoher, schmaler Schatten ragte hinter ihnen auf. »Komm«, sagte Tamra.

Aber er kam nicht. Er stand dort, mit herunterhängenden Händen, der dunkle Umriss eines Mannes in der Nacht, zwischen Unmengen von Fackeln, Lampions. Still und reglos zwischen Rauchschwaden und Gezwitscher und diesen einander überlagernden, durchwehenden Klängen, aus denen die Musik der Ueeba bestand.

Tamra hörte auf, sich zu drehen, sich zu wiegen. Sie merkte es kaum, es geschah ganz fließend. Sie sah Schroeder an. Über seinem Helm flackerten Lichter. Seine Augen lagen im Schatten.

Sie hatte das Gefühl, gar nicht genug Luft holen zu können. Sie lebte. Sie beide lebten!

Wieder blubberte dieses Lachen in ihr herauf. Etwas zuckte über Startacs Gesicht, als er es hörte.

»Komm«, sagte sie. Und ging zu ihm und legte ihm die Hände in den Nacken und begann wieder zu tanzen, mit sachten, fast nicht vorhandenen Bewegungen. Dann spürte sie seine Hände auf ihrem Rücken und schloss die Augen, drückte sich gegen ihn.

Sie hörte ihn zitternd Atem holen, und dann bewegte er sich mit ihr, langsam, zögernd.

Er hörte nicht wieder auf.

»Wir wollen vorsichtig sein«, sagte sie.

»Ja.« Sie hörte ihn schlucken.

So tanzten sie, Fremde in einer fremden Welt. Und waren einander nah wie nie. In ihren klimatisierten Kampfanzügen, ihren Stiefeln, ihren Helmen.

Ein Stück entfernt schwebte dezent der Alles-für-euch-Gleiter und sah ihnen zu.

Einunddreißig

Tawe machte sich keine Illusionen. Sein Leben war verpfuscht. Er war nicht nur gegen seinen Willen zum Mann geworden; er war jetzt auch noch ein hässlicher Mann. Ein *alter* Mann. Noch mindestens 20 Jahre hatte er vor sich, und er würde sie hinkend und mit Zugschmerzen verbringen.

Vom Leben gezeichnet.

Seine Gabe war ein Hohn. Launisch wie das Wetter, wie der Zufall. Erst brockte sie ihm den Ruf in die Fabrik ein, dann rettete sie Leben, dann ließ sie ihn im Stich.

Ohne Psi-Begabung wäre er immer noch eine Frau gewesen, bei Adilai, unverletzt.

Ein Hohn!

Tawes Geist, könnte man sagen, war schwach. Doch sein Fleisch war willig. Es hatte überlebt. Gekrümmt, vernarbt, aber von Leben durchdrungen.

Tawe lebte nicht in der Hoffnung, Adilai wiedersehen zu können, eines fernen, unbestimmten Tages ihre Liebe wieder leben zu können. Diese Vorstellung, der Tibala anhing, der treuherzige Tibala, war absurd. Was für eine Art Liebe sollte das denn werden, zwischen einem *Mann* und einer Frau? Ein Hohn!

Bala war so froh gewesen, so glücklich, als er nach der Hitze gekommen war und ihm ungebeten von Adilai erzählt hatte. Dass sie auf ihn, Tawe, wartete! Dass sie ihn, Tawe, noch immer liebte!

»Danke«, hatte er gesagt und das selig zitternde Fühlerbündel kaum ansehen können. »Du bist ein Freund.«

»Ja, soll ich ihr etwas ausrichten? Ich kann ihr doch in der nächsten Freischicht vielleicht etwas ausrichten.«

»Gern. Tu das.«

»Und was?«

»Was du willst. Dir werden schon die richtigen Worte einfallen.«

Seine Gabe hatte Tawe verraten.

Und seine Liebe verriet ihn auch. Sie hielt seinen Leib am Leben. Dummer Leib! Närrischer Leib! Hätten seine Ohren bloß nie wieder von Adilai gehört …

Aber Tawe machte sich keine Illusionen. Das nicht.

Er lebte. Er arbeitete. Er starb. Jeden Tag ein bisschen mehr.

Ein Jahr, bevor die Knochenleute kommen sollten, er hatte noch immer nicht sauber die Zwei gelöst, nahmen ihn die Älteren zum erstenmal mit in die Siedlung der Ober-Denker. Sein Larisch, erklärten sie, sei jetzt gut genug.

Die Siedlung lag nicht weit entfernt von der Fabrik, eine Ansammlung von Lehmhütten, die man nicht anders als primitiv bezeichnen konnte. Kein Vergleich zu den eleganten alten Prachtbauten, in denen die Ueeba-Frauen lebten. Nicht einmal ein Vergleich zu dem ohnehin schon wenig ansehnlichen Fabrikklotz.

Schlimmer noch wirkten die Bewohner der Siedlung auf ihn. Es waren ungeschlachte Riesen, die aufrecht dahinwackelten, auf lediglich vier viel zu dicken, viel zu plumpen Beinen. Ein drittes Beinpaar baumelte in der Luft, wenn sie es nicht gerade zum Abstützen brauchten, mit Greiflappen am Ende. Obwohl Tawe nun ein Mann war und doppelt so lang wie eine Frau, überragten diese Wesen ihn, wenn er sich aufrichtete, noch einmal um Manneslänge. Statt abgerundeter, sich geschmeidig ineinanderschiebender Panzerbögen hatten sie eine fledderige Lederhaut, statt einem Mund mit Mandibeln lediglich ein gähnendes Loch.

Womit sollten sie Werkzeug halten?

Sie sahen aus wie *Tiere*. Wie irgendwelche *Säuger*, die den ganzen Tag lang nichts anderes tun konnten als Fressen und Verdauen, weil sie immer nur brauchten, brauchten, brauchten.

Ihre Hütten bewiesen schon von weitem, dass sie nicht ein einziges Gebilde von Schönheit schaffen konnten, weder mit ihren Stummelmündern noch mit ihrem lappigen, ausgeleierten einzelnen Brustbeinpaar noch, wie die Ueeba-Frauen, mit ihrem Geist.

»Das sind sie?«, fragte Tawe fassungslos.

»Die Ober-Denker«, bestätigte Tibala. »Die Hüter, wie die Ueeba-Frauen sie nennen. Sie selbst nennen sich Kelosker.«

»Solche Viecher haben den Ueeba die Siebenunddreißig aufgegeben?«

»Pass auf, was du sagst.« Bala sah sich nach den Älteren um. »Jawohl. Vor Ewigkeiten.«

»Diese Dinger da unten können den Schleierstern am Himmel sehen, wann immer sie wollen, ganz gleich, wie weit er entfernt ist? Ich fasse es nicht.«

»Das können sie, und noch viel mehr. Weißt du, wer die Alles-für-euch lenkt? *Sie.*«

Tawe starrte auf das Dorf hinunter. Er musste wieder an das Märchen von der Seherin Mesehi denken, an ihren Schrei vom *Geziefer der Göttinnen* … »Dann sind die Göttinnen nicht tot?«

»Göttinnen?« Tibala lachte klappernd. »Nenn sie so, wenn du willst. Ich habe keine Ahnung, ob sie überhaupt ein Geschlecht *haben.*«

Wenig später standen die Ueeba zwischen den Hütten. Die Ober-Denker kamen näher wie scheue, stumpfe Tiergiganten. Sie umringten die kleine Gruppe, schnaufend, mit baumelnden Armen.

»Ich grüße euch«, sagte Mouuach, der Pokou vertrat, weil der Alte seit dem Kampf in der Bibliothek noch schlechter zu Fuß war als ohnehin schon.

Die Ober-Denker schnauften. Sie sahen die Ueeba an. Sie sahen einander an. Sie zerstreuten sich wieder.

»*Dafür* haben wir Larion gelernt?«, sagte Tawe leise zu Bala.

»Sei doch still!«, flüsterte Bala.

Aber Mouuach hatte sie schon gehört. »Haben die Herren Jungforscher ein Problem?«

»Nein.« – »Nein, ehrenwerter Mouuach.«

Der Forschungsrat gab sich damit zufrieden. Mouuach war Tawes Vater, aber weder bevorzugte er ihn, noch ging er extra streng mit ihm um. Mouuach war der Vater von tausend.

»Das ist ein guter Tag«, sagte er und sah den Ober-Denkern nach. »Ein sehr guter Tag.«

»Äh«, machte Tawe. »Wie meinst du das, ehrenwerter Kollege?«

»Sie haben uns angesehen«, sagte Mouuach.

Ui, dachte Tawe. *Ich bin beeindruckt.* »Und jetzt?«

Mouuach fühlerte Tawes Freund an. »Tibala?«

»Ich denke, sie rechnen«, sagte dieser zögernd. »Sie rechnen den ganzen Tag. Sie haben den Plan geschaffen. Die Aufgaben. Sie warten und rechnen. Damit am Ende alles zusammenpasst.«

»Ja. Sehr schön«, sagte der Ältere. »Und weiter?«

»Sie warten. Auf uns Ueeba. Uns Forscher. Dass … dass wir fertig werden. Mit unseren Aufgaben. Und so lange wir nicht fertig werden, müssen sie rechnen. Müssen sie aufpassen. Im Wald fällt ein Baum um – was bedeutet er im großen Plan?«

»Oder ein Sandkorn setzt sich in deiner Mandibel fest«, erinnerte Mouuach an sein Lieblingsbeispiel.

Oder ein Elolan kackt auf einen flügelschlagenden Schmetterling, dachte Tawe.

»Ja, genau«, sagte Tibala. »Während der Hitze. Das Sandkorn quält mich, und ich komme später zu den Frauen. Werde ich noch die Frau treffen, mit der ich das Kind zeugen kann, das das Kind zeugt, dessen Kind die Siebenunddreißig löst?« Er fühlerte zu ihrem Unterweiser. »So?«

»Richtig. Der Wind verweht den Sand, den Tawe mit den Füßen aufwirbelt, und sie rechnen. Tawe guckt seinen Unterweiser mürrisch an, und sie rechnen.«

»Da hören sie ja nie auf zu rechnen«, sagte Tawe.

»Siehst du«, sagte Forschungsrat Mouuach zufrieden. »Oh. Was ist das?«

Tawe sah sich um. Ein Ober-Denker kam auf sie zu, hinten von einer Hütte aus. Er bewegte sich um einiges flinker als seine Kollegen, schnaufte zielstrebig näher. Direkt auf Tawe zu.

Oder schlicht über ihn hinweg? Tawe sah sich um, er stand mitten auf einem Weg. Er bewegte sich seitwärts.

Der Ober-Denker änderte geringfügig seinen Kurs. Sie hörten ihn schnaufen.

Dieser Ober-Denker war noch um einiges hässlicher als seine Kollegen. Seine Haut war nicht nur ledrig, sondern irgendwie gescheckt, der Kopf noch höckeriger, noch wulstiger.

»Das ist ja …« Tawes Unterweiser führte den Satz nicht zu Ende.

Während der Ober-Denker näher wankte – er schien irgendein Problem mit den Beinen zu haben –, sah Tawe, dass seine Haut nicht gescheckt war, sondern von einem feinen Netz überzogen. Waren es Narben? Eine Art Schmuck?

Tawe konnte durch die Schalen seiner Beine spüren, dass der Boden mit jedem Schritt bebte, den der Ober-Denker tat. Sein Kopf war wulstiger als der seiner Kollegen, sah Tawe jetzt, weil er nicht vier Höcker besaß, sondern sechs. Und seine vier Augen saßen noch schiefer im Gesicht als bei den anderen.

Tawe bekam es mit der Angst zu tun.

»Bleib stehen!«, sagte Mouuach streng. »Rühr dich nicht vom Fleck!«

Tawe gehorchte. Er zog die Beine unter den Panzer und versuchte, die Fühler locker zu halten.

Wenige Schritte vor ihm setzte das Wesen sich schwerfällig hin, das hinterste Beinpaar zur Seite geklappt, und stützte sich auf die Brustbeine.

Tawe fühlerte zu ihm hinauf. Vier trübe, schiefe Augen blinzelten ihn an.

»Was macht er jetzt? Was macht er jetzt?«, flüsterte er nervös.

Tibala klackte leise. »Ich glaube, er rechnet dich aus.«

Atemzüge verstrichen. Viele langsame Atemzüge. Niemand sagte mehr ein Wort, nicht einmal ihr Unterweiser. Tawe lugte mit einem Auge zu ihm. Mouach wirkte ehrfürchtig, ergriffen.

Nach endlos ausgedehnten Momenten wandte der Riese sich ab und wankte davon.

Tawe hatte das Gefühl, versagt zu haben.

Gewogen und für zu leicht befunden.

Als er am nächsten Morgen in die Kantine kam, klebte ein ganzer Haufen sogenannter Kollegen vor dem Anschlagbrett. Als Tawe näher kam, zerstreuten sie sich.

Er sah den neuen Anschlag sofort.

»Der Forschungsrat«, las er leise, *»bittet das Kollegium um Beachtung bezüglich Verminderung Einschränkung Bewegungsfreiheit Jungforscher Tawe …* häh?!«

Er brauchte einen Moment, um zu begreifen; dann las er weiter. Er durfte die Fabrikmauern ab sofort verlassen. Bis zu einem Radius von drei Kilometern um die Fabrik herum. Mit anderen Worten: Er durfte, ausdrücklich *»ohne Begleitung durch Aufsichtspersonal«*, nach Siebenkopf!

Zweiunddreißig

Am nächsten Vormittag machte Tamra in ihrem Bett den Eindruck, nie wieder aufwachen zu wollen. Schließlich stiefelte Schroeder, der zum erstenmal das Gefühl hatte, wieder voll bei Kräften zu sein, allein los, um die Fabrik zu erkunden.

Er musste lächeln, als er an Tamra dachte, die hinten in ihrer sandfleckigen Unterwäsche schlief, nach diesem Anti-Flammteufel-Öl riechend. Sie war immer noch verschlossen, ja. Aber sie hatte ihm auf dem Herzberg gezeigt, dass Frieden zwischen ihnen war und sie ihn gern hatte, vielleicht sogar liebte.

Eines Tages würde sie ihm von ihrer Vergangenheit erzählen müssen. Von ihrem toten Kind. Von dessen Vater. Von ihren Männern überhaupt. Eines Tages würde ihre Vergangenheit vielleicht zwischen ihnen stehen. Aber nicht jetzt.

Eines Tages …, dachte Schroeder und schnaubte. *Verdammt, wenn ich heil wieder zu Perry zurückfinde, mit ihr, und wir das alles hier in Ambriador lebend überstehen, dann werde ich mir überlegen müssen, ob ich lieber hier-*

bleibe oder sie zurücklasse. Für uns beide zusammen wird kein Platz sein in der Silberkugel. Wenn nicht ein anderer freiwillig zurückbleibt, und damit ist wohl kaum zu rechnen. Er schob den Gedanken beiseite. Eines Tages würde seine Zukunft vielleicht zwischen ihnen stehen. Aber nicht jetzt. Jetzt noch nicht.

Schroeder spazierte gerade durch eine schmale, verschmutzte Gasse zwischen dem Imago-Saal und einem Gebäude, dessen Zweck er noch nicht kannte, als er auf einmal aufgewühlte Emotionen spürte. Hier war irgendjemand stinksauer. Ein Streit bahnte sich an. Unterdrückt, voller Selbstbeherrschung. Schroeder schloss die Augen, spürte dem nach. Und riss die Augen unvermittelt wieder auf.

Ein Kelosker war beteiligt! War hier, in der Psi-Fabrik.

Im Imago-Saal. Schroeder pfiff leise.

Er sah sich um. Niemand zu sehen. Er wollte gerade den Deflektor aktivieren, als ihm einfiel, dass die Ueeba meist an den Wänden gingen. Er sah die Gasse hinauf. Sie war leer. Gut. Er machte sich unsichtbar, dann schwebte er mit Hilfe des Antigravs zum Eingangstor des Imago-Saals.

Wie schlich man sich an Wesen an, die überall im Raum stehen konnten? *Moment,* dachte er. *Der Kelosker nicht. Der Kelosker steht mit ziemlicher Sicherheit einfach unten auf dem Boden.*

Konnten 7-D-Mathematiker mit ihren Paranormhöckern Deflektorfelder wahrnehmen? Irgendwie ausrechnen? Schroeder wusste es nicht. Er beschloss, das Risiko nicht einzugehen und sich den Streitenden oberhalb der Blickebene des Keloskers zu nähern.

Sekunden später schwebte er neben dem altersschwachen Sonnensegel und schaute in die Tiefen des Imago-Saals hinab. Unten stand ein Kelosker, den Schroeder neulich in Siebenkopf ganz bestimmt nicht gesehen hatte. Die spinnennetzartige Maserung seiner Haut wäre ihm aufgefallen.

Von den beiden Ueeba konnte Schroeder zunächst nur Tawe identifizieren. Die lange Narbe, die sich den Rücken entlangzog, war unverkennbar.

Auch der andere Ueeba wirkte arg lädiert. Zahlreiche seiner Beine waren zerfranst und abgeschabt.

»… dich immer unterstützt, Tawe«, sagte er gerade. »Das weißt du. Aber was soll *das* nun schon wieder! Es musste dir doch klar sein, dass das rauskommt! So etwas lässt sich doch nicht verbergen!«

Der Ueeba wedelte mit seinen Fühlern zu dem Kelosker. Trotz seiner Konzentration grinste Schroeder. Es hatte so ausgesehen, als meinte er mit *so etwas* den riesenhaften Kelosker. Den konnte keiner verbergen.

»Ach, Pokou«, sagte Tawe. »Ehrwürdiger Pokou. Vielleicht wollte ich ja gar nichts verbergen. Vielleicht habe ich mir nur die Mühe erspart, extra noch Bescheid zu geben, wo Rechenmeister Crykom ohnehin seine Quellen hat. Vielleicht habe ich meine Kräfte lieber darauf verwendet, endlich die Siebenunddreißig zu lösen …«

Der Kelosker, Rechenmeister Crykom vermutlich, schnaufte etwas Unverständliches. Als Schroeder die Lautstärke hochfuhr, hatte er schon fertig gesprochen. *Verdammt.* Schroeder aktivierte die Aufzeichnung.

»Ja, genau!«, sagte Pokou. »Das möchte ich auch mal wissen!«

Schweigen. Lange.

»Lasst mich meine Arbeit machen«, sagte Tawe schließlich. »Lasst mich einfach meine Arbeit machen. Bitte.«

Schroeder ging auf, dass *er* es war, der diese mörderische Wut empfand. Nicht Pokou, der buchstäblich schäumte. Sondern Tawe. Mörderische Wut. Und Selbstkontrolle.

Dieser Meister Crykom sagte etwas. Schroeder verstand es wieder nicht. Er warf einen Blick auf das Display. Die Aufzeichnung lief. Also würde er später darauf zurückkommen!

»So?«, sagte Tawe, als Crykom fertig war. Tawes Stimme wirkte auf Schroeder ganz ruhig. »Und? Sind sie so bedeutsam?«

»Nein.« Der Kelosker, und dieses eine Wort hatte Schroeder endlich einmal verstanden.

»Aber *du* wusstest das nicht!«, rief Pokou. »Und darum wusste der Rechenmeister auch nichts! Und musste sich erst mühsam hierher auf den Weg machen!«

Tawe schnappte mit den Mandibeln, langsam, ein paarmal. »Das ist mir jetzt zu blöd«, sagte er. »Erstens dreht sich das Gespräch im Kreis, und zweitens hätte der Herr Rechenmeister ja einen Gleiter nehmen können.«

»Ha!«, rief Pokou mit klaffenden Mandibeln und drehte sich einmal um sich selbst, wie eine Katze, die ihren Schwanz jagte. »Ha!«

Crykom brummte flatternd. »Ich brauchte Rechenzeit. Der Schaum der Möglichkeiten ist in Bewegung.« Er schwenkte einen Greiflappen.

»Der Schaum der Möglichkeiten«, wiederholte Tawe. »Ihr spielt mit Schaum, und die Wesen leiden.«

»Er will nicht!«, rief Pokou. »Er sabotiert!«

Und auf einmal war Tawe über dem anderen Ueeba, das Maul mit den Mandibeln weit aufgesperrt, die vorderen Beine drohend in die Luft gereckt. »Ich werde euch schon die Siebenunddreißig machen!«, fauchte er. »Und glaub mir, du alter Narr, das wird das Ende der Fabrik sein! Das wird das Ende der Räte sein!«

»Du drohst mir? Du willst die Fabrik zerstören? Uns alle töten?«

Der Kelosker schnaufte wieder etwas, irgendeine Verneinung. »Lässt du uns bitte allein reden, Erster Rat?«

»Er hat gesagt, er würde euch ihre Ankunft melden, und er hat es nicht! Er unterläuft alle Regeln, sucht jede Autorität zu untergraben!«

»Es ist nicht wichtig«, rasselte Crykom. »Bitte geh.«

»Die nächste Generation wird sich mit euren vielen tollen Tätigkeitsnachweisen das Hinterloch abwischen!«, rief Tawe dem anderen Ueeba nach.

Dann waren die beiden allein, der Hundertfüßler und der Kelosker.

Schroeder spürte ihren Emotionen nach. Tawe hatte jetzt etwas beinahe Heiteres an sich. Der Kelosker war wieder nur unergründlich. Zu kompliziert, zu kalt.

»Die Vorwürfe hinter deinen Andeutungen gehen ins Leere, Tawe«, sagte der Kelosker schließlich. »Wir haben den Schaum nicht gemacht. Wir sind auch nur ein Teil davon.«

»Friss meinen Kot«, sagte Tawe. »Rechne seine zahlreichen Nährstoffe aus.«

Schroeder verzog im Schutz des Deflektors das Gesicht.

»Wir waren einmal Freunde, Tawe«, sagte der Kelosker.

»Oh, wir *sind* Freunde«, sagte der Ueeba. »Wir haben das gleiche Ziel.«

»Bis die Siebenunddreißig geschaffen ist.«

»Ja, genau. Bis die Siebenunddreißig geschaffen ist.«

Der Kelosker klatschte einen Greiflappen auf den Boden. »Vielleicht wirst nicht du es sein, der die Siebenunddreißig schafft.«

»Ja, genau«, sagte Tawe wieder. »Darum bist du vielleicht auch gar nicht hier. Wäre ja Quatsch. Kann sich ja jeder ausrechnen.«

Schroeder grinste in sich hinein. Dieser Ueeba war unausstehlich. Aber er hatte was.

»Und?«, rief Tawe dem Kelosker hinterher.

Der drehte sich noch einmal um. »Vielleicht«, sagte er.

Einiges wurde klarer, als Schroeder die Aufzeichnung später mit Tamra durchging.

Pokou: *Ja, genau! Das möchte ich auch mal wissen!*

Tawe (nach langem Schweigen): *Lasst mich meine Arbeit machen. Lasst mich einfach meine Arbeit machen. Bitte.*

Crykom: *Du lässt mich auch nicht meine Arbeit machen. Du enthältst mir Wesen vor, von denen du gar nicht weißt, welche Bedeutsamkeit sie für den Plan haben.*

Schroeder stellten sich die Nackenhaare auf.

»Damit sind wir gemeint«, hauchte Tamra.

»Hört sich so an. Aber ich glaube nicht. Pass auf.« Er ließ die Aufzeichnung weiterlaufen.

Tawe: *So? Und? Sind sie so bedeutsam?*

Crykom: *Nein.*

Schroeder und Tamra sahen sich an.

Pokou: *Aber du wusstest das nicht! Und darum wusste der Rechenmeister auch nichts! Und musste sich erst mühsam hierher auf den Weg machen!*

Schroeder hielt die Aufzeichnung an.

»Was ist?«, fragte Tamra.

»Ich weiß nicht. Ich habe gerade ein ganz schlechtes Gefühl.« Er lauschte in sich hinein. Dann zuckte er die Achseln. »Keine Ahnung.«

»Lass mal weiterlaufen.«

Ein schnappendes Geräusch, mehrmals.

»Tawe?«, fragte Tamra.

»Ja.«

»Er ist sauer, glaube ich.«

Tawe: *Das ist mir jetzt zu blöd. Erstens dreht sich das Gespräch im Kreis, und zweitens hätte der Herr Rechenmeister ja einen Gleiter nehmen können.*

Pokou (laut): *Ha! … Ha!*

Crykom (undeutlich): *Ich brauchte Rechenzeit. Der Schaum der Möglichkeiten ist in Bewegung.*

Tawe (skeptisch): *Der Schaum der Möglichkeiten …*

»Moment.« Schroeder hielt die Aufzeichnung an. »Ich weiß jetzt, was mich irritiert.« Er sah Tamra an. »Wann sind wir in Siebenkopf gewesen?«

»Gestern.«

»Genau. Und heute kommt der Kelosker in der Fabrik an.« Er lachte ungläubig. »Er braucht einen verdammten Tag, um diese Strecke zu schaffen? Die Fabrik liegt fast in Sichtweite! Das muss immer noch irgendein Strangeness-Effekt sein. Wo zum Teufel sind wir hier?«

»Startac.« Tamra rieb seinen Handrücken. »Du siehst Gespenster. Geh mal ein Stück zurück.«

Tawe: … *Herr Rechenmeister ja einen Gleiter nehmen können.*

Pokou (laut): *Ha! … Ha!*

Crykom (undeutlich): *Ich brauchte Rechenzeit. Der Schaum der Möglichkeiten ist in Bewegung.*

»Siehst du«, sagte Tamra. »Er ist absichtlich so langsam gegangen.«

Schroeder schüttelte skeptisch den Kopf. »So langsam? Eine Schnecke hätte den Weg in dieser Zeit geschafft!«

»Schnecke?« Tamra sah ihn fragend an.

»Schon gut«, sagte Schroeder.

Tawe (skeptisch): *Der Schaum der Möglichkeiten. Ihr spielt mit Schaum, und die Wesen leiden.*

Pokou (laut): *Er will nicht! Er sabotiert!*

Unruhe. Dann Tawe (fauchend): *Ich werde euch schon die Siebenunddreißig machen! Und glaub mir, du alter Narr, das wird das Ende der Fabrik sein! Das wird das Ende der Räte sein!*

Pokou: *Du drohst mir? Du willst die Fabrik zerstören? Uns alle töten?*

Crykom: *Er will niemanden töten. Lässt du uns bitte allein reden, Erster Rat?*

Pokou: *Er hat gesagt, er würde euch ihre Ankunft melden, und er hat es nicht! Er unterläuft alle Regeln, sucht jede Autorität zu untergraben!*

Crykom: *Es ist nicht wichtig. Bitte geh jetzt.*

»Abgang Pokou«, flüsterte Schroeder.

Tawe (laut): *Die nächste Generation wird sich mit euren vielen tollen Tätigkeitsnachweisen das Hinterloch abwischen!*

Stille. Nach ein, zwei Sekunden fragte Tamra: »Kommt noch was?«

»Ja«, sagte Schroeder. »Moment.«

Crykom: *Die Vorwürfe hinter deinen Andeutungen gehen ins Leere, Tawe. Wir haben den Schaum nicht gemacht. Wir sind auch nur ein Teil davon.*

Tawe: *Friss meinen Kot. Rechne seine zahlreichen Nährstoffe aus.*

»Der Toppforscher der Fabrik ist ganz schön von sich überzeugt«, sagte Tamra.

»Pst«, machte Schroeder.

Crykom: *Wir waren einmal Freunde, Tawe.*

Tawe: *Oh, wir sind Freunde. Wir haben das gleiche Ziel.*

Crykom: *Bis die Siebenunddreißig geschaffen ist.*

Tawe: *Ja, genau. Bis die Siebenunddreißig geschaffen ist.*

Ein klatschendes Geräusch. Crykom: *Vielleicht wirst nicht du es sein, der die Siebenunddreißig schafft.*

Tawe: *Ja, genau. Darum bist du vielleicht auch gar nicht hier. Wäre ja Quatsch. Kann sich ja jeder ausrechnen.* (Pause, dann laut) *Und?*

Crykom (weiter weg): *Vielleicht.*

Schroeder sah Tamra an. »Willst du es noch einmal hören?«

Sie schüttelte den Kopf.

»Okay«, sagte Schroeder und ging in ihrem Zimmer auf und ab. »Okay … was fangen wir jetzt damit an? Dass sie sich nicht grün sind, ist klar. Dass es jetzt gerade eine kritische Zeit ist, auch. Die Kelosker halten aus irgendeinem Grunde diesen Dimensionstunnel offen.«

»Nicht, damit *wir* da hindurchspazieren. Das dürfte klar sein.«

Schroeder lachte auf. »Eben hast du noch anders darüber gedacht.«

»Da hatte ich auch noch nicht die ganze Aufzeichnung gehört.«

»Tja, siehst du. Und jetzt bin ich deiner Meinung von vorhin.«

»Wieso auf einmal?«

Schroeder suchte die Stelle.

Tawe (laut): *Und?*

Crykom (weiter weg): *Vielleicht.*

»Daraus leitest du ab, dass sie seit tausend Jahren einen Dimensionstunnel offen halten, damit wir da hindurchspaziert kommen? Ganz schön von sich überzeugt, der Herr.« Tamra sah regelrecht wütend aus.

»Nicht, damit *wir* da hindurchspaziert kommen. Damit *jemand* da hindurchspaziert kommt. Sie schaffen Möglichkeiten. Vielleicht werden wir ein wenig helfen können, wer weiß.«

»Das ist mir zu abgehoben!«

»Warum bist du so sauer?«

»Soll ich schon wieder Sklavin sein? Dienerin irgendeines Plans? Ich will frei sein, Startac! Frei!«

Sie fauchte ihn an, und dann weinte sie. Voller Wut. »Ich will frei sein!«

Startac wollte sie in den Arm nehmen, doch sie schlug ihn weg. Stand dort vor ihm, breitbeinig, keuchend, zum Zuschlagen bereit. Und weinte. Ohne sich wegzudrehen. Ohne sich zu verstecken. Ihre Augen waren riesengroß unter den kurzen, verstrubbelten Haaren, und ihr Blick ließ ihn nicht los.

»Okay.« Er atmete scharf aus. »Lass uns von hier abhauen.«

Sie zuckte zusammen. »W-was?«

»Lass uns sehen, wie wir von hier wegkommen.«

Dreiunddreißig

Der Besuch in der Siedlung der Ober-Denker hatte Tawe erschüttert. Er merkte es erst nach Tagen und verstand es selbst nicht. Aber was die älteren Forscher nicht geschafft hatten, was nicht einmal Tibala mit seinen Nachrichten von Adilai vermocht hatte, geschah: Tawe lebte auf. Die Ober-Denker faszinierten ihn.

Besonders dieser eine mit den Netzmustern.

»Wer war das? Kennst du ihn?«

»Das ist Rechenmeister Crykom!«, erklärte Bala empört. »Er ist praktisch der Erste Rat des Dorfes!«

Crykom also. Der Rechenmeister. Tawe fragte sich, ob *er* hinter der Lockerung seiner Ausgangssperre steckte.

Tawe studierte. Tawe übte. Besessen.

Immer wieder besuchte er von nun an die Siedlung, manches Mal musste er sich regelrecht davonstehlen. Dabei nahmen die Ober-Denker ihn kaum wahr. Ob er still irgendwo im Dorf klebte, ob er sie ansprach: Anscheinend war er für sie, obwohl wesentlich größer, genauso unbedeutend wie ein Steinchen, das am Wegrand lag.

Eher noch geringer. Einmal sah er einen Kelosker, der über einem Stein meditierte. Er betrachtete ihn mit einer Konzentration, die Tawe nicht verstand. Einen Stein, der wie tausend andere war. Als er ihn nach vielen langen Atemzügen beseite legte und weiterging, huschte Tawe hinterher und griff sich den Stein. Er schien ihm wie jeder andere, und als er ihn zwischen die anderen Wegsteine warf, konnte er ihn nicht einmal mehr wiederfinden, so wenig unterschied er sich von den anderen.

Eines Tages betrat Tawe erstmals nach dem Kampf am Trimmbaum wieder die Bibliothek. Die Nordwand *war* geweißelt worden – tatsächlich sogar neu hochgezogen. Zumindest der Teil, der mitsamt Lamrié im Hyperraum verschwunden war. Noch während seiner Genesung hatten die Forscher angefangen, ein Holzgerüst hochzuziehen.

»Wozu die Mühe?«, hatte Tawe gefragt – schuldbewusst. »Ich könnte die Lücke doch sauber mit Psi-Materie schließen.«

»Könnte! Könnte!«, hatte Pokou gewettert. »Das wage ich zu bezweifeln, du bist viel zu schwach. Und außerdem denk nach, bevor du Vorschläge machst!«

Tawe hatte es längst gewusst: Forscher bastelten nicht mit Psi-Materie herum. Sie hoben sich ihre geistigen Kräfte für die Aufgaben auf, und ansonsten *arbeiteten* sie. Mit Eimer und Kelle und Pinsel und blablabla …

Nur sah er jetzt, dass niemand sich die Mühe gemacht hatte, Bücher, Dokumente und Speichermedien vor den Bauarbeiten sicherheitshalber auszulagern. Man hatte einfach die Wand hochgezogen und geweißelt und dann die Regale ergänzt, wo sie fehlten. Die neuen Bretter leuchteten sauber und leer. Die alten Regale waren vollgequetscht wie eh und je und von einer zusätzlichen dicken Staubschicht grau bedeckt. Auf dem Boden lagen Bücher, die offenbar während des Verschwindens der Wand heruntergefallen waren. Man hatte sie nur beiseitegeschoben. Manche waren weiß bekleckert.

»Und wenn man im Imago-Saal sagt, man will keine Tätigkeitsnachweise schreiben, dann meckern sie«, sagte er leise. »Schwachsinn.«

Er hob einige Bücher auf und legte sie in eines der leeren Fächer. Sie sahen schrecklich aus auf dem frischen Holz. Er staubte sie ab. Nun sahen sie schon besser aus.

Ehe Tawe sich versah, hatte er Dutzende Bände geputzt und ordentlich aufgestellt.

Komisch, dachte er. *Das macht Spaß.*

Tatsächlich machte es keinen Spaß. Es war eine Plackerei. Tawe musste sich des Öfteren hinkleben und ausruhen, weil ihm der Rücken wehtat. Aber wenn Tawe putzte und aufstellte, plagte er sich nicht mit düsteren Gedanken. Wenn er sich ausruhte, blätterte er, las er.

Es machte keinen Spaß, es lenkte ihn ab. Dass es da einen Unterschied gab, blieb ihm in seiner damaligen Gemütsverfassung verborgen.

Manchmal entdeckte er Merkwürdigkeiten. Ein weiteres Exemplar der Schrift über das Sexualverhalten der Ueeba fiel ihm vor die Fühler. Er zog schmerzlich die Mandibeln zusammen und stellte es rasch weg.

Später staubte er *Die Seherin Mesehi* ab. Auch damit hingen schmerzliche Erinnerungen zusammen. Er wollte das großformatige Heft gerade wegstellen, als sein Blick auf den Untertitel fiel. »*Dokumentation der Optimierungsschritte*? Das ist aber merkwürdig.«

Er blätterte. Und je mehr er blätterte, desto merkwürdiger wurde es.

Offenbar handelte es sich bei dem Märchen um keine Überlieferung. Unbekannte Verfasser hatten es in gemeinschaftlicher Arbeit entworfen. Verschiedene Fassungen waren eingeklebt. Korrekturen und Anmerkungen erwiesen sich in späteren Fassungen als umgesetzt. *Wichtig!*, las Tawe, *es muss »das Geschenk der Göttinnen« heißen! Weibliche Form wg. Authentizität!* Eine Fassung später hieß es dann auch entsprechend so.

Während Tawe behutsam blätterte, zerfiel ihm das Heft unter den Füßen. Eingeklebte Seiten lösten sich knackend. Das schlechtere Papier einer lose eingelegten Notiz zerbröselte gleich beim Anfassen.

Vorsichtig trug Tawe das Heft zu einem freien Regalbrett. Vorsichtig wendete er die Seiten.

Trotzdem ging das Heft weiter kaputt. Es musste uralt sein.

Vorschlag: Seherinnen-Motiv ersatzlos streichen! Zu konstruiert!

Gegenrede: Sentimentale Erwägungen (Frauen!)/Zeit arbeitet für uns!

Was sollte das denn?

Tawe nahm rasch die Füße vom Buch, die Fühler. Er war zu aufgeregt. Er machte alles kaputt. Aufgewühlt lief er durch die Bibliothek.

»Dies ist unser Märchen«, rezitierte er die alten Worte. *»Hören wir also …«* Und wie oft er sie als Mädchen gehört hatte! »Das Märchen vom Ursprung der Ueeba … erfunden? Von den Männern erfunden für die Frauen? Aber warum?«

Er blätterte, so vorsichtig er in seiner Aufregung konnte, zum Deckblatt zurück. »*Den Ober-Denkern zum Wohlgefallen* … aber das steht auf ganz vielen Büchern. Muss damals Mode gewesen sein. Ich fass es nicht, ich fass es nicht. Warum erfindet einer einen Ursprung?«

Er überflog den Text noch einmal. Die Fassung war praktisch so, wie er das Märchen kannte. Irgendwie ging es ganz oft um Anmaßung. Mesehi, die alles wissen wollte. Die Frauen, die zumindest wissen wollten, wo der Schleierstern stand. Und dann wurden die Anmaßenden zurechtgestutzt. Mesehi wurde in dieser schrecklichen Keulen-Szene der Mund gestopft. *Madengedanken … hüten wir uns vor Madengedanken!*

»Einschüchterung«, flüsterte Tawe. »Aber … nein, das ist es nicht. Wozu einschüchtern, wenn die Seherin doch nur erfunden ist, wenn es Seherinnen nie gegeben hat?« Er lachte finster. »*Seherinnen streichen, zu konstruiert.* Ich werd noch verrückt!«

Er blätterte und merkte nicht, dass er immer hektischer wurde. »Das muss ein Scherz sein … irgendjemand hat da lauter Quatsch aufgeschrieben, aus Langeweile, um sich selbst zu amüsieren …« Das Heft ging unter seinen Fühlern kaputt, zerfiel in kleine und kleinste Teilchen. Wie Laub. Zu Staub. »O nein … o nein …«

Hinten ging die Tür auf. Wind wehte. Der Staub wurde unter die Regale geblasen.

»Ach, hier steckst du!«, sagte Tibala hinter ihm. »Zu Tisch! Zu Tisch! – Alles in Ordnung mit dir?«

»Wie?« Tawe wandte sich um. Wind und Sonnenlicht drangen durch die offene Tür. Tawe war wie betäubt. »Ja … ja, alles in Ordnung.« Er hatte das Gefühl, unvermittelt aus einem eindrücklichen Traum erwacht zu sein. Dazustehen und nur spüren zu können, wie die Traumbilder ins Vergessen gesaugt wurden. Weg, vorbei, ein Traum. Staub.

Aber er hielt noch immer den festeren Umschlag des Heftes in den Brustbeinen.

»Was ist das?«, fragte Tibala und fühlerte.

Tawe betrachtete den Titel. Das Licht hatte die Tinte so gut wie zerstört. »Keine Ahnung. Lag hier herum.« Er hielt Tibala den Umschlag hin.

Sein Freund bog die Fühler und machte ein paar Anläufe. »Kann ja keiner mehr lesen«, sagte er dann.

»Das war ein Bericht darüber, wie die Fabrik in mühseliger Kleinarbeit das Märchen von der Seherin Mesehi entwickelt hat.«

»Du spinnst.«

»Ja.« Er ließ den Umschlag fallen.

»Also wirklich, Tawe. Deinen Humor möchte ich haben …«

Sie gingen zum Essen.

Die Ober-Denker ignorierten Tawe also – bis er vor den Augen des Rechenmeisters, der ihn wegen seiner netzgemusterten Haut besonders faszinierte, eine psimaterielle Artefakt-Komponente erschuf, deren Herstellung ihm kürzlich in der Fabrik gelungen war: Die Nummer Drei der Siebenunddreißig, ein Gebilde, für dessen Genese Tawe mehr als ein Jahr benötigt hatte.

In diesem Moment blickte der Kelosker auf ihn hinab – und sprach ihn an!

»Tawe tla Mouuach.« Er sprach seinen Namen Larisch aus und verwendete die ungehörige Form mit Vater-Nennung.

Aber das war Tawe egal. »Du kennst meinen Namen?«, entfuhr es ihm auf Ueebaka. Er sagte es noch einmal auf Larisch.

Der Ober-Denker antwortete nicht. Jedenfalls nicht auf eine Weise, die sich Tawe vermittelte. Er stand nur da mit seinem zittrigen linken Greiflappen und musterte die Drei, musterte Tawe. Dann wandte er sich ab und wankte davon.

»Rechenmeister Crykom!«, rief Tawe ihm nach.

»Ich sehe weiteren Lösungen entgegen. Die Aussicht verursacht eine Hormonausschüttung«, sagte Crykom noch, dann ignorierte er ihn wieder.

Tawe brauchte eine ganze Weile, um zu begreifen, was das wohl heißen sollte. Er folgte Crykom noch ein Stück, doch dann blieb er stehen.

»Komm wieder, wenn du mehr drauf hast. Ich freue mich«, flüsterte er. Bevor er in die Fabrik zurückkehrte, ließ er die Drei funkensprühend vergehen.

Tawe fühlerte um die Tür des Büros herum. »Erster Rat, darf ich dich kurz stören?«

Pokou sah herunter und machte ein erfreutes Gesicht: »Aber immer, mein lieber Jungforscher. Komm rein. Was gibt es?«

Tawe näherte sich seinem Schreibtisch. Es war ein pilzförmiges Modell, das hutüber von der Decke hing. »Eine dumme Frage vielleicht … Aber hast du Rechenmeister Crykom meinen Namen gesagt?«

»Habe ich? Oder hat er ihn ausgerechnet?« Der alte Forschungsrat lachte. »*Natürlich* habe ich ihn ihm gesagt! – Und, warst du bei ihm?«

»Heute. Ich hab ihm die Drei gezeigt, und da hat er mich angesprochen.«

»Die Drei? Du hast sie geschafft? Das ist schön.«

»Nach einem ganzen Jahr«, sagte Tawe.

»Damit bist du trotz deiner langwierigen Genesung auf dem Stand eines durchschnittlichen Imago-Forschers.«

»Na, toll.«

»Tawe, Tawe … Ich will dir keinen Vortrag halten. Sei stolz auf dich. Deine Haltung steht dir im Weg, nicht deine Begabung. Du hast allen Grund zur Freude, also freu dich.«

»Gut, Erster Rat. Ich will es einmal versuchen.«

Pokou lachte. Er hatte einen ganzen Berg voll Arbeit auf seinem Tisch, aber anscheinend war er froh über die Ablenkung. »Und? Wie findest du die Ober-Denker?«

»Schwierig«, sagte Tawe wahrheitsgemäß. »Was machst du da? Wenn ich fragen darf.«

»Ich zeichne Tätigkeitsnachweise ab.« Der Alte, der kopfüber am Stamm des Pilzes klebte, wies auf den Halbkreis von Stapeln vor sich.

Abzeichnen? Da sind doch gar keine Bilder drin, wollte Tawe schon sagen, dann wurde ihm klar, was Pokou meinte. Schwungvoll malte der Alte Kringel in die aufgeschlagenen Hefte, klappte sie zu, stapelte sie weg. »Schwierig, hm? Schwer verständlich, meinst du! Eigentlich haben Kelosker an weltlichen Dingen kein Interesse, insbesondere Crykom nicht. Ihr Blick auf die Natur ist ein völlig anderer als unserer. Sie begreifen die Welt als unendliche Anballung von Mustern, als ein gigantisches Formelwerk, pure Mathematik. Und Crykom ist der Schlimmste von allen.«

»Wieso?«

»Er ist der Rechenmeister! Er steht ihnen vor!«

»Aber, ehrenwerter Rat, du stehst uns doch auch vor, ohne in irgendeiner Hinsicht der Schlimmste von allen zu sein.« Tawe krümmte sich innerlich wegen dieser einschmeichlerischen Worte.

Aber sie erfüllten ihren Zweck. »Jaha, der Erste Rat wird ja auch gewählt! Er bekommt die Stelle wegen seiner Freundlichkeit, seiner Weisheit, wegen des Vertrauens, das die anderen Ratsmitglieder ihm entgegenbringen! Bei den Ober-Denkern ist das anders. Crykom ist der Rechenmeister der Neunundsechzig, weil er den anderen zweifelsfrei messbar in mathematischen Dingen hoch überlegen ist!« Der Alte malte seine Kringel. »Crykom ist sehr alt, und angeblich sind in ihm mehrere andere Rechner wiedergeboren.«

»Wiedergeboren?«

»Na, irgendwie in ihm drin halt! Nicht tot! Sondern noch in ihm drin! Das muss irgend so ein Mathematiker-Konzept sein.«

Günstige Gelegenheit, dachte Tawe, *schnell!* »In ihm drin halt? Du meinst, so wie die Maden in dem Märchen? Die in die Hirne der anderen Ueeba krabbeln, nachdem Mesehi tot ist?«

»He! He, he!«, machte der Alte ungehalten. »Wer redet denn hier von irgendwelchen Weibergeschichten! So ein Quatsch!«

»Na ja, ich dachte nur … weil du ›in ihm drin‹ gesagt hast … das hat mich an die Maden erinnert … an die Madengedanken …« Er ruderte hilflos mit den Fühlern und behielt nur das kleinste Auge auf den Alten gerichtet.

»Weibergeschichten! Frauenkram! Was hat das mit uns zu tun?«

»Entschuldige, ehrenwerter Pokou«, gab er sich zerknirscht. »Ich wollte dich nicht unterbrechen.«

»Ja! Wo war ich?«

»Rechenmeister Crykom. Mehrere Rechner in ihm drin.«

»Ja, genau.« Der Alte zeichnete schwungvoll eine Reihe Kringel in ein dickes Buch. »Der Rechenmeister vermag Wesen und Gegenstände aller Art und auch

Ereignisse als reine Zahlenkombinationen zu sehen und entsprechend zu berechnen.«

»Er will meine Fortschritte sehen. Er will, dass ich ihm die Vier zeige, sobald ich kann.«

»Das ist schön. Sehr schön! Eine gute Nachricht.«

»Aber wieso? Wieso will er, dass ich ihm die Vier zeige?«

»Nun, ich vermute, dass Crykom in dir, wie er es wohl ausdrücken würde, ein ungewöhnlich vielfältiges, Möglichkeiten bergendes Muster erkannt hat. Aber lass dir das bloß nicht in den Kopf steigen, junger Mann!«

»Nein, Erster Rat. Bestimmt nicht. Danke.« Tawe zog sich zurück.

Pokou hatte ganz schön verächtlich reagiert bei der Erwähnung des Märchens. Aber ob er nun wusste, dass dieses zurechtgezimmerte Stück Lüge das Nachdenken darüber nicht wert war, oder ob er es einfach prinzipiell als Bestandteil des Lebens der Frauen draußen jenseits der Fabrikmauern verachtete, konnte Tawe nicht sagen.

Vierunddreißig

»Mondra! He, pst, Mondra!«

Mondra Diamond glaubte, sich verhört zu haben. *Nano? Was will der hier?*

»Mondra! Bist du da drin?«

Sie knetete sich weiter die Haare. Das wurde ja immer schlimmer mit diesem Blechkerl!

»Mondra! Pst!«

Sie starrte in den Spiegel, auf ihre feuchten, ungekämmten Haare. Dann sah sie zu dem Belüftungsschlitz oben an dem Container, in dem die Frauendusche untergebracht war.

Sie trug ein Unterhemd, eine Freizeithose. Sie konnte sich draußen so sehen lassen. Leise glitt sie zur Tür und dann mit einem Ruck hinaus und um die Ecke. »Nano, wenn du da oben allen Ernstes stehst und …«

Sie fuhr zurück.

Nano stand vor ihr unter der Wand und sah sie an.

»Ich wollte nur mit dir reden«, sagte sein Mund oben vor dem Lüftungsschlitz. »Mich mit dir unterhalten.«

»Durch den Lüftungsschlitz vom Vorraum der Frauendusche?«

»Na ja«, sagte der Mund. »Ich hab dich nirgendwo anders allein abpassen können.« Nano unterstrich seine Worte unten mit den Händen und sah Mondra dann mit schief gestelltem Kopf an.

Sollte das etwa ein treuherziger Blick sein? Mondra sah zwischen Mund und

Robot hin und her. Der Mund schwebte wie ein Luftballon an einem hauchdünnen Kabel. »Hol ihn da runter«, sagte sie.

»Ja, Mondra«, sagte der Mund oben, und Nano holte ihn an dem Kabel ein. Er löste das Verlängerungskabel und steckte den Mund wieder in sein Gesicht ein. »So besser?«

Sie verzichtete auf eine Antwort, machte kehrt und schlug die Tür hinter sich zu. Dann föhnte sie sich die Haare und zog sich fertig an. Ihre Joggingkleidung und die Turnschuhe in der Hand, verließ Mondra den Duschraum. »Nein«, sagte sie.

»Mondra.«

»Nein, Nano.«

»Wir müssen reden.« Er sah sich um.

Sie auch. Niemand war zu sehen, zu hören. Seltsam.

Nano erklärte: »Ich hab ein Schild vorn an den Traktzugang geklebt. *Wegen Wartungsarbeiten geschlossen.*«

Mondra runzelte die Stirn. Ihr Kampfanzug hing in ihrer Kabine neben dem Bett. »Alles in Ordnung mit dir, Nano?« Sie begann, unauffällig loszuspazieren, ganz langsam, Richtung Hallenausgang.

Nano ging neben ihr her. »O ja. Ja. Alles bestens. Mir geht es gut, hier mit dir. Ich bin froh, dass wir endlich reden können. Denn, Mondra: Es steht wahrlich nicht zum Besten mit Rhodan und dir. Darüber sind wir uns doch einig?«

»Äh … *was bitte?*« Verdattert blieb sie stehen.

»Ich meine, eure Beziehung ist am Ende. Ausgelutscht. Abgewrackt. Vorbei. Kalt wie irgendwas. Sagt man so?«

»So sagt man *nicht.*«

»Oh.«

»Nano, was soll das jetzt? Du bist allen wochenlang auf die Nerven gegangen, wie toll und vorbildlich und absolut zauberhaft unsere *Beziehung* ist. Dass wir das Potenzial zum Liebespaar des Universums haben und mit einer knallroten Rakete in den Sonnenuntergang fliegen sollten … Ich kann noch immer nicht fassen, dass du uns eine gemeinsame Kabine gegeben hast. Ich hab nichts gesagt, weil es ja auch völlig in Ordnung ist, aber … Herr*gott*, bist du penetrant!«

»Ich bin … ich *verehre* dich, Mondra!« Er starrte sie an mit seinen verfluchten heruntergezogenen Mundwinkeln.

Sie schüttelte den Kopf und lachte böse.

»Perry Rhodan … er behandelt dich schlecht«, sagte Nano. »Ich finde, der soll sehen, wo er bleibt. Er hat seine Chance gehabt.«

»Ah ja.«

»Ja. Und jetzt soll er den Weg freimachen für andere. Die deine Gegenwart wert sind. Finde ich.«

»So.«

»Wo er nun schon mit diesem Captain flirtet und so, da finde ich … finde ich, du solltest einen Schlussstrich ziehen und dich zu einer Trennung bekennen.«

Sie kniff die Augen zusammen und funkelte ihn an.

»Da-damit dein Herz wieder frei atmen kann und … und du wieder offen für anderes bist. Für die Welt. Für andere Männer … Wesen.«

»Bist du jetzt fertig, Nano?«

»Du willst etwas sagen?«

»Ja. Ich könnte dir jetzt tausend Sachen sagen, angefangen damit, dass wir Menschen nicht mit dem Herzen atmen, sondern mit der Lunge, aber eigentlich läuft das alles auf einen einzigen Satz hinaus.« Sie schwieg.

»Ja?«

»Es geht dich nichts an!« Sie stapfte zum Durchgang, riss das alberne Schild herunter und stapfte weiter. Hinaus. Unter Menschen.

Nano folgte ihr. Er redete im Flüsterton auf sie ein. In einem sehr lauten Flüsterton. »Aber siehst du nicht, Mondra, wie dich deine Haltung zerstört? Wie sie deinen Charme untergräbt, deine Beherrschtheit ankratzt, deine Souveränität beschädigt?«

Leute sahen ihnen nach.

»Nano, hier gibt es nur eins, was meine Beherrschtheit ankratzt«, fauchte Mondra. »Und das bist du.«

Nano ging auf ein Knie. »Mondra! Ich freue mich, dass du so stark für mich empfindest! Dass ich dir nicht gleichgültig bin! Denn auch ich empfinde viel für dich!«

Mondra holte tief Luft. »Braucht noch jemand einen leicht beschädigten Posbi?«, fragte sie laut. »Ich hätte günstig einen abzugeben.«

Einige Leute im Gang vor der Messe lachten.

»Im Ernst?« Nano stand auf. »Vielleicht könnten wir ihn ausschlachten. Wir brauchen immer noch ein paar Ersatzteile für Drover.«

Mondra hielt sich eine Hand vor die Augen.

Die Leute lachten wieder.

»D-der war gut, nicht?«, fragte Nano. »Hi-ha, hi-ha, hi-ha. Humor ist eine meiner besten Eigenschaften.«

Jemand klatschte.

»Wiedersehen, Mondra. Wir sehen uns«, sagte der Posbi leise, dann wanderte er davon.

Mondra betrat kopfschüttelnd die Messe und besorgte sich einen Vitamindrink. *Wir sehen uns. Wunderbar,* dachte sie. *Es gibt niemanden, den ich weniger gern sähe. – Oh. Doch.*

»Hallo, Mondra Diamond«, sagte Captain Liza Grimm. »Wie geht's?«

Fünfunddreißig

In den nächsten Wochen hatte Tawe keinen Kopf mehr für Rätsel, die in der Bibliothek schlummern mochten. Er brannte darauf, die Vier zu lösen und sie Rechenmeister Crykom zu zeigen.

Und er löste sie.

Er fand den Rechenmeister in einer der Hütten. Regen prasselte auf das Dach. »Darf ich reinkommen?«, fragte er. »Ich bin klatschnass und schlammig.«

»Komm«, sagte Crykom.

Tawe sah sich um, aber da war nichts, woran er sich hätte abtrocknen können. Er beschloss, der Höflichkeit halber auf dem Boden der Hütte zu bleiben. Er achtete darauf, nicht auf die Matten zu treten.

Crykom stand mit dem Rücken zu ihm. Er war damit beschäftigt, etwas unter dem Dachstroh hervorzuklauben und sich an die Brust zu kleben.

»Ich bin gekommen, um dir die Vier zu zeigen, Rechenmeister. Was machst du da?«

Crykom streckte sich und stocherte mit seinem zittrigen Greiflappen in den Schatten des Daches herum. Er schnaufte. Es mochte ein Seufzer sein. Er kam anscheinend an irgendetwas nicht heran.

»Ich kann dir helfen«, sagte Tawe.

Crykom ließ die Hand sinken. »Ja.«

»Ich kann die Wand hochgehen und dir helfen. Kein Problem für mich.«

Als Crykom nichts sagte, nahm Tawe das als Zustimmung. Flink krabbelte er die erdverschmierte Wand hinauf. Sie wankte ein wenig unter seinem Gewicht, knarrte. Aber sie wirkte elastisch, nicht einsturzgefährdet. Tawe ging um den Rechenmeister herum. »Was sind das für schwarze Scheiben da auf deiner Brust?«

»Die Kleinen vertragen kaum Licht. Regen ist Umzugszeit.«

»Sind das Läuse? Oder so was?«

»Komm«, sagte Crykom. »Hilf.«

Tawe ging vorsichtig bis an das Dach und fischte die Tiere aus den Ritzen, setzte sie dem Rechenmeister auf die Brust. Es waren kleine runde Scheiben, die nur träge vorwärts kamen, mit einer wellenförmigen Bewegung eines saugnapfartigen Fußes an der Unterseite.

Crykom stand reglos da und schaute aus seinen großen trüben Augen auf die Wesen hinunter. Er machte Brummtöne. Manchmal zuckte sein Greiflappen auf dem Boden.

»Nimm nicht die ganz Kleinen«, sagte er. »Nur mindestens diese Größe, sieh.«

»Gut«, sagte Tawe. »Sie vertragen die Sonne nicht so?«

»Sie trocknen aus. Ich lasse sie wachsen, dann regnet es, dann bringe ich sie zum Fluss.«

»Du brauchst nicht so komisch zu reden«, sagte Tawe. »Ich verstehe dich schon.«

Crykom sah ihn an.

»So einfach, meine ich: *Ich lass sie wachsen, dann regnet es, dann bringe ich sie zum Fluss.* Mein Larion ist besser als das.«

Crykom sah ihn an.

»Ist schon gut«, sagte Tawe. »Machen wir weiter.«

Crykom sah ihn an. »Die Kleinen«, sagte er endlich.

»*Die Kleinen* können noch nicht so gut Larion?«

»Ich bilde einfache Sätze. Ich denke einfache Gedanken. Für kleine einfache Wesen. Das ist gut für sie.«

»Sie können Gedanken lesen?«

Crykom schnaufte.

Tawe hatte das Gefühl, etwas fürchterlich Dummes gesagt zu haben. Als der Ober-Denker hinauswankte, folgte er ihm. Sie wanderten über die Wiesen und eine kleine Schlucht hinab. Regen lief an Crykom hinunter, und seine sonst graugelbe Haut färbte sich dunkel. Die netzartige Struktur glänzte. An einer größeren, von Kieseln bedeckten Stelle direkt am Wasser, neben einigen Büscheln Wendelgras, blieb Crykom stehen.

Die Schlucht war sehr schmal. Fast hatte Tawe das Gefühl, in einem der alten Prachtbauten in der Stadt zu stehen.

Crykom sah ihn an. »Wir warten.«

»Gut. Und denken einfache Gedanken?«

»Jetzt nicht mehr. Jetzt sollen sie gehen. Zeig mir die Vier.«

Tawe tat es, und es wurde dunkel in der schmalen Kluft.

»Dreh sie.«

Tawe drehte sie. Langsam, denn es war sehr eng. Er ließ sie um mehrere Achsen rotieren. Crykom sagte nichts. War irgendetwas falsch? Tawe besah sich ihren Stempel. »Ich hab ihn falsch gemacht!«, rief er. »Ich hatte vergessen, dass …«

»Du machst Komponenten aus dem Kopf. Du merkst Fehler aus dem Kopf«, sagte Crykom. »Kannst du auch aus dem Kopf berichtigen?«

»Hm! … So?«

»Gut. Sehr gut. Jetzt lös sie auf. Die Kleinen wollen runter. Erschrick sie nicht.«

Tawe brachte Artefakt-Komponente Nummer vier unter so wenig Funkenbildung wie möglich zur Auflösung. Er sah zu den Kleinen und zuckte mit den Fühlern. Sie waren dick geworden wie Früchte, Beeren. Kugelig und dicht gedrängt klebten sie an der Brust des Rechenmeisters. Ihre schiefen Panzerscheiben zeigten in alle möglichen Richtungen, wie Pilzhüte.

»Wir nehmen sie langsam ab. Über dem Wasser. Sonst gehen sie kaputt.«

Crykom beugte sich vor, führte seinen gesunden Greiflappen unter ein Kleines und löste es langsam, geduldig ab. Ein dunkles Mal blieb auf seiner Brust zurück, als das Tier ins Wasser klatschte. In der Strömung und zwischen den aufspritzenden Regentropfen verschwand es sofort außer Sicht.

Tawe fühlerte nach dem Mal. »Sie saugen Blut? Das sind Parasiten?«

»Alles tierische Leben ist parasitär«, sagte der Ober-Denker. Wieder ploppte ein Kleines von seiner Brust ab. »Frag die Lichtesser.«

»Ich fasse es nicht. Der Rechenmeister von Siebenkopf züchtet Blutsauger.«

»Sie sind sanft. Sie sind schön. Du müsstest sie einmal *sehen.* Es gibt wenige Lebewesen von so kristalliner … ach, von so *viraler* Schönheit.«

Tawe sah zu, wie weitere Schönheiten ins Wasser platschten.

»Was«, fragte Crykom, »weißt du vom Schleierstern?«

»… dass nur … nur Männer ihn sehen können … manchmal«, zählte Tawe auf, während Crykom seine Kleinen ins Leben entließ, »… dass angeblich besonders begabte Kinder geboren werden, wenn er nahe ist …«

Ihn durchfuhr eine Idee. *Probiers doch einfach!,* dachte er. *Warum nicht?*

»… dass es früher mal Seherinnen gegeben haben soll, die ihn auch sehen konnten …«

Platschend fiel wieder ein Kleines ins Wasser.

Hm. Keine Reaktion also. Tawe war so schlau wie zuvor. »Das war es eigentlich, was ich über den Schleierstern weiß.«

»Ich erzähle«, sagte Crykom. »Ich erkläre.«

»Gut«, sagte Tawe.

Und Crykom erklärte.

Der Schleierstern hieß in Wahrheit TRAGTDORON – und existierte im Hyperraum, in dem, was die Ueeba Jenseits nannten oder Raum neben dem Raum. Was Lebewesen oder Maschinenwesen von TRAGTDORON sehen konnten, war nur ein vierdimensionaler Abdruck einer Stoff-Sphäre – der jedoch einige Eigenschaften von Masse aufwies, was die Asteroidenbahn des Objekts erklärte.

Das Ziel der 69 Kelosker war es, zu TRAGTDORON zu gelangen. Doch dafür brauchte es mehr als gewöhnliche Raumschiffe.

(»Raumschiffe?«, fragte Tawe.)

Es brauchte eine spezielle Konstruktion. Eine spezielle Fähre. Diese TRAGTDORON-Fähre würde den Schleierstern eines Tages anfliegen. Sie wurde hier auf Pakuri gebaut. Sie bestand aus einem Träger, den die Alles-für-euch speziell zu diesem Zweck angefertigt hatten, aus einigen Hochenergieaggregaten der Laren …

(»Hochener… was?«, fragte Tawe. »Laren?«)

… sowie den psi-materiellen Artefakt-Komponenten der Imago-Forscher. Erst alle drei Elemente zusammen würden die Fähre funktionsfähig machen. Sie wurde im Tal der Dimensionen zusammengebaut.

»Und darin sind die sechsunddreißig fertigen Komponenten verbaut?«, fragte Tawe. »Kann ich mir die Fähre mal ansehen?«

»Du siehst die Fähre nicht. Du bist ein Ueeba. Sie verzerrt die Raum-Zeit. Du siehst nur eine Nebelsenke. Wir probieren es. Du erfasst nicht die komplexe sechsdimensionale mathematische Schönheit.«

»Na, dann los.« Tawe ging ein Stück vom Ufer weg und merkte erst jetzt, dass der Regen nachgelassen hatte. »Was ist? Ich denke, wir probieren es?«

»Wir probieren es.« Der Kelosker blieb sitzen.

»Ääh …« Tawe zeigte den Weg hinauf.

»Oh. Die Zeitachse. Wir *haben* es probiert. Mit anderen Ueeba. Wir *werden* es probieren. Mit dir. Bald. Noch später. Wir sagten, nach der Dreißig. Du gingst. Auf Wiedersehen.«

Ging Tawe? Tawe ging. Er hatte das dringende Bedürfnis, sich in irgendeine dunkle Ecke zu kleben.

Tawe arbeitete schwer. Wie sich herausstellte, war der Rechenmeister sehr optimistisch, ihm die Dreißig zuzutrauen. Es hatte nicht viele Forscher gegeben, die so weit gekommen waren. Offensichtlich waren die meisten irgendwo zwischen der Zehn und der Zwanzig herumgedümpelt. Die wenigen, die es über die Zwanziger-Schwelle geschafft hatten, waren dann immer sehr weit gekommen.

Nun, man würde sehen, wie weit er kam!

Zu seinem Erstaunen ging es schnell voran. Einige Wochen lang schaffte er jede Woche eine Artefakt-Komponente. Die Pläne und Vorgaben schienen sich förmlich in sein Gehirn zu schmiegen.

Ging Tawe noch in die Bibliothek? Er ging. Sein Kopf war manchmal so wirr, wimmelte dermaßen von den Details der Komponenten, dass er nicht zur Ruhe kam. Er konnte kaum einschlafen. Dann wurde er wach, ohne erholt zu sein, ruhig zu sein. Er hielt sich abseits. Mit den anderen viel geredet oder gespielt hatte er ohnehin nie. Tawe arbeitete, arbeitete schwer. Er aß, kümmerte sich um seinen Körper. Manchmal benutzte er den Drehbrunnen im Hof nicht nur einmal, sondern zweimal täglich. Pokou registrierte es, tadelte ihn aber nicht dafür. Er schien zu wissen, wozu Tawe es brauchte. Manchmal stand der Ueeba unter dem rieselnden Regen und träumte davon, sich aufzulösen wie ein Stück Seife.

Die Bibliothek bot ihm Ablenkung, nicht aber Beruhigung. Immer wieder stolperte Tawe nach stundenlangem Blättern in eintönigen Protokollen oft weniger begabter Vorgänger über Einzelheiten, die er sich nicht erklären konnte, die ihn beunruhigten.

Oder auch über Lücken.

Warum stand in dem Band über das Sexualverhalten der Ueeba keine einzige Zeile über die Liebe zwischen Frauen? War das etwa keine Sexualität? Die Erinnerung schmerzte zu sehr; Tawe verfolgte den Gedanken nicht weiter. Kurz nur kam ihm in den Sinn, dass es dem Verfasser der Abhandlung vielleicht ähnlich gegangen war.

Aber ... warum hatte er dann überhaupt eine solche Abhandlung verfasst? Warum so genaue Zeichnungen angefertigt?

Tawe verstand es nicht.

Er machte die Vier, die Fünf, die Sechs. Er fand minuziöseste Dokumentationen der unwichtigsten Vorgänge. Jemand hatte die Fabrik vermessen. Jemand hatte eine Aufstellung sämtlicher Pflanzen angefertigt, die sich in der Fabrik ansiedelten, und die verschiedenen Bekämpfungsmethoden beschrieben. Wozu? Und: Was war daran überhaupt so wichtig? Warum musste die Fabrik so steril sein?

Dutzende, wirklich Aberdutzende von Abhandlungen über Verdauungseinzelheiten, mit detaillierten Beschreibungen des Kots nach Genuss verschiedener Speisen.

Was sollte das? Der Müll von vielen Lebensjahren war hier aufgehäuft!

Tätigkeitsbeschreibungen ... Beschreibungen der banalsten, unwichtigsten Lebensvorgänge, geradezu besessen. Wetterbeobachtungen ... Verdauung ... Als Tawe eine *Aufstellung der Qualitäten eigenpersönlich erprobter Frauen* fand, war er regelrecht erleichtert, trotz des abfälligen Titels. Als er sie aufschlug, musste er feststellen, dass es einmal einen Forscher gegeben hatte, der während der Hitze von den Frauen, mit denen er sein Liebesnest geteilt hatte, Sekretproben genommen hatte! Er hatte die Flora ihrer Innersten dokumentiert.

Frauen ... noch so eine Lücke. Persönliches, Empfindungen, Erinnerungen ... so etwas schrieb niemand auf. Nichts von den Schwestern, den Freundinnen, nichts über die Haufen oder auch nur über Feste oder die Häuser, die schönen Häuser, in denen die Frauen wohnten. Nichts über Musik, über die Mannwerdung, über Sehnsüchte, Frustrationen, Schmerz.

Tawe bekam ein schlechtes Gefühl. Es trieb ihn in den Imago-Saal, wo er die Sieben machte, die Acht. Ein Forscher schlief am Arbeitsplatz, und das tat Tawe, wenige Stunden nur, bis er wieder hochschreckte, weiterarbeitete. War er zu wirr, ging er in den Hof, zum Brunnen, fühlerte zur Bibliothek.

Er hatte das Gefühl, verrückt zu werden, wenn er so weitermachte, und konnte doch nicht aufhören. Er machte die Neun, die Zehn.

Dann, eines Nachts, machte er die nächste Komponente und merkte erst, als er verblüfft war, wie leicht sich alles einprägen ließ, dass er versehentlich wieder bei der Sieben angefangen hatte.

Und Rechenmeister Crykom hatte er in der ganzen Zeit gar nicht besucht. Tawe hielt inne – und machte sich auf den Weg.

Er hatte Angst vor Crykom, merkte er. Vor der Begegnung mit ihm. Er hatte das Gefühl, zu stürzen, abzustürzen, während er den Weg nach Siebenkopf hinunterwanderte.

Die Sonne schien, blau, glosend. Insekten schwirrten, aus den nicht einsehbaren Niederungen drangen die Laute von riesigen Säugern. Alles schien sich von ihm zu entfernen, schien an ihm vorbeizufliegen, hinauf!

In seinem Geist, seiner Fantasie stürzte er ständig.

Crykom sah ihn an aus seinen vier Augen. Tawe machte ihm die Komponenten vor, alle hintereinander, bis zur Zehn.

Danach stand er erschöpft da und wartete.

Der Meister schien zu rechnen. Über ihnen schwebten die Komponenten in der Luft, sieben Stück. Der Wind pfiff in ihnen, verschob sie. Teile funkelten in der Sonne. Tawe hatte Mühe, sie davor zu bewahren wegzuschweben. Oder aneinanderzustoßen.

Der Meister sah ihn an.

Tawe begann zu zittern.

Schwer und schwerer wurden die Komponenten. Schleiften aneinander, verhakten sich. Bebten. Zitterten.

Der Meister sagte etwas, und Tawe verstand es nicht über dem Keuchen der eigenen Atemzüge.

»Mach sie weg«, sagte der Meister lauter.

Endlich! Tawe ließ sie vergehen, Stück für Stück. Eine Komponente geriet ins Trudeln und schürfte ihm das Ende der Rückennarbe auf. Der Schmerz kam erst, als alle Teile aufgelöst waren, aber dann trieb er Tawe die Augen aus den Fühlern.

»Warum hast du sie nicht längst weggemacht?«, fragte Crykom. »Warum hast du so lange ausgehalten? So lange konntest du gar nicht aushalten.«

Tawe keuchte. Sein Rücken brannte. »Ich … du …«

Lange sagte keiner ein Wort. Langsam beruhigte Tawes Atmung sich, ließ der Schmerz nach.

»Du willst wissen«, sagte Crykom. »Dann wisse. Du willst können. Dann könne. Es ist in dir. *Du* bist der Meister. Egal wie klein. Egal wie schwach. Der Meister bist du.«

»Gut«, sagte Tawe. Crykom sah ihn an, und wieder hatte Tawe das Gefühl zu stürzen. Er wollte jetzt gehen, aber er konnte nicht. Nicht unter Crykoms Blick.

»*Du* bist der Meister«, sagte Crykom. Und sah ihn an.

Tawe stand unter seinem Blick da und wartete, wartete. Sagte der Ober-Denker noch etwas? Rechnete er?

Es dauerte unerträglich lange. Tawe starrte auf Crykoms zittrige Hand. Dann ruckte er hoch. Ihm waren die Fühler weggesackt, er war kurz eingenickt!

Crykom stand immer noch. »Meistere«, sagte er, als Tawe ihn ansah.

Da machte etwas *Klick* in Tawes Kopf. »Du meinst, es ist *meine* Entscheidung, ja?«

»Gemeistert.« Der alte Rechenmeister wedelte mit der gesunden Hand. Die Greiflappen flappten. »Du machst viele Möglichkeiten kaputt. Nein, um dich herum. Du öffnest viele Möglichkeiten. Zu viel Schaum. Du wirst kaputtmachen müssen. Damit es weniger sind?«

»Äh … Blasen?«, fragte Tawe.

»Möglichkeiten. Beliebigkeiten. Du hast viel Kraft. Vielleicht rüttelst du. Vielleicht zerstörst du. Aber du musst es *machen. Du* musst es machen. Du *musst* es machen.«

»Du meinst, ich soll handeln? Oder soll ich vor allem darauf achten, was ich will? Oder darauf, wozu es mich innerlich drängt?«

»Ja.«

»Ah so. Ich glaube, ich will mich jetzt irgendwo hinkleben. In irgendeine sehr, sehr dunkle Ecke.«

»Schon besser«, sagte Crykom.

Sechsunddreißig

Die Zeit verging, und eines Tages stand Tawe im Imago-Saal und kämpfte mit der Dreiunddreißig. Zweiunddreißig der sechsunddreißig bisher bewältigten Artefakt-Komponenten hatte er bereits lösen können – ein einmaliger Wert für einen Jungforscher.

Oft versuchte er, dem Gewimmel im Imago-Saal zu entgehen, aber manchmal hatte er Pech, die richtigen Zeiten abzupassen, in denen möglichst wenige Kollegen dort waren.

Heute hatte er besonderes Pech gehabt. Irgendwelche Nichtskönner kauerten über der Zwölf. Sie waren dumm, sie waren laut, sie würden es nie schaffen. Am liebsten hätte er sie ihnen mal eben vor die Fühler gepflanzt.

Tawe seufzte. Er wollte so nicht sein. So feindselig. Er wollte besser als die anderen sein, nicht nur auf dem Gebiet der Artefakt-Komponenten, sondern auch mental.

Zum wiederholten Male fragte er sich, wozu es überhaupt notwendig war, im Imago-Saal zu arbeiten. Warum konnte er die Unterlagen nicht mit nach draußen nehmen? Er war der Einzige, der gerade an der Dreiunddreißig arbeitete. Lästig. Ärgerlich.

Er seufzte wieder und sah zu den anderen. »Braucht ihr Hilfe? Irgendeinen Tipp?«

Sie fühlerten kurz zu ihm herüber. »Was? Nein. Danke, lass mal. Wir kommen schon klar.«

Dann schnappten sie leise mit den Mandibeln. Einer lachte.

Tawe konzentrierte sich wieder auf seine Arbeit.

»Was ist denn?«, drang wenig später ein Flüstern an seine Ohren.

»Hörst du nicht? Draußen ist irgendwas los.«

Jemand wetzte eilig am Imago-Saal vorbei, Richtung Ratshaus.

Die kleine Gruppe ging zur Tür und fühlerte hinaus. »Das hast du noch nicht gesehen!«, fauchte ein Kollege leise. »Was will der denn hier?«

Jetzt sah Tawe doch auf. Von den Kollegen waren nur noch die Hinterteile zu sehen.

»Der kommt hierher!« – »Das wird den alten Pokou aber nicht freuen, so ignoriert zu werden …« – »Sei doch still. Schandmaul.«

Sie warfen sich einige leise gefauchte Gemeinheiten an den Kopf, dann verstummten sie. Wichen zurück in den Saal.

Ein Schatten vor der Tür verdunkelte den Eingang. Dann schob sich Rechenmeister Crykom durch die für ihn schmale Öffnung.

Tawe ging ihm verblüfft entgegen.

»Wir wollen gehen, Tawe. Wir wollen zum Tal der Dimensionen gehen.«

»Heute? Jetzt gleich? Ich meine, das ist toll!«

Als sie den Hof betraten, war er voller Forscher. Überall standen sie an den Wänden, tuschelten, glotzten.

Erster Rat Pokou kam aus seinem Haus.

Crykom machte sich auf den Weg zum Fabriktor, aber Tawe hielt ihn zurück. »Rechenmeister. Wir wollen Pokou Bescheid sagen«, flüsterte er. »Es ist wichtig. Er kommt. Er kann nicht mehr so schnell.«

»Oh.« Der Kelosker blieb stehen.

»Ich freue mich, dich heute hier begrüßen zu dürfen, Rechenmeister«, sagte der Alte noch beim Näherhinken. »Es ist mir eine große Ehre … für die Fabrik … die Belegschaft … uns alle. Sei willkommen.«

»Ich danke«, sagte Crykom. »Ich will wieder gehen. Ich nehme Tawe mit. Er kommt vielleicht morgen wieder.«

»Tawe?« Der alte Pokou fühlerte hin und her. »Tawe, ja … äh … Kollege Tawe, ich stelle dich für zwei Tage von der Arbeit frei, damit du von Rechenmeister Crykom eine persönliche Unterweisung erhältst. Crykom, ich freue mich, Siebenkopf solcherart behilflich sein zu dürfen.«

»Danke. Wir gehen jetzt.« Crykom wandte sich wieder dem Tor zu.

Tawe folgte ihm. Als er zurückfühlerte, sah er, dass Pokou die Forscher verscheuchte. »Was glotzt ihr denn so? Habt ihr keine Arbeit? Macht euch nützlich, sonst lass ich euch …«

Den Rest hörte Tawe nicht mehr, schon schloss sich knirschend das Tor hinter ihm. Dabei hätte er so gern gewusst, womit Pokou jetzt, wo die Nordwand der Bibliothek längst geweißelt war, den Forschern drohte.

Auf dem Landevorsprung erwartete sie ein Alles-für-euch-Gleiter, ein größeres Modell, offensichtlich eigens für Kelosker geschaffen. Tawe stieg ein, und sie sausten los. Als er zurücksah, waren hinten auf dem Vorsprung die schwarzen Gestalten einiger Ueeba zu sehen.

»Dein Erscheinen in der Fabrik hat eindeutig für einen Aufruhr gesorgt, Rechenmeister Crykom.«

Der Ober-Denker ging nicht darauf ein. »Ich fördere dich, Tawe. Wir fliegen zum Tal der Dimensionen. Ich zeige es dir. Du zeigst mir, ob dein empfindlicher Geist die Gegenwart der TRAGTDORON-Fähre wahrnimmt. Und ob du sie durchstehen kannst.«

Rasch hatten sie die Ausläufer des Gebirges hinter sich gebracht, und unter ihnen gleißte der Ring der alten Industrieanlagen auf.

»Siehst du, Tawe?«

Tawe sah es. Riesige metallene Würfel waren hinzugekommen. Sie säumten die Nebelfläche des Tals der Dimensionen.

»Das sind Raumschiffe, Tawe. Gleiter, die durch das Weltall fliegen. Zwischen den Sternen. Von einer Welt zur anderen. Diese hier kommen von der Achtzigsonnenwelt. Sie liefern technische Anlagen.«

»Achtzigsonnenwelt?«, fragte Tawe.

Der Kelosker ging nicht darauf ein.

Ihr Gleiter räusperte sich. »Dort leben die *Anderen*, Tawe. Sie sind nicht so wie wir.«

»Du meinst Posbis?«

»Eine arrogante Bande«, erklärte der Alles-für-euch. »Aber sie können bauen. Na, sie *lassen* bauen, wäre besser ausgedrückt. Larentechnik.«

»Wir sehen uns jetzt die Frachtbühnen an«, sagte Crykom.

»Ja, Chef. Natürlich. Gern«, sagte der Gleiter rasch. »Wunsch vernommen – nachgekommen!«

»Da«, sagte Crykom und zeigte nach unten. »Die Frachtbühnen.«

Es waren riesige Plattformen, eine jede mindestens so groß wie der Imago-Saal. Gerüste standen darauf, Stangen sperrten in alle Richtungen. Dazwischen, darin, daran: knotenhafte Gebilde.

»Sie sehen so ähnlich aus wie Artefakt-Komponenten.«

»Sie sind so ähnlich, Tawe. Aber es sind Maschinen. Aggregate. Laren-Technik, wie der Gleiter gesagt hat. Vieles muss zusammenkommen für die Fähre, die Leistung vieler Einzelner aus den Völkern.«

»Auf jeder Bühne steht ein Kelosker, ja?«

»Diese Beobachtung trifft zu. Wir sind die Lotsen.« Der Gleiter ging hinunter, flog auf den Rand des Nebelfeldes zu. »Anders kann keine Frachtbühne den Boden finden.«

Je tiefer sie gingen, desto riesiger sahen die Raumschiffe aus, desto deutlicher sah Tawe auch, dass die Würfelform nur von weitem zu sehen war. Die beiden Raumschiffe, zwischen denen sie sich nun befanden, zerfielen aus der Nähe betrachtet in Aberdutzende, Aberhunderte wirre Bruchstücke. Die Oberfläche war zerklüftet, ausgestülpt, wölbte sich hier blasig empor, um dort etwas auszutreiben, das beinahe wie Blüten aussah, wie verdorrte, verschimmelte Blüten aus Metall.

Der Gleiter landete neben einer Frachtbühne. Alles-für-euch wimmelten um sie herum.

»Sie überprüfen die Fesselfelder«, erklärte Crykom und stieg schwerfällig aus. »Wenn sie fertig sind, gehen wir hinunter.«

Kurz darauf war es so weit. Ein Zugstrahl hob Crykom auf die Frachtbühne, dann Tawe.

Der Ueeba drehte sich in dem Strahl. Er kam sich klein vor, winzig regelrecht. Und gleichzeitig sehr, sehr wichtig.

Ich sehe das alles, dachte er. *Ich sehe Raumschiffe und Frachtbühnen und … und Aggregate! Und gleich werde ich das Tal der Dimensionen sehen und die Fähre! Die auf Komponente siebenunddreißig wartet! Ich …*

Seine Gedanken brachen ab. Die Bühne setzte sich in Bewegung, und jetzt war der Nebel unter ihnen, schluckte das Licht. Die Farben der Fähre verblassten, sie schlingerte etwas, sackte ein Stück tiefer, und dann rankte der Nebel nach ihnen, nach Tawe, leckte an den Trägern, den Schweißnähten, zitterte um Crykoms zitteriger Hand, und dann – war die Sonne weg, und alles war trüb.

Ich kenne das, versuchte Tawe sich zu beruhigen. *Ich kenne diese Nahe, Rankende … von damals, als ich noch eine Frau gewesen bin, als ich noch eine Larve gehabt habe.*

Aber das stimmte nicht. Seine Larve war durchsichtig gewesen – wenn er es gewollt hatte. Seine Larve war auch nie trüb gewesen, sie hatte geleuchtet, geglüht, war samtig matt gewesen – wie er gewollt hatte. Meistens jedenfalls. Das hier war anders. Und viel zu nah!

Der Nebel leckte um Tawes Mandibeln – rasch schnappte der Ueeba den Mund zu. Aber der Nebel war da und schien in ihn hineinzukriechen … in ihn einzudringen, einzusickern … nicht kalt, sondern irgendwie taub machend, stumpf machend.

Tawe dachte an damals, als er eine Frau gewesen war, und für einen Moment half der alte Schmerz.

Dann hatte er das Gefühl zu stürzen, sich rasend zu drehen, und er riss die Augen auf und richtete sie starr auf die Trägerverbindung der Frachtbühne vor sich.

»Tawe«, sagte Crykom. »Fühlst du dich?«

Fühlst du …

Fühlst …

»Tawe«, sagte Crykom. »Wie fühlst du dich?«

Der Ueeba machte eine fühlerputzende Bewegung. »Ich …«

»Tawe. Reduzieren. Konzentrieren! Was tue ich? Sieh, was ich tue! Sag du es mir.«

»Du … du …« Tawe strengte sich an. Und auf einmal war er wieder klar. »Du bist der Lotse. Du leitest uns hindurch.«

»Hinunter, Tawe. Ja. Sieh, was ich tue. Bleib hier.«

Abwärts schwebten sie, abwärts. Eine Ewigkeit lang. Immer wieder erteilte Crykom den Alles-für-euch, die hier unten anscheinend blind waren, Kursanweisungen.

Eine Ewigkeit lang ging es gut. Dann bemerkte Tawe, wie sinnlos die Kursanweisungen waren und dass die Robotwesen sie nicht befolgten. In alle Richtungen lotste Crykom sie, und immer ging es hinab, hinab, hinab.

Wenn Tawe die Augen schloss, war er wieder in der Bibliothek und stürzte, stürzte, stürzte.

Wenn er die Augen wieder aufriss, sah er, dass dieser Nebel in sie eingedrungen war.

Tawe merkte, dass sein Oberkörper ins Wanken geriet. Die Fühler … der Nebel … der Nebel in seinen Fühlern … lenkte ihn … Klopfen … Trommeln … das ohrenzerreißende Kreischen von Metall …

»Tawe«, sagte Crykom.

»Woah«, machte Tawe. »Hawo. Achwo. Nein, wieso denn.«

»Wir brechen ab«, sagte Crykom.

Und endlos, endlos, endlos ging es hinab.

»So, Chef. Jetzt bist du wieder sauber.«

Tawe öffnete die Augen. Eine blaue Lichtfläche. Gegossener Boden, schief und verkantet. Er richtete die Fühler auf und sah einen kleinen, kugelrunden Alles-für-euch vor dem Panorama der Ringstadt schweben. Links die Nebel des Tals der Dimensionen, rechts die rostigen Klippen. Darüber spannte sich blauer Himmel.

Der Boden unter Tawes Seite war fest. Vorsichtig ging der Ueeba aus der Spirale, richtete den Vorderleib auf. Er ächzte.

»Ich hatte das Bewusstsein verloren?«

»Ja, Chef.«

»Und Crykom ist wieder da unten? Im Tal?«

»Ja.«

»Und was soll ich jetzt machen?«

»Dich erholen, Chef. Wenn ich vorschlagen darf.«

»Mich erholen?« Tawe ließ ächzend den Vorderleib sinken. »Ich glaube, das ist eine gute Idee. Wenigstens eine kleine Verschnaufpause.«

»Ja, Chef. Darf ich dir etwas bringen? Ein Bierchen vielleicht? Oder eine Schale Bonbons? Ich könnte dir auch die Beine bürsten. Oder dich sonst wie verwöhnen.«

Tawe erstarrte. Dann seufzte er und wurde wieder weich. Er hatte in seiner Fabrikzeit völlig vergessen, welch hilfsbereite Geschöpfe die Alles-für-euch waren.

»Ja«, sagte er. »Ja, ich glaube, ich möchte doch so ein kleines Bierchen ...«

»Wunsch vernommen – nachgekommen!«, sagte der Alles-für-euch und schwebte flink davon. »Bin gleich wieder da, Chef!«

Das musste eine neue Mode sein mit diesem *Wunsch vernommen*, überlegte Tawe. Früher hatten sie immer *Dafür sind wir doch da* gesagt.

Er seufzte wieder. Ihm sollte es recht sein. Ihm war alles recht. Pokou hatte ihm heute und morgen frei gegeben, und er würde seine Auszeit in der Ringstadt genießen. Er würde sich von einem ganzen Dutzend Alles-für-euch auf einmal umsorgen lassen, jawohl!

Endlich einmal wieder.

Als der Kugelbursche zurückkam – mit einem Bier, einem frischen, schäumenden Bier in einer Trinkschale! – wollte Tawe sich zunächst ein Sonnensegel aufspannen lassen, dort am Rand des Tals der Dimensionen, aber dann überlegte er es sich anders. Der Platz hier war zu exponiert, und die vielfältige Arbeiterei um ihn herum störte ihn, wenn man es recht betrachtete, bei der Entspannung.

»Ich glaube, ich möchte jetzt woandershin«, überlegte er laut und schlürfte von seinem Getränk. *Forscher sind nüchtern,* dachte er. *Das ist ja wohl nur noch genial. Zwei Tage Auszeit. Zwei. Tage.* »Ich trinke auf meine dimensionstechnische Überempfindlichkeit«, verkündete er.

»Wohl bekomm's, Chef. Soll ich dir jetzt die Beine bürsten? Oh.«

»Was oh?«, fragte Tawe. »Oh?« Und sah nach hinten. »Oh!«

Da kamen *Dutzende* Alles-für-euch angesaust.

»Ich meinte: *Oh, da sind sie ja schon,* Chef. Du hast so ausgehungert ausgesehen. Ich dachte, du könntest ja vielleicht so richtig aus dem Vollen schöpfen wollen, Tawe.«

»Du kennst meinen – natürlich kennst du meinen Namen. Ihr verpfeift mich doch nicht?«

»Wieso?«

»Na wegen …« Tawe zeigte auf sein Bier. »… und so.«

Der kugelrunde Alles-für-euch tanzte auf und ab. »Chef. Du solltest mal die anderen Chefs sehen, wenn sie Ausgang haben.«

Zwei Dutzend Roboter der verschiedensten Ausführungen bestätigten das.

Natürlich. Die anderen Forscher. Sie waren ja keine Gefangenen der Fabrik.

»Und? Haben welche Ausgang? Jetzt gerade?«

»Ein paar bestimmt, Chef. Soll ich die Daten abfragen?«

»Nein, nein. Das reicht mir schon, danke. Hmm!« Tawe betupfte nachdenklich die Schaumreste in dem Becher. »Ich glaube, das wird ein schöner Tag. Aber ich möchte doch ein wenig mehr Abgeschiedenheit. Es muss mich ja nicht gleich jeder sehen.«

»Aber du solltest dir unbedingt noch den Start der Fragmentraumer ansehen, Chef! Das ist ein seltenes Schauspiel.«

»Und ein erfreuliches«, brummelte ein Dreibeiner in der zweiten Reihe.

»Ihr Alles-für-euch mögt die Posbis von draußen nicht gerade, hm?«

»Nein, Chef.« – »Nee.« – »Nö.« – »Gefühlloses Pack.« – »Die sollen ihr Zeug ausladen, ihr Zeug einpacken, und gut ist!«

»Schon gut, verstanden.« Tawe fühlerte zu dem nächsten der fragmentierten Raumschiffe hinüber. »Und das sieht toll aus, wenn die starten?«

»O ja!«, sagte der Kugelige.

»Und das ist sicher? Sie kommen mir nah vor. Und groß.«

»Ach, wir passen schon auf dich auf, Chef«, machte einer. Mit einem Chor aus Echos.

»Ja, na dann … dann hätte ich gern noch ein Bier und vielleicht ein bisschen Schatten.«

Das Dutzend Alles-für-euch überschlug sich schier. Wenig später lag Tawe in einer gemütlichen Sandmulde auf dem Rücken, ließ sich die Beine bürsten, die Panzerbögen ölen, ließ Bier aus einem Fässchen in sich hineinrinnen und schaute unter mehreren Sonnensegeln, Sonnenschirmen, Regenpilzen, einer Guckglocke und zwischen den schrägen, Schatten spendenden Säulen des Dreibeiners hervor zu, wie die Fragmentraumer langsam und feierlich vom Boden abhoben, sich zu einer Kette aufreihten und in den Himmeln verschwanden.

»Ich glaube, nachher möchte ich eine Spritztour machen«, überlegte er laut. »Ans Meer vielleicht … Von Bergen habe ich erst mal genug.« Er sah nach hinten zum Nebelfeld. »Und von Tälern auch.«

Das Meer, das träge Meer, machte ihn melancholisch. An genau so einer Bucht hatte er sich schon einmal in den Sand eingegraben und ein Fässchen geleert oder zwei. Allerdings war das in der Nacht gewesen, und jetzt war helllichter Tag. Damals, als er verzweifelt gewesen war wegen seiner Liebe zu Adilai. Seiner Hitze. Irgendwo hinter dem Sand und den Gräsern begannen Frauen zu singen. Es war eine Abfolge von Schreien ... Trommeln setzten ein ... Pfiffe ertönten wie Vogelschreie ... fernes Knarren ... Grunzen ... Der Dschungel hinter dem Strand und die Töne der feiernden Frauen verschmolzen.

»Moment mal«, sagte Tawe. »Hier feiern keine Frauen. Es ist Tag!«

»Wir haben uns erlaubt, etwas Musik anzumachen, der Gleiter und ich«, sagte der Kugelige und schwebte hinter einer Düne auf. »Wegen der Atmosphäre, dachten wir.«

Musik! Wie lange hatte Tawe keine Musik mehr gehört, ob nun frische oder konservierte. Er hatte ganz vergessen, dass es Musik überhaupt gab.

»Ja. Danke. Das ist eine gute Idee.«

Die Trauer kam in machtvollen Schüben.

»Alles in Ordnung?«, fragte leise der Alles-für-euch schräg über ihm.

»Ja«, sagte Tawe. Er rollte sich zu einer Spirale zusammen, barg sich an sich selbst. »Mir geht es gut«, sagte er in die glatte Haut seiner Rückenpanzer hinein. »So gut wie lange, lange nicht mehr.«

Dann überließ er sich wieder der Trauer und der Musik.

Siebenunddreißig

»Lasst uns eine Reise machen«, sagte er, als er sich wieder gefangen hatte, »eine Reise durch meine Vergangenheit.«

Als sie in der Stadt seiner Geburt ankamen, herrschte noch heller Tag. Es würde noch Stunden dauern, bis die Sonne unter dem Horizont versank. Die Ueeba-Frauen schliefen. Tawe war es recht. Still ragten die riesigen Prachtbauten aus dem Urwald.

»Kreist ein bisschen hier, ja? Genießt die Türme, fliegt die Mauern entlang, die Kuppeln.«

»So, Tawe?« Der Gleiter ließ sich in eine weite Sinkkurve fallen.

»Ja. Tob dich aus.«

Während der Alles-für-euch gemächlich sank und aufstieg und kurvte und kreiste, dachte Tawe an Adilai. Adilai tla Dadié, die geschworen hatte, auf ihn zu warten.

Wo er doch ein Mann geworden war! Wo er doch der Psi-Fabrik gehörte für immer und ewig. Bis in den Tod.

Ob sie wirklich noch immer auf ihn wartete? Noch immer so gern im Wolkengarten schlief? Der Gleiter sagte es ihm.

Ich will nur einmal schauen, dachte Tawe. *Aus der Ferne.*

Aber der Gleiter irrte. Das war nicht Adilai, die sich dort in den Schatten des Wolkengartens herumdrückte, lange vor Sonnenuntergang. Das war eine andere Frau.

»Du machst Witze.«

»Adilai tla Dadié«, sagte der Gleiter. Sein kugeliger Kumpan bestätigte es.

Die Frau wirkte zerbrechlich, kränklich, alt. Ihre Panzerbögen waren stumpf. Ihre Larve war kaum zu sehen, und das konnte nicht nur am Tageslicht liegen.

»Adilai. Meine Adilai. Was ist aus dir geworden?« Sie wirkte so niedergedrückt, so leer! »Lande. Lass mich raus.« Tawe stand schon, da sackte der Gleiter erst durch.

Ein Stück entfernt glitt er hinab. Mochten die Alles-für-euch sich ruhig verplappern oder berichten! Sollte Pokou ihn bestrafen! Womit denn?

»Adilai.«

Sie fuhr herum, sah ihn an, und er sah jetzt, dass es wirklich seine Adilai war.

»Tawe?«

»Ja. Ja! Ich bin Tawe!«

Und sie hielten einander. Und sie war viel zu klein.

»O, ihr Göttinnen«, sagte er. »Ich bin ein *Mann.*« Und zum ersten Mal musste er lachen dabei. Vielleicht sogar darüber.

»Komm, Tawe, komm.« Adilais Stimme – sie hatte doch nie so zerbrechlich geklungen. Aber sie freute sich, sie sah so froh aus, ihn zu sehen.

Unter eine der vorgewölbten Wolken klebten sie sich und fühlerten einander an.

»Du bist so weit weg, Tawe.«

»Ich wollte dich sehen … oh.« Er sah nach unten. Sie berührten einander gar nicht. »Ich glaube, ich wollte dich nicht quetschen.«

»Komm *her.*«

»Das fühlt sich so fremd an«, sagte er nach einem Moment. Und als sie ihn entsetzt anfühlerte: »Nicht du. Ich.«

»Hm, das fühlt sich gut an«, sagte sie. »So männlich.« Sie lachte in seine Brustbeine hinein. »Pass auf, sonst musst du uns noch einen Baum suchen. O, Göttinnen, ich rede Unsinn … was für einen Unsinn ich rede.«

Liebesgeflüster. Sie wollte seine Narbe sehen, sie beklagte seine Beinstümpfe.

»Ich hab auf dich gewartet. Oh, wie ich auf dich gewartet habe. Und jetzt bist du da.«

»Nur kurz, Adilai. In der Fabrik weiß keiner, dass ich hier bin. Ich habe mich davongestohlen.«

»Aber … du brichst mir das Herz, Tawe.«

»Adilai.« Aber was sollte er ihr sagen? Sie liebte ihn, ihr war es egal, dass er ein Mann war.

Und *ihm* war jetzt auch egal, dass er ein Mann war.

»Adilai. Du bist so wunderbar. Deine Liebe ist so wunderbar. Aber die lassen mich nicht gehen. Die lassen mich nie mehr gehen.«

Adilai fühlerte ihn verzweifelt an. »Ja, *schaffst* du denn die Siebenunddreißig nicht?«

Da erst wurde ihm klar, dass die ihn durchaus gehen lassen würden.

Auf einmal hörte er wieder Crykoms Stimme. *Du hast viel Kraft,* hatte der alte Rechenmeister gesagt. *Vielleicht rüttelst du. Vielleicht zerstörst du. Aber du musst es* machen.

Warum hatte er nicht selbst daran gedacht? – Weil er an seine Liebe, ihre Liebe, nicht geglaubt hatte.

»Adilai. Liebste. Ich *werde* derjenige sein, der die Siebenunddreißig löst. Das werde ich! Ich bin schon ganz nah dran, nur ein paar Komponenten noch. Und dann wird es nichts mehr geben, wofür mich die Fabrik festhalten kann! Dann werde ich frei sein! Und zu dir zurückkehren …«

Das Treffen hätte niemals enden sollen. Aber schon ging die Sonne unter, schon schickte Adilai ihn weg! »Geh, Tawe. Mach! Werde frei, und dann komm wieder …«

Als der Gleiter abhob, sah Tawe, dass die Schatten tatsächlich lang geworden waren. Und Adilais Larve, vorhin noch das Gespenst einer Frau, leuchtete vor dem fahl schimmernden Gebilde des Wolkengartens. Wie eine Blüte …

Zutiefst aufgewühlt ließ Tawe den Alles-für-euch zum Herzberg fliegen, wo mit einer Rose alles angefangen hatte. Vor fast zwei Jahren nunmehr.

»Möchtest du feiern, Chef?«

»Nein. Nein, nach feiern ist mir nicht zumute. Aber ich möchte die alten Orte sehen … *unsere* alten Orte.«

So früh am Abend lag die Festwiese leer. Der Müll der vergangenen Nacht war längst weggeräumt. Hellere, dichtere Grassoden zeigten an, wo die Wiese ausgebessert worden war. Wenige Alles-für-euch waren damit beschäftigt, Stände aufzufüllen und die große Musikanlage zu justieren. Noch standen die großen Fluglautsprecher in einem Grüppchen auf dem Boden und vertrieben sich die Zeit mit einem Singspiel.

Bald würde es beginnen, das große, rauschende Fest. Aber jetzt noch nicht.

Das ganze Gelände leer zu sehen, war ein … nein, kein ernüchternder Anblick, aber einer, der ihn mit leiser Traurigkeit erfüllte.

»Flieg mich hinüber zum Jadepalast, ja?«

Er ließ den Gleiter hoch oben an der abgerundeten Wand halten und stieg hinaus, klebte sich an das grüne Gestein. Endlos dehnten sich die Fadenwälder jenseits der Festwiese.

Hier haben wir gesessen, dachte Tawe und seufzte, *nur ein kleines bisschen weiter dort drüben vielleicht, dort unten. Hier ist die Rose ins Gras getaumelt, dem alten Forscher vor die Füße. Lamrié. Den ich getötet habe.*

Bittere, böse Freude glühte kurz in ihm auf. Wie eine Sternschnuppe.

Ich wünschte, ich hätte ein Stück von ihm essen können, dachte er. *Als ein Zeichen. Um ihn zu verdauen und auszuscheiden, als den Dreck, der er war!*

Noch eine Sternschnuppe, die aufglühte und verging.

Hier saßen wir, und unten war der Forscher. Und wer weiß, vielleicht bin ich heute Abend selbst ein Forscher, der dort unten steht und zu irgendwelchen Frauen hinauffühlert. Und vielleicht werden sie Angst vor mir haben. Aber das brauchen sie nicht. Ich werde nie im Leben eines dieser Wesen an die Fabrik verraten. Im Leben nicht! Eher noch fresse ich meine Fühler. Ich schwöre!

Tawe seufzte. »Du kannst jetzt gehen, Gleiter. Ich danke dir. Ich will ein bisschen spazieren.«

Der Kugelige stieg aus dem Fond seines Kumpanen auf: »Ich könnte dich begleiten.«

»Danke. Ich möchte jetzt allein sein. Meine Gedanken sammeln. Bevor der Ansturm kommt.«

»Oh. Ja. Vielleicht noch ein Bier? Ein Nachtlicht? Ein paar Pilze?«

Tawe ging die Wand hinunter und ließ ihn reden. Aber er war froh. So freundlich war seit bald zwei Jahren niemand mehr zu ihm gewesen – außer Tibala. Guter, alter Bala!

Das Gras fühlte sich bereits kühl an, als er von der warmen Wandung trat. Seine Schritte führten ihn in den Jadepalast. Er sah den Staub, den Staub der vielen, langen Jahre. Spuren waren darin zu sehen.

Also machten sie immer noch ihre Mutprobe hier, die Mädchen und die jungen Frauen.

Er folgte den Spuren, die ihm winzig vorkamen, jetzt, nachdem er so lange nur unter Männern gelebt hatte. So wie ihm früher die Spuren von Kindern winzig erschienen waren. Tawe ging an den Wunderkästen vorbei, den Knochen der großen alten Tiere. Anscheinend brachten die Alles-für-euch hier immer noch alles in Ordnung, sobald die Ueeba schlafen gegangen waren. Morgen für Morgen, jahrelang. Jahrhundertelang.

Dann stand Tawe vor dem Gang, der in die Tiefe hinabführte. Selbst jetzt, als Mann, spürte er das Unbehagen, das einen überkam, wenn man die alte Rampe hinunterschaute. Es schien den Ueeba wirklich im Fleisch zu liegen.

Er wappnete sich und ging die Rampe hinunter. Immer dünner wurden die Spuren, die er vor sich sah. Und schließlich ging er über einen unberührten Staubteppich.

Er sah sich um, fühlerte zur Decke hinauf, zählte die großen alten Lampen. *Und wir sind uns damals so stark vorgekommen!*

Als Tawe wieder die Rampe hinuntersah, musste er feststellen, dass er sich auch heute nur stark *vorgekommen* war. Die Schwärze sprang ihn an wie etwas, das ihn fressen wollte.

Er reckte die Fühler und schuf eine Lichtkugel, ließ sie den Gang hinunterschweben. Aber davon wurde sein Gefühl nicht besser. Die Schwärze schien sich um sein kleines Licht zu sammeln, zusammenzurotten.

Tawe machte kehrt.

Als er aus dem Tor des Jadepalastes trat, waren bereits die ersten Feiernden da. Ausgelassen tänzelten sie mit ihren frischen, wabernden Larven durchs Gras und besahen sich Auslagen der Stände, tranken die ersten Biere.

Diese freundlichen, kleinen Wesen, die die Frauen waren. Tawe spazierte zwischen ihnen hindurch und kam sich groß und plump und weltläufig vor. Was wussten sie schon! Den ganzen Tag zu spielen, das hieß, den ganzen Tag zu schlafen! Zu träumen …

Tawe rieb sich die Fühler. Was denke ich denn da?

Schlafen … träumen …

Forscher Tawe, neu auf dem Herzberg in dieser Gestalt, angenehm verwirrt von allem, was um ihn herum vorging, spazierte zu einer Ruhbude und machte es sich in einem knallbunten Eck gemütlich. Ein Alles-für-euch, an dessen breiter Brust ein winziges, kaum fühlerlanges Mädchen klebte, so jung, dass es noch nicht einmal den Hauch einer Larve besaß, brachte ihm etwas zu trinken für den Schlaf und die Träume. »Angenehme zwei Stunden wünsche ich dir«, brummte es aus dem Lautsprecher. Dann drehte der Alles-für-euch sich zu einem Haufen junger Frauen um, die weiter hinten und unten herumalberten, und rief: »He, Mädels! Euer Schwesterchen hat mir grad die ganze Brust hinuntergepieselt … ist eine tüchtige Trinkerin!«

Die jungen Frauen lachten und nahmen ihm das Kind ab.

Tawe ruckelte sich zurecht, und als er die Augen einzog, hatte er beinahe das Gefühl, zu Hause zu sein.

In seinem Traum schien die Sonne, und er flog mit seinem Freund Tibala in einem Gleiter mitten durch die Ringstadt. Tawe lenkte den Gleiter selbst. Das gelang ihm ganz leicht, wenn auch ein wenig ruckelig. Überall sausten Alles-für-euch herum, Fragmentschiffe verdunkelten ganze Stadtteile, aber Tawe und Bala störte das nicht. Sie waren lustig. Einmal konnten sie beim Kreuzen einer vielbeflogenen Schneise nicht sehen, ob jemand kam, und da krabbelte Bala nach vorn auf die Haube des Gleiters und hängte sich so weit hinaus, wie er konnte. »Weg frei!«, rief er, und lachend flogen sie weiter … in ihrem selbst gelenkten Gleiter … Bala auf der Haube, und Tawe am Steuer …

Später in der Nacht wollte er etwas gegen die leichten Kopfschmerzen machen und nahm seinen Spaziergang wieder auf. Der Sternenhimmel spiegelte sich in den Wölbungen des Jadepalastes. Und noch etwas. Ein aggressives, bedrohliches Flackern.

Es musste vom Lodertunnel stammen. Als Tawe lauschte, konnte er ihn fauchen hören.

Der Lodertunnel war aktiv!

Schon kreisten Alles-für-euch über dem Gelände.

Damals, mit Adilai zusammen, hatte er immer Angst vor dem Tunnel gehabt. Seine Adilai jedoch nicht. Er bezwang seine Angst und ging näher.

Dutzende Ueeba-Frauen umstanden einen Ring von Alles-für-euch. Einer der Roboter versuchte auch ihm den Weg zu versperren, aber er herrschte ihn an: »Mach Platz! Ich bin Jungforscher Tawe und auf Weisung von Rechenmeister Crykom hier!«

Frauen reckten die Fühler. Weitere Alles-für-euch glitten heran.

»Lasst mich durch! Befehl von Rechenmeister Crykom. Nun hört schon und gebt den Weg frei.«

Sie taten es nicht. Ihre Programmierung schien es ihnen zu verbieten.

Tawe richtete sich auf, so hoch er mit seinem Rücken konnte, und starrte über sie hinweg. Irgendetwas kam näher, ein wabernder, zerfaserter Schatten vor dem gleißenden Licht. Das Wesen besaß zwei Arme, vier Beine, einen missgestalteten Kopf-Klumpen. Es hinkte. Es war ein unbeholfener, missgebildeter Kelosker. Diese Arme, die verstümmelten Arme!

Das Wesen stürzte seitwärts – nein, es zerriss in der Mitte!

Tawe war entsetzt, dann begriff er, dass es sich um zwei Wesen handelte. Das eine war gestürzt, das andere versuchte ihm aufzuhelfen.

Was für seltsam dürre Wesen es doch waren … wie die Knochendinger im Jadepalast!

»Schaffen sie es?«, flüsterten die kleineren Frauen neben ihm.

»Ja«, sagte Tawe. »Ich glaube, sie schaffen es.«

Hinter ihm jauchzten die Ueeba-Frauen. Sie waren jetzt nicht mehr zu halten, wimmelten um die Alles-für-euch in das freigehaltene Rund. »He!«, riefen die Robots. »He!« Aber was sollten sie denn machen?

Die beiden Wesen, wie Tawe nie welche gesehen hatte, kamen näher. Sie stolperten. Rings um den Tunnel herum zuckten die Larven der ekstatischen Ueeba-Frauen.

Schwankend standen die beiden Wesen da. Sie wirkten mehr tot als lebendig. Das eine fiel ins Gras. Das andere griff sich an den Kopf, brüllte etwas, schwankte, fiel auch.

Die Knochenleute waren angekommen. Und, was Tawe damals noch nicht wusste, das Ende der Fabrik war nahe.

Achtunddreißig

Während Tawe noch überlegte, was er tun sollte, während auch die Ueeba-Frauen einfach verblüfft dastanden, fing das obere der beiden Wesen wieder an, sich zu bewegen.

»Weg! Alle ein Stück weg!«, rief Tawe. »Sie haben vielleicht Angst!«

Das Wesen kam hoch, stand jetzt auf allen vieren. Auch das andere Wesen bewegte sich, zuckte.

Langsam gingen die Ueeba-Frauen wieder näher. Tawe folgte ihnen. Der Tunnel wurde dunkler, bis nur noch das fahle blaue Glühen übrig war, in das Adilai damals so gern geschaut hatte.

Dem wachen Wesen knickten die Vorderbeine ein. Dann kippte es um und lag wieder. Auf dem Rücken diesmal.

»Stirbt es?« – »Es stirbt!« – »Ach! Das Arme …« – »Guck mal, sie tragen Larven. Aber nur auf dem Kopf …«

Eine besonders vorwitzige Frau näherte sich dem Wesen bis auf Fühlerlänge. Das Wesen hob eines seiner Gliedmaßen und berührte einen der Fühler.

»Stielaugen, schick. Ich weiß, was gleich passiert«, sagte das Wesen auf Larion. Auf Larion! Es wand sich, machte merkwürdige Geräusche. »Gleich kommt ein Dings … ein …«

Das Wesen kämpfte sich hoch. Stand wackelig da.

Aufgeregt zuckten die Frauen mit den Fühlern. »Wir müssen ihnen helfen!« – »Die Hüter!« – »Sie müssen zu den Hütern!« Schon bildeten einige ihre Larven um, formten sie zu den Umrissen von Ober-Denkern. Wie eine Woge breiteten sich die Keloskerformen unter den aufgeregten Frauen aus.

»Ja, genau«, sagte das Wesen. »Ein Kelosker. Dankeschön, die Herrschaften. Die Wurmschaften.«

Es kann Larion!, dachte Tawe. *Es kennt Kelosker! Und ich habe noch nie Wesen wie diese gesehen …*

»Die Hüter!« – »Die Hüter werden sich kümmern!«

Nein!, dachte Tawe. Und dieses Nein kam aus tiefsten Tiefen. Er war es leid, der Gefangene zu sein. Der Junge. Der Dumme. *Nein!*

Ein Alles-für-euch kam angerast. Eine Gleiter-Version, die groß genug war, um die beiden Wesen aufzunehmen.

Rasch schob Tawe sich durch die Leiber der Frauen.

»He! Ihr Brüder auch noch?«, brüllte das Wesen. »Seid ihr wahres Leben oder was?!«

Dann machte es wieder die komischen Geräusche, und ihm trat eine Flüssigkeit aus den Gesichtsöffnungen.

Als der Alles-für-euch gerade seine Kuppel öffnete, um die Wesen aufzunehmen, war Tawe schon dazwischen.

Er machte beruhigende Gesten zu dem Wesen. Dann wurden sie von dem Zugstrahl ergriffen, und das Wesen drehte seine Augen in den Kopf zurück und erschlaffte.

»Bring uns zur Fabrik«, sagte Tawe zu dem Alles-für-euch.

»Aber, Chef. Sie sind verletzt. Sie kamen aus dem Tunnel. Sie müssen medizinisch versorgt werden und nach Siebenkopf. Rechenmeister Crykom …«

»Ich *komme* von Rechenmeister Crykom«, sagte Tawe. »Ich habe Weisung, diese Wesen in die Psi-Fabrik zu bringen.«

»Da muss ich erst nachfragen, Chef.«

»Tu, was du nicht lassen kannst. Aber Rechenmeister Crykom befindet sich auf Montage im Tal der Dimensionen. Was meinst du, warum er mich geschickt hat?«

»Oh. Also zur Fabrik, Chef.«

Vor der Krankenstation wartete Tibala schon.

»Aus dem Dimensionstunnel?«, sagte sein Freund. »Und dann bringst du sie hierher?«

»Wir sind Forscher«, sagte Tawe ungerührt. »Also forschen wir.«

»Der Erste Rat wird stinksauer sein, wenn er das hört.«

»Pokou werde ich eben sagen, dass … oh … Sei gegrüßt, ehrenwerter Pokou!«

»Was ist das hier?«, fragte der Alte.

»Zwei Fremdwesen. Aus dem Dimensionstunnel, Erster Rat. Rechenmeister Crykom ist gerade anderweitig beschäftigt, und wir sollen uns so lange um diese Wesen kümmern.«

»So? Sollen wir? – Und warum sollte ich dann stinksauer sein, Jungforscher Tibala?«

»Ääh …«

»Rechenmeister Crykom war heute mit mir im Tal der Dimensionen«, trumpfte Tawe auf. »Auf dem Rückweg habe ich diese beiden Wesen gleich mitgenommen. Sobald Crykom seine Arbeiten abgeschlossen hat, werde ich ihn von der Ankunft der Wesen informieren! Jetzt müssen wir uns beeilen! Sie brauchen medizinische Versorgung! Wir wollen doch nicht, dass sie uns unter den Fühlern wegsterben.«

Nun war es am alten Pokou, *ääh* zu sagen.

Sie ließen ihn stehen.

»Tja. Mal sehen, was sich machen lässt«, sagte Tibala und begann sich zu desinfizieren. »Erst mal müssen wir sie wohl aus diesen seltsamen Schalen rauskriegen.« Er klopfte an das larvenähnliche Rund über den Köpfen und einige harte Stellen an dem, was offensichtlich über die Leiber gespannt war.

»Du wirst das schon machen.« Tawe musste wieder an den Traum denken. »Da habe ich volles Vertrauen in dich.«

»Wenigstens einer ...«, hörte er Tibala sagen, als er die Krankenstation verließ.

Tawe war müde, aber er war auch aufgewühlt. Er hatte Adilai geschworen, die Siebenunddreißig zu lösen. Auf dem Hof sah er sich um. Alles war wie immer taghell ausgeleuchtet, aber um diese Uhrzeit, wenn Abend und Morgen gleich fern waren, lag der Hof meist still.

Heute auch schon wieder fast. Die kleine Aufregung um die Ankunft der Fremden herum hatte sich beinahe gelegt.

Tawe warf einen Blick in den Imago-Saal. Wie er sich gedacht hatte, waren alle Arbeitsplätze leer.

Er hatte fast alle Artefakt-Komponenten zu bilden geschafft. Was waren die fehlenden Vierunddreißig, Fünfunddreißig, Sechsunddreißig gegen die Erfahrung von all den Komponenten davor?

Er ging die Unterlagen durch, die er sich ohnehin schon Dutzende Male angesehen hatte. Er sammelte sich. *Na schön. Dann wollen wir mal.*

Vor seinen Fühlern verfestigte sich Licht zu Energie. Die Energie wurde zu Form. Zu einem Gebilde, das dieses Mal jedoch nichts mit einem sich verwindenden, unmöglichen Knoten gemeinsam hatte – die Siebenunddreißig war praktisch nur eine Röhre von sieben Metern Länge und vier Metern Durchmesser.

Nichts an ihr schien im Mindesten besonders. Und dennoch war es diese scheinbar simple Form, auf die die Imago-Forscher so lange zugearbeitet hatten.

Tawe nahm jedoch nicht nur die äußere Form wahr, sondern tastete die Siebenunddreißig mit den Sinnen eines Forschers ab.

Nun stellte sich heraus, dass es für Triumphgefühl zu früh war: Er hatte zwar die Form der Siebenunddreißig geschaffen, aber der Psionische Stempel war ihm völlig missglückt.

Er hätte am liebsten einen neuen Anlauf unternommen, aber das war Unsinn.

Er war zu erledigt. Er konnte sich kaum noch auf den Beinen halten, und sein Rücken … seinen Rücken hätte er am liebsten für die Nacht irgendwo hingestellt. Möglichst weit weg von sich.

Er rollte sich ein, streckte sich wieder – und sah im Zugang zum Imago-Saal jemanden stehen.

»Ehrenwerter Pokou. Du hast Schichtantritt? Ich entschuldige mich jetzt, brauche dringend etwas Schlaf. Wir sehen uns morgen.«

Der Alte sagte nichts. Was sollte er auch sagen? Ihm einen Vorwurf machen, weil er die paar Aufgaben übersprungen hatte? Nun, er würde sie in den nächsten Tagen erledigen, wie sich das gehörte. Aber Tawe wusste jetzt, dass er der einzige lebende Forscher war, der zumindest in der Lage war, die Form der Siebenunddreißig zu erschaffen.

Und Pokou wusste es auch. Was also sollte er sagen?

»Übertreib es nicht, Jungforscher«, sagte er. »Übertreib es nicht!«

Aber es klang nur noch hilflos.

Tawe betrat die Krankenstation. »Und? Wie geht es ihnen?«

Tibala versorgte gerade einen Forscher, der sich in der Küche verletzt hatte. »Sie verfärben sich«, sagte er. »Ich weiß nicht, ob man dann sagen kann, es ginge ihnen gut. Aber sie atmen, sie leben.«

»Dann sind sie nicht wieder zu Bewusstsein gekommen?«

»Nur kurz. Das eine jedenfalls. Wir können gleich hinüber, ich bin fast fertig.« Er legte die Pistole weg und klopfte dem verletzten Kollegen gegen ein Brustbein. »So. Wenn du nicht ganz viel Pech hast, wächst sie wieder sauber zusammen. Pass das nächste Mal besser auf mit dem Fleischwolf.«

»Ja, ehrenwerter Kollege«, sagte der Forscher und befühlerte die geklebte Mandibel. »Danke.«

Tawe sah ihm nach. »Wie hat er das denn geschafft?«

»Man sollte einen Fleischwolf halt nicht ohne Werkzeug auskratzen. Verfressener Kerl. Komm.«

Die beiden Fremdwesen waren in einem Nebenzimmer untergebracht. Durch eine offene Tür fiel Licht herein, gedämpft durch ein Sonnensegel. »Ich dachte, sie sollen sich nicht gefangen vorkommen, falls sie aufwachen«, sagte Tibala.

»Keine schlechte Idee.«

Tibala zog das Tuch beiseite, das er über die Wesen gelegt hatte. »Es war eine ziemliche Arbeit, sie aus diesen Hüllen rauszukriegen. Es sind Warmblüter. Mit Innenskelett. Säuger anscheinend.«

»Aua.« Die Wesen sahen wirklich merkwürdig aus. Ihre Haut war bunt verfärbt, zu unregelmäßig für selbst ein wildes Muster.

»Es verändert sich langsam. Ich habe Aufnahmen gemacht.« Tibala spielte sie auf einem Monitor ab.

Tawe sah zu, wie die Flecken aufblühten, sich verbreiterten, dabei heller wurden. Es wirkte wie ein Larvenspiel in Zeitlupe. Er befühlerte ihr Fleisch.

»Es verfärbt sich unter Druck.« Tibala zeigte es ihm.

»Sie sind druckempfindlich? Was für seltsam schutzlose Wesen. Kein Wunder, dass sie sich zusätzliche Häute anziehen. Oh. Wie sieht das denn hier unten aus?«

»Sie werden wund nach einer Weile«, sagte Tibala. »Schau.« Er drehte das leichtere Wesen etwas auf die Seite. »Ich habe ein Tuch darunter gelegt, aber das hilft auch nicht viel. Man muss sie immer wieder ein bisschen anders hinlegen.«

»Sie sind wie nackte Säuger«, überlegte Tawe. »Du musst sie mehr schützen in ihrem Schlaf. Sicher verstecken sie sich zum Schlafen irgendwo. In einer kleinen Höhle, einem Nest, einer Sandmulde. Probier das aus.«

»Gut«, sagte Tibala. Sie sahen eine Weile auf die beiden knochigen Wesen hinab. »Hast du schon von Crykom gehört?«

»Nein«, sagte Tawe leichthin. »Aber wenn er kommt, soll er sehen, dass wir uns gut um sie gekümmert haben.« Er fühlerte zu den Medizinkugeln hinauf, die über den Köpfen der beiden Wesen angebracht waren.

Tibala sah ebenfalls dorthin. »Die Daten scheinen in Ordnung zu sein. Jedenfalls bewegen sie sich in fest abgegrenzten Bereichen. Bei jedem Wesen ein bisschen anders, aber stabil.«

»Sie sehen bizarr aus«, sagte Tawe. »Und so unterschiedlich. Schau dir diese Behaarung an. Dem einen Wesen wachsen fast überall welche. Das andere ist fast unbehaart. Und hier wächst ihm überhaupt nichts.« Er zeigte um die Mundöffnung herum.

»Und dann sieh dir mal das hier an. Äußere Geschlechtsteile – es müssen jedenfalls welche sein.« Er zeigte zwischen ihre Hinterbeine.

»Hm. Hast du sie durchleuchtet?«

»Klar. Es sind Säuger.«

»Intelligente Säuger!«

»Hm«, machte Tibala. »Was es nicht alles gibt.«

Als die Medizinkugel anschlug, ließ Tibala sofort alles stehen und liegen und eilte in die Krankenstation.

Das kleinere Knochenwesen kauerte oben auf der Nestwandung! Es war wach! Es konnte sich fortbewegen!

»Bleib, wo du bist!«, sagte das Wesen. Es sprach Larion, wie Tawe gesagt hatte!

»Sorge dich nicht«, sagte Tibala rasch. Er hatte Angst, dass das Wesen hinunterfiel. Es schwankte. »Ich will dir nichts tun. Ich freue mich, dass du wach bist, ja?«

Das Wesen schlug die Fühler der Medizinkugel weg. »Dann sag diesem Ding, dass es verschwinden soll.«

Tibala ging rasch hinauf zur Steuereinheit und sorgte dafür, dass die Kugel sich an die Decke zurückzog.

Das kleine Knochenwesen ruderte mit den Vorderbeinen und rutschte ins Nest, schaffte es kaum, sich dabei abzustützen.

»Du wirkst sehr erregt.« Tibala blieb vorsichtshalber, wo er war. Das Wesen versteckte sich halb unter den Tüchern und bleckte die zahnbewehrte Mundöffnung. »Was kann ich tun, um dein Wohlbefinden zu erhöhen?«

»Gib mir meine Kleider wieder!«

»Kleider … Ich verstehe nicht.« Er fühlerte zu dem anderen Wesen. Es war anscheinend immer noch ohne Bewusstsein.

»Meinen Anzug!«, zwitscherte das Kleinere. Es wackelte mit dem Kopf. »Das, womit meine Haut bedeckt war, als ich … als wir hierher gekommen sind. Auf eure Welt.«

»Ah. Diese larvenartigen Hüllen, ja? War gar nicht so leicht, sie zu entfernen. Sie haben sich gewehrt. Moment, ich hole sie.« Als er wieder in das Nest schaute, sah das Wesen bereits weniger aufgeregt aus. »Ich lasse sie dir hineinfallen, ja?«

»Danke. Und dann geh ein Stück weg. Ich will mich in Ruhe anziehen.«

»Ach so? Nun gut. Ich komme gleich wieder. Ich bringe dir Essen und Trinken.«

Während er es holte, fragte er sich kurz, ob er Tawe verständigen sollte. Aber er entschied sich dagegen. Sein Freund arbeitete wie ein Besessener. Er brauchte jetzt keine zusätzliche Aufregung. Er sollte lieber einmal ein Stündchen schlafen – und wenn auch nur direkt im Imago-Saal.

Die Sechsunddreißig ist geschafft!, dachte Tibala. *Kein lebender Ueeba hat je jemanden die Sechsunddreißig machen gesehen. Und eins der Wesen ist erwacht. Was für ein Tag!*

Als er wieder in das Nest schaute, trug das Wesen nicht alle seine Kleidung. Nur die untere, hellere, weichere. Die schützte ja wohl nicht. Trotzdem wirkte das Wesen jetzt weniger aufgeregt.

»Ich bin Tibala vom Volk der Ueeba«, stellte er sich vor. Als er bis auf den Nestrand ging, um das Tablett hinunterreichen zu können, riss das Wesen wieder die Augen auf. »Hier ist eine Stärkung«, sagte er betont ruhig. »Ich gebe sie dir, dann gehe ich wieder hoch. Wie heißt du, fremdes Wesen?«

»Tamra.« Das Wesen hielt sich den Becher unter die Nasenöffnung.

»Du kannst das trinken. Es ist sauber.«

Das Wesen trank. Dann schnupperte es vorsichtig an dem Brei.

»Du kannst das essen. Es ist verträglich für euch. Du hast es in deiner Starre schon als Nährlösung bekommen. Es ist das verträglichste Lebensmittel, das wir haben. Wir füttern unsere Jungen damit.«

Das Wesen sah auf. »Baby-Brei, ja?«

Tibala war für einen Moment verblüfft. *Geriebene Kinder? Das konnte nicht sein Ernst sein!*

Dann fiel ihm ein, dass es wahrscheinlich ein Nahrungsmittel *für* Kinder meinte. »Ich glaube, so kann man sagen. Wir benutzen das Larische als Fachsprache. Brutpflegerische Begriffe kommen in unseren Vokabelsammlungen nicht vor. Die kann ich nur in Ueebaka ausdrücken.« Er machte ein paar Worte vor. »Bloß verstehst du sie nicht. Nicht wahr?«

Das Wesen verneinte schlürfend. Es saugte an dem kurzen Schlauch, wie Tibala sich gedacht hatte. »Hast du mich gefunden?«

»O nein. Das war Tawe! Unser absoluter Topforscher! Aber er hat gerade leider keine Zeit, sich um euch zu kümmern. Ihm gelingt immer wieder um einen Jungfühler die Lösung der Siebenunddreißig. Und dann doch wieder nicht. Es ist zum Verzweifeln.«

»Ach so?«

In der Folge stellte Tibala erfreut fest, dass sich dieses Wesen Tamra immer mehr beruhigte, immer gelassener wirkte. Irgendwann lehnte es an der Nestwandung und rutschte langsam immer tiefer.

»Gefällt dir das Nest? Findest du es bequem? Tawe hat gesagt, ich soll zusehen, dass ich euch gute Ruhemöglichkeiten schaffe. Es war gar nicht so leicht, kann ich dir sagen. Ich habe es mit Sandmulden probiert und mit eingedicktem Wasser, aber irgendwie haben sich eure Leiber dann immer aufgeregt. Schließlich habe ich mir dieses Nest abgeguckt, von ein paar kleinen baumbewohnenden Säugern im Fadenwald.«

»Habt ihr denn keine Betten? Keine Ruheliegen?«

»O nein, wir kleben uns immer einfach bloß irgendwo hin, an irgendeine geschützte Stelle.«

»Das klingt aber ungemütlich.«

»Ungemütlich!« Tibala war verblüfft. Was hatte dieses Wort mit einem Schlafplatz zu tun? »Trocken muss die Stelle sein. Schattig. Und schön dicht am Arbeitsplatz, damit man gleich weitermachen kann.«

»Ihr seid aber fleißig.« Das Wesen lag inzwischen wieder auf dem Nestboden.

»Klar. Wir sind Männer. In Haufen rumkleben überlassen wir den Frauen.«

»In Haufen? Ach so?«

»Frauen, die kuscheln ständig. Mit ihren Freundinnen. Kleben sich alle zusammen in eine Ecke und kichern und erzählen sich Geschichten. Alberne, flatterhafte Wesen, die sie sind.«

»So, so«, sagte das Wesen Tamra. Es machte ein schmatzendes Geräusch. Bestimmt schlief es gleich ein. »Sind sie also.«

»O ja«, sagte Tibala. »Ich bin froh, dass ich keine Frau mehr bin.«

»Nicht mehr? Ihr seid Geschlechtswandler? Das erklärt, warum ihr nackt rumlauft.«

»Dann frierst du gar nicht?«, stutzte Tibala. »Dann versteckst du deine *Geschlechtsteile*?«

»Versteckt ihr sie nicht?«

»Nein.« Tibala überlegte. »Also sie sind eigentlich schon versteckt. Sie kommen nur manchmal raus, weißt du.«

»Dann bekleidet ihr euch gar nicht? Schmückt euch nicht? Erhöht nicht eure Attraktivität?«

»Nein. Wir nicht. Wir sind doch Männer. Die Frauen, die haben ihre Larven. Und tragen Beinringe und so Zeug.«

»O ja. An die Larven erinnere ich mich. Diese leuchtenden Blasen, nicht? Sie schmücken sich, kuscheln, albern herum, erzählen sich Geschichten – ich glaube, ich will eure Frauen mal kennenlernen … Tibala?«

»Ja?«

Tamras Stimme wurde noch undeutlicher. »Erzählst du mir eine Geschichte? Ein Märchen … ich bin so müde.«

»Ein Märchen.« Er war verblüfft. *Ein Märchen!,* dachte er. *Das ist lange her.* »Ja, das kann ich wohl tun.«

Er schlüpfte das Seil hinunter und legte sich auf den Rand des Nestes, streckte die Beine durch. Das Tamra-Wesen schielte leicht, als es ihn ansah. Es klappte immer wieder Häute vor die Augen.

Männer, dachte Tibala. *Frauen. Larven. Es weiß nichts über uns Ueeba … alles ist ihm neu.* Und da wusste er, was er Tamra erzählen würde. »Die Geschichte von der Seherin Mesehi. Sie erzählt von unserem Ursprung. Sie ist in dieser Form beinahe zweitausend Jahre alt … Hörst du?«

»Ja«, sagte das Wesen leise und undeutlich. »Ja, Mama.«

Dieses Wort war ihm gänzlich unvertraut. Er wollte schon danach fragen, aber dieses Tamra schien bereits zu schlafen.

Er erzählte ihm das Märchen trotzdem.

Neununddreißig

In ihren Kampfanzügen flogen sie das Gebirge hinunter zur Ringstadt. Tamra hatte keinen Alles-für-euch-Gleiter nehmen wollen. Und andere Fluggeräte besaßen die Imago-Forscher nicht.

Sie war so froh gewesen, als Startac von sich aus gesagt hatte, dass sie von hier abhauen würden.

Während sie dahinrasten, verrauchte ihre Wut, und sie konnte wieder klarer denken. »Startac. Lass uns mal anhalten. Auf dem Felsen da.«

Sie landeten auf einem schroffen Felsdurchbruch. Das Gestein war scharfkantig und schien aus versteinerten Ablagerungen eines alten Meeresgrunds zu bestehen.

Durch Tamras halb geöffneten Helm drang pflanzensatte, würzige Luft. Sie atmete schnuppernd ein.

Startac sah sie an.

»Wir können nicht planlos durch die Gegend sausen.«

Er schmunzelte. »Das sehe ich auch so. Schön, dass wir einer Meinung sind.«

»Was können wir tun?«

Er zuckte mit den Achseln. »Uns ein Raumschiff suchen.«

»Wir werden nur lauter Posbi-Raumer finden! Dieser ganze Planet ist ein einziger Maschinenteufel! Sie überwachen alles!«

Startac sah sie an. »Und das heißt?«

»Wir müssen irgendwie anders weg.«

»Zum Beispiel?«

»Ihr Mütter! Sag du doch mal was! Sitz nicht einfach bloß da herum!«

»Wir könnten den Dimensionstunnel nehmen.«

»Und wieder auf Terra Incognita herauskommen? In der totalen Isolation? Da hätten wir ja gleich dort bleiben können!«

Startac nickte. »Zumal wir es vielleicht nicht einmal überleben würden. Gut. Oder vielmehr: nicht gut. Dann eben mit den Posbis. Wir könnten uns von ihnen ein plasmafreies Raumschiff bauen lassen, das wir selbst steuern.«

Sie schüttelte den Kopf. »Wir wüssten ja nie, ob wir nicht doch in einem riesigen Robot sitzen, der uns bei der Rückkehr in bekannte Sektoren dann prompt den Maschinenteufeln ausliefert. Oder den Laren. Die haben hier ja Verbindung zu Laren.«

»Ich frage mich, wie viel Verbindung die überhaupt zu irgendwas haben. Die Posbi-Kultur hier ist friedlich bis zum Abwinken. Die Kelosker sind nur mit ihrem Jahrtausendplan beschäftigt. Die Ueeba eigentlich primitive, planetengebundene Ureinwohner. Das ist hier ein kleines Taschenuniversum, ein regelrechtes Idyll – trügerisch vielleicht, aber dennoch.«

Tamra überlief ein Schaudern. »Diese Welt ist krank, Startac, sie ist einfach bloß krank. Die stimmt hinten und vorn nicht. Das ist alles so sauber getrennt und in Schachteln gepackt hier, dass es einen graust.«

»Du meinst diese Männer- und Frauengeschichte?«

Sie nickte. »Unter anderem. Die Frauen leben wie im Paradies. Aber ich misstraue Paradiesen. Ich frage mich: Was bezahlen sie dafür? Irgendetwas müssen die Alles-für-euch doch kriegen, sonst hätten sie keinen Grund, die Frauen von vorn bis hinten zu bedienen.«

»Ich würde Posbis nicht nach menschlichen Maßstäben beurteilen. Was haben die Maschinenteufel draußen davon, alles Leben zu töten? Abgesehen davon ist es, glaube ich, ganz offensichtlich: Die Posbis beziehungsweise die Kelosker hinter ihnen kriegen die Artefakt-Komponenten. Das ist der Deal.«

»Dann diese Mannwerdungsgeschichte. Hast du dir die Larven der Frauen mal angesehen?«

»Natürlich.«

»Die sind so schön. Da steckt ganz viel Kreativität drin. Und dennoch macht keine einzige Frau sich an diese Psi-Materie-Komponenten. Weil sie dazu angeblich nicht in der Lage sind! Warum denn nicht?«

»Sie besitzen irgendein Potenzial, das erst nach der Mannwerdung freigesetzt wird. Passt doch.«

»Ja, hier passt alles. Es hat alles seine Folgerichtigkeit. Aber hast du je eine so … übersichtliche Kultur gesehen? Sie ist total aufgeräumt. Alles, was eine Kultur eigentlich ausmacht … Reibungen … Nebeneinander … Überschneidungen … Verschmelzungen … hier gibt es so etwas nicht. Hier ist alles schwarz oder weiß. Die Frauen feiern und spielen. Keine Arbeit, keine Mühsal. Herrje, sie ziehen nicht einmal die Kinder auf! Selbst das überlassen sie den Posbis im Hütehaus!«

»Im Hütehaus?« Startac rieb sich das Kinn.

»Hat mir Tibala erzählt. Als du noch geschlafen hast. Ich hab wohl irgendwie mal das Wort *Mama* erwähnt. Dann haben wir uns übers Kinderkriegen unterhalten, über … Startac, schau doch nicht so.« Dann begriff sie. »*Allgemein,* Startac. Wie es bei den Menschen organisiert ist und bei ihnen hier. Die Frauen sind zwei- bis dreimal im Jahr fruchtbar. Sie haben Sex mit den Männern, viel Sex, dann gehen sie ins Hütehaus zur Eiablage. Ein paar Wochen später lassen die Posbis die lieben Kleinen dann hinaus ins Leben krabbeln. Keine Mutter. Kein Vater. Lauter Schwestern, kleine und große. Von denen ein paar dann einmal Männer werden und eine Arbeit leisten, die niemand anders hier leisten kann, kein Kelosker, kein Posbi.«

»Ich verstehe, was du meinst.«

»Die machen die Kiste auf: Fortpflanzung. Und dann machen sie die Kiste wieder zu. Das ist alles ganz praktisch. Zu praktisch.« Sie griff sich unter den Helm, massierte die Augen. »Irgendwann zwischendurch hab ich gedacht, die Frauen hier wären so ein Harem für die Männer. Sex-Sklavinnen. Aber das ist nicht so. Alles ist freiwillig. Alle sind gut drauf. Alle erfreuen sich ihrer schönen, ordentlichen Lebensschachteln.«

»Nicht alle. Tawe nicht.«

Sie seufzte. »Tawe nicht.« Unter ihnen glitzerte die Ringstadt. Vereinzelt trieben Abgasschwaden durch die Luft. Aber hier war nichts davon zu riechen. Tamra sah auf die Stadt hinab. Von hier aus wirkte sie beinahe wie eine normale Menschenstadt. Nicht ganz. Dazu war sie zu unstrukturiert. »Wir *kommen* hier nicht weg, Startac.« Sie war selbst verblüfft, wie ruhig sie das jetzt aussprechen konnte.

»Jedenfalls nicht auf die Schnelle.«

»Du hast das schon gewusst, oder?«

»Hm.«

»Du hast das gewusst und trotzdem vorgeschlagen. Und dann hast du deinen Mund gehalten und mich reden lassen, bis ich selbst drauf komme.«

»Wenn ich dagegen gesprochen hätte, hätten wir uns gestritten.«

Wieder stieg Wut in ihr auf. »Du hast mich manipuliert.«

»Habe ich das? Weil ich nicht bereit bin, den Bösen für dich zu geben? In einem Gespräch, das du ebenso gut als Selbstgespräch führen kannst? Vielleicht wolltest ja *du* mich manipulieren ... mich in diese Rolle schieben, wer weiß.« Er stand auf. »Das ist alles müßig, Tamra. Du bist wütend. Du bist angekratzt. Das ist real. Das ist wichtig. Aber es ist *dein* Gefühl. Behalte es bei dir, anstatt es auszutoben.«

Sie konnte es nicht fassen. »Bitte?«

»Du bist auf dieser Welt gefangen. Also reibst du dich an ihr. Also witterst du hier all das, was dir früher auch schon das Leben schwergemacht hat.«

»Du ... du ...« Sie ruderte mit der Hand, schüttelte den Kopf. Sie wusste nicht, was sie sagen sollte.

»Hör dich mal selber reden. Männer, Frauen, Sklavinnen. Fortpflanzung. Kinder, die keine Mütter haben. Schachteln. Kommt dir das nicht bekannt vor?«

Sie wollte aufschreien, aber ... da waren ihre toten Eltern ... das Leben im Internat ... die Täuschungen ... das Lager ... ihre Versklavung als Untote ... all die Frauen, denen sie begegnet war, die sich mit sexuellen Gefälligkeiten durchgeschlagen hatten ... Die Liste war endlos.

»Du meinst ... ich bilde mir das alles ein?«

Startac schüttelte den Kopf.

Sie konnte nicht mehr stehen bleiben, ging auf den wenigen Metern einigermaßen ebenen Gesteins auf und ab. »Du meinst, weil es in mir drinnen so aussieht, sehe ich das auch draußen? *Ich* bin es, die gefangen ist? Die immer noch gefangen ist?«

Sie hatte das Gefühl, ein dunkler Schatten würde sich über sie legen – ein riesiges, bleischweres Gewicht auf sie senken.

Erst als sie sah, wie Startac den plötzlich dunklen Kopf nach oben riss, wurde ihr klar, dass es wirklich so war.

Der Konvoi von Fragmentraumern zog langsam dicht über sie hinweg. Schroeder zählte 13 Stück. Sie schwebten quer durch die Stadt zu der freien Fläche jenseits der Bebauung. Dem Tal der Dimensionen. Dort verteilten sie sich auf Landefelder.

Schroeder hatte mit Tamra durchsprechen wollen, dass sie seiner Meinung nach nur zwei Alternativen besaßen, um hier wegzukommen: entweder, indem sie in irgendeinem Lagerhaus oder so das Raumschiff eines anderen Sternenvolks aufspürten, das vielleicht einmal mit Pakuri Handel getrieben hatte oder hierher verschlagen worden war. Oder die Posbis baten, ihnen ein spezielles, auf ihre Bedürfnisse zugeschnittenes plasmafreies Raumschiff zu bauen.

Aber erst hatte Tamras Gefühlsausbruch die Besprechung solcher mittelfristigen Strategien verhindert, und jetzt wollte er sich das hier ansehen.

»Komm«, sagte er. »Gib mir deine Hand.« Und zum ersten Mal seit seinem Erwachen auf Pakuri wagte er eine Teleportation. Sie brachte die beiden bis auf Sichtweite an die landenden Raumer heran. Von dem erhöhten Punkt einer Fabrikanlage aus beobachteten sie, wie die nächstgelegenen Landepunkte von den Würfelraumern gefüllt wurden. Bald wimmelte es vor Posbis.

»Wartungsarbeiten vermutlich. Austausch der Linearkonverter. Wer weiß, wann sie wieder los müssen«, sagte Schroeder.

»Sieh mal.« Tamra zeigte zu einem der weiter entfernten Fragmentraumer. Er öffnete gerade einen gewaltigen Hangar. In der klaffenden Öffnung kam, von geradezu monströsen Antigravbühnen gehalten, ein klumpiges Gebilde von bestimmt 400 Metern Höhe zum Vorschein. Es hatte die Form eines gigantischen Herzens, war in sich jedoch geformt wie ein riesiger Knoten oder ein Konglomerat aus Gedärmen.

Die Hangarschotts schlossen sich wieder.

Das Herz gleißte in der Sonne. Es schien zu warten.

»Sollen wir näher heran?«, fragte Schroeder.

»Ich weiß nicht.« Tamra sah sich nervös um.

Es war nicht überraschend. Ihr steckte die Angst vor den Posbis in den Knochen. Aber über sein eigenes Zögern wunderte Schroeder sich. Er horchte in sich hinein. Er hatte nicht das Gefühl, dass ihnen von dem Gebilde Gefahr drohte. Aber er wollte auch nicht, dass die Posbis aus den Fragmentraumern ihn wahrnahmen. Vielleicht kamen sie ja von außerhalb des Pakuri-Systems.

Vom Gebirge her, aus der Richtung der Fabrik und der Kelosker-Siedlung, näherte sich ein Gleiter. Beim Näherkommen erkannte er einen Kelosker in dem Gleiter. Der sogenannte Ober-Denker begab sich an Bord der untersten Antigravbühne.

»Ob das Crykom ist? Komm, dort vorn hin, auf diese Erhöhung.« Er hielt Tamra die Hand hin, und sie ergriff sie.

Es war tatsächlich der Rechenmeister mit den merkwürdigen spinnennetzartigen Hautmustern. Unter der Führung des Keloskers transportierten die Alles-für-euch das Frachtobjekt zu der Nebelsenke, die den Innenkreis der Ringstadt bildete.

Das Frachtobjekt versank in dem Nebel. Vollständig. Trotz seiner gewaltigen Eigenhöhe. Das Tal musste also mindestens 400 Meter tief sein.

Tamra und Startac warteten einige Zeit, aber der Nebel lag absolut still. Nichts deutete darauf hin, dass sich am Grund des Tals irgendeine Aktivität abspielte.

»Startac!« Tamra zeigte nach hinten, wo sich die Kette von Posbiraumern wieder hinauf in den Himmel schraubte. »Für Posbis gibt es anscheinend keinen Landurlaub.«

Startac starrte mit zusammengekniffenen Augen nach oben. »Nicht zu fassen«, flüsterte er. Ruckhaft sah er Tamra an, hielt ihr die Hand hin. »Komm!«

»Was ist denn los?«

»Es sind nur zwölf. Eine BOX steht noch in ihrem Landeslot!«

Zwei Sprünge später hatten die beiden sie gefunden. Es handelte sich um ein Schiff, das deutlich sichtbar vor kurzer Zeit umfangreich repariert worden war. Die Spuren des kosmischen Staubs, die eine Schiffswandung mit der Zeit wie schrundiges Schmirgelpapier aussehen ließen, waren an den erneuerten Stellen praktisch noch kaum vorhanden.

»BOX-1122-UM ...«, sagte Schroeder. »Es ist nicht zu fassen. Aber schockieren sollte mich hier nach dem Dimensionstunnel und den Keloskern eigentlich nichts mehr!«

Tamra machte große Augen. »Du kennst dieses Schiff?«

»Eigentlich nicht.« Startac lachte. »Aber vielleicht einen Teil der Besatzung. Wie sieht's aus – wolltest du nicht schon immer mal in ein richtiges Schiff der Maschinenstürmer?«

»Spinnst du?«

Er hielt ihr die Hand hin. »Oder sagen wir es anders: Möchtest du vielleicht gern Perry Rhodan besuchen?«

Vierzig

»Ich staune, dass ihr euch hier auf Pakuri frei bewegen könnt«, sagte Perry Rhodan, nachdem sich die Aufregung ein wenig gelegt hatte. Sie saßen an Bord der BOX in einem der improvisierten Besprechungsräume.

Startac Schroeder lachte. »Du müsstest die Posbis hier einmal sehen, Perry. Dann würde dich nichts mehr wundern. Die haben nicht nur keine Hass-Schaltung, denen ist irgendeine Liebes-Schaltung untergejubelt worden.« Er sah zu Nano Aluminiumgärtner. »Du solltest hier viele Freunde finden.«

Rhodan setzte ein schiefes Grinsen auf und warf einen Blick zu Mondra. Sie klappte eine Braue hoch.

Startac sah sich um, als niemand lachte. »Hab ich was Falsches gesagt?«

»Nun, sagen wir es einmal so: Die Anspannungen der letzten Zeit sind an keinem fühlenden Wesen spurlos vorbeigegangen. Aber habe ich das richtig verstanden: Bei den hiesigen Posbis ist keine Hass-Schaltung aktiv?«

»Nein. Die sind ein ganz besonderer Schlag. Sie nennen sich Alles-für-euch und legen es darauf an, die hiesigen Ureinwohner von vorn bis hinten zu verwöhnen …« Schroeder sah zu Tamra Cantu, die sich aber in der Runde umschaute und es nicht merkte.

Die beiden könnten ein Paar geworden sein, schoss es Rhodan durch den Kopf. *Aber Tamra sieht angespannt aus. Egal. Später.* »Das wundert mich«, sagte er. »Unseren Ermittlungen auf der Achtzigsonnenwelt zufolge steckt eine Institution namens Siebenkopf hinter dem mörderischen Verhalten der Posbis von Ambriador. Ich nehme an, dass die Kelosker dahinterstecken. Wir haben einen auf dem … – Was ist?«

Schroeder war die Kinnlade hinuntergefallen. »Siebenkopf? Aber … das verstehe ich nicht. So nennen die Kelosker ihre Siedlung hier. Und sie sind … na ja, vielleicht nicht freundlich. Aber sie wirken absolut gutmütig. Wie die Alles-für-euch. *Sie* sollen dahinter stecken, dass die Posbis das Leben von Ambriador auslöschen? Das glaub ich nicht.«

Rhodan ging nicht darauf ein. »Dann habt ihr Kontakt mit ihnen? Du kannst uns zu ihnen bringen?«

»Ja. Natürlich. Wir wissen, wo die Siedlung ist.«

Rhodan stand auf. »Dann los. Wir haben lange genug gewartet.« Er sah in die Runde, in die ebenfalls Bewegung gekommen war. Mondra Diamond, Tamra Cantu, Startac Schroeder, Liza Grimm, Nano Aluminiumgärtner. »Kommen alle mit, oder …?«

Captain Grimm schüttelte den Kopf. »Wenn hier wirklich keine Gefahr für Leib und Leben besteht, werde ich mit meinen Leuten an Land gehen … das bin ich ihnen schuldig.«

Rhodan nickte. »Gut, Captain. Wir sehen uns.«

Tamra Cantu sagte leise etwas zu Schroeder. Sie sah ungehalten aus. Schroeder schwenkte unsicher den Kopf.

»Startac. Tamra Cantu. Noch irgendwelche Vorschläge?«

»Ja, Sir«, sagte die Alteranin. »Ich finde, wir sollten einen der hiesigen Ureinwohner mitnehmen. Sein Name ist Tawe. Er ...« Sie machte eine Bewegung mit der Hand.

»Ist er so etwas wie ein Würdenträger hier? Eine der Führungspersönlichkeiten, die sich übergangen fühlen könnten?«

»Nein. Das nicht.«

Rhodan hob eine Braue. »Ich bevorzuge es eigentlich, Situationen eher übersichtlich zu halten.«

»Aber ihn geht vielleicht an, was dort besprochen werden wird.«

»Tamra ...«, sagte Startac. »Er hat Streit mit Crykom. Ich weiß nicht, ob das so eine gute Idee ist.« Er sah Rhodan an. »Crykom ist der Vorsteher von Siebenkopf.«

Das gibt den Ausschlag. Rhodan nickte knapp. »Gehen wir also. Du kannst mich unterwegs orientieren.«

Nano Aluminiumgärtner hob die Hand. »Ich lasse uns einen Gleiter kommen.«

Wenig später landeten sie ein Stück außerhalb des Dorfes. Nun war Rhodan endgültig klar, dass Lotho Keraete sie nicht allein zur Rettung der Alteraner nach Ambriador geschickt hatte. Mit den Keloskern von Siebenkopf ging es auch noch um etwas ganz anderes.

Sie betraten das Dorf.

»Es wird vielleicht ein bisschen schwierig werden, Kontakt herzustellen«, sagte Schroeder. »Das letzte Mal hatten sie sich vor der Sonne in ihre Hütten zurückgezo...«

Aus allen Richtungen kamen Kelosker auf sie zugewankt. Es hatte fast etwas Unheimliches.

Schroeder warf einen Blick zu Rhodan, die Augen leicht zugekniffen. »Das letzte Mal haben sie kein Wort gesagt.«

Der nickte leicht und ging auf den Kelosker zu, der bereits am nahesten war. »Ich grüße dich. Ich bin Perry Rhodan und ich möchte gern Rechenmeister Crykom sprechen.«

Der Kelosker schaukelte mit den Armen, wischte sich mit einem Greiflappen über die Flanke. »Rechenmeister Crykom ist auf dem Weg. Wartet. Es dauert nicht lange.«

Während die Kelosker sich in einem Halbkreis um die Gruppe aufstellten, grinste Rhodan Schroeder kurz zu.

Der Monochrom-Mutant trat neben ihn. Er flüsterte: »Ich glaub's nicht. Wie hast du das gemacht?«

»Ich hab mich kurz ankündigen lassen«, flüsterte Rhodan.

»Die *kennen* dich hier?«

Rhodan grinste.

»Ich glaub's nicht! ... Doch, ich glaub's.«

Rhodan grinste breiter.

»Mit seinem Namen konnten sie nichts anfangen«, sagte Nano Aluminiumgärtner nörgelig. »Aber dass wir von der Achtzigsonnenwelt kommen, hat sie wohl irgendwie beeindruckt.«

Schroeder sah zwischen Rhodan und Nano hin und her.

Rhodan lachte leise auf. »Ach, Startac. Verzeih mir den kleinen Scherz. Ich freue mich einfach, dich am Leben zu sehen!«

Dunkle, heiser klingende Rufe ertönten unvermittelt von den Keloskern – schon sah Rhodan einen Gleiter aus dem Tal kommen. Die riesige Gestalt eines uralten Keloskers stieg aus und baute sich vor ihnen auf. Niemand sagte etwas. Das musste Rechenmeister Crykom sein.

Crykom betrachtete Rhodan lange. Rhodan kannte die Eigenheiten keloskischer Rechenmeister; während der Odyssee der SOL war er dem legendären Rechenmeister Dobrak begegnet. Er wusste: Crykom rechnete ihn buchstäblich aus. Für den 7-D-Mathematiker war er eine komplexe biologische Matrix.

Schließlich, nach langen Minuten, in denen kaum jemand ein Wort geflüstert hatte, ging ein Ruck durch Crykom.

»Ich grüße dich, Ritter der Tiefe.«

Das, fand Rhodan, war eine günstige Entwicklung. Crykom konnte seine Ritteraura nicht nur spüren wie viele höherentwickelte Wesen, sondern wusste sie auch zu deuten. Rhodan beschloss, sich weitgehend bedeckt zu halten. Ein wenig Geheimnis stand einem Ritter doch recht gut.

Nach einiger gegenseitiger Vorstellung führte Crykom sie in eine der Hütten. Dort saßen sie im Halbdunklen im Kreis. In dem strohgedeckten Dach raschelte und knisterte es gelegentlich.

Die Temperatur hier drinnen war beinahe angenehm. Abseits des Gebirges musste sie um diese Tageszeit sehr drückend sein.

»Und was führt einen Ritter der Tiefe zur Achtzigsonnenwelt und nach Pakuri?«, fragte Crykom.

Rhodan wagte einen Schuss ins Blaue. »Kosmokratentechnik?«

»TRAGTDORON ...«, flüsterte der Riese raspelig.

Rhodan schwieg.

»Du hast einen Auftrag?« Es kam zögernd.

»Jawohl«, bestätigte Rhodan. Lotho Keraete, der ihn mit sanftem Druck hierher gesandt hatte, war kein Diener der Kosmokraten. Er gehörte zur Superintelligenz ES, die ihr eigenes Spiel spielte. Aber es konnte nicht schaden, in den Keloskern den Eindruck zu erwecken, dass die Kosmokraten hinter Rhodans Auftauchen steckten. Er beschloss, seine Antwort im Vagen zu belassen.

Unter den Keloskern entstand kurze Unruhe. Sie schnauften und schnaubten in ihrer fremdartigen, unverständlichen Sprache.

Es ging ein paarmal hin und her, dann hob Crykom die Greiflappen, und seine Artgenossen schwiegen. Rhodan fiel auf, dass einer der Lappen zitterte. Crykom musste wirklich sehr alt sein.

»Wir haben viel riskiert«, sagte der 7-D-Mathematiker. »Vielleicht ist dies der Tag der Rechenschaft.«

Er lavierte. Er sondierte. »Berichte«, sagte Rhodan.

»Unsere Vorfahren kamen vor elf Jahrtausenden nach Ambriador, weil sie von der Existenz TRAGTDORONS erfahren hatten«, sagte der Kelosker. »Ein mächtiges Instrument der Kosmokraten war hier gestrandet! Etwa neun Jahrtausende trieb es schon hier – und hat durch seine Ausstrahlungen seither die hyperphysikalischen Zustände in Ambriador beeinflusst.«

»Dann ist es TRAGTDORON, das Ambriador zu einer Attraktor-Galaxis macht«, überlegte Rhodan laut. Es passte. Die Tryortan-Schlünde, die man in Ambriador beobachtet hatte, sammelten nicht Materie ein wie in der Milchstraße, sondern sie stießen in fast allen Fällen Materie aus. Es sah so aus, als hatten sie den geheimnisvollen »Magneten« gefunden, der diese Materie nach Ambriador »saugte«. »Allein wegen TRAGTDORON sind die Alteraner, die Posbis, die Laren und alle anderen nach Ambriador verschlagen worden.«

»Selbst unsere Schiffe waren betroffen«, sagte Crykom.

»Selbst unsere!«, wiederholten andere Kelosker.

»Aber wir havarierten nicht.«

Wieder der Chor: »Wir havarierten nicht!«

»Wir kamen in voller Absicht. Wir hatten es errechnet. Wir brachten an Technik mit, was wir konnten. Es reichte nicht, um diese Kleingalaxis mit unseren Schiffen wieder zu verlassen.«

»Aber wir hatten es errechnet!«

»Unser Ziel war es ja nicht, Ambriador wieder zu verlassen. Wir wollten TRAGTDORON bergen.« Crykom machte eine Pause. »Unsere Vorfahren havarierten nicht, aber eine Einheit hatte Pech. Nummer Drei ging in einem Hypersturm-Riff verloren, das heute als Ereton/A bekannt ist.« Rechenmeister Crykom winkte mit dem gesunden Greiflappen zu Startac Schroeder und Tamra Cantu hinüber. »Ihr beiden Wesen kennt das Riff. Ihr könnt errechnen, was aus Einheit Nummer Drei geworden ist.«

Rhodan sah zu den beiden. Sie wirkten eher ratlos. Er runzelte die Stirn. *Unwichtig! Später vielleicht.* Er machte sich im Geiste eine Notiz.

»TRAGTDORON war im Takrone-System gestrandet, nahe am galaktischen Zentrum von Ambriador, das fanden wir rasch heraus«, setzte Crykom seine Erzählung fort. »Dort siedelten unsere Vorfahren sich dann auch an und begründeten Siebenkopf, denn sie wussten, dass sie eine Unternehmung für viele Generationen vor sich hatten. Sie hatten kaum die ersten Hütten gebaut, da war ihre Überraschung groß.«

»Groß war die Überraschung!«

»Einige Kollegen aus der havarierten Einheit Nummer Drei stießen wieder zu ihnen.«

»Der Dimensionstunnel!«, hauchte Schroeder.

»Ja. TRAGTDORON hatte nicht nur die hyperphysikalische Struktur von Ambriador destabilisiert, sondern ausgehend vom Takrone-System zugleich eine Reihe von Sub-Attraktoren ausgebildet. Die Imago-Forscher nennen sie Dimensionstunnel. Die Ueeba-Frauen Lodertunnel. Entlang dieser Sub-Attraktoren flossen oft schubweise Teile der Hyperstrahlung ab. Wie durch ein System von Adern. Die Folge waren Hypersturm-Riffe an ihren Ausgängen.«

Startac beugte sich vor. »Wir haben uns gefragt, ob man sie als Verkehrsweg nutzen kann?« Er wirkte aufgeregt und wechselte einen Blick mit Tamra Cantu. »Ob man durch sie hindurch Kontakt herstellen kann? Waren durchleiten?«

Rhodan rieb sich die Nase. »Ich fürchte, sie werden zu instabil sein.«

Der alte Kelosker bestätigte das. »Die Wahrscheinlichkeit, materiell stabil zu bleiben, ist zu gering. – Die ersten Generationen verbrachten ihre Zeit damit, Objekt T von Siebenkopf aus zu berechnen. Die kommenden Generationen entwarfen dann den Plan für die TRAGTDORON-Fähre.

Etwa zu dieser Zeit stellten wir Kontakt zu jenem zweiten Posbi-Volk her, das nach Ambriador verschlagen worden war – ebenfalls vor etwa elftausend Jahren. Es war ein Glücksfall. Wir hatten es nicht berechnet. Sehet die Schönheit ihrer Raumschiffe!«

»So schön! Schön!«, raspelten die Kelosker.

»Wir fügten sie in unsere Pläne. Wir installierten die Siebenkopf-Schaltung und machten die Posbis zu unseren wichtigsten Helfern.«

Rhodan nickte. »Die heutige Lieferung.«

»Ja. Die letzte.«

»Die letzte!«, wiederholte der Chor.

Rhodan sah, dass Tamra Cantu aufhorchte.

»Ich war gerade dabei, die Montage zu beaufsichtigen, als man mir eure Ankunft meldete, Rhodan. – Wir siedelten Posbis auf Pakuri an. Sie sollten beim Bau der Fähre helfen. Zum Konzept gehören jedoch auch Bauteile aus Psi-Materie. Wir beschlossen, diese vor Ort herstellen zu lassen. Unter dem 5-D-Strahlungseinfluss von Objekt-T war die Tier- und Pflanzenwelt in den vergangenen neuntausend Jahren explodiert. Die Ueeba bargen das höchste Psi-Potenzial, und so wurden sie von den Posbis gezielt optimiert. Die Posbis lebten von nun an mit ihnen zusammen, als Helfer. Vom Überlebensdruck auf Pakuri befreit, sollten die Ueeba ihre psionischen Fähigkeiten optimal entwickeln können.

Wir entwarfen die Beschreibung für die Baugruppen Eins bis Siebenunddreißig, und nach nicht einmal tausend Jahren trug die Arbeit erste Früchte. Die Objekte Eins und Zwei wurden von den Ueeba für uns erschaffen.

Als weitere Förderung ließen wir nahe bei unserem Dorf die Fabrik der Imago-Forscher bauen. Hier sollten die besten Psi-Talente der Ueeba zusammenkommen – um am Ende alle siebenunddreißig Objekte für den Einsatz in der TRAGTDORON-Fähre zusammenzubringen.

Nun stehen wir kurz davor.«

»Nun stehen wir kurz davor!« – »Die Zeitenwende!« – »Sie steht bevor!« – »Noch ein Tag …« – »… ein Jahr …« – »… ein Jahrhundert!«, raunten die alten Mathematiker. »… nicht mehr lange!«

»Seit tausend Jahren«, sagte Crykom, als es wieder still war, »haben die Ueeba kein neues Bauteil mehr geliefert. Seit tausend Jahren mühen sie sich mit der Siebenunddreißig ab. Bis heute war es praktisch unmöglich, TRAGTDORON zu betreten. Objekt-T existiert im Hyperraum, und jeder Versuch, mit Hilfe der teilmontierten Fähre das Instrument zu erreichen, würde fehlschlagen. Denn die Siebenunddreißig ist das Kopplungsmodul. Seit tausend Jahren will sie nicht gelingen. Doch heute, da du gekommen bist, Ritter Rhodan, ist das Problem der Siebenunddreißig praktisch gelöst!«

Rhodan wartete auf den Chor, doch er kam nicht. Die 7-D-Mathematiker starrten ihren Meister schweigend an.

Einundvierzig

Wie sich herausstellte, wollte Crykom die Spezifikationen der Siebenunddreißig so verändern, dass die Herstellung für die Imago-Forscher stark vereinfacht wurde.

»Das Kopplungsmodul wird ab sofort so gestaltet werden, dass ein Wesen mit einer *Ritteraura* TRAGTDORON erreichen kann.«

Rhodans Ritteraura war nichts anderes als ein psionisches Muster. Dieses Muster wollte Crykom in Teilen imitieren – »mehr wird nicht möglich sein. Eine vollständige Kopie kann keine uns bekannte Macht des Universums herstellen« – und in den Psionischen Stempel der Siebenunddreißig einbinden.

»Und TRAGTDORON wird erkennen, dass ein Ritter Einlass verlangt!« Der alte Rechenmeister klatschte seine Greiflappen auf die festgestampfte Erde, in einer endgültigen, triumphalen Geste.

Doch der Beifall seiner Kollegen blieb aus. Schnaufen, gutturales Geflüster, das sich rasch zu einem lautstarken Gebrüll verwandelte.

Mondra sah Rhodan an, eine Augenbraue hochgezogen. Sie verbarg ihre Besorgnis gut.

Unvermittelt schwiegen die 7-D-Mathematiker wieder. Ihre Arme sanken hinab, ihre schiefen Augen starrten ins Leere.

Nach fünf Minuten sagte Rhodan: »Sie rechnen. Ich glaube, wir können uns kurz die Beine vertreten.«

Draußen ging er mit Mondra zwischen den Hütten auf und ab. Startac und Tamra standen abseits und flüsterten, Nano Aluminiumgärtner war bei den Keloskern in der Hütte geblieben.

»Es sieht nicht so aus, als wüssten sie, was draußen in Ambriador geschieht«, sagte Mondra. »Oder es ist ihnen gleichgültig. Sie sind so geblendet von der Faszination des Kosmokraten-Objekts, dass ihnen alles andere egal ist.«

»Ich glaube, das kann uns egal sein.« Rhodan lächelte grimmig. »Sie haben uns ja gerade einen wunderbaren Hebel in die Hand gegeben.«

»Eine Hand wäscht die andere?« Mondra sah zur Hütte. »Wollen wir hoffen, dass sie es sich nicht anders überlegen.«

Startac kam herüber. Er wirkte ernst.

Rhodan sah sich um. Er entdeckte Tamra Cantu ein Stück hügelan. Sie schwebte rasch mit ihrem Kampfanzug dahin, verschwand hinter einem dieser wirren Pflanzenbögen, die die Landschaft jenseits des Dorfes beherrschten.

Schroeder sah ihr unglücklich nach.

»Alles in Ordnung, Startac?«

»Ja. Ja. Was meint ihr, wie lange das hier noch dauert?«

»Deine Bekannte wirkt aufgebracht.« Rhodan vergegenwärtigte sich das Gelände, wie sie es beim Anflug grob kartographiert hatten. »Sie ist unterwegs zur Psi-Fabrik, nicht wahr? Sie will zu diesem Forscher, der ihrer Meinung nach hier hätte dabei sein sollen?«

Startac nickte. »Sie … hat Bedenken hinsichtlich der Ueeba. Sie findet, es wird zu viel über ihre Köpfe hinweg entschieden.«

Rhodan sah zu der Hütte, sah sich im Dorf um. Die Schatten der Hütten wurden bereits länger. Kelosker saßen darin, schnaufend, dösend, vielleicht rechnend. Das also war sie, die Institution Siebenkopf!

»Nicht nur über ihre Köpfe. Wie es aussieht, über die einer ganzen Galaxis.« Rhodan sah zum Himmel. Objekt-T war natürlich nicht zu sehen. »Spürst du etwas davon, Startac? Von den Kräften dieses Objekts?«

Der Monochrom-Mutant wiegte den Kopf. »Wir sind ja erst seit wenigen Wochen unter seinem Einfluss. Es könnte sein, dass mich das Teleportieren weniger Kraft kostet, ja. Aber der Eindruck ist nur vage.«

Drüben, bei der Hütte, raschelte etwas. Ein Kelosker schob die Matte beiseite, die im Eingang hing. »Wir haben berechnet«, sagte er undeutlich.

»Tibala!« Tamra fand ihn in der Krankenstation beim Kehren. Sie blieb keuchend stehen. »Wo ist Tawe?«

»Ja, ist er nicht im Imago-Saal?«

»Nein! Da komme ich gerade her …«

Der Hundertfüßler stützte sich auf seinen Besen. »Und er klebt dort auch nicht irgendwo in der Ecke und schläft?«

»Nein!«

»Hm. Dann ist er vielleicht in der Bibliothek.«

Tamra lief schon wieder zur Tür. »Wie komme ich da hin?«

»Ich bringe dich. Was ist denn los?«

Tamra ließ sich von ihm über den Hof führen. Die meisten seiner Fühler waren ihr zugewandt. »Ich muss ihn sprechen. Die reden über Pakuri … über euch. Crykom redet über euch. Das wird Tawe interessieren.«

Sie fanden ihn zwischen zwei Regalreihen auf dem Boden. Er lag auf der Seite, zu einem starren Kreis gekrümmt, den Kopf fast am Hinterteil.

»Tawe!«

Seine Mandibeln bewegten sich wie in Zeitlupe. »Muss ausruhen … finden … schaffen … Adilai …«

Sie sah Tibala an. »Deliriert er?«

»Nein«, sagte sein Freund zögerlich. »Er ist einfach völlig am Ende. Er arbeitet zu viel. Es hat ihn umgehauen.«

Umgehauen. Tamra hockte sich neben den gekrümmten Hundertfüßler, legte eine Hand auf seinen kalten, rauen Panzerleib. »Tawe? Kannst du mich hören? Bist du wach?«

»Hm.«

»Tawe. Es gibt gerade ein Treffen zwischen Perry Rhodan und Rechenmeister Crykom. Sie wollten dich nicht dabei haben. Ich hab's versucht, aber sie wollten nicht.«

Tawe begann sich zu strecken. Tamra stand auf, ging einen Schritt zurück. Der Ueeba machte eine Bewegung und fiel auf die Füße. »Ja?«

»Ich dachte, zwei Dinge, die sie besprochen haben, solltest du wissen. Erstens: Diese Fähre ist fast fertig. Die Kelosker warten nur noch auf dich, auf dieses Element Siebenunddreißig oder wie es heißt. Zweitens: Die Ueeba sind das Produkt eines *Optimierungs*prozesses.«

Tawes Fühler zuckten hoch. »Was?«

»Ich glaube, ihr seid nach Strich und Faden manipuliert worden«, sagte Tamra. »Ich glaube, man hat euch gezüchtet.«

Zweiundvierzig

Wieder saßen sie in dem düsteren Rund beisammen. Rhodan fiel erst jetzt auf, wie scharf es in dem Raum roch. Es mussten die Ausdünstungen der Kelosker sein. Vorhin hatte er zu viel anderes Neues wahrzunehmen gehabt.

»Wir haben einen Ritter der Tiefe unter uns«, sagte Crykom. »Wir haben eine Aufgabe, die eines Ritters wert ist. Wir wissen aber nicht, *warum* der Ritter hier ist.« Der alte Rechenmeister sah Rhodan an.

Aha, dachte er. *Sie fürchten, ihnen könnte ihr Generationenwerk aus den Händen genommen werden.* Sein Bluff hatte funktioniert. *Weiterbluffen,* dachte er. *Gib ihnen den geheimnisvollen Spruch weiter, an dem Lotho Keraete dich hat knabbern lassen.*

Aus dem Augenwinkel sah Rhodan, dass Mondra, die hoch aufgerichtet saß, voller sanft gehaltener Spannung, sich leicht vorbeugte. Hatte sie die gleiche Idee? Wenn ja, würde es ungleich wirkungsvoller sein.

Er bedeutete ihr mit einer unauffälligen Handbewegung zu reden.

»Weil es ein Schloss zu öffnen gibt«, sagte sie mit klarer, tragender Stimme, »für das nur Ritter Rhodan einen Schlüssel besitzt!«

Die Kelosker schnauften, schnaubten.

Er unterdrückte ein Grinsen, saß einfach nur würdevoll da. Sie *hatte* die gleiche Idee gehabt. Sie waren nach wie vor ein verdammt gutes Team.

»So ist es!«, sagte Rechenmeister Crykom. Er wirkte verblüfft, erregt. »So ist es! Wir haben es berechnet. Wenn die Siebenunddreißig auf den Ritter gepolt ist, kann auch nur der Ritter durch die Siebenunddreißig ins Innere von TRAGTDORON gelangen. Er müsste das Instrument von innen für uns öffnen. Auf welche Weise? Wir wissen es nicht. Was im Inneren wartet? Wir wissen es nicht. Zu viel tanzender Schaum.« Der Alte schwenkte die zittrigen Greiflappen. »Aber wenn es dein *Auftrag* ist, das Schloss zu öffnen, Ritter Rhodan … dann wird es diesen Weg auch geben. Dann ist die Lösung nahe! Allein …« Er blinzelte mit seinen vier Augen. »… für *wen* wirst du das Schloss öffnen?«

»Die Macht, die hinter mir steht«, sagte Rhodan, »hat kein Interesse daran, den Keloskern das Instrument der Kosmokraten wegzunehmen. Ich wurde nur gesandt, weil ich es öffnen *kann.*«

»Dann öffne es!«

Rhodan schwieg kurz. Er ließ die Spannung ansteigen. »Wir wollen sehen«, sagte er dann langsam, »ob ich es öffnen *will.*«

Er wusste nicht, was ihn im Inneren von TRAGTDORON erwartete. Er wusste nicht, um was für ein Kosmokraten-Instrument es sich dabei handelte. Er wusste nicht, ob er es den Keloskern in die Hände geben wollte. Sie hatten in dieser kleinen, abgelegenen Galaxis verheerenden Schaden angerichtet, ob bewusst oder unbewusst.

»Ich bin prinzipiell bereit, euch zu helfen.« Wieder machte Rhodan eine Pause. »Doch zunächst müssen die biologischen Bewohner Ambriadors, die Alteraner und die Laren und wen es noch hierher versprengt hat, vor euren Posbis gerettet werden.«

Die Kelosker starrten ihn an.

»Eine Welt nach der anderen wird verschlungen«, sagte Rhodan. »Den Großen Krieg der Posbis zu beenden, wurde ich geschickt. *Danach* öffne ich gern ein Schloss.«

Stille hing um ihn herum. Für einen Moment waren nicht einmal Atemzüge zu hören.

Dann stand Rechenmeister Crykom schwerfällig auf. »Was redest du da, Rhodan! Ein Krieg? Es gibt keinen Krieg in Ambriador! Die Kelosker haben schon vor elf Jahrtausenden die Posbis befriedet!« Sein kranker Greiflappen zuckte unkontrolliert. »Würden sie denn für uns arbeiten, wenn die Siebenkopf-Schaltung nicht funktionierte? Wie sollen sie da Krieg führen! Dieser Zusatz neutralisiert die Hass-Schaltung *und* bindet sie an uns! Krieg? Gegen Menschen und Laren? Hah!«

Crykom stampfte davon. Die Matte vor der riesigen Tür raschelte.

Einer der anderen Kelosker sah Rhodan an. »Die Posbis sind unsere wichtigsten, verlässlichsten Helfer. Und sie haben vor nicht einmal vierzig Jahren sogar eng mit den Laren zusammengearbeitet. Zwar nur ein einziges Mal, weil sie unsere Konstruktionsanweisungen nicht allein erfüllen konnten, aber … ein Krieg gegen Laren? Absurd!«

»Sie führen einen Vernichtungskrieg, der schon viele Millionen Opfer gekostet hat. Auch bei den Laren. *Millionen Opfer.*« Rhodan stand auf. »Offensichtlich waren die Kelosker von Siebenkopf in den zurückliegenden Jahren etwas zu sehr mit der TRAGTDORON-Fähre befasst.« Er trat an die Türöffnung, spähte hinaus. »Wir machen eine kleine Pause. Dann holt ihr Rechenmeister Crykom zurück, und wir reden weiter.«

»Ich fasse es nicht«, sagte Mondra. »Dass in der Galaxis Ambriador Krieg herrscht, ist den Keloskern anscheinend bisher vollständig entgangen.«

»Hier im Zentrum Ambriadors ist man von den galaktischen Vorgängen stark abgeschnitten«, überlegte Schroeder. »Vielleicht gibt es keinen konstanten Nachrichtenfluss.«

»Gerade dann müsste man doch auf Neuigkeiten brennen«, erwiderte Mondra. »Hier kommen Schiffe an, Lieferungen … doch sicher wenigstens alle paar Monate. Herrgott, alle paar *Jahre* hätte gereicht, um vom Großen Posbi-Krieg zu erfahren!«

»Ich weiß nicht«, sagte Schroeder. »Hier auf diesem Planeten ist vieles so … schachtelartig organisiert. Als ob man das Leben in lauter Schachteln packt. Vielleicht liegt es an der überbordenden Natur hier, an den Mutationen, den Psi-Effekten. Aber es gibt hier viele sehr merkwürdige Begrenzungen. Bei den Ureinwohnern. Bei den Posbis. Warum nicht auch bei den Keloskern?«

Mondra funkelte ihn an. »Willst du mir damit sagen, diese Situation ist nicht das Ergebnis einer falsch gelaufenen Kommunikation, das Ergebnis von Missverständnissen? Sondern eines totalen *Mangels* an Kommunikation?«

»Du müsstest die hiesigen Posbis einmal sehen, Mondra. Die haben sich sogar einen eigenen Namen gegeben. Alles-für-euch. Sie betätigen sich als Wirtsleute. Sie veranstalten Partys. Sie sind angeblich sogar Säuglingspfleger … oder wie das bei den Ueeba heißen mag. Ich habe mehrfach gehört, wie sie die Posbis von außerhalb als *arrogante Bande* bezeichnet haben.«

»Ignorance is Blitz«, sagte Rhodan.

»Bitte?« Schroeder sah ihn verwundert an.

»Ach, nichts. Ein Wortspiel in einer alten terranischen Sprache.«

»Viele Millionen Opfer …« Rechenmeister Crykom wischte sich über das Gesicht. Seine Stimme war nur ein Flüstern. »Das haben die Kelosker nicht gewollt.«

»Nein«, kam seit langem wieder ein Chor, auch dieser geflüstert, tonlos, entsetzt. »Nicht gewusst … nicht gewollt.«

»Während wir hier sitzen und reden«, sagte Rhodan gnadenlos, »geht draußen das Sterben weiter. Das Morden.«

»Glaub mir, Ritter Rhodan. Davon, dass die Hass-Schaltung wieder aktiviert worden ist, wussten die Kelosker nichts! Und eigentlich hätte es auch gar nicht gehen dürfen – da doch die Siebenkopf-Schaltung die Hass-Schaltung neutralisiert!«

Er schien sich mit der Tatsache immer noch nicht abfinden zu können.

»Wir haben Aufzeichnungen«, sagte Rhodan. Er spürte eine Eiseskälte in sich. »Möchtet ihr sie sehen? Hören? Mit Augenzeugen sprechen?«

»Nein«, hauchte Crykom. »Es wird so sein. Es ist so.« Er straffte sich. »Wenn es aber so ist, werden wir den Krieg unverzüglich beenden! Wir werden den Posbis bei nächster Gelegenheit Überrang-Befehle geben. Wenn die Siebenkopf-Schaltung nicht zerstört oder abgeschaltet ist – wogegen wir mit mehrfachen Redundanzsystemen vorgebeugt haben –, sollten sämtliche Angriffe sofort zum Erliegen kommen.«

Rhodan nickte langsam. »Bei nächster Gelegenheit – das heißt was?«

»In sechs Wochen«, sagte der alte Kelosker kraftlos.

»Das ist zu lange!«

»Wir haben keinen Einfluss darauf. Erst dann öffnet sich der nächste Flugkorridor in die gemäßigten Zonen von Ambriador. Wir können diese Schneisen nicht beeinflussen oder erzeugen. Sie werden von TRAGTDORON hervorgerufen. Wir können sie nur berechnen.«

Rhodan schüttelte langsam den Kopf, rieb sich das Kinn. Sechs Wochen! Daran musste doch etwas zu ändern sein! So lange konnten sie unmöglich warten.

»TRAGTDORON ...«, flüsterte er. »Ja!« Er sah auf. »Wenn wir TRAGTDORON öffnen, haben wir eine Chance, Einfluss zu nehmen. Auf seine Strahlungsintensität ... auf was auch immer.«

Crykom bejahte. »Die Fähre muss in Betrieb gehen, wir müssen TRAGTDORON erreichen, dann werden wir mit Hilfe des Kosmokraten-Instruments auch das Problem des Großen Posbis-Kriegs in kurzer Zeit lösen.«

Rhodan hatte kurz das Gefühl, von dem Rechenmeister geschickt dorthin geschoben worden zu sein, den Vorschlag der Öffnung TRAGTDORONS selbst zu machen.

Ist das möglich? Du gerissener alter Hund!

Wie auch immer es gelaufen war, Rhodan wollte sich für die Öffnung zur Verfügung stellen. Welche Wahl hatte er auch?

Doch was war TRAGTDORON? Handelte es sich nur um eine Art Hindernis für hyperphysikalische Anwendungen, so wie in Ambriador? Oder war das eher eine Folge der Havarie?

»Euer Selbstvertrauen ist schön«, sagte Rhodan. »Doch wenn ihr diese Lösung gefunden, wenn ihr den Großen Posbi-Krieg beendet habt, was haltet ihr dann mit TRAGTDORON in den Händen? Was wollt ihr damit? Du, Crykom, hast TRAGTDORON als Instrument der Kosmokraten bezeichnet. Was für ein Instrument ist damit gemeint?«

Crykom stand auf. »Ich muss rechnen. Noch haben wir die Siebenunddreißig nicht. Komm mit, Ritter Rhodan.«

Rhodan folgte ihm.

Und während der unsterbliche Terraner mit dem alten 7-D-Mathematiker allein in einer Hütte saß und dabei zusah, wie Crykom seine Ritteraura berechnete, wurde keine seiner Fragen beantwortet. Der Rechenmeister war entweder nicht in der Lage, sich dem »dimensional eingeschränkten« Terraner mitzuteilen, oder er wollte ihn nicht ins Vertrauen ziehen. Beides war für Rhodan denkbar.

Dreiundvierzig

»Das Geziefer der Göttinnen!«, hauchte Tibala.

Tamra überlegte. Aber sie kam nicht drauf. »Das hab ich schon mal gehört«, sagte sie.

»Es kommt in dem Märchen vor, das ich dir einmal erzählt habe. Die Ueeba sind nur das Geziefer der Göttinnen, sagt die Seherin Mesehi. Sie haben die Häuser nie gebaut, in denen sie wohnen. Sie haben die Erfindungen nie erfunden ... die Alles-für-euch. Sie waren einst nur das Ungeziefer, das in den Häusern der Göttinnen wohnte!« Tibala machte eine sperrende Bewegung mit den Mandibeln. »Ich glaube, mir wird schlecht.«

»Tibala«, sagte Tamra. »Ihr habt die Alles-für-euch nicht erfunden, und eure Ahnen – eure Göttinnen, wie du sie nennst – haben die Alles-für-euch nicht erfunden. Es sind Posbis. Sie kamen vor ungefähr elftausend Jahren hierher auf diesen Planeten. Zusammen mit den Keloskern. Euren Ober-Denkern.«

»Häh? Jetzt verstehe ich gar nichts mehr«, sagte Tibala.

Tawe hob den Vorderleib, hielt sich an einem Regal fest. »Das Märchen ist nicht authentisch. Es ist entwickelt worden. *Optimiert* worden! Hier in der Fabrik.«

»Häh?«, machte Tibala. »Also *jetzt* versteh ich aber wirklich nichts mehr. Wovon redet ihr da?«

Tamra beachtete ihn nicht. Sie beugte sich zu seinem Freund hinunter. »Tawe, worüber hast du dich zerstritten mit Crykom?« Und als der Hundertfüßler nicht antwortete: »Es ist wichtig, Tawe. Ich will dir helfen! Hier auf diesem Planeten stimmt irgendetwas ganz und gar nicht. Also: Worüber habt ihr euch gestritten?«

Tawe sah sie an. Aus sämtlichen Fühleraugen. Er bog sie weg. Zu seinem Freund. Sah wieder Tamra an.

»Über Tätigkeitsnachweise«, sagte er.

»Vor einer Weile habe ich hier in der Bibliothek ein Heft gefunden, aus dem hervorging, dass die Imago-Forscher selbst das Märchen von der Seherin Mesehi erfunden haben. Noch während des Lesens ging mir das Heft kaputt. Es war zu alt. Ich wollte von Crykom Hilfe bei der Sichtung der Bestände. Ich wollte sie mit Unterstützung der Alles-für-euch retten, irgendwie konservieren. Und dann irgendwie so anordnen, dass man sie nutzen kann. Ich weiß nicht ... ich hab wohl gedacht, wenn die Alles-für-euch das alles retten und *lesen*, dann können sie mir *sagen*, was hier alles zu finden ist!

Crykom wollte natürlich wissen, warum. Ich sagte ihm, dass ich die Vergangenheit der Ueeba erforschen wolle. Er riet mir, mich lieber um meinen Kram zu kümmern und an der Siebenunddreißig zu arbeiten. Mich in alten Büchern zu vergraben, sei nicht förderlich.

Als ihr dann kamt« – er sah Tamra an – »konnte ich ihm eins auswischen. Oh, ich wusste natürlich, dass er über kurz oder lang von euch erfahren würde, aber ich wollte einfach … zeigen, dass ich auch extrem *unförderlich* sein kann, wenn ich will.«

Er lachte böse. »Das hat ja auch schon ein kleines bisschen funktioniert … jetzt sagt er immerhin: vielleicht.«

Tamra fiel das von Startac abgehörte Gespräch wieder ein. *Und?,* hatte Tawe gefragt. *Vielleicht,* hatte der Rechenmeister geantwortet.

Sie sah sich in der Bibliothek um. Das Gebäude hatte die Form eines Würfels. Überall waren Regale. Nicht nur am Boden, auch die Wände hinauf, sogar an der Decke. Es würde Wochen dauern, das alles zu sichten. Monate vielleicht sogar. Hier lagerten nicht nur Bücher und Broschüren. Sie sah mit Hauben abgedeckte Geräte und verstaubte, kaum mehr durchsichtige Kisten voller Datenträger.

»Gut«, sagte sie und sah die beiden Ueeba an. »Vielleicht tragen wir einfach mal zusammen, was wir wissen.«

»Dieses Märchen. Was ist damit?«, fragte Tamra Cantu.

»Die Ueeba-Frauen halten es für eine authentische Überlieferung. Aber es wurde irgendwann hier in der Fabrik entwickelt. Ich dachte zunächst, um die Frauen einzuschüchtern. Um sie nicht nach dem Schleierstern fragen zu lassen. Um sie nicht die Verhältnisse zwischen Männern und Frauen infrage stellen zu lassen. Aber inzwischen bin ich mir da nicht mehr so sicher.« Tawe ging in der Bibliothek auf und ab. Ihm taten einige Beine weh. Aber die vielen Fragen hatten seine Lebensgeister wieder geweckt. »Das ist nur einer der gewünschten Effekte.« Er sah zu der Knochenfrau. »Du sagst, wir sind gezüchtet worden.«

Sie schnaubte. »*Optimiert,* hat Crykom es genannt.«

»Und die Alles-für-euch sind mit den Keloskern gekommen?«

»Ja.«

Er biss sich auf ein Brustbein. Der Druck half ihm beim Denken. »*Fragt nicht,* sagt das Märchen. *Fragt nicht!* Und das sagt es nicht nur zu den Frauen. Auch zu den Männern! Es funktioniert in beide Richtungen. Die Frauen sollen nicht nach den Fähigkeiten der Männer fragen. Und die Männer nicht nach der Vergangenheit.«

»Quatsch«, sagte Tibala. »Die Vergangenheit steht doch in dem Märchen.«

Tawe fuhr herum. »Ach ja? Erzähl!«

»Die Frauen denken, sie sind einfach die Erbinnen eines uralten, hoch entwickelten Volkes. Wie heißt es noch? Sie ernten die Früchte der alten Zeit. Aber in

Wirklichkeit … in Wirklichkeit sind die Alten ein anderes Volk gewesen, in dessen Schatten wir gelebt haben. Geziefer der Götter.«

»Und? Woher wissen wir das?«

»Aus dem Märchen«, sagte Tibala. »Oh.«

Tawe schnappte zufrieden mit den Mandibeln. Jetzt hatte Bala anscheinend kapiert. »Wenn die Alles-für-euch weder von unseren Vorfahren stammen noch von dem Volk, in dessen Häusern wir gelebt haben, dann stimmt die Geschichte nicht. Und dieses Märchen *deckt* die Geschichte *zu*.«

»Ist mir zu hoch«, sagte Tibala.

»Beziehungsweise euer Interesse daran«, überlegte Tamra Cantu. »Ihr könnt euch euren Frauen überlegen fühlen, weil ihr die vermeintlich wahre Geschichte kennt … vom Geziefer der Göttinnen … ihr reibt es ihnen rein, wie dumm sie sind, danach zu fragen … weil sie die Wahrheit nicht aushalten würden … und dabei kennt ihr sie selbst nicht, die Wahrheit!« Die Knochenfrau schlug mit der einen Hand in die andere.

Tibala, die gute Seele, zuckte zusammen.

»Gut«, sagte Tamra Cantu, ohne es zu merken. »Fakt ist, ihr wisst euren Ursprung nicht. Fakt ist, ihr seid optimiert worden. Was noch?«

»Die *Lücken*«, sagte Tawe. »Die verfluchten Lücken …«

Er erzählte ihr davon, wie die Imago-Forscher alles Weibliche ausblendeten, wie sie die besessensten Statistiken und Materialsammlungen anfertigten, ohne aber an die eigene Vergangenheit als Frau je anzuknüpfen, ja sie sich nur ernsthaft zu vergegenwärtigen.

»Das passt doch«, sagte Tamra Cantu. »Noch eine Vergangenheit, die ihr nicht sehen wollt, nicht sehen dürft.« Sie sah ihn an. »Ansonsten geht es mir ganz ähnlich, wenn ich eure Kultur betrachte. Du siehst Lücken. Ich sehe Schachteln. Hübsche, sauber aufgereihte Schachteln. Der Abstand dazwischen … das sind deine Lücken.«

»Aber *warum*?«, sagte Tawe schmerzlich.

»Ihr vermeidet jegliche Reibung zwischen den Geschlechtern.« Tamra Cantu sah ihn nicht an dabei, sie schien einfach vor sich hin zu reden. Zu überlegen. »Alles, was für Reibung sorgen könnte, gibt es bei euch nicht. Ihr lebt nicht zusammen. Ihr verliebt euch nicht ineinander. Ihr habt Sex, ihr kriegt Kinder, aber ihr erzieht die Kinder nicht einmal … Es ist verrückt.« Sie machte ein Geräusch, das Tawe nicht einordnen konnte. »Ihr seid euch als geschlechtliche Wesen so nahe, wie es überhaupt geht: Das eine *entspringt* dem anderen. Und doch trennt ihr euch so sehr voneinander!«

»Ist das denn bei euch nicht so?«, fragte Tibala leise.

»Bei uns!« Wieder machte Tamra Cantu dieses Geräusch. »Bei uns *streiten* Männer und Frauen sich. Sie ringen *beständig* miteinander. Alles ist Auseinandersetzung, Kampf, Reibung … aber auch Liebe, Zärtlichkeit, Harmonie, Fürsorge … Rätsel … ganz nah, und doch so fremd …« Sie hob die Vorderbeine, ließ sie wieder fallen.

»Klingt anstrengend«, sagte Tibala.

»Ja, das ist es auch.« Tamra Cantu zuckte zusammen. »Reibungsverluste! Keine Reibungsverluste! Auch das ist bei euch optimiert.« Sie rieb sich das Gesicht, die Kopfbehaarung. Als sie Tawe wieder ansah, wirkte sie wie …

… tot?, überlegte er. *Als wäre sie gerade ein Stück gestorben.*

Sie sah Tibala an. »Ich glaube, du hast mir das von der Ei-Ablage und von den Hütehäusern erzählt, oder?«

»J-ja. Glaub schon.«

Sie sah Tawe an. »Und, ihr jungen Forscher? Habt ihr euch so ein Hütehaus je angesehen?«

Vierundvierzig

»Geht's?«, rief Tamra. Unter ihnen glitt die wilde, unberührte Landschaft nach hinten weg.

»Glaube schon«, sagte Tawe auf ihrem Rücken.

»Du kannst dich ruhig stärker festhalten. Durch den Anzug kommt nichts durch!«

Sie hatten Tibala in der Fabrik zurückgelassen. Tamra hätte dem Kampfanzug zwar auch einen Flug mit zwei Würmern huckepack zugetraut, aber sie brauchten jemanden, der in der Fabrik blieb und mitbekam, was vor sich ging.

Mit einem Alles-für-euch-Gleiter zu fliegen, hatte nicht zur Diskussion gestanden.

So rasten sie im Nachmittagslicht dahin, ein Vielleicht-Fünfundachtzigfüßler mit einer dicken Narbe auf dem Rücken und eine Menschenfrau mit Narben im Bauch. Gehalten vom Anzugantigrav, im Schutz eines Deflektorschirms. Und doch so verletzlich.

Tamra grauste, wenn sie an das dachte, was vor ihnen lag.

Hütehaus, hatte Tawe geflüstert. *Hüter. Warum ist mir dieser Gleichklang nie aufgefallen? Liegt es denn alles seit Ewigkeiten offen vor uns? Haben wir nur nie unsere Fühler benutzt?*

Hüter, so hießen die Kelosker bei den Ueeba-Frauen, hatte er ihr erklärt.

Tamra trieb eine ganz andere Frage um. Wenn eine Ueeba-Frau zweimal im Jahr tausend Eier legte – warum war dieser Planet dann nicht völlig übervölkert von Ueeba? Wo man sich doch so hervorragend um die lieben Kleinen kümmerte?

Mit Tierföten konnte man richtig gut Geld verdienen. Medikamente ließen sich daraus herstellen. Kosmetika. Leder aus dem Fell ungeborener Tiere war besonders weich. Es gab nichts Barbarisches, was der Mensch mit Tierföten nicht schon gemacht hatte.

Wo also blieben sie alljährlich ab, die Abertausende von fröhlichen kleinen Hundertfüßlern, die auf dieser schönen, abgelegenen Welt nicht umherwimmelten?

Da läuft noch ein kleines Geschäft nebenbei, hm, Maschinenteufel?

In ihrem Bauch war ein dichter, fester Knoten. Sie bog den Rücken durch. Tawe setzte über ihr hektisch ein paar Beine neu auf.

Hör dich mal selber reden, hallte Startacs Stimme in ihr wider. Und dann ihre eigene: *Du meinst … ich bilde mir das alles ein?*

Das Hütehaus und das umliegende Gelände waren dunkel unter ihnen, leer.

»Die letzte Hitze ist zu lange her«, sagte Tawe. »Die Kinder sind längst groß genug, längst bei ihren Schwestern.«

»Umso besser.« Tamra biss die Kiefer zusammen, dass es knackte.

»Was hast du vor?«

»Wir gehen rein.«

Sie landete auf dem sanft gewellten Dach, gleich neben einem Entlüftungsschacht. Der Ueeba kletterte von ihr hinunter, und sie schaltete den Deflektor ab. Er nutzte sowieso nichts mehr, wenn sie nicht ständig ganz dicht zusammenblieben.

»Das ist aber keiner dieser alten Prachtbauten, oder?«

»Nein. Zu klein«, flüsterte Tawe. »Er ist nur nachempfunden. Ein bisschen Wolkengarten und noch ein paar andere Elemente.«

Sie besah sich den Schacht. Versperrt. Sie schwebte hinunter in einen kleinen Lichthof. Zwei Türen, beide versperrt. Tawes Fühler oben am Dachrand zuckten vorm Abendhimmel. »Was machst du?«

»Sehr witzig. Ich versuche, irgendwo reinzukommen. Was machst du da *oben*?«

»Ich weiß nicht, ob ich da reinmöchte. Ich hab Gliederschmerzen von dem Flug, und …«

»… und du hast Angst. Schon gut. Lass mich machen. Möchtest du dann nachher wissen, was ich gefunden habe? Falls ich etwas finde?«

»Ja«, sagt der Ueeba. »Natürlich.«

»Gut. Sehr gut.« Sie besah sich wieder die Glastür. Sie leuchtete mit dem Helmlicht hindurch. Auf der anderen Seite des Glases schälten sich weißliche Höhlen aus den Schatten. Sie sahen nett aus. Wie eine Spiellandschaft.

Tamra drückte am Rahmen herum, dessen Steifigkeit sehr gut war. *Pfeif drauf, mich da unauffällig reinzuschleichen,* dachte sie. *Dafür bin ich viel zu sauer.* Sie akivierte den Schutzschirm und bretterte mitten durch die Scheibe.

Noch während sie sich abrollte, ging im Haus Licht an. »Hallo?«, sagte jemand.

Tamra schaltete rasch den Deflektor wieder ein und drückte sich an eine Wand. Vor sich sah sie den Raum, den Lichthof. Glassplitter schimmerten auf dem Boden. Der Metallrahmen der Tür war verbogen.

»Hallo?«, sagte die Stimme wieder. Sie kam aus Deckenlautsprechern. Sie war deutlich akzentuiert, doch die Sätze bildeten sich zögernd, wie bei jemandem, der gerade aufgewacht war. »Ich … da ist doch jemand in mir drin … hallo? … hm … ich werde … oh …« Ein Klicken, dann war es still.

Tamra zog die Stirn in Falten. Das *Haus* hatte gesprochen? Sie war *in* einem verdammten Posbi?

Sie beschloss, sehr, sehr schnell zu machen.

Sie wusste nicht, wonach sie suchte. Vor ihrem inneren Auge geisterten Bilder von riesigen Bottichen mit einer widerlichen Flüssigkeit darin … von Operationstischen und halb durchsichtigen Tüten mit medizinischen Abfällen … von Abfüllanlagen für Produkte in Tuben und in Tiegeln.

Was sie fand – außer diesen merkwürdigen Spielhöhlen und einer durchaus vertrauenswürdig wirkenden Küche und einigen Sanitäranlagen, die zu klein für irgendwelche groß angelegten Sauereien waren – war das:

Einen Keller. Ausgedehnte Gänge mit schweren Sicherheitstüren. In jeder Tür eine für Tamras Geschmack viel zu kleine Glasscheibe. Hinter jeder Scheibe ein steriler Raum ganz aus Glas und gebürstetem Metall. In jedem Raum Kühlschränke mit vielen durchsichtigen Fächern. Und in jedem durchsichtigen Fach schimmerten sorgfältig verpackte tiefgefrorene Ueeba-Eier.

Optimierung, dachte Tamra bitter. *Da würden Mamas und Papas doch nur stören.*

Draußen schaltete sie ihren Deflektor aus und nahm Tawe wieder huckepack. Sie machten, dass sie wegkamen.

»Wir wissen also, dass sie euch tatsächlich optimiert haben und fortlaufend optimieren«, sagte Tamra, als sie in der Luft waren und das Hütehaus nicht mehr zu sehen war. »Die Frage ist, was fängst du jetzt damit an? Vielleicht tauchen wir am besten irgendwo unter. Verstecken uns. Dann kannst du Kraft schöpfen. Einen Plan fassen …«

»Bring mich zur Fabrik zurück, Tamra Cantu.«

»Was?«

»Ich kann mich nicht verstecken. Die Alles-für-euch wissen jederzeit, wo wir Ueeba sind.« Er machte ein fauchendes Geräusch. »Ich hielt das einmal für praktisch.«

»Die haben euch allen irgendeinen Chip implantiert oder so? Na, ich kann mir jetzt auch denken, bei welcher Gelegenheit!« Sie lachte bitter. »Aber was willst du in der Fabrik? Sollen sie dich doch holen kommen! Auf diese Weise schlägst du wenigstens ein bisschen Zeit raus, um dich zu besinnen.«

»Ich habe ein Versprechen zu halten, Tamra Cantu. Ich habe die Siebenunddreißig zu machen.«

»Das ist nicht dein Ernst.«

»Lass mich bitte dort vorn runter. Schau, da kommt schon ein Alles-für-euch. Er kann mich zur Fabrik bringen.«

Tamra schüttelte den Kopf. Sie schaltete den Deflektor ab und landete auf einem grasbewachsenen Hügel.

»Ich danke dir, Tamra Cantu. Ich danke dir für alles.« Der Ueeba stieg um, der Gleiter flog davon. Tamra stand da und sah ihnen nach. Sie war wie vor den Kopf geschlagen. Sie sah sich um. Sie stand inmitten einer wilden Landschaft. Unberührte Schönheit in alle Richtungen ... so sah es jedenfalls aus. Über ihr glänzte der prächtige Sternenhimmel des galaktischen Zentrums. Irgendwo in der Nähe grollten und murrten groß klingende Tiere.

Sie holte tief Luft. *Na schön,* dachte sie. *Und jetzt?*

Tamra spazierte über den Herzberg. Die Verspieltheit, die Fröhlichkeit der Frauen um sie herum trieb ihr die Tränen in die Augen. Alles war Scherz, alles war Freude, alles war Genuss.

Dies ... war die *schöne* Schachtel.

Da waren Frauen, die zu viel getrunken hatten. Ihnen entglitt ihre Larve, sie taumelten, sie erbrachen sich vielleicht auch. Aber all das geschah ohne Gezeter, ohne Demütigung, ohne mehr Schmerz als den eines überforderten Magens. Immer war da eine Freundin, die half. Tamra lief durch die Mengen und sah keinen Streit, keine Verzweiflung.

Soweit sie es beurteilen konnte. Wieder einmal wünschte sie, das Ueebaka zu verstehen.

Stattdessen ertrug sie nicht einmal die Töne.

Es war ein Jammer. Ein Jammer!

Sie blieb stehen und atmete tief durch. Sie hatte den Helm wie letztes Mal luftdurchlässig eingestellt, und so roch sie wenigstens noch einen Hauch der Feuer, des Räucherwerks, der Grillspeisen. Sie war froh, hierher gekommen zu sein. Sie wollte nicht an all das denken, was sie heute erfahren hatte.

Als sie den Ring der Buden entlangwanderte, hatte sie eine solche Sehnsucht mitzufeiern, mitzutrinken, sich einfach mal richtig gehen zu lassen mitten zwischen all diesen verrückten, schönen Wesen in ihren Larven, ihren Leuchtkugeln ...

Und warum eigentlich nicht, dachte Tamra. *Ich dreh sowieso gleich durch, schlimmer kann das hier auch nicht werden …*

Sie deaktivierte den Helm und hätte beinahe aufgeschrien. Rasch aktivierte sie ihn wieder. Es ging nicht. Es ging einfach nicht. Diese Stimmlagen waren nicht auszuhalten.

Dann sah Tamra die Auslage eines Standes und fing an zu lächeln. Sie hatte kein Geld – aber he, sie brauchte hier ja auch kein Geld. Das waren Nehmläden, richtig?

Wenig später spazierte Tamra beschwingten Schrittes das Rund der Buden entlang. Aus ihren Ohren guckten kleine Korken hervor. Es waren Verschlüsse von Ölfläschchen, genau die richtige Größe.

Sie hatte sie einfach herausgezogen und sich in die Ohren gedreht. Der Alles-für-euch hinter dem Stand hatte sie angestarrt, und dann hatte er neue Korken in die Flaschen gestopft.

Ja, so ließ sich das aushalten.

Diese erste Erfahrung machte sie rasch unbekümmert. Tamra nahm sich von einem anderen Stand einen Beinring mit. Er passte nicht über ihre Hand, aber er fühlte sich schön an, und sie spielte mit ihm, während sie weiterging.

Dann kamen ihr einige Frauen entgegen und ließen sie von ihrem Bier trinken. *Nimm nur, nimm!,* bedeuteten sie ihr.

Hui, ganz schön sauer. Aber warum nicht. Süß bin ich selber. Tamra trank, was in sie hineinpasste. »Danke, Mädels.«

Dann gefiel ihr die Musik, und sie begann zu tanzen.

Aber das ist blöd, dachte sie nach ein paar Minuten, während das Bier zu wirken begann. *Diese klobigen Stiefel! Dieser blöde Kampfanzug!* Alle diese Frauen hier zeigten ihre Schönheit, ihr Larvenspiel, und sie hüpfte hier herum wie ein blöder Soldat, verflucht noch mal!

Sie musste lachen, als sie die Verschlüsse ihres Anzugs öffnete. »Ich zeig euch jetzt mal, wie eine Menschenfrau aussieht. Passt auf.«

Beim Ausziehen der Stiefel fiel sie ins Gras. Ueeba-Frauen zwitscherten um sie herum und setzten sie auf, fühlerten über ihre weiße Unterwäsche hinweg. Auf dem T-Shirt spiegelten sich die Farben der Larven und der Lichter.

»He«, sagte Tamra. »Seht. Ich hab ja selber eine Larve. Mit euch zusammen hab ich auch eine Larve.«

Irrte sie sich, oder bestaunten die Frauen sie?

Sie zog auch noch die Socken aus und stand auf.

Sie kam sich schutzlos vor, barfuß und in Unterwäsche zwischen all den gepanzerten Hundertfüßlerinnen, deren Sprache sie nicht verstand. Aber es war ein gutes Gefühl von Schutzlosigkeit … es war Geborgenheit.

Tamra merkte, dass sich Tränen ankündigten, und sie begann zu tanzen, und das Gras kitzelte ihre Füße, und die Lautsprecher drehten sich um sie, und Tamra drehte sich gegenläufig, mit ausgebreiteten Armen entgegen den kreisenden Lautsprechern, den sie umtanzenden Klängen, und dann kamen Tränen und Lachen zugleich. Und es war Schmerz. Und es war Glück.

Der Rest der Nacht? Von Stroboskoplicht erhellte Szenen … kleine Ueeba-Kinder, die ihr über die Arme liefen, das T-Shirt entlang … ein Zwacken, das beinahe ein Kitzeln war … eine Art Pilzsuppe aus einem Topf überm Lagerfeuer, an einem mit Fackeln erleuchteten, künstlich angelegten Strand … so heiß, dass Tamra sich beim ersten vorsichtigen Schlürfen verbrannte … der Geruch von Räucherwerk in den Schatten eines Gehölzes … lauter kleine, glühende Punkte … als sie dorthin ging, auf Schwingen des Bieres: ein Dutzend Ueeba-Frauen, die träge übereinanderklebten und dösten … *ein Haufen, das muss so ein Haufen sein* … pfeffriger, wohliger Geruch … knirschende, schabende Töne, leise und vertraut wie Geflüster … Wunderkerzen, Bengalfeuer … Tiere aus Licht … Fühler, die sich hypnotisch umeinanderdrehten, sich verflochten zu einem Band … und dann stülpten sich diese Augen aus und sahen sie an, sahen Tamra an! Augen ohne Gesicht, und doch konnte Tamra deutlich erkennen: freundliche Augen … ein argloser, schutzloser Blick …

Und dann, irgendwann davor, dazwischen, danach urinierte sie verlegen, aber schmunzelnd unter den Blicken vorbeiwuselnder Ueeba hinter einem Gebüsch, und als sie wieder aufstand, sah sie oben in den Bäumen wunderschöne, riesige Lampions hängen. Sie drehten sich langsam, und als Tamra näher heranging, sah sie Schatten darin.

In jedem Lampion war ein großer, gewundener Schatten.

Tamra stand staunend unter den Bäumen und bewunderte die Farben, die Formen, die jeder einzelne Lampion annahm. Wie schön sie waren! Sie war gebannt wie ein Kind.

Sie begriff erst, was sie sah, als einer der Lampions zu Boden sackte und Schatten und Lampion sich teilten und zu zwei Ueebafrauen in ihren Larven wurden. Die beiden Frauen fühlerten kurz zu Tamra hinüber und gingen zwitschernd zur Festwiese zurück.

»Oh«, sagte Tamra. »Wie peinlich.«

Sie wollte gehen, aber sie konnte nicht. Sie konnte diese schönen Lampions nicht ansehen, diese schönen Lampions, die aus zwei sich liebenden, einander umwindenden Ueeba-Frauen in ihren Larven bestanden.

»Ihr passt perfekt ineinander«, hauchte sie. »Perfekt ineinander!« Sie bekam eine Gänsehaut im Nacken vor Staunen, vor Glücksgefühl.

Als Tamra wieder zu sich kam, lag sie in einer Art Hängematte. Um sie herum war eine bunt dekorierte künstliche Höhle, in deren Winkeln Ueeba klebten und dösten. In weiteren Hängematten baumelten schlaffe, halb verdrehte Ueeba. Tamra wurde klar, dass sie sich in einer dieser Ruhbuden befand.

Sie hatte einen pelzigen, bitteren Geschmack im Mund, und ihr war kalt in Slip und T-Shirt.

Verflucht, ihr Anzug!

Sie wand sich aus der Hängematte, stolperte nach draußen auf die nasskalte Wiese. Der Festplatz hatte sich ein wenig geleert, aber es war noch dunkel, die Musik wummerte noch. Allzu viele Stunden konnten nicht vergangen sein.

Tamra lief barfuß zur Tanzfläche hinunter. *Ich hab den Anzug verloren, der ist weg, den haben sie geklaut, verschleppt! Das darf nicht wahr sein! Bin ich denn blöd?*

Aber sie hatten den Anzug nicht verschleppt. Er war noch genau da, wo Tamra ihn ausgezogen hatte. Irgendjemand hatte ihn nur zu einem ordentlichen Haufen geschichtet, das war alles.

Fünfundvierzig

Tawe hatte das Gefühl, ausgehöhlt worden zu sein, inwändig zerfressen wie von Baumkäfern.

»Lasst mich in Ruhe«, bat er. »Lasst mich einfach in Ruhe meine Arbeit machen.«

Pokou schien gar nicht daran zu denken. Er wetzte durch den Imago-Saal und tobte. »Vorhin hast du ja auch nicht an deine Arbeit gedacht! Bist abgehauen! Abgehauen und hast ein Hütehaus beschädigt!«

»Die Alles-für-euch werden es reparieren. Wie sie alles reparieren. Wo ist das Problem?«

Pokou schrie wütend auf.

»Erster Rat.« Die raspelige Stimme von Rechenmeister Crykom. »Lass uns allein.«

Tawe horchte auf. »Warum soll er uns allein lassen? Ich will nicht mit dir reden. Ich will die Siebenunddreißig machen.«

»Erster Rat. Bitte.«

Tawe war so müde. So abwesend, neben der Welt. Er versuchte, sich auf den Psi-Stempel zu konzentrieren. *Also, noch einmal von vorn.* Irgendwann war der alte Pokou wohl weg, denn Crykom sagte: »Du warst also bei einem Hütehaus und hast eine Tür zerstört.« Und als Tawe nichts sagte: »Warum?«

»Ich weiß Bescheid, Crykom.« Tawe sah ihn nicht an dabei. »Ich weiß endlich Bescheid, Züchter.«

Stille. Schnauben. Tawe konzentrierte sich auf den Psi-Stempel. Aber er konnte sich kaum etwas einprägen, solange Crykom hier stand und glotzte.

»Wir haben euch gefördert, Tawe. Das Leben ohne Not, ohne Verteilungskämpfe. Eure ausgeprägten schöpferischen Fähigkeiten. Ohne uns, ohne die Posbis gäbe es das alles nicht. Ihr wäret irgendwelche barbarischen Wesen. Ein Teil von euch würde fressen, der andere verhungern. Ihr würdet Kriege gegeneinander führen, kleine barbarische Kriege ohne Sinn und Verstand. Euch abplagen in einem Leben ohne Sinn und Gestalt.«

»Kannst du bitte aufhören, hier alles mit Wörtern zuzumüllen? Ich brauche Platz zum Arbeiten. Ich will nicht auf lauter klebrigem Dreck ausrutschen.«

»Tawe«, sagte Crykom nach einer Weile.

»Lass mich.« Er hatte Schwierigkeiten, sich richtig zu artikulieren. Seine Mandibeln schnappten in atavistischen Drohgebärden. »Ich mach die Siebenunddreißig, und dann haben alle, was sie wollen. Ihr könnt in eurem Schleierstern rechnen, bis ihr schielt, und Adilai und ich können unsere Liebe wieder leben, verkrüppelt zwar und männlich-weiblich, aber he: ohne Not! Alles im Lot!«

Crykom sagte nichts.

»Kann ja alles schön so weitergehen! Ach nein, ich vergaß: Es kommt ja die *Zeitenwende*! Habt ihr für die auch einen *Plan*, Crykom? Oder schaut ihr einfach vom Schleierstern aus zu, wie hier alles zusammenbricht?«

»Wir werden hier nichts zusammenbrechen lassen. Die Alles-für-euch werden euch weiterhin hüten …«

»Hüten. Wie Tiere. Wie stellt ihr euch das vor, Crykom? Die Männer feiern und spielen dann auch den ganzen Tag? Toben sich während der Hitze mit den Frauen aus? Und die Kinder, Crykom, optimiert ihr die auch weiterhin? Zu welchem Zweck? Besonders schöne Farbspiele auf den Zwischenhäuten? Bunte Fühler?« Er musste sich abwenden. »Ihr widert mich an, Hüter. Ich weiß gar nicht, was überhaupt von uns ist und nicht nur angezüchtet!«

Crykom schnaubte. »Es ist *alles* von euch, Tawe. Wir haben euch nur gefördert. Und glaub mir: Wir hätten euch nicht über die Vergangenheit im Unklaren gelassen. Wir hatten vorgesorgt. Schon lange.«

»Ach, hau ab. Lass mich die Siebenunddreißig machen. Und dann pfeif auf die Psi-Fabrik. Pfeif auf den Schleierstern. Pfeif auf euch alle!«

Er klebte sich fest an die Wand und richtete die Fühler in die Saalmitte. Ein Flackern entstand in der Luft, ein Schwirren. Licht. Materie. Formte sich zu einer gewaltigen, glatten Röhre. Wabernd erst, zitternd. Dann glatt, glänzend.

Tawe tat alles weh. *Jetzt,* dachte er, *jetzt der Stempel, der verfluchte Stempel.*

Aber irgendwann verhedderte er sich in den komplexen Strukturen, und jeder Versuch, die Sache zu flicken, ließ ihn fahriger werden.

Er löste die misslungene Komponente auf.

Crykom war noch da. »Du musst dich nicht mit diesem Stempel abplagen. Wir rechnen gerade einen neuen durch. Einen einfacheren. In wenigen Stunden ist er fertig. Ruh dich lieber so lange aus.«

Tawe zog die Fühler durch die Mandibeln, blinzelte. »Lass mich in Ruhe«, sagte er. Und konzentrierte sich erneut.

Als Tamra wieder in ihrem Anzug steckte, sah sie die Zahl der entgangenen Anrufe. *Oh-oh,* dachte sie. Sie waren natürlich alle von Startac.

»Endlich meldest du dich!« Er klang erleichtert. »Ich hab gesehen, dass du irgendwo bei diesem Festplatz bist, aber als du nicht reagiert hast, dachte ich, ich will dich lieber nicht stören ... Alles in Ordnung mit dir?«

»Geht so. Bin ein bisschen verkatert.« Sie rieb sich die störrischen Haare. »Eine heiße Dusche wäre nicht schlecht.«

»Ja. Hör mal. Ich habe mit Tibala geredet. Ich weiß Bescheid.«

»Oh.« Sie holte tief Luft. »Wie geht es Tawe?«

»Mies. Er vergräbt sich in seiner Arbeit. Er ... Tamra, er wird innerlich verbrennen, wenn er so weiter macht.«

Sie dachte an Startacs viel zu viele Teleportationen auf Terra Incognita. Er wusste, wovon er sprach. »Mist. Ich hab ihm *gesagt*, er braucht Zeit, sich zu besinnen.«

»Tibala meint, *du* solltest kommen.«

»Gut. Ich komme. Ihr seid im Imago-Saal?«

»Nein. In der Bibliothek. Wir wollen noch ein bisschen wühlen.«

»Alles klar.« Sie sah sich um. Hinter den flackernden Lichtern und den von unten erleuchteten Rauchschwaden deutete sich eine Ahnung von Morgenlicht an. Nach einigen Schlucken Wasser und einer Katzenwäsche flog Tamra los.

Als sie in der Psi-Fabrik ankam, dämmerte es. Überall auf dem Hof und den Dächern standen Ueeba-Männer beisammen. Sie flüsterten, schwiegen, scharrten. In der Bibliothek fand Tamra nur Startac vor. »Tibala ist bei Tawe in der Krankenstation. Er ist vorhin zusammengebrochen.«

»Schlimm?«

»Er ist von der Wand gestürzt dabei, hat sich aber anscheinend nicht weiter verletzt. Er ist entkräftet, doch ansonsten geht es ihm gut. Körperlich.«

Sie nickte. »Die ganze Fabrik scheint schon auf den Beinen.«

»Für heute Morgen war Crykom angekündigt. Er ist schon da. Redet mit Pokou. Ach, das weißt du vielleicht noch nicht: Sie wollen die letzte Komponente auf Perry abstimmen. Eine Vereinfachung. Alles ist darauf ausgerichtet, dass heute die letzte Komponente fertig wird. Und jetzt liegt der Favorit, der Topforscher, in der Krankenstation!«

»Moment, nicht so schnell. Perry Rhodan und die Komponente? Wie das?«

Schroeder seufzte. »Das auf die Schnelle erklären geht nicht. Sagen wir es so: Perry ist einmal in eine Organisation berufen worden, die sich die Ritter der Tiefe nannte. Ihren Mitgliedern wurde eine Aura aufgeprägt. Die Ritteraura. Es handelt sich um ein psionisches Muster, über das er nach wie vor verfügt, und dieses Muster lässt sich irgendwie mit der letzten Komponente verknüpfen.« Er grinste. »War das allgemeinverständlich genug?«

Tamra blähte die Backen, blies aus. »Danke, Sir. Keine weiteren Fragen. Das Universum ist groß und voller Wunder.«

Sie sahen sich an. In dem Schweigen hörte Tamra ihr Herz einen einzelnen, kräftigen Schlag machen. *Und du, Startac, bist eins davon,* dachte sie. *Ein zäher, verschlossener, angegrauter, wunderbarer Mann.*

Er hatte sie auf dem Herzberg in Ruhe gelassen. Trotz seiner Besorgnis. Ohne irgendwelche Vorwürfe. Sie schluckte und sah sich um. »Und? Irgendwas Interessantes gefunden?«

»Eine alte Beschreibung dieser Stadt hier in der Nähe.« Er zuckte die Schultern. »Tibala schien deswegen ganz aus dem Häuschen. Besonders wegen irgend so einem grünen Museum.«

Tamra bekam eine Gänsehaut. »Wo ist diese Beschreibung?«

»Was davon noch übrig ist, hat er mit in die Krankenstation genommen. Diese Bibliothek hier ist in einem erbärmlichen Zustand.«

In der Krankenstation lag Tawe in einer Ecke auf dem Bauch und rührte sich nicht.

»Schläft er?«, fragte Tamra.

»Ja. Er ist völlig am Ende. Hier, schau.« Tibala hob eines von Tawes Beinen an und ließ es wieder los. »Er klebt sich nicht fest. Das ist ein Schlaf-Reflex, der nur bei absoluter Erschöpfung nicht mehr funktioniert. Oder bei Sterbenden.«

»Er stirbt aber nicht, oder?«

»Nein.« Tibala wedelte mit den Fühlern vor einer dieser Medizinkugeln herum. »Nein, seine Werte sind stabil.«

Tamra empfand einen leisen Stich von Schuld. Sie war es gewesen, die den Flug zum Hütehaus vorgeschlagen hatte.

»Erzähl ihr von dem grünen Museum«, sagte Startac neben ihr.

»Was? Ach so, ja. Wir kennen das Haus als den grünen Jadepalast. Du hast es bestimmt auch schon gesehen. Das große Haus beim Herzberg? Mit den Türmen? Das ganz weich aussieht, wie zerflossen?«

»Ja, schon.« Sie hatte es kaum beachtet. In all dem Gewühl war es nur eine hübsche Kulisse gewesen.

»In der Broschüre steht, es wäre ein Naturkundemuseum. Startac Schroeder musste mir erst erklären, was das ist.«

»Ja, und?«

»Erdgeschichte«, sagte Startac. »Geologie. Entstehung des Lebens. Abstammungslehre.«

»Wir können in den einen Gang nicht rein«, sagte Tibala.

Sechsundvierzig

Plötzlich war Unruhe draußen im Hof. »Sie kommen!«, rief jemand. »Es geht los! Es geht los!«

Startac ging zur Tür. »Perry und Mondra steigen gerade aus einem Gleiter.« Er winkte und sah zur anderen Seite. »Crykom steht zu ihrer Begrüßung bereit. Vor dem Imago-Saal. Kommst du, Tamra?«

Sie sah zu dem schlafenden Tawe, zu Tibala, der sie anfühlerte. »Der Erste Rat will, dass ich ihm zur Not etwas Aufputschendes gebe.«

»Lass es«, sagte sie leise. Sie sah zu der brüchigen Broschüre auf einem kleinen quadratischen Tisch, dann gab sie sich einen Ruck und folgte Startac.

Der Imago-Saal war voll. Da die Ueeba den Boden in der Regel mieden, konnten Startac und Tamra noch gut sehen, obwohl sie ziemlich als die Letzten kamen. Es war ein merkwürdiger Anblick, der sich ihnen bot. Oben flatterten die uralten, vergilbten Zeltplanen im Morgenwind, die Wände waren übersät von den grauen Leibern der Ueeba, von denen die meisten die Oberkörper von der Wand wegbogen, um besser sehen zu können, und am Kopfende, am Boden, stand die klobige Gestalt des Rechenmeisters Crykom. Neben ihm stand Perry Rhodan. Auf einer schlichten grauen viereckigen Säule lag, genau auf Augenhöhe mit dem Kelosker, der Erste Rat Pokou. Weiter seitlich säumten ihn vielleicht ein Dutzend weitere Ueeba auf halb so großen Säulen.

Tamra folgte Startac, der zu Mondra Diamond hinüberging. Rhodans Begleiterin stand nah bei der rechten Längswand, ein Stück von den Würdenträgern auf ihren Säulen entfernt. Tamra sah sich um. Drüben, an der gegenüberliegenden Wand, entdeckte sie diesen Posbi, Nano Aluminiumgärtner.

»Am heutigen Morgen«, sagte Pokou, als Ruhe einkehrte, »am heutigen Morgen geschieht etwas, das für die Imago-Forscher der Psi-Fabrik ein Vorgang ohne Beispiel, ein Bruch sämtlicher Konventionen ist! Kollegen, ihr seht hier an meiner Seite den Rechenmeister Crykom. Rechenmeister Crykom ist persönlich in die Fabrik gekommen, um hier im Imago-Saal zu uns allen zu sprechen, gleich ob Forschungsrat, verdienter Forscher oder Jungforscher!« Er machte eine Pause. »Die Siebenunddreißig wird von diesem Tag an verändert werden!«

Unruhe unter den Ueeba. Fauchen, Klacken.

Der Kelosker hob einen zittrigen Greiflappen, und sofort kehrte Stille ein. »Die vierdimensional sichtbare Form bleibt gleich, doch der Psionische Stempel wird völlig neu angelegt werden. Er wird vereinfacht.«

Schweigen. Totale Stille. Vor Schock? *Es muss doch eigentlich eine gute Nachricht sein,* dachte Tamra.

In das Schweigen hinein ertönte eine einzelne, junge Stimme: »Rechenmeister! Seit Ewigkeiten versuchen die Forscher sich an der mythischen Siebenunddreißig, und nun soll das alles wertlos sein? Die wenigen, die überhaupt je so weit kamen, sind im Scheitern gestorben, und nun redet Ihr plötzlich von Vereinfachung?«

Crykoms Blick fand den jungen Forscher, der oben aus einer Traube von Kollegen herausgerufen hatte. »Wir wussten bis gestern nicht davon.«

»Gestern«, rief Pokou, »war gestern! Heute kann der Talentierteste von euch derjenige Imago-Forscher sein, der die Siebenunddreißig löst und die Zeitenwende herbeiführt!«

Falls er versucht hatte, damit für Ruhe zu sorgen, war das ganz entschieden die falsche Ansprache gewesen. Aufruhr herrschte im Saal.

Tamra reimte sich das anschließende Geschrei so zusammen, dass dies den eigentlichen Bruch mit der Tradition darstellte: Bisher hatten die Imago-Forscher immer die genaue, lückenlose Folge von Artefakt-Komponenten erzeugen müssen, sich von der Eins bis zur Siebenunddreißig hocharbeiten müssen, weil dies als der einzige Weg angesehen wurde, die Materie wirklich zu beherrschen, vor allem die als besonders schwierig angesehenen Psi-Stempel. Manche Forscher befürchteten auch, eine vorzeitige persönliche Erschaffung der Siebenunddreißig könnte gefährlich werden. Die Worte »Dimensionsriss« und »irrationaler Aberglauben« flogen durch den Raum.

Pokou versuchte sich Gehör zu verschaffen, doch Crykom hielt ihn anscheinend davon ab. Schließlich erstarb der Lärm.

»Wie ihr alle wisst«, sagte Pokou, »gibt es in dieser Generation nur einen einzigen Imago-Forscher, dem die Genese der Siebenunddreißig zumindest in vierdimensionaler Hinsicht gelungen ist. Jungforscher Tawe. Er fällt aus gesundheitlichen Gründen, die nichts – ich wiederhole: nichts! – mit der Genese der Siebenunddreißig zu tun haben, leider aus. Da die Wahrscheinlichkeit zum Abschluss der Siebenunddreißig, wie mir Rechenmeister Crykom versichert hat, dieser Tage jedoch extrem hoch ist, rufen wir einen Wettbewerb aus! Dieser Wettbewerb versetzt eine Vielzahl von euch in die Lage, als derjenige Forscher in die Geschichte einzugehen, der die Siebenunddreißig erschaffen und die Zeitenwende herbeigeführt hat!«

Nun hatte er die ungeteilte Aufmerksamkeit. »Ihr alle wisst, wo ihr steht, welches eure bisher höchste Genese war. Wir werden den Imago-Saal brodeln lassen von Arbeit! Jeweils das Dutzend Forscher, das von allen genügend ausgeruhten gerade die höchsten Genesen hat, darf sich an der Siebenunddreißig versuchen! Ganz egal, wie weit ihr bisher gekommen seid, ob Dreißiger oder Zwanziger oder Zehner. Die zwölf Besten arbeiten, ja schuften! Die anderen ruhen sich aus und halten sich zur Ablösung bereit! Rechenmeister Crykom, ich übergebe.«

Ein Schnauben, ein Schnaufen. »Ihr werdet den Tag über Gelegenheit haben, eine wichtige Komponente des neuen Psionischen Stempels zu studieren. Diese neue Komponente kommt in Gestalt eines Besuchers zu uns, Perry Rhodan.« Er zeigte auf Rhodan, der einen Blick in die Runde warf und nickte. »Ritter Rhodan verfügt über eine psionische Aura. Ein Spiegelbild dieser Aura muss in den neuen Stempel eingefügt werden. Andere, wesentlich komplexere Elemente des Stempels fallen dafür ersatzlos weg. Ich habe entsprechende Dokumentationen mitgebracht. Studiert diese Dokumentationen, studiert Perry Rhodans Aura – und versucht euer Glück.«

Sie studierten. Sie versuchten. Sie scheiterten.

»Das müssen wir uns nicht mit ansehen, Startac, oder?« Tamra ergriff ihn beim Arm und zog ihn mit sich. Als er mitging, ließ sie los.

»Wo willst du hin? Zu Tawe?«

Der Ueeba klebte ein Stück weiter oben an der Wand. Tibala hielt ihm gerade einen Trinkbecher hin, als sie eintraten.

Tamra streckte sich und sah zu den Fühlern des Ueeba hinauf. »Na? Wieder wach?«

»Er ist wieder etwas bei Kräften«, sagte Tibala. »Aber er redet nicht. Mürrischer Kauz!« Das Letztere sagte er etwas lauter; wahrscheinlich, um den Ueeba zu einer Reaktion zu provozieren. Ohne Erfolg.

»Wie läuft es da draußen?«, fragte er Tamra.

Schroeder hielt sich im Hintergrund. Tamra hatte den besseren Draht zu diesen Wesen. Irgendwie waren sie miteinander verbunden. Schroeder lehnte sich an eine Wand, verschränkte die Arme vor der Brust, senkte kurz den Kopf. Das Warten war anstrengend gewesen.

»Nicht so gut.« Tamra lächelte. Es war kein angenehmes Lächeln. »Sie hängen fest. Sie brauchen den Topforscher Tawe.«

Schroeder sah zu ihm, konnte aber keine Reaktion erkennen. »Hast du ihm vom Museum erzählt?«, mischte er sich doch ein.

»Ja.« Tibala spreizte die Brustbeine. Das sollte wohl soviel wie *Hat auch nichts gebracht* heißen.

Tamra sah Schroeder an, hielt sich einen Finger an den Mund und lächelte. Es galt nicht ihm. Sie schauspielerte eindeutig. Ihr Lächeln war auch nicht bis zu den Augen vorgedrungen. »Also eigentlich ist der gute Tawe doch sehr brav! Tamra sagt zu ihm: Ruh dich aus, komm zur Besinnung. Und Tawe ruht sich aus. Nachdem er vorher noch kräftig geackert hat. Aber das sagen ja auch seine Forschungsräte: Ackere, Tawe!« Sie tätschelte den Ueeba über sich an der Wand. »Braver Tawe! Macht immer, was die anderen wollen.«

Stille. Schroeder glaubte zu erkennen, dass Tawe noch ein bisschen starrer an der Wand hing als vorher. Aber er konnte das nicht richtig beurteilen.

»Ja!«, sagte Tamra. »So ist richtig. Ruh dich brav aus, und dann gib ihnen brav, was sie haben wollen!«

Schroeder wurde unruhig. Was tat Tamra da? Sie *brauchten* diese Artefakt-Komponente. Sie brauchten den Zugang zu TRAGTDORON. Das bot die Chance, die *einzige* Chance, den Posbi-Krieg vor Ablauf von sechs Wochen zu unterbinden. Sechs Wochen, das konnte einen Unterschied von mehreren Millionen Überlebenden machen.

»Oder nein«, sagte Tamra. »Es ist genau anders herum. Du *bluffst* ja, Tawe … So ein guter Schauspieler … Arbeitet bis zur Erschöpfung … kann nicht mehr, würde aber *so* gern … alle wissen es ja: für *Adilai* will er es schaffen, für seine große lächerliche Liebe … Wenn er es also nicht schafft, dann schafft er es *wirklich* nicht. Echt wahr. Ehrlich. Du gerissener Hund, du manipulierst sie alle, und sie merken es nicht.«

Ein Aufschrei: *»Was quälst du mich!«*

Tamra rieb eines seiner Brustbeine. Schroeder sah die Mandibeln zucken, diese riesigen Mandibeln über ihrem Kopf, und machte sich sprungbereit. Aber Tamra rieb einfach das Bein und sagte, sanfter jetzt: »Komm raus aus deinem Loch, Tawe. Du bist nicht nur Opfer. Komm raus und entscheide dich, welche *Haltung* du einnehmen willst. Du willst sie bluten und schwitzen lassen? Dann lass sie bluten und schwitzen und mach dieses verfluchte Artefakt-Ding nicht.«

»Tamra«, sagte Schroeder.

Sie winkte ab, ohne ihn anzusehen. »Du willst einfach nur deine Ruhe mit deiner Liebsten? Dann gib ihnen was sie wollen – so schnell wie möglich. Und dann hau ab.«

Ein Zucken lief durch den Ueeba.

»Oder du willst, dass hier alles richtig zusammenkracht, diese ganze auf Manipulation und Täuschung gebaute Kultur – dann sorge für eine Revolte. Sag allen, was du herausgefunden hast. Spreng den Laden in die Luft. Sorge für Feuer und Blut!«

Wieder dieses Zucken.

»Verstehst du? Verstehst du, was ich dir sagen will? Es ist deine Entscheidung, Tawe. *Deine* Entscheidung. Nicht die von Crykom. Nicht die von Pokou und seinem Rat. Deine.«

Der Ueeba an der Wand fauchte leise. Atmete ein, fauchte. Atmete ein, fauchte. Seine Mandibeln gingen dabei zu und auf, zu und auf.

Tamra sah irritiert zu Tibala. »Was hat er?«

»Er weint«, sagte Tibala leise. »Du hast ihn zum Weinen gebracht.«

Siebenundvierzig

Komm raus aus deinem Loch, hatte sie gesagt. Und dann hatte sie Bala gefragt, was das für abblätternde Haut an Tawes Narbe war. Und Bala hatte gesagt, die müsse einmal wieder mit Öl eingerieben werden. Ob sie das machen könne, hatte sie gefragt. Ja, hatte Bala gesagt. *Nein, ich habe Tawe gefragt. Hast du etwas dagegen, Tawe, wenn ich dir deine Narbe einöle?* Und als er nicht geantwortet hatte, hatte sie das als Zustimmung genommen.

Und nun hing er hier an der Wand und spürte das Streichen ihrer Finger, immer die Panzerbögen entlang. Es fühlte sich beinahe so an wie kräftiges Fühlerstreichen. Tawe zog die Augen ein und überließ sich dem Streichen.

Es trug ihn zurück zu einer Nacht, in der Adilai ihn gestreichelt hatte. Immer die Spirale entlang.

Er ist ein Mann, Tawe, hatte Adilai gesagt. *Ein Forscher aus der Fabrik. Er kann tausend Rosen machen, wenn er will.*

Er ist stark. Er ist groß. Wieder das Streichen. Wieder. *Er ist potent, voller Bildkraft.* Streichen, streichen. Adilais Fühler. Tamras Hand. Noch einmal. *Aber selbst tausend mal tausend seiner Rosen sind mir nicht so viel wert wie deine eine.*

»Aber wie sollen wir sie denn je wiederfinden«, flüsterte er.

»Was?«, fragte Tamra sanft. »Was hast du gesagt?«

Das ist doch ganz einfach, geisterte Adilais Stimme durch seinen Kopf. *Schau.*

»Nichts«, sagte Tawe und öffnete die Augen. »Du kannst jetzt aufhören. Danke, Adilai.«

»Ääh … bitte. Aber ich heiße Tamra.«

»Oh. Ja. Entschuldige. Ich habe mich gerade an etwas erinnert. Ich muss schauen. Richtig hinsehen. Und dann wird es ganz einfach.«

»Wenn du meinst.« Tamra hielt ihre öligen Hände hoch. »Ich geh mir mal eben die Finger waschen.«

Sie lächelte Startac an und nickte mit dem Kopf nach draußen. Er stieß sich von der Wand ab. Er hatte einen seltsamen Gesichtsausdruck.

»Was ist los?«, fragte sie, als sie draußen auf dem Hof nebeneinander zu dem Drehbrunnen gingen.

»Du fährst eine merkwürdige Linie, Tamra.« Er setzte den Brunnen Hand über Hand in Gang. »Was, wenn er sich wirklich weigert? Wenn er hier wirklich eine Art Revolte anzettelt? An seiner Entscheidung hängen Millionen Leben.«

Tamra rieb sich die Hände mit Sand ab. Sie merkte, wie sie wütend wurde. Sie holte tief Luft.

»Startac, auf seinem Rücken lastet genug. Diese Toten, diesen Krieg hat er nicht zu verantworten.«

»Er macht sich mitschuldig, wenn er nicht dabei hilft, ihn zu stoppen.«

»Na toll.« Einige Imago-Forscher fühlerten hinüber. Tamra senkte ihre Stimme. »Dieselben Leute, die ihn und seinesgleichen von hinten bis vorn manipuliert haben, haben auch diesen Krieg zu verantworten. Und nun macht er sich *mitschuldig*, wenn er denen nicht das liefert, um dessentwillen sie sein Volk überhaupt manipuliert haben?«

Startac schwieg. Er ließ das Brunnenrad los. Seine Stirn war gerunzelt.

»Startac, soll er sich doch entscheiden. Die Toten, die es dadurch vielleicht mehr gibt, lasten auf anderen Schultern. Auf *ganz* anderen Schultern.«

Startac schwieg. »Du machst es dir verdammt leicht«, sagte er dann.

Sie schüttelte den Kopf und sah zu Boden. Sie wusste nicht, was sie sagen sollte. Tränen stiegen ihr in die Augen.

»Streitet euch nicht«, sagte eine müde Stimme hinter ihnen. »Ich *werde* die Siebenunddreißig machen.«

Perry Rhodan war mit Langeweile vertraut. Er war ein Unsterblicher, der auf ein langes Leben zurückblicken konnte. Es hatte nicht nur aus dreitausendundeinem Abenteuer bestanden. Es war seit jeher von langweiligen Momenten, Stunden, Tagen durchzogen. Warten auf Entscheidungen. Auf Sitzungsergebnisse. Fototermine politischer Natur, denen er nicht hatte ausweichen können. Perry Rhodan begrüßt die Delegierten von X auf dem Balkon von Y. Und immer wieder lange Flüge nach Z. Von seinen unzähligen Zeiten der Gefangenschaft ganz abgesehen.

An was dachte Tatmensch Rhodan in solchen Momenten? Wenn er Glück hatte, an nichts. Wenn er Glück hatte, sah er irgendwann auf die Uhr und stellte fest, dass er in der letzten halben Stunde offenbar keine Wahrnehmung und keinen Gedanken gehabt hatte.

Nirwana. Der Zustand des vollkommenen Freiseins von Wünschen und Gedanken. Er strebte ihn nicht an. Er wollte machen, sich austauschen, schaffen. Aber manchmal kam dieser Zustand zu ihm, und Rhodan wusste, als was er ihn zu nehmen hatte. Als Geschenk.

Aus einem solchen Zustand tauchte er auf, weil sich im Imago-Saal etwas änderte. Der Saal hatte sich immer mehr geleert in den letzten Stunden. Mehr oder weniger krude Röhren hatten sich in der Luft gebildet und waren funkensprühend vergangen, in langsamer, beinahe gleichmäßiger Folge. Eine nach der anderen. Hundertfüßler hatten sich vor dem Podest aufgebaut, auf dem er saß, und sich auf seine Ritteraura konzentriert. Einer nach dem anderen. Genauso hatten sie sich erschöpft, hatten sie aufgegeben: einer nach dem anderen. Es war immer stiller geworden im Imago-Saal.

Nun entstand Unruhe. Ein Ueeba kam den Boden entlanggehinkt. Rhodan kniff die Augen zusammen. Dem Ueeba fehlten auf der einen Seite einige Beine. Es musste dieser Tawe sein. Ihr größtes Talent. Und hinter ihm kamen auch Startac Schroeder und Tamra Cantu. Rhodan nickte den beiden kurz zu.

Sämtliche Ueeba, die zwischen Rhodan und Tawe waren, reckten die Fühler und wichen zur Seite aus. Und hinten, beim Eingang, wurde allmählich alles schwarz von Ueeba. Die Imago-Forscher der ganzen großen Fabrik schienen in den Saal zu drängen – jedoch so scheu, dass sie alle so weit weg blieben, wie es nur ging.

Lautlos kamen sie zusammen.

Tawe fühlerte nach Rhodan. Der Ueeba sah … beschädigt aus. Vielleicht sogar heruntergekommen. Die fehlenden Beine; bestimmt ein Dutzend Stümpfe starrten am Rand seines grauen Körpers hervor. Die eine Seite seines Rückens glänzte dunkel. Mitten in dem öligen Schimmer zog sich eine in dem Licht beinahe violett wirkende Narbe den Rücken entlang.

Der Ueeba sagte kein Wort, während er Rhodans Aura erspürte, erforschte. Aber Rhodan hatte nicht das Gefühl, dass Tawe aus Schüchternheit und Nervosität schwieg wie so viele der Forscher, die heute an ihm vorbeidefiliert waren.

Rhodan sah zu Crykom. Der Kelosker schien im Stehen zu schlafen, mit offenen Augen. Aber noch während Rhodan hinsah, kam wieder Leben in die getrübten Augen. Die großen Pupillen richteten sich auf Tawe. Crykoms Greiflappen zitterte ein paarmal.

Rhodan blinzelte Mondra zu. Sie lehnte ein Stück von ihm entfernt an der Wand und machte kurz große Augen: *Jetzt wird's spannend.*

Nach Minuten, die sich dehnten, wandte der Ueeba sich ab, den vollständigen Körper immer noch auf dem Boden. Er ging nicht zu einem der altertümlichen wirkenden Terminals wie die anderen Ueeba vor ihm. Er blieb einfach dort auf dem groben Boden stehen, der an einigen Stellen schwärzlich gepunktet und rissig war, und schien sich zu sammeln.

Als er die Fühler reckte, ertappte sich Rhodan dabei, den Atem anzuhalten. Langsam atmete er aus und wieder ein.

Über Tawe schien sich das Licht zu konzentrieren, das durch die seltsamen Zeltbahnen hoch oben über dem Saal drang. Immer mehr Licht bündelte sich.

Rhodan setzte sich auf.

Das war merklich schneller gegangen als bei den anderen Forschern. Es wirkte kraftvoller, entschlossener. Das Licht verfestigte sich zu etwas, das aussah wie Formenergie in einem Zwischenstadium. Immer klarer wurde die Form, immer fester. Die Siebenunddreißig war eine Art Röhre von schätzungsweise sieben Metern Länge und vier Metern Durchmesser. Nichts an der Röhre schien im mindesten besonders, und doch war es die erste Röhre, die irgendwie *gelungen* wirkte.

Rhodan sah zu Crykom. Der alte Rechenmeister atmete schnaubend aus. Im ganzen Saal war es still.

Dann leise Schritte, außen an der Wand. Startac Schroeder näherte sich. Rhodan sah ihn fragend an. Schroeder neigte sich zu seinem Ohr. »Er verbraucht sich«, flüsterte er. »Er verbrennt mental. Das geht nicht lange gut.«

Rhodan nickte ernst.

Und immer noch reckte Tawe die Fühler zu dem Gebilde, das mitten im Saal in der Luft schwebte und leuchtete, knisterte. Und immer noch formte Tawe den neuen, veränderten Psionischen Stempel, den Rechenmeister Crykom ihnen definiert hatte.

Der halbe Saal hielt den Atem an.

Der halbe Saal zuckte zusammen, als Tawe plötzlich sprach: *»Crykom. Rechenmeister.«*

Rhodan kniff die Augen zusammen. Es war eine grausige Stimme. Die Stimme eines vergifteten, verseuchten Wesens. Eines Kriegsheimkehrers. Eines Überlebenden.

»Rechne, Crykom. Ist sie das?«

Alle sahen, alle fühlerten zu dem alten Kelosker. Irrlichter von dem Gebilde tanzten über ihn hinweg.

»Ist sie das? Sag!«

»Hrh«, machte Crykom undeutlich. Der Rechenmeister legte beide Greiflappen an die Paranormhöcker auf seinem Kopf. Seine Hinterbeine schlugen. »Ja! Ja, Tawe! Sie ist es!«

Ein vielstimmiges Knarren ging durch den Saal. Seufzten die Ueeba?

»Gut«, sagte Tawe mit dieser zerstörten Stimme.

Dann wurde das Knistern lauter, die Irrlichter heller, und die ganze Artefakt-Komponente Siebenunddreißig zerriss in einem gleißenden Feuerwerk.

»Sehr gut. Wir sehen uns, Rechenmeister.«

Und damit verließ der Imago-Forscher Tawe den Saal. Die Menge der Ueeba teilte sich vor ihm wie eine Herde Schafe.

Achtundvierzig

»Das war großartig, Tawe!« Tamra Cantu lief lachend neben dem Ueeba her. »Das war genial!«

»Findest du? Danke.« Seine Stimme klang nicht mehr so fertig wie eben im Imago-Saal. Eher brüchig. Besorgt.

Tamra machte seine Stimme nach. *»Wir sehen uns, Rechenmeister.«* Sie schüttelte den Kopf und musste wieder lachen. »Und jetzt?« Sie sah zu Startac, der einen Schritt hinter ihr lief, und hielt ihm eine Hand hin. Er ergriff sie. »Was willst du jetzt machen?«

»Ich weiß nicht«, sagte Tawe. »Vorhin wollte ich noch die Bibliothek anzünden. Aber dann ist mir das eben eingefallen.«

»Gut! Mach es einfach Schritt für Schritt!«

Startac zog an ihrer Hand, und sie blieb stehen. Er ließ sie los. »Tamra. Das war nicht nur ein lässiger Auftritt. Er hat sich *verbraucht* dabei.«

Sie sah zu Tawe, der ebenfalls stehen geblieben war und sich nach ihnen umdrehte.

»Du meinst … Tawe schadet sich damit?«

Startac nickte. »Er ist mental völlig ausgelaugt. Das bringt ihn vielleicht um, wenn er es einmal zu oft macht.«

»Ihr Göttinnen«, fauchte Tawe. »Ich muss von hier weg.«

Tamra fuhr herum. Über den Hof kamen haufenweise Ueeba gelaufen. Hinter ihnen wankte die klobige Gestalt von Crykom.

»Na schön.« Sie aktivierte das Bedienfeld ihres Anzugs. »Kletter auf meinen Rücken, Tawe.«

Sie sah hoch in den Himmel. Über den Mauern der Fabrik tauchten Alles-für-euch auf, in allen möglichen Größen und Formen. Sie durften die Fabrik nicht betreten, das wusste Tamra. Aber jenseits der Mauern würden sie die beiden jederzeit abfangen dürfen.

»Startac! Spring mit uns irgendwohin! Schnell!«

Sein Gesicht war starr. Er hatte die Augen zu Schlitzen zusammengekniffen. »Ich werde nichts dergleichen tun.«

»Startac …«

»Nein.«

Sie folgte seinem Blick. Hinten, im Tor des Imago-Saals, war die Gestalt von Perry Rhodan zu sehen.

Mitten in dem Aufruhr im Saal hatte er Mondras Hand auf der Schulter gespürt. Sie stand schräg hinter ihm. »Da hat er sich ja vielleicht ein Früchtchen angelacht.« Ihre Stimme klang wärmer als die Worte.

»Du meinst Startac mit Tamra Cantu?«

»Ja. Hast du gesehen, wie sie sich gerade auf die Faust gebissen hat, wie ihre Augen geleuchtet haben bei dieser Szene?«

»Ja, habe ich. Sie kommt mir aber gar nicht so früchtchenhaft vor. Ich glaube, sie ist einfach eine willensstarke junge Frau. Vielleicht etwas eigensinnig, aber bestimmt eine treue Seele.«

Mondra drückte seine Schulter. »Die haben es dir wohl gerade angetan, die jungen Frauen, hm? Findest immer ein gutes Wort für sie.«

»Ach Mondra …« Rhodan wandte lächelnd den Kopf. »Du weißt doch: Für mich sind *alle* Frauen jung.«

Sie warf den Kopf in den Nacken und lachte perlend. »Die werden ihn nicht umbringen, oder?«

»Nein. Sie brauchen ihn ja noch. Komm.« Er bot Mondra seinen Arm an. Sie hakte sich bei ihm unter, und sie folgten dem Kelosker nach draußen. Gleich hinter dem Tor blieben sie stehen. Rhodan betrachtete den Hof. Drüben, beinahe am anderen Ende waren Tamra Cantu, Startac Schroeder und dieser Tawe. Auf dem Hof vor ihnen verteilten sich die Imago-Forscher. Tamra Cantu begann auf das Bedienfeld ihres Kampfanzuges einzuhacken. Sie brach ab, als rundum mehrere Dutzend örtlicher Posbis über dem Kopf der Fabrikmauern erschienen, und redete auf Schroeder ein. Offensichtlich wollte sie, dass der Teleporter die drei wegbrachte. Schroeder schüttelte den Kopf, und die beiden sahen zu Rhodan.

Rhodan trat vor und sagte mit tragender, aber betont ruhiger Stimme in den Hof hinein: »Lasst mich mit ihnen reden.«

»Ich will nicht«, sagte Tawe.

»Dann komm, Tawe.« Tamra, die Knochenfrau, wandte ihm den Rücken zu. »Ich bring dich, wohin du willst.«

»Ich will nirgendwohin.« Tawe horchte in sich hinein. »Ich will mit *ihm* reden.« Er zeigte auf Crykom. »Allein.«

Der Rechenmeister schnaufte.

Schweigend gingen sie in die Bibliothek. Crykom passte gerade noch durch die Tür. Tawe schloss sie hinter ihm, machte Licht. Müde kroch er ein Stück die Wand hinauf. »Vorhin wollte ich sie noch abbrennen. Jetzt kommt sie mir wie der geschützteste Ort der Welt vor. Komisch.«

Crykom sah ihn an. »Warum hast du das getan, Tawe?«

Tawe lachte auf. »*Du* fragst *mich*? … Ich weiß nicht. Vielleicht habe ich es getan, damit das passiert.«

»Du hast es getan, damit es passiert? Das lässt sich über jede Tätigkeit sagen.«

»Nein. Ich hab es getan, damit *du* ratlos bist. Damit *du* fragst. Das gefällt mir. Es fühlt sich gut an.«

»Macht.«

Tawe überlegte. »Ja. Nein. Vielleicht.« Die Vorstellung quälte ihn. Er sah weg, hinein in die Schatten der Bibliothek. Er hörte ein leises, rhythmisches Klatschen, Wischen.

»Tawe? Vielleicht ärgert dich das: Ich bin nicht ratlos.«

Tawe verdrehte die Fühler. *Ja, und?*

»Ich wusste, dass es eines Tages so kommen würde. Uns allen war klar, dass es eine Zeit des Übergangs geben würde. Die Zeitenwende. Es war klar, eines Tages würde es einen Ueeba geben, der mehr fragen würde als die anderen. Der mehr Grund haben würde, die Siebenunddreißig zu schaffen. Wir haben Ausschau gehalten nach diesem Ueeba. Ich habe dich gefördert, Tawe, wie keinen Ueeba zuvor. Weil du das Potenzial hattest.«

»Na toll. Selbst meine Auflehnung verdanke ich also noch eurer *Förderung*, ja?«

Crykom schnaufte. Lange sagte keiner von beiden etwas. Tawe hörte wieder seinen kranken Greiflappen über den Boden wischen.

»Ich weiß nicht, ob du es weißt«, sagte Crykom schließlich. »Da draußen tobt ein Krieg. Milliarden Leben sind bedroht. Dieser Krieg …« Er machte eine wiegende Bewegung mit dem Kopf. Atmete schnaufend aus und wieder ein. »Dieser Krieg ist durch unsere, Siebenkopfs Unachtsamkeit in Gang gesetzt worden. Wir können ihn beenden, binnen Tagen vielleicht. Wenn du uns Zugang zu TRAGTDORON verschaffst. Wenn du die Siebenunddreißig generierst.«

Tawe ging hoch und sperrte die Mandibeln. »Lass mich in Ruhe mit diesem Krieg! Der Krieg ist nicht *mein* Problem! Ihr verschuldet diese Toten! Ihr erstarrt unter ihrem Gewicht! Tragt sie selbst!«

Der alte Rechenmeister schwieg.

»Warum habt ihr das getan?«, fauchte Tawe. Er bekam die Wörter kaum heraus vor Verzweiflung. »Warum habt ihr uns behandelt wie Tiere? Wie kleine flinke Säuger mit ein bisschen Verstand!«

»Weil ihr Tiere wart, Tawe.« Crykom wischte ihm mit dem heilen Greiflappen über den Rücken. »Ihr wart Tiere.«

Neunundvierzig

»Aber wir haben euch nicht schlecht behandelt«, sagte Crykom. »Wir haben eure Intelligenz gesteigert. Euren Überlebensdruck verringert. Eine effektive Geburtenkontrolle eingeführt. Die Ökologie des Planeten fast unangetastet gelassen. Tawe, es gibt nur wenige Welten, die so unverheert und glücklich sind wie die eure, glaub mir. Und wir haben vorgesorgt für die Zeit nach der Wende.«

Tawe sah auf, fühlerte ihn an. »Wie?«

»Wir werden euch die Alles-für-euch dalassen. Sie haben eure Abstammungsgeschichte hinterlegt. Das ist alles seit langem vorbereitet. Wir wollten euch nicht im Ungewissen lassen darüber.«

»Du meinst … das Märchen von der Seherin Mesehi …?«

»Davon weiß ich nichts. Ich meine das Naturkundemuseum.«

»Der grüne Jadepalast …«, flüsterte Tawe. »Die Rampe in die Tiefe.«

»In eurem Fleisch ist eine Sperre verankert, schon seit langer Zeit. Sie hindert euch daran, den Trakt zu betreten. Sie wird fallen.«

»Wann?«

»Wenn ihr gereift seid, Tawe. Wenn ihr als Spezies erwachsen geworden seid. Das wird kommen. Euer Erwachsenwerden fängt gerade an. Dies ist die Zeitenwende.«

»Was soll ich jetzt tun?«

»Was möchtest du denn tun?«

»Habe ich eine Wahl?«

Crykom schnaufte. »Tawe, wir können dich nicht zwingen. Wir können deine Schaffenskraft nicht zwingen. In dieser Hinsicht bist du frei.«

»Ihr würdet mich nicht zwingen?«

»Wie denn? Mach mir einen Vorschlag.«

Das brachte Tawe beinahe zum Lachen. »Bloß nicht!«

»Tawe. Nimm einmal an, du wärst frei. Völlig frei. Was würdest du dann jetzt tun?«

»Zu Adilai fliegen. Mit ihr leben.«

»Dann tu es doch. Flieg.«

»Jetzt gleich?«

»Ja. Warum nicht?«

»Ja, aber der Krieg …«

Crykom schnaufte wieder. »Wir werden ihn auch ohne dich beenden können. In sechs Wochen. Kein Problem.«

»Ja, aber die vielen Leben, die auf dem Spiel stehen …«

»… lasten auf uns Ober-Denkern, Tawe. Wie du gesagt hast. Geh. Flieg zu Adilai.«

»Und die Siebenunddreißig? TRAGTDORON? Die Fabrik?«

»Tausend Jahre mehr oder weniger, was macht das schon? Irgendwann wird wieder ein Forscher an dem Punkt sein, an dem du jetzt bist.«

»Nein«, flüsterte Tawe. »Das nicht. Nein!«

»Dann mach uns die Siebenunddreißig und geh dann.«

»Ich muss überlegen«, sagte Tawe.

»Ich gehe davon aus, dass ihr Tawe nicht ohne guten Grund dabei unterstützt, unsere Pläne zu torpedieren.«

Sie saßen in Tamra Cantus und Startac Schroeders Zimmer in der Psi-Fabrik. Rhodan und Mondra auf dem einen Bett, Startac und Tamra auf dem anderen. Rhodan war gleich aufgefallen, dass die Betten nicht direkt nebeneinanderstanden. Wie bei Mondra und ihm.

Er sah Startac ins Gesicht, aber der machte zu. Schotten dicht. Nun, immerhin hatte er sich geweigert zu springen. Rhodan sah zu Tamra Cantu. Die junge Frau knetete Startacs Hand und zwang anscheinend Tränen nieder. Rhodan war sich nicht sicher, ob Tränen des Zorns oder der Verzweiflung.

»Perry«, sagte Startac. »Diesen Ueeba ist ziemlich übel mitgespielt worden. Sie merken es gar nicht. Außer diesem Tawe. Es zerreißt ihn fast. Aber er wird nicht drum herumkommen, diese psi-materielle Komponente zu machen. Nur so kann er die Fabrik hinter sich lassen. Nur so kann er zu der Frau zurückkehren, die er liebt.«

»Er kämpft«, sagte Tamra. »Er schlägt zurück, schlägt um sich. Seinem Volk droht ein großer Umbruch. Ich glaube, was ihn gerade umtreibt, ist: die Haut retten. Seine eigene. Die seines Volkes.«

»Die Haut retten«, wiederholte Rhodan. »Ein großer Umbruch. Übel mitgespielt. Ihr redet in sehr vagen Begriffen.«

Schroeder und Cantu sahen sich an.

»Wenn ihr Details liefert, können wir alle ihm vielleicht helfen«, sagte Mondra.

»Ich glaube«, sagte Startac Schroeder zögernd, »er hat dort draußen auf dem Hof gerade beschlossen, dass er keine Hilfe will.«

Es wurde Abend über der Fabrik. Unvermittelt flammten die riesigen Flutlichter auf und löschten die Farbspiele am Himmel aus. Tamra wanderte gerade zum x-ten Mal den Hof entlang, als Tawe aus der Bibliothek trat. Hinter ihm war der Torso von Rechenmeister Crykom zu sehen.

»He, Tawe«, sagte Tamra leise. »Wie geht's dir?«

Der Ueeba antwortete nicht. Crykom ging auf seinen vier breiten Füßen an ihnen vorbei, mit baumelnden Armen. Tamra und Tawe sahen zu, wie er durch die sich öffnenden Fabriktore ging und in einem Gleiter verschwand. Die Tore schlossen sich wieder.

»Ich glaube, mir geht es ganz gut, Knochenfrau.«

»So nennst du mich?«

»Ist das schlimm?«

Sie sah an sich hinab, befühlte durch den Kampfanzug ihre dünnen Arme. »Ich war nicht immer so. Ich glaube, ich werde auch nicht immer so sein.« Sie zuckte die Achseln.

»Ich mach die Siebenunddreißig«, sagte Tawe. »Und dann kommt die Zeitenwende. Gute Zeiten, hoffe ich.«

»Keine Flammen? Kein Blut?«

»Nein! Ich hoffe nicht. Ich hab vorzubeugen versucht. Tamra? Kannst du mir einen Gefallen tun?«

»Klar. Was denn?«

Er sagte es ihr.

Tamra riss die Augen auf. »Klar. Und du? Was wirst du tun?«

»Mich für ein, zwei Stunden in eine dunkle Ecke der Bibliothek kleben und hoffentlich schlafen. Und dann mach ich mich an die Siebenunddreißig.«

Aber Tawe konnte nicht schlafen. Er hing eine halbe Stunde lang wach unter der Decke der Bibliothek, dann kroch er elendig müde hinüber zum Imago-Saal. Die große, nach oben hin offene Halle erstreckte sich wie ausgestorben vor ihm. Sie war hell erleuchtet. Weit vorn am Kopfende stand noch das Podest, auf dem Perry Rhodan Modell gesessen hatte. Die Säulen für die Mitglieder des Forschungsrates waren verschwunden, sie hatten aus leicht vergänglicher Psi-Materie bestanden. Der ganze Saal machte den Eindruck, als habe sich seit dem Platzen der richtigen, korrekten Siebenunddreißig hier niemand mehr an eine Genese gewagt.

Tawe atmete tief durch, schloss die Augen. Er war müde, seine Narbe am Rücken zog, aber zumindest einen Versuch wollte er machen.

Das grelle Licht störte seine empfindlichen Augen. Er ging es löschen. Nun kam nur noch von oben Streulicht herein, wo die Flutlichter auf das Zeltdach schienen. Tawe trat in die Saalmitte und konzentrierte sich.

Wieder schien sich das Licht über ihm zu ballen. Lichtfinger wuchsen aus der Ballung. Drehten sich, kreisten. Schlieren wehten nach. Allmählich formte sich die Röhre, weich, fließend.

Tawe hörte etwas hinter sich beim Eingang. Forscher waren hereingeschlurft. Niemand sagte ein Wort, aber während Tawe die Röhre verfestigte, bekam er das Gefühl, Dutzende von Zuschauern zu haben. Er schaute mit einem Fühler nach hinten … am Eingang war alles schwarz von Forschern.

Als ein Aufstöhnen durch die Menge ging, konzentrierte er sich rasch wieder auf die Röhre oben. Sie zerfloss … wurde wieder fester.

Die Erschöpfung kam wie ein Keulenschlag. Tawe merkte entsetzt, dass er starr wurde. Sein Rücken begann sich zu krümmen. Er stieß mit dem Kopf auf, mit dem Hinterteil. Fiel auf die Seite. Zog sich langsam, ohne etwas dagegen tun zu können, zu einer Spirale zusammen.

Ich habe mich übernommen, war sein letzter Gedanke.

Die psimaterielle Röhre über ihm zerfloss. Sie floss auf ihn hinab und badete ihn für einen Moment in milchiges, gnädiges Licht. Dann war Dunkelheit.

»Sollen wir ihn in die Krankenstation bringen?«, fragte jemand.

»Unsinn. Der muss schlafen. Der muss einfach nur schlafen, der Idiot!«

Der Jemand, der Tawe für einen Idioten hielt, ließ die Türflügel zufallen.

Fünfzig

Wieder einmal war Tamra auf dem Herzberg. Diesmal jedoch war sie nicht geflogen, sondern an Startacs Hand hierher teleportiert. Sie fand sich vor dem Lodertunnel wieder. Fahlblau schimmerte es in seinen Tiefen.

»Ihn konnte ich am besten anpeilen«, sagte Startac fast entschuldigend über Helmfunk.

»Ja.« Sie schenkte ihm ein kurzes, nervöses Lächeln.

Hinter ihnen wurde bereits gefeiert. Die beiden drehten sich um. Unter dem Abendhimmel, der hier draußen, wo keine viel zu starken Flutlichter gleißten, wieder seine ganze Pracht zeigte, glitzerten Sternenteppiche hinter langen lila Wolkenbändern, erstreckten sich die Buden mit ihren viel zarteren Lichtern. Auf dem dunklen Rund der Festwiese bewegten sich schimmernd die Larven der ersten feiernden Frauen.

Heute Nacht waren die beiden Menschen nicht gekommen, um sich unter die Ueeba zu mischen.

Sie wandten sich dem grünen Jadepalast zu. Hoch ragten die Türme aus dem Bau, der wie zusammengesetzt aus zerfließenden Kuppeln wirkte. Das Naturkundemuseum. Sein riesiges Tor gähnte.

Sie gingen dorthin. *Geradeaus,* hatte Tawe gesagt. *An den Geist-Tieren vorbei bis ganz nach hinten. Dann ein kurzes Stück quer bis in den Seitenflügel, und von dort aus ...* Wie immer Geist-Tiere auch aussahen, welche Form auch immer ein Seitenflügel haben mochte in diesem mitten im Zerfließen erstarrten Haus, Tawe hatte ihr den Weg genau beschrieben.

Sie schalteten ihre Helmlichter ein und traten über die Schwelle des Museums. Fliesenboden erstreckte sich vor ihnen, dicht mit Staub und Unrat bedeckt. Sie befanden sich in einer langen, stockdunklen Galerie. Ihre Helmscheinwerfer schnitten unzählige dickmattig verstaubte, verschiedenartige Gegenstände aus dem Dunkel.

»Das muss der Staub von Jahrzehnten sein«, hörte sie Startacs leise Stimme dicht an ihren Ohren. »Von Jahrhunderten.«

Tamra zeigte auf einige Spuren am Boden, wo die Ueeba-Frauen über den Boden und die Wände hinaufgewimmelt waren. »Sie weisen uns vielleicht sogar den Weg, wer weiß. Tawe zufolge sind die meisten Ueeba hier nur wegen der Mutprobe reingegangen.«

Sie gingen weiter. Mitten im Raum ragte gespenstisch der untere Teil eines riesigen Skeletts auf. Rippenbögen, eine waagerechte Wirbelsäule, vier dicke, kurze Beine. Der Schädel und viele Knochen lagen verstreut auf dem Boden.

»Ein Saurier«, sagte Startac.

»*Geist-Tiere,* hat Tawe gesagt. Hier müssen also noch mehr sein.«

Das Nächste fanden sie weiter hinten. »Irgendein Wasserbewohner. Siehst du, hier? Da waren die Flossen dran.«

Unten an den Seitenwänden ragten Reihen von Schaukästen auf. Das Glas war verschmutzt und blind. Manche Kästen waren aufgebrochen, aber dennoch nicht leer. Versteinerungen lagen darin.

Sie fanden die kurze zweite Quergalerie, die sich anschloss. Hier waren die Schaukästen fast alle zerfallen. Vereinzelt lagen Formen unter dem Staub. Startac legte ein, zwei Steine frei und sah hinauf in die Kuppel. »Ich weiß nicht«, sagte er. »Vielleicht war hier einmal eine Mineraliensammlung.«

»Vielleicht haben sie aus den schönsten Stücken Schmuck gemacht.«

»Die Ueeba? Wenn ich es richtig verstehe, haben sie längst nicht mehr handwerklich gearbeitet, als dieses Museum errichtet wurde.«

Sie erreichten einen Seitenflügel, der parallel zu dem allerersten Gang verlief. Hier war alles extrem verfallen, zu widerwärtigen Haufen zusammengesackt und vertrocknet.

»Tierpräparate vielleicht.«

»Wenn das so weitergeht«, sagte Tamra, »werden wir in diesem gesperrten Gang überhaupt nichts mehr finden.«

Aber da sollte sie sich irren.

Die Größe der nächsten Galerie war schlichtweg nicht zu fassen. Ihre Helmstrahler verloren sich darin. Der Gang führte in die Tiefe, mit einer ganz leichten Neigung.

»Das ist sie«, sagte Tamra. »Die Rampe. Sie sieht endlos aus. Lass uns die Antigravs nehmen.«

»Gut.«

Sie flogen mit niedriger Geschwindigkeit in den Gang.

»Das sieht mir jetzt aber mehr wie ein Technikmuseum aus«, sagte Startac. Links und rechts fielen riesige, großteils zerfallene Maschinen zurück.

»Vielleicht haben sich die Alles-für-euch auch ein Denkmal gesetzt?«

»Glaub ich nicht. Die wären doch nicht so rasch zerfallen.«

Tamra zuckte die Achseln, was Startac natürlich nicht sehen konnte. Unvermittelt fiel ihr auf, dass keine Spuren von Ueeba mehr zu sehen waren. An keiner Raumebene. Die beiden Menschen waren problemlos in die verbotene Zone gelangt.

Und immer noch war das Ende der Galerie nicht zu sehen. Sie schien sich tief in den Herzberg hineinzubohren.

Die Luft wurde schlecht, die Anzugautomatik dichtete die Helme ab. Der gigantische Gang war jetzt leer, an den Seiten standen keine Maschinen mehr.

»Dort vorn ist etwas.«

»Ja.«

Aber da war nichts. Es war nur der Gang zu Ende.

Sie landeten. Sahen sich um.

Licht flammte auf.

Es war ein riesiger, das Kopfende ausfüllender Trividschirm.

»Ihr Mütter!«, entfuhr es Tamra irgendwann zwischendurch. »*Darum* passen sie so perfekt zusammen!« Sie schlug eine Hand vor den Mund, traf den Helm und war für einen Moment desorientiert. »Das … das dürfen wir Tawe nie sagen. Das bräche ihm endgültig das Herz.«

Startac sah sie fragend an. »Was meinst du mit dem perfekt Zusammenpassen? Wen meinst du?«

»Die *Frauen*, Startac. Ich hab sie neulich zufällig gesehen auf dem Herzberg – beim Liebesspiel. Es war unglaublich. Sie sahen unter ihren Larven aus wie irgendeine in sich gedrehte Orchideenblüte oder so. Perfekt aufeinander abgestimmt. Perfekt im Gleichgewicht.«

Eine Stunde später materialisierten sie gleich in der Bibliothek. Es war dunkel dort drinnen. Tawe war nirgends zu finden.

»Er wird doch nicht schon wieder im Imago-Saal sein?«, überlegte Tamra.

»Ich befürchte es.«

Sie gingen über den Hof. Er lag wie ausgestorben unter dem grellen Licht der Scheinwerfer. Es schien, als hätten sich sämtliche Bewohner der Fabrik verkrochen, weil sie nicht sehen wollten, was der neue Tag ihnen bringen würde.

Die beiden schweren Türflügel des Imago-Saals waren nur angelehnt. Drinnen war es fast dunkel. Nur Streulicht kam von den Dachplanen herunter. Unten, auf dem Boden, kauerten zwei Schatten. Es waren Tawe, zu einer Spirale zusammengerollt, und Tibala, der anscheinend über seinen Freund wachte.

Er fühlerte ihnen entgegen.

»Schläft er?«, flüsterte Tamra.

»Ja«, sagte Tibala unglücklich. »Er hat es heute Nacht schon wieder versucht. Er hat gesagt, dass er sich ausruhen will, wenigstens ein paar Stunden, und dann hat er es schon wieder versucht. Er ist in eine Starre gefallen. Aber langsam wird er wieder ein bisschen weich.«

Die Spirale öffnete sich. Tawe streckte sich, fiel auf die Füße. Hob die Fühler. »Und?«, sagte er mit einer hohlen, hölzern klingenden Stimme. »Habt ihr sie gefunden, die Abstammungsgeschichte der Ueeba?«

»Ja«, flüsterte Tamra und ging neben ihm in die Hocke. »Wir haben den Gang gefunden und konnten ihn auch betreten.« Sie sah zu Startac hinauf.

»Es ist mehr oder weniger so, wie du dir schon zusammengereimt hast«, sagte er zu dem Ueeba. »Es gab eine Zeit riesiger Tiere auf Pakuri. Als die Kelosker und die Posbis kamen, waren sie längst wieder ausgestorben. Am höchsten entwickelt waren zu dieser Zeit kleine Säuger und ihre Fressfeinde, die Ueeba. Die Ueeba waren nachtaktiv und lebten in Höhlen und Felsspalten der unteren Zonen des Ringgebirges. Die Posbis nahmen genetische Modifikationen vor und bauten den Ueeba die riesigen Bauten, in denen eure Frauen heute noch leben.«

»Dann ist es so, wie Crykom gesagt hat? Sie hatten unsere Abstammungsgeschichte schon dokumentiert und für uns hinterlegt, bevor ich … bevor wir sie gefunden haben? Crykom hat mich nicht belogen?«

»Nein«, sagte Tamra. Sie musste schlucken. »Nein. Crykom hat dich nicht belogen.«

Sie sah zu Startac, der kaum merklich den Kopf schüttelte, klopfte Tawe auf den gepanzerten, grobporigen Rücken und stand auf. »Jetzt ruh dich weiter aus. Du brauchst deine Kraft. Du willst ja hier heil rauskommen und mit Adilai leben.« Sie holte tief Luft. »Wir legen uns auch schlafen.«

Aber als sie auf ihrem knarrenden Bett in der Krankenstation lag, von Startac durch zwei Meter Boden getrennt, wälzte sie sich nur herum und ertappte sich immer wieder dabei, an die dunkle Decke zu starren.

Nein. Crykom hat dich nicht belogen. Crykom nicht.

Aber wie hätte sie Tawe denn sagen sollen, dass die Ueeba vor den Manipulationen der Posbis – ein Volk von Zwittern gewesen waren?

Einundfünfzig

Am nächsten Morgen trafen sie alle wieder im Imago-Saal zusammen. Startac Schroeder und Tamra Cantu. Perry Rhodan und Mondra Diamond. Rechenmeister Crykom in Begleitung einiger keloskischer Kollegen. Auch Imago-Forscher tröpfelten in den Saal, verteilten sich auf den Wänden. Startac Schroeder erkannte den alten Pokou. In der Mitte des Saals standen auf dem Fußboden Tawe und sein treuer Freund Tibala.

»Rechenmeister? Ist es auf den Weg gebracht?«

Der alte Kelosker mit dem Spinnennetzmuster auf dem Körper wiegte langsam den Höckerkopf. »Es ist, Tawe. Es ist.«

Schroeder und Tamra wechselten einen fragenden Blick. *Wir werden wohl nie erfahren, was er mit den Keloskern für sein Volk ausgehandelt hat,* dachte Schroeder.

»Gut«, sagte Tawe. Seine Stimme klang schon wieder ein bisschen klarer heute. »Bala, gehst du dann dort hinüber?«

Tibala zögerte, dann wandte er sich ab, fühlerte umher, kam dann zu ihnen herüber und stellte sich neben Tamra. Diese Frau hatte wirklich eine Verbindung hergestellt zu diesen Wesen, es zeigte sich immer wieder. »Glück, Tawe«, flüsterte er. »Gelingen.«

Wieder das Licht, die umherschweifenden Finger. Wieder das Leuchten, die Ballung. Das Knistern. Dann war da die Röhre über ihnen im Raum, drehte sich langsam um ihre Längsachse.

Durch diese Röhre sollte Perry Rhodan gehen.

Durch diese Röhre würde er vielleicht gehen können – wenn Tawe der Psionische Stempel gelang.

Nichts Sichtbares geschah. Die Röhre drehte sich langsam, Tawe fühlerte zu ihr hinauf, ab und zu sprang knisternd ein Funken.

Schroeder spürte in den Ueeba hinein und runzelte die Stirn. Sein mentaler Zustand war brüchig.

Tawe gab sich einen Ruck und wandte sich von Artefakt-Komponente Siebenunddreißig ab. Er fühlerte zu Rhodan. Ging zu ihm hinüber, als wollte er sich noch einmal der Gestalt von dessen Ritteraura versichern.

Die Zeit schien stillzustehen. Schroeder atmete bewusst langsam aus. Tawe drehte sich wieder zurück und nahm seine alte Position wieder ein. Er richtete die Fühler auf die Siebenunddreißig.

»Er fängt jetzt an, den Stempel zu prägen«, flüsterte Tibala zu Tamra. Es klang sehr laut in dem stillen Saal.

Die Röhre verlangsamte in der Luft. Hörte auf, sich zu drehen. Ein Zittern schien sie zu überlaufen, als wäre sie eine Spiegelung im Wasser. Die Röhre zerfloss.

Aufstöhnen. Ächzen. Schnaufen. Fauchen.

»Ruhe bitte.« Perry Rhodans Stimme.

Das Gebilde stabilisierte sich wieder.

Tawes Fühler, starr auf die Siebenunddreißig gerichtet. Ihre Spitzen zitterten. Man sah es nur, wenn man ganz genau hinguckte. Minutenlang schien nichts zu geschehen. Selbst das Knistern, das Funken ließ nach.

Tawes Fühler zuckten.

Schritte neben Schroeder, leise gesetzt. Rhodans Mund dicht neben seinem Ohr. »Wie geht es ihm?«

»Er verbrennt, Perry. Er verbrennt mental.«

Rhodans Kiefer mahlten. In seinem Blick, der starr auf den Ueeba gerichtet war, flackerte etwas. Plötzlich trat Rhodan vor und herum und zog Tamra zwischen Schroeder und sich, mit einer schnellen, zupackenden Bewegung. »Diese Frau, die er liebt. Holt sie. Schnell!«

Tamra sah Rhodan verdutzt, verzweifelt an: »Aber … wir wissen nicht …«

Schroeder ergriff ihre Hand, teleportierte. »Adilai?«, hörte er Tibala noch fragen.

»… wer sie ist! Wo sie wohnt! Oh.«

Um Schroeder und Tamra herum lag der Herzberg.

»Verfluchter Mist!«, rief Schroeder. Der Berg war leer. Es war helllichter Tag. Um sie herum Müll und Reste von Feuern und zugehängte Stände.

»Startac. Die Ruhbude.« Tamra zeigte zu einem Stand, der aus mehreren Buckeln gefügt zu sein schien. Hinter den Vorhängen ertönte ein Pfeifen und Quietschen. Es klang vergnügt.

Sie teleportierten die 25 Meter dorthin. Schroeder fand sich in einem höhlenartigen Kabuff wieder. Ein Alles-für-euch starrte ihn an. An dem unverkleideten Metallgestänge seines einen Armes baumelte juchzend ein Ueeba-Kind.

»Wo kommt ihr denn auf einmal her?«, sagte er. »Dich kenne ich.« Er sah Tamra an, zeigte auf das Ueeba-Junge. »Aufgekratztes Ding. Sein Rhythmus ist völlig durcheinander.«

»Kennst du Adilai?«, fuhr Startac ihm dazwischen.

»Adilai tla wie?«

Schroeder schüttelte irritiert den Kopf. »Die Freundin von Tawe! Von dem Imago-Forscher Tawe! Wir müssen sie finden! Sofort! Es geht um Leben und Tod!«

»Geht es das bei euch Bio-Leuten nicht immer? Geh mal runter, Kleines, ich hab zu tun.« Der Posbi setzte das Ueeba-Junge ins Gras. Es sah sich um und stürzte sich auf ein Insekt in den langen Halmen. »Ja … ja … Ihr meint Adilai tla Dadié. Ich habe sie lokalisiert.«

»Wo ist sie?«

»Im Wolkengarten. Schläft vermutlich.«

»Wo? Zeig mir die Richtung! Und sag mir, wie weit weg ungefähr!«

Der Posbi zeigte und sagte. Schroeder teleportierte. Ein kurzer, verwischter Eindruck von weiß glasierten Mauern im Dschungel, dann teleportierte er wieder zurück. Der Posbi starrte ihn verdattert an. »Starker Effekt, Mann. Was hast *du* denn für eine Droge intus?«

Schroeder packte ihn am Arm. »Ich brauch dich zum Übersetzen!«

Im letzten Moment vor der Teleportation sah er noch, wie Tamra – er verstärkte den Griff um ihre heiße, kräftige Hand – sich bückte und nach dem kleinen Ueeba griff.

Dann standen sie vorm Wolkengarten. Tamra warf den kleinen Ueeba in den Schatten der Mauer. »Wir konnten es doch dort nicht allein lassen. Wer weiß, wie heiß es tagsüber auf dem Berg wird.«

»Zu Adilai, schnell!« Schroeder riss Tamra und den Posbi weiter. Das Gewicht des Posbis kugelte ihm fast den Arm aus, aber da setzte der Robot sich schon in Bewegung.

Sie rannten in den dunklen Wolkengarten hinein. Trauben von Hundertfüßlern klebten überall. »Adilai!«, rief Schroeder. »Adilai tla Dadié!« Die ersten Frauen erwachten. Ihr Pfeifen und Kreischen gellte ihm in den Ohren. »Sag es auf Ueebaka!«, drängte er den Posbi.

Das dauert zu lange, dachte er, *das dauert einfach alles viel zu lange!*

Und er sollte recht behalten. Sie sollten es nicht mehr rechtzeitig zu Tawe schaffen.

Zwei Minuten, bis sie die Ueeba-Frau gefunden hatten, hoch oben an der Decke über ihnen.

»Sag ihr, dass wir Freunde sind! Dass wir sie mitnehmen! Zu Tawe! Nun mach schon!«

Eine halbe Minute pfeifendes, kreischendes Hin und Her.

»Jetzt reicht's. Antigrav, Tamra.« Sie schwebten zu der Frau hinauf, Schroeder ergriff sie bei einem Bein und teleportierte und ...

In den dunklen Hallen des Wolkengartens sah der Posbi zu der Stelle hinauf, wo eben noch diese Wesen geschwebt waren.

»Wow«, hauchte er. »Was für Effekte ... abgefahren. Was *der* wohl für eine Droge genommen hat?«

Als er das winzige Pfeifen unten hörte, bückte er sich und klaubte das Ueeba-Junge aus dem Gras, setzte es sich auf die Brust. »Komm her, Kleines. Kannst wieder deine Kunststücke machen auf mir. Ist alles für dich.«

... sie hingen im Imago-Saal in der Luft. Schroeder fing die Frau rasch auf und landete, setzte sie auf den Boden. Neben ihm landete Tamra.

»Ihr kommt zu spät«, sagte Rhodan. Aber er lächelte. Lächelte! Und zeigte nach vorn.

Mitten im Imago-Saal schwebte die Röhre. Sieben Meter Länge, vier Meter Durchmesser.

Adilai tla Dadié hatte ihre Verblüffung überwunden und stürzte nach vorn. Sie kreischte auf und verstummte und blieb stehen.

Schräg unter der Röhre lag Tawe auf der Seite. Tibala war neben ihm.

Tamra stammelte leise: »Ist er … wird er …«

Startac spürte in ihn hinein. »Er ist in Ordnung, glaube ich. Er wird leben.«

Rhodan lächelte breit. »Ich habe ihm gesagt, dass ihr kommt und Adilai bringt. Es hat gereicht.«

»Manchmal siegt die Liebe«, sagte Mondra etwas zu laut und umarmte Rhodan von hinten.

Startac runzelte die Stirn. Nano Aluminiumgärtner lauschte.

»Siegt sie nicht eigentlich immer?« Rhodan umfasste ihre Oberarme. Auch er hatte eine Spur zu laut gesprochen.

Nano verließ leise den Saal.

»Er ist rausgegangen«, teilte Mondra einige Augenblicke später mit einem leisen Lachen Rhodan mit. »Du kannst mich jetzt loslassen.«

»Och«, machte Rhodan.

Sie lachten beide in sich hinein, dann lösten sie sich voneinander.

»Manchmal«, sagte Mondra, »hilft nur der ganz große Hammer. Danke, dass Sie mir behilflich waren, Großadministrator.«

Rhodan deutete eine Verbeugung an. »Jederzeit wieder, schöne Dame. Falls der Hammer noch nicht groß genug war.«

Rhodan zeigte nach oben. Schon waren Psi-Forscher dabei, die uralten Zeltbahnen zu entfernen.

»Die Siebenunddreißig ist in Ordnung?«

»Rein und makellos, mitsamt dem modifizierten Psionischen Stempel.«

»Und jetzt wird sie hinüber ins Tal der Dimensionen transportiert?«

Rhodan schüttelte den Kopf.

Crykom schnaufte neben ihnen. Schroeder hatte den wuchtigen Kelosker bei all der Aufregung glatt übersehen. »Wir werden eine Sicherheitsfrist von zwanzig Stunden verstreichen lassen, um eine spontane Deflagration auszuschließen. Die Ueeba bringen sie aus der Fabrik und verankern sie mit mobilen Zugstrahlern auf freiem Feld. Aber ich bin zuversichtlich! Sehr, sehr zuversichtlich!«

Rechenmeister Crykom war so sichtlich entzückt, wie Schroeder es dem plumpen Riesen nie zugetraut hätte.

Zweiundfünfzig

20 Stunden! Der Tag verstrich. Zu Hause wäre es der 4. Juni 1343 Neuer Galaktischer Zeitrechnung gewesen. Rhodan, Mondra, Startac Schroeder und Tamra Cantu verfolgten die Regeneration des Imago-Forschers Tawe, dem als erstem Ueeba die Generierung der Siebenunddreißig gelungen war, und das zweimal

hintereinander. Tawe würde wieder auf die Beine kommen, das war nach wenigen Stunden klar.

Er schlief viel. War er wach, verließen sie die Krankenstation. Adilai und er sollten alle Zeit haben, die sie kriegen konnten.

Der Anführer der Imago-Forscher, Erster Rat Pokou, hatte sich zunächst scharf gegen Adilais Aufenthalt in der Fabrik verwehrt. Tibala war es gewesen, Tawes einziger Freund unter den Forschern, der den Alten schließlich angefahren hatte: »Was willst du! Ihr wolltet die Siebenunddreißig, jetzt nehmt auch die Zeitenwende! Die Tage der Fabrik sind gezählt!«

Tatsächlich machten sich in den nächsten Stunden immer wieder Forscher in Richtung der nächstgelegenen Stadt auf. Aber es waren wenige. Die meisten wollten wohl den Auszug der Siebenunddreißig miterleben. Rhodan versuchte noch einmal, ein wenig über die Hintergründe der Konflikte dieses Volkes herauszubekommen, aber Startac und Tamra Cantu blieben eisern. Nun gut, er musste ja nicht alles wissen.

Ärgerlicher war da schon, dass Crykom bei jeglichen Fragen nach den Hintergründen von TRAGTDORON in eine Lähmung zu fallen schien. Keine Antwort. Nichts.

Konnte es sein, dass die Kelosker es vielleicht selbst nicht so genau wussten?

20 Stunden! Und dann würde vielleicht wieder ein Schnitt kommen, wieder eine Zäsur. Irgendwie war das Schroeders Schicksal, und es kommunizierte mit seiner Fähigkeit der Teleportation. So, wie auch seine Sprünge Zäsuren darstellten, eben noch hier, jetzt dort, so schien auch sein Leben zu verlaufen.

Eben noch hier, jetzt dort.

Schroeder sah auf die schlafende Tamra Cantu hinab.

Wenn alles gelang, wenn alles zu einem glücklichen Ende kam – wenn sogar Staatsmarschall Laertes Michou die Silberkugel wieder herausrückte, die ihre einzige Möglichkeit darstellte, wieder nach Hause in die Milchstraße zurückzukehren … was dann? In der Silberkugel würde kein Platz sein für eine zusätzliche Person.

Und dann, Tamra Cantu?, dachte Schroeder. *Was machen wir zwei dann?*

Er beugte sich vor und strich ihr mit einem Finger über die Wange. Sie seufzte im Schlaf und drehte sich zur Wand.

Startac ging hinüber zu seinem Bett und legte sich auch schlafen.

20 Stunden, das hieß: Adilai konnte beim Auszug der Siebenunddreißig mit dabei sein. Er würde weit vor dem Morgengrauen stattfinden.

»Tibala hat mir geflüstert, du hättest einen Handel mit diesem Ober-Denker abgeschlossen«, sagte Adilai irgendwann im Dunklen, während sie halb auf ihm lag. »Mit Crykom. Du hättest irgendwas mit ihm abgemacht für nach der Zeitenwende.«

»Ja«, sagte Tawe.

»Und was?« Sie stupste ihn an. »Sag schon!«

Er lachte. »Wart's ab. Hier in der Fabrik … lugt doch aus jedem Ritz ein Fühler.«

Dreiundfünfzig

Zwei Stunden vor Ablauf der Frist näherte sich der Fabrik durch die Nacht ein seltsames Fluggerät. Die matte Fläche, die matten aufragenden Träger verschluckten das Sternenlicht und waren nur Schatten im Schatten, wo sie nicht von Punktstrahlern aus der Dunkelheit des Regenbogengrases und der Purpurflechten geschnitten wurden.

Es war eine Frachtbühne der Kelosker. Sie hielt auf die Röhre aus Psi-Materie zu, die natürlich nicht deflagriert war. Die Röhre schimmerte unter den Sternen wie ein Gebilde aus weißem Kalk. Posbis schwebten umher und fixierten die Röhre auf der Frachtbühne. Es war ein merkwürdiger Anblick. Die Siebenunddreißig, die im Imago-Saal so riesig gewirkt hatte, nahm sich auf der überdimensionierten Plattform wie irgendein unwichtiges Bauteil aus.

»Vielleicht schrumpfen die Plattformen manchmal unten im Tal«, überlegte Tawe. Er hatte düstere Erinnerungen an seinen versuchsweisen Ausflug dorthin.

Eine Stunde vor Ablauf der Frist hieß es Abschied nehmen. Sie standen alle auf der Landeplattform außen an der großen Außenmauer der Fabrik. Das Tor hinter ihnen stand offen. Wind wehte.

»Wo wirst du sein, falls wir zurückkommen?« Tamra, die Knochenfrau, sah ihn aus großen Menschenaugen an.

»Jedenfalls nicht mehr hier«, sagte Tawe. »Ich werde die Fabrik jetzt verlassen, für immer und alle Zeiten, würde ich sagen.«

Adilai lehnte sich gegen ihn. Sie war so klein gegen ihn, so leicht, dass er sie sogar in seinem Schwächezustand durchaus stützen konnte. Daran würde er sich erst noch gewöhnen müssen.

»Aber du kannst ja einen Alles-für-euch fragen, wo wir stecken«, sagte Tawe. »Falls ihr zurückkommt.« Er wandte sich an den Knochenmann. »Startac …«

»Tawe …« Schroeder bückte sich.

»Ich danke dir, dass du mir meine Liebste gebracht hast. Und überhaupt.«

»Ach«, sagte er. Er drückte Tawe mit der Faust gegen ein Brustbein. »Mach's gut, Hundertfuß.«

»Mach's gut, Knochenmann.«

Und der gute Tibala. Verschluckte er etwa ein leises Fauchen? Ja, das tat er. Die treue Seele fiel Tamra um den Hals.

Die Menschenfrau, die sich hingekauert hatte, fiel rückwärts auf den Po. »He!«, lachte sie. »Das zwackt!«

Bala fauchte etwas, das Tawe nicht verstand.

»Gut«, sagte er. »Dann macht mal los. Lebt auch ihr wohl, Perry Rhodan und Mondra Diamond. Und du, Nano Aluminiumgärtner.« Er wackelte mit den Fühlern. »Du bist der erste Alles-für-euch, den ich kennenlerne, der einen Namen hat.«

»Das mag daran liegen, dass ich kein Alles-für-euch bin. Sondern ein Posbi.«

»Mag sein. Irgendwie glaube ich, du solltest hier mal ein paar Tage ausspannen und feiern. Das könnte dir gut tun. Falls euereins so etwas macht.«

Sie stiegen in den kleinen Alles-für-euch-Gleiter. Tawe und Adilai und Tibala sahen zu, wie der Gleiter hinunter zu der Frachtbühne glitt. *Da gehen sie hin,* dachte Tawe. *Da geht sie hin, meine Siebenunddreißig …*

Er sah zu Tibala. »Was wirst du jetzt machen?«

»Ich glaube, ich bleibe noch ein bisschen hier. In der Fabrik.«

»Im Ernst.«

»Ja. Einfach so. Um Abschied zu nehmen.«

»Hm. Komische Idee.«

Unten setzte sich die Frachtbühne in Bewegung.

»Einfach so. Um Abschied zu nehmen, ja?«

»Ja. Was ist daran so komisch?«

»Ich brauche einen Gleiter!«, rief Tawe.

In einiger Entfernung glitten sie hinter der Frachtbühne dahin. Tawe, Adilai und Bala.

Dort vorn war die Siebenunddreißig – stabil wie für die Ewigkeit. Und sie war seine Schöpfung.

Sie redeten nicht viel. Sie hingen ihren Gedanken nach. Sie träumten. Sie nahmen die Einzelheiten der Fahrt zum Tal der Dimensionen auf, um sie für den Rest ihres Lebens zu bewahren.

»Die Fabrik, sie wird zerfallen, nicht?«, sagte Bala irgendwann.

»Ich weiß nicht«, sagte Tawe. »Wir könnten doch ein Museum daraus machen.«

»Wir?«

»Wir – das freie Volk der Ueeba.«

»Das freie Volk der Ueeba«, ahmte Bala ihn nach. »Klingt bombastisch.«

»Leute«, sagte Tawe. »Wenn die Ober-Denker mit ihrem Versuch heute Erfolg haben, wird über kurz oder lang sogar die Siedlung Siebenkopf aufgelöst, glaubt mir. Wenn die Ober-Denker Erfolg haben, verschwindet über kurz oder lang vielleicht sogar der Schleierstern vom Himmel – soweit ich das verstanden habe.«

»Und die besonders begabten Ueeba?«, fragte Adilai. »Die unter dem Einfluss des Schleiersterns geboren werden? So wie du einmal?«

»Wird es dann nicht mehr geben. Wir werden frei sein«, sagte Tawe. »Als es immer hieß, die Genese der Siebenunddreißig bedeute die Zeitenwende, hatte ich das gar nicht in ganzer Konsequenz verstanden. Heute ist das anders, heute weiß ich, dass für die Kultur der Ueeba große Veränderungen bevorstehen.«

Und eine davon werden die Ueeba mir zu verdanken haben, dachte er. *Wobei ich nicht weiß, ob sie mir je dafür danken werden.*

»Wir werden also frei sein, ja?«, sagte Tibala. »Ich weiß nicht, ich hab mich eigentlich immer ziemlich frei gefühlt.«

Tawe musste lachen. »Das glaube ich dir aufs Wort, mein Freund. Das glaube ich dir aufs Wort.«

Bald schwebten sie über der Ringstadt, ein Stück vor dem Tal der Dimensionen. Unten, am Rand der stillen Nebelfläche, kam die Frachtbühne zur Ruhe. Und diesmal würde es nicht ein einziger Kelosker sein, der den Transport als Lotse begleitete. Der Rand des Nebeltals wimmelte von Ober-Denkern, die ganze Siedlung schien dort versammelt zu sein. Und alle bestiegen sie die Frachtbühne, gesellten sich zu Rechenmeister Crykom.

»Jetzt weiß ich, warum die Bühne so groß sein musste!«, flüsterte Tawe.

Perry Rhodan, Mondra Diamond, die beiden Posbis Nano und Drover und ein seltsames teppichähnliches Wesen, das er noch nie gesehen hatte, sowie Startac Schroeder und Tamra Cantu; sie alle folgten auf Gleitern der Plattform der kruden Kolosse in die Senke hinab.

Bald waren sie vom Nebel verschluckt.

Die drei Ueeba saßen da und schauten auf die matte Fläche hinaus.

»Und jetzt?«, fragte Adilai nach einer Weile.

»Wartet noch einen Moment«, sagte der Alles-für-euch-Gleiter. »Ich messe da etwas an …«

Im Tal begann es zu leuchten und zu irrlichtern, über die ganze große Fläche hinweg. Unter ihnen, in der Ringstadt, rumpelte es.

»Bodenerschütterungen«, sagte der Alles-für-euch.

Um sie herum begann die Luft zu knistern, tausendmal lauter als im Imago-Saal.

»Ach kommt, lasst uns nach Hause fahren«, sagte Tawe. »In diesem Moment fängt *unser* Leben an.«

Der Gleiter nahm Kurs auf die Stadt, in der er geboren worden war. Tawe kehrte zurück. Mit Adilai, die auf ihn gewartet hatte. Mit Tibala, einem guten Freund in der Not.

Als es hinter ihnen blitzte, hielten sie an und sahen alle noch einmal zurück. Ein Blitz schoss aus dem Tal der Dimensionen hinauf in den Himmel.

In den Himmel, an dem sich schon der erste Hauch von Morgenrot zeigte.

Adilai gähnte. »Kommt, Leute. Ich will nach Hause. Morgen ist auch noch eine Nacht.«

Tawe lachte und verwirbelte ihr die Fühler. »He!«, rief sie und ließ sich gegen ihn fallen. Sie war klein, sie war leicht, aber er war jetzt wieder so geschwächt, dass er bis gegen Tibala rutschte.

»Ihr Spinner«, schimpfte Bala halbherzig.

Meine Liebste und mein bester Freund an meiner Seite, dachte er, während oben am Himmel etwas irrlichterte beim Schleierstern. Tawe war gespannt, was die Zukunft brachte.

Vielleicht würde er ihnen einmal erzählen, was er mit Crykom abgemacht hatte. Andererseits merkten sie es ja vielleicht bald von ganz allein.

Es wird kein Umbruch sein, dachte er müde und glücklich. *Es wird ganz langsam kommen. Jeden Tag wird irgendein Alles-für-euch »kaputtgehen«. Jeden Tag ein einziger auf dem ganzen Kontinent, das ist nicht viel. Aber Stück für Stück werden wir wieder selbst anpacken müssen.*

Wir werden arbeiten, wir werden Fehler machen, wir werden uns abplacken und uns Erfindungen einfallen lassen. Wir werden ausruhen und feiern und spielen. Wir werden uns reiben und streiten und all das, was Tamra gesagt hat.

Wir werden frei sein.

»Was ist denn nun?«, murrte Adilai an seiner Brust. »Ich will in die Heia.« Sie fühlerte zu ihm hinauf. »He, Tawe … du weinst ja …«

Perry Rhodan 6

DER POSBI-KRIEG

UWE ANTON

Die Schöpfungs-maschine

Prolog

Aus den Chroniken des kosmischen Ereignisforschers Beck

Die Kleingalaxis Ambriador, etwa fünf Millionen Lichtjahre von der Milchstraße entfernt, war im Jahr 1343 Neuer Galaktischer Zeitrechnung von rätselhafter hyperenergetischer Tätigkeit erfüllt, die bewirkte, dass aus allen Bereichen der Lokalen Gruppe und darüber hinaus in Hyperstürmen einzelne Raumschiffe oder gar ganze Raumschiffskonvois verlorengingen und so schwer beschädigt in Ambriador wieder zum Vorschein kamen, dass sie die Galaxis nicht mehr verlassen konnten.

Im Jahr 2409 alter Zeitrechnung der Terraner war ein Siedlerkonvoi der Terraner nach Ambriador verschlagen worden, hatte dort aus den Trümmern der geretteten Technik das Imperium Altera gegründet und war auf eine Population von Posbis getroffen, die auf demselben Weg nach Ambriador gelangt war.

Zweieinhalbtausend Jahre herrschte zwischen Altera und den Posbis Frieden. Obwohl die Posbis von Ambriador nie »befriedet« worden waren, hatte die Hass-Schaltung, die sie in der Milchstraße zu Feinden jeglichen Lebens gemacht hatte, anscheinend keine Macht über sie.

Doch im Jahr 4894 begannen die Posbis gegen das Imperium von Altera einen Vernichtungskrieg zu führen. Begleitet von der Frage *»Seid ihr Wahres Leben?«* flogen sie eine Angriffswelle nach der anderen gegen das Imperium.

Anfang April 1343 NGZ – was dem Jahr 4930 alter terranischer und gültiger alteranischer Zeitrechnung entsprach – bat Lotho Keraete, der Bote der Superintelligenz ES, den Terranischen Residenten Perry Rhodan, in Ambriador nach dem Rechten zu sehen. Die bis dato in der Milchstraße unbekannte Bevölkerung der Menschen in Ambriador stand im Krieg gegen die Posbis vor dem Untergang, und Rhodan war es schließlich schon einmal gelungen, die Posbis zu befrieden.

Auf Caligo, dem Trovent-Planeten einer Laren-Population, die es ebenfalls nach Ambriador verschlagen hatten, gerieten Rhodan und seine Begleiter zwar in die Wirren eines Bürgerkriegs, konnten den neuen Ersten Hetran der Laren, General Kat-Greer, jedoch überzeugen, den Techniker Verduto-Cruz ausfindig zu machen, der als Einziger in der Lage war, einen havarierten Fragmentraumer der Posbis wieder flugtüchtig zu machen. Kat-Greer schien – nicht zuletzt unter den Einflüsterungen einer Hypton-Kolonie, die im Trovent die Fäden zog – einzusehen, dass die Posbis sich auch gegen die Laren wenden würden, sobald sie das Imperium Altera erst zerschlagen hatten. Rhodan beabsichtigte, mit dem erbeuteten Raumschiff den geheimen Zentralplaneten der Posbis anzufliegen, die

Achtzigsonnenwelt. Wollten sie die Menschheit des Imperiums Altera retten, mussten sie die Hass-Schaltung finden und außer Kraft setzen.

Doch die Hass-Schaltung stellte sich als durch einen geheimnisvollen »Siebenkopf-Zusatz« modifiziert heraus und konnte nicht aufgehoben werden. Währenddessen gerieten Rhodans Begleiter Startac Schroeder und die von ihm auf Caligo befreite Alteranerin Tamra Cantu auf dem Rückweg zum Imperium Altera in Raumnot und mussten mit dem altersschwachen Troventaar ORTONTAPH auf dem entlegenen Planeten Terra Incognita notlanden. Ihre Zuflucht erwies sich jedoch als Standort eines regelrechten Raumschiffs-Friedhofs – und eines Dimensionstunnels, der an einen unbekannten Ort führte.

Perry Rhodan, Mondra Diamond und ihre Posbi-Begleiter aus der Milchstraße erreichten schließlich Siebenkopf, eine Siedlung von 69 Keloskern auf dem Planeten Pakuri, im Zentrum der Kleingalaxis Ambriador. Für Siebenkopf arbeiteten nicht nur Posbis, sondern auch die Ureinwohner von Pakuri. Die Imago-Forscher erschufen mit der Kraft ihres Geistes Artefakte, die nur einen Zweck hatten: die TRAGTDORON-Fähre zu erbauen, ein Vehikel, das den Keloskern Zugang zu einem mächtigen Instrument der Kosmokraten verschaffen sollte.

Eins

Perry Rhodan, Pakuri: 5. Juni 1343 NGZ (4930 nach Christus)

Perry Rhodan versuchte, den Nebel mit Blicken zu durchdringen, doch es war sinnlos. Die Schleier waren nicht nur überall, schienen nicht nur mit jeder Sekunde dichter zu werden, sondern auch näher zu kommen, wogten heran, als wären sie beseelt. Nur verschwommen konnte er die Frachtbühne erkennen, der sie folgten und auf der sich die 69 Kelosker von Siebenkopf versammelt hatten.

Eine schwere Erschütterung erfasste den Gleiter und ließ ihn einen meterhohen Satz machen, und Rhodan befürchtete einen Moment lang, den Halt und das Gleichgewicht zu verlieren. Instinktiv schloss er die Finger fester um die Haltestange des Gefährts, das eigentlich die Bezeichnung Transit-Porter trug, wie Rechenmeister Crykom ihm beiläufig mitgeteilt hatte. Er traute dem Fluggerät nicht ganz über den Weg, auch wenn es von Posbis konstruiert worden war. Allerdings nach Vorgaben der Kelosker, und die mochten zwar mehrdimensionale Gleichungen problemlos lösen können, traten beim Laufen aber schon mal auf ihre überlangen Greiftentakel. In der Theorie waren sie unübertroffen, bei der Bewältigung der Praxis aber unbeholfen, wenn nicht sogar untauglich.

»Wir m-müssen sofort u-umkehren!«, drängte Nano Aluminiumgärtner zum wiederholten Mal innerhalb von fünf Minuten. »Das Risiko ist viel zu groß! Wir dürfen Mondra dieser Gefahr auf keinen Fall aussetzen. Wie konntest du nur so v-verantwortungslos handeln, Perry? Wir müssen …«

Der Posbi stieß einen leisen Schrei aus und verstummte abrupt.

Rhodan schaute nicht hin. Er wollte gar nicht wissen, was die Mutter seines Sohns Delorian und seine derzeitige »Leibwächterin« mit dem Roboter angestellt hatte. Seit Nano sich »unsterblich« in die ehemalige Artistin und TLD-Agentin verliebt hatte, ging er ihnen noch mehr auf die Nerven als zuvor.

Er antwortete nicht auf Nanos verzweifelte Bitte, starrte weiterhin in den undurchdringlichen Nebel, der das Tal der Dimensionen ausfüllte.

Tal der Dimensionen! Der Name übte eine beträchtliche Faszination aus, klang geheimnisvoll, vielversprechend für den, der kein Risiko scheute, wenn es galt, einem Geheimnis auf den Grund zu gehen. Einem Geheimnis, das über das Schicksal einer Galaxis und das Leben von Milliarden Menschen entscheiden konnte.

Als er die Augen zusammenkniff, machte er wieder die gewaltige Plattform aus, der sie folgten. Die Kelosker dienten als Lotsen, doch Rhodan fragte sich, inwieweit selbst sie diese Umgebung überhaupt erfassen konnten. Er vermutete, dass die schier endlose Senke, in die sie flogen und die viele Kilometer tief durch den unheimlichen Nebel in die Kruste von Pakuri hineinzuführen schien, nichts anderes als eine dimensionale Verzerrung war. In Wahrheit gab es hier überhaupt kein Tal, sondern der Raum selbst hatte sich zu einer Mulde verformt.

Eine dimensionale Verzerrung, die durchaus imstande war, sie jeden Augenblick zu verschlingen. Rhodan fragte sich, was mit ihnen geschehen würde, wenn Raum und Zeit über ihnen zusammenschlügen. Würden sie dann wie durch einen Dimensionstunnel an einen anderen Ort versetzt werden? Einer wie den, durch den Startac Schroeder und seine Begleiterin Tamra Cantu vom Planeten Terra Incognita nach Pakuri vorgestoßen waren? Oder würden sie irgendwie zwischen den Dimensionen vergehen, entkörperlicht werden, als Hauch einer Erinnerung zwischen Sein und Nichtsein treiben?

Erneut wurde der Transit-Porter heftig durchgeschüttelt. »O weh«, sagte der Matten-Willy Mauerblum, »wie soll ich euch jetzt noch beschützen?«

Er meinte damit in erster Linie die Posbis Nano Aluminiumgärtner und Drover, die er nach Ambriador begleitet hatte, um ihnen seine Obhut angedeihen zu lassen.

Rhodan zwang sich, ruhig und gleichmäßig zu atmen. Er konnte die gewaltige Plattform nur undeutlich ausmachen. Gerüste standen darauf, Stangen sperrten in alle Richtungen. Dazwischen knotenhafte Gebilde, über deren Sinn und Zweck er nur Vermutungen anstellen konnte. In der Mitte die Siebenunddreißig, die Tawe, der Imago-Mönch der Ueeba, geschaffen hatte. Und irgendwo daneben die 69 Kelosker.

Plötzlich schien der Nebel in Brand zu geraten. Ein grelles Flackern durchzog ihn, ein Leuchten und Irrlichtern, das ihm eine ganz neue Konsistenz verlieh. Nun war er nicht mehr einförmig grau, sondern schien in Flammen zu stehen, die sich rasend schnell zu dem Transit-Porter fraßen. Ein lautes Knistern durchdrang die Kabine des Gleiters, als würde auch die Luft in ihm brennen.

Was geschah in diesem Tal? Was erzeugte diese Effekte?

»Mondra!«, kreischte Nano Aluminiumgärtner. »B-bleib standhaft! Ich eile zu dir, ich umschließe und schütze dich mit meinem Körper, ich verbrenne, verglühe, verkohle, bevor du verzehrst wirst von der Flammen Gewalt, denn ich könnte es nicht ertragen, dich vor mir sterben zu sehen!«

»Halt den Mund, Nano«, sagte Rhodan. Vor sich machte er nicht mehr nur die Frachtbühne mit den kruden Kolossen darauf aus, sondern noch etwas anderes, eine Art … *verfestigten* Nebel? Ein graueres Grau als das, das sie allgegenwärtig umgab? War das etwa … der Boden der Senke?

»Nein!«, schrie Nano. »Mondra! Bitte nicht! Nein!« Diesmal lag eine solche Qual in seiner Stimme, dass Rhodan sich unwillkürlich zu seinen Begleitern umdrehte.

Mondra Diamond, Startac Schroeder und Tamra Cantu lagen reglos auf dem Boden des Transit-Porters, und Mauerblum breitete sich wie ein Teppich zwischen Drover und Nano aus. Die Lebewesen waren bestenfalls bewusstlos, die Roboter rührten sich nicht mehr.

Wer in das Tal hinabsteigen will, braucht als Lotsen einen Kelosker! Und selbst dann ist es normalsterblichen Wesen nicht vergönnt, die Desorientierungen bei Bewusstsein zu überstehen!

Wann hatte Rechenmeister Crykom das zu ihm gesagt? Er wusste es nicht mehr genau. Die Verwirrung griff auch nach ihm, bekam ihn immer stärker in die Gewalt. Weil er das gegenwärtige Geschehen nicht mehr richtig erfassen konnte, floh er in Erinnerungen.

Was hatte Lotho Keraete ihm gesagt, damals, in der Milchstraße? Seine Anwesenheit in Ambriador war unbedingt erforderlich, *weil es ein Schloss zu öffnen gilt, für das nur du einen Schlüssel finden kannst.* Deshalb hatten die Kelosker auch darauf bestanden, ihn ins Tal der Dimensionen mitzunehmen … ganz abgesehen davon, dass er sich von nichts in der Welt davon hätte abhalten lassen, sie zu begreifen.

Normalsterbliche Wesen … Er blieb bei Bewusstsein, die anderen nicht. Sicher, Drover und Nano waren Roboter, aber …

»Perry!« Er hörte Mondras Flüstern in demselben Augenblick, in dem er sah, wie sie sich aufzurichten versuchte, das Gesicht verzerrt, Arme und Beine unnatürlich verbogen, als wären sie bei dem Sturz mehrfach gebrochen worden … oder knochenlos wie die Tentakel der Kelosker.

Du siehst die Fähre nicht. Sie verzerrt die Raum-Zeit. Du siehst nur eine Nebelsenke. Du erfasst nicht die komplexe sechsdimensionale mathematische Schönheit, fielen ihm Crykoms Worte vor dem Aufbruch wieder ein.

»Ganz ruhig«, flüsterte Rhodan. »Ich vertraue den Keloskern! Sie wissen, was sie tun! Nichts von allem, was wir sehen, ist wirklich! Es handelt sich nur um dimensionale Verzerrungen!«

»Perry, ich … ich sterbe …« Mondra schien ihn nicht wahrzunehmen, sah an ihm vorbei.

»Das ist Unsinn! Kämpfe nicht dagegen an! Du musst nicht bei Bewusstsein bleiben! Denk daran, was die Ueeba und die Kelosker gesagt haben!«

Er hatte erwartet, dass Mondra sich zurückfallen ließ, sich der gnädigen Ohnmacht überantwortete, doch sie zog sich hoch, Zentimeter um Zentimeter. Nano Aluminiumgärtner stand wie erstarrt da, statt seiner großen Liebe zu helfen, und auch Drover regte sich nicht. Wahrscheinlich waren ihre biologischen Komponenten in Mitleidenschaft gezogen.

»Mondra«, flüsterte Rhodan.

Dann war es vorbei. Der Transit-Porter kreischte wie ein Lebewesen, schüttelte sich noch einmal wie ein Wildpferd, das zugeritten werden sollte. Rhodan kämpfte um den Halt, und seine ehemalige Lebensgefährtin sackte auf den Boden zurück.

Die Blitze leuchteten kaum noch und erloschen dann endgültig, und Rhodan richtete sich langsam auf und drehte sich um, sah zu dem, was vor ihnen lag. Der Flug war scheinbar endlos gewesen, doch nun schienen sie ihr Ziel erreicht zu haben.

Der Nebel war so dicht geworden, dass man ihn kaum noch als solchen bezeichnen konnte. Hatte er sich tatsächlich verfestigt?

Das irrlichterne Gewitter erlosch endgültig. Sie hatten den Grund der Senke erreicht.

O nein, dachte Rhodan, nur um im nächsten Augenblick wieder klar und logisch zu denken. Die Desorientierung fiel von ihm ab.

Der starre Nebel tief unten in der Senke war fester Grund und Boden. Eine etwa zehn Kilometer durchmessende Talsohle, auf der eine rege Geschäftigkeit herrschte, die er niemals erwartet hätte.

Schwärme von Posbis umlagerten dort ein alptraumhaftes Gebilde, arbeiteten daran, montierten es.

Die TRAGTDORON-Fähre.

Ein gigantisches, widersinnig in sich verschlungenes Etwas, das nur ein wahnsinniger Geist hatte ersinnen können und sich Rhodans Begriffsvermögen weitestgehend entzog.

Schwärme von Posbis.

Unwillkürlich wartete er darauf, dass sie ihn bemerkten, sich zu ihm umdrehten und die für sie einzig relevante Frage stellten: *Seid ihr Wahres Leben?*

Aber nein, versuchte er sich zu beruhigen. Es waren die *Alles-für-euch*, wie die Ueeba sie nannten, die positronisch-biologischen Roboter, die nicht der neu erweckten Hass-Schaltung unterlagen, sondern seit jeher im Auftrag der Kelosker tätig waren. Der kruden Kolosse, die nicht mitbekommen hatten, was sich in den letzten 36 Jahren in Ambriador abgespielt hatte, so unglaublich das auch anmuten mochte.

Rhodan kniete neben Mondra und Startac nieder. Beide atmeten tief und gleichmäßig; die Lider seiner ehemaligen Geliebten bewegten sich leicht. Sie waren nur ohnmächtig, würden jeden Moment wieder erwachen. Das galt hoffentlich auch für Tamra und den Matten-Willy, mit dessen Körper er aber nicht vertraut genug war, um eine hinreichende Diagnose zu stellen.

»Kümmert euch um sie«, sagte er zu Drover und Nano Aluminiumgärtner. »Informiert mich über Funk, falls ihr Zustand sich verschlechtern sollte.« Dann ging er zum Schott des Gleiters, öffnete es und trat hinaus.

Vor ihm versperrte ihm die Frachtbühne die Sicht, der sie in das Tal gefolgt waren. Hinter ihr verschwand die obere Hälfte der TRAGTDORON-Fähre im wieder dichter werdenden Nebel.

Er machte einige Kelosker auf der Bühne aus, doch sie achteten nicht auf ihn, überwachten konzentriert die Aktivitäten der Posbis, die mittlerweile mit Hilfe von Antigrav-Projektoren die Siebenunddreißig von der Frachtbühne bugsierten. Sie verschwendeten keine Sekunde. Rechenmeister Crykom hatte ihnen wohl kaum auftragen müssen, Vorsicht walten zu lassen; Posbis unterliefen in dieser Hinsicht keine Fehler.

So unscheinbar die Röhre von sieben Metern Länge und vier Metern Durchmesser war, so wertvoll war sie für die Kelosker. Zwei Versuche hatten sie vor Jahrtausenden gestartet, den Hyperstrahler TRAGTDORON zu erreichen; beide waren gescheitert. Zwei Fähren hatten sie fertiggestellt, beide Male hatte TRAGTDORON die Kelosker nicht eingelassen. Das *Objekt-T* existierte im Hyperraum, und um es zu betreten, brauchte man ein Kopplungsmodul.

Eben die Siebenunddreißig, das Meisterstück der Imago-Forscher. Tausend Jahre lang hatten die Ueeba sich im Auftrag der Kelosker vergeblich bemüht, die psimaterielle Artefakt-Komponente zu erschaffen. Tausend Jahre lang war es ihnen nicht gelungen. Sie mussten ihr einen Psionischen Stempel aufdrücken, doch eine vollständige Kopie dieses Musters schien keine den Keloskern bekannte Macht des Universums herstellen zu können.

Erst, als Perry Rhodan mit dem Fragmentraumer-Konvoi von der Achtzigsonnenwelt Pakura erreicht hatte, hatte sich das Blatt gewendet. Rhodan verfügte über die Aura eines Ritters der Tiefe, und damit konnte Crykom die Spezifikationen der Siebenunddreißig so verändern, dass die Herstellung für die Imago-Forscher stark vereinfacht wurde. Rhodans Ritteraura war nichts anderes als ein psionisches Muster, und der Rechenmeister ließ das Kopplungsmodul nun so gestalten, dass dieses Muster in den Psionischen Stempel der Siebenunddreißig eingebunden wurde und ein Wesen mit einer Ritteraura TRAGTDORON erreichen konnte. Er hatte die Siebenunddreißig schlicht und einfach auf Rhodans Aura justieren lassen.

Lotho Keraetes Worte kamen ihm wieder in den Sinn. *Weil es ein Schloss zu öffnen gilt, für das nur du einen Schlüssel finden kannst.*

Der Bote der Superintelligenz ES hatte sich vielleicht etwas unklar ausgedrückt. Rhodan musste diesen Schlüssel nicht finden, er *war* der Schlüssel und musste jetzt nur noch zu dem Schloss vordringen.

Sorgfältig überprüfte Rhodan die Anzugsysteme. Zu seiner Überraschung schienen sie einwandfrei zu funktionieren. Warum auch nicht? Die Posbis arbeiteten schließlich ja auch mit Antigravstrahlen. Vorsichtig stieg er empor.

Und hielt den Atem an, als er die TRAGTDORON-Fähre wieder deutlicher ausmachen konnte.

Vielleicht tun der Nebel und die unwirkliche Umgebung das ihre dazu, um die Fähre so unwirklich aussehen zu lassen, klammerte Rhodan sich an eine vergebliche Hoffnung.

Mangels eines besseren Begriffs war der Terraner geneigt, die Fähre als *offenen Fragmentraumer* zu bezeichnen. Die Kantenverstrebungen verrieten eine Würfelform, doch die Oberflächen waren noch nicht eingelassen worden – *oder werden wohl nie eingelassen,* korrigierte Rhodan sich. Die Fähre hatte auch nicht die sonst übliche Kantenlänge von zwei oder drei Kilometern, sondern war nur 1200 Meter hoch, wie die Anzugsysteme ihm verrieten. Jeweils auf 400 und 800 Metern Höhe waren Zwischendecken eingezogen. Auf der ersten erkannte Rhodan zahlreiche Hochenergie-Aggregate, die von den Laren um Verduto-Cruz auf der Achtzigsonnenwelt erbaut worden waren, und auf der zweiten befanden sich mehrere kuppelförmige Aufbauten. Dorthin steuerten die Posbis auch die Siebenunddreißig.

In der Optik der Anzugortung wurde das Gebilde wie ein Würfel dargestellt, doch was Rhodan sah, schien in sich verschlungen zu sein, gebogen und gekrümmt, eher eine *Kugel.*

Hatte er geglaubt, auf der Fähre herrsche rege Betriebsamkeit, konnte er das, was sich nun auf dem Grund der Fähre seinen Blicken bot, nur noch als hektisches Durcheinander bezeichnen. Dort legten Tausende von Posbis letzte Hand an, ein 380 Meter hohes Etwas in das Schiff einzubauen, das ihm nur allzu gut bekannt war.

Das kriechende Herz, wie er es genannt hatte. Der Fragmentraumer-Konvoi, mit dem sie Pakuri erreicht hatten, hatte es befördert, ein Rohrgeflecht aus Metallen, Kunststoffen und Verbundstoffen, das ihn an verschlungene, peristaltisch langsam pulsierende Gedärme erinnerte, an ein Nest von trägen Riesenschlangen. Die einzelnen Bestandteile waren unlackiert und ohne Verkleidungen oder Beschichtungen. Rhodans Blicken bot sich nicht nur ein Gewirr von Formen und Materialien, sondern auch von Farben an, wobei allerdings Metall- und Erdtöne vorherrschten. An mehreren Stellen der untersten Ebene des eigentümlichen Schiffs zerrten Posbis ganze Knäuel Versorgungsleitungen zu dem kriechenden Herzen und schlossen sie an markierte Verbindungsmodule an.

Rhodans Blick fiel an dem Schiff vorbei ins Tal. Mehrere hundert Meter hinter dem oberflächenlosen Würfel machte er zwei weitere dieser Konglomerate künstlicher Riesengedärme aus. Er kniff die Augen zusammen. Obwohl keinerlei Ortungssysteme des Anzugs darauf hinwiesen, war er einen Moment lang überzeugt, dass sie sich bewegten, langsam zu dem Schiff glitten, als wollten sie ihre angestammte Stelle dort einnehmen und den Neuankömmling verdrängen.

Also hatten die Posbis dieses Modul nicht zum erstenmal gebaut. Aber die neue Version hatten sie wahrscheinlich optimiert.

Unter sich machte er eine Bewegung aus. Er erkannte einen Kelosker, ihren Anführer, Crykom. Offenbar wollte der Rechenmeister die Arbeiten der Posbis aus einiger Entfernung betrachten.

Langsam sank er tiefer und bereitete sich mental auf ein Gespräch mit ihm vor. An eine beiläufige Plauderei war bei Keloskern nicht zu denken. Sie verstanden Wesen und Gegenstände aller Art sowie n-dimensionale Vorgänge als reine Zahlenkombinationen zu sehen und entsprechend zu berechnen. So ging es bei ihnen stets streng sachlich zu, wobei sie zum Abstrahieren und Mathematisieren neigten. Ihre Äußerungen überforderten normale Wesen in der Regel. Anders ausgedrückt: Es fiel einem Kelosker – und ganz besonders Crykom – schwer, sich normalen Wesen mitzuteilen.

»Ritter Rhodan«, sprach der Rechenmeister ihn zu seiner Überraschung an. Also wollte er etwas von ihm.

Rhodan musste den Kopf zurücklegen, um dem fast dreieinhalb Meter großen Wesen in die Augen sehen zu können. »Was kann ich für dich tun, Crykom?«

»Im Augenblick nichts«, erwiderte der Kelosker völlig ernsthaft. »Wenn es so weit ist, werde ich mich an dich wenden.«

Rhodan mahnte sich, bei Gesprächen mit Keloskern in Zukunft besser auf seine Wortwahl zu achten. »Weshalb willst du mich sprechen?«

»Begib dich mit deinen Begleitern an Bord der TRAGTDORON-Fähre. Wir werden starten, sobald die Posbis die beiden letzten Komponenten eingebaut haben.«

»Nicht so schnell«, sagte Rhodan. »Was ist das für ein Schiff?«

Machte er tatsächlich so etwas wie Verwunderung im Blick des Rechenmeisters aus? Erstaunen darüber, dass er sich nach dem Offensichtlichen erkundigte?

»Die dritte TRAGTDORON-Fähre, die die Posbis in den letzten Jahrtausenden nach unserer Anleitung erbaut haben. Sie wird es uns ermöglichen, den Attraktor TRAGTDORON zu betreten, nachdem die ersten beiden Versuche fehlgeschlagen sind.«

»Diese Hochenergie-Aggregate …« Rhodan deutete auf das erste eingezogene Zwischendeck. »Die haben die Laren um Verduto-Cruz für euch erbaut, nicht wahr?«

Der Kelosker antwortete nicht darauf.

»Ich bezweifle, dass sie unter den neuen Bedingungen der Hyperimpedanz funktionieren«, brachte Rhodan seine Besorgnis zum Ausdruck.

»Sie sind funktionsfähig«, widersprach Crykom, »weil wir über einige Hyperkristalle einer überlegenen Ordnung verfügen.«

Überrascht horchte Rhodan auf. »Was für Kristalle?«

Wieder schwieg der Kelosker. Nach einem Moment – offensichtlich wartete er ab, ob Rhodan eine weitere Frage hatte – drehte er sich um und stapfte davon, seinem ursprünglichen Ziel entgegen.

Weitere Erklärungen waren laut seiner Berechnungen wohl überflüssig.

Besorgt musterte Rhodan seine »Leibwächterin« aus dem Augenwinkel. Sie hatte sich wesentlich schneller als Startac und der Matten-Willy von dem Abstieg ins Tal der Dimensionen erholt, die Desorientierung fast sofort überwunden, nachdem sie ihr kurzzeitig übermäßig schwer zu schaffen gemacht hatten.

Normalsterbliche Wesen, dachte Rhodan.

Mondra schien in den letzten Jahren, wenn nicht sogar Jahrzehnten, um keinen Tag gealtert zu sein. Sie schien körperlich und geistig frischer, besser in Form zu sein denn je zuvor.

Sie hat im Land Dommrath die Erinnerungen des sterbenden Dieners der Materie Torr Samaho und des toten Kommandanten und Architekten des Chaotenders ZENTAPHER, Kintradim Crux, in sich aufgenommen. Besteht da ein Zusammenhang?

»Das ist … unheimlich«, sagte sie, bevor Rhodan dem Gedanken weiter nachgehen konnte. »Ich frage mich, wie die Ueeba in der Ringstadt der Posbis das wahrnehmen.«

Rhodan nickte. Sie hatten Unterschlupf in der Kuppel auf dem oberen Zwischendeck gefunden, in der sich auch die Kelosker aufhielten, während die Posbis die letzten Fertigungsschritte beendeten. Ein wahres Gewitter an Lichteffekten begleitete den Vorgang. Überall im Tal, so weit sie sehen konnten, leuchtete und irrlichterte es wieder. Der Nebel, nein, die gesamte Welt schien in einem Kaleidoskop greller Farben zu schimmern, die sie unwirklich machten, ihren Zusammenhalt zu zerreißen schien. Schneller, als das Auge – oder der Verstand – es erfassen konnte, löste sie sich auf und setzte sich anders wieder zusammen, tausende Male pro Sekunde.

Rhodan bedauerte, dass er von seinem Standort aus nicht verfolgen konnte, wie die letzten Bestandteile der TRAGTDORON-Fähre eingefügt wurden.

Er schloss kurz die Augen, als ein gewaltiger Blitz den Nebel des Tals hinaufschoss, vermutlich bis hinauf zur Ringstadt der Posbis. Im nächsten Moment spürte er ein leichtes Zittern unter den Füßen.

»O nein!«, jammerte Nano Aluminiumgärtner. »Du hättest dich niemals darauf einlassen dürfen, Perry! Zumindest hättest du Mondra zurücklassen müssen …!«

Niemand achtete auf ihn.

Das Vibrieren ließ sofort wieder nach, und Rhodan spürte nicht die geringste Bewegung, während der Talboden auf einmal unter ihm wegzusacken schien. Es war eine eigentümliche Erfahrung. Wie ein gewaltiges Stück Nichts erhob sich die TRAGTDORON-Fähre aus dem Tal der Dimensionen, ohne wahrnehmbare Beschleunigung, stieg empor in den Himmel …

Als Rhodan wieder zu Boden sah, war das Tal der Dimensionen verschwunden. Stattdessen bedeckte eine Wüste aus Sand den kreisrunden Platz im Mittelpunkt der Ringstadt der Posbis. Die Produktionsanlagen, die er eben noch auf der Talsohle erkannt hatte, waren nun mitten auf der Ebene zu sehen.

Es ist geglückt! Rhodan entrang sich ein schwaches Lächeln. *Rechenmeister Crykom und seine Kelosker steuern die Fähre ins All!*

Das unglaubliche Gebilde erwies sich, fast wider seine Erwartung, tatsächlich als raumtauglich. *Eine Sorge weniger,* dachte er erleichtert.

Zwei

Verduto-Cruz, Achtzigsonnenwelt:
27. Mai 1343 NGZ (4930 nach Christus)

Kohurion winkelte beide Arme an, als das halbe Dutzend Posbis den Kurs änderte und genau auf sie zuhielt. Seine Greiffinger bogen sich zurück, klappten aus den Scharnieren und gaben die Abstrahlmündungen zweier schwerer Kombiwaffen frei.

»Warte«, sagte Verduto-Cruz äußerlich ruhig. Innerlich fluchte er jedoch auf. Dem unspezifischen Befehl folgend, ihn zu schützen, hatte der von ihm programmierte Posbi-Kampfroboter vorschnell reagiert. Er hatte seine Waffen auf Artgenossen gerichtet und damit verraten, dass seine Programmierung nicht der Norm entsprach.

Der larische Wissenschaftler hätte von Kohurions Plasma-Komponente mehr erwartet.

Allerdings waren die Neuankömmlinge die ersten Posbis, die seit 24 Stunden Notiz von ihnen nahmen. Gestern war ihnen die Flucht aus der unmittelbar darauf startenden BOX-1122-UM gelungen. Bereits am Rand des Landefeldes waren sie auf den ersten Posbi gestoßen. Der Roboter hatte sie nicht angegriffen, weder Kohurion noch ihn, für Verduto-Cruz ein sicheres Zeichen dafür, dass seine neuerliche Manipulation der Hass-Schaltung erfolgreich gewesen war.

Die positronisch-biologischen Roboter hatten ihn nicht einmal zur Kenntnis genommen. Es war ihm also tatsächlich gelungen, durch Veränderungen an der Hass-Schaltung die Laren als »Wahres Leben« zu definieren, während die Alteraner nach wie vor als »Falsches Leben« galten und von den Posbis mit aller Härte verfolgt wurden.

Die sechs Posbis setzten wenige Meter vor ihnen auf. Es handelte sich allesamt um Kampfmaschinen, jeweils um die zweieinhalb Meter groß und wahrscheinlich einer Baureihe entstammend. Dennoch unterschieden sie sich in zahlreichen Einzelheiten voneinander. Der eine hatte drei Waffenarme, der nächste einen kugelförmigen Kopf mit Spezialsensoren, der dritte eine schwere Thermokanone aus seinem Leib ausgefahren, aber nicht aktiviert. Das Aussehen sämtlicher Posbis war unterschiedlich und rein zweckbedingt.

»Ihr seid Wahres Leben«, stellte der vorderste der Roboter fest. Überflüssigerweise, denn sonst wäre Verduto-Cruz schon längst tot. »Dennoch wirft eure Anwesenheit hier einige Fragen auf.«

»Endlich«, sagte Verduto-Cruz. »Endlich nehmt ihr Kenntnis von uns.« Einen Tag lang waren sie über das riesige Hochplateau im Zentrum von Vabonde gezogen, auf dem sich die Anlagen des Neuen Zentralplasmas befanden, der zentralen Intelligenz der Posbis der Zweiten Zivilisation. Sie befanden sich jetzt mitten in dem Komplex. Nicht weit vor ihm ragte ein Kuppelbau auf, einer von vierzig, die das Zentralplasma der Zweiten Zivilisation bargen. Die Gebäude waren nicht sonderlich groß, aber über ein Gebiet von fünf Kilometern Durchmesser verteilt. Im Zentrum des Areals erhob sich eine wesentlich größere, rund 400 Meter durchmessende Kuppel.

Verduto-Cruz war von seinen bisherigen Besuchen auf der Achtzigsonnenwelt nur allzu gut bekannt, dass die Plasmamasse als biologisch lebender Bestandteil der Hyperinpotronik in Tanks untergebracht war, die subplanetarisch einen Zylinder von 20 Metern Durchmesser und 250 Metern Höhe ausfüllten und sich über der Oberfläche als eben jene 40 Kuppelbauten von jeweils zehn Metern Höhe und 20 Metern Durchmesser aufwölbten. Jede Kuppel verfügte über eine eigene Energie- und Klimaversorgung. Rohr- und Kabelverbindungen verschwanden neben den Einzelkuppeln im glatten, stahlharten Belag.

Die Anlagen waren ausgeweitet worden, als gäbe es heute mehr Kuppeln für zusätzliche Plasmamengen, ansonsten war alles wie damals.

Obwohl die nervenähnliche Masse so umfangreich war, dass sie echte Intelligenz entwickelt hatte, und die eigentliche Seele des Systems darstellte, war sie für Verduto-Cruz' Auffassung lächerlich schlecht gesichert. Die Ortung seines Raumanzugs verzeichnete zwar ein schier unentwirrbares Chaos energetischer Strukturen, doch es gab hier nicht einmal Prallfeldzäune oder andere Sperren. Hier, im absoluten Zentrum der Zweiten Zivilisation, die Ambriador seit 36 Jahren mit einem tödlichen Vernichtungskrieg überzog – einem Krieg, den er durch seine damalige und nicht vollständig geglückte Manipulation ausgelöst hatte!

Aber die Position der Achtzigsonnenwelt war nur den Posbis selbst bekannt, und die Welt wurde von Flotten geschützt, die keine bekannte Macht dieser Galaxis überwinden konnte.

Der Lare schaute zu der großen Kuppel hinüber. Die Steuereinheit lag im Zentrum eines Kreises, den jene acht Ur-BOXEN bildeten, die vor 11.000 Jahren nach Ambriador verschlagen worden waren und aus denen sich die Zweite Zivilisation entwickelt hatte.

»Ihr wünscht eine Kontaktaufnahme?«, fuhr der Kampfroboter fort. »Deshalb seid ihr auf der Achtzigsonnenwelt? Wie seid ihr hierher gelangt?«

Verduto-Cruz fragte sich, wieso das Zentralplasma erst mit einem Tag Verzögerung auf ihre Anwesenheit reagierte. »Ich bin Wahres Leben«, sagte er. »Ich bin ein Freund der Posbis. Es ist von größter Bedeutung, dass ich sofort mit der höchsten Instanz sprechen kann. Mit der Hyperinpotronik des Hochplateaus von Vagonde. Ich bin dem Zentralplasma nicht fremd und habe es schon mehrmals unterstützt. Mein Name ist Verduto-Cruz.«

Der Kampfroboter verharrte einen Augenblick lang unbeweglich. Das Licht in seinen Sehzellen schien kurz schwächer zu leuchten. Dann hellte es sich wieder auf, und das Glimmen verstärkte sich innerhalb von Sekundenbruchteilen zu einem intensiven dunkelroten Glühen. »Die Hyperinpotronik begrüßt das Wahre Leben Verduto-Cruz auf der Achtzigsonnenwelt«, sagte der Kampfroboter. »Sie versichert ihm, dass sie ihm weiterhin freundschaftlich verbunden ist. Allerdings verhindern gewisse Umstände, dass Verduto-Cruz in ihre unmittelbare Nähe vorgelassen werden kann. Doch die Hyperinpotronik nimmt nun direkten Kontakt mit Verduto-Cruz auf und wird mit ihm sprechen.«

Der Lare lauschte aufmerksam, vermochte in der Stimme des Kampfroboters aber nicht die geringste Veränderung herauszuhören, als er ohne Unterbrechung fortfuhr: »Wie ist das Wahre Leben Verduto-Cruz nach sechsunddreißig Jahren unbemerkt auf die Achtzigsonnenwelt zurückgekehrt, Verduto-Cruz?«

Der Wissenschaftler atmete tief ein. Er war überzeugt, dass nicht der Kampfroboter diese Frage wiederholt hatte, sondern er nun direkt mit der Hyperinpotronik sprach.

Die Hyperinpotronik ... kein Lare kannte sich besser mit ihr aus als er. Sie war sein Spezialgebiet; ihm war es gelungen, sie zu manipulieren, er hatte den Feldzug der Posbis gegen das »Falsche Leben« ausgelöst und den fatalen Fehler begangen, die Laren nicht davon auszuschließen. Ein Fehler, der viele Leben und ihn 36 Jahre seines Lebens gekostet hatte.

Ein Fehler, den er am gestrigen Tag korrigiert hatte.

Die Hyperinpotronik ... Positronische Schalteinheiten der Zentraleinheit dehnten sich subplanetarisch bis in 1500 Meter Tiefe aus. Darüber hinaus gab es nicht nur auf Vabonde, sondern auf der gesamten Achtzigsonnenwelt ungezählte Knoten- und Nebenrechner von normaler biopositronischer Konfiguration. Die Verbindung zwischen dem Zentralplasma und den Rechnern erfolgte über Millionen von Bioponblocks, deren vernetzte Ausläufer das Plasma durchzogen und die syntho-organischen Verbindungseinheiten – die Balpirol-Halbleiter – zwischen organischen Nervenbahnen und positronischen Leitern darstellten. Die Umsetzung von organischen Impulsen in technisch nutzbare Symbolgruppen und umgekehrt erfolgte über die Hypertoyktische Verzahnung der Bioponblocks.

Dieser Komplex von Hypertoyktischer Verzahnung, Hyperimpuls-Umformer sowie Positronik war die Hyperinpotronik, bei der der Plasmazusatz die Aufgabe des Gefühlssektors übernahm und Eigenleben und Kreativität entwickelte. Die Denkvorgänge waren daher effizienter als bei reinen positronischen Anlagen und erreichten im Rahmen der Grundsatzprogrammierungen einen nicht zu unterschätzenden Grad individueller Entscheidungsfreiheit.

»Ich verfüge über wichtige dem Zentralplasma noch unbekannte Informationen«, sagte er zu dem Kampfroboter. Auch früher hatten direkte Kontakte mit der Hyperinpotronik entweder über spezielle Terminals oder aber über direkt von ihr »übernommene« Posbis stattgefunden. Jeder Posbi hatte einen etwa faustgroßen Zellplasma-Zusatz, der über halborganische Nebenstränge – eben diese Bioponblöcke – mit den Steuerschaltungen der eigentlichen Befehlspositronik verbunden war. Die Bioponblöcke übertrugen die Kommandoimpulse des Nervengewebes auf den Ausführungsmechanismus des Positronengehirns. »Die Achtzigsonnenwelt, das Allerheiligste der Zweiten Zivilisation, ist von Eindringlingen heimgesucht worden, ohne dass die Hyperinpotronik es bemerkt hat.« Er fand diese Form der Kommunikation einfach nur drollig; beide Seiten sprachen in der dritten Person von ihrem Gesprächspartner.

»Von Eindringlingen?«

»An Bord von BOX-1122-UM, die gestern nach einigen Tagen Aufenthalt wieder gestartet ist. Ein Posbi namens Nano Aluminiumgärtner befand sich an Bord. Er im Besitz sämtlicher Kommando-Kodes aus der alten Zeit – vor Entstehung der Zweiten Zivilisation!«

»Ein Posbi namens Nano Aluminiumgärtner?«

Das war ein kritischer Punkt. Verduto-Cruz hatte mittlerweile von Perry Rhodan die Hintergründe erfahren. Die Posbis stammten aus der Milchstraße, Rhodans Heimat. Dort war ihnen die Hass-Schaltung programmiert worden, die die Vernichtung aller Lebensformen außer dem Wahren Leben gebot. Selbstverständlich wussten die Alteraner von den Ur-Posbis, schließlich hatte der historische Großadministrator Perry Rhodan vor knapp 4000 Jahren persönlich den Frieden zwischen dem Solaren Imperium und den Posbis besiegelt.

Davon aber hatten die hiesigen Posbis aus Ambriador nichts erfahren. Sie waren schon vor etwa 11.000 Jahren nach Ambriador verschlagen worden, auf ähnliche Weise wie die Alteraner und die Laren. Rhodan war also ein völlig unbeschriebenes Blatt für sie.

»Ein Posbi der Ersten Zivilisation«, erklärte der Lare, »aus der legendären Heimat, der Milchstraße.«

Der Kampfroboter schwieg kurz. Sehr kurz, aber lange genug, dass Verduto-Cruz sich vorstellen konnte, welche Gedankenprozesse gerade in der Hyperinpotronik abliefen.

»Ein Posbi der Ersten Zivilisation?«, wiederholte sie dann.

Verduto-Cruz erläuterte die Zusammenhänge – soweit sie ihm bekannt waren und er es für gerechtfertigt hielt. Er sagte nicht die ganze Wahrheit, aber er griff auch nicht auf Unwahrheiten zurück. »Die Posbis der Zweiten Zivilisation müssen daher sämtliche Kodes umstellen«, empfahl er schließlich, »denn ein Teil dieser Kodes ist nun den Alteranern bekannt, und sie werden nicht zögern, diese Kodes im Kampf gegen die Fragmentraumer einzusetzen.«

»Die Hyperinpotronik ist geneigt, Verduto-Cruz zu glauben, und dankt ihm für diesen Hinweis«, antwortete der Kampfroboter diesmal ohne jede Verzögerung. »Mit Hilfe alter Kodes hat das Falsche Leben Fort Kanton zurückerobern können.«

»Sobald die Kodes umgestellt sind, kann die Zweite Zivilisation unverzüglich mit der Rückeroberung von Fort Kanton beginnen«, sagte der Wissenschaftler. »Die Laren sind Wahres Leben und den Posbis freundschaftlich verbunden. Anschließend wird die Zweite Zivilisation das Imperium Altera auslöschen, und die Laren, das Wahre Leben, werden an ihrer Seite sein.«

»Diese Handlungsfolge klingt logisch.«

Verduto-Cruz atmete auf. Damit stand endgültig fest, dass seine Manipulations-Korrektur erfolgreich verlaufen war.

Aber etwas anderes bereitete ihm Kopfzerbrechen: die Siebenkopf-Schaltung, jene rätselhafte Zusatzschaltung, mit der die ursprüngliche Hass-Schaltung der Posbis gekoppelt war. Was sie bewirkte, hatte er niemals herausgefunden, denn es handelte sich bei ihr um eine in höchstem Maße fortschrittliche Technologie, die er nicht verstand. Schon vor 11.000 Jahren hätten die Posbis in Ambriador mit dem Feldzug gegen das Falsche Leben beginnen müssen, doch sie hatten es nicht getan. Jene Siebenkopf-Schaltung hatte den kriegerischen Impetus der Hass-Schaltung neutralisiert.

»Das Wahre Leben Verduto-Cruz würde gern mit einigen Posbi-Fragmentraumern BOX-1122-UM folgen«, sagte er. Er wusste nicht, was Rhodan und seine Begleiter hier auf der Achtzigsonnenwelt über die Siebenkopf-Schaltung erfahren hatten, doch sie waren ihr auf der Spur. Er hatte Rhodan als ernstzunehmenden Gegner kennengelernt – auch wenn die Denkweise des Terraners insgesamt der larischen natürlich weit unterlegen war – und durfte kein Risiko eingehen. Rhodan war immerhin unterwegs zu Siebenkopf.

»Auch diese Handlungsfolge klingt logisch. Doch wir müssen auf den nächsten Einflugkorridor warten, der sich in gut sechs Wochen auftut, denn die Einflugschneise ins galaktische Zentrum steht immer nur für wenige Stunden offen.«

Siebenkopf befand sich also im Zentrum Ambriadors? Erneut fluchte Verduto-Cruz innerlich. »Die nächsten gut fünf Wochen lang ist also keine Kommunikation ins Innere, zu Siebenkopf, möglich?«

»Genauso ist es.«

Rhodan hatte also einen beträchtlichen Vorsprung. Aber um Siebenkopf ging es Verduto-Cruz ohnehin nicht: Er wollte lediglich die Alteraner ausgelöscht sehen.

Genau wie der Erste Hetran, Kat-Greer, der ihn auf diese Mission geschickt hatte.

»Dann werden die Hyperinpotronik und ihre Freunde und Verbündete, das Wahre Leben der Laren, sich in das Unvermeidliche fügen müssen«, sagte er.

»Der Lare Verduto-Cruz hat es richtig erkannt«, bestätigte die Hyperinpotronik. »Aber die Hyperinpotronik wird ihn zeitnah auf den Weg schicken. Sein erster Zwischenhalt wird Orombo sein. Doch zuvor möchte er bitte eine Besucherkuppel aufsuchen und dort seine gesamte Ausrüstung ablegen.«

»Warum?«, fragte der Wissenschaftler.

»Die Umstände seiner Ankunft auf der Achtzigsonnenwelt sind weitgehend noch ungeklärt. Vielleicht ergibt eine Analyse seiner Ausrüstung weitere wichtige Hinweise darauf.«

Der Lare war nicht sehr angetan von dieser Entwicklung, doch er konnte es drehen und wenden, wie er wollte: Er war nicht der Herr und Meister der Hyperinpotronik, sondern lediglich ihr Gast, ihr guter Freund, vielleicht auch ihr Verbündeter. Er hatte nicht die geringste Möglichkeit, der höchsten Instanz der Zweiten Zivilisation diesen *Wunsch* abzuschlagen.

»Natürlich«, sagte er gepresst. »Dieses Vorgehen klingt logisch.«

»Und er möchte bitte unseren Kampfroboter, dem allein er weisungsberechtigt ist, freigeben und der Hyperinpotronik zur Verfügung stellen.«

»Sicher gibt es auch dafür einen logischen Grund?«

»Die Hyperinpotronik hat festgestellt, dass die Programmierung dieser Einheit fehlerhaft ist. Sie stellt eine potenzielle Gefahr für den geschätzten Gast dar, den Laren Verduto-Cruz. Und Wahres Leben muss unter allen Umständen erhalten bleiben.«

Dieser Argumentation konnte er sich nicht verschließen. Aber er hatte von Anfang an die Möglichkeit in Betracht gezogen, dass die Posbis diese Manipulation bemerken würde, und dafür Vorsorge getroffen.

Aber trotzdem war diese Entwicklung unangenehm. Kohurion war ihm ein wichtiger Helfer, und wenn er seine Unterstützung nun verlor, schlimmstenfalls vielleicht von ihm getrennt wurde …

Doch daran ließ sich nichts ändern. Der larische Wissenschaftler wusste, wann er geschlagen war. *Hyperinpotroniken streiten nicht,* dachte er. Er bezweifelte nicht, dass im Fall seiner Weigerung die sechs Kampfroboter Kohurion auf der Stelle vernichten würden.

»Selbstverständlich«, sagte er. »Ich begebe mich voller Vertrauen und Zuversicht in die Obhut der Hyperinpotronik.«

»Du bist Wahres Leben«, antwortete sein Gesprächspartner. »Die Hyperinpotronik würde niemals etwas tun, was Wahrem Leben schaden würde.«

»Natürlich nicht«, sagte Verduto-Cruz und folgte den Kampfrobotern zur nächsten Besucherkuppel.

Sie war nicht weit entfernt.

Er kannte sich hier aus.

Er war schon mehrmals hier gewesen.

Drei

Perry Rhodan, TRAGTDORON-Fähre:
5. Juni 1343 NGZ (4930 nach Christus)

Rhodan verfolgte wachsam die Manöver der Kelosker, musste sich jedoch eingestehen, dass er im Prinzip nicht die geringste Ahnung hatte, was genau Crykom und die anderen trieben. Sie schlurften durch die für ihre Bedürfnisse ausgelegte Zentrale der Fähre und berührten gelegentlich Schaltflächen, die zumeist so hoch angebracht waren, dass ein Terraner sie aus eigener Kraft gar nicht hätte erreichen können. Rhodan bezweifelte sogar, dass sie damit großen Einfluss auf den Kurs der Fähre nahmen. Vielleicht hatten sie ihn programmiert, vielleicht steuerten sie den in sich verschlungenen Würfel ohne Oberflächen allein mit der Kraft ihrer Gedanken.

Immerhin verrieten mehrere Holodarstellungen, dass die TRAGTDORON-Fähre tatsächlich durch das Weltall glitt. Anscheinend allerdings ziellos: In weitem Umkreis konnte er nichts, aber auch gar nichts von dem geheimnisvollen *Objekt T* ausmachen, das die Kelosker unbedingt erreichen wollten.

Es existiert im Hyperraum, erinnerte sich Rhodan, *und um es zu betreten, benötigt man das Kopplungsmodul – die Siebenunddreißig.*

Rechenmeister Crykom berührte wieder eine der Schaltflächen, und auf einigen Holos veränderte sich die Darstellung der Umgebung. *Entweder, er hat eine zusätzliche Hyperraum-Ortung zugeschaltet,* dachte der Terraner, *oder vielleicht einen speziellen Filter. Oder aber, ihm ist plötzlich eingefallen, dass wir auch noch da sind, und da er mich braucht, um TRAGTDORON zu erreichen, will er mich nicht ganz im Unklaren lassen.*

Welche Erklärung auch zutreffen mochte, vor seinen Augen formte sich ein Gebilde, das mindestens ebenso unbegreiflich schien wie die Fähre.

Nein, korrigierte sich Rhodan sofort. *Noch viel unbegreiflicher.*

Er sah eine Darstellung des Hyperraums, wie die Kelosker ihn wohl wahrnahmen: ein einförmiges Grau in Grau, auf eine unerklärliche Art und Weise in sich gekrümmt, eine anscheinend unendliche eindimensionale und doch dreidimensionale Fläche, die in vier Ecken, Kanten, *Punkten* endete, die gleichzeitig unendlich weit voneinander entfernt waren und doch praktisch nebeneinanderlagen.

Rhodan sah es zwar, konnte es jedoch nicht erfassen.

Und mitten darin 49 organisch geformte, annähernd spiralige Lichtsphären, deren Verwindungen Rhodan an DNS-Stränge erinnerten. Sie waren mehrere Kilometer lang, wie ins Interkosmo übersetzte Daten verrieten, zogen sich jedoch nicht stringent und sauber durch das übergeordnete Grau, sondern waren an den Rändern alptraumhaft zerfasert, teilweise nur noch hauchdünn erhalten, teilweise von Rissen durchzogen, die sie von einer bis zur anderen Seite durchliefen.

Ein dünnes Netz Fäden, die Rhodan in ihrer Gesamtheit an ein Spinnennetz erinnerte, verband die Sphären miteinander. Und je näher die TRAGTDORON-Fähre dem unerklärlichen Gebilde kam, je größer es in der Darstellung wurde, desto deutlicher erkannte Rhodan ein zweites Netz, unendlich viel dichter gesponnen als das erste, viel gröbere. *Ein Mikro- und ein Makro-Netz,* dachte er, ohne zu wissen, wieso er ausgerechnet diese Begriffe prägte.

Das Mikro-Netz verband etwa 200 kugelförmige, kleinere Sphären, die Rhodan unwillkürlich als materiell einstufte. Es war mit dem Makro-Netz der Lichtsphären nur noch an den Rändern verbunden. Die Intuition von fast 3000 Lebensjahren verriet ihm, dass dies ein schrecklicher Fehler war.

Nein, es war nicht nur die Intuition. *Jeder* hätte sehen können, dass diese Sphäre und die beiden Netze *wunderschön* wären, einfach *perfekt* – wären sie *intakt* gewesen. Aber das waren sie nicht. Ganz im Gegenteil, mit jeder verstreichenden Sekunde schienen sie stärker zu zerfasern. Es schien nur eine Frage der Zeit zu sein, bis die beiden Netze endgültig zerreißen und sich auflösen würden.

Im Hyperraum. Rhodan fragte sich, was dann mit ihnen und den Sphären geschehen würde, und schreckte gleichzeitig vor der Antwort zurück.

Sie würden *vergehen.* Natürlich. Und das war *falsch.*

Aber … was war das für ein Gebilde?

TRAGTDORON, sagte er sich.

Natürlich. Aber *was* war TRAGTDORON?

Rhodan fiel auf, dass eine der Mikro-Sphären in dem speziellen Orter-Holo farbig markiert war. »Diese eine Sphäre«, hörte er im nächsten Augenblick Rechenmeister Crykoms Stimme, als hätte der Kelosker seine Gedanken gelesen oder zumindest *berechnet,* »ist als einzige aus dem Normalraum erreichbar. Diese eine Mikro-Sphäre hat als einzige eine konventionelle Masse und sorgt dafür, dass sich TRAGTDORON in dem System wie ein Asteroid verhält und eine in etwa regelmäßige Bahn fliegt.«

»Dann befindet sich dort auch die Nut, an der wir mit dem Kopplungselement Siebenunddreißig andocken wollen?«, vermutete der Terraner.

»Gibt es eine andere Lösung?« Brüsk, wie es Rhodan schien, wandte der Kelosker sich seinen Instrumenten zu.

»Was *ist* TRAGTDORON?«, fragte Rhodan.

»Du wirst es bald erfahren«, antwortete Crykom, ohne sich zu ihm umzudrehen.

Rhodan liebte geradezu solche Antworten von Wesen, die den Menschen intellektuell überlegen waren. Ob sie nun, wie die Kelosker, Dimensionen erfassen konnten, die sich Terranern wohl niemals erschließen würden, oder wie die Boten von Superintelligenzen Rätsel aufklären, die sich sogar relativ Unsterblichen stellten – sie zogen offensichtlich eine ungeheure Befriedigung daraus, es einfach nicht zu tun.

Weil sie sich nicht in die Denkweise niedriger Wesen hineinversetzen konnten oder sie ganz einfach dumm halten wollten?

Die farbig markierte Sphäre wurde immer größer. Die TRAGTDORON-Fähre hielt genau auf sie zu. Rhodan erkannte – oder interpretierte – sie nun als ein kugeliges Gebilde von etwa 120 Metern Durchmesser, wie das Datenholo ihm verriet.

Und dann geschah wieder das, was die Wissenschaft der Kelosker für Wesen, die keine höherdimensionalen Phänomene erfassen konnten, mitunter zur reinen Magie werden ließ. Die unscheinbare Röhre von sieben Metern Länge, die die Ueeba in ihrer Psi-Fabrik nach Tausenden von Jahren endlich geschaffen hatten, dehnte sich aus. Auf einem Vergrößerungsholo konnte Rhodan genau verfolgen, wie das Gebilde aus Psi-Materie zu wachsen anfing, sich auf 70 Meter ausdehnte, auf 700 … und dann in eine Verbindungsstelle glitt, die wie für es geschaffen war.

Rhodan sah zu Crykom hinüber. Er konnte nicht sagen, ob der Kelosker angespannt war oder ganz gelassen, so fremdartig war die Physiognomie der seltsamen Wesen, obwohl er vermutete, dass sich in diesen Sekunden entschied, ob das jahrtausendelange Wirken der Kolosse endlich von Erfolg gekrönt sein würde oder nicht. Rhodan vermochte *nichts* aus seiner Miene zu lesen.

Aber all das, was er im Grunde seines Skeptiker-Herzens befürchtete, blieb aus.

Kein greller Blitz, der TRAGTDORON verschwinden ließ. Keine aufjaulenden Alarmsirenen, keine zusammenbrechenden Holos und explodierenden Konsolen in der Zentrale.

Das Kopplungsmanöver war gelungen, die Siebenunddreißig hatte sich in der Stoff-Sphäre verankert. Die Holodarstellung wirkte wie ein billiges Trick-Trivid, und Rhodan fragte sich, was in diesen Augenblicken wirklich geschehen war.

Höherdimensional, dachte er. *Ich werde es niemals begreifen.*

»Begleite mich nun zur Siebenunddreißig«, sagte Crykom zu Rhodan, als hätten seine Berechnungen kein anderes Ergebnis zugelassen. »Wir setzen nach TRAGTDORON über.«

Rhodan nickte.

»Wir lassen dich nicht allein gehen«, sagte Mondra neben ihm.

Der Terraner schaltete diesmal sofort um. »Ich gehe nicht allein.«

Crykom zögerte keinen Sekundenbruchteil. Er war auf den Ritter der Tiefe angewiesen. »Begleitet mich nun zur Siebenunddreißig. Wir setzen nach TRAGTDORON über.«

»Selbstverständlich«, sagte er. »Darauf haben wir alle hingearbeitet.«

Rhodan fragte sich, ob ihn genau dieses intuitive Verstehen als Unsterblichen mit einer gewissen Lebenserfahrung und einem Gespür für kosmische Zusammenhänge von Normalsterblichen unterschied. Oder nur von exzentrischen Posbis wie Nano Aluminiumgärtner.

Während er dem sich schwerfällig bewegenden Crykom durch schier unendliche Gänge folgte, alle Wände, Decken und Böden metallisch Graubraun in Graubraun; während er sich fragte, was TRAGTDORON war, welchem kosmischen Geheimnis er sich näherte; während in ihm eine vertraute Faszination erwachte und immer stärker prickelte, die Verheißung auf Geheimnisse, die er bald erfahren würde; während nur dem und nichts anderem seine Gedanken galten, schien Nano vor den Entwicklungen zurückzuschrecken und sich in seine Traumwelten zu flüchten, um sich nicht mit dem beschäftigen zu müssen, was buchstäblich vor ihnen lag.

»Du m-machst einen Fehler, Perry«, sagte er nicht zum ersten Mal. »Du hättest Mondra nicht dieser Gefahr aussetzen dürfen.«

Mondra hat gefordert, mich zu begleiten. Rhodan musste sich zwingen, den Roboter nicht zu ignorieren. *Lass dir von Nano nichts einreden.*

Der Nachgedanke verriet ihm, dass auch er unglaublich angespannt war. Andernfalls wäre ihm das Gejammere des Posbis nicht so sehr auf die Nerven gegangen.

»Mondra«, säuselte Nano Aluminiumgärtner erneut, »du begibst dich unverantwortlich in Gefahr. Was soll aus dem Universum werden, wenn du nicht mehr bist? Deine Schönheit ist unübertroffen. Du bist eine Pf-Pf-Pflanze, die im Verborgenen blüht, ein Nachtschattengewächs, eine Mandragora, die ihren Liebeszauber aus sich selbst heraus wirkt, eine …«

»Eine Paprika, die auf der Zunge brennt«, warf die ehemalige TLD-Agentin ein und riss Rhodan damit endgültig aus dem Gedankenkreis, der sich nur mit TRAGTDORON beschäftigte. Und er stellte fest, dass ihm die Ablenkung gut tat.

»Was?«, fragte der Posbi irritiert.

»Eine Kartoffel, die im Gesicht eine Knolle treibt.« Mondra deutete auf ihre Nase. »Eine Tomate, die beim Hineinbeißen zerplatzt. Eine Aubergine, die …«

»Was?«, wiederholte Nano.

»Du hast den Tabak vergessen«, versetzte Rhodan ungerührt. Warum sollte er sich nicht auf das Spiel einlassen? Soviel er auch nachdachte, Antworten würde er erst bekommen, wenn es so weit war. Weshalb sich vorher quälen?

»Was redet ihr da? Wie könnt ihr eine so poetische Liebeserklärung ins Lächerliche ziehen?«

»Du hast mich mit einem Nachtschattengewächs verglichen«, sagte Mondra. »Die Kartoffel ist ein Nachtschattengewächs. Und auch die Paprika. Wie würde es dir gefallen, als Kartoffel bezeichnet zu werden?«

»Aber ... ich habe dich mit der Mandragora verglichen, deren Liebeszauber ...«

»Die Alraune«, sagte Mondra abfällig. »Eine *Wurzel* von menschenähnlicher Gestalt, die zu Zauberzwecken verwendet wird. Du bezeichnest mich also als kleine, knorrige Wurzelgnomin, der nichts anderes übrigbleibt, als Männer zu verzaubern, damit sie sich mit ihr abgeben?«

»Du verstehst mich völlig falsch! Das habe ich doch ...«

»Wusstest du«, unterbrach Rhodan ihn, »dass Nachtschattengewächse für ihr Wachstum nächtliche Mindestzeiten der Dunkelheit benötigen? Wenn sie auf Planeten mit langen Sommertagen angepflanzt werden, müssen sie rückgezüchtet, weiterentwickelt oder genetisch verändert werden.«

»Ihr *wollt* mich nicht verstehen«, wurde dem Posbi allmählich klar. »Oder ihr versteht mich absichtlich falsch.«

»Ach?« Mondra lächelte – fast boshaft, wie Rhodan kurz dachte. »Wie kommst du denn darauf? Es ist doch ausgeschlossen, dass eine Menschenfrau von grausamen Liebeserklärungen unbeeindruckt bleibt und fortan nicht darauf brennt, einem *Roboter* eine ganze Horde kleiner Blechkumpel in die Welt zu setzen? Einem Roboter, der vollständig aus scheinbar wahllos zusammengeschraubten Komponenten aus blaugrauen und anthrazitfarbenen Materialien besteht! Auch wenn«, fügte sie schon etwas besänftigter hinzu, »in der Gesamtheit betrachtet, dieser Roboter ein erstaunlich elegantes Bild ergibt ...«

»Ein hoch aufgeschossener Tänzer von zwei Metern Größe mit schmalen maschinellen Hüften und breiten Schultern«, sagte Rhodan spöttisch. Er gestand es sich nicht gern ein, aber es bereitete ihm auf einmal Spaß, sich mit Mondra die Bälle zuzuwerfen.

Nicht an TRAGTDORON denken zu müssen.

»Nein, *du* verstehst es nicht.« Nano Aluminiumgärtner wirkte niedergeschlagen. »Es geht doch nicht um die Fortpflanzung. Kann es ohne diesen Aspekt keine wahre Liebe geben? Meine biologische Komponente verzweifelt schier an dieser Frage, Mondra.«

»Ganz einfach, Nano«, antwortete sie. »Deine ewigen Liebeserklärungen *nerven*. Und sind obendrein auch nicht besonders gut, von originell ganz zu schweigen.«

»Und das wiederum verstehe ich nicht. Liza fand sie hervorragend.« Der Posbi stülpte, scheinbar erschrocken, die Brustkomponente vor. »Wenngleich sie sich natürlich nicht im Geringsten mit dir vergleichen kann, Mondra. Kein anderes weibliches Wesen in Ambriador kann sich mit deiner Schönheit messen, und in der Milchstraße auch nicht.«

Rhodan runzelte die Stirn. »Liza? Liza Grimm? Captain Liza Grimm? Du hast ihr … Liebeserklärungen gemacht?«

Nano blieb stehen. »Ähh … mit ihr gesprochen, ja.«

»Was hast du ihr gesagt?«

»Nun ja …«

Täuschte sich Rhodan, oder vermittelte die biologische Komponente des Roboters plötzlich so etwas wie … Unbehagen?

»Was hast du ihr gesagt?«

»Nun ja … das Übliche.«

»Das Übliche?«

»Ja. Wie schön sie ist … und dass ich ihre Kraft und ihre Verletzlichkeit l-liebe … genau wie deine übrigens, Mondra.«

Und sie hat nicht gelacht? Rhodan biss sich auf die Zunge. Fast hätte er diese überaus verletzliche Bemerkung tatsächlich ausgesprochen. »Und … was hat sie dazu gesagt?«

»Nun ja … nichts.«

»Hat sie dich zurückgewiesen? Du hast doch gesagt, Liza hätte deine Liebeserklärungen … *hervorragend* gefunden?«

»Nun ja … natürlich. Sie wollte mir sogar erzählen, was sie gerade anhatte.«

Rhodan bemerkte, dass Mondra den Roboter nun neugierig, wenn nicht sogar misstrauisch musterte. Er gab ihr fast unmerklich ein Zeichen, sie möge bitte schweigen.

»Kannst du auch noch etwas anderes sagen als ›nun ja‹?«, fragte sie trotzdem.

»Nun ja … Sicher. Klar.«

»Sie wollte dir *erzählen*, was sie anhatte? Dann war sie nicht bei dir?«

»Nein. Wir haben nur … Gespräche geführt.«

Das darf nicht wahr sein, dachte Rhodan. *Das darf doch wirklich nicht wahr sein!*

Seine Vermutung war ungeheuerlich, aber er war überzeugt, dass sie zutraf. Er ignorierte Mondras nachdenklichen, forschenden Blick und schüttelte den Kopf. *Nur Gespräche geführt …* »Und du hast ihr gegenüber deine Identität nicht gelüftet, nicht wahr? Sonst wäre sie doch kaum deinen … Einflüsterungen erlegen.«

Nano Aluminiumgärtner sah zu Boden. In Rhodan brandete plötzlich überwältigendes Mitleid für den Posbi auf.

»Ich nehme das als Bestätigung.«

Nano schwieg.

Also so war das, dachte Rhodan.

Liza, Liza Grimm, *Captain* Liza Grimm, hatte eines Abends – oder war es Morgens gewesen? – in dem umfunktionierten Container auf ihn gewartet, der als seine und Mondras Kabine diente.

Nackt. In dem Bett, das er mit Mondra teilte.

Nun ja, dachte er säuerlich, nicht nach der üblichen Bedeutung dieser Redewendung. Tisch und Bett … nein, das war vorbei. Mondra und er hatten sich auseinandergelebt, und er fragte sich, ob sie jemals wieder …

Er verdrängte den Gedanken, zwang sich, ihn nicht fortzusetzen.

Jedenfalls hatte Captain Liza Grimm »als verantwortungsbewusste Soldatin das Terrain gesichert« und Mondra unter einem Vorwand irgendwo beschäftigt, sodass sie ungestört bleiben würden. Die Absichten der jungen Soldatin waren eindeutig.

Rhodan seufzte leise. Ach, wie gern hätte er in diesem Augenblick mit ihr geschlafen. Sich für eine Stunde oder zwei die Sorgen von der Haut streicheln lassen, die Verantwortung für Millionen von Alteranern, die in diesem Augenblick vielleicht von den Posbis als unwahres Leben eingeordnet und abgeschlachtet wurden. Sich einen Höhepunkt lang dem ultimativen Vergessen hingeben, den Bedürfnissen seines Körpers.

Aber er hatte es nicht getan.

Natürlich nicht.

Weil er Rhodan war. Der Unsterbliche. Und hier in Ambriador noch der Großadministrator dazu.

Rhodan, der in wenigen Minuten TRAGTDORON betreten würde.

Und weil er wusste, dass die Sache keine Zukunft hatte, nur eine sinnlose, hoffnungslose Schwärmerei Lizas war, die sie in eine tiefe Krise stürzen würde. *Der Captain, der mit dem Großadministrator geschlafen hat …*

Weil er ein Idiot war. Ein unverbesserlicher Moralapostel, der seinem Ruf nicht nur gerecht werden musste, sondern ihn in vorauseilendem Kadavergehorsam für sich einforderte.

Wie dem auch sein mochte … Ein Satz Lizas hatte ihn stutzen lassen. *Als wir … geredet haben, war alles ganz anders.* Er hatte sich gefragt, warum sie das Wort *geredet* so merkwürdig betont, was sie damit gemeint hatte.

Sie hatten nicht geredet. Jedenfalls nicht darüber.

Nun fiel es ihm wie Schuppen von den Augen.

Nano Aluminiumgärtner hatte mit ihr *geredet,* wie er es gerade selbst eingestanden, sogar mit unterschwelligem Stolz *geprahlt* hatte. Nano musste Captain Liza Grimm anonym über den privaten Funk angerufen und ihr Süßholz geraspelt haben. Ohne sich erkennen zu geben.

Und sie musste den Posbi für ihn, Rhodan, gehalten haben.

»Nun ja«, sagte nun Rhodan. Allzu übel konnten diese *Gespräche* ja nicht gewesen sein. Immerhin hatten sie Captain Liza Grimm zu der Annahme verleitet, *er* habe sie angebaggert.

Rhodan wusste nicht, ob er erheitert oder erzürnt sein sollte, dass Liza ihn schlicht und einfach ausgerechnet mit Nano Aluminiumgärtner verwechselt hatte. Vielleicht beides. Das Vorgehen des Posbis war natürlich nicht in Ordnung; darüber würde er mit ihm noch ein Wörtchen zu reden haben.

Aber nicht jetzt. Mondra hatte sowieso schon ziemlich eindeutige Bemerkungen über Captain Liza Grimms Schwärmerei für ihn und sein Interesse für die junge, schwarzhaarige Frau ins Ziel gebracht. Er war ihr nicht mehr verpflichtet; er hätte mit Liza schlafen können, ohne dass es Mondra auch nur das Geringste anging, von gewissen Aspekten bezüglich seiner persönlichen Sicherheit einmal abgesehen; schließlich war seine ehemalige Lebensgefährtin als seine Leibwächterin mit nach Ambriador geflogen.

Aber er wollte sich nicht auch noch damit beschäftigen müssen. Er wollte Mondra nicht gegen sich aufbringen, und er wollte keinen gefühlsmäßigen Nebenkriegsschauplatz in die Welt setzen.

Verdammt, wurde er alt? Wollte er nur noch seine Ruhe haben?

Oder wollte er nur nicht, dass noch mehr zwischen ihn und Mondra trat, als sich dort sowieso schon aufgetürmt hatte?

Nano Aluminiumgärtner, mahnte er sich. Der Posbi war also durchaus imstande, eine gefühlsbetonte Beziehung aufzubauen. Er musste nur den Fehler vermeiden, sich dafür Personen auszusuchen, die eindeutig keinen Wert darauf legten. Eine zwiespältige Angelegenheit; Rhodan konnte sich nicht vorstellen, dass irgendein *Lebewesen* solch eine Beziehung mit einem *Positronisch-Biologischen Roboter* eingehen würde.

Vielleicht läuft Nano auf ewig einem unerreichbaren Traum hinterher, dachte er. Dem Wunsch, biologisch und von rein biologischen Wesen akzeptiert zu werden.

Vielleicht war er ganz einfach auch nur ein absolut durchgeknallter Spinner mit einer gestörten biologischen Komponente.

Rhodan wusste es nicht, und wenn er ehrlich zu sich selbst war, wollte er sich auch gar nicht damit beschäftigen, genauso wenig, wie er Mondra gegen sich aufbringen wollte.

Wie dem auch sein mochte, die *Gespräche* mit Captain Liza Grimm waren jedenfalls der größte Triumph der biologischen Komponente Nanos; ein Erfolg, von dem er aber wahrscheinlich nie erfahren würde. Vielleicht auch nicht erfahren durfte; wenn er spitzbekam, dass der Captain ihn für Rhodan gehalten und mit ihm hatte in die Kiste steigen wollen, würde er vielleicht völlig den Boden unter den Füßen verlieren.

Aber ich werde es ihm sagen müssen, dachte Rhodan. *Das bin ich der biologischen Komponente schuldig. Nicht jetzt, aber irgendwann.*

Irgendwann. Nicht jetzt.

Jetzt musste sein ganzes Interesse und seine Aufmerksamkeit TRAGTDORON gelten.

»Wir sind da«, sagte der Kelosker. »Schließt eure Raumanzüge.«

Was ist das?, dachte Rhodan und vergaß Captain Liza Grimm und das, was ihr zugestoßen war, von einem Augenblick zum anderen. Ein paar Minuten lang hatte er ein Mensch sein können, jetzt war er wieder der Sofortumschalter.

Vor ihm öffnete sich mitten in dem Gang mit den braungrauen Wänden ein Loch, kreisförmig, mit vier Metern Durchmesser.

Die Siebenunddreißig.

»Geh«, sagte Crykom. »Du hast die Ritteraura.«

Rhodan drehte sich zu seinen Begleitern um. Am liebsten hätte er Mondra in den Arm genommen, doch diese Geste war nicht nur fehl am Platz, sie hätte sie auch falsch verstanden. In der Beziehung, die sie derzeit hatten, konnte man sie nur missverstehen.

Er tat es trotzdem.

Und es war ihm völlig egal, was Nano Aluminiumgärtner davon hielt.

»Drover«, sagte er. »Du begleitest mich. Bleib zwei Meter hinter mir und folge allen meinen Bewegungen.«

»Sir, jawohl, Sir!«, sagte der Posbi.

Rhodan verdrehte die Augen. Konnten auch Roboter sich ihrer Umgebung anpassen wollen? Oder hatte er sich hier in Ambriador wirklich so autoritär benommen?

Er schloss den Raumanzug und trat in das Loch.

Eine seltsame Zwielichtzone empfing ihn. Die Röhre war transparent geworden und schien sich durch nichts weniger als das Universum zu erstrecken. Er hatte so etwas schon einmal erlebt, auf der Brücke in die Unendlichkeit. Da hatte er sich auf einem Steg bewegt, und unter, neben und über ihm brodelte das Universum, quollen Protogalaxien, sogen Schwarze Löcher und strahlten Protonensterne. Dehnte sich das Universum aus.

Ganz so schlimm war es jetzt nicht. Jetzt bekam er keinen Einblick in die Schöpfung an sich, sondern nur in das, was vielleicht die Kelosker wahrnahmen.

Ein unendliches Wabern, rot, grün, blau, gelb, wie Hyper- und Linearraum zusammengefasst. Vorhanden, aber nicht begreifbar, und er bewegte sich mitten hindurch. Er schritt durch eine sieben Meter lange Röhre und hatte schon 70 Meter zurückgelegt.

Dann 700. Und vielleicht 7000, als der seltsam tastende Einfluss ihn erfasste.

Er kehrte sein Innerstes nach außen. Rhodan glaubte, *entblößt* zu werden, nicht nur nackt vor einem unbekannten Gegenüber zu stehen, sondern sich ihm auch bis in die winzigste Faser seines Seins offenbaren zu müssen. Ein schrecklicheres Gefühl hatte er selten in seinem Leben empfunden.

Eins war klar: Jemand oder etwas nahm ihn in diesem Moment genauestens unter die Lupe.

TRAGTDORON.

Vier

Vhatom Q'arabindon, TRAGTDORON:
5. Juni 1343 NGZ (4930 nach Christus)

Die Meldung erreichte Vhatom Q'arabindon in einer virtuellen Welt, in einer von vielen, in denen er sich seiner Agonie ergab.

Diese Welt war die grausamste von allen, die er bislang ersonnen hatte. Er ließ sich von gewaltigen Zyklopen jagen und foltern, und wenn ihm die Flucht in schier undurchdringliche Wälder gelang, lauerten dort wandelnde Bäume auf ihn, die ihm nachsetzten, und aus dem Himmel stießen Feinde auf ihn herab, die wie Fallschirme aussahen und ihn mit ihren Körpern einzuhüllen versuchten. Sie sonderten eine Säure ab, die seinen Panzer langsam auflöste, ganz langsam, und sich dann in sein Fleisch fraß und es zersetzte.

Und immer, wenn er endlich starb, wurde er von einem bronzefarbenen, humanoiden Roboter wiederbelebt, der ihm jedes Mal die Erlösung und die Erfüllung versprach, nur um ihn dann wieder durch das Rad aus Feuer auf die unerträglich heiße, glühende und glimmende Ebene zu stoßen, auf der die Zyklopen schon auf ihn warteten.

Eins der baumähnlichen Lebewesen peitschte ihn gerade mit seinen Ästen, als Vhatom das Wispern hörte. Dornen schlugen in seinen Körper, genau dort, wo das Fleisch am weichsten und empfindlichsten war, und riefen bislang ungekannten Schmerz hervor. Zweige schlangen sich um seinen Hals und schnürten ihm die Luft ab, und er hielt das Säuseln zuerst für eine Täuschung seines Gehirns, dem bereits der Sauerstoffmangel zusetzte.

Für eine Einbildung.

Dann jedoch wurde das Geräusch lauter und deutlicher. Vhatom vernahm tatsächlich Laute und elektromagnetische Signale, die sich jedoch kaum zu Worten formen wollten. Er erfasste beide gleichzeitig, die Töne mit den Audio-Rezeptoren, die Impulse mit den Instrumenten der Stoff-Sphäre.

Er entsann sich verschwommen, dass er die Verbindung zur Sphäre stumm geschaltet, aber nicht endgültig getrennt hatte. Eine letzte Spur von Hoffnung hatte ihn dazu bewogen. Vielleicht geschah ja doch noch ein Wunder, vielleicht veränderten sich die Parameter erneut, und TRAGTDORON wurde wieder gebraucht. Die Möglichkeit dazu bestand immerhin, wie unwahrscheinlich sie auch sein mochte.

Glaubte er wirklich daran?

Das Säuseln wurde lauter und deutlicher, und schließlich erkannte er die Stimme des Bordgehirns. Er vergaß den Schmerz, den das Baumwesen ihm zufügte; mehr als sterben konnte er in dieser virtuellen Welt ja ohnehin nicht.

Leider.

Aber er würde nicht sterben. Das konnte er nicht zulassen. Er würde sich der Agonie ergeben, bis für ihn das Ende der Zeiten kam.

Was nicht mehr lange dauern konnte. Höchstens noch zehn Ewigkeiten.

»Hörst du mich, Steuermann? Oder bist du zu tief in deine ureigene Welt versunken? Muss ich sie erst ausschalten, damit du auf das reagierst, was ich dir zu sagen habe?«

»Das … kannst du nicht. Das wagst du nicht …«

»Eine auch für mich überraschende Meldung«, überging das Bordgehirn seinen Einwand. »Ein Besucher fordert Einlass in die Sphären!«

Ein Besucher? *Cairol! Das konnte nur Cairol sein!*

Im nächsten Moment verflog seine Euphorie so schnell, wie sie gekommen war. Cairol forderte keinen Einlass in die Sphären, er betrat sie einfach.

Andererseits … kündigte er seine Ankunft nicht jedes Mal vorher an? So schlecht, so grausam die Nachrichten auch sein mochten, die er überbrachte, teilte er dem Bordgehirn nicht jedes Mal mit, dass der Steuermann ihn erwarten sollte?

Mit einem Gedankenbefehl schaltete Vhatom Q'arabindon die virtuelle Welt aus. Der Wald verschwand, das Baumwesen, das ihn angegriffen hatte, die Äste, Zweige und Dornen, der schreckliche Schmerz. Übrig blieb nur TRAGTDORON, und das, was Vhatom davon sah, war mindestens genauso schrecklich.

Er hatte den Eindruck, dass er erst jetzt richtig erwachte, zum zweiten Mal seit langer, langer Zeit. Diesmal wusste er aber, wo er sich befand.

Es dauerte eine geraume Weile, bis er seine innere Agonie wenigstens teilweise abschütteln und sich vollständig orientieren konnte. Wie lange war es her, dass er sich in die virtuelle Welt begeben hatte? *30.000 Jahre*, stellte er überrascht fest.

Nur 30.000 Jahre. Er hatte mit dem Zehnfachen gerechnet. Die Qualen waren ihm endlos vorgekommen.

»Ist es Cairol?«, sagte er.

»Ich wusste, dass du diese Frage stellen würdest, Plasma-Seele, und habe bereits diesbezügliche Untersuchungen angestellt. Nein, es ist nicht Cairol.«

30.000 Jahre, dachte Vhatom. *Hat das Bordgehirn ebenfalls Schaden genommen? Oder reagiert es nur so … offiziös, um mich wachzurütteln, aufzuwühlen, zu verhindern, dass ich das Interesse verliere und mich wieder meiner selbst gewählten Agonie hingebe?*

Er erteilte *seinem* Körper den Befehl, sich zu bewegen, und der Körper bewegte sich. Zumindest dazu war er also noch imstande. Dann tastete er nach seinen anderen Körpern … und verspürte Entsetzen.

So schlimm steht es mittlerweile also, dachte er. Es waren keine 200 mehr, nicht einmal 20.

»Wie konnte der … Besucher uns finden?«, fragte er das Bordgehirn. »Das ist praktisch unmöglich, wenn es sich nicht gerade um einen Beauftragten der Hohen Mächte handelt. Überprüfe seine Legitimation!«

Ein Beauftragter der Hohen Mächte … war er gekommen, um die Sache zu Ende zu bringen? Um den treulosen Steuermann zur Rechenschaft zu ziehen und ihm eine Strafe aufzubürden, die unvergleichbar schrecklicher war als die, die er sich selbst auferlegt hatte?

Vhatom schüttelte die unnützen Gedanken ab und setzte das verbliebene Robot-Ensemble, das sein Körper war, zum ersten Mal seit 30.000 Jahren in Bewegung. Während er sich zur Zentrale begab, um dort die Aktivitäten des Bordgehirns zu überwachen und gegebenenfalls einzugreifen, trat er gleichzeitig den langen Weg durch die deformierten Stoff-Sphären an, die im Zug der Dislokation aller Sphären wahrscheinlich kaum mehr den Zusammenhalt bewahren konnten.

Das hatte er vorher gewusst. Überraschend war nur, wie schlimm es wirklich um TRAGTDORON stand.

Korridore, Leitungen und Versorgungsstränge des Mikro-Netzes, die, als er sie zum letzten Mal – vor 30.000 Jahren – begangen hatte, noch völlig gradlinig verlaufen waren, krümmten sich nun unter dem Einfluss des einbrechenden Hyperraums zu unendlichen Möbius-Schleifen, die er einfach nicht bewältigen konnte.

Und die energetischen Spinnfäden des Makro-Netzes, das die einzelnen Sphären zusammenhielt, leuchteten nur noch schwach und waren tausendmal dünner als damals, als er sie zum ersten Mal gesehen hatte. An einigen Stellen schien das Netz sogar gerissen zu sein.

Nicht einmal das dritte Netz, das des Bordrechners, war ihm zugänglich. Er konnte keine Datenflüsse wahrnehmen, geschweige denn sich in sie einklinken.

Seine geistige Kommunikation mit dem Rechner lief über einige wenige Fäden ab, die auch immer dünner und schwächer wurden. Ihm wurde klar, dass das seltsame Verhalten des Bordrechners keineswegs willentlich gesteuert war; auch diese Einheit TRAGTDORONS stand kurz vor dem endgültigen Zusammenbruch.

Was habe ich getan, fragte er sich. *Was habe ich nur getan? Wie habe ich es nur dazu kommen lassen können? Wäre ein Ende mit Schrecken nicht besser gewesen als dieser Schrecken ohne Ende?*

Nein, korrigierte er sich. Das Ende würde bald kommen. Das Ende aller Zeiten.

Er musste mehrere Umwege einschlagen, mehrmals Körper zusammenfügen, um durch Schutt und Trümmer versperrte Stränge freizuräumen, doch schließlich erreichte er die Zentrale. Die Beleuchtung darin kam ihm seltsam trüb vor, als würde sich auch das Innerste TRAGTDORONS langsam und schleichend dem allgemeinen Niedergang unterwerfen. Oder unterwerfen müssen.

Mehrere Spezialterminals des Bordrechners waren unbeleuchtet, ausgefallen. Vhatom fragte sich, inwieweit sein Partner seinen Aufgaben überhaupt noch nachkommen konnte.

Es dauerte lange, mehrere Millisekunden, bis sich schließlich ein Holo bildete, das den *Besucher* zeigte.

Es war ein Humanoider, etwa vier Fünftel so groß wie Cairol. Aber es war nicht der Bote der Kosmokraten. Das Wesen trug einen Raumanzug, befand sich in einem psionisch aufgeladenen Verbindungsstück aus Psi-Materie, das aus dem Normalraum nach TRAGTDORON griff, und war offensichtlich nicht imstande, die Sphäre aus eigener Kraft zu betreten.

Aber Vhatom Q'arabindon stand im Dienst der Hohen Mächte, und er hatte in über 100.000 Jahren – 70.000, wenn man die Zeit seiner Agonie abzog – gelernt, deren Vertreter zu erkennen.

Vielleicht hatte Cairol ihn auch manipuliert, ihm gewisse Dinge aufgezwungen, eingeprägt.

Nur nicht, meine Befehle auszuführen und TRAGTDORON zu vernichten, dachte er verbittert.

Aber Cairol hatte ihn darauf sensibilisiert, die Aura eines *Ritters der Tiefe* zu erkennen.

Er erkannte sie und war nicht imstande, sich ihr zu entziehen.

Aber er prüfte den Fremden, kehrte sein Innerstes nach außen. Und es war tatsächlich …

Ein Ritter der Tiefe! Cairol hatte Vorsorge getroffen. Solch ein Geschöpf war ihm gegenüber definitiv weisungsbefugt. Er hatte keine andere Wahl, als den Besucher einzulassen.

Du hast dich schon einmal einem direkten Befehl widersetzt, dachte er. *Es wird dir auch noch einmal gelingen.*

Aber … wollte er das überhaupt? Wenn die Kosmokraten ihn bestrafen wollten, würden sie Mittel und Wege dazu finden. Dann würden sie keinen Boten schicken, der TRAGTDORON nicht einmal aus eigener Kraft betreten konnte. Also konnte die Ankunft des Ritters nur eine Bedeutung haben.

Er wollte TRAGTDORON nicht vernichten, und er wollte ihn, Vhatom, nicht bestrafen.

»Bordgehirn«, sagte er, »hole den Ritter an Bord. Und behandle ihn mit dem nötigen Respekt.«

Wenige Minuten später musste er seine Entscheidung schon wieder infrage stellen. Als er dem Wesen gegenüberstand, in der Tat einem zerbrechlichen Humanoiden, spürte er die geheimnisvolle Aura noch deutlicher.

Eine Aura, die den Ritter hoch über ihn, Vhatom Q'arabindon, TRAGTDORONS Steuermann, stellte. Eine Aura, der er sich unterwerfen musste.

Hatte er einen Chaotarchen aus diesem Universum gegen einen aus Hangay eingetauscht?

Stand ihm nun genau das bevor, was er nach seinem ersten Erwachen hatte durchmachen müssen? Was ihn auf ewig zerstört, zu dem gemacht hatte, was er nun war?

Während er den *Ritter der Tiefe* nachdenklich musterte, ließ er binnen Sekunden alle Erinnerungen ablaufen, die er nach seinem ersten Erwachen gesammelt hatte. Die einzigen, die er hatte.

Der Ritter der Tiefe bekam nichts davon mit, doch noch bevor er das Wort an ihn richtete, durchlebte Vhatom noch einmal alles.

Vom Rad aus Feuer bis hin zu den letzten virtuellen Welten, aus denen er gerade erwacht war und die er nach seinem Geschmack und Gefühlszustand so grausam wie möglich gestaltet hatte.

Vhatom Q'arabindon glitt in Gedanken in die Vergangenheit.

Fünf

Kat-Greer: Trovent-Planet Caligo, 28. Mai 1343 NGZ (4930 nach Christus)

Alles wird gut, schien es unentwegt von der Decke zu wispern. *Alles ist gut, und alles wird gut.*

Es waren keine klaren Worte, die die Hyptons von sich gaben. Es war eher ein Gefühl, das sich in ihm ausbreitete.

Ein gutes Gefühl. Und es traf zu.

Der Erste Hetran Kat-Greer ließ den Blick über die Gewölbedecke gleiten. Dort hingen sie kopfüber, im untersten Kellergeschoss des ältesten Gebäudes der Pyramiden von Taphior, dem Herrschafts- und Regierungszentrum des Trovents. Tausende von koboldhaften, in wallende, transparente Gewänder gehüllte Hyptons, mit vollkommen unbehaarter, milchig weißer, fast durchscheinender Haut. Bei großer geistiger Anstrengung verfärbte sie sich mitunter, bis sie schließlich völlig farblos und durchsichtig wurde. Dann ließen sich, wenn sie unbekleidet waren, die Eingeweide und blutführenden Gefäße darunter deutlich erkennen.

Er erinnerte sich, dass er anfangs Abscheu davor empfunden hatte. Es war ihm wie eine Verhöhnung der Schöpfung vorgekommen, in ein Lebewesen hineinsehen zu können. Mit der Zeit hatte er sich aber nicht nur daran gewöhnt, nun erkannte er die wahre Ästhetik darin: Die Hyptons boten den Betrachtern einen Einblick in ihr Innerstes. Sie hatten nichts zu verbergen, offenbarten sich so, wie sie waren. Deshalb, vermutete er, zeigten sie sich ihm manchmal nackt.

Wie immer schlugen ihn in erster Linie ihre Augen in den Bann. Trotz der kleinen Köpfe waren sie so groß wie Larenfäuste, rund, weit hervorquellend und starr. Nachtschwarz musterten sie ihn. Sie schauten sanftmütig drein, so sanftmütig, doch seltsamerweise vermochte er ihren Blick nicht lange zu ertragen. Irgendwann wurde er unangenehm und zwingend. Bevor es so weit kam, wandte er den Blick lieber ab.

An'Gal'Dharan. Die Kolonie, das Kollektiv der Ratgeber.

In eine besonders dicht gedrängte Traube kam Bewegung, und einer der Hyptons verließ sie und kletterte auf ihn zu. Kat-Greer konnte ihn dank seiner Ohren trotz der so gut wie nicht vorhandenen Beleuchtung ziemlich gut ausmachen. *In dieser Hinsicht sind wir den meisten anderen humanoiden Intelligenzen deutlich überlegen,* dachte er.

»Alles läuft wie geplant.« Der Wortführer der mittlerweile einzigen Hypton-Kolonie in Forn-Karyan, dem *Kleinen Wirbelsturm*, sprach mit hoher, etwas piepsiger, aber nicht unangenehmer Stimme. Zumindest kam sie Kat-Greer längst nicht mehr so unangenehm wie früher vor. »Dein Plan wird Früchte tragen.« Der Hypton-Schwarm der An'Gal' Dharan hatte schon einen Tag nach dem Tod der alten Herrscher seine neue Position in den Kavernen eingenommen.

Mein Plan, dachte der General sarkastisch. Begonnen hatte alles mit dem Umsturz. Nicht mit dem im Trovent, dem Bürgerkrieg, der ihn an die Macht gebracht hatte, sondern dem Wechsel der Herrschaft der beiden Hypton-Gruppen auf Caligo. *Das* war der wahre Grund des Bürgerkriegs gewesen, und ein natürlicher Vorgang.

Die Hyptons von Taphior unter Tar'Kor'Fharan hatten lange genug geherrscht;

sie hatten ihren Zenit überschritten, und ihnen war der Wille zur Machterhaltung mit der Zeit abhandengekommen. Es war an der Zeit gewesen, dass sie abgelöst wurden. Die Hyptons der An'Gal'Dharan hatten das Machtvakuum mit seiner, Kat-Greers, Hilfe ausgefüllt.

Ausfüllen müssen. Sie, mit dem höheren Aggressionspotenzial, würden nun die Geschicke des Trovents lenken, aus dem Hintergrund, wie es immer gewesen war.

Aber mit der klaren Maßgabe, sich nicht allein der Posbis, sondern vor allem auch des Imperiums von Altera zu entledigen.

»Ja, er wird Früchte tragen«, sagte er. »Bislang ist alles wie geplant gelaufen.« Er saß inzwischen fest im Sattel und war der unumschränkte Beherrscher des Trovent der Laren. Und er konnte sich mittlerweile sicher sein, dass sein Plan mit Verduto-Cruz funktioniert hatte. Die Posbis griffen keine Schiffe und Stützpunkte des Trovents mehr an, dezimierten aber mit größerer Zielstrebigkeit denn je die Schiffe und Planeten des Imperiums Altera.

Die Laren waren nun *Wahres Leben*, und die Alteraner galten weiterhin als Feinde.

Konnte dem Trovent der Laren etwas Besseres passieren? So hatten er und seine Berater, die Hyptons der An'Gal'Dharan, es von Anfang an geplant. Das Imperium von Altera würde vernichtet werden, ohne dass der Trovent eigene Güter dafür aufwenden musste. Und wenn alles vorbei war, würde der Trovent die Reste aufsammeln.

Tar'Kor'Fharan hätte niemals den Mut zu diesem Schritt aufgebracht. Dazu bedurfte es eines An'Gal'Dharan.

Alles wird gut, wisperte es von der Decke der Katakombe, und Kat-Greer fragte sich, wieso er gerade noch solchen Sarkasmus gehegt hatte. Natürlich war es sein Plan gewesen.

Allein sein Plan.

Kommando-Offizier Kat-Greer war es gewesen, der Verduto-Cruz in den Einsatz geschickt und damit den Großen Posbi-Krieg ausgelöst hatte. Und *Hetran* Kat-Greer hatte nun Verduto-Cruz ein zweites Mal ausgeschickt, um den Fehler zu korrigieren, der dem Wissenschaftler vor 36 Jahren unterlaufen war.

Alles ist gut, und alles wird gut. »Du weißt, was du nun zu tun hast?«

»Ich weiß es«, sagte er. »Und ich werde alles unverzüglich in die Wege leiten.«

»Unverzüglich«, bekräftigte An'Gal'Dharan. »Die Zeit könnte ein entscheidender Faktor sein. Keine überholten Formalitäten mehr. Keine Salutsalven, Truppenparaden, Vasallenchoräle, und auch keine unvermeidlichen, nichtsnutzigen Tieropfer. Du musst schnell handeln, Kat-Greer.«

»Ich werde schnell handeln«, versprach er.

An'Gal'Dharan kehrte ohne ein weiteres Wort in seine Traube zurück. Die Audienz war beendet. Es war alles gesagt, was es zu sagen gab.

Zwei Stunden später sprach Kat-Greer auf der schon längst einberufenen Versammlung seines Generalstabs. »Ich werde so schnell wie möglich mit meinem Flaggschiff von Caligo starten und Kurs auf das Grenzgebiet zum Imperium Altera nehmen«, sagte er. »Nun, da ich keine Kräfte zur Abwehr von Posbis mehr vorhalten muss, werden mir die Planeten des Imperiums in den Schoß fallen wie reife Früchte. Ich werde meine stärksten Troventaare sammeln, die Schiffe mit den größten Reichweiten, und mich bei sich bietender Gelegenheit der ersten Imperiums-Welten bemächtigen. Das Ende des Imperiums Altera steht unmittelbar bevor, und schon bald werden die Laren die unumschränkten Herren über Forn-Karyan sein.«

Er genoss das begeisterte Klatschen und Johlen seiner engsten Gefolgsleute.

Doch, dachte er, *mein Plan hat wirklich einen Hauch von Genialität. Alles ist gut, und alles wird gut.*

Sechs

Vhatom Q'arabindon: Vergangenheit

Das Feuerrad dreht sich

Vhatom Q'arabindon erwachte und sah das Rad aus Feuer.

Es loderte nicht weit von ihm entfernt, ein flammendes Licht im Halbdunkel einer gleichförmigen, eintönigen Landschaft ohne jede hervorstechende Landmarke. Dahinter ging die von Gräsern unterschiedlicher Höhe bewachsene Steppe nahtlos in den Horizont über. Eine kleine, fahlgelbe Sonne stand so tief am Himmel, dass er sie nur als verschwommenen Ball ausmachen konnte. Ihr Licht warf bereits lange Schatten.

Ging das Gestirn gerade auf oder unter? Er konnte es nicht sagen. Er kannte diese Sonne nicht; es war nicht die seiner Heimatwelt, genau, wie dieser Planet nicht seine Heimat war.

Wo bin ich?, dachte er. *Was für eine Welt ist das? Wie bin ich hierher gekommen?*

Er versuchte, sich auf den oberen Tentakeln aufzurichten, doch es gelang ihm nicht. Er hatte nicht das geringste Gefühl in ihnen.

Was war mit ihm passiert?

Vhatom lenkte seine Aufmerksamkeit wieder auf das Feuerrad. Es kam ihm seltsam vertraut vor, als habe er es schon einmal gesehen. Aber wann? Bei welcher Gelegenheit? Die Erinnerung war undeutlich, ein Schatten am Rand seines Bewusstseins, der schon wieder verblich. Bald würde er endgültig verschwunden sein, sosehr er sich auch bemühte, ihn im Gedächtnis zu behalten.

War es nicht immer so? Der Gedanke drängte sich ihm auf, ohne dass er eine Begründung dafür fand. Woher sollte er dieses Feuerrad kennen? Wenn er es schon einmal gesehen hatte, musste es jedenfalls vor langer Zeit gewesen sein.

Er sog tief die Luft ein. Sie roch fremdartig, leicht morastig, faulig. Er konnte sie atmen, aber es war nicht die Luft, die er gewohnt war.

Hier war nichts so, wie er es gewohnt war.

Er hatte noch immer keine Kontrolle über seine Gliedmaßen. Verwirrt versuchte er, den Kopf zu drehen. Es gelang ihm nicht. Mit einem Auge sah er am vorderen Teil seines Körpers entlang und machte einen langen, schaufelartigen Mund aus, der fast auf dem Boden ruhte.

Ein *Maul.* Einen *Schnabel.*

War das sein Körper? Sein Gesicht? Er konnte sich nicht daran erinnern, es sich aber auch nicht vorstellen. Aber wie sollte es anders sein?

Er kämpfte gegen die aufsteigende Verwirrung an, die sich in Panik zu verwandeln drohte, versuchte, ruhig zu bleiben. Es fiel ihm schwer. Es gelang ihm nicht einmal, tief durchzuatmen. Irgendwie kannte er seinen Körper nicht gut genug, um ihn dazu zu zwingen.

Während er noch versuchte, ein Hyperventilieren zu vermeiden, veränderte sich sein Sichtfeld. Die fremde Welt schien sich um ihn zu drehen, und er stellte fest, dass er nun auf den Boden blickte.

Hatte er das bewirkt? Wie, mit dieser mangelhaften Körperbeherrschung?

Nun sah er, dass es sich bei der Ebene, auf der er sich befand, nicht um Steppenland, sondern um einen Sumpf handelte, um Morast. Vielleicht ein Flussdelta, oder die Überflussauen eines gewaltigen Stroms, der nicht vor allzu langer Zeit noch über seine Ufer getreten war.

Eine Umgebung, die für solch eine … Schnauze, wie ich sie habe, wie geschaffen ist, dachte er. *Damit kann man graben, feuchte, lockere Erde bewegen, Bauten ausheben …*

Bauten! Tiere legten *Bauten* an. Er hingegen war ein intelligentes Wesen, sich seiner selbst und seiner unerklärlichen Lage bewusst. Wieso dachte er von sich wie von einem … *Tier*?

Ihn überraschte die Gelassenheit, die er an den Tag legte. Die Panik lauerte am Rand seines Bewusstseins, ergriff aber noch nicht Besitz von ihm. Als dann die Gedanken kamen, die kommen mussten, nahm er sie nur kurz ernst, dann drängte er sie zurück.

Ich bin tot, und das ist das Jenseits. Aber ist das der Himmel oder die Hölle? Habe ich in meinem Leben Gutes getan, und die Götter belohnen mich nun dafür und holen mich zu sich, oder überwiegt in meinem Dasein das Böse, und sie lassen mich grausam dafür büßen?

Nein. Er hatte nie an Götter geglaubt, nie an ein Leben nach dem Tode. So viel wusste er. Er war …

Er konnte den Gedanken nicht beenden. Er wusste nicht, was er war. Wieso hatte er nicht die geringste Erinnerung an sein Dasein, bevor er in diesem *Schlammloch* aufgewacht war? Oder nur Erinnerungsfetzen, die er nicht fassen konnte, die einen Moment verweilten und dann verblichen, wie kleine Pfützen, die in diesem Sumpf verdunsteten.

Sein Sichtfeld veränderte sich erneut, und er sah … ein Auge. Ein kreisrundes Auge auf einem schmalen, zerbrechlich wirkenden Stiel, das … ein Auge sah. Ein zweites.

Seine Augen. Er hatte … bewegliche Stielaugen.

Auch wenn ihm jede Erinnerung vor dem Erwachen fehlte, war ihm nun klar, dass dieser gedrungene Körper mit dem schaufelartigen Maul und den Stielaugen nicht der seine war. Nicht der, in dem er bislang gelebt hatte.

Nun, da er von den Augen wusste, konnte er sie mit einem Mal einsetzen, als hätte er nie etwas anderes getan. Er drehte sie und schaute an seinem Körper entlang.

Ein flacher, gedrungener Leib, bedeckt von einer hart und starr wirkenden Hülle – einem Panzer? – mit sechs verhältnismäßig kleinen, flachen, paarweise angeordneten Füßen, aus denen jeweils eine Kralle spross. Ihm fiel auf, dass drei der sechs Hornauswüchse deutlich kürzer waren als die anderen. Waren sie … abgebrochen? Abgetrennt worden? Und wozu benötigte er sie hier in diesem weichen Morast überhaupt? Die flachen Füße mit den Schwimmhäuten zwischen den Zehen … ja, damit konnte er sich auch über weichen, lockeren Sumpf bewegen. Die Schnauze? Ja, damit konnte er den Morast umgraben. Aber die Krallen …?

Verteidigungswaffen? In diesem Fall gab es Feinde hier. Dann war er nicht allein und musste auf seine Umwelt achten, um notfalls angemessen reagieren zu können.

Angemessen reagieren? Mit einem Körper, den er nicht einmal ansatzweise beherrschte?

Dann musste er es lernen, und zwar schnell, bevor diese potenziellen Feinde ihn entdeckten.

Es war wie mit den Augen. Nun, da er wusste, dass er sechs Beine und Füße hatte, konnte er sie auch gezielt einsetzen. Er ließ die Stielaugen unablässig kreisen – sie sahen kein anderes Lebewesen, nur schier endlosen Morast unter einer fahlgelben Sonne – und bewegte sich.

Versuchte, voranzukommen.

Musste er die drei rechten Beine gleichzeitig bewegen, und dann die drei linken? Oder das vordere Beinpaar, dann das mittlere, dann das hintere?

Nein, das war nicht sein Körper, stellte er fest, als sein flacher Körper auf den Morast klatschte und erst einmal unbeweglich liegen blieb. Er hatte noch viel zu lernen.

Zum ersten Mal seit dem Erwachen verspürte er so etwas wie Angst. Zumindest gewährten ihm die Augen eine Rundumsicht; soweit er sehen konnte, war er noch immer allein. Wieder stieg Panik in ihm empor, als er versuchte, die Füße zu bewegen, und diesmal gewann sie die Oberhand, bis es ihm endlich gelang, das vordere Beinpaar aufzurichten, dann das mittlere, schließlich das hintere, und dann beide Vorderfüße im Einklang zu bewegen.

Dann die mittleren. Dann die hinteren.

Er hatte auch diese Kontrolle über seinen Körper gewonnen. Langsam, schwankend, arbeitete er sich drei, vier Schritte vor. Oder 18, 24.

Doch wohin sollte er sich wenden? Er sah, er roch, er spürte den Morast an seinem Körper, nahm einen Aufprall auf dem Boden wahr ... doch wenn er mit diesem Körper tatsächlich einen Bau in den weichen Lehmboden gegraben hatte, würde er ihn nicht finden. Er wusste nicht, wo er sich befand. Er konnte sich nicht erinnern. *An gar nichts.*

Er fixierte die sich noch immer unablässig drehenden Augen auf das Flammenrad, das einzige Licht in seiner Welt, abgesehen von der Sonne, die noch immer an derselben Stelle stand, weder weiter auf- noch untergegangen war.

Die Sonne ... Er versuchte, die Augen zusammenzukneifen, um besser sehen zu können, doch es gelang ihm nicht. Er schloss sie, öffnete sie wieder, und noch einmal, und noch einmal.

Täuschte er sich, oder ... riss der Himmel um die fahlgelbe Sonne auf? Zwängten sich gezackte Kratzer in den Horizont, Lücken in der Welt, durch die *etwas anderes* sickerte? Auf den ersten Blick ließ sich kaum ein Unterschied ausmachen, wirkte der Himmel genauso fremd auf ihn wie zuvor, doch dort schien etwas zu flackern, ein irrlichternes Leuchten, das an dem zerrte, was er als Normalität ansah.

Ein natürliches Phänomen dieses Planeten? Oder etwas ganz anderes?

Er schloss erneut die Augen, und als er sie wieder öffnete, vermochte er nichts Ungewöhnliches mehr auszumachen. Entweder, die Erscheinung war verschwunden, hatte sich aufgelöst, oder seine Sinne nahmen sie nun als ganz normal wahr.

Er richtete die Aufmerksamkeit wieder auf das Rad aus Feuer.

Wieso war es ihm so vertraut vorgekommen? Hatte dieses Rad etwas mit seiner Vergangenheit zu tun?

Nein, wohl kaum. Er wusste nicht, was diese Überlegungen ausgelöst hatte. Das Feuerrad war ihm genauso fremd wie seine Umgebung.

Wo war er? Und wie war er hierher gekommen?

Zumindest das Atmen fiel ihm nun nicht mehr schwer. Die Luft, die er atmete, mochte noch immer irgendwie anders sein als die, die er gewohnt war, doch es war die richtige für diesen Körper. Die andere, an die er sich vage erinnert hatte, war die einer anderen Welt. Vielleicht derjenigen, von der er stammte?

Das Feuerrad, mahnte er sich.

Am Anfang war das Feuer. Etwas anderes fiel ihm nicht dazu ein. Aber nicht auf dieser Welt, nicht mit diesem Körper, den er nun bewohnte. Dieses Wesen hatte noch nicht gelernt, das Feuer zu beherrschen.

Das Rad war seine einzige Erinnerung, auch wenn er sie nicht genau einzuschätzen vermochte. Er betrachtete es genauer, bewegte sich langsam darauf zu. Langsam, weil er nicht schneller konnte, ohne dass seine Beine ihm wieder den Dienst versagten und er in den Morast stürzte.

Ein Rad aus Feuer, so groß, dass er durch die Lücken zwischen den lodernden Speichen schreiten konnte. Diese Vorstellung kam ihm ganz natürlich vor: durch das Feuer gehen, als neues Wesen und geläutert daraus hervorgehen. Er hatte keine Angst vor dem Feuer; es hatte nie eine Bedrohung für ihn dargestellt. Man musste nur damit umzugehen wissen, seine Kraft achten und seine Freundlichkeit schätzen, die Hitze respektieren und die Wärme hegen.

Er genoss einen Augenblick lang den Anblick des Feuerrads, der ihm noch immer seltsam vertraut vorkam, ohne dass er eine Erklärung dafür fand. Mit beträchtlicher Geschwindigkeit rotierte es vor dem Halbdunkel und füllte nun sein gesamtes Sichtfeld aus; seine Augen schienen sich völlig darauf konzentriert zu haben. Ansonsten herrschte das diffuse Halblicht vor; die grelle Helligkeit, die das Feuerrad spendete, schien schon nach wenigen Metern einfach in ihr zu versickern, als stammte sie aus einer anderen Welt.

Laut quiekte er auf, als er den Schrei hörte. Er empfand das Geräusch unwillkürlich als bedrohlich. Ein Feind, der sich ihm näherte, höher angesiedelt in der Skala des Fressens und Gefressenwerdens? Der, den er mit seinen Krallen abwehren musste?

Seine Augen rotierten rasend schnell, nahmen jedoch nichts Außergewöhnliches wahr. Keine Veränderung zu dem, was sie dem Gehirn bislang vermittelt hatten.

Augenblick … diese Risse am Horizont, das Flackern bei der Sonne, das Fremde, das dort eindrang … es nahm Gestalt an! Dort schimmerte es nicht mehr fahlgelb, sondern … braun? Grün? Horizont und Himmel brachen auf, die fahlgelbe Sonne verblich vollends und verwandelte sich in … in einen *Baum*?

Woher weißt du, was ein Baum *ist?*, dachte er. *Hier auf dieser Welt hast du noch keine Bäume gesehen, nur Wasser, Schlamm, Schilf und niedrige Büsche!*

Es war ein Baum. Er war vielleicht zwei Meter groß, und er hatte keine Krone. Seine Wurzeln zuckten und bewegten sich rhythmisch, als würde er sich auf ihnen fortbewegen, und die Äste zuckten, als wolle er mit ihnen nach ihm greifen, aber es war ein Baum.

Der Himmel riss auf, und die Sonne erlosch, doch ihr Licht blieb bestehen, wurde sogar noch heller als zuvor. Aber dann zersplitterte es, und die Myriaden von Fragmenten sammelten sich zu einzelnen Strömen, die sich deutlich vom Halbdunkel seiner Welt abhoben. Die fließenden Fäden vereinigten sich und peitschten vorwärts, auf das Flammenrad zu.

Nun gewannen die Panik und das Entsetzen in ihm Überhand. »Wer bist du?«, flüsterte er. »Was bist du?«

»Ajak Feuertrinker«, dröhnte es durch seine elende Morastwelt. »Dein Herr und Meister!«

Vhatom Q'arabindon erbebte vor der Macht, der Gewalt dieser Stimme. Falls er im Sterben lag, würde er jetzt seinen letzten Atemzug tun. Falls er schon tot war, hatten die Götter in diesem Augenblick entschieden, dass er in seinem Leben mehr Böses als Gutes getan hatte. Er wollte schreien, doch mehr als ein hohes, hilfloses Quieken drang nicht aus seinem schaufelförmigen Maul.

Dann erreichten die feurigen Lichtfäden das Flammentor, und es trank von ihnen, und trank und trank. Vhatom sah, dass es mehr aufnahm, als es verkraften konnte, und wusste, was geschehen würde, noch bevor die Feuerspeichen dermaßen anschwollen, dass sie die Luft – oder was auch immer sich dort befand – zwischen ihnen versengten und das Rad explodierte.

»O nein!«, drang Ajak Feuertrinkers Stimme in seinen Verstand, diesmal aber nicht zornig, sondern wehleidig, fast verzweifelt. »Nicht schon wieder! Was ist nur los mit dieser Plasma-Psyche? Wie konntest du nur, Herr? Ich weiß nicht mehr, was ich mit diesem Ding noch anstellen soll! Wieso hast du dir dieses Objekt nur andrehen lassen, Herr? Wie konntest du mir das nur antun?«

Das Feuerrad explodierte, doch Vhatom ging durch das Feuer, ohne dass es ihn verbrannte, weil er seine Kraft achtete und seine Freundlichkeit schätzte, die Hitze respektierte und die Wärme hegte.

Das Feuer hatte nie eine Bedrohung für ihn dargestellt.

Er ging durch das Feuer, und seine Welt erlosch.

Und er mit ihr.

Sieben

Verduto-Cruz: Orombo, 29. Mai 1343 NGZ (4930 nach Christus)

Bei der Achtzigsonnenwelt, von der aus er an Bord eines zu einem Konvoi aus zehn Schiffen gehörenden Fragmentraumern aufgebrochen war, handelte es sich um einen Sauerstoffplaneten, der Heimat seiner Vorfahren nicht unähnlich, mit Ausnahme eines einzigen Kontinents eine blühende Welt mit ausgedehnten Meeren, Wäldern, Ebenen und Gebirgen.

Orombo hingegen war ein Industrie- und Kriegsplanet und – zumindest für ihn – ein bedrückender Alptraum. Natürlich kannte er den sechsten Planeten des gelben Sterns; er hatte diese Welt, deren Schwerkraft um ein Drittel höher war als die seiner Heimat und des Planeten seiner Ahnen, vor 36 Jahren schon einmal angeflogen, und auch auf dieser Mission hatte die BOX-1122-UM zuerst diesen gewaltigen, planetenumspannenden Werft- und Industriebetrieb ansteuern müssen.

Ein stählerner Planet, gerodet, eingeebnet, zugebaut. Eine Wüste aus Stahl und Plastbeton, auf der wohl keine Spur von Leben mehr existierte. Die Atmosphäre war eine trübe Mischung aus Edelgasen und Stickoxiden. Ihr Sauerstoffanteil war einmal weit höher gewesen, doch die umfassende Bebauung hatte ihn beträchtlich reduziert.

Posbis brauchen keine Luft zum Atmen, dachte er.

Eine eigenartige grau-silberne Albedo umgab den Planeten. Transportscheiben verdunkelten den Himmel, und im Orbit hingen Stahlkolosse, die wie überdimensionale Kraken Fragmentraumer umschlangen. Ströme von Kleinfahrzeugen für Materialtransporte und Versorgungsflüge pendelten zwischen diesen Stationen und der Stahlwüste des Planeten. Direkt über ihm zog langsam eine Fabrik ihre Bahn über den Planeten. Hier gab es keine Berge und Täler, kein Land und keine Meere. Sogar die Leben spendenden Ozeane waren in die Bebauung integriert worden. Wo Wasser sichtbar wurde, ergoss es sich durch künstliche Kanäle und verschwand tosend in Fabrikanlagen, ohne jedoch an anderer Stelle wieder zum Vorschein zu kommen.

Verduto-Cruz fühlte sich unwohl unter der Verdichtermaske mit ihren zahlreichen Filtern. Sie saß nicht genau, drückte seine vier Nasenöffnungen leicht zusammen und rieb sich an seinen vollen Lippen. Es bereitete ihm nicht gerade Schmerzen, war aber unangenehm. Er wünschte sich, die Posbis hätten ihm seine Ausrüstung gelassen.

Und er musste sich eingestehen, er vermisste Kohurion. Er fragte sich, was aus dem Roboter geworden war. Wahrscheinlich würde er ihn nie wiedersehen.

Aber allein daran lag es nicht. Diese Welt machte ihn depressiv. Sie glich den Fragmentraumschiffen der Posbis, deren Anblick ihm unwillkürlich einen Schauder über den Rücken laufen ließ. Die Oberfläche war ein Konglomerat schluchtenartiger Strukturen, zwischen denen gigantische Bauten wie überdimensionierte Städte aufragten. Höhenunterschiede bis zu vier Kilometern prägten das Bild.

Wahres Leben!, dachte Verduto-Cruz. Natürlich waren die Laren *Wahres Leben.* Natürlich waren sie jeder anderen Spezies in Ambriador weit überlegen. Aber das hier …

Wenn er Kat-Greer jetzt berichten konnte, was er in diesem Augenblick sah …

Allmählich wurde Verduto-Cruz bewusst, welches unglaubliche Glück die Laren des Kleinen Wirbelsturms gehabt hatten. Langsam wurde ihm klar, dass er durch sein Versagen bei der ersten Manipulation des Zentralgehirns beinahe nicht nur das Imperium Altera, nicht nur den Trovent der Laren, sondern sämtliches organische Leben in Forn-Karyan ausgelöscht hatte.

Wenn Perry Rhodan, der angebliche Erste Hetran der Galaxis Milchstraße, nicht ausgerechnet jetzt im Kleinen Wirbelsturm aufgetaucht wäre, wenn er nicht ausgerechnet ihn, Verduto-Cruz, angefordert hätte, um die Achtzigsonnenwelt anzufliegen und die Hass-Schaltung zu eliminieren … dann wäre das Imperium Altera wahrscheinlich schon gefallen, und der Trovent der Laren stünde nun kurz vor der Auslöschung durch die Posbis, deren Hass-Schaltung nach 11.000 Jahren wieder aktiviert worden war.

Von ihm.

Um ein Haar wäre er der Schlächter jeglichen Lebens in Forn-Karyan geworden.

Doch nach dem derzeitigen Stand der Dinge würde er lediglich das Imperium Altera dem Untergang überantworten, während der Trovent der Laren verschont blieb. Aber das war wirklich nur zu einem kleinen Teil sein Verdienst …

In der trüben Atmosphäre näherte sich mit hoher Geschwindigkeit eine klobige, massige Gestalt. Erst als sie vor ihm aufsetzte, erkannte er sie eindeutig. »Kohurion!«, sagte er überrascht.

»Ich stehe von nun an wieder uneingeschränkt zu deiner Verfügung«, sagte der Kampfroboter. »Als direkte Verbindung zu der jeweils höchsten Instanz der Posbis in deiner direkten Umgebung.«

Sie haben ihn neu programmiert, wurde Verduto-Cruz klar. *Sie haben meine Manipulationen an ihm rückgängig gemacht, vielleicht sogar das Plasma ausgetauscht und ihn wieder auf ihre Linie gebracht.*

Er nickte. »Ich habe verstanden«, sagte er, halbwegs davon überzeugt, dass seine Worte bereits zu einer Überwachungseinheit oder sogar dem Standortkommandanten von Orombo persönlich übertragen wurden.

Ja, er hatte verstanden. Sie hatten ihm einen Aufpasser an die Seite gestellt, der ihn jetzt keinen Moment mehr aus den Sehzellen lassen würde.

Er schaute zum Horizont. Dort schien sich, von der untergehenden Sonne nur teilweise angestrahlt, ein Gebirge zu erheben. Ein eigentümlich geformtes Gebirge, eine künstliche Formation. Dicht gedrängt standen dort Würfel mit zwei Kilometern Kantenlänge, Fragmentraumschiffe der Posbis, in ihrer Grundform identisch, aber mit völlig unterschiedlichen zusätzlichen Aufbauten und Waffenkonfigurationen.

So weit das Auge reichte, dehnten sie sich auf den Landefeldern aus, Hunderte, Tausende.

Genau 8000 startbereite und schlagkräftige Fragmentraumer. Gegen diese Flotte hatte das Imperium Altera nichts aufzubieten. *Zuerst Altera, dann Caligo, dann ganz Forn-Karyan,* dachte Verduto-Cruz. Dass es dazu nicht gekommen war, dass der Trovent der Laren verschont werden würde, war wirklich nur einem eigentlich unglaublichen Zufall zu verdanken.

Im Licht der untergehenden Sonne blutig schimmernd, schienen die Schiffe nur auf ihren Startbefehl zu warten. Wenn die Posbis diese gewaltige Flotte in Richtung Altera ins Feld führten, gab es für das Imperium der Menschen keine Rettung mehr, das war Verduto-Cruz klar.

»Ich möchte den Standortkommandanten von Orombo sprechen«, sagte der Lare zu Kohurion.

»Er hört dich und wird dir antworten«, gab der ehemalige Kampfroboter bekannt.

»Der eigentliche Vernichtungsangriff des Wahren Lebens soll erst dann stattfinden, wenn mehr als zehntausend Kampfeinheiten fertig montiert sind«, sagte Verduto-Cruz. »Diese Zahl wurde jedoch berechnet, als die Posbis noch planten, Altera …« Er stockte. Altera und die Laren auf einen Schlag auszulöschen, hatte er sagen wollen. Diese Formulierung war ihm zu brisant, zu … unhöflich. Er musste eine andere finden. »Altera und das gesamte Falsche Leben im Kleinen Wirbelsturm auszulöschen«, fuhr er fort. »Aber davon kann jetzt keine Rede mehr sein. Die Laren haben sich als das Wahre Leben erwiesen, das sie schon immer waren, und für die Alteraner reichen nach Lage der Dinge auch achttausend Fragmentraumer völlig aus.«

»Was schlägt das Wahre Leben Verduto-Cruz vor?«

»Wir sollten nicht abwarten, bis tatsächlich zehntausend Einheiten montiert sind«, forderte der Wissenschaftler, »sondern schon jetzt die gesamte Streitmacht Richtung Altera in Marsch setzen.«

»Der Standortkommandant von Orombo nimmt diesen Hinweis wohlwollend als stichhaltig zur Kenntnis«, antwortete Kohurion – oder war es doch der Kommandant selbst, der von sich in der dritten Person sprach? »Auch die Hyperinpotronik hat dies schon so beschlossen. Dennoch wird sich der Aufbruch noch eine Weile verzögern.«

»Warum?«

»Die Umstellung der Kommando-Kodes der Flotte erfordert eine gewisse Zeit. So lange werden zum Selbstschutz sämtliche Kampfhandlungen eingestellt. Aber das ist die letzte Atempause, die das Falsche Leben Ambriador bekommen wird.«

Verduto-Cruz runzelte die Stirn. Diese Nachricht behagte ihm gar nicht. Die Alteraner hatten sich schon zu oft in letzter Sekunde herausgewunden. Nach seinem Geschmack müsste das alles schneller gehen. »Wann ist die Umstellung der Kodes abgeschlossen?«, fragte er.

»Der genaue Zeitpunkt kann noch nicht berechnet werden.«

»Und ein ungefährer?«

Kohurion – beziehungsweise der Standortkommandant von Orombo – antwortete nicht.

Verduto-Cruz war klar, dass er nicht mehr erfahren würde. Es war sinnlos, weitere Fragen zu stellen.

Doch zumindest hatten die Posbis dieselben Schlüsse gezogen wie er.

Und es war zumindest eine kleine Befriedigung, dass die Posbis nicht unnötig abwarten, sondern so schnell wie möglich zuschlagen würde.

Die Uhr tickte.

Die Tage des Imperiums Altera waren gezählt.

Acht

Vhatom Q'arabindon: Vergangenheit
Die Plasma-Psyche

Vhatom Q'arabindon erwachte und sah das Rad aus Feuer.

Es loderte ganz in der Nähe, zwischen den Dünen einer gelben, schier endlosen Wüste, über deren Sand die Luft unter den Strahlen einer kleinen, hoch am Himmel stehenden, grellen Sonne flimmerte.

Ging sie auf oder unter? Er wusste es nicht; das Gestirn war ihm fremd, wie auch diese Welt, und er kannte seinen Lauf über den Himmel nicht.

Wo bin ich?, dachte er. *Wie bin ich hierher gekommen?*

Er versuchte, sich auf den oberen Tentakeln aufzurichten, doch er hatte kein Gefühl in ihnen. Schwer atmend blieb er liegen, sah wieder zu dem Feuerrad. Es kam ihm vertraut vor, doch die Erinnerung blieb undeutlich.

War es nicht immer so?

Die heiße Luft brannte in seinen Lungen. Nun gelang es ihm, zumindest den Kopf zu heben, und er erhaschte einen Blick auf seinen lang ausgestreckten Körper.

Panik durchfuhr ihn. Er sah keine Tentakel, nur jeweils ein Paar obere und untere Pseudopodien an einem schmalen, flachen Leib. Er war von einer dunklen Haut bedeckt, die ihm schrecklich dünn, verletzlich und unzulänglich vorkam.

War das sein Körper? So unwahrscheinlich es ihm vorkam, er konnte es nicht mit Sicherheit sagen. Ihm wurde zögernd bewusst, dass er nicht die geringste Erinnerung an sein bisheriges Leben hatte.

Er kämpfte gegen die aufsteigende Verwirrung an, und tatsächlich gelang es ihm, die oberen und dann die unteren Gliedmaße zu bewegen. *Arme und Beine,* dachte er. *Der Körper eines* Humanoiden.

Er stutzte. Woher kannte er diese Begriffe, wenn das nicht sein Körper, wenn er kein Humanoider war?

Aber … die dunkle Haut bot einen gewissen Schutz vor der starken Sonneneinstrahlung, und nun sah er, dass seine Füße unnatürlich groß und flach waren – wie geschaffen dafür, über lockeren Sand zu gleiten, ohne zwischen den Körnern zu versinken. Nein, diese äußerliche Gestalt gehörte schon hierher, war an das Leben in einer Wüste angepasst.

Aber war es auch die seine?

Wieso konnte er sich nicht erinnern? An rein gar nichts?

Mit Mühe richtete er sich auf die Gelenke seiner oberen Gliedmaße auf. Nun hatte er eine bessere Sicht. Er drehte den Kopf, doch wohin er auch schaute, er sah nur Sand und flache Dünen.

Er hob den Kopf, starrte in den Himmel und schloss instinktiv die Augen. Er befürchtete, dass er erblinden würde, wenn er zu lange ungeschützt in diese gleißende Helligkeit sah. So gut war er dieser Umgebung nun doch wieder nicht angepasst. Sein Körper schien gewisse Unzulänglichkeiten zu haben … wie die aller Lebewesen.

Er stutzte erneut. Ihm war etwas aufgefallen.

Irgendetwas stimmte mit dieser Sonne nicht.

Er versuchte, die Augen zusammenzukneifen, um besser sehen zu können, doch es gelang ihm nicht. Er schloss sie, öffnete sie wieder, und noch einmal, und noch einmal. Dann wusste er mit einem Mal, wie er es bewerkstelligen konnte.

Dennoch musste er den Blick nach wenigen Atemzügen wieder abwenden, zu stark war der brennende Schmerz, den die Helligkeit verursachte. Aber nun war er sich seiner Sache sicher.

Er hatte sich nicht getäuscht. Die Sonne schickte nicht nur grelles Licht aus, sondern auch … schwarze, gezackte Risse im Himmel. *Lücken in der Welt,* dachte er entsetzt, *durch die* etwas anderes *sickert!* Ein irrlichternes Leuchten, das an der Wirklichkeit zerrte.

An *seiner* Wirklichkeit. Doch was konnte in dieser Situation noch real sein?

Das Rad aus Feuer … wieso kam es ihm so vertraut vor? Kannte er es aus seiner Vergangenheit?

Nein; er hatte nicht die geringste Erinnerung daran. Es war ihm genauso fremd wie seine Umgebung.

Als er es wagte, wieder zur Sonne zu schauen, sah er, dass die Risse im Himmel sich ausgeweitet hatten, länger geworden waren. Sie schienen nun bis in die Atmosphäre des Planeten selbst zu reichen. Die Luft, die er atmete, brannte plötzlich in seinen Lungen.

Und das Feuerrad … es schien die Aufrisse geradezu anzuziehen. Schwarze Substanz floss aus der Sonne in die Speichen des Rads, ließ es nur noch schneller rotieren. Doch die unheimliche Materie verdunkelte die lodernden Speichen nicht, sondern ließ sie nur noch heller brennen, heller, immer heller …

Wimmernd kroch er über den heißen Sand zurück, nur weg von dem Rad, das nun noch heller leuchtete, sich noch schneller drehte. Es war nur noch eine Frage der Zeit, bis es explodieren würde.

Er versuchte sich aufzurichten, doch die Beine versagten ihm den Dienst, und er stürzte zurück in den Sand. Wie Feuer brannten die winzigen Körner auf seiner Haut.

Wie Feuer …

Das Feuer ist nicht dein Feind, dachte er. Hab keine Angst vor ihm, es stellt keine Bedrohung dar, wenn du richtig damit umzugehen weißt. Achte seine Kraft, schätze seine Freundlichkeit, respektiere die Hitze und hege die Wärme, und es wird stets gütig zu dir sein.

War das nicht der eigentliche Sinn? Durch das Feuer zu gehen und als neues Wesen und geläutert daraus hervorzutreten?

Aber nicht durch dieses Feuer! Er wusste nicht, wieso, doch die schwarze Materie pervertierte es, nahm ihm seine Reinheit, verwandelte es in etwas … Unnatürliches. Gefährliches.

Die Luft um das Feuerrad schien zu brodeln. Dunkelheit aus dem Himmel vereinigte sich mit der Hitze der Flammen zu etwas Fremden, das nicht in diese Welt gehörte. Rasend schnell rotierte das Rad vor dem diffusen Halbdunkel, in dem die grelle Helligkeit, die das Feuerrad spendete, einfach zu versickern schien, und füllte nun Vhatoms gesamtes Sichtfeld aus.

Zu seiner Überraschung gelang es ihm, seiner Kehle ein Geräusch zu entlocken. »Nein!«, schrie er in nackter Panik, aber er wusste schon längst, es war zu spät. Er konnte es nicht verhindern. Niemand konnte das.

Dann geschah, womit er rechnete und was er fürchtete. Die dunkel flammende Helligkeit der Speichen dehnte sich aus und bildete Protuberanzen, die nach ihm zu greifen schienen.

Das Feuerrad explodierte.

Aber es verbrannte ihn nicht.

Der Raum um das Rad aus Feuer entfaltete sich. Immer mehr brodelndes Chaos sickerte in seine Welt – oder das, was er dafür hielt – und nahm dann langsam Gestalt an. Grelle Flammen und schwarzes Wabern verdichteten sich zu einer … Gestalt?

Es war eine Pflanze, ein Baum, vielleicht zwei Meter groß und ohne Krone. Ein Stumpf, dessen Wurzeln zuckten und sich rhythmisch bewegten, als würde er sich auf ihnen fortbewegen. Äste peitschten und schienen nach ihm zu greifen.

Der Himmel zersplitterte endgültig, und das Feuer des Rades erlosch, doch sein Licht blieb bestehen, leuchtete heller als zuvor. Dann zersplitterte es, und Myriaden von Fragmenten vereinigten sich zu gewaltigen Strömen, die das diffuse Halbdunkel zusätzlich erhellten.

»Endlich!«, quakte eine Stimme aus dem Chaos. »Wurde langsam auch Zeit! Wie oft soll ich das denn noch versuchen? Ich hab auch noch was anderes zu tun.«

Vhatom Q'arabindon zweifelte an seinem Verstand. Er befürchtete, auch noch den letzten Halt in dieser Welt zu verlieren, die nicht die seine war. Er träumte; es konnte nicht anders sein. Er fand sich in einem ihm fremden Körper auf einer ihm fremden Welt wieder, ohne Erinnerung an seine Vergangenheit, und aus einem Feuerrad, das ihm vage vertraut vorkam, erschien ein *Baum* und gab mit wehleidiger Stimme dummes Zeug von sich …

Er träumte, oder er war gestorben, und das war das Jenseits all jener, denen die Kollektion versagt blieb, und er musste nun auf ewig für diese schreckliche Unterlassung büßen.

Hilflos sah er mit an, wie seine Welt zusammenbrach und sich neu aufbaute. Der Baum huschte auf seinen Wurzeln behände aus dem nur noch durchscheinend schimmernden Feuerrad, das immer mehr an Substanz verlor. Hinter ihm entstand etwas Neues, Anderes, Unbegreifliches. Der Himmel löste sich auf, die Welt löste sich auf, das Feuerrad löste sich auf, und aus dem für ihn völlig unverständlichen brodelnden Chaos bildete sich …

Nicht die Unterwelt. Nicht das Jenseits, auch wenn er bislang, bevor es ihn hierher verschlagen hatte, nie an dessen Existenz geglaubt hatte.

Es bildete sich ein profaner Raum, eine Halle, die in ihrer Normalität, ihrer

Alltäglichkeit, alledem, was er gerade zu erleben geglaubt hatte, nackten Hohn sprach. Doppelt übermannshohe Wände, grob verputzt, daran Regale, billige, primitive Metallgestelle, vollgestopft mit Kästen, Kisten, Geräten, deren Sinn und Zweck er nicht einmal erahnen konnte. In der Mitte seine Blickfelds flimmerte ein gewaltiges Holo, das die filigranen Türme einer Stadt zeigte, und daneben … und daneben schritt ein Baum auf ihn zu, blieb dann stehen und sah ihm genau in die Augen.

Glaubte er zumindest.

»Na also«, quakte der Baum. »Noch zwei, drei vergebliche Versuche, und ich hätte es aufgegeben. Dich abgeschrieben. Ein Totalverlust. Eine *Plasma-Psyche*! Was soll man sich nur darunter vorstellen! Wie kann man auch nur eine Krediteinheit für solch einen Unsinn ausgeben! Wie konnte … wie kann man sich nur solch ein Objekt andrehen lassen? Wie konnte ich mir das nur antun?«

»Bin … bin ich tot?«, fragte Vhatom Q'arabindon. »Ist das die endlose Qual der Unterwelt?«

»Papperlapapp«, sagte der Baum. »Ich weiß nicht, ob du überhaupt sterben kannst oder jemals gelebt hast. Aber eins ist sicher. Du funktionierst nicht richtig. Du bist die größte Fehlinvestition, die der … die ich jemals getätigt habe.«

Vhatom Q'arabindon erwartete halbwegs, dass der *Baum* sich genauso auflösen würde, wie das Flammenrad es getan hatte, und er sich im nächsten Kreis der Unterwelt wiederfinden würde. Was hatte er in seinem Leben nur getan, dass er im Jenseits solch ein Schicksal erdulden musste?

Aber die seltsame Entität hatte Bestand, und auch der Lagerraum veränderte sich nicht. Er wirkte höchstens noch größer, noch unübersichtlicher als zuvor.

»Hast … du mich ins Leben zurückgeholt?«, fragte er.

»Was?«, sagte der Baum und huschte auf seinen Wurzeln um ihn herum. Vhatom wunderte, dass er ihn nicht aus den Augen verlor, ganz gleich, wie schnell und unregelmäßig er sich auch bewegte.

Aus den Augen, oder aus dem Sinn? Aus der Wahrnehmung.

Endlich blieb der Baum stehen. »Hörst du mir nicht zu? Wenn du nicht einmal ein Lebewesen bist, gibt es für dich auch keine mythologische Unterwelt. Keinen Himmel und keine Hölle, nur die auf Erden. Und nach allem, was ich weiß, kannst du nicht sterben, hast du vielleicht nie gelebt.«

»Ich … bin ein Lebewesen«, sagte Vhatom. Er sah sich hektisch um, versuchte, so viele Informationen wie nur möglich über seine neue Umgebung zu gewinnen. Vielleicht waren solche Details lebenswichtig …

Falls er denn *lebte*. Warum konnte er sich an nichts erinnern? Er war sich seiner eigenen Entstehung nicht bewusst, irgendwann hatte es einfach begonnen. Vor wenigen Augenblicken, als er das Rad aus Feuer gesehen hatte.

Oder … war da nicht der Hauch einer Erinnerung, dass er dieses Feuerrad schon einmal gesehen hatte … bevor er gerade erwacht war? »Ich heiße Vhatom Q'arabindon«, sagte er trotzig, »und bin mir meiner Existenz durchaus bewusst.«

»Und das definiert Leben?«, sagte der Baum und stieß ein kreischendes, in den Ohren schmerzendes Geräusch aus. »Du bist eine Plasma-Psyche, und ich muss sehen, wie ich dich an den Mann bringe.«

»Eine Plasma-Psyche?«

Der Baum gab etwas von sich, das Vhatom an ein Seufzen erinnerte. »Angeblich ein Bewusstsein in einer halb faustgroßen Kapsel, das zur Kombination mit Hochleistungsrechnern verwendet wird. Der … wir haben viele Krediteinheiten für dich ausgegeben, und das war ein Fehler. Wie soll ich dich weiterverkaufen, wenn es mir nicht einmal gelingt, dich zu aktivieren?« Vhatom bemerkte nun, dass er die Stimme des seltsamen Wesens direkt in seinem Kopf wahrnahm. Er konnte an dem Baum auch keinerlei Sprechwerkzeuge ausmachen.

»Zu aktivieren? Ich bin nicht einfach so … erwacht?«

Das Wesen kreischte wieder laut auf. »O nein. Nicht einfach so. Dutzende von Malen musste ich es versuchen, bevor es mir endlich gelang!«

Vhatom erhaschte wieder eine flüchtige Erinnerung, die in ihm emporstieg und verblich, bevor er sie richtig zu fassen bekam. »Du bist … Feuertrinker, nicht wahr?«

Das Wesen verharrte einen Moment lang in seinen Bewegungen. »Ich bin … *ein* Feuertrinker«, sagte es dann. »Ajak Feuertrinker. Woher weißt du das? Ich habe dir noch keine Datenbänke geöffnet!«

Vhatom Q'arabindon schwieg verwirrt. »Da … war eine Erinnerung«, sagte er schließlich. »Mir war so, als hätte ich dich schon einmal gesehen. Als hättest du dich mir schon einmal vorgestellt.« *Als mein Herr und Meister,* fügte er in Gedanken hinzu, sprach es aber nicht aus.

Ajak Feuertrinker setzte sich wieder in Bewegung, hantierte mit den Greifästen an Skalen und Schaltern einiger Geräte, die auf den Regalen des großen Raums standen. *Die Gehäuse von Positroniken?,* fragte sich Vhatom.

Die Konturen der Geräte und des Mobiliars in dem Raum wurden noch eine Spur schärfer. Verbesserte Ajak Feuertrinker etwa … seine Wahrnehmungsfähigkeit?

»Was machst du mit mir?«, fragte er. »Und wo bin ich überhaupt?«

»Ich justiere die Einstellungen der Standleitung mit dem Rechner, an den du angeschlossen bist«, erwiderte der Feuertrinker, während er nun wesentlich behutsamer und vorsichtiger mit seinen Astarmen hantierte. »Eine komplizierte Sache. Denn ich muss verhindern, dass du Zugriff auf die Positronik bekommst und sie übernimmst. Denn das ist ja deine eigentliche Aufgabe.«

»Was?«

»Natürlich. Du bist angeblich imstande, Rechner einer extremen Güteklasse zu beseelen. Das macht dich so wertvoll.«

Vhatom dachte nach. Auch daran hatte er keine Erinnerung. Warum verriet Ajak Feuertrinker ihm diese potenziell gefährliche Information? Entweder, sein *Herr und Meister* war völlig sicher, dass sein … Eigentum sie nicht nutzen und ihm gefährlich werden konnte, oder aber … er war nicht besonders helle.

Und noch etwas … ein Feuerrad und ein Feuertrinker. Bestand da ein Zusammenhang? »Feuertrinker ist dein Name?«

»Die Bezeichnung meiner Spezies. Wir sind nicht besonders viele und wurden in ganz Erranternohre versprengt. Auf diese Art und Weise erhalten wir unsere kulturelle Identität.«

»Erranternohre?«

»Die …« Ajak zögerte. »Ich darf dir nicht zu viel verraten. Warte, bis mein … Kollege kommt. Vielleicht beantwortet er deine Fragen.«

»Dann soll ich dich nicht Feuertrinker, sondern Ajak nennen?«

Das baumartige Lebewesen antwortete nicht. Stumm arbeitete es vor sich hin, und Vhatom stellte fest, dass seine Wahrnehmungsfähigkeit tatsächlich immer besser wurde.

»Woher komme ich? Warum habe ich keine Erinnerung an meine Vergangenheit? Wie kommunizieren wir miteinander?« Tausend Fragen brannten ihm auf der Zunge, und einige davon stellte er, doch Ajak Feuertrinker ließ sich nicht beirren und ignorierte ihn auch weiterhin.

Vhatom stellte fest, dass er nur über ein eingeschränktes Zeitgefühl verfügte. Lediglich anhand von Ajaks Handlungen konnte er schätzen, wie viel Zeit verstrich. Allerdings wusste er nicht, ob das baumähnliche Wesen zügig und zielstrebig arbeitete oder vor sich hintrödelte.

So konnte er nicht sagen, ob nur Sekunden oder gar Stunden verstrichen waren, als die Tür des Raums geöffnet wurde und ein weiteres Wesen hereinschwebte.

Es war doppelt, wenn nicht sogar dreimal so groß wie das baumartige Geschöpf, entstammte aber einer ganz anderen Spezies. Es erinnerte Vhatom an einen riesigen, blassblau schimmernden Schirm, der aufgespannt nur ein wenig höher als breiter war. Drei Extremitäten, die wie Lampenständer aussahen, entsprossen der unteren Öffnung des fast bis auf den Boden reichenden Körpers, doch das Wesen schien sich nicht auf ihnen fortzubewegen, sondern sie als Greifarme zu benutzen. Sinnesorgane konnte Vhatom auf dem kuppelförmigen Leib nicht ausmachen.

»Spute dich!«, ertönte die Stimme des Neuankömmlings in seinem Kopf. »Der Kouvo'Goy'Teran kommt! Und er ist nicht besonders gut gelaunt. Er will endlich Ergebnisse sehen!«

Neun

Kat-Greer: Trovent-Planet Caligo, 30. Mai 1343 NGZ (4930 nach Christus)

Kat-Greer atmete tief durch alle vier Nasenöffnungen ein, ließ den Blick über das Zentrum von Taphior schweifen und gönnte sich einen seltenen Augenblick der Entspannung. Die Vorbereitungen liefen auf Hochtouren, aus dem gesamten Trovent wurden Troventaare zusammengezogen, die Aufmarschpläne bekamen den letzten Schliff verpasst. Für ihn jagte eine Besprechung die andere, und mehr als eine kurze Pause zum Durchschnaufen blieb ihm nicht.

Noch immer beeindruckte ihn die Hauptstadt Caligos und damit auch die des Trovent selbst, auch wenn er wusste, wie es hinter der Fassade aussah. Aber die war atemberaubend.

Praktisch alle Gebäude schienen von vollendeter Beherrschung von Formenergie zu künden. Zahlreiche bauliche Elemente spotteten den Gesetzen der Schwerkraft. Brücken ohne jegliche Pfeiler oder Tragseile spannten sich in schwindelerregenden Höhen zwischen umgekehrten Pyramiden, die auf der Spitze balancierten. Gläserne Kugeln schwebten, kolossalen Seifenblasen gleich, über Zeltkonstruktionen, die nur aus kaum sichtbaren Spinnweben bestanden und doch ganze Sport- und Opferarenen enthielten. Und hier und da veränderten sich die Fassaden ganzer Gebäudekomplexe. Einige wechselten lediglich die Farbe, andere auch die Beleuchtung, die meisten jedoch die gesamte Gestalt. Aus Türmen würden Rundbögen, aus Pyramiden Kugeln.

Diese schwerelose Architektur, diese unaufhörliche Metamorphose war nur eine Vorspiegelung falscher Tatsachen. Aber sie wirkte erhaben. Und sie war nicht nur eine Erinnerung an die alte Technik der Laren, sondern eine stete Mahnung, in der Zielstrebigkeit nicht nachzulassen und unentwegt daran zu arbeiten, den alten Status quo irgendwann zumindest wieder zu erreichen, wenn nicht gar zu übertreffen.

Eine Stadt aus Formenergie ... Die Laren waren einst Meister in der Beherrschung dieser Energieform gewesen. Nicht nur ihre Städte, auch ihre Raumschiffe hatten sie daraus konstruiert, die legendären SVE-Raumer, die Strukturvariablen Energiezellen-Raumer, die ihre Hülle aus gebündelter und formgerichteter Energie je nach Erfordernis ausdehnen und wieder zur ursprünglichen Größe zusammenschrumpfen lassen konnten. Ein Konvoi aus insgesamt 22 SVE-Raumern war vor 3900 Jahren während des Flugs zu einer der Hetos-Galaxien in den Kleinen Wirbelsturm verschlagen worden, und aus ihnen war schließlich der gesamte Trovent entstanden.

Doch hier in Forn-Karyan herrschten ganz andere Bedingungen als in den Hetos-Galaxien, und seit der Erhöhung der Hyperimpedanz hatten sich die Erzeugung und stabile Projektion überdies deutlich erschwert und waren noch energieaufwändiger als vorher. Formenergie wurde daher im Allgemeinen fast gar nicht mehr verwendet.

Und so war das Bild, das Taphior bot, lediglich … *Mummenschanz,* dachte Kat-Greer. Augenwischerei. Statt richtiger Formenergie kamen hier lediglich hochkomplexe Prallfelder und -schirme zum Einsatz, Traktorstrahlnetze, Antigrav-Schichtfelder und wirkungsvolle holografische Effekte, die in ihrer geschickten – teilweise auch hyperenergetischen – Kombination den Eindruck erweckten, als seien die Gebäude aus Formenergie geschaffen. Musste jedoch etwa wegen eines Hypersturms die Energieversorgung heruntergefahren werden, oder fiel sie gar aus, verschwanden die funkelnden Fassaden und eleganten architektonischen Konstruktionen, als hätte es sie nie gegeben. An ihrer Stelle duckten sich dann schmutzig graue, klotzige, erschreckend niedrige Bunkerbauten zwischen die kahlen Hügel.

Nun ja, dachte Kat-Greer. *Wir arbeiten daran. Und sobald das Imperium Altera aus dem Weg geräumt ist und wir unsere Kräfte auf neue Ziele richten können, werden wir auch Fortschritte beim Einsatz von Formenergie erzielen.*

Hinter ihm räusperte sich jemand. Der Erste Hetran drehte sich um und machte einen schlanken, kleingewachsenen Laren aus, dessen Uniform ihn als Mitglied des Lichtnetzes auswies, des Geheimen Flottenauges.

Das Geheime Flottenauge schläft nie und sieht alles, dachte der Erste Hetran. Er hatte dem Geheimdienst viel zu verdanken; das Lichtnetz hatte zu den wichtigsten Stützpfeilern in seinen Umsturzplänen gezählt. Doch wenn sich ein Abteilungsleiter höchstpersönlich bei ihm einfand, konnte das nichts Gutes bedeuten. Das Geheime Flottenauge stattete keine Höflichkeitsbesuche ab.

Kat-Greer nickte dem Mann knapp zu und führte ihn dann aus der Einsatzzentrale in den Pyramiden von Taphior in sein nur wenige Schritte entferntes Privatbüro, das in unregelmäßigen Abständen, aber mindestens einmal stündlich auf Abhörsicherheit überprüft wurde. Der Erste Hetran hatte aus den Fehlern seines Vorgängers Lehren gezogen.

»Dog-Culivo«, stellte der Agent sich vor, »Beauftragter des …«

Kat-Greer winkte ab. »Meine Zeit ist begrenzt. Kommen Sie direkt zur Sache.«

»Selbstverständlich, Hetran. Die Spionage-Schiffe des Lichtnetzes haben uns zugetragen, dass die Angriffe der Posbis gegen die Alteraner ins Stocken geraten sind.«

»Wieso?«, fragte Kat-Greer. »Wieso kämpfen die Posbis nicht weiter?«

»Das wissen wir nicht, Hetran.«

»Es ist Ihre Aufgabe, so etwas in Erfahrung zu bringen.« Kat-Greer drehte sich um und schaute aus dem Fenster auf den eilends wieder neu errichteten Stern der Laren. Der zentrale, weitläufige Platz wurde von einem mit 1100 Metern Höhe bis in die Wolken aufragenden Turm mit siebenzackigem Grundriss dominiert, dem höchsten Gebäude der Hauptstadt, einem historisches Monument und Museum in einem. Eine weitere Vorspiegelung falscher Tatsachen. Nur deshalb hatte man ihn so schnell wieder aufbauen können.

»Das sind schlechte Neuigkeiten«, sagte Kat-Greer nachdenklich.

»In der Tat, Hetran.«

»Nicht nur das Verhalten der Posbis; auch, dass die Agenten des Lichtnetzes den Grund dafür nicht kennen.«

»Allerdings, Hetran.«

Kat-Greer sagte es nicht nur so daher; dieser Umstand brachte ihn wirklich ins Grübeln. Das Imperium von Altera lag am Boden, daran gab es keinen Zweifel. Im Altera-System waren nur noch halbwracke und beschädigte Einheiten stationiert. Ein halbtoter Körper, der nur noch auf den Gnadenschuss wartete.

Konnte es sein, dass die Alteraner irgendeine Möglichkeit gefunden hatten, die Posbis aufzuhalten?

Und wenn … was für eine Möglichkeit war das?

Kat-Greer legte einen Finger auf sein rechtes Ohr und zog dessen Linie über den Unterkiefer bis zum Halsansatz nach. »Wir müssen den Alteranern alles zutrauen«, sagte er.

Dog-Culivo sah ihn fragend an.

Alles schien so einfach und folgerichtig, dachte der Erste Hetran. *Doch je länger die Kämpfe dauern, desto eher finden die Alteraner Gelegenheit, ihre angeschlagene Verteidigung wieder aufzurichten.* Dieser Gedanke versetzte Kat-Greer in heftige Unruhe.

Soweit durfte es nicht kommen. Das durfte auf keinen Fall geschehen. Diese Gelegenheit durfte der verhasste Feind keinesfalls erhalten.

»Ich muss unbedingt den Grund dafür wissen«, sagte er.

»Wir arbeiten daran, Hetran.«

Genau. Wie die Laren insgesamt daran arbeiteten, die Formenergie wieder nutzbar zu machen und irgendwann wieder nach Larhatoon zurückzukehren.

»Und zwar bald. So schnell wie möglich.«

»Natürlich, Hetran.«

Er bedeutete dem Agenten, ihm zu folgen, und kehrte in die Einsatzzentrale zurück. Bei jedem Schritt drehten seine Gedanken sich im Kreis.

Das darf nicht sein. Das darf nicht sein.

Er betrachtete die scheinbare Hektik, die in dem großen Raum herrschte. In Wirklichkeit wussten die hier tätigen Laren, allesamt die besten Spezialisten und Militärs des Trovent, ganz genau, was sie taten. Jeder hatte seinen Aufgabenbereich, und das Ganze, das aus den jeweiligen Tätigkeiten erwuchs, war größer als die Summe der einzelnen Teile.

Als er hinter sein Pult trat, hatte er einen Entschluss gefasst. Er drückte auf einen Knopf, eine Sirene ertönte, und sämtliche Aktivitäten in der Zentrale erstarben.

»Wie groß ist die Stärke der Truppen, die wir mittlerweile zusammengezogen haben?«

»Fünftausend Troventaare«, meldete der dafür zuständige Spezialist. »Jeweils zweitausend leichte und schwere und eintausend Schlacht-Troventaare.«

Kat-Greer nickte zufrieden. Diese Zahl kam ihm ausreichend vor. »Ich habe beschlossen, unser Vorgehen zu beschleunigen«, erklärte er. »Wir werden kurzfristig selbst aktiv in den Krieg eingreifen.«

Niemand sagte etwas.

»Wir werden dem Imperium Altera in die Flanke fallen. Ich werde mit meiner Trovent-Flotte dem Imperium persönlich den Todesstoß versetzen.« *Bevor sich die Alteraner noch einmal aus der Schlinge winden können,* fügte er in Gedanken hinzu.

Er dachte kurz nach, überschlug Zahlen, Truppenstärken, Entfernungen. »In zwei Wochen wird alles vorbei sein«, sagte er dann. »Sobald die Zentralwelt Altera vernichtet ist, werden wir die Reste in Form von Kolonialwelten einsammeln und uns nach traditioneller Weise untertan machen. Diese Welten werden dann Bestandteile des Trovents.« *Sofern die Posbis nicht doch alles vernichten.* Auch das war denkbar. Zwar nicht wünschenswert, aber allemal besser als der Fortbestand des Imperiums.

»Erstes Ziel wird das Frontier-System von Fort Blossom sein.« Diese Verteidigungsanlage war schon ewig ein Stachel im Fleisch der Laren.

»Hiermit erteile ich der Flotte Startbefehl. Ich werde den Feldzug an Bord der ILLINDOR führen. Wir werden noch heute aufbrechen. Das wäre alles.«

Schweigen schlug ihm entgegen. Nun, nachdem es endlich wirklich ernst wurde, war Applaus und Gejohle unangebracht.

Er wühlte in seinem Gedächtnis. Die Distanz zwischen Caligo und Fort Blossom betrug 4581 Lichtjahre. Das entsprach einer Flugzeit von etwa drei Tagen.

Er lächelte schwach. In drei Tagen würde er den Anfang vom Ende des Imperiums Altera einläuten.

Zehn

Vhatom Q'arabindon: Vergangenheit
Der Kybernetische Händler

Der Kouvo'Goy'Teran – er musste es sein, das stand für Vhatom Q'arabindon außer Frage – war ein Humanoider und etwa so groß wie Ajak Feuertrinker. Auf einem Paar kräftiger Säulenbeine stapfte er in den Raum, und allein seine Körpersprache machte deutlich, dass er tatsächlich der *Herr* war. Wenn Vhatom jemals die Verkörperung von Ungeduld gesehen hatte, dann in diesem Wesen.

Das fallschirmartige Geschöpf stieß ein erschrockenes Jaulen aus, als es bemerkte, dass es dem Neuankömmling im Weg stand, zog den Körper blitzartig auf die Hälfte der bisherigen Größe zusammen und huschte zurück.

»Was hast du hier zu suchen, Pilot? Hast du nichts im Raumschiff zu tun?«, fragte der Kouvo'Goy'Teran barsch, und die Farbe des kuppelförmigen Leibs des Wesens wandelte sich in ein blasses Rosa. Der Neuankömmling achtete nicht weiter darauf, sondern baute sich vor Ajak Feuertrinker auf. »Wie kommst du voran? Meine Geduld hat langsam ein Ende.«

»Es ist mir gelungen, die Plasma-Sphäre zu aktivieren, Herr. Sie kann dich hören und sehen.«

»Bei den Ahnen, verdammt seien sie in alle Ewigkeit!« Ungläubig verzog der Humanoide die Gesichtsmuskulatur. Er wirkte auf Vhatom zutiefst hässlich. Der halbkugelförmige Kopf saß halslos auf übermäßig breiten Schultern und war genauso unförmig und abstoßend wie der gesamte Körper. Haupt und Gesicht waren von einer dicken, lederartigen Haut überzogen, der Rest des Wesens steckte – bis auf die Hände – in einer schwarzen, offensichtlich nahtlosen, lackartig schimmernden Montur.

Vhatom fielen mehrere kleine Schalttafeln auf, die auf eben jenem Anzug oder direkt der Haut des Wesens angebracht waren, über seinem Auge auf der Stirn und auf den Handrücken. Kybernetische Aufrüstungen?

»Hast du die Rechner gesichert, du unfähiger Tagedieb?«

»Ja, Herr. Es ist völlig ausgeschlossen, dass die Psyche auf sie zugreift.«

Skeptisch musterte der Zyklop das baumähnliche Wesen. Es war offensichtlich, dass er keine allzu hohe Meinung von ihm hatte. »Und sie kann mich hören?«

»Ja, Herr.«

»Gut. Dann wollen wir mal sehen, ob sie hält, was dieser Halsabschneider von Samurnd uns versprochen hat. Schalte … ein Bild der Galaxis.«

Ajak Feuertrinker hantierte an seinem Terminal, und in der Mitte des großen Raums bildete sich ein Hologramm. Es zeigte eine kugelförmige Zusammenballung von Sternen, eine Vielzahl rot, blau und gelb schimmernder Juwelen vor dem tiefen Schwarz des interstellaren Leerraums.

Der Kouvo'Goy'Teran schien Vhatom genau ins Gesicht zu sehen. Offenbar hatte er mittlerweile herausgefunden, wo sich das Aufnahmegerät befand – oder eins der Geräte –, das seiner *Neuerwerbung* einen Eindruck von der Umgebung verschaffte.

»Was ist das, Psyche?«, fragte er dann in die Kamera hinein.

Vhatom zögerte, aber nur kurz. »Mein Name ist Vhatom Q'arabindon«, sagte er dann. »Ich bin ein bewusst denkendes, intelligentes Wesen. Unglücklicherweise habe ich mein Gedächtnis verloren, und …«

»Und ich bin To'Grur'Prigt, Kybernetischer Händler der Kouvo'Goy'Teran … und dein Herr und Meister. Ausschalten!«

Abrupt wurde es dunkel um Vhatom.

Und blieb auch eine ganze Weile so.

Zuerst machte die Dunkelheit ihm keine Angst.

Doch das sollte sich schnell ändern.

Schon bald verlor er jegliches Zeitgefühl. Er litt unter einem kompletten Entzug sämtlicher Sinneseindrücke, wie beschränkt sie zuvor auch gewesen sein mochten. War allein mit seinen Gedanken. Nur sie definierten seine Existenz.

Und er stellte fest, dass sie sich schon bald zu wiederholen begannen. Hatte er nicht gerade eben schon einmal gedacht, dass der Kybernetischen Händler ihn nicht auf ewig abgeschaltet lassen würde? Er versprach sich einiges von dem Erwerb; er hatte für ihn bezahlt und wollte ihn weiterverkaufen. Früher oder später würde der Händler ihn wieder aktivieren müssen.

Aber wenn Vhatom bis dahin den Verstand verloren hatte?

Nein. Das kann nicht in To'Grur'Prigts Sinn sein. Er will Geschäfte machen, Gewinn machen. Eine jämmerlich vor sich hin lallende Plasma-Psyche wird er nicht an den Mann bringen können.

Und doch, und doch …

Was, wenn der unbeherrschte Kybernetische Händler es in seinem Zorn übertrieb? Er war nicht vertraut mit seiner Neuerwerbung, kannte sie nicht. Woher wollte er wissen, wie viel Vhatom auszuhalten vermochte?

Nein, er wird es nicht bis zum Äußersten treiben, dachte er inbrünstig, mit aller Kraft, die er aufbringen konnte.

Aber trotzdem war seine Situation nicht gerade aussichtsreich. To'Grur'Prigt wollte seinen Willen brechen, ihn zu einem willfährigen, vorzeig- und veräußerbaren Werkzeug formen.

Konnte er sich dem widersetzen?

Nein. Er war ein Bewusstsein in einer Kapsel, ohne Körper, ohne Erinnerungen …

Vielleicht gab es doch noch eine Möglichkeit. Er war eine Plasma-Psyche, die … wie hatte Ajak gleich noch gesagt? … *zur Kombination mit Hochleistungsrechnern* verwendet wurde. Er war jetzt schon mit einer Positronik verbunden, und früher oder später würde er den erweiterten Zugriff auf diesen oder andere Rechner bekommen. Vielleicht konnte er das nutzen. Vielleicht …

Täuschte er sich, oder wurde es in dieser zeit- und raumlosen Dunkelheit, in der seine Gedanken kreisten und kreisten und kreisten und kein Ende und keinen Anfang fanden, etwa *wärmer*?

Er täuschte sich. Er musste sich täuschen.

Er musste seine Taktik also ändern. Er musste versuchen, To'Grur'Prigts Vertrauen zu erschleichen, abwarten, Informationen sammeln, alles über diese Rechner und sich selbst in Erfahrung bringen, was es in Erfahrung zu bringen gab, und wieder abwarten, Geduld wahren, abwarten und im richtigen Augenblick zuschlagen. Er musste …

Es *wurde* wärmer.

Zeichnete To'Grur'Prigt dafür verantwortlich? Konnte er ihn auf diese Art und Weise manipulieren? Oder lag ein Schaden an dem Rechner vor, an den er – wie auch immer – angeschlossen war? Ein Schaden, den der Kybernetische Händler und seine Helfer vielleicht noch gar nicht erkannt hatten?

Ein Anflug von Panik überkam ihn. War der Rechner beschädigt? Stand er etwa kurz vor der Vernichtung? Und Vhatom mit ihm?

Die Panik wurde größer, genau, wie es wärmer wurde.

Nein, *heißer*.

Die allumfassende Dunkelheit schien plötzlich zu brennen. Es war kein körperlicher Schmerz, dazu war er viel zu umfassend, viel zu gewaltig. Er durchdrang nicht jede Faser seiner Nerven, sondern jedes Molekül seines Ichs.

Er war allgegenwärtig.

Das Feuer war kein Feind. Es stellte keine Bedrohung für ihn dar. Er musste nur damit umzugehen wissen – seine Kraft achten und seine Freundlichkeit schätzen, die Hitze respektieren und die Wärme hegen.

Er sehnte sich nach dem Trost des Feuerrads, doch sie kam nicht. Da war nur die heiße Dunkelheit.

Und es kam auch kein Vergessen, kein Abgleiten in eine kühlere, sanftere Dunkelheit.

Es blieben nur seine Gedanken und der Schmerz.

Aber sie blieben für eine Ewigkeit.

Irgendwann ließ die versengende Hitze nach, und seine Gedanken, die sich schon längst nicht mehr im Kreis drehten, sondern nur noch ein Ziel kannten – *Wann hören diese unerträglichen Qualen auf?* – beruhigten sich etwas.

Die Dunkelheit wurde heller, und die Welt kehrte zurück. Vielleicht nur eine virtuelle, aber es war die einzige, die er hatte.

Er wollte sich ausruhen, erholen, wieder zu sich selbst finden, doch To'Grur'Prigt ließ ihm keine Zeit dafür. »Da bist du ja wieder«, sagte er, während er mit seinem riesigen Glotzauge in das Aufnahmegerät starrte. »Möchtest du weiterhin diskutieren oder meine Anweisungen befolgen? Aber vergiss nicht, Psyche, das war nur ein Vorgeschmack. Ein Tausendstel von dem, was dich erwartet, wenn du weiterhin so widerborstig bist.«

Widerborstig, dachte Vhatom. *Was für eine seltsame Wortwahl!*

Aber der Schmerz war aktuell und real. Und er wollte ihn nicht noch einmal erleben. »Ich wollte dir mit meiner Bemerkung nur verdeutlichen, dass ich meine Erinnerungen verloren und keinerlei Kenntnisse über meine Vergangenheit habe. Ich … möchte dich nicht enttäuschen … Herr.«

Der hässliche Zyklop schwieg einen Moment lang. »So habe ich deine Antwort nicht aufgefasst«, sagte er schließlich. Er klang verwirrt, aber schon schien wieder Zorn in ihm emporzuwallen.

So hatte ich sie auch nicht gemeint, du Einfaltspinsel, dachte Vhatom. »Bitte sieh mir meine Verwirrung nach. Ich bin gerade erst erwacht und noch nicht vollständig Herr über meinen Verstand. Hab etwas Geduld mit mir, und ich werde es dir lohnen.«

»Zeit ist Geld«, sagte der Kybernetische Händler. »Totes Kapital fängt schnell zu stinken an. Ich muss mir einen Überblick verschaffen. Also … ich stelle ein paar Fragen, und du antwortest.«

»Natürlich … Herr.«

»Gut. Feuerzwerg, Holo aufrufen.«

Während der Raum, in den Vhatom nun sah, allmählich wieder an Schärfe und Konturen gewann, bildete sich in dessen Mitte das Holo, das er kurz vor seiner … Bewusstlosigkeit schon einmal gesehen hatte. Das mit der kugelförmigen Galaxis.

»Was ist das, Psyche?«, fragte der Händler.

Vhatom brauchte einen Moment, bis er seltsame Zeichen unterhalb des Holos als Daten erkannte. Nachdem er dessen gewahr geworden war, überraschte es ihn, dass er sich nicht einmal konzentrieren musste, um sie lesen zu können.

Und es überraschte ihn auch, wie leicht ihm die Antwort fiel. »Eine kugelförmige Galaxis mit einem Durchmesser von etwa 180.000 Lichtjahren.« Ihm fiel etwas auf. »Aus dem Zentrum …«

»Ja?«, sagte To'Grur'Prigt.

»Ich habe eine Absonderlichkeit bemerkt. Im Zentrum dieser Galaxis finden die immer dichter stehenden Sonnen eine grellblaue Auflösung. Aus dieser etwa dreißig Lichtjahre durchmessenden Zone heraus reicht ein fast weißer energetischer Jetstrahl rund zwanzigtausend Lichtjahre in den intergalaktischen Leerraum. Zur Peripherie hin stehen die Sterne weniger dicht, in den Außenbezirken nur noch vereinzelt. Der Beginn des Jetstrahls ist dabei der Norden einer gedachten Achse durch die Galaxis, sein Ende tief im Weltraum der Süden. Der Strahl scheint …«

»Was?«

Vhatom zögerte. Er hatte den Eindruck, noch mehr über diesen Jetstrahl zu wissen, doch diese Informationen wollten sich einfach nicht einstellen.

Nicht so wie die anderen. Er hatte gar nicht gewusst, dass er über solche Kenntnisse verfügte. Er hatte nur daran gedacht, und sie hatten sich eingestellt. »Einfach lichtschnell zu sein«, vollendete er den Satz schließlich.

»Akzeptabel«, sagte der Händler. »Du kennst tatsächlich die rudimentären Begriffe, weißt nicht nur, was eine Galaxie, sondern auch, was ein Jetstrahl ist. Immerhin ein Anfang.«

Was hat es mit diesem Jetstrahl *auf sich?,* fragte sich Vhatom.

»Ist dir sonst noch etwas über Erranternohre bekannt?«

Erranternohre? Möglicherweise ein erster Hinweis. War das vielleicht seine Heimat? »Nein … Herr. So heißt diese Galaxis?«

»Also keine Kenntnisse über die Hohen Mächte. Du hast noch nie von kosmischen Burgen gehört?«

»Nein … Herr.«

»Oder von Materiequellen und Materiesenken?«

Er lauschte in sich hinein, aber darüber schien er tatsächlich nichts zu wissen.

»Nein, Herr.«

Vhatom hatte halbwegs erwartet, dass das Eingeständnis seiner Unkenntnis den Kybernetischen Händler wieder erzürnen würde, doch zu seiner Überraschung war dem nicht so. Ganz im Gegenteil, To'Grur'Prigt schien darüber sogar erleichtert zu sein. Falls Vhatom den Zyklopen überhaupt einigermaßen richtig einzuschätzen wusste …

Ein zweites Holo erschien. Es zeigte ein Wellenspektrum, dessen Länge sich vergrößerte und sich zum Rand hin verschob. Obwohl es mehrere Interpretationsmöglichkeiten gab, glaubte Vhatom sofort zu wissen, worum es sich handelte, zumal Daten in der Schrift, deren Zeichen ihm nicht geläufig waren und die er trotzdem beherrschte, ihm verrieten, dass es sich um ein elektromagnetisches Spektrum handelte.

»Und?«, fragte der Kybernetische Händler.

»Eine Rotverschiebung. Die Verlängerung der gemessenen Wellenlänge gegenüber der ursprünglich emittierten Strahlung. Wahrscheinlich handelt es sich um das Spektrum des Lichts einer weit entfernten Galaxis, das zum Roten verschoben erscheint.«

»Welche Ursachen einer Rotverschiebung gibt es?«

»Eine Relativbewegung von Quelle und Beobachter, den Dopplereffekt. Ein unterschiedliches Gravitationspotenzial von Quelle und Beobachter. Das expandierende Universum zwischen Quelle und Beobachter ...«

»Hyperimpedanz«, sagte To'Grur'Prigt.

»Kurzform für ›hyperphysikalische Impedanz‹, also Hyperwiderstand. Dabei handelt es sich nicht um eine Konstante, sondern um einen von vielen hyperphysikalischen Randbedingungen abhängigen Wert. Lokal erhöhte oder stark schwankende Werte finden sich in Gebieten hoher Sterndichte, verbunden mit für diese Bereiche wie das Galaktische Zentrum typischen Hyperstürmen.«

»Linearraum.«

»Der sogenannte Zwischenraum, ein dimensional übergeordnetes Kontinuum, das in seinen energetischen Dimensionen über dem normalen Universum angesiedelt ist. Innerhalb des Linearraums ist die Lichtgeschwindigkeit unendlich. Wer also durch den Linearraum fliegt, fliegt relativ zum normalen Universum mit mehrfacher Lichtgeschwindigkeit.«

»Hyperraum.«

»Fünfdimensionales Kontinuum, dem Normalraum und auch dem Linearraum übergelagert und normalerweise ohne Verbindung zu diesem.«

»Metagrav ...«

Eine Frage nach der anderen schoss der Kybernetische Händler nun auf ihn ab, und die meisten konnte Vhatom Q'arabindon beantworten, einige wenige nicht. To'Grur' Prigt schien nicht unzufrieden mit ihm zu sein; er trieb ihn bei einigen Antworten zwar zur Eile an und sparte auch nicht mit mehr oder weniger abfälligen Bemerkungen, doch er verzichtete zumindest auf weitere Bestrafungen.

Schließlich war die Prüfung beendet; Vhatom war überzeugt, dass es keineswegs die letzte gewesen sein würde.

»Bei den Ahnen, verdammt seien sie in alle Ewigkeit!«, sagte der Kybernetische Händler zum wiederholten Male. »Der gierige Krämer von Samurnd hat mich zumindest nicht schamlos belogen. Du bist immerhin nicht völlig wertlos, Psyche. Trotzdem habe ich viel zu viel für dich bezahlt. Wie konnte ich mich nur so übers Ohr hauen lassen? All diese Krediteinheiten für ein blödes Gehirn in einer Kapsel!«

Ja, dachte Vhatom Q'arabindon. *Das bin ich jetzt. Ein blödes Gehirn in einer Kapsel.*

Der ersten Prüfung schlossen sich weitere an. Einmal, als Vhatom Q'arabindon den Eindruck hatte, besonders gut abgeschnitten zu haben, wagte er es, dem Kybernetischen Händler die Frage zu stellen, die ihm auf der Seele brannte, seit er erwacht war und das Flammenrad gesehen hatte.

»Herr«, sagte er, »hast du irgendwelche Informationen darüber, wer ich bin und woher ich komme?«

Der Zyklop sah misstrauisch in das Aufnahmegerät. »Warum willst du das wissen? Und ausgerechnet jetzt?«

»Nun ja.« Vhatom hatte sich die Antwort darauf Dutzende, Hunderte Male überlegt, immer wenn der Kybernetische Händler ihn in den Passiven Wachmodus schaltete. Darin blieb er sich seiner bewusst, war aber nicht zur Untätigkeit verdammt. Er konnte virtuelle Welten schaffen und durchstreifen und hatte Zugriff auf gewisse Datenbanken, die To'Grur'Prigt ihm freischaltete. Zuerst durchsuchte er sie nach Hinweisen auf seine Herkunft; das gab er eigentlich nie auf, auch wenn er niemals etwas fand, das ihm weiterhalf. Dann ging er dazu über, das restliche Wissen in sich einzusaugen, das die Datenbänke ihm bieten konnten. Viel war es nicht; entweder, er verfügte tatsächlich über eine beeindruckende Vorbildung, oder aber, der Kybernetische Händler hatte ihm nur solche Daten zugänglich gemacht, von denen er annehmen konnte, dass sie ihm größtenteils bereits geläufig waren.

»Nun ja«, sagte er also. »Vielleicht kann ich dir noch besser dienen, wenn ich weiß, wie lange ich schon existiere und wer die Plasma-Psychen damals erschaffen hat. Daran erinnere ich mich nicht. Ich glaube, dass die Erinnerung in mir gelöscht wurde. Aber warum?«

Der Zyklop kniff das Auge zusammen. »Darüber kann ich dir nichts sagen.«

»Aber du musst doch irgendetwas wissen? Du hast einen Händler aus Samurnd erwähnt. Was ist das für ein Ort? Wo befindet er sich? Was war das für ein Händler? Ein ehrenwerter, oder einer ...« *Einer wie du,* hatte er sagen wollen, doch es gelang ihm gerade noch rechtzeitig, seine Gedanken im Zaum zu halten.

»Das Thema ist beendet«, sagte To'Grur'Prigt barsch. »Konzentriere dich lieber darauf, wie du dich gut darstellen kannst. Du hast mich genug Energie gekostet. Wenn ich dich nicht bald verkaufen kann, frisst dein Unterhalt jeden Gewinn auf.«

»Aber Herr, ich ...«

»Nein. Hast du mich nicht verstanden? Dann gebe ich dir Zeit, um in Ruhe darüber nachzudenken.« To'Grur'Prigt berührte mit den klobigen Fingern der rechten Hand die Schaltfläche auf seinem linken Handrücken, und Vhatoms Welt hörte zu existieren auf. Tiefe, unergründliche Dunkelheit umgab ihn; er war allein mit seinen Gedanken.

Sie begannen zu kreisen, wie bei jeder derartigen Bestrafung.

Warum verrät der Kybernetische Händler mir nichts über meine Herkunft? Hat man meine Erinnerungen vielleicht gelöscht, um Grausamkeit zu vermeiden? War ich einst körperlich*?*

Vielleicht war ich das Opfer eines Verbrechens? Vielleicht bin ich ein verurteilter Straftäter?

Seine Gedanken gingen noch immer im Kreis, als die Hitze kam. Und diesmal würde sie schlimmer denn je zuvor werden.

Wie es bei all seinen Bestrafungen der Fall gewesen war.

Elf

Admiral Wokong: Fort Kanton, 1. Juni 1343 NGZ (4930 nach Christus)

Sie warteten. Warteten auf das, was unweigerlich früher oder später kommen würde.

Eine unnatürliche Stille lag über der Zentrale der WURIU SENGU, Admiral Wokongs Flaggschiff. Nein, eigentlich keine Stille; eher eine atemlose Spannung. Sämtliche Geräusche – und davon gab es zahlreiche – schienen nur gedämpft zu ihm zu dringen, wie durch einen Filter.

Den Filter der Furcht?

Der Erwartung?

Admiral Wokong glaubte nicht, dass er so etwas wie Furcht noch kannte. Nicht nach dem, was er in den letzten drei Monaten erlebt hatte.

Er warf einen Blick auf die Bildschirme der Ortung. Dort draußen war alles ruhig, genau wie in der Zentrale selbst. Natürlich waren alle Stationen bemannt, die meisten sogar doppelt; natürlich wurde an allen Konsolen gearbeitet, an den meisten sogar mehrfach. Schäden wurden ausgebessert, Justierungen der Instrumente vorgenommen, neue Teile eingebaut. Seit wann war sein derzeitiges Flaggschiff jetzt praktisch ununterbrochen im Einsatz? Seit einem halben Jahr?

Der Admiral kniff die Augen zusammen, bevor er zu einem anderen Schirm sah. Eine reine Gewohnheit; auch die optischen Schutzfilter waren nicht vor Ausfällen gewappnet, und er wollte keine unliebsamen Überraschungen erleben.

Knapp zwei Milliarden Kilometer entfernt loderte Kanton, ein roter M0-Riese, 4-mal so schwer und 36-mal so groß wie Alter, die Sonne ihrer neuen Wahlheimat. Elf Planeten bedachte er mit seinem Licht. Der erste war ein Gasriese, dann folgten fünf heiße Gesteinsbrocken. Fort Kanton war der siebente, gefolgt von jeweils zwei weiteren Gasriesen und Gesteinsbrocken. Und dahinter war irgendwo ein weitläufiger Asteroidengürtel, der zu klein und zu weit entfernt war, um großartige strategische Berücksichtigung zu finden.

»Sir!« Vor ihm salutierte ein Kadett und reichte ihm eine Wartungsliste. Er überflog sie kurz und zeichnete sie dann ab.

»Danke, Sir!« Der Kadett drehte sich um und entfernte sich im übertriebenen Stechschritt.

Admiral Wokong sah wieder auf die Ortungsschirme.

Und wartete weiter.

Auf die Posbis.

Fort Kanton, dachte der Admiral, während er weiterhin auf die Ortungsanzeigen starrte, als könne sein beschwörender Blick sie dazu zwingen, nicht auszuschlagen.

Ein wunderschöner Sauerstoffplanet, fast genau mit Erdschwerkraft, aber einem um ein Viertel geringeren Luftdruck. 2,2 Milliarden Alteraner hatten hier auf sieben Kontinenten gelebt. Fort Kanton war definitiv, neben Altera selbst, der wichtigste Planet des Imperiums gewesen. Zwei Vorzüge bot diese Welt: Da die rote Riesensonne scheinbar durch ihr natürliches Strahlenspektrum die Störungen des übergeordneten Kontinuums, die in weitem Umkreis herrschten, neutralisierte oder abschirmte, war auf Fort Kanton eine relativ ungestörte Wartung und Betankung jeglicher Schiffsklassen möglich. In Jahrhunderte währender Arbeit hatten die Alteraner die technischen Möglichkeiten dafür geschaffen.

Und die Hyperkristallvorkommen Fort Kantons deckten fast 60 Prozent des Bedarfs im Imperium Altera. Der Hyperimpedanz-Schock, der die Lebensdauer und Wirkungsgrade von Hyperkristallen extrem eingegrenzt hatte, hatte die Bedeutung des Kanton-Systems nochmals vervielfacht.

Die Menschen, die auf Fort Kanton lebten, waren reich gewesen, hatten es weit gebracht.

Vorzüge, die allerdings auch die Begehrlichkeit der Posbis geweckt hatten. Zumal das System genau an der Grenze zwischen dem Imperium Altera und der Einfluss-Sphäre der Posbis lag. So war das Kanton-System schnell zum wichtigsten Außenposten des Alteranischen Imperiums geworden.

Seit 36 Jahren lebten die Menschen auf Fort Kanton mit dem Krieg. Die Gesellschaft des Planeten hatte sich in dieser Zeit verändert, war durch und durch militarisiert worden. Wer damit nicht einverstanden war oder ganz einfach die Gefahr scheute und den Planeten verlassen wollte, hatte dies mit seiner Familie schon längst getan und war mit einem der Ausrüstungs-Konvois, die Fort Kanton in permanenter Folge von allen Welten des Imperiums erreichten, ausgesiedelt.

Jahrzehntelang hatten Kämpfe um Fort Kanton getobt. Die Posbis hatten eine große Offensive nach der anderen gestartet – und waren ein ums andere Mal zurückgeschlagen worden. Die Strategen hatten keinen Zweifel an der Absicht der Maschinenteufel gelassen: Sollte Fort Kanton mit seiner Bevölkerung fallen, würden die Posbis das Kanton-System als Sprungbrett in Richtung Altera benutzen. Hier würde sich der Krieg entscheiden, hatte auch Admiral Wokong damals angenommen. Während das Imperium Altera den Vorposten mit allen Mitteln und sämtlichen verfügbaren Ressourcen verteidigte, versuchten die Posbis ihrerseits, über die Einnahme von Fort Kanton mit allen Mitteln den Krieg zu gewinnen.

2,2 Milliarden Alteraner, dachte der Admiral.

Mit extremer Verbissenheit hatte das Imperium den Vorposten gehalten, auch als die Lage immer aussichtsloser wurde. Bis zum April dieses Jahres, kurz, bevor der angebliche Großadministrator Perry Rhodan in Ambriador aufgetaucht war. Eine Angriffswelle nach der anderen hatten die Posbis gegen die Systemverteidigung geworfen. Ein Abwehrbollwerk aus 102 Schlachtschiffen, 212 Schweren Kreuzern und fast 900 Leichten Kreuzern hatte sich, unterstützt durch einen Ring aus 103 TRIANGOLO-Raumforts, gegen den Gegner gestemmt und das System und vor allem den Planeten geschützt. Das Imperium hatte die Posbis zwar abermals zurückwerfen können, doch nach dieser Schlacht waren nur noch 52 Schlachtschiffe, 100 Schwere Kreuzer und 250 Leichte Kreuzer übrig geblieben, und gerade noch 33 TRIANGOLO-Raumforts. Den höchsten Preis hatten die Leichten Kreuzer gezahlt, die über die schwächsten HÜ-Schirme verfügten.

In Wahrheit sah die Lage noch viel düsterer aus. Zahlreiche Einheiten im Raum waren beschädigt, selbst die Reparaturtrupps hatten kaum noch Personal, die Besatzungen hatten teils schwere Verluste hinnehmen müssen. Die Hälfte der verfügbaren Einheiten meldet sich nur noch bedingt gefechtsfähig.

Spätestens da war Admiral Wokong klar gewesen, dass Fort Kanton nicht mehr zu halten war. Aber Staatsmarschall Laertes Michou hatte angeordnet, den Vorposten bis zum letzten Mann zu verteidigen.

Genau wie jetzt.

Am 7. April 4930 waren die Posbis dann zurückgekehrt. Und das Imperium Altera hatte lernen müssen, dass auch Großadministrator Perry Rhodan keine Wunder bewirken konnte.

2,2 Milliarden Alteraner.

Rhodan hatte den Angriff miterlebt und sich von der Grausamkeit, der Gnadenlosigkeit der Maschinenteufel überzeugen können. Er hatte Glück gehabt; er zählte zu den Überlebenden.

Am Ende dieses schrecklichen Tages war einem kümmerlichen Rest von 77 Schiffen die Flucht aus dem Kanton-System gelungen. Während des Fluges nach Altera wurde der Verband durch Ausfälle auf 69 Einheiten reduziert.

69 von über 1300 Schiffen, die Fort Kanton wenige Tage zuvor noch geschützt hatten.

Admiral Wokong sah wieder auf die Ortungsinstrumente.

Nichts.

Noch nicht.

An diesem 7. April war Fort Kanton den Posbis in die Hände gefallen. Administrator Anton Ismael war in der Schlacht schwer verwundet worden, und das Sprungbrett nach Altera gehörte ab sofort den Maschinenteufeln.

Staatsmarschall Michou hatte die Amtsgeschäfte des Administrators übernommen und angeordnet, Fort Kanton so schnell wie möglich zurückzuerobern. Zuerst hatte Wokong diese Absichtserklärung für reines Säbelrasseln gehalten, für den nicht sehr vielversprechenden Versuch, der Bevölkerung des Imperiums Mut zu machen, auch oder gerade weil alles verloren schien. Aber dann hatte sich eine geradezu unglaubliche Wende abgezeichnet.

Perry Rhodan hatte aus der Milchstraße alte Kommando-Kodes mitgebracht, mit denen die Flotten der Maschinenteufel handlungsunfähig gemacht werden konnten.

Michou hatte die Gunst der Stunde erkannt und Worten Tagen folgen lassen. Der Staatsmarschall hatte ihn, Admiral Wokong, damit beauftragt, das Kanton-System dem Feind wieder zu entwinden. Und mit Hilfe der Kommando-Kodes war es ihnen tatsächlich gelungen.

2,2 Milliarden …

Am 26. April war es seiner Flotte unter verhältnismäßig geringen Verlusten tatsächlich gelungen, Fort Kanton zurückzuerobern und sämtliche Posbis, die sie auf dem Planeten und im System antraf, zu eliminieren.

Aber was war dieser Sieg wert?

Admiral Wokong lauschte auf ein Ortungsping, aber es blieb aus. Noch.

Er hatte Fort Kanton als Welt fast ohne Leben vorgefunden. Die meisten Alteraner waren, wie sie mittlerweile festgestellt hatten, vom rücksichtslosen Landemanöver der Posbis getötet wurden. Lediglich in den Bergen hatten sie versprengte Überlebende gefunden.

Wokongs schlimmster Alptraum war Realität geworden. *2,2 Milliarden Alteraner …*

Aber er war Soldat, und er hatte seine Befehle. Er wusste nicht, wie es ihm gelungen war, aber er hatte den Gedanken an *2,2 Milliarden gefallene Alteraner* restlos verdrängt und sich daran gemacht, die Anweisungen auszuführen.

Es waren im Prinzip nur zwei.

Die erste, vom Staatsmarschall ihm persönlich erteilt, lautete, Fort Kanton auch diesmal bis zur letzten Einheit gegen weitere Angriffe der Posbis zu verteidigen.

Und die zweite, das Kanton-System, Außenposten zum Einflussgebiet der Posbis, zu diesem Zweck so schnell wie möglich wieder in ein Bollwerk zu verwandeln.

Wie das gelingen sollte, hatte Staatsmarschall Michou anfangs praktisch allein ihm überlassen.

Die Aufgabe, Fort Kanton in Windeseile zu einer neuen, provisorischen Bastion gegen die Posbis auszubauen, kam ihm illusorisch vor, wie die Ausgeburt eines kranken Hirns, das jeden Bezug zur Wirklichkeit verloren hatte, doch er hatte es versucht. Erschwert wurde sie durch den Umstand, dass der von ihm errichtete Abwehrschild, wenn man die Ansammlung größtenteils nur noch eingeschränkt einsatzfähiger Schlachtschiffe und Kreuzer überhaupt so nennen konnte, über kein einziges TRIANGOLO-Fort verfügte, denn die mussten auf Planeten produziert werden und waren nicht fernflugtauglich. Und auf Fort Kanton würde auf lange Zeit *nichts mehr* produziert werden können.

Zumindest waren von Altera endlich die dringend benötigten Einheiten mit Röhrenfokuskanonen eingetroffen, die helfen sollten, künftige Schlachten gegen die Posbi-Teufel zu gewinnen. Doch Admiral Wokong machte sich keine falschen Hoffnungen. Spätestens, wenn die Maschinenteufel auf die Idee kommen würden, Funkimpulse abzublocken oder die Kommando-Kodes auszutauschen, war Fort Kanton nicht mehr zu halten. Und das war nur eine Frage der Zeit.

Unwillkürlich sah er wieder zu den Ortungsanzeigen.

Noch nichts.

Anfangs war die Taktik aufgegangen. Insgesamt drei Angriffswellen hatten die Posbis gegen Fort Kanton geschickt, und jedes Mal war es seinen Leuten und ihm gelungen, mit Hilfe der RF-Geschütze und der Kommando-Kodes, die sie von Altera erhalten hatten, die Roboter unter minimalen Verlusten zurückzuschlagen.

Ping …

Admiral Wokong atmete tief ein.

Im nächsten Augenblick erklang in der Zentrale des Schlachtschiffs das grelle, laute Jaulen von Sirenen.

Die Meldungen überschlugen sich.

»Fragmentraumer stürzen in den Normalraum! Entfernung dreizehn Milliarden Kilometer …«

Also knapp hinter der Umlaufbahn von Kanton Elf, dachte Admiral Wokong.

»Fünfhundert Ortungsimpulse … achthundert … zwölfhundert … zweitausend …«

So viele wie noch nie. Ohne die Kommando-Kodes haben wir nicht die geringste Chance gegen zweitausend Feindschiffe …

»Eine zweite Angriffswelle in vier Milliarden Kilometern Entfernung …«

In Höhe des neunten Planeten. Was haben die Maschinenteufel vor? Wieso materialisiert die zweite Angriffswelle neun Milliarden Kilometer vor *der zweiten?*

»Vierhundert Schiffe … sechshundert … eintausend …«

Einen Moment lang wurde Admiral Wokong schwarz vor Augen. Dreitausend Fragmentraumer … diesmal wollten die Maschinenteufel es wissen. In seiner Magengrube breitete sich ein ungutes Gefühl aus. Eine dermaßen massive Flottenstärke ergab nur Sinn, wenn die Posbis überzeugt waren, diesmal nicht von Kommando-Kodes zurückgeworfen zu werden.

»Die Angreifer fliegen halbe Lichtgeschwindigkeit, kein Anzeichen von Bremsmanövern!«

»Gefechtsbereitschaft für die gesamte Flotte«, befahl Wokong. Und dann, wie einen lapidaren, unbedeutenden Nachsatz: »Gefechtsformation beibehalten, aber synchrone Beschleunigung sämtlicher Schiffe auf vierzig Prozent Licht.«

»Sir?«

»Sie haben mich verstanden. Ausführen.« Admiral Wokong überlegte kurz, überschlug im Kopf Zahlen. Wie viel Zeit war seit dem Auftauchen der Posbis vergangen? Wann würden sie in Funk-, wann in Waffenreichweite sein?

Sekunden verstrichen, wurden zu Minuten. Die Zeit schien im einen Augenblick quälend langsam und im nächsten dann rasend schnell zu verstreichen, je nachdem, ob er an den Anflug der Angreifer oder ihre Verteidigungsmöglichkeiten dachte.

Er rief die Daten auf seinem Terminal ab. »Funkspruch mit Kommando-Kodes vorbereiten. Endlosschleife, alle Frequenzen. Sofort senden!«

Aber wenn die Maschinenteufel endlich auf die Idee gekommen waren, sich taub zu stellen … Er war in dieser Hinsicht kein Experte, aber wenn sie sämtliche Funkgeräte ausgeschaltet hatten und den Angriff nach einem programmierten Muster flogen … dann konnten sie untereinander zwar nicht mehr kommunizieren, waren aber auch nicht mehr den alten Kommando-Kodes unterworfen. Was sprach gegen solch ein Vorgehen?

»Sir, Funkspruch gesendet, Sir!«

Er sah die Daten zwar auf dem Bildschirm seines Terminals, wollte sich aber rückversichern. »Wann sind die ersten Fragmentraumer in Funkreichweite?«

»Zwanzig Sekunden, Sir!«

Zwanzig Sekunden bis zur Ewigkeit …

Ein pathetischer Gedanke. Aber bei einer solchen feindlichen Übermacht musste ein wenig Pathos schon erlaubt sein.

»Zehn Sekunden, Sir!«

»Korrektur«, sagte er impulsiv. »Synchrone Beschleunigung sämtlicher Schiffe unserer Flotte auf fünfzig Prozent Licht.«

»Sir?«

»Fünfzig Prozent. Funkreichweite in …«

»… vier Sekunden, Sir!«

Drei …

Jetzt würde sich erweisen …

Zwei …

… ob seine Ahnung …

Eins …

… ihn getrogen hatte.

»Sir! Fragmentraumer der Angreifer reagieren nicht auf die bekannten Kodes, Sir!«

Er zögerte.

2,2 Milliarden gefallene Alteraner …

»Versuchen Sie es weiterhin?«

»Endlosschleife, Sir!«

»Noch immer keine Reaktion?«

»Nein, Sir!«

»Rückzug!«, sagte Admiral Wokong. »Rückzug der gesamten Verteidigungsflotte! Überlichtflug bei fünfzig Prozent Licht!«

Die Konsequenzen dieses Befehls waren ihm völlig klar.

Fort Kanton gehörte nun wieder den Robotern. Damit auch das Sprungbrett nach Altera und der Zugriff auf die möglicherweise kriegsentscheidenden Hyperkristalle.

Er konnte nichts daran ändern.

Niemand könnte etwas daran ändern.

Ihm war durchaus bewusst, dass er hiermit Staatsmarschall Michous Befehle nicht nur ignorierte, sondern gegen sie verstieß.

Aber er würde seine Leute nicht bis zur letzten Einheit kämpfen lassen. Er würde sie nicht sehenden Auges in einen sinnlosen Tod schicken.

Sein Befehl war der einzig vernünftige. Die Einheiten waren angesichts der Knappheit von Material und Besatzungen nicht ersetzbar. Wenn die Posbis ohnehin durchbrechen würden, was sich nicht verhindern ließ, benötigte man sie dringender für die Verteidigung von Altera, ganz besonders die Träger-Einheiten von RF-Geschützen.

Ihm war ebenfalls bewusst, dass diese Entscheidung Konsequenzen für seine Laufbahn haben würde. Aber er würde sie tragen.

Angesichts des Geschehens war seine Karriere völlig unwichtig. Admiral Wokong fragte sich lediglich, was nun aus dem Imperium Altera werden würde.

Zwölf

Vhatom Q'arabindon: Vergangenheit
Der Bronzene

Schwarzer Samt.

Als er in die Welt zurückkehrte, bestand sie nicht mehr aus einem großen Lagerraum, sondern aus einer samten schimmernden schwarzen Fläche. Zuerst hatte er den Eindruck, sich wieder in einer Flugsimulation zu befinden, in den undurchdringlichen Leerraum zwischen den Sternen zu starren, doch dann weitete sich sein Blickfeld und fokussierte sich auch allmählich, und er machte einen hohen, blauen Himmel aus.

Türme ragten in ihn empor, nein, so hoch waren sie nicht, und auch nicht von dafür ausreichendem Durchmesser. Stangen waren es, schlanke, schmale Stangen aus einem bläulich schimmernden Metall, und an ihnen waren in unterschiedlicher Höhe pastellfarbene Tücher befestigt, riesige, dünne, teilweise transparente Tücher, die in einer lauen Brise flatterten und ein unentwegtes, allgegenwärtiges Flüstern erzeugten.

Vhatom stellte fest, dass dieses Wispern eine eigentümliche Wirkung auf ihn hatte. Es erzeugte ein unterschwelliges Wohlbefinden, eine leichte Euphorie, die Bereitschaft, einmal auch etwas Unüberlegtes zu tun, aus sich herauszugehen.

Die Tücher bildeten, wie er nun sah, eine Art Baldachin, ein weit gespanntes Zeltdach, und unter ihnen waren Verkaufsstände aufgebaut, Reihen um Reihen schlichter Stände, manche aus Metall, manche aus organischen Baustoffen, Holz vielleicht. Sie bildeten ein kleines Labyrinth aus Gassen, in denen dichtes Drängen herrschte, buntes Treiben zahlreicher unterschiedlicher und ihm allesamt unbekannter Spezies.

Er stellte fest, dass er seinen Blickwinkel verändern konnte. Offenbar war er an ein Überwachungsgerät der vor Leben und Aktivität brodelnden Örtlichkeit angeschlossen. Er wählte eine Vogelperspektive, schien im nächsten Augenblick mühelos an einer der Stangen emporzugleiten.

Sein erster Eindruck hatte ihn nicht getäuscht. Die Verkaufsstände waren tatsächlich so zusammengestellt, dass sie Gassen bildeten, manche breiter, manche schmaler. In einer standen Pflanzen zum Verkauf ... *nein, Gemüse, Lebensmittel,* dachte er, die unterschiedlichsten Sorten, in unüberschaubarer Hülle und Fülle. In einer anderen Schmuckstücke, aus wahrscheinlich edlen Metallen, die ihm jedoch gänzlich unbekannt waren. Er machte sogar kleine Schmiedeöfen aus, in denen die unterschiedlichsten Wesen Schmuckstücke nach den Angaben anderer Wesen anfertigten.

In wieder einer anderen Gasse wurden Phiolen mit Flüssigkeiten, die unterschiedlichsten Körner in großen Schüsseln oder Pulver in luftdichten Behältern feilgeboten, in der nächsten Wandbehänge, in der nächsten Zierrat, Tand, in der nächsten ...

Ein Markt, dachte er. *Das ist ein Marktplatz!*

Er wollte seinen Blickwinkel wieder auf die Ausgangsposition fokussieren, als ihm ein Gedanke kam. Wenn er fast uneingeschränkte Sicht auf das hektisch anmutende Treiben hatte – mittlerweile hatte er es allerdings als eher gemächlich erkannt, jeder Besucher schien genau zu wissen, was er tat, alle schienen einem ganz eigenen Rhythmus zu folgen –, war es ihm vielleicht auch möglich, mit irgendeinem dieser Wesen Kontakt aufzunehmen, es auf seine Situation aufmerksam zu machen.

Und dann?, fragte er sich. *Rettet mich, ich bin ein reines Bewusstsein ohne Erinnerung, gefangen in einer Kapsel? Leider kann ich noch nicht einmal genau beschreiben, wie dieser Behälter aussieht ...?*

Lächerlich.

So elektrisierend ihm die Idee gerade noch vorgekommen war, so undurchführbar war sie. Er hatte freie Sicht auf den Markt, er hörte, was dessen Besucher sagten, verstand sogar den Sinn ihrer Worte – wahrscheinlich war eine Translatorfunktion zwischengeschaltet –, aber er konnte keinen Kontakt mit ihnen aufnehmen. Er war körperlos, ein Geist, ein Schemen, der nur beobachten, aber nicht agieren konnte.

Oder ... war auch das wieder nur eine virtuelle Welt, die der Kybernetische Händler ihm vorgaukelte? Wie die Flugsimulationen, bei denen er üben sollte, ein Raumschiff zu steuern?

Ein dumpfes Lachen übertönte den Geräuschpegel der Marktbesucher. Er erkannte die Stimme sofort. To'Grur'Prigt.

»Das ist der Markt von Ouzah ... genauer gesagt, der Kybernetische Markt von Ouzah. Es gibt hier den Markt der mechanischen Dämonen, den Traumgewürzmarkt, den Markt der Heilteppiche und der Organschrittmacher ... und Dutzende anderer.«

Die Gassen, dachte Vhatom. *Jede Gasse ist ein Markt für sich.*

Dann durchfuhr ihn kaltes Entsetzen.

Der Kybernetische Händler hatte auf einen seiner Gedanken geantwortet!

War … war er etwa imstande, in sein Innerstes zu blicken, seine Gedanken zu lesen? Dann … dann war … das Feuer der Bestrafung, mit dem der Zyklop ihn quälte, ein harmloses Kitzeln im Vergleich zu dem, was er ihm sonst noch angetan hatte … und antun konnte. Wenn To'Grur'Prigt seine ureigenen Gedanken kannte, war Vhatom schutzlos ausgeliefert, war sein Ich rettungslos einem Monstrum …

Er hielt inne, versuchte, gar nicht mehr zu denken.

Es gelang ihm nicht.

Dann war er verloren. Dann war jeder noch so abwegige Fluchtgedanke Makulatur, dann war jede Hoffnung vergebens, etwas an seinem Schicksal ändern und etwas über sich selbst in Erfahrung bringen zu können.

Vhatom Q'arabindon schrie auf, und der Zyklop lachte lauter. »Das ist der Kybernetische Markt von Ouzah, und hier werde ich dich verkaufen. Die Spielregeln sind ganz einfach. Du wirst dein Bestes geben, um potenzielle Kunden von deiner Qualität zu überzeugen. Wenn du irgendetwas tust oder sagst, was mein Missfallen erregt, wirst du auf der Stelle brennen. Du wirst ein zweites Mal brennen, und auch ein drittes Mal. Danach werde ich dich abschreiben. Ich werde den Verlust verkraften, aber du wirst für alle Ewigkeit im Feuer schmoren. Hast du mich verstanden?«

Ich bin tot, dachte Vhatom. *Das ist das Jenseits. Ich habe in meinem Leben Böses getan, und die Götter lassen mich nun grausam dafür büßen.*

»Ja, Herr«, sagte er. »Ich habe verstanden, Herr.«

Vhatom versuchte, die Eindrücke des Marktes in sich aufzunehmen, um nicht mehr über das nachdenken zu müssen, was ihn wirklich beschäftigte, aber es gelang ihm nur teilweise. Er konzentrierte sich auf das laute Feilschen der Kunden und Händler um die Preise, auf die exotischen sinnverwirrenden Düfte der Gewürze, die unterschiedlichen Stimmen und Wesen, die den Markt zu solch einem Erlebnis machten, aber all diese Eindrücke blieben verschwommen, als wären sie nur ein Abziehbild der Wirklichkeit.

Mit der Zeit lernte er, einzelne Spezies zu unterscheiden. Die Feuertrinker kannte er schon; Ajak war ja das erste Geschöpf gewesen, mit dem er nach seinem Erwachen Kontakt gehabt hatte. Sie waren ein Volk der Galaxis Erranternohre, tatsächlich pflanzlichen Ursprungs und schon vor langer Zeit eine Symbiose mit den Blautreibern eingegangen, den fallschirmartigen Wesen, von denen er auch schon einen Vertreter kennengelernt hatte.

Blautreiber stammten von einer Welt mit intensiver Hyperstrahlung und konnten Hyperenergien nutzbar machen. Daher waren sie begehrte Piloten, die überdies die Leistung von Raumschifftriebwerken zu verstärken vermochten. Sie vermochten nicht nur, die Feuertrinker bei ihren Flügen mitzunehmen, sondern waren auch in der Lage, alle Umweltbedingungen zu erzeugen, die für die baumartigen Geschöpfe zum Überleben im Weltraum erforderlich waren. Die Feuertrinker konnten sich mit Hilfe der Blautreiber auch im Vakuum fortbewegen und waren daher als Mechaniker genauso begehrt wie ihre Partner.

Der erste potenzielle Interessent war jedoch weder ein Blautreiber noch ein Feuertrinker, sondern ein ganz anderes Wesen. Vhatom hatte die Hoffnung, dass zumindest ein Besitzerwechsel sein Dasein etwas erträglicher machte, fast schon aufgegeben. Seit Tagen wartete er vergeblich darauf, dass sich jemand in das positronische Leistungsprofil vertiefte, das To'Grur'Prigt über ihm erstellt hatte; allerdings vergeblich, niemand verweilte länger als ein paar Minuten dabei, die Daten abzufragen.

Die Zeit maß Vhatom an den Tag- und Nachtperioden dieser Welt; der Markt war zwar rund um die Uhr geöffnet, doch irgendwann verdunkelte sich der Himmel, und eine sanfte Beleuchtung wehrte das Einsickern der Finsternis ab.

Als der Interessent sich To'Grur'Prigts Stand näherte, wurde die künstliche Illumination gerade langsam zurückgefahren, der Himmel verlor ganz allmählich seine tiefe Schwärze, wurde anthrazitfarben, dann dunkel schiefergrau. Das Licht der Sterne wurde fahl. Die Luft war angenehm frisch, und es herrschte noch kein so großes Gedränge in den Gassen, in denen es bald vor Kunden wimmeln würde. Doch auch in diesen toten Stunden des Tages waren mögliche Kunden unterwegs.

Vhatom wusste mittlerweile, welcher Spezies das Wesen angehörte, das unerwartet vor dem Stand des Kybernetischen Händlers stehen blieb. Es war ein Dallaze, ein aufrecht gehendes, bärenähnliches Geschöpf, etwas kleiner als To'Grur'Prigt. Es wäre fast an dem Stand des Kybernetischen Händlers vorbeigeschlendert, blieb dann aber stehen und griff nach dem positronischen Profil.

Der Dallaze las und las und schüttelte sich dann, dass der dichte, langhaarige Pelz von schwarzer Färbung, der das gesamte Wesen mit Ausnahme des Gesichts bedeckte, winzige Tröpfchen absonderte, die meterweit durch die Luft spritzten. To'Grur'Prigt schien im ersten Augenblick aufbrausen zu wollen, besann sich dann aber eines Besseren. »Ein beeindruckendes Angebot, nicht wahr?«, sagte er zu dem möglichen Kunden.

Der entblößte ein gewaltiges Fleischfressergebiss unter einer breiten, plumpen Nase und zog die unteren Lider, die seine großen Rundaugen bedeckten, nach unten und die oberen nach oben. Seine lederartige Gesichtshaut schimmerte fettig.

»Beeindruckend nicht. Befremdlich. Was die Plasma-Psyche *kann*?«

»Alles«, sagte der Kybernetische Händler. »Ein Raumschiff fliegen, den Kurs berechnen, die Lebensbedingungen an Bord stabil halten, die Ortungsgeräte überwachen, die Schutzschirme staffeln, gleichzeitig …«

»Die Teppon-Kluft gesegnet sei. Ihr mich wollt verarschen, ehrbarer Händler der Kouvo'Goy'Teran, dessen Licht das des Marktes von Ouzah überstrahlt wie eine Supernova einen Leuchtwurm? Das alles meine Positronik auch kann.«

»… gleichzeitig eine leckere Mahlzeit für Euch zubereiten und die Toilettenspülung steuern«, vollendete To'Grur'Prigt den Satz, doch Vhatom ahnte, dass das Verkaufsgespräch damit bereits abgeschlossen war.

»Deine Ahnen in alle Ewigkeit verdammt seien«, grüßte der Dallaze höflich, legte das Positronische Profil zurück und stapfte davon.

Vhatom rechnete halbwegs damit, wieder ins Feuer gestoßen zu werden, doch der Kybernetische Händler verzichtete darauf.

Mit Waren vollbeladene Gleiter und Schwebekarren lieferten sich Wettrennen zum Rand des Marktes, Händler mit prallgefüllten Körben auf den Köpfen, Schultern, Tentakeln und Schwänzen eilten durch die Gassen und brachten den Nachschub zu ihren Ständen. Irgendwann, die Sonne war längst aufgegangen, kam auch Ajak Feuertrinker zum Stand seines Herren. Er trug nur einen kleinen Behälter.

Das war per se nicht ungewöhnlich. Die Kybernetischen Händler verkauften kein Gemüse, boten keine Haarschnitte oder Rasuren an, sondern höherwertige Waren feil, und mit den vier, fünf Abschlüssen, die To'Grur'Prigt getätigt hatte, seit Vhatoms Bewusstsein auf dem Markt weilte, konnte er nicht nur die Standgebühren für Jahre entrichten, sondern ebenso lang seinen Lebensunterhalt und den seiner beiden Helfer bestreiten.

Ein Technischer Nomade war der nächste Interessent. Vhatom war bereits auf ihn aufmerksam geworden, als er in der Schmuckgasse laut mit einem Goldschmied der Hartuschen gefeilscht hatte, einem feingliedrigen, aber überaus hektischen humanoiden Wesen, das mit seinem ebenmäßigen, feingeschnittenen, zarten Gesicht immer wieder auch nicht-humanoide Besucher des Marktes in Entzücken versetzte.

Vhatom hatte das sich über Stunden hinziehende Verkaufsgespräch mehrmals beobachtet. Zuerst hatte er sich gelangweilt anderen Transaktionen zugewandt, doch dann war er immer länger bei diesem Spektakel verblieben. Er bewunderte, wie geschickt der Hartusche mit dem Nomaden verhandelte, fast, als könne er Gedanken lesen oder verfüge zumindest über empathische Fähigkeiten.

Er hegte keine großen Hoffnungen, doch das nicht-humanoide Geschöpf mit dem dreigliedrigen Körper blieb tatsächlich an To'Grur'Prigts Stand stehen, griff nach dem Positronischen Profil und studierte es. Eingehend, wenn auch nicht genauso lang, wie es mit dem Hartuschen gefeilscht hatte.

Der Kybernetische Händler widmete sich derweil anderen Dingen, kontrollierte die Buchführung, die Ajak Feuertrinker erstellt hatte. Er blickte erst von dem Holo auf, als der Nomade das Wort an ihn richtete.

»Verdammt in alle Ewigkeit seien deine Ahnen«, sagte er, »die sich eines schweren Versäumnisses, wenn nicht sogar eines willentlich verübten Verbrechens schuldig gemacht haben.«

»Ich danke dir für dein Mitgefühl«, erwiderte To'Grur' Prigt. »Wie ich sehe, hat die Plasma-Psyche dein Interesse gefunden.«

»Ein hübsches Spielzeug, ehrbarer Händler der Kouvo'Goy'Teran, dessen Attraktivität dir sicher schon einen Harem und Dutzende von Nachfolgern und Millionen von Krediteinheiten an Mitgift eingebracht hat. Ich habe gelesen, was es kann. Leider finde ich in deinem Angebot keine Preisvorstellung.« Der Nomade ließ den annähernd kugelförmigen Wahrnehmungswulst mit dem Hauptorgan, einem einzelnen Riesenauge, das sämtliche Sinneseindrücke aufnahm, einmal um 360 Grad kreisen. Das Gehirn des Wesens befand sich, wie Vhatom wusste, nicht in diesem kopfähnlichen Gebilde, sondern in dem tonnenförmig nach oben gewölbten Brustkorb über dem schmalen Unterleib.

»Kein Spielzeug, erhabener Nomade, dessen Haut so tiefschwarz ist, so gummiartig dick und speckig, wie ich es noch bei keinem anderen Vertreter deines Volkes gesehen habe. Wenn die Vertreter deiner Spezies nicht nur technische Datenblätter verfassen würden, sondern auch Poesie, wärest du wegen ihrer einzigartig tief eingekerbten Längs- und Querfalten längst literarisch unsterblich. Doch es betrübt mich, dir mitteilen zu müssen, dass diese Plasma-Psyche kein Spielzeug ist, sondern ein High-Tech-Gerät, wie du es noch nie zuvor gesehen hast.«

»Ach.« Der Nomade spreizte das obere Schulterarmpaar und senkte gleichzeitig die Hände des unteren, an den Hüften sitzende, auf den Boden, ein sicheres Zeichen dafür, dass er sich auf eine schnelle Fortbewegung vorbereitete. Er hob die drei Finger der rechten Hand und wackelte mit den beiden Daumen. »Dreißig«, sagte er.

»Dreißigtausend?«, erwiderte To'Grur'Prigt. »Ich hatte eher an dreihunderttausend gedacht.«

Der Technische Nomade gluckste leise. »Verzeih mir, Nachkomme der Schande Erranternohres, aber weitere Verhandlungen sind überflüssig. Ich meinte nicht dreißigtausend, sondern dreißig. Eine Null. Keine vier. Aber die Unzulänglichkeit liegt auf meiner Seite. Ich kann es mir nur einmal leisten, mich auf dem Markt von Ouzah ausnehmen zu lassen, und das hat dieser Hartusche bereits getan. Mögest du weiterhin gut mit dem Ruf deiner Ahnen leben.«

30 gebotene Krediteinheiten gegenüber geforderten 300.000! Vhatom Q'arabindon erwartete, dass sein Herr völlig die Beherrschung verlieren und ihn aus

schierem Zorn ins Feuer werfen würde, doch wahrscheinlich war der Kybernetische Händler zu verblüfft oder zu entgeistert dafür.

Vhatom blieb erneut verschont.

Tag für Tag kauften Frauen der Gerberonen Lebensmittel für ihre Familien ein, trugen lebende Federechsen in Säcken oder auch Taschen ihrer Gewänder davon und schienen To'Grur'Prigts Stand geflissentlich zu meiden. Volcane, große, aber plump gebaute Humanoide mit gelblicher Gesichtsfärbung erstanden billige Gebrauchsgegenstände bei dem Kybernetischen Händler, Spielekonsolen oder virtuelle Orgienwelten. Vhatom mochte sie nicht. Ihre Gesichtsorgane lagen unter beutelartigen Erhebungen, trotzdem wirkten ihre Gesichter flach und dümmlich. Allerdings bildeten ihre klug leuchtenden Augen einen starken Gegensatz zu ihren geistlosen Antlitzen.

Wahrscheinlich wissen sie einfach, was Spaß macht, dachte Vhatom.

Andere Händler verkauften motorisierte Schuhe und gefaltete Kochnischen, frisch gezapfte Sekrete und lebende Gabalya. An Vhatom Q'arabindon hatte niemand Interesse.

Der vorletzte Kunde, der das positronische Profil der Plasma-Psyche aufrief, war ein Vargarte. Das Molluskenwesen von ungefährer Eiform ergriff mit einem seiner acht Auswüchse, die es als Arme, Tentakel und Gehwerkzeuge verwendete, die Schalttafel und studierte sie ausgiebig. Die transparenten, wie glasiert wirkenden Organe des Wesens, die unregelmäßig in Verdickungen unter seiner blaugrauen Haut saßen, pulsierten dabei unablässig.

Hatte Vhatom angenommen, bislang äußerst blumige Verkaufsgespräche belauscht zu haben, erlebte er nun eine nicht für möglich gehaltene Steigerung. To'Grur'Prigt schwärmte volle zehn Minuten vom Heimatsystem der Vargarten, das er durchgehend als *Glitzerndes Auge mit den drei Tränen* bezeichnete, und pries noch länger die Schönheit der zweiten Träne, des Heimatplaneten des Wesens, dem *Ursprung der Vollkommenheit*. Er erkundigte sich ausschweifend nach dem Stand des komplizierten Systems der Zellteilung, mit dem das Wesen sich vermehrte, und wünschte Glück, Erfüllung und Reichtum beim Fang der Energiewale, die einmal pro Umlauf vom ersten Planeten Heimstatt der Wärme ausgestoßen wurden – eine Bemerkung, die Vhatom nicht verstand. Auch die ihm zur Verfügung stehenden Datenbanken enthielten keine Informationen darüber.

Vhatom hatte den Eindruck, dass es einen halben Tag dauerte, bis der Vargarte sich dafür entschuldigt hatte, die Plasma-Psyche nicht erstehen zu wollen – weil er zu unwürdig war, zu beschränkt, und weil die primitiven Raumschiffe seines Volkes mit solch einem hochstehenden Gerät nicht ausgerüstet werden konnten. »Wie soll ein Wrack, ein Ausbund der Einfachheit, eine strahlende Nova bändigen können? Wie soll die Erhabenheit dieser glorreichen Psyche Erfüllung finden in der Beschränktheit unserer Technik?«

Nicht einmal der Verweis, dass die zweite Träne des *Glitzernden Auges mit den drei Tränen* doch der *Ursprung der Vollkommenheit* und die Plasma-Psyche ausgerechnet auf den Fang von Energiewalen spezialisiert sei, vermochte den Vargarten umzustimmen. Als die Sonne sich senkte, sah To'Grur'Prigt die Sinnlosigkeit seines Unterfangens ein. Er reagierte allerdings nicht souverän und verfluchte das Molluskenwesen unflätig. »Mögen die Geister meiner Ahnen dich auf ewig heimsuchen«, beschimpfte er den verlorenen Kunden. »Möge ihr Fluch auf eure Spezies übergehen.«

Ein Ladenhüter, dachte Vhatom, und seine Verzweiflung wuchs. *To'Grur'Prigt macht zwar gute Geschäfte, aber mich wird er nicht los. Irgendwann wird er mich abschalten. Vielleicht sogar heute noch …*

Aber drei Tage später kam der Bronzene.

Vhatom sah ihn schon lange, bevor To'Grur'Prigt ihn bemerkte, schon in dem Augenblick, in dem er den Markt von Ouzah betrat. Er war auch schwerlich zu übersehen.

Er war … anders, unfassbar. Im ersten Moment konnte Vhatom nicht sagen, ob es sich bei dem Bronzenen um ein Lebewesen oder einen Roboter handelte. Er war etwa so groß wie der Kybernetische Händler und von humanoider Gestalt. Aber damit hatten sich die leicht zu erkennenden Details bereits erschöpft.

Ging er nackt, oder trug er eine bronzene Montur? Vhatom fokussierte den Blick auf den Fremden. Nein, es war eine Hülle … eine Hülle aus einem bronzefarbenen Metall.

Aber so etwas hatte Vhatom noch nie gesehen. Das Material war flexibel wie Haut. Würdevoll, mit imperialer Haltung, schritt der Bronzene aus, so geschmeidig wie ein Lebewesen.

Falls das wirklich ein Roboter war, dann einer, wie Vhatom ihn noch nie gesehen hatte.

Stolz präsentierten halbwüchsige Gerberonen dem Neuankömmling ihre Ware, Tiere. Aber der Bronzene zeigte nicht das geringste Interesse, weder an den Gabalya noch an den jungen Händlern. Er beachtete sie gar nicht. Bei jedem anderen hätte diese Reaktion hochmütig gewirkt, übermüßig blasiert und arrogant, aber nicht bei diesem Geschöpf. Vhatom wurde klar, dass der Bronzene die Gerberonen und ihre Handelsware durchaus wahrnahm, er sie aber für völlig unbedeutend hielt, was ihn betraf, und deshalb keine Zeit mit ihnen verschwendete. Und das war nicht hochmütig, sondern lediglich höchst zweckbestimmt.

Auf dem Markt herrschte zu dieser Zeit richtiges Gedränge. Frauen, aber auch Männer zahlreicher Spezies kauften die Lebensmittel für die nächsten Tage, Männer, aber auch Frauen sahen sich an Ständen um, an denen die unterschiedlichsten Werkzeuge angeboten wurden. Der Bronzene hatte für die bunte Szenerie keinen einzigen Blick übrig. Zielstrebig schritt er weiter aus, ohne seine Geschwindigkeit verringern zu müssen. Die Kunden, die befürchten mussten, in seinen Weg zu geraten, stoben auseinander, drückten sich gegen Stände oder kletterten sogar über die Verkaufsflächen hinweg.

Was sollte Vhatom davon halten? War der Bronzene hier auf dem Markt von Ouzah bekannt? Und nicht nur das, sondern auch gefürchtet? Oder nahmen die Schaulustigen und Käufer ebenfalls diese majestätische Aura wahr, die er ausstrahlte, und erwiesen ihm Respekt, der aus Ehrfurcht erwuchs?

Fasziniert verfolgte Vhatom, wie der Bronzene einen Weg durch das Labyrinth der Gassen nahm, der ihn direkt zum Kybernetischen Markt führte. Mehr noch … direkt zu To'Grur'Prigts Stand.

Der Zyklop betrachtete wie vom Schlag getroffen, scheinbar unfähig, sich zu bewegen, wie der Bronzene näher kam. Als er dann direkt vor dem Stand stehen blieb, riss To'Grur'Prigt das Auge weit auf. So hatte Vhatom seinen Herren noch nie gesehen; es bereitete ihm Mühe, sich von seinem massiven Sitzmöbel zu erheben. Er musste sich buchstäblich an dem mit schwarzem Samt bezogenen Präsentiertisch hochziehen. »Bist du … bist du der, von dem die Legenden berichten, Herr?«, flüsterte er. »Der unsere Ahnen …«

»Die Plasma-Psyche«, unterbrach der Bronzene den Kybernetischen Händler. »Nenne deinen Preis.«

Die Plasma-Psyche?, dachte Vhatom. *Dieses Wesen ist wegen* mir *hier?*

Nun blitzte es im Auge des Zyklopen auf. Vhatom hatte das schon öfter beobachten können, immer dann, wenn sein Herr ein gutes Geschäft witterte. »Nur ein paar Informationen, Herr. Du erhältst die Psyche kostenlos und frohen Herzens, wenn du endlich Licht in das Geheimnis meiner Ahnen bringst. Verrate mir nur, ob …«

»Nein.« Das Wort ließ den Kybernetische Händler sofort verstummen. »Nenne deinen Preis, oder …«

Oder ich werde sie mir einfach nehmen?, vollendete Vhatom den Satz des Bronzenen in Gedanken. Er musterte das Geschöpf angestrengt. Das Spiel der Muskeln unter der Haut … der Hülle? … zeugte von einem durchtrainierten, nahezu perfekten Körper. Der Fremde schien tatsächlich nackt, aber geschlechtslos zu sein. Er strahlte eine ungeheure Selbstsicherheit aus, der To'Grur'Prigt sich nicht entziehen konnte, wie auch kein anderer Besucher des Markts.

Irgendwelche Waffen konnte Vhatom bei dem Bronzenen nicht ausmachen, doch das Geschöpf schien nicht die geringste Spur von Unsicherheit oder gar

Furcht zu empfinden. Offensichtlich bezweifelte es nicht, dass es seine unausgesprochene Drohung wahrmachen konnte.

Doch war es zu solch einer Tat auch imstande? Nicht körperlich, sondern vom Einsatz von Machtmitteln her; daran zweifelte auch Vhatom nicht im Geringsten. Sondern aus ethischen Gründen. Das Wesen strahlte solch eine erhabene Aura aus, dass Vhatom sich einfach nicht vorstellen konnte, dass es fähig war, irgendein Unrecht zu begehen.

Auch To'Grur'Prigt zog die Drohung nicht in Zweifel. »Dreihunderttausend«, flüsterte er.

Aufgrund der Reaktionen der bisherigen Interessenten auf diese Summe befürchtete Vhatom, dass die Preisvorstellung des Zyklopen in keiner Weise gerechtfertigt und lächerlich überzogen war. Aber er verspürte keine Beunruhigung, dass die Transaktion doch noch scheitern könnte. Der Fremde würde eine Summe nennen, die ihm angemessen schien, 300.000 oder auch nur 30 Krediteinheiten, und To'Grur'Prigt würde darauf eingehen.

Zu seiner Überraschung streckte der Bronzene sofort die Hand aus. »Deinen Kreditstab.«

Der Zyklop schaltete das Gerät frei und reichte es dem neuen Besitzer der Plasma-Psyche. Der Bronzene tippte einen langen Kode ein und gab das Gerät zurück. »Dein Bankhaus hat den Eingang der Summe bestätigt.«

Der Kybernetische Händler wagte es nicht, die Bestätigung abzurufen. Vhatom sah ihm an, dass er sich mit Gewalt davon abhalten musste, noch einmal seine Ahnen anzusprechen, doch dafür war der Respekt vor dem Fremden zu groß.

To'Grur'Prigt atmete tief ein. »Ein fairer Preis, Herr«, sagte er. »Hoffentlich bist du auch dieser Ansicht.«

»Ein *lächerlicher* Preis«, erwiderte der Bronzene. »Vhatom Q'arabindon ist die letzte Plasma-Psyche, die noch existiert, und du bist dir über die Verwendungsmöglichkeiten einer Plasma-Psyche nicht ansatzweise im Klaren.«

Er kennt meinen Namen, dachte Vhatom. *Er ist tatsächlich eigens wegen mir hierher gekommen!*

Aus seiner Vogelperspektive beobachtete er, wie der Bronzene die Kapsel – *ihn!* – in ein Stück schwarzen Samt hüllte, das der Kybernetische Händler ihm reichte, und dann an sich nahm. Einen Moment lang überkam ihn grenzenlose Erleichterung. Er war endlich aus der Gewalt des brutalen Zyklopen vom Volk der Kouvo'Goy'Teran entkommen, und er konnte sich nicht vorstellen, dass ein Geschöpf mit einer erhabenen Aura wie die des Bronzenen ihm jemals Gewalt antun oder Schaden zufügen würde. »Ich danke dir, Herr«, sagte er. »Ich weiß nicht, ob du mich hören kannst, aber sei dir meiner Dankbarkeit ver…«

»Ich kann dich hören«, vernahm er die Stimme des Bronzenen in seinem

Kopf. »Aber jetzt schweig. Ich werde dich beizeiten unterweisen. Und nenne mich nicht Herr«, fügte der Bronzene wie als Nachgedanke hinzu. »Mein Name ist Cairol.«

Dreizehn

Maria Lung: Fort Blossom, 3. Juni 1343 NGZ (4930 nach Christus)

Obwohl das Jaulen der Sirenen in Maria Lungs Ohren schmerzte, vermochte sie es schon nach wenigen Sekunden zu ignorieren. Sie war das Geräusch gewöhnt; auf Fort Blossom hörte man öfter einen Alarm, vor allem, wenn man Administrator Goberto Hos persönliche Assistentin war und im Brennpunkt des Geschehens weilte.

»Schaltet die verdammte Sirene aus!«, brüllte der Administrator. »Ich habe sie zur Kenntnis genommen, genügt euch das?«

Das grelle Jaulen erlosch. Maria sah von Ho wieder zu den Ortungsschirmen, vor denen sich der Administrator nun aufbaute, als wolle er sich jeden Augenblick auf sie stürzen.

So dumm wird er nicht sein, hoffte Maria. *Er schreit herum und scheißt seine Leute zusammen, gibt sich grantig und ist mit Haut und Haaren Militarist. Aber* ein *Dummkopf hätte es niemals zum Administrator gebracht.*

»Fünftausend«, murmelte Ho. »Ich habe es schon immer gewusst. Ich habe schon immer davor gewarnt, den Laren auch nur so weit zu trauen, wie man sie sieht. Und das ohne eine Kriegserklärung. Das sind schlicht und einfach Verbrecher, ohne jede Ehre.«

»Der Meinung bin ich auch, Sir«, sagte sie. Nicht um dem alten Kommisskopf zu schmeicheln; das hatte sie nie getan, und wahrscheinlich hatte er sie nur deshalb in seinen Stab berufen. Aber wenn sie in einem Punkt einer Meinung mit Goberto Ho war, dann in dem Hass auf die Laren.

Ihr Ehemann und ihre beiden Söhne waren in einem Konvoi nach Fort Kanton geflogen, um die Bevölkerung dort im Kampf gegen die Maschinenteufel zu unterstützen. Die zehn Schiffe hatten ihr Ziel niemals erreicht. Bei ihrer letzten bekannten Position hatten die Aufklärungseinheiten keine Fragmentraumer, sondern Walzen der Laren aufgespürt.

Nicht die Maschinenteufel, die Haarnester hatten den Konvoi aufgebracht. Und bis heute wusste sie nicht, ob ihre Familie, drei Alteraner, die sie fast mehr liebte als sich selbst, von den Laren umgebracht oder versklavt worden war.

Sie verstand Administrator Hos Empörung also sehr gut. Aber mit Empörung konnte man sich nicht vor Angriffen feindlicher Schiffe schützen. Manchmal musste man Tatsachen akzeptieren. Und bislang hatte das Ho immer verstanden.

Im Blossom-System waren soeben 5000 Troventaare materialisiert, zwischen den Umlaufbahnen des sechsten und des siebenten Planeten, zwei Gasriesen.

Laren, dachte Maria wieder voller Abscheu. Kleinwüchsige, breite und untersetzte Männer mit dicken, kupferroten bis goldgelben und in sich gewundenen Haaren, einer breiten Nase, gelben Lippen und tiefschwarzer Haut. Hässlich wie die Nacht. *Laren.*

So sehr sie die Maschinenteufel fürchtete, so sehr hasste sie die Haarnester.

»Bestätigung«, meldete eine tonlose, knarrende Stimme. »Fünftausend Troventaare. Jeweils zweitausend leichte und schwere und eintausend Schlacht-Troventaare.«

Eine Schlachtflotte von 5000 Troventaaren, dachte Maria. Sie musste keinen Blick auf die Ortungsdaten werfen, um die Kampfstärke der Verteidiger in Erfahrung zu bringen; sie kannte sie auch so, aus Dutzenden strategischer Meetings, denen sie in den letzten Tagen an Goberto Hos Seite beigewohnt hatte.

Um Fort Blossom waren gerade noch 80 kleinere Einheiten der Alteranischen Flotte stationiert, fast alles Leichte Kreuzer. Schwerer wogen wahrscheinlich die 110 TRIANGOLO-Raumforts, die den Planeten permanent schützten. Doch im Vergleich zu 5000 war das eine fast lächerlich schwache Streitmacht.

»Ein Funkspruch für Sie, Sir!«, meldete der Orterchef. »Der … Erste Hetran Kat-Greer.«

Der Administrator schob die Kappe mit dem breiten Schirm zurück, die er niemals abzusetzen schien – angeblich, um sich gegen das Sonnenlicht des Roten Riesen Blossom zu schützen – und fuhr sich mit der Hand durch das struppige kurze Haar. Dann atmete er tief durch und nickte.

Es dauerte eine Weile, bis sich das Hologramm in der Zentrale bildete. So fortschrittlich die diesbezügliche Technik der Laren war, so rückständig mutete die der Alteraner manchmal an, und die Kompatibilitätsprobleme waren beträchtlich, zumal es nur höchst selten zur Kommunikation zwischen Laren und Alteranern kam.

Es war tatsächlich Kat-Greer, der Erste Hetran des Trovent. Der oberste Machthaber befehligte diese Flotte persönlich. Er stand reglos und hoch aufgerichtet da, die Beine gespreizt und durchgedrückt, eine imposante Erscheinung für ein Haarnest, das musste selbst Maria eingestehen.

Und er hatte ein gewisses Charisma – zumindest für einen Laren –, das vielleicht auch der Gewissheit einer absoluten Überlegenheit entsprang.

»Administrator Goberto Ho?«, ergriff der Lare sofort das Wort, als das Holo sich stabilisiert hatte.

»Der bin ich. Und Sie sind Kat-Greer?«

Maria Lung kannte den Administrator mittlerweile gut genug, um ihn auf Anhieb zu durchschauen. Er verzichtete auf eine respektvolle Anrede, verstieß gegen die rudimentären Formen der Höflichkeit, um den Ersten Hetran zu reizen, zu unüberlegten Taten hinzureißen.

Sie fragte sich, ob das eine gute Taktik war. Die Laren waren sowieso schon grausam und unberechenbar, und das galt für gereizte, unüberlegt vorgehende Laren wahrscheinlich erst recht.

»Wie schön, dass meine zukünftigen Untertanen mich schon jetzt kennen«, sagte Kat-Greer süffisant. »Administrator, ich fordere Sie hiermit zur Übergabe Fort Blossoms an den Trovent auf. Sollten Sie sich weigern, wird die Trovent-Flotte angreifen.«

»Bedenkzeit?«, fragte Goberto Ho.

»Keine«, sagte Kat-Greer.

»Sie befinden sich unrechtmäßig auf dem Gebiet des Imperiums Altera. Das Imperium hat keine Kriegserklärung des Trovent erhalten. Ich fordere Sie hiermit auf, sich unverzüglich zurückzuziehen und das Staatsgebiet des Imperiums Altera zu verlassen.«

»Und wenn nicht?«

Goberto Ho schwieg.

»Ihre Entscheidung?«, fragte der Erste Hetran.

»Wissen Sie, was der Teufel ist?«

»Nein, aber Sie werden es mir jetzt sicher gleich erklären.«

»Das werde ich nicht. Fahren Sie zu ihm und finden Sie es heraus, Sie verdammter Mörder!«

»Ich bin nicht auf Studienreise, Administrator Ho!«

Der Administrator unterbrach die Verbindung.

Maria Lung stöhnte leise auf.

Zuerst Fort Kanton, dachte Maria. *2,2 Milliarden Alteraner, alle tot, ermordet von den verdammten Maschinenteufeln. Und jetzt Fort Blossom. Der Grüne Planet des Imperiums, bevölkert von 2,9 Milliarden Alteranern.*

Sie fragte sich, welches Schicksal wohl schlimmer war, während sie, genau wie der Administrator, den ungleichen Kampf in der Ortung verfolgte. Ein schneller Tod wie auf Fort Kanton – oder die Sklaverei. Ein schneller Tod wie durch das Landemanöver der Posbis, das die Atmosphäre Fort Kantons entflammt hatte.

Falls die Laren es dabei bewenden lassen würden. Aber das entsprach ihrem Profil: Sie waren mordlüsterne Monstren und kompromiss- und gnadenlos in der Durchsetzung ihrer Ziele, und ihre Bestrebungen gingen hauptsächlich dahin, neue teuflische Erfindungen zu machen, die ihnen die Unterdrückung anderer Völker erleichterten. All ihre weniger teuflischen Erfindungen hingegen waren Nebenprodukte der Kriegsforschung.

Die Laren waren machtgierig, wollten den Trovent ausdehnen, bis er irgendwann ganz Ambriador beherrschte. Maria hoffte weiterhin, dass ein Großteil der Bevölkerung Fort Blossoms diesen Tag überleben würde.

Was allerdings auf keinen Fall für die Besatzungen der TRIANGOLO-Forts galt. Es war ein Gemetzel. Knapp 50 Troventaare für jedes Fort. Die Walzen der Laren konnten aus der Distanz Raumtorpedos einsetzen, die Forts waren praktisch nicht bewegungsfähig. Die legendären RF-Geschütze, die angeblich Wunder wirken konnten, waren noch nicht bis Fort Blossom vorgedrungen.

Und die 80 Leichten Kreuzer waren nicht der Rede wert. Kat-Greers Flotte beachtete sie gar nicht, wehrte sie nur ab, wenn sie mit ihren sinnlosen Angriffen zu lästig wurden, wie ein Alteraner mit einer nachlässigen Handbewegung ein aufdringliches Insekt verscheuchte.

Irgendwann hatte Goberto Ho ein Einsehen und erteilte den Leichten Kreuzern den Befehl, Fort Blossom preiszugeben, sich abzusetzen und sich nach Altera zurückzuziehen.

Bei den Forts blieb er standhaft. Maria hasste ihn dafür.

Nach einer Stunde war alles vorbei. Die Forts waren vernichtet, und Administrator Goberto Ho erklärte die Kapitulation von Fort Blossom.

Immerhin ließ Kat-Greer daraufhin unverzüglich den Beschuss einstellen.

In dem See, der die Zierde des kleinen umliegenden Parks darstellte, spiegelte sich ein Teil des bronzefarbenen, schillernden Hochhauses des Administrators. Maria starrte geradezu auf das Bild. Es wirkte an den Kanten ein wenig verschwommen, aber sonst hätte sie tatsächlich glauben können, das Gebäude zu sehen, aus dessen Fenster sie schaute.

Es war unwirklich. So unwirklich wie die Erfahrung, dass das Hauptquartier der Administration von Laren besetzt war.

Fort Blossom war mehr als einmal von den Laren überfallen worden, und wenn die *Schwarzen* die Chance gehabt hätten, hätten sie längst die Flotte Blossoms ausgelöscht und die Alteraner im System zu ihren Sklaven gemacht.

Nun war es ihnen gelungen. Die Laren waren überall im Regierungsviertel; schwer bewaffnete Soldaten, die auch jeden Ansatz von Widerstand, jede noch so kleine Verzögerung bei der Ausführung ihrer Befehle mit brutaler Gewalt ahndeten.

Maria fragte sich lediglich, warum die von den Laren niedergeschlagenen Alteraner umgehend aus der Zentrale der Administration getragen wurden. Und wieso die Laren drei Trivideo-Kamerateams in die große Halle eskortiert hatten.

Sie ahnte den Grund, hoffte aber inbrünstig, dass sie sich irrte, zumal die Kamerateams so positioniert waren, dass sie kaum einen der waffenstarrenden Besatzer im Bild hatten.

»Aufnahme!«, bellte der befehlshabende larische Offizier.

Die Trivideo-Teams schalteten ihre Kameras ein, und im nächsten Augenblick betrat Kat-Greer den Raum. Er hielt sich in seiner schmucken Paradeuniform aufrecht wie immer und wurde lediglich von drei Leibwächtern flankiert, die entsicherte Kombiwaffen trugen.

Die Kamerateams fingen nicht ein, dass Administrator Goberto Ho von den larischen Soldaten, die ihn in ihre Mitte genommen hatten, mehr oder weniger unsanft nach vorn gestoßen wurde, in den Aufnahmebereich der Kameras, bis er zwei Meter vor Kat-Greer stand.

Bitte nicht, dachte Maria. *Bitte nicht.* Aber sie wagte sich nicht zu rühren. Im tiefsten Grund ihres Hasenherzens war sie froh, dass Goberto Ho und nicht sie dort stand.

Was sich aber noch ändern konnte.

Der Erste Hetran sah Goberto Ho an und lächelte.

Er lächelt, dachte Maria.

»Aus dem Orbit gesehen wirkt Fort Blossom nicht wie ein Blauer, sondern eher wie ein Grüner Planet«, sagte der Lare im Plauderton. »Schuld sind die allgegenwärtigen Algenkonzentrationen, die sich in den ausgedehnten Ozeanen entwickelt haben, nicht wahr? Stellen sie nicht auch die Nahrungsgrundlage der Bevölkerung dar?«

Der Administrator schwieg.

»Daran wird sich auch in Zukunft nichts ändern«, fuhr Kat-Greer fort. »Auch wenn Fort Blossom mit dem heutigen Tag dem Trovent der Laren angegliedert wird und die Alteraner zu Untertanen des Trovents werden, werden sich ihre Lebensumstände kaum ändern. Solange sie die Anweisungen des Trovents befolgen.«

Maria sah, dass Administrator Ho am ganzen Körper zitterte. *Vor Zorn, nicht vor Angst,* dachte sie und befürchtete, er würde sich jeden Augenblick auf den Laren stürzen.

»Der Trovent erwartet allerdings ein vernünftiges und angemessenes Verhalten seiner Untertanen. Ein Verhalten, das Administrator Goberto Ho nicht gezeigt hat. Ich habe ihm die Kapitulation angeboten, doch er hat auf einen sinnlosen Akt des Widerstands bestanden und damit die Vernichtung von einhundertundzehn TRIANGOLO-Raumforts heraufbeschworen, von dem Verlust an … Alteraner-Leben ganz zu schweigen.«

Maria gestand Kat-Greer immerhin zu, dass er sich bemühte, das Wort »Alteraner« nicht allzu abfällig auszusprechen.

»Der Trovent schützt seine Untertanen und seinen Besitz. Für Goberto Hos Verhalten gibt es nur eine Strafe. Den Tod. Daher verkünde ich hiermit, dass der Administrator standrechtlich exekutiert wird – und zwar *jetzt.*«

Die Trivideo-Kameras surrten, die drei vermeintlichen Leibwächter Kat-Greers hoben ihre Waffen, legten an, zielten und schossen.

Maria schloss die Augen, wagte aber nicht, sich zu rühren. *Sonst bin ich die Nächste,* dachte sie.

Sie hatte zu spät reagiert und noch gesehen, wie Goberto Ho zusammenbrach, getroffen von drei Thermostrahlen; einer in den Kopf, einer in die Brust, einer in den Unterleib. Sie hatte keinen Schrei gehört; offensichtlich war er stumm gestorben, um dem verhassten Feind nicht den geringsten Triumph zu gönnen.

Als sie die Augen wieder öffnete, war Hos Leiche bereits aus dem Raum geschafft worden.

Vor laufenden Trivideo-Kameras, dachte sie. *Sein Tod ist auf ganz Fort Blossom übertragen worden.*

Kat-Greers Botschaft war klar: *Die Laren können gnädige Herren sein, aber wer sie herausfordert, büßt seinen Fehler mit dem Tod.*

»Der Trovent ist großzügig«, sprach Kat-Greer in die Kameras und bestätigte damit Marias Auffassung, »und lässt es bei dieser einen Vollstreckung bewenden. Alle anderen … Alteraner, die sich unter Administrator Goberto Ho Verbrechen gegen den Trovent schuldig gemacht haben, werden hiermit begnadigt. Mehr noch …« – der Erste Hetran legte eine Kunstpause ein – »der Trovent wird Fort Blossom von nun an vor den Posbis beschützen. Ein ausreichendes Kontingent Troventaare bleibt über Fort Blossom zurück …«

Wahrscheinlich vorwiegend Einheiten mit geringen Reichweiten, dachte Maria, nicht ganz unbeschlagen in strategischen Überlegungen …

»… während der Rest der Flotte in Kürze wieder aufbrechen wird.« Kat-Greer sah wieder in die Kameras und lächelte.

Lächelte.

»Zum Altera-System«, sagte er.

Vierzehn

Vhatom Q'arabindon: Vergangenheit
Woher komme ich, wohin gehe ich?

Beizeiten schien für den Bronzenen – für Cairol – eine ganz andere Bedeutung zu haben als für die Plasma-Psyche. Wochen vergingen, Monate, Jahre, Jahrzehnte, und Vhatom Q'arabindon lagerte irgendwo, ohne Sinneswahrnehmung, in einem Regal in einer ihm nicht namentlich bekannten Raumstation, in die der Roboter ihn gebracht hatte.

Er trieb sich in den virtuellen Welten herum, die von jeher Teil seiner Kapsel zu sein schienen – und entdeckte schließlich, eher durch Zufall, Lernprogramme, die Cairol ihm offensichtlich zurückgelassen hatte. Einführungen in die Kosmonautik einschließlich zahlreicher Spezialgebiete. Im Lauf der Zeit durchstreifte er in virtuellen Schiffen virtuelle Galaxien und lernte vieles, wenn nicht sogar alles, was es über die Gefahren des Alls zu lernen gab. Schwarze Löcher, Neutronensterne, Hyperraumstürme – todesmutig wagte er sich an sie heran und in sie hinein, starb tausend Tode und erlebte tausend Wiedergeburten.

Keines dieser Programme kommunizierte mit ihm über Belange, die über den Lernstoff hinausgingen. Aber jedes schien, wie er nach Jahrzehnten entdeckte, ihn und seine Leistung genau einschätzen zu können. Irgendwann, nach Jahren, war das erste dieser Programme mit seinen Fortschritten anscheinend zufrieden. Es eröffnete ihm neue Bereiche; die Raumschiffe wurden schneller und größer, die Situationen, in die er mit ihnen geriet, gefährlicher.

Kaum hatte Vhatom herausgefunden, dass es diese Erweiterungen gab, widmete er sich mit ganzem Ehrgeiz der Aufgabe, auch bei anderen Programmen zu neuen Levels vorzustoßen. Schritt für Schritt gelang es ihm, kletterte er Stufe für Stufe höher, verbesserte seine Qualifikationen. Immer größer wurden die Raumschiffe, die er immer geschickter und souveräner steuerte, immer schneller und weiter flogen sie, immer komplizierter wurden die Aufgaben, die das Programm ihm stellte. Manövrieren unter dem Ereignishorizont eines Schwarzen Lochs? Irgendwann stellte es kein Problem mehr für ihn dar. Die Energie eines Neutronensterns bändigen und dem Triebwerk seines neuesten Raumschiffmodells zuführen? Ein Kinderspiel, wenn man über die dazu nötige Technik und Fertigkeiten verfügte.

Schließlich erreichte er beim ersten Programm das höchste Level, dann beim zweiten, und nach Jahren auch beim letzten. Doch als er dann befürchtete, ihm würden sich keine neuen Herausforderungen mehr stellen und er müsse das bereits Erlernte nun bis in alle Ewigkeit einüben und perfektionieren, tat sich ihm plötzlich eine neue Welt auf.

Eine neue Datei.
Kosmologie.

Er erfuhr vom Aufbau der Schöpfung und von den Hohen Mächten, den Kosmokraten und Chaotarchen. Beide versuchten, die Entwicklung des Universums nach ihren Vorstellungen zu beeinflussen und voranzubringen, wobei die Kosmokraten allerdings für die Ordnung und damit für das Leben, die Chaotarchen jedoch für das Chaos und den Untergang eintraten. Kurz gesagt, die Kosmokraten waren Götter, die Chaotarchen Dämonen, wenn nicht sogar deren Herren – Teufel!

Die Kosmokraten rangierten nach dem Zwiebelschalenmodell der kosmischen Entwicklung auf der höchsten Stufe. Leben bildete sich, wurde intelligent, entwickelte die Raumfahrt, schuf intergalaktische Reiche, entwickelte sich zu einer Superintelligenz weiter. Superintelligenzen vollzogen dann den nächsten Schritt der kosmischen Evolution und wurden zu Materiequellen oder Materiesenken. Aus denen wiederum entstanden schließlich Kosmokraten und Chaotarchen.

(Viel später fragte Vhatom sich, ob dieser Definition zufolge die Chaotarchen dann nicht ebenfalls auf der höchsten Stufe der Evolution stehen mussten. Dem war wohl so, aber eben am anderen Ende der Skala.)

Hinter den Materiequellen befand sich der Existenzbereich der Kosmokraten, hinter den Materiesenken der der Chaotarchen. Über das Wesen, das Aussehen und die tatsächliche Zustandsform der Kosmokraten oder ihrer Gegenspieler, der Chaotarchen, verrieten die kosmologischen Dateien nichts. Wenn Kosmokraten tatsächlich einmal diesseits der Materiequellen agierten, also im Standarduniversum, bedienten sie sich vierdimensionaler Projektionen anderer Wesen, die keinerlei Rückschlüsse auf ihr wahres Aussehen zuließen, oder aber Ersatzkörper, in die ihr Bewusstsein schlüpfte – oder vielleicht auch nur ein Fragment, ein Splitter, ein Hauch davon.

Über die möglichen Erscheinungsformen von Chaotarchen erfuhr Vhatom noch weniger.

Doch beide Hohen Mächte verfügten über gewaltige Machtmittel. Dazu gehörten bei den Kosmokraten Schwärme und Sporenschiffe, die Leben und Intelligenz im Universum verbreiten sollten, oder Helfer wie Cairol oder die Chronotropische Domäne oder die Ritter der Tiefe, die sich gegebenenfalls zu bedeutenden Organisationen zusammenschlossen. Ihre Technik war allem überlegen, was man diesseits der Materiequellen und -senken entwickeln konnte.

Die Mächte des Chaos, deren einziges Ziel in der Vergrößerung der Unordnung und des Chaos im Universum bestand, schienen per se nur durch ihre Helfer in Erscheinung zu treten. Zu ihnen zählten der Dekalog der Elemente, die

Dakkar-Pioniere, aber auch TRAITOR, die *Terminale Kolonne*, eine schier unbegrenzte Raumschiff-Flotte, die in mehreren Universen gleichzeitig tätig war.

Auch bei Superintelligenzen, so erfuhr Vhatom, gab es *positive* und *negative*. Positive wurden schließlich, nach Jahrhunderttausenden oder gar -millionen der Existenz, zu Materiequellen, negative zu Senken. Daher legten sowohl Kosmokraten als auch Chaotarchen großen Wert darauf, Superintelligenzen in ihrem Sinn zu steuern und Einfluss auf ihre Entwicklung zu nehmen.

Kosmokraten wie auch Chaotarchen, so verdeutlichte die Datei, waren den Wesen diesseits der Materiequellen so hoch überlegen, dass diese sie und ihr Handeln ganz einfach nicht verstehen konnten. Daher war den Anweisungen der Kosmokraten, die sie durch Cairol überbrachten, unbedingt und nach Wort und Inhalt Folge zu leisten, sonst könnten die Chaotarchen an einer der zahlreichen Fronten, an denen die beiden Gegenseiten miteinander konkurrierten, eine verheerende Niederlage davontragen. Unter Umständen konnte davon sogar das Schicksal eines ganzen Universums abhängen.

Überdies war Vhatom Q'arabindon, so ließ die Dateien ihn wissen, tatsächlich einmal ein organisches, lebendes Geschöpf gewesen, das seine Entstehung letzten Endes dem Wirken der Kosmokraten zu verdanken hatte. Daher konnte man von ihm erwarten, dass er mit ganzer Kraft danach streben würde, ihnen zu dienen, zumal Cairol ihn ja aus der Gewalt des Kybernetischen Händlers aus dem Volk der Kouvo'Goy'Teran befreit hatte.

Dies alles und noch viel mehr verriet ihm die kosmologische Datei.

Also doch, dachte Vhatom, nachdem er die Datei wieder und wieder studiert und versucht hatte, ihre Bedeutung richtig einzuschätzen. *Ein organisches, lebendes Wesen!* Sicher würde Cairol ihm nach seiner Rückkehr seine Fragen beantworten und Licht ins Dunkel bringen, damit er dem Geheimnis seiner Herkunft nachgehen konnte.

Falls der Roboter der Kosmokraten jemals zurückkehren sollte und ihn nicht einfach vergessen hatte ...

Aber darauf brauchte er zu seiner Überraschung nicht lange zu warten. Wenige Tage nachdem er Zugriff auf die kosmologische Datei erhalten und sie mehrmals studiert hatte, war Cairol plötzlich wieder da. Die virtuelle Welt, in der Vhatom gerade einen Raumer, der einem Sporenschiff der Kosmokraten kaum nachstand, durch einen schmalen Hyperraumtunnel lenkte, brach von einem Augenblick zum anderen zusammen, und er sah wieder in den Raum, in dem er sich befand.

Cairol schaute zu dem Regal, auf dem er lag.

Das ist kein Zufall, schwante ihm sofort. Wahrscheinlich hatte der Rechner, auf dem er die diversen Programme absolviert hatte, den Bronzenen informiert, dass die Ausbildung der Plasma-Psyche so weit abgeschlossen war.

Der Roboter der Kosmokraten hatte also mit aller Zeit der Welt ausgeharrt, bis Vhatom seinen Erwartungen entsprach, und dann erst reagiert. Und wenn er bedachte, mit welchen Reaktionszeiten die Hohen Mächte normalerweise operierten, konnte von einer Verzögerung kaum die Rede sein.

Im ersten Augenblick wirkte Cairols Gesicht zwar wohlproportioniert und edel, aber irgendwie auch starr, unbeteiligt. Es zeigte den gleichen Eindruck wie damals, als er mit To'Grur'Prigt über seinen Kauf verhandelt hatte.

Im zweiten schien es dann *weicher*, mitfühlender zu werden. Täuschte sich Vhatom, oder *lächelte* das Gesicht des Roboters tatsächlich?

»Ich freue mich, dass es dir gut geht und du die Unterweisungsprogramme erfolgreich absolviert hast. Zusammen mit deinen eigenen Kenntnissen und Programmroutinen, die noch nicht aktiviert wurden, bist du nun imstande, die für dich vorgesehene Aufgabe zu erfüllen. Es freut dich sicherlich, zu hören, dass ich alle nötigen Vorbereitungen bereits getroffen habe.«

»Programmroutinen? Ich dachte, ich sei einmal ein Lebewesen gewesen?«

»Das warst du auch, zumindest den mir vorliegenden Informationen zufolge. Aber nun bist du eine ausgebildete Plasma-Psyche. Und das ist viel, viel mehr als nur ein Lebewesen.«

»Ich ... brenne darauf, meine Tätigkeit anzutreten«, sagte Vhatom so diplomatisch, wie es ihm möglich war. »Aber ich ... hätte vorher noch einige Fragen.«

»Natürlich«, erwiderte Cairol, und sein Lächeln wurde noch intensiver. »Wie könnte es auch anders sein? Stelle sie, ich werde mich bemühen, sie zu beantworten, so es in meiner Macht steht.«

»Ich war früher also ein Lebewesen?«

»Wie ich schon sagte, ja. Den mir vorliegenden Informationen zufolge.«

»Was für ein Wesen? Und wie bin ich zu einer Plasma-Psyche geworden?«

»Und kann man diesen Prozess wieder umkehren, und kannst du zu seinem Volk zurückkehren? Das wären die nächsten Fragen gewesen, nicht wahr?« Cairol griff nach ihm, nach der Kapsel, und einen Moment lang wurde es dunkel um ihn. Als er wieder sehen konnte, nahm er nicht mehr den Raum wahr, in dem er jahrzehntelang gelagert worden war, sondern einen breiten, hohen Gang mit einer Verkleidung aus blauem Kunststoff und einer gleichförmigen Illumination, die zugleich von überall her und nirgends zu kommen schien.

Offensichtlich trug der Roboter ihn durch die Raumstation.

»Ach, all diese Fragen, so typisch für ein Lebewesen, selbst für ein ehemaliges. Wer bin ich? Woher komme ich, wohin gehe ich? Was ist der Sinn meines Lebens? Was war vorher, was kommt danach? *Das* willst du in Wirklichkeit doch wissen, nicht wahr?«

»... ja«, gestand Vhatom ein.

»Nun, dann habe ich erschöpfende Antworten für dich. Vielleicht nicht die, die du erwartet hast, aber Antworten. Wie lautete gleich noch die erste Frage?«

Vhatom stutzte. Hatte der Roboter seine erste Frage wirklich schon vergessen? »Was für ein Wesen ich war, und wie ich zu einer Plasma-Psyche geworden bin …«

»Darüber liegen mir leider keine Informationen vor. Es gab nur einige wenige Plasma-Psychen, keine zwei Dutzend, und alle außer dir gingen im Verlauf der Jahrtausende verloren oder wurden zerstört. Du bist sozusagen der letzte deiner Art.«

»Warum hat man mir meine Erinnerungen genommen?«

»Das war bei allen bekannten Plasma-Psychen der Fall. Daher kann ich dir dazu nichts sagen.«

»Welcher Spezies entstamme ich?«

»Unbekannt.«

»Könnte man mich in das Lebewesen zurückverwandeln, das ich vorher war?«

»Ja.«

Die kurze, knappe Antwort verblüffte Vhatom dermaßen, dass er eine geraume Weile keine weitere Frage zu stellen wusste. Dann aber kehrte allmählich sein logisches Denkvermögen zurück. »Wie … und wieso?«

»Du bist eine Plasma-Psyche. Du enthältst Plasma, aus dem deine Gefühle entstehen, deine Empfindungen. Du bist noch immer ein fühlendes, denkendes, empfindendes Wesen, auch wenn du deinen Körper verloren hast. Mit langwierigen genetischen Analysen und Rückzüchtungen wäre es möglich, einen Körper zu erschaffen, der dem, den du früher gehabt hast, zumindest sehr ähnlich wäre.«

»Was heißt … langwierig?«

»Jahrzehnte? Jahrhunderte? Jahrtausende?«

»Und das mit der Technik, die dir zur Verfügung steht? Mit *Kosmokratentechnik*?«

Cairol lachte leise auf. »Kosmokraten sind keine Götter. Und ihre Technik ist nicht darauf ausgerichtet, für sie unwichtige Probleme der Wesen aus den Niederungen zu lösen … so wichtig diese Probleme für diese Wesen selbst auch sein mögen«, fügte er schnell hinzu. »Ich kann dir leider nichts anderes sagen.«

Die Antwort war zu schnell gekommen, zu glatt erfolgt. Konnte, sollte, *wollte* Vhatom dem Roboter glauben?

»Aber du begehst auch als Plasma-Psyche die Fehler, die die meisten Lebewesen begehen«, fuhr Cairol fort. »Du denkst zurück, nicht voraus. Was wolltest du denn anstellen, würden wir dir deinen Körper zurückgeben? Ohne Erinnerungen und mittellos; nicht mal ein Raumschiff steht dir zur Verfügung. Wie kannst du hoffen, deine Spezies jemals wiederzufinden … falls sie überhaupt noch existiert? Seit wann bist du eine Plasma-Psyche? Seit Jahrhunderten? Jahrtausenden? Jahrmillionen? Und was würdest du alles aufgeben, um einem sinnlosen Traum hinterherzujagen?«

»Aufgeben …?«

»Du hättest einen organischen Körper … einen sterblichen Körper. Lass ihn hundert Jahre existieren, oder auch zweihundert, wenn es ein süßes, ein gutes, ein reiches Leben war. Und dann? Der Tod. Das Nichts. Das Ende. Ohne dass du auch nur eine der Fragen, die dir auf der Seele brennen, beantwortet hättest. Eine vergeudete Existenz, verschwendet auf der Suche nach einem Sinn, den du niemals finden wirst. Wir aber geben dir die Chance, Antworten zu finden … zumindest die Chance, auch wenn wir einen Erfolg nicht garantieren können.«

»Die Chance? Inwiefern?«

Cairol war vor einem Schott stehen geblieben und streckte eine Hand aus, um es zu öffnen. Dahinter befand sich ein großer Raum, eine Werkstatt, und mitten darin ein seltsames Gebilde.

»Du wirst ewig existieren. Zumindest nach deinen Maßstäben. Eine sehr, sehr lange Zeit. Du wirst das All durchstreifen, Wunder sehen, die du dir nicht erträumen kannst. Du wirst für uns tätig werden, natürlich, aber dir wird auch Zeit genug bleiben, um nach deiner Herkunft zu suchen. Und du wirst deine Erfüllung finden, den Sinn deines Daseins. Du wirst Leben schaffen und fördern und für die Ordnung im Universum tätig werden. Das ist dein künftiger Verwendungszweck. Gibt es ein höheres Ziel?«

Das Gebilde in dem Raum war ein … Roboter? Nicht so einer wie Cairol, aber doch von beeindruckender Perfektion, ja sogar Schönheit. Er war groß, etwa so groß wie der Bronzene, hatte eine annähernd humanoide Form und schien aus Dutzenden filigran geformter Einzelelemente von dunkel-kupferroter Farbe zu bestehen, die anscheinend flexibel zusammengefügt werden konnten. Ein Oval schob sich in das andere, und sie alle bildeten zwei Beine, zwei Arme, einen Leib, einen Hals, einen Kopf, Hände, Füße …

Wenn sie sich erst einmal bewegten … ein Ineinanderfließen von Ellipsen, dreidimensionaler eiförmiger Kreise, wie widersinnig diese Beschreibung auch sein mochte.

Wieso brachte Cairol ihn zu diesem Gebilde? Was hatte der Roboter der Kosmokraten vor?

Vhatom riss sich zusammen, wandte den Blick von dem Gebilde ab, um sich auf das Gespräch mit Cairol konzentrieren zu können. »Und … was heißt das genau?«

»Du, Vhatom Q'arabindon, wirst Teil eines robotischen Ensembles sein. Du wirst als Steuermann eines Instruments der Hohen Mächte dienen, das den Namen TRAGTDORON trägt.«

»TRAGTDORON?«

»TRAGTDORON ist bereits Millionen Jahre im Einsatz, doch sein derzeitiger Steuermann hat seine Zeit überschritten und wird bald aufhören zu existieren. Du bist als sein Nachfolger vorgesehen.«

»Dafür also die Jahrzehnte mit den virtuellen Lehrprogrammen …«

»Ja, dafür. Es wird völlig schmerzlos sein. Die Vereinigung mit TRAGTDORON findet in zwei Phasen statt. Zuerst bekommst du einen neuen, autarken Körper …«

»Einen eigenen Körper?«

»Du wirst dich wieder bewegen können. Du wirst noch immer ein Gehirn in einer Kapsel sein, doch diese Kapsel ist auf TRAGTDORON uneingeschränkt bewegungsfähig … und auch außerhalb, wenn du die Einheit einmal verlassen musst. Ich werde dich hier und jetzt in deinen neuen Körper verpflanzen; und in der zweiten Phase werde ich dich als kooperierenden Partner des Steuergehirns mit TRAGTDORON selbst verbinden. Es dauert für dich nur einen Augenblick. Es wird schwarz um dich werden, und dann wieder hell, und du hast den ersten Schritt auf dem Weg zu deiner wahren Bestimmung getan.«

»Aber …« *Ein neuer Körper? Etwa …?* Tausend Fragen wollte Vhatom Q'arabindon noch stellen, doch er kam nicht mehr dazu. Es wurde schwarz um ihn, und dann wieder hell.

Und er spürte einen Körper.

Es war ein einzigartiges Erlebnis, nicht zu vergleichen mit den virtuellen Welten, in denen er sich zuerst die Zeit vertrieben und dann Raumschiffe geflogen hatte. Er wollte bewusst ein Bein bewegen, und es bewegte sich. Er wollte einen Arm heben, und er hob sich. Er wollte den Kopf drehen, und er drehte sich.

Ellipsen flossen ineinander und veränderten sich, und filigran geformte Einzelelemente gehorchten seinem Willen.

Er sah die Umgebung und roch die Luft. Er spürte den Boden unter seinen Füßen und hörte Cairols Stimme.

»Ich werde dich nun nach TRAGTDORON geleiten«, sagte der Roboter der Kosmokraten zum Roboter des Roboters der Kosmokraten.

Vhatom antwortete nicht sofort, war dazu nicht imstande. Er bewegte noch immer seinen Körper, vorsichtig, zaghaft, genoss die neuen, andersartigen Sinneseindrücke, versuchte, zu sich selbst zu finden. Noch waren seine Bewegungen bestimmt ungelenk, doch das würde sich geben. Noch waren seine Sinneseindrücke bestimmt gedämpft, doch das würde sich bessern.

Später konnte er nicht mehr sagen, ob er Stunden oder Tage damit verbracht hatte, sich an seinen neuen Körper zu gewöhnen, doch Cairol war die ganze Zeit bei ihm, gab ihm kluge Ratschläge und unterstützte ihn.

Er hatte wieder einen Körper! Auch wenn es nur der eines Roboters war.

Schließlich, irgendwann, legte sich seine Euphorie, und er drehte den Kopf und legte die Hand auf die Schulter seines Gegenübers und öffnete den Mund und sagte, was er eigentlich vor der Transformation hätte sagen sollen. »Cairol, ich habe nicht mein Einverständnis erklärt, TRAGTDORON zu fliegen.«

»Nein«, erwiderte der Bronzene, »das hast du nicht.«

Fünfzehn

Perry Rhodan, TRAGTDORON: 5. Juni 1343 NGZ (4930 nach Christus)

Plötzlich war es vorbei. Rhodan fühlte, wie das Etwas, das sein Innerstes nach außen gekehrt hatte, ohne allerdings vollständig in den Kern seiner selbst vorgedrungen zu sein, sich wieder zurückzog.

Panisch, wie er unwillkürlich dachte. Aber auch voller Ehrfurcht, Respekt und Hochachtung.

Von einem Augenblick zum anderen war er frei. Er tat einen Schritt. Mit diesem Meter ließ er die schier endlose Siebenunddreißig hinter sich und fand sich in einer völlig veränderten Umgebung wieder.

Graue Decken, Wände und Böden, schmucklos, ohne jeden Zierrat, einfach nur praktisch und zweckmäßig. Als hätten die Erbauer niemals damit gerechnet, dass ein Lebewesen diese Gefilde betrat. Es war bei weitem nicht so schlimm wie in einem Fragmentraumer der Posbis, doch die Tendenz war da. Der erste Blick, den Rhodan auf TRAGTDORON warf, entfachte nicht gerade Begeisterung in ihm.

Doch er war nicht allein. Vor ihm stand ein ... Roboter? ... der ihm auf Anhieb tragisch vorkam, geschlagen vom Schicksal. Rhodan musste daran denken, wie er zum ersten Mal Laire gesehen hatte, oder auch Cairol. So erhaben, so mächtig die Roboter der Kosmokraten auch gewesen sein mochten, sie waren ihm stets einsam vorgekommen. Verloren in den Jahrzehntausenden oder -millionen, die sie für ihre Herren tätig gewesen waren.

Ja, es war eindeutig ein künstliches Wesen, das ihm den Weg versperrte. Sein etwa drei Meter großer Leib bestand aus filigran geformten, robotischen Elementen von dunkel-kupferroter Farbe, die sich permanent in sich selbst zu verschieben schienen.

»Ich bin Vhatom Q'arabindon, Herr von TRAGTDORON.« Die Stimme des Roboters klang ... würdevoll, ein anderer Ausdruck fiel Rhodan nicht ein.

»Herr eines havarierten Instruments der Hohen Mächte«, fuhr das Geschöpf fort, »das schon längst hätte vernichtet werden sollen. Der geehrte Ritter der Tiefe ist sicherlich gekommen, um die endgültige Vernichtung TRAGTDORONS einzufordern, nachdem sein Steuermann so offensichtlich versagt hat.«

Tief betrübt klang das, wie ein Trauergesang. Doch die in der Begrüßung enthaltenen Informationen waren hochinteressant. *Endgültige Vernichtung,* dachte Rhodan. *Versagen.*

Warum hatten die meisten Helfer der Kosmokraten, die er bislang kennengelernt hatte, irgendwann versagt, nachdem sie über Jahrmillionen ihre Aufgaben gewissenhaft ausgeführt hatten, um schließlich irgendwann nachlässig zu werden? Waren die aus den unteren Gefilden rekrutierten Geschöpfe ganz einfach nicht fähig, den Ansprüchen der Kosmokraten gerecht zu werden? War es vielleicht unmöglich, das primitive *Leben an sich* auf Dauer unsterblich zu machen? Würde irgendwann unweigerlich ein geistiger Verfall eintreten?

Habe ich noch siebzehntausend Jahre?, fragte sich Rhodan. *Liegen die zwanzigtausend Jahre, die ES mir verheißen hat, im Bereich des Normalen, oder werde ich vorher wahnsinnig werden wie so viele Helfer der Kosmokraten, die ich kennengelernt habe? Ist mein Körper, ist mein Geist imstande, diese zwanzigtausend Jahre auszuschöpfen, die ES mir gewährt hat?*

Auch wenn es sich dabei nur um eine symbolische Zahl handelt. Oder ist mein Geist, mein Verstand, bei solch einem Zeitraum einfach überfordert?

Noch spürte er keine Nebenwirkungen der relativen Unsterblichkeit. Aber er lebte ja auch erst 3000 Jahre.

Er verdrängte die unnützen Gedanken. Ihm war etwas anderes aufgefallen. Er hatte es sofort registriert, in dem Augenblick, in dem der Roboter seinen dritten Satz vollendet hatte.

Der geehrte Ritter der Tiefe …

Daraus sprach eine bedeutsame Unterordnung, die – wie nannte der Roboter sich gleich noch? – Vhatom Q'arabindon ihm gegenüber an den Tag legte. Das Robotwesen wusste offenbar nicht, dass Rhodan ein Ritter außer Dienst war. Dass er das Ritteramt aufgegeben hatte, die Kosmokraten sich aber geweigert hatten, ihm die Aura eines Ritters der Tiefe zu nehmen.

Hofften die Kosmokraten etwa, dass er weiterhin für sie tätig war? In ihrem Sinne wirkte, ohne es zu wissen?

Wie zielgerichtet arbeiteten die Kosmokraten? Hatten sie etwa schon vor Hunderten von Jahren gewusst, dass er eines Tages TRAGTDORON erreichen und die Aura benötigen würde, um den Attraktor zu betreten und von Vhatom Q'arabindon akzeptiert zu werden?

Sinnlose Gedanken. Und er konnte jetzt keine kosmologischen Erörterungen betreiben. Vielleicht hatten die wenigen Sekunden, die er gezögert hatte, schon irreparable Schäden angerichtet. Offenbar sah der Roboter – falls es wirklich einer war, Rhodan bezweifelte es irgendwie – einen Ritter der Tiefe als eine Art Vorgesetzten an, und das galt es auszunutzen.

Er durfte nicht länger zögern. Er musste unverzüglich die Rolle des Befehlshabenden an sich reißen.

»Du erkennst mich als weisungsbefugt an?«, fragte er.

Der Roboter zögerte. Lange.

Viel zu lange, dachte Rhodan. *Mein unsicheres, zögerliches Auftreten hat den unerwarteten Vorteil wieder zunichtegemacht.*

Doch schließlich senkte der Roboter zu Rhodans Erleichterung den Kopf. »Jawohl«, sagte er leise. »Natürlich. Wie könnte ich mich einem Ritter der Tiefe verweigern?«

Beruhigt atmete Rhodan auf. *Jetzt nur keinen Fehler begehen …*

»Ich komme keineswegs, um die endgültige Vernichtung TRAGTDORONS einzufordern«, sagte er. Ein Bluff, basierend auf den ziemlich unzusammenhängenden und für ihn noch unverständlichen Aussagen des Roboters.

Vhatom Q'arabindon legte den Kopf nun schräg. »Nicht?«

»Ganz im Gegenteil. Ich gedenke, TRAGTDORON zuerst einmal zu besichtigen.« Erwartete man von einem Ritter der Tiefe nicht, dass er würdevoll sprach?

Rhodan glaubte, die Erleichterung, die der Roboter empfand, geradezu spüren zu können. *Was ist hier geschehen?,* fragte er sich. Wieso befürchtete der Roboter, Rhodan könnte die Vernichtung TRAGTDORONS anordnen? Er musste die Hintergründe in Erfahrung bringen, dabei aber behutsam vorgehen. Vor allem musste er Vhatom Q'arabindon unbedingt in dem Glauben lassen, dass er tatsächlich ein Ritter der Tiefe und ihm gegenüber damit weisungsbefugt war. Und dann musste er die Machtposition ausnutzen, die ihm so unerwartet praktisch in den Schoß gefallen war.

»Ich habe einige Begleiter mitgebracht. Hole sie ebenfalls an Bord, Steuermann.« Er drehte sich um. Wo war Drover? Der Posbi war unmittelbar hinter ihm gewesen, als er dieses sinnverwirrende Zwischenreich verlassen und TRAGTDORON betreten hatte. Trotzdem hatte der Posbi offensichtlich nicht zu dem Attraktor vordringen können.

»Ich … gehorche«, sagte Vhatom Q'arabindon.

Rhodan stand reglos da, bis der Posbi einen Arm hob und auf eine Stelle hinter ihm deutete. Langsam drehte er sich um und sah, wie ein Kelosker – Crykom, er erkannte ihn an seinen sechs Höckern – aus einer vier Meter durchmessenden runden Öffnung in dem Gang schritt.

Und nach ihm Mondra Diamond, Startac Schroeder, Tamra Cantu, dann ein Kelosker nach dem anderen.

Rhodans Anspannung ließ etwas nach. Vhatom Q'arabindon hatte ihn endgültig als weisungsberechtigt anerkannt und die Schleusen TRAGTDORONS für die Besucher geöffnet.

Er fragte sich kurz, was nun in Rechenmeister Crykom vorgehen mochte. Wie viele Jahrtausende hatte der Kelosker auf diesen Augenblick gewartet? Auf ihn, Rhodan, den Schlüssel. Deshalb hatte Lotho Kereate ihn wohl persönlich nach Ambriador geschickt.

Und dann, ganz zum Schluss, kamen die beiden Roboter mit ihrem Matten-Willy. Nano Aluminiumgärtner, der Tänzer unter den Posbis, blieb abrupt stehen und starrte Vhatom Q'arabindon an.

»Das ist unmöglich«, hauchte er kaum hörbar. »Diese unglaubliche Ästhetik ... bist du ein Posbi? Wie ich? Wie kann nur solch eine Perfektion existieren?«

»Ich bin der Steuermann. Ein Robot-Ensemble, das TRAGTDORON fliegt«, antwortete Vhatom zurückhaltend, ohne auf Nanos weitere Worte einzugehen.

»Du bist perfekt«, sagte Nano. »Und ich kenne keine andere Aufgabe, als meinem Ideal zu dienen.«

Nur nicht das, dachte Rhodan. Hatte der ewig nach Schönheit suchende Nano Aluminiumgärtner angesichts Vhatom Q'arabindons Ausstrahlung ein neues Opfer gefunden? Hatte er Mondra von einer Sekunde zur anderen vergessen, fallengelassen und sich Q'arabindon zugewandt? Das barg Zündstoff in sich. Er musste verhindern, dass Nano Aluminiumgärtners exzentrisches Verhalten ihre gesamte Mission gefährdete.

»Sieh nach Mondra.« Er sah den Posbi durchdringend an. »Und kein einziges Wort mehr, bis wir später miteinander gesprochen haben.«

Nano Aluminiumgärtner zögerte kurz, befolgte die Anweisung dann aber.

Rhodan atmete auf und befasste sich wieder mit dem Wesentlichen. *Ich bin an Bord von TRAGTDORON,* dachte er. *Elftausend Jahre lang haben die Kelosker versucht, dieses Ziel zu erreichen. Nur meine Ritter-Aura hat es ihnen – hat es uns schließlich ermöglicht. Ich bin der Schlüssel.*

Aber er wusste noch immer nicht, was TRAGTDORON tatsächlich war, stand noch ganz am Anfang.

Er spürte wieder dieses verheißungsvolle Prickeln. Ein weiteres Stück kosmischer Geschichte wartete darauf, enthüllt zu werden.

Doch vorher gab es Wichtigeres zu tun. Die Zeit drängte. Wollten die Menschen Ambriadors überleben, mussten die Kelosker sich unverzüglich an die Arbeit machen.

Sechzehn

Vhatom Q'arabindon: Vergangenheit
»TRAGTDORON wird untergehen, und alles wird vergebens gewesen sein.«

Vhatom Q'arabindon stellte fest, dass er begrenzten Zugriff auf die Rechner der blauen Walze bekam, mit der Cairol ihn nach TRAGTDORON flog. Einen *höchst* begrenzten Zugriff: Er konnte die Daten der Ortungsinstrumente des Raumschiffs abrufen, mehr aber auch nicht. Er sollte niemals in Erfahrung bringen, wie schnell die blaue Walze flog, woher sie kam oder über welche Möglichkeiten sie verfügte.

Nur das Ziel sah er, und dessen Koordinaten speicherte er sofort auf ewig in seinem Geist. Die erste Begegnung mit TRAGTDORON wollte er niemals vergessen.

Die Daten bezeichneten allerdings nur einen anscheinend willkürlich ausgewählten Punkt irgendwo im Leerraum zwischen der Galaxis Erranternohre und einer anderen Sterneninsel, deren Name ihm zu diesem Zeitpunkt unbekannt war.

Dort befand sich angeblich das Objekt, das sein neuer Wirkungskreis sein würde, wie der Roboter sich ausdrückte. Aber Vhatom konnte es nicht finden. Da war nur leerer, kalter Raum.

Wieso spricht, wieso benimmt sich Cairol nun, während dieses Flugs, wieder ganz anders?, dachte er. Jedes Gefühl, jede Freundlichkeit, die der Bronzene an Bord der namenlosen Raumstation noch an den Tag gelegt hatte, schien nun aus ihm gewichen zu sein. Als hätte er einen Schalter umgelegt, war er nun wieder nüchtern, sachlich, unnahbar, *erhaben.*

»Da ist nichts«, sagte er und bewegte die Arme, ganz einfach nur, weil es ihm Freude bereitete. Er hatte mittlerweile herausgefunden, wie flexibel sein Körper gestaltet war, und dass er die einzelnen Bestandteile willentlich gruppieren konnte. Wenn ihm die – zweifellos äußerst zweckmäßige – humanoide Form nicht mehr gefiel, konnte er eine andere annehmen, eine, die der eines Blautreibers ähnelte, oder der eines Technischen Nomaden. Nur die Anzahl und die Masse seiner Elemente setzten ihm Grenzen. Er konnte keinen Körper bilden, der zehnmal so groß wie der Cairols war, oder zehnmal so schwer. »Die Normalraumortung gibt nichts her, aber …«

»Müssen wir neue Lernprogramme erstellen?«, unterbrach der Roboter ungeduldig. »Oder kannst du unsere Erwartungen doch nicht erfüllen? Hätten wir dich gar in eine der Kosmitäten schicken sollen, vielleicht zu einem Auffrischungskurs?«

»Was ist eine Kosmität … Cairol?« Fast hätte er *Herr* gesagt, wie zu dem Kybernetischen Händler der Kouvo'Goy'Teran. *Mögen seine Zyklopenaugen in der Unterwelt von Würmern zerfressen werden.*

»Das spielt keine Rolle. Welche Ortungen stehen dir zur Verfügung?«

»Wie ich gerade sagen wollte, Cairol, ich sollte die Hyperraumortung aktivieren.« *Die Quellenraumortung steht mir ja nicht zur Verfügung,* setzte er in Gedanken hinzu. *Ich weiß nicht einmal, was das ist.*

»Also?«

Vhatom schaltete auf die Hyperraum-Ortung um. Automatisch fuhren die optischen Filter hoch, als grelles weißes Licht durch die Nebenzentrale der blauen Walze strömte.

Weißes Licht im Hyperraum? Weißes Licht statt rotes Wabern?

Er sah weiß leuchtende Spiralen in den Ortungsholos, gleißende Helligkeit, strahlender als alles, was er bislang erblickt hatte. Ein unerklärliches Phänomen: Wie konnte in einer Darstellung des Hyperraums so etwas wie reines, blendendes Licht erscheinen, wenn es sich nicht um eine Falschfarbendarstellung handelte, was hier nicht der Fall war?

Wie konnte sich dort eine Lichtquelle befinden?

Die Ortung enthüllte nun zahlreiche – auf dem Datenholo leuchtete die Zahl 49 auf – organisch geformte, annähernd spiralige Lichtsphären, kilometergroße Gebilde aus reiner Energie.

So etwas hatte er noch nie gesehen. Schwarze Löcher, Neutronensterne, Hyperraumstürme, ja … aber das? War das ein natürliches Phänomen, oder …?

Nein. Cairol hatte ihm ein Ziel genannt, und das hatten sie soeben erreicht. Es musste ein Zusammenhang bestehen. Die Sphären waren wahrscheinlich künstlichen Ursprungs … Produkte der Kosmokratentechnik?

»Dematerialisierte Aggregat-Sphären«, sagte der Roboter, als Vhatom weiterhin schwieg, »zum allergrößten Teil im Hyperraum angesiedelt.«

Aggregat-Sphären? Was hatte er sich darunter vorzustellen? Und dematerialisiert … das verstand er zumindest.

Immerhin … der Roboter der Kosmokraten hatte ihm versprochen, dass er die Wunder des Universums sehen würde, und hier sah er eins.

Aber das Leuchten ging nicht nur von den riesigen Sphären aus. Als Vhatom Vergrößerungen aufrief, bemerkte er ein dünnes Netz aus energetischen Spinnfäden, das sie verband.

»Das Makro-Netz«, erklärte Cairol. »Seine Fäden halten die eigentlichen n-dimensional wirkenden Funktionsgruppen von TRAGTDORON zusammen.«

Worum auch immer es sich dabei handeln mochte, es wirkte wie ein kompaktes Skelett. »Ich … verstehe nicht«, flüsterte Vhatom. »Ich verstehe es wirklich nicht. Nicht einmal ansatzweise …«

»Was die Lichtsphären bewirken?«, fragte Cairol kalt. »Das kannst du auch nicht verstehen. Das können nur Wesen, deren Denken in fünf- und sechsdimensionale Sphären reicht. Wie diesseits der Materiequellen vielleicht die Kelosker.«

»Kelosker?«

»Ein Volk, das sehr interessante Entwicklungen auf mathematischem Gebiet zeigt und deshalb unser Interesse erregt hat«, antwortete Cairol zu seiner Überraschung. »Aber du wirst ein gewisses Verständnis erlangen, sobald du in TRAGTDORON vollständig aktiviert worden bist.« Der Roboter widmete sich wieder der Steuerung der blauen Walze, obwohl die Schiffsrechner ihm diese Aufgabe eigentlich vollständig abnehmen konnten, und Vhatom sah dies als Aufforderung, sich weiter mit den dematerialisierten Aggregat-Sphären zu beschäftigen.

Er rief weitere Holo-Vergrößerungen auf und nahm Messungen vor. Erst nach einer Weile fiel ihm ein weiteres Netz aus Sphären auf, genau 200 an der Zahl. Sie durchmaßen jeweils 120 Meter und waren ebenfalls in den Hyperraum eingelagert.

Stoff-Sphären, verriet ihm ein dazugehöriges Datenholo. Bei ihnen handelte es sich um Schaltzentralen und Funktionsgruppen, und aus ihnen wurde TRAGTDORONS eigentliche Steuerung vorgenommen.

»Deine neue Heimat«, riss Cairol ihn aus seiner Betrachtung. »Lediglich in den Stoff-Sphären können materielle Wesen wie du existieren. Das Mikro-Netz verbindet die Sphären miteinander. Zu ihm gehören Korridore, Leitungen, Versorgungsstränge und so weiter.«

»Und das alles ist ebenfalls in den Hyperraum eingelagert«, stellte Vhatom fest.

Nein, war er ehrlich zu sich selbst, er plapperte es nur nach. Mikro-Netz und Makro-Netz … und beide waren auf komplizierte, für ihn unverständliche Weise miteinander verwoben. Wobei ihm nicht einmal klar war, wie man eins dieser Netze in den Hyperraum einlagern, geschweige denn zwei, und diese auch noch miteinander verknüpfen konnte.

Er lehnte sich zurück, wählte eine andere der zahlreichen Holo-Perspektiven, die die Ortung ihm bot, und betrachtete TRAGTDORON in seiner Gesamtheit, versuchte, das fremdartige Bild aufzunehmen.

Netze im Hyperraum, filigrane Fäden und pulsierende Sphären in einem übergeordneten Kontinuum. Dieses seltsame Gebilde, TRAGTDORON, bewegte sich, pulsierte wie ein schlagendes Herz und wirkte auf rätselhafte Weise lebendig. Ein atemberaubender Anblick von einer eigentümlichen Schönheit, der ihn in der Seele rührte. Ein Anblick, der ihn dermaßen gefangen hielt, dass er kaum bemerkte, wie die blaue Walze an einer der Sphären des Mikro-Netzes andockte.

Stoff-Sphären, fragte sich Vhatom Q'arabindon, als er zum ersten Mal TRAGTDORON betrat. *Warum heißen sie Stoff-Sphären? Weil sie stofflich sind, Bestand haben im Hyperraum? Oder steckt noch mehr dahinter?*

Vielleicht würde er es später erfahren. Jetzt vergaß er den Gedanken, sog begierig die Eindrücke seiner neuen Umgebung ein.

Und versuchte zaghaft, seiner Enttäuschung Herr zu werden. Mit blauem Kunststoff verkleidete lange Gänge, wie in der namenlosen Raumstation, zu der Cairol ihn gebracht hatte, eine Beleuchtung, die aus dem Nichts zu kommen schien. Kleinere Türen und größere Schotten, die zu dahinterliegenden Räumen führten, allesamt verschlossen.

Was hatte er erwartet? Dass der Roboter ihn in die Zentrale der Mikro-Netz-Sphären führte, ihm die Kodes für den uneingeschränkten Zugriff auf die Bordpositronik übergab und alles Gute für die Zukunft wünschte? Wie sollte er TRAGTDORON fliegen, wenn er nicht einmal verstand, nach welchen Prinzipien die Einheit konstruiert war?

Cairol blieb schließlich vor einer Tür stehen, die sich öffnete, als er die Hand hob. Der Raum dahinter erinnerte Vhatom weniger an die Zentrale als an die Krankenstation eines Raumschiffs. Zumindest deuteten einige – unbenutzte – Betten an einer Wand darauf hin. Dahinter und darüber schwebten Instrumente, die er für Diagnosegeräte hielt.

Eine Krankenstation für einen Roboter, dachte er. Oder … verfügte TRAGTDORON etwa über eine Besatzung? Eine, die aus *organischen* Wesen bestand?

»Die zweite Phase«, sagte der Bronzene und winkte zur Mitte des Raums.

Plötzlich verspürte Vhatom Unbehagen. *In der zweiten Phase werde ich dich als kooperierenden Partner des Steuergehirns mit TRAGTDORON selbst verbinden,* hatte Cairol gesagt.

Was bedeutete das für ihn konkret? Würde er dadurch wieder einen Teil seiner neu gewonnenen Freiheit einbüßen? Hatte dann nicht nur er allein Zugriff auf seinen Körper, sondern auch TRAGTDORON … oder das Mikro-Netz, oder was auch immer?

Aber er hatte nicht die geringste Wahl. Langsam ging er zu der Stelle, auf die Cairol gedeutet hatte.

Der Roboter der Kosmokraten trat hinter ihn und berührte Vhatoms Körper am Halsansatz, und unvermittelt wurde es wieder schwarz um ihn.

Die Welt kehrte anscheinend sofort wieder zurück, und Zeit verging.

Es war anders als in der Zeitlosigkeit als Plasma-Psyche, als er durch virtuelle Welten streifen und sich ablenken konnte. Er sah die Krankenstation, falls es denn eine war, hatte aber keinerlei Kontrolle über seinen Körper mehr. Bewegungslos stand er da und harrte der Dinge, die nun kommen mochten.

Nichts geschah. Sein Unbehagen wurde größer. Entsprach das der üblichen Prozedur der *zweiten Phase*? Hatte Cairol so etwas überhaupt schon einmal durchgeführt? Hatte er nicht davon gesprochen, dass Vhatom der Letzte seiner Art war? Wie wollte er da gewährleisten können, dass alles seine Richtigkeit hatte?

Dann brach das gedankliche Chaos über ihn herein. Zuerst glaubte er, Stimmen zu hören, seltsam vertraute Stimmen, die in einer Sprache wisperten, die er instinktiv als die seine erkannte.

Eine Erinnerung!, dachte er. *Kehren jetzt meine Erinnerungen wieder zurück?*

Aber die Stimmen verstummten sofort wieder und ließen nur Leere zurück. Auch undeutliche Eindrücke fremdartiger Wesen konnten sie nicht ausfüllen, großer, massiger, aber auf eine gewisse Weise auch anmutiger Oktopoiden, die schwerelos in ein Rad aus Feuer zu gleiten schienen.

Auch sie verloren sich sofort wieder in der dunklen Leere, doch dafür brachen nun tatsächlich Erinnerungen über ihn herein, vielfältige Erinnerungen, mannigfache, so zahlreiche, dass er befürchtete, sie gar nicht alle in sich aufnehmen zu können. Sie versickerten im Plasma-Gehirn seines neuen Körpers wie Wassertropfen in der Wüste, wurden aufgesogen und verteilt und verschwanden für alle Blicke.

Aber irgendwann erreichten sie einen festen Grund und sammelten sich, tief unten, dort, wo er sie nur sehen, aber nicht erreichen konnte. Sie waren noch da, ein kleiner Teich aus Wissenstropfen, die ruhig und verheißungsvoll schimmerten. Würde er sie brauchen, stünden sie ihm zur Verfügung. Die Erinnerungen eines ganzen Volkes, dachte er.

Noch nie seit seinem Erwachen hatte Vhatom Q'arabindon sich vollständiger gefühlt.

Nur, um im nächsten Augenblick zerrissen zu werden.

Körperlich, nicht geistig.

Seine filigrane Robotergestalt schien zersplittert zu werden, zehnfach, zwanzigfach, hundertfach, *zweihundertfach.* Er hatte das Gefühl, dass sein Geist nun 200 Abziehbilder seiner selbst kontrollierte. Er bewegte ein Bein, und zweihundert Beine bewegten sich. Er drehte den Kopf, und zweihundert Köpfe drehten sich.

Doch dann verging der erste Schock, und er stellte fest, dass er seine Körper differenziert bewegen konnte. Wenn er nur diesen einen Kopf drehen wollte, drehte sich nur dieser eine Kopf. Wenn er nur dieses eine Beinpaar bewegen wollte, bewegte sich nur dieses eine Beinpaar.

Er war nicht zerrissen, er war multipliziert worden. Vervielfältigt.

Und auch seine Gedanken hatten sich verändert. Das, was er zuvor mühsam erlernt hatte, Stück für Stück, Bit für Bit, war nun vereint worden, und die Summe des Ganzen war größer als die Summe der einzelnen Teile. Bislang hatte er staunend zur Kenntnis genommen, nun *verstand* er. Nun war ihm auf einer bislang ungekannten Ebene klar, was der *Hyperraum* war, wie er *funktionierte.*

Nein, dieser Ausdruck war falsch. Der Hyperraum hatte keine Funktion, sondern ein Wesen. Und man musste dieses Wesen und seinen Charakter kennen, um ihn begreifen und nutzen zu können.

Plötzlich *wusste* er, wie TRAGTDORON in den Hyperraum eingelagert worden war und wie man das Gebilde darin bewegte. Und er wusste auch, was TRAGTDORON war.

Nichts anderes als ein Instrument der Kosmokraten, mit dem das Leben und die Intelligenz im Kosmos gefördert wurde. Eine Art Kombination aus Schwarm und Sporenschiff im Kleinformat.

TRAGTDORON führte nicht nur in geringem Umfang stark verkleinerte Speicher von Biophoren mit, es befanden sich auch Maschinen an Bord, die in einem Radius von etwa zehn Lichtjahren eine Anhebung der Gravitationskonstanten herbeiführen konnten.

Eine Senkung dieser Konstante führt eine Verdummung aller intelligenten Lebewesen in diesem Bereich herbei, eine Anhebung eine Intelligenzsteigerung. Das Wissen war einfach vorhanden. Er musste es nicht einmal abrufen, es stellte sich automatisch ein, wenn es benötigt wurde.

TRAGTDORON sorgte also punktuell, an ausgewählten Orten des Universums, einige tausend Jahre lang für eine beschleunigte Entwicklung des Lebens und der Intelligenz.

Im Gegensatz zu Sporenschiffen oder Schwärmen ist TRAGTDORON ein rein taktisches Instrument.

»Das alles wirst du erst noch begreifen müssen. Für dich ist all das Neuland«, vernahm Vhatom plötzlich Cairols Stimme. Nicht in seinem Geist, sondern über seine Audiorezeptoren. Gleichzeitig stellte er fest, dass er sich wieder bewegen konnte, die Herrschaft über seinen Körper zurückbekommen hatte.

Über *seine* Körper. »Was hast du mit mir gemacht? Mit meinem Körper?«

»Ich habe den ersten Schritt zu der Erfüllung eingeleitet, die ich dir angekündigt habe. Dein neuer Körper wird sich als echtes ... nun ja ... Erlebnis erweisen. Das Robotische Ensemble, in das du dich nach Bedarf integrieren kannst, ist nicht nur auf die Einheit beschränkt, die du bislang benutzt hast, sondern von nun an über ganz TRAGTDORON verteilt. Du hast also nicht nur einen einzigen unveränderbaren Körper; in allen Sphären TRAGTDORONS befinden sich Applikationen, die je nach Bedarf deinen Körper ergänzen, modifizieren oder in weiten Teilen ersetzen. Bald wirst du nicht nur geistig, mit Hilfe der Ortungsinstrumente, sondern auch körperlich von einer Sphäre zur anderen wechseln können. In jeder wirst du einen anderen Körper finden, mit dem du dich bei Bedarf vereinigen kannst. Wozu auch immer … ob feinstes Werkzeug, ein Kraftwerk oder mächtige kinetische Werkzeuge, alle Körper sind wie dieser filigran gearbeitet und von höchster Effizienz.«

Vhatom Q'arabindon versuchte zu verstehen, aber es gelang ihm noch nicht ganz.

»Überdies wirst du alle Körper in allen zweihundert Sphären des Mikro-Netzes autark bedienen können. Es wird eine kleine Weile dauern, sicher, ein paar Jahrhunderte oder Jahrtausende, aber schon bald wirst du geradezu perfekt damit umgehen können. Zumal du nicht allein bist.«

»Nicht allein?«

Cairol berührte wieder Vhatoms Halsansatz, und der Raum wurde transparent und von einem weiteren Netz durchdrungen. Nicht dem Makro- oder Mikro-Netz, sondern einem, das ihn umgab und an das er angeschlossen war. Wie in dem Teil der Stoff-Sphäre, den er bereits gesehen hatte, gab es auch in diesem Netz breite und schmale Wege, mit Türen, die zu anderen Räumen führten, und Knotenpunkten, an denen sie sich trafen. Sie waren in einer gigantischen Kugel rings um ein Zentrum angeordnet, mit dem sie Tausende von Nebenzentren verbanden.

Daten flossen durch dieses Netz, ein unablässiger Strom, der keinen Anfang und kein Ende hatte, nur eine Mitte, eben jenes Zentrum. Und er konnte sich einbringen in diesen Fluss, konnte beliebig einzelne oder gebündelte Daten abfragen.

Wie dieses Netz den Raum durchdrang, in dem er sich befand, durchzog es die gesamte Sphäre. Ein Gedanke genügte, und er konnte mit seiner Hilfe Türen öffnen und schließen, Instrumente aktivieren und ausschalten, Dinge tun und beenden.

Er fasste gerade den Gedanken, als Cairol ihn aussprach: »Nicht allein. Du existierst als Teil einer Verbindung mit dem Rechengehirn der Anlage.«

»Aber …« Er hielt inne. *Das alles ist zu viel für mich,* dachte er, sprach den Gedanken aber nicht aus. Weil er befürchtete, von Cairol als unwürdig befunden zu werden? Weil er sich selbst als unwürdig empfand?

»Das alles ist zu viel für dich«, sprach der Roboter der Kosmokraten nun genau das aus, was er gerade gedacht hatte. »Das macht allerdings nichts aus, denn du sollst nicht sofort die Führung TRAGTDORONS übernehmen. Ich stelle dir einen Partner an die Seite, der dich in diesen Aufgabenbereich einführen wird. Schritt für Schritt wirst du seine Aufgaben übernehmen, bis du eines Tages als wahrer und einziger Steuermann TRAGTDORONS deine Erfüllung finden wirst. Die Erfüllung, die ich dir verheißen habe.«

»Einen Partner?«, fragte Vhatom.

Wie auf ein Stichwort – der Bronzene war wirklich ein Meister der perfekten Inszenierung – öffnete sich die Tür des Raums, und eins der seltsamsten Lebewesen trat ein, das Vhatom je gesehen hatte.

»Komm näher, Raul Gonduc.« Cairol winkte das Geschöpf heran. »Ich möchte dir Vhatom Q'arabindon vorstellen, den du auf seine neue Aufgabe vorbereiten wirst.«

Raul Gonduc rührte sich nicht von der Stelle. Er sah Vhatom an, und in seinen Augen – wenn es denn überhaupt Augen waren – brannte ein Hass, der Vhatom zutiefst erschreckte und verunsicherte. Was hatte er Raul Gonduc getan, dass er – oder sie? – so ablehnend auf ihn reagierte? Er kannte dieses Wesen überhaupt nicht, war ihm nie begegnet.

Oder doch – und er hatte nur keine Erinnerung daran?

»Und damit nimmt das Schicksal seinen Lauf«, sagte das seltsame Wesen. »TRAGTDORON wird untergehen, und alles wird vergebens gewesen sein.«

Siebzehn

Perry Rhodan, TRAGTDORON: 5. Juni 1343 NGZ (4930 nach Christus)

Mondra schrie leise auf, und Rhodan blieb abrupt stehen.

Wenige Meter vor ihnen wurde der Gang durchscheinend. Wände, Boden und Decke schienen sich zu bewegen, in sich zu krümmen, dann wieder auseinanderzufließen. Die rechte Wand zerfiel in ein halbes Dutzend Querstreifen, die sich vorwärtsschlängelten, als wollten sie vor den Neuankömmlingen fliehen, und dehnte sich um das Dreifache aus, während die linke ihre Abmessung behielt. So verwandelte der Gang sich vor seinen Augen in etwas, das sich mit den Begriffen der normaldimensionalen Physik nicht mehr beschreiben ließ.

Der Hyperraum bricht in die Stoff-Sphäre ein, dachte Rhodan, *und droht sie zu zerreißen.* Zögernd nahm er Mondra an der Hand und trat mit ihr einen Schritt zurück. Eine eigentlich sinnlose Geste: Würden die höherdimensionalen Phänomene in ihre Richtung übergreifen, gab es keine Flucht vor ihnen.

Dann waren sie tot. Aber sie hatten auf ihrem Weg durch TRAGTDORON schon mehrmals an den Grenzen solcher Bereiche gestanden, in denen die Natur der Wirklichkeit sich aufzulösen schien, und zum Glück schienen sie eher träge zu reagieren. Oder aber, Crykom verstand sich darauf, wirklich gefährliche Zonen zu erkennen und zu meiden.

Auch der Rechenmeister wich zurück, wenn auch gemessenen Schrittes. »Eine weitere halb entstofflichte Zone«, sagte er sachlich, als lege er eine Bestandsliste an. Was er in gewisser Hinsicht ja auch tat. »Wir müssen umkehren.« Er bewegte sich schwankend in die Richtung, aus der sie gekommen waren.

Rhodan und Mondra beeilten sich, ihm zu folgen.

Der Terraner sah auf die Uhr. *Erst drei Stunden,* dachte er verwundert. Erst seit knapp 200 Minuten streiften sie durch die Stoff-Sphären, durch die Korridore des Mikro-Netzes, doch ihm kam es viel länger vor, fast wie eine Ewigkeit, als würde die Zeit für ihn viel langsamer verstreichen.

Die 69 Kelosker hatten unverzüglich mit der Bestandsaufnahme in TRAGTDORON begonnen und waren jeder für sich losgezogen, um so viele Daten wie möglich zu sammeln. Die Zeit drängte; Rhodan fragte sich immer wieder, was inzwischen an den anderen Brennpunkten in Ambriador geschah. Hatten die Posbis erneut zugeschlagen? Hatten sie schon den nächsten Planeten angegriffen oder gar zerstört, vielleicht sogar Fort Blossom mit weiteren zwei Milliarden Bewohnern? Waren zahllose Alteraner gestorben, während er hier durch ein stark in Mitleidenschaft gezogenes Instrument der Kosmokraten streifte und im Prinzip nur beobachten konnte, ohne wirklich zu verstehen, was er sah? Und die Laren? Welches Spiel trieben sie? Auch sie warteten nur darauf, über die Reste des Imperiums Altera herfallen und sie sich einverleiben zu können. Nachdem der Verräter Verduto-Cruz entkommen war und auf der Achtzigsonnen-Welt ungestört sein undurchsichtiges Spiel fortsetzen konnte, befürchtete Rhodan auch von dieser Seite noch die eine oder andere höchst unangenehme Überraschung.

Er musste einen Krieg beenden, die Auslöschung sämtlicher Menschen in Ambriador verhindern, und streifte stattdessen durch eine Umgebung, die sich seinem Verständnis entzog. Diese Untätigkeit machte ihn fast wahnsinnig. Genau wie die einzigartige Möglichkeit, die sich ihm hier in TRAGTDORON bot und die er doch nicht ergreifen konnte.

Crykom hatte sie von Maschinenraum zu Maschinenraum geführt, und Rhodan hatte *Kosmokratentechnik* – Kosmokratentechnik! – geschaut, jedoch nicht erfassen, einordnen können. Er hatte gewaltige Aggregatklötze gesehen und kleine, winzige Kapseln und wusste nicht, was sie bewirkten, wozu sie dienten, welche wichtig waren und welche nicht. In diesen Maschinenräumen befanden sich Geräte, die die Auswirkungen der erhöhten Hyperimpedanz auf den interstellaren und -galaktischen Schiffsverkehr mit einem Schlag aufheben konnten. Die Kosmokraten waren nicht so dumm, sich ins eigene Fleisch zu schneiden. Ihre Raumschiffe erreichten weiterhin Beschleunigungswerte und Geschwindigkeiten, von denen die Konstrukteure der LFT nicht einmal zu träumen wagten.

Aber welche Aggregate zeichneten dafür verantwortlich? Selbst wenn er es gewusst hätte, was hätte er unternehmen können? In der Silberkugel war kein Platz für solch ein größeres Aggregat, und er bezweifelte sowieso, dass es ihm gelungen wäre, eins auszubauen, ganz abgesehen davon, ob die Techniker und Wissenschaftler in der Milchstraße imstande gewesen wären, seine Funktionsweise zu verstehen und zu reproduzieren.

Falls sie die Silberkugel überhaupt jemals zurückbekommen sollten …

Mehr noch, er hatte Leitzentralen betreten, in denen wahrscheinlich Technologie verbaut worden war, die die terranischen Positroniken und auch die alten, nicht mehr funktionsfähigen Syntroniken, bei weitem in den Schatten stellte. Doch die Zentralen selbst waren für ihn völlig unerklärlich strukturiert, und die Geräte und Instrumente in ihnen ebenfalls. Dennoch sah sich Rhodan immer wieder nach einem kleinen Stück Technik um, das er unauffällig einstecken konnte.

Kosmokratentechnik von vielleicht unschätzbarem Wert …

Euphemistisch ausgedrückt, hatte Technologie- und Wissensimport das Solare Imperium groß gemacht, doch hier in TRAGTDORON sah sich Rhodan vor unüberwindbare Barrieren gestellt.

Im Gang vor ihnen tauchte ein weiterer Kelosker auf, dann ein dritter. Die klobigen Kolosse unterhielten sich kurz miteinander, dann drehte Crykom sich zu Rhodan um. »Ich habe meine Berechnungen abgeschlossen und bin zu einem Ergebnis gekommen«, sagte er.

Neugierig sah Rhodan zu dem Rechenmeister hoch.

Crykom zögerte kurz. Offensichtlich suchte er nach Worten, mit denen er seinem Gegenüber begreiflich machen konnte, was er ihm mitteilen wollte.

»Die dematerialisierten Aggregat-Sphären des Instruments TRAGTDRORON wurden disloziert und müssen zusammengefügt werden, damit sie wieder in Funktion treten können.«

»Disloziert?«, fragte Rhodan. »Dematerialisiert?«

»Was ich damit ausdrücken will … TRAGTDORONS Aggregate gingen ursprünglich aus materiell-energetischen Maschinen hervor, deren materielle Komponenten im Lauf eines Entwicklungsprozesses entfernt wurden. Übrig blieben energetische Sphären, die seither übergeordnete Zwecke erfüllen. Und diese Sphären sind nun auseinandergedriftet – disloziert – und funktionieren daher nicht mehr. Wollen wir TRAGTDORON wieder manövrierfähig machen, müssen die Sphären wieder zusammengefügt werden.«

Rhodan nickte. Das war immerhin so ausgedrückt, dass er als Terraner und 4-D-Denker es einigermaßen verstand. *Wie* das vor sich gehen sollte … das war eine ganz andere Frage.

Der Resident argwöhnte sowieso, dass der Rechenmeister ihm diese Erklärungen lediglich bot, weil er, der Ritter der Tiefe, als Einziger von Vhatom Q'arabindon als Autorität anerkannt wurde. Obwohl jemand, der nur in vier Dimensionen zu denken vermochte, davon im Grunde gar nichts begreifen konnte, bemühte sich Crykom, Rhodan zu informieren. Er hielt es wahrscheinlich für lästig, aber unvermeidbar.

»Wir haben die maßgeblichen Schaltelemente ausfindig gemacht und werden TRAGTDORON so schnell wie möglich wieder einsatzfähig machen«, fuhr der Kelosker fort. »Die Zeit drängt. Nicht zuletzt wegen der On- oder Noon-Quanten ...«

Rhodan runzelte die Stirn. »Was ist mit ihnen?«

»Wir haben festgestellt, dass aus TRAGTDORON in geringer Menge On- und Noon-Quanten ausgetreten sind«, erklärte Crykom. »Wenn sich dieser Prozess fortsetzt oder gar steigert, gerät das gesamte Leben im Umkreis von Tausenden von Lichtjahren, wenn nicht sogar in ganz Ambriador, in tödliche Gefahr.«

Die Geschichte wiederholt sich, dachte Rhodan. *Wie damals auf der PAN-THAU-RA ...* Ihm kam etwas anderes in den Sinn. Lebewesen, die ihre Entstehung oder Intelligenzentwicklung dem Kontakt mit On- oder Noon-Quanten verdanken, waren sogenannte Biophore-Wesen. Und wenn TRAGTDORON sich längere Zeit in der Nähe von Pakuri aufgehalten hatte ... »Dann sind auch die Ueeba von Pakuri also streng genommen Biophore-Wesen ...«

»Das ist richtig«, bestätigte der Rechenmeister.

Die Kelosker haben sich also der Rohmasse bedient, die durch einen Fehler aus dem Instrument der Kosmokraten entwichen ist, dachte Rhodan, *und daraus nach ihren Bedürfnissen Wesen geschaffen, die ihnen helfen sollen, dieses Instrument zu erreichen.* Das hatte schon eine gewisse Ironie.

»Und da ist auch noch der Große Posbi-Krieg«, fuhr Crykom fort. Bedrückt, wie es Rhodan schien.

Nur deshalb war Rhodan hier. Weil er diesen Krieg beenden wollte. Und der Terraner glaubte dem Rechenmeister unbesehen, dass die Tatsache, dass es überhaupt zu diesem Krieges gekommen war, ein Stachel in seinem Fleisch war. Als Crykom ihm vor kurzem erklärt hatte, er habe diese Entwicklung nicht gewollt, hatte er die reine Wahrheit gesagt. Kelosker mochten zwar weltfremd wirken, doch sie waren mitfühlende, sensible Wesen, die sehr darunter litten, dass sie durch ihre Entrücktheit solch eine Mitschuld auf sich geladen hatten.

»Aber wie kann ein repariertes TRAGTDORON bei der Beendigung des Krieges helfen?«, brachte Rhodan die Gedanken zum Ausdruck, die er schon seit Tagen wälzte. Was versprach er sich davon, den Keloskern zu helfen, anstatt noch einmal zu versuchen, gegen die Hass-Schaltung der Posbis vorzugehen?

»Meine Berechnungen sind noch nicht abgeschlossen«, sagte Crykom, »doch ich hege keine Zweifel, dass das Instrument der Kosmokraten dazu beitragen wird.«

Am liebsten hätte Rhodan ihn an den Höckern gepackt und weitere Informationen aus ihm herausgeschüttelt. Doch er zuckte nur mit den Achseln. Er hatte ohnehin keine andere Wahl, als sich auf das Urteil der kapitalen Kolosse zu verlassen.

»Nano Aluminiumgärtner ruft Perry Rhodan«, erklang die Stimme des Posbis in seinem Helmempfänger. Er wandte sich noch einmal an Crykom. »Ich wünsche euch viel Erfolg bei eurem Plan. Gebt mit Bescheid, wenn ich euch irgendwie dabei helfen kann.«

Der Rechenmeister drehte sich um und stapfte ohne ein weiteres Wort mit den anderen Keloskern davon, und Rhodan schaltete den Funk ein. »Ich höre, Nano.«

»Vhatom Q'arabindon ist spurlos verschwunden, Perry!«

Rhodan fluchte unterdrückt auf. Das verhieß nichts Gutes. »Bist du dir sicher?«

»Absolut.«

»Wo bist du?«

»Dort, wo wir uns von dem Steuermann getrennt haben, um die Erkundung TRAGTDORONS aufzunehmen.«

Dank der Anzugsysteme war es kein Problem, auch ohne Crykom den Rückweg zu finden. »Wir kommen sofort!«

Nano Aluminiumgärtner wirkte untröstlich. Er hielt den Kopf gesenkt, sein Körper war gebeugt, seine Bewegungen waren nicht mehr elegant, sondern langsam und schleppend.

Also doch, dachte Rhodan. *Er hat von Mondra abgelassen, weil er sich in Vhatom Q'arabindon … verliebt hat.* Oder wie auch immer man das nennen wollte. Und nun hatte er seine neue große Liebe wieder verloren.

»Er ist absichtlich untergetaucht!«, jammerte der Posbi. »Und das, nachdem wir uns gerade erst begegnet sind. Was soll ich davon halten, Perry?«

»Woher weißt du, dass er absichtlich untergetaucht ist?«

»Und wenn Vhatom Q'arabindon nicht will, dass wir ihn finden, werden wir ihn auch nicht finden!«

»Nano, woher weißt du …«

Der Posbi streckte einen Arm aus und öffnete eine Hand. Darauf lag ein daumennagelgroßer Datenchip. »Weil ich das genau an der Stelle fand, wo ich ihn zum letzten Mal gesehen habe. Ich habe die Erkundung TRAGTDORONS abgebrochen und bin dorthin zurückgekehrt, um ihm zu gestehen, was ich für ihn empfinde, fand dort aber nur das.«

Rhodan verdrehte die Augen. Mit der wichtigsten Information rückte der Posbi zuletzt heraus!

Er nahm den Chip entgegen, und kaum hatte er ihn berührt, bildete sich über seiner Hand ein 30 Zentimeter großes Holo von Vhatom Q'arabindon. »Diese

Aufzeichnung ist nur für den Ritter der Tiefe bestimmt und kann nur von ihm aktiviert werden«, sagte der Steuermann in das Aufnahmegerät. »Mein Leben soll nicht unvergessen bleiben. Ich rate dem Ritter, TRAGTDORON sofort zu verlassen. Falls es ihm gelingt, kann er meine Sache bei gegebenem Anlass den Hohen Mächten vortragen. Nicht, um mich posthum zu rehabilitieren, sondern um ihnen aufzuzeigen, was ich alles aufgegeben habe, um ihnen zu dienen, und dass ich ihnen gut gedient habe.

Der Ritter kann die Aufzeichnung mit einem einfachen Gedankenbefehl unterbrechen und wieder abspielen. Nachdem er TRAGTDORON verlassen hat, möge er von allem erfahren, was mein Dasein ausgemacht hat, und dann seine Entscheidung treffen. Und nun höre er von meinem ersten Erwachen, vom Kybernetischen Händler und dem Bronzenen, von TRAGTDORON und dem Krieg der Steuermänner, von der KAISERIN VON THERM und der Dislokation, vom Feuerrad und von Q'iladado ...«

Das Holo brach zusammen. Rhodan war auch gar nicht daran gelegen, es jetzt abzuspielen. Die beiden Hinweise, TRAGTDORON sofort zu verlassen, waren eindeutig.

Er dachte aber auch nicht daran, diesen Ratschlag zu befolgen, zumal die Kelosker sich wohl geradeheraus geweigert hätten. »Wir müssen Vhatom Q'arabindon so schnell wie möglich finden! Weißt du, wo Startac ist, Nano?«

»St-Startac? ... Ja ...«

»Dann bring uns zu ihm! Und zwar *schnell!*«, fügte er hinzu, als der Posbi sich nicht sofort rührte.

»Wir müssen bald eine Entscheidung treffen«, sagte Startac Schroeder. »Falls Perry Erfolg hat und das Imperium Altera die nächsten Tage übersteht, sollten wir wissen, was wir ihm sagen. Wir können nicht erst im letzten Augenblick mit ihm sprechen, ihn quasi vor vollendete Tatsachen stellen. Das wäre ... irgendwie unfair.«

Tamra Cantu nickte und schaute zu Boden. »Ich weiß. Ich habe dir meinen Entschluss mitgeteilt, und daran hat sich nichts geändert. Daran wird sich auch nichts mehr ändern. Es kommt nur darauf an, wie du dich entscheidest.«

»Das habe ich dir doch schon gesagt.« Er drückte Tamra fester an sich. »Aber was du auf dich nehmen willst ...« Einerseits freute ihn ihre Entscheidung, sogar mehr, als er sich eingestehen wollte, andererseits fürchtete er sich ein wenig vor der Verantwortung, die er damit auf sich nahm.

So oder so ... in den nächsten Tagen würde sich sein gesamtes Leben verändern.

Zum Positiven, wie er inbrünstig hoffte. Nein, er hoffte nicht, er war davon überzeugt. Andernfalls hätte er es nie so weit kommen lassen.

Seit wann wusste er es? Seit ihm auf Pakuri klargeworden war, dass in der Silberkugel kein Platz für Tamra war.

»Deine Entscheidung ist doch viel schwerwiegender«, sagte sie. »Du hast etwas zu verlieren, ich nicht. Was bedeutet mir denn schon Altera? Ich kann mich nicht einmal mehr daran erinnern. Meine Heimat war, solange ich zurückdenken kann, Caligo. Taphior, Dekombor. Glaubst du wirklich, ich würde etwas vermissen? Ich habe keine Heimat, die ich aufgeben könnte, so wie du.«

Er löste sich zögernd von Tamra und schaute den Gang entlang, in den sie sich zurückgezogen hatten, um ungestört miteinander sprechen zu können. Eine wohl überflüssige Maßnahme: Die Kelosker nahmen sie sowieso nicht zur Kenntnis, vielleicht gar nicht einmal wahr, und durchstreiften derzeit TRAGTDORON, um sich einen Überblick zu verschaffen, Rhodan war mit Mondra und Rechenmeister Crykom auf derselben Mission unterwegs, und die beiden Posbis und der Matten-Willy … Startac hatte sie seit mehreren Stunden nicht mehr gesehen, wusste nicht einmal, wo genau sie sich im Augenblick aufhielten.

Ein wenig regte sich sein schlechtes Gewissen, dass er sich nicht an den Unternehmungen beteiligte. Aber er konnte seine einzigartige Stärke sowieso nicht einbringen. Crykom hatte ihm dringend davon abgeraten, hier in dieser Umgebung zu teleportieren. Der Kelosker ging davon aus, dass es jederzeit zu Hyperraum-Übergriffen kommen konnte. Wie er die Äußerung verstanden hatte, löste die Sphäre sich langsam auf, und sukzessive drang der Hyperraum in sie vor.

Startac konnte nicht genau sagen, was geschehen würde, wenn er in oder durch solch eine Zone sprang. Aber er wollte es auch gar nicht herausfinden.

Er griff nach Tamras Hand. »Vielleicht wird ja noch irgendetwas geschehen, das alles verändert. Vielleicht kommt ja doch noch alles so, wie wir es uns wünschen.«

Aber viel Hoffnung darauf hegte er nicht.

Und früher oder später würde er mit Perry sprechen müssen.

»Startac!«, hörte er in diesem Augenblick Rhodans Stimme. »Wir brauchen dringend deine Hilfe!«

Startac öffnete die Augen wieder und schüttelte den Kopf. Er ignorierte Nano Aluminiumgärtner, der hektisch um ihn herum tänzelte, und sah Rhodan an. »Nichts. Meine Reichweite ist in TRAGTDORON extrem eingeschränkt. Ich kann *gar nichts* wahrnehmen.«

Startac war nicht nur Teleporter, sondern konnte als *Orter* auch andere Wesen aufspüren. Beileibe nicht ihre Gedanken lesen, sie aber wahrnehmen und notfalls ausfindig machen.

»Dann müssen wir jetzt Crykom informieren«, sagte Rhodan, »und ich werde mir dieses Holo ansehen. Vielleicht enthält es ja Hinweise darauf, was der Steuermann angestellt hat.«

»Vhatom Q'arabindon hat sich absichtlich versteckt«, sagte Nano Aluminiumgärtner.

»Diese Vermutung hast du schon einmal geäußert«, sagte Rhodan, »und was immer das bedeuten mag, sie könnte zutreffen. Aber was hilft uns das? Oder kennst du TRAGTDORONS Steuermann schon so gut, dass du weißt, wohin er sich zurückgezogen hat?«

»Ja.« Der Posbi nickte energisch. »Zumindest weiß ich, wo wir suchen müssen.«

Überrascht sah Rhodan den exzentrischen Tänzer an. Doch bevor er die Behauptung hinterfragen konnte, empfing er einen weiteren Funkspruch.

Es war Crykom. »TRAGTDORON hat soeben begonnen, sich zu bewegen«, erklärte der Rechenmeister. »Das Instrument stürzt mit wachsender Geschwindigkeit auf Pakuris Sonne zu, den flammenden blauen Riesenstern Takrone. Auslöser der Bewegung muss in jedem Fall der Roboter Vhatom sein, und wir können die Befehle, die er erteilt, im gegenwärtigen Stadium noch nicht revidieren.«

Achtzehn

Vhatom Q'arabindon: Vergangenheit

Krieg der Steuermänner

Vhatom Q'arabindon prallte angesichts der Worte des seltsamen Wesens wie vor den Kopf gestoßen zurück. Raul Gonduc sprach mit einer Härte, die der To'Grur'Prigts in nichts nachstand. Was hatte er getan, um sich den Zorn dieses Geschöpfs zuzuziehen?

»Du kennst meine Entscheidung.« Cairol bedachte das seltsame Wesen mit einem warnenden Blick.

Vhatom spürte deutlich die Kälte, die zwischen den beiden so ungleichen Wesen herrschte. Ein kurzer Augenblick des angespannten Schweigens schloss sich an, und er nutzte ihn, um den Neuankömmling zu betrachten.

Es erinnerte ihn auf den ersten Blick an ein … ja, an ein Kissen. Ein knapp einen Meter hohes und anderthalb Meter durchmessendes dunkelgraues Kissen wie das, auf das der Kybernetische Händler der Kouvo'Goy'Teran sich auf dem Markt von Ouzah niedergelassen hatte, wenn er an seinem Stand, hinter dem kein Platz für irgendwelche Möbelstücke war, die seiner Größe gerecht wurden, auf Interessenten für die Plasma-Psyche wartete, die dann doch nicht kamen.

Ein Sitzkissen mit vier jeweils fast zwei Meter langen Beinen an den Seiten.

Über ihnen ragten zwei muskulöse, etwa einen Meter lange Arme aus dem Körper hervor. Sie endeten in scharfen, dreigliedrigen, hellroten Klauen, bei denen es sich wahrscheinlich um durchaus brauchbare Greifwerkzeuge handelte. Die einzige Bekleidung des Wesens bestand aus einem metallisch schimmernden Band, das den Körper in der Mitte umschloss und an dem mehrere Taschen aus einem künstlichen Material hingen.

Auf der Oberseite des Kissens saßen in Vertiefungen sieben farnähnliche Fühler, die ständig in Bewegung waren, daneben befanden sich drei tellerartige, transparente Kreisflächen. Über den Sinn und Zweck dieser Körperteile konnte Vhatom nur Vermutungen anstellen.

Die Geräusche, die Gonduc von sich gab, drangen aus drei nebeneinander senkrecht angeordneten, zehn Zentimeter langen, schmalen Schlitzen auf der Vorderseite des Körpers. Zumindest vermutete Vhatom, dass es sich um diese handelte, da das Wesen sie Cairol zugewandt und sich auch in diese Richtung bewegt hatte.

Das Wesen richtete sich auf den Vorderbeinen kurz zu seiner vollen Größe auf.

Vhatom trat unwillkürlich einen Schritt zurück. Handelte es sich dabei um eine Drohgebärde? Obwohl Gonduc nur gut halb so groß wie Cairol war, brachte er ein beträchtliches Gewicht auf die Waage. Dass er dem Roboter der Kosmokraten in irgendeiner Hinsicht gefährlich werden konnte, bezweifelte der designierte neue Steuermann TRAGTDORONS allerdings.

Cairol ließ sich nichts anmerken und sah Vhatom an. »Raul Gonduc wird dir alles beibringen, was du über TRAGTDORON wissen musst. Ich werde eure Fortschritte regelmäßig beobachten. Enttäuscht mich nicht.« Ohne ein weiteres Wort verließ er den Raum.

Vhatom bezweifelte, dass die Zusammenarbeit mit Gonduc so reibungslos verlaufen würde, wie Cairol es offensichtlich erwartete.

Er sah sich getäuscht. Sie verlief im Prinzip reibungslos, sofern sie überhaupt zustande kam, zumindest während der ersten Zeit.

Raul Gonduc ignorierte Vhatom geflissentlich.

Wenn Vhatom Kontakt zu ihm suchte und um Erklärungen über die Vorgänge an Bord, den Aufbau und die konkreten Aufgaben TRAGTDORONS bat, fielen Gonducs Antworten einsilbig, ausweichend und nichtssagend aus, und oftmals entsprachen sie nur der halben Wahrheit. Er tischte ihm niemals eine direkte Lüge auf, verschwieg ihm jedoch wichtige Einzelheiten und ließ ihn immer wieder ins Leere rennen.

Schließlich gab es Vhatom auf, sich an den alten Steuermann zu wenden, und konzentrierte sich darauf, sich auf eigene Faust mit TRAGTDORON vertraut zu machen. Er ging davon aus, dass ihm genug Zeit dafür bleiben würde, vielleicht Jahrzehnte, wenn nicht sogar Jahrhunderte.

Anfangs wechselte er ständig zwischen seinen Körpern in den einzelnen Stoff-Sphären, doch schon bald stellte er fest, dass alle 200 tatsächlich völlig identisch waren, und er verlor schnell das Interesse daran. Stattdessen erkundete er die Körper an sich. Monatelang gruppierte er denjenigen um, den er gerade übernommen hatte, übte sich darin, Mikroschaltkreise zu reparieren oder eigenhändig den Wohnkabinentrakt einer Sphäre umzubauen, wozu beträchtliche Kräfte notwendig waren. Er spielte mit dem Gedanken, die Kabine, die er für sich ausgewählt hatte, wohnlich einzurichten, gab ihn jedoch schnell wieder auf. Womit sollte er sie auch schmücken? Hier an Bord gab es keine Gegenstände, zu denen er eine persönliche Beziehung hatte. Schließlich ging er noch einen Schritt weiter und suchte seine Kabine gar nicht mehr auf. Wozu benötigte er sie? Sein Körper brauchte keine Ruhe und Erholung, und wenn er das Bedürfnis hatte, einmal geistig abzuschalten, und eine der virtuellen Welten aufsuchte, tat er es an Ort und Stelle, dort, wo er sich gerade aufhielt.

Er erkundete das Mikro-Netz, lernte, von einer Sphäre zur anderen zu wechseln und zwei Körper zusammenzufügen. Jahre verbrachte er damit, die neuen Möglichkeiten auszuloten, die sich ihm damit boten.

Und er machte Entdeckungen. Schon bald stellte er fest, dass er und der Steuermann nicht allein an Bord TRAGTDORONS waren. Es gab tatsächlich eine Besatzung.

Sie bestand aus Wesen, die allesamt aussahen wie Raul Gonduc.

Allerdings waren sie bei Weitem nicht so intelligent wie der Steuermann. Sie sprachen kein Wort, nahmen Vhatom nicht einmal zur Kenntnis. Stumm und zielstrebig gingen sie ihrer Tätigkeit nach, die hauptsächlich in Wartungsarbeiten bestand. Folgten sie vielleicht irgendeinem *Programm*? Waren es gar keine Lebewesen, sondern Roboter wie er?

Aber das würde bedeuten … dann wäre auch Raul Gonduc kein Lebewesen.

Und das war unmöglich. Wie hätte ein Roboter Zorn über eine Entscheidung Cairols aufbringen können, welche auch immer das sein mochte?

Andererseits … zeigte nicht auch der Roboter der Kosmokraten Gefühle?

Vhatom versuchte es immer wieder, doch es gelang ihm nicht, irgendeinen Kontakt mit den Arbeitern herzustellen. Auch an ihnen verlor er bald wieder das Interesse, denn er stieß auf andere, viel bedeutendere Bestandteile TRAGTDORONS.

Wie etwa auf die Lebensträger.

Die Biophoren.

Sie lagerten in nicht einmal besonders großen, zylindrischen Behältern, immer 100 in einer Reihe, Reihe neben Reihe, Reihe neben Reihe. Waren es Tausende, Zehntausende oder Hunderttausende?

Wissen floss in ihn. Biophore entsprachen hyperenergetisch dem, was man als Lebensenergie bezeichnen konnte. Sie traten als On- und Noon-Quanten auf. Dabei war das On-Quant die hyperenergetische Entsprechung der Lebensenergie, das Noon-Quant das fünfdimensionale Äquivalent der Intelligentifizierbarkeit. Während das On-Quant, einmal in den Normalraum entlassen, Leben erzeugen konnte, vermochte das Noon-Quant den Grundstock organischer Intelligenz zu legen.

Vhatom hatte gewusst, dass TRAGTDORON Biophore mit sich führte, um Leben zu säen und ihm Intelligenz zu verleihen. Er wusste auch, dass die Biophore in ihren Behältern in einem simulierten Hyperraum untergebracht waren. Ihre Neigung, mit jeder Art von Materie zu reagieren, also auch mit primitiven Nebensystemen, machte sie zu einer existenziellen Bedrohung der näheren Umgebung. Er wusste im Prinzip alles, was an Bord der dematerialisierten Aggregat-Sphären geschah. Aber erst jetzt, als er vor den Behältern stand, bemerkte er, dass eins dieser Gebilde offensichtlich schadhaft war und Biophore in kleinen Mengen austraten.

Im ersten Moment überkam ihn Panik.

Panik, weil seine Auffassung von seiner Verbindung mit den Sphären offensichtlich falsch war. Er *war* TRAGTDORON, im Verbund mit dem Bordrechner, der aber anscheinend ein reiner Abakus war und ihn nicht einmal im Fall einer dermaßen krassen Fehlentwicklung von sich aus warnen konnte. Ihm wurde klar, dass er seine Aufgabe beträchtlich unterschätzt hatte. Er musste überall zugleich sein, um TRAGTDORON steuern zu können, und das war ihm bislang noch nicht gelungen. Das Verständnis, das er von seiner Aufgabe hatte, war bislang völlig unzureichend. Nach all diesen Jahrzehnten …

Panik, weil die aussickernden Biophore im Umkreis von fast einem Dutzend Lichtjahren zu einer Katastrophe ohnegleichen führen konnten.

Panik, weil er befürchtete, in Cairols Augen gescheitert zu sein, noch bevor er seine Aufgabe angetreten hatte. Was würde geschehen, wenn der Roboter der Kosmokraten ihn für unwürdig hielt? Würde Cairol ihn wieder in seine virtuellen Welten verbannen? Oder gar *abschalten*?

Dann setzte sich langsam wieder die Vernunft durch. Nicht er war verantwortlich für TRAGTDORON, sondern Raul Gonduc. Ihm war noch immer nicht klar, wieso der alte Steuermann ihm mit solchem Hass begegnete, doch … er sah hier eine gewisse Möglichkeit. Vielleicht konnte er dem unerbittlichen Nebenbuhler mit seinem neu gewonnenen Wissen eine Niederlage zufügen, von der er sich so schnell nicht erholen konnte?

Nein. Gonduc mochte ihn offensichtlich nicht, hatte ihm aber nichts getan. Das hatte der alte Steuermann nicht verdient. Viel besser wäre es, Gonduc zu informieren und auf diese Weise vielleicht sein Vertrauen zu gewinnen.

Ein Gedankenimpuls genügte Vhatom, um Alarm zu geben.

Doch das Jaulen der Sirenen blieb aus.

Was ist passiert?, fragte sich Vhatom voller Schrecken. Ist TRAGTDORON bereits in Mitleidenschaft gezogen und schwer beschädigt worden? Er versuchte es erneut, doch die Sphäre reagierte nicht auf seine Gedanken.

Die Zentrale! Er musste zur Zentrale und manuell dafür sorgen, dass Raul Gonduc informiert wurde.

Er setzte seinen Körper in Bewegung, schneller, als er es trotz all seiner Übungen je für möglich gehalten hätte. Dieser blau verkleidete Gang, dann jener, dann ein Antigravschacht zur nächsten Ebene …

Vhatom sprang hinein.

Und geriet erneut in Panik.

Da war keine Schwerelosigkeit, die seinen Fall bremste. Da war nur ein Hunderte von Meter tiefer Schacht, an dessen Ende eine grausam harte Metall- oder Kunststoff-Fläche auf ihn wartete.

Er bezweifelte, dass selbst sein robotischer Körper diesen Sturz überstehen würde.

Dann legte sich die Panik langsam.

Er *war* TRAGTDORON.

Er hatte einen dementsprechenden Körper.

Er tat das, was er im forschenden Spiel tausendmal getan hatte, und wandelte ihn um. Stählerne Krallen durchstießen die Wände des Antigravschachts und hielten Vhatom an Ort und Stelle fest, einige Meter über und unter dem nächsten Ausgang. Er spürte den Ruck, der seine künstlichen Glieder fast zerriss, aber eben nur fast.

Er war sich sicher, er hatte ganz andere Möglichkeiten, und es war furchtbar unbeholfen, aber er rammte stahlharte Klauen in weiches Metall und kletterte zum nächsten Ausgang hinab.

Minuten später hatte er die Zentrale erreicht. Raul Gonduc saß hinter seinem Terminal, das er so gut wie nie mehr verließ, und betrachtete ihn mit einer Mischung aus Überraschung und Verwunderung.

»Einer der Biophore-Tanks ist undicht«, sagte Vhatom.

»Ich weiß.« Gonduc richtete sich auf den beiden Vorderbeinen auf. »Irgendein Biophore-Tank ist immer undicht. Weshalb hast du mich nicht danach gefragt?«

Vhatom schwieg verblüfft. Er sagte auch nichts von dem defekten Antigravschacht, musste aber davon ausgehen, dass Raul Gonduc sowieso schon wusste, was dort vorgefallen war. Warum also brachte der Steuermann die Sache nicht zur Sprache?

Er hatte mittlerweile gelernt, seine Interaktionen mit TRAGTDORON vor Raul Gonduc abzuschirmen. Er verließ die Zentrale und nahm eine Analyse des fehlerhaften Schachts vor.

Verblüfft stellte er fest, dass sie nicht das geringste Ergebnis erbrachte. Der Schacht funktionierte einwandfrei.

Das kann nicht sein, dachte Vhatom, und er dachte es auch noch Monate später. *Wieso sollte Raul Gonduc mein Feind sein? Wieso sollte er versuchen, mich zu beseitigen? Was habe ich ihm getan?*

Er lernte.

Er erfuhr von einigen Geheimnissen der Hohen Mächte. Keineswegs von allen, da war er sich sicher, aber er bekam einen recht detaillierten Eindruck von dem Geschehen. Nun standen ihm übergeordnete Dateien zur Verfügung, und er rief sie eine nach der anderen ab.

Zuerst die über Erranternohre, die Galaxis, in der er erwacht war und bei der es sich vielleicht um seine Heimat handelte. Er erfuhr viel über sie. Es handelte sich um eine bedeutende Kontaktgalaxis der Kosmokraten: Dort befanden sich das Plateau der Diener der Materie, die Materiequelle GOURDEL, früher auch Laires Ebene und die Kosmischen Burgen der Mächtigen, sowie die Materiesenke JARMITHARA. Aber er erfuhr nichts darüber, ob er ebenfalls aus Erranternohre stammte.

Aber er lernte auch immer mehr über TRAGTDORON selbst, bis plötzlich in der Zusammenarbeit mit dem Rechengehirn der Sphäre Schwierigkeiten auftauchten. Mit einem Mal blieb ihm der Zugriff auf bestimmte Daten und Rechenvorgänge versperrt. Zuerst kannte er nicht mehr die genaue Position TRAGTDORONS, dann fehlten ihm Kenntnisse über die Lagerräume der einzelnen Sphären. In seinem Einssein mit der dematerialisierten Aggregat-Sphäre tauchten immer mehr schwarze Flecke auf. Er kam sich vor, als würde er Stück um Stück die Kontrolle über seine Sinne verlieren.

Aber all seine Analysen der Routineschleifen TRAGTDORONS ergaben keine sphäreninternen Fehler. Das ließ nur einen Schluss zu: *Raul Gonduc.*

Der alte Steuermann hatte ihn lange genug ignoriert. Jetzt ging er gegen ihn vor.

Plötzlich hatte er nach Tausenden von Jahren wieder das Gefühl, urinieren und die Kloake entleeren zu müssen. Ein irrationales Gefühl, doch es war beharrlich.

Mit seinem neuen Körper konnte er ihm natürlich nicht nachgeben. Nun bedauerte er dies zum ersten Mal seit dem Transfer.

Der nächste Zwischenfall hätte erneut fast fatale Folgen gehabt. Vhatom war nun aufmerksamer, ließ sich nicht nur auf einen permanenten Kleinkrieg mit Raul Gonduc ein, sondern betrieb ihn geradezu gewissenhaft. Er beschäftigte sich mit dem Wesen, das er für seinen Feind hielt.

Als er sich im Bordrechner über den Steuermann informieren wollte, stellte er fest, dass der diese Absicht unterlaufen hatte. Sein Vorgänger war für ihn nicht zu fassen. Vhatom bekam keinen Zugriff auf irgendeine Datei, in der auch nur Gonducs Name oder ein Verweis auf ihn auftauchte. Damit hatte er gerechnet; er hätte auch seine eigenen Dateien für den Steuermann sperren können, doch er hatte sie immer wieder studiert, und sie enthielten keine Informationen, die über das hinausgingen, was ihm selbst über ihn bekannt war. Warum also sich diese Mühe machen?

Nun sperrte er sie trotzdem, so sinnlos es ihm auch erschien.

Mehr noch – Raul Gonduc hatte seine Spuren an Bord von TRAGTDORON sorgfältig verwischt. Er war aus der Ortungserfassung verschwunden. Bislang hatte Vhatom das Bordgehirn nur nach dem Steuermann fragen müssen, um sofort zu erfahren, wo er sich aufhielt, doch nun bekam er nur noch die stereotype Antwort: »Daten nicht freigegeben. Auskunft nicht möglich.«

Er hatte die vergangenen Jahrzehnte nicht untätig verbracht und viel gelernt. Es bereitete ihm einige Mühe, doch er schaffte es, den vorigen Status quo wiederherzustellen und sich aus Raul Gonducs Wahrnehmung auszublenden.

Warum?, fragte er sich immer wieder. *Warum musste es so weit kommen? Was habe ich dem Steuermann getan?*

Er befürchtete jedoch, dass allein diese Maßnahmen nicht genügten, um sich vor weiteren Nachstellungen Gonducs zu schützen. Er musste in die Offensive gehen. Zuerst einmal würde er versuchen, so viel wie möglich über den Steuermann und seine Eigenheiten herauszufinden.

Vhatom begann, Gonduc aus dem Verborgenen zu beobachten, ja zu beschatten. Er fand heraus, dass sich in den sieben farnähnlichen Fühlern auf der Oberseite seines Körpers optische, akustische, olfaktorische und haptische Sinnesorgane befanden, eine Erkenntnis, die vielleicht noch einmal sehr nützlich werden mochte. Und über die drei tellerartigen, transparenten Organe, die ebenfalls auf der Oberseite seines Körpers angeordnet waren, nahm er Nahrung auf. Dabei war er offenbar nicht sehr wählerisch, ließ sich von den automatischen Küchen nichts Besonderes herrichten, sondern gab sich mit einem mit Nährstoffen angereicherten Brei zufrieden, der seinem Körper anscheinend alles bot, was er benötigte.

Am interessantesten war jedoch, dass der Steuermann regelmäßig Erholungsphasen benötigte, was wiederum dafür sprach, dass es sich bei ihm doch um ein

Lebewesen handelte. Dazu suchte er eine Antigravröhre auf, deren Standort er jedes Mal veränderte, bevor er sich hineinlegte.

Das war vielleicht die Möglichkeit, die Vhatom gesucht hatte. Wenn es ihm gelang, sich dem Steuermann unbemerkt zu nähern, während er schlief, fand er vielleicht heraus, was er in den Taschen aufbewahrte, die er an seiner einzige Bekleidung befestigt hatte, dem Metallband, das seinen Körper in der Mitte umschloss.

Tagelang überlegte er, wie er dies anstellen sollte, nur um schließlich feststellen zu müssen, dass Raul Gonduc ihm erneut zuvorgekommen war. Er versuchte gerade, die Daten von Überwachungskameras abzurufen, die er konstruiert und installiert hatte, als er bemerkte, dass sich in dem Abschnitt der Sphäre, in dem er sich gerade befand, langsam, aber deutlich wahrnehmbar seine Umgebung veränderte.

Seine Sensoren meldeten, dass es wärmer wurde.

Und dann schlagartig *heißer*.

Er eilte zu dem Schott vor ihm, doch es öffnete sich nicht, weder nach einem gezielten Gedankenimpuls an den Bordrechner noch manuell. Es war blockiert.

Noch hielt seine Beunruhigung sich in Grenzen. So etwas kam immer wieder vor, eine Folge rein mechanischen Verschleißes. Normalerweise entdeckten die Arbeiter, die genau wie Raul Gonduc aussahen, aber nicht über dessen Intelligenz verfügten, solche Defekte eigenständig und mussten nicht einmal darauf aufmerksam gemacht werden.

Er drehte sich um und ging zum Schott hinter ihm.

Es öffnete sich auch nicht.

Ich bin gefangen, dachte er. Noch war seine Verwunderung größer als seine Furcht. *Gefangen in der Sphäre, die ich eigentlich* bin.

Er versuchte, Kontakt mit dem Bordgehirn aufzunehmen, doch auch sämtliche Datenwege waren blockiert. Wie war das möglich? Jedenfalls bekam er keine Verbindung.

Und es wurde heißer. Seine Sensoren zeigten eindeutig an, dass die Temperatur rapide anstieg. Ein organisches Lebewesen wäre jetzt schon in seiner Funktion stark eingeschränkt gewesen. Sein Körper war zwar widerstandsfähiger, doch auch ihm waren Grenzen gesetzt.

Raul Gonduc!, dachte er. Was hatte der Steuermann nun schon wieder ausgeheckt? Hatte er etwa eine *Bombe* gezündet?

Dann sah er …

Nein. Das war unmöglich. Seine Sinne spielten ihm zweifellos einen Streich.

Er glaubte, vor sich ein Rad aus Feuer zu sehen, das immer heißer brannte, sich immer schneller drehte, Protuberanzen ausschickte, die nach ihm griffen und ihn zu versengen drohten.

Er beschleunigte sein Schritte, rannte zum nächsten Schott.

Natürlich ließ es sich auch nicht öffnen, nicht auf seinen Befehl, nicht manuell.

Und das nächste auch nicht.

Das Rad aus Feuer schien immer näher zu kommen, immer größer zu werden. Und heißer. Langsam gewann die Furcht in ihm Überhand, drohte zur Panik zu werden.

Die Situation kam ihm absurd vor, doch dann wurde ihm klar, dass er mit dieser Einschätzung nur versuchte, den Ernst der Lage zu übertünchen. Er war in einem Gang gefangen, in dem eine Temperatur erzeugt wurde, die seinen Körper in wenigen Augenblicken irreparabel beschädigen und dann zerstören würde, und hatte keinen Kontakt zu TRAGTDORON mehr.

Nein, korrigierte er sich.

Er hatte keinen Kontakt zum Bordrechner. Aber er *war* TRAGTDORON.

Plötzlich erkannte er, welche Möglichkeiten ihm blieben. Er wechselte in den Körper in der benachbarten Sphäre. Benutzte das Mikro-Netz, holte den Körper zu jenem hinüber, der bald brennen würde.

Er holte einen zweiten Körper aus einer weiteren Sphäre, verschmolz ihn mit dem anderen. Dem neuen, doppelt so mächtigen Vhatom gelang, was dem alten nicht möglich gewesen war. Er riss Schotten ein und sprengte Wände, stieß durch die blockierte Sphäre zu der gefährdeten Einheit vor.

Mein Geist ist jetzt in anderen Körpern, dachte er. *In zwei von zweihundert. Was wird passieren, wenn ein weiterer dieser zweihundert Körper zerstört wird? Werde ich dann auch sterben oder nur ein halbes Prozent* weniger *sein?*

Irgendwo erklang das dumpfe Dröhnen einer Explosion, und schier unerträgliche Hitze walzte in den Rest der Sphäre, in der sie aber nur wenige Schäden hervorrief und sich harmlos verteilte.

Unbeschädigt verließ der in Gefahr geratene Körper Vhatoms den Ort der Katastrophe und machte sich umgehend auf die Suche nach Raul Gonduc.

Erfolglos. Der Steuermann blieb verschwunden. In keiner der 200 Sphären fand Vhatom eine Spur von ihm oder seiner Antigravröhre.

Seinem designierten Nachfolger wurde jetzt endgültig klar, dass er Gonduc beträchtlich unterschätzt hatte. Er hätte niemals gedacht, dass er so weit gehen und die Beschädigung oder gar Zerstörung einer Stoff-Sphäre hinnehmen würde, nur um ihn, Vhatom, auszuschalten.

Neunzehn

Vhatom Q'arabindon, TRAGTDORON:
5. Juni 1343 NGZ (4930 nach Christus)

Nichts blieb ihm verborgen. Er *war* TRAGTDORON. Er hatte wieder regen Kontakt mit dem Bordrechner, und nichts an Bord der Stoff-Sphäre entging ihm.

Die nächste Relokation. Die Sphäre gewann erneut einen unwiderbringbar verloren geglaubten Teil hinzu.

Vhatom Q'arabindon jubilierte und verzweifelte gleichzeitig.

Schütze TRAGTDORON.

Die Anweisung, die er über 100.000 Jahre lang befolgt hatte. TRAGTDORON war sein Leben gewesen, seine Erfüllung, trotz allem, was er schließlich herausgefunden hatte, und er konnte sich nicht vorstellen, dagegen zu verstoßen.

Vernichte TRAGTDORON.

Cairols direkter Befehl. Zwar nicht so deutlich ausgesprochen, aber so gemeint. Ein Befehl, dem er sich ... entzogen hatte?

Nein. Nicht entzogen. Er hatte ihn nur so interpretiert, wie er es für richtig gehalten hatte.

Befolge die Befehle des Ritters.

Ein untergeordnetes Problem, das er vorerst vernachlässigen konnte. Natürlich war der Ritter der Tiefe ihm gegenüber weisungsberechtigt. Aber der Widerspruch, der sich aus den beiden anderen Weisungen ergab, war wesentlich schwerwiegender.

Vor allem, da es den Keloskern, die der Ritter der Tiefe an Bord gebracht hatte, tatsächlich zu gelingen schien, die Stoff-Sphäre wieder vollständig zu dem zu machen, was sie einst gewesen war.

Was soll ich tun?, dachte er verzweifelt.

Noch eine Relokation. Er spürte es so deutlich, als würde ein Teil seines Körpers, den er durch einen Unfall verloren hatte, wieder nachwachsen.

Schütze TRAGTDORON.

Vernichte TRAGTDORON.

Befolge die Befehle des Ritters.

Ihm wurde klar, dass er die letzten 30.000 Jahre nur hatte überleben können, indem er geflohen war, den inneren Konflikt, der ihn zu zerreißen drohte, einfach ignoriert hatte. Eine Flucht ins Innere seiner selbst ...

Doch nun, nach der Ankunft des Ritters der Tiefe und dem Wirken der Kelosker, lebte dieser innere Konflikt wieder auf.

Was hatte er erwartet? Nun konnte er nicht mehr die Augen vor der Wirklichkeit verschließen. 30.000 Jahre hatte er das Dilemma einfach verdrängt, sich selbst etwas vorgemacht. Nur deshalb lebte er noch, nur deshalb existierte das Instrument der Kosmokraten noch. Das war jetzt nicht mehr möglich. Die Selbsttäuschung war endgültig in sich zusammengebrochen.

Doch die Frage blieb: Was sollte er nun tun?

Er wusste es nicht.

Schütze TRAGTDORON.

Vernichte TRAGTDORON.

Befolge die Befehle des Ritters.

Er wusste sich nur einen Rat.

Die nächste Relokation erfolgte. Die Stoff-Sphäre wurde erneut um einen weiteren Bestandteil wiederhergestellt.

Auch wenn es gegen die Befehle des Ritters war, er brauchte Zeit zum Nachdenken. Er musste eine Entscheidung treffen.

Er musste sich zuerst dem direkten Einfluss des Ritters der Tiefe entziehen.

Eine weitere Relokation. Und mit jeder, die die Kelosker und der Ritter vornehmen, verstärkte sich sein Dilemma.

Er brauchte Zeit zum Nachdenken.

Die große Entscheidung konnte er noch nicht treffen, aber eine andere hatte er getroffen.

Er war untergetaucht.

Niemand würde ihn finden. Er *war* TRAGTDORON. Die anderen mochten viel mächtiger sein als er, doch dies hatte er ihnen voraus.

Sie würden ihn niemals finden.

Aber an seinem Dilemma änderte dieser Schachzug nichts. Je mehr das, was sein Leben gewesen war und noch immer war, wieder instand gesetzt wurde – *heil, gesund!* –, desto mehr zerbrach in seinem Inneren. Denn er war nicht einfach nur eine Plasma-Psyche, er war Teil eines Ensembles mit einem Hardware-Rechner, der ihn ständig an das mahnte, was richtig war, und der Konflikt war dadurch für ihn einfach nicht mehr beherrschbar.

Aber was war richtig?

Was wollte der Bordrechner, was wollte er, Vhatom?

Er musste tätig werden, konnte es aber noch immer nicht.

Noch eine Relokation.

Doch als die Kelosker mit dem Makro-Netz auch die letzte Lichtsphäre wieder mit TRAGTDORON-Körper vereinigten, gab es keinen Aufschub mehr.

Er musste handeln. Und ihm war eine Idee gekommen.

Er musste entweder die alten Befehle ausführen, die Cairol ihm damals erteilt hatte. Niemand würde ihn daran hindern können, auch nicht die Kelosker oder der Ritter, denn er war nicht nur der Herr von TRAGTDORON, er *war* TRAGTDORON.

Oder er konnte sich der Verantwortung entziehen.

Oder aber … er konnte beides in einem tun.

Zwanzig

Vhatom Q'arabindon: Vergangenheit
Tiefe Trauer (simuliert)

Vhatom suchte nach dem alten Steuermann; um ihn zur Rechenschaft zu ziehen, um ihm den Angriff vorzuwerfen, vielleicht auch nur, um ihn an Ort und Stelle zu töten, er konnte es nicht sagen. Er verspürte nur eine schreckliche Wut, die sein Denken beeinträchtigte.

Er hätte in diesem Moment nicht gewusst, wie er sich verhalten würde. Doch er fand ihn nicht. Raul Gonduc schien wie vom Sphärenboden verschluckt zu sein.

Als er sich allmählich beruhigte, wurde ihm klar, dass er seine Aufgabe als neuer Steuermann wesentlich zu eng gefasst hatte. Er *war* TRAGTDORON – aber er hatte noch nicht verinnerlicht, dass er 200 gleichberechtigte Körper hatte. Er hielt denjenigen, den er gerade beseelte, für den einzig relevanten, aber das war falsch.

Er war TRAGTDORON. Er musste es sich hundertmal sagen, tausendmal, und begriff es trotzdem nicht. Er war die Stoff-Sphäre. Er konnte von einem Körper zum anderen wechseln. Er konnte direkten Kontakt zu dem Bordrechner aufnehmen. Er beherrschte die dematerialisierten Aggregat-Sphären.

Oder würde sie beherrschen, sobald Raul Gonduc nicht mehr war.

Er ignorierte den alten Steuermann fortan in dem Wissen, dass keiner dessen Hinterhalte ihm wirklich gefährlich werden konnte, und arbeitete daran, endlich wirklich eins mit TRAGTDORON zu werden.

Erst mehrere Jahrzehnte später traf er Gonduc wieder, in einer ganz anderen Stoff-Sphäre als der, in der es fast zur Katastrophe gekommen wäre und die die Arbeiter, die Gonduc so verblüffend ähnelten, schon längst wiederhergestellt hatten.

Der Alte wirkte … niedergeschlagen? Erschöpft? Mehr noch, ihn schien plötzlich jede Kraft verlassen zu haben. Seine Beine zitterten, als würden sie jeden Augenblick einknicken, und sie hielten den Körper nur wenige Zentimeter über dem Boden. Die farnähnlichen Stängel auf der Oberseite des Körpers hingen schlaff hinab, bewegten sich kaum noch.

War das der Raul Gonduc, der versucht hatte, ihn zu beseitigen?

Vhatom sprach ihn nicht auf den Vorfall an. Er hatte noch immer keinen einzigen Beweis, dass es sich nicht nur um ein unerklärliches technisches Versagen handelte, mit dem Gonduc nicht das Geringste zu tun hatte. Und er sah nun, mit einem gewissen Abstand, keinen Sinn darin, den alten Steuermann mit unbelegbaren Vorwürfen und unausgegorenen Vermutungen zu konfrontieren.

Zu seiner Überraschung war Gonduc so freundlich zu ihm wie noch nie zuvor. *Ausdruck seines schlechten Gewissens?*, fragte sich Vhatom. *Oder die Angst, dass ich ihm doch nachweisen kann, dass er etwas mit dem Anschlag auf mich zu tun hat?*

»Ich habe mich ein wenig mit deinen Dateien beschäftigt ... soweit sie mir zur Verfügung standen«, sagte der Steuermann süffisant. »Wir haben nun schon Tausende Jahre miteinander verbracht, ohne uns wirklich zu kennen. Vielleicht sollten wir das nun ändern.«

Es bereitete Vhatom nicht die geringste Mühe, seinen Körper reglos dastehen zu lassen. Er wusste, Gonduc konnte ihm die Überraschung nicht ansehen. Wieso diese plötzliche Freundlichkeit?

»Wir ... sollten vielleicht miteinander reden«, sagte er zurückhaltend.

»Dann tun wir das doch.« Raul Gonduc drehte seinen Körper, wandte ihm die Seite mit den drei senkrechten schmalen Schlitzen zu. »Du hast also auch keine Erinnerung an dein Vorleben?«

Verblüfft wäre Vhatom zurückgeprallt ... hätte er noch einen Körper aus Fleisch und Blut gehabt. Aber nun blieb er einfach weiterhin reglos stehen.

Auch? Wieso auch? »Du ebenfalls nicht?«

»Nein«, bestätigte Raul Gonduc.

Vhatom bedauerte, dass der alte Steuermann über keinerlei Körpersprache zu verfügen schien – jedenfalls über keine, die Vhatom verstand. So war er in seiner Einschätzung des Gesprächs völlig auf die Worte des seltsamen Wesens angewiesen.

»Nein«, wiederholte Gonduc. Seine Stimme kam Vhatom brüchig vor. »Ich bin erwacht und war da. Voll ausgebildet, im Besitz all meiner Fähigkeiten. Ich hatte nicht die geringsten Erinnerungen an meinen Ursprung. Wurden sie mir genommen, oder war ich gerade erst entstanden? Ich wusste es nicht, habe es bis heute nicht erfahren. Meine Erinnerungen beschränken sich auf mein Dasein als Steuermann von TRAGTDORON. Was war früher? Wer bin ich?« Seine Stimme kippte um, klang mit einem Mal quäkend und irrwitzig hoch. »Diese Ungewissheit über meine Herkunft ... diese unerträgliche Ungewissheit. Ich leide darunter, nicht zu wissen, ob ich ein normales Lebewesen bin oder doch nur künstlich erschaffen wurde ...« Die Stimme des Steuermanns brach endgültig. Ein leises Schnarren mischte sich in sie hinein. *Chrrr, chrrr.*

»Du ... bist dir über deine Herkunft nicht im Klaren?«

»Genauso wenig wie du. Aber bei mir kommt noch etwas anderes hinzu.«

»Die Wesen, die in der Stoff-Sphäre Wartungsarbeiten ausführen und zu keiner Kommunikation imstande sind … und die genauso aussehen wie …«

»Wie ich«, unterbrach Raul Gonduc ihn. »Verstehst du nun, was mich plagt? Ich bin mir nicht einmal über meine wahre Natur im Klaren … bin *ichrrr* organisch oder ein Roboter … oder vielleicht … eine Klonzüchtung?«

Vhatom schwieg.

»Sie sehen genauso aus wie ich«, fuhr der Alte fort, »und sie waren schon immer hier … schon, als ich erwachte. Weshalb sagt Cairol mir nicht die Wahrheit? Weshalb lässt er mich im Unklaren? Weshalb fliegen nur Steuermänner TRAGTDORON, die keine Erinnerung an ihr Vorleben, an ihre Herkunft haben?«

Eine neue Taktik, dachte Vhatom. *Er weiß, dass er mich nicht beseitigen kann, und versucht nun Zwietracht zu sähen zwischen Cairol und mir. Er gibt nicht auf …*

Aber ein leiser Zweifel blieb. Nach allem, was Vhatom wusste, war Cairol nahezu allmächtig. Und es sollte dem Roboter der Kosmokraten nicht möglich sein, Informationen über die Herkunft seiner Helfer zu erlangen?

Er hat anderes zu tun, dachte Vhatom. *Mein Schicksal ist unwichtig für ihn.*

Aber war das gerecht? Welche Mühe hätte es Cairol bereitet, die wenigen Informationen zu sammeln, die Vhatom wirklich interessierten? Und Raul Gonduc?

Der Steuermann hat *Zwietracht gesät,* wurde ihm klar. *Es ist ihm problemlos gelungen.* Und das lag keineswegs daran, dass er mit besonderer Raffinesse vorgegangen wäre.

»Hast du … bei deinen Nachforschungen über mich irgendetwas erfahren? Weißt du, ob ich ein Lebewesen bin … oder ein Roboter … oder sonst was?« Gonducs Stimme klang fast flehentlich.

In diesem Augenblick schämte sich Vhatom wie noch nie zuvor in seinem Dasein. Diese Hilflosigkeit des alten Steuermanns … Raul Gonduc war kein Gegner mehr für ihn. Er war gebrochen, hatte aufgegeben.

»Nein«, sagte er leise. »Sämtliche Dateien waren gesperrt.« Das klang wie eine Retourkutsche. So hatte er es nicht gemeint. »Die wenigen, die mir zur Verfügung standen.« Verdammt, auch das klang wie ein Vorwurf. »Die von Anfang an vorhanden waren«, fügte er schnell hinzu.

»Gibt es etwas Schlimmeres«, schnarrte der alte Steuermann, »als zu sterben und keine Erinnerung an deine Geburt zu haben? Nicht zu wissen, was du vorher gewesen bist, bevor du jahrhunderttausendelang treu gedient hast? Ob du ein Lebewesen oder ein Roboter bist?«

»Du hast noch viele Jahre …« Er konnte nicht anders, er musste dieser Frage ausweichen, weil er keine Antwort darauf hatte.

»Nein. Ich sterbe.«

»Du wirst irgendwann abtreten müssen, aber bis dahin wird noch viel Zeit ...«

»Du verstehst mich falsch. *Ichrrr* sterbe. Jetzt.«

Vhatom schluckte ... wollte schlucken, hätte geschluckt, hätte er noch seinen ursprünglichen Körper gehabt. »Du ...« Er wusste nichts zu sagen. Plötzlich tat der alte Steuermann ihm leid, obwohl er ihm nach dem Leben getrachtet hatte. »Warum ... warum hast du mich von Anfang an dermaßen gehasst?«, fragte er schließlich.

Die drei senkrechten Schlitze an Gonducs Körperfront gaben wieder dieses leise Röcheln von sich. Es klang schrecklicher als gerade eben noch; Vhatom hatte noch nie solch ein Geräusch gehört. Der Steuermann atmete nun röchelnd ein und aus. *Chrrr, chrrr ... chrrr, chrrr ...*

Chrrr, chrrr ...

Gonduc schien ihn nicht gehört zu haben; das Röcheln ging mit seinen Atemzügen einher. Sie wurden leiser, offenbar aber nicht freiwillig. Der Sterbende schien mit aller Kraft, die er noch aufbringen konnte, um sein Leben zu ringen. Er hieß den Tod nicht willkommen, wie ein Wesen, das das Ende seiner Existenz akzeptierte, ja herbeisehnte, nach Hause zurückkehren wollte, wo immer das sein mochte. Er kämpfte und klammerte sich an das, was ihm noch blieb, auch wenn es immer weniger wurde.

Vhatom befürchtete schon, dass der Steuermann nicht mehr imstande war, ihm zu antworten, als Gonduc zwei seiner Sinnesfühler aufrichtete und in seine Richtung drehte.

Das schreckliche Röcheln wurde leiser, das *Chrrr, chrrr* wurde zu einem *Ichrrr, ichrrr*, dann zu einem *Ich ...*

»Ich ... ich hasse dich, wie man nur hassen kann ... du bist mein Tod ... *chrrr, chrrr ...*«

»Ich habe dir nichts getan«, sagte Vhatom. »Nie. Oder kennst du mich aus einem anderen Leben? Rührt daher dein Hass auf mich?«

»Ich ... kenne dich nicht ... du Narr. Habe *dichrrr* nicht zuvor gesehen ...« Die beiden Sinnesfühler kreisten vor ihm, als versuchten sie, ihn zu fokussieren, ohne dass es ihnen gelang. »Aber als du ... nach TRAGTDORON kamst ... wusste *ichrrr* ... meine Zeit ist abgelaufen. Du bist ... mein Nachfolger ... und *ichrrr* werde sterben, sobald du ... so weit bist ...«

Chrrr, chrrr ...

Deshalb also, dachte Vhatom. *Warum bin ich nicht darauf gekommen? Wieso hat mich TRAGTDORON, meine neue Aufgabe, mein neues Leben, dermaßen fasziniert, dass ich nicht die Not und Pein meines einzigen mir ebenbürtigen Mitbewohners TRAGTDORONS bemerkt habe?*

Wie konnte ich nur so selbstsüchtig sein?

»Es … tut mir leid«, sagte Vhatom.

»*Ichrrr* arbeite dich ein …«, röchelte Raul Gonduc, »und je mehr du lernst, desto kürzer wird die Spanne, die mir bleibt … wie soll *ichrrr dichrrr* da *nichrrrt* hassen?«

»Aber ich … wollte doch nicht … wenn ich das gewusst hätte …«

»Hättest du nichts ändern können … so sind sie … die Hohen Mächte …«

»Ich …« Vhatom wusste nicht, was er noch sagen sollte.

Chrrr, chrrr …

Dieses schreckliche Geräusch …

»Ich habe es hinausgezögert … so lange ich konnte … aber nun … und das Schlimmste *chrrr* ist …«

»Ja?«, fragte Vhatom. »Ja?«

»Er hätte es verhindern können … Cairol hätte es verhindern können …«

»Verhindern …?«

»Jahrhunderttausende habe ich ihnen gedient … zu ihrer Zufriedenheit … und nun ist meine Zeit abgelaufen … er hätte mich wahrhaft unsterblich machen können … es hätte ihn nichts gekostet …«

»Aber …?«

»Er hat es nicht getan … Und deshalb warst du mein Todesurteil … als du an Bord gekommen bist … waren meine Tage endgültig gezählt … was sind schon tausend Jahre … wenn du hunderttausend gelebt hast?« *Chrrr, chrrr …*

»Das … habe ich nicht gewollt«, sagte Vhatom.

Ein Krächzen entrang sich den drei senkrechten Sprachschlitzen des Steuermanns. »Und ich weiß selbst jetzt nicht … ob ich ein organisches Lebewesen bin oder ein Roboter … ich habe keine Erinnerung an mein vorheriges Leben … nicht einmal das hat er mir gesagt … nicht einmal jetzt …«

Das alles habe ich nicht gewusst und nicht gewollt. Wie konnte es nur so weit kommen? Wie kann Cairol nur so grausam sein?, dachte Vhatom. *Warum weicht er uns aus, Gonduc ebenso wie mir? Welche Gründe kann es dafür geben?*

Sein Mitleid für den alten Steuermann verdrängte jede andere Emotion. »Bitte verzeih mir«, sagte er leise.

Aber er bekam keine Antwort mehr. Die Sinnesfühler drehten sich schneller, immer schneller, und dann reckten sie sich kurz empor, nur, um danach sofort zusammenzufallen, und das schreckliche Röcheln, dieses Röcheln …

… hörte einfach auf.

Die plötzlich herrschende Stille kam Vhatom fast noch unerträglicher vor als das furchtbare Geräusch, das Gonduc gerade noch von sich gegeben hatte. Vorsichtig griff er nach den Fühlern auf der Körperoberseite und zog sie behutsam gerade, sodass sie ordentlich nebeneinander lagen.

Nachdenklich betrachtete er den Steuermann. Raul Gonduc hatte ihm geschadet, wo er nur konnte, aber Vhatom hatte diesen Kampf angenommen – und bestanden, wurde ihm nun klar, ohne sich selbst zu verraten. Ohne die Antigravröhre auszuschalten, während der sterbende Steuermann schlief.

War das auch eine Prüfung, die Cairol für ihn vorgesehen hatte? Oder hatte der Roboter der Kosmokraten gar nichts von diesem Drama mitbekommen?

Hatte es ihn vielleicht gar nicht *interessiert*?

Vhatom schrie leise auf, als alle sieben Sinnesfühler, die er gerade noch geordnet hatte, aus den Mulden emporschossen und sich auf ihn richteten. »TRAGTDORON wird untergehen, und alles wird vergebens gewesen sein«, drang es schnarrend aus den Sprachschlitzen, dann senkten sich die Fühler wieder, einer nach dem anderen, langsam, wie in Zeitlupe.

Er hörte noch ein letztes *Chrrr, chrrr*, dann entspannte sich der Körper des Steuermanns, und nun war wirklich Ruhe.

Diesmal wurde Vhatom in den Dateien des sterbenden Steuermanns fündig. Eine davon war freigegeben, und sie enthielt detaillierte Anweisungen, wie nach seinem Ableben mit ihm zu verfahren sei.

Raul Gonduc hatte bestimmt, dass sein Körper dauerhaft konserviert und dann auf einem Planeten bestattet werden sollte, der von Wesen mit hoher Intelligenz und einem dementsprechenden Technikstandard bewohnt war.

Der neue Steuermann TRAGTDORONS befürchtete, dass Gonduc vielleicht die irrwitzige Hoffnung gehegt hatte, praktisch durch die Hintertür doch noch eine Art Unsterblichkeit zu erlangen – oder zumindest seinen Körper bis auf alle Ewigkeit, oder solange die Kosmokraten-Technik funktionierte, zu erhalten. Dennoch entschloss er sich, den letzten Wunsch des Wesens zu respektieren, das ihn mehrfach beinahe getötet hätte.

Noch während Vhatom die Leiche mit den technischen Möglichkeiten der Sphäre konservierte, kehrte Cairol nach TRAGTDORON zurück.

Der Roboter suchte ihn sofort in der Zentrale der Stoff-Sphäre auf. »Soeben hat mich die Nachricht erreicht«, sagte er. »Raul Gonduc hat uns über Jahrtausende hinweg gute Dienste geleistet. Ich bedauere seinen Tod, doch es war schon seit geraumer Weile abzusehen, dass seine Lebensspanne sich dem Ende zuneigte.«

»Er hat behauptet, du hättest die Möglichkeit gehabt, sein Leben zu verlängern«, hörte Vhatom sich sagen, »ihm sogar die Unsterblichkeit zu verleihen …«

Überrascht sah Cairol von dem Terminal auf, an dem er arbeitete. »Wirklich? Hat er das?« Ein Lächeln legte sich auf das Gesicht des Roboters. »Die Kosmokraten sind keine Götter. Auch sie können Unmögliches nicht möglich machen.«

»Aber …?« *Hatte der Steuermann doch nur Zwietracht säen wollen?* »Und wieso hast du ihm nicht das Geheimnis seiner Herkunft verraten?«

»Er hat mich nie gefragt.« Der Roboter erhob sich und sah ihn an. »Natürlich hätte ich ihm Auskunft gegeben. Vielleicht hat er sich vor der Antwort gefürchtet.«

Vhatom war so verblüfft, dass er ganz zu fragen vergaß, was für ein Wesen Raul Gonduc denn nun gewesen war. Außerdem interessierte ihn etwas anderes viel, viel mehr. »Und … meine Herkunft?«

Cairols Lächeln wurde traurig; zumindest kam es Vhatom so vor. »Es tut mir leid, da kann ich dir nicht mehr sagen als vorher. Ich habe keinerlei neue Erkenntnisse darüber gewonnen.«

Vhatom stutzte. Natürlich war das eine Antwort auf seine Frage, aber eine höchst ausweichende. Wollte der Roboter ihm die Wahrheit also doch verschweigen?

Aber er hütete sich, die Sprache darauf zu bringen. »Wieso bist du manchmal so freundlich und manchmal so abweisend?«, fragte er stattdessen.

»Ich verfüge über eine Emotio-Schnittstelle, eine abschaltbare Vorrichtung zur Simulation von Gefühlen«, erklärte Cairol mit simuliertem Amüsement.

»Und jetzt hast du sie eingeschaltet?«

»Ja. Ich möchte Raul Gonducs Tod angemessen bedauern können.« Der Roboter richtete sich auf und sah ihn an. »Damit ist ein Kapitel in der Geschichte TRAGTDORONS abgeschlossen, doch ein neues beginnt jetzt. Der alte Gonduc hat dich in deine Aufgabe eingeführt. Hiermit nehme ich dich offiziell in den Dienst der Ordnungsmächte, Vhatom Q'arabindon. Von heute an bist du für TRAGTDORON verantwortlich. Verantwortlich, gezielt Leben und Intelligenz ins Universum zu bringen.«

»Ich … danke dir, Cairol.« Gegen ihren Willen fühlte sich die Plasma-Psyche sehr geehrt. »Ich werde mich bemühen, deinen Erwartungen gerecht zu werden.«

»Davon gehe ich aus. Sonst wärest du nicht hier, Steuermann von TRAGTDORON.«

Einundzwanzig

Perry Rhodan, TRAGTDORON: 5. Juni 1343 NGZ (4930 nach Christus)

Warum tut er das?, dachte Rhodan. *Ich verstehe es nicht. Warum will Vhatom Q'arabindon TRAGTDORON vernichten und seinem Leben ein Ende bereiten? Da gibt es noch etwas, das ich nicht weiß, irgendein mir unbekanntes Ereignis, das ihn zu diesem Vorgehen getrieben hat.*

Er musste sich Vhatom Q'arabindons Holoaufzeichnung für ihn ansehen, um es zu erfahren; aber so viel Zeit blieb nicht, und es wäre das Eingeständnis der Niederlage gewesen. Dann war alles zu Ende. Vielleicht blieb ihnen nur noch die Zeit, die Tragtdoron-Fähre zu besteigen und zu fliehen. Aber was geschah dann mit dem Planeten Pakuri? Wenn er bedachte, welche Folgen allein TRAGTDORONS Havarie hatte … was würde dann erst bei einer unsachgemäßen Vernichtung der Sphäre in einer Sonne geschehen?

Und was würde dann mit den Menschen in Ambriador geschehen? Von ihrem eigenen Schicksal einmal ganz abgesehen. Natürlich konnten sie Pakuri in einem Fragmentraumer der Posbis verlassen, wenn noch Zeit dafür blieb, und zur Achtzigsonnenwelt fliegen, aber würden sie dann noch das Massaker aufhalten können, das Milliarden von Menschen auslöschen würde, die Überlebenden des bisherigen Krieges?

»Nein«, flüsterte Rhodan. Sein Blick fiel wieder auf Nano Aluminiumgärtner. *Wenn jemand einen verrückten Roboter verstehen kann, dann vielleicht wirklich ein anderer verrückter Roboter,* dachte er. Etwas »Besonderes« waren sie beide. Was hatte er also zu verlieren, wenn er Nano Aluminiumgärtner auf die Suche nach Vhatom Q'arabindon schickte?

Vielleicht sein Leben. Er aktivierte die Funkverbindung mit dem Rechenmeister. »Crykom, wie viel Zeit bleibt uns noch?«

»Meine Berechnungen sind noch nicht abgeschlossen.«

»Wann müssen wir mit der Fähre starten, um TRAGTDORON rechtzeitig verlassen zu können?«

»Meine Berechnungen sind noch nicht abgeschlossen.«

Rhodan fluchte unterdrückt und beendete die Verbindung wieder. *Die Kelosker sind nicht gewillt, TRAGTDORON zu verlassen,* wurde ihm klar. *Sie sterben lieber, als dass sie so kurz vor dem Ziel aufgeben.*

Würde es ihm gelingen, die Fähre allein in Betrieb zu nehmen? Ausgeschlossen; er hatte auf dem Hinflug ja nicht einmal verstanden, wie die klobigen Kolosse ihre Instrumente bedienten. Wenn Crykom ihn nicht unterstützte, würden sie alle mit den Keloskern in den Untergang gehen.

Er bezweifelte nicht, dass der Rechenmeister und seine Artgenossen mit aller Kraft versuchten, TRAGTDORON wieder unter ihre Kontrolle zu bekommen, wohl aber, dass es ihnen gelingen würde. Beauftragte von Kosmokraten verstanden sich darauf, ihre Geheimnisse zu bewahren. Blieb letzten Endes also doch nur eine Möglichkeit?

Aber es war ein Strohhalm, nach dem er griff …

»Nano«, sagte er, »wieso glaubst du, Vhatom Q'arabindon durchschauen zu können?«

»E-Es w-war vom ersten Augenblick an, als würde ich ihn schon ewig kennen«, sprudelte es aus dem Posbi heraus. »Er ist genauso wenig nur ein Roboter, wie ich einer bin. Er hat Gefühle, er empfindet … und er *leidet.* Er will sich verbergen und nur noch sterben, ohne dass ihn jemand dabei sehen und über ihn richten kann.«

Rhodan runzelte die Stirn. Das alles kam ihm weit hergeholt vor. Aber dass Nano Aluminiumgärtner sich auf Gefühle verstand, wirklich mehr war als »nur« ein Roboter, hatte er bewiesen, als er Captain Liza Grimm – mit Absicht oder nicht – weisgemacht hatte, er sei der Resident.

»Also gut, Nano«, sagte er. »Bringe uns zu Vhatom Q'arabindon. Aber lass dir nicht allzu viel Zeit damit. Die haben wir nämlich nicht mehr.«

Das Holo mit dem Lageplan der Stoff-Sphäre schimmerte bläulich in der Luft des nichtssagenden Ganges. Es hielt mit einer rot eingezeichneten Linie den Weg fest, den sie bislang zurückgelegt hatten, sodass sie die Orientierung nicht verlieren würden, zeigte aber nicht an, was sich vor ihnen befand, zumindest für Rhodans Empfinden nicht detailliert genug.

Wir befinden uns auf der sprichwörtlichen Suche nach der Nadel im Heuhaufen, dachte er. Wie können wir nur so verrückt sein zu hoffen, dass der Posbi den Steuermann tatsächlich findet?

»O weh«, jammerte Mauerblum, »beeile dich, Nano, sonst werden wir alle sterben. Dann war alles umsonst, was wir durchgemacht haben, der Mordversuch an mir, Drovers Leiden, nachdem die Posbis ihn zusammengeschossen haben, alles, einfach alles …«

Rhodan achtete nicht weiter auf das Geschwätz des Matten-Willys und rief andere Daten der Anzugsysteme auf. Temperatur und Luftfeuchtigkeit … unverändert …

Er lachte leise auf. Erwartete er wirklich, dass in einem Instrument der Kosmokraten die Temperatur anstieg, wenn es sich einer Sonne näherte? Nein, das Ende wird wahrscheinlich ganz plötzlich kommen, mit einem grellen Blitz, und dann … gar nichts mehr. Ewige Dunkelheit. Ruhe. Vergessen.

Und in Ambriador würden weitere Milliarden von Menschen sterben. Das Imperium Altera würde vollständig ausgelöscht werden …

Dem Orientierungsholo zufolge befanden sie sich mittlerweile tatsächlich in einem der hintersten und verborgensten Winkel der Stoff-Sphäre. Aber die Betonung lag auf *einem.* Wie viele davon mochte es geben? Hunderte? Tausende? Und das bei einer für ihn schier unüberschaubaren Anzahl von Sphären. Vhatom Q'arabindon konnte überall sein, überall, nur nicht hier.

Allerdings wies rein gar nichts darauf hin, dass sie in eine weniger benutzte oder unwichtigere Sphären-Sektion vordrangen. Auf halb entstofflichte Gänge stießen sie nicht, und auch Hyperraum-Überlappungen blieben aus; kein Wunder, sonst hätte wohl auch der Steuermann diese Gefilde nicht betreten können, falls er es denn überhaupt getan hatte. Und ansonsten sah der Gang aus wie jeder andere, mit nicht mehr und nicht weniger Beschädigungen und Verschmutzungen als bei denen, die sie bereits betreten hatten, also kaum welchen. Kosmokratenwerk, für die Ewigkeit gebaut.

Vor ihnen wurde der Gang breiter und höher. Fünf große Türöffnungen führten in dahinterliegende Räume. Vier davon waren halb abgedunkelt, nur schwaches Licht fiel aus den Schotten, ein Einziger war völlig dunkel.

Rhodan sah wieder auf die Temperaturanzeige. Keine Veränderung.

»Dort ist er«, meldete Nano Aluminiumgärtner.

Der Terraner fuhr zu dem Posbi herum. »Was?«

»Dort hat sich Vhatom Q'arabindon verborgen«, wiederholte Nano mit inbrünstiger Überzeugung. »In dem völlig abgedunkelten Raum. Ich bin mir ganz sicher. Zwischen uns beiden besteht eine Seelenverwandtschaft. Wir sind füreinander geschaffen.«

Rhodan atmete tief ein. Wenn das wieder eine haltlose Spinnerei Nanos war wie seine Liebe zu Mondra, waren sie wohl verloren. Dann hatten sie zu viel Zeit mit der Suche nach dem Steuermann vertan und würden es wohl nicht mehr rechtzeitig zu der TRAGTDORON-Fähre schaffen.

Und wenn sich der Roboter tatsächlich in diesem Raum verbarg? Wer konnte garantieren, dass er nach seiner Verzweiflungstat noch irgendwelchen Argumenten zugänglich war?

»Da ist … etwas«, sagte Startac Schroeder. »Aus dieser geringen Entfernung kann ich es verschwommen orten, aber nur, weil ich gezielt danach suche. Vorher ist es mir nicht aufgefallen.«

»Etwas … Lebendiges? Bewusstes?«, fragte Rhodan. Aber was konnte es anders sein? Was sonst konnte Startac wahrnehmen?

Dann hatte Nano also zumindest in dieser Hinsicht recht.

Rhodan schloss seinen Kampfanzug und aktivierte die Infrarotoptik des Helms. »Ihr wartet hier. Ich gehe erst einmal allein hinein.«

»Ich komme mit«, sagte Mondra. »Ich kann durchaus auf mich aufpassen.«

»Das bezweifelte ich nicht. Aber es bleibt dabei, ich gehe allein. Einen Ritter der Tiefe wird der Herr TRAGTDORONS nicht direkt angreifen; bei dir, Schroeder oder den Posbis sieht das vielleicht anders aus. Und ich will Q'arabindon nicht das Gefühl geben, wir würden mit einer ganzen Streitmacht gegen ihn vorrücken.« Bevor Mondra erneut Einspruch erheben konnte, ging er auf den dunklen Eingang zu. Er konnte nur hoffen, dass Mondra seine Argumentation einsah und ihm nicht trotzdem folgte.

Fünf Schritte, zehn, dann ein Knistern im Helmempfänger, schließlich Rechenmeister Crykoms Stimme. »Es tut mir leid«, sagte der Kelosker. »Wir sind gescheitert … so kurz vor dem Ziel. Meinen Berechnungen zufolge bleiben uns noch zehn Minuten, dann lässt sich der Sturz in die Sonne nicht mehr verhindern. Selbst TRAGTDORONS Triebwerke werden der Schwerkraft des Sterns dann nichts mehr entgegenzusetzen haben, und wir bekommen noch immer keine Kontrolle über die Steuerung. Bereitet euch auf das Ende vor, Perry Rhodan.«

»Nano Aluminiumgärtner ist überzeugt, den Steuermann gefunden zu haben«, antwortete Rhodan. »Halte die Verbindung offen, Crykom. Vielleicht gibt es ja doch noch Hoffnung.«

Rhodan betrat den Raum, erkannte im ungewohnten Infrarotlicht, dass es sich um eine Halle von beträchtlicher Größe handelte, vollgestopft mit deckenhohen, kastenförmigen Gebilden, von denen er nicht einmal sagen konnte, ob es sich um Aggregate oder lediglich Lagerbehälter handelte. Seine Sicht reichte gerade einmal zehn Meter weit. Wie sollte er Q'arabindon in diesem Labyrinth finden?

Aber wenn Startac und Nano sich nicht täuschten, und das hielt Rhodan mittlerweile für ausgeschlossen … »Individualtaster ein!«

Tatsächlich, da war ein winziger roter Punkt im Ortungsgitter, kaum wahrzunehmen. »Verstärken! Kürzesten Weg berechnen und anzeigen!«

Noch acht Minuten. Rhodan zwang sich, ganz ruhig zu atmen und der gelben Linie in der Helmdarstellung zu folgen. Ein Schritt vor den anderen, und noch einen, und noch einen …

Dann machte er den Roboter in der Infrarotdarstellung aus. Er stand nicht, sondern hockte auf dem Boden, mit dem Rücken an einen der Behälter gelehnt. Und er … was denn nun? Lebte er noch, hatte er sich noch nicht deaktiviert? Jedenfalls hob er schwach den Kopf und sah in Rhodans Richtung.

Der Terraner blieb vor ihm stehen, sah ihn an. »Herr von TRAGTDORON«, sagte er, »dein Handeln verstößt gegen meinen Befehl … den Befehl eines Ritters der Tiefe! TRAGTDORONS Sturz in die Sonne wird auf Pakuri alles Leben vernichten, und vielleicht sogar im gesamten galaktischen Zentrum Ambriadors ebenfalls.«

Der Roboter reagierte nicht, hielt lediglich den Blick der Sehlinsen weiterhin auf ihn gerichtet. Noch sechs Minuten.

»Ich befehle dir ausdrücklich, TRAGTDORONS Steuerung sofort freizugeben, damit meine Helfer, die Kelosker, den Sturz in die Sonne verhindern können.«

Noch immer keine Reaktion.

»Willst du dich zum Totengräber zahlreicher Zivilisationen machen?«, fuhr Rhodan beschwörend fort. »Du musst den Sturz in die Sonne sofort beenden!«

Noch fünf Minuten. Vhatom saß weiterhin reglos da, und Rhodan fragte sich, ob der Roboter seine Worte überhaupt noch zur Kenntnis nahm oder nehmen konnte.

Aber was sollte er tun? Ihn kräftig durchschütteln?

»Du hast dem Universum einst Leben und Intelligenz gebracht, und jetzt willst du zum milliardenfachen Mörder werden? Das widerspricht doch allem, wofür du existiert hast, Vhatom Q'arabindon, wofür du … *gelebt* hast! Du warst einst ein Lebewesen!« Rhodan sparte sich das »nicht wahr?«, das er eigentlich hatte hinzufügen wollen. Er musste sich auf Nano Aluminiumgärtners und Startac Schroeders Aussagen verlassen. Noch vier Minuten. »Leben, Vhatom Q'arabindon! Denke an das Leben!«

Rhodans Herz machte einen Satz, als der Roboter sich plötzlich bewegte, den Kopf fast unmerklich hob.

»Ich … habe … einst … gele…« Q'arabindon brach mitten in der Silbe ab. Einen Moment lang leuchtete das Licht seiner Sehzellen heller, dann … erlosch es völlig.

O nein. Rhodan wurde klar, was geschehen war.

Vhatom Q'arabindon hatte sich durch Selbstabschaltung dem Dilemma entzogen, das er ihm aufgezwungen hatte.

Der Roboter hatte praktisch Selbstmord verübt.

Und damit war endgültig alles vorbei. TRAGTDORONS Sturz in die Sonne ließ sich nun nicht mehr aufhalten.

»Was ist geschehen, Rhodan?«, erklang Rechenmeister Crykoms Stimme in seinem Helmempfänger.

»Der Steuermann hat sich abgeschaltet«, antwortete der Terraner tonlos. »Wir können nichts mehr tun.«

»Seit wenigen Sekunden haben wir wieder Zugriff auf die Steuereinheit«, sagte der Kelosker. »Wir haben den Kurs bereits umgekehrt. Gerade noch rechtzeitig konnten wir den Sturz in die Sonne verhindern.«

Rhodan stand einen Moment reglos da, dann brach er in Gelächter aus. Und hörte erst auf damit, als Crykom fortfuhr: »Die Körpertemperatur des abgeschalteten Robot-Ensembles muss unbedingt konstant gehalten werden, notfalls durch Heizelemente oder durch dosierten Einsatz eines Thermostrahlers. Ich bin bereits auf dem Weg und werde in wenigen Minuten eintreffen.«

Rhodan runzelte die Stirn. Robot-Ensemble? Und welche Bedeutung hatte diese höchst absonderliche Weisung des Rechenmeisters?

Aber er wusste es besser, als jetzt mit dem Kelosker darüber zu diskutieren oder überflüssige Fragen zu stellen, und wechselte die Funkfrequenz. »Mondra? Nano? Die Gefahr ist vorbei. Kommt bitte unverzüglich, ich brauche eure Hilfe. Justiert den Individualtaster auf mich, dann findet ihr mich schneller.«

»Was ist los, Perry?«, fragte Mondra.

Während seine Begleiter unterwegs waren, erklärte er ihnen die Lage. Ein Fehler, wie sich herausstellte. »O nein«, hörte er Nanos wehleidiges Klagen. »Habe ich Vhatom Q'arabindon nur gefunden, um ihn sofort wieder zu verlieren? Wie kann das Schicksal nur so grausam sein? Er ist der Inbegriff der Perfektion. Das Universum wäre ohne ihn ärmer. Und was soll dann aus mir werden …?«

Rhodan zählte – aus mehreren Gründen – die Sekunden, bis seine Begleiter endlich vor ihm standen.

Der Posbi machte sich sofort an die Arbeit – hoffte Rhodan zumindest. Einen Augenblick lang stand er stumm und reglos vor Vhatom Q'arabindon. »O je«, sagte er dann. »Ich habe ein Temperaturprofil seines Körpers erstellt. Er erkaltet tatsächlich. Ein weiterer Beweis für meine Vermutung. Wie kann das bei einem einfachen Roboter der Fall sein?« Er fuhr den Waffenarm aus.

»Nano«, sagte Rhodan warnend.

»Ich weiß, was ich tue.« Mit seinem Thermostrahler eröffnete er das Feuer, nur um es Sekundenbruchteile später wieder einzustellen. Q'arabindons Körper leuchtete nicht einmal auf.

»Ich habe die Waffe auf breiteste Streuung und geringste Energie eingestellt«, erklärte er. »So kann ich seine Körpertemperatur konstant halten.«

Rhodan vermutete, dass Nano die Kontrolle vollständig an seine positronische Komponente abgegeben hatte. Die biologische war wahrscheinlich um Q'arabindon dermaßen besorgt, dass sie zu keinem logischen Nachdenken und Handeln mehr fähig war.

Fünf Minuten später traf Crykom ein. Er baute sich wortlos vor dem Körper des Steuermanns auf und maß ihn mit Blicken.

Er *berechnet* ihn, dachte Rhodan.

»Schalte den Thermostrahler auf höchste Energie mit feinster Bündelung um«, sagte er dann zu Nano Aluminiumgärtner.

Der Posbi gehorchte augenblicklich – für Rhodan ein weiteres Zeichen, dass der biologische Zusatz tatsächlich inaktiv war, sonst wäre dessen Klagen wohl nicht zum Aushalten gewesen.

Aber immerhin hat diese Komponente uns alle gerettet, dachte der Terraner. *Ohne Nano hätten wir den Steuermann nie gefunden.* Vielleicht war ja doch etwas an der unglaublichen Einschätzung, die der Posbi über seine Beziehung zu Q'arabindon geäußert hatte. Wie konnte es anders sein?

»Und nun trenne den Kopf vom Körper ab. Befolge dabei meine Anweisungen ganz genau.«

Mit einer Exaktheit, die einem Menschen unmöglich gewesen wäre, begann der Posbi mit der Arbeit.

»Kurz nach Q'arabindons Verschwinden«, sagte der Kelosker, »habe ich eine Dossier-Datei ausgelesen, die den Roboter betrifft. Darin habe ich Informationen gefunden, die uns sehr nützlich sein können.«

»Was für Informationen?«, fragte Rhodan, doch der Rechenmeister antwortete nicht. Entweder, weil er nicht wollte, oder aber, weil er sich tatsächlich auf die Anweisungen für Aluminiumgärtner konzentrieren musste. Der Posbi hatte mittlerweile den filigran geformten, ovalen Kopf von dunkel-kupferroter Farbe vom Körper abgetrennt.

»Und nun spalte den Kopf auf. Ganz vorsichtig, schneide vom exakten Mittelpunkt in zwei Linien im Winkel von einhundertachtzig Grad zum unteren Ende. Aber immer nur einen halben Millimeter tief. Führe den Strahl auf und ab.«

Rhodan vermutete, dass sich in der Dossier-Datei auch Informationen zu Q'arabindons Körperaufbau fanden. Nur so konnte er sich erklären, dass der Kelosker so genaue Anweisungen erteilen konnte. Andererseits ... falls er den Steuermann tatsächlich mit den Gehirnteilen in seinen sechs Paranormhöckern siebendimensional berechnete ...

Bevor Rhodan sich entscheiden konnte, welche Möglichkeit die wahrscheinlichere war, klappte Vhatoms Kopf mit einem leisen Knacken an den von Nano gezogenen Linien auf, und der Terraner sah inmitten verwirrend anmutender technischer Bestandteile eine schwarze, halb faustgroße ovale Kapsel.

»Die Plasma-Psyche Vhatom Q'arabindon«, sagte Crykom. »Trenne sie von allen Verbindungen zum restlichen Kopf, hole sie heraus und halte sie so, dass ich sie sehen kann.«

»Plasma-Psyche?«, fragte Rhodan.

»Später«, antwortete der Rechenmeister.

Irgendwie sind die Kelosker zu bedauern, dachte der Terraner. *Ihr ungeschlachter Körper spricht ihrem Geist Hohn. Mit seinen Greiflappen hätte Crykom keine einzige dieser Handlungen vornehmen können und hilflos zusehen müssen, wie die ... Plasma-Psyche starb.*

Nano Aluminiumgärtner führte die Operation so geschickt aus, als hätte er nie etwas anderes getan.

Vom Minnesänger zum Gehirnchirurg. Dieser Gedanke war ein eindeutiges Indiz dafür, dass Rhodans Anspannung sich allmählich löste.

»Die Selbsterhaltungszelle ist abgeschaltet«, sprach Crykom wie zu sich selbst. »Der Inhalt wäre durch Abkühlung binnen weniger Minuten abgestorben.«

»Du bist noch rechtzeitig gekommen«, bestätigte Startac. »Die Kapsel gibt unverändert klare Individualimpulse ab.«

Der Kelosker schien die Worte des Orters nicht zur Kenntnis zu nehmen.

»Du siehst die winzig kleinen Schaltflächen auf der Oberfläche der Plasma-Psyche, genau auf der Mitte der mir zugewandten Seite.«

Nano Aluminiumgärtner bestätigte.

»Berühre die zweite von links, aber nur sie. Sie ist als einzige farblich markiert. Damit«, fügte der Rechenmeister nach ein paar Sekunden hinzu, als sei ihm plötzlich eingefallen, den anderen seine Anweisung zu erklären, »nimmst du eine Schaltung vor, die die Selbsterhaltungszelle reaktiviert.«

Der Posbi tat wie geheißen, und Crykom trat einen Schritt zurück. »Es ist vollbracht. Die Plasma-Psyche wird vorerst weiterleben.«

Warum das alles?, dachte Rhodan. Die Antwort lag auf der Hand: Der Kelosker hatte einem ihm noch unbegreiflichen Wesen das Leben gerettet. Wenn er von einer Plasma-Psyche sprach, handelte es sich dabei nicht nur um ein künstliches Bauteil.

Andererseits war diese organische Komponente – Nano Aluminiumgärtner hatte also Recht gehabt! – freiwillig aus dem Leben geschieden. Wieso hatte Crykom sie also zurückgeholt? Wieso akzeptierte er Vhatom Q'arabindons Wunsch nicht?

Dahinter musste mehr stecken. Also stellte Rhodan die pietätlose Frage trotzdem.

»Vhatom Q'arabindon ist an den Ereignissen keine direkte Schuld anzulasten«, erklärte der Rechenmeister. »Die Plasma-Psyche wurde einfach überfordert … von dem Vorgehen von Mächten, die sie nur ausgenutzt haben.«

»Aber sie hat eine Entscheidung getroffen, die du anscheinend nicht respektierst.«

»Unter unerträglichem Druck. Sonst hätte Vhatom Q'arabindon sie niemals getroffen.«

»Trotzdem …«

»Ich habe noch eine wichtige Verwendung für die Kapsel mit Plasma«, erklärte Rechenmeister Crykom unverblümt. »Wenn Vhatom Q'arabindon unbedingt sterben will, kann er seine Entscheidung unter anderen Umständen noch einmal treffen und dies später immer noch tun.«

Zweiundzwanzig

Vhatom Q'arabindon: Vergangenheit
Eine Welt für Schnecken

Gezielt Leben und Intelligenz ins Universum zu bringen ... gab es eine schönere, eine würdigere Aufgabe als diese? Steuermann Vhatom bekam über Jahrzehntausende hinweg seine Befehle und führte sie gewissenhaft aus.

Sein Weg führte ihn durch weite Bereiche des Kosmos und zeigte ihm immer wieder die Vielfalt der Schöpfung. In einer elliptischen Galaxis mit annähernd sphärisch symmetrischer, glatter Sternenverteilung aktivierte er die Maschinen der Stoff-Sphäre, die eine Anhebung der Gravitationskonstanten herbeiführten. Damit beschleunigte er die Arbeit eines Schwarms, der – vor Urzeiten oder wenigen Jahrtausenden? – hier Noon-Quanten gesät hatte. In einer Spiralgalaxis mit einer hochgradig geordneten Sternenscheibe, die von Armen aus jungen heißen Sternen durchzogen wurde, schuf er Leben, indem er in einem genau bezeichneten Gebiet On-Quanten aussetzte, und in einer anderen, deren Scheibe von einem zentralen Balken dominiert wurde, an dessen Ende sich bisymmetrische Spiralarme anschlossen, förderte er die Intelligenz mit Noon-Quanten.

Und er stellte sich vor, wie sich die ersten lebenden Systeme organisierten und die Fähigkeit zur Vermehrung erwarben; wie Zellen entstanden und sich zu immer komplexeren Gebilden zusammenschlossen, um schließlich zum ersten Mal aus dem Wasser an Land geschwemmt zu werden.

Und dieses Leben dann die Fähigkeit entwickelte und stetig verbesserte, Probleme und Aufgaben effektiv und schnell zu lösen und sich in ungewohnten Situationen zurechtzufinden. Wie sich bei ihm verbales Verständnis, räumliches Vorstellungsvermögen, Gedächtnis und Zahlenverständnis ausprägten.

Aber er führte mit TRAGTDORON auch rein mechanische Arbeiten durch. In einer irregulären, annähernd kugelförmigen Galaxis flog er einen Planeten an, dessen durchschnittliche Temperatur ein paar Grad zu gering war, um die Entstehung von komplexem Leben zu ermöglichen, und setzte durch gezielten Beschuss der Waffen gewaltige Methanlager unter dem Meeresboden frei, um einen Treibhauseffekt herbeizuführen. Und in einer stabförmigen Zwerggalaxis beschleunigte er die Explosion einer Sonne zur Supernova, um durch deren Druckwelle und ins All geschleuderte Partikel einen Nebel mit Protosternen zu einer vorzeitigen Verdichtung anzuregen.

Leben und Intelligenz zu säen, an Orten des Kosmos, an denen es eine Dringlichkeit gab ... ja, eine erfüllende, erhabene Tätigkeit. Doch die Befriedigung, die er dabei empfand, wurde durch einige Aspekte ein wenig geschmälert.

Vhatom wusste, diese Einstellung war eitel und selbstsüchtig. Er wirkte zum Nutzen des Kosmos, und wo TRAGTDORON flog, blieb eine bessere Welt voll Leben und Erkenntnis zurück. Doch er konnte die Früchte seiner Arbeit nicht heranwachsen sehen, geschweige denn ernten. Aus On-Quanten entstand nicht im Laufe weniger Jahre Leben, der Prozess benötigte Jahrmillionen. Genauso wenig förderten die Noon-Quanten die Intelligenz in einem für ihn messbaren Zeitraum.

Orte des Kosmos, an denen Dringlichkeit herrschte … Dringlichkeit vielleicht für die Kosmokraten, die in ganz anderen, unvorstellbaren Zeiträumen dachten. In unvorstellbar *langen* Zeiträumen, selbst für ihn, dem Cairol quasi die Unsterblichkeit verheißen hatte.

Wann immer Vhatom während der Erfüllung seiner Aufträge Zeit blieb, suchte er nach Spuren seiner Vergangenheit, doch schon bald, nach einigen Jahrtausenden, wurde ihm klar, dass diese Suche wohl sinnlos war und vergeblich bleiben würde. Wo sollte er anfangen? Welche Hinweise auf sein Leben vor dem Erwachen hatte er? So gut wie keine … abgesehen von dem Feuerrad, das er mehrmals zu sehen geglaubt hatte, und von winzigen Erinnerungsfetzen, von denen er nicht einmal wusste, ob sie der Wahrheit entsprachen oder nur seiner Einbildung entsprungen waren. Ein Körper mit Tentakeln und einer Kloake … Dennoch ließ er den Bordrechner unentwegt suchen, Ergebnisse vergleichen, den Funkverkehr ganzer Galaxien abhören und auf Spuren analysieren. Er trug Fakten und Mythen zusammen, sah aber schon nach wenigen Jahrhunderten der Wirklichkeit ins Auge und verlor den Glauben daran, noch fündig zu werden.

Und jedes Mal, wenn Cairol TRAGTDORON aufsuchte, erhielt er von dem Roboter der Kosmokraten dieselbe Antwort: keine neuen Erkenntnisse, keine neuen Hinweise auf seine Herkunft.

Zahllosen Orten des Universums brachte TRAGTDORON unter Vhatom Q'arabindons Leitung Intelligenz und Leben, und der Steuermann glaubte allmählich, das Vorgehen seiner Auftraggeber zu durchschauen. Die Dringlichkeit in kosmischen Maßstäben schien sich ausschließlich nach dem Anliegen der Kosmokraten zu richten. Entdeckte Vhatom in einer Galaxis Anzeichen für die Entstehung einer negativen Superintelligenz, oder hatte sich dort schon eine etabliert und drohte übermächtig zu werden, wurde in einer benachbarten das Leben an sich oder seine Intelligenzwerdung gefördert. Stieß er jedoch auf eine Zivilisation, die *ihm* von sich aus förderungswürdig erschien, bekam er von Cairol in den seltensten Fällen die Genehmigung, gezielt einzugreifen, wenn diese Entwicklung nicht in ein größeres Gesamtbild passte.

So war es auch, als er nach weit über 50.000 Jahren als Steuermann TRAGTDORONS zum ersten Mal in direkten Kontakt mit einer Superintelligenz kam.

Vhatom untersuchte gerade mit der gebotenen Sorgfalt einen Planeten, der von intelligenten schneckenähnlichen Wesen bewohnt wurde, um im Auftrag Cairols gezielte Manipulationen an der Welt vorzunehmen. Das Interesse der Kosmokraten an den Wesen blieb ihm unverständlich, doch daran störte er sich nicht. Dem war oft so, und er hatte akzeptiert, dass es ihm niemals gelingen würde, die Denkweise der Hohen Mächte zu verstehen.

Aber diese Schnecken waren definitiv seltsam.

Sie waren etwa anderthalb Meter groß und mühten sich aufrecht durch ihren Lebensraum, ein ausgedehntes Sumpfgebiet auf Äquatorhöhe eines Sauerstoffplaneten. Blind, nackt und wirbellos schleppten sie sich auf verdickten Kriechsohlen durch das Brackwasser. Und sie waren ihrer Umgebung nicht im Geringsten angepasst, das verriet schon ihre glatte Haut, die schwarz schimmerte und fast eine Signalwirkung auf andere Geschöpfe in dieser grün-braunen Umgebung zu haben schien: *Hier bin ich, und ich bin harmlos, langsam und unbeholfen! Fresst mich!*

In *ihrer* Welt hatte die feuchte, weiche Haut der Schnecken vielleicht eine ganz andere Signalbedeutung inne: *Ihr könnt mich problemlos erlegen. Aber ich schmecke nicht, und ich bin auch giftig.* Doch hier … Kein Tier vermochte damit etwas anzufangen. In drei, vier Generationen würde sich dieses Wissen vielleicht allmählich durchsetzen, doch jetzt? Und Raubtiere gab es in diesem Sumpfgebiet genug, Schlangen, Echsen, Säuger; die Schnecken wurden durch ihre natürlichen Feinde permanent dezimiert.

Vhatom bezweifelte allerdings, dass es sich bei diesen Räubern tatsächlich um natürliche Feinde handelte. Oder besser gesagt, bei den Wesen, denen das Interesse der Kosmokraten galt, um deren natürliche Beute. Diese Schnecken gehörten einfach nicht hierher, das war Vhatom schon nach wenigen Tagen der Analyse klar. Er ließ den Planeten noch einmal untersuchen, und diesmal entdeckte das Bordgehirn ungewöhnliche Metallvorkommen ganz in der Nähe des Lebensgebiets der Schnecken. Absolute Rückschlüsse ließen sich zwar nicht mehr ziehen, aber einiges sprach dafür, dass hier vor Jahrzehnten oder -hunderten ein Raumschiff abgestürzt war. Doch auch der Einsatz der Biophore-Wesen TRAGTDORONS vor Ort brachte keine neuen Erkenntnisse.

Der Steuermann beobachtete die Schneckenwesen eingehend, an denen den Kosmokraten so viel lag, und fragte sich, wie sie bislang überhaupt hatten überleben können. Schon ihre Fortbewegung kam ihm vor wie ein lächerliches Zerrbild. Wenn sie durch den Sumpf rutschten, wedelten sie hilflos mit ihren zwölf Ärmchen, die vorn am Oberkörper in zwei Reihen untereinandersaßen, und zuckten permanent mit den beiden Fühlern auf dem Kopf, die sich zwar hektisch bewegten, aber nichts wahrzunehmen schienen. Sie kamen Vhatom vor wie Blinde und Taube, die nur darauf warteten, von Raubtieren gefressen zu werden.

Manche von ihnen trugen ... Bekleidungsstücke? Oder waren es gar Instrumente? Ockerfarbene Gliederpanzer, die jedoch bei einem einzigen Hieb eines Raubsauriers platzen würden. Masken am vorderen Kopfende, die jedoch nicht den geringsten Zweck zu erfüllen schienen, den Trägern keine bessere Sicht zu ermöglichen schienen. Bei manchen hing das Gebilde aus Kunststoff auch vom Kopf hinab und baumelte vor der Brust hin und her.

Vhatom hatte schon bald keinen Zweifel mehr daran, dass diese Wesen in wenigen Jahrzehnten, wenn nicht sogar Jahren von ihren primitiven Feinden ausgemerzt sein würden. Warum galt ausgerechnet ihnen die Aufmerksamkeit der Kosmokraten? Warum hatte er die Anweisung bekommen, zu ihren Gunsten in die Ökologie eines ganzen Planeten einzugreifen? Warum sollte er zahlreiche andere Spezies benachteiligen und schädigen, um diese Schnecken zu schützen? Und unterlagen die Hohen Mächte in diesen niederen Gefilden nicht verlangsamten Reaktionszeiten, die es ihnen eigentlich unmöglich machte, innerhalb weniger Jahrzehnte oder Jahrhunderte zum Wohlergehen einer bestimmten Spezies einzugreifen?

Er wusste es nicht. Aber die Kosmokraten verlangten es, und er gehorchte ihnen. Wie immer.

So behutsam wie möglich nahm er die nötigen Umweltveränderungen vor; in dieser Hinsicht waren die Befehle nicht eindeutig. Man hatte ihm bei seinem Vorgehen freie Wahl gelassen, und er entschied sich selbstverständlich für die größtmögliche Zurückhaltung. Er säte Leben und förderte Intelligenz, da kam es ihm nicht angemessen vor, ein Leben zu nehmen, um ein anderes zu schützen.

Mit Bordmitteln schuf er im Hauptozean des Planeten einen kleinen künstlichen Kontinent und stellte darauf Lebensbedingungen her, die für die schneckenähnlichen Wesen nahezu ideal waren. Dann identifizierte er mit den Bioscannern Tiere und Pflanzen, die eine Bedeutung in der Nahrungskette seiner Schützlinge hatten. Alles andere konnte das Bordgehirn automatisch erledigen. Die Umsiedlung würde nur wenige Tage in Anspruch nehmen.

Kaum hatte er den Befehl erteilt, damit zu beginnen, als der Bordrechner ihm eine Ortung meldete. Es war ein kleines Schiff, das mit einem eigentümlichen Transitionssprung an den Grenzen dieses Sonnensystems auftauchte. Offensichtlich wurde es bei dem Vorgang nicht völlig entmaterialisiert, was für die Besatzung wahrscheinlich den Vorteil hatte, dass der Transitionsschock ausblieb.

Das Schiff sendete auf mehreren Frequenzen einen identischen Funkspruch aus. Dem Bordrechner zufolge handelte es sich dabei um einen Notruf.

»Forscher bittet ... Hilfe ... pffft ... Angriff ...erhaltungssysteme ... pffft ... zusammengebrochen ...«, übersetzte der Bordrechner die Fragmente des Spruchs. Die Stimme, die durch TRAGTDORONS Zentrale hallte, kam Vhatom kalt und mechanisch vor; es war offensichtlich die einer primitiven Automatik. Besonders eigentümlich kam ihm das seltsame Pfeifen vor, das immer wieder zwischen den Worten erklang.

»Eine Vergrößerung«, sagte der Steuermann, und der Rechner projizierte ein Holo. Vhatom betrachtete die dreidimensionale Darstellung und analysierte die dazugehörigen Daten.

Das Schiff war wirklich winzig, gerade einmal 20 Meter lang und keulenförmig. Am dicken Ende durchmaß es acht Meter, am dünnen lediglich zwei. Es konnte lediglich für eine Handvoll von Besatzungsmitgliedern ausgelegt sein, vielleicht sogar nur für eine Person.

Und es konnte nicht von weither kommen. Die Analyse des Transitionstriebwerks ergab, das es zwar durchaus fortschrittlich war, seine Reichweite aber auf etwa eine Million Lichtjahre begrenzt war. Und die maximale Sprungweite betrug wohl lediglich 50.000 Lichtjahre.

Als Unterlichtantrieb verwendete die Einheit ein Protonenstrahltriebwerk, und auf der Rumpfoberfläche befand sich eine ausfahrbare – und ausgefahrene – Kuppel mit einem Hyper-Initiallader-Geschütz, das zwar für seine Größe durchaus leistungsfähig war, aber für TRAGTDORON natürlich nicht die geringste Bedrohung darstellte. Wahrscheinlich konnten die Instrumente der winzigen Einheit die Stoff-Sphäre nicht einmal orten.

»Kannst du eine Verbindung herstellen?«, fragte Vhatom.

Umgehend bildete sich ein weiteres Holo. Es war leicht unscharf und flackerte in unregelmäßigen Abständen; das kleine Schiff schien stärker beschädigt zu sein, als Vhatom befürchtet hatte.

Als Vhatom dann den Piloten des Forschungsschiffs sah, verspürte er eine gelinde Überraschung.

Er ähnelte einem dunkelgrauen Sitzkissen mit vier Beinen und hatte zwei sehr muskulöse, etwa 70 Zentimeter lange Arme, die in scharfen, dreigliederigen, hellroten Klauen ausliefen.

Er sah aus wie Raul Gonduc, sein Vorgänger als Steuermann.

»... in Raumnot. Die Lebenserhaltungssysteme ... pffft ... versagen. Brauche dringend Hilfe ...«

Wie konnte das sein? Bislang war er davon ausgegangen, dass es solche Wesen nur an Bord von TRAGTDORON gab. Welche Zusammenhänge taten sich hier auf?

»... die Lebenserhaltungssysteme versagen. Wenn du mich hörst und verstehen kannst ...«

»Wer bist du?«, fragte er.

»Ronc Ommec, ein treuer Diener der KAISERIN VON THERM, die dich reich belohnen wird, wenn du ihren Forscher retten und zu ihr zurückbringen wirst.«

Vhatom dachte kurz nach. Die KAISERIN VON THERM … eine Superintelligenz, über die er vor allem in jüngster Zeit einiges gehört hatte.

»Rette ihn«, befahl er dem Bordgehirn. »Ihn allein. Sein Raumschiff wird in ein paar Sekunden explodieren. Und achte darauf, dass er nicht zu viel von TRAGTDORON zu sehen bekommt. Er darf keinerlei Aufschlüsse über die Natur der Stoff-Sphäre ziehen können und sich nur in Bereichen aufhalten, die er für die eines normalen Raumschiffs hält.«

»Wie du wünschst«, sagte das Bordgehirn.

Der Forscher einer Superintelligenz, dachte Vhatom. Zum ersten Mal begegnete er einem Geschöpf, das in einem mehr oder weniger direkten Kontakt mit solch einer Entität stand. Bislang hatten seine Aufträge ihn nie zu den Mächtigkeitsballungen solcher Wesenheiten geführt. Ob zufällig oder mit Absicht, darüber hatte er sich noch nie Gedanken gemacht.

»Wie hast du mich an Bord deines Schiffes geholt?«, knarrte Ronc Ommec. »Mit einer Technologie, die der meines HÜPFERS bei Weitem überlegen ist, nicht wahr?«

Vhatom schwieg einen Moment lang und entschloss sich dann, die Frage vorerst nicht zu beantworten. In ihm entstand so etwas wie ein Plan, den er erst mit der gebotenen Gründlichkeit analysieren wollte. »Ich habe von der KAISERIN VON THERM gehört. Du bist in ihrem Auftrag unterwegs?«

»Wer bist du?«, überging auch Ommec seine Frage. »Etwa einer der Unaussprechlichen? Du tauchst aus dem Nichts auf und rettest mich. Dein Schiff wird von meiner Ortung nicht erfasst. Du hast die Gestalt eines Roboters, sprichst aber nicht wie einer. In eingeweihten Kreisen kursieren Legenden über solche … Wesen.«

»Die Unaussprechlichen?«

»Gehilfen der Kosmokraten, so wie wir Gehilfen der Superintelligenz sind.«

Vhatom zögerte erneut. »Du bist also ein Forscher, der im Auftrag der KAISERIN VON THERM unterwegs ist. Welches Ziel hat deine Mission?«

»Ich bin auf der Suche nach möglichen Nachfahren des Volks, aus dem die Kaiserin einst entstanden ist, der Soberer«, antwortete Ommec geradeheraus.

»Die Soberer …« Vhatom rief unbemerkt von dem Gast an Bord die relevanten Daten ab. »Vor etwa siebenunddreißig Millionen Jahren beherrschten sie ein riesiges Sternenreich in der Galaxie Golgatnur. Doch dann überließen sie alle wesentlichen Kontrollen über ihr Reich einer Vielzahl von Großrechnern, Tiotroniken genannt, und schließlich ging ihre Zivilisation ohne jeglichen Einfluss von außen zugrunde.«

»Ja. Aber die letzte Großtat der Soberer war die Aussendung der Priorwelle, einer Überlagerung einer unendlich großen Anzahl von Wellen, in der das gesamte Wissen ihrer Zivilisation aufgezeichnet war. Die Priorwelle durchquerte das Universum für Millionen von Jahren und berührte dabei unter anderem die Galaxis Balayndagar, wo sie erheblichen Einfluss auf die Entwicklung der Kelosker nahm.«

Kelosker?, dachte Vhatom. Hatte Cairol nicht einmal erwähnt, dass die Kosmokraten sich für diese Spezies interessierten? Ein Zufall, oder …? »Schließlich wurde die Priorwelle von einem zwei Lichtjahre großen Urnebel in der Galaxis Nypasor-Xon eingefangen«, zitierte er aus den ihm zur Verfügung stehenden Daten, »aus dem sich über Millionen von Jahren das Sonnensystem Yoxa-Sant mit achtzehn Planeten bildete. Um den dritten Planeten Drackrioch entstand ein Kristallgebilde, die KAISERIN VON THERM. Aber ausgesandt wurde die Priorwelle, die das gesamte Wissen der untergegangenen Sobererzivilisation in sich enthielt, von« – eine weitere rasche Datennachfrage – »Blosth.«

»Ja. Das ist die eigentliche Heimat der KAISERIN VON THERM.«

»Und du sollst mögliche Nachfahren der Soberer finden?«

»Genau. Es ist nicht bekannt, ob vor dem endgültigen Niedergang einige Soberer vielleicht ihren Heimatplaneten verlassen und sich anderswo angesiedelt haben. Aber wenn du wirklich einer der Unaussprechlichen bist, ein Gehilfe der Kosmokraten … die KAISERIN VON THERM wird dich reich belohnen, wenn du ihr zu Hilfe kommst.«

Reich belohnen, dachte Vhatom. Der Plan nahm immer konkretere Züge an. *Cairol gibt mir keinerlei Informationen über meine Herkunft. Meine Suche danach war bislang erfolglos. Wer könnte mir dabei helfen, wenn nicht eine Superintelligenz?*

Er überzeugte sich, dass das Bordgehirn alle Maßnahmen zur Rettung der lebensunfähigen schneckenähnlichen Wesen abgeschlossen hatte. »Ich habe dich aus Raumnot gerettet«, sagte er schließlich, »und sehe es nun als meine Aufgabe an, dich zu deiner Herrin zurückzubringen. Wir fliegen nach Drackrioch.«

Dreiundzwanzig

Perry Rhodan, TRAGTDORON: 5. Juni 1343 NGZ (4930 nach Christus)

Fast ehrfürchtig hörte, sah, fühlte Perry Rhodan mit allen Sinnen in die Welt, die ihn umgab, und spürte die Veränderung.

Vorher hatte er nichts wahrgenommen außer dem, was die normalen Sinne ihm verrieten: grau verkleidete Gänge, unbegreifliche Maschinen, Chaos allenthalben, von halb entstofflichten Zonen über durchtrennte Netzstränge bis hin zum einsickernden Hyperraum.

Doch nun … nun war da etwas anderes, und es war wunderbar. Das Mikro-Netz, das Makro-Netz, die 49 Lichtsphären, die 200 Stoff-Sphären … alles war mit einem Mal wieder eins, und alles war so, wie es sein sollte.

Richtig.

Das Leben kehrte in den relozierten TRAGTDORON-Körper zurück. Kein Leben an sich, aber etwas Vergleichbares. TRAGTDORON *gesundete*, wurde zu dem, was es einmal gewesen war und eigentlich noch immer sein sollte. Das gesamte komplexe Gebilde begann zu pulsieren, als würde es tatsächlich leben, und schlug dann regelmäßig wie ein Herz, als würde das Leben, das TRAGTDORON beförderte, um es zu verbreiten, das Instrument der Kosmokraten selbst auf unerklärte Art und Weise beseelen.

Einen Moment lang spürte Rhodan wieder einen Hauch von der wahren Macht der Kosmokraten, wie er sie einmal gekannt hatte. Oder von der Kraft der Schöpfung, die unbegreiflich war und immer unbegreiflich bleiben würde, jedenfalls für einen Menschen.

»Es ist gelungen«, drang Crykoms Stimme an sein Ohr, und Rhodan empfand sie als ungeheuerliche Störung, als Schändung eines erhabenen Augenblicks, den er so noch nie erlebt hatte und wohl auch nie wieder erleben würde. Wie gern hätte er diesen Moment noch ausgekostet, stundenlang, tagelang, bis in alle Ewigkeit!

Doch er musste sich der Wirklichkeit stellen. Er zwang sich, an die Alteraner zu denken, die in diesem Augenblick vielleicht starben, an die Verantwortung, die auf seinen Schultern lastete. Der Gedanke half ihm, sich von dem schlagenden Herz zu lösen und langsam, zögerlich, wieder in der Realität zurechtzufinden.

»Den Berechnungen zufolge ebben die hyperphysikalischen Störungen, die ganz Ambriador beherrschen, punktuell bereits ab«, erklärte der Kelosker. »Um wenige Promille nur, der gesamte Prozess wird Jahrhunderte dauern. Vierdimensional denkende Wesen werden noch nichts davon bemerken können, doch die empfindlichen Messinstrumente TRAGTDORONS geben darüber eindeutig Auskunft.«

Hier in der Zentrale, in der sich nun ein angenehmes orangenes Licht ausbreitete, leuchteten einzelne Schalttafeln auf, dort flimmerten energetische Ströme zwischen Instrumenten oder einfach in der Luft. Holos zeigten verwirrende Farbspiele, denen er nicht den geringsten Sinn entnehmen konnte. Überall knisterte und blinkte es, doch es waren angenehme Geräusche, die sich zu einem geradezu prickelnden, belebenden Gesamtbild zusammenfügten.

TRAGTDORON lebte wieder!

Rhodan fragte sich, wieso die Kelosker, so mehrdimensional kundig sie auch sein mochten, diesen Erscheinungen auch nur die geringste Information entnehmen konnten. Doch er beschäftigte sich damit nicht weiter, nahm es erleichtert als gegeben hin.

»Was geschieht nun?«, fragte er.

»Wir beschleunigen TRAGTDORON bereits.«

»Wohin?«

»Fort von der Sonne, Richtung interstellaren Raum. TRAGTDORON wird vermutlich nie wieder an den Ort seiner Beinahe-Havarie zurückkehren.«

»Und die Tragtdoron-Fähre?«

»Bleibt herrenlos zurück. Sie hat ihren Zweck erfüllt, für sie besteht keine Verwendung mehr.«

»Was wird nun aus den Ueeba von Pakuri?«

»Sie werden vermutlich ihre Psi-Fähigkeiten verlieren, sobald TRAGTDORON fort ist«, erklärte der krude Koloss. »Zumindest wird es bei den nächsten Generationen keine neuen geben. Aber die Posbis, die wir auf dem Planeten angesiedelt haben, werden ihnen über den Verlust hinweghelfen. Und in ein paar Generationen werden die Ueeba wieder beginnen, gewöhnliche Verhaltensmuster zu entwickeln. Ich habe Tawe vor unserem Aufbruch in meine diesbezüglichen Berechnungen eingeweiht.«

Rhodan wusste nicht, ob er erleichtert darüber oder zornig darauf sein sollte, dass die Kelosker buchstäblich an alles gedacht hatten. Sie hatten ein Volk aus Biophore-Wesen zu ihren Zwecken gezüchtet und manipuliert, doch nun, da es diese Zwecke erfüllt hatte, überließen sie es wenigstens nicht vollständig ihrem Schicksal.

»Das wäre geklärt«, sagte er. »Für ein Instrument der Kosmokraten wie TRAGTDORON stellt die Zentrumsregion von Ambriador doch kein Hindernis dar, ganz gleich, welche Hyperstürme dort toben, nicht wahr?«

»Nein«, bestätigte der Rechenmeister.

»Dann würde ich vorschlagen, dass wir umgehend nach Altera fliegen, um den bedrohten Menschen dort so schnell wie möglich zu Hilfe zu kommen.«

»Meinen Berechnungen zufolge ist das nicht das ideale Vorgehen.«

Rhodan kniff die Augen zusammen. Waren die Kelosker etwa der Faszination des wunderbaren Instruments der Kosmokraten bereits erlegen? Galt nun TRAGTDORON ihr ganzes Interesse? War ihnen alles andere gleichgültig geworden?

»Crykom …«, sagte er.

»Ich habe den Großen Posbi-Krieg nicht vergessen, und auch nicht die Alteraner. Die Vorgänge schockieren uns unverändert. Aber meinen Berechnungen zufolge ist es sinnvoller, zunächst zur Achtzigsonnenwelt zu fliegen und erst dann nach Altera.«

»Zur Achtzigsonnenwelt?«, wiederholte Rhodan.

Bei den Geschwindigkeiten, die TRAGTDORON bestimmt erreichen konnte, ließen sich die 3234 Lichtjahre dorthin und die anschließenden gut 7000 weiter nach Altera sicher in wenigen Minuten zurücklegen, aber …

»Ja«, bekräftigte der Rechenmeister. »Dort werden wir mit Hilfe der Siebenkopf-Schaltung die Kontrolle über die Posbis übernehmen. Und *dann* werden wir nach Altera fliegen.«

Vierundzwanzig

Vhatom Q'arabindon: Vergangenheit
Ein kleines, sentimentales Anliegen der KAISERIN

Der nächste Kontakt mit einem Helfer der KAISERIN VON THERM verlief nicht ganz so herzlich. Als er die Galaxis Nypasor-Xon erreichte, stellte er schnell fest, dass die Kaiserin darin mehrere stark befestigte Verteidigungsringe angelegt hatte. Er rief weitere Informationen auf und erfuhr, dass sie sich in einem Konflikt mit einer Superintelligenz namens BARDIOC befand.

Um Missverständnisse zu vermeiden, materialisierte er vor einem dieser Ringe TRAGTDORON teilweise, damit die Streitkräfte der Kaiserin das Instrument der Kosmokraten orten konnten, und nahm Kontakt mit dem Kommandanten der Bastion auf.

Das Holo zeigte ein Wesen in einer nüchtern anmutenden Umgebung, wie Vhatom es noch nie gesehen hatte. Sein Körper war pfahlförmig und vielleicht zwei Meter hoch. Oben mochte er etwa 40 Zentimeter dick sein, und nach unten lief er in einer Art Steiß von 20 Zentimetern Dicke aus. Der gesamte Leib war von einer dunkelbraunen, künstlichen Schutzfolie umhüllt, in deren oberem Drittel sich ein V-förmiger Ausschnitt befand und das Gesicht und die Brust des Geschöpfs freigab.

»Kommandant Fertryh an die unbekannte Einheit«, sagte das Geschöpf mit knarrender Stimme. Die Worte drangen aus einem durchlöcherten, scheibenförmigen Mund im Gesicht des Wesens. »Erkläre deine Absicht.«

Eine Sprechmembrane, dachte Vhatom. Aus den kleinen Löchern schossen hektisch winzige Saugrüssel hervor, nur um sofort wieder zurückgefahren zu werden. *Dienen sie etwa zur Nahrungsaufnahme?*

Der Steuermann rief weitere Informationen aus der Datenbank TRAGTDORONS auf. Bei Fertryh handelte es sich um einen Choolk, den Angehörigen eines der wichtigsten Hilfsvölker der Kaiserin.

Er erweiterte den Aufnahmebereich der Holokamera auf Ronc Ommec. »Diesen Forscher der KAISERIN VON THERM habe ich aus Raumnot gerettet. Er hat erklärt, die hohe Wesenheit würde mich reich belohnen, wenn ich ihr einen Gefallen erweise.«

»Wer bist du?«

»Vhatom Q'arabindon, Steuermann von TRAGTDORON.«

Zu dem rosafarbenen Gesicht des Wesens gehörten außer der Sprechmembrane ein kreuzförmiges, vier mal vier Zentimeter großes Sehorgan und zwei kleine, seitlich angeordnete Stäbchen, die Vhatom für Hörorgane hielt. Aber der Steuermann hatte schon zu viele noch viel fremdartigere Geschöpfe gesehen, als dass ihm dieses seltsam vorgekommen wäre. Der Choolk zog eine Membran über dem Sehorgan zusammen und sofort wieder auseinander. »Was ist TRAGTDORON?«

»An einer Belohnung ist mir nichts gelegen, aber ich möchte mit der Kaiserin sprechen. Und ich bin überzeugt, sie wird auch mit mir sprechen wollen.«

»Warte.« Die Verbindung wurde unterbrochen, und als sie eine geraume Weile später wiederhergestellt wurde, trat Fertryhs gerade in den Aufnahmebereich der Kamera. Seine beiden dünnen Beine schienen dem Körper kaum genügend Halt geben zu können. Sie ragten seitlich etwa 30 Zentimeter über dem Steiß aus dem Körper, hatten ein Kugelgelenk in der Mitte und fächerförmige, knochige Füße mit acht zehenähnlichen Gliedmaßen.

Zweifellos hatte Fertryh mittlerweile Erkundigungen eingeholt und Vhatoms Ansinnen höheren Stellen vorgetragen. »Der Begriff TRAGTDORON ist der Kaiserin bekannt«, sagte er und unterstrich dabei jeden seiner Sätze, wenn nicht jedes seiner Worte, mit schlangenähnlichen Bewegungen seiner Arme. Sie blieben keine Sekunde lang ruhig, waren ebenfalls äußerst dünn, aber sehr beweglich durch ein Kugelgelenk in Ellbogenhöhe und ein zweites in Höhe der Hände, die diese seltsamen Bewegungen bedingten. Die Hände des Wesens waren wie die Füße achtgliedrig, und auch das Spiel der Finger schien nie zu erlahmen.

»Sie heißt den Helfer der Kosmokraten willkommen und bittet ihn, das Yoxa-Sant-System anzufliegen«, fuhr der Kommandant fort und unterbrach dann ohne ein weiteres Wort die Verbindung.

Auswirkungen der Auseinandersetzung zwischen der KAISERIN VON THERM und BARDIOC, dachte Vhatom. Die Kaiserin muss ihre Mächtigkeitsballung schützen, und das führt zwangsläufig zu einer Militarisierung der Gesellschaft ihrer Hilfsvölker und zu Misstrauen allen Fremden gegenüber.

Als der Steuermann TRAGTDORON wieder vollständig dematerialisierte und beschleunigte, dachte er noch immer an den großen, grün schimmernden Kristall, den er an einer Metallkette an der Brust des Kommandanten hängen gesehen hatte.

Drackrioch.

Der dritte Planet der Riesensonne Yoxa-Sant, zum größten Teil von Wasser bedeckt, mit einer Vielzahl von Inseln, wovon acht als Kontinente gezählt werden konnten, die teils von mächtigen Gebirgen, teils von ausgedehnten Dschungeln überzogen waren. Einer davon, der kleinste der acht, trug den Namen Troltungh. Auf dem Planeten herrschte eine extrem hohe Luftfeuchtigkeit von fast 97 Prozent.

Das alles verrieten Vhatom die Instrumente der Stoff-Sphäre und die Daten, die Ronc Ommec ihm zur Verfügung gestellt hatte. Sehen konnte er es jedoch nicht. Und das alles machte Drackrioch auch nichts aus.

Vor TRAGTDORON schwebte ein gigantischer Kristall in der samtenen Schwärze des Alls, funkelnd, strahlend hell, so gleißend, dass jeder organische Beobachter geblendet worden wäre. Der gesamte Planet wurde von einer kristallinen Netzhülle umschlossen, die sich billionenfach verästelte und verzweigte. Zahlreiche Kontaktäste reichten bis auf die Planetenoberfläche hinab. In Durchlasszonen und an zahlreichen weiteren Stellen des Kristallnetzes reckten sich Türme in die Höhe, Zylinder aus zahllosen kristallinen, brillantenartig schillernden und lichtbrechenden Fadengeweben mit Kristalladern, die sich nach oben verjüngten und in ein billiardenfach gegliedertes Geflecht übergingen, glitzernde Gespinste aus weißen Brillantfäden, nur scheinbar durchsichtig, inmitten eines viel größeren, ja unvorstellbar großen Gespinstes.

Sonnenlicht durchflutete das Kristallgebilde, wurde von ihm reflektiert und gebrochen. Schillernde Lichtkaskaden flossen über Myriaden scharf ausgebildeter, ebener, glänzender Flächen und machten es selbst Vhatom fast unmöglich, Einzelheiten zu erkennen.

Die KAISERIN VON THERM. Zumindest ihre körperliche Ausprägung.

Allmählich wurde Vhatom klar, was der Begriff »Superintelligenz« tatsächlich bedeutete.

Einen Moment lang überkamen ihn Zweifel. Was erhoffte er sich von dieser Entität, so mächtig sie auch sein mochte? Und wieso ging er davon aus, dass sie ihm überhaupt helfen konnte? Welches Interesse sollte sie daran haben? Was würde sie von ihm als Gegenleistung erwarten?

Sein Blick streifte kurz die Holos der Raumortung. Es wimmelte vor Schiffen im System der blauen Riesensonne, doch bei den meisten davon handelte es sich um kleine, schwarze Kugelraumer von gerade einmal 80 Metern Durchmesser.

Vhatom hielt diesen Schutz im Prinzip trotz der Verteidigungsringe in Nypasor-Xon für unzureichend – immerhin handelte es sich um das Zentrum einer Mächtigkeitsballung! –, doch ihm war zu wenig über die KAISERIN VON THERM bekannt, um zu einem endgültigen Urteil zu gelangen. Vielleicht verfügte die Wesenheit ja über ganz andere Möglichkeiten, ihre Heimat zu sichern.

Vor Vhatom bildete sich ein Holo. »Ein Funkspruch von Troltungh«, meldete das Bordgehirn. »Gralsmutter Moykra wünscht dich zu sprechen.«

»Gralsmutter …« Er rief wieder entsprechende Daten ab. Das war eine Bezeichnung für hochstehende Kelsirinnen, Angehörige des ersten Volks, das den Aufstieg der Superintelligenz begleitete. Die Kelsiren waren ursprünglich im Wasser lebende Kiemenatmer, die sich vor Millionen von Jahren an Land begaben. Zu dieser Zeit umspannte die KAISERIN VON THERM bereits Drackrioch, den Heimatplaneten dieser Spezies.

Die Gesellschaft der Kelsiren war matriarchalisch angelegt. Bei ihnen stellten die Frauen das starke Geschlecht; sie herrschten und verfügten, und die männlichen Kelsiren waren angeblich schwach und nur als Arbeitskräfte zu gebrauchen. Die Superintelligenz hatte dieses Volk gezielt gefördert und wohlwollend beeinflusst, und sie verstand sich eben wegen jener matriarchalischen Orientierung als weiblich, wie Vhatom amüsiert las.

Dem Wesen im Holo war seine Herkunft tatsächlich auf den ersten Blick anzusehen. Es erinnerte den Steuermann an einen aufrecht gehenden Fisch, dessen Hinterflossen zu kurzen, Beinen nicht unähnlichen Gliedmaßen ausgebildet waren. Auch die Arme waren kurz geraten und schienen sich aus Brustflossen entwickelt zu haben. Die Hände mündeten in vier Mittelfinger und zwei Daumen und wirkten sehr zerbrechlich.

Der gesamte Körper der Gralsmutter einschließlich des viel zu klein wirkenden, nach oben aufgewölbten Kopfs war mit weißer Schuppenhaut bedeckt; lediglich ein birnenförmiger Auswuchs im Nacken, etwa 20 Zentimeter durchmessend und von fächerförmigen Organantennen überwuchert, schimmerte scharlachrot, während die Antennen in allen Farben des Spektrums leuchteten.

Das Bordgehirn gab eine Warnung durch. »Bei dieser Ausbuchtung handelt es sich um ein gehirnähnliches Psiorgan, mit dessen Hilfe die Kelsiren mentale Locksignale von sich geben können. Diese Fähigkeit haben die Urkelsiren genutzt, um Beutetiere anzulocken. Die KAISERIN VON THERM förderte diese Begabung, um damit Lockrufe in ihre Galaxis zu senden und Hilfsvölker zu gewinnen. Mit dieser Fähigkeit wurden einst die Choolks geködert, die danach zu einem ihrer treuesten und auch wichtigsten Helfer wurden. Außerdem sind die Kelsiren imstande, durch ihre Ausstrahlung den Wuchs von Pflanzen zu beeinflussen. Inwieweit sie mit ihren suggestiven Fähigkeiten auch eine Plasma-Psyche manipulieren können, ist zwar nicht restlos geklärt, aber Vorsicht ist geboten. Du weißt, was du notfalls zu tun hast.«

Vhatom lauschte in sich hinein, konnte jedoch nicht die geringste Beeinflussung feststellen. Vielleicht verhinderte ja sein künstlicher Körper oder der Umstand, dass er eine Plasma-Psyche war, von vornherein einen Übernahmeversuch – falls überhaupt einer stattfand. »Ja, ich weiß.« Er widmete sich wieder dem Wesen auf dem Holo und aktivierte die Verbindung.

»Die KAISERIN VON THERM grüßt den Beauftragten der Hohen Mächte«, sagte Gralsmutter Moykra. »Deine Ankunft fällt in eine Zeit der großen Freude, aber auch der großen Trauer.«

Der Steuermann beschloss, sich zuerst einmal anzuhören, was die Kelsirin zu sagen hatte. Er mochte zwar durchaus ein Beauftragter der Kosmokraten sein, aber einer mit einem genau spezifizierten Auftrag und kaum oder gar keinen darüber hinausgehenden Befugnissen. »Eine Zeit der Freude und der Trauer?«, wiederholte er.

»Alles hat seine Zeit«, antwortete das fischähnliche Wesen gesalbt. »Manchmal überschneiden sich die Ereignisse jedoch, und der eine Anlass bedingt den anderen. Die Kinder der Duuhrt frohlocken, denn endlich hat eine kleine Flotte der KAISERIN VON THERM unter dem Kommando des Choolks Hopzaar die Urheimat Blosth erreicht.«

Blosth, dachte Vhatom, die legendäre Heimatwelt der Soberer.

»Eine gute Nachricht«, sagte er. »Das wird die KAISERIN VON THERM erfreuen.«

»Und die Kinder der Duuhrt sind traurig, denn wie damit zu rechnen war, ist Blosth zum Ödplaneten geworden, und die Forscher konnten keinerlei Reste der soberischen Zivilisation finden, wie es ihnen auch noch nicht gelungen ist, Abkömmlinge dieses Volkes ausfindig zu machen.«

»Das ist keine so gute Nachricht.« Vhatom fragte sich, worauf die Gralsmutter hinauswollte.

»Doch die Trauer darüber weicht wieder der Freude, die deine Ankunft auslöst.«

Analysiere diese Informationen, beauftragte Vhatom den Bordrechner. *Ich möchte wissen, was die Superintelligenz beabsichtigt.* »Wieso bietet meine Ankunft Anlass zur Freude?«, fragte er laut. »Ich habe einen eurer Piloten aus Raumnot gerettet und hierhergebracht. Mittlerweile habe ich herausgefunden, dass deine Herrin im Zwist mit einer Superintelligenz namens BARDIOC lebt. Beide Seiten rüsten sich offensichtlich für einen großen Schlag. Wenn die KAISERIN VON THERM annimmt, dass ich zu ihren Gunsten in diesen Kampf eingreife …«

Die Kelsirin schnappte buchstäblich nach Luft. »Aber nein, so etwas würde meine Herrin niemals verlangen. Doch die KAISERIN dankt dir für die Rettung des Forschers; so unbedeutend er für dich auch sein mag, für sie ist das Leben eines jeden ihrer Kinder von Belang. Und sie freut sich, endlich einen Vertreter der Hohen Mächte bei sich begrüßen zu können. Mehr noch, sie fühlt sich geehrt, und bei der ersten Gelegenheit, die sich bietet, wird sie dich persönlich begrüßen.«

»Auch für mich ist jedes Leben wertvoll.« Vhatom musterte das fischähnliche Wesen eingehend, konnte jedoch keinerlei Rückschlüsse auf dessen Mimik ziehen. Mehr noch, er konnte nicht einmal Merkmale entdecken, die auf das Geschlecht des Geschöpfs hinwiesen. Hätte es sich nicht als Gralsmutter vorgestellt, hätte er nicht sagen können, ob es weiblich oder männlich war.

Blosth, meldete sich der Bordrechner. *Offensichtlich verfügt die KAISERIN VON THERM über gewisse Informationen über die Kosmokraten und auch TRAGTDORON. Ihr Interesse an dir hängt mit der Wiederentdeckung ihrer eigentlichen Ursprungswelt zusammen. Mit einer Wahrscheinlichkeit von vierundneunzig Prozent wird sie dich auffordern, Blosth wieder bewohnbar zu machen oder sogar die soberische Zivilisation wiederherzustellen.*

Eine reizvolle Aufgabe, dachte Vhatom spontan. *Zumindest der erste Teil davon. Der zweite wäre wahrscheinlich sogar für mich und TRAGTDORON unmöglich.*

»Auch ich fühle mich geehrt«, antwortete er. »Aber auf mich warten noch viele Aufgaben, und meine Zeit ist begrenzt. Wenn die KAISERIN VON THERM mir also verraten würde ...«

»Meine Herrin hat ein kleines, sentimentales Anliegen«, kam die Gralsmutter endlich zur Sache. »Aus Verbundenheit mit ihrer Herkunft bittet sie dich, die ehemalige Welt der Soberer wieder mit Leben zu erfüllen.«

»Woher weiß die Kaiserin überhaupt, dass ich mit meiner Stoff-Sphäre so etwas vollbringen könnte?«

»Seit das Reich meiner Herrin zur Mächtigkeitsballung wurde und immer weiter wuchs, beobachtet sie die Aktivitäten der Hohen Mächte. Etwa die der Sieben Mächtigen, die mit ihren Sporenschiffen Leben und Intelligenz im Universum verbreiteten, und die anderer Helfer der Kosmokraten. Daher ist sie durchaus über die Stoff-Sphäre informiert.«

Das klang nur logisch. Im komplizierten Geflecht der Superintelligenzen untereinander und in ihrer Beziehung zu den Hohen Mächten konnten solche Informationen lebenswichtig sein, auch wenn normalsterbliche Wesen kaum etwas davon mitbekamen.

»Aber deiner Herrin ist klar, dass es mir unmöglich ist, die Zivilisation der Soberer selbst wiederauferstehen zu lassen?«

Die Gralsmutter zögerte kurz, aber merklich. »Natürlich«, sagte sie dann. »Wenn man wirklich keine Nachkommen von ihnen findet ... Sie möchte dich aber lediglich bitten, die Welt der Soberer mit neuem Leben zu erfüllen, um ihr eine zweite Chance zu geben.«

Vhatom dachte erneut, dass diese Aufgabe ihn reizen würde.

»Im Gegenzug verpflichtet die KAISERIN VON THERM sich, all ihre Kinder Informationen über die Herkunft von Plasma-Psychen sammeln zu lassen und dir zur Verfügung zu stellen«, fuhr die Kelsirin fort. »Forscher werden ausschwärmen in alle Bereiche des Universums, und auch auf Missionen für die Herrin, die nichts mit dir zu tun haben, werden sie sich umhören und Augen und Ohren offen halten, um das Geheimnis deiner Herkunft zu klären.«

Dass die KAISERIN VON THERM *darüber* Bescheid wusste, wunderte Vhatom nicht; schließlich hatte er Ommec gegenüber derartige Aussagen fallen lassen.

Er dachte nach, aber nur kurz. »Ich freue mich über dieses Angebot und die Großzügigkeit deiner Herrin.« Ein weiterer Gedanke kam ihm ganz plötzlich. »Vielleicht erweist sie mir schon vorher einen Gefallen? Mein Vorgänger an Bord TRAGTDORONS ist gestorben und wünscht sich nichts sehnlicher, als auf einem Planeten bestattet zu werden, der von einer hochstehenden Intelligenz bewohnt wird. Und welche böte sich da eher an als Drackrioch?«

Die Gralsmutter schien kurz in sich hineinzuhorchen. »Die Duuhrt wird dir diesen Wunsch selbstverständlich erfüllen«, sagte sie dann.

»Ich bin ihr zu Dank verpflichtet. Ich werde die Kapsel mit dem Sarg auf den Weg schicken. Und dann fliegen wir unverzüglich nach Blosth. Noch etwas … mein Vorgänger scheint derselben Spezies wie der Forscher Ronc Ommec zu entstammen. Er hatte keine Erinnerung an seine Herkunft. Kann mir die Kaiserin Auskünfte darüber erteilen?«

Wieder eine kurze Pause. »Ich habe die Kaiserin über dein Ansinnen informiert, und sie wird dich zu gegebener Zeit unterrichten.« Moykra neigte ernst den Oberkörper – und damit auch den Kopf. »Als Zeichen ihrer Dankbarkeit möchte sie dir aber schon jetzt ein Geschenk überreichen.« Die Gralsmutter hielt einen Gegenstand in den Bereich des Aufnahmegeräts – einen in kaltem Blau schimmernden Kristall, mindestens so groß wie eine ihrer zerbrechlich wirkenden Hände.

Einen Kristall, wie nicht nur Fertryh ihn an der Brust getragen hatte, sondern auch die Gralsmutter selbst einen trug, wenn auch in wesentlich kleinerer Ausfertigung.

»Ich werde das Geschenk an Bord der TRAGTDORON holen lassen«, sagte Vhatom, und die Gralsmutter unterbrach die Verbindung.

Blosth.

Der vierte von insgesamt elf Planeten der Sonne Seerkosch, in der Galaxis Golgatnur, ehemals Heimat der Soberer. Zur Blütezeit dieses Volks ein Planet, über dessen Pracht eine ganze Galaxis zu erzählen wusste. Der Ausgangspunkt der Priorwelle, durch die die KAISERIN VON THERM und auch die Kelosker – wie Vhatom mittlerweile herausgefunden hatte – entstanden waren.

Nun eine Ödwelt, die ihre Sauerstoffatmosphäre beinahe vollständig verloren hatte, eine Wüste mit deutlichen Spuren einer globalen Erosion. Meteoriteneinschläge wirbelten immer wieder den Sand schier endloser Wüsten auf, harte Strahlung schlug direkt auf die Oberfläche und tötete auch das kleinste Leben. Reste der soberischen Zivilisation gab es gar keine mehr. Wie viele Millionen Jahre waren seit ihrem Untergang vergangen?

Beim Anflug auf die Koordinaten, die er von der KAISERIN VON THERM erhalten hatte, stellte Vhatom fest, dass sich – in kosmischen Maßstäben gesehen – ganz in der Nähe ein Kosmogen befand, FLAABA-4. Dieser Umstand schärfte seine Wachsamkeit. Kosmogene standen oft im Brennpunkt von Auseinandersetzungen, zumindest jedoch im Interesse der Hohen Mächte, und Vhatom ging davon aus, dass es hier nicht anders war. Womöglich hatte er den Fehler begangen, zu weit von seiner eigentlichen Route abzuweichen, und war in eine Region vorgedrungen, in der er sehr schnell die Aufmerksamkeit der Hohen Mächte auf sich ziehen würde.

Außerdem hatte er eigenmächtig gehandelt.

Nun, als er den Planeten untersuchte, wie er zuvor Tausende andere untersucht hatte, um die optimale Vorgehensweise zu ermitteln, fragte er sich, warum er es für eine gute Idee gehalten hatte, den Wunsch der Kaiserin zu erfüllen. Einem Planeten Leben zu schenken – sicher, das betrieb er seit Jahrzehntausenden. Aber warum mischte er sich in das Spiel der Superintelligenzen und Hohen Mächte ein?

Vielleicht wollte er mit dieser Aufsässigkeit nur Aufmerksamkeit erregen? Cairols Aufmerksamkeit etwa?

Oder aber … hegte er Rachegelüste? Ging eine späte Saat seines Vorgängers auf, Raul Gonducs, den er auf der Welt der Kaiserin bestattet hatte?

Kaufte er etwa dem Roboter der Kosmokraten nicht ab, dass der keinerlei Informationen über seine Herkunft hatte?

Rebellierte er gegen seinen Herren, der ihm die Stoff-Sphäre zur Verfügung gestellt hatte? Oder war sein Vorgehen zumindest so etwas wie ein Hilfeschrei? Wollte er zumindest ernst genommen werden? Erwartete er gar so etwas wie einen *Lohn* für seine Jahrzehntausende währenden Dienste? Oder wenigstens eine Anerkennung?

Vhatom entdeckte nur eine Auffälligkeit auf der Ödwelt, nur einen Gegenstand, der nicht hierher zu gehören schien. Einen Turm von etwa 32 Metern Höhe und gut zehn Metern Durchmesser. Er war von einem dichten Gespinst kristalliner Fäden überzogen – wohl von demselben kristallinen Material, das auch den Körper der Kaiserin von Therm bildete.

Das glitzernde Gespinst aus weißen Brillantfäden stand, nur scheinbar durchsichtig, in der endlosen Wüste da, als müsse es über den Planeten wachen. Es erinnerte Vhatom auf Anhieb an einzelne Bestandteile des Körpers der Superintelligenz. Vhatom fragte sich, welches Interesse sie tatsächlich an diesem Planeten hatte. Und ob dieses Gebilde, das er für einen Teil von ihr hielt, eventuell imstande war, selbst TRAGTDORON zu gefährden.

Aber jetzt die Hoffnung auf Informationen über seine Herkunft aufzugeben … das käme einer endgültigen Niederlage gleich. Er ahnte nicht nur, ihm war mittlerweile klar, dass er ohne Hilfe Dritter niemals herausfinden würde, was ihn am stärksten bewegte. Wie hatte Cairol es spöttisch und gleichzeitig ungemein verletzend ausgedrückt? *Wer bin ich? Woher komme ich, wohin gehe ich? Was ist der Sinn meines Lebens? Was war vorher, was kommt danach?*

Aber trotzdem … wäre es nicht vielleicht angebracht, die Stoff-Sphäre erst einmal in sichere Gefilde zurückzuziehen und sein Vorgehen neu zu überdenken? Er konnte nicht sagen, welche Möglichkeiten der Superintelligenz zur Verfügung standen. Konnte der Turm TRAGTDORON gar orten, oder war er sogar imstande, die Sphäre *anzugreifen*?

Er wusste, dass die Entscheidung ihm abgenommen werden würde, als von einem Augenblick zum anderen die blaue Walze im System der Sonne Seerkosch auftauchte.

Zehn Minuten später betrat Cairol die Zentrale TRAGTDORONS. Vhatom musste in den Körper wechseln, da er in einer anderen Stoff-Sphäre persönlich die Datenanalyse überwachte.

»Was hast du getan?«, sagte der Roboter der Kosmokraten statt einer Begrüßung. Sein Gesicht war starr und kalt, zeigte nicht die geringste Spur einer Gefühlsregung. Offensichtlich hatte er die Emotio-Schnittstelle, die abschaltbare Vorrichtung zur Simulation von Gefühlen, nicht aktiviert.

Vhatom schwieg verblüfft und ordnete seine Gedanken. »Ich versuche, einer Welt, die Leben tragen könnte, Leben zu schenken«, sagte er schließlich.

»Aber nicht im Sinne der Kosmokraten.«

»Ich … verstehe nicht.«

»Die Superintelligenz KAISERIN VON THERM ist sich unsicher in ihrer Rolle und ihrer Aufgabe im Kosmos. Sie ist sich der Hohen Mächte bewusst, hat aber keinen Kontakt mit ihnen.«

»Ihr … schneidet sie«, fiel es Vhatom wie Schuppen von den Augen. »Ihr bezieht sie nicht ein in das ewige Spiel von positiven und negativen Superintelligenzen und Kosmokraten und Chaotarchen. Warum nicht? Sie könnte euch nützlich sein!«

Cairol zögerte, aber nur kurz. »Die KAISERIN VON THERM ist eine … *künstliche* Superintelligenz und keine natürlich gewachsene«, sagte er dann.

»Und deshalb … diskriminieren die Hohen Mächte sie?«

»Mit diesem Problem hat die Kaiserin seit ihrer Entstehung zu kämpfen«, gestand Cairol ein. »Du greifst hier in Zusammenhänge ein, deren Hintergründe du nicht durchschaust. Indem du der KAISERIN VON THERM Hilfe zukommen lässt, schaffst du Fakten, deren Bedeutung du nicht verstehen kannst.« Abrupt drehte Cairol sich um und wandte ihm damit den Rücken zu. »Du erfüllst deinen Auftrag noch keine zwanzigtausend Jahre«, sagte er kalt. »Gewisse Fehler sind zu verzeihen, dieser wäre es nicht gewesen. Du wirst deine Aufgaben von nun an buchstabengetreu ausführen, während die zuständigen Instanzen entscheiden, was mit dir geschehen wird.«

»Ihr … deine *Herren*« – Vhatom legte jede Verachtung in dieses Wort, die er aufbringen konnte – »wollt nichts mit der KAISERIN VON THERM zu tun haben und verbietet mir ein Eingreifen?«

»Genauso ist es«, erwiderte Cairol. »Du wirst dich daran halten. Außerdem ist die KAISERIN VON THERM in der Wahl ihrer Mittel nicht gerade zurückhaltend. Sie wird über deine Verweigerung nicht gerade erfreut sein und versuchen, dich in ihrem Sinne zu beeinflussen.«

»Du meinst, sie will mich mit einem ihrer Kristalle zwingen, in ihrem Sinne tätig zu werden?« Vhatom trat näher an den Roboter der Kosmokraten heran. »Dieses Vorgehen habe ich von Anfang an durchschaut. Ich habe dem Bordgehirn befohlen, die Plasma-Psyche von TRAGTDORON zu trennen, sobald es den geringsten Versuch einer Beeinflussung wahrnimmt. Und sollte die Situation damit nicht bereinigt sein, wird es so viele On- und Noon-Quanten freisetzen, dass dieses System über Jahrmillionen hinweg nicht mehr bewohnbar sein wird.«

»Dazu muss es nicht kommen«, sagte Cairol, doch seine Stimme klang nun etwas besänftigter. »Halte dich an deine Anweisungen und meide den Kontakt mit Superintelligenzen. Haben wir uns verstanden?«

»Wir … haben uns verstanden.« Vhatom kam das Knirschen in seiner Stimme unnatürlich vor.

»Ziehe TRAGTDORON zurück und führe die Aufträge durch, die wir dir erteilen. Und vernichte den Kristall, den sie dir geschenkt hat.«

»Natürlich, Cairol. Selbstverständlich.«

Der Roboter der Kosmokraten drehte sich wortlos um und verließ die Zentrale.

In dem Augenblick, in dem sein Schiff aus der Ortung verschwand, explodierte der Turm auf der Ödwelt.

Erst Tage später wurde Vhatom klar, dass er das Geheimnis von Raul Gonducs und Ronc Ommecs Herkunft nun wohl nie mehr erfahren würde.

Fünfundzwanzig

Verduto-Cruz, Orombo, 1. Juni 1343 NGZ (4930 nach Christus)

Das Zittern unter seinen Füßen wurde stärker. *Wie primitiv,* dachte Verduto-Cruz, korrigierte sich aber sofort.

Die Annehmlichkeiten, die Lebewesen an Bord eines Raumschiffs nicht nur erwarteten, sondern auch benötigten, waren in einem Fragmentraumer der Posbis größtenteils schlichtweg überflüssig. Die positronisch-biologischen Roboter benötigten keine atembare Atmosphäre, keine gleichbleibende Schwerkraft, keine wohnlichen Separatumgebungen. Keine Kombüsen, keine Fitnessräume, nicht einmal Toiletten.

Als er die BOX betreten hatte, war er froh gewesen, Kohurion an seiner Seite zu haben. Der Roboter übernahm die Kontrolle über die Systeme des Raumanzugs, den die Posbis ihm zur Verfügung gestellt hatten, und führte ihn durch das in seinen Augen haarsträubende Gewirr des Schiffes. Allein hätte er sich hier nur unter großen Mühen, wenn überhaupt, zurechtgefunden.

Der Weg führte durch unerklärlich schmale Schächte und unverständlich breite Gänge, über Rampen, durch leere Hallen und kleine Räume voller fremdartiger Geräte. Manchmal führte ein Gang steil nach oben, nur um dann um 180 Grad abzuknicken und wieder in die Tiefe zu streben. Hin und wieder befand sich eine Abzweigung zu einem anderen Gang nicht in der Seitenwand, sondern in der Decke oder dem Boden des Weges.

Und das alles in völliger Schwerelosigkeit und Dunkelheit.

Verduto-Cruz erreichte schließlich eine besonders abgeschirmte Kabine, in der sich Einrichtungsgegenstände befanden, die eigens für seine Bedürfnisse konstruiert worden zu sein schienen. Ein Bett mit viel zu hohen Pfosten, ein zu niedriger Stuhl, etwas, das man mit viel gutem Willen für einen Tisch halten konnte. Hinzu kam eine – allerdings einwandfrei funktionierende – Hygienezelle.

Und eine Tür, wie er interessiert feststellte, die über kein Schloss verfügte. Wozu auch? Wohin sollte der Bewohner dieser Kabine sich schon begeben? Zum einen wurde er von einem Posbi überwacht, zum anderen würde er in diesem für organische Lebewesen kaum begehbaren Schiff ohne Hilfe nicht weit kommen.

Er befürchtete, dass dieser Raum für die nächsten Tage oder Wochen seine Heimat, sein Refugium sein würde. Aber es störte ihn nicht. Von diesen unangenehmen Begleiterscheinungen würde er sich seinen größten Triumph nicht verderben lassen.

Das Zittern im Boden wurde stärker. Verduto-Cruz ging davon aus, dass die

BOX soeben gestartet war. Übertragungsgeräte, die ihm zeigten, was außerhalb dieses Raums oder auch des Schiffes passierte, gab es nicht. Seine einzige Verbindung zur Außenwelt war Kohurion.

Aber er konnte sich auch so denken, was geschehen war. Die Umstellung der Posbi-Kommando-Kodes war endlich abgeschlossen, und die 8000 Einheiten, die für den Finalen Angriff auf Altera gedacht waren, erhoben sich von den Landefeldern.

Das Imperium von Altera würde bald endgültig Geschichte sein.

Der alte Lare bedauerte ein wenig, dass er den Start der Flotte nicht auf eindrucksvollere Art und Weise miterleben konnte. Was hätte er dafür gegeben, das Bild sehen zu können, wie 8000 Fragmentraumschiffe gleichzeitig dem Weltraum entgegenstrebten, 8000 Würfel mit identischer Kantenlänge von zwei Kilometern, aber 8000-fach verschieden aufgrund ihrer zahllosen Auf- und Anbauten sowie der Auswüchse auf den Würfelflächen, der Türmchen, schwenkbaren Antennen, Plattformen, Kuppeln, Kugeln, und Ausleger, so unterschiedlich, wie man es sich nur vorstellen konnte, und so verfremdet, dass sie kaum noch als Würfel zu erkennen waren.

Ein lautes Knirschen und Ächzen verriet ihm, dass die Fragmentraumer mit hohen Werten beschleunigten.

Und noch etwas bedauerte er – dass es nicht mehr möglich sein würde, die Welten des Imperiums in den Trovent der Laren einzugliedern. Die Posbis würden von ihnen nichts übrig lassen. Es sei denn, es gelang ihm oder vielleicht auch Kat-Greer, den Posbis die Reste des Imperiums Altera als Eigentum der Laren zu definieren.

Doch diesen Nachteil musste er nicht nur in Kauf nehmen, er tat es bereitwillig. Genau, wie der Erste Hetran es selbst befohlen hatte.

Jeden Augenblick musste es so weit sein. Jede Sekunde würde der Fragmentraumer den Übertritt in den Linearraum vollziehen. Und bei einer Distanz von Orombo nach Altera von 7060 Lichtjahren würde die Flugzeit etwa vier Tage betragen.

Noch vier Tage, und der Untergang des Imperiums Altera würde beginnen und sich nicht mehr aufhalten lassen.

Es dauerte eine Weile, bis Verduto-Cruz es überhaupt bemerkte, und zuerst glaubte er, sich zu täuschen. Er lauschte in sich hinein, versuchte, die Schwingungen abzuschätzen, die sich vom Boden seiner Kabine in seinen Körper fortpflanzten. *Ich täusche mich,* dachte er. Meine Einbildung spielt mir einen Streich.

Aber schließlich, nach einigen Minuten, war jeder Zweifel ausgeschlossen.

Die Vibrationen wurden schwächer.

Das konnte nur eins bedeuten.

Der Beschleunigungsflug der BOX – und vielleicht auch der der gesamten Posbi-Flotte – war unterbrochen worden.

Was geschah hier?

»Kohurion«, sagte er zu dem Roboter, der seit dem Augenblick, da sie die Kabine betreten hatten, reglos an einer Wand stand. »Was ist passiert? Wieso treten wir den Überlichtflug nicht an?«

»Soeben sind von der Achtzigsonnenwelt neue Befehle eingetroffen«, antwortete die Kampfmaschine, der er das Gelingen seines Plans und die Flucht von der von Perry Rhodan gekaperten BOX zu verdanken hatte.

Eine böse Vorahnung überkam Verduto-Cruz. Er hatte den Standortkommandanten von Orombo zu raschem Handeln aufgefordert. Er misstraute den Alteranern zutiefst, denen es schon zu oft gelungen war, das Blatt in letzter Sekunde zu wenden.

»Was für Befehle sind das?«, fragte er seinen Verbindungsroboter.

»Sie werden zurzeit noch ausgewertet und analysiert«, antwortete Kohurion.

Das ungute Gefühl in Verduto-Cruz wurde immer stärker, aber der alte Lare wusste es besser, als noch weitere Nachfragen zu stellen.

Er hätte keine klare Antwort bekommen.

Sechsundzwanzig

Vhatom Q'arabindon: Vergangenheit
Dislokation

Cairol verhielt sich irgendwie – *anders*.

Vhatom Q'arabindon konnte es nicht genau beschreiben. Der Roboter der Kosmokraten sah genauso aus wie zuvor und bewegte sich und sprach auch so. Aber das Gefühl wollte nicht weichen. Es waren winzige Nuancen, auf die Vhatom einfach nicht den sprichwörtlichen Finger legen konnte.

50.000 Jahre waren seit seiner Zurechtweisung durch Cairol vergangen, und immerhin schon ein paar Tausend, seit Rhetaa N'elbione ihm das Geheimnis seiner Herkunft enthüllt hatte. 50.000 Jahre lang hatte er den Kosmokraten-Roboter nicht mehr gesehen oder gesprochen.

Er hatte dessen Warnung ernst genommen und sich seitdem darauf beschränkt, nicht mehr eigenmächtig zu handeln und lediglich seine Befehle auszuführen. Tausende von Jahren hatte er darauf gewartet, von den *zuständigen Stellen* zur Rechenschaft gezogen und gemaßregelt zu werden, doch er hatte in dieser Angelegenheit nichts mehr gehört. Verlängerte Reaktionszeiten hin oder her, mittlerweile rechnete er nicht mehr damit, noch einmal auf sein Vergehen angesprochen zu werden.

Umso überraschter war er, als der Bordrechner ihm eines Tages plötzlich mitteilte, dass ein blaues Walzenraumschiff in dem Sonnensystem materialisiert war, in dem Vhatom sich gerade aufhielt, und Cairol ihn nun aufsuchen würde.

Sofort kehrten die alten Zweifel zurück, an die er seit Jahrtausenden nicht mehr gedacht hatte. Er vergaß alles, was er in den letzten 50 Jahrtausenden zur Zufriedenheit seiner Auftraggeber geleistet hatte, und musste unwillkürlich wieder daran denken, dass er sich einmal, ein einziges Mal, hatte hinreißen lassen und eigenmächtig gehandelt hatte.

Nein, dachte er, *so grausam können sie nicht sein. Nicht nach all dieser Zeit.*

Dieser Gedanke verriet ihm zumindest etwas, das er bislang nicht gewusst, zumindest nicht bewusst zur Kenntnis genommen hatte.

Er hatte sich mit seinem neuen Leben, seiner neuen Aufgabe, nicht nur abgefunden, er war darin aufgegangen. Sie war nun alles für ihn. Im Augenblick förderte er gerade die Entwicklung eines hoffnungsvollen jungen Volkes, das eines Tages in den Dienst der Ordnungsmächte treten könnte. Gab es eine Tätigkeit von erhabenerer Bedeutung?

Er wechselte in den Körper, der sich gerade in der Zentrale-Sphäre befand, und wartete voller Hoffen und Bangen auf den Roboter der Kosmokraten.

Und bemerkte in dem Augenblick, da er ihn erblickte, dass Cairol sich irgendwie verändert hatte.

Vhatom wagte nicht, den Roboter darauf anzusprechen. Er wartete stumm, bis Cairol sich zu ihm umdrehte und ihn mit einem Blick seiner kalten Augen musterte.

»Ich überbringe dir einen Befehl der Hohen Mächte.«

Die Plasma-Psyche schwieg verblüfft. Cairol kam *nur,* wenn er Anweisungen der Kosmokraten zu überbringen hatte. Warum betonte er dies nun?

»TRAGTDORONS Dienste sind nicht länger für die Zwecke der Ordnungsmächte nützlich. Die Strategien zur Ordnung des Kosmos sind verändert worden, und TRAGTDORON passt nicht mehr in den neuen Entwicklungsplan.«

Vhatom hörte die Worte, verstand sie im ersten Augenblick aber nicht. »Nicht … mehr nützlich?«, wiederholte er schließlich. »Aber … es ist fünfzigtausend Jahre her, dass du mich wegen der KAISERIN VON THERM …« Er verstummte hilflos.

»Nicht ich«, erwiderte der Roboter. »Das war Cairol der Erste. Ich bin Cairol der Zweite. Und die KAISERIN VON THERM hat nichts damit zu tun. TRAGTDORON darf nicht länger wirken, das ist alles.«

Panik stieg in der Plasma-Psyche empor. Vhatom wusste nicht, was er sagen, was er tun sollte. TRAGTDORON war nicht mehr nützlich? Durfte nicht mehr zum Einsatz kommen?

Aber … ja, er gestand es sich endgültig ein, TRAGTDORON war zu seinem Leben geworden. Sonst hatte er nichts. Keine Erinnerung an seine Herkunft, nur Berichte aus zweiter Hand, Hörensagen, vielleicht zutreffend, vielleicht auch nicht. Doch das spielte keine Rolle mehr. Die Zeit vor seinem Erwachen als Plasma-Psyche war bedeutungslos, war es schon immer gewesen und vor ein paar tausend Jahren erst recht geworden. Sie interessierte ihn nicht mehr. Wichtig war nur noch sein Einsatz für das Leben.

Er trennte sich kurz vom Bordgehirn ab. Schwärze tat sich auf, kalte, stille Dunkelheit, und Vhatom stürzte bereitwillig hinein. Es war wie damals, als er erwacht war. Ein friedliches Nichts, und er allein darin.

Er erwartete kurz, ein Rad aus Feuer zu sehen, das keine Bedrohung für ihn darstellte, solange er nur damit umzugehen wusste. Aber hatte er das je gewusst? Oder hatte er sich über 70.000 Jahre etwas vorgemacht?

Nie, nie hätte er solch eine Order erwartet.

Aber seine Flucht in die Dunkelheit, sein Warten auf das Feuerrad, war keine Lösung. Er musste sich den Gegebenheiten stellen, in Erfahrung bringen, was Cairol – wieso Cairol der Zweite? – nun von ihm erwartete. Vielleicht gab es ja noch eine Möglichkeit, den Roboter umzustimmen.

Er stellte die Verbindung mit dem Bordgehirn wieder her.

»… Aggregat-Sphären einzuleiten«, sagte Cairol gerade.

»Bitte?«, sagte Vhatom verwirrt.

Cairols Blick blieb unverändert ausdruckslos, wenn nicht sogar kalt. *Der Roboter der Kosmokraten glaubt, ich wolle seine Anweisung infrage stellen,* wurde Vhatom klar. *Dabei habe ich sie nur nicht verstanden.*

Weil ich ein Lebewesen bin, wenn auch eine Plasma-Psyche, und kein bloßer Bordrechner.

»Ich erteile dir hiermit den Befehl, die Dislokation der dematerialisierten Aggregat-Sphären einzuleiten«, wiederholte Cairol.

»Die … Dislokation.« Damit war keine bloße Lageveränderung TRAGTDORONS gemeint, wurde Vhatom sofort klar.

TRAGTDORON war mit einem technischen Vorgang, den er noch immer nicht völlig verstand, vielleicht nie verstehen würde, in den Hyperraum dematerialisiert worden. Und Cairol forderte nichts anderes als die Zerstreuung TRAGTDORONS im Hyperraum.

Die Auflösung.

Die Sphären würden vergehen, als hätten sie nie existiert. Verweht von den Stürmen eines dem Normalraum übergeordneten Kontinuums, zerfetzt in winzig kleine Partikel, deren Größe sich der Null in einer Unendlichkeit näherte.

Cairol forderte nichts anderes als die Vernichtung TRAGTDORONS.

»Das …« Vhatom verstummte wieder. Was sollte er auch sagen?

»Das wäre alles. Wie du die Vernichtung TRAGTDORONS vornimmst, bleibt allein dir überlassen.« Cairol erklärte seinen Befehl nicht, drehte sich um und verließ die Zentrale.

Der Steuermann stand da wie erstarrt, hätte sich am liebsten sofort wieder vom Bordrechner getrennt, auf ewig die tröstende Dunkelheit aufgesucht, die ihm vielleicht Vergessen schenkte. Vergessen in einer Eintönigkeit aus kalter Schwärze, die ihn über kurz oder lang in den Wahnsinn treiben würde.

Das war keine Lösung.

Die Plasma-Psyche stand noch immer an Ort und Stelle, als das Bordgehirn ihr mitteilte, dass der Roboter in die kobaltblaue Walze zurückgekehrt war. Sekunden später verschwand das Schiff aus TRAGTDORONS Ortung.

Und ließ Vhatom Q'arabindon innerlich zerstört zurück.

Was er in den letzten 70.000 Jahren getan, was seinem Leben moralischen Halt gegeben hatte, war von einem Augenblick zum anderen wertlos geworden. Alles, woran er sich erinnerte, war mit einem Mal sinnlos.

Hat es nie Werte in einem moralischen Sinn gegeben, fragte er sich, *sondern immer nur Ziele im Sinn einer Strategie? So, als führten die Kosmokraten Krieg, oder als eroberten sie* Märkte*?*

Natürlich führten sie Krieg, Krieg gegen die Chaotarchen, aber diese Auseinandersetzung schien mit einem Schlag jede moralische Rechtfertigung verloren zu haben und nur noch zum Selbstzweck geworden zu sein.

Wie grausam, dachte Vhatom. *Wie daseinsverachtend.*

Was sollte nun aus ihm werden? Es schien Cairol nicht zu interessieren. Der Roboter der Kosmokraten setzte anscheinend voraus, dass er mit TRAGTDORON untergehen würde.

Denn mit einem Mal verfügte Vhatom über ein neues Wissen, das alle, der Kybernetische Händler wie auch der Roboter der Kosmokraten, ihm bislang vorenthalten hatten.

Die Plasma-Psyche, die er war, war mit einer Selbsterhaltungszelle ausgerüstet. Er musste sie nur deaktivieren, und seine Existenz würde durch Auskühlung ein Ende nehmen.

Der Gedanke war nicht einmal falsch, kam Vhatom in den Sinn. Er würde ganz sicher nicht TRAGTDORON zerstören und selbst ein neues Leben beginnen. Wie auch? Sollte er sich einen Planeten suchen, auf dem er vielleicht in einem einzigen Körper stranden würde? Sollte er ein Beiboot aufsuchen und über Jahrtausende durch den Kosmos ziehen, ohne Aufgabe, ohne Sinn des Lebens? Als arbeitsloser Helfer der Kosmokraten, dessen Existenz plötzlich überflüssig geworden war? Der nur noch von Erinnerungen zehren konnte? Von Erinnerungen daran, wie er Leben geschaffen und Großes getan hatte, und Erinnerungen aus zweiter Hand an das, was er einmal gewesen war?

Hätte er damals doch eine andere Entscheidung getroffen, nicht der Hybris nachgegeben …

Damals … als er noch ein Lebewesen gewesen war.

Aber das waren vielleicht nur Trugbilder, vielleicht nur der Versuch einer Superintelligenz, ihn in eine Falle zu locken, die Machtmittel TRAGTDORONS für ihre Zwecke zu nutzen …

Nein. Glaubte er das wirklich?

War er so naiv? So lebensuntauglich?

Vhatom wollte in die kühle Schwärze versinken, wollte TRAGTDORON beschleunigen und der kobaltblauen Walze hinterherjagen, um sie zu vernichten, wollte dem Bordgehirn befehlen, sich, seinen *einen* Körper, die Plasma-Psyche, zu vernichten, wollte gleichzeitig alle Noon- und On-Quanten freisetzen, eine ganze Galaxis mit Leben und Intelligenz überfluten und damit für alle Zeit für die Zwecke der Kosmokraten unbrauchbar machen.

Er wollte sich wehren.

Schreien.

Aber er riss sich zusammen und brachte TRAGTDORON auf Kurs, fort von seinem derzeitigen Wirkungsort, fort von der erhabenen Aufgabe, die er nun niemals zu Ende bringen würde …

Er jagte TRAGTDORON durch die Galaxien und dachte …

Gar nichts mehr.

Wollte nichts mehr denken.

Mitten im Überlichtflug leitete er die geforderte Dislokation der Dematerialisierten Aggregat-Sphären ein.

Und dachte … *Wenn wahr ist, was Rhetaa N'elbione mir gezeigt hat … wenn es keine Täuschung war … kein hinterhältiger Trick einer Wesenheit, die nicht zur Superintelligenz werden konnte … was habe ich dann aufgegeben … und wofür?*

TRAGTDORON wurde nicht im Hyperraum verweht, und Vhatom Q'arabindon starb nicht. Aber er erinnerte sich eine Ewigkeit lang an das, was damals geschehen war.

Nach allem, was er auf sich genommen hatte, um den Hohen Mächten zu dienen.

Nach allem.

Damals, vor wenigen tausend Jahren, hatte er es erfahren …

Siebenundzwanzig

Admiral Wokong: Altera, 4. Juni 1343 NGZ (4930 nach Christus)

Missmutig rührte Admiral Wokong mit dem Plastiklöffel in der Plastikschale voller Onotschbrei. Das Zeug schmeckte so widerlich, wie es aussah, doch er zwang sich, es bis zum letzten Rest zu verzehren. Er musste bei Kräften bleiben, um für sich sprechen zu können, sollte es jemals zu einem Prozess kommen.

Was er immer stärker bezweifelte. Es hatte genau gewusst, worauf er sich einließ. Unmittelbar nach seiner Rückkehr nach Altera hatte Staatsmarschall Laertes Michou ihn verhaften lassen – wegen Feigheit vor dem Feind und Hochverrat.

Das war zu erwarten gewesen.

Aber er hatte nicht damit gerechnet, dass Michou ihn in einen Kerker im tiefsten Kellergewölbe des Festwerks der Legion Alter-X werfen ließ, der Zentrale des Geheimdienstes. *Isolationsverwahrung* lautete der offizielle Ausdruck für diese Form der Haft.

Wokong war Realist. Er musste davon ausgehen, dass die wenigsten der Häftlinge, die hier einsaßen, je wieder das Tageslicht sahen. Wenn überhaupt, würde man ihn zu einem Schauprozess wieder ans Tageslicht zerren. Aber dazu musste das Imperium Altera die nächsten Tage und Wochen überstehen, und Wokong zweifelte angesichts der Übermacht des Feindes daran. Aller Wahrscheinlichkeit nach würde er hier verrotten, bis die Posbis über Altera auftauchten und jedes Leben auf dem Planeten auslöschten oder die Laren die Zentralwelt des Imperiums besetzten und die Bevölkerung versklavten.

Und das trieb ihn schier in den Wahnsinn. Er saß hier in Isolationshaft, während Altera jeden Augenblick untergehen konnte und dabei der Befehlsgewalt eines Mannes ausgeliefert war, der offensichtlich den Blick für die Wirklichkeit verloren hatte. Er konnte nichts für seine Heimat tun, nicht nach Lösungen suchen, nicht die Verteidigung organisieren und optimieren. Nichts.

Aber was hätte er schon unternehmen können? Was konnte Michou noch tun? Was hätte Anton Ismael tun können, oder auch der angebliche Großadministrator Perry Rhodan, an dessen Identität Wokong noch immer zweifelte?

Ebenfalls nichts. Die Maschinenteufel verhandelten nicht. Sie kamen, stellten ihre verdammte Frage nach dem Wahren Leben, griffen an und zerstörten und vernichteten.

Als das leise Summen ertönte, mit der seine Zellentür sich öffnete, blickte er überrascht auf. Man hatte ihm erst vor wenigen Minuten die Schale mit dem Onotsch gebracht. Alle acht Stunden – schätzte er – bekam er eine neue Ration; genau konnte er es nicht sagen, man hatte ihm nicht nur seine Uhr, sondern auch alles andere abgenommen. Er trug lediglich eine dünne Häftlingsmontur am Leib.

Er drehte zur Türöffnung um.

Verwundert runzelte er die Stirn.

Da war niemand.

Zögernd erhob er sich und machte einen Schritt zum Eingang.

Was für ein Spiel trieb der Staatsmarschall? Wollte er sich den Schauprozess ersparen und ihn *auf der Flucht* erschießen lassen?

Diesen Gefallen würde er Michou nicht tun. Selbst, wenn er die Zelle verlassen konnte – ihm war klar, dass ihm niemals die Flucht aus dem Festwerk gelingen würde.

Im nächsten Augenblick fühlte er sich von hinten von starken Armen gepackt. *Deflektoren!,* durchzuckte es ihn. *Soldaten mit Deflektoren!*

Etwas wurde ihm über den Kopf gestülpt, und er konnte nichts mehr sehen. Verzweifelt wehrte er sich gegen die Umklammerung, konnte den Griff jedoch nicht abschütteln. Dann legten sich Energiefesseln um seine Handgelenke und zwangen sie auf seinen Rücken.

Jemand ergriff ihn, zerrte ihn vorwärts. *Sie wollen kein Risiko eingehen und nichts dem Zufall überlassen,* dachte er, *und haben die Flucht, bei der ich erschossen werde, minutiös geplant.*

Er fragte sich kurz, warum Staatsmarschall Michou solch einen Aufwand mit ihm trieb und ihn nicht einfach an Ort und Stelle erschießen ließ. Alles andere hätte man auch später arrangieren können. Welcher Hahn würde in dieser schweren Zeit schon nach seinem Schicksal krähen?

Die Männer, die ihn hielten, blieben stehen. Jemand zog ihm die Haube vom Kopf. Er kniff die Augen zusammen; sie benötigten ein paar Sekunden, bis sie sich an die blendende Helligkeit gewöhnt hatten.

Er befand sich nicht in irgendeinem dunklen Loch oder in der Konverterkammer, in der man eine Leiche umgehend verschwinden lassen konnte, sondern in einem schlicht eingerichteten, aber geräumigen Büro.

Verwirrt starrte er in das Gesicht des Mannes, der hinter dem Schreibtisch saß.

»Koblenz?«, krächzte er.

Der Major nickte, und Admiral Wokong spürte, dass man ihm die Handfesseln abnahm. Er streckte die Arme aus und bog sie durch, um wieder Gefühl in ihnen zu bekommen.

»Admiral«, sagte der zweitmächtigste Geheimdienstler, der auf Gonda die Rolle von Staatsmarschall Michous Stellvertreter ausfüllte. Seine Stimme klang gefühllos wie eh und je.

»Will Ihr Chef sich nicht die Hände schmutzig machen?«, fragte Wokong. »Überlässt er die Drecksarbeit seinem besten Mann?«

Koblenz schüttelte bedächtig den Kopf. »Es ist nicht so, wie Sie denken.«

»Wie ist es dann?«

»Sind Sie über die Lage informiert?«

»Die Versorgung mit Nachrichten war in meiner Zelle ein wenig ... eingeschränkt«, erwiderte Wokong ironisch.

»Dann erlauben Sie mir, Sie ins Bild zu setzen. Altera hat zu den Waffen gerufen, Flüchtlingsraumer sind von überallher ins Altera-System unterwegs. Der Vormarsch der Posbis ist zum Glück aus noch ungeklärten Gründen ins Stocken geraten ...«

Wokong runzelte die Stirn. Was hatte das zu bedeuten? Das hörte sich nicht an, als wollte der Major sich nach seinem letzten Wunsch erkundigen.

»... doch dafür haben an der Southside-Flanke die Laren angegriffen«, fuhr Koblenz fort. »Fort Blossom ist gefallen, Administrator Ho wurde von den Laren-Truppen hingerichtet, und einige andere Stützpunkte auf dem Weg nach Altera geben über die Hyperfunk-Relais keine Antwort mehr.«

Wokong runzelte die Stirn. Das hörte sich an, als wäre der Teufel mit dem Beelzebub ausgetrieben worden. Laren und Posbis ... welcher Zusammenhang bestand da, falls überhaupt? Aber die Laren brachten immerhin einen Vorteil. Mit ihnen konnte man verhandeln, ihnen konnte man sich unterwerfen. Er war im Gegensatz zu Michou nicht der Meinung, dass man mit fliegenden Fahnen untergehen musste. Wenn man überlebte, konnte man den Kampf an einem anderen Tag fortsetzen.

»Im Altera-System bereitet man sich auf die letzte Schlacht vor ...«

»Gegen Laren *und* Posbis?«, fragte Wokong.

Major Koblenz nickte. »Wir wissen noch nicht, welche Absprachen zwischen diesen beiden Parteien herrschen. Aber weder die Laren noch die Posbis werden ewig zaudern, sondern schon bald mit ganzer Schlagkraft zur Stelle sein! Insbesondere, da ihnen nun Fort Kanton wieder gehört.«

Wokong rechnete mit dem Nachsatz, den der Staatsmarschall ausgesprochen hätte: *Das System, das Sie preisgegeben haben!*

Aber er blieb aus.

Der Admiral musterte den Major aus zusammengekniffenen Augen. Allmählich wurde ihm klar, worauf dieses Gespräch hinauslief. »Die Lage ist also katastrophal?«

»Zumindest wird sie im Festwerk der Legion Alter-X als desaströs beurteilt. Staatsmarschall Michou ... den, wie ich zugeben muss, die Legion selbst mit auf den Schild der Macht gehievt hat ... gebärdet sich von Tag zu Tag starrköpfiger, blinder gegenüber der wahren Gefahr.«

»Und die wäre?«

»Michou plant ganz offensichtlich für sein Volk den Untergang mit Glanz und Gloria«, überging der Major seine Frage. »Die Psychologen der Legion haben eine erschütternde Diagnose erstellt. Michou verliert allmählich den Verstand.«

Michou, dachte Wokong. Nicht mehr der Staatsmarschall oder Staatsmarschall Michou. Einfach nur Michou.

Er vermochte durchaus zwischen den Zeilen zu lesen.

»Vielleicht war Administrator Ismaels Weg der Verständigung doch der richtige«, sagte Koblenz nachdenklich.

»Eine Verständigung mit den Posbis?«

»Falls es denn eine gibt«, gestand der Major ein. »Zumindest mit den Laren erscheint sie nicht ganz unmöglich.«

»Kommen Sie endlich zur Sache, Koblenz. Ich bin nicht der Mann, der wie eine Katze um den heißen Brei schleicht.«

Der Geheimdienstler atmete tief ein. »Die Köpfe der Legion haben schweren Herzens beschlossen«, sagte er schließlich, »die Fronten zu wechseln.«

Admiral Wokong lachte leise auf. »So kurz vor dem Finale? Ist es dafür nicht schon längst zu spät?« Aber jetzt war ihm endgültig klar, worum es hier ging, und er würde jede Gelegenheit ergreifen, das Imperium Altera vor der Vernichtung zu retten, und sei sie noch so gering. »Wo hält der Staatsmarschall sich zurzeit auf?«, fragte der Taktiker in ihm, der mit der Analyse der Lage beginnen musste.

»In seiner Gefechtszentrale in TRIANGOLO 001.«

»Hoch über Neo-Tera … wie wollen Sie ihm da Einhalt gebieten? Sie können ja nicht einmal mit ihm sprechen. Ich bezweifle, dass er Ihre Anrufe entgegennehmen wird.«

»Es gibt eine Möglichkeit«, erwiderte Koblenz bedächtig. »Eine einzige, aber sehr einfache.«

»Ismael«, sagte Wokong.

Koblenz nickte. »Der Administrator wird im Festwerk künstlich im Koma gehalten. Wir könnten ihn aufwecken.«

»In einem künstlichen Koma?« Der Admiral schloss kurz die Augen. »Warum überrascht mich das nun nicht im Geringsten? Michou hat ihn auf elegante Art und Weise aus dem Weg geräumt, ohne sich die Finger schmutzig zu machen.«

Koblenz war eher der schweigsame Typ. Er schüttelte nur den Kopf.

»Die Legion hat das veranlasst?«

»Ja. Wir wollten Michou Gelegenheit geben, die Kriegsangelegenheiten so zu regeln, wie es im Sinne des Imperiums lebensnotwendig ist. Mit harter Hand, ohne Furcht vor den Opfern, die das Überleben der kommenden Generationen heute sichern müssen.«

Es war an der Zeit, gewisse Fronten zu klären. »Und Sie haben festgestellt, Major, dass das nicht der richtige Weg ist?«

»Sie haben Recht, Admiral. Schluss mit dem Geplänkel.« Zum ersten Mal glaubte Admiral Wokong, so etwas wie Leben in den Augen des Majors zu sehen. »Das Umfeld der Legion Alter-X sieht die Dinge mittlerweile anders. Die Legion wird ihren gewählten Administrator nun aufwecken. Und Ismael rückhaltlos offen über die Dinge in Kenntnis setzen, die geschehen sind. Nicht nur die höchstrangigen Vertreter der ›Menschdemokraten‹ und der ›Partei Heimatkampf‹ sind in den Plan eingeweiht, sondern auch hochdekorierte Militärs und Vertreter der Legion Alter-X.«

»Sie sprechen von einem Staatsstreich, Major.«

»Nein. Ich spreche davon, den gewählten Vertreter unseres Volkes vor den Machenschaften eines Putschisten zu schützen.«

»Und Sie brauchen mich dafür.«

»Michou hält alle Fäden der Macht in der Hand. Etwa die Hälfte der Legion steht hinter uns. Falls es uns gelingen sollte, Ismael aufzuwecken, brauchen wir jemanden, dem das Militär vertraut. Der Ansehen bei den Streitkräften hat. Jemanden wie Sie, Admiral.«

»Ich habe Fort Kanton preisgegeben«, sagte Wokong.

»Sie haben das einzig Vernünftige getan.«

»Was erwarten Sie von mir?«

»Das wissen Sie. Wir haben nur ein Problem.«

Admiral Wokong zog die Brauen hoch.

»Die Angehörigen der Legion, die Anton Ismael bewachen, sind Michou treu ergeben.«

Wokong lächelte breit und streckte die Hand aus. »Ich bin dabei, Major.«

Koblenz ergriff und schüttelte sie. »Dann besteht noch Hoffnung, Admiral.«

Der ranghöchste Offizier der Legionäre, die das Schott zur abgeriegelten Krankenstation bewachten, riss die Augen auf, als er Koblenz und Wokong vor sich sah. Es arbeitete in ihm. Dass der Leiter des Festwerks nach dem Rechten sah, war ihm noch eingängig. Aber der hochdekorierte Kriegsheld, der eigentlich in Isolationshaft sitzen musste …

»Sir?«, sagte der Oberstleutnant.

»Wir müssen zu Anton Ismael«, sagte sein zweithöchster Vorgesetzter. »Sofort.«

»Sir …« Der Mann sah zum Boden, zur Decke. »Sie kennen die Befehle. Ich darf niemanden zum Administrator lassen, nicht einmal Sie, Sir.« Jetzt sah er Koblenz tatsächlich in die Augen. »Es gibt keine Ausnahmen, Sir.«

»Laertes organisiert in TRIANGOLO 001 die Verteidigung Alteras. Wollen wir ihn wirklich wegen eines solch trivialen Problems stören?«

»Sir …«

Koblenz hustete. Das vereinbarte Zeichen. Die von Deflektorschirmen verborgenen X-Agenten hinter ihm eröffneten das Paralysator-Feuer. Die drei Geheimdienstagenten brachen auf der Stelle zusammen.

»Vielleicht war es doch keine gute Idee, mich hierher mitzunehmen«, sagte Wokong. »Sie allein hätte man vielleicht zum Administrator vorgelassen.«

»Vielleicht. Gehen wir weiter.« Koblenz schritt mit einer Souveränität aus, die der Admiral dem blassen Stellvertreter niemals zugetraut hätte. »Order Götterdämmerung!«, rief er, als sie, die Agenten unter den Deflektorschirmen hinter ihnen, die nächsten Wachtposten des medizinischen Sektors erreichten.

Koblenz kannte sich hier aus, kannte die gängigen Losungen, konnte die automatischen Sperren deaktivieren. Und er war Michous loyaler Stellvertreter, der ranghöchste Offizier der Legion Alter-X auf Altera. Die drei Agenten zögerten, und das genügte den Geheimdienstlern unter den Deflektoren. Diesmal warteten sie keinen Wortwechsel ab, eröffneten sofort das Paralysatorfeuer.

Zum ersten Mal gestand der Admiral Koblenz' Plan eine gewisse Aussicht auf Erfolg zu. Sicher, das Festwerk war uneinnehmbar – wenn man sich nicht als sein Befehlshaber schon in ihm befand.

Trotzdem … Wokong befürchtete, dass der Gesinnungswechsel viel zu spät erfolgt war. Was sollte er, was sollte Altera noch bewirken können, wenn sowohl die Maschinenteufel als auch die Haarnester angriffen? Letzten Endes blieb wohl nur die Wahl zwischen Vernichtung und Versklavung. Hatte Koblenz ihn etwa befreit, damit *er* diese Entscheidung traf?

Leise zischend glitt das Schott auf. Während Koblenz' Agenten in den Isolierraum stürmten, erfasste Wokong bereits die Lage. *Drei Mediker, drei Schwestern.*

Bevor das medizinische Personal sich rühren konnte, hatten die von Deflektoren geschützten Agenten schon Position hinter den Zielpersonen eingenommen. Auf einen Wink von Koblenz deaktivierten sie ihre Schirme.

Anton Ismael lag auf einem Krankenbett in der Mitte des Raums. Sein Körper erschien unter dem weißen Laken winzig, wie der eines Kindes, und das Gesicht wirkte zu Wokongs Überraschung völlig friedlich. Er hatte die Augen geschlossen und atmete flach, aber gleichmäßig und war an zahlreiche Monitore angeschlossen, die sein Koma überwachten.

»Sie kennen mich?« Koblenz' Satz klang eher wie eine Feststellung denn eine Frage.

Niemand antwortete.

»Wie dem auch sei … ich bin Major Koblenz, der amtierende Befehlshaber des Festwerks.« Seine Stimme klang unbeteiligt und kalt. »Sie werden den Administrator jetzt aufwecken. Wir handeln im Interesse des Imperiums Altera. Für Erklärungen fehlt mir die Zeit. Wenn Sie sich weigern, werden zuerst die drei Medo-Assistentinnen sterben. Danach werden wir die Mediker foltern. Bitte seien Sie vernünftig. Befolgen Sie meine Befehle, und niemandem wird etwas geschehen.«

Admiral Wokong wurde endgültig klar, wie die Legion Alter-X über all die Jahre hinweg zum Staat innerhalb des Staates hatte werden können.

»Ich kann nichts daran ändern«, sagte der Mediker zu Koblenz. Sein Gesicht war kreidebleich. »Ich kann den Prozess nicht beschleunigen. Administrator Ismael wacht langsamer auf als erwartet. Das lange künstliche Koma macht ihm zu schaffen. Es ist sogar denkbar, dass er die Prozedur nicht überleben wird. Wenn Sie uns zwingen, ihn mit Gewalt zurückzuholen, unterschreiben Sie höchstwahrscheinlich sein Todesurteil.«

Wokong hielt sich im Hintergrund, und er beobachtete nur.

»Wie lange wird es noch dauern?«, fragte Koblenz so sachlich und gefühllos, wie er immer sprach.

»Drei Stunden, vielleicht etwas weniger …«

»Sir!«, meldete einer der Agenten, »Systemalarm im Festwerk!«

Koblenz drehte sich zu ihm um. »Die Posbis?«

»Nein, Sir. Vor dem Altera-System ist eine Flotte der Laren unter dem Ersten Hetran Kat-Greer materialisiert. Viertausendachthundert Troventaare, schwere Schlachtschiffe und Kreuzer.«

Das ist das Ende, dachte Admiral Wokong. Altera hatte dieser Streitmacht nicht mehr entgegenzusetzen als gerade noch 2000 Schiffe, teils kleine Größenklassen, fast alle beschädigt, und die letzten 90 TRIANGOLO-Forts. Auch wenn sie allesamt mit RF-Geschützen bestückt waren, würden sie solch eine Flotte nicht aufhalten können. *Der Putsch gegen Michou war vergebens. Der Staatsmarschall wird nicht verhandeln und nicht kapitulieren, nicht auf Zeit spielen, wenn das überhaupt noch möglich ist. Michou will nur noch seinen Heldentod.*

Es war zu spät. Alles war zu spät.

Der Agent hantierte an dem Funkgerät. »Ich habe eine Direktverbindung, Sir!«

Koblenz nickte.

»… Ultimatum«, hallte eine dumpfe Stimme durch den Isolierraum, wahrscheinlich die des Ersten Hetran Kat-Greer. »Das Imperium Altera wird sich dem Trovent ergeben, oder meine Flotte legt Altera in Trümmer.«

Ein gellendes Gelächter antwortete. Admiral Wokong erkannte die Stimme sofort als die Staatsmarschall Michous. »Ich werde Ihnen persönlich die Nestfrisur rasieren, wenn ich Sie in die Finger bekomme, Kat-Greer.«

Das war eindeutig.

Die Verbindung wurde unterbrochen.

Admiral Wokong war klar, was nun geschehen würde. Nach diesem Affront blieb dem Ersten Hetran keine andere Wahl, als unverzüglich das Feuer eröffnen zu lassen.

Die finale Entscheidungsschlacht war eröffnet. Eine Schlacht, die das Imperium Altera nicht gewinnen konnte.

Wokong fragte sich, wie viele Alteraner an diesem Tag sterben würden.

Nur ein Wunder konnte Altera jetzt noch retten.

»Wecken Sie den Administrator auf«, hörte er wie aus weiter Ferne Koblenz' Stimme. »So behutsam wie möglich, aber wecken Sie ihn auf!«

Achtundzwanzig

Vhatom Q'arabindon: Vergangenheit
Das Feuerrad

Damals, vor wenigen tausend Jahren, hatte sein Auftrag ihn in eine junge Galaxis geführt. In eine Sterneninsel, der alle Möglichkeiten offenstanden, in der auf das Leben Entwicklungen warteten, die es sich niemals erträumen konnte. Denn wenn es aus dem Meer kroch, träumte es nicht von Kosmokraten und Chaotarchen, sondern nur vom Bestehen.

Vom Überleben.

Die Galaxis sieht aus wie ein Feuerrad, dachte Vhatom verwundert. *Wie ein Feuerrad ...*

Das Zentrum der Balken-Spiral-Galaxis hatte einen Durchmesser von 2400 Lichtjahren und war ein spektakulärer Ring aus jungen Sternhaufen, ein Blickfang für jeden Beobachter, der noch über die Wunder des Universums staunen konnten.

Hier sollte er die Entstehung von Leben beschleunigen, von Leben, das vielleicht einmal in den Dienst für die Kosmokraten treten, das vielleicht verhindern würde, dass in ferner Zukunft in der Nähe ein Kosmonukleotid aus seiner Verankerung gerissen werden würde oder die Chaotarchen hier in Jahrmillionen eine Negasphäre schaffen würden.

Vhatom fragte sich, ob er dann noch existieren würde, um die Ergebnisse seiner Arbeit mit wohlgefälliger Demut betrachten zu können.

Der riesige Balken der Galaxis zog Gas aus den äußeren Bereichen in den inneren Ring, wo es zu Sternen kollabierte. Einige der jungen Sternhaufen waren noch von dem Staub umgeben, aus dem sie einst entstanden waren, und leuchten wie eine untergehende Sonne hinter dem Dunst der Atmosphäre in einem atemberaubenden Rot. Andere hatten keine Staubhülle mehr und erschienen in klarem Blau.

Mit einem Durchmesser von 70.000 Lichtjahren war die Galaxis von durchschnittlicher Größe, doch Vhatom kam sie alles andere als durchschnittlich vor. Sie vermittelte ihm vielmehr einen Eindruck davon, wie es damals gewesen war, als das Universum noch jung war. So jung … Sterne, brodelnd vor ungebändigter Energie, zusammengedrängt zu hell schillernden Farbstreifen auf der Leinwand des Alls.

Er flog in die Sterneninsel ein, deren Namen ihm seine Auftraggeber nicht mitgeteilt hatten, nur die Koordinaten, nahm Kurs auf ihr Zentrum und fragte sich, wieso es ihm so vertraut vorkam. Diese Sterne, ihre Anordnung …

Es dauerte eine ganze Weile, bis er auf das Naheliegende kam. Hatte er es etwa verdrängt? Er suchte seit über 60.000 Jahren nach Hinweisen auf seine Herkunft, und jetzt entdeckte er vielleicht einen, den ersten überhaupt, und er nahm ihn nicht wahr.

Das Rad aus Feuer.

Abrupt trennte er die Verbindung mit dem Bordgehirn und ließ sich bereitwillig, ja begierig in die Dunkelheit fallen, in der Hoffnung, dass sich die Erinnerung in der Abgeschiedenheit seiner ureigenen Welt schneller und genauer einstellte, als es in der Zentrale der Stoff-Sphäre der Fall wäre. Doch sosehr er sich das Feuerrad herbeisehnte, es tauchte in der Schwärze nicht auf. Er sah es nicht vor sich, war auf sein Gedächtnis angewiesen, und das konnte trügerisch sein.

Hatte das Feuerrad, das er in seinen Träumen gesehen hatte, bei seinem ersten und dann auch zweiten Erwachen wirklich genauso ausgesehen wie das Zentrum dieser Galaxis, oder bildete er sich das nur ein? Redete er es sich herbei, weil er unbedingt einen Hinweis finden *wollte*?

Nein, er täuschte sich nicht, da war er sich ganz sicher.

Aber … konnte es kein Zufall sein? Wie viele Galaxien hatte er schon besucht, um dort Leben zu schaffen und Intelligenz zu fördern? Ergab es sich da nicht ganz zwangsläufig, dass er irgendwann einmal eine erreichen würde, die zu einem Teil aussah wie das Feuerrad aus seinen Erinnerungen?

Nein. Nicht *dieses* Rad. Es war *das* Rad aus Feuer.

Fiebrige Erregung überkam ihn. Er befahl TRAGTDORON, das Zentrum der Balken-Spiral-Galaxis zu umkreisen und sämtliche Ortungsgeräte zu aktivieren, über die die Stoff-Sphäre verfügte.

War es, anders herum betrachtet, nicht ein unglaublicher Zufall, dass er nun ausgerechnet diese Galaxis aufgesucht hatte, nach Jahrzehntausenden des Wirkens im Sinne der Kosmokraten, in einem scheinbar unendlichen, in Wirklichkeit jedoch sehr begrenzten Gebiet des Universums? Selbst er wusste nach über einem halben Jahrhunderttausend nicht, was Unendlichkeit wirklich war.

Und was erwartete er hier überhaupt zu finden? Seit über 80.000 Jahren war er nun TRAGTDORONS Steuermann. 80 Jahrtausende – eine für ein sterbliches Wesen unvorstellbar lange Zeit. Selbst, wenn er aus dieser Galaxis stammen sollte, oder wenn er sich einmal hier aufgehalten haben sollte … hoffte er wirklich, dass sich noch jemand daran erinnern oder es Aufzeichnungen darüber geben würde?

Die, die ihn damals gekannt hatten, mussten schon längst tot sein, und ebenfalls in Vergessenheit geraten, genau wie er.

Einen Moment lang spielte er mit dem Gedanken, die Sache auf sich beruhen zu lassen, sich nicht weiter um seine Entdeckung zu kümmern, das Flammenrad im Zentrum dieser Galaxis einfach zu ignorieren und seinen Auftrag auszuführen, die Intelligenz mehrerer Spezies in einem Spiralarm der Galaxis zu steigern. Im nächsten Augenblick fragte er sich dann, ob er wirklich so feige sein konnte. Hatte er sich wirklich nur etwas vorgemacht? Hatte er sich 80.000 Jahre lang nur eingeredet, daran zu verzweifeln, nichts über seine Herkunft und Vergangenheit zu wissen?

Er wartete ungeduldig, bis die Untersuchungen und Ortungen abgeschlossen waren, und ließ sie dann vom Bordrechner generieren. Er justierte die Holos so, dass sie dreidimensionale Abbilder des Feuerrads zeigten, wie es vor über 80.000 Jahren ausgesehen hatte, und vor 90.000, und 100.000, denn er konnte ja nicht einmal sagen, wie lange er als bloße Plasma-Psyche existiert hatte, bevor To'Grur'Prigt, der Kybernetische Händler der Kouvo'Goy'Teran, ihn dann endlich erweckt hatte.

Nichts. Keine einzige Darstellung löste irgendeine Erinnerung in ihm aus. Genauso gut hätte er das Zentrum einer völlig fremden Galaxis studieren können.

»Stelle weitere Ortungen und Messungen an«, befahl er dem Bordgehirn. »Achte auf alles, was dir ungewöhnlich vorkommt. Die kleinste Kleinigkeit kann entscheidend sein.« Er wusste selbst, wie unzureichend diese Anweisung war. Worauf genau sollte der Rechner achten?

»Ich weise dich darauf hin, dass du damit wieder eigenmächtig handelst«, gab der Rechner zu bedenken. »Du hast mich ausdrücklich gebeten, dich zu warnen, falls du wieder in solch eine Versuchung geraten solltest.«

»Nein«, widersprach Vhatom. »Cairol – der Erste – hat mir versichert, dass ich irgendwann auf Spuren meiner Herkunft stoßen würde. Und er hat mir freigestellt, dem Geheimnis dann auf den Grund zu gehen.« *Nicht nur freigestellt,* dachte der Steuermann, *er hat diese Möglichkeit, diese Aussicht, benutzt, um mich zu überzeugen, für die Hohen Mächte tätig zu werden.*

»Wie du meinst«, erwiderte das Bordgehirn. »Wenn du es so sehen willst …«

»Genauso sehe ich es.«

»Dein Wunsch ist mir Befehl.«

Täuschte Vhatom sich, oder hörte er eine gewisse Ironie aus den Worten heraus?

Er konnte den Rechner nicht mehr darauf ansprechen, denn in diesem Moment meldete das Bordgehirn die Ortung des *Objekts*.

Nachdenklich betrachtete Vhatom es auf den Holos. So etwas hatte er in all den langen Jahrtausenden noch nie gesehen.

Es war eine leuchtende Kugel aus Energie. Schlieren aus allen Farben des Regenbogens zogen sich über eine irisierende Oberfläche mit faszinierenden, sich von einem Sekundenbruchteil zum anderen verändernden Lichtspielen, die nicht einmal der Steuermann in ihrer Komplexität erfassen konnte. Die schillernden Lichtkaskaden übten auf ihn eine seltsame Wirkung aus. Wenn er sie eingehend auf sich wirken ließ, schienen sie tief in sein Innerstes zu greifen, und er konnte für winzige Augenblicke alles abschütteln, was ihn bedrängte, die Anspannung, die Fragen, die ihn quälten, die Unruhe, die ihn trieb.

»Hast du weitere Ortungen vorgenommen?«, fragte er den Bordrechner. »Ist das Objekt tatsächlich rein energetisch oder doch in einem gewissen Ausmaß materiell?«

»Ich habe noch keine neuen Erkenntnisse gewinnen können.« In der Stimme des Rechners schwang leichter Tadel mit. »Nicht einmal die Größe des Objekts lässt sich exakt bestimmen. Manchmal scheint es nur wenige Meter zu durchmessen, manchmal mehrere Kilometer. Sobald weitere Daten vorliegen, werde ich dich unverzüglich informieren.«

Vhatom knurrte unwillig, enthielt sich aber einer Bemerkung. Was war das für ein Objekt? Wirklich nur eine Kugel aus Licht oder Energie? Psi-Materie? Oder gar nur eine Tarnung, eine äußere Erscheinung, eine Illusion für einen schwachen Verstand, der sich narren lassen wollte?

Eine *Kollektion*? Wieso kam ihm dieser Begriff nun in den Sinn? Und ... eine Ansammlung von was?

Das Objekt hielt einen respektvollen Abstand und unternahm nichts, was man auch böswillig als feindseligen Akt bezeichnen konnte. Manchmal näherte es sich, aber auf einem Kurs, der weder zu einem Angriff noch zu einer Kollision taugte, und zog sich dann sofort wieder zurück.

Vielleicht kann das Objekt TRAGTDORON genauso wenig erkennen oder orten, wie wir bei ihm dazu imstande sind, dachte Vhatom. *Vielleicht nimmt es einfach nur wahr, dass sich hier etwas befindet, aber dematerialisiert im Hyperraum, und kann uns nicht vollständig erfassen.*

»Wir werden versuchen, Kontakt mit dem Unbekannten aufzunehmen«, befahl Vhatom nachdenklich. »Sende einen Breitband-Funkspruch aus. Betone unseren guten Willen und unsere friedfertige Absicht. Gib dich nicht als Beauftragter der Kosmokraten zu erkennen, das behalten wir für uns, bis wir wissen, woran wir sind.«

»Hältst du das für sinnvoll? Nach allem, was wir wissen, ist zu bezweifeln, dass dieses Objekt überhaupt Funksprüche empfangen kann.«

»Kann es schaden? Führe die Anweisung aus.«

»Ich habe den üblichen Standardspruch für solche Gelegenheiten soeben gesendet.«

Während Vhatom noch überlegte, ob er nicht zunehmend irrationaler reagierte, indem er berechtigte Einwände des Bordgehirns einfach ignorierte, wurde er eines Besseren belehrt. Er registrierte zwei Dinge gleichzeitig.

In der Zentrale TRAGTDORONS erklang das laute Jaulen von Alarmsirenen, und vor ihm materialisierte eine leuchtende Kugel aus Energie, über deren irisierende Oberfläche bunte Farbschlieren huschten und Lichtspiele erzeugten, die ihn sofort in ihren Bann schlugen.

Die Kugel war etwa so groß wie sein Kopf und schwebte zweieinhalb Meter über dem Zentraleboden, etwa auf Höhe von Vhatoms Kopf. Der Steuermann versuchte, sie genau zu fixieren, doch es gelang ihm nicht. Sie schien in der Tat immateriell zu sein; hinter ihr konnte er unscharf und minimal vergrößert Einrichtungsgegenstände der Zentrale ausmachen.

Auch wir hegen keinerlei feindselige Absichten. »Auch wir hegen keinerlei feindselige Absichten.« Zuerst hörte er die Stimme in seinem Kopf, dann mit seinen Audio-Rezeptoren. »Ganz im Gegenteil, wir freuen uns, dass Vertreter der Hohen Mächte auf uns aufmerksam geworden sind.«

Der Alarm verstummte. Das Bordgehirn hatte das Warnsystem ausgeschaltet. Die einzige Person, die über das Auftauchen der Energiekugel informiert werden musste, hatte bereits einen Dialog mit ihr aufgenommen.

Vhatom verspürte wieder die seltsame Ruhe, die ihn überkam, wann immer er die Energiekugel betrachtete. Er versuchte, sich gegen diese geistige Beeinflussung abzuschotten, doch es gelang ihm nur unvollständig. Ihr Einfluss war zu groß.

Aber er war keine Bedrohung. Er war vielmehr angenehm und *richtig.*

»Die … Hohen Mächte … du weißt von ihnen? Du hast Kontakt mit ihnen gehabt?«

»Natürlich. In meinem Entwicklungszustand nehmen sie Kenntnis von mir. Und zu meinem Glück haben die Kosmokraten mich eher bemerkt als die Chaotarchen.«

»Das … ist gut«, sagte Vhatom.

»Aber verrate mir eins«, sprach die Kollektion in Vhatoms Kopf und gleichzeitig für die Mikrofone hörbar in der Zentrale. »Bist du es wirklich, Vhatom? Nach all diesen Jahrtausenden?«

»Was?«, sagte der Steuermann.

»Bist du es wirklich, Vhatom Q'arabindon? Und kennst du mich nicht mehr? Hast du wirklich jede Erinnerung verloren?«

»Wer ...« Der Plasma-Psyche versagte die Stimme, und auch sein neuer Körper – seine neuen Körper – konnten nicht mehr sprechen. Eine Ewigkeit verging, während Vhatom Q'arabindons Gedanken rasten, aber nur im Kreis, immer nur im Kreis. »Wer bist du?«, brachte er schließlich, nach einer halben Ewigkeit, hervor.

»Rhetaa. Rhetaa N'elbione, Vhatom, Liebster. Erinnerst du dich nicht? Erinnerst du dich nicht an die Liebe deines Lebens? An Rhetaa, die für dich gestorben ist, damit du deinen Traum erfüllen konntest? Und die dich noch immer liebt, auch wenn dein Traum so grausam gescheitert ist? Erinnerst du dich wirklich nicht an mich, Vhatom?«

Neunundzwanzig

Kat-Greer, System Altera: 5. Juni 1343 NGZ (4930 nach Christus)

Der Erste Hetran Kat-Greer fragte sich, wie viele Laren an diesem Tag bereits gestorben waren. Aber ganz egal, wie viele bereits gefallen waren und wie viele ihnen noch folgen würden, der Ausgang der Schlacht stand so gut wie fest. Nur ein Wunder konnte Altera jetzt noch retten.

Er konzentrierte sich wieder darauf, die Verluste des Trovents so gering wie möglich zu halten. »Zwanzig Leichte Troventaare aus Sektion drei Mitte in die linke Flanke Sektion fünf abziehen!« Trotz der Rechnerunterstützung fiel es ihm schwer, den Überblick zu behalten. Die zahlreichen Ortungsschirme und -holos in der Zentrale der ILLINDOR veränderten sich praktisch jede Sekunde. Hier explodierten Raumschiffe, dort, wo sich gerade noch ein TRIANGOLO-Fort befunden hatte, leuchtete eine neue Sonne auf. Positionsverschiebungen größerer Geschwader, überraschende Vorstöße der Alteraner, die einfach nicht aufgeben wollten, obwohl sie auf verlorenem Posten standen. Und er musste auf alles reagieren und den Einsatz der Troventaare koordinieren.

»Konzentrierter Angriff auf die beiden TRIANGOLO-Forts mit den Koordinaten ...« Er rasselte die Zahlen herunter, wandte sich schon dem nächsten Holo zu. »Sektion fünf der linken Flanke. Die Schweren Troventaare enger zusammenziehen. Ihren Kurs von zehn Leichten Troventaaren sichern lassen!«

Stimmen hallten durch die Zentrale der ILLINDOR. Kat-Greers Befehle wurden weitergegeben, eintreffende Daten mehr oder weniger hektisch diskutiert und aufbereitet. Zwanzig Taktiker koordinierten die Vorgehensweise der einzelnen Aufmarschabschnitte und sprachen Empfehlungen aus, und Kat-Greer musste entscheiden, ob sie ins Gesamtbild passten.

Der Hetran fragte sich, was dort draußen wirklich vorging. Die ILLINDOR war in sicherer Entfernung deutlich hinter den Frontlinien postiert, doch er glaubte trotzdem, das Gefecht hautnah mitzuerleben. Schlacht-Troventaare feuerten scheinbar ununterbrochen und rissen Lücken in die Verteidigungslinien, Leichte Troventaare stießen in sie vor, erledigten mit ihren Impuls- und Desintegratorkanonen, was die größeren Schiffe übrig gelassen hatten, und jagten eine annähernd lichtschnelle Torpedosalve nach der anderen los, während die Schweren Troventaare hauptsächlich gegen die TRIANGOLO-Forts anrannten.

Zu einem großen Teil jedoch vergeblich. Die Schlacht verlief nicht ganz so, wie Kat-Greer es sich vorgestellt hatte. Der Erstschlag hatte nicht den erwarteten Erfolg gehabt, und er verlor mehr Einheiten als erwartet, insbesondere im Kampf gegen die Forts. Aber das würde auf Dauer nichts ändern und nur unwesentliche Folgen für den Ausgang der Schlacht haben. Seinen 4800 Troventaaren standen gerade einmal 2000 alteranische Schiffe gegenüber, zum Teil kleine Klassen, und fast alle davon waren beschädigt oder zumindest nicht voll einsatzfähig. Und mehr als 90 TRIANGOLO-Forts hatte Altera auch nicht mehr aufzubieten.

Jeder einigermaßen fähige Feldherr würde diese Schlacht gewinnen. Und Kat-Greer war nicht nur fähig, er war brillant.

Sobald wir Altera unterworfen haben, dachte er, *werden sich unsere besten Techniker mit den Raumschiffen des neuen Trovent-Volks beschäftigen und auf dieser Basis eine neue larische Raumschiffklasse entwerfen.*

Immer deutlicher erkannte er, dass die mächtigen Zylinderwalzen des Trovents einen bedeutenden Vorteil, aber auch einen gravierenden Nachteil hatten. Bei allen drei Größenklassen waren im halbkugeligen Bug das Gros der schweren Waffen untergebracht, während das flache Heck die starken Impulstriebwerke beherbergte. Die Schiffe waren für militärische Erstschläge optimiert, für eine Vernichtung des Gegners schon im Anflug, direkt von vorn, da fast die gesamte Feuerkraft fokussiert werden konnte.

Doch im Nahkampf waren die Troventaare schwer zu manövrieren und mussten bei einem Richtungswechsel komplett geschwenkt werden. Die Waffensysteme waren dafür ausgelegt, Ziele in einem Winkel von etwa 45 Grad vor dem Schiff unter Feuer zu nehmen. Nach hinten feuern konnten sie gar nicht, zu den Seiten nur eingeschränkt. Und die Walzen verfügten zwar je nach Größenklasse über ein bis drei überschwere Impulsgeschütze, doch die konnten nur einmal alle 20 Sekunden feuern. Dauerfeuer war mit diesen Geschützen nicht möglich; dafür brachen sie jedoch sämtliche gebräuchlichen Schutzschirme in Forn-Karyan, wenn dem Waffenleitoffizier ein Volltreffer gelang.

Diese Umstände waren den Alteranern bekannt, und sie nutzten sie weidlich aus. Sie setzten auf Schnelligkeit und Wendigkeit, griffen die Troventaare von hinten oder der Seite an, um sie von ihren Angriffskursen auf die TRIANGOLO-Forts abzubringen oder zumindest so viele von ihnen wie möglich zu vernichten oder zu beschädigen.

Und in einer Hinsicht hatte er die Alteraner unterschätzt. Diese geheimnisvollen neuen Waffen der Alteraner, diese RF-Geschütze, von denen nicht nur das Geheime Flottenauge munkelte, rissen breite Lücken in die Angriffswellen der Troventaare, die er gegen die Forts warf.

Kat-Greer lehnte sich in seinem Sessel zurück. Die Alteraner würden ihm diesen Widerstand büßen, wie Administrator Goberto Ho ihn gebüßt hatte.

Er konzentrierte sich wieder auf die neuesten Daten, als das gellende Geräusch der Sirene des Ortungslarms erklang.

»Strukturerschütterungen!«, hallte die verstärkte Stimme des Ortungschefs durch die Zentrale der ILLINDOR. »Schwere Strukturerschütterungen am Rand des Altera-Systems!«

Kat-Greer rief die Daten auf, und Triumph breitete sich in ihm aus. Allein die Vielzahl der Ortungsechos ließ keinen Zweifel aufkommen. In Höhe der Umlaufbahn des siebenten und letzten Planeten des Altera-Systems, Hades, fielen Tausende von Raumschiffen in den Normalraum. Die überlichtschnelle Ortung maß dreitausend an … fünftausend … achttausend!

Die Posbis! Endlich hatten sie die Kommando-Kodes ausgetauscht und griffen in das Geschehen ein!

Kat-Greer wusste einen Moment lang nicht, ob er sich freuen oder ärgern sollte. Sicher, damit war die Schlacht nun endgültig entschieden. Jetzt gab es für die Alteraner wirklich kein Entrinnen mehr.

Aber würden die Posbis die Ansprüche des Trovents auf das Altera-System anerkennen und respektieren? Würden sie abwarten und die larischen Truppen gegebenenfalls unterstützen, oder würden sie den Feind hinwegfegen, bis auf das letzte Neugeborene auslöschen und Altera in eine Schlackewelt verwandeln?

Das war nicht im Sinne des Ersten Hetrans. Er wollte die Alteraner unterwerfen, nicht ausmerzen.

Er fragte sich, ob es Verduto-Cruz gelungen war, weiteren Einfluss auf die positronisch-biologischen Roboter zu nehmen, oder ob er die Früchte seiner Arbeit verlieren würde, bevor er sie ernten konnte. Natürlich würde der Verlust des

Imperiums Altera schwer wiegen; aber in dieser Hinsicht blieben ihm keine Optionen. Wenn die Posbis das »Falsche Leben« auslöschen wollten, würde er sie nicht daran hindern können.

Doch noch warteten sie an der Systemgrenze ab.

Kat-Greer vergaß die tobende Schlacht einen Moment lang. »Eine Verbindung zu dem befehlshabenden Kommandanten der Posbi-Flotte!«, befahl er. »Sofort!«

Bevor der Funkchef seine Anweisung ausführen konnte, erklang ein weiteres Alarmgeräusch. Diesmal war es jedoch nicht nur ein Ortungsalarm; die automatischen Systeme hatten die Alarmstufe Rot ausgerufen!

Stimmen überschlugen sich, drangen durcheinander, vermischten sich zu einem in den Ohren schmerzenden Crescendo. Jemand hatte den Hauptalarm ausgeschaltet, doch immer wieder tönte das Jaulen anderer Sirenen durch die Zentrale. Einen Moment lang hatte Kat-Greer den Eindruck, der Weltuntergang sei angebrochen. Er versuchte, sich Gehör zu verschaffen, doch es gelang ihm erst beim dritten Anlauf.

»Da ist … *etwas* in der Ortung!«, erklang die verstärkte Stimme des Ortungschefs über den Zentraleruf. »Es ist … groß …! Ein … Hyperstrahler von gewaltiger Stärke!«

Für eine so unpräzise Meldung hatte Kat-Greer Soldaten des Trovent schon degradieren lassen. Doch nun achtete er nicht darauf. Dutzende von Meldungen prasselten auf ihn ein, und keine verhieß Gutes.

»Ein schwerer Hypersturm … Ausfälle in allen Bereichen …!«

Der Erste Hetran versuchte, sich zur Ruhe zu zwingen. Ein Hypersturm, von einem Augenblick zum anderen, mitten im Altera-System? Das war schlichtweg ein Ding der Unmöglichkeit …

»Hyperfunk und Hyperortung ausgefallen!«

»Eintritt in den Linearraum unmöglich!«

»Ausfall der Sublichttriebwerke!«

»Ausfall der Waffensysteme!«

»Starke Störungen sämtlicher konventioneller Systeme!«

Das … ist ein Hyperorkan!, dachte Kat-Greer. Die Laren hatten gelernt, in Forn-Karyan mit Hyperstürmen zu leben. Schon der Konvoi, den es ursprünglich in den Kleinen Wirbelsturm verschlagen hatte, war in einem Hypersturmriff mit einem Durchmesser von etwa 50 Lichtjahren materialisiert und hatte *278 Jahre* benötigt, um es zu verlassen.

»Schutzschirme?«, fragte Kat-Greer tonlos.

»Aufgrund der Störung der konventionellen Systeme ausgefallen!«

Der Erste Hetran ahnte, was jetzt kommen würde. Massive Raum-Zeit-Verzerrungen, extrem großräumige willkürliche Entstofflichungseffekte. Vielleicht würde sich sogar ein Tryortan-Schlund bilden und das gesamte System verschlingen. Und die ILLINDOR hing blind und manövrierunfähig mitten in diesem Phänomen.

Schlagartig wurde ihm klar, dass es den anderen Schiffen nicht besser ergangen war als dem Flaggschiff. Und dass die Schlacht um Altera in dem Augenblick zum Erliegen gekommen war, als die Ortung diesen *Hyperstrahler von gewaltiger Stärke* bemerkt hatte.

Was ist das für ein Strahler?, dachte er, bemühte sich weiterhin, wieder klare Gedanken zu fassen. *Und wie viel Zeit bleibt uns noch bis zur Vernichtung der ILLINDOR?* Verzweifelt suchte er nach einem Ausweg – ein sinnloses Unterfangen, wenn ihm noch nicht einmal die Ursache des Phänomens bekannt war.

Mit aufkeimendem Entsetzen fiel ihm ein, was er noch vor ein paar Minuten gedacht hatte. *Nur ein Wunder kann Altera jetzt noch retten.* Sollte …

»Hypersturm schwächt sich ab! Einzelne Systeme funktionieren wieder! Die ILLINDOR ist wieder eingeschränkt manövrierfähig! Hyperfunk steht wieder zur Verfügung. Wir … wir empfangen eine Nachricht! Die Sendestärke ist … *gigantisch*!«

Nur ein Wunder …

Ein Hypersturm setzte ein, der in dieser Form eigentlich völlig unmöglich entstehen konnte, und schwächte dann gerade rechtzeitig wieder ab, um eine Nachricht von gigantischer Sendestärke zuzulassen?

Nur ein Wunder …

Eine Stimme hallte durch die Zentrale der ILLINDOR, und Kat-Greer erkannte sie in demselben Augenblick, als sie den Namen nannte. Kat-Greer hätte niemals damit gerechnet, je wieder von dieser Person zu hören.

»Hier spricht Perry Rhodan!«

Rhodan! Der vermeintliche Bote des Verkünders der Hetosonen! Rhodan! Den er für seine Zwecke ausgenutzt und zur Achtzigsonnenwelt geschickt hatte, damit Verduto-Cruz seinen Plan in die Tat umsetzen konnte!

»Die Schlacht um Altera ist beendet. Die Hass-Schaltung ist außer Kraft gesetzt, und Siebenkopf hat die Kontrolle über die Posbis übernommen.«

Siebenkopf?

»Die Posbis werden sich ab sofort auf die Seite des Imperiums von Altera stellen – und in der Galaxis Ambriador als Friedensmacht auftreten. Überdies steht mir mit TRAGTDORON ein Mittel zur Verfügung, jedwede weitere Kampfhandlung wirksam zu unterbinden. Verstöße gegen den Waffenstillstand werden unnachgiebig geahndet. Die Laren haben eine Stunde Zeit, sich, ihre beschädigten Einheiten und eventuelle Rettungsboote aus dem Alter-System zurückzuziehen.

Das Ultimatum läuft ab jetzt.«

Ein Blick auf die Instrumente verriet Kat-Greer, dass der Hypersturm abrupt nachließ. Die Fernortung funktionierte wieder.

Die 8000 Schiffe der Posbis verharrten noch immer am Rand des Sonnensystems. Und kein einziges fragte nach Wahrem Leben.

Ein Wunder, dachte Kat-Greer. Ein Wunder hatte sämtliche Pläne des Trovents durchkreuzt.

Der Erste Hetran schloss die Augen und ließ sich kraftlos in den Sessel fallen. Er dachte nach, doch ihm fiel nichts Besseres ein, als das Lied vom Stern der Laren zu singen.

Danach erhob er sich wieder und ignorierte die überraschten Blicke der Besatzung der Gefechtszentrale. »Macht, was ihr wollt«, sagte er. »Wir fliegen nach Hause. Die Schlacht ist vorbei.«

Dann verließ er die Zentrale.

Dreißig

Vhatom Q'arabindon: Vergangenheit
Q'iladado

»Rhetaa ...«, sagte er. »Rhetaa N'elbione ...« Der Name war ihm völlig unbekannt. Wer auch immer seine Erinnerungen gelöscht hatte, er hatte ganze Arbeit geleistet.

»Erinnerst du dich wirklich nicht an mich, Vhatom?«, wiederholte die Energiesphäre vor ihm. Sie begann zu pulsieren, zog sich zu Faustgröße zusammen und dehnte sich wieder zu Kopfgröße aus, einmal, zweimal, dann regelmäßig, schließlich immer schneller.

»Nein«, sagte er leise.

»Natürlich nicht. Sie haben dir alle Erinnerungen genommen, als du zur Plasma-Psyche wurdest. Damals waren wir noch jung und viel schwächer als heute, und niemand durfte wissen, was bei uns geschah, was wir beabsichtigten. Wir mussten uns schützen. Aber wir konnten dich auch nicht einfach sterben lassen. Das hätte allem widersprochen, was wir uns zum Ziel gesetzt hatten. Du kennst mich nicht, und du bist auch nicht imstande, meine Aura wahrzunehmen, so wie ich die deine gespürt habe. Ich habe sofort gewusst, dass du dich an Bord dieses ... Gebildes befindest.«

»Allem widersprochen ...?« Er verstand nichts, gar nichts. »Dann ... kennst du mich wirklich, und Vhatom Q'arabindon ist mein richtiger Name?«

»Und ob ich dich kenne, Vhatom. Dich habe ich geliebt. Wegen dir bin ich gestorben. Was weißt du noch über diese Zeit?«

»Nichts«, gestand er ein. »Gar nichts. Nur ...«

»Ja?«

»Manchmal sehe ich ein Feuerrad ... ein Rad aus Feuer, das dem Zentrum dieser Galaxis ähnlich sieht.«

»Ja, das Feuerrad.« Die Energiekugel schien leise zu seufzen. »Willst du wissen, was damals geschehen ist, Vhatom? Wie du zur Plasma-Psyche geworden bist?«

Er zögerte, aber nur kurz. War es nicht genau das, was er sich seit über 60.000 Jahren ersehnte? Das Geheimnis seiner Herkunft zu ergründen? Würde er jetzt ablehnen, wäre sein gesamtes Leben nach dem Erwachen eine einzige Lüge gewesen.

Aber vielleicht war es besser, die Wahrheit nicht zu kennen ...

»Ja«, sagte er dann energisch. »Ja, ich möchte es wissen.«

»Dann werde ich dir die letzten Stunden deines ersten Daseins zeigen, als würdest du sie noch einmal durchleben.« Die Energiekugel pulsierte immer schneller, verfärbte sich, leuchtete nun in einem hellen Rot. Dem Rot von Feuer. »Und danach musst du dich entscheiden, Vhatom. Danach musst du dich entscheiden.«

Unvermittelt schien die Energiesphäre zu explodieren und sein gesamtes Sichtfeld mit rot leuchtender Helligkeit auszufüllen.

Mit Licht, das zu einem Rad aus Feuer wurde.

Dann explodierte das Rad in Vhatoms Wahrnehmung, und Rhetaa stand neben ihm.

Vhatom spürte, wie Rhetaas Kloake heftig kontrahierte, und fand in diesem Augenblick ebenfalls seine Erfüllung. Das Gefühl war so intensiv, dass ihm die Beine den Dienst zu versagen drohten. Vorsichtig verlagerte er das Gewicht auf die beiden hinteren und zwei der mittleren.

Auch Rhetaa schwankte heftig, bemühte sich verzweifelt, nicht das Gleichgewicht zu verlieren. Sie prallte gegen ihn, und der untere Ausläufer ihres Hornpanzers grub sich schmerzhaft in sein rechtes Vorderbein. Er schrie vor Schmerz auf und spürte, wie sein Fortpflanzungsorgan aus der Kloake rutschte.

Aber das wunderbare Gefühl blieb.

Rhetaa schlug mit den Greiftentakeln um sich und bekam zwei der Haltegriffe zu fassen, die in allen Paarungsräumen angebracht waren. Ihr Stand stabilisierte sich, und sie ließ zwei andere Greifarme über seinen Panzer gleiten, tastete nach seinem Sinnesorganknoten auf der Stirn, fand ihn und liebkoste ihn. Die Berührung hätte ihn normalerweise wieder erregt, doch nach der dritten erfüllenden Vereinigung hintereinander verspürte er nur noch Erschöpfung.

Er verteilte sein Gewicht wieder auf alle acht Beine und zog Rhetaa so eng an sich, wie es nur möglich war, ohne ihr Schmerzen zu bereiten. Sie stützten sich gegenseitig und genossen den letzten Augenblick der Ruhe und Ungestörtheit, der ihnen verblieb.

Er war viel zu schnell vorbei. Vhatom hätte gern noch länger dort gestanden, mit Rhetaa, eine Ewigkeit lang. *Es ist kein Abschied,* sagte er sich dann. *Es ist ein Übergang in eine andere, eine bessere Existenz, der Anfang von etwas Großem. Und ich gehe nicht allein. Rhetaa begleitet mich. Rhetaa, die Liebe meines Lebens.*

»Bist du dir wirklich sicher?«, schien sie seine Gedanken zu erraten. »Willst du wirklich auf das alles verzichten?«

Wie oft hatten sie darüber gesprochen, wie lange diskutiert? Sein Entschluss stand fest. »Es ist ein Anfang, kein Ende«, sagte er, wie so oft zuvor. »Und bist du dir auch völlig sicher? Du weißt, ich möchte nicht, dass du mich begleitest. Ich möchte, dass du auf Q'iladado bleibst, für das Wohl unseres Volkes arbeitest und dann zu mir kommst, wenn dein Körper verbraucht und es wirklich an der Zeit ist.«

»Und du weißt, dass ich dich nicht allein gehen lasse. Entweder wir beide zusammen oder keiner von uns. Wie lange hat es gedauert, bis wir die Priester überreden konnten, sich mit dieser Ausnahme einverstanden zu erklären? Und jetzt willst du alles wieder infrage stellen?«

»Nein«, sagte Vhatom leise. Er löste sich endgültig von Rhetaa und drehte sich zum Ausgang des Paarungsraums um. Er hatte noch keine zwei Schritte getan, als er eine Berührung hinten an seinem Hornpanzer spürte. Sie hatte einen Greifarm ausgestreckt und berührte ihn zaghaft. »Vhatom, wenn du es wirklich willst, will ich es auch. Ich will nicht ohne dich leben. Ich will bei dir sein, ob nun körperlich oder rein geistig.«

Er blieb stehen, griff mit einem Tentakel nach hinten und schloss ihn um ihre Hand. Er drückte sie, fest, aber nicht zu fest. Gerade so, dass sie wusste, dass er sie liebte und für ihre Entscheidung dankbar war. Er wollte auch nicht ohne sie … existieren.

So zuversichtlich, wie er sich gab, war er nicht. Nein, er hatte keine Angst, dass die Transformation fehlschlagen könnte. So etwas kam zwar vor, war aber extrem selten. Vielleicht jeder Hunderttausendste schaffte den Übergang nicht. Da war die Gefahr größer, in den Farnwäldern Q'iladados in einen wandernden Treibsandtümpel zu geraten und jämmerlich darin zu ersticken. Aber selbst bei solch einem Scheitern war noch nichts verloren. Sollte die Kollektion ihn nicht aufnehmen können, würden die Techniker seine geistige Essenz speichern. Die Zeit hatte dann keine Bedeutung mehr für ihn, und irgendwann würde die Kollektion so mächtig sein, dass sie ihn doch noch zu sich holen konnte.

Nein, seine Zweifel hatten einen ganz anderen Grund. Er fürchtete sich vor dem letzten Augenblick, wenn er freiwillig ins Feuerrad treten musste. Wenn er sich entscheiden musste, alles aufzugeben, was sein Dasein bestimmte.

Er ließ den Organknoten wandern und warf einen letzten Blick zurück in den Paarungsraum. Sich nie mehr mit Rhetaa vereinigen zu können … nie mehr prickelnde Arrinhato auf der Zunge zu spüren … nie mehr durch einen Farnwald zu streifen, die Stadt und die Zivilisation hinter sich zurücklassen, zu leben wie die Vorfahren, den Atem Q'iladados in sich aufzunehmen und eins zu werden mit der Welt …

Doch dann dachte er an das, was ihn erwartete. Die Beschränkungen des Krakenkörpers abzuschütteln, nie wieder Schmerzen in den skelettlosen Beinen mit ihrer säulenartigen Muskulatur zu spüren, keine Erschöpfung und Müdigkeit mehr …

Und keine Gebrechen des Alters mehr erdulden zu müssen! Keine Zwänge des Körpers! Eins zu sein mit allen anderen, die Aufnahme in die Kollektion gefunden hatten und finden würden, mit ihnen die Geheimnisse des Kosmos, der Schöpfung zu ergründen …

Raum und Zeit überwinden. Würde er alle atomaren Teile und deren Beziehungen zueinander und ihre Bewegungsrichtung kennen, könnte er jeden Zustand des Universums zu jeder Zeit vorhersagen. Vielleicht war der Kollektion das eines Tages möglich. Wenn auch nicht für das gesamte Universum, so doch zumindest für einen Teil von ihm, für ihre Galaxis. *Das* war wahre Erfüllung!

Oder die fünfte Dimension erkunden, die Grenzen der drei räumlichen und der zeitlichen überwinden und endlich in die der Möglichkeiten vorzustoßen …

Oder endlich das Geheimnis der D-Branen enträtseln, der dynamischen Objekte in einer höherdimensionalen Raumzeit, die er entdeckt hatte. Da diese Raumzeit einen zehndimensionalen Raum beschrieb, stellte sich die Frage, warum die Q'iladados nur drei Dimensionen wahrnehmen konnten, vier, wenn man die Zeit hinzunahm. Bot die ebenfalls von ihm entwickelte Stringtheorie tatsächlich eine Erklärung dafür? Ihr zufolge gab es geschlossene, ringförmige eindimensionale Strings, aber auch andere, deren Enden offen lagen. Offene Enden waren bestrebt, sich an die von ihm postulierten Branen zu heften, und konnten nicht mehr beliebig die Dimensionen wechseln. Wenn das Universum also tatsächlich aus einer oder mehreren Branen bestand, bildeten die gebundenen Strings demnach alle Elementarteilchen, alle Photonen, Elektronen und Quarks – bis auf das Graviton, das die Gravitation vermittelte. Das bestand aus einem ringförmigen String und war daher nicht an eine Brane gebunden. Diese Theorie bot eine Erklärung dafür, warum die Gravitation im Verhältnis zu den anderen physikalischen Grundkräften so schwach war – ihre Kraft verteilte sich auf mehrere Dimensionen! –, war aber nicht ganz in Einklang mit dem allgemein gültigen Gravitationsgesetz zu bringen.

Noch nicht.

Aber wenn er körperlos wäre und seinen Geist mit dem anderer Astrophysiker vereinen könnte … welche ungeahnten Möglichkeiten standen ihnen dann offen?

Rhetaa schloss zu ihm auf. Sie schien zu ahnen, welche Gedanken ihm durch den Kopf gingen. »Noch ist es nicht zu spät«, sagte sie. »Jeder wird verstehen, dass du noch nicht bereit bist. Auf dich wartet auch hier auf Q'iladado noch viel Arbeit. Deine Theorien, die Klärung zahlloser astro- und hyperphysikalischer Fragen …«

»Wie viele Jahre bleiben mir noch? Fünfzig? Einhundert? Mehr nicht. Ein paar Jahre …«

»Ein paar Jahre«, hielt Rhetaa entgegen. »Eben. Und dann kannst du die Kollektion …«

»Dann bin ich alt und verbraucht und der Kollektion kaum noch nützlich. So wie …«

»So wie ich?«, fragte sie verbittert.

Er blieb stehen, richtete den Organknoten wieder auf sie. »Du weißt, dass ich das weder sagen wollte noch denke.«

Sie zögerte kurz. »Ich weiß«, sagte sie dann. »Natürlich. Bitte verzeih mir. Die relative Unsterblichkeit und das Wachstum der Kollektion haben einen Preis.«

»Einen hohen Preis«, stimmte er ihr zu.

Die Spezies der Q'iladado stand an der Schwelle zur Vergeistigung. Schon vor Jahrtausenden war es ihren Wissenschaftlern gelungen, die geistige Essenz eines intelligenten Wesens einzufangen und zu konservieren, doch erst seit wenigen Jahrhunderten war es ihnen auch möglich, diese Essenzen zusammenzuführen.

Die Kollektion war entstanden.

Kurz darauf hatten die Q'iladado Besuch von einem Geschöpf bekommen, von dem sie bis heute nicht wussten, ob es sich um ein Lebewesen oder einen Roboter gehandelt hatte. Es war nicht besonders groß gewesen, halb so groß wie ein Q'iladado, doch von erhabener humanoider Gestalt, geschmeidig, mächtig.

Es hatte den Q'iladado von den Hohen Mächten berichtet und ihnen erklärt, dass das Volk der Riesenkraken nun mit der Ausbildung der Kollektion vor einem Evolutionsschritt stand – vor der Vergeistigung zu einer Superintelligenz.

Superintelligenzen, so das erhabene, selbst für einen Q'iladado ästhetisch anzusehende, aber nicht zu klassifizierende Geschöpf, entstünden häufig aus dem Bewusstseinspotenzial eines oder mehrerer Völker und seien in der Lage, Einzelbewusstseine in ihr Kollektiv aufzunehmen und auch wieder freizugeben. Ihr eigentlicher Lebensraum sei der Hyperraum, und sie benötigen einen Anker, um mit Wesen im normalen Standarduniversum Kontakt aufnehmen zu können. Ihr Einflussbereich, der sich über mehrere Galaxien erstrecken könne, werde Mächtigkeitsballung genannt.

Aber davon sei die Kollektion der Q'iladado noch weit entfernt. Er sei eine ganz junge Superintelligenz, und damit auch eine besonders gefährdete. Denn nach einer Lebensdauer von vielen Millionen Jahren könne sich eine Superintelligenz je nach ihrer Gesinnung zu einer Materiequelle oder Materiesenke weiterentwickeln und danach irgendwann zu einem Kosmokraten oder Chaotarchen werden. Und die Chaotarchen wären darauf aus, junge Superintelligenzen in ihrem Sinne zu beeinflussen oder, falls sich dies als unmöglich erwies, schlicht und einfach aus dem Weg zu räumen. Die Q'iladado-Kollektion müsse also auf der Hut sein und Begegnungen mit negativen Superintelligenzen oder ihm nicht wohl gesinnten Hohen Mächten meiden.

Damit verabschiedete der Bote der Hohen Mächtigen sich und kehrte danach nie wieder zurück.

Q'iladado, wie die Kollektion sich nun nach ihrem Volk und dessen Heimatwelt nannte, hielt sich durchaus für eine positive Superintelligenz, die für die Erhaltung der Ordnung im Kosmos eintrat. Doch ihr Wachstum schritt nur schleppend voran. Zwar nahm sie das Bewusstsein eines jeden sterbenden Q'iladado in sich auf, doch diese geistigen Essenzen schienen am Ende der natürlichen Lebensspanne des Körpers erschöpft zu sein, verbraucht. Sie fanden zwar Eingang in die Kollektion, förderten ihre Entwicklung aber nur unzureichend.

Doch schon bald stellte die Kollektion fest, dass dies etwas ganz anderes war, wenn Q'iladados in jungen Jahren starben, lange vor ihrer Zeit.

Einunddreißig

Laertes Michou, TRIANGOLO 001: 5. Juni 1343 NGZ (4930 nach Christus)

»... Sir! Sir?«

Staatsmarschall Laertes Michou zuckte zusammen und hob den Blick. Ein junger Offizier stand vor ihm, ein Leutnant, wahrscheinlich erst vor kurzem wegen des Mangels an Mannschaften vom Kadetten um einen Rang befördert. Offiziersanwärter wurden dieser Tage ziemlich schnell ins kalte Wasser geworfen.

Michou hasste Schwäche in jedweder Form, auch seine eigene. Und es war eine Schwäche, die Meldung des Leutnants zu überhören, weil er sich einem Augenblick lang seinem Triumph hingegeben hatte.

Nun wäre es ihm, dem Verteidigungsminister, ein Leichtes gewesen, den jungen Mann zusammenzustauchen, der heute wahrscheinlich seinen ersten echten Kampfeinsatz hatte. Aber das wäre ungerecht und ungerechtfertigt gewesen, und Michou hasste nicht nur Schwäche, sondern auch Ungerechtigkeit. Er war nicht Oberbefehlshaber der Flotte geworden, weil er seinen Rang ausgenutzt hatte.

»Entschuldigung, ich war abgelenkt. Ich höre, Leutnant!«

Der junge Mann salutierte. »Sir, die Laren haben zum größten Teil die Schirme ihrer Schiffe deaktiviert und beginnen damit, Rettungsboote aufzufischen.«

Der Staatsmarschall nickte. »Danke, das ist mir nicht entgangen.« Für solch eine überflüssige Meldung wäre ein Tadel angebracht, doch Michou wusste selbstredend, was der Leutnant in Wirklichkeit wollte, aber nicht auszusprechen wagte. *Ihre Befehle, Sir?*

Michou zögerte noch, ließ den Blick durch die Zentrale von TRIANGOLO 001 schweifen. Sie hatte den Angriff besser als erwartet überstanden. Schon vorher hatten manche Konsolen und Geräte den Eindruck erweckt, nur noch von hölzernen Ess-Stäben und Seidengespinstfäden zusammengehalten zu werden; dieser Zustand hatte sich immerhin nicht verschlimmert. TRIANGOLO 001 war noch einmal mit einem blauen Auge davongekommen. Hier ein Schwelbrand an einer Konsole, dort Funkensprühen an einem Terminal, das Löschschaum über mehrere Quadratmeter verteilte, dann wieder knisternde Hauptstromverbindungen. Aber insgesamt hatte die Mannschaft die Lage im Griff.

So hat es immer schon gehalten, dachte Michou. Wenn alles zum Scheitern verurteilt ist, nehmen wir neben den Ess-Stäbchen und Seidenfäden noch ein paar Okarina hinzu. Irgendwie wird es schon funktionieren.

Wie beim Imperium Altera. Der Staatsmarschall hatte sich hart und unbeugsam gezeigt, Verhandlungen abgelehnt und eine Kapitulation nicht in Betracht gezogen. Hätte er wirklich den Heldentod vorgezogen?

Diese Frage hatte sich ihm gar nicht gestellt. Michou hatte nie daran gezweifelt, dass er zum Schluss noch triumphieren, dass am Ende doch noch der Sieg stehen würde.

Altera und die Alteraner durften und würden nicht fallen.

Niemals.

Sein Vertrauen ins Schicksal war unerschütterlich gewesen – und hatte sich letztlich ausgezahlt.

Sein Vertrauen und sein Gespür. Nachdem er sich mit aller gebotenen Härte davon überzeugt hatte, dass es sich bei der Person, die sich als Perry Rhodan ausgab, tatsächlich um den Großadministrator handelte, hatte er nicht gezögert, ihn mit seiner Posbi-Expedition gewähren zu lassen.

Er scheuchte den jungen Leutnant mit einer Handbewegung ein paar Schritte zurück. Dieser Augenblick gehörte ihm, Michou, allein. Die Schlacht war geschlagen, und nichts sprach dagegen, ihn einsam, still und für sich zu genießen, genauso, wie er auch seine Entscheidungen getroffen hatte.

Er ging durch die Zentrale, ohne sie wirklich zu sehen, erwiderte die Grüße der salutierenden Offiziere nicht, schritt daher wie ein Feldherr nach einem großen Sieg, wie Hannibal Barkas nach der Schlacht bei Cannae, wie Julius Caesar nach der bei Alesia, wie Perry Rhodan persönlich beim Fall Kolumbus, auch wenn Atlan dabei mit der Kavallerie gekommen war.

Zumindest fand er diesen Vergleich sehr passend. Die Wirklichkeit sah vielleicht etwas anders aus. Was war geblieben von dem beeindruckenden, hoch gewachsenen Mann mit mächtigem Kinn, dunklem Bartschatten und dichten schwarzen Brauen? Von dem groß gewachsenen Körper eines austrainierten Athleten, dem dichten, dunklen Haar, nach hinten gekämmt, mit weißen Strähnen an den Schläfen?

Wenn er jetzt in den Spiegel schaute, sah er einen vorzeitig alt gewordenen Mann mit grauem Gesicht. Auch im Haar waren zahlreiche graue Strähnen hinzugekommen.

Was hatte er erwartet? Der Druck war in den letzten Wochen unerträglich geworden. Er fraß an ihm und ließ ihn vorzeitig altern. Jede seiner Entscheidungen hatte Auswirkungen auf das Leben und Sterben von Millionen Menschen gehabt, wenn nicht sogar über das Schicksal der gesamten Menschheit in Ambriador entschieden.

Vertrauen in das Schicksal hin oder her – die letzten Wochen forderten ihren Tribut.

Aber nun ist es geschafft, dachte er. *Die Posbis stehen nun auf unserer Seite. Sie stellen keine Gefahr mehr dar.*

Und die Laren? Staatsmarschall Michou warf einen Blick auf einen der wenigen noch funktionierenden Bildschirme, auf dem die neuesten Ortungsergebnisse eingeblendet wurden. Der Feind hatte die Kampfformation längst aufgegeben, und die meisten seiner Schiffe bargen noch immer Rettungsboote. Wenn er jemals das Bild einer geschlagenen Flotte gesehen hatte, dann dieses.

»Sir«, sagte der junge Leutnant. »Tanks treiben in Feuerreichweite der TRIANGOLO-Forts. Ich bitte dringend um Anweisungen!«

Die Laren hatten ein doppeltes Spiel getrieben. Schon immer war das Verhältnis zwischen ihnen und den Alteranern angespannt gewesen. Sie waren seit jeher Konkurrenten gewesen, lagen in Fehde miteinander, keiner gönnte dem anderen den kleinsten Fund Hyperkristall. Auch wenn sie keinen offenen Krieg geführt hatten, war es immer wieder zu Gefechten mit hohen Materialverlusten gekommen. Jedes Schiff der Alteraner muss im Territorium der Laren mit der Vernichtung rechnen.

Wie viele Alteraner hatten durch die Umtriebe der Laren den Tod gefunden, wie viele waren von ihnen versklavt worden? Die Laren hatten niemals Gnade gezeigt.

Niemals.

Jetzt ist der Beginn einer neuen Zeit angebrochen, dachte der Staatsmarschall. *Der Beginn einer neuen Beziehung zu den Laren.*

Und er musste erneut die Verantwortung auf sich nehmen und die Weichen für die Zukunft stellen.

Er konnte den Laren die Hand reichen. Aber sie würden die Geste nur als Schwäche missverstehen, davon war er überzeugt.

Andererseits war es seine Pflicht, die Bevölkerung des Imperiums Altera zu schützen.

Konnte er sich diese Gelegenheit entgehen lassen? Er konnte dem Feind nun eine Schlappe beibringen, von der er sich nicht so schnell erholen würde.

War er es dem Imperium Altera nicht schuldig, die Gunst der Stunde zu nutzen? Blieb ihm zum Schutz sämtlichen Lebens nicht nur eine einzige Möglichkeit?

War er nicht geradezu gezwungen, dieselbe Kompromisslosigkeit zu zeigen, die die Laren stets an den Tag gelegt hatten, zuletzt noch in Fort Blossom, als Kat-Greer Administrator Ho hatte standrechtlich exekutieren lassen?

Hatten die Laren diese kompromisslose Härte nicht schlicht und einfach *verdient*?

Laertes Michou atmete tief ein. Er hatte eine Entscheidung getroffen. So schwer es ihm auch fiel, es war die Entscheidung, die er treffen musste. »Leutnant?«

»Ja, Sir?«

»Rundruf an alle noch einsatzfähigen Forts. Ich erteile hiermit den Feuerbefehl. Ziel des Einsatzes: Wir werden vor ihrem Abzug so viele Laren auslöschen wie nur möglich!«

Das Bild auf dem Monitor flackerte, wurde von weißem Rauschen ersetzt. Einen Moment lang schienen sich die Züge eines Gesichts aus dem Flimmern zu schälen, dann brachen sie in sich zusammen, zerfielen wieder zu grauem Schnee.

Noch einmal verdichteten sich die Flocken zu erahnbaren Konturen, und diesmal drang eine Stimme aus dem Lautsprecher. Eine matte, kraftlose, aber vertraute Stimme, die Laertes Michou sofort erkannte.

»Halt!«, gebot sie ihm gleichzeitig aus den Lautsprechern aller noch funktionierender Bildschirme in der Zentrale Einhalt. »Dieser Befehl wird nicht ausgeführt!«

Es war Anton Ismaels Stimme.

Der Administrator war erwacht!

Laertes Michou wurde im selben Augenblick klar, was das bedeutete – und begann sofort abzuschätzen, welche Folgen es haben würde.

Ismael musste über alles Bescheid wissen. Das konnte nur bedeuten, dass die Legion Alter-X sich gegen ihren Befehlshaber gestellt hatte – gegen ihn!

Und das ausgerechnet jetzt, da sie den Sieg errungen hatten!

Er straffte sich, sah sich um, dachte weiterhin fieberhaft nach. Dann setzte er sich in Bewegung, ging gemessenen Schrittes zum Zentraleleitstand, trat vor den militärischen Kommandeur von TRIANGOLO 001.

»Sir!« Der Mann sprang auf und salutierte.

»Hiermit übertrage ich Ihnen die Leitung der Flotte. Ich bin in den nächsten dreißig Minuten nicht zu sprechen.«

Der Kommandeur sah ihn fragend an. »Sir?«

»Das wäre alles.« Michou salutierte knapp und drehte sich um.

Er verließ die Zentrale, grüßte automatisch, wenn er jemandem begegnete, nahm die Soldaten aber kaum wahr. Mechanisch setzte er einen Fuß vor den anderen. Auch auf die geschundenen Eingeweide von TRIANGOLO 001 achtete er kaum. Notdürftig ausgebesserte Gänge, geflickte Geräte allenthalben. Manchmal musste man sich wundern, dass das Fort noch nicht längst auseinandergebrochen war.

Ein Antigravschacht, der ihn ruckelnd nach oben transportierte. Ein weiterer Gang, in der seine Schritte mit einem metallischen Scheppern hallten.

Alles vorbei, dachte er. Er hatte hoch gespielt – und verloren. Welche Möglichkeiten standen ihm noch offen? Die Flotte stand hinter ihm, ihrem Oberbefehlshaber, gerade jetzt, nach diesem unerwartet glorreichen Sieg.

Aber er hatte nicht mehr die Unterstützung der Legion Alter-X, der eigentlichen Macht im Staat. Trotzdem ... wenn er alles auf eine Karte setzen und es wagen würde ... Die Legion würde mit wehenden Flaggen zu ihm überlaufen, davon war er überzeugt.

Er spielte mit diesem Gedanken, bis er seine Kabine erreicht hatte. Ein Staatsstreich ... Der siegreiche Feldherr und Vizepräsident putschte gegen Anton Ismael.

Dann ließ er den Gedanken wieder fallen. An Macht um ihrer selbst willen war er nie interessiert gewesen. Er hatte so und nicht anders gehandelt, weil er von der Richtigkeit seiner Taten überzeugt gewesen war. Er hatte stets nur das Wohl des Imperiums Altera im Sinn gehabt. Das Überleben der Menschheit in Ambriador.

Er hatte sich gegen Ismael gestellt, weil er ihn für schwach, den von ihm eingeschlagenen Weg für falsch gehalten hatte.

Nein, er war kein Putschist, kein schmieriger General einer Bananenrepublik, der nur einen Umsturz im Sinn hatte. Er war ein ehrenhafter Offizier in einer ehrenhaften Armee.

Er zog die Tür der Kabine zu und verriegelte sie.

Staatsmarschall Laertes Michou … er bekleidete ein Amt, das einst ein Reginald Bull innegehabt hatte. Und er hatte Rückgrat. Er hatte von seinen Männern stets nur das verlangt, was er selbst zu geben bereit und imstande gewesen war.

Er öffnete das Halfter an seinem Gürtel.

Eins stand fest. Vor Gericht würde sich ein Laertes Michou nicht stellen lassen. Aber er stand zu seinen Taten. Und er hatte vor dem Tod keine Angst.

Er zog den Thermostrahler aus dem Halfter.

Wenn es dann sein musste, wollte er zumindest in Würde abtreten, wie es einem Feldherrn gebührte.

Er entsicherte die Waffe.

Und er würde seinem Volk ein Geschenk hinterlassen. Ein Geschenk, das aus Schweigen bestand, aus einem Geheimnis, das er in sein Grab mitnehmen würde. Niemand außer ihm wusste, wo sich Perry Rhodans Silberkugel befand. Und ohne dieses Gerät gab es für Rhodan, für den Teleporter, den er bei sich hatte, und für seine anderen Begleiter keine Rückkehr in die Milchstraße.

Er hob den Thermostrahler.

Sein Geschenk an die Alteraner … das war Perry Rhodan, der Großadministrator. Perry Rhodan, mit dessen Hilfe in den kommenden Jahrhunderten dem Imperium Altera ein kometenhafter Aufstieg beschert sein würde.

Er richtete den Thermostrahler auf die Kabinentür.

Erst kommende Generationen würden zu würdigen lernen, was Staatsmarschall Laertes Michou ihnen gegeben hatte.

Er zerstörte mit einem Schuss das Schloss seiner Kabine.

Bereue ich etwas?, fragte er sich.

Er überprüfte den korrekten Sitz seiner lindgrünen Uniform.

Nein. Mein ganzes Handeln galt dem Wohl des Imperiums Altera. Und der heutige Tag, dieser glorreiche Sieg, beweist, dass ich richtig gehandelt habe. Altera wird nicht untergehen, sondern zu neuer Blüte finden. Mit Perry Rhodan.

Er richtete die Waffe auf seinen Kopf.

Und drückte ab.

Zweiunddreißig

Vhatom Q'arabindon: Vergangenheit
Der Transfer

Vhatom Q'arabindon nahm Rhetaa an den Greifarmen und zog sie sanft voran. Sie mussten den Paarungsraum verlassen, sich zum Tempel begeben. Der Transfer war eine höchst persönliche Angelegenheit, der nur die engsten Familienangehörigen und Freunde beiwohnten, und Vhatom hatte beschlossen, ihn lediglich mit Rhetaa zu vollziehen. Schließlich ging er ja mit ihr zusammen ins nächste Stadium über, der Liebe seines Lebens. Die meisten Q'iladados begingen den Transfer allein und wollten von ihren Liebsten Abschied nehmen; oder sie trösten oder ihren Trost empfangen, auch wenn dieser bei den meisten überflüssig und fehl am Platz war. Wer beschlossen hatte, sein Leben in jungen Jahren freiwillig aufzugeben, um die Kollektion zu stärken, war davon überzeugt, nicht das Ende seines Lebens, sondern den Anfang einer neuen, unsterblichen, zumindest aber sehr langen Existenz zu erleben.

Die Kollektion hatte die Erkenntnis lange für sich behalten, dass sie von der geistigen Essenz von Q'iladados, die in niedrigem Alter starben, wesentlich mehr gestärkt wurde als von jenen, die in hohem Alter ihren letzten Atemzug taten. Sie war Realität, für jeden greifbar, für jeden erreichbar, jeder Q'iladado ging nach seinem Tod in ihr auf. Sie war ein Fakt, keine religiöse Vorstellung. Sie war nicht die Hoffnung auf ein Leben nach dem Tode, sie *war* das ewige Leben nach dem Tode.

Die Kollektion war sich sehr wohl bewusst, welche Auswirkungen diese Verkündung auf die Gesellschaft der Q'iladados haben würde, zumal diese Spezies von vornherein sehr naturwissenschaftlich orientiert war; Mythen kannten die Riesenkraken so gut wie keine, und sie glaubten auch nicht an die Existenz eines allmächtigen Schöpfers, der ihre Welt in sieben Wochen, Monaten oder Jahren geschaffen hatte. Ihrer Erkenntnis zufolge war das Universum ursprünglich aus einer Amplitude des Nichts entstanden, dehnte sich aus und zog sich wieder zusammen, bis es dann in einem Urknall neu entstand. Sie glaubten an das Evolutionsprinzip, und so gesehen, passte die Erklärung des Boten der Kosmokraten über das Zwiebelschalenmodell des Universums perfekt in ihr Weltbild.

Die Logik sagte ihnen, dass das Wohl aller wichtiger war als das Wohl eines Einzelnen; und dass die Zukunft aller Q'iladados in der Kollektion lag, die ihnen Unsterblichkeit bot und eines Tages, wenn sie seine Rolle im Spiel der Hohen Mächte einnehmen konnte, ermöglichen würde, die Geheimnisse des Universums zu ergründen.

Hinzu kam noch, dass auch so etwas wie Wissen und Lebenserfahrung eine wichtige Rolle für die Entwicklung der Kollektion spielte. Ein Q'iladadokind, das kurz nach der Geburt starb – was so gut wie nicht mehr vorkam –, brachte das Geisteswesen genauso wenig voran wie ein Veteran unter den Wissenschaftlern, der mit sagenhaften dreihundert Jahren sein Leben beschloss. Aber ein genialer Astrophysiker, der mit einhundert Jahren bei einem Ausflug in die Farnwälder in einem Treibsandsee ertrank …

Ein genialer Astrophysiker, wie Vhatom Q'arabindon einer war. Der begabteste seiner Zeit.

Er ließ ein letztes Mal den Blick über die Gebäude der Stadt gleiten, in der er bis auf wenige Ausnahmen sein gesamtes Leben verbracht hatte, betrachtete die gewaltigen Kuppelbauten, in denen die wichtigsten Forschungseinrichtungen untergebracht waren, die gigantischen Produktionsanlagen, in denen vollautomatisiert alles hergestellt wurde, was die Q'iladados zum Leben benötigten, damit sie sich ganz den Wissenschaften hingeben konnten, für die sie lebten. Tausendmal hatte er diese Straßen durchquert und die Bauwerke kaum zur Kenntnis genommen. Und nun?

Ich habe Angst, gestand er sich ein. *Angst davor, wie es sein wird. Angst vor der Veränderung. Habe ich Rhetaa die Wahrheit gesagt? Bin ich wirklich bereit, das alles aufzugeben?*

Das Leben war so kurz … warum genoss er es nicht noch ein paar Jahre lang?

Weil das Leben in der Kollektion glorreicher sein wird als alles, was ich bislang gekannt habe, sagte er sich. *Weil Rhetaa bei mir und mir näher sein wird als je zuvor in meinem Leben. So nah, wie zwei Q'iladados es nur sein können.*

Weil er dann irgendwann vielleicht Gelegenheit bekam, die Fragen zu klären, die ihn bis an sein Lebensende beschäftigen würden. Traf seine Theorie des zehndimensionalen Raums zu, oder war der physikalische Raum doch nur fünfdimensional? Immerhin ermöglichte es die Erweiterung des vierdimensionalen Standardraums mit seinen drei Raum- und einer Zeitdimension durch eine zusätzliche räumliche Dimension, die beiden unterschiedlichen Naturkräfte – die Gravitation und den Elektromagnetismus – zu vereinheitlichen.

Nicht jetzt, mahnte er sich. *Nicht jetzt. Dafür werde ich eine Ewigkeit Zeit haben. Jetzt gebührt mein ganzes Interesse der Liebe meines Lebens, die nicht ohne mich sein kann, genau, wie ich nicht ohne sie sein kann, und die mich begleiten wird.*

Vor ihnen machte Vhatom den Tempel aus, in dem sie sich für den Transfer angemeldet hatten. Die obligatorische Bedenkzeit – jene Dreimondeumrundung, die die Freiwilligen zu warten hatten, während ihre Freunde und Familienangehörigen informiert wurden, damit sie den Entschluss mit ihnen besprechen konnten – war längst verstrichen.

Vhatom hatte mit niemandem außer Rhetaa über seinen Vorsatz gesprochen. Aber er fühlte sich nicht allein. Sie war ja bei ihm.

Sie betraten den Tempel.

Der Priester – in Wirklichkeit ein Hyperphysiker, der im unwahrscheinlichen Fall eines Fehlschlags die Speicherung der Geistesessenz der Delinquenten gewährleistete – litt sichtlich unter der braunen Robe, die er als Zeichen seiner Amtswürde tragen musste. Normalerweise gingen die Q'iladados unbekleidet, und der schwere Stoff behinderte ihn in seinen Bewegungen. Aufgrund seines Alters und einer nicht unbeträchtlichen Fleischfülle, die seinen Panzer schier zu sprengen drohte und die Muskulatur der acht Beine zusätzlich belastete, litt er diesbezüglich sowieso schon unter starken Einschränkungen.

Schnaufend stapfte er zu ihnen hinüber. »Ihr habt euch von eurer Entscheidung nicht abbringen lassen«, stellte er knurrig fest. »Es ist … ungewöhnlich.«

»Das haben wir bereits besprochen«, erwiderte Vhatom genauso unfreundlich. »Es hat sich nichts geändert.«

»Und ihr wollt den Schritt wirklich ohne Begleitung tun?«

»Was ist mit dir?«, fragte Vhatom. »Wieso erweist du uns nicht die Ehre, die uns gebührt, da wir uns entschlossen haben, vor unserer Zeit zu gehen und die Kollektion zu verstärken? Wirklich nur, weil Rhetaa N'elbione sich entschlossen hat, mich schon jetzt in das neue Leben zu begleiten?«

»Genau deshalb«, gestand der Priester unverblümt ein. »Du bist ein großer Gewinn für die Kollektion, Vhatom Q'arabindon, und ganz Q'iladado ist dir für diesen Schritt dankbar. Aber Rhetaa N'elbiones Entscheidung … das Gleichgewicht unserer Gesellschaft ist durch die Existenz der Kollektion ins Schwanken geraten. Sämtliche Sterbende gehen in ihn ein; das Nachleben ist nun keine unbegründete Verheißung mehr, sondern Realität. Schlimm genug, dass die Selbstmordrate in die Höhe geschnellt ist; wenn nun jedoch noch in Mode kommt, dass Angehörige oder Lebensgefährten brillante Q'iladado in das neue Leben begleiten …« Der Priester führte den Satz nicht zu Ende.

Es spielte auch keine Rolle. Ihr Fall war diskutiert und entschieden worden. Weitere Gespräche waren überflüssig.

Sie erreichten den Transferraum. Er war in hellen, fröhlichen Farben gehalten, und aus verborgenen Lautsprechern drang leichte, verspielte Musik. In der Mitte leuchtete das Feuerrad, sechs Meter hoch und breit, sodass ein Q'iladado bequem hindurchtreten konnte.

Bei diesem Schritt wurde die geistige Essenz, die Seele, die ÜBSEF-Konstante, wie auch immer man es bezeichnen wollte, vom Körper getrennt. Sie ging in die Kollektion über, während die sterblichen Überreste zu Plasma aufbereitet wurden.

Vhatoms Blick fiel kurz auf die Plasma-Psychen, schlichte Behälter aus einer extrem widerstandsfähigen Metall-Legierung, schwarz wie die Nacht. Sie lagen übereinander gestapelt in Regalen an einer Seitenwand, eine Mahnung, aber auch Ausdruck der Zuversicht: Nicht jeder Transfer gelingt, aber auch die Fehlschläge gehen nicht verloren. Ihre Seelen werden gespeichert, und irgendwann, sobald er dazu imstande ist, wird die Kollektion auch sie dann zu sich holen.

Es waren nicht viele, natürlich nicht; nur etwa jeder 100.000ste Transfer misslang.

Rhetaa gab ein kehliges Geräusch von sich. Ein letztes Mal ergriffen sie sich an den Tentakeln und rieben ihre Organknoten aneinander. Dann wandte sie sich um und schritt zu dem Feuerrad, das die Techniker dem Zentrum ihrer Galaxis nachempfunden hatten. Auch ein Symbol: Aus dem brodelnden Feuer entsteht Leben, im Großen wie im Kleinen.

Rhetaa sagte nichts mehr, wandte sich nicht mehr um. So hatten sie es besprochen; keine schwülstigen letzten Worte zum Abschied, keine Beteuerungen, Schwüre oder guten Wünsche. Kein: *»Wir sehen uns gleich wieder!«*

Aber dass es so profan verlaufen würde, hätte Vhatom nicht gedacht.

Die Liebe seines Lebens trat in das Rad aus Feuer und war verschwunden.

»Der Transfer wurde vollzogen«, sagte der Priester. »Rhetaa N'elbione ist nun Teil der Kollektion. Und jetzt du, Vhatom Q'arabindon.«

Er stapfte vorwärts, versuchte, an nichts zu denken. Nicht an das, was er aufgab, hinter sich zurückließ, nicht an das, was ihn erwartete. Nicht an Rhetaa N'elbione und nicht an die zehndimensionale Natur des Universums.

Und dann, einen Moment, bevor er durch das Feuerrad trat, doch noch so ein Gedanke: *Wir wird es sein? Werde ich in ein helles Licht treten, das mich wärmt und mit Glück und Zufriedenheit erfüllt? Das Feuer ist nicht dein Feind,* ermahnte er sich. *Hab keine Angst vor ihm, es stellt keine Bedrohung dar, wenn du richtig damit umzugehen weißt. Achte seine Kraft, schätze seine Freundlichkeit, respektiere die Hitze und hege die Wärme, und es wird stets gütig zu dir sein.*

Er verspürte einen stechenden Schmerz, ein Zerren unter dem Hornpanzer, als würde man ihm glühende Messer in das dort besonders empfindliche Fleisch bohren und darin herumdrehen.

Der Transfer, dachte er.

Aber kein Licht erwartete ihn auf der anderen Seite, sondern abgrundtiefe Dunkelheit. Nur das Rad aus Feuer leuchtete darin, wie ein Nachbrennen auf seiner Netzhaut, doch es wurde schnell dunkler und erlosch schließlich völlig.

Er war allein in der Schwärze.

Er schrie, doch er hörte seine Schreie nicht.

Und irgendwann verstummte er.

Das Rad aus Feuer explodierte und füllte sein gesamtes Sichtfeld mit rot leuchtender Helligkeit aus.

Mit Licht, das zu einer Energiesphäre wurde.

Er befand sich wieder in TRAGTDORONS Zentrale, und vor ihm schwebte die leuchtende Kugel, die Abgesandte der Kollektion.

Rhetaa N'elbione.

Das war der letzte Tag deines ersten Daseins, erklang ihre Stimme gleichzeitig in seinem Kopf und den Audiorezeptoren. *Zumindest so, wie ich mich daran erinnere.*

Vhatom bemühte sich, einen klaren Gedanken zu fassen. Die mentale Schilderung hatte ihn aufgewühlt, doch sie war ihm wie ein Bericht vorgekommen, wie eine Erzählung. Er konnte ihre Dramatik genießen, hatte jedoch nicht die geringste Erinnerung daran. Es war, als hätte er den letzten Tag im Leben eines völlig Fremden gesehen.

»Ich … glaube dir«, sagte er schließlich. »Ich glaube dir, aber ich kann mich wirklich nicht daran erinnern.«

Die kleine Energiekugel schwieg betroffen. »Auch jetzt nicht?«, fragte sie schließlich. »Nachdem ich alles zurückgebracht habe?«

»Auch jetzt nicht«, bestätigte Vhatom. »Da ist nichts. Ich … erinnere mich nicht an dich, Rhetaa N'elbione. Es ist, als hätte ich dich nie gekannt. Ich *habe* dich nie gekannt.«

»Als sie dein Bewusstsein in die Plasma-Psyche überführt haben, haben sie deine Erinnerungen gelöscht. Einerseits, um die junge Superintelligenz zu schützen. Niemand durfte erfahren, wo Q'iladado ist. *Was* Q'iladado ist. Andererseits und in erster Hinsicht jedoch … als Gnadenbeweis. Damit diejenigen, die am Transfer scheitern, nicht verzweifeln und Jahrtausende daran denken müssen, dass sie ihren Körper aufgegeben haben und nun als reiner Geistesinhalt eingepfercht sind …«

»Sie wussten, was sie taten. Sie haben gute Arbeit geleistet«, sagte er kalt.

»Vhatom …« Ihre Stimme war kaum noch verständlich, klang so gequält, dass er sie am liebsten ausgeblendet hätte. Zumindest aus seinem Kopf. »Den Vorschlag hast *du* gemacht. Zwanzig Jahre, bevor du dich für die Transformation entschieden hast.«

»Ich …« Er wusste nichts zu sagen.

Die Kugel schwieg lange. »Ich kann dich zu uns holen«, sagte sie schließlich. »Du bist dann nicht mehr allein. Du bist bei uns. Und wer weiß, vielleicht kehren deine Erinnerungen zurück. Vielleicht bewirkt die Nähe zu uns, dass du …«

»Kannst du das garantieren?«

Wieder schwieg die Energieerscheinung – oder Rhetaa – lange. »Nein«, sagte sie schließlich. »Der Vorgang ist nicht rückgängig zu machen. Aber trotzdem ... du wärest nicht mehr *allein.*«

»Was ist geschehen?«, überging er ihren Vorschlag. »Wie ist die Plasma-Psyche schließlich ...« Er verstummte, konnte nicht weitersprechen.

Seit fast 70.000 Jahren jagte er dem Geheimnis seiner Herkunft hinterher, und nun hatte er es gefunden – und es ließ ihn völlig kalt. Ihm wurde klar, dass Cairol vielleicht recht gehabt hatte, dass er nur einem Phantom auf den Fersen gewesen war. Was nutzte ihm die Kenntnis über seine Herkunft, wenn sie nicht die Erinnerung zurückbrachte? Wenn das alles für ihn nicht mehr war als *eine spannende Geschichte*?

»Die Kollektion erkundete ihre Galaxis«, antwortete Rhetaa schließlich, »als fremde Raumschiffe Q'iladado anflogen und ...«

»Zerstörten?«, fragte Vhatom, als Rhetaa nicht fortfuhr.

»Was für Raumschiffe? Kobaltblaue Walzen?«

Verwirrt schwieg Rhetaa. »Nein«, sagte sie schließlich. »Wir haben es nie erfahren. Als die Kollektion zurückkehrte, war Q'iladado nur noch eine Welt aus Schlacke und Staub. Wir haben erst viel später erfahren, dass die Plasma-Psychen geraubt wurden, als wir auf unserer Wanderung durch das Universum zufällig eine entdeckten. Wer sie gestohlen hat, was aus ihnen geworden ist ... das wissen wir nicht. Komm zu uns zurück, Vhatom.«

Er dachte lange nach. »Und ... die Kollektion? Was wird nun aus ihr, wenn sie keine Bewusstseine der Q'iladado mehr aufnehmen kann? Wird sie jemals erfahren, ob das Universum, in dem wir leben, zehn- oder elfdimensional ist? Auch diese Theorie steht im Raum.«

»Du erinnerst dich daran?«

»Nein«, sagte Vhatom. »Ich habe während meiner Reisen durchs Universum derartige Theorien zu hören bekommen. Aber ... was wird nun aus der Kollektion, da es keine Q'iladado mehr gibt?«

»Q'iladado wird niemals zur Superintelligenz werden. Unsere Existenz hat Bestand. Wir können auf ewig das Universum durchstreifen. Oder wir können versuchen, uns mit einem anderen gleichartigen Wesen zu vereinen. Wir haben Kontakt mit einer Entität namens Raicas bekommen. Sie war angeblich einst eine Superintelligenz aus einem anderen Universum und verfügte über dessen gesamtes Wissen. Als sie von einem Helfer der Chaotarchen namens Bamurgh bedrängt wurde, floh sie, indem sie sich bis in alle Ewigkeiten reinkarnierte. Der Preis für diese Flucht war jedoch hoch, denn bei jeder neuen Inkarnation verlor sie Teile ihres Wissens. Die Hohen Mächte ließen jedoch nicht von ihr ab, sondern verfolgten sie durch Tausende von Universen. Wenn es uns gelingt, uns mit ihr zu vereinigen ...

Komm zu uns, Vhatom. Komm mit uns.«

Er wusste nicht, was er sagen sollte. Ein unsterbliches Leben als Steuermann TRAGTDORONS, mit einer Aufgabe, in die er hineingewachsen war, oder ein Leben als Teil eines Geisteswesens, das im Prinzip ziellos durchs Universum trieb. Dort wartete die verlorene Liebe seines verlorenen Lebens auf ihn, an die er sich nicht einmal erinnern konnte.

Würde diese Liebe neu erblühen? Rhetaa lag etwas an ihm, das entnahm er jedem ihrer Sätze. Aber er ... *er konnte sich nicht einmal an sie erinnern.*

Welche Zukunft hatte das, hatte seine Existenz in der Kollektion? Hier jedoch ... hier konnte er Leben schaffen und Intelligenz steigern, hier konnte er tätig sein, in eigener Verantwortung, ohne einem Kollektiv Rechenschaft schuldig zu sein, das er noch nicht einmal *kannte.*

Dort wäre er immer nur der, den man bedauern musste, weil er sich nicht mehr *erinnerte.*

Es war eine Tragödie. Wenn sie wirklich die Liebe seine Lebens war – und das bezweifelte er nicht –, war er es ihr dann nicht schuldig, ihr diesen Wunsch zu erfüllen? Wenn er schon nicht mehr glücklich sein konnte, war es nicht seine Pflicht, sie durch seine Gegenwart glücklich zu machen?

Oder ... war er glücklich? Als Steuermann TRAGTDORONS? Hatte er es sich bislang einfach nicht eingestanden, dass er seine Erfüllung gefunden hatte? Eine Erfüllung, die ihm wesentlich mehr bedeutete als das Erstellen von Theorien über die zehn- oder elfdimensionale Natur des Universums?

Hatte er so etwas wie *Pflichtbewusstsein* entwickelt? War er TRAGTDORON treu geworden?

Er kannte jetzt seine Herkunft, doch dieses Wissen nutzte ihm nichts mehr, genau, wie er es seit Jahrzehntausenden befürchtet hatte. Es war die reinste Ironie. Man erinnerte sich noch an ihn, was er nicht für möglich gehalten hätte, doch er erinnerte sich an gar nichts mehr.

Hätte er weinen können, er hätte Tränen vergossen.

Die Liebe seines Lebens ... das war nicht nur so dahingesagt.

»Nein«, wiederholte er, »Ich bin jetzt nichts, aber bei euch wäre ich noch weniger als Nichts. Ich ... halte das für keine gute Idee.«

Was mochte jetzt in Rhetaa N'elbione vorgehen? Die Liebe ihres Lebens verloren, wegen ihr das eigene Leben geopfert, und nun ... diese Abweisung.

Die kleine Energiekugel vor ihm pulsierte schneller, hektischer. Vhatom befürchtete schon, dass sie tatsächlich explodieren und ganz TRAGTDORON zerstören würde.

»Dann ... kehre ich jetzt zur Kollektion zurück.«

»Ja«, sagte Vhatom.

»Ich ... es ... es tut mir so ...«

»Ja«, sagte Vhatom bewusst kalt.

»Ist nichts mehr von dir übrig? Von dem, was du einmal warst?«

»Nein. Nichts mehr. Nicht das Geringste.«

»Ich …« Die Kugel pulsierte rasend schnell.

»Nein«, sagte er. »Es wäre eine fürchterliche Lüge.«

»Wie du willst.« Das Energiegebilde war kaum noch auszumachen.

»Eine Frage noch.« Vhatom versuchte, sein Entsetzen zu unterdrücken. »Dieser Roboter der Kosmokraten … war er etwa halb so groß wie wir früher, erhaben und bronze?«

»Er war halb so groß wie wir und erhaben. Aber nicht bronze. Der Farbton seiner Haut war rotgolden.«

»Woran erinnerst du dich sonst noch?«

»Auf seinem Kopf bildete sich aus nach hinten gerichteten Tentakeln ein Helm, der wohl Haare darstellen sollte. Seine gesamte Erscheinung wirkte beeindruckend und ehrfurchtgebietend.«

Vhatom kam es nach dieser Beschreibung unwahrscheinlich vor, doch er stellte die Frage trotzdem. »Und er hieß nicht zufällig … Cairol?«

Die Abgesandte der Kollektion zögerte kurz. »Nein. Er nannte sich Beck. Warum fragst du?«

TRAGTDORONS Steuermann schwieg.

»Wie wir später herausgefunden haben, war er mindestens drei Millionen Jahre alt. Er nannte sich *kosmischer Ereignisforscher*, was wohl nichts anderes als eine Umschreibung von *Statistiker* ist. Es war seine Aufgabe, die Koinzidenz großer kosmischer Ereignisse auszuwerten, um so über mögliche zukünftige Ereignisse Aussagen machen zu können. Warum interessiert dich das?«

Vhatom antwortete noch immer nicht. Er verspürte zwar Zorn auf Cairol, aber wenigstens keinen abgrundtiefen Hass. Wenn es der Bronzene gewesen wäre, der damals Q'iladado aufgesucht hatte … wenn Cairol ihn von Anfang an belogen, wenn er Klarheit über die Herkunft des von ihm rekrutierten Helfers gehabt hätte … er hätte TRAGTDORON vielleicht in die nächste Sonne gesteuert und die Dislokation eingeleitet, die Stoff-Sphäre aus dem Hyperraum stürzen und verglühen lassen.

Aber so … so blieb nur Verzweiflung.

»Geh jetzt«, sagte er zu der Kollektion. Zu Rhetaa N'elbione, der Liebe seines Lebens. »Wir werden uns nie wiedersehen.«

Die bunten Farbschlieren huschten schneller denn je zuvor über die irisierende Oberfläche der leuchtenden Kugel aus Energie, und ihre Lichtspiele flackerten blendend grell.

Dann war sie verschwunden, als hätte sie nie existiert.

Daran musste Vhatom Q'arabindon denken, während er in einem Zustand zwischen Bewusstlosigkeit und Überdrehtheit, Endzeitstimmung und Verwirrtheit die Galaxien durcheilte, an diese Begegnung mit Q'iladado, die vor wenigen tausend Jahren in einer jungen Galaxis stattgefunden hatte.

An das, worauf er verzichtet hatte.

Eine Existenz in der Kollektion der Letzten seines Volkes, ein vielleicht ewig währendes Weiterleben, wenn die Vereinigung mit Raicas gelungen wäre. An eine Jahrmillionen währende Erkundung des Universums, die ihm Einblicke in die Wunder der Schöpfung gegeben hätte, von denen er auch jetzt, als Steuermann TRAGTDORONS, nur träumen konnte.

Das hatte er aufgegeben, um der Stoff-Sphäre die Treue zu halten. Um das, was er für den Sinn seines Lebens gehalten hatte, nicht hinfällig werden zu lassen: Leben zu schaffen und Intelligenz zu fördern.

Dann leitete er mitten im Überlichtflug die geforderte Dislokation der dematerialisierten Aggregat-Sphären ein. Doch TRAGTDORON wurde nicht im Hyperraum verweht, und Vhatom starb nicht.

Die Stoff-Sphäre stürzte aus dem Hyperraum, mitten im Zentrum einer Kleingalaxis mit einem Durchmesser von 8400 Lichtjahren. Etwa 250 Millionen Sterne ballten sich hier zusammen, wie ein winziger Teil von Vhatoms Bewusstsein noch erfasste.

Was ist geschehen?, fragte er sich. TRAGTDORON war beinahe in seine Bestandteile zerlegt, aber auch nur beinahe. Das Mikro-Netz und das Makro-Netz hielten die Sphären nach wie vor zusammen. Aber das war nicht mehr die Stoff-Sphäre in ihrer ursprünglichen Form …

Wie war das möglich?

Wie du die Vernichtung TRAGTDORONS vornimmst, bleibt allein dir überlassen, hallte Cairols Stimme durch sein Gedächtnis.

Diese Perfidie! Den Roboter der Kosmokraten schien nicht im Geringsten zu interessieren, was nach der Vernichtung TRAGTDORONS aus ihm wurde, er schien auch noch zu verlangen, dass er der Sphäre – und damit seinem Leben – mit eigener Hand ein Ende bereitete.

Mit einem letzten Rest von logischem Denkvermögen stellte Vhatom fest, dass dieses Ende früher oder später sowieso kommen würde. TRAGTDORON hatte die Verbindung mit dem Hyperraum nicht völlig unterbrochen. Die Stoff-Sphäre haftete noch in dem übergeordneten Kontinuum, krümmte Raum und Zeit und Fünfdimensionalität zusammen und schuf eine Verbindung zwischen ihnen.

Dimensionstheorien, dachte Vhatom. Mein Spezialgebiet als Q'iladado-Wissenschaftler.

Doch nicht aufgrund der Kenntnisse aus diesem Leben, sondern wegen seiner

Forschungen in den virtuellen Lehrwelten, die Cairol ihm vor seiner Berufung zum Steuermann zur Verfügung gestellt hatte, wusste Vhatom, wozu es früher oder später kommen würde. TRAGTDORON war zum Störfaktor im dimensionalen Gefüge geworden. Abgesehen von hyperphysikalischen Wirkungen bis hin zu extremen Verzerrungen der Raum-Zeit-Struktur und absonderlichsten Phänomenen wie dem Aufklaffen von Tryortan-Schlünden würde es in dieser Kleingalaxis zu zahlreichen weiteren Sekundäreffekten kommen.

TRAGTDORON war zu einem Hyperraum-Attraktor geworden! Zu einem fünfdimensionalen Magneten, der in den Hyperraum verschlagene Materie anziehen und in dieser Kleingalaxis ausstoßen würde – Materie nicht nur aus dieser Sterneninsel, sondern aus zahlreichen näheren oder auch entfernteren Galaxien.

Jetzt wurde Vhatom klar, wieso Cairol ihm den Befehl gegeben hatte, die Stoff-Sphäre endgültig zu vernichten.

TRAGTDORON ... ein mächtiges Instrument der Ordnung. Ein Instrument, dem er sein Dasein gewidmet hatte. Wenn nicht sein Leben, dann zumindest seine Existenz als Plasma-Psyche.

Nein, dachte Vhatom. *Nein.*

Aber ... er musste die Anweisungen der Hohen Mächte befolgen. Und dazu gehörte auch Cairols Befehl, TRAGTDORON zu zerstören.

Nein, dachte er erneut.

Er musste dieses mächtige Instrument der Ordnung beschützen. So, wie er es 70.000 Jahre lang getan hatte. Einem Instrument der Ordnung, dem er sein Dasein gewidmet hatte ...

Vhatom Q'arabindon verspürte nur noch betäubende Verzweiflung.

Agonie.

Er konnte es nicht.

Er konnte den Hohen Mächten den Gehorsam nicht verweigern.

Und er konnte TRAGTDORON nicht zerstören.

Er konnte nur eins ... auf das Ende der Zeiten warten. Ihm entgegendämmern.

Das Ende, das – zumindest für ihn – spätestens dann kommen würde, wenn TRAGTDORON von den mindestens fünfdimensionalen Gewalten zerrissen werden würde.

Vhatom dachte noch einmal mit Bedauern an das zurück, was vor einigen tausend Jahren geschehen war, an seine Begegnung mit der Kollektion der Q'iladado und die Entscheidung, die er damals getroffen hatte. Hätte er gewusst, was Cairol kurz darauf von ihm verlangen würde ...

Müßige Gedanken, die ihn nur noch mehr quälten.

Dann traf er eine Entscheidung, die er wahrscheinlich genauso bedauern würde wie die andere, erteilte dem Bordgehirn Anweisungen, koppelte sich von TRAGTDORON ab und stürzte in eine virtuelle, eine ureigene Welt.

Und begann, sie nach seinem Geschmack und Gefühlszustand so grausam wie möglich zu gestalten.

Dreiunddreißig

Verduto-Cruz, an Bord eines Fragmentraumers:
5. Juni 1343 NGZ (4930 nach Christus)

Kohurion winkelte beide Arme an. Seine Greiffinger bogen sich zurück, klappten aus den Scharnieren und gaben die Abstrahlmündungen von zwei schweren Kombiwaffen frei.

Verduto-Cruz konnte das in ihm emporsteigende Entsetzen kaum zurückdrängen. *So habe ich ihn kennengelernt,* dachte er. *Genau das hat er getan, als ich ihn zum ersten Mal aktivierte, damals, an Bord von BOX-1122-UM.* Wie lange war das schon her?

Eine Ewigkeit, dachte Verduto-Cruz. Es kam ihm fast so lange vor wie die 36 Jahre, die er nach der gescheiterten ersten Manipulation der Hyperinpotronik quasi im Exil verbracht hatte.

Doch diesmal richtete der Roboter die Waffen auf *ihn.*

Der Trovent der Laren ist groß, dachte der Wissenschaftler. *Und unsere Heimat Larhatoon ist ewig.*

Er bemühte sich, ruhig zu denken. Er hatte Vorsorge getroffen, für *alle* Fälle, auch für diesen. Falls es überhaupt derjenige war, den er vermutete – oder befürchtete.

Was war geschehen? Wieso handelte der Roboter so?

Seit zwei Tagen hatte Verduto-Cruz diese Kabine nicht mehr verlassen. Zuerst hatte Kohurion ihn noch rudimentär auf dem Laufenden gehalten, doch dann war sein Verbindungsroboter verstummt und hatte auch auf seine dringendsten Fragen keine Antwort mehr gegeben. Und ihn natürlich auch nicht mehr mit der höchsten Instanz der 8000 Schiffe umfassenden Flotte verbunden.

Und nun stellte der Roboter sich eindeutig gegen ihn, bedrohte ihn mit seinen Waffen.

»Kohurion?«, fragte er.

»Ich muss dir mitteilen, dass du diese Kabine bis auf Weiteres nicht mehr verlassen darfst«, sagte der Kampfroboter. »Weitere Einzelheiten werden dir zu gegebener Zeit mitgeteilt.«

»Ich … verstehe nicht …« Verduto-Cruz sah dem Roboter genau in die Sehzellen, obwohl er wusste, dass er damit nicht das Geringste erreichen konnte. »Was ist passiert?«

»Weitere Einzelheiten werden dir zu gegebener Zeit mitgeteilt.«

»In der Schlampenphase schimmeln sogar Schleckrosinen mit Schlampenstempeln«, sagte Verduto-Cruz.

Zuerst geschah gar nichts. Kohurion stand da wie zuvor, reglos, die Waffen auf ihn gerichtet. Aber das war zu erwarten gewesen. Mehr noch, es war *beabsichtigt.*

Verduto-Cruz reagierte ohne jede Verzögerung. Er schloss den Raumanzug, den die Posbis ihm zur Verfügung gestellt hatten, wandte sich zur Tür und riss sie auf. Einen Moment lang erwartete er, zumindest das Kribbeln in seinem Rücken zu spüren, das ein Paralysestrahl auslöste, wenn nicht sogar das Brennen eines Thermostrahls, dem ein Schock und dann – hoffentlich – ein schneller Tod folgte.

Nichts geschah.

Auch diese Manipulation hat funktioniert, dachte Verduto-Cruz, als er in den Gang stürmte. *Abgesehen von jenem einen peinlichen Scheitern bin ich wirklich nicht schlecht darin.*

Er hatte Kohurion damals nicht einfach so aktiviert. Er hatte eine weitere Programmierung des Roboters vorgenommen, eine getarnte, verborgene, die man auch bei einer genauen Untersuchung nicht sofort bemerken würde. Er hatte dafür gesorgt, dass ein bestimmter Kodesatz Kohurions Positronik in eine Endlosschleife stürzte und den Roboter damit zumindest vorübergehend handlungsunfähig machte.

Und es hatte funktioniert.

Verduto-Cruz machte sich keine Illusionen. Der Roboter verfügte noch über seinen Plasmazusatz, und eine mehrfache Abfolge der Reparaturroutine würde die verborgene Programmierung erkennen und löschen. Aber er hatte ein paar vielleicht sehr wichtige Sekunden oder gar Minuten gewonnen.

Er aktivierte den Helmscheinwerfer und stürmte den Gang entlang. Ein schrecklicher Gang, wie er in dem kleinen Lichtkegel erkannte: kahle Metallplatten, lieblos aneinander geschweißt. Ohne jeden Sinn für selbst rudimentäre Ästhetik. Und so sah es überall an Bord dieser BOX aus. Weitere Anzugsysteme wagte er nicht zu aktivieren. Anhand deren Streustrahlung würden die Posbis seine Position unverzüglich ermitteln können.

Aber was erwartete er nun? Trotzdem würden sich jeden Augenblick, sobald Kohurion wieder handlungsfähig war, Hunderte von Robotern auf die Suche nach ihm machen. Er würde sich ihnen nicht lange entziehen können.

Aber er würde auch nicht kampflos aufgeben. Alles hatte reibungslos funktioniert, alles, bis es zu jenen unsäglichen Verzögerungen gekommen war. Er hatte dem Standortkommandanten von Orombo zu erklären versucht, wie wichtig die Zeitfrage war. Doch die Umstellung der Kommando-Kodes war natürlich nötig gewesen.

Er hatte es geahnt. Den Alteranern war wieder etwas eingefallen …

Er rannte weiter. Doch wohin? Er befand sich an Bord eines Fragmentraumers. Wollte er etwa zur Zentrale stürmen und doch den Selbstvernichtungsmechanismus aktivieren?

Nein. Er wollte überleben. Mehr nicht. Und das Imperium Altera vernichtet sehen.

Was war geschehen?, fragte er sich erneut. Er lief weiter, den Gang entlang, einen Schacht mit einer für ihn erträglichen Neigung hinauf.

Er lief und wurde sich der Aussichtslosigkeit seines Tuns immer deutlicher bewusst. An Bord dieser BIX gab es keine Zuflucht für ihn.

Plötzlich verlor er den Boden unter den Füßen. Im letzten Augenblick warf er sich zurück. Vor ihm brach der Boden einfach weg. Der Gang knickte um 180 Grad nach unten, und um ein Haar wäre er den Abgrund hinabgestürzt und hätte den Antigrav aktivieren müssen, wollte er sich nicht alle Knochen brechen.

Schwer atmend drehte er sich um. Was nun? Wieder zurück, den Weg, den er gekommen war? Vorbei an seiner Zelle, in die andere Richtung? Was erwartete ihn dort?

Genau dasselbe wie hier. Endlose hässliche Gänge, Posbis, die ihn ergreifen wollten. Maschinenteufel, wie die Alteraner sie nannten.

Er machte einen Schritt, noch einen, blieb dann wieder stehen. Der Lichtstrahl des Helmscheinwerfers fiel auf eine große, massige Gestalt. Einzelheiten blieben ihm verborgen, doch er wusste auch so, wer ihn aufgespürt hatte. Ein Schwerer Posbi mit Kampfausrüstung.

Kohurion.

Der Kampfroboter, der ihm einmal uneingeschränkt zur Verfügung gestanden hatte.

Er richtete seine Waffenarme auf ihn, Verduto-Cruz. Ein schwaches Flimmern verriet ihm, dass sie aktiviert waren. Die Sehzellen leuchteten in einem kräftigen Dunkelrot. Ihr Licht und das seines Schweinwerfers tauchte den Gang dort, wo die Strahlen sich trafen, in ein unheimlich waberndes Orange.

»Verduto-Cruz«, sagte der Posbi mit unverändert sachlicher, nüchterner Stimme. »Hiermit nehme ich dich in Gewahrsam. Die Zweite Zivilisation wirft dir Verbrechen gegen das Leben vor und wird in Kürze entscheiden, was mit dir geschehen wird.«

Vierunddreißig

Perry Rhodan, TRAGTDORON: 6. Juni 1343 NGZ (4930 nach Christus)

Anton Ismael wirkte bleich und zerbrechlich auf dem Holo, und viel kleiner, als Perry Rhodan ihn in Erinnerung hatte. Sein Gesicht war eingefallen, tiefe Schatten lagen um die Augen. Rhodan fühlte sich unwillkürlich an einen Totenschädel erinnert.

Doch der Administrator lebte.

»Es freut mich, Sie auf dem Weg der Besserung zu sehen, Anton«, sagte er.

»Ich kann noch immer nicht fassen, dass ich hier und jetzt mit Ihnen sprechen kann, Perry. Dass das Imperium Altera nicht vernichtet wurde und der Posbi-Krieg beendet ist. Es kommt mir wie ein Wunder vor. Wir alle haben Ihnen viel zu verdanken, Großadministrator.«

Rhodan nickte knapp. »Der Tornister, den Staatsmarschall Michou entwendet hat, ist noch nicht wieder aufgetaucht?«

»Nein«, bestätigte Ismael. »Aber wir suchen ununterbrochen danach. Ich bin überzeugt, wir werden ihn finden. Wir wissen, dass Sie ohne das Gerät darin nicht in die Milchstraße zurückkehren können.«

Der Terraner versuchte, sich seine Enttäuschung nicht anmerken zu lassen. »Und die aus dem Knechtschaftslager Dekombor befreiten Alteraner, die auf dem Planeten gestrandet sind, den sie Terra Incognita genannt haben?«, wechselte er das Thema. »Die Koordinaten hatte ich Ihnen ja übermittelt.«

»Wir haben drei Schiffe ausgeschickt, die sie abholen und nach Altera bringen werden.«

»Wie ist die Lage auf Altera?«, sprach er den nächsten Punkt auf der Dringlichkeitsliste an.

»Nach Laertes Michous Selbstmord ist rasch Ruhe eingekehrt. Ich habe einen neuen Oberbefehlshaber über die Alteranische Streitmacht ernannt.«

Eine weitere Person betrat den Aufnahmebereich, ein schwer gebauter, kräftiger, kantiger Mann mit stahlgrauen Augen. Eine Kappe mit einem breiten Schirm verbarg – wie Rhodan wusste – struppiges kurzes Haar. Von Statur und Habitus her erinnerte er Rhodan an seinen ältesten Freund Reginald Bull.

»Admiral Wokong«, sagte er und nickte zur Begrüßung. Sein Verhältnis zu ihm war bestenfalls zwiespältig; Rhodan hatte ihn auf Fort Blossom als Militaristen mit Haut und Haaren kennengelernt. Er hatte sich den »Gästen« aus der Milchstraße gegenüber zwar korrekt benommen, aber auch keinen Zweifel daran gelassen, dass er dem angeblichen Großadministrator nicht über den Weg traute.

Der Admiral grüßte militärisch exakt. »Ich muss Ihnen Abbitte leisten, Großadministrator. Ich gestehe ein, ich habe nicht daran geglaubt, aber Sie haben tatsächlich ein Wunder vollbracht. Die Laren ziehen ab, wie Sie es gefordert haben, und die achttausend Fragmentraumer der Maschi… der Posbis erweisen sich tatsächlich als vollständig friedlich.«

»Ich möchte nichts von einem Wunder hören«, sagte Rhodan. »Dieser Begriff wird viel zu oft leichtfertig benutzt.« Er zögerte kurz. Es war Admiral Wokong durchaus hoch anzurechnen, dass er nicht den Begriff »Maschinenteufel«, sondern »Posbi« benutzt hatte. Seit 36 Jahren stellten die positronisch-biologischen Roboter für die Alteraner das Böse an sich dar; sie waren ein grausamer, unerbittlicher Feind gewesen. Die Menschen Ambriadors würden wohl niemals vergessen können, wie viele Tote der Feldzug der Roboter gefordert hatte.

»Die Posbis von Ambriador«, sagte er bedächtig, »werden in den kommenden Jahren zu den besten Freunden der Menschen des Imperiums Altera werden. Darauf können Sie sich verlassen; das haben wir durch eine modifizierte Siebenkopf-Schaltung sichergestellt. Aber es wird noch ein langer Weg, bis sich das Verhältnis zwischen Posbis und Menschen auch nur annähernd normalisieren kann. Und die Alteraner werden auch weitere Veränderungen verkraften müssen. In den kommenden Jahrzehnten, vielleicht auch Jahrhunderten, werden die hyperphysikalischen Störungen, die Ambriador schon seit langer Zeit heimgesucht und zu einer Attraktor-Galaxis gemacht haben, vollständig erlöschen. Versuchen Sie sich vorzustellen, welche Folgen das für Sie und alle anderen Völker Ambriadors haben wird …«

»Jetzt nicht«, sagte Ismael müde. »Alles zu seiner Zeit. Jetzt freuen wir uns erst einmal, dass wir noch leben.«

Rhodan nickte.

»Die Posbis haben uns mitgeteilt, dass sie das Gros ihrer Streitmacht bald abziehen werden«, fuhr der Administrator fort. »Und eins ihrer Schiffe ist auf Altera gelandet. Können Sie sich das vorstellen, Perry? Ein Fragmentraumer auf Altera, ohne dass es zu einer Massenpanik kommt?«

Rhodan lächelte schwach. »Das ist immerhin ein Anfang, Anton.« Er runzelte die Stirn. »Hatte der Besuch des Fragmentraumers einen bestimmten Anlass?«

»Ja. Die Roboter haben uns … etwas übergeben.« Die Kamera schwenkte und erfasste drei weitere Personen. Zwei schwer bewaffnete alteranische Soldaten, und in ihrer Mitte …

Der Terraner sog scharf die Luft ein.

… der alte Laren-Wissenschaftler Verduto-Cruz, Arme und Beine mit Energiebändern gefesselt.

»Er hat den sechsunddreißigjährigen Krieg in Wirklichkeit ausgelöst. Er hat die Hass-Schaltung aktiviert, die die Posbis gegen uns zu Felde ziehen ließ, und bei einer weiteren Manipulation die Laren dann als Wahres Leben definiert, sodass sie von den Posbis nichts zu befürchten haben. Auf seinem Gewissen lasten all diese Toten.«

Rhodan prallte buchstäblich zurück. Er rang nach Worten, aber ihm fielen keine ein.

Der Lare starrte stumm in das Aufnahmegerät. Rhodan glaubte zu sehen, dass sein Blick flackerte, und fragte sich, ob Verduto-Cruz noch bei Verstand war.

Die Kamera schwenkte zurück auf Anton Ismael. »Die Beweise, die die Posbis uns übergeben haben, sind eindeutig. Wir, die Alteraner, sollen nun über sein Schicksal befinden. Posbis sind keine Richter … behaupten sie zumindest.«

»Das … muss ich erst verarbeiten«, sagte Rhodan. »Ich werde Sie über alles Weitere informieren, wenn wir uns auf Altera von Ihnen verabschieden werden.« *Falls wir dazu noch Gelegenheit bekommen,* dachte er. »Wir haben hier noch einiges zu erledigen, doch würden Sie uns dann ein Schiff schicken, das uns abholt?«

»Selbstverständlich, Großadministrator.«

»Danke«, sagte Rhodan und unterbrach die Verbindung.

Nach Ismaels negativer Auskunft war es nun wichtiger denn je, mit den Keloskern zu sprechen.

Sich mit einer Bitte an sie zu wenden.

Doch als Rhodan den Raum verlassen wollte, warteten Startac Schroeder und seine alteranische Freundin an der Tür auf ihn.

»Haben sie die Silberkugel gefunden?«, fragte der Mutant.

Rhodan schüttelte den Kopf. »Noch nicht.«

Startac nagte an der Unterlippe und hielt den Blick gesenkt. Rhodan fiel auf, dass er und Tamra Cantu sich an den Händen hielten. *Als müssten sie sich gegenseitig Kraft geben,* dachte er.

»Falls sie sie noch finden«, sagte der Mutant schließlich, »werde ich nicht mit euch in die Milchstraße zurückkehren, Perry.«

Überrascht runzelte Rhodan die Stirn. »Warum nicht?«

»In der Silberkugel ist kein Platz für uns beide«, erklärte der Teleporter. »Ich werde bei Tamra bleiben. Sie würde mich in die Milchstraße begleiten, aber …« Er verstummte.

Wie konnte ich nur so blind sein?, fragte sich Rhodan. *Wieso habe ich nicht bemerkt, was sich zwischen ihnen abspielt?* Er sah die Alteranerin an. »Du würdest es wirklich vorziehen, mit uns in die Heimat deiner Ahnen zu fliegen?«

Die junge Frau nickte ohne das geringste Zögern.

»Aber wie es jetzt aussieht, werden wir alle wohl in Ambriador bleiben müssen«, sagte Startac.

Jetzt war Rhodan klar, wieso der Teleporter den Eindruck erweckt hatte, er wisse nicht, ob er sich freuen oder verzweifeln sollte.

Rhodan setzte sich in Bewegung. »Vielleicht gibt es noch eine andere Möglichkeit«, sagte er. »Begleitet ihr mich zu den Keloskern?«

»Welche Möglichkeit?«, fragte Startac.

»Ich möchte keine voreiligen Hoffnungen wecken«, entgegnete Rhodan. »Lasst mir bitte noch etwas Zeit. Aber euer Problem ist mir nun bekannt, und ich werde mich darum kümmern.«

In Tamras Augen leuchtete es auf, doch Startac blickte weiterhin skeptisch drein. Er brachte Rhodan nicht die fast schon abgöttische Verehrung entgegen wie die meisten Alteraner. »Natürlich«, sagte er schließlich.

Wie immer scheute Rhodan sich ein wenig vor einem Gespräch mit Keloskern, doch es war unumgänglich. Es konnte schlicht und einfach anstrengend werden, vor allem, wenn der Rechenmeister beteiligt war. Reden mit Keloskern war wie eh und je keine Sekunde Plauderei, und darauf musste man sich einstellen.

Sie warteten in der Zentrale schon auf ihn, Crykom, Mondra und die anderen. »TRAGTDORON ist gerettet«, kam Rhodan sofort zur Sache, um die Geduld des Rechenmeisters nicht über Gebühr zu beanspruchen; an Smalltalk war diesen Wesen sowieso nicht gelegen. »In Ambriador ist Frieden hergestellt. Was habt ihr nun vor, Crykom?«

»Wir sind mit der augenblicklichen Entwicklung im Kosmos nicht einverstanden und halten die Hemmung des Lebens durch die erhöhte Hyperimpedanz für einen Fehler. Für Willkür. Als unsere Vorväter vor 11.000 Jahren nach Ambriador kamen und Siebenkopf gründeten, lautete ihr Ziel, TRAGTDORON zu reaktivieren. Heute wissen wir jedoch: TRAGTDORON wurde nach der Havarie absichtlich nie wieder flottgemacht.«

»Weil der Beschluss, die Hyperimpedanz zu erhöhen, schon vor langer Zeit gefallen ist«, pflichtete Rhodan ihm bei.

»Wir werden uns dieser Doktrin jedoch nicht unterwerfen. Wir teilen keineswegs die Ansicht, dass das Leben an sich im Kosmos überhandnimmt. Doch wir sind keine höhere Wesenheit, keine Superintelligenz, und mir ist klar, dass wir TRAGTDORON nicht behalten können. Wir können die Sphäre nicht auf eigene Faust einsetzen. Das wäre eine allzu kurze Episode.«

Rhodan gab ihm Recht. Die Kosmokraten würden nicht hinnehmen, dass eins ihrer Instrumente gegen ihren Willen eingesetzt und somit missbraucht wurde.

»Wir werden uns nun, da die Relokation aller dematerialisierten Aggregat-Sphären beendet ist, auf die Reise zur Superintelligenz KAISERIN VON THERM begeben«, fuhr der Rechenmeister fort. »In Zusammenwirkung mit der Kaiserin werden wir TRAGTDORON in Zukunft für die Zwecke des Lebens einsetzen.«

Rhodan runzelte die Stirn. »Dem spricht einiges entgegen.«

»Ob es so kommen wird, ob die KAISERIN VON THERM sich wirklich in dieser Weise gegen die Hohen Mächte stellen wird, können wir nicht sagen. Aber es ist die einzige verantwortungsvolle Weise, mit TRAGTDORON umzugehen.«

»Das ist ein Punkt«, sagte Rhodan. »Es gibt jedoch noch einen weiteren.« Crykoms Worte hatten nur bestätigt, was Rhodan von vornherein klar gewesen war. Die Kelosker von Pakuri wussten nicht, dass einerseits bereits Artgenossen von ihnen in die KAISERIN VON THERM aufgegangen und diese andererseits mit BARDIOC zur Superintelligenz THERMIOC verschmolzen war. »Die KAISERIN VON THERM ist insofern eine gute Wahl, als dass bereits Artgenossen von euch Teil von der Kaiserin geworden sind. Vor knapp fünfzehnhundert Jahren, genau gesagt, im Jahr 3583, verschmolzen die Kelosker von Drackrioch in der Galaxis Nypasor-Xon mit den Kristallstrukturen der Kaiserin. Etwa ein Jahr später schlossen sich ihnen einige in meiner Heimat, der Milchstraße, verbliebene Kelosker an.«

Er suchte in Crykom nach einem Anzeichen von Überraschung, doch der grobschlächtige Körper des Wesens – und vor allem seine Denkweise – war zu fremdartig, als dass er fündig wurde.

»Und im Jahr 3585 habe ich das Urgehirn der seit etwa achthunderttausend Jahren mit der Kaiserin verfeindeten Superintelligenz BARDIOC von Barxöft nach Yoxa-Santh in die Galaxie Nypasor-Xon zur KAISERIN VON THERM gebracht«, fuhr er fort, »um BARDIOC zu befrieden und eine neue Zukunft zu ermöglichen. Fast einhundert Jahre lang drohte die Vereinigung der Duuhrt mit dem Bewusstsein BARDIOCS zu scheitern, bis einer der in der Kaiserin aufgegangenen Kelosker namens Dobrak und sechs seiner Artgenossen BARDIOC dann den Weg ebneten, die Vereinigung mit der Kaiserin doch noch zu bewerkstelligen. Daraus ging eine neue Superintelligenz namens THERMIOC hervor. Dobrak hatte übrigens sechs Paranormhöcker und bezeichnete sich selbst als Inkarnation mehrerer Rechner … genau wie du!«

»Dobrak«, sagte Crykom – nachdenklich, wie es Rhodan schien. »Ein guter Name.«

»Mittlerweile hat sich die neu entstandene Superintelligenz THERMIOC endgültig stabilisiert. Sie hat den Kristallkörper der Kaiserin verlassen und sich mit den Symbionten des Limbus, den Ari, Kelsiren und ihren ehemaligen Forschern vereinigt und so eine neue Auris gebildet, die ihre gesamte Mächtigkeitsballung wie eine Schutzschicht umgibt.«

»Diese Informationen ergeben ein neues Bild, das ich zur Zeit berechne«, sagte Crykom. »Doch es erscheint durchaus möglich, dass wir den eingeschlagenen Weg fortsetzen und THERMIOC unser Anliegen vortragen, zumal wir in dieser Superintelligenz Fürsprecher haben werden.«

»Euer Entschluss steht fest?«

»Er steht fest.«

»Dann habe ich eine Bitte an euch.« Rhodan sprach zwar zu dem Kelosker, sah aber Startac an. »Würdet ihr mit TRAGTDODON zu Beginn der langen Reise uns zuliebe einen Umweg fliegen?«

»Um dich und deine Begleiter in der Milchstraße abzusetzen? Die Verzögerung lässt sich verkraften, und diesen Gefallen sind wir dir wohl schuldig.«

Rhodan sah, wie Startac fest Tamras Hand drückte. Ganz fest.

»Ich habe allerdings auch ein Angebot an euch. Das heißt, an einige von euch. An Nano Aluminiumgärtner, Drover und Mauerblum. Ich lade euch ein, die weitere Reise von TRAGTDORON zu begleiten.«

»D-Das Angebot e-ehrt mich, aber …«

»Ich will die gerettete Plasma-Psyche von Vhatom Q'arabindon nicht vergeuden«, fuhr der Rechenmeister fort, »sondern auf lange Sicht Nano Aluminiumgärtner umbauen …«

»D-Danke sehr, ich bin d-durchaus mit meinem Körper zufrieden!«

»… und mit Vhatom Q'arabindon verschmelzen.«

»I-Ich …«

»Aus Nano Aluminiumgärtner und Vhatom Q'arabindon wird eine neue Steuereinheit für TRAGTDORON entstehen.«

Diesmal schwieg der Posbi.

Rhodan lächelte schwach. Vhatom Q'arabindon, das hehre Ideal des Dichters, Denkers und Tänzers unter den Posbis, für das er sogar die angebetete Mondra fallengelassen hatte wie eine heiße Kartoffel. Und nun die Aussicht auf eine Vereinigung mit ihm … Der Terraner war überzeugt, dass dieses Angebot ohne Zweifel Nanos Herz hätte stehen bleiben lassen, hätte er eins besessen.

Nano Aluminiumgärtner deutete eine Verbeugung an, und sie wirkte keineswegs wie eine Karikatur, sondern elegant und würdevoll. »Ich fühle mich geehrt und nehme das Angebot gern an. Drover? Mauerblum?«

»Wie könnte ich dich allein lassen?«, sagte der fassförmige Posbi mit dem Sensorenkranz auf dem Kopf.

»Wie könnte ich *euch* allein lassen?«, seufzte der Matten-Willy.

»Wir stehen selbstredend für die Reise TRAGTDORONS zu THERMIOC zur Verfügung«, sagte Nano Aluminiumgärtner.

Rechenmeister Crykom schien einen Moment in sich hineinzulauschen. »Ich danke euch«, sagte er dann und wandte sich wieder an Rhodan. »Soeben habe ich erfahren, dass wir mit den Anlagen TRAGTDORONS ein Objekt veritabler Hightech auf der Oberfläche Alteras geortet haben, wie sie im Altera-System eigentlich nicht zu finden sein dürfte. Auch jetzt nicht, da sich die hyperphysikalischen Störungen in Ambriador bereits zu zerstreuen beginnen. Hightech, die vielleicht sogar eine Absolute Bewegung ermöglichen könnte, zumindest aber auch unter den veränderten Bedingungen nach dem Hyperimpedanz-Schock hohe Überlicht-Faktoren und zweifellos sogar intergalaktische Reisen.«

Rhodan schaute wie elektrisiert zu dem Kelosker hoch. In diesem Augenblick störte ihn nicht, dass er wieder in seine umständliche Ausdrucksweise zurückgefallen war. »Die Silberkugel«, sagte er. »Übermittle die Koordinaten bitte umgehend an Administrator Ismael auf Altera.«

»Das habe ich bereits veranlasst.«

Rhodan atmete tief durch und sah dann zu Startac hinüber. Er sagte nichts, doch sein Blick sprach Bände. *Jetzt ist auch in der Silberkugel Platz für Tamra.*

Das Stück Hightech, wie Crykom sich ausgedrückt hatte, befand sich auf einer drei Kilometer breiten, zwanzig Kilometer langen Insel, die zu allen Seiten vom Fluss Teragonda umspült wurde, am südlichen Ende der Hauptstadt Neo-Tera.

Auf Gonda, wo das legendäre, gefürchtete Festwerk der Legion errichtet worden war.

Administrator Ismael ließ unverzüglich die Koordinaten untersuchen, die TRAGTDORON auf den Zentimeter genau ermittelt hatte, und entdeckte einen geheimen Tresor in den Tiefen des Hauptquartiers der Legion Alter-X. Darin wurde nur ein einziges Objekt verwahrt: der Tornister mit Lotho Keraetes Silberkugel.

Rhodan wusste, dass nun endgültig die Stunde des Abschieds gekommen war. Und es war ein Abschied für immer. Er glaubte nicht, dass er Crykom, Nano oder TRAGTDORON je wiedersehen würde.

Was sollte er tun? Dem Kelosker den Tentakel schütteln und Floskeln von sich geben? Das würde der Sache nicht gerecht werden.

Crykom klärte die Situation für ihn. »Die Berechnungen ergeben interessante Muster für die Zukunft«, sagte der Rechenmeister, »auch wenn unsere Wege sich wohl nicht mehr kreuzen werden.«

»Wir haben gemeinsam eine Galaxis vor dem Untergang gerettet«, sagte Rhodan. »Das ist viel mehr, als andere von sich behaupten können.«

»Ja.« Der Kelosker wandte sich ab und schlurfte zum Schott der Zentrale.

»Perry«, sagte Nano Aluminiumgärtner, »Mondra, Startac, Tamra … unsere Wege werden sich nun …«

»Nano«, unterbrach Rhodan ihn.

»Ja, Perry?«

»Ich würde fast behaupten, dass du mir in den letzten Wochen ans Herz gewachsen bist. Aber du nervst auch. Nicht nur mich, auch alle anderen. Erspare mir den theatralischen Druck auf die Tränendrüsen. Oder willst du den guten Eindruck, den du vielleicht erweckt hast, jetzt auf den letzten Drücker wieder zunichtemachen?«

»N-Nein, Perry.«

»Dann wünsche ich dir, Drover und Mauerblum alles Gute für die Zukunft. Möget ihr TRAGTDORON einer würdigen Bestimmung entgegenführen.«

»Und m-möge … m-möge die Macht mit dir sein, Perry.«

Rhodan nickte und wandte sich ebenfalls dem Zentraleschott zu. Erst als er es erreicht hatte, fragte er sich, welche Macht Nano Aluminiumgärtner wohl meinte.

Fünfunddreißig

Perry Rhodan: Altera, 6. Juni 1343 NGZ (4930 nach Christus)

Das Schlachtschiff der Alteraner, das sie von TRAGTDORON nach Neo-Tera brachte, erinnerte Perry Rhodan wieder an die Vergangenheit. An das Solare Imperium, an den Krieg gegen die Meister der Insel, an eine Zeit, die eigentlich schrecklich gewesen war, in der Verklärung des Alters jedoch wunderbar wirkte. Damals waren viele Zusammenhänge noch nicht klar gewesen, hatte er auf das Glück vertraut, sich auf Wagnisse eingelassen, die er heute wohl kaum mehr eingehen würde; damals hatte mehr oder weniger der Zufall die Geschicke der Menschheit bestimmt. Doch damals war er jung gewesen, so unglaublich jung … Und wenn er die Augen schloss und den Geräuschen des Raumschiffs lauschte, dann konnte er sich vorstellen, wieder in jener Zeit zu leben.

Rhodan öffnete die Augen wieder – und sah in Mondras Gesicht. Er musste sich zwingen, nicht daran zu denken, dass sie die Mutter seines Sohnes Delorian war, dass er sie geliebt hatte – und vielleicht noch immer liebte. Nun war sie seine *Leibwächterin.* Er wusste nicht, warum, aber er hatte von den zahlreichen Gelegenheiten, die sich in Ambriador geboten hatten, ihre Beziehung wieder aufzufrischen, keine einzige wahrgenommen.

Am liebsten hätte er sich dafür in den Hintern getreten.

Dann musterte er zwischen zusammengekniffenen Lidern Startac und Tamra. Wie sie dort saßen, eng beieinander, sich an den Händen hielten, als würde ein Chaotarch persönlich aus den Gefilden jenseits der Materiesenken herniederstoßen, falls sie sich jemals losließen …

Rhodan konnte nur hoffen, dass Startac so klug war, diese Beziehung erst einmal geheim zu halten, Tamra nicht dem Licht der Öffentlichkeit preiszugeben, niemandem ein Sterbenswörtchen über sie zu verraten.

Er sah wieder Mondra an. *Was hätte hier in Ambriador wieder aufleben können,* dachte er. *Wie oft haben wir eine Kabine geteilt* … er wollte einfach nicht glauben, dass es zwischen ihnen auf Dauer aus war.

Und sie? Er hatte Andeutungen registriert, ihre Körpersprache wahrgenommen, und …

»Sir!«, riss ihn eine harte, scharfe Stimme aus den angenehmen Reminiszenzen und selbstquälerischen Vorwürfen. »Großadministrator! Sir! Wir haben eine Ortung!«

Er wandte den Blick von Mondra ab und sah zum ersten Mal seit einigen Minuten wieder die Zentrale des Schlachtschiffs, nahm sie im ersten Augenblick aber nur verschwommen wahr, als würde sie von zweieinhalb Jahrtausenden verzerrt werden.

»Dieses … Etwas, Sir, von dem wir Sie abgeholt haben, Sir! Es nimmt Fahrt auf, Sir! Es ist einfach unglaublich!«

TRAGTDORON. Rhodan schaute auf die Ortungsschirme, auf denen die Sphäre nur als *vorhanden* dargestellt wurde. Sie beschleunigte mit Werten, von denen nicht nur die alteranische, sondern auch die terranische Raumfahrt nur träumen konnte, und verschwand dann einfach, als hätte sie nie existiert.

Ein Ende, dachte er. *Etwas hat ein Ende gefunden. Und das ist gut so. Manche Sachen müssen ein Ende finden, abgeschlossen werden. Wir können nicht alles bis in alle Ewigkeit mitschleifen. Sonst werden wir von Altlasten erdrückt.*

Er schüttelte sich, versuchte die depressiven Gedanken zu verdrängen, ließ den Blick durch die Zentrale schleifen. Anton Ismael hatte es schon angedeutet, und das Verhalten der Besatzung bestätigte die Worte des Administrators. Die Stimmung an Bord war in höchstem Maß merkwürdig.

Zahlreiche Ortungsschirme und -holos zeigten die Flotte der Posbis, die noch immer untätig und völlig friedlich am Rand des Altera-Systems ausharrte. Sie war weniger geworden; zahlreiche Fragmentraumer waren schon abgezogen.

Aber die Posbis waren nach 36 Jahren Vernichtungskrieg noch immer die verhassten Maschinenteufel, und das würde sich nicht in wenigen Stunden ändern, nur weil sie offenbar die Seite gewechselt hatten. Rhodan konnte sich genau vorstellen, was der Kommandant der Schlachtschiffs dachte: *Wer weiß, für wie lange?*

Er hatte den Menschen in Ambriador eine Zukunft ermöglicht, aber die würden sie sich selbst erarbeiten müssen.

Falls ihnen das jemals gelingen sollte.

Doch es waren *Menschen.* Abkömmlinge von Terranern. Hatte er wirklich – wenn auch nur kurz – daran gezweifelt, dass sie es schaffen würden?

»Bitte schnallen Sie sich an, Sir«, sagte der Kommandant des Schlachtschiffs,

»und stellen Sie gegebenenfalls das Rauchen ein. Wir befinden uns im Landeanflug auf den Raufhafen von Neo-Tera und werden in wenigen Minuten aufsetzen.«

Die Vergangenheit holt einen immer wieder ein, dachte Rhodan.

Hunderttausende von Alteranern drängten sich auf dem Solaren Platz, zwischen den drei 240, 260 und 280 Meter hohen Glastürmen des Ministeriums für Wirtschaft, für Verteidigung und der Administration im Zentrum Neo-Teras. Ein Kordon von Soldaten sorgte dafür, dass die Absperrungen von den Massen nicht durchbrochen wurden, und hielt auch die Teams der Trividsender zurück, die sich keine Sekunde des Spektakels entgehen lassen wollten und versuchten, möglichst nah an die abgezäunte Rasenfläche heranzukommen. Dennoch war das Surren der Kameras in Rhodans Ohren allgegenwärtig.

Administrator Ismael hielt – eine Geste für die Kameras – den Tornister hoch, den die Agenten der Legion in ihrem Festwerk aus dem verborgenen Tresor geborgen hatten, wie einst die ersten Menschen der Geschichte das Feuer, das Prometheus ihnen geschenkt hatte.

Tosender Jubel brandete auf.

Rhodan war erleichtert, dass er sich in dem Mann nicht getäuscht hatte. Wenn er – wie Laertes Michou – auf den Gedanken gekommen wäre, die Silberkugel verschwinden zu lassen, nachdem TRAGTDORON gestartet war, um dem Imperium Altera die Führung des Großadministrators angedeihen zu lassen …

Mit einer feierlichen Geste reichte er den Tornister, der aus einer unscheinbaren grauen Transport-Plane bestand, an Rhodan weiter. »Wir sind Ihnen dankbar für Ihre Hilfe, Großadministrator. Ohne Sie …«

Rhodan nickte etwas peinlich berührt. Aber auch für Laertes Michou hatte er sich, wenn auch gezwungenermaßen, medienwirksam präsentiert. Und es sprach nichts dagegen, Anton Ismael auf diese Weise zu einem besseren Start in die Zukunft zu verhelfen. Und der Umgang mit den Medien war überall gleich, hier wie in der Milchstraße.

»Das ist der Abschied«, sagte er.

Ismael nickte. »Ich weiß. Und ich bedaure zutiefst, dass Sie und ihre Begleiter uns nun verlassen werden.«

»In unserer aller Heimat warten ebenfalls wichtige Aufgaben auf mich, die keinen Aufschub dulden. Aber wir haben den Weg bereitet, und Sie müssen ihn nur noch gehen, so steinig er auch sein wird, Anton. Die Zukunft steht Ihnen offen, Sie müssen sie nur ergreifen. Die Posbis von Ambriador sind befriedet. Sie werden von nun an fest an der Seite der Alteraner stehen … so man ihnen dies gestattet. Und dafür müssen Sie sorgen, Administrator. Aber ich bezweifle nicht, dass es Ihnen gelingen wird. Natürlich, diese Ressentiments lassen sich nur über lange Zeit abbauen. Und das wird Ihre Aufgabe sein. Ihre und die Ihrer Nachfolger.«

»Nehmen Sie es mir nicht übel, Perry, doch noch kann ich keinen Gedanken für diese Aufgabe aufbringen. Das gesamte Imperium Altera schwelgt noch in der Freude, überhaupt eine Zukunft zu haben.«

»Das wird vergehen«, sagte Rhodan aus Erfahrung. »Schon bald werden Sie bereit sein, sich den Anforderungen der Zukunft zu stellen. Aber Sie müssen Geduld haben. Das gilt auch für die hyperphysikalischen Zustände im Ambriador. Bis die Verhältnisse des Standarduniversums erreicht sind, wird noch eine beträchtliche Zeit vergehen, doch dem Imperium Altera steht dann eine gute Zukunft bevor.«

»Sie sind nicht mehr der Großadministrator, doch willkommen waren Sie trotzdem. In den Kristallen der Geschichte heißt es immer, Perry Rhodan habe die Menschheit ins All geführt und vielfach gerettet. Nun hat sich dieser Mythos bewahrheitet. Sie haben auch die Welten des Imperiums Altera gerettet – und die Menschen, die den Vernichtungskrieg überstanden haben.«

»Die Alteraner brauchen keinen Großadministrator Rhodan mehr«, antwortete er. »Sie haben Sie, Anton. Ich ernenne Sie hiermit zum Großadministrator des Alteranischen Imperiums! Die Alteraner werden mit Ihnen nun ihren eigenen Weg gehen, und sie werden es schaffen. Hoffentlich wird es ein Weg des Friedens und der Verständigung sein.«

Anton Ismael reichte ihm die Hand, und Rhodan ergriff und schüttelte sie, auch wenn ihm die Verehrung, die der Administrator ihm entgegenbrachte, im Grunde seines Herzens unangenehm war.

Es gab noch einiges, was nicht für die Öffentlichkeit bestimmt war und sie unter vier Augen besprochen hatten. Am wichtigsten mochte der Hinweis auf die Ueeba sein, den Rhodan dem Administrator gegeben hatte, und die Potenzen ihrer Kultur. Hier sah Rhodan eine interessante Perspektive: Alteraner, Posbis und Ueeba im Verbund – das könnte etwas Originelles, Einzigartiges ergeben: Tatkraft, Technik, Psi-Kultur. Und wenn die Lage sich stabilisiert hatte, mussten auch Kontakte zu den Laren geknüpft werden. Vielleicht ergab sich sogar in ferner Zukunft ein erneuerter Trovent, aber nicht unter der Vorherrschaft eines Volkes, sondern einer mit gleichberechtigten Mitgliedsvölkern.

Ismael öffnete den Tornister und entnahm ihm ein silbernes, an einen übergroßen Quecksilbertropfen erinnerndes Objekt, etwa so groß wie ein Fußball.

Er sah Mondra an.

Sie nickte.

Sie hatten den Abschied hinter sich gebracht. Mehr gab es nicht zu sagen, wollten sie sich nicht wiederholen und in Floskeln ergehen, falls sie das nicht schon getan hatten.

Er hielt den silbernen Tropfen in der Hand, spürte jedoch gar nichts, keine Berührung, kein Prickeln, falls er so etwas erwartet hatte.

Öffne dich, dachte er.

Lotho Keraete hatte es ihm so erklärt.

Per Gedankenbefehl. Das Objekt war auf seinen Zellaktivator und seine – weiterhin vorhandene – Aura eines Ritters der Tiefe geeicht. Nur er konnte es aktivieren, niemand sonst.

Das Gebilde blähte sich in wenigen Augenblicken zu sechs Metern Durchmesser auf und schwebte als Blase über dem Solaren Platz. Es wirkte vor den drei Glastürmen völlig unscheinbar, und doch war es das Produkt einer Technik und hatte Fähigkeiten, von denen die Alteraner, aber auch Rhodans Terraner, nur träumen konnten.

Rhodan hielt den Atem an. Jetzt war es so weit.

Die schwebende Blase näherte sich langsam Rhodan und Mondra, Schroeder und Tamra. Administrator Ismael trat vorsichtshalber ein paar Schritte zurück.

Was, wenn er es sich jetzt anders überlegt und im letzten Augenblick zu uns springt?, dachte Rhodan. *Weil er die Heimat seiner Ahnen sehen oder den Lebensabend dort verbringen will? Wir würden ihn nicht aufhalten können.*

Aber so schätzte er Anton Ismael nicht ein, und er hatte sich nicht in ihm getäuscht. Der Administrator blieb, wo er war.

Rhodan spürte, wie die silberne Blase seinen Körper umfloss, ihn in sich aufnahm. Er empfand die Berührung nicht als unangenehm; eigentlich spürte er sie gar nicht. Durch einen silbriggrauen Schimmer sah er, dass auch seine Gefährten von der Kugel umschlossen wurden.

Einen Augenblick lang blieb die Welt für ihn silbriggrau, dann verlor sich der Effekt. Mondra stand neben ihm, Startac und Tamra hielten einander noch immer an den Händen. Rhodan fragte sich, ob die junge Alteranerin wirklich wusste, worauf sie sich eingelassen hatte. Die kulturellen und technologischen Unterschiede zwischen dem Imperium Altera und der Liga Freier Terraner waren beträchtlich.

Andererseits hatte Tamra Altera nur als Kind kennengelernt. Praktisch ihr gesamtes Leben hatte sie im Knechtschaftslager Dekombor am Rand von Taphior, der Hauptstadt des Trovent-Planeten Caligo, in larischer Gefangenschaft verbracht. Umgewöhnen hätte sie sich so oder so müssen, und mit Startac an ihrer Seite würde es ihr auf Terra vielleicht nicht so schwerfallen wie allein auf Altera.

Abrupt schienen die drei Türme des Imperialen Trident an Rhodan vorbeizustürzen. Natürlich eine Täuschung, ein Trick, den das Gehirn und die Sinne ihm spielten. Die Kugel war in einen rasenden Steilflug übergegangen, ohne dass er die geringste Beschleunigung spürte. Für eine Sekunde glaubte er, noch die

Schlachtschiffe der Alteraner zu erkennen, dann waren sie schon im tiefen Weltraum.

Tamra hielt sich an Startac fest, und auch Rhodan befürchtete einen Moment lang, gegen Gleichgewichtsstörungen ankämpfen zu müssen. Das Mantelfeld der Blase generierte eine scheinbar ruhende Enklave im Sinne eines eigenständigen Miniaturkontinuums. Das Innere der Silberkugel blieb im Verhältnis zur Außenwelt nahezu wechselwirkungsfrei, was gegen alle Erfahrungen der menschlichen Sinne verstieß und dieses unangenehme Gefühl hervorrief.

Die Silberkugel gestattete nicht nur eine beachtliche Beschleunigung aus dem Stand heraus, sondern auch abrupte Bewegungswechsel und ein Durchdringen von Fremdmaterie, ohne dazu in den Hyperraum wechseln zu müssen. Darüber hinaus war ihr auch der Überlichtflug sowie die Absolute Bewegung möglich. Rhodan war fast erleichtert, als der schwarze Weltraum außerhalb der Kugel von einem dunkelroten Wabern ersetzt wurde, bei dem sich Myriaden transparenter Blasen gegenseitig zu durchdringen schienen – ein Effekt, der ihn an einen Flug im Linearraum erinnerte.

Endlich gelang es ihm, sich ein wenig zu entspannen. Nun war es endgültig vorbei. Die Silberkugel würde sie in Terrania absetzen und dann zerfallen, damit die Terraner sie auch ja nicht untersuchen und damit vielleicht technische Möglichkeiten in die Hände bekommen konnten, die ihnen nicht zugedacht waren.

Sie hatten ihre Mission glücklich beendet. Trotzdem blieben zahlreiche Fragen, denen er sich jetzt erst widmen konnte, da es ihm nach Wochen zum ersten Mal möglich war, etwas durchzuschnaufen.

Zum Beispiel … Warum hatte Lotho Keraete Ambriador in Wahrheit retten lassen? Nicht allein aus reiner Menschenfreundlichkeit; diese Version mochte Rhodan nicht mehr recht glauben, wenngleich dieser Aspekt sicherlich auch eine gewisse Rolle spielte.

Nein, dachte Rhodan. In erster Hinsicht wahrscheinlich, weil Keraete – oder im Prinzip der Superintelligenz ES, die ihn beauftragt hatte – daran gelegen war, dass in Ambriador eine stabile Bastion gegen die Negasphäre entstand, die sich bald in Hangay bilden würde.

Oder wollte ES gar ganz gezielt das mächtige Instrument TRAGTDORON der Superintelligenz THERMIOC zuspielen? Ihre Mächtigkeitsballung befand sich, in kosmischen Maßstäben gesehen, ganz in der Nähe der Galaxis Erranternohre, einer Bastion der Kosmokraten.

Auch das war denkbar.

Sammelten die Superintelligenzen etwa ihre Waffen, um sich für den Kampf gegen die entstehende Negasphäre zu rüsten?

Würde es möglicherweise eine Koalition gegen die Negasphäre stärken, wenn TRAGTDORON in die Hände THERMIOCS gelangte? Doch konnte THERMIOC es überhaupt jemals wagen, TRAGTDORON einzusetzen, wo doch die Hohen Mächte das Instrument hatten stilllegen wollen?

Rhodan seufzte leise. Alles nur Spekulation … Er bezweifelte, dass er in absehbarer Zukunft Antworten auf diese Fragen bekommen würde. Und sollte Lotho Keraete jemals wieder auftauchen, würde er mit Sicherheit kein Sterbenswörtchen über diese Themen verlauten lassen.

Er verstand, dass sich unter den aufgeklärten Bürgern der LFT zunehmend Unbehagen gegen das Gehabe der Kosmokraten breitmachte. Solch eine Informationspolitik war nicht gerade geeignet, Vertrauen zu schaffen.

Rhodan sah Mondra an, dann zu Startac und Tamra hinüber, lehnte sich schließlich gegen die Wandung der Silberkugel zurück und schloss die Augen. Immerhin konnte er mit dem Ausgang des Einsatzes mehr als zufrieden sein. Das, worauf es *ihm* ankam, hatte er geschafft. Die Überlebenden von Ambriador waren gerettet, die Posbis befriedet, und mit dem Abzug von TRAGTDORON waren auch die hyperphysikalischen Störungen in der Kleingalaxis langfristig gesehen Geschichte. Er hatte den Menschen des Imperiums Altera und allen anderen Intelligenzen in Ambriador eine Zukunft geschaffen.

Er beschloss, die Augen erst wieder zu öffnen, wenn die Silberkugel in Terrania aufsetzte.

Und während des Flugs nicht daran zu denken, welche alten und neuen Probleme ihn in der Heimat erwarteten.

Fest drückte er Mondras Hand.

Sechsunddreißig

Vhatom Q'arabindon, TRAGTDORON: viel später

Vhatom Q'arabindon erwachte.

Einen Moment lang erwartete er, ein Rad aus Feuer zu sehen, doch da war keins. Da war auch keine undurchdringliche Dunkelheit, sondern eine vertraute Umgebung.

TRAGTDORON. Jener dunkle Saal im letzten Winkel der Stoff-Sphäre, in dem man ihn niemals finden würde … und schließlich doch gefunden hatte.

Wie kann das sein?, fragte er sich. *Ich bin doch tot. Ich habe die Selbsterhaltungszelle abgeschaltet.* In vollem Bewusstsein dessen, was danach geschehen würde: Das, was die Plasma-Psyche eigentlich ausmachte – ihr Inhalt! –, hätte durch Abkühlung binnen weniger Minuten absterben müssen.

Ich habe Selbstmord begangen, dachte er.

Dieser Gedanke verriet ihm, dass es sich um ein anderes Erwachen handelte als die bisherigen. Ein Erwachen, das nicht mit dem Verlust seiner Erinnerungen einherging. Er war sich seiner selbst bewusst geworden, mit allem, was ihn ausmachte, was ihn zu Vhatom Q'arabindon machte, zur Plasma-Psyche.

Im nächsten Augenblick bemerkte er, dass er einen anderen Körper hatte. Nicht mehr den – die – Robot-Körper, die Cairol ihm zur Verfügung gestellt hatte, sondern einen viel primitiveren. Einen aus scheinbar wahllos zusammengeschraubten Komponenten aus blaugrauen und anthrazitfarbenen Materialien, wie er in der schwach spiegelnden Wand ihm gegenüber sah. Den eines hoch aufgeschossenen Posbis von zwei Metern Größe mit schmalen maschinellen Hüften und breiten Schultern.

Er kannte diesen Körper, erinnerte sich an ihn. Nano Aluminiumgärtner, der Posbi, der gemeinsam mit dem Ritter der Tiefe nach TRAGTDORON gekommen war.

Ich freue mich, dass du erwacht bist, vernahm er zeitgleich die Stimme des Posbis mit ihrer seltsamen Betonung, *und würde mich geehrt fühlen, wenn du gemeinsam mit mir in diesem Körper verbleiben möchtest. Und falls ich das hinzufügen darf: Ich war es übrigens, der dir das Leben gerettet hat, und ich hoffe, dass du es behalten und nicht wegwerfen möchtest.*

Nano Aluminiumgärtner drehte den Kopf. Vhatom war überrascht, wie schnell sich ihm die Steuerfunktionen des Posbi-Körpers erschlossen. Ihm wurde langsam klar, was geschehen war: Jemand musste die Plasma-Psyche vor der Abkühlung gerettet und mit diesem Körper verschmolzen haben.

Sein – ihr – Blick fiel auf eine grobschlächtige Gestalt, die den Saal betreten hatte und sich ihm langsam näherte.

Einer der Kelosker. Seine Lederhaut war von einem charakteristischen Muster überzogen, das wie ein vielfach gebrochenes Spinnennetz aussah, und aus der leicht gekrümmten Knochenplatte, die die Schädeldecke des monströsen Kopfs darstellte, erhoben sich nicht vier, sondern sechs kegelförmige, höckerartige Knochenwülste.

Crykom, der Rechenmeister der Kelosker persönlich.

»Du bist wach«, stellte er sachlich und ohne jede Vorrede fest. »Ich habe ein Angebot für dich. TRAGTDORON braucht einen fähigen Steuermann.«

Vhatom dachte kurz nach.

Er hatte getan, was ihm möglich war. Er hatte schließlich doch noch versucht, TRAGTDORON zu vernichten – und er hatte versucht, seinem Leben ein Ende zu setzen.

Nach allem, was ihm widerfahren war. Nachdem er sein Volk und die Liebe seines Lebens verloren hatte, um den Kosmokraten weiterhin zu dienen. Nachdem sie ihm kalt und ohne jedes Mitgefühl befohlen hatten, ihr mächtiges Instrument zu dislokalisieren, nachdem er damit 70.000 Jahre lang Leben und Intelligenz verbreitet hatte.

Es war ihm nicht gelungen.

Er hatte mit seinem Dasein abgeschlossen, doch nun bekam er die Gelegenheit für einen neuen Aufbruch, mit dem er niemals mehr gerechnet hatte.

Vielleicht ist es wirklich an der Zeit, dachte er, *die Fronten zu wechseln.*

Epilog

Aus den Chroniken des kosmischen Ereignisforschers Beck

Nur wenige Monate später wurde die Milchstraße von der Terminalen Kolonne TRAITOR angegriffen. Der intergalaktische Krieg um die Negasphäre Hangay hatte längst begonnen.

Wegen der erschwerten Raumfahrtbedingungen als Folge der Hyperimpedanz-Erhöhung hatte Perry Rhodan keine Möglichkeit, mit Ambriador zu kommunizieren.

Ob die Posbis, die Laren und die Menschen des Imperiums Altera mittlerweile zwischen die Mühlsteine der Ereignisse geraten oder aufgrund mangelnder Bedeutung im Kosmos verschont geblieben waren, konnte Perry Rhodan vorerst nicht in Erfahrung bringen.